李鸿章

① 平步青云

张鸿福 著

长江出版传媒 长江文艺出版社

图书在版编目（CIP）数据

李鸿章：全三册：全新修订珍藏版 / 张鸿福著
. -- 武汉：长江文艺出版社，2022.4
ISBN 978-7-5702-2494-4

Ⅰ. ①李… Ⅱ. ①张… Ⅲ. ①长篇历史小说－中国－
当代 Ⅳ. ①I247.5

中国版本图书馆 CIP 数据核字(2022)第 023147 号

李鸿章

LI HONGZHANG

责任编辑：田敦国 　　　　　　　　责任校对：毛季慧
封面设计：颜森设计 　　　　　　　　责任印制：邱　莉　　王光兴

出版：长江出版传媒 长江文艺出版社
地址：武汉市雄楚大街 268 号　　　邮编：430070
发行：长江文艺出版社
http://www.cjlap.com
印刷：湖北恒泰印务有限公司

开本：730 毫米×1040 毫米　　　1/16　　印张：90.75　　插页：3 页
版次：2022 年 4 月第 1 版　　　　2022 年 4 月第 1 次印刷
字数：1383 千字

定价：168.00 元（全三册）

自序：我写李鸿章

想写李鸿章的念头十几年前就有了，那时我正在创作长篇历史报告文学《末路王朝——中日甲午战争报告》，查阅搜集了不少李鸿章的资料，感觉从前理解的李鸿章太片面。此后一见到李鸿章的资料就尽量搜集，手头累积了不少。

决心动笔写，是受长江文艺出版社编辑田敦国老师的提议和启发。当时我已经出版了长篇历史小说《左宗棠》，责任编辑正是田老师。关于李鸿章的书籍可以说汗牛充栋，我要写一个什么样的李鸿章？把"卖国贼"打倒在地，再踏上一脚，让他永世不得翻身，是我最厌恶的书写方式；标新立异，为李鸿章翻案，也非我所愿。我想，我还是写一个本色的李鸿章吧，尽量贴近史实。

所以，我在参考资料的时候，第一位的是最原始的档案资料，比如《清实录》《东华录》《中国近代史资料丛刊》《洋务运动（资料丛编）》《清代海军史料》《义和团运动史料》《李鸿章全集》。在那些重大事件、关键史实上，李鸿章当时到底如何处置，我坚持尽量原文引用，绝不想当然地按"卖国贼"的脸谱来塑造。我参阅的第二类资料是当事、当时外国人的著述，如日本人的《塞塞录》《日清战争》，德、美、英等国记者、传教士著述的《德语文献中的北京》《1900：西方人的叙述》《中国与中国人影像》等。之所以对这部分资料情有独钟，是想从一个更广阔的视野来看李鸿章和李鸿章所处的时代。第三类资料则是同时代人的书信、笔记等。第四类资料则是今人研究出版的关于李鸿章的书籍资料。近年来网络资源丰富，使我得以能够读到今人最新的研究成果。比如 2014 年甲午战争爆发 120 周年之际，《参考消息》策划发表了一组包括军事、法学、外交、经济等方面专家的文章，从不同角度研究甲午战争，我仔细阅读,受益匪浅,许多观点融入了小说创作中。

曾经有人问我,你崇敬一个人才可能去写这个人,你难道崇敬李鸿章吗?崇敬这个词不敢用,但我的确尊重李鸿章。李鸿章的发达缘于奉曾国藩之命创办淮军救援上海,他乘坐当时最先进的交通工具轮船,从安庆跨越千余里太平军的占领区到达西洋文明最集中的地方上海,从此开始了他平步青云的仕途和风生水起的洋务事业。他先是创办洋炮局、机器局仿造洋枪洋炮,战争结束后又把洋务重点转向求富求强的民用经济,金陵机器局、江南制造总局、天津机器局、上海轮船招商局、中国电报局、中国铁路局、上海机器织布局、开平矿务局、漠河金矿……李鸿章创办的洋务企业能列出一个长长的名单。尤其是北洋海军,更是在李鸿章的极力推动下才得以成军,虽然甲午之战后几乎全军覆没,但也无法否定北洋海军的巨大意义。在当时办洋务所遇到的阻力和困难是我们无法想象的,每提起一项"洋务",总会群起而攻之,骂之为崇洋媚外,骂之为汉奸,甚至以为要断送大清江山社稷。但李鸿章不为所动,发挥了超凡的韧性,因为他敏锐地感受到了落后与差距,认为中国正面临着"三千年未有之变局",只有实行变革中国才有出路,"穷则变,变则通"。李鸿章的见识,远远超越那个时代的精英阶层。

我们历史观中有个"奸臣情结",往往把一个王朝的败落和灭亡归罪于一两个奸臣,好像没有某个奸臣,这个王朝便可长命百岁。李鸿章不幸当了大清国的"奸臣",成了晚清的箭靶子。李鸿章的时代,正是大清国没落的封建制度与西洋资本主义制度交锋的时期,或者说是社会转型期,李鸿章在这个转型的过程中,尽了很大的努力,但不幸传统体制的力量依然强大,转型没有成功,封建制度在资本主义制度面前败下阵来。李鸿章当然有责任,但把一个国家、一个民族的衰弱,一种制度化的缺陷归罪于一个人,是不敢反思、不会反思、不能反思的表现。即便我们这些自觉比李鸿章聪明的事后诸葛亮,生在李鸿章的时代,大多数人也不会比李鸿章更聪明、眼界更辽阔。

这好像在替李鸿章翻案,其实真不是,我也的确未做此想。我只是想把李鸿章一生期望富国强兵、结果却是丧权辱国的原因弄得更明白些。历史小说是写给当代人看的,我写李鸿章,也是想梳理一下"李鸿章时代"的教训和警示。

中国的洋务运动始于 1860 年,英法联军火烧圆明园,深受刺激的朝廷设立总理各国事务衙门，开始"师夷长技以制夷"；日本的明治维新始于1868年，晚于洋务运动。双方最大的区别在改革目标上，中国强调"中学为体，西学为用"，在封建制度的基础上，主要学习外国的机器和技术；日本则是效法欧美，采取资本主义制度，连天皇也率先剃发、着西装。双方一直在赛跑，中方只有李鸿章等为数不多的人感到来自日本的压力，大多数人完全不把日本人放在眼里；日本则举国一致，以打败中国为目标。早在1887年日本陆军参谋本部制定的《征讨清国策》的开篇中就明确提出："趁清国还幼稚，我们应断其四肢，伤其身体，使之不能动弹，我国才能保住安宁，亚洲大势才能为我掌握，由我国维持。"两国在甲午年相撞，大清国惨败，日本大胜。

这是一个最大的背景，即两种制度的较量。但如果将胜负完全归之于制度，也失之偏颇。那么，"李鸿章时代"的教训和警示有哪些呢？

首先是中央政权缺乏权威统一。甲午战争时，国家最高权力掌握者名义上是光绪帝，但他依赖的是以翁同龢为首的清流台谏官员；慈禧虽已退居颐和园，但朝中大员都是她垂帘时的班底，影响力不可小视，不少大臣仍然视她为大清的女主。战争爆发后，光绪帝主战，慈禧太后主和。结果，和战不定，屡失先机，前线将士无所适从，心怀观望，严重影响士气。其实，战与和并无高下之分，也不是爱国与卖国的标准，当战时一致力战，该和时全力促和才是国家之幸。最怕的是该战时未敢战，该和时又不甘心和。

其次军事制度不适应战争形势的变化。日本效法欧美，不断改革完善军事制度。战时成立由海陆军首脑以及首相组成的大本营，作为天皇统率军队的最高指挥机关，统一协调海陆军、协调军事和外交。中国则实际由李鸿章指挥北洋军队与日军作战，朝廷中以翁同龢为首的清流们则在背后交章弹劾，这令外国人十分不解，为什么那么多人不帮李鸿章筹措粮饷，反而纷纷指责他。日本陆军最高作战单位是军，一万人左右，适合大规模作战；清军最高作战单位是营，六百多人，适合于维持地方治安，并非真正意义上的国防军体制，临战时拼凑数十营交给一位将领统带，资历相仿，互不服气，内耗极大。日本实行的是兵役制，符合条件的国民必须服兵役，接受严格的军事训练；清军实行招募制，大战在即，兵源不足，临时招募，农民放下锄头上战场，没有战斗力不说，遇敌辄溃，带坏整个战场形势。

再次是严重的腐败腐蚀着整个国家。晚清从上到下腐败透顶,大小官员几无不贪。这种风气必然导致大家都不愿为国家牺牲。李鸿章本人好财利,积聚了不下千万的资财。他用人重才不重德,以为"非名利,无以鼓舞俊杰",部下贪财好利者众。大小军官都设法吃空饷、喝兵血,特别是高级武官,许多人广置田产,畏敌惜命,因此战争中出现了大量敌未至我先逃的例子,根本谈不到抵抗,让人不胜唏嘘。

最后,软弱的外交方针怂恿了敌人的贪欲。洋务运动开始后,以恭亲王为首,清廷执行的是"外敦信睦,隐示羁縻"的外交政策,就是尽量避免战争。这在当时国弱民穷的形势下,不失为明智之举。李鸿章是这一政策的坚定支持者,他在外交上也实行以夷制夷,遇到麻烦寄希望于列国调停。结果每次临战,都告诫前线将领不得开第一枪,以免"衅自我开",弄得前线将士"战亦罪,不战亦罪",无所适从。不挑事自然应该,但凡事都有度,人善人欺,马善人骑,当自己的利益受到侵害时,连高声呵斥的胆量也没有,必然怂恿侵略者的贪欲。就像剑客,遇敌手不敢亮剑,在气势上已输,必令对手轻蔑、欺慢。日本正是看清了清廷的软弱,先是吞并了琉球,后又占据了朝鲜,割占了台湾,以此引发了列国瓜分中国的狂潮。

如今,中国经过四十多年的改革开放,经济总量跃居世界第二,引起了世界的惊叹,也招致部分国家的有意抹黑。他们不愿看到中国的真正强大,盼望中国发生重大挫折,这情形与甲午战前非常相似。中国走向崛起的过程中,阻力和危机将伴随始终,应当从近代吸取哪些教训,避开哪些陷阱,是我创作《李鸿章》一直在思考的问题。

中国正处于转型期,驾驶这艘巨轮转型不易。我是真心期望中国克服一切困难,顺利前行。

最后,我不敢说这是写李鸿章最好的小说,但我敢说这是一部最走心的小说,值得一读。

张鸿福

2016 年 9 月

修订于 2021 年 10 月

目 录

第一章

李秀成横扫苏常　曾国藩受任两江

　　咸丰十年(1860年),李秀成策划五路大军围攻江南大营。当时,太平天国的天京被江南大营围得似铁桶一般,李秀成本来只想破解天京之围,而彻底踏破江南大营,实在出乎他的意料。

　　太平天国定都金陵(天京)后,官军在扬州建起了江北大营,在金陵城东建起江南大营。在咸丰六年和咸丰八年,江北大营先后两次被太平军踏破,后来再也没有建起来;而江南大营虽于咸丰六年被踏破,但咸丰八年又重新建起。自太平军兴以来,清朝经制之师八旗、绿营一败涂地,只不过是乡间练勇的湘军却风生水起,俨然成为平叛的主力。以八旗、绿营为主的江南大营,是经制之师仅存的硕果,在支撑着朝廷的脸面,因此,朝廷自然寄予极大的厚望。然江南大营统领、钦差大臣和春,却难孚重托。

　　和春,满洲正黄旗人,属于皇帝亲领的上三旗。从太平军广西起事开始,他就与向荣一道尾追太平军出广西、入湖南、进湖北、赴金陵,在满人中还算得上久经战阵。不过,他有旗人的通病,华而不实,喜欢恭维,看不起汉将。更糟的是他用了一个小人王浚做翼长,此人最擅长恭维巴结,大聪明没有,馊主意一皱眉头就来。尤其是他每月只发半饷的主意,让上上下下的人都颇为不满,他攥着三十多万两银子不放,说是待克复金陵后补发,想以此激励将士效命。可这些绿营、旗人当兵就是为了拿饷,拿饷就是为了吃喝玩乐。整个江南大营,吃喝嫖赌,样样俱全,游娼四出,似集镇如青楼。

　　如今饷不凑手,酒赊不出来,婊子不买账,士气不但低落,而且大家愤愤不平,就像一堆干柴,一个火星就可能来个火烧连营。由他把持后勤,弄得上下都有意见。

军务帮办张国梁意识到了危机,屡次向和春苦求军饷,可和春一概不应。张国梁是土匪出身,外号"大头羊"。当土匪时就以仗义、不妄杀出名,参加过天地会,后来被向荣招安,屡立战功。就连咸丰也知道张国梁勇猛能战,令图形进览(就是请人画下像来,送到大内请皇上御览),这是非常高的荣耀。要论带兵打仗,张国梁比和春强得多,但他是汉人,所以向荣战死后,继任钦差大臣的不是能打善战的张国梁,而是逊色不少的和春。

和春知道自己不及张国梁,但官大一级压死人,因此事事为难他。张国梁说东,他偏要西。因此,张国梁来为士兵讨饷,他就更不可能发全饷了。张国梁的部下都为他鸣不平,纷纷气道:"各位兄弟,等长毛来进攻时,咱们都不要动,看大帅和翼长怎么拿银子去破敌。"

如今五路长毛来攻,最能战的张国梁部情绪又是如此,江南大营实在是岌岌可危。和春心里也急,但他仍放不下架子,不与张国梁商议,却连写七封鸡毛信向两江总督何桂清求援。

何桂清(1816—1862年),字丛山,号根云,云南昆明人,道光十五年(1835年)进士,后授翰林院编修、内阁学士、吏部侍郎、江苏学政,干的都是文职。太平军兴后,正在江苏学政任上的他上折言说兵事,洋洋数千言。咸丰以为他知兵,让他出任浙江巡抚。在浙江巡抚任上,他千方百计为安徽官军筹饷,又得到咸丰的赞赏。后来两江总督出缺,文渊阁大学士彭蕴章极力举荐何桂清,咸丰便答应了。

何桂清骨子里是个文人,并不知兵,但他偏偏有志要做个真正的总督——上马管军,下马管民嘛!所以太平军进攻江南大营,他反而认为是个机会——如果和春被长毛打得落花流水,那么自己接替他就顺理成章了。所以,他以常州也发现大批长毛、必须力保官军粮饷后路为由,不但不发兵相救,还把浙江赶来援助的一万多人统统留在了常州,名义上是坚固官军后路、保护苏东膏腴之地,其实只是为了保护总督府的安全。

咸丰十年闰三月初,太平军发起总攻。当天还是晴空万里,夜里开始雷雨交加。官军士气低落,无心恋战。江南大营西南长壕首先被太平军攻破,天京城内的太平军见援军到来,士气大振,也冲出来厮杀,油火罐点燃了官军的火药库，一时间爆炸连环，火光冲天。

太平军连破五十余营，官军总兵黄靖、副将马守富、守备吴天爵被击毙。张国梁听到西部营垒有战事，带兵赶来时官军已溃不成军，只好原路返回，准备固守大营东北半壁。谁料大营中的官军更是无心恋战，趁乱四处放火，纷纷逃散。

和春此时因饮酒过度，在枪炮轰鸣中依然酣睡不醒。外甥、副将常亮等人叫醒他后，说长毛正在发动进攻，他不但不信，还要躺下继续酣睡。直到帐外燃起大火，溃兵汹涌，他才被吓醒，连鞋子也没来得及穿，便一路狂奔，经石埠桥再换船逃到了镇江。

半天一夜的时间，太平军顺利攻破了结营近百里的江南大营，缴获了大量枪炮、火药、铅子以及白银十余万两。

张国梁部勉强成军，幸未一溃千里，尤其是亲兵营一直维护在他身边。天亮后，他试图收拢部队整军再战，但部下都苦苦相劝，言说兵败如山倒，何况长毛气势如虹，现在能全身而退就是万幸，再战只能是自寻死路。

张国梁西望江南大营，已是处处烟火，一片狼藉。往东的路上，则是丢弃一路的缨帽刀枪、锅碗帐篷、裹脚烂鞋以及其他军资。再看看身边的亲兵，个个一身烂泥，满脸烟灰血污，垂头丧气，确实不能再战。他长叹一声道："数年心血，毁于一旦！"便命令亲兵营把路上的旗帜都捡到手中高高举起，他则横刀立马，亲自断后，撤往镇江。

天京之围完全解除，太平军将士忙着抢夺官军遗弃的物资，大家肩扛背驮，发现更稀罕的物什，便扔掉手中的，捡起新的来。结果就像黑瞎子掰玉米，一边丢一边捡，弄得心猿意马。

李秀成督带亲军一路往东，见远处全是张国梁的军旗，心中不免胆怯。张国梁乃官军中少有的悍将，太平军屡屡吃他的苦头，怕他撤退之中仍有计谋，所以不敢穷追。

前线败退下来的溃兵自然也到了常州，何桂清获悉败报，后悔不迭。江南大营与苏常一线本是唇齿相依的关系，当初他利令智昏，只打自己的好算盘，把唇亡齿寒的道理抛到九霄云外。而今江南大营溃败，和春如果参自己一本，他就是巧舌如簧，也百口莫辩。更糟糕的是，江南大营一溃千里，如果长毛来攻，他只有披挂上阵了。虽说自己以言兵论战出名，但吃烧饼喝凉水，是不是真知兵自己心里最有底。所以他连连给和春数封信,除温语劝慰外,还立即送五万两军饷,同时诚恳相邀:"常州万民,皆盼大帅如望云霓。"

退到镇江的和春已心胆俱裂,便以加强后路为由,让张国梁随他一起退往丹阳城。和春乃败军之将,见何桂清态度还算诚恳,所以一肚子气没法向他撒了。王浚收到军饷后依然如故,只向溃勇每人暂发二两。张国梁怒不可遏,去找和春理论,和春虽不再趾高气扬,但仍不肯让王浚修改成命。张国梁恨得咬牙切齿,却也无可奈何。

闰三月底,洪仁玕、陈玉成、李秀成、李世贤、杨辅清等一起登殿,向洪秀全祝捷,庆贺天京解围。洪秀全赐下金银玉帛,并赐宴君臣同乐,然后商讨下一步的军事行动。

当时太平天国的形势不容乐观,攥在手里的地盘不过是安徽东部及江苏西部,而上游重镇安庆也在湘军的重兵围困之中。安庆是天京的保障,如果安庆易手,清军顺流而下,天京就危在旦夕了。

陈玉成主张救安庆,因为他一家老小都困在那里;李世贤则主张取闽浙,此地的富庶不言而喻;洪仁玕、李秀成则主张东取长江下游,理由是:"为今之计,自天京而论,西距川、陕,北距长城,南距云、贵、两粤,俱有五六千里之遥。唯东距苏、杭、上海,不及千里之远。厚薄之势既殊,而乘胜下取,其功易成。苏沪富甲天下,上海更是百货云集,日进万金。一俟下路既得,即买置火轮二十个,沿长江上取。另发兵一支,由南进江西,发兵一支,由北进蕲、黄,合取湖北。则长江两岸俱为我有,则根本可固矣。"这道理很简单,先摘近处熟透的果子。

洪秀全同意了这一主张,但安庆之安危事关全局,所以不能不顾。他命令李秀成率军东征苏常,并限期一个月完成任务,既要摘到果子,又不能耽搁太久。

数天之后,李秀成率军东征,十万人马出句容,直奔丹阳,随同出征的是李世贤、杨辅清部。随后,陈玉成回皖北,右军主将刘官芳回皖南,分别发动攻势,牵制官军,掩护李秀成东征。

丹阳城外,张国梁收容了数万溃兵。这些溃兵丢盔弃甲,锅灶篷帐更是无从谈起,仅吃饭就成了大问题。而且他们牢骚满腹,骂不绝口,将张国梁的士兵也影响得士气涣散。所以李秀成的大军一到,张国梁的部下就说道:"大帅要打,我们当然跟着打,但总要王翼长拿他的银子去打一仗,让他明白是银子重要还是人重要,然后咱们再出队不迟。"张国梁本来也一肚子气,见士兵驱之不动,也不再强求,成心要看看王浚怎么打这一仗。王浚见状,只得硬着头皮带队迎敌。

李秀成的火器最是厉害,一排排向官军轰击,王浚没冲到敌前,部下已死了一百多人,想要逃回也来不及了。他中了数枪,当即毙命。张国梁看不下去了,提刀跃马杀向太平军,他的部下也纷纷跟进。太平军望见张字帅旗,知道张国梁杀到,连忙后撤数里,不与他接战。张国梁见此也不敢孤军深入,便想拨马回城。

此时,一支太平军偏师占领了城北小山,架起火炮向城中轰击。城中溃兵如惊弓之鸟,纷纷拥向东门,将张国梁部也裹挟着一起东去。张国梁拼命厮杀,无奈不能杀出重围。太平军数十人换上官军的衣服接近张国梁,趁机乱砍。张国梁身负重伤,道路又被溃兵堵塞,只好拨马往河里冲去。无奈河水太深,人马均被溺毙。李秀成对张国梁十分佩服,所以在攻克丹阳城后,他让部下无论如何要找到张国梁的尸体,要依礼安葬。

和春见大军溃败,又逃到常州,他万分狼狈,身边只余亲信亲兵十一二人。何桂清闻报后早就心胆俱裂,他在把和春迎进常州后,便决计逃走。可清朝有制度,一城主官不能弃城,要人在城在,城亡人亡。原因就是主官一走,士气肯定崩溃。所以这条制度执行得极为严厉,弃城的主官难有善终。

生非容易死非甘,眼见太平军逼近常州,何桂清早把死守的壮语抛到九霄云外。总管粮台的布政使查文经运筹粮饷不忘自肥,手里积了一笔可观的银子存在苏州,当然不甘死在常州。如今他窥破何总督的心意,就笼络众人上了一禀帖,请求他退守苏州,以固省垣,以图根本。何桂清真是大旱而得豪雨,立即接受了这一"苦劝",上奏朝廷说和春已到常州,防务可由他完全负责,自己则到苏州筹措粮饷。

作为回报,也为自己脱走铺垫,何桂清让查文经先去苏州筹饷办粮,并限十日内运至军前。不过查文经一走,常州乡绅立即警觉起来,推举十余人到总督行辕请求何桂清留驻常州,合力守城。何桂清心里痛悔自己没有先走,但表面上还是一脸的坚决,话也是坚如磐石:"众位乡亲请放宽心,何某总督两江,驻节常州,守土有责,誓与常州共存亡!"他还一身戎装,亲自到城墙上巡视了一番。

城外溃兵络绎,乱哄哄向东而去。见状,何桂清更是打定了立即逃走的主意。回到督署,他就换上便装,带着十几个亲信直出东门。百姓不认得着便装后的何总督,一路并无阻拦,但在东门外他遇上了正在巡城的常州知府。常州知府认得何桂清,一眼看出他要逃走,所以便全力挽留。百姓见此也都聚集了过来,上百人纷纷跪下请求他留驻常州,以安民心。还有几位老者膝行十几步,抓住他的缰绳苦苦哀求。何桂清心意已决,厉声说道:"常州防务已移交和钦差,本部堂要去苏州督办粮饷,也是一等一的急办公务,谁再阻拦,格杀勿论。"

大家仍不肯放手,都不信他敢拂了众人之意,命属下开枪。可谁也不曾料到,他真的命令亲兵开枪。这些亲兵也是逃命心切,十几人同时开火,立时打死打伤了十几人。趁大家惊愕无措之际,何桂清策马东去。他一路逃到苏州城外,要守城士兵开启城门。巡抚徐有壬正好巡城,他已从查文经处得知何桂清有弃常州之意,心中十分不满,便对他道:"苏州城小,何能容得下总督大驾?长毛不日也许就会兵临苏州,徐某决心与城共存亡,只怕总督大人没这份胆量和气节。到时再走,反而坏我士气。还是请总督大人另谋他处!"

何桂清被戗得一脸尴尬,但狼狈如此,他也无心计较,遂借坡下驴道:"既然徐中丞如此不近人情,何某就去上海借洋兵前来助守,但愿徐中丞能言行一致,固守待援。"

徐有壬讥讽道:"悉听尊便!沪上有洋人枪炮,大人但可放心大睡。苏州城防,不劳大人费神。"

于是,何桂清带着亲信策马直奔上海。

李秀成兵临常州,百姓登城助守,竟然坚守了四天。眼看城外的太平军越聚越众,呼声震耳欲聋,官军首先被吓破了胆,有个游击带头说道:"何总督都已撒丫子跑了,我们这些四川人何必拿命来拼呢?"于是他打开城门,带着数百人逃走了。

这下便一发不可收拾了,溃兵拥向城门,城上的守军也扔下兵器急急逃命。和春及部下将领也被亲兵裹挟着逃出城去,途中他的肩膀还中了一枪。他一路逃到浒墅关,但见溃兵一路放火抢劫,奸淫掳掠,无恶不作,百姓哭声载道。和春万念俱灰,在运河边上横剑自刎。

李秀成攻克常州，下令屠城，死伤枕藉。接着太平军攻克无锡，进军苏州。苏州城内外聚集着一路溃下来的乱兵，他们到处抢劫，放火焚烧民房，百姓恨之入骨。太平军一到，城外百姓打着"同心杀尽张、和贼"的大字横幅前来迎接。守城的李文炳、何信义等将领带着部众前来投降，苏州轻松被克。徐有壬誓不投降，被乱兵杀死。太平军收降官军五六万，缴获洋枪洋炮及各类军资无数。而后太平军更是势如破竹，不出一个月，昆山、新阳、太仓、嘉定、青浦、松江等地，除上海外全部落入太平军手中。

从南京到京城两千余里，六百里加急也要四天，因此宫中的消息总与战场实际差了半拍。江南大营被踏破之时，咸丰的心情正处于少有的舒畅之中。因为不久前他收到了和春奏报克复九洑洲、寿德洲、七里洲、上下关的消息，官军把金陵围得已是铁桶一般，他由此看到了平定长毛的希望。十年了，他做梦都盼着长毛被彻底剿灭。

咸丰这皇帝当得实在太憋屈了。首先他的帝位就来得太不容易，因为他一直有个强劲的竞争对手——六弟奕訢。奕訢人很聪明，伶牙俐齿，深得父皇的喜爱。一直到父皇病重的时候，还在为立他还是老六而犹豫。他干着急没办法，因为聪明伶俐不是学得来的。亏得师傅杜受田教导，说如果有一天父皇说起身后事，他只管磕头痛哭。结果，有一天父皇真把他留在病榻边，说起万年之后这大清江山该当如何时，他立时痛哭流涕，连一句完整的话也说不出来。而他的六弟则根据师傅的建议侃侃而谈，军政国计，无不深谋远虑。最后道光拿定了主意，把帝位传给了他，因为最后的考验证明，老六聪明，而他仁孝。当一个帝王，仅有聪明是不够的。还要善待兄弟臣工。不过，道光觉得有些对不住老六，因此遗旨特别要求，他登基时就加封老六为恭亲王。

更让咸丰窝火的是，他刚刚登基，洪秀全就在广西闹起长毛，出广西、入湖南、夺湖北、下安徽，咸丰三年定都金陵，与大清分庭抗礼。经制之师八旗、绿营竟然毫不可恃，先是一触即溃，后来一直追着长毛的屁股跑，直到长毛问鼎金陵，也没有出现一位横刀立马、智勇双全的大将军。和春奏报江南大营连克要地，把金陵围得如铁桶一般，他怎能不欣慰至甚！如果能够一鼓荡平，他就可以仰天纵声大笑了！十年了，他连发自心底的笑声也不曾有过。

军机处的满族大臣更是弹冠相庆，咸丰面带微笑地说道："八旗将士，骨子里毕竟是骑射出身,打上几年仗,能征善战的将士就锻炼出来了,这就像大浪淘沙,淘去沙子,真金就在眼前。"

众臣无不应和。

这时,安德海擎着密奏折匣小步快跑地递了上来,咸丰以为又有捷报到了,甚至他都隐隐地觉得是金陵收复了。他急切地打开,一看题目就脸色煞白,重重地坐在龙椅上。

满面春风的大臣们立即收住笑声,大气都不敢出。彭蕴章是首席军机大臣,他此时不能不开口:"皇上,龙体要紧,天大的事也没有龙体重要,皇上一身系天下安危啊!"

咸丰把密奏递给彭蕴章,怒道:"和春这奴才,把江南大营丢了!"

彭蕴章接过密奏,与军机大臣们同看,奏折并不长,先是说中了长毛"围魏救赵"之计,为了救杭州,把最精锐的一万人马派去援浙;接着说何桂清拥兵自卫,九次飞檄请援而不派一兵一卒,甚至把一万精锐留在了常州,置前方苦战而不顾;最后讲长毛五十万余众,众寡悬殊,虽经苦战而终不可支。

因为彭蕴章欣赏何桂清的文才和兵略,才极力推荐他出任两江总督,此时他不能不予以维护:"前方军情非当事者不能尽悉,这仅是和春一面之词。何桂清既然留有重兵,那么常州、无锡就可固守,两江根本还未动摇。"

"何桂清少年得志,又以才自恃,可不要犯了轻敌的毛病,误朕两江!"彭蕴章的分析不无道理,但咸丰对何桂清并不放心。

彭蕴章也有此担心,但他却信誓旦旦道:"但请皇上宽心,皇上寄予重担,他敢不尽心竭力?现在要紧的是让僧王的蒙古铁骑到江北去,预防长毛北犯京师。"

听了这些,文祥也建议道:"可飞檄曾国藩,让他派一支湘军直捣金陵,牵制东线长毛。"

闻言,穆荫则不以为然:"金陵一线,还是由八旗、绿营来应对,曾国藩此时不宜调动。"所谓不宜调动,其实还是他的老主张——让湘军在上游拼命,八旗、绿营则坐收攻克金陵之大功。

"八旗、绿营?可用的八旗、绿营在哪里?!"咸丰拍着龙案,连连咳嗽,以致把眼泪都逼出来了,安德海、彭蕴章一左一右给他捶背。平静下来后,咸丰又说道,"传旨给和春、何桂清,让他们扎牢营盘,死保镇江、苏常,不可再丢一城一池。"

谁料没几天,何桂清弃城而走,常州、无锡失守,和春自刎,苏州陷敌,江苏巡抚徐有壬被杀的败讯一个接一个传来。咸丰被彻底击倒,他脸色蜡黄,躺在病榻上召见军机大臣,怒道:"何桂清该死!立即押赴刑部问罪!"

"臣识人不明,以致有苏常陷敌之祸!请皇上重治臣罪!"彭蕴章连连磕头。

"你既然足疾日重,毋庸在军机大臣上行走了。"咸丰也并不挽留。

彭蕴章近来腿脚的确有些不便,但并不影响上朝。他知道自己的圣眷到头了,便谢恩道:"谢皇上体恤之恩!"

咸丰挥了挥手,门外的小太监把彭蕴章搀了出去。

彭蕴章被黜,按资历就是穆荫了,咸丰招了招手问道:"穆爱卿近前来。当务之急是两江总督出缺,该由谁来继任?"

穆荫一直坚持大清是满人的天下,不能让汉人把持太多官位,所以他建议道:"官文总督湖广以来,两湖未再陷敌,可由他改任两江。"

谁都知道,湖广能够安定,湖南靠的是骆秉章,湖北则靠的是胡林翼,官文不过是伴食总督,临危授他两江总督,他如何担得起?咸丰也知道其中曲折,皱着眉道:"官文不合适,湖广是西线根本,不宜动摇。"

文祥见皇上不同意,则推荐道:"臣以为湖北巡抚胡林翼可担此任,安徽的曾国藩亦可。两人都与长毛周旋经年,眼下的两江总督,非知兵者难以胜任。"

"汉人掌兵,非大清之福。"穆荫向来抑汉扬满。

文祥则争辩道:"能顾大清安危,何分满汉!"

见此,咸丰便摆了摆手道:"你们不要争了,朕要休息一会儿。"

于是,众位军机退出,咸丰又对安德海道:"小安子,叫肃六来见朕。"

肃六,就是户部尚书、协办大学士肃顺,他乃宗室贵族,爱新觉罗氏,字雨亭,因排行老六,人称肃六。此人经历颇为传奇,他本是满洲镶蓝旗人、铁帽子王郑亲王济尔哈朗的七世孙。因少年荒唐,天天牵着一条恶狗在街上闲逛,惹是生非。对这样的人,大家避之犹恐不及。郑亲王的爵位由他的异母哥哥端华承袭,端华对这弟弟也甚为不满,所以懒得管他。这样,肃顺一直到三十岁,仍是个闲散宗室。时任刑部侍郎的麟魁慧眼识珠,他知道肃顺是块欠雕琢的璞玉,便极力推荐他到刑部做了督捕司郎中。

刑部按地域设直隶、奉天、山东、安徽等十七个清吏司,负责地方的民刑案子,同时单设一个督捕司,负责督促各地捕盗捉逃以及京师的人命大案。督捕司郎中是正经的从五品司官,就是十年寒窗的进士们分到部里也顶多只是个六品主事。

肃顺得此美差,自然是又惊又喜。他赶到麟魁府上跪在堂前发誓:"在下一个市井无赖能有今天,全是大人成全。在下若不痛改前非,干出一番事业来,就誓不为人!"

麟魁入值军机后多次向咸丰推荐肃顺,咸丰一见也很欣赏,从此他不断升迁,如今已是户部尚书、协办大学士。

肃顺躬身来到咸丰病榻前,见他脸色苍白,嘴唇青乌,心里很是难过,劝道:"皇上,急也没用,要保重龙体啊!"

咸丰拍了拍他的手道:"此事先放在一边,朕和你商量一下两江总督的人选。"

"朝廷公器,一切由皇上做主。"肃顺为人跋扈,但在咸丰面前一直很恭谨小心。

"当然由朕做主,朕只是想听听你的看法——军机们推荐的人有三个,湖广督臣官文、鄂省抚臣胡林翼、湘军统领曾国藩,你看谁合适?"

"官文不合适,湖广那一大摊子离不开他。胡林翼也不宜轻动,唯有曾国藩最合适。"肃顺回奏事情干脆利落,从不拖泥带水,而且敢于固执己见,这也是咸丰赏识他的一个重要原因。

"官文不合适,朕知道,你一向重汉轻满,那胡林翼为什么不合适?"

"胡林翼不是不合适,而是曾国藩更合适。皇上请想,如今得力的将领都是曾国藩调教出来的,湘军中最得力的是曾国荃,下九江、围安庆,这些硬仗都是他在打。曾国藩出任两江,曾国荃自然更加拼命。还有,论资历,曾国藩当正二品的侍郎已经十三年,胡林翼的巡抚加兵部侍郎也不过三四年。"

"曾国藩是到了应该重用的时候了。天降大任于斯人也,必先苦其心志,劳其筋骨嘛!"咸丰点了点头。

"皇上这些年是在磨炼曾国藩呢!"肃顺附和道。

咸丰这些年一直在压制曾国藩。胡林翼、安徽巡抚江忠源都是出自湘军,就连湘军的偏师统领刘长佑,如今也当上了广西巡抚。这些人的资历、影响和功绩,都不能与曾国藩相比。单单曾国藩,二品侍郎做了十三年,统领湘军苦战八年多,连个实职的巡抚也未授,实在不可理解。

其实个中原因十分简单,咸丰不太喜欢曾国藩,因为他刚登基,曾国藩就上了道折子,提了一大堆意见。皇帝也是人,也喜欢听喜不听忧,所以表面上咸丰赞扬曾国藩,心里却恨他一支笔太尖刻,结果十三年不给他升官。假如这次再由胡林翼出任两江总督,那就好比在曾国藩的脸上吐了一口唾沫,他从此心灰意冷,不再为大清卖命,最终受累的还是大清。如今四顾无人,两江总督非曾国藩莫属!大清是皇帝的,皇帝也是大清的。咸丰只能抛却一己之好恶,决心把两江托给曾国藩。

安徽宿松湘军大营,曾国藩查看军营后回到签押房,见有两个军机处的大信封,不用问就知道又有上谕到了。这一阵江南形势紧张,三天两头奉到上谕,先是要官文、胡林翼与他熟商妥议江南局势,接着又奉旨将何桂清革职逮讯,以张玉良暂署钦差大臣关防,总统江南诸军。但不知今天又有何谕。

江南大营崩溃,长江下游局势糜烂,对湘军而言亦喜亦忧。忧自不必说,江南大营被破,长毛无后顾之忧,腾出手来一心西进安徽、湖北,湘军会面临巨大压力,尤其安庆刚刚合围,如果长毛大军回救,难免会前功尽弃。喜则是不能表现出来的,只可意会,不可言传。几年来,官军把主力屯在金陵城外,湘军则在上游苦战,即使傻子也看得出朝廷的小九九,无非是让湘军拼命,而让八旗、绿营独得攻克金陵的大功。而今江南大营崩溃,官军一败涂地,湘军就会成为朝廷的依赖。无论朝廷乐不乐意,湘军的地位自此会一路攀升,将来攻克金陵的大功,十有八九也要湘军来收取。

就眼下局势而言,江南一系列人事变动会马上展开。尤其何桂清被解职,他空出的两江总督不可能久悬。如今两江总督不同以往,从前是以财赋重天下,如今系天下之安危,朝野目光都聚焦在此,其地位甚至超过向称天下第一督的直隶总督。这个位置,恐怕要由湘军的大员来充任。

依曾国藩推测,胡林翼的可能性比较大,因为他在湖北与官文关系极为融洽,堪为天下督抚楷模。胡林翼是湘军出身,军兴以来对曾国藩礼敬有加,而且在粮饷上一直是湘军的依赖,由他出任两江,对湘军也是件大好事。当然,曾国藩隐隐也期望这大任降于自己肩头,只是感觉希望渺茫。

曾国藩拿剪刀剪开封口,抽出军机处的寄谕。信很短,一眼可见全文,他禁不住心怦怦直跳——

军机处本日奉上谕:曾国藩着先行赏加兵部尚书衔,迅速驰往江苏,署理两江总督。

曾国藩不动声色,走到外面说道:"快,快,摆香案。"

朝廷有恩赏,大员照例要摆设香案,恭谢天恩。幕僚们都围拢过来,眼巴巴地问道:"大帅,朝廷有何恩赏?"

曾国藩拱手道:"我放两江了!"

"终于盼来了!"

"不出所料,两江总督非大帅莫属嘛!"

曾国藩署理两江总督的消息立即在整个大营传遍了,幕僚和将军们纷纷前来祝贺,曾国藩喜怒不形于色的功夫再到家,此时也掩饰不住。他的嘴很难闭紧,脸色想绷也绷不住,一再拱手道:"此乃皇上天恩高厚,诸位帮扶之功。"

曾国藩太需要实权了,他盼督抚之位已经五六年了。当年他在湖南、江西备受排挤,尤其在江西,九江战败后更是受尽欺辱。他带兵为人家守城池,本应从江西解决粮饷,而江西官绅则以没有明诏为由不供粮饷,巡抚陈启迈更是以断饷为要挟,随意调动湘军,擅自刑讯湘军将领。那时曾国藩的湘军因为闹饷,几近崩溃。为了粮饷,他只有忍屈受辱,打碎牙和血吞。如今手握总督大权,两江的用人行政要参要保,皆出自他一支笔下。两江三省,唯他曾国藩马首是瞻,要粮要饷,谁敢怠慢?想来真是痛快至极。

忙了半天,众人散去,李鸿章等几个心腹幕僚跟随曾国藩进了签押房,曾国藩坐定后说道:"如今我署理两江,长江上下游的军事必须统筹拿个盘子出来,请诸位来就是要一同商议商议。"

李鸿章眼尖,说道:"老师,军机处还有一封上谕。"

"一忙起来忘记了。"曾国藩一拍额头。

李鸿章帮他剪开封套，曾国藩拿出来看了几行后便道："果然不出所料。"

这件上谕是要求曾国藩统筹江南局势的——

目下军情紧急，曾国藩素顾大局，不避艰险，务当兼程前进，保卫苏、常，次第收复失陷之地。重整军威，肃清丑类，朕实有厚望焉！

此时苏、常都已陷敌，如今的长江下游只有上海还在官军手里，所以兼程前进，保卫苏、常已是空话。可是那还有上海、苏北、浙北，长毛都有可能进攻，要不要兼程前往？

如今曾国藩是两江总督，两江任何地方有失，他都难辞其咎，所以应当派兵兼程前往。这是一种看法。

苏东地方既然已经尽失，如今再去，已是明日黄花，劳师远征，徒劳而已。这又是一种看法。

"现在的主要问题是没有兵。老九正在围攻安庆，皖北、皖南、江西都有战事，抽不出兵力来。关键是，就是有兵能不能到苏东去？彻底平复长毛之乱，必须据长江形胜，由上而下，由西而东。不如此，不能奏功！"这是曾国藩的主意，他捻着胡须继续说道，"难处在于怎么说通朝廷。平定长毛，不能东一榔头西一棒槌，不能哪里丢了就追到哪去，必须有一个通盘的考虑。请大家都帮忙想想，我呢也要仔细推敲，此事还不宜久拖，咱们明天再议如何？"

于是，大家起身准备离去。可谢恩的折子必须立即上，所以曾国藩又吩咐道："少荃你就辛苦一下，代我起草谢恩的折子，说明叩谢天恩之意，至于江南的局势，说明随后会有个专折就行了，暂不必详谈。"

起草奏折是李鸿章的长项，他稍做思考后立即开笔，写完后修改润色，半个时辰就完成了。他先说了曾国藩的感激之情："立即恭设香案，望阙叩头谢恩。"接着要谦虚几句："伏念臣从戎七载，未展一筹。既无横草之功，兼有采薪之患，乃蒙龙光曲被，虎节遥颁，膺九陛之殊恩，畀两江之重寄。鸿慈逾格，感悚难名。"然后再说现在不能立即拿出统筹两江的办法，因为两江"统辖三省，兼理盐政、河漕、江防诸务，地大物众，任重事繁"，而自己才能有限，"在平时已才力之难胜，况目下实艰危之尤甚"。但是还必须表明不负朝廷所托的决心："唯国家多事之秋,岂臣子怀安之日?计唯有殚心奉职,速拯疮痍,庶几仰答高厚生成于万一。"最后说明,除了军情会随后具报外,"所有微臣感激下忱,理合专折付驿,叩谢天恩,伏乞皇上圣鉴。谨奏"。

李鸿章誊录清楚,立即给老师送去。曾国藩正在伏案,招了招手道:"少荃稍坐,我正给老九写信,告诉他我已放两江的喜讯。"

"九叔接到信,不知怎么高兴呢!"李鸿章与曾国藩有师生之谊,曾老九与李鸿章年龄相仿,但也在叔辈上,所以李鸿章称他为"九叔"。

"我这些功劳都是老九和大家给我挣的,我坐收渔利而已。"曾国藩一边写信,一边谦虚。

于是,李鸿章不再打扰,静坐等候。

曾国藩把信封好,李鸿章代为招呼外面的仆役道:"老师的信,立即发给安庆的九帅。"

曾国藩接过李鸿章代拟的奏折,一边看一边点头道:"少荃这支笔真是倚马可待!尤其'既无横草之功,兼有采薪之患',用典恰当,恰如其分!难得难得!"

"横草"语出《汉书·终军传》:"军无横草之功,得列宿卫,食禄五年。"所谓横草就是让草横下来倒在地上,很简单最容易的事情。无横草之功,就是说很小的功劳也没有。苦战八九年的曾国藩却说无横草之功,那真是谦虚到家了。

"采薪"语出《孟子·公孙丑下》:"有采薪之忧,不能造朝。"采薪就是上山打柴,有采薪之忧,意思是自己有病,连上山打柴也办不到。曾国藩的确身体有毛病,请过几次假。不过,反过来看,有病还坚持带兵,无异又是一种表功。

唯一不足就是觉得决心还表得不够坚决。曾国藩思考一会儿,提笔在"唯有殚心奉职"后面加上"啮齿誓师,揽辔而志澄清;尽收疆土,下车而问疾苦"。总督上马管军,下马管民,曾国藩加的这几句把总督管军理政的职责都说到了,尤其是"啮齿誓师"四字,亏老师想得出,这让李鸿章敬佩不已。

"在其位谋其政,我出任两江总督,自然要以两江的全局来说话。其实谢恩的折子,我自己动笔也未尝不可,之所以要你动笔,并非仅仅是让你在文字上下功夫,更是要让你从中体味做事的学问、虑事的方法。当然,也是为了能够省出我的时间。"曾国藩把折子放到案上,继续沿着他的思路道,"一个人总要有属于他自己的时间来思考他该思考的问题。一个群体中,大家都是各司其职,你干好你该干的事,他干好他该干的事,这个群体才是一个好群体。特别是一个官员,万万不能事必躬亲,事无巨细。这可不是偷懒,既是为了自己,也是为了培养替手。诸葛武侯鞠躬尽瘁,死而后已。其精神可嘉,其方法我却不敢苟同。因为他事必躬亲,所以无人可替代,一旦他病逝,蜀汉便走到头了。少荃你想,这是不是非常可惜?"

曾国藩这样评价诸葛亮,还真是出乎意料,也令他耳目一新。

"办大事者,以选替手为第一要义,替手越多越强,你的天地就越大。做官尤其如此。农夫以种好庄稼多打粮为成功,做官必须以提拔人才为成功。比如我这个湘军统帅,哪怕我没有当什么总督,而我湘军中能出十个八个督抚,那我也可以高枕无忧了。如果我曾某人不断升官,幕府众人却一直盘桓在帐下,那我就是误人误己。官场中人,大多不解个中奥妙,大权在握时颐指气使,将他人的逢迎巴结当作效忠亲近,不能提携一二,待到风雨袭来,方觉四边不靠,竟是孤家寡人,悔之已晚。有些大员将属下谋士幕僚视为私产,得心应手之余,不忍外放,却不知不仅埋没人才,更是自断手足。少荃你将来做了官,最重要的不仅仅是办事,还要提携人才,如果只管自己高官照做,别人只有给你打长工的份,那当你致仕还家后,连杯热茶也讨不出的。"

"这正是大家愿意到老师幕中的原因。老师的幕府堪称天下第一大幕!如今巡抚已经出了三个,将来老师的前程不可限量,十个八个督抚或许不止。"李鸿章连连点头称赞。

说起这三位巡抚来,曾国藩的心里是酸涩的,因为这三个人的升迁,并非全是因曾国藩的推荐而获任,在他看来,朝廷甚至有些打压他的意思在里面。不过,曾国藩从来不把这种心底的酸涩示人,他笑了笑道:"借少荃吉言,幕中多出人才,就是我曾某的极大荣幸。人人都说不要武大郎开店,因为容不下高个子的人。可是,武二郎开店就好吗?他觉得自己是最高的,人人都不如他,有机会推荐人才的时候,总觉得张三李四王二麻子都一身的毛病,都不堪大任,你说这样的人开店好吗?如果总觉得别人都不如我,看谁都不能独当一面,那你说入我曾某人的幕府,可怕不可怕?"

李鸿章笑着回应道:"老师哪里是这样的人!"

"少荃,我和你父亲是同年,我把你当年家子看,更把你当可造之才,你要自惜。"

"老师教诲得是,学生一世荣辱,都系于老师一身。"听闻此话,李鸿章十分激动。

曾国藩摇了摇手道:"那倒不至于,关键还是你要克己成材。"

李鸿章回到住处,胸中心潮涌动。当年他投奔曾国藩,现在看来,这步棋走得不错。七年前,他还是翰林院编修,因为太平军进攻安徽,朝廷派安徽人吕贤基回乡举办团练,李鸿章觉得是个晋身的捷径,于是主动请缨跟吕贤基回到了安徽。可惜不久吕贤基战死,他又投奔新任巡抚李嘉端,李嘉端因连吃败仗被免职,李鸿章再次被新任巡抚福济招入幕中。辗转五年,他虽因战功升到道员衔,但所佐非人,尤其是福济胆小怕事,不懂兵略,以挑动手下将领不和而达到平衡控制的目的,这让李鸿章深感前途渺茫。

那时,他的大哥李瀚章在南昌为曾国藩办理后路粮台,知道他走投无路,便极力向曾国藩引荐。李鸿章当年在京城备考时,父亲李文安曾让他拜曾国藩为师学习义理、古文,两人有师生情谊。其实不必李瀚章介绍,曾国藩对李鸿章也相当了解,他觉得李鸿章二十多岁中进士点翰林,少年得志,锋芒太露,因此有意要消磨他的锐气,虽然答应让他入幕,却只是让他负责文报事宜,无非抄抄写写。这非李鸿章所愿,他的愿望是自带一军,独当一面。曾国藩幕中的文武以湖南人居多,也都不太看重这个安徽来的年轻人,觉得他就是有些小聪明,舞文弄墨而已,这让李鸿章很是丧气。

不过,今天老师的一番话可算是交了实底,原来老师对自己期许颇深。如今老师是天下瞩目的两江总督,将来有他的保荐,自己建衙开府也不是不可能。当下老师最操心的就是江南局势,老师的意图是先取安庆,由上而下再取金陵,而朝廷的意思是让火速进军取苏、常,如何统筹考虑,既达到老师的设想,又让朝廷无话可说,的确需要仔细琢磨。这么一则激动,二则深思,以致翻来覆去,久不成眠。

第二天一大早,李鸿章是被仆役推醒的,他一边推一边喊:"李观察,大帅等你去吃早饭。"

李鸿章睁眼一看,天刚亮,而他睡意正浓,翻了个身道:"我头疼,稍睡一会儿就起,别等我了。"

仆役见状,无可奈何地走了。

曾国藩生活非常有规律,每天总是天不亮就起床,绕营盘巡查一周,然后回到大营吃饭,而且是所有幕僚一边吃一边讨论事情。李鸿章最受不了的就是早起,何况昨天晚上睡得又太晚,实在挣不起身来。

曾国藩听说李鸿章又头疼,把端起的碗重重放在桌上道:"他昨天不是刚刚头疼了,今天还疼?都不吃饭,非等他来了一起吃!"

李鸿章刚要睡个回笼觉,幕府里最受器重的赵烈文亲自来请了:"少荃兄,大帅等着大家吃饭,说人不齐就不吃。你最好马上过去,十几个人都等着你呢!"

赵烈文比李鸿章小九岁,因此一直称李鸿章为"少荃兄"。他虽然年轻,但目光敏锐,见识深远,李鸿章也深为佩服。他亲自来叫,才知道老师是真生气了。所以他连忙穿衣,匆匆忙忙赶了过去。

见李鸿章到了,曾国藩连看也不看他,闷声道:"吃饭!"

大家都闷头吃饭,只有碗筷汤勺碰撞的声音。各位吃完,都陆续起身走了。曾国藩也吃完了,站起来要走,又回头正色道:"少荃,既然入我幕府,就应该遵守这里的规矩,我幕府中,最讲究的就是个诚字。"说罢,他拂袖而去。

这顿早餐,李鸿章也是吃得味同嚼蜡。吃罢饭,他独自在餐厅里坐了一会儿,最后还是决定去见曾国藩。他走进签押房,曾国藩正在看文报,见李鸿章进来,他头也没抬就问道:"你头疼好了?"

李鸿章只好实话实说:"学生头没疼,是昨天睡得太晚,起不来,想了个由头。"

曾国藩见他说了实话,心情稍放松了些,抬头道:"少荃,凡成大事都要有始有终。养成每天早起的习惯,这对人有百利而无一害。你入我营中已经一年有余,这么一个小小的习惯还养不成,你不觉得心有不安吗?"

李鸿章垂首道:"学生惭愧,昨天晚上半夜还睡不着。"

李鸿章身高一米八,比曾国藩高出一大截,看他垂首含胸诚恳认错,曾国藩放缓了语气:"实在起不来也无妨,实话实说就是,何必编造头疼的理由?你昨天早晨刚刚说过头疼,可是昨天你精神焕发,起草的折子那么漂亮,可见就不是真头疼。"

"学生谨记老师教诲。"见曾国藩的气已经消了,李鸿章又道,"老师,昨晚我仔细想了一下当前局势,老师说得有道理,安庆之围不能撤,朝廷要撤安庆之围去救苏、常,更是拆了西墙补东墙,东墙不一定扶住,西墙却必倒无疑。"

"是啊,可怎么才能说服朝廷,这是个难题,不妨说说你的想法。"曾国藩有意要考一卜李鸿章。

"朝廷要老师救苏、常,这可以理解,因为那是朝廷的钱袋子。如果苏、常没丢,那就无条件提兵赴援。问题是苏、常已经丢了,所以必须有个通盘考虑。这个通盘考虑最重要的就是老师说的,取金陵,必须踞上游之势,建瓴而下,由西而东。因为金陵是依长江而形成的大码头,要取这样的码头,必须借舟船之力,借舟船之力,必须由上游搏下游。当年西晋取东吴如此,蒙元取南宋也是如此。老师还要告诉朝廷,江南、江北大营,建了两次竟然两次被破,不是兵力不够,不是将士不效命,也不是粮饷不足,而是由东取西、由下取上的大势就错了。如果继续走由东取西的老路,难免重蹈覆辙。所以,不要说没有兵去苏、常,就是有,也不能如此布局。"

"少荃此议甚高,先把大势说清楚,我不赴援,是大势不宜如此。"曾国藩听后连连点头。

李鸿章受到鼓励,思路更加开阔:"接下来,还要让朝廷明白,如果把安庆的兵力撤走,不但围困安庆一年之功尽弃,而且安庆北面的桐城、东线枞阳之湘军都无以呼应,也要被迫南下,那么皖北局势难免动荡;一旦皖南皖北不能连贯一气,那么湖北东门也如同自撤屏障,必然震动。所以撤安庆之围是牵一发而动全身,动一子而满盘皆输!"

"好一个牵一发而动全身,动一子而满盘皆输!"曾国藩击案赞叹,"安庆不能动,但朝廷的迫切心情不能不顾,我已经决定要把大营从江北移到江南,到徽州某地驻扎,此地应位于苏浙赣皖四省之界,东可顾苏、常,西可连赣北,南可及浙西。关键是徽州乃江西屏障,江西是大军的饷源兼后路,必须确保不再被长毛蹂躏。少荃,你就按这个意思起草折子。"

第二章

李鸿章妙计解困 恭亲王留京议和

祁门是徽州一府六县之一,位于黄山西麓,皖赣两省交界之处,有"九山半水半分田"之说,是个闭塞的小县城。此地是沿长江南岸陆路进入江西的必经之地,在此驻军,既可阻止太平军南进江西,又可北顾安庆,一旦曾国荃安庆围城之军受到威胁,可北上驰援。同时东接徽州,可沟通浙江。另外,驻军此地,还可以应付朝廷询问,说是为将来收复苏、常做准备。

咸丰十年阴历五月十五日,李鸿章等幕僚陪同曾国藩由宿松大营起程,行军二十余天,于六月十四日到达祁门。祁门还是第一次接待品位如此高的大员,整个县城出现了亘古未见的盛况。当天下午,曾国藩就巡视了祁门形势,安排防守。当时,跟随他到达祁门的只有朱品隆和唐义训的两千人及杨镇魁的一千人。

祁门四周皆山,城如釜底。全县只有两条道路沟通外界,一条向南,可连景德镇,一条向东,可至休宁、徽州,除此之外别无他途。一旦两条大道被封锁,此地顿成瓮中之鳖。从军事上看,此乃绝地,湘军大营驻扎于此,更是兵家大忌。因此,见到实际情况后,李鸿章首先向曾国藩建议道:"老师,这个地方如在釜底,是兵家所谓绝地,大军最好能及早撤离,另选他地驻扎。"

"刚刚驻扎,岂有走的道理?"曾国藩有些不愿意。

其他幕僚也相劝,朱品隆、唐义训和杨镇魁三位带兵的武将也都来劝,三人承担护卫老营的职责,而以他们的兵力,实在不能确保安全。曾国藩一概不听。他之所以不听,并非不懂兵略,当初选择祁门,只是在地图上看到这

个地方位置特殊,因此圈定此地,谁料此地会是这种地形?一到祁门,曾国藩
就看出了此处的问题。可他刚刚奏报朝廷自己驻节祁门,既可策应安庆,又
可东顾江浙,如果刚入驻没几天就又走,这怎么说得过去? 如果明说此地不
宜驻节,那朝廷会问当初选定此地时为什么如此卓举?所以曾国藩无论如何
要在此地驻扎一些时日。李鸿章以心腹自居,因此屡次去劝谏,最后曾国藩
不胜其烦道:"你们谁要怕就明说,谁愿走就走,反正曾某人不走。"

李鸿章虽然惹恼了曾国藩,可曾国藩对他反而更看重了。来祁门不到十
天,朝廷就实授曾国藩两江总督,当然同时也要他分路进兵,规复苏、常,接
着又有旨要他改援浙江,保全浙省,再图规复江苏。

曾国藩与李鸿章密谈两天,还是坚持先收复安庆,不能立即驰援浙江。
两人的理由是,无论援浙还是收复苏、常,从徽州进军的话都要打通道路。湘
军东出徽州,然后北上宁国,收复广德,才有东下之路。徽州到宁国都被长毛
占据,因此湘军必须先攻下沿线旌德、泾县、石埭等处。曾国藩还决定创建淮
扬水师,用以助守扬州,保里下河之米以及苏北场灶之盐,他在奏折中这样
说道——

查有按察使衔、福建延建邵遗缺道李鸿章,自咸丰三年正月在编修任
内奉旨派同前工部侍郎吕贤基,回皖办理团防,在皖北军营六年,历著战
功。于淮扬情形,闻见较确。上年五月间,经臣奏赴江西军中,会督兵勇,克
复景镇、浮梁,因其力辞保举,是以未经奏奖。嗣随臣周历鄂、皖各处,十月
间蒙恩简授福建遗缺道,臣因襄赞需要,未令赴任。该员劲气内敛,才大心
细,与臣前保之沈葆桢二人,并堪膺封疆之寄。而李鸿章研核兵事,于水师
机要,尤所究心,拟请旨饬派该员前往淮扬兴办水师,择地开设船厂,由两
湖酌带委员、工匠;水师营副将黄翼生,请简授淮扬镇总兵一缺,将来统领
淮扬水师。李鸿章系隔省人员,恐呼应不灵,应请旨改授江北地方实缺,乃
可措手。倘蒙皇上天恩,破格擢授两淮盐运使,俾得整顿盐课,以济舟师之
饷,实于军务、盐务,两有裨益……

两淮盐运使是著名的肥缺,虽然江南局势动荡不安,但依然是令人羡慕
的要缺。特别是"该员劲气内敛,才大心细,与臣前保之沈葆桢二人,并堪膺

封疆之寄",说明曾国藩已把他当成未来封疆大员来培养。李鸿章十分激动,连连向老师道谢。

"先不要谢,朝廷准不准还说不定。"曾国藩没那么乐观。因为他明白,两淮盐利巨大,朝廷是否让湘军分润,确实不好说,"少荃,此事尚在运筹之中,密不可传,不然对你并非好事。一般保案,我从来不向被保之人透露,一则是避卖情分之嫌,二则怕让人空欢喜。之所以让你知道,是让你明白我对你期许很深,希望你能自励自惜。"

李鸿章连忙谢道:"学生明白老师的苦心,老师对学生的关怀提携,胜过父母。"

但如此扬眉吐气的事要想烂在心里,实在太难。当天晚上他还是没有忍住,对好友赵烈文说了。赵烈文自然也有好友,所以没几天好几位幕僚都向李鸿章道贺,就连远在湖北的胡林翼也致书李鸿章——

> 盐务不难,在本刚正不挠之节,而出以条理精密之才,坚持不摇。东南诸公,衮衮登场,以我视之,均有嗜欲,而无性气。闻公之风,将始疑之,中谤之,继且畏之求之,望公怜之矣。与若辈同事,只赖此不患得患失之心耳,然与患得患失之人同处,非如公之强固不易自立也。

这意思是李鸿章去做这两淮盐运使,只要"刚正不挠"的气节和"条理精密"的才干相结合,时间久了,原先猜疑你、诋毁你的人到头来终会害怕你进而有求于你,你到时候就大度地可怜他们就行了。与这些人相处,只有你这样个性坚强的人才能自立。

胡林翼已是在指点李鸿章如何做好这两淮盐运使了,他与官文关系非常融洽,而且在京中广置眼线,也许得到了什么消息,不然他怎会如此肯定?那些天,李鸿章十分得意,因劝谏曾国藩移离祁门带来的不快一扫而光。

然而,祁门的危机说来就来了。太平军攻克苏、常后,攻打上海受挫,所以洪秀全严令太平军立即回军西上,救援安庆。陈玉成和李秀成商量的方案是二次西征,沿长江南北两岸直扑武昌,再行"围魏救赵"之计。湖北是湘军的后方兼粮饷之源,攻打湖北,湘军不能不救,安庆之围便自解了。

曾国藩在祁门大营得到消息,长江南岸的李世贤率太平军攻打宁国。宁国是徽州的北大门，宁国有失，徽州就暴露在太平军的兵锋之下，而徽州又是祁门的东部屏障。之前负责徽州防务的是副都御史张芾，因为他率领的绿营兵军纪太差，又兼闹饷，受到了参劾，被剥夺了军权，徽州防务交由曾国藩负责。于是他立即上奏朝廷，保荐按察使衔浙江温处道李元度出任皖南道，带兵勇前往驻守。

八月初，李元度来到祁门大营，与曾国藩商议防守徽州的事宜，当晚便与李鸿章同居一室，两人挥扇长谈。李元度书生从军，先是办文案，后来提兵督阵，着实打过几场硬仗，让李鸿章很是佩服。李元度与曾国藩的深厚情谊，李鸿章也因此知道了渊源。

李元度是湖南平江人，字次青，曾国藩刚刚在湖南创办湘军时，他就跟随着南征北战。湘军靖港战败，曾国藩要投水自杀，是李元度把他从水中救起，并寸步不离数天，再三安慰，才使曾国藩走出阴影。九江战败后，湘军水陆俱陷困境，危难之际，是李元度率领新募的平江勇来到曾国藩军前，作为他大营的护卫。后来江西形势艰难万状，曾国藩心灰意冷，借父亲去世丁忧之机抛下湘军回籍守制，而后全靠李元度在江西支撑危局。曾国藩十分感激李元度，在给他的信中称平生有三不可忘——

当靖港败后，足下宛转护持，入则欢愉相对，出则雪涕鸣愤，一不忘也；九江败后，特立一军，初意专在护卫水师，保全根本，二不忘也；樟树败后，鄙人部下别无陆军，赖台端支持东路，隐然巨镇，力撑绝续之交，以待楚援之至，三不忘也。

两人交情深厚，以至于曾国藩主动与他结为儿女亲家。

李鸿章知道这些后，感叹道："你和老师，那可真是过命的交情。"

李元度闻言笑道："少荃老弟，祁门的形势你也明白，曾大帅正处于危难之中，即便是火坑，我也要跳。"

"次青兄，天不早了，明天还要早起，不然又要惹老师不高兴了。"夜近子时，李鸿章劝李元度休息。接着，他就讲了前些时候被曾国藩痛批的经历。

李元度笑着答道："你两次谎称头疼才数落你，这已经是很客气了。"

隔日，李元度就去了徽州，临行前曾国藩与他约法五章："次青，我有五戒相赠,请一定牢记:一是戒浮,不要重用喜欢说空话的文人;二是戒过谦,以免部下不拿你的军令当回事;三是戒滥,赏银、保荐都要有限制;四是戒反复,千万不可朝令夕改;五是戒私,要为官位择人,不要为人谋官位。这是我的一点体会,拿来与你共勉。张副宪的兵勇闹饷厉害,你去后要严惩挑头闹事者,杀几十人都不要手软,暂行雷霆手段,方显菩萨心肠,不然闹得不像话,起了哗变就更不堪收拾了。还有一条,你要固守徽州,不可轻易出战,切记。"

李元度拱手道:"涤帅放心,我舍命也要为老营守住东大门。"

几乎在同时,北京通州八里桥,英法联军阵地,两排火炮做好了轰击准备。炮阵后是火枪手,前排半跪,后排站立,只等将官一声令下。

远远的地方,出现了衣着、旗帜鲜艳的清军马队。僧格林沁跨着枣红马,挥舞着大刀,粗嗓门吼道:"将士们,我辈安食朝廷俸禄久矣,报国争功的时候到了,冲啊!"

马队英勇地呼啸着冲向前方,后继的步兵紧随其后,马踏人踩,浮尘蔽日。

联军指挥官发出炮击命令,两排火炮几乎同时轰响。炮弹不断在清军马队中爆炸,马匹被掀翻,清军被炸得血肉模糊。但蒙古骑兵毫不退却,冒着枪林弹雨一直往前冲。一颗炮弹在僧格林沁身边爆炸,他的额头受伤,半面被血糊住,但他依然端坐马上,督队冲锋。然而,英法联军的炮弹威力巨大,军马纷纷倒地,他们发起了一次又一次几乎是自杀式的冲锋,却一次次在距离敌阵数十米远处全队覆没。

镶白旗副都统胜保、兵部侍郎瑞麟继续督军奋战,激战中胜保连中数弹而昏晕落马。他部下马队被猛烈的炮火震慑,掉头哗溃,与后面的步军互相践踏,一时间人仰马翻。

正午十二时,偌大的战场上,伏尸遍野,旌旗坠地,几匹马咴咴地叫着。战场上到处是清军的尸体和呻吟的伤员,英法联军的随军记者对着伏尸遍地的战场按下了快门。

圆明园天地一家春,夜色里,依然可见万园之园的瑰丽之姿。一雏伶的婉转昆曲在飞檐楼台间飘荡。

乐声戛然而止，便装的咸丰一脸震怒，跪在地上的御史陆秉枢两股战战，但依然劝谏道："我朝建有圆明园，列圣相承于此，勤求政务，不是佚游闲逸之地。眼下内忧外患，江南将士连日苦战，英法两夷又陷天津，社稷危迫，京畿动荡，皇上居深宫日日听戏，传之民间，庶民该如何议论皇上！"

站在咸丰身边的户部尚书、内务府总管肃顺见状大声喝道："陆秉枢，你信口雌黄，竟然教训起皇上来了！"

陆秉枢脖子一梗，矛头直指肃顺："肃顺，你身为天子近臣，不为君上分忧，却以声色进奉，你有何资格训斥言官！"

"来人，把这条疯狗拖出去，乱棍打死！"肃顺大怒。

"慢！"陪侍的大臣及妃嫔人人自危，无敢言者。突然懿贵妃那拉氏起身，然后转身向咸丰略施一礼道，"皇上，我朝素来不杀言官，实则是为兼听则明，偏听则暗。陆大人言语鲁莽，但忠心可鉴，怎可乱棍打死？"

"似此目无君上、危言耸听之徒，留之何用？无论何等样人，都可在圣驾前指手画脚，又置皇上天威于何地？"肃顺对懿贵妃非常不满，神色语气都表露无遗。

咸丰的气稍平了些，指责陆秉枢道："你一个刀笔小吏，无论事之轻重，动辄以言邀功，居心殊不可问！朕念你愚忠，且不与你计较。"

"臣不是刀笔小吏，是掌大清风纪的御史！"陆秉枢脖子又是一梗。

肃顺正要说话，只见一个笔帖式匆匆进来，他知道有要事，就迎了过去。咸丰见状问道："什么事这么匆忙，慢慢说来。"

笔帖式却无论如何装不出从容来，他急急跪下回话："吾皇万岁万万岁！僧王派人急报，我军在通州大败，夷军逼近京城，请皇上立即西狩！"

咸丰愣怔了一会儿，颓然坐下，放声痛哭。妃嫔们见状，也陪着哭了起来。可懿贵妃镇定如常，她整理了一下情绪又道："皇上，事情危急，哭又何益？恭亲王素来精明干练，处事果敢，又是皇上的兄弟，请皇上招来应对便是了。"

咸丰准了，立即有太监传恭亲王觐见。

肃顺拱手道："皇上，事已至此，唯有西狩热河，以避凶锋，从长计议。京师一切事务，可托付于恭亲王。"

陆秉枢匍匐在地，连连叩首道："皇上，此时万万不可西狩。京师楼橹森严,拱卫周密,若以为不足守,木兰平川大野,毫无捍卫,又何以为御?乘舆一动,则大势涣散,夷人借口安民,必立一人主中国,如契丹之立石敬瑭,金人之立张邦昌,二百年祖宗经营缔造之天下,一旦授之他人,皇上何以面对列祖列宗!"

"陆大人言之有理,巡幸木兰之说断不可行。皇上在家,可以震慑一切,圣驾若行,宗庙无主,恐为夷人踏毁。今若弃京城而去,永为后世之羞。皇上宜回宫安定人心,主持大局,全力御敌。"懿贵妃也附和道。

"皇上不可信此胡说!京师虽有两万人马,但多是老弱病残,且所持尽是刀矛弓弩,如何抵挡洋枪洋炮?京师虽是城高墙厚,但并无炮械,何以为守?请皇上下旨,臣这就预备车驾。再迟,怕是西狩也难了,皇上!"肃顺抢前一步道。

懿贵妃听肃顺竟然称她的劝言为"胡说",愤恨不已,正要斥责,就听见年轻干练的恭亲王奕訢在远处喊着:"皇上,不可轻弃京师,不可西狩木兰!"来到近前,恭亲王跪到咸丰面前,"皇上,千难万难,臣等一定拼却身家性命,保皇上,保大清。"

咸丰望着匍匐在地的六弟道:"老六,朕意已决,不必再劝。上阵父子兵,打虎亲兄弟。如今国难当头,朕又西狩,京城安危,关乎社稷。朕将京师托付于你。"

咸丰幼年丧母,是恭亲王生母静贵妃抚养长大,因此与恭亲王情非一般。但生在帝王家,身不由己,咸丰做了皇帝,对颇有才能的恭亲王更多的是提防,因此只有在数年前太平军北伐逼迫京师时曾重用恭亲王入军机,京师之危解除后,他立即找理由罢了恭亲王的军机大臣等职。如今大难当头,他才又想到了这个兄弟。

恭亲王匍匐在地,也许是想起了当年两小无猜的兄弟深情,也许想到了这些年的冷遇,一边叩首一边已是哽咽有声:"皇上曾说过,我二人虽为君臣,情原一体。如此深情之语臣刻骨铭心。君忧臣死,皇上既已决断,臣弟无话可说,国难当头,臣弟当肝脑涂地,以纾九重之忧!"

咸丰扶恭亲王起身,微微动情道:"敌锋正健,和局难成,人所共晓,派你出头与夷人照会,不过暂缓一步。将来往返面商,自有其他一干臣等,你不值与夷人面商。若和局终不成,你即在军营后路督剿;着实不支,即全身而退,速赴行在。你快去准备。"

闻旨,恭亲王及其他大臣退下,御前只留下肃顺、载垣、端华及懿贵妃。咸丰身心俱倦,轻声说道:"佑安宫。"

肃顺没有听清,懿贵妃随即提醒:"肃大人,皇上要去佑安宫,向祖宗道别。"

佑安宫在圆明园西北隅,这里供奉着圣祖康熙、世宗雍正、高宗乾隆等祖宗神牌。咸丰跪下后,懿贵妃、肃顺等人也都匍匐在地。咸丰哽咽道:"爱新觉罗·奕詝前来向祖宗谢罪。儿臣自继承大统以来,以列祖列宗为鉴,立志再创大清盛世。谁料儿臣继位不久,逆贼洪匪就占据金陵,蛊惑天下,朝廷连发大兵痛剿,谁料剿不胜剿,于今十载,依然猖彼!内忧未靖,外患再起,逆夷法兰西、英吉利联合发难,舰炮迫胁立约,竟致京师难保。儿臣无能,竟要抛下祖宗陵寝,抛下京师子民!"

咸丰双肩耸动,悲情大恸,肃顺跪着向前扶起他道:"皇上,臣建议立即飞檄各地,进兵勤王。"

"六百里加急发出。"咸丰点了点头。

咸丰十年八月十一日军机处奉上谕:本日据胜保奏,夷氛逼近阙下,请飞召外援以资夹击一摺。据称,用兵之道,全贵以长击短。逆夷专以火器见长,若我军能奋身扑进,兵刃相接,贼之枪炮,近无所施,必能大捷。蒙古京营兵丁,不能奋身击贼,唯川楚健勇,能俯身猛进,与贼相搏,逆夷定可大受惩创。逆夷犯顺,夺我大沽炮台,占据天津,抚议未成现已带兵至通州以西,距京咫尺。僧格林沁等兵屡次失利,都城戒严,情形万分危急。现在军营川楚各勇,均甚得力。着曾国藩、袁甲三各选川楚精勇二三千名,即令鲍超、张得胜管带,并着庆廉于新募彝勇及各起川楚勇中,挑选得力者数千名,即派副将黄得魁、游击赵喜义管带。安徽苗练,向称勇敢,着翁同书、傅振邦饬令苗沛霖遴选练丁数千名,委派妥员管带,均着兼程前进,克日赴京,交胜保调遣,勿得藉词延宕,坐视君国之急。唯有殷盼大兵云集,迅扫逆氛,同膺懋赏,是为至要。将此由六百里加紧各谕令知之。

接到上谕,曾国藩万分烦恼,他刚刚把赴援浙江,收复苏、常的上谕应付过去,没想到英夷法夷进军京师,以致现在要进京勤王。进京勤王当然应该,但问题是没有兵!如今李世贤正在围困宁国,徽州一线吃紧;李秀成率部从浙江直入江西,已经占据鹰潭、抚州;陈玉成则率军沿长江北岸西行,皖北、安庆都在其兵锋之下。此时派兵进京勤王,好不容易打开的局面便有崩盘的危险。然不奉旨则于大节有亏,给世人留下口实,将来即便克复安庆,立下不朽功勋,也难堵天下悠悠之口。

没有办法,曾国藩只好召集众人商讨。他让人把上谕读了一遍,众人都没想到京师会出现这种局势,都咋舌惊讶。

"京师危急,身为臣子,分兵勤王是天经地义。我辈忝窃虚名,众人愿意投奔,所凭的就是忠义二字。不忘君,谓之忠;不失信于友,谓之义。"曾国藩捻着胡须,把这话说得冠冕堂皇。但其实大家都明白,这些几近于废话。接下来的分析,却不全是废话了,"今圣驾播迁,而臣子不闻不问,万一京城有失,热河本无粮米,从驾之兵难保不哗溃。根本动摇,那么江西、两湖岂能久支不败?庶民岂肯完粮?商旅岂肯抽厘?无粮无饷,湘军又如何能够不溃?州县将士岂肯听命?所以,不进京勤王,无异于同归于尽!与其同归于尽,何如分兵赴援以正纲常以尽忠义?纵使百无一成,而死后不自悔于九泉,不贻讥于百世。"

听这话的意思,好像曾国藩已下定决心进兵勤王,那就议论该从哪里抽兵。结果议来议去,哪一支兵也动不得。

上谕中有"蒙古京营兵丁,不能奋身击贼,唯川楚健勇,能俯身猱进,与贼相搏"的话语,有人对此不满:"蒙古京营兵丁不能奋身击贼,就让我们川楚兵勇去送命,他们蒙古京营兵是命,我们川楚人的命就不值钱吗?"

曾国藩看到这几句话也很不舒服,不过他明白朝廷的意思,是上谕没有将话说明白。蒙古主要是骑兵,目标太大,容易成为洋枪洋炮的目标。不过,川楚兄弟难道就是做炮灰的命不成?只是他乃一方大吏,不能在下属面前发牢骚。

"看朝廷的意思,要进京勤王的不只我们湘军,那照这样说,我们去不去未必有那么重要。"有人这样认为。

"去不去很重要。别人都进京勤王,唯独涤帅这边无动于衷,什么意思?"赵烈文摇了摇头道,"不要说皇帝不高兴,就是哪个都老爷参一本,也是百口莫辩。"

大家都无计可施,如果哪里有一支大军闲在那里,拉起来就走最好。如果英法夷兵突然吃了败仗撤走,那也正好,可这都是废话。李鸿章自始至终没有说一句话,曾国藩冲他点头道:"少荃没说一句话,你怎么想的,不妨说说。"

"这真是件难以两全的差使。"李鸿章欲言又止,咬了咬嘴唇。

"那就先散了吧,大家都动动脑筋,看有无绝处逢生的办法。"曾国藩无奈地搔搔后脑的辫根。

吃罢晚饭,李鸿章来到曾国藩住处,他正在与赵烈文下围棋。观棋不语真君子,李鸿章站在那里看,一语不发。这一局赵烈文输了,他预感李鸿章有私密话要给曾国藩说,就识趣地告辞了,不过走之前他故意责怪道:"都是少荃的原因,他个子太高,把灯光遮住了,我眼里一抹黑,有好几子都走背了。"

"少荃,你今天下午一句话也没说,但我知道你不会没有想法,来,说说看。"曾国藩一边把棋子收起,一边指指座椅。

"一个字,拖。"

"说下去。"曾国藩的三角眼一亮。

"英夷法夷兵临京师,朝廷要想勤王,那就该就近调兵,我们相隔数千里,远水难解近渴,即使赶到了,也是八月十五过端阳——晚了。更何况士卒长途跋涉,疲于奔命,赶到京城也是当洋人的活靶子。"李鸿章向曾国藩斜过身子,以示下面所说事关机密,"听说洋人不远万里来到中国,无非是为利来,占领我京师,对他们并没有什么好处。所以,朝廷最后无非是以金帛相和。"

李鸿章有这等见识,的确非比寻常,曾国藩也是连连点头。

"所以,只需静待时日,天下局势必然大变,那时候朝廷就不用我们勤王了。"李鸿章继续分析道。

"问题是眼下的难关怎么办?你说了一个拖字,切中要害,可是怎么个拖法?"曾国藩急切地追问。

"按兵请旨。"李鸿章说出四个字,"老师上奏朝廷,进京勤王是当下一等一的大事,为示慎重,决定派大员北上,鲍春霆是不够分量的。放眼江南,只有老师和胡抚台位高望重,那么,就请朝廷从老师和胡抚台两人中择一人带兵北上。等朝廷有了明旨,无论是老师还是胡抚台,立即星夜前往。这样一来一往,个把月就过去了,也许那时和约已成,不过是赔些银子而已,断然不会再要我们北上了。"

"好好好!"一向矜持稳重的曾国藩连说了三个好,"一个拖字,豁然开朗,释我心头大山。圆融变通,我不及少荃。"

曾国藩说的这是真话,他是视礼义廉耻为生命的大儒,讲的是诚信忠义,有时候脑筋真转不过弯来。

英法联军拥向圆明园,宫女、太监四散奔逃。部分有血性的清军留了下来,但在联军强大的火力前尽数牺牲,起不了丝毫作用。英法联军冲进圆明园,被中西合璧的巨大园林所震撼。联军指挥官法国将军孟德邦发出惊叹:"真是令人炫目的奇迹。"

坐落在北京西郊的圆明园,由圆明园、长春园和万春园组成,所以也叫圆明三园。此园始建于康熙四十六年(1707年),最初是康熙皇帝赐给皇四子胤禛的。雍正即位后,在园南增建了正大光明殿和勤政殿以及内阁、六部、军机处诸值房,御以"避喧听政"。乾隆皇帝在位期间除对圆明园进行局部增建、改建之外,还在东邻新建了长春园,在东南邻建了万春园。嘉庆、道光朝虽然财力不济,但依然继续完善扩建,花费何止万万。

圆明园继承了中国数千年的造园传统,既有宫廷建筑的雍容华贵,又有江南园林的委婉多姿,同时又汲取了欧式园林的精华,把不同风格的园林建筑融为一体,有"万园之园"之称。满人来自大雪封山的东北酷寒之地,入关后一直受不了北京的酷热,所以每到盛夏,皇帝就到圆明园避暑、听政,处理军政事务,因此此园也称"夏宫"。园中珍奇异宝胜于紫禁城。

英法号称世界上最文明的人群,当他们走进这个人类文明集大成的园子时,没有时间欣赏和赞叹,而是开始了疯狂的抢掠和毁灭。联军士兵怀里抱着珠串、玉器及种种稀世古玩,乱哄哄进进出出。军营内更是堆满了玉器、珠宝、钟表、象牙雕刻的屏风及丝绸……有些士兵则疯狂地追逐宫女,道光皇帝的常嫔听到不断传来惊叫声,心惊胆战地走到宫外,一颗血淋淋的宫女头颅滚到脚下,她惊叫一声,倒地昏迷。

抢掠之后,为了掩饰罪行,英法联军开始放火,那些精美瑰丽的廊柱雕栏被熊熊烈火吞没。内务府总管大臣、圆明园留守大臣文丰仰天痛哭,然后奋身跳进福海之中。

"奇耻大辱!奇耻大辱!我以何面目对皇上,以何面目对列祖列宗!祖宗创下的财富,我连守也守不住,真是无用至极!"天宁寺内,恭亲王在殿内急速踱步。

桂良、文祥都劝道:"王爷不必过于自责。王爷手无一兵一卒,急又何益!"

恭亲王愤恨地吼道:"我是没有一兵一卒,可是大清的八旗勇士呢?入京勤王的大军呢?僧格林沁的马队呢?他不是号称草原上的雄鹰吗?怎么连只母鸡也不如!博川,你看看他的信,说什么所带马步官兵,卓索图盟、归化城、吉林、黑龙江马队,溃散极多;直隶提标、宣化、通永、山西大同步队,溃散十之七八;京旗各营官兵,屡次挫败,心胆已寒,虽系一万,枪箭刀矛,焉能抵敌炮火……那还要朝廷养这些军队干什么,干脆拱手把江山让给英吉利,让给法兰西!"

文祥捡起恭亲王扔在地上的信,掸了掸浮尘道:"僧王也的确有难处。"

恭亲王抢白道:"国难当头,内忧外患,哪个没有难处?连皇上不是也跑——也西狩了吗?但京城立四方之极,周围筑城四十余里,既高且固,洋人以数千远来之众,纵使炮火凶猛,岂能轻易攻陷?告诉守城大臣们,不要把心思放在和议上,和之成在能守,不能战又不能守,和局又如何能成?我要上奏皇上,请罢僧格林沁,另派统兵大员。"

桂良是恭亲王的岳丈,已是宦海浮沉,世故圆通的七十五岁老翁。见女婿被怒火气蒙了头,连忙劝道:"王爷不可,此时用人之际,万不可临阵换将。此次兵败,不是士卒不勇,将非得人,实在是彼我武器悬殊。王爷,你临危受命,手里无一兵一卒,没有文武大员的支持,王爷纵有雄心万丈,也难成一事!僧王人称蒙古雄鹰,你应当将这只鹰降服在你的肩头!"

文祥也是临危受命,咸丰巡狩热河时奉旨署步军统领,也就是九门提督,负责整个京城的安危。他明白僧格林沁虽然战败,但他的蒙古骑兵还是英、法唯一忌惮的力量。如果没有僧格林沁的支持,他这个步军统领是万万没法守京城的。所以,他不仅反对临阵换将,而且力劝恭亲王要上书为僧王表功,唯有如此,才能把留京的众文武拧成一股绳,大局尚有可为,不然自己先乱了阵脚,恐怕更拿洋人没了办法。

"打又无力打,守又守不得,那该怎么办?"恭亲王急得直跺脚。

"王爷,办法总是有的,您其实心里明镜似的,不过是考验臣等。一个字——和!"文祥道。

"对,皇上把你留下来,就是让你和洋人和谈,没说非让你赶走洋人。打不过,除了和,无路可走。"桂良赞同道。

桂良、文祥都是瓜尔佳氏,都是正红旗人,如今两人一同辅佐恭亲王留守京城,关系因此更加密切。桂良以大学士之尊,两次与英、法谈判,对这次劫难有自己的看法:"英夷、法夷仗着坚船巨炮欺负我们,这只是其一。我们签订了条约,却不遵守,玩弄文字游戏,食言自肥,洋人觉得受了戏弄,所以条件越来越苛刻。捉拿洋人谈判代表,更是大错特错!"

桂良所说的确有些道理,史称的第二次鸦片战争确实是英、法等国仗势欺人。六年前,英国人提出全面修改《南京条约》,要求中国全境开放通商,鸦片贸易合法化,进出口货物免交子口税,外国公使常驻北京等。法、美两国也趁机分别要求修改条约。

朝廷上下视洋人为最头疼的事,何况又提出这么多的要求,因此坚决不答应,英国人决定用枪炮说话。当时有一艘中国人的帆船主要用来走私,为了逃避清军的检查,就在香港注册,高挂英国人的旗帜,算是谋了一张吓人的虎皮。广东水师对这艘帆船的情况其实一清二楚,算计着它在香港的注册已经过期,所以立即把它扣留了,把船上的人全部关了起来。

本来,这应该是大清的内政,可是英国人非要说是污辱了大英帝国,要求送还被捕者,赔礼道歉。两广总督叶名琛据理力争,态度强硬,而且不赔偿、不道歉,只答应放人。英国人于是就开始进攻广州,冲进城中,抢掠了两广总督署。广州的老百姓当然也要以牙还牙,洋行夷馆尽成灰烬,一艘自广州开往香港的英国邮船也遭劫掠。

这个时候,法国有个天主教神甫叫马赖,未经大清同意便进入内地行动,一直到了广西林和县,这是违背两国条约的。广西林和知县没与上级衙门沟通,就把马赖给处死了。当然,这也违背两国条约,按条约,知县的正确做法应该把拘捕的法国人解送至法领事馆。法国人以此为借口,也向中国派兵。英法两国一拍即合,英国任命前加拿大总督额尔金为全权代表,法国任命葛罗为全权代表,组成联军侵犯广州。美国、俄国也掺和进来,趁火打劫,从中渔利。

朝廷一直被人平军弄得焦头烂额,哪有精力对付洋人,因此提出的方针就是"息兵为要"。朝廷有了这样的明示,叶名琛也就不做战备,他听信算命先生的占卜,认定十五天后英法夷军将不战而走。结果联军不但没走,而且占领了广州城,还把叶名琛押到了英属的印度。按大清的制度,大员守土有责,必须与城共存亡。叶名琛如果战死或者自杀,都会为世人褒扬,可是他没战死也没自杀,所以无论民间还是官方,对叶名琛都十分憎恶,说他为"不战不和不守不死不降不走"的"六不总督"。

英法联军在广州弄了个傀儡政府,闹腾了一年多,朝廷也没答应他们的要求。后来联军觉得在广州闹腾,引不起中国皇帝的关注,所以开着炮舰直接到天津把出海口给封了,几乎不费吹灰之力就占领了大沽炮台。一时之间,京师为之震动。为了打发走这些难缠的洋鬼子,咸丰派桂良为钦差大臣,与俄、美、英、法四国签订《天津条约》。

这个条约很苛刻,当时是在炮舰之下勉强签订。四国军舰依约撤走,京师不再危急,咸丰就后悔了,特别是外国公使进驻北京的条款,无论如何不能接受,所以又派桂良为钦差,到上海与四国商量修改条约。四国对中国皇帝出尔反尔十分不满,不但不答应,而且要求加码,坚持进北京换约。英法联军二次陈兵大沽口,无视清军的警告,十三条战舰直接闯入大沽口。大沽口防卫在僧格林沁的督促下得到加强,再加英法联军没太在意,又遇雾天,到了清军炮台射程范围才发觉情况不妙,但来不及后撤,结果英军战舰被击毁三艘,死伤四百多人,就连英海军司令贺布也受了重伤。

这次胜利其实算是侥幸,所以接下来的战斗清军没占到一点先,联军很快占领了天津城。咸丰急忙再派桂良到天津与洋人议和,英法提出新的要求,要增加天津为通商口岸,增加赔款,带兵到北京换约。咸丰当然不答应,于是战端重开。不知是谁的馊主意,把英国谈判代表巴夏礼及士兵三十九人抓到京城。大家痛恨洋人,肯定不给他们好果子吃,结果有几个洋人死掉了。至此战争迅速扩大,以致最后皇帝逃离京师。

当了三次钦差大臣的桂良十分清楚,像哄小孩子似的糊弄洋人根本不可能得计。条约要么不签,签了就必须执行,否则就是给人口实:"如果洋人在广州提出的条件答应下来,哪会有后来的事?"

"洋人那是仗势欺人,当然不能答应!"恭亲王仍然不肯面对现实。

"谁都知道洋人是仗势欺人,可是人家有这个势,我们没有,我们既然不能打,那就只能和!"桂良深知英法联军武力之强大,非口舌所能争。

"这是要我们忍气吞声,吃哑巴亏,那么我们要吃到什么时候?"恭亲王年轻气盛,依然不肯服软。

"到我们强大了,不怕洋人大炮的时候。"文祥插话道,"王爷,大清必须争取十几年、几十年的和平,师夷之长技,将来到了能制夷的时候,我们就不必看着洋人的脸说话了。"

"当务之急是必须坐下来和谈!如今洋人已经烧毁了圆明园,几代先皇的积累已化为乌有。如果洋人再有什么疯狂的举动,王爷,你这个议和大臣那就是千人所指的罪人了!"桂良说得十分直接,没有任何隐晦。

文祥不敢像桂良那样说得直白,但也苦口婆心地劝道:"王爷,如果答应洋人在天津提出的要求,洋人能够约期退兵,那就是大功一件。如果继续这样毫无把握和章法地拖下去,和不成,打不过,洋人再得寸进尺,朝野上下会怪罪王爷办事不力的。"

"我们可以迁都再战!"恭亲王还是一肚子的不服气。

"迁都再战,说得容易,迁哪里?皇上让你迁吗?"桂良毫不客气地反驳他的女婿,"把你留在京城,十有八九就是肃六的诡计,等你办砸了差使,再找你的麻烦。现在最最关键的,就在一个和字。和不成,就给了肃六构陷你的机会。和好了,你就会化祸为福,朝野交口称赞,那时肃六想撼动王爷,恐怕天下人也不答应。"

"王爷,肃六狼子野心,将来也许会成为挟天子以令诸侯的曹阿瞒。王爷是爱新觉罗的子孙,要善抓时机,乘势而为。皇上把留京议和的难题交给了王爷,同时也是把一个难得的机会给了王爷,王爷必须好好经营。"文祥也附和道。

此时的恭亲王已被完全说服了,接下来他的动作果断而又迅速。先是释放被扣押的巴夏礼等人,接着向英法联军总指挥额尔金提出面谈。英法联军同意谈判,但要求必须进城谈。恭亲王急于谋求和局,所以答应了联军的要求。没想到联军进城后，立即登上城楼，把守城的人全换下来，而且把城上的铁炮也都掀翻到城下。更可气的是，守城的大臣竟然命令守城的清军跪接联军入城。

那时候恭亲王还住在城外天宁寺，听到这些消息，他气得鼻子都歪了，气咻咻地在殿内踱步，责问文祥道："不是换约时才允他们进城吗？不是只允带三百人入城吗？怎么竟有一千多名联军入城，是谁竟然让士兵跪接？！"

"是守城的几位王大臣。他们说既然议和，那么就是朋友了。有朋自远方来，不亦乐乎。我大清是礼仪之邦，当然要有所示好。最好的礼仪，就是一跪而已！"文祥回道。

"一跪而已！他们不是跪君父，不是跪爹娘，是跪的敌军！真是亘古未有的大奇闻！"恭亲王对文祥的回答很不满意。

桂良见此也劝道："事已如此，急也无用。再说大家也都是好意，觉得既然要与洋人和，那就和得越快越好，他们也是想帮王爷一把。再说了，这都是王大臣们的意思，追究起来，与王爷无涉。"

闻言，恭亲王火气下去了，但嘴上却道："我哪是怕追究，我是觉得丢尽了大清脸面，丢尽了祖宗的脸面！"

见恭亲王已经默认，文祥岔开话题道："王爷，英法两国将换之约已不再是天津商定的条款，赔款一项两国都已增至八百万两，英国还要求为二十六名失踪人员给付抚恤银三十万两，法国因为被害十三人，要求抚恤银二十万两。"

恭亲王有些迟疑道："这些要求必须请旨，我们如何能够立即答复？"

这时，守城的王大臣、豫亲王义道派人送信来，说俄国公使伊格那季耶夫愿为和议尽力，而且忠告说如果拒绝和约或展开抵抗，英法联军将炮轰京城。

热河行宫里，已经数天没有见到皇帝的懿贵妃问身边的小太监："小安子，前些日子我让你打听的事怎样了？"

小太监安德海微弯着腰，回话道："禀主子，奴才已经打探清楚，肃顺从民间选了一批女子，皇上极为宠幸，听说有四个分别取名牡丹春、莲花春、杏花春、海棠春，还专门备了寝宫。"

懿贵妃手里的杯子哗啦一声落到地上,咬牙切齿道:"好你个肃六!"

烟波致爽殿内,罗帐轻摇,赐名莲花春的女子娇喘吁吁,有意哄咸丰高兴道:"皇上春秋鼎盛,虎啸龙威,妾身都承受不住了。"

咸丰很是惊喜,兴奋地问道:"是吗?朕果然让你承受不住?"

莲花春娇嗔道:"可不是嘛,皇上!"

咸丰半裸上身坐起,摸一下女子的脸蛋道:"你可真是天下一奇,朕还是第一次见到。那物件竟然生得如莲花一般,过些日子,朕就封你莲贵人如何?"

"谢皇上恩典。"莲花春聪明透顶,连忙裸身跪下谢恩。

"朕也就那么一说,你谢什么恩?"听得外面有人说话,咸丰又问,"是肃顺吗?小事就不要说,大事军机处议。"

肃顺回道:"皇上,恭亲王奏,英法赔款各增加到八百万两,俄国公使愿从中调停,恭亲王怕俄国有所要求,特请旨。"

"实在无可转圜,就应了英法两夷。俄国既然调停,好处当然要给些的。不要再啰嗦,让恭亲王酌情办理。"咸丰有些不耐烦了。

"还有,各地勤王的大军该如何行止,也请皇上示下。"

"这都议和了,就不必进京了,让他们哪来回哪去,各守驻地。"咸丰说了这几句话,转移了注意力,对莲花春不再那么性急,披上衣服道,"还有,曾国藩奏请设淮扬水师,朕也准了。有个水师营的什么人,曾国藩奏请简任淮扬镇总兵,也准了。"

"水师营参将黄翼升,实授淮扬镇总兵,臣记下了。曾国藩还奏,道员李鸿章简任两淮盐运使,前往淮扬创办水师,臣请旨,是否也准了?"肃顺又问道。

咸丰有些生气,带着不快道:"肃六你狗脑子吗?两淮盐运使那是江南的一个钱袋子,如今江南被长毛荼毒一遍,这最后的钱袋子怎么能交给湘军?将来再建江南大营,让八旗绿营的将士们喝西北风去?"

"嗻,臣领旨。"肃顺被骂,但心里更高兴,这说明皇上不拿他当外人,知趣地退出烟波致爽殿。

既然上谕已准赔款数额,其他都好商量。几经反复,中英、中法条约内容总算定了下来，不过额尔金提出，必须在礼部衙门签约。僧格林沁率三百人将礼部衙门附近仔细搜查了一遍，然后在大门内外站班。

恭亲王坐着大轿到了，下轿后他对僧格林沁道："为了表示我们的诚意，你将人马撤到安定门外，外国公使等人员的安全也不可大意。"

"王爷请放心，我已选了几百精兵便装布置妥当。"僧格林沁说完，只留十几名清兵站班，便率其他人员退走了。

巴夏礼率几百名联军列队来到礼部大堂，对大堂内外进行了一番认真地搜索，然后分布在大堂内外。他傲慢地对恭亲王道："王爷大人，你的人马可以撤走了，大堂内外由我们警戒。"

军乐声起，额尔金在军乐声中乘八抬大轿到达。抬轿的全是广东潮勇，恭恭敬敬打起轿帘，做了个请的姿势。恭亲王走上前去，迎接刚刚下轿、身着华丽礼服的额尔金勋爵。可额尔金竟佯装没看见，径自走向签约大厅。恭亲王心里不高兴，但又无可奈何。

1861年10月24、25日，中英、中法先后在北京交换《天津条约》，并签订《续增条约》(即《北京条约》)，规定增开天津为商埠；准许英法招募华工出国；赔偿英法两国军费各八百万两；割让九龙司地方一区给英国；赔还法国天主教产业。

签约一结束，众人走出礼部大堂，额尔金突然哇哇啦啦下了一通命令。附近的英军士兵突然列成两队，一排单腿跪地，一排居后直立，都端起枪刺闪闪的火枪，做出射击的姿势，枪口正对准走出大堂的恭亲王等中方人员。

恭亲王惊愕地张大了嘴巴，一名翻译跑到恭亲王身边道："王爷，额尔金勋爵命令士兵给您做射击表演，请您躲一躲。"

十几名英军士兵跑到二十余丈外，挂起一排木靶。额尔金一声令下，前排士兵的枪几乎同时响起，远处的木靶纷纷应声落地。额尔金又一声令下，后排士兵的枪同时响起，另一排木靶也应声落地。

"王爷阁下，我在战场上见识了你们士兵的武器，实在是差太远了。这二十几条枪，我作为礼物送给您。"额尔金微笑道。

恭亲王想起刚才的不快，一口回绝道："礼物是不错，不过我的人不会用，还是算了吧。"

"那没什么，我派人教他们。"额尔金十分诚恳，"王爷，如今两国和约已定,中英又成了真诚的朋友。本人已接到正式通知,作为中国的朋友,英国愿意提供一切帮助,比如可以提供最先进的枪炮,帮助你们平定南方的叛乱。"

"感谢贵国的好意,不过本王还要向皇上请旨。"恭亲王一边回答,一边心想——如果清军能配备洋人的枪炮,那战斗力肯定会大增。

第三章

祁门县愤而辞幕 南昌城儿女情长

曾国藩在接到上谕前,首先接到的是肃顺的私函。肃顺如此行事,一是要笼络曾国藩,二是要向他表功。曾国藩对朝中大臣的来信向来很谨慎,尤其是肃顺这样行事跋扈的人,他更加谨慎百倍,因此对肃顺绝不私函示谢。

这次的来信让曾国藩一喜一忧。喜是真被李鸿章说着,朝廷与洋人和议,不必进京勤王了;忧则是李鸿章出任两淮盐运使的事没成,他这些天也是春风满面,到头来却空欢喜一场,这个弯怎么拧得过来? 他有些后悔当初不该向李鸿章透露,李鸿章毕竟年轻,城府还是不够。官场升迁这种事,向来是有人欢喜有人妒恨,没有旨意前传得人人尽知,难看的是自己。

隔日上谕就到了,曾国藩那时已拿定了主意,只宣布上谕不需进京勤王,把李鸿章的见识大大夸了一通,至于两淮盐运使的事他只字不提,而是把李鸿章叫到签押房,再委婉告诉他。可无论他怎么委婉,李鸿章满面春风的脸垂了下来,那失望的神情还是让已有心理准备的曾国藩一时不知该如何相劝。

"少荃,天降大任于斯人也!"曾国藩这样劝,下面的话当然不用说出来。

"老师,我的心志,也苦得太久了。"李鸿章叹息道。

这话让曾国藩有些不高兴了。李鸿章不过入他幕府一年多,他遇缺即补道台也是曾国藩极力保荐的结果。说起来,他并没有亏待李鸿章。

李鸿章发觉了老师的不满,弥补道:"学生万没有埋怨老师的心思,只是不明白朝廷为什么连一个小小的盐运使也不舍得放手。"

"朝廷自有考虑。"曾国藩当然不能说出肃顺私信的事,"两淮盐运使是江南的钱袋子,依我看,朝廷是想把这个钱袋子捂在手里,将来还有其他打算。"

李鸿章虽然受此打击,但灵敏的思维似乎并未受影响,顺口便接道:"天下大势,非湘军不可。朝廷再有其他打算,也是枉然。不但眼下攻克安庆,就是将来收复金陵,恐怕也要依靠老师。这次英法不过万余人进京,八旗精锐数倍于敌,还是一溃如山倒,朝廷应该清醒了。"

"这都是后话,且不去说它。少荃,你心怀大志,我自然再明白不过,你有匡世之才,但应待时而动。我看你精悍之色露于眉宇,你的字也是筋骨刚硬,你这一生,自然不会优游地度过,机缘凑巧,定当独担大任。可凡事要讲天时、地利、人和,着急、忧虑都无益也无用。比如我,二品侍郎做了十几年,当年客居江西,艰险万状,还备受赣省官场排挤,为什么?就是因为我连个巡抚的实职也没有。可是今年,先是署两江,不出一月就实授,为什么?是势所必然。"曾国藩拿自己当例子。

这话李鸿章赞同也不赞同,自己的前途如今就攥在老师手里,天天把他按在文案堆里混,何时有出头之日?他所期盼的是独当一面,比如这次李元度带兵去徽州,换他李鸿章去有何不可?一两仗下来,不要说从三品的盐运使,就是正三品的按察使都有可能。比如老九,原本是个秀才出身,从军不过六七年,已是道台。自己本是翰林出身,投军已经七八年,也不过是道台,与老九比,亏不亏?

曾国藩仿佛看透了李鸿章的心思:"少荃,眼光不妨放长远些,让你在我幕中,是想军政、民政、刑案都让你了解些,多从全局着眼考虑问题,将来对你会大有益处。"

话说至此,李鸿章实在无话好说,拱手道:"老师的苦心,学生感激不尽。"

说归说,李鸿章的挫败感一时解脱不出来,万事没有心绪。他正羡慕李元度的时候,没想到李元度出了大是非。

李元度守徽州,曾国藩本来就有些不放心,主要是他做事难免书生意气。李世贤的太平军围攻宁国五十余天,守将周天受粮尽援绝,城破之日自杀殉国。于是,李世贤一路南下,直扑徽州。李元度得到消息,派出两营去守徽州城北的丛山关。曾国藩认为这个调度不妥,急派专差送信给李元度,要他尽快修筑徽州城防,固守城池,勿轻出浪战。李元度派出的两营人马果然全军覆没,曾国藩于是再派三千援军前去增援,谁料第三天就得到消息,徽州已经失守,详细情形不得而知。随后就有数千溃兵拥入祁门,祁门粮阜供应立时陷入紧张之中。

曾国藩从溃军口中得知,城防未固,十万太平军就已杀到,夜里趁雨攻城,徽州因此丢失。李元度的平江勇责备绿营兵不但不帮助守城,反而给长毛做向导,帮长毛出攻城的主意,还有的绿营兵趁乱抢掠、强奸民女,以致城内先乱。而绿营兵则责备李元度看不起也不信任他们,一到徽州就把守城门的重任交给平江勇,而且大开杀戒,斩了十几个绿营老兵。至于李元度的下落,大家都不甚明了。

曾国藩以为李元度十有八九已经阵亡,所以那些天十分难过,在向朝廷报告徽州失守的情形中,他不免虚构了李元度苦守徽州的事迹,这是为将来请恤做个铺垫。谁料发折的当天下午,曾国藩就收到了李元度的亲笔信。原来他不但没死,而且还一口气逃到了浙江境内。守城主将必须与城共存亡,李元度弃城而走,大节已亏,而且他在信中全是指责绿营兵的不是,对自己的失误毫无反思,这让曾国藩非常气恼。更让曾国藩愤恨的是,徽州失守,祁门东门洞开,李世贤派三路大军直扑而来。

祁门可资防守者,只有东北羊栈岭和东部的尚梓岭。这两座山岭离祁门不过三四十里,一旦失守,祁门必失。两岭天天枪炮声不断,曾国藩因此夜不能寐,日不安食。幕府里的那些文人更是心惊胆战,有的人已经悄悄收拾好行装,随时准备逃跑。曾国藩一想到这一切都是徽州失守造成的,李元度竟然只守一个昼夜就弃城而走,他就恨得咬牙切齿,也深悔自己用人不当。

就在这个时候,李元度竟两手空空回到了祁门大营。他赶到时已是晚上,没敢直接去见曾国藩,而是到李鸿章的住处先打探消息。

"徽州失守,祁门东大门洞开,长毛的大军正在围攻祁门,情形你也看到了,真是危险万状,人心不安,老师正在气头上。"李鸿章如实相告。

"徽州形势,难以久守,就是神仙也无力回天。"李元度这样总结。他告诉李鸿章,副都御史张芾守徽州五年,养了两万绿营兵,粮饷全靠当地,不免竭泽而渔,徽州民财搜刮一空。今年已经有五个多月没有发饷,士兵自然要闹饷,他们不仅不可依赖,反而是个随时爆炸的火药桶。他对带头闹饷的强行镇压,结果与绿营闹得势不两立。所以长毛一到,不要说用他们来苦战,反而有人投向长毛,做了向导。长毛兵临城下后,又是绿营先打开城门逃跑,结果让长毛趁机攻进城来。至于徽州的城防,女墙都已塌废,西门更是连门垛也已塌毁。他赶到后赶紧修筑,还没来得及修完,长毛就兵临城下了。所以固守待援,纯粹是空话。他之所以要带兵出城杀敌,是想以攻为守。

第二天吃过早饭,李鸿章陪着李元度去见曾国藩。曾国藩没有好脸色,李元度还是拿昨天给李鸿章的说词,可在曾国藩看来,这全是推托之词,所以他厉声责问道:"你一怪绿营,二怪城池不固,你就没有不妥之处?"

李元度回道:"我去徽州后,杀了十几个闹饷的,虽然镇住了闹饷的毛病,但与绿营闹得更加不睦,以致平江勇与绿营不能一条心守城,这是最大的失误。"

要严厉镇压闹饷者,这是曾国藩的要求,李元度这样说,无异于把责任推到曾国藩的头上,所以曾国藩立即打断他的话道:"带兵总要恩威并用,凡事都要适度。杀几个闹饷的兵油子总不至于导致徽州失守,你这是避重就轻。"

李元度也觉得一肚子委屈,见曾国藩一点也不体谅,便赌气道:"胜败乃兵家常事,我哪里摔倒哪里爬起来,我这就回平江募勇八千,再上阵杀敌。"

曾国藩讥讽道:"胜败乃兵家常事不错,可是不善于总结教训,恐怕还是败多胜少。"

李元度书生意气风发,回敬道:"大帅也有靖港之败,不照样败而不馁?"

靖港之败是曾国藩的耻辱,李元度这样几近揭人疮疤。曾国藩这几日忧心如焚,李元度又如此不知反省,他有再好的克己功夫,此时也不能按捺,指着门外大声道:"我不和不知廉耻的人废话。"

李元度愤而离开,李鸿章撵出去挽留,他气道:"此处不留爷,自有留爷处。他如此绝情,我又何必在此仰人鼻息!"

李鸿章又回到曾国藩的签押房,告诉他李元度赌气走了。曾国藩冷冷地回应道:"要走就走,随他的便。少荃,你帮我起草折子,我要参劾李次青。他大节有亏,还不知反省,真是不可救药。"

曾国藩竟然要参劾李元度,这大出李鸿章的意料。一则李元度失守徽州,事出有因,非人力所能挽回;二则李元度对曾国藩有救命之恩,两人的关系被李鸿章视为深情厚谊的典范,他为李元度弥补还来不及,如何能够参劾?

李鸿章立即去找赵烈文,希望他能劝说曾国藩回心转意。李元度书生意气,与曾国藩幕中的书生脾气相投,人缘极好,所以大家都纷纷为李元度求情,这反而让曾国藩更加气恼。第二天吃过早饭,曾国藩把李鸿章叫到签押房,问道:"少荃,我让你准备的参折,起草得如何了?"

"学生觉得不能参劾。"李鸿章如实回答。

"主将守城有责,李次青弃城而走,大节有亏,为何不能参?同是失守城池,周百录苦守宁国五十余天,粮尽援绝,自杀殉节。我不但不参他,还要请朝廷优恤。李次青呢?守了一天一夜就弃城而走,为何不参!"

"这里边的情形不一样。宁国城防坚固,徽州有城无防。要论失守之责,张副宪应该负主要责任,他有一万四千绿营兵,而次青所率不过刚刚新募的三千平江勇。"李鸿章辩解道。

"张副宪已解除兵权,皖南军事统归李次青接手,不在其位不谋其政,张副宪要追责,但不能负主责。"曾国藩却这样理解。

"老师应该明白,现在的形势都是兵为将有,李次青如何能指挥得动绿营?所以,如果说李次青是在指挥徽州所有兵马,那只能是纸上谈兵。"李鸿章依然这样认为。

"纸上谈兵"这四字在曾国藩听来特别刺耳,他觉得李鸿章是在讽刺他这个当老师的。所以曾国藩不再讲道理,而是立起三角眼问道:"少荃,你给句实话,这个参折你写还是不写?"

"恕学生不能从命。"李鸿章的拗脾气也被激了出来。

"你不写,那我就亲自起草,不劳你的大驾。"曾国藩意志坚决。

"如果老师非要参李次青,那学生就只好辞幕。"李鸿章也有些赌气。

曾国藩没想到李鸿章竟然以辞幕相威胁,心头火苗直蹿,指着门道:"那就请便,我曾某人绝不强留。"

李鸿章没了退路,回到住处稀里哗啦地收拾一番。赵烈文见状,连忙劝阻道:"大帅正在气头上,你又何必赌气呢?"

李鸿章解释道:"我不是赌气。我昨夜就一直在想,李次青与他那是何等样的交情,竟然翻脸不认人。我不过是他的学生,到时候一仗打不好,一个参折上去,我还有何前程可言?想来不免心寒。所以,我是非走不可。"

赵烈文见李鸿章去意坚决,连忙去曾国藩那边,看有没有通融的余地,他好居中说和。没想到曾国藩也是一脸的决绝:"要走随他,我一概不拦。此君旧病复发,不可与之共患难!"

所谓旧病复发,是指当年李鸿章从庐州城出走的事情。当年李鸿章与安徽团练大臣吕贤基守庐州,数万太平军来犯,庐州岌岌可危。跟随李鸿章的老仆人刘斗斋把他叫到一边说道:"他们是守城主将,守土有责,公子为什么要在这里陪着死?公子年轻,来日方长,你得想一想父母倚门而望的苦处。"

李鸿章一时拿不定主意,老仆人又劝道:"后门已经备好马,快走!"李鸿章以搬救兵的名头骑马偷偷出城。他走后不久,庐州城破,吕贤基投水自杀。

这件事李鸿章曾经向曾国藩解释,说他的家就安在庐州,岂有弃家而走的道理?现在看来,曾国藩觉得李鸿章贪生而逃,倒可能是真的。

李鸿章赌气离开祁门大营,原本计划直接投奔大哥李瀚章处。大哥在江西南昌为曾国藩办理湘军后路粮台,可是这么去,少不得被大哥埋怨。他又想起湖北巡抚胡林翼,两人见过一面,胡林翼对他的印象很好,也一直关心他,所以不如先到那去。一则听听他的意见,二则实在不行,投在胡林翼门下也未尝不可。胡林翼人很通达,不像曾国藩这样固执。说起性格来,李鸿章与胡林翼更相投一些。

那时候胡林翼已从湖北的英山向东南移营到安徽境内的太湖。之所以移营此处,主要是曾国藩大营从宿松撤走后,鄂皖交界兵力空虚,那时候曾国荃正围攻安庆,李续宜攻打桐城,皖鄂交界作为后路,必须有所兼顾。胡林翼与曾国藩都是湘军创始人,多年来两人互相关照,互相扶持,曾胡一家,不分彼此,天下尽知。收复安庆、规复安徽的全盘部署,也是两人相商的结果,所以胡林翼毫无畛域之分,一切以战局需要来确定行止。

李鸿章赶过去的时候,胡林翼到太湖不及一月。一见到胡林翼,最令李鸿章惊讶的是他的消瘦,颧骨高耸,脸颊细长,脸色灰暗,他立即想到"病入膏肓"这个词。胡林翼发觉了李鸿章的惊讶,苦苦一笑道:"少荃,你是被我这副病秧子吓到了吧?没办法的事,天天东墙倒西墙歪,不得一日喘息。"

李鸿章见胡林翼身体如此，心里十分难过，但还要装出不动声色："润帅要保重身体，现在棘手的事没个完，润帅总要忙里偷闲，稍做休息才行。"

胡林翼已经接到曾国藩的私函，知道李鸿章赌气出走的原因，所以他没绕弯子，直接劝他回到曾国藩身边。

"祁门是兵家所谓绝地，根本不宜驻守，更不宜做大营，可是他听不进别人的一句劝，我不回去。"李鸿章还是一肚子气，把祁门的情形详细描述给胡林翼听。

"涤帅非要扎营祁门，并非不知道这里是绝地。"胡林翼也觉得曾国藩驻扎祁门是一大失策，但他不能顺着李鸿章的意思说，那不是劝人之道，"涤帅之所以驻扎祁门，也是顾虑朝廷脸面。朝廷一再督促涤帅收复浙江，他驻军徽州，就是做出一个收复浙江的样子。"

"好，就算驻扎祁门有他的苦衷，那么他参劾李次青就太不近人情了。两人那算得上患难之交，怎么说变脸就变脸？还要我起草奏折参次青，我万万做不到。我原来以为他是豪杰之士，没想到……"李鸿章气愤难平，本来要说没想到会这样小肚鸡肠，可觉得这样评价老师太有伤体统，因此改口道，"现在看起来，并非如此。"

"徽州那是祁门的东大门，次青不是不知道徽州的重要，徽州失守，导致祁门陷于绝地，不要说涤帅，就是我也会生次青的气！涤帅如今总督两江，身系天下安危，祁门危急，这些天我是夜不能寐！少荃，你应该体谅涤帅的处境！"

胡林翼一味回护曾国藩，让李鸿章无话可说，见胡林翼连连咳嗽，也就不再与他争执，便改口劝道："润帅，你可要保重身体，你和老师都是湘军柱石，同样身系天下安危。"

"少荃，你刚赶过来，一路劳苦，先休息几天再说。既来之则安之，咱们慢慢谈。"胡林翼还是希望李鸿章能够回心转意，打道回祁门。

当天晚上，胡林翼安排丰盛的晚宴，并请了幕府中几个心腹来陪李鸿章。

第二天处理完营务，胡林翼打发人约李鸿章闲谈。胡林翼刚要开口，李鸿章就道："润帅劝我回祁门的话就不要说了，我昨晚想了一夜，觉得我没有错，驻军祁门就是失策，参劾李次青就是无情。既然我认为对，老师认为错，那我回去又有何益？我天天盼望的是像老九那样，带上一队人马真刀真枪地干。总把我按在文案堆里，有什么意思？"

"少荃，这你就错怪涤帅了。你刚入涤帅幕府，涤帅就推荐你去带领马队，是你觉得没有把握，最终没有成行。前些时候，涤帅又举荐你创办淮扬水师，就是打算让你独当一面，创出一份业绩出来，可是朝廷未准，那又如何能怪得了涤帅？"胡林翼明白，李鸿章是怪曾国藩不肯让他独当一面。

这话的确不假，李鸿章无可辩驳，终于说出他有意投奔的想法："老九当年投奔润帅，润帅立即拨给他三千人马，润帅如果给我三千人马，我立即披挂上阵，为润帅当先锋、断后路，无一不可。甚至可以带兵去救祁门。"

"这绝对做不到。"胡林翼干脆地拒绝了，李鸿章赌气离开曾幕，他再收留在自己幕中，岂不是挖曾国藩墙脚？以后怎么与曾国藩对面？这种糊涂事，胡林翼万万不能做，但他说出的却是另一个说法，"少荃，如今我营中最缺的就是兵，你知道武昌还有多少人马吗？只有两千人！那可是湖北的根本！如今的兵勇都集中在安庆周围，又要围攻安庆，又要围点打援，又要兼顾后路，哪里挪得出三千人马？"

听胡林翼如此一说，李鸿章十分失望。

胡林翼看他那一脸失望和茫然，于心不安，又推心置腹道："少荃，没有兵是一方面，就是有兵，我也不能把你收在帐下。你将来的前途远在我之上，我这小小的巡抚衙门不敢委屈了你。你记住我一句话，将来你定会有番大作为，必有大富贵，但你千万不能离开涤帅，涤帅是你命中的贵人，只有涤帅能够提携你成就大业！少荃，你试看今日之天下、今日之督抚，可有一人能与涤帅匹敌？"

李鸿章不得不承认，曾国藩的确已经是天下督抚之首。就是向称天下第一总督的直隶，也无法与之相比。因为如今的两江，关乎着社稷的安危。

"少荃，我以大哥的身份把你当小老弟相劝。人有本事是一方面，跟对人是更重要的一方面。你投笔从戎，在皖省团练中拼杀五六年，郁郁不得志，不是你没有才干，而是所事非人。你拿那些大员与涤帅相比，无论道德文章、识人之明，还是运筹帷幄，谁人可与涤帅比肩？"

这又是大实话，李鸿章嘴角是不以为然的表情，但心里不能不承认，天下大势，的确如此。但一想起曾国藩的固执无情，特别是他瞪起三角眼，指着门让他走的神情，李鸿章心里的火就一跳一跳的。见李鸿章油盐不进，胡林翼也就不再劝他，只管好酒好菜侍候。

李鸿章投奔胡林翼的计划完全落空，就算胡林翼肯收留，可他身体如此，只怕阳寿无多，他投胡幕还有什么意思？既然不能投奔胡幕，再待在太湖也没意思，所以没多久他就告辞，去南昌投奔大哥李瀚章。胡林翼也不阻拦，临别赠银一百两。李鸿章要推辞，胡林翼道："少荃不必固辞，千里迢迢，路上花钱的时候多。俗话说，在家十日穷，出门一日富。我还是再劝你一句，不要嫌我啰嗦，你还是早日回到涤帅幕中。我已经去信涤帅，劝他移师东流。"

胡林翼放心不下，派了一个勇丁陪着李鸿章南下。两人过江塘、下程岭、走千岭，一直到了长江边，从湖口进入鄱阳湖。李鸿章心里茫然，知道去了南昌，少不了受大哥一通说道。大哥自从入了曾幕，对曾国藩是言听计从，佩服得五体投地。自己赌气出走，大哥的话肯定比胡林翼还难听。所以，他就像闯了祸的孩子，不太敢回家。入了鄱阳湖后，行程就慢了下来，他总是上岸小住，尤其入了赣江之后，更是借口登岸游玩，走走停停，十几天才到了南昌城下。

南昌城在赣江东岸，因为沿江而建，因此不像一般四四方方的城池，而是像一枚鸭蛋。城周十五六里，共有七个城门，北面是德胜门，往东是永和门，东南是顺华门，南边是进贤门，西南惠民门，再往北则是广润门，广润门往西北不远就是章江门。南昌城七门之奇可以说是天下独有——每个城门都是向南开。这七个城门，离赣江最近的是章江门，之所以叫章江门，是因为赣江又叫章江。

李瀚章办理湘军粮台，最主要的就是供应湘军粮饷，为了便于发运，自然要选最靠码头的地方，因此办理粮台的衙门就在章江门内偏北不远处，紧邻南昌县衙。李鸿章一直乘船到了章江门外的码头，远远看到飞檐斗拱的一座木楼，知道那就是著名的滕王阁了，也就知道章江门到了。

李鸿章到章江门边打听湘军粮台怎么走，门边有个湘勇立即过来问道："请问大人可是李观察？"李鸿章是道台顶戴，所以按官场习惯应该称一声观察。

"李大人安排小的在这里等了四五天了。"原来这个湘勇正是粮台上的听差,是李瀚章派出来在这里等李鸿章的。

李瀚章接到曾国藩和胡林翼的信,知道李鸿章赌气出走的原因,也知道他要到南昌来,所以打发人在码头和章江门上等。因为李鸿章一路磨蹭,因此晚到了几天,也难怪勇丁说已经等四五天。

到了粮台,李瀚章迎到门外问道:"老二,怎么才到?"当着外人的面,他不好紧着埋怨,对陪李鸿章前来的勇丁道,"这位小哥辛苦你了,快洗把脸准备吃饭。"

吃过饭,安排勇丁去休息后,李瀚章把李鸿章叫到他的签押房,劈头盖脸一顿埋怨。李鸿章早有准备,任大哥说什么,只当耳边风。李瀚章见他这副表情,更加生气:"老二,你怎么分不清好歹,听不进人话!"

"我怎么分不清好歹,怎么听不进人话?祁门明明是绝地,我说得有错吗?分不清好歹的不是我。李次青丢失徽州,本来就情有可原,而且他们又是过命的交情,竟然毫无情面,硬要参劾,听不进人话的是我吗?"

李鸿章说这话把李瀚章噎得直翻白眼。论口才,他远不是李鸿章的对手。沉默了一会儿,他压下心头的火道:"老二,守土有责,主官必须与城共存亡,这是我朝的规矩。大帅参劾次青,也不过是给朝廷一个交代,不然以后怎么带兵?赏罚分明,这正是大帅的高明之处。大帅幕中好几十人,单单你去和大帅理论,大帅能不生气吗?"

李鸿章反驳道:"不同意参劾李次青的不光是我,整个督幕中,就没有一个不反对的。"

"既然那么多人反对,为什么单单你出这个头?"

"我是他的学生,拿着他当自己人才去劝的。我要把自己当外人,才不去费唾沫。"李鸿章理直气壮,"现在怎么样?祁门被包围了吧?当初就该听我的,马上移驻东流。"

"我正要说的就是这事。祁门危险的时候,你赌气离开大帅。知道的是你们吵了一架,不知道的,肯定以为你是找个借口逃离险地!老二,你动动脑子想想,你这时候拍拍屁股走人,算怎么回事?"

这真是击中了李鸿章的软肋。离开祁门后他就后悔了,不是后悔出走,而是后悔走的时间有点不漂亮。如果徽州没有丢失的时候他走,大家不会想别的,恰恰是徽州失守,祁门危急时刻,他与老师一言不合拍屁股走人,十有八九大家会以为这是他的脱身之计。天地良心，曾幕中倒是有不少人已经收拾行装，随时准备逃走，但他李鸿章绝对没有临险而逃的打算。但问题是人家都没走，他却走了。

李鸿章不再说话，任李瀚章说东说西，他一言不发。接下来的几天都是如此，李瀚章一开口，李鸿章要么离开，要么只当眼前没这个人，该吃吃，该睡睡。后来李瀚章不再劝，也随他去了。

李鸿章不愿在粮台看大哥的那张挂霜的长脸，就天天在南昌城里晃。虽然几经战火，但南昌毕竟是省城，可去之处甚多。有豫章六景，分别是南浦飞云、苏圃春蔬、东湖夜月、章江小渡、滕阁秋风、西山积翠，有香火五盛地，包括塔前寺、普贤寺、万寿宫、土地庙、延庆寺。这些地方，李鸿章都已经转了若干次，似乎比南昌人还要熟悉，可他去的最多的还是滕王阁。

滕王阁建于唐朝永徽年间，是唐太宗的弟弟李元婴所建。李元婴曾经封在滕州当滕王，当时筑了一楼阁取名"滕王阁"，后来他调任江南洪州——也就是南昌，又在章江边上筑豪阁，仍冠名"滕王阁"。一千多年间，滕王阁倒了建，建了毁，已经重修了若干次，谁也弄不清唐代的滕王阁到底什么样，只是根据古书记载重修，好在滕王阁名头太大，不管是谁所建，权当作唐代滕王阁。登斯楼也，寻找初唐四杰之首王勃的慷慨激昂，凡是有点文墨的，无不口中念念有词："落霞与孤鹜齐飞，秋水共长天一色。"李鸿章不愧是翰林出身，一边登楼一边默诵，到顶楼的时候，恰好也到了篇末。

赣江北去，浩浩荡荡，江风凛冽，如刀似箭。李鸿章站在楼顶，凭栏南眺，没有王勃的激昂奔放，只有塞满胸怀的茫然空虚，想想自己已经三十七八，还是个没有实缺的道台。离京这七八年，回想起来不过是蹉跎岁月。虽然嘴上不承认，但他心里已经后悔了。胡林翼说得不错，一个人不仅要有才能，跟对人也很重要。今日之天下督抚，无人可与老师比肩。但自己所争，也是非争不可，既然老师不能采纳，他也不是能屈就之人。大丈夫，要拿得起放得下！

李鸿章走下滕王阁，心绪很坏，他不想回粮台，便漫无目的地乱走，一直走到惠民门内普贤寺北面的小巷。其时已经早过了午饭时间，李鸿章饥肠辘辘，看到有一家"章记"米粉店，便立即走了进去。李鸿章到南昌后，终日无所事事，南昌的小吃几乎都吃遍了，最让他百吃不厌的，还是南昌的米粉。

在稻米之乡，米粉实在是最常见的东西，但像南昌米粉这样的味道，柔软滑爽、口感宜人、风味独特,实在非文笔所能写明,有点挑食的李鸿章也是赞不绝口。因为过了饭点,小店里并不特别忙,李鸿章块头又特别大,一进门老板就哈着腰招呼道:"客官,来碗米粉?"

李鸿章点了点头。

"小店米粉,可煮可炒,客官喜欢怎么吃?"老板又殷勤相问。

天下米粉,无不可炒可煮,并非这家小店独有手艺,李鸿章也无心计较:"随你的便。"

这时,一个小姑娘站在李鸿章的身边道:"客官,来两个小炒吧,光吃米粉没得意思。"

李鸿章原本吃两碗米粉就算了,不打算炒菜,他抬头一看,眼前的小姑娘又水灵又俏皮,小巧的鼻翼上有两粒似有似无的雀斑,反而把一张脸点缀得更加活泼可爱。他就改了主意,道:"南昌小炒,无非是辣咸二字,你的小炒有什么特别的,你说得好,我就吃。"

"好不好吃,不是说得出来的。我给你炒两个拿手小炒,你要说不好吃,就不给钱。"小姑娘嘴巴很利索。

"你这小妹子真得味,那就说准了,不好吃,我真不给钱。"李鸿章这时候心情好了些,顺口说出的是合肥乡语。

"真得味"是有意思、可爱的意思,南昌小姑娘没听明白,向李鸿章眨巴着眼睛:"真得味,啥子意思?"

李鸿章呵呵一笑道:"我们合肥人,真得味,是夸你聪明。"

闻言,小姑娘欢天喜地地去了后厨。

因为李鸿章点了小炒,所以老板就给煮了一碗米粉。李鸿章稍等,两个小炒就端上来了。一个是茭白炒牛肉,雪白的茭白,鲜红的辣椒,暗红的牛肉,颜色很鲜亮,尝尝味道也不错。另一盘是炒柚子皮,炸得金黄的柚子皮配着青椒、红椒、蒜末、肉末,味道也很别致。李鸿章边吃边夸,额头上很快渗出细密的汗珠。小姑娘手勤,早把一块干净的白布帕递到他手上。

看李鸿章吃完,小姑娘俏皮地说道:"客官,不好吃真的不给钱。"

李鸿章这时心情完全轻松了,笑道:"好吃得很,不但要给钱,你要多少给多少。"

"别大话,我要你纹银千两,你有吗?"

"纹银千两,那可不是吃两个小炒的银子,是一份上好的嫁妆。"李鸿章也开了个玩笑。

小姑娘脸一红,说道:"你拢雀啥,不理你,拿银子。"拢雀是南昌话,乱说的意思。

李鸿章向口袋里掏,脸一下拉得老长,他没带银子。

小姑娘看他的神情,问道:"你不要说没带银子。"

李鸿章十分尴尬,招呼坐在门外的老板道:"老板,真是不好意思,我没带银子,我马上回去拿。"

"客官,一顿饭钱也没得啥,只是小店天天客来客往,俺们不认得你。"老板的意思是你要跑了,我们上哪讨账去,"客官看看,能否就近借得来。"

李鸿章是客居南昌,除了粮台,哪有认识的人?

小姑娘倒相信李鸿章的确忘带银子了,说道:"爷,就让他回去拿吧,我信得过。"

南昌人管爹叫爷,女儿是爷的心头肉,女儿说信得过,老板也不再废话。

"大个子,我信得过你,让你去拿钱,你可不要跟我捏脑浆。"捏脑浆是南昌方言,耍心眼的意思。李鸿章虽然在南昌闲逛已久,但这南昌土话他并未学得多少,所以愣怔着没听明白。

小姑娘扑哧一声笑了:"就是你不要跟我耍心眼,跑了没得人影。"

"那是那是,我大哥就在章江门内湘军粮台,我去去就回。"

李鸿章回到粮台,李瀚章连连埋怨他出门也不说一声,原来曾国藩来信了。兄弟两人一人一封。给李鸿章的一封信说的是他得到消息,长毛有意要占据鹰潭、抚州,目标是围攻省城南昌。江西是湘军的后方支撑,南昌更是湘军粮台所在,此处有失,湘军军心势必震动,所以曾国藩十分着急,劝李鸿章出来帮忙守南昌城——

抚、鹰危如累卵,省城必大震动。不得已,调鲍军由建德、湖口径赴省城,先顾根本。保江西即所以庇湖南,即吾湘人自为室庐计,亦不能不出死力保卫江西。更请阁下历劝辅堂(江西巡抚李恒),竭力支撑。仆又劝阁下,亦出而任事,料理江西守城事宜。江西倘有虞,则令兄筱泉亦为无巢之鸟。阁下如见允许,当以公牍奉委,并附片具奏。

　　这可真是一喜一忧。忧自不必说,如果长毛进攻省城南昌,大家都是性命攸关。一喜则是,曾国藩还把李鸿章当成他幕府的人。这一点李瀚章最为欣慰,劝道:"老二,大帅这是给你改过的机会,你马上给大帅写信,说过些日子就回他大营。"

　　李鸿章拒绝道:"我不回去,要回去,那得等他同意把大营搬离祁门。"

　　祁门如今成为险地,李鸿章不回去也是可以理解。

　　"那么,你总该答应大帅,帮李抚台守南昌。"李瀚章退而求其次。

　　"我帮着大哥办理粮台,不去帮李抚台守城。帮李抚台守城,将来李抚台不肯放我走,我何时能回老师身边。"

　　无意间,李鸿章透露了终究要回曾国藩身边的意思。李瀚章很高兴,觉得这些天总算没有白劝,道:"那也好,把你暂留粮台效力,这话让我给大帅说。不过,你还是要给大帅亲笔回一封信。"

　　李鸿章给曾国藩回了一封信,闭口不谈守南昌城的事,还是建议他离开祁门。

　　李瀚章也给曾国藩写了一封信,说明要把李鸿章留在粮台效力的意思,同时很明确地向曾国藩表示,李鸿章之所以不肯到李抚台幕中,是为了将来能够回到老师身边。

　　长毛攻打鹰潭的消息接二连三地传来,都不是好消息。据传长毛有十万人,把鹰潭围得如水桶一般。后来又传来抚州被围的消息,省城南昌就大受震动。鹰潭到南昌不过二百多里路,抚州则更近,只有一百五十多里,而且如果沿着抚河顺流而下,那可真是朝发夕至。南昌立即紧张起来,调兵布防,忙得焦头烂额。李瀚章的粮台更是一片忙乱,既要往前线运粮饷,又要防备南昌总粮台被端掉。李鸿章帮着大哥忙,十几天没得一刻清闲。

　　这天李鸿章闲下来,突然非常想吃一碗米粉,这才想起在"章记"米粉店有一笔欠账没还。他连拍额头后悔,抓上银子就走,一路小跑去了惠民门普贤寺后的小街。等他跑到店前,见门板紧闭,门可罗雀,他的心一紧,以为已经人去店空。

　　自从南昌形势紧张后,有不少店家关门歇业,带着细软逃到乡下。李鸿章过去一推,门竟然开了。老板正在店里抽烟,看到李鸿章十分惊讶,一时无话可说。李鸿章解释道:"老板,我还欠你一笔账。"

这大概出乎老板的意料,他冲着后面喊道:"妙玉,客官还钱来了。"

那个俊俏的小姑娘从后面跑出来,十分委屈地冲着李鸿章喊道:"大个子,你怎么才来还钱,害得我……"下面的话没说出口,她的眼圈一红,几乎要落下泪来。

上次李鸿章没带钱,她父母都认定他是蒙饭吃的混混,赖了账绝对不会再回来了,妙玉则坚持说他不是那种人。结果,父母的预言应验了,李鸿章一天没来,两天没来,十几天了也没来。于是,妙玉不得不面对现实,心里却很难受,不是因为打赌输了,而是因为好好的那么个人怎么会是骗子。李鸿章今天突然出现,让一家人都有些始料不及,妙玉是又惊又喜,心跳得厉害,数落了李鸿章,脸又红得厉害。

李鸿章说明原委,妙玉的父母都觉得以小人之心度人有些不好意思。李鸿章奉上十两纹银道:"全南昌城里头,就是'章记'米粉最好吃,小妹的小炒也味道独特,以后我要经常来吃你家的米粉。这银子就放在这里,你们只管记好账,最后一起结算。"

见状,老板推辞道:"这怎么好,十两银子,那要吃多少碗米粉!还是吃一次结一次账好。"

"你们信得过我,我更信得过你们。"李鸿章把银子又推了回去。

李鸿章点了一碗米粉,又让妙玉随便炒两个小菜。老板人实在,说道:"客官,这些天兵荒马乱的,小店的菜不新鲜。"

李鸿章无所谓,妙玉却眉开眼笑,说菜不新鲜她也照样做出可口的小炒。

米粉和小炒做好,父女三人都坐在那里看李鸿章一个人吃饭。老板问道:"这位客官,还没请教您贵姓。"

"在下姓李,在家排行老二,你就叫我李老二吧。"

"哪敢这么造次,我就称你李先生吧。"

妙玉则在一旁调皮道:"我就叫你李大个子。"

父母怪她没大没小,李鸿章则很乐意这个称呼。因为粮台事情多,他吃罢就告辞了。从此,李鸿章隔三岔五就去小店一趟,米粉、小炒,一副百吃不厌的架势。他突然觉得自己的行为有些奇怪,是小店的米粉特别吗?他想了想,主要是小店一家人很投他的心思,每次到小店去,心情总是轻松愉快。当然,那个叫妙玉的小姑娘是让人心情舒畅的主要原因。

有一天,老板问李鸿章道:"李先生,听你的谈吐,像是个有功名的人。"

老板娘在一边讥笑道:"那还用说,至少是个秀才,哪像你背了十几年八股文,连个秀才也考不上。十几年,娘们生娃也生一炕了。"

"你娘儿们懂个啥,功名哪能像你生孩子那么简单?只要有男人,哪个女人不生娃?"老板又转头问李鸿章,"请教先生,看谈吐你不只是个秀才,请教你的功名……"

谈到功名,正是李鸿章最得意处,他笑道:"我是甲辰科中的乡榜,丁未科入的翰林。"

老板虽是市井小商人,对功名可是万分的敬仰,他听到后惊叹道:"哎呀!李先生原来是翰林。看先生年纪不大,还不到四十吧?"

"虚度三十八年。"

"先生那是二十一岁中进士,二十三岁就成了天子门生,真是文曲星下凡。"老板掐指一算,连连恭维。

李鸿章谦虚道:"功名这事,也要碰运气。我就是运气好了一点。"

"李先生既然是翰林,怎么不好好在京里做官,跑到南昌来了?"这时,老板娘又插话问了一句。

"我是从翰林变成了绿林。长毛造反,朝廷派人到各地练勇,我就自动请缨回老家办团练,南征北战,这不就到南昌来办理粮台了。"李鸿章说的话半真半假,他不想把行迹过多地露给外人。

曾国藩几乎每月都有信来,所以李鸿章对祁门的情形比较了解。李世贤的太平军数路进攻,可是因为道路难行,不利大军展开,所以长毛人多的优势不能发挥,又加上鲍超、张运兰的援军赶到,因此祁门之围暂解。但李秀成的人马突然从江苏方向打过来,几乎要杀进祁门。这么连攻了十几天,祁门形势岌岌可危。可是不知李秀成是哪根筋出了毛病,突然决定回苏州过年,带着人马撤了围。曾国藩连遗书都准备好了,没想到绝处逢生,侥幸又躲过了一劫。

过了年,李秀成又率十万人马到赣东北来抄祁门后路,兵分三路,一路攻德兴,一路攻婺源,一路攻景德镇。鹰潭、抚州的长毛也跃跃欲试,说一旦拿下景德镇，就三路进攻南昌城。曾国藩忧心如焚，给李瀚章兄弟的信中焦急万状。李鸿章则认为长毛长途跋涉从江苏赶到赣东北，劳师远征，匆匆投入战斗，人数虽众，战斗力却不一定强。因此担心归担心，却不必太惊慌失措。李瀚章则认为老二是站着说话不腰疼，景德镇一旦被攻破，南昌的粮饷就无法运到祁门，祁门粮饷一绝，不攻自破。李鸿章就回敬道："那老师就应该立即撤离祁门，否则困在这里，少不得屡屡身陷险境。"

真是被李鸿章说着了，能征善战的李秀成一军，战斗力却差得出奇。左宗棠在景德镇唱了空城计，把全部人马兵分两路，派出去支援德兴和婺源，内外夹击，先破了攻打德兴、婺源的两军。然后这两支人马又合兵一处，打了个伏击，把李秀成的六七万人打得溃不成军，从此撤离江西，再未踏入一步。

这些消息李鸿章随时带到小店，因此这成了一个消息中心，附近的商户都来打探。他已经与小店的一家三口非常熟悉，经常到后厨去看热闹，就像在自己家里。妙玉对李鸿章的感情再也掩盖不住，她看李鸿章的眼神和说话的语气，就是傻瓜也看得出。李鸿章心生怜悯，不忍伤这个小女孩的心，只是娶一个小店家女儿做妾，他还拿不定主意，何况妙玉是不是愿做妾也未可知。妙玉的父母头脑还清醒，觉得两家相差十万八千里，女儿那是痴心妄想，只是李鸿章这个小财神，也没必要得罪。因此，夫妻两人费尽心思拿捏着分寸。

转眼已到了阴历二月底。这天在小店吃饭，说起南昌的小炒来，妙玉讲道："要论我们南昌最好的小炒，要算藜蒿炒腊肉了。可惜你来得不是时候，没有藜蒿给你炒。"

"那要到什么时候？"李鸿章问道。

妙玉也不知道，就问道："娘，现在藜蒿有没有了？"

"俗话说，三月藜，四月蒿，五月当柴烧。这才二月底，哪来的藜蒿，就是有，也不到一拃长。"妙玉娘笑道。

"那就是可能有。"妙玉小声念道。

妙玉爹一边忙一边道："兴许朝阳的地方冒出头了。"

听了这话，妙玉不再吱声。

李鸿章要走时，妙玉悄悄叮嘱道："大个子，明天晌午来吃饭。"

第二天不到晌午，李鸿章赶到小店，店里有些忙，但不见妙玉。妙玉娘笑道:"这个女崽子一大早就出门了,到现在还没人影,也不说一声去了哪。"

李鸿章有些失落,在门口的小桌边坐了下来,眼睛直向外看。突然,妙玉就站在了他面前,问道:"大个子,你在看什么呢?"

这时,妙玉娘看到女儿回来了,便问:"你个死丫头,到哪里疯去了?"

妙玉举了举篮子,里面有一大堆嫩绿的半拃长藜蒿,像是表功道:"看,这是我从青山湖采的藜蒿。"

妙玉娘惊道:"我的老天爷,你这是吃它的命,没有半拃长。青山湖,一来一去二十多里地,你也不嫌累。"

李鸿章立刻明白,妙玉是专为他采的藜蒿,为此不惜跑了二十多里地,他心里不由得又感动又心疼。

趁大家不注意,李鸿章来到后厨。妙玉正在井台边择藜蒿,她的一双绣花鞋湿透了,天还很冷,她不时地跺了跺脚。她的手也冷,不时拢到嘴边呵热气。李鸿章的心突然被融化了,他突然从后面紧紧抱住了妙玉。妙玉吓了一跳,扭头一看是李鸿章,脸烧得似一块大红布,挣扎着道:"让我娘看见了!"

李鸿章贴着她的耳根道:"妙玉,你又何必跑那么远,看把你冻的。"

"我愿意。"见李鸿章不放,妙玉一狠心便挣脱了。

"我心疼。"

妙玉红着脸道:"你心疼我干什么,我是你什么人?"

李鸿章闻言,有些油滑地问道:"那你希望是我什么人?"

"我不知道。"妙玉把头扭到一边,"院子里冷,你别在这里冻着。"

这些话让李鸿章的心里暖暖的,他连忙蹲下来帮着妙玉择藜蒿。

当天下午,李鸿章到南昌最好的成衣店里挑了一身杭绸衣裙,价格自然不菲,只是不适合春秋穿。第二天吃午饭时,他就带了过去,把妙玉娘叫到后院:"去年秋,我给小妹买了一身衣裳,这才想起来她不喜欢这种颜色。这衣裳在我手里已经放了半年,总不能扔了吧。我看妙玉的身材和我家小妹差不多,妙玉要是不嫌弃,就留下吧。"

"哎呀,李先生,她哪敢嫌弃。"妙玉娘一边说着话,一边又怕被人误解成贪财之人,又补充道,"这么贵重的东西,俺们可不敢收。"

妙玉尖着耳朵在旁边听,她见李鸿章托着衣服,尴尬地站在院子里,就跳出去道:"为啥子不收?是他妹妹不要才给我的,又不是专给我买的。"说完,她一把从李鸿章手里夺过去,在自己身上比画来比画去。

妙玉娘见女儿喜欢得不得了,不忍再夺下来,就说道:"我去给你拿银子。"

"这就见外了,我又不是卖衣服的,哪能要银子?"李鸿章一听,当然不答应了。

妙玉爹见妙玉在试衣服,立即明白是怎么回事,直往李鸿章手里塞银子,道:"这衣服肯定贵,银子你一定收下。"

妙玉怕娘不怕爹,把银子夺去道:"他又不是专门给我买的,是她妹子不要才送我的,你给他银子干吗?"

李鸿章吃罢饭走时,妙玉直把他送到门外,李鸿章小声道:"妙玉,那衣服是我昨个给你买的。"

"我又不是木脑壳,当然知道是给我买的。"

晚上饭后无事,妙玉爹娘终于下决心与女儿谈一谈,断绝她的痴心妄想。妙玉娘只怕女儿现在被人欺、将来受难为,所以态度非常坚决,不存任何奢望;妙玉爹则崇拜李鸿章的功名,心思有些活络。但在这家中,向来是女人拿最后主意,所以他也只能附和妙玉娘的意思。

"妙玉,那个李先生对你说过什么?"妙玉娘这样问女儿。

"大个子说了千万句,我哪记得说过什么。"妙玉故意装糊涂。

"女崽子,你可不要跟我捏脑浆,你别痴心妄想,攀什么高枝,让人卖了还帮人数钱。"妙玉娘说话直,出口有些难听。

"我卖什么卖!"妙玉生了气,白着脸瞪着眼看着娘。

妙玉爹心疼女儿,对妙玉娘道:"你扰雀些啥!妙玉,你娘的意思是说李先生那是翰林,天子门生,咱高攀不上。看他年纪,肯定已经孩秧子满地爬。你去少不得做人家小姜,你甘心吗?"

妙玉娘怪丈夫没说明白,大声道:"就是你甘心做偏房,娘也不同意。娘是亲娘,不会误你。找一个老实的女婿一心一头地疼你,比什么都强。你也不想想咱是什么人家,他是什么人家,驮了搭子,还不警不觉。"驮了搭子是南昌土话,意思是中了人家圈套。

妙玉被娘一顿教训,心里难受,眼泪哗哗向下淌。

妙玉爹看着心疼,道:"好哩哩个哭什么嘛?"

"我还是那句话,不要怪娘杀辣,断了你的痴心妄想,将来娘给你许个可劲的女婿,你在家里说一不二,那才是正办。"妙玉娘也心疼,但不能不把话说明白,然后她又对丈夫说,"你可不要顺风打旗,害了咱女崽子。"

妙玉哭了半夜,不仅仅是因为娘话说得难听,还因为娘说得其实有道理,她有时也怀疑自己是痴心妄想,因为李大个子至今没有一句踏实话给她。

隔天见到李鸿章,妙玉就不理他,拿一张冷脸给他看。李鸿章莫名其妙,跟到后院问道:"妙玉,你是怎么了,谁惹你生气了?"

妙玉最后还是没忍住,道:"你还是把衣裳拿回去吧,我受用不起。"

"这又是为烘个!"李鸿章一急,连合肥土话也冒出来了。他明白妙玉听不懂,学着南昌话说,"要我拿回去,这是为什么呢?"

想想这些天母亲的训斥和劝诫,妙玉心里又委屈又矛盾又怕真的与李鸿章无缘,众味杂陈,遂变成一连串的泪珠滚了下来。

李鸿章知道再要滑头是不行了,必须说句实打实的心里话,于是便道:"妙玉,我知道你的心思,你也猜得到我的心思。"

"我不知道你的心思。"妙玉抹了一下泪。

这时候妙玉娘已经伸头往这边看了好几次,李鸿章只能长话短说:"我家里已经有婆姨了,你进门就要做小,我心里有些不忍。你要不嫌委屈,我就托人来说媒。"说罢,他就回到店里,像没事人似的。

吃罢饭,妙玉照例送李鸿章出门,不过这次送得远了点,在路上她小声问道:"她厉害吗?好不好侍候?"

这话意思很明白,妙玉心甘情愿做李鸿章的妾,唯一的担心是正室太厉害。

李鸿章保证道:"这个你放心,她也是书香门第的人家,通情达理得很。再说,还有我呢,不会让你吃委屈。"

"那我等着。"妙玉说的等着,自然是等李鸿章来提亲。

周边的熟人都向这边看,章家米粉店的女崽子喜欢上一个吃米粉的大个子,大家都心照不宣。妙玉拿眼角余光扫他们一眼,心里想,等我嫁给翰林大个子,看你们还有什么话说。

　　李鸿章的心情有些矛盾,他面对妙玉的时候怜香惜玉,非娶不可。可是离开她后,他心里难免掂量,堂堂翰林娶一个小店主的女儿做妾,实在有些不好意思张口。他原本要和大哥商量一下,好几次张了张口又算了。

第四章

重入幕三言退敌　克安庆纵论朝局

曾国藩又给李氏兄弟分头来信,意思都一样,让李鸿章回他大营。那时候他已经离开祁门,把大营设到了东流。他在给李鸿章的信中说——

　　阁下久不来营,颇不可解。以公事论,业与淮扬水师各营官有堂属之名,岂能无故弃去?以私情论,去冬出幕时,并无不来之约。今春祁门危难,疑君有曾子避越之情,夏间东流稍安,又疑有穆生去楚之意。鄙人遍身热毒,内外交病,诸事废搁,不奏事者五十日矣。如无醴酒之嫌,则请台旆速来相助为盼。

这话说得非常恳切,曾国藩以公义私情来激李鸿章。师徒两人,说到底是因意见不和起的矛盾,并没有彼此不可相融的利害冲突。在离开曾幕期间,两人信函不断,曾国藩有事不决便说与李鸿章;李鸿章就像在曾幕时候一样,直言他的观点。

经过六七个月的反思,李鸿章已经明白,他要有个好前途,非紧跟曾国藩不可。更为关键的是,最终曾国藩采纳李鸿章的建议离开了祁门,到了长江边上的东流镇。

"大帅这是给你回头的机会和面子,你最好就坡下驴,不要一味固执。"李瀚章这样劝李鸿章,"当初你离开大帅的理由,是他不采纳你的建议,如今已经采纳,你还有什么话好说。"

又过了三天,李瀚章又道:"我这里有一批军饷要运往大帅大营,原本要专门派一位押运官,正好你就当这押运官,一则有份俸银可赚,二则顺势就回了大帅身边,三则对你也是个历练。"

"押运军饷对我算得上什么历练,大仗我都打了好几年了。"李鸿章嘴上发牢骚,实际同意了大哥的安排,"那要什么时候走?"

"今天就走,最迟午饭后开拔。大帅军前缺的就是银子,这批军饷十万火急。"李瀚章应道。

这么急?现在要离开南昌!李鸿章想到小店里的妙玉,心里全是不舍。特别是一想那么冷的天她去采藜蒿,鞋子都湿透了,冻得直跺脚。大丈夫做事,不能拖拖拉拉,只是仓促之间还来不及请人去提亲。自己一走了之可不行,必须跟妙玉说清楚,让她把心放到肚子里。李鸿章快步赶到小店,没想到妙玉走亲戚去了,今天不能回来。

"老板,我有急事要离开南昌,有话要留给妙玉,请你一定转交。"李鸿章从前柜上拿来纸笔,匆匆留言。因为是写给粗通笔墨的妙玉,因此他写的是简洁白话——我有事离开些日子,说好的事情你放心,我绝不食言。

妙玉娘见此心里有了主意,说道:"怎么能让妙玉相信是你留的话,你没有东西让她一眼就认定是你的?"

李鸿章想了一下,从口袋里掏出一方丝帕,上面是一对鸳鸯,这是妙玉不久前悄悄送给他的。他把信包到里面,说道:"妙玉看到这帕子,就会明白。"

李鸿章一走,妙玉娘就说道:"看这话的意思,好像两个人有什么约定。听我的,断了妙玉的念想,咱不能和女儿一起糊涂。"

"我看这个李先生是很不错的人,妙玉也是动了真心,何必非要伤她的心。"妙玉的爹有些犹豫。

"长痛不如短痛!你可不要拎不出轻重。我是无论如何不能让妙玉做小,那要吃多少屈!咱帮她找个可靠的人家,就是日子差一点,也是举案齐眉的夫妻,你也是正正经经的老泰山。"妙玉娘很有主见,便让妙玉爹去找刘瞎子把这封信改了。

刘瞎子并非真瞎,戴了副大墨镜,在普贤寺门口给人看相占卜,兼代写书信。他有一手绝技,不管是谁的笔迹,看一眼就能模仿得几可乱真。当年就是因为造了一封知府的假信，才被革掉了秀才功名。

他看了一眼妙玉爹递过来的留言便说："这笔字真有功力，筋骨硬铮，写字的定是很有主见的人。"

"不说这些了，我说你写。嗯，首先感谢你一家人的关照。我说了些玩笑话，请勿当真。"妙玉爹想了想不妥，如果两人说过赌气的话，这么说反而弄巧成拙，所以继续往下编道，"我已经离开南昌，你就把我当个匆匆过客，天上的大雁，不可能飞进鸡窝。"

刘瞎子写完，与李鸿章的留言对照，得意地说道："简直不分伯仲！"

第二天中午，妙玉回到店中，眼巴巴地找人。妙玉爹不忍伤害女儿，不肯拿出假造的留言。最后还是妙玉娘当了恶人，把手帕包着的留言递给妙玉道："娘说得准准的，真是没良心，枉费了我女儿的一片痴心。"

妙玉的心都碎了，捧着信哭了一下午，晚上没吃饭，第二天也没吃，第三天就病倒了。到了第四天，她有气无力地说道："娘，咱回老家吧，我一天也不想在南昌待了。"

妙玉爹心疼得不得了，几次要实言相告，都被老婆拿凶狠的目光阻止了。妙玉娘跺了跺脚道："那咱就回家，省得在这里伤俺玉儿的心。"

李鸿章押运饷银顺利到达了曾国藩的东流大营。东流位于长江东岸，号称江南第一商埠，有"十里帆樯依市立，万家灯火彻夜明"之说。此地位于安庆上游九十余里，可以就近策应安庆围城大军，又隔江与太湖胡林翼大营成掎角之势，彼此呼应。因为交通便捷，一旦太平军袭扰绝不会像祁门那样被关门打狗。而且水师就在长江巡弋，以此地为大营，显然比祁门更合适。

李鸿章的到来令曾国藩十分高兴，当天晚上，两人谈到二更才各自安歇。现在安庆一带，湘军已占据相当的优势。曾国藩与胡林翼互相配合，以攻克安庆为最终目标，战略上却是围城打援。为了有足够的力量打援，他们只围安庆一地，其他如桐城、舒城等与安庆相依的要地却并不围攻。

官军部署了四路大军：一路人马是曾国荃的两万余人，在安庆城东、西、南三面挖了两道深宽丈余的壕沟，内壕阻止城内太平军突围，外壕阻止外面的太平军增援。曾国荃就在两道壕沟之间固守，把安庆城围得铁桶一般。二路人马是胡林翼大营的三千余人，驻扎在太湖，扼住湖北通往安庆的咽喉，是安庆的西部屏障。三路人马是多隆阿的八千马队及李续宜的五千陆师,主要任务是截断庐州城与安庆的联系,阻击庐州、桐城等地的增援力量。四路人马是鲍超的八千人,平时驻扎东流大营附近,一有情况则是一支灵活的机动力量。还有湘军水师一分为二,一部分由彭玉麟率领在长江上巡弋,一部分由杨载福率领二十余艘炮船开进了安庆城东北的菱湖,截断太平军的水上援路,策应曾国荃的围城部队。

那时曾国藩癣疾发作,彻夜难眠,心烦气躁,连公文也无心批答,李鸿章则忙得脚跟几乎踢到后脑勺,但他心里却很痛快,因为老师对他更加倚重。有时候饭后闲谈,李鸿章直接指出老师太过固执、不善变通等缺点,曾国藩也都愉快地接受。李鸿章任繁事重,一时腾不出时间去处理妙玉的事情,但不能不有所说明,所以他把专跑南昌一线的递勇叫到身边,塞给他五两银子,请他到南昌时务必辛苦一趟,专程到普贤寺后的章记米粉店送一封信。

那位专差很尽心,十几天后拿着信原封不动地还给李鸿章,说他去普贤寺后面转了个遍,没有找到章记米粉店,向人打听,都说原来是有一家,但前一阵把店盘给人家做了小押店。至于人去了何处,只知道回老家安义县,具体什么地方根本没人得知。李鸿章想到妙玉那双明亮期盼的眼睛,心里就像刀扎着一样疼,他安慰自己,说两人是有情无缘。何况现在忙得手脚并用,实在没有时间也没有多少心思去盘算。不是他言而无信,实在人算不如天算。

这天晚上,李鸿章刚要躺下,曾国藩打发长随来请他立即去签押房说话。李鸿章匆匆赶到签押房,曾国藩正在满地乱转,一看到他来了立即叫道:"少荃,这时候把你叫来实在情非得已,你先看润之的信。"

胡林翼的是告急信,陈玉成会同捻军龚得树四万人马急行四百余里,从霍山、英山进入湖北,然后穿上从霍山县缴获的清军号褂缨帽,袭破了黄州府。此地距武昌仅二百余里,而武昌城内只有绿营兵三千人,根本无力守城。胡林翼是"五心如焚,热如火炙",大骂自己是"笨人下棋,死不顾家"。

"必须救湖北,救湖北就是救润之。"曾国藩背着手着急地踱步,"润之是湘军的柱石,没有润之便没有湘军今日之局势,我不能坐视。"

"救当然要救,但要仔细想想应该如何救法。"李鸿章分析道,"长毛已经接近武昌,无论从哪里赴援,都是远水不解近渴。"

"这正是让人忧心之处。润之一路人马太过单薄,只有三千余人,实在是大意了。"曾国藩说,"我已急令鲍春霆率部驰援武昌,但如何能来得及?"

"老师不要太过着急。四眼狗去湖北,目标并非是要取武昌城,而是围魏救赵的老调。"陈玉成因为两眼下都有颗硕大的痣,因此外号"四眼狗"。

"我知道是围魏救赵,可这一招太狠了。武昌是官总督的驻地,是我所必救。"曾国藩也分析道,"武昌城几次易手,每次都折进去数名大员,官大人安危关系湘军大局,不能出意外。"

"武昌不能出意外,但安庆更不能出意外,老师必须坚持围困安庆不动摇,否则手忙脚乱,就会步江南大营的后尘!"当初太平军就是一路南下,攻克了杭州城,等江南大营的精锐前往救援时,太平军急驰北上,踏破了结营百余座的江南大营,"老师应该明白,如果安庆的大队人马去救援武昌,无论武昌能否保全,四眼狗必率大军回扑安庆,安庆围城的局面势必前功尽弃。如果是这样,武昌就是保住了还有什么意义?反正武昌已经多次陷敌,也不怕再陷一次,而安庆却是凝聚老师和湘军数年的心血。甚至可以说,是关系着天下安危。所以安庆的人马不能动,无论外人怎么说,老师要咬定青山不放松。"

"那样,我就太对不住润之了。"曾国藩顿足无奈道。

"如果中了四眼狗的围魏救赵老调,安庆有失,那才是真正对不住胡抚台。以上制下,攻克安庆,是老师与胡抚台共同商定的方略,胡抚台心里明白。"李鸿章此时心里已有主张,"霆军已经驰援武昌,大人心意已尽。可我认为还有一支奇兵可用。"

曾国藩听说还有奇兵可用,瞪大一双三角眼睛急切地望着李鸿章说道:"少荃快讲。"

"朝廷早就与英法等国议和,上海、镇江、金陵、九江、汉口等地都已是通商口岸,这些地方都有洋人的利益,如果武昌或汉口被攻克,商业停顿,也非洋人所乐见。如果能说动洋人出动帮助守城,就像上海的华尔洋枪队一样,那武昌也许还有救。即使洋人不肯助守,但能去警告四眼狗,也许会收奇效。"

"好计!"曾国藩连连拍着自己的额头叫道,"少荃的脑筋比老朽转得快!英吉利驻华海军司令何伯乘火轮船沿江西上,一路查看长江通商口岸的商情,目前已到九江,少荃立即辛苦一趟,把其间利害相告。"

李鸿章到了九江见到何伯,把湖北的形势直言相告。何伯答应了,并派参将巴夏礼到黄州去见陈玉成。巴夏礼见到陈玉成后劝告道:"英王阁下,您最好不要进攻武昌,因为大英帝国已在汉口设立租界,你们进攻会严重地损坏我们的商业利益。武汉三镇组成一个巨大的贸易场,你们无论进攻哪个城市,难免会损坏整个商港的贸易。因此,我建议阁下远离该埠。"

陈玉成有些不屑,反问道:"如果我要是一定攻打武昌呢?"

巴夏礼威胁道:"那么,我们的军舰会开到武昌,帮助守卫。而且,我们强大的舰队会进攻所有可能攻击到的任何地方,比如你们的天京。"

这样一来,形势就有些严重了。见陈玉成有些犹豫,巴夏礼又说:"目前,九江方面尚未听见忠王和其他诸王进兵的消息,那么我想,此时他们或许尚未进入江西,假如你进兵武昌,势必只能单独与守卫武昌的清军作战,同时还得对付从后面赶来袭击你的安徽军,还有大英帝国的军舰,短时间之内你不可能攻克武昌城。等各地官军都赶到武昌城下,阁下就有全军覆没的危险。你最重要的是要保住安庆,而不是夺取武昌,取不取武昌对你意义并不大,而失去安庆,英王阁下在你们天王面前,就是无足轻重的人物了。"

时年只有二十四岁的陈玉成刚刚封王一年多,与李秀成明里暗里争个高低,对自己的地盘非常看重。这一番话将他说得汗流浃背,尤其是李秀成并没有按照约定沿南岸北上,其中是什么原因根本无从弄清,自己如果折在武昌城下,实在不划算。因此他立即传令,留下少数人马驻守黄州,等待忠王的大军,他自己则率主力回师安庆。湖北之围因此而解。

然而陈玉成刚刚撤军,李秀成又率十几万大军分三路进入了湖北境内。本来李秀成应该与陈玉成的大军同时到达湖北,合兵一处进攻武昌,但他把精锐都留在苏州一带,因此所带人马不足,所以一路上避开清军主力,边行军边扩军,这样走走停停,比陈玉成的人马整整晚到了一个月。但他扩军的效果很好,一路走来,收拢了穷苦百姓十几万人,号称五十万大军,从大冶、咸宁、嘉鱼三路直逼武昌,形势再次紧张起来。更让曾国藩恼火的是皖北的苗沛霖也蠢蠢欲动,随时准备策应太平军。

李鸿章认为现在最要紧的还是先把湖北的局面稳住,湖北稳住,安庆继续围城,苗沛霖这种投机枭雄自然会收敛。湖北的解救之法,还是旧调重弹,再让巴夏礼去劝说李秀成,而且连理由都替巴夏礼想好了。

巴夏礼见到李秀成，再次重申如果太平军攻打武昌，英军、法军舰队都可能参战。同时，他劝李秀成的话更是巧妙，全说到了李秀成的心里："忠王阁下，你虽然号称五十万大军，但不过是些穷苦百姓，战斗力多强你自己也清楚。如果你被牵制在武汉三镇，官军都集中过来，你就有全军覆没的危险。就是攻克了三镇中的一镇，对忠王也并没有多少好处，而对英王最有利。忠王的部下和地盘都在长江下游，你在长江上游拼命实在是不智。英王已经撤回安徽，像老母鸡保护鸡蛋一样保护着他的安庆，而你在此孤军奋战有意义吗？如果不幸英法两国参战，就不仅是在湖北，首先要从上海出兵，攻打苏州，那时候忠王阁下真是首尾难顾了。"

李秀成本来就不太热心攻打湖北，如今陈玉成都回安徽了，自己又何必在此虚耗？因此他立即下令退出湖北，取道江西，去攻打杭州。那时候有杭州在手，粮饷源源不断接济天京，天王感激他还来不及，自然不会责怪他放弃湖北。何况，先放弃湖北的又不是他李秀成。

湖北再次有惊无险，武汉三镇两次化险为夷，就像变戏法一样让人眼花缭乱。曾国藩对李鸿章赞不绝口，连叹自愧不如："兵贵奇而我太平，兵贵诈而我太真。若论奇计险谋，我不及少荃！"

"老师这样说是折杀学生了。奇与诈是用兵之策，并非用兵的根本。根本应当是运筹帷幄，决胜千里，有一个全局的谋划，否则，仅靠奇诈雕虫小技，无非关乎一城一地的得失，于全局却无补。经过武昌这两次有惊无险，学生更看出了老师谋划全局的高明，这也是当前官军与长毛相比最大的优势。"

李鸿章有这样的见识，更让曾国藩刮目相看，他连道："少荃说来听听。"

"长毛这次两路进攻湖北，显然是重抄当年攻破江南大营的老调，行的是围魏救赵之计。如今皖省局势非当年江南大营局势，统率大军的也不是当年的和春，长毛还依样画葫芦，不知变通，无异于弱智，这是其一。两路大军本应当互通讯息，同时到达湖北，而实际却是相差一个多月，给了我们各个击破的机会，可见长毛没有统一的指挥。而两江的官军在老师的统一调度下，按全局的需要谋定而动，这是其二。四眼狗被巴夏礼三言两语劝回安徽，而李秀成却干脆去了浙江，说明长毛都打着自己的小算盘，人心已散。所以，从这三点来看，长毛气数已尽，被老师剿平，不过是早一天晚一天而已。"

听了李鸿章的分析，曾国藩深以为然道："借少荃吉言，早早平定叛贼，还天下黎民一个安定。不过,我不敢像少荃这样乐观,百足之虫,死而不僵。像苗沛霖这种枭雄,天下不知凡几,伏莽遍地,不能不让人忧心。"

让曾国藩深恶痛绝的苗沛霖是土生土长的安徽凤台人,他是个不得志的穷秀才,安徽兴起捻军后,他以抗捻为名并始在家乡办起团练。当年朱元璋提出"高筑墙,广积粮,缓称王"的政治方略,苗沛霖猫学虎样,提出"高筑寨,广积粮,先灭贼,后称王",在凤台一带大修圩寨,把个个散落的村庄变成坚固的堡寨。捻军作战向来以骑兵飘忽不定为特点,习惯于长途奔袭。苗沛霖以静制动,坚固的堡寨成了捻军的克星,所以他的声望迅速提升,四年中就成为据圩寨数千、拥众十余万的地方势力。他又投靠了僧格林沁的爱将胜保,两三年间升为道台。不过苗沛霖是典型的枭雄,在他那里没有是非忠奸,保存扩展自己的实力是他的唯一目标。虽然他投靠了胜保,但眼见太平军、捻军势力强大,因此暗中又与捻军勾结。陈玉成进军湖北时,专门派人与他联系,告诉他太平军已经集中了五十万大军,即将在安庆城下大破湘军,约请他到时候从皖北南下,共谋大业。有江南大营一日崩溃的前例,苗沛霖对陈玉成的话不能不有所考虑,因此他把人马向南移动,并与庐州的太平军、皖北的捻军频繁接触。如今两路太平军都无功而返,他不能不有所收敛。不过,他与捻军的事被老冤家孙家泰抓住了小辫子。孙家泰是寿州一带的团练头子,也是草莽枭雄,两人为了地盘明争暗斗,如今抓住了苗沛霖的小辫子,他快刀斩乱麻,把苗沛霖的几员手下大将杀死了。苗沛霖大怒,召集了好几万人马,前来攻打孙家泰的老巢寿州。

安徽巡抚翁同书当时驻在寿州,当然不能坐视城池被攻破,所以悄悄派人与苗沛霖讨价还价,让他不要进攻寿州。苗沛霖的要求十分坚决——只有杀掉孙家泰,他才可能撤围,并且要向朝廷担保他是忠心耿耿的抗捻团练。翁同书竟然答应这一要求,请出王命旗来,以擅杀平叛将领的罪名杀掉孙家泰等人,并把他们的人头送到苗沛霖手上。没想到苗沛霖翻脸不认账,不但攻下了寿州,还把翁同书及巡抚衙门的文武大员全部扣押下来。翁同书被逼无奈,信誓旦旦向朝廷担保苗沛霖是忠心耿耿的团练首领,攻打寿州是为了平定孙家泰的叛乱。这颠倒黑白的说法,令知情者不能服气,尤其是孙家泰的手下都鸣不平,把状子递到曾国藩的总督衙门,皖北形势面临火并的危险。

曾国藩从各种渠道得到的消息都是苗沛霖横行不法，居心叵测，而且首鼠两端，很不可靠。翁同书作为一省巡抚，御下无方，而且颠倒黑白，把皖北弄得更加不可收拾，因此他决定参劾翁同书。

说起江苏常熟人翁同书，那可是真正的望族出身。他的父亲翁心存，翰林出身，学问很大，曾入值上书房二十余年，道光皇帝的诸位皇子，包括咸丰皇帝以及恭亲王奕訢、醇亲王奕譞都是他的学生，最后官至体仁阁大学士。他的三个儿子，老大翁同书，也是翰林出身，官至安徽巡抚；次子翁同爵，由生员而至盐运使，历官陕西、湖北巡抚；三子翁同龢，那更是大名鼎鼎，状元出身，后担任同治、光绪两代帝师，历任户部、工部尚书、军机大臣兼总理各国事务衙门大臣。翁家有如此家世，在朝中人脉那真是盘根错节，轻易动摇不得。

翁同书从咸丰二年起跟随琦善办理军务，打过不少硬仗，收复了好几座城池，因此获得知兵的名声，被授予安徽巡抚。他任安徽巡抚时，安徽包括省城安庆在内，大部分地方都已经失守。他先是驻军定远，结果不久就被太平军攻克，于是逃到寿州，如今寿州不但丢了，而且还弄出苗、孙相争的混乱局面。

不过，翁同书家世显赫，不会轻易被参倒。而曾国藩堂堂两江总督，如果上了参折却没有达到效果，那将直接影响他的权威。所以，这份参折让他大费脑筋，文僚捉刀起草了几稿，他都不满意。最后，他把这个难题交给李鸿章。李鸿章当仁不让，奋笔疾书，大半个晚上就把参折起草了出来。第二天便把《参翁同书片》修改誊抄整齐，交给曾国藩。曾国藩一看，就连连点头。

前任安徽巡抚翁同书，咸丰八年七月间，梁园之挫，退守定远。维时接任未久，尚可推诿。乃驻定一载，至九年六月，定远城陷，文武官绅殉难甚众。该督抚独弃城远遁，逃往寿州，势穷力绌，复依苗沛霖为声援，屡疏保荐，养痈遗患，绅民愤恨，遂有孙家泰与苗练仇杀之事。逮苗逆围寿，则杀徐立壮、孙家泰、蒙时中以媚苗，而并未解围。寿城既破，则合博崇武、庆瑞、尹善廷以通苗，而借此脱身。苗沛霖攻陷池，杀戮甚惨，蚕食日广，翁同书不能殉节，反具疏力保苗逆之非叛，团练之有罪……军兴以来，督抚失守逃遁者皆获重谴，翁同书于定远、寿州两次失守，又酿成苗逆之祸，岂宜逍遥法外？应请旨即将翁同书革职拿问，敕下王大臣九卿会同刑部议罪，以肃军纪而昭炯戒。臣职分所在，例应纠参，不敢因翁同书之门第鼎盛瞻顾迁就。是否有当，伏乞皇上圣鉴训示。谨附片具奏。

文章开门见山，把矛头对准翁同书。说他丢失定远，造成官吏士绅"殉难甚众"，导致淮北局面复杂。接下来再说丢失寿州的事，说面对危局，翁同书堂堂一省巡抚却"独弃城远遁"，已失大臣之节；又复依苗沛霖，"养痈遗患"，御下无术，杀人媚苗，结果还是丢失了寿州。然后，再指责翁同书颠倒黑白，说他不但御下无方，而且人品都有问题。

曾国藩用手指敲着桌案连连道："妙妙妙，最后一句真是妙不可言。曾某人参劾翁氏，是职分所在，完全出于公心；你翁家不是权势冲天么？保你翁同书的不是大有人在么？众人能看你翁家门第鼎盛，可我偏不会因你姓翁而瞻顾迁就，这就把说情人的嘴巴堵上了，朝廷就是想袒护翁氏，也要仔细考量！"

这份奏折一上，一时间纷纷传抄，大有洛阳纸贵之势。朝廷的反应也很快，虽然有心袒护，但确实难有借口，翁同书最终被判斩监候。他的父亲翁心存颜面扫地，又气又急，当年一病不起，撒手西去。李鸿章是这份奏稿的捉刀者，很快为世人所知，因此与翁家结下了不可和解的仇怨。

翁同书获罪下狱，苗沛霖不能不有所收敛，胜保和官军也都把他盯得死死的，皖北的局势虽然未明显好转，但也没有崩溃，曾国藩得以把主要精力和兵力集中到安庆上来。陈玉成和杨辅清聚集了五六万大军，在安庆周边的桐城、舒城、怀宁等地多次发起进攻，无奈虽然人马占优，却只有陆师，不像官军那样陆师、水师、马队互相配合，因此打了两个月，败多胜少。

陈玉成已没有耐心在外围小打小闹，他聚集五万精锐进入安庆东北的集贤关，沿关口、毛岭、十里铺扎下大营四十八座，七月二十日开始，数路人马猛攻曾国荃的外壕。太平军的敢死队每人背一捆稻草，蜂拥冲向壕沟扔进稻草，很快把一段填满。曾国荃的炮队对着密集的太平军开炮，每发炮弹都炸死一大片。但太平军疯了一样喊叫着往前冲，真个是前赴后继。曾国荃调来两千多条洋枪、抬枪和鸟枪，密排轮放，太平军死伤惨重，积尸如山。这样一直攻了七八天，却仍然没有突破曾国荃的壕沟。曾国荃的部队无论粮饷还是军火,都能得到及时补充,而陈玉成的大军完全是无后方作战,因此眼见得成强弩之末。城内的太平军更不用说,因为得不到外援,已几近绝望。

七月二十九日,曾国荃的围城部队在安庆城北门外挖了一条地道,里面填满炸药,四更时分突然爆破,一段城墙顷刻坍塌,湘军趁机攻入城内。城内太平军已经断粮,根本没有战斗力,一万多人被杀死,一万多人投降。之后曾国荃又不放心,命人半开营门,每次放出数十人,一批批杀死,连续屠杀十几小时,把一万余手无寸铁的太平军不分老幼全部惨杀。安庆内外一片血腥,大量腐尸顺着长江漂流。曾国荃命令部队乘胜追击,陈玉成败走马踏河,因为大雨水涨,被冲走淹毙不计其数,他的精锐部众几乎丧失殆尽。

1861年八月初五(11月6日),李鸿章陪同曾国藩乘船前往安庆,彭玉麟率水师炮船六艘护送,曾国荃则派出两艘炮船一直迎到二十里外的江心洲,他本人率众将在长江边迎候。曾国荃登船扶曾国藩下船,然后率领众将见礼:"拜见总督大人,贺喜总督大人!"说罢跪了下去,行的是最隆重的叩拜之礼。

曾国藩连忙去虚扶,心里非常满意,嘴上却是埋怨:"老九,你怎么也摆这些虚礼,众位将军请起。诸位劳苦功高,本部堂感谢众位将军。本部堂初二就向朝廷报捷,诸位的恩赏很快就会到了。"

安庆城本是安徽省会,城内建有巡抚衙门。咸丰三年被太平军攻占,巡抚衙门成了陈玉成的府邸。陈玉成晋封英王后,这里就成为英王府。如今曾国荃已着人清扫干净,并派勇丁护卫,作为曾国藩的两江总督府。从码头到总督府,五步一岗,十步一哨。曾国荃说半里之内,绝无闲杂人等。安庆刚刚克复,实在不敢大意。

曾国藩拍了拍曾国荃的肩膀道:"九弟办事,越来越谨慎细致了。"

进了总督府,曾国荃率领众将重新见礼,并一一向曾国藩介绍。曾国荃手下的大将多是湖南人,有一位却是例外,那就是程学启,他是安徽桐城人。介绍到他时,曾国藩起身握住他的手说道:"方忠,老九收复安庆,你立了奇功。"

程学启,字方忠,其家世代务农。幼年丧母,由族人程唯栋之母养育成人。他年少不爱读书,好谈兵事,不事生产,是乡间的混混。咸丰三年(1853年)十月间,太平军攻占桐城地区,军锋所至,从者纷纷。程学启是少人疼多人嫌的穷小子,连想也没想就参加了太平军,转战皖西,屡立战功。后来辅佐太平天国"受天安"叶芸来守安庆,因为是皖人,叶对他十分倚重,就把自己妻妹嫁给了他,两人成为连襟。曾国荃率湘军围攻安庆时,程学启受命带队扼守安庆北门外石垒,屡挫湘军攻势。

曾国荃强攻不下,急得团团转。曾国荃帐下有个桐城人叫孙云锦,是程学启的老乡,他向曾国荃献计道:"程学启是大孝子,请他养母去劝降,也许能够招抚这员猛将。"于是,程学启的养母化装成丐妇入程学启军营,伏地痛哭劝儿投降,如果程学启不降,曾国荃要杀掉她的两个儿子。程学启自觉养母恩重,且安庆局势危在旦夕,为个人前途计,心中不免有降意。而叶芸来早对程学启有所提防,每日派人登城观察程营动向。闻听丐妇化装入营,大惊,以壮士八人持令箭招程学启入城相见。程学启知道事情不妙,如若进城,不免身首异处。急中生智,杀掉来人,夺取令箭,招其手下干将八十二人,持械骗开营门,直奔安庆北门外曾国藩之弟曾国葆军营。叶芸来派兵追杀,程学启急叩湘军营壁门,大呼:"我来降,追兵在后,相信我,就开门放我等进去,如果不信,就请发炮相击,免得我等被俘受辱!"曾国葆正在休息,连靴子也来不及穿,赤脚登上营垒,看后面果然有追兵,当机立断,打开营垒,放程学启等人入内。

程学启投降湘军,曾国荃却不敢完全信任,给他一千人,放他在北门外壕,堵截由集贤关前来救援安庆的太平军。每天天亮前在外壕上架起木板,送出军粮后立即撤掉,所送军粮仅供一天食用。程学启自知不受信任,心中非常懊恼,唯有拼命杀敌立功,以求获得信任,几次大败前来救援的太平军。叶芸来恨之入骨,杀死他的妻儿,把人头挂在北门外。程学启断了骨肉之情,悲愤至极,立誓"灭贼以报国家"。他对安庆城情形十分熟悉,便向曾国荃献计,在北门最薄弱处挖掘地道,埋入火药,轰塌城墙。他身先士卒攻入安庆城中,亲手杀死叶芸来,终于得到曾国荃的完全信任。

"方忠投我兄弟营中,我担心有诈,所以严令老九只能让你在壕外作战,让你备受委屈。为此老九几次上书为你鸣不平,都是我以小人之心度君子之腹。方忠万勿怪老九,要怪就怪本部堂。"曾国藩又拍了拍程学启的肩膀。

程学启闻言跪倒在地明誓:"末将怎敢怪罪总督大人!末将当年误入歧途,是九帅指了条明道。末将从此跟定九帅,赴汤蹈火在所不辞!"

曾国藩和曾国荃一人一条胳膊扶起程学启，曾国荃爽朗道："路遥知马力，日久见人心。我们兄弟以后并肩杀敌，建功立业。"

湘军中由于湘人居多，程学启虽然得到曾国荃的信任，但总觉得与大家有所隔膜，而对李鸿章这位安徽老乡特别亲近。于是，他从曾国藩处告辞，特意到李鸿章住处拜访，两人很快成为无话不谈的好友。

初到安庆，事情千头万绪，既要安抚百姓，又要调兵遣将，李鸿章也忙得连喝水的时间也没有。这天他正在签押房商议事情，戈什哈送来兵部六百里急递。曾国藩是初一接到安庆克复的消息，初二向朝廷报捷，今天是十一，算算时间，绝对不是朝廷的恩赏上谕。他急忙打开，看了几眼，禁不住失声恸哭。

众人都来相劝，他努力止住呜咽说道："皇上驾崩了。"

原来，七月十一，咸丰皇帝在热河驾崩，已着人阿哥载淳承继大统，并着派怡亲王载垣、郑亲王端华、六额驸景寿、协办大学士户部尚书肃顺、军机大臣穆荫、匡源、杜翰、焦祐瀛为赞襄政务大臣，辅佐幼主。

闻言，曾国藩立即吩咐道："诸位，马上准备大行皇帝的灵位，哀诏到后各位文武都要为大行皇帝致哀。"

众人正要去准备，戈什哈来报，说湖北巡抚胡大人到。曾国藩连忙亲自去迎，一直迎到仪门外。胡林翼又黑又瘦，张嘴说话时一口牙齿白森森令人惊心。去年李鸿章到太湖拜见过胡林翼，不到一年，他竟然瘦弱如此。李鸿章虽然不是湖北的官，但职级在那摆着，何况胡林翼他一向极为尊重，因此要行大礼。胡林翼连忙拦住，手上用力一握，以示两人心照不宣。

安排胡林翼吃过饭，曾国藩特意把李鸿章叫去签押房相谈。

"真是没想到，大行皇帝正当春秋鼎盛，竟然龙驭宾天。"胡林翼在京中、热河都有眼线，知道咸丰帝身体不好，只是没想到竟然这么快驾崩。

"大行皇帝自登基以来，内忧外患，实在没有一日轻松。如果安庆能够早半年或者几个月克复，有此大捷，必能舒九重之忧，或许万寿可延。我等深受皇恩，不能为君解忧，想来真是愧疚不安。"曾国藩的伤心并非虚情假意，自去年实授两江总督以来，咸丰对他的信任和倚重不言而喻。如今咸丰驾崩，朝局不知会有怎样动荡，实在让人心忧。

"肃中堂位居赞襄政务八大臣，对湘军而言也算一件幸事。"李鸿章猜得出老师的忧虑，所以这样劝解。肃顺向来对有才能的汉臣十分看重，如今督抚中汉臣十有八九，堪称本朝绝无仅有，如此局面主要是肃顺极力推荐的结果。

"八大臣中没有恭亲王，实在有些遗憾。"胡林翼对京师和热河情形了解颇深。留京的恭亲王与英法议和，建议增设总理各国通商事务衙门，专门处理与洋人交涉事宜，其机变通达驾驭全局的才能不仅为留京大臣交口称赞，就是英法诸国使节也都是赞赏有加，一有交涉，只认恭亲王一人。因此，恭亲王在京中影响已是举足轻重。而赞襄政务八大臣中竟然没有恭亲王，他如何能心甘？当然更多的内情，胡林翼即使是对曾国藩也不能畅所欲言。

"但愿朝局不要有任何风吹草动，不然，牵一发而动全身。"这所谓全身，当然包括好不容易得来的江南军事好转的局面。

"无论朝局如何，江南的局面已经离不开老师和胡抚台以及湘军众将领。只要手中有精兵强将，朝廷不能不倚为泰山。"李鸿章却有自己的看法。

这个话题不宜久谈，转而商讨下一步的军事部署。

"我是个病秧子，没法给涤帅分忧了，只能勉强为大军筹措粮饷，将来要多多依靠新人了。九帅、雪琴等自不必说，将来浙江可以交给左季高，他有独当一面之才，他的性子也宜于独当一面。"胡林翼分析道。

左季高就是左宗棠，颇有才能，个性极强，也有恃才傲物的毛病。他在湖南巡抚衙门当师爷，巡抚张亮基、骆秉章都倚之为臂膀，他也当仁不让，事事敢作敢当，人称二巡抚。七八年来，湖南内清四境，外援五省，给官军尤其是湘军提供了源源不断的粮饷，曾国藩、胡林翼都是心存感激。去年他投奔曾国藩帐下，用兵江西，屡获奇胜。不过此人不可久居人下，对曾国藩指授的方略也公然违背。好在确实能打硬仗，也就不必计较了。让他去浙江独当一面，既能满足他自作主张的性情，也避免与曾国藩产生不快，如果能够肃清浙江当然很好，就是万一站不住脚败了回来，也不至于动摇全局。

"将来安徽有鲍春霆和多将军，想来应该不会有大的问题。"胡林翼继续他的建议，"金陵城这块硬骨头，将来恐怕要交给老九，唯一不能兼顾的就是上海。上海地面虽小，却是水陆大码头，自长毛作乱以来，江南富商巨贾多逃至上海避难，上海的繁荣胜过京华，万货云集，税源充盈，如果落到长毛手中，真是贻害无穷。"

"如果有一军以上海为根基,东西并举,局面对我将更加有利。只可惜鞭长莫及,只能望洋兴叹。"曾国藩听了这话连连点头。

"我将来愿意领一军,给九帅收复金陵敲敲边鼓。"李鸿章早就希望能够自带一军,独当一面,如今听说左宗棠有可能到浙江独当大任,心里又羡慕又不服,所以忍不住毛遂自荐。

"少荃是人才,涤帅不要不舍得放出去,放出去也是一把独当一面的好手。"胡林翼知道李鸿章的心思,也了解李鸿章的才能,因此也为他说话。

"少荃当然不能久盘我下,只是批答公文,出谋划策实在离不开。"曾国藩说的是实话,"大仗还有的是,少荃少安毋躁。不鸣则已,到时必定一鸣惊人。"

这是堵人嘴的空话,何时才能让他一鸣呢?李鸿章见曾国藩仍没有放他出去的意思,心中不免着急。

三人秉烛夜谈,直至夜深。第二天,李鸿章接到夫人病重的消息,连忙向曾国藩告假,到庐州乡下去看望夫人。

夫人周氏,是李鸿章启蒙老师周菊初的侄孙女。李鸿章小时候由于家里兄弟多,生活很困难。周老先生经常接济他们,李鸿章的学费常常是周老先生代交。周老先生一直很看重李鸿章的才学,认为他将来一定会有所作为。在李鸿章赶考前, 就把自己的侄孙女许配给了李鸿章。周氏比李鸿章大两岁,是一双大脚,人很善良,也很能干,侍奉公婆,照顾孩子,勤勤恳恳。李鸿章办团练后,为了躲避太平军,一家人都搬到偏僻的乡下。夫人是久劳成疾,已经病了数月,等李鸿章赶到乡下时,夫人已不可救药,十几天后就去世了。

李鸿章处理完丧事,与老母亲商议,请她到南昌随老大居住。如今南昌的形势已经稳定,一家人在那总比在庐州乡下担惊受怕的强。老母亲也能体会儿子的苦心,虽然不愿远行,但为了不让他们担心,就答应李鸿章的要求。她带着李鸿章的两个女儿,由老三李鹤章照料,又从安徽巡抚中军借了四名身手好的亲兵护送,千里迢迢去了南昌。

第五章

叔嫂合谋擒肃顺　一湖三山募豪杰

曾国藩他们的担心并非多余，朝中局势的确要起动荡。

咸丰驾崩前，深夜召见随扈到热河的宗人府宗令、右宗正、御前大臣、军机大臣，令其承写朱谕，立皇长子为皇太子。按照祖制，皇帝年幼，任命了八位赞襄政务大臣。他又担心孤儿寡母受委屈，因此并不把权力完全交给八大臣，而是赐给新皇帝一枚"同道堂"印，由他的生母懿贵妃代掌，另将一枚"御赏"印赐给皇后掌管，所有谕旨文首文末分别盖"御赏"印和"同道堂"印方有效。这样后宫与八大臣就形成互相制衡的关系。

咸丰驾崩后，懿贵妃被尊为圣母皇太后，徽号慈禧，咸丰的皇后被尊为母后皇太后，徽号慈安，新的权力体制开始运行。八位赞襄政务大臣，四位是御前大臣载垣、端华、景寿、肃顺，郑亲王端华与肃顺是亲兄弟，怡亲王载垣、额附景寿没有多少主见；另四位是军机大臣穆荫、匡源、杜翰、焦祐瀛，基本是肃顺帮助咸丰搭建的班底，唯他之命是从。所以八大臣核心是肃顺。肃顺的性格非常强势，甚至有些跋扈。被托孤赞襄政务，他当然打算一言九鼎，可不顺的是有两宫皇太后牵制。如果后宫的两位只是画诺，那么这两枚印的作用也就微乎其微。然而慈禧却非懦弱之辈，如今又有"同道堂"印在手，当然不能只当一枚闲章使用。咸丰驾崩不久，就有御史上了一道折子，建议两宫垂帘听政。两宫垂帘听政，八大臣就被架空，所以肃顺鼓动八大臣到两宫面前力争，并要严惩这个御史。肃顺个头高大，声音高亢又不知收敛，把小皇帝都吓哭了。所以两宫下了决心，召恭亲王赴热河商议，定要与八大臣拼个鱼死网破。

恭亲王留京议和,劳苦功高却没有进入托孤大臣之中,他认为是肃顺等人有意排挤,因此对八大臣又恨又妒,于是与两宫一拍即合。恭亲王的七弟醇郡王奕譞,他的福晋是慈禧太后的妹妹,有她居中联系,双方很容易彼此信任并达成一致。恭亲王认为热河是肃顺的天下,而京城则是他的势力范围,要除掉八大臣必须回京。新皇登基,大行皇帝丧仪必须回京办理,八大臣没有推辞的理由,因此就定下了回京的日期,恭亲王则在京中加紧准备。

咸丰的梓宫回京前几日,载垣、端华、肃顺三人面奏,因差务较繁,请撤部分兼职。这本来是虚让一下,通常应该是两宫安慰一番,挽留他们继续留任,以显示大家和衷共济。没想到两宫毫不客气,把三人的兼差都撤掉了,因为这兼职实在太重要了。载垣着开銮仪卫上虞备用处事务缺,这个机构是雍正皇帝所设,又叫粘杆处,相当于皇帝身边的眼线;端华着开步军统领缺,步军统领就是九门提督,事关京城安危,历朝政争,这都是个关键职位;肃顺着开管理理藩院并向导处事务缺,理藩院倒是没什么,但向导处的作用却不小,丢掉这个兼职,前后方就失去了联系。三人被撤了这些兼差,对宫廷的控制能力明显降低。而且八大臣还决定,回京时兵分两路,肃顺亲自护送咸丰的梓宫从大道回京,其他七人随同两宫走小路提前回京。他的算盘是,七人先回京稳住局势,他控制着大行皇帝的梓宫,手中也就有一张护身符。他的这个算盘,恰好给人以各个击破的机会。

七大臣陪同的两宫皇太后这一路,于阴历九月二十九日未正一刻——也就是下午两点十分左右到达德胜门外,留京的全体文武大臣,均身着缟素在道边跪迎。两宫未做停留,直接入宫,入宫后立即召见恭亲王奕訢及大学士桂良、周祖培、贾桢以及侍郎文祥。这些人都是恭亲王奕訢的心腹助手,其中大学士桂良还是他的岳父。自从雍正设立军机处,内阁大学士便再无实权,但他们的地位却很尊崇,所谓的尊而不要。但如今军机大臣都是肃顺的人,两宫要有所作为,非依赖大学士不可。两宫哭诉肃顺等辈在热河的跋扈不臣,说到伤心处不禁痛哭失声。

大学士周祖培早已受到恭亲王的暗示,此时便出头说:"如此跋扈不臣,皇太后何不下旨先行解任,再予拿问治罪?"

于是众人应和。八大臣的罪状早在热河时已经由醇郡王奕譞起草好,当

即由恭亲王宣读:

> 谕王公百官等:上年海疆不靖,京师戒严,总由在事之王大臣等筹划乖方所致。载垣等复不能尽心和议,徒以诱获英国使臣,以塞己责,以致失信于各国。淀园(指圆明园)被扰,我皇考巡幸热河,实圣心万不得已之苦衷也,以致圣体违和,竟于本年七月十七日龙驭上宾。朕呼天抢地,五内如焚,追思载垣等从前蒙蔽之罪,非朕一人痛恨,实天下臣民所痛恨者也。

> 朕御极之初,即欲重治其罪。朕受皇考大行皇帝付托之重,唯以国计民生为念,因思伊等系顾命之臣,故暂行宽免,以观后效。乃该王大臣奏对时,哓哓置辩,已无人臣之礼。拟旨时又阳奉阴违,擅自改写,作为朕旨颁行,是诚何心?总因朕尚冲龄,皇太后不能深悉国事,任伊等欺蒙,能尽欺天下乎?伊等辜负皇考深恩,若再事姑容,何以仰对在天之灵,又何以服天下公论!载垣、端华、肃顺、景寿,着即解任。穆荫、匡源、杜翰、焦佑瀛,着退出军机处。派恭亲王会同大学士六部九卿翰詹科道,将伊等应得之咎,分别轻重,按律秉公具奏。至皇太后应如何垂帘之仪,着一并会议具奏。特谕。

这道上谕仅限于在桂良等人面前宣布,外间尚未与闻。所谓擒贼先擒王,回京的七大臣,以怡亲王载垣、郑亲王端华最与肃顺贴心贴肺,拿下二人,其他人便不在话下。捉拿的时机定于次日早朝。第二天一早,载垣、端华等一到乾清门西侧的隆宗门朝房,就看到恭亲王早在等候,大为惊讶,问:"六叔怎么也进宫了?"

恭亲王奕訢年龄比载垣小,但却在叔辈上,他说:"你们能进宫,我为何进不得?"

端华说:"我们是御前大臣,进宫是职责所在。"

恭亲王说:"我是奉旨入宫,是臣子本份。"

载垣说:"所有谕旨均经赞襄政务大臣之手,六叔是奉谁的旨?"

正在此时,太监安德海前来宣旨:"两宫皇太后宣恭亲王、大学士桂良、周祖培、户部侍郎文祥即刻进见。"

恭亲王前脚走,载垣、端华后脚跟一直跟到了养心殿,又因两人是御前大臣,竟然直入殿中。两宫并坐,小皇帝靠在慈安太后怀里,慈禧太后问:"载垣,你未奉旨怎么擅入?"

载垣说:"我是御前大臣,到御前是职责所在。倒是太后不该召见外臣。"

此时已不是在热河,殿中的一帮人,孤立的是载垣、端华。慈禧太后勃然大怒:"恭亲王是皇帝的叔叔,何来外人之说?"又对周祖培说,"周祖培,立即传旨,将载垣、端华革爵拿问!"

昨天议定的是解任,此时变成了革爵拿问,显然更加严厉。周祖培文笔很快,就着殿外的石墩,挥笔立就,呈上后慈禧让恭亲王宣读:"兹于本日特旨诏见恭亲王等,带同大学士桂良、周祖培、军机大臣户部侍郎文祥,乃载垣等肆言不应召见外臣。其肆无忌惮,何所底止。前旨仅于解任,实不足以蔽辜。着即行传旨:将载垣、端华、肃顺革去爵职拿问,交宗人府会同大学士、九卿、翰詹科道严行议罪。"

恭亲王奕訢指挥侍卫当即将两人拿下,两人不服,口中大呼:"我们是先帝的顾命大臣,你们无权治罪。"但侍卫们不容两人大呼小叫,早掏出脏兮兮的手绢塞到两人口中。尚在朝房的其他五人,听到消息后脸色蜡黄,大气也不敢出。

两宫觉得首恶未擒,毕竟不能放心,当时因为下了雨,路滑难行,肃顺一行尚在途中,按途推算,四日后才能到京。不能再等了,两宫与恭亲王商议,立即派人前往传旨捉拿肃顺。

这件事当然要由恭亲王来安排。与肃顺同路的,还有醇郡王奕譞、睿亲王仁寿。醇郡王是恭亲王的亲兄弟,也是政变的重要助手。恭亲王赴行在时两人有过一次密议,醇郡王约定,若有机密事件,可派荣禄传递。于是恭亲王派人找荣禄立即来见。

瓜尔佳·荣禄(1836—1903 年),字仲华,号略园,满洲正白旗人,时年只有二十四岁。瓜尔佳氏人口众多,为满族八大姓氏之一,有清一代名臣辈出,赫赫有名的鳌拜,便是瓜尔佳氏。荣禄所在的这一支,代有功臣,尤其他的父亲和伯父与太平军作战,同一天双双战死,他的叔叔又追随僧格林沁与捻军作战,真正称得上满门忠烈。因为父辈的恩荫,荣禄十六岁时就到工部任笔帖式,二十岁时就做到五品的户部银库员外郎。户部银库是个肥缺,肃顺当上户部尚书后,严加整顿,弹劾了一批官员,其中就有荣禄。有一种说法,肃顺本来很欣赏荣禄,想把他收为己用,但荣禄却无动于衷,于是肃顺动了杀心。亏得荣禄祖上有功,又加捐了一笔银子,得以保命赋闲。就是这期间,他结识了热衷于兵事的醇郡王。荣禄手上有一套祖上传下来的战阵图,他割爱以献,比他还小四岁的醇郡王从此把他引为知己。醇郡王曾对恭亲王说:"荣禄其人聪明无比,而且办事谨慎,虑事周详。"

在恭亲王眼里,他的热衷于布库、骑射的七弟还是个孩子,因此对他的话不能全信。荣禄见过礼后,他便有意考校,说:"有一封极重要的信要你交给护送梓宫的七爷。"说罢再无下文,等着看荣禄的反应。

荣禄说:"给七爷的信我一定送到,绝无问题。不过,王爷有要紧的信给七爷,别人也同样可能会有要紧的信送去。所以,只保证我的信送到还不够,还得保证别人的信送不到才妥当。"

此时载垣、端华等人被革爵拿问的消息已经传出禁城,肃顺的党羽极有可能也会送信报急。恭亲王为自己这个纰漏而脊梁骨发冷,让荣禄稍等,他再进宫请旨,派善扑营前往官道封路。等他从宫中回来,叫着荣禄的字说:"仲华,事情不必瞒你了,你去给老七传一道密谕,让他即刻捉拿肃顺入京。"

荣禄说:"王爷,七爷手下不知是否有称手可用的人。王府上的纳海,虽然只是个护院,但人功夫极好,且忠心耿耿,还有几个得他真传的徒弟,可否一起带去?"

恭亲王说:"这个主意极好,就如你所请,你们一起去。"

荣禄说:"王爷,臣不是邀功,这趟差使,关键时候纳海他们要舍命护主。他孩子多,人又老实,家里实在太紧巴,所以,臣为他向王爷求个恩典,这趟差办完,请王爷赏他个有出息的差使。"

恭亲王即将大权在握,安排个差使真是小菜一碟,所以挥挥手说:"放心好了,不但是纳海,你的差使也包在我身上。"

荣禄说:"谢王爷恩典,不过,臣绝不敢接受王爷的赏,那样臣便有邀功的嫌疑。王爷要赏,等臣以后建了功不迟。"

恭亲王觉得聪明一词已不足以形容荣禄,此人城府与阅历远超实际年纪。有此人办差,他大可放心了。

荣禄扮作醇郡王的家仆,纳海不必乔装,就是护院的打扮,而他的徒弟扮作马夫或下人,一行五人快马加鞭,赶往密云。当天下午赶到密云县城西北三十余里的省庄行宫，打听一下晚饭前梓宫才到。密云是京城通往塞外的咽喉要道，是去木兰围场和承德避暑山庄的必经之地。康熙年间，在境内先后建了三处行宫，省庄行宫规模颇大，一如一座小城，关防极严，荣禄一行只有在行宫外等候。

太阳落山后，护送咸丰梓宫的队伍逶迤而来，足有两刻钟才算安顿下来。其时天已经黑了，行宫内外掌起白布围裹的灯笼。荣禄让纳海持王府腰牌前往行宫门口接洽，请务必通报醇郡王一声，说是府上派人送来衣服日用，请务必一见。

有醇郡王传话，荣禄他们终于进了行宫，见到了醇郡王。醇郡王看了密旨，默默收起来，神色有些张皇。他时年只有二十岁，要办这样一件大事，是他生平第一遭。

荣禄说："王爷，最好到晚上动手，那时候人已经睡下，把握比较大。"

如何行动，当然要做一番商议，但醇郡王不敢耽搁太久，怕久不露面引起肃顺怀疑。要言不烦地商定了对策，他就去芦殿——咸丰梓宫巡查，同时借机与上虞备用处、向导处的亲信接头。当初，载垣、端华、肃顺等人为了表示自己不揽权，奏请开去几个兼差。载垣开去的上虞备用处一职，由德木齐札布管理，肃顺开去的向导处事务，由僧格林沁的儿子伯彦纳诺漠古担任。这两个人都与醇郡王关系极好。上虞备用处主要随侍皇帝渔猎事宜，向导处主要负责皇帝的出巡准备及前导差使，如今继承大统的小皇帝只有六岁，当然既不渔猎，也不出巡，因此他们并未随幼帝先期回京，而是随咸丰梓宫从大道而行。这两个差使实在算不上要职，但有一样好处，手上有人手！

一直等到亥正二刻——晚上十点半，醇郡王一行人去肃顺的住处。省庄行宫共有房七十余间，肃顺住处在西边偏北的一个小院。上虞备用处和向导处共调齐了二百人，在肃顺住处外围放岗，不许任何人进出，至于执行什么任务，他们是一概不知。去捉肃顺的，包括荣禄、纳海及其徒弟，还有向导处几个身上有点功夫的，共计不出十人。奕譞呼吸粗重，显然有些紧张。纳海对他说："王爷放心好了，有我们师徒，对付几个护卫绰绰有余。"

来到门前，醇郡王奕譞情不自禁地摸一下心口，平复了一下气息，这才喊："肃大人，有旨意，请即刻接旨。"

院子里有人回禀肃顺。正房的灯亮了，听得肃顺粗嗓门喝道："深更半夜,何来旨意。我是顾命大臣,有旨意怎么没听说过?"

一会儿里面的人说:"肃大人有话,让七爷单独进来说话。"

醇郡王不敢单独进去,但又不知如何应对,荣禄低声说:"王爷以郡王之尊,哪能任由他喝来呼去,必须立即动手,破门而入。"

纳海对徒弟说:"你们砸门,我从墙上翻进去。"

于是众人一拥而上,用手中的刀剑把门砸得砰砰直响。一会儿听得里面有人哎呀一声:"我腿吃刀了。"里面兵刃相击,叮叮当当。奕譞急得直跺脚,但大门很结实,根本砸不开。突然吱呀一声,门开了,纳海大喊:"快进来拿人。"

荣禄自幼习武,虽然不太高明,但自保尚可,因此随纳海的徒弟进了院子。他在院子里大喊:"肃顺接旨,否则抗旨不遵,重治其罪。"

他这样一喊,肃顺的护卫心里疑虑,在迟疑的一瞬间,纳海师徒占了便宜,早把几个人放倒在地,提前早就备好绳子,三下五除二捆得粽子一般,扔在院子里,哎哎呀呀叫疼。

纳海闯进正室,一脚踹开东边卧室的房门,肃顺只穿内衣,床上两个小妾抖抖索索蜷在炕头。

醇郡王在荣禄的护持下进来,展开密旨有点磕巴地念道:"本日已降旨将载垣、端华、肃顺革去爵职拿问,交宗人府会同大学士、九卿、翰詹科道严行议罪。着即密谕醇郡王奕譞即刻捉拿肃顺,押解回京。"

肃顺冷笑一声说:"老七,所有上谕都由赞襄大臣草拟,这是矫诏,本大臣概不奉诏。"

荣禄一挥手,纳海两个徒弟拧住肃顺的胳膊,纳海把一个小孩子拳头大小的花椒木疙瘩用力塞到肃顺口中。这个木疙瘩用生川乌、细辛、马钱子等药"喂"过,肃顺的舌头很快麻木,只呜呜地吼叫,却含混不清。纳海的两个徒弟用一个厚厚的棉布袋把肃顺从头装到脚,掀翻在地,袋口一扎,两个人抬出院子,扔到一辆马车上,马夫啪的一鞭,马车冲出行宫,纳海的徒弟翻身上马,追了出去。

醇郡王这才长舒一口气,左右手分别攥着荣禄和纳海说:"这趟差使你们办得不错,我向朝廷给你们请功。"

赞襄政务八大臣全部获罪去职,军机处的原班人马中只余留京佐恭亲王议和的文祥一人,必须立即组成新的权力中枢,一则稳定政局,二则才能名正言顺地处置八大臣。权力的分配是早就定好的,两宫垂帘,而恭亲王主政。

两宫皇太后虽有太后之尊,但治国理政并无经验,不能不依赖恭亲王;而恭亲王在京中办理和议,身边不但聚拢起了大批文武大臣,而且深得英法俄美等国的好评,声望日隆,依赖他来治国理政也最合适不过。恭亲王是政变的主要策划者,两宫皇太后一再给他加官晋爵,先是授予议政王称号,领军机大臣,总理衙门王大臣,随后又被任命为宗人府宗令和总管内务府大臣。此时,议政王已经集军事、行政、财务、皇族、宫廷诸权力于一身。然而两宫犹嫌不足,要封他为"世袭罔替"的亲王。

清代宗室封爵,自高而低为亲王、郡王、贝勒、贝子、公、将军。一般情况下,下一代自然降爵,也就是亲王的儿子,继承的只能是郡王,而郡王的儿子,只能是贝勒,以此类推。但也有例外,那就是"世袭罔替",一代代都是亲王,俗称铁帽子王,非有莫大功勋者不能得。议政王坚决推辞,最后两宫太后赐他亲王双俸,紫禁城内可坐四人轿,以示优待。

两宫太后垂帘的办事程序,很快也就定了下来,共分五步,第一步各省及各路军营折报均先呈两宫太后批览;第二步交议政王、军机大臣们详议,提出办理意见;第三步请两宫裁定;第四步军机处按两宫懿旨拟旨;第五步两宫太后审定后正式颁布。显然,议政王取得的是议政和施政权,两宫皇太后取得的是审核和裁定权。当然,主动权还在两宫手中,如果两宫要牵制议政王,议政王便寸步难行,无从议政和施政。只是目前两宫根本离不开议政王,自然不会出现这样的情况。

醇郡王的功劳虽然不能与恭亲王比,但也是扳倒八大臣的功臣,因此被授予正黄旗汉军都统、御前大臣、领侍卫内大臣。他当然记得自己的承诺,这天把荣禄和纳海叫到书房说:"朝廷要成立神机营,作为天子的禁卫亲军,从前锋、护军、步军、火器、健锐诸营中挑选精锐者充之,由我统带。仲华原本就是五品的郎中,又对练兵颇有心得,我已经推荐你出任左翼长,做我的助手,负责神机营的日常训练。纳海先委屈一下,在神机营中当个委署参领,你的徒弟怎么安置,下一步再说,不过让他们放心好了,我是有功必酬。"

委署参领是正五品的武官,对纳海来说已经相当满足,何况有醇郡王的提携,将来前途无量。他说:"王爷放心好了,我和徒儿们一定好好效劳。"

两宫及恭亲王这才腾出手来,处置赞襄政务八大臣。接下来的所谓会审,无非是走走过场。八大臣很快有了处置结果:载垣、端华均着加恩赐令自尽。肃顺着加恩斩立决。御前人臣景寿着即革职,加恩仍留公爵并额驸品级,免其发遣。兵部尚书穆荫着即革职,加恩改为发往军台效力赎罪。吏部左侍郎匡源、署礼部右侍郎杜翰、太仆寺卿焦祐瀛,均着即行革职,加恩免其发遣。

内阁很快发布明谕,宣布取消由肃顺等人为新皇帝拟定的"祺祥"年号,代之以新年号"同治",明年即为同治元年。所谓同治,即共同治理之意。由谁来共同治理? 可以有冠冕堂皇的解释,而其实质,便是两宫皇太后与恭亲王奕訢共同治理。

两宫垂帘后的第一件大事,就是对江南领兵大员的处置。江南的汉臣们手握重兵,是大清的肱股,又几乎都为肃顺所看重,所以如何处置,要慎之又慎。于是,慈禧问道:"曾国藩他们这些汉臣,与肃顺有私信往来吗?"

恭亲王回道:"没有,但肃顺却有私信给他们。底稿被抄出来了,多是向他们卖人情。"

"国之重器,岂是肃顺奸党的人情?曾国藩没有私信表达谢意,说明他心里是明白的。"慈禧一副快刀斩乱麻的气概,"不能因为肃顺用的人,朝廷就不用。这些人才是朝廷的人才,也都为先皇所器重,肃顺看重,朝廷更当看重,不仅不能疑,还要更加放手放胆使用。老六,现在曾国藩还有无加恩示信的余地? "

恭亲王想了想说:"曾国藩已是两江总督,如今浙江的军事也离不开他,可加恩节制浙省各官及军务。"

"好,就这么办。"慈禧犹嫌不足,"安庆克复是一件大功,恩赏要更加从优。"

李鸿章处理完夫人的丧事回到安庆,事情已经发生很多变化。喜事是因为攻克安庆,朝廷恩赏从优,湖广总督官文着加恩赏加太子太保衔,曾国藩着加恩赏加太子少保衔。湖北巡抚胡林翼,首先划策,身亲督剿,厥功甚伟,着加恩赏加太子太保衔,并赏给骑都尉世职。安徽巡抚李续宜,着加恩赏穿黄马褂。福建水师提督杨载福、福州副都统多隆阿,叠着战功,均着加恩赏给云骑尉世职。道员曾国荃,着赏加布政使衔,以按察使记名遇缺提奏,并加恩赏穿黄马褂。其他将领也都有恩赏。

朝廷的恩赏才下了几日,胡林翼就在武昌巡抚衙门去世,享年只有四十九岁。朝廷赏加总督衔,谥号文忠,不为不荣。然而,人死如灯灭,身后荣辱又有何干?李鸿章深感人生苦短。自己早过而立之年,却无立锥之地,仍然匍匐于老师门下;转眼就将不惑,却还不过是个未实授的道台!再也不能蜷在幕府中弄笔头子,大丈夫要立功业,必须自领一军,独当一面!曾老九就是最好的例子,安庆打下来,就成了随时可实授的按察使,而且还赏穿了黄马褂!李鸿章希望自领一军,到战场搏军功的想法从来没有像现在这样迫切。

机会说来就来了,这缘自上海士绅六人到安庆来乞师。为首的叫钱鼎铭,是江苏太仓人,字新之,号调甫。他的父亲钱宝琛是曾国藩的进士同年,做过湖北巡抚。洪杨事起后,奉旨在原籍办团练。钱鼎铭跟着老父一起办团练,便耽误了功名,从道光二十六年中了举人以后,一直未能北上会试。

咸丰三年,小刀会刘丽川起事,攻占上海、青浦、嘉定等地,钱鼎铭便招募团勇配合官军作战。咸丰五年,官军收复上海,平定小刀会,论功行赏之后,钱鼎铭被授为江苏海州所属的赣榆县训导。战场上立功的钱鼎铭当然不愿出任训导,于是走了捐班的路,到户部当主事。不久,因为父亲去世,他丁忧回籍。

三年守制之时,江南局势已经大坏,苏中、苏东几乎全丧敌手,被夺职的两江总督何桂清、江苏巡抚薛焕退保上海。苏、常、松、太一带的富商、绅士都纷纷逃进上海避难,托庇于"夷场"。弹丸之地上海空前繁荣,一时间众商云集,人口熙熙。因为上海是商埠,英法利益所在,所以组建了中外会防局,英法两国出兵,与官军共同守城。上海的富足自然也引起太平军的垂涎,李秀成曾进攻过一次,被英法的洋枪大炮给打了回去。

上海有官军三万余人,多是从苏中败下来的绿营,已毫无士气可言,听到枪炮声比寻常百姓跑得还快。还有团练上万人,无奈未经战阵,巡防装装样子还行,出过几次阵都是大败而归。上海还有一支洋枪队,是上海士绅自筹粮饷,雇请美国人华尔、白齐文统领,士兵则由吕宋人和华人组成,按西式方法操练,每人一条洋枪,着实打了几场胜仗。但洋人把洋枪队当成了谋利的工具,每次临阵都先伸手要赏银,而且越来越狮子大张口,要指望他们确保上海,也不太可能。

到了今年下半年,李秀成把浙江北部的城邑几乎全部占领,与苏东、苏南连为一片。眼见他马上腾出手来,必定是大军云集,再次进攻上海。这时候,丁忧回籍的湖北盐法道顾文彬到了上海,江苏团练大臣庞钟璐于是奏请他帮助办理团练,他爽快答应了。路过安庆时,他曾拜见过曾国藩,曾国藩带他参观了安庆战场,丈余深、百里长的两条壕沟令他深为震撼,所以一到上海,他就提出请湘军前来助守的建议。

上海的士绅已经对本地官军不抱希望,所以纷纷支持这一计划。江苏巡抚薛焕虽然一百个不愿意,但自己能力实在有限,万一上海陷落,作为一城主官,自己不是被长毛杀死就是自杀殉国,所以也勉强同意了。可如何请援又是一个问题,如果请一个敢死之士把信送到安庆,这并非难事,但未必能引起曾国藩的重视。为了稳妥,大家认为必须派人当面去乞师。可是派谁去呢?上海、安庆相隔千里,路上艰难万险,万一被长毛捉住,搜出信来不但命不可保,而且还会把这个计划泄露出去。知道这些后,钱鼎铭自告奋勇去见曾国藩。有了牵头的,大家就踊跃了,很快凑齐六人,组成了安庆乞师团。走陆路不安全,而且路程又远,于是一行人花了二百两银子搭乘了英国的一艘商轮,安全到达了安庆。

六个人一到就伏地痛哭,曾国藩连忙去拉,无奈六个人都不肯起,钱鼎铭泣声道:"制台大人答应了我等乞求才敢起身,不然就辜负了上海士绅的重托。"

曾国藩无奈道:"你们这样几近要挟,我如何能够答应?先把事情说清楚,咱们有话好商量。"

钱鼎铭便把带来的专函和公启一并交给了曾国藩。专函由江苏巡抚衙门出具,说明了此行的目的。公启由团练大臣庞钟璐、詹事府詹事殷兆镛、在籍郎中潘曾玮、顾文彬、杨庆麟、潘馥六人出名,代表沪绅的请求。这份公启出自冯桂芬之手,他曾经师从林则徐,见识文笔都很了得,洋洋数千言,曾国藩读后,也是颇为动容——

派大兵入沪,有可乘之机者三,一是各地乡团可以响应而起事,二是湖间之枪船可以向导而助袭,三是贼中之内应可以倒戈而反正。又有仅完之地而不能持久者三,一是镇江孤城,有兵无饷,军心已摇,溃可立待;二是杭、湖两郡,兵单饷乏,贼氛四逼,终必不保;三是上海一地,有饷无兵,急需大兵,保全此饷源重地。但请奇兵万人,以一勇将领之,间道而来,旬日之间,苏常唾手可得。此时吴民受贼荼毒日深,大兵一至,则陷贼之民,皆思杀贼,无用之兵,亦皆有用,一万可抵十万,非虚言也;大军不至,则铁郭金城将沦灰烬。及今不图,后悔必矣。一切情形,询之钱户部(鼎铭)必得其详。

钱鼎铭的家乡被太平军占领,而且祖坟也被刨掉。说到祖先尸骨暴露于野,他不禁痛哭失声。曾国藩见状劝道:"派兵赴援,不是你我随便一句话就能办成,安庆上海相隔千里,期间万般艰难,是否可行,总要详细商议。"

曾国藩着人把李鸿章叫来,让他先与钱鼎铭等人详谈。李鸿章一听上海前来乞师,觉得这是一个难得的机会,因此格外用心。钱鼎铭等人知道李鸿章是曾国藩最看重的弟子和幕宾,也希望先说动李鸿章,进而说动曾国藩,因此是每问必详细作答。

千里赴援,有三个问题至关重要,所以李鸿章问得十分仔细:"安庆上海相隔何止千里,万余人大军如何通过?现在长江两岸大部分地方还在长毛手里,难道要一路攻打过去?那猴年马月才能到达上海?"

"当然不能一路打过去,我们既然能坐洋轮到安庆来,大兵也可坐洋轮去上海。上海洋轮最多,雇十艘八艘都不是问题。"钱鼎铭等人将洋轮载物多、航速快等情形详细向李鸿章介绍。

"现在带兵,不同以往。兵马未动粮草先行,从前用兵都是朝廷筹划粮饷,自打洪杨乱起,大半个中国遭到荼毒,朝廷也没银子,练兵筹饷都是由将帅自想办法,上海弹丸之地,如何能够养得起万人大军?"这是李鸿章关注的第二个问题。

"这个请曾大帅放心,上海最不缺的就是饷银。自开埠以来,上海万货云集,特别是丝、茶两项,是洋商贸易两大端,如今的上海已超过广州,成为洋人最看重的商埠。这是为何?因为上海一则离京师近,与朝廷打交道方便,二则有长江水道,长江沿岸物产都可沿水路聚集上海。再就是自去年以来,江浙屡遭兵灾,江浙子遗无不趋赴上海,洋泾浜上新筑室,纵横十余里,地价从前不过每亩百余金,现在竟至数千金,居民不下百万,商贾辐辏,厘税日旺。"说到这里,钱鼎铭底气十足,"多了不敢说,上海每月可筹集六十万粮饷,连眉头都不皱。而且上海巨商云集,就是临时动议,十万八万的银子也很容易就能筹到。"

"上海虽是弹丸之地,但其富庶可抵西部数省。"李鸿章知道上海设有上海关道,是收入最多的海关,只是没想到竟然如此富庶,听了之后便赞了一句。

见李鸿章点头,钱鼎铭把利害说得更加清楚:"上海富庶,各方尽知。如果曾大帅据有上海,那就凭空多养出万余精兵;如果陷落敌手,那就让长毛据有一个饷源基地。一出一入,关系极重。所以保上海,是关系江浙全局的大事。"

"好,上海的确是必争之地。只是上海有薛巡抚,有防军也有抚标营,还有团练乡勇,他们坐吃上海,绰绰有余,可是凭空多出万人大军来与他们分食,他们会不会处处刁难?我老师就是真能派一军入沪,到时候事事掣肘,恐怕就成了风箱的老鼠。"这是李鸿章关心的第三个问题。如果自己有机会去上海,倒真是个立功扬名的好地方,但如果到时候事事说了不算,那就是个大火坑。

"这个也请转告曾大帅放心,我等是受上海士绅所托,也是受薛抚台公差,全上海无论官家还是商民,定然会全力支持外军。"这件事其实钱鼎铭是最没有把握的,因为薛焕是情势所迫,不得不同意。但此时他如何能够实话实说?只能张满弓,说满话,述说上海绅民渴望大军如大旱之望甘霖。

谈了大半夜,李鸿章回到住处时已经听到鸡叫。躺下刚刚睡着,他就被大帅的戈什哈推醒了。李鸿章翻身起床,揉了揉眼睛,发现已经天光大亮。

曾国藩果然在等着吃早饭。李鸿章从前因为不能早起受过曾国藩的教训,所以一进门就解释原因。

"少荃这回晚起可以原谅。"曾国藩笑了笑,随后示意坐下吃饭。

饭后,曾国藩把李鸿章叫到签押房问道:"少荃,昨晚谈得如何?"

"老师,我以为有必要派一军救援上海。"李鸿章回答得很干脆。

"何以见得?"

于是李鸿章把昨晚所谈说给曾国藩听。曾国藩这些年带兵,最让他烦心的是兵勇闹饷,听说上海如此富庶,他也不禁心动。

"现在手头没有兵,就是有兵,安庆上海相距千里,大军怎么过去?"这个正是李鸿章问钱鼎铭的问题。于是,他把轮船运兵的计划说给曾国藩听。

不过,曾国藩却还有顾虑:"五六个人搭乘洋轮到安庆来问题不大,上万人的大军,那需要多少条船?再说,洋轮虽然是夹板铁船,不怕枪击,可是大炮呢?去年僧王在大沽就曾用岸炮打坏了洋人兵舰,可见洋轮还是怕大炮的。"

这个问题李鸿章没有考虑到,不过他脑子转得快,分析道:"长毛轻易不敢打洋轮的。今年四眼狗、李秀成打湖北,被洋人三言两语劝了回去,就是因为长毛不愿与洋人开仗。洋人嗜利,如今他们仍然偷偷与长毛做买卖,粮食、弹药都弄,所以大家心照不宣。只要不泄露运兵计划,悄悄顺流而下,问题应该不大。"

"好,就算这些都不是问题,让谁去,哪里来的兵?"曾国藩摊开双手,说出他的难题。

李鸿章差点脱口说出自己带兵去,但他毕竟不是意气风发的毛头小子,毛遂自荐的事往往要承担更多的困难,等到老师点派自己时,就能提些要求。所以他忍住没说,而是改口道:"这件事,可以派九叔去。"

自从打下安庆后,曾国荃请假三月,说是回家募勇,其实是把从安庆抢到的财宝运回老家。自打下九江后,曾国荃每下一城必回家一趟,雇船十几艘,全是抢掠的财物。攻下城池,抢掠三天,成了曾国荃酬劳部下的手段,也是所部湘军愿打坚城的重要原因。

"老九回家,说是募勇六千。六千新募之勇,难以承担赴援重任。"曾国藩首先想到的也是曾国荃,"不过,老九这个人太任性,只有他愿意做的事情才能去做,他不愿意是强迫不得的。"

"老师那就赶快给九叔写封信,听听他的想法。"李鸿章说这话时,脑子飞快地转着,他心里倒是巴不得老九不愿去上海。

"不急不急,毕竟这是件大事,也是件难事,要是做成夹生饭,害人害己。"

曾国藩沉得住气,钱鼎铭却等不得了,几个人又到曾国藩的客厅去哭求,并表示如果不答应,他们就不回上海。

"你们这是强人所难。"曾国藩对钱鼎铭如此要挟很不高兴,但不高兴归不高兴,他不能不仔细考虑。

钱鼎铭等人又去找李鸿章,李鸿章则再劝曾国藩,于是曾国藩亲自给老九写信道——

> 上海富甲天下,现派人前来请兵,许每月以银十万济我,用火轮船解至九江,四日可到。余必须设法保全上海,意欲沅弟率万人东去。已与请兵之士绅订定,雇洋人夹板船数号,每号可装三千人,现已放二号来汉口,再放五号来皖,即可将沅弟全部载去。不知沅弟肯辛苦远行否?如慨然远征,务祈于正月内赶到安庆,迟则恐上海先陷。如沅弟不愿远征,即望代我谋一保守上海之法,迅速回信。

曾国荃却迟迟不回信,李鸿章心中暗喜,他推测老九大概不愿去上海,因为去了上海就没有机会攻打金陵。攻下金陵那可是惊世大功,朝廷恩赏自不必说,金陵是长毛老巢,各地财宝源源不断汇集于此,都传说金陵城里是金山银海,嗜财如命的他如何能够抛下这个聚宝盆?

曾国藩再去一封信,仍然如泥牛入海,他以为老九大约是嫌兵少,所以决定让李鸿章和黄翼升率淮扬水师一同前往——

> 江苏、上海来此请兵之钱调甫,即前任湘抚钱伯瑜中丞之少君也。久住不去,每次泣涕哀求,大约不得大兵同行,即不还乡,可感可敬。余前许令沅弟带八千人往救,正月由湘至皖,二月由皖至沪,实属万不得已之举。唯浙江危急,上海亦有唇齿之忧,务望沅弟于年内将新兵六千招齐,正月带来,替出现防之兵,带赴江苏下游,与少荃、昌岐(黄翼升)同去。得八千陆兵,五千水师,必能保朝廷膏腴之区,慰吴民水火之望也。……浙事想已无及,但求沅弟与少荃能为我保全上海,人民如海,财货如山,所裨多矣。吾家一门,受国厚恩,不能不力保上海重地。

曾国藩已经三封信相催,曾国荃不得不回信表明态度,正如李鸿章所料,他不愿把收复金陵的大功拱手让人,但理由却是:"恐归他人调遣,不能尽合机宜,从违两难。"这意思是他不愿受别人调遣,只愿在老哥的手下效命。

老九指望不上,曾国藩决定让李鸿章率军援沪,他试探地问道:"少荃,如果让你去援上海,你敢不敢去?"

李鸿章心中大喜,很干脆地回答:"这有什么不敢,只要老师让学生去,学生一定能肃清上海周边的贼氛,甚至将来能协同九叔肃清江苏全省。"

曾国藩见李鸿章信心百倍,笑了笑道:"少荃此去,我自然高枕无忧,只是幕中少了一条臂膀,奈何!"

李鸿章知道自己再不表明态度,有可能失去这个难得的机会,所以说道:"老师幕中人才济济,不缺学生一人。亲领一军,征战沙场,是学生多年的愿望,还请老师成全。"

于是曾国藩亲自给李鸿章下札子,委托他创建一军。此前,朝廷针对多省督抚都到湖南募勇的问题专门有上谕制止——

> 军兴以来,制兵不足,叠议招募,战场上勇多于兵,湖南弁勇又常居十之七八。用兵之道,择将为先,求将之道,当量其识之短长,才之大小,以为器使。何地无才?不必湖南之人充勇,湖南之才充将。嗣后各直省督抚及各路统兵大臣,务必认真选将,就地取材,各就各省按照湖南募勇章程妥为办理。

朝廷这道上谕是应湖南巡抚之请专发,一则是避免湖南壮丁被抽光,农耕无人;二则是避免湖南人势力太大,成尾大不掉之势。如今派李鸿章这个安徽人为帅去救援上海,就让他从安徽募勇,避免湘军势大惹朝廷不安。所以曾国藩的札子说得很明确,就是委托李鸿章招募淮军。

这有些出乎李鸿章的意料,他原来以为曾国藩会从湘军中抽调万把人给他,立即就可起程赴沪。如今让他去安徽募勇,没有两三个月根本不成,然后训练成军,又要几个月,所以他有些犹豫。

见状,曾国藩又对他说道:"少荃,大员带兵,必须自己训练出来,那才能运用自如。眼下湘军虽然有十几万,但我能够指挥便捷的,也就是老九的部众。你去上海要立住脚跟，必须有亲自调教出的部众，这件事你听我的没错。"

"老师如此说，学生无不遵从。"

李鸿章拿上札委，第一个要找的就是老乡程学启："方忠，老师让我招募淮勇，贼娘的，你要帮我搞一搞。"他向程学启扬了扬手里的札委，满脸兴奋。"贼娘的"是合肥土话，并非骂人，而是高兴的口头语。

"好事好事，大有搞头。"程学启也为李鸿章终于要开府建衙而高兴。

"招来新勇，再练出来，没有半年怕是不成。"李鸿章为此有些丧气。

"全靠新招当然不成。"程学启说，"你当年办过团练，将旧部中招一部分现成的，这些都是经过战阵的，比那些新娃娃强。"

"对，摘熟了的桃子最好。"李鸿章豁然开朗，"到时候老弟要帮我一把，带着你那帮弟兄跟我到上海去，我绝对不会亏待你。"

"跟着老哥我当然愿意，只是我不好向九帅开口，最好你跟大帅要人，到时候我绝不说半个不字。"

李鸿章明白程学启的意思，他投奔不久，刚获曾国荃的信任就要改投门户，面子上不太好。如果有曾国藩发话要他去，那就好说了。

"这个老弟放心，我会向老师要人，估计问题不大。就像女儿出嫁，他总要给些嫁妆的。"

李鸿章的家乡合肥，南有烟波浩渺的巢湖，西有周公山、大潜山、紫蓬山，号称一湖三山。这里民风剽悍，历代都有悍匪。太平军闹起来后，这里几经战乱，兴起大办团练的风气，多数是父死子继，兄亡弟接，一人战殁，全家上阵。这些团练以保家为目标，太平军来了打太平军，官军如果抢掠，他们也打官军。李秀成的部下与这些团练交过手，结果败多胜少，尤其对他们的剽悍心有余悸，因此告诫部下"勿犯三山"。

三山团练中，李鸿章与张树声有些渊源。张树声是合肥人，他父亲张荫谷当年率领张氏四兄弟在周公山下殷家畈筑堡寨，兴办团练对抗太平军，曾多次配合李鸿章的父亲李文安在合肥一带围攻太平军，两家关系不错，如今当家的张树声与李鸿章也颇为熟悉。所以李鸿章写了一封亲笔信，让六弟李昭庆亲自转给张树声。

张树声与大潜山周围的刘铭传、董凤高和紫蓬山下的周盛波、周盛传等部团练互相呼应,声势浩大。张树声把刘铭传等人邀到堡里,拿出李鸿章的亲笔信说道:"二少爷受曾大帅的委托创办淮军,招我们去投奔。咱们兄弟现在虽然逍遥,但总不能做一辈子山大王。二少爷是曾大帅的心腹,我们跟着二少爷,也就等于跟定了曾大帅,粮饷不愁,师出有名,将来再搏个前程,我觉得是个好出路,不知几位兄弟意下如何?"

大家一讨论觉得如此甚好,于是托张树声给李鸿章回信,说明投奔之意。张树声完成李鸿章所托,心中高兴,好酒好肉侍候,大家推心置腹,来了个桃园三结义,将来战场上互救,有难了同帮。

巢湖南岸庐江县还有位办团练的叫潘鼎新,与李鸿章也有渊源。他自幼家境贫寒,但好读书,少年时为求得功名,与同学刘秉璋一起挑着行李步行到京城,拜谒老乡李文安——也就是李鸿章的父亲。后经李文安介绍,入大兴县学,道光二十九年考中举人,被咨送国史馆承修人臣传。后来太平军进攻安徽,他投笔从戎,与父亲一起办团练,与太平军作战。两年前,他的父亲在三河镇之战中被太平军杀死。此时,他正在三河镇苦练乡勇,要为父报仇。接到李鸿章的信,他求之不得,立马回信愿率部投奔。

在庐江办团练还有一位叫吴长庆的也比较有名,他的父亲吴廷香曾跟随李鸿章的父亲李文安征战,也是在三河镇一战中被太平军杀死,正磨刀霍霍准备为父报仇。经李鸿章一邀请,立即表示愿一起投奔。

李鸿章没想到招募如此顺利,立即给诸位头领回信,请到安庆大营一谈,同时也请曾国藩给把个关。大家都知道曾国藩有一双很辣的眼睛,一个人有无造就,往往他一眼就能看个八九不离十。

张树声接到李鸿章的信,就约请刘铭传、周盛传、周盛波一起去安庆。庐江的潘鼎新、吴长庆也如约来到安庆。当晚,李鸿章在乡情楼宴请众位,约定第二天一早去拜见曾国藩。

第六章

仿湘营创立淮军　救上海千里轮运

第二天一早,李鸿章带着六个人来到西花厅,等待曾国藩接见。曾国藩向来守时,但今天却爽约了,迟迟不来。因为第一次见曾大帅,所以张树声、潘鼎新等人都是正襟危坐,唯有刘铭传正是气盛年纪,早等得不耐烦了,反背着双手,在客厅里来回乱窜,发牢骚说:"贼娘的,曾大帅到底是什么意思?要见就见,不见就算,再不出来,老子就走了。"

刘铭传粗野直率,李鸿章领教过,不过在堂堂两江总督客厅也敢如此说话,将众人唬得目瞪口呆。这时曾国藩从屏风后面踱了出来,满面怒容地咳嗽了一声。大家都没想到,原来曾大帅就在屏风后面。他的目光扫过众人,最后停留在刘铭传脸上。众人心里发毛,刘铭传反倒泰然自若道:"俺是山野村夫,见大帅一面不容易,自然不愿久等。"

"有几件公文急着处理,所以就晚了些时候,还请各位少安毋躁。"曾国藩示意大家坐下,"诸位将来都是随少荃东征的干将,要帮少荃好好地募勇、练勇。老夫带勇近十年,有些许心得与诸位唠叨,但愿对诸位带勇有所助益。一是募勇要招乡间农夫,年轻力壮,朴实而有土气者为上;油头滑面,有市井气者,有衙门气者,概不收用。尤其是油滑兵痞,绝不能收进营伍,滥竽充数。二是勇营之制,遵循统领挑选营官,营官挑选哨官,哨官挑选什长,什长挑选勇丁。就好比一棵大树,统领如根,由根而生干、生枝、生叶,皆一气贯通。这样勇丁对什长,下级对上级都感挑选之恩,平日既有恩谊相孚,临阵自能患难相顾。三是要重视扎营建垒。湘军无论攻城或野战,最重视先占地步。凡军至一处必先扎营垒，无论风雨寒暑，不厌其烦。所谓营垒，以营为单位，环绕营盘，筑墙、挖壕。墙须高八尺，厚一丈，用草坯土块筑成，上有枪炮眼。壕一般为内外两层，外壕宽八尺，深一丈五尺，内壕减半，均上宽下窄。每一营垒，开前后两门，前门正大，后门则隐蔽。每到一地，必先扎营垒，扎营未定，不许休息，亦不许搦战。所谓步步为营，就是此义。"

这些都是他当年组建湘军时的教训。最初所招湘军，不少是溃勇投奔，只为拿饷吃粮，一接仗就溃逃保命，结果湘军初战靖港大败，曾国藩差点投水自尽。此后募勇，他只从乡间农夫招募，为的是他们朴实义气，没有投机取巧的毛病。而且一营之中，往往是兄弟父子，或者亲戚近邻，众人彼此有情谊在，打起仗来互相照顾，有人伤亡更是拼命相救。所以湘军打起仗来比官军更加勇敢，不像八旗绿营那样败不相救，胜则争功。

曾国藩告诉众将回去后各自挑选精兵强将，每人准带一营精兵，尽快带到安庆集中训练。最后，他示意众人散去，却把李鸿章留了下来道："我今天有意慢待众人，就是要看看各位的禀性。"

"老师以为，学生这几个老乡可否堪当大任？"李鸿章心里有些忐忑。

"这几个人都带过勇，都是可造之材，将来成就最大者，恐怕要数那位脸上有麻子的。"曾国藩道。

这有些出乎李鸿章的意料，因为刘铭传出言不逊，他正为其担心呢。一听曾国藩这样说，他紧着的心一下松开了："老师说得是。刘省三少年时得了天花，命保住了，却留了一脸麻子。"然后，他又讲了些刘铭传的逸闻。

刘铭传兄弟六人，他排行老六，不喜读书，带着一帮孩子天天闯祸。后来，父亲和大哥三哥先后去世，其他三个哥哥各自成家，十六岁的他跟着母亲生活。正赶上安徽大旱，无以为生，他就跟着人家卖私盐，结果被官府通缉。附近有位豪强带头办团练，逼迫各家纳银出粮。刘铭传母亲无银可纳，豪强便让人放火烧了刘家的房子，而且发出狠话，刘六麻子敢回来，就把他扭送官府。刘铭传听到了消息，到豪强家里论理。豪强见到刘铭传，一脸鄙夷地拿着一把刀递给他说："我知道你本事大，你如果敢一刀把我砍了，我就免了你刘家的钱粮。"刘铭传接过刀，劈头一刀把豪强的脑袋削去半个。他举着血淋淋的刀说："诸位乡邻，有不愿受此窝囊气者，跟我占山为王。"结果，他很快聚起了上千人。后来帮着官府打太平军，多次立功，如今已经保到五品顶戴。

"真枭雄也。此人胆大心雄，直言敢说，我盯着他看，他竟毫无畏惧，非常人胸怀，如善加利用，必能成大器。但有一点，这样的人，不太容易镇得住。"曾国藩点了点头，喝了口茶说，"对这样的人，耍小聪明没用，但他一旦服气，就会甘心就驱。"

师生二人又就带兵统将说了个把时辰，临别时，曾国藩对李鸿章道："上海局势危急，最好月内能把各营带过来，集中训练两三个月才有把握。"

李鸿章回道："请老师放心，月内各营一定带到安庆，届时还请老师亲自出面教训。"

李鸿章回到住处，刘铭传正在等他，逮住就道："二少爷，咱们投奔过来就是冲着你来的。看来我得罪了曾大帅，他是你的老师，我留下来反而让你难做人。此处不留爷，自有留爷处。我要回我的大潜山，当我的山大王。"

"你当然要回大潜山，还要给我挑足一营的精锐带过来。"李鸿章笑了笑道。

刘铭传有些不相信，问道："曾大帅没有恼我？"

李鸿章又笑着道："老师说今天来的诸位都堪大任，但将来成就最大的，是那位脸上有麻子的。"

本来脸上有麻子是刘铭传的大忌讳，没人敢当面提。不过这话从曾国藩口里说出来，他却满脸笑容，应道："曾大帅如此看得起我，我刘麻子就跟定了二少爷，赴汤蹈火，在所不辞！"

李鸿章拍了拍他的肩膀道："我们合起伙来好好搞一搞，你的前程，远着呢！"

"曾大帅说要到乡间去招募农夫，那可就难了，我的人已经跟着我闹了四五年，哪还有什么农夫？"话锋一转，刘铭传又提了个问题。

李鸿章想了想道："这倒是个问题。但活人总不能让尿憋死，老师的意思未必是非要招农夫，而是要有农夫土气的就成。你呀，记住别把那些油头滑脑、只卖嘴皮子的招来，不然到时候打起仗来，临阵哗溃让你难堪。"

"这个当然。不但油头滑脑的不要，辈分比我大的也一概不要。"

"这是为何？"李鸿章有些不解。

"辈分比我大的，我开口要叫一声老叔，用起来不痛快。他要是再仗着辈分说事,这兵还怎么带?我带的兵,甭管他是营官还是哨官,我都要说一不二。"

"好,大丈夫做事,最痛快的就是说一不二。"李鸿章赞道。

张树声、刘铭传他们说话算数,过了元宵节就带着人到安庆来了。周盛波、周盛传兄弟两人行动迟缓,没有按时赶来。不过,还有意想不到的一营人马,那是李鸿章当初在办团练时的老搭档张遇春,听说李鸿章招募淮勇,也投奔来了。

曾国藩亲自与李鸿章商讨淮勇的营制。李鸿章认为湘军的营制就成,何必再讨论,完全照搬即可。于是他以营为单位,设营官一员。每营分前后左右四哨,每哨设哨官一员,管理全哨,设哨长一员,以副哨官。每哨官有护勇五名,伙勇一名。每哨有抬枪队二队、刀矛队四队、小枪队二队,共八队。每队又设什长一名,伙勇一名。每哨连哨官、哨长、什长、护勇、正勇、伙勇,合计共一百零八人,合四哨共四百三十二人。此外营官又有亲兵六队,各队均置什长一名,亲兵十名,伙勇一名,计七十二名。亲兵与四哨合计,每营官统带五百单四名。此外每营还有长夫一百八十人,负责建营垒、挖壕沟、运弹药等事项。这样一营算下来,自营官以至长夫,共计六百八十五人。

眼见得淮军就要成军,诸事繁多,李鸿章开始搭建自己的幕府班底,他至少先要把营务处成立起来,还要招几个文案人员。曾国藩幕府人才极盛,挑几个人选不成问题,李鸿章首先想到的就是周馥。

周馥(1837—1921年)字玉山,号兰溪,安徽建德人,才气横溢。周家向来重视读书,虽然家道因战火荡然,仍然学业不辍。咸丰三年他到县城应童子试,仅试一文,便传来太平军猛攻安庆的消息,考试被迫中止。他的家乡是太平军与官军争夺最为激烈的地方,他带着一家人辗转避难,曾背着襁褓中的儿子在梅岭间一日空腹跋涉数十里。咸丰十年,他经人推荐到曾国藩东流大营帮办文案。打下安庆后,曾国藩设木匦(意见箱)征求意见,周馥投的意见稿让曾国藩看了大加赞赏,立刻让李鸿章把他找来。李鸿章对周馥也是颇为欣赏,见周馥家境艰难,就把自己并不多的薪俸和周馥共享。李鸿章要去上海,周馥连考虑也没考虑,就表示拼死也要追随。曾国藩不仅答应了,还同时给他推荐了几个文案及帮办营务、粮台的人选。

正月二十四日，张树声的树字营、刘铭传的铭字营、潘鼎新的鼎字营、吴长庆的庆字营、张遇春的春字营到安庆北门外扎下营盘。李鸿章也从曾国藩幕府中正式搬出，到军营中坐镇训练。从此，他就从幕府文案正式成为一军统帅。曾国藩率十几个人送李鸿章正式履新，各营营官、哨官二十多人在营门外迎候。大家陪着曾国藩进了大帐，曾国藩示意众人坐下道："从今天起，淮勇新军就正式成立了。少荃从今天起，就是淮勇新军的统帅了。就像姑娘大了要出嫁，少荃要离开，我真有些舍不得。这两年屈居我帐下，出谋划策，处理文牍，我倚为臂膀，这一走真是让我有些手足无措。"

李鸿章拱手道："这些年在老师幕中长了不少见识，如果学生有点儿长进，也都是老师调教的结果。学生愚昧，老师治军理政的本领学不及一，虽然今天开始统军，但依然还是老师的学生，恳请老师继续教导。"

"湘淮本是一家，你和众位统领们都放心，我自然鼎力支持。"随后，曾国藩话题一转，"众位都出身团练，从前都是说一不二的山大王。从今天起，你们归于少荃麾下，自然要唯少荃马首是瞻。在军营中，军令大于天。令行禁止，方能战而胜、守而固。丑话我要说在前头，你们如果不听少荃招呼，各行其是，不待少荃发话，我就先请了王命旗牌，来个先斩后奏，到时诸位可不要说我曾某不讲情义。"

"大帅请放心，我等一定听从李大人将令。"众人都离座，抱拳表示。

李鸿章知道老师这是替他立威，自然顺着杆子道："老师请放心，学生在老师身边最知道军中令行禁止的重要，军令面前，学生也抹得开情面，毫不含糊，一定给老师带出一支军令如山的淮勇来。"

曾国藩脸上浮出笑意，示意大家坐下，笑了笑道："我已经声明，刚才那些是丑话。诸位不要看少荃现在才是按察使衔，可只要一两个漂亮仗打下来，出任一省巡抚也是转眼之间的事。你们跟着少荃好好带勇打仗，前程少荃说什么就是什么。打仗是拎着脑袋的差使，可恩赏也让人眼红得很。你们在衙门熬，十年八年都出不了头，可在军中，也许一两年就得令人刮目相看了。"

曾国藩挥了挥手，戈什哈抱来一摞新刻印的书籍对众人又道："这是湘军的营制、营规，送给各位营官参考，将来少荃可以多刻印一些，让每位哨官、什长都人手一份。"他还带来两万两银子，送给李鸿章留在大营中备急。

开门七件事，军营与持家无二，新开张的军营需要开支的事项自然会多。还有五头猪，十只羊，算是犒赏。这些曾国藩并未事先告诉李鸿章，他感动得眼角一热，眼泪都快出来了。因为他知道，曾国藩一直在为湘军军饷操心，如今挪出两万两银子给淮军，绝非易事。

送走曾国藩，李鸿章坐到刚才他所坐的位子，大家自然再次表达了一番唯命是从的忠心。李鸿章摆了摆手道："众位要再这样说就见外了。不是一家人，不进一家门。我等从此就是捆在一起的兄弟，一荣俱荣，一毁俱毁，大家相处就要掏心窝子，有啥说啥。"

刘铭传一听，便直通通地说道："少帅，那我就说难听的话了。朝廷一再催着东征，可就咱们这三千多人，做醋不酸，做盐不咸，要千里东征，到不了上海，怕就打光了。"

大家称曾国藩大帅，而李鸿章出自曾国藩门下，因此人家称他一声少帅。

张树声以老哥的身份，责怪他说话不吉利。

刘铭传不以为然道："不要怪我说话难听。我们这五营人马，虽说也见过仗，但都是帮着官军打，真正实打实做主力还真没有一个。没有久经战阵的老兵，仅靠我们去支援上海，兵力实在太单薄了。"

这也是李鸿章所担心的，现在淮军不但缺少久经沙场的老兵，更缺少有实战经验的统领。张树声、潘鼎新、刘铭传这些人都没有独立与太平军打过仗。他心里急归急，可还是要劝慰众人："大家都知道九帅帐下的程方忠，那可是员虎将，攻打安庆就立下了大功。他早就答应愿到我帐下，今天我就去找老师说这件事。"

"大家都知道程方忠能打仗，不过就他带一两营来，也还是九牛一毛。"刘铭传还是觉得不行。

"还有周氏兄弟的人马，很快就会兵强马壮了。"李鸿章又加了一句。

"少帅还是尽早去见大帅，望他能尽早拨些人马过来。大家一起训练，也可以切磋切磋。"众人又给他出主意。

李鸿章要给大家一个立说立行、果断干脆的印象，所以挥了挥手道："我立即去见老师，先把程方忠要过来。"

进了安庆城的两江总督府，曾国藩正在会客。仆役给李鸿章沏上茶，让他稍等。就在昨天,李鸿章在总督衙门里渴了自己会倒茶,根本不要别人来侍候;要见曾国藩也不需要通报,几乎是随到随见。可是今天,仆役已拿他当客人待了。官场身份就是这样,再熟悉的人去了不同的位置,各种变化会立即表现出来。等了老大一会儿,安徽布政使才告辞出门,李鸿章便进去拜见。

"少荃,怎么我刚回来,你就又过来了,有事吗?"曾国藩示意李鸿章坐下。

"老师,现在我能抓在手头的只有五个营,要靠这五营援救上海,实在太单薄了。程方忠跟着九叔练成了一个悍将,我想请老师给九叔说句话,能否把方忠和他的人马编到淮勇里,也给淮勇训练打仗做个样子。程方忠是我安徽老乡,入淮勇和大家也算意气相投。"

"你倒是会挑人,程方忠的确是员虎将。可你要知道成就一个能打善战的统领,要带出一营能打硬仗的兵勇,可不仅仅是训练场上的功夫。"

听曾国藩的意思,好像有些不痛快。

李鸿章又道:"老师,当初您让我招募淮勇,说实话我没有信心,我征求了方忠的意见,而且他答应只要老师放人,愿到淮勇营中来,我这才有胆子担起这副重任。"

"听你的意思,不把方忠给你,你就不带淮勇了?"

"学生不是这个意思,实在是学生手底下需要程方忠这样见过恶仗的将领。"李鸿章尽力解释。

曾国藩选将很看重功名,也就是所谓的儒将。对大字不识一筐而且又是叛将的程学启,他心底里并不太喜欢,所以最后还是很痛快地说道:"我替老九做主,就把程方忠的两营送给你。他是安徽人,正如你所说,跟着淮勇更相投。"

"老师可否从其他营中调几员将领来,淮勇最缺的是将才。"李鸿章趁机又提了一些要求。

湘淮都是兵为将有,所谓调将,当然不仅仅是一个营官,其实是连将加兵一起要。

曾国藩听了这话,便道:"少荃,带兵打仗,关键是意气相投。俗话说强扭的瓜不甜,我强令哪位统领跟你去上海,他如果不乐意,将来将帅不和,反倒误事。你看这样行不行,你从熟悉的将领中去挑几个人,把他说动了,肯随你去上海，无论你挑到谁，到时候我都给你如何？"

李鸿章原指望曾国藩一声令下，调来几营人马归入淮军，看来自己想得简单了。而且老师的说法占着情理，他也没有理由再纠缠："那学生就试试，只是以学生的资历，恐怕很难说动哪位将军。"

这件事非李鸿章亲自出马不可，他带着周馥在安庆附近各营中奔波。在湘军中，无论文武，李鸿章的熟人都不少，但一说随他去上海，大家都以种种理由推辞。这样跑了两天，竟然一无所获。

李鸿章这人最大的优点就是不肯轻易放弃。虽然两天一无所获，但他兴致仍然很高，他对周馥道："天下没有办不成的事，办不成就是方法有毛病。兰溪，你帮我想一下，咱们毛病出在哪？"

"我们找的人不太对。"周馥这两天一直在想这个问题。

"如何不对？"李鸿章两眼炯炯地望着周馥。

"我们找的人都是目前湘军中势头正盛的人。这些人，正得到各路统领的看重，自然不会改换门庭。"周馥说出了想法。

"说得对。"李鸿章鼓励说，"继续说下去。"

"湘军营官中，最受器重的是那些有功名的儒生，功名越高，地位越高。虽是军营，却有些像八股取士的味道。那些没有功名或者功名差一些的，前程就有些不太妙。所以，咱们应该在这些人身上下功夫。当然有一点，如果大人也和曾大帅一样非儒将不用，那就只当我什么也没说。"

"我才不管他儒将不儒将，只要能打仗就行。你看现在淮军这些营官，除了张振轩，都是山大王出身。"

周馥的这个建议不错。李鸿章人头熟，哪营的什么人有没有功名，他不难弄清楚，而且帮着曾国藩筹措粮饷，与不少湘军统领关系都不错。他首先找到鲍超，见面就道："老鲍，咱俩算老相识，这几年你的粮饷我可没少帮忙。如今我要去上海，人单势孤，你帮不帮？"

鲍超就是不读书的大老粗，所部霆军能打仗，但也是出名的军纪差。他很痛快地说道："你看上哪个？只要他肯去，我就放人。"

李鸿章点名要的是杨鼎勋。杨鼎勋与鲍超都是四川人，是鲍超把他招募进了川勇营，后来又隶属湘军，一直是鲍超手下最得力的干将。不过鲍超这个大老粗很讲义气，答应的事情就不再改口："不过，老兄要想带走人，你得去问一声他愿不愿意。"

李鸿章平时与杨鼎勋就算得上熟悉，又把上海说得天花乱坠，结果把杨鼎勋说动了，他所能带的只有一营，而且还要与鲍超商量。鲍超听了摇了摇手道："我这个少铭老乡一点情谊也不讲了，罢了，好人做到底，就把这一营送你。"

这样，李鸿章跑了三四天，总算说动了几个人：陈士杰部的陈飞熊，曾国荃部的滕嗣林、滕嗣武两兄弟，再加上程学启的两营，已经有六营可以归入淮军。

曾国藩看过李鸿章递上的名单，几乎没考虑就同意了："我说过的话当然算数，他们愿跟你走，我就下令调拨。老九那里由我来说，滕氏两兄弟这两营，原本就是上海薛中丞去湖南招募的，被我拦了下来，也算不上精兵强将。少荃，这些人都算不上能征善战的良将。我再送你督标营韩正国的两营，先做你的亲兵营。"

督标营相当于曾国藩的亲兵，一下拿出两营相赠，实在出乎李鸿章的意料。

"你去援救上海，那是孤军东征，我们都鞭长莫及，要想站住脚，没有几营老兵怎么成！有这八营人马归你帐下，我总算勉强能放心了。"曾国藩又道。

李鸿章连忙离座，要行跪拜大礼。曾国藩连忙拦住他："少荃，这可就见外了。将来你能在上海站住脚，就能够牵制长毛的数万人马，如果能够收复苏常，那就能对金陵形成夹击之势，于大局至关重要。送你八营湘军，一是咱们师生一场的情分，也是我为两江统筹考虑。这八营人马，藤氏兄弟的两营大约明天能到，其他几营可能要晚一些。他们的饷银，只要在安庆，全由湘军粮台发，一旦离开安庆，那就是你的事了。"

曾国藩还要留李鸿章在总督府吃饭，李鸿章要把这大好消息告诉众将，哪里还有心思留下？

二月中旬，钱鼎铭到安庆来了，亲自解来了八万两现银，作为淮勇赴上海的起行费用。这解了李鸿章的燃眉之急，因为大军要去上海，不知猴年马月才能回来，拖家带口的人都要往家里留点银子，即使是一人吃了全家饱的光棍汉,口袋里也要有几两银子才能安心。

按照曾国藩的计划,淮军三月初就要赴上海,可如何去尚无定论,因为赴上海的轮船仍没有定妥。李鸿章问是怎么回事,钱鼎铭却一言难尽。

雇请轮船一事,由署理江苏布政使吴煦主持,直接经办者则为中外会防局的候补知府吴云、候补知州应宝时。自从乞师后,他们就开始与英国人交涉。英国领事麦华陀开始是一口拒绝,后经翻译官阿查哩的热心筹划,他总算答应了。由洋商麦李洋行承运,计运兵九千,骡马军械携同入船。但麦李洋行狮子大张口,运价要二十五万两。经由阿查哩居中协调,降为每兵运费银二十两,全部船价分四个月缴清。吴云还价十五两一名,分六个月交银,可英商牙咬得很紧,一两也不肯减。吴云报告给吴煦,由他向薛焕说明英商的意思。薛焕一听要十八万两,无论如何也不同意。所以直到现在,还没有定议。

要乘洋人轮船直航上海,风浪不说,还要过长毛的占领区,如果长毛开炮轰击,岂不要葬身江底?所以众人都是顾虑重重,就是李鸿章也心中无底。如今洋轮仍然没有确信,李鸿章就与曾国藩商议从陆路走。于是,曾国藩决定就沿长江北岸,从陆路取道巢县、和州、含山东下,由曾国荃担任攻城,李鸿章则率淮军傍城冲过,然后到扬州和镇江驻扎。钱鼎铭听说淮军不能直接运到上海,而是驻扎在镇江、扬州,他大哭好几次,好不容易乞来的援师,岂不打了水漂?

曾国藩劝道:"调甫,你也别急,淮军不是不想乘洋轮,问题是洋轮到现在没有雇到,你让少荃怎么去?"

于是,钱鼎铭写了一封亲笔信,出重金在安庆城里雇了两个要钱不要命的人求洋轮带往上海。三天后这两人到了上海,把信交给上海团练帮办顾文彬。顾文彬是安庆乞师的首倡人,现在因为没有雇到洋轮使这事泡汤,他立即去找吴煦。顾文彬自幼喜欢书画、诗词,虽身在官场,文人脾气很足。他对吴煦说道:"你告诉薛某人,他不出钱,我就是砸锅卖铁,把老家的房子田产卖了也要雇洋轮。再不成,我就向洋行贷洋债,看他这巡抚的面子何在!他的心思无非是怕淮军来了抢了他的风头,可要是保不住上海,朝廷先要的是他姓薛的脑袋!"

吴煦见顾文彬是铁了心,就再去找薛焕。他们俩是松江知府、苏松太道、江苏布政使的前后任,关系十分密切。如果顾文彬牛脾气犯了,把乞师不成的责任完全归咎到薛焕头上,那他在上海还如何立足?他当然不愿担这么大的干系,便说道:"站着说话不腰疼。钱从哪里来?那可是十八万两银子。"

"顾某人要自己出。"吴煦应道。

"他哪来那么多银子?"

"他说砸锅卖铁卖房子,还可以向洋行贷洋债。"

薛焕沉默良久,想了想顾文彬的牛脾气,终于点头答应了。

李鸿章正在筹划从陆路进军时,上海派出潘曾玮等三人赶到安庆,说已经雇妥了洋轮七艘,分三班把淮军全数运往上海。曾国藩听说上海士绅为此捐银十八万两,感到如果再从陆路去上海,实在说不过去。何况,这个潘曾玮与曾国藩还很有些渊源。

潘曾玮,字宝臣,吴县人。他的父亲就是大名鼎鼎的大学士潘世恩,历事乾隆、嘉庆、道光、咸丰四朝,被称为"四朝元老"。曾国藩在朝时,与潘世恩算同僚,这是一层;而潘世恩还有个孙子,叫潘祖荫,也就是潘曾玮的堂侄,是咸丰二年的一甲探花,入值南书房,曾国藩与他书信往来,左宗棠受人诬陷,曾国藩曾经拜托潘祖荫上疏力保。潘曾玮本人科甲不顺,咸丰四年父亲去世,他从刑部郎中任上丁忧回籍,寄情于诗词书画,太平军占领苏州后,他就避居上海。因为其显赫的家世,地方有事总托他出面。他是安庆乞师具名者之一,如今带洋轮到安庆来,又劳他出面。

曾国藩一则考虑上海士绅的至诚,二则考虑潘曾玮的面子,因此与李鸿章很快商定还是按原议乘洋轮赴上海。李鸿章又要去做各位营官的工作,因为大家对坐洋轮去上海一直十分担心。一则大家从来没与洋人打过交道,印象中洋人要么向清军开枪开炮,要么就是逼朝廷签和约赔银子。二则是要穿越太平军占领区,沿岸都是巨炮,如果被太平军开炮轰击,大家难免葬身鱼腹。前几天刚说要从陆路走,大家稍安了些心,如今又来动员大家坐洋轮,大伙一时都还转不过弯来。

"坐洋轮已经定了,上海士绅花了十八万两银子,我们不坐洋轮,如何对得起上海人的一片赤诚?现在不是讨论坐不坐轮船,而是讨论三班轮船怎么安排。"李鸿章一锤定音。

刘铭传道:"最担心的是第一批,第一批没问题,后面的就好说了。"

"我是大帅的亲兵营,就第一批走。"韩正国是亲兵营,首先出面。

程学启蒙李鸿章看重,也抢道:"我也愿第一批走。坐洋轮总比攻城夺壕要安全得多。我了解长毛,他们对洋人的轮船轻易是不会进攻的。再说了,当兵吃粮本来就是脑袋掖裤腰带上的活,没得二话。"

"我是全军统帅,不能光要别人不怕死,我就随第一批走。"李鸿章关键时候也要表现自己的勇气。

众人都劝他无论如何都不能涉险,但他主意已定,别人再劝也无用。大家无话可说,三班顺序也就排定了。

李鸿章就要远行了,但曾国藩仍然有些不放心,因此要再详谈一次,他有几句话要直言相告。两人见面,曾国藩便先问道:"少荃,如今的上海,英法美等洋人都有租界,你到了上海,少不得与洋人打交道。如今大清国势弱,洋人总是千方百计算计我们,小有错误,便贻害大局,你与洋人交涉,有何主意呢?"

"门生正要为此求教老师。"李鸿章恭敬地一拱手。

曾国藩道:"如此看来,你对这个问题也是思虑再三,当然必有主意,且先说与我听。"

"门生也没有打什么主意。与洋人交涉,我只跟他打'痞子腔'。"

所谓"痞子腔",是皖中土语,即油腔滑调的意思。李鸿章的意思,和洋人交涉,反正是不能全说真话,真真假假虚虚实实,有时候不妨顾左右而言他,总归不能让洋人抓住话语的漏洞来责难。

曾国藩听了李鸿章的话,沉默着以五指捋须,过了好半天才慢慢开口,拉长声音说道:"呵——'痞子腔',我不懂得如何打法,你打一个我听听。"

李鸿章听出曾国藩是不以为然,赶忙说道:"门生信口胡说,还求老师指教。"

曾国藩眯着眼,又不停地捋起胡子来,好久才抬起眼来道:"以我看来,还是用一个'诚'字。诚能动物,我想洋人亦同此人情。圣人言,忠信可行于蛮貊,这断不会有错的。我大清现在既没有实在力量,你如何虚强造作,他都看得明明白白,是不中用的。不如老老实实,推诚相见,与他平情说理,虽不能占到便宜,也或不至过于吃亏。无论如何,我的信用身份总是站得住的。脚踏实地,蹉跌亦不至过远,想来比'痞子腔'总靠得住一点。"

如何对付洋人,李鸿章心里也确实拿不定主意。因为他也几乎没跟洋人直接打过交道,洋人如何狡诈,如何唯利是图,也不过是口耳相传。老师的话自然有道理,所以他急忙应声道:"是,学生谨遵老师训示。"

曾国藩是理学大家,尊崇的是儒家学说,他的老家湘乡荷叶塘,又是偏僻质朴的乡间。所以曾国藩行事,最讲敬信笃诚。尤其是诚字,最是他所讲究。他选的统领也最看重儒生,大部分将领都有科举功名,除了训练,早晚读书修身,是湘军将领的一大特点。就是打仗这最讲"诡道"的事,曾国藩也讲究一个"诚"字,就是打笨仗,不取巧,靠扎扎实实的训练和死打硬拼,终于逐渐占了上风。

而李鸿章虽师承曾国藩,却有很大的不同。李鸿章的家乡合肥磨店,虽非繁华镇邑,但并不像曾国藩的家乡那样深居山里,而且徽商闻名天下,从文化传统上讲,曾国藩身上更多的是农耕气息,而李鸿章却有些商人气息。李鸿章也是儒生,但他三十岁就离开京师办团练,因此所受的儒家影响远没曾国藩那样深厚。其个人性情也不像曾国藩那样刻板严肃,就是在下属面前,李鸿章也常常是随和得多。

凡事都有两面。李鸿章善于通融达变,这是长处,但曾国藩所担心的是他太浮躁,太急于求成。此时曾国藩已密奏李鸿章出任江苏巡抚,代替正受参劾的薛焕。李鸿章如骤获封疆,太过得意忘形,事事都要按自己的想法来,弄得怨声四起,难免会搬起石头砸自己的脚。所以曾国藩又告诫道:"少荃到上海去早晚必独任一方。所谓新官上任三把火,如果三把火烧不准,那就有可能做成夹生饭,自损权威。如果太过急躁,处处点火,就有可能把自己的前程葬送。"

"学生请老师教诲。"李鸿章知道曾国藩不会无缘无故有这番交代,因此洗耳恭听。

"上海吏治大有问题,习气太重,早晚必须整顿;上海华洋杂居,与洋人交涉必然千头万绪。但吏治洋务,并非根本,也不是最急的要务。你时刻要挂在心上的,是练兵学战,这是你身家的根本。你之所以要去上海,是因为军情紧张,才有上海士绅乞师。你一至上海,估计长毛很快就要进犯。因此你到上海后,什么事也不要急于过问,只安下心来扎扎实实练兵,而且不要急于求战,而一旦开战,则务求必胜。"曾国藩捋着胡须,还觉意犹未尽,提醒道,"你且记着,将来你回过头来看,带兵援沪必是你腾达的关键。你手里有这支精锐的淮军,将是你富贵的根本。你能够指挥自如,能够克敌制胜,你的前途自然远大。如果事实证明你所率的是乌合之众,不要说前程,恐怕会有性命之忧。"

曾国藩当然不能明白说出"有军才有权"这样的话,但凭李鸿章的聪明自然会领悟他的苦心。

"学生牢记老师的教诲,把'练出精兵、学会打仗'当作本分。"李鸿章诚恳地应道。

"千言万语,难以尽言。临别我有二字相赠,但愿你无论遇到什么事情,都以'深沉'二字应对。"

这话又令李鸿章暗自感慨。他要去上海,最近好友多有良言相告。湖北巡抚李续宜以"从容"二字相赠,江西巡抚沈葆桢以"勿急"二字相劝,浙江巡抚左宗棠提了一大堆忠告,核心是"沉着"二字。如今曾国藩以"深沉"二字相诚,真如商量好了一般。

同治元年三月初七(1862 年 4 月 5 日),安庆城外校兵场。淮军兵士排着整齐的队列,等待检阅。钦差大臣、协办大学士、太子少保、兵部尚书衔节制四省军务、两江总督曾国藩,头戴正一品珊瑚顶戴,身穿九蟒四爪袍,在正三品蓝宝石顶戴的李鸿章陪同下,向校兵场走来。

"参见曾大帅,参见李少帅!"淮军将士齐声高呼。

曾国藩登上校阅台,淮军各营统领报名参见,随后曾国藩说道:"淮军子弟就要赴上海杀敌,今天也算给诸位送行。当年我率湘军将士背井离乡,为朝廷效命,长途跋涉,兵饷两缺,却能屡屡克敌制胜,不仅凭忠勇二字,更赖各营各哨呼吸相顾,赴火同行,蹈汤同往。胜则举杯酒以让功,败则出死力以相救。俗话说,打虎亲兄弟,上阵父子兵,我湘军子弟当之无愧。湘淮本是一家,望淮军将士也能情同手足,并肩杀敌。如此,则发匪纵有万万之众,在我湘淮健儿面前,也不过是乌合之众,定如摧枯拉朽,指日可破。"

"摧枯拉朽,指日可破!"淮军将士齐声高呼。

安庆码头,三艘轮船靠在岸边,韩正国的亲兵营八百人乘一船,周良才部五百人乘一船,程学启部一千三百人乘一船。

"恩师请回,江边风大,学生不敢久劳恩师。"李鸿章恭敬地给曾国藩施礼。

"少荃啊,你这一走就像闺女出嫁,我要看着你走,快些上船吧。"曾国藩有些感慨。

汽笛长鸣,轮船启行。船上船下,摇手告别。淮军统帅李鸿章时年不足四十,迎风站在船首,气宇轩昂,风度儒雅,紧闭的嘴角和微突的颧骨透出冷静和坚毅。

轮船与从前所乘木船感觉根本不一样,平稳得有时候都感觉不到船在动。因为怕被太平军发现,所以登船后营哨什长都奉命严格看管所部人员,一律不准喧哗,更不准到甲板上去。韩正国则亲自在船舱入口处,拖了把椅子坐在那里,一副一夫当关,万夫莫开的架势。大家都是提着命去上海,所以都很规矩,连大声咳嗽也不敢。

李鸿章的住处比较宽绰干净,有床,有桌,最奇妙的是两个粗壮椅子,坐上去人就陷下去,很软,人站起来就复又弹起。洋行的通事告诉他,说洋人管这种椅子叫沙发。洋人对李鸿章十分客气,船长还亲自邀请李鸿章到管驾室去参观,向他介绍各种仪表的功能。船长又在甲板上让人摆上一张小桌子,请李鸿章喝咖啡。因为担心被太平军发现,所以李鸿章不能穿官服,而是换上了一身通事的西装,紧紧地裹在身上,很不舒服。所以李鸿章一走下甲板就连忙换掉了,再也不穿。这是他第一次近距离接触洋人,第一感觉就是洋人也是人,并没想象的那样凶神恶煞,处处找碴,而是十分友好。

越接近金陵,太平军也就越多,到处旗帜飘扬,两岸堡垒密布,还有黑洞洞的炮口。太平军群相观望,指指点点。李鸿章穿上一身洋行学徒的衣服,站在甲板上观察两岸。在九洑洲附近,突然有一只木船向江心开来,摇着小旗喊话。李鸿章紧张得不得了,洋行通事劝道:"大人不必惊慌,他们十有八九是要买东西。"

洋轮慢了下来,那木船靠近了问道:"有没有治红伤的药,我们有位王爷受伤,急需红伤药。价钱无论,只要有药就行。"

大副让通事警告小船上的人道:"你们这样做太危险,如果小船被撞翻了,责任谁负?"

"实在没有办法,我们要救王爷的命。"小船上的太平军倒是十分客气。

双方谈好价钱,船上先用绳子把银子拉上来,然后再把消炎类的药物吊下去。

下面又提出买支手铳。所谓手铳,就是洋人的手枪。通事报了个很高的价格,但下面的人连价也没还就同意了。

通事向李鸿章解释,轮船只要一靠码头,就有太平军来买东西,粮食、药品、火枪、弹药,五花八门,什么都有。今天他们到江中拦截,说明确实急用,如果不理睬他们,反而会惹来麻烦。

"这船是洋人的,我不过是客,你看怎么合适怎么办,但千万不能让长毛上船。"李鸿章只强调了一点。

通事笑道:"这个自然,大家都有不成文的约定,长毛一般不会上船的。"

李鸿章虚惊一场。此后轮船一路顺江而下,没遇到任何麻烦,三天后就到达了上海。

首批淮军到达上海,码头上以布政使吴煦带头的江苏官员、驻军统领及士绅前来迎接,外加看热闹的百姓,足有几百人。在籍户部主事钱鼎铭因为与李鸿章已很熟悉,所以就由他一一代为介绍。

淮军勇丁从船上鱼贯而出,上海人都大失所望,他们花巨资请来的援军怎么是这副样子?头上包着一块布帕,身上穿的是土布缝制的号衣,胸前有个圆圈,写着个淮字,后背也有个圈,写个勇字,仿佛是瞄准的靶心;下身是大脚肥裤,脚上则是草鞋。人人都背着油纸伞和大蒲扇,武器更是不像样,除少数破旧抬枪外,大多是刀矛弓弩。因为在船舱内待得太久的缘故,大家脸色泛青,眼睛也不灵光,身上的气味更是难闻。满嘴里说的是合肥土话,一句也听不懂。

官员们心里鄙夷不说出来,但看热闹的百姓则没那么多顾虑,有什么说什么:"阿拉今朝算是开眼了,这哪个是军队,分明是土佬巴子。"好在上海话在合肥人听来就像鸟语,又快又柔,根本听不懂。

李鸿章率军前往南汇军营,一支列伍整齐的军队迎头向淮军走来,好像专门要与他这支叫花子队过不去。钱鼎铭指点着说道:"李大人,这就是洋枪队。由上海中外会防局发起,雇请洋人任指挥,士兵有洋人也有华人,统领是美国人华尔,作战勇敢,屡获大捷,被抚台大人命名为'常胜军'。"

李鸿章仔细打量这支部队,确实非比寻常,军服笔挺,皮鞋锃亮,肩上扛的是一色的洋枪。洋枪队显然是为了炫耀,军官叽里咕噜一通,立即变换了队形,平端着枪,踢着正步;一会儿又把枪扛在肩上,跑起步来,嘴里还喊着号子,步伐整齐,脚脚踏在点上。

淮军将士们望着人家的服装武器,羡慕得瞪着大眼。

李鸿章心里也为之震撼,但他心中十分清楚,淮军初到上海,他作为主帅,尤其不能露怯,于是对将士们说道:"军队贵能打仗,外表有什么好比的?传我将令,所有兵弁人等未经许可不可出营,各营严加训练,贼娘的,好好搞搞,打一个胜仗让洋人和上海人瞧瞧,不能丢咱安徽人的脸!"

安庆的十三营淮军,前后分五批全靠轮船运到了上海,除了十几人被闷得晕过去外,几乎没损失一兵一卒,这实在是一个天大的奇迹。接近万人的千里大转运,竟然完全靠轮船运到,这实在是前无古人,而且这一令人不敢相信的奇迹竟是在洋人的帮助下完成的,更是令李鸿章感慨万千。

第七章

结交洋将受冷遇 大战将至筹饷难

李鸿章的住处就在城外徽州会馆,一切安顿就绪,第二天他就去拜访江苏巡抚薛焕。薛焕,字觐堂,四川宜宾人,时年四十七岁,留一把胡须,这使得他看上去比实际年龄更长。再加上他目光冷淡,初次见面就让李鸿章有些窝火。不过想起临别时曾国藩所赠"深沉"二字,李鸿章也就故作麻木,依然恭敬有加。

薛焕是道光二十九年(1849年)举人,选授江苏金山县知县。太平军起事后,他因为在金山办团练而得到钦差大臣、江南大营统帅向荣赏识,入幕赞襄军事。而后任松江知府、苏州知府、苏松粮储道、苏松太道、江苏按察使、江宁布政使,仕途一路顺风顺水。咸丰九年,英法联合舰队准备武装闯过天津进京换约,有个御史上疏称赞薛焕"有胆略,任上海道时,洋人畏服。请特召来京,交科尔沁亲王僧格林沁相时委用",薛焕因此得以到天津协助僧格林沁布防。大沽炮台一役清军击沉英舰四艘,击伤多艘,重伤英军司令何伯,迫使英国舰队不得不竖起白旗狼狈撤走。薛焕因此得到僧格林沁赏识,上折保奏他署钦差大臣办理五口通商事宜。咸丰十年因为太平军踏破江南大营,占领苏、常等地,江苏巡抚徐有壬战死,两江总督何桂清避居上海被革职,薛焕以知兵、知洋而出任江苏巡抚兼署理两江总督。

"当初我任苏抚,那是受命于危难之中,兵无可集,将无可选,唯张空名号召上海士绅,合力拒贼。"薛焕对自己能保住上海颇为得意,一再向李鸿章表功。李鸿章嘴上应着,心里却在想,既然你能保得住上海,上海士绅怎么会花巨资请淮军入沪?

　　薛焕最得意的是组建了洋枪队。那时候上海的官军几乎都是从战场上溃败下来的,已经被长毛吓破了胆子,根本指望不上。英法在上海有驻军,但不会听他的指挥。吴煦和苏松粮道杨坊提了个不错的想法,就是凑钱雇请个叫华尔的美国人训练一支洋枪队来帮着守上海。作战指挥和装备,一切都仿照洋人。华尔十六岁就开始闯荡世界,在墨西哥和法兰西投过军,而且还打过仗。二十七岁的时候,他到中国来了,先是在美国长江航线的汽船上混,后又到清军水师炮船"孔夫子"号当大副。吴煦当过上海海防同知,经常与英法洋人打交道;杨坊是洋人公司买办出身,也与洋人熟悉,两人听华尔讲他的经历,简直是身经百战的常胜将军,所以就极力向薛焕推荐。薛焕也是苦于无人防守上海,立即答应这一要求,并上奏折请求允准。因为上海危在旦夕,朝廷就同意了薛焕组建洋枪队的要求。洋枪队果然争气,在上海保卫战中五战五捷,薛焕再次奏请清廷批准,赐华尔四品顶戴,并将洋枪队更名为"常胜军"。这样,华尔正式成为朝廷命官,而洋枪队也嬗变为朝廷正规军。

　　李鸿章第一次听了洋枪队的来龙去脉,也不得不佩服薛焕借洋人力量保卫上海是一招好棋。他已经见识过洋枪队的装备,所以也大加赞赏,然后话题一转道:"抚台大人,我路遇洋枪队,见他们人人都肩扛洋枪,私下揣度,洋枪队屡获大捷,被抚台大人赞为'常胜军',恐怕与他们装备精良不无关系。反观我淮军,则太过寒酸。上海洋商云集,不知可否向洋人购些快枪,每营一百条或更少也可,先让兵弁熟习洋枪操作之法,将来次第增购,必能战力大增。我乘轮来沪,一路之上见洪贼沿江连营、深沟高垒,上海深陷贼匪重围之中,购置洋枪洋炮实在是第一要务。"

　　薛焕听李鸿章要为淮军购置枪炮,立即警惕起来。他需要淮军壮大上海的防守力量,但又不愿淮军压过他的势头,而且购买洋枪又需要一大笔银子。他决定彻底打消李鸿章的念头:"少荃此话谬矣。常胜军连战连捷,并非得力于枪炮,而是训练扎实。要论洋枪洋炮,李秀成的长毛也配备不少,但因为不能好好训练,所以并不能发挥作用。而洋人操练,全用洋语,华人根本听不懂。"

　　"我倒是听说,洋枪队中士兵以华人居多,只有军官是洋人,他们不是一样指挥裕如?"李鸿章对此话颇为不信。

"起作用的关键是洋人,华人士兵全凭看洋人样子照葫芦画瓢。想用洋枪装备兵勇后就能战无不胜,那是不切实际的想法,这也是为什么上海防军也没有配备洋枪的原因。"薛焕绞尽脑汁找借口,"其二,实在没有银子去买洋枪。洋人奇货可居,一条洋枪动辄要价上百两银子。上海虽算富庶,但要还英法赔款,要支付洋枪队、防兵及淮军粮饷,还要接济安庆曾大帅和镇江冯军门,已是捉襟见肘,要想再拿出银子买洋枪,实在难办得很,至少目前是如此。所以我认为,你当前应当加紧训练淮勇,尽快辅助官军把上海周边的长毛赶走。"

这最后一句话尤其让李鸿章不高兴,难道他的淮军还不算官军吗?而且还是辅助你来打长毛。要是辅助,我在安庆辅助老师不比你强之百倍?他不再打算与薛焕谈买洋枪的事,便顺口说道:"抚台说得是,俗话说不当家不知柴米贵。不过,学习一下洋人的操练也是可以的。我看洋人操练颇为整齐,大人可否介绍几个洋人到营中教练兵弁?"

"华夷有别,我堂堂一省巡抚,从来不轻见洋人。你也要自重身份,对洋人也不要太过亲密。洋人可用之,而不可亲之,更不可敬之。"薛焕闻言,一脸不悦。

薛焕果然是个水泼不进,针扎不进的顽固官僚。李鸿章什么收获也没有,他告辞出门,一肚子的火气回到军营,立即着人找钱鼎铭来见。钱鼎铭一到,他劈头就问:"调甫,我到上海两眼一抹黑,你对上海很熟,咱们又脾气相投,我请你入宾师之席如何?"

所谓入宾师之席,就是请钱鼎铭当他的幕府师爷。这几年入幕府筹划军事,已经成为晋身的捷径,钱鼎铭早有此意,无奈薛焕前程堪忧,而他与曾国藩又只有一面之缘。李鸿章虽然客居上海,但以钱鼎铭的精明,他早已看出李鸿章必定要替代薛焕。曾国藩所派出独当一面的将领,陆续都当了地方大吏,水师统领彭玉麟是安徽巡抚(后来彭玉麟坚辞未受),进军浙江的左宗棠是浙江巡抚,防守湖北东大门的李续宜是湖北巡抚,李鸿章的淮军到上海来,将来主政江苏,是再清楚不过的事。以李鸿章的性格,比之曾国藩更通情达变,比之薛焕更易于结交,因此他很痛快地答应了:"那是求之不得,只是不知大人安排我做什么,能不能担当得起,别误了大人的大事。"

"你就先入我的营务处参与军机,筹措粮饷,需要依仗处太多。你放心,我李某人绝对不会埋没了你的功劳,如果机缘凑巧,将来我能主持地方,一定极力保荐,帮你弄个府、道的顶戴,都不是难事。"

钱鼎铭心里高兴,嘴上却道:"入大人幕府,是图与大人脾气相投,合起手来成就一番事业,至于名利,生不带来,死不带去,我断不敢向人人计较。"

"大丈夫生于世间,不重名利还有何意思?天下熙熙皆为利来,世间攘攘皆为名往。非名利,无以鼓舞俊杰;我无名利于人,谁肯助我?董仲舒要人交往'正其谊不谋其利',这话就有些唱高调了。当然,我的意思并非要大家做名利之徒,更非唯利是图,而是说有功就当酬,正当的利就大大方方地获得。这一点,洋人比我们痛快得多。"

"我非常赞同大人的高论。"

"你与吴藩台和杨观察关系如何?我想见见洋枪队的华尔。"李鸿章转入正题。

钱鼎铭知道这事有些不好办, 他斟酌着说道:"江苏官场对洋人有两种截然相反的态度。一种是抚台薛大人,对洋人敬而远之,一概不见;一类是藩台吴大人和粮道杨大人,他们甘为洋人驱使,在洋人面前低三下四。杨观察还把女儿嫁给了华尔,就是要借洋人的势力左右上海,而且还千方百计阻挠他人与洋人接近。大人可写封信,我去找杨观察试试。"

李鸿章又道:"华尔或者其他洋人都可以, 我只是想了解一些洋人操练和枪炮的事情。"

晚饭时钱鼎铭又到军营来了,说杨坊一口答应,明天洋人自会上门。

第二天,李鸿章早早做好准备,听到亲兵报"洋人求见"后,他郑重地再次整整衣冠。他对此次会面非常重视,并深怀热望。

那位洋人进来了,毕恭毕敬向李鸿章鞠了一躬,操着拗口的汉语说道:"我是大英帝国第99联队上尉军医马格里,特来拜访李大人。"

"上尉是什么衔?"李鸿章低声问钱鼎铭。

"大约相当于哨官。"钱鼎铭小声回道。

李鸿章原本盼望洋枪队的统领华尔能来,再不济副统领也成,没想到他等来的却是一个小小的哨官。在他大营里,哨官根本连他的门也进不来,不用说接见!他的火腾地就蹿起来了,心中暗骂:贼娘的杨坊,你竟然耍老子。但洋人哨官已经站在面前,他再有火也不能发到人家身上。他请马格里坐下后问："马格里先生，我们中国有句老话叫旁观者清，不知你看了我的军营后有何见教？"

马格里回道："李大人，如果大人觉得我的名字不好记，可叫我的中国名字。我为自己取了个中国名字，叫清臣，意思是忠于大清的臣子。"

李鸿章笑了笑道："你的英文名字也好记得很。我有点不明白，现在你是在英国军队还是在洋枪队？"

马格里本是英国驻中国海军舰队的士兵，不过他羡慕洋枪队军饷高，所以就想去洋枪队。他与舰队司令何伯是老乡，就把自己的想法直言相告。何伯也希望能够对洋枪队的行迹有所了解，因此答应了马格里的要求，而且还保留他在英军中的编制和军饷，算是派入洋枪队的眼线。当然，这个情况只有少数几个人知道，所以他对李鸿章说："回李大人的话，我从前是英军舰队军医，现在已经加入洋枪队。"

"你在舰队待过，如今又进了洋枪队，依你看，大清的军队最大的毛病在哪里？"问出这话，李鸿章觉得实在没面子，他堂堂淮军统帅，竟向一个军医请教华洋军队的区别，真是牛刀杀鸡。

"李大人，我进军营的时候看到了您的士兵。他们的勇敢我不敢怀疑，但他们的武器太差了。据我所知，太平军已大量使用枪炮，特别是围攻上海的李秀成，他的部队火枪不下五千条。因此，我建议李大人快快给您的士兵购买先进的枪炮，只有这样，才能好好保护他们的生命。"

马格里的这番话与李鸿章不谋而合，竟然有一种他乡遇故知的感觉，所以他急切地问道："那在哪里能买到洋枪洋炮？"

"我一时也说不出个准确的地方来，不过，洋枪队的华尔将军应该有办法。另外，在广州、香港码头都应该能买得到。"

广州、香港那是远水不解近渴，华尔能搞到洋枪倒是个好消息。杨坊不愿他见到华尔，通过这个军医也许有办法。李鸿章心里一转念又问："马格里先生与华尔将军熟吗？不知华尔将军何时有空，请你转告他，我愿意与他见一面。"

马格里回道："我与华尔将军不是很熟，但与他的副官关系不错，我一定把大人的话传到。"

第二天，马格里跟着钱鼎铭来见李鸿章。一路上钱鼎铭都在劝马格里，让他随便编个理由,不要实话实说。马格里却是一根筋:"华尔将军就是这样说的,而且让我把话传到,我怎能改变将军的决定?"

"你真是一根筋,华尔将军的话会让李大人不高兴。"

马格里反驳道:"高兴不高兴那是李人人的事,我只是传华尔将军的话。你们的孔子不是教导要讲诚信吗?怎么能撒谎?"

钱鼎铭知道没法与洋人说清楚,硬着头皮带他来见李鸿章。

李鸿章很客气,笑眯眯地问道:"马格里先生,见到华尔将军了吗?"

马格里回道:"见到华尔将军了,他让我转告李大人,等李大人的淮军打了胜仗,他再来祝贺。华尔将军还问,大人的士兵真的能打长毛吗?"

李鸿章一听这话,气得脑袋嗡嗡响。他淡淡一笑,故作轻松地说道:"华尔将军是被大清宠坏了,自以为是军中骄子。你告诉他,淮军会打个大胜仗让他瞧瞧的。"

送走马格里,李鸿章对钱鼎铭道:"贼娘的,洋人狗眼看人低!调甫,我来上海前老师曾教导我,要以练兵学战为第一要务,真是一点不假。如果不打一个胜仗,洋人根本不把淮军放在眼里。你要多下点心思,帮我抓好营务,一是军纪要好,二是要好好训练。湘军营规军纪都是现成的,严格遵照执行便是。至于训练,我老师的湘军最看重的是站墙头,就是每到一地扎营,务必挖壕沟,建营墙,就是老师说的步步为营。登高、跳远、攀墙,这些基本功夫一定不能放松。"

淮军能不能打仗,上海士绅都无从得知,但淮军军纪好,则是有目共睹。第一条就是没人吸鸦片!这实在罕见,因为上海无论官军还是团练,大部分兵丁训练或上阵前先要过足瘾,不然打呵欠流鼻涕,哪里还谈得上打仗?淮军都没这毛病,一看气色就知道。第二是不赌博,第三是不扰民,几乎天天困在营中,难得上街闲逛。更堪称一景的是,这帮大裤脚淮军士兵,每天早上都要用上海市民听不懂的"合肥老母鸡"话齐声唱《爱民歌》:

> 三军个个仔细听,行军先要爱百姓,
> 贼匪害了百姓们,全靠官兵来救生。
> 第一扎营不贪懒,莫走人家取门板,
> 莫拆民家搬砖石,莫踹禾苗坏田产,

莫打民间鸭和鸡,莫借民间锅和碗。

第二行路要端详,夜夜总要支帐房,

莫进城市进铺店,莫向乡间借村庄,

无钱莫扯道边菜,无钱莫吃便宜茶,

更有一句紧要书,切莫掳人当长夫。

第三号令要声明,兵勇不许乱出营,

走出营来就学坏,总是百姓来受害,

或走大家讹钱文,或走小家调妇人。

爱民之军处处喜,扰民之军处处嫌,

军士与民如一家,切记不可欺负他。

听是听不懂,但抄了来看不就懂了吗?淮军的《爱民歌》一传,在上海获得了很好的名声。遇到扰民的官军,百姓商家就气愤地斥责:"你们也学学那些叫花子兵。"

英法联军决定与官军一起对上海周围的太平军进行会剿,而且提出新到的淮军也要派两千人参战。薛焕把英法的要求告诉李鸿章,并邀请他观战。李鸿章说观战可以,但淮军绝不参战。因为淮军训练时间太短,上战场是白白送命。几天前曾国藩还写信给他,说:"羽毛不丰,不可高飞,训练不精,岂可征战?纵或中旨诘责,阁下可以鄙处坚嘱不令出仗。两三月后,各营队伍极整,营官跃跃欲试,然后出队痛打几仗。"李鸿章有了这个挡箭牌,薛焕拿他没办法,上海人和洋人这回都领教了他的固执。

这次中外军队要进攻的是嘉定县城,英陆军一千五百人,水兵三百多人,法军九百余人,洋枪队一千人,携带三十门大炮,薛焕派出五千官军参战。数路人马两天后到达嘉定城外,从县城南、西、东三个门进行围攻,单留北门外设下伏兵。英法军队和洋枪队攻城与从前李鸿章所见攻城大不相同,他们一上来并不派人进攻,而是三十门大炮同时向三个城门进行轰击。炮声非常震撼,城墙被炸出一个个豁口。太平军武器简陋,根本没有城防大炮,只有缩头挨炸的份。眼看着城墙被炸得七零八落,守城的太平军一片片倒下,就慌忙撤离了城墙。洋炮又集中轰炸城门,大木门被炸得碎成木屑。这样轰击了足有半个时辰后,三路大军同时发起进攻,一直冲进城去。英法军队和洋枪队几乎人手一条洋枪,响声不断,太平军像被割倒的庄稼成片倒下。太平军冲出北门逃走,又被城北埋伏的五千官军截杀。前后不到两个时辰,官军便占领了嘉定县城,战后清点太平军尸体,竟有两千多具。

这一仗令李鸿章大为震惊,他知道洋人枪炮厉害,但没想到威力竟然如此巨大。当初僧格林沁一万多人没有挡住几千人的英法联军,大家都责备八旗绿营不顶用,经此一战他才知道,面对如此锐利的枪炮,蒙古铁骑也只有送死的份。他在心里想:我不能让兄弟送死,淮军要赶紧换上洋枪洋炮,不然战斗力根本无法与洋枪队和英法军队相比。

回到行辕,李鸿章立即着人找来钱鼎铭,第一句话就是:"调甫,淮军必须换上洋枪洋炮,你得帮我想办法。其他的事情可以缓缓,这件事情耽搁不得。"

钱鼎铭道:"从前我没留心这事,估计洋行会有办法。杨观察和华尔肯定有办法,不然他常胜军的洋枪哪里来?只是他们好像不太想帮忙。"

"离了张屠夫,照样不吃带毛猪。贼娘的,想想别的办法,你上海地面熟,只要上心打听,总会有办法的。"

"对了大人,咱们粮台上好像有个冯竹如,是曾大帅推荐给您的人。我记得他好像曾经去过广州,给曾九帅买过洋枪。"钱鼎铭突然想起一个人来。

"竟然还有这么个人,那你辛苦一趟,务必把人找来。我大哥已经去了广东办厘捐,如果这个人顶用,可派他直接去广东一趟。"李鸿章两眼炯炯放光。

李鸿章的大哥李瀚章,文笔没有李鸿章犀利,脑筋没有李鸿章快,但他有一样优点,就是办事仔细极有耐心,而且精于算账,人又忠诚,因此深得曾国藩厚爱,一直托他办理粮台。去年已经被保了督粮道的顶戴,让他到广东专办厘卡,也就是在冲要之地设卡收税,给湘军筹措军饷。如果让人带李鸿章的亲笔信去请大哥帮忙买洋枪,应该是可行之策。

过了半个多时辰,钱鼎铭带着人来了。李鸿章大声道:"竹如,我才知道你原来曾经去广州给九帅买洋枪洋炮,这可真是雪中送炭。"

"可惜那次差使没办好。"

冯焌光,字竹如,是广东南海人,比李鸿章年轻八岁。他科举不顺,又无太大兴趣，而是一心钻研中外地理、算学、制船、制炮之法。后被人推荐入了曾国藩幕府，曾国藩知道他懂枪炮，就派他去广东买洋枪洋炮和望远镜。结果在广东，他被当地官员百般刁难，迟迟不能运至湘军大营，曾国藩一气之下不再装备洋枪，让冯焌光打道回江西，安排他在行营粮台。冯焌光深以购枪失败为耻，所谓"一朝被蛇咬，十年怕井绳"，所以对李鸿章所托之事有些不敢答应。

李鸿章鼓励他道："此一时彼一时，如今我哥在广东，你奔着他去，一切麻烦由他料理，你只管给我买到枪，并运过来。就是千难万险，也要死马当活马医，洋枪这事，实在一刻也拖不得。"

冯焌光见李鸿章如此看重洋枪洋炮，也的确如他所说今非昔比，自己去广州一趟能把洋枪办回来，就能一雪前耻，所以心就动了："那我就试试。不过要从广东运过来，走陆路是行不通了，因为浙江都被长毛占了。走水路，搭洋人轮船又快又保险，只是太贵。雇咱们的木船，太慢，而且在海上翻掉也是常有的事。"

"就走水路，坐洋人轮船。这件事，最重要的就是一个快字。"李鸿章很干脆。

冯焌光又问道："大人预备买多少支？带多少银子？"

"怎么也得三四千支。粮台有多少现银全带上，不够的，让我哥先想办法。"

这时钱鼎铭插话道："带现银太麻烦，现在上海有好几家钱庄，另外还有洋人银行，他们上海、广州都有分号，从这边拿上银票，那边取银子就是。"

"大清的钱庄，最好的是哪号？"李鸿章又问。

"胡雪岩的阜康钱庄最好，去年年底广州好像就开了分号。"

"好，那就从阜康走银票。至于带多少帮手，竹如你自己看着办。"随后，李鸿章又对钱鼎铭说，"还有，此事不能全指着广州，调甫还要想想办法，先从上海购几百条洋枪也行。"

交代完购买洋枪的事，李鸿章让钱鼎铭找条洋枪来，他要看一下洋枪和淮军的小枪有何不同。这件事倒不太难，下午钱鼎铭就带着马格里来了，他身后就背着一支崭新的洋枪。

李鸿章让人拿来一条淮军的小枪，各打三枪看看差别在哪里。淮军的小枪,叫火绳枪,使用的时候,先把黑火药从枪管口装进去,然后再用铁条把铅弹捅进去。枪管后端有一个圆孔,一条火药捻子从这里接进去,点燃捻子后把枪管里的黑火药引燃,把铅弹打出去。这种枪用起来麻烦很多,往枪管里灌药粉的时候,如果有风,便被刮走;如果下雨,便会潮湿不能用。放枪的时候,因为一只手要点燃药捻子,就只能一手托枪,有时候药捻燃得太快,没等瞄准枪就响了,或者等你点着了火绳,目标已经移动,未待重新瞄准枪就响了,等于放了空枪,所以精准度根本谈不上。

马格里带来的洋枪,叫火帽枪。道理和火绳枪相似,也要从枪管前面装入火药,再装入弹丸。区别在于,火帽枪的火药提前都装在一支支铜管里,用时摘掉前面的盖子,铜管对枪管,一粒也浪费不了。更大的区别在枪的后端,火绳枪装药捻子的圆孔位置,火帽枪则有一个锥形的引火嘴,嘴上扣置铜火帽,扣动扳机,一个鸟头形打火锤在簧力的作用下叩击铜火帽,点燃发射药,砰的一声,弹丸就打出去了。与火绳枪相比,不用手忙脚乱地点药捻子,只需把发火铜帽扣上就是。而且什么时候瞄好了,随时可扣扳机,不像火绳枪,点着了却找不到人了,精准度自然高了许多倍。因为不用药捻,就不用担心受潮点不着的问题。

两种枪比试,洋枪打完三枪,火绳枪才打了一枪。同样距离,马格里三枪都打中了靶子,而火绳枪只有一枪勉强打中靶边。

"差别显而易见,淮军非丢掉刀矛小枪换成洋枪不可。"李鸿章爱不释手地玩弄着洋枪,"马格里先生,我弄不明白,这个铜帽为什么能够代替药捻?"

马格里解释道:"这个铜帽里有一种特殊的材料,叫雷汞,一被重击,就会燃烧,就把火药引着了。"

"所有机栝,都在这个铜帽上。"李鸿章点了点头。

李鸿章派人在上海买洋枪的事,很快就传到杨坊的耳朵里。他是买办出身,与洋行很熟。上海洋枪队所配备洋枪,一直是他与吴煦经手,里面分成自然不少,所以他最不愿再有别人插手。他的办法是发动一切关系,关照能弄到洋枪的方面,一定不要把枪卖给淮军,如果要卖给淮军,以后洋枪队的买卖就别想做了。如果实在应付不过去,必须把价抬得高高的。洋枪队是个大财神,商人们自然轻易不敢得罪,所以无不答应。然后杨坊去找吴煦,让他去与薛抚台打声招呼，也要想办法阻止。

薛焕望着吴煦道："淮军要买洋枪，为什么不可以？洋枪队能买，淮军当然也可以买。可是有一条，吴老哥，你有银子开销给淮军吗？有，你开销就是，如果没有，那也怪不得你。"这话再明白不过，就是拿银子卡住淮军买洋枪的念头。

"这位李大人不是善茬。"吴煦与薛焕的关系那是非比寻常，所以话可以直说，"如果他在上海，苏省官员都没有好日子过。大家都愿跟着抚台大人您，都不愿改换门庭，去看他人的脸色。"

"天要下雨，娘要嫁人，有什么办法？听说淮军刻印了营规营制，还天天哇哇啦啦唱《爱民歌》。"

"李某人志向不小，现在就一门心思收买人心，并非只帮上海守城那么简单。不过他也不要人张狂，江苏也不是颗软柿子，他想怎么捏就怎么捏。抚台大人苦心经营的一番局面，凭什么让他来白捡桃子。大人不说话，我们却看不下去，必须让姓李的卷铺盖滚蛋。"吴煦一边比画一边出谋划策，"要让他滚，其实也很简单，他打一场败仗，不用我们说话，上海的士绅商户就都反了天，花了几十万银子，换来一帮白吃干饭的叫花子算怎么回事？那时候，上海恐怕就没他立足之地了。"

"刚才是哪里打炮，把我耳朵震得嗡了一声。"薛焕故作什么也没听见。

刚才没有打炮，吴煦明白薛焕该说的话已经说完，但他的主意不能不当面说清，不然将来有麻烦要自己全兜，何苦来哉？所以他直白地说道："带兵最怕的是闹饷，一闹饷，不要说打仗，杀营官的事都有胆子干。"

"桃花早就败了吧？"薛焕突然问。

吴煦不接这驴唇不对马嘴的话茬，正所谓心有灵犀，漂亮地一甩马蹄袖，拱手道："下官告辞。"

"送客。"薛焕端茶碰了碰嘴唇。

门外仆役一迭声地高呼："抚台大人送客喽！"

诸事纷繁，李鸿章几乎无片刻闲暇，用他的话说是"自处营中，自朝至夜，手不停批，口不息办，心不辍息"，所以与外人通信几乎断绝。唯有曾国藩那里，几乎是数天就有一封信，随时报告他治军及联络地方的情况。曾国藩几乎每信必复,向李鸿章传授为将之道、驭人之道、对付洋人之法,大有传授衣钵之意。他认为不妥当的做法和想法,都及时劝解。

比如李鸿章住在城南徽州会馆,曾国藩就不赞同,他复信劝诫:"阁下初当大任,宜学胡文忠初任鄂抚,左季高初任浙抚规模,从学习战事,身先士卒下手,不宜从牢笼将领,敷衍浮文处下手。一年之内,阁下与各营官必须形影不离,卧薪尝胆,朝夕告诫,俾淮勇皆成劲旅,皆有声誉,方可使合肥健儿慕义归正,将来可将淮勇以平捻而定中原。阁下若与各营离开,则淮勇万不能有成。"

面对曾国藩的教导和批评,李鸿章无不虚心就教,立即将行营设到城外淮军驻地。

不过曾国藩对洋枪洋炮的态度,李鸿章则是无论如何也不能赞同。李鸿章在嘉定观战后,被洋枪洋炮的威力所震撼,立即给曾国藩写信:"连日由南翔进嘉定,洋兵数千,枪炮并发,所当者靡。其落地开花炸弹,真神技也。洋人大炮之精纯,子药之精巧,器械之鲜明,队伍之雄整,实非中国之所能及。李秀成部洋枪最多,欲剿此贼,非改小枪队为洋枪队不可。再持此以剿他贼,亦战必胜攻必取也。学生正设法购置,以充各营。若驻上海久而不能资取洋人长技,咎悔多矣。九帅正围金陵,宜多购洋枪洋炮,可收事半功倍之效。"

然而曾国藩对洋枪却不以为然,回信道:"用兵在人不在器,余不信洋枪洋药为胜敌之利器也。洋枪、洋药总以少用为是,凡兵勇须有宁拙勿巧、宁故勿新之意,而后可以持久。"

李鸿章对曾国藩的这番见解也不能接受,又复信道:"学生岂敢崇信邪教,求利益于我。唯深以中国军器远逊于外洋为耻,日戒将士虚心忍辱,学得西人一二秘法,期有增益而能战之。"

李鸿章不管曾国藩的告诫,一再催促钱鼎铭务必尽快弄一批洋枪。钱鼎铭费了九牛二虎之力,分三批也只弄到了一百多条洋枪,每条大约花了六十多两银子。花银子多少李鸿章倒不太在意,关键是这么百把条枪根本不起作用。令他惊喜的是,冯焌光到广东购买洋枪洋炮的事情很顺利,买到了两千条,还有两门攻城火炮。一解到上海后,他立即命令装备到营中。没有想到的是,大多数将领对洋枪竟然不感兴趣。他们的理由,一是觉得打仗主要靠勇猛拼杀,弄这些洋玩意让大家有了取巧的心思,反而没有了战斗力,第二个理由他们都没明说，但李鸿章却心如明镜，众位将领是担心装备了洋枪，如果战败了连推脱的理由也没有。稍微积极点的是程学启和刘铭传，于是李鸿章把所有洋枪都配备给铭字营和开字营。又托马格里想办法，高薪聘请了五个洋人到铭字营和开字营去当教练。

李鸿章想等训练上一个多月，洋枪必能使用熟练，那时上阵应该较有把握。可才练了十几天，他的淮军就不得不上阵了。

英法军队、洋枪队和官军对上海周边的军事行动本来非常顺利。嘉定克复后，王家寺、罗家岗、松江、青浦、南桥、柘林等上海周边重镇全部收回，百里之内几乎全是官军的营垒。英法军队和洋枪队更加趾高气扬，因为这一系列战斗淮军并未参加，因此淮军无用的说法开始在上海传播。

安徽人最讲究面子，上海人说淮军无用，将领们都受不了了，纷纷找李鸿章要求参战。李鸿章对淮军的战斗力还不能放心，他劝道："诸位不要着急，仗有得打。现在咱们跟在洋鬼子和假洋鬼子后面去打仗，胜了功劳是人家的，败了少不得要怪我们拖后腿。咱们沉住气，好好把勇丁训练好，到时候不说以一当十，总比现在连洋枪也打不准要好得多。咱们淮军要打，就利利索索自己打他一仗，是胜是败，是功是过，都由淮军独立承担。你们要争面子，就等到那时候好好搞一仗。贼娘的，咱淮军是不鸣则已，一鸣要震惊上海，让上海的阿拉和洋鬼子都惊得眼珠子掉到地上。"经他这么一说，程学启、刘铭传等人都不再吵吵。

淮军坚持不肯出战，吴煦觉得是个机会，所以亲自到抚院向薛焕建议道："大人应当主持公义，上折弹劾李某人。"

薛焕见吴煦跑过来却是撺掇他干得罪人的活，遂冷淡地回应道："弹劾他什么？不训练三个月，绝不允许上阵，这是曾大帅的军令。参劾李某人，不就是参劾曾大帅？你掂量一下，我能参倒曾大帅吗？"

"那当然参不倒。"

"参不倒而白白得罪人，这种事你愿做还是我愿做？"

吴煦不吱声了，便转移了话题："李秀成好像要亲率大军来攻打上海。这可是大事，谁不知道李秀成是长毛中最能打仗的，而且他的部众洋枪洋炮装备得不少，如果他亲自来，那可真是个大麻烦。"

薛焕听了，长长地叹了口气，不再说什么。

……

李秀成的确亲自带兵反攻了。此前他的部众进攻上海,他要么在苏州,要么在天京,要么在杭州,反正不在前线,而是把指挥权交给他的部下慕王谭绍光、纳王郜永宽还有他的女婿蔡元隆等人。现在接连丢城失地,他总算看清了信奉天父的洋人已不与太平军讲兄弟情谊,于是他亲自到前线率领大军反击。

反攻首先从太仓开始。几天前英法军队和洋枪队向松江、青浦进攻时,薛焕派知府李庆琛带兵五千余人进驻太仓东门外的板桥,伺机进占太仓。李秀成当天晚上到达太仓,次日向清军进攻,未分胜负。下午小雨,官军松懈下来。李秀成亲率太平军抄了官军后路,前后夹击,清军大败,死伤两千余人,知府李庆琛,同知周仕谦,副将王回安、梁安邦均被击毙,余部逃往吴淞。李秀成遣军追击,缴获不少大炮、洋枪。

随后,李秀成又分军进逼嘉定。嘉定由英法军四百人和清军参将熊兆周据守。那时候英陆军提督士迪佛力、法陆军提督格尔森正率英法军主力在南桥镇,当得知嘉定被围,即率队两行、携炮十三门驰援。李秀成则改变计划,围城打援,在南翔设下埋伏,消灭英法军队四百多人。嘉定守军闻讯,仓皇逃回上海。

李秀成接下来的几仗更是势如破竹,洋枪队在青浦被消灭五百余人,副领队法尔斯德也被俘,法军上将卜罗德被击毙,英军中将何伯负伤。英法军队和洋枪队没想到李秀成如此能战,再也不敢与太平军对阵。淮军因为坚持不肯出战,所以避免了重大损失,将领们对李鸿章的坚持无不心悦诚服。

李秀成调集了六七万人准备向上海进攻。薛焕把李鸿章请到巡抚衙门道:"英法军队和洋枪队损失太大,已无力阻挡长毛,淮军已训练两个多月,应该让大家见识一下贵军的战斗力了。"

"淮军到上海刚刚两个月,其实训练不过一个多月罢了。"李鸿章还是不肯出战。

"够不够两个月都要老兄为上海出力了,因为如今的上海,无人可与淮军比肩。"薛焕是不容置疑的口气。

李鸿章知道这次推托不了,伸头是一刀,缩头也是一刀,遂咬咬牙道:"好,淮军那就与长毛一搏!只是淮军已经欠饷一个月,战前必须发满饷,不然谁肯为上海卖命？"

"这事你与吴藩台去谈，淮军粮饷的事，是他职责所在。"

李鸿章出了巡抚衙门，直接去了藩台衙门。吴煦比李鸿章大十几岁，个头却矮不少，他仰着脸迎接李鸿章，客气得明显有些见外。

吴煦是浙江钱塘（今杭州市）人，二十几岁时就随其父兄出入钱塘、湖州等二十多个府厅县衙门，学得了衙门办案、理漕、刑讼、交际等手段，圆滑如落进油里的玻璃球。他的仕途也是起自镇压太平军，咸丰五年就做到了海防同知，与英、法领事多有联系。咸丰七年，得到了办理上海捐厘的肥缺，但因涉嫌贪污被撤职并要受查办。善于钻营的吴煦使尽浑身解数，不但蒙混过关而且保留原职。咸丰八年，朝廷以吴煦与洋人关系相洽，而派他充钦差大臣大学士桂良、吏部尚书花沙纳的随员，在上海办理与英、法等国通商事宜，由此受到赏识。然后又联络英法搞会防局，又与杨坊一道筹建了洋枪队。他署理江苏布政使，又兼着海关道，厘捐局也都是他的心腹，上海的财政大权，就是薛焕也无法插手。

"眼见长毛要来进攻上海，薛抚台让我率军迎战。可淮军已经欠饷一个月，要上阵必须发一个月满饷，今天特来请吴藩台支持。"李鸿章一开口就表明了来意。

吴煦为难地推托道："都知道我这海关道手里过的银钱无数，随便一挤就能挤出一笔不小的银子来。当初没当上这海关道时我也这么想，可这一上任就发觉不是那么回事。不瞒李大人说，进得多，可支出的更多呀。这英法各八百万两庚申赔款要从我这里出，洋枪队的饷银要从这里出，另外曾大帅的大营也要协饷。"

"这些话抚台大人已对我说过了。可是上阵杀敌，事关上海安危，如果淮军闹起饷来，不要说保上海，能不能出战都说不准。"李鸿章已经有些语带威胁。

"这个月的饷银早就拨去了，怎么会有欠饷的说法？"吴煦有些纳闷。

李鸿章解释道："淮军用的都是刀矛，与洋枪队没法比。所以我拿了部分饷银去买了洋枪。当初上海士绅乞帅的时候，说好兵器粮饷，概由上海支出。"

"话好说不好办，当时也没说要配洋枪洋炮。洋枪洋炮是洋人的玩意，只有洋人才能玩得纯熟,所以要请洋人来组织洋枪队。去安庆乞师的时候,根本就没有购置洋枪的打算。"

"洋枪洋炮也没那么难侍候,我请了几个洋人当教头,淮军已有三营学会使用洋枪。弃刀矛用洋枪,这是淮军乃至官军以后要走的路,只有这样才能剿得了长毛。"

"那都是将来的事,眼下我手头的确没有银子。"吴煦摊摊手表示为难。

"海关和厘捐,大约每月有多少入项?"李鸿章不信。

"这个,我也不太清楚,每个月都不一样,要问具体经手的人。"吴煦一样推托。

"上海万货云集,大人凑几万银子应该不是难事,现在可是上海最危急的关头。"李鸿章心里上火,又不能不客气相求。

"凑几万银子实在太难,有个八千两银子的开销,我先挪给李大人。"

李鸿章的肺快给气炸了。你干脆不给就得了,八千两,那是拿我李鸿章当乞丐打发呢!钱鼎铭也示意他不能接这八千两,李鸿章偏又上了拗脾气,心里直骂:贼娘的,老子早晚有一天叫你知道八千两到底值多少!

出了吴煦的布政使衙门,钱鼎铭埋怨道:"李大人,你不该收这八千两,我敢说,吴煦一个月搂到自己口袋的也不止这个数。"

李鸿章冷笑道:"八千两,很吉利的数字,买洋枪也能买他几百条呢!"

回到行营,李鸿章又有些苦闷,叹道:"这可如何是好,发不全饷银,如何能督促大家上阵杀敌?"

钱鼎铭斟酌道:"还有个办法,就是向洋人银行借。"

"调甫你能借得来?"李鸿章眼睛一亮。

钱鼎铭道:"洋人银行最看重契约和实力,我没有任何抵押物,洋人是不会贷的。不过,我想到了一个人,可以想想办法。"

"谁?"

"分府刘松岩。"

刘松岩就是海防同知刘郁膏,他兼着团练团总,上海士绅捐助团练都经他手。他手里如果有银子,可以先挪借,如果没有,请他出面担保贷款,获准的可能性比较大。

李鸿章一拍桌子道:"倒把松岩给忘了,你立即派人去请。"

刘郁膏是河南太康人，道光二十七年丁未科进士，与李鸿章有同年之谊。丁未会试后，李鸿章留京入翰林院，刘郁膏则以即用知县分发江苏，署理娄县知县。咸丰三年上海刘丽川率小刀会起事，占领上海县城及周边嘉定、青浦等县。巡抚吉尔杭阿檄召刘郁膏随营进剿，刘郁膏率漕勇三百人，收复嘉定，事后论功，加同知衔，赐花翎，几年戎马，升到了海防同知，并具体经办上海团练。他为人朴实，做事扎实，在上海口碑不错。但他是河南人，因此在上海孤立无援、孤掌难鸣，日子过得并不顺心。李鸿章率淮军到上海后，他的心思就活了起来，如今淮军求到自己头上，他自然是竭尽全力。

"几万两银子我找上海知县还是拿得出的，大人放心就是。不过，这个银子不能全由上海县来拿。"

听刘郁膏如此说，钱鼎铭有些疑惑地问道："分府何出此言？"

刘郁膏见李鸿章也是一脸狐疑，就解释道："淮军即将去为上海人拼命，可是连饷银都未发齐，这是哪门子道理？钱主政是当初具名乞师的出头人，当时说得清楚，援沪大军粮饷概由上海承担，怎么把大军请来了，又来这么一出？如果上海真没有银子倒也罢了，实际上海海关加厘捐月入没有四五十万两，三四十万两总是有的，何处挤不出这点儿银子？所以，我偏要出头向上海士绅借上个万儿八千两，让沪上士绅们也都知道淮军的艰难，也让他吴某人睡不着觉的时候，摸着胸口也想一想。"

"松岩，真不愧是同年，真是贴心贴肺，我替淮军弟兄先谢过了。我不管银子哪里来，能给兄弟们发一个月全饷，那就谢天谢地了。"对刘郁膏的这一招，李鸿章深为赞同。由刘郁膏出面说话，比他淮军来诉苦要强得多。

刘郁膏以海防同知的名义，与上海知县一道约请上海士绅商人到县衙议事。众人听说是为即将出战的淮军借饷，无不纷纷解囊。因为周边几乎都被太平军重新占据，上海已是风声鹤唳，而掌握上海财赋大权的吴煦竟如此对待淮军，众人都为淮军鸣不平。所以有不少人表示，借出的银子不要了，算是捐给淮军。

这事在上海闹得沸沸扬扬，薛巡抚自然有所耳闻，所以着人叫吴藩台过府说话。吴煦自然已经知道刘郁膏出头为淮军借银子的事，只恨姓刘的多事。

"吴兄，你这事办得不漂亮，经刘分府这么一闹，把你我都架到火上烤了。如果淮军失利,沪上士绅都把账记到你我的头上。如果淮军胜了,大家会交口称赞,无粮无饷还能打胜仗。"

吴煦有些气愤道:"哪里无粮无饷了,淮军到上海不到三个月,三个月的饷已经拨付,怎么是无粮无饷?"

"这话你和我说没用,现在上海中外人等都知道淮军即将出征,却苦于无饷。上海海关、厘卡月入多少,外人无从知道确数,但大家也会粗略计算的。我劝你还是拿上几万两银子,立即送到淮军粮台。"薛焕又道。

"那算是借还是拨?"吴煦反问了一句。

"是借是拨我不过问,总之要给淮军送银子。"薛焕补充了一句,"没想到英法军和常胜军会吓破了胆,如今上海唯一指望的就是淮军了。淮军胜了上海得保,淮军若是败了,上海可真有陷落的可能。如果真有那一天,我这个主官不是被长毛杀掉,就是被朝廷要了脑袋,当然还有第三条路可走,就是学徐抚台自杀报国。至于你这署理布政使,走哪条路我就不知道了。"

"我这个署理,只能夹在风箱里两头吃气。"薛焕这么一说,吴煦背上直冒冷汗。无论他愿不愿意,眼下只能盼淮军大胜一仗。

第八章

虹桥大捷扬威名　整顿贪墨去政敌

李鸿章让钱鼎铭召集各营哨官到他的行营来商讨战事，因为有七八十人，大帐根本坐不下，所以他把会场搬到了帐外。条案上堆着白花花的银子，把众人的眼睛都晃花了。李鸿章指着银子大声道："众位兄弟，这是上海人的心意，知道我淮军要出征，纷纷解囊。你们看到的是银子，可在我眼里，这是沉甸甸的一座山。如果我淮军此仗不能大胜，咱们安徽人无颜在上海立足！"

"大帅放心，开字营的兄弟到时候无不拼命！"程学启首先表态。

"我们安徽人没一个孬种，大帅瞧好吧，开字营能拼命，我们是连命也不要了！"张树声、刘铭传等将领也不示弱。

"该拼命的时候当然要拼命。告诉弟兄们，打完了仗，有功的我保你们换顶戴，受伤、阵亡的，双倍恤银！"李鸿章对将领们的表态很满意，"这是我淮军入沪以来的第一仗，这一仗关系着我、也关系着诸位的前程！是荣是辱，是生是死，全在这一仗！丑媳妇要见公婆了，是骡子是马该拉出来遛遛了！"

"大帅吩咐就是，我等到上海来，本就是把脑袋别在裤腰带上的，不管他长毛多少人，咱不怕！"众人大声嚷道。

"好，你们不怕，我也不怕，这一仗我要带着亲兵营亲自上阵！"李鸿章两眼炯炯，真是把生死置之度外的神情。

"这怎么行？大帅是全军的主心骨，哪有到阵前冒险的道理！"亲兵营统领韩正国首先表示反对。

"淮军数千儿郎，什么时候也不能让自己的大帅亲自上阵。"众位统领也都一致反对。

李鸿章双手往下虚压，示意大家不要再争执："各位兄弟不必再争了，我意已决。我之所以要亲赴前线，就是怕有人到时候贪生怕死。韩统领你听着，到了阵前，你这亲兵营不必专为保护我，关键时候应随我冲到敌前。你再挑五十人的执法队，每人一口大刀，随我站在阵前，有谁敢贪生后退，当场砍下他的脑袋！"

"大帅放心，到时候亲兵营要是怯敌，大帅先砍了我的脑袋！"韩正国立下军令。

"就是这话！"李鸿章指着面前的一帮营哨官，"不要说你们哨官，就是你们这些营官、统领，不管是我的同乡，还是我的老部旧，还是曾大帅手下的老将，有谁后退，我先亲手砍他的头！"

接下来，李鸿章要选派先头部队到新桥镇去扎营迎敌。

程学启抢先道："论打仗，我营打了不下十几仗，我手下的兄弟也算得上久经战阵，你们谁也别跟我争，我率开字营打前锋。"

滕嗣林、滕嗣武两兄弟的林字营，兵勇是湖南人，而他兄弟俩又是湖北人，真是不湘不淮，所以要真正融入淮军，必须更加拼命。两人都表示愿和开字营一道去打前锋，李鸿章也同意了。

开字营和林字营赶到新桥镇立即挖壕筑垒。营垒包括一道外壕，一道内壕，内壕里面用掘壕挖出的土筑墙子，墙高八尺，厚一丈，墙顶上有枪炮眼，居高临下御敌。按淮军的营规，营垒没有筑好，全军不得休息，更不准搦战。两条壕沟刚掘完，墙子才建了一半，李秀成就率军赶到了，把开字营和林字营团团围住。他大概觉得这三营人马已是瓮中之鳖，所以率人继续向西北方向进军，直奔虹桥、徐家汇而来。

虹桥、徐家汇一带，淮军结营八座，交错绵延四五里，营垒后面则是驻扎在洋泾浜的铭字营和韩正国的亲兵营，是全军预备队，随时听从李鸿章的调遣。李鸿章让亲兵搬了把椅子坐在虹桥上，故作镇定。眼见得远处浮尘蔽日，头缠红、黄头巾的太平军像一股大潮浩浩荡荡滚过来，英法军队和洋枪队都在洋泾浜观战，又是打口哨，又是叫嚷，却没有一人前来助阵。他们确信李鸿章的叫花子军队根本不是长毛的对手，他们好奇的是，这支叫花子军队能坚持多久。

上海城外喊杀声震天,太平军数次冲锋未能突破淮军营垒。淮军的壕沟和营墙发挥了重要作用,李鸿章心里踏实多了,指挥更加沉着。太平军冒着淮军的抬枪、火罐、箭镞,搬来竹梯横到壕沟上,又拼命踏着竹梯冲过壕沟;有的则背稻草向壕沟里投,很快也在壕沟上填出一条通道。眼见有两个营垒被攻破了,淮军抢出后门,争先恐后向虹桥方向溃逃过来。李鸿章恨得牙疼,问韩正国道:"逃回来的是哪个营?"

"是春字营。"韩正国手里紧握长刀,一字一顿地回答。

李鸿章翻身上马:"执法队,随我去拦住张遇春!"

张遇春是李鸿章当年在老家办团练时的老部下,仗着这层关系,他在淮军中颇有些自负,不太把程学启、刘铭传等人放在眼里,人缘有些差。李鸿章心里明镜似的,如果今天任由张遇春溃逃,那其他将领谁还会拼命?他指着张遇春的鼻子直呼其名道:"张遇春,你竟敢临阵脱逃,把他捉过来,砍下他的脑袋!"

张遇春见李鸿章红着眼像要吃人,如此震怒实在从未见过,吓得连忙往回跑,声嘶力竭地喊道:"都跟我冲回去,谁再跑我先宰了他!"

李鸿章横刀跃马,大吼道:"铭字营、亲兵营,跟我冲!"说罢策马奔向太平军。见主帅拼命,淮军声势大震,铭字营、亲兵营,连同败回来的春字营呐喊着冲向太平军。刘铭传的两营都装备了洋枪,砰砰砰一起打响,太平军被震住了,见淮军龙卷风似的冲过来,转身就跑,后面督战军官也不能阻止。各营垒的淮军也冲出来加入进攻,大家只顾向前猛冲。此时程学启和滕氏兄弟也率军冲出营垒,从南向北猛冲。太平军被两面夹击,军心崩溃,夺路而逃,只有李秀成的亲兵还在拼死力战,无奈兵败如山倒,已不能挽回败局。

曾国藩读到李鸿章的战报时,已经是五天以后。李鸿章在信中说——

二十一日伪忠王调著名悍贼伪听王陈炳文及纳王部姓部众五六万倾巢而来,直扑虹桥营盘。由南而北,自西而东,四面围裹,以洋枪洋炮猛力死扑。将营垒外壕用土草填满,拔去梅花桩,冲突直入,我军则以枪炮回拒。学生思到沪两月未曾痛打一仗,恐为外人所轻,遂于是日未刻亲督春、树、庆、熊、铭各营奋力进剿。排枪一轰,纷纷鸟兽散。追至新桥,程、林各营

大队齐出夹剿,杀死挤落水死者实有三千余贼,生擒二百余名,洋枪、抬
炮、旗帜、马匹夺获数以千计。据称伪听王阵殁,纳王负伤而遁,各头目死
者更多。此极痛快之事,为上海数年军务一吐气也。今日探称,泗泾、松江
附近各踞贼全数遁去。有此胜仗,我军可以自立,洋人可以慑威,吾师可稍
放心,学生亦敢于学战……

淮军初战告捷,上海转危为安,曾国藩悬着的心总算可以稍稍安定。对
这位学生的出色表现,曾国藩非常满意,在回信中大加赞扬:"贤帅亲临督
战,奏此奇捷,化险为夷。伟哉!鄙人从军十载,未尝亲临战阵手歼一贼,读来
书为之大愧,已尔为之大快,对江天浮一大白也!"

"浮一大白",意思是用大酒杯喝酒,痛快喝一杯的意思。很少饮酒的曾
国藩,以此向学生表明他的兴奋心情。李鸿章这一大捷,来得恰是时候。此前
有人参劾薛焕不能胜任地方,朝廷令曾国藩查明复奏。曾国藩给朝廷的复奏
是薛焕"偷安一隅,物异滋繁,不堪胜此重任"。这次为李鸿章奏捷的同时,附
片保荐李鸿章"劲气内敛,才大心细,既有运筹帷幄之谋,亦有临阵斩敌之
勇,若蒙圣恩擢江苏巡抚,上海一隅有望得保,苏常克复有望"。

曾国藩的捷报到京后,两宫皇太后立即召恭亲王进宫。自从去年整掉肃
顺等八大臣后,两宫与恭亲王配合得天衣无缝,而且自两宫垂帘以来,诸事
都转为顺畅,尤其是江南的军事更是捷报频传,全然没有出现肃顺倒台江南
危殆的隐忧。安庆克复了,庐州克复了,桐城克复了,伪英王陈玉成也被俘正
法了,曾国荃的湘军已经进逼金陵城外。而如今上海又获此大捷,两宫如何
不欣慰?

"老六,曾国藩的这个学生看来还真有些本事。"慈禧把捷报递给恭亲
王。

"江南全指着曾国藩了。"慈安对政务向来不太关注,不过江南的大局还
能看得明白,"攻金陵的是他的兄弟,上海大捷的又是他的学生,浙江的左宗
棠与他是老乡。"

慈禧又补充道:"还不止这些,湖北巡抚李续宜、江西巡抚沈葆桢、湖南
巡抚毛鸿宾,都是出自曾国藩的幕府。如今,他又推荐李鸿章出任江苏巡抚,
老六,你怎么看?"

如何对待曾国藩,无论恭亲王还是两宫,尤其是西宫慈禧,是经常犯思量的问题。倚之太重,人事尽遂其意,难免有尾大不掉的顾虑;如果有意牵制,曾国藩指挥不灵,则必然影响江南用兵,官军好不容易获得的这点儿优势,一个败仗便可能造成形势逆转。所以每一次谈起这个话题,恭亲王总是帮着下决心:"疑人不用,用人不疑!江南局势好转,是从两位太后放手使用曾国藩开始的。湘军已被朝廷倚为柱石,想不用也不成。重用他的学生,从沪上崛起一支淮军,对朝廷而言反而更值得放心,就如同把浙江交给左宗棠。"

把浙江交给左宗棠后,性格孤傲、睥睨天下的他并未唯曾国藩之命是从,反而多次与之较劲,这也正是朝廷所乐见。所以把江苏交给李鸿章,也未必见得他会与曾国藩穿一条裤子,现在担心为时尚早。最为关键的是,不把江苏交给李鸿章,你又交给谁呢?淮军新胜,他授以巡抚,这才是肃清苏常的正途。

李鸿章署理江苏巡抚,薛焕只担任五口通商大臣一职,他把李鸿章请到衙门,表示自己要搬出去住。李鸿章一口回绝道:"觐翁,你这是多此一举。我是带兵的人,必须住在行营与将领们在一处,还再弄什么巡抚衙门?我的行营就是巡抚衙门,还省得两头跑。"

薛焕道:"体制所在,我已经不是巡抚了,这巡抚衙门就应该由你来住。"

"你不是巡抚了,可还是钦命通商事务大臣。谁说这里是巡抚衙门了,这里是钦差行辕嘛!"李鸿章一副推心置腹的语气。

"朝廷用人,总是再恰当不过。你是淮军大帅,有你巡抚江苏,谁还敢拿捏你?不像我,总是受制于小人。我呢,就专心把通商的事务办利索,让你腾出手来好好打理江苏这片河山。"李鸿章这样一说,薛焕心里舒坦多了。

"这正是我的意思,通商这一块还真是非得觐翁不可。其他方面,也都要依赖觐翁。"这话听上去好听得很,但仔细一琢磨,其实已经给薛焕划定了范围:你搞你的通商就是,其他事情,不劳您大驾。

薛焕其实明白得很,江苏早晚全部是李鸿章的,他这个通商大臣估计也做不太久。所以乐得超脱,不必再受吴煦等人的钳制,说话自然也亲近得多:"少荃,我年长几岁,就倚老卖老叫你一声少荃。江苏现在的地盘丢尽,仅存上海一隅,可官员不少,自以为能员的官员更多。如今你主政江苏,要好好整顿一番。我一直想动手,无奈未得时机。"

李鸿章明白,其实薛焕与吴煦等人也不是铁板一块,更不是亲如兄弟,到时候他可以各个击破。薛焕这边当然要极力维护,至少到时他不要从中作梗。

李鸿章既然把行营当作了巡抚衙门,江苏大小官员自然都到行营来参拜。寓居上海自觉有头有脸的乡绅也都来拜访。还有洋人,首先是洋枪队的统领华尔,从前李鸿章相约都不见,如今他主动找上门来了。洋枪队被太平军打得不敢露头,而被视为叫花子的淮军以五千人大破长毛五六万,他不服不行,再端着架子也没意义。

李鸿章本来对华尔一肚子气,但如今他亲自上门,自己也不能不客气相待。而且华尔与英、法、美等国关系非同寻常,将来还要依靠他与洋人打交道,所以必须笼络。华尔也很给李鸿章面子,主动表示要帮他买洋枪,而且还主动要派洋人军官到淮军里来帮助操演枪炮。李鸿章让他尽快列个名单,他立即分派到各营。

英军舰队司令何伯也前来相邀李鸿章登舰巡视。何伯派他的副官亲自来接,从浦江乘小船直驶吴淞口码头。登舰后何伯做向导,带李鸿章参观火炮、管驾室、厨房及士兵的住所、卫生间。李鸿章赞叹不已,想不到军舰上竟然配备如此齐全,与在岸上一样方便。尤其是那一门门火炮一直吸引着他的双眼。何伯一挥手,一名士兵捧上三支独管望远镜,他递给李鸿章一支后道:"李大人,我们要为你表演打靶。你看,那里有一艘船,后面拖着几个靶。"说完,何伯把独管望远镜一抽,对在一只眼睛上向外海观察。

"李大人,这是望远镜,你们都叫千里眼。"马格里说着,帮李鸿章拉开手里的单管望远镜。

李鸿章向远处看去,果然一艘军舰后面拖着一串木排,每个木排上又各有一块木靶。何伯叽里咕噜一通,每尊炮前四五名士兵做好了准备。何伯又咕噜几句,士兵们依次开炮,炮口火光闪烁,炮声震耳欲聋,再看远处的靶船,早已被击得粉碎。舰炮轰鸣,声彻数里,甲板微颤,李鸿章暗自心惊,洋炮的威力实在超出自己的见识。如果他的淮军将来也有这样的炮舰,那该有多么锐不可当!

参观结束,何伯赠给李鸿章一支单管望远镜:"这个望远镜,可帮助李大人更清楚地观察敌情,帮李大人在战场上一个接一个的胜利。"

李鸿章接过后向何伯道谢："何伯阁下，我什么也没准备，没有什么回赠。不过你放心，我一定会赠你一件有意义的礼物。"

下了船，几个人骑马回营。陪他的铭字营统领刘铭传羡慕道："洋人那衣服，他妈的真笔挺，比咱那宽脚裤利索多了。"

李鸿章笑道："你也就看看人家的衣服。对了，你们都想想，这以后与洋人交往，总要赠些玩意的，咱赠什么合适？"

刘铭传嘿嘿一笑道："咱的大刀长矛也拿不出手，我看就把弟兄们背的油纸伞给洋人，比啥都强。"

"说正经的。"李鸿章瞥了他一眼。

钱鼎铭建议道："我看，赠给洋人砚台、毛笔、瓷器、茶叶都行。花钱少，洋人还摸不透。"

"我看这些东西行，这件事你就留心一下。"

钱鼎铭又有些担心道："从前薛焕大人耻于与洋人交往，轻易不肯见洋人。大人这样亲近洋人，不怕别人说闲话？"

"说什么闲话？孔子还说，三人行必有我师，如今洋人船坚炮利，我们就该向洋人学一学，连洋人的面也不敢见，还怎么学？"李鸿章语气变得沉重起来，叹息一声道，"真是想不到，洋人的军舰竟如此厉害。朝野上下有多少人还以为我天朝上国一切都优于洋人，耻于学习洋人。我敢说，如果我们不赶快学习造枪造炮造轮船的办法，咱再和洋人干一仗，保准还是一败涂地。省三你也看到洋人的大炮了，拿曾老师的湘军水师与洋人的舰队打，会是什么结果？"

刘铭传直言道："还有什么结果？船碎人亡。咱们根本没办法与洋船过招。"

"是啊，这才是最大的忧患。"李鸿章叹息道，"去年胡文忠公到安庆来，我和曾老师还有左季高陪他到长江边上走走。他看到长江里洋人火轮船乘风破浪，而咱们的木船避之犹恐不及，他突然忧从中来，口吐鲜血。当时我们都不明白他为什么突然忧惧。他说：'洋人造船技术如此精进，我们何时能赶得上！只怕将来中外再起冲突，我大清还是难免要割地赔款。'当时我完全不能理解，这是朝廷的事情，你一个湖北巡抚何必如此杞人忧天？如今我只是个署理巡抚，可是看问题想事情就与从前不同了。刚才在船上我就想，如果洋人再来进攻江苏,就像道光年间一直把火轮兵舰开到金陵城下,咱们淮军拿什么来抵挡洋人?我当时就惊出了一身冷汗。你们说说,咱们不赶紧向洋人学习,将来可不可怕?省三是带兵的,如果咱们都不拿洋人的坚船利炮当回事,将来怎么得了!"

钱鼎铭和刘铭传同在船上见识洋人的巨炮,也都感到震惊,但没有李鸿章的这番远见。两人都深感佩服,也为李鸿章的忧患而感动。刘铭传保证道:"大帅放心,别人我管不了,铭字营一定好好操练洋人枪炮。"

钱鼎铭也叹息道:"大帅的这番苦心,恐怕京中诸人未必体谅,听说议政王因为结交洋人,被人骂作鬼子六。"

李鸿章是翰林院出身,对御史、翰林等文臣十分了解,他们大都故步自封、固执己见,如果没有到这开风气之先的上海来,自己也会像他们那样蔑视洋人,自以为是。

"不管他们,我们在地方带兵,不是动动嘴皮子耍耍笔杆子就能解决问题的,得有点我行我素的胆气。"李鸿章快马加鞭,一下把几个人抛在身后。

淮军要大规模装备洋枪洋炮,还要扩充营伍,都需要银子。李鸿章专门着人请布政使吴煦到他行营来,请他想想办法每月多筹集八万两银子,四万两接济曾国荃围攻金陵的部队,这是曾国藩专门写信开口相求的;另外四万两用于淮军新增勇丁饷银和购买洋枪洋炮。吴煦不敢拒绝,但一个劲儿叫苦,说一万两他能想想办法,八万两是不可能的。

"那海关和厘卡一个月到底有多少进项?"

吴煦回道:"各月都不同,时多时少,实在说不准。"

"那么一年统算下来,每月有多少总该有个约数。"

"最难的就是这个约数。大人有所不知,海关主要是从洋人进口货物上取关税银子,可是洋人有时这个月进货多,下个月又少得很,根本摸不准。至于厘卡上的收入,如果盯得紧了,就多一点,一松呢,那就少得可怜。天天从厘卡过的,就是那些货、那些人,办厘卡的和大家熟了,有时候就不免睁一只眼闭一只眼,所以要取每个月的约数,也是不太可能。大人未办过厘卡,不知道里面的艰难。"

"子润兄既然这么说,那我就不为难你了。不过,每月四万两总应该想得出办法吧?"吴煦字子润,所以李鸿章这样相称。见吴煦欺他未亲理过财政,咬着牙不肯说，李鸿章也就不再相问。

"我只能试试看，还是刚才的话，上海弹丸之地，不宜搜刮太甚。"吴煦说罢，微微低头，看似以示恭敬，其实是不搭李鸿章的话茬。

李鸿章只好端起茶碗在嘴边一抿，差役大声喊："大帅请藩台大人喝茶。"吴煦微微躬身，退到门边，扬长而去。

明明是一点面子也未给，还偏偏做出一副恭敬的嘴脸，李鸿章有火也没得发，心里直憋得慌。他虽为江苏巡抚，但所领之地不过是上海一隅。江北淮扬通海各属的大宗饷源，完全被都兴阿的大军所有。镇江冯子材的驻军每月还要上海接济三万两，这已是定例。再加常胜军、会防局，新到的淮扬水师、太湖水师，无不要上海筹饷。李鸿章除了要扩充淮军、购买洋枪洋炮，还要裁汰防营，都要大笔银子。偏偏吴藩台是这副嘴脸，这让李鸿章很不舒心。

最为严重的是，官场几乎被吴煦、杨坊为首的浙江人把持了，两人挟洋自重，把江苏的财政、洋务、人事大权都包揽了。海关、厘捐局、粮储道的要缺全被两人援引的贪财好利之徒占据，李鸿章要整顿吏治，非拿吴煦、杨坊下手不可。他请钱鼎铭、刘郇膏、周馥过来，商议对付吴煦的办法。

刘郇膏听了之后说道："擒贼先擒王，上海为吴煦所把持，他最为关键。"

吴煦在上海有二巡抚之称，大家都深以为然。

钱鼎铭则建议道："要收拾吴某人有两个方法，一个是直接拿他开刀，一个是先剪枝叶，最后再动他。"

"先剪枝叶太耗时间，而且容易打草惊蛇，我意是直接拿下吴煦。打蛇打七寸，吴煦的七寸在哪里？"李鸿章一锤定音。

刘郇膏道："吴煦上下其手，大发公财，人人皆知，这就是他的七寸。"

"问题是他既然上下其手，就很难留下破绽，取不到确证还是枉然。"周馥有自己的想法，"大人现在最愁的是粮饷，而吴煦恰恰把持财源。我认为现在最为紧要的是弄清上海一月到底有多少进项，弄到了这个确数，要他筹八万十万都是有的放矢，他想推辞也推不掉。"

李鸿章点了点头，问道："只是，怎么才能弄到这个确数？"

"如果能拿到吴煦的账册，就不难弄清确数。"钱鼎铭道。

"对，我们就在如何拿到账册上动一番脑筋。"李鸿章向众人点头。

俗话说，三个臭皮匠顶个诸葛亮。何况这几个人都不是臭皮匠，对付吴煦的办法最终设计了出来。

这天傍晚，李鸿章骑马由几个亲信护从着，无所事事地在上海街头闲逛，不知不觉就到了藩台衙门，他便说道："既然到了吴藩台衙门了，就进去瞧瞧！"

门房飞跑着去报告，李鸿章当然不待传话，就径直走了进去。因为天气太热，吴煦正穿着短衣短裤在纳凉，听说巡抚大人到了，他慌忙穿上官服来见。

李鸿章一身便服，看见吴煦穿得齐齐整整，便笑道："子润兄，你何必这么正式？你看我一身便装，你这样郑重其事，反倒显得我太随意了。快换了，穿官服太热了。"李鸿章拿起茶几上的大蒲扇，呼哧呼哧地扇着，"贼娘的，这天真是要把人热死。我老家合肥，那真是好地方，何曾这么热过？"

吴煦重新换上便装，仆人早就奉上茶水，李鸿章却推辞道："喝茶不行，越喝越热。"

"我老家消暑，把百合绿豆汤吊在井中凉透了，又解渴又消暑，不知大人愿不愿尝尝。"吴煦见李鸿章不喝茶，便问道。

"有这等好东西，当然要尝尝。"李鸿章闻言兴致勃勃。

吴煦挥了挥手，仆人跑到井边把百合绿豆汤提了上来，给李鸿章盛了一碗。李鸿章尝了一口，清凉甘甜，立时眉毛大展。

见状，吴煦才郑重问道："大人到舍下来，不知有何公干？"

李鸿章摇着蒲扇说道："都下衙门了，还有什么公干！我到上海这么久，还没仔细转转，今天是闲逛，正巧转到你府上，就顺便进来看看老兄。"

两个人闲扯一通，李鸿章突然问道："子润兄，你是理财好手，听说你有简明册子，无论厘金还是关税，都一目了然，可否拿来让李某开开眼？"

听了这话，吴煦心里咯噔一下，不过李鸿章神定气闲，一副随意的样子，他就松了戒心，让人搬来三四本放在茶几上。李鸿章顺手翻了翻，问道："不会就这么少吧？"

"那当然不是。"吴煦挥了挥手，又让人抱来几本。

李鸿章感叹道："呵，果然是流水账，一笔笔都十分清楚。我看不懂这种东西——就这么十几本吗？何不都搬来看一眼？"

吴煦感到有些意外，不过这一大堆账目，就是精于计算的人一时半会儿也弄不清楚,何况翰林出身的李鸿章,写文章行,看账册如看天书。所以,他索性让人把签押房里的账册全抱了过来,在茶几上叠了厚厚的一摞。吴煦看着李鸿章,意思是都搬来了,你看得明白吗?

"呵,没想到有这么多,看来今晚上是看不完的。来呀!"李鸿章吩咐一声,两个亲随早有准备,走了进来,手里拿一个黄皮包袱,"把这些账册带回巡抚衙门,我晚上要看一下。"

两个人干净利索,把黄皮包袱在地上一铺,三下五除二把账册搬上去,对着角打两个死结。未等吴煦回过神来,他们已经提着包袱出了门。李鸿章则肃然起身,郑重地说道:"吴大人,我要回衙门好好看一下账册,你就不必送了。"

吴煦惊讶地呆在那里,连李鸿章怎么出的门都不记得了。

李鸿章回到行营,一帮理财好手已经齐聚在签押房,算盘噼噼啪啪响了一整夜。第二天一早,钱鼎铭向李鸿章报告,海关和厘卡的收入基本已经摸清,通算下来,海关每月二十万两,厘金大约三十万两。另外,还有十几笔开销账目有问题,如果要查清还需要些时间,也需要叫相关官员来问话,问查还是不查。

"查!当然要查!不过,我只给你们五天时间,你们不睡觉也要查个明白。但有一条,实情只限于你知道,不传第三只耳朵。"

钱鼎铭居中指挥那帮理财高手,刘郇膏负责传唤相关官员,五天下来已查出三四十万两的贪墨。有人曾在吴煦的衙门上画了只乌龟,吴煦是头,金鸿保、俞越、闵钊、苏顺平分别为四条腿,暗讽五人沆瀣一气,贪墨不法。经这么一查,吴煦和他的四条腿全部牵连进来。四条腿之一的苏顺平竹筒倒豆子,把他知道的老底全给抖了出来。

李鸿章这才着人把吴煦叫来,由钱鼎铭把查出的问题一条条说给他听:"吴大人,如果要较起真来,我以此上奏,结果是什么。吴大人老衙门出身,比我清楚。不过,李某不想把事情做绝。"

吴煦满头大汗,听李鸿章如此说,诚惶诚恐抬起脸乞求道:"请李大人指条明路。"

"大家巴结上一官半职,实在不容易,顶戴丢了,再背上贪墨的骂名,真是辱没了祖宗。可是朝廷律例俱在,又容不得我袒护,再说以吴大人对付李某的手段,李某也没必要为你祖护。"听李鸿章嘴一歪又如此说,吴煦仰起的脸又低了下去。

"诸位的官位是保不住了,不过我可以不让诸位背上贪墨的骂名。我以溺职玩忽入奏,只是革去各位的顶戴,这二十多万两银子我也不再深究,不知吴大人以为如何?"李鸿章把茶水亲自递给吴煦,趁吴煦抬头接茶的时候,直视着他的眼睛问。

"感谢大人成全,在下无不从命。"吴煦这下才算明白李鸿章要的是他和心腹的官位,显然这算是最好的结局。

李鸿章又说道:"对吴大人我还格外关照。只要你先辞去海关道一职,过些日子再找借口辞去布政使的位子,这样吴大人脸上更好看些,不知你意下如何?"

"大人如此关照,在下感激不尽。"

"如果没有一点惩戒,好像也于理不通。我记得在虹桥大战前淮军欠饷已一个多月,李某四处求告,大人曾经给了八千两银子,李某铭记在心。"李鸿章旧话重提,"八千两银子对淮军来说是杯水车薪,如今还要在吴大人身上硬拔几根毛,你就捐助四万两如何?"

吴煦知道病根就出在这八千两银子上,如果当时自己痛痛快快给李鸿章几万两,或许就没有今天的狼狈,但后悔也没有用,便丧气地说道:"这四万两我认,都怪我当初狗眼看人低。"

吴煦出门后,钱鼎铭有些疑惑地问道:"大人,您为何不快刀斩乱麻,把他的布政使顶戴也摘掉?打蛇不死,反被蛇咬。"

李鸿章笑着解释道:"他是想咬,不过无从下口了。对吴某人的处理分两步走,一则是给他面子,二则海关的业务讲究太多,新人骤然接手,恐怕会被洋人糊弄。所以先让他坐着布政使的位子,指点一下海关的门道,到时候摸清了,也就是他摘顶戴的时候了。"

钱鼎铭暗自惊叹李鸿章算盘打得精,既卖了吴煦的人情,还把他的人脉、手段全接了下来,真是漂亮的手腕。

末了,李鸿章又叹道:"调甫,记着我一句话,给人留条路,也就是给自己留条路。"

接下来,大家又开始商讨如何打理上海的财权。当时上海的主要收入有两项：一项是海关收入。自从上海开埠后，日渐繁荣，尤其是太平军兴后，洋人商船在长江上往返，既与官方做生意，也暗地里与太平军做生意，利润巨大，因此洋商纷纷聚集到上海。上海已经远远超过广州，成为大清最大的通商口岸，其关税收入也是年年增加。上海关税又有两个开销，一个是偿还英法两国的赔款，英、法各二成，共四成。这四成是不能动的，每月按时划给英法两国。另外六成，按规定应当解到户部，或由户部指拨，不过因为太平军围攻上海，在薛焕的运作下，已全部获准作为军饷来用。上海的另一块收入，则是厘金。太平军兴后，朝廷无法供应军饷，由各地督抚或将帅就地设卡按货值总额值百抽一，也就是一厘，因此称为厘金。因为这是由各地方奏明设立，不入户部部库，各省督抚和将帅得以直接掌握，自由支配。上海既为中外商货流通枢纽，厘金收入自然冠绝全国。

如今吴煦已经制服，钱鼎铭和周馥认为这两块收入应当牢牢抓在自己手上，李鸿章却另有想法："一口吃不成胖子，吞得太多，消化就不良。人人都知道上海富甲天下，自然盯着的人也多，如果我都抓在手里，就会成众矢之的。所以，我们还让吴某人继续管一块。"

"那让他管哪一块？"钱鼎铭和周馥几乎是异口同声问道。

"调甫，你是上海通，依你看？我们应该放手哪一块？"

"关税收入年年见增，而且由洋人负责，十分稳定，这一块不能放，但总数比厘金要少，因此，厘金也不能放。"

"我的意思，关税放给吴某人，巡抚衙门要把厘金这一块抓在手上。"李鸿章已经拿定主意。

关税收入稳定，却是一笔明账。而且，汉口、九江开关前的关税全由上海代征，总数一百余万两，吴煦东挪西借，上下其手，搞成了一团烂账。如今湖广总督官文、江西巡抚沈葆桢都开口索还，这团烂账干脆还是交给吴某人去打理，待时机成熟，再顺手摘瓜，反正上海的关税收入早晚要落入李鸿章手中。而厘金不但数目要大，而且不入部库，更重要的是这是笔暗账，只要掌握在自己人手中，收多报少，用起来方便得很。

接下来，李鸿章一份奏折上去，参掉了金鸿保、俞越、闵钊、苏顺平的顶戴，吴煦则以事繁任重的原因辞去海关道一职。然后，李鸿章一个折子奏保、奏调六人。刘郁膏由正五品的海防同知连升三级，署理江苏按察使兼办淮军营务处。李鸿章知道这位同年才能有限,但他的忠诚却是无人可比,而且对上海情形又较为熟悉。他又奏调丁日昌前来帮办军械采购。丁日昌是广东丰顺县人,曾经在江西任知县,在曾国藩营务处差委,又到广州办理洋务,铸造开花炮,深得大哥李瀚章的赏识。至于其他安徽老乡、同年等,陆续由他奏调和自己投奔前来的,有二十几人。这么一番调理,江苏官场基本换成了自己的人马,他这署理巡抚才尝出了点儿味道。

吴煦的四个心腹中,苏顺平贪墨最少,而且是交代得最痛快的一个。他被夺职后,专门到行营来见李鸿章,表示要把贪墨的几万两银子报效军用:"大人不知道,我自幼家贫,父亲早亡,老母含辛茹苦把我养大,供我读书,只盼我有个一官半职,光宗耀祖。我投奔吴大人,本意是清清白白做官。可俗话说上船容易下船难,我不贪墨,在上海便无立足之地,能做的就是尽量少贪。我希望把银子报效军用,求个心安理得。"

李鸿章当然不信他只是为了心安理得,问道:"我已经放了诸位一马,你回去和老母也能过上宽裕悠闲的日子,如今你要拿出几万两银子,不可能只图个心安吧?"

"一切都瞒不过大人。"苏顺平并不掩饰,"在下并不在意钱财,生平所重就是官位,如今丢官罢职,实在心有不甘,也无颜见老母。何况,在下这几年办理厘捐,很有些心得,希望能帮大人筹措粮饷尽我所能。"

这番话倒引起了李鸿章的兴趣,因为他目前最在意的就是筹措粮饷。厘捐局来了个大换血,他最担心的就是新人不熟,影响厘捐收入,苏顺平有如此心思,倒不失为可用之人。李鸿章让他谈谈厘捐心得,果然头头是道。于是,李鸿章打定主意起用苏顺平。

"你就留下来继续办理厘捐,你的顶戴要想恢复也并非难事,将来军功上做保案时给你铺叙一笔就是。不过丑话说在前头,如果你依仗自己熟悉厘卡门路,再敢上下其手,到时候可就不是夺职这么简单了。"

苏顺平见李鸿章同意,立即保证道:"大人尽管放心,如果安着这样的用心,我今天又何必报效这几万两银子,岂不是多此一举?"

对李鸿章的这个决定,周馥和钱鼎铭都不赞同,因为他们对苏顺平的人品多有微词。

李鸿章则解释道:"人无完人,用人之际,不宜求全责备。"

"大人刚赶走贪官，再起用贪官，这无论如何也说不通。"周馥还是不能赞同。

李鸿章笑了笑道："要说通也很容易，从前的贪官不能为我所用，所以必须把他们的顶戴摘掉；再起用贪官，是因为他能为我驱使，而且有我所必用的才能。何况，他已经保证不会再贪墨，再说，他从前确实有苦衷。"

周馥颠沛流离数年，吃尽了苦头，对贪官污吏十分痛恨，所以他根本不相信苏顺平所谓的保证："狗改不了吃屎！如果是曾老师，对这种人是无论如何不会用的。"

"兰溪，我淮军幕府怎能与老师的湘幕相比！老师幕中人才济济，自然有选择的余地。而我幕中除了你们几位，真能顶用的又有几人？水至清则无鱼，用人也是如此。用人用其长，当然也要防其短。"李鸿章无奈地叹了口气。

周馥闻言，知道李鸿章意志已定。钱鼎铭与李鸿章没有周馥那样的交情，所以他轻易不提反对意见。他不但对苏顺平的人品不看好，就是对新任海关道刘郁膏也觉得太过懦弱，将来未必能堪大任。但是，这种话他又如何能说得出，刘郁膏与李鸿章有同年之谊，而且在淮军筹饷上，的确功不可没。

第九章

收逃将不拘小节　洋枪队走马换将

连年战事,军民死亡惨重,这些人大多就地掩埋。因为埋得太浅,天气一热,腐尸便引发了瘟疫,安徽、浙江及江苏都不能幸免。曾国藩来信告诉李鸿章,说宁国、金陵、徽州、衢州、水师营及芜湖各军都相继爆发瘟疫,宁国最甚。府城内外,尸骸遍地,无人收埋,病者也无人侍药,军中四五员猛将先后亡故。鲍超染病甚重,被送到安庆治疗。张运兰一军驻扎太平、旌德等处,病者尤多,即求一善禀之书启、送信之役夫,亦难得其人。曾国藩叮嘱李鸿章别让淮军染上,随信还给了几服草药方子。李鸿章不敢大意,立即让营务处通知各营注意防疫,又让粮台广罗中药,配发各营。

这时候,曾国荃手下的猛将郭松林突然到李鸿章行营来了。李鸿章与郭松林虽然不熟,但对他也算比较了解。此人识字不多,贪财好色,骄恣跋扈,常把军纪当耳旁风,其他将领的错他都犯过,别人没犯的他也犯了。曾国藩特别强调军纪,所以郭松林在湘军中口碑不好,不受待见。但他打仗勇猛,曾国荃打过的硬仗几乎他都有份。他尤其擅长骑兵作战,据说仅凭飞扬的尘土,他就知道对方有多少人。李鸿章在用人上不究细节,对郭松林这样的人他与曾国藩的看法略有不同,他认为善加利用,完全可以成为可用之才。

"郭老哥,你怎么到上海来了,也不提前告知一声。"李鸿章比郭松林小几个月,所以特意称他一声老哥。

这一声称呼让郭松林非常舒服,他笑了笑道:"我到上海来替九帅公干。"

"九帅有什么吩咐，一封信我就办了，何必劳动一员猛将的大驾。"李鸿章示意郭松林坐下，这才问他。

郭松林抓耳挠腮，吭哧半天才说："也没什么大事，是，是这么回事。算了，反正我自己能办好。"

李鸿章明白，也许他担负的是一件不宜说出来的差使，所以不再探究。不过，如果是机密的事情，派这么个大老粗来实在不合适，所以心里不免有些生疑。

"大帅，我听说程方忠、刘省三这些土老包都立功换顶戴了，真是想不到。"郭松林的语气有些羡慕。

"他们的功劳是一刀一枪拼出来的，与是不是土老包没有关系。我在用人上与老师略有不同，带兵打仗的人，是不是儒生，有没有功名，能不能写一笔好文章，在我这里都不必计较，只要能打仗我就上保案。"李鸿章说道。

郭松林满脸喜悦，急切地问道："大帅，我这样的人你愿不愿要？"

"求之不得！可惜你是九帅的爱将，我不能挖九帅的墙脚。"

"咳，我在九帅和曾总督眼里，根本算不上一盘菜。"提起这个话题，郭松林的兴致就像疾风扫秋叶，一片也不剩。

李鸿章不愿褒贬老师和九帅，所以不再说这个话题，转而问道："这一阵金陵、宁国、芜湖都发了瘟疫，九帅那边情况怎么样？"

说到这个话题，郭松林就像猛虎看到了猎物，兴致一下蹿得老高，猛地一拍桌子道："不得了，九帅营中病者十有三四。长毛营中也闹瘟疫，死人抛入河中，尸体生虫，臭不可闻，船在水中停一夜，尸虫会爬满船舱。正因这个缘故，双方都无心思打仗，暂时相安无事。"

"那九帅让你到上海来，是不是与治瘟疫有关？"李鸿章顺口问道。

郭松林像一身热汗的人被兜头浇了一瓢冷水，大脑袋一缩，连话也说不顺溜了，吭哧了半天才道："也可以这么说吧。"

李鸿章见他不便说，也就不再问，着人立马给他安排住处。

郭松林到上海逛了一天西洋景，就再也不出营门，天天闷在营里。李鸿章有些奇怪，但又不便催问。正在他疑惑的时候，收到了曾国荃的信，这才明白是怎么回事。

原来郭松林营中因瘟疫而死亡了几百人，他瞒着不报，为的是吞没饷银。他又拿这些昧心的钱买了三个娇妾,大白天就在营中苟且。曾国荃实在忍不住,责备了他几句,他竟然赌气跑了。曾国荃派人详查,他贪没的军饷竟然近万两。所以给李鸿章写信,一旦郭松林到他营中,务必捉拿押送金陵。

李鸿章立即着人把郭松林叫过来问话。和这种武人打交道,李鸿章向来不兜圈子,扬着手中的信道:"子美,九帅给我来信了,说你是私自跑到上海来的。"

"我这种人在湘军里过得不痛快,听说程方忠和刘省三都换了顶戴,我就投奔大帅来了。"郭松林的脸一下红了。

"你投奔我,是咱们脾气相投,我高兴。可是九帅说你贪墨了近万两银子,买了三个妾,这是怎么回事?"

"这是诬陷我。"郭松林的眼睛瞪得快飞出眼眶了,仰着脸大声争辩道,"我是贪了些银子,但没这么多。我又不识字不懂账,肯定是手下的人弄了花样。几千两是有的,要说万把两,那是天大的冤枉。大帅,你是带兵的人,没有私恩,能带出跟你贴心的兵吗?"

按郭松林的说法,他贪墨的银子并非全部变为私财,而是私下里接济困难的勇丁,所以打仗的时候,大家才跟着他拼命,这倒也是实情。

李鸿章对此并不深究,接着问道:"那三个妾又是怎么回事?男人好色可以理解,可瘟疫爆发时你弄三个女人在营中快活,实在有些过分了。"

"大帅,这又是天大的冤枉。我是买了一个妾,她天天哭哭啼啼的,我把她打发走了。可是她回家后发现亲人都已经病死了,所以又跑回营中哭求我收留。这一来一往,那些狗日的就给我数成了三个。"郭松林的脸又红又白。

李鸿章点了点头说:"这倒也是情有可原。子美,那现在你怎么打算?"

"我打算投奔大帅,换不换顶戴我不在乎,图的是跟着大帅痛快,不像在九帅帐下不受人待见。我这人只要投脾气,你要我的脑袋我就割给你,大帅应该清楚我的为人。"郭松林一口气说出此行的目的,心情十分痛快。

"你的为人我了解一些。不过你说在九帅那里不受待见,这就有些不对了。如今你已经是参将,正三品大员了。"

"那些都是虚的,实职不过是个游击。在湘军我也就混到个参将罢了,像实职的副将恐怕也难,总兵、提督那是想也不敢想。曾大帅用人,首要的是会'之乎者也'。"郭松林倒是看得明白。

"子美，我只问你一句话，愿不愿在我帐下真刀真枪地干！"李鸿章把曾国荃的信扔到一边问。

"当然愿意。"郭松林回答得很干脆。

"好，我正缺带马队的统领。我淮军有五百骑马队，到现在不得要领，就交给你来统领。不过丑话说到前面，我虽然能容忍，但贪财好色毕竟不是好习惯，你可不能闹得太过分，到时候别怪我不留情面。"李鸿章就这样留下了他。

郭松林诺诺连声。

"至于顶戴，你现在是参将，只要立了大功，副将、总兵甚至提督都不是没有可能，那就看你怎么带兵了。"李鸿章在名利上，向来舍得放手予人。

郭松林喜滋滋走了，李鸿章立即亲自给曾国藩和曾老九写信，请求把郭松林留给他暂用，因为上海局势仍危如累卵，特别需要能打硬仗的统领。如果实践证明郭松林不是真材料，到时候不用别人说，他自会押送他去金陵。

李鸿章的淮军与华尔的洋枪队互相配合，把上海周边的地方都收复了。李秀成因为接到洪秀全的严旨，率主力回救天京，所以上海暂时得以喘息。这时候浙江的形势也有了变化，宁波税务司日意格组建的长捷军配合民军攻克了宁波城，进而攻克慈溪。太平军侍王李世贤组织三万精兵回攻慈溪，长捷军向李鸿章告急求救。因为宁波地处浙东，那时候浙江巡抚左宗棠远在浙西南，对宁波鞭长莫及，所以朝廷将宁波暂划归江苏巡抚李鸿章管辖。宁波设海关，收入十分可观，无异于淮军第二饷源，所以李鸿章立即派华尔率常胜军一千零八人乘轮船渡过杭州湾去支援长捷军。谁料太平军提前得到消息，在路上设下伏兵，洋枪队遭到重创，华尔胸部中枪，幸好被赶来的长捷军救出，进了宁波城请西医做手术，手术没做完就死了。

华尔一死，常胜军就得选出新的队长。副队长是美国人白齐文，他是贪财好利之徒，无论人品还是本领都无法与华尔比。常胜军粮饷丰厚，而且管理上不许中国人染指，如果想贪墨银子实在方便得很。白齐文正是看中了这一点，因此急于谋求队长一职。有人就指点他，要想取得这一职务，一是要取得英国人的支持。这一点并不难，因为他与英国驻华海陆军司令士迪佛立关系不错。二是要得到江苏巡抚李鸿章的支持。这一点有点为难，因为白齐文为人傲慢,从来没到李鸿章的行营来套过近乎。身边的人指点他,说上海在洋务上说得上话的,向来是粮道杨观察。如果能得到他的支持,胜算就大一些。白齐文决定会会杨坊。

苏松粮道杨坊衙门里,人高马大、胡须盖了半个脸的常胜军副队长白齐文操着半通不通的中文与老谋深算的杨坊正在谈事情。

杨坊听了之后连连摇头说道:"这事,我说了也不算。"

"谁都知道,杨大人在上海是中外交往中的这个。"白齐文向杨坊竖起大拇指,"我已经得到何伯将军的支持,何伯将军一起到你们巡抚那里,你只要站在旁边说句话就行。你们中国有句话,有一尊佛拜不到,事也办不成。你就是佛,其中的一尊佛。"

杨坊闻言笑道:"你抬举我了,中外会防局不过是给常胜军筹银子、募兵丁罢了。"

"杨大人,我是有意思的。"白齐文诡秘地从口袋里掏出一张折叠的银票。

杨坊瞟一眼白齐文手里的银票,看到上面露出个"贰"字,问:"两百两?"

白齐文摇头。

"两千两?"

白齐文还是摇头。

"那是两万两?"杨坊有些不敢相信。

白齐文笑而不答,收起银票道:"你们中国有句古话,不见兔子,不能放出老鹰。"

"我在巡抚大人那里说话也不一定管用,不过,如果管用了,到时候阁下认为我没帮阁下说话,我岂不是白费口舌?"

白齐文知道,杨坊是怕到时候不给他银子。他用英语喊了一声,一名常胜军士兵拿进来一个精致的铁盒子。

"我有一只铁匣子,非常坚固。我把银票锁在里面,放在你这里,钥匙我拿着。"

"亏你想得出,不过这办法双方都能放心。"杨坊没想到白齐文竟然有这等心机。

白齐文打开盒子,把银票放进去,落锁,收起钥匙,再把匣子交给杨坊。

英国驻华海陆军司令士迪佛立、苏松粮道兼中外会防局董事杨坊一起到李鸿章行营。落座看茶后，李鸿章问道："士迪佛立将军，无事不登三宝殿，有什么事情尽管说。"

士迪佛立不会拐弯抹角，直接说明来意："今天来拜访阁下，是为常胜军的事。华尔将军去世，常胜军需要新的队长，我们经过协商，推荐副队长白齐文担任。"

"将军，据我所知，白齐文上校的脾气好像不太好，有时会打骂士兵。难道没有更合适的人选吗？"李鸿章有些犹豫。

没等士迪佛立回话，杨坊便插嘴道："没有更合适的了，白齐文当过副队长，再合适不过。"

"杨观察，我在与将军谈话，要请教你的时候我自会请教。"李鸿章打断了他的话。当初李鸿章希望结识洋人，但杨坊故意刁难，所以对他向无好感。

杨坊讨了个没趣，低下头大口喝茶。

士迪佛立说明道："李大人，您听到的这些说法不准确，白齐文不过是军纪要求严些。他本人作战非常勇敢，曾经两次负伤，朝廷也奖励三品顶戴，就管理常胜军而言，他的确是最合适的人选。"

李鸿章知道，按照此前的约定，英、法两国在常胜军的指挥人员上有决定权，尤其英国在上海势力最大，说话最有分量，所以他便顺水推舟道："既然士迪佛立将军推荐也无不可，不过，副统领是否可以由大清将领担任？"

士迪佛立立即一口回绝："不行。这支军队完全按照西方操典进行训练，当然应该由西方军官指挥。这一条，中外会防协议中有明确规定。"

"的确如此，的确如此。"杨坊好像没长记性，又附和道。

李鸿章盯着杨坊问道："杨观察，你真的以为白齐文能胜任常胜军统领一职吗？"

"卑职是这样认为的。"

"好，那以会防局的名义你写一个呈文，由我上奏朝廷。看茶。"

士迪佛立鞠了一躬，先退出去了。

李鸿章看杨坊站着未动，就问道："杨观察，你还有事吗？"

"没有。卑职是想听听大人还有什么吩咐。"杨坊回应道。

"杨大人客气了，上海，不，整个江苏都依靠你和洋人沟通，岂能随便吩咐？杨大人忙去吧。"李鸿章的语气有些阴阳怪气。

闻言，杨坊也尴尬地拱了拱手退了出去。

李鸿章的奏折到京时，美国公使蒲安臣也向总理衙门推荐了白齐文。总理衙门见白齐文获得英、法、美三国支持，又任过副队长，因此很快就下了任命的札子。

杨坊收到任命札子，立即派人去请来白齐文。他把总理衙门的札子亮给白齐文看，白齐文中文不好，特意让翻译帮着看。然后两人进内室，白齐文拿出钥匙说道："杨大人，你是等它等得急了吧？"

杨坊接过钥匙，抖索着手打开铁匣，展开那张银票，上面写的是贰拾两。他以为自己看错了，揉揉眼睛再看一遍，没错，就是贰拾两。他失声问道："怎么是二十两？不是两万两吗？"

白齐文惊讶道："两万两，那不可能，我当时给大人看的就是这张二十两的银票，盒子一直在大人手上。"

杨坊冷着脸道："你说得不错，盒子一直在我手上，如今完璧归赵，你可以带着你的盒子走了！"

白齐文故意郑重地问道："这二十两银子大人真的不收吗？大人真是大清国少见的清官。做清官好，现在的巡抚李大人好像与薛大人不太一样，还是小心为妙。"

杨坊心里恨死这个狡诈的白齐文，又不能发作，冷着脸道："中国有句话，叫聪明反被聪明误。我们浙江也有句俗话，饶你精似鬼，喝了老娘的洗脚水。"说罢端茶送客。

按照官场的惯例，新任官员必须到李鸿章的巡抚衙门来递手本求见参拜。常胜军是洋人统领的军队，可以不必按照官场规矩来，但白齐文经常前来面见李鸿章却是很应该的，因为他的前任华尔自从淮军大捷、李鸿章出任巡抚后，就三天两头到巡抚行营，常胜军的有关事情总是及时通气。但白齐文却狂傲得很，他对手下说道："我这个队长是朝廷任命的，不需要听命李巡抚。"

更令李鸿章不快的是，常胜军私自扩大规模，白齐文任职不到一个月，总人数竟然猛增到五千多，月开支粮饷、军火等费用高达九万余两。突然增加这么多人和费用，让布政使吴煦和海关道刘郇膏都吃不消，所以到李鸿章这里来告状。

"吴藩台,你也是常胜军的统领,常胜军扩军你难道不知?再说,要怎么解决,你应该先找白齐文商定,怎么直接就到我这里来了?"李鸿章听了他们的怨言后首先问道。

其实,吴煦只是常胜军名义上的统领,不过是为筹饷方便,对常胜军的事情,他何曾有说话的份?尤其这个白齐文,连李鸿章都不放在眼里,他这个藩台怎么找他商定?李鸿章也知道其中的难处,但他故作糊涂又吩咐道:"你和杨观察今明两天就约见白齐文,告诉他不可私自扩军,别忘了他这个队长是我大清任命的,常胜军的军饷是大清所出,他必须听从大清的调遣。至于常胜军的粮饷还是从海关想办法,厘金这边连想也不要想。"

两个人垂头丧气地出了门,刘郁膏说道:"吴大人,这个月关税无论如何拿不出九万两银子给常胜军,该怎么办,李大人也没明示。"

既然李鸿章推给了吴煦,吴煦也可以推给刘郁膏这海关道,只是他的语气要客气得多:"李大人已经有明示,从关税中出。"

"可是关税里只能先筹措四万两,九万两根本办不到。"刘郁膏再次声明。

"能筹多少是多少,总不能无中生有给他变出来。"吴煦知道自己做藩台没有多少日子了,将来就是眼前这个刘某人的,自己何必再去费心思。

刘郁膏的办法就是不管常胜军的要求,只按上个月的数付,因为的确没有更多的银子给。

七月初,太平军慕王谭绍光率军三万包围了洞泾镇淮军营垒。李鸿章亲自督率刘铭传、程学启、周盛波、韩正国各营前往救援,并飞檄常胜军赴援。谭绍光采取围点打援的办法,派他的得力干将蔡元隆率军伏击李鸿章的援军。双方激战三天不分胜负,李鸿章的亲兵营统领韩正国腿部中弹,他草草包裹之后立即投入战斗,这令李鸿章十分感动。常胜军的总部就驻松江,离洞泾不到三十里,李鸿章飞檄告援,可是白齐文的常胜军却迟迟不到。次日中午,闵行的英军带着十几门炮前来助战,战场形势转向利于淮军,李鸿章督队猛攻,蔡元隆率部逃走。而洞泾的淮军也冲出营垒,向太平军反攻。白齐文其实早就做好了战斗准备,他就是要等双方苦战后再投入战斗。他一参战,前后击夹,谭绍光大败,只好仓皇逃走。李鸿章督军猛追,一直把太平军追到嘉善县才收兵。这一仗下来,淮军伤亡近两千,韩正国伤重不治而亡。

李鸿章对白齐文十分憎恨,如果他早出援手,何至打得这样艰苦!如果不是英军出动,胜负真是难料。李鸿章上保案的时候,把淮军的战功极力铺叙,对英军的助战也赞扬有加,请朝廷赏英军万两白银,而对常胜军却一字不提。白齐文亲自到行营来见李鸿章,李鸿章避而不见,让白齐文很没面子。

上海这边暂时安全了,而金陵城下因为李秀成策划十三王救天京,曾国荃军营的形势十分紧张,曾国藩写信向李鸿章求援,让他派程学启回救金陵。他在信中说:"日内军情愈紧,伪忠王全股攻扑舍弟营垒,自二十日至二十八日昼夜不息,洋枪洋炮极多,并有落地开花炮打入营中,惊心动魄。贼更番迭换,我军病者太多,无人替班,实难久支。万不得已,求阁下派程学启带其全军雇坐火轮船至金陵大胜关登岸,救舍弟之急难,千感万感。无论轮舟之价如何昂贵,求阁下为我垫付,国藩必设法归款。专此飞恳,即问台安。"

金陵形势的确危急,但要调走程学启那是不可能的。因为程学启驻守的青浦对上海太重要了,与松江城互为掎角,拱卫上海的西大门。调走程学启,实在没有第二个人能守得住青浦。所以李鸿章的办法就是拖,把曾老师的信先放在一边不提。

不料,曾国藩的第二封信又到:"舍弟金陵一军安危吉凶,总在一月。如今苦守十二昼夜,已经三日无信,忧心如焚。求阁下迅发程学启全军来援,用重价雇轮舟,径送金陵助守营壕。将来舍弟即自营内打出,内外夹击,与忠逆决一苦战。求焚拯溺,莫喻斯近。千恳万恳。"

曾老师如此哀求,李鸿章不能再无动于衷。他不愿让程学启去金陵,除了离不开程学启,还因为他太了解曾国荃。曾国荃当初不愿来上海,就是为了要独得克复金陵的大功,如今他陈兵金陵城外已经数月,怎么肯让他人插足?如果真派程学启去,无论立功与否,都是费力不讨好的差使,这样的差使他是不会做的。不过,他自有应付老师的办法。他决定派常胜军去,一则维护了老师的面子,二则也不至于自己阵脚大乱。松江城防坚固,有一半常胜军驻守可保无虞。

李鸿章下令让藩台吴煦、粮道杨坊督率常胜军驰援金陵,可白齐文以两个月未发饷银为由,迟迟不肯起程。吴煦东挪西腾,总算给常胜军发了两个月全饷。可是白齐文依然不肯起程,说要再发给每人一个月恩饷才肯动身。这回吴煦说什么也不答应了。李鸿章又给吴煦下令,让他督促白齐文立即起程。白齐文不但不听命令,而且跑回松江城要抢劫府库,"自己想办法发赏银",幸亏手下有人相劝,他才没有动手。

白齐文不甘心,带着数十名洋枪队士兵回到上海,直接去了苏松粮道杨坊衙门。他们把衙役推到一边,大门内外都放了岗,他则带着六七人直奔杨坊内室。杨坊正在与内弟李植楠说话,知道来者不善,连忙站起来迎接。

白齐文开门见山责问道:"杨大人,为什么不肯给我发赏银?"

杨坊推脱道:"发不发赏银我说了不算,吴藩台给多少银子我就如数转给常胜军,吴藩台没有给银了,我自然就没有银了给常胜军。要找,上校应该去找吴藩台,或者上校觉得面子大,可以去找李巡抚。"

白齐文根本不信杨坊的话,杨坊是有名的富商,街面上有当铺,黄浦江中有沙船,身家几百万两。当年华尔任常胜军队长,粮饷一紧张,杨坊立即想办法,甚至拿自己的银子垫付,常胜军从来没有为饷银为难过。他认定是杨坊有意刁难,所以耍赖道:"你骗不过我,原因我最清楚,你也最清楚。从前华尔上校任统领,每次战前都能拿到赏银,今天我必须拿到钱。"

"华尔是我的女婿,那是我借给他的。"杨坊毫不客气地说,"本道没有借银子给你的义务。"

白齐文赌气道:"没有银子就没有兵,看李巡抚能不能饶你?"

杨坊呵斥道:"你是大清的命官,而且拿着大清的俸禄,你就应该听从巡抚大人的调遣,不听号令,看将来谁倒霉!"

白齐文大怒,抓住杨坊的衣领叭叭两巴掌,又当胸两拳。杨坊的内弟李植楠过来劝解,白齐文从腰间抽出佩剑一挥,李植楠肩膀受伤,鲜血直流。

随后,白齐文一挥手道:"搜,搜出的银子都给我带到松江!"

众兵丁就翻箱倒柜地搜起来。

事情报到李鸿章那里,他听罢哈哈大笑,连说:"好!好!好!"

众人不解,他解释道:"这下总算给了我理由,让这个白齐文滚蛋,也让吴藩台、杨观察腾出位子来。"

他立即安排两件事:一是立即行文英法驻军及江苏各地方,撤销白齐文常胜军队长一职,并悬赏五万两缉捕之;二是上奏朝廷,报告白齐文滋事经过，请总理衙门转请美国、英国公使馆督促驻上海领事捉拿白齐文，并请将吴煦、杨坊暂行革职，以观后效。

办完这两件事，李鸿章与营务处的几个人坐下来商量对付常胜军的办法。常胜军战斗力比较强，尤其是洋炮威力巨大，在数次攻城战中效果最为明显。就目前而言，还必须依赖常胜军。但常胜军问题也很多，首要一条就是费用太高，其粮饷是淮军的两倍多，此外还有医院、日常用房等种种费用。其次是人数太多，而带兵的官弁多是洋人，已经成尾大不掉之势，必须控制其人数。三是必须保证常胜军得听从巡抚的调遣。常胜军从成立起，名义上是华夷协商自行经理，但大清只有出钱的份，实际控制权在英、法手中，尤其是士迪佛立、何伯对常胜军影响力巨大，非李鸿章可比。这一点必须借机改掉，如果他这个江苏巡抚调不动常胜军，还不如撤掉。

白齐文被撤职后，立即乘轮船北上，到北京找蒲安臣告状，要求恢复他常胜军的统领之权。李鸿章不理睬他，请士迪佛立前来商议，准备签署《统带常胜军协议》。在上海，实力最强的是英国，其次是法国，然后是美国。李鸿章与英国签订这个协议，就是要笼络住英国，法国、美国都好商量。

钱鼎铭久居上海，知道历任江苏巡抚与洋人打交道的路数，他建议李鸿章不必亲自与士迪佛立见面，大家讨论出章程，找身份对等的官员去与洋人讨论。李鸿章稍做思考后道："还是我亲自与英国人讨论，至于身份对不对等无所谓，把事情办好，就是我李某掉掉身价也无关紧要。要争到咱们的权力，必须和洋人当面锣对面鼓地辩论。洋人也是人，只要咱的理由充分，他也要认真考虑。由别人来传话，我怕说不清楚。"

于是，李鸿章亲自与士迪佛立见面，说明中英共同统带常胜军的意思，士迪佛立表示他回去后立即起草一个协议。李鸿章为了表示善意，特意请士迪佛立吃中国菜。士迪佛立到中国后还没有一位大员请他赴宴，菜又是如此丰盛，所以他吃得非常高兴。李鸿章喜欢辛辣食物，尤其是喜欢吃红酱面。他的厨师经常将鸡脯丁配以毛豆、笋等时蔬，然后浇上合肥人所谓的红油——辣椒油，吃起来香辣无比。到吃饭的时候，李鸿章又来了一碗红酱面，而给士迪佛立所上是洋人喜欢的面包。不料士迪佛立对香气四溢的红酱面感兴趣，也要来一碗。李鸿章提醒他说这种面太辣，他未必吃得了。士迪佛立谢绝了李鸿章的好意，坚持来一碗。于是，李鸿章笑了笑对厨师道："那就给将军来一碗,记得多放红酱。"

厨师爽快地应了一声,很快端来一碗,红油亮亮的,很是鲜艳。士迪佛立也像李鸿章一样猛喝一口,辣得涨红着脸,张着大嘴巴,连说:"No!No!No!"一桌人开怀大笑。

士迪佛立办事利索,第二天就带着《统带常胜军协议》十三条来见李鸿章。李鸿章一条条与之激烈争论,用了整整三天时间,最后增改为十六条。双方所争议,集中于三个方面:

一是兵权归属问题。士迪佛立的企图是英国独裁,由英国派出正式军官,接受中国委任,直接指挥军队。而李鸿章当然不会同意,说指挥权必须分享,坚持大清也必须派出一名武官会同统领常胜军,一切行动与英国统领双方商定,而且无论中外统领,都必须听从江苏巡抚的调遣。而且还提出,英国统领如果犯错,必须按照大清律例办理。士迪佛立对此坚决不同意,他的理由是英国人在租界有治外法权,英国人有违法行为,概由英国人来处理。李鸿章的理由是,既然常胜军统领由大清来任命,取俸于大清,那就是大清的武官,当然得受大清律例的约束。双方争论激烈,也都有道理,最终彼此各退一步,士迪佛立同意"统领官均归抚台节制调遣",英国派戈登出任常胜军统领,大清派参将李恒嵩会同统领;作为让步,李鸿章不再坚持英国统领官"如有过失照大清律例办理"的要求。常胜军军官的任免,由江苏巡抚和英军司令共同签署任命文件。这一条对李鸿章有利,因为从前常胜军中下级军官,完全是由洋人来任免。

二是兵额问题。士迪佛立希望常胜军是一支庞大的武装力量以为其用,反正不必花英国人的钱。所以他坚持"常胜军五千人不可再少,是协助防卫上海三十英里半径所必需的。而且其中有两千人必须驻防松江,不能调往他处"。李鸿章虽然企图借常胜军帮助"剿灭"上海周边的太平军,但一则害怕常胜军人数过多,费银太巨,影响淮军的扩充,二则担心常胜军人数太多,万一不听调遣,或者与官军对抗,那真是心腹大患,所以他坚决不同意五千之数:"长毛自上海百里以外日见退去,已无须更多兵力保卫上海。"经过反复协商,最后双方协议常胜军以三千人为限。

三是军费问题。李鸿章不但坚持要减人,而且还要裁减粮饷标准,去掉病房及日用房费等种种浮款。士迪佛立开始拒绝,后来只好答应。常胜军的费用,由每月八九万两,控制在六万两以内。

李鸿章亲自与洋人辩论,体会是洋人也并非完全不讲道理,只要大家把道理说透,并非不可商量。这更让他觉得作为地方大员,对洋人避而不见,是死要面子活受罪,而且容易产生误会,结果反而容易吃亏。对这个协议结果他甚为满意,常胜军从前名义上是大清的雇佣军,但大清所谓的权力就是筹饷,而一切调度指挥概不能过问。如今,虽然还不能完全如意,毕竟他这个巡抚在调动、指挥及人事上都有了话语权。

签完协议,李鸿章开始筹划如何派常胜军开赴金陵。还未等他筹划好,曾国藩来信了,说常胜军不必再赴金陵,因为李秀成连续攻打近二十天,未能攻破曾国荃的营垒,而且损耗巨大,只能停止进攻。会集到金陵城下的太平天国十三王辖地都警报频传,各自都忙于关照自己的地盘,精锐不断被调走,十三王救天京的计划只好取消。曾国荃得到喘息,立即飞信给曾国藩,坚决不让常胜军到金陵来。他的理由是看不惯洋人,没法与洋人并肩作战。曾国藩知道老九不愿他人分功,所以立即给李鸿章来信,让他调回常胜军,固守原地。李鸿章立即给李恒嵩下令,让常胜军回松江驻地。

常胜军已经任命新的统领,白齐文见复职无望,竟然拉起几百亲信在镇江城外江上劫持了常胜军的一只小火轮,投奔了李秀成。李鸿章把美国驻上海领事叫来,告诉他白齐文叛变的事情,按照条约,外国人是不能支持太平军的。美国驻上海领事很聪明,来了个以子之矛攻子之盾:"巡抚大人说过,白齐文已入大清国籍,那就不能算是美国人支持太平军了。"

"那好,我就按对大清叛将的办法来追捕白齐文。"李鸿章哑口无言,立即下令贴出海捕文书,"不拘军民及外国人等,有将白齐文擒斩者,赏银三千两。"

白齐文叛逃,在英国人看来是一件很丢脸的事情,所以士迪佛立也不再为他说话。美国驻沪领事暗骂道:"这头高卢猪,真是惹麻烦的蠢货。"所谓高卢猪,是对法国人的蔑称,因为白齐文是法国人,后来入的美国籍。他出身海盗,平时对美国驻沪领事也颇不尊重,所以私下里领事对他也颇有烦言。

新任常胜军管带戈登到行营来拜访李鸿章。他时年二十九岁,一双蓝眼睛炯炯有神,上唇是浓密的短须,点缀在他的白脸上,显得特别扎眼。他个头又高,身着笔挺的戎装,给李鸿章的第一印象是干练而英俊。

戈登的父亲是英国皇家炮兵将军,而他本人却是皇家工兵出身。因为士迪佛立与戈登的父亲私交不错,对戈登严谨、理性、执着的个性比较了解,所以派他出任常胜军的统领。

戈登对李鸿章说道:"我是经过考虑后才接受常胜军统领一职。我认为任何人贡献力量,镇压这场叛乱,就是完成了一项仁爱的任务,并且认为这样做也会极大地帮助大清趋向文明。"

"我与阁下的想法一样。无论哪国战争,最受害的还是老百姓。尽快平定叛乱,让百姓不再流离失所,是我所最盼望的。但愿我们合作愉快。"李鸿章身高一米八,也留着短须,一双眼睛同样炯炯有神,这两个人站在一起,有几分神似。

戈登对李鸿章的印象很好,保证道:"请大人放心,我对常胜军的训练会十分严格,绝不允许他们抢掠。"

李鸿章对此不以为然,因为湘军和淮军战斗中都有抢劫的问题。尤其是曾国荃的湘军,破城之日大肆抢劫成为拼死攻城的动力。李鸿章对淮军的抢劫睁一只眼闭一只眼,只要不是太出格,他基本不追究。

这时程学启和刘铭传都派人送信来,说李秀成已经回到苏州,种种迹象表明,长毛好像有大的军事行动。李鸿章扬了扬手中的信说道:"戈登少校,长毛要进攻上海了,我们有大仗要打了。"

"好吧,我已经做好准备。"戈登回应道。

李鸿章对戈登印象很好,当天在日记中写道:"这个英国人戈登的到来,真是天赐。他的言谈举止比我所见过的西洋人强过百倍,那些人大多傲慢自大,令人生厌。"

郭松林这些天一直在训练马队。淮军辗转从张家口买来了五百匹马,可是没有懂骑兵的统领,李鸿章临时任命了一个老乡来管带,可他除了知道每天两顿喂马外,别的几乎都不会。所以淮军的马队一直是聋子的耳朵——摆设,白白吃草料、豆饼。

郭松林被李鸿章任命为马队统领,立即按他的办法训练。他对这支马队的水平十分恼火,因为连最基本的训练也没搞过,只会弄点花架子。他第一条就是让所有的马匹都由骑勇本人亲自喂料、饮水、梳毛、洗澡。有位叫李长龙的哨官不解,问他道:"那还要马夫干什么?"

"过来我告诉你。"

李长龙刚靠近,就挨了一鞭子,郭松林指着他的鼻子骂道:"你连骑兵该怎么和他的马相依为命都不知道,你还配做什么哨官!我先革了你的哨官,留营效力,再没有长进,别怪我不客气。"

随后,郭松林又告诫道:"骑兵最重要的是与坐骑建立起相依为命的感情。到战场上,战马和人一样会害怕,尤其洋枪洋炮一响,马容易受惊,这时全靠主人给它压惊。所以,平时人和马必须建立起互相信赖的关系。马是畜生,但人对它好它自会知道。你平时给它喂草、饮水,不是为了让它饿不着渴不着,而是为了让它亲近你!所以这些看似简单的粗活,根本不能让马夫代劳。"他还规定,除了每天亲自喂马,还要在晌午给马洗澡梳毛一次。

李长龙对郭松林的话非常服气,竟然把铺盖一卷,夜里也到马槽边陪着他的马睡觉。

李鸿章到马队来巡视了一次,这里的变化实在太大,让他惊叹不已。那时郭松林正带领马队训练侧卧,方法很简单:想让马卧倒,就猛拉一侧的缰绳,勒疼马齿龈,马疼痛中就会向一侧卧倒。但训练起来却很难,因为马不能明白你的意思,被勒得咴咴叫,却不肯躺倒。郭松林已带队训练了三天,效果却令人失望。

李鸿章向他招了招手,他骑马奔到李鸿章面前,根本不用踩蹬,直接从马上跳下来。

"一看就是带马队的里手。子美,你悠着点,别太累了。"李鸿章很满意。

郭松林回道:"长毛马上就要进攻了,我不加紧训练,到时候怎么上得了阵?"

"你才来几天,我没指望你的马队能上阵。"

"我投奔大帅就是来打仗的,马队不能上阵还不让人笑话死?"郭松林还告诉李鸿章,他正在训练侧卧,这很重要,特别是设伏时必须让马卧倒,然后突然上马杀向敌阵,让敌人措手不及,"照这样子训练,我估计到上阵时也就只能勉强应付。并且大帅还得尽快给马队配马枪,不能光靠刀矛。"

李鸿章不明白马枪与步枪有何区别,郭松林告诉他道:"马枪小巧,到时候在马背上必须一手持枪就能开火,因为另一只手还要抓缰绳。"

"那只能打过这一仗后再说,目前是来不及了。"

"大帅,六爷来了。"回到行营,戈什哈就把这个消息告诉了他。所谓"六爷",就是李鸿章的六弟李昭庆,兄弟六人他最受父亲李文安赏识,还不到二十岁时就获得了监生功名。后来李家父子都办团练,李文安战死,一家人都希望这个老幺守在田园,不要过刀头舔血的日子。

庐州城被占,李家宅院被太平军付之一炬,李鸿章的老母及家中妇幼避到乡下老亲戚家中。李瀚章、李鸿章、李鹤章、李蕴章、李凤章五兄弟辗转都到了曾国藩帐下,只留老六李昭庆在家照顾老小。如今庐州克复,湘军已经陈兵金陵城外,整个安徽日渐安定,淮军又在上海连获大捷,合肥一带的青壮都投效淮军,以至于有了"会说合肥话,就把洋枪挎"的说法。

李昭庆时年二十七岁,正是心高志远的年纪,当年又曾经跟着父亲办团练,他就起了投军立功的想法。他连写二封信给二哥,李鸿章就让他招募一军带到上海来。

李昭庆双目炯炯,身材高挑,家人都说颇似年轻时的李鸿章。兄弟两个已近两年未见,李昭庆更壮实了些,唇上粗密的胡须十分扎眼,在李鸿章眼里既多了几分成熟,又加了几分固执。他拍了拍六弟的肩膀说道:"六弟是我们家的大功臣,一家子人全靠六弟关照。"

"我不能只做李家的功臣,我要做朝廷的功臣,打几场硬仗,也弄个知府道台做做。"李昭庆年轻气盛,不免把世事看得太简单。

听他说得轻松,李鸿章笑道:"打仗立功哪有你说得那么简单?"

李昭庆不服气道:"听说刘省三又升官了。要论打仗,我比他还早几年呢!"

"打仗不论早晚,省三如今已是我手下大将,你可不要小看。老六,这次你带来多少人马?"李鸿章岔开话题。

"七百人吧,你再拨几千人由我统领就是。"

"这断断不可能,要想带兵打仗,只有亲自挑选、训练的勇丁才顶用。这七百人就是你的本钱,如果你确实能打仗,将来不愁没有兵勇可带。吃现成饭你连想也不要想。"李鸿章摆了摆手。

"听说长毛就要进攻了,那我就去打头阵,让你看看我会不会打仗。"李昭庆见二哥一点面子也不给,赌气请缨道。

"打头阵,打什么头阵? 你以为还是三国时候双方将军要在阵前比武?"
李鸿章对幼弟的急于建功立业泼上一瓢冷水,"长毛进攻哪里我们都不知
道,你上哪里打头阵? 你太小看长毛了,你这种念头就很让人不放心。"

"七八年前我就和长毛交过手,长毛也不是三头六臂。"李昭庆有些不服
气。

"如今的长毛也不是七八年前的长毛,他们手里洋枪洋炮多得很,特别
是这个李秀成,部下洋枪最多。我今年到上海来,整整训练了两个多月才敢
和长毛接战,你带着新勇刚到上海,怎么能仓促上阵?你先俯下身子,好好训
练你的勇丁。"

这时候程学启到行营来,见到两兄弟争持不下,就开口为李昭庆说话:
"大帅,既然老六想上阵,就让他上,让他跟着我,到时候由我关照。带兵打
仗,要的就是这股血气,如果心里怕长毛,那反而更危险。俗话说,怕死的先
死掉,不怕死的死不了。"

"就是这话,程大哥,我就跟着你上阵了。"李昭庆见机便附和道。

出了行营,李鸿章埋怨程学启道:"方忠,你怎么也随着老六胡闹,他的
勇丁刚带过来,怎么上得了阵? 你是我最得力的大将,上了阵再回头照顾老
六,那不是拖你后腿?"

"大帅不必过虑,所谓初生牛犊不怕虎。到时候让他在我军后面,接仗让
我先来,胜了让六弟跟着我追,撤退时让他先走,应该不会出大岔子。长毛已
经行动了,带兵的还是姓谭的,李秀成并未亲临。只是长毛的动向还不太明
了,现在是两路并进,一路从太仓往娄塘镇,一路从昆山扑安亭镇,看架势好
像要夹击嘉定。"程学启先解释了一番,随后把话题转到接下来的事情上。

李鸿章看着地图道:"有可能,从昆山来的这一路长毛,很可能是为了占
据南翔镇,截断嘉定退路,与北路形成夹击之势。不过,以长毛的老套路,打
仗向来是靠人多势众,应该不会只有这两路。"

第十章

定大计以沪平吴 围苏州纳王请降

果然,第二天又有新军情传来,从昆山淀山湖方向有一路太平军向白鹤镇、赵屯镇而来。而同时从苏州、昆山汇集炮船一百余艘,木船七八百艘,满载太平军顺着吴淞江而来,从三江口到四江口扎下十几里的营盘。

四江口是吴淞江上的一个大码头,这里四河汇流,是青浦与嘉定间水陆要冲,也是苏州、昆山赴上海的黄金水道。淮军在这里驻扎三营陆师,还有淮扬水师一百余艘战船在此巡弋,守护上海的西大门。太平军数路并发,现在终于看明白,其进攻的重点就是四江口,其他几路都是为了阻击援军。不过,等李鸿章完全弄明白的时候,四江口的淮军已经被重重包围。他调兵遣将,令程学启、潘鼎新各率本部人马救援四江口。青浦、嘉定的驻军也各抽出人马向四江口方向进攻。各路淮军攻势猛烈,太平军多处营垒被攻破,逐步向四江口方向退守。

这样打了两天,双方在四江口形成对峙之势,太平军损失四五千人,而淮军大部分营官也都受伤。最为严重的是四江口被围的淮军三营,已经到了弹尽粮绝的地步,幸亏淮军营垒坚固、壕沟又宽又深,太平军连续进攻两天,尸体几乎填满壕沟,却未能攻破一个营垒。

李鸿章亲临前线,带领着由英国人教练的抚标营七百人,随他而来的还有郭松林的五百骑马队,李昭庆的淮勇七百人。戈登率领的常胜军一千人,刘铭传率所部四营从浦东赶来。众将都明白,与太平军决战的时刻到来了。几次大仗,都是在打到最艰苦、双方都筋疲力尽的时候,李鸿章就出现在阵前。他在最关键的时候亲自督战，完全是一副破釜沉舟的架势，全军因此士气大增，人人拼死力战。他召集众将约定次日八时同时发起进攻，刘铭传率所部四营为左路；程学启率所部四营为中路，李昭庆所部跟随程学启行动；潘鼎新率四营为右路；李鸿章居中协调，郭松林待命。戈登率常胜军向东进军，防备淀山湖方向的太平军。

部署完后，他指着李昭庆和郭松林说道："这两个人你们都认识，一个是从金陵赶来不久的郭子美，他统领的马队还没训练好，我本不想让他上阵，可是他非上阵不可；这是我家老六，诸位也都认识，他新募的淮勇几乎没有训练，本来也不该出战，可是他也非要来参战。我借用方忠的一句话，叫血气可嘉。带兵打仗，就是要有股血气。两军对阵，不是敌死，就是我亡。我在这里与各位统领盟誓，不论新勇还是老将，有功必赏，有退必斩。我带的七百人兼做淮军的执法队，有谁后退一步，不必向我请命，开枪立毙阵前！"

第二天八时，淮军各路人马同时发动进攻。喊杀声、枪炮声响彻十余里。李鸿章站在新筑的高台上，拿着单筒望远镜观战。程学启、刘铭传率部众突击太平军营垒，拔掉栅栏向前猛冲。接近敌阵后，又学习洋人的战法，匍匐前进，然后突然跪起，举枪齐射。前面的太平军纷纷溃退，但后面的太平军又拥了过来，重新站稳阵脚。双方进退攻守，成胶着之势。潘鼎新的左路军方向也是喊杀声震天动地，看来也打得十分激烈。

突然，从中路军与右路军的间隙中冲出数千太平军，人人手执大刀，袒着右臂，头裹黄巾，向李鸿章的大营直冲过来。程学启部正在苦战，根本未注意到这突然杀出的敢死队。

李鸿章听说谭绍光有支上千人的敢死队，关键时候能赤膊上阵，有万夫不当之勇，更有千万军中取上将首级的威名。他站在高台之上，很可能被太平军看出了端倪，看他们的方向，分明是直冲他而来。

跟在程学启后面的李昭庆部首当其冲，被团团围住，眼看数十人已经被乱刀砍死。李昭庆倒是勇气可嘉，毫无惧色，亲自挥刀杀敌。不过他的新勇毕竟未经战阵，不一会儿就支撑不住了。

"大帅，该我上阵了！"郭松林说完，飞身上马，手里是一柄大砍刀。他举刀过头，大声喝道，"弟兄们，到了我们露脸的时候了，别给我丢人现眼！"他一磕马肚，自顾冲向谭绍光的敢死队，紧随其后的是千总李长乐。

　　两人左砍右刺，杀得敢死队不能近身。不过，郭松林的马队毕竟训练太短，没冲到阵前，已经有好几人坠马，被活活拖死。这支马队向赤膊的敢死队猛冲，其震慑作用远远超过其实际战力。因为淮军从未使用马队，所以令太平军敢死队有些措手不及。尤其是郭松林和李长乐，两人连续砍倒数十人，敢死队也怕死，无人敢近身。

　　李鸿章带来的七百人，留下三百人，其余也冲向敢死队，枪声响处，敢死队赤裸的身体上热血直涌，短短几分钟，就有上百人阵亡。这时刘铭传的洋枪队二百人赶到，李鸿章命令他们不必归队，立即前去攻打太平军敢死队。两路洋枪，再加李昭庆部，对敢死队形成三面夹击之势。

　　敢死队伤亡惨重，开始溃退。而郭松林的马队和李昭庆的新勇却越战越勇，追在敢死队后面杀红了眼。敢死队的溃退给太平军造成了极大的心理恐慌，越来越多的人扔掉兵器逃命。这时戈登率常胜军从东面打过来，他站在最前面督战，手里挥舞的不是洋枪，也不是洋刀，而是一根手杖，嘴里不断地喊着："GO！GO！GO！"

　　戈登上任以后，很快用人格魅力和领导艺术征服了常胜军。他治军公正严明，严肃军纪，禁止士兵掳掠，而代之以优厚的军饷和奖金。戈登虽然严厉，但通情达理，以身作则，自己做不到的事情，决不强求士兵去做。为了鼓舞士气，行军时戈登走在队伍的前面，除了一支手杖外并不携带任何武器。他带来了十几门最新式的后膛火炮，这些火炮射程远，爆炸力强，炮弹呼啸着落在太平军阵中，十几人登时不死即伤。太平军开始潮水般地后退，而四江口被围的淮军也开始向营垒外冲，前后夹击，太平军已经是兵败如山倒。

　　太平军经历了严重内讧，这些年人心已经大不如前，又加上洪秀全大肆封王，各种王爷封了上千个。这些人一旦封了王，就讲排场，比享乐，上行下效，下层太平军士卒不满情绪日增，士气大受影响，真正勇敢作战的越来越少。所以一旦溃败，就是不可收拾的局面。

　　吴淞江北岸是谭绍光在亲自督战，无奈他也无力回天，三四万人同时溃退，争着过河，结果浮桥被挤垮，人马纷纷落水。南岸是听王的五六万人，他手下还有凶悍的邓光明洋枪队三千余人，他们向北岸射击，无奈隔着一条河，中弹的反而多是溃退的自家兄弟。此时英军的几艘炮船也向南岸太平军开炮，几乎是一声炮响便沉一船。听王所部也开始逃命，太平军近十万人马，乱哄哄向西向南奔逃,落水者数以千计,河水为之不流。淮扬水师炮船一百余艘沿河追击,一直追到三江口。这里的太平军已经逃光,水师不必登岸,开炮把营垒轰击一通,便得胜而回。

淮军又一次获得大捷。前后三天,俘获及阵毙太平军不下万人,连毁大营二十余座,夺获洋枪、炮械、马匹、印旗近两万件。而淮军阵亡总计一千余人,加上伤者不到三千,全军上下一片欢腾,李鸿章立即向朝廷和曾国藩报捷。淮军入沪才半年时间,已经取得三次大捷,尤其是这次大战,淮军以两万人对阵太平军近十万人,能获得如此大捷,实在是大大出乎意料。

不过也有烦恼之事,那就是淮军贪财好利、抢掠成风。淮军刚入上海时,为了站住脚跟,李鸿章对部下约束极严,口碑很好。可自从第一次大捷后,淮军已露抢掠端倪,李鸿章未加严禁,如今已是恶名远扬。周馥专门做了调查,深感忧虑,特来向李鸿章汇报。说淮军在追击太平军的过程中,大部分弁勇已将劫财作为主要目标,他们先是把被俘太平军身上的财物搜罗一空,继而尸身上稍值钱的物什也被搜走。每踏破一处营垒,他们必先搜罗财物。尤其是太平军囤积的军粮,各军更是疯狂争抢。当时米价昂贵,每石值银五两,各营抢到后立即派人看守,作为本营战利品。然后又强卖给当地百姓,所得尽入统领及营、哨官私囊。不但如此,淮军还劫掠所过村庄,无人之家一概破门而入,家中财物被搬取一空。祝捷三日,淮军弁勇几乎都在豪赌,把所掠细软堆在案上吆五喝六,毫不避讳。

李鸿章其实对淮军的这个毛病了然于胸, 只是没想到会如此严重,骂道:“贼娘的,他们也太不像话了,全然不知遮掩。”

周馥也劝道:“大帅,这股风必须刹住,不然,于大帅的清誉有损。如果有人在曾大帅面前多嘴,少不得受曾大帅数落。”

“老师的部众都是儒将,不屑于钱财。可淮军的统将多半起于绿林,要让他们视钱财如粪土,比让猫不吃腥还难。”李鸿章边想边说道,“老师那里倒好说,他也为九帅的吉字营焦头烂额。”

曾国荃的吉字营自从攻克九江后,已经抢掠成习。曾国荃甚至把克城之后劫掠财物作为激励士气的手段,湘军声誉为之大降。他本人则每克一城,必回老家养伤,其实是雇船往家搬财物。曾国藩屡屡提醒,无奈他只当耳旁风,还反驳道:“我的吉字营是有毛病,可吉字营也是最能打硬仗的。”事实的确如此,吉字营攻城略地,以不要命闻名。

"匹夫之勇,无非财货二字。在他们那里,护国卫道都是耳旁风。"李鸿章如此评价吉字营,也算是对淮军这一毛病的解释和开脱。

听李鸿章如此轻描淡写,周馥着急道:"大帅,这事不可等闲视之。如果闹得民怨沸腾,我淮军如何在上海立足?"

周馥是李鸿章最信任的心腹,他一切都是为淮军着想,而且他是营务处总办,整肃军纪也是分内之事。李鸿章也不能不听,他的意见是让周馥专门制定一条纪律,如果有抢劫未从贼之民财者,定然严惩不贷。战时可派出执法队巡查,有不听禁令者,可就地正法。

这一条禁令看似严厉,其实一变通执行便形同虚设。比如如何判定未从贼之民就难得很,随便编个理由说这一户从贼了,对见钱眼红的淮勇来说,实在是小菜一碟。

"还有,"李鸿章望着天花板,嘬嘬嘴唇道,"这些贼娘的弄那么多财物,都入了自个腰包怎么行?我看这样,以后所获军米每石按市价四成收购,也可减轻粮台的负担。"

这样一来,显然是把各营抢掠的粮米变成了合法收入,这风气岂能刹得住?所以周馥极力反对。

"兰溪,你还是记住我一句话,水至清则无鱼。长毛的军粮我淮军当然要据为己有,难道还要再还给长毛不成?谁抢到了就算谁的不行,可是一点好处也不给当然也不成。所以,以四成市价收购,于粮台有利,于各营也有利。至于你担心弁勇将来会劫掠民米的问题,不是还有一条禁令嘛!"李鸿章大概也觉得有些对不住周馥的苦口婆心,所以拍了拍他的肩膀劝慰道,"兰溪虽未上阵,可为淮军出谋划策,功不可没。将来或道台或知府,可随时放你实缺。只是目前不行,营务处实在离不开你。"

"大帅不必记挂,士为知己者死。当初大帅看得起我,只要大帅不嫌弃,我愿终生追随,至于功名利禄,皆身外之物,非我所孜求。"周馥依然信誓旦旦。

"你视功名如粪土,那是你心胸开阔,性情淡泊。"李鸿章拍了拍周馥的手说,"兰溪,我们要携起手来,在江苏做出一番大功业来。"

这次到上海来,李鸿章主要目的就是守住这块饷源宝地。几个月前,他最大的愿望无非就是能在上海站稳脚跟,不让上海失陷。那时候一夕三惊,就是这个愿望也让他觉得遥遥无期。可是不过半年多的时间,他率领淮军肃清上海周边,取得三次大捷。尤其四江口大捷,让他雄心大增。他觉得淮军的目标必须调整,不能仅仅以保住上海为己任,还要克复苏州、常州,甚至收复江苏全境——当然,金陵是曾老九的禁脔,他不会去凑热闹。

"我用四字概括,就叫以沪平吴!"李鸿章站起来,激动地在室内徘徊,"上海就好比是淮军的总粮台,如果我们只做个守财奴就未免可惜了。我们应当以上海为根本,收复整个江苏。也只有我们收复了江苏,我这个巡抚才做得问心无愧。不然,咱们无所事事,等着别人来收复江苏,我唾手来做这个巡抚,心里也不硬气。"

周馥最佩服李鸿章的就是这一点,脚踏实地,又满怀激情。当他即将到达一个目标时,另一个新目标已经在心中萌发。他聪明、睿智,能在别人未意识到的时候,就能抓住即将到来的机遇。他圆融达变,不钻牛角尖,更不喜欢空话大话,不管别人高兴不高兴,他看准的事情会立即去办。因此,周馥又大声道:"大帅,俗话说,女怕嫁错郎,男怕入错行。依我看,入错行没什么怕的,怕的是跟错了人。跟一个有大前途的人,你就有大前途;跟一个小肚鸡肠的人,也就只能学一些鸡零狗碎。我跟着大帅,算是跟对人了,有没有前途我都不计较,只要跟着大帅,见识大帅治军理政的大手笔,就是我人生一大乐,当对月浮一大白也。"

"兰溪,你不是不喜欢说恭维人的话吗?今天怎么恭维起来出口成章?"李鸿章哈哈一笑。

"因为我压根就不是恭维。再说,大帅,你我之间还用得着恭维吗?"

"有道理。我就把你的话当鼓励,在江苏好好来几个大手笔。"李鸿章下定决心。

接下来的几天,各路统领汇报战况,然后李鸿章向朝廷上保案,首功便是程学启。"尤为出力之记名总兵程学启,谋勇出众,纪律精严,可否请旨遇有总兵缺出尽先提奏,并赏加提督衔"?意思是只要有实职总兵的位子,程学启可立即补授。

位居第二的则是郭松林。他的马队虽然只训练了个半拉架子,但敢于上阵,尤其他掌中一柄大刀真有万夫不当之勇。这只是其一。他在湘军不受待见，因此投到淮军来，李鸿章自然要格外关照。这是其二。其三不能摆到桌面上，那就是他救了李昭庆的命，如果不是他冲入敢死队，李昭庆也许早成太平军刀下之鬼。"参将郭松林，闯入敌劲，手持大刀，连毙长毛三十余人，实有万夫不当之勇。可否请旨以副将记名简放江苏即补"？意思是江苏一有副将实缺，郭松林可立即补上。

第三则是刘铭传。"参将刘铭传血性忠勇，屡救危难，可否请旨开复暂行革职处分，以副将尽先推补"。刘铭传所部在北新泾之役后四处抢掠，因为与团练抢米冲突，竟然冲入城中枪杀了奉贤县令，李鸿章给刘铭传一个革职处分。这一仗下来，不仅复职，而且还擢副将，而且是尽先推补。

接下来潘鼎新、周盛波、周盛传、张树声、张树珊等二十余人都获提职或提衔。而且还特别说明："其余出力员弁、兵勇，容臣查明汇案保奏。"意思是这些还不是全部，还有许多立功人员要继续保奏。

李鸿章的保案，对当初最先投奔他的将领向来是多有关照，像程学启、刘铭传、潘鼎新这些人，大家私下里称之为淮军老人。李鸿章是有意提升他们的地位，而且这些人也的确是作战勇敢，因此大家都无话可说。而郭松林骤获大功，程学启、刘铭传等人都有些不服气，李鸿章向他们解释："九帅要我把他交回去，要治他的罪，我是以他能打仗的名义硬留下来的，所以要特别关照，这样才好向曾老师和九帅交代。而且郭子美的确能打仗，我留下他是没错的。"这样一解释，大家也无话可说了。

其他有意见的肯定还有，但只能在各自统领面前发发牢骚。不过，老六李昭庆却跑到李鸿章面前质问来了："二哥，我和长毛敢死队拼得浑身是血，这你不是没有看到，为什么我的功劳你都一字不提？"

"你的功劳我看在眼里，当然十分清楚。可你刚入淮军就摆功，不合适。"

这个理由显然没有说服力，李昭庆反问道："那郭子美也是刚入淮军，为什么你那么给他摆功？"

"因为他救了你的命！还因为他不是我亲兄弟。"李鸿章还给李昭庆解释，"正因为你是我老弟，为你摆功，在别人看来无私也有弊。如果让众位将领以为我有私心，将来恐怕就不能尽心尽力。所以为淮军着想，这次不能给你报功。"

李昭庆心里委屈，但李鸿章所说的也有道理，因此也就不再计较。

每次保案,或明或暗,将领们总会争功。李鸿章认为这次大捷立下最大功绩的并不是他的将领,而是洋枪洋炮。当然,这话不能直接给他的部下讲,那样会太伤人心。回过头来想想,当时太平军敢死队直奔他的大帐而来,他们赤膊上阵,不可谓不勇,如果只凭郭松林的马队,恐怕未必能胜。幸亏他身边有七百洋枪队,洋枪一响,太平军敢死队纷纷中弹,以致胆寒。后来戈登再从东面过来,他的大炮又对太平军产生巨大震慑。再后来英国军舰参战,太平军才彻底崩溃。从头至尾这么一想,如果没有洋枪洋炮,他的淮军如何能够打败十余万太平军?当初自己不顾老师的反对装备洋枪,实在是太对了!

不过,洋枪洋炮的耗费实在惊人。这一场仗下来,军械局呈上各营消耗弹药,竟然有一万余两。淮军的军费主要来源于上海厘捐,一则淮军不断扩军,已经达三万余人,二则装备洋枪洋炮,花费实在太大,军饷已拖欠了一个多月,如果淮军全部装备洋枪洋炮,开销自然更加惊人。现在哪怕一粒小小的铜帽,也要辗转从洋人手中购买,价格全由洋人说了算。又因为太平军也从洋人手中购买,因此那些奸商奇货可居,更是漫天要价。李鸿章这些天一直在想,能不能自造枪弹?只是他手下的人仿制旧式大炮还勉强,洋人的枪炮古怪,实在没有把握。

俗话说得好,你正打盹,就有人送枕头来。常胜军的马格里,此行来的真实目的就是要试探李鸿章是否有意自造枪炮。时年三十岁的马格里,正是中国所谓的"而立之年",急于建功立业。李鸿章对洋枪洋炮非常重视,而淮军的枪炮及配械却一概辗转购买,他从中看到了一个大机会。

混到洋商中去倒腾军火,马格里觉得并非自己所长,也不屑为之;而他虽是军医,却一直对军械制造很感兴趣,如果能鼓动李鸿章自造军火,他将有望成为李鸿章眼前的红人,并由此开创出一番属于他的大事业。这个想法一旦形成,马格里就几乎到了夜不能寐的地步,尤其是他亲自参加了四江口之战,洋枪洋炮在这次大战中的作用他是洞若观火。所以大战一罢,他就来见李鸿章,无奈李鸿章太忙,除了接见部将,还要接见江苏大员,洋人能顺利见上面的,都是英法美在上海颇有头面的人物。马格里这个上尉军医,连来三趟都未能如愿,今天见署理布政使刘郁膏一走,他就不顾仆役的阻拦,闯了进来。

李鸿章还记得马格里,半年多前他初到上海,洋人不把他这淮军统帅放在眼里,上海的情形多是从他的口中得知,所以李鸿章招了招手道:"马格里小老弟,有几个月不见你了吧?怎么不到我衙门坐坐?"

马格里见李鸿章很热情,心里希望更大,便道:"大人太忙,我来过几次,都见不上。"

李鸿章立即把武巡捕叫来,指着马格里道:"马格里先生是我的朋友,以后只要是他来,随时可以报进,不必拘于常规。"

随后,马格里赠给李鸿章一支最新式的转轮手枪,能装弹六发。他告诉李鸿章,这支手枪是美国人柯尔特发明的,柯尔特曾经当过水手,从轮船舵轮上受到启发发明的这种手枪,一次装弹六发,只需扣动扳机,就可连响六枪,非常犀利,如今已经风靡世界。

李鸿章左看右看,爱不释手。

两人从手枪说到洋枪,又说到洋炮,马格里很自然把话题转到军械的价格上来。李鸿章顺手把军械局上报的价格单给马格里看,十二磅炮弹一发要三十两银子,一万粒铜帽——也就是我们现在所说的子弹,要十九两银子。

马格里粗粗一算,淮军至少要花两倍多的冤枉银子,于是他向李鸿章建议道:"如今西洋各国都有自己的大型兵工厂,专门制造枪炮弹药。从中国的实际利益出发,也应该建立这样的制造厂。"

"我早有此意,只是洋枪洋炮太过精巧,大清目前没人能造得出来。"李鸿章有些无奈。

"我可以很肯定地对大人说,中国人一定能够造得出来。"马格里望着李鸿章的眼睛,以表明他所说属实,"其实中国人非常聪明,仿造这些军火没有任何问题。但制造军械主要靠机器,如今西洋各国,镗床、机床、铣床无所不有,什么样的东西都可以造出来。"

李鸿章十分动心,无奈这些机器大清根本没有。

马格里不想让机器的问题阻断了他的计划,便又说道:"即使没有这些机器,十二磅的炮弹也完全可以自己制造。"

李鸿章做个包扎的动作,问道:"你是治伤救人的军医,也懂制造炮弹?"

马格里点了点头:"我虽是军医,但对枪炮制造很感兴趣。我随身带的书籍一半是医书,再有一半就是制造军械的。大人如果不信,我可以想办法造一颗炮弹让大人瞧瞧。"

"如果你真能造出洋炸弹，我到时候为你专门成立洋炮局，请你来主持。"李鸿章半信半疑。

闻言，马格里激动得一颗心仿佛要从嘴里蹦出来，兴奋道："大人给我一些时间，我一定造出一颗炮弹来。"

大话说出去了，如何造出一颗炮弹来，马格里心里没底。他的确懂军械制造，但问题是他手里除了手术刀，也没有其他工具。他到租界区一家接一家地逛商铺，希望有意外惊喜。锤子、凿子等买了好几样，但就凭这几件工具是造不出炮弹的。当他走到租界区尽头的时候，一个小修理厂引起了他的注意。他进去一看，竟然有一台车床！

他从常胜军军械库中弄来一枚十二磅炮弹，小心翼翼地拆开，仔细画出图样，然后到小修理厂让他们用车床帮着按图样做出所需的形状。这样忙了四五天，竟然造出了一枚炮弹。他兴冲冲去请李鸿章验看，李鸿章十分惊讶，没想到马格里竟真能造出炮弹。只是，这枚炮弹能否用于实战，他实在没有经验。恰巧士迪佛立到巡抚衙门来了，李鸿章立即让他来评判。士迪佛立看罢，认为这枚炮弹完全可以使用。

李鸿章向来是看准的事情说干就干，送走士迪佛立后，他立即与马格里商讨开办洋炮局的事。

马格里建议道："必须要雇请善制铁器的匠人，能请到洋人技师最好，还要请部分帮工。最开始至少要有十五六人，以后随着规模扩大，再随时增人。最为要紧的是必须买一台车床，这样才能保证炮弹的质量。"

"一切都交给你去办，花多少银子你估算一下。我立即安排人以巡抚衙门的名义给你下个札子，委任你为上海洋炮局总办。"李鸿章一口气说完。

在上海城外的一座破庙里，马格里指挥几个人在里里外外收拾着，请来的两个铁匠正在起炉灶。他又到那家修理厂去商讨购买他们车床的事情，修理厂无论如何不答应，但提供了一条线索，吴淞江边有一个英国人办的船舶修理厂已停工几个月，有一台车床要卖。马格里雇了一辆马车，立即去那家修理厂，不仅顺利地买下了一台锈迹斑驳的车床，还把一个会用车床的中国小学徒挖了过来。这么忙了七八天，上海洋炮局正式开工了。

五天后，他们造出了十枚炮弹。马格里从常胜军借来一门火炮，在郊外的荒地里试验他们自造的炮弹。十枚炮弹，有七枚炸响。

见状，马格里很高兴地说道："现在咱们的炮弹有两个问题还需要解决，一是打不远，二是爆炸力太弱。今天我请大家喝酒，明天接着干！争取月底请李大人验收。"

到了月底，马格里请李鸿章和士迪佛立前来验收他的炮弹。连开三炮，远处的土堆被夷为平地。士迪佛立竖起大拇指，嘴里连说"OK"。

马格里已经得到李鸿章的完全信任，但他的工厂生产能力太低，每天只能生产十几枚炮弹，这对淮军来说是杯水车薪。要想提高生产能力，关键是要装备蒸汽机以及车床、铣床、镗床等设备。

马格里一直在为此伤脑筋。这时，突然从天而降一个很好的机会——阿思本舰队有一批制造枪炮的机器准备出售。

所谓阿思本舰队，其正式名称是英中联合舰队。这件事要从一年多前说起。当时中国海关署理总税务司英国人赫德向总理衙门提了个建议，说可以从国外购买一批军舰，组建大清舰队。他认为大清如果有这样一支舰队帮助，一天就可攻破金陵城。当时朝廷刚与洋人签订城下之盟，对洋人的船坚炮利印象深刻，认为如果大清也有这样一支舰队，不但可以帮助平定太平军，而且还可以加强海防。恭亲王十分感兴趣，极力说动慈禧同意了这一建议。由于赫德的推荐，此事交由英国人李泰国全权办理。

李泰国原来是中国海关总税务司，但他认为太平军势大，北京随时不保，因此以养伤为由，拒不到北京就任，总税务司一职才由赫德署理。李泰国接到这一授权，马上拟定一个计划上报英国政府，英国政府认为这是加强在中国军事力量的绝好机会，所以很快批准了李泰国的计划。

李泰国的计划，其实就是完全由英国人控制这支舰队，而舰队的费用则由大清来承担。李泰国花银二十八万两从英国购买了七艘退役军舰，而且自作主张与英国海军上校阿思本签订协议，任命他为舰队司令。还把阿思本的年俸定为三千英镑，少校军官的年俸定为七百英镑，同时招募皇家海军官兵六百余人，组成了阿思本舰队。在和大清的谈判中，其价格则被虚报为一百多万两。

李泰国先于舰队一个多月回到中国，把他与阿思本签订的合同交给总理衙门。总理衙门一看便傻了眼，本来只是要委托李泰国购军舰，怎么一下成了英中联合舰队？而且这支舰队的调动权、指挥权、人事权以至于海洋利权,都归了李泰国和阿思本。这个合同一公开,舆论为之哗然,就是署理总税务司赫德也觉得不可思议。如果这一合同成立,英国无疑将独霸中国,所以美、法、俄等国也纷纷反对。曾国藩、曾国荃、李鸿章都上奏反对组建这样的舰队。

朝野上下都对李泰国和阿思本不满,总理衙门不能不重新考虑。这时候李泰国反而不耐烦了,他发出最后通牒,二十天内必须给予答复。总理衙门只好托美国驻华公使蒲安臣出面协调,李泰国仍然毫不松口,还威胁说如果不满足他的要求,就把舰队解散。曾国藩愤而上奏说道:"以中国之大,区区一百七十万之船价,视之直如秋毫,了不介意。或竟将此船分赏各国,不索原价,亦足使李泰国失其所恃而折其骄气。"总理衙门最后下定决心,照会英国政府购舰计划取消,军舰由阿思本驶回伦敦变卖。

阿思本舰队的七艘军舰全部在吴淞口停泊,舰队中有一名副管驾是马格里的老乡,马格里好几次请他吃饭,两个人关系很好。所以当听到朝廷决定让阿思本把军舰卖掉的消息后,马格里的老乡立即给他出主意,说随舰队有一整套制造枪炮的机器,完全可以买下来。马格里一听非常兴奋,让老乡带他偷偷登舰去参观。他一看真是大喜过望,车床、镗床、铣床、空气锤及配套的蒸汽机一样不缺。他立即向李鸿章报告,极力鼓动把这套机器买下来。李鸿章对李泰国印象非常不好,回绝道:"我这一辈子,绝不同这个人打交道。"

马格里又劝道:"李泰国这人的确可恶,但舰队的机器却是好东西。大人不愿和他打交道,那由我想办法出面买下来如何?"

李鸿章想了想道:"这件事我完全拜托你来办理,但不能以官方的名义,那样你的同乡们免不了狮子大张口。咱们两人办事可不能像李泰国那样,朝廷托他一,他却办成了三。"

"大人尽可放心,我是想干一番事业,不想从大人手中骗笔银子走人。"

这事办得还算顺利,三万多两银子买下了大大小小十几样机器。上海城外一个废弃的粮仓,做了马格里兵工厂的新址。十几天后,李鸿章及淮军数名统领、新任海关道郭嵩焘等人被邀请过来参加开工仪式。十几人被带进工厂,库房改造的车间里静悄悄的,新购置的蒸汽机、铣床、蒸汽锤及原有的旧车床已经安装完成。这些东西能替人造枪造炮弹?大家正在疑惑,马格里一声命令:"启动!"

突然之间,车间里响起轰轰的声音,蒸汽机转起来,蒸汽锤咣咣地响了起来。大家都吓了一跳,回过神来后立即发出一片惊叹声。马格里带着工匠们进来了,他一件件向大家介绍这些机器的名称及用途。铁匠夹起一块铁片,放到机器锤下,只需上下左右翻动,锻打的工作就由机器完成了,那块方钢很快被打成薄片。然后再到一台机器剪刀上,按图样剪好,然后两个熟练的工匠一阵锤打,一个炮弹壳就完成了。李鸿章津津有味地看着这些奇妙无比的机器,连连赞叹:"真神奇也!真神器也!"

郭嵩焘是李鸿章的同年,翰林院散馆后,入曾国藩幕府八年,两年前回京入值上书房。李鸿章很欣赏这位同年的见识,奏调他到上海来任职。郭嵩焘向来主张要学习洋人的长技,所以对李鸿章此举也是由衷地称赞:"京中那帮都老爷一提起洋人就嗤之以鼻,真该让他们来瞧瞧。"

李鸿章笑着回应道:"我出身翰林,可对翰林实在不敢恭维。我朝缺的是实干的人才,最多余的就是科道翰。"

所谓科道翰,是指御史言官和翰林。都察院设吏、户、礼、兵、刑、工六科给事中,对应负责监察六部,又设十三道监督御史,分别监督十三个行省。再加翰林院的翰林们,都属于清要言官范围,少有实事可干,最大的权力就是可参劾官员。

李鸿章等人参观完洋炮局,临上轿前对郭嵩焘道:"林文忠公提出师夷长技以制夷,夷之长技实在太多,我现在是搭紧鞋袢还怕撵不上,自造炮弹这只是第一步。我要上奏朝廷,要鼓励各地雇请洋人技师,赶紧学习洋人。学习洋人技术,现在是为了平内乱,长远是为了御外侮。筠仙你看现在的局势,长毛败亡不过是早晚的事,将来对我大清威胁最大的是谁?还是洋人!长毛已成肘腋之患,而洋人才是心腹大患!现在趁着剿灭长毛这个由头,洋人还肯教我们。所以要学习洋人的枪炮技术,现在是最好的时机!"

"现在看来,我到上海来这一步走对了,在京中与那帮只讲空话的人熬日头有什么意思!"郭嵩焘也是自视甚高的人,现在也不得不佩服李鸿章,他的眼光和境界,自己的确无法相比。

"就是嘛!"李鸿章重重拍了一下郭嵩焘的手背,又向军械局的丁日昌招了招手说,"雨生,咱们全指着洋人也不行。你拉起一帮人来,就照着马格里的路数也弄个洋炮局,万一有一天洋人和咱闹别扭了,离了张屠夫,咱照样不吃带毛猪!"

丁日昌应道:"属下早就有这想法,只是觉得银子太紧张,没向大人开口。"

李鸿章痛快地说道:"银子的事你不用管,我来想办法。"

同治二年九月(1863年10月),李鸿章的淮军主力直薄苏州城下。

半年前,李鸿章上《分路规取苏州折》,兵分三路进攻苏州:中路由昆山自东而西直接进攻苏州,由程学启率部担任;北路由常熟进攻江阴、无锡,目标是截断常州与苏州的联系,由刘铭传、李昭庆率部实施;南路由李朝斌带太湖水师进击吴江、太湖,目标是截断浙江与苏州太平军的联系。三路之外,尚有黄翼升率淮扬水师,往来调度,取得水上优势;以常胜军驻于昆山为各路接应;潘鼎新部驻金山卫、刘秉璋部驻洙泾、郭松林部驻朱家角,以防太平军突袭吴淞后路威胁上海。

经过不到半年的攻守,南路太湖枢纽花泾港、吴江县和震泽县城全部被淮军攻克,淮军水师可直下太湖,浙江嘉兴与苏州的联系被割断。北路刘铭传、郭松林、李昭庆、黄翼升等联合攻克江阴,太平军十万大军被击溃,伤亡两万余人。江阴抚常州、无锡之背,是太平军南北往来的咽喉,江阴一失,常州、无锡、苏州的太平军都大受震动。

十月,李鸿章亲临前线。按惯例,这预示着苏州决战就要到了。

苏州是江南重镇,清代是江苏省城。太平军占领苏州后,把这里作为太平天国苏福省省会,李秀成精心经营,想建成第二个天京。而攻占苏州,当然是李鸿章梦寐以求之事,把他的巡抚衙门迁进苏州,他这个江苏巡抚才算得上名副其实。

然而,要攻克苏州绝非易事。苏州建城于公元前514年,吴王夫差的父亲阖闾命伍子胥建阖闾城,并作为吴国的都城。到了隋开皇九年(589年)始称苏州,沿用至今。因为历史久远,苏州又有众多别称,吴都、吴会、吴门、东吴、吴中、吴下、姑苏、长洲、茂苑等。苏州城又以规模大而著称,大约有十五平方公里。苏州又是有名的水城,城内城外,水网纵横。城外则是四面环水,太平军凭河筑长墙,无异于城外之城,长墙内建有石垒、土营数十座,南自盘门,北至齐门,连为一体。墙内多挖地穴,堆土覆板其上,开花大炮也无可奈何。

苏州被围,李秀成自然十分着急。于是他连续三次写信给常州守将陈坤书和无锡守将黄子隆,约他们率部到苏州城下会战淮军。然而那时候陈坤书、黄子隆都已封王,与李秀成平起平坐,而且天王也未授命李秀成节制各军,大家自然不听招呼。何况无锡也正受到淮军的进攻,实在无力抽身前来会战。李秀成只好率苏州太平军孤军奋战。然而就是苏州的太平军,他也不能指挥自如。慕王谭绍光是从广西一路杀出来的"老兄弟",能拼命死守,而以纳王部永宽为首的湘楚"新兄弟"则别有心思,好几次不听军令,迟不赴援。因此,苏州城内外的太平军虽然号称十万人,战斗力却今非昔比。

苏州既然是水城,那么水上的优势至关重要。淮军有太湖水师和淮扬水师,而李秀成的水师主力早就调到天京城下,苏州水师力量极其薄弱,所以淮军水陆并进,攻势凌厉。数十天的时间,太平军城外的长墙、营垒,多处被踏破,宝带桥、五龙桥、蠡口、黄埭、浒磁、王瓜泾、观音庙、十里亭、虎丘以及附城石垒,全部落入淮军手中,白齐文献给太平军的小火轮被烧毁,支持太平军的洋人也多伤亡。

就在这关键时刻,江北局势出现问题。安徽土豪苗沛霖是个反复无常的小人,数次投太平军,又复投官军,如今又投向太平军,并扬言要带兵南下。如果他真带兵出安徽,那湘军就有后路被抄的危险,因此曾国藩急调淮扬水师北上。

周馥为李鸿章考虑,也建议调淮扬水师北上:"调走水师,苏州若万一不保,无论朝廷还是曾帅,都不能责备大帅;可是,如果苗沛霖真冲出安徽,金陵局势崩溃,那大帅可真就成为众矢之的。为大帅自保计,还是遵令调军的好。"

"兰溪所说全是为我好,可是我不能为了自保而坏苏州大局。"李鸿章摇了摇头,"苏州城下的战局到了最关键的时候,好比两个人掰手腕,正在僵持。此时一只苍蝇在手上一挠痒,可能就决定胜负。此时我稍微有自保卸责的心思,就好比是那只坏大事的苍蝇。为了淮军数万儿郎的性命,我就把这个风险担起来。"

李鸿章勇于任事,最关键的时候坚持不动摇,这一点是一般人做不到的。周馥的一番好心被辞,却没有"好心当了驴肝肺"的苦闷,他为李鸿章的态度所折服。

"我还有个判断,苗贼不可能冲出安徽。苗沛霖自起事以来,一直在凤台一带称王称霸,从未离开老巢。他的乌合之众也多是本地人,拖家带口,苗沛霖就是想出安徽,他的部众也未必跟着他走。他有自知之明,真要离开他的一亩三分地,恐怕也没那个胆量。他不过是个反复小人,占据了地利的优势,其实连个枭雄也算不上。"

李鸿章对苗沛霖的分析判断独到而深刻,周馥想想也的确如此,所以不再相劝:"大帅把苗沛霖看到了骨头里,就是曾大帅,也未必预见到这一点。"

"老师是最擅长相人的,肯定也看穿了苗贼的秉性。可是他用兵向来最重一个稳字,不像我有时候像个红了眼的赌徒,敢豁出去赌一把。"李鸿章连连摇头,然后抿起嘴唇喝了口茶,最终下了决心,"就这样,再扛上一个月。不过,苏州的局势不能久拖不决,如果浙江长毛大举来援,局势就真有崩溃的可能。兰溪,你着人把程方忠叫来,我与他商量一下。"

围攻苏州的是程学启的部众,虽然李鸿章也在前敌,但实际指挥要由程学启来执行。所以李鸿章有什么部署,先要与程学启商量。程学启一到,李鸿章把朝廷的上谕和两份参折递过去,想起他根本不识字,就扔到案上说道:"方忠,有人参劾我不让淮扬水师北上,是拥兵自卫,不顾大局。"

"贼娘的,这是站着说话不腰疼!"程学启是粗人,一着急自然没有好话,"苏州现在的局势,求援还来不及,再调走淮扬水师,是要老子好看!"

"急也没用,朝廷只督促而无一字责备,也是给我淮军留着脸面。只是苏州的战局不能再拖下去,你可有什么好办法能尽快拿下来?"李鸿章其实是希望从程学启口中听出个具体日期来,或一月,或半月,他心里才有底。

"攻克坚城,只有拿命去搏,有什么好办法!"程学启拿烟袋杆指着奏折说,"这些上折子的人在屋里喝着大茶说三道四,哪里知道我们枪林弹雨是什么滋味?"

"别人怎么想咱们没办法,只有自己想法子尽快破城。"李鸿章摇了摇手,像忽然想起来什么,"方忠,你的手下有没有与苏州长毛相熟的?如果能说动他们投诚,岂不事半功倍?"

"还真有这么个人!"程学启闻言,一拍大腿道。

　　程学启手下有名叫郑国魁的参将,当年也是家徒四壁,做过盐枭,当过团练,后来投奔了太平军。再后来随程学启一起投降湘军,又一起随李鸿章来到上海。他当年追随太平军时有个好兄弟,如今在纳王郜永宽手下做了个小小的巡检。如今见太平军大势已去,就想投奔淮军,所以悄悄混出城见过郑国魁一次,说明投诚之意。郑国魁将这事报告过程学启,程学启觉得一个小小巡检,做盐不咸,做醋不酸,如果是诈降做内应,反而会坏大事,所以不感兴趣,而且告诫郑国魁不可私下与太平军来往。

　　李鸿章嗫着嘴唇说道:"方忠,这事我不这么看。他是个巡检不假,但未必仅仅是他的意思。"

　　程学启吐出一口烟问道:"大帅的意思,是他上面的人放他来试探?"

　　李鸿章点了点头:"对,正是此意。我听戈登说,苏州的长毛也闹派系,从广西出来的老兄弟与湘楚的新兄弟闹得很僵。你让手下的郑参将仔细套套苏州长毛的情况,看看到底是谁派他来。这件事宜速不宜迟,你马上去办。"

　　过了两天,程学启跑到李鸿章大营来高兴地说道:"大帅,真让你说着了,你想都想不到,这个小巡检竟然是替郜永宽来打探的!"

第十一章

弃信义鸿章杀降　受愚弄戈登反目

郜永宽是湖北蕲春人，咸丰四年（1854 年）参加太平军，一直追随李秀成转战南北，去年刚封的纳王。苏州守将谭绍光也是李秀成的手下，不过他是从广西出来的老兄弟，封王又早，因此对郜永宽颇为轻视。郜永宽封王虽晚，不过他有一帮铁杆好兄弟，手下人马比谭绍光还多两倍，所以敢较劲。如今苏州的形势不容乐观，眼见得淮军步步紧逼，郜永宽和他的新兄弟们心思就大不同于谭绍光的老兄弟。老兄弟对太平天国那真是死心塌地，因为不死心塌地也没办法，官军每收复一地，对广西出来的老兄弟向来不会善待。可是，新兄弟就不一样了，他们受老兄弟的欺压，打仗拼命要靠前，战后论功行赏却总比老兄弟逊一筹。洪秀全就是对李秀成也不能完全信任，何况对这些新兄弟。

近年来，太平军日渐腐化，圣库制度已近崩溃。各王、天将一层层贪墨，就连一个小小巡检也可以坐留浮财。所以，太平天国人心已散，都知道败亡不过是早晚的事。而李鸿章又向来善于招降纳叛，所以，郜永宽的兄弟们都有献城投降的意思。不过，这事要等郜永宽拿主意，于是就有了一个小小巡检出城治降的事情。之所以派一个小小的巡检，一则不太容易引人注意，二则回旋余地大，进退自如。

郜永宽有意投降，但顾虑颇多，因为他追随李秀成攻城拔寨，与官军打过数不清的恶仗，朝廷能否真正给他一条生路，实在心里没底。就是朝廷有意放生，那么李鸿章呢？先是在上海附近，而后嘉定、青浦、松江，再后来太仓、昆山、嘉善，郜永宽都与淮军交过手，淮军会不会翻脸不认人呢？他对巡检带回来的话不敢完全相信，就与洋人白齐文密商。

白齐文投了太平军，带来了一艘火轮船，而且对洋枪洋炮内行，因此很得慕王谭绍光的信任。但他有个毛病，对部下约束不严，骚扰太重，慕王所部向来军纪森严，所以对白齐文多有烦言。后来，白齐文告诉慕王，他可以买到洋枪洋炮。慕王厚资遣他去上海，谁料他一条洋枪也没带回，反而买来洋酒数十箱，分饮部众，天天醉醺醺，寻衅滋事。再后来，慕王依赖颇重的小火轮又在白齐文手中被淮军焚毁，他也就越来越没有好脸色给白齐文。白齐文知道郜永宽与慕王关系不睦，所以悄悄结交他，两人关系渐非寻常。

郜永宽愿与白齐文商议绝密之事，一则觉得洋人比较看重承诺，二则白齐文与戈登能够联系上，若能从戈登那里打听到消息总比单听淮军将领的许诺可靠些。白齐文也看出苏州城难以久守，他投到太平军也并没得到李秀成的重用，所以起了重新回常胜军的心思。可他要回常胜军，就必须有回去的本钱。如果他能帮着戈登劝降郜永宽，也是大功一件，那时候他不但可以重回常胜军，李鸿章的通缉也得撤销。所以他对此事也是非常积极，派心腹拿着他写的一封亲笔信悄悄出城送给戈登。

戈登看了白齐文的信，觉得如果能够劝降郜永宽，不必硬拼拿下苏州城，也是大功一件，所以立即给白齐文回信，一是说明李鸿章的淮军中，有不少就是太平军投降的军官，都被保举升了官。二是说明朝廷不久前专门有道上谕，要求前线主帅不得擅杀降众。

郜永宽接了戈登的亲笔信，由白齐文翻译给他听。他更感兴趣的是朝廷的上谕，戈登附了中文抄件："果能于城池未下之先诚心归顺者，无论其从贼之久暂，均一律准其投诚。将军械、马匹呈缴后，该大臣等酌留所部，令其随同剿贼。倘有不愿随营，即饬地方官递送回籍，或妥为安插，毋令失所。携带资财，不准兵勇抢夺；如兵勇利其资财，私行杀害，即按军法从事。本管官不行查办，一经发觉，即着该大臣等从严参办。"这份上谕打消了郜永宽的顾虑，于是他下定决心向淮军投降。

要投降当然彼此先要谈条件，而最好应该有双方都信任的第三方作为见证，可这个人还实在难找。李鸿章帐下的太平军降将不缺，但郜永宽能信任的却没有。他想了一圈，最后想到了戈登。戈登虽与李鸿章并肩作战，但他身后是大英帝国,甚至还有美、法等国。如果戈登肯做这个第三方,李鸿章想耍心计必须顾忌洋人的信用和脸面。

于是,他再让白齐文请戈登出面参与谈判,做第三方。双方都说妥了,郜永宽派康王汪安均到娄门外一只小船上与戈登、程学启会谈。汪安均提出要由戈登作保,保证投降后降众的人身安全。至于献城,首先必须想办法让谭绍光离开苏州,如果他在苏州城,则很难顺利献城。最好的办法就是趁他出城的时候,把他关在城外。至于纳王还有什么想法,得要他亲自来谈。大家都明白,郜永宽冒着背信弃义的骂名临阵倒戈,当然不会只求一条生路,他的条件是什么,那是下一步的事,今天所能确定的就是郜永宽真心求降,而淮军则是诚意受降就够了。

郜永宽召集亲信紧锣密鼓谋划献城之策的时候,李秀成带着一万多人马进了苏州城。此前,李秀成数次写信恳请常州守将陈坤书和无锡守将黄子隆率部到苏州城下会战淮军。无奈两人都不肯前来,于是两天前李秀成带着这一万多人前去救援无锡,希望先解无锡之围,换取黄子隆对苏州的救援。然而,等他赶到无锡城下时,无锡城已经易主,如果不是他撤得快,连这一万人也搭进去了。真是兵败如山倒,太平军如决堤的洪水,纷纷向常州方向溃退,损失惨重。当时李秀成有一种被洪水没顶的感觉,因为他从来没有看到太平军会有那样的溃退。从前败仗也曾经打过,但就是败了,依然也要溅官军一身血。他心里陡然万分悲凉,仿佛看到了苏州城的陷落,还有天京城的陷落。虽然太平军还有数十万军队,但像洪水一样溃退的军队,十万二十万和一万又有什么区别呢?所以,他进苏州城后,情绪万分低落,不想见任何人。

到了晚上,他情绪才稍稍平复,派人请谭绍光和郜永宽到他的忠王府来。谭绍光如约前来,而郜永宽却没有来,部下也说不清他的去处。李秀成心里一震,有种不祥的预感。

那时,郜永宽已在苏州北门——齐门外的阳澄湖里与程学启、戈登会谈。

“这帮兄弟跟着我折腾这么多年,又都好脸面,既然投了官军,自然很在乎在官军中的地位,很看重头上的顶戴。”郜永宽提要求了。

程学启临来前曾请示李鸿章,郜永宽要是提献城的条件,答应还是不答应？李鸿章指示道："不管他提什么条件，你先答应下来，当前最要紧的就是把苏州城拿下来。不然淮扬水师真要调走了，苏州城可就麻烦了，弄不好会让淮军摔个大跟头。"

程学启笑了笑回道："他要是想当这江苏巡抚，我也答应？"

李鸿章正色道："当然，他敢提你就敢答应。反正投诚过来后的前程还要看他们的造化，要一刀一枪地去挣。比如你，这二品的总兵不也都是在上海苦战而来的？顶戴总不会莫名其妙地红！"

所以，程学启答应得很干脆："这是当然，临走时大帅有吩咐，兄弟们有什么想法直接说就是。咱们既然在这里见面，就是为了当面锣对面鼓把话说清楚，也让戈登将军做个见证。"

"详细的事情你们谈，我没兴趣听，我只担保投降的将军们没有性命之忧。"戈登摇着头，然后到岸上亭子里去闲坐。

"我们有四王四天将。四王除了我外，有康王汪安钧、宁王周文嘉、比王伍贵文，四天将是张大洲、汪花班、汪有为、范启发，他们都是跟我拜过把子的过命兄弟。我在苏州城敢和谭某人较劲，靠的就是这帮兄弟。苏州城六门，四门在我这帮兄弟手中。所以，他们的心思我不能不顾及。"郜永宽做了这番铺垫，把他的献城条件说出来，"大家的意思，这些有王爵的，能混个总兵的顶戴，四天将，能混个副将顶戴最好。"

程学启心里想，我出生入死才弄了个总兵顶戴，你们张口就要总兵、副将，真是癞蛤蟆跳进秤盘里——不知几斤几两。但他的表情却十分诚恳，道："这是应当的，我现在就可以明确回复郜兄，问题不大。"

"如此最好，我回去也好给兄弟们交代。"郜永宽得到这番答复，很满意。

见此，程学启又话锋一转道："如今李秀成也回了苏州，李抚台的意思，连他和姓谭的一锅烩了。"

"这有些难。李秀成在兄弟们中威望甚大，他又带来一万多人马，要想一块解决他和谭某人所部，兄弟我实在没有把握。"郜永宽有些踌躇。

"那就没有办法了？"程学启有些着急，"夜长梦多，那要拖到什么时候？"

郜永宽笑道："当然也不会久拖不决。忠王临来苏州时，天王给了他四十天的期限，四十天后必须带人马回天京，他离开苏州的期限已经到了。"

李秀成在苏州的时间竟然还有个明确的期限，程学启大为不解。

"岂止是有期限，当初忠王出京来救苏州，还交了十万两银子才出来的。"郜永宽长叹了一口气。

原来苏州危急，李秀成请求率部救援，洪秀全担心他趁机逃走，所以不肯让他出天京。后来李秀成　求再求，并请出天王最信任的洪仁玕帮着说话，这才准他出京四十天，到期必须返回天京，一天也不可迟延。而且，还要李秀成交十万两银子。李秀成把王妃们的首饰都卖掉了才凑够出京的银子。洪秀全一直担心李秀成尾大不掉，处处提防，所以四十天的期限他是无论如何也不敢违抗的。

"如果忠王带着人马走了，对付谭某人兄弟们还是有把握的。"郜永宽说，"万一到期忠王不肯走，我也会劝他走的。忠王对我的话，还是听得进的。"

把李秀成赶走也未尝不可，只要尽快攻下苏州城就行。程学启心里想了想，点头说道："一切由你随机而动。不过，大帅有吩咐，谭逆必须死，你们到时必须提他的头来见。"

李鸿章非要谭绍光死，这让郜永宽的心里很舒服，他有些得意道："办法我们也想过了，打算趁他视察城墙的时候——他每天至少要到城墙巡查两次——把他推下城来，随你们处置。"

双方谈得很顺利，也都很高兴。郜永宽临时起意，对程学启说道："程将军，小弟有个奢望，请将军答允。"

程学启禁不住皱皱眉头，以为郜永宽又有什么额外要求，便问道："郜老弟还有何不放心？"

"投了官军，就是一家人了。今后在一个锅里摸勺子，少不得磕磕绊绊，我和兄弟们举目无亲，心里实在没底。"郜永宽冲着程学启抱抱拳说，"我斗胆请将军答应，我和弟兄们与将军来个桃园三结义，一来成全兄弟情义，二来我和兄弟们也有了依靠。"

程学启一听是这话，放下心来，这更证明郜永宽是诚心投靠，结拜为兄弟有何不可？将来如果这帮兄弟都唯自己马首是瞻，也不是坏事，所以很爽快地答应了："这是应当的。不如今天我们就月下相拜，先结为兄弟。"

两人一序年齿，郜永宽时年二十七岁，程学启三十四岁，当即月下结拜。之后程学启拿过一支箭矢来，"啪"的一声折断："程学启今天与郜永宽结为异姓兄弟,不求同生,但求共死。若有违誓,如同此箭。"

郜永宽也学程学启的样子,折箭盟誓。

戈登的承诺是担保郜永宽等降将的性命,如今见两人结为兄弟,他也按照西洋的传统,把手放在胸口上道:"我在这里向上帝发誓,一定保证郜永宽诸位兄弟的性命安全。"

郜永宽悄悄回城,听说李秀成找过他,心知不妙,盘算第二天的说词。

第二天一早,李秀成派人来请郜永宽到忠王府议事。郜永宽带着一百多人的卫队赶往忠王府。忠王府外,康王等三人早就等在那里,原来四王同时被请。几个人交流一下目光,郜永宽把卫队长叫过来——那是他的心腹,叮嘱道:"今天入忠王府,我心里有些没底。如果我们半个时辰还不出来,你就派人回营去调兵,并由你亲自率领闯进府里去。"

四个人进了忠王府的大厅,李秀成早在那里等候,而且出了意料地走出大厅亲自迎接。

众人坐定,李秀成先开口道:"无锡城陷,我心情不好,又加上一路奔波,所以直到晚上才有心情见兄弟。不巧郜兄不在府中,所以只好今日相见。"

郜永宽把夜里想好的说词搬出来,解释他是对城防不放心,特意出城去巡查,而且将发现的不满意处一一报告,就像真的一般。

"纳王不必这样解释,我们是兄弟嘛!"李秀成久经战阵,对人情世故已经通透,郜永宽越是解释得百密无疏,越是证明他心里有鬼,所以他决定真正地敞开心胸,坦诚直言,"各位兄弟,主上蒙尘,其势不久。无锡陷落,苏州也成危城。你们都是两湖之人,去留由你们自便,只求你我不必相害。我和你们不同,我就是想投官军,也无人敢受降。就是真心投降,也难得善终。所以,我只能与天国共存亡。"

众人见李秀成说得直白,但不知道他是真心还是有意试探,自然不敢接着他的话茬。郜永宽带头大表忠心:"忠王宽心。我等万不能负义,自幼蒙带至今,谁敢有他心?如有他心,就不会跟着忠王东征西杀,得罪清妖。"

李秀成审时度势,察言观色,当然知道他们言不由衷。可是反状未露,不能"严其法";离苏一年多,军队形势大有变化,也不敢"严其法"。诸人欲投降清军,势必献城为功,他若不走,那是逼着大伙儿大义灭亲。

事情到这种状态,就像一层窗户纸一捅就破,可是毕竟还没完全捅破。

李秀成十分清楚，必须让眼前的这几个悍将明白，他对他们不存在任何威胁，避免他们狗急跳墙。

"各位兄弟，我出京时，天王给了四十天的期限，还有两天就到了，明天一早我必须赶往天京。"李秀成拍了拍郜永宽的肩膀道，"我走之后，苏州就拜托各位了。苏州六门，诸位负责守卫四门，苏州的安危就寄于众位兄弟了。万一苏州到了不保的地步，还请各位兄弟不要手足相残，互相给条生路。"

所谓互相给条生路，就是希望将来这几位能给谭绍光一条生路。因为谭绍光是老兄弟，他不可能投降清军。

送走这几位新兄弟，李秀成为谭绍光的处境大为犯难。如果要保谭绍光一条性命，就该和他一起离开苏州。把他留在苏州，要么战死，要么被郜永宽这帮新兄弟杀死或者献敌。当然，还有一种可能，在谭绍光的率领下，苏州久守不破，终于出现奇迹，淮军兵败撤走。他也明白，这无异于痴人说梦。

李秀成辗转反侧，最终还是不忍丢下谭绍光独自出走，于是，他派人把谭绍光请到忠王府商量，能否放弃苏州，把人马带到天京。谭绍光听了这个建议之后连连摇头："天王让我做苏福省的副帅，驻守苏州，如何能够有始无终？殿下难道看不出来，天王是绝对不会离开天京的！劝他让城别走，这是自取其辱！"

"即便是天王不愿让城别走，我们让出苏州，把兵力集中到天京，或许天京能有一线生机。而苦守苏州城，却是早晚必破。"李秀成还是希望谭绍光能随他离开苏州。

"我们让出苏州城，天王会饶得了我吗？依我看来，苏州城反而有一线生机。"谭绍光告诉李秀成，他得到密报，曾国藩已三番五次要调走淮扬水师。淮扬水师一旦调走，淮军水上优势就大大减弱，苏州城内外十余万太平军，是淮军三倍多，如果调度得当，并肩作战，也许会有奇迹生发。

谭绍光所说不是全无道理，但前提是太平军能够团结一致，而恰恰是这一条根本做不到。然而时年二十八岁的谭绍光，新晋慕王，又被任命为苏福省的副帅，年轻气盛再加自视甚高，因此对苏州的困境根本不能认清，反而怀着不切实际的幻想。

李秀成见他主意已定，想到从此一别或许再无缘相见，禁不住热泪盈眶。谭绍光深得忠王提携，见他动情，自己也是情不自禁。送走慕王，李秀成一夜未眠,自鸣钟响过三下时,他传下令去,悄悄出胥门,走光福、过灵岩,从小路直奔天京而去。

李秀成一走,郜永宽等人终于松了一口气,然后重新商议献城的计划。然而,众位兄弟对郜永宽谈妥的条件却不甚满意。因为顶戴的事情没有说明白,郜永宽的要求是四王给总兵顶戴,四天将给副将顶戴。可是,同是总兵和副将,又有虚衔和实缺之别。虚衔根本不值一文,而实缺方能正正经经过一把官瘾。郜永宽一想的确如此,之所以没说清,是因为当时他又紧张又激动,没有想到这一层。还有一个原因,他希望淮军给他一条生路,他就携财退隐江湖,做一个富家翁,至于顶戴,他实在不太关注。可是铁杆兄弟们不这样想,他们希望继续带兵,一则有浮财可掠,二则将来高官得做,富贵荣华自然享用不尽。既然要继续带兵,手下就必须有信得过、用得顺手的兄弟,所以希望各人手下的兄弟能够继续保留一部分,至少要保留二十营,一万五千人左右,就是目前的防区最好也不要变,将来只把谭某人的两门交给淮军,省去了调防的麻烦。最后议定,郜永宽再见程学启一次,把这两条说清楚。

可郜永宽还未来得及与程学启联系,事情却突然起了变化。

这天,谭绍光召集众守将商议军事。十一点,郜永宽、汪安钧、周文嘉、伍贵文四王及张大洲、汪有为、范起发、汪花班四天将齐集慕王府。午餐毕便举行祈祷,然后一齐往慕王殿。各人都穿着行礼的冠服,依次坐在殿内的高台上。谭绍光坐首席,喋喋不休,先说天国目前所遭遇的种种困难只是暂时的,其次申述只要大家齐心,就可以克服困难,消灭清妖,赶走洋鬼,共享太平。

谭绍光十几岁跟着太平军出广西、过两湖、入金陵,又跟着李秀成西征、东征,战功赫赫,被封为慕王,系衔殿前斩曲留直顶天扶朝纲,号"丰千岁"。现在又是苏福省副帅,李秀成不在苏州期间,他就是苏州城的最高指挥。他少年得志,不免有些傲气,又急于在众王中树立威望,对诸王、天将经常指手画脚,而且指责湖湘皖赣这些新兄弟胆小怯懦,又加郜永宽等人从中挑拨,新兄弟对老兄弟怨言日深。

这次开会,谭绍光依然如故,嘉奖广东、广西老兄弟的忠勇,而对郜永宽等部先是批评不听调度、贪生怕死,后来又指责他们离心离德,心怀不义。四王四天将都不干了,七嘴八舌激烈争论。谭绍光势单力孤,但嘴上不肯吃亏,指着郜永宽斥责道:"我两广老兄弟,从广西打遍半个中国,从前是天国的栋梁,如今仍然是天国的柱石!老兄弟都是有情有义、有胆有识的好兄弟,你们算什么?拍着胸脯想想,你们心里是什么鬼算盘,不要以为天父天兄不知道!人无义,猪狗不如!"

这话,实在太过分了,也戳在了众位的心尖上,康王汪安钧跳起来,脱掉长袍。谭绍光向后一退,呵斥道:"你要干什么! 本王是苏福省的副帅!"

"去你妈的狗屁副帅!"汪安钧应声抽出一柄短剑,径直向谭绍光颈上砍去。谭绍光退到墙根,已经无路可退,被砍倒在座前的桌子上。众人一拥上前,把他拉下来,割下了首级。从谭绍光的怀里掉出一封信来,原来,郜永宽与戈登往来书信已被他截获。

郜永宽非常镇定,吩咐道:"我们举义的事情已经瞒不住了,立即提人头去见程总兵,让他进城帮我们收拾两广老兄弟。传令给慕王部下,就说慕王不识大体,已经正法,队下三江、两湖兄弟速速报名免死。"

谭绍光的人头送进程学启军营,程学启立即报告李鸿章。

"是不是有诈?"血淋淋的人头摆在面前,李鸿章仍有些不相信,也许事情来得太快了。

"找几个新近投过来的兄弟认一下。"程学启吩咐身边的郑国魁。

郑国魁很快带着五六个新近从太平军中投降过来的人进了大帐,他们看了看人头后确定道:"没错,就是慕王……是谭逆的人头。"

一听这话,李鸿章立即命令道:"方忠,你派手下得力干将率军三千入城,帮助郜永宽诛杀谭绍光的老兄弟。记住,只要不肯放下兵器,格杀勿论!还有,你要安排妥当,防备有诈,准备随时接应。"

郑国魁带领三千人马从齐门入城,和郜永宽等人的部众一起把谭绍光的部下团团围住,不肯束手就擒的立即斩杀。一个多时辰就控制了局面,谭绍光的手下被杀死了千余人。然后他们开始逐条街巷搜索,只要是两广老兄弟,又不肯抱头蹲地,便当街斩杀。一直到晚上,郑国魁才带人出城,报告说城内局势已经稳定。

第二天早晨,程学启带队入城,安抚降众,同时继续搜剿谭绍光手下的两广老兄弟。谭绍光的手下分驻城内城外,城外的部众得到消息,纷纷向天京方向逃走。程学启被郜永宽等迎往纳王府,一路上见太平军在各主要路口增修街垒。进了纳王府,大家开始商量献城的细节。郜永宽把众王及天将们希望能够授实缺的要求告诉程学启。四个实缺总兵,四个实缺副将,副将还勉强,总兵哪来那么多实缺?江苏设徐州镇、狼山镇、苏淞镇及苏淞水师共四镇总兵,难道都给郜永宽他们?程学启知道这些要求根本不可能答应,但他丝毫没有犹豫:"当初只讲好是总兵、副将的顶戴,并未讲明实授,此事我必须报请大帅知道。不过,诸位兄弟放心,献出苏州城,天大的功勋,朝廷自会重重酬劳。"

郜永宽再提出留编二十营的要求,而且仍由他们分守齐门、闾门、胥门、盘门四门,原谭绍光防守的娄门、葑门则交由淮军驻守。程学启一听,暗自心惊,如此一来,苏州仍控制在郜永宽等人手中。越是心中不安,他越要表现出镇定:"苏州城当然还要依靠众位兄弟来守,我手下那帮兄弟要到浙江去攻打宁波。你们想,苏州城不靠众位还能靠谁?"

为了安抚人心,程学启与八人隆重结拜为异姓兄弟。

程学启出城立即去李鸿章的大营,但他并不在营中,而是在座船上。程学启赶到岸边,正遇上戈登从船上下来,对站在船头的李鸿章道:"李大人,下午三点前您必须给予答复,不然,我就带常胜军回昆山。"

李鸿章笑了笑道:"这算是阁下的最后通牒吗?"

"可以这么理解。"戈登耸耸肩一摊双手,然后策马而去。

李鸿章向程学启招了招手,两人进了船舱。程学启对戈登没有好感,便问道:"这个鬼子头,找大帅又有何事?"

"讨赏银来了。"李鸿章示意程学启坐下说话。

戈登是个传教士,自他管带常胜军后,严禁骚扰、抢掠,与华尔、白齐文大为不同。常胜军的名声是好了,但战斗力却不如从前了。因为常胜军的将士,都是为了发财,从前打起仗来拼命,是为了抢在前头劫财。戈登不准抢掠,全靠军饷那点酬劳,就不肯再像从前那样卖命。为了鼓舞士气,戈登向李鸿章提出收复苏州给常胜军发两个月满饷的赏银,以弥补常胜军不加入劫掠的损失。李鸿章当时只急于收复苏州,所以很痛快地答应了。如今苏州城不战而降,戈登立即来找李鸿章,兑现战前的承诺。

"这帮洋孙子,真个难侍候!"程学启对戈登和他的常胜军向来无好感,"他们的饷银,是我淮军兄弟的两倍,竟然还不满足。咱淮军已经欠了三个月了,而且每年才发九个月饷,要说闹饷,咱淮军更应该闹。"

"闹什么闹,方忠,你是觉得我这巡抚还不够焦头烂额?"李鸿章指了指自己的鬓角,"今天早晨梳头,才发现原来我已经冒出了这么多白头发,还不都是让你们闹的。"

"我不是对着人帅来的。我是觉得常胜军太不知足,要论打仗拼命,他根本不是淮军的对手,他们所长不过是洋枪洋炮。如今我的开字营洋枪洋炮不比他少,开字营的兄弟哪一个服他?依我看,大帅不能惯他这个毛病。"

程学启的部队能打硬仗,但军纪差、劫掠成风可谓淮军之冠,戈登当面指责过程学启好几次。这两个主将,也就到了几乎水火不容的地步。

"发两个月恩饷,哪来的银子?发他一个月就不错了。"李鸿章摇了摇手,"不去说他,说说城里情形。"

一提及城里情形,程学启就黑了脸。他把入城见闻及郜永宽的要求告诉李鸿章,还得出结论:"我看这八个人并非真心求降,狼子野心,不能不防。"

"四个实缺总兵、四个实缺副将,根本是痴心妄想!"李鸿章踱着步,转而说道,"先答应下来,苏州城交接完了,刀把子就在我们手里了,那时候我们说什么就是什么。"

"这根本不可能。"程学启连连摇头,"大帅有所不知,郜永宽这样的人眼里只有利益,根本没有情义可言。不明确答复,他们是不会交苏州城的。就算交了苏州城,这种小人说背叛就背叛,大帅想想可怕不可怕?"

"那你说,眼下应该怎么办?"李鸿章望着程学启,心里似乎有了主张。

"眼下实在两难。如果不答应他们的要求,势必要重新开战。而郜永宽等人拥众六七万,是我军的三倍,城中粮食可支持一两年,就是再打一年,也未必能够打下来。可是,如果淮军中收留了这些无信无义之辈,恐怕从此大帅也不敢睡个安稳觉了。"

"你了解郜某人,我想听听你的意思。到底应该怎么办,你不妨直说。"李鸿章向程学启点点头,一副洗耳恭听的神情。

"俗话说,擒贼擒王。应该快刀斩乱麻,干脆把他们杀掉!"程学启劈手一掌,做一个干脆利落砍头的动作,"杀此八人,苏州城内长毛群龙无首,传檄可定,是以八人之命换阖城十几万性命。"

"杀降不祥!"李鸿章连连摇头。

杀降不祥,史有前例,自不必细说。杀降无异于背信弃义,为人所不齿,李鸿章堂堂翰林出身,如何能行此龌龊之事?这是其一。其二,朝廷已经有明谕,严禁杀降,怎能抗旨不遵? 其三,戈登出面担保郜永宽等人性命,如果杀掉这八个人,戈登肯定不依不饶。

"大帅自然有大帅的道理,不过,此八人也有不得不杀的缘由。"

程学启所说不得不杀的理由,一是他们的要求不能拒绝,拒绝就意味着重新开战,而开战淮军没有必胜的把握。二是他们的要求不能答应,因为要求太过离奇,根本没法答应。三是这八个人不能留,留下后杀不得、禁不得、用不得,将来如何处置反而麻烦。当然还有一条,是他自已的小九九,不能说出口——戈登不是担保八人的性命吗?杀掉这八个人,让这个洋鬼子丢尽脸面。

"我还是要想想。"李鸿章端茶送客时,还是这句话。

送走程学启,李鸿章翻来覆去拿不定主意,打发人请周馥过来商讨办法。

"大帅,杀不得,杀降不祥。"周馥坚决反对杀降,"除了有亏大节,有损阴德,还有一点大帅更要顾忌——常州、湖州、丹阳、宜兴等城池都未收复,如果大帅杀降,这些地方的长毛没了出路,誓必拼死抵抗,反而是帮助了长毛。"

"但如果不杀这八个人,又该如何处置? "李鸿章连连点头。

"可以软禁起来,可以留而不用,可以用而防备,总之不能杀。杀此八人,得不偿失!"周馥坚持己见。

是杀是留,李鸿章还未最终拿定主意,不过,尽快接收苏州却无论如何不能变。所以他让周馥去告诉程学启,让他转告郜永宽,已经上奏朝廷表示宽恕降将及其部下,明天上午请他们到大营商讨受降细节。同时,顺路去告诉戈登,只能发一个月满饷。

周馥先到程学启军营传话,再到常胜军驻地告诉戈登银子不凑手,只能暂发一个月恩饷。戈登听后大发牢骚:"数月来军饷难领,船只租费延付,大不列颠女皇陛下政府勉力供应武备,而中国朝廷无所报酬。有鉴于此,卑职无奈,决计挂冠。"

戈登决定第二天就率常胜军回昆山,但临走前还记挂着郜永宽等人,所以特意进城去看望。见到郜永宽后,他问是否满意。

"一切都还满意,程总镇已经来相告,所有要求李巡抚都已经答应,明天就准备举行受降仪式。"

戈登又问:"还有没有什么不放心的? 如果有,我可以把卫队留给你。"

郜永宽笑着回应道:"将军放心,没什么好担心的,谢谢您的好意。"

到了晚上,程学启再到李鸿章大营来问他到底如何打算。李鸿章其实已经拿定主意,那就是擒贼擒王,明天受降时杀此八人,然后立即进城弹压。不过,他依然是一番犹豫不决的神情,说他打算见到八人后看情形再说。

"当断不断,必受其乱! 今贼众尚有六七万人,多我军数倍,他们不过是畏死乞降,其心并未诚服,大帅释首恶不杀,与我军分城而处,变在肘腋,死期不远! 大人既然是这种打算,那程某只好解甲归田。"程学启把顶戴摘下来,掷到李鸿章的案上就走。

"方忠勿气,我一切听你的主意如何?"李鸿章追出去,拉住程学启的衣袖,把他拉回帐中密议良久。

第二天一早,常胜军乘船顺吴淞河回昆山,路过李鸿章的座船时,因为拿不到两个月的恩饷而喧哗起来,甚至向李鸿章的座船胡乱放枪。戈登连忙制止,才算弹压下去。当时李鸿章并未在船上,他的座船卫队有两人受枪伤,等上报到他那里,他气得把毛笔狠狠掷在信笺上,墨花四溅,嘴里骂道:"贼娘的洋鬼子,欺人太甚!"不过他心里暗自高兴,戈登率常胜军走了,中午的计划实施起来会更加方便。

他正在写的信是给布政使刘郁膏的, 让他无论如何要筹措五万两银子解到军前。他写好后着人给营务处总办周馥送去,让他务必亲自跑一趟,到上海交给刘郁膏。

到了十一点多时,程学启来报,一切已经就绪。李鸿章笑了笑道:"又是一个鸿门宴,可不能让刘邦跑掉。"

"大帅放心,这八个人没有刘邦的本事,咱们营中更没有项伯。"

"就是有项伯,也被我打发走了。"李鸿章所说,就是去上海送信的周馥。他了解周馥,心底纯善,又讲情义,他在身边,到时候有可能坏事。

不一会儿,一阵杂乱的马蹄声由远而近,八个人来到李鸿章大营,程学启亲自相迎。客厅里已经设下宴席,李鸿章在首位上落座,道:"诸位兄弟能够顺应天时,顾全大局,功莫大焉! 本抚台特置薄宴,以示感谢,各位请入座。"

众人刚刚入座，一位戈什哈便附耳道："大帅，朝廷有六百里加急到了。"

"这么巧，我刚坐下，上谕就到了。"李鸿章拱拱手说，"诸位稍候，我接罢旨意就来作陪。"然后又招了招手，"先把各位的顶戴朝服奉上，先换起来，省得看上去不像一家人。"

这时八个仆役各端一个红木托盘，上面放着红顶子顶戴和叠得整整齐齐的袍服，走到八个人面前请道："各位大人，请升冠。"

八个人乱纷纷换袍服试顶戴，突然仆役各从托盘下抽出短刀，或抹脖子，或捅胸口，郜永宽等人毫无防备，有的一刀毙命，有的垂死挣扎，又被乱刀砍死。宴会厅里鲜血横流，腥味逼人。

程学启得到八人被诛的消息，立即命令城外淮军从各门入城，并向城内太平军宣布：郜永宽等八人诈降被诛，与城内降众无关，反抗者杀无赦，愿解散者给路票回籍。

城内太平军早已经剃发待降，只等郜永宽等人回城后举办受降仪式，突然变成八人被诛，一时间人心浮动，群龙无首。大部分太平军放下武器投降，而八人的心腹部众却不肯俯首就擒。淮军大开杀戒，又乘机放火抢掠，不但太平军各王府、天将府、圣库被劫，就是商店、百姓家中也不能幸免。投降后的太平军自己组织起来站岗维护秩序，而淮军只顾破门入户搜罗财物。

因为李鸿章要进城巡视，程学启在东门——娄门外等候陪同。因为城中尚未安定，不敢贸然进城。过了一个时辰，程学启的人来报告，城内太平军已经就降，这才陪着李鸿章骑马进城。进城后见各路口要道都是头扎白巾的太平军——这是他们已经投降的标志——在站岗维护秩序，几乎见不到淮军的影子。李鸿章嗫嗫嘴唇，这是他不满意的表示。

程学启派出数路传令兵去通知各入城将领，立即安排人马在各要津设岗置哨。

没走多远，从巷子里撞出一名淮军哨官，胳膊下夹着一个十五六岁的小女孩，手里拉着一个三十多岁的少妇，看到程学启后也面不改色，笑道："程军门，苏州女人漂亮得紧，你要喜欢，我给你送几个去！"

程学启破口大骂："你们这帮龟孙，大帅在此，你眼瞎了，还不请安！"

哨官这才看到程学启身后骑在马上的李鸿章满面怒容，他连忙单腿跪地请安。少妇乘机挣脱了,拉着女儿就跑,跑了几步又返回来,跪在地上说道:"各位大人,苏州百姓无辜,不要杀人放火。"

李鸿章怒视程学启,呵斥道:"方忠,你不是告诉我已经严申军令吗？这是怎么回事？"

程学启大丢面子,从卫队手中夺过一支洋枪,照跪在地上的哨官就是一枪,随后命令道:"你们现在就是执法队,传我命令,有滥杀无辜、抢掠财物者,就地正法。"

李鸿章知道淮军的毛病,所谓就地正法,也就是做做样子,不然欠饷数月,淮军凭什么还这么卖命？他对程学启道:"苏州是受降,不同于负隅顽抗的城池,不分青红皂白烧杀抢掠,你就不怕言官参劾吗？我是无脸进城,你自己进吧！"策马往回走了几步,他又勒住缰绳说,"方忠,当心激起民愤！你要镇不住乱兵,当心头上顶戴！"

程学启实在没面子,他骑马入城,手执洋枪连杀十几人,才算镇住了抢劫的风头。在一座桥头,一位参将面对程学启的枪口不肯放下手中的财物,置气地说道:"程军门,咱都欠饷好几个月了,弟兄们不就指着进城发点小财吗？昆山、太仓、青浦不都是如此？为什么苏州就不行？"

"苏州是降城,不是你拼命打下来的！"

程学启与这位参将是老乡,两人关系向来不错,因此这位参将说话也大胆:"弟兄们不管这些,你要弟兄们不抢,那就像常胜军那样按月发饷。"

"你们这是要我死！"程学启气得把枪扔掉,奔向桥头就要跳河。

那参将见状,一把抱住他求道:"军门,弟兄知错了,这就下令严禁抢掠！"

"程军门,戈登将军有话问你。"这时又有人喊了一声,程学启循声望去,戈登和翻译外加几十个卫兵正向他走来。

戈登不是回了昆山吗？怎么又到苏州城里来了？原来,戈登在回昆山的路上得到报告,说太平军唯一的火轮船飞尔复来号在太湖抛锚了,他立即命令火轮船调头,去太湖追寻这只火轮。追了一上午,也没有飞尔复来号的踪影,后来听说这艘火轮根本没坏,这才返回昆山。路过苏州城的时候,他有点不放心郜永宽等人的安全,所以进城来看看。

程学启最怕的就是这件事,不过他提醒自己不能慌,要先把这个洋鬼子稳住,不能让他在城里乱转。戈登本来对程学启的部众多有非议,如果他把淮军在苏州城的所作所为捅到上海的新闻纸上,那就丢人丢大了。因为上海的新闻纸,影响不仅在上海,京城总理各国事务衙门、各海关以及通商口岸的洋行都订阅。他策马来到戈登面前,满脸堆笑着说道:"戈登将军,您不是回昆山了吗?怎么又回苏州了?"

"你先不要问我为什么来苏州,你先告诉我郜永宽等人与李大人会谈的情形。"戈登根本不搭程学启的话。

"我没参加会谈,详情并不知晓。我听李大人说,郜永宽等人提出过分要求,李大人没答应,他们八人一怒之下就骑马走了。"程学启又应道。

"我听你的部下说,李大人已将八个人杀了。"戈登"哼"了一声,并不相信。

程学启连连摇头道:"没影的事,那是他们吓唬不投降的长毛。李大人刚刚出城,我陪你去见他。"

程学启见戈登是徒步而来,也把马交给卫队,徒步陪他出城。程学启是故意不让戈登见到李鸿章,所以出了娄门,他便沿河往南走,因为李鸿章的座船停在娄门北侧。两人一直走到葑门——苏州城的东南门,自然也找不到李鸿章的座船。程学启对戈登摊了摊手,表示无可奈何,随后又建议道:"李大人可能已经回了大营,我们到大营去一趟如何?"

李鸿章的大营在河对岸,一个来回又要个把小时。戈登这时候突然明白过来,城里如此混乱,郜永宽的纳王府也许会有危险,一大家子人呢!再说,郜永宽如果不在李鸿章那里,最有可能的去处就是纳王府。所以戈登从葑门进城,直奔纳王府。等他赶到纳王府的时候,这里已经被洗劫一空。纳王的家眷把戈登团团围住,责备他与官军串通,骗杀了纳王。

戈登这才知道郜永宽自从去了李鸿章大营,就再也没有回来。他安慰大家道:"我刚才见程学启了,他说绝不会杀纳王的。"

家眷们哭着道:"活不见人死不见尸,进城的淮军都说他们已经被杀了,那还有假?"

戈登也觉得问题严重,他要出城去找李鸿章,不过纳王府的人把他团团围住,不让他走。他们认定戈登与程学启、李鸿章事先串通,说只有见了纳王本人,才可能放他。戈登于是派他的翻译持信出城去见李鸿章,又让他的卫兵去齐门外调火轮船,沿河搜寻李鸿章的座船。

然而他派出去的这两拨人有去无回,杳无音讯。戈登一直被困纳王府,到第二天早晨天亮时,郜永宽的弟弟郜永琳带着郜永宽的义子郜胜麟回到纳工府,说他已打探清楚,纳王等人已经被害。戈登气得大骂,要率他的卫队找李鸿章算账。郜永琳看出戈登看来真是不知情,因此他拉过郜胜麟跪在戈登面前道:"纳王已经遇害,如今家眷和义子也有性命之忧,请你一定设法保护。"

戈登一听大怒,抢过卫兵手里的枪,嚷着要找李鸿章决斗。一院子人都劝他,说你一个人一条枪有什么用?

戈登派他的卫兵出城调来常胜军的轮船,他和郜永琳、郜胜麟乘船去找李鸿章的座船。在阊门外的运河上,他们找到了李鸿章的座船,戈登气势汹汹地拿着手枪闯进船去,李鸿章并不在船上。戈登留下了一封措辞强硬的书信,警告李鸿章马上引咎辞职,而且要向他当面道歉,否则他将率常胜军把从前夺下的城池重新夺回来交给太平军。

李鸿章见了戈登留下的信,立即请马格里过来帮忙翻译。马格里一看措辞太过严厉,不敢直接翻译,便对李鸿章道:"戈登非常生气,因为有人传言是他与大人合谋骗取了郜永宽等人的信任。戈登为郜永宽等人的性命做过担保,如今他们被杀,他不仅在中国丢了面子,在列国面前也很丢面子。就是大英帝国,声誉也会因此受到影响。"

"可有什么办法可以挽救?"李鸿章没想到此事会有如此大的影响。

马格里建议道:"大帅可立即派人去昆山,向戈登解释杀降的原因。"

"好,我先把为什么必须杀降的原因给你从头到脚说清楚,你看这些人该不该杀。"于是,李鸿章把事情的来龙去脉原原本本地说了一遍。

马格里被说服了,毛遂自荐到昆山去劝说戈登。李鸿章有点担心,又建议道:"你一个人去力量太单薄了,还有两个人陪你同去。"

李鸿章派的两个人,一个是潘曾玮,自从李鸿章率淮军入上海后,帮着筹饷、办捐,已被保荐到道员,常胜军的军饷报销一直由他负责,他和戈登关系不错;再一个就是总兵李恒嵩,任常胜军中方管带,与戈登的关系也还融洽。于公于私,他去劝解也是合适的人选。

"现在戈登将军最怕的就是别人说他与我合谋骗降了郜永宽。你们告诉他，杀降是我临时起意，与他没有关系。"李鸿章指着桌上的奏折说，"我正在给朝廷上苏州克复的奏折，把他与杀降的事摘得干干净净。"

三人不敢耽搁，从娄门乘小火轮出发，沿娄江东去，晚饭前就到了昆山。见到戈登时他仍然十分气愤，根本不听三人解释，并且说第二天就集合常胜军，去把苏州城夺回来重新交给太平军。

"我对中国人毫无信心，他们太不讲信义，我不想听他们任何解释。"第二天吃早饭时，戈登在早餐的时间只肯见马格里一个人，潘曾玮、李恒嵩他根本不见。

共进早餐的还有葡萄牙驻上海领事，马格里平心静气地把李鸿章杀降的缘由告诉戈登。葡萄牙领事也认为郜永宽等人临时又提要求，而且还要保留两万人的军队，实在是太过分了，李鸿章杀降也算情有可原。

"杀不杀降那是他们的事，问题是当初他们邀请我担保投降将士的性命。我做了担保，他们却把人杀了，这是对我荣誉的伤害，也是对大英帝国的冒犯。"戈登依然不能原谅李鸿章和程学启，"最可恨的是他们欺骗我，他们已经把人杀死，程学启还欺骗我，害得我被困在纳王府整整一夜，我要用战争来证明我的清白。"

戈登下令集合队伍，备好弹药，分别乘轮船到苏州去。马格里匆匆吃罢早餐，找到潘曾玮、李恒嵩，让他们乘戈登的轮船回苏州，一路上再劝劝戈登，不要意气用事，他则快马加鞭，赶回苏州给李鸿章报信。

李鸿章得报后拍案而起道："戈登也太过分了。我淮军保上海、克昆山、收无锡、取苏州，这三四万人马也不是吃干饭的，他敢开衅我就奉陪到底。我就不信，收拾不了他四五千人。"

几乎是同样的话，李恒嵩也说到戈登当面。因为劝来劝去，戈登还是寸步不让，一再表示要让大炮说话，李恒嵩终于按捺不住了："戈登上校，你不要以为李大人怕常胜军的大炮。淮军大炮也有十几门，真动起手来，咱们这三四千人真的能沾到光？你别忘了，常胜军中大清士兵占了多半，打长毛他们卖力，打官军，他们就未必能听号令。"

戈登嘴上还硬邦邦的，但心里已经有些怵了。李恒嵩说得不错，要真打起来，他真不是淮军的对手。再就是他为了几个被杀的长毛而与官军开战，那不单是他常胜军与淮军的事情了，而是事关中英外交关系的大事。所以到了苏州后,他在程学启的军营见到了李鸿章,提出的要求是把纳王等八人好好埋葬,并且要保护好纳王等人的家眷。李鸿章见戈登气势汹汹而来,却只提了这么两个要求,嘴上答应得很痛快,不但答应厚葬,而且还让程学启的手卜参将郑国魁为纳王设坛诵经。

第十二章

费苦心自圆其说　巧斡旋赫德劝和

　　树欲静而风不止。隔了一天,《上海新报》刊登了苏州杀降事件,上海坊间盛传,李鸿章与英国人戈登设局骗取了长毛八大王的信任,是有预谋的先诱降再杀降。英国驻上海领事伯郎看到后非常生气,立即至书英驻华公使馆,请与总理衙门交涉,追究李鸿章的失信行为,然后亲自去昆山向戈登了解情况。伯郎的结论是,李鸿章的杀降行为,使戈登的荣誉受到直接损害,同时间接损害了大英帝国的声誉。他到苏州面见李鸿章,说他是代表大英帝国女王陛下政府及英国官商与李鸿章论理,要求他提交书面认错书,不然,一是常胜军不再听从李鸿章的调遣,二是他将要求各国不再援助中国,所有在清军中效力的外国人完全召回,各国赠送的大炮等全部收回。

　　闻言,李鸿章失声冷笑道:"我堂堂一省巡抚,杀个长毛还要向你道歉,我道哪门子歉？这纯属大清军政,与外人何干,凭什么向你认错？"

　　伯郎在上海,所有大清官员见了他总是恭敬有加。见李鸿章不买账,他十分恼怒,生气道:"我将回上海召集各国领事,揭露中国巡抚卑鄙无耻的失信行为。"

　　"悉听尊便。"李鸿章向门口一指,那气势就像当初曾国藩指着门口对他说话的神情一样。

　　伯郎吃了一肚子气回到上海,当天召集上海报馆及各国领事"揭露"李鸿章的卑鄙无耻。第二天的报纸上都登了出来,李鸿章看了报纸,气得牙根疼,但又无可奈何。

这时，周馥从上海回来了，见到李鸿章便把几张报纸放到他面前说道："我明白了，大帅打发我去上海，不是为了筹饷，分明是把我支走。"

"把你支走不是更好吗？要是在你眼皮子底下杀人，你不是更自责？"李鸿章这时心绪烦乱，也没有好气色。

"我自责不自责无所谓，上海的洋人都在耻笑中国人不讲信义！"周馥是副恨铁不成钢的心情，"大人何必非要杀这几个人不可？把他们软禁起来，或者干脆关起来，不都一样吗？何必非杀不可！"

"当然得杀，与其弄几个不放心的人在卧榻，终日提心吊胆，不如快刀斩乱麻。"

"这肯定是程方忠的意思，他无非是怕这几个人的功劳超过他，所以非要他们死。"周馥对程学启素无好感，因为他的淮军是军纪最差的，"他也是长毛投过来的，只顾得自己四处抢掠大发横财，为什么就不能给人条生路？"

"杀降的主意是我拿的。"李鸿章向来反感指责淮军抢掠，"不就是杀了几个长毛吗？张三李四都来兴师问罪，我李某人还就不吃这一套。"

周馥并不知道李鸿章已经吃了伯郎的一通窝囊气，以为他的无明火是对着自己来的，倔劲也上来了："大帅既然不吃这一套，我又何必在军前碍大人的眼，告辞。"

李鸿章知道周馥误会了，但他也没心思去解释，一个人坐着生闷气。

令李鸿章烦恼的事一股脑地都来了，杀降的事如何处理还没有眉目，李昭庆也到大帐里来了，也是拉着一张长脸。李鸿章还在气头上，见到六弟也没好气，问道："你不在军前，跑我大营来做什么？无锡刚刚收复，长毛随时会来反攻，你这前军将领擅离阵地，算怎么回事？"

李昭庆本来也有一肚子气，进门被二哥一通数落，立即像火药堆蹦进了火星："你还知道无锡收复了，你知道无锡是怎么收复的？是你弟弟拼着命收复的。拼命的时候有我的份，为什么保案上连我的名字提也没提！"

无锡大捷后，李鸿章上保案，奏折中写道："除臣弟昭庆分应效力不敢仰邀奖叙外，记名提督狼山镇总兵刘铭传、记名提督郭松林，血性忠勇，摧锋陷阵，所向无敌，为各贼所深惮。该二人官职较大，请旨优加奖赏提督衔。金门镇总兵王华东，提督衔记名总兵黄中元、滕嗣武，总兵周盛波、张树珊、张光泰、陈东友、周国兴，均请以提督记名简放……"

朝廷的上谕下来,众人都是皆大欢喜,而李昭庆却是"以同知记名遇缺即补"。一个从五品的同知,而且还不是实缺,仅是记名。参照其他将官立功受奖的成例,保他从四品的知府别人也说不上什么。无锡这几个月,确实不容易。太平军十余万兵马集结在江阴、无锡界上,从顾山以西,纵横数十余里。李昭庆兵分三路进军,亲自率马队和群字营、忠字营上阵,屡挫太平军前锋,又夜半烧其营垒,焚毁其炮船,俘斩万余。攻克无锡城的时候,他又亲自率军从南门架云梯登城,算不上九死一生,可也是置生死于不顾。

"我想不通,凭什么阿猫阿狗都有知府、总兵的赏,却只给我个小小的同知!"

"你说清楚,我淮军兄弟,谁是阿猫阿狗?还给了知府、总兵的赏?"李鸿章勃然大怒,"什么叫阿猫阿狗,那是我流血拼命的淮军弟兄!"

"我也是在拼命流血!"李昭庆卷起自己的裤腿,指着一个杏子大的疤说,"巡抚大人请看,这是攻太仓城的时候我被长毛的快枪打的,当时血灌满了我的鞋子。"

攻打太仓的时候,李秀成的女婿蔡元隆搞诈降,李昭庆率部进城去受降的时候遭到伏击,腿上中了一枪,幸亏程学启亲自来救,才把他抢了出去。

李昭庆又脱下上衣,露出脊背,上面有一条长长的刀伤:"巡抚大人请看,这是我登上无锡南门的时候,被长毛背后袭击,挨了一刀。凭良心说,你六弟够不够意思?"

这时程学启进来了,见两兄弟乌眼鸡似的,连忙相劝。李昭庆的气小了些,气鼓鼓在一边坐下。程学启向李鸿章说道:"大帅,老六的功劳确实大,就给他这点赏,实在是太亏了。"

"方忠,还不是因为他是我家老六吗?但凡他不是我李某人的兄弟,这时候知府的实缺也该放了。我淮军兄弟连连立功,不知多少人嫉妒得要死,鸡蛋里挑骨头,他们要说我李某人搞鸡犬升天,我真是有口难辩。"

李昭庆听了又霍地站起来说道:"你就是担心你的顶戴!你为了自己的顶戴不顾亲兄弟的死活,让亲兄弟的血来染红你的顶子。"

李鸿章拍案而起,呵斥道:"老六,你说话要拍拍自己的胸脯想清楚了,你没来上海的时候,我就是红顶子了。我的红顶子,没用你的血来染。"

"老六,这话可就过分了。咱淮军弟兄谁不佩服大帅,最是赏罚分明,咱们愿意跟着大帅拼命,为的就是大帅舍得重赏,不像有的大帅手里的翎子都摸成了秃板也不舍得赏人。"程学启劝了李鸿章再来劝李昭庆。

程学启所说一点不假。不光他程学启,刘铭传、张树声、张树珊兄弟、周盛传、刘盛波兄弟,这些最早跟随李鸿章到上海的淮军老弟兄自不必说,就是后来投效淮军的郭松林、张桂芳、陈东友等人,几乎是打一仗就换顶戴。

李昭庆气的正是这一点,跟着李鸿章出来的都频频换顶戴,而到了亲兄弟这里,却连外人也不及了,拿命却拼不来顶戴。程学启早就是南赣镇实缺总兵、遇缺题奏即补的提督,因此李昭庆尊他一声"程军门":"程军门你评评理,按我拼的命流的血,给我个知府顶戴不为过吧?怎么到了我这里,他就要把翎子都摸成了秃板也不舍得赏给我?"李昭庆把程学启的话立马用到二哥头上。

李鸿章想想六弟说得也不错,按功劳,老六实在有些亏。可是他的难处有谁能够明白?他努力压住火气道:"老六,你也别总是埋怨二哥。你也是读书人,尾大不掉、持盈保泰的道理你总该明白。"

李鸿章的意思,淮军听命于他李鸿章已经令人嫉妒、非议,如果淮军再让人误解为是李家军,那就更加危险了。

李昭庆当然明白道理,但道理是一回事,自己的前途又是一回事,自己投军本来就是冲着顶戴来的嘛。

这时,程学启又劝道:"老六,立功的机会还有得是,下回大帅做保案时我来提醒,到时候大帅再这么不公正,我豁上自己的顶戴也要为你争一争。"

这时候,六百里加急上谕到了,李鸿章焚香拆阅,原来英国驻华公使向总理衙门提出抗议,李鸿章杀降不仅影响戈登的声誉,而且损害了大英帝国的荣誉。上谕要求李鸿章详细报告杀降的实情,语气很严厉:"朝廷已经申明严禁滥杀在前,戈登担保降将性命在后,该大臣何以妄行杀戮?着该大臣据实回奏,以正视听,以洽中外之邦交。"

这是表明朝廷态度的官样文章。恭亲王还有一封私信给李鸿章,说明由于英国公使提交了抗议照会,朝廷不得不严厉表态。但杀降可能导致此后长毛顽抗不降,增加攻坚难度,对此不能不有所顾虑。朝廷更担心的是,洋人傲慢倔强,如果处理不好,戈登再像白齐文一样投到长毛一边,后果将十分严重。看了恭亲王的私信,李鸿章也意识到杀降这事实在有些得不偿失,特别是戈登反应如此强烈，实在出乎意料。

见李鸿章神情严峻，李昭庆问怎么了，李鸿章把上谕递给他。他看罢上谕，暂把不满抛在脑后，替李鸿章打抱不平道："不就是杀几个逆贼吗？还怎么就影响邦交了，这八竿子打不着的事。"

程学启更是骂不绝口："都是戈登这个洋鬼子搞的花样，这事是我主张的，要找麻烦让他冲老子来。惹急了老子，和他干一场，非把他打趴下不可！"

程学启所部与常胜军对李鸿章来说一个是左膀一个是右臂，尤其常胜军的火炮在攻坚中的作用无人可代，因此程学启要与戈登开战的话让他十分反感："方忠，你打趴下常胜军，然后再让长毛来把我们打趴下？你与戈登不睦，我不能逼着你去笑脸相迎，可你说话不能太过分了。"

程学启的原意是要为李鸿章打抱不平，如今受了李鸿章一番责备，心里不痛快，闭嘴不再说话。

"方忠你不要不高兴，常胜军的做派我也很生气，可是如今还用得着他，不能不曲意笼络，你也要体谅我的难处。"李鸿章见状，又安慰他道。

"我当然知道大帅的难处，朝廷如今问责，你都推到我头上就是了。再说，杀降也是我主张的。"

李鸿章拍了拍程学启的肩膀道："那样做，我李鸿章还算大丈夫吗？我是一省巡抚、淮军统帅，杀降的事情自然是我最后拿主意。别担心，一根稻草压不倒咱淮军的。你忙去吧，顺便让兰溪到我这里来。"

"我听说老周为杀降的事和大帅闹意气，这些天一直不出门不见人。"

李鸿章笑了笑道："你只要告诉他，朝廷要追究杀降的责任，我要倒霉了，他立马就会过来。"

周馥听说朝廷严旨责备，果然不再闹意气，连忙到李鸿章大营来了。

"兰溪，八个逆酋的确该杀，不过惹来的麻烦也大了。"李鸿章边说边递给他恭亲王的私信。

"大帅是知错、改错，不认错。"周馥接过上谕和恭亲王的私信道。

"你是说我和曹阿瞒一个德性？"李鸿章眼角含笑，"杀已经杀了，当然有该杀的理由。叫你来，帮我想一想，如何回复朝廷。"

"我们该不该杀降不用去费脑筋，关键是要让朝廷觉得不杀降不行，所以，首先必须把敌强我弱的形势摆摆清楚。"周馥知道李鸿章是郑重与他商量事情,他也就不能不郑重其事了。

李鸿章一拍桌子大声道:"真是响鼓不必用重槌!苏州城下,程学启一军不满万人,而苏州城内外,长毛人数却有二十余万。"

苏州城外淮军总共一万五千左右,说不满万还可以,长毛竟然说有二十余万,实在不可理解,所以周馥莫名其妙地望着李鸿章。

"苏州城内居民已经从贼数年,蓄发异志,算不算长毛?加起来算二十万不过吧?"李鸿章原来是算了笔糊涂账,故意把对手的军民混为一谈。如此说来,二十万也讲得通。

"接下来要重点说明八逆并非诚心归降。"周馥已完全进入文案的角色。

"要留二十营,占据四门,不剃发,建街垒,这都是证明。"李鸿章早就把这些理由想了不止一遍。

"还有一条,因诈降官军吃亏的先例不妨数几例,比如安徽苗沛霖就是反复小人,降而复叛,叛而复降,以致牵动整个江南局势。还有几个月前太仓诈降,让我淮军损失严重。"

"对对对,如果不当机立断,郜永宽可能就是第二个苗沛霖,我不能像胜保一样被这种反复小人玩弄于股掌。"周馥补充的这一条令李鸿章大为赞赏。

至于戈登如此生气的原因,是大家都说他与官军合谋骗取降众信任,只要说明他与杀降事件无关就行了。

对这一说,李鸿章大摇其头:"杀降的时候我已经没法找他商量了,因为他索取重赏未得逃闹意气跑到昆山了。朝廷对戈登有功必赏,给予厚饷,而他性情反复,不顾大体,既索重赏,又生事端,挟军自重,不服调度,这些都要说给朝廷。"

"大帅,这是不是火上浇油,本来英国公使就给总理衙门添堵,我们再这样说……"周馥有些不解了,"再这样说是让总理衙门两头为难。"

"就是要让总理衙门为难。"李鸿章一语道破天机,"我们也给总理衙门一个官样文章,我们唱黑脸,总理衙门去唱红脸,在英国公使那里也好交代。有时候,你认错就真有了错,不认错就没有错。"

是啊,到时候总理衙门的大臣可以拿着李鸿章复奏说:"公使阁下你看,戈登也有些不像话,李鸿章也是一肚子牢骚,我们总理衙门也是两头受气。"

这样,英国公使的气反而可能会小一些。

"不过,这是表面文章,戈登的事情还必须好好解决。常胜军这个磨难星,现在还离不了他,打常州、湖州,还都要用他的大炮。所以,还必须笼络住他,更不能让他气昏了头投了长毛。只是我弄不清楚,就是杀几个长毛头子,戈登怎么像被刨了祖坟,发那样大的火?更不可理解的是,上海的洋人竟然都支持戈登这么胡闹。"

李鸿章把《北华捷报》的一篇评论指给周馥看,那篇评论说:"我们很高兴地看到,戈登先生停止了进一步的行动,不再受中国巡抚的指挥。只有用这种方法才能对中国人起作用,唤起他们的荣誉感是无用的,因为他们已无荣誉感。只有使他们失去利益,才能使他们的行动与欧洲的原则相符合。如果李鸿章认识到他的行为的后果已经导致失去了一支训练有素的军队的帮助,这会限制他的背信弃义行为。"

李鸿章特意在"与欧洲的原则相符合"下画了线,周馥立即建议道:"我对洋人了解太少了,至于什么是欧洲的原则,更是不知道。我觉得,这件事大帅应该找马格里商议,他与戈登的关系不错,而且他比我们更了解洋人的这些奇怪念头。"

"好,无论多难的事情,总有解决的办法,只要找对方法、找对人。"李鸿章半是感慨,半是吩咐,"复奏的事,辛苦你起个稿子。劝说戈登的事,我就拜托马格里。"他端起茶来在嘴边一抿,算是结束他与周馥的商议。

李鸿章行事,有些时候不符合周馥的道德评判,令他十分不快,甚至想拍拍屁股走人。但李鸿章解决问题的方法和路子,又常常出其不意,却直扣要害,不能不令周馥佩服。当他走出李鸿章的大营时,因杀降带来的不快已经抛却脑后了。

马格里因为要检验他所造大炮的威力,所以已经有两个多月经常跟在军前。李鸿章着人去找,果然在程学启的炮队里找到了他。见到李鸿章,他就兴致勃勃地报告他所造大炮如何堪与进口货相媲美。李鸿章也知道情况,所以赞道:"的确不错,在攻打苏州城的战斗中,你的大炮功不可没。还有丁雨生、冯竹如的炮局,都有功劳。"

当初李鸿章在上海委托马格里创办洋炮局,同时又让丁日昌和冯焌光分别成立两个洋炮局,一则避免全赖洋人,二则也是为了增加产量。事实证明,这三个洋炮局最好的还是马格里所创办的,因为采用蒸汽机器,不仅产量高,而且质量可靠,而成本比之从奸商那里购买便宜了六七倍。从前购买一发十二磅炮弹要三十两银子,而马格里所造,不超过五两。设局自造这步棋是走对了,李鸿章还有更大的计划。

"清臣,"李鸿章有时也这样称呼他,"我打算把你的洋炮局迁到苏州来,规模还可以再扩大,需要增机器、招人手,你说一声就是。地方我都给你看好了,就设在郜永宽的纳王府里。"

马格里十分高兴,立即要报告他未来的计划。李鸿章却摇摇手打断道:"洋炮局的事,以后你与军械局去商议就是,今天找你来,还有件重要的事情要请教——还是戈登将军的事,你有什么办法让他消消气?"

马格里听明白了李鸿章的意思,立即解释道:"戈登上校如此生气,是因为欧洲与中国对待俘虏的习惯不一样。在中国,战胜一方杀死战俘是很平常的事情,可是在欧洲,非常尊重人的生命和尊严,只要投了降,就不能再滥杀,否则就被视为野蛮无耻的行为。所以,无论是戈登上校还是各国领事和洋商,都以大人杀降为可耻。"

"哦,原来如此。"李鸿章还是不太明白,"那么,如果是诈降呢?他降而复叛呢?"

"可以把他们囚禁起来。或者再上战场见高低,总之不能杀。"

"原来你们欧洲人有这些讲究。我想拜托你去向戈登将军说明白,其中有误会,让他不必再赌气。"

马格里却推辞道:"我很感谢大人的信任。不过,这件事情现在不仅仅是戈登上校的个人荣誉,听说鄙国的驻华公使卜鲁斯已向总理衙门提交了照会。所以,最好能请一位与公使和戈登上校都能说上话的人来劝。我与戈登上校虽然熟悉,但是不能影响公使的看法。"

李鸿章想了一圈后道:"我认识的洋人,多是洋教官,能与公使说上话的实在没有。"

"有一个人非常合适,既与戈登上校熟悉,也与公使的关系十分密切。"马格里突然想起一个人来,这个人就是正在上海署理中国海关总税务司的英国人赫德。

第一次鸦片战争前,整个大清国只有广州是唯一的通商口岸,洋人只能在广州一地交易。所谓海关,也就只有广州一处。第一次鸦片战争后,根据《南京条约》的约定,大清增加上海、宁波、厦门、福州为通商口岸,到了第二次鸦片战争,《天津条约》《北京条约》又开放牛庄(后改为营口)、登州(后改为烟台)、台南、淡水、潮州、琼州、汉口、九江、南京、镇江、天津为通商口岸。通商口岸达到十六个,海关也就越来越重要了。大清官员无官不贪,海关这种肥缺,自然是贪墨的重灾区。英、法、美三国为了确保在华利益,以维护海关秩序为借口,诱逼上海官宪把江海关征税行政交由三国领事提名的税务监督接管,这样,长江海关便成为三国领事控制下的征税机构。其中英国在上海的势力最大,英国税务监督李泰国是实际的控制者。三国控制下的海关,按照欧洲的海关制度加强管理,关税每年都增加,朝廷也就默许了这种模式。到了1859年,《通商章程善后条约》付诸实施,当时两江总督兼各口通商大臣何桂清认为李泰国"熟悉各国商情",给他下了个札子,委他为总税务司,"凡各口所用外国人,均责成李泰国选募"。这样一来,各海关都要募用外国人,而且所有外国人的征募权都给了李泰国。李泰国正式成为总税务司,雄心勃勃要把上海的海关制度推行到所有口岸去。1861年夏,总理衙门希望总税务司设到北京,请李泰国到北京去履职。然而李泰国担心清廷可能会被太平军推翻,去北京反而不如上海安全,所以拒绝北上。这时候正巧上海民众在南京路示威,抗议外国人奴役中国苦力,李泰国横加干涉,结果被群众痛殴一顿,他借此为由,请假回国休养。他不懂中国规矩,又为人傲慢,行事鲁莽,不等总理衙门准假,他就乘轮船走了。总理衙门因此非常生气。他临走时,推荐了两个人署理海关总税务司,一个是江海关税务司费子洛,一个是粤海关副税务司赫德。

赫德出生于英国农村一个贫穷家庭,但他一直有一个爵士的梦想,所以从上小学起,学习就十分刻苦,进入贝尔斯皇后学院后几乎每年都拿奖学金。学院毕业那年,英国驻广州领事兼英国驻华全权公使包令派人到贝尔斯皇后学院招收领事馆工作人员,他们看了学校对赫德的推荐信,没经考试就直接录用了。1854年,十九岁的赫德告别家乡来到陌生而又神奇的中国。他先后在宁波领事馆、广州领事馆任过翻译,参与筹建粤海关并出任副税务司。他利用一切机会学习中国语言,而且他没有通常英国人的傲慢,他熟知中国礼仪,对中国官员十分温和客气,因此博得中国官员的好感和信任,擅长与中国官员打交道成了他的独特本领。李泰国回国休假前推荐赫德和费子洛两人共同署理海关总税务司,给赫德提供了一个难得的历史机遇。

李泰国回国后,总理衙门要求署理海关总税务司到北京去详细报告各口海关建设计划。按资历,同样署理海关总税务司的费子洛比赫德更有资格去北京,因为他是上海海关税务司,赫德是粤海关副税务司。但是,费子洛中文几乎一窍不通,精通中国语言而又熟知中国官场礼仪的赫德得到了这个机遇。有人在机遇面前,往往沾沾自喜,而忘记了真正抓住机遇还必须有足够的准备。而赫德不仅敏锐地意识到这次机遇的重要性,而且他为之做了充分的准备。他准备了大量的数据资料,分析了总理衙门可能关注的九个问题,准备了九份备忘录。

1861年夏天,赫德进了北京城,第二天就去总理衙门。总理衙门是第二次鸦片战争后成立的专门处理对外事务的机构,官员分大臣、章京两级。恭亲王奕訢任总理衙门王大臣,其他大臣则是从军机大臣、大学士、六部尚书、侍郎中指派,统称为总署大臣。下设章京满汉两班三十二人,具体办事。在总理衙门行走的,无论大臣还是章京,大都经历了宦海风波,至少在科举的道路上经历了多年寒窗苦读,能够进入总理衙门,他们有理由认为自己是最优秀、最有才能的官员。再加中国人视洋人为蛮夷,对时年二十六岁的赫德,没有一个人把他放在眼里。第一次见面,恭亲王只是礼节性地打个招呼,然后几乎一句话不说。总署大臣、户部侍郎文祥因为户部财力捉襟见肘,因此对海关、商业、财政方面的情况迫切需要了解。而他所提出的任何问题,赫德都能对答如流,而且都能报出相应的数据。更令人不可思议的是,他几乎随手就能拿出已经整理好的备忘录。总理衙门的大臣及章京们,都暗自惊讶,对这个蓝眼睛的毛头洋人由衷的佩服。而赫德对所有人员彬彬有礼的态度,更让大家对这个年轻的英国人充满了好感。

第二次见面,恭亲王就放下尊严,比较随和地向赫德提了许多关于海关、财政、商务等方面的问题。时年二十八岁的恭亲王,虽贵为议政王、领军机大臣、总理衙门王大臣,但在海关及西方商务问题上,几乎是一窍不通。他所提的问题,有些甚至有点可笑。但赫德始终保持着对大清王爷的尊重,耐心、细致地回答所有问题。赫德几乎每天都到总理衙门讨论各种问题,他有时去得比帮办大臣们还早。他发现恭亲王十分勤勉,每次他见到恭亲王时都是在批阅一大堆文件。恭亲王对他已经十分随意，有一次放下手中的毛笔，去抚摸赫德的西式服装，对他的上衣口袋特别欣赏。他还与赫德谈诸如野人的传闻、西方有无矮人国等话题。有时，恭亲王当着赫德的面，甚至谈一些中国官场十分敏感的人事话题。冰镇的西瓜送来时，恭亲王总是吩咐先给赫德一块。有一次告辞时，恭亲王甚至拍着赫德的肩膀称他为"我们的赫德"。

赫德回上海的时候，恭亲王甚至强烈要求他留下来，以备顾问。对赫德在北京的成功，获得恭亲王及总署大臣的如此信任，连驻英公使卜鲁斯也觉得不可思议。赫德得到了恭亲王和总理衙门的大力支持，他用了一年的时间，建起了十二个新式海关，其成就远远超过李泰国。

在英国休假的李泰国，受清廷委托购买一支舰队。这本来是一次表现他的才能和加强与清廷关系的大好机会，但因为英国及他本人膨胀的野心，他牢牢把舰队的指挥权和控制权抓在手中，态度蛮横而又傲慢，结果惹恼了恭亲王、总署大臣及曾国藩、李鸿章等封疆大吏。最终结果是大清宁愿赔钱，也不要这支英国人控制的舰队。李泰国不但妄想当中国舰队总司令的野心不能实现，就连总税务司的职位也保不住了。有一次他带着赫德到总理衙门，总理衙门无一人与他打招呼，而无论大臣还是章京，都满面笑容与赫德交谈。李泰国在舰队指挥权问题上寸步不让的时候，赫德却一直在帮着总署商量解决的办法，他认为李泰国是在自取其辱。

李泰国的傲慢和狂妄终于付出了代价，清廷以健康不佳为由，不再聘请李泰国为中国海关总税务司，而是让赫德和费子洛继续共同署理。李泰国最终气愤而又无奈地离开了中国，搭上了回英国的轮船。回国后的李泰国十分潦倒，而赫德则开始了炙手可热的人生。

机遇似乎特别垂青赫德，李泰国回国后，共同署理总税务司的费子洛在江南的瘟疫中病死了，赫德成为中国海关总税务司只是时间问题了。

李鸿章听说连恭亲王都亲切地称赫德为"我们的赫德"，他立即意识到这是个必须结交的人物，而且越快越好。于是他立即写一封亲笔信，让马格里马上到上海，去见这位署理中国海关总税务司。

"如果有可能，我希望亲自见一下这位总税务司，我也有许多问题需要请教。"李鸿章把信交给马格里的时候，郑重交代。

马格里与赫德说不上关系特别密切，但两人算得上十分熟悉。他赶到上海税务司的时候，赫德正在与英国驻上海领事馆的翻译麦也思争论，两人争论的问题是戈登该不该继续接受李鸿章的调遣。麦也思认为李鸿章手段残忍，不守信用。他利用戈登攻下苏州，达到目的之后，就把戈登甩到一边；他让戈登为太平军降将担保，在他们投降后却把他们统统杀掉。将来他也会这样对付戈登的常胜军，利用英国人达到目的，然后再丢开。听命于这样的无耻之徒，是对英国人的污辱。而赫德却认为常胜军与清政府之间有协议，只要协议没有解除，就必须按协议来，常胜军拿着清廷的俸禄，就应当听从清廷的调遣。两人谁也说服不了谁，马格里的到来打断了两人的争论，麦也思告辞时仍然十分愤怒。

看过李鸿章的亲笔信，赫德笑道："巧得很，总理衙门也给了我指令，让我劝说他们两人不要决裂。"

闻言，马格里问道："对李巡抚的请求，您是什么观点？"

"第一，两人必须和好，戈登上校不能做出过分的事情。如果他像白齐文那样去助太平军，就是不可饶恕的糊涂行为。因为那会引起中英外交纠纷。英国已经声明，帮助中国政府平定江南的叛乱，不允许任何英国人帮助造反者。第二，戈登必须继续留在他的军队，并带领他的军队与官军并肩作战。因为中国混乱的局面，不仅对中国有害而无益，对英国的商业利益也有很大损失。"

"您有这样的态度，我就放心了。"马格里已经认同了李鸿章的观点，他认为杀降是不可避免的。

赫德又道："我必须亲自到苏州去，听听这位巡抚大人如何解释，杀降毕竟是无耻的行径。我除了说服戈登上校，还要说服上海的欧洲人和美洲人，他们都在责骂这位失信的巡抚。"

赫德来到苏州，李鸿章因为事先接到马格里的报告，所以十分隆重地接待他。李鸿章的巡抚衙门就是从前的忠王府，在太平军占领前，本来一直就是江苏巡抚衙门。在西花厅，李鸿章顶戴袍服，接见赫德。

李鸿章把他杀降的理由及过程详细讲给赫德听，最后问道："赫德先生，如果是你，投降者提出了你没法答应的要求，你会怎么办？放他们回去，他们要求没有得逞，肯定拒绝投降。而战火重开，官军可能会失败，那么整个上海周边的局势又要陷入混乱之中，上海的商业也要重新陷入停顿。如果官军未败，势必要围城，城中十几万百姓会因断粮而饿死。我杀死八个人，换来上海局势的稳定，换来苏州十几万百姓的性命，难道不是最大的仁慈吗？"

"大人可以囚禁他们，为什么非要杀死呢？人的生命是最宝贵的。"赫德有些不解。

"不仅你问我，我的部下、幕僚也有人这样问我。受降如同受敌，我肯定要审视一下强弱轻重，能否驾驭在我。实际情况是，敌强我弱，敌有我数倍之众。郜永宽等人是被围困才求降，毫无悔罪之意，而且提过分要求，我当然不能遂其私欲，那么这些人也就难免再起反侧之心。对此反复无常之人，留下来必是祸患。我绝非好杀降之人，程提督是降将，如今是我最得力的臂膀；我在南汇收降将吴建瀛，准带千人，次收常熟降将骆国忠，准带两千人，均诚心以降，谨受约束，都因战功保到副将。这八个人呢？要求准立二十营，占据四个城门，在各街口设石垒，又要求保总兵副将官职，还要指明何省、何任，天下有这样求降的吗？他们不是求降，是自求死路！"

赫德点了点头："我理解大人当时的难处，大人做得对，的确应该如此。结果好，一切都好。大人顺利收复了苏州，就是最好的结果。可是，戈登上校的承诺，大人却没有照顾到。"

"我没法照顾到。我是在见到八个降王的时候才发觉他们的野心，才决定杀死他们，那时候戈登将军已经去了昆山，我来不及和他商量。如果说起戈登将军为什么去昆山，他脸上未必好看。"于是，李鸿章把戈登索要巨额饷银的过程又说给赫德听，"我是说过打下苏州后发两个月恩饷，可是并没有说必须是一接过苏州就立即发，也没说必须是两个月一齐发。当时并没有那么多银子，我的部下已经欠饷两个多月。我再三向戈登将军说明，可是他不听我的解释，还纵容他的士兵向我的座船开枪，打伤了我的两个护卫。他擅自离开苏州，作为一个负责任的军人，这是不应该的。戈登将军很在意他的荣誉，他擅自离开前线，难道不有损他的荣誉吗？"

赫德对李鸿章的解释十分理解，对他清醒的头脑和伶俐的口才十分佩服。他表示愿意为两人和好尽力，但条件是李鸿章必须发一个书面说明，戈登与杀降事件无关，而且要给戈登和常胜军一笔银子来取得他们的谅解和配合。

李鸿章完全答应，他的要求是戈登必须继续听从巡抚的调遣，要尽快投入战斗,因为常州、嘉兴、湖州的战事正在进行,需要常胜军协助。

李鸿章没想到赫德如此好说话,就留他吃饭。吃过饭后,两人已经是无话不谈的朋友了。李鸿章笑问道:"赫德先生,我听说就连我们的议政王,也称你是'我们的赫德',你是靠什么办法,让我们的王爷这样欣赏你?"

赫德从容答道:"我不过是摆清楚自己的位置罢了。我虽然是英国人,但我是中国海关的署理税务司,既然拿中国的俸禄,自然要为中国效力,更要按中国的规矩行事。我到总理衙门去,那里每位大人都比我的职位高,都是我的上司,我当然要对他们恭恭敬敬。"

"是啊,你不像别的外国人那样对我大清官员指手画脚,又懂礼仪,怪不得王爷喜欢你。"

"我不仅这样要求自己,我将来对海关的所有关员,都如此要求。"赫德拿出一沓稿子说,"这是我拟定的致各口税务司的通令。"

李鸿章接过来,饶有兴趣地看起来。这篇通令开头就说:"首先,我们必须毫不含糊地、经常地牢记:海关税务司署是一个中国的而不是外国的机构。所有的成员,包括总税务司本人在内,都是中国政府的仆人。从而每一个成员对待中国人,包括政府官员和一般老百姓在内,必须尽量避免引起冲突和恶感的因素。对中国官员应当表示礼貌,对中国百姓也应当表示友谊。礼貌有助于公事的顺利交往,而友谊的表示则有助于去除中国百姓对外国人的恶感。每一个人应当牢记的第一件事,就是他支取了中国政府的薪金,必须按照指定的工作,为中国政府服务;应当随着潮流的进步,为成功而有计划地推进其工作,必须用理智和耐心等待机会;可以善意地提出建议,而不能有任何的强迫。"

赫德对税务司的人员竟然会有这样通情达理的要求,这让李鸿章很感意外,他疑惑地望着赫德,抖抖手里的文稿问道:"赫德先生是真这么想的,还是说给人听的?"

赫德像受了侮辱,大声道:"我不是要这么想,也不是要这么说,而是要这么做!而且我正在这样做。"

李鸿章佩服得连连点头,心想怪不得议政王喜欢这个年轻人,他太了解中国人的心思了,他每一句话都说到了中国人的心尖上。

李鸿章不止一次听海关道郭嵩焘称赞上海海关的人员认真、守信、热情,此时他明白了其中的原因。他问赫德:"这个通令什么时候发布的?"

赫德告诉他道:"现在还没有发布,因为我还是署理总税务司,我必须等到总理衙门正式的任命后才发给各海关税务司。"

"为什么?"李鸿章问道。

"名不正,言不顺。我仅是个署理税务司,这时候发布不合适。如果我刚刚发布了,总理衙门却派来新的总税务司,那我就成了整个税务司的笑话,也会成为中国官场的笑话,我必须等到那张任命文件到达我的手上。我不能喝了庆祝酒,结果升官的不是我。"

李鸿章哈哈大笑道:"赫德先生对官场真是摸透了。"

随后,赫德立即去了昆山。李鸿章为了表示对这个年轻人的重视和敬重,特意派他的亲兵卫队十人护从。到了昆山常胜军司令部,戈登却不在,原来他打猎去了。赫德一直等到太阳落山了,戈登才提着两只野兔回来。赫德说明来意,把他见李鸿章的情形说了一遍,可戈登还是责备李鸿章背信弃义。

赫德问道:"如果李巡抚要与你商量,怎么与你商量?那时候你在哪里?"

"我在回昆山的路上。"

"那请问戈登上校,你为什么回昆山?一个军事指挥官,未奉命令却私自离开战场,这是否有损军人的荣誉?"

这正好掐中戈登的软肋,他便反驳道:"你是大英帝国的人,为什么替不讲信义的中国人讲话?"

"我们就事说事,不要管我是不是英国人。如果你真的带兵去打苏州的中国军队,这会导致严重的外交问题。因为大英帝国已经向中国政府承诺,帮助中国政府平乱,而不帮助叛乱者。"赫德不容他把话题扯远。

"我没打算真那样做。再说,公使大人也是支持我的。"

"不,公使大人只是在维护你的尊严,或者说维护大英帝国军人的尊严,但他并不支持你有过激的行为。我接到的训令是,劝说你恢复与李巡抚的和平。"赫德把公使卜鲁斯的训令递给戈登。戈登看了之后,便沉默了。

赫德知道戈登喜欢带兵作战,便又劝道:"中国有句俗语,人闲生闲事,驴闲啃槽帮。意思是人不能闲下来,要忙起来。军队更不能闲下来,没有仗打的军队,最容易出现纪律问题。而一旦出现纪律问题,就是军事主官的责任。"

"我也想重回战场,只是,我要恢复荣誉。"戈登实话实说。

"没问题,你说你的要求。"

"第一,李巡抚要以书面的形式,说明我与杀降事件无关,更没有事先与他们预谋。"

"好,这个没问题,我会说服李巡抚,在上海召开新闻发布会,给大家一个明确的说明。"

"如果能召开新闻发布会当然再好不过,可是,李鸿章会答应吗?"

"他会答应的,因为新闻发布会也将详细地、令人信服地说明为什么必须杀降。"赫德胸有成竹,"继续说你的要求。"

"第二,要兑现诺言,发两个月的赏银。我的军队不许抢掠,这是事先说好的酬劳。淮军每次占领一个地方,都会抢劫一空,我不允许我的军队这样做。"

赫德点头道:"这样很好,你维护了大英帝国的荣誉。我不仅会让李大人补齐常胜军两个月的赏银,而且还要格外再赏你一万两。作为条件,你必须真诚地接受李大人的调遣。"

"那好,只要在上海召开了新闻发布会,拿到赏银,过完中国的旧历年,我就立即派军队去战场。对了,还有一条,以后必须按时发饷。"

"这个我可以立即答应你,常胜军的饷银将由上海海关每月按时拨付。"赫德回答得十分干脆。

事情解决得如此干脆,戈登也很高兴:"今晚我亲自给你烤野兔,我们好好喝一杯!"

第十三章

图自强鸿章上书　重礼义倭仁空谈

同治二年年底,李鸿章制订了三路进攻太平军的计划。北路由刘铭传、李昭庆率部进攻常州;西路由郭松林率部进攻太湖以西邻近浙江的宜兴,戈登与李鸿章已经重归于好,自告奋勇帮助郭松林攻宜兴;南路则由程学启率部进攻浙江的嘉兴,一则断绝浙江与江苏太平军的联系,二则配合左宗棠进攻杭州。

兵马未动,粮草先行。对淮军而言,准备充足的炮弹、子药是大战前最繁重的任务。马格里的洋炮局因为迁到苏州,安装调试就耽搁了一个多月,所以生产能力大受影响,因此丁日昌、冯焌光主持的洋炮局就要加紧生产,不然炮弹子药的缺口会更大。然而在这节骨眼上,冯焌光却提出要回广东参加乡试。李鸿章先是一口回绝,等冯焌光说清缘由,他就没法那么绝情了。

冯焌光的父亲是军功出身,虽然保至知府,但因不是正途出身而备受轻视。所以他让冯焌光发誓用功,考举人中进士。无奈冯焌光志趣不在科举,两次乡试均是名落孙山。老父亲因战伤复发,看情形阳寿无多,而他最大的希望是能在有生之年看到儿子中举人考进士。今年是乡试大比之年,所以他必须回乡备考,不然对不住老父。

"大帅,我知道回去还是考不中,但我可求个心安,不然无法面对老父的殷殷期待。今年家父身体更加不好,只怕今年也难熬过,所以……"话说至此,冯焌光眼圈红了。

"竹如,以你的才干,就是给我个榜眼来换你,我也不答应!科举正途出身有什么了不得!"李鸿章虽是翰林出身,对所谓正途士人却颇多微词,而对有一技之长者却刮目相看。

"大帅谬赞了。像我这种人,虽有一技之长,可是在世人眼里只能算奇技淫巧,既不能安身,更不能立命。尤其家父希望我博得功名到了痴心的程度,我实在不忍拂他的一片心意。"冯焌光再次申明不得已的原因。

李鸿章自然明白考举人中进士在世人眼中的分量,更明白在官场是否正途出身干系甚大,自然也就明白冯焌光老父亲的心结。自从到上海来,与洋人接触日多,越来越觉得需要学习洋人的地方太多,而手下能用的人才却常常捉襟见肘,因此他对科举越来越怀疑。大清最聪明的人都集中在科举之途,埋头于四书五经,满口之乎者也,而到解决具体问题的时候,却百无一用。像冯焌光这样的人才,比一个酸秀才迂举人实用百倍,却因为没有中举而被世人小瞧。

"竹如,咱大清的科举有问题,什么时候你这样的人能扬眉吐气了,大清才有希望。"李鸿章大发感慨。可感慨归感慨,俗话说百善孝为先,他再拦着不放人,就不通人情了。

在最需要的时候却要离开,冯焌如心中也十分不安,他保证道:"大帅,一出秋闱,我立即就回上海。"

刚送走冯焌光,两淮盐运使郭嵩焘就前来辞行了。

郭嵩焘是湖南湘阴人,是李鸿章的同年。太平军兴后,李鸿章回安徽办团练,郭嵩焘因丁忧在籍,就入了曾国藩的幕府,在湖南、江西、江苏等地为湘军筹饷。李鸿章带淮军入沪后,三番五次致书郭嵩焘请他出山。郭嵩焘一则对官场心有余悸,二则不愿在同年的手下供职,所以一辞再辞。后来因曾国藩出面,郭嵩焘才出任江海关道。他清廉、耿直的个性与按欧洲制度运行的海关税务司气味相投,因此深得赫德的敬重。任职不到一年,在李鸿章、曾国藩的推荐下,他又出任两淮盐运使,已是从三品的大员。

清朝食盐分区销售,各地所产食盐,皆划定特定区域为其引地。盐销区一经确立,产区与销区之间便形成固定关系,盐商只能在规定的盐场买盐,在规定的引地内销盐,一旦越界,即为违法私盐。两淮盐行销之地包括两江及湖广,但因为四川与两湖相接,川盐私运至两淮行销之地难以禁绝。太平军兴后更是严重,特别是绿营兵也参与运私盐谋利,川盐因此大行其道,两淮盐的销量和获利自然也是大减,每年减少盐税收入近百万两。

郭嵩焘接任之时,前任乔松年移交的库存只有四万两,而积欠江南粮台十万两,安徽每月协饷一万两已有九个月未曾协解,相当于有十五六万两的欠账。郭嵩焘发现两淮盐运问题错综复杂,而最大的问题是江南提督李世忠拥重兵、行私盐,无人敢问,以致上行下效,不但绿营走私严重,有门路的商人也趁机钻营。他决定拿李世忠开刀,查到了他走私的实据,截其盐,没其船,并立即向朝廷上参折,同时禀报曾国藩。曾国藩自然大力支持,结果李世忠被撤职查办。然后,他又严禁盐运中的贪污分肥,又专设盐卡对走私到两淮的川盐、粤盐征重税。两淮盐销售倍增,长江上下游厘饷大旺,任职两月,不但解清积欠,而且库存现银二十万两。郭嵩焘的这番成绩,令曾国藩、李鸿章都刮目相看。

两个月前,湖南巡抚毛鸿宾经曾国藩举荐出任两广总督,李鸿章抓住时机向毛鸿宾推荐郭嵩焘出任广东布政使。毛鸿宾新督两广,遇到的最大难题就是粤商勾结洋人,偷逃税厘,郭嵩焘正好可做他的帮手,所以他干脆推荐郭嵩焘出任广东巡抚。几天前,上谕已由李鸿章代传,毛鸿宾催促甚急,所以郭嵩焘今天前来辞行。

在巡抚衙门西花厅,郭嵩焘要以下属身份参见上宪,李鸿章连忙阻止,双手扶住他的手臂说:"筠仙,休要见外,咱们是老同年,何况你如今也是一省巡抚,更不可行此礼。"

郭嵩焘就势拱手道:"我能巡抚广东,多亏老同年提携。"

"筠仙,关键是你理财的成就令人刮目,我不过是顺水推舟、锦上添花罢了,毛总督早有此意。何况推荐你出任粤抚,我也有私心。"李鸿章亲自把茶端给郭嵩焘。

郭嵩焘不明白李鸿章有什么私心,一副就教的神情。

李鸿章的所谓私心,就是为淮军将来筹饷考虑。与国家经制之师八旗、绿营粮饷完全由户部筹拨不同,湘军、淮军属募勇,其粮饷主要靠自筹。有地盘自筹还能方便些,如果没有自家的地盘,求东告西,那就非常困顿。曾国藩在未任两江总督前,一直是侍郎的虚衔,客居地方,终日为粮饷犯愁。所以他一旦获得总督两江的实权,就立即把自己手中的人才纷纷推荐出任地方督抚,在很大程度上就是为了筹饷方便。推荐毛鸿宾出任两广总督,曾国藩盯着的是粤海关及广州口岸税收,而李鸿章趁机推荐自己的同年去广东,也是为了将来有一天这位老同年能向淮军伸出援手。

"筠仙你也看到了,淮军的规模是日渐扩大,而且我要让淮军健儿都背上洋枪,开销自然是越来越大,仅靠江苏是越来越吃力。你巡抚广东,将来淮军揭不开锅了,你能看在老同年的分上,向淮军伸出援手。"李鸿章必须把自己的意思说明白,得到郭嵩焘的一句承诺。

"少荃放心,咱们熟不拘礼,老同年勿怪,我叫你一声少荃。只要帮得上忙,我肯定要帮。说起来,江苏是我郭某人的一块宝地,我从一个从六品的修撰到从二品的巡抚,一年多的时间,完全是在江苏这片地方得以超擢,你说江苏是不是我郭某人的龙门?"郭嵩焘骤膺大任,心中十分激动,自然豪情满怀,"湘淮本是一家,我先是从湘军,后来又算投奔了淮军,没有不帮娘家的道理。"

"筠仙这话让我愧不敢当,你到江苏来哪敢说是投奔淮军,是我李某人借助老同年的才干。"李鸿章连忙客气。

然后,两人话题转到初入上海的观感。四年前郭嵩焘为了帮湘军筹饷,就曾到上海参观了英国人的军舰和洋行,为洋人洋枪洋炮所震撼,也为洋行的先进机器所折服。到上海任职后,他发现短短四年间,上海的变化令人瞠目结舌。

"洋人总是在变,而我们还是一如既往!"郭嵩焘感慨万端,"少荃,从林文忠公虎门销烟、洋人逼迫我们签订城下之盟算来,已经过了二十余年。可是二十余年后,我们对洋人仍然一无所知。洋人却拥入内地,了解我朝的物产、风俗、朝政、时局,极力搜罗各种情报,更是不惜重金雇请国人教授他们语言。而我朝在京中开设个同文馆,学习西洋语言,就被群起而攻之!说什么中华文明尽善尽美,何必学洋人,何必学洋语。中国人什么时候能够放下天朝的架子,能摘下头上的这顶纸帽子,睁开眼睛看一下洋人的国家!"

郭嵩焘仍然不改书生意气,说到激动处连连拍案。李鸿章也是深有同感,连声附和。郭嵩焘受到鼓励,端起茶来一通牛饮,不能不一吐为快。

"我朝如今处极弱之势,又于外洋情形一无所知,反而想靠耍小聪明取胜。还真不是我说笑话,英法联军进天津的时候,还有人相信洋人膝盖不打弯,只要把他们引入战壕中,洋人必败无疑;咸丰十年英法联军进逼北京,本来朝廷与联军在通州谈判,后来不知谁的馊主意,把巴夏礼等三十多人的谈判代表团抓了起来,他们口口声声要雪耻,要宁为玉碎,不为瓦全。结果怎么样?英法联军进京,皇帝巡狩,他们哪一个玉碎,哪一个瓦全了?签订了城下之盟,洋人军队走了,他们又还过魂来,照唱高调,还是看不起洋人,还是不屑于学习洋人,这样的跳梁小丑,你说可恨不可恨!"郭嵩焘在京中翰林院任职时,因为常有倾慕洋人的议论,因此备受指责,如今一说起来依然义愤难平。

李鸿章对那些只会高谈阔论的御史言官也十分反感,对郭嵩焘的话十分赞同:"大清坏事,就坏在这些言官手里。他们一点实事也不做,别人做了,他们还指手画脚,批得体无完肤。"

"少荃,我还有个看法,如今与洋人交往,要以和为主,轻易不要开战。一是我们打不赢。这二十年间,我们与洋人打了四五仗,哪一次我们不是败得一塌糊涂?二是不必打。不知你注意到了没有,洋人还是讲信用的,一旦签订和约,他们也可以和平相处。还有,洋人也不是完全不讲道理,我们据理力争,同样也能保护我们的利益,那又何必动不动就想打一仗呢?就像一个虚弱的小孩,偏偏嘴巴硬,一言不合,就要与身强力壮的人打一架,可笑不可笑?"

"筠仙说得不错,与洋人交往,我们要学会据理力争,要小聪明不行,动不动要打一架更不行。可是这话你要搬到桌面上说,不知要有多少人骂你是软骨头,洋人的走狗,更难听的就骂你是卖国贼!"

"他们口口声声说爱国,结果却让国家蒙难。"郭嵩焘侧身靠近李鸿章道,"少荃,我们是办实事的人,是敢和洋人打交道的人,我们必须来影响朝廷,影响更多的国人。"

"是啊,我到上海后,对洋人的看法发生了很大的变化,也有许多想法。筠仙你说说看,如果向朝廷提建议,最重要的是什么?"这是李鸿章这些天来一直在考虑的问题。

"要学习洋人的语言,要学习制造洋枪洋炮,要引进洋人的机器,这些都是最急迫的。不过,这些还不是最重要的,我们应该深入研究一下,洋人为什么发展这样快?火药是我们老祖宗发明的,结果洋人拿来把我们打得一败再败。洋人是怎么做到的?"

李鸿章大感兴趣,问道:"筠仙你说,我们比洋人到底差在哪里?"

"我哪里能回答得了你的问题?不过,你幕中的冯景亭不愧是江南才子,最近写了部奇书叫《校邠庐抗议》,对洋人国家颇有研究。"

冯景亭就是冯桂芬,几年来一直帮助淮军筹措粮饷,李鸿章当然认得。只是这几年一直在军务上忙,只知道他很有才气,有江南才子之称,不知道他竟然对洋人国家也有研究。

"冯景亭这部书共有四十多篇文章,书稿都已完成,只因书中对洋人国家多有赞颂,对大清军政科举多有批评,怕被人骂作卖国贼,亲友又多方劝阻,因此一直未曾刻印。"郭嵩焘谈到冯桂芬的这部奇书,极为赞赏,"我有幸看了多篇,真是醍醐灌顶。"

郭嵩焘本是颇为自负的人,《校邠庐抗议》能得他如此赞誉,必有过人之处,所以李鸿章怀着求教的心情问道:"能令筠仙青眼有加不容易,不知书中有何新意?"

"新意多得很。比如《制洋器议》中提到,我堂堂大清,广远万里,幅员八倍于俄,十倍于米(指美国),二百倍于英,乃地球第一大国,天时、地利、物产无不甲于天下,而今却屈于俄英法米之下,何故?"

"是啊,我中华地大物博,圣相因数千年,今日为何屈居于诸国?"李鸿章还是第一次听到大清国面积之大竟然二百倍于英,不禁有些吃惊。

"冯景亭认为,洋人国家以小而强,我中华以大而弱,非天时、地利、物产不如人,而是人物器材不如人,地无遗利不如人,君民不隔不如人,名实相符不如人。最坏就坏在科举取士上,聪明智巧之士,穷一生精力,消磨于八股试帖楷书之中,而终生所学几乎无用,出而为官,民政、漕政、农桑、水利,茫然无知,洋人枪炮、轮船更是闻所未闻。所以,应改我国家科举,学习洋人枪炮机器诸学问,善得其法者,赏给举人、进士功名,自强之道,实在于此,识夷制夷之道,也在于此。"

"真是高论!妙论!我也正有此意。"李鸿章连声赞叹。

"少荃,依我看,长毛之祸用不了多久就该平定了。将来,我国最大的祸患恐怕还是来自西洋强国。林文忠公早就提出师夷长技以制夷,现在制夷根本谈不到,但师夷长技的事情必须踏踏实实做起来,不然,还谈什么制夷!"

"我年前就想应该给朝廷上一个折子,有一个全盘的规划,好好学习洋人的长处。后来又想，我上这么个折子，白白惹那些都老爷的骂，想想就罢了。听君一席话，又勾起了我的忧患之思，骂就让他们骂去，如今看，这个折子非上不可。"李鸿章感叹道。

"上，当然要上。笑骂由人，我自横行天下。"郭嵩焘鼓励李鸿章，也同时算是鼓励自己，"我到了广州任上，也会特别留心洋务，让更多的中国人了解洋人，学习洋人。"

下朝后，议政王在军机处安排完急办的事情，照例再到总理衙门去。总理衙门偏居朝阳门东南的堂子胡同内，本来是大学士赛尚阿的宅院，因为他与太平军作战连连失利被治罪，其宅第被籍没，户部铸钱局用作了铸钱的地方。《北京条约》签订后，为了方便与各国联系，成立总理各国通商事务衙门。在选址的时候，大清的官员们耍了个小聪明，单挑了这个不起眼的地方，以为在此与各国交往，便降低了洋人的身份。当初成立总理衙门的时候，没想到事情会如此之多，外交、商务、教案、海关管理，等等，其事务已冠六部之前。议政王是总理衙门王大臣，几乎每天都要到这里来商议事情。从禁城过来有四五里路，他的家在禁城西北，从总理衙门回家，则有十几里路，大量时间耗在路上，实在不便得很。早知如此，当初就不该选到这么个地方来。议政王这样想着，轿子已经稳稳停下，总理衙门到了。见议政王到来，章京们立即肃然起敬，有人把议政王的座椅再擦一遍，有人立即亲自奉茶，等他安然入座，一位章京把李鸿章寄至总理衙门的函交给他。

通常，疆吏有事情要奏办，就上奏折，而拿不准的事情，有时就写一封函件，给相关的衙门或个人，先投石问路。李鸿章本来是要把自己的想法正式出奏，可是觉得太没把握，因此先写一函给总理衙门，其实是想先听听议政王的想法。

议政王阅着李鸿章的函稿，实在太精彩，禁不住读出声来："鸿章窃以为天下事穷则变，变则通。中国士大夫沉浸于章句小楷之积习，武夫悍卒又多粗蠢不加细心，以致所用非所学，所学非所用。无事则嗤外国利器为奇技淫巧，以为不必学；有事则惊外国之利器为变怪神奇，以为不能学。不知洋人视火器为身心性命已数百年，一旦豁然贯通，参阴阳而配变化，实有指挥如意，从心所欲之快。"

"合肥说话,真是痛快。"读到这里,议政王一拍桌子。

的确是痛快,因为这些话就是议政王也不敢摆到桌面上来说,因为在京中还是清流们的天下,总理衙门从大臣到章京,在大多数人的眼里,无异于结交洋人的汉奸,尊贵如议政王都被人骂作"鬼子六",其他人可想而知。李鸿章这几句话,在他们听来真是让人扬眉吐气,身心通泰。"所用非所学,所学非所用。"换成大白话就是这些士大夫不过是废物点心而已。

"洋人已经视火器为身心性命数百年,而我们连学一下都要费这么多口舌,想来真是憋气。"户部尚书、军机大臣宝鋆也是总理衙门大臣,他说话向来痛快。

议政王继续道:"妙文共赏,大家继续听——前者,英法各国以日本为外府,肆意铢求,日本君臣发愤为雄,选宗室及大臣子弟之聪秀者往西国制造厂师习各艺;又购制器之器在日本制习。现在已能驶轮船,造放洋炮。夫今之日本,即明之倭寇也,距西国远而距中国近,我有以自立,则将附丽于我,窥伺西人之短长;我无以自强,则并效尤于彼,分西人之利薮。日本以海外区区小国,尚能及时改辙,知所取法,然则我中国深维穷极而通之故,夫亦可以皇然变计矣。"

日本竟然也在学习洋人枪炮,而且已经能够驶轮船,放洋炮,实在出人意料,李鸿章眼界的确开阔。大家对日本向来轻视,要么称为"倭寇",要么称"小日本",再俗一些,则称"倭瓜穰子"。

"倭瓜穰子也在学洋人!李合肥说得不错,日本就是欺软怕硬的小人之国。我大唐盛世的时候,他们屁颠屁颠地派来遣唐使向我们学习。到了我国势弱的时候,他们就组织倭寇一批批到我沿海来打劫。"

"宝相说得不错。"宝鋆因为年龄大,而且已经出任体仁阁大学士,又唯议政王马首是瞻,所以议政王对他十分尊重,也和大家一样尊他一声"宝相","日本的确欺软怕硬,不过他们最擅长向强者学习。中日一衣带水,一苇可航,日本文化本来就是源自中土,如今他们舍近求远,不学我们学西洋,也说明我大清的确落后于洋人了。可惜大家都不肯承认,还架着泱泱大国的空架子不放。"

"这话也就王爷说得,也就说给我们这些人听,要是让那些人听到了,少不得攻击我们是崇洋媚外。"

"我这些话,不能外传。"议政王也怕这话传出去,断章取义,不知会惹来什么麻烦,所以他这样叮嘱,然后重新拿起李鸿章的疏稿,"更妙的还在后面——鸿章以为中国欲自强,则莫如学习外国利器;欲学外国利器,则莫如觅制器之器,师其法而不必尽用其人。欲觅制器之器,与制器之人,则或专设一科,士终身悬以为富贵功名之鹄,则业可成,艺可精,而才亦可集。"

宝鋆惊呼道:"合肥这是要变更我朝的科举之制!根本不可能。"

的确,李鸿章是希望那些精于机器制造的人能凭他们的特长获得秀才、举人、进士的功名,让他们能够进入正途的行列,只有如此,才会有越来越多的人热心学习制器之器。当那些聪明睿智的读书人钻出八股文而投身制器的行列中,而不再一心只重章句小楷,大清才能培养、储备起真正有用的人才,也才有赶上洋人的希望。这是他在上海数年的最深刻领悟。然而,京中形势与风气大开的上海大不相同,李鸿章想单设一科,让那些会"奇技淫巧"的人获得举人、进士的功名,岂不是痴心妄想?

"李鸿章所提最要紧的有三条,学习外国利器,可让各地大吏主持,留心学习;觅制器之器,曾国藩已经派人到美国去觅购;专设一科为富贵功名之正途,这事应当办,但目前肯定办不成,要一步一步来。"议政王总结道,"专设一科,让精于制造的人获得秀才、举人、进士的正途出身做不到,不过,我们可以反过来设想,让正途出身的人来学习天文、算学以及机器制造,也能收到培养储备人才的目的。同文馆不能只学习洋人语言,应当加上天文、算学及机器火器制造之术,选拔有功名的士子前来投考。"随后,他让总理衙门就按这个意思拟个折子,尽快呈两宫慈览。

隔了两三天,早朝的时候两宫召见军机大臣,议罢几件事情后,慈禧扬扬手里的折子问道:"老六,总理衙门的折子我看了,这些个主意你们是听了李鸿章的意思后才上奏的。那我想问一声,你们的主张是什么?你身为议政王大臣,总不能事事都依赖外臣吧?"

这话问得有些不善,不过议政王并未太留心,顺口回道:"回太后,这并不是依赖不依赖的问题。总理衙门与军机处毕竟深居京师,有些事情不及疆臣更了解实情,因此需要听听他们的看法,然后再请旨。"

"同文馆招考学习洋人语言的学子都那么难,现在让正途出身的人去学天文算学,恐怕没那么容易。"慈禧又道。

"正因为没那么容易,所以才请朝廷强力推动,请两宫、皇上旨准。"

"不急着说准不准,我看先听听倭仁他们说什么。"慈禧一改平时作风,另有主张。

倭仁是清流首领,思想非常守旧,让他说话,肯定是坚决反对。但太后已然决定,没有回旋的余地,所以军机们诺诺领旨。

要让正途士子学习洋人天文、算学的事情,在京中果然引起轩然大波。这天,议政王在去总理衙门的路上心血来潮,想干脆去翰林院听听他们都怎么说。便命令轿夫改道往南,直去翰林院。

议政王不让任何人跟随,自个进了翰林院。一帮编修们正在倭仁的带领下翻检史料,编纂《治平宝鉴》。门外当差的喊道:"议政王到。"倭仁深感意外,率弟子们象征性地给议政王请安,然后各忙各的,视议政王如无物。

议政王有些无趣,打破沉默问道:"倭大人今天不给皇上讲书?"

"今天中午是翁叔平给皇上讲书,老臣是下午的差,就偷闲到这边来看看,太后安排的《治平宝鉴》不敢耽误。王爷有事但请吩咐,若无要事老臣就不奉陪了。"倭仁说罢,继续翻起书来。

议政王讨个没趣,走到一位编修身边没话找话地问道:"忙什么呢?"

没想到那位编修竟然装没听见,理也不理。议政王火一下就上来了,大喝一声道:"本王问你,你耳朵聋了?"

那位编修慌忙扔下书道:"臣正在想一副绝对,过于投入,没听到王爷问话,死罪,死罪。"

议政王只好压住火气问道:"你在想什么绝对呀?"

"这上联是:诡计本多端,使小朝廷设同文馆。下联是:军机无远略,诱佳弟子拜夷为师。"

"你,你好大胆子,竟敢讽刺朝廷,挖苦军机。"议政王气得手直哆嗦。

"臣不敢,朝廷专听小人谗言,是军机自取其辱!"这位编修回得不卑不亢。

又有一位编修站起来说道:"王爷,臣还有一联,要治罪您一并治了。上联是:孔门弟子。下联是:鬼谷先生。"

离议政王最远的一名庶吉士也跟随道:"臣也有一联,上联是'未同而言'，下联是'斯文扫地'。"

议政王冷笑道："这也是副好联，还是嵌字联，把同文馆嵌进去了。"

"我等都是天子门生，都读圣贤书，宁可死也不拜夷类为师。"其他编修齐声道。

议政王这会儿反倒气平了，心想要让这些死脑筋给气着了，那真是太不值了，干脆借机开导他们："诸位是天子门生，饱读圣贤书，本王怎能不知？可是在枪炮方面咱的确不如洋人了，所以才设同文馆学人之长，请正途士子学习洋人学问，也是为国储才。"

"以夷人为师，简直是奇耻大辱！"有人却不认同。

议政王也模仿翰林们的语气，文绉绉地说道："天下之耻，莫耻于不如人。今不以不如人为耻，而独以学其制器之术为耻，岂不是大耻也！"

"崇洋媚外，视洋人为爹娘，此为我大清奇耻大辱！"刚才那位翰林还是不肯退让。

议政王冷笑道："洋人攻陷天津，兵困京师，那也是奇耻大辱。庚申之变英法联军逼近京师，平日大讲礼义节气的大夫们不是袖手旁观，就是纷纷逃避，危机一过，就高谈阔论，不肯正视洋枪洋炮的威力，不知这种空谈于国于民又有何益？"

议政王觉得自己与一个翰林斗嘴实在可笑，见倭仁自始至终一句话也不说，只顾在那里翻查资料，气就转到倭仁的身上："倭大人，翰林院本是明事理识大局的地方，竟然如此冥顽不通，你是怎么掌的这翰林院？"

倭仁平静地回道："王爷，还真让您说着了，这翰林院全是不通情理之人，倭仁正打算上折提请两宫与皇上绝不可以夷类为师，更不可让正途士子以夷类为师！"

议政王气得拂袖而去，倭仁不阴不阳地送道："王爷走好，恕不远送。"

看议政王走远，倭仁才说道："我本来打算忍着一句话也不说，省得人说我迂腐不识时务，看来不说话是不行了。你们瞧瞧咱们这位六王爷一提起洋枪洋炮就来精神，好像有了那些个洋枪洋炮大清就高枕无忧了。这是何等浅陋？！我泱泱中华，五千余年文明，远了说，曾经创造了汉唐气象！近了说，本朝也曾创出了康乾盛世。从来都是中华为师，何曾师法夷类？又怎能如此妄自菲薄？我要拜折！"

议政王出了翰林院,越想越觉得这帮清流不好对付,如果得不到两宫的支持,恐怕难有结果,所以他立即递牌子请见。慈禧一见面就问道:"老六,有什么急事,明天说不行吗?"

议政王说出了苦衷:"今天下朝后,臣去了趟翰林院,倭仁他们对正途士子学天文算学的事,一百个不乐意。臣觉得这事非得请两宫鼎力支持,否则,臣是寸步难行。"

"寸步难行"这四个字慈禧听来很受用,笑了笑说道:"六爷说得可怜见的,谁不知道你在朝内朝外,是有名的贤王。"

议政王拱手道:"太后是取笑臣了。谁不知道大主意都是两宫来拿,臣不过是执行而已。别人说什么臣无法堵他们的嘴,可臣心里有数。这几年来,江南局势时好时坏,洋人也不消停,两宫太后何曾享过一天安乐?"

这话无论真假,两宫太后都身心舒泰。慈安心地敦厚善良,劝慰道:"老六,哪里是我们两人的功劳,你是功不可没。我和妹妹经常说起,里里外外一大堆的事,哪一样离得了你?"

"臣身为大清臣子,理当如此。"议政王说,"同文馆招正途士子的事,还请两宫太后支持。"

倭仁的折子当天就递上来了,次日就发给军机大臣们商议,倭仁在折中写道——

窃闻立国之道,尚礼仪不尚权谋,根本之图,在人心不在技艺。今求一艺之末,而又奉夷人为师,无论夷人诡谲,未必传其精巧,即使教者诚教,学者诚学,所成就者不过术数之士。古往今来未闻有恃术数而能起衰振弱者也。天下之大,不患无才,如以天文算学必须讲习,博采旁求,必有精其术者,何必夷人,何必师事夷人?

若以自强而论,则朝廷之强,莫如整纪纲、明政刑、严赏罚、求贤养民、练兵筹饷诸大端,臣民之强则唯气节一端耳。朝廷能养臣民之气节,是以遇有灾患之来,天下臣民莫不同仇敌忾、赴汤蹈火而不辞,以之御灾而灾可平,以之捍寇而寇可灭,数百年深仁厚泽,皆以尧舜孔孟之道为教育以培养之也。若今正途科甲人员为机巧之事,又借升途、银两以诱之,是重名利而轻气节,无气节安望其有事功哉?

且夷人我仇也，咸丰十年称兵犯顺，朝廷不得已而与和耳，能一日忘此仇耻？议和以来，耶稣之教盛行，无识愚民半为煽惑。今我中华唯恃读书之士，讲明义理，或可维持人心。正途士子，国家所培养而储以有用者，今变而从夷，正气为之不伸，邪气因而称炽，数年之后，中华之礼教不复存也，可悲复可叹者也！举聪明隽秀之士习天文算学，恐未收实效，先失人心也！

倭仁所说，听上去都很有道理，但仔细想想，都是空话。

议政王气愤道："倭艮峰总是拿人心、气节、忠信说事，这些当然重要，可你要在实力相当的情况下，所谓人心、气节才见得有用。英法联军进京城的时候，八里桥那一仗，都是我八旗精锐，尤其是僧王的蒙古铁骑都是敢死之士，都抱定了为国捐躯的信心。乾清门二等侍卫多隆阿，穿着御赏的黄马褂去督战，他是亲眼所见，我八旗将士没有一个孬种，死了一批又一批，后面的是踏尸前进，可是联军的大炮太厉害，一个开花弹落下来，十几个人立马非死即伤。他们的洋枪也厉害，一排接一排轮番施放，我们的勇士是一排排死掉。好多人冲到离敌军几十米处，可就是冲不过去。那一仗，英法联军死伤不过五十多人，我们八旗精锐死了三千多人。我真想问问倭艮峰，三千多人难道都没有人心，都没气节，都没有忠信吗？这些空话如果能够抵挡得住敌军，我们又何必费这么多心思，向洋人学习。"

明明知道是空话，却又没法驳倒，因为他所说的都是堂而皇之的大道理，而且倭仁被尊为清流领袖，在读书人中影响颇大。

宝鋆劝道："王爷，咱们讲空话讲不过他，也没必要和他废话。依我看来，我们可以其人之道还治其人之身，请倭大学士入瓮。"

"宝相有何妙策？"议政王知道宝鋆又有了什么鬼主意。

"他折子这句话可以做篇文章。"

议政王听罢宝鋆的妙计后道："这倒不妨一试。"

隔天早朝，两宫第一起就召见议政王和诸位军机大臣。慈禧问道："老六，倭仁的折子你看了吗？"

"臣看了，觉得倭仁说得有道理。"

慈禧估计议政王定会千方百计反驳，没想到他竟然说倭仁的折子有道理。慈禧有些惊异地问道："哦?我倒是觉得空话太多,你觉得有道理,道理在哪?"

议政王回道:"倭仁说'天下之大,不患无才,博采旁求,必有精其术者,何必夷人,何必夷师?'这话想想有道理,我大清人口众多,找出一批懂天文、算学的应该不是难事。如果不用到同文馆学习,就能有这样的人才,岂不省时又省事! 想必倭仁心中定有合适人选,臣请旨责令倭仁酌保数十人,或派到各省,或留京,兴造轮船,制造洋枪洋炮,如果效果好,每年都请他推荐一批,不愁我们赶不上洋人。"

慈安对外间形势几乎一无所知,竟然认真地说道:"这个办法倒可行。如果倭仁果能推荐出大清急需的人才,何必派正途士子去学洋人?"

慈禧含意莫测地盯着议政王道:"老六,这事倭仁能办得成?这可不是小孩子过家家,这是朝廷大事。"

"倭仁乃我朝大儒,素来诚实无欺,他说能,肯定能。"议政王避过慈禧的目光。

"那就照这意思传旨。"慈禧一锤定音。

太监安德海亲自到翰林院宣旨:"倭仁所论'天下之大,不患无才,博采旁求,必有精其术者,何必夷人,何必夷师?'朕深以为是。着倭仁酌保精通洋文及天文算学人才数十名,或留京,或派往直省,加紧制造枪炮轮船,果有实效,以后每年可推举数十人,期以数年,当可通洋器之精要,我大清则振兴有望。钦此。"

倭仁听了这样的旨意,惊讶得忘了接旨谢恩。

安德海走后,他的弟子们立即围上来七嘴八舌地表示不平。

有的说我们从来不学洋人的玩意儿,上哪去找这样的人?

有的说太后和皇上怎么别的不说,单单让老师推荐人才,这谕旨就是六王爷他们负责起草,谁知他们是不是……

倭仁大声制止道:"都不要在这里妄议朝政。你们都想想,把你们亲朋好友都想个遍,我泱泱中华地灵人杰,藏龙卧虎,我就不信找不出三五个懂洋文通算学的人来!"

他的弟子们绞尽脑汁,但十几天过去了,结果令人失望,竟然一个合适的人选都没有,无可奈何的倭仁只好硬着头皮写复奏。翰林院侍读徐桐、通政使于凌辰求见。倭仁一见面就道:"你们来得正好,快帮我想想该怎么复奏。没想到让'鬼子六'给算计了。"

于凌辰建议道:"老师这样直接承认无人可荐,不是太没面子吗?老师没面子,那就是天下士子没面子。老师大可不必急于上折,先容学生上一折,也许能转缓一下局面。"

"对,我也要上一折。"徐桐在一旁附和。

早朝的时候,慈禧将一封奏折递给议政王道:"老六,徐桐和于凌辰各上了一折,紧要的我都画出来了,你且念念,让母后皇太后也听听。"

议政王接过折子,念道:"今年春季以来,久旱无雨,疫疾流行,此乃天象示警。京师中街谈巷议,皆以为同文馆之设,强词夺理,师敌忘仇,御夷失策所致。臣以为同文馆之设,不当于天理,不洽于人心,不合于众论。且我为上国,洋人所属不过蛮夷,更何况乃我敌国,即便多才多艺,华夷之辩不得不严,尊卑之分不得不定,名器之重不得不惜。况科甲正途人员读圣贤书,将以辅君泽民为任,移风易俗为能,一旦使之师于仇敌,忠义之气自此消矣,廉耻之道自此丧矣。"

"王爷有什么想法?"慈禧问着冒了一头冷汗的议政王。

议政王不知两宫什么意思,只有违心说道:"总是臣无能,要以洋人为师,招致清流如此反对。"

慈禧听了之后笑道:"这不是王爷的真心话。倭仁也太不像话了,没有人才可荐,实话说也就是了,何必授意弟子如此强词夺理?竟然连同文馆也不让设了,同文馆是朝廷明谕所设,皇上的谕旨在他们眼里就那么不当回事?六爷,你要严旨驳斥。你们也别再憋着较劲,把正事给误了。姐姐,你看如何?"

慈安赞同道:"他们也是咽不下洋人欺负咱的这口气。不过,这些折子说得也太不讲理,是要驳他们的。久旱无雨与同文馆有何关系?他们是蛮不讲理嘛。再说,学学洋人的长处有何不好?小时候我阿玛常说,别人有长处,就是仇人也应当跟他学。话本里头,不是经常有忠良后代,跟着仇人学了武功,又把仇人打败的故事吗?"

"姐姐打得这个比方好,这么浅显的道理,倭仁他们总是绕不过弯来。"

"臣谨遵慈谕。"议政王没想到两宫会如此支持,感激万分。

安德海再去翰林院宣旨:"徐桐、于凌辰奏请撤销同文馆以弥天变一折,呶呶数千言,甚属荒谬。更有甚者痛诋在京王大臣,是何居心? 推其缘故,总由倭仁种种推托所致。此折如系倭仁授意,殊失大臣之体,其心固不可问;即未与闻,而党援门户之风,从此而开,与世道人心大有关系。倭仁能否荐才,于接旨后速答能或不能,不可迁延托词,游弋言他。钦此。"

倭仁跪谢皇恩,安德海已去,却还未起。弟子们都去扶,他颤着手拒绝了:"快,快把我写好的折子递上。我倭仁不怕自己无能,却最怕让人误会,丢不起那人……"

倭仁上折承认自己的确无人可荐,但正途士子是国家之栋梁,万不能习洋人机巧,否则人心不固,中华礼教将废。

倭仁依然如此固执,恭亲王鼓动慈禧不如两宫亲自召见,开导开导他们愚顽不化的脑壳。慈禧觉得这也是一法,此日见过军机后,第二起就召见倭仁。

"倭爱卿,老六他们办洋务,实在太难。老六他们说,总理衙门中应当有像你这样威望素著的老臣行走,那些个读书人才容易体谅。我也觉得有道理,可是,知道你素来不喜欢洋务,所以先听听你的想法。"慈禧让倭仁进总理衙门,实在出乎议政王的意料,而且他也从未向两宫建言。

倭仁听说要让他去总理衙门当差,急了一头毛汗,连磕三个头道:"两宫太后明鉴,老臣素性迂腐,对于洋务一窍不通,身子又一日不济一日,恳请太后赏恩,收回派臣在总理衙门行走的慈谕。"

"这也是实在话。"慈安见倭仁老态龙钟,看看慈禧又看看议政王,"六爷你说呢?"

"请倭相在总理衙门行走,原也不指望倭相办什么实际的事情,只是借重倭相宿望,做出上下一心,共图自强的样子。也就是请倭相挂个名,不必常川入值。遇到重大事情的时候劳烦一起商议罢了,因此实在没有必要抗旨。"议政王这时已经明白慈禧的用心。

慈禧这时又发话了:"倭爱卿,曾国藩好像也是你的学生吧? 你们都是理学大师,怎么有些事儿看法如此不同? 曾国藩已经上过不下五个折子,支持朝廷办洋务求自强。不单单是他,原湖北巡抚胡林翼、江西巡抚沈葆桢、四川巡抚骆秉章,都说该设同文馆,都催促朝廷要学洋人的技巧。还有你们都佩服的林文忠,他都说要师夷之长技以制夷,我不明白,这么多大臣都说错话了,只有你们翰林院的一帮人说的是正理? 你也是先帝特别赏识的人,赞你是'学承正统''德高望重'的理学名臣,指名要你做皇帝的师傅,你总要体谅朝廷的难处才是。让你们推荐人才推荐不出来,让正途士子来学你们又反对,让你进总理衙门你又不进,那么,老六他们这差应当怎么办? "

这可真是诛心之问,倭仁百口莫辩,只有惶恐地连连磕头。

"我知道你不喜欢洋务,我不强求,可你总不能让你的弟子也和你一样。"

"太后明鉴,老臣从不敢强求门生,既不敢强求他们喜欢什么,也不敢强求他们不喜欢什么。让正途士子学洋务,不是老臣一句话他们就能学得来。"倭仁连心剖白,这话他必须说清楚,不然,他可背不起阻挠正途士子学洋务的罪名。而且,正途士子耻于学洋务,又哪里是他倭仁能改变得了的?

"我明白你的苦衷,你也应当体谅六爷他们的苦衷,一个往东拉车,一个偏要往西驾辕,这车根本就寸步难行。"慈禧又道。

由李鸿章上书引起的这番风波终于平定下去,表面上看,以倭仁为首的清流派败了,但招正途士子学习天文算学的事情却很不顺利。为了吸引人报名,同文馆给予学员优厚的待遇,规定月考及格者赏银三十二两,季考及格者赏银四十八两,岁试及格者赏银七十二两。三年一次大考,成绩优异者保升官阶,次则记优留馆学习。而且除以上奖学办法外,平时一般待遇也非常优厚,膳食、书籍、纸笔全由馆内供给,另给每人月薪十两,全部住校学习。即便如此,有功名的人很少报名,几经发动,全国报名者不过九十八人,多是岁数大、家里穷得揭不开锅之人,入馆主要是冲着优厚的待遇。因考生条件太差,考试后录取二十余人,而最后学成者不过五人。

第十四章

遇危机学启托梦　出洋相戈登请辞

　　有一天议政王与军机大臣们说起学洋人利器的事情来,历数封疆大吏,议政王认为做得最好的还是李鸿章。他的淮军不但守住了上海,而且以沪平吴,势如破竹,他的洋枪洋炮功不可没。

　　议政王望着天棚,眨巴着眼睛,这是即将有所决定的习惯,果然他说道:"我突然有个想法,应当派八旗子弟到李鸿章军营学习洋枪洋炮的使用,将来也建一支洋枪队。"

　　自从与英法和谈后,英、法两国就主动提出帮助练兵,教习西洋兵器,后来俄、美都追随着提出庞大的练兵计划。议政王陡然惊觉起来,开始担心洋人有可能想借此窃取大清军队的指挥权。所以他发函密告天津的三口通商大臣崇厚、江苏巡抚李鸿章以及福州将军、广州将军,在请洋人帮助练兵中首先要注意练将,将来能够以西洋之法指挥军队,而不能拱手把指挥权交给洋人。李鸿章早有防备,他练兵之初,所聘请的洋人只担负教习的职责,而没有任何指挥权,临阵指挥都是淮军将领。如今淮军五万人马,已经配备洋枪四万余条。尤其是洋炮四营,在攻城战中更是犀利无比。

　　这几年朝廷一直支持八旗按洋法练兵,尤其是崇厚也建了一支千余人的洋枪队,他曾带到京城请议政王检阅。在议政王看来,这些都还是花架子,与战场上真枪实弹捶打出来的淮军不可同日而语,他决定从京中及崇厚的洋枪队中挑选旗营将领八名,兵丁八十人到江苏学习,且十日内必须成行。

　　八旗将士要到淮军中学习,这不仅是对淮军的肯定,也是李鸿章的莫大荣耀。不过,李鸿章知道这些八旗大爷本事没有多少,但架子大毛病多,不好伺候得很。这份差使说起来很风光,其实是个烫手的山芋。那时他已经在嘉兴前线,接到议政王的信函后,他立即把这件事托给布政使刘郇膏,具体请钱鼎铭操办。

议政王派来的这八十多个人,以锐健营前锋参领纳海为首,因他在捉拿肃顺党徒中立功,进了醇郡王的神机营当了委署参领,不断升迁,现在是前锋参领,正三品武职大员。临行前议政王曾经叮嘱他道:"我们八旗如今只剩了花架子,你们到淮军中要学点真本事,给八旗将士做个榜样。"纳海牢记议政王的叮嘱,所以对刘郇膏说道:"刘藩台,既然李抚台都在打头阵,我们窝在上海算怎么回事?要说练兵,没有比在阵前更好的了。"于是,他带着八十多人乘船直奔嘉兴李鸿章的大营。

嘉兴府位于浙江东北,南临杭州湾,北接苏州,京杭大运河穿境而过,是名副其实的江海湖河交汇之地。嘉兴府城距上海、杭州、宁波、绍兴、苏州、湖州均在二百里以内,境内又有乍浦、澉浦、青龙等港口,素有"鱼米之乡""丝绸之府"的美誉,棉布丝绸行销南北,号称"衣被天下"。太平军对如此富庶之地自然非常看重,占领后由听王陈炳文在此驻守,与杭州、湖州互为掎角之势。

因为嘉兴与上海紧邻,随时都有抄淮军后路的危险,所以攻克苏州后,李鸿章就决定北取常州、南取嘉兴,而且总体上先南后北,由程学启先拿下嘉兴。程学启已经苦战两个多月,终于兵临嘉兴城下。此时李鸿章到嘉兴来,按惯例,决战时候就要到了。

这时候纳海带着八十余人到了军前,李鸿章心想他们是添乱来了。可出乎他的意料,纳海没摆八旗大爷的架子,而是对李鸿章及程学启十分尊重,一再表示要到军前效力。纳海给李鸿章的印象很好,而且这些旗人根基牢固,别看今天是个三品的参领,说不准眨眼间就外放了都统、将军,所以李鸿章也含了一份笼络的心思,把这八十余人全部安排在他行营里,又将程学启叫到签押房吩咐道:"方忠,这些旗下大爷口口声声说是来学战的,可他们心里未必服气,所以你要好好打一仗,让他瞧瞧咱淮军的威风。"

"大帅放心,明天我就要对嘉兴城进行总攻。这位参领如果有胆子,不妨让他到我军前去看看,咱们是怎么打仗的。"程学启拍拍胸脯道。

第二天一早,纳海来到李鸿章大营,提出他要带几个副参领到程学启军前一观淮军风采。李鸿章也有意让他们见识一下淮军的能耐,所以派出亲兵二百人,保护这几个人到前线去。

程学启见纳海等人来到阵前,有意露一手让他们瞧瞧,于是兵分五路,向嘉兴城进攻。他则亲自率领亲兵和炮队,他的部下则人手一条洋枪,一会儿猫腰前进,一会儿又匍匐爬行,一会儿突然半跪,举枪齐射,城外的太平军纷纷溃退。程学启的炮营配备了六十八磅的大炮,威力巨大,二十门大炮同时轰响,如暴雨前的雷霆轰鸣,地动山摇,令人心胆震撼。嘉兴城被轰塌二百余米,但城内军民负土取石及时把豁口补上,程学启的部众被护城河阻在城下,死伤惨重却无可奈何。这样连攻三天,仍然未能攻进城去。

纳海带来的旗大爷们心里暗暗惊叹淮军确实厉害,但他们并不都像纳海那样谦恭诚恳,而是说如果八旗勇士有这么厉害的洋枪洋炮,早就把嘉兴城攻下来了。这话传到程学启的耳朵里,气得他破口大骂。可骂归骂,嘉兴久攻不下就无法堵上这些旗大爷的一张张大嘴。

这时候李鸿章也收到闽浙总督左宗棠的来信,表示他要派出援军来帮助攻克嘉兴。李鸿章将信递给程学启说道:"方忠,要是让左老三的援军帮助才能攻克嘉兴,他不知道要怎么编排我们淮军!"

左宗棠排行老三,李鸿章私下里称他左老三。如今左宗棠的大军已经兵临杭州城下近半年,杭州城内粮饷已尽,几乎到了人相食的地步,以李鸿章的判断,克复杭州不过是十天半月的事情。

"方忠,如果杭州克复后,左老三的部众呼啦啦赶到嘉兴来,那时候你苦战数月的功劳恐怕就尽归左老三了。"李鸿章这样激将道。

程学启不怕左老三争功,但他怕嘉兴城里的财富尽归他人。他的部众苦战数月,都巴望着进城后发一笔横财,如果煮熟的鸭子飞到别人嘴里,他的部众还不翻了天?所以回到大帐,他把手下的营哨官叫过来将利害摆给他们听。

"你们找这理由那原因,依我看,打不下嘉兴城的原因只有一个,就是你们兜里银子多了,惜命了。明天老子要亲自上阵,你们谁敢打马虎眼,我一枪就把他毙在阵前!"

程学启真是急眼了,当天夜里,他亲自带着部下悄悄爬到护城河边,备下了几百架木梯，又在河边连夜用沙袋筑起一道土墙，为大炮构筑掩体。第二天拂晓，淮军五路并进，炮营列炮猛轰，水师则冒险在护城河中架浮桥，浮桥架成后程学启强令攻城。城上枪炮、弓箭齐施，又把点燃的黑火药一桶桶抛下城来，爆炸的同时大火弥漫，淮军被炸死烧伤的不计其数。

双方伤亡极重，城墙下淮军尸体交相叠加，城墙上和豁口处太平军的尸体也是一层叠一层。程学启部下战死总兵两员、副将三员，哨官则根本来不及统计。打了两个多时辰，仍然没有结果。此时又传来警报，湖州黄文金派三千援军正往嘉兴赶来。程学启立即抽调三千人前去堵截，他从土墙后冲出来，大声喊道："有敢后退者，立毙阵前！"喊完便亲自带人冲过浮桥，指挥架云梯登城。他背负一把大刀，登上城墙，左劈右砍，刚刚站稳脚跟，一颗流弹击中他的左太阳穴偏后，鲜血涌流，湿了半边肩膀。提督刘士奇、总兵黄永胜率十几人拼死冲过去把他护住，要把他抬下城来。

正是十万火急的关键时刻，他夺过一块纱布，在头上裹了裹大声道："今天我没打算偷生，众将也休想保命！"

就在这时，城内太平军的弹药库被炮弹击中，爆炸声天崩地裂，城上太平军惊慌失措，斗志涣散，淮军则乘势纷纷登城，炮营则集中攻击东门，炸塌了城门。经过两个时辰的巷战，除几千人逃奔杭州和湖州外，嘉兴城内太平军大部分被杀或俘虏。

程学启伤情严重，李鸿章安排立即送他回苏州，同时派人快马加鞭急奔上海，请西医赶赴苏州救治。他把守城的事宜交给程学启的部下翰林院侍读刘秉璋，然后立即乘船回苏州。等他赶回苏州时，西医已经为程学启做完手术。程学启的伤在左后脑，因此只能趴在枕上，他神情恍惚，说话有些颠三倒四。

"程军门，李巡抚看你来了。"医生趴在耳边告诉他。

连说了三次，他才反应过来，痛哭流涕道："我不能跟大帅打长毛了，我怕是不行了。"

"方忠不要胡说，我从上海请来最有名的洋医，过些日子就好了。常州、湖州、金陵还未收复，我还等着你给我带兵呢！"李鸿章好言抚慰，程学启总算安静下来。

李鸿章走到外间，问西医道："方忠的伤，到底如何？"

"伤很重,枪子斜飞入颅,伤口长一寸多,深有两厘米。幸亏子弹已经取出,现在最担心的就是将来感染发炎,那将直接伤及大脑。"

李鸿章吩咐必须把人救回来,银子花多少都成。

此后三四天,程学启的情况好多了,但到第五天,他的伤情突然恶化,医生换药时发现伤口严重发炎,血水和着脓水不断流出来。程学启神志烦乱,经常出现幻觉。李鸿章前来看他的时候,他攥住李鸿章的手惊恐地说道:"大帅,郜永宽来了,他一手提着刀,一手提着自己的脑袋,你看,脑袋上的血滴了一路。"

李鸿章劝慰道:"郜永宽早就死了,有什么好怕的?"

"大帅,我是不是杀人太多,报应到了。你看院子里,全是无头尸身!"程学启趴在床上,僵直地昂起头来,惊恐地望着窗外,一屋子的人都觉得毛骨悚然。

"方忠此话差矣!"李鸿章安慰道,"杀敌与杀人不同。我们杀敌是为国立功,救民于水火。长毛作乱,荼毒大半个中国,不是我等浴血苦战,国家永无宁日。我等一身正气,魑魅魍魉岂敢近身!"

西医为程学启打了一针镇静剂,他清醒多了,哭着道:"大帅,学启不能追随左右,不能尽鞍马之劳了。"

李鸿章拍了拍他的手说道:"方忠,你不要心急,安心静养才是。今天我来和你道个别,常州那边已经围城月余,不能久拖。嘉兴被你攻克,金陵的长毛难免狗急跳墙,听说他们聚集了五万援军要去解常州之围,我必须到常州去,等攻克了常州,我再来看你。"

程学启听了泪流满面,说道:"大帅,今日一别,学启怕是撑不到常州大捷的那一天了。大帅,你的大营千万不要离敌营太近,不能有任何闪失。"

"方忠放心,我记下你的话了,不把大营扎得太近。"

程学启人之将亡,向李鸿章拜托后事:"大帅,学启年轻时误入歧途,幸亏跟着大帅博得了身后功名。学启为国捐躯,死而无憾。只是妻子儿女,要拜托大帅关照。"

李鸿章个头高,弯下腰与程学启对着脸,眼角一热,忍着就要落下来的泪水道:"方忠放心,淮军将士的父母子女,我李鸿章都一托到底,绝不会让他们落到泥地里。"

"大帅，请受学启一拜。"程学启跪在床上，等他重新抬起头来，神志复又不清了。

李鸿章不能久待，交代苏州知府要照料好程学启。又把营务处周馥叫来，安排他照顾好纳海带来的八旗子弟，洋枪操练请德国教练来负责，演放火炮则请英国教练负责，还有纳海提出来要学习洋炮制作技术，就交由马格里负责。

然后他又特意会见了纳海，告知他自己即将去常州前线，如他在苏州有什么要求，就由营务处总办周馥来解决。纳海见识了淮军的枪炮之锐利，也见识了淮军将士之勇猛，对李鸿章是由衷的佩服，表示回京后一定向议政王如实禀告。

闻言，李鸿章蓦然警觉，改变立即起行的计划，而是留纳海吃饭，还弄清楚了他与议政王、醇郡王的渊源。饭罢来到签押房，李鸿章拿出一万两银票给纳海，他拒不敢受。

"老弟，咱们带兵的没有银子怎么行？八十多弟兄跟着你到江南一趟，人人都有父母兄弟，回家总要从上海买点儿洋玩意送人，到时候你就拿这银子每人给他们买件小玩意，惠而不费，大家脸面上都好看。"李鸿章把银票折起来，塞到纳海的袖中。

"怪不得大家都愿追随大帅，小将领教了。"纳海不再客气，坦然受之。

李鸿章赶到常州后，把大营设在城东北十五里的张塘村。这里往东北可通江阴，往西南可通无锡，他驻军在此便于协调。按照淮军的要求，扎下营盘必须立即挖壕筑垒，等这一切都完成后，李鸿章于初十到了常州北门外刘铭传营，又到西门郭松林营，十一日到东门李昭庆营，巡阅一周后他回到张塘大营，思考常州的破城之策。

这天晚上，李鸿章夜深了方才躺下。这时一阵阴风吹过，烛火明明灭灭，一头纱布的程学启进来了，坐在李鸿章床前，一圈圈从头上往下揭纱布，最后露出太阳穴上拳头大的伤口，脓血直流，几乎要滴到李鸿章的脸上。李鸿章猛力一推，程学启倒在地上，身上盖着白布，他的妻女正伏地痛哭。李鸿章惊醒过来，才发现是做了噩梦。他抬头看表，不到三点，心里有种不祥的预感，自言自语道："程方忠莫非没了？"

李鸿章睡意全无，于是穿上衣服准备批阅文牍。想到程学启的伤情，他又不能心安,正在伤感,突然听得帐外枪炮声大作,亲兵营两个哨官跑进来,架起李鸿章的胳膊就走:"大帅快走,长毛要把大营攻破了。"

李鸿章的大营外挖有壕沟,建有土墙,只留两门出入。前门很明显,吊桥、鹿砦外加哨卡。而后门却很隐蔽,一般不经仔细巡查,弄不清在哪里,为的是临急撤退。

李鸿章被贴身亲兵护着向后门跑,到了门边才想起来,巡抚大印还在帐中。他让亲兵去取,可是费了一番口舌,亲兵还是弄不清放在哪里,急得李鸿章跳脚大骂。这时周馥背着一个包裹拼命往这边跑,累得气喘吁吁说不成话。

李鸿章见状问道:"兰溪,我的关防没带出来?"

周馥指指背后的包裹,张着嘴说不出话。

"你带出来了?!"李鸿章惊喜地问道。

周馥点了点头,挥挥手示意亲兵快走。二十几个人出了后门,往一片密林中奔去,一直往东登上了一个小山头。山下火把通明,因此两个营盘都能看得比较分明。李鸿章大帐所在的营盘已经被攻破,另一个也被太平军团团围住。大营向来防守严密,突然被人偷袭而很快得手的情况从未发生过。哨官告诉李鸿章,今天夜里有雾,这些长毛带着木梯悄悄爬到外壕边,等站墙子兄弟换班的时候突然发起进攻,墙上的人撤下去了,而下面的人还没登上去,所以很轻易被长毛突了进来。幸亏还有道内壕,不然真是不可设想。

"还是防守有漏洞,如果下面的人先登上墙子,墙子上的人再下来,哪有空子可钻?"李鸿章又回身拍拍周馥的肩膀,"亏得兰溪把关防带了出来,不然落在长毛手里,我这个巡抚的面子可就丢尽了。"

周馥告诉李鸿章,他一夜未睡,刚写完奏章抄好,突然外面枪声大作。他立即到大帐来见李鸿章,可已经人去帐空。他本来已经逃离大帐,可是忽然想起,这么匆忙之间,关防也许来不及带,所以又重新跑回大帐,发现关防果然未带走,还有一摞上谕抄件和奏稿,这些落在长毛手里遗患不小,所以打了个包裹一并背了出来。

这时候大雾已经散尽,大营的情形看得十分清楚。太平军看上去大约万余人,分别进攻两个营盘。李鸿章大帐所在营盘已经完全陷敌,而另一个营盘却防守得十分成功,太平军连外壕也未突破。这时候西边方向隐隐约约有一大队人马往这边赶,李鸿章以为又是太平军,急得直跺脚:"大营休矣,休矣!"

正赶来的不是太平军,而是淮军,他们胸前圆圈十分显眼。有眼尖的亲兵高兴地呼喊道:"是六爷的人马!"

"老六来得正是时候。"原来是李昭庆带兵救援来了,李鸿章松了一口气。

太平军见淮军援兵到来,并不恋战,抛下李鸿章的营盘呼啦啦往东去了。李鸿章派亲兵去把李昭庆请来,他一来就从马上跳下来说道:"二哥没事我就放心了。"

昨天夜里李昭庆听说有一股长毛直奔城东而去,他不放心李鸿章的大营,所以立即带人赶了过来。李鸿章拍了拍他的肩膀道:"老六来得还算及时,不然我大营可就被长毛端了,这话传出去,淮军丢人就丢大发了。你立即派出两队哨探,一是弄清楚这些长毛的来源,二是弄清他们的去向。他们往东跑,当心抄了我们的后路。"

如今淮军的主力都集中在常州、常熟、昆山、嘉定、太仓,兵力都很单薄,就是无锡、苏州,驻军也是捉襟见肘。这些地方自保尚不足,根本无法抽调人马拦截这路长毛。

下午,苏州派来专差,报告程学启已经于寅初去世。寅初正是三点多钟,李鸿章记得很清楚,伤心地说道:"方忠,我知道了,你那时托梦是来救我!"

晚上厨师做了他最喜欢的红酱面,但他只吃了一半就推到一边,坐在桌前一句话不说。陪他吃饭的几个幕僚也都不敢再吃,周馥示意仆役把饭收拾了,他自己留下来陪李鸿章。

"我手下最能打的大将,殁了。"李鸿章长叹一声,"兰溪,你最知道我与方忠的渊源。当初我到上海,招募的都是些亦匪亦勇的团练,真正久经战阵的将才没人肯跟我到上海。我去找方忠,他痛快地答应了,我这才有了点胆气。现在想想,那时真是建功心切,只看到机会,看不到危险。如果是现在的我,带着几千未经战阵的淮勇就到上海来,我怕是没那份胆子了。"

李鸿章回忆起打出淮军威风的虹桥大捷,如果没有程学启,那一仗可能就葬送了淮军,他李鸿章或战死或自杀,哪有今天的巡抚之尊?之后的北新泾大捷、四江口大捷,程学启往往以少胜多,功不可没。此后收复青浦、嘉定、太仓、昆山、吴江、苏州、嘉兴,哪一场硬仗离得开程学启？说起程学启的军功,李鸿章如数家珍:"兰溪,方忠真称得上是淮军第一功臣。没有方忠,就没有淮军今天的出息。我这么说,不仅仅是因为方忠能打硬仗,还因为在学习洋人枪炮上,他也堪称淮军第一人。"

这的确不假,程学启的部下第一批装备洋枪洋炮,而且程学启在这方面非常上心,在其他将领对洋枪洋炮不以为然的时候,他就不惜重金从常胜军中挖来精通枪炮的外国人到他军营中效力。他发愤学习洋人大炮的技巧,经常和洋人教习一起研究,结果他的炮营用炮的技术连戈登也不得不佩服。

不过,程学启的毛病周馥也清楚得很,贪财、骄横、独断、不体谅他人,特别是几场硬仗打下来,更加目中无人,经常与常胜军闹纠纷,李鸿章夹在中间受气,而程学启毫不体谅。有几次李鸿章指着程学启的背影恨恨地骂:"真是茅坑里的石头,又臭又硬!"

李鸿章仿佛看穿了周馥的心思,说道:"兰溪,你也许会说程方忠毛病多得很。的确,他是个叛将,又大字不识,又粗蛮不讲道理。在有些人看来,一无是处。如果在老师手里,我敢说程方忠永无出头之日。可是在我手里竟然有这番出息,这是我最得意的事情。在用人上,我还是坚持用人所长。一个一身毛病的人,你用对了地方,他照样成就一番事业!"

这又是周馥深深佩服李鸿章的地方,淮军的主将们多是粗野蛮横之人,一身的毛病。然而,这些人被李鸿章调教成了能征善战的虎将,就是靠这些一身毛病的人,李鸿章眼看将实现以沪平吴的大计。尤其是程学启、郭松林,都是曾国荃手下不成器的人物,却成了淮军中所向无敌的悍将!

"记住我一句话,用人不要求全责备。人无完人,如果一个人什么毛病也没有,那么通常这个人也就什么长处也没有,只配做个唯唯诺诺的庸人。完人少见,庸人又不可用,我们所能用的,往往是有不少毛病的人,有毛病不怕,你只要把人用对了地方,用人所长,不究细故,才能把人笼络到你身边,也才能干出一番事业来。"

两人说起为程学启请恤的事情,少不得请周馥代笔,他承诺道:"大帅放心,我明天一定把草章交给大帅。只是天下人都知道,大帅的妙笔文章无人可及,我的稿子恐怕很难令大帅满意。"

"兰溪过谦了,我文章再好,总不能弄一辈子文案。如果一个官员为自己的文章沾沾自喜，成不了大气候；如果太多官员把功夫下在文章上，那绝非百姓和国家之福。"

然后，两人又就八股取士害人害国的话题说了很久，桌上自鸣钟响了起来，李鸿章抬头一看，已经十一点了，便催促道："只顾说话，兰溪快回去，少不得熬夜了。"

第二天一早，李昭庆派出的哨探陆续传回消息，大体弄清楚昨天夜里袭击李鸿章大营的太平军来历。原来这路太平军是已故英王陈玉成的叔叔陈承琦和忠王李秀成的儿子李士贵率领的一万人马，分别从常州西北的丹阳和西南的金坛奔袭而来，他们目标就是常熟，行的是围魏救赵之计，以解常州之围。至于进攻李鸿章的大营，却是个意外，他们趁夜向东行军，突然被两座营垒挡住去路，所以临时决定先打了再说，根本没想到这里竟然是李鸿章的大营。所以一见援军来到，就撤围东去。

李鸿章暗自心惊，这支长毛虽然只有万把人，可如果他们与官军做起猫抓老鼠的游戏，将牵动官军数万人的兵力，必然严重影响常州的战事。李鸿章急令各路人马往常熟集中，只盼能在常熟城下聚而歼之。这是李鸿章的如意算盘，可如果这支长毛把官军都吸引到常熟后，立即撤往他处，李鸿章的计划又将全盘落空。然而，令李鸿章高兴的是，这支长毛并未撤走，而是在长熟城下摆开营盘，准备与官军决战。这正中李鸿章的下怀，他对周馥道："长毛有的是小聪明，总是一遍遍行围魏救赵的老套，却没有大智慧，非要在常熟城下与我决战，如果他再向昆山或者嘉定进攻，我们岂不是顾此失彼？"

各路援军聚集到常熟境内，在顾山、王庄与太平军激战。太平军火器不及淮军，而且无粮草供应，只好撤围退回到江阴境内。戈登率常胜军从西路赶来，立即尾追过去，计划拿这些败军再试锋芒，立个大功。可他太小看太平军了，没料到他们败退途中会在江阴东南华墅设下埋伏，打了戈登一个措手不及，常胜军伤亡八百余人，丢弃洋枪四百余条，仓皇逃往无锡。李鸿章亲自到了华墅，指挥各路淮军苦战一天，消灭太平军一千余人，将他们逼退回常州和丹阳。李鸿章长出一口气，重新调集人马，再次围攻常州。

太平军这次袭扰淮军后路倒启发了李鸿章。这次的太平军分别来自常州西北的丹阳和西南的金坛。而这两地通过常州西门与之声息相通。如果攻克了常州西路，便断绝了常州与外界的联系，太平军的士气必然大受影响。

常州西路太平军由护王陈坤书所部据守,以运河为界,分为南北两路,北路负责连通丹阳,南路负责连通金坛,两路人马结营二十余里,有五六万人。李鸿章也是兵分两路,先让围攻常州北门的刘铭传攻击西北路的太平军,郭松林、杨鼎勋则袭扰西南路,配合刘铭传。三天多的时间,常州西路的太平军营垒全被攻破,纷纷撤入常州城内,只有西门外和南门外城根还有几个营垒尚存。至此,常州通丹阳和金坛的通道全部被截断,成为一座孤城。

李鸿章指挥数路淮军同时攻城。按照战前的布置,各队根据战况,一旦轰毁城墙,就要抓住时机攀爬登城。戈登的常胜军已无从前的锐气,畏惧太平军的矢石,不敢奋勇向前,自己轰毁的城墙竟然无人肯向前攀登。相邻正南门的是程学启旧部,从前多次受戈登嘲笑指责,他们有意在常胜军面前争口气,因此异常勇敢,呐喊着向前冲,前面的倒下,后面的跟上,让戈登自叹不如。

淮军连续进攻两天,弹药消耗巨大,炮弹仅可供一天使用。李鸿章下令各军,明天务必攻克常州,并悬出一万两赏格,哪路先入城就赏给谁。次日早晨八点,淮军所有火炮一起轰城,连续轰击两个多小时。城墙此前已被轰毁过,虽然已经重新修补,但很不结实,所以北门、西门、南门都被毁坏几十米,太平军几乎无法立足。李鸿章见时机已到,命令各路同时夺城。淮军在炮火掩护下拥过浮桥向城墙攀爬,守城的都是两广老兄弟,拼死抵抗,淮军在城墙下伤亡近千人。然而太平军斗志已散,只有两广老兄弟还在拼命,其他人则做好了逃走的准备。刘铭传首先从北门突进城去,随后郭松林从西门、李昭庆从小南门、刘士奇和王永胜从南门冲进城去。常胜军跟在李昭庆的后面进攻,李昭庆有意做给常胜军看,剥光了上衣,赤膊上阵。

双方展开了激烈巷战,刘铭传率部把陈坤书一直逼到护王府,在护王府门前与郭松林部前后夹击,护王部众伤亡殆尽。刘铭传提着一把大刀,突然冲进太平军中,连砍数人冲到陈坤书身边,一把抓住他厉声道:"尔等立即束手就擒,可保一命,不然我立即砍下陈逆的狗头!"陈坤书的部下都抱头蹲在地上。

郭松林见城内太平军杀不胜杀,就让人传令道:"伏地弃械者可免死!"

大部分太平军弃械伏地,而两广的老兄弟几乎无一人投降,一条巷一条街与淮军争夺,淮军又付出一千余人的代价,到晚上才控制了全城。第二天,淮军又搜索全城,凡两广老兄弟一概诛杀。戈登的常胜军在华墅之战中伤亡惨重,攻城中又被两广老兄弟打得不敢近前,他对两广老兄弟也是恨之入骨,便对李鸿章说道:"两广的叛乱者,应该全部杀掉。"

"那是当然!"李鸿章又对周馥说,"戈登这回不再和我讲他的人权了。"

因为常州太平军坚守不降,淮军先后伤亡近四千人,各路将领恨之入骨,所以杀伐惨烈,真是遍地尸骸。淮军不许百姓出入,把常州城抢掠一空,然后又以下乡搜拿长毛遗匪的名义,四处搜抄。常州城外四五十里内,被搜掠得民无遗财。有乡绅联名递禀给李鸿章,指责淮军军纪太差。李鸿章大怒,把联名书扔到地上,把来人斥责得无地自容。

事后李鸿章有些后悔,只怕士绅把状子递到曾国藩行辕,所以在报告常州善后的时候,特意说明因"淮军伤亡极重,众将疾恶如仇,不免杀伐太甚,学生扪心不安"。

然而曾国藩却毫无责备的意思,复信道:"顷读大咨,知常州长毛全股剿灭,奇功伟烈,不独当世无双,即古人亦罕与伦比。自阁下入沪,屡濒危险,皆躬率诸将决战,出生入死,得保全于呼吸之间。数役之后,贼萃各路悍党,专与尊处为仇,故皖、浙、金陵诸军皆得少省气力。尊处出奇制胜,如塞洪水,如捕恶蛇,始终无一隙之暇,无一着之懈。不特全吴生灵出水火而登衽席,即东南大局胥倍余威以臻底定。壮哉!儒生事业,近古未尝有也!"

淮军抢掠已经十几天,不能再放任胡为,周馥催促李鸿章应该开始常州善后。设粥棚以救饥、煮汤药以防疫、招商旅以通百货、招流亡以垦荒地,周馥已经拿出了善后章程,李鸿章把这些事情全托给他去办理。两人商讨大半天,晚饭时候到了,就留他在营中吃饭。吃饭的时候,两人说起常胜军,周馥笑道:"戈登不仅不再讲人权了,他连常胜军的统领也不想干了。"

周馥只是当笑谈来说,李鸿章却非常关注,追问道:"兰溪你说清楚,戈登说他不想当这个统领了?"

"是的,他跟我说,常胜军的老兵死的死,伤的伤,走的走,现在的兵都是新募来的,打仗不行,只图多拿饷银。特别是常州一仗下来,他觉得常胜军已是强弩之末,所以不如见好就收,急流勇退。"

"好,好啊!"李鸿章一拍桌子道,"我早就盼着裁撤常胜军,这可是个千载难逢的好机会!"

"他只说不想当统领了,没说要撤常胜军。"周馥觉得李鸿章误会了他的意思。

"常胜军必须得撤!这几年来,常胜军一直是我的一块心病。他们的洋炮厉害,兵勇打仗也得法,我们不得不借用。可是这些洋人一直不肯听招呼,我是天天提心吊胆。兰溪你想想,这支洋毛子的队伍,出了多少难题!"

这话一点不假。当年李鸿章初到上海,常胜军统领华尔没把李鸿章放在眼里。后来白齐文当了统领,不但不听调度,而且还敢抢劫粮道衙门,直接投了太平军。戈登当了统领,管束部下严厉,但粮饷弹药耗费每月达到十万余两,而且还经常指责淮军抢掠,因为苏州杀降,戈登竟然拿着枪到处找李鸿章要决斗,常胜军的人甚至开枪打伤了堂堂巡抚的亲兵。到后来李鸿章在新闻纸上专门登了声明,证明戈登与杀降事件无关,这才算收了场。一想及此,李鸿章心里的火还是一跳一跳的。后来戈登表现越来越不错,对李鸿章也十分尊重,主动来配合他的淮军攻打宜兴、溧阳、常州。可如今的常胜军已经今非昔比,战斗力已经不如淮军了,此时不裁撤,更待何时?

"按大帅的说法是该撤掉,可怎么撤?"周馥反问道,"洋人动不动就要向总理衙门告状,弄不好会惹来麻烦。"

"总理衙门也巴不得把这尊瘟神送走,咱们让戈登自己提出来。"

"让他自己提出来?"周馥不明白李鸿章有什么妙计。

"兰溪你说,戈登这人最在意的是什么?"李鸿章得意地问道。

"面子和名声。"

"说得对,就在面子和名声上做文章,让他痛痛快快地要求裁撤常胜军。"李鸿章一高兴就拍桌子。

按照李鸿章的意思,接下来由丁日昌和马格里出场了。如今丁日昌和马格里是苏州制造局的主办和会办,马格里和戈登交情不错,丁日昌也擅长与洋人打交道,因此李鸿章把裁撤常胜军的重任交给两人。

两人赶到昆山,见到戈登情绪低落,果然是一副要辞职的样子。

"李大人的意思,觉得上校此时辞职,只顾个人走了,没为常胜军的未来考虑,是自私的行为。"马格里这样开始了他的劝说。

"我走了,自然会派新的统领来,常胜军的未来,自然有人来考虑。"戈登觉得这种指责没有道理。

"上校没明白李抚台的意思。"丁日昌接着附和,"大人的意思,常胜军只有上校统带得最好,无论军纪还是战斗力,再也无人可比。上校这样甩手走掉,不是太不负责任?"

"那李大人的意思,是要挽留我继续统带常胜军?"戈登对中国人话中有话的机巧无从体会,所以得出这样的结论。

"不不不,"丁日昌怕弄巧成拙,如果恭维得戈登不再辞职,反而坏了李鸿章的大事,所以急忙接口说,"大人的意思是,如果将军要辞职,那么最好把常胜军一并裁撤。"

"为什么?"戈登耸耸肩,典型的英国人动作。

"如果派新的统领来,肯定没有上校的手段,再出现白齐文那样的事件,对中英两国都是丢面子的事情。对上校来说,那将直接损害您的荣誉。您如今功成身退,回到家乡,您的美名将会传遍中外。可是,如果您走后常胜军出了问题,人家肯定要说是您带坏了队伍。上校您说,这是不是对您荣誉的极大损害?"马格里又是一番分析。

"有道理。中国的战事很快就要结束了,淮军的战斗力已经今非昔比,裁撤常胜军应该不会影响大局。我会写一份报告,请大英驻上海领事交给驻华公使。"戈登赞同道。

"李抚台的意思,炮队是常胜军的精华,希望留下来,继续发挥他们的作用。洋枪队里,也要挑千把能征善战的士兵留下来。"丁日昌见事情如此顺利,十分高兴。

"好的,对这一点我非常赞同,希望常胜军的炮队能继续为李大人效力。不过要裁撤常胜军,需把欠饷一次补齐,对军官们也应当有所奖励。"戈登趁机又替常胜军讨赏。

这是要赏银了。丁日昌代为回答:"将军请放心,李大人早有打算,定然会让将军满意。"

同治三年四月初七,李鸿章就戈登回国并裁撤常胜军之事上奏朝廷——

权授江苏总兵戈登带队协剿,自前月二十二日攻破南门城垣未得爬入,弁勇伤亡多人,日夜与臣商筹布置挖壕筑墙,安炮搭桥,虚衷和气,誓必合力歼除此寇,其忠勇勤劳允堪嘉尚。常州既克,苏省军事稍定,便欲辞退回国。因常胜军洋枪队近来老勇大半逃亡,逐渐新募,打仗不甚得力,欲将枪队调回昆山妥为遣散,以节靡费,暂留炮队六百人,并外国大小炸炮交臣处,派员接管,其所用外国弁目陆续资遣,志趣甚属公正。

昨总税务司赫德来常,业与臣议有眉目,除饬海关道赶紧筹借银两预备运用,并派臣营务处委员直隶州知州丁日昌同戈登前往昆山会同李恒嵩等妥筹办理。俟办结后再行缕陈外,查戈登奋勇,勤能立志,为中国助剿贼匪修立声名,自正月至今,诸事俱受商量,谨遵臣处调度,并与臣部将郭松林、刘铭传、刘士奇、王永胜、杨鼎勋等和好无间,彼嘱赫德与臣言在中国办事,只求得一体面。

去年蒙大皇帝赏银一万两,断不敢领,或匀给该营洋弁遣散经费等语。此次协攻常州,殊为出力,可否赏加提督衔?并由臣访制表功旗帜并外国金宝星式样传旨颁给,俾其回国后藉示荣宠,伏乞圣鉴训示,谨奏。

朝廷也是巴不得常胜军立即裁撤,因此李鸿章的奏章很快有了结果,寄给他的上谕说——

戈登带队协剿,现在常州攻克,该洋人不言进攻金陵,竟肯先行遣散,免将来许多枝节,实不可失之机会,该抚自应乘势利导,妥为遣散。如戈登将所部布置妥协,洋弁均皆回国,则是戈登真心要好,始终如一,仅止颁给旗帜、宝星,不独无以酬其劳,且恐无以足其欲,即着李鸿章饬令丁日昌、李恒嵩等与戈登妥为办理,一俟办理就绪,即将如何再行嘉奖戈登之处迅速奏闻。

朝廷的意思,只要戈登和常胜军能利利索索地打发掉,就是多花点银子也无妨。朝廷有这样的态度,李鸿章办起来就容易多了。不过,此事还是生出了波折。英国驻沪领事巴夏礼和海关总税务司赫德都担心一下子裁撤了常胜军,将来无人保卫上海。结果戈登又开始犹豫不定,按他的意愿,当然是见好就收,现在就风风光光地回国,但他不能不考虑驻沪领事的意见。

丁日昌和马格里见事情又起波澜,连忙想办法,两人决定还是从戈登身上做文章，由他来告诉驻沪领事常胜军已经今非昔比——今天的常胜军已经没有多少战斗力。而海关总税务司赫德比巴夏礼更了解中国，先做通了他的工作，让他也去影响巴夏礼。

两个人一同去找戈登，戈登还在犹豫，丁日昌便劝道："戈登上校，李大人让我告诉您，如果您现在顺利地遣散常胜军，他将向朝廷为您请赏黄马褂，那可是中国人最高的荣耀。如果常胜军现在不能顺利裁撤，将来他们不听管束，闹出事情让朝廷脸面不好，不要说黄马褂，就是现在已经做好的宝星奖章，恐怕您也不好意思接受。"

马格里又劝道："巴夏礼领事主要是担心你走了无人守上海，你应该明白地告诉他，常胜军的战斗力已经大不如前，而淮军的战斗力已经超过常胜军，到时候李巡抚将派几千淮军来守上海，比常胜军更为可靠。"

戈登听取了两人的意见，亲自写一封信，详细报告常胜军的实际情况。丁日昌又特意把赫德请到昆山来，请戈登当面向他介绍常胜军的情况。赫德是中国通，他知道大清已经不需要常胜军，如果不见好就收，将来常胜军会自取其辱，所以他很痛快地答应去劝说巴夏礼。

巴夏礼最终向驻华公使报告，建议裁撤常胜军。李鸿章立即命令新任海关道应保时筹措六万两银子及十几万洋元立即送到昆山。戈登告诉丁日昌，常胜军兵勇最容易听信外国兵头的话，外国兵头一鼓动，他们就会肆行无忌，因此应当先裁撤这些外国兵头，限三日内出城，然后再遣散中国兵勇，按路途之远近，年份之深浅，打仗之受伤与否，给予盘费，驱令出城，不准逗留生事。

丁日昌觉得很有道理，就按戈登的建议，首先遣散外国弁目一百余名，除月饷外，按名酌给赏恤盘费自七十五元至四千元不等。两千余名勇丁除月饷外，给予自两元至一百元不等的赏恤银。还有轮船、炮船、枪船及通事、书识等辅助人员分别给赏，共花费十二万八千多洋元，补清饷银六万余两。然后炮队六百名兵勇全部留下，洋枪队挑选三百名留下，全部换上淮军号衣，交由原常胜军中方统领李恒嵩管带。

丁日昌和马格里办完这件事情后，到苏州向李鸿章交差。李鸿章很高兴，说道："今天我请你们两位吃饭，吃家乡的红酱面！"

戈登离开上海前一天前来向李鸿章告别。他告诉李鸿章，他是真心希望中国能够强大，所以，根据他在中国的观察，对当政者有十条建议供参考，他已经通过驻英公使转交总理衙门，还特意抄了一份请李鸿章参阅。俗话说"当局者迷，旁观者清"，李鸿章对戈登的建议很感兴趣，接过来一条条细阅，果然颇有道理——

一、中国与外国议约，当在中国开议；

二、与外国议约，须多用文字，少用口头之约；

三、中国之都城一日不迁离北京，则一日不可与人开衅。因都城距海口太近，无能阻挡，此为孤注险招；

四、陆军无劲旅，则海军无后盾，宜先练陆师，再练水师；

五、所购船炮，甚为失计。应以购船炮之款，尽购新式枪，俟陆军练成劲旅，再购船炮；

六、中国有不能战而好言战者，皆当斩；

七、应多方帮助华商出洋，径向制造厂购货；

八、总税司宜驻上海，专管税务，不令僭越他事。若与外国公使议事，不宜令局外之洋人干预；

九、当责成出使大臣，承办外洋军火，如与各国公使谈论，有不谐之处，当令出使大臣，在外商办；

十、亟宜设税务学堂，令华人习学关税事宜，以备代替外人。薪水宜照外人例优给。

此十条或有偏颇之处，但在李鸿章看来，算得上耿耿之心。尤其第六条之"中国有不能战而好言战者，皆当斩"，一语道破中国之绝症所在——书生好空谈，不知外国详情，不学外国之长，却以泱泱上国自居，动辄就要向外国开战，真是空谈误国！

至于控制总税务司赫德之权，确是为中国计。戈登与赫德是同乡，他更了解赫德，知道其擅权且喜越权，所以有此建议。此后赫德果然无论外交内政，事事插手。满朝文武，只有李鸿章不喜欢与他商榷国事，也确实是因戈登临别之诚。

第十五章

报师恩不掠人功　克金陵纵火屠城

淮军攻克了常州，就按兵不动，李鸿章传令各军休整。但休整了十几天，仍然没有动静，各位统领们都有些沉不住气了，眼见得长毛就要败亡，不趁机再打几仗，就没有立功的机会了。

最沉不住气的是李昭庆。常州之战，他出力不少，这次李鸿章奏捷中虽然还是说"臣弟李昭庆尤功可录，不敢迎邀奖叙"，但在奏报克复常州的过程中，其实把老弟的功劳已经说得很详尽。朝廷这次没有装糊涂，对李昭庆的赏赐是"遇缺即补知府"，虽然不是实缺官，但有他老哥在，要想放实缺并非难事。但李昭庆志不在此，他的官瘾蛮大的，就是道台也非他的最终目标，他觉得自己最少要过过按察使的瘾，坐堂审案，决人生死，被人称一声"李臬台"。而要升官，没有仗打是不可能的。如今最大的功劳近在咫尺，就是长毛的巢穴金陵城，如果在攻打金陵中立下赫赫战功，弄个道台就顺理成章，所以他跑到巡抚衙门来见李鸿章。

李鸿章一眼看穿老弟的心思，却不去说破，顺口问道："老六，你不在军前管束部众，到我巡抚衙门搞烘个？"

"搞烘个"是合肥方言，"干什么"的意思。李鸿章与六弟用家乡方言说话，略显亲近。

"不搞烘个，来看看二哥也不犯王法。"在常州城东李昭庆有救驾之功，所以在李鸿章面前，自觉比从前说话腰板更直。

"我很好，就是对你们这些大将不放心。"李鸿章拿起毛笔，一边改一份奏稿，一边说话，"不要觉得万事大吉了，其实江苏的防务还是七漏风八漏气，如果长毛像上次那样派一支人马直捣我吴淞，恐怕全省又要鸡飞狗跳。"

李昭庆见李鸿章似乎有意要堵他的嘴，所以急忙道："常州已经收复，长毛想到江苏腹地已经不可能了。二哥，俗话说，刀不磨就生锈，常州已经收复了些日子，各部已经休整得差不多了，总在这里吃闲饭白拿饷也不是办法。咱们烘个时候去打金陵？"

"谁说要去打金陵了？"李鸿章反问，"如今长兴、湖州还在长毛手里，江苏南门洞开，哪里抽得出人马去打金陵？"

"湖州是左老三的地盘，也不愿淮军去夺他的功劳，我们何必费力不讨好？"

"左老三是何许人也，乃我大清堂堂闽浙总督，也是你能肆口叫的？"李鸿章虽然对左宗棠不满，但李昭庆口无遮拦，也太过轻薄，"我不管是谁的地盘，我是从江苏的安危来着眼。如今已有大半淮军在长兴、湖州一线，哪来的军力去打金陵？"

"别人不能去，那我带三千人马去好了，反正我在常州也无仗可打。"李昭庆终于说出此行的目的。

"你带三千人走了，长毛来打常州，谁来守城？"李鸿章反问道。

"还有刘省三的部众，他们守常州绰绰有余。蹲在常州又无功可立，我要去打金陵。"

"别人可以蹲在常州，你为什么不能蹲？打不打金陵，这样重大的军事部署能是你说去就去的？"李鸿章有些不高兴了。

"眼见得就没有仗打了，我才是个小小知府，还是记名的，有烘个意思？不趁着金陵有仗打，我将来到哪里立功去？"

"一个小小的知府，你话说得轻巧！你带兵不过两年，已经是遇缺即补的知府，周兰溪是从安庆跟着我到上海的，官衔还没你大，人家无怨无悔，你倒嫌官小了？"

"我就是想多立功，这有烘个错？"李昭庆见二哥真生气了，不敢再顶嘴。

李鸿章缓了缓语气道："你回去好好等着，要打仗，自然会调你去打。想打仗将来有的是，鲁豫捻匪闹得厉害，恐怕一时也平定不了。等江南安定了，朝廷少不得要从江南调兵。"

李昭庆无话可说，失望地出了巡抚衙门，连饭也不肯在他二哥府上吃，赌气回了常州。

周馥来到签押房，说道："大帅，我在仪门遇到六爷，他好像不太高兴。"

"他要带兵去打金陵。金陵是他能打的吗？九帅在金陵城下苦战两年多，如今快到摘果子的时候了，能让别人染指吗？"李鸿章一想起来还有些不高兴。

"六爷未必能想到这一层，何不直接告诉他？"

"老六太年轻，嘴上不牢靠，这种话没法和他说得太透。朝廷有上谕到了，让我派人去金陵。"李鸿章把上谕交给周馥看——

　　李鸿章所部兵勇攻城夺隘，所向有功，炮队尤为得力。现在金陵功在垂成，发捻蓄意东趋，迟恐制动全局，李鸿章岂能坐视。着即迅调劲旅数千及得力炮队前赴金陵，会合曾国荃围师相机进取，速奏肤公。李鸿章如能亲督各军与曾国荃会商机宜，剿办更得手。着该抚酌度情形，一面奏闻，一面迅速办理。曾国藩向为统帅，全局在胸，尤当督同李鸿章、曾国荃、彭玉麟和衷共济，速竟全功，扫穴擒渠，同膺懋赏，总以大局为重，不可稍存畛域之间。

其实，朝廷定要督促淮军协剿金陵早在意料之中。淮军攻克常州后，江苏除金陵外全境已经肃清，此时，湘军困在南京城下，左宗棠的楚军则还有湖州没有克复，只有淮军独享悠闲，朝廷洞若观火。曾国荃屯兵金陵已经两年多，师老无功，而淮、楚两军却打得有声有色，所以无论朝野都有个判断：湘军已经暮气深沉，淮楚则活力充沛。尤其李鸿章的淮军一入上海就学洋人那一套，不但自己有洋炮，戈登的常胜军裁撤后，又把攻城巨炮留给了李鸿章，可谓如虎添翼，而曾国荃所缺的就是攻城利器，所以派淮军去协剿金陵自然是顺理成章。朝廷有上谕，进兵金陵也是名正言顺，既然李昭庆希望到金陵城下立功，派他去又有何妨？不过李鸿章不那么看，金陵是曾国荃的禁脔，此时谁去增援谁就招恨，是费力不讨好的差使。

"兰溪，你帮我起草个折子回奏朝廷，要等湖州克复后才能助功金陵。至于理由嘛，我想到的至少有这么几条。一是淮军几经苦战，必须休整。二是淮军还要接防句容、东坝、溧水、高淳等处,还要协攻湖州,无兵可派。三是淮军的炮队,多是小炮,攻打金陵这样的坚城没多大作用;常胜军所遗炮队总要与淮军磨合训练些日子后才能上阵,现在还不成。我想到的就是这些,你起草时随时补充,我看一下尽快出奏。”

周馥一边记录,一边构思,回去后用一个多时辰就起草好了,修改誊清亲自给李鸿章送过来。李鸿章有事外出,等他回来后看一下,想说的意思周馥已经说得很明白了,但李鸿章不是肯吃哑巴亏的人,不遵旨的实际原因虽然不能明说,但也要有所暗示,所以他提笔在淮军需要休整后面加上这么几句:“曾国荃全军两年围攻,一篑未竟,屡接来书,谓金陵所少者不在兵而在饷,现开地道十余处,约有数处五六月间可成,如能及早轰开,自必无须协助。”这几句话明眼人仔细推敲,自然容易琢磨出其中巧妙。

朝廷是真的希望李鸿章的淮军去助攻金陵,但正如李鸿章所料,曾国荃却是一百个不情愿。他屯兵金陵城下,苦熬了两年多,就是要独占攻克金陵的大功,这时候谁要带兵来,谁就是他的仇人。

曾国荃的吉字营是两年前到达金陵城下的。金陵城三面环山,一面临江,是真正的虎踞龙盘之地。城北有龙潭山、栖霞山、乌龙山、莫府山,临江皆是悬崖峭壁,尤其东北端突入江中的燕子矶,三面环水,更是控长江要冲。城东则有宝华山、龙王山、灵山、钟山。钟山是主峰,雄峙城东,因阳光下岩石略呈紫色,因此又称紫金山。城南则有汤山、青龙山、黄龙山、大连山,临近城区有名为聚宝山的石子岗,遍布半透明的雨花石,因此又名雨花台。

朱元璋一统天下后,将这里作为大明朝的国都,并建设了巨大的城防工程。为了提高金陵城的防御能力,我行我素的朱元璋打破历朝国都多做正方形或长方形的模式,依山傍水建金陵,南倚聚宝山,东至钟山西麓,将富贵山、覆舟山、鸡笼山纳入城中,向北绕过狮子山南下,依八字山、马鞍山、清凉山等作为城垣的西界,使山、水、城融为一体。城高五至七丈,城墙高大厚重,堪称天下第一。筑城时砖缝中间灌注糯米汁与石灰、桐油混合的夹浆,坚固无比。太平军占领后,又在钟山近城的山峰上建天堡城、地堡城,居高临下,拱卫天京。

曾国荃的几万人马散布在方圆一百余里的金陵城下,真是寥若晨星。因此,曾国藩告诫他不要妄想短期内通过硬攻收复金陵城,要实施持久战,先切断金陵城的粮道,待其弹尽粮绝时再攻坚决战。天京城数十万众,吃粮如果靠陆路肩挑人扛,无异于杯水车薪。它靠的是水上运输,一则是长江水道,二则是沿秦淮河、高淳河,将苏浙之米运输进城。因此曾国荃兵临金陵城下后,彭玉麟的湘军水师先后把长江水道和城外秦淮河、高淳河全部控制起来,天京城的粮荒因此日甚一日。

眼看天京城日暮途穷,李秀成向洪秀全提出让城别走,尽弃苏浙两省,直趋北方,占领河南、山西、陕西等地。北方不像江南那样水网纵横,湘军水师便立成废物,而且官军少了洋人的支持,太平军的胜算会大得多。

然而,久居天京深宫的洪秀全已完全把自己当成了上帝的儿子,他斥责道:"朕奉上帝圣旨、天兄耶稣圣旨下凡,做天下万国独一真主,何惧之有!不用尔奏!政事不由尔理。尔欲出外去、欲在京,任由于尔。朕铁桶江山,尔不扶,有人扶!朕之天兵,多过丁水,何惧曾妖者乎!尔怕死,便是会死。政事不与尔相干,王次兄勇王执掌,幼西王出令。有不遵幼西王令者,合朝诛之。"

李秀成无法,只好负起保卫天京的责任。为了缓解天京的粮荒,他悄悄放几万百姓出城,洪秀全知道后,对李秀成严加训斥。天京城无粮可食,洪秀全把杂草、树叶做成团,称为甜露,送出宫去,命令天京军民"食天生甜露,自能果腹"。他带头吃甜露,结果中毒生病,生病了还不肯吃药,认为只要诚心信奉天父,就会无药自愈。有病不治,当然只有死路一条,到了四月底就死了,他临死前说道:"朕要到天上见天父,请来救兵,救尔等于水火。"劳苦大众曾经寄予厚望的洪秀全一命归西,时年五十一岁。

天京城内的日子不好过,城外曾国荃的日子也不好过。虽然金陵城下他有五万人马,可是他没有攻城巨炮,对城高墙厚的金陵城束手无策,他硬攻过,只能是让勇丁白白送死;他挖过三四十条地道,但都被太平军发现并毁掉;他曾经用招降纳叛的计谋,无奈天京城的太平军防范极严,无机可乘。眼见得江苏被李鸿章一一平定,浙江被左宗棠一一平定,而只有他困于金陵城下,两年无可奈何。又因为连年战事,江浙富庶之地也是千疮百孔,土地荒芜,了无人烟,曾国荃的粮饷供应也大成问题,勇丁也是经常靠稀粥度日。湘军人马日渐庞大,军饷开支浩繁,欠饷多达十几个月。各统领自觉无颜面对士卒,因此对部下的不法行径多是睁一只眼闭一只眼。湘军四处抢劫财物、奸淫妇女,军纪日坏一日。

曾国荃忧心忡忡,逢人辄怒,遇事辄忧,饮食渐减。这天他登上天堡城,看到天京城内空闲之地都种了小麦,弥望青黄相间,勾发他重重心事,脸色蜡黄,昏倒在地。他自去年冬天肝病日深,这已经是第二次昏倒。

曾国藩比曾国荃更着急,屯兵金陵城下两年的湘军已经是强弩之末,这一点他比谁都清楚。他终日忧惧、恐慌,唯恐遇到风吹草动而发生变故。听到曾国荃病倒的消息,他十分着急,写信给曾国荃说——

沅弟左右:

廿夜接十七夜来书,不忍卒读。心血亏损如此,愈持久则病愈久愈深。余意欲奏请少荃前来金陵会剿,而可者两端、不可者两端。可者:一则渠处炸炮最多而熟,可望速克;一则渠占一半汛地,弟省一半心血。不可者:少荃近日气焰颇大,恐言语意态,以无礼加之于弟,愈增肝气,一也;淮勇骚扰骄傲,平日恐欺侮湘勇,克城时恐抢夺不堪,二也。然弟心、肝两处之病已深,能早息肩一日,乃可早瘥一日;非得一强有力之人前来相助,则此后军事恐有变症,病情亦虑变症也。特此飞商:弟愿请少荃来共事否?少荃之幼弟幼荃,气宇极好,拟请之至弟营一叙。弟若情愿一人苦挣苦支,不愿外人来搅乱局面,则飞速复函。余不得弟复信,断不轻奏先报。余俟详复,即问近好。国藩手草。四月廿日夜。

曾国藩是希望李鸿章的淮军前来助剿,金陵早一日克复,他心里早一日一块石头落地。但九弟的情绪当然更要照顾,他在金陵城下苦撑两年,自然不愿别人来分功,因此,到底要不要淮军来,还是要听九弟的意思。

曾国荃复信,自然是"不劳他人伸手"。可是,形势却由不得曾国荃在金陵城下干耗,以扶王陈得才为首的太平军、捻军联合部队,日夜兼程,从陕西赶至鄂东,正拟横扫安徽,驰援天京。朝廷深知,如果这数万之众赶到天京投入战斗,那将对整个战局带来极为不利的影响,所以朝廷一面调集大军前去阻截,一面严斥曾国荃进攻不力,并督促曾国藩迅速联合李鸿章的淮军尽快攻下天京。曾国藩面对上谕严责,只能劝说曾国荃同意李鸿章带淮军来会攻。

曾国藩可算苦口婆心,无奈曾国荃正如湖南人所说"油盐不进",不甘心将此大功拱手让人，坚决不同意淮军到金陵来。曾国藩只好另想办法，阻止李鸿章奉旨前来。他亲自给李鸿章写信，当然话不能明说，而是让李鸿章知难而退："舍弟所部诸将，素知阁下与贱弟至交多年，无不欣望大旆西来。而所疑畏者亦可两端：一则东军富而西军贫，恐相形之下，士气消沮；一则东军屡立奇功，意气较盛。恐平时至生诟淬，城下之日，或争财物。请阁下与舍弟将此两项预为调停，如放饷之期，能两军共同发放，更可翕和无间。"

其实李鸿章心里明镜似的，知道金陵是老九的禁脔，也知道老师也不愿他带兵前来。只是师生之间直接说句实话多好，非要拐弯抹角说什么东军富西军贫，两军共同发饷，就是逼着淮军与湘军一样，一个月发个三四两银子，这分明是想把他的淮军吓回来。李鸿章干脆给老师回信，明白相告自己绝不会去金陵争功："接兵部寄谕，饬派鄙军协剿金陵，鄙意以我公两载辛劳，一篑未竟，学生不敢近禁脔而窥卧榻。况入沪以来，幸得肃清吴境，冒犯越疆，怨忌丛集，何可轻言无略？常州克复，附片借病回苏，已奏报不能协剿金陵之由，弦外之音，当入清听。"

李鸿章太过聪明，其用心有时也不够宽厚。他把话说得如此明白，无异一语道破天机，这岂不是把淮军不能赴援的责任完全推给了曾国藩吗？那么，朝廷和清流岂不会把矛头都对准他这两江总督太存畛域之见？曾国藩心生警惕，他这位高足已非当年幕府的文案李少荃，而是手握淮军的江苏巡抚！师生还是师生，但轻重形势已经发生太多变化。曾国藩老于官场，自然明白其中的利害，他处高位集众疑引诽谤，不能不处处小心，所以立即上奏请朝廷"督饬李鸿章速赴金陵"。而且他与曾国荃也都写信给李鸿章，请他带兵助剿金陵。

师徒两人斗法，朝廷其实看得明明白白。李鸿章顾念师生情谊，不肯赴援争功，说到底这都是私情。而尽快收复金陵城，断绝长毛的妄想，这才是釜底抽薪之计，而且是国家之大计。因此朝廷于五月十三、十七、二十日三次严旨催促李鸿章派援军，二十四日上谕又说："着李鸿章仍遵前旨，于所部各营内挑选精壮便捷善于攻城者二三千人，即交刘铭传等带赴金陵，该抚或俟长兴得手后，统率诸军助攻金陵，不必非等湖州克复。"

刘铭传大概也知道了这份上谕的内容，所以跑到苏州来要求带兵赴金陵。刘铭传是淮军中最骄横的将领，程学启战死后，他在淮军中俨然第一大将。他对李鸿章大声道:"属下来时,众将都托属下呈请大帅,淮军不该放弃眼前立大功的机会。有人说到金陵去,湘军红了眼,还不与我淮军火并?属下说,火并也不怕他,淮军的巨炮,恐怕曾沅帅也无法抵挡。"

"省三何出此言,湘淮本是一家,怎么连火并的话都说得出来?"李鸿章心里十分不悦,但脸色却尽量保持平和,毕竟刘铭传不是他的六弟,对这个刘麻子,他平时说话相当客气。

"属下也是开玩笑。属下不明白,咱们淮军无论向南还是向西,都要得罪人。向南协剿湖州,得罪左老三;向西协剿金陵,得罪曾老九。湖州与金陵无法相比,攻克金陵是天下第一大功,既然都是得罪人,我们为何不去争这天下一等大功?"

"那不一样,我与左帅顶多算同门师兄弟,而与曾相则有师生之谊。师兄弟掐架世人无非认为两人太过强梁,而徒弟与老师掐架,无异于欺师灭祖。所以,我不能去争金陵第一功。"李鸿章三言两语,把他的苦衷说给刘铭传。

"大帅不必亲自去,由属下等代劳就行。"刘铭传还不死心。

"俗话说,孩子哭了抱给娘。我淮军无论谁去金陵,都等于我李某人去金陵。我这样说,你能明白吧?还有,立战功不过一时之荣耀,而师生情谊则是一生不可轻弃。"刘铭传见李鸿章心意坚决,就不再多言,在巡抚衙门饱餐一顿而去。

李鸿章比谁都清楚,尽管曾老师兄弟都来信请援,但他们的真意仍然不欢迎他助剿金陵,无论胜负,他都会开罪曾家兄弟。如今,曾氏兄弟表面文章都做足了,此时李鸿章若依然不奉旨,才是真正地维护了老师的面子。展现在朝廷和世人面前的是,老师没有畛域之心,曾国荃也无拒人分功之嫌,李鸿章也并无任何顾虑。所以,五月三十日,李鸿章再上《筹划金陵湖州缓急片》,说明淮军仍然不宜赴援。

李鸿章的理由之一,就是湖州的长毛实力太大,淮军与他本人都不敢轻易离开:"湖州贼股甚众,附城数十里内,面面贼垒,堵逆黄文金、辅逆杨辅清等均系百战悍贼,浙师似难独力制之。现因湖城未复,东自吴江、平望,西至宜兴、溧阳数百里间,均须分守,牵制许多。臣军大半分守各城,若欲臣会攻金陵,又欲臣协剿湖州,臣力实有不给。若令臣弃湖州而赴金陵,事体固分轻重,时势固有缓急,若臣统兵远去,而湖贼窥伺入境,孰与主持调度?若仅分兵远去,少则无济于事,多则各统将资望相等,号令不一,与曾国荃各军错处围城之下,曾国藩与臣皆不放心。"

至于淮军的炮队,也不能立即调到金陵前线:"炮队现尚未齐,将来凑齐时,因雇用洋人教习,恐非诸将所能节制。项据郭松林等禀称,现在天气炎热,洋枪连放三四次即红,多则炸裂,开花炮放至十数出后即不能着手。昨攻长兴各项炮具俱已震损,亟须回苏修整,三伏战事颇难亦系实在情形。"

但即使不能去,也必须表明态度:"唯是叠奉严旨,饬臣军会攻金陵,曾国藩兄弟又屡次檄调,事关大局,无论有济与否,必应竭力相助。臣拟日内由太湖驰赴长兴前敌察看军情贼势,相机调拨,而后折回苏城。大约七月份若金陵仍未克,臣将亲带炮队,驰赴金陵城下。"

奏章的结尾一箭数雕,既表明他维护朝廷和两江总督的权威,又列出了赴援时间表,也就是同时向曾氏兄弟打招呼,如果六月底前还不能收复金陵,那就不能怪淮军去争功了。

同日,李鸿章还分别给曾国藩和曾国荃各去一信,并附上他的奏稿,向曾氏兄弟表明态度。高手过招,于无声处。李鸿章不掠人功,不奉旨赴金陵,令曾氏兄弟高兴;而他又将不能赴援的真正原因道破,令曾氏兄弟尴尬;而今他又再次不奉旨,并为曾氏兄弟洗脱嫌疑,维护他们的面子。而同时他还依然留有余地,如若朝廷再催,他那时奉旨带兵到金陵来,曾氏兄弟即使再不高兴,也无法怪他争功。师生这次交手,曾国藩对这位高足有嫌隙,有感激,更有佩服。总之,这个淮军大帅再也小看不得了。而且,无论怎么说,李鸿章已经为曾国荃争取到了一个多月的时间,唾手可得的大功而不伸手,可谓仁至义尽了。所以曾国藩给九弟去信说道:"观少荃屡次奏咨信函,似始终不欲来攻金陵,若深知弟军之千辛万苦,不欲分此全成之功者。诚能如此存心,则过人远矣!"

曾国荃不想他人来分功,但形势却由不得他。十几天后,皖西形势陡然紧张起来,陈得才率太平军和捻军联合部队兵分两路,突破了湖北麻城、黄冈,直夺安徽宿松、太湖,而官军阻截不力,节节败退,形势十分危急。所以朝廷连给李鸿章两道上谕,令他立即派淮军到金陵协助曾国荃,尽快攻克金陵。李鸿章此时已经无可推托,因此进行一番部署后上奏《拟分队会剿金陵折》,将奏稿分抄给曾国藩和曾国荃两兄弟。苏州距金陵四百余里,六百里加急,当天就递到天堡城曾国荃的行营中。曾国荃召集重将商议,脸色蜡黄地说道:"人家要来了,怎么办?"

众人都表示,要死命攻城。

"死命攻城,怎么攻?"曾国荃反问道。

"地道攻。"说这话的是李臣典。

李臣典,字祥云,湖南邵阳人。他少年时丧父,从小四处浪荡,打牌赌博,无所不为,家中只有出没有进,越加穷困不堪。十八岁那年,母亲久病无钱医治而去世。乡里的亲戚借给几吊钱给母亲买棺材,赌徒见钱没有不进赌场的道理,他把几吊钱全送进赌场,计划赌运逆转,赢些银子给母亲办个风光大葬,谁料却输得干干净净,不得已找一张篾席,随随便便找个荒地将母亲埋了。不久,他远在湘乡的舅舅知道姐姐去世,前来吊丧,一看姐姐埋的地方,大声道:"外甥好福气,给你妈找了块好地,将来肯定发达。"原来,李臣典母亲葬的那块地对着一条河,河中有一块石头,每年枯水期有几天如鲤鱼一样显露出脊背,此地因而叫"鲤鱼跳龙门"。葬在此地,子孙当然要发达。

那年曾国荃正在湘乡募勇,舅舅让李臣典参加了曾国荃的吉字营。按乡间说法,要论养家糊口,李臣典没一点狗料;但从小好勇斗狠的性情,从军则成全了他,很快便脱颖而出。有一次打仗,曾国荃陷入重围,眼看要全军覆没,这时李臣典匹马单矛闯入阵中,连挑几员太平军战将,救了曾国荃。攻打安庆的时候,曾国荃有一次大腿中铅子,从马上掉下来。李臣典冲进阵中,把他扶上自己的战马,一路拼杀再次救回曾国荃。从此他成了曾国荃最器重的将领,每次打仗都打前锋,如今已被实授河南归德镇总兵,二品武职大员。

一提地道曾国荃就头疼。因为湘军没有攻城大炮,所以要克坚城,只能靠挖地道来炸城墙。半年多前,湘军就开始挖地道,今年正月,金陵完全合围后,更是全面开挖,从东城墙的朝阳门外,往北再往西,一直到西北的神阜门,近五十里的城墙外先后开挖地道三十多条。然而,都没有成功。因为论起挖地道,太平军堪称湘军的祖宗。太平军出广西不久,就由冯云山召集矿工组成了"土营",其主要职责就是挖地道炸城墙,从湖南挖到湖北,从湖北挖到江苏,一路挖一路炸,让官军丢城失地,一溃千里。所以,要在他们面前玩挖地道的游戏,真是鲁班门前耍大斧。说起来,李秀成发现湘军地道的办法很简单,他站在城头看城外草色就行。因为挖地道不能太深,太深了爆炸效果不好,可是太浅了就难免伤了草根。在城墙上一看,草色发黄处必是开挖了地道。李秀成指出方向,命令太平军对挖,或者从地上用重锤把地道砸塌,用毒烟熏,用热水烫,或者用炸药炸,结果三十多条地道全部作废,湘军却因此死了不少人。所以一提地道曾国荃就上火,没好气地对李臣典道:"地道挖了半年多,能行的话早行了。"

"大帅,正因为没行,如今反而有行的可能。"李臣典仿佛胸有成竹。

李臣典所部两个月前在太平门附近挖了一条地道,一直很顺利,挖过了城墙根也没被发现。可是一天中午到了饭头,太平军开饭,一个小兵把手中的长矛用力往地上一插,准备去吃甜露。不想这一插竟然把地道刺穿,下面的湘军以为被发现,抓住长矛就往下拉,这一拉上面的太平军才知道下面是湘军地道,结果拿来火药把这段地道崩塌了,下面的湘军死了二十几个,这条地道也就作废了。可是李臣典几天前突发奇想,这条地道既然作废,太平军一定也放松了警惕。所毁掉的不过是城墙内处的一段,何不再沿这条地道斜挖入城?他已经安排人悄悄开挖,目前仍然没被发现。

曾国荃眼睛一亮,说道:"咦,这倒不失为一个瞒天过海之计。只是越接近城根,越容易出毛病。"

"所以,请大帅再行瞒天过海之计,吸引长毛的注意力。"李臣典道。

"什么计,你直说。"曾国荃此时精神已经焕发。

李臣典建议在天堡城上架设几门火炮,天天往城墙上和城内轰,让城上站不住人,避免地道被发觉。同时向太平门附近城墙根堆草束,做出要由此登城的样子,吸引长毛的注意力。而他则督促部众,尽快开挖,争取三日内完成。

曾国荃重重一拍李臣典的肩膀道:"就按祥云的办法搞。"

曾国荃把湘军的大小炮全部集中到天堡城,共有二十多门,轮番向太平门内外轰炸,虽然湘军的火炮口径小,对坚固的金陵城墙无可奈何,但对血肉之躯却有很大杀伤力,太平军不能登城,也很难在太平门附近集结。曾国荃又令数千勇丁,每人背一捆柴草轮番扔到城墙根,到了十五日晚上,柴草已经与城墙相平。

太平军以为湘军要强攻太平门,注意力全部吸引到这里,而且炮声不断,根本不曾留意湘军又在挖地道。十五日晚上,地道已经完成,一夜之间用麻袋两千余条向地道内填进三万五千多斤炸药,又用巨石封堵结实,只留一个口门以通引线。所用引线是比碗口还要粗的竹子,里面用布包着炸药,一直连到地道口外。

李秀成似乎有所察觉,当天夜里亲率几百敢死之士提着火罐冲出太平门,把附近蒿草芦苇烧了个干干净净。曾国荃和李臣典的心都提到嗓子眼,因为当时湘军正在布置地道引信,如果此时燃着,夜里把城墙掀翻,而湘军没有做好攻城的准备,岂不又将前功尽弃?所幸大火并没延烧到地道口,湘军又死命反扑,李秀成只好退回城中。第二天上午,李秀成又将堆积于城墙外的柴草点着,燃烧了几个时辰,烧了个干干净净。曾国荃不去管这场大火,召集众将商讨攻城大计。城墙一旦炸开,必须死命往里冲,不然被太平军挡在城外,一旦重新把豁口堵上,又将束手无策。这必将是一场残酷的争夺战,太平军必然冒死抢堵,而湘军要想突破,也必须拿出不要命的劲头来。

"谁先冲进城去,谁就是头功。"曾国荃以功名相激。

当初咸丰帝有"谁攻克金陵便封王"的承诺,攻克金陵的大功当然是曾氏兄弟,不过这冲进城的头功,自然也会相当有分量。

"谁愿打头阵?"曾国荃问道。

众将都默不作声。打头阵与送死几无差别,虽然功劳大,但人死了功再大又有何用?

曾国荃犀利的目光从众将脸上扫过,见众人还是不肯出头,就说道:"那就谁的官大谁往前冲。我第一个上!"

这当然是气话,所以李臣典接话道:"大帅要居中指挥,哪能亲冒矢石之险。我愿打头阵。不过,打头阵光主将拼命不行,勇丁也得顶用。我的部众挑出五六百敢死之士没问题,不过人还是太少。朱军门手下多的是敢死之士,可否借我五百,有两千人拼命,我这个头阵应当没问题。"

所谓朱军门就是贵州黎平人朱洪章,字焕文。早年跟着胡林翼从贵州到湖南,又到湖北。胡林翼死后,又跟着曾国荃冲锋陷阵。湘军中都是湖南人领兵,他这个贵州人不能不特别拼命。太平军十三王爷救天京时,曾国荃湘军被围,苦战近一个月,朱洪章率部与太平军拼命,所守营垒毁而建,建而毁,太平军却始终未能攻破,朱洪章因此得了能战之名,以总兵记名,并加提督衔。他是个爱惜士卒的人,李臣典向他借兵,少不得要派他的勇丁去打头阵。

都是战死,何必要为他人作嫁衣,所以说道:"李军门也是提镇大员,自然也不能去打头阵,这个头阵就我来打吧。"

两人稍做争执,最后朱洪章打头阵,李臣典第二,都在军令状上签了名。

福建陆路提督萧孚泗第三个署名。他也是一员猛将,靠硬仗博得提督职。有这三个人领头,接下来共有九位统领在军令状上签名。曾国荃又给众将分派任务,只待炸城后发动总攻。

天近午时,湘军大队人马齐集太平门外,曾国荃一声令下,李臣典亲自点燃引信,地道中发出隐隐若雷霆滚动之声,一直持续一个小时。忽然声音停止了,众人屏息以待。突然响起如天崩地坼之声,眼看着一段二十余丈的城墙随着烟尘整个飞到半空中。众人眼随城墙上天,无不目瞪口呆。而后城墙裂碎纷纷落地,一二里的范围内都有人被砸死,城外的湘军也不例外。曾国荃见众将还未从震撼中反应过来,大吼一声道:"还不冲锋,更待何时!"

朱洪章、李臣典、萧孚泗等众将各率本部人马向太平门冲去。朱洪章督带四百敢死之士首先冲进城墙缺口,早有准备的太平军拼死抵抗,他们将燃烧着的火药袋和整盆的火药倒向拥进缺口的湘军头上,朱洪章的四百敢死之士仅余十几人。李臣典的部众见太平军人人拼命,不敢靠前,纷纷后撤,以致整个进攻部队都转身要走。李臣典、萧孚泗瞪着血红的眼睛,手刃临阵退却者数人,把勇丁赶回到城下。朱洪章召集部下,再次组成五百余人的冲锋队,重新冲入缺口。埋伏好的太平军冲出来厮杀,但由于过度饥饿严重影响了他们的战斗力,虽然连续反攻,最终被突破了缺口。朱洪章最先进城,与太平军展开巷战,这时,天空刮起东北风来,朱洪章大声喊道:"娃子们,放火烧狗日的长毛!"两路同时点火,大火借着风势,直向西南方向烧去。太平军处下风口,被烧得纷纷躲避。朱洪章率部一路追杀,一直杀到天王府。他率人杀进府中,把守军全部诛杀,擒获洪秀全之次兄洪仁达。他下令封闭王府库,并派两营人马分守天王府南北两门,不放一人进入,等待曾国荃前来接收。这时李臣典骑马赶到,说奉大帅令前来接手王府。朱洪章率部撤走,乱哄哄杀向城西。

天黑前,天京城九门全部被攻破,全城四处起火,处处厮杀。太平军几乎无人投降,而湘军见到长发者或刚剃发者,皆不留活口。到了后半夜,湘军基本控制全城,然而杀人放火却是更加肆无忌惮。

曾国荃营务处文案赵烈文是曾国藩最信任的幕友，曾国荃到金陵后被派来帮办文案，同时也有随时规劝纠偏之意。赵烈文见湘军杀人放火，抢劫财物，以致为争夺财物和女人而有数十人火并的事情，觉得这样下去不行，因此来见曾国荃。

曾国荃的贴身护卫劝道："赵先生，九帅睡得正熟，我要是您，就不会此时打扰。"曾国荃连日为破城之事焦虑，已经三天没有合眼，昨天晚上又忙着奏捷，到十点多才睡去。因为大功告成，所以沾枕即酣睡，此时睡得正香，鼾声如雷，亲兵不敢去打扰。

赵烈文只好耐心等待，盼望中间曾国荃如厕或喝水，便可趁机提出他的建议。然而曾国荃睡得正酣，根本无醒来的可能。赵烈文见城中火势越来越猛，呼号惨叫不绝于耳，终于隐忍不住进门把曾国荃推醒。

曾国荃翻身坐起，瞪了赵烈文一眼道："呵，是赵老夫子，我三天没睡了，有什么事情，非得打断我的好梦。"

赵烈文比曾国荃小八岁，时年不过三十二岁，不过，因为他经常为曾国藩出谋划策，深得信任，曾国荃经常称他老夫子，有戏谑，也有尊重的意思。

赵烈文将写好的条陈四事递给曾国荃——

一、请止杀。令城内百姓各归各馆，闭门候查。派队逐门搜查，分别良莠审办。既全胁从，复可得真正贼首。

二、设馆安顿妇女，毋使尽遇掠夺。

三、立善后局。

四、禁米麦出城。

曾国荃看过四条，其中后三条可以立即执行，唯有第一条现在不能禁。湘军能拼死攻城，为的就是城中财物。要抢劫财物，必然会遇到反抗，必然要杀人。现在禁杀，等于不让湘军劫财，这一点他做不到，各路统将也不答应。何况湘军欠饷严重，正可趁城破时不分军民、不分良莠，让勇丁腰里都有些值钱东西，他也就不必日日为饷项犯愁。他把条陈还给赵烈文说道："就按你的意思，后面三条照办，第一条暂缓。"

"九帅，应当立即执行的就是第一条，何故要暂缓？"赵烈文不明白。

曾国荃不耐烦地挥挥手道："现在城中到处都是长毛，有些长毛还混在民中，要想止杀根本是空口白话。不能行的令，不如不下。"

曾国荃倒头就睡，不再理会赵烈文。

天京城里湘军乱纷纷杀人放火，李秀成带着两千余人马换上清军的缨帽号衣，保护着幼天王从太平门炸塌的城墙处冲出。冲出千余人的时候，被湘军看出了破绽，后队人马全被截回城中。李秀成带着幼天王快马加鞭逃命，然而幼天王的马脚力太差，李秀成只好把自己的战马换给幼天王。他骑幼天王的劣马，不久就落在大队后面，走了三四十里路，那匹马竟然累死了，李秀成只好躲进山林避过湘军再说。躲了一天，他觉得躲过了初一躲不过十五，于是决定出山找太平军。刚转过山谷，就与一位猎户迎面相撞。

猎户看了李秀成的打扮，便问道："你是太平军？"

李秀成见被人认出，只好承认道："不瞒老哥说，我是天京城里的太平军，天京城破，逃难至此。"

猎户心地善良，便责备道："那你怎么还敢出来？山外都是湘军，有些本地猎户见钱眼开，听说太平军带着金银珠宝逃出天京，正乱哄哄捉人发财呢！"

李秀成苦笑道："那老哥何不把我押到妖营中领赏？"

"你太小看人了，太平军对咱有恩，咱不办那缺德事。去年我老娘病重，进天京求医，没银子，俺急得在天京城外墙根下哭，忠王巡城见了俺，派军医给老娘治病，还送给俺银子。不管别人怎么说，忠王爷对俺有恩，俺不能见钱眼开，没了良心。"猎户摇了摇头道。

"老哥，李秀成的模样你可还记得？"

"大恩人的模样，俺天天供在心里。"

李秀成扯下头上的破头巾问道："老哥，你仔细看看，我是谁？"

猎户仔细一端详，扑通一声跪在地上，哭道："忠王爷，您怎么瘦成这样了？俺都认不出来了，陶大山给您老磕头了。"

李秀成扶起陶大山，摸出一锭银子递给他说道："老哥，今天有一事相求，请你买匹马或骡子来，我要去找太平军。"

"忠王爷，我哪能要您的银子？俺弟前天捡了匹军马，俺送给您就是。您甭急，俺回家拿剪刀来，给您剃了发再走。"

"我生是天国人,死为天国鬼,怎能剃发?我是天国重臣,剃了发让我如何见兄弟们?"李秀成不愿意。

陶大山急道:"忠王爷,您不剃发怎么行?人家老远就认出来的。命都没了,怎么找太平军?"

李秀成想想也是,就听陶大山的劝说,先进山洞躲躲,剃了发就走。

山脚下,一个简陋的院落里,一个半盲的老妇人正在摸索着烧水。听到脚步声,她抬头便问道:"大山,怎么这么早就回来了,打到猎物了?"

陶大山回道:"娘,您到屋里,我有话说。"

陶大山把老妇人扶到屋里,老妇人一听儿子见到忠王了,便惊喜地问道:"忠王爷还好吗?"

"好不了。天京都破了,忠王人瘦得不像样了。"陶大山说,"忠王想去找太平军,我打算把咱那匹军马送给他。"

"就怕大海不答应。"老妇人有些犯愁。

"娘,这件事你千万不能让大海知道,这些天他帮湘军捉太平军发财,都红眼了,让他知道,忠王就完了。"

老妇人连连点头,催儿子快去为忠王剃发,把家里仅有的两个菜团也让儿子带给忠王。陶大山牵上军马带上剪刀就进了山。

陶大山的弟弟陶大海,匆匆奔向山外的湘军营中,被湘军哨弁截下了:"干什么的?"

陶大海问道:"军爷,帮助官军捉住长毛,能给多少赏?"

"那要看你捉住什么人了,一般的小长毛不值钱。要是将官什么的,那就值大钱了。"

陶大海得意地说道:"我能帮军爷捉个大官长毛,官很大的,请军爷领我见你们统领。"

节字营哨官正从外面走来,因为天热,他的补服纽子解开了,露着胸前浓密的黑毛,模样酷似江湖强盗,陶大海先自怯了。哨官一开口就大声嚷道:"谁在这里穷嚷嚷,给我乱棍打开了。"

陶大海扑通一声就跪下了:"军爷,小的不敢捣乱,小的是来报告军情的,小的发现了一个大长毛。"

"是吗?要是属实,赏你真金白银,要是谎报军情,让你吃一顿军棍。"

"军爷,是真的,是长毛的忠王李秀成!我哥把他藏在山洞里,他正和我娘商量时,被小的听到了。"陶大海磕头如捣蒜。

哨官惊讶得瞪大了眼睛,一挥手,几个下属跟他进了内帐。不一会儿,哨官出来道:"不管真假,先赏他十两银子,真抓到了,还有重赏。"陶大海欢天喜地地带着几十名湘勇出了大营。

山谷洞中,陶大山给李秀成剃去额前长发,又在脑后结一条辫子,然后说道:"忠王爷,你再换上我这身衣裳,就没人认得你了。"

"多谢老哥。我这里有一包金银珠宝,是从天京逃出时带上的。带这么多财物恐怕更惹人疑,我留下几锭银子,剩下的老哥就拿去过口了吧,再找人把你老娘的病好好瞧瞧。"李秀成拱手一揖,想起自己不知下落的母亲妻儿,不禁仰天长叹。

李秀成用那条明黄头巾裹着的金银珠宝就放在地上,陶大山拽开那条头巾道:"忠王爷真是糊涂,这条头巾就足以引来杀身之祸。我怎能图忠王爷的钱财,我帮您塞到马料袋里,没人会注意的。"

忽听得洞外有人喊:"晚了,塞到哪里也没用了。"

陶大山循声一望,弟弟陶大海带着几十名湘勇堵在了洞口。

李秀成误会了陶大山,怒斥道:"没想到我竟被你忠厚的模样欺骗了!"

陶大山百口莫辩,抽出李秀成的佩剑冲向弟弟,嘴里骂道:"陶大海,你这个丧尽天良的东西!"

湘勇们手起刀落,陶大山已是身首异处。

陶大海见哥哥死无全尸,大哭起来。

哨官笑道:"哭什么哭?你不就是想发财吗?那包赃物全是你的了。"

陶大海收了泪,弯腰去捡地上的包裹,刀光一闪,他同样命奔黄泉。哨官大声宣布:"伪忠王李秀成杀死两名无辜乡民,幸未逃脱,被我节字营捕获。弟兄们,押他去见萧军门,领赏去呀!"

第十六章

曾国藩临渊履冰 安德海搬弄口舌

曾国荃正在埋头大睡,听到亲兵来报萧孚泗捉住了伪忠王李秀成,还以为自己听错了,就追问道:"谁?李秀成?"

"是。"亲兵回答。

他跳起来,抓起案上一把尖锥赤脚奔到大帐,见萧孚泗果然率手下押着一个黑瘦的中年男子,便问萧孚泗道:"这贼娘的就是李秀成?"

萧孚泗回道:"已经让长毛认过,他就是李秀成!"

曾国荃一边大骂,一边拿尖锥直刺李秀成屁股:"贼娘的,你让老子整整费了两年工夫,搭上了成千上万将士的性命!老子恨不得吃你的肉,喝你的血。"

李秀成不防备堂堂湘军九帅竟然来这一手,疼得大叫一声后咬牙忍住了,啐一口唾沫道:"曾九,你我各为其主,又何必如此有失身份?"

曾国荃冷笑道:"老子没那些臭讲究,什么身份不身份。萧军门,你马上派人做一只大笼子,把这贼娘的玩意关进去,加派人手给我看好。我给大哥写封信,今夜就派人送去,告诉他李秀成被我抓住了,让他快些移节金陵。"

"士可杀不可辱!"李秀成大喝一声,奋力挣脱了往墙上撞,早被萧孚泗一把抓住。

曾国荃冷笑道:"想死?没那么容易!"

金陵城外码头,炎炎烈日下,曾国荃率领吉字营十几名统领等待着曾国藩。曾国藩的座船靠岸还没停稳,曾国荃等人已经跳了上去。兄弟两人已经一年多不见了,曾国荃比上次又瘦了不少,曾国藩拍他的肩膀时感到肩甲突兀硌手,再看九弟的脸色,黑乎乎的,与乡间老农无异,便神情黯然地说道:"九弟,你受苦了。"

曾国荃鼻子一酸,泪涌了出来,想到围困金陵以来的惊惧险恶,已是呜咽有声。曾国藩怕他失态,笑了笑道:"攻下金陵的不世之功,若是他人获得,还不会把嘴都笑歪了?哪有你我这样相对而泣的?好好好,别让你的统领们笑话。"

李臣典、朱洪章、萧孚泗等将领都笑了,曾国藩又一一向他们道贺:"诸位合力克复金陵,我已经向朝廷为诸位请功,朝廷必有重赏,到时一块好好庆祝一番。"他又怕曾国荃率领的这些骄兵悍将恃功不法,一边登岸一边教训,"不过,攻克金陵一半是人力,一半是天功。世间人事所成,无不如此。想当年长毛初兴之时,数千人常常会打得数万官军落花流水,如今虽据天险却也无奈我何,此亦是天数。诸位以后多多作此想法,方可不至忘了身份。"

"大帅教训得是。"众将都应和道。

吃过饭,曾国荃问道:"大哥,将士们听说你来了,都眼巴巴地想见你一面,下午,我让众将都过来?"

曾国藩摆摆手道:"不,虽然金陵克复,但战事未毕,各军各营皆有职守,不要劳师动众,我去看他们。"

下午,曾国藩在九弟等人的陪同下,查看城防,又先后到信字营、节字营、备字营、刚字营看望将士。各营已经有准备,旗甲鲜明,列伍齐整。曾国藩检阅完队列,心血来潮,又要去勇兵们的营房瞧瞧。上自曾国荃下至哨官都阻拦,说那些地方臭气熏天,不看也罢。但曾国藩执意要去,也就没人能拦得下。

刚到营房门口,已经闻到了脚臭汗酸混在一起的污浊气味。曾国藩一进门,就明白为什么众人都劝阻他了。地上、铺上木箱竹篓摆得满满当当的,连个插脚的地方也没有。他立即明白了,这全是兵勇劫掠的财物。湘军军纪败坏,他是有所闻的,甚至也是默许了的。欠饷那么多,如果不能乘机抢掠,湘勇们谁还背井离乡卖命?但抢掠竟然如此人人参与、明目张胆,还是大出他的意料。这要传到外间成何体统,再让那些好事的御史们参上一本,那真是百口莫辩！但他不想当着众人的面点破，出了门才道："气息实在太污浊，要告诉将士们，多通风，勤打扫，防恶疾。"

各处转下来，天就黑了。吃过饭，曾国藩留下老九说话，其他人等都退了出去："老九，今天你也看到了，那些木箱竹篓是怎么回事？哪有一点军营的样子？倒更像是杂货店。"

曾国荃支吾着道："湘勇们看金陵克复，估计没有多少仗可打，不久就可回乡，都收拾了早做准备。"

"你也别与我打马虎眼，那里面是什么你清楚我也明白。我听到了不少传闻，说湘勇竟然为抢掠财物互相火并，为争一个女人拔刀相向！我当然明白你的苦楚，可是再有难处，也不能让湘军如此不堪！从明天开始，你要召集众将，严明军纪。还有，那些箱箱篓篓的，马上想办法处理掉！"

"好好好，全听大哥你的。你也累了，早点休息吧。"曾国荃只得答应。

第二天，曾国藩亲自审问李秀成。曾国荃命人把李秀成连人带铁笼抬上大堂，曾国藩皱了皱眉道："打开笼子，看座。"

给李秀成看座，实在出乎众人的意料，李秀成更感意外。等他坐好了，曾国藩才叹了口气道："你也是聪明人，难道就没有看出长毛必败的形势来？还是你以为长毛一定能够成事？"

"几年前就知道必有这一天，只是骑虎难下。"

"那何不早降呢？"曾国藩和蔼地问道。

几天来，曾国荃曾数次审讯，但李秀成只有冷笑，一句话也不多说，曾国荃恨得直拿铁锥把他刺得遍体鳞伤。曾国藩与曾国荃的审讯不同，平心静气，娓娓而谈，不像审讯，反而像朋友谈天。而李秀成似乎从中发现了一线生机，对曾国藩的问话也都如实回答："朋友之义，尚不可渝，何况我受天国的爵位。我虽然未降，但用兵所到，从来没有纵兵杀戮。破城后官眷陷城的，都派人护送出境。对战死的官员，我也敬重他们的忠勇，向来是好好安葬，大人想必应该听到过。"

曾国藩叹道："我自然听到过。依我看，你也是个人杰，可惜没遇到真正的知己，实在可惜啊！"

李秀成垂头无语。

"如今你已就缚，到底有何打算？"曾国藩依然是和蔼可亲的语气。

"等死罢了。只是我的旧部还有数万人，再抵抗也是徒送性命。如果大人能准我致书旧部，让他们各自还乡，我就死能瞑目了。"李秀成如此说，说明他有立功求生的想法。

"你能这样想就算识时务，只是你在长毛中影响极大，对你的处置需要朝廷的旨意，我这两江总督只能向朝廷建言，而不能最终做主。"在李秀成听来，曾国藩是在明确告诉他，这位两江总督有意救他性命，"我也不必再一句句问你了，你写个自述，把自己如何入了长毛，如何追随长毛四处用兵，又如何被捉拿，详细地写清楚，待我上奏朝廷定夺。"

对曾国藩的这个要求，李秀成一口答应。

曾国荃多次审讯，刑讯逼供，李秀成只有冷笑以对，没想到曾国藩二言两语，李秀成竟然答应写供词，这令曾国荃十分不解。曾国藩告诉他道："像他这种人，堪称人杰，自认为人杰者，都不甘年纪轻轻就赴死。但是，如果你不让他看到生的希望，他只有死硬求死，不肯多说一句话。我与他有相见恨晚、伯乐相马的态度，让他有一丝生的希望，他自然肯说话了。"

"他让我困顿金陵城下两年，死伤兵勇过万，我对他恨之入骨，自然没有好脸色给他。只是不知道，他的供词会不会胡说八道？"曾国荃还是有些不相信。

"只有等他写完了再说。"

曾国荃又道："此人若押解进京，后患无穷。"

曾国藩明白老九的意思，别的不说，金陵城是长毛经营十几年的天京，金银财宝被洗劫一空，李秀成如果如实向朝廷招供，曾国荃和他的吉字营便会成为众矢之的。

"这个我自然明白，暂且留他性命，到时见机行事。"其实曾国藩已经拿定要杀掉李秀成的主意，但此时还不宜透露心机。

金陵破城后的当天晚上，湘军还在与太平军激战的时候，曾国荃就让赵烈文写好报捷折，以六百里加急报到京城。两天后早朝的时候，递进养心殿东暖阁。六百里加急，两宫垂帘后还是第一次接到。如此紧急，要么是大捷，比如金陵克复；要么是大难，比如曾国荃湘军溃败，或者大员战死。金陵已经绝粮，曾国荃溃败的可能性不大。那么，最可能的就是金陵大捷。慈禧的心怦怦直跳,努力控制着情绪,不让激动太过外露。喜怒不形于色,让人难测天威,这是近年来她一直在修炼的功夫。她亲自打开密封的奏折盒,看了几句,转头看着慈安,慈安紧张得不得了,问道:"妹妹,到底是什么消息,你说来听听。"

"姐姐,金陵被曾国荃收复了!"慈禧眉毛上扬道。

"恭喜皇上,恭喜两宫皇太后!"议政王率领众位军机大臣跪下磕头贺喜。

"老六,辍朝三日,咱们连听两天戏!告诉书房的师傅,这三天不必授读,让皇上玩几天。"慈禧说完觉得这不免有些得意忘形,转头又问慈安,"姐姐你看如何?!"

"这是件大喜事,应当好好庆贺,一切都依妹妹的。只是曾国荃他们应该如何赏赐,也应当事先考虑。"慈安考虑的是这事。

"那是应当的。不过,估计曾国藩的详细奏折很快就会到了,谁是头功,谁次之,等有了详细奏报才好论功行赏。"慈禧也深以为然。

接下来的几天里,宫内外一片欢乐。

曾国藩与湖广总督官文联衔的《奏报攻克金陵尽歼全股悍贼并生俘逆酋李秀成折》比曾国荃的捷报晚到了五天。曾国藩的总督衙门所上奏章往往成为各地督抚效法的样本,有"天下第一奏章"的美誉。果然是名不虚传!他的奏折详细报告了攻克金陵的过程,这样的大功,没有一句浮夸,文字平易,客观理智,却于不动声色中把湘军英勇、曾国荃赏罚严明充分地表达出来,摆功的目的达到了,但让人感觉不到在摆功。然后他又报告了两件憾事:一是没有抓到太平天国的天王,所谓擒贼擒王,这实在是件憾事。但"首逆洪秀全实系本年五月间猛攻时服毒而死",洪秀全本是病饿而死,曾国藩说是因湘军猛攻服毒而死,也就是说洪秀全无异于被湘军逼死,因此也不是太过遗憾;幼天王也没有捉住,"城破后,伪幼主积薪宫殿,举火自焚"。第二件憾事是乘着夜色李秀成率一千余人逃出天京,但李秀成"城破受伤,匿于山内民房,十九夜,提督萧孚泗亲自搜出",而其他逃出的"巨王、幼西王、幼南王、定王、崇王、璋王,被官军马队追至湖熟桥边,将各头目全行杀毙,更无余孽"。这样说来,两件憾事也就了无可憾。

接下来的一段更是全折的最高明之处。奏折写道:"臣等伏察洪逆倡乱粤西，于今十有五年，窃踞金陵亦十二年，流毒海内，神人共愤。我朝武功之盛，超越前古，屡次削平大难，煌耀史编。然如嘉庆川楚之役，蹂躏仅及四省，沦陷不过十余城。康熙三藩之乱，蹂躏尚止十二省，沦陷亦止三百余城。今粤匪之变，蹂躏竟及十六省，沦陷至六百余城之多，而其中凶酋悍党，皆坚韧不屈。此次金陵城破，十万余贼无一降者，至聚众自焚而不悔，实为古今罕见之巨寇。然卒能次第荡平，划除元恶，臣等深维其故，盖由我文宗显皇帝盛德宏谟，早裕戡乱之本：宫禁虽极俭啬，而不惜巨饷以募战士；名器虽极慎重，而不惜破格以奖有功；庙算虽极精密，而不惜屈己以从将帅之谋。皇太后、皇上守此三者，悉循旧章而加之，去邪弥果，求贤弥广，用能诛除僭伪，蔚成中兴之业。"

这段文字算是对朝廷平定整个太平天国的一次总结，与康熙朝的三藩之乱、嘉庆朝的白莲教起义相比，结论是平定太平天国比之更为不易。就一般人的心态而言，总是唯恐自己的功劳不被他人所知，因此难免要再三表白。而曾国藩把湘军的功劳寓于叙述克城的过程中，在此处却不提一句，而完全归之于已经死了十几年的咸丰帝及正在秉政的两宫皇太后和皇上。这看上去似乎是虚伪，而正是曾国藩的高明之处，因为在朝廷看来，这段文字必不可少，一则整个皇家和朝廷需要有人来赞扬，而这个人非曾国藩莫属，因为他是这场战争的总指挥。二则也由此可以窥见统兵大员对朝廷有无儆慎之心。尤其是大寇将平，曾国藩手中握有雄兵数十万，他若有半分的骄蹇流露，便会引来朝廷的不安。

果然，慈禧看罢这一奏折后说道："曾国藩不愧是大儒，没有辜负文宗显皇帝的倚重。"

"曾国藩兄弟劳苦功高，自不必说。当初文宗显皇帝说，谁攻克金陵谁就封王，天下尽人皆知，如何封赏倒是个难题。"议政王提出这个难题，因为如果真要封曾氏兄弟为王，那就有违康熙平定三藩之乱后汉人不封王的祖训。可是如果不封，又将失信于天下。

慈禧早有考虑，果断地说道："汉人不封王，这是祖训。不过，不封王却有与王相当的封赏。"

与王相当的封赏，那是什么？议政王心中有数，但不肯先说话，慈安心底纯厚，不知底细地问道："什么样的封赏能与王相当？妹妹不妨说出来听听。"

慈禧接着说道:"我们不妨把这个王爵折分成几个爵位,这样文宗显皇帝的诺言也算实现了,而得到封赏的人也多了,算得上一举两得。"

朝廷的封爵,分为宗室爵、蒙古爵和功臣爵。宗室爵、蒙古爵只封给宗室、蒙古亲贵,功臣爵是赏给立有大功的人,共有九等,依次为公、侯、伯、子、男、轻车都尉、骑都尉、云骑尉、恩骑尉。自康熙朝后,汉人封爵从未高过侯爵,慈禧的意思是,这次最高不但不封王,公也不能封,而是把这个王爵一分为四,一个侯爵,赏曾国藩;一个伯爵,赏曾国荃;还有一个子爵,一个男爵,分赏攻克金陵中战功卓著的人员。以下的爵位,已非显爵,朝廷没必要费过多的心思。

议政王又道:"曾氏兄弟的封爵没有异议,剩下的子爵、男爵,可按曾国藩报功的顺序,分别赏给。只是,曾国荃能攻克金陵,与李鸿章收复苏常、左宗棠收复浙江关系极大,他们的功劳,比之曾国荃并不逊色。"

这话说得一点不假,自从左宗棠入浙江、李鸿章入江苏后,不断地攻城克地,而曾国荃屯兵金陵城下,再无其他建树,朝野内外对湘军的非议日多,左、李的风头几乎要压过曾国荃了。

"六爷说得不错。江苏全境已经收复,李鸿章不妨也封伯爵;浙江湖州还未克复,左宗棠就不能算奏了全功,得等他收复了浙江全境再论功行赏。"这事就这样定了下来。

此外还有一件事,曾国藩在奏折中询问李秀成是否押解进京。慈禧的意思很明确:"我朝向来有献俘的祖制,首逆洪秀全、洪福瑱既然已经一命呜呼,李逆自然应该押解进京。"

于是另外明发一道上谕,让曾国藩立即妥派人员押解李秀成进京,沿途各地方官,应妥为照应,不能让李秀成的死党劫走。

李秀成怀着一线生机,在囚笼中以每天七千余字的进度写自述。写了八天,交给曾国藩六万多字的稿子。李秀成的自述,一是讲述自己的家世及参加太平天国的始末;二是总结了"天国十误";三是答应帮助曾国藩招降太平军旧部,提出了"招降"十要;四是提出"防鬼兵为先"的建议,力劝曾国藩注意外国势力,把主要精力放在抵御外国侵略上;五是很明确地向曾国藩流露出乞降的意思。

曾国藩看罢冷汗直冒,因为李秀成的追述,有不少实事与报给朝廷的出入甚大。曾国藩在奏捷的折中说,湘军与金陵十万太平军苦战,而其实金陵城中太平军不过万余人;金陵城是太平天国的天京,坊间传说金山银海,而曾国藩上奏说"克复老巢而全无货财,实出微臣意计之外,亦为从未罕闻之事"。而李秀成最知底细,朝廷追查起来,难道让湘军把到手的金银财宝吐出来?金陵城克后,湘军杀人放火,劫掠财物,而曾国藩把放火的责任都推到李秀成头上,说是他下令放火,李秀成到京岂不一切真相大白?还有,李秀成是趁湘军抢劫之际逃出城去,并非被官军拿获,这些情况李秀成一旦入京,朝廷就会知道得清清楚楚,曾国藩如何自圆其说? 这还是自供中的内容,如果李秀成解到京中,在刑部一过堂,还不知会说出什么来,那将给曾氏兄弟和湘军惹来巨大麻烦。更让曾国藩心惊肉跳的是,李秀成在自述最后一段,暗示曾国藩可以取朝廷而代之,届时他可召集旧部唯马首是瞻! 这是要他造反!

门外响起脚步声,曾国藩来不及把这页让他心惊胆战的手稿藏起,仓皇中塞到嘴里。进来的人是曾国荃,他见大哥憋着脸不说一句话,十分诧异。曾国藩指指茶碗,曾国荃跑到门口,喝道:"茶!你们是怎么当差的?连茶水也不供。"

其实这怪不得下人,因为曾国藩有吩咐,非召不能进门打扰。趁老九转身的工夫,曾国藩把嘴里的纸团吐了出来。

曾国荃十分关心李秀成的供述,便问道:"大哥,姓李的都说了什么?"

曾国藩平淡地说道:"他说的倒没什么,对你我兄弟多有褒词。"

"大哥的意思,是想留他一命,还是要押解进京?"曾国荃放了心,又问。

当初奏捷时,曾国藩在奏尾请旨是否把李秀成押解进京,现在看是一大失策。李秀成是无论如何不能押解进京的,他摇头道:"此贼十分狡诈,只怕押解途中会出意外,明天午时,凌迟处死!"

曾国荃见大哥主意已定,十分高兴地说道:"早就应该送他上西天!只是大哥曾经请旨问是否押解李贼进京,这该如何向朝廷交代?"

"除洪秀全外,像李秀成这样的丑类根本不必献俘。陈玉成,还有石达开都是就地正法,这有前例可循。而且,李秀成在长毛中影响太大,即便押在监中,长毛见他无不下跪请安,金陵城外尚有长毛十余万,押解京师千里迢迢,如果被长毛余孽劫走,将带来无穷后患。我以此上奏,朝廷会体谅的。"

杀死李秀成的当天下午,内阁明发的上谕递到曾国藩案头。曾国藩换好公服,率众人到大堂焚香跪拜接旨——

本日阅官文、曾国藩奏报金陵克复详情,朕心甚慰。发逆作乱于今已有十五余年,窃据金陵亦有十二余年,祸乱蹂躏达十六余省。金陵一朝克复,发逆凶陷将灭,国泰民安可期,先皇遗志得偿,实天下之大幸事。前敌将士冒酷暑、处严寒,不畏矢石如雨,文武各员,为克复金陵悉心筹划,功不可没,必当一一恩赏。

钦差大臣协办大学士两江总督曾国藩,自咸丰三年在湖南首倡团练,创立水师,与塔齐布、罗泽南等屡建殊功,保全湖南郡县,克复武昌等城,肃清江西全境。东征以来,由宿松克潜山、太湖,进驻祁门,迭复徽州郡县,继拔安庆省城以为根本,分檄水陆将士,规复下游诸郡县。兹幸大功告成,逆首诛锄,实由该大臣筹策无遗,谋勇兼备,知人善任,调度得宜。曾国藩着加恩赏太子太保衔,赐封一等侯爵,世袭罔替,并着戴双眼花翎。

浙江巡抚曾国荃,以诸生从戎,随曾国藩剿贼数省,功绩颇著。咸丰十年由湘募勇,克复安庆省城,同治二年连克巢县、含山、和州等处,率水师各营逼近金陵,驻师雨花台,围城二年,苦战百余,终克金陵,歼除首恶,实属坚忍耐劳,公忠体国。曾国荃着赏加太子少保衔,赐封一等伯爵,并赏戴双眼花翎。

江苏巡抚李鸿章,统带中外水陆各军,由上海一隅转战而前,连克苏常府县,并领兵出境攻拔嘉兴等处,使江南逆匪进无援兵,退无窜路,实属谋勇兼优,着加恩赐封一等伯爵,并赏戴双眼花翎。左宗棠、沈葆桢等闽浙赣等省官员,待发逆残部剿平后另行论功封赏。

此外,记名提督李臣典,着加恩赐封一等子爵,并赏穿黄马褂,赏戴双眼花翎;萧孚泗封一等男爵,赏戴双眼花翎;朱洪章交军机处记名,无论提督、总兵缺出尽先提奏,并赏穿黄马褂,赏给骑都尉世职……真是人人有功,个个封赏。

湘军大员几乎人人有赏,但曾国荃却并不高兴,脸上的笑僵硬得硌眼。

曾国藩也注意到了,有一天把他叫到签押房,问他为何不高兴。

曾国荃气愤道:"大哥,当年先皇说谁攻下金陵就封王,王不用想,可我不过是封了个伯,就连李少荃,连金陵城的城门都没见着,竟然也封了伯。这伯根本就不值一文!"

曾国藩劝诫道:"九弟,有如此封赏已经不错。你虽是封伯,可哥这侯不也是你赚给哥的? 当年先帝是否说过这话根本不可信,就是说过了,朝廷能封汉臣为王?就是朝廷能封,这王你我兄弟敢受吗?如今你我兄弟获此大功,已经惹人忌,若获更大恩赏,那不是福,是祸,是众矢之的!"

"这功名是咱拿命拼出来的,这权位是朝廷封赏的,人都有一张嘴,爱说啥说啥,你又何必白费心思?"曾国荃却全然没有大哥的戒慎之心。

曾国藩摇头道:"老九啊,如果朝野上下都是你这种脾性,我又何必担忧?树欲静而风不止。不错,功名是你拼出来的,权位是朝廷给的,但朝廷也可以拿回去! 狡兔死,走狗烹,飞鸟尽,良弓藏。九弟啊,我是满足了,当初咱办湘军,从来没想过会建如此功业。"

"大哥,你这样活着,我都替你累得慌。咱们当初带着万把人的湘军子弟,面对的是几十万长毛都没有怕,如今长毛消灭了,反而前怕狼后怕虎。"曾国荃显然对他的态度也不以为然。

曾国藩撩起辫梢说道:"老九你看,我的头发都白了大半了。如今你老哥真是如临深渊,如履薄冰。凡事满则亏,圆则缺,如今大功告成,不知多少人又羡慕又嫉恨,不能不更加小心。老九,你可不要太过松懈了,约束好你的兄弟,不要惹是生非,给人口实。"

曾国荃见大哥头发果然白了大半,心下不忍道:"以我的脾气,宁愿痛痛快快地死,也不愿憋憋屈屈地活。不过,大哥放心就是,爵位于我如浮云。"老九的下半句话没说出来,在他看来,爵位算个屁,老子只要腰里有银子,爵位不爵位,老子不稀罕。

"人活着,没法只图痛快。尤其功名利禄四字,人应当看得开,看不开,只有自寻烦恼。"曾国藩怕九弟并未真想开,因此还要再劝一句,"九弟只要想一想,我朝四万万人,能有侯爵者几人?伯爵者几人?一门之中一侯一伯者又有几人? 老弟不仅有伯爵,还能为老哥博一侯爵者更有几人?再想想那些普通农家子弟战死者,不要说伯爵侯爵,不过是百把两的抚恤银而已!"

曾国荃回到雨花台行营,朱洪章正在等他,曾国荃立即明白他的意思。

朱洪章是第一个签的生死状，第一个率部进城。他第一批带上去的五百弟兄，阵亡四百余人，第二次带去的千把人，也伤亡过半。而且是他首先攻克了天王府，又把天王府完整地交给李臣典。论功劳，他应当是攻克金陵第一功！侯、伯的勋爵他不敢想，但子爵应该是他的，却给了李臣典。就算子爵他得不到，那么男爵总该非他莫属，可是竟然给了萧孚泗！

把第一功给李臣典，是曾国荃的意思，摆在桌面上的理由，地道炸城是李臣典的主意，炸不塌金陵城一切都枉然，李臣典功莫大焉！当然，还有一个不能说的理由，朱洪章把天王府交给李臣典，李臣典只把洪秀全留下的女人一夜之间睡了二十几个，而金银却几乎分毫未动，交给了曾国荃，然后又放了一把火，对外说天王府中圣库如洗，深获曾国荃欢心。

曾国荃的原意是把第二功给朱洪章，然而到了曾国藩那里，却更属意萧孚泗。因为萧孚泗抓住了李秀成，使围城湘军摆脱了放走巨寇的罪名，不然朝廷追究起来，难以自圆其说。所以曾国藩以为，抓住李秀成比攻进天王府功劳更大。然而这话曾国荃没法对朱洪章说，他当初说谁先攻进金陵城，谁就是头功。如今朝廷上谕已颁，第一个攻进金陵城的却屈居第三！

"九帅，我不是争功，我要的是一个说法。我不明白，我第一个冲进金陵城，手下弟兄死伤最重，为什么功要排在第三！我那些兄弟死不瞑目！"

论起劝人，安抚人心，曾国荃比曾国藩差得太远。但他有一样比曾国藩强，那就是关键时候他能耍光棍，而且让人无从招架。他皱着眉头想了一圈就说道："实话给你说，第一功我没给你，因为地道炸城的主意是李祥云出的，而且他是紧随你后攻上的城墙。但第二功我确实是给你的，只是到了我老哥那里，把你又放到了第三。"

朱洪章瞪着眼睛问道："那是为什么？总该有个理由吧？"

"哪有理由好讲？听说是大哥的心腹幕师李鸿裔搞的鬼，把你放到了第三。"曾国荃低声说着，随后"唰"的一声从靴页里抽出一把匕首，"我对这个李某人也很反感，干脆，你去一刀把他宰了。"

朱洪章看曾国荃一副认真的样子，又可气又好笑，他知道这件事讨不出说法了，摇头说道："九帅，我不找不问了，不就是个男爵嘛！"

曾国荃也故作不满道："你这么想就好了嘛。我这个九帅，原本指望封王呢，可是只给了个伯，李少荃连金陵的城墙也没摸到，也封了伯，你说我找谁说理去？"

深得慈禧宠信的总管太监安德海已经今非昔比，虽然在慈禧面前恭顺有加，但一旦脱离慈禧的视线，则跋扈得很。宫中太监，不少是他的干儿子，有的儿子比他年龄差不了几岁。而军机大臣中，除了议政王，几乎无人敢得罪他。他屡得慈禧的赏赐，又有办法弄银子，因此出手非常阔绰，他在东华门外买了一处私宅，虽然门脸看上去并不显赫，但府内之豪侈胜过一二品大员。不少外官知道安德海的本事，因此谋事者几乎踏破安府的门槛。

今晚小时候的玩伴李进升找他有事，因此侍候慈禧晚膳后，他趁宫门未落锁前出宫回家。

李进升已经通过安德海在内务府茶库谋了份差事，今天有一件事大家公推他请安总管帮忙。见安德海在炕上躺下，他连忙凑过去沏茶。安德海大声喊道："人呢？你们这些不长眼的，来客人了也不知看茶。"

一个小太监跑进来接过茶壶，恭恭敬敬沏上茶，边沏边说道："师傅说总管来客人了，要离得远远的，不能打扰总管。"

"你真是个榆木疙瘩，还想上御前呢。你等着吧。"安德海白他一眼，又回头对李进升说，"有什么事儿你说吧，明天一早我还要进宫呢！"

李进升笑道："哥，今天真是有一件大事，大家都托我向您说说。这事，离了您还真不成。"

"你也别给我戴高帽，我自己的身价自个儿知道。啥事儿，快说。"

"是这样的——长毛不是被灭了吗？朝廷总可以喘口气了。我们司库想了个好主意，最好能重修圆明园，让太后也有个歇歇的地儿，她老人家一准儿高兴。可是，这个条陈一送到内务府明大人那儿，他不敢递了，说议政王说过多次，国难时期，一切撙节开支。结果，这么好的主意不能上达太后，大家都觉得可惜，就让我来找您，请您从太后那儿托个底儿。"

安德海盯着李进升看了一会儿，哼道："你们都别瞒我，什么太后有个歇歇的地儿，听上去全是为太后，你们的心思我不懂？这一修圆明园，那就是数百万的银子，不知有多少要落进私人的荷包。"

李进升嘻嘻一笑道："什么事儿也别想瞒过哥您。大家说了，这事要真成了，份子少不了您的。"

安德海心里怪这位兄弟说话太露，言不由衷地说道："我也不稀罕你们那点儿银子，我是觉得你们这个主意还可以。你是不知道，太后是顶喜欢圆明园的，想当年她陪先帝爷住在天地一家春，真是集六宫宠爱于一身呢。太后经常对我说：'小安子，什么时候能再到园子里住，我这个太后就心满意足了。'你们这个主意，正合太后的心意，太后肯定高兴。"

李进升见事情有望，高兴地说道："那哥是答应帮忙了？我回去一说，他们不知多高兴呢！"

安德海又道："你们别高兴得太早，主意好是好啊，可是银子呢？户部什么也不紧，就是银子紧。内务府有些个银子，可议政王管着内务府，也没那么灵便。你们，我看少不得又是狗咬尿泡——空欢喜一场。"

闻言，李进升诡秘地说道："哥哎，这银子您甭愁，金陵不是克复了吗？金陵城里银山银海，外面都传疯了。"

"是吗？外间真的都这么说？好了，你别费口舌了，我给太后说说。这事就到你这儿，要再有一个人知道，你这差就别想再干了。"安德海眼睛一亮。

晚膳过后，慈禧照例摇着团扇在回廊间散步消食，后面跟了打扇的、提茶水的七八个宫女，安德海远远地侍候着，准备随时听吩咐。

等慈禧走够了九百九十九步，便结束了膳后散步，这时候是她心情最好的时候。安德海已经弓着腰小跑过来，垂首道："太后有何吩咐，小安子侍候着随时听慈谕呢。"

"没你的事了，歇着去吧。"慈禧见安德海并没有立即走，欲言又止的样子，便问，"小安子，有事吗？"

"奴才有件事想告诉太后，又怕太后生气，奴才就过会儿说。"安德海等的就是这句话。

"要是让我生气的事，你就憋着，什么时候也别说。"

安德海知道这是让他说，趋着一步说道："其实，他们也是好心。这几年您是天天为朝廷上下宫里宫外的事操心，别人不知道，奴才比谁都清楚。好不容易，这长毛老巢给克复了，您也该歇口气了。内务府就想怎样孝敬孝敬您，就想起了修复圆明园的事。"

慈禧太后听到圆明园三字，"哦"了一声，这表示她愿闻其详。

274

安德海得到鼓励，说话更加顺溜："当然，修复圆明园也不仅仅是为太后，还是为了大清的脸面。为什么？那是让洋鬼子看看，你烧了圆明园，我大清国说修就修起来了。大清国永远都是天朝上国，那些个洋鬼子，只有傻眼的份儿。"

慈禧叹了口气说道："话是不错，只是国家多事，用银子的地方多着呢！"

"主子，可那银子是现成的。"

"银子是现成的？"慈禧听了追问道，"这话怎么说？"

"金陵不是克复了吗？金陵城里金山银海，外边都传疯了。"

慈禧还是一脸疑惑地问道："外面真的都这么说？可是曾国藩折子上说，长毛府库如洗。"

"也许曾总督并不知详情，毕竟他不在前线。"安德海也不说曾国藩的不是，"外面的说法很多，都说长毛这些年把从各地劫掠的金银财宝都运到了金陵，金陵城里是金山银海。"

"难得内务府有这份心，明天让他们把条陈送上来瞧瞧。只是，议政王不知又有什么话头来搪塞。"慈禧"哦"了一声。

安德海笑道："议政王大概不会说什么的，您也知道，他那府邸是当年和珅经营的，里面那厅堂园子不比御花园差。议政王和洋人交往多，洋人又经常送些洋玩意儿，王爷府里新鲜东西多着呢！"

"是吗？"

"奴才不敢多嘴。听人说，洋人送了议政王一面大镜子，有一般人家的照壁那样大，那镜面不是平的，是凸出来的，又安在高处的亭子里，把府内外的景儿都照了进去，要多新奇有多新奇。"

隔日早朝散后，慈禧把议政王留下了，问道："昨天内务府上了个条陈，说要修复一下园子，与洋人争口气。他能烧，咱就能建，中华之物力，岂是他们夷类可比？我们姐儿俩想听听你的说法。"

议政王不假思索地回道："回太后的话，此事万万不可！内务府真是糊涂，眼下虽然金陵克复，但大江南北长毛还有数十万，捻匪又在河南、山东、陕西一带越闹越凶，处处用兵，军饷艰难，又如何能够筹钱修园子？再说，与洋人争气的话更没有道理。洋人根本不在这方面用心，就是修复了园子，也不能在洋人面前争来面子。要与洋人争，就在船坚炮利上见高低，在机器工厂上比优劣。"

慈安也顺口赞同道:"六爷说得也是,到处都要花钱,现在修园子还真不是时候。"

慈禧不甘心,又问道:"钱的事倒有个来头,听说金陵城里长毛藏了许多金银珠宝,六爷可曾听说?"

"外面有些说法,只是猜测罢了。据曾国藩说,金陵城里并没有金银,纵使有也不能花在修园子上。各路大军欠饷都不少,购买洋枪洋炮,也需要大笔银子。"

议政王的话都在理上,慈禧没法反驳,岔开话题道:"既然你们有这么一说,这事就先搁起来。六爷,听说你府上新鲜玩意儿不少?"

"是。臣与洋人交往多,有时候洋人会送些小玩意。像自鸣钟、八音盒、万花筒,等等,还有洋人喜欢抽的雪茄,还有红葡萄酒。"议政王老实回答。

慈禧笑着道:"听说你家里有面镜子,比一般人家的照壁还大?"

"回太后的话,臣家里是有面大镜子,但没那么大。臣的两个犬子跟着师父学布库,不像个样子,布库师父就把镜子搬到园子里,让两个犬子照着学,最近还真有长进。这镜子并非洋人所送,是布库师傅从琉璃厂淘换来的。"

闻言,慈禧一语双关地说道:"这做事啊,还真是有面镜子随时照照的好。六爷,没事了,你忙去吧。"

修园子的事被议政王生生给挡下了,连内务府明大人也挨了议政王一顿训斥。明大人当然就要训斥出主意的司库,司库就埋怨李进升事儿没办好。这可苦了李进升,所以他来向安德海诉苦。安德海拿水烟袋在银质痰盂上敲得当当作响:"内务府这帮东西,这是怪我没给太后说好呢。他们不知道我费的口舌!太后也是动了心的,可是早上见起儿时,让议政王给顶黄了。这事要怪,就怪议政王。我呢,真是好心当了驴肝肺。"

"内务府并没有怪安总管的意思,只是这么好的事,只换来一顿训斥,大家都不平。"李进升连忙辩解,随后他不再说这窝囊事,而是说起蔡寿祺的事来。这蔡寿祺是道光乙亥庚子年间进士,入翰林后多年沉滞不迁,到处投门子使银子,可总花的不是地儿,到现在不过是个日讲起居注官。他眼下看清了,安总管是太后面前的红人,就铁了心走安总管这条道。

安德海呷着茶道:"是有这么个人,但模样一概没印象了。天天总是一品大员在眼前晃悠,他这种小角还真记不住。他准备使多少?"

李进升说:"蔡寿祺是个穷翰林,这些年又花了些冤枉钱,手头就特别紧。他准备了五千两。"

安德海撇嘴道:"五千两还算银子?告诉他,想办事儿拿一万。事成了,再加五千。升个一级没问题,弄巧了,两级也不是难事。不过,他得有点儿作为。"

李进升疑惑地问道:"他一个日讲,能有什么作为?"

安德海突然想到了一个点子,低声说道:"最近,外边是不是有曾氏兄弟的不少传言?你告诉蔡寿祺上心搜集,然后上个折子。我告诉你,太后对议政王不待见,让蔡寿祺大了胆子,对了上面的心思,一切都好办。这可是要命的话,你只可给蔡寿祺一人说,你们两人不管是谁溜了嘴,就等着灭九族吧。"

这话把李进升吓住了,道:"哥,这么要紧的话,还是你给蔡寿祺说吧?"

安德海白他一眼道:"瞧你这德性。我是让你心上多开几个窍,嘴巴多上几把锁,没让你把苦胆吓破了。"

早朝后,两宫把军机大臣们留下了。慈禧一口气问道:"六爷,最近有人上折参曾氏兄弟。说金陵破城后,湘军又是放火又是抢劫,大火烧了七天七夜。还说这金陵城里长毛不过几千人,湘军杀了五六万人,秦淮河都被尸体拥塞了,都是杀的老百姓。年轻点的女子都被湘军霸占了一船一船运回湖南,至于财物更是抢掠一空。金陵贼巢,金山银海,曾氏兄弟竟然一口咬定没有钱财,这话谁能信?还有,伪忠逆李秀成是要犯,自然应该押解来京,曾氏兄弟竟然擅自斩杀,是不是杀人灭口?"

议政王回道:"太后说得极是。湘军近年来军纪的确有些败坏,这也是因为欠饷的原因,带兵的没办法,就默许勇兵抢掠。金陵城里金山银海的说法不过是民间猜测,不足为凭。曾国藩斩杀李秀成,后来他专门上折解释,也都在理。"

曾国藩擅杀李秀成,朝廷上下多有不满,但人已经杀了,而且曾国藩的理由也说得通,再计较也没意思,所以军机处专门发了上谕——

> 逆渠李秀成,前虽有旨解京,唯此等内地叛民,本与献俘之例不合,且

究非洪秀全可比。该大臣于讯明后，即在江宁省城处以极刑，免至沿途种种棘手，骚扰地方，所办甚。唯京外皆知李犯解京，兹忽中止，恐视听不明，转生疑窦，且恐多处逆匪因而造言煽惑。故本日明降谕旨，令该大臣将李逆首级传示被扰地方，以快人心而息浮议。

但浮议还是有的，大家都不理解，一向行事谨慎的曾国藩怎么此次敢于违抗旨意，擅杀李秀成？那只有一个解释，恐怕曾氏兄弟有把柄落在李秀成手里，所以急于杀人灭口。这些浮议摆不上桌面，却在酒肆茶楼间传播。

"民间对曾氏兄弟的议论可不少，六爷重用汉臣，人人皆知，可也不能一味为他们掩饰。"慈禧还是揪着不放。

慈安也发话道："六爷是该提醒一下曾氏兄弟，杀那么多的人怎么了得？"

慈禧又道："六爷，这事可不能小瞧了，眼下咱大清的天下几乎就在汉人手里了。十七省的巡抚，都是一色的汉人；这八个总督，只有湖广总督官文是满人，那七个都是汉人，其中有六个出自湘军。江南三十万大军都归曾国藩节制，曾氏兄弟直接指挥的就有十多万。特别是那个曾国荃，六爷可要好好敲打几下，别居功自傲，辜负了朝廷的恩典。"

"当初重用汉臣她比谁都赞成，今天又没头没脑说这么一通话，真是莫名其妙。我也想重用满人，可满人谁能撑起来？长毛初起时，带兵的不都是满人？结果让长毛打得先是一战即溃，后是不战即溃。曾氏兄弟倡率湘军，常常是以寡敌众，仗是越打越漂亮，不重用他们又能如何？"回到军机处，议政王十分懊恼。

"王爷，这有什么不好解的？长毛大势已去，高鸟尽，良弓当然要藏。这良弓可不仅仅是曾氏兄弟，王爷您也要尤其上心。这一阵御史们的折子劝这劝那，话音里都让人想到王爷您呢。"宝鋆说话向来直来直往。

文祥也劝道："宝大人说得是。同苦易，共甘难，自古如此。西边可是热衷权柄的人，越是功成名就时，王爷越要谨慎。"

"我尽心办差，一心为大清社稷，她又何必如此？"议政王听了这话，也十分苦恼。

"这事儿还有安德海在里面捣鬼。他仗着西边的宠信是越来越嚣张了。

听说这一阵他和御史言官们联系颇多。还不仅如此,他还交结外官,竟然……"军机行走曹毓英觉得这事儿不该说,就打住了话头。

议政王盯着曹毓英的眼睛问道:"说下去呀,竟然怎么了?"

曹毓英被逼无奈,只好把他听到的话传给议政王:"礼部有个叫李广信的郎中,两广总督毛鸿宾当年带兵时,这姓李的在军前效过力。他托了安德海向毛总督说项,请毛大人上个保荐折。"

议政王惊异道:"一个堂堂总督,就听凭安德海的支派?"

"安德海与毛大人本来也从无联系,这安德海大概收了李广信的银子,就硬扯着办。他去内奏事处把近年来参劾毛大人的折子抄了个细目,密寄给毛大人,卖了个人情。后来,又打着太后的旗号让毛大人上保荐折。毛大人吃不准,就来信让我帮忙,看是不是太后的意思。安德海还给毛大人寄去了李广信的节略。"曹毓英从靴页里掏出李广信的节略递给议政王。

议政王一看,火腾地就冒起来了,大喊道:"来人,去找小安子,让他去交泰殿见我!"说罢,便气冲冲就走了。

文祥一看事情不妙,责备曹毓英道:"这样的大事,你怎么不先打个招呼,直接捅给议政王了。议政王那脾气,那还了得?"

"毛大人原是看在同年的分上,觉得我可靠,让我不动声息地探个底,我真是糊涂,负了毛大人的重托,让我怎么向毛大人交代?"曹毓英也后悔了。

宝鋆胆子向来大,脾性又执拗,有股天不怕地不怕的愣冲劲,一拍桌子说道:"这小安子早该收拾了,你们怕什么?"

文祥却是清醒得很,着急跺脚地说道:"我的宝大人,哪里是怕小安子?俗话说,打狗还得看主人,小安子可是西边的红人。你们两位没看出来,自从克复金陵后,西边对议政王可不比从前了。这让小安子一搅和,还不生出大事来?"

曹毓英更后怕了,带着哭腔道:"文大人,议政王去交泰殿干什么?您倒是快想想办法呀。"

"干什么?训小安子吧,那里不是有顺治爷立的铁牌嘛。"文祥叹了口气。

交泰殿前,安德海跪在顺治立的铁牌前。议政王怒斥道:"安德海,这上面就是顺治爷专为太监立下的规矩,你给我念,大声地念。"

安德海心中惶恐不安,却硬着嘴说道:"王爷,奴才做错了什么,请王爷训斥就是。"

"好你个狗奴才,你以为你干的好事本王一概不知?睁开你的狗眼看看,这是什么东西!"议政王说着把李广信的节略掷到安德海面前。

安德海一看知道瞒不住了,头上直冒冷汗,连连求饶:"王爷,都是奴才糊涂,以后再也不敢了,饶了奴才吧!"

"你是什么东西?你以为有所依仗,就可以胡作非为吗?你把顺治爷的敕谕给我念念,论一论你该当何罪!"议政王呵斥道。他见安德海只顾叩头,却不肯念,火气更大,吼道:"念!"

安德海被议政王霹雳怒吼吓破了胆,颤声念道:"本朝以前明阉寺害政祸国为鉴,严禁太监干政不法。太监但有犯法干政,窃权纳贿,嘱托内外衙门,交结满汉官员,越分擅奏外事,上言官吏贤否者,即行凌迟处死,定不姑贷!"每一条都是凌迟,哪一条安德海都犯了。他此时才真害怕了,两股战战,汗透内衣。

此时文祥等人赶到,劝道:"王爷,你何必为一个太监生气?念他当差还算灵透,且饶他一回,以后再有不法情事,一并严惩。安德海,你还不快滚?!"

安德海得了台阶,屁滚尿流往外跑,殿外角落有不少太监在掩嘴而笑。安德海恃宠而骄,对待太监也是十分刻薄,因此太监中恨他、盼他倒霉的大有人在,议政王今天也算给他们出了口气。

安德海跑回宫里,躲进自己的屋里哭了一场,两眼红肿,上不了台面,也没想好应该怎么给太后回话,就说自己病了,太后问起就给销个假。晚饭也没吃,一会儿热,一会儿冷,折腾了大半晚上。半夜醒来了,再也睡不着,设想明天怎么回太后。

次日早朝后,安德海去给慈禧请安。

慈禧关切地问道:"小安子,昨天听说你病了,今天好些了吧?"

"回主子的话,奴才昨日个没病,奴才是让六爷训斥了一顿,奴才觉得委屈,哭肿了眼,没脸见主子,就撒了个谎,请主子宽恕奴才。"安德海回道。

慈禧并不知道议政王训斥安德海的事,便问道:"六爷为什么事训斥你?"

安德海见慈禧什么也不知道,议政王没有先告状,胆子大了些,回话道:

"都怪奴才,急着来侍候太后,走得快了些,惊了六爷的大驾。六爷怪奴才没有规矩,整整把奴才训了半个时辰。"

"宫里规矩多,教训你也是应该的。不过,也犯不上训斥你半个时辰。小安子,你可别给我打马虎眼。"慈禧对他的话有些怀疑。

安德海心头一激灵,但事已至此,绝无退路,一时便声泪俱下:"主子,奴才挨六爷的训,也不是一次两次了。奴才怕惹主子生气,就一直没敢说。奴才琢磨着,六爷本来也不是为骂奴才,告诉主子,不正如了六爷的意?"

慈禧听这话说得荒唐,责问道:"你这是什么话?"

"主子您想啊,奴才是什么身份,议政王又是什么身份,一个天上,一个地下,他何必与奴才为难。而且,每次他训斥奴才,那话也不是奴才身份能受的。"于是,安德海把昨天议政王训斥的话拣了几句发挥了回给慈禧。

慈禧听了之后气得手直抖,左眉上扬,额头青筋暴跳,直说道:"好啊老六,我可一向待你不薄!封你做了议政王,封你的女儿做了固伦公主,封你的儿子做了贝勒,你还要怎样?小安子,传议政王。"

"主子,你就饶了奴才吧。奴才知道一回话,主子就生气,奴才该死,奴才吃这点儿委屈又算得了什么,都怪我这臭嘴,都怪我这臭嘴。"安德海一听要坏事,叩头如捣蒜,一边扇自个儿嘴巴一边说,"主子,为奴才您犯不着和议政王生气,议政王心里想什么能瞒得了主子?主子以后留心点儿也就是了。"

"小安子,什么话心里明白也就是了,不可乱说。我准你两天假,回家看看去吧。"慈禧想想为一个奴才挨训斥召见议政王也确实摆不上桌面,也就罢了。

第十七章

忧馋畏讥剪羽翼　裁湘留淮谋长远

闽浙总督左宗棠收复了湖州，从俘获的长毛口中得知伪幼天王从金陵逃出后，辗转来了湖州，在官军合围湖州前一日，他才匆匆逃出城去。

左宗棠"咦"了一声道："这就怪了，当初曾涤生与官文联衔报捷，说伪幼天王已在天京积薪自焚，怎么现在又冒出一个幼天王？快，快拿曾涤生的奏折来看！"

戈什哈找来邸报给左宗棠一看，千真万确，奏折上白纸黑字写着"此次金陵城破，十余万贼无一降者，至聚众自焚而不悔，实为古今罕见之剧寇。城破后，伪幼主积薪宫殿，举火自焚"。

当初金陵奏捷，曾国藩与湖广总督官文联衔出奏，一则湖广对湘军支持很大，攻克金陵官文功不可没。二则，是为了把这份大功让一份给满人，大家皆大欢喜。不过，左宗棠个性狂傲，睥睨天下，根本没这么多顾忌，在他看来，曾国藩这纯粹给湖南人丢脸，当时他就喋喋不休地骂了一个时辰。现在突然在湖州发现伪幼天王的踪迹，这说明曾氏兄弟当初所上奏捷欺骗了朝廷。

"无一长毛逃走，这简直是痴人说梦！这么大一条鱼都漏了，竟还说无一降者。"左宗棠把奏折扔到案上叫道，"我要如实奏报朝廷。"

心腹幕僚连忙劝道："大帅，这事您就睁一只眼闭一只眼算了，何必惹曾侯不高兴？"

左宗棠根本听不进劝告，厉声道："管不了那么多了，如果大家都以为幼天王已积薪自焚，让他逃过一劫，那总有一天长毛会死灰复燃的。"

奏折到京,慈禧看罢心里倒有几分高兴。湘军已经成为朝廷的忧患,曾左不和,朝廷就少了一份担忧。她决定火上浇点油,让他们像乌眼鸡一样斗来斗去,那样对朝廷更有利。她让人找出当初曾国荃的捷报,里面有句话说,因数日未眠,湘军攻进金陵后,曾国荃困顿难支,回营暂眠。金陵还未完全掌握,主帅就回帐蒙头大睡,这算怎么回事?当时朝廷体恤曾国荃的艰难,未加深究。现在看,就是因为曾国荃的疏失,才让幼天王借机逃走。所以,慈禧让军机处起草上谕,责备曾国荃不该如此失误,同时把左宗棠的折子抄件一并寄给曾国藩。

曾国荃一看朝廷的上谕和左宗棠的奏折,气得跳脚大骂道:"左老三真是忘恩负义,没有大哥哪来他的闽浙总督!一得势竟然处处与我兄弟为难,真是个小人!"

"懒得与他计较,他只要没有抓住幼天王,驳倒他也没什么难的。这事儿弟不必操心,我来回复朝廷。"曾国藩心中憎恨左宗棠,却表现得平平淡淡。

打发走曾国荃,曾国藩请赵烈文过来陪他下棋。这是曾国藩的习惯,无论局势如何复杂,事情如何紧急,每天他都要下一个时辰的象棋。与其说是下棋,不如说是静心思考。赵烈文虽然年轻,但洞察世事十分透彻,因此深得曾国藩的倚重。

"惠甫怎么看?"曾国藩落下一子,问的自然是指朝廷指责老九疏失放走幼天王的事。

"醉翁之意不在酒。"赵烈文一语道破天机,"在乎侯帅兵权也。"

曾国藩忧心道:"不错,长江三千里,几无一人不张鄙人之旗帜,我湘军子弟有十几万,也难怪朝廷不放心。朝野都疑我兵权过重,利权过大,已非一日。"

"但今日形势尤为不同。"赵烈文如此分析道。

"左老三的折子,惠甫怎么看?"曾国藩又问。

"左帅睥睨天下,而且争强好胜,他这是意气用事。不过,陪他斗一斗也非坏事。"赵烈文认为,既然朝廷担心湘军和曾氏兄弟,那就让朝廷看到湘军并非铁板一块。

"我当然要与他斗一斗,此人也太不顾忌我兄弟的情面。当初朝廷要索拿他进京,是我请他到湘军营中避过风头,否则他哪来如今的封疆高位!但这总不是长远之计，连治标也算不上，更不能从根本上让朝廷放心。"曾国藩还是不放心。

"功高震主，历来道路不外两条，一条是自剪羽翼，一条是……"另一条自然是取而代之，历代王朝更迭，不乏其例。

赵烈文不直接说第二条路，曾国藩也不接茬，而是接着第一条说道："我入世已深，居位过高，早有退意。如今长毛渐平，正可乘势而退。"

"只是众将未必与侯帅一样的心思。"赵烈文作为幕僚，与众将交往比曾国藩更方便，因此对众将的心思十分清楚。不少将领都盼着曾国藩挥军北上，直取京城，另开新朝，那时众人都是开国元勋，富贵自然非比寻常。

"日中则昃，月盈则蚀，五行生克，四季轮回，休旺乘除，天地阴阳，天下万物都是如此，何况一人之功名富贵？可惜许多人不明白此理。"曾国藩自言自语道。

下完棋后，曾国藩亲自起草《查洪福瑱下落片》。洪福瑱是幼天王的名字。曾国藩认为，左宗棠说伪幼主已经逸出金陵城，纯属无稽之谈。从金陵至广德、湖州一带，县县皆有驻军，早已严令防"逸贼"，各城驻军皆未禀报有"逸贼"窜境之说，洪福瑱果否尚在，迄无端倪。攻克金陵时，湘军巷战终日，并未派有专员防守缺口，无可指之汛地，所以要追责根本不可能。然后曾国藩笔锋一转，指向了左宗棠："杭州省城克复时，伪康王汪海洋、伪听王陈炳文两股十万之众，全数逸出，尚未纠参。此次逸出数百人，亦应暂缓参办。"左宗棠当初收复杭州，太平军十余万人全部突围出去，要参办，应该先办左宗棠才是。

左宗棠很快奏上《杭州余匪窜出情形片》，与曾国藩来一个针锋相对。他奏称："克复杭城贼尽数出窜，与金陵首逆逸出不可同日而语。金陵早已合围，而杭城未能合围也。金陵报杀贼净尽，杭州报首逆实已窜出。臣欲参部曲，也无可参也。"

朝廷再把左宗棠的奏折转给曾国藩。他复奏时不再争辩首逆逸出是否该参，而是转移话题，说浙江全省已经平定，饷源已充裕，原协济浙军之江西景德镇、婺源、乐平、河口厘捐，应复归湘军粮台，以作裁撤之饷。两人斗得这样热闹，把军机大臣们也弄糊涂了。

宝鋆尤其惊诧，拿着曾国藩的复奏道："王爷您瞧瞧，这不像曾涤生的作风呀！他怎么也像乌鸡似的，与左诸葛咬得满嘴毛？"

议政王笑道："这有什么奇怪的？当初左季高蒙难，最难的时候还是曾涤生把他留在军中，温语劝慰，并与胡林翼等人向先帝力陈，他才因祸得福。如今季高毫不留情，他大概一时气糊涂了。"

宝鋆摇着头出去了，议政王又对文祥道："曾涤生是怎么回事，的确不像他的作风？"

文祥却另有看法，笑道："这就是曾涤生的作风，他不仅谨慎，也是个极聪明之人。依我看来，他的意图就是让朝廷放心，避免成为心腹大患罢了。"

议政王连连点头道："有道理，有道理，曾国藩真不愧是大儒啊！"

曾左闹得不可开交，这时一些言官也纷纷上疏，拿江南的传闻参劾湘军和曾氏兄弟，无非是杀人太多、劫掠太重，此外，还有人提出李秀成是不是真的伏法，也值得怀疑。慈禧于是做出了两个决定，一是谕令曾国藩把金陵金银去向说清楚，并要求湘军报销历年军费。二是让僧格林沁派人赴金陵暗查李秀成凌迟处死的真伪。

曾国藩接到朝廷上谕的时候，曾国荃就在身边，打开廷寄一看，不禁兜头泼了一瓢凉水——

御史贾铎奏，请饬曾国藩等勉益加勉，力图久大之规，并粤逆所掳金银，悉运金陵，请令查明报部备拨等语。曾国藩以儒臣从戎，历年最久，战功最多，自能慎终如始，永保勋名。唯所部诸将，自曾国荃以下，均应由该大臣随时申儆，勿使骤胜而骄，庶可长承恩眷。至国家命将出师，拯民水火，岂为征利之图？唯用兵久，帑项早虚，兵民交困，若如该御史所奏，金陵积有巨款，自系各省膏脂，仍以济各路兵饷赈济之用，于国于民，均有裨益。此事如果属实，谅曾国藩亦必早有筹划布置。

曾国荃一看气得跳脚大骂："朝廷真是卸磨杀驴！惹急了，我兄弟振臂一呼，杀上金銮殿……"

曾国藩怒斥道："老九，你住口，你我兄弟弃家从戎，上为解君父之忧，下为解百姓于倒悬，何曾有半点私心，你竟出如此狂悖之言。"

曾国荃话出口就有些后悔，以大哥的脾气，免不了招一顿训斥，但没想到会如此严厉不给情面,心下不满,愤愤道:"朝廷如此待我兄弟,还有何忠义可讲!你读书读迂了!"说罢转身就走。

"老九,这些话你再对人讲,休怪军法无情!"曾国藩冲着老九的背影喊。他真是怕曾国荃管不住嘴巴,以言获罪。这罪,那真够诛九族的!

其实,曾国藩也觉得朝廷实在有些不近人情。他明白鸟尽弓藏的道理,正打算不着痕迹地自剪羽翼,没想到会这样交相逼迫。按朝廷的无情,他真想如老九所说,振臂一呼,杀奔京师。如今他麾下的湘军,总数不下二十万!单是老九的五万人马,也能把朝廷杀得手忙脚乱。

可是,这只是赌气的想法。要杀上金銮殿,也没那么容易,僧格林沁屯兵皖鄂交界,冯子材、富明阿把守镇江、扬州,官文驻武昌,长江中下游三大军事重镇都屯兵陈粮,一面是防长毛,另一面其实就是防患于未然,以免湘军攻下天京后,肆意北上,问鼎京师。就算这三路人马不是湘军的对手,湘军也非铁板一块,到时候左宗棠率五万人马与他撕破脸皮,曾氏兄弟便难免腹背受敌。抛开这一切都不说,湘军成军以来以儒家教导将士,讲的就是为君父分忧,救百姓于水火,如今天下苍生终于看到点儿过安稳日子的希望时,他曾国藩却又起兵谋反,良心何安?

曾国藩摇了摇头,把这些不安分的想法甩掉,亲自捉笔回复朝廷关于金陵金银的去向,金陵金山银海也罢,财货如山也罢,如今是没法追回了,如果要真去追,非把湘军逼反了不成,那时候他曾国藩可真就是万劫不复了。所以,他无论如何必须把这件事情解决好。好在他明白这一切的根本病因就是要他裁军,并非要真的追究金银,对他玩惯了笔头子的人来说,不过就是篇文章而已——

世间都传金陵金银如海,百货充盈。臣亦曾与曾国荃论及,城破之日,查封贼库,所得财物,多则进奉户部,少则留充军饷,酌济难民。乃十六日克复以后,搜杀三日,不遑他顾,伪官贼馆一炬成灰。逮二十日查问,则并无所谓贼库者。讯问李秀成,据称:昔年虽有圣库之名,实系洪秀全之私藏,并非伪都之公帑。伪朝官兵向无俸饷,而王长兄、次兄且用穷刑峻法,搜刮各馆之银米。唯李秀成所得银物,尽数散给部下,众情翕然。此外则各私其财,而公家贫困等语。臣闻苏州、杭州存银稍多于金陵,俗语所说"上有天堂，下有苏杭"，然亦无公帑积储一处。臣弟国荃以为贼馆必有窖藏，贼身必有囊金，勒令各营按名缴出，以抵欠饷。臣则谓勇丁所得贼赃，多寡不齐，按名勒缴，弱者刑求而不得，强者抗令而遁逃，所抵之饷无几，徒损政体而失士心。因晓谕军中，凡剥取贼身囊金者，概置不问。凡发掘贼馆窖金者，报官充公，违者治罪，所以悯其贫而奖其功，差为得体。然克复老巢，而全无货财，实出微臣意计之外，亦为从来所罕闻之事。

曾国藩这份奏稿，用一句话说，就是"把水搅浑"。苏州是李鸿章克复的，杭州是左宗棠克复的，没有向他们讨要金银，怎么偏偏向曾老九要？后面的文字，则无异于威胁，是在委婉地告诫朝廷，如果逼急了，湘军将士会做出什么，他曾国藩也控制不了。

曾国藩把草稿交给文案抄录二份，一份报朝廷，一份留营中，一份则由他私人收藏。这是他多年的文案习惯。这样一忙，就到了晚饭时候了，这时赵烈文过来说九帅病了。曾国藩一听再也坐不住了，亲自去看。

曾国荃真的病了，曾国藩握住他的手，感到火一样烫。

"好好的，怎么说病就病了？"曾国藩心疼地问道。

"大哥，我这是心病。咱带兵打仗，脑袋时时挂在裤腰带上，好不容易攻下金陵，大家好歹也都得了恩赏，对跟着咱拼命的兄弟们也有了个交代。可是谁知道，这恩赏才几天，竟然有那么多人参劾，朝廷竟然不问青红皂白，指名道姓地斥责，这太让人心寒。"曾国荃说出了自己的不满。

曾国藩劝慰道："九弟宽心。朝廷这个上谕也只是密发给两江总督府，也就是给咱留着面子，是体恤咱的。只是那些言官闻风而奏，朝廷不能不有所表示而已。"

"大哥，那些金银，弟兄们早都送回湖南了，怎么交代？"

曾国藩笑了笑道："你是为那些身外之物操心？放心吧，一切有我。九弟啊，这些都不是朝廷的真意，朝廷，是要咱裁军呢。你想想看，你我兄弟手中雄兵二十万，朝廷如何又能放得下心？亏得还有议政王给我们扛着，要不，还不知有多少稀奇古怪的事呢。再说，湘军已是强弩之末，军纪断难恢复，留着早晚会给你我惹麻烦，宜早不宜迟，趁金陵克复，战事稍平，立即裁撤。唯有如此，你我兄弟方保无恙。"

"大哥,说裁就裁,你让兄弟们怎么过活?他们荒废了农耕,除了打仗,什么本事也没有。再说,总要先把欠饷发了,总要发些安家费吧?数十万大军,裁十万,一人一两,那就是十万两,何况每人欠饷少的也是十几两。那可是上百万两银子! 弄不好,要激起兵变!"曾国荃却不同意立即裁军。

曾国藩又劝慰道:"我知道此事万难,但再不裁撤,更难的事情会一件接一件地压过来。九弟,这事,你就听我的吧。啊?"

"也不光是银子的事,咱们兄弟,富贵得来全靠军功,湘军一撤,在朝廷眼里,咱们便一文不值。"曾国荃掏了心底话。

曾国荃从一个秀才起家,如今已是浙江巡抚,虽然并未履职,但也是响当当的封疆大吏。而且在军中,更是一呼百应,人人尊一声九帅,那是何等风光?而湘军一撤,这一切便都如流水,去而不复。

曾国藩开导道:"九弟在意的还是富贵功名。要论富贵,你我兄弟应该满足了。富贵功名,皆人世浮荣。我还有一句话,叫花未全开月未圆,花开全了,就离凋谢不远了;月圆了,也就离亏不远了。功名富贵也是如此,你我兄弟,已近花开月圆之际,此时我们自剪羽翼,便是自求花未全开月未圆,正是持盈保泰的正道。"

"大哥说得有道理,可是我手下那些悍将,可不愿做小脚女人。"曾国荃对此不以为然。

曾国藩拍了拍老九的手说道:"他们都是与你同生共死的兄弟,唯你马首是瞻,你应当耐心劝说。"

"我试试吧。"曾国荃敷衍道。

曾国荃试的效果并不好,或者说,他本心里并不赞同大哥的谨小慎微。第二天上午,曾国藩正在埋头批答公文,没经通报,竟然有人进来了,而且不是一两个,而是湘军的干将们几乎倾巢出动。萧孚泗、朱品隆、唐义训、王可升、刘松山、易开俊、鲍超、周宽世、萧庆衍、金国琛……唯独没有曾国荃。大家站在曾国藩面前,殷殷地望着他。曾国藩知道肯定是老九弄的事,不知道他对这些骄兵悍将们都说了些什么,后背禁不住冷汗直冒。

"大帅,兄弟们听说湘军要裁,都心灰意冷。勇丁们都堵了去路,请发欠饷。"

"大帅,克复金陵,兄弟们只顾杀贼,根本没见过什么银子,朝廷非要我们拿银子出来,我们只有一条贱命。"

"大帅,满人就从来没信过咱汉人。只要大帅一声令下,大江南北,水师陆军,数十万兄弟都唯大帅之命是从。"

"大帅,将相无种,有德者居之。天下本就是汉人的,皇帝也该轮到汉人来做了。"

"来人,把这胡言乱语的狂徒捆起来。"曾国藩气得怒拍桌案大喝,又吩咐道,"马上去请九帅,看看他带的什么兵!"

曾国荃很快到了,看到一员大将已经被曾国藩捆了,就说道:"大哥,这事不怪兄弟们,要怪就怪我……"

曾国藩打断他的话道:"你住口,你们心里想什么,你们明白,我也明白。谁也不要再说,我有一联奉送各位。"说着,他提笔写了一副对联,写罢掷笔转过身去生气。

两名戈什哈展开联句:倚天照海花无数,流水高山心自知。

曾国藩的这副集联,上联取自苏轼诗《和蔡景繁海州石室》,下联出自王安石的诗《伯牙》。湘军将领并非都是赳赳武夫,多是有功名的儒将,自然能明白曾国藩的心迹。倚天照海花无数,可以理解为背倚蓝天,看阳光照海,便有繁花无数,不过都是诱惑人的幻景罢了。流水高山心自知,可以理解为,我与湘军将士,如高山流水日夜相伴,大家的心思我明白,我的心思大家也应当明白。流水无意做高山,这个皇帝我做不得,大家不必相强。中国古诗词的一个突出特点,就是不同阅历不同境遇的人,便会有不同的理解。对这两句话,大家自然各有见解,但曾国藩不想做宋太祖黄袍加身,这个意思大家还是都能理解的。所以众将目示曾国荃,等他拿主意。曾国荃见大哥意志已决,就挥了挥手,各自叹息而退。

曾国藩把老九留下,室内就只有曾氏两兄弟和心腹赵烈文。曾国藩分析道:"老九,今天的事从此永不再提。我只是想问你一句,你真的以为振臂一呼,会应者如云?不错,左季高、沈幼丹、李少荃,都是出自我湘幕之人,但你真的相信他们还是从前的朋友?左季高功虽高,但以功论赏,不至于授闽浙总督,而朝廷却授之;沈幼丹在我湘军将士苦战之时与我争江西厘金,于情于理都说不过去,可是朝廷不是一直在默许他吗?少荃没有公开与我竞争,但朝廷却一再谕令他会攻金陵,这难道仅仅是从战局考虑?还有,僧格林沁数万大军开到鄂皖边境,名是剿捻,可是捻军主力并不在此,这是为什么?湘军,已不复是从前的湘军了。此时我兄弟,如处惊涛骇浪,不得不戒骄戒躁,持盈保泰,以平安渡过此时风波险滩。"

曾国荃长叹一声道:"大哥不用再说了,此中利害,我也掂量得出。你放心就是,不会给你惹祸的。"

"老九,有件事要和你商量,我准备告假回乡养疾。"

曾国荃惊讶地问道:"大哥好好的,怎么要回家养病?"

"朝廷对我不放心,我回家养病,朝廷没了疑虑,湘军兄弟的日子会好过些。"曾国藩笑了笑。

"如果是这个原因告假,那也轮不到大哥,大哥回了家,这上上下下我如何应付得了?"曾国荃说的是实情,以他的能力,带兵没问题,应付官场却是力不从心,"还是我来告病吧,我的肝疾已经两年了,如今金陵克复,正好回家调养。"

"侯相,九帅说得是。告假无非是向朝廷和世人表一表姿态,九帅回乡就够了。如果中堂执意告假,反倒有撂挑子胁迫朝廷的意思。"赵烈文此时开口说话了。

曾氏兄弟都点了点头。

赵烈文继续说道:"至于裁撤湘军,这是早晚的事。但此时,侯相倒要多些心思。要撤,但又不可急于求成。人人都知道湘军有数十万,但真正湘军的骨干,也就是九帅统领的吉字营五万人。侯相你看可否这样,先裁长毛降军,再裁其他各军,九帅的吉字营要裁弱留强,裁老留壮,勇丁少了,但实力不减。"

曾国藩赞同道:"惠甫说得极有道理。我独坐一会儿,明天再说。"

次日一早,曾国荃拿着请准回籍养疴的折子找曾国藩来了。

曾国藩说道:"老九,我也让人拟了份关于裁撤湘军的折子,今天一块拜发。你的折子,朝廷未必准。不准最好,这裁军是件头痛的事情,有你在总要容易得多。如果准了,也未必不是好事。这两年苦了你了,也应该清闲些时日,养养元气。"

曾国荃心境灰暗,淡淡地应道:"准不准我都得回籍,新宅子我还得回家亲自筹划,不能让他们给弄得小家子气了。"

曾国藩本想劝九弟不能过于张扬,但一想此时九弟心灰意懒,话无从出口。

曾氏兄弟的两份折子几乎同时递到京中,慈安接过两份折子简单翻了翻便说道:"没想到这么快曾氏兄弟就有动作了,妹妹,他们怕不是真心吧?"

"他们是不是真心很难说,但肯定有试探朝廷的意思。这倒让我想起康熙年间撤三藩的事情来了。撤三藩前,吴三桂上了个折子,主动要求撤藩。圣祖仁皇帝知道吴三桂是试探,却照准了。结果吴三桂就反了。"慈禧应道。

慈安惊讶地说道:"哎呀,妹妹,曾氏兄弟的折子只有留中不发了?要不,他们要是像吴三桂一样,可就麻烦了。"

慈禧笑道:"不,咱也照准。圣祖当年为什么要故作不知准了吴三桂?因为吴三桂早晚得反。曾氏兄弟和吴三桂不一样,曾国藩没有吴三桂的胆量。"

"可大军都在人家手里,不能不防啊。"

"防当然要防。咱就用曾国藩的人防曾国藩。"慈禧自有主张,"姐姐你看这样行不行,朝廷分别给左宗棠、李鸿章、沈葆桢一道密谕,具体的事情一样也不明说,就夸他们勤恳办差,为朝廷分忧。朝廷一秉大公,绝对不会亏待忠臣。左宗棠还可以再赏他一样先帝的东西。"

"这样好是好,不过,他们也许会告诉曾国藩。咱们唯独不赏曾国藩,不太公道吧?"慈安有些担忧。

"这不是为了公道。曾国藩一听到朝廷给其他疆臣密谕、赏赐,独独没有他,他就知道朝廷原来有防备,更加不敢轻举妄动。还有,再给僧王一道密谕,让他密切注意江南动静,时刻准备应变。"

慈安赞叹道:"哎呀,妹妹,你的心机真是深呢。姐姐我就是两个也不顶你一个。"

慈禧笑道:"姐姐,你这是夸我还是说我呢。这朝廷内外,上上下下,姐姐都托付给我,我不上心能对得住姐姐吗?这事,我就这样安排了。"

金陵两江总督府,曾国藩率文武焚香放炮接旨。两份上谕同时递到,一份同意曾国藩的裁军计划,并且分别从江西、安徽、江苏各调银十万两发放欠饷;另一份上谕,是准曾国荃所请,"恩准浙江巡抚曾国荃回籍养疴,浙江巡抚一缺,仍由左宗棠兼署。着赏曾国荃上好高丽人参六两"。

恩准回籍养病也就罢了,偏偏要赏六两人参,这简直是拿他九帅开涮!

还跪在地上的曾国荃早就怒不可遏，当着众文武的面冷笑道："早知朝廷如此寡恩，我吉字营就不该拼死与长毛苦战！让他那些满人糊涂蛋给他们保天下去！攻克安庆，我整整轻了十斤，围困金陵两年，我肝疾加重，又轻了七八斤，我堂堂七尺男儿，身重竟不如乡间花甲老农！我湘军将士，是在为他们拼命，拼命啊大哥！"说到伤心处，曾国荃禁不住放声大哭。

曾国藩怕他失态，再说出什么话来，连忙走过去拍了拍他的肩头，扶他起身道："九弟，你的功劳我两江文武知，湘军弟兄知，天下人也知。朝廷也有朝廷的苦衷，九弟不必难过。"然后又对众文武道，"今天之事，九弟有些失态了，各位都是自家人，当体谅九弟的苦楚，且不可向外人道，让外人笑话。"

"大帅、九帅放心。"众人齐声说罢，都知趣地告辞了。

众人走后，曾国荃又说道："哥，没想到朝廷如此绝情。我拼着身家性命克复金陵，只封了个伯也就罢了，浙江巡抚还没到任，就巴不得我回籍，连一句安慰的话也没有。"

曾国藩劝道："九弟啊，朝廷给六两人参，也就是个安慰的意思。"

曾国荃恨恨道："不提这六两人参也就罢了，这分明是寒碜你我兄弟！大哥，我走后你一定小心，朝廷如此薄情，我又帮不上你什么忙，实在放心不下。"

"怎么，你现在就想走？"

"我已经准备好了，后天就走。"

"后天是你生日，你忘了？怎么着也得过了生日再走。"

"不必了，明天就提前过了吧。"

次日晚上，两江总督府内举行盛大的宴会，为太子少保、一等伯爵湘军九帅曾国荃辞行。曾国藩向来十分俭啬，从不设办豪奢的酒宴。今天酒宴摆了十几桌，湘军营官以上的将领及总督府的幕僚们都参加。酒菜算不上特别丰盛，但就曾国藩的一贯性情而言，已经是特例中的特例了。

曾国藩陪曾国荃走进设在大堂的主席，众人纷纷起身见礼，高呼参见侯相、参见九帅。一时间桌动椅摇，响作一片。曾国藩向众人拱了拱手道："明天九弟就要回籍养疴，特备薄酒为九弟送行；明天又是九弟的生日，今天也一并贺过了。我湘军出省作战十余年，兄弟们如此齐全的相聚，今天这是第一次。我兄弟先敬各位一杯！"

众人高呼敬中堂、九帅，又是一片桌动椅摇。

曾国藩轻挥两手道："大家坐下饮酒，不必拘礼起身。"

然后曾国荃敬大家，大家再回敬。

一会儿，气氛就浓烈了。曾国藩握着曾国荃指骨分明的手说道："九弟啊，你自咸丰六年募勇组建吉字营，九年来栉风沐雨，殚精竭虑，积劳成疾，今蒙皇太后、皇上体恤，准回籍养疴，愿九弟安心息养，早日康复。"

众人起身举杯高呼："祝九帅早日康复！"

"明天是九弟四十一岁生日，我作了几首七绝赠九弟，请诸位指教。"曾国藩一挥手，从秦淮河上请来的顶尖歌女们拨丝弄竹，婉转的曲子袅袅而起，哀怨的歌声打动人心。

> 九载艰难下九城，漫天箕口复纵横。
> 今朝一酹黄花酒，始与阿连庆更生。
>
> 陆云入洛正华年，访道寻师志颇坚。
> 惭愧庭所春意薄，无风送汝上青天。
>
> 庐陵城下总雄师，主将赤心万马知。
> 佳节中秋平巨寇，书生初试大功时。
>
> 楚尾吴头暗战尘，江干无土著生民。
> 多君戡定平安郡，上感三光下百神。
>
> 濡须已过历阳来，无数金汤一剪开。
> 提携湖湘良子弟，随风直薄雨花台。
>
> 平吴捷奏入甘泉，正贼周宣六月篇。
> 生缚名王归夜半，秦淮月畔有非烟。
>
> 左列钟铭右谤书，人间随处有乘除。

低头一拜屠羊说,万事浮云过太虚。

诗句真诚,曲调感人,歌者动情,勾起了湘军将士历历往事。曾国荃更是感慨万千,热泪横流。他站起来,高举酒杯,大声道:"弟兄们,曾某的功劳都是各位拿性命拼来的。曾某不敢言一个谢字,我等兄弟情同骨肉,也不必言一个谢字。曾某有一事相托,请兄弟们尽心。大战已毕,朝廷命裁撤湘军,王命不可违。我知道裁军有千万艰难,但非撤不可。我走后,请诸位严遵军令,听从侯相安排,我拜托各位了。"说罢,他豪饮一杯。

众将高呼:"九帅放心,千难万难,谨遵军令。"

次日一早,金陵城外码头,黄鹄号轮船泊在岸边,兵勇们正向船上搬运曾国荃的行李物件。曾国藩率幕僚们前来送行,湘军将领在金陵的自然也都前来。

轮船汽笛长鸣。曾国荃登上轮船,回身对曾国藩说道:"大哥,回去吧。"然后又对那些将领们抱拳道,"诸位兄弟,拜托了。"

轮船冒着青烟起航了,船上船下的人彼此摇手。直到轮船消失在茫茫大江上,曾国藩才转身回城。上轿前,他对赵烈文说道:"惠甫,派专差到苏州去,请少荃到金陵一聚。"

李鸿章接到曾国藩的信,立即来到金陵。以富庶闻名的江南,一路所见却是破败不堪,田地荒芜,蒿草没膝,接近金陵,更是尸骸遍地。路上田间很少见到百姓,偶有所见,都是囚首垢面,衣不蔽体。"兴,百姓苦;亡,百姓苦!"这场持续十几年的战事,最受蹂躏的依然是百姓。

总督府大开中门,放炮迎接李鸿章。曾国藩则亲自到仪门迎接。李鸿章趋前几步,要行大礼,早被曾国藩双手扶起:"少荃,不必行此大礼,你我师生一场,不比外人。"

两人安庆一别,已近三年未曾谋面。分别时,李鸿章是四品的道员,如今已是二品的巡抚兼南洋通商大臣。曾国藩善看相,禁不住盯着李鸿章端详良久,心中赞叹:少荃双目炯炯,意气坚定,堪当大任,当初没有看走眼。当初,曾国藩派李鸿章带兵入沪,原本仅指望他能保住上海这个饷源要地,谁料不仅上海保住了,而且以上海为根基,实行"以沪平吴"的方略,两年多的时间,收复江苏二十多个州县。尤其是在上海华洋混居之地,李鸿章驾驭洋人,无论华尔还是戈登,最终都是俯首帖耳,借助洋人之力,而不为洋人所左右,其手段就是曾国藩也是自叹不如。

李鸿章不到三年而封疆开府,曾国藩的提携功不可没,李鸿章从心底里感激,见曾国藩明显见老,头发白了许多,鼻子一酸,眼窝发热地说道:"老师的头发,怎么又白了这么多。"

这是至亲的人才能说的话,平常的关系或者一般下级见上级,少不得言不由衷,恭维一声"气色真好"之类。曾国藩拉着李鸿章的手往西花厅走,边走边道:"岂止是头发白了,精神也大不如前,说话多了舌头也麻,眼神更是不济。"

喝茶,寒暄之后,曾国藩又道:"少荃风尘仆仆,先吃过午饭后咱们再从容相谈。既然来了,就不妨住几日。"

"一切都听老师吩咐。"

这次曾国藩招李鸿章前来,一是要商讨一下江南乡试的事情,二是商讨江南民生经济恢复事宜,三是商讨撤湘留淮的大事。

乡试是各省最重要的科举考试,凡本省秀才及与监生、荫生、官生、贡生,均可应试,中式不仅取得做官资格,而且可以参加次年春天在京城举行的会试。乡试照例在各省省城举行,不过江南是个例外。康熙六年前,安徽和江苏还属一个省,称江南省,省城就在金陵。后来,江南省分为江苏、安徽省两省,安徽省城安庆,江苏省城苏州,但乡试却还是两省合并举行,依旧称江南乡试,依旧在金陵举行。江南多才子。两宋以来,江南科举一直十分兴盛,尤其明清以来,士子及第不仅数量多,而且名列前茅者多出江南。江南人以此为骄傲,也自然特别重视科举。江南乡试,自从太平天国定都天京以后,除在咸丰九年在浙江借闱补行过一次以外,再也未曾办过,至今已经有三届未曾举办,致使江南士子失去了晋身的机会。曾国藩十分清楚江南士子急于参加科举应试的心情,处理得好不仅可以笼络江南士绅,同时也可以抬高自己在江南的威望,以弥补曾国荃烧杀掠夺带来的恶劣影响。所以到金陵后的第二天,他就前去贡院查看,并安排立即对毁坏的监临、主考、房官等屋舍进行修缮。粗略算一下时间,要按惯常的时间无论如何是来不及了。正常年份,乡试在八月初八日正式入场,九月份放榜,此时桂花正开,因此又称"桂榜"。今年桂榜是赶不上了,推迟至十一月举行。乡试主考向来由朝廷简派,而监临——也就是监考则由安徽、江苏巡抚轮流充任,按惯例,今年轮到江苏巡抚了,所以必须请李鸿章过来商讨相关事宜。

"但凭老师吩咐,"监临乡试是大事,李鸿章再忙也不可推托,"只是苏省刚刚克复,千头万绪,学生恐怕不能久驻金陵。"

这次江南乡试,因为是三届合并举办,所以应试士子当不下两万。两万人的住宿安排、治安维护,以及各项考务,自然是烦琐异常,照例监临的巡抚一般要提前一个月就入驻金陵,进行各项工作的筹备,入闱后从开考到出榜又要一个月,前后要两个月的时间,李鸿章无论如何是不可能全陪下来的。

"乡试是江南大事,少荃你是主人,别人替不了你。我已经奏明朝廷,十一月初九日入闱,按惯例,你这东道主应当在十月初就到金陵来,我宽限你十天,你到十月十一日到金陵如何?"

"学生遵命,到十一日就携印起程前来。"李鸿章的打算,是派江苏学政盯在金陵,他到十一月初到金陵来,曾国藩如此说,他也不好辩驳。

第二件事是江南民生经济恢复,这件事情李鸿章一直在做。曾国藩到金陵后就命令苏、浙、皖、赣各省都要设立善后总局,下设忠义局,访查战争期间忠义人士,并予以褒奖优扶;设保甲局,清查登记人口,搜拿贼匪;设清理街道局,负责清理街道,掩埋尸骸;设清查田产局,负责清查田产。江南遭此兵灾,财物屡被劫掠,唯有土地抢不走搬不动,因此,曾国藩将清查土地放在恢复重建中的第一位。清查手续十分简便,只要业主出示印契,呈验是真便可发还耕种;没有印契的,只要有邻里出具一张保结,也可认领。李鸿章在江苏办得更简便,如果连相识的邻里也没有,向官家提出申请,便可自行耕种,如果将来原主找来,只要立即归还,就不追其责。李鸿章以为迭遭兵灾,田产印契丢失大有人在,有时候就是找个邻里熟人作证也难,而最重要的是先把荒地耕种起来。李鸿章实行招垦抚恤的办法,鼓励难民对无主地进行耕种,并借给种子,对人口多的家庭还借给耕牛。对李鸿章这一做法,曾国藩深以为然。李鸿章还向朝廷奏请豁免江宁府属上元、江宁、六合、句容、江浦、溧水、高淳七县钱漕,一律豁免三年。因为李鸿章每复一地,都要求豁免钱漕,而户部又是捉襟见肘,所以迟迟没有准奏。李鸿章特意请曾国藩也上折帮他说话。

第三件事裁湘留淮,最为李鸿章所关注。此前曾国藩已经写信告诉过他，打算裁撤湘军。李鸿章是靠着淮军起家，自然知道军队的重要性。湘军要裁撤，那么淮军的地位无疑会迅速上升，而他这位淮军统帅，在朝廷的地位自然更加举足轻重。他知道老师谨慎的个性，如果他为了让朝廷彻底放心，也要求裁撤淮军，那就麻烦了。然而，他多虑了，曾国藩肯裁湘军，却要求淮军必须保留。

"少荃，湘勇已是强弩之末，锐气全消，即便朝廷不逼迫，我也早有裁撤湘军的意思。"曾国藩用手指梳理着胡须，"可是，淮军万万不能撤。眼下捻子闹得厉害，如今豫、皖、鲁三省都不得安宁，如果有一天蹿到我两江来，那时谁能做两江的柱石？非你的淮军不可！淮军朝气蓬勃，兵端未息，绝不能裁撤。于私来说，湘淮本是一家，只要淮军还在，就如同湘军还在。"曾国藩自然不必把话说得直白，李鸿章何等聪明的人，曾国藩的富贵爵位，靠的是湘军，湘军撤了，他将来恐怕要多多依赖淮军了。湘淮本是一家，只要淮军还在，曾国藩的处境就不至于太窘迫。

"淮军将士，与学生相从日久，性情熟洽，尚能唯学生之命是从，而学生出自湘军门下，将来老师要调用淮军，便如九叔的吉字营一样便当。换作其他的人，休想调得动。"听曾国藩如此说，李鸿章不必为淮军前途担忧了。

李鸿章这话说得很高明，一方面抬举曾国藩，表明他一定支持老师，而一方面也说明，淮军是他李鸿章的，他人想插手，没那么容易。

"将来需要淮军建功，自然是少荃亲自率领。我精力一日不济一日，早没了带兵上阵的念头。"曾国藩的确已无带兵上阵的想法，只要湘淮不要都裁光，只要李鸿章能领会他的心思，他就满足了，"我最近留意了一下，捻子与长毛的战法又有不同。长毛占据一地，往往不肯轻弃；而捻子却不在乎一城一地的得失，飘忽不定，神出鬼没。对付捻子似乎更难一些，少荃也要多多留意。"

其实李鸿章也一直在关注捻军的行动，但他嘴上却说道："捻子由僧王大军剿办，蒙古铁骑勇冠天下，剿灭捻子的大功，僧王一军足矣，学生没太留意。何况朝廷和僧王也未必愿意我们湘淮插手剿捻。"

"愿不愿意是一回事，需不需要又是一回事。捻子发展势头很大，将来要不要淮军帮助剿捻，谁也不能未卜先知，少荃是淮军统帅，不能不多用点心。"曾国藩对僧格林沁剿捻明显信心不足。

　　裁湘留淮是这次商讨的重点，既然师徒两人已经心照不宣，大事办完，接下来便是随意闲谈。

　　曾国藩回想三年前安庆攻克，胡林翼、左宗棠、李鸿章、曾国荃齐聚安庆，商讨未来战略。那时候太平军还占据金陵，安庆以下，几乎还全在太平军手中。那时曾国藩雄心勃勃，众人也是意气风发。三年之后，金陵收复，此时与他共商未来方略的，只有李鸿章了。胡林翼已经作古；左宗棠远在浙江，而且与曾国藩闹得彼此不通私信；曾国荃被迫以养病为由，辞职回乡。今天师生两人所议，已不同三年前的运筹帷幄、决胜千里，而是自剪羽翼、消除朝廷猜疑。一想及此，曾国藩也不禁心境灰暗。而裁撤湘军需要大量饷银，银子哪里来，朝廷却置之不问，不禁令他惆怅万分："少荃，裁勇撤军，难的是补发欠饷，如果裁撤的勇丁离营时尚不能发全饷，闹起哗变来可不是闹着玩的。我知道你也艰难，可是无论如何，你要帮我筹措五十万两。"

　　李鸿章一听此数，心里暗暗叫苦，但嘴上却道："恩师张口，学生没有不答应的道理。可江海关税已经一分一毫不能动，苏省钱粮也一免再免，唯有厘金可以腾挪，而淮军所指全靠厘金，厘金几乎罗掘穷尽。五十万两学生不敢滥应，凑齐二三十万两还是有把握的。"

　　"那就先筹三十万两。"李鸿章没把话说死，而且他也确实艰难，曾国藩就点了点头。

　　然后两人说起曾国荃被迫托病辞官，曾国藩大发感慨，牢骚满腹，全然不像他平时谨小慎微的性情。

第十八章

监临乡试惜人才　鸟尽弓藏受弹劾

　　眨眼到了十月十一日，李鸿章如期携印赴约。各地士子已经开始聚集金陵，城内所有旅店爆满，有些住房稍稍宽裕的人家也临时改作旅店，接待应试的士子们。因为突然间增加两万人，金陵城陡然变得热闹起来，城南一带尤其秦淮河沿岸商贾云集，花船锦簇。商贾不用说，是来赚考生的钱，而花船则是明娼暗妓，供考生们消遣。朝廷虽有士子禁娼的规定，但并无认真查核。

　　此时金陵城中是士子们的天下，人多势众，不免仗势欺人。最受欺的是商家，考生与商家发生纠纷，附近的考生无论是否相识，一般都拥过来动手帮架。有些人不是为打架，而是制造混乱，趁机偷拿商家财物。即便报了官，也是法不责众，所以商家宁愿吃哑巴亏。好在乡试期间物价腾贵，商家利润颇丰，大多忍气吞声，避免与考生纠纷。考生最气人的，就是随地大小便。因为人多厕少，街角或偏僻处，便成了大小便之所，白天照样脱裤子方便。有些缺德的考生，看到有妇女走来，无屎无尿，抹下裤子就大小便。看着妇女挪着小脚仓促而逃，他们却放声大笑。

　　出任江南乡试监临的李鸿章自然知道考生们的种种毛病，所以调来三千淮军，两千人进贡院监考兼应付茶水等杂务，一千人要在贡院周围巡查放岗。入闱前则协助维护南城秩序，专门对付闹事的考生。李鸿章有意在两江士子前展示他淮军的威风，这三千人清一色洋枪。绿营总兵、提督都眼热的短枪，他淮军的哨官都是人手一支，用宽大的牛皮带挂在屁股上，走起路来一跳一跳，出尽了风头。

士子们被淮军的气焰震住,秩序比预想的要好不少。曾国藩感慨万千,他所关注和感慨的是淮军的装备。当初他对洋枪洋炮不以为然,以为打仗靠的是勇气,太重视洋枪洋炮,反而会让兵勇染上取巧的毛病。现在看,自己真是落伍了,他不能不承认,在洋务方面,他比自己的学生差多了。

入闱前,李鸿章已经数次进入贡院查看,发现什么不妥立即安排纠正。江南贡院位于南京城东南的聚宝门内,东临桃叶渡,南滨秦淮河,西抵夫子庙。设考舍两万余间,规模之大、占地之广,与京师顺天贡院不相上下,其他各省贡院更是无法相比。顺天贡院不仅承接直隶省还包括国子监及关外学子应试,规模自然庞大,世称北闱;江南乡试冠于他省,因此称为南闱。江南贡院有两道围墙,都遍布荆棘,在两道围墙间,李鸿章还特意安排几百淮军巡回查看,以免有越墙舞弊行为。

十一月初八这天,早晨天气就有些灰暗,阴风飕飕刺人肌骨,后来又雨雪交加,更加寒冷难当。贡院门前大街有东西辕门,两万士子排队入闱,每人背着考篮、书籍、文具、食粮、烧饭的锅炉和油布,杂七杂八一大堆。东辕门为江苏籍考生入口,西辕门为安徽籍考生入口,每位考生都要高举考号,一一经过搜查,看是否有夹带,因此非常耗时。士子们虽然早有准备,穿着厚厚的棉衣,有的再把油布披在身上,但经不住长时间的风雪交加,个个都冻得缩手缩脚。年轻些的还能挺得住,五六十岁的就有些受不了,何况,七十岁以上还有几十人。

入闱前曾国藩专门安排李鸿章着人统计了一下,应试的士子最年轻的有多大,最年老的高寿几何,七十以上有多少人,祖孙三代同入闱的又有多少。尤其白首入闱,向来是各省乡试大加褒扬的典范。经李鸿章统计,白首入闱者大有人在,七十以上五十余人,祖孙三代同入闱的有八家共二十五人。因为有鲍姓一家是一祖一父二孙。这一家四口来自昆山,老者已经七十八岁,儿子五十三,两个孙子分别是二十五、十九。

曾国藩对这一家四人特别关注,叮嘱李鸿章要特别留心,如果祖孙三代有两人中举,那真是江南佳话。谁料鲍老爷子先是受了风寒,今天又在雨雪中排队近一个时辰,儿孙都劝他不要再应试,他却不甘心,咬牙坚持,结果活活冻死在辕门外。事情先报到李鸿章那里,他立即报告曾国藩,并建议立即停止搜检,让士子们凭号先入场。考棚虽然也是透风漏气,但比之大街上总是强一些。

　　曾国藩立即答应，并让李鸿章去与主考商议。主考也很敢担当，说出了事他负责。李鸿章分担道："我是监临，而且主意是我出的，要担责我担第一份。"这样一来，入闱速度就快多了。两个时辰后，所有士子入闱完毕。

　　贡院号舍为考生日间考试、夜间住宿之所。号舍用"千字文"编列，每排多则一百多间，少则五六十间，南向成排，形如长巷，巷宽四尺，仅容两人来往。号舍巷口有栅，门楣墙上大书其字号，并置号灯与水缸。号舍屋顶盖瓦，每间号舍隔以砖墙。入场后，考生以油布为帘挂在号舍檐下，以防风雨。号舍十分局促，高仅六尺，举手可以及檐；深四尺，宽三尺，仅容入座写卷；舍内有上、下承板，上板就是书桌，下板就当座椅。白天应试，晚上将上板抽下与下板并排，合二为一，聊称"龙床"，在上面蜷曲而卧。所带粮食、炉灶、锅碗就挂在考号正对的墙上，所以巷道更加拥挤不堪。场内几天，考生全要自己做饭。讲究的带的吃食丰盛些，而大多数人带的是面条，图的是个方便。而今年是大战之后，考生所带大多十分寒酸。巷尾有马桶，供考生如厕，人多桶少，臭不可闻，污秽不堪。照例每号中都有空棚，便成了公共厕所，更是臭气熏天，戏称"屎号"。邻近"屎号"者要掩鼻屏息，还要被人嘲笑，说是作孽才得此报应。好在今年天寒地冻，臭气可减，但寒冷难当。李鸿章特别叮嘱杂役及监考人员，一旦发现有考生发病，就要及时供汤药，病重的就动员他们放弃应试，毕竟，命比前程要紧。

　　贡院中轴线上，从南往北有三道门，分别称"贡院""开天文运"及"龙门"。"龙门"取鲤鱼跳龙门之意，秀才经乡试中举人，就有了做官的资格，俗话说穷秀才，富举人，乡试也便如鲤鱼化龙一般，无异于人生命运的一大转折。龙门后依次有明远楼、至公堂及戒慎堂。戒慎堂后有门，门后有飞虹桥。飞虹桥便是内外帘的分界，桥之南属外帘，桥之北为内帘。所谓内帘，是指阅卷的官员，而李鸿章所率负责提调监试的人员则属外帘。考试期间内外帘分隔很严，不得擅自出入。内帘最主要建筑是衡鉴堂，是主考官阅卷、评定名次的地方。

　　李鸿章等外帘人员到飞虹桥前即止步，他除了第一天到部分号舍巡查外，去的最多的地方就是明远楼。"明远"取自《大学》"慎终追远，明德归原"之意。明远楼位于整个贡院中心位置，高三层，为四方形，飞檐出甍，四面皆窗,站在楼上可以一览贡院,是用来监视应试士子和院落内执役员工有无传递关节的情形。当然,还起着号令和指挥全考场的作用,白天摇旗示警,夜晚举灯求援,以防止考生骚乱、作弊。由于其地位与作用的特殊性,贡院内外的建筑,在高度上均一律不准超过明远楼。楼门悬挂康熙年间名士李渔所撰并题楹联:"矩令若霜严,看多士俯伏低徊,群嚣尽息;襟期同月朗,喜此地江山人物,一览无余。"

跟随李鸿章入闱督带淮军的是他的抚标营中军张参将。张参将办事十分通达圆润,等曾国藩、李鸿章等人登上楼后,他递上早早准备好的四支千里眼。李鸿章笑道:"不错,你想得倒周全,怎么知道用得上这洋玩意?"

张参将应道:"我哥参加过乡试,回来向我显摆,我就记住了明远楼是各位大人登临监视的地方。我想试场便如战场,大人自然用得着千里眼,所以悄悄备了几支。"

曾国藩也是点头称赞。

两万余间号舍,一排又一排,气势恢宏,震撼人心。大家都惊叹,两江精华人杰,皆荟萃于此。多少人的命运,也在这贡院当中分道扬镳。而李鸿章望着一排排号舍,心中感叹却与众人不同。应试士子,无疑是两江之精华,然而,他们耗尽心神所醉心者,却是百无一用的八股文。他想到鲍姓老秀才,七十有八,六七十年间,完全沉迷于八股时文,章句小楷,这是多么可惜和可悲。一年前,李鸿章就根据冯桂芬的建议,上奏朝廷建议改变八股取士的制度,把经世致用的学问、制造枪炮等洋务列入应试内容,从而让那些有实用学问、懂洋务的人才能够获得功名,但他的建议被束之高阁。一想到整个国家的人才精华,都埋头八股文,李鸿章就禁不住心中沉甸甸的,脸上无一丝笑意。

如今太平军已经基本平定,国家不久就会迎来和平。他对未来已经有所规划,那就是要以巡抚之尊,推动"师夷长技以自强"的洋务运动。要购买洋人制器之器,要学习洋人制器之法,要造枪炮,造轮船,洋人能造的东西,他都要来造。然而,这需要洋务人才。而今天,他站在大清国选拔人才的高地上,却不敢奢望从这两万人中选出几个他所需的人才。

一天,李鸿章和曾国藩谈起他的感慨,曾国藩叹道:"我也知道读书人埋头八股实在可惜,但八股取士已然举行一千余年,天下读书人全部心血凝聚于此,要改谈何容易!"

李鸿章毕竟中年得志,敢于任事,所以说话比较直接:"不改国家就无希望。"

曾国藩笑了笑道:"你要改,你就没有希望。科举取士如千军万马过独木桥,如今你却要把这独木桥再砍掉一部分给那些洋务人才,岂不得罪天下数百万的读书人?那时候群情激昂,你便成众矢之的!如果你连巡抚的位子也保不住,还怎么推动你日日悬心的洋务?"

"老师教训得极是,学生想得简单了。"曾国藩的话很有道理,李鸿章连连点头。

"少荃,我哪里是教训你?只是说点儿为官心得罢了。你们可能都觉得我谨小慎微,以为我是怕失去了富贵荣华。其实,官位至此,富贵荣华于我已如浮云过眼。我这么小心谨慎,想保住的不过是将来能够办事的机会。少荃你要记住,你想办事,必须先站稳脚跟。你办的事再正确,而你却摔了大跟头,从此站立不起,不仅你的荣华富贵谈不上,你想办的事也成海市蜃楼。"

李鸿章由衷地感谢道:"老师一席话,点醒梦中人。学生许多时候太急于办事,却忘记了首先要站住脚跟。"

"少荃,我们从小读圣贤书,修身、齐家、治国、平天下,你我今天的地位,平天下的功勋我们建立了,将来要在治国上尽一分力量。打了十几年仗,我真是打够了,我现在最盼的就是国家安定下来,咱们师生携手在民生上下一番功夫,在国富民强上尽一份心力,尤其是造轮船、制机器,把洋人的玩意一样样学起。"

"学生也正有此意,只可惜洋务人才奇缺。"李鸿章有些激动,话题又回到了原点。

"关于洋务人才,我倒有些想法。"曾国藩指了指偌大的贡院考棚说,"从这里面找洋务人才恐怕太难。我们不妨将来多办洋学堂,专门请洋人来教习。这是其一。另外,我这些天在想,咱们能不能选一部分聪颖的幼童,派到洋人国家去学习。'纸上得来终觉浅,绝知此事要躬行。'咱们只拿几本洋人书籍来学习,太浅,只有亲自到洋人国家去,才能了解真实情形,也才能学到最根本的学问。"

曾国藩竟然有这样的设想,李鸿章不能不刮目相看,这件事就足以说明,他这位老师绝不是腐儒可比,头发虽然白了,但老师的心却并未老。

曾国藩见他有些吃惊,笑了笑说道:"要论洋务,少荃真的是青出于蓝胜于蓝。只是这些事情也要慢慢来,否则欲速则不达。"

经过师生这次畅谈,李鸿章再登临明远楼,俯视考场中的士子,心里多了份悲悯。他们从开蒙始,就读四书五经,钻研八股,学写试帖诗,往往一县应试童生两三千人,只能考取三四十名秀才;一省上万秀才,一科只取百余名举人;而数万举人,一科最多时不过取二百余名进士。有多少人皓首穷经数十年,依然还是个童生!又有多少人把科举当作了终生的追求!如果有一天取消了八股取士,将有多少人会因此人生绝望!

到了十一月十九日,考卷收齐,交给内帘,李鸿章等外帘官员就出闱了。还要等二十天评判结果出来,他要参加放榜,还要以主人身份举办举子们终生难忘、津津乐道的鹿鸣宴!

内阁学士殷兆镛府上,今天特意从外面叫菜,因为老家来客人了。

殷兆镛是江苏吴江人,字补金,号谱经,时年五十八岁,刚从兵部侍郎迁内阁学士。为人耿直,为官清正,又敢于秉笔直书,所以在京官中有些清名。正因为这个缘故,家乡来人向他大诉其苦。

他们所诉事情主要是江苏捐厘太重。太平军兴后的厘捐制度就是源于江苏,厘金是按运销货物的总值按比例抽取,捐纳则是直接向富绅摊派,当然也有报酬,是按所纳多少给予职衔、翎枝、功牌、封典。李鸿章主政江苏后,大力扩充淮军,又要协济湘军,巨额饷银依靠的主要是厘捐。而今太平天国灭亡了,又要协济湘军裁军,所以厘卡未见减少,反而越增越多,名目本来就有田捐、米捐、稻捐、船捐、茶捐、房捐、铺捐、摊捐、糖油捐、豆饼捐、房市捐,年前又新增善后捐、银钱业捐、随漕带捐、苏属饷捐。原来只在要冲之地设厘卡,如今乡间道路也设,无论大小买卖几乎无一幸免。吴江人不堪重负,商人罢市半个多月,后来被官兵弹压下去。大家共举三位乡绅向李鸿章递禀帖,希望减少厘卡之弊,没想到李鸿章回道:"我既然带一天勇,就要设一天厘卡,除非朝廷能给淮勇发饷。"大家讨了个没趣,灰溜溜回到吴江。这一口气咽不下,所以又共举数人到京师来求殷学士,请他为家乡父老主持公道。

六科给事中王宪成是江苏常熟人,年前回家,也是听了父老乡亲一肚子牢骚,所以附和道:"听家里人说,就连娼妓、粪桶也要上捐。江苏一年的厘捐收入,不下四千万!"

"这是典型的霸术治民,横征暴敛!我不知道则已,知道了就要为民请命!"殷兆镛年近六十,但依然是拍案而起,又激将王宪成说,"我要上折弹劾李少荃!他是议政王眼里的红人,你敢不敢得罪?"

王宪成硬气道:"有什么不敢的?我随老兄一道上折,大不了丢了顶戴。"

同天晚上,安德海私宅。内务府茶库李进升带着一个仆役,给安德海弄去了一大堆杂七杂八的土货,安德海根本不拿正眼瞧。

李进升谄媚道:"哥,我知道这些东西根本不入您的法眼,我也没打算入您的法眼。您是谁啊?什么好东西没见过?可是,这是弟的一番心意。我没哈好东西孝敬哥的,可孝敬哥的诚心什么时候也不能淡了。我这差哪来的?哥您给的。我以后靠谁?还靠哥您呢。哥,这些东西您还不能太不当东西了,有一些我是从库里弄出来的,有枝人参,那可大了去了。"

安德海"啪"地抽了李进升一个嘴巴子怒道:"什么东西?我宁不要你的孝敬,你也不能干这事。弄那么点儿不值钱的东西,要是让人知道了,你连命都别要了,还要拉上我给你垫背。"

李进升一边摸着火辣辣的腮帮子,一边说道:"哥我错了,下回再也不敢了。"

李进升对他可算得上忠心耿耿,无奈总做些不着调的事,安德海真正是恨铁不成钢。按说起来,他堂堂总管犯不着和李进升搞得这么近乎,可一则两人从小一块长大,孩童时结的情谊非场面上相混的可比;二则,他也需要这么一个人随时沟通内外的情势。因此他又劝道:"你也别怪我心狠,这给宫里当差可不敢有一点马虎。我给你说,这懂门道的人,把宫里的宝贝都弄到自个家里也出不了事,可这不懂门道,你拿根稻草回家也要你的命。最近,那个蔡寿祺可与你联系了?"

李进升应道:"最近他心里没底。那折子上去一直没动静,怕是打不着狐狸惹一身臊,急得跟猴似的。"

"真是没见识的东西。折子留中不发,那也是一种态度,那是太后上心了。告诉他,在家里偷着乐吧。最近,又来了一个好机会,听说六爷门房收门包快收疯了,太后很生气,你让姓蔡的留心一下,动动心思,再上一折。"安德海"哼"了一声。

李进升这时却聪明起来了,问道:"哥,就门房收门包这种小事,能动得了议政王吗? 哪个王府不收门包? "

"你懂什么,那不过是个由头。我可告诉你,"下面事涉机密,虽然是在自家宅内,安德海依然压低了声音,"六爷重用汉人,满人都不满呢! 从前南边长毛闹得厉害,朝廷不得不重用汉臣,如今长毛已经灭掉,僧王爷的蒙古铁骑把捻子剿得鸡飞狗跳,满人总算透过气来了,都想翻身呢。你和姓蔡的一说,他明白得很,他知道应该怎么上折。"

"哥,这话你跟姓蔡的说多好,我怕话说不明白。"李进升怕话传不清楚。

"你个猪脑子,我与他姓蔡的说得着吗?我一个堂堂总管,没必要结交他这些小京官。"安德海不是不愿结交小京官,而是他直接与蔡寿祺联系痕迹太重,容易留人把柄。

晌午觉过后,慈禧吩咐道:"小安子,去那边看看。"

去那边,就是去慈安那里。安德海"喳"地应了一声,跟在后面去慈安的寝宫。

慈安也起来了,刚梳洗完毕。两人互相问了睡得可好后,有一句没一句地说闲话。

"姐姐,你说咱对老六怎么样? "慈禧说着说着把话就引到正题上。

慈安有些惊异道:"咱姐妹对他没什么说的呀。妹妹你是不是听六爷说什么不满的话了? 这再加恩可实在无可再加了。"

"是无可再加了。姐姐你觉得老六对咱怎么样?"慈禧也附和了一句又问道。

"六爷,算是不错吧。先帝这帮兄弟里面,还真就数他了。"

"这只是咱姐妹俩的看法。这一阵参他的折子一个接一个,你看看这份折子。"慈禧把蔡寿祺的折子递给慈安。

蔡寿祺那个折子,笔锋直指议政王,开篇奏道:"为时政偏私,人心惶惑,物议沸腾,请旨饬议政王实力奉公,虚衷省过,以弭天变,以服人心。"然后,归结了议政王"贪墨、骄盈、揽权、徇私"四大罪状,最后写道:"臣愚以为议政王若于此时引为己过,归政朝廷,退居藩邸,请别择懿亲议政,多任老成,方可保全名位,永荷天眷。"这是明确要议政王退出权力中心,慈禧所最看重的也就是这几句话。

慈安大体看了一遍,问道:"这有些夸大了吧?六爷有些任性,敢说敢做,但要说骄盈、揽权,有些委屈六爷。至于贪墨、徇私,我看这更是冤枉六爷,王公贵胄,不贪墨的有几个,老六在这方面还算得上干净的。"

慈禧见慈安一味护着议政王,也属意料之中,下面该说什么她也都预先想过了多少遍了:"姐姐说得也是。不过,也不能一味回护他。这历朝历代,又是摄政,又是辅政,还有什么赞襄政务,大都难有善终,除了个人生了不臣之心外,没人及时提醒、警诫也是个原因。君君臣臣,父父子子,这君臣关系有时也如同父子,儿子有了坏毛病,不及时训诫他,等毛病坐下也就晚了。及时说说他,也是保全他,你看蔡寿祺说得多好——圣丰冲龄,军务未竣,议政王当虚己省过,实力奉公,于外间物议数端,有则改之,无则加勉,虚衷采访,愿闻过失,以期共济时艰,匡弼政事,庶几天和可召,物议可弭,为朝廷致无疆之福,即为一己全不朽之名。臣所以不避斧钺,痛切之言者,为朝廷实亦为议政王也。"

讲道理慈安从来讲不过慈禧,听听慈禧说的确有道理,就道:"那就提醒提醒六爷。可是谁说呢?皇上还小,老五又像我一样,话也不赶趟;老七又是做弟弟的。"

慈禧无奈道:"姐姐就不要指望别人了,没人说得了老六,得罪人的话,只有你我姐妹俩说了。"

慈安连忙推辞:"我可不行,我说起话来说了上句没下句的。我随着你帮腔还行,要叫我说,真抹不下脸来。"

"只要有姐姐帮腔就行了。老六少年得志,大权在握,是要让他好好磨炼磨炼。"这正合慈禧的心意。

次日见起,最后一件是内阁学士殷兆镛、六科给事中王宪成弹劾李鸿章的事。

慈禧有些生气地说道:"如果按他们两人的说法,李鸿章一年搜刮四千万两的厘捐,那也太过分了。"

"这纯属胡扯。江苏厘捐重一点,已经多有议论,可就是再重也不至于一年搜刮四千万。朝廷没有饷银下拨，各统兵大员自筹粮饷，是先帝在的时候旨准的。这些人听风就是雨，应该杀杀这股风气。"议政王对此弹劾根本不认可。

"那不合适，我朝向来广开言路，言者无罪嘛。"慈禧很干脆地否定了议政王的意见。

"言者无罪是不错，可要看他言的是什么事。民间泄愤的胡说不过脑子就上折，这种风气断不可长。"议政王不顾文祥连使眼色，与慈禧针锋相对。

"既然有人弹劾，那就让李鸿章先解释一下。"慈禧的火已经堵到了心口。

文祥一反常态，抢在议政王前出头说道："谨遵太后慈谕，让李鸿章给朝廷回个话。"

"那就这样吧。"议政王当然明白文祥的心思，转身就要走。

"六爷慢走。"慈禧拿起一份奏折扬了扬说，"有人参你。"

按势论礼，此时议政王应该诚惶诚恐跪下，表一番有则改之无则加勉的态度，再说一番请太后训诫的话，这事也许就过去了。但议政王偏偏在这些小节上的确有缺，梗着脖子问道："是殷兆镛？"

"不是。"

"那是谁？"议政王有些咄咄逼人。

"是蔡寿祺。"

议政王多少知道这个蔡寿祺，不是个安分端庄的角色，他上折子的事早就从内奏事处得悉，只是没想到竟然是直接参他，便顺口道："蔡寿祺不是好人，他的话不可信。"

"他的话不可信，倭仁是理学大师、清流领袖，他该不会胡说吧？"议政王的态度已经令慈禧怒不可遏，"参你的折子不下十份！"

慈安为老六的态度着急，她并不想把事情闹大，就劝道："六爷，你怎么这么回话？"

议政王没有领会慈安的苦心，也没往深处想，又道："臣是知无不言，言无不尽。蔡寿祺在四川招摇撞骗，有案在身，应该抓他。"

慈安脸都气白了，想着实数落老六一顿，可一口气憋在胸中，一句话也说不出来。慈禧严厉地盯着议政王道："老六，你要这么不知好歹，我革你的职你信不信？"

议政王脖子一梗道："臣是先帝的六子，太后能革臣的差，可革不掉臣皇子的身份！"

"那就没什么好说的了。"慈禧说罢，拉起慈安拂袖而去。

到了西暖阁，慈禧对气得直流泪的慈安道："姐姐，你总算领教六爷了吧？你看看他还把咱姐妹放在眼里？你也别生气，犯不着，姐姐你要没意见，我就按我的意见办了。小安子，传在廷大学士周祖培、倭仁、瑞常，吏部尚书朱凤标，户部侍郎吴廷栋，刑部侍郎王发桂，内阁学士桑春荣、殷兆镛。"

听了这些名字，慈安不安地问道："妹妹，怎么一个军机上的也没有？"

"姐姐，军机大臣都是老六的班底，召他们有什么用？"

说话间，周祖培等人都到了。

大家一看两宫太后都是泪眼迷离，感到事情蹊跷，等慈禧太后简单一说，更觉事情难办。一边是太后，一边是议政王，他们做臣子的，话该怎么说？

慈禧严肃地问道："议政王贪墨、骄纵、揽权、徇私，没有人臣之礼，你们说该怎么办？"

论资格，周祖培居首，但他没想起如何应对。次之的倭仁说话了，他的话已经憋了很久，他一直看不惯议政王倡率的洋务运动，同文馆招收正途人员学洋文、学算学，他更是从心底里反对，便趋前一步说道："臣以为，议政王最大的过失在于过分倚重洋人。我泱泱中华文明，绵绵不绝五千余年，怎么到了我们手上却要弃之如敝屣？国之要强，最要紧的不是师法夷类，而是弘扬我中华文明，教化人心，才是治本之策。同文馆的事情不说也罢，前些年购买英夷舰船，受尽了洋人欺凌，舰船损失十八万两，炮位弹药损失三十二万两，赏金及遣散费又是四十余万两，购船两年，最终竟是被洋人讹去银子九十余万两。洋人如此狡狯无信，议政王却要倡导天下人师法夷类，名义是自强，实是在卖国！"

倭仁的担心是真诚的，他忠于大清的情怀也容不得半点怀疑，但他岔开了慈禧的话题，而且办洋务也是慈禧一向支持的。

慈禧心里暗气倭仁的迂腐，打断道："洋务的事以后再说。议政王如此目无君父，你们说该怎么办？你们都是先帝器重的人，你们不要怕议政王。"

大家都看周祖培，他趋前一步道："两位太后明鉴，只有两位太后乾纲独断,臣等不敢有所主张。"

慈禧见周祖培还在回护议政王,厉声道:"像这个样子,还要你们干什么?等皇上长大了,你们就不怕皇上追究?!小安子,宣旨!"

处分议政王的谕旨慈禧早就亲自拟定了,原本没指望用上,如果老六态度好,教训几句就过去了;但慈禧做事向来是准备周密,态度好有态度好的说法,不好有不好的办法,这份上谕就是为万一议政王骄蹇不服准备的。安德海展开上谕念道:

> 谕在廷王大臣等同看。朕奉两宫皇太后懿旨:本月初五日据蔡寿祺奏,议政王办事徇情、贪墨、骄盈、揽权,多招物议;种种情形等弊,嗣(似)此重情,何以能办公事?议政王从议政以来,妄自尊大,诸多狂敖(傲),以(依)仗爵高权重,目无君上,看朕冲龄,诸多挟致(制),往往谙始(暗使)离间,不可细问,每日召见,趾高气扬,言语之间,许多取巧,满是胡谈乱道,嗣(似)此情形,以后何以能办国事?若不即早宣示,朕归政之时,何以能用人行正(政)?议政王著毋庸在军机处议政,革去一切差使,不准于预公事,方是朕保全之意。特谕。

慈禧昨晚亲拟的谕旨,错字连篇,语多不通,但雷霆之怒与惩处之重,却是再明确不过。几位大臣都惊愕得一时闭不上嘴巴。

议政王被蔡寿祺参劾,受两宫训斥的话很快传开了,便有不少人前来打探消息,也示慰问,议政王吩咐一概挡驾。天将正午时,文祥匆匆来了,门房自然不能挡驾,也挡不住。

文祥是军机里面最为持重稳慎的,今天却也有些惊慌,从府门到书屋一路疾走,额上竟然渗出细密的汗珠来。议政王迎到台阶上,彼此见过礼,进书房,丫头侍候文祥宽衣、上茶,他摆摆手说道:"别忙了。王爷,事儿大了。"

今天被两宫召见的大学士周祖培与议政王、文祥交情都不错。一出养心殿立即着人叫文祥去他府上,将所奉懿旨默写了一份交给了文祥。

两宫竟然如此措置,实出意外。那一刻,议政王蓦然想起了当年宣旨惩处赞襄政务八大臣的情形,脊梁上冷飕飕的一阵发凉。

文祥问道："王爷,周中堂说,上谕马上就会明发,您说这事怎么办?"

"随她怎么办。她不是撤我的差吗?先帝在时,我又不是没被撤过差,我真巴不得清闲呢。"议政王一副无所谓的样子。

议政王所说,是指咸丰五年,为生母册封之事与咸丰帝闹得不痛快,结果被撤去一切差使,之后当了五六年的闲散亲王。这样算来,这次是他第二次受到重谴。

文祥劝道："王爷,话可不能这么说。您清闲了,那总理衙门怎么办?天下将平,正是大办洋务的时候,您能这么扔下,前功尽弃?李鸿章会同曾国藩刚给总理衙门写了封公函,打算在上海办个机器厂,已经有些眉目了。多少事等着您主持呢!"

"还主持什么?还不知道由谁主持呢!"议政王依然有些赌气,"自从庚申受先帝之托,在京办理和局以来,我何曾睡过一个踏实觉?两宫垂帘以来,我是兢兢业业,悉心办理内政外交,一心为大清社稷着想,想不到两宫竟相信蔡寿祺这种小人的话,实在让人心寒。"

文祥担心议政王赌气撂挑子,依然劝解道："王爷,您要不主持大局,可就不仅仅是您个人的得失。谁不知道洋务大业全靠您一力支撑?您个人的荣辱可以不讲,自强大计一朝夭折,您难道不痛心?王爷,于公于私,您都要设法挽回才是。"

正说着,议政王的五哥惇亲王奕誴与宝鋆等军机大臣们几乎同时赶来了。奕誴是有名的粗俗亲王,没大讲究,说话也是无遮无拦,人没进门,就大声道："老六,你怎么闹的,把东边的也惹恼了,那可是个老好人。"

"五哥,我也没想到,总之都是我的不是。"议政王连忙迎了出来。

惇亲王见他这个六弟突然憔悴了许多,再无平日的洒脱气派,心里不忍："老六,你也别太上心里去,还有咱一帮兄弟们呢,总不能她不想让谁干就不让干吧,这总得讲点家法嘛。"

这个粗粗拉拉的王爷,关键时候能如此贴心,虽然话说得直拙,但让奕訢心头一暖："五哥,公事我仰仗各位军机,家事仰仗五哥等兄弟们,我心里也就有底了。"

惇亲王大大咧咧地说道："对,这是咱们的家事,本来就不应该叫内阁掺和。马上叫老七回来,他得说句公道话。"

老七醇郡王奕譞,此时正在东陵主持工程,三两天内根本回不来,远水救不了近火。宝鋆却很赞同惇亲王的意见,说道:"我听人说,蔡寿祺参了议政王,主张请醇郡王接手议政王的差使。这话无论真假,倒是可以明白告诉醇郡王,他为了避嫌,也得替议政王说话。"

大家都觉得这主意不错,都有意称赞这位粗中有细的惇亲王。惇亲王笑道:"这事我打发人办就是了。老六,你得提防小安子,这事十有八九他在里面搅和了。你们都知道,我没个正经,宫内宫外内城外城都乱去,听的事儿也就多些。小安子这一阵和御史言官们闹得挺近乎,特别这个蔡寿祺,听说他两个人偷偷见过几次面了。这狗东西在宫外新买了一个大宅院,把他家里的人都搬来了,买了几个女孩子侍候,比咱爷们还威风。你真不能小看了他,你堂堂一个议政王,都斗不过他一个阉贼。"

"不是斗不过他。他算什么东西?主要他是西边的红人儿,西边喜欢,就是条狗也比人威风。这是没办法的事。"宝鋆对安德海也素无好感。

宝鋆的话有些张狂了,文祥岔开话题对惇亲王说道:"王爷,您是不是上个折子,帮议政王挽回一下?您的话比谁都有分量。"

惇亲王笑道:"文相,你也别给我戴高帽,老六的事我不能不说句公道话。不过,这折子你们得给我准备。"

"这事就让琢如代劳。"文祥知道惇亲王不善文辞,痛快地答应下来。

琢如是军机大臣曹毓英的字,他领命立即躲到一边起稿。惇亲王的折子,照例用不着引经据典长篇大论,但这折子又非同一般,长话短说,颇费周折。写罢请惇亲王过目,他连连说道:"好,琢如好手笔,我念给大家听——议政王自议政以来,办理事务未闻有昭著劣迹,唯召对时语言词气之间,诸多不检,但终非臣民所共闻;蔡寿祺所奏,亦不过是捕风捉影,若因此罢斥,恐传闻于外,议论纷然,于用人行政,殊多窒碍。"

文祥又建议道:"篇幅虽短,但该说的话都说出来了。不过,蔡寿祺虽是捕风捉影,但不好如此说。可改为'被参各款查无实据'。估计周中堂还要问蔡寿祺话,折子只能晚上几天,待问过话后再上。"

"迟几天也无妨,我也难得清闲。这一句'恐传闻于外',可改为'恐传闻于中外'。"议政王也说了一点自己的意见。

大家都连连点头。议政王主持枢庭以来,颇得各国赞许,这一点慈禧不得不考虑。虽是只加一字,但把国际影响扯过来了,也就更加大了分量。

文祥虑事周详,补充道:"倭中堂对议政王主持的洋务向来有偏见,而且太后又让他主事,最好能让人劝他几句。"

惇亲王自告奋勇地说道:"我去找他,他就不该掺和皇家的事。"

惇亲王要真去,肯定把事情弄糟。文祥笑着劝道:"何必劳王爷大驾?琢如是倭中堂的高足,由琢如去最好。"

曹毓英拱手领命。

"诸位请回吧,要不传到外人耳朵里,不知要怎么说呢。"事情商议完毕,议政王起身送客。

江南春早,阳春三月,正是万物复苏。曾国藩的心情也像这季节,孕育着生机。老九在家静养,肝疾大为好转。金陵一带善后工作已经大见成效,流民明显见少,舍粥的铺子不再那样人潮汹涌。夫子庙被毁的殿舍已经修复完工,香火日盛。特别是秦淮河,借助去年乡试的契机,已经有数十家酒楼茶坊店肆开业,久违的画船歌舫又在水上亮起橘红的灯笼来。

不过,新到的廷寄像一盆冷水把曾国藩的好兴致浇灭了。廷寄"议政王军机大臣字寄"的固定模式中没有了"议政王"三字。曾国藩何等细心?他本能地意识到,这不可能是办事人员的疏忽。他无心看廷寄内容,连忙拆开第二份廷寄,果然,这一份同样没有"议政王"三字。朝廷发生了大变故!进一步说,他的靠山议政王发生了大变故!他尽量抑制住心底的空虚和迷惘,挤出一个难看的笑脸说道:"诸位,廷寄有要紧公务着我办理,各位且请回吧。"

大家陆续走了,只有赵烈文留了下来。

曾国藩把两份廷寄递给赵烈文,赵烈文立即明白曾国藩让他看什么。他也颇感惊讶:"莫不是议政王病故了?"

"不可能。议政王一向颇为精壮,倘病故肯定会提前有些征兆,不可能猝然发作吧?"曾国藩连连摇头。

"那么,会不会是第二个肃……"赵烈文斟酌着又猜道。

曾国藩连连摇手,但脊梁上直冒冷汗。肃顺倒台,当时被肃顺器重的曾国藩安然无恙,是因为那时长毛猖狂,朝廷不得不倚重,且有议政王豁达明理。今非昔比,如果议政王也步肃顺后尘,就没人能够救曾氏兄弟了,他们兄弟惹朝廷上下多少人疑忌、妒恨！而且长毛已灭，正是卸磨杀驴的好时候。

曾国藩两眼空空地望着前方，足有一刻钟。

赵烈文劝道："中堂，议政王不会步肃顺后尘。一则议政王为人随和，不像肃顺咄咄逼人，四面树敌；二则肃顺等人当时只控制了军机处，却没有兵权。而议政王不同，僧王、中堂都是他的密友，没人敢轻举妄动。"

赵烈文说的确实有道理，但西太后绝非等闲之辈。如果她决意与议政王一决高下，僧王与他又能如何？宫闱深深，种种不可能都可能发生。

"中堂，此等大事，京中必有消息，或者京报已发。我马上去催一下，一有廷寄信函立即取来。"

曾国藩点了点头。

赵烈文走后，曾国藩绕室踱步，心烦意乱。赵烈文取来了一份邸报，进门就说道："中堂，议政王果然出事了，已经有明发上谕。"

除了邸报，还有两江总督派驻京城的提塘官的一封密信。所谓提塘官，是各省督抚选派本省武进士及候补、候选守备等，驻于京城，专门负责投递本省与京师各官署往来文书。当然也同时负责探听朝政动向，遇有紧急、机密事项，提塘官会派专差密递。曾国藩派在京中的提塘官，是他同年的儿子，人不仅聪明，而且十分忠诚。今天他送来的密信，除了记录了京中关于朝局的传闻，还有蔡寿祺的弹章。

曾国藩是历经宦海风涛之人，从蔡寿祺的奏章中自然能读出弦外之音。在他看来，蔡寿祺弹劾议政王，剑锋却直指被议政王重用的汉臣。"夫用舍者朝廷之大权，总宜名实相符，勿令是非颠倒。近来竟有贪庸误事因挟重赀而内膺重任者，有聚敛殃民而外任封疆者，至各省监司出缺，往往用军营骤进之人，而夙昔谙谏军务通达吏治之员，反皆弃置不用，臣民疑虑，则以为议政王之贪墨。"所谓"聚敛殃民而外任封疆者"在曾国藩读来分明是指他的九弟曾国荃，"军营骤进之人"也就是暗指湘淮出身的官员。

到了第二天，京报又到，抄来了殷兆镛、王宪成弹劾李鸿章的奏折。这令曾国藩更加紧张，在他看来，弹劾议政王和弹劾李鸿章绝对不是孤立事件，一场大政潮即将到来，中枢受冲击的必是议政王，而地方则是湘淮出身的封疆大吏。而更糟糕的是，他看不清政潮的真正起源在哪里，又是谁在推波助澜。他现在唯一能做的，就是夹起尾巴做人，不仅他要这样做，还专门写信给李鸿章，让他也要特别谨慎，尤其厘卡，近期内不妨放松一些，千万不要再惹起大的事端。对殷、王的弹劾，则应当含诟忍尤。他知道李鸿章心气高傲，肯定要进行辩驳，若激怒了朝中清流，则无异于引火焚身。他劝这位高足道："唯末世气象，丑正恶直，波澜撞激，仍有寻隙报复之虑。敬非极有关系，如粪桶捐、四千万之类必须相争外，即可置这不问。总宜处处多留余地，以延无穷之祸。"

李鸿章同时收到朝廷上谕和殷、王弹劾抄件。上谕并不长，但颇为严厉——

　　同治五年二月奉上谕，有人奏，功臣宜知警戒，请严加训迪，俾得保全等语。据称：江苏巡抚李鸿章战功虽著，而子惠未学，百姓之流离者未尽收恤，地亩之荒芜者未尽开垦，不闻德政，唯闻厚敛。内阁学士殷兆镛疏言，江苏横征暴敛之害，皆指李鸿章而言。李鸿章自简任江苏巡抚以来，叠克城池，肃清全省，阙功不为不大，唯以该省事同创始，委用之人较多，则流品易杂，筹饷之途稍广，则民怨易滋。若如该学士所奏，各捐未免太形锁屑，至官亲、幕友、游客、劣绅争充委员，擅用令箭、旗、牌等事，绅董稍假事权，擅作威福，恐亦事所难免。着李鸿章将不肖委员严加裁汰。另片奏，江苏各项捐款加以各项田捐，岁可收银四千万两等语。江苏捐款虽繁，亦断不能如所奏之多，究竟可得若干，如何开支？着李鸿章造册报部核销。该抚受委任之重，唯当朝廷与民休养之苦心，以上各情，着明白回奏，若有欺瞒，当知朝廷律法森严，决不宽贷。原折片并殷兆镛折均着抄给阅看，将此谕令知之。钦此。

看完上谕和弹劾他的抄件，李鸿章骂道："贼娘的江苏乡绅，真个没有良心！不是我收复江苏，你们哭亲爹也没个地方。朝廷不拨饷银，难道让我淮军喝西北风？"

骂归骂，但他心里如曾国藩一样，不能不琢磨一下这事情背后的原因。湘军已经被迫裁撤，难道朝廷也要逼着裁撤他的淮军不成？如果淮军也步湘军后尘，他此后的功业靠什么来支撑？如果朝廷是想卸磨杀驴，那么殷、王两人的弹折就是朝廷借到的一把快刀,自己只有夹起尾巴,效法老师,自请裁军,朝廷也许会放他一马。但他又如何能够甘心?到了第二天,曾国藩的信到了,果然是劝他忍气吞声。

殷、王二人信口雌黄,他李鸿章如何能够忍气吞声?合肥人最讲究的是面子,让人骂一声窝囊废,是他最受不了的。如果是朝廷要逼他裁军,他忍气吞声也没用;如果朝廷并无此意,对殷、王两个信口雌黄的书生又何必忍气吞声?反过来想,如果忍气吞声又将如何?结果就是,从此淮军饷源无着,即便朝廷不逼着撤,也只有自请裁撤一途。没了淮军,他也就从此与其他督抚一样,做个听说听道的小媳妇,任凭朝廷拿捏,那岂是他李鸿章所愿?

关键问题还是,朝廷到底是不是有逼他裁军的意思?李鸿章想来想去,觉得不太可能,至少,目前还不可能。因为江北的捻子闹得正欢,自视甚高的僧王和他的蒙古铁骑被牵着鼻子东奔西走,想求决战而不能。以李鸿章判断,僧王如此剿捻,胜算到底多大,实在不敢看好。万一吃了败仗,如今湘军已经裁撤,朝廷靠什么与捻子周旋?因此他断定,朝廷至少现在不敢把淮军也撤掉。既然如此,他当然要挺起腰板争一争,为淮军争一条活路。

等李鸿章想清楚了,立即着人请布政使刘郇膏、江苏厘局总办郭柏荫、会办王大经到巡抚衙门。几个人赶到后,李鸿章把上谕和殷、王折片让他们传看。几个人看罢冷汗直冒,刘郇膏胆子最小,说道:"打了这么多年烂仗,朝廷无一两饷银拨付,全靠厘捐支撑,东挪西借怎么说得清楚。我是藩台,全省财政无不与我相关,真是无法自白于天下。"

李鸿章见刘郇膏如此不担风波,心中不快,但这两年来,刘郇膏一心一意为淮军筹饷,几乎与李鸿章一个鼻孔出气,所以安慰道:"松岩此言差矣!这些年来,我江苏以半省之兵,供天下各省之用,又以半省之厘,不但分防本境,而且要援助各省粮饷,有什么不能自白于天下?"他喝了口茶,故作轻松,给三人打气,"鄙人做官带勇,别无他计,做一日官,带一日勇,就办一日厘捐,如果朝廷让我带勇上阵,我还要责成后任者大办厘饷,否则朝廷必另拨足粮饷,不然,李某人弃军撤官都不在话下。我还要告诉诸位,李某人没别的长处,但个子长,敢担责,江苏士绅怨恨,朝廷追责,都由我李某人一人任之。"

"要担责当然是共同承担,哪能全推给抚台大人?"三人都要分担责任。

接着,李鸿章分析道:"现在还说不到担责的话。打仗就要募勇,募勇就要发饷,天经地义,也是朝廷旨准的,我六七万淮军将士就食江苏,不办厘捐怎么办?朝廷还没到卸磨杀驴的时候,也不敢卸磨杀驴。僧王带着他的蒙古铁骑东征西讨,从湖北到河南,从河南到山东,捻子是越剿越多,朝廷还没到高枕无忧的地步。"

郭柏荫恨恨道:"王宪成真是满嘴喷粪,竟然说江苏年收厘金四千万,连娼妓、粪桶都要纳捐。"

"这就是书生的可笑之处!"李鸿章不以为然,"不过,这样反倒更容易驳倒他。你们梳理一下这些年来的厘金收支,让朝廷明白,就是如此搜刮,也不能满足粮饷,我淮军还积欠饷银几百万两。"

他这就为下一步的工作定了调子,这些厘金收支,外人无从弄清楚,他们二人按李鸿章的意思拉出单子来就是。

"等你们弄清了账目,交给兰溪,让他先起草折稿。"李鸿章安抚下三个人,他又让周馥过来,告诉他准备起草复奏,当然要对着殷王二人的弹劾,一条条辩驳。

"兰溪,你只掌握一条,我们为朝廷分忧,一切皆是为公,要一条条批驳。我辈所争,在是非不在利害,在理不在势。我们行得正,坐得端,不能任他们信口雌黄。"这也是给复奏定了调子,一言以蔽之——一条也不能承认。

第二天,李鸿章收到曾国藩的信,对老师教导"含诟忍尤"不能苟同。这是他任封疆大吏以来第一次被弹劾,他绝对不能示弱,更不能吃哑巴亏。他认为此时正是万众瞩目,他不能给人留下软弱可欺的印象,宁被打死,不能被吓死。他要让世人知道,无论是谁,要参他李鸿章,必须掂量掂量。

李鸿章强挺着腰杆,一副天塌了地接着的神气。不过,江苏无论官场还是民间,都知道他被殷学士告了御状,甚至有人传言,捉拿李鸿章进京的钦差已经在路上。厘卡几乎无一例外受到冷嘲热讽,抗厘的人越来越多。李鸿章叮嘱郭柏荫,只要不太过分,就睁一只眼闭一只眼,等他复奏有了结果,要让那些抗厘的加倍还来。

第十九章

巧辩驳有惊无险 受重用署理两江

过了几天，周馥的复奏稿呈上来了。先说江苏厘卡的来历，那是迫不得已："近年以来，廷臣奏请停减厘捐者不止一人，不止一次，而外省未有停减，岂督抚大吏皆不肖皆恃功也？事关大局有所不容已也。"然后再说江苏的厘卡之设，完全按照通常标准设置："凡有卡局处所，臣均亲历查勘，于河湖扼要立总卡收捐，于港汊分歧处立巡卡照票，以杜绕漏。一片一验，相隔数十里，实无十里五里。设卡重征之事照上海之章，每千钱取三十、四十不等，实无十钱抽三之事。殷兆镛所奏，茶棚、桌子、赌场、点心、剃头、担粪捐数十文至数千文，并有妓女捐名色。苏省捐目虽多，本由商贾繁盛、货物辐辏，因地制宜，亦何至有此等荒唐之事！"

李鸿章觉得笔墨还稍嫌软弱，提笔加道："殷兆镛造谣诬蔑，骇人听闻，不知其心何居？"

接下来分别说明所委托厘卡局员并无不肖之辈，旗牌令箭也无滥用之事。总之，殷兆镛所劾一概不认。

然后说明近年来厘捐总数，都用到哪里。李鸿章认为不能只简单回奏这些年收了多少支了多少，殷兆镛说江苏年收四千万，纯粹是外行话，必须先把他的无知奚落一番，所以他提笔写道："查我朝定鼎之初，每年直省所入丁漕仅一千数百万；自乾隆六十年，海内殷富，盐务、关税叠加整顿，户部所入每年多至四千余万；嘉庆、道光以后，入不敷出；至咸丰年间，每年例入之数十不及三四矣。苏省凋敝之余能筹出乾隆盛世时各省所入四千万之巨款，非不识时务,且似不通掌故。其折责人以学道,不知彼之所学,何道也?"

郭柏荫给周馥提供的厘捐数据,自然能够自圆其说,总之江苏之厘全用之于军饷正项,且亏欠甚多。现在不仅不能撤,而且也不能减。周馥的回奏稿至此结束,李鸿章总觉得不够尽兴。如果任凭殷兆镛等人这样随意弹劾,将来无论办什么,难免都会招来物议,如果一有不同声音就缩手缩脚,那就什么事也干不成了。本朝允许言官闻风而奏,就是荒唐的制度,这些言官只会空口白话,而且说话不必负责,失实也不必追究,更助长他们高谈阔论的毛病。

李鸿章不想假手他人,好在他是幕府文案出身,半个时辰便把想说的话写了出来,稍加润色,便犀利无比——

殷兆镛以苏属巨绅为贵近之臣,不以国家大局为念,乃介为浮议,肆口诋诬,上以眩惑朝廷之听,下以鼓励愚民之气,远近传播,使有借口以遂其背公蔑法之私。臣固不能不寒心,以后官斯土者更无所措手矣。

臣更有请者,臣由海上用兵兼办通商洋务,稔知西洋各国兵饷足,器械精,专以富强取胜,而中国虚弱至此!士大夫习为章句、帖括,辄嚣嚣然以经术自鸣,攻讦相尚,于尊主庇民一切实政漠不深究,误訾理财之道为唆利,妄拟治兵之人皆怙势。颠倒是非,混淆名实,论事则务从苛刻,任事则竟趋巧伪,一有警变,张皇失措,俗儒之流弊,人才之败坏,因之最可忧也。我皇上冲龄践祚,秉承两宫皇太后圣训,攘除寇乱,中兴盛业必可驯致。唯于用人、听言之二端,推求实际,坚持定见,务为远大之谋,深维富强之术,消内患,杜外萌,莫不由是。

臣虽昧愚无识,幼读父书,早登科第;咸丰三年蒙文宗显皇帝派往军营,迄今十有三年,饱历艰难,出生入死,身家度外,荣利淡然。乃蒙圣朝委任之隆,宵旰望治之切,忍辱负重,不也自避嫌怨,恒兢兢焉,无非为公家筹划,绝无一毫自私自利,谅亦可以共见共闻。现捻患方炽,僧邸督军兜剿,臣何敢放松警惕?臣所部淮军也不妄行尽撤,是不敢以国家安危等闲视之也,非怙势也。一俟捻贼荡平,撤军归农,届时有以谢中外之责望,庶无负圣主始终保全之恩。所有感激愧悚下忱,据实披沥复陈,伏乞皇太后、皇上圣鉴。谨奏。

李鸿章的复奏稿照例抄报曾国藩一份。曾国藩看后大摇其头，对赵烈文道："少荃锋芒太露，得理不让人，动辄相骂，实在有些过分。少荃重实务，喜欢结交有经世才能的人，这本也无错。他太不把士大夫放在眼里，他不懂得人言可畏，他不明白舆论掌握在儒生的笔下。"

赵烈文也认同曾国藩的观点："李抚台这篇文章犀利无比，恐怕即便是胜了，也是败了。"

曾国藩当然明白，殷兆镛在京官中官声很好，何况他是代民请命，即便有种种不是，李鸿章如此不留体面，反而会引起清流派的反感。

李鸿章的折子到京，慈禧留中不发，因为她没心思去处理这件事。她的心思全在议政王身上。如何处置议政王，她并没有确切的主意，一切还要看内外形势。这些年来，议政王内政外交集于一身，在外重用汉臣，剿平了太平天国；在内军机和总理衙门大臣，无不唯议政王马首是瞻。朝廷内外，都知道议政王而不知有太后皇上。这种情形，慈安可以熟视无睹，而慈禧却咽不下这口气。她一直在等待一个机会，教训一下议政王，让他知道谁才是大清的真正主人。

她对言官上折有种特别的感受。当初下定决心与肃六争个鱼死网破，起因不就是言官的一份折子吗？当时御史董元醇上折请太后垂帘，肃顺大发雷霆，要治董元醇的罪。慈禧则要力保。最后的结果，是肃顺等八大臣被拿办，她与议政王联手取得彻底胜利。而如今，议政王的做派已有肃六的影子，蔡寿祺的弹劾正好善加利用。她本来只想拿这份折子来压压议政王的风头，稍稍敲打他一下，没想到他不知不识，以致到了目前的地步。她绕开军机处，发挥内阁的用处，又让向来对议政王支持的洋务事业大为反感的倭仁主持其事，而且让六部九卿、科翰道都参加，目的就是让更多的反感洋务的人有机会发表意见，在人数上取得优势。当然，到底要拿议政王怎样，她心里依然没底。因为她实在没有把握，离开议政王，大清这驾马车能不能顺利往前赶。

慈禧没闲着，议政王的心腹们自然也没闲着。早朝散后，文祥回府立即从后门乘一顶小轿悄悄去了议政王府后门。

议政王这些日子一直闭门读书，其实哪能真正读得下去？清静了这些天,他心头的傲气和赌气都消磨光了,如今最关注的就是他还能不能复出,还能不能再次登上权力的高峰。手握权柄,能够按自己的设想轰轰烈烈推动一个王朝的车轮向前滚动,何尝不是件令人怦然心动的事业?

今天内阁将召集会议讨论他的问题,他自然万分关注,文祥一到,就直入主题,问文祥有几分把握。

文祥回应道:"该做的都做了。五爷、七爷、肃亲王都没问题,一致为王爷说话。倭仁以方正自许,劝也无用,那些一提洋务就皱眉的人少不了会发难。这些人主要是些翰林御史,曹毓英也有些相熟的,该说的话都说了。此外,还有一部分人算是局外人,双方与他们利害关系都不大,但有时候,恰恰是这些人起了最后作用。"

"这些人是随风草,哪边风大就会向哪边倒。如果有人说几句有分量的话,他们就会为我们说话。"

"这事怕是要靠肃亲王了,我会把王爷的意思说与肃亲王。"

下午,内阁会议开始。倭仁当仁不让地说道:"遵懿旨主持公议,不敢有所偏私。但如果漫无边际,也是徒然浪费时间。今天的会议就是讨论如何处罚议政王,我已经拟了份回奏,念给大家听听,公议后再修改。"

惇亲王一听不高兴了,站起来问道:"艮峰,太后不是将我、七爷还有御史王拯、孙冀谋的折子都发下公议吗?既然公议,没议怎能就讨论复奏?"

他这么一说,不少人就应和,倭仁没办法,那就只好先念那四份折子。这些折子话说得不同,理深浅各异,但意思基本一样,都是主张议政王复出。

接下来,便是公说公有理、婆说婆有理的争论。

甲说这是人家家事,外人不该插嘴。

乙说议政王屡遭物议,确实不宜再膺重寄。

丙说已经追讯蔡寿祺,并无实据,全系闻风而奏,捕风捉影。

丁说无风不起浪,虽无实据,但也并非捕风捉影。

又有人说撤去王爷一切差使,已经明发天下,怎能朝令夕改?

又有人说收回成命,从谏如流,更显两宫圣明无私。

……

这样漫无头绪地争论一个时辰,大家都累了,不少人只盼早些结束。

这时肃亲王华丰站起来说道:"综合惇亲王、醇郡王及各位的意思,我拟了个底稿,念给大家听听。"

肃亲王的稿子很短,一起笔就为王爷开脱,说"任议政王以来,事烦任重,其勉图报效之心,为臣民所共见"。但又不能说议政王全无错失,主要毛病就是"召对之时往往有失检点",但这不过是小节之亏,"请太后加恩令其悔过自新,以观后效,议政王自当益加敛抑,仰副裁成"。

肃亲王念完,大多数人都支持。倭仁和追随他反对洋务的人无话可说,只好修改早就拟定的奏稿,改了四遍,一直到与肃亲王的意思差不多了才算通过。然后两份奏稿分列于案上,军机大臣列名于倭仁奏折,其余以礼亲王世铎为首的王公大臣七十余人列名于肃亲王奏折。另有都察院、宗人府另外具折,内阁殷兆镛、潘祖荫等单衔上疏,都主张收回成命,复用议政王。

内阁公议的情形,早有太监向慈禧密报。有这么多人支持议政王,有些出乎她的意料。她还有个优点,就是能够迅速看清形势,并很快拿定自己的主张。她明白目前议政王的位置不可动摇,但总要给他些教训,不然以后如何能够收放自如?

次日早朝前,慈禧与慈安商量起用议政王的事。

慈禧淡淡地说道:"昨天内阁公议后,联名上折、单衔上折的一百多人,都主张收回成命,起用六爷。"

"那就起用吧。"这事过了,慈安其实并没有往心里去。

"问题是怎样起用才最好。这么多折子没人敢说六爷一个不字,这也不是件好事。虽是自家兄弟,咱们姐妹也不能不防。否则等皇帝亲政了,什么事情也做不动,皇帝可要埋怨咱俩。"

慈安是最疼皇帝的,将来皇帝真受了委屈,那可不是她愿见的,就道:"你看怎么办好就怎么办吧。"

"这恩典要细水长流,不然就不值钱了。我看先让六爷复了总理衙门的差,军机上的差,过些日子再说。"

"这样也好,六爷年轻,多历练历练有好处。"慈安点头附和。

慈禧摆开了说道:"也不仅仅是这层意思。姐姐你想啊,大家都说六爷好,咱就收回成命,那六爷感谁的恩呀?有些时候,下面越说好的人,你越不用,就是要让他明白,他的前程荣华,别人谁说了也不算,只有咱姐妹俩、只有皇上能让他荣,也能让他辱!这才叫恩出于上,权自上操。"

仅仅恢复总理衙门的差使,议政王并不满足,也并不领情,他干脆托病,照旧在家闲居。如此僵持下去,说不准会出什么局面。最着急的是文祥、宝鋆和曹毓英三位军机大臣,没有王爷主持,他们还真有种转不动的感觉。

文祥问道:"大家从远处想想看,彼此弄得不痛快,是从什么事上起的?"

宝鋆想也没想就道:"这还用说,西边需索总是被王爷卡住,心里别扭着呢!"

文祥点头道:"不错。近年来内忧外患,朝廷用度浩繁,王爷把内务府大臣的差使交给我们,原本就是为了撙节开支。钱是省了,可麻烦惹大了。现在是到了把这差使交出来的时候了,这也是西边巴不得的。"

"西边迟迟不松口,也许就是等着这两个差使呢。"宝鋆有些不服气。

"除了等这两个差使外,还在等一样东西——王爷的悔过折。"曹毓英还有些见识。

"王爷原本没有错,蔡寿祺都是捕风捉影,让王爷认什么错?"宝鋆是个直筒子,说话从不遮掩。

"王爷是要上个谢恩折子,也就是你们说的悔过折。王爷有错没错,这个折子都得上,千般委屈都得受,个上折认错,那不就是说两宫错了?你们想,两宫能有错?两宫正等王爷的这个折子下台阶呢!"文祥分析道。

曹毓英主动请缨道:"这个折子我替王爷准备一下。说得不诚恳,两宫不满意,说得诚恳了,王爷那脾气怕是也不肯认。"

"胳膊扭不过大腿。上自皇家下至百姓,理都一样,王爷不低头也不行了。"文祥这样做了总结。

次日早朝快散时,慈禧问文祥道:"最近见六爷了吗?"

文祥当然知道应该如何回答,沉稳地回道:"回圣母皇太后的话,自从王爷闭门思过后,臣暂领枢务,才智短缺,穷于应付,没空见六爷。而且六爷闭门谢客,一概不见,听说在家读圣训。"

文祥的回答与慈禧从她妹妹醇王福晋那里听来的消息基本一致, 她对这个回答甚感满意,便道:"老六是该好好反省一番的。"

文祥听慈禧语气颇为温和,就趁机道:"两位太后,臣请撤去内务府的兼差。"

"怎么了,好好的干吗辞差?"慈安很感意外。

"是因为臣差使太多,实在不能胜任。"

宝鋆也趁机道:"臣的想法与文大人一样。太后赏臣的差使太多,臣心力不及,时有延误,恳请太后恩典,开掉内务府的差使。"

慈禧心中满意,嘴上却道:"你们都要辞差,这一时何处物色合适的人领差?我和母后皇太后商量一下再说,你们跪安吧。"

两人退下后立即去议政王府。议政王看过曹毓英代拟的谢恩折,愤愤地扔到一边道:"我上这样的折子,岂不是承认了蔡寿祺加的罪名?"

文祥劝道:"王爷,蔡寿祺是何许人?一个小小的日讲起居注罢了。加给您罪名的不是他,而是西边。西边的手段您也领教了,不低头能行吗?真是闹崩了,皇上亲政后怎么看您?现在您受些委屈,皇上亲政了自会理解,会更加敬重您,您要向前看呢。还有,为了换西边高兴,我和宝相已经辞了内务府的差使。这个折子您要不同意上,我们两个的差也算白辞了。"

议政王一听两人辞了内务府的差,非常惊讶,气呼呼道:"你们两个真是糊涂,这样以后内廷用度岂不成了无底洞?"

文祥叹息道:"也只能如此。王爷您想想,您和西边为什么事儿一点一点闹翻的?这是个主要原因。只要王爷能复出主持大局,辞这两个差也值。"

议政王叹了口气道:"事已至此,这个折子不上也愧对了你们大家的一片苦心。可是我实在咽不下这口窝囊气,我堂堂一个王爷,被一个阿谀小人整得闭门思过。折子先放这里,我过几天就上。"

慈安寝宫,太监们正在摆晚膳。慈禧看罢了议政王的折子,递给慈安道:"姐姐你看,六爷总算认错了,说得也诚恳。"

慈安匆匆看过后说道:"再怎么着也是一家人。老六年轻,给他点教训也就得了。我看,明天就让他上军机领班?"

"既然姐姐这么说,那就这样了。议政王的称号原本也无前例,也就不必再提了。"

议政王的称号并非虚名,拥有这个称号,恭亲王便有了两宫、皇上之下,万人之上的权威和尊荣,岂是一般王爷可比?要剥夺议政王的称号,纯粹是慈禧的主意,因为兴师动众闹这么一场,老六皮毛不损,两宫的权威何在?如果郑重与慈安商量,反而不容易获得赞同,在答应恢复老六军机领班的同时,顺便以轻描淡写的语气提出"议政王"的称号从此不提,慈安反而来不及细想，也无从辩驳。恭亲王奕訢的议政王尊号，就这么一句话剥得干干净净，从此他的王爷也便与其他亲王再无不同。

三下五除二达成心愿，慈禧满心轻松惬意，回头对安德海道："小安子，明天让六爷第一起独对。"

安德海"喳"了一声，出门安排太监传懿旨。

次日天未亮，恭亲王早早到朝房等着。已经有大臣早到了，正在喝茶。恭亲王将回军机的消息早就传开了，大家都向他道贺。他拱手说着"惭愧惭愧"，算是回大家的好意。

一会儿太监来传，恭亲王整整衣冠向养心殿走去，心里莫名的紧张、委屈，苦辣酸甜说不上是什么滋味。进殿叩头请过安，慈安温和地说道："六爷，起来说话。"

慈禧也柔声道："老六，何苦来哉？"

这一句话，使朝会的气氛多了些家人叙旧的温情。

慈安道："六爷，这一阵军机上总署上，都有些转不灵光了，没了你还真不行。从今日起，你就上军机上行走吧。"

恭亲王再次叩头谢两宫皇太后恩典，说自己太年轻，不知轻重，惹两宫皇太后生气，想来无地自容。说着说着真就伏地恸哭，涕泪俱下。他伤心是真的，当然不是因为惹两宫生气，而是为自己无处诉说的委屈和无奈。好好的军机大臣，被莫须有的罪名开销了，如今重回军机，却要诚意谢恩。更想到自己屡受先皇的猜忌、重谴，好不容易谋出了两宫垂帘亲王辅政的局面，却再次受到重谴，而且是被一个女流玩弄于股掌之间。触到伤心处，哪能不伤心？

慈禧也劝道："好了六爷，怎么还像个孩子似的哭起来没完。一会儿王公大臣们上朝，你不怕惹人笑话？"

恭亲王抹干涕泪，等着慈禧再说恢复议政王的名号，谁料并无下文，只听慈禧说道："让大家都进来吧。"

一会儿王公大臣们都进来了，请过安，排班站好。慈禧对大家说道："今天恭亲王谢恩召对时，伏地痛哭，无地自容，颇知悔悟。我和母后皇太后商量，从今日起，六爷仍在军机大臣上领班。早朝后军机拟旨来看。前番撤六爷的差，是因为六爷的确有错。今天复六爷的差，是因为六爷乃亲信重臣，才堪佐理，朝廷于内外臣工用舍进退，皆廓然大公，毫无成见。以后恭亲王要尽心办差,各位大臣要尽心帮衬。"

慈禧这番话处处占着理,把她翻手为云,覆手为雨,说得冠冕堂皇。恭亲王心中暗暗佩服,这个女人真的不能小看,自己从此要吃一堑长一智。

"殷兆镛、王宪成参李鸿章对江苏百姓百般盘剥,李鸿章已经回奏。从李鸿章的回奏看,殷兆镛、王宪成的一些说法纯粹是捕风捉影。你们下去后商议一下,朝廷得拿出个态度来。"慈禧又道。

恭亲王已经恢复军机领班的职责,不能不出头请旨:"地方督抚以厘捐充军饷,这是朝廷旨准的,臣的意思是厘卡只能整顿,不能裁撤,不然军饷便无从保证。既然殷兆镛、王宪成多是捕风捉影,该如何处分,臣请太后明示,办理起来不至于漫无边际。"

恭亲王一口一个臣,令慈禧心里很舒服,态度不免就和蔼了许多,想了想说道:"捕风捉影本当申斥,念他们是为民请命,而且朝廷向来广开言路,处分就免了吧。"

回到军机处,曹毓英问文祥道:"文相,议政王的称号两位太后都没提,这旨应该怎么拟?"

从前军机处拟旨,向例都是"议政王军机处某月某日奉上谕",太后没有说明白,而此事又关系重大,曹毓英不能不问。

文祥其实心里明白,两宫皇太后已经剥夺了议政王的称号,但又没明确说,因此他也不好回答。恭亲王把话接了过去说道:"拟旨不提议政王三字,从此没有议政王一说了。"

接下来商议殷、王弹劾李鸿章的事情。殷兆镛这人算得上正人君子,尤其这次恭亲王被罢黜,他虽然也是清流,但没有与倭仁一道瞎起哄,而是单独上折力保恭亲王。因此恭亲王也深怀感激,慈禧主张不处分殷、王二人,也正合恭亲王的意思,因此他说道:"按太后的意思拟旨,总之两句话:厘卡不能撤,殷、王不处分。"

让朝廷头疼的捻军,起源于"捻子"。"捻"是淮北方言,意思是"一股一伙"。最初,主要是些胆大玩命的青壮年经常在安徽亳州、阜阳,河南三河尖以及江苏、山东间护送私盐,以养家糊口。提起自家的职业,不说贩盐,只说入了"捻子"。要论"捻子"的起源,没有一个确切的说法,有人说明末就有了,有人则说康熙年间才出现的。但成为影响巨大的"捻军",则是在咸丰三年以后。受太平天国的影响,"捻子"们风起云涌,频繁发动武装起义,规模越来越大,成为苏、鲁、豫、皖间纵横驰骋的"捻军"。

咸丰五年秋,各路捻军在安徽亳州雉河集(今安徽涡阳)会盟,力量最大的捻军首领张乐行(张洛行)在这次大会上被推为盟主。联合后的捻军建立五旗军制,用黄、白、红、蓝、黑五色旗区分军队。每一旗下又有小旗,各小旗基本是以宗族、亲戚、乡里关系结合起来的组织,各旗间互不统属,旗号林立,更不愿离开本土,因此,虽然人数众多,但战斗力却很一般。同治元年,僧格林沁进军皖北,重创捻军,张乐行被部下献给了官军而遭杀害。捻军的余部由张宗禹、任化邦率领。金陵被攻克后,太平军已烟消云散,陕西的太平军在扶王陈德才、遵王赖文光带领下还未赶到金陵,金陵城已破,此时他们势单力孤,又面临着僧格林沁人队人马的堵截追剿,走投无路,便加入捻军。他们带去的除数万人马外,还有太平军较为严密的组织方式,捻军因此协同作战能力大为提高。捻军又利用俘获的大批战马,易步为骑,每位士兵配备二三匹战马,轮流骑乘,采用流动战术,奔驰于苏、鲁、豫之间,把僧格林沁的蒙古骑兵拖得精疲力竭。

僧格林沁是蒙古博尔济吉特氏,这个家族在元代称孛儿只斤家族,是蒙古人的黄金家族,成吉思汗的后裔。到了清朝,仍然是蒙古贵族中最为显赫的一支。僧格林沁十四岁承袭郡王爵位,此后官运亨通,到道光三十年(1850年),三十九岁的僧格林沁已经是镶黄旗蒙古都统,从一品大员。

咸丰三年太平军北伐,兵锋直指京城。咸丰帝大为震惊,命僧格林沁率军进剿,并把努尔哈赤用过的宝刀相授,让他节制直、鲁、豫、皖四省军队,不听号令者可先斩后奏。僧格林沁不负所托,太平军两次北伐,都被他的蒙古精锐骑兵打败。咸丰十年,英法联军进攻北京,他力主抵抗,在大沽口重创英法联军,在八里桥与联军血战,但终因兵器悬殊而撤退。辛酉政变的时候,他成为恭亲王和两宫皇太后的坚定支持者,政变成功后受到重用,朝廷下诏袭亲王衔,世袭罔替,也就是俗称的铁帽子王。金陵攻克后,太平军基本被平定,对付捻军的战功,朝廷不想再让汉人去建,环顾朝廷内外,满蒙八旗中唯有僧格林沁可寄重托,因此授权他节制直、鲁、豫、鄂、皖五省兵马,全权指挥对捻作战。僧格林沁心高气傲,没把捻军放在眼里,向朝廷夸口半年内就可全歼。没想到重新组建后的捻军飘忽不定,他们有意拖着僧格林沁的大军在五省间打转转,让他又愤怒又无奈。

同治四年(1865年)四月间,僧格林沁被捻军牵回鲁西南菏泽一带。捻军已经布下口袋阵,专等被怒火气蒙了头的僧格林沁来钻。僧格林沁求胜心切,撤掉了金碧辉煌的王爷仪仗,收起了御赐的红罗大帐,命令人不离马,马不离鞍,夜以继日地急驰追赶。骑兵尚且难以支持,步兵更是疲惫不堪,累死摔伤大有人在。僧格林沁顾不得这些,抛下大队人马,率数千蒙古骑兵疾驰,眼看就要追上的捻军却又消失得无影无踪。他勒住坐骑,接过亲兵递过的羊皮袋,喝了几口酒便大骂道:"狗日的张阎王,这算哪门子打法,只知道拖着老子跑,从来不敢与老子痛痛快快地杀一仗。"

总兵恒龄劝道:"王爷,先歇歇战马再说。咱们追得太快,赶上来的只有百十骑,当心中了捻匪的诡计。"

僧格林沁指着前面道:"前面这片水套地区是咸丰五年黄河决口后形成的,河汊纵横,不便于大队疾驰。捻匪向来以奔驰见长,进了水套地区,他们的那一套就没用了。胜负在此一战,我蒙古铁骑一定要在这里消灭张阎王!"

恒龄提醒道:"王爷,捻匪一直是飘忽不定,疾驰狂奔,如今却钻到黄河水套地区,这是不是有些不合情理?"

僧格林沁已气蒙了头,反驳道:"有什么不合情理?他们拖着咱跑,咱累,他们也一样累。两个月来,出河南入山东,南下江苏,再回山东,数旬间奔驰不下四千里,捻匪已是无力再逃了。"

"王爷,这就是捻匪的高明之处,硬打打不过,就一味地拖着我们跑,把我们拖累了,就回头打一仗,打了再跑,让人防不胜防。"恒龄却不如此看。

总兵陈国瑞却和僧格林沁一个看法:"恒军门,你不要长贼人志气,灭自己威风。他再能,也不是王爷的对手。"

僧格林沁也笑道:"恒老四,你是不是怕死了?"

恒龄还是劝道:"恒龄不怕死。只是咱们的步兵离大队还有一天路程,如今骑兵大队也未跟上来,咱势单力孤,还是等人马到齐了,明天开战不迟。"

"战机稍纵即逝,明天捻子又兔子似的跑了,上哪打去?"僧格林沁拿马鞭指指前面大片金色麦浪,"麦子马上就熟了,捻子不愁吃喝了,就更难剿灭。捻匪主力就在前面，今日一仗定能斩草除根！派人速去通知曹州知府，准备五百头猪，五百只羊，明天犒赏我军将士。"

此时，一骑飞驰而来，原来是山东巡抚阎敬铭的信使，他恭恭敬敬递上信道："王爷，阎巡抚让卑职务必回禀王爷，曹州一带河汊纵横，又有水套旧匪呼应捻匪，请王爷小心捻匪的诡计。"

僧格林沁匆匆看罢阎敬铭的信，呵斥道："山东各军胆怯如鼠，任凭捻匪为患，还有脸来向本王说三道四。你回去告诉阎敬铭，他的山东军不敢与捻匪接仗，我蒙古铁骑照样收拾捻匪。迟则十天，快则一两天，必将捻匪大股歼除！"

信差碰了一鼻子灰，讪讪地拨马而去。

僧格林沁命令恒龄率部作为左路，常兴阿率部作为右路，他和陈国瑞亲率中路，三军并进，互相策应，务必一战剿灭捻匪。

曹州城西，数路捻军云集，戈矛如林，人马如蚁，不见边际。关帝庙内，张宗禹正在做战前部署。参加会议的有赖文光、任化邦、邱远才、范汝曾、陈大喜、宋景诗，捻军的主要首领均参加了会议。

张宗禹站在一尊佛像前，面对众位将领大声道："各位兄弟，两个月来我们牵着僧妖的鼻子，南下北上，东奔西走，就是为了拖垮僧妖，惹怒僧妖，让他无力作战，而又急于求战。机会终于到来了！各路弟兄都已齐聚曹州，再加上水套兄弟的帮助，曹州就是僧妖的葬身之地！僧妖急，但我们不能急。我们要等僧妖钻进口袋，钻到我们鼻子底下时再痛痛快快地打，让他的洋枪洋炮只能当烧火棍用，让他的蒙古铁骑向前冲不动，向后逃不了。人送我外号小阎王，这一次，就让僧妖和他的虾兵蟹将们见阎王吧。"

众人哄然大笑。

吃过午饭，太阳偏西，僧格林沁的马队及部分步兵赶了上来，但已经累得七歪八倒，哪还有打仗的心思？僧格林沁在亲兵的扶持下跨上战马，几日连续驰骋，手臂已经僵硬疲乏得握不住缰绳，亲兵只好拿一条束马腹的布带帮他束腕挂在肩上，以驭战马。他大声吼道："都给我打起精神来。骑哨已经打探清楚，捻匪正在向黄河逃窜，根本无心打仗，这正是天赐良机。立功发财的机会来了，曹州知府准备好了猪和羊，消灭了捻匪，我放你们三天假，好好地逍遥！有畏敌不前者，斩！有不听号令者，斩！"

　　放三天假,好好地逍遥,大家都明白那其实就是默许可以放手抢掠,放胆追逐女人。剽悍的蒙古骑兵打起了精神,一边策马冲锋一边粗犷高声啸叫,仿佛又回到了大草原。步兵们也像喝了几碗米酒,眼睛亮起来,喊着冲杀的号子,彼此鼓励向前奔。

　　恒龄的左路军追到柳林深处,突然伏兵四起,他的人马疲惫不堪,哪里是养精蓄锐的捻军对手,死的死,降的降,恒龄在亲兵护卫下侥幸逃脱。右路军的情况更糟,总兵常兴阿被乱刀砍死。

　　僧格林沁并不知道左右两路大军已经被消灭,依然督军往前冲。越往前走,河汊越多,柳林越密。陪同僧格林沁的陈国瑞是有名的无赖总兵,争强好胜,却是有勇少谋,对眼前的复杂地形和危险毫无察觉,只顾跟着向前冲。

　　爬上一道土堤,僧格林沁与一队突然出现的捻军马队不期而遇,捻军只有三四百骑,拨马仓皇而去。僧格林沁兴奋起来,高声命令马队快追,落在后面的几骑捻军被射翻马下。僧军斗志大增,呼啸着向前追去。

　　突然,四面响起炮声,几乎与炮声同时,柳林里、土堤后、河汊芦苇荡中,捻军仿佛从天而降,呼喊着围上来,正在逃跑的捻军马队也拨马回冲。捻军旗帜猎猎,龙腾虎跃,显然是以逸待劳,早有准备。僧格林沁还指望他的蒙古铁骑能够奇迹般爆发出狂风呼啸过秋林的气势,冲出一点锐气来。但这里是黄河水套,河汊纵横,柳林密布,战马根本驰骋不起来。陈国瑞高声叫道:“弟兄们,随我殿后,保护僧王突围!”

　　僧格林沁不再固执,拨马而走。可他们已经迷失了方向,只管向前跑。但捻军仿佛布下了天罗地网,始终不能摆脱他们的追逐。后来,他们发现了一处废弃的圩寨,土坯的寨墙还算结实。僧格林沁率军冲进去,步兵们立即占据有利地势,架起洋枪。捻军冲了几次都没有冲进来,于是在圩墙外挖掘壕沟,准备把里面的人困死。

　　这个圩寨并不可恃,僧格林沁明白,只能趁着夜色抵挡一时。而且粮草无多,顶多坚持一天。捻军壕沟一旦合围,将只有死路一条!将士们都劝僧格林沁趁夜突围,就是战至一兵一卒,他们也要保护僧王突破重围。

　　僧格林沁别无选择,他喝了一羊皮袋酒,有些醉了,上马也踩不上镫。那匹马也怪,咳咳地直叫,却一步也不肯挪,他只好换另一匹马。弯月挂在西天,天亮大概还要一个时辰。趁着天亮前的黑暗,僧军洋枪队冲在前面拼命突围,亲兵们则护卫着僧格林沁逃命。一路上伏兵不断,天快亮时,跟在僧格林沁身后的只有一名年轻的亲兵了。

此时,喊杀声已经远去,主战场已经抛在了后面。僧格林沁的命总算保住了,但他的两万多兵马大概损失殆尽了!僧格林沁滚鞍下马,匍匐向北,失声痛哭。亲兵也下马,劝他不要悲伤,留得青山在,不怕没柴烧。只要王爷幸免于难,那就胜过千军万马。

两人正要上马逃命,突然听到有人高喊:"放下刀枪,留你们一条狗命。"

借着黎明前淡淡的曙光,僧格林沁看到,站在他面前的是三个十三四岁的孩子,两个持刀,一个持矛。他身后的亲兵挥刀向前,三个孩子竟然毫不畏惧,刀矛齐下,亲兵已被斩杀。

僧格林沁哄骗道:"孩子们,我也是被官兵抓去当差的,你们就放过我吧。这块玉石,还有这把刀,刀鞘上镶着好多金子,可值钱了,都给你们,就让我走吧。"

"皮缰哥,放了他吗?"另两个问那个稍大些的孩子。

那个大些的孩子道:"你骗得了别人骗不了我张皮缰。你不是被抓的差,你是个大官,一看你的红顶子就知道。宝石我们收下,人嘛,照样要跟着我们去见旗主。"

僧格林沁一看无望,只好挥刀抵抗。但胳膊酸软无力,三两下刀就磕飞了,当胸挨了张皮缰一矛,两个孩子再补上一刀,号称草原雄鹰的僧格林沁登时毙命。

这时天已经亮了。陈国瑞率十数名残兵驱马而来,远远看到三个孩子穿着官军的衣服扬扬得意唱着民谣——

捻子打圆圈,官兵暗胡撵;
官兵想歇脚,捻子围跟前;
捻子举起刀,官兵把爷喊:
千饶命,万饶命,饶俺回去杀州官!

陈国瑞发现一个孩子所戴竟然是三眼花翎的红顶子!整个官军中只有僧王是三眼花翎!

"不好！僧王有难了！"恒龄痛叫一声，吩咐手下四处搜索，很快便发现了草丛中的僧格林沁的尸体。他的官衣被剥光了，只有里面的白绸衬衣，胸前背后已被鲜血染透。

陈国瑞背起僧格林沁的尸体，在亲兵的护卫下，仓皇而逃。

晚膳后两宫太后正在遛弯的时候，僧格林沁阵亡的六百里加急递进宫中，小太监一路疾跑送过来。慈安看慈禧神情凝重，便问道："莫不是捻匪剿平了？金陵克复的时候，也是六百里加急。"

"不，这次恐怕不会是捷报，这些日子一直是僧王失利的消息，怎么可能突然就来了捷报呢？"慈禧嘴上冷静地说着，心里却劝自己一定要沉住气，吩咐太监道，"打开吧，请母后皇太后阅。"

"这等折子，还是你看吧。"慈安已经紧张得不行了。

"也许是捷报。不管是吉是凶，都要叫六爷快来。"慈禧安慰道。

黄匣子打开了，慈禧没看完，脸色就十分难看，轻声说道："僧王坏了。"

慈安颤声问道："怎么就坏了？"

"殉国了。"

两人到了养心殿东暖阁等着恭亲王。恭亲王进门正要叩头请安，慈安挥了挥手道："六爷免了吧，僧王没了，怎么办？"

恭亲王一路上就估计肯定是军事挫败，但没想到僧王竟然阵亡了，也禁不住抽了一口冷气。

慈禧此时已经平静了，沉着地说道："老六，捻匪如果北上进逼京师，真是危险万状。你说说看，怎么办？"

"最急办的是要调兵加强京畿防务。"恭亲王主持枢廷多年，临事镇定，轻重缓急胸有成竹，"第一，应立即谕令直、鲁、豫三省严防死守，勿让捻子过境。第二，应立即密调察哈尔、热河的旗营入卫京师。第三，令李鸿章派淮军十营，尤其是带上戈登留下的洋枪队，乘轮船赴天津，然后由天津入卫京师。"

慈禧暗自佩服，这些调兵部署她大体也想到了，但没想到用轮船运兵这一招。乘轮船从上海到天津，比陆路行军快得多。

"好，你们拟旨来看。"

"第二件急办的,就是僧王的丧仪。僧王劳苦功高,饰终典礼自当从优,按例当选派乾清门侍卫前去迎护灵柩,回旗路上着沿途地方官妥为照料。还有就是准其入祀京师昭忠祠,出师省份都建立专祠。生前事功,让国史馆立传,这些都是常例。僧王的儿子孝满后即着承袭亲王,无须引荐,以示朝廷优恤之意。僧王的谥号也必须让礼部尽快斟酌。"

"僧王有大功于朝,这件事军机上和礼部商议,先拿出个章程。"

"第三件需要尽快办理的,就是大军统帅的人选。"恭亲王点到为止。

太平军兴以来,八旗绿营一败涂地,幸亏有僧格林沁,让满蒙贵族看到了八旗重新振作的希望。特别是金陵克复后,抑汉扬满的布局已经是尽人皆知。僧格林沁的蒙古铁骑可称得上是战绩卓著,无论满人还是蒙古人,都期待着他来踏平捻军,就可与湘、淮军平分秋色。待湘、淮军陆续裁撤,天下将重新回归满蒙手中。然而,人算不如天算,僧格林沁不但自己把命搭上了,而且他所部精锐损失殆尽,被捻子俘获的战马就有近万匹。无论慈禧还是恭亲王心中都明白,八旗从此是彻底没落了,目前大清天下,要重新依靠湘淮来支撑。恭亲王复出后,锋芒有所收敛,涉及这种大政布局,他要等慈禧先发声。

"看来又要依靠湘、淮军了。"慈禧对大局心里明镜似的。

"湘、淮军离不开曾国藩、李鸿章师徒二人。曾国藩近年身体不好,而且湘军大量裁撤,将来与捻子作战的主力恐怕要靠李鸿章的淮军。"恭亲王的意思,统帅要从二人中选。

"曾国藩身体不好,但他威望摆在那里。让他出任统帅,学生配合,方方面面都比较得体。"慈禧一语定乾坤,"曾国藩北上督师,那么两江总督就要有人来署理,李鸿章是一个人选,漕运总督吴棠也是个人选,你们仔细商议一下,两江总督和江苏巡抚的人选,必须一并定下来。"

吴棠被提名署理两江,恭亲王并不觉得奇怪,这些年来,吴棠慈眷可以说是长盛不衰。

吴棠是安徽盱眙人,字仲宣,号棣华。年轻时家里赤贫,连蜡烛油灯也用不起,而他却喜欢读书,晚上常借雪光、明月苦读。后来中进士、点翰林,出任淮安府清河知县。清河县城清江浦是运河要冲,江南河道总督、淮扬道治所也都在这里。道光年间,吴棠的旧友湖南道员刘某谢世,其子扶棺回籍。丧船抵达清河县时,吴棠立即派人带三百两白银去船上送给刘某的儿子。仆役来到河边,看见一艘丧船停在那儿,上前一问,果然是道员之灵,便呈上三百两白银作为祭礼。船上的姐妹两人接过银钱,千恩万谢。但此船的灵主是安徽皖南道惠征,他的两个女儿也是扶柩还乡,船停在清河码头,当时川资用完,姐妹俩正愁如何回京,三百两银子可谓雪中送炭。

吴棠听了仆役禀报,觉得很不对劲,因为刘某并没有两个女儿。于是派人再去打听,原来码头上停着两艘丧船,仆役送错了地方。他把仆役臭骂一顿,而且要他如数讨回。可师爷拦住了:"区区三百两银子对东翁而言九牛一毛,但对扶棺北上的姐妹俩无异雪中送炭。东翁如果送而复讨,一则显东翁小气,二则也让二姐妹愤恨,何必行此不智之举?东翁不妨以错就错,亲自去祭奠一番。听说二姐妹回京应选秀女,如果万一进了宫,东翁岂不是多了个靠山?"

吴棠大以为然,第二天又封了三百两银子,亲自送到刘某船上。祭拜之后,再到另一艘丧船上亲自祭拜惠征。两个少女见到素昧平生的吴县令如此仗义,自然感激涕零。"千万要记住咱们的恩人,他日若能富贵,一定报答这个贤良的人!"姐妹俩将吴棠的名帖珍藏在妆盒中。

这两姐妹后来都成了大清朝举足轻重的人物,姐姐成了慈禧太后,妹妹则成了醇亲王的福晋。其实,这只是官场逸闻,吴棠仕途畅通无阻,并非仅靠裙带关系,他两任清河县令,口碑极好,而且与捻军、太平军作战多年,是地方有名的守令之一。

然而,由他署理两江总督却很不妥当。朝廷既然决定曾国藩北上督师,而所带主力是李鸿章的淮军,由李鸿章署理两江,自然千方百计为曾国藩筹饷。而吴棠署理两江,李鸿章心里肯定不痛快,与吴棠之间难免龃龉,那就如同在湘淮中加了沙子,反而会误事。所以次日回奏,恭亲王说经军机处认真考虑,两江总督还是由李鸿章署理。慈禧从善如流道:"你们考虑得很周全,就让李鸿章署理两江。那么他空出来的江苏巡抚,你们考虑了吗?"

"按一般定例,现江苏布政使刘郇膏,可以署理江苏巡抚。而且几年来,一直为淮军筹饷,李鸿章称赞他厚重方刚,实心任事,为幕僚中不可多得之人。"恭亲王早有准备,张口即回。

"那就这样吧。巡抚以下,布、按两司等员,都由曾国藩、李鸿章商议确定妥当人选,朝廷不再干预。"慈禧点了点头。

李鸿章同时收到两份上谕。一份很短,是关于他和曾国藩的任命——

> 命钦差大臣协办大学士两江总督曾国藩赴山东督师剿贼。以江苏巡抚李鸿章暂署两江总督。江苏布政使刘郇膏暂护巡抚。

另一份则颇长,以六百里加急谕知两江总督曾国藩、杭州将军国瑞、副都统富明阿、直隶总督刘长佑、漕运总督吴棠、江苏巡抚李鸿章、山东巡抚阎敬铭、安徽巡抚乔松年、河南巡抚吴昌寿。这份上谕叙述了僧格林沁战死的过程,对直隶、山东、河南、安徽等省防务进行了部署,对曾国藩和李鸿章分别提出要求——

> 两江总督已有旨令李鸿章暂行署理,即着前赴金陵接印任事。两江任大责重,李鸿章务须悉心经理,仍随时与曾国藩筹商。曾国藩军营调兵集饷各事宜,该抚并当妥为筹划,不得稍有迟误。曾国藩于接奉此旨后,即着先就现有兵力,带领出省北上。其余各路得力兵勇将弁,不妨陆续檄调,未可久待征兵。总督印信,暂交藩司万启琛收存,毋庸俟李鸿章到金陵交卸。该大臣公忠体国,久著勋勤,必能赶紧赴援,尽扫寇氛,绥靖北路。

李鸿章看罢上谕,心情非常激动。虽然是署理两江,但不用说其地位已非江苏巡抚可比。还不仅如此,他一直为淮军担忧的出路问题也因此解决。湘军裁撤了,剿捻的重任必然落到他淮军的身上。淮军不仅不能撤,而且还将出省作战,其影响力必然随之大增。他这淮军统帅,地位必然随之更加稳固。淮军只要有仗打,就能不断立功,他淮军帐下,将来不愁不出封疆大吏,就如同曾老师以湘军为基础,经营出那么多湘军出身的督抚。用不了几年,他淮系的势力就可完全与湘系共天下。那时,他李鸿章就如同眼下的曾老师一样,系天下之安危,在朝廷面前,可称得上一言九鼎。

打仗打的是粮饷,淮军北上剿捻,两江尤其是江苏这饷源之地不可丢,这是淮军的根本。江苏巡抚由刘郇膏护理,暂时可保无虑。江苏藩司、臬司分别让郭柏荫、王大经出任,江苏便牢牢掌控在他李鸿章手中。仅此还不够,淮军出省作战,打到哪里,哪里就是饷源地,必须好好筹划,借剿捻的机会把淮军的饷源地趁机扩大。李鸿章心思灵动,思绪万千,远远超越了一个署理两江总督的视野。

第二十章

李鸿章上驷奉师 曾国藩重兵剿捻

接下来他要立即办理的有两件事,一件是要给曾国藩写一封亲笔信,一件是要上奏朝廷,谈一下他对剿捻的考虑。

给老师的信他立即动笔,一则表示祝贺,"上意专倚吾师保障北方,收拾残烬,时机紧迫,物望丛积,自属义无可辞"。二则表明他和淮军的态度,不待老师张口,便把调兵筹饷的事情筹划好,以解老师后顾之忧,"恩师随身苦乏兵将,淮军铭、盛、传、树四军共三十三营,计一万六七千人可供恩师驱策"。他特意介绍他的两位得力干将刘铭传和张树声,"省三前数年徒以骁勇称,自克复苏常后,历练渐深,谋略大进,程方忠尝言为淮军特出之将。师门时为提携劝诱,加以马队,似可独当一面。琴轩坚忍果决,有文武之资,又与省三至好,两军互为掎角,必为师门可倚之师。学生以上驷奉吾师,以中下驷留鸿章左右"。他又提出让六弟李昭庆随行,"六弟应令随侍旌麾,少效犬马,藉可联络诸将"。至于署理两江,必须让老师放心,"鸿章奉命暂权督篆,事棘何敢固辞!所幸墨守师训,亦步亦趋,再随时随事请教,冀无颠蹶。苏事暂交松严,仍是一鼻孔出气,兵饷或不致掣肘。拟派郭远堂署藩,王晓莲署臬。当否?乞明示。鸿章即料理交卸各事,出江阴乘轮船西上,未知能稍待否"?李鸿章自觉此信处处周到,立即派专差送往金陵。

给朝廷的密折,他定名为《密陈剿捻事宜折》。朝廷对剿捻事宜已经做出部署,但仅是调兵遣将而已,将来如何剿捻却并没有一言半语的部署。这说明朝廷对僧格林沁失败的原因并没有很好地总结教训,而这事关下一步剿捻成败。尤其是他的淮军将走上剿捻第一线,如果这问题解决不好,他的淮军难免又步僧格林沁后尘。

李鸿章对起草奏折那是轻车熟路,不过他的风格与老师不同。有折上奏,曾国藩总是先让若干文案各拿一稿,然后各取所长。这样固然有取众长的好处,但文案们却有种被考试的感觉,尤其所起草文稿只字未用,则是屈辱羞愧五味杂陈。李鸿章出自曾幕,对此深有体会。所以他安排起草奏折,总是把文案们叫到一起各抒己见,李鸿章最后指定一人或几人起草,他简单一改,就放炮拜发。而且李鸿章上折,有话则长,无话则短,直来直去是他的最大特点。

这次的奏章,他先要说明僧格林沁败在哪里,"往见僧格林沁统带马队,穷年累月逐贼而行,到处掠食,不于险要形势及贼匪归路审路布置扼扎,虑其疲惫日久,将有大挫,而不敢越俎而言。伏读叠次寄谕,饬该亲王持重养锐,冀其或稍省悟,不谓竟以此一蹶不振,然其忠勇勤劳,实非诸臣所及"。李鸿章的意思是,僧王败就败在追着捻军跑,没有在紧要处驻扎。那么他的淮军将来打仗,千万不能再像僧军一样,被捻军牵着鼻子走。"臣军由江南剿贼入手,因西洋火器精利倍于中国,自同治二年以后,责成各营雇觅洋人,教练使用洋枪洋炮之法。臣军每营用洋枪四百余,少者亦三百余条;洋药铜帽每开一仗则须数万斤,其开花炮队、炮具之笨重,药弹之烦冗,每出一仗则须数十巨舰装运,此非他人所能深知,他省所能接济者也"。淮军优势在洋枪洋炮,而洋枪洋炮后勤所需量大,而且要从江苏供应,因此要像僧军那样四省间纵横奔驰,是绝对不可能的。除此之外,还有一个原因,"淮军全随湘军营规,无论调援何处,事势缓急,仍守古法,日行三四十里,半日行路,半日筑营,粮药随带,到处可以立脚。是以用兵江苏,卒能成功,此又非他省将帅所能仿行,非他军但图野战不肯扎营者所能体会也"。这就是湘、淮军坚持的"步步为营",看似笨人笨法,实则稳扎稳打,坚固不摇。淮军践行这样的营规,当然也不可能在剿捻的时候东奔西走。李鸿章其实这是在给朝廷打预防针,不要到时候指手画脚,责备淮军行动迟缓。

那么,应该怎样来对付捻军呢? 李鸿章的战略,概括为八个字"坚壁清野,以逸待劳"。"至目今制捻之策,臣愚以为须令直、东、皖、豫各省居民坚壁清野,官督民团,去邪扶正,认真办理,否则贼得地觅食、掳人,增党为患,竟无底止;须令各省整练步队劲旅扼要扎营,伺近邀击,否则贼得任意去来,官军徒增疲乏,无裨实用;须令各将帅多练马队,否则无力兜追,剿办殊难痛快"。捻军向来是跑到哪里掠食到哪里,如果坚壁清野,他们没吃没喝,战斗力必然受影响;从前官军被捻军牵着鼻子东奔西走,疲惫不堪,现在驻扎军事要地,以逸待劳,捻军行军迅速的优势也就无用武之地。可是这样一来,必然旷日持久,朝野内外必然责备统兵大员,所以李鸿章再次苦口婆心劝朝廷要沉住气,"应请皇上于久在军营带勇卓有成效文员中慎选擢用,不责速效而求远略,不骛虚谈而考实济,庶缓急可待,而残寇可灭。臣因事危迫,冒昧直陈,未知有当万一否。伏乞圣鉴裁择施行,谨具折密奏"。

这份密折,李鸿章也派专差抄报曾国藩。

与李鸿章踌躇满志、跃跃欲试不同,曾国藩接到任命他为钦差大臣、节制三省军务的上谕,他愁眉不展,心里是一百个不情愿。

他自咸丰三年创练湘军,打了十几年仗,对军旅生活已经厌倦,对功名利禄已经心如止水。何况他的身体如今已经大不如前,眼睛看不清东西,总是流眼泪,说话长了舌头就发涩,口齿不清,精神也不行,看书稍长就头晕。身体差是一方面,当初与太平军作战,有曾国荃的吉字营全力支撑,如今湘军已经裁撤殆尽,他所能调用的不过几千人,将来作战的主力是李鸿章的淮军,哪能与吉字营相比?何况现在的湘军将领,头上是红顶子,家里是从战场上劫掠的金银财宝,都打算广置良田美妾,过富贵安逸的日子,谁还愿跟他北上剿捻?当年他节制四省文武,长江航线上无一船不张湘军旗帜,江南督抚大员,无一不是出自湘军门下……他那时真正是运筹帷幄,决胜千里。而如今,他是节制三省的钦差大臣,可是直隶总督刘长佑、山东巡抚阎敬铭都有自己的队伍,也都是靠军功和政绩走上了封疆大吏的位子,对他这位钦差大臣,哪有当年那种默契、配合?他的高足李鸿章虽然表示"上驷奉师",但这只是表面文章,将来淮军能否指挥裕如,实在没有把握。有这种种的不如意,曾国藩接到上谕后立即上折辞差,请朝廷收回节制三省的成命,另派知兵大员,他愿随军做个会办效力。

朝廷对他的请求立即明确回复,不允他辞差。于是他再次上折请辞——

　　臣上次具折力辞节制直隶、山东、河南三省之命,未蒙谕允。皇上优待老臣,略短取长,不惜假以威柄,而微臣度德量力,实难任此事权。将来臣之兵力,只能顾及河南之归、陈,山东之兖、沂、曹、济。其余各府,万难兼顾。直隶则远在黄河北岸,臣力恐不能及。徒冒虚名,全无实际,寸心惴惴,深抱不安。

　　从前亲王僧格林沁,节制直、鲁、豫三省,每当追贼之际,昼食粗粝,夜宿单棚,勋劳卓著,臣自愧十分不及其一二。臣属封疆大吏,较之勋戚贤王,礼数固当大减,名分岂可齐衡?僧格林沁以亲王之尊节制三省,名实相符,臣又如何能膺此重寄?唯有吁恳天恩,明降谕旨,收回节制三省成命。至于剿捻事宜,凡思虑所能到,才力所能及者,自当殚竭血诚,与三省督抚和衷商办,冀此迅歼逆氛,仰纾宸虑。区区愚诚,伏乞皇太后、皇上圣鉴训示。谨奏。

　　曾国藩不愿离开两江,但李鸿章快刀斩乱麻,一副盼着老师快走的架势。他先是派潘鼎新率十营乘轮船从上海出发,就像他当年千里轮运赴上海一样,把五千人马直接航运到天津登岸,然后分驻景州、德州,以拱卫京师,安定人心;另一路则派刘铭传立即带铭军赶到济宁驻守,这里是僧格林沁的大本营,他的残部聚集于此,人心惶惶。刘铭传大军一到,可安军心。办完这些事情,他就乘轮船沿长江到金陵来了。

　　这令曾国藩隐隐有些不快,他的这位学生太急于接手两江总督了。巡捕来报,说李鸿章已到了行馆下榻,请示上午是否有时间拜见。曾国藩当时正在与赵烈文下棋,他自言自语道:“他就这么急于把两江督篆拿到手吗?”

　　赵烈文自然听得出曾国藩是在说李鸿章,他示意巡捕先退下,把茶递给曾国藩说道:“由少荃来署理两江,总比别人强得多,起码老师在前线督师,不必为粮饷发愁。”

　　赵烈文说得有道理,李鸿章署理两江,前线是淮军在拼命,就是不为曾国藩着想,为了他的淮军也应当全力支持。赵烈文也明白曾国藩对李鸿章心怀不满,但如今他羽翼丰满,不宜怠慢,所以委婉地劝道:“少荃已被老师扶上高位,从此只有更加倾力护持。将来北上剿捻,还要依靠他的淮军。何况青出于蓝,师门脸上也有光。”

这些道理曾国藩岂能不懂,只是李鸿章太热衷于权柄。他对李鸿章的总体评价是,才胜于德,他用人向来是坚持德在才前。李鸿章的行事风格,让他隐隐不安。然而,正如赵烈文所言,如今他羽翼已丰,已是抚台大员,二等肃毅伯,只有全力雕琢,锦上添花;弃之不用或敬而远之都不可能,也不应该。

曾国藩的本心是想晾晾这位为两江督篆兴冲冲而来的学生,但理智告诉他,此时师生万不可生出嫌隙。他喝罢一口热茶,挥了挥扇子道:"惠甫,吩咐他们开中门,迎接少荃。"

总督衙门的中门,一般只有钦差或重要大员来访才开,为李鸿章开中门是极高礼遇,曾国藩的隐忍功夫不能不令赵烈文佩服。赵烈文一直到仪门代为迎接,李鸿章一脸笑意,抱拳说道:"哪敢劳动赵老弟大驾!"

两人熟不拘礼,赵烈文拱手道:"老师在西花厅等着中丞大驾呢!"

"老师身体如何?"在前往西花厅的路上,李鸿章问道。

"精力不及从前,两眼昏花,尤其左眼更是不济,看邸报越来越吃力了。"

曾国藩已经拄着杖站在西花厅门口,李鸿章连忙趋前一步要行下属参见大礼,曾国藩摇手道:"不必不必,惠甫你拦着他。"

"中丞大人不必行此大礼了吧。"赵烈文扶住了李鸿章的手。

李鸿章已经半跪了下去,在赵烈文的搀扶下站了起来,改行作揖礼。师徒两人分宾主坐下,李鸿章说道:"学生到镇江巡视防务,顺便过来看看老师,学生年节时给老师拜过年后,竟然有半年未见老师,心中实在不安。"

李鸿章闭口不谈奉旨前来接督篆的事,只说来看望老师,曾国藩自然知道这并非实情,他没必要去计较,笑道:"劳少荃挂念,老朽身体是一日不济一日。朝廷非要我这老牛来拉剿捻的大车,实难胜任,我已经两次辞差,但愿朝廷能够体谅老臣的苦衷。"

"放眼九州,除了老师谁能胜此重任!依学生看,老师辞也无用,朝廷绝对不会答应的。"

"少荃,外人以为我是虚情假辞,我可是真的力不从心。湘军已经裁撤殆尽,目前能跟我走的不过三千人,就是这三千人,心底也是一百个不情愿。"曾国藩一摊双手,做出一副为难的样子。

"这个老师不必担心,五万多淮军,除了留万把人守两江要地外,三万多人全凭老师驱策。湘淮本是一家,淮军就是湘军,老师应当把淮军当九叔的吉字营一样来用。我已经给淮军将领打了招呼,到了前线唯老师之命是从,谁敢怠慢,就别怪我翻脸无情。"

李鸿章的态度很令曾国藩满意,他拍了拍李鸿章的手背道:"老朽如今所能依靠的只有少荃和你的淮军了。"

"老师何出此言,向来是学生依靠老师,哪敢说老师依靠学生。当初学生在老师幕府,还是个不知轻重的意气书生,如今封疆开府,还不都是老师提携?往后学生还要依靠老师指教,学生和淮军受老师驱策,那是学生的职分。"

曾国藩点头道:"有你的淮军,我心里稍稍有底了。少荃,我有个想法,这两江总督干脆由你来做。"

"老师这是要折杀学生。朝廷有旨,令学生暂且替老师保管一下两江督篆,学生不能不奉命,哪敢觊觎两江?学生署理两江,别的都不必费心,只管一门心思给老师筹饷,让老师在前线无后顾之忧。待老师凯旋之日,学生一定郊迎十里,跪还两江督篆。"这番说辞是李鸿章提前就有所准备的,署理两江必须让曾国藩放心,他绝无异心。

"少荃领会错了,我是真心想辞这两江总督。我去了前线,两江的事情自然不能兼顾,让你来放手做这两江总督,岂不更是顺理成章?再说让你来做,总比让别人来更合适。"

李鸿章依旧推辞道:"老师这个念头连想也不必想。学生署理心安理得,如果老师真要上折让学生实授,朝廷绝对不会答应,如果改派别人前来,岂不是便宜了别人?那时候不但老师不能安心,就是学生也为淮军坐立难安。"

这话是实情。曾国藩该说的话都说到了,李鸿章的态度也算摸清了,他梳理着花白的胡须道:"少荃,朝廷一催再催,我必须动身北上了。你正巧也过来了,不然我也要派人去请你,咱们明天就交接两江督篆,我放心准备起程,你全心来照看两江。"

"学生还没准备,江苏的事还没交代,现在接督篆有些仓促吧?"李鸿章故意撒谎。

"现在接正好。江苏那边是松岩接手,没什么不放心的。说准了,明天在大堂交接。"曾国藩一副不容置疑的语气。

第二天在大堂交接督篆,两江总督的长方大印供在桌上,曾国藩焚香拜过,双手交给李鸿章,李鸿章接过后,恭恭敬敬放回桌上,他再焚香拜过,交接仪式完成,李鸿章正式署理两江总督。

然后两人回到签押房,商讨剿捻大计。曾国藩的剿捻方略基本采纳李鸿章的设想,他初步确定在苏、皖、鲁、豫四省边境,设立四大军事重镇:即安徽临淮、江苏徐州、山东济宁、河南周口,以重兵驻守。以有定之兵,制无定之寇,以逸待劳,控制要冲,一处有急,三处赴援。这四大军镇,湘居其一,淮居其三。另外派李昭庆训练马队,加以僧格林沁的旧部骑兵,同为游击部队,随从曾国藩随时应变。对这个安排,李鸿章也很满意,六弟跟着他与太平军作战,真是舍生忘死,可是李鸿章为了避嫌,在做保案时总是有意委屈他,弄得兄弟几乎反目,如今派到曾国藩门下,老师自然会格外关照,可弥补从前遗憾。

五天后,曾国藩整装起行,沿运河乘船北上,直奔徐州,他计划设帅府于此。他派出专差,令所过州县,遍贴招贤榜。

运河边上的宝应县贴出的招贤榜,引起了薛氏两兄弟的注意,弟弟薛福成奋笔疾书,写成洋洋近万言的《上曾侯书》,哥哥薛福辰随时打探消息,只待曾国藩的座船一到,就陪弟弟前去献策。

薛氏兄弟共四人,老大薛福辰,老二薛福同,老三薛福成,老四薛福保。薛家并非宝应人,而是无锡人。咸丰八年,父亲薛湘任安福县令,老大薛福辰和老三薛福成到湖南去看望父亲。谁料赶到不久,老父病重而亡。而他率勇与太平军作战,经手的账目是一堆烂账,兄弟两人只好在湖南等着账目弄清。这一等就是近一年,咸丰十年春,兄弟两人听说太平军东下苏常,家乡无锡也遭兵灾,心里惦记家乡亲人,于是再三向府县陈情,得以扶棺回乡。回到家乡,才知已是家破人逃。太平军攻破无锡后,薛家的产业已是荡然无存,伯母悬梁自尽,堂嫂抱着儿子跳井自杀,堂兄因骂贼而遇害。几经辗转,兄弟两人在宝应东兴找到了离散的家人。一家人寄人篱下,住在两间又矮又潮的小屋内。薛福成本来就对八股取士不以为然,湖南一行,他深为百姓流离失所而震惊,觉得唯有经世致用的学问才能救民于水火,所以埋头于研究天文、农政等。英法联军火烧圆明园,大清又是割地又是赔款,他因此对洋务也开始关注。

曾国藩坐船到宝应的时候,正是风雨交加,兄弟两人冒雨将《上曾侯书》

交给码头的戈什哈,并一再说明,每天都在码头等候召见。戈什哈道:"你的上书我一定交给大帅,但大帅能不能召见却说不准。想见大帅的人多了去了!"

午饭的时候,赵烈文拿着薛福成的万言书,来到曾国藩下榻的驿馆道:"老师,今天收到一篇奇文,洋洋近万言!"

"呵,万言书!"曾国藩很感兴趣,"是空话连篇,还是有些真货色?"

"有些空话,但也有真知灼见。文笔也很流畅,只可惜字写得实在难看。"

赵烈文把《上曾侯书》递给曾国藩,字确实很差。文章这样开头——

> 太老夫子元侯中堂节下:窃唯天下之将治,必有大人者出而经纬之。宋明以来,大儒间出,恒不得居将相之位以有为于时。得位矣,或限于地,或受任未专且久,或因循而碍于更革,而未暇为百世深计。此非其人不伟,位不显,而时为之也⋯⋯

这个开头就不同凡响,曾国藩把万言书还给赵烈文道:"惠甫,我眼睛不行,你读给我听,挑要紧的,那些阿谀奉承的话就不必读了。"

薛福成的万言书,前面一段自然是极力恭维曾国藩,下面则分为养人才、广垦田、兴屯政、治捻寇、澄吏治、厚民生、筹海防、挽时变八个部分,分别提出他的建议,而且每部分的建议都不是泛泛空谈。曾国藩兴致高涨,连午饭也推迟了。尤其是治捻寇一节,曾国藩肩负剿捻重任,自然格外关注。

"山东河南数省,吏治疲顽已久。民贫俗悍,善抚之则皆民也,不善抚之,则皆捻也。"薛福成认为治捻之策,首在吏治。捻患的根源在吏治,说得再明确一些,就是官逼民反。这种真话,在堂堂剿捻大员前没有一番胆量是不敢说的。薛福成时年二十八岁,正是初生牛犊不怕虎的年龄。

"善抚之则为民,不善抚之则为捻,真知灼见!如何把良民与捻匪区别开来,如何从捻匪中分化出良民来,如何不让捻匪把良民裹挟而去,是剿捻中必须好好研究的问题。少荃主张坚壁清野,也就是要把捻匪与良民的联系割断,与这份上书有异曲同工之妙。"曾国藩重复着薛福成的话。

赵烈文附和道:"的确有异曲同工之妙,老师请听:图之之机,宜檄直隶、山东、河南督抚,坚壁清野,谨守封略,各以其兵策应。节下以大军蹙之,分遣诸将,或截击,或迎击,或断其道,或捣其坚,或袭其辎重,或披其形势,或攻其无备,或散其胁从,彼一二凶渠之首,旦夕可至麾下。"

曾国藩拍案道:"真是英雄所见略同!"

接下来,薛福成提出的具体措施有四条:一是汰冗营,以省靡费;二是用铁骑,机动灵活;三是离逆党,使反间计;四是招降附,剿抚间用,把捻匪中的良民招抚过来。这几条也都对曾国藩的胃口,他高兴地对赵烈文道:"惠甫,我此行得此一人才,将来必有造就。不知他多大年纪,如果年老了就太可惜了。"

"我看了他留的名帖,时年不过二十八岁!"赵烈文回道。

"下午就让他来见。"曾国藩爱才心切。

下午曾国藩午睡起来,听说薛福成已经到了,立即到花厅相见。曾国藩善于相人,自然从头到脚打量一番。薛福成一副宠辱不惊的神态,目光敏锐,额头宽广。曾国藩十分喜欢,相邀道:"你的文章长于论事,你正少年,多下功夫,将来必成一家之言。我幕府中正需人才,不知你可否愿意屈就?"

薛福成离座拱手施礼:"学生求之不得!"

"那就好。你在江北,还听说过其他贤才吗?我这里是多多益善。"曾国藩满面笑容,连连点头。

"舍弟薛福保,自幼刻苦好学,文笔书法都比我强许多倍。"

曾国藩一口答应:"好,他只要愿意来,我就照单全收。"

第二天,曾国藩起程前往徐州,他派专差前往济宁,调僧格林沁的爱将、浙江处州镇总兵陈国瑞率部赴河南归德府驻守。因为淮军刘铭传部已经赶到济宁,东线防务得以巩固,正可以抽调陈国瑞去充实河南防务。谁料陈国瑞对曾国藩的军令根本不拿正眼瞧,更没有立即起程的意思,而是在筹划一件大事:他要夺取刘铭传的洋枪洋炮。

这个陈国瑞何许人也?一句话概括:一个勇猛善战的无赖。

他是湖北应城人,十六七岁时参加太平军,后来背叛太平军,投降到清军总兵黄开榜的麾下,因勇猛善战,被黄收为义子。后来他跟着袁甲三打过太平军,又跟着僧格林沁平定苗沛霖,镇压捻军。僧格林沁与捻军的所有恶战他几乎都参加过,因此深得倚重。不过,陈国瑞确实又是个无赖,黄开榜是他的义父,对他有救命之恩,后来他与黄反目为仇,差点把黄杀死。他归袁甲三指挥时，与袁甲三的部将一言不合就大打出手，在寿州与李昭寿部下开明仗，在正阳抢盐商数万包盐，在汜水与米船口角，率部两千人与米商开明仗，骚扰百姓，凌辱州县，吸食鸦片，喜怒无常，动辄杀人，而且不听调度，动不动就威胁要造反。他看上的东西，明火执仗下手抢夺，这是他一贯的做法，而且屡屡得手，朝廷念他英勇善战，因此也从来没怎么处分他。刘铭传的淮军一到济宁，就让他惊讶得闭不上嘴。淮军每营几乎人手一条洋枪，而且还有千余人的炮队！他打听清楚炮队所在的位置，亲率五百人直奔淮军驻地而去，他笑道："娃子们，咱们去弄些洋枪洋炮玩玩。"

淮军的传统，走到哪里先建营垒，不但有营墙，而且营墙内外都挖有深壕，要想冲进去绝非易事。但陈国瑞部穿着官军衣服，所以守营的淮军没太在意，结果陈国瑞冲进淮军营中见人就杀，见枪就抢，一连杀了几十人，直接去拖铭军的火炮。

刘铭传闻报大怒："你们都是吃屎长大的？手里的家伙是烧火棍？"

报信的哨官解释道："他是官军，就没开枪。"

刘铭传呵斥道："他是狗屁官军，杀我淮军的不是官军而是捻匪。"

"大帅的意思，把他们当捻子灭了？"

"那是当然，我的话还不够清楚？杀他个片甲不留，一个活口也不要，只留下姓陈的！"刘铭传派一千人前去增援，把陈国瑞团团围住。

陈国瑞叫嚣道："刘麻子，老子是钦差军务帮办，跟着僧王东征西杀，为朝廷立下了汗马功劳，你敢动老子一根毛试试？"

刘铭传最恨别人叫他刘麻子，冷笑道："你算狗屁钦差，连你刘爷的毛都算不上。老子今天非打得你只剩一根毛！"

一声令下，淮军洋枪齐发，陈国瑞武器粗劣，哪里有还手之力，五百人不消半个时辰，全部被毙光。陈国瑞无赖、斗狠多年，还从来没遇到过刘铭传下手这么狠的。数名淮军士兵把陈国瑞反扭着胳膊押到刘铭传跟前，刘铭传用马鞭挑起陈国瑞的下巴说道："姓陈的，我知道你要横要无赖，别人怕，我刘铭传不怕，当年你在娘怀里吃奶时，老子就亲手杀了村里的恶霸！要杀你，老子连眼也不眨。"之后他又挥了挥马鞭说，"把他关起来，先饿他三天再说。"

开始陈国瑞还嘴硬，可刘铭传真的一粒米也不给他，连饿了三天，第三天他都快饿死了。但凡无赖都是欺软怕硬，也都是不要脸的货色，他饿得实在受不了,就向刘铭传哀求认错。刘铭传也很大度地说道:"好,既然你认错,那就放你走。你想找我报仇,不妨再试试,不要说带五百人来,你就是带五千人来,我照样杀个片甲不留。"

"这五百人都是跟着我百战余生的老兄弟,今天被你全杀了,我陈家军从此一蹶不振了。"陈国瑞气若游丝。

等亲兵把他接回营,狼吞虎咽吃饱了,又恢复了他的威风:"老子要告刘麻子,他杀官军五百人,看曾大帅怎么说!"

曾国藩收到两人的禀帖,稍加分析,就知道这回是针尖遇上了麦芒。对这个陈国瑞他早就有所耳闻,已经收到多封揭露陈国瑞作恶的状子,对此人他是深恶痛绝。但此人作战勇敢、不贪财、不好色,当年僧王对他十分倚重,朝廷对他也多有袒护。僧格林沁战死,山东巡抚阎敬铭及他身边的将领都受处分,唯有陈国瑞未加任何惩处,可见朝廷只见其长,未见其短。曾国藩也希望用人所长,不想失去这员猛将,也不想让人误会他对僧王手下赶尽杀绝,所以对陈国瑞,他的处置原则就是调教,如果他知错就改,也就放他一马。而刘铭传乃是淮军主力,以后不能不依仗,因此他对此事的总体态度就是抑陈扬刘。

他在陈国瑞的禀帖上谆谆教导,苦口婆心写下了两千余字。官场老手,无论古今,批评下属时,都不直接表达自己的好恶,而惯于通过"我听不少人说"这样的方式,曾国藩深谙此道:"本部堂在安庆、金陵时,就闻该镇劣迹甚多,此次经过淮扬、清江、凤阳,处处留心察访,大约毁该镇者十之七,誉该镇者十之三。"于是他把陈国瑞忘恩负义、性好私斗、凌辱州县、不听调度等劣迹一一点明。然后话题一转,点述该镇的优点,骁勇绝伦、素不好色,也不贪财。总之,本质不坏,尚可救药。曾国藩如此先骂后誉,打一巴掌再给个甜枣,就是为了让陈国瑞认识到自己的错误,从此改恶从善。他向陈国瑞约法三章:一不扰民,二不私斗,三不梗令。

在不私斗这一条中,他告诫陈国瑞:"私相斗争,乃匹夫之小忿,岂有大将而屑为之?本部堂两年以前,即闻该镇有性好私斗之名。此名一出,人人皆怀疑而预防之。闰五月十九日之事,铭营先破长沟,已居圩内,该镇之队后入圩内,因抢夺洋枪,口角争闹,铭营杀伤该队部卒甚多,刘军门喝之而不能止。固有仓猝气愤所致,亦由该镇平日好斗之名招之耳。长沟起衅之时,其初则该镇理屈,其后则铭营太甚。该镇若再图私斗以泄此忿,则祸在一身而患在大局;若图立大功,成大名,以雪此耻,则弱在一时,而强在千秋。昔韩信受胯下之辱,厥后功成身贵,召辱己者而官之,是豪杰之举动也。该镇受软禁之辱,远不如胯下之辱甚,宜坦然置之,不特不报复铭营,并且约束部下,以后永远不与他营私斗,能忍小忿,乃成大勋。"

曾国藩苦口婆心,就是希望把陈国瑞往好人道上劝,所以最后又特别劝解道:"其毁言之伪者,尽可剖辩,真者亦可承认。大丈夫光明磊落,何所容其遮掩;其誉言之真者,守之而加勉,伪者辞之而不居。保天生谋勇兼优之本质,改后来傲虐之恶习,于该镇有厚望焉!能玉成一名将,亦本部堂之职责所在。"

俗话说一个巴掌拍不响,陈国瑞固然需要批评,刘铭传下手也太狠了,所以曾国藩打算给刘铭传一个宣示,类似今天的通报批评。朝廷先是收到陈、刘两人的奏报,随后收到曾国藩的处理意见,军机处十分清楚,无论对谁严厉处罚都会损害士气,陈国瑞的身后有僧格林沁家族一派,刘铭传的背后则是曾国藩、李鸿章,一有偏倚,必生怨望,所以朝廷干脆不加处罚:"刘铭传、陈国瑞勇丁互相械斗,杀伤多人,实属不成事体。该员等均系提、镇大员,不思乘贼势新挫之后奋斗追击,而于勇丁互相斗杀不能禁止,且各执一词,殊失大员体度。本当从重治罪,姑念该员等均曾立功,免其深究。"

陈国瑞接到曾国藩的回复,无异被连打几个巴掌,觉得曾国藩是有意揭他的短,袒护刘铭传。可是曾国藩的老辣文笔,条条都站在理上,让陈国瑞有苦说不出。他把曾国藩的批复扔到脚下道:"天不能让他姓曾的一手遮了,上面还有朝廷会给我做主。"可是他没想到,朝廷来了个各打五十大板,他白白损失了五百人,竟然什么说法也没有。他于是又把这笔账记到曾国藩的头上,认为是他向朝廷告了黑状。当天晚上他在济宁太白楼喝闷酒,酩酊大醉,非要酒家笔墨侍候,随即挥毫泼墨:"黄鹤飞来复飞去,白云可杀不可留!"还蛮横地要店家立即挂起来。店家满口答应,说明天裱好后一定挂起来。

第二天店家果然把这副对联裱好了挂在店中,吸引了不少人前来评点,人人都觉得这副对联独特,人人又都弄不清到底是什么意思。陈国瑞的心腹中当然也有精通文墨者,也弄不通这副对联,特意向他请教,陈国瑞咬牙切齿地说道:"李太白有诗'总为浮云能蔽日,长安不见使人愁',浮云就是朝廷中的小人，你说浮云可杀不可杀？姓曾的就是真小人，假君子！"

陈国瑞再给曾国藩的禀帖全由文案代草，语气极为谦谨，但对曾国藩所指责的劣迹却玩文字游戏，一概不予承认，对曾国藩的约法三章也是含糊其词，无半句矢志遵行之语。曾国藩十分生气，他刚出任剿捻钦差，就遇到令不行、禁不止、劝不听的事情，这不仅仅关乎他的体面，而且直接关系将来能不能指挥各路大军，所以他决定拿陈国瑞开刀，树立他钦差的权威。

曾国藩不愧是官场熟手，他不参陈国瑞不听劝解，不给他面子，也不参陈国瑞私德太差，忘恩负义、凌辱州县、私性好斗等问题，单单挑出僧格林沁战死，陈国瑞"不顾主将"、草间偷活的旧账。这件事情已经过去，翻出旧账来参劾，朝廷能买账吗？曾国藩的理由是，既然山东巡抚、布政使及僧军各部将都因僧格林沁战死不同程度受到处罚，那就不能容许陈国瑞一个人"饰词巧脱，逍遥法外"。即使身受重伤，情有可原，也"只可略从末减，未便概置不问"。而且他还特别说明，"臣此次参奏，但将其不能救护僧格林沁一事薄予微惩，治以应得之公罪，而于其私罪多端并无悔过之诚，尚不列款明参者，因河南实乏良将，稍留陈国瑞体面，冀收鹰犬之才，一策桑榆之效"。其实，列举了陈国瑞的私罪，已经与参劾无异，偏又声明对他的私罪不予参劾，红脸白脸，公义私情，全让曾国藩占尽，别人想为陈国瑞说情也无从置喙。很快，曾国藩奉到上谕——陈国瑞着撤去帮办军务，褫去黄马褂。

陈国瑞知道这回遇到一个难缠的统帅，他见势不妙，称病请假，将所部交由心腹部将统领，他则沿运河南下，赶到江苏清江浦拜谒曾国藩，承认错误，谨受约束。曾国藩见他已经服软，也就好言相劝，又与他约法三章：一是裁撤勇丁，从八千人裁到三千，留优汰劣；二是从此不要再妄称是钦差处州镇总兵；三是让他率部驻守清江浦，以远离刘铭传的淮军，一年内不要与淮军同驻一地。陈国瑞一一答应。

刘铭传早就把他与陈国瑞火并的事禀报李鸿章，而且表示他是奋起自卫，没有什么错，因此不能受任何处分。李鸿章向来是对部下袒护有加，所以亲自给曾国藩写信，为刘铭传求情："省三血性奋往，历练少浅，不免粗率之处。鸿章因其战守可靠，向不扰民梗令，往往曲予含容。此次与陈镇争气，未分曲直，倘函丈以此事劾责，则朝廷必疑其骄纵难制。渠必不自安，且无以策励将来。除鸿章谆函劝饬外，师亦必怜其劳苦逐战，勿加苛求。"

部将有错,他这位统兵大员却不能加以批评,如果批评,还只能由李鸿章来"函劝",曾国藩心里憋闷,但更清楚李鸿章的面子不能不给,毕竟淮军的真正统帅就是这位高足。所以对刘铭传宣示批评的计划也只能放弃,他回复李鸿章道:"省三之事,亦尝再三思虑,阁下多方培植,苦心琢磨,而成此令器,鄙人断无不知爱惜之理。转念省三最爱体面,恐因此而名望大坏,遂将前拟宣示之批,一并秘之,全未咨行各处。"

这件麻烦事处理完,曾国藩打算立即赶到徐州坐镇指挥,可还未从清江浦起程,捻军却突然从山东南下,回到他们的发源地安徽雉河集。捻军在山东曹州大败僧格林沁后,黄河以南、长江以北,已经无军可与之匹敌,此时完全可以大有作为,然而,是东进攻取济南,还是渡河北攻直隶,或者西入陕西,捻军上层争论不决,两个多月的时间内,他们就一直在黄河南北、运河以西游荡。如今湘淮军纷纷北上,眼看要将他们包围于鲁西南,这才统一了意见,直下皖北,重回发源地雉河集。然而,此时雉河集已今非昔比,既没有当年苗沛霖暗中配合,也没有太平军明里相助。朝廷已将雉河集改为涡阳县,安徽布政使英翰正在率军清剿,当年铁心支持捻军的百姓不是被抓就是被杀,大部分百姓都急于与捻子撇清关系。捻军万骑纵横,攻下了一些村寨,把英翰团团包围,雉河集却始终未能攻克。

皖北危急,曾国藩只好改变计划,从清江浦溯淮而上,到达安徽临淮关,就近指挥雉河集解围。他调来的援军就是刘铭传的铭军,刘铭传率军南下,济宁就空虚了。李鸿章抓住时机,建议立即让在直鲁交界的潘鼎新率部南下济宁。自从潘鼎新率军乘轮船到天津,都统恒龄、三口通商大臣崇厚都希望能够指挥这支淮军。李鸿章十分后悔,怕这支嫡系落入满人之手,所以立即命令他们南下,到直鲁交界布防,名义上是防捻军北上,实际是防备为他人所有。曾国藩自然十分支持,命令潘鼎新立即率军南下驻守济宁。刘铭传的铭军赶到雉河集,与英翰的皖军内外夹击,捻军连吃败仗,分成南北两路,败退河南、湖北,雉河集之围遂解。

朝廷令曾国藩派军队进河南尾追捻军,他知道追也追不上,因为捻军以骑兵为主,飘忽不定,如果跟在捻军屁股后面追,必然重蹈僧格林沁的覆辙。所以他坚持当初与李鸿章议定的方略,从临淮赶到徐州,调兵遣将,实施他的四大军镇、重点防守计划。他调刘松山、易开浚的湘军驻安徽临淮,刘铭传驻河南周口,张树声、周盛波驻江苏徐州,潘鼎新驻山东济宁。捻军如果回窜扶沟、鄢陵,则由刘铭传自周口迎头痛击;捻军回蹿水城、萧县、砀山,则由张树声自徐州迎击;捻军趋蒙城、宿州,则由刘松山等自临淮迎头拦击;捻军于曹州、单县进军,潘鼎新则自济宁截击。河南、山东、安徽、江苏四省的地方部队,则重点防守十三个府县,形成"四镇十三府"的重点布防格局,变僧格林沁的尾追之局为拦头之师,以有定之兵制无定之捻。

计划虽好,但淮军在调遣上却遇到麻烦。四镇重兵,三镇是淮军,但这些淮军将领私下里都先把曾国藩的命令函商李鸿章,在李鸿章的指示到来前,他们表面上答应得很好,但就是迟迟不动。刘铭传不仅对四镇防守的部署有意见,尤其让他去周口更是牢骚满腹。因为济宁、徐州、临淮基本在南北一条线上,而周口则西入河南,很容易被捻军围困,而附近又无重兵可援。

曾国藩收到李鸿章的信,很不高兴,坚持刘铭传必须驻周口。刘铭传则以伤病为由,迟迟不肯西行。曾国藩知道病根所在,因此给李鸿章一封亲笔信,一改他委婉曲折的风格,严厉批评道:"目下淮勇各军既归鄙处统辖,则阁下当一切付之不管,凡向尊处私有求情,批令概由鄙处核夺,则号令一而驱使较灵。以后鄙人于淮军,除遣撤营头必须先商左右外,其余或进或止,或分或合,或保或参,或添勇,或休息假归,皆鄙处径自主持,请阁下密函见告。"

李鸿章知道老师真生气了,立即给刘铭传写信,让他无论如何立即率军去周口。刘铭传复信表示,立即率军起行可以,只是经过雉河集大战,军火消耗严重,步枪子药、开花炮弹严重不足,必须尽快起运补充,不然淮军的洋枪就成烧火棍,连大刀长矛也不如。李鸿章答应一定如期运到。

第二十一章

兴洋务创办沪局 督湖广曾李以代

军火的事情让李鸿章十分着急,因为苏州洋炮局已经奉命搬往金陵,改名金陵机器局,目前尚未恢复生产;而上海由韩殿甲、冯焌光主持的洋炮局生产能力实在有限,如今淮军分驻三镇,都需要大量军火,根本无法满足供应。于是他令署理江苏巡抚刘郇膏赶紧向洋人购买军火,同时函召上海关道丁日昌立即到金陵来,商讨建立新的机器制造局的事情。

李鸿章出任江苏巡抚后,先后建立了三个局,但除了马格里主持的苏州局机器稍多外,其他两局基本以手工为主,这当然不能令李鸿章满意,所以他早就有意筹建一个大的机器制造局,而且不仅能造枪炮,还要能以机器制造机器,他称之为制器之器。制器之器从哪里来?托洋人从国外购买,这个办法他不放心,因为他已经多次上当。他曾经把十五万两白银预付给华尔的弟弟去美国购买军舰,结果华尔的弟弟只承认收到了两万两;一年多前他又交给一个法国人一万两白银用来购买机器,结果连人加银子从此杳无音讯。所以最后他认为,还是从上海洋人的工厂中留心,有合适的直接买过来,因为工厂摆在那里,可不可用,一目了然。所以半年前他就吩咐丁日昌上心察访。前些时候丁日昌复信,说已经有些眉目,因为李鸿章当时太忙,没有让他前来面谈。如今这件事情已经迫在眉睫,所以让他立即前来。

丁日昌赶到金陵,见到李鸿章的第一句话就是:"大帅,铁厂的事基本定局了!"

丁日昌一直上心寻访,在虹口物色到了一个美国人开办的旗记铁厂,厂主有意转让。原来,这个铁厂主要是修理轮船,同时还制造洋枪大炮。铁厂紧邻商业区,在这里制造大炮,周围的居民和商家都不高兴,担心他的火药不小心自爆,所以经常找麻烦。厂主科尔是技师出身,技术比较过硬,但经营上却稍欠火候。所以自投产以来,一直是半死不活,透出想卖厂子的口风。他的机器设备在上海是数一数二,所以丁日昌闻讯非常感兴趣。他与科尔交涉过几次,科尔视厂子如自己的命根,一时拿不定主意。

"现在怎么同意了?"李鸿章问道。

"多亏了唐景生,他出力不少。"丁日昌于是介绍起事情的来龙去脉。

唐景生,名唐国华,景生是他的字,广东香山人。少年入洋行,后来跟着洋人学洋文,干洋行通事。同治元年进上海海关当通事兼总理进出口税单。因为收受华商贿赂被革职,一直在找机会脱罪。听说丁日昌在为购买旗记铁厂的事情犯难,他便自告奋勇去与厂主科尔交涉。他与美国驻沪领事搭上关系,又善于与洋人交往,所以很快说动了科尔。他为科尔出主意说,你舍不得自己的工厂,那你完全可以不离开自己的厂子嘛,将来可以继续留在厂里帮着管理,与自己办厂差不多。科尔又提出厂里的洋人工匠都是他重金聘来的,不忍把他们赶走,也必须留仕。唐景生报告丁日昌,丁日昌立即答应下来,洋人机器本来也要聘请洋人来教习华人,原有的洋技师留下来比新聘更方便。唐景生因为在洋行见多识广,把旗记铁厂所有机器物料核一下价格,机器价值约四万两,外加铁煤等物料计二万两,最后以六万两白银成交。唐国华自己愿意出白银二万五千两,当年与他同时被革职的海关扦手张灿、秦吉各出银七千五百两,凑够四万两,买下整座铁厂报效。条件嘛,就是免去革职的处分,重新回海关上班。

李鸿章道:"纳银赎罪,国家有明文,应该问题不大。这个姓唐的当初被革职是怎么回事?"

丁日昌回道:"卑职刚出任海关道一职,明令禁止收受陋规。可是中秋节唐景生等人仍然收华商银两,卑职当时也是急于立威,就把三人交由上海县审讯,后来唐景生多次上禀帖为自己剖白,卑职这才知道处理得有些欠妥。"

"怎么欠妥了?"李鸿章有些不明白,收受贿赂理应被革职。

丁日昌解释道:"华商每遇洋船装货,订立的合同及水脚总单还有洋行保险,都用的是洋文,华商往往不能辨识,一直托唐景生翻译,偶然送给银两酬劳。后来因为经常找他翻译，就不再一单单计酬，改为送节例银两。因为是按劳取酬，所以唐景生认为不能算是陋规，因此未加纠正，不料正撞到卑职的枪口上。"

"这是姓唐的说法，上海洋行通事有的是，要翻译个合同花几钱银子找个通事就能办妥，为什么华商偏偏要麻烦他这位海关通事？还不是为了通关方便？无论他怎么狡辩，也还是在受贿。不过，他能在购买铁厂一事上尽心尽力，又拿出银子来报效，我们不妨成全。他受贿定案是多少银子？"李鸿章对人情世故十分通透。

"一万五千两。他如今报效两万五千余两，似可以赎罪。"丁日昌又道。

"可不可以赎罪，全在你我一念之间。雨生，这人本事如何？"

"这人办事非常利索，脑筋也转得快，是海关业务一把好手。"丁日昌已经受了唐景生的好处，自然为他说话。

"是人才埋没了可惜，不妨网开一面。可是，有才能的人往往自作聪明，你要盯紧了，让他手脚干净些。你还要防止落入他的圈套，不要让他和洋人合起来算计你。"李鸿章认为他与洋人谈了几个月都无结果，怎么姓唐的出面就谈成了，而且银子还谈下来了接近一半，这事就有些可疑。丁日昌也怀疑过，不过当初与科尔谈的时候，的确是十万两一两也不肯减，而且还迟迟下不了决心，那时候唐景生还不知道这件事情，不可能与洋人勾结。

李鸿章建议道："买下铁厂是当前最急于办成的大事，这些细故不必计较。只是要为唐某人脱罪，光你来说不合适，这件事应该让臬司衙门提出来。对了，你还要让姓唐的在总税务司赫德那里走走门路，总税务司出来说话，将来我给朝廷上奏，说起话来也硬气。"

"对，海关由总税务司管理，由赫德为海关人员说句话，比我们自己来说管用得多。"丁日昌一想也是。

"还有一件事，既然洋人在租界造枪炮商民都反对，将来我们在此建局制造枪炮必然也会有人反对。而且在租界里，容易引起事端，必须另择地建厂。"李鸿章话锋一转，说上了另一件事。

"是，这件事卑职已经考察过了，上海洋炮局当初就在高昌庙，此地远离租界，人口较稀，将来制造局就在此地建新厂。"临来之前，丁日昌已经去考察过，说起来胸有成竹。

"好。铁厂一旦买下后，就立即着手建新厂。去年底曾老师派容闳前往美国购买机器，等他买回来后也并入江南局，我要把江南局建成大清最大的机器制造局。不仅要制造洋枪洋炮，将来还要用局里的机器制造机器，铸钱、织布、挖河等机器都可仿制，触类旁通，于民生也大有益处。"说到推行洋人制器之器，李鸿章感慨颇多，"雨生，这些年和洋人交往多了，听洋人讲，他们不仅洋枪洋炮靠机器制造，纺织、农具、炼铁、开矿，无一不采用机器，人力大为节省，一台机器可抵十余人甚至百余人力，正因为有机器推动百业，因此洋人国家面积比我们小，人口比我们少，所产物品却不比我们少，价格还比我们便宜，百姓日渐富裕，国家日渐富足，要养一支精锐的部队，配备巨舰洋炮，也就十分容易。所谓民富国强，富国强兵，都源于机器制造！我们学习洋人，仅购买、装备洋人的机器不行，我们得学习洋人制造机器之法，学会用机器制造机器，这才是根本。老师在宝应罗织了一个年轻才俊叫薛福成，他上了一份万言书，其中也说到要学习洋人的技巧，他说将来如果以机器制造机器，百工皆用机器，则民可富、国可强、兵可壮。只可惜大清有这种见识的万无其一！怎么办？责任还要落在我们这些封疆大吏身上，我们不能仅仅有这种见识，关键是要来推行。"

江南制造总局还在筹建中，李鸿章已经由此瞻望到机器制造的重要、国富民强的远景，他的思维和眼界令丁日昌十分佩服："大帅的眼界真是令卑职惭愧。卑职眼前只看到买下铁厂，赶紧制造枪炮弹药，没有大帅的高瞻远瞩。"

李鸿章笑了笑道："雨生也不必恭维我。我在上海日久，见识了大清与洋人国家的差距实在太大，我们就是赶紧追赶，怕没有二三十年也难以超越。我们不管别人说什么，骂什么，洋务事业必须能早一日是一日，能早办成一件是一件。"

之后，李鸿章亲自给曾国藩写一封信，请他支持创办江南制造总局。又向朝廷上《购买外国机器铁厂折》，请朝廷批准。他从淮军急需弹药补充入手，说明创办江南制造总局的迫切需要，又从未来有助大清富国强兵的角度说明它的长远意义——

臣于军火机器注意数年，督饬丁日昌留心访求数月，今办成此座铁厂,当尽其心力所能及者而为之,以取外人之长技以成中国之长技,不致见绌于相形,斯可有备而无患,此则臣区区愚诚也。机器制造一事,为今日御侮之资,自强之本。臣尤有所陈者:洋机器于耕织、刷印、陶埴诸器皆能制造,有裨民生日用,原不专为军火而设,妙在借水火之力,以省人物之劳费,仍不外乎机栝之牵引,轮凿之相推相压,一动而全体俱动,其形象固显然可见,其理与法亦确然可解。其久则风气渐开,臣料数十年后,中国富农大贾,必有仿造洋机器制作以自求利益者。中国转危为安,转弱为强之道,全寄望于仿习机器。

这份奏折很快到了恭亲王手中。恭亲王虽然二遭严谴,去掉了议政王的尊号,但他富国强兵的雄心壮志依然在,对创办江南制造总局十分支持,专门上折阐明将来大清应大力引进制器之器,在军事、民生各业中推广机器制造,以提高百工之效,以达富国强兵之效。为了避免满人责备他太倚重汉人,也避免机器制造全握于汉人之手,他特别提议让三口通商大臣崇厚创办天津机器局,慈禧很快批准了这一计划。

江南制造总局得到朝廷、曾国藩和李鸿章的大力推动,创办的第一年就投入五十多万两白银。其中购买旗记铁厂六万两,容闳从美国购回机器共六万八千两,从高昌庙购置土地和建厂房二十四万两,在虹口旧厂的房租、薪工、物料等支付十七万两。以后规模不断扩大,经费每年虽无定数,约计不下五六十万两。1867年搬到高昌庙镇,扩充设备,建有机器厂、洋枪楼、汽炉(锅炉)厂、铸造厂、轮船厂等;1880年后又相继建成炮弹厂、水雷厂、炼钢厂、栗色火药厂、无烟火药厂等。所产枪炮等军工产品供各省清军使用,促进了清军装备的近代化。中国第一门钢炮、第一支后装线膛步枪,这些超脱了冷兵器痕迹的近代意义上的御侮之器都出自江南制造总局之手。从林明敦式后装线膛枪,到德国的新毛瑟枪;从前装线膛炮,到后装线膛阿姆斯特朗炮,江南无不在仿制中很快追赶上世界先进水平。江南机器制造局不仅是近代中国最大的军工企业,也是除福州船政局外最大的造船企业。1876年,建成中国第一艘铁甲军舰金鸥号,1918年,为美国人建造了四艘万吨巨轮。除了机械制造之外,江南制造总局附设有广方言馆(即语言学校)翻译馆以及工艺学堂,在1868—1907年之间,译书达一百六十种,培养了中国极为稀缺的翻译和科技人才。虽然它有贪腐严重、效率低下等种种问题,但毫无疑问,它为中国的近代化做出了不可磨灭的贡献。

曾国藩调兵遣将,解了雉河集之围后,他驻节徐州,实施四镇十三府防守计划。重兵布防的同时,他采纳薛福成把捻军与百姓隔离的建议,实行查圩清源之策。

所谓圩,又称寨、堡、围。皖、豫、鲁等省,因为多年兵荒马乱,地方大姓、大村为自保,纷纷筑圩结寨,外挖壕沟,形如城池。乱兵或土匪一到,立即关闭寨门,以免遭抢掠和杀害。捻军因为长期在豫、鲁、皖等省活动,许多圩寨为求自保,与捻军暗中勾结,贡献粮食、布匹等物,不少赤贫人家则拖家带口参加了捻军。

曾国藩实行的查圩清源包括四条措施:一是坚壁清野,人丁、牲畜、粮食、柴草一律搬进圩内,使捻军无可掠夺。二是分别良莠,捻军活动频繁的州县,清查户口,甘心从捻者编入莠民册,全未从匪者编入良民册。编入莠民册者,一旦拿获可就地正法;编入良民册者,五家具保于圩长,有事则五家连坐;圩长具保于州县,有事则圩长连坐。三是发给凭证。各圩设圩长、副圩长,圩长由曾国藩亲自发给凭证,并加盖钦差大臣关防;副圩长由所在州县发给凭证,盖州县印信。圩内有暗中通捻者,圩长、副圩长应捆送官府,遇有反抗可就地正法。送匪最多者,奏明请奖,匿匪不报者,追究严惩。四是寻访英贤。有救时之策,出众之技者,均可毛遂自荐。无论收用与否,都发给往返费用。举荐贤良者,也给赏银和褒奖。曾国藩的查圩之策大力推行,许多与捻军关系密切的百姓被杀。而有仇隙而人格卑污者,则诬人"通捻",借刀杀人。一时间,"通捻"二字令百姓胆寒。

曾国藩坚信他的"重兵防守、查圩清源"的方略必能见效,但问题是需要长时间才能见效,朝廷是等不及的。而且重兵防守这种守株待兔的办法,根本防不住来去飘忽的捻军骑兵。为什么?因为在四省间驻四镇重兵,如同扎了粗壮的篱笆,结实够结实,但栅栏之间太宽。周口离临淮数百里,临淮离徐州数百里,徐州离济宁也有数百里,而官军步兵有效防卫距离不过十几里,骑兵不过百里。所以善于乘虚蹈隙的捻军仍然如入无人之境,何况官军骑兵无论人数还是技术,根本无法与捻军骑兵相比。

这种重防剿、不重尾追的办法,也受到地方官绅的诟病,他们经常拿僧格林沁与曾国藩相比,僧王以亲王之尊,亲自策马穷追,有时一天驰骋数百里,饿了渴了只在马上喝口马奶。曾国藩却坐镇徐州,数万大军屯驻通都大邑,任捻军纵横驰骋,这实在有点说不过去。尤其淮军军纪又差,骚扰地方,结果数月后反对声浪大起,安徽巡抚乔松年、河南巡抚吴昌寿、山东巡抚丁宝桢都流露出不满来。

于是曾国藩微调一下他的战略,在重点防堵的同时,加紧训练骑兵,作为机动追剿部队。曾国藩的骑兵由两部分组成,一部分是僧格林沁所部残存的骑兵,不过数百骑;再一部分则是他托鲍超从张家口外购来军马,招募骑勇进行训练。骑兵不同步兵,既要有熟练的驭使马匹的本领,也要掌握马上杀敌技巧,训练起来特别难。

曾国藩让僧王旧部任马队副统领,帮助训练新骑手,而统领他坚持让李昭庆来担任。李昭庆觉得担任这个骑兵统领必然要与捻军正面交锋,他自知根本不是捻军对手,因此写信给李鸿章,请他帮着说话辞掉这个危险的差使。李鸿章也不愿自己的弟弟去冒险,所以亲自给曾国藩写信。曾国藩坚持定见,他给李鸿章复信,从公义私情上做了一番论述——

以私事而论,君家昆仲开府,中外环目而视,必须有一人常在前敌,担惊受苦,乃足以折服远近之心。而幼荃之才力器局亦宜使之发愤自强,苦战立功,不必借诸兄之门荫以成名。以公事而论,目下湘淮诸将剿捻,颇似秀才考二二场,视之无关得失,潦草塞责。若非仆与阁下提起精神,认真督率,则贼匪之气日进日长,官兵之气日退日消。若淮勇不能平此贼,则天下更有何军可制此贼,大局岂复堪问?

总之,无论从天下大局讲,还是顾惜李家声名计,李昭庆都得当这个骑兵统领。于是李昭庆只好勉强出任,其积极性不高,自然谈不上战斗力。官军虽然打了几个小胜仗,但依然不能改变捻军纵横驰骋,如入无人之境的局面。

军饷也遇到问题,无论湘军还是淮军,主要由两江供应军饷,李鸿章东挪西借依然无法保证。时间已经到了年底,众军都盼着发几两银子寄回家过年,却迟迟不能到手。驻湖北麻城的湘军成大吉部有位哨官,有亲戚在赖文光、任化邦部捻军中当个小首领,两人约定里应外合,攻克麻城,抢点儿财物过年。湘军怨声载道,如烈火烹油,一呼百应,放火烧了湘军的军营,统领成大吉仓皇逃走,所部湘军纷纷加入捻军。

力量得到加强的捻军横扫鄂东数城,阵斩总兵、参将多人。豫西的张宗禹部捻军也从鄂北入鄂,武昌震动,朝廷大怒,将湖北巡抚郑敦谨革职,一面督促曾国藩派兵救援,一面调曾国藩的九弟曾国荃出任湖北巡抚。

僧格林沁阵亡后,朝廷才想起能征善战的曾国荃来,数次下旨起用,但曾国荃痛恨当初朝廷卸磨杀驴,以病躯未康复为由坚辞不就,曾国藩也不主张九弟出山。这次情况不同了,曾国藩剿捻遇到麻烦,西线缺兵少将,由九弟出来坐镇湖北,西线他可以稍稍放心,所以鼓动九弟出山。曾国荃也是闲不住的人,而且这次出任湖北巡抚,其实依然是带兵打仗,这正是他的长项,又能为他老哥分忧,所以立即募起六千新勇,年后带到湖北。刘铭传的铭军奉曾国藩将令驰援湖北,连续打了几个胜仗。捻军看势不好,发挥机动性强的优势,绕开湘淮大军,重新杀回河南,在皖鲁边界纵横驰骋,聚集湖北的官军重兵又成摆设。

半年多的时间,刘铭传一军先是从江苏调到济宁,又从济宁驻镇周口,眼看着要过年了,却又从周口驰援湖北,结果在湖北也没打几个像样的仗,如今捻军又东去,铭军少不得又要回防,所以全军上下怨声载道。刘铭传本来对曾国藩的重镇防守就有看法,于是他向曾国藩再次提出河防策略。

刘铭传早在守周口的时候,就感到捻军在中原平旷之地纵横驰骋,官军无所依托,千里追踪,劳师费时。他所驻防的周口向北有贾鲁河,向南有沙河,如果沿着两条河岸筑起长墙,就断绝了捻军东来西往的通路。而北边有黄河,南边有淮河,东边有运河,都采用沿河驻守的办法,把捻军限制在鲁、豫、皖、苏四省的交界地段,重兵围剿,不愁灭不了捻匪。曾国藩觉得河防工程太大,而且他的重镇防守刚刚铺开,因此没有答应。如今,他的重镇防守漏洞百出,朝野多有怨言,不能不考虑刘铭传的建议。此时赖文光、任化邦的捻军已经到了鲁西南,沿着运河多处突袭,显然是想越过运河到山东、苏北去。胶东半岛十几年来未曾受到大的战事影响,是难得的完善之区。如果捻军去了胶东,真是遗患无穷。所以他赶到泰安与直隶总督刘长佑、山东巡抚丁宝桢会面,商定分段扼守运河,布置初定,才回驻徐州老营。

这时候,张宗禹部捻军也从河南进入山东,与赖文光部会合,刘铭传再次提出防守贾鲁河、沙河,将捻军围困于贾鲁河、沙河与运河之间,聚而歼之。曾国藩立即与河南巡抚吴昌寿、安徽巡抚乔松年会商,确定以周家口为重镇,往北至朱仙镇扼守贾鲁河,由张树珊等军防守;从朱仙镇北四十里至开封,又北三十里至黄河南岸,由吴昌寿率豫军防守;周家口以南一直至淮河,则由刘铭传部铭军、乔松年部皖军及湘军水师防守。这样,利用运河、黄河、沙河、贾鲁河、淮河的天然屏障,构成横跨豫、皖、鲁、苏四省的三角形防线。同时,又派鲍超、刘秉璋、刘松山、张诗日等湘、淮军组成"追剿之师",跟踪追击捻军。

然而,贾鲁河、沙河河防遇到很大阻力,沙河淤沙严重,地基松软,筑墙困难重重;从朱仙镇一直到黄河边,无河可守,需要挖壕筑墙,工程量太大,而且筑好墙后还要防守,一旦被突破就要负咎。而且无论河南还是安徽的地方官,都觉得沿河防守无异于把捻军固定在自己的地盘上,遭罪的是自己,不如还是让捻军来去纵横,那样至少还能稍可喘息。尤其是负责防守开封到黄河边的豫军,挖壕筑墙一再倒塌,后来干脆应付了事,糊弄着只要不倒就成。

会师于鲁豫交界的捻军向运河防线发起猛烈进攻,他们的意图非常明显,要突破运河防线,进入山东半岛。然而此时正是雨季,运河水涨,湘军水师、天津英法军舰、漕运衙门的兵船都来助战,沿运河、黄河炮击捻军,因此苦战十几天而无力突破官军防线。眼看官军正向运河沿线集中,捻军决定回师河南。此时贾鲁河、沙河防线刚刚勉强建好,捻军已经摸清从开封往北到黄河段最为薄弱,因此决定从此处突破。时间选在八月十五,这天是中秋节,是中国人十分重视的团圆之日。每逢佳节倍思亲,豫军都本是当地人,离家稍近的都开小差回了家,而勉强守在防线上的也是思乡心切,无心坚守。

十六日夜里丑正寅初,也就是凌晨三点左右,人睡得最熟的时候,开封以南二十多里的黄河故道上,突然火把通明,战马嘶吼,捻军如从天而降的洪水,向着豫军的防线冲过去。豫军根本无力抵抗,松软的沙墙经不住战马三踢两踩就被夷为平地。数万捻军如入无人之境,一直向西而去,一直到中牟才停下脚步,早把官军远远地抛在脑后。

朝廷震怒,曾国藩也是又恨又愧。自从他剿捻以来,地方大员阳奉阴违,协饷一拖再拖,河防也是应付了事,他一怒之下参掉了安徽巡抚乔松年、河南巡抚吴昌寿。朝廷根据曾国藩的建议,安徽由布政使英翰实授,河南由署理湖北巡抚李鹤年实授,他钦差的权威总算得到了巩固。

捻军首领聚集中牟,商讨下一步的进军方向。一年多来,曾国藩先是重兵防守、查圩清源,然后实行河防之策,虽然没有捆住捻军的手脚,依然在数省间纵横驰骋,但捻军的日子却越来越难过。曾国藩的战略虽然看上去笨拙,但无疑击中了捻军的要害。捻军失去了后方基地,粮食等后勤保障越来越困难,与百姓越来越隔绝。从前捻军以淮北为根基,流窜他省,抢掠粮食、财物——称为打捎——回乡享用,然而如今淮北根据地已经被连根拔起,如果继续这样东奔西走,自己同样也是疲惫不堪。因此,赖文光提议应当分出一军西进陕甘,联络陕甘起义军,建立长久立足之地。人家也都同意这一建议。

捻军中,其实一直分成两大派系,一派是以张宗禹为首,他是捻军盟主张乐行的侄子,雉河集人,他的兄弟张宗道、张宗先,侄子张正江等跟随他,组成他最得力的助手;另一派是以任化邦为首领,他小名任柱,安徽蒙城人,他的叔父是捻军蓝旗首领,他的堂兄弟任定、任文、任虎、任大牛、任三厌都是捻军中的虎将,也是任化邦的得力助手。

这两派人马,从心理上双方都不服气。而两人性格也相差很大。张宗禹出身地主家庭,自幼喜欢读书,虽然对科举不感兴趣,但文化底子很厚实,曾经给他族叔大盟主张乐行当过文墨师爷,几乎是手不释卷,打仗间隙骑在马上还要看书,以足智多谋著称;而任化邦出身赤贫人家,十几岁父母双亡,是真正没人管没人疼的野孩子,从小好勇斗狠,打起仗来以勇猛著称,尤其善于指挥骑兵作战,刘铭传等淮军名将也都惧他三分,望见他的旗帜就不敢轻动。

李鸿章称任化邦:"称雄十年,用骑万匹,东三省及蒙古马队俱为战尽,实为当代第一等骑将好汉!"曾国藩也说:"任化邦骁勇善战,项羽之俦,人中怪杰也!"还有一个更为重要的原因,张乐行当年曾经以违抗军令为由,斩杀蓝旗统领,而蓝旗一直认为那是挟私报复。因此,任化邦与张宗禹面和心不和,捻军实际上始终分为两部分,虽然有时并肩作战,但总体上聚少分多。这次决定分为东西两路，张宗禹自告奋勇带所部人马西去陕甘，联络陕甘义军，是为西捻军；出身太平军的赖文光与任化邦相识最早，因此他与任化邦一起留在中原，坚持斗争，是为东捻军。东捻军名义上赖文光为首领，但实际赖文光所部太平军只有几千人，因此任化邦的实际影响力和作用远远超过他。

朝廷根据捻军战略的改变，迅速调整围剿部署，令鲍超、杨鼎勋、刘松山、刘秉璋四提督统军追剿西捻，刘铭传、潘鼎新、张树珊所部负责追剿东捻。

东捻军像对付僧格林沁一样，从河南东进山东，又由山东进了江苏，官军追到赣榆，东捻军又进了安徽，而后重新回到河南，牵着剿捻大军，围着曾国藩的徐州大营转了一个大圈。曾国藩的河防没能防住东捻军，不待朝廷指责，他自己心怀愧疚，又不断受到御史攻击，参劾他"查圩清源"中滥杀百姓。新任的安徽巡抚英翰、河南巡抚李鹤年，比前任略好些，但不过是五十步与百步的关系，"驱贼出境"的策略依然如故。曾国藩忧愤交加，身体更差，除了眼睛看不清外，又增加腹泻的毛病，还有好几次忽然头晕，要睡一觉才能减轻。朝廷赏他一个月的假期，让他在营调理。

此时，曾国藩心里已经萌生卸任节制三省钦差大臣的念头，他心中的接手人就是高足李鸿章。但他还是有些不甘心，觉得官军的实力在不断加强，尤其湖北有他九弟主持，新募的六千新湘勇经过半年多的训练，战斗力已经大大提高。捻军像没头苍蝇一样东奔西走，估计还会重新闯进他河防的圈子里，河防再牢固一些，也许就能把捻子彻底剿平。所以，到了十月十三日，他上奏请开缺的折子，流露出他矛盾、酸涩而又恋栈的真实心态——

臣病势日重，惮于见客，即见亦不能多言，岂复能殷勤教诲？不以亲笔信函答诸将者已年余矣，近则代拟之信稿，亦难核改，稍长之公牍，皆难细阅，臣昔日之长者今已尽失。而用兵拙钝，剿粤匪或尚可幸胜，剿捻实大不相宜。昔之短者，今则愈形其短，明知必误大局，而犹贪恋权位，讳饰而不肯直陈，是欺君也；明知湘、淮各军相依颇深，而必求离营，不顾君心涣款，是负恩也。臣不敢欺饰于大廷，亦不忍负疚于隐微，唯有吁恳天恩，准开协办大学士、两江总督实缺，并另简钦差大臣接办军务。臣以道员留营，不主调度赏罚之权,但以维系将士之心,庶于军国大事毫无所损,而臣之寸心稍安。

"臣以道员留营"的请求,实际是曾国藩恋栈心态的反映,他心底隐隐希望的是朝廷能够挽留他。他虽然已经有卸任的打算,但不想在此河防失效、一片质疑声中灰溜溜下台,他希望在证明他的策略正确后体面地退居幕后,他的脸上也好看些。然而,朝廷很快下旨:"着再赏曾国藩病假一月,在营安心调理,钦差大臣关防着李鸿章暂行署理,并着立即赴徐州部署防剿事宜。曾国藩调理就痊,即行来京陛见,以慰廑系。"

接到上谕的李鸿章,心里十分激动,彻夜难眠,他知道自己的机会来了。曾国藩在前线剿捻,他在两江筹措粮饷,却时刻在盯着江北的战局,也一直在关注老师的剿捻策略。他坚持认为无论重镇布防还是河防之策,都是对付捻军的治本之策,之所以不能马上奏效,是因为官军派系太杂,不能全力以赴。他认为捻军迟早要被剿灭,只是需要时间而已,如果要他前来剿捻,淮军的指挥肯定要更加灵便,再加强机动追剿的力量,一定能够把捻子剿平。他其实一直在等待机会,一直跃跃欲试,只盼老师撑不住后由他走马上任。如今接到上谕,他立即起行,经过二十天的航行到达徐州,立即重新调整淮军布防。他命六弟李昭庆率所部四营驻守徐州城,并立即扩充马队,至少要达到十五营;王永胜统十一营进驻皖徐交界,刘士奇统七营进扎运河西岸,刘铭传、潘鼎新部回师东援,淮军士气为之大振。此时朝野言官纷纷上折,蜂起弹劾曾国藩师老无功,希望走马换将的呼声非常高。于是朝廷下定决心,让曾国藩回任两江,让李鸿章出任剿捻统帅。

李鸿章是个大孝子,但凡遇到重大事情,无论军情还是政情,或者个人升迁,都要亲笔给母亲写信报告。他在接到上谕的当天,写信给母亲——

  曾夫子自谓剿捻无功,精力太衰,不能当此大任,屡请罢斥,当蒙圣上照准,命曾夫子回两江总督任,授男钦差大臣,专办剿捻事宜。男已拜表谢恩,一俟曾夫子到署,当即交代北上。设或路出临淮,阅军进剿,一得肤功,拟驰抵家园,以慰数年来白云亲舍之情。

虽然极力低调,学生超过老师的那份得意,在字里行间表露无遗。

当时赖文光、任化邦的东捻军还在鲁豫间活动,又数次突破贾鲁河防线去攻打运河防线。李鸿章想调兵遣将,来个扼地大兜剿,但钦差大臣关防未到手,他就没法放开手脚大干。而曾国藩好像没有交出关防的意思,于是他派专差到周口曾国藩行辕,表面上是请示何时把两江总督关防交给老师,实际是催要钦差大臣关防。曾国藩气得当时头晕,一直到下午才好。

赵烈文自然知道曾国藩烦恼的原因,劝慰道:"老师其实不必烦恼,李少荃就是红得发紫,也还是老师的学生。他越受朝廷倚重,老师脸上越有光。他无论登得多高,脚下的台阶也是老师一步步为他搭就的,这一点他比谁都清楚。"

在赵烈文面前,曾国藩不必掩饰自己的真实心态,苦笑道:"李少荃拼命做官,俞夫子拼命著书,真是一点不假。"

曾国藩口中的俞夫子,名俞樾(1821—1907 年),字荫甫,浙江德清人。道光三十年他参加殿试,时任礼部侍郎、殿事执事的曾国藩对他的诗文非常赞赏,在他的坚持下,俞樾得中殿试第一,恩荣及第,因此两人有师生之谊。他后来辞官不就,埋头研究学问,经学、诸子学、史学、训诂学,乃至戏曲、诗词、小说、书法等,可谓博大精深,被尊为朴学大师,赫赫有名的章炳麟、徐琪、吴昌硕等辈都出自他的门下。曾国藩对他的学识非常佩服,对他淡泊名利的心性十分欣赏。俞樾与李鸿章是曾国藩最看重的弟子,两人年龄相近,性情迥异,"李少荃拼命做官,俞夫子拼命著书"是对两人的准确概括,也看出曾国藩对李鸿章最为不满意处。

老师可以批评学生,但外人却未必能附和。赵烈文点明道:"李少荃热衷于做官,但也能以官成事。"

这也是很中肯的评价,曾国藩不能不承认,李鸿章办事的能力无人可比,机变能力也无人可比。他捻着胡须道:"少荃缺的不是办事能力,缺的是……"缺德这样的话没法说出口的,但他的确担心李鸿章将来会有亏德之处。

"李少荃已经崛起,老师只有善加扶持,不然白白开罪这位高足,何苦来哉!"赵烈文还是老调重弹。

罢了罢了,就成全他这位一头露水的高足吧!曾国藩想了想,对赵烈文笑了笑道:"我老了,该把戏台让给少荃了！这两江总督我也不去操心,让少荃一并兼了。"

第二天,他派江苏候补道林桐芳、衡州协副将胡正盛与李鸿章的专差一起护送钦差大臣关防到徐州,交由李鸿章祗领。然后他把薛福成叫来,当着赵烈文的面道:"叔耘,你帮着我起草个折子,就说我身体不好,不能回任两江,愿留营以随员效力。两江总督就让李少荃兼任,这样用兵筹饷,事权统一,反而更好。"

赵烈文劝道:"老师,您回任两江,也是大家所盼,朝廷既然有此旨意,定然不会朝令夕改。再说,您的理由是身体不好,正因身体不好,才不宜在前敌,而宜去金陵静养。"

"这更会让人说闲话,身体不好不能胜任前敌,就能胜任封疆吗?别人会怀疑,我到底是身体不好,还是贪恋封疆?"曾国藩是从笔头上觅封侯的人,稍做思考,就琢磨出了几句话,"叔耘,你折中应该有这样的意思:'若为将帅则辞之,为封疆则就之,则是去危而就安,避难而就易。臣平日教训部曲,每以坚忍尽忠为法,以畏难取巧为戒,今因病离营,安居金陵衙署,迹涉取巧,与平日教人之言自相矛盾,不特畏清议之交讥,亦恐为部曲所窃笑。'"

这个理由的确冠冕堂皇,也堵得住别人说他拈轻怕重的嘴巴。

"不过,这是老师的理由,朝廷有朝廷的考虑。依学生看,朝廷定然还会请老师回任两江。"赵烈文笑了笑说,"老师还要为李少荃设想,您这位太上钦差留营,不管你是以闲员身份,还是从员身份,这让新钦差如何施展开手脚?于公于私,老师都要回任两江。"

"你那是为少荃考虑。于公于私,我也要再辞一次,辞而不准,我再回两江不迟。"曾国藩很坚决。

文牍往来,等收到朝廷的上谕,总要在半个月之后,那时就快过年了,要回两江也要等年后了。

李鸿章得到钦差大臣关防,准备召集安徽、河南、山东三省巡抚一起商讨"扼地兜剿"东捻军的计划,谁料三省巡抚还未碰头,东捻军却突然南下,昼夜不停便进了湖北,连克云梦、应城、京山、钟祥,这一带正是古时候的八百里云梦泽,是鱼米之乡,便于东捻军打捎。此时正是冬季水浅,便于马队行军,因此东捻军在此盘桓不前。

当时湘淮军主力皆不在湖北,湖北只有曾国荃的新湘勇六千余人。湖北震动,曾国荃以八百里加急向朝廷求援,他本人则立即动身前往襄阳,拜会左宗棠,向他借兵。

左宗棠是在曾国藩的推荐下出任浙江巡抚,不久实授闽浙总督。后来陕甘动乱,朝廷任命他为陕甘总督,去收拾西北乱局。因西捻军入陕,道路不通,他一时不能起行。追剿西捻的鲍超、杨鼎勋、刘松山、刘秉璋四提督,只有刘松山率部进了陕西,其余鲍、杨、刘三人所部正在赶往襄阳的路上。曾国荃打的就是这三路人马的主意,希望左宗棠能把这三路人马中借一路或两路给他,暂时挪来守卫武昌。

左宗棠与曾国藩、李鸿章关系不睦,但"杀人如麻,挥金如土"的曾国荃却比较投他脾气,两人能说到一起。曾国荃故意激将道:"朝廷没有命令,季公肯定不敢拿大军私相授受,我真是急得要上房揭瓦。"

左宗棠向来以胆气壮自誉,他一拍大腿道:"老九,我有什么不敢?等朝廷的上谕下来早就晚了三春。这三路人马,先归你指挥。"

"季公,这三路人马给了我,你襄阳这边就空虚了,万一捻子打过来,我可承担不起。"曾国荃继续激道。

"有什么好怕的,他们一听我的名字就吓尿了,还敢来襄阳送死?我不怕他们来,怕的是他们不敢来。老九放心,你哥哥手下还有三千亲兵,以一当百不敢说,以一当十还是有的。"左宗棠又是一拍大腿。

这三路人马其实还都在路上,稍近湖北的是鲍超和杨鼎勋,于是曾国荃退了一步道:"我不能把三路人马都借去,刘提督的人马就留给季公,有鲍、杨两位提督我就心满意足了。"

点名要鲍、杨两位自然有原因,这两人都是湘军,尤其鲍超,曾国藩对他算得上有再造之恩。鲍超所部就是有名的霆军,极为善战,但军纪差,屡受弹劾,每次都是曾国藩力保,因此才有他今天的提督之尊。杨鼎勋与鲍超是同乡,都是四川人,都是咸丰二年广西提督向荣到四川募勇时从军,也都是先从向荣,后隶曾国藩。鲍超打仗出名早,杨鼎勋一直是鲍超手下干将。鲍超、杨鼎勋都没有功名,在儒将云集的湘军中并不太受待见,所以李鸿章率淮军赴上海时,杨鼎勋很痛快地转隶李鸿章名下。他以川人身份统领淮军,特别卖命,顶戴也换得快,如今也是提督了。还有一层,如今郭松林随曾国荃带新湘勇,而郭松林也是湘军转投李鸿章,与杨鼎勋关系极密。俗话说,上阵父子兵,打仗亲兄弟。三人有这样亲密的关系,打起仗来自然不会"胜则争功,败不相救"。

曾国荃的如意算盘得以打通,心情畅快。左宗棠也算他乡遇故人,自然要留曾国荃吃饭。吃饭时,他便絮絮叨叨一直大骂湖广总督官文。逢人就大骂官文和曾国藩,这是左宗棠每天的固定"消遣"。今天当着曾国荃的面,当然只能骂骂官文。

官文,字秀峰,满洲正白旗人。侍卫出身,咸丰初年擢荆州将军,后转任湖广总督,成为封疆大吏。他治军理政都是乏善可陈,只因他满人的身份,朝廷特别重用。此外,他的机遇又特别好,前几任湖广总督正赶上太平军战湖广、夺金陵,非战死即夺职。自从他总督湖广后,湖北有巡抚胡林翼曲意笼络,湖南有骆秉章和左宗棠联手打理,东面有曾国藩的湘军拼命,所以他坐镇湖北,平平稳稳做了十三年湖广总督,还落了个战功显赫的美名。咸丰十年拜文渊阁大学士,同治四年攻克金陵的大功他也有一大份,赐封一等果威伯,世袭罔替。

从胡林翼开始,历任湖北巡抚都曲意笼络官文,官文则是乐得赚个盆满钵满,还不必多操闲心。可是今年的湖北巡抚曾国荃却没别人的好脾气,百战余生,又有攻克金陵的大功,他打心里瞧不起官文,多次扬言官文的官职爵位无一不是靠湘军给他博来的。官文不想与这位天不怕地不怕的曾老九撕破脸皮,上奏朝廷加授曾国荃帮办军务的名头,让他带兵出省作战,为的是眼不见为净。

曾国荃以为这个帮办军务很有名堂,颇为得意给曾国藩去信报喜。曾国藩告诉他,这个名头有不如无,无赖总兵陈国瑞、好几位太平军降将都得过帮办的名头,你堂堂二品巡抚不必领这空名。曾国荃这才明白被官文要了,气得七窍生烟,立即搜罗官文贪庸骄蹇等罪名,要上折参劾。

左宗棠是终生痛恨官文的人,当初他在湖南巡抚衙门当师爷,也像曾国荃一样不把官文放在眼里,结果得罪了官文。当时左宗棠在湖南说一不二,有二巡抚之称。阖省文武见他都要请安,有一位满人总兵没有请安,被左宗棠大骂"王八蛋,滚出去"。总兵是二品大员,如何能受得了这番屈辱,于是到武昌找官文告状,官文撺掇总兵搜罗左宗棠罪状,由他上奏朝廷。咸丰帝大怒,下旨斩首。幸亏曾国藩、胡林翼、郭嵩焘、潘祖荫等人设法营救,而且左宗棠对湖南贡献的确巨大,因此不但免于治罪,而且令他襄办湘军军务,从此平步青云。

有了这层过节,左宗棠提起官文就骂不绝口,今天听曾国荃要弹劾官文,自然是十分高兴:"老九,你弹劾得好!你都弹劾他什么,说来让我听听,岂不痛快!"

"贪墨军饷,收受贿赂,这些都是路人皆知,他湖广总督府有'三大',武汉三镇无人不知,京中却未必知道,所以我要如实入奏。"

所谓"三大":一是姨太太大。官文有个戏子出身的宠妾,恃宠而骄,风头压过正房福晋。二是厨子大。官文有个厨子,是当年肃顺所荐。因为他出任湖广总督,就是走肃顺门路,因此对肃顺荐来的厨子,礼敬有加,这位厨子也是狗仗人势,不高兴了拍案就骂咱老子不侍候。肃顺后来倒了,但官文没受牵连,而他念及旧恩,对厨子依然放纵。三是门丁大。官文的门丁,无论谁要进总督府,都伸手要钱。不识规矩,你便见不到官总督。湖北不少官员靠走姨太太、厨子的门路换了顶戴。

"参得好,参得好,我也要上折,帮你参倒这个'官三大'。"左宗棠把桌子拍得砰砰直响。

收到曾国荃参劾官文的折子,慈禧采取留中的办法——把折子放到一边。官文的这些毛病她早就知道,只是这唯一的满人总督,她不能不极力维护。谁料随后左宗棠又起哄进了一折,对曾国荃参劾官文大加赞赏,他的意思概括起来就是四个字——"大快人心"。左宗棠如今是陕甘总督,剿捻西路钦差,他也来参官文,官文便没法在湖北待了。她把两份折子交给军机处,请他们拿出个意见来。

督抚不和,司空见惯,向来的办法就是从京中派员去访查,派谁去的人选都想好了。可是叫起的时候,有些话就不投机了。慈禧问道:"先不要说派谁去。老六你说,要是官文这些毛病都坐实了,怎么办?"

恭亲王立即明白慈禧的意思,如果所参坐实,官文就得罢职夺爵。满人本来已经声威尽丧,再让官文声名狼藉,无异于打自己的脸。

"钦差出京时,可有所交代。"恭亲王这样回话。所谓有所交代,就是尽量为官文弥缝。

"曾老九不是听弥缝的人,中间还夹着一个左宗棠,他可是骡子脾气。"慈禧的意思,这两个人都非善茬,恐怕没那么好弥缝,"西路都靠这两个人呢,总要先让他们气顺。"

让他们气顺,那就没法让官文气顺。可是官文又不能名声扫地,这可该如何办理?恭亲王只好恭顺地表示愿听太后慈谕。

"很简单,不派钦差,直接把官文调回京来,以湖北军务松懈的理由,罚他两年伯爵薪俸。这样,在左、曾看来,无异于他们参走了官文。在官文,也不至于太狼狈。"慈禧早有主意。

"那官文空出的湖广总督一缺该考虑人选。"恭亲王没想到慈禧有这番部署,按照维护满人的思路,他在头脑中梳理时下满人中有谁可出任湖广。

"人选是现成的,就让李鸿章实领。"慈禧已经都有安排,"曾国藩必须回任两江,所以李鸿章就不能署理两江了,实授湖广,这是朝廷对他的重用。如今东捻去了湖北,李鸿章无论从剿捻钦差还是从湖广那边说,都是职责所在,他不尽心也不成。他与曾老九都算曾国藩门下,自然应当和衷共济,不要再弹督抚不和的老调。"

这一番成竹在胸的部署,让恭亲王不得不暗自佩服,珠帘后的这位女主已今非昔比,不仅个性要强,手段也越来越老辣。坐在慈禧身边的慈安脑子一直跟不上两人对话,现在她听明白了,赞同道:"对,曾国荃和李鸿章,一个是曾国藩的亲弟弟,一个是曾国藩的得意门生,他们要是闹个督抚不和,不用我们操心,曾国藩就给摆平了。"

慈禧接过话继续道:"姐姐说得极是,如果湖北剿捻不顺,曾国荃这位巡抚,还有剿捻大臣李鸿章都难辞其咎,那时候就别怪朝廷不讲情面。"

第二十二章

刘铭传以怨报德 李鸿章倒守运河

曾国荃从左宗棠那里借来鲍超、杨鼎勋两支人马帮他驻守武昌后,就督促郭松林和表弟彭毓橘向捻军进攻,希望在李鸿章的淮军到来前把东捻军就地歼灭或赶出湖北。

第一次大仗由郭松林发起。郭松林本来就是曾国荃的部将,因为贪财好色才投到李鸿章门下。平定了江苏太平军后,郭松林因伤病回籍。曾国荃出任湖北巡抚后,邀请他出山带兵。郭松林慨然应允,而且急于打个漂亮仗来了结当年离开湘军的一段旧账。

俗语说心急吃不了热豆腐,何况郭松林对东捻军战术不明,又有几分轻敌,结果让赖文光送上口的热豆腐狠狠地烫了一下:他中了东捻军的诱敌之计,身受七伤,而且被东捻军生擒,捻军士兵拿洋枪托把他的小腿砸断,把他的屁股打肿,幸亏他的红顶子丢了,加以天色未明,东捻军没认出他是主将,又顺手把他扔在路边,这才侥幸逃过一劫。他的弟弟郭芳珍、爱将谢连生等被杀,所部四千余人仅剩一千五百余人。

接着,曾国荃的表弟彭毓橘也吃了败仗。彭毓橘与曾国荃同龄,两人自幼关系密切,曾国荃统带吉字营出征,彭毓橘一直是曾国荃手下猛将,当年攻克金陵,是首先攻进城中的四将之一。正因为有此战功,他不免对东捻军有些轻看,没有吸取郭松林的教训,反而暗笑郭松林没有识破东捻军的诡计。他被东捻军牵着鼻子在孝感一带打转转,最后被激得真个七窍生烟,于是东捻军卖个破绽,他督军猛追,便重蹈了郭松林覆辙。只是他没郭松林那么幸运,战马陷进冰水泥泞中,被东捻军生擒,他破口大骂,结果被东捻军当场斩杀,所部哨官以上大小头领五十余人包括两位总兵、一位提督在内全部阵亡,五千人被毙三千余。曾国荃连败两仗,所部几乎全军覆没。他为失去表弟伤心,又为大败忧愤不已,结果肝疾复发,大年初一病倒在军营中。

无论曾国荃愿意不愿意,湖北的烂摊子只能等淮军来收拾了。

钦差大臣、新任湖广总督李鸿章作为旁观者,很清楚曾国荃的两次大败依然是犯了僧王一样的错误——被东捻军牵着鼻子走。他认为曾国藩重镇防守、查圩清源再加河防之策是制服东捻军最有效的办法,他决定继续采取老师的方略,但略有改动,总结为"扼地兜剿":就是利用地形之利,实行重兵合围。如果东捻军再跑进曾国藩设置的河防范围,就依河为势,数路并发,力求剿灭;如果东捻军不进河防范围,官军绝不能没命地穷追,但如果一旦地形地势便于官军合围,便数路齐发,把东捻军围起来就地剿灭。

李鸿章仔细研究湖北地图,发现东捻军在臼口一带盘桓,正是"兜剿"的大好时机。

臼口,是臼水入汉水的河汉口,位于湖北钟祥南八九十里处。这一带水流较缓,是渡河西去的好地方,因此捻军转来转去,总是不肯离开臼口。捻军计划过年后从此过汉江去四川和陕西,然而,此一时彼一时,官军水师战船已经进入汉江,在臼口一带不停巡游,而所有民船全部集中到了西岸。此处水流不是太深,青壮年强渡也不是不可能,可是几万妇幼老弱、大批辎重没船怎么行?臼口往东不足百里就是大洪山,往南不足百里又是汉江。这里是古云梦泽之地,河汉纵横,梦天辽阔,正是逐鹿争雄的好战场。

李鸿章调兵遣将,实施"臼口之围"计划:北路,以李昭庆部淮军马队驻河南汝宁、信阳,阻住东捻军北上通道。西面,提督鲍超率霆军由河南南阳进至湖北襄阳再沿汉水南下,官军水师及湖北绿营沿汉江西岸布防,防止东捻军西渡入川或西北入陕。东面,安徽巡抚英翰等督率皖军驻六安、霍山一带,扼住趋皖之路。南面,曾国荃部及鄂军驻防武昌,兵部右侍郎彭玉麟率长江水师守备黄州一带,防止东捻军南下。提督刘铭传、按察使刘秉璋、总兵周盛波和张树珊部自河南分路入湖北,刘铭传部最先从东面逼近臼口。只凭刘铭传一军无论如何不能与捻军开战,李鸿章于是命令鲍超沿汉水南下,从西面进逼,与刘铭传对臼口形成东西夹击之势。

赖文光和任化邦故伎重演，做出一副狼狈逃走的架势，让出臼口，向东到了京山县的下洋港一带。这里是京山与钟祥交界地段，再往东就是大洪山。而此时刘铭传率军也沿着大洪山麓由北而南杀过来，东捻军再次以骄敌之计，向南退走二十余里，到尹隆河南岸驻扎。

尹隆河发源于大洪山，水面不宽也不深。此时，尹隆河南岸的东捻军，人员、马匹、粮食都得到充分补充，正是兵强马壮，对外号称十万。尹隆河北刘铭传二十营一万余人，是淮军精锐，洋枪洋炮十分得手。西边的鲍超部近三十营，一万五六千人。彼此相距不到三十里，真是旌旗互望，金鼓相闻。一场大战在所难免，双方都在耍着心计。鲍超与刘铭传信使往返商定，正月二十五日辰正，也就是早晨八点发起进攻，铭军由下洋港往南打，霆军由臼口进军，沿尹隆河由西往东打。对外则故意放出风声，说霆铭两军二十八日将与捻军决战，以麻痹东捻军，达到突袭的效果。

赖文光比鲍超大一岁，是从广西出来的老兄弟，他更是久经战阵，对铭军、霆军的小九九一眼就识破了。他与任化邦商量，从明天开始，人不解甲，马不离鞍。任化邦少谋却善战，拍胸脯道："遵王放心，定让他们有去无回。"赖文光在太平天国原本是文职，精于谋划，后来天京内讧才弃文从武，跟着英王陈玉成转战南北。后来奉英王令随英王族叔扶王陈德才入陕西，与回民联合，希望开辟新根据地。天京危急时，他率军千里迢迢来救天京，未出湖北，金陵已经陷落，于是他率部参加捻军，并按太平军的体制改造捻军，使捻军成为号令统一的大军。他每打一仗，总要认真研究对手的长处和短处，然后对症下药。他对霆军和铭军多有关注，知道两军的统领鲍超和刘铭传互不服气，所以决定采用离间加激将法，修书一封，派人射到刘铭传大营。

等这封信传到刘铭传手中，他果然中计。信并不长，写道："铭军徒依洋枪洋炮，声威不及霆军百一。何不与霆军合军一处，约定明天一起来攻，我便可一鼓荡平。"刘铭传以淮军精锐著称，保上海平江苏，积功至直隶提督，无奈声威还是不及鲍超，如今东捻军竟然也抑铭扬霆，让他如何受得了？他扬着手里的信说道："看来明天这一仗无论我们怎么拼命，大家都会把功劳记在霆军头上。你们说，我们能甘心吗？"

"霆军有什么了不起，不就是比我们早几天吗？要论打仗，我们哪里输过他们？"刘铭传的族侄刘盛藻也不服气。

但手下大将唐殿魁道:"如今我们与湘军合军一处,共谋剿捻,只有一心一意打好这一仗再说。"

"这一仗自然应该打好。爵帅刚刚实授湖广总督,又是剿捻钦差大臣,这是爵帅出山剿捻的第一仗,我们要好好打,给爵帅争点光。可是这光最终是贴到人家脸上,还是贴到爵帅脸上,咱们得好好盘算。"刘铭传所称爵帅,就是李鸿章。李鸿章是伯爵,又是统兵大员,手下武职多尊之为爵帅。

"六叔怎么说,我们就怎么打。"刘盛藻虽然比刘铭传大六七岁,但总是一口一个六叔,唯刘铭传马首是瞻。

"这一仗我们不打则已,要打就要让天下人知道,是我们淮军在当顶梁柱,不是借人的光才成事。依我铭军之力完全可以破贼,会合霆军获胜,首功肯定是霆军, 这一仗不能和霆军掺和。我计划明天咱们早一个时辰发起进攻。不是说好辰正吗?我们卯正就动手。我们一鼓把捻子荡平,不用说,功劳别人想争也争不去。万一不能立即取胜,霆军参战后胜了,依然是我们居头功。"

刘铭传的手下都是骄兵悍将,都不肯让功于人,听他如此说,个个扬眉捋袖,只等着明天去建功立勋。

"军门的意思是我们要自己先动手?我好像没太听明白。打仗气势最重要,咱们与霆军两路同时动手,才能在气势上压倒捻子,咱们自己动手,一万人去对付十万人,这仗不能这么打。"唐殿魁劝道。

"荩臣,你号称我铭军第一猛将,今天怎么婆婆妈妈?"刘铭传主意已定,对唐殿魁横生枝节有点不高兴, 脸上的麻坑因为气血上冲而发亮,"当年常州城下打奔牛镇的豪气哪里去了?"

唐殿魁的确是铭军第一猛将。当年刘铭传率军去打常州,结果在半路被袭受了重伤,唐殿魁率军赶到,拼死救出刘铭传,他在奔牛镇筑垒死守二十余天,三路太平军无可奈何。刘铭传带伤来救,里应外合,打了个大胜仗,一万多人打退了太平军五万多。唐殿魁一战成名,也更受刘铭传敬重。唐殿魁见刘铭传真生了气,但依然斗胆劝道:"这不是有没有豪气的问题,而是为了把握性更大一点。"

"荩臣,别的都不说了,明天这一仗,我已经决定就这样打了,而且我准备把你放到最难的地方。你就给句痛快话,上不上阵。"刘铭传瞪着眼睛问道。

"当然要上,铭军出队没有我唐殿魁的事,那真是出了鬼了。"唐殿魁不再争执。

刘铭传让唐殿魁带右路军,因为右路军所对的杨家泺易守难攻。左军由刘盛藻率领,他自己亲自率领中军。第二天一早大军出发,到了一个叫宿食桥的地方,已经离东捻军阵地不足七里。探哨报告,东捻军没有任何动静,好像对官军今天即将进攻毫无察觉。

"好,打他个措手不及!"刘铭传命令留下五营守辎重,其余十五营营兵分三路,齐头并进。

东捻军其实早就做好了迎战的准备,也是兵分三路。赖文光居中,他的西边杨家泺因为有街垒可以依托,因此配置兵力略弱;而东边河谷平缓,易于涉渡,因此是最为强悍的任化邦率领马队迎战。双方这样的部署,便形成东捻军悍将任化邦迎战刘盛藻的格局, 而刘盛藻的战斗力没法与唐殿魁相比。

刘盛藻争功心切,最先进攻,任化邦等他率军渡河渡到一半时,率骑兵突然风驰电掣般杀了过去。因为当时天刚刚亮, 等洪水般的马队冲到近前时,刘盛藻才看清楚,他当时就慌了手脚。淮军依仗的是洋枪洋炮,任化邦的马队所持多是削尖了竹子做的竹矛。短兵相接,淮军放过一遍枪后,根本来不及换子药,手里的洋枪就连烧火棍也不如。刘盛藻率部退回河岸,任化邦兵分两路,一路继续追击刘盛藻,他则亲率一路向中间靠拢,去攻打刘铭传的中路。渡过河的刘铭传先是遇到赖文光部的迎头阻击,打得不分胜负之际,任化邦的马队自东向西横扫过来,立即把他的中路军截成两段。一段向河对岸退,而他则被赖文光和任化邦前后夹击。淮军的洋枪一轮轮施放,无奈捻军一层层向上围,眼看被围得铁桶一般。

刘铭传一边用七响后膛枪杀敌,一边问道:"怎么搞的,西边的捻子怎么都跑这边来了。"

亲兵告诉他道:"刘统领一接仗就败了,捻子马队就围咱们来了。"

刘铭传恶狠狠地骂道:"等打完了这一仗,非扒了他的皮。"

正在无望的时候,右路的唐殿魁轻易攻克了杨家泺,立即带兵向中路增援来了。他率部冲击任化邦的马队,给刘铭传蹚出了一条逃生的通道。刘铭传在数百名亲兵的拼死保护下逃出重围,仓皇向下洋港方向溃退。唐殿魁救了刘铭传,却无人能救得了他,捻军越围越多,密不透风,他一把长柄刀左劈右砍,早就卷了刃,胳膊也累得举不起来了。任化邦打了一声呼哨,从身边捻军手中夺过竹矛掷向唐殿魁,附近的捻军都听从他的号令,一起把手中的竹矛掷过去,唐殿魁立马被竹矛穿成刺猬。麾下记名总兵田履安,副将胡衡章、吴维章、刘朝珣等也随后阵亡。

唐殿魁部死伤大半,见主将阵亡,便向北溃退。东捻军抛弃辎重,轻装追击。刘铭传逃到宿食桥,与守卫辎重的人马又被重重围困。目之所及,全是捻军马队。后面溃退下来的人向他报告,唐总兵已经阵亡。刘铭传仰天长叹道:"没想到今天竟然是我刘麻子的忌日!"他和身边的将领一起脱下顶戴袍服,坐在泥水中,相约到时候自裁。

然而,就在绝望的时刻,东捻军突然躁动起来,惊慌地互相提醒:"霆军来了,霆军来了。"

赶来的的确是鲍超的霆军。鲍超率霆军按计划于辰正时刻发起进攻,等他赶到尹隆河北,到处都是铭军溃军,从溃军口中知道铭军吃了大亏。鲍超一拍脑壳,用他家乡四川奉节话对部将埋怨道:"刘省三搞么呢,说好辰正动手,看来他比咱们早了个把时辰,蒜我坛子哟?"

"蒜我坛子哟"是奉节土话,意思是跟我开玩笑。

"也有可能是捻子先对他动手了?"部将猜道。

"那不可能,眼见得是他们从捻子阵地上溃下来的。"鲍超虽然大字不识,但你要以为他是个只知硬拼的莽汉,那就大错特错了。他打仗向来讲究形势,而且眼光经常与人不同。他并不急于带兵杀去,而是带着部众策马奔上一个小山丘。此山丘没有多高,但看清战场形势足矣。他拿亲兵递上的千里镜把战场看了个遍。尹隆河南北方圆七八里全是战场,捻军大部在尹隆河南岸层层围困铭军,有一两万人已经渡到河北岸,铭军真是一败涂地。

"你们帮我仔细瞧瞧,刘省三的军旗在啥子地方?"鲍超吩咐。

大家拿着千里镜乱看,始终找不到铭字军旗。

"刘省三完了。"鲍超有些惋惜。

鲍超打仗,一是讲究断敌后路,派出两支马队,一北一南,去绕攻捻军后路。二是讲究互相接应,分成左中右三路外,还有两路在中军两侧,以备接应增援。三是先用炮火压制。湘军洋枪洋炮没法与铭军比，并非人人都一支洋枪，而是有一支洋枪队，专跟着中军行动。炮队更可怜，只有十几门炮。所以霆军接仗，先是洋枪洋炮尽情地放，直到子药尽光，然后步兵上阵。鲍超亲率中军，两路包抄，三路大军由西而东向捻军横扫过去。

赖文光跃马高呼道："今日霆军铭军都来了，我们正好斩刘擒鲍，然后乘势西上，一路去川，一路去陕，在那里建立我们的小天堂！"

东捻军随即不顾疲劳，重整军阵，分兵三路猛攻霆军。霆军的左右两军首先接敌，捻军中军在任化邦、赖文光的统领下直向霆军中军扑来。捻军作战，基本是一骑夹一步，互相配合，以人海战术取胜。不过骑兵速度快，总是比步兵冲在前面。

鲍超挥了挥手，十几门炮一起开火，把捻军马队炸得人仰马翻。这时步兵挺矛舞刀冲过来了，鲍超再一挥手："放！"此时炮弹已经打光，该洋枪队上了，千把人排成三排，学洋人的枪阵，一排放，一排起，一排装药，轮番射击，威力相当大，捻军一排排倒下，虽然没有溃退，但已经胆寒。鲍超正了正顶戴道："时候到了，跟我冲！"

霆军军纪极差，抢掠比淮军有过之而无不及，但打起仗来却是挡者披靡。一则是霆军赏罚严明，二则是军官带头，鲍超及各位统领及至哨官，全部顶戴袍服，就像上朝一样，谁官大谁在前面，带着步兵向前冲。这无形之中形成一种威势，以致捻军一看到顶戴辉煌的霆军，从心里就怯。

鲍超带着步兵横扫过去，两路马队又在东捻军后路喊杀震天，东捻军顿时人心慌乱，无心恋战，一旦开始溃退，人多人少就没有意义。霆军在这帮红、白、蓝顶子军官带领下向前冲，虽然只有一万数千人，却如海潮升起，只管向前，见沙冲沙，见礁触礁，就是碎成浪花，也不回头。

任化邦马队善战，无奈多年来捻军采取的是打得过就打，打不过就跑，如今军心已怯，即使任化邦再想打，却组织不起战队。从前捻军撤退，都是长官下令，有接应、有断后，因此虽然匆忙，却是忙而不乱。今天则不同，马步皆慌，马踏步兵，步兵踩踏老弱，少见的溃不成军。赖文光急令各军，抛弃刚从铭军手中捡到的洋枪，再令人把军中金银珠宝一路走一路丢。鲍超的霆军向来是见钱眼开，因此纷纷弃敌不顾，去捡财宝。鲍超红了眼道："龟儿子，谁捡杀谁的头！"挥刀连斩数人。所有的军官都高呼："谁捡斩谁的头！"个个手起刀落，不杀敌，专杀捡财宝的霆军。结果捻军这一计归于无用，霆军视满地金银于不顾，潮水一样向东捻军淹过去。

鲍超吩咐各军留意捻子有裹胁铭军军官者，务必拼命救下，尤其要救出铭军统帅刘铭传，并随时向他报告。结果，一直到中午都没人见到刘铭传，却捡到了一堆红顶子。二品以上官员的顶戴都是红顶子，武职总兵就是二品，提督则是一品。这些年军功保举泛滥，红顶子已不稀罕，因此刘铭传在他的珊瑚顶子周围，又围以纯白细珠一串，以区别于其他。鲍超端着围了细珠的红顶子，叹惜道："刘省三十有八九凶多吉少！"又吩咐众军，对战场缴获仔细区分，凡是铭军的洋枪洋炮辎重旗帜等，一律归还。

到了傍晚，哨探传来消息，刘铭传死里逃生，此时就在下洋港。鲍超把随军师爷叫过来商量："老夫子，刘省三死里逃生，我想过去看他一眼，你也知道，我不想到西北跟着左季帅吃瘪，将来剿东捻，少不得跟铭军打交道，我想借此机会，和刘省三拉拉近乎。"

鲍超进湖北，本来是要跟左宗棠去西北，因为东捻军入鄂，他才被改为暂时留在湖北，配合淮军围攻东捻。左宗棠自誉今亮，对属下多有苛求，鲍超是大字不识的老粗，不愿追随左宗棠。他的打算是跟着李鸿章追剿东捻，因为李鸿章用人不拘一格，识字多少、有无功名无所谓。

师爷明白鲍超的心思，说道："大帅的心意自是不错，要与刘提督拉近乎很是应该，但现在不是时候，刘提督新败，此时去看他，如果让他误会是看他笑话，那就弄巧成拙了。"

"老夫子，你说得也有道理。可是我如果不去，他也许以为我拿大，反而不好。战场上捡了半车红顶子，还有他的帅旗，还有几颗印信，这都是紧要的东西，我亲自送过去，和他说句话就走。"鲍超却有自己的见解。

师爷想了想说道："大帅的想法也不是没有道理，只是大帅不可久留，不可多言，所谓言多必失，让刘省三尴尬反而不美。"

鲍超向来对手下的师爷尊敬有加，拱了拱手道："我记下了。"

他带着几个人，用一辆敞篷马车拉着铭军的旗帜，军官佩带的七响后膛短枪还有十几顶红蓝顶戴，二十多支花翎、蓝翎，径直送到下洋港刘铭传大营。刘铭传正在与众将唉声叹气，清点损失，听说鲍超亲自上门，他皱着眉说道："鲍春霆这时候上门，不是要来看我的笑话？不见。"

师爷劝道："军门不见不好,霆军毕竟刚给我们解了围。见见又何妨,且听他说什么。"

于是刘铭传迎到门外,两人见面,真是不知如何开口。

"省三,你看这仗打得……"鲍超觉得这话出口就纯是多余,这仗打得怎么了?铭军大败,你霆军大胜嘛!他因此改口道,"你放心,铭军的军械物资,一样也不少,我已经吩咐下去,清点清楚,到时完璧归刘。"

鲍超没有多少墨水,又喜欢瞎改成语,完璧归赵改为完璧归刘,他自以为改得高明,在刘铭传听来,却有讽刺的味道。

"多谢老兄美意。"刘铭传勉强抱拳称谢。

"他们在战场上捡了十几个红蓝顶子,这是大家的脸面,丢不得,我亲自送过来了。你的红顶子独一无二,有一串细珠,这个肯定就是。"鲍超要亲自拿起来交给刘铭传,但跟随他的亲兵眼色不赶趟,鲍超只好亲自去拿,无奈他离车还有两步远,顺手拿佩刀把刘铭传的红顶子挑了过来,然后两手端给刘铭传。刘铭传羞得满脸泛红,低着头接过了:"军门到大帐喝杯茶。"

鲍超记得师爷叮嘱,不必多说,言多必失,所以他辞道:"不了不了,我还要往北边去,我已经安排人追上去了,不放心,要连夜去。"

鲍超向刘铭传抱抱拳,跨上马背,抽一马鞭,扬长而去。出了刘铭传大营,他慢了下来,问身边的人道:"我今天说话还得体吧?"

"得体得很,军门一句笑铭军的话也没有。"身边的人几近二百五。

"刘省三这回亏吃得大发了,不能再笑话他了。"

这是鲍超的一厢情愿。在刘铭传看来,鲍超纯粹是来看他的笑话,拉着一车红蓝顶子,还叮嘱丢不得,又把他的红顶子高高挑起,唯恐别人不知道他在战场上丢盔弃甲,还要显摆他将亲自去追剿捻军……

"鲍春霆欺人太甚!"刘铭传对部将愤愤道,"我们被他笑话不要紧,不能给爵帅脸上抹黑。"可是,初战大败,想不抹黑也难。

下面的事情,知道的人越少越好,刘铭传于是说道:"你们都散了吧,我和老夫子商量下战报的事。"

部下们都退出去,大帐里只剩下刘铭传和两个心腹文案,他道:"我作为铭军统帅,不能不为全军着想。爵帅的面子要顾,铭军的士气也要振作,不能因为这一仗打下来,要士气没了士气,要脸面没了脸面。"

一位文案问道："大帅的意思，是想再好好打一仗，夺回面子？"

"不是将来夺回面子，而是这一仗就不能丢面子。爵帅在千里之外，战场详情如何能够尽知？还不是专靠你们的一支笔。"

刘铭传的意思已经很明确，要在文字上玩游戏。可是无论怎么玩，铭军自作聪明，争功心切，提前进攻，致有大败，如何是能靠文字掩饰得过去？

"反正你们笔头上功夫，总归有办法。霆军要是也像我军黎明出队，两军合攻，捻子早就被灭了。"刘铭传这样说，是公然颠倒黑白。不过文案唯命是从，且听他吩咐就是。

铭军失败还有个原因，就是他们本来只有一万人，战前还要分出五个营守辎重，没有参战就犯了兵分则单的毛病。有位文案自作聪明道："我们之所以要分出五营，是因为听说后路有贼兵踪迹。"

"很好，霆军从我们背后过来，很容易让我军误以为贼。"刘铭传借题发挥。

这样战报的调子就定下来：鲍超霆军误期，以致铭军孤军作战；霆军从铭军后路进军，又让铭军误以为是捻军，因此分兵兼顾后路，导致前线兵力更单。这样，霆军不但没有救铭军，反而是铭军大败的罪魁。

刘铭传看罢文稿，吩咐立即派专差送到徐州李鸿章军营："要快，必须抢在姓鲍的前面，只要爵帅按此出奏，姓鲍的就无话可说。"

李鸿章接到刘铭传的战报时，刚要动身去周口。曾国藩已经从周口赶到徐州，接过两江总督的关防。而李鸿章为了指挥战事方便，把他的钦差行辕移到周口——此前曾国藩的钦差行辕也设在这里。李鸿章看了刘铭传的战报，深信无疑，虽然损失太大，但毕竟先败后胜。他按照抑鲍扬刘的思路，安排文案起草奏报，他稍做改动，就放炮拜折。

曾国荃的报捷折比李鸿章快了两天。他所根据的是从战场上零星得来的消息，反正是捻军大败，毙伤两万余人，生俘八千余人。官军亦有小挫，但终归是先小败后大胜。至于铭、霆两军，是谁功劳大，他没来得及弄清楚，反正报喜要快，以六百里加紧飞递京城。

慈禧看了曾国荃的奏报后道："老六，曾国荃的折子太不清楚，两军围攻捻军，先是小挫，后是大胜，那是谁先小挫，后来的大胜又是两军都大胜，还是一军大胜，或者一军胜得多，一军胜得少些？"

恭亲王回道:"曾国荃报喜心切,估计只听到喜讯就匆忙出奏,他的心情可以理解。估计李鸿章很快就有上奏,不妨再稍等等。"

"朝廷总要赏罚严明,才能砥砺士气。"慈禧为她的发问做注解。

"臣谨遵慈谕。等李鸿章的奏报到后,军机就拟旨呈请慈览。"

李鸿章的奏报隔天到京,慈禧用指甲在上面做个记号,请军机先议。

李鸿章先是较为详细地说明铭军苦战情形,然后奏明铭军虽经苦战亦小挫。小挫的原因却耐人寻味:"该提督血性忠勇,平素好战轻敌,曾国藩与臣皆虑饥疲日久,或有意外之挫。叠经批函劝诫,令其益加持重。"话虽短,但意思却丰富得很,刘铭传小挫的原因,是因为血性忠勇,好战轻敌,又饥疲日久,连曾国藩、李鸿章都意料到"或有意外之挫",刘铭传的小挫也就尽在情理当中。接下来就随着刘铭传颠倒黑白:"不料尹隆河之役接仗过猛,又因鲍超期会偶误,致有此失,幸霆军奋勇,乘机大捷,转败为功。"刘铭传有此挫败,主要原因是"接仗过猛,霆军误期"。李鸿章点到为止,对霆军不加一语指责,达到了委过于人的目的,又让人觉得大有曲庇湘军的美德。而且更为巧妙的是"乘机大捷"四字,既可以理解为霆军是乘铭军猛战之后大捷,也可理解为铭军在苦战受挫后依然乘机奋起,终于大捷,总之,大捷之功还是铭军的最大。

随后刘铭传自请朝廷责罚的奏折也到京,他只含混说铭军人马军械都有损失,自请参办。在军机处看来,刘铭传之所以如此,是为了给霆军留脸面。是马上发布上谕,还是稍等鲍超的奏报?恭亲王坚持再稍等,估计鲍超的奏折也很快就到。可是慈禧有些不耐烦了,说道:"鲍超误期,以致铭军挫败,事情很清楚了。鲍超骄横也是人所共知,他欺刘铭传新进,故意不会期进攻也有可能。如果真是这样,此风断不可张。"

恭亲王连忙道:"太后教训得是,军机马上拟旨。只是两军的士气都要维护,将来霆军铭军还要并肩作战,臣的意思,可否只是训诫,不加惩处?"

"你说得有道理,士气要鼓,不能泄;骄气要灭,不可张。"

鲍超的奏折依然未到,军机只好先拟旨呈进,立即明发。鲍超之所以奏报最晚,是因为他一直在追剿东捻军,而且不断有新胜利,他的想法是要向朝廷报一个"大捷"。等他攒了好几个胜利,自觉够一个大捷时,正式向朝廷出奏。文案按他的吩咐,不必铺陈铭军的败状,只要说明救了铭军即可。出奏没几天,忽然亲兵来报,周口钦差行辕专差宣旨来了。一定是嘉奖上谕到了,只是没想到会这样快。鲍超满面笑容,让人快马传令,他将所有会受朝廷恩赏的将领都招呼到大帐来。他则喜滋滋亲自请教师爷,应该如何对传旨专差打赏。

人到齐了,鲍超带头跪下听宣。上谕颇长,前面指授方略,从钦差大臣李鸿章到鄂皖等省巡抚、前线统兵大员,应该如何同心协力,如何把捻匪困在湖北,不令西去川陕,更不许放回中原,等等都有部署。鲍超越听越觉得不对味,众将也都愣怔着不知所云。然后说到尹隆河之战,官军先挫后胜,而挫的原因则是"鲍超未照约会分路进剿,致令刘铭传骇退挫败,鲍超虽有小胜,亦不得辞其咎"。鲍超听到这几句话,忘了规矩,霍地站起来问他的部下:"你们听明白了吗?这是浪格话?""浪格"是鲍超的家乡话,"浪格话"就是什么话的意思。

宣旨的是李鸿章中军的一位参将,他提醒道:"鲍军门,我还未宣完旨。"

鲍超重新跪下,下面说什么一句也听不进。好在最后只有几句话,很快宣完了。参将宣完旨,连忙以下属之礼参见鲍超。鲍超顾不得他,立马把老夫子叫来,问他上谕是什么意思。

上谕的意思很明确,虽然没罚,但霆军没有如约参战,才导致铭军大败。

"刘省三瞎胡扯。"鲍超大怒,把案上的令箭、茶杯都打翻在地。

师爷小声提醒他,这是上谕的说法,不是刘省三,更不能称"胡说"。

鲍超的部下眼巴巴等着领赏,没想到拼死拼活连打了几个胜仗,换来的是几句训斥。鲍超对宣旨的参将道:"天下还有没有公理?老子按约定辰正出队,救了刘省三的命,怎么是我们误期,致铭军大败?还有没有公理?"

那位参将只有表示他实在不知情。

师爷怕在座的各位将领情绪失控,所以把大家劝走,然后对鲍超说道:"霆军吃了憋,只有找九帅说理。再说,九帅肯定也有奏折给朝廷,他不会如此颠倒黑白。"

"对对对,找九帅讨个公道。还有大帅,也要去封信说说委屈。"鲍超口里的大帅是指曾国藩。

师爷劝道:"大帅那里就算了吧,如今他已经不是剿捻钦差,已经回任两江,大帅也不清楚战场情形,反而让他为难。"

"那就不给大帅写信。"鲍超已经气得没了主意。

前来宣旨的参将,见霆军像没头苍蝇,看来是受了莫大委屈,而据他所知,李鸿章是接了刘铭传的信后才上奏朝廷,因此他提醒道:"朝廷关于战场消息,最主要的还是你们两位军门,刘军门怎么奏报,也很重要。"

师爷一拍脑门道:"对,应该想办法把刘军门的战报弄来看看。"

这并不难,他有个老熟人就在刘铭传军幕中,连忙打发一个专差,拿上银子亲自跑一趟。

鲍超营中议论纷纷,怨气冲天,他担心部下闹哗变,忧心忡忡,结果旧伤复发,左腿疼得不能落地,右胳膊则举不起来。四天后刘铭传的战报底稿拿来了,鲍超听人一读,恨得捶着床头哭骂道:"刘省三,你个龟儿子,你阴老子,你欺老子是瓜娃子。你阴老子不要紧,老子不要爵位不要顶戴,你让我怎么向兄弟交代!"

"军门先不要太着急,刘省三阴军门就是阴湘军,九帅不会坐视。"师爷又劝道。

可是曾国荃的回信也到了,看罢让鲍超只觉得兜头浇了凉水。曾国荃看了鲍超的信,知道霆军委屈了,他上奏时没有见到鲍超的战报,结果语焉不详,也是造成霆军委屈之一。上谕已颁,金口玉言,现在争也无用,只能等有机会为霆军辩白。如今剿捻钦差刚换李鸿章,湘军就喊冤,容易让人误会湘军不想听李鸿章的招呼。所以为了避嫌,只好让霆军受些委屈,以大局为重。

鲍超真是又冤枉又委屈,连湘军的娘家人都不肯出头,霆军就如寡妇的孩子,爹不亲娘不疼。鲍超部下中有相当一部分是四川三峡出来的老乡,这一带本就是哥老会的发源地,不少人是哥老会成员,四川人称袍哥。成了袍哥,便是异姓兄弟,以辈分定尊卑,军令也没有袍哥的令管用。鲍超的霆军曾经几次哗变,都与哥老会的势力息息相关。如今鲍超部下数百人拥进他的大帐,要他率弟兄们调头去打铭军,向刘麻子讨个公道。鲍超又气又急,又担心哗变,数次晕厥。于是他向朝廷上折,要求回籍养病。

宣旨的参将回到周口钦差行辕,将所见所闻密报李鸿章。李鸿章心中暗惊,但嘴上却道:"那也是一面之词,不可对外人道,我会弄清楚的。"然后他立即派出专差,密赴铭军营中调查。事情很快查清楚,李鸿章追悔莫及,但他不能去责备刘铭传,责备也无用。他更怕京中御史知道真相,参劾他冒功欺闷,便派人持银票到京中预先安抚。

曾国藩当时正在回两江途中,接到鲍超因病开缺的消息,也收到霆军受了莫大委屈的信件。他心中非常不悦,怪老九不为湘军着想,恨李鸿章太不给湘军面子,于是写信给李鸿章和曾国荃,让他们好好安抚。曾国荃自知有愧于鲍超,把他接到武昌养病,后来鲍超执意回四川居家养疾,曾国荃再有一笔丰厚的馈银赠送,总算心里稍安。

李鸿章心中有愧,但他的态度是宁可我负天下人,不可天下人负我,刘铭传是他的手下大将,只有千方百计为他开脱。而对鲍超,在后来所上奏折中,多次称赞他身经百战,功绩卓著,聊算补偿。然而,他给曾国藩的信中,却又有一番说辞。他告诉曾国藩,鲍超军中哥老会势力太大,已经到了干预军令的程度,因此鲍超借此机会回籍养病,霆军则应严加裁汰,避免令鲍超名声有损。曾国藩一看气得连连摇头,鲍超军中有哥老会他自然知道,只恨他这位高足明明是委屈了人家,反而搬出哥老会来,仿佛把鲍超气病,反而是救了他。此人太过机巧,太过阴狠了!

李鸿章的手段还未完,鲍超执意回籍养病,他便奏请朝廷对霆军严加裁汰,由曾国荃选派鲍超得力手下继续统带。曾国荃便推荐了唐仁廉。

唐仁廉是湖南东安人,参加湘军后先隶湘军水师统领杨岳斌,有一次陪杨岳斌去受降,结果太平军降而复叛,唐仁廉当场手刃数名太平军悍将,震住了局面,才没出大乱子。杨岳斌佩服他的勇气,便让他招募仁字营。到了咸丰十年,唐仁廉的仁字营改隶鲍超部,战青阳,克金坛,复嘉应,是鲍超手下第一战将。李鸿章知道唐仁廉是员战将,有意收入囊中,后来捻军出湖北回河南,他奏请朝廷请唐仁廉出省作战,从此归于淮军序列。湘军势力至此几近破灭,大清军队几乎成为淮军天下。李鸿章的声望也因此日隆,直逼其师曾国藩。

而出山后的曾国荃先是与官文闹不和,然后新湘军惨败,接着又有愧于鲍超,可以说事事不顺。一气之下,他也像鲍超一样回籍养病。李鸿章则趁机奏请调署理江苏巡抚郭柏荫出任湖北巡抚。

湘淮以代,至此基本完成。

东捻军在湖北、河南、安徽、山东之间牵着官军东奔西走,李鸿章知道这样穷追不是办法,但不追朝廷又不答应。他这才体味到曾国藩当初的难处,重镇布防和以河为防策略其实很高明,无奈上下交逼,结果是画虎类猫。他写信给曾国藩道:"看人挑担不腰疼,如今鸿章深悟吾师当日之苦楚。捻子真是贼中偷儿也,人中怪物也!吾与兵将不幸有此磨难!"

李鸿章日子不好过,东捻军日子也并不舒服。终日东奔西走,一样的疲倦不堪。原本计划入川入陕,可是一则因为官军堵截严密而无法突破;二则捻军中有相当一部分不愿离家远走。毕竟一入川陕,何时回家遥遥无期。因此东捻军在数省间奔波,始终拿不定主意。

四月底,山东籍捻军接到家乡密报,胶东盐枭数千人造反,希望东捻军能去会合,共谋大事。而且山东即将进入麦熟之季,连年丰收,家家粮食满仓,正可前往休养生息。赖文光与任化邦召集众将商议,大家都愿意东赴胶东半岛。

胶东有渔盐之利,自古就是富庶之地,比总在豫皖打捎容易得多。山东籍的捻军更是有意怂恿:"咱们直奔登州海边,斗大的海蟹吃也吃不完。"是啊,数年来捻军纵横不下数万里,可还从未到海边尝尝海味,有不少将领附和。吃不吃海鲜不太要紧,但山东粮食丰足则极具诱惑。于是赖文光和任化邦统一意见,率大军直奔山东。

五月初,东捻军五六万人从豫西南的镇平出发,经唐县、舞阳、叶县、临颍、许州、洧川、尉氏、中牟入朱仙镇,又经陈留、兰仪、考城,到达山东曹县。一路上不攻不战,马不停蹄,昼夜兼程急进。九天时日,行程达两千余里,每天二百余里。淮军营规,日行三四十里,如今变通,也不过五六十里,自然是逐之不及,被远远抛在后面。曹县及附近州县,就是当年的梁山泊之地,水套纵横,伏莽遍地。听说捻军到来,便如风吹余烬,火星四起。他们纷纷投奔东捻军,又熟悉地形,引导东捻军直扑郓城、汶上交界地带,准备从这里抢过运河。

这一段运河水浅,河东壕墙最不坚固,而且东军都司朱万春手下有个哨官愿做内应。于是东捻军来个声东击西,任化邦率主力四五万人猛攻沈口、袁口、靳口一带,南北三四十里尽是东捻军。山东巡抚丁宝桢从运河沿线抽调人马齐集沈口段与捻军对峙,运河两岸戈矛如林,枪炮如雷电,昼夜不息。而赖文光偷偷率百余人悄悄北上,到了东平县戴庙段运河。这里是东军都司朱万春的防段,此地离黄河已经不到十里。东军总兵王心安派了三四条船把家眷运到此地,为的是躲开战场,一旦有险可驶入黄河。朱万春手下的哨官以引航为名,把一艘满载王心安家属的大木船骗到南岸,赖文光率人登船轻松渡过运河,一打出旗帜,守河的东军便仓皇逃命。百余人迅速把河岸的壕墙推倒,同时把东岸的民船全部集中起来,驶到西岸。沈口的东捻军停止进攻,数万人疾驰北上,乘船的乘船,涉水的涉水,纷纷渡过运河。然后沿运河向南进攻,东军受到夹攻,纷纷溃逃,东捻军如洪水漫灌,从水浅处抢过运河。

山东地形,中部北自济南一直到临沂,是连绵不断的群山,把整个山东分为东西两块大平原。西部平原兖、沂、曹三府,与河南相邻,常年受东捻军骚扰,已经是民无遗财;东部胶东半岛,青、莱、登三府,多年来未曾遭兵,粮食、财货富足;至于中部泰、济二府,城高壕深,向来是兵备要地,东捻军无意在此停留。因此一过运河,捻军就走东平、赴泰安、过济南,转而沿泰山山脉北麓向南,过章丘后转而向东走寿光、昌邑,马不停蹄,直奔胶东半岛而去。丁宝桢督带兵马追赶,无奈是望尘莫及。

东捻军突破运河,朝廷十分震怒,又担心他们会越过黄河,威胁京城,因此急令直隶总督刘长佑、三口通商大臣崇厚到黄河边上布防。对山东文武大员,朝廷自然要严厉处置,五月十七日下旨严责——

> 山东巡抚丁宝桢,于运河防务,未能得力,虽因河水旱涸,究属筹策无方,着交部严加议处。总兵王心安着即革职,暂免治罪,仍留营效力,以观后效,倘再不知愧奋,即行从严参办。都司朱万春,于认守地段,不能遏贼,致坏全局,着即于军前正法,以昭炯戒。李鸿章仍驻周口,鞭长莫及,着即移营东境,择要驻扎,居中调度。刘铭传、潘鼎新等军,均落贼后,着该大臣即行催令迅速赴东,力图剿办。

正如朝廷所言,那时李鸿章的钦差行辕还远在河南周口,而他的淮军精锐正从河南往山东赶,没有十来天根本不可能进入山东境内,"迅速赴东,力图剿办"根本就是画饼。而李鸿章此时却心中暗喜,因为东捻军进入山东,又一次为他实施"扼地兜剿"创造了条件。山东半岛的形势,北有黄河天堑,南有苏、鲁交界处的六塘河横亘东西,而西有泰山山脉南北纵贯,再西有运河。而且李鸿章仔细研究山东舆图发现,在胶东半岛还有一条南北贯通的胶莱河,正是设防的天然依托。这胶莱河其实是南北两条,都是发源于平度,向南一条流入胶州湾,称南胶莱河;向北一条流入莱州湾,称北胶莱河。元代的时候,为了南粮北运,不去绕探入海中的胶东半岛,沿胶莱河开凿运河,因此当地百姓称之为运粮河。一个把东捻军困死在胶东半岛的计划在李鸿章头脑中形成,他称之为"倒守运河"。

当初曾国藩的运河河防,是在东岸挖壕筑墙,防备东捻军窜到山东去;而李鸿章的计划是反过来,把东岸的壕墙移到西岸去,防备进入山东的东捻军重新回到西边去。而同时沿胶莱河再挖壕筑墙,作为内河防线,把捻军挡在胶东半岛,胶东半岛三面环海,只要守住胶莱河,东捻军便上天无门,入地无洞。如果胶莱河防线被突破了,那还不要紧,北面有黄河,南边有六塘河,西边还有运河。

实施这个计划,有两点很关键,一是山东得支持。因为把东捻军困在胶东,倒霉的是山东尤其是胶东老百姓,山东难得的完善之区也就不再完善,无论官民必然都极力反对。二是要有足够的时间来准备,运河要在西岸布防,胶莱河要挖壕筑墙,都需要时间。因此对进入胶东半岛的东捻军,不妨先让他们逍遥些日子,不能急着去追,追急了他们再窜离山东,他的计划又成画饼。这一条需要说服的是朝廷,因为朝廷最希望的是大军立即跟进去追剿。

果然,五月二十一日,上谕又到,这次把李鸿章、曾国荃、李鹤年全给了处分,而且是由内阁明发天下——

谕内阁:上年捻逆自豫窜鄂,叠经谕令李鸿章、曾国荃,督饬湘淮各军及鄂省诸军,实力剿办,以期就地殄灭,永靖捻氛。乃该逆游弋于鄂之黄、麻、随、枣,豫之南、阳、信、罗一带,纵横驰逐,日久无功。本年五月间,该逆长驱入豫,历叶县、襄城、许州、兰考,直窜山东。遂由郓、巨直扑运河,现复窜山东腹地。各省疆吏及统兵大员,平日所谓布置防剿者安在?殊可痛恨!贼至则堵御无方,贼去以出境为了事,糜帑殃民,迄无底止。中原捻患,何日可平耶?除丁宝桢因河墙不守,业经交部严加议处,及认守地段之营员朱万春令于军前正法外,湖北巡抚曾国荃着摘去顶戴,与河南巡抚李鹤年一并先行交部议处,以示薄惩。其防剿不力以致该逆窜逸各将弁,着李鸿章查明参奏。李鸿章以钦差大臣,督办剿捻事宜,时逾半载,办理毫无起色,殊负朝廷委任。着戴罪立功,迅督诸军驰赴山东,会同剿洗,务将此股全数扑灭。倘再任贼纵横,毫无调度,恐该大臣及该抚等均不能当此重咎也!懔之!

朝廷果然是一味催促进剿。李鸿章一边发信给刘铭传众将领加快进军,一边给曾国藩写信谈他的倒守运河之策,师生先通气,将来能够互应;再给河南巡抚李鹤年、安徽巡抚英翰写信,争取两人对他的倒守运河计划给予支持。因为把东捻军困在山东,无论对河南还是安徽,都是一件大好事。而山东巡抚丁宝桢,则缓一步打招呼,他一旦得悉自己的意图,一定极力反对,朝廷听了他的话,倒守运河便难以实行。

朝廷最关注的是派兵到山东追剿,因此他首先说明淮军三路驰援山东的部署:"刘铭传一军由济宁拔营,经泰安、济南趋青州为中路;潘鼎新由潍县、昌邑赴莱州为北路;又派徐州镇董凤高、昭通镇沈宏富马步十五营由郯城、兰山进莒州为南路。三路兜截,逼捻入登莱绝地,与东军联手防堵,扼之于胶莱河一带,使其不能复出。"然后再说明此意与丁宝桢的设想一致,"叠准山东抚臣丁宝桢咨函,亦以登莱三面距海,河渠环错,山径崎岖,马贼无从驰骋,亟思就地剿除,与臣等意见相合。"既然丁宝桢也希望"就地剿除",那么倒守运河、扼守胶莱的策略可谓不谋而合。然后又特别提醒朝廷,要想达到就地剿灭的目标,千万不能太过着急:"唯任、赖各股实粤逆捻匪百战之余,兼游兵散勇裹胁之众,狡猾剽悍,未可轻视。若兵力未足兜围过紧,使其窥破机关,势必急图出窜,稍纵即逝,全局又非。故臣必先布运防以杜出路,次扼胶莱以断咽喉。其追贼之军未达胶莱则须急进以逼蹙之,既达胶莱则宜联扎以围困之。治流贼之法,必先能堵而后能剿也。"然后回过头来再说运河防守的部署,"连日接准河南抚臣李鹤年函,已派张曜、宋庆两军出省协守东境运河。又准安徽抚臣英翰咨复,已派黄秉钧一军赴宿迁运河上游扼扎,张得胜凯字一军赴猫儿窝滩扼扎,程文炳强字一军居中策应,并调水师三营入运巡护,英翰拟随后亲往督率。臣饬李昭庆、周盛波、刘秉璋、杨鼎勋即督所部分段驻扎,各军先后报到赶紧兴筑,士气尚为奋发,但冀一月之间贼未窜出,运河可渐就绪。"

这是在汇报运河防守计划,更是在向朝廷展示安徽、河南的积极态度,如果将来丁宝桢反对倒守运河,朝廷也不能不顾及河南、安徽诸省的情绪。

第二十三章

过莱芜凭吊长勺　游岱庙邂逅妙玉

按照李鸿章的部署，刘铭传一军由济宁赴泰安，再从泰安赴济南，然后折往东北青州方向，这基本也是当初捻军入山东的方向。朝廷恨不得他立即到达胶东前线，因此到泰安的时候，他又收到军机处直接发来的六百里加紧上谕："刘铭传一军向称精锐，着赶紧驰赴东省腹地，与东军携手，将捻匪就地歼灭。勿得稍涉迁延，而至重咎。"铭军以洋枪洋炮得力，而辎重比他军尤为繁重，想快也快不起来。刘铭传知道向朝廷解释也没用，越解释，越以为他是有意迁延。

他率军驻扎在泰安城外，不让勇丁离营，为的是不骚扰地方，给山东人留下个好印象。在济宁时李鸿章就告诫他，山东是孔孟之乡，山东人都重义气，看你顺眼了，就会极力帮你，看你不顺眼，一呼百应把你赶出山东，那时候脸面可就丢大了。而且山东巡抚丁宝桢性格刚强，脾气执拗。当初僧格林沁剿捻，因蒙古亲王之尊，对地方官员十分轻慢，藩、臬进见连座也不给。结果有一次他让丁宝桢去受领山东协饷的事，时任藩台的丁宝桢让人传话，如果设座就去见，不设座则不见。僧格林沁不禁刮目相看，两人见面，丁宝桢不卑不亢，对僧格林沁的苛求毫不客气地顶回去，把僧格林沁气得拍桌子，但心里却更加欣赏他。结果山东巡抚阎敬铭大为佩服，上书让贤，极力推荐丁宝桢出任山东巡抚。

"省三，丁稚璜自从顶撞僧王爷出了名，更加刚直不屈，你不要给他把柄，他一封参折奏上去，即使朝廷不能动你毫毛，也是很丢面子的事情。"李鸿章这样告诫刘铭传，"还有，倒守运河之策非得丁稚璜的支持不可，我们都不去惹他，不给他把柄。"

尹隆河之战，刘铭传气病了鲍超，名誉也大受损失。他嘴上不说，其实心里已经悔了，一个百战成名的将领，为了一次胜负有损阴德，何苦来哉？所以此番教训，使他性情变了不少，不再凡事争强好胜，对铭军的约束也比从前严格，不再一味护短。他应道："爵帅放心，胶东的百姓与捻子向来没有瓜葛，如果能得到他们的拥护和帮助，剿捻就能加几成胜算。不然，要是把山东的百姓也逼向捻子，那恐怕就永无了期了。"

对他这个态度，李鸿章大为欣慰，虽然他知道淮军未必能做得到，但略加收敛却非常必要。驭下不严、淮军军纪败坏的名声让李鸿章颇为苦恼，个中苦衷非带兵者所能体味："省三，一句话，咱们要和捻子见个高低，先要和捻子争夺山东的老百姓。"

所以一路之上，铭军上下还算十分自律，在百姓中的名声还不是太差。一到泰安，大军在城外扎下营盘，天已经傍黑，巍巍泰山就耸立眼前。泰安城就在泰山脚下，又加城墙高厚，因此气势愈加不凡。府县都来拜访，带来猪十头、羊五十只犒劳。

刘铭传相当客气，让亲兵又是奉茶又是敬烟，把泰安府、县弄得有些不好意思，连连恭维。

"看来捻子所说，纯是造谣。"东捻军经过泰安时，放话说官军比土匪还可恶，尤其铭军，所过之处以通匪为名，抢粮劫财，杀人放火，强奸女人，无恶不作。知县心里十分担心，此时心中石头已然落地。

刘铭传嘴上说捻子纯粹造谣，他们的话哪里能信？但是暗自庆幸，如果铭军再不收敛，刚入山东就先败了一招。

寒暄过后，刘铭传拱手真心请教："请教两位父母官，我奉命急着赶往青州，按计划是从济南绕行。我从图上看，从泰安往东到莱芜，再到青州，应该近不少，不知路通不通？捻子为什么不走这条路？"

莱芜县是泰安府所属，知府对莱芜情形略知一二。他回应道："军门，莱芜东北大约一百多里就是当年齐国的国都临淄，莱芜是古齐鲁两国往来的必经之地。只是如今道路如何，卑职实在不敢妄说，误了行期可不是闹着玩的。"

刘铭传又问:"那么老兄手下是否有熟悉那边情形的人?"

"有有有,我们衙门东边不远有个鲁王工坊,就是莱芜人开办的。掌柜的姓王,卑职把他叫来,让他直接向大帅回话。"知县赶紧接话。

"那实在好得很,我明个一早就要起程,烦请贵县赶紧把人叫来。"

不待知县吩咐,他的长随早就安排立即去找人。不过一袋烟的工夫,一个穿浅蓝长袍商人打扮的中年汉子引到前面来,因为天气太热,再加紧张,他的衣服都湿透了,提起长袍下摆就要跪下。

"不必不必,是我有事麻烦你。"刘铭传连忙扶住,摸到他的肩膀上都被汗湿透了便说,"大热的天,你怎么穿成这样?"

"来见军门自然要庄重,小县城的人没见过大世面,军门不要见怪。"知县代为回答。

刘铭传十分体谅:"这位老哥,今年这天热得早,你不妨把长袍脱下来。"

"军门发话了,你快脱了长袍。"泰安府县一起道。

脱下长袍,里面是短衫短裤,他本来正在店里纳凉,一听说要见铭军大帅,连忙套上长袍跑来。

知县见状解释道:"军门不知,莱芜人都比较实在。"

刘铭传亦笑道:"实在好嘛,比卖嘴皮子的人强!这位老哥,还没请教台甫。"

王掌柜连忙拱手道:"不敢不敢,鄙姓王,名俊逸,小号逸之。"

"很雅的名号——王老哥,我找你有事请教。"于是刘铭传转入正题,问他从莱芜可否有路通往北边的青州。

王俊逸的鲁王工坊,是从康熙年间就开创的商号,专门制作锡雕,在山东赫赫有名,不但泰安有分店,在莱芜北边的临淄城也有分店,所以从莱芜往北的路再熟悉不过。

"回军门的话,莱芜往北自古以来就有官道,直通齐国古都临淄。军门要去青州,道有两条,一条走青石关——那是齐长城一个极重要的关口。关口是一夫当关万夫莫开,关北有瓮口道,两面山极陡,人就像在瓮底走。一出瓮口道,就进了一马平川的平原。"王俊逸是买卖人,有一副好口才,此时见刘铭传平易近人,胆子也大了,说起来头头是道,"还有一条,从青石关南往东去,大约三四十里再往北,顺莱芜谷直出淄川。这条道稍远,却很平坦,古时候齐鲁两国的官方往来,车辆笨重,多走这条道。"

"我的大军辎重颇多,都用马车或骡车,走哪条路比较便当?"

"当然走青石关东边的莱芜谷,而且军门要去的是青州府地面,走莱芜谷远不了几步路。牛车、马车或者驮轿,都好走得很。"王俊逸侃侃而谈,"至于军门的大兵不妨都走青石关,军门也可顺便看看青石关风光。"

"好得很,风光看不看不打紧,只要行军方便就成。王老哥这样熟,我就一事不烦二主,拜托你明天带我去莱芜,到时再给我们做向导,带我们往北出莱芜。你放心,我必有厚报。"

王俊逸很痛快地回道:"反正小人也正巧要回家,明天给军门当向导,真是求之不得。给军门当差是应职应分,不敢讨军门的赏。只是小人要回店里收拾一下,不知军门明天几点起程,小人早点过来侍候。"

"你回去收拾一下是应当的,不过我要派个人跟着过去,而且你今天晚上就睡在我营中。淮军营规如此,还望老哥体谅。"刘铭传这是不放心,怕他把行军计划泄露出去。

"一切凭军门吩咐,大军行止,当然要密而再密。"王俊逸很干脆。

王俊逸走后,刘铭传像是自言自语道:"这个王老哥说话办事很利落,好像读过书。"

知县与王俊逸颇熟,便解释道:"他不但读过书,还中过秀才,只是对科举不太上心,有一年得罪了学台,革去了生员的名分,从此就跟他父亲做锡雕,水平是青出于蓝胜于蓝,现在泰安这边的店由他说了算。"

"怪不得,原来是秀才出身。"刘铭传有点恍然。

第二天一早,卯初时刻铭军拔营起行,刘铭传骑马,王俊逸赶着一驾马车,在大军前面带路。路很好走,没有向导也走不错,沿着一条河一路往东就是。王俊逸一路上讲民俗趣事,把大家逗得放声大笑,行军也不那么枯燥了。

刘铭传是行军打仗,不是一般的公干出行,自然不住驿馆,打前站的亲兵已经把莱芜城内最好的一家客店包了下来,饭菜已经备好。刘铭传草草吃完饭,吩咐立即请县尊过来叙话。

莱芜知县卢秉毅,早就知道有人包下了整座客店,也知道办事的兵勇十分骄横,料想必是大员,只是无从打听。如今见是直隶提督铭军大帅刘铭传驾到,慌得有些手足无措,连忙把县丞、主簿叫来商议。大兵过境,当然少不得索取地方,等着他们开口,不如先准备好主动递上,省得苛索无度。是否要把县城的头面绅商叫上,他们又犯了一番犹豫。知县率全城头面人物拜访,场面自然好看,但刘铭传正在剿捻,事涉军机,不知是否方便。最后结果是,有备无患,让众人在客店外等,知县、县丞和主簿先去拜见。

客店附近已经全被刘铭传的亲兵戒严,三人从手持洋枪的亲兵夹道中通过,心中不免忐忑,等进了店内,冲着上首就报名请见。刘铭传已经换了便服,便服相见,宾主更随意些。刘铭传时年不过三十一岁,因脸上有麻子的缘故,看上去比实际年龄略显老相,但他的年轻还是大出卢县令的意外。刘铭传今年以来特别自省,在地方面前尤其注意掩饰自己的骄气,他对这三位七、八、九品的小官十分客气,吩咐亲兵给三位父母官"升冠"——就是把他们的顶戴接过,放到帽架上。卢秉毅连忙推辞回避:"不敢,不敢劳动军爷,卑职自己来。"

三人分主次坐下,知县使了个眼色,县丞拿出一千两银票举过头顶道:"不知军门大军过境,小县略备薄仪一千两,鄙县是偏僻小县,实在拿不出手,请大帅笑纳。"

这是不必拒绝的,否则地方反而不安。刘铭传示意身边的亲兵收下,开宗明义道:"我奉朝廷之命进山东追剿捻匪,有几件事要与沿途地方商议。贵县可否把城内的乡绅商户约来,咱们一起谈开。"

果然是有备无患。知县心想,随即嘴上道:"已经把众人叫来了,都在外面等着军门吩咐。"

"那好得很,马上请。"刘铭传亲兵马上去传话。

十几个人拥进来,屋里坐不下,于是刘铭传提议就在院子里说话。于是亲兵们七手八脚,把能搬动的可坐的椅子、板凳全都搬到院子里。刘铭传拿着一把大蒲扇,呼哧呼哧扇着,很随意地和大家说话。

第一件事就是向地方晓知捻匪的祸患。所过之地,抢粮劫财、胁迫人口,虽然不免夸张,但也基本属实。

"有人说,捻子好比梁山好汉,只抢富人,不抢穷人。那是大实话,也是废话。穷人没钱没粮,他当然不去抢。在地方,不管穷家还是富户,谁家被抢都是地方的损失。富户被抢,对官府而言就收不上赋税,对穷人而言,想借钱都无处借是不是?再说,捻子几万人,过境如蝗虫一般,饿急了,哪分穷家富户,一概席卷而空。何况捻子入山东,就是为了抢劫山东的钱财运回家中享用。所以,地方万不能通匪,应当和官军一道,把捻子尽快歼除才是正办。"

这一点其实不用紧着说,乱兵过境,遭罪的向来是地方。尤其参加会议的,都是莱芜城的头面人物,最是怕世道变乱。

第二件事与第一件紧密相连,就是推行查圩清源。这是曾国藩当初为了把捻军与老百姓的联系割断而实行的办法,效果很好。知县告诉刘铭传,莱芜这个地方因为经常受到土匪的骚扰,因此几乎村村有圩,山山有寨。

"那好。只要听说捻子过境,人口牲畜粮食都要入圩入寨,能藏的藏得妥妥的,不要被捻子抢去。贵县要推行查圩清源,凡是较大的寨圩,贵县亲自任命圩长、寨长,发给凭信,就相当于一圩一寨的父母官,寨圩的所有人等都要听从号令。有通匪资匪者,要押送官府治罪,不听招呼者可就地正法。"

"好,小县一定按军门大令办理。只是军门最好与上面吩咐一声,小县接奉宪令,办理起来更方便。"卢秉毅回答道。他的要求十分合理,按这个办法,圩寨之长无异于手握生杀大权,有人要挟私报复,以通匪为名开了杀戒,追究起来,谁来担责?

"尊县放心,我已经上书爵帅——就是剿捻钦差湖广总督李鸿章大人。"刘铭传转头对身边的文案说,"你再给爵帅去封信,催促一下,这件事对安定地方十分紧要。"

要在山东实行查圩清源是今天路上才想到的,当然不曾给李鸿章写信,文案心领神会道:"军门放心,属下立即去办。"

第三件又与第二件紧密相连,地方不能资匪,但要协助官军。比如将来筹措粮草,都要地方支持。这是后路粮台的差使,但刘铭传已经下定决心,本次剿捻,他要多用番心思,不只从自己的眼前利益出发,也不只限于军事,凡是于剿捻有益的事情,他都要有所筹划。

"省三,你打仗没得说,是我淮军中的精锐。可是你总不能只做个上马管军的将军,下马管民的脑筋也要多动一动。将来天下太平了,朝廷要放你去理民政,你也要理得起才行。"这也是李鸿章所教导。

当时刘铭传没太在意,说道:"我只盼早早打完仗,回家做个农家翁。"

然而,李鸿章的话其实已经入心,至少他思考问题,不再单纯从军事的角度来用心。他怕卢知县误会他的意思,便又解释道:"官军筹办粮饷,总是有章程可循,比如筹粮总要从百姓手中购买,价钱上也要公道,到时候贵县能够帮忙找到粮源就行。"

卢知县久历官场,知道这话不可全信,便道:"军门吩咐的三件事地方当然会全力奉行。总结起来就是两句话,地方一不资敌,二要助剿,这是地方义不容辞的责任。只是地方能力总归有限,如果大军提出地方无法立即完成的要求,而且手中有枪,地方无所凭借,还请军门预先想到。"

卢知县的话其实就是,如果官军抢掠,那该怎么办?他是江苏人,对淮军抢掠风气十分清楚。

"粮台筹粮,都是拿银子买。官军剿匪,本是为护民护商,别人的勇兵我没法说,我铭军绝对不允许抢掠。"刘铭传吩咐道,"拿笔来,我给卢知县留下一纸手令,遇有铭军不法,拿出我的手令,有不奉令者,可押送军前治罪。"

于是他泼墨挥毫,写下"严禁骚扰地方,违者军法重治",然后署上他的名字。

有这一纸手令,莱芜城将来可保不受铭军骚扰。卢知县命人好好收起。

这时,人群中的王俊逸往前挤了挤建议道:"军门,就这一张实在太少,莱芜寨圩少说也有几百,紧要的地方也有十几处。小人看不如把军门的手令制成锡牌,挂在腰间,携带方便,遇有兵勇扰民,拿出军门的手令牌便起到震慑作用。如果军门部下秋毫无犯,这个令牌就用不上,不过它还有另一层用处,就是把军门治军严厉的名声传遍地方。"

刘铭传眼睛一亮,这不失为传播铭军美名的好办法。于是请教王俊逸,他的手令如何制成锡牌。

"这简单得很,把军门的手令制成半拃长的锡牌,对鲁王工坊来说就是小菜一碟。"王俊逸把父亲王时行拉出来说,"这是我家老爷子,只要看一眼军门的字迹,要浮雕要阴刻,保管不走样。"

"好得很,那就委托鲁王工坊先制作一百块,多少银子,你就从行营粮台支取。"刘铭传当即拍板。

王俊逸的父亲王时行年近七十,耳聪目明,深明大义,推辞道:"军门不要说银子的事,这一百块锡牌手令,就算鲁王工坊报效军用,不取分文。"

刘铭传转头问王俊逸道:"王老哥,咱们已是相熟的朋友,这一百块锡牌花费大不大,要是太大就不要勉强,我的行营粮台也不缺百儿八十的银子。"

王俊逸回道:"军门放心,工夫不算,只算锡的成本,不过几十两银子的事,我家老爷子还负担得起。"

"那承情之至。山东不愧是孔孟之乡,的确义气。"刘铭传这话是到了莱芜才这样说,曹州府遍地伏莽,他还曾对部下说,"山东还说什么孔孟之乡,我看是出响马的地方。"

次日一早六点多的时候,王俊逸的父亲送来五块手令锡牌,长四寸,宽三寸,正面阳雕"严禁骚扰地方,违者军法重治",牌边装饰的是饕餮纹;背面阴刻"直隶提督刘铭传",牌边阴刻缠枝牡丹纹。牌上文字与刘铭传手书不差毫厘!

刘铭传十分满意,连连称赞,问王俊逸的父亲一百块手令牌大约何时可完成。老爷子说再快也要七八天。于是两人约定,留十块给卢知县,剩余九十块到时候送到临淄鲁王工坊分店,亲兵营派人去取。

吃过早饭,王俊逸在前面带路,刘铭传身边还是百余名骑兵护卫,直奔莱城东北的长勺镇。一路平川,三十余里的路程连半个时辰也用不了就到了。王俊逸指指北面连绵的群山道:"军门,北面这山从泰山伸过来,到东面与沂山接到一处,一直到沂州府南,横亘几百里,只有几个关口可以沟通南北。当年齐国就沿这条山脉修了长城,用来对付鲁国。莱芜这个地方,当年就是齐鲁交界之处,所以,在境内发生过好多次战事,其中有一次非常有名。"

"哦,哪一场战事?"刘铭传对战事自然特别感兴趣。

"长勺之战。"王俊逸指指前面镇子的圩墙,"就在这个地方。这里周王朝的时候,是长勺氏生活的地方,所以叫长勺。此地又是莱芜进出北山的隘口,所以又称长勺口。"

刘铭传肚里墨水有限,《左传》当然没有读过,但长勺之战他好像听师爷说过,今天听王俊逸眉飞色舞地一讲,感觉又有不同,尤其是"一鼓作气"这个词令他心头一颤。他拧着眉头不说话,随从知道他的习惯,明白他正在琢磨事情,谁也不敢说话,身边的亲兵勒住缰声,不让战马发出嘶鸣。

这么静了一会儿,他扬扬马鞭打破沉默:"一鼓作气,应当如此!王老哥,我得拜你为师,一词之师。"

刘铭传认为官军剿捻也应当讲究"一鼓作气"。捻子以马队为主,再加武器简单,多是削竹为矛,不需要弹药补充,辎重也十分简单,因此其长处是机动迅速,纵横驰骋,与官军相遇,打得赢就打,打不赢就走;官军尤其是淮军,以洋枪洋炮为长,带来的问题是辎重太繁,再加淮军营规讲究步步为营,一般每天只行四十里左右,驻扎后先要挖壕筑垒,因此行军速度无法与捻子相比。官军如果追在捻子屁股后面,疲于奔命,把士气都耗光了,哪里还有什么战斗力?所以"一鼓作气"一词对刘铭传大有启发。

"我们从前与捻子作战,就是没讲究'一鼓作气',穷追不舍,结果把士气都磨掉了。将来我们对付捻子,不要讲究和他打了多少仗,也不要怕追不上他,要讲究的就是这个'一鼓作气'。按照爵帅扼地兜剿的方略,把捻子围结实了后再接仗,一开战就是你死我活,这样官军才能有望歼灭这股流寇。"刘铭传这样向大家解释何以尊王俊逸为一词之师。

时间还早,刘铭传让王俊逸前面带路,进山直奔青石关。从长勺镇去青石关有二十余里,但因为已经进山,路没有平原好走,用了半个时辰才赶到。青石关号称齐长城三大关之一,建在两山之间的垭口上,是个小关城,南北长一百余丈,东西宽七十余丈。关城内客店车马、酒肆杂货,一应俱全。城开四门,东西门只有小道,通东西两山,人迹少至;南北建有石碹洞门,高丈余,门洞上建有箭楼,大门一闭,南北交通阻断,真正是一夫当关,万夫莫开。出北门是瓮口道,两边是壁立千仞,道在谷底,如入瓮中。从关顶到关底,是一辆接一辆的小车,三人拉,一人推,中间要休息好几次,才能拉上关来。

刘铭传派出十几个亲兵,牵马沿瓮口道北去,察探路况。又派人到长勺镇去传令,从即日起封道,行旅一律不准北行,以免泄露铭军行踪。此地形势太过紧要,刘铭传让亲兵同时传令,再派一百人马队到青石关来布防。关前关后十里范围内,都放了亲兵哨。关城中则有一百名亲兵负责守关。

一夜无话,第二天一早七点左右,骑兵首先赶到关前,骑手下马,牵着马匹过关;已正前后,也就是十点左右,步兵开始过关。一直到正午以后,步兵才全部过完。

刘铭传十点左右随步兵过关,直到全部人马离开青石关,陪同王俊逸的哨官才肯放王俊逸出关回莱芜城。他说道:"军门让我告诉你,他对你完全信赖,无奈这是淮军军规。这也是为你好,避免将来不必要的麻烦。"

王俊逸回道:"请军爷转告刘军门,我这点规矩还是懂的。请军爷回去告诉军门,手令牌一起送到临淄鲁王工坊店,请到时记得派人去取。"

淮军三路大军到了山东胶莱河畔,便不再向前进军,按照李鸿章的命令立即沿胶莱河挖壕筑墙,构建防线。当初所说派出一部为游击之师的话也不能践诺,因为胶莱河南北二百八十余里,要建防线工程量浩大,所以要集中人力于此。

这样一来,丁宝桢就不高兴了。当初他欢迎淮军入山东,是希望借助淮军的力量,能把捻子在山东就地灭掉最好,灭不掉尽快把他们赶出山东,他也就万事大吉。如今任凭东捻军在胶东纵横,而淮军不派一兵一卒过河。那时山东正是麦后时节,东捻军很容易补充了大量粮食,随后直扑通商口岸烟台。烟台没有城墙,要防守很难,道台潘霖一面向丁宝桢求援,一面向英法领事求助。英法领事与各自舰队联系,派海军陆战队登岸助守。江北三大通商口岸包括烟台、天津、营口,烟台的安危,三口通商大臣崇厚自然是职责所系,因此也急派洋枪队从天津乘轮船到烟台来。

朝廷严令李鸿章派淮军入胶东半岛追剿东捻军,李鸿章坚持先把运河、胶莱河防线建起来,为了说服朝廷,他于六月中旬上奏——

> 衡量利害之轻重,与其驰逐终年,流毒江、皖、东、豫、楚各省,不如弃一隅以诱之;与其往复运东济、泰、兖、沂、青及苏之淮、徐海各尾均受其害,不如专弃登莱以扼之。胶莱河之守不密,则登莱无可扼;运河之守不密,则胶莱仍不足恃。贼踪已向胶东,事势至此,机会可图,臣意必运堤与胶莱河两防均已布定,乃可抽兵进剿。庶灭一贼少一贼,贼智自困,而兵力不疲。但求万全,不争一日。

丁宝桢则上奏朝廷,说胶莱河南北三百余里,数万大军沿河布防,是把活棋下成死棋;而三百余里河道,如何能够固若金汤?有一处不密,便可让捻子轻松突破,难免重蹈曾国藩运河防线的覆辙。他还有一条更能说动朝廷:山东离直隶太近,如果黄河一旦结冰,捻子踏冰而上,京师便危如累卵。朝廷觉得有道理,便下旨给李鸿章,督促他派兵入胶东半岛。李鸿章坚持己见,说运河、胶莱河未固前,绝不进军逼迫捻军。

丁宝桢对付李鸿章的办法,一是暗示山东各府县以东捻军抢掠严重为由,不得给淮军供粮,把淮军饿走;二是他派王心安部紧跟在捻军后面穷追,并且放出风来,官军正在构建胶莱河防线,一旦建成,捻子就插翅难走。

东捻军得到消息,立即意识到问题的严重性,他们在胶东粮食、财富劫掠甚丰,决定满载而归,离开胶东这三面环海的绝地。他们的计划是往江苏方向,因为往北官军云集,运河、黄河里有湘军、淮军的水师,英法的火轮船也来助威,想突破实在太难。因此他们先从胶莱河南端试探突过运河,无奈淮军防守严密。再沿河往北,平度、即墨、莱阳,无论刘铭传还是潘鼎新的防线,都十分坚固,难以突破。

再往北试探,在潍县一带,他们发现了机会。

本来李鸿章要求山东派兵一万五千人助守胶莱河,但丁宝桢只派来六千人。李鸿章没办法,只好把胶莱河防线北端二十多里的一段交给东军王心安部防守。这一段虽然短,但沙滩松软,难以挖壕筑墙,最难防守。王心安派专差给丁宝桢去信,大发牢骚。丁宝桢让专差捎口信给王心安,淮军把最难防守的河段给东军,就是有意与东军过不去,只要尽了心,到时候他自然为东军说话。还要王心安不要死守,要主动过河出击,让捻子疲于奔命。王心安心有灵犀,明白丁宝桢其实是想尽快驱捻出山东,于是人马一分为二,亲率五营大军过河去驱赶东捻军。

东捻军侦知这一带防守薄弱,于七月十九日从海神庙一带猛扑胶莱防线,数万东捻军如洪水漫堤,势不可当,不但王心安的二十余里防线崩溃,而且连累相邻的潘鼎新防线也崩溃了十余里。东捻军势如旋风,经昌乐、安丘、沂水、临城、诸城、莒州,半个月时间就进入了江苏赣榆境内。

李鸿章那时正在从济宁赶往济南的路上,丁宝桢率先向朝廷出奏,不免为自己部将开脱,而归罪潘鼎新屡更防区。慈禧阅奏大怒,也不用军机处议,要求从李鸿章到潘鼎新、王心安都要给处分。李鸿章到达济南第二天,接到朝廷上谕——

谕内阁:丁宝桢奏,捻逆由北路偷扑潍河,全股回窜,调兵追剿一折。捻逆盘踞山东莱阳等境,经李鸿章、丁宝桢调集各省兵勇,沿河筑墙堵御。朝廷以河墙本不可恃,叠谕李鸿章亲赴前敌,防剿兼施,以期会合东军,歼除巨患。兹据丁宝桢奏称,本月二十日,该匪全股由海神庙等处扑犯潍河,官军驰往迎击,逆匪数万,拼死抢扑,鏖战良久。旋因众寡不敌,被匪窜渡。李鸿章总统诸军,未能先事预防,又未迅赴前敌、妥筹堵御,以致逆匪窜渡,实难辞咎。山东布政使潘鼎新,带队堵剿,分防汛地,屡次改移,贻误全局,尽弃前功,深堪痛恨!李鸿章、潘鼎新,均着降二级留用。山东巡抚丁宝桢,在防守御,未能调集各军严密扼截,致贼饱扬,糜饷殃民,厥咎尤重。着即革职留任,并摘去顶戴。曹州镇总兵王心安,漫无布置,以致捻匪从该镇防区窜出,虽寡不敌众,事出有因,但终难辞咎,着降一级留用。

李鸿章看到朝廷上谕,把东捻军突破胶莱防线归责于他未到前线指挥,而致潘鼎新防线屡次改移,真是岂有此理。前次东捻军突破运河防线进山东,突破口就是王心安的防线;这次东捻军突破胶莱防线,又是从王心安这里突破,而据潘鼎新报称,王心安是有意放东捻军过河。这不用说,丁宝桢不愿把山东当战场,王心安肯定是受命故意放过捻匪。而朝廷对纵敌过河的王心安不加处置,却将潘鼎新降二级,这实在没有天理。李鸿章本来就以袒护下属出名,他肯定要为潘鼎新出头。即便潘鼎新的处分去不了,王心安必须获重谴才能让他淮军气顺。他这钦差大臣不便直斥丁宝桢,但王心安之可恶,必须向朝廷奏明,绝对不能让他以"寡不敌众"敷衍塞责。

李鸿章分别给潘鼎新、刘铭传等写信,让他们设法调查海神庙失守的详情。既然要参王心安,那必须一参一个准,所以他又派人前往东昌府,去调查几个月前东捻军突破运河防线的情形,尤其是调查王心安部众扰民的罪状。他则从济南起程南下,打算到鲁南的台庄(今台儿庄)就近指挥,因为东捻军已经去了苏鲁交界。

李鸿章离开济南,南下台庄。一路上他一直在思考,有没有必要南下指挥。东捻军飘忽无定,一天能够狂窜二百余里,也许他赶到台庄的时候,他们又重回鲁中腹地。虽然胶莱河防线被突破,但要想制住东捻军,非实行圈河之策不可。而实行圈河之策,胶东半岛最相宜。有了这样的想法,他就不急于赶往台庄,一路上从从容容,该打尖打尖,该喝茶喝茶,同行的幕僚扈从们,都弄不明白他葫芦里卖的什么药。

第三天午饭前赶到泰山脚下的泰安城。上次从济宁到济南,也曾经路过,但他只是在此住了一晚,第二天就匆匆起程,这次他决定在泰城住下来,爬爬五岳独尊的泰山。

因为官军打了败仗,李鸿章等人刚受处分,所以泰安府县都加倍小心,只怕钦差大人把他们当了出气包。没想到李鸿章十分随和,一点也看不出受处分后灰头土脸的神情,很随和地招呼两人道:"两位父母官,咱们一块吃午饭,我向两位老兄请教地方的风土人情。"

李鸿章要请教的,就是如何爬泰山。如今秋高气爽,正是登泰山的好时候。登泰山一般下午起程,赶到山顶住下,次日夜里三四点早起,可以看到日出。

"今天是来不及了,一则大人鞍马劳顿,如何能够接着爬山?二则今天天气不好,我听阴阳学的先生说,夜里也许有雨。所以即使能登上去,看不到日出实在遗憾。"赵知府见李鸿章兴致很高,先泼他一瓢冷水。

"那么,今天下午能到哄个地方走走?"李鸿章随意起来的时候,喜欢用合肥话与人交谈。

赵知府没明白什么意思,仰着脸接不上话。

李鸿章身后的长随提示道:"大人的意思是说,午饭后能到什么地方看看。"

"有。"赵知府连忙说,"大人午饭后睡罢午觉,四点钟的时候我来陪大人去岱庙,除了泰山,岱庙就是最有必要一去的地方。"

"好,下午那就劳驾老兄了。"李鸿章向赵知府拱拱手。

一觉醒来,已近下午三点,洗脸、喝完茶,文巡捕来报,说府县已经等候多时。李鸿章说声快请,两人很快顶戴袍服来见。李鸿章见状道:"两位老兄,这又不是站班,何必穿得这样正式?我们今天是去逛逛,不要兴师动众,咱们都是便服出行。"

好在两人早有预见,长随带着衣包,当即换了便装。李鸿章也换了一身青衣小帽,拿了把扇子,边走边摇,叮嘱两人道:"你们两位把官差都撤了,咱们既然是微服,那就一切照着微服来,有我身后的几个人就够了。"

一行人顺着通天街向北走,走到头就是岱庙。

泰山是中国的圣山,秦皇、汉武、唐高宗、唐玄宗还有宋真宗都曾经到泰山举行封禅大典,所以岱庙从西汉的时候就开始建了,到了唐宋规模更是扩大,元、明、清各朝都不断扩建,所以到了同治年间,已经颇具规模,府、县两衙门加起来也没有岱庙宏伟富丽。

岱庙南北长一百二十余丈,东西宽八十余丈,乃是城中之城。城高三丈余,建有八个城门,南面有五个,正门是正阳门,左右各有一个掖门,掖门之外又各有一门。除此五门,还有东门名东华,又称青阳;西门名西华,又称素景;北门名厚载,又称鲁瞻。城门上各有城楼,城四角又有角楼。岱庙内多的是虬龙古柏,遮天的银杏,玲珑的盆景,斗艳的花卉,又有古朴典雅的亭、台、楼、阁,尤其是历代碑刻极为丰富,乾隆皇帝御笔就有三十余块。李鸿章看得十分仔细,到了五点多,才游到了岱庙的正殿——天贶殿。

一看到雄伟的天贶殿,李鸿章情不自禁发出惊叹:"好雄伟的大殿!"

赵知府告诉李鸿章,整个大清国,除了京城的太和殿、曲阜的大成殿,就数这天贶殿最为宏伟。"天贶"即天赐的意思,北宋真宗年间,大宋与辽签订"澶渊之盟",朝野怨愤,于是有大臣献策,制造"天书降瑞",为感谢上天,大中祥符元年(1008年),真宗兴师动众到泰山封禅,并在泰山兴建天贶殿,此后成为香火极盛的庙宇。

殿内殿外善男信女甚众。李鸿章随赵知府进了大殿,殿内供奉着一丈多高的泰山神,头顶冕旒,身着衮袍,手持圭板,俨然帝君。泰山神上方横额是康熙皇帝亲题"配天作镇"匾,李鸿章连忙跪拜,一则跪泰山神,一则跪康熙皇帝的亲笔。

殿内东、北、西三面墙壁上绘有《泰山神启跸回銮图》,乃是宋人所绘,描绘泰山神出巡时的浩荡宏伟场面。赵知府告诉李鸿章,整个画面共有人物六百九十七人,其装束、仪态无一雷同。李鸿章点头称赞道:"这壁画像宋人的风格,笔力遒劲流畅,布局匀称自然,人物眉目传神,一颦一笑逼真生动,真是不可多得的鸿篇巨制。"

李鸿章由东而西,细细欣赏壁画,耳朵却捕捉到了一个熟悉的声音,那是主仆两个女人的声音。他进殿下跪时,身边是一个正在双手合十默默祈愿的女子,她的侧影让他怦然心惊,现在听着那女子以南昌口音小声说话,就更加证明了他的判断。

李鸿章从东往西,而那女子则是从西往东,两人在大殿后门处相遇。女子也注意了李鸿章,此时两人近在咫尺,她抬起头脱口而出:"大个子!"

"妙玉!"李鸿章也是脱口而出。

众目睽睽，李鸿章压住心头的激动，对赵知府道："你看，大清国说大真大，说小真小，在这里见到故人了。"他本想再解释一下当年天天到章记米粉店吃米粉的事，但转念一想不必画蛇添足，对随从挥了挥手说，"你们先去逛逛，我说几句话。"

大家都知道杵在这里不合适，只能躲到一边去，但又不敢走远，一边欣赏碑碣，一边关注李鸿章这边。毕竟是钦差大臣，出点儿差错，那可是掉脑袋的事情。

妙玉也对身边的女仆道："秋秋，我的手串是不是丢到殿里去了，你去帮我找找。"

于是两人离开人群，到墙边一株古柏下说话。

妙玉望着李鸿章，眼里冒出泪花来，问道："当初你为什么抛下我？我以为再也见不到你了。"

"公务紧急，来不及告别，我着人去找过你，可是你已经搬走了。"李鸿章一直有个疑问，"我走的时候，写给你的信你没看到吗，为什么突然就搬走了？"

"要不是你那封信，那么伤人心，我怎么会走？"妙玉瞪着一双大眼睛，完全是嗔怪的神情，这副神情还是她当年小姑娘时的样子。

李鸿章听出话里有毛病，便道："我的信上说，我答应你的事情一定会做到，我本来要托人去提亲，可是找不到你。"

"你哪个那么说了？"妙玉说，"你不是狠心说不要我吗？"

"哪里，我何曾说过那种话？"

于是两人各自把留的话说出来，意思正好相反。

妙玉愣怔了片刻，恍然大悟道："一定是我娘搞得鬼！"

李鸿章知道此处不宜久谈，低声道："妙玉，你告诉我住在哪里，我去找你。"

妙玉稍一犹豫，便把地址告诉了李鸿章，就在西门边不远处的岱悦客店。

李鸿章回到行馆，谢绝泰安府县的宴请，简单吃过饭后，他把两名心腹护卫叫过来，三人悄悄出了行馆，沿通天街北上，然后从岱庙门前折而向西，进入了泰安城最为繁华的地段。这里商铺鳞次栉比，又因正是上秋香的时候,香客特别多,许多商铺晚上照常营业,门前灯笼通明,街上有斗鸡、蹴鞠、看相、说书的,货郎、掮客错杂其间,还有相扑擂台、戏台,真不愧是鲁中一大都会。李鸿章带着两个人看似随便闲逛,其实他一直在寻找岱悦客栈。走到西门瓮城附近,果然看到了"岱悦"的招牌。

这是一家颇有规模的客栈,两层砖木结构的小楼,二楼是客房,一楼五间连通,是客人就餐的地方,几桌食客正吃得热闹。

"今晚我请你们两位吃夜宵,我去会位朋友。"李鸿章吩咐两个随从,随后又对热情迎上来的老板道,"掌柜的,把你拿手的吃食上几样,招待好这两位小哥。"

李鸿章上了楼,走到最西头敲了敲门,里面应声前来开门。开门的是妙玉的丫头,她瞪着眼睛问道:"你找谁啊?"

"秋秋,我有事托这位大哥帮忙,你到外面转转,看能不能买点吃食。"妙玉走过来支开她。

丫头冰雪聪明,笑道:"姐姐,买了是我吃还是送上来你和这位先生吃?如果是我自己吃,我就在外面吃好了。"

"你呀,自己吃吧,别走远了。"

等秋秋一走,妙玉轻轻掩上房门,走到桌子边背对着李鸿章,一时无话可说,脸却是越来越红。李鸿章一只手轻轻搭在她的肩上,她不再犹豫,转过身去紧紧抱住李鸿章,呜呜咽咽哭起来。

李鸿章的心被融化了,他捧住妙玉的脸问道:"好好的,怎么就哭了?"

八九年不见,妙玉还是那副孩子脸,模样几乎没有变化,唯一变化的就是眼神中没了那时的羞涩。她的眼神告诉李鸿章,此时一切语言都是多余。李鸿章带兵打仗,夫人留在苏州,虽然他手下的统领多是贪财好色之辈,但他本人在女色上却很自律。终日忙碌,也难得有此闲心。然而毕竟正是如狼似虎的年纪,何况此时佳人在怀。他把已经有些眩晕的妙玉放到床上,然后去把门闩上。回到床边,妙玉紧紧抱住他道:"我不让你走。"

"你那小丫头可现在别回来了。"

"她不会的。"妙玉两片灼热的唇贴到李鸿章的腮上,同时狠狠咬了一口。

两人不知缠绵了多久,终于把鼓胀的劲头全部消磨尽了,这才有心思好好说句话。李鸿章帮妙玉穿上衣服,拍了拍她的小腹说道:"妙玉,你这里怎么还那么紧?"

妙玉打了他一拳道:"我又没生娃子。"

"怎么没生娃子?"李鸿章以为妙玉还没结婚,但很快否定了自己的可笑念头,她床上的功夫绝非一日之功。

"我哪里知道,和他结婚这么些年,一直都没怀上,所以我才到岱庙来烧香,听说泰山神万事有求必应。"

李鸿章开玩笑道:"是啊,真是有求必应,这不把我送给你了。"

"你是不是把我当成不正经的女人了?我告诉你,除了我男人,就是你碰过我。"妙玉有些不高兴了。

"这话我信。"

然后妙玉这才说起她这些年的日月。当初一家搬走,妙玉有一年多要死要活,如今想起来,心还刀扎一样疼。后来老娘做主,把她嫁给了一个小店主的儿子。后来婆家听到些风言风语,婆婆逼儿子把妙玉休了,儿子却不答应,一气之下投奔在淮军粮台的亲戚,为了不让妙玉受气,也把她接到粮台住。妙玉对自己的男人又感激又满足,死心塌地地跟男人过。只是,两人结婚七年多了,却没能生下一男半女。男人依然对妙玉好,而且从不动纳妾的心思。病急乱投医,妙玉夫妻二人不知吃了多少药,都不管用,从去年开始,他们开始信佛信神,逢庙就拜,见寺就跪。她丈夫最近到东平来筹购军粮,听说泰山神很灵,就把妙玉带过来,丈夫办他的公事,她则由秋秋陪着到泰山进香来了。

"这么说起来,这个男人还真是个有情有义的人物。"李鸿章心里稍稍安定了,"他叫什么名字,你告诉我,将来在军功上,我也许能帮得上他。"

不料这话惹妙玉不高兴了:"我不要你帮,让人家说是用绿帽子换来红顶子。我跟你,又不是图你什么。"

这话让李鸿章很满意,他抱抱怀里的佳人道:"我也只是这么一说,能不能帮上也说不上,如果机缘凑巧,能帮一把就帮一把,绿帽子换红顶子,这话多难听。"

"我的意思是说,你不要误会我,觉得我是个随便的女人。"妙玉嘟起她丰润的双唇说,"他对我很好,我现在有些后悔,对不住他了。"

李鸿章道："我明白你的心情,可是你想,茫茫人海,我们突然又能相逢,你说这不是上天安排的缘分吗?要白白错过机会,你我不是更后悔吗?"

妙玉扭捏地说道："我才不后悔。我还没问,你现在在哪里当差,怎么也到泰安来了?"

"我也在淮军里混,只是没你家那位混得好。他在粮台,那可是最有油水可捞的差使。"

"啥好差使,说要粮食就是一声,晚一天都不行。你说有油水可捞,那是别人,我男人手可干净了。"妙玉撇撇嘴,又想起一件事来,"我问你,嫂子也跟着你吗?"

"我哪有你们的福气,她在苏州,没法跟着我。"

妙玉认真地说道："要不,让我男人托人帮你问问,你也到粮台来,那时候就可以把嫂子带来。"

"正说着我帮你一把,怎么说到帮我了?"李鸿章看妙玉认真的表情,忍不住笑了。

妙玉见李鸿章笑得有些坏,问道："你别跟我捏脑浆,我倒忘了问,你现在当了多大的官啊,听你的口气,好像比知府还大。"

李鸿章笑了笑道："差不多吧,官不在大小,我有朋友能与淮军的大官说得上话,到时也许能帮上一把。"

妙玉对这话不再反感,问道："到时候再说吧——哦,那我上哪里找你?咱们以后还能见得上吗?"

"只要你在淮军粮台,我找你不难。"李鸿章想了想说,"我给你个名字,你记在心里,如果实在有急事,可以写信到淮军大营,请这个人代转。"

妙玉顽皮地问："我说给你的悄悄话也行吗?"

"当然行,万无一失。"李鸿章解下随身的玉佩,那是几年前作保案时,一位想军功上出息的参将所送,古董师傅看过,是块价值连城的汉玉,"玉儿,这块玉我随身戴了几年了,送给你做个念想。这是真东西,在南昌城里能换栋院子,你不要随便丢了。"

"我不要这么贵重的东西,我不图你的东西。"妙玉的手像是被烫了,连忙躲开李鸿章递过来的玉佩。

"最贵重的东西在这里。"李鸿章拍了拍自己下身开玩笑说,"这个只有见面时才能给你。"

妙玉生气地打他一拳道："我和你说正经的,我真不图你东西,我图的是你这个人,是你的一颗心,你不要看扁了我。"

"我哪能看扁了你,只是这一别不知何日能再相见,总要留下点念想。"

"太贵重了,我心里不安。再说他要问起来,我怎么说?"

"好说得很,外面街上假古董有的是,你就说从地摊上买的,捡了个漏嘛。"李鸿章亲自挂到妙玉身上,"看到它,你就知道我心里有你。"

这时,城中更夫敲响了梆子,已是打了二更,也就是九点钟了,不知不觉,两人已经缠绵一个多时辰。

"你走吧。"妙玉推他,转过身去抹着泪。

"莫哭,咱们还有见的时候。"

李鸿章出门,妙玉怕别人看见,连送也没送。见他下楼,两个护卫连忙起身,跟他出了岱悦客栈。

第二天一早,钦差行辕派出的探马来报,有捻匪马队几百人向泰安方向而来,行辕立即紧张起来,只怕捻子大队人马前来围城。李鸿章笑道："捻子向来是几万人马同时行动,这几百骑估计是捻子的探哨,或者是走散的小队。不必紧张,泰安城高墙厚,捻子是不会来攻打的。真来攻,三两天也攻不下来,那时候他们自己就撤走了。"

于是他决定再留一天,看看情形再说。结果正如李鸿章所料,那支几百人的马队离泰安城还有五十多里,突然转头南去了,后面也无东捻军大队。李鸿章判断,东捻军有可能要扑犯运河,这是前来摸军情的哨探。他一面行文运防各军及淮军追剿部队,一定严加防范,一面上奏朝廷,决定不再去台庄,而是依旧把钦差行辕设到济宁,便于就近指挥。

次日行前,他突然想起妙玉来,两位女流之辈南下东平实在太过危险。于是他安排心腹幕僚去找钦差卫队的参将,以幕僚的名义声称自己有亲戚要去东平,拜托他选派五名身手好的淮勇前去护送。

第二十四章

李鸿章坚韧求胜　赖文光慷慨赴死

李鸿章南下济宁,一路上自然清闲不得,除了要批答文函、指授方略,还向朝廷奏呈《贼由潍河抢渡详情折》,一心要参倒王心安。奏折开始并不说潍河失守的事,而是两个多月前运河戴庙段失守的事,列举王心安种种劣迹。接下来又为潘鼎新开脱,东军海神庙防线被突破,不能怪到潘鼎新头上,因为离王心安防线最近的是王心安部下王成谦的常武军,常武军都没能救援,潘鼎新离海神庙四十余里怎么救援得上?更有传言,王心安是有意放纵捻军过河,如两月前戴庙段失守如出一辙,"而丁宝桢事后牵混,不责部将之不能坚守,转怪潘鼎新之不赴援,是非似欠分晓"。

李鸿章奏折一上,恭亲王有些为难,如果按李鸿章所奏,王心安必获重谴,而王心安是丁宝桢的心腹,那么李、丁两人的矛盾必然更加尖锐。如今剿捻的主力,一是李鸿章的淮军,再就是丁宝桢的东军,李、丁不和,那么剿捻必然好事多磨。然而,慈禧心里却是又一种打算,她认为必须严谴王心安,才能展示朝廷有功必赏、有过必罚的决心。

两天后李鸿章收到的上谕,除了督促他追剿外,关于王心安的处置有这样一段话——

王心安以一武弁,擢保总兵,恩遇不为不优。乃两次捻众,均由该革员所分地段窜越,以致全局溃败,前后贻误情形,殊堪发指,实属罪无可逭。着李鸿章严密派员将王心安押解军前正法,以昭炯戒,毋得稍露风声,令其逃逸。将此密谕令知之。

这让李鸿章反而有些犹豫了,军前正法王心安,他这个钦差大臣的面子上固然好看,但真拿王心安正法,一则可能会激起哗变,二则便与丁宝桢结下不可解的怨恨,这于剿捻非常不利,毕竟在山东打仗,还要靠丁宝桢配合。他知道丁宝桢必定要为王心安求情,因此并不派人去捉王心安,静待转机。果然朝廷以六百加急密谕李鸿章,对王心安的处分改为"革职留任,暂不治罪,以观后效"。

李鸿章与丁宝桢的矛盾因为王心安的处分事件公开化了。糟糕的是朝野内外,皆以李鸿章为非,因为他袒护下属出名,又有刘铭传以怨报德的前例,所以都同情王心安。丁宝桢趁机联络京中声息相通者,交章弹劾李鸿章,矛头所指,就是他的河防之策。

东捻军突破胶莱河后,李鸿章坚持不撤河防,又令官军倒守胶莱河,计划把东捻军包围于运河与胶莱河之间的狭小地域,刘铭传、郭松林、杨鼎勋三军则为游击之师,紧追东捻军不放。这个办法仍然是以山东为战场,丁宝桢自然不同意。他认为与其把大军屯在河岸,不如随机应变,众军兜剿,反而更有把握,见效也更快。这话正投朝廷的心思,所以数次下旨,要李鸿章放弃河防计划。就连曾国藩也对河防没有信心,来信劝他不如把大军都参与兜剿,避免受到朝野上下的围攻。

然而,李鸿章不以为然。东捻军飘忽无定,就像会飞的鸟儿,你只有剪断它的翅膀,才可能逮得住它,而重兵防河,就是剪断东捻军这只飞鸟的翅膀。他一面给曾国藩写信,希望老师能帮他说话,一面上奏朝廷,坚决不肯撤河防。他又放下钦差大臣的架子,以巡视运河防务为名南下台庄,与在此督战的丁宝桢会面。

两人见面,先说起王心安处分,丁宝桢毫不客气道:"王镇台无罪,革职处分不过是代人受过。"

"稚璜,捻子从王镇台防守的地盘上突破,何谈代人受过?"李鸿章一副讲和的语气。

丁宝桢则是理直气壮,指着地图道:"大人请看,胶莱北段二十里防线,虽然不长,但无壕无墙,全是沙滩,任谁去防守都难以阻挡捻子,这是明眼人都看得清楚的,大帅何以视而不见?原本是潘藩台的防区却又交给东军,大帅扪心自问,是不是有心袒护部属?再难听的话,我就不说了,前例俱在嘛。"

难听的话其实已经说出来了,所谓前例俱在,其实就是指尹隆河之战。此事李鸿章也颇为后悔,可是当时自己先据刘铭传所报入奏,如何能够出尔反尔。再说,王心安丢失防地,丁宝桢无一语责备,不是袒护部属又是什么?

李鸿章笑了笑道:"我们带兵的人,有哪一个不袒护部属,不然,谁还为我们卖命?就是稚璜,不也是袒护王镇台吗?"

"丁某绝无袒护,王镇台本来就无罪。"

丁宝桢以不畏强权出名,就连僧格林沁的面子也不给,李鸿章早有预料,所以并不与他计较:"有罪无罪,上天知道。我今天来,不是与你争执王镇台的罪名。事情已然过去,只等一个胜仗下来,所有人的处分便可统统开销。我要与稚璜商议的,是河防之策。"

没想到丁宝桢一点面子也不给:"说实话,我对大帅的河防之策不赞同。守株待兔,纯粹是盲人瞎马。"

"对付捻子只知在屁股后面穷追,才是真正的盲人瞎马。"说到河防战略,李鸿章毫不相让,"捻子所长是行军迅速,官军所短是行军迟缓,即便是以马队称雄的僧王,都落个几乎全军覆没的结局,我们难道要重蹈覆辙?不仅仅是淮军众将,包括皖军、豫军也都力劝就地圈贼,官军才能喘口气,所以我才坚持河防之策。"

"山东本是完善之区,驱捻入鲁,让我鲁地百姓遭此劫难,大帅于心何忍?"丁宝桢终于说出他的心里话。

"稚璜此言差矣!在运河、胶莱河之间兜剿捻匪,被蹂躏只是数府州之地;如果放捻子过运河西去,豫、皖、鄂数省流毒无穷!以山东数府之地换数省安宁,从大局着眼,这个账是划算的。"李鸿章以全局利益来反驳丁宝桢。

"运西数省,早经捻子梳篦一样反复蹂躏,也不怕再来一次。我东省却不同,一直未受捻子蹂躏蛊惑,何不力保完善?"

见丁宝桢说出这番不讲道理的话来,李鸿章毫不客气地回敬:"稚璜,我们都是读书人,运西数省和山东同是疆土同是赤子,运西数省百姓难道就该一次次受苦不成?我们如今有运河和胶莱河地利可用,把捻子围在泰山东西聚而歼之,百姓早日得安宁,有何不可?驱寇出境倒是省事,稚璜也扪心自问,这对大局有利还是有害?"

李鸿章的这番议论,让丁宝桢一时哑口无言。但李鸿章绝对不会得理不饶人,而是平心静气地说道:"我今天来,不是与你争是非,而是诚心实意来争取你的支持,捻子既然被困在了山东,我们两位就不要再闹意气了,携起手来,早日把捻子灭掉,如何?"

"灭掉捻子的心情,我与大帅无异,定然全力追剿。但对大帅的河防之策,我恕难苟同。我还是亲率东军追剿,还请大帅体谅,也请大帅督责淮军,若有东军与淮军合力围剿的大战,还请淮军全力支持。"丁宝桢如此明确表态,也算光明磊落。

李鸿章知道无法强求,便道:"好,既然东军愿为追剿之师,那就悉听尊便。我也有一事相求。"

"大帅不要说求不求的话,丁某能做得到就做,做不到也不敢肆口答应。"丁宝桢的回答不卑不亢。

"淮军的军粮有些麻烦,还请稚璜行文地方,能够让我淮军将士有口吃的。"李鸿章是一副恳请的语气。

丁宝桢笑道:"大帅的淮军不是不愿吃山东的面吗?"

"哪谈得上愿不愿吃?安徽人不惯吃面是真的,可是总比饿着肚子强。稚璜也是带兵的人,当兵的吃不饱,要是动手抢,反而弄得兵民不和,对双方都不是好事。"

"好,大帅说到明面了,我也不能不懂规矩。我会行文地方,尽量为淮军筹粮,但大帅也要严行约束,还请淮军不要滋扰地方。"丁宝桢一口答应。

"好,我立即行文淮军各将。"李鸿章见军粮的事情有了眉目,心情愉快,"听说稚璜有一道美食,我今天要叨扰一饱口福。"

丁宝桢所创制的美食,是用嫩公鸡的胸脯肉切丁,再加红辣椒、花生米来爆炒,色泽红艳、香辣味浓、肉质滑脆,特别是鸡肉的嫩滑与花生的香脆相得益彰,更是风味独具。这道菜后来传入了宫廷中,也传入了丁宝桢的祖籍贵州,等他出任四川总督时,又传到了四川。后来丁宝桢因功被赐"太子太保"衔,就是俗称的"宫保",这道名菜便叫"宫保鸡丁"。鲁菜、川菜和贵州菜都有这道"宫保鸡丁",配料略有不同。

丁宝桢亲自到厨房叮嘱要把今天的鸡丁做好。李鸿章很是见情,尝了尝味道的确不俗,连连称赞,又问丁宝桢是如何创制这道美食的。

"谈不上创制,也的确不是我所创。"

丁宝桢告诉李鸿章,有次带兵打仗,被东捻军追得狼狈不堪,自己扭伤了脚,跌倒在水沟里,幸亏被一位老乡救了起来。打完仗后,他带着礼品前去感谢,人家无以为肴,就杀了一只尚未长大的小公鸡,用炸脆的花生米爆炒了,结果味道特别鲜美。回来后他日日不能忘怀,又加了红辣椒、花椒、生姜等作料,成此美味。

"大帅,我创制这道菜,还有个意思在里面。"丁宝桢感慨地说,"我当时受了伤,人家是冒着危险把我救起。为什么会救我?因为捻子走到哪里,不是逼迫老百姓入伙,就是抢劫粮食,咱们与捻子作战,老百姓是支持的。我去看人家,人家把家里唯一值钱的东西给我做了一顿吃食。老百姓对我们这些当官的,真是慷慨得很。我们这些当官的,只要给老百姓办实事,老百姓就不会忘掉我们的。我呢,只盼着快些剿平捻子,踏踏实实给山东百姓做几件实事,不枉当回父母官。"

丁宝桢的这番表白,很投李鸿章的心思,他拍着丁宝桢的手背道:"稚璜此言极是,我举双手赞同。男人生于天地间,就要敢于任事。如果一个人当了一辈子官,唯唯诺诺,只拿俸禄,那活着还有哄个意思?"

三杯酒下肚,两人关系已经大为改善。李鸿章庆幸自己幸亏没有摆钦差的架子,对付丁宝桢这种人,玩硬的行不通。

李鸿章心情愉快地回到济宁,心腹送来一封信,是妙玉写来的,极短——大个子,从泰山回来后我就怀上了。那时候他公差未在家,孩子应该是你的。我又担心,又高兴。

李鸿章对妙玉的话深信不疑,他们夫妻久婚不育,八成是妙玉丈夫的毛病。只是瓜田李下,妙玉不知能否掩饰得周全。但愿不要出什么差错,不然这事传出去,太有损他的面子,让他在淮军兄弟面前也不好交代。不过他很快就放了心,以妙玉的聪明精灵,应该出不了毛病。他需要做的,就是将来有机会,在军功上多照应一下她的丈夫。

东捻军在苏鲁边界兜了个圈子,见丁宝桢的东军及刘铭传、杨鼎勋、郭松林的淮军都已经南下,便突然沿运河北上,一路寻找突破口。朝野内外要求李鸿章罢胶莱防线的呼声铺天盖地,李鸿章一边给河南、安徽巡抚及运河沿线的淮军写信,请他们严密防守,一边督责刘铭传等人北上追剿,撤河防的呼声一概不理会,甚至连朝廷的上谕也不再回复。

曾国藩此时不能不佩服李鸿章,要论坚持己见,李鸿章真是青出于蓝胜于蓝。他转而支持李鸿章的河防,并给李鸿章来信鼓励——

> 古今办事掣肘之处,拂逆之端,世世有之,人人不变。恶其拂逆,而必欲顺从,设法以诛锄异己,权奸之行径也。听其拂逆,而培育忍性,委曲求全,圣贤之用心也。借人之拂逆,以磨砺我之德性,其不善哉!老朽"挺经"十八心法,阁下正可用也。

幕僚对曾国藩"挺经"十八心法大感兴趣,请李鸿章讲来大家听听。李鸿章饶有兴趣地答应道:"好,我开宗明义,只讲第一心法。"

第一心法是一个故事:有老翁请了贵客,要留他在家吃午餐。早间就吩咐儿子前往市上备办肴蔬果品,日已过巳,尚未还家。老翁心慌意急,亲至村口看望,见离家不远,儿了挑着菜担,在水塍上与一个京货担子对峙,彼此皆不肯让。老翁赶上前婉语说:"老哥,我家中有客,等着做菜呢,请您往水田里稍避一步,待犬子过来,你老哥也可过去,岂不是两便么?"京货担子不肯相让:"你叫我下水,怎么他下不得呢?"老翁说:"我儿子个子矮小,他下水,饭菜被污,必不能用。"京货担子说:"即便被污,也不过十几碗饭菜,我的京货都是价值连城,损失太大,要下水,不应该是我。"这样争执不下,老翁挺身就近说:"来来,我看如此办理:待我老头儿下了水田,你老哥将货担交付与我,我顶在头上,请你空身从我儿旁边岔过,再将担子奉还。怎么样?"当即俯身解袜脱履。京货担子见老翁如此,作意不过:"老丈如此费事,我就下了水田。"当即下田避让,让老翁的儿子过去。

李鸿章讲完这个故事,众幕僚面面相觑,不知何意。

"曾相的挺经,到底是什么意思?"有人问。

李鸿章笑道:"你们先说说自己是怎么想的?"

有人回道:"要我说,这两个人压根就不该在那里对峙,有一个退一步不就行了。俗话说,退一步海阔天空嘛。"

"退一步海阔天空是不错,但有些时候不像挑担这样简单,你退一步就前功尽弃了。我老师所说是挺经,不是讲退经。"

有人道:"要我看,值得效仿的是京货担子,他个子高,到水里挺一挺,事情就解决了。所谓与人方便,与己方便。"

又有人道:"要我说,应该效法的是老翁,他在那里空口劝说,都没有结果,他挺身而出,要站到水中,结果京货担子不好意思,这才主动避让。曾相的意思是告诉我们,关键时候应该挺身入局,当看客当说客都无用。"

李鸿章点头道:"不错,凡事都应该做起来才有效果,光说不练,站着说话不腰疼,于事无补。三个人,你们才说了两个,还有一个呢!"

还有一个是老翁的儿子,他站在那里,既没说,也没做,有什么好学的?

李鸿章见众人无语,便道:"要说起来,我们最该学的,应该是这个儿子。"

众人都瞪大眼睛,不知这个"哑巴"儿子还有什么可学的。

"他重担在身,个头又矮,下水去根本不成。他有足够的耐心,咬牙坚持,时机运转,前面便成通途。"

"对对对,这才是曾老夫子的真义。有些时候,就看谁能咬牙坚持下去,万钧重担,咬牙忍受,不争不论不吵不闹,最终先通过的还是自己。"众人恍然大悟。

"所以,我们的河防之策,就是我淮军这个矮个子肩上的千钧重担。"李鸿章这才言归正传,"我们看准了,不管别人说什么,我们就是一句话,咬牙坚持。"

李鸿章咬牙坚持到十月中旬,机会终于来了。

三个多月间,东捻军在泰山山脉两侧,一会儿东,一会儿西,一会儿南,一会儿北,开始希望突破运河,见官军防守严密,河中又有水师战船,就转而北上,想突破黄河北去。黄河水大,又有洋人轮船助守,于是又南下赣榆,打算从此出海。然而出海没有大船不行,在赣榆伐木造船,没造出船来,官军大军又至,因此只好匆匆北上。机动灵活,飘忽无定是东捻军的优势。然而如今已成了他们的习惯动作,失去了打硬仗的信心,这样四处乱窜,疲惫不堪不说,军心严重受挫,人人都觉得,面对官军的时候,好像只有避走一途。

东捻军没有根据地,在运河以东又是人生地疏,近十万人要吃饭,而泰山东西,到处是寨圩森严,买粮没人肯卖,于是就动手抢,百姓反抗,就大开杀戒。要知道,东捻军的组成非常复杂,有穷苦百姓,有作奸犯科的地痞恶霸,有小偷,有无赖,根本没法做到秋毫无犯,就是赖文光、任化邦想这样做,也没法做到,毕竟这些穷途末路的人要先吃饱了才能说到其他。所以,东捻军与山东百姓的关系越来越差,百姓恨捻子甚于恨土匪和官军。东捻军拖家带口,越加艰难,居无定所,而天已经渐冷,所部还都是单衣,女人孩子哀号痛哭,士气低沉,人人心里都清楚,自己的末路到了。近十万人要吃饭,聚在一起自然不行,到达一地,必然要分散行动。一旦分散,便有被各个击破的危险。

刘铭传看到的就是这样的机会。

此时,东捻军大队人马在潍县一带活动,有一支四五千人的队伍在安丘和潍县交界的松树山一带活动。而刘铭传、杨鼎勋、郭松林三路大军在安丘东南诸城一带,与松树山的捻军相距有一百多里路。按照惯例,淮军要想与松树山的东捻军打一仗,非有三天时间。所以松树山的东捻军,放心地四处抢掠。

刘铭传把杨鼎勋、郭松林两人请到他的大营,好酒好菜招待。因为郭松林好色,刘铭传还花重金请来本地的花魁侍酒。三个人熟不拘礼,郭松林一看阵势,便对杨鼎勋笑了笑道:"省三老弟必有事求你我,不然哪里肯这样巴结?"

"的确有求于两位老兄。"刘铭传转头对请来的花魁说,"你这位哥哥功夫俱佳,他将来帮不帮我的忙,全看你的。"

花魁妖媚一笑道:"小女子定然尽心竭力,只是郭大爷能不能满意我,实在不敢说大话了。"

刘铭传笑道:"郭大爷最懂怜香惜玉,你只要上心,没有不满意的。"

杨鼎勋也接话笑道:"省三只管讨好子美,你们的事,我就不掺和了。"

"少铭的大驾,我还是要讨好的。不过你没有子美的爱好,要讨好你反而更难。"杨鼎勋字子铭。刘铭传给他的礼物,真是礼轻义重——刘铭传将上次御赏的一枚绿玉扳指相赠。

杨鼎勋从亲兵举过头顶的托盘上拿起玉扳指道:"省三,毕竟是上面赏的东西,你留下传给后人。玩笑归玩笑,我们兄弟何必费心思讨好？"

刘铭传拱手道:"少铭兄收下了,我才能心安。"

"好,真个是却之不恭,受之有愧。"杨鼎勋很仔细地装进衣服夹袋中。

现在当然不是谈正事的时候,也不是喝闲酒的时候,大口吃肉,大口喝酒,填饱了肚子,刘铭传对侍酒的花魁道:"天冷了,你先去你郭哥哥的帐中,给他暖好被窝。"

室内只余下三个人,还有就是刘铭传最信赖的心腹随从,留下来侍候茶水。

"我们三个,被赖、任两贼拖得好苦。从前几个月,我们彼此只能算打了个平手,从现在开始,我们要占上风了。"刘铭传一开口便道。

"这话怎么说？"郭松林急切地问。郭松林被曾国荃相请出山到湖北带兵,结果打了大败仗,他自己被捻军打断了腿,险些丧命。等他腿伤痊愈后,自请出山,李鸿章交给他一万淮军,号武毅军。他是抱着报仇雪恨的决心来统军,所以一直十分主动。听刘铭传如此说,他不禁竖起了耳朵。

"这要从两方面说。一方面,从前山东百姓在丁抚台的教唆下,防淮军甚于防捻子,我们日子不比捻军好。可如今捻子四处抢掠杀人,结仇太多,山东百姓已经谈捻色变、咬牙切齿。我们淮军讲求军纪,如今终于有了收获,百姓的心开始倒向我们了。"刘铭传颇为得意。

"是,这一点很重要。我们在山东转来转去,不指望老百姓能够帮我们打捻子,只要能够向我们提供捻子的消息,而不向捻子提供官军的行踪,我们就能处处占先机。"杨鼎勋深有同感,"省三的铭军约束得最好,堪为淮军楷模。你那个军法锡牌,功不可没。"

"少铭兄过奖,这也是逼得没办法,再放纵不管,真有可能被赶出山东。这三个多月,我们一直跟着捻子打转,有好几次与捻子接仗了,可总是让他像泥鳅一样溜掉了。总是这样不疼不痒地打下去不行,我们要抓住时机,非狠狠地打一仗不可,来一个像模像样的胜利。"

要讲来个大胜利,没人比郭松林更着急:"咱们是不怕打,怕的是捻子跑。捻子是不怕跑,就怕被围。捻子泥鳅一样,围住他们实在太难了。"

"所以,这就是我们的机会。从前小打小闹,打不成追不上,把士气都磨光了,这次我们要来个一鼓作气！"于是,刘铭传把他在莱芜听来的"一鼓作气"故事讲给两人听。

郭松林纳闷道:"听你这么说,长勺之战是齐国先没了士气,鲁国一鼓作气,所以鲁国大胜。如今的情形,是捻子和我们都没了士气。"

"所以,我们要一鼓作气。"刘铭传说,"马上就要冬天了,等黄河、运河都结了冰,河防就如同虚设,所以我们要想把捻子灭掉,非赶在结冰前,非打几个像样的仗不行。"

"省三,这个仗你想怎么打,你肯定有盘算了,说来听听,要我和子美做什么。"杨鼎勋这样表态。

"先谢谢少铭兄支持。"刘铭传连连拱手,"其实也没怎么盘算,这次我们不图大,只图胜。"

刘铭传的设想是三个人的四万多人马,只去围攻松树山的四五千人的东捻军,重重包围,务求全歼。

"捻子就像泥鳅,太滑,从前我们织的网太松,四五万人想围住他十万人,结果总是让他跑掉。这次我们四万人兵分三路,兵一个挨一个排过去,就像梳头发一样,让一个虱子也跑不掉。"郭松林一拳头打在桌上,仿佛他已经把捻军按在手底下。

"问题是我们一行动,捻子就得了消息,总是没他跑得快。"杨鼎勋有些疑虑。

"这次,就是要让他来不及跑。"

刘铭传的办法,分两步走,先让当地百姓放出风去,四天后要围攻松树山。而三路淮军,要在两天内完成合围。

一百多里路,两天拼命赶到没问题,但要形成合围,几乎不可能。

"我们太慢,一是辎重太多,二是总是按步步为营的营规行军,捻子对我们太熟悉,所以总是能够从容跑掉。这就给了我们机会,这次我们抛掉辎重,炮队赶得上就赶,赶不上就甩在后面,我们每人只一条洋枪,轻装前进,两天完成合围,四万人打五千人一个措手不及。"刘铭传下定了决心。

"辎重丢了,如果再打了败仗,就不好交代,想补充就难了。"杨鼎勋有顾虑。

"一切由我来交代——我的意思是,胜了,功劳是我们三个的。败了,我一个人来担责。"刘铭传表明了态度,"孔夫子说,三十而立,四十而不惑。我未到四十,不过已经不惑了。子美、少铭,你们理解孔夫子的不惑是什么意思?"

这话等于白问,郭杨两人,年轻时听过《三国演义》,像样的书没读多少。

刘铭传自问自答:"我以为四十而不惑,就是人到了四十,就没多少东西能诱惑他了,比如富贵、功名,一切都看开了。这半年我想开了,咱们带兵的,有功大家来建,也只有大家一起才能真正建一番大功业。如果总想自己独占功劳,那到头来难成大事。"

郭杨两人都明白刘铭传这份感慨的来由,对鲍超以怨报德这件事,刘铭传争到了功,但于阴德有损。如今他有如此感悟,真是塞翁失马。本来郭杨两人一直隐隐地担心刘铭传拿他俩再当一次鲍超,今天见他如此诚恳,心中的疑虑顿抛九霄外。杨鼎勋向刘铭传竖起大拇指,郭松林则道:"孔夫子说什么我不懂,但我听懂你的话,有功是兄弟们的,有过是你的,这怎么成?我们既然在一个锅里吃饭,那就功过共担。"

刘铭传又道:"我这些天一直在想,你看曾大帅,原本就是一个书生,要论阵前博命,他比不了曾老九,要论运筹帷幄,左帅、爵帅也都比他强,可平定长毛的大功是由曾大帅来建。为什么?他不揽功,不透过,一个折子一个折子向朝廷推荐人,你回头看看,他帐下出了多少督抚!如果他要争功,不想把功劳分给别人,凭他一己之力,平得了长毛?所以,我最近有个小感悟,你们看对不对——一个人如果太过争功,顶多成就个将才;如果一个人能与众人分功,那他才有可能成为帅才!"

"省三的意思是不与我们争,要成就帅才;让我和子美争,只能做个将才。"杨鼎勋笑了笑。

刘铭传伸出手来,左手拉杨鼎勋,右手握郭松林道:"说什么都是虚的,咱们三兄弟好好干一场,有仇的报仇,立功的立功!"

郭松林率马队绕到松树山北去断东捻军的后路。为了不惊动东捻军,他把马蹄子都用厚布裹了。刘铭传居中,杨鼎勋居左,副都统善庆居右,四路大军,在黎明前包围了松树山。淮军的突然出现让东捻军惊慌失措,他们硬着头皮组织起队伍,呼啸着向淮军冲锋,无奈人数少,淮军的洋枪实在太过密集,人是一排排地倒下。他们手里的长矛、大刀根本无用,冲不到淮军阵前已经纷纷毙命。于是他们调头向北面逃,但北面是郭松林亲自率领的马队,也是人人一条洋枪,正把后路的老弱妇儿向这边赶来,双方混在一起,更是难以组织起有效的抵抗。淮军的包围圈越来越小,像没头苍蝇一样乱窜的捻子成了淮军的活靶子,松树山前后,血流成河。

被俘虏的东捻军,孩子和妇女留下来,可以卖给大户人家做婢做奴,而青壮年只要有一点儿小官职的,一概当场枪毙。抱头蹲在地上的人群中有人站起来大声喊:"赦人,赦人,我有话说。"

刘铭传离他不远,用马鞭指着他道:"让他过来。"

一个四十岁的精壮汉子,举着双手过来道:"大人,我要投诚。我外甥就在刘军门的亲兵营中。"

"你外甥是谁。"

"我外甥是丁小五,是一名哨官。"

说得不假,刘铭传亲兵营中的确有名丁哨官。让人找了来,甥舅相认,果然不假。两人嘀嘀咕咕说一通,丁小五过来道:"军门,我有话要单独讲。"

原来,丁小五的这个舅舅叫潘贵生,是任化邦的亲兵,天天跟着任化邦。昨天到松树山来传令,没想到被一网网住了。他早就对东捻军东窜西逃厌倦,早就想向官军投诚。他有个立功的想法,就是放他回去,趁机要了任化邦的命。

"小五,这可不是闹着玩的,我放他一马,他回去了,继续给任贼卖命,这如何交代?"刘铭传不能完全放心。

"我向军门保证,如果我舅跑了,军门到时候拿我项上人头。"丁小五拍胸脯为舅舅担保。

"那倒不必,为了一个不相干的人,杀我的亲兵兄弟。"刘铭传拿定了主意,"既然你信得过你舅舅,我也就信他一回。如果真能杀掉任贼,我赏他白银两万两,保他三品顶戴。"

潘贵生再提个要求,把与他一起来的几个兄弟一起放回。刘铭传让他把所有认识他的人都挑出来,潘贵生以为正好趁机多捞几个兄弟,所以挑出了二十几个。刘铭传挥挥手,一个也不留全部枪毙,他对潘贵生道:"放你回去,是我信得过你,可是我信不过别人。你向我投诚的事,只要有一人透露出去,你就活不成了,所以我必须把他们都清除了,这是为你着想。"突然,他抬手向潘贵生的左胳膊打了一枪，"你带伤回去，更不容易怀疑。这把枪就交给你，到时候你用得上。"潘贵生疼得龇牙咧嘴，勉强接过手枪。

这时候探哨来报，赖文光率人前来增援，而且人马也不多。刘铭传大声道："来得好，那就把他一起干掉！"

传令兵分别通知郭松林、杨鼎勋等人，在松树山北布下口袋阵，务必把赖文光困住，他就是钻到地缝里，也要抠出来。

松树山的战斗打得太干净利落，赖文光只知道南边有战事，以为是小股官军，因为淮军在百余里外，根本不可能赶得过来，所以他所带的人马不足一万。一入淮军的包围圈，便如入网的鱼一样，根本跑不出去。三面都是洋枪轰响，他立即知道自己身陷险境了。他出阵行军，坐的是十六人的大轿，三班轮换，其行如飞。但此时他不能不弃轿换马，因为他的大轿太显眼了。他被亲兵保护着骑马向北狂奔，突不出去，又向东，向东也突不出去，最后从淮军东、南两路人马的缝隙间冲了出去，身边跟随的不足千人。他率这一路人马一直往南逃，一直逃到了莒州才停了下来。他派人回去打探消息，通知任化邦到莒州来会合。

等了三天，任化邦带着大队人马会合来了。这一仗下来，连死带伤再加没有跟上来的，损失了一万多人。赖文光撤走，对东捻军的军心产生很大影响，十万余众，人心惶惶。任化邦见面就问道："遵王兄，你到底怎么回事，说走就走了？"

赖文光知道任化邦心中不满，也觉得自己一路狂奔有些丢脸，但此时不是承认错误的时候，叹息一声道："一言难尽，没想到妖兵这次行动这样迅速。我们兄弟太过分散，中了刘麻子各个击破的奸计。"

东捻军分散行动，是任化邦的意见，人一下子散开了，联络通气却没跟上，近十万人马不能统一行动，确实带来很大问题。他问道："刘麻子的妖兵不是离我们还有三天多的路程吗？这次怎么弄的，两天就把兄弟们围住了？他们到底有多少人？"

"看阵势听枪声总有五六万，把我们万把人围住，如果不是突围快，怕是全军覆没了。"赖文光只能照多了说。

"遵王兄，咱们不能这么跑，等好好和刘麻子打一仗，杀杀他的威风，不然弟兄们都成了惊弓之鸟。眼见着天越来越冷，总这么跑怎么行？"任化邦恢复了平时随意的口气。

"任兄弟,你说得一点不假。我们要想摆脱刘麻子,非突出去不可。李二这一招太损,把我们困在泰山东西,他的人马越聚越多,我们活动的地方越来越小。要突出去,我认为还是往南比较有把握,运河、黄河妖兵太多,我们应该再往六塘河方向试试。"其实六塘河方向他们已经试过两次,那边是淮军和浙江兵防守,也很严密。这次没头苍蝇一样跑到南边来了,赖文光只能提出这样的建议。

任化邦同意再往六塘河方向试试,但眼下粮食不足的问题并未解决,因此他主张先在莒州打打捎,然后再走不迟。于是大军万马奔腾,围向莒城。莒城不人,却十分坚固。又因东捻军多次过境,所以境内百姓十分警惕,离城近的都入城,离城远的藏好粮食要么上山,要么入堡。莒城外没找到多少粮食,围城一天也打不下来,因为东捻军实在没有攻城的器械。而且探马传来消息,王心安的山东军正从沂州府赶来,而刘铭传的淮军正由北向南顺着沭河南来。一旦两军会师,将把东捻军困于莒城下。莒州这个地方,四围环山,只有中间南北向是狭长的平原丘陵,对擅长长途奔驰的东捻军来说形势大为不利。东捻军向来没有攻城的信心,往往一两大内攻不下,就会立即弃城而走,为的是不让官军合围。这次依然如此,赖文光和任化邦一商量,三十六计,还是走为上策。

东捻军一气跑到赣榆,想把赣榆城打下来,谁料刚围一天,刘铭传的淮军又到了。淮军如何行军这样迅速,这让任化邦大为惊讶,弄不懂刘铭传搞的什么鬼把戏。这次任化邦不打算走了,他对赖文光道:"我们就在赣榆城下教训一下刘麻子,他实在太可恨了。"

于是东捻军在赣榆城东一片大树林中布下数万伏兵,然后派出几路探马,胁迫本地百姓告诉刘铭传,东捻军向城东方向跑了,已经过去了半个时辰。于是刘铭传督队急追,结果陷入东捻军布下的口袋阵。此时突然黄雾四起,陷入重围的淮军更是首尾不能呼应。任化邦调兵遣将,把刘铭传淮军大部装入口袋,他亲率中军正面迎敌,而他的弟弟任三厌则率骑兵绕到淮军后路。

双方展开激战,形势对刘铭传非常不利。然而,淮军洋枪实在锐利,双方大战接近一个时辰,淮军并未溃败。任化邦大怒,亲自策马持矛,率军向刘铭传的中路冲击。潘贵生就跟在他的身后，众人都呐喊着向前冲，没人注意潘贵生抽出后膛七响洋枪，连向任化邦开了两枪，因为马上颠簸厉害，一枪打空，第二枪打在任化邦的腰上。任化邦从马上摔下来，后边的人纷纷下马去扶他。他脸色苍白，按着腰的手指缝里鲜血向外喷涌。他咬着牙，但很快就昏过去了。潘贵生大喊："鲁王被妖兵打死了，鲁王死了！"正在冲锋的东捻军顿时大乱，潘贵生策马向刘铭传的中军方向跑过来，一边跑一边喊："我打死任柱了，我打死任柱了。"任柱是任化邦的小名。

潘贵生被带到刘铭传面前，刘铭传有些不信，但很快东捻军先是阵形大乱，继而掉头溃逃。刘铭传连忙下令追击捻军，要求各军一定把受伤的任化邦生擒。东捻军以马队为主，跑得很快，眼看着有百余骑簇拥着一匹高头大马驮着一人急驰，料想必是受伤的任化邦。淮军追出十几里地，东捻军便已无影无踪。于是下令停止追击，审问捉来的俘虏，都说听说鲁王腰上中枪死了。

到了第二天，又有赖文光的部下赖天福带领十几骑前来投降，说任化邦当时已经死了。东捻军以赖文光、任化邦为首领，实际上任化邦的威信和部众都超过赖文光，他一死，东捻军士气受到很大影响，他的部众由他三弟任三厌统领，已经有不少人逃走，打算分散逃回安徽老家。刘铭传立即向李鸿章报捷，并请督责各地严查安徽口音的行人，捉拿溃散的东捻军。

李鸿章接到刘铭传的战报，大大松了一口气。东捻军以骑兵见长，而骑兵悍将战死，他乐观地估计，年内就可剿平东捻军。他立即上奏朝廷，报告大捷经过，为淮军及潘贵生请奖。

淮军接连大胜，朝野上下对李鸿章的指责都噤了声，当初他坚持的河防之策，事实已经证明是正确的。曾国藩亲笔给李鸿章写信道："仆前不以为倒守运河为然，今或将以此收大功。昔年不以求援常熟为然，厥后克复苏垣。可见军事无险着斯无奇功，不宜太平稳也。"

赣榆一战后，任化邦战死，赖文光成了东捻军唯一德高望重的领袖。当然，所谓德高望重，也只能是相较而言。在东捻军中，大部分人服气的还是任化邦。任化邦打起仗来身先士卒，打了无数胜仗，有他在，士气就在。赖文光能运筹帷幄，这是从正面说，而从另一面来说，就是不善阵前对敌。而且他眉头一皱就是个计谋，说话办事不像任化邦那样直爽，所以在捻军中，他没法完全相信别人，而别人也不能完全相信他。所以，他的号召力就大打折扣。从前他与任化邦可算一文一武，而今只剩了这一文，整个东捻军的战斗力锐减何止一半？

赖文光率军离开赣榆，重新进入山东。他对大家说，回山东打完捎，争取向鲁西北，从当年进入山东的戴庙一带，突破河防，到河南去。于是六七万人呼啦啦重新到了潍县一带。令他不明白的是，刘铭传的大军始终跟在他后面，总在一两天的路程。所以到山东近一个月，一会儿东，一会儿西，一会儿南，一会儿北，总在寿光、昌邑、潍县、安丘、诸城一带打转转。

刘铭传、郭松林和杨鼎勋的淮军一直咬着东捻军不放，这在从前根本是不可能的事。原来，自从松树山之战后，三人采取了屯辎重于地方的办法。就是临战前，他们总是召集地方官绅，把辎重交给他们，战后无论胜败，要把军装、粮食等分一部分给地方，有时候来不及就先屯在这里。这样一路追，便相当于一路建起了藏于地方的小粮台。而东捻军的路线，总是从几个地方来回反复。所以淮军辎重放弃和补充都变得十分容易，又因为屡屡获胜，李鸿章是有求必应，粮食、辎重补允得很及时。

淮军的包围圈越来越小，东捻军活动的范围越来越狭窄，到了十一月中旬，东捻军陷入了寿光巨弥河与洋河之间的狭长地带。寿光北部濒海，西部有洋河，又称阳河、塌河，自南而北，注入巨淀湖，再入小清河后东流入渤海；东部有弥河，由南而北注入渤海。刘铭传指挥淮军沿洋河和巨弥河布防，他则亲自率军由南而北，把东捻军往海边赶。北面就是大海，东捻军已经陷入绝地。赖文光与众将商议，决定背水一战。

同治六年十一月二十九日，决定东捻军命运的洋河、弥河之战爆发。双方骑兵对骑兵，步兵对步兵，展开激烈的战斗。经过数次失败，东捻军从人数上已经占不到多少优势，双方投入战斗的都是四万人左右。韩信、项羽背水一战激发了士气，而赖文光不是韩信，也不是项羽，何况东捻军已经数天吃不饱，有些人已经数天没有吃饭。战斗异常惨烈，赖文光发现形势不妙，带着千余人向东突围，从弥河突出重围，然后折而往南，一路狂奔，向着赣榆方向而去。其他人就没那么幸运，被淮军由南而北，东西夹击，步步紧逼。双方伤亡很大，所战之地血流成河。到了傍晚，乌云四起，寒风呼啸，又下起小雨夹雪。东捻军相当一部分人还是穿着单衣,肚里无食,身上寒冷,士气非常低落。首王范汝曾,当年曾经击毙洋枪队首领华尔,被太平天国封为首王,在太平军中威名远扬。然而此时已是英雄末路,他率人边打边退,到了野虎沟、北冯沟、官庄沟一带。淮军打着火把追了上来,先是以火炮轰击,后是排枪射击。东捻军拥挤在沟中,炮火所及,伤亡惨重。首王范汝曾被炸伤了腿,又被砍伤胳膊。亲兵来不及救他,就被淮军乱刀砍死。

任化邦的兄长任定率部众向东逃到了弥河边的枣林中,被枣树上的棘针刮烂了衣服,刮乱了头发。道路不熟,黑灯瞎火,四处枪声不绝。追击的淮军都在传达着郭松林的命令:这是杀害郭二爷的任柱部下,一个活口不要。所谓郭二爷,就是郭松林的二弟郭芳珍,去年在湖北为了掩护郭松林撤退,被捻军马队活活踏成肉泥。郭松林复出带兵后,最大的愿望就是追杀任化邦,每战都希望与任氏兄弟的马队对阵。任定率领的这一小股捻军彻底绝望了,妇女披头散发,捶着泥水呼天抢地,娃娃们抱着母亲的胳膊哇哇大哭。而男人们为了避免被俘受辱,纷纷横刀自刎,或三四人吊死在一棵树上。第二天一早,附近村民发现,这个不大的枣林里,自杀的捻军竟然有五六百余人。弥河边上,更是死伤枕藉,岸边泥土被血染红,河中浮尸漂流,景象十分凄惨。

这一仗,东捻军战死两万余人,被俘万余,官军伤亡也近两万。东捻军的主力,已经丧失殆尽。

突出重围的赖文光一路向南,途中收集溃散部队,仅存三四千人,经昌乐、诸城、日照、赣榆,六天后到达宿迁境内。此时,后有李昭庆的马队及刘铭传的大队人马穷追,前有清军堵截。他率人向运河发动进攻,希望由此突破运河防线,但守运河的皖军十分警惕,无机可乘,于是赖文光率军转而往东,到达沭阳六塘河北岸的兴河头、张家湾。

六塘河又名北盐河,是淮北运盐的重要河道。康熙年间的治河专家靳辅引骆马湖水入河,又在河上建了六道堤坝,拦河为塘,使之终年不断流,便于河运,因此始名六塘河。东西走向的六塘河,正好成为官军阻截东捻军南下的天然防线。守卫六塘河的是浙军,因为是客军,人地两疏,并不十分尽心。赖文光让几十名东捻军换上淮军缨帽号衣,由他亲自带领,到了浙军防守的闸口,让头戴蓝翎的安徽籍捻军向浙军喊话,说自己是战败的淮军,后面有捻匪穷追，已经四五天没有饱食一顿，要求放过河去，先讨口热饭吃。负责闸口的浙军千总是个五十多岁的憨厚老者，听下面口音是安徽无疑，看衣着是淮军的号衣。于是便打开闸门，放赖文光等人过去。赖文光等人一过去，立即动手，浙军仓促应战，而且人数又少，很快被制服。不过，东捻军人马还未全部过闸，李昭庆的马队追到，于是赖文光留下数百人断后，自己则带领人马一路向南。

赖文光率两千余人沿运河东岸南下，数次想突过运河而不能。李昭庆率马队，黄翼升率湘军水师沿运河南下，紧追不放。在淮安西张桥地方，东捻军与李昭庆的马队大战一场，李昭庆马队败走，而捻军也损失三百余人。再往南走，到了安平桥，再次抢渡运河不成，赖文光与任化邦的弟弟任三厌对行军方向产生分歧。任三厌主张要沿运河寻找突破的机会，抢过运河回安徽；而赖文光则主张继续率军南下，到了长江边上，换上民装，沿江西上。谁也说服不了谁，于是大家兵分两路。

愿跟赖文光走的，多是籍隶两广及湖广太平军老弟兄，人数不足三百人，其余一千余人，都愿跟着任三厌、牛喜子、李允走。李昭庆一路追赶，只挑大股的捻军追，一直跟着任三厌所率的大队人马来到了淮安南的运河边上。这里是皖军与淮军防守的接口处，天又近黄昏，任三厌命众人解下裹脚布，在东岸曳布为桥，渡过运河，进入盱眙境内。

赖文光率领不足三百余人往南走，虽然都穿着淮军号衣，但他们两广口音太重，一张嘴就露出破绽，结果连续打了几仗，最后只有不足三十人。凭这区区不足三十人，要想渡运河而走，是痴心妄想了。要想逃到长江边上混走，也不太可能。眼下只有死路一条，但既然是死，不如死得轰轰烈烈。

赖文光毕竟是读书人出身，对身后名看得很重。他在东捻军无论名声和地位，一直没有超过任化邦，这让他耿耿于怀。如果向官军投降，那么必要亲供，亲供便完全由他一支笔来写，不妨把自己往声名显赫处写，再顺便写成一篇可敌千军万马的檄文，既为已经灭亡的天国和行将灭亡的东捻军壮威，也为自己留一个丹心照汗青的史名，何乐而不为? 然而，要投降也要选对人，至少死前不必受辱。跟随赖文光的还有一个安徽人，是他的亲兵。于是让他去打听，如今所在是什么地方，附近镇守大员又是何人。

很快打听来了结果，他们现在扬州西北二十余里的凤凰坝。往南五里就是瓦窑铺镇,扬州知府吴毓兰在此屯兵驻守。而这位吴知府,与赖文光的亲兵是老乡,咸丰年间由县丞起家办团练,后来又到上海归入李鸿章麾下,在淮系中属少见的清廉自守的官员,所任职地方官声一直不错。也正因如此,被淮系视为异类,所以十余年才积功至知府。赖文光的亲兵与吴毓兰家乡相距不到十里地,对吴毓兰的好名声十分清楚,因此极力主张,如果投降的话,淮军中只有吴知府最合适。

"好,就把这件大功送给你的老乡。"赖文光决定向吴毓兰自投罗网,身边的弟兄愿意跟随他投降或者愿意剃发隐匿民间,一概听便。结果有十几名弟兄愿意随他就死,其他十余人跪地磕头,愿试一下运气。于是,赖文光与每位弟兄拥抱后洒泪而别。他则亲自戴上蓝翎顶戴,直奔瓦窑铺镇的吴毓兰驻地。

小镇并不大,只有沿河一条大街,吴毓兰的驻地是个小盐商的外宅,门外挂着硕大的灯笼,上面是一个人头大的吴字,还有两行小字"三品顶戴江苏即选道华字营统带"。赖文光率十余人直奔灯笼处的大门,数名淮军紧张地摆枪弄刀,等看清是淮军号衣,这才收起枪来。赖文光的亲兵操着合肥话说道:"劳烦哥几个通报一声,我们大人求见。"

"会说合肥话,就把洋枪挎;一口合肥腔,总是能沾光。"门上的淮勇不敢耽搁,立即将赖文光呈上的一个大封套送进去。当时吴毓兰正与几个心腹商讨如何提防跑到江南来的捻子,他早就收到有一股捻子变装入境的消息。一位文案把封套递给他,一张名帖掉到地上,捡起来一看,顿时大惊失色,上面只有三个字:赖文光。

吴毓兰招了招手,把那位门军叫近了问道:"外面几个人?说话什么口音?"

"十几个人,只有一个人开口,是合肥口音。"门军回答道。

"你们几个严加防备。"吴毓兰又对游击梅宏生说,"老兄,劳你费心立即安排人去传话,所有闸口、桥头,严加防备,任何人包括淮军衣帽的也不许放一个通行。还有,多派几路兄弟往北面打探一下,有没有不明身份的大队人马。"游击应声而去。

他又吩咐:"把吴守备叫来。"

吴守备是他的侄子,从小厌文喜武,有一身不错的功夫。屋里只有他与心腹师爷和侄子三人了,这才吩咐请为首的人进来。

赖文光进门,站在灯下,摘下顶戴,露出一头长发。

"你是赖文光?"吴毓兰问道。

"是,我是东捻军统领、天国遵王赖文光。"赖文光的两广口音,是他身份的佐证。

吴毓兰看他脚上的靴子已经湿透,对侄子说道:"去把你的靴子拿一双来,让他换上。"

"他"自然是指赖文光,实在没有一个合适的称呼。

这个小小的安排,让赖文光心里温暖,看来向吴毓兰投降是选对人了。

"那么我问一声,既然已经换装,为什么还要投降?"吴毓兰还在担心,赖文光是不是耍诡计,想趁机抢过河去。

"一言难尽。我外面的十几位兄弟,已经几天不能饱腹,请大人先给口热汤热饭吃。"赖文光避而未答。

"应当的,是我没考虑周全。"吴毓兰吩咐师爷亲自去安排,又用眼光示意,师爷心里明白,不仅要安排热汤热饭,还要安排人有所防备。

"为保命东躲西藏,实在没意思得很。"赖文光接着刚才的话茬,"大丈夫死则死耳,有何惧哉。"

"佩服之至!"吴毓兰问,"那我还有一事不明,沿运河下来,数百里路,大员无数,为何要向吴某人来降?"

"佩服吴大人的官声。"赖文光于是把向他投降的原因说明白了,"看中吴大人是光明磊落之人,希望吴大人不要难为我的兄弟,到时候能给我来个痛快的。"

"承蒙看得起吴某,吴某只要能说了算,一定给你个痛快。"赖文光必死无疑,至于届时由谁行刑则说不准,因此吴毓兰实话实说,"至少我可以立即保证,只要在我营中,保证好吃好喝,绝无凌辱。"

对投诚或被俘人员,官员为了扩大战功,刑讯凌辱、花样百出,是家常便饭。吴毓兰心底仁厚,不打算逼问:"你也算是个响当当的人物,我不逼供,由你自己写一份亲供。"

于是把赖文光圈禁到一间干净雅致的小屋内,茶水点心俱全,让他安心写亲供。赖文光的亲供把官军将领尤其是淮军将领痛骂一遍,贪财好色、争功互斗、虚冒战功、滥杀无辜，把淮军批得一无是处。自然，也要把自己的光荣一生铺叙一番，最后一段写得尤为大义凛然——

> 天不佑我，至有今日，夫复何言？古之君子，国败家亡，君辱臣死，大义昭然。今余军心自乱，实天败于予，又何惜一命？唯一死以报国家，以全臣节。唯祈鉴核，早为裁夺是幸。

第二十五章

济宁危机受处分 张秋城内险丧命

李鸿章接到吴毓兰的报告，真是一喜一恼。喜的是赖文光终于就擒，没有溜掉。恼的是这样一件大功，竟然由吴毓兰唾手而得。六弟长途追赶，竟然没有追及。还有刘铭传的淮军，兴师动众南下，被赖文光甩下四百余里，想为他铺叙战功也无从下笔。有一位新入幕府的文案出主意："大帅要想照顾全局，只有让吴知府重新详细报告捕获赖文光的经过。"文案所说的重新报告，其实就是编造赖文光战败才被俘的谎言，这样无论对哪一方，请功都比较方便。

李鸿章一听文案的建议很好，立即派他南下扬州，找吴毓兰密商。吴毓兰知道是李鸿章的意思，一切按文案的建议重新编造捕获赖文光的经过。文案带着文稿，立即返回，李鸿章则于当天立即出奏《生擒赖逆东捻肃清折》。奏折开头，铺叙刘铭传等军一路追剿，赖文光损兵折将，走投无路，最后终于就擒。就擒的经过已经不是自投罗网，而是一番苦战的结果：

> 据派防扬州之统带华字营淮勇即选道吴毓兰禀称：十一日戌刻，贼众突至湾头，立即出队迎击获胜，星夜派兵四路赶追。该道督游击梅宏胜、参将杜长生、守备吴辅仁由运河东岸向前追杀，遇贼于瓦窑铺。雨夜昏黑，逆骑数百拼死拒战。五更时，该逆纵火烧屋，志在逃逸。我军冒雨直前砍杀，吴毓兰于火光中望一骑马老贼手执黄旗指挥，知是逆首，连放数枪，贼马倒毙，当将该逆生擒，余纷纷投河淹毙并擒贼众三十余名，东路一股剿灭

无遗。讯据贼众指认生擒者，实系逆首伪遵王赖文光，该逆自认不讳。

接下来，李鸿章的奏折以洋洋数千言回顾了与捻军作战的艰难历程，恭维朝廷上自两宫、下至军机大臣运筹帷幄，称赞曾国藩的艰辛备尝，当然，更历数了以刘铭传为首的淮军数次大战的功绩。特别提及寿光弥河、洋河之战，"刘铭传、郭松林、杨鼎勋追七十余里始得接仗，战至十数回合，又追杀四十余里，斩获近三万人，贼之精锐、骡马、辎重抛尽。盖军兴以来，罕有之事。将士回老营者，臣亲加抚慰，皆面无人色，其饥惫劳苦诚可悯矣"。这样铺叙的目的，便把吴毓兰的功劳尽可能地冲淡，而最终捕获赖文光，也是众淮军苦战穷追的结果。

因为有这番文报往来，李鸿章的奏折到京时，漕运总督张之万的奏折已经到了两天。不过他并不知详情，只是奏报赖文光已经就擒。朝廷等李鸿章的奏折到京，立即发布上谕，对有功人员给予奖赏。慈禧对军机处拟的赏格有些不满意，她觉得有些高了："老六，如今还有西捻未灭，将来征伐西捻，如果比东捻还要劳苦万状，朝廷那该怎么赏？你们也知道，左宗棠这个人向来是自视甚高，尤其不将李鸿章放在眼里，那时候他攀比李鸿章和淮军，怎么办？不如留些余地，到时候才能更公道。你们说是不是？"

李昭庆所追踪的任三厌、李允和牛喜子三人所率的捻军，由盱眙南下安徽天长，又从天长西入来安，继而北上三河。李昭庆部下叶志超率部穷追至三河境内，眼看就要生擒时，却被江南提督李世忠接进他的驻地，称奉安徽巡抚英翰令，已经招抚该批捻军。

李世忠本名李昭寿，是河南固始人，十余岁参加太平军，后来投降官军，投而复叛，又隶李秀成部下，咸丰十年，又复叛，献防地滁州、天长、来安三城，被朝廷赐名李世忠。如今已是江南提督，隶安徽巡抚英翰麾下。英翰是满人，李鸿章没法与之相争，只好忍了这口窝囊气。最窝囊的是李昭庆，他穷追千余里，先是在淮安阴差阳错跟掉了赖文光，让吴毓兰捡了便宜，又追着任三厌、李允等三人，眼看要立功了，又被李世忠捡了便宜。他派专差送信给李鸿章，大发牢骚，希望做保案时秉公上奏。

朝廷第一份由内阁明发上谕到达济宁时，已经是腊月二十六日。因为东捻就伏，各路大军统领云集济宁，济宁城翎顶辉煌，除了当年乾隆下江南时，从来没有这样热闹过。又因为是打了胜仗，军纪还算好，又有刘铭传的铭军做榜样，淮军臭名远扬的扰民问题竟然没有发作。李鸿章在行辕大摆宴席，天天唱大戏，他亲自把酒向各路统领道乏。酒楼、客店和小商小贩们都因此而生意兴隆，济宁城内外一片热闹欢乐。

朝廷的嘉奖上谕一到，李鸿章特把在济宁的各路统领招来，一起听封。他专门挑选一位声音豁亮的文案来宣旨——

> 谕内阁：前据张之万奏，官军追捻大胜，生擒首逆，余众歼除殆尽，当经降旨宣示中外。兹据李鸿章驰奏，派军南追，生擒赖文光，余逆剿灭净尽。红旗夕至，庆幸良深。捻逆伪鲁王任柱、伪遵王赖文光，纠众肆扰，流毒中原，极恶穷凶，神人共愤。经朝廷特授李鸿章为钦差大臣，督师进剿，广设方略，将士同心，捷书屡奏。旋毙任逆，贼势衰落，率党南奔。复经刘铭传等军昼夜穷追，未及旬日，赖逆生擒，其余逆首伪众，悉数歼除，洵足以彰天讨！从此江南、安徽、山东、湖北等省生民，得以安业，自宜特沛恩施，以酬劳勋。湖广总督一等肃毅伯李鸿章，调度有方，肤公克奏，加恩着赏加一骑都尉世职。直隶提督刘铭传，加恩着赏给二等轻车都尉世职。福建提督郭松林、湖南提督杨鼎勋、副都统善庆，加恩均着赏给骑都尉世职。山东布政使潘鼎新，着赏给头品顶戴。江南提督黄翼升、山西布政使刘秉璋，均着赏给白玉翎管各一，大荷包各一，小荷包各一对，火镰各一个，白玉柄小刀各一柄。

> 又谕：因思此股捻逆，扰乱江南、安徽、山东、湖北、河南等省，各省疆臣，公忠体国，共济时艰，或督兵出境，调度各宜；或转饷筹粮，军行无缺，洵属同心协力，一体有功。允宜特加异数，用普恩施。大学士两江总督一等毅勇侯曾国藩，加恩着赏加一等云骑尉世职。安徽巡抚英翰，加恩着赏给三等轻车都尉世职。漕运总督张之万，着赏加头品顶戴，并赏戴花翎。河南巡抚李鹤年、浙江巡抚李瀚章均着赏加头品顶戴。三品顶戴前任直隶总督刘长佑，着赏加二品顶戴。山东巡抚丁宝桢、前任湖北巡抚曾国荃，前因防剿不力，分别惩处，现在捻逆荡平，自应量予加恩。丁宝桢着开复革职留任处分，并赏加头品顶戴。曾国荃着开复顶戴。用副朝廷论功行赏、甄叙贤劳之意。

上谕尚未宣完，淮军各位统领已经大声咳嗽以示不满。这次论功行赏，与当年平定太平天国不可相比。这次最大功臣赏给刘铭传，封爵是三等轻车都尉。清代功臣爵，分为九等，自上而下分别是公、侯、伯、子、男、轻车都尉、骑都尉、云骑尉、恩骑尉。刘铭传的轻车都尉是第六等。而且，与他同一等爵的是安徽巡抚英翰。英翰的功劳怎能与刘铭传相比？

刘铭传不满道："爵帅，朝廷的赏赐太不挡人眼了。您和曾大帅耗费了多少心血，曾大帅不过是赏了一个云骑尉，爵帅也只赏给一个骑都尉，安徽的抚台出了多少力？竟然也是三等轻车都尉。"

李鸿章明白，要论劳苦功高，英翰的确没法与刘铭传比，但英翰是眼下督抚中少有的满人，朝廷自然格外关照。刘铭传的牢骚完全是因为三等轻车都尉太轻了，他遂安慰道："我和老师不过是居幕后，从未亲临前敌，赏我个骑都尉也是诸位的功劳换来的。再说，毕竟现在捻匪还未彻底剿平，西捻还在西北作乱，所以朝廷的恩赏要留有余地。"

刘铭传大声道："西捻是左大帅在剿，与我们何干？爵帅的意思莫非还要我等再剿西捻？我先告诉爵帅一声，我旧伤发作，不能骑马作战，过了年我就解甲归田，先养好伤再说。"

郭松林、杨鼎勋等人也要求休假，其他将领也都随声附和。

"各位将军劳苦万状，我已经上奏朝廷，一是裁撤淮勇，二是准许各位轮番休养生息。可是朝廷上谕未颁，如何能够各行其是？我劝各位还是少安毋躁。"

"如果裁撤淮勇，大帅先从铭军裁起。铭军征战三年，已经不堪再用。"刘铭传根本不体会李鸿章的难处。

"爵帅要裁军那最好不过，我们实在也都带不动了。"众将听说裁军，也都借坡下驴。裁军向来是裁兵不裁将，到时他们这些实职提督总兵，到各自讯地坐坐帐，看看操，比督率部下南征北战轻松得多。

众将散去后，李鸿章打发他的心腹幕僚专门去抚慰刘铭传，请他无论如何要体谅，不能撂挑子。刘铭传毫不客气，更无商量余地，让幕僚传话给李鸿章，过了年无论朝廷准不准撤军，他都要回籍养伤，因为旧伤发作，上马都困难，何必赖在军营占着茅坑不拉屎？比他刘铭传能的人有的是，朝廷尽管点派来做他铭军的统领。

随后朝廷又有上谕下颁,对有功将领论功行赏。有前车之鉴,大家都好不到哪里去。吴毓兰是捕获赖文光的功臣,不过是实授江苏道台,而李昭庆则不过是记名盐运使。吴毓兰不久给李鸿章来信,表示他原本没指望拿赖文光的血来染红他的顶子,表面上是领情,其实酸溜溜的字句中也隐含着心底的不满。李昭庆则于大年三十跑到济宁来,表示要回籍耕田,所以李鸿章的年过得很没意思。而更让他窝火的是,大年初一又收到六百里加急上谕,西捻军逼近京城,朝廷令他率军北上勤王。

西捻军一直在陕南一带活动,让负责进剿西捻的钦差大臣左宗棠头疼不已。三个月前收到东捻军紧急求援的蜡丸密信,梁王张宗禹与众将商议,决定兑现东西捻军"誓同生死"的诺言,驰援东捻军。当然还有另一个重要原因,陕甘本来贫瘠,民无余粮,又加遍地烽火,动荡多年,因此客居陕南的西捻军吃饭问题一直是个大困扰。他们曾经尝试与陕甘义军联系,可双方都不能完全信赖,因此也就处于若即若离的状态,何况西捻入陕,无异与义军争粮,因此并不太受陕甘义军的欢迎。

因为这两个缘故,西捻军决定东援。但陕西到胶东,两千余里路,远水难解近渴。有位老者献计道:"直接救援胶东肯定来不及,最好是行围魏救赵之计,直接向朝廷的心脏发兵,山东之围自然破解。"张宗禹与怀王邱远才、荆王牛洛红等人一商量,觉得此计不错,于是从陕南直奔陕北。

同治六年腊月,西捻军从陕北宜川乘黄河壶口结冰的时机,进入山西。山西境内兵力有限,西捻军简直如入无人之境。山西耕种、经商多用骡马,西捻军大肆抢掠,抢到万余匹,连妇女都骑上了骡马,骑兵则一人两骑,交替驱驰,让官军望尘莫及。巡抚赵长龄要从太原南下截击西捻军,仅聚集起了三百余人,做盐不咸,做醋不酸。负责黄河防务的山西布政使陈湜,好不容易把黄河防线上抽调起千余人,走了不到两天,便溃散仅余百余人。

向来自夸成癖、自誉诸葛的左宗棠愤恨交加,连忙上折请罪,并亲自带领五千人出潼关,到晋南去堵截。他制订了数路围剿的计划,可西捻军行动比他快捷得多,他的数路大军还未到,西捻军已经横扫晋南,根本没遇到像样的抵抗。同治七年正月初一,正是过年的时候,西捻军四万余人抛开官军,经晋南曲垣从王屋山侧出山西,进入河南济源,沿着太行山东麓,星夜兼程进入直隶。

朝廷腊月底起,连续发了八道六百里加急上谕,令山东的淮军、湘军、东军及安徽的皖军北上会剿西捻军,并统归左宗棠指挥,是为进剿之师。直隶各军,包括直隶总督官文、都统春寿、头等侍卫陈国瑞、三口通商大臣崇厚的洋枪队陈兵京城以南,是为"备御之师"。同时令恭亲王奕訢统率各军、醇郡王奕譞统率神机营。

剿灭东捻军,淮军出尽了风头,山东巡抚丁宝桢憋着一口气,所以一接到上谕就匆匆率军北上勤王,安徽巡抚英翰也督队起行,而济宁的李鸿章却迟迟没有动静。因为淮军牢骚满腹,不肯为朝廷卖命。

"这个仗不能打,也没法打。朝廷对我淮军有功不奖,有过先罚,我们何必为它卖命?"刘铭传第一个不肯。

李鸿章知道刘铭传耿耿于怀的就是剿灭东捻赏功太轻,便劝道:"省三,这些话都搬不上台面,私下发牢骚可以,我总不能上奏说淮军有情绪,不愿出征吧?再说,食君之禄、忠君之事,这也是我们的本分。"

"爵帅,那么淮军将士疲惫不堪、我身染重病,这个理由可以搬得上台面吧?"刘铭传一肚子气愤,不考虑李鸿章的焦虑。

"你早不病,晚不病,单单朝廷要你北上勤王的时候你病了,我信,朝廷能信?"李鸿章也是口不择言。

"那就先请爵帅检验一下我的伤病是不是有假!"刘铭传闻言,脸涨得像块红布,三下五除二脱下棉衣,让李鸿章看他背上的伤疤和满身的疥癣。

"省三何必如此,我也没说你的病有假,我是说朝廷的那帮言官也许会怀疑。"

"大帅不妨再验验我的跨马疮,看看我还能不能骑马。"刘铭传又要解裤带。

李鸿章最信赖的幕僚周馥一直负责金陵善后,年前专门到济宁行辕来看望李鸿章,这时也在座,看两人争执不下,连忙过来相劝,他把棉衣递给刘铭传说道:"军门何必如此着急。你病了,大人自然会向朝廷解释。"

"这样的朝廷,老子不为它卖命。"刘铭传喘着粗气说罢,不待整理衣冠,摔门而去。

郭松林、杨鼎勋两人与刘铭传关系最近,见刘铭传负气走了,就以去劝说刘铭传为由,也走了。

"爵师不必生气,武将没有气性反而不好。"见众人走了,周馥又劝,"省三说得也不错,这仗真是没法打。现在的直隶已经有两位王爷,一位钦差左诸葛,一位直隶总督,一位将军,两位巡抚,还有一个头等侍卫,三口通商大臣,论军则有湘军、淮军、东军、皖军、练军,还有神机营的旗兵,人数虽多,可到时号令分歧,互相牵制,这仗怎么打?"

周馥的分析自然不错,尤其是左宗棠向来与李鸿章不和,怎么和他共事?

"朝廷一再催促,我淮军总不能按兵不动。"李鸿章有些为难。

"不是按兵不动,而是各军大战余生,一时难以起行。当年英法联军进攻京师,朝廷要曾相带兵勤王,大帅一个'拖'字为曾侯相破解了难题,今天也不妨拖拖看。如今直隶兵力不下五万,捻子也许知难而退,或西去,或南走,那时候朝廷就不要咱们勤王了。"

李鸿章无奈道:"现在也只有如此了。"

形势却不容李鸿章久拖不决,西捻军发挥骑兵优势,马队纵横百余里,在冀北平原上由南而北,直逼京城,保定、满城、易县都有捻军活动,骑兵前锋到达顺天府属房山县。

慈禧正睡得香,被宫女轻声叫醒了。她睁开眼,看到宫女手中擎着黄匣,立即翻身坐起,披衣下床。只有六百里加急上奏,才会连夜递进大内。她打开黄匣,取出奏折,是直隶总督官文急奏捻军前锋到达保定,有十数万众,纵马驰骋,直隶兵单,请督促勤王之师火速驰援。慈禧向西一指,宫女立即将灯移到西墙,那里挂着直隶舆图。她拿奏折和舆图上所做的记号对照,仅仅一天时间,西捻军竟然向北行军近三百里,按这样算下来,从保定到京城,也不过一天路程。她禁不住倒吸一口凉气,也许西捻军已经兵临城下了。

"宫门一下锁,立即着人去东边说一声,今天叫起早半个时辰,第一起见军机,还有,把七爷也叫来。"慈禧站在舆图前,像将军一样下达军令。

宫门寅正——也就是早晨四点下锁,现在只差两刻钟,宫女连忙出去安排。慈禧生活极有规律,平时寅正准时醒来,索性不再躺下,道:"叫她们忙吧。"

"太后吉祥。"为首的侍寝宫女带头请安。

这便是一个暗号,门口值夜的宫女这时才放其他宫女进寝宫,见西暖阁的门帘打起,司衾的宫女才能进寝室去整理被褥。宫女端来一盆热水,将烫热的毛巾包住慈禧的双手,然后再泡到热水里,这样连用三盆热水,把手指的关节都烫活络了。然后才是洗脸,也是用热毛巾敷很久。然后坐到梳妆台前,让宫女给她拢拢头发,她亲自往脸上敷粉,擦她亲自研制的胭脂。等这一切收拾停当,才传太监梳头刘来侍候梳头。慈禧要强,又性情镇定,无论发生多大的事情,她在自己的梳妆打扮和衣着上,一点也不马虎,从来不会蓬头垢面示人。

梳头刘梳头的时候,司衾的已经整理好床上的一切,退出寝室。为首的宫女使个眼色,让司衾示意大家,今天太后火气大,小心侍候。梳完头后,慈禧重新描眉擦红,穿好衣服,又在镜子前转一圈照一遍,最后并起双脚,看鞋袜都端端正正,这才点点头。侍寝的宫女把寝室的窗帘拉开,安德海为首,一帮太监在殿外廊下已经等候很久,一看到信号,立即跪在石级上,以太监特有的不男不女的声音高喊:"太后吉祥!"

慈禧在膳桌前坐下,侍候水烟的宫女站在左侧把水烟敬上,吸罢两管烟,老太监把银耳汤奉上,喝完银耳汤,早膳已经传到。每一样都装在提盒里,外罩黄云龙套,门外太监递给门口的安德海,然后侍膳的老太监当着慈禧的面解开黄云龙套,这项规矩极严,如果黄云龙套没当着太后的面打开,那么这道膳就不能敬了。安德海亲自捧到膳桌上,慈禧看哪一样,太监便用银筷子夹一点放到慈禧面前。今天的早膳有玉田红稻米粥、江南香糯米粥、杏仁茶、麻酱烧饼、萝卜丝饼、清真炸馓子,还有卤鸭肝、卤鸡脯……

吃罢早膳漱过口,吸一管烟,慈禧走进更衣室,宫女帮她换上缀满珍珠的花盆底凤履,戴上两把头的凤冠,披上水獭皮的凤帔。安德海已经指挥太监把暖轿抬到宫门口,慈禧登上暖轿,安德海喊一声"起",便前呼后拥上朝去了。

慈禧与慈安一前一后到了养心殿东暖阁。第一起自然是军机大臣,不过,今天外加醇郡王。这让恭亲王有些不安,不知是何原因叫老七一起上朝。

见面第一句话是慈禧来问,而且语气不善:"老六,步军衙门有没有要紧的事情上奏？"

这让恭亲王更摸不着头脑，硬着头皮道："没有，只是前些天说乞丐多了些，原因是直隶、豫北大旱，秋粮减产。"

"恐怕捻子都打到城下了吧！"慈禧这才把官文的紧急奏折给大家传看。

慈安听说捻子已经打到保定，大惊失色道："老天，那离京城只有三四天的路了！"

"用不了三四天，恐怕今天捻子就能兵临城下。我看了一下这几天的战报，捻子一天竟然能行军近三百里。保定到京城还不到三百里，姐姐想想，官文的奏折是昨天下午起递，到今天下午捻子是不是就要打过来了？"恭亲王这才明白，原来慈禧是问城外是不是已经有捻子了。

城外有无捻子，总要天亮后才报进来，天未亮他就起程进宫，哪里能说得上来？于是便谢罪道："都是臣等调度无方。"

"要安徽河南山东进京勤王，他们怎么勤的王？他们的兵呢？"慈禧咄咄逼人。

丁宝桢的东军只有前锋两千余人赶到，而且军纪极差，百姓视如土匪；英翰的皖军，李鹤年的豫军，左宗棠所部刘松山、郭宝昌的人马，都跟在捻军屁股后面穷追，无异于驱之入直。

"李鸿章呢？他的淮军灭了东捻，打捻子比别人更熟路，他的人马到了哪里？"慈禧急切地问道。诸路军马中，淮军是朝廷最倚重的。

到了哪里？怕是还没起程，恭亲王心里嘀咕，已经七八天了，李鸿章没有片语上奏。

"等下了朝，军机处马上拟旨，责问他为什么迟迟没有起程。"恭亲王与李鸿章关系密切，此时也不敢为李鸿章护短。

"只怕是李鸿章觉得翅膀硬了，不把我们娘儿仨放在眼里。"慈禧愤愤不平，"两江的银子都供给了他的淮军，要钱有钱，要粮有粮，两江士绅那么多人参他，朝廷都留中不发，不就是为了他一心剿捻吗？他李鸿章但凡还有点天良，早就该督队起程。人是不经惯，有些人你给他好脸，他以为你离了他不行，就蹬着鼻子上脸，就敬酒不吃吃罚酒。你们也不要再催他，朝廷赏了他双眼花翎，也赏了黄马褂，他既然这样不识好歹，那就夺回来！"

这处分够严厉了，仗还没打呢，就受了这么大处分，这以后让他怎么带兵？可是，恭亲王不敢回护，别的军机也无人敢张嘴。

"这事也不能全归罪李鸿章。河南的李鹤年怎么不用心挡一挡，让捻子一溜烟跑到直隶来了。"慈安这时也说话了。

"对，不仅李鹤年，左宗棠、官文也难辞其咎。"慈禧将脸转向醇郡王，"老七，那个陈国瑞，曾国藩参他好私斗，你说他忠勇性成，让他去带神机营，他人呢？"

陈国瑞当年被曾国藩严参，回籍反省。静久思动，便拿出银票请人活动。西捻军入晋后，便有人为他说话，说他当年随僧王剿捻，捻子最怕的就是他，因为他打起仗来从不后退，而且善于夜里劫营，应该让他出山。醇郡王奕譞抢先一步上奏，让他统带了神机营。

醇郡王与恭亲王这两年一直在暗中较劲，李鸿章、曾国藩等封疆大吏都与恭亲王关系密切，相比而言，醇郡王却是势单力孤。他自己也明白，要论理政，自叹不如，但要论统军，自信比这位六哥要强。陈国瑞是僧王最得力的属下，又以敢战出名，而且又有僧格林沁家族的支持，所以醇郡王的奏折很快获准，憋屈了两年多的陈国瑞终于扬眉吐气进京了。进京后被赏给头等侍卫，主要任务就是训练神机营。开始他是雄心勃勃，暗下决心要把神机营训练成一支劲旅。但很快他发现这是一个没法完成的任务，因为神机营虽然称为旗营中的精锐，但这些旗大爷养鸟、斗蝈蝈、酗酒、私斗很在行，而要严加操练却都受不了，纷纷向醇郡王告状。醇郡王一看将帅难和，干脆从神机营中拨出三万两银子，让陈国瑞在直隶新募一军。

不过直隶天子脚下，士民皆架子极大，疲玩取巧，却不能吃苦耐劳，根本募不到能上阵拼命的兵勇。回老家去募，根本来不及。陈国瑞想到了挖人墙脚的办法。当时在直隶的部队，以左宗棠的湘军最多，湘军月饷四两，陈国瑞开出月饷七两五的高价，派出亲信到左宗棠的军中去"招募"，而且还声称，入陈军后赌博、洋烟、抢夺民财皆不禁。这么优厚的条件，湘勇都眼红，所以，很快就被挖走了七八百人。左宗棠知道后，十分愤慨，骡子脾气一上来谁也不怕，他给醇郡王上书，如果陈国瑞再这么干，他就带人先把姓陈的灭了。醇郡王正为此事发愁，慈禧一问，竟然嗫嚅无以言对。

"怎么，陈国瑞不是很能打吗？他不是也怕了捻子吧？还是神机营的兵将不听话？"慈安有意救老七出窘局。

"回太后的话,陈国瑞正在募勇,目前才募到了千把人,他虽然能打,但光靠他也不行。"醇郡王终于有话可说。

"陈国瑞的新军、神机营还有崇厚的练军,那是最后才能用上的人马。真到了那时候,京城恐怕又要戒严了。"

怀着侥幸心理的李鸿章盼着局势有所变化,所以对每一道上谕及关于兵事的信函都看得很仔细,正月十五日元宵节,灯影喧闹中他等来的是一份极为严厉的上谕——

> 谕内阁:本日据官文、崇厚奏,捻匪北窜衡水定州一带,览奏曷胜愤懑。朝廷特命官文署理直隶总督,剿匪是其专责,乃毫无布置,任令捻逆北趋,口肆蔓延,实属有负委任。左宗棠于张宗禹捻股,未能在陕省就地歼除,致令纷窜山西、河南,扰及畿辅,调度无方。官文、左宗棠均着交部严加议处。李鸿章身任钦差大臣,为朝廷素所倚畀,当此匪踪北扰,宜如何速派援军,同心剿贼,乃叠奉谕旨,既未催令刘铭传暨善庆等军,趱程前进,又日久迄无一字复奏,是何居心?着拔去双眼花翎,并碣去黄马褂,单去骑都尉世职。李鹤年未能迅速出省督剿,会殄逆氛,以致捻匪窜入直境,扰及近畿。所调宋庆等援军,又不遵旨饬令分途前进,贻误戎机,着革去头品顶戴,并摘去顶戴。刘铭传暨善庆各军,是否李鸿章于接奉谕旨后,未经催令起程?抑系该员等任意逗留?着李鸿章据实复奏,再行分别惩处。除丁宝桢带兵入直谕令迅速前进外,所有前调刘铭传等军,仍着官文等迅速催提,以资兜剿。

李鸿章阅过上谕,递给身边的周馥。周馥惊呼道:"这还没见仗,怎么先给这么重的处分?剿西捻那是左诸葛的本分,怎么连带了这么多人?!"

"都是这位今亮放贼出山,殃及众人。没想到捻子行军这样迅速,看情形比东捻还要难制。不能再拖了,兰溪,麻烦你亲自走一趟,把各位统领叫到行辕来。"

"好,大人多给我点时间,我劝一下各位统领,务必以大局为重。大人是淮军的根本,大人地位不稳,便是一损俱损。"周馥自动请缨,要帮李鸿章解决难题。

"承情得很,这话你说比我说方便。"李鸿章对周馥的用心十分满意。

众人来到大堂,李鸿章亲自宣读上谕,读完了,众将站起来,他摘下顶戴,亲手把双眼花翎拔下来,放到叠得整整齐齐的黄马褂上。

"众位,朝廷这次是夺了我的双眼花翎、黄马褂,下一次,我脑袋能保不保得住就说不准了。"他装出一副无可奈何的神情,目光从每个人的脸上扫过。

山东布政使潘鼎新首先保证道:"属下愿跟随爵帅出征,不为别的,只为将来能够帮爵帅把这个处分削掉。"

郭松林、杨鼎勋、周盛传等人也都表示,愿随爵帅出征。

"我伤病未愈,没法随爵帅出征。"刘铭传依然不愿意出山。

"你可不必亲临前敌,朝廷看重的是你的声威。"李鸿章最希望的是刘铭传能够出征,而且朝廷也点名要他北上。

"伤病是一个原因,还有一个原因爵帅可能没在意。姓陈的竟然摇身一变成了头等侍卫,统领神机营,不知走的哪个的门路,反正来头不小。我与他有旧怨,仇人见面,不知会闹出什么麻烦来。他不是善茬,我也不是受窝囊气的人,到时候给爵帅惹出大祸来,反而不好。我无论如何不能奉命,明天就回合肥,请爵帅体谅。"刘铭传只好实话实说。

"省三不能出征,我不勉强,不过也不必这么急着走,就随我行辕调养有何不可?"看他说得决绝,李鸿章不再阻拦,想想也有道理,两个仇人战场上见,不能杀敌,先火并了,岂不让天下人笑话。陈国瑞能得来神机营的名头,显然是以醇郡王为奥援,还是少惹他为妙。

刘铭传摇了摇头道:"算了,那样倒好像我的伤病有假。干脆,我就回老家养几个月再说。"

李昭庆也趁机附和道:"我陪刘军门回合肥,路上有得话说。"

"诸位回去好好准备,等定准行军次第,立即开拔。"李鸿章没理他的茬。

众人走了,李鸿章把李昭庆留了下来:"老六,我知道你有怨气,可是成事一半在人,一半在天。你如果亲自捉住了赖文光,我上奏朝廷话也好说。"

李昭庆自从跟随曾国藩剿捻开始,是抱了立功升官的决心,率领马队奔驰在湖北、安徽、山东、河南、江苏,与捻军往返周旋,不得休息。每次鏖战,也都是匹马斫阵,所向无前,虽盛暑寒冬,与士卒同劳苦,因此落下了咳嗽、腰疼的毛病。可是造化弄人,辛苦数年,只得了一个记名盐运使的空衔。李昭庆突然顿悟,功名心全无,只想回家过儿女绕膝、娇妻在怀的小日子。

"天道不公,人道也不公。天不时,人不和,只知拼命有何用?我是看透了,再拼命,也是为人作嫁衣。"李昭庆大发牢骚,去意坚决,无论李鸿章怎么说,都坚持要随刘铭传一起回合肥,因此李鸿章只能随他了。

李鸿章把行辕设在德州,同时在张秋设转运局。张秋是运河古镇,在东昌府所属的阳谷县东南二十里,运河穿镇而过,而南下不到十里,便是黄河与运河交汇口,无论水陆,运输都极为便利。

张秋虽为镇,其规模却远超县城。镇子被运河分为东西二城,有护城河环绕,城有九门,镇内有七十二条街八十二胡同,百货充盈,繁华异常,晋商、徽商都建有会馆。李鸿章在此设转运局,一则是看中其交通便捷,二则就是看重它的商业繁荣,便于采购。

按照他的计划,转运局要设总办一名,会办三名。总办自然由他亲自点将,三名会办,他的要求是务必精于运筹,最好从办过粮饷军械的人中择优选用。他让幕僚先筹划几个人选,附上简历由他最后确定。费这么多周折,他是为了一个人——妙玉的丈夫韩文达。等幕僚们呈上名单,他在韩文达的名字上画了钩,解释说转运局要有个精通枪炮器械的会办,这个韩文达在粮台就是专门负责军械,而且正当盛年,是个不错的人选。韩文达从一个粮台委员,一跃而成转运局会办,外人无从知道他是走通了谁的门路,就是韩文达本人也不明就里,以为完全是因为自己善于管理军械的原因。只有妙玉心里清楚,当丈夫兴奋地报告喜讯时,她就知道是"大个子"起的作用。

李鸿章于正月二十日离济宁北上,二十天后到达德州督师,提督郭松林、杨鼎勋,布政使潘鼎新,总兵周盛波及都统善庆等共计三万余人陆续北上,投入战斗。此时所有进入直隶的人马,统归左宗棠指挥。左宗棠献计朝廷,整个大军分为三部分,京城附近一部分,为近防之师;直隶中部保定、河间、天津、直东驻军,为且防且剿之师,既是京师屏障,又防西捻军突围;左系湘军、李鸿章所率淮军及山东、安徽的勤王之师,为进剿之师,专门追击西捻军作战。

李鸿章对这个部署并不赞同,他认为要剿西捻,在直隶平原上追来追去不是善策,最有效的办法,还是他剿东捻的扼地兜剿。他揣度地势,直隶西边是太行山,一直延伸到豫北,东部有南北向的运河,而直隶中部有卫河,豫北有沁河,再南则有黄河,大体都是东西走向。那么最好的办法就是把西捻军压进卫河或沁河以南,使他们无法纵横驰骋,或可收聚歼之效。

左宗棠自然不会听从李鸿章的指挥,他督促进剿之师跟在西捻军后面穷追。西捻军已经全部易步为骑,行军十分迅速,如果与人数较少的官军步兵相遇,则以两万骑横冲,人挺长矛,腰携洋枪,排山倒海,官军挡者披靡;若与官军骑兵相遇,则统统下马,留下十分之一的人照看马匹,其他人则挥刀直进,官军骑兵也不敢靠近。若官军云集,不待合围形成,他们就疾驰而去,总是与官军保持两三天的路程。所以在直北平原上纵横奔逐一个月,官军莫敢当其锋。官军以步兵为主,行军速度没法与西捻军比,不过李鸿章的淮军洋枪洋炮十分先进,因此战斗力比之左宗棠的湘军强许多。三月中旬,郭松林、杨鼎勋所部淮军,先后在安平城、饶阳连败西捻军,十六日夜乘西捻军疲惫不堪疏于防范之机,又与刘松山、郭宝昌的湘军合围,获得大胜,邱远才、幼沃王张禹爵战死。

邱远才是太平军老将,后来加入捻军,能够独当一面,素有"邱老虎"之称;幼沃王张禹爵是捻军总旗主沃王张乐行的侄子,从小参加捻军的红孩子儿军,现在已经是西捻军年轻的战将,所部骑兵和红孩儿军勇锐不可当。邱远才善谋,而张禹爵善战,相得益彰,恰如东捻军的赖文光与任化邦。这两人的战死对西捻军震动很大,因此他们连夜撤军,疾驰数百里,一直到了豫北沁河流域才停住脚步。

这次重大胜利,让朝廷对淮军的战斗力刮目相看,因此对李鸿章的作用更加重视,对战场指挥权进行重新划分,左宗棠负责西路,驻保定,李鸿章负责东路,驻德州。

李鸿章看到西捻军进入沁河流域,正是他扼地兜剿计划实施的好时机,他命令淮军立即沿沁河扎木柱,建壕墙,准备把西捻军聚歼在沁河与黄河之间的狭长地域。他主动给左宗棠写信,请他督促晋军严密防守太行山要隘,不让西捻军西去,他本人则亲往河南开州(今濮阳)就近指挥作战。

西捻军在张宗禹的率领下,的确有向西重入山西的计划,但他发现太行山、王屋山各隘口已有官军布防，只好放弃。其实，官军匆忙布防，根本无力阻止西捻军西去。不过，张宗禹的特点是善于谋划，但是不善于打硬仗，而且最善战的邱远才与张禹爵刚刚战死，他更加没有信心，因此改为向南，但到了黄河边上，见水势浩荡，也难于渡过。他率军重新北上，打算再回直隶平原，却发现淮军正在沿沁河扎桩挖壕。他意识到官军正在实施合围计划，于是决定东渡运河。

西捻军一路向东北疾驰，连续打了好几个胜仗，李鸿章扼地兜剿计划宣告失败。他给刘铭传写信感叹道："直隶千里平原，无一堡一寨，捻匪纵横驰骋，一路抢掠，而后官军又过，所过如梳篦，直隶之民苦不堪言。左诸葛也知要剿平西捻非围制不得了局，但又无地利，无处措手。这真是十六年从军以来最糟糕的一次！"

西捻军一路东进，然后沿直鲁交界北上，重新进入直隶平原。李鸿章不得不离开开州北上，打算回德州行辕。路过鲁西东昌府阳谷县，此地离张秋不过二十余里，他心血来潮，决定到张秋转运局去视察。他对幕僚说，左诸葛在信中好几次提到希望装备淮军的洋枪洋炮，他决定筹措部分洋枪挪借给左诸葛的湘军，以改善一下关系。他的临时行辕设在阳谷，只率百余人的卫队去张秋。大家不放心，他说去去就回，不过大半天的时间，没什么好怕的。不过他的督标中军统领程副将不放心，与留守阳谷的参将约定，万一有紧急军情，就放红色礼花弹，务必安排专人观察张秋方向。

李鸿章一行骑马到了张秋镇，直接进了转运局所在的西城。他让转运局的总办领着，粮库、军械库、军装库，边看边问，总办对情况并不太熟，幸亏三位会办对自己的分工都十分清楚，算是救了总办的驾。尤其是负责军械转运的韩文达，对军械的种类、优劣以及进出数目，真是如数家珍。李鸿章对负责粮台的心腹幕僚道："这位总办我看走眼了，倒是管军械的韩会办业务精熟。找个合适的机会，把现任总办调走，让韩会办当这个总办。"

转了一圈回到总办公署，在花厅喝茶。李鸿章有意再考校一下韩文达，就问道："左大帅想拿洋枪装备一下他的湘军，已经几次在信中提到。我打算挪借部分洋枪洋炮给他，韩会办你说说看，能挪出多少条枪，多少门炮。"

"现在库存五千条枪，炮有八十余门。依我看，大帅不妨大方点，就给左帅三千条枪，炮嘛暂时无从挪借。"韩文达这样建议。

"为什么是三千条枪,又为什么炮无从挪借?"李鸿章问道。

"因为这三千条枪都是我们自己产的, 另两千条是从英吉利国买来的。我们自己产的无论射程还是准头都不及英吉利国。"韩文达有条不紊地解释,"对咱们淮军来说,现在洋枪已经全部准备部队,无非就是战后补充一部分,有这两千条足够了。还有三千条正在从上海转运过来,所以把这三千条挪给左大帅,对我们毫无影响。至于炮嘛,库存只有八十门,要等大帅合围时调用。"

李鸿章笑了笑说道:"你的意思是好枪自己留用,差一点的就给左帅。合不合适咱们以后再议,我倒要请教你一个问题,为什么咱们自己生产的枪射程和准头都不及洋人产的?"

"这个我仔细向人请教过。射程不足,主要是咱们的火药不如洋人的好,烟大,劲头却小。即便是从洋人国家进口的黄药,买来的也不是最好的。"韩文达胸有成竹,"至于准头不好,还是咱们工艺不精,俗话说差之毫厘谬以千里,准星精度和调校上,咱们都不如洋人精细。"

"同样的设备,为什么我们的精度总是不够?"李鸿章则锲而不舍,好像非要问倒韩文达。

"要我来说,咱们大清没有精益求精的传统,办事情讲究个差不多就行。比如,洋人现在讲化学、讲格物,可是我们还在讲金木水火土;在钢铁冶炼上,洋人对不同的矿石,有不同的炉子和不同的冶炼配方,我们呢还是老经验,生铁、熟铁、炒钢、灌钢,把炼铁与炒菜相比,光听名称,就不讲究。"

"你说得倒是新鲜, 我还是第一次听说咱大清没有精益求精的传统,不过仔细一想,还真是这么回事。数千年来,咱们一直以诗词文章取士,搞算学、水利、格物这些实用学问的,反而不被看重,所以也就没人在这上面下功夫,不肯精益求精,这的确是个问题。"李鸿章想了一想确实如此。

这时外面突然响起枪声,乱糟糟人声鼎沸。督标营中军统领兼钦差卫队长程副将跑进来报告道:"大帅,不好了,我们被捻子马队包围了。"

一屋的人都紧张起来。

"怎么回事?有多少人?"李鸿章皱起眉头问。

"好几千人。他们先有人冒充商人进城夺了城门,大队人马已经进城,卫队在门外抵挡一阵,大帅赶快走。"程副将留下二十几人,其他人则在门外抵挡。

转运局总办脸色蜡黄，两手颤抖。韩文达则立即安排道："总办大人必须护送大帅离开这里，你这公署太惹眼，容易引起捻子的注意。大家赶快换上百姓衣服，躲到百姓家里去。听说捻子只抢官府和富户，对一般百姓家不骚扰。"

可一时间去哪里找百姓衣服，正忙得乱转，外面抵挡的卫队传来消息，说捻子就要攻破转运局大门，请大帅马上转移。

韩文达见总办已经晕头转向，当机立断道："大帅，请跟我从后门走。"

后门在另一条街上，那条街全是普通民居，街巷狭窄，小胡同七拐八拐，不熟悉路况很容易转迷糊。然而刚走出后门，就被西捻军发现了，百余人立即扑上来。二十多个护卫拼死抵挡，韩文达拉着李鸿章东转西转，来到了一个大门前，咣咣砸着门大喊道："秋秋，快开门。"

前来开门的是个大眼睛姑娘，李鸿章一下认出来，正是妙玉的丫头。不过惊慌之中，李鸿章又是顶戴袍服，她并没认出来。

刚关上门，外面吵嚷声越来越近。韩文达吩咐道："秋秋，这是淮军大帅、钦差李大人，快带夫人和李大人藏到地窖里，我来抵挡一下。"

说话间大门已经被砸得砰砰直摇。秋秋拉着李鸿章进了房间，一个大肚子女人迎出来，两人对视一眼，立即认出彼此。

"大个子，是你？"妙玉惊讶道。

秋秋盯着他看了一眼道："啊，夫人，老爷说他是淮军大帅、钦差大臣李大人。"

淮军大帅、钦差大臣李鸿章的名字，丈夫经常念叨，没想到就是李大个子。

李鸿章着急道："妙玉，不必多说，我就是李鸿章。捻子追过来了，你们快躲起来，我在这里给你们挡挡。"

"你拿什么挡？要死一块死。"

这时大门已经被撞开，韩文达手持腰刀，越战越勇，连杀三个捻子。但好汉难抵四手，他连中两刀，躺在血泊中。李鸿章从客厅的架子上抽出一柄剑，跳到院子中，挥剑乱砍，一连砍倒两人。但这柄剑是样子货，根本不趁手。几个人围上来，一个捻子叫道："哦，红顶子，是一品大员，我们捉到清妖大官了,兄弟们,咱们捉活的。"

他们要捉活的,李鸿章却是杀一个够本,杀两个赚一个,结果又连伤两人。一院子西捻军被杀急了眼,不再捉活的,恶狠狠刀砍矛刺,李鸿章胳膊和腿上都受了轻伤。眼看就绝望了,外面响起密集的枪声,李鸿章的卫队和转运局的守卫冲了进来,洋枪乱放,十几个西捻军全被打死了。

程副将浑身是血,也不知是他的还是别人的,看到李鸿章并无大碍,喘着粗气道:"谢天谢地,大帅无事就好。"

这时门外喊杀声又起,侍卫冲进来道:"大人快走,又有一队捻子追过来了。"

"大人跟我走,我带大人出城去。"转运局的一名卫勇自告奋勇道。

"大人的红顶子太招眼,先扔掉,将来再找回来。"程副将把李鸿章的一品红顶子摘下来,顺手扔到西厢房里,又让一名卫勇脱下号衣,让李鸿章换上。

"我不能走,我走了,韩会办家里就会遭殃。"李鸿章不放心屋里的妙玉。

程副将职责所在,只管李鸿章安危,哪管他人死活,他一边使眼色让人拉着李鸿章出门一边道:"捻子就是冲大人来的,大人不走才真正给人家惹祸。"

李鸿章被簇拥着出了大门,他对程副将怒吼道:"老程你给我听着,这家人要是让捻子祸害了,你提头见我。"

程副将见李鸿章眼里冒火,知道这家人非同小可,把身边人分成两拨,一拨去保护李鸿章,一拨留下来和他一道阻挡追来的捻军,死死护住院子。好在胡同比较窄,西捻军人多也无济于事,竟然被程副将死死挡在胡同里。

妙玉被秋秋架出来用力去推血泊中的丈夫,根本没有回应。她一着急,捂着肚子瘫倒在地,身下一摊血迹。秋秋手足无措,只知道"夫人夫人"地乱叫。

"秋秋别急,我要生了,你快扶我去屋里。"

可是秋秋如何能够扶得起她,妙玉又道:"你快去屋里,抱褥子来垫到我身子底下。"

秋秋抱来褥子,又拿一张床单遮在妙玉身边。妙玉一手抓住丈夫的手,一手抓住秋秋的裤脚,死去活来挣扎着。秋秋手足无措,看到夫人身下涌出一大摊血,早就吓得哇哇大哭。一声婴儿的啼哭传来,妙玉如释重负,把床单盖在自己身上,吩咐秋秋去拿把剪子和蜡烛来,在蜡烛上把剪子烧了烧,自己剪断孩子身上的脐带。她看了一眼是个女孩,便说道:"秋秋,快让老爷看看,韩家有后了。老爷还没走远,他看得到的。"

第二十六章

张宗禹投河就义 李鸿章晋升协揆

李鸿章被转运局的卫勇领着穿胡同走小巷,最后到了城墙跟前,顺着一道不足两尺宽的台阶登上城墙。城墙墙垛上拴着一股粗绳,转运局的卫勇顺绳拔上一只柳条筐来,让李鸿章坐到筐里送到城下,接着他又道:"弟兄们没大人金贵,都顺绳溜下去吧。"

说完,他第一个滑下去,然后从芦苇丛中拖出一只木船来,把李鸿章扶上船去,和六七个亲兵一起渡过护城河,并在一处河岸塌陷处弃舟登岸。这时城墙上已经站满了捻子,一边放箭,一边大呼小叫。

李鸿章一路向前奔,后来进了一个村子,村子里一个人也没有,显然是听说捻子来了都跑了。李鸿章实在跑不动了,便说道:"快进屋里,找找有没有吃的。"

午饭时候早就过了,他还水米未进呢。农户的锅里还有小半锅稀饭,余温尚在,显然是做好了没来得及吃就跑了。李鸿章见此便道:"快扫快扫,扫光再跑。""扫"是合肥土话,快吃的意思。

大家顾不得体面,各自找碗来直接从锅里捞米饭。

李鸿章吃了两碗稀饭,站到院外的一个大粪堆上向张秋城的方向看。因为离城太远, 所以根本看不到。转运局的卫勇指了指相反的方向说道:"大帅,张秋城在那边,咱们跑得掉向了。"

李鸿章转身再看,依然看不到城,但听枪炮声明显稀少了。他站在粪堆上说道:"你们几个,谁回城里打探一下?"

"我回去吧大人,我地方熟。"转运局的卫勇又自告奋勇道。

"好,快去快回。"

可那个卫勇却并没立即走,在几家院子里乱窜。见此,李鸿章又奇怪地问道:"这位小哥,你乱窜哄个?"

"我找匹马或骡子骑,那样快些。骡子和马没得找,将就骑头驴吧。"说话间,那卫勇已经从院里牵出一头驴来,他在驴屁股上啪啪两巴掌,那头驴竟然听话地跑起来。

走了不过两刻钟,突然远处有马队疾驰而来的声音,几个亲兵都劝李鸿章躲起来。他回驳道:"怎么躲,这里一马平川能躲到哪里?就这几个院子,一只老鼠也藏不住!罢了,我这淮军大帅,不能东躲西藏。"

"我们几个,誓死保卫大帅。"几个亲兵都围了过来。

这时已有十几匹马冲进了村子,其中有一骑直接骑进院子里来了,那马上的人立即跳下来叫道:"找到大帅了!"

原来他们是督标营马队骑兵,听到转运局卫勇的报告,就赶过来了。

李鸿章被马队簇拥着回到张秋城,他策马直奔总办衙门后的小巷,无奈却找不到妙玉住的院子。他在马上对转运局的卫勇大喊:"喂,我说你,转运局的小哥,马上带我去韩会办的家。"

那个卫勇此时已经换了一匹马,带着李鸿章找到了妙玉住的院子。院子里有十几个兵勇,韩文达的尸体已经摆到灵床上。妙玉的房门却"砰"的一声关上了。李鸿章走到门前说道:"韩夫人,请开门说话。"

秋秋在里面应道:"钦差大人,我们夫人说了,我们小门小户人家,命值不了几个钱,何劳大人关心,大人还是走吧。"

李鸿章知道他抛下妙玉逃生伤透了她的心,可是当时的情形也由不得他,便解释道:"韩夫人,韩会办是为救我而死,你让我当面致谢。"

秋秋传达的还是赌气的话:"我们夫人说,大人命值钱,应当救,没什么好谢的。要谢,我们老爷就躺在院子里。"

一院子人看着李鸿章被关在门外,没有一个人能说得上话,院里一下子安静下来。

这时秋秋又大声说道:"李钦差,我们夫人说老天有眼,我们家老爷有后了,夫人给韩老爷生了个女儿。"

李鸿章知道,妙玉这是在告诉他,他的女儿出生了。于是,他对秋秋说道:"告诉你们家夫人,韩会办的孩子和亲属我会照顾好的,韩会办为我送命,我不能让他的亲人和孩子落到泥地上。"

转回身,李鸿章对刚刚赶到的总办说道:"你马上找几个手脚麻利的女人好好照顾韩夫人。韩会办是为救我而殉职,你马上写一个详情递到钦差行辕。"

一行人回到转运局公署,李鸿章详问战况。现在掌握的情况,这支捻军马队人数并不多,大约两千人。看他们的来头,是冲着转运局洋枪来的。他们先派出几十个山东人冒充本地人进城,控制住城门后放大队人马进城。

李鸿章冷着脸说道:"把今天守西门的人还有负责城防的武职官员,立即就地斩决!"

"喳!"

"捻子为什么突然又撤走了?"李鸿章继续冷着脸问。

"督标马队的何参将有些不放心,把马队带到阳谷城东五里外驻扎,看到我的信号后,很快就赶过来了。"程副将说,"转运局守卫许千总临阵不乱,拼死杀敌,功不可没。"

张秋城因为是要地,因此有一千淮勇防守。不过负责带兵的牛游击——外号"牛两坛",却喝得酩酊大醉,城内震天动地的喊杀声也没吵醒他,结果守军群龙无首,后来是负责转运局门禁的许千总挺身而出,临时指挥,组织起了五六百人与捻子作战。捻子见城内抵抗激烈,城外又来援兵,因此仓皇而逃。

李鸿章立即赏罚道:"牛游击按临阵退缩例立斩,许千总立即升游击,负责张秋城防。你空出来的千总,就让那个谁来实领。"

许千总此时就在大堂,立马跪下求情:"求大帅开恩,我们牛游击对兄弟们很好,从不克扣粮饷,求大帅饶他一命。"

"你是个心地忠厚的人。好,看你的面子,他死罪可免,活罪不饶,杖四十,让他在你手下做个大头兵。"

李鸿章要超擢千总的"那个谁",就是今天带他出城的转运局卫勇,这人很勇敢,又机智有趣,很投李鸿章的胃口,只是不知道他的名字。

许千总——应该是许游击连忙回道:"他叫刘二喜,卑职马上叫他来。"

此时的刘二喜正在门外胡吹海侃，听说这意外之喜，反倒有些不自在。他进门跪下磕头说道："大帅，这个赏小的实在不敢领，小的办了些荒唐事，都让大帅知道了。"

原来，他领李鸿章逃生的那个筏和小船是他走私的小门路。因为张秋城每个城门都有厘卡，他平日仗着与站城墙的守兵熟悉，就用这条小船帮人逃厘捐，弄点小外快。

李鸿章笑道："原来你是干这些勾当的，本部堂既然知道了，就必须严惩，罚你交银一千两。不过，你临危不乱，办事很有条理，又承认过错，诚实可敬，本部堂再赏你一千两银子。"

闻言，刘二喜乐得合不拢嘴，欢天喜地而去。

转运局总办做事实在勉强，李鸿章本有意让韩文达替代，可是天不遂人愿，韩文达竟然为救他而死，目前只能先让这位总办先应付着。李鸿章又特别叮嘱他务必照顾好韩夫人："她有什么要求，只要能办，一概办理，实在办不了的我来办。韩夫人家里已经没有亲人，就先让她在你转运局住着，将来我慢慢想办法。"

李鸿章临走前，又去看了妙玉一次，妙玉依然不肯开门相见。李鸿章在院子里徘徊许久，才惆怅离开。

不知不觉，泪水流进妙玉的嘴里，又咸又涩。她自顾自地说道："秋秋，他为什么那么狠心，生死关头抛下我们就走。我家老爷为他而死，流了一地的血，他连看一眼也不看，就顾着自己逃命。"

"姐姐，当时是那些兵把他架走的，他也不肯走。那个程将军就是他命令留下来保护夫人的，他说要是保护不了夫人，就要程将军的人头。"秋秋劝了又劝，"总办不是说了嘛，钦差大人已经留下了两千两银子，要派他的亲兵护送老爷回家，又专门请了人来照顾夫人。"

"银子有什么用，人都没了。"妙玉又抬头问，"秋秋，他真走了？"

"人家等了那么长时间，你连门也不让开，人家可不走了。"

西捻军又从直隶南下进入山东东昌府。东昌府有贩私盐的盐民数千人，正被官军追剿，西捻军一入东昌，他们就纷纷加入，成了现成的向导。西捻军从东昌城南李海务运河水浅处渡过运河，把官军远远抛在了运河西岸。然后探马星夜兼程,七天的时间,兵锋直达天津城南十余里的地方。

天津离京城太近了,按西捻军的速度,一天多就可兵临京城!朝廷闻警大惊,宣布京师再次戒严,左宗棠、李鸿章被朝廷给予降二级的处分。

李鸿章却觉得西捻军跑到运河以东并非坏事,他又看到了扼地兜剿的机遇。如今西捻军南面是黄河,西面是运河,东面是无际的大海,只要严守运河西岸和黄河南岸,从北往南压,便可把西捻军圈住,最后聚歼。于是他主动给山东巡抚丁宝桢、安徽巡抚英翰写信,请他们支持他的圈河计划;对左宗棠,不仅写信详细告知圈河计划,而且主动提出把本来计划装备淮军的一批洋枪洋炮先装备给刘松山的湘军。左宗棠终于同意了李鸿章的计划,并督军前来帮助防守运河。

这个方案虽好,但所需人力巨大。从山东黄、运交汇口张秋直至鲁交界处的临清,这段运河长三百余里,从临清到天津,又有七百余里。如果每营守四至七里,就需要守兵十万,再加追剿部队,也需要三万。李鸿章能够调动的军队没有这么多。还有,要沿河打桩建壕墙,工程量相当大,也许没有建成,捻军又突了出去,就会前功尽弃。然而,犹如天助,今年山东、直隶雨水早,运河水涨,盛于往年。

李鸿章约请安徽巡抚英翰、山东巡抚丁宝桢到德州会面,下定长墙圈河的决心。他告诉两人,如果有功,是大家的,如果挫败,他独任其咎。

李鸿章与两人商定,划分了运河防区,张秋至东昌府是东军防区,东昌至临清为淮军防区,鲁北德州段则为皖军防区,运河出山东到直隶沧州段则为左军防区,天津以南为三口通商大臣崇厚的防区。因为长墙圈河计划没有多大把握,而朝廷则一直希望官军穷追,尽快见效,所以李鸿章与大家约定,这个计划先实施,但暂时不上奏。他再次给刘铭传写信,请他出山统军;又给曾国藩写信,告诉他运河水大,请江南水师提督黄冀升带水师战船沿运河北上,到张秋帮助守运河;又给崇厚写信,让他出面请驻天津的英法舰队驶入海河,帮助阻止捻军北上。

追到鲁北的淮军,连续与西捻军作战并取得胜利。朝廷再次调整战场指挥权,所有在直隶东部的官军,完全由李鸿章来指挥。因为大部分官军都到了直隶东部,所以李鸿章成为剿捻的主要指挥者。不过,朝廷上下对他把大队人马部署在运河上却很有看法,醇郡王也反对他的长墙圈河计划,认为十几万人数路并发,把西捻军围歼比这样守株待兔更切实际。更有一部分人认为,李鸿章是有意放纵西捻军,养寇自重,刘铭传借伤不肯援剿是李鸿章授意,鸿胪寺少卿朱学勤还因此上折弹劾刘铭传。

慈禧对前线情形及捻军与官军的异同不甚了了,总觉得十几万官军围剿三四万捻子,不是很容易的事情吗?所以她也有些相信李鸿章养寇自重的说法,听从醇郡王的建议,让军机处下旨,限定李鸿章一个月内剿灭西捻:

> 谕军机大臣等:鸿胪寺少卿朱学勤奏,请催提督剿贼。刘铭传自剿灭赖文光等股匪后,乞假养疾。该员本系直隶提督,值捻匪窜犯近畿,即应力疾销假,赴直剿贼,以副专阃之寄。况现值三月假期已满,若竟晏然安居,岂人臣急难赴公之义?该提督起自卒伍,不数年间,擢至提督,受恩深重。现当捻逆猖獗之际,当不至苟且偷安,颓然自弃。着李鸿章即催令该提督迅督所部,驰赴直隶山东一带,随同该大臣剿贼,将此股捻匪迅速殄除,以图报称。倘或始终迁延,即由李鸿章参奏,以肃纪纲。朱学勤原折一件,着钞给李鸿章阅看。直东各军,宜愓厉攻剿,数路并发,限月内悉数歼除。着李鸿章妥为调度,不得玩忽因循,至获重咎。凛之!

数路并发,悉数歼除,说起来容易,如何做得到?直东也是平原,数路大军不待形成合围,捻子便飘忽无影,怎么聚歼?限一月内歼除,纯是痴人说梦。

李鸿章一面联络山东巡抚丁宝桢、安徽巡抚英翰,请他们务必督责所部赶紧打桩挖壕,巩固河防,一面再写一封亲笔信,附上朝廷上谕,拜托周馥亲自去一趟合肥,请刘铭传务必出山。朝野如此误会,如果刘铭传再假病不归,他如何交代?

周馥一直跟随在李鸿章身边,亲眼看见他为长墙圈河之策殚精竭虑,夜不成寐,日不安食,因此极愿为他分忧:"大帅请放心,就是哭请,我也要把省三请出山。"

李鸿章还是坚持他的长墙圈河方案,他给醇郡王写信,请他督促京营官兵向运河西线集中,防止西捻军突破运防,再跑到京城去。醇郡王不愿京兵远行,一则他知道京营旗兵不耐劳苦,二则更担心京城防务空虚,因此告诉李鸿章实在无兵可调。直隶总督官文，也表示保定一线是京师屏障，必须妥为筹防，因此也不肯派兵去协守运河。他所依靠的只有湘、淮、东、皖四军，而左宗棠对长墙圈河的方案仍然有异议，他认为应当根据形势的变化，把部队分为拦头、尾追、横截三支，由诸将自行商会，一旦发现西捻军，便分进排击，聚而歼之。如果真按左宗棠的意思，诸将自行商会，那长墙圈河计划将完全泡汤。所以李鸿章给左宗棠写了封长信，苦口婆心争取他的支持：

> 贼之盘旋飘忽，见兵即走，瞬息变幻，往往不能如人意所欲出，悬拟此着，相机为之，仍是分路排进之局。但行军迟速后先，难得划一，又每晚依村住宿，须趁大庄，即同行同止亦有参差，理也，势也。贼飘忽迅疾，乘隙蹈虚，势难聚歼。久追疲乏，不易及贼，更难见功。固以运为防，虽拙实巧，尤需季帅鼎力相持。廷谕屡以运西防务责成官、崇两帅，乃诸公专打空心针。弟本任剿事，原可不管防务，若真不管，贼必肆窜畿辅，一过运西，虽不是鸿章之防区，然于心何忍？力量止此，东涂西抹，恐一隙之疏，致误全局，焦灼实甚！

李鸿章说得不错，他负责直东防务，如果放西捻军突破运河，跑到西边，便又够左宗棠忙活的。如果左宗棠明大势，就应当支持他的运防计划。

跑到天津的西捻军见天津防务加强，又有洋人炮船相助，于是南下，重新回到直鲁交界。李鸿章则趁机派淮军赶到减河，打桩挖壕，在减河布防。

减河是直隶南部的人工河，东西横贯漳卫河、运河，直到大海，运河水小时，可引漳卫河入运，运河水大时，可开闸放水由减河入海。今年运河水涨三尺，西捻军一过减河，李鸿章便下令提闸放水，减河水涨，成为天然屏障，淮军又在北岸挖壕筑墙设防，堪称牢不可破。捻军活动范围由此缩至东阻大海、西有运河、北隔减河、南临黄河的狭长范围。

闰四月初八日，张宗禹率军由直隶东猛扑运河，被左宗棠所部提督刘松山和豫军张曜部击退，他又往南走，想从东昌府段运河突破，这里是淮军防守，更加严密。于是西捻军转而北上，没想到减河已经有淮军布防。此时，无论减河还是运河，官军防守并不严密，如果西捻军全力抢渡，完全可以北走或西去。然而张宗禹不善于打硬仗，于是下令南返，重新在鲁北一带活动。

此时鲁北正是麦后,粮食充足,打算在此就食个把月再说。为了防止被官军围剿,他把人马分散开来,鲁北十几县到处有捻军在行动。然而,这样做的坏处是容易被各个击破,所以半个月内,西捻军连续有几支部队被官军击溃。于是他再次把捻军集中起来,决定设法突围。不过,耽误了这个把月,形势已经发生了极大变化。

在这二十余天中,减河防线稳固后,李鸿章进一步缩小包围圈,从运河上抽调人马,在减河南五六十里的德州马颊河北岸设防;又让丁宝桢把东军一部从黄河防线北调到徒骇河南岸设防,这样,就把捻军的活动范围压缩在鲁北马颊河和徒骇河之间东西狭长三四百里的范围内。

在加固防线的过程中,李鸿章坚决不同意进兵围剿,因为那样势必逼迫西捻军拼命,有可能会突破河防。李鸿章把大军屯在河边,只派少数部队应付,这让朝廷非常不高兴,再次提出限期剿灭,并派黑龙江将军都兴阿为钦差到减河北岸督战,督促左、李两人限期进军围剿。

在李鸿章看来,都兴阿督战只是一方面,另一方面是为满人前来分功。太平军及东捻败亡,靠的主要是湘军与淮军,满人功勋不显。如今追剿西捻,满人有直隶总督官文、三口通商大臣崇厚,大概犹嫌不足,因此再派都兴阿前来。不过这三人所部,主要分布在直隶北部,都是摆摆样子,只算助威罢了,真要能硬碰硬打仗,他们早就到减河南岸来了。李鸿章看得通透,因此趁机上奏,恳请都兴阿率部前来参加会剿。朝廷回复,都兴阿部严防减河,防捻北窜袭扰京师,而替出的淮军立即参与追剿作战。

形势正在变得明朗,李鸿章的把握也越来越大,更让他欣慰的是刘铭传于六月初到达德州大营。他见到李鸿章后愣怔了好久,眼圈一红道:"爵帅,几个月不见,您竟成了这副模样……"

李鸿章的模样比之腊月祝捷时,黑了,瘦了,本来就高的颧骨更加凸起,眼角灰暗,两鬓添白,在刘铭传眼里,陡然老了好几岁。

"咳,内外交逼,没办法。"李鸿章倒不甚为意,"我坚持长墙圈河,上面逼着数路围剿。大军屯在河防上,时间越久,我心里越是不安,只怕功败垂成,让捻子突了出去,那时候就百口莫辩。"

刘铭传支持道:"不管他们,上面全是纸上谈兵,对付捻子只有长墙圈河一法,爵帅必须坚持。"

"我这人没别的好处,固执己见能做得到。可是要办成一件事情,方法对了还不够,只有你一个人坚持还不够,必须让更多的人来支持,和大家一起合起手来才能做得成。"李鸿章这几个月来,一直在做的就是这件事情,他放下钦差大臣的架子,频频书信往来,终于争取到安徽、河南、山东三省巡抚的大力支持,对左宗棠除了主动拨给他洋枪洋炮,还亲自会见相商,最近河防的效果显现,左宗棠也开始上心支持。

"胜则争功,败则诿过,这是官军的痼疾。不过,要彻底剿平捻患,又非大家携起手来不成。所以,我淮军不要怕人家来争功,还要主动让功。"李鸿章怕刘铭传锋芒太盛,与其他各军配合不好,因此先打预防针。

"爵帅放心,这几个月我也有些心得。"刘铭传在家养病的几个月,一边读书一边静思,确实有所收获,"我们常说舍得舍得,有舍才有得,先舍后才得。有时候你看上去是得到了,其实失去的反而更多;有时候你暂时失去了,但长远看可能得到的更多。再说,人生有限,世事纷纭,人哪里争得过来?譬如军功,我已经做到了提督大员,又何必斤斤计较?我这次出山,不是冲着军功来的,是纯粹为了帮爵帅了事而来。"

"好得很,省三有此感悟,这几个月的假也值了。你说得不错,人不能只为功名,更要了事。你想想那些青史留名的,必是做成了几件大事,让人想忘也忘不了。"李鸿章也有所感悟,但与刘铭传有所不同,"这些天我也在想,要以我的脾气,咱谁也不靠,就靠咱淮军兄弟,咬咬牙也能把捻子灭了。可是后来我觉得,做事不能如此想,如果你觉得自己对了,就谁也不理,怀着'我做给你们看看,到底谁对'的想法,那你就错了,必不能成事。一个人要做事、要成事,必须让越来越多的人赞同,让越来越多的人跟着你来做,不管打仗,还是民政,还是办洋务,无一不是如此。曾老师教导我,做事以找替手为第一要义,我想再补充一句,做成事要以邀集同道为第一要义。"

"爵帅想得深远,不过我现在关心的是前线局势到底如何。"刘铭传最为关心的是他即将奔赴的战场形势。

"扯远了。战场局势,有利有弊。先讲利:今年漳卫河上游水势充沛,运河水涨,不但运河水涨,就是马颊河、徒骇河也是水势颇大,鲁北如今处处泽国,有些地方平地水深二三尺,捻子的马队优势不能发挥。捻子这一阵连吃败仗,骡马、辎重、粮食损失不小。前日捕到了张宗禹的一个亲兵,他说张宗禹现在最怕的就是被围,所以严令部众不要与官军恋战。又说捻子烟土没了,呵欠连连。省三你想,张宗禹是个鸦片鬼,他的几个兄弟子侄也都有此嗜好,大烟没了是什么滋味?他这个人专以智取,凡多智者,必然胆怯,凡烟瘾重者,必然气馁。好几次捻子扑犯运河,官军本来立脚未稳,捻子大可一扑而过,我的心都提到嗓子眼上,可是他们却狐疑而退,不敢久攻。我敢断言,即使将来他们要抢河逃命,张氏兄弟必不肯领头,他们不领头,其余捻众也未必能上前。所以淮军兄弟一旦与捻子相遇,就放胆来打,咬紧牙关坚持,必能大破捻子。这是利。不过弊也很明显,就是官军大帅太多,如今又来了个都兴阿。贼一首而官军数帅,令出多门,到时非误事不可。如今官军主力都到了马颊河、徒骇河边,河防上的官军如果稍有疏忽,捻子狗急跳墙,可能抢渡而去,这是我最担心的。不过,我已经请湘军水师进入运河了。"

决战时刻终于到来。

半个月来连降大雨,西捻军马队再也不能纵横驰骋,而河防加固后,李鸿章从河防上抽调人马,加入追剿部队,马颊河与徒骇河之间的狭长的区域,到处都有官军。西捻军连吃败仗,以走制敌的办法已经行不通。同治七年六月初七日,商河大战爆发。

这天早晨,驻商河城东北沙河镇的西捻军得到官军正在合围的消息,立即起队准备撤离险地,但已经来不及了。郭松林横截于前,潘鼎新袭击于后,王心安的东军也前来助战。时值大雨连连,道路泥泞,马蹄陷于泥水中,反而不如步兵迅速。张宗禹率部边打边撤,退到商河城下,得到城中捻军支援,士气大涨,于是在城下布防反击。郭松林率部首先赶到,刘铭传的铭军也前来支援。张宗禹亲率黑旗马队冲锋,郭松林骑兵迎上去,以骑兵对骑兵,而刘铭传的铭军,人手一条洋枪,组成枪阵,轮番射击。张宗禹中枪,子弹从后腰射入,从小腹贯出,伤势很重,被亲兵抢回。他忍着伤痛下令西捻军撤往东南方向,无奈官军咬住不放,被阵斩三千余人,被俘两千,骡马辎重损失无数。

张宗禹率军撤出商河,东走武定,准备把官军引诱到海滨,然后乘虚抢渡黄河。但当他率军折到黄河北岸,准备在龙王庙一带渡黄河时,数万官军包围过来,于是他再率军北撤到济阳玉林镇。

数路官军追随到济阳,对西捻军的位置也摸得十分清楚。六月十一日晚,淮军刘铭传、潘鼎新、郭松林再加东军王心安、豫军宋庆,在济阳城东北曲堤村商讨合围玉林镇的计划。五位统领,其实是以刘铭传为主。刘铭传虽然参战不过十来天,但潘鼎新、郭松林都买他的账,王心安和宋庆是跟着淮军在打仗,因此也就没什么好说的。整个合围计划,自然是刘铭传在策划。

张宗禹所率捻军不足两万人,而官军加起来近五万。刘铭传的计划,是五路同时合围。潘鼎新居东,郭松林从南,宋庆占北,西路一片开阔地,最容易被突破,因此刘铭传与东军王心安部两路并进。对此,王心安略有异议:"省帅有些太抬举小阎王了,他不足两万人,我们五万人来围他,有什么好怕的。西路只要我东军就够了,赫赫有名的铭军也上,真是杀鸡用牛刀了。"他想独得大功,自然瞒不过刘铭传。众位统领也心知肚明,所以他干脆挑明了,"省帅屡立奇功,消灭东捻更是名满天下,让我东军声名扫地。如今遇到了这么个容易见功的机会,省帅可否让给我东军?"

王心安这样说,反倒显得光明磊落。刘铭传心想你太小看小阎王了,以你东军的战斗力根本挡不住捻子。但他想到了李鸿章的叮嘱,咬了会儿嘴唇,一拍桌子道:"好,就让东军的兄弟去露一手。我撤往西边,就算预备队,你们谁需要我铭军支援,就派人来招呼一声。"

刘铭传自然不会老老实实在那里当预备队,他已经摸透了玉林镇一带的地形,把他的铭军埋伏在徒骇河边的大柳树村,只等万一王心安的东军被打散,就由他铭军来收拾残局。

西捻军自知优势尽失,被官军咬得太紧,因此始终保持了警惕,就是玉林镇也没打算久待,计划第二天半夜就走,让官军扑个空。然而,张宗禹因为枪伤太重,西捻军缺医少药,打发人到地方上去找郎中,弄红伤药。

打发出去的人信誓旦旦说于这一带地方熟悉,定能找来郎中,谁料他开了小差,溜掉了。等到半夜大家才知道不妙,重新打发人去找,这样一耽搁,郎中处理完张宗禹的伤口已经天光大亮。夜里有雾,又加连日行军太过疲乏,等官军悄悄围上来了这才发现。西捻军匆忙迎战,张宗禹带伤督战道:"弟兄们,今天与清妖决一死战,是生是死,在此一举!击退了妖兵,我与弟兄们突过运河,重回安徽老家!"

西捻军人人都知道这是最后决战,因此都舍命相拼,无奈官军人多,自家后路被抄,火器几乎没有,因此伤亡惨重。张宗禹骑在马上观察形势,发现西路平坦，而且是战斗力一般的东军，于是他下令道："西路是不经打的东军，弟兄们合力向西冲。"

王心安督军力战，但西捻军是鱼死网破的气势，所以防线终于被突破，他眼睁睁看着西捻军策马而去。

冲出重围的西捻军，南北两面都遇到了官军小队的骚扰，张宗禹判断南北两面都有官军，因此下令不与他们纠缠，只管向西奔，这恰恰奔到了刘铭传的伏击圈中。等西捻军闯进大柳树村，突然伏兵四起，而且全是洋枪洋炮，弹子如雨，西捻军根本无还手之力。张宗禹带人左冲右突，却无法冲出重围，那些久经沙场的战将一个个中枪而死。这一仗铭军沾了大光，虽然死伤一千余人，但五千捻军除一千余人被俘外，其余大都阵亡。

刘铭传让人清点人数，寻找张宗禹等头领，费了半个时辰，却是活不见人死不见尸。后来有个年老的捻军说他被几个亲兵保护着突出去了，刘铭传气得跺脚，亲自带上几百骑兵向徒骇河边追。一直追了十几里，捉到了一个叫王双孜的捻军，他自称是张宗禹的亲兵，是保护张宗禹突出重围的八个人之一。

"姓张的呢？说一句假话，立即砍下你的脑袋。"刘铭传不想耽误时间。

"梁王投水自杀了。"王双孜道。

"投水自杀了，你骗谁？是不是留下你故意给我摆迷魂阵？"刘铭传手持七响后膛枪，随时准备要这个亲兵的小命。

"小的不敢。我等劝梁王逃走，可是他说无颜见江东父老，要一死成全。我们还年轻，他让我们各自逃命。"王双孜老老实实回答。

"既然让你们逃命，你为什么不逃？"刘铭传还是不信。

"不是不想逃，我的马没了蹄铁，根本跑不动了。"王双孜抱起跑得稀烂的马蹄让刘铭传看。

刘铭传一看，立即下令："立即沿河寻找。"

找了一下午也没有找到，于是刘铭传令人把王双孜押送到德州，交给李鸿章审讯。

同治七年七月十三日，申末——也就是下午快五点时，一骑快马直奔兵部街而来。马上人手执红旗，口中喊着捷报，路人纷纷躲闪。

　　这一骑快马来到各省驻京提塘官的公所，马上的人紧紧勒住马缰，那匹马被勒得咴咴嘶鸣，因为跑得太急，扬起前蹄，马身几乎直立起来。马上的人就势丢掉缰绳，滚鞍下马，解下身上的塘报，高举着进了公所。

　　此人姓马，大家都认得，是在德州剿捻的钦差大臣李鸿章的折差，人称马太保。原来他归江苏提塘，李鸿章任湖广总督后，依然用他递塘报，于是归于湖北提塘官。湖北提塘官已经迎出来，嘴里叫道："马太保，勘合。"

　　折差都有兵部验发的勘合，用以证明折差的身份。虽然大家都认得马太保，但例行的手续依然要走。马太保一手递上勘合，一面说道："德州捷报，严限酉时递到。"

　　提塘官取出挂在胸前的洋表看了看，短针快指向"5"，而长针指在"9"上，还有一刻钟就到酉时——也就是下午五点。他接过包裹，一边牵马一边道："各位，代我招呼一下马太保，先让他喝杯酸梅汤消暑，我去奏事处。"

　　外省塘报，要先交外奏事处，再转内奏事处，内奏事处径送御前——如今皇帝还未亲政，御前不必送，直接送给慈禧。

　　此时慈禧正在用晚膳，内奏事处太监擎着黄匣急匆匆跑来，一头毛汗，他径直跑到殿门口，高声喊道："德州钦差行辕六百里红旗捷报！"

　　站在门口的安德海接过奏匣，跪下高举过头，用不男不女的声音高喊："奴才们给太后贺喜，德州大捷！"

　　满院的太监、宫女全部跪下，齐声道："奴才们给太后贺喜！"

　　"快呈上来！"慈禧放下银筷子。

　　打了胜仗可以报捷，彻底剿平西捻也可以报捷。慈禧不知道这次是打了胜仗，还是西捻败亡，因此也十分急切。看罢李鸿章的折子，慈禧眉开眼笑道："终于把发捻剿平了！"

　　太监宫女们再次跪下祝贺。慈禧心情激动，食欲全无，吩咐道："去东边说一声，晚膳后养心殿见军机。"

　　于是安德海立即安排两个人，一个去乾清门外军机值庐，立即通知各位军机大臣到养心殿；一个去慈安宫中通知。

　　慈禧膳后有遛弯的习惯，今天本来打算取消，但觉得就是天大的喜事也要沉得住气，所以走完三千步，又洗了澡，这才到养心殿去，慈安和军机大臣们都早到了。因为有喜事垫底，慈安对慈禧的迟到也未生气，问道："妹妹，是打了胜仗还是剿平了捻子？"

慈禧把李鸿章的折子递给慈安道："姐姐自己看。"

慈安对政务向来不太用心，只能看简单明了的奏折。奏捷的折子不会长篇大论，她自然看得懂："老六猜得不错，果然是剿平了捻子！"她又把折子递给恭亲王。

恭亲王为首，率军机大臣们跪下向两位太后贺喜。慈安笑着回应道："同喜，同喜，这些日子你们也辛苦了。"

"是啊，你们军机上一班人最是辛苦，应该先奖赏你们才是。"慈禧接过话，又转头问慈安道，"姐姐，我看赏老六他们军机大臣，均加二级如何？"

"都是两宫太后指授方略，臣等不敢冒功。"恭亲王代军机大臣们谢赏。

"老六不必推辞了，还有军机章京也不容易，怎么赏，你们拿个章程。"慈禧坚持道，"不光赏你们，这么大的喜事，人人都要有赏，我看亲郡王、贝勒、贝子、公及中外大小臣工，都赏加一级。八旗及绿步各营兵丁，赏给半月钱粮。"

慈安看大家喜气洋洋，忽然悲从中来，抹起泪来。恭亲王及各位军机都不知好好的悲从何来？慈禧眼圈也红了，说道："姐姐是想起先皇来了，这么大的喜事，他生前从未遇到。"

先皇咸丰，登基之年就遇上洪秀全起事，然后又有英法联军进犯，江北则有捻军祸烈数省。咸丰帝本来也是雄心勃勃，无奈天天败报不断，有时一夕数惊。慈禧经常帮咸丰帝批阅奏折，对他的焦虑忧愁比任何人都清楚。本是文采风流的年轻皇帝，后来却借酒浇愁，贪色去忧，而导致身体每况愈下，落下了咯血的毛病，在南方战事正有转机的时候，撒手西去。

恭亲王与咸丰帝自幼一起长大，虽然因帝位争执，兄弟隔膜，但少年时的手足情谊却是终生难忘的，因此也禁不住潸然泪下。

众位军机这六七年来疲于应付，也是焦头烂额，如今大功告成，也是喜极而泣。

宝鋆是大咧咧的脾气，见一殿人都在抹泪，跪下道："臣请两宫太后节哀，这么大的喜事应当派亲贵大臣前往定陵，敬谨祭告，让先帝安心。"

慈禧擦擦眼泪，对慈安道："姐姐，大喜的日子咱不哭了，还有大事等咱们拿主意。宝鋆说得不错，就派老五去定陵吧，他们弟兄几个，如今他最年长。"

恭亲王应道:"臣领旨——还有僧王,当年为剿捻吃尽辛苦,又是被捻匪所害,如今捻患平定,应该派人前去祭奠。"

"那是应当的,你们回去商议一下,派什么人去合适。"慈禧感叹道,"曾国藩为剿平长毛立了大功,李鸿章先是剿平东捻,如今剿平西捻的最大功劳也是非他莫属!这师徒两人,都是大清的栋梁。洪杨事平,曾国藩晋大学士,如今捻患已了,咱们该兑现当初的诺言了。"

所谓当初的诺言,是正月末武英殿大学士贾桢告病,他的大学士一缺由吏部尚书协办大学士朱凤标递升,而朱凤标所空出的协办大学士悬缺未补。慈禧与恭亲王商定,把协办大学士作为剿平西捻的赏格,带兵追剿的左宗棠和李鸿章,谁的功劳最大,谁就当这个协办大学士。

清沿明制,不设宰相,而以内阁大学士辅佐皇帝。到雍正朝设立军机处后,军政大权悉归军机处,内阁作用降低,主要就是负责明发上谕,然而内阁大学士地位依然尊崇,俗称大学士为"相",也就是所称的"中堂"。像曾国藩这种疆臣中堂,因为驻节在外,因此又称为"节相"。按惯例本来设保和殿、文华殿、武英殿、文渊阁、东阁和体仁阁六名大学士,同时设满汉各一名协办大学士,共八位大学士,但实际上一般并不满员,同治朝通常只有六位,因而得此大学士或协办之名,是万分宝贵的殊荣。

两宫与军机大臣有许多事情商量,于是安排寿膳房准备消夜。

恭亲王又传出话来,宫内太监把清净蟒鞭甩得"啪啪"作响,奔走相告;隆宗门内外敲锣打鼓,銮仪卫高声叫喊:"德州大捷,发捻已被剿灭,匪首张宗禹投河谢罪,喂了王八!"

京城内已是人声鼎沸,鞭炮声此起彼伏,更有二踢脚嘣的一声蹿上天去,在夜空中打出一片亮光。与捻军作战,僧格林沁所率满蒙骑兵,损失惨重,满蒙旗民之家,几乎都有人战殁,如今捷报传来,纷纷摆供上香。大捷后必有大赏,所以酒楼饭庄家家爆满,老板伙计都乐得嘴咧到耳朵根了。

李鸿章接到上谕,焚香拜读,心潮澎湃,因为朝廷不仅给他协办大学士的荣耀,对他的评价也颇高——

本日据李鸿章驰奏:剿办捻匪,全股荡平。览奏之余,实深嘉悦。捻逆自倡乱东南,十有余年,窜扰数省,生民受其荼毒,神人共愤,罪恶贯盈。上年派李鸿章为钦差大臣剿除任柱赖文光等股匪。本年正月间,逆首张宗禹复纠合匪众,肆扰山西河南直隶,窥伺近畿。经官文、英翰、丁宝桢、李鹤年、督兵防剿,并经左宗棠统军追击。朝廷复调李鸿章赴直东一带督剿,以收众志成城之效。现经李鸿章会同各军,督率各将领荡平捻逆,并将余匪搜捕净尽,具见该大臣督抚等协力同心,朕公克奏。赏还李鸿章双眼花翎、骑都尉世职、黄马褂,并开复处分,着赏加太子太保衔,并以湖广总督协办大学士。左宗棠着赏加太子太保衔,并交部照一等军功议叙。丁宝桢、英翰均着赏加太子少保衔,并交部照一等军功议叙。李鹤年着赏戴花翎,并交部照一等军功议叙。崇厚当捻逆攻扑天津时,督率兵勇绅团,力保郡城,并筹济各营粮石饷需,源源不绝,实属着有劳绩,崇厚着赏加太子少保衔,头品顶戴,并赏戴双眼花翎。两江总督曾国藩,筹办淮军后路粮饷军火,俾李鸿章等克竟全功,着交部从优议叙。署直隶总督大学士官文,前在湖广总督任内,暨本年捻匪窜直时,均因会剿不力,叠经降旨惩处,此次捻股悉平,着加恩开复太子太保衔暨剿捻不力革职留任处分,并赏还双眼花翎,以示锡爵酬庸用彰庆赏至意。

另一份上谕则对各军统领俱有封赏。提督刘铭传,由三等轻车都尉晋为一等男。郭松林由骑都尉晋为一等轻车都尉,潘鼎新赏给云骑尉世职,总兵周盛波等十一员均照一等军功从优议叙……

李鸿章

张鸿福

著

② 洋务巨擘

长江出版传媒　长江文艺出版社

目 录

第一章

大清国委曲求全 法兰西虎视眈眈

　　同治九年,也就是 1870 年的春夏之交,天津一带爆发瘟疫,城内外病死人的消息不断传播。天津人的目光都在盯着三岔河口的法国人圣母得胜堂,民间叫它望海楼教堂。望海楼教堂的位置在南运河与北运河交汇的三岔河口,两河相汇再往东南直入大海,因而由此向下,称为海河。

　　明末清初,三岔河口北岸,已经建有望海寺和崇禧观。乾隆年间,天津盐商又在崇禧观东集资兴建三层楼阁,有房一百五十余间,称望海楼,专供乾隆皇帝巡视天津时驻跸,与行宫无异。第二次鸦片战争时,英法联军攻占天津,望海楼成了法军司令部驻地。到条约签订,英法退兵,洋人取得了在中国传教的权利,法国传教士便想方设法把这片地方以及西侧崇禧观十余亩地全买了下来。他们本来想建教堂,但当时天津人仇视洋人,法国神父不敢明目张胆建教堂,而是隐蔽在天津东门附近的深宅大院中开办慈仁堂,收养孤儿,收治病人,同时发展教徒。

　　传教士是随着英法侵略军开进天津的,所以天津无论官民都对传教士没有好感。教堂内男女混杂,一同礼拜祷告,这与中国男女授受不亲的伦理相悖,而且教义要求教民只认天主,不认祖宗,这在中国人看来,无异于禽兽。因此,但凡正直的中国人都反感传教士和入教的教民。

　　正直的国人不肯入教,那么入教的自然多是无赖、地痞,一旦入教,他们就仗着教会势力,惹是生非。因此,与当时全国情形相似,民教相仇,日甚一日。更让中国人不可理解的是,收养孤儿本是赔本的事情,法国传教士为什么那么起劲？凡是送孤儿去的都给鹰洋酬谢，这就不能不令人生疑。到了同治八年下半年，法国传教士拆毁望海楼，建起了教堂。而建起的教堂，门禁森严，只见人进，少见人出，出入的人也是鬼鬼祟祟的。当时瘟疫流行，时有倒毙之人，传教士却收进教堂。还有人亲眼所见，要用水去洗将死之人的眼睛，为的是把眼睛挖出来熬制洋药。

这时候，反对洋教的风潮从江南一路刮向江北，天津城里也出现了反对洋教的揭帖。这些揭帖说洋教士收养孤儿、病人是假，目的是挖眼剖心，开颅取髓，炼制药材。而且，洋教士还会使摄魂术，让进入教堂的妇女心甘情愿供洋人淫乐。天津人听闻后都深信不疑，望海楼教堂和育婴堂的种种不可理解的行迹都有了答案。瘟疫流行后，教堂和育婴堂经常趁黑夜向外抬死人，教堂西边的墓地已经埋满坟堆，又把河东的盐碱滩涂变成了他们埋尸之地。大家都盯着望海楼教堂和天津城内的洋人，只待找到证据，就要向洋人讨个说法。

西历1870年6月21日这天夜里下了一场大雨，早上，早起出城的人过了狮子林桥的时候，便看到不远处的墓地里有数只野狗在撕咬东西，隐隐约约看到有一只人手。几个人相约赶过去，拿石块树枝赶走野狗，眼前的情形却让人胆战心惊：野狗撕咬的竟然是两个婴孩的尸身！被拖在棺木外的一具尸体已被撕咬得面目全非，只余一副骨架，而棺内的一具肚破肠流，更奇怪的是，尸身上的伤痕，有的是野狗撕咬，有些却显然是不堪的旧伤。

其中一个人气愤道："洋鬼子果然是挖眼剖心，炼制药材！这就是证据！"

另一个人是水火会的，也附和道："这件事应该立即报告给刘大哥，让他来主持公道。"

他说的刘大哥是水火会的头领。水火会本来是天津城内的民间组织，为的是一旦发生水火灾情，可以互相救援。天津城内外有数条河流，因地势低平，海水经常倒灌。每年夏季，几乎都有水灾，因此水火会的影响日盛一日，渐渐也就不仅管水火之事，当个中人，判个是非，讨个公道，都已不在话下。

现任水火会首领刘大哥，十年前英法联军打天津时，他就是水火会头领，领着兄弟们与僧王一道打英法联军，因此威望很高。自从条约签订后，朝廷在天津设三口通商衙门，管理山东登州、直隶天津和奉天营口通商洋务事宜。

三口通商大臣是崇厚，他一味媚外，在洋人面前大气也不敢出，天津府县官员也是一味惯着洋人，只有水火会的兄弟们敢对洋人说不。今年入夏以来，水火会已经在暗中调查洋人迷拐幼童，挖眼剖心的事情，只是苦于没有证据。几天前已拿获两个从静海拐卖孩子到天津教堂的人贩子，从他们身上搜出鹰洋，两人都供称是慈仁堂的贞女付给的酬金。

水火会的兄弟报到刘大哥那里时，桃花村正扭送一个叫武兰珍的人过来，他迷拐村里的幼童被逮了个正着。水火会的兄弟问他是受谁指使，姓武的说不出来，大家火气正无处发，一顿暴打，武兰珍就说是受望海楼教堂教民王三的指使。

此时，望海楼教堂墓地又发现婴孩被挖眼剖心的证据，大家无心理会武兰珍，刘大哥亲率一帮兄弟，带着棍棒钩叉、锄镰锨镢等家伙什直奔教堂墓地。这帮人连挖几个坟头，里面都是一具棺材多具尸身，有的肚破肠流，有的模糊难辨，有的只余毛发和骨头。

"这就是洋人挖眼剖心的铁证，走，找洋人算账去！"大伙一阵嚷嚷。

刘大哥还算明白，道："事关重大，还是先报给府台张大人。"府台张大人，是指天津知府张光藻，平日里他对洋人也是非常厌恶，应该能够为白姓做主。

张光藻接到报告，一面派人去墓地调查，一面把知县刘杰叫来，一起审讯武兰珍。

府、县同坐大堂，堂下跪着武兰珍，鼻青脸肿，显然在水火会已吃了不少苦头。张知府让刘知县问案，于是刘知县说道："武兰珍，本县问话你要据实回答，有一句虚言，大刑侍候。"

武兰珍闻言，磕头如捣蒜。

"有人告你迷拐人口，可是事实？"

"是，小人迷拐人口，罪该万死。"

"你从什么时候开始迷拐？已经迷拐几人？"

"从今年夏天，已经迷拐三人。"

"迷拐的三人，都骗到了什么地方？"

"都交给了望海楼教堂。"

"望海楼教堂是法兰西传教士的教堂，不是教民不能入内，你既不是教民,怎么与教堂勾连上?"

"望海堂的教民王三指使小人迷拐人口,每次都给小人鹰洋五块。"

"你们在哪里见面?教堂内还是教堂外?"

"教堂内。"

"在教堂内什么地方?"

武兰珍哼哧半天,最后还是招了:"在教堂内影壁墙后。"

……

这时,天津知府衙门外已经聚集了数百人,大家当堂听审,无不义愤填膺,要求官府去教堂找王三对质。民意难违,张知府让刘知县带着武兰珍去了望海楼教堂。

知县刘杰带着四个衙役押着武兰珍去了望海楼教堂,一路上看热闹的百姓不断跟随,到望海楼教堂时已经有千把人了。刘杰让衙役站在望海楼教堂门外,他则带着武兰珍要进教堂与王三对质。教堂回答说并没有叫王三的教民,水火会的人就起哄让武兰珍进去一个个辨认。教堂起初不肯,但看到天津百姓群情激昂,只得一边让刘杰带武兰珍进教堂,一边派人立即报告法国领事丰大业。

刘杰和两个差役带着武兰珍进了教堂,武兰珍神色惶恐,结结巴巴,不但没找出王三,就连他说的影壁墙根本也不存在。影壁墙是中国四合院才有的建筑,教堂内不可能有。刘杰也怀疑武兰珍撒了谎,但此时教堂门外民情汹汹,不是计较的时候。他只有劝说百姓安分守己,官府一定查个水落石出。

法国领事丰大业带着秘书西蒙,远远看到教堂外有上千百姓在吵嚷,有的还向教堂内扔砖头,他于是掉头回城,去三口通商衙门找通商大臣崇厚说理。丰大业这人十分傲慢,在天津城内,他认为只有三口通商大臣崇厚才配和他说话,其他府县官员连资格也没有。他深通中国官场规则,只要拿住了崇厚,其他官员就只有唯命是从。

崇厚已经得知天津百姓堵了望海楼教堂大门的事情,知道麻烦事又来了。好在刘杰已经去处理,他也就故装不知,不去接这烫手的山芋。听说蛮横的法国领事丰大业又气势汹汹到通商衙门来了,他知道来者不善,就躲在后堂不见,让师爷先去应付,听听丰大业想干什么。

丰大业要求崇厚派兵去保护望海楼教堂。

崇厚心想,此时派兵去无异于火上浇油。派少了不顶用,派多了他也没有。于是他让师爷带两个巡捕去劝说百姓离开,并转告丰大业,天津百姓正在气头上,最好先躲躲,不然局面没法控制。

丰大业见崇厚躲着不见他,已经憋着一肚子火,现在见只派两个巡捕来敷衍自己,他早就火冒三丈了,而且他平时在崇厚面前蛮横惯了,他掏出枪来乱放,把巡捕和师爷吓得抱头鼠窜。

"猪,中国官员都是蠢猪,我不怕中国百姓。"丰大业带着秘书西蒙出了通商衙门,再去望海楼教堂。他以为自己是堂堂法兰西帝国驻天津领事,足以吓走闹事的百姓。

在狮子林桥上,他遇到了刘杰一行。刘杰已经劝说百姓离开了教堂,正要前往通商衙门向崇厚报告。

"为什么不派兵保护教堂?"丰大业责问道。

刘杰对丰大业向无好感,说道:"本县是大清官员,没有听你调遣的义务。"

这话翻译过去,丰大业怒不可遏,崇厚可以避而不见,一个小小的知县也敢顶嘴?这是对他法国领事的不敬,是对法兰西的藐视!他拔出枪来对准刘杰就放,刘杰身边的长随是他的族侄,拿胸膛去挡。"砰"的一声,他胸口冒出的血立即把衣服染红了一大片。

"洋人杀人了,打啊!"不知谁喊了一声,人潮汹涌,淹没了丰大业和他的秘书西蒙,等人群散开,两人已成了两具尸体。

事情到此还不算结束,水火会鸣锣示警,百姓都跑到街上,先是放火烧了望海楼教堂,接着又烧了法国领事馆。中国人分不清天主教和基督教,不仅烧法国天主教堂,连俄国的基督教堂也一并付之一炬。所遇到的外国人,不问哪国统统杀死。更有一部分人则趁乱抢劫,洋人的财产要抢,中国人的财产要抢,整个局势完全失控。官府一面救火,一面出兵弹压,无奈顾此失彼,一直到晚上才算平息下来。结果是除了丰大业、西蒙外,被杀死的还有法国领事馆两名随从,法国传教士谢福音,法国、比利时、意大利、爱尔兰籍修女十名,法国侨民二名、俄国侨民三名,中国教民被杀死三十多名。

消息传出后,七国军舰云集天津大沽,联合向清廷提出抗议,要求镇压天津乱民,惩办地方官吏,将天津知府张光藻、知县刘杰等人抵命。

崇厚的奏报到京,此时慈禧、恭亲王俱在病中,文祥丁忧回籍,当时总理衙门当值的总理大臣,管事的是宝鋆和董恂。军机上有三个人,一个是宝鋆,一个是李鸿藻,还有一个是沈桂芳。宝鋆是两头都要兼顾,真正是焦头烂额:"老董,偏偏这时候王爷和文相都在病中,西边也病了,真把人急得要上吊。"

慈禧的病,是因为她的亲信太监安德海上年被处死。安德海以给同治帝大婚采办龙袍的名义出京,雇了两艘大船,请了专门为他掌眼的珠宝商、绸缎商,还有侍候之人共十五六个,一路沿运河南下。他出京是得了慈禧的默许,但因为怕别人阻拦,因此并未告知恭亲王等人,所以连表明身份的勘合也没有,因此仔细追究起来,便是私自出京。本朝王法,太监私自出京是死罪。

活该安德海倒霉,他平时跋扈惯了,得罪了同治帝,也得罪了恭亲王,慈安也看他不惯。结果三个人联手,给直隶总督、山东巡抚、两江总督、漕运总督等运河沿岸大员下了密旨,一旦发现安德海的行踪,立即抓捕。擒虎容易放虎难,天下尽知安德海是慈禧的亲信太监,捉拿安德海必然得罪慈禧,所以在直隶地界,曾国藩没敢动手。山东巡抚丁宝桢处事果敢,对安德海这样的阉宦向无好感,快刀斩乱麻,不但捉拿了安德海,而且不待圣旨就提前就地斩决。

慈禧见人已经被杀,心里窝着火,但表现得却相当深明大义,她下旨严厉整顿宫禁,严禁太监不法,结果得到清流一致好评。她对丁宝桢赞赏有加,下旨奖赏。这些都是被逼出来的,她心底对恭亲王、慈安还有她的儿子同治非常不满,但又不能表现出来,一肚子窝囊气憋在心里,最后憋出病来,头晕、厌食、浑身无力,太医调治了数月,并无明显效果。

恭亲王是因为去年夏天先中暑,后来又吃冰镇西瓜压住了凉气,被庸医所误,结果大病数月,至今不能正常入值。文祥则先是丁母忧,后来因病续假,此时正在盛京家中养病。这也难怪总理衙门接到崇厚的奏折便一片惊慌,手忙脚乱。

崇厚简要奏报了教案始末,论及原因则归罪于地方官平日太放纵百姓,仇视洋人,未能尽到安抚职责,因此要求朝廷押解张光藻、刘杰进京议罪。至于这场大祸,他自知无力摆平,便请朝廷责成直隶总督曾国藩赶赴天津查办。

七国联合向大清施压,又陈兵海上耀武扬威,此时非有威望素著而又善于处理洋务的大臣前往办理不可。曾国藩素著威望,而且又是直隶总督,由他去天津处理天经地义。只是此时他也在病中,在保定养病。

"咳,单单这时候都病了。"慈禧问宝鋆道,"让曾国藩去天津,他身子到底怎么样?"

"曾相的身体一直不好,头晕,眼也看不清,公文都是靠幕僚读给他听。但他向来公忠体国,只要他能撑得住,一定肯前往天津为国分忧。"宝鋆回应道。

"只要他撑得住,那他要是撑不住呢?"慈禧还是考虑得周全一些,"先给曾国藩一道旨意,表明朝廷倚重之意,让他知道朝廷需要他又顾惜他身体,不要让他觉得朝廷不顾这些老臣的死活。"

"嗻,臣谨遵慈谕。"宝鋆觉得肩头轻松不少,有曾国藩去挑这副重担,他略略宽心,唯一期盼的是曾国藩身体能够支撑得住,尽快移节天津。

天津道周家勋专程到保定向曾国藩报告天津教案,但在见曾国藩之前,他必须先见一见臬司钱鼎铭。一则因为天津教案已经是刑案,臬司职责所在,必须正式呈报;二则钱鼎铭深得曾国藩器重,先与他商量个章程,总比自己贸然去报告要好得多。

钱鼎铭当初在江苏跟着李鸿章办营务、办洋务、办厘捐,是他的得力臂膀,也为曾国藩所看重。曾国藩调任直隶总督,面对积案如山、拖延成习的积弊,决心大刀阔斧清理积案、以申民冤。曾国藩第一个重用的人就是钱鼎铭,让他出任直隶按察使,要他两年之内清理掉所有积案。钱鼎铭放手大干,对积案审理不力的道府县官员连参十几人,结果两年不到,积案基本清理完毕。在曾国藩眼中,他便成了一等一的能员。

钱鼎铭已经知道天津出了教案,而且死了不少洋人,祸惹得不小,但具体情形还不得而知。周家勋一到,他连饭也顾不得吃,就先听他报告教案始末。等周家勋说完,他便应道:"听说朝廷已有上谕给侯相,我正打算过去看看有什么可以分劳,你来得正好,我们一起过去。"

两人到了总督府,曾国藩在签押房接见,陪同的还有曾国藩的二公子曾纪鸿、幕府心腹薛福成。

"调甫来得正好,你先看朝廷的上谕。"曾国藩一说完,曾纪鸿便把刚收到的上谕捧给钱鼎铭——

　　崇厚奏:津郡民人与天主教启衅,现在设法弹压,请派大员来津查办一摺。百姓激于众忿,将法国领事群殴致死,并焚毁教堂等处房屋。仍着崇厚督同地方文武,将该民人等设法开导,妥为弹压,毋令聚众再滋事端。曾国藩病尚未瘥,本日已再行赏假一月。唯此案关系紧要,曾国藩精神如可支持,着前赴天津,与崇厚悉心会商,妥筹办理。匪徒迷拐人口,挖眼剖心,实属罪无可逭。既据供称牵连教堂之人,如查有实据,自应与洋人指证明确,将匪犯按律惩办,以除地方之害。至百姓聚众将该领事殴死,并焚毁教堂,拆毁仁慈堂等处,此风亦不可长。着将为首滋事之人,查察惩办,俾昭公允。地方官如有办理未协之处,亦应一并查明,毋稍回护。曾国藩等务当体察情形,迅速持平办理,以顺舆情而维大局。原折着抄给曾国藩阅看。将此由五百里各密谕知之。

　　崇厚的原折叙述了事情的经过,只怪地方官办理不善,而对自己的责任却无一句实责,钱鼎铭颇不以为然道:"本来是洋务事件,崇厚却完全卸责给地方,又请侯相前往办理,他自己落得一身轻松,真是岂有此理。如果不是他一味媚洋,洋人何以如此蛮横无理? 洋人如果不是如此蛮横,天津百姓哪里会有这样大的怨气? 天津教案,与崇厚处理不善关系极大。"

　　"调甫,现在说是谁的责任都为时过早,也无益。周观察驻在天津,情形应当熟知,我现在最想知道的是各国现在情形如何? 法国、英国都有兵舰在大沽,他们上没上岸?"曾国藩摆了摆手问道。

　　面对询问,周家勋立即接口道:"洋人是又怕又愤,天津的洋人都跑到各国的兵舰上去了。洋兵虽然没有上岸,但态度很差,法国公使和法国舰队统领要求杀地方官偿命,不然就要把天津夷为平地。"

　　曾国藩半闭着眼,痛苦地摇着头,沉默许久后才说道:"调甫,无论如何不能演变为咸丰十年的局面。"

　　薛福成不满道:"到底如何处理,朝廷应该有个明确的态度。是委曲求全,还是据理力争,总该说个干脆话。'务当体察情形,迅速持平办理,以顺舆情而维大局。'什么叫持平办理？两边都气势汹汹，怎么持平？怎么顺舆情而维大局？真正是站着说话不腰疼。这样大的事件，最终还是要总理衙门来拿主意，总理衙门没有明确态度，地方如何着手？如果我们据理力争，他们却要委曲求全；如果我们委曲求全，少不得被人骂卖国贼，总理衙门再转过头来责备我们没有据理力争，我们岂不成了风箱里的老鼠？"

曾国藩叹息道："被人骂作卖国贼也罢，做风箱里的老鼠也罢，总之和局必须维持。国家刚刚安定，各地仍有伏莽，如果洋人再次兵犯京师，少不得有人趁机造反，国家又将陷入内忧外患之中，真有亡国之忧了。"显然，他心中已经有了定见，那就是委屈自己，力维和局。

钱鼎铭闻言，相劝道："侯相是老成谋国。可是该争的还是要争，是非曲直总要有个明断。如果其曲在我，当然对百姓要办得严一些；如果错在洋人，据理力争，洋人也不能一味蛮横。"

"说得不错，可是非曲直怎么来断定？"

"那就要看事情的起因和经过了，就是一团乱麻，也要分出个一是一，二是二。"

于是曾国藩让周家勋述说了下事情的前因后果。钱鼎铭不愧是专理刑案的臬司，听完后便说道："我一直在想，事情的关键就在于挖眼剖心是实有其事，还是无稽之谈。"

"对，我到天津就要从此入手查起。"曾国藩捋着花白的胡须道，"近年来，各地都有洋人挖眼剖心的传闻。洋人号称文明国家，这些极端野蛮残忍的事情如何能够做得出来？我深以为疑。这次查个水落石出，让天下百姓都明白，不但对处理天津教案有利，对平息全国各地民教相仇也有好处。"

曾纪鸿这时插话道："爹爹全为国家设想，可如今民教相仇，势如水火，即便查明洋人并未挖眼剖心，国人未必肯信，以为爹爹是帮着洋人说话，岂不是费力不讨好？"

这些也正是曾国藩所忧虑的，这些年来，中国人看不惯洋传教士，更看不惯入教的中国人，他就是持平办理，国人也未必买账。

薛福成想了一下，建议道："上谕也没说侯相非要去天津，说的是'精神如可支持'，侯相病体如此，就安心在保定养病，朝廷或让崇大人去办理，或者再派大员，侯相何必跳这火坑，受这份煎熬？"

曾国藩苦笑道:"叔耘是爱我太切,才出此言。国家遇此棘手事情,我如何能够安心养病?崇侍郎如果能够办理得了,他就不会上折请我前去。明知是火坑,我不跳让谁去跳?"

曾纪鸿见父亲只为国家着想,不免着急道:"丰大业是坏脾气,敢向崇侍郎、刘知县开枪,儿子听说法国水师头目也是个坏脾气,如果他也向爹爹开枪,那……"

洋人自恃船坚炮利,蛮不讲理,这种可能不是没有。曾国藩慨然道:"如果真是那样,我就不能像崇侍郎那样躲起来,我挺起胸膛,看他敢不敢朝我开枪。他如果开枪把我打死,列国必然也看不下去,那时候事情反而好解决了。如果安抚下了洋人,天津百姓的气不能咽下,也要向我开枪,那我也把胸膛挺上去,他们解了恨,不再给国家惹祸,我也死得其所。"

一品侯相、国家重臣,竟因洋人与国人交相逼迫,而只能挺胸受枪,想来真是令人心寒,也令人心酸。众人眼窝一热,曾纪鸿首先落下泪来。

"没事的,别担心,我是说万一。"曾国藩拍了拍他的手,说完这几句话,他忽然不说话了,身子有些歪,"晕厥的毛病又犯了,鸿儿快扶我躺下。"

众人手忙脚乱把曾国藩扶到炕上躺下,然后叫郎中过来把脉。正把着脉,曾国藩"哇"的一声吐起来。等他吐得无可再吐,人清醒了些才道:"只觉得天旋地转,躺着也觉得天棚在转,双脚好像朝天。"

曾纪鸿把钱鼎铭叫到外面说道:"钱世叔,家父身体如此,怎么能去天津?您一定劝劝他,我们劝,家父不听。"

"侯相的脾气你又不是不知,我劝也未必有用。明天我再来,看情形进言。"钱鼎铭也有些为难。

曾国藩的晕厥症已经有些日子了,弄不准什么时候就犯,一旦晕起来即便躺在床上也是天旋地转,无论中西医都无有效办法,好在半天或一天就好了。第二天稍好,他就起身口述奏折,上奏朝廷,报告他去天津的行期。

此行必定艰难万分,身体能否承受得了,自己心中无数;能否持平办理,以维和局,他也没有绝对的把握。如果万一失和,洋人要攻打天津,他别无良策,也决不退避,就站在洋人军舰前,让他们开炮先把他这总督打死。六月初五,他背着家人,写下了遗嘱——

字谕纪泽、纪鸿两儿：余即日前赴天津，查办殴毙洋人、焚毁教堂一案。外人性情凶悍，津民习气浮嚣，俱复难和解，将来构怨兴兵，恐致激成大变。余此行反复筹思，殊无善策。余自咸丰三年募勇以来，即自誓效命疆场，今老年病躯，危难之际，断不肯吝于一死，以自负其初心，恐尔等诸事无所秉承，兹示一二，以备不虞。

需要交代的事情很多。如果自己死在天津，灵柩由水路运回湖南，沿途谢绝一切，概不收礼，历年的奏折和文稿也不要刊刻送人，他希望子孙们要克勤克俭。自己带兵多年，没有自肥其私。家中兄弟姐妹田产多是老九扶助之力，因此告诫儿子要待叔父如父、叔母如母。

写完遗嘱，曾国藩仍觉意犹未尽，所挂怀的是死后直隶总督一缺。直隶总督出了缺，一面要与洋人交涉，一面要安抚地方，想来想去，能接替他的只有李鸿章。以私情而论，两人师徒相承，天下督抚之首让李鸿章来替当然好；以公事论，李鸿章办洋务的能力天下实无出其右者。当然，现在还不到写遗折保荐，但至少要让李鸿章知道他的心思。于是他再给李鸿章写一封信，表明自己赴天津处理教案不惜以身殉国的决心，同时婉转告诉李鸿章，国家艰难，身为重臣不可有退缩自保之意。李鸿章是聪明人，自然明白他想表达的意思。

其时李鸿章正带兵在潼关，准备赴陕西帮助左宗棠。年近六十的左宗棠出任陕甘总督，在攻打金积堡的战役中吃了大亏，得力大将刘松山阵亡，西北有崩溃之势，于是朝廷急令湖广总督李鸿章带淮军入陕。李鸿章与左宗棠不睦，要他入陕听命于左宗棠，他如何心甘。而左宗棠也不愿淮军去争平定西北的大功，并不乐意李鸿章前来。两人心照不宣，李鸿章以赴西北需要招募马队为由，在潼关已经逗留数月。他的心思曾国藩当然十分清楚，写这封信也有让他静待时机的意思。

六月初六，曾国藩坐着八抬大轿一天时间赶到天津，西门外早有天津县各乡代表四十余人，跪在城门外迎接。所到之处，人群此起彼伏地磕头。"青天大老爷为民做主啊！""洋人挖眼剖心，罪该万死！""崇厚是奸臣！"的声音一阵接一阵……

民间相传，曾国藩要带兵到天津来驱赶洋人，为百姓申冤。所以他们递了一个四十多人签名的公禀,控告洋人迷拐幼童、挖眼剖心,曾国藩要为民做主,把洋人赶出天津。

曾国藩把他们的代表叫到轿前问道:"百姓人人都说洋人挖眼剖心,谁能证明?谁有确实证据,你们推荐几人到我行辕去,我一定会秉公调查。如果洋人确有挖眼剖心恶行,我总督直隶,自然要为民做主;可是如果洋人并没有挖眼剖心之实,只是以讹传讹,妄生事端,本督自然也要追究。"

一听这话,跪在地上的人大失所望,于是大家商议分头上禀,吁请曾侯相要对洋人强硬起来,甚至不惜一战。

三口通商大臣崇厚亲自到西门迎接,曾国藩让人传话约他下午详谈,现在不必陪同。曾国藩驻节通商大臣衙门,虽然有话不必陪同,但崇厚一直跟随左右。他只有三十五岁,人看上去十分精明。曾国藩稍稍休息后便改变了主意,立即听崇厚的意见。崇厚报告事情,条理清晰,口齿清楚,并不像一般的满族花花公子,曾国藩心里已有了几分好感。

最后,崇厚道:"津郡人人都骂我是奸臣,中堂明鉴,事情的起因看似是丰大业的无礼,但根本上却是百姓的无知。所谓迷拐幼童、挖眼剖心,全是无稽之谈。这种说法不仅津郡有,江南闹教案时也都如此哄传,但哪一次有实证? 相反,教堂为了扩大影响,对街头流浪弃儿都收留下来,供给吃穿,这连官府也做不到啊。"

"你这话有道理,民教误会极深,的确是教案频频发生的重要原因。不过,百姓对洋教的误会,一半是愚昧,一半则是洋人太霸道,日积月累,早犯了众怒,所以他们也是咎由自取。"曾国藩点了点头。

听曾国藩这般语气,崇厚有些担心:"大人教训得是。但洋人势重,一旦闹起来,他们往往趁机以兵衅要挟,吃亏的最终还是我们。比如现在,大沽口已经停泊洋人军舰十余艘,法国水师提督声称随时可以让天津化为灰烬。"

曾国藩叹道:"难处就在这里,百姓希望官府强硬,而我们两手空空,开不得战端。"

下午,他听幕友读着一封封来自各地的公禀,有出主意的,有认为民气可用的,有的则认为百姓是为保护父母官才打死了洋人,是保官的义民。总之都是一个意思,要和洋人开战。

曾国藩听了连连摇头:"民气如此,真是可虑。开战容易,可我们拿什么去开战？"

没能力开战，那自然就要委曲求全，维持和局。接下来办的两件事自然也是冲着和局而来，一件是出安民告示，告诫天津百姓要奉公守法，有不法者一定严惩不贷；另一件是让钱鼎铭以总督府的名义札派几个刑案里手尽快查清挖眼剖心的实情，这是本案的关键。如果挖眼剖心属实，其曲在洋人，交涉时候会容易些；如果挖眼剖心是无稽之谈，则其曲在国人，恐怕要对洋人做出更多的让步。

这时候法国公使罗叔亚来到了天津。他原本在京城向总理衙门施压，但发现京中舆论全是要求开战，总理衙门不敢得罪清议，因此对他提出的要求只是一味拖延。他觉得在京中待下去难有效果，于是便来到天津向曾国藩提交了一件照会。一是要杀地方官天津道周家勋、知府张光藻、知县刘杰还有记名提督陈国瑞以抵命。二是要求查实行凶的乱民，斩首抵命。三是要求厚葬丰大业，赔偿各国财产损失。

厚葬丰大业，赔偿损失，曾国藩当即答应，但对惩办地方官和陈国瑞，要看地方官有无责任；行凶的乱民自然应当惩治，但百姓为何行凶，也必须查明了才好说。曾国藩特别不明白，陈国瑞只是路过天津，他与教案有何牵连？法国人为什么要把他列入抵命的名单？

"乱民火烧望海楼教堂那天，陈国瑞正好路过天津，他在背后鼓动乱民杀人放火，而且指挥水火会的人架设浮桥，让大批乱民过河去烧教堂。而且陈国瑞那天造谣，说他已经收存了两坛子洋人挖出的眼珠子要交到京城去，天津乱民因此更加疯狂。"罗叔亚解释道。

曾国藩对陈国瑞素无好感，此人好勇斗狠，无信无义，惹是生非，他做出这些事来倒是蛮有可能。偏偏此人得到醇郡王赏识，有醇郡王站在他身后，要杀他根本是异想天开，所以他对罗叔亚道："我断案需要证据，你们有地方官失职和陈提督鼓动乱民的证据吗？"

罗叔亚当然没有，但他认为教堂被烧、法国人被杀就是最好的证据，他对曾国藩相当不满意，临走时道："如果不能尽快给我满意的答复，战端一开，后果全由中国来负。"

曾国藩不顾病体虚弱，亲自到教堂去看现场，还亲自审讯人犯。经过十几天的调查，他基本摸清了天津教案的实情，民间关于教堂挖眼剖心的说法基本是捕风捉影。

天津百姓对教堂和传教士产生离奇的传闻确信不疑,曾国藩分析有五个方面的原因:一是教堂终年与世隔绝,非入教者不能入内,过于秘密,莫能窥测底里;教堂和育婴堂都建有地窖,用来隔潮,储存煤炭,但建教堂时都是请的外地工匠,天津百姓都不知道,因此传闻是用来幽闭儿童。二是中国人到教堂治病,往往被留住堂内长时间治病不归,有的被劝入了教外人不知,传言洋人施了摄魂术。三是教堂办的仁慈堂,不仅收留孤儿,就是将死的乞丐、穷民也收留。教堂又有对死人施洗之习,以清水沃其额封其目,是为了死者能升入天堂,天津百姓不明其故,传言洋人把死人洗干净为的是挖眼剖心。四是今年四五月间,有拐匪用药迷拐人口之事,又恰逢瘟疫流行,教堂中死人太多,又多在夜里掩埋,而且棺材不够用,就一棺二尸或三尸,而且死尸由外向内腐烂,肠肚外露,导致浮言大起。五是洋人教堂经费主要是从洋人国家募集善款,而善款的分配是按抚育孤贫多少来定,为了多得经费,教堂便设法多收孤贫,对送人入教堂者甚至给予报酬,这就导致部分存心不良者迷拐人口送往教堂。

洋人花钱买好事来做,天津百姓不明就里,怀疑洋人收留孤贫是为了挖眼剖心、炼制丹药。民间有这些流言,对洋人自然十分愤恨。又加上丰大业对官员放枪,民众因此怒不可遏,终于爆发这次教案。这些离奇传闻不但天津有,曾国藩在两江时也常有所闻,以谣言因而对洋人群起而攻之,想来实在可叹。

如今调查清楚,天津教案其曲在国人,办理起来就难得多。要严惩国人,对洋人赔银,必被骂为卖国贼;而不加惩处、不赔偿洋人,要想维持和局,根本不可能。一想至此,曾国藩心绪烦乱,头晕眼花。

就在这个时候,崇厚又来见曾国藩,他一见面就惊慌失措道:"坏了坏了,洋人今天在兵轮上会议,听说要起大波澜,恐怕要联合起兵,进京讨说法。"

崇厚这些说法完全是来吓唬曾国藩的。几个国家的洋人在一起会议是真,但自从天津教案后,洋人哪天不在一起商讨?要联合进兵的说法,洋人一个月前就提起过,但至今并无行动。崇厚之所以如此,是他急于求和。因为天津百姓尽知,他对洋人太软弱,是"护教"的通商大臣,他崇洋媚外的骂名早就名冠京师。如果真正起了战事，朝廷被迫宣战，那么为了鼓舞士气，必然要杀求和的人来祭旗。要和，必然要裁抑主战派；要战，必然要裁抑主和派。历史上向来如此，为此被杀的大臣几乎代代皆有。如果中外开战，要杀的第一个人恐怕就是他崇厚——国人皆曰可杀！所以，他必须连哄带吓，让曾国藩逼着朝廷维持和局。

"曾大人，洋人非要杀天津府县官员还有陈提督抵命，如果不听洋人的，恐怕真要起战争了。十多年前，英法联军火烧圆明园，难道还要让洋人把太和殿给烧了不成？那可真就是奇耻大辱。"话锋一转，崇厚接着又道，"耻辱还在其次，如果盗匪蜂起，再出个洪杨大逆，那时候国家陷入混乱，我们这些人都是罪魁！"

"凭什么杀府县官员？"曾国藩反问道，"陈提督是醇郡王的爱将，是你杀还是我杀？"

"那么至少应该把他们交刑部治罪，先稳住法国人，不让他们开衅才是。"崇厚当然没有杀陈国瑞的胆量，"法国人正在说动俄、英等国联手给朝廷施压，大人应当先稳住法国，再悄悄劝说英俄等国别让他们联手，分而治之，事易解决。"

这些措施何需崇厚来说，曾国藩早就做了。但他是温厚大儒，并不说破："这才是老成谋国之言。我已着人与英俄等国联系，他们损失小，先把他们的要求应下了，不让法国挑拨起来。"

"洋人其实是冤枉的，他们并没有挖眼剖心，天津百姓却以此为由去围堵教堂，其曲实在在我。应当把这些事实告诉天下人，以免那些清流书生一味要打要杀。这样虽然会被人骂卖国，但总比被百姓闹得不可收拾要好得多。我不怕骂，我愿和大人上这个折子。"崇厚又建议道。

"等我梳理清楚了，自然要上奏朝廷。"曾国藩不置可否。

下午，大沽口外舰炮声轰轰，曾国藩让人打探，说是洋人舰队在搞演习，买了中国渔民的木船当靶子，一连击沉了十艘。

俗语说：吃烧饼喝凉水，自己心里有底。就大清目前国力，真没法与洋人开战。一旦开战，粗具规模的洋务大业便只有中道崩殂。他和李鸿章共同创建的上海江南制造总局、左宗棠创办的福州船政局，还有李鸿章创办的金陵机器局、崇厚创办的天津机器制造局，使国家刚看到了点"师夷长技以自强"

的希望,如果开战,无论财力还是人力,都疲于应对战事,洋务实业如何能够兼顾?而且这些局厂都在沿海或江边,洋人几条舰过来轰轰几炮,便灰飞烟灭了。因此曾国藩拿定主意,那就是力维和局。

曾国藩决定再次上奏,先由他讲明大概意思,由文案起草,薛福成读给他听后再进行修改。这道令他身败名裂的《查明津案大概情形折》开宗名义,说明他所调查的结果——

臣等伏查此案起衅之由,因奸民迷拐人口,牵涉教堂,并有挖眼剖心作为药材等语,遂至积疑生愤,激成大变,必须确查虚实,乃能分别是非曲直,昭示公道。臣国藩抵津后,逐细研讯。教民迷拐人口一节,并无教堂主使之确据。至仁慈堂查出男女一百五十余口,逐一讯供,均称习教已久,其家送至堂中豢养,并无被拐情事。至挖眼剖心,则全系谣传,毫无实据。臣国藩初入津郡,百姓拦舆递禀数百余人,亲加推问,挖眼剖心有何实据,无一能指实者。询之天津城内外,亦无一遗失幼孩之家控告有案者。唯此等谣传不特天津有之,即昔年之湖南、江西,近年之扬州、天门及本省之大名、广平,皆有檄文揭帖,或称教堂拐骗丁口,或称教堂挖眼剖心,或称教堂诱污妇女,厥后各处案虽议结,总未将檄文揭帖之虚实剖辨明白。此次详查挖眼剖心一条,竟无确据,外间纷纷言有眼盈坛,亦无其事。盖杀孩坏尸、采生配药,野番凶恶之族尚不肯为,英法各国,乃著名大邦,岂肯为此残忍之行?以理决之,必无是事。

天主教本系劝人为善,圣祖仁皇帝时,久经允行,倘戕害民生若是之惨,岂能容于康熙之世?即仁慈堂之设,初意亦与育婴堂、养济院略同,专以收恤贫民为生,每年所费银两甚巨。彼以仁慈为名,反而受残酷之谤,故洋人愤愤不平也。

接下来,则是详细报告了调查情形,分析了谣言的起因。这是奏折的主体部分,一条条讲得颇为详细。分析完原因,折子最后写道——

今既查明根原,唯有仰恳皇上明降谕旨,通饬各省,俾知从前檄文揭帖所称教民挖眼剖心,戕害生民之说,多属虚诬,布告天下,咸使闻知,以雪洋人之冤,以解士民之惑。

随同奏折,曾国藩还附有一片,要求将天津府县官员革职交部议罪,同时为加强京津防卫,调驻在山东张秋的铭军三千人赴天津,已经调往陕西的郭松林一军移缓就急,调回直隶,并请沿海各省设立兵防。

曾国藩的奏折到了京城,慈禧让军机处先议。军机处三人,一个是宝鋆,一个是沈桂芬,这两个人都唯恭亲王马首是瞻,最知他力维和局的苦心,又都兼着总理衙门的差使,因此两人的主意都是一样:无论如何不能开战。另一个是李鸿藻,河北保定人,他是清流领袖,地位仅次于倭仁,同时也是同治帝师傅,深受西太后信任。他同治四年入军机,专门用他来制衡洋务势力。他既为清流领袖,当然把洋人一概斥为蛮夷,把洋人一切先进技术都视为奇技淫巧,自然是一力主张对洋人强硬。

"反正不能开战,开战拿什么去抵挡洋人?这是其一。其二则是户部没有银子,左大人在西北用兵还是借的洋债,借的债当然要还,欠一天都不行,而且洋债利息高达一分多,也不能拖欠。转年皇上就要大婚,又需要一笔银子。直隶山西连年旱涝成灾,要豁免钱粮,都是只出不进。"宝鋆认为必须准了曾国藩所请,把天津府县交部议罪,缉拿凶犯,并赔偿洋人损失。

"洋人要是不开枪,哪里会有这场祸事?起因总归是洋人太过蛮横。何况天津府县民声俱佳,凭什么治他们的罪?要治他们何罪?他们既没杀人,也没放火,岂不是欲加之罪?恐怕天津百姓也不答应。"李鸿藻向来佩服曾国藩是正人君子,不忍横加指责,但他竟然专为洋人辩护,因此也十分不满,"国家交往,论势也要论理,不能因为打不过就一味受欺负,那样岂不失去民心,民心一失,国将不国。"

沈桂芬在一边心平气和地劝道:"现在问题是,论势论理,我们都输给洋人。论势,我们没有洋人的坚船巨炮;论理,挖眼剖心纯属谣传,以此为由引起如此大祸,其曲可不是在我吗?"

……

慈禧听着三个人的争论,不断用拇指去揉太阳穴。派曾国藩到天津原是盼着他如果查清了洋人挖眼剖心的事实,据理力争,赔些银子可了事。眼见事情越来越难办,就连曾国藩也为洋人辩护,为洋人喊冤,那么洋人恐怕没那么好打发,处理不好,再激出西狩热河的局面,如何得了?可京中的形势她十分清楚,从言官到百姓,无论了解不了解天津教案的实情开口都是一个字:打! 谁敢说句软话,那就被骂作卖国贼。崇厚已经被人骂了好几年了,如果朝廷说句软话,肯定也被国人痛骂,只是他们不敢当面骂出来。不过她心里早有主见:和局必须维护,无论如何不能开战。那么,谁来担起卖国的骂名呢? 她听着三人争执,心思却一刻未停,心里大约有了主意:"你们这么争徒劳无益,也不是老成谋国的大臣样子。"她不再揉太阳穴,转头又对慈安道,"姐姐,是战是和,关系国家存亡,我们姊妹俩定不了,也不能只听他们几个人的意见,我看还是让老六回朝,且不管他病好了没好,国家遇此大事,他如何能安心养病? 咱们召开御前会议,兼听则明,偏听则暗。"

"是啊,大家都来说说看,也许能想出好办法。"慈安没有不同意的道理。

御前会议近二十个人,包括惇王、醇王、孚王等亲贵,大学士、军机大臣等重臣,御前大臣以及弘德殿行走的师傅。平时两宫垂帘在养心殿,最多不过十人,再多了就太挤了,所以御前会议改在乾清宫西暖阁。乾清宫是内廷最宏伟的宫殿,广九楹,深五楹,明朝的十四个皇帝和大清顺治、康熙两个皇帝都以乾清宫为寝宫,在这里居住、批答奏折。乾清宫正殿设御座,御座上方悬着顺治皇帝御笔亲书的"正大光明"匾,这个匾的背后就藏有始自雍正的密建皇储的"建储匣"。东暖阁是有名的三希堂,西暖阁是皇帝寝室,也是皇帝日常召见臣工的地方,地方足够大,用来召开二十余人的御前会议,绰绰有余。

曾国藩的奏折内容,参加御前会议的人已经尽知。他素著威望,心思缜密,办事稳妥,朝堂上下无出其右者。然而他会为洋人喊冤,实在有些出人意料。

"杀孩坏尸、采生配药,野番凶恶之族尚不肯为,英法各国乃著名大邦,岂肯为此残忍之行? 以理决之,必无是事。"他把英法各国赞为著名大邦,那置我堂堂大清国,泱泱五千年文明于何地?

"彼以仁慈为名,反而受残酷之谤,故洋人愤愤不平也。"洋人仁慈吗?他要仁慈,会放火焚烧我万园之园,会向我大清官员开枪吗?许多人心怀不满,但以曾国藩的彪炳勋业,无人好意思开口诋毁,就难免拿总理衙门和军机处泄愤。

"臣以为天津地方官没有罪,也不能治罪,他们不像有的官员专以媚外为能事,所以洋人看不惯他们。洋人是我大清的世仇,他们看不惯的人,就是大清的忠臣良民。天津百姓也不能治罪,他们是保护地方官的义民。谴责义民,于心何安?"醇郡王首先压不住心中愤怒,"纵使洋人没有挖眼剖心,他们在大清国土上蛮横无理,那个丰大业竟然敢在通商衙门开枪,又向知县开枪,绝非善类!民众已经愤如烈焰,他还要当众枪杀我官员,不是自求死路?打死他也是自找的。"

两宫垂帘以来,倚重的是恭亲王,醇郡王虽然尊贵,也受到两宫信赖,但毕竟未掌政柄。从前他能够心安理得地随遇而安,近年来静极思动,心热起来了,因此敢挑战六哥的权威,对洋务、政务,多有臧否。这次御前会议,完全是一副势不两立的架势。

醇郡王的话引起众人的附和,大学士官文、瑞常、朱凤标、倭仁,帝师李鸿藻、翁同龢也都认为如果杀地方官会失掉民心。总理衙门、军机处与恭亲王热心洋务的人,都有些灰头土脸,仿佛脊梁上写着卖国贼三个大字。

"人家都指责小事的人,有失公允!"总理衙门大臣董恂终于忍不住了。

总理衙门大臣中,恭亲王、文祥、宝鋆都兼着军机大臣,因此总理衙门这边,时年六十岁的董恂是费心劳神最多的一个。费心劳神都不在话下,让他气愤的是清流派对洋务的态度,尤其是对他本人尤为刻薄可恨,认为他是总理衙门中最媚洋的人。英国驻华公使威妥玛曾经把美国著名诗人朗费罗的浪漫诗《人生颂》翻译成中文,无奈他中文水平有限,董恂自告奋勇,帮他润色成九首七言绝句,并亲笔抄在扇面上,托美国驻华公使蒲安臣转交给作者。此事深为清流所不耻,送董恂外号"董太师"——把他比作三国的大奸臣董卓。

"董太师"急赤白脸地辩解道:"洋人向来是论势不论理,动不动以武力胁迫。总理衙门与他们交涉,吃气受屈就是家常便饭。为的是什么,还不是因为国家太弱,不能轻启衅端。受洋人的气也就罢了,局外人不体谅,冷嘲热讽,臣等也只好忍气吞声。要讲痛快,臣也愿向洋人大拍桌子,吹胡子瞪眼,甚至骂他们个狗血喷头。这倒是痛快了,那置国家于何地?比如这次天津事件,洋人兵舰就摆在大沽,动不动就开炮演习,无非是向我们警告。如果不答应洋人的要求,试问殿内各位拿什么去挡?如今西北还在乱中,请问各位,在沿海开战端,朝廷可承担得起? 既然承担不起,洋人又提出了要求,请问各位,百姓不受委屈,地方官也不受委屈,此案如何善了?"

"为什么要我百姓义民受屈,为什么非要我地方官员而且是官声颇佳的地方官员去受屈,长此以往,朝廷岂不是要失掉民心?"醇郡王也是十分激动,"总理衙门专事与洋人交涉,交涉结果何以总是要让我官民受屈?"

"谁也不想受屈,也不愿受屈。只因国家太弱,没有办法的事。"董恂气喘吁吁,因为激动,胡须乱颤。

"我看不是国家太弱,是有人骨头太软,看见洋人腰就不直。昂起头来大声和洋人争辩又如何? 你们据理力争了吗? "

下面又有人附和,天津民气可用,不如借此振作起来,大张挞伐,把洋人赶出天津。一直没说话的倭仁这时开口了:"太后、皇上,老臣每每想及教案,就忍不住心痛。自咸丰十年签订城下之盟,准许英法在我大清传教以来,教案几乎年年都有。每次教案了结,总是我大清吃亏,处分官员,刑禁乡民,赔款赔物。咸丰十一年,贵阳教案,官府赔款一万二千两白银;同治元年,南昌教案,赔款一万八千两白银;衡阳教案,赔款五万两,知县被革职;同治二年,重庆教案,处死两人,赔银二十三万两;同治五年,扬州教案,知府被撤职,赔款两万两,洋人犹嫌不足,还逼官府出面在教堂门前立碑保护;同治七年,遵义教案,五名地方官受处分,一人被判死刑,赔款七万两。两次酉阳教案,处死三人,先后赔银十一万两。而我死伤数百黎民百姓,何敢向法兰西国讨回半分公道! "

倭仁是东阁大学士,是清流领袖,权不重而位却尊,能搭腔的也就只有恭亲王了:"倭相忧国忧民令人感佩,不过也是没办法的事。各国传教受保护是和约议定的事项,我大清有诺必践,不能不遵。惩治闹事的百姓也是不得已而为之。如此严刑峻法,依然不断有人焚烧教堂,杀死教士,如果一味偏袒,怕是野火春风,愈加禁而不止,麻烦更大。"

"王爷,倭仁不能苟同! 王爷不想一想,为什么我善良百姓一而再再而三地焚烧教堂? 他们在我大清都做了什么? 诱拐孩童,挖眼剖心,配制丹药,惨无人道。"倭仁打断了恭亲王的话。

恭亲王解释道:"倭相,这些不过都是传言,并无实证。据李鸿章说,洋人的医术与中医不同,治起病来有时需要动刀动剪,把坏死的肌肤器官割去,并非是挖眼剖心制造丹药。"

"王爷不要提李鸿章之流。他倚仗洋人起家,便事事追随洋人,其言可信乎?我大清最讲男女授受不亲,而西洋教士男女混居于教堂之内,诱引良家妇女入教,昼夜宣淫,与牲畜何异?"倭仁一听李鸿章的名字就来气。

恭亲王不得不再劝道:"那是因为中外习俗有异。我朝讲男女授受不亲,西洋人见面都要亲脸,这也不过是他们的礼节。"

"王爷何必处处护着洋人?请问王爷,一入洋教就不能敬祖先,不能拜神灵,天地之间,唯有所谓的天父最高贵,他们又置太后皇上于何地?我大清子民入洋教者日多,无君无父无伦常,大清将何以为国?"倭仁寸步不让。

这话问得太凶险,恭亲王不禁有些紧张,谨慎地回道:"我又何尝不憎恨洋教!前天英国公使阿礼国回国,话别时我对他说:把你们的教士和鸦片带走,你们就会受欢迎的。教士和鸦片一样,都是我最感头疼的事情。我也恨不得痛痛快快把他们赶走,眼不见心不烦,可是做得到吗?我们一忍再忍,为了什么?还不是为了暂不与他们闹翻,把洋务学到手,以夷制夷嘛!"

倭仁有些激动了,嘴唇直颤道:"土爷,洋务已经搞了快十年了,至今仍然不敢对洋人说个不字,越搞洋务胆子越小,越搞洋务的人越是崇洋媚外,上至朝廷大员,外至封疆大吏,血性倒不如一介百姓!前天有人抄了天津的反教揭帖,帖中说我等居民,数十百万,振臂一呼,同声相应,锄头扁担尽作利兵,白发黄童悉成劲旅。务将该邪教斩除净尽,不留遗孽,杀死一个,偿尔一命,杀死十个,偿尔十命。我大清四万万条性命奉陪到底,鼠辈夷人何惧之有!"

倭仁将洋务运动说得一文不名,也把恭亲王惹火了:"倭相,设立总理衙门专办洋务是先帝恩准施行的,难道先帝的见识还不及你?仿造外洋枪炮,以器制器也是太后皇上宵旰沥胆孜孜以求,你无端攻击洋务大业是何居心?至于揭帖中的血气,勇则勇矣,却不过是纸上谈兵!"

眼见得两人越争越不相让,慈禧打断道:"你们都不要说了。我看你们办洋务的骨头软,不办洋务的嘴皮子硬,都算不得端庄醇厚,都没有古大臣之风!"眼看主战的论调要起来,天津教案便难以了结,所谓擒贼擒王,主战最起劲的其实是醇郡王,因此她转头问道,"洋人欺我太甚,我也想一口气把他们灭掉。老七你们有什么办法,不怕洋人撕破脸皮,能把洋人灭掉?"

指责总理衙门振振有词,因为那都是站着说话不腰疼,可要拿出一个把洋人灭掉的法子,醇郡王没有,其他的人也没有,于是众人只好闭嘴。

沉默了一阵,慈禧又问道:"老六,你是什么意思?"

恭亲王病还未好利索,身体依然虚弱,殿内又闷热,众人苛责又急,因此他早就出了一头毛汗。其实他的意思不说也可知,无非是委曲求全。慈禧既然问到,他便不能不回:"臣没什么好说的,只怕不答应曾国藩的条件,天津教案恐怕没法了结。"

宝鋆也附和道:"此时天津不知是什么局面,洋人兵舰虎视眈眈,听说法国增兵两千,英国人也在从香港调兵舰。天津百姓一腔怒火,洋人也是有恃无恐,就如同一堆干柴,一点火星就可引起冲天大火,如果朝廷不早拿主意,难免不生意外。"

"如果答应了洋人的要求,洋人得寸进尺,无休无止又该怎么办?"醇郡王还是不甘心。

"现在的要求还没答应,说将来为时过早。眼下最要紧的是稳住洋人,不要闹得不可收拾,然后再由总理衙门和曾国藩去与洋人争,争得一分是一分。还有必须调兵入卫,曾国藩已经调三千铭军北上,恐怕还不够。"恭亲王也开始着手其他打算。

"说得极是,直隶防务空虚,说什么都是空谈。西北局势已经稍解,可让李鸿章带他的淮军入卫直隶。"慈禧又转头问醇郡王,"老七,如果不答应曾国藩的要求,你们可有何良策,能不让洋人闹起来?"

"臣也无善策,只是民心不可失。"

"你说得也有道理。告诉曾国藩,和局固宜保全,民心尤不可失。"慈禧三言两语,把两派的意思都兼顾到了,"曾国藩所请照准,但要提醒他不能让洋人得寸进尺。"

此时,董恂又进言道:"按洋人惯例,出了这样的重大事件应该派出专差到法国直接面见法皇,反而更好了结。比只与罗叔亚交涉,反而更直接。"

其实,董恂奉恭亲王之意与海关总税务司赫德请教后,是打算派出专使去法国道歉,以取得法皇的原谅。可是堂堂天朝上国,如何能去蛮夷国家道歉?董恂只好含糊说派专使去面见法皇。慈禧一听,觉得这不失为一个办法,就问道:"去面见法皇,怎么说?"

董恂仍然不敢说道歉的话,继续含混道:"回太后的话,应该表明我朝敦睦邦交之意,同时说明我朝为敦睦邦交所做的万般努力。"

慈禧有些犹疑道:"能见法皇当面说清最好,只是这个差使要远涉重洋,谁堪此重任?"

"三口通商大臣崇厚可担此任。他经年与洋人交涉,而且天津教案他最清楚来龙去脉。"恭亲王立即建议。

派崇厚去的确合适,除了他身份恰当,其实还救他出了火坑。满人当要职的本来不多,崇厚因教案再折进去也可惜,所以慈禧同意了:"好,你们拟旨来看。崇厚的缺由谁来领,你们也要一并考虑。"

第二章

曾国藩回任两江　李鸿章总督直隶

按御前会议的结果,军机处给曾国藩及沿海督抚一份廷寄,内容自然是指授方略,除要求战备外,还指示:"洋人诡谲成性,得寸进尺,若事事遂其所求,将来何所底止?是欲弭衅而仍不免启衅也。此后如洋人仍有要挟,恫吓之语,曾国藩务当力持正论,据理驳斥,庶可以折敌焰而张国威。总之和局固宜保全,民心尤不可失。曾国藩总当体察人情向背,全局通筹。"

这份廷寄其实照顾了主战清流的情绪,听上去好像朝廷一力主战,是曾国藩"事事遂其所求",太过软弱,其实朝廷的真实意思仍然是求和,但是不肯去背软弱的骂名,和局固宜保全,民心尤不可失,依然把难题推给了曾国藩。

除了这份廷寄,内阁则明发了一份上谕,是按曾国藩所请将他的奏折明发天下。但明发的内容只是部分摘抄,大家看到的是曾国藩为洋人喊冤,认为洋人是文明国家,不可能干挖眼剖心的恶行。而他是如何得出这番结论的原因,却只有只言片语。因此,看到上谕的人无不认为曾国藩是被洋人买通了,做了可耻的汉奸。

京中清流最先得到消息,无不痛骂曾国藩枉为国家柱石。他的同年、同乡纷纷写信,客气的表示惋惜,不客气的满纸责问。

最让曾国藩尴尬的是,朝廷已旨准将知府张光藻、知县刘杰交部议罪,但刑部却不肯接收。他们的理由也冠冕堂皇,说如果把两人押解进京,法国公使罗叔亚则非要来听审,实在有失朝廷颜面。因此,府县官员不能押解进京,而是在天津就审。上谕说——

> 曾国藩等应于张光藻等抵津后,先后取具亲供,照会罗叔
> 亚。如罗叔亚仍自狡执,自应询问该使府县帮同主使究竟有何证据,即得之传闻,亦
> 应将闻自何人确凿指出,再行当堂质讯以昭核实。若以游移无据之词,欲
> 将该府县正法,断不能如此办理也。张光藻等既在天津传质,罗叔亚自亦
> 应在津。如罗叔亚进京更无转圜地步,曾国藩等谅亦统筹全局,熟计深思。
> 将此由六百里密谕知之。

明明是无人肯接烫手的山芋,却把难题推给他来处理,又如此堂皇,仿佛他连审案的常识也不懂。这份密谕让曾国藩十分懊恼,同时他又接到儿子曾纪泽的信,也是劝说不该拿地方官议罪。曾纪泽是曾国藩的长子,向来对父亲极是恭顺,可在这封信里,他却毫不隐瞒自己的观点:"撤道、府、县三官,诚足以悦洋人之意,然若因此遂失民心,则所损者大,而患方未已,似宜斟酌尽善,然后行之。男窃谓此次洋务之所以棘手者,不徒在洋人凶悍、百姓之刁蛮,又在丁部署(指总理衙门)、商臣(指崇厚)毫无远虑,祸难未至而先自扰乱也。此时事务,最不可先失民心,欲得民心,在于保全好官而缓言缉凶。"

曾国藩知道拿地方官治罪肯定要得罪清议,只是没想到后果如此严重。朝廷要他力保和局,却要表现出一副强硬的态度,曾国藩心里窝囊,多少有些被朝廷出卖的感觉。想想如果民心尽失,天津百姓对他这位总督大失所望,再出事端,他就是维持和局也未必能办得到。因此,他当天给儿子复信——

字谕纪泽儿:

罗叔亚十九日到津,初见尚属和平,二十一二日大变初态,以兵船要挟,须将府县及陈国瑞三人抵命。不得已从地山(指崇厚)之计,竟将府县奏参革职,交部治罪。三人俱无大过,张守尤洽民望。吾此举内疚于神明,外惭于清议,远近皆将唾骂,而大局未必能曲全,日内当再有波澜。吾目昏头晕,心胆俱裂,不料老年遇此大难。兹将罗使照会及吾复照抄去,以明父

之隐忍，实非得已也。

余自来津，诸事唯崇公（指崇厚）之言是听，挚甫等皆咎余不应随人作计，名裂而无救于身之败。余才衰思枯，心力不劲，竟无善策，唯临难不敢苟免，此则虽老不改耳。此谕。

涤生手示

第二天，法国公使罗叔亚再次提交照会，要求将天津府县官员和陈国瑞正法，并缉拿凶犯。曾国藩这次毫不犹豫地回复道："要治地方官员之罪，必须有确凿证据。至于凶犯，本督一至天津就督责地方在查办，然而当时情形混乱，取证极难，尚需时日。"

下午崇厚也来见曾国藩，并通报道："侯相，今天上午下官在紫竹林会见了法国水师提督都伯理，他说必须拿地方官员正法，而且要尽快缉拿正凶，明天四时前不答复，他们就要进京与总理衙门交涉。"

此时，曾国藩对崇厚的看法已有些改变，回想他到天津以来的交往，觉得此人的确太过媚洋，自己也信他太甚，与洋人交涉才太过软弱，所以果绝地回道："这个绝对做不到。交部议罪已经有些过分，把官声俱佳的地方官正法，那可真是汉奸了。"

崇厚也感觉出了曾国藩态度的变化，又说道："法国人又从广东征募四千匪徒，凶悍异常，只怕不答应洋人，他们有可能进攻天津。"

曾国藩捋着胡须道："我不答应又能怎样？"

"大沽口的兵舰又增了一艘，听说是俄国的。"

曾国藩冷笑道："他们有兵舰，总不能开到京城去。他们若上了岸，便是旱鸭子。我已秘调铭军到天津，李少荃正从陕西星夜兼程而来。洋人有洋枪洋炮，李少荃的淮军也不缺落地开花弹。有本督在，洋人想进京恐怕没那么容易，他们要开战，先得踏着我的尸体过天津。"

闻言，崇厚大惊失色，他以为曾国藩真已拿定了不惜开战的决心，从前的软弱，也许只是为了赢得时间从容调兵。崇厚已得到旨意，让他交卸后就起程去法国。如果他去了法国，两国却开了战，他怎么交涉？如果能够让罗叔亚满意，他在法国的差使也好办。他觉得曾国藩转而强硬，能够把他调走最好。告辞回去，他立即密奏朝廷，说曾国藩病体加重，当客呕吐，请简派重臣接替。

崇厚的奏折到京,朝廷真动起了派人接替曾国藩的念头。原因有三:一是曾国藩被人骂作卖国贼,已难孚众望。另派人前往,也算救曾国藩出火坑。二是罗叔亚进京,指责曾国藩有意为地方官开脱,有意放走天津知府张光藻、知县刘杰回原籍以逃避制裁,而且缉凶不力,到天津已近两月,而只抓了七个正凶。三是曾国藩有些不听总理衙门招呼,尤其在缉拿凶犯上,总理衙门一催再催,而他总以难有确证为由推托。总理衙门怕洋人不耐烦了,事情难以收场。

接替曾国藩的人选,朝廷中枢其实已成竹在胸,那就是从陕西正赶往直隶的李鸿章。由李鸿章接替,再合适不过。一是李鸿章手里有淮军,可做战和两手准备。二是曾李二人是师承关系,学生接老师手里的烫手山芋最为合适。其三,李鸿章从带兵入沪起就与洋人交涉,驾驭洋人的能力连曾国藩也自愧不如。尤其他处理的教案,真是举重若轻,没给朝廷惹麻烦。

李鸿章处理第一起教案的时候,刚署理两江总督。洋人教士到总理衙门去交涉,要求归还金陵城的教堂财产。总理衙门将此事推给李鸿章,李鸿章一调查,发现此案是个陈年旧案。康熙年间,在金陵城有个洋人的教堂,规模还不小。到了雍正年间开始禁教,把传教士都打发走了。后来,教堂也被拆掉,盖起了民房。到第二次鸦片战争结束后,外国取得在中国传教的权利,法国传教士于是提出归还康熙年间建造的教堂。教堂早就拆毁建成民房,怎么还?地方官提出另选个地方给传教士,但传教士不答应,因为教堂原位置相当不错,位于金陵城繁华地段。

李鸿章接手教案后,立即上奏,说教案他可以妥善处理,但不能催得太紧。他知道总理衙门太怕洋人,只要一遇到教案,就督责地方委曲求全,尽快让洋人满意,免得闹心。但金陵百姓花钱买的地方,自己建的房子,怎么肯让出来?你如果来硬的强拆,非引起民乱不可。他认为最好的办法就是拖延,而且法国人也未必会因为这么一件事就动刀兵。所以,他上书总理衙门说——

彼族恫疑虚吓,是其惯技,得陇望蜀亦其常情。臣与交涉最久,如白齐文、戈登前事,风浪极大,究其曲不在我,以理相持,以诚相感,终可消弭无形。至寻常传教之事,似不至以微嫌细故遂成决裂,亦不得因其恐吓逼迫遂无限制。且入手之初，彼气过盛而欲太奢，几莫测其所底止，况舆情不顺，公论弗然，势亦未可以勉强。故不能不缓宕以折其气，而逆制其无厌之心，此又办理洋务不得已之实情也。

李鸿章的意思就是一句话——不急，拖拖再说，拖到他们没脾气了，事情自然好办。

接下来他的确也就是这样办的。听说他接手教案，法国传教士就到总督府找他，他吩咐挡驾，传教士在大门外又吵又叫，李鸿章喝茶聊天，就是不理。拖了六七天，终于让传教士见了一面，然后好像真的调查起来，不过，他一直调查的是传教士在金陵的不法情事。传教士来问，李鸿章依然不见，只让下人告诉他，说总督大人非常重视，一直在深入调查。

一查查了半年多，法国公使出面，气咻咻地向李鸿章兴师问罪，李鸿章不待公使开口，便把几十份状纸推到公使面前，全是金陵百姓状告传教士和教民不法行径的。

法国公使道："我来是为归还教会财产案，别的事不管。"

李鸿章笑着道："公使应当管什么事我不清楚，我署理两江总督，两江的事情我都必须管，既然百姓状告传教士和教民，我自然要管。这些案子都互相关联，我不管也不行。"

法国公使哑口无言，他去总理衙门施压，李鸿章回复总理衙门，说尽管把一切事情推到他头上，让洋人与他交涉。这样又拖了两个月，江南教区主教亲自登门，态度完全变了，只希望能给个地方建教堂。李鸿章说道："中国人的庙宇有许多建在山中，我就在东门外的山上给你们划片无主地，有山有水，再好不过了。"

主教嫌远，李鸿章则坚持不可能在城内划地方，这样民教混杂，难免生乱。这样讨价还价，最后在南京城外给他们划了一片地方了结此案。而这个结果，就是地方官最初拿出的方案，当初传教士无论如何都不肯答应，总理衙门也觉得这种处理办法根本不可能。可是让李鸿章拖了一年多后，法国传教士被拖得筋疲力尽，最终答应在城外建教堂。

总理衙门对李鸿章的手段十分惊奇，自然记忆犹新，因此，让李鸿章接替曾国藩处理教案，真是不二人选。

可把曾国藩放到哪里？毕竟他是国家勋臣。他身败名裂，在很大程度上也是当了朝廷的替罪羊。朝廷明面上虽然不说，但心知肚明。所以，从慈禧到恭亲王，都觉得必须让曾国藩有个合适的去处。

正在发愁的时候，两江总督马新贻被人刺死了。

马新贻（1821—1870 年），字谷山，号燕门，又号铁舫，回族，山东菏泽人。他是李鸿章的同年进士，也是靠与太平军、捻军作战起家的。两年前，曾国藩调任直隶，两江总督出缺，当时李鸿章满怀热望，可朝廷怕湘淮势力在两江根深蒂固，因此将资望浅于李鸿章的马新贻从浙江巡抚任上升任两江总督。他到两江后，很重视练兵，经常到督署东边的校场去检阅。校场紧挨总督府，从一个偏门就能直接过去。所以每次去校场，他总是走这个偏门，身边所带就是两个贴身亲兵和一个亲信长随。

七月二十六日这天，他检阅完后回督署，走过偏门后，突然有人跪下高举状子喊冤。马新贻亲自去扶，不想那人一把抓住他的胳膊，反手一刀扎进他的胸脯，跟随的人根本来不及反应。

马新贻死了，需要派新总督。而堂堂两江总督竟然连命也保不住，可见两江并不安定，非派威望素著的重臣不可。而曾国藩部旧遍布两江，又是湘军领袖，由他前去定能镇得住。因此朝廷很快发布上谕，曾国藩回任两江总督，而正从陕西赶往直隶的李鸿章，则接替曾国藩出任直隶总督。

让李鸿章带兵入卫和总督直隶的消息都让曾国藩大喜过望，甚至可称为双喜临门。不但救他出了火坑，而且把他推上了天下督抚之首的位置。

两年前平定捻军后，曾国藩总督直隶，李鸿章回任湖广总督，而资历不及他的同年马新贻则出任两江总督，李鸿章自然有些不痛快。其实，在湖广总督任上，他真正治理湖广的时候并不多，朝廷先是让他去四川查吴棠贪墨的案子，顺便处理酉阳教案，前后用了半年多。回武昌不久，贵州苗民造反，朝廷又让他带兵去贵州。贵州偏远之地，打仗毫无把握不说，远离中枢，即便是打了胜仗，时日稍长，岂不会被人淡忘？所以他以要训练步兵为由，迟迟不肯起行。接着，陕西战事出了挫折，刘松山战死，形势危机，朝廷又改派他去陕西。

在西北统率大军的是左宗棠，李鸿章如何愿意去受他的窝囊气。所以他又上奏朝廷,说西北作战,非有马队不可。他以此为由,在武昌拖了两个月又走了一个月才到潼关,在潼关停留一个多月,又走了半个月才到西安,这时已经六月底,天津教案已经发生了一个多月。

到西安没几天,还没来得及去与左宗棠相商,七月初四,他便接到带兵入卫的上谕——

> 本日据崇厚奏称,曾国藩病症复发,卧床不起,势甚危笃,事机十分棘手等语。法国水师提督都伯理到津,且以兵船恫喝,势将决裂。本日已派毛昶熙前往天津,会同曾国藩办理。并令丁日昌由海道赴津,帮同商办。唯该国既有兵船到津,亟应豫筹备御,曾国藩病势甚重,一时实乏知兵大员。刻下陕省军情稍松,着李鸿章移缓就急,酌带郭松林等军克日起程,驰赴近畿一带驻扎。届时察看情形,候旨调派。现在事势紧急,该督务须迅速前进,毋稍迟误。其陕省防剿事宜即着知照左宗棠妥筹办理,将此由六百里加紧密谕知之。

接到这份上谕,李鸿章十分高兴。他当天就传知郭松林、周盛传等军马上启程。他则于第二天先带八营启程,计划到潼关渡黄河,取道山西驰赴直隶。同时他给署理湖广总督的大哥李瀚章写信,让他帮办粮草军火,又上奏请刘铭传帮办军务,其行动之迅速,简直如同逃离虎口。他在给曾国藩的信中说:"在陕本为赘疣,借此消差,泯然无迹,一意驱车渡河。"

直隶总督肩负拱卫京师之责,世称天下督抚之首,非亲信重臣不能获任。李鸿章得此重任,无疑证明他的地位已经超过乃师曾国藩。换句话说,他的淮系势力正式压倒了曾国藩的湘系。对李鸿章而言,更让他高兴的是,淮军的饷源地又增一省。平定捻军后,为了打消朝廷的顾虑,他主动裁撤淮军五十余营,但七十五营精锐保留下来,其中铭军二十余营留防直鲁交界的张秋、东昌,以备曾国藩调遣;庆、勋两军二十营驻防江苏,他则自带郭松林武毅军、周盛传盛军和亲军枪炮队十九营赴湖北。随后潘鼎新回任山东藩司,鼎军七营驻防鲁境。淮军防区从江苏一省而扩展至苏、鄂、鲁三省。如今他总督直隶,直隶自然也成为淮军防队和饷源地。直鲁为畿辅重地,苏鄂为财富之区,淮军虽非国家经制之师,但其作用已然超过八旗绿营。

随行的将领、幕僚都来祝贺，获鹿知县得悉消息也来祝贺。等打发走各路贺客，他亲笔上折谢恩。虽是官样文章，但不能不动一番脑筋。首先，他要表明自己效忠朝廷、效忠皇上的决心，还要表明自己接任后的态度，那就是一切按照曾国藩的旧章办事。之所以要如此表白，一则天津形势正在紧张之中，朝廷最希望的是一个稳字，他最好不要折腾；二则曾国藩是他的老师，尊重师门也不宜新官上任乱放火。李鸿章文幕出身，倚马可待，略做润色便出来了——

奏为恭谢天恩，仰祈圣鉴事。窃臣于获鹿县行次接准兵部火票递到，同治九年八月初三日内阁奉上谕：直隶总督着李鸿章调补。钦此！当即恭设香案，望阙叩头谢恩讫。伏念臣才识疏庸，屡膺疆寄，自去春位楚以后，使蜀援秦，驰驱不息，在任之日少，在外之日多，地方吏治愧未能尽心整饬，悚惕方深。兹蒙简命调任畿疆，值海防吃紧之秋，正臣职难宽之日。唯畿辅要区，为皇都拱卫，根本大计，纲纪攸关，稍存瞻顾之心，即昧公忠之义。现在津案未结，河工待修，凡柔远能迩、练军、保民诸事，皆当规划阔远，非老成硕望如曾国藩不足以资镇抚。臣虽梼昧，何敢畏难诿卸，上负圣明？唯有勉竭愚忱，一守曾国藩旧章，实力讲求，倍矢兢惕，以图报称而慰宸廑。

然后，他再给曾国藩一封亲笔信，自然要谦虚几句——"鸿章知无退步，不得不纯任自然，非真能任艰巨者"。另外报告自己的行程，"旨催赴津，拟在此休息一日，过保定再驻数日，或留亲军于彼，间由水路来谒。"

八月十二日，他到达了直隶总督府驻地保定，便不再往前走了，决定在此驻扎几日。原因倒不是太过劳累，而是天津教案的缘故。天津教案的办理情形，曾国藩经常有书信给李鸿章。总理衙门受到法国公使的胁迫，一再督促曾国藩对天津府县治罪，捉拿杀洋人的凶犯抵命。天津府县无罪可治，而打死洋人的人到底是谁，取证实在困难。两个多月时间，曾国藩只拿到确有证供者七人，略有证供者二十余人。朝廷觉得太少，没法向洋人交代，要求将来正法的正凶，应当与洋人死亡人数相当。曾国藩实在没有办法，与从乘轮船赶到天津会办教案的江苏巡抚丁日昌反复商讨，只得变通办理，只要有两个人证明打过洋人，就以正凶定案。这样拼凑下来，曾国藩打算正法二十人左右，再军流、徒罪一部分。天津知府张光藻、知县刘杰充军黑龙江。

李鸿章知道这样处理一批人犯，洋人未必能满意，而朝野上下则必定痛骂曾国藩。天津教案是个大泥坑，曾国藩已经滚了一身泥，弄得身败名裂。如果自己如朝廷要求急匆匆去天津赴任接手，他必定也成为千夫所指的罪人。这样的傻事，他李鸿章不能做；这样的冤大头，他李鸿章不能当。反正曾国藩已经落了一身骂名，不妨让他挨骂到底，待他把处理结果上奏后，他再去接任，所以他以中暑为名在保定住了下来。住了两天，他觉得这点小聪明瞒不过阅历丰富的曾国藩，不如干脆说到明处，老师能够体谅最好。所以他给曾国藩写了一封亲笔信说："津案拿犯一节，实为题中要义，而三辅绅民与都中士大夫群以为怪。鸿章冒暑远行，莅省后委顿异常，不得不略微休息，兼以初政即犯众恶，实为政之大忌。尊处能将凶犯议抵依限议结，鸿章到津，未了各事必全力担承。"

曾国藩理解这位学生的心情，自己已身败名裂，再让高足滚一身泥，确实也没必要，因此他就尽快分两批上奏处理方案：张光藻、刘杰革职，发往黑龙江效力；正法凶犯二十名，充军流放二十九名；赔偿抚恤共计四十九万七千两白银；派崇厚为特使，前往法国道歉。

此折一上，曾国藩再次被骂。李鸿章则于朝廷批准方案后起程去天津，于八月二十五日到达。天津城内外到处是揭帖，"卖国贼""洋走狗""法国人的孝子贤孙"，骂曾国藩、骂丁日昌。许多揭帖重叠相加，看来是揭了又贴，揭不胜揭。丁日昌到天津会办教案，也被骂得狗血喷头，有些出乎李鸿章的意料，可见天津百姓与朝廷的态度相距十万八千里，要妥善处理，绝非易事。

第二天，他前去通商衙门拜见曾国藩，见面就要行跪拜大礼。曾国藩连忙两手虚扶制止道："少荃不可，如今你已是天下督抚之首，断不可行此礼。"

曾纪鸿连忙过去扶李鸿章，曾国藩的心腹幕僚薛福成，则亲自奉茶。

曾国藩握住李鸿章的手说道："少荃，天津教案，我是内愧神明，外惭清议，真是无颜面对。"

"老师不必如此说，老师以大局为重，不开战端，老成谋国，处置极为妥当。大清朝野，无论谁来处置，都不可能比老师高明。"曾国藩知道李鸿章是安慰他，但毕竟心头稍稍宽慰。

两人又互相问候了身体起居,曾国藩这才问道:"少荃,你怎么看这次教案?"

李鸿章坦言道:"完全是谣言导致的劫难。老师说得不错,挖眼剖心,就是野蛮国家也不可为,何况英法这样的文明大国?可是偏偏有人信。洋人挖眼剖心种种说法已非一日,从江南到江北,皆有此类传言。本来百姓就仇视洋教, 这样的传言岂不是火上浇油?老师要求朝廷把津案调查情形明发天下,让朝野都知道洋人并无挖眼剖心的恶行,不要轻信谣言,不要以谣言为理由去攻击洋人,这才是以水灭火之道,甚至可称是釜底抽薪。可惜不少地方官不明事理,往往火上浇油。"

薛福成插言道:"有些地方官未必不知道这是谣言,可为了保护百姓的一片爱国至诚,所以不加制止。"

"叔耘,妄杀洋人不是爱国至诚,纵容这种行为更不是保护百姓的爱国心,这是愚民蠢策。本来我朝就以泱泱上国自居,以为洋人洋务不必学也不能学,每倡一项洋务必然是阻挠重重。如今我们再放任洋人挖眼剖心的无稽之谈盛行朝野,岂不更加让我们蔑视洋人国家的文明,推行洋务岂不更加艰难?打个比方说,你与刘手对阵,光明正大的办法应该是练好你的武艺,而不是往对方身上泼脏水,你把他污得不像样,并不降低他的实力,而你可能因为轻视他的实力而吃更大的亏。现在西方列强,都在你追我赶,比着赛看谁的军备厉害、商业发达,没有哪一个国家靠愚民蠢策来兴国。"李鸿章又洋洋洒洒说了一大通话。

曾国藩叹道:"少荃说得极是,我当初坚持要朝廷明发我的调查,就是想让朝野上下知道,这场教案天津百姓也是有错的地方。谁料无人肯信,反倒说我是被洋人收买,真是让人无话可说。"

"朝廷明发的上谕是摘录老师的奏折,不免前言不搭后语,尤其是老师所做的分析,把国人误解洋教的原因分析得十分透彻,如果仔细读过,对洋教的种种疑惑、揣测或可豁然开朗。可是朝廷的明发断章取义,反而让国人误解了老师。"李鸿章一语道破。

"国人误解洋教,要说到根本还是中西文化不同。国人敬畏祖先视为当然,数典忘祖视为不肖之辈,人过世后入祠堂享受后辈香火,逢年过节则进香祭祖。而洋人只信天主,入了教就不能给祖宗烧纸上香,这样的洋教怎能得到国人的认同？因此，凡入教的人必被骂为洋奴汉奸、不肖之辈。因此，善良之辈罕有入教者，入教者多是地痞恶棍。而洋人为了吸引教徒，一味偏袒教民，民教发生纠纷，便黑白颠倒，指鹿为马，而朝廷太过软弱，让地方官一味迁就，结果传教士干预地方，欺压良民，恶性循环，以至于教案不断。国人本来就看不惯洋教，洋教士和教民又仗势欺人，朝廷则一味软弱，百姓胸中的窝囊气越聚越多，就如干柴烈火，一个火星就可烈焰升腾。现在地方官最难当，如果佑民抑教，洋教士不答应，动不动就去找总理衙门，总理衙门必定要地方妥协；如果扶教惩民，使民气沮丧，就是驱民归敌。更为可虑的是，入教的人越来越多，数十年后，如遇变故，中国还有御敌之兵吗？"薛福成所言，虽然不乏书生气，但这番见识已经十分难得。

李鸿章听了后又道："叔耘所虑深远。朝廷之所以软弱，根本还是我们国家太弱的缘故，而要赶上洋人国家，就得谋求和局，有几十年的和局，我们大办洋务，待国力强大了，我们便不必事事看洋人脸色。譬如这次天津教案，如果我们也有铁甲钢舰泊在大沽，便可不卑不亢与洋人协商，老师又何必胆战心惊，受这么多委屈。国家太弱，就连老师这样的国之柱石也难免受洋人窝囊气。所以，眼下尽快把教案了结，洋人撤走兵舰，咱们能好好办几件洋务，便是为老师出了口气。"

"少荃，朝廷已经旨准我上报的办理方案。我所抱愧的是张太守、刘明府充军黑龙江，两人并无大过，是陪老夫一道为国家受屈。"曾国藩拍拍李鸿章的手背，以示心领。

李鸿章建议道："老师对张太守、刘明府已庇佑有加，只怪洋人逼迫太甚，非要天津府县抵命，老师不得不遵从朝廷旨意治罪，两人应当明白老师的苦心。学生倒觉得老师徒然苦恼无益，不如设法多筹些川资，对他两人有实际的帮助，这也算是一个切实的安慰。"

"我也正有此意，已经从我养廉银中拿出三千两。"曾国藩连连点头。

"老师清廉自守，拿出三千两已属不易。学生再想办法筹集万把两，以老师名义转交两位的家人。老师即将回任两江，这件事由我来想办法最为恰当。"李鸿章把这个事揽了过来。

"少荃，接下来的善后都交给你了。我最近精神委顿，连公文也不能及时处理，但愿洋人不会再有其他妄求。"

"老师放心,一切由学生来与他们纠缠。"李鸿章忽然想起一事,"我听说法、布两国开战,法国大败,这倒是了结教案的好时机,我们不妨利用一下。"

法当然是指法兰西帝国,布则是指普鲁士,当时翻译为布鲁士。普法两国为争夺欧洲霸权,关系长期紧张,1870年7月19日,法国对普宣战。战争开始后,法军接连败北,9月2日,拿破仑三世亲率近十万名法军在色当投降。此时,消息刚刚传到中国。李鸿章留意各国大势,无论走到哪里,上海的新闻纸总以最快速度递到他手中。

没想到曾国藩摇头道:"我也听说了,不过,万里之外的战局如何能够利用? 所以我劝你不要有此想法,也不要将这种消息入奏,不然朝中那些主战派再起了开战的念头,岂不是贻害无穷?"

"老师说得极是,学生定然不会以此入奏,不过,总理衙门想必已经知道了。"

"他们知道是他们的事,最好他们也不要以为有机可乘,再想三想四。京中清议皆以为可以一战,如果真有一战,即使今年能侥幸获胜,那么明年、后年呢? 即使天津能支持,大清万里海疆,又没有洋人那样的兵舰,东南沿海怎么御敌? 轻开战端,少不了又是缔结丧权辱国的条约,所以我宁愿挨骂也要力维和局。少荃你最知道,洋人向来论势不论理,我国势积弱,不委曲求全又能如何?"

李鸿章知道,老师是怕他起了主战的念头。和洋人据理一争的念头是有的,主战无论如何他连想也没想过:"谨记老师教诲。自古以来,战和之间,局外人好作议论,不谅局中人的艰难,动不动就高呼一战,以为真能挽救大局,等真动起手来,国家受无穷之累,而他们反得清议好名。学生说句不敬的话,老师太在意这些人的议论,老师为国家计所受委屈有谁尽知? 而他们信口漫骂,尖酸刻薄已极。学生拿这些人只当跳梁小丑,老师也不必太放在心上,屈坏了身子,受累的是自己。"

"要论心胸开阔,我不及少荃。"曾国藩拍了拍李鸿章的手。

李鸿章看曾国藩疲倦不堪,就告辞了。薛福成借口去送,一直到了通商衙门门口才与他说话:"伯相,侯相为了保和局,外受洋人逼迫,内受清流痛骂,我们看在眼里,急在心里,也气在心里。如果再责备侯相,真是没有心肠。可依在下看来,这次教案处理得太过软弱。朝廷一味保和局,底子里太软,但面子上又要强硬,因此一味逼迫侯相。侯相手里没顶用的兵,所以对洋人也是一味迁就,洋人也就得寸进尺。都知道伯相善于驾驭洋人,接下来与洋人谈判,但愿伯相不要太过软弱。应该让洋人知道,即便是只兔子,逼急了也会咬人。"

李鸿章笑了笑道:"洋人连侯相面子也不给,我拿什么跟他们争?"

"这些年我留意了一下教案,对洋人总是太过软弱,地方官受委屈,百姓也是受委屈,畏惧洋人因循日久,非激出大祸来不行。天津教案不过是个小小的信号。"

李鸿章对薛福成的见识心里暗暗点头,嘴上却道:"教案太过复杂,并非软与硬、和与战那么简单。不过,你的提议我还是认真受教的。"

行馆中已经好多人在等待拜会。李鸿章看了手本,有新任天津道府县官员,有工部尚书、总理衙门行走、暂署三口通商大臣毛昶熙,有江苏巡抚、会办天津教案的老相识丁日昌。天津地方官可暂且不见,毛昶熙非见不可。

毛昶熙是河南怀庆府(今焦作)人,太平军起事后,他以左副都御史的身份回原籍督办团练,后来又追随僧格林沁与捻军作战,因僧格林沁战死革职留任,回京入户部,不久擢左都御史兼署工部尚书。同治八年,授工部尚书,在总理衙门行走。他以知兵自许,所以天津教案发生、崇厚辞掉三口通商大臣后,他自告奋勇到天津署理三口通商大臣,探听法国舰队的虚实。

毛昶熙大李鸿章四岁,所以李鸿章对他十分尊重:"旭公,我是真心请教,对天津这场教案,你是怎么看?"

毛昶熙推辞道:"说不上请教。伯相最擅长与洋人打交道,我哪敢鲁班门前耍斧头?"

"旭公不必客气,你在总理衙门终日与洋人交涉,见识自然不同,我也是真心请教。"

"不瞒伯相,我还真有些想法。在我看来,在天津单设三口通商大臣,办理洋务海防,有些不合时宜。"如此求教,毛昶熙就不客气了。

为管理北方所有洋务、海防各事宜,咸丰十年总理各国事务衙门在天津新设三口通商事务大臣,管理天津、牛庄(后改营口)、登州(后改烟台)通商洋务事宜。毛昶熙认为,无论洋务还是商务,都与地方密切相关,三口通商大臣有绥靖地方之责,却无统辖文武之权。所以遇到通商、洋务方面的麻烦,地方官多是坐视,不肯相助。以天津教案为例,天津谣传洋教士挖眼剖心已久,而地方官却不出来说一句话,任凭民间对教堂的仇恨迅速积聚。天津教案爆发前,天津知府还出了一个告示,让有婴孩的人家注意,有恶徒受人指使迷拐幼童,请妥为防范。而民间则都认为"受人指使"其实说的就是洋人指使,这个告示在一定程度上更加激化了矛盾。如果三口通商大臣有节制地方文武之权,地方文武必然主动配合,当百姓围攻天津教堂时,早就调兵前去处置,也不至于后来变成全城骚乱。

"所以我以为通商、洋务都是总督的权责,不宜专设通商大臣。从前长毛、捻子经常威胁京师,所以直隶总督必须驻保定加强省防,以尽拱卫之责,无力兼顾三口通商事宜。如今京师威胁早已解除,朝廷最大的威胁来自海上,直隶总督应当把更多的精力放到洋务海防上,兼署通商大臣更显十分迫切。"

听了这番话,李鸿章眼睛不禁一亮,如果此议成行,那他这个直隶总督的权势无疑随之扩大,不仅直隶,山东、盛京他都可以伸得上手。通商洋务都由他来一把抓,那将是多人的舞台。当然,凡事都是利弊相生,譬如教案这样的烦心事,自然也要他这总督来打理。可是,他李鸿章并不怕麻烦。他是个能在麻烦中发现机会的人,对这一点,他颇为自信。所以,他立即拿定主意,要给这位毛尚书扣几顶高帽,让他今天的设想成为一个正式奏议。

当天晚上,李鸿章宴请了毛尚书,因此到了第二天才与他的老相识丁日昌深谈。丁日昌在火器制造方面十分用心,受到曾国藩和李鸿章的器重。李鸿章在上海成立洋炮局后,专折奏调丁日昌帮他主持洋炮局,后来主持成立江南制造总局。丁日昌操守不好,贪墨出名,但李鸿章爱惜他的才能,因此一保再保。五六年间,他从一个知州到知府再到苏松太道、按察使,等李鸿章署理两江总督后,推荐亲信刘郇膏出任江苏巡抚,刘郇膏丁忧出缺,丁日昌随即补了江苏巡抚的实缺。可以说,李鸿章是丁日昌的贵人,而丁日昌对李鸿章也一直唯马首是瞻。

李鸿章一见丁日昌就道:"雨生,朝廷催着我尽快接手教案,你跟着侯相会办,最了解情况,你看我何时接手好?"

丁日昌回道:"宜速,但不宜急。"

原来,曾国藩打算正法、治罪的人员分两批奏报朝廷,第二批还没奏报。丁日昌的意思,既然曾国藩已经把骂名都担了起来,那么李鸿章就没必要再去沾手,就等曾国藩奏报第二批后再接手不迟。

"那时候要杀头还是充军,伯相都是执行朝廷的决定,天津人不会骂伯相。但是不能拖得太久,太久了对朝廷对侯相都说不过去。"

"是啊,我已经和老师说,教案的事不用他费心,我一力承担。第二批人犯,何时上奏?"

丁日昌道:"我催一下,今天下午就可出奏。伯相再迟三两日后接过直隶督篆即可。"

"如今法国和布鲁士打仗,损失了十几万人,连法国皇帝都当了俘虏。我打算利用一下法布战事,让法国人尽早了事。只是我老师好像不愿在这上面做文章,雨生你怎么看?"

"当然要拿来做做文章,不然可惜了这大好机会。侯相的意思与洋人交往,也要讲个诚信,乘人之危非诚信之道。恕我直言,这就有些迂腐了。洋人与我们交往,不是经常乘我之危?譬如这次教案,他们也是看准了我海防薄弱,才敢这样寸步不让。现在法国人吃了败仗,恐怕也没心思在这上面耗,就是开战,他们未必有这个胆子。所以,不妨拿这事敲打一下法国人,不要再闹得不像话。"

李鸿章又问:"依你看,按侯相的奏议,正法二十人,法国人会不会见好就收?"

"那就看怎么与洋人谈了,这方面伯相堪称大清第一人。"丁日昌恭维道,"伯相当年驾驭洋人收放自如,华尔、白齐文、戈登都非善类,可是被伯相收拾得服服帖帖。"

"和洋人交往,就要据理力争,这是我的一个体会。"李鸿章对丁日昌的恭维坦然接受,"和局要保,但并非时时事事都大气也不敢喘,那样洋人会更嚣张。昨天薛叔耘说了一句话很形象,他告诉我,要让洋人知道,兔子急了也会咬人。"

"是,即便让步,也不能太窝囊。只是分寸把握要恰到好处,就像放风筝,一味放线,让风筝收不回来不行,扯得太紧,风筝就会落地,或者把线扯断了,都不好。我会想法放出话去让天津人知道,洋人以兵舰胁迫,就是侯相的办法，洋人能否接受也很难说，这样将来伯相办理起来更容易见情于天津人。"

李鸿章拱手道："这是老成谋事的办法，拜托。"

李鸿章正式接过直隶总督大印，次日法国公使罗叔亚就到他的行馆来见，他见面就埋怨中国百姓太野蛮，清廷办事太拖拉。李鸿章处理过的数起教案中，都与罗叔亚打过交道，对此人的行事风格十分清楚，如何对付他，心中自然有章法。他喝着茶，一副不卑不亢的神情，等罗叔亚闭上嘴，他问翻译道："罗使说完了吗？如果没说完，先让他说。"

罗叔亚虽然带着翻译，但他的中文不错，李鸿章的话听得明白。罗叔亚作为驻华公使，其使命自然是千方百计争取法国的利益。法国特别重视传教，因此与中国百姓的教案纠纷特别多。他处理的办法就是先吓唬地方官，如果地方官吓不住，再去吓唬总理衙门，让总理衙门给地方官施压。所以民间有个说法，百姓怕地方官，地方官怕朝廷，朝廷怕洋人，洋人怕百姓。在大清国交涉，李鸿章是令罗叔亚头疼的一个官员，在李鸿章面前，他其实有些色厉内荏。拿总理衙门来压李鸿章，也不太行得通，因为总理衙门知道李鸿章有办法对付洋人，因此一般都会说一切都由李鸿章处理。前几次教案处理，罗叔亚让李鸿章拖得一点脾气也没有，朝廷一发布李鸿章出任直隶总督的上谕，罗叔亚就暗自叫苦。看李鸿章的神情，听他说话的语气，就知道今天仍然唬不住他。

"罗使总是责备大清百姓，责备大清朝廷，难道在这件事情上，贵国官员没有责任吗？丰领事作为外交人员，先在通商衙门开枪，又在百姓面前向他们的父母官开枪，如果不是刘知县的随从救护，刘知县就被丰领事打死了。请问罗使，如果我国的外交人员在法国向贵国官员开枪，会是什么结果？法国百姓答应吗？"

罗叔亚强辩道："法兰西帝国百姓不会像中国百姓那么野蛮。"

李鸿章则反驳道："既然知道大清百姓野蛮，在百姓群情激愤的情况下，丰领事就应该先避避风头，他却要在通商衙门开枪，又在接近失控的百姓面前开枪，请问罗使，这是一个成熟的外交官应该有的行为吗？按百姓的说法，他这是找死。一个人要找死的话，谁也救不了他。"

"不管什么原因,中国百姓不能打死法兰西帝国的外交官和传教士。"

李鸿章又不软不硬地回道:"你说得也有道理。可是当时百姓听说丰领事已经打死了通商大臣,又亲眼见丰领事开枪打刘知县,百姓这才动的手。你说不管什么原因,百姓不能打死法国人,那我也可以说,不管什么原因,作为一个外交官,也不应该向大清官员开枪,何况法兰西号称世界文明国家。"

这下,罗叔亚又无话可说了,他哼哧半天后道:"总之法国死了好多人,中国必须拿地方官抵命,拿正凶抵命,赔偿法国的损失。而且,中国做事太无效率。"

"罗使指责大清做事太无效率,这话不对。"李鸿章继续道,"自从曾大人到天津后,就开始着手调查犯罪的人,而且立即决定给各国重建被毁的教堂赔偿财物损失,怎能指责他太无效率?现在已经决定杀人者偿命,并赔偿损失,已经是最公允的了,放在哪个国家恐怕也就这样处理。罗使应该知道,当时局势混乱,谁动手打人,取证极难。而且在百姓看来,他们都是护官的义民,百姓都颂扬他们,保护他们,没有人出来指证,要捉拿正凶,困难重重,即便如此,大清已经决定正法二十人,罗使还口口声声说大清做事太无效率,这话不符合事实。"

罗叔亚道:"天津地方官必须抵命。"

"你这种要求已经提了多少次了,你觉得这要求合理吗?天津地方官为什么抵命?你有证据证明他动手杀人了吗?他杀的又是谁,人证物证是什么?你说地方官指使百姓骚乱,你亲眼见过吗?没亲眼见过的话,你听谁说的,把他叫来签字画押。"

"大家都知道,许多人都说,李大人何必问我?"罗叔亚蛮不讲理。

李鸿章笑了笑道:"贵国是文明国家,请问罗使,在贵国能以'大家都知道,许多人都说'这样的理由治一个人的罪吗?治罪都难,却要杀人抵罪,不是太荒唐了吗?"

"我国舰队已经开赴天津,舰队的士兵都要为法国公民报仇。中国如不答应我们的要求,一切后果皆由中国自负。"罗叔亚又拿出法国军舰来威胁。

"我们已经做了许多让步,就是为了和平处理这件事,就是为了中法的友好大局。大清能让步的都已经让了,罗使却一再要求杀地方官抵命,我不知道是贵国的要求,还是罗使的要求?军队都是喜欢打仗的,因为打仗他们才有功劳。不但法国军舰希望打仗,就是我国的军队听说法国舰队陈兵大沽,他们也生气,也嚷着要打仗。我的四万淮军都要跟着我到天津来,他们说,海上我们打不过洋人,他们要登陆的话,我们也有开花大炮。我斥责了他们,硬把他们留在了保定。我们办外交的,不能任由军队胡来。如果事情处理不好,动不动就打仗,是外交人员的失败。我设身处地地为罗使想,贵国在法布战争中损失巨大,贵国恐怕也不愿再开战端,贵国百姓也不愿让他们的孩子万里之外来送命。"李鸿章这段话说得软中带硬,既敲打了罗叔亚,又给他留了体面。

罗叔亚色厉内荏道:"李大人是觉得法国战败,就敢轻视法国,非要打仗吗?"

"不,我绝无此意,我与曾大人和朝廷一样,都希望和平,我今天和罗使来谈,就是谈怎么和平,不是谈怎么来打仗。罗使到底是什么要求,不妨说出来听听。"

"我们就是要求地方官抵命。今天我看李大人没有诚意,会谈就到这里吧。"罗叔亚说罢,气冲冲走了。

大家都有些担心,罗叔亚回去如果鼓动各国以军事要挟那就麻烦了。李鸿章当然也有些担心,但他觉得法国要想打仗早就打了,事情已经过了两个月,如今又被打得大败,自己的皇帝都当了俘虏,再来发动战争的可能性不大。

果然,下午英国公使馆的翻译玛妥雅到李鸿章行馆来了。他与一直帮助李鸿章制造枪炮的英国人马格里关系不错,与李鸿章也有几面之缘。他熟悉官场规矩,见面先向李鸿章道贺。李鸿章很客气,特意让人给他煮了咖啡。玛妥雅连忙摇手道:"不必麻烦,我已经喝惯了茶叶,大人还是赏我杯茶喝吧。"

李鸿章高兴道:"好,那就请玛妥雅先生尝尝我们安徽的屯溪绿茶,此茶产于徽州的婺源,几年前运往香港,大受你们英国人的欢迎。你尝尝味道如何?"

玛妥雅尝了一口,连声称赞。李鸿章与外国人交往,从不主动询问,而是待他们说明来意。果然,玛妥雅开口了:"法国罗公使上午见过大人了,据说谈得不愉快?"

于是李鸿章把上午会谈的情况简单介绍,把大清已经尽心尽力的理由再说一遍，最后总结："罗使非要坚持拿地方官来抵命，实在说不过去。不但大清做不到，这样的要求世界任何一个国家也做不到；罗使所提要求，也不符合文明国家的惯例。"

玛妥雅解释道："罗使的意思，是担心中国想拿法布战事有意拖延不办。"

李鸿章说："断然不会。朝廷正在日夜缉拿凶犯，而且已经决定为各国修复教堂，足见大清厚待友好国家之意，绝无乘人之危的用意。这一点，请玛妥雅先生务必向贵国公使威妥玛阁下转达，并请威使从中劝解，尽早平息此事，以免中外猜疑和误会。此事久拖不决，对各国商务也多有窒碍，想来也非各国所乐见。"

李鸿章又告诉玛妥雅，主战派一直在向朝廷和他本人施压，他在天津办事很难；天津的百姓也责备官员处理太软弱，朝廷和曾大人拿出这样的处理结果，已经非常不容易，不如见好就收，否则夜长梦多，再生枝节，双方交涉两个多月的心血岂不白费？

过了一天，罗叔亚再次来见李鸿章，这次他的态度非常好："我已经接到国内的训令，接受中国的处理方案。我将起程入京，与总理衙门交换相关正式文本。"

李鸿章也是相当客气，因为他并不愿开罪任何一国的公使。他像老朋友一样握住罗叔亚的手，拍了又拍道："罗使两个多月来为两国和平友好奔忙，两国人民都感谢您。我本人早就备下几样礼物奉赠，以表谢意。"

其实李鸿章是临时起意，向人馈赠礼品，都是令人高兴的事情，古今中外，概莫能外。好在礼品也好准备，屯绿茶两篓、鸿福砚两方、景德镇瓷瓶一对。数日前两人唇枪舌剑带来的不快，完全消融了。

天津教案终于有个结果，李鸿章轻松了，但曾国藩心事反而益重。他缉拿的所谓二十个正凶，真正打死过洋人的其实没几人。有些人就是向洋人扔过砖头，或者放了一把火。但洋人和朝廷都逼迫他拿正凶，最后只有采取变通的办法。他夜里睡不好觉，白天也不能心安。李鸿章告诉他说道："他们与老师都是代国家受过，老师不必过于自责。我有个想法，从藩库里出一笔银子，正法的二十人无论是否冤枉，每人给五百两银子丧葬费，也算对他们有所补偿。"

"如此甚好,我也可以减一份愧疚。"

"我还有个想法,本不该告诉老师,一切责任由我承担。可是见老师如此自责,就忍不住要告诉老师。"

曾国藩有些诧异地问道:"少荃何出此言,有什么责任该老夫承担的就由老夫承担。"

李鸿章道出了心中所想:"老师承担不着。我是想,可否以部分死囚充进这二十人中正法,反正他们是该死之人,这样能替出一个是一个。"

"少荃,此法虽好,但风险太大,怕是没那么容易。行得通就行,行不通不必强做。"曾国藩的心头猛地一跳,这个办法风险极大,但也是让他心安的最有效办法。

"老师放心,学生会见机行事,绝不会拖泥带水。"李鸿章明白,老师其实很赞同。

第三章

幼童出洋多曲折 薪火相传报师恩

　　谕内阁:前据总理各国事务衙门奏,遵议尚书毛昶熙请撤三口通商大臣条陈。天津地方紧要,自宜因时变通。三口通商大臣一缺,着即行裁撤。所有应办各事宜,均着归直隶总督督饬该管道员经理,即由礼部颁给钦差大臣关防,用昭信守。并着该督于每年海口春融开冻后,移扎天津;冬令封河,再回省城。倘遇有紧要事件,必须回省料理,亦准其酌度情形,暂行回省,事竣仍赴津郡,以资兼顾。其山东登莱青道所管东海关、奉天奉锦道所管牛庄关均归该督统辖。唯中外交涉事务较繁,自应添设道员管理。着照所请,准其另设津海关道一缺,沿海地方均归专辖,直隶通省中外交涉事件,统归管理,兼令充直隶总督海防行营翼长。并责成该道督饬府县悉心妥办,仍随时禀请该督酌核办理。嗣后津海关道缺出,着由直隶总督拣员请补。其余未尽事宜,着李鸿章迅速妥议具奏。

　　这份明发上谕,时间是十月十二日,离工部尚书、总理衙门大臣毛昶熙从天津回到京师只有一个多月,这件事办得相当顺利。增设天津海关道一职是李鸿章提出来的,撤销了通商大臣,但总要有人专管这一块。天津已有天津道一职,按常理应该将天津道增加洋务、通商职能后改为天津海关道,但李鸿章建议朝廷,天津道继续保留。因为天津道有一项重要职司,就是负责一百余万石漕粮接运,繁难已极,牵涉精力很大,不可能再兼顾他职。新设海关道,不但要管理天津的两个海关,而且负责与各国领事交涉一切事宜,沿海地方均归专辖。所以此职相当重要,以洋务通商为主,又不仅限于洋务,与沿海府县均有隶属关系,也就避免了从前三口通商大臣遇事,则地方官坐视成败,不肯协助的问题。兼充直隶总督海防行营翼长,是李鸿章未雨绸缪,因为天津是京师的门户,而洋人动不动就将兵舰开过来相要挟,将来天津海防至关重要。让天津海关道兼充海防行营翼长,也是向朝廷暗示,将来北洋要加强海防。

至于人选,他奏调天津道陈钦出任。陈钦,山东历城人,十年前总理衙门成立,他考取了总理衙门章京。在总理衙门耳闻目染,对洋务、外交颇为内行。天津教案发生后,毛昶熙署理三口通商大臣,推荐陈钦出任天津道。陈钦是毛昶熙的亲信,办理洋务能力也强,所以李鸿章极力推荐他来担任天津海关道,朝廷很快批准。

此外,朝廷重新部署了全国的军队,又要加强天津防务,所以李鸿章的淮军都要重新派遣。广西记名提督、右江镇总兵周盛传部调到天津海口负责海防,直隶练军专防陆路要冲,湖北提督郭松林的武毅军则到湖北驻扎,刘铭传则带徐邦道部马队二营去了陕西。

兵马未动,粮草先行。无论去陕西的淮军还是新调直隶的淮军,都需要保证粮饷供应,所以他将设在武昌的淮军总粮台改为陕甘后路粮台,而在天津设淮军总粮台。营务处的文案盛宣怀多次表示愿到粮台历练,李鸿章有意栽培,就让他会办粮台。

办理完这些事情,李鸿章决定回武昌一趟,与大哥李瀚章办交接。李鸿章出任湖广总督不久,朝廷就让他带兵去贵州,后来又让他去陕西,湖广总督一职就由浙江巡抚李瀚章前来署理。李鸿章出任直隶总督,李瀚章则实授湖广总督兼湖北巡抚。兄弟两人轮流坐镇湖广,自设湖广总督以来绝无仅有。按规矩,李鸿章早该去办交接,但继任者是他的大哥,反正出不了什么大毛病,何况他匆忙带兵入卫直隶,接着又处理教案,实在脱不开身,因此此事一直拖到天寒地冻的时节。

十一月十日,他到了武昌,先去拜见老母亲,问母亲愿不愿跟到保定去住。老母亲非常知足,道:"人家都夸我好福气,搬进武昌总督府,就不用挪动了,二儿子走了,大儿子接着。我呀,就待在武昌享福吧,保定那么远,以后再说吧。"

当天晚上,湖北布政使、按察使及武昌首府首县请两位总督赴宴,算是为兄弟两人庆贺。只是到了黄鹤楼才发现,兄弟两人怎么坐是个大问题。当时宴席上的座次非常讲究,各得其位,才能皆大欢喜。万一出错,有人坐了不该坐的椅子,那整个宴会便尴尬至极,甚至惹来埋怨和麻烦。李家两兄弟是前后任总督,又是亲兄弟。如果按官职大小,两人都是总督,但李鸿章是协办大学士,官位高于李瀚章,所以应该李鸿章坐上位;但李瀚章是哥,李鸿章是弟,兄长尊于老弟,按这个道理,李瀚章应该坐上位。何况李瀚章最讲究官威,在官场上以架子大出名,外号就是"李大架子",下属参见行礼,从来是大咧咧安坐领受。宴席座次弄错,那可是犯了李家大爷的忌讳。大家千思万想,难得万全之策。

李鸿章看了一眼宴席情形,就知道大家为难的原因。他问湖北藩台道:"老兄,各位请我们两兄弟,是公义还是私情?"

"既有公义也有私情。"藩台回答。

李鸿章又笑了笑道:"几位不会只请我兄弟俩这一顿饭吧?"

众位都笑答:"哪里,我等能天天请到两位大人才好。"

"那么我问诸位一个问题,诸位办事是先公后私,还是先私后公?"李鸿章又问。

"当然是先公后私。"

李鸿章笑道:"那就好办了。今天这一桌算公义,那这上位就由我来坐;明天大家再办一桌,只论私谊,上位就由我老哥来坐,如何?"

难题迎刃而解,大家纷纷入座。最讲官面的李瀚章也痛痛快快地说道:"我家老二到湖北来,就算是客;我呢算是主人,当然要让客人坐主位。"

宴罢散席,湖北藩台对臬台道:"李伯相难怪会坐上疆吏之首的宝座,脑子确实灵光。今天谁坐上位的事情看似小事,其实也不小。"

"是哪!换了我,想破了脑袋也想不出这样的理由和办法来。"臬台也心悦诚服。

李鸿章要赶在腊月底回到保定,因为直隶的事太多,由不得他拖拉,所以十一月底就起程。女儿馨如和他已经十分熟悉,哭叫着不肯让他走。

馨如就是妙玉的女儿。妙玉因为生产时受到惊吓,又恨李鸿章关键时候抛弃她们母女,后来不知为何淹死在运河中,馨如全靠秋秋帮忙抚养。再后来,李鸿章平定捻军,沿运河南下,在济宁淮军总粮台遇到秋秋,了解了妙玉已死的情况后,他将馨如收为义女。他把孩子带回武昌,就交由母亲抚养。馨如与李鸿章十分亲近,李鸿章也知道她是自己的女儿,因此对她十分宠爱。这次回武昌只待了不到十天,父女就难舍难分。于是他决定,把馨如带到保定去,让赵夫人亲自抚育。

李鸿章回到天津,几份廷寄已经堆在案头。拆阅第一件就是喜事,朝廷准他所请,调湖北遇缺即补道沈保靖出任天津机器局总办。天津机器局是前三口通商大臣崇厚于同治六年(1867 年)创办,直属于总理衙门。天津机器局分两期建设,先在天津城东贾家沽道建火药局,称东局,从英国购买机器,生产火药和铜帽;随后又在城南海光寺动工兴建南局,专门生产炸炮。两局刚刚开始生产,就发生天津教案,三口通商大臣一职成为直隶总督的兼差,所以天津机器局只能交由李鸿章来管理,虽然朝廷不情愿,但也没有办法。

李鸿章对机器局非常上心,决心大展拳脚,首先他就奏请把原来总办英国人妥觅士撤掉,因为他与崇厚关系密切,不过他的理由是这样重要的机器局让洋人来操纵,实不相宜。他推荐的总办沈保靖,当年曾与潘鼎新、刘秉璋一起跟着李文安、李鸿章父子学习,与李鸿章有师生之谊。李鸿章率淮军入沪后,召沈保靖入幕,专门制造洋枪洋炮,江南机器制造总局成立后,沈保靖出任会办。等李鸿章总督湖广后,正在丁忧的沈保靖又被李鸿章奏调营务处。他有会办江南制造总局的经历,自然成为第一人选。对天津机器局,李鸿章已经有一番筹划,要扩大东局规模,增加生产火药的生产线三条,撤掉南局,把相关设备归并到东局,真正形成一个火药、炸炮一体生产的机器局。

还有一封曾国藩的信,是谈派幼童出国留学的事情。对这件事,李鸿章十分佩服老师的眼界和担当。

这件事情的来龙去脉,要从美国留学归来的容闳说起。他从美国留学回来后,曾在广州美国领事馆、香港高等审判厅、上海海关等处任职,后为上海宝顺洋行经营丝茶生意,眼界相当开阔。他在安庆见过曾国藩,提出了直接到美国购买制器之器的建议,得到曾国藩的欣赏和信任。曾国藩交给他六万多两银子去美国买回了一百多件机器,这才有了江南制造总局的成立。不过据容闳所说,当年他去安庆见曾国藩,最想提的建议其实是派遣中国学生出洋留学。因为他觉得发展教育、为国储材才是最重要的;而为国储材,最要紧、急需的是储备掌握列国先进科学技术的人才,这要派人到国外去学,才能最见成效。但是,引荐的人对他说,曾总督最关心的就是制造洋枪洋炮和轮船,你提派人留学,总督未必感兴趣。所以容闳才提出购买机器的计划,而派遣留学生的计划只好搁置。但他一直耿耿于怀,丁日昌出任江苏巡抚后,容闳就向他提起这一计划。丁日昌也是倾心洋务的人,对这一计划很感兴趣,就让容闳起草一个说明,由他寄给军机大臣兼总理衙门大臣文祥,不巧文祥因病请假回籍,此事就不了了之。天津教案发生后,丁日昌北上协助曾国藩会办教案,就把容闳带到天津。调查的过程中,容闳有感于中外隔膜太深,诸多误会和谣言是造成天津教案的重要原因,因此派遣学生留洋,才能真正了解西洋文化,于是他把派遣留学生的计划重新提了出来。丁日昌把这个计划告诉曾国藩,希望借助他的威望引起朝廷的重视。曾国藩对这一计划非常感兴趣,立即与丁日昌联衔上书恭亲王。恭亲王十分赞同,但顾忌朝中清议,因此建议曾国藩思虑周全,拿出可行的计划后再正式出奏。

曾国藩回任两江,身体更加糟糕。但他对留学一事却未曾放下,让容闳拿出一个计划来,熟商之后又将方案寄给李鸿章,请他帮着参谋。

容闳制订的留学计划,总学额为一百二十名,招收十至十二岁的男童,每年派出三十名,分四批派完。出国前应在国内先入预备学堂,学习西文一年。学生在美国学习为期十五年,毕业后回国。为了使学生在国外留学期间能够继续学习汉语和经书,要派出教师若干人。为了安排、管理留学生的学习和生活,可以在美国成立大清留学生事务所,设两名监督,容闳是正监督,朝廷再派一名为副监督。经费由户部分年度拨付。

李鸿章认真看过这份留学计划,虽然比较完备,但还有不妥之处。一是招生的时候,应当与孩子的父母签订生死状,说明父母是自愿让孩子出国,如果因病去世,朝廷概不负责。二是经费,只要求户部拨付太笼统,因为户部年年都为银子发愁,如果到时候一拖再拖,孩子们在美国求告无门,实在不妥。海关税收比较可靠,而且洋人主事的海关比较守信用,因此明确经费每年由海关从洋税中拨付更妥当。三是容闳任监督未必合适。因为派学生出洋,必然受到守旧势力的反对,容闳本来就是从美国留学回来,守旧派视之为汉奸,对他出任监督必定不放心,所以应当选派一名翰林出身的人出任监督,能够减少阻力。四是因为学生需要学习一年西文,所以预备学堂应当尽快成立招生,等朝廷批准后再行动,那就太晚了。

曾国藩接到李鸿章的信函后对容闳道:"少荃这几条建议很好,你抓紧核算所需费用,拿出一个较为详细的说明。我写一封信你去上海找海关道,商量成立幼童出洋肄业局,也就是预备学校,由我幕中的刘开成主持,你全权负责招生。"

正副监督的事,曾国藩颇费思量。李鸿章说得有道理,但真正了解美国情形的是容闳,首倡其事的也是容闳,事情有了眉目,却只让他任副监督,好像有些说不过去。但容闳反倒不以为意,留学计划是他多年的愿望,如今有望成行,怎么方便怎么来。曾国藩对此十分赞赏,其实他心中已经有人选,那就是刑部主事陈兰彬。

陈兰彬是广东花县人,二十四岁就中进士,选拔为翰林院庶吉士,充国史馆修撰。为人诚恳,但太过谨小慎微,且不善钻营,因此仕途不顺,任刑部主事近十年不得升迁。咸丰十年丁忧回籍,被曾国藩召入幕中,后来回京又任刑部主事近十年,仍然不得升迁。他曾托曾国藩幕中颇得信任的文案刘开成谋求外任,曾国藩觉得出任留学监督,这倒不失一个机会。所以让刘开成写信,问他意下如何。

曾国藩办事讲究的是光明正大,他觉得准备得差不多了,就正式出奏。慈禧觉得事关重大,除军机外,招内阁学士及亲贵大臣一起商议。

恭亲王向大家简要说明留学计划。醇郡王第一个反对,他的理由是:"京师建有同文馆,请洋人为教习,江南、金陵机器局、福州船政局都聘请洋人传授技艺,何必再到洋人国家学习?"

恭亲王解释道:"请洋人为师,虽然也能学到洋人技巧知识,但很难精通,只有派幼童直接到西洋国家,与西洋国家的孩童一起学习,亲自到洋人的工厂参观操作,才能把最根本的道理学到手。百闻不如一见,读万卷书不如行万里路,就是这个道理。"

倭仁也表示反对,他的理由与醇郡王不同:"王爷,自我朝立国以来,只有朝鲜、日本等藩国派人来我朝学习,从未闻我朝去他国学习。为什么?因为我朝典章制度一切尽善,天下四方无出其右者。要派我聪颖子弟去夷人国家,白白丢了中学精华,沾染了洋人恶习,此风断不可开!"

"倭相,曾国藩说日本国十年前就已经派人赴西洋学习,可见西洋必有值得所学之处。孔圣人说,三人行必有我师,国家之间也是如此,派人去学习洋人长处有什么不好?"恭亲王耐心解释。

"王爷,把我们的子弟送到洋人国家学什么?几个月前洋人口口声声要让津郡化为焦土,而曾国藩却要朝廷派我子弟出洋学习,学他们横行霸道、见利忘义、不讲人伦吗?他……"倭仁一听曾国藩的名字就有些上火,有些支吾着说不出话来,缓过气来后连连咳嗽。

恭亲王连忙招呼人扶他回府休息,他气喘吁吁地说道:"你们不要在我面前提曾国藩,此前我为有曾国藩这个同门深感自豪,津案之后,我深以为耻。"

倭仁被太监搀扶出去休息,大家继续廷议,却是公说公有理,婆说婆有理,谁也不能说服谁。慈禧也没有成见,也说不上支持不支持。她知道这么议下去不会有结果,不如先放放再说。等散朝后,她又对恭亲王道:"老六,我看倭仁病得不轻,毕竟他是先帝器重的老臣,又是皇帝的师傅,着太医去瞧瞧,争吵归争吵,你们同朝为臣,还是要互相体恤才是。"

恭亲王出宫后就带着太医去了倭府。听说是太后派来的太医,倭仁挣扎着要起身谢恩。恭亲王连忙劝道:"倭相就别拘礼了,躺着别动。"

太医把过脉便道:"倭大人是忧心太重,推开心,卧床静养就是。"

"我是杞人忧天呢。"

恭亲王知道他还在说气话,并不计较:"倭相,今天我来,一是来瞧瞧您,二也是来表示歉意。我平日俗务缠身,很少有机会与您长谈,在洋务上我们政见不同,有时候争执起来说话管前不顾后,您可不要放在心上。"

位高权重的亲王话说到如此份上,倭仁也够有面子了,他颤抖着手道:"王爷,您过虑了,我始终认为您是少有的贤王。您开明、谦和、勤恳,是咱满洲亲贵中最难得的。可是对您倡导的洋务,我的确不能妄赞。王爷,执政者最该维护的是人心,是礼义廉耻。就是学会了洋人枪炮、轮船那一套,文官贪墨,武将惧死,又如何能够保家保国保族保种?"

"倭相啊,您说的道理我也深以为然。办洋务也不是只要西学不学中学,我的想法是既学到洋人的技巧,又有您说的好操守,岂不更好?"

"王爷,鱼与熊掌不可兼得。洋人重商我重农,洋人嗜利我好义,本就是南辕北辙,跟着洋人学,只能是邯郸学步。"倭仁连连摇头。

恭亲王再要争辩，看到倭仁脸色灰暗，疲倦不堪，想想争也无益，反正争了快十年了都没个了断，今天再争除了让倭仁更郁闷外能有什么结果？因此他改口道："倭相说得是。我不打扰了，您好好休息，皇上的功课还等着您呢。"

倭仁拉住恭亲王的手劝道："王爷，我怕是不能再给皇上授读了。王爷能来看我，我甚是欣慰。我知道劝不了王爷，可听不听在王爷，说不说在我。曾国藩奏请派幼童出洋学习，这事万万不可。您想啊，孩子心地本是一张纸，极易被迷惑沾染，送到洋人国家，您还能指望他们懂君臣大义、礼义廉耻吗？没有君臣大义、礼义廉耻的年轻人，即便把洋人的奇技淫巧都学到手，对我大清义有何益？这是花钱糟蹋人才，不是为国储材。"

"倭相放心，太后说这件事暂不议了。"

恭亲王告辞出门，问太医倭仁的病情到底如何。

"倭大人怕是没几天了。"

"倭相是难得的耿介清正。"

"可惜倭相脑子不开化。"太医与恭亲王关系很好，说话也随和。

恭亲王却是另一番见解："不可这样评价倭相。他们这代人与我们毕竟不同，我们年轻时看到的就是洋人横扫我大清，所以不得不考虑我朝差在哪里。而倭相他们这代人，满脑子都是泱泱上国的正统观念，要改也就很难。"

"王爷，倭相和曾相听说当年都曾跟着理学大师镜海先生求学，两人关系相当亲密，为什么两人如今南辕北辙？"太医一听恭亲王如此说，便岔开了话题。

镜海先生是唐鉴，字镜海，湖南善化人，嘉庆十四年进士，继承了程颢、程颐、朱熹的衣钵，被人尊为理学大师，当朝无出其右者。曾国藩和倭仁都曾经拜唐鉴为师，并互相切磋，是唐鉴最得意的两个门生。如今两人都身居高位，但一个是洋务领袖，一个是清流领袖，正如太医所言，真个是南辕北辙。

恭亲王看得很明了："倭相与曾相虽然都信守程朱理学，但两人不是同类人，从儒家传统'内圣外王'标准来衡量，倭相偏于'内圣'修身，曾相重于'外王'经世，何况曾相平洪逆战捻匪，一直在办实务，与未出京门的倭相自然不同。"

廷议没有结果，慈禧的态度是"先放放再说"，恭亲王和醇郡王两兄弟都暗自着急。恭亲王怕这事拖得不了了之,而醇郡王则担心太后哪一天一松口就答应了。醇郡王以知兵自居,也以恪守祖训自居,与恭亲王的施政越来越格格不入。从兵事上来讲,他认为应该给八旗绿营加饷,提振士气,而恭亲王屡屡以帑项艰难婉拒。从恪守祖训来说,两人更是南辕北辙,醇郡王认为大清制度尽善,关键是提振人心士气,应该对洋人强硬,把所有洋人赶出中国去,而不是处处迁就洋人。天津教案,法国人要求将他的爱将陈国瑞与天津地方官一并正法,虽然经曾国藩、李鸿章力争,陈国瑞未损毫发,但醇郡王则非常不满,对派崇厚到法国去道歉更是觉得有损国格,而这一切,都是六哥施政方向有问题。天津教案的怒气还没消,曾国藩又提出派幼童出洋,这帮人到底要把大清推向何方?他思前想后觉得不能再退让,必须对当前施政以尽匡失之责,否则对不住列祖列宗。他亲自捉刀,向太后上了份密折。

他首先撇清自己,上此密折绝无中伤兄弟的私心,完全是政见分歧,不得不有所直陈。自己与两宫太后之间是君臣关系,与恭亲王之间是兄弟关系,"欲尽君臣大义,每伤兄弟私情;欲徇兄弟私情,又昧君臣大义"。为尽君臣大义,他密陈"不可使外人知"的意见四条。第一条说"办夷之臣,即秉政之臣,诸事有可无否""将来皇上亲政,忠谏难闻,闻而不行,甚可畏也"。这是对恭亲王身兼军机领袖及总理衙门大臣双重大权不满,揽权太甚,无可制衡。第二条说"我朝制度,事无大小,皆禀命而行,立法尽善""今夷务内常有万不可行之事,诸臣先向夷人商妥,然后请旨集议,迫朝廷以不能不允之势,杜极谏力诤之口,如此要挟,可谓奇绝。"这是攻击六哥对洋人软弱,与洋人站在一起胁迫朝廷。第三条则说"自来中外交涉,彼若馈物,非奉旨不得收受"。而总理衙门各官"公然与受礼物,彼此拜会,恬不为怪""且此次崇厚出使,大购财货,备送外夷,是以德报怨,不思国家仇耻"。老六家里,洋人稀奇玩意最多,醇郡王又眼馋又不屑。第四条说的是天津教案,"上年天津之案,民心皆有义愤,天下皆引领以望,乃诸臣不趁势率民而驱夷,只杀民以谢夷,且以恐震惊宫阙一语,以阻众志"。这一条其实不必密陈,他一直想振臂一呼,尽驱洋夷。

慈禧何等精明,知道老七所议,一则是眼馋老六的实权,二则是几近书生意气,振臂一呼,尽驱洋人,完全是画饼。但她所高兴的是,老七终于敢来挑战老六的权威了。既要老六来办事,又不能让他尾大不掉,这是自垂帘听政以来她一直采取的策略。同治三年，她曾严谴老六，但那次包括老七在内的亲贵大臣都极力维护老六，可见老六深得支持。时过境迁，十年过来，自己对军国大政驾轻就熟，而且有意培植清流言官来牵制老六，真正是收放自如，妙乎于心。如今再加上跃跃欲试的老七，玩老六于股掌之中想来并非难事。但在慈安面前，她只是轻描淡写地说道："老七这是闹意气呢！"

醇郡王上密折的事，恭亲王等人很快就知道了。但太后却只字未提，可见此折必有密不示人的事项。恭亲王首先想到的是，老七肯定是对自己多有指责，所以他又多了份敬诚，对曾国藩的奏议也就不敢再提。

倭仁的病却日渐加重，没过一个月竟然去世了。于是京中盛传，是曾国藩执意要派幼童出国，生生把倭相国气死了，曾国藩的名声也因此更加臭不可闻。京中自然也有曾国藩的好友，书信往来，曾国藩本人对这些传闻也略知一二，又是感叹，又是无奈，又是拘愧。以他不求强为的一贯作风，派学生出洋的事受到如此大的阻力，而且招来这么多误会和责骂，他一定会放弃，或者静待时机。然而这次不同，他反而抛却了顾虑，认定这是一件有功于国的大事，要尽全力去推动。他对薛福成道："叔耘，天津教案百年之后肯定还会有人骂我，但我敢断定，百年之后，派幼童出洋留学这件事，必定让后人感念。"他让薛福成给上海的容闳去信，催问招生情况，嘱他无论如何上半年要开班。

上海的容闳也正为招生的事情发愁，他忙了一个多月只招到十人，其中有两人还在犹豫。因为父母都不放心让小小的孩子到洋人国家去，何况洋人挖眼剖心的说法在民间一直很盛行。北方省份百姓思想守旧，从来不与洋人打交道，关于洋人的认识就是这些荒谬不经的传闻，所以磨破嘴皮也劝不动。倒是广东有人听说他在招生，辗转把孩子送来。这十几个人，有七个是广东香山的。这给了他个启发，与其在上海死守，不如到香港去一趟，因为香港洋人办的学校中，有不少就是广东过去的孩子。

容闳即将起程的时候，收到好友谭伯邨的一封信，向他推荐一个叫詹天佑的孩子，父母有意让他出洋，请容闳能否去一趟。容闳非常兴奋，信心大增，决定先去广东南海。

可是到了南海，詹天佑的父亲詹兴洪又改了主意："不能让孩子去洋鬼子国家，咱堂堂天朝百姓，去蛮夷国家干什么？"

容闳劝道："老哥,我很小就去了花旗国,在那里待了十几年,人家方方面面不比咱差,您就放心吧。"

"就算我放心,孩子今年十二岁,学上十五年,那都二十七八了,上哪讨媳妇去?那不把我孙子给耽误了。不成,这事不成。"詹兴洪仍然摇着头。

谭伯邨对詹兴洪突然变卦有些生气,就赌气道："老詹,你前几天应得好好的,怎么转脸不认账了?你要拿孩子将来找不到媳妇当借口,我可要将你一军——我家小女年方七岁,比天佑小五岁,十五年后也不过二十二岁,如今就与天佑定下亲来你总该放心了吧?"

"你真舍得?"詹兴洪有些不相信。

"这不都让你逼的吗?我答应纯甫说一定能够说动你,结果你成了这副态度。当然,我也是为女儿打算,我相信纯甫的话,天佑将来肯定要出息的,比你代人写信、刻章强个十倍百倍,那时你别反悔。"谭伯邨苦笑道。

"哪能反悔呢?来来来,我写甘结。"詹兴洪满脸笑容。

"老詹,你这脸也变得太快了,刚才还咬着牙不答应,怎么转脸就同意了?"谭伯邨反而不急了。

詹兴洪本心是同意了的,可是前几天听了几句闲话,有人说他是没本事养不起儿子,所以要送给洋鬼子。又有人说,娃子送到洋人国家去,学不学得成先不说,找媳妇就成难题,谁愿嫁给个假洋鬼子?到时候给你娶个洋人儿媳妇回来,能不能生孩子很难说,就是生出来,也是不中不洋的怪物,他因此改了主意。可是如今谭伯邨答应把女儿给他当儿媳妇,那又当别论了,因为他很看好谭家的女儿,而且谭家是洋行买办出身,家资殷实,他有些不敢高攀,如今人家主动提出来,他没有不顺竿爬的道理。

谭家是买办出身,眼光不同于一般人家,看中的是詹天佑天资聪明,原本就计划把他带到洋行去学手,如今有朝廷掏银子出洋学习的机会,自然是再好不过。他认定詹天佑这孩子将来会有出息,所以赌一把也值。

无论是思谋已久,还是被激将的结果,总之,双方很痛快地达成了一门亲事,詹兴洪也很痛快地同意了让儿子出洋。

詹兴洪已无顾虑,取了纸笔写甘结——

具结人詹兴洪今与具结事:兹童男詹天佑,年十二岁,情愿送赴宪局

带往花旗国肄业,学习机艺回来之日,听从中国差遣,倘有疾病生死,各安天命,此结是实。

詹兴洪

同治十一年三月十五日

容闳非常感谢谭伯邨,道:"谭兄,为了帮我招生,让你把女儿都搭上了。"

谭伯邨道:"我要是有儿子,连眼睛也不眨就送给你带出国去。我看,你别像没头苍蝇似的乱转,香山县出洋的人家最多,我有好几个洋行的朋友家在那,让他们帮着你找,肯定事半功倍。"

"好,一切听你吩咐。"容闳听了眼睛一亮。

李鸿章也一直关注着幼童出洋留学的事情,所以四月初美国公使过天津的时候他专门咨询:美国是否真的欢迎中国幼童前往?能否学有所成?美国人是否能把技艺毫无保留地传授给中国学生?工厂、公司能否让中国学生参观、学习?

美国公使的回答让李鸿章放心,美国与欧洲各国一样,欢迎外国学生前去学习,因为吸纳他国留学生不仅有钱可赚,而且也是传播国家影响的好机会。美国小学、中学和大学都接收中国留学生,而且将来美国人也可到中国来留学,这是条约中载明的。

经过这番详细会谈,李鸿章对留学美国的事情更加踏实。他给曾国藩写信说明这次会谈情况,并建议两人联衔出奏,再次奏请朝廷予以支持。李鸿章预计最大的阻力还是清流,他们肯定会说,现在天津、上海、福州都已设局仿造轮船、枪炮、军火,京师也设同文馆请洋人教学,何必再派学生远涉重洋?他在信中已经想好答词:"远适肄业,集思广益,所以收远大之效也。西人学求实济,无论为士、为农、为工、为商、为兵,无不入塾读书,共明其理,习见其器,躬亲其事。中国欲学其长,欲取其密,非遍览久习,则本源无由洞彻,曲折无以自明。古人谓学齐语,须引而置之庄岳之间,又曰百闻不如一见,比物此志也。"

两人联名的奏折到京,恭亲王吸取上次的教训,不给清流派争论的机会,而是先在慈禧身上下功夫。所以次日见起,第一件就是回奏幼童出洋的事情。

"总理衙门一致认为派幼童出洋学习一事是为国储材的长远大计,应当准曾国藩、李鸿章所请。曾国藩因为办理津案饱受诟病,而他仍然不计个人得失,冒清议之大不韪,筹划幼童出洋,可见此事意义重大。李鸿章专门与美国公使谈过,美国也非常欢迎大清学生赴美留学。"恭亲王说话十分谨慎,因为他还摸不透慈禧到底是何主张。

"老六,听你的意思,是因为曾国藩和李鸿章赞同你们才赞同。你们总理衙门大臣的意见呢?你们是怎么议的,到底是想办还是不想办?"慈禧听恭亲王最近奏事,不像从前那样态度鲜明,心里已经不满。她不愿意恭亲王尾大不掉,但更不希望他不敢担责,唯唯诺诺。

恭亲王只好老实回答:"自从去年津案以来,总理衙门备受清议批评,动辄被骂卖国贼,大臣们心有余悸,所以议事不免迁延观望,即便当办的事情也不敢明确态度。"

"哦,是这么副心肠。"慈禧冷笑道,"你们是不愿担骂名,那么是要我和姐姐还有皇上来担了。"

"臣不敢。"恭亲王等人惶恐地跪下磕头。

慈安心肠软,便打圆场道:"老六你们都起来吧,你们办事难,我们姐妹也都清楚。"

"我们姐妹和皇上既然把秉政大权交给你们,就是信得过你们。俗话说,疑人不用,用人不疑,不管别人说什么,我们姐妹和皇上心中都有杆秤,是非功过,虽不能说分毫不差,可哪些事是公忠体国,哪些话是书生意气,我们还分得清楚。你们可不能只顾惜虚名,而误了当国大政。"慈禧最擅长的就是恩威并用,打一巴掌给个枣。

"臣等定不敢辜负两宫和皇上重托,赴汤蹈火,肝脑涂地,在所不辞。"这话听上去是责备的意思,但完全是一副以国相托的信赖,所以恭亲王又率众军机跪下去。

恭亲王今天连跪两次,这好像是从来不曾有的事,因此慈禧心头就如同盛暑喝了冰镇酸梅汤一样畅快淋漓:"姐姐,你瞧老六说的,好像我们姐妹要逼他上阵拼命一样。什么赴汤蹈火,肝脑涂地,这些话都不必说了。老六你说,派幼童出洋留学这事行还是不行,该还是不该,你们说句痛快话。"

"行，当然行，该，当然应该。"恭亲王回答得十分痛快，"据李鸿章说，英国公使威妥玛听说大清要派幼童到美国留学，他们也希望能到他们国家去，说英国学府世界最多，也最有名。"

"哦，那就是说，西洋国家都争着让咱们去留洋。"听了这话，慈禧还有些惊异，"李鸿章从上海起就和洋人打交道，他对付洋人比曾国藩还得心应手。这件事，也多听听他的意见。"

恭亲王小心回道："是，李鸿章自去年处理津案，一直没回省城保定，通信方便得很。李鸿章和曾国藩的意见一样，是希望尽快成立出洋肄业局，并点派出洋委员。"

"此事就这样吧。"慈禧最后说道。

接下来的事情就顺利多了，不但同意陈兰彬、容闳出任正副委员，而且经费的事就让上海海关拨给。

从六月开始，直隶连降大雨，永定河、海河、南北运河、草仓河、拒马河等河漫溢，顺天、保定、天津、河间、开州、东明等八十余州县全部受灾，天津地势低洼，是直隶九河汇聚之地，受灾犹重，难民从四面八方拥入大津城求食。直隶官员全力救灾，李鸿章则把城内外的寺庙以及闲置的民房全部用于安置灾民，又沿城墙搭盖席棚，设置粥厂、馍房，施给灾民，以资糊口。

近年来直隶旱涝交替，几乎无年不灾，民间粮食所存无多，到周边山西、河南、山东去购买，各省又以多年歉收为由，百般阻拦。李鸿章除奏请朝廷截留漕粮外，又请朝廷行文周边各省严禁囤粮居奇。在直隶境内劝捐的同时，他再派出委员到江浙各省劝捐赈灾。李鸿章天天忙得团团转，于是写信给周馥，让他前来帮忙治水。

李鸿章总督湖广的时候，周馥因为家中接连有丧，心力交瘁，到句容境内的宝华山养病，跟着一位道士静修半年，诸病皆去，精气勃然。接到李鸿章的信，他立即收拾行装到天津来，帮着永定河道筑堤治水。

一直忙到九月，水才渐退，于是官府又动员灾民回乡。这又需要粮食和银子，而直隶真正是捉襟见肘，所依靠的还是劝捐。天津城还有两千多难民不能还乡，每日施粥一次，至明春二月底，有六七千两银子就足够。难民、治水、洋务等事项安排妥当，于是李鸿章上奏朝廷，海河封冻，他回省城保定。

同治十一年正月初五日,是李鸿章五十整寿。年前年后保定总督府非常热闹,亲属部旧能到的都到了,贺联则收到了近百副,尤其是好友、大学问家俞樾题写的对联,最令李鸿章得意——

以岁之正,以月之令,春酒一尊,为相公寿
治内用文,治外用武,长城万里,殷天子邦

上联是赞李鸿章生日妙,下联则是奉承李鸿章被国家倚为长城。生日之妙乃是天意,是父母给的,没什么好说,治内用文,治外用武,文武双全,正是李鸿章心中自诩。虽然明知是奉承,也依然十分高兴。回想当初千里船运赴上海,那时自己还不过是个道台,哪想得到会有今天的伯相之尊?然而追根溯源,他不能不感激恩师曾国藩,所以初五寿宴上,已经颇有醉意的李鸿章对众人道:"诸位谬赞,鸿章能有今日,上赖太后皇上天高地厚之恩,下赖诸位鼎力支持。而我终生最不能忘,也不敢忘记的就是我的老师曾侯相。人这一生功名就如同脚下的台阶,无论你爬得多高,每一步台阶都不可少,也不能忘。师相在我这大半生中,何止是一步台阶?是步步都在抬举鸿章也。人往往把功名归于自己的聪明,归于自己能够苦心志、劳筋骨,而容易忘掉自己的恩人和贵人。鸿章不敢如此,也不会如此,也期望在座的诸位也不要做忘恩负义之辈。"

李鸿章这番话,并非提前有备,而是酒酣耳热之际,真正的有感而发。不过在众人听来,可谓是一箭双雕,既表明自己感念师恩,也其实是在提醒,不要忘了他的抬举之恩。

李鸿章感恩戴德的曾国藩,入冬之后身体更差。除了眩晕、眼睛看不清、腿脚麻木的毛病外, 正月初五, 也就是李鸿章热热闹闹庆贺五十整寿的那天,薛福成陪他下棋,看他有些疲倦,便劝说今天不下了。曾国藩摇摇头,示意摆子。两人下着棋,有一句没一句地说话。曾国藩好像突然想起什么来,手里捏着一粒子叫了一声"叔耘",薛福成看他张口结舌却没有下文,感到不妙,连忙招呼人扶他到床上去躺下。等睡了一觉,感觉好些了,他才坐起来说道:"今天竟然口不能言,从前未曾有过。"

薛福成安慰他道:"大人是一时想不起说什么了吧, 这种情形人人都会遇到。"

"不是忘了说什么,是说不出来,口舌都不听使唤了。"这种情形,薛福成悄悄告诉曾纪鸿,让他留心。

正月二十四日,前河道总督苏廷魁坐船路过金陵,曾国藩决定亲自去迎接。他端坐轿内手持《四书》背诵,突然感到一阵心慌,想停轿稍稍休息,却舌僵难言,只能手指戈什哈示意。贴身的戈什哈精明灵透,连忙吩咐回府。

回府后喝了服中药稍好了些,但依然不能说话。晚上精神好了些,也能说话了,便问曾纪鸿道:"你苏世叔可安排得好了?"

曾纪鸿回应道:"父亲放心,一切都安排好了。我已经把父亲出迎的事告诉了世叔,世叔说等您稍好了再来看您。"

"我精神散漫已久,近来更加不济,应办公事不能随时了结,我要上折请辞,尸位素餐,心何能安。"曾国藩叹息了一声又问,"京中可有信来?"

曾纪鸿略做犹豫,如实答道:"京中来信说,近来言官们对福州船政局和江南制造总局造船一事颇有微词。"

"让他们说去吧。我这盏老油灯就要灭了,但愿少荃他们能撑下去。幼童出洋的事不知怎样了,但愿在我有生之年孩子们能顺利去花旗国。"曾国藩听闻后又长叹一声。

"父亲放心,前日容大人来信,说大约夏天就可乘轮起程,还说到时会来向您辞行请教。"

二月初四早饭后,曾国藩在曾纪鸿及女儿的陪同下在西花园中散步。花园甚大,满园已走过,曾国藩尚不满足,正要登搂,突然他身子一屈,幸亏曾纪鸿扶得紧才没跌倒。女儿问他是不是鞋没穿好,曾国藩回应道:"不是,我脚麻了。"

戈什哈也过来搀扶,此时曾国藩已经不能行走。众人连忙搬来椅子,把他抬到花厅。家人们也都赶过来了,端坐三刻后,曾国藩便停止了呼吸。

江宁将军以六百里加急奏报曾国藩出缺的消息,折子到京已经是半夜。内奏事处的太监不敢耽搁,立即交由长春宫的太监递到太后面前。宫中的规矩,夜里太监只准在殿外坐更,寝殿门口守门及殿内、凤榻前全是宫女。太监接到六百里加急,就递给守门的宫女小声道:"六百里加急,不敢耽搁。"

可是,太后刚睡下不久,谁敢去叫?最近太后脾气不好,不但饮食锐减,面如冷霜,而且睡眠非常差,久难成眠。据说,是因为为同治皇帝选后的事不能如意。同治帝中意的是赛尚阿的孙女,据说相当有才,因为她的阿玛是蒙古少有的状元——翰林院日讲起注官侍讲崇绮。同治不喜欢读书,希望娶个有文才的皇后,将来能帮他看奏折。而且她年龄十九岁,比皇帝大两岁,正是皇帝所喜欢的"姐姐"。慈安的意思很明确,支持皇帝按自己的心意选。但慈禧却不看好崇绮的女儿,原因说来相当简单,慈禧属羊,而皇帝中意的皇后属虎,羊入虎口,太不吉利。所以在同治帝将如意送出的时候——如意递给谁,谁就是皇后,慈禧连连咳嗽,想阻止皇帝。但这位同治帝从小有个性,最不愿别人牵着鼻子走,所以执意按自己的想法选了阿鲁特氏。这是两天前的事,慈禧的气依然没消,此时她刚刚睡去不到一个时辰。

"好不容易睡着了,谁敢叫?"宫女这样担心。

"好,随你的便。上头追究下来,反正与我无关。"太监把折匣硬塞给宫女。

守门的宫女没法,只好悄悄地交给凤榻前的宫女。守在太后凤榻前的宫女最受器重,在宫中地位也相当高,她思虑一番后,决定叫醒太后。

慈禧听说是两江六百里急递,立即命令掌灯。一看折子是江宁将军拜发,立即明白是曾国藩出缺。因为六百里加急,只有丢失或收复城池、大员出缺才准用,江南没有战事,而江宁将军拜折,必是曾国藩出缺。

会不会与马新贻一样?慈禧拆折子的时候,心里这样忐忑。曾国藩因为处理天津教案,杀了二十多个人抵罪,被人骂作卖国贼,会不会是被正法者家属寻仇?

她打开折子,看罢稍稍平复——曾国藩算是寿终正寝。

她把折子交给宫女,闭上眼睛,回想同治年间克平洪逆、捻逆大难以及天津教案这样的大祸,哪一个离得了曾国藩?禁不住流下两行泪来。

天未亮即见起,第一起召见军机,当然是议曾国藩出缺的事。江南驻京的提塘官已经把曾国藩出缺的消息报告给军机大臣、兵部尚书沈桂芬,沈桂芬则连夜派人去鉴园报告恭亲王及各位军机大臣。所以见起前,恭亲王、文祥、宝鋆、沈桂芬、李鸿藻五位军机大臣已经有所商讨。主要有两件事,一是曾国藩的封典,二是两江总督的人选。

"曾国藩的封典、议恤应当从优。办理天津教案被人骂得那么难听,其实是为军机和总理衙门分谤,你们起草明发上谕,要把曾国藩的功绩好好铺叙,别埋没了。"慈禧的意思与恭亲王他们的意思完全一致。包括谥号、如何赐祭、荫封后人,一项项讨论,好在没有多大的异议。

接下来讨论两江总督的人选。慈禧思虑道:"两江太重要了,得有威望素著的重臣才能镇得住,而且要与湘淮有渊源才好。"

恭亲王应道:"与湘淮有渊源的封疆大吏,第一要数李鸿章。可他擅长与洋人交往,让他总督直隶,遇有洋务事件,便于协商。而且,他正在与日本人谈判通商的事情,一时也离不开。"

"不错,直隶必须有个能对付洋人的来坐镇,不然洋人动不动就要进京,实在不像话。一动不如一静,李鸿章就不必动了。"慈禧这样决定。

接下来的几个都是一动不如一静。左宗棠是湘军出身,但正在西北作战。浩罕国的枭雄阿古柏占据了天山南北大部,俄国则侵占了伊犁,左宗棠雄心极大,打算平定陕甘后要收复新疆。至于其他督抚,两广总督瑞麟、四川总督吴棠,要调他们去两江也不合适。湖广总督李瀚章倒是与湘淮都有渊源,但在广东任上就有自肥的非议,虽朝廷没有查办,但资望也不足以镇服两江。

"总督当中没有合适的,那么现成巡抚的人选,可有堪当两江的?比如,山东巡抚丁宝桢如何?"慈禧问道。

慈禧这么一问,众军机都有些出乎意料的感觉。因为两年前就是丁宝桢与中枢协同,果断处死了慈禧的宠监安德海。事后慈禧还盛赞丁宝桢,说他刚直不阿,是实心办事的人,将来有要缺,一定要重用。大家都以为她那是面子话,心里肯定恼恨丁宝桢。现在竟然提出让丁宝桢总督两江,看来当时的盛赞是真。恭亲王也不由得佩服,西边的真有不让须眉的气概。

丁宝桢刚直不阿,镇服两江应该问题不大,但宝鋆认为不合适,越班陈奏道:"两江有'传办事件',丁宝桢去恐怕……"

皇帝即将大婚,费用不是小数目,因此富庶的省份都有报效,称"传办事件",比如两广是木器,两江、直隶是绸缎,数目都是上百万两。如果丁宝桢总督两江,以他的脾气,上一个折子,说两江经年战乱,拿不出这么多钱来,为难的还不是户部?慈禧一听就明白了,干脆说道:"丁宝桢不合适。"

最后,恭亲王建议道:"此事可从长计议,目前可由江苏巡抚何璟署理。"

慈禧点了点头,又叮嘱了一句:"曾国藩是有大功于朝的人,天津教案他受了委屈,恤典从优,功绩要肯定。"

曾国藩去世的消息,最早是长江水师提督黄翼升派专差送信到保定的。黄翼升的信是初五发出,十二日夜里李鸿章才收到。李鸿章接到信时有些不相信,以为他的消息不确。因为曾国藩有眩晕的毛病,也许是晕过去了,过个半天再醒过来也有可能,所以他没有贸然写信吊唁。然而四天后,也就是同治十一年二月十六日,邸报刊出朝廷的明发上谕:

> 谕内阁:大学士两江总督曾国藩,学问纯粹,器识宏深,秉性忠诚,持躬清正。由翰林蒙宣宗成皇帝特达之知,擢升卿贰。咸丰年间,创立楚军,剿办粤匪,转战数省,叠著勋劳。文宗显皇帝优加擢用,补授两江总督,命为钦差大臣,督办军务。朕御极后,深资倚任。东南底定,厥功最多。江宁之捷,特加恩赏给一等毅勇侯,世袭罔替,并赏戴双眼花翎。历任兼圻,于地方利病,尽心筹划,老成硕望,实为股肱心膂之臣。方冀克享遐龄,长承恩眷,兹闻溘逝,震悼良深。曾国藩着追赠太傅,照大学士例赐恤,赏银三千两治丧,由江宁藩库给发。赐祭一坛,派穆腾阿前往致祭,加恩予谥文正。入祀京师昭忠祠、贤良祠,并于湖南原籍江宁省城建立专祠。其生平政迹事实,宣付史馆。任内一切处分,悉予开复。应得恤典,该衙门察例具奏。灵柩回籍时,着沿途地方官妥为照料。其一等侯爵,即着伊子曾纪泽承袭,毋庸带领引见。其余子孙几人,着何璟查明具奏,候旨施恩。用示笃念忠良至意。

李鸿章至此才确信恩师已经去世。他屏退左右,独坐签押房,回想师生缘分,禁不住泪流满面。他晚饭也没吃,勉强支撑着给曾纪泽、曾纪鸿两兄弟写信。夜里久不成眠,有伤痛、哀悼,也有隐隐的兴奋。因为天下督抚,除曾国藩,左宗棠清望虽高,但李鸿章从心底并不十分佩服,认为此人好大言,自视过高。那么他这个直隶总督,将是名副其实的疆吏之首。当然,这又是一副重任,他不是只重虚名的人,要扎扎实实干一番事业,那才不枉居此高位。他隐然以曾国藩为目标,生荣死哀,也才不枉到世间走一遭。老师的功绩,主要是削平太平军造反这一大难,而今天下基本平定,以后再靠军功立大功业,恐怕不太可能。朝廷的大敌不在国内,而是洋人。与洋人交涉,保几十年和局,图谋洋务自强,才是立功扬名的正道。老师晚年所着力的,也正是洋务自强,制造轮船枪炮、谋划幼童出洋,都是老师未竟的事业,自己作为门生,要从老师肩上接下这副重担,让老师的事业薪火相传。而且李鸿章有自信,在洋务上,他必将超过恩师……

思绪飞扬,心潮难平,雄心壮志,让他双目炯炯,毫无睡意。一副绝好挽联也浮出脑际,于是半夜起身挥毫泼墨:

师事近三十年,薪尽火传,筑室忝为门生长
威名震九万里,内安外攘,旷代难逢天下才

这时,自鸣钟已经敲了两下。李鸿章重新上床,这才蒙眬睡去。

曾国藩去世,清流中有人开始攻击他所倡导的洋务事业,首当其冲的是幼童出洋,因为此项创意一开始就有人反对。恭亲王看到第一份反对折子时就心生警惕,拿出的意见是留中不发。然而,随后又有人上奏反对,恭亲王不能不认真对待。他不想再采取廷议的办法,弄得争执不下。于是他给李鸿章写一封亲笔信,让他能够再上奏议,别让这件事情夭折,不然对不住曾国藩的在天之灵。李鸿章已经收到容闳的信,也是希望他能全力支持。

李鸿章决定再次上奏,但他不想再苦口婆心争辩此事该不该做,而是怎么做得更好。他让文案起草的时候,只管报告已经做了哪些,比如招生情况,学生学习情况,经费落实情况,何时可以启程赴美以及副监督容闳已经先期一月赴美等,而关于有人反对的事情,只字不提。正折之外,附片说明派幼童出洋是曾国藩未竟心愿,他作为学生必须帮老师完成心愿。不然"国家勋臣,尸骨未寒,人亡政息,岂不痛哉"。

慈禧看了李鸿章的一折一片,沉默良久,对恭亲王道:"老六,幼童出洋的事已经木已成舟,且是曾国藩的未了心愿,再有不识时务、一味啰嗦者,不必客气,要革要罚,你们大胆拿主意。"

第四章

船政存废起争执　求富求强倡轮运

　　福州马尾山下热闹非凡,今天是福州船政局扬武号兵轮下水的日子。

　　福州船政局是左宗棠于闽浙总督任上聘请法国人开创的洋务事业,还没等建成,朝廷就派他出任陕甘总督,临行前他推荐沈葆桢出任船政大臣。左宗棠当初制订的造船计划,是十年造十六号兵轮。今年是第四个年头,已经造船九号。前几艘兵轮考虑兼运漕粮,舱位多,火炮少,马力也小,与其说是兵船,倒不如说是武装商船更合适。

　　在造扬武号这艘兵轮时,船政局就减少舱位,加大炮位和马力。六十磅到二百磅的火炮安装了十三门,轮机是二百五十匹马力。据洋匠们说,这艘兵轮不比外洋兵轮差,因此也就引起了上下的注意。闽浙总督兼福州将军文煜来了,沈葆桢丁忧不能前来,但也写来贺信,并叮嘱要把下水情况仔细报告。

　　中外员匠们站到船台上,准备登船下水。鞭炮响过后,洋匠们却不肯上船,说总监工吩咐过,他不在,谁也不能登船。可是总监工巴士栋昨天就请病假了,日意格这才知道巴士栋是要他的难堪,于是道:"我是总监督,所有洋员都要听我的指令,我现在命令你们即刻上船。"

　　洋匠们都没有动,副监督德克碑火上浇油道:"你的说法我不同意,洋员统归你我监督,但技术人员必须听命于总监工。总监工不同意大家上船,也许还有什么问题没有解决。"

　　"三天前就做好了准备,下水日期都定了,怎能说改就改?"日意格道。

场面十分尴尬。

"不要洋人登船,我们自己就行。"突然有人站出来,说话的是福州船政后学堂艺童邓世昌。

文煜惊讶地望着这个年轻人,有些不相信地问道:"没有洋人你们能行?你可别逞能误了大事。"

"总督大人放心,我们已经在建威轮上练习半年,自己驾船南到新加坡、大小吕宋,北至直隶、辽东,没有洋人我们也能够让扬武轮顺利下水。"邓世昌保证道。站在他身边的刘步蟾、林泰曾等人也都附和。

文煜还是放心不下,问道:"兵轮下水后还有桅舵、烟筒、水管、仪表等需要安装,没有洋匠能行?"

邓世昌指指后边几个年轻人回道:"他们都是前学堂的艺堂,专门学习造船,船都造出来了,装配工作就一定能够胜任。"

大家齐声道:"大人放心,三个臭皮匠顶个诸葛亮,没有洋人我们不怕。"

"好!所有洋匠不必上船,推轮下水!"文煜一拍大腿。

工匠们拔去撑柱,再将船头托钢锯断,船顺着船槽向前滑行,眨眼间离岸已是数十丈,邓世昌等人沉着操作,轮船顺利驶入江中,江岸上欢声雷动。

才到寅时,景运门九卿房外奏事处已经灯火通明,各部院及外省呈递奏折的人正在排队,奏事处官员一一审查登记。何人有权呈递奏折有着明确的规定,在京宗室王公,文职京堂以上,武职副都统以上及翰林詹事日讲起注官,都察院科、道官员可呈递奏折。在外各省文职按察使以上,武职总兵以上,驻防总管城守尉以上,新疆北路办事大臣、领队大臣以上可以呈递奏折。滥递滥收都要受到处罚,奏事处官员不能不谨慎。

与景运门遥遥相对的隆宗门内,军机处值庐也已灯火通明,恭亲王、文祥、宝鋆、沈桂芬、李鸿藻五位军机大臣早就到了,正在商讨今天应当复奏的事项,同时等着太监送来两宫批的折子。太监送来了共九份,七份已经明确批示办法,军机处章京们遵照拟旨就是;另有一份没有批,那是需要早朝时再捧入请旨办理,称为"见面折"。今天的见面折恭亲王一看心里就沉甸甸的,折子是内阁学士宋晋所奏,竟然奏请停造轮船:

　　闽省连年制造轮船，闻经费已拨至四五百万，未免靡费太重。此项轮船将谓用以制夷，则早经议和，不必为此猜嫌之举，且用之外洋交锋，断不能如各国轮船之利便；名为远谋，实同虚耗。将谓用以巡洋捕盗，则外海本设有水师船只，何必于师船之外更造轮船转增一番耗费！如果用来运粮，其水脚数目，要比沙船昂贵。造船一项每年闽海关及厘捐拨至百万两，是拿有用之帑金，做可缓可无之经费。若在国家全盛帑项充足时亦未尝不可，然目前西北军务未已，费用日绌，殚竭脂膏造无用之轮船，殊为无益。且闻船政员绅多有庸劣不堪者，人浮于事，徒增虚糜。采买物料皆须委员四出办理，民间不胜其扰。上海江南制造总局亦同此情形。应饬闽浙、两江督臣将两处轮船制造局裁撤，其额拨经费即转拨户部，以充日前紧急之用。

　　恭亲王草草阅完，把折子递给文祥道："宋晋把自造轮船说得一文不值，要让闽局、沪局都停办。"

　　文祥大病初愈，立即意识到麻烦来了，有气无力道："有些人就喜欢出风头，向来不顾办实事的艰难。闽局、沪局好不容易有点起色，怎么又要停办？"

　　"他的意思总结起来就是两句话，自造轮船，花钱多，没用处。"

　　宝鋆也是支持恭亲王办洋务的，但折片里说额拨经费即转拨户部，他是大学士管户部，西北军事、皇帝大婚都是花钱的事，有一笔银子进项当然是好事。不过他更知道，闽沪两局都是恭亲王鼎力支持才有今天的局面，怎能为了省银子而轻言放弃，所以他道："省出笔银子当然好，可他们出的都是馊主意，不该省处乱省，该省的地方又不去说。"

　　宝鋆所说该省的地方就是指皇帝大婚，各类开支统算下来不下一千万两。而这一千万两以他估算，进入私囊的总得四五百万。尤其是内务府，最擅长的就是化公帑为私财。而这些多年积弊，就是恭亲王也无力整顿。

　　"一切请太后懿旨。"李鸿藻与倭仁如出一辙，对洋务向来敬而远之，恭亲王问他怎么看，并不指望他能说出什么有分量的话来。

　　文祥最知恭亲王的心思，就说道："自然一切由太后、皇上裁决，但军机大臣不可不事先筹划。"

　　恭亲王何曾不想一锤定音，直接驳回宋晋的奏议。但他无论如何不能留下专擅的口实，再惹西边的疑忌，李鸿藻入军机很明显就是为了牵制军机处。

两宫叫起，照例第一起是军机处，恭亲王为首，鱼贯而入养心殿东暖阁。

第一起就是说船政局的事。不过，先说的不是宋晋的折子，而是文煜上奏扬武号下水的折子。

慈禧对洋人趁机发难十分生气："真是一颗老鼠屎坏了一锅粥，这个法国总监工也太可恶了，竟会公然要挟。沈葆桢说得对，洋员受雇大清，拿一日薪水就当办一日大清之事，这个巴士栋现在专与大清作对，干脆准了文煜所奏，把这个巴士栋赶回法国去。"

洋人要挟船政局与宋晋请求停造轮船恰在同时发作，洋人的事情如处理不好，让慈禧觉得洋人都像船政局的法国人一样，难免会对办洋务的事情产生动摇，不但造船的事情将会遇到大麻烦，而且将来洋务必然寸步难行。好在恭亲王与沈葆桢经常有书信往来，对事情的来龙去脉十分清楚，他回奏道："福州船政局聘请的法国人向来是很守规矩的，开始出毛病是从去年美利登出任法国驻福州领事后的事情。这个人有野心，他一到福州就要当船政监督，当不成，又想让监督听命于他，再不成，就指使总工头巴士栋与德克碑联手发难，才有扬武号下水法国人不登船这一出。解铃还须系铃人，要从根子上解决，必须让美利登离开福州。军机处的想法，是说服法国公使撤去福州领事馆，如果不撤领事馆，把这个美利登调到京城也成，不然他在下面不知要闹出多少麻烦。"

慈禧有些顾虑："把这个美什么调到京城来当然也可以，就怕按下葫芦起了瓢，再跳出洋人来捣乱，还是给朝廷出难题。这事你们掂量着办吧，不过不要惹起纠纷，为这么一件事不值当。"

慈安这时也插话道："左宗棠镇得住洋人，当初这些洋人都是他定的名单，那时候都很听话。他去了西北，洋人就孚毛了。"

慈安说得不错，左宗棠在地方上向来说一不二，洋人的确有些怵他。不过他如今在西北，已是鞭长莫及。所以，恭亲王又建议道："左宗棠虽然去了西北，但与洋人还是有书信往来，让他写封信给巴士栋等人，对安抚这些法国人还是有用的。"

慈安难得对政务有所献议，所以很高兴道："老六，那你们让左宗棠快写信，一封信能安抚了法国人，再好不过。"

见状，慈禧转移了话题，问道："宋晋上了个折子，说是要停造轮船。这个宋晋是何许人？我怎么没大留意过？是第一次上折吧？"

"他是江苏溧阳人。道光二十四年进士，当过仓场侍郎，因为京米从天津运京过程中偷漏飞撒，受革职处分，同治七年平定捻匪，加恩迁内阁学士。"这些情况，是当过多年吏部尚书的文祥在军机值庐告诉恭亲王的。

慈禧笑了笑道："老六好记性。宋晋的折子也许你们还没来得及议，本来是明天见起的时候再议，既然话说到这里了，不妨先说说看。"

恭亲王回道："折子刚交下军机处，臣略看了一眼，宋晋的意思是停止造轮，理由是花钱多，自造轮船没必要。"

"详细情况等你们议了再说不迟。不过，若真如他所说，船政靡费实在太重。只是左宗棠创建船政，也实为不易。"这是模棱两可的说法，无从摸出慈禧的真意。

"福州船政花钱不少，造的轮船也不怎么样，朕也从外面听说了。"很少参政的同治皇帝今天竟然也有自己的想法。

"皇上也从外边听说了？你何时去过外面？"慈禧有些惊讶。

同治自知走嘴，要是皇额娘把私自出宫的事追问出来，那可就麻烦大了，因此立即补救道："朕是听载徵说的，他在外面茶馆听人说的。"

恭亲王一听自己的儿子也插进来一杠，真是恨得牙根疼："太后、皇上不可信犬子胡言，这小畜生只知胡闹，何能妄议大政！宋晋所言是否属实，船政如何经办，可否请疆臣们议议再说，请太后明鉴。"

慈禧也很犯犹豫，因为没有钱，皇上大婚、西北军事都要花钱，把船政停了，省下钱来当然好；但洋务自强也是要紧的，自造轮船已略有成效，半途而废也实在可惜。

一见大家沉默，慈安便又插话道："当初左宗棠倡办船政，朝廷也是支持的，眼下实在情形到底如何，也不能全凭宋晋的一面之词。六爷说得有道理，该让疆臣们说说看。"

"宋晋的折子牵涉闽浙、两江，那就让两江总督、闽浙总督，对了，李鸿章也是办洋务的，还有两广总督，让他们都说说看。"慈禧接过话茬。

"左宗棠是福州船政的创办人，沈葆桢是继任船政大臣，也该听听他们的想法。"恭亲王如此建议。

"嗯,还要听谁的意见,你们视情形定吧。"慈禧用这话结了这个议题。

回到军机处,由文祥安排军机章京把早朝议定的事情分别拟旨。宋晋奏请停奏轮船的折子,按照早朝的上意应当密寄左宗棠、李鸿章、文煜、沈葆桢等人,就船政是裁是留发表意见。但恭亲王制止道:"此事不急,先把手头的急务处理下来再说。"

文祥身体一直不好,恭亲王让他先回家休息。恭亲王出宫后,吩咐到文祥府上。文祥慌忙更衣,准备顶戴袍服相迎。恭亲王已经进了院子,见状道:"博川,不必更衣。"

话虽如此,但土爷驾临,无论怎么知己,文祥也不好便服相见。两人去了花厅,恭亲王又说道:"博川,你不必让人侍候,咱们说话方便。"文祥挥挥手,下人们都远远离开。

文祥知道恭亲王喜欢喝洋酒,吩咐人备上四份小巧精致的菜肴,打开一瓶红酒。

"博川,情况有些不对头。"恭亲王学着洋人的样子,捏住大腹玻璃杯的细长脚,轻轻晃动杯中的红酒,"自从曾文正去世后,反对洋务的声音渐起。先是幼童留学的事险些夭折,如今宋晋又请停船政。"

"是,形势令人担忧。"文祥与恭亲王最为知心,也是他最重要的助手,两人说话也毫不掩饰,"形势变化从天津教案后就开始了。虽然万幸没有破坏和局,可是强硬主战、反洋人、反洋务的声音却是越来越大。打头的其实并不是那帮书生,而是这个——"文祥屈起食指做个"7"字,显然是指醇郡王。

"老七这些年自觉翅膀硬了,手要从军务伸到政务上来了。不客气地说,他连神机营都没管好,那些个吃粮拿饷的旗兵上操不过是应付差事,下操的时候倒是威风得紧,侍候的奴才倒有好几个,拿帽子的拿帽子,拿烟枪的拿烟枪,哪像能上阵杀敌的样子?可是他还觉得神机营英勇善战,一定能够打得过洋人。靠这点根本靠不住的底气,动不动就要和洋人开战。"

"王爷说得不错,七爷如今也干涉起大政来了。他不但觉得军事上应该强硬,对各项洋务事业也是多有微词。天津教案后,他赌气称病,在清议那里纷传他是给气病的,结果他更博清议的赏识。"文祥忧虑道,"这股子风气非常不好,宋晋上折奏停造轮船是个信号,如果这件事情扛不住,便一发而不可收。"

"是啊,这才是我最担心的。现在看来,停造轮船可不只是宋晋的看法,你没听皇上说,他从犬子那里听来外面都说应该停。这个不成器的东西,什么话不分轻重都向宫里传,看我回家不打断他的狗腿。"说起纨绔的儿子,恭亲王就忍不住上火,"如果轮船停造了,那么李少荃创办的金陵机器局、崇地山创办的天津机器局将来也有人要求停办。山东丁稚璜正在办机器局,办还是不办?接下来,同文馆也会遭受攻击,再接下来,觉得洋人应该赶出去,按他们的说法,'四万万人,一人一口唾沫也能把洋人淹死',那时候,非开战不可。"

"开战的结果必然又是洋人兵舰云集,然后从天津入京师,两宫、皇上再次巡狩热河,于是再被洋人逼迫签订条约,割地、赔款、开放口岸,这样的噩梦道光二十年上演一次,咸丰十年重演一次,如果再来一次,大清恐怕永无翻身之日,王爷这十年的心血白费了。"

"所以,这件事情不可等闲视之。我看到宋晋的折子,就暗自心惊,可是有些话没法说。无论船政里面有多少弊病,都不能停造,否则大局堪忧。"恭亲王呷了一口洋酒,吧嗒着嘴巴,不知是在品酒还是为局势所忧,"博川,高阳最近与清流言官交往颇密,西边也颇有倚重之意,以后办洋务只怕更难。"

文祥附和道:"此事的确可虑,这些清流未出都门,多是纸上谈兵,指望他们赞同洋务难于登天。"

"那该怎么办?自强刚有点眉目就此夭折,文宗皇帝真是不能瞑目,我咽不下这口气。博川,咱们得想想对策。"文宗皇帝就是咸丰帝,当年英法联军火烧圆明园,他仓皇逃到热河,对洋人恨之入骨,最大憾事就是大清不能自强。恭亲王秉政后自强之策便是大办洋务,如果洋务半途而废,这两人可不就一个不能瞑目,一个咽不下窝囊气?可两人想来想去,除了军机和总理衙门众人及部分密友,还真是知音难觅。

"王爷,我们的目光不妨远大一些,京中知音难求就从京外找,将来凡有大政不决,不妨多听听疆臣意见。"文祥建议道。

"对!"恭亲王极为赞同,因为疆臣切近实际,对洋务了解多,获得他们的支持便是抗衡清流最坚实的力量,"尤其南北洋大臣、闽浙、两广督抚,必得洋务好手来担当。"

船政的事必得疆臣支持才不致夭折。接下来,两人商议给左宗棠、李鸿章等人的密谕应当怎么措辞。既然是听疆臣的意见,当然就应当是兼听则明的态度。可是,总枢并不想停办船政的意思又应当有所透露,这就有些难了。

两人费了不少功夫,最后恭亲王下决心道:"我看不必再费脑筋,态度上很明确,是听他们的意见。但是中枢的意图,也不妨明说。我看就说这么几个意思:当此用款支绌之时,停办船政的确是节省帑金之一法,宋晋所奏,自然有些道理。然而,左宗棠创办船政用意深远,创始甚难,那么裁撤也不可草率从事。还要明确说明设局本是力图自强,此时所造兵船不及外洋,正宜力求制胜之法,仅从节用起见而议撤议停,恐失当日经营缔造之苦心。现在究竟应否裁撤,要悉心筹划。"

"光明正大地征求意见,光明正大地说明创办船政的本意,如此甚好。"文祥点头表示赞同。

"接下来,就看这些疆臣是如何回奏了。"

"疆臣里面,必须着意培养能帮王爷力推洋务的人才行。"文祥献议道,"从前有曾文正在,他向来是力挺王爷的洋务大业。他去了,真是折了王爷的一条臂膀。把李少荃调到直隶,是再恰当不过。他在洋务上比曾文正还要眼光长远,论起与洋人交涉,他又更胜一筹。"

"是哪,李少荃去年与日本人谈通商,比较顺利,两宫也都满意。只是这次轮船的事,不知他会不会闹意气,他与左季高交恶,已非一日。"

在办洋务上,左宗棠最得意的就是创办了福州船政局,而李鸿章则有江南制造总局、金陵机器局,如今又在扩张天津机器局,如果福州船政局停办,左宗棠的洋务事业化为乌有,而李鸿章则硕果累累。因此,恭亲王担心李鸿章会借宋晋奏停船政一事,落井下石。

"我觉得不至于。"文祥宽慰恭亲王,"宋晋要求停造轮船,不光要求福州船政停造,江南制造总局也要停,停造轮船对李少荃没好处,他向来视江南制造总局是他的大功业。"

"少荃行事不像曾文正,为了打击左季高,他不惜搭上一条臂膀也有可能。"恭亲王仍然不放心,"你给少荃写一封信,说明力保船政的意思。当然,此事宜密。"

天津直隶总督行辕，刚从上海回来的盛宣怀正在给李鸿章讲新鲜事：大北公司在大海里铺设电缆用于拍发电报，已从香港铺到了上海，上海有消息不到一刻钟就可传递到香港；英国人傅兰雅和江南制造总局的徐寿、徐建寅等人捐银成立了格致书院，有大量书籍供人免费阅读；有外国买办新卖一种灯，不烧油不烧蜡，只要向筒中灌水，水中生气，气可点燃，比蜡烛亮几十倍……

盛宣怀为人十分聪明机警，他自从会办淮军总粮台后，经常往来于沪津之间。上海开风气之先，他十分留意洋人的新办事物，不仅是因为他喜欢新鲜热闹，更重要的是他明白李鸿章一心想在洋务上出一番成就，这些新鲜事物正是李鸿章最为关心的。他更明白，自己的前途就攥在李鸿章手里。

李鸿章一边听盛宣怀讲上海的新鲜事物，一边若有所思。突然，他打断盛宣怀的话问道："杏荪，你在上海可见过胡雪岩？"

盛宣怀不知李鸿章为什么突然问起胡雪岩，只好掂量着回答道："胡雪岩在上海、杭州等处都有钱庄、商号，经常各处走动，在上海的时候并不多，我没见过他，但关于此人的故事知道不少。"

"哦，有什么故事？"李鸿章颇感兴趣，"听说他只是一个钱庄的伙计，怎么没几年就成了身家百万的巨富？去年直隶大灾，胡雪岩捐款不下两万两。"

"胡雪岩起家，靠的是前浙江巡抚王有龄。王有龄当年在杭州候补，可是候了半年多也没候上实缺，坐吃山空，困坐愁城，经常到茶馆中一壶淡茶熬一天。就在这时，他认识了钱庄伙计胡雪岩。有一天，胡雪岩收回了一笔钱庄的陈年旧账，他对王有龄说，不如我把这笔钱借给你，你去京中捐个实缺官，总比没指望的候补强。王有龄于是凭这笔银子去京中寻出路。在济宁，遇上了放了江苏学政的何桂清。王有龄的父亲当年曾经在云南当知县，见县衙杂役老何的儿子何桂清聪明好学，就让他免费入县衙私塾，当了王有龄的伴读。三十年河东，三十年河西。何桂清不忘王老爷之恩，有意拉王有龄一把，劝他不必进京，随他南下。有何桂清的关照，一到浙江就委为漕粮海运总办。他上任第一件事，就是找到胡雪岩。胡雪岩因为私自借银，已被钱庄辞退。王有龄问他有什么想法，胡雪岩说只想开一个钱庄，把面子争回来。有王有龄撑腰，胡雪岩的阜康钱庄就开了起来，而且经理杭州府库，信誉自然没得说，因此很快就成了杭州第一等的钱庄。后来王有龄在浙江巡抚任上战死，但胡雪岩很快又靠上了左大帅这座靠山。"

"左季高眼高于顶，怎么会看上胡雪岩这样人？"李鸿章对此很感兴趣。

"王有龄死守杭州的时候，胡雪岩奉命购买了三万石大米救急，可是等他运到杭州的时候，杭州已被围得铁桶一样，根本运不进去，而且有被长毛抢去的风险，于是胡雪岩转而把这批粮食运到正缺粮的宁波。双方说定，杭州城收复之日，再还给胡雪岩三万石大米就行。左大帅收复杭州，最缺的就是粮食，胡雪岩的三万石军粮正如雪中送炭，因此得到了欣赏。依靠左大帅的庇护，胡雪岩又开了胡庆余堂药店，开了丝行，并承揽了左大帅的军械采购。左大帅西征后，又负责经办后路粮台，并负责帮左大帅借洋债，风生水起，就成了巨富。左大帅遇到缺军饷的时候，十几万甚至几十万，只要张口，胡雪岩一定办到，因为他有钱庄的存款，因此左大帅对胡雪岩信赖很深。"

"我带过兵，知道闹饷的利害，左季高有胡雪岩相助，怪不得两人关系这样深。"李鸿章这才明白其中的渊源，"几十万银子胡雪岩都有办法腾挪，可见此人实力非比寻常。"

"胡雪岩开着钱庄、当铺，又开着丝行、药店，钱庄、当铺可以互相挹注，钱庄的存款可以去购丝、购药，而钱庄又可以丝行、药店的资产做信誉的担保，所以他左右逢源，生意做得相当好。"盛宣怀对胡雪岩也是十分佩服。

"杏荪，大清向来看不起商人，士农工商，商是排在最末位的。可自从去年直隶大灾后，我对商人有了新的看法。你也知道，当时直隶的藩库、府库都拿不出多少银子，赈灾主要靠的是劝捐。而肯捐助的大户大都是商人，胡雪岩就是捐助最多的。"李鸿章说起来十分感慨，"我这是从赈灾这件事说的，你再看广州、上海等通商口岸，自从开埠后，发展是日新月异，各口海关关税也是年年递增，对丰裕国库更是功不可没。现在有多少开支，靠的就是海关的税收。"

"是，福州船政局、江南制造总局、金陵机器局，还有天津机器局，都是靠海关拨款。"盛宣怀对这些洋务事业，如数家珍，"还有幼童出洋，也是指定上海海关出银子。"

"那么，这些银子又是哪里来的呢？"李鸿章双目炯炯，这是他有新的想法和发现时的惯有表情，"是商人！大清的货物出口，商人要交税，洋人的货物要到大清来销售，也要交税。我们从前有一种错误的想法，认为商人只是靠坑蒙拐骗来牟利。其实不然，货畅其流，本来就是互利的事情。比如胡雪岩收丝卖给洋人，他从中有利可图，丝农也因此卖个好价钱，增加收入，而国家又可从中增加税收。因为商人居中的经营，获利的岂止是一家？"

"本朝历来是重农轻商，可是农业赋税毕竟有限，国家要想富，非发展商业不可。"盛宣怀紧跟李鸿章的思路。

李鸿章拍案而起，兴奋地说道："你说得好极了，这也是我这些天一直在思考的事情。当年在江苏的时候，我有位同年叫冯景庭，就是冯桂芬，他写了一本书叫《校邠庐抗议》。有一天他对我说，咱大清国国土是英吉利国的二百倍，是米国的十倍，俄罗斯的八倍，可这些国家都比我们强大。为什么？他总结了四条，说我们是人无弃才不如夷，地无遗利不如夷，君民不隔不如夷，名实相副不如夷。我没去过英吉利，但是我想，这样的弹丸小国仅靠农耕是无法强大的，他靠的是什么？我认为，应该就是商人！我觉得冯景庭说的地无遗利不如夷，最主要的，就是我们商业不如人家发达。"

"我在上海认识了一位叫郑观应的商人，他很早就到英国宝顺洋行谋生，十几年下来赚了一笔钱，如今又和洋人合伙，开办轮船公司。他对英吉利等国很有研究，他对我说，英吉利、法兰西等国国土面积不到咱们的一个省，如果像咱大清一样靠农业赋税，别说养舰队，肚子也吃不饱。可是他们却富甲天下，靠的正是工商业。他们一国的商人，有咱大清国商人几十倍还要多。咱大清可是有四万万人口，他们不过千把万罢了！郑观应人虽然没有功名，但是很有见识，他经常在《申报》上发表文章。他曾经对我说，'欲攘外，亟须自强；欲自强，必先致富；欲致富，首在振工商'。"盛宣怀也说了一个活生生的例子。

李鸿章重复着盛宣怀的话："欲自强，必先致富；欲致富，首在振工商。说得好。国家不富，自强也就是空话。杏荪，这些年我办的都是生产军火的局厂，最发愁的就是维持生产的款项。你这位姓郑的朋友很有见识，如果办洋务的只盯着军火军械，只花钱不能赚钱，必然难以长久。这些天我一直在想，军队要发饷，要配备洋枪洋炮，要扩大制造局规模，钱从哪里来？必须振兴工商。洋人在上海搞电报、搞铁路、搞船运、搞自来水，这些新鲜东西，都是商人在办，都是为了赚钱。洋人是我们的老师。从前，我们为了平定长毛和捻匪，在枪炮制造上以洋人为师；将来我们要想自强，在振兴工商上还是要学习洋人。"

李鸿章很高兴,他从桌案上找出朝廷发来的酌议轮船是否停造的上谕,对盛宣怀道:"杏荪,最近有人上奏,要福州船政局和江南制造总局停止自造轮船,朝廷密谕我斟酌。停造轮船当然不行,可是为什么不行我还没想清楚。宋晋的理由,主要是说造船花钱太多,如果想继续造船,那么必须帮朝廷想个弄钱的法子。我觉得今天所议很有启发,你看下折子,回去后好好想想,有什么想法,或者上个禀帖,或者当面来谈,都行。我的想法,不能就是否停造轮船一事来论,而是要为未来洋务事业的大局做一番谋划。这个复奏很要紧,必须拿出一个通盘考虑、顾及长远的谋划来,宁肯晚一点,也不能草草了事。"

因为是密谕,当然不能让盛宣怀带走。他在李鸿章的签押房看了两遍,已经了然于胸,因为折子并不长:

> 左宗棠前议创造轮船,用意深远。唯造未及半,用数已过原估,且御侮仍无把握,其未成之船三号续需经费尚多。当此用款支绌之时,暂行停止,固可节省帮金。唯天下事创始甚难,即裁撤亦不可草率从事。且当时设局意主自强,此时所造轮船据称较之外洋兵船尚多不及,自应力求制胜之法师;若仅从节用起见,恐失当日经营缔造之苦心。着直隶总督李鸿章、陕甘总督左宗棠、闽浙总督文煜、船政大臣沈葆桢、署两江总督何璟、福建巡抚王凯泰通盘筹划,现在究竟应否裁撤或不能即时裁撤,并将局内浮费如何减省以节经费,轮船如何制造方可以御侮各节,悉心酌议具奏。

盛宣怀则简单记录了宋晋停造轮船的理由:靡费、已经议和不必备战、巡捕海盗不及师船、用以运漕水脚昂贵。然后恭恭敬敬交回去道:"中堂,卑职一定好好用心。"

李鸿章道:"你回去好好准备,明天我要见日本使臣,也打听一下他们的近况。听说他们买兵舰、办铁路、办机器纺纱,热闹得很,日本蕞尔小邦,但其志不小。"

日本于同治七年(1868年)开始明治维新,处处学西洋各国的做法。去年竟然也派出使臣，到大清来签订通商条约。当时朝廷上下十分紧张也十分反感，认为日本小国根本没资格与大清谈判，总理衙门把这件事推给李鸿章。李鸿章经与伊达宗城沟通后，认为应当与日本订约，因为各国互相通商，已经是万国惯例，日本产品可进大清售卖，大清产品也可到日本售卖，是互利的事情，与日本订约，并不伤国威。而且允许日本所请，反而是示惠于日本，避免日本与英法等国走得过近。经过两个月的谈判，双方议定修好条约并通商章程十条，确定第二年也就是今年前来换约生效。

这次前来换约的是日本外务丞柳原前光，他是去年日本使团的副使，与李鸿章算得上老相识。他这次前来名为换约，实际是想改约，因为该条约并未给日本最惠国待遇，日本没沾到多少光。李鸿章对柳原的意图也十分清楚，对日本人出尔反尔非常反感。柳原再三请见，李鸿章只让津海关道陈钦与他谈。后来听陈钦说柳原谈到日本近年来正在大办铁路等情况，李鸿章对此很感兴趣，才决定约见柳原。

第二天上午，李鸿章在花厅接见柳原。

"我国正在与西方各国议约，去年所议修好条约，有几条需要修改……"柳原一开口就提修改条约。

李鸿章打断他的话连连摆手："去年议定的条约说好今年换约，怎么又成改约了？而且条约中一再说明，彼此信守承诺。这个条约是去年我与贵国全权大臣伊达宗城议定，如果伊达宗城不能做主，那么去年就不该定议。既然已经定议，断不能改悔。失信为万国公法所最忌，贵国不应蹈此不韪，贻笑西人。"

"大人所言极是，卑使深感惶愧。只是在下此次前来，实在是首次独立为国办事，请大人体谅，为了让卑使回国能够销差，可否请将鄙国照会暂存？"柳原前光一副恭顺的样子。

李鸿章对外交已经十分熟悉："你既然是使臣，自应当知道国与国交往的惯例，我留下你的照会，便是同意你的说词。刚才我已经说得很明白，修好条约去年已经议定，今年只是换约，没有改约的道理。"

柳原前光见此计不成，便掩饰道："卑使首次独立出使，对万国公法并不熟知。卑使只是想恳请大人暂存照会。"

"柳原阁下说笑了，收下就是收下，哪有暂存一国照会之说？"李鸿章还要从柳原嘴里打听日本近况,不能不给他留面子,"柳原先生有什么想法,尽管与津海关道去详谈,他是专门办洋务的官员。我手头事情太多,不可能与你一条条详议。我今天见你,是略尽地主之谊,请阁下吃一顿便饭。"

抛开议约的事情,李鸿章就随意多了,热情地请柳原喝茶,问候他的父母妻儿,然后话题一转问道:"前年因为法国丰领事向地方官开枪,天津百姓与法国教会发生冲突,还打死了人。大清教案时有发生,自从开埠以来,已经不下一千起,不知贵国有无这样的事件。"

柳原前光回应道:"鄙国以欧洲文明为师,从天皇到普通臣民都以学习欧洲为荣,鄙国百姓对传教士很友好,天皇陛下也不允许国民伤害传教士,偶有教案发生,受处分的首先是本国国民,因此教案少之又少。像贵国百姓都说教堂挖眼剖心,这样的谣言在鄙国绝对没有,也没人相信。"

李鸿章点头赞道:"这样最好,少了不少麻烦。听说贵国大办铁路、开发矿山,有没有人反对?"

"这是于国有利的事情,为什么要反对?在鄙国是非常鼓励学习欧洲开办公司的,两年前鄙国专门成立了工部省,其职责就是'开明工学,褒奖百工'。为了倡导百工,鄙国以国家财力,购进欧洲的机器,建立工厂,以资示范。对开办工厂者,鄙国优惠贷给资金。"

"目前贵国都办了哪些工商企业?"李鸿章又问道。

"鄙国最重视的是铁路建造,两年前从美国人手中收回东京到横滨的筑路权,借英吉利国一百万英镑,聘请英国工程师帮助修筑,今年八九月就可通车。铁路对于人员和货物运输极其重要,要求富求强,首先要修铁路。鄙国将陆续在大阪、神户以及京都之间修筑铁路,还打算鼓励民间投资建造铁路。第二则是开发矿山。鄙国刚刚制定了《日本矿法》,禁止外国人采掘,全部收归官方经营。目前规划开采的矿山有佐渡金矿、生野银矿、釜石铁矿等。为了扩大丝绸出口,鄙国今年刚刚聘请法国技师建立富冈机器缫丝厂。这个缫丝厂吸收女工前来免费学习,等她们学会后可以从法国购进缫丝机器,建立自己的机器缫丝厂。"

"要建机器缫丝厂花费自然不少,哪来那么多银子?"

"可以学习欧洲的办法兴办股份公司,就是大家凑钱来办厂。当然,鄙国还通过银行贷款来扶持他们。"

"贵国的办法很好,都是富裕民生的举措。贵国对兵舰、枪炮制造是否也重视?"李鸿章心里羡慕得不得了,但脸上还要保持着平静。

柳原前光目光坚定道:"那当然。如今世界是弱肉强食的形势,鄙国多年积弱,要想不被强国欺凌,首先要建设欧洲那样的海陆军。所以,鄙国对枪炮、兵舰制造作为最优先的工厂来发展。当然,鄙国无法与贵国相比,大人已经建设了江南制造总局、金陵机器局,又在扩建天津机器局,还有福州的船政局。目前鄙国正在建设东京、大阪炮兵工厂和横须贺、筑地海军工厂,还没有一家建成,与贵国相比,我们是望尘莫及。"

李鸿章暗自心惊,日本果然野心不小,他们求富求强的行动虽然起步晚,但势头却十分强劲,不出几年完全可能超越大清。而大清国还在视欧洲为蛮夷之国,视日本为不值一提的蕞尔小邦!

李鸿章幕府中的杨宗濂和薛福辰都放了实缺,两人赴京请训回来,李鸿章特意请两人吃饭。

杨宗濂是江苏金匮人,他父亲当年会试的时候与李鸿章同一号舍,两人性情相投,不分彼此。李鸿章入翰林后,杨宗濂受父亲之命拜在李鸿章门下,学习八股制艺,因此两人有师生之谊。后来李鸿章带兵去了上海,很快出任巡抚。杨宗濂因为家乡被太平军占据,人也在上海。他已经办团练多年,把所部改编为濂字营,正式加入李鸿章的淮军。等打完仗后,杨宗濂入了淮军营务处,已经是布政使衔的候补道台,经李鸿章推荐,署理湖北荆宜施道台。

薛福辰是薛福成的长兄。当年薛福成入了曾国藩幕府,薛福辰则在李鸿章北上剿捻后入了李鸿章幕府,三年前被李鸿章推荐出任泰安知府。去年遇上黄河决口,他被丁宝桢派去治水,不辞辛劳,夜以继日,用四十五天的时间堵上了决口。丁宝桢深受感动,密荐他出任了济东泰武临道。虽然升任道台主要是丁宝桢之力,但正所谓饮水思源,薛福辰不敢忘李鸿章的提携之恩,因此进京请训前,特意到天津李鸿章的总督行辕来拜见,同时也算报喜。李鸿章知道他清廉,特意赠给他三千两银子,让他到京后该打点的打点好。领到官凭,办完赴任手续,他与杨宗濂一起,再到天津来向李鸿章辞行。

盛宣怀与杨宗濂十分熟悉,他入李鸿章幕府就是杨宗濂引荐,因此李鸿章让他前去作陪。参加宴会的人并不多,除杨宗濂、薛福辰外,陪客有周馥,还有一个年轻人叫马建忠,字眉叔,是江苏见丹徒(今镇江)人,很小就入教会学校,会英、法、拉丁文,对外国情形也很了解,是李鸿章非常器重的洋务幕僚,视之如同子侄。

六个人一落座,李鸿章就道:"我幕府中又出了两个道台,可喜可贺。老师曾经教导我,当官要把提携人才作为第一等要务。我牢记老师的话,只要有机会就把幕府中的人才推荐出去。我在江苏巡抚任上,送走了丁雨生(日昌),如今他已经是江苏巡抚;送走了刘仲良(秉璋),如今已是江西布政使;还有郭远堂(柏荫),如今做到了湖北巡抚;王补帆(凯泰),同治四年就到浙江任道台,如今是福建巡抚;还有一个我的同年郭筠仙(嵩焘),我不敢把他当作幕府中人,可也是在我江苏任上出任了广东巡抚。平捻之后,钱调甫(鼎铭)随老师出任直隶按察使,去年已经当上了河南巡抚;陈作梅(陈鼐)在直隶也当上了道台,至于其他府县官员就更多了,不必一一细说。今年又有二位出任道台,很是让我欣慰。说句实在话,看到我幕中出去的人升迁,比我自己升迁还高兴。"

杨宗濂和薛福辰都站起来,要给李鸿章敬酒,感谢提携之恩。李鸿章当仁不让,坦然受之。放下酒杯后,他又说道:"一个人在仕途上是否有长进,一是要看有没有人提携,有没有机会;二则是要看你有没有本领。你没有本领,我就是想提携也是枉然。"

"这话应该反过来说,如果没有伯相提携,就是有天大的本领也是枉然。"杨宗濂奉承道。一桌人都同声应和。

"当然,你们这么说也不算错。我的意思是大家要想前程好看,那就得有事情可做,有立功的机会。从前平长毛、剿捻匪,靠军功就可以保荐。如今无仗可打了,大家要立功业,上哪里立去?我有一个想法,那就是大办洋务,这既是为国家计,也是为诸位谋出路。"李鸿章倒也坦然,还为大家想着出路。

周馥插话道:"从前文正公在,他是疆吏的楷模,也是洋务的旗帜。如今文正公故去,伯相便是当仁不让的洋务首领。"

"洋务首领谈不上,在清议口中,洋务首领更不是什么好东西,骂汉奸、骂洋奴的都有。我不管,笑骂由人笑骂。如今我总督直隶,天津就是京师的门户,这个门户不好守啊,人家有铁甲巨舰,咱们怎么守?从去年开始,我就考察大沽炮台,打算好好修整一番,安装最新式的火炮。可是,奉天的营口和山东的烟台也都是我职责所在。洋人兵舰可以四处游动,仅靠炮台又如何能够抵挡得了洋人的进攻!顾得了东顾不了西,必须有一支洋人那样的海军才行啊!"

"对,办洋务最要紧的就是把洋人的枪炮、兵舰都装备上了,咱就不怕洋人了,他们也就不敢再要挟朝廷这样那样了。"薛福辰附和。

"你只说对了一半。洋务大业,富、强两字最为重要,而且缺一不可。从前所办的金陵机器局、江南制造总局和正在扩建的天津机器局主要是生产洋枪洋炮,江南制造总局还能制造兵舰。这些都是求强的事业,不能废。可是,这些局厂每年开支都十分浩繁,银子从哪里来是最让人头疼的事情。要想建一支铁甲舰队,花钱更多,我打听了一下,一艘最新式的兵舰需要上百万两银子。一支舰队,总要有十几条兵舰才能成气候,那就要上千万两银子。这样的要求一提出来,还不把户部吓死?为了省几个钱,如今有人都提出来要停造轮船了。所以,银子的问题解决不了,求强就是一句空话。"

盛宣怀十分了解李鸿章最近所思所想,脱口而出道:"所以伯相认为只求强是不可能的,还必须求富,有了银子国家才能办大事,才能真正强大。"

李鸿章赞道:"杏荪说得不错,洋务大业下一个用心着力的地方就是求富。最近我接见了日本的使臣柳原前光,听他说日本已经修通了一条铁路,将来还要修许多条,机器开采的矿山也已经开了四五家,还有机器缫丝,日本人手脚非常快,而且举国上下都是一心。他这是为什么?就是为了尽快富起来。富起来干什么?必然是要大办海军,大办陆军。柳原前光对我说是为了将来不受列国欺辱,依我看,日本其志不小,自保之余,少不了要打朝鲜、台湾的主意。我们与日本一苇可航,离得太近了。我敢说,将来大清的大敌必是日本。"

盛宣怀首先表示道:"卑职愿追随伯相,无论开矿山、修铁路、办电报还是振兴商务,伯相指向哪里,卑职就追随到哪里。"

李鸿章向满面红光的盛宣怀点点头道:"沪上有个叫郑观应的,他说求强必先求富,求富必首振兴工商。求富是求强的根本,国家富裕了,国帑充盈,造轮船了,办海军了,自然都可迎刃而解。那么如何求富?重农轻商不成,老百姓再守着小作坊、小买卖也不行,必须学习洋人的办法,引进洋人的机器,正如杏荪所言,要开矿山、修铁路、办电报。在座诸位谨记,无论你在不在我幕中,都要对洋务求强求富多上一份心,和我一道在洋务上做出一番事业来。这是我今后的毕生所求,也是诸位富贵功名所在。"

一直没说话的马建忠此时开口了:"我对英吉利国比较了解,这个国家面积非常之小,但如今却是万国中最强大的国家。他是怎么做到的?靠的是商业立国。在英吉利,国家大事是商人说了算。商人的买卖做到哪里,英吉利的兵舰就开到哪里,为的是保护英国的商人。如果商人的利益受到损失,英吉利国会不惜开战去维护。他们国土虽小,但遍布世界的英吉利商人把赚到的钱源源不断地带回国内,所以能够养得起那样庞大的舰队。"

"眉叔说得好,英吉利的国策可以概括为,军事上要打胜仗,先要在商业上打胜仗。"李鸿章一句话总结。

这番话说下来,在座的各位无不心潮澎湃。周馥举杯赞道:"伯相的高瞻远瞩,总是让我们心潮澎湃。跟着伯相,我们都觉得年轻了十几岁。我敬伯相一杯,以表敬意。"

"你们谁敬酒我都喝,谁让今天高兴啊。"李鸿章也高兴了,喝罢周馥的敬酒他又道,"兰溪,你在我幕中吃苦最多,功劳最巨,可是至今不能放实缺,我是问心有愧。"

周馥自李鸿章带淮军入上海起,就跟随左右,办文案,办粮饷,吃苦耐劳,毫无怨言。十年间,连秀才功名也没有的周馥已经被李鸿章保到了遇缺即补的道台。不过与其他人相比,这也算不上特别优遇。去年直隶大水,李鸿章把周馥调到直隶治理水患,天天泡在河工上。可是海河还是决了口,结果河工保案被朝廷撤销,李鸿章札委的人员都牢骚满腹,无人实心办事。只有周馥却是毫无怨言,今年以来,他先是靠在河工上,后来又负责在西沽建新城的事。李鸿章离不开他,也不愿放手让他外任,而直隶道缺一时又腾不出来,周馥就一直是个候补道。

"伯相要是如此说,我反倒于心不安了。我跟着伯相整十年了,心性伯相了解,只要能跟着伯相办几件实事,我就心满意足了。我一白丁出身,如今已经保到道台,还有什么不满足的!为了表明我非常知足、非常满足,我再敬伯相,并陪同伯相满饮此杯!"周馥给李鸿章斟满酒,自己一仰头干了。

李鸿章一拍案子道:"好,兰溪喝得痛快,我心里也痛快。诸位,陪我满饮此杯!"

席终人散,杨宗濂拍了拍盛宣怀肩膀道:"杏荪老弟,中堂很赏识你啊。好好把握,前途无量。"

盛宣怀谦虚道:"大哥才是前途无量,如今是主政一方的真道台了。我这个道台,不过是个名头罢了。"

"可是老弟年轻啊!年轻就是最大的本钱,老弟才二十八岁,跟着中堂不过两年多,都已经是道台了。周兰溪已经跟了中堂整整十年,也是个没任实缺的道台。我这个道台是打了四五年仗,又跟着中堂办了四年多的营务才混到的。中堂对老弟十分欣赏,他对我说:'盛杏荪,孺子可教。'这是多大的器重?老弟不要辜负了。"

"今天晚上大人已经说得很明白了,将来要想弄出点名堂,非搞洋务不可,我打算在这方面下点功夫。"盛宣怀搬出了李鸿章的话。

杨宗濂有些好奇地问道:"我这些年主要忙营务处那一套,洋务都是新鲜玩意,我这老脑筋跟不上趟。你是怎么打算,要开矿山,还是办厂子,还是办铁路?你前年好像在湖北调查过煤矿。"

"两年前家父任湖北盐法道,我就便考察过煤矿。不过要开矿山麻烦得很,得有专门的人去探矿,而且很危险,弄不好要冒顶,或者爆炸,都是要人命的事。至于办厂子,生产什么产品要考察,生产出来还要有专人去售卖,也不容易。至于办铁路,那是需要大投资的,更不敢想。我想上一个条陈,创办一个轮船公司,跑海路,跑长江航线,都行。"盛宣怀一口气说了不少想法。

杨宗濂惊讶道:"咦,这是个新鲜东西,你要跑长江航线,到时候可以到我衙门去喝壶茶。弄洋轮来做生意不简单呢,你是怎么想到要办这么个公司的?"

"两个原因。我去年帮着中堂劝赈,到江浙购买了两万石大米,一万件棉衣,当时就是雇请旗昌轮船公司的洋船运到天津大沽口,虽然比沙船多花了一倍的水脚费,但路上时间却比沙船整整快了一倍。天津灾民嗷嗷待哺,早到一天那就早一天解燃眉之急。所以虽然多花了银子,但中堂十分满意。我几次去上海都留意码头,洋轮生意非常繁忙,而沙船却被洋轮挤得没了生路。将来无论是海运还是河运,都将是洋轮的天下。办一个洋轮公司,代替沙船运漕粮到天津,或者运货物走长江、沿海载客,不愁没有生意。那时候大哥要从荆州去武昌见李总督,或者衣锦回乡,都可以坐我的轮船,那可真是两岸猿声啼不住,洋轮已过万重山。"

闻言,杨宗濂哈哈大笑道:"老弟那就快办起来,到时在水脚上要让我几分。"

"那是自然,不过目前这一切只是画饼。我想办轮船公司还有个原因,朝廷怕花钱,想停造轮船,中堂的意思无论如何不能停。可是没有钱怎么办?我想,把福州船政局、江南制造总局自造的轮船买下几艘来运货,那不就是筹到了造轮船的经费吗?"

杨宗濂赞同道:"对,你这个点子好,这就是以船养船嘛。你快上个条陈,中堂一定会批准的。"

盛宣怀的条陈很快有了回音,李鸿章派人叫他去签押房。李鸿章正在低头写什么,盛宣怀不敢打扰,小心翼翼地坐在椅子上。李鸿章不抬头便问道:"你的条陈我看了,你觉得有几分可行的把握?如果不可行,奏到朝廷被驳回来,还不如不上奏。我做事,向来是做不成宁愿不做,要做必要做成、办好。"

盛宣怀不禁有些心慌,因为他只是想当然的设想,并没有仔细去调查,能有几成把握他心里也没底。但此时他不能实话实说:"如果朝廷和大人下定决心来办,没有办不成的道理。"

李鸿章抬起头来,问道:"现在沙船帮已经被洋轮挤得生计艰难,我们再办轮船搞运载,岂不是雪上加霜,让他们更没饭吃?几年前就有人上条陈要办轮船公司,当时老师还总督两江,他没有答应,主要就是考虑沙船帮的生计。沙船帮有几千条船,涉及十几万人呢,这些人的生计不能不考虑。"

盛宣怀分析道:"沙船帮的生计当然要考虑,可是即便我们不办轮船公司,那么洋人也会来办,现在已经有了三家,听说美国人也要办一家。与其让洋人从沙船帮口里夺食,不如我们把这块利争下来,于国计民生都有好处。"

"有道理。不过,洋人夺了沙船帮的生计,他们没有办法,如果官府去办或者富人来办,他们可能就要闹事。"李鸿章有些担心。

"可以和他们讲道理,或者也可以让他们入轮船公司的股份。"盛宣怀已有解决之道。

"好,这一条先不说了。你说要集股一百万两,这可不是小数目,你向哪里集?"

向哪里集,盛宣怀也没细想,他干脆撒谎道:"上海有许多有钱的商人,好些人的钱想找挣钱的地方,只要咱们打出招商的招牌,就一定有人来入股。我认识的几个朋友,他们都有这个想法。"

李鸿章摇头道:"商人是最讲现实的,看不到利益,他们不会出手的。你只开一个空头支票,他们就会把银子送过来?那是不可能的。"

盛宣怀对此其实比李鸿章更清楚,但他对办轮船公司倾注满腔热血,自己未来的前程都寄托在此,怎能轻言放弃。因此,他挺直腰板道:"凡事首创都最难。伯相所办洋务哪一件不是困难重重,可是伯相都办了下来。沙船帮的船已经亏折了一多半,再下去几年恐怕没几条能下水了。那时漕粮怎么运?难道要靠洋人的轮船公司来运吗?天庾正供,关系京师安危,如何能够操之于洋人之手?"

这个理由是李鸿章不曾想到的,他禁不住暗自赞叹,这个年轻人考虑问题十分长远,便道:"你的这个想法,我要写在给朝廷的奏折中。至于什么时候正式向朝廷奏请,那就要看你运作得怎么样了。你多留心吧,如果朝廷允许继续自造轮船,我就再上折奏请举办轮船公司。到时候我先派你到上海去一趟,扎扎实实拿出个章程。"

"伯相瞧好吧,卑职一定把轮船公司办下来。"盛宣怀激动得心口胀疼。

第五章

疆臣力争存船政　宣怀招商多曲折

是否停造轮船,最先复奏的是闽浙总督文煜和福建巡抚王凯泰。闽浙承担了一百多万两的大婚"传办事件",这不是小数,如果停造轮船,闽海关拨船政的关税便可用来应付"传办事件"。但船政毕竟是福建的一项大创举,船政大臣沈葆桢视为生命,如果停掉了有些可惜。所以两人的复奏来了个快刀切豆腐——两面光。一边说朝廷帑项紧张,用度浩繁,应当停造;一边又说如果停造,按当初签订的合同,大清要承担经济损失,而且还要支付给法方人员违约金七十万两。

第二个复奏的是左宗棠,他坚决反对停造,而且说得相当不客气:"停造轮船岂能省费?建船厂已经花了三百多万,一旦停造,机器闲置便成废铁,岂不是浪费虚糜更甚?局外人自以为是,作壁上观,指手画脚,让做事之人真不知一腔热血洒向何处!""臣于同治五年奏请造船时,即说过非常之举,谤议易兴。臣不怕谤议,然此时停造轮船,事败垂成,公私两害,所虑在此。若停止造船,中国便只可依赖洋轮,将使洋人以其所有,傲我所无,国家将永无自强之望。""原计划五年造成十六只大小轮船,三年不到,已经造成九只,且船式愈造愈精,配炮愈配愈新,马力愈造愈大,尤为可贺者,船政学堂已经造就管驾和造船人才四十余员。船政成效渐著,此时议停是何居心?"

正在丁忧的沈葆桢奏折紧随左宗棠的折子,他是船政的经办人,当然是据理力争。他将宋晋停造轮船的理由一条条批驳:"大清自造轮船原为自强计,宋晋所言,早经议和,不必为此猜嫌之举,非但不以国家安危为重,反欲尽撤藩篱,试问,若有失和,何以保国?"宋晋指责所造轮船不如外国轮船灵便,沈葆桢反驳说,"以数年草创伊始之船比诸百数十年孜孜汲汲精益求精之船,是诚不待较量可悬揣。譬如三岁幼儿,如何招架壮年之成人?然假以时日,加意讲求,必能与洋轮相匹敌,亦如三岁幼儿终成壮年。"他最后的结论是船政不但不能停办,而且"当与我国家亿万年之永垂不朽者也"。

疆臣们的复奏,令恭亲王欣慰。但李鸿章的复奏迟迟未到,又令他十分不安。以李鸿章目前的地位,他的态度举足轻重,如果他反对造船,船政真有夭折的可能。所以军机们议事时,恭亲王禁不住问道:"李少荃到底什么意思,他离京师最近,却迟迟没有回文?"

宝鋆分析道:"李少荃怕是要隔岸观火。船政是左季高创办,他当然乐得一边瞧热闹。"

沈桂芬是李鸿章的同年,两人已经通过私信,他不认可宝鋆的说法:"李少荃以洋务自任,绝不会以私情废公义,王爷不妨再稍等几日。"

恭亲王也有些不耐烦了:"李少荃应该明白,如果船政废了,下面就该江南制造总局、金陵机器局,还有天津机器局,他以为能跑得了吗?"

第二天,李鸿章的折子到了,恭亲王一看,禁不住连连叫好。他的奏折别出心裁,首先说大清近年来屡受欺侮的根源:

　　臣窃唯欧洲诸国,百十年来由印度而南洋,由南洋而东北,闯入中国边界腹地,凡前史之所未载,亘古之所未遇,无不款关而求互市。我皇上如天之度,概与立约通商以牢笼之,合地球东西南朔九万里之遥,胥聚于中国,此三千余年一大变局也。西人专恃其枪炮、轮船之精利,故能横行于中土;中国向用之弓矛、小枪、土炮不敌彼开花炸炮,向用之帆篷舟楫、艇船、炮划不敌彼轮机兵船,是以受制于西人。居今日而曰攘夷,曰驱逐出境,固虚妄之论,即便欲保和局、守疆土,无备而难能保守者也。彼方日出其技与我争雄竞胜,挈长较短以相角而相凌,则我岂可一日无之哉?

接下来再批驳停造轮船是大错特错,最令人回肠荡气:

　　自强之道在乎师其所能,夺其所恃耳。况彼之有枪炮、轮船也,亦不过创制于百数十年间,而侵被于中国已如是之速。若我果深通其法,愈学愈精,愈推愈广,安见百数十年后不能攘夷而自立耶?日本小国耳,近与西洋通商,添设铁厂,多造轮船,变用西洋军器,欲自保而逼视我中国,中国可不自为计乎?士大夫囿于章句之学而昧于数千年来一大变局,狃于目前苟安而遂忘前二三十年之何以创巨而痛深,后千百年之何以安内而制外,此停止轮船之议所由起也。臣愚以谓,国家诸费皆可省,唯养兵设防、练习枪炮、制造兵轮船之费万不可省。求省费则必屏除一切,国无与立,终不得强矣。若虑制胜无甚把握,而遂自毁成谋,平日必为外人所轻,临事只有拱手听命,岂强国固本之道哉?

"国家诸费皆可省,唯养兵设防、练习枪炮、制造兵轮之费万不可省。说得好极了!"恭亲王拍案叫绝。

宝鋆关注的是经费如何解决,李鸿章给出了三条办法:第一条办法就是裁撤旧式艇船,把修造旧式艇船的费用拨归船政局。"沿海沿江各省,尤不准另行购雇西洋轮船,若有所需,令其自向闽沪两厂商拨订制,庶政令一,而度支可节矣"。第二条办法就是闽、沪两局兼造商船,供华商雇领,自立公司,自建行栈,自筹保险,准其兼运漕粮,不致为洋商排挤。不过创办轮船公司,李鸿章还没有确切把握,必须等盛宣怀拿出章程后才能心中有数,因此在奏折中只是做个提议,并且说:"唯运漕粮事体繁重,现又无船可雇,自应从缓酌议。将来各厂商船造有成数,再请敕下总理衙门,商饬各省妥为筹办。"第三条则是献议大办煤矿、铁矿,以求富裕。他在奏折中说:"抑臣更有进者,船炮、机器之用非铁不成,非煤不济,英国所以雄强于西土者,唯借此二端耳。闽沪各厂,日需外洋煤铁极多,中土所产多不合用,即洋船来各口者亦须运用洋煤。设有闭关绝市之时,不但各铁厂废工坐困,则已成轮船无煤则寸步不行,可忧孰甚。南省如湖南、江西、镇江、台湾等处,率多产煤,特无抽水机器,仅能挖取上层次等之煤,至下层佳煤为水浸灌,无从汲净,不能施工。诚使遴派妥员,招觅商人购买机器开采,价值必较洋煤轻减,通商各口皆可就近广为运售,而洋煤不阻自绝,船厂亦应用不穷。至楚粤铁商,咸丰年前销售甚旺,近则外洋铁价较贱,中土铁价较昂,又粗硬不适于用,以致内地铁商十散其九。西洋炼铁、炼钢及碾卷铁板、铁条等项无一不用机器,开办之始,置买器具,用本虽多,而炼工极省,炼法极精,大小方圆,色色俱备,以造船械、军器。土铁贵而费工,洋铁贱而得用,无怪洋铁销售日盛,土铁营运渐稀也。近来西人屡以内地煤铁为请,谓中土自有之利而不能自取,深为叹惜。闻日本现用西法煤铁之矿以兴大利,亦因与船器相为表里。曾国藩初回江南,有试采煤窑之议,而未果行。诚能设法劝导,官督商办,但用洋器洋法而不准洋人代办,此等日用必需之物,采炼得法,销路必畅,利源自开。榷其余利,且可养船、练兵,于富国强兵之计,殊有关系。此因制造船械而推广及之,其利又不仅在船械也。"

恭亲王一眼看出,李鸿章是借停造轮船之议,为将来开办煤矿、铁矿做铺垫,看来其志不小。他早有此心意,只是拘于清流不敢贸然提出。以后有李鸿章在直隶桴鼓相应,倒可以一展宏图。

"现在已经洋气扑鼻了,李少荃还要样样学洋人。当年康乾盛世的时候,片板不许下海,洋人也未到大清来,大清地大物博,样样都能自给,国家富足,户部存银用之不尽,串钱的绳子都烂掉了。自从洋人叩关后,我们倒是事事不及洋人了。如果把洋人赶走,不与洋人互市,我大清照样国泰民安。"李鸿藻对洋务向来多有异议。

李鸿藻本心与清流的见识一致,认为大清闭关锁国,自给自足,自能国泰民安。不过他久在军机,又与一般清流不同,知道闭关锁国已经不可能。于是,恭亲王接过他的话茬道:"兰荪说得一点不错,既然洋人赶不走,那只有求自强,将来让洋人俯首帖耳。要自强,又不能不学洋人,这是没办法的事。"

京城养心殿,今天叫的一起有十几个人,军机、御前、总理衙门及弘德殿师傅都在。

沈桂芬简要面奏了文煜、左宗棠、沈葆桢、李鸿章等人的复奏,醇郡王不以为然道:"制造轮船不过是与洋人争奇斗志而已,花费巨资实在不值。要紧的是练好兵,提振人心。"

恭亲王则反驳道:"李鸿章在复奏中说,与洋人争奇斗志也没有什么不好,要制夷就必须师其所能,夺其所恃。据李鸿章说,日本近来与西洋通商,添设铁厂,广造轮船,实为可虑,更是可鉴。"

"区区倭寇,何足挂齿?难道我堂堂大清也要向倭寇学习不成?如今国库空虚,皇上大婚、左宗棠西征,哪一样不要花钱,还要造船、养船,银子哪里来?"醇郡王并不将日本放在眼里。

恭亲王又耐心解释道:"至于造船、养船经费,沈葆桢、李鸿章都提出了解决之法,将来船政可以兼造商船,租给商人,租金用来养船。"

"万不可让民间随意购雇轮船。多年来,朝廷对民用木船规制极严,无论商船还是渔船,限定梁头不得超过一丈八尺,并且永行禁止桅高篷大利于走风的大木船。为什么?这样的大船民间一多,一旦被逆众拥有,稍做改装,置备枪炮,岂不就成了兵船?比如长毛作乱以来,幸亏他们水师薄弱,否则沿海直上,立时就危及京津,后果不堪设想!如果任由民间拥有轮船,岂不危险万状?"醇郡王依然不依不饶,对这个理由,不少人随声附和。

"还是先议船政的事情——如何解决经费,李鸿章还提了一条,炼铁、开矿。他说造枪炮、轮船,没有铁不成,没有煤也不成。现在铁、煤主要购自外洋,一旦外洋开衅,闭关绝市,不但枪炮无法制造,就是已造好的轮船也因无煤而不能出海,形同废铁。所以他建议让民间采用西法炼铁开矿,不但解煤铁之忧,而且采炼得法,销路必畅,利源必开,税厘必增,用以养船、练兵,富国强兵指日可待。"恭亲王不想在此处纠缠。

李鸿藻不接此话,倒讲起了一则故事:"臣近读圣训,嘉庆十年,有潘、苏二臣上书,提议在京郊开煤矿,圣宗(嘉庆帝)在两人折子上御批:'弃农开矿,游手好闲者相聚一地,必然生衅滋事。边远省份尚且不可,何况京师?朕广开言路,并不是要广开言利之路;聚敛之臣,朕一定不用他。'结果潘、苏二人被押送回原籍,着地方官严加管束。"

恭亲王笑道:"那已经是几十年前的旧事了,西洋炼铁、炼钢、采煤无一不用机器,与全凭人工不同,人少而收效可观。如果严加管束,当不至于横生枝节。"

"圣宗最担心的并非游民闹事,而是怕朝廷办事的都成了聚敛之臣,从官至民利欲熏心,谈何自强,谈何制夷?"醇郡王含沙射影。

军机大臣中文祥清廉自守,对醇郡王此话有些不满,反驳道:"现在的问题不是聚敛,而是朝廷帑项艰难,捉襟见肘,不得不设法开利源,富国库。国不富,何谈练兵自强?"

"洋务自强已经十余载,至今对洋人仍然束手无策,一无可恃,以致有天津教案委曲求全,不知十余年所办何事?"醇郡王对当政多有指责,恭亲王早有耳闻,不过当面说出来,今天还是第一次。

恭亲王于是争辩道:"是十年不错,不过十年间打仗的时间倒有七八年,太后皇上宵旰沥胆,一夕三惊,所谓洋务也并没能从容大办。如今国内平定,正可孜孜以求。"

慈禧看两人争起来,脸色不悦道:"我和姐姐累了,今天就议到这里吧。"

大家都有些奇怪,原本说要议出个结果来,突然却不议了。众人满怀疑惑,鱼贯退出。

李鸿藻及徐桐、于凌辰、宋晋等人齐聚醇王府客厅,等着王爷说话。一会儿之后醇郡王过来了,大家慌忙见礼。徐桐兴奋地说道:"王爷,今天朝会上您据理力争,说出了臣等想说不敢说不能说的话,臣等佩服之至,从此后唯王爷马首是瞻。"

"此言差矣。本王不过是想到什么就说什么,至于什么马首牛头的,这等话不说也罢。"醇郡王摆了摆手,看着一个年龄与他相仿的陌生官员便问,"想必这位老兄就是宋学士了?"

"内阁学士宋晋见过王爷。"宋晋抱手一揖。

醇郡王摆摆手,让宋晋不必多礼:"诸位都是可上折言事的人,我们说事论理,只凭良心、忠心和诚心就是,是非功过,千秋自有公论,太后皇上自有明鉴。诸位请回吧。"

众人出了王府,深感失望。宋晋却不以为然:"诸位忽略了王爷说的半句话,诸位都是可上折言事的人,我们都是上折言事的人,这还用说吗?"

"你的意思是,王爷让我们上折力争?"于凌辰若有所悟。

宋晋笑了笑道:"于兄,我可没那么说。上不上折子,就看你有没有良心、忠心和诚心了。"

慈禧对每份折子都要过目,对封疆大吏的折子更是看得仔细。对造船的事情,她已经接受了李鸿章等人的看法,觉得现在停造不合时宜。平定内忧,是她最为得意的业绩,而外患却随时有爆发的可能,因此洋务自强,又是她所希望。培植清流,本意并非不办洋务,而是驭之如鹰犬来牵制恭亲王。清流反对造船,反对洋务,仍然是华夷之辩的老一套,全是世道人心的空话。因此,她决定尽快结束这场辩论。

这天,她们两姐妹正有说有笑,慈安突然问道:"妹妹,这轮船到底还造不造?"

"姐姐你说呢?"慈禧以为恭亲王私下里找过慈安,所以十分警觉。

"你又不是不知道,这种事我没什么主意。花了那么多银子,不造了实在可惜。可是这么造下去,要像他们说的,与洋人打仗还是没把握,那银子不是白花了吗?这个大主意,还是妹妹来拿。"

"朝会前我心里就有数了,轮船不能停造。不过还是要让他们争一争的,不然人家要说咱们姐妹专断了。"慈禧放了心,又岔开话题说,"姐姐,眼看着皇上就要大婚了,醇郡王经过这些年的历练,人是长进不少,要不加恩晋他为亲王,也先加点儿喜气?"

"成,老七人还是耿直的。"慈安点了点头。

第二天早朝,慈禧指指御案上厚厚的一摞折子说道:"老六,那些折子都是主张停办船政的,你怎么想?"

恭亲王依然坚持自己的观点:"反对造船的多是京官,他们不曾亲理军政,所见不免迂腐。疆臣们都是支持的,臣以为船政万不可停。"

"你说得不错,船政是不能停。我和姐姐议了,不但不能停,李鸿章所说,国欲强,必先求富,这话很有道理,咱们这么为难,不就是没有银子吗?将来你们也多在广开富源上下些功夫。"没想到慈禧一语定乾坤,这个结果有些出乎恭亲王意料,他激动得诺诺连声。

慈禧又问道:"曾国藩、瑞常故去所遗大学士两缺怎么调补,你们军机上什么意见?"

曾国藩二月去世,缺出的是武英殿大学士;瑞常三月去世,缺出的是大学士之首文华殿大学士。现有大学士中,文渊阁大学士、两广总督瑞麟资格最老,文华殿大学士当然由他调补最合适。曾国藩缺出的武英殿大学士,眼下有两个协办大学可补,一个是李鸿章,同治七年以平定捻军之功授协办,一个是文祥,同治十年以吏部尚书授协办。

慈禧最后定道:"李鸿章很合适,天津教案他办理得很好,眼光也很开阔。"

天津直隶总督行辕着实热闹了几天。李鸿章晋为武英殿大学士，当然要好好庆祝一番。而朝廷不但最后决定继续自造轮船，要"精益求精，以冀渐有进境，不可惑于浮言浅尝辄止"，而且完全采纳了李鸿章兴办工商业，以富国而至强兵的主张。对他提议的华商领雇闽局、沪局自造轮船搞轮船运载的事情，总理衙门致函"有心时事之员，妥实筹维，独抒己见，勿以纸上空谈，一禀了事"，催促他尽快落实。

等热闹过后，李鸿章立即让人把盛宣怀叫过来问道："杏荪，朝廷同意办轮船招商局的事情了，我反倒有些放心不下。关键是招商，你在上海到底认识多少有实力的商人？"

盛宣怀所真正认识且能说上话的其实只有两个，一个是胡雪岩，两人只能算一面之交。一个是唐廷枢，与盛宣怀关系相当不错。唐廷枢，字景星，广东人，早年入教会学校，毕业后在海关当了几年翻译，后来又帮着洋行收购棉花，赚了些银子。同治二年，被英国怡和洋行聘为买办，为怡和经理库款、收购丝茶、开展航运以及在上海以外的通商口岸扩大洋行业务，很受洋行老板的信赖和倚重。他自己也投资钱庄，开设茶栈，经营地产，运销大米、食盐，甚至涉足内地的矿产开采，真正是左右逢源，成为上海的著名财神。他学胡雪岩想当个红顶商人，因此有意结识盛宣怀，为的是有一天能够靠上李鸿章这棵大树。

李鸿章听罢盛宣怀列名的两个巨商，连连摇头道："唐景星为洋人做事，收益丰厚，未必愿意经办没把握的招商局。至于胡雪岩，大家都知道他是左季高的红人，断不会参与我倡导的招商局。朝廷没有钱，直隶也没有钱，办船运只能靠商人的钱。你跑上海一趟，摸一下上海商人的底，到底有多少人能出资。我再给你介绍个人，你去找他商量。"

李鸿章介绍的这个人是镇江沙船商人出身的朱其昂。朱其昂继承了父亲经营沙船的祖业，和弟弟朱其诏一起打拼，除经营南北各口货运外，还承办海运漕粮。他尤其善于结交各色人等，无论官府还是行帮中都有熟悉的朋友。太平军占领江苏后，他与太平军也有关系，偷偷与他们做生意，获利优厚。李鸿章收复南汇的时候，太平军有意投降，李鸿章也有意纳降，但苦于无人进城沟通。朱其昂毛遂自荐，愿进城当说客。因为城中太平军一位首领与他关系密切，所以事情办得非常顺利，李鸿章因此对朱其昂刮目相看，把他收入幕中,在淮军粮台效力,后来又札委他出任江苏海运委员,专管两江漕粮海运。近水楼台先得月,他的沙船生意在别人纷纷倒闭的时候,却逆势壮大。他当年就建议过轮船运漕,又经营沙船海运,且居上海多年,商人认识的也多,是办轮船招商局的合适人选。

"杏荪,朱氏兄弟承办海运已近十年,于商情极为熟悉,人又有魄力,敢担当,你靠他联络众商承租官局轮船错不了。只是我离开两江已经多年,不曾见过他们的面。这次你去务必见到两兄弟,把我的意思说明白,他们肯定帮忙。"李鸿章还亲自写了封信,交盛宣怀到时候转给朱其昂。

于是盛宣怀奉命南下上海,他对轮船招商局抱了热望,希望借此成为自己的晋身之阶。听李鸿章的意思,看来有意让朱氏兄弟来承办,那自己岂不只图了一场热闹?因此他打算先不找朱氏兄弟,如果靠自己能招起商来,到时候这份大业自然就由自己来担起。他想得很简单,自己到上海打出北洋的招牌,那些附股于洋轮公司的商人还不纷纷上门,要求入股轮船招商局?

盛宣怀信心满满到了上海,先找他最熟悉的唐廷枢。唐廷枢的住处在英租界一所不太起眼的石库房,门楣窄窄的,你很难想象竟然会是一个买办巨商的栖身之所。盛宣怀敲了敲门,门房从小小窗里露头一看,来人不着官服,也不像富商,便说先生不在家,"砰"的一声把门关了。盛宣怀示意仆人田三再去敲门,门房露头一看还是这两人,一言不发就要关门。盛宣怀拿出一张新式名片,那名片上写的是"军机处记注即用道 北洋大臣文案兼营务处会办 盛宣怀"。门房见军机处三字已经肃然起敬,又是道台衔更不敢怠慢,连连拱手道:"小人眼拙,请两位稍等。"

一会儿门房打开大门,两人进了院子,才发现别有洞天。院子很大,中间是一个水池,里面有五颜六色的鱼儿,两层小洋楼,门窗、台阶都镶着大理石。进了客厅,五六名仆人正在忙着,一色的洋仆打扮,地板擦得光可鉴人,几上、案上摆着各式古董器具及西洋物件,天花板上是一个巨大的吊灯,像一朵盛开的莲花……盛宣怀是第一次见到如此豪华的住处,仆人田三更是看花了眼。

西边的门一响,走出一个胖乎乎的中年人来,正是盛宣怀要拜访的唐廷枢。他穿着一身洋布浴衣,脚上是拖鞋,头发还是湿的。他拱了拱手说道:"盛老弟大驾光临,愚兄正在洗澡,有失远迎,恕罪恕罪。"

盛宣怀说了此行的目的,恳请唐廷枢入股。唐廷枢一听是北洋的意思,十分感兴趣,连忙答应道:"既然是李中堂的意思,唐某断没有不效力的理由,何况又是盛老弟联络。只是不知这招商局准备如何开办?"

"中堂的意思,官商合办,官股少一些,以商股为主。"

唐廷枢又解释道:"鄙人入股没有问题,介绍商界的朋友入股也有把握,只是沪上商情非比他处,与洋人交往日久,许多事情都效仿洋人。比如这入股后,就要成立股东会,谁做经理都要由股东们推举,只有这样,大家才可放心入股。"

盛宣怀有些迟疑。如果按这个办法,那就是说将来谁当招商局的总办、会办不是李中堂说了算,关键是入股多少来决定。那么他盛宣怀不要说总办,怕是连会办也当不成,于是他又道:"中堂的意思,股东大会当然要开,但既然是官商合办,就要按官方的规矩,招商局要设总办、会办,并且由北洋大臣下札子委任,官印一盖,便是道台一级的官员,比股东推举的经理要威风十倍,官商两面都吃得开。"

唐廷枢是多么聪明的人,立即明白盛宣怀的意思是商人钱可以多出,但谁任总办、会办却要李中堂点头。换句话说,他唐廷枢多出些股要弄个会办问题不大,但总办恐怕很难。盛宣怀东奔西走,自然不是白干活,十有八九是冲着总办来的。这么一想,他心里的热情就退了几分。但他依然热情地与盛宣怀筹划招商的事,经他一番分析,筹集二十万两并不困难。盛宣怀大受鼓舞,如果朱其昂再筹集十几万,北洋再筹集一部分,五十万的资金就大有把握了,他掩饰不住地兴奋道:"中堂的意思,搞船运一是为了与洋人争利,二也是为了给沙船找条出路,因此也请沙船大户们入股,我与朱氏兄弟不熟,不知景星兄可否帮忙引荐?"

唐廷枢听盛宣怀还要拜访朱其昂,心里更是失望。看来李中堂中意的未必是他唐廷枢,朱氏兄弟也是当老大当惯了的,中堂如果有意让他们当总办,更是没有合作成功的可能了,但嘴里却道:"朱氏兄弟也是沪上数得着的人物,有他们入股当然很好。只是我与他们仅是半面之交,反倒不如盛老弟直接去好。"

"我连朱氏兄弟住哪都不知道,无论如何景星兄要帮这个忙。"盛宣怀还是不死心。

唐廷枢看推不开，就说道："我介绍一个人陪你去，肯定合适。"

他介绍的就是郑观应，字陶斋，是唐廷枢的小老乡，广东香山人。几年前一直在宝顺洋行当买办，与朱氏兄弟曾经有业务往来。宝顺洋行被旗昌洋行收购后，他自己经营茶庄、盐业，住处离唐廷枢不远。盛宣怀经常在《申报》上读郑观应的文章，其实他们并未谋面，在李鸿章面前所说与郑观应如何熟悉，不过是顺风扯旗。

一会儿门房来报，说郑先生到了。两人起身相迎，绸袍马褂的郑观应满面笑容进来了，看年纪也不过三十多岁，一序齿，竟然只比盛宣怀大两岁。他兄弟九人，排行老二，还有八个妹妹。当年他的家境并不宽裕，本乡又有许多人当买办发家，他就抛弃了科举念头，十五岁到上海入洋行办事，人又好学，白天学经营，晚上跟教会学校老师请教外语，十多年也积蓄了可观资财。前年宝顺洋行倒闭后，他"腰缠十万下扬州"，当上了宝记盐务总理，开始涉足盐业。

郑观应听说盛宣怀是北洋大臣驾前红人，自然十分巴结。谈起开办轮船招商局的事，他更是极力支持。但可惜的是他不能入局，因为太古洋行轮船公司总船主已经请他去当总理兼管账房，相当于总买办，合同签了五年，下礼拜就要走马上任了。

盛宣怀十分痛惜，两人如此投缘，却不能合作，自己失去了一个好帮手，那么未来就是竞争对手。

郑观应笑道："这个盛老弟尽管放心，大清办自己的轮船公司，也是我多年的梦想，我会支持盛老弟的。到时候更不会大水冲了龙王庙，一家人不识一家人。"

天色已晚，郑观应答应明天就带盛宣怀去拜访朱氏兄弟。分别时又打发人拿来一套《救时揭要》，恭恭敬敬"敬请杏荪兄雅正"。

回到客栈，盛宣怀简单吃过饭，就着灯看起郑观应赠的《救时揭要》，他立即被吸引了。在这本书里，有好几篇文章是讲洋人利用澳门做巢穴，拐卖华人去秘鲁国做奴隶的事。被拐华人受尽凌辱，有半途病死者，有自求一死者，即使到岸，从事极苦极累之工，饮食不足，鞭挞有余，贱同蝼蚁，无人救护。郑观应提出，应该在洋人国家设领事馆，卫我商民，沟通中外。字里行间，让人感受到一颗勃勃跳动之心。盛宣怀不禁对这位年轻的买办商人充满敬佩之情,置身洋行而不媚外,身家富裕而体恤贫弱,实在难得。

特别是《论大清轮船进止大略》一篇,更让盛宣怀受益匪浅。郑观应认为无论造船还是船运,都应该放手让商人来办,因为官力则有穷,而商资则易集。现在华商并非无资,洋人轮船公司中华商股份十居七八,附于洋行之华资更是数以百万。郑观应还算了一笔账,如果华商办轮船公司,二十余只轮船,仅承担漕运一项,就可纯赚水脚二十万两,再加半年时间可航行于南北洋之间运载客货,利润也十分可观,只要官言可信,不做额外勒索,华商是乐意入股的。郑观应在洋行十余年,对海上运输情形十分熟悉,此言有理有据,令人信服,盛宣怀大受鼓舞,兴奋得半夜难以入眠。

次日醒来,天光大亮,盛宣怀埋怨田三不早些叫醒他。听得楼下有人略带广东口音说道:"盛老弟不要责怪他人,是我不让叫醒的。我听店老板说你还在睡觉,就没让打搅。怎么样?睡得可好?"

盛宣怀向楼下一看,原来正是郑观应,便如实说道:"郑先生的书写得实在太好了,我一口气看完,天快亮时才睡着。"

"都是我害的,晚上我请客赔罪。"郑观应笑道。

"这样的害多受两回也无妨——好久没有看到这样让人不忍释手的书了。"盛宣怀也笑应道。

盛宣怀叫了一顶小轿,跟在郑观应的小轿后去见朱氏兄弟。轿夫路很熟,在大街小巷间东拐西拐,半个时辰后在上海城北法租界永安街停下了。这里住的几乎全是沙船商人,朱其昂兄弟的住处就在这里。

大清旧式海运帆船,南北样式不同,南方多礁,船底要尖,以免触礁;北方沿海因为多沙,船底平阔,便于行沙,称为沙船。道光年间,因为运河淤塞,漕粮改为海运,沙船就承担起了运漕的大任。第二次鸦片战争后,英法等国取得了通商口岸的通航权,洋轮迅速发展,美商旗昌轮船公司、英商港澳轮船公司、公正轮船公司、北清轮船公司以及华海轮船公司、太古轮船公司相继成立,经营长江沿岸及沿海的客货运输。洋轮比旧式帆船运输,不但安全而且速度快几倍,用人又少,成本较低,因此旧式帆船被挤得了无生计。

七年前,朱其昂请求李鸿章把他从淮军粮台转调到上海任两江海运委员,专责漕粮海运。他原本就是航运出身,在粮台上又积了几万两银子,便与弟弟朱其诏联手投资沙船海运,不几年间,便有了二十七八艘大船,身价也有二十万两。又加上当年他父亲在航运界是有名的前辈,大家自然敬他们三分,朱氏兄弟如今已成沙船帮的头脑人物。

朱氏兄弟在永安街买了座大宅院,雇了账房、用人、伙计,场面很大。盛宣怀等人递上名片,伙计把他们引进客厅,老大一会儿,一个面色黑红的汉子走进客厅来,看过了两人名片,笑了笑道:"郑先生是沪上名人,怎敢劳动大驾。盛先生做北洋大臣文案,想必经常见到李中堂。李中堂身体可好?"原来,他便是朱其昂。

盛宣怀回应道:"今天正是奉中堂之命来见先生。"

"不知中堂有何吩咐?"

盛宣怀将来意说了,朱其昂又问道:"不知这是中堂的意思还是盛老弟的意思?"

"当然是中堂的意思。几年前就有人上过条陈,中堂也早有此意。"

朱其昂淡淡一笑道:"四五年前就有人要办船运,那时候还是曾大人坐镇两江,被他老人家一口回绝了,这件事情我是清楚的。如果曾大人在,恐怕他老人家还会回绝。为什么?为沙船养活的这几万人!沪上沙船六七百艘,大船五六十人,小船也要十几人,你们可曾想过,洋轮已经夺去了沙船的大半生机,华商再办船运,我们弄沙船的还有活路?"

盛宣怀万万没有想到,沙船老大竟然也不赞成办船运。有洋轮可用,干吗非要守着破樯烂帆不松手?于是他激将道:"中堂钧谕,轮船招商局总是要办的。先生不办,自会有人办。"

朱其昂冷笑一声道:"好听的话谁都会说,他们这些洋买办算盘珠子拨得再精明不过。他们有钱入洋股,有洋人做靠山稳赚;可是要让他们投到自家办的轮船上就要犯思量,大清商人经受层层盘剥,他们比谁也清楚。再加上沙船兄弟不答应,你就是跪地叩头,他也未必敢投一分一厘。沙船上兄弟都是入了青帮的,一声招呼,立时万人云集,不要说动刀枪,就那阵势也吓破他们的胆!"

随后进来的朱其诏在旁缓和气氛道:"中堂钧谕当然不能不遵,只是关系到沙船兄弟的生计,我们不能不慎之又慎,如果闹出什么事来,谁也不好应承,两位还请体谅我兄弟的苦衷。"

郑观应见盛宣怀一脸茫然,就解围道:"办船运是大势所趋,沙船帮兄弟能阻止中国人办,能阻止得了洋人吗?我在洋行任职,对轮船航运也算知根知底。最近洋人正在联合向朝廷请求代办漕运,一旦朝廷允准,那时沙船兄弟的苦水向谁说去?"

这一条倒让朱其昂大为吃惊,因为他知道郑观应出身买办,与洋人最为熟悉,消息十分灵通,但他还是追问道:"这消息可靠吗?"

"当然可靠,我又何必骗你。船运由我们自己来办,总还会照顾一下沙船兄弟,既然沙船早晚要被淘汰,朱大先生何不登高一呼办成此局,与洋人争利,给自家兄弟一条生路?"

朱其昂想了许久,又问道:"不知中堂意思,这局子如何来办?谁来拿总?"

盛宣怀立即明白,朱其昂也想当未来轮船招商局的总办,只好含糊道:"中堂的意思,官商合办,由谁拿总中堂到时下札子委任,总要德高望重的人来承担。"

"此事非同小可,我们兄弟要仔细合计,三日后再商议如何?"朱其昂终于松了口。

送走盛宣怀、郑观应,朱氏兄弟关门商议。朱其诏疑惑地问道:"从盛杏荪的口气来看,办轮船招商局这事恐怕真是李中堂的意思,我们挡也挡不住,咱们真眼睁睁看着别人去办?开罪盛杏荪事小,拂逆李中堂事大,何况当年李中堂对我们朱家有恩。"

朱其昂摇了摇头道:"我们当然不能硬顶,也不能不办。轮船招商局不办则已,要办就要由咱们兄弟来办。盛宣怀野心不小,看他的意思是有意拿总。我们得让他明白,除了我朱氏兄弟,这轮船招商局谁也办不成。"

兄弟两人商议良久,把管家叫来,仔细嘱咐了。

陪盛宣怀回到客栈,郑观应有事先告辞了。因为他明天就要去太古轮船公司办事,就不能再奉陪了,又定准晚上做东宴请盛宣怀。

送走郑观应,盛宣怀再去拜访沪杭巨商胡雪岩。胡雪岩常在上海办事,这里也有一处住宅。几年前盛宣怀来沪采办行军洋药,曾经与胡雪岩在饭局上打过照面。印象里虽是巨商,却十分谦和。以他的身家,认股几万并非不可能。

来到公共租界胡雪岩的住处,门房说胡雪岩一早就去了钱庄,盛宣怀便匆匆赶往阜康钱庄。

胡雪岩的确在钱庄,正在与钱庄大伙刘庆生商量一件棘手的事。江苏藩台林桂着人送信来,要借五万两银子急用。胡雪岩与这位藩台交往不多,而且听说即将调任广东,不知道这银子会不会肉包子打狗。

刘庆生的意思坚决不能借,人在人情在,人去人情坏,如今他远调广东,我们不能烧这冷灶。他要赖着不还,远在广东还不够讨账的路费。再说咱们也不是那种上门讨债的人家,随便找个理由客客气气推托了就是。

胡雪岩点点头又摇摇头道:"你说得也有道理。这位林藩台不知被多少人拒绝过了,不然也不会求到咱的头上。据我所知,这位藩台为人还算诚恳,不是那种欠债不还死皮赖脸的人。据我推测,他的藩库肯定是短着一笔银子,又不想把藩库空缺的把柄授人影响仕途。这银子咱借,而且还不要利息!"

闻言,刘庆生有些惊异地望着胡雪岩。

胡雪岩又解释道:"这五万两银子对咱来说算不了什么,那点利息更不值一提。可是对林大人,那可是关系前程仕途。咱们做事既要锦上添花,也要雪中送炭。在人家困难的时候咱们伸手解了围,人家自然不会忘记,到时候用手中的权势行个方便,何愁五万两银子赚不回来?比如,咱们将来要想在广州城开设分号,请林藩台帮忙,是不是就方便得多?生意生意,给人生路就生情意。"

这件事就这么定了,两人正要商议买地建胶厂的事,跑堂送来盛宣怀的名片。胡雪岩看了问道:"这个盛宣怀是哪里人,我怎么一点印象也没了?快查一查。"

胡雪岩有个习惯,只要认识过的人都要做个记录,以免日久淡忘。刘庆生很快查到了,说是一年多前在上海认识的。他是常州人,父亲盛康,与李中堂是同年。胡雪岩也想起来了,当时双方都为军火的事与法国领事馆一位洋人一块凑过饭局。

胡雪岩亲自迎到门外,拱手道:"杏荪老弟屈驾鄙号,真是蓬荜生辉呢。快请,快请。"

然后又是上茶,上水果,嘘寒问暖,十二分的热情。特别是胡雪岩竟然记得一年前的半面之交,这更让盛宣怀心里发暖。等说了来意,胡雪岩对筹办轮船招商局之事大加赞成,说到入股,他说得十分坦诚:"一是左大帅即将平定陕甘之乱,还将出关收复新疆,军火单子都已经下过来了。左大帅的脾气大家都知道,不敢耽误半刻。二是两笔西征借款又到付息之日,国库的银子没到,我先要垫付。三是我在杭州涌金门外买地十余亩建药店胶厂,也要一笔银子。这最后一点嘛,"胡雪岩笑了笑道,"杏荪老弟不是外人,虽说湘淮一家,可门户之见总是有的,我们都是在大人们身边的人,总是身不由己。"

这话说得明白,左宗棠如今是湘系领袖,而李鸿章是淮系领袖,两人又有芥蒂,胡雪岩自然不便与淮系掺和。这一点李鸿章早就料到,盛宣怀也完全理解,不过没想到胡雪岩说得如此坦诚,虽然终是被拒绝,但心里却比在朱氏兄弟那里舒服得多。

以胡雪岩的行事风格,自然不会让盛宣怀完全绝望,他又补充道:"等盛兄总办招商局后,小号定会入些暗股以为支持。"

从阜康钱庄告辞,盛宣怀直接去了唐廷枢府上。门房已经认得盛宣怀,说唐先生去了怡和洋行,中饭怕是不回来吃了。轿夫路很熟,又把盛宣怀送到英租界的怡和洋行,结果买办房的伙计说唐先生刚走,去了未园。未园是唐廷枢在苏州河北的另一处住所,轿夫也知道,再把盛宣怀送到未园。总算没扑空,递上名片不久,门房就来请了。

唐廷枢的这处住所与英租界的洋房不同,这里完全是典型的中式园林住宅,回廊曲折,泉石深邃,树影扶疏,花香弥漫。十几个用人也都是中式装束,不沾一点洋味。见面寒暄后,唐廷枢直截了当道:"抱歉得很,轮船招商局的事怕是帮不上忙了。洋行不知从哪里听了消息,为了挽留,又加薪又是提高佣金,兄弟实在拂不下情面,只好继续在洋行帮衬。"

"那么唐兄,你能出多少股子?"盛宣怀又问道。

"既然我继续在洋行里干,自然还是要先入洋行的股。洋人之所以挽留我,当然也是为了那点股份。所以,我暂时挪不出来。不过盛老弟放心,等你的招商局挂出招牌来,我一定入些暗股。"唐廷枢的说法与胡雪岩如出一辙,盛宣怀明白,其实他也不相信轮船招商局能办起来。

"我说的是掏心窝子的话,不是敷衍老弟。我还有事相求呢!"唐廷枢也有一个让盛宣怀下台的办法,他所求的是想让盛宣怀帮忙,捐个直隶道台。

盛宣怀惊奇地问道："两江一样可以捐道台，何必舍近求远？"

唐廷枢解释道："曾侯相坐镇两江时，两江地位崇高自然不必说。但自从曾侯相故去，李中堂坐镇直隶，两江就没法与直隶相比了。兄弟是冲着李中堂这棵大树去的，所以银子多一点少一点都好说。"

"只怕直隶的道台要比两江的多费不少银子，而且还要找合适的时机才能向中堂转呈。"盛宣怀心里一动。

"只要不超过两万五千两，都好说。"

"这件事兄弟还真帮得上忙。我回北洋立即设法向中堂回禀，到时候说准了再来信告诉你。当然，衙门的抽头是少不了的。"

"一切拜托老弟。"唐廷枢留盛宣怀吃饭，那餐饭非常丰盛，粗粗一算，总得几百两银子。

回客栈的路上，盛宣怀脑子里全是唐廷枢两处豪宅和豪奢宴会的印象。李中堂说大丈夫要做大官兼赚大钱，在上海这地方仅有官是不行的，钱多比官大更为重要。有了钱他们就可以呼风唤雨，享受的荣华即便一品大员也未必能见识，更不用说享用了。自己只有走办实业的路子，有了钱，官也就不远了。

下午酒醒后，他回头梳理，这两天忙来忙去，竟然没有落实一笔切实的商股，不禁有些失望、着急。好在还有朱氏兄弟那里，一切希望都寄托于此了。

次日在客栈吃过早饭，盛宣怀带着仆人去见朱氏兄弟。刚进永安街，就见今天人特别多，个个面色黝黑，显然是长年吹海风晒阳光的缘故。沿街的沙船商号里的伙计们也都伸出头来，像是在等什么人，又像是在等看要把戏。

因为人多，街又窄，盛宣怀下了轿向里走。突然有人喊道："就是这个人！兄弟爷们，那个办火轮船抢咱们生意的人来了，快来向他讨个说法。"

两人立刻被围了个水泄不通。

人群七嘴八舌，个个怒气冲天，责问盛宣怀干什么来了。盛宣怀开始有些紧张，但他们知道瞒也没用，何况自己是奉了北洋大臣的钧令，于是站到一处台阶上向众人摇着手道："沙船帮的兄弟们，我是盛宣怀，奉北洋大臣谕令，前来与朱大先生商讨开办轮船招商局的事宜。"

话音未落,便引来一片责问——

"你们要办火轮船,抢了我们运漕的生意,我们怎么活?"

"洋人轮船已经逼得我们走投无路,你们北洋大臣凭什么也来挤对我们。上海是南洋的地方,与北洋有什么关系?"

盛宣怀大声解释道:"各位兄弟,轮船一定会取代木船,沙船早晚要被淘汰,与其让洋人逼得大家走投无路,我们何不自己办轮船局,与洋人争个高低。"

"你们与洋人争,我们怎么办?让我们怎么活!"有人大声喊道。

"弟兄们可以到轮船上讨生机,轮船也是需要人手的。"

盛宣怀这话根本不能安抚他们,一艘沙船用一二十个人,一艘轮船顶十几艘沙船,可是不用摇橹,不用划桨,不用扯帆,顶多不过用二十几个人,有多少人要掉了饭碗?

有人在后面怂恿道:"弟兄们,不要听他胡说,他要说不办火轮船了便罢,要再打这歪主意,就别让他走出永安街!"

几个年轻人围上来,高举着拳头吓唬道:"你快说,再也不办火轮船了,不然咱们的拳头不长眼。"

盛宣怀当然不能示弱,梗起脖子说道:"兄弟们,今天不办明天一定要办,我不办了别人一样来办。"

举起的拳头眼看就要打下来,只听得有人高喊:"都给我住手!"

来的正是朱氏兄弟。大家闪出一条通道,朱其昂过来冲盛宣怀拱了拱手道:"兄弟来晚了,多有得罪。沙船帮的兄弟们野惯了,杏荪老弟不要怪他们。"

"大先生,不能让他们办轮船,我们还要活命啊。"又有人趁机插话道。

朱其昂也站到台阶上,大声说道:"兄弟们,要论起对轮船的恨来,我比你们谁都恨。兄弟们都知道,我朱氏兄弟原本不跑海路,是跑长江的。可是洋轮把我们逼得几乎家破人亡,这才来跑海运。没想到海上也一样,一样被洋轮逼得喘不过气来。为什么?因为沙船比轮船差得太远了,速度比不上,咱们办一趟北货要走一个多月,轮船连十天都用不上。安全更是比不得,咱们有多少兄弟在海上沉船,家破人亡啊。载重更没法比,一艘火轮装几万石,我们的大沙船不过装一千五六百石。兄弟们说说,咱们这沙船有法与轮船争吗?"

有人喊道:"大先生,沙船是危险,可是总比被饿死强。"

朱其昂眼里浮起了泪光:"兄弟们,咱们不能饿死。与其让洋人办轮船来挤我们,不如跟着我来办轮船,只要有我一口饭吃,就不会让你们饿着肚子。如今这轮船不办不行了,我听洋行里的朋友说,太古、旗昌和怡和三家轮船公司也要与咱们来争漕运了。他比咱沙船快,听说他们要把水脚费降下来,比咱沙船还要便宜,朝廷能不动心吗?漕运要是让他们争了去,我们真就没有出路了。弟兄们跟着我来办轮船吧,我朱氏兄弟来办,你们总能放心了吧?"

听了这话,人群安静了下来。朱其昂又说道:"弟兄们放心,要是我来办轮船,顶多先买四艘洋轮,一年不过运漕二十万石,不及南漕北运的十分之一。然后看情形逐年再加,总不能一棍子把兄弟们的饭碗砸掉。咱们弟兄办了轮船局,也要像洋人一样在天津、牛庄、汉口等地建仓库、栈房,也需要人手,我会尽量把兄弟们安排过去。"

事情总算过去了,盛宣怀这才跟着朱氏兄弟去商讨开办的细节。

"杏荪老弟,不知中堂打算拿多少官银办招商局?"朱其昂开口便问道。

盛宣怀斟酌着说道:"中堂的意思,招商局主要靠商股。暂从闽、沪两厂承领轮船若干,招商认股,官督商办。这样由官总其大纲,察其利弊,托庇官场,避免额外勒索;经营则听商自便,盈亏与官无涉。"

"很好,轮船招商局的牌子就在我朱氏兄弟处先挂起来,承领的轮船不必急于招商,先官办,就叫轮船招商公局。"

盛宣怀一听朱其昂的意思是独占招商局,连忙声明道:"中堂的意思是商股为主,官督商办,并不打算官办。至于总办、会办,也要根据招股情形再下札子委任。"

朱其昂笑了笑道:"今天的情形你也看到了,没有我们兄弟来办,沙船帮是不会放心的。轮船招商局早晚要商办,但开始怕是不行。商人们谁肯把股子入到没有把握的局子里?他们肯入股洋行,是因为看到洋行获利。等我们轮船招商公局有利头了,那些投到洋行的华商股份自然纷纷归并。你把这意思向中堂回禀了,中堂同意,我们兄弟就去面见中堂,领了札子就去承领轮船,杏荪老弟就留在上海,帮我们兄弟把轮船招商局办起来。"

盛宣怀一百个不情愿,但朱其昂兄弟是中堂推荐的,而且沙船帮也的确很难应付,少了朱氏兄弟确实也不行。自己把事情想得简单了,看来办轮船招商局并不那么容易。不过,有朱氏兄弟挑这个头,也算有个交代,那就干脆让朱氏兄弟直接去面见中堂好了。

盛宣怀想清楚了,便道:"要办轮船招商局,自然离不了朱兄。不过这是件大事,不是你我能定的,也不是靠传话能够办妥的,我觉得你还是面见中堂,面聆钧谕岂不更好?"

朱其昂想了想道:"能见中堂一面,事情才能弄得准。正巧,我要运漕粮北上,大约二十天后就能到天津,那时我定登门觐见中堂大人。"

盛宣怀乘轮北上,详细向李鸿章报告了上海之行。李鸿章听说朱其昂兄弟有出头承办招商局的愿望,胡雪岩、唐廷枢、郑观应等人都有入股意向,便对他此行颇为满意:"杏荪,你也知道我有意大办洋务,我看你对商场别有灵犀,将来不如在商场上打拼,一则帮我办洋务,二则也是你的晋身之道。考举人、中进士这条道,太没得味。"

"一切听伯相安排。"

"那好,等我见过了朱氏兄弟,如果办轮船招商,你就靠靠这件大事,包括章程也要你来帮着他们起草,你也到上海商场上多与殷商交往,对你只有好处,没有坏处。"

盛宣怀连连点头称是。

"杏荪,当世事发生大变革时,总有些机会必然失去,而有些新机会必然到来,有人抓住了就大发其财,成为新贵。比如沿海开埠,洋人夺了一些人的生意,但也创造了新机会,那些放弃科举正途进入洋行的人,开始都被人嗤笑,可十几年后,他们多少人成了巨富!唐廷枢、郑观应都是如此。如今我们要大办洋务,这也是大变革,抓住时机,必将有人大富贵,就看有没有魄力抓机会。"

李鸿章看似空发感慨,又似有所指,盛宣怀只有殷殷点头。

盛宣怀就要告辞时,想起唐廷枢有意捐直隶道的意思,连忙报告,李鸿章一口答应:"今年皇上大婚,直隶要摊派给户部七八十万两,讨价还价,最后要花五十多万。皇帝大婚,我还打算请求陛见,也要花笔银子。将来上海有人要捐直隶的官,你在上海一手经理。"

　　盛宣怀大喜,知道这里面有实惠可捞,就应道:"卑职一定认真办理,一定不辜负伯相信赖。唐景星的想法是捐银两万,各衙门抽头都在其中。"

　　"好,这事我交代厘捐局。通常捐班道台,一万四五就不错了。上海再有捐班,你斟酌办理,就如你所说,不要辜负我的信赖。"

第六章

轮船招商举步艰 官督商办成大业

朱氏兄弟北上前，将轮船运输应该怎么搞已经多次密议。因为兄弟两人虽然搞海运多年，但毕竟经营的都是沙船，洋轮只是在水上见过，如何驾驶、成本如何等，一概是门外汉。所以兄弟俩有个原则，一是先试办，看事不好要能抽得出身。二是自己不能往里赔钱，而且也不能让沙船帮的兄弟往里赔钱。

照着这两个原则，兄弟两人琢磨了一个大体章程。那就是将来的轮船海运，首先必须是官办，也就是让北洋先拿一笔钱买几条轮船开起业来。第二条就是必须把江苏、浙江的漕粮拨给一部分，有了这笔业务垫底，经营才有把握。第三条，应该像洋轮一样，除了缴关税，厘捐一概全免，这样将来再夹带些其他货物也有利可图。第四条，就是先不急于招商，如果商人把钱投进来，却赔累进去，没法交代。可见到李鸿章，两人说出的却是另一番话。

李鸿章一见面就问道："云甫，依你看，船运到底能不能办得起来？"

"中堂只要想办，就一定能办得起来。为什么这样说呢，因为沙船的兄弟们被洋轮挤对得快没活路了，急于找一条生路。如果不赶紧办洋轮，再有两三年，沙船亏折净尽，那时候连漕粮也没船可运了。"朱其昂回道。

"办船运，主要还是靠商股，不知将来招商容不容易？"

"肯定没问题。现在沙船帮的大户有不少人已经附股洋轮公司，洋行的买办附股洋轮的更多。为什么要附股洋轮公司？大家都知道洋轮赚钱嘛！可咱们又不准华商自办船运，所以大量的银子都支持了洋轮。如果中堂号召，官方办一个轮船招商公局,那时候这些人都会纷纷入股。"朱其昂又肯定地回答。

"云甫,杏荪没给你说明白吗?办船运,主要还是靠商人附股,不是官办,北洋拿不出银子。"李鸿章打断了朱其昂的话。

"当然是以商人银子为主,盛观察也说得明白。可是中堂,在大清最有信誉的还是官府,商家最相信的也是官府而不是商号。特别是洋行的那些买办,对洋商的实力和信用毫不怀疑,对大清商家却怀疑得很。所以船运开头的时候,必须打出北洋的旗号,要知道,自从中堂坐镇北洋后,北洋的声誉如日中天,有北洋官本在里面,他们才放心。等轮船在海上、江上跑起来,赚到银子的时候,不用去劝,他们就自然把股子附过来。那时候,官本就可以抽出来。这个官本,就好比中药的引子。所以,这个局最好要带个公字,为的就是表明它的官家身份,让商人放心。"朱其昂连哄带骗外加戴高帽,李鸿章禁不住连连点头,他就继续夸夸其谈,"中堂将这样一件堪称开天辟地的差使交给我,我不能不百倍用心,慎之又慎。万事开头难,创办之初尤其不能贪多嚼不烂。我的想法是,中堂先拨给几十万两银子,先买三四条轮船……"

"云甫,不是买船,是先从闽局和沪局雇领几条自造的轮船。之所以办船运,其中一个原因就是为自造轮船筹经费,如果买洋轮,那就背离初衷了。"

朱其昂随机应变,改口道:"那么从江南制造总局领到的轮船可以作价每一百两一股,轮船招商公局缴银认股;如果商股不够船价,差额就作为官股。"

"闽局和沪局的船款,可以先拖个一年半载也无妨。可是办船运听说还要有码头、货栈,还要办保险,事情多得很。"

"中堂真是事事清楚,比我们这些搞海运的还明白。不错,不但要有码头、货栈,在常跑的地方还要开办分局,为的是招揽货物,这与我们沙船也是一样的。比如我要去营口运豆饼,不能船开过去了还没有货,必须有人先把货购齐,船一到装货后就往回走,将来天津首先要把分局建起来。"

"建货栈、开分局,那总共要多少银子?"

"我在上海已经多方请教,粗略估算需要四五十万两银子。包括买三四条轮船。"

"如果去掉买轮船的银子,有二三十万两是不是就可以开办起来?"

"应该差不多。轮船公局一办起来,洋人轮船公司必定会千方百计来挤压,那时候就需要南北洋来支持了。"

"你要我怎么支持?"

朱其昂摊出了自己的想法:"首先中堂要将漕粮拨几十万石交给轮船招商公局来承运。还要参照洋轮公司的章程,只要纳了关税,其他厘捐全免,不然就没法和洋轮竞争。"

"这两件事我现在就可以答复你,届时我都可以办得到。"

李鸿章当即决定,由朱其昂拿出轮船招商公局章程,与天津海关道陈钦、淮军营务处会办盛宣怀商讨后,他就可以回上海招商。

朱氏兄弟关在客栈中两天不曾出门,弄出一个二十余条的章程交给盛宣怀、陈钦商讨。陈钦认为基本可行,反正现在还是个草案,将来根据朱氏兄弟招商的实际情况再行商酌。盛宣怀则认为轮船招商局是首创,必须先顾商情。按照洋人的办法,洋轮公司重大决策是由商董来决定,而商董则是根据出资多少来推举。可朱其昂所定章程并无这项说明,而且称为轮船招商公局也不合适,既然是公局,那何必要招商股?官股、商股都有的话,官股会不会侵害商股利益?

"盛老弟,要论商场,你就不如兄弟我明白了。之所以要出官股,是为了让商人们放心;之所以叫公局,就是为了表明官方的身份,将来有麻烦,南北洋大宪都会出面摆平。这样反而利于招商,也正是你说的顾商情。这些意思,也都是李中堂的意思,并非我朱某人闭门造车。"朱其昂对盛宣怀这些看法不以为然。

盛宣怀不好再说什么了,但对朱其昂邀他一起赴沪招商也以营务处事多为由推辞了。

朱其昂回到上海,兴冲冲去找江南制造总局的冯焌光,看能拨给他几艘轮船。冯焌光看过李鸿章的亲笔信,扔到桌上道:"朱兄,中堂乃封疆大吏,日理万机,不了解兵轮和商轮的不同也就罢了。你是跑海运的,难道不知道兵轮与商轮根本不是一回事吗?"

朱其昂有些纳闷道:"我当然知道,兵轮用来作战,商轮用来运货。把兵轮的火炮拆掉,不就可以用来运货了?"

"看来你真是外行,那我来给你补补课。"冯焌光告诉朱其昂,兵轮追求的是速度,底尖,舱小,便于快速行进;而商船主要是运客载货,底阔,舱大,速度要慢。用兵轮当作商轮根本行不通。

朱其昂这才发觉自己闹了大笑话,平日里也见过外洋兵舰和商轮,都是在水上行驶的庞然大物,没想到竟然不是一路货。他妄想道:"我也和中堂说过,兵轮和商轮恐怕有所不同。中堂说,都是轮船,无非是把兵船的炮卸掉。听冯总办这么说,兵轮船舱小,小就小点,能将就用也行。"

"这又是外行话了吧朱兄,你就是拿正经的商轮来与洋人轮船公司竞争也未必能争得过,你拿兵轮去运货,更是死路一条。我劝你死了这条心,别在上海滩闹笑话。李中堂要拿兵轮来办轮船公司,这话好说不好听,你没什么,传出去对李中堂声望有损!"冯焌光一口回绝了。

"福州船政局是专门制造轮船,不知有无货轮?"朱其昂还是不死心。

"这我可以明确地告诉朱兄,绝对没有。左大帅创办福州船政局,就是为了造兵舰,哪里会有货轮?"冯焌光言之凿凿。

"那如果请沪局来造商轮,要用多少时间?"朱其昂的问话声都小了很多。

"造轮船不是做娃子玩意,哪能说造就造?你要个三条两条,偌人的制造局要专门为你造?我劝老兄打消这个念头。还有,就是同意给你造商轮,没有一年时间也造不出来。"

朱其昂彻底打消了从沪局或闽局拨领商轮的计划,这对他来说无异于釜底抽薪,赤着两手让他如何办轮船招商公局?回到家里,他一筹莫展。朱其诏提醒:"一个人发愁不是办法,三个臭皮匠,顶个诸葛亮,不如把李家兄弟请过来商量。"

朱其诏所说李家兄弟,就是杭州丝商李振玉。因为当年与另一家丝商争货源闹得几乎要出人命,朱其昂借助沙船帮的威望帮忙化干戈为玉帛,从此两人亲如兄弟。此人是秀才出身,足智多谋,遇到难事,朱其昂总要和他商量。

李振玉很快就过来了,听朱其昂说完便道:"大哥,这件事不能轻易放弃。有李中堂坐镇,你怕什么?创办轮船招商公局是件大买卖,将来必有利可图。即便无利可图,傍上李中堂这棵大树,也是千金不换。"

"这些我都知道,可是没有商轮可领,让我怎么办?总不能把自己的家当都搭到这上面吧？"朱其昂一副无可奈何的样子。

李振玉分析道："当然不必，还是找李中堂想办法。这件事对你重要，对李中堂同样重要。我从你话里听出来了，李中堂办这个轮船招商公局原本就不只是为了运漕粮，也不只是为了赚几个钱，他是有个大办洋务、以商求富、以富求强的鸿鹄之志。这是他主政北洋放的第一把大火，你想，他能让这把火只冒烟烧不起来？"

"李中堂寄予我千钧厚望，所以我才倍加苦恼。"朱其昂深感压力不小。

"这就要两方面看了，对你是压力，换个角度看，也是争取李中堂支持的筹码。你只要让李中堂看到希望，提出的要求又有堂皇的理由，李中堂必然全力支持。"

朱其昂眼睛一亮道："下一步怎么走，我想听听兄弟的高见。"

"说不上高见，就是你当初向中堂提出的，请北洋出资买三四条货轮，架子一撑起来，这个轮船招商公局就算办成了。那时候不愁商股不来。"

朱其昂恍然道："对，我是当局者迷。只是要李中堂出银子，这话怎么说得好好掂量一下。"

"这个自然由我来代劳。不过，大哥还要见几个人，先争取一下商股，到了李中堂那里说起来也好听。"

朱其昂去见的第一个人，就是阜康钱庄的胡雪岩。朱其昂所在的沙船帮遍布江南水网，胡雪岩开着当铺、钱庄和药行，还给左宗棠采买军械，与他多有往来。尤其是当年左宗棠在浙江与太平军作战，胡雪岩从上海采购的洋枪、子药，全靠朱其昂托沙船帮的兄弟设法承运，因此他的面子不能不给。听朱其昂一说，胡雪岩立即明白了。朱其昂说话办事，义气有余，城府不足，胡雪岩没必要得罪他，也没必要实话实说，反正能不能办起来难说得很。所以他很热情地表示，轮船招商公局一挂牌，只要他手头方便，一定附股。

朱其昂要见的第二个人叫郁森盛，人称郁老四，也是沙船帮的头面人物，近年来虽然沙船没落，但瘦死的骆驼比马大，他在怡和轮船公司附股不少，朱其昂希望到时候他能把附股拉过来。郁森盛说得也很痛快，答应到时候至少拿万把两银子。郁森盛又帮朱其昂引见几个在洋行有附股的商人，他们表示到时候就把洋股退掉。这粗粗一算，已有十几万两银子了。

同治皇帝大婚，大日子定于九月十五日，李鸿章作为重臣前往观礼祝贺。到京后因为要拜访恭亲王等权要，所以他定于九月十二日起程。在临行前，他接到了朱其昂的上禀。沪局、闽局都没有可以雇领的货轮，如果等着两局制造，缓不济急。朱其昂在上海与股商复返动员，他们入股的积极性非常踊跃："各省在沪股商或置轮船或挟资本向各口装载贸易，向俱附洋商名下，如旗昌、金利源等行，华人股分居其大半。暗受洋人盘折之亏，而中国官员不能过问，苦不堪言，委屈难诉。若由官设立商局招徕，则各商所有轮船、股本必渐归并官局，似足顺商情而张国体。"而且尽快设局招商，还可解漕粮北运之忧："江浙沙船，近来亏折尤甚，或斥卖资本附股洋轮，或转从他业，不数年，恐将欲觅运漕之沙船而不可得也。"因此，"拟请先行试小招商，先拨官款若干，购三四艘货轮，俟机器局商船造成，即可随时添入，推广通行。码头、货栈等项，概由公局设法筹资建设"。

兵轮与货轮不可混用，这是李鸿章原来不及细想的问题。既然不能从沪局、闽局雇领，那就只有北洋出部分官款。李鸿章安排人给朱其昂回信，让他九月底到天津面谈，商谈筹办轮船招商公局的事宜。

十月初朱其昂再次到了天津，李鸿章见他的第一句话就是："云甫，我这次进京已经向恭亲王禀报了轮船招商公局的筹办情况，王爷只说了一句话：'好好办，办出样子来，一切好说。'这是莫大的鼓励支持，也是极重的责任。如果办不出样子来，那一切就都不好说了。我只问你一句话，当初你说四五十万两就可办起来，招商能不能招得到？有把握能招到多少？"

朱其昂硬着头皮拍胸脯道："中堂放心，四五十万两都有把握招得到商股。只是商人看不到轮船的影子不会放心。所以，必须先把招商公局的牌子挂出去，买上几条轮船先在江海之中跑起来，商人们才肯附股。不然，他们认为我朱某人是空手套白狼。"

"好，就依你所提，我先从直隶练兵饷里借给你二十万串钱。"李鸿章从袖管里抽出五张银票说，"这是我个人的五万两，算是入股了。赚了，我自然欢喜，要是赔进去了，那可是我从牙缝里挤出的银子，你们好自为之。"

朱其昂接过银票，眼含热泪道："中堂，我朱其昂搭上这七尺之躯，也要办好招商公局。"

"云甫，我不要你捐躯，我只要你办好招商公局。现在办洋务太难，说闲话拆台的人太多了，开了头，只能办好，不能办砸。咱丑话说在前头，直隶的二十万串钱只是借款，招商公局要付利息，盈亏由公局承担，不能把这二十万串钱搭进去。我就给你一年之期，一年之后必须用筹到的银子把这二十万串钱给我还回来。还有，建货栈、建分局，该由你招商办理，不要再指望直隶出钱。"

朱其昂保证道："中堂放心，我以身家作抵也要把招商公局办起来。我还兼着江浙海运局委员的差使，海运局的款子也可以先挪一挪。我与沪上财神胡雪岩关系极厚，以我的身价作抵押，贷十万八万的银子也没关系。"

"你回去就好好筹办，我先下个札子给你，到时候办出眉目，我上奏朝廷正式任命你为总办。"李鸿章说办就办，交代文案立即将札委拿来交给朱其昂，"云甫，我对你寄予厚望，这札子虽小，却重于万钧，望你能够体会得到。"

二十万串制钱，扣掉一年的利息，实领十八万八千串，折合白银十二万三千两。朱其昂以自己的沙船来算，一只最大号的沙船七八千两银子，一艘轮船就是四只沙船的话，大约三万两银子足够，先买三条花不了十万两，剩余还有三万两可以支应，勉强可以开张了。他回到上海，立即找李振玉、胡雪岩商量购买洋轮的事，胡雪岩认识的买办、洋人多，不几天就回话。货轮价格昂贵，好的十几万两、几十万两都有，差的也要六七万。考虑到朱其昂手里只有十几万两银子可用，建议他先买几条二手货轮，这样比较合算。于是他再托胡雪岩帮忙打听二手货轮。辗转相托，向大英轮船公司以五万五千七百两购买伊敦号轮船，载重一万石，以三万八千两购买利运号，载重一万七千石，这就花去了十一万两。几个人坐下来商量，觉得两艘轮船实在太少，根本无法与洋轮竞争，而且也容易让外人以为他们不过是装样子。

"要做，就要做得像模像样。"胡雪岩财大气粗，颇有豪气。

"李中堂的五万两，我原本不想动。就是将来万一亏折，也不能亏掉这五万两，不然我真就不是东西了。"大笔的银子花出去后，朱其昂有些担心了。

"现在如同骑到虎背上，只有往前冲，没有向后退的道理。李中堂对老兄如此信赖，辜负不得。"郁森盛拿出一万两银票说，"这一万两我先借给你，说明白，我是冲着朱哥的信用借的，不是入股，将来入股的时候，我再另认。"

朱其昂拱手道："承情之至。正所谓路遥知马力，日久见人心。"

胡雪岩笑着打趣道："云甫这话就不对了，好像我们没有人心。"

"算我话说不清楚,今天在座的各位都是来帮我的,哪能没有人心?"朱其昂咬着嘴唇沉默了好久,终于下定决心,"雪翁,现在叫骑虎难下也罢,叫逆水行船也罢,总之,我只有硬挺起来。想想李中堂的信赖,真是不能辜负!他今年新晋武英殿大学士,所奏所请都获旨准,恭亲王又是百倍倚重,你说这个差使我要办砸了,影响的可不仅仅是李中堂。按他的话说是洋务大计,是大清富国强兵的未来。这话听上去像是大话,可我是面见过李中堂的,知道他的苦心和雄心。所以,我决计把自己的身家完全搭进去。"朱其昂平日喜大言,好热闹,说话不免夸夸其谈,但今日所说,不能不令人肃然起敬。

"朱兄有什么想法,兄弟能帮得上必尽一分心力。"胡雪岩也严肃起来。

"这事雪翁还真能帮得上。我想以我的宅子、沙船,从你那里借出十万两银子,再买两条轮船,再把天津、上海的货栈都建起来,放开膀子拼一拼。"

胡雪岩应道:"好说。你需要银子随时可以大提,不过十万两不必一次提出来,白白损失了利息,你什么时候用,什么时候一定保证就是。"

朱其昂又对朱其诏道:"老二,咱们兄弟又像当年咬牙买大船跑海漕一样了,咱要携起手来往前闯,怎么样?"

当初洋轮还没有那么多的时候,沙船的生意很好,运漕水脚太低,没多少人有兴致,朱其昂这个海运委员年年都作难。但他发现,洋轮发展势头很猛,沙船无力与之竞争,漕粮海运水脚虽低一些,但是一笔比较稳固的收入。所以他动员弟弟把家当押上,买了三条大沙船。果然后来沙船生意越来越差,等大家明白过来争着来运漕时,朱氏兄弟已经大赚了一把。因此朱其诏对大哥言听计从。所以,他毫不犹豫地应道:"大哥怎么说,我就怎么办。"

于是他再托胡雪岩购买轮船,花十万两从利物浦购买一艘,改称为永清,又由惇信洋行经手,以七万四千两向苏格兰订购了福星号。同时又在天津、上海购置码头、栈房,以卸放漕粮。

等这一切办得差不多了,朱氏兄弟正式在永安街挂出了"轮船招商公局"的大牌子。谁也没想到,第二天上海道台衙门来了一个书办和两个带刀的衙役,说奉道台令,轮船招商公局未曾获准,不能挂牌。

朱其昂连忙拿出李鸿章的札委道:"这是北洋李中堂的札委,委我全权办理轮船招商公局。"

那位书办很客气,把朱其昂拉到一边道:"大先生,李中堂的札委自然假不了,兄弟们也都信得过你,可这里毕竟是南洋、两江的地盘。你赶紧给李中堂写信,也许他已经收到何制台的公函了。"

"老兄,都不是外人,给我透句实话,凭什么不让我办轮船公局,我给中堂说的时候也说得清。"朱其昂明白了,看来是两江总督何璟吃醋了,有意阻挠。

书办建议道:"大先生,这事你说不清,也不必你来说清。行或不行,全在南北洋去沟通,你只管报告李中堂,上海这边不让挂牌就成。"

朱其昂连忙给李鸿章写信,报告办理的情况,尤其是自己以身家为抵押,已经贷银近十万两投入到招商公局,因为不能挂牌,上海股商都缩手观望。

李鸿章在接到朱其昂的上禀前,已经收到两江总督何璟的公函,他认为在上海举办轮船招商公局,"窒碍多端,请暂缓办"。有哪些窒碍?一是与沙船形成竞争,夺沙船业主的生计。二是税收减少,影响饷源。三是朱其昂人品不端。李鸿章一看就明白,其实最关键的就是第二条,上海担心减少地方收入。

咸丰十年(1860年)后,根据新签订的条约,洋人在大清贸易只交二厘五的子口税,凭税单便可畅行无阻。而当时大清商人则要交厘税,名义是值百抽一,实际已到了值百抽五以上。而且厘卡重重,特别是长途贩运,重复交厘,商人负担十分沉重。正因如此,许多华商便搭承洋轮,以洋商的名义经营,借此减轻税负。当时负责征收洋商税的海关称为洋关或新关,而负责征收大清商人厘税的称为常关和旧关。洋关税收逐年增加,而常关税收却日渐减少。海关税收被控制在洋人手中,而且要用来归还条约规定的战争赔款以及各种外债的担保,所以朝廷用起来很难。而常关税收却是地方的主要收入,尤其是军饷的主要来源。在上海办轮船招商公局,按照洋轮公司的纳税章程来纳税,显然会减少地方税收,所以上海道沈秉成上书何璟,坚决反对。

两江尤其是江苏,是李鸿章的发迹地,也是淮军重要饷源地,当然必须与饷源地主人建立良好的关系。曾国藩是他的老师,马新贻和现在署理总督的何璟都是他道光二十七年的同榜进士,关系自然亲近。何璟一封公函外加一封私信,极力劝阻李鸿章不要举办轮船招商公局,这令他十分不快,但他按住火气,要好好与何璟讲道理。他亲自给何璟写信,简要叙述了轮船招商公局的办理过程及意义,对何璟的三条理由也逐一解释,"朱太守以身家作抵,倡此远谋,闻已于上海租定栈房,天津亦租有栈户,创立分局,且已购置轮船四只。唯其办事过于勇往,诚有独力难支之虞。敬乞我兄严饬地方,勿胶成见,至此美举又复中止,百年后永无振兴之机矣"。

可何璟迟迟未有回信,朱其昂来信上海道仍然不让挂牌。李鸿章大怒,正要再写信,却得到消息,何璟因病回籍。他于是立即写信给同年进士、军机大臣沈桂芬,推荐江苏巡抚张树声署理两江。其实不用他写信,张树声署理两江也是顺理成章的事。然而张树声署理两江后,也写信来劝阻李鸿章暂不要设轮船招商公局。

张树声是李鸿章创办淮军时带出的部曲,他的仕途可以说是李鸿章一手铺就,现在竟然也反对轮船招商,显然是受上海道的影响。堂堂督抚受制于司道,这算怎么回事?李鸿章给张树声回信就不那么客气了,就像先生教训学生一样,表示他非办成不可的决心——

　　与阁下从事近二十年,几见鄙人毅然必行之事,毫无把握,又几见毅然必行之事阻于浮议者乎?兹欲倡办华商轮船为目前海运尚小,为中国数千百年国体商情财源兵势开拓事大。我辈若不破群议而为之,后我而起者,岂复有此识力?朱守虽非贞固正大之人,然生意场中果有贞固正大者?地方司道,暗于事情,出于私计,而大府仍执寻常例行公牍,一唯司道议复是听。是司道明侵督抚之权,而阴夺朝廷之命,此近大病也。开府地方,有不可不谋之庸众者,亦有不可不长顾远虑出自独断者,军事洋务要紧关头也。鄙人于今日时局大不相宜,志高而才疏,德薄而助寡,分应早退以避贤路,又恐责望之来,无以抵挡,真觉进止维谷耳。

这信写得不容张树声辩解,也没推托的余地。很快张树声回信,表示全力支持轮船招商公局。

李鸿章担心朱其昂拉大旗做虎皮,与地方闹得不痛快,反而误事,因此着人去信给他,让他主动去与上海道沈秉成商讨轮船招商公局的章程,以减少阻力。

朱其昂主动与上海道沈秉成联络,征求意见后再次拟订《轮船招商条规》二十八条,比之从前二十条更有创意。根据这个条规,轮船招商公局在上海设立总局,于各路设立分局;总办由直隶总督李鸿章委派,并禀请刊刻关防,"所有公牍事件,悉归总办主裁";招商局轮船装货、报关等一切事宜,均照洋商章程办理。李鸿章对这个条规十分满意,立即上奏朝廷,同时函告总理衙门。

李鸿章对朝廷中的清流非常了解,如果实话实说,举办轮船招商公局是为了学习洋人国家重视工商,那肯定要骂你是汉奸、洋奴,如果你说是为了求富,那么少不得骂你逐利之徒,败坏世道人心。所以他只拿漕粮来说事,如果不办轮船招商公局,将来沙船亏折净尽,朝廷连运漕粮的船都雇不到,只能雇请洋轮。天庾正供,如何能够假手洋人,这岂不是把京师几十万人的饭碗拱手交到洋人手中?这个理由,无论是谁也提不出异议。最后李鸿章又借他人之口说明倡办船运,不但不会夺沙船生计,而且有裨于海运——

> 昨据浙江粮道如山详称,该省新漕米数较增,正患沙船不敷拨用,请令朱其昂等招商轮船分运浙漕,较为便捷。又准署江督张树声函复,以海运难在雇船,今有招商轮船以济沙船之乏,不但无碍漕行,实于海运大有裨益,当严饬江海关道等,和衷协力,勿致善举中辍等语。是南北合力筹办华商轮船,可期就绪。目前,海运固不致竭蹶,若从此中国轮船畅行,闽沪各厂造成商船,亦得随时租领,庶使我内江外海之利,不致为洋人占尽,其关系于国计民生者,实非浅鲜。除由臣随时会同南洋通商大臣,督饬各口关道,妥商照料,并切谕该员绅等,体察商情,秉公试办,勿得把持滋弊,并咨明总理各国事务衙门,户部查照外,所有试办招商轮船分运江浙漕米各缘由,缮折具陈,伏皇太后、皇上圣鉴。谨奏。

朝廷对李鸿章的奏折很快有了回音,对成立轮船招商公局表示支持,让他督责朱其昂"务勿得把持滋弊,秉公办理,以争回我内江外海之利权"。

李鸿章立即下札子给朱其昂,让他择日正式开张,同时写信给署理两江总督张树声,让他札饬上海道支持轮船招商公局。

同治十一年十二月十九日,轮船招商公局正式成立。上海新北门外永安街为之水泄不通,上海从道台到府县官员及在沪候补官员全部前来捧场,各国驻沪领事及停泊在上海口岸的外国兵轮统领也都带着贺礼前来。洋人的礼物并不值多少钱,但物以稀为贵,仍然引来啧啧赞叹。上午十时,开张典礼正式开始,身着知府顶戴袍服的朱其昂,将李鸿章发来的札子捧给沈道台。所谓札,是当时上级对下级的行文,可以用于训诫,也可用于派给差使。李鸿章批准轮船招商公局正式成立也是用札,这个札子便是轮船招商公局得以合法成立的正式依据。札子外裹红纸,以示喜庆。沈道台朗声宣读李鸿章札文——

钦差大臣大学士兵部尚书直隶总督部堂一等肃毅伯李为恭录各行事。为照本大臣于同治十一年十一月二十三日由驿具奏,派员设局试办轮船,分运来年江、浙漕粮,以备官船造成雇领张本一折,当经抄折咨行在案。兹于十一月二十七日准兵部火票递回原折,内开:军机大臣奉旨:该衙门知道。钦此。合行恭录札饬,札到该局,即便钦遵。此札。

同治十一年十二月十九日

轮船招商公局正式开张,一时锣鼓喧天,鞭炮齐鸣,舞狮队在门前随着锣鼓摇头摆尾。鞭炮声中,沈道台和朱其昂一起拉下门侧大木牌上的红绸,黑底上六个人头大小的金字“轮船招商总局”。

轮船招商公局成立是沪上一件大事,第二天《申报》报道了开业盛况,最后说道:“前晚微有雨雪,昨晨忽转晴霁,天气和暖,中外官商及各国兵船统领均往道喜,车马盈门,十分热闹,足见舆论之辑睦,其兴旺可拭目俟!”

大清开办轮船航运,最不高兴的是外洋轮船公司,太古、怡和、旗昌等本来激烈竞争的三大轮船公司立即结为同盟,坐下来商讨对策。结果是先散播对轮船招商公局不利的消息,如果效果不佳,就降低水脚(运费),让它无利可图自动退出。

李鸿章对朱其昂寄予厚望,一直关注着轮船招商公局。然而,事情似乎不尽如人意,他听到的都是不利的消息。首先就是轮船招商公局有名无实,并没有招到商股,只有一个郁姓商人实际入股一万两,其他商股一两现银也未认缴,招商局一直是举债经营;再就是说朱氏兄弟并不懂轮船经营,只是运了两趟漕粮,沿海搭客、载货的业务根本没有开展起来,招商局一直在亏,亏折已达五六万两;更有人说,所买四条轮船都被洋人坑了,钱花了不少,买的轮船根本不顶用。

天津海关道陈钦与南来北往的商人打交道多,听到的小道消息更多,有一天他面见李鸿章时,旁敲侧击地说道:"中堂,搞船运洋人是内行,国人内行的是帆船,现在趁着轮船招商公局名声还好,不如转卖给洋人或者上海殷商,一了百了,省得中堂如此挂心。"

听到这话,李鸿章拍案而起道:"半途而废,不是我李鸿章办的事!在大清内河任人横行,大清商轮却独独不能发展,这岂不是咄咄怪事?日本小国还自有轮船六七十只,我独无之,成何局面!洋行排挤,买办弄舌,商人疑虑,揽载艰难,这些困难都在我意料之中。但我做事,从来不会因为遇到难处就退缩,从来不会因为他人的浮议而罢手。你们都给我听好了,事情已经做起来,没有回头的道理,不怕他多大的困难,只有设法解决这一条路可走!"

陈钦本是好意,没想到李鸿章发这么大的火,便辞罪道:"都怪卑职胡说,中堂何必与卑职一般见识,卑职从此不再说一句轮船招商公局的话就是。"

李鸿章发觉自己有些失态,平息了一下情绪道:"松云,你别怪我急,我发火其实不是冲着你。办轮船招商公局这件事不知有多少人等着看笑话。我无路可退,只能办下去,不能停下来。我听说上海有的是懂船运的人,许多洋人的轮船公司,其实是买办在给他们支撑着业务。朱氏兄弟实在不行,换别人来招商,总之不能半途而废。"

"看来朱氏兄弟在船运上确实是外行。上海的确有不少懂洋船运输的,实在不行,大人可打发人到上海去仔细打探一下。"

"是应该打发人去打探一下了。"李鸿章点了点头。

陈钦一走,李鸿章就着人把盛宣怀叫来,希望他到上海去一趟。

盛宣怀推辞道:"伯相,朱太守坚持官款官办,卑职实在不能苟同。官办商局,往往衙门风气渐浓,人浮于事,必致亏本。别的不说,外洋轮船公司股本超过百万两,靠区区二十万官本如何能与洋轮争利?可是再增官本,直隶也是捉襟见肘。"

"先不要急着下结论,你去上海多方打探一下,问题到底出在哪里,应该怎么办,你都要有所筹划。"李鸿章坚持还是让他去。

盛宣怀拱手道:"卑职即刻起程。"

郑观应在上海的寓所虽然没有唐廷枢的豪华,但也洋味十足,仆人只有一男一女两个,每个房间都收拾得井井有条。他一进门,一身洋仆装束的仆人立即接过他的礼帽挂在衣帽架上,又手脚麻利地为他兑好洗脸水。正在书房读书的两个孩子也飞跑出来与他亲热,父子已经十几天没见面了。贤淑的夫人只是笑了笑,默默地看他洗脸,然后递上毛巾问道:"老爷,现在就吃饭吗?"

"十分钟后吧,我稍休息一会儿。"

夫人又问他这七八天又去干吗了,郑观应都一一做了回答。没多大一会儿,就开饭了。

饭菜是中西结合,面包、牛排、青菜、米饭都有。吃过饭,他坐到沙发上正要看报,听到门铃响,仆人夫看了看回来禀告说有个叫盛宣怀的来访。郑观应十分高兴,一直迎到大门上,握住盛宣怀的手道:"杏荪兄几时到的上海,为什么不提前告诉我一声,好给你接风。"

"不敢搅扰,不敢搅扰。"盛宣怀打着哈哈回应。

郑观应家里不像一般家庭那样女人不见客,郑夫人人方地与盛宣怀打招呼,郑观应也在一旁附和:"只顾高兴,倒忘了问你用饭了没。"

"已经吃过了。"

几人边说边进了客厅,盛宣怀并不坐,对博古架上的轮船模型极感兴趣。郑观应见状,就一一给他介绍那些模型。摆在最上层的是郑和下西洋的红宝船,这是当时世界上最大的木船,当时中国造船技术世界领先,可如今已远远落后于西洋人了。摆在第二层的是英国发动第一次鸦片战争时懿律和义律乘坐的旗舰麦尔威厘号,这艘战舰装有七十四门大炮。这艘战舰模型最有收藏价值,放在这能时刻提醒你几艘炮舰就足以让一个庞大的国家认输。下面是目前最新式的战舰,还有最先进的运输商船。

说到运输商船,盛宣怀问道:"朱氏兄弟已经买了四艘轮船,这些船与这艘商船相比如何?"

郑观应摇了摇头道:"差远了。这位朱大先生自己不懂,还不肯向别人请教。他花了五万两银子向葡萄牙购买的伊敦号只值三万两,那个葡萄牙籍经纪人至少要赚一万两!从英国购买的黎明号,签订合同后才发现又买贵了,要毁约,违约金就近万两。福星号船大而旧,另一艘也不怎么样。朱大先生花的钱最新式货轮也能买四条,他却买了四条旧船,载货少,煤耗高,航速迟。这样的轮船招商公局能指望它赢利吗? 可惜了中堂和杏荪兄一片苦心。"

盛宣怀惊讶道:"陶斋的意思是轮船招商公局注定要垮?"

"不垮就怪了。现在他们只运了几趟漕粮,还没与西洋轮船正面较量。太古轮船公司已经传出话来,朱氏兄弟的轮船要是也跑长江航线,他们就降低水脚,让华轮无利可图,自动退出。太古有二十多艘轮船,股本近百万两,还没说美国人的旗昌轮船公司、英国的怡和轮船公司,四艘旧轮船如何与洋人争锋?"郑观应毫不掩饰他的观点。

"朱太守也可以招商,股本渐充,再添新轮,怎么就不能与洋人争个高下?"

郑观应笑了笑道:"谁敢入股?朱氏兄弟搞轮船根本就是门外汉。再说商人们最怕的就是'公'字,谁肯把钱交给官府去经营? 官场商场那是两码事,钱在商人手里能生利,在官府手里只能是贪墨。"

"这一点我们两人完全一致,朱氏兄弟一开始就要办个公局,意思是信用更好。"盛宣怀连连点头。

"要说起信用,没有比官家更糟糕的。"郑观应一针见血。

"那依陶斋的意思,我们自办轮船就只有死路一条了? 这件事中堂花了许多心血,如果办不成,中堂那里就作难了。"

郑观应连忙说出了自己的想法:"不不不,不是不能办,也不是办不成,而是不能官办。其实不少华商也希望开办轮船公司,只要能挣钱,大家是愿入股的。但必须是商办,同时还要得到官府的支持。"

盛宣怀击掌道:"咱们想到一起了。我的想法是官督商办,由官总其成,商人经营,盈亏由商自负。"

"话好说,恐怕办起来难。你说官总其成,总什么,总到什么程度?杏荪可仔细想过了?"郑观应略有疑虑。

"倒还没仔细想过,不过人、财、物总要总起来吧?"

"杏荪可否想过,这与官办又有何异?商人恐怕还是不肯入股。上海风气总是追随洋人,按洋人办法,往往是若干股选一个商董,商董们再选商总来代为经营。商总要对商董负责,商董要为入股的商人争取利益。"郑观应摇头说出了上海的成例。

盛宣怀有些疑惑地问道："一切都由商总,那官有何用?这与直接商办岂不一样?"

"不一样。目前没人敢直接商办,明里有种种税厘,暗处再加层层盘剥,哪还谈得上盈利?要与洋人争利,不仅不能盘剥,而且要在税厘上有所照顾,这一条没有南北洋大宪的支持是做不到的。而且目前是北洋大宪倡导,而业务却涉及南洋,中间没有官为联络,恐怕也是处处掣肘,寸步难行。"郑观应沉吟了一会儿接着道,"杏荪兄,你看这样如何,既然是官督商办,不妨两面都照应到。商办嘛就按商办那一套推选出商总、商董,然后再由北洋下札子委任总办会办,商总当然是总办,会办嘛就没那么严格,除了商董里面委任,北洋可直接委任并不入股的官差。甚至将来的分局经理人员,也要报北洋批准。北洋不同意,则再由商董们另行推选。"

盛宣怀斟酌着说道："这样倒是双方都能兼顾了。不过总办必然是入股多者方有可能得到委任了。"

"大致如此。总办必须是众商悦服者方可担当,不然入股很难踊跃。再说,总办入股最多,必然也是最为上心。"

盛宣怀拱手道："陶斋已是沪上巨商,这商总非你莫属了。"

郑观应连连摇手："杏荪兄误会了。如果我有意当这总办,就不会费这些口舌了。真正称得上沪上巨商的是怡和买办唐先生,也只有他能号召商人。有好几家洋行股份华商占了大头,而大部分是跟着唐先生进入的。"

"如果陶斋有意总办,我拱手让贤,如果是他人,我盛某就要争一争了。"

郑观应听得出盛宣怀有意当总办,他并不正面回答,而是说道："我想问杏荪兄一个问题,做总办和办成轮船招商公局,如果二者只选其一,你是为个人之私当这个总办,还是为放弃总办而成就轮船招商公局?"

"这还用说,当然是办成轮船招商公局。"盛宣怀丝毫没有犹豫。

"这就好说了。洋人喜欢拳击游戏,拳击游戏要讲重量级,不同的重量级根本不能成为对手。李中堂和杏荪兄办轮船招商局是与洋人争利,而不是与小民夺食。与洋轮争利,必须有上百万的资本,没有这等实力根本无法与之争衡。这么大的资本非靠商股不可,而商股非有沪上最具号召力的人带动不可。这个人,目前非唐先生莫属。所以,商股是成功与否的关键,而唐先生又是集股能否成功的关键。因此,杏荪兄要成就轮船招商局这一大事业,就不能不忍痛割爱。"

道理没什么不明白的,自己极力向李中堂争取,自然是为了当总办,没想到让朱其昂争了去;如今有了转机,有了点儿希望,却又只能让给别人。盛宣怀心里的失望可想而知。

郑观应劝道:"愚兄在上海混迹十余年,有两点心得。一是成就一件事情要有多方朋友的援手。比如朱氏兄弟,他们办不成轮船招商公局,但他们的作用不可埋没,唯有他们兄弟能驾驭得了沙船帮,他们把轮船招商公局的架子搭了起来,这就是大功一件,我们再接着办,就没有沙船帮的麻烦了。要论募股,唐先生的作用又是无人可代。以杏荪兄的才智和际遇,又与李中堂非同一般的关系,将来必是做大官、赚大钱的人物。下去百年,我郑观应未必有人记得,盛兄的大名怕是要永载史册了。"

这话倒说到心里去了,做大官,赚大钱,也正是盛宣怀对自己的期望。

见盛宣怀不说话,郑观应继续道:"我的第二个心得嘛,就是要成就一番事业,总要一个台阶一个台阶地上。比如唐先生,谁不知他是沪上巨商,可是十几年前他不过是洋行的一个小伙计,从给师傅提尿壶,到丝茶栈务,到上堂帮账、主任,到副买办、买办,那也是一步步走来。杏荪兄虽然暂时不能出任总办,但会办却是离不了你的。沟通官场,非杏荪兄不可。至于其他会办,我还可以向杏荪兄推荐一二。朱氏兄弟是驾驭沙船帮,打理漕运的最合适人选,还有一位徐雨之,大名徐润,我们两家是世交,我到宝顺洋行后多蒙他关照,宝顺洋行亏折倒闭后,他自己经营丝、茶、棉、白蜡、皮油、黄麻等,在法租界设立了顺兴、川汉等货号,在二马路与人合股开设了宝源丝行,还办了钱庄,在几家洋行里也有股份,如今又投资地产,他可是沪上名商。他肯入股,定能带进不少华商。"

"原先倒没听说过,陶斋什么时候引见一下?"一番劝说,盛宣怀心里也释然了,顿时对郑观应说的人很感兴趣。

郑观应很爽快地答应:"这好说,他的故事多着呢。当年长江口岸初开,从事长江航运的轮船很少,雨翁预见到长江航线必获厚利,便极力推荐宝顺洋行发展船运。当时他听说香港有一艘叫总督号的轮船载量很大,因多时无人过问,价钱十分便宜,便极力劝说大班把那艘船买下来,经过装饰,开通了上海至汉口的航线,客货两用,又拖带四艘钩船,每艘又装货五六百吨,结果往返一次,就将购船、装饰的成本全部收回!"

盛宣怀感叹道:"沪上真称得上是商海,尽是传奇般的暴利故事。"

"是啊,如果把这些故事整理下来,对培养国人的商业意识肯定大有好处。"郑观应也一同感叹。

盛宣怀笑问道:"陶斋兄必然也有一番传奇,可否讲讲让我开开眼?"

"我倒是稀松平常得很,不过能走到今天这一步,还真是没想到。"郑观应笑道。

郑观应的父亲饱读经书,却始终没能博得功名,只能在乡间设帐授徒谋生。郑观应幼从父亲读四书五经,也曾向往过科举做官之路。但终因家境不太宽裕,只好弃学经商。郑观应的叔父在上海新德洋行当买办,上海宝顺洋行的高级买办曾寄圃和怡和洋行买办唐廷枢都是郑家的亲戚。宝顺洋行的徐润,也与郑家是世交。所以郑观应到上海洋行学习,也是顺理成章的事情。

郑观应到上海时刚十六岁,在洋行做了个低级职员,收入并不高。但他好学,省吃俭用,把钱省出来交到英国人傅兰雅创办的英华书馆夜校学习英语。他非常好学,两年之后他的英语已经相当熟练。而且他还到处弄书,了解外国情形。同时写文章在报纸上发表,因此在上海很早就有名气。他在宝顺洋行十年间,一直是管理生丝和揽载业务,虽然没挣到多少钱,但积累了轮船揽载业务和丝栈生意经验。

由于洋行竞争激烈,而且美国又发生南北战争,宝顺洋行生意越来越差,最后关门大吉。郑观应只好自谋生路,做起了丝茶生意。同治十年,唐廷枢等人合股搞了个中外合资的公正轮船公司。郑观应虽然股本不多,但他有揽载经验,所以被聘为董事。短短两年,他就积攒了一笔可观的收入,然后又拿这些钱到扬州去投资盐业,又大赚一笔。两三年间,郑观应便跻身富商之中。今年英国老资格的太古洋行成立轮船公司,原来宝顺洋行的一位轮船主当了总船主,他很欣赏郑观应在轮船运输上的经验,所以邀请他出任太古轮船公司的经理,公正轮船公司轮船全部卖给了太古轮船公司。他的经历,自己说来稀松平常,在盛宣怀听来却是相当传奇。商场真是个好地方,风险虽大,但总会发生那么多奇迹,比官场钩心斗角更痛快。

回到客栈,盛宣怀度过了令他备受煎熬的不眠之夜。上一次是为起草创办轮船招商公局的条陈而激动得一夜无眠，这一次是为当不当这个总办而权衡得失无法入眠。

当东方一片鱼肚白的时候,他做出了决定。

次日,盛宣怀前去拜访唐廷枢。唐廷枢的直隶道已经办妥,两人已经是无话不谈的朋友。

盛宣怀开门见山道:"中堂对景星兄非常看重, 轮船招商公局是中堂竭力支持的事业,景星兄应当给予支持。"

唐廷枢也直截了当地说出了自己的顾虑:"对中堂的错爱唐某非常感激,但杏荪应当明白,投资最忌感情用事,把钱投进官办局子里,简直就是肉包子打狗。"

"如果放手实行商办呢?"盛宣怀又问。

"那也不行,朱云甫虽然在上海也算鼎鼎有名的人物,不过要论办船运,他还是个乡巴佬。"唐廷枢依然觉得不可能。

"如果让景星兄主持总办呢?"

"那我一定把它办成中国最大的轮船公司,把洋轮全部挤垮!"唐廷枢顺口一答,想了想又笑道,"让杏荪笑话了,有杏荪兄,哪轮得到我唐某人。"

盛宣怀激将道:"先生是怕了,给洋人办事,银子好挣;办咱自己的局子与洋商争利,先生未必有那份胆量。"

唐廷枢果然中计,脸激得赤红,大声道:"杏荪不要以为买办都是与洋人穿一条裤子! 买办怎么了? 没有买办,大清的丝茶能卖得出去? 有人一提买办就嗤之以鼻,以为买办除了银子多什么都缺,以为买办除了银子什么也不认得。杏荪,我唐廷枢何尝不想办自己的企业与洋人一见高低。可是你看看大清上下,谁把商人放在眼里?在英吉利,朝廷要听商人的。你知道道光二十年中英两国的那场战争是怎么回事吗? 那完全是英国商人为了向大清卖鸦片而发动的! 一个国家为了商人的利益而发动战争,商人的地位可想而知,这样的国家他能不富强吗?"

"好! 将来有机会我一定说动中堂下札子委任先生为总办,轰轰烈烈干一番大事业!"盛宣怀也拍案而起道。

"让杏荪笑话了。什么总办不总办就不要提了,怡和洋行待我不薄,我也暂时无意离开。如果杏荪当了总办,我总要支持一下的,这总成了吧?"一番慷慨之后,唐廷枢冷静了下来。

盛宣怀正色问道:"如果我当总办,景星兄可入股多少?"

"万把两没问题。"

"一万两有什么用?九牛一毛,做盐不咸,做醋不酸。陶斋说得不错,这个总办我是不能当的,非景星兄莫属啊!"盛宣怀笑了。

"现在朱大先生正办得热闹,没人去抢他的总办。不过,我希望办一个华商轮船公司,却真是多年夙愿。我给你讲个故事,你就明白我所说不虚。"

唐廷枢的故事比郑观应还要曲折。他的父亲在香港马礼逊教育会学堂当听差,所以他自幼就进入马礼逊学堂学习,如今带着幼童到美国留学的容闳就是唐廷枢的同学。唐廷枢接受的是最彻底的西式教育,他写的英文非常漂亮,口语就像英国人一样。后来他到港英政府当翻译,他的同事李泰国,就是后来的首任海关总税务司。后来唐廷枢一到上海,就被李泰国聘为税务司的总翻译。同治元年,他又到怡和洋行当了买办,负责生丝、茶叶采购和推销洋货。在他的推动下,怡和洋行参与粮食、食盐、房地产经营,还开辟了上海经福州前往马尼拉的航线。怡和利源滚滚,唐廷枢除了拿到薪水、花红外,还有可观的佣金,他又投资矿产、船运、保险业,因此成为上海著名的买办。

然而即使如此,在外国人面前他依然是低人一等。有一次,他由上海乘轮船前往香港,遇到飓风困于中途。轮船避风期间,淡水限量供应,外籍船主只发给每位大清乘客一磅淡水,解渴、洗脸都在内,而船上载有上百只羊则放着满桶的淡水任其饮用。唐廷枢深受刺激,筹集股银十万元,租用两船,往来沪港载客,后来在此基础上又合股办公正轮船公司。

"杏荪,你没法体味当时那种滋味,华人在洋人眼里连一只羊也不如。我虽为买办,可我人还是中国人,办一个像模像样的华商轮船公司是我多年的愿望,你说能有假吗?"

盛宣怀打拱道:"如果将来重组轮船招商局,我一定极力推荐先生出任总办,先生请千万不要推辞。"

"这都是后话,现在还说不着。"唐廷枢摇了摇手。

天津总督行辕,朱其昂正羞愧地向李鸿章述职:"卑职无能,至今只招到一万余两。而购买轮船、兴造津沪栈房码头以及购买煤斤、局房租价、开局经费等,已经花费近四十万两。中堂拨给官银及私房共计十七万两,二十余万两除了我兄弟东挪西借外,全部外欠,实在无以为继,请中堂恩准卑职辞去总办,另请高明。"

李鸿章指了指茶水道:"云甫喝茶。你我相识也有六七年了,对你的为人我是清楚的,讲义气,办事认真。此次办船运,你所费的心血我是明了于心。能够说服沙船帮把局子支起来,你就是大功一件。至于下一步怎么办,容我再想想,你还要勉力维持。以后无论谁做总办,还总少不了你一个会办的位子,漕运这一块给别人我还不放心呢。"

"你出来吧。"朱其昂告辞后,盛宣怀从内室走出来,李鸿章皱着眉头道,"真让你说着了,看来云甫撑不下去了。就这么办了,让唐廷枢做总办,你、朱云甫、徐雨之还有云甫的弟弟做会办。朱氏兄弟管漕运,雨之管揽载,你呢,漕运、揽载都管,算我派去的代表。这样也好,你什么也管,其实什么也不必专责,我这边说不准什么时候就把你调过来,这样你也超脱些。"

唐廷枢要入主轮船招商局的事很快成为沪上新闻,怡和洋行老板约翰生对助手道:"无论如何不能让唐先生离开怡和,在兜揽中国人的生意方面,无人可比,他成了对手,会把我们打得一败涂地!你把他找来,我再与他谈一次,不行,再给他加薪水。"

之后,助手送来一封信道:"唐先生让我转交给你,他说这是他的辞职信。他说在怡和的日子留下了许多美好的记忆,终生不忘。但他去意已决,请阁下不必再费心。"

约翰生无奈地摇了摇头,自语道:"这回,真正的对手来了。"

此时,轮船招商局招股会正在举行,唐廷枢正在做招股说明:"诸位,此次轮船招商局另定局规章程,概而言之,官督商办四字。本局资本暂定一百万两,每五百两为一股,共两千股。每百股举一商董,商董再举一位商总。总局与分局分别由商总和商董主持,如不胜任,可以更换。一切经营,全按买卖规矩办理。所谓官督,不过就是各董职衔、姓名、年岁、籍贯要开列清单请关宪(海关道)转请大宪北洋李中堂存查,更换商董商总须禀请大宪。"

有人打断唐廷枢的话问道:"为什么要把姓名、年岁开列清单报给北洋?从前并无此先例。"

"这是为了杜绝洋人暗中附股,我们轮船招商局只准华商入股。每一股都要编号,每一股持有人姓名、籍贯一切都要登记在案,避免流入洋人手中。大家清楚了,官督并不影响我们商办,我们遇到麻烦了,还可请官方通融,税厘优惠都可直接向大宪陈情。有人担心会被洋轮挤垮,我可以肯定地告诉大家,绝对不会!一则本局轮船有漕米专运,货源有保障,而洋轮全靠自己揽载;二则我们以本国人揽本国人之货源,比洋商要更容易;三则本局栈房、驳船、挑夫等各项费用,都比洋人节省。有此三条,想不赚钱都难。我,唐廷枢先认股十万!"

众人热情被鼓起来了,纷纷站起来举手高喊我要十股,我要五十股……

同治十二年(1873年)七月,轮船招商局的永宁号轮船从上海起航,溯长江而上,开始了长江航运,掀开了中国近代航运业崭新的一页。

轮船招商局先后开拓长江航线、北洋航线、南洋航线、远洋航线,在天津、牛庄、烟台、福州、厦门、广州、香港、汕头、宁波、镇江、九江、汉口,以及国外的长崎、横滨、神户、新加坡、槟榔屿、安南、吕宋等处设立了分局。

到甲午战争前,轮船招商局共收入水脚近3400万两,挽回了可观的航运利益。再加上招商局出现后外轮水脚降价,入清商民得益更多,远非数千万之数……

第七章

敢冒险日本侵台　太荒唐皇上微行

上海轮船招商局正式招股那天，李鸿章在天津会见前来换约的日本外务大臣一行。

日本于同治十年学习西洋各国的办法，到大清来签订通商条约。在李鸿章的主持下，双方签订了一个平等的条约，该条约规定，双方各向对方开放通商口岸，并且都只能在通商口岸贸易，而不准进口货物到内地，也不准在内地采购货物。日本最希望得到的最惠国待遇，李鸿章坚决没答应，长江通航、内地通商的条件也没得到。谈判全权代表伊达宗城回日本后受到猛烈批评，被迫辞职。同治十一年，日本又派外务权大丞到天津来改约，希望取得最惠国待遇和长江、内地通商权力。李鸿章没同意，只做了无关紧要的几点修改。按照同治十年的约定，同治十二年双方正式换约。日本由外务大臣副岛种臣带队，率外务权大丞柳原前光、少丞平井希昌、郑永宁等一行，前来换约。

朝廷向来不愿见洋人，就是日本人也不例外。

"总理衙门忙得脚后跟踢到后脑勺了，哪有空与日本人磨牙。这种事推给李少荃好了。"自从李鸿章总督直隶后，恭亲王经常说的话便是"这种麻烦事，推给李少荃好了"。

"日本派出的是外务大臣，对换约的代表，他们会不会提额外要求？"总理衙门领班章京提醒道。

恭亲王回道："李少荃已经是武英殿大学士，身份比他这个外务大臣还要尊崇。"

于是朝廷下谕：日本使臣来津换约，着李鸿章将上年所立条约，妥为互换。

陪同李鸿章参加换约的人员有山东布政使潘鼎新，他在原籍丁忧两年多，去年起复赴京，路过天津时被李鸿章留了下来，当时北河已经封冻，李鸿章照例要回保定，上奏朝廷留下潘鼎新在天津带兵镇守。李鸿章让他参加换约，一是为了让他增加洋务历练，二是直隶藩台驻保定，没必要为此专门到天津来，潘鼎新代替就行。还有天津海关道陈钦专责洋务，换约是他职守所在。此外还有天津道、府衙门的通商委员。

双方分宾主坐下后，日本外务权人丞柳原前光将日本天皇的上谕捧给副岛种臣，副岛种臣再捧给李鸿章。上谕写道——

前阅大藏卿伊达宗城，适清国议立两国修好条规通商章程等，所定各条款，已予允准，永远执行，愈敦友谊。着外务大臣副岛种臣画押，俟交换后，将该约内必须遵行各件，布告全国，府县大官等，一体遵照办理。钦此！

神武天皇即位纪元二千五百三十二年，明治六年三月九日

潘鼎新将朝廷正月发下的上谕捧给李鸿章，李鸿章捧给副岛种臣。

接下来，双方互换条约，一切都很顺利。不但修约的事日本未再提起，副岛种臣还非常诚恳地说道："现在修好条约和通商章程已经正式互换，两国必将和好日敦。如果以后双方觉得章程有不便处，再通融商办就是，上年鄙国要求修约，真是多此一举，鄙国深有悔意。"

副岛种臣还有礼物送给大家，送李鸿章的是日本书籍、铠甲、鞍镫，潘鼎新、陈钦等人也都得到礼品，中方也已备好礼物赠送日本使团。这件事情，办得真是皆大欢喜。

回到住处，副岛种臣问道："柳原君，我今天的表现如何？有没有给李鸿章留下友好、诚恳的印象？"

柳原前光回应道："阁下的表现非常好，毫无疑问，清国所有官员都非常满意。尤其换约后阁下的一番表白，实在感人至深。属下去年前来改约，本意是想取得在清国的最惠国待遇，他国所得的利益，日本帝国也得均沾。没想

到仍然一无所获,想来真是可惜得很。"

副岛种臣安慰道:"柳原君不必苦恼,条约不过是一张纸而已,将来随时可以修改。不要忘记我们此行的主要任务不是换约,而是寻机得到进军台湾的依据,这才是最重要的。"

"是,属下明白。这件事情,我觉得似乎可以借李鸿章正得意的时候与他交涉,得意忘形中,也许我们会找到时机。"

副岛种臣摇了摇头:"不,我们还是不要改变计划。李鸿章是清国官员中最精明的,你去年改约之所以不成功,就是因为你遇到了一个狡猾而又精明的对手。我们还是到总理衙门去寻找机会。琉球这篇文章全靠你来做,你可不要让天皇失望。"

副岛种臣所说的琉球,位于福建东南,早在隋书中就有记载,那时称为"流求",元史中也有记载,称作瑠球。到了明洪武十五年,琉球正式成为大明的藩属国,年年都要前来朝贡,其新登基的国王也必须由中原王朝来册封。同治十年,六十多名琉球人乘船来朝贡和贸易,不料遇到大风浪,随波逐流漂到了台湾。台湾土著高山族人视为入侵的敌人,劫其钱财,杀死了五十多人。凤山知县闻听此事,连忙前去制止,并将生还的十多人送到福州。闽浙总督派人把他们送回琉球,朝廷下旨台湾道追查有关官员,并安抚琉球,此事得以妥善解决。

同治十一年,柳原前光前来改约,他从邸报上知道了这件事,立即报告给日本政府。当时日本外务部刚刚聘请了美国前驻厦门领事李仙得为顾问,李仙得有台湾通之誉, 他立即向日本政府提议, 好好利用此次事件谋取台湾。日本便立即开始一系列准备工作,第一步便是把琉球当成日本的属国。同治十二年十月,日本借祝贺明治天皇亲政之机,把琉球王子及部分官员请到东京,当众宣布封琉球国王为日本藩王,地位形同郡县,租税要交给大藏省。完成这一切计划后,日本趁互换条约的机会,借琉球做一篇大文章。

副岛种臣一行以祝贺同治亲政为由,从天津到了京城。副岛种臣到礼部去商讨面见同治帝的礼仪问题, 而副使柳原前光到总理衙门去交涉日本国民被害事件。总理衙门大臣里面,文祥比较老成持重,可他因病在奉天未归,负责出面的总理衙门大臣是吏部尚书毛昶熙。毛昶熙向来以泱泱大国自居,对日本使臣心里就怀了一分轻视。听柳原前光说起琉球商民被害一事,他便回道:"琉球台湾都属中国之地,此事与贵国无关。我恤琉人,自有措置,何劳贵国挂问?"

柳原前光反驳道:"琉球是日本国土,何况还有日本商人。"

毛昶熙不屑道:"杀人的都是台湾生番,本属化外,就如贵国的虾夷,王化所不能服,向来野蛮无知。至于说贵国商船被害等事无从查证,我只能表示可惜,大清实在无从办理。"

柳原前光竖着耳朵捕捉着毛昶熙的每一个词语,他敏锐地抓住了"生番"一词,便道:"贵国在台湾所施治者仅及该岛之半,其东部土番之地,贵国全未行使政权,番人仍保持独立,正如阁下所说,系化外之民。鄙国本拟发兵问罪生番,只因考虑两国盟好,故不得不要求贵国自行惩办。若贵国舍而不治,推而不办,则鄙国将自行发兵。"

"生番即属化外,则出师与否,贵国自裁之。"毛昶熙心里暗笑,小小日本,还妄言发兵台湾,真是蚍蜉撼树。

柳原前光十分高兴,但脸上却是无奈和羞愧的神情,他迅速转移话题,不再谈琉球问题。他回到住处,等了不久,副岛便回来了,他迎上去道:"非常庆幸,得到我们想要的了。"

"我知道柳原君不会让人失望的。他们是怎么说的?"

听柳原讲了会见情况,副岛种臣笑道:"真是字字千金呢。柳原君,你应当把会见情况写个纪要,'生番即属化外,则出师与否,贵国自裁之。'要一字不漏地记下来。"

柳原又问:"要向清国提交照会吗?"

副岛种臣连连摇手:"不必。清国人最喜欢在文字上做文章,一见照会,他们就会醒悟过来,反而不妙。"

"如果他们到时候不承认呢?"

副岛种臣笑道:"清国人以诚信标榜,又好面子,只要我们有记录,他们不会否认的,至少这位毛大人不会否认。"

毛昶熙也把会见柳原前光的情况形成节略,报给恭亲王。恭亲王匆匆一看,便问道:"旭初,允许日本人出兵去台湾攻打生番,这不合适吧?"

"小小倭寇逞口舌之利罢了,要打台湾,他没那个本事。再说,我当时这样说,把责任推给生番,生番属化外之民,日本便没理由找朝廷的麻烦了。"

毛昶熙不以为然。

"你把会见节略再录一份发给李少荃,听听他怎么说。"恭亲王不便深究,也不宜深责。

李鸿章收到节略的时候,也发现了问题:"咦,毛旭初怎么说生番是化外之民,可以让日本自行出兵?"

当时盛宣怀也在,便猜测道:"毛大人大概觉得日本是虚声恫吓。听说台湾离日本很远,他们要去台湾,怕是没那本事。"

李鸿章想了想道:"不可大意,日本人其志不小。对了,在烟台管带轮船的吴游击好像在天津,杏荪,你打发人现在请他过来,我向他打听一下台湾生番的事情。"

烟台是通商口岸,系北洋大臣的职守范围,所以烟台的游击吴世忠过天津要来拜谒李鸿章。他见到李鸿章,行下属参见的大礼。李鸿章热情地招呼他,问了烟台的一些情形,听说烟台山位置很紧要,李鸿章说要好好筹划,将来要建上克虏伯炮台。然后话题一转,问道:"你在福建带船多年,还陪同美国驻厦门领事李仙得去台湾查处杀夺美国商船的案子,那里的番人到底怎么样?"

吴世忠回应道:"回大帅的话,台湾番人非常矫捷强横,美国商船也曾被侵害过,他们发兵去剿,根本占不到便宜。日本要打台湾,他想得蛮好,怕吃不了那碗干饭。"

"日本人野心大得很,不能不防。"

"是,末将遵令。"吴世忠始终以下属的身份说话,"日本人要打大清的歪心思,必定先从朝鲜下手,因为他离朝鲜最近。日本的水师不行,但陆军却蛮狠的。所以,防日,先要防备他从朝鲜下手。"

"哦,这些话你从哪里听来?"李鸿章一副欣赏的表情。

"烟台离朝鲜近,经常有海船往来,也有朝鲜人过来。听他们说日本蛮横得很,曾经跑到朝鲜去要求这要求那,都被朝鲜人赶走了。"

李鸿章感慨道:"朝鲜是大清东疆屏藩,如果日本人打朝鲜的主意,那就是辽东的根本之忧。防日,要先防觊觎朝鲜,说得不错。但愿日本人进攻台湾生番的说法,不过是发发狠话。"

　　不过,日本想进攻台湾却不只是发发狠话。副岛种臣一回到日本,就请外务省顾问、美国前驻厦门领事李仙得前来。

　　时年四十余岁的李仙得本是法国人,后来娶了个美国老婆,就加入了美国国籍。此人有军事才能,在南北战争中战功卓著。战争结束后,同治五年(1866年)被任命为美国驻厦门领事。上任第二年,美国商船罗布号在台湾东部沉没,生还者登岸后被当地土著杀死。他率兵到台湾,要求当地官府派兵攻打土著居民,官府无人合作。他指挥美军水陆进攻的同时,亲自进入土著住地与十八社总头目谈判,双方议定不再伤害漂流于此的西方船难人员。后来他又多次游历台湾,与土著居民十分熟悉,并能说台湾话,被视为“台湾番界通”。同治十一年(1872年)他辞去厦门领事之职,搭船返美途中过境日本横滨,在美国公使介绍下,与日本外务大臣副岛种臣会面,立即被高薪聘为外务顾问。李仙得对中国台湾官员非常不满,他第一条建议就是鼓动日本占领台湾的生番之地。副岛种臣赴大清换约前,他提交了一份详尽的备忘,帮助设计如何骗得出兵借口。

　　“我们如愿以偿,取得了出兵台湾的借口。这都是阁下之功。征台宜早不宜迟,请阁下对征台提出建议。”副岛种臣感谢道。

　　五天后,李仙得提交了一份厚厚的《提给日本政府有关生蕃处置意见之备忘录》:

　　　　台湾生番本属野蛮人种,其行为、其风俗甚为卑下恐怖。此地乃清政府统治没有布及的空虚之地,若声讨不成,需备好兵粮武器,尽快占领台湾岛西部,因为岛东部没有可碇泊的港口,我方船只没有避风之场所。占领岛西部地区作为大本营及根据地,向东部的士兵运送粮食和武器,即便是在狂风暴雨之时一日也能到达。这样既可以免于东部的兵士饥馑之荒,也使武器弹药不至于缺乏。运兵一事可借助于东北季风,用洋式或和式帆船,既能减少费用,又能顺利完成运兵任务。另外,需派一铁甲舰及一小型汽船在清国的南海岸及台湾附近往来巡视……

　　接下来,在哪里布兵多少,应从哪里取得补给,列得非常详尽。

　　副岛种臣看罢这份备忘录,兴奋道:“阁下的备忘录非常重要,这将给太政官和将军们以极大的鼓舞和信心。我会立即拜会太政大臣。"

几天后，太政大臣大久保利通觐见明治天皇。他今天的装束非常怪异，剃掉了长发，穿一身黑色的西装，白色的衬衣，脖颈下打着一个黑色蝴蝶结。所有见到他的人都发出惊叹，指指点点。明治天皇竟然没有认出他来，等他再次报上姓名时，天皇好奇地问道："爱卿怎么会有如此奇怪的打扮？"

大久保利通回道："陛下，这并非奇怪的打扮，而是欧美国家的正式衣着。臣考察欧美两年多，感慨良多，觉得既然要学习欧美，那就不妨连衣服也一块效仿。"

"我们大和民族的衣服不是很好吗？再说，衣服不过是蔽体的物品而已，仿效又有何益？"年轻的天皇非常开明，欧美的新鲜事物接受得很快，但对这种怪异的衣服，他依然有些接受不了。

"陛下，就连衣服我们都改了，还有什么不可改、不可效法的呢？这表明的是我们学习欧美的彻底态度！臣游历欧美，与他们站在一起照相的时候，总是与他们格格不入，首先就是因为我们的衣服。"

"朕明白了，朕明天——不，今天也会把头发剪掉。朕的衣服，也麻烦你先赠送一件。"听了这话，明治天皇很快就改变了自己主意。

"臣不胜荣幸。臣今天觐见陛下，是向陛下奏报征台事宜。"

"爱卿不是被人称为'内治派'，不赞成对外用兵吗？怎么今天对征台却这样积极了？"

大久保利通解释道："臣被人称为'内治派'，是希望推行'殖产兴业''文明开化'，先让自己强大了，才有力量向外扩张，而不是反对向外扩张。外务顾问李仙得提交了一份详尽的《提给日本政府有关生蕃处置意见之备忘录》，对我们征台很有启发。现在征台，有这样几个好处。一是清国尚没有建立强大的海军，我们尚有机可趁，等清国建立起强大的海军后，我们就没有机会了。二是明治维新后旧士族武士生活和地位受到影响，多有怨言，躁动不安，征台可以转移国民的注意，利于渡过危机。三是扩张派首领西乡隆盛受到压制后，军中情绪较大，这次征台，最为积极的就是西乡隆盛的弟弟西乡从道，让他率军征台，正可以安抚军心。"

明治天皇有些担忧："清国有两个制造局，已经自产了十几艘兵舰，我们却一艘也没有，力量如此悬殊，如何征台？"

大久保利通又道:"李仙得建议可以用商船,西乡从道经过考察认为,可以在商船上架上西洋火炮,再把船身涂抹成战舰的样式,足以把清国吓住。"

"此事太过冒险,如果清国断然宣战,我国岂不面临一场灾难?"

"这种可能很小。清国向来讲究和为贵,最讲化干戈为玉帛,如果万一军事上我们不能取胜,便采取外交手段,清国一定会比我们更急于坐到谈判桌上。将军们形容清国的文化是绵羊文化,看上去非常庞大,但内心却是怯懦的。所谓化干戈为玉帛,所谓和为贵,不过是清国人苟且偷安的借口。而帝国是雄狮、猛虎,纵然弱小,大吼一声,也足以让绵羊胆战心惊。"

明治天皇有些心动了,便道:"朕对清国了解不多,你的比喻很有意思。你们要好好筹划,朕也要再仔细考虑。"

但没过多久,征台的计划就确定下来,明治政府成立了台湾事务局,在长崎设立征台军事基地,任命西乡从道为台湾事务都督,负责全权指挥征台军事。日本即将征台的消息英、美、法等国驻日公使都知道了。日本外务官员分别向各国做了说明:因为台湾生番杀害日本国民,日本必须出兵征讨。生番之地不属大清国土,大清国总理衙门大臣已经明确表示,出兵问题概由日本自裁。

然而,大部分国家的驻日公使都认为日本进攻台湾,师出无名,而且靠几条商船冒充军舰,必败无疑,纷纷表示反对。日本政府开始犹豫,下令暂缓出兵。但台湾事务都督西乡从道却不肯改变出兵计划:"延迟出兵将会有损士气,如果政府强行阻止,我愿退还天皇的全权委任敕书,以贼徒之姿直捣生番的巢穴,绝对不会累及国家!"

同在长崎的大藏卿大隈重信苦劝不成,只好发电报告:"士气强盛,其势难止。"

英国驻华公使威妥玛首先接到驻日公使的电报,知道日本人在美国人的帮助下即将进攻台湾。他担心中日爆发战争影响英国的商务利益,又不愿美国和日本在台湾扩张势力,因此立即将这个消息报告总理衙门。恭亲王得到消息,对毛昶熙说道:"没想到倭寇真动手了。"

虽然恭亲王没有责备,但毛昶熙心里后悔了,去年对柳原前光说什么生番属化外之民,出兵不出兵概由日本自裁,实在是失策。但他还有些不相信,说道:"英国人的消息未必准确,依臣看不如先给日本发个函,表示抗议。如果他们并未出兵，这便算是个警告。如果他们已经出兵，这就算是个声讨。"

恭亲王也同意等有确切消息再定行止。李鸿章也得到消息，他给总理衙门来函，建议要事先筹划，不过他也认为日本可能只是虚张声势，因为到目前为止，日本并未向大清递交战书。这么一拖，过了十多天，闽浙总督李鹤年报告日军已经入侵台湾，土著居民正在奋起反抗。听到消息，李鸿章气得破口大骂倭寇背信弃义，又恨自己竟然被日本人蒙蔽。他立即致函总理衙门，建议立即照会美国遵守国际公法，撤回帮助侵台的李仙得，严守商船不得雇给日本运兵："计日本兵船无多，其谋当渐寝息，此为第一要义。""对登岸之日本兵，一面理谕情谴，一面整队以待，庶隐然劲敌无隙可乘，此为第二要义。"

当时周馥正好前来向李鸿章报告永定河治理情况，李鸿章顺手把函稿递给他征求意见。周馥看罢便道："中堂，小日本竟然也敢向大清挑战，现在最要紧的就是立即派兵去台湾，把他们统统赶下海去，还跟他费什么口舌！小日本自古就是势利小人，你强盛的时候他就来向你学习，你稍弱的时候他就敢来骚扰你，倭寇在前明的时候，就一直是东南沿海大患。现在他都欺负到咱头上来了，不用和他讲道理，他们也不可理喻。派兵到台湾，这才是最要紧的。"

李鸿章看周馥一副着急的样子便劝道："兰溪，少安毋躁。当然要派兵，不过能不开战最好。现在俄国人占领了伊犁，阿古柏占领了整个新疆，左季高嚷着要收复新疆，英国人又在云南闹得不痛快。你想，沿海再起了战事，日本人把军舰开到天津来怎么办？不战而屈人之兵最好。"

"中堂！"周馥这次真急了，"不战而屈人之兵固然不错，可是小日本正是看到我们不愿开战，他才得寸进尺！我们对英法等国不能轻易开战，对小日本也不敢应战的话，列国都会小看我们！中堂应该建议朝廷立即派人带兵去台湾，日本人已经杀我台湾百姓了，我们还要讲道理，还怎么讲？我只恨自己不是带兵的人，不然我就去台湾。"

李鸿章沉默了一会儿道："兰溪的血性让人佩服。"

"中堂，我有没有血性关系不大，您可不一样。您是天下督抚之首，该拿出血性。中堂，您应当拿出当年千里船运赴上海的血性来。那时候您率不足一万淮军，打败了号称十万的长毛，那是何等令人热血沸腾！"

李鸿章一拍桌子道:"狗日的小日本,欺人也太甚。我想到一个人,船政大臣沈葆桢,他管着南洋水师,又熟悉新式轮船的管带,又是林文忠公(林则徐)的女婿,有胆识,敢担当,他去最合适。"

周馥又建议道:"中堂还应该派出淮军健儿赴台。咱淮军打了七八年的仗,都是和自己人打,这回小日本跑到家门口来了,您应该让淮军健儿去打一仗,那才更加扬眉吐气。"

"好,这一条我也听你的。等朝廷征调淮军的时候,我立马派人乘轮船去台湾。"

李鸿章的建议恭亲王几乎全部采纳,四月二十六日,朝廷任命沈葆桢为钦差办理台湾等处海防兼理各国事务大臣,迅速赴台巡视。沈葆桢果然是有血性的男子汉,他认为台湾土著不可能战胜日本军队,中日一战很难避免,必须立足于战,而且不要怕背负开战的责任:"此时,以挞伐之威,并不得谓衅开自我。"

稍做准备后,沈葆桢带兵三千与福建布政使潘蔚从马尾港起航,三天后到达台湾,立即与当地官民了解情况,他发现被侵略的土著居民并未被日本征服,仍然在坚持斗争。日本军队因为水土不服,非战斗减员很多。根据这些情况,沈葆桢提出了理喻、设防和抚番并举的策略。他一面调兵遣将,加强军事部署,一面由福建布政使潘蔚和台湾道夏献纶向土著各社发布告示——

> 本使奉圣旨渡台前来,帮钦差沈大臣办理此事。查牡丹社生番杀害琉球国人,固属凶恶;然该处系大清管辖,应由大清按律办理,以符条约。本司现会同本道乘坐轮船亲往琅桥,面见日本带兵官西乡中将,断不任其再及他社。为此示谕番社人等,务安本业,本司、道当设法保护,自不听其越及各社。

潘蔚又派县丞周有基、千总郭占鳌进入高山族各社,宣传朝廷反对日本人侵略、保护台湾居民的方针,并带着二十五社头人亲自去见沈葆桢,出具切结,表示以后遇有遭难船只,永远保护,不敢戕害。沈葆桢赠给他们银牌、衣服,告诉他们朝廷派兵前来就是为保护台湾百姓。

沈葆桢又亲自起草公文,让潘蔚、夏献纶、洋员日意格和斯恭塞格一行四人去琅桥,面交侵略台湾的日军头目西乡从道。在公文中,沈葆桢提醒西乡从道惩办高山人杀害琉球人一事,"乃大清分内应为之事,不当转烦他国劳师糜饷而来",表明该事件纯属内政,不容别国干涉;日本"以船载兵,由不通商之琅桥登岸的侵略行动,已引起台湾人民的不安,西方各国皆以为骇人听闻,日本此行失道无助;日本人师出无名,琉球人是被牡丹社人所杀,而日本商人却被埤南社所救,如今日本人却波及无辜各社,可知意不在复仇,而在侵略我台湾,大清版图尺寸不敢以与人,本使将不惜牺牲以护卫"。

潘蔚等人递交沈葆桢的公文后,与西乡从道举行多次谈判,西乡从道根本不予答复,只是说"本都督之行动,一切听从日本朝廷之示"。连谈五天,毫无结果,潘蔚终于忍不住,对西乡从道道:"该处系大清所属,应由大清派兵办理,阁下应当带兵回日本!"

西乡从道狡辩道:"生番之地本来就不是中国版图,本都督此行与贵国毫无关系。"

"台湾全岛都是大清版图,你带兵到台湾来,凭什么说与大清无关?"

"本国外务官员曾得到贵国总理衙门大臣明示,生番乃化外之民,出兵与否概由大日本自裁。"西乡从道拿出一份纪要。

"生番就是大清百姓,所谓化外之民不过是指其未受教化风俗野蛮。是不是大清国土,也不是某个大臣一句话就可以做主。"潘蔚据理反驳。他随身带了一本《台湾府志》,翻开指给西乡从道看,"牡丹社等生番都系大清版图,载在志书,岁完番饷,可以为凭。大清版图甚广,如湖南之瑶、贵州之苗、四川云南之彝,都与台湾生番相似,难道说这些地方也都不是大清的国土?"

"生番野蛮,杀害我国民,贵国无力教化,我国自然要管,不然以后还会再出同等事件。"西乡从道见状,便转移了话题。

潘蔚又道:"钦差大臣已经与各社立约,永远不剽杀,阁下如果不信,我可立即派人将具结取来。"

"你们没到之前,我们已与各番社商议明白,贵国可不必管。"

西乡从道如此卑鄙无耻,蛮不讲理,潘蔚拍案而起道:"大清有志书为凭,你却无视事实,胡说生番各社非我所管,这是何道理?譬如你们的长崎,我硬说非贵国辖境,难道也有道理吗?"

"有无道理我不与你讲,"西乡从道一副无赖的神情,"本国为被害国民寻公道,已经花费了两百多万,总不能凭你一句话就让我退兵。"

潘蔚冷笑道:"我们又没请你来,你们擅自兴兵前来,大清没有给补贴的道理。"

"那就没什么好说的了。本国已经添兵两万,还有新购两只钢甲巨舰,不日即到。"

潘蔚一行回到安平,向沈葆桢禀告谈判的经过。沈葆桢怒道:"倭奴看来是铁了心要开仗,口舌之争无用,必须加紧备战。"

潘蔚分析形势道:"听说倭寇在台湾有六七千人,兵舰已经有十几艘。可是我们带来的人加上台湾两营,总共不到四千人,而且整个台湾竟然没有一门火炮,形同无防。"

"你说得不错,的确是形同无防,我要上奏朝廷立即增兵。你也不要听西乡胡吹,他日本有十几条兵舰,我们也不是没有。"沈葆桢怕众人有畏敌情绪,对双方兵力做个分析,"船政局已造成军舰十一艘,江南制造总局也有五艘建成。另外,福建、广东已购买海东云、长胜、安澜、镇涛、镇海、澄清、绥靖、飞龙、澄波等军舰,我们总数有二十多艘,难道怕他十几条?淮军惯使洋枪洋炮,中堂早就有信给我,如果需要,他就派最精锐的淮军来守台湾。"

"对,大清只有淮军可称精锐,大人得赶快请援。"潘蔚闻言立即附和。

"那是自然。我要上奏朝廷赶紧购买铁甲舰,我已经给船政局去信,让他们赶造兵船,多造一船,就多收一船之效。还要从大陆运西式火炮前来,先在安平海口建筑炮台。不过缓不济急,在援兵未到之前,应当发动台湾百姓帮助官军,当年林文忠公在广州禁烟,当时也是无兵可用。他认为民心可用,召集渔民和团勇,声势何其浩大,真是令英国人闻风丧胆。我看台湾渔民也是惯习风涛,就是生番百姓,虽然没有像样的兵器,但他们地形熟,身手矫健,应当拊循激励,同仇敌忾。官民同命,草木皆兵,全台便屹若长城。"

沈葆桢的求援折到京时,却没人顾得上来处理,因为朝廷出了件令朝局震荡的大事——恭亲王被罢去了一切差使。

这件事要从同治帝修圆明园说起。同治帝于同治十一年九月大婚,过了年就正式亲政,执掌政务。当然,大政还是恭亲王帮着他拿主意。两宫皇太后撤帘归政,慈安乐得清闲,但慈禧却有点闲得受不了。垂帘听政十年,有夜半被六百里加急叫醒的时候,有兵锋直指京师、势将崩溃的时候,但更多的是坐在帘后,听恭亲王侃侃而谈,哪里不合适、不称心,便可打断他,听他们诺诺连声,"谨遵慈谕"。就是看奏折,本是一件苦差事,在她也成了一件可享其乐的事情。因为朝野上下、军政人事,都可通过奏折一目了然。所以闲了没几天,她竟然有一天打发太监李莲英去拿奏折看。恭亲王立即心生警惕,如果她借阅奏折再行干政之实,则无疑形如垂帘。所以他让同治帝挑几件奏议到慈禧寝宫去面回,而不可让李莲英带走。慈禧也意识到再要奏折不合适,但人已经派出去,当然不好叫回。她也隐隐地希望儿子能让李莲英取回几份奏折,等李莲英回来说皇上要亲自过来请安时,她就知道算盘落空了。皇上一进来,她就说道:"亲了政,眼里就没你这个皇额娘了。"

"儿子不敢。今天事情多,一早就见起,下朝后就立即过来了。"同治帝连忙跪下,把几件奏议回禀给慈禧。

慈禧旁敲侧击道:"政事要与你六叔多商量。"

"是,刚才儿子正与六叔商量政事呢!"

"你刚才回的这些政事,也是你六叔教你回的吧?"

同治帝立即警惕了,回道:"不是,这几件事儿子正在办理,还能说得清楚,所以说给额娘解解闷。"

儿子是为了让额娘"解解闷",而不是"听额娘教训",用词显然是仔细琢磨了的。慈禧无话可说,无名火起,又指责皇后不懂礼数,指责皇上专宠皇后,示意他应该为皇嗣着想,令后宫雨露均沾。同治帝执意选中的皇后并非慈禧所属意,她处处看皇后不顺眼。她要求皇上"雨露均沾",其实是提醒他应该多去宠幸没封皇后而封为慧妃的富察氏。同治虽然在慈禧面前唯唯诺诺,但性格却相当刚强,他以勤政为名搬出养心殿,到乾清宫去住,皇后、慧妃都不去临幸。

宫中婆媳不和的苗头已经很清楚,皇上不孝的说法也有太监在私下里传。同治帝最信任的太监小李献了一计:修复圆明园,让太后去颐养天年,以尽孝心,当然也就避免太后闲极无聊,总想干预政事。

小李并非是为了皇上尽孝心,而是受了内务府那帮人所托。内务府专以承办皇家工程而中饱私囊,所以皇上亲政前就有了大修圆明园的计划。恭亲王为了杜绝内务府的念头,也为了限制慈禧将来奢求无度,因此替皇上拟了一道节俭从政的上谕,一亲政首先就把这个上谕交由内阁明发天下。内务府当然不甘心,于是想出了尽孝心这个说法,由太监小李择机进言。

同治帝一听此计甚妙,把他这个想法告诉了慈禧,慈禧一听也很高兴,因为她得宠和生下儿子都是在圆明园,尤其当年她居住的天地一家春,更是常常令她魂牵梦绕。于是她搜索回忆,亲自绘制记忆中的园林,并亲自召见世代负责宫苑设计的样式雷第六、七代传人雷思起、雷廷昌父子,让他们尽快拿出烫样。

恭亲王知道的时候已经晚了,因为两宫太后已经同意,他没法说话,于是故意把消息传出去,让御史们上折反对。同治帝从善如流,说那就只修安佑宫作为两宫太后和皇上宴居之处,而且仅是"略加修葺","余概毋庸兴建,以昭节省"。恭亲王不好再说什么,而同治帝不过是施了个障眼法,圆明园工程一直在大肆铺张。而同治帝借巡看圆明园工程的名义,跟着御前大臣、恭亲王的儿子——有名的花花公子载澂跑出宫去,到八大胡同等地方寻花问柳。醇亲王的亲信、步兵统领衙门左翼总兵荣禄为了确保皇上安全,一直在偷偷安排人保护。所以恭亲王、醇亲王两人都得到了皇上"胡闹"的消息。虽然两人政见不同,但在此事上意见却十分统一,兄弟两人联合了御前大臣、军机大臣共十人,以十重臣名义共同上疏,劝谏皇上停园工、戒微行、远宦寺、绝小人、警宴朝、开言路、征夷患、去玩好。但奏疏呈进三天,同治帝根本没有拆视。

恭亲王与醇亲王见皇上还没有下文,约定十重臣递牌子求见。同治帝知道他们必定是劝谏停工,因此未见之前已经有火气。十重臣都进了乾清宫,恭亲王吩咐太监道:"拿十个垫子来。"

臣下见皇上,要跪着奏对。但惇亲王、恭亲王、醇亲王都是皇上的叔辈,且皇上早就有旨,一般召对,不必行叩拜礼,因此何须十个垫子?但太监不敢问,知道今天事有不善,因此示意所有人小心侍候。

等皇上升了御座,十重臣鱼贯而入,分两排跪下。第一排依次是惇亲王、恭亲王、醇亲王、袭科尔沁亲王僧格林沁的儿子伯彦讷谟祜、袭一等公额附景寿,第二排是郡王衔贝勒奕劻、军机大臣体仁阁大学士文祥、军机大臣协办大学士吏部尚书宝鋆、军机大臣兵部尚书沈桂芬、军机大臣兵部尚书李鸿藻。等他们行完了礼,同治面无表情道:"你们都起来。"

"是。"为首的惇亲王回应了一声,但并没有起来,而是继续跪着说道,

"臣等前天有个联合折子,恭请皇上御览,明降谕旨,诏告天下。"

同治进殿时就带了奏折,这时候慢吞吞拆开,看了几行,果然是要求圆明园停工。他赌气地把折子扔到一边道:"五叔,朕停工如何?你们还有什么好说的?"

惇亲王无话可说,恭亲王接着道:"臣等所奏,不仅圆明园一件。"

"等朕看了再说。"

"请容臣面读。"这一等不知又等几天,恭亲王不想放过时机。于是他跪直了身子,一条条读下来。皇上不承想竟然提了这么多训诫,这不行,那不行,脸气得青一阵白一阵。但众人都低头跪着,恭亲王一心读奏折,更没注意皇上的脸色。

还没读完,只听到御案"啪"的一声响。众人受惊抬头,这才看到同治瞪着眼睛,额上青筋暴跳,已是怒火万丈。他指着恭亲王,颤抖着嘴唇道:"六叔,朕这也不行,那也不行,这个皇上你来做如何?"

十重臣没想到同治竟然说出这样的话来,都惊愕得说不出话。文祥本在病中,要求续假,但正遇上日本侵略台湾,所以恭亲王强令他回朝。此时正是六月天,殿内又热,气氛又紧张,他一着急,竟然昏倒在地。众人七手八脚,掐人中的掐人中,抚胸脯的抚胸脯,文祥终于哼了一声醒过来,同治这才长出了一口气。如果文祥真死在殿上,他就是气死重臣的无道昏君,本朝算得上独一无二。因此,他又吩咐道:"你们把文大人扶出去,马上让太医来瞧瞧,天热,当心中暑。"

同治被十重臣的奏折数落了那么多条,他必须反驳,但十重臣所奏真是驳无可驳。而且如果驳,十重臣必然辩解,一辩解,他所受数落反而更多。但有一条,他自信十重臣无可辩解——戒微行。同治的确微行了,而且何止一次,而且,何止仅仅是微行?荒唐事多得很。但他微行十分机密,只有载澂作陪,十重臣就是有所风闻,必无证据。于是他便问道:"你们说朕微行,朕怎么微行了,什么时间、地点,谁见的?你们说出来,说不出来,就是造谣。"

醇亲王回道:"皇上自己知道就行,以后不要再轻易出宫就是了。臣等作为臣子,知无不言,言无不尽。"

同治更加以为大家没有证据,反而有些起劲了。今天他这年轻天子的颜面丢尽了,唯有此处可以反诘:"七叔,你们十个人都说朕微行,那你说说,谁見了，不然，就是造谣。"

"皇上，臣哪敢造天子的谣言？"醇亲王被逼到墙角，只好据实举出来。某月某日到哪家饭庄，吃的什么东西，谁作陪；某月某日到哪条胡同，几时进，几时出，条条都无可辩驳。

同治目瞪口呆，一时无话可说。

恭亲王借机劝道："皇上一身关系社稷安危，以后再不可微行。"

同治借坡下驴："你们说得对的朕当然都听。可是停园工一事，朕做不了主，要向太后面奏。"

散朝后，同治心情相当不痛快。重修圆明园是他亲政后兴师动众自作主张办的为数不多的事情之一，没想到还是被重臣卡住了。他的脸面何在？还附带着又惹来这么多劝谏，连自己微行的事也被他们摸得一清二楚。都说皇上金口玉言，自己说出的话就这么不顶用吗？所以想来想去，他决定拖拖再说。

恭亲王见无结果，便与醇亲王等人商量，大家觉得此事只有密奏两宫皇太后。修圆明园本来就是打着尽孝的旗号来办，只有两宫说一声不必了，事情就好办了。密奏两宫，当然不能只说请停园工一事，也不能不给皇上留面子，所以语句斟酌颇费功夫，恭亲王让两位帝师李鸿藻和翁同龢去商量。

"六哥，停园工这事倒不是最要紧的，无非是花几个银子。皇上微行才是最为可虑，皇上胡闹的事情那天我只挑最轻的几件说了，更荒唐的没法当面说，你回家问问载澂就知道了。"醇亲王提醒道。

"我回去就砸断他的狗腿。"恭亲王已经问过儿子一次，儿子说陪着去过圆明园、大栅栏、荣宝斋，看来最严重的并没说，"老七，我真是不知道犬子闹得这样荒唐。这件事不能不让太后知道，咱们都不好说话，只有你家那口子出马了。"

醇亲王的福晋，便是慈禧的亲妹妹，由她掂量着去说，比别人都合适。

隔了一天，同治被两宫皇太后叫去了。看到两位皇额娘脸色都不好看，尤其是一向对他视如己出的慈安竟然也没一丝笑脸，便心里有些发毛，慈禧努了努嘴道："你自己看。"

皇上一看是十重臣的密奏，气就不打一处来，他扔到一边道："又是老生常谈。修圆明园是去年就开工的，六叔他们为什么到现在才来劝？"

143

慈安很少见地发表了见解:"皇帝,今年不是麻烦事多吗?左宗棠要收复新疆,准备借几百万两外债,日本人又去打台湾,沈葆桢带兵过去,少不得又一笔军费,李鸿章要购铁甲舰,都是花钱的事。"

"你平时看奏折就是这样丢三落四吗?人家哪里只是说停园工的事?还有微行出宫,这事荒唐不荒唐?"慈禧对停工并不热心,她担心的是皇上微行一事。

同治的脸红了,但还是强辩道:"就是去了圆明园几回,看看他们是不是偷工减料。"

"你不要避重就轻,你只去了圆明园吗?你当我不知道,七福晋什么都告诉我了。"慈禧一脸怒意。

同治低头无话可说。毕竟是天子,慈安看他那副样子,心生怜悯道:"皇帝,如今你是一国之主,一个国家都在你肩上,大家都是为你好。"

"该怎么做,你自己掂量,我还能怎么说你,你去吧。"慈禧把脸扭到一边,表示不愿再多看他一眼。

同治帝回到宫中,越想越生气。自己微行竟然连七福晋也知道了,她不出门,那又是听谁说的? 必须查清楚,绝不能轻饶。

第二天散朝后,同治单把恭亲王留下,恭亲王以为是要商量圆明园停工的事,正在琢磨怎样既能停了工,又能让皇上下得了台,没想到同治开口便问道:"六叔,朕在外头闲逛的事,你听谁说的? "

"犬子载澂。"

好得很,你们爷俩合起伙来耍朕。同治连连冷笑。他微行的主意每次都是载澂帮着拿,所以全部事情他最清楚。一个怂恿着他出宫,一个装模作样来教训他,这算怎么回事? 同治拿定主意,要好好教训一下这爷俩。

第二天见起,首起自然是军机五大臣。恭亲王示意沈桂芬面奏沈葆桢奏请备战、增兵、购舰、添置炮台的事情。

"别急,人不全。"同治说完,扭头对外面喊道,"叫御前大臣!"

御前五大臣日日在内廷当差,招之即来。同治对惇亲王道:"恭亲王无人臣之礼,朕要重重处分他。你来宣旨。"

惇亲王将圣旨捧到手里,念道:"传谕在廷诸王大臣等:朕自去岁正月二十六日亲政以来,每逢召对恭亲王时,辄无人臣之礼。且把持政事,离间母子。种种不法情事,殊难缕述。着即革去亲王世袭罔替,降为不入八分辅国公,并撤出军机,开去一切差使,交宗人府严议具奏。其所遗各项差使,应如何分简公忠干练之员,着御前大臣及军机大臣奏闻。并其子载澂,着革去贝勒郡王衔,毋庸在御前行走,以示惩儆。钦此!"

未及念完,惇亲王跪下把同治亲笔朱谕双手高举过顶道:"请皇上收回成命,臣等不敢奉诏。"

"惇亲王,你要抗旨吗?"皇上厉声说罢,气咻咻拂袖而去。因为他不知道自己接下来该怎么办。

恭亲王没想到皇上会突然如此严谴,跪在地上没有反应过来。惇亲王和醇亲王把他扶了起来,他无奈道:"皇上指责什么,我都无话可说。唯有把持政事,离间母子,实在不敢领受。"他觉得有些委屈,这么多年来,除了政务,他费心最多的就是协调皇上与太后之间的关系。皇上任性,他为之所费心思外人无从知晓,如今换来离间母子的指责。恭亲王眼泪禁不住就落下来了。外人指责他对洋人软弱,背后被人骂鬼子六,他都能忍受,唯有如此指责,让他始料未及。

"这要在寻常百姓家,我早就扇他一耳刮子。"惇亲王说话向来直,而且直而不当。

醇亲王也劝道:"六哥,你别急,一切由五哥和大家想办法,无论如何让皇上收回成命。"

众人回到朝房,继续商议。此时恭亲王在这里反而不方便,所以他说道:"一切拜托诸位。我个人一己荣辱不足惜,只是国家正值多事之秋,李鸿章来信说,日本已经命驻华公使柳原前光北上,同时又派内藏卿大久保作为特使来华,沈葆桢又请求增兵,这都是需要商量的大事,耽误不得,想来实在令人着急。"

接下来讨论应该怎么办?惇亲王建议道:"孩子哭了抱给娘。咱们做叔叔的说话不听,咱再向太后面奏,请太后出面。"

翁同龢觉得不合适:"五爷,皇上指责六爷最重的一条,就是离间母子,如果各位王爷再去面奏太后,皇上面子上更不好看。"

"对,叔平说得对。最好不要去面奏太后。"李鸿藻最了解皇上的脾气。

文祥分析着眼下的局面道:"诸位王爷,我看还是要向皇上陈情。人不宜多,请哪位王爷偏劳去向皇上求情,理由就以日本特使即将来华说事,到时候与日本特使周旋少不得六爷。如果把六爷开去一切差使,怎么和日本人谈判?倭寇最为刁钻,最讲谈判对等的。"

按长幼尊卑,首推惇亲王,但他短于言谈,所以不待大家说,他自己便首先推托道:"这事我办不了,老七,你就去一趟吧,递牌子求见。"

醇亲王重新回宫,首领太监一路小跑过来道:"王爷,皇上说谁也不见,皇上正在生气,摔盘子砸碗,等皇上气消了,您再来最好。"

"好,下午我再来。"

下午,醇亲王进宫递牌子,大内传出话来:"皇上说了,今天没空见,有什么事明天早朝说。"

醇亲王两次碰壁,亲自去鉴园见恭亲王,文祥、宝鋆、沈桂芬都在。他苦笑道:"六哥,我面子小,两次递牌子都不见。这可怎么办?"

兄弟两人政见不同,但在劝谏皇上这件事上却非常一致,此事是他和恭亲王发动起来的,受处分的却只有恭亲王一人,醇亲王是真的着急。他自告奋勇去见皇上,竟然见不上。都知道兄弟两人因政见不同有隔膜,所以他更加怕人误会他是不尽心。

恭亲王见七弟急得头上冒汗,反过来劝他道:"老七别急,没有过不去的火焰山。皇上毕竟年轻,要在寻常人家还当个孩子呢。他闹一闹,等想清楚了,总有挽回的余地。"

同治四年的时候,恭亲王曾被慈禧重谴,当时他觉得万般委屈,患得患失。这次他没怎么着急,因为很明显皇上是在闹意气,十大臣上书,何以单单处罚他?不用他急,其他九人都会尽力想办法。

醇亲王还是很忧愁:"天子无戏言,这亲笔朱谕都拿在我手里,交不回,又不能发,我能不急吗?"

"不能发。两位王爷,咱先拖一拖如何?事缓则圆,也许皇上睡一觉醒来,觉得太亏了六爷,又改了主意呢?那时候咱们再把旨交还。"文祥重复了醇亲王的话。

大家觉得这也是一法,所以第二天十大臣照常上朝。第一起见军机,像平常一样,恭亲王为首,文祥、宝鋆、李鸿藻、沈桂芬、翁同龢鱼贯而入。恭亲王今天亲自汇报沈葆桢的请援折,军机处商议的结果是请李鸿章抽调十营淮军乘轮船赶往台湾,对沈葆桢要求六百万购买铁甲军舰的要求,可责成闽浙总督文煜先筹措四百万两,购买两艘铁甲舰。

同治气冲冲问道:"沈葆桢已经到台湾快一个月了,他到底是什么意见?是打还是和,总该有个痛快话。"

"立足于和,以战促和。沈葆桢说日本正在厚集兵力,非口舌所能争,不战屈人之兵最好是上上之策,但我们必须有能屈人的准备。"恭亲王一字一句回道。

"沈葆桢去了这么长时间,为什么不和日本人打一仗。"同治不知是生日本人的气,还是生恭亲王的气,"你们不都说小日本人没有三尺高,大清一人一口唾沫就能淹死他,沈葆桢怎么不把他们赶到海里喂王八?"

恭亲王又回道:"他带去的人太少,只有两千多,台湾的驻军只有两个营,而且都不能打。日本人的陆军完全按照西洋的办法来操练,装备的也都是西洋枪炮,所以他没法打。"

"李鸿章的淮军不是很厉害吗,也有洋枪洋炮,等他的人马到了能不能打?"

"能不打还是不打。沿海的疆臣们都担心,如果日本人在台湾吃亏,会到沿海来报复。沿海上万里,防不胜防。"恭亲王还是力主于和。

"这是什么道理?"同治一拍龙案,"那还派李鸿章的淮军去做什么?派兵去是为了好看?朕受不了这样的窝囊气!前年天津教案,杀了那么多老百姓,还要去法国道歉,你们说法国惹不起,小不忍则乱大谋。小小的日本竟然也能侵我疆土,你们这些重臣是怎么谋国的?七叔说得不错,十年了,所谋何事?李鸿章说日本才开化三年,开化三年就能来打我大清,我大清难道是只羔羊,任何人都来宰上一刀?都来欺朕,你们都在欺朕!"

"臣等不敢。"恭亲王等跪下磕头。

"你们有什么不敢的,朕的话你们何曾听过?朕是对你们太宽纵了,没人把朕当回事。十重臣来指责朕,却对付不了一个小小的日本!你们都走,都走,朕不要你们在这里敷衍!"同治越说越气,挥着手像赶一群鸡鸭。他本以为今天朝会,第一起就应该是内阁明发惩处恭亲王的上谕,可他们竟然没事人似的,一字不提,仿佛从来没有那道旨意。朕亲拟的朱谕,他们竟然视为无物!他们欺朕太甚!同治心里忍不下这口气。

军机大臣们回到隆宗门内的军机处，沈桂芬便道："皇上今天生这么大的气，看来是为昨天的那道上谕。我倒觉得不如今天就明发，一明发，太后就知道了，必然要出来说话。"

李鸿藻也附和道："有道理。卡着不发反而不好。再说，就是七爷去求情，皇上在气头上也不一定准，假如稍做让步准下来，比如把王爷降为郡王，太后反而不好再出面。"

"发，赶快明发，不然皇上火气会更大。再说，我个人荣辱总是小事。皇上亲笔朱谕不能及时发，国家体制攸关！"恭亲王也同意立即明发。

这道上谕一发，同治反而火气更大了，如果不是早晨龙颜震怒，他们还要卡在手里。一定是十重臣商量好的，用这样的办法对付他！真是该死！他们不把朕放在眼里。死了张屠夫，不吃带毛猪！朕不要你们来教训，朕要起用新人，省得你们倚老卖老，仗着是叔辈不把朕当皇上。

于是同治亲自动笔写了一道严惩十重臣、撤去一切差使的朱谕。第二天一早让太监传旨，要召见六部尚书、内阁学士、左都御史以及弘德殿师傅，有大事要决。

他身边有慈禧的眼线，感觉到有大事要发生，立即前去回奏。

慈禧当即问道："皇上为什么不召见军机，却要召见六部尚书?最近和恭亲王他们闹意气了？"

"昨天皇上下旨已经撤去恭亲王的一切差使，把铁帽子王也给免了。"

慈禧一听大怒道："这么大的事，为什么不早来回奏！"

"奴才知道时，已经是晚膳的时候，怕坏了太后的胃口，没敢来回。"

"还敢狡辩，掌嘴！"

随即，她起身赶到慈安宫里道："姐姐，咱们快去阻止皇帝，他要胡闹。"

"皇帝真是胡闹。"慈安一听原委，也是十分着急。

乾清宫是天子正殿，太后不能临御，她俩一面让人传旨阻止皇上召见六部，一面传旨军机大臣和御前大臣，两宫要在弘德殿召见。

两人各乘一顶凉辇匆匆赶往乾清宫后面的弘德殿，一进门就见十重臣都跪在地上，同治垂手站在一边。慈禧以不容置疑的口气问道："召见六部的起撤了吗？"

"撤了！"同治一边回答，一边向小李示意马上去传旨。

"这十几年没有你六叔,哪来的同治中兴! 你这样做,太叫人伤心! "

这一句话让慈禧说出来,跪在地上的恭亲王已经激动得以头碰地:"都是臣办事太急躁,惹皇上震怒。"

慈禧扫了一眼跪了一地的重臣道:"国家能够有眼前的局面,也离不开你们的辅佐之功。皇帝年轻,难免任性。你们都是皇帝的长辈和师傅,想来能够体谅。昨天的上谕我和姐姐都不知道,恭亲王和载澂的爵位,都照旧。"

慈禧不说昨天的上谕作废,只说恭亲王和载澂的爵位照旧,是给皇上留着脸面。

"文祥,拟一道懿旨来看。"慈禧吩咐。

"喳!"文祥退出大殿,太监早备好笔墨,就在廊下起草。

"皇上要修圆明园,原是一片孝心,无可指责。"恭亲王一面是为皇上圆脸面,一面是为了再次请停园工,"只是今年事情太多,实在不宜大兴土木。而且沈葆桢和日本在台湾的兵头谈判,听他们的意思好像想要一笔兵费。如果还在大修园林,日本人以为朝廷有钱,勾起他们的贪心,狮子大张口更不好应付。"

"他无端进攻台湾,凭什么要兵费?一两银子也不给! "同治嚷了起来。

"听你六叔说完! "慈禧打断了儿子。

"西北还要用兵,左宗棠收复新疆的决心很大,不但有阿古柏,还有俄国人掺和在里面,要打怕是不容易,所以东南沿海尽量不开战端。"恭亲王说出另一条理由,"还有,今年正赶上太后的四十整寿,应该好好热闹一番。日本人在台湾闹腾,哪里有心情? 所以臣的意思是想早一点了结,省得太后烦心。"

"这都是公忠体国的谋划。只是这番心思不要让外人揣摩了去,不然日本人会以此要挟,反而麻烦。"慈禧点了点头,"皇帝,你是一国之君,凡事都要从大局考虑。"

同治有些不情愿地应道:"儿子遵旨。只是日本人欺人太甚。"

这时文祥已经拟完旨,先双手捧给同治,同治看了又转身捧给慈禧。慈禧接都不接就道:"你亲口念给大家听。"

"朕奉慈安端裕康庆皇太后、慈禧端佑康颐皇太后懿旨:皇上昨经降旨,将恭亲王革去亲王世爵罔替,降为郡王,并载澂革去贝勒郡王衔。恭亲王于召对时,言语失仪,原属咎有应得,唯念该亲王自辅政以来,不无劳绩,着加恩赏还亲王世袭罔替,载澂贝勒郡王衔,一并赏还。该亲王当仰体朝廷训诫之意,嗣后益加勤慎,宏济艰难,用副委任。钦此!"同治一口气念完,便站在那不说话了。

恭亲王磕头恭谢天恩。

同治见状,这时心情好了些,便问道:"六叔,难道朕就不能尽一份孝心?将来国帑充裕了,能不能修圆明园?"

"能,当然能!"恭亲王以非常肯定的语气回道,"大清以孝倡天下,圆明园暂时不修,但皇上的孝心还要尽。臣等公议,今年可修缮一下三海,以供太后颐养。"

修三海,是昨天恭亲王等十大臣商量的结果。圆明园停了,修一下三海,皇上孝心尽了,面子上也好看,慈禧那里也说得过去,因为修圆明园是慈禧点过头的。停修圆明园,驳的可不仅仅是皇上的面子。

"姐姐你说呢?"慈禧看一眼慈安,以征询的语气问道。

"我看很好,修一修三海,也给你的万寿增点喜庆!"慈安没有异议。

第八章

太大意遗患琉球　无远略请停西征

朝廷应沈葆桢所请增兵台湾,下旨北洋大臣派兵三千,南洋大臣派兵两千,乘轮船赴台湾。

李鸿章与沈葆桢关系很密切,两人书信不断,深知台湾防务空虚,因此他决定派十三营六千五百铭军乘轮船赴台湾,而不是朝廷要求的三千人。他上《派队航海防台折》说明必须增派人马的原因:"日本构兵生番,焚掠牡丹等社,实属显违和约,妄启衅端。经沈葆桢派令藩司潘蔚等,亲赴琅峤与该中将西乡从道据理驳诘,该酋犹复藉词狡辩,未肯遵照撤兵,居心殊为叵测。台湾水陆兵备,自不可不厚集其势,预伐诡谋。唯南洋兵勇洋枪太少,日本皆用后门洋枪炮,精准而能及远。且日本带船带兵头目,多用美国武官,战力较强。""查有记名提督唐定奎所统,现驻徐州之武毅铭字一军,向隶提督刘铭传部下,随臣剿办发捻,转战数省,极为得力。唐定奎朴诚明干,素为将士所服。""拟即飞饬唐定奎,统带步队十三营,合计六千五百人,由徐州赴瓜洲口,分批航海赴台,听候沈葆桢调遣。该军向习西洋枪炮,训练有年,步伐整齐,技艺娴熟,将士一心尚可资指臂之助。"

李鸿章让上海轮船招商局和福州船政局的轮船到瓜洲接运唐定奎赴台,并令盛宣怀负责督带轮船,往来接应。考虑到徐州空虚,而陕甘已经平定,李鸿章请朝廷调陕西的刘盛藻部二十二营到山东济宁及徐州接防。

淮军于七月底乘轮船到达台湾,清军士气大振,总兵力超过日本。而日本士兵受不了台湾的酷暑,纷纷病倒,就连西乡从道本人也腹泻不止,人瘦得如同地狱的饿鬼。要在军事上取得胜利已经不可能,日本转而希望在谈判桌上占到便宜,一面令特命驻华公使柳原前光从上海北上,一面派大藏卿大久保利通作为天皇的全权大臣,"向大清国皇帝所任具有同样权力之大臣转达朕意,并缔结条约或协定"。

柳原前光是李鸿章的老熟人,从同治十年日本要求通商开始,每次中日交涉他都是重要成员。日军侵台的同时,他就被任命为驻华特命公使,为的就是万一军事上占不到便宜,就在谈判桌上占便宜。到中国后,他居留上海不再北上,看台湾战事而定行迹。朝廷曾经派上海道与他交涉,请日本退兵。他说西乡从道全权负责军事,他无权过问。军事上陷入被动后,大久保利通被任命为谈判全权代表,他则作为副使奉命北上,先摸一下大清的底牌。他知道李鸿章在军事外交中对朝廷影响都很大,因此先到天津来摸摸李鸿章的底。

李鸿章开始对柳原前光印象还不错,同治十年两人第一次见面时,柳原前光只有十九岁,年轻、英俊、彬彬有礼。然而几次交往下来,尤其是去年刚刚签订和约,转过年日本就侵略台湾。看来日本在前来签订和约时就已谋划侵略台湾,而当时柳原前光一副诚恳友好的嘴脸,哄得李鸿章十分高兴。一听到日本侵台的消息,李鸿章跳脚大骂,他有种被骗的感觉,而且是被个二十三四岁的年轻人所骗。所以一听到柳原前光前来拜访,他就气不打一处来。

柳原前光被带到李鸿章面前,他连眼皮也不抬,咕噜噜抽着水烟。放下水烟袋,李鸿章旁若无人地仰头漱口,然后用力吐到地上。柳原前光下意识地一挪脚,幸未被漱口水溅到。

李鸿章重新点上烟,这才慢吞吞地问道:"你这次来,又有什么主意?"

天气很热,柳原前光又自知有愧,额头上渗出了汗珠。他拿出雪白的手绢擦了一下额头,昂然回答:"本特命公使,奉命作为大久保利通全权大臣的副使,为两国和平友好而来。中堂大人,我离开本国时,鄙国伊达宗城和副岛种臣也嘱我向中堂大人转达问候。"

"伊达、副岛回国后先后卸职,是贵国用人无常,还是他们办事不力?"柳原前光正要回答,李鸿章却不给他开口的机会,"还有你先后四次来华,这官儿却做得一年高于一年。不过今做公使,可要处处小心些!"

柳原在惊愕中,唯唯不知如何作答。

"你们在台湾的兵,怎么样了?"李鸿章又问。

"台湾地方太热,兵士正在休整。"

李鸿章冷笑一声道:"台湾地方太热,我们没请你们去! 去年刚刚签约,你和副岛信誓旦旦,说两国从此友好无间。墨迹未干,你们转过脸来就攻我台湾,杀我生番。你们如何说台湾生番不是大清的地方?你有什么凭据?两国间的事儿,从前多是找我议论,你柳原难道不知道? 此次为什么竟不先来议论?"

柳原前光被李鸿章训斥得满脸通红,支吾道:"你们总理衙门说生番是化外之地,并非中国版图。"

"胡说!"李鸿章一拍桌案道,"大清生番之地多得是,贵州、云南、广西都有,难道都不是大清之地?真是岂有此理!"

"总理衙门毛大人亲口所说,生番系化外蛮民,出不出兵由鄙国自裁。"

"你毋庸狡辩!两国和战大事,岂能由某人空口为准?你们把责任推到毛大人头上,这种诡计只有骗骗小孩。你们去年去总理衙门,副岛本人不去谈,却派你这个副使去,去又不出书面照会,却只凭空言,不就是怕一旦行之公文,大清必能识破你们的狡谋?而你故意以游词告询,含糊其意,不过就是为了今天狡辩耳!"柳原前光刚要张口,李鸿章指着他说,"你不要说话。你们这一套就好比拿一只令人恶心的苍蝇,装扮成黑豆的模样,哄人吞下去,而得意扬扬。可苍蝇就是苍蝇,等人明白过来,除了恶心就是恶心罢了!"

柳原前光狡辩道:"中国向来重信守诺,毛大人之言当然可信。鄙国正是据此出兵。"

李鸿章不屑与他辩论,继续训斥道:"福建布政使潘蔚到台湾,已令生番具结,答应从此不再伤害外国难民。你们却依然不退兵,毁我番舍,杀我番民,这是何道理?"

柳原前光挺起脖梗抗辩道:"潘大人出示的不过是一纸私函,不是正式的外交文书。"

李鸿章非常机敏,立即抓住柳原前光的话以子之矛攻子之盾:"潘蔚的白纸黑字你们不作数,怎么毛大人的一句话不慎,你们就可据此出兵,这又是何道理?你们攻我台湾,可曾有正式文书?"

任柳原前光铁齿铜牙,此时也无一句可辩,李鸿章喝了口茶,润了润嗓子,又训导子弟般教训柳原道:"你去年才换约,今年就起兵,如此反复,当初何必立约?我以君子相待,方请准和约,如何却与我丢脸?可谓不够朋友!大丈夫做事总应光明磊落,虽说兵行诡道,题目总要先说明白,此所谓师直为壮也。你日本无端用兵于我,我大清十八省人多,拼命打起来,你日本地小人寡,吃得住否?"

饱受呵斥的柳原前光见李鸿章的态度实在太强硬,觉得再谈无益,想尽早避开这块难啃的骨头。相比而言,还是总理衙门那些"京官"要好对付得多。

李鸿章并不希望柳原前光误认为大清已经下定开战的决心,又实在无法用口头说清,于是特意从案上取纸笔大书道——此事如春秋所谓侵之袭之者是也,非和好换约之国所为。及早挽回,尚可全交。

李鸿章怕柳原前光看不明白,特意交代给他的翻译郑永宁。"及早挽回,尚可全交"便是留有和谈的余地,想来作为翻译的郑永宁,应该能够明白其中的含义。

走出李鸿章行辕,柳原前光长出一口气,自言自语道:"果然能言善辩!"

"李中堂太无礼了,怎能如此训斥大日本的特命驻华公使。"翻译郑永宁帮腔道。

柳原前光挤出一点笑意道:"清国官员好面子,他这样训斥我,心里好受,觉得有了面子。他们要面子,我要的是实际利益。能为日本争取到更多的利益,我个人丢了面子又算得了什么?"

柳原前光一走,李鸿章立即给总理衙门写一封长函,报告他与柳原前光的会谈情况,同时告诉总理衙门柳原前光没什么了不起,"只管和他从容辩义,任他千变万化,亦不能跳出圈子。虽然大清沿海兵力无必胜把握,但日本也未必能够取胜。所可虑者,只在日本会勾结各国公使从旁多嘴要求给兵费,还请总理衙门坚持定见,力持不屈。兵费一节,绝不可允,若允兵费,有辱国体。亦不必请各国居中调停,各国虽未必明帮日人,但也断无实心帮我者"。

总理衙门在接到李鸿章长函的同时,也收到了沈葆桢的信。因为沿海督抚,都怕开战,不少人给沈葆桢写信劝他不要轻启战端,甚至有人认为增兵台湾和购买铁甲舰是刺激日本、轻启战端的不智之举，这令沈葆桢非常反感。他上奏朝廷，希望朝廷不要被浮言所惑，轻许日本，"倭备日增，而倭情渐怯，倭营貌为整暇，实有不可终日之势，虽勉强支持，决不能久也。日本所擅长者，狡计耳。其主因贫成虐，不惜以数千兵民为孤注，谣言四布，冀我受其恫吓，迁就求和，倘入其彀中，必得一步又进一步，此皆屡试屡验之覆辙。议者以为台地得淮军、得铁甲船则战事起，臣等以为台地得淮军、得铁甲船而后抚局易成，若急欲销兵，日本反而贪欲更甚。臣等汲汲于备战者，非为台湾一战计，实为海疆全局计。愿国家勿惜目前之巨费，以杜后患于未形。彼见我无隙可乘，自必贴耳而去"。

沈葆桢是前线大员，李鸿章是外交里手，既然两人都如此说，总理衙门心里有了底，因此尢论柳原前光如何狡辩，总理衙门一口咬定台湾是大清版图，日本侵略台湾，是日本有错在先，日本先退兵，再论其他。柳原前光到京城半个多月，毫无进展，一筹莫展。

日本全权大臣大久保利通来到天津，随行人员有李仙得，他是日本外务顾问，由他引见寓居在美国驻津领事馆内，大久保利通委托美国领事去探听一下李鸿章的意思。美国领事和李鸿章谈了中日冲突的近况后道："看大久保的意思，不给兵费必不退兵，并将扰乱中国各口。"

"赔日本兵费，连想也不要想。"李鸿章回道。

大久保利通听了美国领事的报告，觉得再见李鸿章没有意义，不如直接去与总理衙门谈，因为最终的决策权在他们手里。

大久保利通到总理衙门去，既不认错，也不退兵。他咬定生番之地非中国版图，日本是保民义举。而总理衙门则希望日本承认侵略台湾是错误的，应当先退兵。双方要求相差甚远，僵持下来。

这时英法等国都坐不住了，因为中日一旦起冲突，势必影响商务，也就直接影响各国的利益，所以主动出面调停。他们觉得能影响总理衙门的只有李鸿章，因此跑到天津来见他。先是法国领事愿意做中间人调停，而且信誓旦旦说可以不许日本"占地、赔款"的前提下，想办法让日本体面下台。李鸿章给总理衙门去信，建议如果与大久保利通谈不出结果，可以请各国公使主持公道，评论事实。可是后来法国公使又表示，如果不给赔款恐怕日本很难退兵。英国公使威妥玛也来见李鸿章，同样表示中国不给日本兵费恐怕难以了结。

李鸿章正失望的时候,新任美国公使也到天津来见他详谈台事。他认为日本进兵台湾是错误的,美国可以发表声明,承认台湾是中国领土,日本若用兵,美国绝不坐视。而且建议李鸿章应当把历次与日本交涉的照会以及生番之地本属中国领土的证据一一向各国公使照会,揭穿日本的狡辩。若由美国调停,可以做到不给日本一分钱,日本在台湾不留一兵。

日本侵略台湾,最大的支持者就是美国,美国此时怎么态度来了个大转变? 美国公使告诉李鸿章,美国政策之所以调整,是因为认为加强与中国的关系更为重要。美国在中国商务远逊于英法俄等国,美国希望借此得到中国信任,能在中国获得更多的商务机会。

然而,大久保利通却不肯让美国来调停,因为美国的方案不符合日本的利益。他抓住英国公使威妥玛,频频与他商议。

这天他到了总理衙门,恭亲王亲自出面与他谈判。

大久保利通道:"日本为了保民派兵去征伐生番,已经花了二百多万两军费,贵国应贴补给日本此数。"

"赔偿军费关系国家体制,万万办不到。"恭亲王一口回绝。

大久保利通毫不退让:"日本不便空手而回,不赔偿军费,以抚恤难民的名义给两百万两也可。"

大家谈不出结果,不欢而散。

美国的调停方案令威妥玛大为不满,他专门找美国公使说明美国的方案不利于尽快取得中日和平。美国公使觉得得罪英国并不符合美国的利益,因此转而再见李鸿章,劝说他要想尽快了结此事,多少出点钱也无不可。不然,又要备防,又要调兵,花费何止几十万?

李鸿章不得不考虑美国公使的意见,要是中日开战,恐怕一年半载也不能了局,那时所费真就是个无底洞。尤其是他这直隶总督,天津炮台尚未建起,北洋一条兵舰也没有,那时候如果日本兵舰开到天津来,京师震动,最麻烦的就是他了。所以他亲笔起草了《论台湾归宿》,建议多少给日本点钱,尽快了事。

这时,周馥到行辕谈完正事,又扯到中日交涉,李鸿章把《论台湾归宿》递给他道:"兰溪,我昨天见了美国公使,他的一席话我觉得不无道理。看事情还要两面看,有时你从另一个角度考虑,就会有所收益。"

"中堂,这不合适。明明是日本侵略我台湾,杀我番民,毁我番舍,我们凭什么给他兵费?"周馥一边看,一边皱眉头。李鸿章在给总理衙门的函中有这样的话——平心而论,琉球难民之案已阅三年,闽省并未认真查办。无论如何辩驳,大清亦小有不是。万不得已,或就彼因为人命起见,酌议抚恤琉球被难之人,并念该国士兵远道艰苦,略示犒赏,不拘多寡,不做兵费,俾得踊跃回国。又出自我意,不由彼讨价还价,或稍得体,而非城下之盟可比,内不失圣朝包荒之度,外以示羁縻勿绝之心。

李鸿章解释道:"这不是兵费,是抚恤,是大清的犒赏。"

"这更不成!他们侵略大清,大清反而给他犒赏,这是什么道理?就好比有贼入室抢劫,被抓住了,主人反而给他赏钱,这不是鼓励盗贼吗?"

"兰溪,你怎么像二十出头的毛小子,一句话不对心思就大呼小叫,这成何体统?你也是三十七八的人了,最近是怎么回事,脾气见长啊?"李鸿章看周馥激动的样子,像有些不认识他。

"中堂,你给总理衙门出这样的主意,会招清流骂啊!这事你就是让一个白丁来论一论,也没有向日本赔钱的道理。咱不向日本人要赔偿,已经是便宜他们了,怎么反过头来给他们兵费?当然,你说那不叫兵费,叫犒赏,叫抚恤,可是不管你叫什么,都是给日本人钱。老百姓不懂这些耍笔头子的事,他们只会说,日本人侵犯咱台湾,杀了大清的人,咱还给他钱。"周馥仍坚持己见。

"你说得不错,老百姓都会这么认为,可是你我都不是普通老百姓。我问你,如果和日本人开战,那要花多少钱?如今北洋手里一条兵舰也没有,你让我赤手空拳去挡日本人的兵舰?兰溪,你知道不知道,日本人已经有两条铁甲舰,咱们一条也没有!沈幼丹要买两条铁甲舰,开始朝廷答应给六百万两,后来改成四百万两,最近听了福建将军文煜的说词,说中日最终要和,所以连两百万两也不给了。如果朝廷要是给了日本赔偿,结果必是为清议所不容,那时候我就说,主要是有海无防,我就可以堂皇地上折,要求筹建北洋海军,那时,就是清流也都帮着我说话。"

"中堂,你的意思是,让人骂是为了建北洋海军?"周馥听出点意思来了。

"也不能那么说。兰溪,有时候我觉得大清从上到下都像一头皮糙肉厚的猪，你踢它一脚，它根本不动弹。你只有拿锥子把它扎得嗷嗷叫，它才能醒过来一点点。"李鸿章翘起小拇指，用大拇指掐着，让周馥看那"一点点"。

"中堂，我没想到你是这样的心思，可我觉得还是不值。就像小孩子打架，你第一次被人欺下了，以后就没胆子还手了。倭寇并不比咱大清强多少，就欺负上门来了，咱应该痛打他一顿，让他长点记性，以后就不敢小看咱。这次让他得逞，他从此起了小瞧大清的念头，后患无穷。"周馥觉得不值得这么做。

"放手一搏，我也想。当初咱带兵去上海，就敢放手一搏，虹桥一战哪里有取胜的把握？咱冒险一搏，以一万人大胜十万长毛。可是，当你肩上担子重了之后，你就不敢轻易一搏了。比如中日之间，如果放手一搏，打成了平手，迄无了期，那该怎么办？是割地，还是赔款？要说恨小日本，我比你们都恨，而且我说过，将来日本必是大清的巨患！早晚要教训他，可是总要等咱的拳头硬了。"

周馥这几年一直在帮着李鸿章治理直隶水患，真正是脚踏实地，任劳任怨，所以李鸿章最近起草了一份密折，密保他出任永定河道。然而，自去年以来，大约他是久在河工，经常与粗蠢百姓混在一起，他心性好像变了不少，人不像从前沉稳，眼里揉不得沙子。天下人人尽知，河道衙门都是贪墨成习，治河银子连一半也不能用到正项上。朝野上下，官员过境，都可以到河道衙门打秋风，已是见怪不怪，周馥这种脾气如何能够胜任？他若太过较真，到时弄得上下左右都不谐，反而会害了他。所以李鸿章权衡再三，又把这道密折锁到了抽屉中。

京城里的恭亲王也被日本人弄得焦头烂额。昨天会谈，大久保利通说要给一百五十万两银子，恭亲王当然没有答应。

大久保利通最后威胁道："本使抱着和平友好的目的前来，迄今已经一个多月，贵国却没有一点诚意和让步。谈判决裂，贵国应负全部责任。"

回去后，大久保利通下午就让柳原前光送来一份正式照会，说由于中国没有和谈诚意，他将下旗回国，将来是否增兵台湾，一切后果概与日本无关。

李鸿章的《论台湾归宿》递到恭亲王手里时，恭亲王"坚决不给钱"的底线也有些动摇了。因为慈禧万寿节日渐逼近，当初他大包大揽说一定在万寿节前了结，如今双方都僵在这里总也不是办法。而且威妥玛也多次见恭亲王,劝说给日本一个台阶,尽快有个了断。

"王爷,如今不但是日本人,英吉利国也掺和进来了,如果一味硬顶,把英国人惹恼了,如果英日联手,那真就是大患了。"文祥以谋事周全深沉得恭亲王倚重,他的话令恭亲王不得不仔细掂量。

第二天威妥玛到了总理衙门,一进门就说道:"听说日本为台湾之事已花费六百多万元,向中国索要两百万两并不过分,非如此恐怕不能了局。"

与威妥玛会谈的是文祥,几经讨价还价,最后在五十万两上达成一致。威妥玛表示说服日本接受这个数目,文祥则要求不得以兵费的名目,而且要待日本撤兵后才能付全额。恭亲王看到这个结果后,只好答应了。

同治十二年九月二十二日,离慈禧万寿节还有二十余天,中日签订《北京专条》(又称《台事专条》)——

(一) 日本国此次所办,原为保民义举,中国不指以为不是。

(二) 前次所有遇害难民之家,中国定给抚恤银两。日本所有在该处修道建房等件,先行筹补银两,另有议办之据。

(三) 所有此事,两国一切来往公文,彼此撤回注销,永作罢论。至于该处生番,中国自宜设法,妥为约束,以期永保航客,不能再受凶害。

互换凭单:日本国从前被害难民之家,中国先准给抚恤银十万两。又日本退兵,在台地所有修道建房等件,中国愿留自用,准给银四十万两,亦经议定。准于日本国明治七年十二月二十日日本国全行退兵、中国同治十三年十一月十二日中国全数付给,均不得愆期。日本国兵未经全数退尽之时,中国银两亦不全数付给,立此为据。彼此各执一纸存照。

京外大吏,李鸿章是第一个看到《台事专条》的。朝廷竟然给了日本五十万两,他觉得有点多:"多少给他们一点,倭寇爱面子,让他们能下台就成了,竟然花了五十万两。"

深受器重的洋务助手马建忠看罢后也道:"中堂,最严重的不是五十万两银子,而是这句话'日本国此次所办,原为保民义举,中国不指以为不是'。琉球是大清属国,怎么能说日本是保民义举,岂不是承认琉球人是日本国民吗?"

李鸿章嘴角抽动一下,拧着眉头道:"哦,还真是问题。文大人是极细心之人,怎么没留意到这一条?被杀的人中有四个日本人,也许,'保民义举'是指这四个日本国民。"

"这恐怕说不过去,列国也都不会那么认为。"马建忠对万国公法颇有研究,"中日这次交涉就是因琉球国民被害引起,日本也是以此为由侵犯台湾,大家都会认为,所谓保民,就是保护琉球国民。"

"也许总理衙门的大臣们只顾盯着赔钱的名头,没在意这里面的弯弯绕。不过,琉球是中国的,列国都如此认为,日本想以此打琉球的主意,算盘打不响的。"嘴上这么说,但李鸿章心里有数,这弄不好是日本人有意挖的坑。将来,琉球肯定要麻烦。

英国驻日公使巴夏礼看到《台事专条》后说道:"中国人最会玩文字游戏,怎么这句话会写在专条里?这件事情实在不可思议,就好比一头庞然大象,被一只小蚂蚁举起来一样让人惊叹。这件事情向全世界宣布,这里有个富庶的国家愿意出钱却不愿意打仗。我们应当从这种怯懦的态度中思考一下,调整我们对中国人的外交策略。"

《北京专条》签订,海疆暂时安定,李鸿章提着的心放了下来。还有件喜事也在本月完工,那就是天津新城。天津老城在海河以西,李鸿章到天津后,就觉得老城所在地势低洼,尤其是不利于防守。他经过仔细查访,决定在三岔河口北岸,也就是望海楼教堂所在的地方建设新城。此地南运河由西东来,北运河由东西来,在此汇流后称为海河,往东南方向入海。在此建城,正冲着由南而北的海河,城上再建炮台,便有一夫当关,万夫莫开之势。

李鸿章参加完新城竣工仪式,立即把天津海关道陈钦、轮船招商局会办盛宣怀,还有洋务幕僚马建忠传到签押房道:"我准备奏请朝廷大办海防,今天叫你们过来,有几件事情商议一下。"

盛宣怀也附和:"现在是个机会,日本侵略台湾,朝廷应当有所警醒。"

天津海关道不仅仅监督天津海关,实际是李鸿章洋务方面的专职助手和执行者,如果办海防当然离不开他,对他而言,只要有事做就会有好处,所以陈钦也很兴奋:"天津是京师门户,海防是第一位的。"

马建忠则依外国的经验分析道:"海防应当有两大部分,一是要有外洋水师,能与敌舰争雄海上,再就是要有岸防巨炮。老式炮台根本不行,老式火炮也不行。"

"我今天叫你们来,就是这两方面有事情请你们先准备一下。我从前曾经上奏朝廷应当建一支巡洋水师,现在西方各国的水师到底是什么情况,他们比较先进的兵舰,比从前又有何不同?我听说大沽口外有英国一艘最先进的铁甲舰,我不方便去看。松云和杏荪你们想办法了解一下,最好能到舰上去实地查看一番,回来向我报告。"

两个人答应明天去大沽。

"眉叔了解外国情况,给我找一些外国水师方面的资料,包括一支舰队要有多少条兵舰,怎么管理,经费大约多少,经费怎么筹划,你尽可能地想办法,找到的越多越好。"李鸿章给马建忠分派任务。

盛宣怀又建议道:"中堂应该上奏朝廷,拨款给北洋先建一支舰队,不然一有风吹草动,洋人就把兵舰开过来吓唬朝廷。"

"谈何容易!我如果上奏朝廷要求北洋弄一个舰队,马上就有人来说,李某人是挟洋自重,朝廷难免也要疑心。"李鸿章也有自己的忧心。

陈钦在总理衙门待过,最知道朝廷的心思,点头道:"中堂所说一点不假,可北洋海防确实紧要,建水师的确是刻不容缓,总要有人向朝廷提出。"

"我已经给丁雨生写信,让他把建三洋水师的设想再向朝廷提出来。"

丁雨生就是丁日昌,李鸿章的老部下,洋务方面尤其上心,目前丁忧在籍。几年前他就曾经提出要建新式海军,包括三支舰队。北洋舰队驻天津,辖直隶、盛京、山东海面;东洋舰队驻上海,辖江苏、浙江海面;南洋舰队驻南澳,辖福建、广东海面。各大舰队设大兵轮六号,水炮船十号,三洋共计四十八号。每洋各设一提督,三提督半年会操一次。

丁日昌提出这个方案的时候,朝廷正与捻军作战,根本没有心思来考虑海防之事,所以不了了之。不过李鸿章却印象很深,办理天津教案的时候,两人又讨论过。对丁日昌的见识,李鸿章十分佩服,所以他写信告诉丁日昌,借日本侵台一事再提水师之事。以朝廷的财力,三洋水师不可能同时建,最有可能先建北洋水师。

"建水师,银子从哪里来,这是最让朝廷头疼的事。杏荪你要多动动脑筋,怎么开利源,这非常重要。你去上海多,与上海股商交往多,有哪些可行之策,你要帮我谋划。松云职司通商,如何开利源也是你职责所在,也要多留心。左季高已平定了陕甘,他已经上奏朝廷,要收复新疆,又要借一大笔洋债,一边是塞防,一边是海防,朝廷就那么点银子,顾得这头顾不了那头。要是左季高不举债西征,海防尚有可为。"李鸿章忧心忡忡道。

"中堂应当建议朝廷请左帅暂缓西征,待海防稍有头绪后,一心西征岂不更好?"盛宣怀这样建议。

"左季高也会说,待他收复了新疆,无西顾之忧后便可一心巩固海防。可是西征哪有那么容易?出关到新疆,迢迢数千里,光是大军粮草一项,就是个无底洞。我听说,从兰州运五石粮到新疆,仅路上就要吃掉四石,吓不吓人?左季高真是好胆量,要是我,连想也不敢想。还有,俄国人占了伊犁,新疆用兵,少不了又把俄国人牵涉进来,听说英国人也暗中支持新疆的阿古柏,提供洋枪洋炮,希望新疆成为英国的势力范围。你想有英俄两国插手,新疆能那么容易收复?打成持久战,真要把国家拖垮。"李鸿章了解的情况还真不少。

新疆变乱,是同治三年的事。那时候朝廷正在与太平军作战,国库捉襟见肘,于是把内地拨付新疆的协饷——每年有两百多万两停掉了,于是新疆的各级伯克就从百姓身上压榨这笔银子。百姓实在没有活路,到了同治三年六月,库车一群被迫服劳役的百姓杀掉看管他们的伯克和士兵后进城抢掠。消息传开,各地百姓纷纷造反,朝廷驻新疆的总兵力只有区区一万五千人,而且根本不能打仗,结果一年多的时间,新疆南北全部变乱,清军只得退守塔城、巴里坤与哈密。最后,各地的实际控制权完全落入各级伯克手里,他们为争夺地盘,彼此攻杀,打成了一团乱麻。这时候,浩罕国国王派穆罕默德·雅霍甫伯克带五十名骑兵护送喀什城大和卓的后裔回新疆争地盘。雅霍甫伯克非常有军事才能,不到一年时间,相继消灭了天山以南大大小小的"苏丹""帕夏",同治六年自命"毕条勒特汗"(意为洪福之汗),建立了"哲德沙尔汗国"。他性情残暴,在新疆实行了残酷的统治,一不高兴就杀人。苛税更如牛毛,就连死了人也要纳税,新疆更加民不聊生。一听到他的名字,人人都不寒而栗。他的名字翻译过来,就是阿古柏。

阿古柏占据新疆的时候,俄罗斯趁乱占领了伊犁。因为消息不通,两个多月后,朝廷才从俄罗斯驻华公使口中听说,俄国军队已经为大清"代守"伊犁。

新疆百姓不愿受阿古柏和俄国奴役,千里迢迢向内地逃亡。左宗棠平定陕甘后在兰州过年,结果有许多流浪人到他大帐讨饭,诉说新疆的苦楚。左宗棠拍案而起,上奏朝廷坚决要收复新疆。可朝廷拿不出银子来,最后,左宗棠建议借洋债。此时,朝廷已任命左宗棠为钦差大臣督办新疆军务,按照他的谋划,明年春天便可进军新疆。

"进军新疆说得容易,几年能够有个了结?真要骑虎难下,朝廷花上一大笔钱,新疆还是没有平定,那可真是既害了国家,又陷左季高于难堪之境地。如果俄罗斯乘人之危从北边下手,日本人再扰我朝鲜或者台湾,法国人也正在打越南的念头,那国家真是危如累卵。我是真心希望他能暂缓西征,不光是我这个直隶总督的私心,也确实是为左季高和国家打算。"李鸿章说到这便忧心忡忡。

大家都附和道:"中堂深谋远虑,应当把这些道理向朝廷讲清楚。"

"谈何容易。要办成一件事,一个人干,三个人看,十个人批评。我倒真是羡慕日本,柳原、副岛还有大久保,他们都对我说,日本自明治维新后,朝廷上下一心效法欧美,连衣服都改了,就是天皇也剪掉了头发,以示革新的决心。他们开矿山、通铁路、购轮船、建纺织厂,专门成立了工部省,负责殖产兴业。你看看咱大清,我这大学士、直隶总督、北洋通商事务大臣,官不小了吧?可是要办成一件事,要费多少心思!"李鸿章在几位心腹面前大倒苦水。

盛宣怀安慰道:"中堂的苦心,我们都感同身受。中堂放心,您交办的事情,我们不敢辜负。"

闻言,李鸿章知道自己失态了,笑了笑说道:"我只是关在屋里向你们发发牢骚,无论多难,事情还要做。在其位,谋其政。不然我们这些封疆大吏,岂不是尸位素餐?这些话你们听听也就罢了,不要到外面说。"

几个人领命而去。

不久,李鸿章就接到军机处密寄上谕一件——

谕军机大臣等:大学士文祥奏,海防亟宜切筹,敬陈管见一折。台湾之事,现虽权宜办结,而后患实在堪虞。日本与闽浙一苇可航,倭人习惯食言,难保不再生枝节。前因议买铁甲船及水炮台各节,仓促莫办,措手无从,不得不为暂缓。刻下事机已缓,亟宜赶紧筹划,以期未雨绸缪,岂可仍蹈因循故习。着李鸿章、李宗羲将前议购买未成之铁甲船水炮台及应用军械等件,迅速筹款购办。无论如何为难,务须妥为设法,庶几兵械精良,有备无患。原折均着钞给阅看。将此由六百里密谕李鸿章、李宗羲、沈葆桢、文煜、李鹤年、王凯泰,并传谕潘蔚知之。

李鸿章很高兴,他想办的几件事朝廷也都有考虑,他应当借此机会好好筹划一番。于是,他一面传话给陈钦、盛宣怀、马建忠三人加紧调查搜集资料,一面又召集幕僚商议,让他们集思广益。

过了几天,陈钦和盛宣怀就来报告他们到大沽口考察西洋铁甲舰的情况。陈钦简要报告了他们如何联系洋人兵舰统领、如何登船等经过。考察的详细情况,则由盛宣怀报告。

"我先向中堂汇报铁甲舰的由来。"盛宣怀口才极好,他掌中只有一张小纸片,上面写着汇报提纲的要点,"铁甲舰是近年来才推出的新式兵舰。从前的兵舰,动力是靠风帆和蒸汽,蒸汽再推动轮桨,轮桨容易出毛病,动力也不够足,所以舰体不能太重,舰身一般是钢铁做骨架,用木板做船体,舰上的配炮也不能太重。西历 1842 年,也就是道光二十二年,英国人改用了螺旋推进器,代替了原来的轮桨,动力更足,航速更快。后来螺旋桨越造越精,推力越来越大,这使建造舰体更重的兵舰成为可能。咸丰十年,法国在木质舰身的外面装配上了铁甲,建造了吃水五千吨的光荣号战舰,号称铁甲巨舰,一般炮弹根本无可奈何,所以各国纷纷效仿。去年,英国人完全抛弃了舰上的风帆,因为他们已经造出了推力更大的蒸汽机,舰身完全钢制,而且在舰首装上了可以旋转一整圈的舰炮,这条舰的名字就很霸道,翻译成中文就是蹂躏号。这是目前最先进的装甲舰。"

"英国最先进的战舰并未到天津,我和陈观察考察的是英国的格拉东号重炮舰。排水量接近五千吨,长二百四十五英尺,大约相当于我们的二百二十尺,宽五十四英尺,大约相当于我们的五十尺,吃水十九英尺,大约相当于十八尺。动力两千八百匹马力。舰体水线以上装甲十英寸,水线下装甲五英寸,船体木板厚二十英寸。炮塔也有装甲,厚十四英寸,指挥塔上的装甲厚九英寸,甲板装甲三英寸。这条兵舰可搭载近二百人,同治十一年刚刚下水。这条舰的船体是双层的,中间可容两人并排行走,就是外面一层被击穿,还有内层阻挡,海水仍然不能灌入。开船时起碇用的蒸汽动力,比人力起碇可称得上神速,炮塔转动,包括舰内好多机关,都是以蒸汽为动力,十分灵活、便捷。"

两人还看了德国和法国的战舰,也都一一向李鸿章报告。

"哦,你们看得很仔细。"李鸿章很满意,同时也充满忧虑,"依你们看,咱们闽局和沪局造的轮船,与之相比,可打几分?"

"没法比。我们造的轮船船体全是木质,无非就是加了蒸汽动力。如果与现在的铁甲舰相遇,打十炮也未必能击沉人家,可是人家只要一炮,我们造的兵舰就会化为一堆木板。"陈钦大摇其头。

盛宣怀也附和道:"我们的轮船还未出厂就已经落后,所以造不如不造。"

李鸿章严肃地批评道:"杏荪这话大谬不然。我们现在造的船落后,不能说明我们自造轮船是错的。譬如一个孩子,没经蹒跚学步,怎么可能奔跑如飞?我们现在是学步阶段,不能指责他不会跑。"

"卑职说话孟浪。"盛宣怀连忙认错,他忘记了江南制造总局也是李鸿章所创办。

"虽然现在我们造的兵舰没法与人家比,可左季高创办福州船政局这件事,我还是十分佩服的。"李鸿章与左宗棠不睦已久,不知他说的是不是真心话,"自己设局自造轮船,他是首创,当时反对的人也非常多。但是他这个人最大的好处是老子天下第一,谁也不放在眼里。他这种脾气,如果要是没去西北,在洋务上完全可能成就几件大事。"

陈钦建议道:"中堂如果要加强北洋海防,仅靠闽局和沪局拨过来的几条木船不行,必须从外国购买几条铁甲舰才行,不然就是有十条木质兵船,也不顶一艘铁甲舰。"

"是啊,必须买几艘铁甲舰。沈幼丹去办台湾事件的时候,向朝廷奏请购买铁甲舰,结果到现在没买成。当年我们托外国人买兵舰,吃过大亏。所以,我有个想法,应该派人出去考察,考察好了再签约,定制。"

李鸿章多次与幕僚们就此事讨论,十一月初上了《筹议海防折》和《筹办铁甲兼请遣使片》。

在这一折一片中,他首先说明加强海防的重要:"臣查各国条约已定,断难更改。江海各口门户洞开,已为我与敌人公共之地,无事则同居异心,猜嫌既属难免;有警则尔虞我诈,措置更不易周。自有洋务以来,迭次办结之案,无非委曲将就。""洋人论势不论理,彼以兵势相压,我欲以笔舌胜之,固不可得也。临事筹防已措手不及。譬如倭寇侵台之事,若先时备豫,倭兵亦不敢来。"

他又进一步分析认为,当前形势已经发生很大变化:"今日所急,唯在力破成见,以求实际而已。历代备边多在西北,今则形殊势异。东南海疆万余里,各国通商传教往来自如,麇集京师及各省腹地,阳托和好之名,阴怀吞噬之计。一国生事,诸国构煽,实为数千年来未有之变局。轮船电报之速,瞬息千里;军器机事之精,工力百倍;炮弹所到,无坚不摧。水陆关隘,不足御敌,又为数千年来未有之强敌。"

接着,李鸿章便对那些坚持成法,不肯变革的人予以毫不客气地批评:"强敌外患之变幻如此,而我犹欲以成法制之。譬如医者疗疾,不问何症,概投之以古方,当然不能见其效也。局外之议,既不悉局中之艰难,及询以自强何术?御侮何能?则茫然无所依据。自古用兵,未有不知己知彼而能决胜者,若彼之所长,己之所短,尚未探讨明白,但欲逞意气于孤注一掷,岂非视国事如儿戏耶?穷则变,变则通,盖不变通则战守皆不足恃,而和亦不可久也!"

李鸿章的奏折,与曾国藩最大的不同,就是说话从不绕弯,批评人更是酣畅淋漓。他自己诵读这些话,也觉得解气得很。

对总理衙门要求讨论的六条,他逐条提出了见解。练兵的建议,是一定让士兵用上先进的洋枪洋炮,千万不能图省钱。简器一条,李鸿章详细介绍了前膛枪、后门枪的区别以及目前最为知名的后门枪有哪些。洋炮则重点介绍了德国的克虏伯后门钢炮以及目前仿造情况。尤其是把水雷作为防口重要武器详细介绍,并计划在天津制造局设水雷学堂。对造船一条,他介绍了闽局和沪局造船情况,"现计闽厂造成轮船十五号,有二号已在台湾遭风损坏。沪厂造成轮船六号内,有二号马力五百匹,配炮二十六尊,与外国大兵船相等。其余各船,皆仅与外国小兵船根驳相等,然已费银数百万有奇。物料匠工多自外洋购置,是以中国造船之银倍于外洋购船之价"。因为造船比买船要贵,所以李鸿章建议,组建舰队最好从外国买船,"今急欲成军,须在外国定造为省便,但不可转托洋商误买旧船,徒糜巨款。访闻兵船及铁甲船,以英国最为精,英之官厂、公司厂,均以造铁甲之优劣相争衡,日新月异。应拣派明于制造,略知兵事之员,选带学生工匠前往,由总理衙门会商驻京使臣,移知该国兵部,俾得亲赴各厂考察何等船制最为坚致,与其议价定造"。

要购买铁甲舰,筹款最为朝廷头疼,李鸿章下功夫最多。他第一个提议就是暂停西征,把兵费省下来加强海防:"欲图振作,必统天下全局,通盘合筹,而后定计。新疆各城,自乾隆年间始归版图,无论开辟之难,即无事时,岁需兵费尚三百余万,徒收数千里之旷地,而增千百年之漏厄,已为不值。且其地北邻俄罗斯,西界土耳其天方波斯各回国,南近英属之印度,外敌日大,内日侵削,今昔异势,既勉图恢复,将来断不能久守。"而且因为英、俄插手期间,"曾国藩生前有暂弃关外专清关内之议,殆老成谋国之见。今虽命将出师,兵力饷力万不能逮,可否密谕西路各统帅,但严守现有边界,且屯且耕,不必急图进取"。那么新疆怎么办呢,"招抚伊犁、乌鲁木齐、喀什噶尔等回酋,准其自为部落,如云贵粤蜀之苗瑶土司,越南、朝鲜之略奉正朔可矣"。"况新疆不复,于肢体元气无伤;海疆不防,则腹心之大患愈棘。孰重孰轻,必有能辨之者。此议若准,则已经出塞各军,似须略核减,可撤则撤,可停则停,其停撤之饷,即作海防之饷。否则,只此财力,既备东南万里之海疆,又备西北万里之饷运,有不困穷颠蹶者哉"!

这一条,在李鸿章看来可谓一箭双雕,如果朝廷采纳,把西征的军饷挪过来加强海防,自然对他这直隶总督有利,而且停止西征,自然也减弱左宗棠在朝廷中的分量。左宗棠用兵十分稳健,当初他总督陕甘时,对朝廷说五年时间彻底平定,结果恰是第五个年头,他真的平定了陕甘。他知兵的美名已经名扬天下,尤其是醇亲王对他更是青眼有加。接下来他又要收复新疆,气壮如牛,给朝廷打包票,说有三年时间他就可以把阿古柏灭掉。如果停止西征,便是让左宗棠摔了大跟头。

李鸿章筹饷的第二条建议,便是大办企业、广开利源。"丁日昌拟设厂机器织布,曾国藩与臣迭奏请开煤铁各矿,试办招商轮船,皆为内地开拓生计起见。闻英国呢布运至中国,每岁售银三千万两,又铜铁铅锡售银数百万,于中国女红匠作之利侵夺甚多。不若自设机器,自为制造,轮船铁路,自为转运,但使货物精华,与彼相持。彼物来自重洋,势不能与内地自产者比较,我利日兴,则彼利自薄。各省诸山多产五金及丹砂水银,中国之煤,数千年未尝大开。西洋地质学者,视山之土石,既知其中有何矿,窃以为宜聘此辈数人,分往矿地,记其所产,择其利厚者,次第开挖,一切仿西法行之"。考虑到会遇到种种反对,李鸿章在奏折中预先反驳,"近世学者,以开矿为弊政,不知弊在用人,非矿之不能开也。其无识绅民,惑于凿坏风水;无用官吏,则恐其聚众生事,尤属不经之谈。刻下西洋各国无不开矿取利,何以独无此病,且皆以此致富强耶也"?

李鸿章在《筹办铁甲兼请遣使片》中,将防备日本作为购买铁甲舰的一个重要原因,"日本近年来改变旧制,改习西洋兵法,仿造铁路火车,添置电报煤铁矿,自铸洋钱,于国计民生不无利益,并多派学生赴西国学习器艺,多借洋债,与英人暗结党援,其势日张,其志不小,故敢称雄东土,藐视中国,有窥犯台湾之举。泰西虽强,尚在七万里以外;日本则近在户闼,伺我虚实,诚为中国永远大患!今虽勉强就范,而其处心积虑,觊觎我物产、人民之丰盛,趁我兵船利器之未齐,将来稍予间隙,恐仍狡诈思逞。是铁甲船、水炮台等项,诚不可不赶紧筹备"。

在这个片中,李鸿章建议朝廷应该向日本及西方大国派出使节,"其在中国交涉事件,有不能议结或所立条约有大不便者,径与该国总理衙门往复辩证,随时设法商议,可杜绝蒙蔽要挟之弊,似于通商大局有裨"。

李鸿章的一折一片放炮拜发后,就开始为起程回保定做准备。因为北运河治理尚未完工,回保定的日程一拖再拖。

北运河的治理由周馥负责。自从接了任务,他沿着北运河、减河走了个遍,发现问题出在减河。减河就是专为北运河水大时,引流一部分东趋入海,可是因为多年淤积,河床已经很高,所以起不到减流的作用,还经常溃口内涝。根治的办法,就是疏浚减河。但由于淤积实在太严重,工程量相当浩大。有人建议不如另开一渠,可问题是北运河每年旁溢之水多少无法预知,若新开水渠过窄,一遇大水,势必仍要溃决;若开挖一条又深又宽的大渠,不但劳民伤财,而且平时会闲置无用。周馥为此大费周折,他走访当地百姓,征求良策。有一个十六七岁的少年提出,可以相隔半里挖南北两道平行小渠,以北渠之土在北渠之北筑北堤,以南渠之土在南渠之南筑南堤。水若小,可由两小渠泄走,中间河滩尚可耕种;水若大,两渠之间半里宽的河滩足以容纳。周馥大喜,采纳了少年的建议,不出两月便完成了工程。

今天他赶来向李鸿章汇报,李鸿章很高兴,赞叹道:"真乃一奇少年也。"

李鸿章留周馥吃午饭,时间还早,周馥到办理文案处小坐。他曾经长期给李鸿章办理军需和文案,对文案尤觉亲切。两间打通的厢房里,三个人正在埋头起草文案,都忙得不可开交。周馥坐下来,随手拿起案边的一摞废稿看起来,这正是李鸿章《筹议海防折》中关于建议停止西征那一段。看完之后,他便说道:"怎么能说乾隆年间收复新疆是'徒收数千里之旷地,而增千百年之漏卮,已为不值',这成什么话? 疆土无论富庶还是贫瘠,一尺一寸都不能丢。"

李鸿章的文案,主稿的是个姓吴的才子,自恃文章天下第一,受不得人批评。

周馥问道:"吴兄,这个奏折已经拜发了吗?"

"不但拜发了,恐怕已经递上去了。"吴主稿回道。

周馥诚恳地建议道:"吴兄,咱们搞文案的可得帮着中堂把关,像这种话平时说说可以,白纸黑字写在奏议中就不合适。中堂办洋务本来就惹清议说三道四,这样的话不是给人留下攻击中堂的把柄吗?"

吴主稿并不以为然,不软不硬地反驳道:"这些话都是中堂的原话,周观察是文案前辈,您应该知道,我们办文案的,手里这支笔并不听命于我们自己,而是听命于幕主。我们这些人,哪有自己的思想? 为人做嫁衣罢了。"

"吴兄,此话我不敢苟同。我们做文案的自然是要听从幕主的意思,可我们也要为幕主把关。中堂有时候不免情绪激昂,我们总不能把他的话原样放到奏议里去。譬如这一部分,其实只说暂缓西征,先挪西征兵饷用于东南海防。新疆富足还是贫瘠,值不值得去征讨,都不必说得这样明白。"周馥很诚恳地劝道。

"周观察一口一个我们做文案的,我们实在不敢高攀,如今您是治水专家,整个直隶要论治水,您比永定河道还要明白。"吴主稿有些不耐烦了。这话一半是酸溜溜的醋味,一半则是连讽带刺的辣味:你周馥不是能吗,天天在治河工地上,怎么当不上永定河道?

这话被走到院子里的李鸿章听到了。他难得清闲,顺便过来找周馥准备一起吃午饭,进院子就听到两人在争论。经周馥这么一点,他也觉得这话不应该写在奏折中,而那位吴主稿还在为自己辩解。李鸿章对自己的文案很不满意,一直在物色文笔好又沉稳的人来主稿,可惜踏破铁鞋无处觅。

两个人一边往后堂走,一边说话。李鸿章安慰道:"兰溪,别和他们一般见识。这个吴主稿以才子自居,名士风流,臭毛病多。"

"中堂,这种话写在奏议里不合适,这不是找骂吗?"周馥的心思还在奏折上,根本没有在意吴姓主稿的态度。

"当时我看稿的时候,没往这上面用心。哎,这位主稿真是鸡肋。不过,也怪不得他们,这话我的确说过,核稿的时候又未太上心。话虽难听,却是事实。"李鸿章也十分懊恼。

周馥不能苟同,无论怎么说,认为新疆是个大负担是万万不对的。他理解李鸿章急于海防建设,但总不能顾此失彼吧。

李鸿章见周馥没有说话,以为他受了吴主稿挖苦刺激,心里不是滋味,所以安慰道:"兰溪放心,姓吴的有一句话说得不错,你是直隶的治水专家,这永定河道还真是非你莫属。"

这是在向周馥暗示,一定为他争取实缺。

第九章

权欲重再度垂帘 筹洋务进京疏通

李鸿章的一折一片递进宫去的时候,已经没人顾得上看了,因为年轻的同治帝病重,从太后到军机,无不急得像热锅上的蚂蚁。

毛病出在同治帝的微行上,他到八大胡同寻欢觅情,结果就病了。先是咳嗽,后来有一天洗澡时,太监发现他的肩上起了块斑,连忙请太医来看。太医判断是天花,可治了二十多天并不见好,反而越来越重。恭亲王责问太医李德立,见他说话吞吞吐吐,便屏退左右让他实话实说。李德立告诉恭亲王,皇上所得是天花不假,但同时兼以梅毒发作,实在没有把握。

堂堂一国之君竟然得了梅毒,这传到民间成何体统?皇家脸面何在!所以,太医只有继续按天花的法子治。后来同治帝腰间开始溃烂,一个核桃大的溃口先流脓,后流血。太医已经束手无策,又先后从民间请来两个治疮痈妙手,也是无力回春。李德立与他们私下沟通,两人都说太医的方子已经再好不过了。言外之意,皇上是无药可治了。

同治帝已经没有精力批答奏折,就让恭亲王和李鸿藻代劳。大约只代批了五天,这天上午,两宫太后在同治帝的病榻前召见军机大臣和御前大臣。

"皇帝今天精神很好,所以把你们招来见个面。你们都是国家重臣,多日不见,皇帝也想念你们。"慈禧边说边掀开同治帝身上的锦被,让他露出半条胳膊,"你们看,皇上的'花'出得密实,太医说,再过几天就可结痂,脱痂后就可大安。再静养百日,便可如常视朝。"

恭亲王接话道:"圣天子自有百神护佑,皇上安心养病就是。"

军机御前按次序环列在御榻前向同治帝请安,同治帝强打精神,向他们点头算是打了招呼。

大家心事重重地回到朝房,太监便来传旨,说太后在养心殿召见。到了养心殿,却只有慈禧一人临御。两宫并尊,无论垂帘还是撤帘后,除非一人有病不能如常,才会像现在这样一宫独临。但两宫刚刚在乾清宫召见,慈安并无不适,何以只见西宫?恭亲王立即明白,眼前这一宫必有一番非同寻常的决断。

慈禧抹抹眼角,叹了口气,一脸忧愁的样子:"皇帝的病你们也瞧见了,真是让人着急。在皇帝面前没法细说,其实是一日重似一日,但求上天垂佑。皇帝这个样子,太医说就算'花期'平安度过,没有百天的静养,皇帝也不能如常视朝。太医说得有道理,皇帝从小身子就弱,养病养病,凡病都需静养,一堆烦心事堆在眼前,皇帝的病如何能够彻底大安?这不是十天八天的事,朝政如何处理总得有个公论,拿出一个妥当的办法才成。"

同治病后已经让恭亲王和李鸿藻批答奏折,还要拿什么办法?

恭亲王仔细听着慈禧话里话外的意思,不放过一个词。"妥当的办法"就是说目前他和李鸿藻代批奏章都不算妥当,那更妥当的恐怕只有两宫垂帘。而现在只有一宫召见,说明垂帘的意思出自眼前这一宫。"总得有个公论",那就是说两宫垂帘的意思虽然出自两宫,但还要体现出是"公论"所求。太后垂帘,向来是国之大忌,如何能够堵得上清议的嘴?没说话前,恭亲王的脑子已转了若干个曲折。

慈禧的话说完了,等着众人回应。像惇亲王这样粗疏的人,无论如何想不透慈禧的真意。其他的人有的想到了,有的还在琢磨中,怎么开口都无把握。恭亲王想明白了,而且这些人中唯有他先来开口。他不开口,十几人无一应答,慈禧第一个埋怨甚至憎恨的必是他这个领班军机,于是他便出列奏道:"圣躬违和,臣等忧心如焚。遇有紧要事件,请旨必烦劳皇上耗费心神,于圣躬不利;不请旨,无所遵从。臣等已经几次公议,一切奏章,凡需要请旨,拟请两宫权代皇上训示,以便遵循。"

"你们的心思我懂,这是大事,你们上个奏折,我和姐姐商量。"慈禧说完这句话,没等大家再说别的就道,"散了吧。"

众人往朝房走,恭亲王留住惇亲王道:"五哥,到军机处稍坐。"

事涉机密,而军机处关防最严,门前就有警戒不得擅入的铁牌,有所密议,当然军机处最方便。

到了军机处,惇亲王先发话,他向来是想到哪说哪:"老六,她的意思是要垂帘,我们何曾议过?"

恭亲王回道:"五哥,我们今天来议也为时不晚。"

"也不必紧着议,让经笙偏劳拿出一个谁也说不出闲话的奏章来,咱们都具名就是。"醇亲王对由恭亲王和李鸿藻批答奏章本来就不甚痛快,让两宫垂帘在他看来是最好的。不过,要堵清议的嘴,措辞上就要好好费一番心思。

经笙是军机大臣沈桂芬的字,他是军机大臣的主笔,召见后旨意的起草都由他安排并审核,有时候重要的密旨则由他亲自捉刀。因此,他当仁不让道:"我起草一稿,再请各位王爷审。"

"这是件大事,既然是公论,人不宜太少。当然,也不好太多。"因为太后垂帘,必然要惹清议不满,定会有人反对,那就干脆让分谤的人多一些。但又不能弄得满城风雨,事未成,已经非议满京,慈禧迁怒的首先还是他恭亲王。

文祥最能休会恭亲王的心思,所以他建议道:"依我看,不妨当家事来办,不是御前的九爷也应当具名,还有弘德殿的师傅。"

九爷孚郡王不是军机,也不是御前,拉他具名后,便是处理皇家家事的格局。奏折很容易写,道理很简单,不必费多少话。于是按顺序具名,先是四位王爷:五爷惇亲王、六爷恭亲王、七爷醇亲王、九爷孚郡王;接下来是御前大臣:僧格林沁的儿子伯彦讷谟祜、额附景寿、贝勒奕劻;再下是四军机:文祥、宝鋆、沈桂芬、李鸿藻;最后是四位弘德殿师傅:广寿、徐桐、翁同龢、王庆祺。王庆祺是诱引皇上微服游乐的罪魁,恭亲王深恶痛绝,但此时不宜措置,且让他具名。

等折子递上去也到了午后,于是大家散值各自回家。恭亲王正要上轿,太监飞奔前来传旨,说太后还要在养心殿召见,仍然是御前和军机。惇亲王骑马走得快,恭亲王马上派人去追了回来。这一来一回怎么也要半个时辰,恭亲王让军机处的小厨房马上备饭,大家勉强吃了一口,然后再去养心殿。

军机处两班章京十二个时辰轮值,小厨房无论白天还是黑夜皆备有饭菜,而且还相当丰盛。离此不远,乾清门侍卫的小厨房也经常有好东西。军机处的一位年轻章京飞跑着去"借"菜,很快就弄出两桌像模像样的宴席来。

等大家吃得差不多了,惇亲王才匆匆赶过来了。恭亲王见状问道:"五哥,你吃了吗? 我们将就吃了一口。"

惇亲王满头大汗地解释道:"我还没吃呢。刚到家就接到慈谕,还要见起,我上马又回来,没想到一路上好事多磨。红白喜事撞了头,鸡毛店里又走了水,这就耽搁了。"

"哎呀,五哥原来没吃饭。"恭亲王连忙吩咐军机小厨房备菜。

惇亲王不在乎地挥了挥手:"算了,这不是还有白面馒头嘛,还有六必居酱菜。够了够了,馒头就酱菜,吃一口就走。再晚了,让太后等急了。"说完,他抓起馒头,毫不顾忌地狼吞虎咽。

慈禧召见完军机和御前大臣后,才去和慈安说她的意思,她说是六爷他们提出请两宫权代皇上临朝。慈安听了后担忧道:"这样皇帝是省心,可会不会伤了他的心? 他已经亲政了,何劳你我再去干政? "

慈安对权力没慈禧那样热衷,撤帘后她乐得清闲,想想枯坐听政就深以为苦。而且她对慈禧揽权独断也颇为反感,不愿再给她堂皇干政的机会。

慈禧心生警惕,很显然慈安不支持垂帘,如果皇上稍有不痛快,她肯定借机打消垂帘的念头。那样政柄将落在恭亲王手中,自己还是无法干预。还有,自己召见军机、御前,到头来白费心思,脸面何在? 所以这件事情必须设法按她的心思向前走。那么最关键的就在皇上那里,如果皇上同意,慈安便无反对的理由。

"我想了一下,兹事体大,你们直接上折给我们姐妹不合适。"慈禧见到军机、御前大臣后又这样道,"你们应当先把这层意思告诉皇帝,让皇帝拿主意。该怎么说,你们应该清楚。"

这话说得很明白,是要他们先把皇上说通了。如何说,这必须好好琢磨,如果在皇上那里碰了钉子,太后脸面上不好看,一腔怒火必然迁延到恭亲王头上。所以他回应道:"臣等必当见机行事。今天皇上累了,明天见起时,臣等再面奏请旨。"

第二天上午辰正,同治帝召见军机。他靠在厚厚的软垫背上,脸色红润,气色也不错,他抬起胳膊说道:"六叔你看,朕的花出得很好,应该快结痂了。腰上的脓也见少了,太医说正在收口。"这都是好消息,同治帝很高兴。

"恭喜皇上,圣躬安康,是天下臣民之福。这是好兆头,皇上应当好好静养调摄。"恭亲王尽量往他要说起的话题上引,"太医说,有眼前的效验相当不容易,皇上万万大意不得,尤其不宜劳神。"

"太医说总要静养百日,是不是太长了,有必要吗?"同治帝信心很足,已经预想百日后重新临朝。

"依臣说,百日不算长。从容调养才能大安,那时皇上再养足精神,朝纲独断,同治中兴可期。为了皇上龙体考虑,臣等上了个折子,请皇上俯允。"

"哦,拿来朕看。"

恭亲王把请两宫权代皇上裁决政务的奏折递上,太监小李点上一支粗大的蜡烛,站在皇上身边照明。折了并不长,同治帝看完了便道:"朕知道了,等朕想想再说。"

到了下午,太监传旨,军机全班到乾清宫见驾。两宫并坐在皇上御榻前,同治帝斜靠在软垫上,神色还好,等众军机请过安后他道:"你们上的折子朕看过了,你们的请求朕准了,以后奏章烦劳两宫太后权代朕批答,等朕大安了,再好好临朝理政。"

慈禧脸上仍然是忧戚的神情,但掩不住心底的高兴,她看了慈安一眼后道:"我和姐姐都愿清静清静,享几天安闲自在的日子。可皇帝圣躬不豫,也就由不得我们闲在。我和姐姐答应你们就是了。"

明明是一心想垂帘,如今说起来倒好像勉为其难。皇上并不知其中的曲折,众军机却无不明镜似的,但此时又有谁去计较?

同治帝看着恭亲王道:"六叔,你要慎终如一,辅佐两宫皇太后。"

"皇上请放心,臣等定当尽心竭力。"恭亲王垂首道。

"你们跪安吧。"这么一会儿工夫,同治帝已经显得疲倦异常。

众军机退出去后,慈安也道:"皇帝安心静养,外面有你六叔他们,宫里有我和你皇额娘,误不了事的。妹妹,咱们也回宫吧,让皇帝好好休息。"

两宫皇太后一走,同治帝对心腹太监小李道:"请皇后过来说话。"

小李见皇上十分疲倦,便劝道:"万岁爷,您今天说话太多了,先休息一会儿,奴才再去请皇后。"

"不,趁朕这会儿还明白,请皇后过来,有要紧话。"

不一会儿,便听到花盆底踩在金砖上的声音,那声音非常熟悉,是皇后到了。同治帝露出疲惫的笑意,向皇后点了点头。皇后请过安,坐到皇上御榻上,两眼红肿,显然是刚哭过。同治帝向太监宫女示意,他们都退到外面。同治帝伸伸手,皇后会意地握住他的手,指骨毕露,摸之让人心惊。

"皇后,朕和你没过够。"

就一句话,皇后的眼泪迸出来了,皇上的眼角也湿了。皇后抽泣着,不忘去为同治帝拭泪。

"朕打心里喜欢你,朕后来不理你,是跟皇额娘赌气。不想闹得过了,朕好悔。"

皇后泪眼婆娑,自欺欺人地说道:"太医说了,皇上很快就会大安。臣妾还要侍候皇上,与皇上白头偕老。"

同治帝攥着皇后的手道:"你放心,有朕在,不会让人欺负你。朕就是不在了,也会安排好千秋后事,从溥字辈中选一个人继承大统,将来让你做垂帘听政的太后。"

"皇上不要说不吉利的话,太医说,皇上还有几十年的阳寿。"皇后热泪滚滚,即便肝肠寸断,脸上依然是雍容慈祥的表情。

同治帝又轻声说道:"皇后,朕真想叫你一声皇额娘。"

皇后以为同治帝糊涂了,低声道:"皇额娘刚走,明天就会来看皇上的。"

"那算什么皇额娘,她的儿子都快死了,她还有心思与儿子争夺皇权,这是一个什么额娘啊!"同治帝摇了摇头。

皇后这才知道,皇上其实十分清醒。她并不知道两宫又要垂帘的事情,更不知道皇上虽然在病中,但依然一眼看出是他的亲生额娘极力谋求听政。皇后不知道如何劝慰皇上,只好转移话题:"皇上,让臣妾来侍候您。"

皇后掀起锦被的一角,查看同治帝腰间的溃口。今天复又流脓,并未如他所盼的是要收口。皇后轻轻拭去脓血,不知什么时候,同治帝已经疲倦地睡去。皇后不忍打扰,轻轻退了出去,示意太监宫女进殿侍候。

当天,两宫代裁大政的上谕便由内阁明发:

谕内阁:朕于本月遇有天花之喜,经惇亲王等合词吁恳静心调摄,朕思万几至重,何敢稍耽安逸。唯朕躬现在尚难耐劳,自应俯从所请,但恐诸事无所秉承,深虞旷误,再三吁恳两宫皇太后俯念朕躬正资调养,所有内外各衙门陈奏事件,呈请披览裁定,仰荷慈怀曲体。俯允权宜办理,朕心实深感幸。将此通谕中外知之。

慈禧终于如愿以偿,大权在手,军机诺诺,那种感觉对她而言就是莫大的享受。咸丰驾崩的时候,她二十七岁,二十七岁的寡妇如何撑过这十几年,如果没有亲裁大政的苦乐交加,真是不敢去想。即便是今天,她也不过刚刚过了四十岁的生日,三十如狼,四十似虎,后宫寂寞,唯有看折批折才能转移她的精神,让她不觉长夜难熬。

对恭亲王的驯顺表现慈禧非常满意,觉得应当有所酬庸。然而,如果只酬庸恭亲王当然不妥,十重臣都功不可没。十重臣之外,还有弘德殿的师傅。这样一想,不如干脆来个大恩赏,也为皇上冲喜。这个理由很好,慈安十分赞同。于是,以皇上的名义重赏群臣的上谕很快明发,"朕奉慈安端裕康庆皇太后慈禧端佑康颐皇太后懿旨:皇上于本月遇有天花之喜,仰赖苍穹默佑,诸臻康吉,中外同欢,允宜普沛恩纶,优加赏赉"。

结果是惇亲王、醇亲王、孚郡王、惠郡王,都是赏食亲王双俸。恭亲王已经食亲王双俸,于是再加赏一分,就连他的儿子贝勒载澂,也赏食郡王俸。除了宗室之外,军机大臣、内务府大臣都是赏给双眼花翎,弘德殿师傅都赏花翎,所有王公及京外大小官员均着赏加二级,京师八旗及绿步各营兵丁,均着赏给半月钱粮。此外,还恩及在监囚犯,"各省已经结案监禁人犯,除情罪重大及常赦所不原者毋庸查办外,其余着军机大臣会同刑部,酌量案情轻重,分别请旨减等发落"。

接着,又对两广总督瑞麟死后的大学士遗缺进行调补。瑞麟是文华殿大学士,在明朝被称为"首辅",李鸿章由武英殿大学士调补文华殿,汉人得文华殿大学士,有清一代绝无仅有。李鸿章空出的武英殿大学士则由体仁阁大学士文祥调补,而文祥空出的体仁阁大学士,则由协办大学士宝鋆升补。李鸿章、文祥、宝鋆,均是恭亲王一向所倚重,因此这也算是慈禧对恭亲王的间接酬庸。

然而,虽然大赏天下,同治帝的病情却无丝毫转机,乏力、发烧以至昏厥,等他清醒过来,连抬眼看人的力气似乎也没有。十二月初四日下午,同治帝从昏睡中醒过来,眼睛少见的有光泽,声音也响亮:"召李师傅。"

李师傅就是军机大臣、帝师李鸿藻,他是咸丰还在时亲自指定的第一位帝师。李鸿藻可真是尽心竭力,虽然皇上不肯在读书上用功,但对李鸿藻却是十分尊敬、亲近和信任。等他跌跌撞撞来到御前,跪下磕头问安后,同治帝点点头道:"师傅坐着说话。"

在御榻边上摆了一张小条案,笔墨纸砚俱全。同治帝向小条案努努嘴示意坐下,要他执笔。

"你帮朕起草一份遗诏。"同治帝说得非常冷静。

李鸿藻却是五内俱焚,扑倒在地,泪流满面,哽咽道:"皇上静养几日,定能大安,臣不敢奉诏。"

"李师傅,朕没有力气多说话,有几句要紧的话,你替朕记下来。"同治帝对师傅此时还要拘于虚礼,十分着急,因此连连咳嗽,不过,他连咳嗽的力气也没有,只是在喉咙深处,吭吭几声,"师傅,再不说,朕怕来不及。"

李鸿藻这才坐到案前,拿起笔,等着同治帝金口玉言。

"朕自幼不能用功读书,十分后悔,御极以来,于政务多有疏失,朕也有愧。你照着这些意思写几句。"同治帝吩咐。

这就有罪己的意思了,话不必太多,但分寸把握却较难。好在李鸿藻并非浪得虚名,稍做思考,便下笔写就,然后读给同治帝听。同治帝点头表示满意。

"朕未育子嗣,着从近支亲贵中择溥字辈贤能者立为皇太子,朕百年后,着即皇帝位。若嗣皇年幼,着由皇后垂帘,裁决大政,恭亲王奕訢、醇亲王奕譞、军机大臣等尽心辅弼。"

李鸿藻一边记录,一边飞快地思索,很明显,这道遗折几乎为着防范慈禧而来。等他写完了,却听不到下文,抬头一看,皇上满脸潮红,眼神迷离,已经进入半昏睡状态。李鸿藻顾不得礼仪,冲着暖阁外大喊道:"快请御医!"

因为事涉机密,同治帝已经示意太监、御医都到殿外侍候,听到李鸿藻呼喊,这才慌里慌张奔进殿来。太医立即给同治帝把脉,随后说道:"皇上太劳累,睡着了。稍等醒来,该进药了。"

李鸿藻回想十几年来,辅导皇上读书,苦辣酸甜,五味杂陈,谁知当年顽皮执拗的学生天子,今天由他这位师傅来写遗诏。人生无常,夫复何言!寒风中他一路走一路流泪,回到军机处,脸上泪痕数道,实在可悯。恭亲王见状问道:"兰荪何以如此难过?听说皇上召见,今天圣躬如何?"

问圣躬是假,其实是想打探皇上召见所为何事。军机当中,恭亲王对李鸿藻最客气,也是最难推心置腹的。明知道他未必肯说实话,但还是忍不住多此一问。

"圣躬不好。"李鸿藻摇着头说了句大实话,一脸忧戚,"皇上今天召见我这师傅,为自幼未能用心读书而后悔,却没有一句责备臣下的话,真让老臣又感动又惭愧!"李鸿藻尽量忍着眼泪,但还是没忍住。他的伤心是真的,恭亲王等人不由得动容。

"皇上天资聪颖,如果肯用功,定然是……"恭亲王想说"定然是一代明君",但这样说就有皇上不是一代明君的意思,所以他改口说,"你是帝师你清楚,皇上从小聪颖,无人可比,如果好好用功,局面会更好。"

"皇上今天说的都是让老臣感动的话。他还说最愧对圣母皇太后,自己太任性,惹太后生气,只怕没有机会改过。"李鸿藻接下来的话就是用心编排了。

同治帝与生母慈禧的关系并不好,远不如与慈安,这在朝廷内外几乎人所共知。他病中悔悟也不是没有可能,所谓人之将死,其言也善。

"皇上这些话,要是当面说给圣母皇太后就好了。"恭亲王叹息道。

"是,大约皇上的意思是让臣来转奏圣母皇太后。王爷,皇上的这份心事应当让圣母皇太后知道,圣母皇太后听了也会更加欣慰。臣想递牌子请见,王爷可否作陪?"

"那大可不必。皇上召见的是你,自然你去回奏就是,我去也无话可说。"恭亲王推辞道。

李鸿藻有些后悔刚才这一问,但现在他来不及多想,此事必须向慈禧密奏。这道遗诏在他手里是个烫手的山芋,甚至会招来不测之祸。而且平心而论,皇后太过懦弱,又无决断,如何能够担起亲裁大政的重担?如果真是那样,皇权将完全落入恭亲王等人手中。相比较而言,如果真需要垂帘,现在两宫皇太后比之皇后强了何止十倍?十几年的垂帘已经证明,也只有慈禧能够降得住恭亲王。倘若没了慈禧的裁抑和控制,恭亲王会一门心思大搞洋务,大清上下势必洋气扑鼻,国将不国。而且,到时候由他来宣布这道遗诏,先不说会不会如皇上所愿,得罪慈禧是明摆着的。而且,任何人只要说"李鸿藻手里的是矫诏"，他就死无葬身之地，而他代草的遗诏上没有任何可咨凭信的印记！这样一想，他禁不住冷汗直流。或者，他可以不拿出这份遗诏，只当没有这回事？可万一有人——比如专为慈禧打探的太监偷听到了君臣的对话，他不肯拿出这份遗诏，岂不更显居心叵测？还有，他如果把这份遗诏面奏慈禧，正是表忠心的最好机会，也是他以社稷为重的本分！他思虑再三，决定面见慈禧。

乾清宫的任何风吹草动，慈禧都能随时掌握，皇上单独召见李鸿藻的事她很快就知道了。所以李鸿藻递牌子请见，她立即准了。

"李师傅，这么着急递牌子，有什么要紧事吗？"慈禧仿佛不知道他刚刚被皇上单独召见。

"皇上召见了臣，说了不少话。"李鸿藻磕了个头，眼睛向两边示意。

"你们都出去侍候。"慈禧向为首的宫女吩咐。

殿里只剩下两人后，李鸿藻把他起草的遗诏双手举过头顶，跪行几步递到慈禧面前。

慈禧接过去很快便看完了，她脸色十分难看，李鸿藻不敢抬头，但听到她气息急促，可知生气不小。只听哧啦哧啦几声响，慈禧把那几页纸撕成碎片，又攥成一团扔到地上。李鸿藻不知如何应对，只是一个劲地磕头，嘴里重复着："太后息怒！太后息怒！"

慈禧气得心口疼，但她知道不必让脚下这个帝师诚惶诚恐到如此地步，因为他没有做错什么，反而是立了一大功。她努力用平静的语气说道："李师傅，你起来说话。你没错，我气的是皇帝，天花眼看就要脱痂大安，他立什么遗诏！"

"是，臣也劝皇上，皇上一定要臣代笔。"李鸿藻依然是诚惶诚恐的语气。

"你代笔的时候，可还有外人在？"这是慈禧最关注的。

"回太后的话，没有外人，只有皇上和臣。"

"那就好，不然传出去让人笑话。这件事至此为止，皇帝召见你只是叙叙师生情谊。皇帝病中感念师傅的教导之恩，这也是人之常情。"慈禧给这件事定了性。

"是，皇上后悔没有好好念书。圣天子百神护佑，等皇上大安了，臣一定好好尽心辅导皇上用功。"李鸿藻这样表白，仿佛皇上还真能复起听他讲书。

"好,你做得很好。"慈禧这样称赞李鸿藻,"但愿皇帝尽快好起来,你跪安吧。"

当李鸿藻走出长春宫时,才发觉四九寒冬,他竟然汗透内衣。

十二月初五日,同治帝连续昏厥,太医向恭亲王建议,近支亲贵、军机大臣、御前大臣等应该到乾清宫,随时准备皇上召见。所谓准备召见,其实是待皇上宾天的婉转说法。恭亲王面禀两宫皇太后,两宫明白皇上大限快到了,禁不住唏嘘抹泪。慈禧先忍住悲痛道:"姐姐,现在不是哭的时候,咱们也去乾清宫吧,有多少大事要随时与六爷他们商议。"

于是两宫移驾乾清宫,她们先到东暖阁看同治帝,他仍在昏睡中,气息微弱。恭亲王请两宫到西暖阁,惇亲王、醇亲王、惠郡王、孚郡王等亲贵,军机大臣、御前大臣、弘德殿师傅、内务府官员都聚在乾清宫内。西暖阁容不下这么多人,只有军机大臣、御前大臣和惇亲王陪着两宫,其他人则在大殿中,虽然生了两盆炭火,但偌大的宫殿,又高又阔,两盆炭火几乎不起作用,大家被冻得抖抖索索,吸溜溜抽鼻子。

焦急的等待中,恭亲王心事重重,而且这件心事无从商量,那就是谁来继上大位。同治帝没有子嗣,如果从他的子侄辈中选一个继嗣的话,那就得从溥字辈中来选。近支亲贵中溥字辈并没有多少,最近的就是贝勒载治的两个儿子,而载治根本不能算近支,其他溥字辈的子侄与同治帝更远。

恭亲王从内务府悄悄打探一下,溥字辈中成器的不多,都是提笼遛鸟的纨绔子弟。事关皇嗣这样的敏感话题,不要说找人商量,连提也不能提。而这又是关系国本的大事,不能不令他特别关心。

整个上午无事,同治帝还喝了一次药。于是恭亲王请两宫回宫,除了军机和御前大臣,其他人午饭后再回宫。下午自鸣钟刚敲了三下,太医李德立奔进西暖阁,被门槛绊了一下,他就势跪倒,哭着说道:"皇上闭了牙关,连药也喂不进了。"

恭亲王等人顾不得礼仪,乱哄哄跑进东暖阁。御榻上一位身体魁梧的太监以胸膛为靠背,让同治帝靠着。御榻边一位小太监正在侍候喂药,因为同治帝牙关紧闭,两人不知如何是好。但同治帝的眼睛还有神,恭亲王走近了,看到皇上在张嘴,似有话说。他伏下身问道:"皇上,您要说什么?臣听着。"

"李师傅。"恭亲王伏耳过去,听同治帝说了三个字。

恭亲王立即回头叫道:"兰荪,皇上在叫你。"

李鸿藻却扑通跪倒,以头碰地,只管放声大哭。

"你过来听皇上口谕!"恭亲王急得直跺脚。

"王爷,皇上,皇上……皇上好像已经宾天了。"翁同龢把御榻边的一炷安息香捧到皇上鼻子下,一缕香烟袅袅直上,显然没有呼吸了。他扔掉香,抱头大哭。他这一哭,便是一声信号,众人跪倒一地,放声哭号。

此时没有礼仪可讲,怎么失态都不算失仪,有人以手捶地,有人仰天长号,有人抱头痛哭,有人直跺双脚。哭得越失态,越显忠诚可悯。哭声由乾清宫传出去,每个宫室的所有太监、宫女都要放声大哭,以乾清宫为中心,哭号延到整个紫禁城,惊得鸟儿乱飞。

所有人摘去红帽缨,换上白丧服,所有宫灯都以白纱包裹。好在内务府早有准备,半个时辰便大致就绪。一会儿宫内传出话来,近支亲贵、军机大臣、御前大臣、弘德殿师傅、南书房翰林都到西暖阁。国不可一日无君,恭亲王猜测,应该是商议嗣君的人选。

两宫此时也是泪流满面,眼睛哭得像桃子。慈禧擦了擦泪道:"国不可一日无君,皇帝去了,该怎么办? 老六,皇帝生前可说过什么?"

"没来得及说。"恭亲王回道。

"今天大家都在,要把皇嗣的事情尽快定下来。"慈禧脸上闪过一丝不被人察觉的欣慰。

新皇当然要从近支亲贵中选,这样近支亲贵们都不好先说话了。军机大臣里除了恭亲王就是文祥资历最老,他斟酌再三后说道:"可从溥字辈中选择贤能者继承大统,最近支的是贝勒载治的两个儿子。"

"载治连宣宗的嫡孙都算不上,不合适。"惇亲王是说话不过脑子的人,但他所说,正是慈禧所盼望的。

本朝没有兄终弟及的说法,载治的两个儿子不合适,同治帝的子侄辈中,哪一个还能合适? 大家都在沉默的时候,慈禧接话道:"溥字辈中没有合适的,那就从载字辈中选,将来新皇上所生的阿哥,再过继为大行皇上的子嗣。姐姐,你说呢?"她又转脸望着慈安。

"也只有这样了。"慈安应道。

惇亲王又道:"大行皇上的堂兄弟里面,已经成人的只有老六的载澂。"

"载澂不合适!"慈禧一口否决,谁不知载澂是闻名京城的花花公子?何况,让他做皇上,谁还能制得住老六?但这些都不能摆出来说。不得不佩服慈禧的急智,能摆到桌面上的理由现想现说,而且句句在理,"新皇上总要从小抚养教导才好,而且,如果载澂承继大统,恭亲王就不能豫闻政事,试问在座各位,有谁能替代恭亲王,辅得了政?"这个理由十分堂皇,恭亲王听上去,也特别受用,这就意味着,无论谁当皇上,将来大政仍然要由他来辅佐。

"醇亲王的儿子载湉已经四岁,且是至亲,继承大统最为合适。我与姐姐都是这意思,是不是姐姐?"不待慈安回答,慈禧犀利的目光从每个人的脸上扫过。

慈安也不知是擦泪还是同意,大家都看到她点了头。

"今天大家都在,这事就定了,内务府立即准备,明天一早迎新皇入宫。"慈禧一锤定音。

醇亲王奕譞大为吃惊,竟然当场昏了过去,让大家好一通忙乱。所有了解慈禧的人很快就明白,如果从大行皇上的侄辈里选新皇,那么两宫就成了太皇太后,未来即使垂帘,也应该是同治帝的皇后阿鲁特氏,而轮不到现在的两宫了。不过大家也不得不服,后宫中再没有谁的智慧能与慈禧比肩了。

东方才刚露点儿白,浩浩荡荡的迎驾队伍在醇王府内外摆开。四岁的载湉还在睡梦中,没人忍心把他叫醒,直到被抱进龙辇,他还在熟睡之中。

他就是光绪。

大行皇上的遗诏因为关系国本,因此第二天也就是十二月初六日明发天下。李鸿章已经回驻保定,封疆大吏中他第一个接到诏书。皇上身患重病,恐过不了年的消息,他已经听到过,但没想到竟然成真。

遗诏的前半部分全是官样文章,最关键的就是后面,醇亲王的儿子过继为咸丰帝的皇嗣继承大统,而两宫继续垂帘听政。朝廷的政局,重新恢复到同治帝亲政前的情形。李鸿章决定以叩谒大行皇上梓宫的名义进京,除了觐见两宫皇太后,拜访恭亲王外,还要特别拜访醇亲王——当今皇上的生父。无论办洋务还是办海防,都需要他们的支持。尤其是他请求暂停西征建海防的折子还没有回音,他要借觐见的机会,向当政者面陈。

李鸿章的请求获准,他于十二月十八日自保定起程,路上用了三天时间,二十一日下午到达京城,入住贤良寺。大臣入京,在陛见前不得私会大臣,所以李鸿章闭门谢客,准备明天陛见时的应对。

第二天天不亮,他从东华门入宫,走过文华殿前的空地,转而向北,过了箭亭前校场,就到了景运门。景运门是内朝和外朝的界门,门内便是内廷,关防极严。不过恭亲王早就安排好了,乾清门侍卫领班专在景运门等候。即使如此,也要验过了堪合,才很客气地带领李鸿章往乾清门侧的朝房走去。

候朝的大臣们都穿着孝衣,白花花一片,李鸿章一时分不清谁是谁,只好向大家拱手致意。国丧期间,一切慎而又慎,大家都像哑巴一样,很少说话,露齿一笑更是不可。恭亲王特意安排军机领班章京前来告诉李鸿章,说军机大臣是第一起,第二起便是召见他,晚上请他到府上吃顿便饭。

估摸时间差不多了,内奏事处一位太监给李鸿章带路,从右内门进去,往北走,而后进入养心门,御前大臣僧格林沁的儿子伯彦讷谟祜在门口迎接李鸿章,把他引进东侧的房中稍等。不一会儿,就听得太监喊道:"李鸿章觐见。"

伯彦讷谟祜亲自把李鸿章引到门口,正遇上恭亲王率领一班军机大臣鱼贯而出,双方点头示意,一句话也不说。李鸿章进了门,跪倒在地大声道:"臣李鸿章恭请圣安。给皇太后请安。"

皇上太小,还不能临御,因此两宫太后帘前的御座上是空的。

"李鸿章近前回话。"慈安回应道。

李鸿章站起来向前走了几步,在一个白毡垫上跪下。大臣被召见,除特恩旨准外,都是跪着回话,因此两宫问什么,就回答什么,而且要极其简明扼要,非有所问,一般不主动开口,以免时间过长,膝盖不能承受。不过,现在情形不同,大行皇上宾天不久,两宫都在悲伤中,因此不待两宫问话,李鸿章先磕了一个头说道:"请两宫皇太后节哀!"

慈安先问了一些何时起程、几时到京等家常式的问话。接下来慈禧问道:"直隶连续两年被灾,你来的路上可否安静?有无难民?"

"回皇太后话,朝廷已经全力赈灾,一路上还安静,臣没遇上难民。"李鸿章回答得很巧妙,"没遇上"难民,而不是说"没有"难民。因为实际情况,难民一定是有的,还有不少进京觅食。

慈禧又道:"与秘国签约的事情,你办得很好。听说你在调查他们迫害华工的事？"

"是。臣已派驻美留学监督容闳去秘鲁国暗中调查。"李鸿章回道。

与秘鲁签约是夏天的事情。秘鲁是美洲的小国，可也要效法英法等列强的办法与大清通商。其实秘鲁与大清并无商务，主要涉及十几万华工。秘鲁缺乏劳动力，从沿海拐骗了大量华工，一船船运过去。在秘鲁的华工遭遇非常凄惨，忍受着非人的待遇。他们曾经向朝廷上过《诉苦公禀》，请朝廷保护他们。因为两国没有签约，所以秘鲁从大清运人出境是违反国际公法的拐卖行为。而秘鲁国之所以要求签约，就是要将他们拐卖的人口合法化。总理衙门把这件事情推给李鸿章，李鸿章趁机要求秘鲁国必须保护在秘华工利益，否则便不签约。

秘鲁公使仗着有英法等国支持，非常强硬地对李鸿章道："本使与日本签约，也只用了三个月时间。"

李鸿章则回答道："你要与大清签约，没有三五年签不成。"

"为什么？"秘鲁公使不解地问。

"你们骗去了十万华工，没有三五年如何能够说得清楚？你要签约，先把十万人给我送回来！"在李鸿章的强硬坚持下，最后两国签订了保护华工利益的《中秘查办华工专条》和《中秘友好通商章程》。这是中国第一个保护海外华工的专条，也是中国懂得海外华人利益也应当保护的开始，李鸿章因此受到西方各国的称赞。

但《专条》只是签在纸上，秘鲁会不会认真去落实，华工的待遇有无改变，李鸿章放心不下，所以密令容闳暗中调查。十几天前容闳来信，他调查的情况非常不乐观，华工常常被监工活活打死，很多人不堪忍受而自尽，反抗者则常常被投进火炉、糖锅中烧烫而死。

两宫听说华工遭遇如此悲惨，禁不住动了恻隐之心。

"明年换约，臣非得逼秘鲁国正式向各国承诺，必须尽力保护我华工，不然臣不与他换约。如果草草换约，嗷嗷待援之人，从此再无生望！臣请总理衙门到时候不要轻易答应换约，推给臣去与他们周旋。"李鸿章说出了自己想法。

慈安心肠软，便支持道："好，就按你说的，他们到时候不好好保护华工，就不与他们换约。"

"他们就是向列国承诺了,空口白话,远在万里之外,也是鞭长莫及。"慈禧虑事深远。

"臣请朝廷向秘鲁国派出使臣,随时了解华工的情况,若有华工被虐事件,随时向他们提出抗议。各国向我国派出使臣,也是为了保护本国人的利益,这是各国通行的办法,我们也可以效仿。"李鸿章趁机建议道。

"这些事以后慢慢去做,有你在天津,我们姐妹就放心多了。"慈禧说完,两位太后对视一眼,因为李鸿章还要叩谒梓宫,所以她们不再多问,让他跪安。

李鸿章原来期望的是向两宫面奏海防事宜,没想到还没说到正题就让他跪安。他伏地磕头,端着他的顶戴退到门口,才转身出了东暖阁。然后由六额附景寿带领他去乾清宫,叩谒大行皇上的梓宫。

回到贤良寺,李鸿章依然是闭门谢客,只待晚上赴恭亲王的约。冬天昼短夜长,不到五点,恭亲王就打发人来请。到了王府,恭亲王十分客气地迎到门外台阶下,李鸿章要跪下叩拜,早被恭亲王一把拉住。他就势作揖请安,恭亲王也拱手还礼。

恭亲王待客的地方是按西洋式样新建的一座小楼,西式的厚木门严丝合缝,隔音效果很好,里面说话外面一句也听不到。客厅里的摆设也都是西式,自鸣钟、地球仪、洋酒、沙发椅,全都是洋玩意。

满人礼仪周全,恭亲王对李鸿章的家人一一问了一遍,李鸿章也把王爷府上的亲眷问候一遍。

因为是国丧期间,当然不能公开宴乐,恭亲王所备的全是素菜,但显然所费不菲。他拿过一瓶洋酒道:"少荃,举国哀悼,不能请你喝酒。洋酒不算酒,你少尝一点?"

李鸿章知道恭亲王是客气话,虽然在密室之内,但传出去对谁都不好。所以他连忙摆手道:"王爷,您不必客气,咱们喝茶说话,就好得很。"

"要是在平时,必定请几个脾气相投的来作陪。今天就我们两个,说话也方便。"

李鸿章先从轮船招商局说起。自从唐廷枢当了总办后,招商局商股认购非常踊跃,当年就筹集了五十万两,如今已经达到一百万两。经营也非常顺利,不但开辟了北洋、南洋、长江、香港航线,就连日本长崎也有一艘轮船往来。

"王爷,招商局每年都有几十万的利润。"李鸿章说起招商局,非常得意,"这还仅仅是直接利益。我托海关总税司务帮着算了一笔账,洋人五六家轮船公司,从前每年赢利都在七八百万两,自从轮船招商局开办后,每年降到了三百万两以内。这就相当于两年大约有一千万两利权被夺回来了。"

"这个账是怎么个算法?"恭亲王有些不明白。

"王爷,是这么回事。"李鸿章在轮船招商局上用心颇多,当然能自圆其说,"自从轮船招商局成立后,外国的轮船公司就一起把水脚价降了下来,凡是轮船招商局开辟的航线上,他们的水脚价连从前的三分之一也不到,几乎已无利可图。他们宁愿赔钱也要降下来,为什么?他们是仗着财大气粗,想逼得轮船招商局赚不到钱,自请歇业。他们是赔本赚吆喝,所以,这两年利润大跌。王爷请想,沾光的是老百姓,水脚银子花得少了,不就相当于多赚了钱吗?"

"哦,是这么个账。"恭亲王明白了,"少荃,那我就不明白,洋人降水脚费,轮船招商局也必得跟着降,能受得了吗?"

"我们不是有一百万石漕粮要运吗?我就与两江和闽浙商议,多拨了几十万石交给轮船招商局去运,这块稳定收入,洋人公司是没有的。还有东北的黄豆和豆饼,一直是禁止私运的,我把这块货运也拨给轮船招商局,有此两项,招商局不但不亏,而且还有盈余。听说洋人轮船公司撑不住了,正与唐总办联系要定齐价合同,从今往后,水脚费定价,多方商量着来。"

"那就是说,洋人轮船公司向我们投降了。"恭亲王也非常高兴。

"就是这话!我告诉唐总办,将来有洋人轮船公司撑不住了,你不妨买下一个来,那就能大振华商的威风了。"说到这,李鸿章换了十分机密的语气,"王爷,不瞒您说,招商轮船刚开张时,我拿了五万两银子放在里面做商股,这都是我积下来的养廉银,两万两是为王爷购的股子,三万两是我的。这两年红利有一万余两,我把一万两交给王爷,还有几百两的零头,就当王爷请我喝茶了。"

恭亲王知道,这无非是李鸿章为馈赠想出的冠冕说词,不过一万两实在为数太巨,他把银票推回去道:"少荃,咱们又不是外人,不必来这些俗套。再说每年冰敬、炭敬都很丰厚,我从未推辞,这一份我不能要,所谓无功不受禄。你把洋务办好了,把洋人安抚好了,就是送给我最好的礼物。"

"王爷,这已经说得很清楚了,这是您两万两商股的红利,只要分红利,都有您的一份。之所以如此是想让王爷知道,大办商务,实在是从洋人手里夺回利权、以裕饷项的极好办法。不瞒王爷说,开采矿山、机器纺织、火车电报,我有许多设想,需要王爷支持!这些想法我都写在筹议海防的奏折中了,没有王爷鼎力支持,万难推行。"李鸿章告诉恭亲王,这些工商实务不仅是夺回利权、以裕国帑所必须,而且也事关国家安危。将来建海军,兵舰动力需要大量煤炭,而深埋地下的优质煤炭,非用西洋机器开采不可。目前天津煤炭十之八九是来自日本,因为日本用机器开采,成本很低,运抵天津,比本地土煤价格还低。如此下去,不用几年,天津煤炭便全为日本人所控制。如果一旦有战事,日本断供煤炭,大清纵是有军舰也出不了港。还有铁矿也需要自己开采,炼铁的办法也要从外国引进机器冶炼。目前江南制造总局、福州船政局、金陵机器局、天津机器局所用钢铁全靠从外国进口,因为大清所产土铁产量低,而且杂质太多,根本没法用来制造洋枪洋炮。

"王爷,目前铁路也是最应当急办的事情。铁路运输风驰电掣,无论运兵还是载货都非常便捷。"李鸿章想办的事情实在太多,哪一件也都很重要,"我国海疆万里,顾得了南顾不了北,要处处设防,根本不可能。可是如果有了铁路,南方有警,便向南方运兵,北方有警,便运兵入北方,如果这样,十万兵便可抵五十万兵。"

"少荃,这是大事,我实在不能决。你知道,现在不同于从前,我说话总会有人反对。有人是真的没想明白,认为洋务有害于国,因此反对;而有人,其实是因为反对我而反对洋务。"恭亲王也有自己的苦衷。

"王爷,那两宫皇太后总应当能够决断。"

"恐怕两宫皇太后也不能一语决断。现在清议的影响比从前更有力,即便是两宫,也不能不有所顾虑。"

李鸿章听恭亲王如此无可奈何,禁不住失望地长叹一声。恭亲王见状,劝说道:"少荃,我们是明知不可为而为。急不得,只能办成一件是一件。办法总是有的,以后洋务的事情你来提建议,我和总理衙门极力支持。你也要与沿海大吏多沟通,到时候形成以外促内的局面,也不是一无可为。"

"王爷,您是用心良苦,如此一来沿海疆臣便是至关紧要,必须多用有心洋务、眼光远大的做督抚，才能有所作为。"李鸿章借机进言，要对沿海疆臣人事布局施加影响。

李鸿章极力推荐的人，一个是沈葆桢，首任福州船政大臣，是他的进士同年，两人关系最为亲密。一个是丁日昌，李鸿章任江苏巡抚时，他就跟着造枪炮、办厘捐，极力主张强海防、重工商，与李鸿章的心思完全一致，是他最看重的洋务大员。还有一个是郭嵩焘，也是李鸿章的同年，任过广东巡抚，被左宗棠参劾去职，对世界大势、外洋情形较为了解，可担洋务大任。

"王爷，两江总督管南洋通商事务，与北洋声息相通最为关键，此一人选，王爷尤其要多费心神。"李鸿章特别提醒。

他起自两江，他的洋务事业，江南制造总局、金陵机器局、轮船招商局都在两江，他的淮军也有十几营驻江苏，两江也是淮军的重要饷源地，两江是否得人，与李鸿章的事业和荣辱关系极重。现任两江总督李宗羲，虽然也是出自曾国藩幕府，但与他关系一般，且对洋务不甚热心，当初创办轮船招商局，他便以种种理由请求暂缓，李鸿章多费了不少周折。

"李雨亭身体不好，已经两次请求开缺。朝廷又赏假三个月，届时如果还不见好，两江是要考虑新的督臣。"恭亲王分析道，"如果真如你所愿，暂停西征，那么左季高就得考虑内调，以他的资历，恐怕要放两江。"

"王爷，万万不可。左季高最喜欢自作主张，我们两个人颇有芥蒂，王爷也是知道。如果他督两江，南北洋断难和谐。"李鸿章惊讶得差点跳起来。

"我知道你们两个政见不同，我心里有数。但西边的主意大得很，到时候能不能如愿就两说了。如果不是左季高，那么你认为谁督两江较为得力？"恭亲王又反问道。

"当然是沈幼丹！无论资历还是见识，他都当之无愧。"

"两宫对他的看法也很好，倒的确是个不错的人选。"

李鸿章的话题重新回到洋务上，他请恭亲王无论如何帮着递牌子，再请面奏两宫。恭亲王答应得很痛快："那就明天或后天，马上过年了，无论如何让你回保定过年。"

隔了一天，两宫再次召见李鸿章。李鸿章先说海防的事，再说暂缓西征的理由："历代备边多在西北，但现在形势不同了。西北不过是与俄罗斯等国陆路相连，而沿海万余里，各国兵舰轮船可随时停泊。道光以来，所有外衅都是起自沿海。而沿海有事,就牵连内地。洪杨大乱,就是借我沿海不靖而起,陕甘变乱,新疆被阿古柏所占,也是他们看到我东南沿海不宁,才乘人之危。所以,只有沿海不可侵犯,才可保内地平安。也正是这个缘故,臣以为西北不过是肘腋之疾,而沿海则是心腹大患。臣请暂缓西征,就是移缓就急,打牢了海防,西北自然稳固。"

慈禧回应道:"你说得也有道理。可是新疆毕竟是祖宗代代相传的国土,轻言放弃,恐怕言路上就多有窒碍。你的折子我和姐姐都看过了,等过了年,就发下去好好议议。"

"西北、沿海都重要,如果有银子,两边都能兼顾才好。"慈安这一点倒是明白,说到底都是因为没有钱。

"是,筹饷也是臣等不能不用心的大事。臣请开矿山、兴工商、办火车,还请两宫太后明鉴。"于是李鸿章将他与恭亲王说的一番道理说给两宫听。只是跪着回话,力求言简意赅,难免说得不够充分。

果如恭亲王所料,慈禧道:"这些事要一件件慢慢去办,目前西北、海防,都是花钱的大事,其他事情不能不徐图之。"

虽然李鸿章说话力求简短,但把他想说的事情说完,也足足用了半个多时辰。两宫也有倦意,李鸿章站起时,因为跪得太久,竟然有些站不稳。

当天晚上,醇亲王请他过府吃便饭。与恭亲王一样,他对李鸿章也非常尊重。他请了一个陪客,就是他最为欣赏的步军统领荣禄。他是满洲正白旗,同治初年进神机营,如今已是左翼总兵,是醇亲王最看重的助手。同治帝驾崩,议立新皇、迎接皇上入宫等事情,荣禄办得十分漂亮,深得慈禧青睐。荣禄时年三十八岁,正当盛年,人又干练、机警,李鸿章暗自点头,认定此人将来大有前途。

李鸿章以"过年请王爷赏下人"的名义,捧给醇亲王一张五千两的银票。他还特意给皇上备了一件礼物———一辆西洋人制造的玩具火车。从玩具说起,李鸿章把铁路、轮船、电报等事业说给醇亲王听,希望得到他的支持。

"少荃,我如今身份不似从前,我已经上折请求开去一切差使。国家大政,我不便干预。"醇亲王说出了自己的顾忌。

"王爷清望甚高,又是最知兵的王爷。所以事关海防和国家安危的大事,我不向王爷说,说给别人恐怕也说不清楚。"李鸿章这顶高帽送得恰到好处。

这位醇亲王的确得到清议的赞扬,因为他向来以对洋人强硬著称。尤其是他一直想把神机营训练成一支劲旅,复现当年八旗横扫天下的勇武。

于是两个人又就如何训练兵勇谈了很久。李鸿章以为神机营必须装备洋枪洋炮,按洋人的办法操练,练兵才能有效果。醇亲王对此很感兴趣,向李鸿章请教现在各国都有什么新式枪炮,两人说得很热闹。

李鸿章走的时候,醇亲王特别吩咐开中门,让他的轿子直接出府。回到贤良寺,李鸿章想想这次进京,无论两宫还是恭亲王、醇亲王,对他的洋务设想竟然没有一句切实的答复,不免有些气馁。

第十章

文祥哭谏保新疆　鸿章购舰办海防

　　1875 年,改元为光绪元年。正月二十日光绪皇帝正式登基,两宫垂帘也于登基大典后正式开始。慈禧过问的第一件大事就是海防:"年前召见李鸿章,他翻来覆去说的都是海防的事。新疆被阿古柏侵占,伊犁让俄国人占了去,到底该怎么办? 你们军机上好好议议,拿出个办法来。"

　　下朝后恭亲王就安排这件事, 他让军机章京把封疆大吏们的复奏分别梳理,这样费了三四天的时间,总算理出了个头绪,但要明白地拿出个办法来,他却做不到,因为意见分歧太大。粗略来分,大约有三种意见。一种是要大办海防,人数较多,直隶总督李鸿章、两江总督李宗羲、湖广总督李瀚章、福建巡抚王凯泰、江西巡抚刘坤一等都认为海防是当前第一要务。第二种认为塞防是重点,湖南巡抚王文韶、山东巡抚丁宝桢、江苏巡抚吴元炳、河南巡抚刘秉璋认为当前应当先重塞防,俄国与大清接壤,是心腹大患,我退一步,俄就进一步,因此塞防必须加强。第三种认为要加强江防,两广总督英翰、湘军水师统领彭玉麟、安徽巡抚裕禄认为长江是南北天堑,关系东西,整饬江防是东南久远之计。

　　在所有疆臣的奏议中,李鸿章的折子最长,洋洋八千言,慈禧竟然仔仔细细看了一遍:"李鸿章的折子我看了,加强海防、开矿山、办实业的建议都不错,只是哪一项都要花银子,恐怕要慢慢来。他提出暂缓西征,省出西饷来加强海防,不能说没有道理,但御史言官们这一关怕是过不去。左宗棠怎么说?"

恭亲王马上回道:"左宗棠认为当务之急是塞防,他主张出关收复新疆,态度非常坚决。"

"态度是一回事,能不能收得回来又是一回事。如果在新疆打成骑虎之势,岂不成了费银子的无底洞? 西要塞防,东要海防,各说各有理,可朝廷的银子就那么点儿,总要有所侧重。你们把李鸿章的折子抄给左宗棠,听听他怎么说。"慈禧想了想又说,"罢了,李鸿章的意思你们不点名地透给左宗棠就行了。他们两人互不服气,闹得够不像话了,就别再给他们火上浇油了。"

肃州城里的陕甘总督左宗棠看到军机处的廷寄,拍案大骂李鸿章,虽然军机处隐去了李鸿章的名字,但"暂缓西征,将西饷挪作海防经费"的意见,左宗棠认定必是他所提。

"李二只为自己打算,当年剿长毛,他霸占上海的厘金不容别人染指,剿捻子的时候,他让别人去守运河,他的淮军负责追剿,谁不知道追剿容易见功,死守容易获咎,他这点小九九,人人都看得透。如今他看我湘军平定了陕甘,又怕我收复了新疆压过他的淮军,所以要百般阻挠。"左宗棠喜欢骂人,从前骂曾国藩和李鸿章,后来曾国藩去世了,他便专骂李鸿章,"李二这是不要新疆了,全是混账话!新疆不要了,那蒙古、陕甘还守得住吗?陕甘、蒙古守不住了,那京城还守得住吗? 他只知道洋人会从海上来进攻天津,他没看到俄罗斯已经侵占了伊犁吗? "

左宗棠对新疆有着特别的感情。二十多年前,他还只是个私塾先生,但已经颇有才名。当时云贵总督林则徐卸任回福建,沿长江乘舟东下,到了湖南省城长沙,只与湖南巡抚、藩台和臬台应酬了几句,却把穷举人身份的他邀请上船,泛舟湘江,畅谈竟夜。林则徐因为虎门销烟得罪了英国人,被贬谪到伊犁,他搜集了大量关于新疆的资料,装了整整一木箱。他发现左宗棠对新疆也颇有见地,如遇知音,便将那一箱资料交给了他,并拍着他的手道:"俄罗斯贪得无厌,已经吞并若干小国,将来必窥我西北。我已经老了,虽有御俄之志,但已力不从心。这些年我一直在寻找可托大事之人,昨夜与季高畅谈,深信你是绝世奇才,今后西定边疆,抗击俄人,这些资料或许会有点用处。"

因为这一箱资料,左宗棠对新疆大感兴趣,说起新疆便侃侃而谈。当他出任陕甘总督,了解到新疆百姓的苦难后,便以收复新疆为己任,而且自信收复新疆非他莫属。李鸿章要朝廷暂缓西征,而且说新疆不过是"数千里之旷地",他能不拍案骂人吗?

"李二说新疆是不毛之地,你们信吗?"左宗棠像个孩子似的,问身边的戈什哈,"无稽之谈,无知之谈!新疆是富庶之地,伊犁更是塞上江南,天山南北,戈壁滩下,埋着多少铁煤根本无人可知。退一万步说,就算全是荒芜之地,那也是祖宗的家产,如今要扔掉不管,任其自生自灭,我们不都成了败家子?这个李二,全天下也就他如此鼠目寸光!"

左宗棠亲自起草奏折痛驳李鸿章,首先开宗明义说明新疆不能丢,"我国定都北京,蒙古环卫北方,百多年来无烽燧之警,盖祖宗开新疆、立军府所贻也"。"重新疆者,所以保蒙古,保蒙古者,所以卫京师,西北臂指相连,形势完整,自无隙可乘。新疆不固,则蒙部不安,不仅陕西、甘肃、山西防不胜防,即直北关山亦无宴眠之日也"。 他惯使英雄欺人的手段,为了说明塞防的重要,不惜贬低海防,"自古以来,中国边患西北恒剧于东南,盖东南以大海为界,形格势禁,尚易为功。西北则广莫无垠,专恃兵力为强弱。以言防,无天险可限戎马之足;以言战,无舟楫可省转馈之烦,非若东南之险阻可凭,集事较易也"。其实这些年来,大清最大的祸患一直来自海上,左宗棠说东南沿海"集事较易",无异于睁着大眼说假话。

接下来他要告诉朝廷,要想收复新疆,非出兵不可,"我退寸而寇进尺,不独陇右可虞,即北路科布多、乌里雅苏台等处,恐亦未能宴然","此时停兵撤饷,自撤藩篱,于海防未必有益,于塞防大有妨碍"。而且现在东南沿海并未出现警报,而新疆却正在侵略者的刀锋之下,用兵新疆是燃眉之急。就算是停止西征,准备出关的兵勇无非是在本地驻守,吃喝拉撒不是照样需要花银子?停止西征挪西饷用于海防,纯粹是无稽之谈。

接下来他就向朝廷拍胸脯,说收复新疆也并没大家想得那么难,"新疆贼氛虽炽,但盘踞乌鲁木齐的能战之贼,至多不过数千而已,不难一鼓荡平"。南疆的阿古柏,虽然与英、俄通商,但朝廷如果真正与之作战,英俄未必能够为这个跳梁小丑与大清开战。因为英俄都是为了商业利益,没有必要为了与阿古柏做小生意而断送在大清沿海的商业厚利。新疆的地势北高南低,他的策略是先北后南,先灭掉天山北面以乌鲁木齐为中心的北路之敌,然后越过天山,再灭掉南疆的阿古柏匪帮。最后他再次说明自己如此力争,完全是从大局着眼，"事关大局，不备细陈明，必贻后悔，身在事中，不敢不言，言之不敢不尽。臣本一介书生，辱蒙两朝殊恩，高位显爵，已是平生做梦也不曾想过。臣六十有五，正苦日暮途长，愿引边荒艰巨为己任，为保祖宗疆土，鞠躬尽瘁，死而后已"。

左宗棠的折子到京城时已经三月底了，此时海防塞防的争议更加热闹了，军机大臣和总理衙门大臣们意见也出现了严重分歧。文祥支持西征，加强塞防；沈桂芬与李鸿章是同年，深受影响，认为应当先顾海防；宝鋆是大学士管户部，最愁的是银子，海防塞防他都无成见，只要少花银子就行。这场争论牵涉人员太多，涉及不同的利益团体，洋务派与清流派看法不同，沿海疆臣与内地疆臣眼光又有区别，衰弱的湘系与强势的淮系又有明争暗斗，每个人的观点都有道理，但恭亲王确信几乎没有一个人完全是从国家的大局着眼来谋划的。即便是最开明的李鸿章，他坚持停西征建海防的意见，当然有巩固他直隶地位的考虑在里面；开口闭口复新疆、保蒙古、保京师的左宗棠，其实与李鸿章争高下的心思也颇重。李鸿章洋务搞得那样热闹，左宗棠除了在收复疆土上有所作为，他还能靠什么来压李鸿章一头？他所代表的湘系与李鸿章所代表的淮系，虽不说势如水火，但互不服气、要压对方一头却从未停止过。恭亲王正因为清楚其中的种种内情，所以他更不能贸然做出决断。

文祥向来是唯恭亲王马首是瞻，但在海防塞防问题上，却坚持己见："左宗棠说得好，重新疆是为了保蒙古，保蒙古是为了护京师。西北形势完整，则无隙可乘。若新疆不固，则蒙古不安，蒙古不安，则大清永无宁日！王爷，新疆断不能弃！"

恭亲王解释道："博川，李少荃的意思并不是要弃新疆，而是让他们自为部落，承认是大清之地就了，如同朝鲜、越南等藩国。"

"李少荃这是痴人说梦！现在新疆已经沦入阿古柏之手，伊犁已经被俄人强占，如何让他们自成部落，又如何让他们承认是我大清疆土？眼下新疆只有用兵收复一途，说别的都是哄孩子的废话！"文祥执拗起来也不管说话的轻重。

这话让恭亲王有些不悦，但文祥是最值得信任的心腹，因此并未生气："博川，左季高好说大话，这你也知道，新疆恐怕没他说得那么容易收复。"

"王爷，左季高喜大言不错，可是您看看他出任封疆后，哪个大言不曾成真?他当初要办船政,反对的人说洋人技巧我们学不得,也学不来,可是如今已经造船十几艘。他总督陕甘,说五年平定西北,结果恰是五年上收功。新疆的风土人情,没有人比他研究得更透,大清上下更没第二人敢像他那样有信心用兵规复,我们何不给他一个机会?他好大言,是因为他身上有英雄气。如今办洋务的,有人越办骨头越硬,比如左宗棠;有人越办骨头越软,越办越怕洋人,比如李鸿章。"文祥据实反驳。

"博川,何必这样扬左抑李,洋务这一块没有李少荃,你我要多操多少心?骨头软这样的话,别人这样说也倒罢了,我们身在局中的人又不是不知其中甘苦,何必自贬如此?"这话让恭亲王大不悦,因为私下里不少人指责他"骨头软"。

"王爷,怪我失言。李少荃因为太了解洋人,不免事事把洋人看得太过强大,总是抱定'和为贵'的想法一再迁就,这一点王爷不能不警惕。"文祥醒悟自己失言,连忙解释。其实力保和局也是恭亲王的大政方针,因为自己太弱,不能不韬光养晦,"和为贵并未错,不过像李少荃这样就太过了,也非国家之福。俗话说,宁让人打死,不能让人吓死"。

"博川,关键是银子!这两头都花银子,圆明园总算没修,可三海工程修下来,那也不是个小数!"恭亲王点出了关键。

"王爷,您的难处我知道,这事由我向太后力争如何?你们年轻,我无所谓,我又老又病,死前能帮左季高出关西征,死而无悔!"

文祥的态度如此坚决,实出恭亲王意料。等他离开军机值庐后,屋子里只剩恭亲王和宝鋆、沈桂芬三人。恭亲王问宝鋆道:"佩蘅,博川在塞防这件事上,态度为什么这么激烈?这不像他的脾气。"

"文相是怕留骂名。自从他大病一场后,对自己的名声特别珍惜。他曾经说过,在他手里不能再有割地赔款的事,不能让后人戳脊梁骨。"宝鋆透露道。

"其实,李少荃的话也不是没有道理。如今最大的威胁来自海上,沿海门户洞开是最大的隐患。先把海防弄出点眉目,再回头收拾新疆,也未尝不可。"恭亲王深受李鸿章的影响,对海防格外关注。

"王爷,清议都倒向左大帅。"沈桂芬性情沉稳,与宝鋆的略显急躁和直爽不同,"舆论如此,王爷不能不顾及。毕竟新疆已经被人占去,而沿海日本退兵后暂时安静。"

闻言,恭亲王没再说什么,重重地叹了口气。

第二天见起说到新疆的时候,未等恭亲王开口,文祥便以头碰地,恳请两宫皇太后恩准左宗棠督办新疆军务,早日率军西征。慈禧翻着手中的折子,并不答复文祥,反而问恭亲王是什么意见。

"海防塞防都要紧,但国帑不足,只能先急后缓,一件件地办。道光以前,边乱主要来自西北,但道光以后的几十年来,危难全部来自海上,因此臣等的意见与李鸿章同,暂停西征,先顾海防。"

恭亲王这话大出文祥意外,因为他昨天还说海防塞防都无成见,怎么今天突然改口极力支持李鸿章?他急得满脸通红道:"王爷,话不能这么说,俄国不是已经逼上来了嘛!眼看疆土任人侵占,我们却无动于衷,会被后世子孙痛骂!"这么一急,文祥剧烈地咳嗽起来,一时竟然涕泪交流。

见状,慈禧却无动于衷,她不接文祥的话,却不紧不慢地问起刘秉璋的事来:"老六,刘秉璋不是赞成塞防的吗?怎么又赞成海防了?"

恭亲王回道:"他又上了折子,说经过深思熟虑,当务之急是加强海防,西北暂维持现状。"

"刘秉璋也是淮军出身吧?李鸿章的能耐不小啊,大清的官员都在他的掌握之中了。"慈禧咬着唇想了一会儿,看一眼跪在地上的文祥说,"文祥你也不用逼我们姐妹俩,谁也不愿做丢弃疆土的败家子。"

文祥叩头回道:"臣不敢逼太后,实在是俄罗斯逼我大清。"

慈禧点了点头道:"这话说得不错,是人家逼上来了,我们还装作看不见,那哪成啊?你们瞧瞧左宗棠的折子,那可都是掏心窝子的话。'臣本一介书生,辱蒙两朝殊恩,高位显爵,已是平生做梦也不曾想过。臣六十有五,正苦日暮途长,愿引边荒艰巨为己任,为保祖宗疆土,鞠躬尽瘁,死而后已。'这么一片赤胆忠心,如何能够辜负?我看,就让他督办新疆军务,一切用人行政、筹运粮饷及用兵方略,都交给他吧。左宗棠是个办事的人,他参谁就把谁调离西北,让他一门心思收复新疆!"

文祥跪倒在地叩头道:"臣代左宗棠谢过太后皇上!"

"只是海防也事关朝廷安危,臣实在没有两全其美的办法。"恭亲王还是有些疑虑。

"我知道你们军机一班人的心思，谁也不想得罪。六爷刚才不是已经说出办法来了吗？"

恭亲王不明白，慈禧何出此言？

"你刚才说没有两全其美的办法，咱们就来个两全，但并不一定要其美。海防塞防都兼顾，哪个要急就先办哪一个。"慈禧感叹道，"人这一辈子，有些很重要的事情要办，可总是让一些不得不马上办的急务给一搁再搁。一个国家又何尝不是如此！塞防不能废，海防也不能不兴。李鸿章、丁日昌上折说要建海洋水师，我大清海疆万里，我看就分别让南北洋先办着，让南北洋大臣兼着海防大臣，设局啦、练军啦、招聘洋人啦，都让他们办去。去年沈葆桢去台湾防备日本人，从丹麦订购的铁甲舰要花二百万两，这也太贵了，反正台湾的事已经了结，就算了吧，让李鸿章与洋人打听一下，有没有便宜的兵轮，先买一两艘，不要一口就想吃成个胖子。"

"两全但不必其美"，恭亲王不得不佩服慈禧的智慧，她的这番部署，其实是先顾塞防，而又让力主海防的人无话可说，只是两江总督的人选问题必须借机提出来，于是他说道："两江总督李宗羲身体一直不好，去年已经抱病，恐怕担负不了南洋海防的重任。臣请旨，可否准李宗羲开缺，另外调任两江总督。"

"李宗羲的资望本来有些勉强，现在身体又不好，再任两江的确不合适。你们军机上对两江的人选可有考虑？"慈禧问道。

"用人大政，恩出于上，臣等不敢越俎。"恭亲王心里早就有人选，但他不敢贸然提出。

"两江总督兼着南洋通商大臣，再兼上海防大臣，那非长于洋务的人不能胜任。"慈禧太后问，"疆臣中长于洋务的有哪几个？"

督抚当中，开口能谈洋务的人不少，但真正能够扎扎实实办洋务的却并不多。说了几个都不能如意，恭亲王决定推荐他心目中的人选："督抚调动牵一发而动全身，一动不如一静，不妨从督抚之外看一下有无合适的。"

慈禧催促道："老六，你有合适的人选不妨直接说来，我和姐姐并无成见，如果合适，有何不可？"

"臣以为，如今在台湾办防务的沈葆桢，可胜任两江和海防。"

"沈葆桢人不错，官声也好，他好像是林则徐的女婿。"慈安这时候插了一句话。

"他是林则徐的女婿,也是林则徐的外甥。他们是姑舅亲。"沈葆桢是不是林则徐的女婿,与胜不胜任两江不搭边,但慈安提起来了,慈禧不能不敷衍两句,但她很快又转向了正题,"沈葆桢在台湾办防务,海防上自然能够胜任。他又办船政多年,也是能够扎扎实实办洋务的人。"

沈葆桢与李鸿章是进士同年,关系非常好。沈葆桢去台湾,李鸿章主动把淮军精锐派给他,沈葆桢也是十分感激。他出任两江兼署南洋大臣,正是李鸿章所愿,两人和衷共济,的确是最好的人选。但这个理由搬不上台面,所以恭亲王说的都是别的理由:"沈葆桢任过江西巡抚,对两江情形也熟。"

"你们再考虑一下,如果觉得妥当,就写旨来看。"慈禧不想在这事上纠缠。

文祥又插话道:"海防塞防争议了几个月,朝廷必须有个说法。"

"不错,不能再这么无谓地争下去了,你们军机和总理衙门要好好商议,拿出一个大家都认可的办法来,不要让人心散了。"慈禧点了点头。

很快,李鸿章收到了军机处的廷寄——

谕军机大臣等:总理各国事务衙门奏,遵议筹办海防各事宜分别开单呈览各折片。海防实系当务之急,又属国家久远之图。唯事属创始必须通盘筹划,计出万全方能有利无害。若始基不慎过于铺张,既非切实办法,财力也属万难,唯有逐渐举行,持之以久,讲求实际,力戒虚糜,择其最要者不动声色先行试办。南北洋地面过宽,界连数省,必须分段督办。着派李鸿章督办北洋海防事宜,派沈葆桢督办南洋海防事宜。所有分洋、分任、练军、设局及招致海岛华人诸议,统归该大臣择要筹办……

这份上谕有一千余字,确定了数件事情。同意南北洋筹办海防,北洋海防由李鸿章督办,南洋海防由新任命的两江总督沈葆桢督办,朝廷每年拨付四百万两,用于海防建设,这几条都让李鸿章特别兴奋。当然,美中也有不足,这份上谕同时还任命左宗棠为督办新疆军务钦差大臣,让他筹备用兵新疆。用兵新疆耗费自然不菲,这是可想而知,那么海防的四百万两,能不能真正兑现就难说了。李鸿章采取的办法就是先立即铺开大办海防的摊子,抓几件实实在在的事情,先从户部掏出百十万两银子来。不然,海防一无所为,朝廷移缓就急,都把银子给了左宗棠,那他李鸿章岂不成了傻子?

首先他要成立海防支应局,专门负责海防粮饷及采办。支应局的总办,必须是诚实可靠的心腹来出任。他幕中有两个人最为可靠,一个是盛宣怀,一个是周馥。盛宣怀所长在商务,如今他会办轮船招商局,而且准备去湖北办煤矿,无力兼顾。周馥当年办过淮军营务处、粮台,经办粮饷、财务是其所长,最关键的是他操守极好,把海防支应局交给他,李鸿章最放心。这几年来他一直在直隶治水,也该让他略有几日安闲。于是,李鸿章当天下札子,调周馥立即筹办海防支应局。

而且丁忧在籍的丁日昌还有几个月即可除服,不妨把他调到北洋来帮办海防事务。大办三洋海军本来就是他的主张,让他帮办海防再合适不过。有了这个做铺垫,将来推荐他出任地方实缺,自己说话也方便。因此,李鸿章也是当天安排人起草奏折。

沈葆桢出任两江总督,那么他所遗出的福州船政局应当趁机让"自己人"出任。而沈葆桢作为即将卸任的船政大臣,他的推荐至关重要。于是李鸿章给他写一封亲笔信,推荐郭嵩焘出任船政大臣。郭嵩焘在同治五年被免职回乡,已经在长沙城南书院当了近十年的教书先生。静极而思动,年初他将自己对洋务和海防的建议写成一个奏折,托请湖南巡抚转呈,主张不能只学习西方枪炮技术,而更应该"先通商贾之气",大办工商各业,以求国富民丰。这些观点正合李鸿章心意。如果郭嵩焘出山参与洋务事业,必是有力助手。出任船政大臣正是他出山的一个难得机遇,如果由他督办船政,左宗棠引以为傲的船政事业也后继有人,真是再好不过。

还有一件事情也必须立即办理,就是购买英国人的蚊子船。一个多月前,海关总税务司赫德拿着总理衙门的一封信来找李鸿章,向他推荐英国一种新式兵舰,船不大,却配备了铁甲舰才装备的巨炮,是对付铁甲舰的利器,而价格却相当便宜。

"船虽小,但就是铁甲舰也惧它三分,就像蚊子,让它叮一口也十分难受。我给这种兵舰取了个形象的名字,叫蚊子船。"赫德当时极力向李鸿章推荐。

但朝廷对海防问题迟迟没有回应,李鸿章也就懒得应付,三言两语把他打发走了。如今他督办北洋海防,而朝廷又不肯购买铁甲舰,那么赫德推荐的这种蚊子船却能让铁甲舰也有所畏惧,倒是值得考察一下。

赫德接到李鸿章的信,立即到天津来。时年四十岁的赫德已经担任总税务司十二年,十二年来,他把海关打造成大清最廉洁高效的衙门,具有绝对的影响力,而且他以"大清雇员"的身份,对总理衙门遇到的各种困难和问题,总是积极主动地提出建议和帮助。他又深谙官场规矩,说话办事给官员留足面子,因此上自恭亲王,下至总理衙门的章京、仆役,都对这个外国人赞不绝口。日本侵台事件发生后,赫德立即意识到大清很有可能要从国外购置军舰。他又对大清财政情况非常熟悉,动辄几十万两甚至上百万两的铁甲巨舰,大清暂时无力购买,那哪款军舰最可能在大清打开市场?两年前,他在伦敦设立中国税务司办事处,聘英国人金登干专门为他搜集情报,帮他处理公私事务。物色军舰的事情,去年就让他仔细考察,他便推荐了蚊子船。

赫德兴冲冲赶到天津,一开始并不提"蚊子船",而是先恭贺李鸿章又获督办北洋海防要职:"大人以首辅之尊身兼数职,当北洋门户,不愧为国家柱石。以卑职观察,大人之声望,已经远超曾大人。"

赫德虽是英国人,却是大清雇请的海关总税务司,朝廷授他从二品按察使衔,因此有"卑职"之称。李鸿章以曾国藩的学生自居,而赫德说他的声望已经远超老师,自然令他高兴,但他嘴上还是谦虚道:"赫德先生谬赞,我的声望哪能与老师相比?"

"我所说是有依据的。"赫德是中国通,汉语相当好,他郑重其事地说道,"曾大人在直隶总督任上所做的事情,练兵、治水、牧民,这些事情大人都做了;而办理洋务,曾大人就不太在行,大人却做得有声有色,深受恭亲王信赖和总理衙门倚重,大人之声望的确超越了曾文正公。"

"如今我这直隶总督不好做,职责太重,而能办事的人、财两缺,我是夜不能寐。"李鸿章向赫德诉苦,半分是谦虚,半分又是实情。

"别人不知道,我知道大人的难处。尤其是北洋海防关系着京城安危,而左大帅又要西征,朝廷拿不出多少银子来给大人办事。可是,如今各国铁甲巨舰争霸海上,如何防备,又是刻不容缓。"

"是啊,铁甲巨舰各国都在争相购备,听说日本国已经有了两艘。去年沈大人与丹麦定购了两艘铁甲舰,可是台湾的事情一了结,就有人上折不让购买。没有铁甲舰,这北洋海防如何能够防得了!"说到铁甲舰,李鸿章非常惋惜。

"对付铁甲舰,一个办法就是以铁甲对铁甲,这个办法暂时行不通了。第二个办法,就是在海口设岸炮,大人已经做了,我听说大沽口的炮台已经装备了克虏伯海岸炮。但海岸炮有个问题,各国都解决不了,如果铁甲舰不进入射程,它根本不起作用。如果铁甲舰绕过海岸炮,那么这些炮台就成了活靶子。"赫德分析道。

这也正是李鸿章所担心的,现在兵舰越造越大,舰炮射程越来越远,花费巨资构建的岸炮,对此也无能为力。

"现在大英帝国新装备的 GUNBOAT 兵舰, 就可以解决这个问题。GUNBOAT 兵舰,大清可译为'根驳'兵舰,也就是我上次和大人介绍的蚊子船。"赫德此时才涉及谈话的目的。

"根驳"兵舰是英国人乔治·伦道尔设计,由阿姆斯特朗公司建造,1867年首次试航,在英国引起轰动,也引起各国关注。

"根驳兵舰上装备的巨炮,与铁甲舰所装并无区别,它的威力也相差无几,足以给铁甲巨舰造成威胁。而且比之海岸炮台,它可以灵活行动,铁甲舰来犯,多条根驳兵舰组合,几分钟可以构成一个炮台群。敌舰未进射程,它可以靠上去开炮,敌舰要逃走,它可以追上去开炮。鄙国皇家海军认为根驳兵舰是海口防御的最新利器,已经订造了三十九艘,其他国家也都在购进。"赫德拿出一张图来,向李鸿章介绍,"这是目前皇家海军装备的最大根驳船,舰载火炮八十吨。"

"这种兵舰最大特点就是舰小炮巨。巨炮安在舰首, 那会不会头重脚轻?"李鸿章立即发现了问题。

"舰上所用的煤炭都装在舰尾,就是为了解决头重脚轻的问题。根驳兵舰的火炮系统异常巧妙,平时火炮隐藏在船体里,以防重心过高;战斗时则通过液压系统,在几分钟内将火炮举升到甲板上,每发射一发之后,火炮自动缓缓降回原位,装完炮弹后重新升起开炮。"

"这倒是巧妙得很。不过,舰小炮巨,航行起来不知是否灵便?"

"大人是行家,一问就是关键。"赫德先给李鸿章戴了顶高帽,"根驳兵舰的一大优势,就是操作系统设计得极为灵便,转舵速度非常非常快,不到三分钟舰体就可旋转一圈。正因为他舰体小,又灵活,铁甲舰想瞄准它不容易,而它要打铁甲舰却容易得很,因为铁甲体形巨大,无异于海上活靶子。"

"如果真像你所说,根驳船真算得上铁甲克星!那么每条根驳,大约要花多少银子?"李鸿章有些心动了。

"现在根驳船大约有三种型号,最大的装备巨炮八十吨,次之的装备近四十吨,最小的大约二十五吨,价格分别为十万两左右、五万两左右,最小的有二三万两就够了。"赫德把一张报价单呈给李鸿章。

这个价格的确不贵,四五十万两银子,就可购买四五条根驳船。李鸿章把报价单仔细收好后说道:"容我几天时间再仔细考虑一下。但有一条,赫德先生务必给我一个最实惠的价格,天津、上海洋行不少,想必他们也能买得到,如果他们报价便宜,那时候我就是想关照,恐怕也不好说话了。"

赫德连忙道:"大人请放心,卑职出面办这件事情,完全是为了帮大人解忧,如果是为了商业利益,那卑职去办洋行好了,就不必当这总税务司。与大人一样,卑职是想成就一番事业,并非看重金银。"

打发走赫德,李鸿章立即给盛宣怀写信,让他通过洋行打听蚊子船的价格,又让新任天津海关道黎兆棠陪他到大沽口参观英国军舰,目的是向英国海军打听蚊子船的事情。

黎兆棠是广东顺德人,任过总理衙门章京,又任过台湾兵备道,陈钦丁忧开缺后,李鸿章把他奏调天津海关道。黎兆棠很善于与洋人打交道,到天津不出半年,就与各国驻津领事及大沽口英国舰队统领成了熟人。他很快与英国舰队统领联系好,定下参观日期。

李鸿章仪仗显赫,把轮船招商局的一艘客轮雇作座船,又由两艘福州船政局制造的木壳兵轮护卫,浩浩荡荡开到大沽口。驻在口外的外国兵舰一看到直隶总督座船,便开二十响礼炮致敬。黎兆棠告诉李鸿章,洋人兵舰礼炮最隆重的是二十一响,二十响礼炮,仅次于国家元首。

李鸿章登上英国军舰,舰队统领又是命令操练打靶,又是陪他参观舰长室,十分殷勤。李鸿章最关心的其实是赫德推荐的蚊子船,于是问陪在身边的舰长道:"贵舰所配巨炮是多少吨?"

舰长被问得一愣,等翻译说明李鸿章的意思,他便回道:"本舰所配是

12英寸口径舰炮,至于重量,我还真不清楚。一般来说,舰炮规格是以英寸为标准,很少以重量而论。"

舰长说得客气,但李鸿章知道自己问了外行话,也就怀疑赫德是否对蚊子船真的了解,于是他就仔细向这位舰长打听根驳兵舰的详情。舰长一一回答,他所说的与赫德所说基本一致,根驳兵舰是防口利器,的确不虚。

"根驳兵舰也有弱点,就是不能远航,只能在近海防卫,称为水上炮台更合适。"英国舰长真正是知无不言,"因为这种船空间太小,储煤有限,续航不能太远。"

这一点赫德并未对李鸿章说明,不过,北洋海防,目前如果能够足以守卫就行了,到大海上与外洋舰队争雄,现在还没那个实力,所以此兵舰仍然不失为一个很好的选择。

李鸿章回到天津便再约赫德见面,见面第一句话就是:"赫德先生害得我出了笑话。舰船配炮都是以口径为标准,为什么阁下所报都以重量来划分?"

赫德已经多年不曾回国,其实蚊子船到底什么样他并未亲见,所有关于蚊子船的知识,都是来自金登干的书信和手绘的示意图。见李鸿章询问,他勉强辩解道:"大概他们觉得用重量来描述,更容易理解。"

其实李鸿章觉得这并不算什么大问题,但正好借此敲打一下赫德,让他不要存了欺诈的心思,所以他又道:"出现这种问题有两种可能,一种是你委托的代理人并不真的懂兵舰,那么他对蚊子船的赞美之词都令人怀疑。再一种,就是你存心糊弄我,跟我玩仙人跳。"

赫德汉语再好,对"仙人跳"一词的含意无论如何也弄不明白。英文翻译费了许多口舌终于让他明白。他连忙向李鸿章表示绝对没有这种心思,并说立即让金登干重新提报蚊子船的资料。

"资料一定要详细,如果成交,咱们必定得签订一份非常仔细的合同,兵舰的所有质量标准,要一项项注清楚,将来我就亲自到大沽去验收,如果有一点不实之处,余款便一分不付!我第一次主持从外洋购舰,你可不要让我闹了笑话,不然到时候双方都有损失,而且以后断无合作的可能。"

赫德连连点头。

赫德给金登干的指示通过电报发过去就是,但根驳船的详细资料,因为内容太多,只能发信件。从伦敦到上海,通过邮轮转递,前后用去了一个多月。赫德一收到从英国寄来的资料,立即到天津向李鸿章报告。

这次金登干提供了四种舰型的详细资料,最大的舰型排水量1300吨,装备16寸火炮;次之排水量440吨,装备12.5寸火炮;再次排水量320吨,装备11寸火炮;最小的一种排水量260吨,装备9寸火炮。

李鸿章认为,排水量260吨、装备9寸火炮的舰型,火炮威力和船只吨位都过小,意义不大;而排水量1300吨、装备16寸巨炮的舰型,则担心吃水过深,且火炮口径太大,是新推出的舰型,未经实际检验,担心这种从来没有使用前例的火炮不够可靠,不甘心为试验这种火炮买单。那么可供选择的就是装备12.5寸火炮和11寸火炮的蚊子船,各订购2艘,同时约定,在得到西方16寸巨炮使用可靠消息的前提下,可以考虑再订购1艘。

此时盛宣怀也从上海洋行提供了舰型及报价,上海的报价明显高于赫德。于是李鸿章给恭亲王写了一封信,决定通过总税务司从英国购舰。恭亲王很快回信,让李鸿章妥为办理。李鸿章特别交代黎兆棠,一定要防备赫德也来这一手,要在合同中定明临时聘请的洋人,一旦把舰交给大清就要立即回国,除非大清要求他们留下来。

天津海关道的洋务能手,再加周馥和马建忠,仔细费了十余天的工夫,终于与赫德签订了购舰章程,除了用大量文字就军舰的型号、质量、验收条款进行详细规定外,章程中载明,将来帮助驾驶军舰到大清的英国水手,在交接完毕后必须立刻离开。最后的价格,装备11寸火炮的蚊子船造价2.3万英镑,装备12寸火炮的蚊子船造价3.3万英镑,外加运费,总计预算四十五万两白银。按照阿姆斯特朗公司的惯例,合同签订后先付1/3,军舰造成一半后再付1/3,交付验收后付剩余部分。

随后,由恭亲王奏请,大清决定购买这4艘军舰,购舰经费从江汉、九江、江海、闽海、粤海五口的海关关税内提取。合同签订后,李鸿章亲自为即将定造的蚊子船命名为龙骧、虎威、飞霆、策电。

还有一件喜事更令李鸿章高兴,就是名动京师的薛福成被他收入麾下。

薛福成是曾国藩北上剿捻时揽入幕中的人才,他一直在曾国藩幕府中参赞军政。曾国藩去世后,他到苏州书院任教,几乎被世人遗忘。光绪元年,新皇登基,太后重新垂帘,朝廷特下旨广开言路,"内外大小臣工,于用人行政一切事宜,皆当据实直陈,务期各抒所见,于时事有裨"。

薛福成积数年幕府见识和思考写成《治平六策》和《密议海防十条》,他的奏折上达朝廷后,首先在紫禁城里引起很大反响,慈禧谕令总理衙门核议《密议海防十条》,吏、户、礼、兵四部分议《治平六策》。一个身在江湖的候补微员对国家的内政外交全局在胸,提出了连一些督抚大员都未曾提出的建议,这不能不令人惊讶和钦佩。

薛福成的这份万言书在京中纷纷传抄,大有洛阳纸贵之势。直隶驻京的提塘官立即将万言书抄录一份送到天津,李鸿章读罢连连拍案,尤其是《密议海防十条》,让他大叹茫茫人海中竟然有如此知己!

李鸿章把薛福成的十条总结为五个方面:

一是改善国家外交。薛福成认为,西方诸国为了侵略大清而互相勾结,大清一直孤立无援,应当打破这种状况,对不同国家采取不同办法,广树外援。他又指出,如今沿海州县的地方官吏与洋人的交涉活动已十分频繁。可是当事者却往往从没见过中外之间的条约,临事时茫然不知所措。"偏于刚者",会违约而滋事端,"偏于柔者",以忘约而失体统,总之都会启衅召侮。因此,应将国际公法、中外条约多多刊印,颁发到州县,使有志之士和官幕书吏都能随时披阅,遇到事变,便可援引公法、条约,从容与洋人周旋。

二是培养新式人才。薛福成感叹大清的士大夫拘于成见,平时高谈气节,鄙弃洋务,只懂些八股文、试帖诗,一遇事变,就像盲人那样不知所措。号称懂得洋务的,又只有翻译、商贾之流,而他们除了声色货利之外,并不知其他。这就是国家难觅洋务人才的原因。他建议,要使人才奋起,必须使"聪明才杰之士"都来研求时务,应该为洞达洋务的人专设一科,令内外大臣都来保荐,即使是新科进士等科举正途出身的人也可予以录用。这样,"功名之职一开,士大夫习闻惯见,渐渐转移风气,不再专务空谈","奇杰之才"必定会大批涌现。对此李鸿章也是感慨良多,薛福成所提与他十几年前上奏朝廷改革科举的奏议几乎如出一辙,十几年过去了依然没有任何改变,正途出身的士人依然对洋务嗤之以鼻。

三是重视"器数之学"。西方器数之学(也就是我们所说的科学技术)得以日新月异,是因为西方以科技为要务,凡能独创新法者,可以世食专利,常常有人因此一举成名,一技致富。大清却将百工技艺都视作鄙贱之事,聪明的人才不肯留意,所以便步步落后。他认为应该寻访出大清的能工巧匠,用官衔来加以表彰,并随时派人带他们出洋游历,参观各种工厂,探索西方科技的奥妙。对于能够发明创造的,就优给奖叙或者给予专利。这样,巧工日出,便足以与西方争长。

四是加强海军力量。薛福成建议,要大办海军,应该留心物色确有才能的"洋将",请他们来帮助操练。同时,应该挑选沿海"勤敏"的子弟上西方兵舰见习,几年后学成回国,便由他们来操纵军舰,这样就能使海军日益精锐。他还认为,铁甲舰威力巨大,绝非寻常兵轮所能匹敌。大清有了铁甲舰,"外则巡缉洋面","内则扼守要口",还可使其他兵轮有了依靠而增加气势,因此大清应不惜巨款向西方定购铁甲舰。

五是发展商业、矿业。薛福成认为求富是求强的基础,主张发展官办或官督商办的新式企业。大清设立官督商办的轮船招商局,"夺洋人之所恃,收中国之利权",确实是个好办法。大清必须像西洋国家一样,体恤商情,对商人曲加调护,官吏不得勒索,关津不得稽留,务使他们有利可获。同时还应该让大清商船驶往西洋口岸赚取洋人的商业利益,这样大清兵舰就能利用充裕的商务之税来作为养船之资。他更认为,大清到处都有未经开采的金、银、煤、铁等矿产,货弃于地,端着金饭碗挨饿,外人垂涎已久。大清应使用西方的机器兴商办矿,"兴中国永远之利",兵饷充裕,奠定下富强之基。

李鸿章连连慨叹,不知情的人还以为薛福成是他的幕僚,因为两人的许多观点是如此相似。当时他立即写了一封亲笔信,让盛宣怀到苏州去请薛福成,并让他乘轮船尽快北上。

薛福成一到,李鸿章就亲自接见,一面仔细端详一面连连点头道:"叔耘,相招恨晚呢!"

李鸿章对薛福成的才干知之甚早,两人也曾经在曾国藩幕府中见过一面,彼此印象都很好。曾国藩去世后,李鸿章只顾得悲伤,竟然忘记招薛福成入幕,让这等人才埋没多年,岂不招之恨晚?

薛福成谦虚道:"中堂谬赞,其实我的许多想法,也是从中堂大刀阔斧的洋务中受到启发,中堂不怪我抄袭您的高见就是万幸了!"

"我倒盼着有更多的人像你一样来抄袭我的想法,可惜凤毛麟角!"李鸿章呵呵一笑，又问了他的家庭、孩子等情况，让他安顿下来后尽快把妻儿接过来，"叔耘，踏踏实实帮我办几件大事，你的前程，绝对不敢耽误。"

薛福成屡次听曾国藩批评李鸿章总是以名利驱人，这事如今发生在自己身上，他倒是觉得李鸿章来得痛快干脆，比耻于言名利者更真诚。

"中堂，卑职所上万言书，当然不敢奢望朝廷都能采纳，但有几件实在是当务之急。一件是改革科举，专设洋务一科；二是派员到西洋国家游历，参观他们的工厂、兵舰。这两条都是为了培养洋务人才。还有一条，就是购买铁甲舰，没有铁甲舰，海防便无从谈起。"薛福成对自己的万言书引来如此巨大的反响当然很高兴，但他更关注的是朝廷到底能采纳多少。

"叔耘不必着急，在大清办事急也没用。改革科举一项，我十几年前就提，结果招来一顿痛骂，不但专设洋务一科通不过，就是同文馆招收正途出身的人学习洋务也是应者寥寥。投考同文馆的正途士子，大多是冲着优厚的待遇而去，大部分人后来又都去参加科举。改革科举这件事，恐怕要待几十年后了。派人到西洋国家游历，我最近有个新想法，打算明年派人去欧洲国家。"李鸿章叹了口气。

两年前，他从德国订购一批克虏伯后膛海岸炮，厂方聘请了德国水师军官李励协前来当教练，明年春天聘期将满，李鸿章打算让李励协带一批军官到德国去学习军事，李励协已经答应。李鸿章不打算再派留学监督，完全拜托给李励协，这样不仅可以省一笔费用，还避免留学监督对学生干预太多。

对李鸿章的这个想法，薛福成十分赞同。

"至于铁甲舰，因为左季高西征，粮饷所需极巨，朝廷实在无力筹拨巨款，只能再过几年再说。"李鸿章提起这件事就不痛快，但在薛福成面前，他不愿对西征说三道四。

"中堂，如果只等朝廷拨银子，恐怕很难买得起铁甲舰，买得起恐怕也养不起。别的地方我不敢说，江苏的情况我还是熟悉的。户部筹拨巨款，江苏负担向来最重。巨款所出，一是靠地丁，二是靠漕粮，三是靠洋税，四是靠厘金。尤其厘金一项，对商户百姓盘剥太甚。"当年李鸿章巡抚江苏，内阁学士殷兆镛就曾经参劾李鸿章重厘盘剥，对这桩公案，薛福成当然知道来龙去脉，所以先要为李鸿章洗脱，"大人当年巡抚江苏，正在与长毛打仗，征收厘金解决军饷天经地义，百姓也都理解。如今天下承平，江苏再加重厘金，恐怕就说不过去。不但江苏,全国各省无不如此,再想靠增厘筹款,难上加难。那么不增厘金又靠什么?卑职以为,必须靠大力发展工商业。所以我在陈言中请求,商情宜恤,开矿宜筹,就是为了扩大利源。西洋国家是以商富国,国富则兵强。"

"叔耘所言极是。尤其是自主开采煤铁,不但是开拓饷源的最得力办法,而且也事关国家安全。"李鸿章的目光更为深远,"我听盛杏荪说,仅上海码头,十几年前进口煤炭大约三四万吨,而去年已经达到十六万吨。这些煤炭主要供应各国轮船和江南制造总局、金陵机器局用,轮船招商局所用煤炭,也都是靠洋煤进口,现有的火轮兵舰也是依赖进口的洋煤。这是件很可怕的事情,如果用煤全靠进口,将来与列国失和,他们断绝了煤炭进口,我们就是有铁甲舰,也不能出海,与废铜烂铁何异?所以,我们必须自己开采煤铁,利权归我,主权也才能有把握。"

"中堂高瞻远瞩,卑职真是从来没想到过这一点。"薛福成由衷地感叹。

"我督办北洋海防,事事当然要与海防相联系。今年初我已经派杏荪到湖北去考察采煤。他父亲曾经在湖北做官多年,盛杏荪是个有心人,当年就曾经考察过湖北煤铁。他已经回信,认为鄂省广济县武穴煤山,最适合用新法开采。武穴煤矿前人已经开采过,且濒临长江,运输便利,煤山又属官有,不会与百姓发生争执。加之长江的便利,机器运输和聘请洋人都较为方便。"李鸿章边说边从案边取过一封信递给薛福成,"这是杏荪的信,他分析得头头是道。"

盛宣怀是李鸿章最器重的幕僚之一,薛福成早有耳闻。盛宣怀的信简要汇报湖北的考察情况后,将开采武穴煤山的有利条件分析得十分透彻——武穴一隅,民向不资此山为生,则官为开采,不夺其生计,一也;民情虽亦浮动,尚堪动之以利,结之以义,用洋匠设机器,不致决裂,二也;武穴实为吴楚咽喉,等洋法一有成效,近悦远来,可开海内风气,三也;滨江一水可通,轮船径运上海,无须火轮车路,无须开浚河道,四也。

"在武穴机器采煤,还有一项好处,政通人和。我兄长总督湖广,自然鼎力支持。湖北巡抚翁玉甫与盛家是世交,盛杏荪的父亲署理过湖北督粮道、盐法武昌道,人脉犹在,由盛杏荪督办湖北采煤,可谓得天独厚。我准备与翁玉甫一道出奏,请朝廷批准。"李鸿章也分析了一下实际情况。

翁玉甫就是翁同龢的二哥翁同爵。李鸿章当年在曾国藩幕府,捉刀弹劾翁家老大、时任安徽巡抚的翁同书,因此与翁家结下芥蒂,此事薛福成也熟知,因此他追问道:"翁抚台意下如何?"

"翁玉甫于开矿一事未免过虑,但对杏荪还是颇肯关垂。我亲笔写封信,想来问题不会太大。翁家三兄弟,这位老二是最知大体的。"李鸿章依然是自信满满。

两人正谈得热闹,丁日昌请见。薛福成连忙要告辞,李鸿章笑道:"叔耘不必回避,估计是与秘鲁换约的事,你听听也无妨。"

去年李鸿章奉命与秘鲁签订了《中秘友好通商条约》和《中秘查办华工专条》,按约定今年正式换约。然而,在秘华工仍然受到迫害,处境毫无改善,因此秘鲁换约专使艾莫尔到天津后,李鸿章派丁日昌先与他会谈,要求增订保护华工的条款或者向各国发表一个保护华工的声明。

丁日昌与薛福成也彼此相识,薛福成连忙要行下属参见礼,丁日昌连连摆手道:"叔耘何必如此,我如今是在籍守制,与白丁无异。"

李鸿章先向丁日昌简单介绍薛福成入幕的情况,然后问道:"雨生,后生可畏,你们两个以后好好切磋——与秘鲁使臣谈得怎么样?"

"不好,有英美等国撑腰,秘鲁使臣不肯答应。"丁日昌告诉李鸿章,"英美两国驻天津领事都帮着艾莫尔说话,意思是先换约,然后再发表声明。"

"绝对不行。西方列国向来狡诈,他们说换约后再发表声明,可是空口无凭,换约后他们不承认,我们有什么办法?"李鸿章一口回绝。

"总理衙门那边催得急,大概英美公使也在向总理衙门游说。他们说,条约是去年定好的,今年是如期换约,没有再更改的道理。"丁日昌又说出一个问题。

"当然有道理,条约和专条都要求秘鲁要善待华工,可是他们怎么做的?还是依然不把我华工当人!"李鸿章怕丁日昌不明白其中的利害,"现在秘鲁华工有十几万,这十几万人都是秘鲁用欺骗手法骗去的。遥遥万里之外,受到种种迫害,上天无路,入地无门,如果不借此机会切实给予保护,他们岂不永无跳出火坑之日?"

"中堂是一心为海外华人着想,不过有人不以为然。"丁日昌这些天听到一些官员议论,"有人认为,这些人之所以被骗,是贪图洋人国家的厚利,所以才远涉重洋,虽然是被骗,但无异于背叛国家,何必为这些人费心思。"

"大错特错。"李鸿章连连摇头,"雨生,你看西洋各国,对本国国民都是一体保护,无论在本国还是在他国。各国设驻外公使和领事,本来就是为了保护本国商民的利益,他们甚至为了本国商民不惜以武力相向。我们的国民被骗到外洋,生不如死,母国再不伸出援手,他们断无生理!无论他们是自愿还是被骗,毕竟都是我华夏子孙!何来背叛之说?西洋列国,本国商民足迹遍布全球,无不是为利而往,哪个国家视之为背叛?叔耘在万言书中也建言,鼓励本国轮船和商人到外国经商,赚外国人的钱。我在《筹议海防折》中也说过,我们要大兴商务,在本国与洋人争利权,到国外去分洋人利源。到洋人国家去,受了委屈怎么办?就要靠驻外使臣和领事来保护。所以我有个想法,准备上奏朝廷,先向秘鲁等国派出使臣,陆续向各国派驻,便于协商国是,也便于保护海外国人。"

"中堂有如此设想,我第一个赞同,就怕那些清流要极力反对。"丁日昌提出了自己的担忧。

"完全是为国家着想,互派使臣也是各国通例,他们凭什么反对?"薛福成毕竟年轻。

"就凭天朝上邦的空架子。"丁日昌笑着对薛福成说,"他们会说,我泱泱大国,向来是各国来朝,岂有去朝拜蛮夷的道理!"

"可不是嘛,如今就是一副空架子。扯远了,还是先说和秘鲁换约的事。"几个人突然发觉所议已经离题,李鸿章由此打住,随后他从案头取过一个大封套,里面装着容闳的调查材料,还有几张反映在秘华工困苦窘迫的照片,"雨生,你告诉艾莫尔,他如果不答应发表声明,我们就把华工的遭遇通报给各国,让各国来评评理。虐待劳工,万国公约所不许,我就不信英美等国还会如此不通情理,我就不信,艾莫尔不怕在列国前出丑。"

"好,我按中堂说的办,只是总理衙门那边中堂最好去封信,让他们不必急。"

打发走两个人,李鸿章正要给沈葆桢写信,总理衙门一封急信到了,他拆开一看,自言自语道:"麻烦事都扎堆了。"随后又吩咐,"下午让黎观察和薛叔耘再过来一趟。"

第十一章

马嘉礼云南丧命 李鸿章烟台签约

李鸿章所说的麻烦事,是英国驻华公使馆翻译马嘉礼在云南被杀一事,也就是后来史称的"马嘉礼案"或"滇案"。事情的来龙去脉要从英国人觊觎中国的西南说起。

自从英国用炮舰打开古老中国的大门后,他们在华攫取了丰厚的商业利益,但他们仍然不甘心仅在沿海通商口岸经营,而是千方百计要取得内陆通商权。英国已将中国西南邻国印度和缅甸变成了殖民地和半殖民地,又策划从印度经缅甸进入云南,然后控制四川和西藏,使中国西南与印度、缅甸殖民地连为一片。

同治十二年(1873年)欧洲爆发了严重的经济危机,英国工商业陷入萧条,价格持续下降,而国际竞争则更加激烈。英国工商界认为,要渡过危机,打开中国的西南市场至关重要。这年九月,英国商会联合会投票通过一项决议案,要求议会下院组织特别委员会,调查进入云南的贸易路线。

英国内阁印度部大臣发出训令,组建一支名为"新华西探路队"实为远征军的队伍,由柏郎上校负责,从缅甸的八莫进入云南,然后至腾越(今腾冲)和大理,武装勘查进入中国西南的商道。他在训令中说,"主要目的是勘查各条商业路线,确定那些开发旧时商业路线所遇到的障碍和改进路线的方法;并对于最好的交通运输工具,各种商业捐税,保护商人安全实际可行的办法以及经营商务似乎最适宜的代理机关,等等,提出报告。探路队队员尽量搜集旅途经过各地的情况,资源、历史、地理和商务的情报,以及可以观察到的一般事物或科学兴趣的资料"。

英国外交部还训令驻华公使威妥玛,不论采取什么手段都要取得进入中国的护照。威妥玛的秘书梅辉立按照他的授意到总理衙门去交涉,撒谎说有三四名英国人由滇缅边界进入中国旅游,目的地不能确定,可能来北京或上海,或者由原路退回,请总理衙门在英国使馆填写的护照上加盖印章。

总理衙门觉得英国所请目的不纯,要旅游为什么从偏僻西南入境,而不由上海沿江而上?然而"请照游历,载在条约",只好在护照上盖章。但心有不甘,于是采取一贯的策略,把难题推给地方,指示署理云贵总督、云南巡抚岑毓英,对游历的英国人妥为照料,又要暗中防备英国人在游历的借口下设领事通商的阴谋。

马嘉礼奉命到缅甸去接应远征军,他于同治十三年(1874年)七月初,从上海沿长江而上,再由湖南弃舟登岸,三个月后到达昆明。他跨着骏马,十余名扈从扛枪佩刀,从丽正门昂然进入昆明城,云南巡抚岑毓英设宴款待。随后他离开昆明,到达中缅边境重镇蛮允,即将卸任的候补参将李珍国也是设宴相待,并派人护送他前往缅甸八莫。马嘉礼此行,一路上大清官员为他接风洗尘、设宴款待,他颇为得意,在日记中说"此番旅行,感觉舒适,很像王侯巡幸一样"。柏郎上校的远征军已经整装待发,包括勘探人伊利亚斯,外科医生兼博物学家安德森博士,16名担任多种任务的人员,17名印度锡克士兵和150名缅甸士兵,总人数193人。

中缅山水相连,边境居民交往密切,英国有一支军队将从缅甸进入云南的消息早就在边境传播,从缅甸入腾越的交通要道蛮允一带的景颇族居民自发组织布防。景颇族是尚武勇悍的少数民族,成年男子向来刀不离身,一旦有警,他们就以"散毛牛肉"的方式召集人马——采取军事行动前,杀牛祭献,然后将牛肉带毛带皮切成小片,以竹签串起来分送各支,行动时间就刻在竹签上,刻三道刀痕,就是三天后集合行动。几天时间,自南甸、干崖、陇川、猛卯数百里全部严密布防。腾越一带还有七个土司及各寨的土练武装,他们闻讯也纷纷布防,并邀请"十八练"练首候补参将李珍国前往会团,预为防备。

署理云贵总督、云南巡抚岑毓英,其本心不愿英国人入云南,但因为总理衙门有指示,不得不妥为保护,但总理衙门同时还要求他不能让英国人借游历之名行通商之实。他也采取总理衙门的办法,把难题交给腾越厅,指示说如果洋人有游历之外的不当行为,就"预为制止"。

听说英国几百人的军队要入云南,腾越厅和李珍国自然要调动武装,积极布防。但为了不留下把柄,两人未动用绿营兵,只调动土练武装。

马嘉礼与雇请的四名向导,带着柏郎的远征军向中国境内行进。到距蛮允一百里的地方,柏郎听说中国边民已经布防,便让马嘉礼先去蛮允探路。正月十四,马嘉礼到了蛮允,住在傣族佛寺。第二天他没有等到消息,到了十六日便骑马按原路返回,去接应柏郎。在离开蛮允三四里路的地方,他与巡逻的景颇族士腊都、而奥通兄弟率领的巡逻队相遇。两兄弟对洋人没有好感,警告马嘉礼立即离开蛮允,不然对他不客气。马嘉礼到云南来,一路上地方官员盛情接待,如何能把几个少数民族土练放在眼里? 双方言语不合,他拔出枪来吓唬士腊都、而奥都兄弟,没想到不仅没吓住,众人还纷纷向他围拢过来。惊慌失措中,他开枪打死了一个景颇族兄弟,众人被激怒了,冲上前来把马嘉礼和他的四个随从全部打死了,并抛尸河中。

景颇族的兄弟听说数百名英军已经深入境内,纷纷携带大刀长矛等简陋武器前往迎战。正月十七,双方在离蛮允七十余里的蚌洗山相遇,随即展开激战。附近布防的各族兄弟赶来支援,两千余人从三面将柏郎的远征军包围起来。柏郎的远征军装备的是来复枪,比景颇族兄弟手里的弓弩、长矛更加锐利,众人一时不能近前。但林海茫茫,山风怒吼,柏郎又听说马嘉礼已经被打死,便无心恋战,下令放火烧毁丛林,趁着滚滚浓烟,率部仓皇退回缅甸。

英属印度总督收到柏郎的报告,立即电告伦敦。英国自知派远征军入云南是理亏在先,因此只指示威妥玛要求中国调查马嘉礼被杀的事实。威妥玛照会总理衙门,持有总理衙门护照的使馆翻译马嘉礼,在云南被腾越厅的大员调勇三千人狙杀。总理衙门一听洋人被杀就慌了神,而且具体情况摸不着头脑,所以立即命令岑毓英"严拿匪徒,按律惩办"。这无疑是立即承认马嘉礼是被匪徒所害,本来理屈的英国反而成了受害者。

威妥玛非常高兴,在写给外相的信中说:"如果不是中国总理衙门的官员毫不犹豫地承认马嘉礼被害,我们到目前为止,实在不能提出什么过分的要求。既然中国人承认是匪徒害死了我国国民,那么我们应当趁机达到我们的要求。探险队不能完成的事情,就在谈判桌上得到。"所以他立即提出了六条要求:一是英国方面派官员协同中国官员到腾越厅调查事情;二是允许印度政府另派一支探路队入滇;三是对马嘉礼给予赔偿;四是立即商订实施《天津条约》第四款关于优待驻京公使的办法;五是免除英商缴纳关税和子口税以外捐税的办法;六是历年因中国官员办理未妥、应偿英商的款项未及时给付的,应该得到补偿。

总理衙门答应允许印度再派一支探路队,答应对马嘉礼遇害给予赔偿,但其他事情都不能准。威妥玛发出最后通牒,限总理衙门在二月十四日子刻前答应前三项要求,否则将断绝外交关系,率全使馆人员撤离。同时他又让人故意散布消息,说英国已经派兵五千到中缅边境,并且与俄国密谋,一旦开战,俄国将从伊犁南下,策应英国军队,对中国西南形成夹击之势。

恭亲王认为如果不做让步,恐怕难以阻止战争,因此同意让英国派人观审。同时写信给岑毓英,让他报告详情,问他是否"系野人所为"。所谓野人,是朝廷对景颇等少数民族的蔑称,这其实是在暗示岑毓英推卸官府的责任。

然而,威妥玛已经决定离开北京到上海去,因为那里有电报方便与英国联系,同时也要等待从印度乘船前来的柏郎,进一步了解详情。他为了给自己找个理由,提出了十五万两的高额赔偿要求,而总理衙门只答应给三万两,于是他三月中旬就从天津乘轮船去了上海。

在上海等了两个月,威妥玛终于等到了柏郎。他最希望的是得到云南地方官员参与杀死马嘉礼的证据,以便向朝廷提出更苛刻的要求,实现他"探路队未实现的目标"。不过柏郎所提供的证据没有说服力,但为了给总理衙门制造压力,他迟迟不肯回北京。

此时英国与俄罗斯正在争夺土耳其,双方剑拔弩张,根本无力与中国开战。威妥玛与外交部商量,故意发布调战舰五艘到天津的消息,以威吓清廷。这时候,总理衙门有些撑不住了,只怕中英真的会爆发战争,于是发布上谕,令湖广总督李瀚章赴云南调查滇案,令直隶总督李鸿章、丁日昌与英使威妥玛妥议滇案。威妥玛觉得李鸿章擅办洋务,不妨先与他谈,因此决定起程赴天津。

李鸿章正在办理与秘鲁换约的事情,又接到总理衙门让他与威妥玛妥议滇案的训令,而威妥玛此人非常傲慢,与他妥议绝非易事,所以他不由得感叹"麻烦事扎堆了"。

扎堆也要办。他吩咐文案把有关滇案的所有文牍都整理出来,抄录后分别发给帮办北洋事务的丁日昌、天津海关道黎兆棠、新入幕的薛福成以及懂万国公法出名的马建忠,请各人认真阅读,准备与威妥玛"妥议"。

第四天下午,李鸿章请几个人过来商议,因为算算日子,威妥玛快要到了。

等大家到齐了,丁日昌先感叹道:"老百姓不能体谅朝廷的难处,图一时痛快,取了洋人性命,却给朝廷惹来不尽的麻烦。"由此,他又说起当年的天津教案,也是老百姓因一时激愤而惹的塌天大祸。

黎兆棠也无奈道:"洋人是靠炮舰打进大清来的,洋人传教士又让百姓反感,百姓憎恨洋人,实在是件没办法的事。"

"百姓不能体会朝廷的难处,是因为百姓并不知道万国公法为何物,也不知道条约到底约定了哪些内容,应该如何遵守,所以当务之急,是要把万国公法和已定的条约广为刊刻,发至州县。"薛福成的这个意思是他在万言书中所提,至今朝廷尚未见实际行动。

马建忠却有不同的见解:"中堂,我注意到岑抚台本年二月写给总理衙门的信中提到,'上年十二月有洋人五六十名驮运军火,由新关入内地',六月的奏折中又说'马翻译官到缅甸约同印度新来洋官洋兵于正月间同伙来滇,传闻洋人来腾通商,又有洋兵欲来占据腾城,绅民无不惊惶'。如果马翻译果真是与驮运军火的五六十洋兵进我云南,那么他就不是游历,而是非法入侵,按万国公法,他非法入境,我军民皆有抵御的权力。换句话说,他被打死也是咎由自取!"

李鸿章眼睛一亮,觉得马建忠所说令人耳目一新。

"可是,岑抚台已经有了初步调查结果,是野人索要过山礼,马翻译不给,才被杀死,是谋财而害命。"黎兆棠提醒道。

这是岑毓英在总理衙门督促"提示"后上报的调查结果,李鸿章明白,这个结果有两种可能,一种可能是土司辖地的野蛮番民,不识洋人为何物而胆大妄为;一种可能是岑毓英为了避免英国人追究官方的责任而诿过于"野人"。

"实际情况应该先调查清楚分清责任再说,可是总理衙门一接到案情,就指示云南地方'严拿匪徒,按律惩办',这是不问青红皂白,就承认是'匪徒'杀害了马翻译,立即把朝廷置于被告的地位。"马建忠的分析又是非同一般。

薛福成点头称赞道:"眉叔说得极有道理。但是有一件事,马翻译拿到了总理衙门的护照却是千真万确。拿到了护照的游历人员,按条约应当受到保护。"

"游历人员的确应当受到保护,可如果马翻译去为一支非法进入大清的军队当向导,那么他就不能算是游历人员,而是非法入侵者中的一员,就不在保护之列。"马建忠反驳道。

大家都感到这说法非常新鲜,于是李鸿章追问道:"眉叔,万国公法有这种规定吗? 就是持有护照,但从事的活动与他的身份不相符,也不在保护之列?"

"我记得好像有这样的说法。万国公法内容很多,我没有进行系统学习,只能算略知皮毛。"马建忠仍然拿不太准。

黎兆棠叹道:"现在的问题是,岑抚台已经白纸黑字说是野人图财害命,我们再辩驳,一切都已经晚了。"

"聪明反被聪明误!"马建忠感叹道,"总理衙门不假思索便认定是匪徒所为,此是失策之一;岑抚台又调查说是野人图财害命,这又是一个致命弱点,我们想与英国去争论,也无可争辩了。"

"现在一切都来不及了,只有就现在情形与威妥玛辩论。"李鸿章想想的确如此,无论马嘉礼是怎么死的,野人图财害命一说,虽推卸了官府的责任,却坐实了中国人杀害马嘉礼的罪名。

等众人散去了,李鸿章留下马建忠道:"眉叔,我有个想法,将来有机会的话送你出洋到欧洲国家去学习万国公法,将来与洋人交涉,我们才能摸得着门道。"

闻言,马建忠非常激动道:"我早就盼着有这么一天!"

"眉叔不要激动,你要知道出洋学习是会被人瞧不起的,因为咱们大清自称是泱泱大国,向来是万国来朝,到外洋去学习,会被当汉奸骂。"李鸿章又提醒。

"我不怕。到外国学习有什么不好?孔夫子还教导我们要不耻下问,还说三人行必有我师,洋人的长处,我们去学习是应当的。听说日本已经派出了好几批留学生去英美等国。"马建忠丝毫不以为然。

"是啊,日本的变法搞得动静很大,其志不小。我打算派一批陆营军官去德国学习,再从福州船政局派一批水师学堂的学生去法国学习,到时候你就随他们出洋。"

七月初六日,威妥玛乘轮船到达天津,第二天一早便派人去直隶总督署投递名片。因为去得太早,总督署的门房还未开门。来人等得不耐烦了,便将名片放进总督署的大门侧的转筒内。门房当时并未细看,便顺手放到窗台上。到了下午,李鸿章打发人来问,门房才想起窗台上的洋人名片。李鸿章听了大怒,立即把误事的听差辞掉,随后匆忙更衣,乘轿前往英国驻天津领事馆。

威妥玛听说李鸿章亲自来访,与秘书梅辉立站在门外迎接,进入客厅后立即奉茶,十分周到。

"今天门房开门稍迟,实在抱歉。"李鸿章一开口就解释。

"这都是小事。本来我打算前去拜访,一直得不到中堂是否在署的确信,因此未能成行。"威妥玛也没有什么怒意。

梅辉立因居间协调中秘两国换约,因此李鸿章特意对威妥玛道:"中秘换约的事情,梅大人很是费心。"

"这也没什么。"李鸿章希望随意闲谈中进入正题,可威妥玛一直是客气中透着冷淡。

"威使这些日子辛苦得很,几时进京?"李鸿章又问道。

"办国家之事说不得辛苦。"威妥玛为了给李鸿章和清廷施压,故意提起英国水师兵舰到天津的事情,"我要在天津等本国文书及水师兵舰的信。或两三天就进京,或多等几天再进京也说不定。"

这时,公使馆参赞格维那拿着几份文件交给威妥玛,李鸿章借机问道:"关于滇案,威使收到总理衙门的文件了吗?"

"收到了,云南之事,我与中堂有两样说法。中堂如果是奉旨办理此事,或者总理衙门有信请中堂办理此事,我自然应当与中堂商办。倘或不然,只好闲谈,不能商办。"威妥玛依然是软硬不吃。

李鸿章笑道:"我是通商大臣,专办交涉事务。去云南的钦差又是我的胞兄，商办既可，谈论亦可。"

"云南之案并非通商事件。今日中堂如此说，自然是未奉旨办此事，我们只能算是闲谈，不过，我可以与中堂细细谈论。"威妥玛终于松口了。

李鸿章顺口应道："这样也好，你就当我是个闲人，不妨将心里意思照实告诉我，不要说虚假话。"

于是威妥玛详细告诉李鸿章，腾越厅是如何派兵阻路，如何迎击柏郎，又如何杀死马嘉礼，将其首级如何挂在城门的。这些说法，与英国人在上海报纸上所刊如出一辙，但闭口不谈柏郎带兵入云南的事。

李鸿章故作疑惑地问道："听说在腾越阻路的是当地团练，并不是官兵。团练之所以阻路，是因为百姓听说有许多洋兵入界，大家齐团保卫本境。"

"穿号衣的如何不是官兵？杀害我的翻译官，阻击柏副将，还说是保卫本境！保卫的是什么境？是腾越镇总兵和腾越厅同知先期调兵，岂能瞒人耳目？如今云南抚台已经查明，马翻译是被中国人所害无疑，而他不敢承认是官军所为，却拿出几个野人来当替罪羊罢了。"威妥玛怕李鸿章揪住"洋兵入界"四字不放，因此故意做出一副激愤难平的样子，"我初得马翻译被害的电信，就知照总理衙门，过了七八天，沈中堂才到我那里说，王爷要向朝廷出奏。我说非派大臣前往调查不可，沈中堂又说断断不能，已经行文云南抚台查办。又过了三个月，这才派钦差，可见中国并不把马翻译被害当回事。"

"京城离云南万余里，我们又没有电报，总理衙门当然应当令滇抚就近查办。后来又怕文牍往来误事，这才派钦差前往。总理衙门对马翻译遇害一事十分关切。我看新闻纸和你的照会，都认为是李四爷调兵，所以着重在他身上。"所谓李四爷，就是腾越参将李珍国，他排行第四，人称李四爷。

"李珍国不算什么，腾越厅文武也算不得什么，云南抚台也算不得什么，我只向京中去讲。"威妥玛越说越怒。

李鸿章笑着劝慰道："威使不必着急生气，现已派钦差查办，大概年底即可办完。"

"我能不生气吗？我气的不是这一件事。自咸丰十一年到今，中国所办之事越办越不像样，就像一个小孩子活到十五六岁，倒变成一岁了。我在此耽搁几天就进京住一个月，与总理衙门商议，看他怎么办。不但云南一事，内外各处官与官，商与民交涉各样规矩情形俱要认真整顿。如果没有一个成事的把握,改变的凭据,那时候我只好出京,把云南事交与印度大臣办,各口通商事交与水师提督办理,英商税饷概不准完纳。这真叫物极必反。"威妥玛一口气说了许多。

"你这个话就说错了。马翻译的事我们不是不办,等我们赶紧办妥,自然就明白了。"李鸿章对此并不认可。

"总理衙门向来遇事总说从容商办,结果总是一件不办。今日骗我,明日敷衍我,以后我断不能受骗了。中国办事哪一件是照条约的?如今如果没有一个切实的改变,和局就要破裂了,令兄到云南也不能定如何办法。"

威妥玛很明显是要以马嘉礼事件要挟大清在通商上让步,李鸿章便从条约说事,反驳道:"两国相交全靠条约,条约如何可以改变?且大清历年所办之事若不照条约办理,你是钦差大臣,你怎么会答应?"

"中国有许多事不照条约,非止一端,非止一日。比如商货完税后到处抽厘,说是华商捐厘,其实无非还是洋商暗损。"威妥玛辩道。

这件事情完全与马嘉礼之死无关,且收取厘税完全是大清内政,所以李鸿章毫不客气地回应道:"你不要尽听洋商之言!任凭如何收税捐厘,这是大清自主之权,你难道不把大清当自主之国?"

威妥玛依然咄咄逼人:"丹麦是一个极小国,我国还许他自主,何况中国?但中国自周朝以来,常说内修外攘,试问至今内修若何,外攘能否?结果是内不能修政,外不能御敌。今天不改变一切,恐终不能自主。这不是我一人意见,各国官民皆如此说。中国改变一切,要紧尤在用人,非先换总理衙门几个人不可。"

"威使不要忘了身份,总理衙门用人,这是我国内政,不是你该干预的。彼此既经立约,和好多年,难道竟将条约半途而废?且威使与总理衙门大臣共事已久,均极相好,不应出此无理决裂之语。"李鸿章反唇相讥。

"我在中国办事三十余年,无时无事不帮中国相商。而今我心灰透了。前有照会恐将绝交,总理衙门复令我转咨本国。昨接国政来文说我所办之事,所说之话均甚妥协。且待总理衙门回信如何,恐一定是绝交样子。"

李鸿章见威妥玛大发牢骚,多说无益,于是对他道:"总理衙门令我与威使会谈,你有什么要求我可代为转达。天已不早,我该回署了,改日我请威使吃饭。"

威妥玛也不客气,送李鸿章出门。

送走了李鸿章,威妥玛与梅辉立商议下一步的对策。

"李鸿章果然难对付。幸亏他没抓住柏郎上校带兵入境这事不放,不然我们真是没法辩解。"梅辉立有些庆幸。

"中国人不懂万国公法,自然不得要领。如今最好的办法就是向中国人施加更大的压力,让他们缓不过神来。还有,目前中国人已经承认是他们的错,是他们杀害游历的马翻译官。应当让这件事成为铁一样的事实,要让中国人在各国面前承认是他们的错,这样其他国家也不好再说什么了。"

于是两个人仔细设计,提了七条要求,包括优待驻京公使,整顿商务,派员护送英国驻华使馆参赞格维那等人赴滇观审,要求恭亲王奏明朝廷,降旨责备云南巡抚岑毓英办理滇案不利,还要求派出一名钦差到英国道歉,而且派钦差道歉的上谕要明发天下。

威妥玛把七条要求抄给李鸿章一份,然后带着原本直接进京与总理衙门交涉。总理衙门哪一条也不想答应,就与威妥玛打太极拳。到了九月,威妥玛再次离京去了上海,做出一副绝交的样子,留他的秘书梅辉立与总理衙门交涉。而他在上海的报纸上,故意放出英国国内民情激愤,要求对中国开战的信息。

朝廷迫于压力,几乎全部答应了七条要求,责备岑毓英的上谕明发天下:"英国翻译官马嘉礼被害一案情节甚重,岑毓英职任地方,自应将详细情由迅即查明以昭信谳。乃时阅半年之久,未能确查具奏,实属不成事体。"

至于派出钦差专程去英国道歉,李鸿章建议朝廷不如趁此机会向英国派出驻英公使,一则这符合国际惯例,二则也比专程道歉好看些。现在威妥玛一再坚持要求派钦差去英国,不妨先发布将要派公使赴英的上谕,至于公使何时起程,视情形而定。他向朝廷推荐郭嵩焘为出使英国公使,朝廷尊重他的意见,很快发布上谕。

郭嵩焘本来已经任命为船政大臣,但他当年在广东与左宗棠闹到绝交,福州船政局又是左宗棠所创办,因此他托病不去赴任。李鸿章知道他的心思,就灵机一动推荐他出使英国。出使外洋是前所未有的差使,办好了容易见功,对郭嵩焘的前途大有好处。郭嵩焘未去赴任的船政大臣一职,他则再次写信给沈葆桢,推荐正在天津帮他办理洋务的丁日昌出任。一则丁日昌本来就善办洋务,任过江南制造总局的总办,出任船政大臣非常称职。二则丁日昌是自己的好友,由他出任船政大臣,当然再好不过。

丁日昌南下之前,必须完成与秘鲁换约的事情。近一个月来,秘鲁使臣在英美等国领事的支持下一直坚持先换约,再论其他。丁日昌不胜其烦:"贵国如果没有换约的诚意,那就算了,丁某不再奉陪。"

他态度一强硬,秘鲁使臣反而态度有所缓和,表示希望见李鸿章一面,听听他到底什么意思。

"他要见我就见他一面,反正我不会松口,小小秘鲁国也想搭列强的贼船来要挟我大清,休想。"李鸿章对丁日昌说,"秘鲁最看重的并不是通商,因为他们几乎没有产品在中国销售,他们看重的还是华工问题。他从沿海骗去十几万人,自知理亏,所以急于签订通商条约,便于日后招揽华工。华工在秘遭受非人待遇,不借此机会让他们有个承诺,以后华工更无生路。"

第二天,秘鲁使臣来到总督署,李鸿章开门见山道:"贵使已经来津一个月,为什么还未曾换约,拖来拖去,究竟所为何事?"

"条约是去年已经商定,今年只是如期换约,贵国又提出额外要求,实不合万国公法。当年日本前来换约,要求有所更易,李中堂就是以这样的理由不允更改,只行换约,为什么到了秘鲁国就非要增加条款呢?"秘鲁使臣把责任推到了大清这边。

李鸿章冷笑一声道:"当年中日换约与中秘换约不同。当时大清并无违约之事,当然不容修改。可中秘两国去年已经签订专条,秘鲁国承诺一定善待华工,可是你们显然没有做到,当然不能换约。"

"换约之后,本国一定遵照条约办理。"秘鲁使臣还是坚持先换约。

"不,绝无通融余地。"李鸿章斩钉截铁地说道,"两国所关注,都在华工身上。所以,贵国必须向各国表明秘鲁善待华工的态度,然后才能换约。不然,我将把秘鲁虐待华工的行径照会各国,中秘不能换约的责任万国自有公论。"

秘鲁使臣见无商量余地,就问道:"大人的意思,应当如何向各国表明?"

"简单得很,你们向京中各国驻华使馆发一个善待华工的照会,并在上海新闻纸上刊发。如果再有虐待华工的事件,那就让列国来评论是非。"

丁日昌盯着秘鲁公使按李鸿章的意图照会各国后,两国正式换约,他则整装南下,去福州船政上任。冬天已近,北河即将封冻,李鸿章也打点行装,移督保定。

移督保定后,李鸿章办了两件大事,一件是他奏请在湖北广济开煤矿的事得到朝廷批准,他从直隶练饷中拨出十五万串制钱,湖北巡抚翁同爵也拨给十五万串制钱,交盛宣怀开矿用。再一件是他奏请派游击卞长胜等五人赴德学习军事也获准,三月初,五人就已成行。不高兴的事也有,因为左宗棠一再呼吁西征缺饷,朝廷下旨准他借五百万洋债,又催令各省如期解拨协饷,凑够一千万两之数。左宗棠雄心勃勃,督师出关。而受此影响,每年四百万两的海防经费又成画饼,到三月底,北洋只收到三十余万两。要靠每年三十万两之数购买铁甲舰,那要到猴年马月?沈葆桢体谅李鸿章的难处,主动向朝廷提出以后海防经费先行解拨北洋,待北洋海防粗具规模、京帅门户无虞后再转拨南洋。李鸿章当然要亲笔修书,深表谢忱。

三月初,他刚回到天津,马嘉礼案又出岔子,而且连他老哥也牵连进去了。

李瀚章到了云南,同意岑毓英调查结果,是野人杀死了马嘉礼,而且先后逮捕了十几名景颇族兄弟,在英国驻华使馆参赞格维那的观审下,景颇族"罪犯"全部画供。因为景颇族方言需要专人翻译,又因为洋人观审,所以又要再次翻译成英文,这中间要捣鬼实在容易得很。因此观审的格维那也没发现毛病。但正所谓没有不透风的墙,参与审讯的人员也并非全部对官府的盘算倾心相服。因此,第二天省城昆明就出现揭帖,揭露官吏在"会审"中利用翻译弄虚作假,质问钦差大臣为何制造冤案,诬蔑保家卫国的景颇族同胞图财害命。岑毓英慌忙派出差役,把揭帖撕掉。他也是有苦难言,一方面朝廷让他要善待洋人,同时又要预防洋人阴谋得逞。这个分寸实在难以拿捏得恰到好处,而十几年来,向来是出了中外纠纷,先拿地方官开刀。因此一涉中外事件地方大员总是先想卸责之策。幕宾中有人给他出主意,既然"野人"涉入其间,不妨把一切责任推到不受朝廷王化的"野人"身上。经过精心谋划,总算应付过去,就连钦差大臣李瀚章,也仿佛被蒙在鼓里——不知他是真糊涂,还是装糊涂,反正他同意联衔会奏,给滇案下结论:击毙马嘉礼是野人索要过山礼不成而杀人行凶,狙击柏郎则是当地居民见洋人"驮载甚多,复纠伙往劫",实与官府无关,腾越厅官军及十八练武装均未参与其事。这一结论,把官府的责任撇清了,岑毓英也得以向朝廷交代,但冈顾柏郎带兵入境的事实,让本来应该是原告的大清成了切实的被告。

朝廷很快批准了两人的会奏,处理结果就是对十一名"野人"明正典刑,李珍国撤职查办。朝廷旨准之日,恰巧岑毓英接到母忧的丧讯,昆明人都说,是他枉杀人命而报应到他母亲头上。

不过滇案的会审结果,不但中国人不服,英国人也不服。中国人不服的是,为什么抗击入侵的洋人不是英雄反而送了命。英国人不服的是,格维那得出结论,整个事件其实是官府在背后指使,总理衙门有意指示岑毓英,而岑毓英授意李珍国,李珍国再利用土练行凶。威妥玛接到格维那的这份报告,决定好好做一下文章。

威妥玛最关注的自然是英国的商业利益,他的核心要求就是扩大通商口岸,减轻洋商税负。但他是个老奸巨猾的外交家,又具有精明商人的思维,他懂得外交也要讨价还价,你求二,才能得一。那么,在滇案中,最好面子的朝廷最在意的是什么?那就是朝廷和地方大员的面子。于是,他提出了一个新要求:因为滇案审理不公,必须把岑毓英提到京中会审,钦差大臣李瀚章也要追究调查不实的罪名。

朝廷自然不允,堂堂二品大员按洋人要求提京会审,那成何体统?

威妥玛又以武力相威胁:"为了给朝廷留面子,不提审岑巡抚也行,但以下七条要求,必须全部答应。否则,本使就下旗回国,让军人来说话。他们要占据中国沿海哪些地方,作为滇案赔偿的担保,那本使也无能为力。"

总理衙门最怕的就是打仗,在与威妥玛和他的秘书梅辉立反复争辩后,大部分要求都同意了,最后集中在最关键的第六条。在这一条中,威妥玛提出,中国应答应洋货上交子口税后,不论华洋商人贩运洋货,均免征税厘。要增开奉天大孤山、湖南岳州、湖北宜昌、安徽安庆及芜湖、江西南昌、浙江温州、广东甲子、电白及北海为通商口岸。

总理衙门权衡再三,同意增开宜昌、温州、北海为通商口岸。威妥玛没想到中国会这么容易就同意增开三个口岸,觉得不妨再施加压力,争取更多的利益。于是他指使秘书梅辉立在马嘉礼的赔偿上做文章。他当初提出二十万的赔偿,已经以十五万达成共识。梅辉立到总理衙门,突然提出这十五万只是马嘉礼被害的赔偿,不包括英国为此调动军队的赔偿。兵费赔偿多少,将由英国政府提出,几百万上千万中国都应当答应。

当时总理衙门入值的大臣是沈桂芬,对威妥玛出尔反尔十分愤怒,当即一口回绝。威妥玛当日下旗,宣称从前所议八条全作罢论,从天津乘轮船回上海,说要去请示国内如何办理。

朝廷再次惊慌失措,让李鸿章在天津拦下威妥玛,但威妥玛连天津领事馆也没入住,直接去大沽口乘轮船南下。于是,朝廷派海关总税务司英国人赫德追到上海去劝说。

威妥玛气势汹汹回到上海,但国内的回复却很让他失望,因为英俄为争夺在巴尔干的霸权,已经闹得剑拔弩张,各大国舰队云集地中海,双方支持者大有一决雌雄的架势。英国政府要拿出全部精力应对巴尔干危机,训令威妥玛尽快了结滇案。威妥玛很是狼狈,但他已经把话说绝,没法再回北京。此时赫德受总理衙门所托来到上海,他正好借坡下驴。

威妥玛与赫德都是英国人,但两人职责不同,性格又差异较大,因此两人关系其实非常一般。威妥玛是驻华公使,完全代表英国利益,做事又咄咄逼人。赫德作为总税务司,则是大清的雇员,他是个中国通,很注意给大清官员留面子。他对威妥玛动不动以战争相威胁的做法十分反感,他认为把中国拖入战争,必定有损英国商业利益,而且如果因为战争朝廷失去了对全国的控制力,那么英国即使想谈判也找不到对手,对各国商业利益将是致命打击。

两个人一见面,就因政见不同而起了争执,最后赫德说道:"如果你一意孤行,我就将自己的意见电告内阁。"

"作为一个驻外公使,我是为了本国利益最大化。你作为一个英国公民,也应当为英国的利益而尽一份力。这就是我们的共同点,有了这个共同点,我们就永远有对话的余地。"于是,威妥玛缓和了态度。

赫德当然不希望中英谈判决裂,而且他也希望通过参与协调,向朝廷证明他的价值不仅在海关管理方面,外交上他也有一套。于是两人重新归于平心静气,讨论如何让中国做出最大让步。

两天后,赫德给李鸿章写了一封长信,告诉他经过一番努力,威妥玛答应在八条的基础上重新和谈。目前有一个很难得的机会,大约十天后,威妥玛就到烟台去度夏,朝廷最好派出一位大员前往烟台与威妥玛详谈,这位大员应当有解决滇案的新主意,能够吸取过去谈判失败的教训,并明白中英两国力量对比强弱情形,不会意气用事,处事和气大方,有不免相让的地方不妨善让,不然枉费功夫。如果能够如此办理,有他居间调解,有望了结滇案。最后他告诉李鸿章——当然也是威妥玛告诉赫德的——"西国情形现为土耳其事,日有变动。英国朝廷愿趁此机会叫别国看明白,大英国既能在西洋做主,又可在东方用兵,随意办事"。

李鸿章对赫德深信不疑,立即上奏朝廷最好能接受赫德的建议,因为大清目前力量根本无法与英国开战。同时让薛福成研究滇案以来的所有交涉情形,对如何与英使议约拿出见解。

薛福成一直关注滇案进展,而且多次参加交涉,对整个过程十分熟悉,对英国人所求、李鸿章所担心以及威妥玛的心态等都算得上了如指掌,所以用了不到三天时间,他就将《上李伯相论与英使议约事宜书》呈了上去。

他首先分析了双方形势,认为"方今英之富强,固非大清所能敌。而论天时地势,英必不愿启衅于中国"。因为俄国与英国争夺土耳其霸权,德国也有意兴兵侵并旁近小国,英国都不敢小视,不可能在东方再挑起战事。威妥玛动不动以兵舰相威胁,不过是他的狡诈计谋,实际上他也不愿真正开战。"威使在华数十年,近将归国,设因此兵连祸结,牵掣大局,彼将内为国主所尤,外为商人所怨。彼之本性,不过见可而进,知难而退,欲乘此时迫胁大清,大得便利,以见好商人,为归老之荣耳"。至于英国调兵舰前来,十有八九是虚张声势,大清应该据理力争,不然英国会提出更苛刻的要求,反而更难以收拾。

因为薛福成知道李鸿章太过担心中英实力悬殊,连布防也不敢,专门上书分析说:"或谓设防而触其怒,不如示不设防以速其和。此断不可取。自古两国相持,备愈严则和愈速。诚宜密速调兵,节节布置,隐然有虎豹在山之威。敌船一到,饬我军严兵以待,斯时议和,自与无备者迥异也。"他建议从直隶周盛传淮军及各镇练军中抽调五千人,济宁铭军全部近万人,飞调北来。并密告左宗棠按兵不动,朝廷则同时公开颁布全部调回左宗棠西征大军的谕旨。沿海省份也要认真布防,而且如果英军真的登陆,不与他们争一城一池的得失,不妨以空城让敌。"彼航海远来,人数无多,不敢深入腹地,所占不过一二空城,又与吾民龃龉,动则疑惧。夫耗兵费以守空城,犹获石田也。而各口贸易为之停罢,则彼所损甚巨,久必然退矣"。

对于双方正在谈判的条件,薛福成看得非常准,威妥玛最关注的其实就是商业利益,特别是洋货免除税厘一条,直接侵犯大清主权,无论如何不能答应。如果答应,那么大清每年损失将达到白银一千万两。这样,经费枯竭,军队无饷,必然要裁撤,海防也无法筹办,到那时英国再有要挟,大清想战也没有能力。所以,洋货免厘一项,"彼必以全力争,我当以全力拒"。退一万步说,就是真开战失败赔款,也不过千万之数,只是一年的厘税收入。如果答应威妥玛的要求,则是年年要损失一千万两。何况,全国上下同心合力,又何尝不能战胜敌寇呢?

李鸿章对薛福成的见识非常佩服,虽然有些判断他未必认同,但作为一个微末小员,这番分析已经非同一般。

次日,李鸿章收到两份上谕,一份是明发,是让他转给威妥玛验看——

谕内阁:大学士直隶总督李鸿章着作为全权大臣,便宜行事,即赴烟台,与英国驻京公臣威妥玛会商一切事务。

另一份,则是给他的密旨:

谕军机大臣等:李鸿章奏,接据总税务司赫德来信钞录呈览请旨办理一折,已降旨派李鸿章为全权大臣,与威妥玛会商一切事务。该督熟练洋情,必能操纵合宜,相机开导,以期早就范围。即着懔遵前旨,驰赴烟台,与该使会晤。就总理各国事务衙门前议,参以赫德此次来信,斟酌情形妥为筹定,奏明办理,以免另生枝节。此外如有非理要求,仍当峻拒,不可稍涉迁就。本日寄去谕旨一道,如该使索看凭据,着李鸿章另行恭录,给予阅看。俟事竣后,此旨仍缴还军机处备查,将此由六百里密谕知之。

李鸿章早就料到,朝廷很有可能要派他去,但上谕中有"奏明办理"的要求,如果事事要上奏,反复一次就要十几天,那要谈到什么时候?何况威妥玛这个人性情诡异,反复无常,正所谓夜长梦多,到时候不能办结,一切后果岂不都加在自己头上? 所以他上奏朝廷,请求就三个方面预示办法:一是赔偿

227

马嘉礼已经议十五万两,可是威妥玛又提出兵费不在此列,如果他们要求巨款,到底该怎么办?二是威妥玛要求优待驻京公使,看威妥玛的意思,希望皇帝能够召见,到底答不答应? 三是威妥玛要求将岑毓英提京会审,李鸿章认为不妨同意,让岑毓英到京城与威妥玛当面对质,也没什么丢人的。

他的请求很快有了回音,赔偿可以酌加,优待公使的要求"但凡无碍于体制,尚可酌量允准",但提审岑毓英一节,无论如何不能答应。

李鸿章决定六月十二日起程赴烟台。众人都有些担心,因为疯传英国又有两艘军舰开到烟台要挟持李鸿章,就像当年把两广总督叶名琛拘押到印度一样。李鸿章的夫人赵小莲十分担心,就暗中鼓动天津绅商挽留李鸿章。结果天津绅商士人二十余人,到直隶总督署请见李鸿章,劝他不要去烟台。李鸿章以上谕已颁为由,婉拒大家的好意。临行前,他对直隶军政做了一番部署,地方日行公事,由藩司代印代行,商务洋务一般事务,由天津海关道办理,遇有紧要事件,则封包交由轮船递到烟台。同时交代直隶提督及淮军驻军,严密布防,尤其是大沽海口,不要让英军有机可乘。又交代天津道府县各员,一定关注民情,千万不能再有当年火烧望海楼的惨祸。

临行前夫人赵小莲亲自下厨为他备了一桌家乡菜。相陪的除了夫人,只有馨如。馨如的真实身份,赵小莲已经猜到,但她识得大体,人家为了李鸿章而捐躯,她当然要善待逝者后人,因此对这个"女儿"视如掌上明珠。她也知道李鸿章远行,必然牵挂馨如,因此把她抱在身边一块陪餐,她一会儿给丈夫布菜,一会儿又照顾身边的馨如,忙乱中竟然一时无话可说。

李鸿章见此安慰道:"夫人不必担心,威妥玛毕竟是驻华公使,断然不会行绑架之举。"

"就算这个姓威的英国人不兴风作浪,与洋人签订条约,必然要向洋人让步,你必招骂名,这种费力不讨好的差使,人家都避之不及,你又何必自讨苦吃。"赵小莲竟然看得出一些门道。

"国家有难,我不能袖手旁观。赴汤蹈火,在所不辞。再说,派别人去,谁又能胜任得了呢? 如果派去的人一味逞口舌之利,把国家推入战争,国家真就无望了。"

"皇亲国戚,显贵大臣有得是,你又何必去担这副重担? "赵小莲依然不能推开心事。

李鸿章却故意以玩笑的口气说道："不是说大话,能挑这副重担的,唯有李某人。"

赵小莲不再相劝,叹了口气,再给李鸿章布菜："好,既然你铁了心,我就不再阻拦,只求菩萨保佑你平平安安、顺顺利利。你放心,家中一切有我,馨如我会照顾好。"

"有夫人坐镇直隶总督署,我放心得很。"李鸿章仍是开玩笑的语气。

六月二十八日,李鸿章乘轮船招商局客轮赴烟台,随员有薛福成,李鸿章有意让他历练;有直隶候补知府许钤身,朝廷已经下旨他作为郭嵩焘赴英的副使与英国人谈判,他当然要参加;还有轮船招商局会办朱其诏,一道商议漕粮船运的事宜,再加翻译、护卫等,浩浩荡荡上百人。第二天下午四点多到了烟台,入驻东海关道衙门。

东海关道衙门设在海边烟台山下。咸丰十年签订的《天津条约》,在北洋开辟三个通商口岸,山东的一个先是在登州,后来英国人考察后认为烟台山一带更适于通商,经协商改为烟台。烟台得名于海边的小山,三面环海,明代始在山上建烽火台,民间称烟火台,于是山因此得名烟台山。此地辟为商埠后,日渐繁荣,先后有十余个国家在山上设领事馆,每到夏天,常有洋人到此避暑。威妥玛此时到烟台,也是借避暑之名前来与李鸿章会谈。德、法、俄、美、奥、西班牙等国对中英此次谈判非常关注,公使们也都借避暑为名来到烟台。

东海关道衙门空前热闹起来,各国公使都来拜会李鸿章,他们几乎无一例外地表示,本国政府愿意在外交上支援大清了结滇案,谅英国不敢动武,如所议不谐,皆愿从旁调停,这让李鸿章信心大增。到了初三,他正式会见威妥玛,威妥玛有些酸溜溜地说道:"听说中堂已经见过各国公使,而且相谈甚好。"

李鸿章据实解释道:"是,我与此地避暑的各国公使都互相拜访。各国公使对此次会谈十分关心,希望两国维持和平。"

"滇案是英国的事情,不容别国插嘴。"

李鸿章打比方道:"好比两人闹了纠纷,路过的人前来好意相劝,也是常理。"

"此案必须把全案人证提京复审,若不允行,他事无可商办。"威妥玛十分强硬。

"随意将二品大员提京,从无此例。"李鸿章也不卑不亢。

"此例甚多,比如杨乃武小白菜案,浙江巡抚就被提京复讯。"

威妥玛居然知道此案,这令李鸿章十分惊讶,随即他又冷静下来道:"那是因为有确实的证据。"

"我们也会有的。观审的格参赞由滇回缅,沿途查访,情节更真,我已令他回英国面陈。"威妥玛一副胜券在握的语气。

李鸿章见状便道:"滇案业经大员往查,讯取供证确凿,断无再行提京复讯之理。你要想这样办,那就得把你得到的可靠证物交出查验,那时我可以请旨定夺。如果只是听信传闻之言,并无真凭确证,就想将督抚大员提审,中外各国都没这样的办法。"

威妥玛说他将把格参赞获得的证据提交给李鸿章,但过了六七天,他并没有提供出来,而是又提了一大堆要求,列了一张开放口岸名单,几乎把中国沿海沿江重要城镇都罗列进去,张口闭口就是本国商民都极为愤怒,纷纷要求开战。威妥玛态度非常恶劣,就连陪同谈判的赫德也十分生气,认为他有失绅士身份。

薛福成、许钤身等人则频繁与各国公使身边的翻译、秘书接触,了解到大家对威妥玛咄咄逼人的态度都反感,而且英国单方面与大清谈判商务问题,也令各国公使不快。他们将这一情况报告给李鸿章,李鸿章决定来个"连横之计"。

六月十二是慈安的万寿节,李鸿章在东海关道客厅设宴,遍请在烟台的各国公使。大家都举杯共祝太后万寿。等大家喝得融洽的时候,李鸿章把威妥玛要提讯二品大员到京会审的事摆到桌面上,请各国公使评论。各公使众口一词,认为没有道理。宴会结束后,李鸿章把东海关税务司德国人德璀琳留下道:"我想请贵国公使出面,劝一劝这位好战的威妥玛。"

德璀琳答应得很痛快,办得也漂亮。第二天上午,德国公使便拜访了威妥玛,向他提议道:"在中国,李中堂算是非常开明的,通过他与中国朝廷打交道,比别人要好得多。这次他来和谈,顶着很大的压力,朝廷的强硬派不愿和谈,天津的百姓怕他有性命之忧,他是为大局着想才如约前来。如果使他陷入困境,日后如果他不把我们当可尊重的朋友来保护,很多事情会麻烦得多。"

威妥玛见自己已陷于被动,外相又来电报,明确告诉他尽快了结滇案,于是他答应不再要求提审岑毓英,但其他各条,中国必须全部答应。

"那就看你怎么和李中堂谈了,不过,要别人答应所有的要求,这恐怕也不是和谈的办法。"德国公使留下了这么一句话。

四天后,威妥玛会晤李鸿章,将会谈条款交给他,包括三大部分:一部分关于滇案处理,提了六条;一部分关于优待驻京公使,提了三条;一部分是通商事务,提了七条。双方反复争辩,最后焦点集中到通商事务上来,威妥玛坚持重庆、宜昌、温州、芜湖、北海五口不仅通商,而且要设领事馆,湖口、沙市、水东三口为税务司分驻,安庆、大通、兴荣、陆溪口、岳州、码斯六处为轮船停泊上下客商货物之地,长江沿线几乎一网打尽。而洋货税厘,不仅要求进口货物全部半税,而且在所有通商口岸都不再纳厘捐;洋商运土货出口也一律免厘。如果全部答应威妥玛的要求,大清每年损失的税厘何止千万?

赫德也认为这些条件太过苛刻,他与威妥玛在烟台相处一个多月,对他的自以为是非常反感,两人关系几近恶化,他对李鸿章道:"威使的态度不像个负责任的使臣,简直比军人还要好战。他的态度不仅有害于中国,也有害于英国。他这个样子让我彻底解脱了苦恼,我不必夹在大清雇员和英国国民的双重身份中两头受气,我可以坦然地站在中堂一边,帮助您实现和平的愿望。"

两个人几乎每天晚上都要谈。赫德的确为李鸿章出了不少主意,在他的参谋下,洋货通商口岸免除厘捐,改为仅在租界内免厘,而大清的大部分厘卡,设在租界内的很少,因此厘金损失无多;通商口岸在原来总理衙门答应的宜昌、温州、北海三处的基础上,添加芜湖一口。而重庆在条约中规定待将来轮船可通后可辟为口岸,但川江峡滩险阻,轮船万不能行,因此等于一条虚文。

光绪二年七月二十六日,中英双方要员齐集东海关道衙门。中方除李鸿章外,还有他的洋顾问赫德、德璀琳以及随员许钤身、薛福成等人;英方除威妥玛外,还有他的秘书梅辉立、驻烟台领事以及翻译等人。法、德、美、俄等国公使也前来见证《中英烟台条约》正式签字。

李鸿章和威妥玛分别在条约上签字,李鸿章如释重负,低声对赫德道:

"与一个好战的人签订一份和约,真是不容易。"

美国公使与李鸿章握手问候道:"中国是一个弱国, 中堂能够抵制一个咄咄逼人的国家提出的条件,是令人惊诧和佩服的。中堂将从此一跃而为外交界能手,今后中国朝廷必将更多依赖中堂。"

第十二章

郭嵩焘出使挨骂　盛宣怀购买铁路

李鸿章回到天津不久，督署便迎来了一位不速之客——翰林院侍讲张佩纶，他是向李鸿章兴师问罪来了。

张佩纶是直隶丰润人，父亲张印塘在安徽当按察使时，与正在家乡办团练的李鸿章相识，因此两人关系相当不错。可惜张印塘不久后就战死了，留下只有七岁的幼子张佩纶。幸得李鸿章资助，张佩纶得以扶棺回乡葬父。因为这个原因，张佩纶视李鸿章为恩公。张佩纶与家人四处漂泊，饱尝颠沛流离之苦。正所谓穷人的孩子早当家，他因此发奋苦读，二十二岁中举人，二十三岁中进士，选为翰林院庶吉士，三年后授翰林院编修。光绪元年四年一度的翰詹人员大考，他以二等第三名被破格提拔为翰林院侍讲。当时朝廷改元，下诏求言，张佩纶上疏陈言，虽然了无新意，但慷慨激昂，文采风流，被军机大臣李鸿藻赏识，收入门下。

李鸿藻是同治帝的师傅，深得慈禧信任，他得以入军机，是专为牵制大办洋务的恭亲王。只是恭亲王内有军机大臣文祥、沈桂芬、宝鋆和总理衙门大臣董恂、毛昶熙等人的支持，外有李鸿章、沈葆桢、丁宝桢、丁日昌等洋务大吏的奥援，李鸿藻实在是势单力薄。他的办法就是笼络翰林及言官，这些人虽无实权，但位居清要，且下笔千言，倚马可待，影响力也不可小瞧，被世人称为清流。他们傲视王侯，以直言敢谏著称，笔锋所指，每有官员倒霉。慈禧有意牵制恭亲王，因此对清流多有提携，以致很快成了气候。市井笑谈，已经有清流四谏之说，翰林院侍讲张佩纶、张之洞，编修宝廷、黄体芳；又有青牛之比,说李鸿藻是青牛头,张佩纶、张之洞为青牛角,专用来抵人,陈宝琛为青牛尾,宝廷为青牛鞭,邓承修为青牛肚,其余牛皮、牛毛甚多。在海防塞防大讨论中,针对李鸿章等人提出的大办海军、大兴商务、兴修铁路、改革科举等主张,众清流交章弹劾,向朝野显示了不可小觑的力量。李鸿章对朝野的风吹草动极为敏感,自然对清流力量十分关注。他的评价是"成事不足,败事有余",但又无可奈何。

李鸿章签订《烟台条约》,增开通商口岸、优待各国公使、派出驻英公使,等等,又引发清流群起而攻之。张佩纶也多有不满,但因视李鸿章为恩公之缘故,没有上折弹劾,而是选择到天津来"向李中堂面教"。李鸿章接到报告后,对身边的薛福成道:"张幼樵兴师问罪来了。"

薛福成笑道:"中堂是幼樵的恩公,他哪里敢问罪?"

李鸿章摇了摇头:"他被李兰荪收入麾下,对我们这些办洋务的自然是看不顺眼。幼樵本来学问就好,老泰山又是藏书大家,只可惜学问用错了地方。"

张佩纶的岳父朱学勤,当了十几年的军机领班,一向为恭亲王倚重。他最为人所称道的是嗜书如命,遇有好书便倾囊相购,藏书数万册,张佩纶因此读到了许多世间难得的珍本,学问更是今非昔比。李鸿章爱才心切,有意笼络张佩纶,期望这员清流干将能够为其所用。

张佩纶时年二十七岁,已经名冠京师,顾盼自雄。他视李鸿章为恩公,已经极力收敛,但咄咄逼人的气势仍然扑面而至:"中堂与英夷签订《烟台条约》,京中颇有议论。中堂有恩于晚生,晚生不能不如实相告。"

"我为大清避免了一场战祸,京中竟然还有议论,都议论什么?"李鸿章是明知故问,清议是怎么指责的他都预料得到。

"议论很多。比如增开通商口岸,清议认为洋人深入内地,难免使大清江河日下。"张佩纶拣了条例子说道。

李鸿章辩道:"威使要求增开十余口岸,我费尽心思,磨破嘴唇,减至四个,已是竭尽全力。何况,增开口岸通商也并非全然坏事。"

"洋人货物行销内地,夺民生机,怎么不是坏事?"张佩纶不以为然。

"洋人货物进口要纳子口税,对朝廷筹饷有利。近年来各通商口岸海关税收年年增加,已经是朝廷最稳固的一项收入,西征借债担保以及南北洋海防,无不依赖海关收入。再说,洋货行销的同时,洋人也购买土货出口,土货销量大增,自然也是增利于民。"随后,李鸿章给张佩纶讲西方各国互相通商、以商致富的情况,既然大清大门已经打开,想关闭已经不可能了,只有千方百计发展工商业才能与洋人争利,于国家有利。李鸿章以伯相之尊,娓娓道来,张佩纶眼界大开,虽然一时不能完全明白,但也无从反驳。

"派驻英公使一事有辱国体。我中华上邦向来是四夷来朝,如今再派使臣驻英国,岂不等同于朝觐洋夷?"张佩纶见辩不过李鸿章,便转移了话题。

"幼樵,说句不该说的话,中华是不是上邦,不是我们说了算。英、美、法、意等国远在万里之外,从来不曾来进贡,我们凭什么说是他们的上国?再退一步说,就算我们是他们的上国,如今人家的坚船巨炮虎视眈眈,我们这上国却无力抵御,还算什么上国?何况这些国家向来都认为彼此平等。他们之间平等,与我大清也是平等之国,没有上下之分,只有靠条约来互相约束。"李鸿章依然是不急不躁。

张佩纶对此却无法苟同:"中华五千年文明,这些洋夷之国,据说还在茹毛饮血。"

"他们是不是茹毛饮血且不去论,各国互派公使已是万国公例。所派公使,也是为了保护侨居的本国之民。譬如英国公使和领事,一遇中外纠纷,他们便出头为英商说话。在西洋各国互派公使不仅是定例,也是一种权力,一国不让另一国派公使,反而是失礼的行为。"李鸿章缓缓解释道。

"我国百物充盈,百姓自给自足,自然无须去他国,也就不必派公使;洋人国家穷困,所以要到我中国来经商,因此他们才派公使。京中清议,没有人以派公使为然。郭侍郎如果答应去英国,恐怕会身败名裂。"张佩纶又道。

郭嵩焘是李鸿章推荐出使英国的,因为滇案一拖再拖,因此一年多未能成行。如今《烟台条约》签订,按条约大清必须派出使臣前去道歉同时兼充驻英公使。这项差使竟然有可能令郭嵩焘身败名裂,李鸿章有些不太相信。

"中堂应当听说了,清议对郭侍郎多有非议。"

京中舆论对郭嵩焘即将出使英国一事,岂止是非议,简直是众口声讨。大家一致认为,夷人如猪狗一样是不可理喻的,大清派使臣出去,无异于古时候被扣的人质,"徒辱国格而已"。甚至有人写了一副对联贴在郭嵩焘的住处——

出乎其类,拔乎其萃,不容于尧舜之世
未能事人,焉能事鬼,何必去父母之邦

闻言,李鸿章感叹道:"按万国通例派出公使,怎么会如此辱骂? 真是不可理喻。"

"所谓万国通例,不过是蛮夷国家的通例,我朝典章制度尽善,何必去父母之邦,学洋人之皮毛? 十余年来,事事以洋人为师,正是最可虑、最可耻之处。洋人之所长在机器,大清之所贵在人心。机器不过万物之末,人心才是根本。我们学到了洋人之末,丢掉了尧舜周孔之道,文官无忠谏之臣,武将无敢死之士,就是学到了机器枪炮之流,又有何用?"张佩纶以为自己抓住了根本,侃侃而谈。

"大道理我不必讲,我就问你一句话,洋人持洋枪,我持刀矛,就是忠谏之臣,敢死之士上阵,也不过是送死。那你说,洋人的枪炮该不该学?"李鸿章对张佩纶的固执十分不快,京中盛赞的人才竟是这样的见识,真让英雄气短。

"那我问中堂,如果一个胆怯萎缩之辈,心中无忠义之气,手中就是握有洋枪,一冲锋陷阵,便弃枪而逃,那洋枪洋炮又有何益?"张佩纶毫不退让。

"要论打仗,毫不谦虚地说,你们在我面前都是鲁班门前耍大斧,当年我在上海与洋人苦战之时,你不过是十几岁的娃娃。就连京中诸位放言高论的翰林台谏,又有几人在阵前拼过命? 如果不是洋枪洋炮,淮军如何能够以沪平吴,又如何能够平定得了捻子?"李鸿章已经有些不悦了。

张佩纶立即反驳:"既然如此,大人为何又对洋人一再忍让,不仅要增开口岸,还答应云南通商,又允许洋人观审案件,又要派公使去英国道歉,大人办理外交,是不是太向洋人示弱了?"

"此言差矣!"李鸿章听张佩纶把一切归咎于他的软弱,终于忍不住发火,"该不该向洋人让步,不是我想让就让得了,也不是我不让就能坚持得了,这一切都因国家太弱。我国军力安内尚可,攘外则毫无把握。英国陈兵沿海,我们连一艘铁甲也没有,不答应又能如何? 如果洋人十几年前的故伎重演,兵临京城,请问各位可有谁挺身而出? 难道要让皇上太后再次西狩热河？"

"大不了迁都再战！"

迁都再战是清流们近来经常议及的话题，他们认为十几年前与洋人签订《天津条约》《北京条约》，是办事大臣太软弱的缘故，当时皇上已经离京，如果迁都再战，大清腹地广阔，洋人万里来侵，终归兵短粮绌，天长日久必败无疑。

"书生之见！"李鸿章对迁都再战的议论最为愤怒，"如果能够战之能胜，香港、澳门又如何能够被洋人强租？如果战火重燃，朝廷真的迁都，洋人占据沿海要地，比如广州、福州、上海、烟台、大沽、大连，这些地方海防都极薄弱，洋人完全不必深入内地，只需久占不归，便又是第二个香港、第三个澳门。试问幼樵，沿海门户洞开，要地尽归敌手，国家有海无防，从此贻害无穷，谁承担得起？"

"那就再回师打下来！"张佩纶把战争看得太轻率，几同于儿戏。

"打下来？说得容易！不说洋人枪炮强过我数倍，就说兵饷一项，朝廷财政捉襟见肘，如果沿海口岸尽失，苏浙财赋要地必受影响，海关洋税尽归洋人，那时候兵饷无出，士兵哗变，怎么打仗？你们放言高论的诸位谁见过士兵哗变，放火烧营，杀害营哨各官的可怕？"于是李鸿章讲当年湘淮各军因为闹饷哗变的事例，听得张佩纶心惊肉跳。

今天是李鸿章的幼女李菊耦的生日，先前已经说好一块吃午饭，她早早来到客厅叫李鸿章，可每次来两人都是侃侃而谈。这次再来，两人依然议论风生。她看着西洋钟已经快下午一点，便再也沉不住气，上前打断两人的争论，杏目圆睁，瞪着张佩纶问道："当初英国人的兵舰就在天津口外，百姓听说英国人要在烟台扣押我白白，不让我白白出海。白白为了国家，冒险前去烟台，我们日日提心吊胆，我娘夜里常常惊醒。白白费尽心思消弭战祸，你们却在一边指手画脚，试问你们的尧舜周孔之道何在？忠义良心何在？"

"白白"是合肥方言，爹爹的意思。李菊耦时年不过十二岁，伶牙俐齿，这番话从她嘴里说出来，两个人一时都目瞪口呆。她脸上虽未脱稚气，但明眸皓齿，已露少女的美艳之姿，特别是修长睫毛下的一双眼睛，眨动之间竟然让张佩纶心旌动摇，大失分寸。

李鸿章看在眼里，满心欢喜，嘴上却道："大人说话，你小伢子不要插嘴。"

"可以插嘴，无分大人小孩。"张佩纶竟有些语无伦次。

李菊耦却反唇相讥："大人说话，小伢子当然不能插嘴，你连这个道理也不知道，可见所谓尧舜之道不过尔尔，还在这里与我白白争论。"

张佩纶大窘，面红耳赤，向李菊耦拱手道："甘拜下风。"

"我逗你玩呢，你何必这样认真？"李菊耦莞尔一笑。

李鸿章拍拍女儿脑门道："你先回去，白白马上过去吃饭。"

李菊耦欢天喜地地跑了出去，张佩纶擦了擦额头上的汗水道歉道："中堂，小姐说得对，本来是请教中堂，却与中堂争执，都怪晚生张狂。"

李鸿章郑重地说道："幼樵此言差矣，你有你的想法，我有我的主张，我们平等切磋，互相启发。你错了，我可以批评；我不对，你也可以纠正。我很愿有你这样一个忘年交。"

李鸿章邀请张佩纶参加家宴。家宴自然不避府中女眷，这是拿他当自己人不拘常礼的优遇，张佩纶临来时要以满腹经纶驳服李鸿章的计划至此彻底放弃，完全是一副请教、拜谒的心思。在家宴上他放不开手脚，尤其是李菊耦每说一句话，他都要拱手说一句"受教"。一桌人都不明白，鼎鼎大名的张翰林何以对一个十几岁小姑娘俯首帖耳。

李鸿章有意让张佩纶开阔眼界，因此安排薛福成陪他到大沽口去参观炮台和洋人军舰。回到天津后，李鸿章已到开平去考察煤矿，特意让薛福成转交历年来的洋务奏折"请张翰林指教"，并赠一千两银票。

张佩纶拱手道："中堂奏议晚生一定领教，但银票实在不敢受。"

"中堂说了，京官俸禄太低，京中开销又大，请幼樵不必推辞。"

张佩纶与薛福成已是无话不谈的知己，也就不再推辞："中堂美意，晚生不敢固辞。请转告中堂，但凡有用得着晚生处，尽管吩咐。只是晚生有不能苟同处，定然也是知无不言，言无不尽。"

薛福成赞道："中堂也是此意，希望多一位净友。中堂说，他身边不乏诺诺称是之辈，缺的是能直陈胸臆者。"

张佩纶回到京城，京中清议正把一腔怒火发到郭嵩焘身上。郭嵩焘的好友纷纷来信，劝他不要接出使英国的差使。他的家乡湖南闹得更厉害，当时在长沙参加乡试的秀才在玉泉山集会，声讨洋奴汉奸郭嵩焘。有人说郭嵩焘创建的上林寺内住有洋人,是他勾引到湖南传教来了。秀才们赶到上林寺,把两进寺院付之一炬。他们又在郭嵩焘的家门贴上榜文,扬言要砸掉郭嵩焘的老巢,郭家老小吓得战战兢兢。湖南巡抚王文韶一向厌恶郭嵩焘喜谈洋务,闻讯大喜,不但不制止,反而火上加油,夸奖闹事考生"士气可嘉"。郭嵩焘接到家信,连忙向恭亲王求援。恭亲王亲自过问,发函王文韶,王文韶竟回复称湖南民风醇正,他不能不尊重民意,只能相机劝导。

郭嵩焘为千夫所指,身体又不好,咳嗽再加头晕,因此向朝廷告病,请辞出使的差使。此时威妥玛也来相逼,他来到总理衙门,说中国如果不派使臣到英国道歉,滇案就不算结束。

如果郭嵩焘不出使,又到哪里去找熟悉洋务、热心国事、甘被千夫所指的出使大臣呢?恭亲王奏请两宫太后召见郭嵩焘,劝他勉为其难。

九月底,两宫太后召见郭嵩焘,问道:"听说你最近身子不好,一再请辞,你病势到底如何?"

郭嵩焘回答道:"臣本多病。今年近六十,头昏心忡,日觉不支,其势不能出洋,自以受恩深重不敢辞。臣近来病势日深,去英国万里迢迢,臣只怕不能经受舟船之苦,辜负天恩,误国大事,因此不敢不辞。"

慈禧劝道:"此时万不可辞,国家艰难,总要有人为国分忧。我原知你是公忠体国之臣,出使这件事别人也不能胜任。你应当为国家任此艰难。"

"京中清议,认为臣不该出使,而应该放手与洋人一战。"

慈禧又道:"别人说什么闲话,你都不要去管他们。他们局外人随便瞎说,全不顾事理。你看此时兵饷两绌,如何能够轻开边衅?你只管一味为国家办事,不要顾别人闲说,横直皇上总知道你的忠心。"

"臣对太后、皇上耿耿忠心,苍天可鉴,臣担心才识短浅,不能胜任,误了国家大事。"

"出洋本是极苦的差使,别人都不能胜任。况且上年已经派定,此时若换别人,只怕招洋人议论。你必须为国家任此一番艰难。"

平日召见,慈安很少说话。不过,她也听说了清议对郭嵩焘出使的种种批评,所以今天也开口了:"这个差使,须是你来任。"

两宫都如此说,郭嵩焘不敢再辞,以头碰地道:"臣肝脑涂地,谨遵懿旨。"

郭嵩焘出使英国已经是板上钉钉,无可更改。随后朝廷发布了上谕,着刑部员外郎刘锡鸿任副使,与郭嵩焘一同出洋。可这个任命,大出郭嵩焘意料。

刘锡鸿算得上是郭嵩焘的老相识。他是广东番禺人,字云生,举人出身。郭嵩焘任广东巡抚时,刘锡鸿就在巡抚衙门任事。刘锡鸿为人刻薄,不近人情,与同僚关系很差,但对郭嵩焘却言听计从,在郭嵩焘看来是亢直无私,因此曾经引为心腹,并极力奏保。所谓日久见人心,后来郭嵩焘认识到此人太过自负,严以责人宽以待己,便有意疏远。郭嵩焘被重新起用并被委为驻英公使,此时在刑部员外郎任上的刘锡鸿就极力谋求副使的职位,他先托丁日昌、后托郭嵩焘的至交好友帮着说话。郭嵩焘觉得刘锡鸿太意气用事,而且对洋务缺乏真正的研究,出使外洋不合适。可是经不住朋友的一再劝解,答应到时为刘锡鸿谋求参赞之位。刘锡鸿得到答复,有些不甘心,于是转而走军机大臣李鸿藻的门路。李鸿藻本来不赞成派出公使,只是慈禧已经同意,不得不勉力支持。而对正使郭嵩焘,他觉得太过媚洋,很不放心。而刘锡鸿虽然也以洋务自居,但比郭嵩焘却传统得多,且言语中对郭嵩焘多有不敬,这正投李鸿藻所好,既然他有意谋求副使的职位,那就让他如愿,但有一条李鸿藻私相托付,驻外人员但凡有失国体的地方,都要如实报告。刘锡鸿一点就通,知道其实是要他监督郭嵩焘。

刘锡鸿不但如愿得到副使之职,而且还有秘密使命,因此十分得意。刻薄之人容易得意忘形,忘形之后便会愈加刻薄乖张。他竟然拿着新颁的明发上谕抄件跑到郭嵩焘的住处,责问他为什么只举荐他出任参赞,而不是副使。郭嵩焘被问得张口结舌,只好敷衍道:"云生神通广大,又何必我推荐?"两人总算没有撕破脸皮。

看着刘锡鸿扬长而去,郭嵩焘心情灰暗,还没成行,已经受了这位副使的窝囊气,到了万里之外的英国,还不知道又弄出什么洋相来。

郭嵩焘本来计划回湖南老家一趟,安抚一下家人,可是威妥玛听说后大为不满,跑到总理衙门大发牢骚,要总理衙门给个确切的行程。总理衙门只怕再出什么麻烦,就督促郭嵩焘尽快起程。十月底,郭嵩焘偕如夫人梁氏,副使刘锡鸿,参赞黎庶昌,翻译德明、凤仪及英国人马格里,还有随员跟役共三十余人冒雨登船,前往英国。

郭嵩焘行前,总理衙门就有训令,要他详细记录沿途见闻、各国风土人情,随时咨送回国。郭嵩焘早年就有志写一部介绍国外情况的书籍,正好趁此机会完成夙愿,所以从上海起程开始,他不顾波涛颠簸、牙疼、胃疼、失眠、头昏、呕吐等诸多折磨,坚持每天写日记。每至一地必记下航行的经纬度及地理位置、气候。沿途所经的十八个国家所处哪一大洲、经纬度、信奉的宗教,他在笔下一一记录。他还记录了迥异于中国的外部世界,比如新加坡的新式炮台、巨型望远镜,专收女学生的"女学馆";从《泰晤士报》上看到的英国人到北极探险,行两月余,不见日者一百四十余天,冻死四人,对他们的探险壮举,英王授勋奖励;在苏伊士运河两岸,他第一次看到了开河机器,效率之高、结构之妙令人惊叹……

光绪二年十二月初八,西历 1876 年 1 月 21 日,郭嵩焘一行抵达英国,从苏士阿姆敦登岸,再改乘火车去伦敦。中国海关税务司、英国人金登干早将波克伦伯里斯 45 号一座四层楼房租了下来,作为中国驻英使馆。使团一行通过英国外交部递交国书,请求觐见。不料国书中因为没有写上副使刘锡鸿的名字,援例副使不得觐见。

在京时威妥玛曾看过国书,他早就看出这个问题,但因为觉得大清官员对他态度太差,因此有意要出大清使臣的洋相,当时并不指出。为了接待大清首个外派使团,他已先期到了英国。郭嵩焘亲自去请教他应该如何办理,他说不知道,恐怕副使不能觐见。刘锡鸿大发牢骚,非觐见不可。郭嵩焘再请马格里帮忙想办法。

马格里曾是李鸿章最信任的洋人,后来他恃宠而骄,在金陵制造局说一不二,随意打骂工人。他有专门的厨师,并组建二十人的卫队,出门仪仗赫赫。军医出身的他对洋枪洋炮并不在行,又固执己见,因此金陵所造的新式大炮运到大沽口试用,连续发生爆炸。他又死不认账,李鸿章把他叫到大沽口亲自试放,结果又发生爆炸。李鸿章见众怒难犯,就辞退了马格里。朝廷决定派郭嵩焘出使英国后,威妥玛极力向总理衙门推荐马格里作为郭嵩焘的英国顾问。李鸿章也极力推荐,最终他作为顾问随团前来。他出面与外交部联系,总算同意副使一起觐见。因此,刘锡鸿对马格里十分感激,恭敬有加。

郭嵩焘请教威妥玛觐见礼仪,他推说不知,盼望中国使臣出丑,如果郭嵩焘也像在国内面见皇帝一样,对女王行三跪九叩的大礼,那就出了国际大笑话。郭嵩焘也怕闹笑话，让马格里去与外交部交涉，定明觐见礼仪。觐见的时候按国际惯例行三鞠躬礼，一切都算顺利。郭嵩焘明显觉得英国人对中国使团的轻慢，尤其是威妥玛，摆明了要看笑话。因此他心生警惕，召集使馆人员开会，约法五章：一是戒吸鸦片，二是戒嫖娼，三是戒赌，四是戒私自外出游荡，五是戒口角喧嚷。

郭嵩焘不懂英语，对外发表谈话须经马格里转致，马格里随意编造，歪曲郭嵩焘的意思。使团翻译德明和凤仪是同文馆的高材生，熟谙英语，却不加提醒，等报刊发表出来，已成事实，气得郭嵩焘摔坏了一只茶杯。后来他才知道，是刘锡鸿从中捣鬼。英国报纸刊登正副使的肖像及简历，赞扬郭嵩焘学问深厚，刘锡鸿"学虽优，不如正使"。刘锡鸿大发雷霆，当着郭嵩焘的面骂英国记者狗眼看人低。他又拉拢使馆中的人员，说他出京前得到密令，要监督全馆人员。大家都知道刘锡鸿有总理衙门和军机处为奥援，眼看二人矛盾日深，都暗暗站到刘锡鸿一边，对郭嵩焘交派的事件玩视日多。

郭嵩焘发现刘锡鸿有浮冒开支的问题，就过问相关人员，刘锡鸿跑到郭嵩焘面前大骂他是汉奸。郭嵩焘气得头昏眼花，责问刘锡鸿凭什么骂他是汉奸，刘锡鸿拿出一封报告总理衙门的信件道："我办事向来光明磊落，平生不记人过，即有触犯，我也很快忘掉。可对你这种汉奸之人，我必不能容。"

郭嵩焘细看了那封告状信，上面指出他有三大罪状：

一是他和刘锡鸿等人曾经应邀参观甲敦炮台，那天寒风凛冽，众人都冻得不轻。下午乘小火轮看搭浮桥，正当北风行驶，英国舰长见郭嵩焘年纪最大，就把他的军装大氅脱下来披到郭嵩焘身上。刘锡鸿在告状信中说："游甲敦炮台，披洋人衣。即令冻死，也不该披。此罪状一也。"

二是巴西国王、王后访问英国，巴西驻英使馆为国王夫妇举办茶会，郭嵩焘应邀参加。当巴西国王入场时，郭嵩焘与各国公使一样起立迎接，并参见王后。这件事被郭嵩焘的随员报告给刘锡鸿，刘锡鸿在告状信中说："见巴西国王，擅自起立。堂堂天朝，何至为小国国主致敬！此罪状二也。"

三是使馆人员应邀参加英国女王在白金汉宫举行的音乐会，郭嵩焘效法洋人的样子索阅音乐单。刘锡鸿也认为是罪状，在告状信中说："白金宫殿听音乐，屡阅音乐单，仿效洋人所为。此罪状三也。"

郭嵩焘听说刘锡鸿不但把这封告状信寄给总理衙门、军机大臣，而且还寄给南北洋大臣,他只好分别写信解释。

等郭嵩焘的信寄回国内,他已经成了举国唾骂的汉奸。原来刘锡鸿一直在暗中告状,把他的一些"汉奸"行径广为传播。而且郭嵩焘的《使西纪程》,也更加坐实了他的汉奸罪名。

《使西纪程》是郭嵩焘自上海起程后的日记,他每两个月整理一次寄回总理衙门,由总理衙门刊刻。他的日记不但记录所见,而且经常发表议论盛赞西方文明。他观察到英国特别重商,商人意见能够直达议会,被国家直接采纳。他发议论说:"西洋君德,视中国三代令主也不能与之相比。其择官治事,亦有阶级、资格,而所用必皆贤能,臣民一有不惬,即不得安其位。朝廷又公其政于臣民,直言极论,无所忌讳,庶人上书,皆与酬答。"

郭嵩焘竟然对英国极口称赞,那置人清于何地? 他的《使西纪程》一刊印,便引来清议一片哗然。李慈铭本是郭嵩焘的好友,读过《使西纪程》后说:"郭筠仙记录道里所见,极意令饰,谓其法度严明,仁义兼至,富强未艾,寰海归心。读此文,凡有血气者,无不切齿。"李鸿藻更是逢人便大加诋毁。张佩纶则上奏请朝廷将郭嵩焘调回,因为:"郭嵩焘纪程之作,谬轻滋多。今民间阅者无不以为悖,而郭嵩焘犹俨然持节于外, 愚民将谓郭嵩焘之辈尚能大用,人心将何以维持"?编修何金寿则弹劾郭嵩焘:"有二心于英国,欲中国臣事之。"总理衙门不愿惹火烧身,立即下令将《使西纪程》全部收回,并将刻板毁掉,而且打算调回郭嵩焘。

李鸿章读了《使西纪程》,觉得郭嵩焘颇有见地,而朝野一片讨伐,总理衙门明哲保身,这让他十分失望,对薛福成道:"筠仙虽有呆气,而洋务确有见地,不料丛谤如此之甚。中国自欺欺人,不肯俯下身子扎实学习,而且不承认自己不如人,若达官贵人都引以为戒,中土必无振兴之期,日后更无自存之法,想来真是令人寒心。"随即,他上书总理衙门,认为朝廷不宜调回郭嵩焘,因为万国公例,公使有重大过失或者两国关系将有重大变动才能调回。如果贸然调换,恐怕会给中英关系带来不必要的麻烦。他同时指出刘锡鸿作为副使,不全副精力协助正使处理外交事务,不但有失身份,而且也有失职责。

总理衙门采纳李鸿章的建议,没有调回郭嵩焘,同时又任命刘锡鸿为驻德公使,抑郭扬刘的意图非常明显。郭嵩焘来信向李鸿章大诉其苦,李鸿章只好写信好言抚慰。

刚写完给郭嵩焘的信,盛宣怀便来参见了,他是为轮船招商局吞并湖北煤矿的事来的。

盛宣怀在湖北广济开煤矿,非常不顺利。当初他凭经验把煤矿选在广济,并准备用机器开采,可是请了一个英国矿师马立斯帮助勘探后,认为此地煤层太薄,储量太少,并不适宜机器开采。因此盛宣怀一面委托马立斯帮助探矿,一面招聘当地劳力人工开采,他的想法是先采出煤来,对各方面算有个交代。可是广济交通不便,采出的煤先用牲口驮十几里,再通过河运到沙市出售,因成本太高,根本无法与沙市的洋煤竞争;而他聘请的马立斯矿师,实践证明水平并不高明,几个月打了七八个勘探井,却没有找到适合机器开采的煤层。盛宣怀十分着急,果断辞掉马立斯,又通过赫德聘请了英国矿师郭师敦。此时他已经花掉了十几万两银子,因此被人弹劾。而轮船招商局的唐廷枢、徐润等人有意在煤矿上有所建树,因此向李鸿章提出了由轮船招商局吞并湖北煤矿,这样便可以轮船招商局的信誉为煤矿招股商办。

盛宣怀听说这个消息,非常愤怒。因为湖北煤矿是他独立开辟的事业,正欲借此安身立命。他虽然是轮船招商局的会办,但招商局的大政是由唐廷枢和徐润把持,湖北煤矿一旦并入招商局,他又成了配角,何日才有出头之日?

盛宣怀见到李鸿章,对唐廷枢等人提出的吞并一事只字不提,兴致勃勃地汇报矿师郭师敦的最新勘探成果:"中堂,都怪卑职做事心切,前期所请的马矿师是个南郭先生。现在所请的郭矿师是赫德推荐,他不仅精通矿学理论,而且对采煤机器也非常精通。不到三个月的时间,勘探了兴国、归州、荆门、当阳,而且勘查了大冶。经勘探查明,荆门当阳观音寺的窝子沟和三里冈两脉煤层厚度为一尺七寸到二尺,蕴藏量两百万吨,煤质坚好,属于优等,可与美国白煤相媲美。兴国蕴藏着锰铁矿,质量比欧美的要好。尤其是大冶铁矿,蕴藏量大约有五百万吨,含铁六成以上,能炼出上等好铁。卑职与郭矿师反复商讨,正在拟定一个煤铁同采,以煤炼铁的计划。"

闻言,李鸿章对此很感兴趣,问道:"煤铁并不在一处,如何煤铁同采?"

盛宣怀解释道:"大冶的铁与荆门的煤并不在一处,但郭矿师以为可在适当的地点设立炼炉，铁矿和煤矿都运往此地，以所采之煤供炼铁之用，这样，无论煤铁都不必依赖外洋，真正的权自我操。"

"这样的地方可找得到？""权自我操"是李鸿章办洋务的一个基本原则，盛宣怀的计划能够达到这个原则，自然打动了李鸿章。

能不能找到盛宣怀并无把握，而且也仅仅是郭矿师顺口一说的设想，八字还没一撇。但盛宣怀的特点是没办的事他敢张口就来，而且说得信誓旦旦，让人不能不相信："卑职跟着郭矿师几个月来行程不下数千里，初步选定在黄石港东一里许的吴庙旁安设铁炉，但考虑到矿石由樊江口出江，如能在樊江口上下江岸设炉运费较省，因此卑职决定回到湖北再考察。卑职的收获还不止于此，卑职以为找矿技术乃是一等一要紧的本领，所以必须培养自己的矿业人才。卑职从上海同文馆和江南制造总局挑选精于算学的聪颖子弟二十八人，随郭矿师实地勘探，学习探矿机巧，并托翻译馆的傅兰雅订购了化验矿石的仪器，不出两三年，我们便有自己的找矿人才。"

盛宣怀不声不响已经做了这么多事情，李鸿章很高兴道："杏荪办事不同一般的商人，能从长远大局着眼，这一点我最欣赏。湖北煤矿我原来有些不放心，有人提出可以让轮船招商局归并，现在看似乎不必太着急。"

盛宣怀故作惊讶道："竟然有人提这样的主意，实在不高明。"

"何以见得？"

"术业有专攻，不相干的生意归并在一起如何行得通？西洋各国，每兴一业必成立一个公司，从未听说哪国将各业都归并到一个公司。"盛宣怀解释道。

"轮船招商局信誉好，似乎于招引商股上更便利。"

"卑职不敢苟同。俗话说有一利必有一弊，把不相干的商业归并于一处，一荣俱荣，一毁俱毁，一有风吹草动，倒掉的便是两个局厂。再说能不能招得来商股，关键是招股的局厂是否有利可图，无利可图，再好的信誉也招不来股子。"盛宣怀不动声息地把自己想说的话都说了出来。

李鸿章点头表示赞同。

"卑职有个想法，等煤铁都有利可图的时候，便采取召集商股的办法，只要资金有保障，卑职就能保证湖北煤铁都有所成。"

"你有此雄心当然好。不过我要提醒你，如今言路对你多有非议，我可暂时替你做挡箭牌。湖北是你立足之地，胜败利钝关系大局，更关系你的前程，你必须在湖北得手，否则我想替你说话也开不了口。"李鸿章点头道。

盛宣怀见湖北煤矿并于招商局的事情已经解决，他总算松了一口气："中堂放心，卑职知道轻重利钝。"

盛宣怀本来打算第二天就回湖北，但总理衙门的一封信打断了他的行程。

总理衙门给李鸿章的信，是为英国怡和洋行在上海修铁路的事。自从上海开埠后，吴淞港就繁忙起来，为了方便上海到吴淞口，美英等国很早就提出修建吴淞口到上海的铁路，但都被上海官员一口回绝，后来英美公使又向总理衙门申请，总理衙门也是一口回绝。于是，英国怡和洋行想出了一个瞒天过海的计划，他们向上海道提出修建上海到吴淞口的道路，并出资购买修路所用土地。上海道经仔细询问，怡和洋行表示此路与上海租界的马路没有两样。上海道放了心，批准了这一修路计划。结果洋人修好路基，又垫上一层厚厚的石子，却不再像租界的道路那样铺垫黄沙，而是以进口修路材料的名义运来了铁轨、枕木，修起铁路来了。不到半年时间，上海到江湾镇就通了火车。上海道这时去交涉，怡和洋行就答应停运，由威妥玛出面向总理衙门报告，要求准许洋商经营。总理衙门当然不愿洋人铁路在上海通行，但又不敢得罪威妥玛，照例把球踢给地方，让李鸿章和沈葆桢妥议办法。

李鸿章看罢总理衙门的信后道："修铁路并没什么不好，我在几年前就提出大清要修铁路，可铁路要由大清自己来修。怡和洋行显然是用欺骗手段获得筑路权，更不能让他们奸谋得逞。"

盛宣怀疑惑地问道："中堂，有个问题卑职不明白，既然怡和洋行是用欺骗手段，那么他们修路到通车将近一年的时间，上海地方官为什么不去阻止，非要等它通车了才去过问。"

"这也没什么难理解的，地方官都怕与洋人交涉，也都不愿与洋人交涉，怕惹来麻烦，所以多一事不如少一事。后来一通车，他们一看掩盖不住了，所以这才不得不去过问。当然，里面有什么猫腻总要调查了才知道。"李鸿章又说，"杏荪，你先不要急于回湖北，先去一趟上海，把这件事情拿出个解决的办法来再说。"

盛宣怀知道这是个烫手的山芋，不过难题办好了又是大功一件，所以他很痛快地答应了。但他必须要弄明白李鸿章的意思,这是办好差事最最要紧的:"敢问中堂,您对这条铁路是怎么想的?"

"修铁路绝非坏事,我在几年前就提出要修铁路。海防大讨论的时候,我还专程进京提议修清江浦到通州的铁路,可就连恭亲王也说天下无人能主持此事。我又请他向太后奏陈,恭亲王说就是太后也不能定此大计。我当时是心灰意冷,发誓绝口不再谈此事。可是铁路与海防、民生关系极大,我又如何能闭口不谈,我不谈,天下还有谁能谈?"说到铁路的好处,李鸿章侃侃而谈。

盛宣怀已经明白李鸿章的真实意图,便道:"中堂的意思,这条铁路应当让它继续运营下去。"

"不错,不过不能让洋人主持运营,而应当完全由我们来主持。洋人技师完全可以留用,由我们聘请,用其所长,而不为其所制,这就是我说的'权自我操'。"

盛宣怀建议道:"那最好的办法就是把整条路买过来,然后由我们来运营。"

"能买下来当然最好。其他的办法也可以想,比如租下来,按期给洋人利息。总之,只要是'权自我操',什么办法都可以想,不必在一棵树上吊死。"李鸿章也不局限于买。

"中堂有四字办法,卑职办差就有方向了。卑职先到上海弄出个眉目来,中堂觉得可行了,卑职再去与沈大人汇报。"盛宣怀小心地请示着。

"好,我先给幼丹去封信,说明我的想法。"

"要办好这件事,卑职再请一个人来帮办。"盛宣怀趁机提了一个要求。

"你要哪个?直隶官员你要谁都可以,我派给你就是。"

"这个人不在北洋,他在上海,就是轮船招商局的朱太守。"盛宣怀道。

招商局的朱太守就是会办朱其昂,当初筹办轮船招商局他出力不少,算得上元老。

"你为什么单单点名要他?"李鸿章笑问道。

盛宣怀笑了笑说道:"我有大人的令箭,无论南北洋,官场自然畅通无阻。可是上海滩鱼龙混杂,有些事情官府未必摆得平。朱太守出身沙船帮,与漕帮也有交情,有些事他能帮得上忙。"

沿海码头是沙船帮天下，而沿运河码头则是漕帮天下，他们结为帮派，为的是不受欺侮，一旦有事，飞鸽传书，附近帮中兄弟必来相帮，人多势众，无所畏惧。天长日久，其江湖地位颇重，有事情找官府反而不如找他们办得利索。

李鸿章对盛宣怀的这个想法非常赞赏，此事虽搬不上台面，但可解决实际问题，所以他也赞同："这个好说，轮船招商局北洋还能做一半主，我给朱太守下个札子就是，让你们两个共同办理。"

盛宣怀到了上海，他不去找朱其昂，也不去见上海冯道台，而是从吴淞口下了轮船，直接去看铁路。吴淞到上海的铁路已经全线贯通，正在试运营，一个来回大约需要两小时，因为不收钱，免费坐，所以坐火车的人很多。吴淞口的车站站台上已经站了许多人，他们是早晨坐火车过来的，现在打算坐火车回上海。老人、孩子都有，个个兴致勃勃。盛宣怀问一个六十多岁的老人感觉如何，老人撅着花白的胡子道："好得紧，好得紧。又快又平稳，比黄包车舒服多了。"

火车吐着白烟哐哧哐哧地进站了，站台上的人喧嚷起来，纷纷往站台前面挤。铁路公司的雇员是几个红头阿三，手里拿着一根黑白相间的棍子维持秩序，以免人挤下站台受伤。火车头上嵌着两个大字——天朝，这就是百姓说的天朝号。天朝号只带两节车厢，下来了六七十人，站台上的人纷纷登上车厢，准备返回上海。盛宣怀也挤了上去，一直等了接近两刻钟，火车才重新启动。车上的人们望着车厢外向后退的风景，指指点点，兴致很高，听他们谈话，知道许多人已经坐了好几趟。盛宣怀又问一个十几岁的孩子坐了几次火车，孩子向他伸出一只巴掌："我坐了五个来回，天天坐火车就好了，有趣得很。"

大约半个时辰，火车到了英租界边的火车站。盛宣怀随众人下车，在候车厅里有免费的《申报》供人取阅，这些报纸上都载有关于铁路修筑和通车后的见闻，其中有一篇是英国《泰晤士报》记者所写，题目是"中国的第一条铁路"：

> 5月的时候，几里路已经完全铺好了铁轨，整个乡间洋溢着乐趣。邻近村镇每日有成千居民蜂拥而来观看工程的进展，并议论着各种事情，从

小机车到铺路的石碴。大家都十分高兴,显然他们都热心地盼望着一个愉快的日子的来临。老头儿和小孩子,老太婆和小姑娘,读书人,工匠,农民——代表了社会上的各阶层。

5月30日天朝号机车运到了,几天之后全部装配竣工,于6月12日做初次行驶,直达铁路终点,那时路轨已经铺设到江湾。这次行驶的速度为每小时25里,27寸直径的六轮双引擎机车能跑这种速度可以说是相当高了。客车车厢也同时运到,它们只有一般铁路客车的一半长,三分之二宽,四分之三高。

6月30日那一天,火车胜利地以每小时15里的速度往返于上海和江湾之间。工程师介绍,经过一定时间的运行后,速度就可以提高到25里。

通过实地考察,盛宣怀认为上海人十分欢迎这条铁路开通,而且乘坐非常踊跃,如果能自主经营,应当有利可图。但他现在不清楚上海道的意思,于是决定先去见朱其昂,说清楚李鸿章的意思,再去见上海道。

见到朱其昂,盛宣怀问候道:"朱兄,上海人好像对铁路很欢迎,官府是什么想法?"

"官府的想法是怕洋人火车天天在上海跑,说不定惹来什么麻烦,大家都不愿与洋人打交道,多一事不如少一事。现在一遇到与洋人交涉,就要吃夹板气。对洋人太软,老百姓不高兴,骂你崇洋媚外,是汉奸洋奴;对洋人太硬,惹恼了洋人,朝廷不高兴,训斥、降级甚至撤职查办,所以当官的遇到与洋人交涉,都是绕道走。"朱其昂一副无可奈何的样子。

盛宣怀又问:"既然明知道与洋人交涉麻烦,为什么洋人刚修铁路时不制止,等他们修起来通车了才来个马后炮,这不是更难办吗?"

"洋人一开始修铁路的时候,官府就知道了,可是谁也不愿出头去管。上海县认为事涉洋务,上海道台衙门有专人来管,何必多此一举?上海道则等县里呈文后再管,所以就拖下来了。后来洋人的机车跑起来了,上海道才派人去制止,洋人说,当初说的是修路,现在修的就是路——铁路也是路嘛。而且修路所占土地他们都购买下来了,在他们的土地上,他们修什么样的路都是他们的事情。上海道没办法,就报给南洋大臣,沈大人也不敢贸然采取办法,就报给总理衙门。"朱其昂的说法跟先前李鸿章的猜测差不多。

"总理衙门就又交给南北洋大臣。"盛宣怀接口道,"官府办洋务,都是这样打太极拳,怪不得总是小事闹成大事。譬如一开始就坚决不让他修,洋人能修得成?"

"洋人肯定花了银子。洋行里雇的买办就专门给洋人出主意,只要送银子万事都可摆平,谁又犯得着去较真?"朱其昂叹道。

"那请教老兄,现在上海道台衙门到底是什么意思?"盛宣怀又问。

"依我估计,是怕洋人火车这么跑下去会惹来麻烦——上海县籍的京官已经有人上折,说火车跑起来,震得地动河摇,母鸡也不趴窝,而且惊扰了祖茔里的祖先,要求把铁路拆掉。"朱其昂说,"我估计上海道的想法,大概是拆掉最好,一了百了。"

"拆掉就不必了。百姓对铁路是欢迎的,从上海到吴淞口火车一通,比从前方便多了嘛。李中堂的意思也是不必拆掉,只要做到'权自我操'就行,比如买回来或者租过来都行,只要大清说了算就成。"

第二天两人去见冯道台,问他有什么想法。

"能有什么想法,什么办法也没有,真正把人愁死。"冯道台一开口就一肚子怨气。

"如果把铁路买下来,我们来经营如何?"盛宣怀问道。

"那当然好,就怕洋人不肯卖,而且也要沈大人点头才行。"冯道台说,"沈大人那里,我有些不敢见他了,为洋人修铁路的事,他一连来了三道札子训斥。天下的道台,最不是人干的就是上海道。洋人不把你放在眼里,老百姓又骂你崇洋媚外,里外不是人。"

"沈大人那里将来我去禀报,不过见他前总得有点眉目。你看什么时候方便约一下洋人,问问他们可否把铁路卖给我们。"盛宣怀提出了办法。

于是上海道通过买办联系到怡和洋行的大班,但他根本不出面,只派秘书前来交涉。上海道说明想把这条铁路买下来的意思, 大班的秘书立即回道:"这不可能,中国无权干涉这条铁路的运营。一是为了筑路怡和已经买下铁路经过的土地,在属于自己的土地上洋行有做任何经营的权力。二是怡和洋行已经获得筑路许可, 中国目前不应该说这条铁路与他们想象中的道路有什么不同之处——都是为了方便交通运输。三是中国目前并未颁布铁路条例,那么能或者不能筑铁路中国都无明确的规定,所以怡和洋行的筑路行为并未触犯中国的法律。"

这几条理由说下来,上海道无话可说,只能一再重复当初怡和洋行只说要修路,没说是铁路。而大班的秘书则道:"我们是修的路并没有什么不妥,铁路难道不是路吗?"

双方鸡生蛋,蛋生鸡,争论不出结果。至于中国想买下这条铁路,怡和洋行也不答应:"修这条铁路是为了周围地区的长远利益,其意义重大,所花代价也很巨大,没法估算这条铁路的价值,也就没法进行交易。"

送走这位牛气冲天的大班秘书,盛宣怀问道:"如果发动上海百姓反对洋人火车运营,洋人会不会松口?"

冯道台苦笑道:"上海百姓并不反对铁路,他们都觉得又快又稳,又比黄包车舒服。刚开始修路的时候,因为路过一些祖坟,主家曾经闹过,但洋人出了大价钱,他们也都没意见了。"

盛宣怀又道:"办法总会有的——总之一个原则,这条铁路不能让洋人来运营,就是李中堂所说要'权自我操'。上策是买下来,中策是租下来,下策是与洋人联合经营。"

冯道台连忙接话道:"办法只有一个,就是买下来。租下来终归不是了局,租期到了还要磨嘴皮子与洋人交涉。和洋人联合经营更行不通,洋人向来不讲道理,麻烦让咱们来处理,钱让他们都赚了去,咱们是何苦来哉。"

"那好,就照着买下来的办法,明天咱们就去金陵面禀沈大人。"

盛宣怀在沈葆桢面前说得上话,因为沈葆桢很赏识他。当初左宗棠西征,要两江担保借一千万两洋债,沈葆桢已经答应。李鸿章为了阻止西征,派盛宣怀去劝说沈葆桢不要借洋债。他是这样说的:"洋人规矩,借债人还不上款,担保人要还。两江以关税担保,就意味着两江关税大人想用也难,将来筹饷能力大大减弱。而借债西征有两种结果,一种是收复新疆,左大帅举国称颂,大人徒为他人作嫁衣;第二种是收不回新疆,劳师糜饷,少不了要追责,大人是力助借洋债的人,必然被清议痛骂。"

就这几句话,沈葆桢打消了帮助左宗棠借洋债的念头,而且还对盛宣怀刮目相看。盛宣怀又极善联络官场关系,每次路过金陵总要去拜谒沈葆桢。因此,沈葆桢对这个年轻人欣赏且信任。

冯道台有些怕见沈葆桢,而盛宣怀极力劝他同行,而且保证设法让他下得来台。盛宣怀有一项好处,对官场中的人,只要不是敌人,就一概为他们捧场,因为说不定什么时候就要用到他们。而上海道是必须要笼络好的关键人物,尽管他对冯道台的懦弱有些看不上眼。

盛宣怀是招商局的会办,虽然没有多少实权,但面子却很足,免费坐贵宾包舱,招商局安排两个仆役侍候起居,而且专为他腾出一个舱位来放他从上海买的各色礼物。

盛宣怀最擅长的一项,就是会送礼物,只要用得着的衙门,就是最没地位的仆役,他也会有一份礼物。花不了多少钱,而把大家打发得皆大欢喜。所以他一到两江总督衙门,大门上的护军及门政无不笑脸相迎,比对冯道台还要热情周到。

盛宣怀很快见到了沈葆桢。沈葆桢因迁怒冯道台没有处理好吴淞铁路的事,对他不理不睬。而盛宣怀则一再为冯道台搭台阶,捏造了许多莫须有的功劳。而他的高明之处,在于冯道台感激不尽,而沈葆桢也很明白地看出他是在有意为冯道台周全。

"洋人铁路已经建起来了,让他们自己动手拆掉显然不可能。如果硬逼着来,恐怕要起纠纷。如果能够买下来,如何处理完全由大人说了算,那就省心多了。"盛宣怀说出了此行的目的。

"能买下来当然最好。洋人建铁路时上海道没有制止,已经有过在先,等洋人建起来再让他们拆掉,那是连想也不必想。就是买下来,洋人也未必能答应。"沈葆桢对买下来的建议非常赞同。

盛宣怀又请示道:"只要大人想买下来, 那卑职一定想方设法让洋人肯卖。只是要出多少银子,大人要有个指示,办理的时候卑职等才好遵循。"

沈葆桢因为已经接到李鸿章的信,两人英雄所见略同,觉得买下来是最可行的办法。这些天也一直在想怎么买下来,没想到盛宣怀大包大揽,以他对盛宣怀的了解,他说有办法必定有办法,所以很轻松地说道:"杏荪如果能买下来,就为两江解决了一个大难题。至于银子,多一点少一点倒在其次,只要洋人不狮子大张口,都可以谈。"

"卑职对铁路是门外汉,不过请教过洋行的买办,他们说要三十万两左右。"

三十万两不是个小数目,沈葆桢想了想,一咬牙道:"三十万两内能拿下来,也未尝不可!"

"好,那就请大人静候佳音。"盛宣怀得到支持,一口答应下来。

第十三章

自建铁路成泡影 购并旗昌波折多

盛宣怀和冯道台回到上海,找怡和洋行谈判买回吴淞铁路的事情。怡和洋行答复说,此事已经由大英驻华公使馆和上海领事负责交涉。负责谈判的是威妥玛的秘书梅辉立,上海领事麦华佗从中协助。梅辉立为人十分狡诈,欺中国人不懂国际公法,张口就是国际公法如何。盛宣怀不能直接出面谈判,但他一直在给冯道台出主意。但无论怎么争辩,梅辉立就是不肯松口,最后说中国就是买了,也要让英商经营十年之后才能把铁路交给中国。

半个月的时间耗掉了,事情却丝毫没有进展。盛宣怀花了二百两银子,从怡和洋行买办嘴中知道了英国人何以如此坚持的原因。原来,英国人对长江沿岸商业十分看重,可惜交通不畅,影响商业发展。他们的如意算盘是,等吴淞铁路被中国人接受后, 他们再提出修建金陵至上海甚至汉口至金陵的铁路。这样,整个长江中下游的经济命脉便都被英国人掌控了。盛宣怀得到这个消息,立即给李鸿章和沈葆桢写信,两人立即回信,说无论如何必须把吴淞铁路买下来。

这天,盛宣怀找朱其昂商量办法,问道:"朱兄,你可有什么办法能让英国人知难而退?"

"如果老百姓反对,给他们出难题,也许他们会松口。指望官府逼他们就范,难。世人都说,洋人怕百姓,百姓怕官员,官员怕朝廷,朝廷怕洋人。卤水点豆腐,一物降一物。"朱其昂一语点出了其中的奥秘。

盛宣怀神秘一笑道:"那就请朱兄借我卤水一用。"

朱其昂疑惑地歪着头，不明白盛宣怀有什么鬼主意。盛宣怀笑道："朱兄附耳过来，此事不传六耳。"

第二天，火车正在行驶的时候，突然发现有个人在铁轨上走，看上去身体很弱，摇摇晃晃的。火车拉响汽笛，那人连忙走下了铁轨。火车重新加速，可是眼看就要超过的时候，那人突然又上了铁轨，要想刹车根本就来不及了，那人被火车撞到铁轨外，火车跑出好远才完全停住。司机、乘务人员和乘客都跑下来去看被撞到的人。那人在铁轨边滚来滚去，还没死，但头上被撞了一个大洞，露着森森白骨，非常吓人。有人说赶快抬到医院去，但司机不答应抬到车上，弄得满车血像什么话？车上有个负责的叫车长，他做主请四位年轻乘客下车，顺着铁路把人抬回上海去看医生，火车又哐哧哐哧地开走了。

那人没抬到医院就死掉了，到了下午，火车站外拥来数百人，一个女人抱着领着五个孩子，跪在候车室请大家做主，帮忙讨个说法。铁路公司的洋人说，铁路上不能走人，是死掉的那个人的错。大家一听，"哄"的一声乱了起来，人都死了，还要说是他的错，这算哪门子道理？外面的人情绪越来越激动，于是怡和洋行请来巡捕，这一来更乱了，听说洋人火车撞死人了还不讲道理，人们从四面八方聚过来，至少上千人。于是英国驻上海领事出面，请上海道出来说话。

冯道台很认真地进行了调查，原来死者是漕船水手，弄了两条沙船为生。可后来因为洋人轮船公司把水脚业务都争了去，他的两条沙船无货可运，连修船的钱也拿不出来，又抽上了大烟，所以很快把家产败光了。他人一死，除了一个破院子，什么也没留下。漕帮讲义气，众兄弟为他出头，说如果洋人不好好解决，就要他们好看。

第二天冯道台回复英国领事，说了原因和处理意见："人该不该走铁路，大清百姓并不知道，铁路公司没有尽到告知的义务。这是错一。上海道已经行文严禁火车运行，待总理衙门明确答复后再做打算，可是铁路公司却自作主张，此是错二。当时人并未死，如果坐火车到上海西洋医院或许能有救，可是火车却见死不救，致人血尽而死，此是错三。如今上海百姓没有别的要求，一是赔偿死者一万五千两银子，二是把铁路拆掉。"

梅辉立拍着桌子怒道："这是中国人的诡计。一不能赔银子，二不能拆铁路。"

两人不欢而散。

到了第二天一早，梅辉立刚出领事馆，发现根本出不了门，领事馆已经被愤怒的百姓团团包围了。大家纷纷叫嚷："火车撞死了人，凭什么不赔银子，凭什么说是中国人的诡计？拿出证据来。"

梅辉立见众怒难犯，怕再像天津领事丰大业一样被当街打成麻花，因此他缩到领事馆中不再露面。后来听说中国百姓要去扒铁路，他这才又传话给上海道，希望坐下来商议铁路的处理办法。

梅辉立已经接到威妥玛的指示，同意把吴淞铁路卖给中国。经过数天的讨价还价，英国人咬定三十万两不松口。最后盛宣怀出主意，说火车撞死人的费用一万五千两必须在三十万两中扣除。梅辉立听了嘲笑道："一个穷百姓，不值这么多银子。"

盛宣怀当时就在座，忍不住问道："你们欧罗巴是文明世界，讲的是人人平等。我这话不错吧？"

梅辉立应道："是的，文明国家讲的是平等、博爱，不像你们，有许多奇怪的规矩。"

"说得好。你们在云南死了一个人，张口就要二十万两，一个中国人的命为什么不值一万五千两？你不是讲人人平等吗？"盛宣怀以子之矛攻子之盾。

"中国人怎能与欧洲人相比。"梅辉立觉得上当了，立即反驳道。

一听这话，盛宣怀冷笑道："这话你敢打开门，对外面的中国百姓讲吗？"

梅辉立无话可说。

又经过讨价还价，双方最后在二十八万五千两上达成共识，但英国不承认去掉的一万五千两是赔偿，因为铁路公司没有错。盛宣怀建议冯道台接受英国人的意见，不管他们承认不承认，反正又少付了一万五千两银子。

这件事情处理得相当漂亮，沈葆桢很满意，对拿出五千两银子抚恤被撞者以及请漕帮兄弟吃茶的要求也一口答应。接下来的细节完全由冯道台去办理，盛宣怀必须回湖北一趟，那边一大堆事情等着他呢！

盛宣怀人在湖北，心却在上海。近两个月的交涉使他对铁路有了新的认识，特别是听了洋人对铁路的盈利分析，他按捺不住雄心大起——希望督办大清铁路。轮船招商局唐廷枢、徐润把持甚严，盛宣怀和朱其昂不过是挂名会办。如果自己能另起炉灶，在铁路上先行一步，那么将来便可和轮船一争高下。而自己又在煤矿上先行一步，风头盖过唐、徐两人也不是没有可能。于是他给李鸿章写了一封信，表示自己有意督办铁路。目前来讲，先把吴淞铁路经营好，将来陆续修造上海通金陵、金陵通汉口的铁路，再将来又可修从京城到上海的铁路，那时候铁路四通八达，运兵运货，于国防民生都大有好处。

李鸿章有些担心盛宣怀贪多嚼不烂，但转念一想，如果他能出任两江地盘上的铁路督办，自己何乐而不为？而且以盛宣怀与沈葆桢的关系，拿到督办位子也不是没有可能。所以他复信盛宣怀，同意他的设想，但叮嘱他湖北的矿业不能有丝毫的马虎。而且争取督办的事，只能靠自己，他这北洋大臣不好出头。

盛宣怀接到信，兴冲冲再回上海，冯道台告诉他道："铁路已经赎回，不过沈大人已经下令要拆毁铁路，把路基平整后改为马路。"

盛宣怀一听惊得嘴巴都闭不上了："好不容易修起来的铁路，为什么要拆掉，我们自主经营有什么不好。"

"大概沈大人觉得多一事不如少一事。听说京中不少人不赞成大清通铁路，你也知道，沈大人是很在乎清议的。"冯道台这样回道。

"铁路无论如何不能拆，这件事必须想办法让沈大人改主意。"盛宣怀急得直跺脚。

"我是沈大人的下属，只有唯命是从。不过，如果商人们能够出头请沈大人留下这条铁路，沈大人或许会改变主意。"冯道台出了一个主意。

这个想法不错。盛宣怀马上行动起来，发动上海的巨商胡雪岩、郑观应、徐润、唐廷枢等十余人，联系一百余商人联合上书，历数吴淞铁路带来的方便，请求不要拆毁，由国人继续运营。盛宣怀揣着这封联名请愿书到金陵去见沈葆桢，没想到他一口回绝："杏荪，别的事都好商量，唯有这件事我主意已定。"

"卑职不明白，铁路对国防民生都有好处，大人为什么非要拆除？用铁路运货，可以促进物畅其流；用之运兵，朝发夕至，一处有警，四处可援，一千人便可抵数千人。这么浅显的道理，大人一定洞察秋毫。是不是京中的那帮清流，又唱什么高调了？"盛宣怀故意刺激道。

"杏荪,此事与清流毫无关系,全是我自己的主张。你听我说,铁路当然可以运兵,可如果铁路被洋人控制了,同样可以为洋人运兵。而洋人与我们相比,他的长处在水上,短处在陆上。如果洋人控制了铁路,那么他们便可在陆地上畅行无阻,水陆结合,其战斗力必然大增。因此,铁路恰可弥补洋人的短处,相比较而言,对洋人利处比大清要大得多。"沈葆桢怕盛宣怀不明白此中的厉害,又解释道,"比如说,上海与金陵相隔六七百里,他要从上海来打金陵,来几条军舰也没什么好怕的,陆军要到金陵来,总要有三五天。可是如果通了火车,一两天便可赶到,我连布防的时间也来不及。"

"大人所虑很有道理,可如果洋人真要用之运兵,我们可以把铁路破坏掉,让它不能通车。只要抽掉一根铁轨,火车便不能通行。"

"我们可以破坏,他们可以修复。"沈葆桢还是摇头,"何况洋人狡诈万端,等他完全控制了铁路突然和你翻脸,我们怎么办?所以,至少目前吴淞铁路必须拆毁。就是没有运兵的问题,以后洋人一再要求续修上海到金陵的铁路,也是不胜其烦。"

盛宣怀见沈葆桢主意已定,禁不住垂头丧气,满怀着雄心壮志而来,不料兜头一瓢凉水,一切化为乌有。

沈葆桢不忍看他失望的神情,安慰道:"杏荪想成就一番事业,用武之地多得是,何必非要在一棵树上吊死?拆下来的铁轨,你要乐意可先运到湖北,修一条铁路来运煤也行。"

这个主意不错,盛宣怀稍稍有些高兴了。回到驿馆,他想想实在可惜,仍然不死心,就把这通变故写信告诉李鸿章,巴望他能挽回。李鸿章也觉得拆掉可惜,写信给沈葆桢,劝他三思而行。沈葆桢仍然不改初衷,下令拆毁吴淞铁路,为此事他还与李鸿章闹得有些不痛快。

李鸿章更是大发牢骚,写信给郭嵩焘道:"幼丹见识不广,又甚偏愎,不受谏阻,徒邀时俗称誉,吴淞铁路拆毁,殊为可惜。"

郭嵩焘也觉得沈葆桢处理此事有些莫名其妙,回信道:"国人心有万不可解者:西洋为害之烈,莫甚于鸦片烟,而士大夫甘心陷溺,恬不为悔,数十年国家之耻,耗竭财力,毒害人民,无一引为疚心。一闻修造铁路、电报、开矿,便痛心疾首,群起阻难,至有以洋人机器为公愤者,实不可理喻也!"

此时,丁日昌已经出任福建巡抚,正在台湾考察,李鸿章给他写信,鼓动他在台湾开风气之先,修筑自己的铁路。自从日本侵台后,为了经营台湾,加强防务,福建巡抚冬春驻台湾,夏秋驻福州。丁日昌用半年的时间跑遍了全台湾,他提出了办电报、开矿山、修铁路等建设台湾的计划。他认为台湾是个狭长的岛屿,布防很难,如果能够修筑从台北到台南的铁路,既便于交通,更利于运兵布防。他上奏朝廷,请求准许修筑台北到台南的铁路,并请求将吴淞铁路的物料运到台湾。

台湾孤悬大海,情形与大陆不同,朝廷觉得在台湾修铁路无大碍,因此让南北洋大臣妥议。李鸿章自然是坚决支持,而沈葆桢在当年日本侵台时曾经赴台筹办防务,提出了修路、开矿等主张,对台湾的发展非常上心,立即下令轮船招商局将铁路器材全部运到台湾。

吴淞铁路只有十几公里,要修台北到台南的铁路远远不够,需要从国外购买大量物料,所费巨大。丁日昌找到台湾富绅林维让、林维源两兄弟寻求支持,两兄弟答应捐三十万两修筑铁路。可丁日昌还来不及向国外定购铁轨,在山西、河南赈灾的袁保恒就上奏朝廷,请朝廷下令将台湾修筑铁路的捐款转为救灾。

这年因大旱粮食歉收,到了冬春之际,发生了严重粮荒,河南、山西出现易子而食的惨状。袁保恒当时因祖母去世在籍治丧,朝廷便下旨夺情让他复出,到开封救灾。他给各省督抚写信求援,听说丁日昌筹到一笔三十万两筑路款,就上奏朝廷说台湾铁路修不修与社稷关系不大,而用之救灾,多到一日便多救活百姓无数,多一两银子就多一锅活命粮。朝廷准奏,令丁日昌立即将捐款解给河南。

丁日昌非常心疼,但如果不答应必然留下千古骂名。他再回头劝林氏兄弟将款捐给河南,然后请闽浙总督何璟帮助筹款修铁路。何璟对丁日昌将精力放在台湾本来就有看法,对洋务更是不感兴趣,他不但不帮助筹款,而且以西征协饷难筹为由,减少了台湾防务经费十万两。丁日昌气得头昏眼花,咳嗽加剧,身体更加虚弱。但他不想放弃修筑铁路的计划,便给李鸿章写信求援。

丁日昌是李鸿章洋务上的知己,两人有十余年的交情,他决心向丁日昌伸出援手。他派天津海关道黎兆棠与英商丽如银行联系,双方谈妥以天津海关税为抵押,帮助福建借款一百万两。然而还未签合同,丁日昌却因病情加重不得不辞职,李鸿章连忙让黎兆棠取消借款,大清自建铁路的计划再次搁置。

这时,刚到天津的盛宣怀听说李鸿章有借款百万两的事情,喜出望外,劝说他不要取消借款计划,而是挪借于轮船招商局,用于购买美商旗昌轮船公司。

美商旗昌轮船公司是当时在中国最大、进入最早的外资轮船公司,已经成立了十三年,曾有过辉煌的业绩:先通过价格战,迫使一窝蜂拥进长江的外资轮船迅速退出;接着,又吃掉宝顺洋行,把怡和洋行挤出长江,获得了长江航线公认的垄断经营权;然后,又把注意力从沪汉线扩展到津沪线,搞垮了惇华洋行等竞争对手,成为北洋航线的主导者,与英商太古轮船公司、怡和轮船公司成为实力最强的外资轮船公司。

上海轮船招商局成立后,本来互相厮杀的三家外资轮船公司转而团结一致,千方百计要挤垮上海轮船招商局。他们的撒手锏就是降低水脚价格,凡是轮船招商局跑的航线,他们都将水脚降低三成甚至五成。轮船招商局不得不也随之降低水脚,以致亏损日重。李鸿章对轮船招商局像对自己亲儿子一样,千方百计给予支持,轮船招商局在资金上得到大力支持,且有漕粮固定业务,不但未被挤垮,反而实力越来越强,站稳了脚跟。

三家拼老本竞争的外资洋行搬起石头砸自己的脚,让别人难受的同时,自己也损失巨大。太古、怡和两家轮船公司连续三年没有利润可资分红,而旗昌公司已到了无以为继的地步,开始考虑将公司卖掉。

旗昌轮船公司成立时间久,轮船老旧,以木壳轮船为主,根本无法继续竞争下去,他们认为即使打垮了轮船招商局,自己也风光不再。此时,美国内战结束,国内需求很旺,不如把资金回笼后回国发展。于是托买办向轮船招商局传话,表示愿以二百五十万两的价格把所有的轮船、码头、仓栈全部卖给轮船招商局。

当时总办唐廷枢在福州,盛宣怀在湖北,在局主持的是会办徐润。他觉得机不可失,以他对唐廷枢的了解和两人的密切关系,唐廷枢必定支持。另一个会办朱其昂,主要是负责漕运的协调,没多大主见。最关键的人物就是会办盛宣怀。因为轮船招商局是官督商办公司,这么大的收购事宜,非得获南北洋大臣的同意不可,而与南北洋大臣沟通,非盛宣怀不可。而且两百多万两巨款,没有官款拨借更是不可能,而要争取官款支持,无论是北洋还是南洋,又非盛宣怀不可。于是徐润立即起程前往湖北,面见盛宣怀。

听徐润说明来意,盛宣怀笑了笑道:"雨翁,你又何必大老远跑到湖北来。我这个会办,谁不知道仅挂名而已,你和唐总办一商量不就定了?"

徐润号雨之,所以盛宣怀尊称他一声雨翁。徐润听出盛宣怀话里的不满,的确,在轮船招商局,大计都是唐、徐二人定,甚至连盛宣怀有个亲戚想到招商局谋份差,也被唐廷枢拒绝。

"杏荪,我和唐总办无非是忙些商场上的俗务,真正能与南北洋大宪面商的事情,哪一件离得了你?"徐润经商多年,在关键事情上从不拖泥带水,"杏荪,轮船招商局面临着一个改变局面的绝大机会,我们四位必须携手来促成。这件大事,离了唐总办,我还有朱会办,都关系不大,唯一离不开你。如果你不劳动大驾,此事便八字连一撇也没有。"

徐润说得坦白,盛宣怀也是明白人,如果此事办成,他在轮船招商局的地位便无人敢小瞧,所以不再掂酸拈醋:"目前轮船招商局已经有十六条船,如果把旗昌收购过来,又增加十几条船,船多货少,恐怕会亏损更巨。雨翁是商场老帅,不会不明白,有些公司小的时候日子蛮好过,后来贪大扩规模结果把自己扩死了。"

"杏荪说得不错,你的担忧并非多余。不过,今天的情形并非盲目求大。收购旗昌,一则必然增强咱们的实力,二则减少一个对手,从前四分天下,如今三分天下我有一。我们收购旗昌,与直接购买轮船不同,我们接手十几号轮船的同时,也接手了旗昌的航线和老客户。"徐润解释道。

盛宣怀点了点头,又若有所思道:"雨翁分析得有道理。只是我不明白,旗昌为什么单单有意向我们出售,而不是卖给怡和或太古,按说他们更亲密。"

"他们说不上更亲密,不过是旧敌新友罢了。在咱们局子成立前,太古和怡和是旗昌最大的对手,经常联起手来打压旗昌,他们做敌人的时间比做伙伴的时间更长。一想到这些过节,旗昌心里自然不痛快,所以不愿卖给英国人。这只是其一。最主要的,则是无论怡和还是太古,都是商人集股的公司,而咱们招商局则是官督商办,有官府的支持,只要官府决定购买,就一定有实力买得下,银子也更有保障。旗昌最希望的是拿到银子,尽快回国投资。"

"两百多万两是一笔巨款,恐怕南北洋也拿不出来。"盛宣怀也有些迟疑。

徐润解释道:"其实,只要有一百多万两现银,这桩买卖就谈得拢。"

"这又是为何?"

"因为旗昌里面,有不少是华商股份。这些华商的股份,让他们转投到轮船招商局,先说明延期一年或半年付款,就不必拿那么多现银。"

"这也是个办法,不过,早晚也是个大包袱。"

"不然,如果运作好了,这里面有稳赚不赔的诀窍。"徐润微笑着望着盛宣怀。

"愿闻其详。"盛宣怀知道,下面的事情,将直接关系个人的利益。

"旗昌的股票原来每股一百两,现在因为经营不善,已经跌到了六七十两一股。如今以六七十两买过来,半年或一年后实付款,那时候旗昌已经被轮船招商局收购,股票必然升值,我估计,恢复到一百两的原价问题应当不大。"徐润这话就意味着,如果有钱买下旗昌的股票,半年或者一年便有四五成的赚头。

盛宣怀又道:"如果外人知道旗昌要卖给轮船招商局,旗昌的股份会马上升值,那谁还肯把股份卖掉。"

"关键是,轮船招商局买不买旗昌,外人无从得到确切消息。"徐润还是微笑着说话。这就是关键中的关键,知道确切内幕的只限于几个人。而他们只要提前几天动手收购,就可稳赚。等他们买到手后,就不怕旗昌股票升值了。这应该就是徐润对他积极推动此事的酬劳,虽然彼此不必说破。

"好,我既然是招商局的会办,职责所在,当仁不让。只是能否如愿,全在南北洋大宪决断,我不敢说大话。"盛宣怀大包大揽,同时又留下余地。

两个人商量,徐润回上海继续与旗昌秘密接触,而盛宣怀则先去天津,面见李中堂。

听盛宣怀说明来意,李鸿章叹道:"杏荪,你来晚了一步,借债的事情已经辞掉了。而且两百万两巨款哪里能筹得来?这件事情,我只能表个态,北洋支持收购旗昌,但款项却是爱莫能助。"

李鸿章有好几项大计划,购买铁甲舰、开采开平煤矿、创办机器织布局,都需要巨款。盛宣怀心里则在想,为什么丁巡抚修筑铁路的计划北洋能够出面借百万洋债，而到轮船招商局则不成呢？仿佛回答盛宣怀的疑问，李鸿章又道："万事开头难，好钢要用在刀刃上，北洋对新开创的洋务事业自然鼎力支持，而轮船招商局已经粗具规模，以后要多靠自主经营、自立发展，不能一遇到事情就指望官款。"

李鸿章话已经说死了，却给盛宣怀出主意，让他不妨去找沈葆桢，两江收入多，筹款的路子比直隶要广。但该如何说动沈葆桢，两人又商量了大半天。

盛宣怀到了金陵，沈葆桢因风寒引发重病，已经卧床多日。当差的有些为难，既不忍让沈葆桢抱病谈公事，又不忍拂了盛宣怀的面子。盛宣怀踱着步想了个主意："这样，你们把我的手本递上去，我在手本中夹一张纸条，见不见，全在大人。"随后，他提笔写了一张字条，上写"轮船招商局面临一大机会，宣怀急于面禀"。

一会儿之后，戈什哈小步跑出来相邀："盛大人，总督大人请您进去说话。"

盛宣怀被戈什哈一直引到内宅，沈葆桢在卧室接见他。沈葆桢是福州人，做官也主要是在华南，已经习惯于即便腊月天也是草木并茂、一片葱郁的温暖气候。他五十六岁出任两江总督，不能适应金陵冬季湿寒的气候，虽然房间燃着火盆，仍然不足以驱散寒气。一到秋后，他就开始穿棉袍，让金陵人当成笑谈。他往往昼间办公于榻上，接见僚属于卧室，夜里常常憋闷难眠，一夕数起，危坐达旦。

沈葆桢总督两江后，铁腕整肃，对苏北鲁南的造反百姓严厉镇压，对盗匪惯犯也毫不容情，据说只要盗窃三次，就不问情由押赴刑场斩决。又有人说，沈葆桢自总督两江，平均日杀三人。这个说法未免夸张，但对造反和盗匪辣手斩杀，却是事实。这与沈葆桢自小养成的强硬个性有关，也吸取了当年马新贻竟在光天化日之下被人刺杀的教训。两江上下，无论官民，对沈葆桢都非常畏惧，面见总督大人被不少人视为畏途。然而盛宣怀与沈葆桢却非常投缘，每次相见彼此都很愉快。盛宣怀见沈葆桢又憔悴不少，鼻子一酸，眼泪就涌出来了。

沈葆桢向他招招手道："杏荪，真是不好意思，要在卧房里相见，非待客之道。"

盛宣怀拱手道歉:"大人病中,卑职还以公事打扰,实在于心不安。"

"我一入冬就这副样子,没办法的事。我已经向朝廷辞差,可是朝廷不准,就只好尽力而为了——招商局遇到什么事了,被你称为关系甚巨的一大关键?"沈葆桢勉强撑住了身体。

盛宣怀将旗昌有意出卖的情况做了个简要介绍,又将购并旗昌的重要意义分析给沈葆桢听。沈葆桢听了之后若有所思道:"购买旗昌轮船公司一事,的确是利权所系,关系极大。你们应当努力为之,至于经费一节,我自当尽力相助。不过,此事要咨商李中堂,然后会筹具奏。"

盛宣怀并没有报告自己已经见过李鸿章,而且李鸿章已经明确表示难筹巨款。听沈葆桢要与李鸿章相商,不知又会出什么周折。他赶紧找理由促使沈葆桢独自做出决定:"禀大人,时间紧迫,已经来不及了。因为洋人公司每三年更换一次主持人,今年三年届满,还有二十余天就到西历元旦,一旦公司换了主持人,还卖不卖就打了折扣。如果人家改弦更张,再集巨资与英商一起倾轧我们,招商局恐怕永无翻身之日,还望大人从速定夺。"

"杏荪,兼并旗昌后还有太古、怡和等洋轮公司,他们再来倾轧,招商局岂不又要跟着赔累?"要沈葆桢独自拿主意,他不能不更加谨慎。

盛宣怀非常干脆地回应道:"大人放心,绝对不会。旗昌被我们吃掉,太古、怡和必被慑服,恐怕要与我们商量共定水脚标准,哪还敢再继续做损人不利己的事?就是他们铁了心非要与我们争雄,我们也不怕。收购了旗昌,我们增加旗昌的码头、仓栈和轮船,无论长江航线还是北洋航线,我们都是最具实力的轮船公司,自然不怕他们竞争。"

沈葆桢听盛宣怀说得头头是道,他拿定主意支持购并,但最难的是筹款。两江是大清最富庶之地,但开支也是相当浩繁,全天下都盯着两江要钱,按幕友们的说法,两江是"驴屎蛋子外面光"。以江苏为例,最大宗的收入为两淮盐税、江海关洋税和各局厘金,此三项每年可达八九百万两。但两淮盐税已经全部解往慈禧的万年吉地、惠陵工程以及京饷、西饷。江海关洋税,要拨解江南制造总局、南北洋海防以及按期归还左宗棠西征洋债。淞沪厘捐局、苏州牙厘局、金陵厘捐局的收入主要供应淮军军饷,历年积欠已达三十多万两,又欠拨南北洋海防费四十万两。东三省兵饷、甘饷、西宁月饷、西征协饷、滇黔协饷以及各处指拨项目羽书交驰,都是催款。

"两百多万两巨款,哪能说筹集就筹集得到?"沈葆桢虽然已经答应,但两百万两还是为数太巨。

"哪能两百万两全靠大人? 卑职等通过动员巨商入股,已经筹到七十万两,卑职还可以筹垫二十万两,向上海钱庄借十万两,江海关道可设法垫借民款十万两。几项总计,卑职等已经筹到一百余万两。需要大人出面筹集的,大约一百万两。"盛宣怀因为已经知道需要缴现银不过一百二十多万两,余款可以分期支付,所以他大胆撒谎,以增强沈葆桢的信心,"这一百万两,只要大人一出面也并非难事。一是可以劝令两淮盐商搭股,每引搭股一两,江西票盐十七万引,湖北十三万引,湖南十三万引,安徽七万二千引,淮北二十九万引,仅此一项可集股近八十万两,就是略打折扣,筹集到六十万两应该没有问题。如果大人再令江宁、苏州两藩台各筹十万两,江安粮道筹二十万两,江西、安徽再多少筹集十几万两,一百万两很容易筹齐。"

在见沈葆桢前,盛宣怀已经拜访过藩台,专门请教了两江的财赋,为的就是提前筹划办法。

沈葆桢听盛宣怀谈两江财政如数家珍,所说办法也的确可行,禁不住笑了:"杏荪,我两江这点家底你倒是摸得一清二楚。你这么一说,我也有点信心了。只是盐商又是捐又是厘,负担太重,不宜再加盘剥,再想想别的办法吧。我有些累了,明天或者后天,我心里有些眉目了咱们再议如何?"

"一切听从大人吩咐。"盛宣怀说完便告辞了。

隔了两天,沈葆桢再次接见盛宣怀,把一份奏折底稿交给他道:"杏荪,我已经密奏朝廷,设法筹集巨款。"

在这份密奏中,沈葆桢指定江宁、苏州两藩司出十万两,江安道和江海关道各出二十万两。其余五十万两,以"此事关系大清收回利权之举,有裨大局"为由,请旨由江西筹二十万两,浙江筹二十万两,湖北筹十万两,凑足一百万两之数。

"如果朝廷不批准,那就再从盐引上做文章,总之一百万两之数,我一定设法筹足,你们一门心思去与旗昌交涉。此事关系重大,你们一定妥善办理。"沈葆桢一边承诺一边催促。

"大人此举,将对招商局产生极大的影响,招商局必定因大人的推动而局面大变,大人的清名也必定载入史册。"盛宣怀没想到事情竟然这样顺利,连忙奉承道。

沈葆桢微微摆手道:"名利于我如浮云,你看我这身体一年不及一年。我趁着在其位,谋其政,多为两江办点实事罢了。"

"大人就是受不了金陵的湿寒,好好调养必能康复如常。两江重寄,朝廷正倚重大人呢!"

盛宣怀并不急于回上海,而是打发一位亲信到上海,从胡雪岩的钱庄取一笔可观的银子,去设法购买旗昌股票。旗昌要破产的消息早在上海传开,因此每股一百两的股票只值四五十两,因为近日传出招商局有可能购并旗昌,略有回升,但也不过五六十两,因为好多人认为,招商局购并旗昌未必是条活路,也许连带着招商局一起完蛋。

等亲信办理得差不多了,盛宣怀才去上海面见唐廷枢和徐润。两人对盛宣怀的手段大加恭维,同时商量盛宣怀争取官款的"酬劳":"盛老弟为此事花费也不在少数,当然不能让你自己往公事里掏银子。"

盛宣怀谦让道:"我无所谓,只是南北洋两位大宪如此支持,非有所酬劳不可。"

"这是自然,局里准备干股若干,这里有个数目,你看下是否恰当。"唐廷枢接过话茬。

所谓干股,就是未出本钱而送的股份,可年年跟着分红利。招商局创办之初,李鸿章等大员就有相当可观的干股。轮船招商局在南洋地盘,却受北洋遥制,如果南洋大臣要出难题,便寸步难行。所以历任两江总督兼南洋大臣,任上都有干股分红。沈葆桢看重清名,对轮船招商局的干股分红从不领取。当然这次不同,毕竟他出面筹集了百万两巨款,有所酬庸也是应当的。可盛宣怀的意思不能用干股,而是应该直接拿银票。

"只怕沈大人不收,反而受一番训斥。"徐润知道沈葆桢在两江的清名和威名,所以心存忌惮。

"沈大人当然不肯谋私,听说他有意要疏浚秦淮河,不妨捐一笔银子用在秦淮河上。"盛宣怀这样建议。

这无非是为送礼想出的名堂。唐廷枢一听,果断决定道:"好,那就一事不烦二主,这件事就请杏荪勉为其难。"

"不不不,此事我不能做,这是局里的公款,当然由总办或者总办派可信的人去办理。"盛宣怀连忙推辞。送礼最容易"瓜田李下",分明已经送下了，但又无任何凭据，别人怀疑你入了私囊，就是百口莫辩。

"杏荪不必固辞，局中能与南北洋大宪说上话的，还有第二个人吗？你也别有顾虑，一则局里会在账上做得绝无痕迹，绝然不会给你和大宪们惹下麻烦。"唐廷枢把话说明白。

于是，盛宣怀默认了。接下来，三人又回头谈盛宣怀的酬劳。唐、徐二人的意思是局里急需现银，可否以旗昌几百股代替："每股折价七十两，我敢断定，不出一年必能升到原值。"徐润这样担保，是因为他和唐廷枢在半年前就以四十两一股的价格各购买旗昌近两千股，现在以七十两的价格转送盛宣怀几百股，当然费用要用公款，这是两人商量好的，于公于私可谓两利。

大事定妥，具体签订合同、付款等事项，盛宣怀不愿再经手，因为唐、徐两人也不希望他经手。此行收获颇丰，他去了一趟北洋和南洋，分别把公事办妥，然后回湖北大冶与郭帅敦会合。

购并旗昌，招商局实力大增，新增轮船十六艘，小轮船、驳船九艘，在上海、汉口、九江、镇江、宁波、天津等地新增码头、栈房、洋楼、趸船等，无论长江还是北洋航线，其实力都是首屈一指。旗昌的股票，也回升到八十余两，势头很好。

然而，太古、怡和等轮船公司并未"慑服"，而是决心联起手来与轮船招商局一较高低。他们分析轮船招商局有三大弊端，一是新增轮船多是旧式木轮，耗煤高而运货少，成本上不占优势；二是债务重，利息高，每年至少要有二十万两的利润才仅够付息；三是衙门作风严重，开支过滥，人浮于事。于是两家轮船公司各添置最新式的轮船跑长江，耗煤低，而载货多。同时，再度降低水脚，上海到汉口货运百斤仅收水脚一钱，到汕头则仅收六分。招商局只好跟着降低水脚，因为船旧耗费和维修成本太高，多行一船便多赔巨款，只好把老旧船只搁置，只拣新船、小船、费省者装货开行，每月亏蚀不少。

李鸿章一直关注招商局的经营，了解到这一情况也很着急，让他徒增烦恼。还有更让他烦恼的事情，他的老对头左宗棠因为收复新疆，由一等恪靖伯赐封为二等恪靖侯。

左宗棠从光绪元年起出任督办新疆军务钦差大臣，光绪二年春刘锦棠进军新疆，当年收复乌鲁木齐、玛纳斯等城，新疆北路阿古柏势力全部肃清；

第二年春天,大军越过天山进军南疆,用了不到两个月时间就收复达坂城、托克逊、吐鲁番,阿古柏惊惧万分,服毒自毙,接下来的战事更加顺利,新疆民众纷纷帮助官军收复失地,南八城到了冬季到来前全部收复,伯克胡里、白彦虎率残部逃到俄罗斯,侵占南疆达十四年之久的阿古柏部悉数被歼,新疆除伊犁被俄罗斯占领外,全部收复。光绪四年二月十二日朝廷发布上谕,左宗棠晋为二等侯,刘锦棠为二等男,余虎恩等有功将领也都得到恩赏。

对李鸿章而言,左宗棠封侯对他是一个刺激,自己封伯时间要比左宗棠早,而如今左宗棠已经封侯,而他仍是伯爵。而更让他担忧的是,左宗棠收复新疆,朝廷主战论调高涨,而清流更加张狂。

果然,清流开始把矛头直接对准李鸿章。这几年,清流风头正健,常有人因一个参折而受提拔,所以清流们都在寻找上折的机会。有个江苏籍叫董俊翰的御史,听家乡人谈起招商局的种种传闻,于是上折指责招商局"每月亏银五六万两,因置船过多,载货之资,不敷经费,用人太滥,耗费日增。"尤其用人太滥,奏折中说:"招商局各轮船每届运载漕粮之际,各上司暨官亲幕友,以及同寅故旧,纷纷荐人,平时亦复络绎不绝。至所荐之人,无非纯为图谋薪水起见,求能谙练办公者,十不获一,甚至官员中亦有挂名应差,身居隔省,每月支领薪水者。"这是承漕运的遗习,照例用来"调剂"候补州县的办法,无足为奇,只不过"隔省"亦可"挂名应差",真是前所未闻。而且这所谓"隔省"显然就是指直隶。董俊翰建议朝廷将招商局收为官办,至少应当严加监督和控制。

翰林院侍讲王先谦也上了一个奏折,笔锋直指盛宣怀,说他挟诈渔利,"收购旗昌时每两抽取花红五厘,私自以七折收购旗昌股票,对换足额,以饱私囊",又指责他:"滥竽仕途,于招商局或隐或跃,若有若无,工于钻营,巧于趋避,所谓狡兔三窟者!蠹帑病公,多历年所,现在乃复暗中勾串,任意妄为。此等劣员,有同市侩,置于监司之列,实属有玷班联,将来假以事权,亦复何所不至?"因而请旨"将盛宣怀予以革职,并不准其干预招商局务"。

这两个奏折,措辞极为峻厉,按常规理应查办。然而,当时在总理衙门和军机处掌权的沈桂芬与李鸿章有同年之谊,两人关系非同一般。他看出这两份奏折其实都是冲李鸿章而来,决定帮他一把,力求大事化小,小事化了。于是,沈桂芬建议恭亲王下旨"着李鸿章、沈葆桢通盘筹划,于该局经费权衡出入,认真整顿,毋得稍有虚靡。严饬该局,不得以办公名,滥置私人,并饬令该局商总和衷办事。盛宣怀是否有蠹帑病公、以饱私囊着一并查明复奏"。

李鸿章并不急于复奏,而是要好好用番功夫。他的功夫,倒不是去严查招商局各项弊端及盛宣怀的劣迹,而是如何把清流的指责一条条驳回。因为这个苗头非常不好,如果放任清流拿招商局做文章,要弄垮的不仅是招商局,江南制造总局、金陵机器局、天津制造局以至福州船政局,哪一个没有这些毛病? 当然,他也想借此机会整顿轮船招商局,以免唐廷枢、徐润把持太甚,尾大不掉。

盛宣怀被函招至天津。面对王先谦指责的话,他暗自心惊,却面不改色地对李鸿章道:"购并旗昌与洋人讨价还价以及付款,都是唐、徐两位经手,我根本没参与其事,我向谁去收取花红? 说我以七折购买旗昌股票,兑换足额,更是莫须有的罪名。如果旗昌股票能够兑换足额,股票都在个人手中,他们不知道去兑换,偏要我来沾这个光? "

李鸿章知道这事不可能彻查清楚,而且也不必去彻查。盛宣怀是他的得力助手,一方面还要重用他来开煤矿,将来也要用他来办电报,一方面不便处理的烂账不少是经盛宣怀之手设想的办法,盛宣怀被查出毛病,自己必受牵连。因此,李鸿章只好硬起头皮为盛宣怀硬辩。最好的办法就是把一切推到唐廷枢、徐润头上,因为盛宣怀在招商局连薪水都不领,而且购并旗昌的确又是唐、徐经手,要洗脱并不难。

对于招商局的批评,李鸿章认为应当以此为机会好好表一表招商局的功劳,同时对所指责各条要一一解释清楚,并说明整顿措施,让外人无可置喙,因此李鸿章又让唐廷枢、徐润到天津反复商讨。两人对董俊翰建议把招商局收为官办一说都异口同声反对,两人都是商人,都为利来,而且两人都有大量股本在招商局,改为官办,全按官场规矩办事,招商局只有死路一条,损失最大的首先就是他们两人。

李鸿章也乐得以官督商办的方式继续经营,届时可以商办为由,杜绝官府过多插手。尤其招商局在两江,商办是拒绝两江插手的最好理由。现在是沈葆桢总督两江,两人有同年之谊,一切都好商量,如果换一个极力与北洋争衡的人总督两江,要插手招商局,岂不是于公于私都很被动?

李鸿章与唐、徐等人反复商讨,又对奏稿反复修改,直到两个月后才正式复奏。

奏折首先说明招商局购并旗昌是利大于弊,"一则水脚收入骤增,往年七十余两,今年有望达到一百五十万两。二则是实力大增,轮船由十二只增加到三十只,成为长江和北洋航线实力最强的轮船公司。三是争得利权,因为招商局的存在,洋轮公司被迫降低水脚,他们降低一两,大清商民就节省一两开支,便相当于增加一两收入。三年多来,因为降低水脚商民节省不下一千五百万两"。

接下来针对董俊翰的指责逐条辩解。先说轮船招商局置船过多问题,"查招商局开办五年,已有自置轮船十二号,迨收买旗昌洋行又添大小轮船十八号。乃英商太古将装货水脚银大减,一意倾轧,局船揽载价亦随减,以致间有停搁,实迫于事势"。整顿办法则是:"拟令该局逐加挑剔,将旗昌轮船年久朽敝者,或拆料存储,以备配修他船,或量为变价归还局本。"

再辩用人太滥。"查该局专讲贸易所用,必其所专,与官场情形隔绝,应由该商总等自行选派,以一事权"。意思是轮船运输不同一般买卖,非内行人不行,总办会办推荐人是理所当然。然后接着说自己并没任用私人,"臣及各关道向无荐人之事,每遇载运漕粮时,各省容有转荐员弁,臣屡饬朱其昂等,不可碍于情面滥行收录。现在各口岸总分各局,共二十七处,需人必多,皆各有职守,并无隔省官员挂名"。

然后再就"每月须赔银五六万两"的说法进行辩解:"查该局先后置买船栈等项,计价银四百二十余万两,其中实本仅分领各省官帑一百九十万两,商股七十三万两,尚短一百六十万两,遂至左支右绌,此由局本不足之故,加以太古洋行跌价倾轧,入不敷出。然每年结算官利,尚敷衍匀结,并无每月亏赔者。""出入各款,均责成局员权衡缓急,督同司事悉心经理。其账目除局员商总随时互相查复外,并饬江海、津海两关道于每年结账时,就近分赴津沪各局,认真清查"。

最后则说明招商局"官督商办"的体制不能更改,更不能收为官办,"招商局之设,原为分洋商利权,于国家元气、中外大局实相维系,赖商为承办,尤赖官为维持。英商力与倾挤,商股遂多观望,诚恐亏耗既巨,难以久支,贻笑外人。臣等再四筹维,只得就现有之体制为变通之策,诚不宜收为官办也。一旦官办,不谙商规,则浮漏更甚,难以持久"。

那么借出的官款怎么办？这是李鸿章最着力的地方。他的意思是，官府借给的款项，能够按时获得利息，到期能够还本就行了，没必要以此为由，去干涉招商局的正常经营。李鸿章并不满意于解释清楚，而且要趁此机会延缓官款本息归还日期，因为利息负担太重，已经成为招商局经营困难的重要原因。"现在商本未充，生意淡薄，该关道等与局员筹议，拟请自本年起，将直隶、江苏、浙江、江西、湖北、东海关等，历年拨存该局官帑银一百九十万八千两，予缓息三年，三年后匀分五期，本息还清，以纾商力"。

最后说明，这些办法最终是为了国家和商人的长远之利益。"如此分别秉公调剂，冀得上不亏国，下不病商，根基既固，久远可期，华商应闻风而踊跃，洋商或诚以议和。臣等仍随时严饬该局员商总等，恪遵圣训，和衷办事，勿骛虚名，而鲜实济，勿图小利而误大局，勿畏人言而缩手，铁执己见勿昧机宜，唯以救济时艰毋负委任为念"。这段话最有意思，表面上全是对招商局的要求，其实完全是为招商局撑腰，而且暗指弹劾之人不以救济时艰为己任。

对盛宣怀，则极力为他辩诬，"在臣处当差有年，廉勤干练，平日讲求吏治，熟谙洋务商情，遂委以会办之衔，往来查察。盛宣怀与臣定明不经手银钱，亦不领局中薪水，遇有要务，则与唐廷枢等筹商会禀"。谈到旗昌一案，说是"即盛宣怀首发其议，亦于大局有功无过。况当日唐廷枢等于洋商已有成议，始邀盛宣怀由湖北前赴金陵，谒见沈葆桢。其事前之关说，事后之付价，实皆唐廷枢等主之也"。

并且还让唐廷枢对购并旗昌一事的经过作一说明，帮盛宣怀辩诬——

> 职道经手之事，固不便使盛道遭受不白之冤。盛道于收购旗昌一事，仅与职道等主其议，而领款付款，盛道皆未经手，其因公而未因私，不言可知。且其在局从未领过分文薪水；凡遇疑难事件，顾公商酌，无不踊跃，向为各商所钦服。今以清白之身，忽遭污蔑，亦不得不代为声明。

唐廷枢的这个说明，李鸿章作为附片一同上奏。

这一折一片，把对招商局和盛宣怀的弹劾全部顶了回去。奏折一上，无论军机还是总理衙门，无不感叹李鸿章办事的圆滑、强梁和机智。跌倒了，不但不受伤，而且还要捡个便宜。朝廷不但未再追究，而且对李鸿章的奏请完全批准。

李鸿章对这个结果颇为满意,接到上谕当天,邀请署内心腹幕僚以及起草奏折的文案喝酒以示庆贺:"我们办实事之人,就应当宠辱不惊,而且要善于在不利中寻找有利。所谓危机,既是危险中也有机会耳!"

一波未平,一波又起,这时候,太古、怡和托人找到赫德,鼓动他上了一个《整顿招商局》条陈,直陈招商局总办唐廷枢才能有限,不足以管理如此巨大的企业,导致百弊丛生。他提出按照欧洲的制度组建新式公司,把招商局按三折左右折价给新公司,由洋人出任经理。他认为如果这样运作,必能使招商局获得新生,所交税厘必定比现在多若干,将成为一个稳定的利源。

赫德认为自己是为大清打算,因为如果不改组,招商局必然要破产亏尽。可他这个建议,无论是洋务派还是清流,都异口同声地指责,认为赫德是明目张胆地侵夺。总理衙门让南北洋大臣妥议,李鸿章则授意盛宣怀对此事发表意见。

刚刚被弹劾的盛宣怀受此重任,明白李鸿章的倚重和向清流示威的意义,因此进行了非常认真的准备,呈上了《对赫德〈整顿招商局〉条陈之意见》,坚决反对赫德成立新局的意见,"该总税务司所称将现在局中各产折实估价,转与新局一法,于新局大有裨益,盖成本既轻,获利自易。而新局成本之轻,即旧局亏本之大"。而面对赫德指责的问题,盛宣怀则毫不回避,提出整顿办法。

首先,他建议购买先进新式轮船。招商局历年购进的轮船,价昂、船旧、耗煤多、行驶慢,装货却少。这就使修理之费极重难支,营运中难以获利。他认为:"欲筹补救之法,莫如将本重而不能获利之船酌量减价陆续出售,将售得之款存放起来,以备随时购买耗煤少、行驶速、装货多的新船。即以三十余号之旧船,换成十余号之新船,亦尚合算。盖修理省而费用少,目前虽似吃亏,久后终能获益。此贵精不贵多之说也。"

其次,是任用洋人管事的问题。赫德的意思,新成立的公司要全部用洋人来主持。盛宣怀不但反对新公司成立,而且坚决反对招商局聘用洋人。购并旗昌后原公司的洋人全部留用到招商局,这些洋人一直未去,他认为对这些洋人"急宜及早斥退,以符定章而免后悔"。

对赫德所提招商局任用私人问题,因为盛宣怀并没有多少亲戚入局,因此毫不遮掩,"局中同事,半属局员本家亲戚,虽其中非无有用之才,而始而滥竽,继而舞弊,终且专擅者不乏其人,留之则有尾大不掉之虑。凡局员之亲戚本家,无论如何出众,均宜引嫌辞去,不得以某人得力为词,出局后如有与局为患者,即唯某局员是问"。

盛宣怀对自己作为挂名会办非常不满,在购并旗昌中又发挥了重要作用,而地位仍然没有改变,对此他一直耿耿于怀,因此借改善管理,对此大发牢骚,并提出轮流主事的建议。"凡人之情,类多喜功畏过。当局务岌岌之时,甚望用人之来,以分其责;及似有转机之际,又深愿用人之去,以固其权"。他建议:"自本年六月为始,在局五人分年轮驻沪局坐办,一切悉归调度,仍以四人副之,和衷商榷,力破积习。坚忍不渝,功过亦五人与共。"

盛宣怀的这个意见,刘唐廷枢主政的轮船招商局攻击颇多,他急于谋求实权的心思也暴露无遗,唐廷枢因此非常不高兴,在给李鸿章的信中抱怨局中人不能和衷共济。而此时朱其昂病故,盛宣怀在招商局又少了一个援手,他决定借此机会奋力一搏,上书李鸿章要求在招商局设立督办一职。

然而李鸿章对招商局的形势洞若观火,知道当前关键仍然是召集商股,而此事盛宣怀并不具优势。他未答应盛宣怀的请求,而且去信相劝,人贵自知之明,扬长避短方能成就大业。而对唐廷枢更加重用,奏调他到直隶,专门办理开平煤矿。盛宣怀大为恐慌,只怕要在李鸿章面前失宠。连忙去信解释坚请督办是想为中堂分忧,绝非一己之私。

出乎盛宣怀的意料,当年大计——也就是考核,盛宣怀被判为优等,而且李鸿章奏请送部引见,他评价说:"该员心地忠实,才识宏通,于中外交涉机宜,能见其大,其所办各事皆国家富强要政,心精力果,措置裕如,加以历练,必能干济时艰,为国大用。"几个月后,盛宣怀出任天津河间兵备道。

第十四章

日本人得寸进尺 张佩纶出谋献策

对李鸿章而言,光绪五年(1879年)开了个好头,正月二十二,每三年一次的"大计"(官员政绩考核)结果公布,朝廷下诏"李鸿章宣力有年,实心任事,交部从优议叙"。十几天后又是他母亲八十大寿,慈禧亲笔题写"松筠益寿"匾额以示殊恩,朝廷为此发布上谕——

> 大学士直隶总督一等肃毅伯李鸿章、湖广总督李瀚章之母年近八旬,特沛恩施,着赏给御书"松筠益寿"匾额一面,紫檀三,镶玉如意一柄,大卷江绸袍褂料二匹,大卷八丝锻袍褂料二匹。

这等殊荣,对李鸿章是莫大安慰,这说明朝廷倚重、慈眷优渥。

二月底,他奏请李凤苞出任德国公使、马建忠随行参赞并兼充驻英公使曾纪泽翻译之事也获准。

李凤苞是江苏崇明人,自幼接受儒家教育,考取了秀才功名。但后来"究心历算之学",对科举反而没有了兴致。因为他精于测绘,受到江苏巡抚丁日昌的赏识,帮他捐了道台衔,调入江苏舆图局。后来又入江南制造总局,历时七年,以经纬线法绘制出地球全图,又因他精通英语,调到制造局译书馆工作,与外国人合作翻译了《行海要术》《克虏伯炮说》《克虏伯炮操法》《营垒图说》《各国交涉公法》等书籍十六册,引起李鸿章的注意。

光绪元年(1875年),李鸿章奏调丁日昌到天津帮办洋务,让他带李凤苞一同北上。李凤苞在李鸿章面前侃侃而谈,评点天下大事,并建议"关外旅顺一口,为京师东北要害,宜早为备",令李鸿章刮目相看。随即委派他前往旅顺口勘查,准备辟作军事基地。

丁日昌迁福建巡抚兼船政大臣后,李凤苞随行去闽,任船政总考工。后来,李鸿章派遣海军学生去欧洲留学,力荐李凤苞出任留学监督,称赞他"于西洋舆地、学术及各国兴衰源流,均能默讨潜搜,中外交涉要务尤为练达,实属不可多得之才,以之派充华监督,必能胜任"。

光绪三年(1877年)二月十七日,李凤苞与洋监督日意格一起率领大清第一批海军留学生起程赴欧,并将留学生按办理海军所需,划分驾驶、制作、矿务、国际公法等专业,安排进入英、法等国大学和制造工厂学习。

光绪四年,因为驻英公使郭嵩焘和驻德公使刘锡鸿闹得不可调和,朝廷决定撤回两人。郭嵩焘和李鸿章力荐曾纪泽为驻英公使,李凤苞为驻德公使。

曾纪泽是曾国藩的长子,袭封一等侯,四品京堂,又精通英语,朝廷很快发布上谕,令他出使英国。而李凤苞则觉得资历不够,一拖便拖了半年。李鸿章之所以属意李凤苞,是看重他对西洋船炮很有研究,计划将来由他考察订购铁甲舰。所以再次上书总理衙门称"李凤苞才可胜任公使,宜速补发国书,并授予记名海关道,稍崇体制,尽快出使"。朝廷很快下旨,赏李凤苞三品卿衔,以海关道记名,充任出使德国大臣。

正在感慨的时候,李鸿章又收到福州递来的信,是琉球设在福州的领事馆发来的。李鸿章心又一缩,肯定是日本又在琉球生事了!

琉球是大清的属国,一直年年纳贡。同治十三年(1874年)日本以琉球国民在台湾被生番杀害为由侵略台湾,双方签订《北京专条》,清廷竟然赔给日本五十万两银子,虽然清廷玩文字游戏,不称为赔款,但侵略却能得到实惠,这刺激了日本的野心。第二年,也就是光绪元年,日本就派兵进驻琉球,并强迫琉球改用日本年号,不准向大清纳贡。琉球国王密遣紫巾官尚德宏向大清求救,尚德宏到了福州向福建巡抚丁日昌和闽浙总督何璟递交救援国书,何璟和丁日昌联衔奏报朝廷。总理衙门大臣们认为,琉球一直向大清纳贡,列国尽知,不是日本想阻止就能阻止得了,因此并没太在意,只是命令刚出使日本的何如璋向日本交涉。

何如璋一到日本，就向日本外务卿井上馨提出抗议。日本想知道大清对此事的真实态度，便指令井上馨问道："你如果是个人询问，我们没有回答的义务。你如果是代表国家交涉，那必须有授权书。"

授权书当然没有，公使就是专为交涉两国事宜，何必授权书？何如璋就把朝廷给他的上谕抄件交给井上馨，说明此事是代国家交涉。上谕说："琉球世守藩服，岁修职贡，日本何以无故梗阻？是否借端生事，抑或另有隐情？着即传知出使日本大臣何如璋等，相机妥筹办理。"日本没想到大清对此事的反应如此平淡，不但没有一句强硬的表示，尤其"抑或另有隐情"一语，简直是在为日本开脱。日本内阁据此认为，这说明中国依然懦弱，因此决定采取进一步计划。他们回复何如璋，说琉球是日本属国，外人不能与闻，琉球不但不能向中国纳贡，而且自本年起还要向大藏省交税。这一决定，将琉球降与日本郡县一样的地位。

何如璋对日本人的野心看得清楚，他上奏朝廷，说日本到现在还没有把琉球废为郡县，就是因为摸不清朝廷的态度。如果朝廷此时不采取强硬的措施，日本就认为大清害怕战争，他们就有可能将琉球废为郡县，那时候再交涉就晚了。他认为应该向日本表示不惜一战的决心，因为日本国库并不充足，国内不稳，军力有限，陆军常备军只有三万人，海军只有四千人十五艘舰船，因此日本也不敢贸然启衅。对日本的交涉不能存在和平幻想，如此下去，琉球必然被吞并，接下来，日本就会吞并朝鲜。

李鸿章认为不能轻启战端，而且以武力威胁日本显得太无大国气度。他复信给何如璋道："为争小国区区之贡物，得虚名而失远略，非唯不暇，且亦无谓。"他给何如璋出主意，请各国驻日公使出来评论，给大清主持公道。

何如璋拜访各国公使，希望他们主持公道，但各国公使无一肯出面。何如璋便请他们写几句支持的话，由他转达。公使们就写"希望中日两国妥善解决""希望中日两国以和为贵"等不痛不痒的话。何如璋拿着这些材料去与外务省交涉，井上馨根本不出面，说此为日本内政，何劳他国费心？出面接待的人等何如璋告辞时，小声说话而又故意让他听见："一个国家不争气，反而指望别人主持公道，真是异想天开。"

日本人回答何如璋喋喋不休的交涉，是直接宣布琉球为冲绳县，国王尚泰立即到东京听候决定。琉球一心巴望宗主国能够救他出水火，为了拖延以待救兵,世子去东京亲自向天皇哀求,说国王病重,希望能延缓起行。同时密令紫巾官尚德宏向大清求援。李鸿章此时收到的,正是尚德宏的乞援信。

尚德宏在求援信中说,日本要灭数百年藩臣之祀,国王世子皆已被囚,举国上下主忧臣辱。琉球国民生不愿为日国属民,死不愿为日国厉鬼,李中堂威惠天下,希望能够速赐拯援之策,兴问罪之师。

要兴师问罪谈何容易?日本远在海中,大清没有铁甲舰,如何渡海兴师?何况俄罗斯正虎视眈眈。李鸿章坚持定见,绝对不能与日本失和。

朝廷也很为难,堂堂属国被日本人废为郡县,大清连大气也不敢喘,却让何如璋口舌争之,正如民间俗话所说,嘴头子抹石灰——说了白说。正在为难之时,美国前总统格兰特到中国游历来了,而且还要游历日本,于是李鸿章建议朝廷,可托格兰特到日本时为中国交涉,因为日本对美国的意见非常看重。

格兰特这次到中国,表面上是游历,其实是为修约而来。十几年前,美国因为缺乏劳动力,指令驻华公使蒲安臣与大清签订《中美天津条约续增条约》(也称《蒲安臣条约》)时,有一条规定"大清国和大美国准许民人前往各国,或愿常住入籍,或随时来往,总悉听自便,不得禁阻为是"。然而,美国因为内战后投资猛增,生产过剩,去年爆发经济危机,很多工人失业,群情激荡。美国政府为了平息事态,散布言论说是华人抢了白人饭碗,煽动排华风潮。格兰特来华就是修改条约,对入美的华人进行限制。他提出这一要求,恭亲王几乎不假思索就答应了,因为他要托格兰特调解中日琉球问题,而且他认为华人去不去美国,对大清没有任何影响。

格兰特没想到问题很容易得以解决,因此也很痛快答应帮忙调解。他希望了解详情,恭亲王告诉他道:"阁下路过天津的时候去见李鸿章,这个问题他最清楚。"

到了天津,当天下午格兰特就由美国驻天津副领事毕德格陪同前往总督署拜会李鸿章。说起恭亲王所托使命,格兰特问道:"请问中堂阁下,琉球是什么时候成为中国属国的呢?"

李鸿章应道:"前明洪武年间,至今已五百余年。"

格兰特又问道:"哦,时间的确很长,比美国历史久远多了。那么,琉球不向中国纳贡有多少年了?"

"从光绪元年开始,不到五年。是日本阻止他们纳贡,他们一直承认是大清的属国。"李鸿章又拿出尚德宏的求援信让格兰特看。

格兰特不太明白藩属国的含意,他便以殖民地的标准来衡量,各国在殖民地中首要的就是推行宗主国的语言和文化,因此他又问:"琉球是否使用中文？"

"使用中文,而且都能阅读中国书籍。"李鸿章又拿出中日两国签订的友好通商条约说,"你看,中日两国条约载明,两国所属邦土,各宜互相尊重,不得稍有侵犯,共策安全。按中国文字的意思,邦就是属国,土就是领土,邦土就是所有的属国和领土。"

毕德格此时插了一句话道:"可惜你们两国当初立约时,没有把贵国的属国朝鲜、琉球、越南等明确提出。"

"我大约明白了,琉球是大清的属国,日本为了扩充领土占领了它,大清所争的是国土而不是贡物,我很愿为贵国效力。"格兰特若有所悟。

接着,两人又开始闲谈。李鸿章从征战太平军起家,又平定捻军,可以说是战场上打出来的功名。而如今又对大清军事外交发挥着重大影响力,不愧为大清的柱石;而格兰特毕业于美国西点军校,在南北战争后期任联邦军总司令,屡建奇功,最终彻底战胜南方联盟军,并出任美国第十八任总统。两人英雄敬英雄,惺惺相惜,互赠了照片。

格兰特在中国的活动日本驻天津领事随时向国内报告。格兰特虽然是卸任总统,但他的国际影响力不可小视,因此日本对格兰特的接待非常隆重,将他安排在海边的行宫中,每天都有亲王相陪。格兰特很看重自己的使命,因此第二天他要求与外务卿井上馨会谈。见面后他便表达了自己的观点:"琉球是中国的属国,日本占领是不对的。"

"琉球几百年前就是日本的属国,琉球各岛本来就隶属于日本。"井上馨也一开始就表明了自己的立场。

"可是琉球向中国进贡,已经有五百多年的历史了。"

"琉球进贡中国不过虚名,只是为了来往贸易获利方便才如此,就如同向贸易伙伴赠送礼物一个道理。"井上馨的话真真假假。

"我在李中堂那里看到了琉球国官员的求援信,他们承认自己是中国的属国。"

"我这里有条约,中国朝廷承认琉球是日本属国。"井上馨拿出中日签订的《北京专条》,"当年琉球属民被台湾生番杀害,我国因此进兵台湾,代表琉球兴师问罪,所以中日两国才商议赔偿。琉球为日本所属,不但世界各国都知道,而且毫无异议地载入条约。"他又挑了几句念给格兰特听,"兹以台湾生番曾将日本国属民等妄为加害,日本国本意为该番是问,遂遣兵往彼,向该生番等诘责。日本国此次所办,原为保民义举起见,中国不指以为不是。中国都已经承认日本保护琉球属民是保民义举,琉球怎么可能是中国的?"

格兰特见条约白纸黑字,实在无可辩驳,但他凭直觉判断,李鸿章说得也有道理。

外务卿见格兰特有些游移,就抛开《北京专条》道:"先不说条约。阁下请想,如果琉球是中国的,那么我们当初兴师台湾,中国必不答应,必定不惜一战。中国在台湾的军队是日本的三倍,可是他们没敢开一枪,就是因为日本师出有名,台湾生番的确杀害了日本国属民。"

当年中国的确没有对日军动武,这一点格兰特是清楚的,听井上馨如此分析,他也无话可说。

随后两人闲谈,井上馨对中国不肯开化大发议论:"如果中国能像日本一样接受欧洲文明,效法欧洲,与他们打交道就不会这么难了。"

格兰特的调停没有起到作用,他很为之遗憾,同时也颇多感慨,回国前他给李鸿章写了封长信,介绍了他与日本交涉的经过,并毫不隐瞒地讲了自己的感受——

依我看来,中国若不自强,外人必易心生欺侮。在日本人心中,每视中国懦弱,它挑起的事端没有不成功的,它于是看不起中国,更加什么事都做得出来。日本以为不但琉球可并,即使在台湾以及各地兴兵侵占,中国也不过是口诛笔伐支吾塞责而已。日本如同一只幼虎,中国一再忍让,今天喂他一块肉,明天喂他一块肉,等他长大了,必定要吃掉喂他肉的人。而且他会说:这不能怪我,要怪只能怪你自己,谁让你喂养我呢,既然如此,你就要负责到底。

中国最大坏处在弱这一字,我心甚爱中国,实盼中国用好法,兴利除弊,勉力自强。中国人皆灵敏英勇,勤苦省俭,倘若能采取西法,国势必能日见强盛,成为天下第一大国,谁能侮之?即使是以前所订条约吃亏之处,也可慢慢商议修改。日本数年来采用西法,始能自立,中国亦有此权利。中国如愿意真心与日本和好,不在条约而在自强,自强则日本就不敢心生歹念。

虽然日本不以占领琉球为非,但日本还是愿意与中国协商此事。再过一个星期,我就要起程回美,日后如能听到中日两国为琉球事已经谈妥,并有永远和好之意,我更会为此而万分高兴。

李鸿章收到格兰特的信,失望而又感慨万端。他把格兰特的信抄录一份寄给恭亲王,并附信道:"格兰特所言极有道理,大清再不效法西洋求自强,列国将欺凌更甚,日本必心生歹念。此信真应该让那些蔑视洋务之辈一阅。"

恭亲王看罢李鸿章的信,又递给沈桂芬道:"李少荃有时候就像个孩子,他要把格兰特的信给大家看,大家必定骂格兰特是日本走狗,骂李鸿章是走狗的走狗。"

"大家未必骂格兰特,也许他们会认为这封信是李鸿章假造的来羞辱中国人的。到现在不是还有人说,英国、法国、美国、俄国这些国家实有其国,什么西班牙、葡萄牙都是汉奸洋奴编造了来吓唬人嘛!"沈桂芬比较细心,说完这些,他话锋一转道,"从这封信看,日本也没把事做绝,'还是愿意与中国协商此事',那不妨让他们派使臣来,坐下来谈。"

恭亲王觉得有道理,于是总理衙门照会日本驻华公使,可以派使臣来商谈琉球问题。然而,日本外务省接到照会后认为,如果正式派出使臣,岂不证明中国的确跟琉球关系非同一般,而且中国要日本派使臣日本就派,那不显得日本唯中国之命是从,日本之尊严何在?但日本政府又不愿放弃这个机会,因此示意驻华公使森有礼直接与中国政府谈。

森有礼时年三十岁,他十八岁时就去伦敦大学学习,明治维新后又赴美国学习,极力倡导日本应当全面欧化。他本人着西装,剪短发,手杖不离身,说话时喜欢像欧洲人一样耸肩膀。总理衙门的人看不惯他,说他是假洋鬼子,他也看不惯总理衙门的人,背后称他们是"一帮土老头"。总理衙门的人就让他去与李鸿章谈,说琉球问题朝廷已经授予李鸿章全权。

森有礼见到李鸿章,开门见山道:"琉球属日本国土已经很久了,如今废为县,纯是日本内政,不知为什么贵国如此关注?"

李鸿章对一身洋服的森有礼本能地反感,洋人着洋服因为他是洋人,你日本连文字都是取自中国,还装什么蒜?便冷淡地回应道:"琉球向中国纳贡已经五百余年,琉球历任国王都受中国皇帝册封,什么时候成了日本属国?"

"琉球接受中国册封,不过像欧洲诸国接受教皇加冕一样,是个礼节上的仪式,并没有实质意义。"森有礼不以为然。

李鸿章冷笑道:"琉球向中国纳贡、受册封都不算中国的属国,那日本有什么证据?"

"我们有琉球国王的证明书。"

"琉球国王被你们拘押,证明书是不是出于自愿就说不准了。"

森有礼知道在这个问题上争执下去,对日本不利,于是转移话题道:"中日两国一衣带水,人同其种,书同其文,正应同心勠力维护东亚共荣。中国准许西方国家到内地经商,给予最惠国待遇,可是日本商民却排除在外,厚此薄彼,实在令人感慨。"

"你说得不错,中日两国人种相同,日本文字都是学的中国,何必事事学洋人,我看日本就不必跟在洋人后面要什么最惠国待遇了。"

森有礼没想到李鸿章一句话就把他想要的通商权堵了回来,而且是以子之矛攻子之盾,心中感叹中国人就是善于玩口舌之争。

而李鸿章则认为森有礼被驳倒,心里想你后生小子,自诩少年才俊,要论理你比老夫差远了。他扫了森有礼一眼后又问道:"森大人多大年纪?"

"整三十岁。"

"不过而立之年。看森大人一身洋气,是到过西洋?"

森有礼感觉得出李鸿章的蔑视,便挺直腰板道:"自幼出外国周游,在英国学堂三年,环地球走过两周。"

见他这样回答,李鸿章笑问道:"那森大人的西学想必是很深厚了,依你看,中西学问如何?"

"西国所学十分有用,中国学问只有三分可取,其余七分仍系旧样,已无用了。"森有礼毫不客气地回答。

李鸿章又问:"日本西学有七分么?"

"五分尚没有,哪来七分。"

李鸿章看了看森有礼的西服,笑道:"日本衣冠都变了,怎说没有五分?"

跟随森有礼同来的书记官郑永宁答道:"这是外貌,其实质尚未尽学会。"

"既然服装是外貌并非实质,又何必一意效仿?"

森有礼答道:"其原因很简单,只需稍加解释。我国旧有的服制,正如阁下所见,宽阔爽快,极适于无事安逸之人,但对于多事勤劳之人则不完全合适。勤劳是富裕之基,怠慢是贫枯之源。我国不愿意怠慢致贫,而想要勤劳致富,今改旧制为新式,对我国裨益不少。"

"衣服旧制是体现对祖先遗志的追怀之一,其子孙应该珍重,万世保存才是。"

"如果我们的祖先至今尚在的话,无疑也会做与我们同样的事情。就说一千年前,我们的祖先不是看到贵国的服装优点就加以采用吗?不论何事,善于学习别国的长处是我国的好传统。"森有礼对此极不赞同。

李鸿章对森有礼在他面前卖弄口舌有些不快,毫不客气地说道:"话虽如此,阁下对贵国舍旧服仿欧俗,抛弃独立精神而受欧洲支配,难道一点不感到羞耻吗?"

森有礼昂然答道:"毫无可耻之处,我们还以这些变革感到骄傲。这些变革绝不是受外力强迫的,完全是我国自己决定的。正如我国自古以来,对亚洲和其他任何国家,只要发现其长处,就要取之用于我国。"

"我国绝不会进行这样的变革,只是军器、铁路、电信及其他器械等必要之物和西方最长之处,才不得不采之外国。当然,西洋各国有些好的规矩,我们也不拒绝学习,比如重视遵守条约,是有利于万国之间和睦相处的。"李鸿章慢慢又把话题转了回来。

森有礼生硬地说道:"条约没什么用,有用的是实力。有实力,就可以签订有利的条约,没实力,只能签订丧权辱国的条约。"

"那你又何必与我来谈琉球问题?"李鸿章终于忍不住火气上来了。

"琉球问题,我个人谈了也没用处,总要等鄙国朝廷的意见。"

李鸿章端起茶碗到唇边一抹,门口的仆役大声喊道:"中堂大人请喝茶。"

这是逐客令,森有礼向李鸿章鞠了一躬,转身扬长而去。

李鸿章点着森有礼的背影道:"这就是个典型的日本人,毫无信义羞耻。"

走出督署大门,郑永宁问道:"真不明白,李鸿章为什么对公使的衣服耿耿于怀?公使为什么要在这些小事上与他费口舌?"

森有礼解释道:"这绝对不是小事情。我和李鸿章所谈的是衣服问题,可我看到的并不只是衣服问题。中国上层分为顽固派和洋务派,顽固派一切都不肯学习欧洲文明,而洋务派则以效法西洋标榜自己。李鸿章自许为洋务派中的洋务派,可依我看,他与顽固派不过是五十步笑百步,他们在根本思想上没有多大区别。"

"李鸿章经常被清流攻击,就是因为他倡导洋务,公使为什么说他与顽固派没有区别?"郑永宁有些不理解。

"李鸿章的洋务运动只学欧美的军器、铁路、电信及其他器械,而欧洲的思想、欧洲的制度他们是不肯学习的。这就是他们标榜的'中学为体,西学为用'。所以可以断定,中国的洋务运动,无法与我们的明治维新相比。"

郑永宁摇了摇头说道:"我不能同意公使的观点,中国人的江南制造总局、金陵机器局、福州船政局以及轮船招商局,都取得了不俗的成就。"

森有礼断定道:"这个问题,你等十年、二十年后再来和我辩论。一个国家的改革,如果只从皮毛上动手脚,不能上下一心共同推进,只能半途而废。"

"以我个人观察,李鸿章在洋务运动上是非常尽力的,他的成就也不可小视。"郑永宁还是不能相信公使的话。

"你只看到了问题的一个方面。我国的改革从天皇陛下到内阁诸大臣再到各级官员甚至普通百姓,都取得了一致,在学习欧美上几乎没有一点杂音。而在中国,他们还以天朝上国自居,反对向欧美学习的人占了绝大多数,太后没有坚定的立场,军机大臣和总理衙门大臣许多时候也只能对反对者一再让步,极力推动洋务运动的只有李鸿章为首的几个封疆大吏罢了,这样一场事关国家命运的大变革只靠几个李鸿章怎么行?所以,中国的洋务运动只能是走一步说一步,走两步退一步,将来绝对无法与日本的明治维新相提并论。"森有礼说破了其中的根源。

郑永宁感叹道:"阁下这样说,我就明白了。在中国,李鸿章想干任何一件事情都会引发争论，根本原因就在这里。"

"对，中国人从来是一盘散沙，让他们争论好了。在他们争论的时候，给日本几十年的时间，就会完全超越这个看似强壮的巨人。"

过了几天，森有礼派郑永宁送一件照会到李鸿章的总督署，是日本政府关于琉球问题的意见书。这书先说明琉球属日本国土，然后再说明中日一衣带水，应当世代友好，最后说正是本着友好的原则，日本愿将琉球南部的宫古岛、八重山岛让与中国，中国则应当允许日本到内地经商，而且应当给予日本最惠国待遇。

李鸿章觉得如果把两个岛收回来，然后交给琉球国王，让他去治理，琉球国依然可以保存下去，因此日本的方案似乎可以考虑。可李鸿章的信递到总理衙门的时候，总理衙门正在焦头烂额，因为崇厚与俄国签订的条约丧权辱国太甚，舆论一片哗然，皆曰崇厚可杀，并不惜与俄国一战。恭亲王见到信后叹道："现在这个样子，如何顾得上琉球，更不能与日本开衅。把日本的方案发给南北洋大臣及闽浙督抚，先让他们议议。咱们先顾崇地山惹的麻烦。"

崇厚是上年五月作为全权大臣出使俄罗斯，专门商议归还伊犁问题的。派崇厚出使，是军机大臣沈桂芬力荐的结果，因为大清能办外交的人才实在太少。当时郭嵩焘在英国，已经免去驻英公使之职，正是心灰意冷，让他去俄国肯定不行。曾纪泽懂英文，对国际法也有研究，但已经派驻为出使英国大臣，李凤苞也打算派为出使德国大臣，何如璋准备出使日本，陈兰彬则在美国。数来算去，只有署奉天将军崇厚还有点外交经验，当过三口通商大臣，天津教案发生后又去法国道歉，总归是出过洋的人。于是，崇厚衔命出使俄国。

满人不读书，以骑射傲人，后来大多骑射也荒废了，却以不读书为傲。不过，他们都效法太祖努尔哈赤以《三国演义》为兵书。崇厚此行，自己觉得如同东吴讨荆州，讨不来就打，结果是两败俱伤。他这次讨荆州，却无论如何是不能打，朝廷不愿打，他认为就是愿打也不能打，因为打不过。所以，只要俄国人答应还给伊犁，朝廷面子上好看了，清流们气也顺了，那他就是大功一件。至于暗里吃点亏，也没什么。这些年来，但凡与洋人交涉，哪有不吃亏的？俗话说，吃亏是福，吃小亏占大便宜。如果不肯吃亏，大打出手，国家元气大伤，他的前途也玩完。崇厚有这番心思，又加性格懦弱，所以被俄国"外交部尚书"格尔斯连哄带骗加威胁,半年后在里瓦几亚签订了《交收伊犁条件》十八条。这十八条条约,除第一条说明俄罗斯将伊犁交还中国,第十八条说明如何换约外,其余十六条全是中国的义务,概括起来大约三大部分:一是割让土地,中国仅收回伊犁城,但伊犁西境霍尔果斯河以西、伊犁南境特克斯河流域以及塔尔巴哈台(今新疆塔城)地区斋桑湖以东土地却划归俄属。二是赔款,赔偿"代守"伊犁兵费及恤款五百万卢布(合银二百八十万两)。三是通商,俄商在蒙古、新疆贸易免税,同时增开尼布楚至库伦、科布伦多至归化、经张家口转天津三条通商路线。由陆路运入天津、汉口的俄国货物,进口税减低三分之一。开放松花江,俄商在嘉峪关、乌鲁木齐、哈密、吐鲁番、古城、科布多、乌里雅苏台七处增设领事。

看到这份条约,就连一向主和、忍让的恭亲王也觉得这条约签得太荒唐。伊犁名义上归还,可西、北、南三面大片领土全属俄国,伊犁成为孤城,这还怎么守?除了赔款,还要给俄国这么多的商业利益,不要说眼里揉不得沙子的清流不满意,就是最体谅恭亲王的军机大臣和总理衙门大臣也一致觉得这个条约让得太过分。

恭亲王让总理衙门立即指示崇厚先不要签字,等待朝廷下一步指令。这个指示先以五百里加急送到上海,再通过电报传到俄国。从上海到俄国电报一天就到,可是从北京到上海,五百里加急也要七天。结果电报到俄国的时候,崇厚已经离开俄罗斯回国了。因为他觉得自己是全权大臣,自己签了字只待朝廷批准就是,他在俄国也无事可做,而且回国要两个多月的时间,他最好能在天寒地冻之前回到京城,不然俄罗斯的酷寒就是一劫。

"崇地山真是荒唐!荒唐至极!"沈桂芬气得直跺脚。

崇厚出使俄国是沈桂芬极力推荐,崇厚获咎,他这举主也有不可推卸的责任。但恭亲王等无不体谅沈桂芬,只能在暗中设法挽回。他密谕左宗棠、李鸿章和沈葆桢密陈参酌。国有大政,密商于封疆重臣已是惯例。左宗棠领军西北,当然要听他的意见,而南北洋大臣,则是中外瞩望。

三人还未复奏,条约的内容却已经外泄。舆论哗然,张之洞率先上奏。

张之洞,直隶南皮人,聪明绝顶,十三岁就成为秀才,十六岁中头名举人,二十六岁中探花。从同治二年授七品翰林院编修,其间两任学政,光绪三年回京再任翰林院修撰,十四年间只升了一级。且囊中极为羞涩,就连过生日也是典当夫人的嫁妆才得以置酒自祝，已过不惑之年的张之洞不得不考虑自己的出路何在。此时，京中正是以李鸿藻为首的清流扬眉吐气的时候，而放言高论，正是他的长处，所以他很快投入李鸿藻门下。

光绪四年先是弹劾总理衙门大臣、户部尚书董恂不恤荒政，为朝中"奸邪"，虽被驳斥，但其老辣文笔及横溢才华为清流激赏，当月补正六品国子司业；本年三月又弹劾四川东乡知县孙定扬"苛敛激变"，朝廷再派钦差，终于把拖延了三年之久的大冤案平反，两个月后张之洞便出任从五品司经局洗马，两年时间升了两级。

张之洞扬眉吐气，成为清流派健将，崇厚误国这样的好题目他岂能放过？他三天两夜未睡，上《熟权俄约利害折》，慷慨陈词，逐条分析《里瓦几亚条约》对中国的严重危害，力陈"俄约有十不可许""必改此议，不能无事；不改此议，不可为国"。要求朝廷立即将"误国媚敌"的崇厚"拿交刑部，明正典刑"，以为后来者戒。他主张将沙俄的侵略行径及中国改议条约的缘故"布告中外"，同时"急修武备"，准备与沙俄一战。最后，他在奏疏中写道："臣非敢迂论高谈，以大局为孤注。唯深观局势日益艰难，西洋挠我权政，东洋思启封疆，今俄人又故挑衅端，若再忍之让之，从此各国相逼而来，至于忍无可忍，让无可让，又将奈何？不以今日御之于藩篱，而待他日斗之于庭户，悔何及乎？"

张之洞弹折一上，从恭亲王到总理衙门大臣都不知道该如何是好。又听说张之洞与张佩纶等正天天相商，计划连上弹折，非要崇厚的命不可。见形势刻不容缓，恭亲王急令道："别等人家逼得无路可走了，马上商议崇地山的处分，先交部议处再说。"

这时候又有消息说，清流干将张佩纶母亲去世，他已经打点行装，准备丁母忧。恭亲王听了这个消息，舒了口气说道："总算去了一名干将，不然清议如何了得？"

张佩纶原籍是直隶丰润，但他的母亲却一直生活在杭州仁和，因此他要从天津乘轮船南下。李鸿章早就派人在天津城西门等着，一见到张佩纶，就请他过署请教。两人相见，李鸿章先请他节哀顺变，然后自然谈起崇厚丧权辱国的条约来："崇地山是全权大臣，既然他已经签约，我们不认，便是其曲在我。"

张佩纶是清流干将,有什么说什么,加以母丧悲痛,脾气更加偏激:"中堂这话不对,曲不在我,而在俄罗斯。当初说我们一收复新疆就归还伊犁,可是如今他却不肯还,怎么说其曲在我?"

李鸿章又解释道:"俄罗斯不是不还,而是要讲讲条件,崇地山前往俄国就是与他们讲条件。讲好了条件,我们却又不认,不是其曲在我?"

"大清的地方又没请他来守,凭什么他要讲条件?"张佩纶有些义愤填膺。

"凭什么?凭他们比我国力强。"

"国力强也要讲道理。"张佩纶拿出张之洞的折稿抄件,"这是张南皮的《熟权俄约利害折》,已经是洛阳纸贵,中堂应该仔细看看。"

李鸿章一口拒绝:"我不看。清流之辈,无非少年新进,毫不更事,亦不考究事实得失、国家利害,随便寻个题目,信口开河,畅发一篇议论,借此以出露头角,而国家大事已为之阻挠不少。"

"中堂对清流偏见太深。我辈只有手中一支笔,不如此便无生计。"

清流行事,往往高谈阔论,端着一副大义凛然、忠恕仁孝的架子,没想到张佩纶如此实话实说。闻言,李鸿章禁不住笑道:"幼樵倒能说实话。"

"在中堂这里,我没必要矫揉造作。我还有更难听的实话,中堂对洋人太过畏惧。有人说,左帅办洋务,越办骨头越硬;中堂办洋务,骨头越办越软。"这话李鸿章听说过,但这么当面对他说,张佩纶是第一个。对眼前这个清流干将,李鸿章是又恨又敬。

张佩纶继续道:"比如左帅当年,豪气冲天,一意收复新疆,可是中堂却认为新疆北有俄国,南有英国,到时候两国必然干预,而且千里转运,不可能收复。结果,左帅一鼓荡平。左帅也不是不知道收复新疆的困难,可是他不怕,他有血气,所以他完成了收复新疆的大业,百年之后,必被人赞一声中华之功臣。再比如同治十三年日本侵我台湾,大家都说,如果左帅主政闽浙,必不让倭寇得逞。可是中堂却与他们签订条约,赔款五十万两,留下无穷祸患。"

当年签订《北京专条》完全是总理衙门一手操办,张佩纶却说是他李鸿章签订,真是岂有此理。李鸿章不得不出言澄清:"幼樵,你不要信口雌黄,《台湾专约》与我何干?"

"与中堂无关,世人却以为与中堂有关,这是为何?就是因为中堂差在血气二字上。"张佩纶说,"我还是认为,一个人,一个国家,还是要有点血气的,就是俗话所说,宁让人打死,不让人吓死。中堂必须承认,有血气的人不会轻易受欺,他就是身体弱些,气势也能把人镇住。"

"我不生气。你们这些清流就如同毫无牵挂的孩童,可以上墙爬屋,可以危墙上折跟头,可当你们像我一样头上顶一篮子鸡蛋的时候,就得小心翼翼,就不能逞匹夫之勇,拼什么血气。关键还是国家要强,就连美国的前总统也说,倘若中国能采取西法,国势强盛,谁能侮之?"

李鸿章翻出格兰特的信递给张佩纶看,他看完了道:"中堂只看到了一个方面,格兰特的意思前面说得再清楚不过,你看:在日本人心中,每视中国懦弱,它挑起的事端没有不成功的,它于是看不起中国,更加什么事都做得出来。这不就是说,日本人敢欺中国,是因为中国太懦弱?"

李鸿章看过这封信无数次,可每次着眼的都是"自强"二字,根本没注意"懦弱"一词。而且不用争辩,格兰特确实有中国太过懦弱的感慨。

"懦弱也罢,没有血气也罢,骂我的话还有更难听的。我不怕。我忍它、避它、由它、耐它、敬它、不要理它,再过几年且看它。世间有两类人,一类人只注意过程,要的是过程好看;有一类人要的是结果,不管眼下好看不好看,舒服不舒服。比如楚汉时的项羽,他就是太关注过程,最后关头大势已去,他反要打足精神一展勇悍身手,对于敌人,不过是炫技,对于他自己,不过是过过瘾,于结局何益?刘邦则关注的是目的,老爹都要变成肉酱了他也面不改色,骂他流氓,他笑嘻嘻地浑不在意,他可以杀掉自己欣赏的人,也可以赏给讨厌的人一顶大大的乌纱帽。可是,最终他是大汉的开国皇帝。"

李鸿章这番感慨有些离题太远,两个人又回到琉球的问题上。说到琉球的解决办法,李鸿章赞同总理衙门的意见,把琉球南部两个岛接收下来,再交给琉球国王,让他保住琉球国。

"这绝对不行。日本占据大清的琉球,又拿两个本属于大清的小岛来换内地通商、最惠国待遇等权利,算计得也太精了。而且,琉球原有三十六岛,北部九岛、中部十一岛、南部十六岛,中岛物产较多,南岛贫瘠僻隘。如今琉球国王据有三十六岛都将被日本吞并,只有两个偏僻荒岛,如何能保得住国?中堂不要赞同这样的意见,否则定然留下骂名!"

张佩纶竟然对琉球有三十六岛以及南部贫瘠僻隘的详情都张口即来，令李鸿章不胜惊讶，他赞道："幼樵竟然对琉球知之颇深，佩服之至。"

"中堂不要以为清流只会高谈阔论。我岳丈家中藏书颇丰，近年日本屡在琉球生事，我就有意找了些书来看。尽信书不如无书，是否确实我也无从核对，不过，只凭两岛就想让琉球自立，断然不可能。"

"有道理，那幼樵有何高见？"李鸿章点了点头。

"一个字，拖！"张佩纶大声道。

"愿闻其详。"

这时听得外面轻快的脚步声，仆役在外面高喊道："大小姐到。"

大小姐就是李鸿章的女儿李菊耦，曾抢白得张佩纶无话可说。刚才还在慷慨激昂的张佩纶脸色大变，立即噤声。

真是一物降一物。李鸿章心里忍不住要笑。

这时李菊耦领着李馨如进来了，她看到张佩纶穿着孝服，立即整肃行了一个万福："张大人有孝在身，请您节哀。"年仅十余岁的李馨如也随着行礼。

李鸿章为两个晚辈的礼仪周到满意，和蔼地说道："告诉你娘，我不回去吃饭了。"

等两个人走了，李鸿章又道："幼樵接着说。"

张佩纶继续建议道："如今与俄国又起争执，中枢自然无暇顾及琉球，此时答应日本当然不合适，拒绝日本难免留下口实。不妨先寻理由拖而不决，看将来中俄交涉结果再作计较。而且琉球交涉摆在那里，也可促进北洋海防建设。如今西有俄罗斯，东有日本，两国皆可从海上逼我，正是大办海防的最好由头，大人当善加利用。"

"幼樵真高见也。岂止海防，铁甲、铁路和电报，这三项梦寐以求的洋务事业，我当借此伊犁、琉球争端，设法次第兴办。"李鸿章高兴得一拍桌子。

"铁路一项，京中反对的人太多，要办铁路，恐怕要从边关入手。西域为首，关东次之，漠北又次之，其地旷人稀，事前无绅民阻挠，又无庐舍坟墓窒碍，一旦开通，不但运兵神速，商旅也可得火车之利，避免跋涉风霜之苦，边境有效，然后推行腹地，事半功倍。"张佩纶又献计。

在数千里之外的边关兴办铁路，李鸿章心里摇头，但先在偏僻之地兴办有效，再推而广之，却是个不错的主意。他赞同道："幼樵高见。唐景星正在你家乡筹办开平煤矿,我想是否可以方便运煤的理由,先建一段铁路,待有成效,再延至天津。"

"当年英国人在吴淞瞒天过海建铁路,中堂也可行此计,先不必奏请,待生米做成熟饭,心愿反而容易达成。"

李鸿章哈哈一笑,拍着张佩纶的肩膀道:"想不到鼎鼎大名的清流干将,也懂得变通。"

张佩纶也是微笑一应:"我也想不到洋务巨擘的李中堂,也像清流一样容易冲动激昂。"

"只顾说话,把正事忘了。"李鸿章醒悟在丁忧的人面前这样谈笑风生,有失庄重,他从袖中取出一张银票递给张佩纶,"幼樵,你眼下开销大,我借你点银子先用着,何时方便,再还我。"

穷翰林就怕遇丁忧,因为一丁忧不但没了薪俸,而且营葬等又需一笔大开销。张佩纶知道李鸿章所谓"借"是为让他面子好看,他名声很响但是囊中极涩,好借不好还。他并不推辞,打开一看却是一千两,便道:"我这穷翰林,只怕有借无还。可是千两之数实在太多,不敢安然受之。"

李鸿章解释道:"实话对你说,这也是高阳的意思。不久前我接到高阳相国私信,托付我加意相待。"

高阳相国是指慈禧的红人、军机大臣、总理衙门大臣李鸿藻,人称的清流领袖,他是直隶高阳人,此时也在籍丁母忧。他是张佩纶的座师,竟然托李鸿章关照,这让张佩纶有些惊讶。他惊讶的不是李鸿藻对他的关切,而是没想到不喜谈洋务的高阳相国同洋务首领李鸿章竟然私交甚好。

"高阳相国是真君子,他不喜洋务,是因为对洋务不了解之故。不像有的人,反对洋务是博清誉沽名。虽然政见不同,但我对高阳相国也是敬重得很,并不像外人所传,我们二人水火不容。正如你这清流干将,不也是洋务好手吗?本来清流就不该与洋务对立。清流清流,激浊扬清才是清流,不惧高官显贵,对一切贪腐营私、枉法害民之辈横扫于笔端,当是清流的本分。哪里有清流必反洋务之说?"李鸿章感慨而谈。

中午,李鸿章备素席一桌,亲自陪张佩纶。席间两人依然谈兴颇浓,他对海防也有见地,认为北洋海防应当把烟台、旅顺口和大沽口一体兴建。辽东和胶东半岛如伸出的手臂,将京津护佑怀中,旅顺、烟台为指端,是北洋的第一道防线,大沽则是京津锁钥。至于电报,张佩纶以为崇厚误国之事可资利用,因为如果津沪之间已通电报,那么只需两天电报就能到达俄罗斯,就不会有文报往来半月有余而误事。

李鸿章深感受教,对张佩纶真是刮目相看,所以诚心邀请他营葬好老母后能够屈就北洋幕府。当然,这也是为张佩纶谋一份养家糊口的出路。

张佩纶却推辞道:"中堂美意心领了,我如今已是清流,只能一清到底,不能留下口实让人笑骂。"丁忧期间不闻公事,虽然近年来多有变通,但清流以道德标榜,不能不特别克己。

"幼樵对洋务颇上心,何不借此机会对炮舰做一番考察?"李鸿章托赫德从英国订购的四艘蚊子船镇南、镇北、镇东、镇西还有几天就要到天津,他希望张佩纶能够再等几日,一起去验收。于是,他这样邀请张佩纶。

"归心似箭,实在没有心情,请中堂体谅。"

张佩纶南下五天后,镇字号四艘炮舰到了天津大沽口,李鸿章率领天津海关道郑藻如、天津税务司德璀琳、赫政以及丁汝昌等人前往验收。

这四艘蚊子船是为南洋订购,名字也是沈葆桢提前取好的。然而李鸿章耍了个小聪明,当时订合同时约明到天津大沽由他亲自验收,而不是就近直泊南洋。他怕中间被南洋截留,派江海关税务司赫政(赫德的弟弟)提前到广东迎接,确保按合同驶到大沽口。

他亲自登上镇北舰,由率舰前来的英国人琅威理介绍炮舰的性能。

镇字四舰排水量比前四舰增加 10 吨,达到 430 吨,舰长 38.1 米,宽8.84 米,吃水 2.9 米,功率 450 匹马力,航速 10 节。琅威理和金登干吸收前四舰的教训,与造船厂反复争论,在外形上进行了四处较大的改进。一是在主炮防护围壁上方敷设一块薄钢板和防波板,以便任何时候火炮都能处于遮蔽中,不怕风吹雨淋;二是将军舰的舷墙全部增高 2 英尺,既可以在航行时防浪,也能在战时对水手起到保护作用;三是将原本露天的舰艉甲板,用硬质的顶棚遮护,可以免除在倒车航行时甲板上浪,外形上颇有几分中国江南水乡乌篷船的神韵。而最大的改进,则是舰炮不再是 12.5 寸火炮,而改成口径 11 寸阿姆斯特朗火炮。

李鸿章禁不住皱起眉头,炮小了,威力必然减小,琅威理连忙解释:"中堂大人不必忧虑,炮弹的威力并非完全由炮弹的大小决定,还取决于推进炮弹的火药多少。火炮的口径虽然变小了,但是由于结构的改进和发射药量的加大,火力远比老式的大口径火炮更加猛烈有力。同时,新式火炮的重量较老式火炮轻,整艘舰船因重量减轻而航速得以提高,从原来的 9 节提到 10 节。"

为了打消李鸿章的疑虑,琅威理取出《泰晤士报》,四艘炮舰从英国起程时记者做了长文报道,认为这些军舰装备的火炮威力惊人,超过当时英国所有舰上火炮,"中国人作此突然的冒险一跳,已经跳到我们前面去了"。

李鸿章仍然不能完全释疑,于是镇北和龙骧两舰各开炮试验,听声音镇北舰更加威猛,而检验炮弹在海滩上炸出的弹坑,果然不相上下。李鸿章很满意,而且对琅威理印象不错,便让郑藻如问他是否愿意留下来做教习。琅威理说他要完全听命于赫德。

李鸿章对当年李泰国舰队的教训记忆深刻, 最担心的就是洋人染指舰队的指挥权。赫德已经流露出这样的意思,李鸿章心生警惕,暂不考虑洋教习的事情。

当天李鸿章上奏验收情况,并说明此四舰留在北洋,而将此前的四舰派归南洋。随奏折同时附《奏留丁汝昌片》,请朝廷批准将记名提督丁汝昌留在北洋以供差遣,并随舰学习。其实李鸿章的意图很容易猜透,他是想将丁汝昌培养为未来的北洋水师统领。

丁汝昌是李鸿章的安徽老乡,当年他投奔太平军,是程学启的先锋官。后来随程学启一起投了官军,李鸿章率淮军入上海时,便跟随程学启到了上海。他作战勇敢,被铭军统领刘铭传看中,出任铭军马队统领。到平定捻军后,丁汝昌以军功授总兵,加提督衔,赠协勇巴图鲁勇号。因为战事结束,朝廷决定裁军节饷,铭军决定裁撤马队。于是丁汝昌上书刘铭传,反对裁撤。刘铭传最恨部下不听将令,他决定杀鸡儆猴,想以商讨马队去留为名斩杀丁汝昌。刘铭传营务处有一位文案受恩于丁汝昌,于是冒险设法通知。丁汝昌连夜策马逃回家乡,这才避免一场杀身之祸。

丁汝昌罢职归田,闷闷不乐,其妻魏氏出身书香门第,颇有见识,安慰道:"家有薄田数亩,足以饱腹,大丈夫建功立业,自有时也,姑待之。"

家居数年,后来听说李鸿章兼着北洋大臣,还筹建北洋海防,就前往天津投靠。没想到听他讲过与刘铭传的过节后, 李鸿章用合肥话骂道:"弄妈的,一个大男人要杀就杀,要砍就砍,临阵逃跑算哄个男人!"然后拂袖而去。

丁汝昌自讨没趣,垂头丧气准备卷铺盖回家。李鸿章的贴身长随也是巢县人,看在老乡面子上给丁汝昌透露玄机:"丁提督,亏你还是跟着中堂打过天下的,中堂要是骂谁,谁就要有好事了。"

丁汝昌闻言不解。

长随给他解释个中原因:"如果中堂看不入眼的人,就会夸赞几句,但十有八九得不到差使,勉强得到了也是费力不讨好。他看重的人,肯定要骂,让你下不来台,为的是看看这人能不能忍辱负重,有没有韧性。血气方刚,赌气跑掉的人中堂绝不再用。"

丁汝昌如梦方醒,不但没走,逢五逢十衙参的日子,他必定早早赶去站班,李鸿章就像没看到他,连理也不理。这么苦熬了一个月,有一天李鸿章道:"雨亭,散了后到我屋里坐坐。"丁汝昌欢天喜地去花厅等着。

李鸿章问道:"雨亭吃了这个把月的闭门羹,怎么还待在这里,没跑回家去?"

丁汝昌立即回道:"当年跟着大帅打长毛,大帅要我们的脑袋也要立即奉上,大帅骂几句都受不了,还能成得了哄个事?"

李鸿章赞道:"好,能忍辱负重才是真爷们。当年你与省三弄得不痛快,不好再放你到淮军里了。我正在筹建水师,你就留下来吧。"

第十五章

总司海防成泡影　借势创办电报局

　　阴历二月中旬,李鸿章刚由保定回驻天津,天津海关税务司德国人德璀琳就来请见,说有要事报告。德璀琳是总督府的常客,巡捕立即前去禀报,李鸿章传话请他到签押房。

　　当年李鸿章到烟台与威妥玛谈判, 德璀琳一路上非常殷勤且出了不少主意,得到赏识。后来赫德提出试办华洋书信局,李鸿章便极力推荐德璀琳帮办。由于赫德代表大清参加巴黎的万国博览会的同时回国探亲,前后时间将近一年,创办书信局的事情便由德璀琳完全承担下来。李鸿章鼓励他道:"你用这大半年的时间好好办理,这正是你出头的时机。"

　　德璀琳办得相当不错, 他利用海关掌管进出口税的优势, 与轮船招商局、怡和、太古等轮船公司商定免费优先带运海关邮件,又通过李鸿章下令北洋军舰也免费捎带邮件。因为天津、烟台、营口三个港口冬季封冻,轮船不能航行,德璀琳又组织骑差负责北京、天津、山海关、营口、烟台间的陆路邮递。而且在试办几个月后,就由北洋三个口岸向所有海关口岸推行,等赫德回到中国的时候,德璀琳在邮政建设上已经取得了令人惊讶的成就,不但各海关、总理衙门的信件由书信局承运,而且已经开始发行邮票,承接民间信件的邮递。海关总税务司下设邮政司,原来是德璀琳兼署,因为德璀琳办理得太好,赫德反而起了戒心,有意让别人兼理邮政。德璀琳今天前来,就是希望李鸿章能够通过总理衙门,推荐他继续兼任邮政司。李鸿章一口答应,说他会给总理衙门主事的大臣董恂写信,让他与赫德交涉。

"大人,有件事情不知您是否感兴趣?"德璀琳显然有机密相告。

"哦,你这样问,必定是我感兴趣的事情。你别卖关子,说来我听听。"李鸿章笑道。

"总税务司向总理衙门提交了一个秘密建议,要成立总海防司,将来南北洋的海防经费要由总海防司一手经理,海军购买舰船、发展规划也要由总海防司负责。"德璀琳神秘道。

"二赤又犯了当年李泰国的毛病。"李鸿章立即警觉起来,他私下里经常称赫德为二赤。赫德很聪明,很懂得给大清官员面子,但心地有时不免过于阴鸷,李鸿章对他又欣赏又提防,"这个总海防司他计划怎么运作?"

"他的意思是南北洋各设一支舰队,各由一名海防司统领,这两名海防司直接对总海防司负责。他兼任总海防司,听命于南北洋两大宪。"德璀琳道。

"二赤好算盘,名义上是南北洋大臣指挥他,实际两支舰队都由他指挥,他就成了大清舰队的总统领。不过他不要欺大清无人,他这点小计谋,总理衙门大臣一眼就会看穿。"李鸿章立即看出赫德的阴鸷用心。

"不,听他的意思,总理衙门已经呈递给皇太后,很有可能获得通过。这件事是由新入总理衙门的李军机接手。这个计划大约一过了年就开始实施,我昨天向总税务司报告邮政工作,他很得意地向我炫耀。我觉得事关重大,所以特来向大人报告。此前大人没得到任何消息吗?"德璀琳又透露了许多情节。

李鸿章的确是一点消息也没有得到。此前沈桂芬、董恂主持总理衙门,大政总是先咨询疆臣尤其是他这个北洋大臣。可因为崇厚丧权辱国,连同举主沈桂芬一起受到清议的猛烈指责,沈桂芬年前就病了,请假三月。他请了假,丁忧期满复入军机和总理衙门的李鸿藻便在总理衙门一言九鼎。李鸿章明白,毛病一定出在李鸿藻身上,他对洋务并不内行又固执己见,很容易被赫德蒙蔽。他又不肯循例请南北洋会商,直接把事情上奏了。而两宫又因为慈禧自去年冬天就病着,一直是慈安一宫听政。慈安对政务不甚了了,当然也难以看出这其中的问题。

这个消息对李鸿章来说非常重要,在赫德身边培植德璀琳是一招妙棋,果然不负所望,应当对他有所酬庸。李鸿章立即想到了一件可以托付给德璀琳名利兼收的差使:"北洋目前已经有蚊子船六艘, 还有两艘碰快船马上就到,将来还要购铁甲舰,大沽码头水浅,必须新建码头便于大舰驻泊,这件差使我想劳你大驾,不知你是否有信心胜任?"

"大人放心,我从德国请技师前来,肯定不让大人失望。"德璀琳喜出望外。

"好,这件事就拜托你,我很快下札子。具体事情你随时和郑观察商议,有困难解决不了,可随时找我。"

德璀琳又立即建议:"大人购铁甲舰的设想非常高明,必须尽早实施。"

李鸿章叹了口气:"只怕很难。赫德说蚊子船和碰快船是铁甲舰克星,所以朝廷的意思,既然有了蚊子船足以对付铁甲舰,又何必再费巨帑购铁甲。"

"蚊子船能克铁甲舰,只是军火商糊弄人的卖点。我与德国海军朋友商讨过,蚊子船虽然炮火猛烈,但船身太小,航速又慢,根本无法出远海作战,其实只能算水上炮台,比陆上炮台唯一的好处就是可以移动。这种水上炮台用来帮助守卫海口还可以,怎么可以与铁甲舰相提并论?如果以为有几艘蚊子船就可以对付得了铁甲舰,就可以不必购买铁甲舰,那是大错特错。如果真是这样,那各国为什么还要大造铁甲?"德璀琳指出了蚊子船的弱点,随后又反问道。

是啊, 如果蚊子船真的能够对付得了铁甲舰, 各国为什么还要造铁甲舰?李鸿章不愿承认自己可能中了赫德的圈套,便道:"我朝搞海防,只要能抵御铁甲舰入侵海口就行了,并未想到大洋上与别人争雄。"

德璀琳耐烦地解释道:"沿海各口只想用炮台来守是守不住的, 尤其是中国海岸线近万公里,靠炮台如何能够守得住?必须有海军能在大洋上取得制海权,才是海防牢固的根本大计。美国海军有位将军专门论述制海权,不妨让人翻译过来,请大人参阅。"

"制海权,我倒是第一次听说,顾名思义是控制海洋的权力吧?"李鸿章问道。

"大体差不多。一个国家的海军,必须控制海洋为我所用,才能最终保护自己的陆上疆土。"

李鸿章听了摇了摇头道:"海洋何其大,如何能够控制得了?我们造船也罢买舰也罢, 本来就没打算驰骋域外, 如果能够防敌兵从沿海登岸就不错了。与人海上争雄,财力不许,也没必要。"

"大人说得当然有道理,可是要防敌兵沿海登岸,中国海岸线如此之长,没有可在海上驰骋的铁甲舰,任由人家在沿海航行,光靠几艘炮船恐怕不成。"见李鸿章不认同自己的观点,德璀琳不得已退而求其次。

"这个自然,铁甲舰是非购不可。"

德璀琳刚告辞,薛福成就来了。去年他母亲去世,薛福成回籍葬母,按规矩应当守制三年,可李鸿章一催再催,他只好提前回来了。薛家三兄弟,老大薛福辰是山东泰武临道台,在家安心守制,老二薛福保在四川丁宝桢幕中,老三薛福成在李鸿章幕中,都被幕主提前催回,因此饱受诟病,被乡邻讥为"不肖子孙"。

李鸿章安慰道:"就是朝廷大员,也有夺情复出的规矩,你在我北洋幕中,我召你回来便是夺情复出,并非你有意违制,乡间村夫怎么知道我北洋事繁任巨?不必去理会他们。有一件事情,你先考虑一下。"他要薛福成考虑的,就是赫德献计总理衙门设总海防司的事情,如果朝廷批准了,那该如何挽回?

真是怕什么来什么,第二天李鸿章就收到了总理衙门的函,赫德请设总海防司一事,已经旨准,请南北洋考虑推荐海防司的人选,并附有赫德的总海防司章程。李鸿章连连叹息,只怕大清海军尚未成军就被赫德操控。朝廷已经旨准,这该如何挽回?两江总督、南洋通商大臣沈葆桢已经于年前去世,新任的两江总督兼南洋大臣刘坤一是湘系宿将,因为一直在闭塞的江西任职,对李鸿章等人的"师夷长技以自强"大不以为然,他在给李鸿章的信中曾说:"为政之道,要在正本清源。师洋夷之枪炮舰船,徒废心力。国朝良法美意,均有成规,因其旧而新之,循其名而实之,实不宜侈言更张。"他年前出任两江总督,上任第一件事就是整顿招商局,声称要把贪污蠹吏赶出去,矛头直指盛宣怀。这样的人,李鸿章如何和他商议大计?如果李鸿章往东,他赌气偏要往西,岂不坏了大事?

李鸿章想来想去不得要领,心想求人不如求己,还是与自己的幕僚们密商再说。于是,他打发人把总理衙门的函连同赫德的海防司章程抄数份,一份给薛福成,其他几份送给几位心腹幕僚,让他们商议办法。

此事实在非同小可,隔一天,李鸿章就召集几个心腹商议。有人说,南北洋大臣可以上折,反对设立海防司。可已经旨准的事情上折反对,岂不是抗旨不遵?有人说,南北洋可以目前没有合适的海防司人选为由,先拖拖再说。可拖得了初一拖不过十五,总不能一直拖下去,那样岂不影响海防大计? 大家七嘴八舌,主意不少,但可行的没有。薛福成一直没有说话,李鸿章便问道:"叔耘,你一直没说话,怎么想?"

薛福成另辟蹊径道:"这件事情实在难办,大家想了这么多办法都不成,我也没有好办法。不过,咱们没有办法阻止,能不能让赫德自己请辞?"

"让他自己请辞?他处心积虑弄到的总海防司,怎么可能请辞?"李鸿章一脸的不明白。

薛福成笑道:"赫德的成就在海关,海关总税务司是名利双收的差使。如果让赫德在两个总司职位中选,他肯定舍不得总税务司。"

闻言,大家都恍然大悟,李鸿章道:"你的意思是不让赫德兼总海防司,而是在总税务司与总海防司中选其一。妙! 妙极了! "

"是。我看了总海防司章程和总理衙门的函,只说设总海防司,并没说非要总税务司来兼职。如果以总海防司职司繁重,必须专责其一,那样既不违背旨意,赫德也无话可说,我想,他就会提出不再担任总海防司一职,他的算盘就落空了。"

薛福成在李鸿章幕府一直以文笔见长,没想到对世事人情也如此洞明练达,在座众人无不刮目相看。李鸿章从善如流,亲自给李鸿藻写信,提醒他如果赫德兼任总海防司,水师的大权有可能旁落,贻害无穷。同时又给恭亲王写信,请他设法转圜。李鸿藻看了李鸿章的信,惊出一身冷汗,如果赫德计谋得逞,海军操之洋人之手,他这清流领袖如何面对天下悠悠之口和清议刀剑般的笔锋?他亲自去找恭亲王,商量转圜的办法:"不是李少荃提醒,我也没想到赫德的办法暗藏机锋。如果真让他得逞,南北洋大臣要通过他才能指挥得动海洋水师,赫某人不就成了我大清的海军提督?他的心思其实与当年的李泰国如出一辙。李少荃说得不错,李泰国是一只张牙舞爪的狼,赫某人则是一只披着羊皮的狼。"

"赫德未必有那样的用心,他也许只想海防要统一事权。不过你和少荃的担心并非多余,眼下的关键就是如何让大家都下得了台。"恭亲王对赫德一直有好感,倚之为臂膀。

李鸿藻说了李鸿章的办法,恭亲王点头道:"也只有这样了,兰荪就再辛苦一番,亲自把这件事料理清楚。"

"事情因我未加细究而起,我当然要负责到底。"李鸿藻倒是不推脱责任。

总理衙门向总税务司正式行文,赫德果然放弃了总海防司的兼职,此事便不了了之。李鸿藻去了一块心病,专门写信给李鸿章表达谢意。李鸿章又亲自复信,向李鸿藻暗送秋波,表示这是他北洋大臣的职责,以后自己洋务上的事定然及时与总理衙门相商,言外之意也是希望李鸿藻能多听听他这北洋大臣的意见。毕竟李鸿藻从前对洋务不以为然,如今兼着总理衙门大臣,不能不用心学习。

这时,驻德公使李凤苞给李鸿章发来密信,说英国有两艘从土耳其订造的铁甲舰有意对外转让,机会难得,请他说动朝廷尽快买下来。而此时因为朝廷正式下旨定崇厚斩监候的罪名,俄罗斯驻华公使布策人为愤怒,以下旗回国相威胁,而且向中俄边境集结军队,黑海舰队也向沿海赶来。朝廷在清流的鼓动下不肯让步,因此中俄必有一战的说法甚嚣尘上。西北尚有左宗棠,可是沿海靠什么来御敌?南北洋只有八艘蚊子船,其他则是福州船政局、江南制造总局制造的木壳兵轮,如何能够抵御俄罗斯的铁甲船?而狡诈的日本又趁机在琉球问题上做文章,连从前要让出南部两岛也不答应了。恭亲王给李鸿章写信让他加强海防,李鸿章则抓住机会上奏先购铁甲船两艘。

要说动朝廷并不容易,近年新买的蚊子船号称铁甲克星,干吗非买铁甲?李鸿章在奏折中说"蚊子船则为守港利器,如赫德所购者,炮位较大,在浅水处亦能轰坏铁甲也。然而南北洋滨海数千里,口岸丛杂,不能处处设防,必购置铁甲等船,练成数军,决胜海上,乃能以战为守。中国虽不为穷兵海外之计,但期战守可恃,藩篱可固,亦必有铁甲船数只游弋大洋,始足以遮护南北各口,而建威销萌,为国家立不拔之基"。

大清必须购买铁甲,光李鸿章自说自话当然不行,日本的侵略、俄国的威胁便是迫在眉睫的原因:"近来日本有铁甲三艘,遽敢藐视中国,耀武海滨,至有台湾之役、琉球之废。俄国因伊犁改约一事,迭据探报,添派兵船多只来华,内有大铁甲两船,吨数甚重,被甲甚厚,无非挟彼之所有,以凌我之所无,意殊叵测。彼既挟所有以相凌侮,我亦当觅所无以求自强。前李凤苞来函谓,无铁甲以为坐镇,无快船以为迎敌,专恃蚊船,一击不中,束手受困。洋监督日意格条议,亦谓:'能与铁甲船敌者,唯铁甲船。故邻有铁甲,我不可无。若仅恃数号蚊船,东洋铁甲往来驶扰,无可驰援,必至误事。'"

然后说英国有两艘铁甲舰要卖,是个绝好的机会,"两船实价共英银五十四万三千三百八十镑,合中国银两核计两百余万两。询之出洋学生刘步蟾等,据称在英时曾上该船阅过,甚为坚固合式。若机会一失,中国永无购铁甲之日,即永无自强之日,殊属可惜"。

那么购买两舰钱从哪里来? 李鸿章先打福建的主意,"福建已先后奏明定购蚊船四只、碰船两只,共约需实价银一百三十万两,似可暂缓购置,即以此款先买铁甲一号"。另一只铁甲,他则打轮船招商局官款的主意,当初购并旗昌时,通过沈葆桢借了官款近百万两,今年下半年就到了归还的日期,李鸿章奏请朝廷这笔款不必还了,拿来购买铁甲舰,"各省拨借轮船招商局官款多属闲款,其缴还之多少、有无,无关紧要,应请酌提招商局三届还款约一百万两,抵做订造铁甲之需,于军国大计裨益匪浅"。

除了购舰费用,还有人才问题,李鸿章也提出自己的意见,"而造就人才,尤为急务。管驾、军火、帆缆、机器及管事舵水等人,亟宜由练船学堂认真教导挑选,源源济用,万不可以游手充额"。他提出北洋要建水师学堂,"经费由北洋海防经费内开支。拟设驾驶、管轮两科,驾驶专习管驾轮船,管轮专习管理轮机。开设英文、算学、几何、代数、三角、重学、天文、舆地、测量、驾驶、化学、格致等课程,兼习经史文义,训演外国水师操法"。

李鸿章抓的时机好,奏折一上,清议无一反对,朝廷立即批准。他是高兴了,户部和江浙等省无不愤恨难平,尤其是各省的官款,当初说明是借给招商局,且按年付息,如今被李鸿章一个奏折收入囊中,真个是血本无归。然而上谕已颁,大家只有骂李鸿章吃人不吐骨头聊解心头之恨。

其实打招商局官款的主意,全是盛宣怀支的招。

盛宣怀到天津已经有些日子了,因为刘坤一严参他在购买旗昌中营私舞弊,轮船招商局会办一职不宜再挂。而湖北办矿也以失败告终,虽然勘探出了当阳煤矿和大冶铁矿,然而无论是运煤还是运铁都成本太高。按郭师敦的建议,如果修一条铁路把煤运出来,定能降低成本有利可图,然而机器开采以及修筑铁路要花费五十余万两,无论李鸿章还是李瀚章,都表示无此财力,只能让盛宣怀招商办理。但盛宣怀商场人脉有限,招不到商股,只能宣布停产,他自己赔进去两万余两。当初他向李鸿章汇报得天花乱坠,结果如此收场,受到李鸿章严厉训斥。他当然不能失去靠山,见李鸿章为购舰无款而懊恼,便绞尽脑汁想办法。他当过轮船招商局的会办,对轮船招商局官款的来龙去脉十分清楚,把各省官款划归北洋购舰的主意的确十分巧妙,足以弥补办矿的过失,李鸿章也不愿自断臂膀,因此对盛宣怀倚重如一。

这天,水雷学堂向李鸿章禀报,说从大沽到水雷学堂的电报发报成功,请他前去检视。李鸿章很高兴,叫盛宣怀一起去瞧热闹。

水雷学堂设在天津机器局内,是光绪二年李鸿章奏请设立,招收聪颖少年入学堂,并请外国教员教授水雷制作技术。去年李鸿章又令他们开设电报科,学习收发电报,并在学堂内试办了电报。今年则让他们试办从大沽炮台到天津城的电报,历时半年,架设完成。

李鸿章仪仗赫赫,水雷学堂也是进行精心准备。学堂师生在门外列队迎接,然后簇拥着李鸿章进了电报房。电报房容不下这么多随行人员,除了学堂的洋老师、发报的学生,再就是学堂总教习、盛宣怀等人。

总教习向李鸿章汇报道:"按照中堂的吩咐,这段电报从大沽炮台直接接进学堂,总距离四十五华里。经连续三天试验,收发电报一切如常。"

"好得很,怎么测试你说了算。"李鸿章满脸笑容。

总教习建议道:"中堂可以命令某个炮台报告海面情况。"

李鸿章此时还有些不太相信,便顺口说道:"那就让大沽二号炮台先报告谁在当值。"

两位学生"嘀嘀嗒嗒"按了一通,再过一会儿,又是"嘀嘀嗒嗒"一通,将来电译了呈给李鸿章,上面写道——

　　天津李中堂:钧令已收到,现镇守大沽炮台副将赵承恩当值谨禀。光绪七年五月二十日上午十时十分。

李鸿章又惊讶又兴奋,跟总教习开玩笑道:"这么快就有回音,该不是你事先安排好的吧?"

总教习拱手道:"卑职哪敢欺骗中堂,中堂可以再让赵副将报告一下海面情况。"

李鸿章闻言点了点头。过了十来分钟,电文传回,内容是——

    天津李中堂:现将大沽炮台海面情形报告如下:口外平静无事,水面泊英、法军舰共三艘,态度尚友好。有舢板两只,前为洋轮供淡水菜蔬,请中堂示下。

          镇守大沽炮台副将赵承恩谨禀。
          光绪七年五月二十日上午十时三十五分。

"果然是神速!"李鸿章发出由衷的赞叹。

总教习又建议道:"中堂也可命令炮台开炮,天津城里能听得见炮声。"

李鸿章从怀里掏出一块打簧金表, 看了看吩咐道:"就让大沽一号炮台于十时四十五分发炮,限弹五发。"

电报发毕,离发炮时间还有四五分钟,谁也不说话,等着东边炮响,屋里静得只有西洋钟的嘀嗒声。时针已经过了四十五分,但没有炮响,大家都狐疑地你看我我看你。电报学堂学生耳朵尖,说道:"大人您听,炮声。"

大家仔细一听,果然炮声不断,数一数,正是五响。

李鸿章叹道:"电报技术真是神奇无比,数十里情形一问可知,简直是有了千里眼、顺风耳!坐在屋中,就可指挥千百里外的战事,这才真正是'运筹帷幄之中,决胜千里之外',这在从前,真是连想也不敢想的事情。"

测试完电报,又演示水雷。总教习向李鸿章报告,说水雷学堂能够制造最先进的水雷,包括重五百磅的触雷、一千磅的沉雷和一百五十磅到七百磅之间的撞雷。而且制造水雷的能力也提高许多,前年造了四十九枚,去年造了一百九十枚,今年上半年,就已经造了两百余枚,多次到海边演示,效果非常好。

学堂里做演示的地方是一个不太大的水塘, 因此选了一颗最小的一百五十磅的撞雷。水雷布好后,由七八名学生在岸边远远牵着一只小木船向前行驶,在碰到水雷的瞬间,轰然一声巨响,激起几米高的水花,木船被炸得粉碎,碎片纷纷,险些砸中院子里的人,就连水雷学堂的师生都没想到威力竟然如此巨大。

　　总教习请李鸿章训话，他很高兴地答应了："训话不必了，看到这些年轻的娃娃，我倒是真想和他们说说话。"

　　学生们整齐地站在操场里，在北面的石阶上，摆下一张太师椅，李鸿章坐了下去，威严的目光巡视一周，学生们都鸦雀无声。他大声道："娃娃们，你们真是年轻啊！你们比我强啊，我在你们这个年纪时，还闷在私塾里读八股文呢！可是你们会造水雷，会发电报，了不起啊！我听说洋人讲演，喜欢站着讲，听讲的人却是都坐着，据说这样可以少说废话。我今天就学一回洋人，站着与你们说话。我听说你们当中的大部分人来自闽粤，还听说北方人都笑话你们不去学八股走正途，偏偏学洋人的奇技淫巧。不要听他们瞎扯，这不是奇技淫巧，这是实实在在的本领，是咱大清最缺少、最有用的本领。他们笑你们不走正途，我告诉你们，将来你们的饭碗比他们的好得多，你们端在手里的是金饭碗！"说到激动处，李鸿章站了起来，一米八的个头看上去无比伟岸。

　　李鸿章真是激动了，一边讲一边在台阶上来回走动："咱大清万里海疆，多少海口需要水雷御敌？旅顺、大沽、烟台、威海、上海、宁波、厦门，你从北往南数下去，这些地方是不是都需要水雷？咱们当然不能全从洋人那里买，要让你们造！你们将来个个要出去当师傅，至少咱们北洋，旅顺、大沽将来都要建水雷学堂，你们学得好，就可以去当教习嘛！"

　　学生们噼里啪啦鼓起掌来，李鸿章更加高兴道："娃娃们，今天看了你们收发电报，我真是很受震撼啊！对，就该是震撼这个词，最能表达我此时的心情。

　　"十几年前，我刚巡抚江苏的时候，就有洋人找我，要架设电报线。那时候我不懂，觉得洋人无非是为了他们自己，所以一口拒绝，我对他们说，电报不适合我们大清。后来洋人又多次要求办电报，朝廷也都不答应。结果他们就在海底铺设电线，在海边弄条船，在上面收发电报，香港到上海，上海到日本的长崎都通了电报，结果方便得很啊！

　　"不管别人怎么说，我觉得电报适合咱大清，咱大清得自己办！咱大清南北万余里，东西万余里，靠驿递传送信息，最远的地方一个月还送不到！要是开通了电报，就是从南边的广州到黑龙江将军府，也用不了一天！这样的好事，我们为什么不办？

"我要上奏朝廷,把电报办起来,先把天津到上海的电报办起来,南北洋之间便如近在咫尺!然后再通到福州、广州,甚至贵州、云南,将来都要开通电报!

"我已经向朝廷奏请,要购买铁甲舰,铁甲、电报,这都是防务最急需的洋务,等咱们大清的铁甲舰在各海口巡游,等电报从南到北从东到西四通八达,咱们的海防、陆防都加强了,咱们就不再受洋人的气了,咱们就直起腰板同他们讲话。娃娃们,我盼着大清富强,我盼着大清海防深固不摇,看着你们这帮年轻娃娃,我更有信心了,咱站起来说话的一天一定会到来!"

下面又是热烈的掌声,经久不息。直到李鸿章已经走下台阶,孩子们还在拼命鼓掌。

回到督署,盛宣怀感慨道:"中堂,您今天讲得真好,娃娃们手都拍肿了。"

"看到年轻人一激动就忘形了,我没说什么出格的话吧?"李鸿章笑道。

对李鸿章的设想,盛宣怀是极力赞同:"没有,尤其您说铁甲电报都办起来后,咱大清海防陆防都深固不摇,我当时都激动得不得了。铁甲舰朝廷总算同意购买了,当前也正是办电报的好时候,俄国人威胁,小倭瓜瓢子也在琉球闹,正如您所说,大清东西南北地广万余里,没有电报怎么行?"

"是啊,电报必须得办。如今津沽电报试验成功,办津沪电报总算有把握了,我准备上奏朝廷。"

"卑职愿效劳,为中堂拿一个草稿。"盛宣怀立即表明了自己的想法。

李鸿章立即明白盛宣怀的用心,想想手头能办这件大事的,盛宣怀还算合适,于是便道:"塞翁失马,焉知祸福。湖北办矿对你算个教训,你能振作起来,还敢再创大业,很好。你还年轻,敢于担当的锐气不要丧失了。眼光要远大,不要只盯在银钱的得失上。杏荪,要办大事,除了有好主意,还要能俯下身子扎扎实实去办理,既不要被别人的花言巧语蒙蔽,也不要被自己蒙蔽。"

"不要被自己蒙蔽",盛宣怀有些不明白了,老老实实道:"请中堂教训。"

"人都希望心想事成,所以办事的时候,不免总是往好处去想,对遇到的问题有意无意地回避,听人说话,也是听喜不听忧。这也是人的本性,无可厚非。可是我们办大事的人要切记,一是要有锐气,有担当,二是要务实、踏实。

所谓务实、踏实,就是办事的时候要把可能的困难尽量想到了,并且要千方百计解决它。一句话吧,就是你认为应当做的事情,一旦开了头,就必须把它做成,一年不成两年,两年不成三年,不要轻言放弃。"

盛宣怀领命,激动得坐卧不宁。轮船招商局他只当了个挂名会办,湖北办煤矿他倒是一言九鼎,可是办砸了,如今他又面临着一个绝好的机会,他必须力争当上电报总办!从天津到上海两千余里,架电报费用不菲,而他实在没有能力招来商股,因此只能官办。而且,电报线沿路跨越直隶、山东、江苏三省,非有官方出面保护不可。但是,如果纯用官款来办,盈亏都归官家,自己就不方便以商股渔利。他会办招商局,已经看出了其中的巧妙,名为官督商办,其实官款的利息却可一拖再拖,一减再减,而商股却按年分红。换句话说,就是把官款的利都入了商股的荷包。唐廷枢、徐润等人有大量商股在里面,招商局股票连连升值,他们都赚得钵满盆满。官督商办的巧妙,就是可以借官势凌商,借商情以瞒官,真正是左右逢源。所以,电报前期应当官办,后期则官督商办。而且电报事关国家安全,不可能像轮船招商局那样可以数家并争,到时候只此一家,岂有不赚的道理?商人们看到能赚钱,盛宣怀再没有人脉,也不愁商股不集!这样畅想将来,他竟然一夜无眠。

第二天起来吃了早餐,盛宣怀仍然精神头十足,他去了一趟水雷学堂,向总教习请教有关电报的事情。总教习约了洋教师英国人恒宁臣和盛宣怀探讨,恒宁臣告诉盛宣怀,其实办电报并不难,一切材料都委托洋商购买,架设线杆也无什么难处,有几个指导,雇一批苦力就完全可以胜任。盛宣怀办事向来讲场面,他在"利顺德"饭店请总教习和恒宁臣。"利顺德"是英国人开的饭店,店名据说取自孟子格言"利顺以德",又说取自英文"兰士颠"的谐音。这个三层的酒店,典型的英吉利风格,门口是红头阿三站门,门内则是大堂经理带着礼仪、门童等数人恭候。当然价格也不菲,即使水雷学堂年薪颇丰的恒宁臣也难得进店消费。一餐饭吃下来,盛宣怀与总教习和恒宁臣已经成了无话不谈的朋友,两人表示将来办电报,定当鼎力相助。

当天晚上,盛宣怀开始起草创办电报的奏稿。盛宣怀本来就有下笔千言的本领,那天晚上又是文思泉涌。从电报的长远意义,到当前的紧迫需要,从军事价值到商务利益,以及先官办、后官督商办,洋洋洒洒写了数千字。第二天早起修改一遍,然后认真誊写清楚,亲自去李鸿章签押房面交。

李鸿章不在签押房,文案室一个专事抄录的告诉他,说中堂去看望扶棺北上的张侍讲了。

"哪位张侍讲?"盛宣怀又问。

"张幼樵佩纶侍讲。"

等到时近中午,李鸿章回来了,一脸忧戚,他看到盛宣怀便问:"杏荪有事吗?"

盛宣怀回道:"卑职起草了一个稿子,请中堂审阅。"

"是办电报的奏稿吧?够快的,一天多就写出来了。"

进了签押房,盛宣怀把稿子递上去,李鸿章翻了翻,看有十几页,就皱了皱眉头道:"这么长,我抽空看一下。"又随手放到一边叹息,"张幼樵真是丰才啬遇。"

科场官场得意的张佩纶,家庭却迭遭变故。他娶了军机章京、藏书大家朱学勤之女,住在朱家,夫妻琴瑟合鸣,小日子很不错,只可惜不到两年,刚过五十的岳父就去世了。真是屋漏偏逢连阴雨,去年老母又去世,他丁忧南下杭州,准备将母亲灵柩运回原籍。可是刚到杭州,妻子又去世了。料理完妻子的丧事,女儿也夭折了,都是突发的恶疾,医家束手无策。于是他一人扶三棺北上。妻子去世,他就没有理由住在朱家,这几年虽然衣食无忧,但在京城却没有自己的房子,搬出朱家,也就意味着从此无家可归。而他还有两个幼小的儿子,只能觍着脸寄养在内弟家中。一想到这一切,他就感到无法排解的凄凉、孤独和无奈。

路过天津,张佩纶连去拜谒李鸿章的心思也打不起来,是李鸿章听到消息,亲自到城外车马店看他,并又赠银五百两。高傲的张佩纶跪在李鸿章面前号啕大哭,让李鸿章也是悲戚不已。他对盛宣怀道:"杏荪,我今天心情不好,没心绪看你的稿子,等我看过了,就叫你。"

隔了一天,李鸿章让人叫盛宣怀去签押房。李鸿章说:"杏荪,向朝廷奏事,不必太花哨,把事情说清楚就行。你的稿子不错,该说的话都想到了,只是说得太多。我改了一下,准备以此稿出奏,你看一下。"

盛宣怀接过李鸿章递过来的稿子,题目是"请设南北洋电报片"。大臣有事上奏,一折只言一事,如果还有小事不足作折,即附别折同奏,称附片。设南北洋电报本是一件大事,李鸿章却以附片上达天听,可见他是有意把大事化小,这就令盛宣怀有些不解。

因为是附片,字数当然不宜太多,开门见山,"再,用兵之道,必以神速为贵。是以泰西各国,于讲求枪炮之外,水路则有快轮船,陆路则有火轮车,以此用兵,飞行绝迹。而数万里海洋欲通军信,则又有电报之法。于是和则以玉帛相亲,战则以兵戎相见,海国如户庭焉。近来俄罗斯、日本国,均效而行之,故由各国以至上海,莫不设立电报,瞬息之间可以互相问答,独中国文书尚恃驿递,虽日行六百里加紧,亦已迟速悬殊。查俄国海线可达上海,旱线可达恰克图,其消息灵捷极矣。即如上年崇厚出使,由俄国电报到上海只需一日,而由上海至京城,现系轮船附寄,尚须六七日到京,如遇海道不通由驿递寄,必以十日为期。上海至京仅两千数百里,较之俄国至上海数万里消息反迟十倍,倘遇用兵之际,彼等外国军信速于中国,利害已判若径庭。且其铁甲等项兵船,在海洋日行千余里,势必声东击西,莫可测度,全赖军报神速,相机调拨。是电报实为防务必需之物"!

盛宣怀不能不佩服,寥寥数语,把电报的作用说得清清楚楚。相比他的洋洋数千言,反倒显得有画蛇添足之嫌。

接下来说的是天津电报学堂试办津沽电报取得成功,"臣上年曾于大沽北塘海口炮台试设电报以达天津,号令各营顷刻响应。从前传递电信犹用洋字,必待翻译而知,今已改用华文,较前更便。如传秘密要事,另立暗号,即经理电线者亦不能知,断无漏泄之虑。现自北洋以至南洋,调兵馈饷,在俱关紧要,亟宜设立电报以通气脉。"创办电报,必然要花钱,朝廷最担心的是银子,李鸿章则把经费问题全揽到北洋头上,反正先把事办了再说,"如由天津陆路循运河以至江北,越长江由镇江达上海,安置旱线即与外国通中国之电线相接,需费不过十数万两,半年可以告成。约计正线支线横亘须有三千余里,沿路分设局栈,常年用费颇繁,拟由臣先于军饷内酌筹垫办,俟办成后仿照轮船招商章程,择公正商董招股集资,俾令分年缴还本银,嗣后即由官督商办,听其自取信资,以充经费。并由臣设立电报学堂,雇用洋人教习中国学生,自行经理,庶几权自我操,持久不敝。"寥寥数语,不但将经费问题说清,而且将盛宣怀最关注的先官办后官督商办也说得明明白白。最后则又说明需要沿途官员多加关照,"如蒙谕允,应请饬下两江总督、江苏巡抚、山东巡抚、漕河总督转行经过地方官,一体照料保护,勿使损坏。臣为防务紧要,反复筹思,所请南北洋设立电报实属有利无弊,附片缕陈伏乞皇太后、皇上圣鉴训示。谨奏"。

盛宣怀看完了,李鸿章问道:"杏荪,你想说的话是不是都清楚了?"

"卑职惭愧,几千字反而不如中堂几百字说得明白。"盛宣怀抹了抹头上的汗。

李鸿章笑了笑道:"我处行文,有话则长,无话则短。你好好上心,如果朝廷批准,就由你来总办。"

"卑职一定竭尽全力,还请中堂随时指点。"盛宣怀按下心头的激动。

李鸿章的奏片递到宫内时,京中形势颇为紧张,因为左宗棠抬棺出征,从肃州去了哈密,就近指挥新疆战事,一副武力收复伊犁的架势。俄国驻华公使到总理衙门抗议,说中国既然已经改派曾纪泽议约,为什么还要如此好战,显然没有诚意。而英、法、美等国纷纷忠告总理衙门不要刺激俄国,若中俄开战,中国必败无疑,而且纷纷要求释放崇厚。而清流们得悉消息,则是纷纷言战。恭亲王只怕大局决裂,弄得不可收拾。

李鸿章的附片夹在《霆军请拨官马折》内入奏,军机大臣们一眼看出,李鸿章是有意轻重颠倒,其意无非是不想惹清议注意。这个附片发下来,交军机妥议。一出宫,李鸿藻就着人找张之洞来,每遇洋务问题,他喜欢向张之洞请教。张之洞虽是清流,但与其他清流不同,对洋务并不一概排斥。这一点与张佩纶很相似,可惜张佩纶丁忧,不闻公事。张佩纶丁忧期间,正是崇厚丧权辱国,清流大加挞伐之时,又加以俄罗斯以出兵威胁,朝廷战和之争又起,清流们很是忙碌, 张之洞连上《边防实效全在得人折》《俄事即可乘善筹抵制折》《会议未尽事宜折》《请饬疆臣详筹改约片》等数道奏折,所论海防、用人各议,多被采用,其风头已经取代张佩纶。

眼睛大、颧骨高、肩背略驼的张之洞一到,门房便小声道:"两岸来了,快去禀报。"

所谓"两岸",是李鸿藻门房恶作剧,"两岸猿声啼不住",暗比张之洞似又瘦又精的"猿"。

李鸿藻自然是快请,他拿出李鸿章请办电报的附片抄件递给张之洞道:"香涛,李少荃要办电报,你看如何,愿闻其详。"

张之洞看罢后道:"应当办!据我所知,电报确实如李中堂所说,是军务所必须。目前俄人正虎视眈眈,更宜大办电报。"

李鸿藻点头,表示他从善如流,又问:"香涛,眼下局势一日紧似一日,俄人铁甲舰正向我沿海而来,你有何高见?"

"不要怕他们,也不要相信英、法等国的说词,他们不过是联手来吓我们,这是他们多年的惯技。"张之洞初生牛犊不怕虎,献议说,"如今中枢太过软弱,应当让硬骨头的人入枢廷参赞军务。"

"清流中嘴巴硬的人不少,可是他们谁有资格入枢廷?"李鸿藻也不知道该举荐谁。

张之洞建议道:"应当请左大帅入京,一则可以参赞军事,二则也可以向俄人以示我敢战的决心。"

"人人都赞左大帅骨头硬,他入枢廷,倒可壮中朝之气。香涛,这件事你来出头,你上折,我到时自然力争。"李鸿藻点头赞同。复入军机以来,他借势清流展布自己的力量,颇为顺手。

隔几天见起,两宫并尊。慈禧自去年冬天身体一直不好,肺热、咳喘、失眠再加脾胃不和,白天畏寒,夜间则又盗汗,御医试了十几个剂却一直不见好转,因此经常是慈安听政。今天两宫并御,显然是有大事要决。

第一项就是关于电报,无论是恭亲王还是李鸿藻,竟然很难得的一致同意。

"也有人反对。"慈安指的反对的人是工科给事中,他认为电报一事可以用于外洋,不可用于中国。

慈禧把他的奏折递给恭亲王,说道:"你们看看他怎么说的。"

"夔石,你嗓子好,你挑要紧的读一下。"恭亲王递给新入军机的王文韶。

王文韶是浙江仁和人,字夔石,是沈桂芬的门生,李鸿藻丁忧后,被沈桂芬力荐入直军机,署兵部侍郎。他资历最浅,读奏折这种事,当然要他来效劳。他也的确有副好嗓子,朗声念道:"铜线之害不可枚举,臣仅就其最大者言之。夫华洋风俗不同,天为之也。洋人知有天主、耶稣,不知有祖先,故凡入其教者,必先自毁其家木主。中国视死如生,千万年未之有改,而体魄所藏为尤重。电线之设,深入地底,横冲直贯,四通八达,地脉既绝,风侵水灌,势所必至,为子孙者心何以安?传曰:'求忠臣必于孝子之门。'借使中国之民不顾祖宗之墓,听其设立铜线,尚安望尊君亲上乎?"

慈安约略明白这个奏折的意思,问道:"他的意思是说,办电报会惊扰了祖宗?"

恭亲王回道:"大体是这个意思。"

慈禧身体不好,肝火旺,大声道:"纯是书生之见,妄自揣测。他怎么知道祖宗怎么想?祖宗看到咱们受洋人欺,也许盼着办电报能有助国防。着毋庸议。"

众军机拱手称诺,恭亲王又道:"张之洞还有一折,请左宗棠回京参赞军务。"

"妹妹你听说了吗?左宗棠出关带了一样东西,真是让人想也想不到,他竟然带了一口棺材。"听到左宗棠的名字,慈安又说了一句。

抬棺出征,以表置生死于外的决心,古已有之。左宗棠在奏折中已经奏明,慈禧当然知道,京中舆论为之振奋,纷纷盛赞。慈禧却不认为这是什么好事,闹得主战论调高扬,朝廷骑虎难下,如何收场?当然,这话她不能说出来,她揉着太阳穴道:"他这是与俄国人闹意气呢。老六,张之洞的建议你怎么看?"

左宗棠惯于自作主张,当年与太平军作战时就是如此,常以将在外军令有所不受自行其是。如果在西北自作主张,与俄国人真开了战,那就没法收拾了,调他回京倒是釜底抽薪的办法,因此立即表示支持:"左宗棠能征善战,调他回京参赞军务,再合适不过。"

慈禧的目光扫到李鸿藻脸上,又问:"李师傅,你的意思呢?"

李鸿藻先是同治的帝师,如今又是光绪的帝师,两朝帝师,慈禧特别优容,称他李师傅。

"臣也赞同调左宗棠入京。"李鸿藻也是十分支持。

无论主和派还是主战派都赞同左宗棠入京,虽然各怀心思,但终归是意见难得的一致。接下来议了几件事,慈禧就有些撑不住了。慈安忙劝道:"你这身子真要好好养养。咳,这些个御医,怎么开不出顶用的方子来。我倒是盼着病的是我。"

这是大实话,这半年多她单独听政,常常不得要领,她累,恭亲王也累。

"姐姐说的什么话,谁都不病才好。养病,养病,总要静才能养,可这个乱糟糟的局面,叫我怎么静得下心来?"慈禧很感激她的好心。

"总得想个办法才好。六爷,你可知道宫外有医术高明的郎中?我看全靠李德立不行!"慈安对此十分上心,又问道。

恭亲王应道:"臣有个建议,可否密谕督抚,举荐民间名医?"

这事必须由慈禧拿主意,因为太后身体欠安,传播于外总不是件好事。不过慈禧也真是对御医失望了,道:"现在顾不得了,若民间有医术好的,不妨请进宫来。"

这件事须立即办理,以示大家对太后圣躬的关注。恭亲王吩咐道:"夔石,你不必回军机了,立即拟份密谕来看。"

王文韶立即退到宫外,太监早就抬出一张案子来,笔墨也都是现成的。这种密谕起草起来比较简单,不必长篇大论,难的是把握分寸。不过这对王文韶来说不必太费思量,很快他就写好誊清,回到殿中递给恭亲王。恭亲王默念道:"谕军机大臣等:现在慈禧端佑康颐昭豫庄诚皇太后圣躬欠安,已逾数月。迭经太医院进方调理,未见确效。外省讲求岐黄,脉理精细者,谅不乏人,着该府尹督抚等,详细延访,如有医理可靠者,无论官绅士民,即派员伴送来京。"

"应当加一条,荐来的名医,要由内务大臣率同太医院堂官详加察看,奏明请旨。"恭亲王这是要对荐来的郎中进行考查,看有无真才实学,也算给太医院一个面子。

"未见确效不妥,改为未见大安。"慈禧太后看罢后道。这也是给太医院留面子,"未见确效"无异于说太医是酒囊饭袋。"未见大安"说明有效,只是差一点而已。王文韶再出殿外,很快改好再次呈阅。

慈禧摇摇手道:"你们发下去吧,不必再看。"

李鸿章接到军机处五百里加急的密谕,自然十分上心。他立即想到一个人,薛福成的哥哥薛福辰。咸丰五年,他已经以举人身份到工部任职,但因为父亲病死,他奔丧回乡,正逢太平天国攻占江南,他又要奉母避难,一拖就是三年,等到他重新回任工部后,在低级职位上居然一做六七年。这样的下僚工作,实在无聊,于是他开始研习医学,广阅医书,竟成名医。他在李鸿章幕府时,衙门中有患病者经常找薛福辰,向来都是药到病除。此时薛福辰丁忧期满,朝廷调他去任广东雷琼道,路途遥远不说,要跨海去海南岛,他视为畏途,正在发愁。李鸿章立即向朝廷举荐,让他进京为太后诊治。

举荐薛福辰的不仅有李鸿章,还有李鸿章的大哥李瀚章,于是军机处立即让李鸿章派人陪同薛福辰进京。薛福辰乘轮船北上,到天津后李鸿章又派心腹幕僚陪他进京,并叮嘱幕僚带好银票一定面交慈禧的总管太监李莲英,让他多加关照。

办完这件大事,李鸿章立即叫盛宣怀前来商讨创办电报的事情。盛宣怀告诉李鸿章,他已经与轮船招商局的会办郑观应通信,希望将来他能会办电报局,为的是借助他在上海商界的力量,便于将来争取商股。李鸿章对此很满意:"杏荪,如果委托郑陶斋现在就召集商股如何?"

盛宣怀一听李鸿章要变卦,连忙劝道:"中堂,万万行不通。因为电报还没办起来,是否盈利商人没有信心,如何肯入股?而且电报地跨三省,地方官听说是商办,必然不肯实力保护,百姓听说是商办,必然百般要挟,好好的一锅米岂不要做成馊饭?目前必须官办,民知官事,不敢妄动;官知国事,不敢不认真巡守。如果完全商办,就是出数倍看守之资,恐怕也无济于事。"

李鸿章想想也是,便点头道:"好,北洋先垫付津沪电报的费用。但丑话说在前头,我给你两年时间,两年之后必须采取官督商办,把北洋垫付的银子还回来。"

"中堂放心,卑职之所以请郑陶斋入局,就是为着将来召集商股。"

李鸿章教训道:"你不要顺口就向我保证,当年你办湖北煤矿,我也说过湖北是你立身之地,你也是拍着胸脯担保。杏荪,不是我指责你,拍胸脯的事情必须过脑子,拍了胸脯就要全力去做才成。"

"中堂您瞧好吧,如果把电报办砸了,卑职从此金盆洗手,回家当个农家翁。卑职已经想好了,购买洋人的电报器材,卑职要采取公开竞标的办法。"

"哦,何为公开竞标?"李鸿章十分好奇。

盛宣怀介绍道:"这是洋人给卑职出的主意,办法就是把几家洋人电报公司请过来,让他们各自报价,互相厮杀,最后从报价最低的那一家来采购。"

"好是好,但如果他的东西价低质次怎么办?"李鸿章觉得里面的原因不简单。

　　盛宣怀解释道:"对于品质要求,事先要定出标准,拿出样品,如果品质不好,就拒绝付款。"

　　"好,你就把全副心思放到电报上。我再提醒你,电报是你安身立命的事业,如果办砸了,不要你说,我北洋从此再无你一席之地。"

第十六章

刘铭传请修铁路　没奈何马拉火车

盛宣怀忙电报,开平矿务局总办唐廷枢则筹划开挖运煤运河。

直隶滦州开平镇(今属唐山市开平区)一带有煤,从明永乐年间就有百姓以土法开采。几年前李鸿章在派盛宣怀赴湖北办矿的同时,又委托唐廷枢负责勘探开平煤矿。因为轮船招商局以及将来的北洋水师都要用煤,而湖北的煤相隔数千里,根本指望不上。唐廷枢聘请英国矿师经过勘探、化验,开平煤不但品质好,而且储量极丰,因此光绪四年就成立了开平矿务局,决定用官督商办的办法经营。

从开平到天津有一百多里路,虽然不是重山叠嶂,但要把煤运出来费用也不低。唐廷枢当时仔细给李鸿章算了一笔账,开平煤矿如果用土法采煤,土法运输,每吨山价(出厂价)合白银二两七钱,加上由开平用牛车运至芦台,再由芦台用小船运至天津,再加上天津脚力银,成本共计五两六钱左右。若轮船买用,又需加税,每吨成本便是六两四钱。如果运到上海与洋煤竞争,又要每吨加水脚一两,成本就达到七两四钱左右。而当时最优质的英国煤在上海时价每吨八两白银,新南煤七两,东洋煤六两,台湾煤四两五钱至五两,因此,开平煤根本没有竞争力。而用西方机器开采,山价只有一两左右,同时筑一条铁路直通大沽,开平到天津的运费每吨也只有一两多,再经轮船运到上海,总成本只需四两左右,不但可以排挤洋煤,而且还有五钱利润。而且招商局的轮船北来捎货,南去运煤,每年十余万两的运煤水脚入账招商局,也是肥水不流外人田。

　　李鸿章对这个计划很满意,尤其是修筑铁路的打算正合他的胃口,他多次上奏修铁路未能获批,如果以运煤的理由把铁路筑起来,这不失为一个好办法。唐廷枢的计划是招商八千股,每股一百两,计八十万两,四十万两用来修筑铁路,另外四十万两用来购买采煤和炼铁机器,因为开平一带也有铁矿。唐廷枢打算煤矿、铁矿同时开,以煤炼铁。

　　可商人们对他这个计划却不看好,因为他出身于怡和洋行买办,对轮船很内行,对煤铁只能算门外汉。他奔走一年多,却只招到商股二十万两,主要是他和徐润本人及亲戚的投资。资金不足,原来的计划只能一减再减,炼铁的计划放弃了,修铁路的计划也放弃了,只保留用洋机器开采煤炭一项,而运煤出山的办法也改为挖一条小运河。

　　"明年上半年唐山一、二号井将先后出煤,产量必将大增,运煤出山已是燃眉之急。卑职每逢大雨便顺着水流察看,又乘马车往返勘查,最终找出了最佳位置,应当从唐山西南的胥各庄,一直挖到芦台镇的阎庄,在这里与涧河汇流。每天上潮的时候,潮水可沿煤河直抵胥各庄下,水深可达二尺,吃水一尺五左右的运煤船航行可保无虞。"唐廷枢拿出一张手绘的地图,为李鸿章讲解煤河计划。

　　李鸿章点头道:"你只要觉得可行,就立即去办。与百姓交涉若遇到难题,可让天津海关道出面,责成地方官帮助解决。估计乡绅百姓不会轻易答应,无非是为一个利字,这些地方多是旗人的田产,种地的是百姓,可都连着京中的旗下大爷,只要不过分,不妨多花点银子。不过,对漫天要价的刁民也不必讲客气。"

　　唐廷枢又道:"郑观察已经两次去过开平,沿途丰润和宁河两县父母官也多次与乡绅会议,已经商定了一个双方都能满意的价钱。高粱地每亩发价二十千文,菜园地每亩发价四十千文。胥各庄附近好地,能种高粱、谷子、棉花者,每亩发价八十千文,其庄前庄后菜园每亩发价一百六十千文。"

　　"具体的价格,你们商议着来。"李鸿章不无遗憾地说道,"未能借机修筑铁路,实在是一大缺憾。"

　　"铁路还是要修,从胥各庄到唐山一号井有十八九里地,因为地势渐高,无法开挖煤河,卑职打算这十几里地先修筑铁路做个样子,将来商股踊跃后,再把铁路修到芦台、天津城。从前中堂几次奏请办铁路朝廷未准,此次是否还要先奏请？"

李鸿章紧抿着嘴唇，想了一会儿说道："先干起来再说，一共只有十几里，要是奏请难免惹来争议，议而不决，反而误事。"

唐廷枢又提醒道："此处也有旗人田产，怕是瞒得了初一，瞒不过十五。"

"当初英国人说是修一条马路，结果地卖给他了，路也准修了，他们却修了条铁路。我看不妨来个'师夷长技'，也修一条'快速马路'如何？"

没想到堂堂直隶总督竟然也会用这种瞒天过海、近于儿戏的手法，唐廷枢有些不以为然，但有李鸿章在面前挡着，他又何必去较真："好，卑职就对外说要修一条快速马路，只是言路上有人参奏，中堂难免会受牵连。"

"我被言官弹劾多了，债多了不愁，虱子多了不痒。"李鸿章毫不在意。

"那卑职回去就着手开挖煤河，要在明年雨季前挖出来。修铁路的钢轨、道钉等也准备与洋人订货，还要聘请洋人工程师帮着修铁路。"唐廷枢是雷厉风行的性格。

正所谓没有不透风的墙，开平煤矿要修铁路的事没过多久就传到了京中，总理衙门来函让李鸿章确切回奏。于是他上奏说，修的是铁路不假，但并没有跑火车的打算，而是准备用骡马拖拉。因为铁轨平整，畜力拖拽要比寻常的木车拉得多且跑得快，因此暂称之为"快速马路"。

总理衙门其实也并不想较真，只要把参奏人的嘴巴堵上也就算了。李鸿章却觉得有些憋气，好好的一件事情却总是不能获准，真是岂有此理。于是他决定再次上奏，要求朝廷大办铁路。不过幕僚们却认为他再上奏并无益处，因为朝野上下人人都知道李中堂热衷于大办铁路，觉得外国人的月亮也比中国的圆。李鸿章想想有道理，现在极力赞同修铁路的封疆大吏不过五六人，但如果有更多的人奏请修铁路，朝廷就不能不考虑。可应该让谁来上奏呢？这时候一个最恰当的人出现了——淮军大将刘铭传。

刘铭传跟随李鸿章平定捻军后，又被朝廷调往西北驻军陕西，听从左宗棠指挥作战。左宗棠是唯我独尊，且对淮军向无好感，而刘铭传也是老子天下第一的脾气，两人无法相处。刘铭传三番五次上奏，说自己旧伤复发，且经常头痛，要求回籍养病，并推荐前陕甘提督曹克忠统率铭军。朝廷给假三个月，谁料刘铭传刚回肥西刘老圩，部众就哗变了，两万余人溃散大半。朝廷大怒，刘铭传、曹克忠都被革职，李鸿章推荐刘铭传的族侄刘盛藻统带铭军。刘盛藻带兵有声有色,朝廷很满意。西北平定后,铭军又被调回直隶布防,仍然由刘盛藻统领。这下刘铭传着急了,托李鸿章、刘盛藻以及袁保恒等人恳请朝廷复他的职。朝廷知道刘铭传有些桀骜不驯,因此有意冷淡他,一直没给他复出的机会。中俄关系因为伊犁问题紧张后,要求起用能征善战者的呼声渐起,张之洞上奏请刘铭传、鲍超等宿将出山备战,李鸿章也乘机上折,于是朝廷召刘铭传进京,计划让他带兵到张家口外备防。

刘铭传于十月二十二日到达天津,到驿馆安排妥当,立即派人到总督署投递拜帖。李鸿章传出话来,晚上请他小酌。所谓小酌,其实菜肴非常丰富,陪客除了李鸿章幕僚中刘铭传的旧相识三四个人外,特意还让薛福成作陪。

几杯酒下肚,座中气氛热闹起来,李鸿章突然问道:"省三,老毛子口气一直硬得很,又是派舰队又是调陆军,听说西北陈兵两万多,又要调两万人到东面边界来。朝廷大约有让你带兵的意思,你怕不怕老毛子?"

"打了半辈子仗,还从来没怕过谁。"刘铭传语气有点不屑。

"不怕就好,省得人家说咱淮军承平日久,将官都贪生怕死。"李鸿章乘机激将。

刘铭传是一点就着的脾气:"这是谁瞎说八道,谁要这么说,我非赏他一个耳刮子。"

"省三还是一腔好血气。不过敢不敢打是一回事,能不能打又是一回事。我问你,如果朝廷让你带兵,把济宁的铭军调到张家口,你要多长时间?"李鸿章先赞后问。

刘铭传弄不清李鸿章到底是什么意思,于是便老实回道:"按咱淮军的老规矩,步步为营的话,每天只能行六十里,那总要个把月。"

李鸿章感叹道:"是啊,就是急行军也要小二十天。可是如果有铁路那就不一样了,铁路一天的行程,顶大脚板走十天。"

"可不是嘛,如果要是有条南北铁路,我从合肥进京就不必坐轮船绕这么大个圈子。"刘铭传当年跟随李鸿章进上海,他的铭军最早请洋教官,最早配备洋枪洋炮,因此才成为淮军中的精锐,他本人对洋人的东西向来感兴趣,"现在运河几乎不能正常通航,漕粮全靠海运,如果沿海起了战事,漕粮怎么运?如果沿运河修一条铁路就好,海运不通,可以靠铁路北运。"

"说得好,省三处江湖之远却未忘国事。干一杯!"李鸿章一拍桌子,干了杯中酒,亮杯给众人看,"铁路不仅可以运漕粮,更可以运兵。如果南北洋有铁路相连,南洋有警就可运兵南洋,直隶有警就可运兵北洋,岂不是一万人可抵两万人用?而且兵贵神速,早一步就多一分胜算。老毛子为什么调兵那么快?他们铁路西边已经修到浩罕国了,东边则在加紧修筑西伯利亚铁路线,据说他们要一直修到海参崴,真到那时候,老毛子要在中俄边界布兵,实在太容易了。"

"铁路对国计民生都有好处。我这十年闲居,曾经三次到上海,说起当年的吴淞铁路,他们还念念不忘,并无百姓以破坏风水为由极力阻拦。"刘铭传又开始感叹。

"这些话都是那些老顽固借百姓的口来达到他们阻挠铁路的理由。省三,你向来公忠体国,最顾大局。你这次陛见,中外瞩望,你若能趁机提出一件关乎国家命运的大建议,则是锦上添花。"

"大帅的意思,是让我奏请朝廷大办铁路?"刘铭传明白了李鸿章的意思。

"我只是个建议,不能打乱了你的安排,军务之外,如果就铁路向中枢进言,当然求之不得。我屡次奏请朝廷办铁路,朝廷已不胜其烦,有你来提,比我强之百倍。"李鸿章知道刘铭传向来有主见,当然不能表现出强迫他的意思。

"那我就上个大办铁路的折子,只是我对铁路只知皮毛,大帅得派个人帮我弄折子才行。"刘铭传一口答应。

李鸿章指着薛福成道:"眼前就有一个,叔耘对铁路、电报、铁甲舰等都有研究,可以让他给你打下手。"

"我这次回籍丁忧路过上海,谈及铁路,上海绅商无不盛赞其便。刘军门这次进京,真应该把铁路的实情上达天听。薛某不才,愿意效劳。"薛福成站起来拱了拱手。

"好得很,有你如椽大笔,我就放心了。"刘铭传一拍大腿,表示要在天津住几天,等把铁路的事情弄明白了,带着折子进京。

大员进京陛见,却在天津逗留,为了防备有人说闲话,李鸿章又建议道:"省三,你的眼疾还没有痊愈,天津有个很好的西医,已被我聘为家庭医生。光绪五年内人也是得眼疾,中医束手无策,西医药到病除,你不妨试试。"

刘铭传自然是一口答应。他在天津一边请西医看眼睛，一边与薛福成商讨奏折。刘铭传军旅出身，当然要从军事着眼，"用兵之道，贵审敌情。俄自欧洲起造铁路，渐近浩罕，又将由海参崴开路以达珲春。此时之持满不发者，非畏兵力，以铁路未成故也。不出十年，祸且不测"。而大清地域广阔，海岸线长，筹兵设防尤其需要铁路，"若铁路造成，则声势联络，血脉贯通，裁兵节饷，并成劲旅，防边防海，转运枪炮，朝发夕至，驻防之兵即可为游击之旅，十八省合为一气，一兵可抵十数兵之用，将来兵权、饷权俱在朝廷，内重外轻，不为疆臣所牵制矣"。而且对邻国也能起到震慑作用，"若一旦下造铁路之诏，显露自强之机，则气势立振……不独俄约易成，日本窥伺之心亦可从此潜消矣"。

刘铭传提出了一个雄伟的铁路建设计划，先建南北铁路网，南路二条，一条由江苏的清江浦经山东达京城；一条由汉口经河南达京城；北路由京城往东北至沈阳，往西通到甘肃。考虑到财力不及，可先造清江浦至京城的铁路。筑路资金也可借洋债，将来拿铁路上赚的钱还债。他对这个折子很满意，如果朝廷照准，铁路大业将有他刘铭传不可抹杀的重重一笔。李鸿章看了之后也说道："省三，如果朝廷准了你的折子，以后你未必非要去带兵，来当铁路总办也好得很。"

五天后，刘铭传带着折子进京，到东华门外的贤良寺住下后，立即亲自去外奏事处递折子。

此时，京中的形势略有变化，因各国公使都要求免去崇厚的罪名，到俄国谈判的曾纪泽也拍了电报，表示免去崇厚的罪名有利于他在俄国谈判。于是朝廷发布上谕，崇厚无罪开释，中俄间的关系便有了缓和的迹象。慈禧因为薛福辰开的药方对症，身体日见好转，精神头也好，又听说刘铭传外号刘麻子，有意看一下他的麻脸，所以亲自召见。

召见的时候，慈禧问了刘铭传的眼疾，又问了一路上情形，又说了国家多事之秋，希望他勇于任事。前后不到两刻钟，就让他跪安了。刘铭传有些失望，他是怀着复出的热望进京的，两宫却闭口不谈他的安置。到了下午有太监传旨，刘铭传任兵部侍郎。这也不如刘铭传的意，他的期望是能够出任一省巡抚，或再差一点，复任他的直隶提督一职也行。倒是他的《筹造铁路以图自强折》很快就发下，"着李鸿章、刘坤一按照折内所陈，悉心筹商，妥议具

319

奏"。

李鸿章、刘坤一还未收到朝廷的上谕,就有人上折反对修筑铁路,此人是内阁学士张家骧。

张家骧,浙江人,是两朝帝师,与翁同龢、李鸿藻关系十分密切。李鸿藻是军机大臣兼总理衙门大臣,刘铭传的折子他自然在第一时间内知悉。今年以来,又是购铁甲舰,又是办电报,如今刘铭传又提出这样庞大的铁路计划,银子从哪里来?借洋债的话好说不可做,左宗棠西征先后借洋债数千万两,如今再借洋债,朝廷脸面何在?而且让洋人窥破朝廷的虚实,岂不更起凌辱轻慢之心?这还只是其一,如果如刘铭传所请,修筑从清江浦至京城的铁路,那么运河势必迅速萧条,靠运河谋生的人数十万生计无着,将是极大的隐患。

李鸿藻这番担忧首先说给翁同龢,翁同龢也深以为然,而且他还有私心在里面,李鸿章当年凭一纸奏折,弄得大哥翁同书险些丢掉性命,后来虽然以革职了事,可老父又气又急不久病逝。这番私怨终生难了,因此他几乎本能地反对李鸿章。如此庞大的工程,其中有多少可以入个人私囊?但翁同龢城府极深,再得意也不忘形,仇人面前也可淡然从容,因此他绝对不会上奏反对刘铭传。他的办法是把这番牢骚说给同为帝师的张家骧,张家骧一直羡慕张之洞等清流干将一折上而天下传诵,一直在寻找机会一展他的才华,而反对修铁路便是一个很好的题目。

张家骧的奏折一上,立即发下,请李鸿章阅后一并复奏。

李鸿章接到朝廷的上谕,决定好好筹划一下,争取开启铁路先河。他预料到定会有人反对,没想到张家骧上折如此迅速。奏折开篇便指责刘铭传,说他请造铁路是"张皇喜事,诱言乱政"。他认为修筑铁路有三弊:一是引洋人觊觎,"溯自各国通商以来,凡海口有码头地方,洋人无不盖造房屋,置买地基。清江浦乃水陆通衢,若造成铁路,商贾行旅,辐辏骈阗,必较之上海、天津更为热闹。洋人工于贸利,其从旁觊觎,意想可知。虽该处无设立码头条约,而未必能禁其往来,设或借端生事,百计要求,则将何以应之?利尚未兴,患已隐伏"。二是引发争端,"自清江浦至京相距一千数百里,田亩、屋庐、坟墓、桥梁无数,开造铁路,将于阻隔之处一律平毁灭乎"?而且铁路与官道并行,"拥护磕碰,在所难免,伤人坏屋,易起争端"。三是夺轮船招商局之利,导致招商局营业不振,所购轮船,将归于无用,"虚糜钱财,赔累无穷"。最后他请求朝廷"将刘铭传请开铁路一节,置之不议,以防流弊而杜莠言"。

李鸿章把薛福成叫来商议复奏的事情,把张家骧的奏折抄件一并交给他道:"张某人所奏,真是杞人忧天。第一弊说是洋人觊觎,按他的意思,一个地方富庶了,洋人就觊觎,按他的逻辑,那是不是为了不让洋人觊觎,大清就该处处是穷乡僻壤,真是岂有此理。为了预防外敌,而让老百姓穷困潦倒,古往今来,从无这等治国之道。第二弊说易起争端,兴一个工程,自然要占部分民田,搬迁部分房屋,关键是要看利大还是弊大,如果怕争端,那就什么事情也不干好了!第三弊说会夺了轮船招商局的生意,轮船招商局主要走沿海沿江商埠,铁路完全走内陆,如何说得上夺招商局的生意?这些意思,你都在折中一并驳了。叔耘,言路反对修铁路,往往以祖宗之法来反对,借'道义'的名义说事情。其实无论是祖宗还是圣贤,都没有反对国富民强的,你要在这个方面下点儿功夫。至于铁路的好处那就多了,比如可以运兵,有利国防;可以沟通南北东西物流,从前运不出的土货运得出去,就能卖个好价钱,便是有利民生;一旦发生灾荒的时候,可以把全国各地的粮食很快运去赈灾,丁戊奇荒饿死那么多人的惨剧就不会重演。"

薛福成笔走龙蛇,记录李鸿章的意思。

"叔耘,起草这个奏稿,你的心思要脚踏两条船。一会儿你是反对修铁路的人,你就尽力去想我为什么反对,一会儿你又要是支持修铁路的人,想出理由去反驳掉他反对的理由。"李鸿章把水烟抽得咕噜噜响,向空中缓缓吐出一口,看着那个椭圆的烟圈变为不规则,最后淡化无影,他这才回到自己的思路上,"有些事情想当然不行。早年的时候,我也曾经想,铁路不能修,一修铁路,火车一通,可抵成千上万的小推车,那成千上万的小民不就会失业吗?后来我一想不是啊,因为火车运力大,所以要有更多的小车把车站周围的东西运过来呀,这不但不夺小民生计,反而是给小民更多的机会。从前几个月才能运出的东西,如今一列火车就可以运出,而且运费要比小车便宜。从前你的土货靠小商贩来贩,十担可能只运得出四五担,如今有了火车,你十担都可以卖掉,你说这是不是对小民生计有利?其实一句话就说得明白,如果火车是夺民生计,于国计民生无利,那么最贪财好利的洋人为什么要大修铁路?他们难道单单在这件事情上头脑发昏,赔本赚吆喝?绝对不可能!"

薛福成点头赞同:"对,就这一个理由就可以驳倒他们。"

"还比如,有人担心铁路会被洋人利用,无异于开门迎盗。这话更加大谬不然,铁路控制在我们手里,岂有我无力控制而任由外敌借此铁路驰骋之理?再者,若我不能自强,即便不造铁路,外敌岂不同样还是会在我国内逞强?三十几年前,林文忠在虎门销烟,那时候并没有铁路,洋人不照样是打上门来?"

刘铭传在京中甚感无聊,于是出京到天津来,抽空就与李鸿章谈铁路的事情。这样用了个把月的时间,到了光绪八年十二月初正式复奏。

清议论事,动辄就以违背祖宗成法为借口。李鸿章的奏折便以此入笔,说明修铁路与古代圣贤所为一脉相承,先堵清议的嘴巴,"圣人既作,刳木为舟,剡木为楫,舟楫之利以济不通,服牛乘马,引重致远,以利天下。自是四千余年以来,东西南朔,同轨同文,可谓盛事。迄于今日,泰西诸国,研精器数,创造火轮舟车,环地球九万里,无阻不通,与古圣所制舟车而便民用一脉相承,此天地自然之大势,非智力所能强遏也"。

接下来说明铁路是西方各国日趋富强的重要原因:"法、美、俄、德诸大国相继经营,凡占夺邻疆,垦辟荒地,无不有铁路以导其先,由是欧美两洲,四通八达,为路至数十万里,征调则旦夕可达,消息则呼吸相通。四五十年间,各国所以日臻富强而莫与敌者,以其有轮船以通海道,复有铁路以便陆行也。"而后说明俄日两国,敢于轻视大清,就是因为其铁路发达。

然后说明铁路有九大利处,比如有利于交通,便于货畅其流;运兵、运粮便捷,有利于军事,也有利于救灾;京城偏居北方,铁路一开,便于控制全国;便于邮递信件、运输矿产;便于百姓出行,无旅途劳顿、盗抢之险……接着对反对修铁路的理由一一辩驳。驳斥修铁路会被敌利用,是这样说的,"铁路在我内地,万一有警,坏其一段而全路皆废,扣留火车而路亦无用。数十年来,各国无以此为虑者,客主顺逆之势然也"。驳斥铁路会夺小民生计,是以英国为例,"英国初造铁路时,亦有虑其夺民生计者,未几而傍之要镇,以马车营生者且倍于从前。盖铁路临大道,而州县乡镇之稍僻者,运客送货,则赖马车民夫,贸易因铁路而繁,车马亦因铁路而增也。至若火车盛行,则有驾驶之人,有修路之工,有巡视之丁,有上下货物、伺候旅客之杂役,沿路增开商铺旅店,需人更众,故有铁路一两千里,而民之依以谋生者,当不下数十万人,是增生计而非夺民利也"。

对刘铭传借洋债修铁路的建议也大力支持，认为将来以铁路赢利还债并非难事。同时提议沿铁路线广开煤铁，以扩大利源。最后则建议，授以刘铭传铁路督办之任，因为刘铭传不但英气迈往，能膺艰巨，而且其旧部驻防直苏两省，不下万余人，可以帮同筑路。

最后专门针对清议的阻挠阐明自己的意见，希望朝廷能坚持定见，尽快决断。当然，他并没有一味指责清议，而是欲抑先扬，"士大夫见外侮日迫，颇有发愤自强之议。然欲自强，必先理财，而议者辄指为言利；欲自强必图振作，而议者辄斥为喜事；至稍涉洋务，则更有鄙夷不用之见，横亘胸中。不知外患如此其多，时艰如此其棘，断非空谈所能有济。我朝处数千年未有之奇局，自应建数千年未有之奇业。若事必拘守成法，恐日即于危弱，而终无以自强。臣知铁路一事，深知其利国利民，可大可久，假令朝廷决计创办，天下之人，见闻习熟，自不至更有疑虑"。

恭亲王认为李鸿章的回奏已经把道理说得很明白，利弊分析得十分透彻，铁路值得大力兴办。但李鸿藻却不这么认为，他回到弘德殿还是一脸忧戚的表情。翁同龢见状问道："中堂心里有事，这样不痛快？"

李鸿藻叹了口气道："李鸿章的复奏到了，他支持刘铭传修铁路，真是不遗余力。"

翁同龢并不意外："原来修铁路的提议就是少荃的主张，他无非是借刘省三来说事罢了。"

"叔平，我并不是像有人说的那样，只要是洋务事业一概反对。可是修铁路这事，我实在是觉得不合时宜。李少荃用心，全在谋利上。圣人教诲，君子当重义轻利。如果谋利钻营之风盛行，我担心人心不古，国家危难的时候，谁还肯慷慨赴死？如今列强环伺，如果朝野都是名利之辈，纵然有洋枪洋炮铁甲铁路又有何用？我担心长此以往，种瓜得豆，为的是洋务自强，到头来却是自毁长城，口口声声是利国利民，到头来却是卖国害民。"

"李少荃行事，最惯于打着利国利民的旗号，仿佛全大清只有他知道爱国。反对他的人，又何尝不是爱国？你说这些年来，从倭相到中堂，再到清流后辈，哪些人是为私利？就比如说修铁路，让他修不成，我们又能得到什么？什么也得不到。我们所争，也是为了国家的长远大计。"翁同龢擅长讲大道理。

"在洋务上我不在行,真正是孤陋寡闻,所以想反驳也驳不倒他。他只要一句话:外国如此如何,我便无话可说。少荃在见识上,的确比我们要广得多。"李鸿藻一副无可奈何的语气。

翁同龢提建议道:"中堂,我们没有见识,可以找有见识的来说话,李少荃动不动以外国情形来说事,我们也找出过洋的来说话。"

"你的意思,是让刘云生上折子?"

"正是,云生出过洋,可是他对洋人那一套,别有见解。"

刘云生就是刘锡鸿,他一直反对效法西洋,出洋数年并未对西洋文明深入思考,只是增加了反对洋务的资本。他还写了一本《英轺私记》,与郭嵩焘的《使西纪程》相反,他认为中外国情不同,大清不应当效法西洋。回国后他任通政使,在清流中以懂洋务著称。

李鸿藻对刘锡鸿偏执的性情并不欣赏,稍做犹豫后道:"叔平,你和云生相熟,你不妨稍稍向他透露一下,听听他的意思。"

下午散值后,翁同龢换上便服,到刘锡鸿家里去拜访。两人虽然算得上熟识,但翁同龢亲自上门,却是头一遭。两人一见面刘锡鸿就受宠若惊道:"翁师傅怎么有空到寒舍来?有事招呼一声我去府上拜访就行。"

翁同龢谦虚道:"云生说哪里话,我如何敢招呼你?无事不登三宝殿,我今天向你请教来了。"

"岂敢岂敢,翁师傅有何事情,但请吩咐。"

"我的确是请教来了。云生,你是出过洋的人,见识过洋人的火车,你也知道前些日子刘省三上折子请造铁路,李少荃上折支持,列举了修铁路的种种好处。我对洋务一窍不通,所以向你求教。"翁同龢开门见山说明了来意。

"铁路不适合大清国情,不应效法。我从前如此说,现在仍然坚持己见。不但铁路不应效法,就是轮船、电报、工商,也都不应东施效颦。"刘锡鸿也是一语就说出了自己的观点。

翁同龢有些疑惑地问道:"李少荃的意思,外国之所以日臻富强,完全是因为举办铁路、轮船、电报的原因,云生为什么说不应效法?"

"中外国情不同。外国人口少,所以要靠机器来代人工。大清地大物博,人口众多,不用机器便可百货充盈,所以不必造机器。在外国采用机器可补人工之不足，在大清采用机器则可夺小民生计，在西洋为利，在大清则为弊。"

"云生见识的确不同凡响。不过，李少荃一再说明修铁路是利国利民的大事，而且列举九大利处，似乎颇有道理。"

"那是他想当然，在我看来，铁路火车于我大清只有百弊而无一利。"于是刘锡鸿一条条分析铁路的害处，说得也是头头是道，"翁师傅，这些还都是细枝末节，修铁路不可行，还在于中西立国之道不同。我给翁师傅讲个故事——也不是故事，而是我的亲身经历。"

这是刘锡鸿驻英期间，一位"波斯藩王"曾问他中国为什么不制造火轮车。刘锡鸿以充满了哲理智慧的幽默作为回答："目前，我们大清国正计划在朝廷上制造大火车，这种大火车不用煤，不用铁轨，却能一日行数万里。"

"波斯藩王"迷惑不解，刘锡鸿带着自信的微笑告诉他："历代圣人以为，正朝廷以正百官，正百官以正万民。此行之最速，一日而数万里，无待于煤火轮铁者也。"

闻言，翁同龢由衷赞道："云生将正人正心喻为火轮车，真正是恰当无比。如果朝野上下人心皆正，何需火车轮船。如果人心不正，火车轮船又有何益？"

"这番议论就连波斯藩王也是大为赞同，他说今日领教了，中国不愧是泱泱数千年文明大国。"刘锡鸿颇为得意。

"云生不愧是出洋的钦使，眼界的确不同。我如果有云生的这番见识，必定上折与他们理论一番。"翁同龢也十分赞同。

"我正有此意，翁师傅瞧好了，我折子一上，必驳得他们无话可说。"

很快刘锡鸿《罢议铁路折》递了上去，他认为"铁路实西洋利器，断非中国所能效仿者""铁路不可行者八，无利者八，有害者九"，总结起来，主要有这些意思——如果铁路畅通，大清险要之地都将丢失，外敌就可以长驱直入，洋人就可由铁路进入内地城乡；修铁路需要购买外国器材，从而将会导致白银大量外流；火车运费昂贵，运费加入货价之内，就会造成物价猛涨；丝茶为大清主要出口品，有了铁路运输，出口量大增，丝茶价格必将下跌；现今国库空虚，民力贫弱，百废待举，修筑铁路需要巨款，目前财力根本无法负担。他提醒朝廷说："我大清名山大川，历古沿为祀典，倘若骤加焚凿，恐会惊耳骇目,山川之神不安,即旱潦之灾易招。百姓此时愤心未平,一旦创造铁路,复毁其田庐坟墓,则众怒益甚。而伏莽之贼,遂得借共杀洋人为名,引众人以作乱。"

顺天府丞王家璧正在病中,也抱病上折反对,"铁路之说,刘铭传倡于前,李鸿章和于后,是直欲破坏列祖列宗之成法以乱天下也"。他反驳李鸿章修筑铁路与圣贤一脉相承的说法,"自昔圣人剡木为舟,法斗为车,周公做指南,孔明做木牛流马,皆仿其意而小用之,不肯尽器之利者,愿欲留此余地以役吾民而养吾民也。闻泰西诸国专尚机器,如织布、挖河等事,皆明以一器代数百人之工,暗以一器夺数百人之业,夺之不已,又穷其巧而为铁路,非外夷之垄断哉"?他的结论是:"铁路行之外夷则可,行之中国则不可。何者?外夷以经商为主,君与民共谋其利者也;中国以养民为主,君不言利者也。议者欲以铁路行之中国,恐捷径一开,而沿途之旅店,服贾之民车,驮载之骡马,皆歇业矣,是刮天下贫民之利而归之官也。倡修铁路,似为外国谋,非为我朝廷谋。"

而至关紧要的南洋大臣刘坤一的复奏,也并不支持现在修铁路。他担心修筑铁路有妨民间生计,减少税厘收入,希望朝廷"将一切利弊,逐细推求,先行勘踏道路,核明造路行车有无不妥,收税还款有无把握,参酌异同,权衡轻重"。

这些折子递到朝廷时,已经是腊月底,朝廷各衙门早已封印不再办公,因此要到元宵节开印后再议。而沈桂芬没有挺出正月,于初九去世。恭亲王痛失一条洋务臂膀,又见这么多人反对,便打不起一力支持的精神头。元宵节后他与军机及总理衙门大臣商讨,大家都表示暂时不宜强修。

慈禧听了之后道:"李鸿章、刘铭传他们提议修铁路也是为了大清,只是这么多人反对,朝廷不能不慎重。我倒不担心别的,最担心的是如果一造铁路,有碍小民生计,他们铤而走险,伏莽再起,实在得不偿失。此事不宜久拖不决,你们拟旨吧。"

恭亲王散朝后回府,连口茶还没喝,又有太监传旨,让全班军机进宫。原来是曾纪泽经过半年谈判,终于迫使俄国让步,同意修改崇厚签订的条约,双方重新签订《中俄改订条约》。恭亲王一班人赶到时,慈禧太后已经挂起地图,对照条约在那里研究。

　　与俄国和崇厚签订的《里瓦几亚条约》相比,赔款增加了四百万卢布(两百多万两白银),但在界务和商务方面都争回了很大一部分利权。界务方面,收回了伊犁南面的特克斯河流域两万多平方公里的领土。商务方面,俄国设立领事的地点,由七处缩减为两处;中俄陆路通商则减少了嘉峪关至汉口一条;水路方面关于俄轮沿松花江航行到伯都讷的专条被删除了。

　　对这个条约,慈禧很满意:"曾纪泽不愧为忠臣之后,虎口夺食,能收回这些利权,着实不易。"

　　恭亲王恭喜道:"总是太后识人之明,曾纪泽与俄人谈判,进退有据,不卑不亢,就连俄国公使也是称赞有加。"

　　李鸿藻也在一旁附和道:"左宗棠也是功不可没,曾纪泽能够与俄人力争,也是有左宗棠陈兵西北做底气。"

　　"不错,左宗棠功不可没。"慈禧也点头称赞。左宗棠奉诏入京,再有七八天就到了,"左宗棠是于国有大功的人,不能亏了他。沈桂芬病逝,左宗棠正好入军机和总理衙门大臣,他是知兵大员,就让他任兵部尚书好了。"

　　左宗棠的安置,慈禧未与军机商议,便一语定乾坤,可见已经深思熟虑。好在与军机们的意见并无出入,只是这苗头不好。慈禧病了近一年,经过薛福辰的精心调治,她的身体已大为好转,因此从年前就几乎天天听政,而复出后的最大变化,就是独断的时候居多,有时候军机的意见连问也不问。恭亲王心中默想,总要有个时机提醒一下,不能让她只手遮天。

　　曾纪泽改约成功,收回利权,很快在京中传开了,当晚京中鞭炮声响个不停,有人特意在俄国使馆前大放二踢脚,以示庆贺。

　　而刘铭传的心情却十分不爽,他奏请修铁路的事情"着毋庸议",这是其一;其二则是他到京城本来是为重新带兵,因为中俄一直在谈判,因此也未成行,如今中俄关系已经缓和,更不需要他带兵了。而他避之犹恐不及的左宗棠已经确准出任兵部尚书,他当这兵部侍郎还有什么劲?因此,他以眼疾复发为由,力辞侍郎一职。朝廷一点挽留的意思也没有,立即准了,并赏他四两人参。京城于他如浮云!他一天也不愿在京城逗留,骑马赶往天津,向李鸿章辞行。

　　李鸿章心情也很差,两个老搭档关在签押房发牢骚。李鸿章拍着椅子扶手道:"当今各国一变再变蒸蒸日上,唯独我们坚守祖宗成法,即使败亡灭绝而不后悔,真不知是天意还是人祸!"

刘铭传也叹气道:"我在京中这几个月算是看明白了,如今天下,是一个人拉车,四个人掣肘,六个人看热闹。大帅何必生闲气,当一天和尚撞一天钟,轻轻松松当你的直隶总督算球,让他们穷折腾去吧。"

"曾老师常对我说,食君之禄,忠君之事,先天下之忧而忧,后天下之乐而乐。国家积贫积弱如此,让我装糊涂,办不到。"李鸿章叹息连连,像对刘铭传说话,又像自言自语,"鸿章老矣,报国之日短矣,即使事事顺手,亦复何补涓埃!只愿当路大君子,能够引导君父洞悉天下中外真情,勿图虚名而忘实际,勿只顾眼前而忽远图,若能如此,天下幸甚!大局幸甚!"

正在开平修铁路的唐廷枢也听到了朝廷不准修铁路的消息,他怕继续修铁路会给李鸿章带来麻烦,于是以报告煤河进展为由来到天津述职:"煤河的进展很顺利,雨季前一定能够挖通。"

李鸿章点了点头,还问道:"这样最好,不然雨季一到,施工是个麻烦。铁路修得怎么样?雨季前也能完成吗?"

"应当差不多,路基已经完成,铁轨、道钉、车厢已经全部运到。听说朝廷否决了刘军门的铁路计划,开平铁路继续修下去,会不会有麻烦?卑职有些拿不准,特来向中堂请示。"唐廷枢小心翼翼地应道。

李鸿章最不喜欢的就是别人不肯担责任,怕麻烦就来向他请示,他的火不由得就冒起来了,竖起眼睛道:"有什么麻烦?没有麻烦的事何需你我来做!朝廷说的是刘省三的折子着毋庸议,没说开平的铁路也不能修。再说,开平修的是'马路',与铁路有何相干?"

说开平修的"马路"与铁路不相干,这是自欺欺人,唐廷枢意识到李鸿章误会他了,以为他是不敢担责,连忙解释道:"工程一直没停,卑职不怕担责,但怕给中堂惹麻烦。"

"有什么麻烦?我何时怕过麻烦?"李鸿章气呼呼道,"景星你只管修你的路,有啥麻烦我来顶。我李鸿章没别的长处,就是个子高,敢担是非。我告诉你,等你的铁路修通了,我还要亲自去坐坐火轮车。"

因为经费不足,又因为李鸿章曾向朝廷解释,开平修的虽然是铁路,但将来并不跑火轮车,而是用骡马拖拉,所以机车没有预定。李鸿章要亲自坐坐火轮车,到时候让他上哪里坐去?唐廷枢撒谎道:"洋人的火轮车一时恐怕到不了,因为洋人国家大造铁路,火轮车的订单排得太满。"

李鸿章反问:"你不是说,英国的工程师自己要造一台火轮车吗?"

英国工程师金达利的确在试造机车,他用的是一台卷扬机上的锅炉,车架则是借用唐山煤矿第一号竖井的架子。他能不能造得成哪能说得准?于是,唐廷枢模棱两可道:"他的确一直在试制,只是不知道造得成造不成。"

"洋人说话办事向来一是一二是二,他既然说造得出来,就能造得出来。你回去告诉他,铁路竣工的时候我要去坐火轮车,让他赶紧造。"李鸿章就这样结束了这次见面。

这次进天津唐廷枢碰了一鼻子灰,他本是好意,却难免留给李鸿章一个胆小怕事的印象,所以不敢耽搁,回到唐山就过问金达利自造火车的事情。金达利听说李鸿章要坐他造的机车,很激动,打包票说一定能造得出来,只是要多派几个人给他当助手。

"八月九日是乔治·斯蒂芬森诞生一百周年,这是一个特殊的日子,最好我们的铁路能够在那天举行开通仪式。"金达利建议道。

唐廷枢问道:"你说的是你们西历,还是我们大清的皇历?要是西历,那太紧张了,还有不到三个月,你能造得出来吗?"

金达利打包票道:"我不吃不喝不睡也要造出来,不然铁路竣工,却没有机车可用,实在没有意思。"

"你想赶这个日子我不反对,不过暂时不能告诉李中堂,如果到时候你造不出来,我就抓了瞎。"唐廷枢不置可否。

三月十一日下午,李鸿章得到密报,说慈安暴亡。密报很简短,只知道慈安大约十日早上得病,当天晚上便暴亡,详细情况不得而知。李鸿章大为诧异,因为他从来没听说过慈安有什么大碍,倒是慈禧病了一年多。

因为没有接到上谕,他不能贸然行事,实在也无事可行。不过,直隶与京师唇齿相依,京中一有风吹草动,直隶会牵一发而动全身。京中每有重大事件,直隶都是严阵以待。因此他密令直隶各军严守营盘,哨官以上一律归营,任何人不得请假。

隔了一天,李鸿章收到慈安崩逝的内阁明发上谕,于是他奏请入京叩谒梓宫,两天后旨准。三月二十四日他到了京城,照例入驻贤良寺,第二天见起,第二起就是见李鸿章。慈禧一脸憔悴,问过路上情形,又叮嘱他直隶非比寻常地方,一定要对各军严加约束。李鸿章将他的部署简要回奏,盼着慈禧能说起修铁路的事情,他好借机进言。可慈禧一脸倦容,无意多问,她知道直隶军务李鸿章已经有所部署,也就放心让他跪了安,前后不到一刻钟。

下午,恭亲王家仆前来送信,邀请李鸿章晚上到府里吃便饭。地方依然是恭王府中那座中西合璧的小楼,西洋式厚木门一关便成一间密室。上次两人在此相聚也是国丧期间,弹指一挥已经七年。这次与上次不同,都是国丧,恭亲王却显然比上次悲伤得多。他向李鸿章简单介绍了慈安崩逝的过程:三月初九日早晨还召见军机,十日早晨传出话来,微感风寒,未见军机,到了中午就神志不清、牙紧。下午五点则已药不能下,晚上八点就崩逝了。

"少荃,人人都知道两宫并尊,主政的是圣母皇太后,母后皇太后伴食而已,其实大错特错了。母后皇太后真是大智若愚,她不过是不热衷罢了。当年诛胜保,重用你老师曾国藩,包括你和季高等人,都是母后皇太后拿的大主意。至于诛杀安德海,全是母后皇太后乾纲独断。纳阿鲁特氏为皇后,停修圆明园,也都是母后皇太后极力促成。"正如恭亲王所说,外间的确都只知有慈禧,不知有慈安,其实在大事上,慈安并不糊涂。而且他从恭亲王语气里听出,关键时刻母后皇太后其实是他最大的支持者。果然,恭亲王又说,"还有我每次遇到委屈,也都是母后皇太后主持公道。"触动了伤心处,恭亲王闭着眼摇头,不让泪涌出来。

见状,李鸿章劝慰道:"王爷,请节哀顺变。"

"少荃,往后办事,恐怕更难了。"恭亲王拍了拍李鸿章的手。

"王爷,您也不必过于气馁,该办的事还是要办,比如修铁路。"

修铁路的话题,真是说来话长,屈指算来,上次也是在这里,李鸿章请恭亲王拿出决心来修铁路,当时恭亲王说就是两宫亦不能决此大事。七年过去了,刘铭传修铁路的提议又被否决,想起来真是令人窝火。不过李鸿章理解恭亲王的难处,如今看他鬓梢已经斑白,更不忍强求。

"少荃,此事暂时恐怕没有转圜余地,刚刚着毋庸议,如何能朝令夕改?"

李鸿章的意思,能否先把开平煤矿运煤的铁路修起来。可恭亲王也不敢答应,因为当时说得明白,虽然铺铁轨,但并不跑火轮车,到时候你却又让火轮车跑起来,这怎么解释?

李鸿章觉得恭亲王已无当年的果敢,便无心再深谈铁路。但两人需要谈的事情还很多,等李鸿章告辞时,已近晚上十点。

第二天下午,醇亲王又请李鸿章。李鸿章知道醇亲王以知兵自居,因此与他大谈军事。又从军事谈到火车铁路,醇亲王听不太明白,但觉得李鸿章说得有道理。不过,要让他转而支持修铁路,他也不能痛快答应,因为清议大都反对,他同恭亲王一样,十分在乎清议的意见。

"王爷,我在开平修的运煤铁路,到时候用火轮车运煤,这件事无论如何您要支持。"李鸿章的语气与其说是恳请,不如说是逼迫。

醇亲王与恭亲王性格略有不同,他多少有些武夫的直率,见李鸿章说得恳切,便不忍拒绝:"少荃,到时候你若遇到麻烦,我一定会出头说话。"

有这么一句保证,李鸿章就满足了。出醇王府大门的时候,李鸿章心里感叹,要讲有担当,如今倒是这位七爷胜过有贤王之名的恭亲王。

金达利要主持修筑铁路,还要制造机车,三个月很快就过去了。西历六月初,唐廷枢再次到天津向李鸿章汇报铁路的进展情况:"中堂,十九里的铁路已经修完,而且金达利自造的火轮车已经在夜里偷偷试过几次,一个小时大约能跑三四十里。金达利还说,西历六月九日是洋人斯蒂芬森的一百年诞辰,铁路就是斯蒂芬森发明的,他认为这是个有意义的日子,希望能在那天举行通车仪式。"

"可以。这个日子有纪念意义,那天皇历是什么日子?"李鸿章点了点头。

"五月十三日,还有八天。"

"好,我前一天晚上赶到,参加第二天的通车仪式。你告诉洋人工程师,让他把火轮车弄好,别到时出了洋相。"

这件事一定下来,总督府就忙起来。老百姓走个亲戚还要仔细收拾一下,何况是大学士直隶总督北洋通商大臣出行?吃喝拉撒、行辕安全、典礼仪式,一大堆事情。于是李鸿章幕府人员分为两路,一路到开平去现场安排,一路在天津准备,真是忙得脚后跟踢着后脑勺。

开平矿务局与丰润、滦县都有关联,因为唐山、林西两个矿井都在滦县的地面上,而运煤河却要经过丰润,所以两县都争着请李鸿章将行辕设到他们那里。李鸿章爱面子,到州县巡视后总要拨一笔款子下来,解决一两个实际问题,因此州县都你争我夺。最后商定的办法是,十二日先驻丰润,十三日通车典礼后再去滦县住一天。

十三日的通车典礼非常隆重,唐廷枢特意请了礼炮队、龙狮队,李鸿章及直隶藩台、臬台、开平矿务局总办唐廷枢、英国工程师金达利同时剪断红绸,礼炮轰响,鞭炮齐鸣,锣鼓喧天,龙狮狂舞。机车上的大红绸由李鸿章和唐廷枢同时揭下来,金达利与大清工人自造的中国第一辆火车机车中国龙号展现在众人面前。

李鸿章饶有兴趣地围着机车转了一圈,唐廷枢紧跟其后,为他介绍。

这台机车车身长十八英尺,约合五点七米,有三对动力轮。金达利为这台机车取名"Rocket of China",意思是"中国火箭",这是仿照斯蒂芬森制造的第一台机车火箭号而命名的。不过参与制造机车的大清工匠们并不喜欢这个名字,他们在车头两侧各镶嵌了一条铁皮制作的龙,并涂以银粉,十分醒目,他们把它称作中国龙号机车。

"好,叫起来响亮。景星,大清第一辆火车就叫中国龙号。"李鸿章十分赞同。

机车后面,拖挂了一节临时改造的客车厢,是将火车厢的铁板拆下,四周围以栏杆,为了防备下雨,又将其中一半架上遮雨罩。今天天气非常好,李鸿章就站在外面,随行十余人站在他身后。金达利亲自驾驶火车,他拉响汽笛,算是即将启动的信号。

突然脚下猛一摇晃,众人的心都提起来,随后车厢开始移动,随着哐哧哐哧的声响,火车跑得越来越快,喷出的蒸汽不断从脸前拂过。为了安全,也为了好看,号衣簇新的淮军站在铁路两边,真正是三步一岗,五步一哨。十米开外站满了前来看热闹的百姓,他们不断向着火车摇手,脸上是灿烂的笑容,孩子们更如过节一般,拍着手直跳。李鸿章被人们的情绪感染,也连连向人群招手。

大约跑了六七里路,火车逐渐慢了下来。这是事先商量好的,因为担心火车半路抛锚,所以只跑一半路程就向回返。等火车彻底停稳了,唐廷枢请李鸿章及众人下车稍做休息。

李鸿章打头,众人鱼贯下车。这里摆了一溜长条案,上面摆放着茶水、酸梅汤和切好的西瓜。早有干净利索的听差向李鸿章敬茶,李鸿章接到手里对众人道:"大家都喝茶。"

这下不用客气了,众人喝茶的喝茶,吃西瓜的吃西瓜。这时有个年轻人硬往里面闯,被两个淮军死死拦住。

"后生,你有什么事情?"李鸿章招招手,又对带头的淮军说,"没事的,你让他过来回话。"

那个年轻人被带到跟前,是个十七八岁的小伙子,浓眉大眼,毫不怯人:"大人,我看您是这里面最大的官,我也想坐坐火车,行不行?"

李鸿章指着唐廷枢笑着道:"县官不如现管,我官虽大,可这条铁路是他说了算,他说行就行,说不行我也不能逼他。"

小伙子很机灵,转而求唐廷枢道:"大人,这位老大人已经同意了,求您也答应了吧?"

"唐大人,给我个面子,就让他坐坐你的火车。"李鸿章也对唐廷枢开玩笑。

唐廷枢对小伙子笑道:"你小子倒是挺机灵,中堂大人准了,你就坐车去吧。不过回来可没人管你了,要靠你两张大脚板。"

小伙子高兴地应了一声,立马爬到火车上,仿佛怕唐廷枢反悔。

李鸿章又越过淮军的警戒线,对人群里的一位白胡子老人道:"老人家,看起来你身板好硬朗,你多大年纪了?"

"六十了。"老人对自己的身子骨很满意,拍了拍自己的大腿说,"我是自己跑来看火车的。"

"哦,那你怕不怕火车?反对不反对通火车?"李鸿章来了兴致,随口问了起来。

老人毫无忌讳道:"你这当大官的都不怕,都敢坐,我一个平头小百姓有嘛好怕的?自打修铁路起,我已经来看了好多次了。"

李鸿章又问:"你们村里的人,反对不反对修铁路?"

"干吗反对?大家都盼着铁路能通到天津卫,我们这些老家伙都坐火车逛逛就好了。"

李鸿章笑道:"好啊,早晚有一天要通到天津,还要通到京城,那时候你就坐火车去,逛完了天津逛京城,好好儿玩个痛快。"

"那敢情好,就是口袋里没有银子。"老人乐得翘着白胡子直乐。

李鸿章承诺道:"到时候我掏银子你来坐。"

"大人是拿小老儿逗乐呢!"老人以为是与他开玩笑。

"我是说真的。"李鸿章又向丰润和滦县的知县招了招手,"你们两个记清楚,将来要是铁路通到天津,我掏银子请老人逛天津城。"

老人见李鸿章不是开玩笑,便指了指滦县知县道:"这是我们的父母官,到时候我就找这位大人。"

滦县知县应道:"好,到时候你尽管找我。就是我不当知县了,我也会安排好,到时包管你好好逛一逛天津城。"

李鸿章心情很好,回到唐山,一下火车就说道:"景星,铁路修得好极了,金达利的火轮车造得不错,赏金达利一百两银子,参与制造火轮车的人,每人赏五两。"他又指指坐火车过来的小伙子说,"这后生很机灵,火车站也将启用,你就在铁路给他谋份差使如何?"

中堂开口哪有不成的道理?小伙子立即跪地磕头。

李鸿章心情愉快地刚回到天津,参他的折子就递进宫去了。自然是反对造铁路通火车的,说:"轮车所过之处,声闻数十里,雷轰电骇,震厉殊常,于地脉不无损伤。机车直驶,震动东陵,且喷出黑烟,有伤稼禾。"

而通政使刘锡鸿上的参折更离谱,说李鸿章以修马路为名,行修铁路之实,实在是欺君罔上;他又翻旧账,指责李鸿章留入觐的刘铭传在天津密商铁路事宜,是藐视纲纪;优保盛宣怀等人,系藐抗朝廷,妄言欺谩。然后又说李鸿章在直隶一言九鼎,听不进忠言,跋扈不臣,俨然帝制。

这是欲加之罪,但李鸿章在开平修铁路这件事情上的确有所欺瞒。恭亲王十分头疼,不知该如何处理,宝鋆献计道:"王爷,咱们这位爷对李少荃多有回护,不妨给他透个信,让他出面给上头说话。"说完,宝鋆曲指做个"七"字。

"也好,佩衡,这件事就由你来办。"恭亲王点头应允。

醇亲王看到刘锡鸿的弹劾,果然大怒:"这个姓刘的实在是过分,要说李鸿章事有欺瞒还可信,要说他跋扈不臣,俨然帝制,简直是欲加之罪。在雍正朝,这可是杀头的大罪。"于是,他回过头来问送来副稿的张佩纶,"幼樵,姓刘的这样行事,简直是给清议抹黑,他与李少荃有什么过节吗?"

"过节的确有一点,当初刘锡鸿与郭嵩焘闹得不可开交,李中堂建议朝廷把副使刘锡鸿调回,朝廷未准;后来朝廷有意调回郭嵩焘,却让刘锡鸿留任,李中堂坚决不同意,结果两人同时撤回。这个过程,刘锡鸿回国后有所耳闻,对李中堂的私怨,大约出于此。"张佩纶也大致知道其中的过程,于是回道。

"就算有私怨,这个刘某人如此罗织罪名,也太可恶,我要为少荃打抱不平。"醇亲王不依不饶。

这场纠纷最后摆在慈禧面前,她一眼就看穿了李鸿章的把戏,如此瞒天过海,无非是想把铁路生米做成熟饭。他极力要建铁路的心思,她也十分清楚,因此对李鸿章的有意欺瞒也并未太生气,何况又有老七为他说话,因此她决定对双方各打五十大板:"李鸿章说的是用骡马拉煤车,怎么又变了卦?这也就难怪大家指责他,告诉李鸿章,当初怎么承诺的就怎么办,把火轮车搬到一边去,还是用骡马拉。刘锡鸿是欲加之罪,如此污蔑大臣,此风不可长,朝廷开言路,是为兼听则明,怎能任出他们肆口诋毁国家重臣?"

第十七章

太软弱力求和局　真果决快刀斩麻

光绪八年二月底，李鸿章刚从保定回到天津，就接到了大哥李瀚章的信，说是奉养在湖广总督署的老母病情加重，恐怕难以回天。

李鸿章的老母亲前半生吃尽辛苦，后半生享尽荣华。据传她本是李鸿章的爷爷从路上捡回的弃儿，当时正在出天花。天花挺过去后，她却留下了一脸麻子。从此，她养在李家，随之姓李。因为她从小干农活，没缠脚，长了一双大脚板，所以后人称她"大脚李夫人"。李鸿章的父亲李文安，心地忠厚善良，有一天见李姑娘烧灶时睡着了，就把衣服脱下来盖到她的身上。老父亲知道李文安对李姑娘有意，于是认作儿媳，很快便办了喜事。

李夫人为李家生了六个儿子：李瀚章、李鸿章、李鹤章、李蕴章、李凤章和李昭庆，还有两个女儿，大女儿嫁记名提督张绍棠，二女儿嫁江苏候补知府费日启，都十分风光。李文安五十五岁就死了，夫死从子，她一直跟着长子李瀚章生活。李瀚章四次出任湖广总督，而每一次总是与李鸿章交替，因此老太太一直安居湖广总督署，儿子换防，她则不必动窝。李鸿章最后一次与大哥交接后出任直隶总督，已经十余年了，从此未再见母亲一面。人老恋亲，老母亲想念他，他也想念老母亲，无奈官身不由己。

李鸿章心情很不好，一则自己未能侍奉老母，心中有愧。二则是担心万一老母驾鹤西去，兄弟两人势必要丁忧，两人的总督都做不成了。虽然朝廷有夺情的说法，可以强令穿孝百日后再回本职，但那是在特殊情况下。如今承平时候，即便朝廷下旨夺情，他也没有理由赖在任上，那样岂不让清议骂死？

可是，真要是丁忧三年（实际是二十七个月），他手下要有多少人倒霉？对他大办洋务、威权日重，多少人又嫉妒又气愤，他在职之日尚有人弹劾他及手下干将，他一旦去职，清议及他的政敌还不趁机算账？而且他心里有数，北洋办的许多事情都不合规矩，要扳倒他实在容易得很。所以，最要紧的是提前选一个放心的人来署理他的直隶总督兼北洋大臣。

好在淮系人马中找个替手并不难，他属意的是两广总督张树声。当年淮军赴沪，张树声率树字营随行，跟随李鸿章以沪平吴，战功赫赫。因为他有秀才功名，在多是草莽出身的淮军将领中算得上儒将，颇受曾国藩的赏识，同治四年（1865 年）五月即任命他为徐海道，协助处理地方事务，从此走上文官之路。曾国藩总督直隶后，又调他出任直隶按察使，清理积案，大见成效，再次密荐他为山西布政使，不久再升至护理山西巡抚，以后漕运总督、江苏巡抚、署两江总督、贵州巡抚、广西巡抚。光绪五年（1879 年），他升任两广总督，成为淮系除李鸿章之外的第一个一品大员。论资历论渊源，请他当替手再合适不过。所以，李鸿章在向朝廷请假去湖北侍奉老母的同时给恭亲王也去了一封密信，希望他离职时能由张树声署理直隶总督、北洋大臣之职，当然也是为他将来丁忧由张树声替手做个伏笔。

直隶总督是第一要缺，而且北洋通商大臣又担负着代朝廷与洋人交涉的重任，因此朝廷不可能让李鸿章长期服侍床侧，上谕赏假一月，并由张树声署理直隶总督。李鸿章准备起程，却又接到凶信，老母亲已经于三月初二日病逝，于是他立即奏请丁忧：

> 窃臣奉谕旨赏假一月，赴鄂省亲，正在部署经手事宜，预备交卸。忽接臣兄由轮船寄电信，臣母已于三月初二日申时在湖广督署病故，臣系属亲子，例应丁忧开缺。目前地方政务及北洋中外交涉事宜，遵例遴委藩司嵩峻、津海关道周馥，分别代拆代行。署督臣张树声未到之先，臣虽居苦次，遇有洋务要件，当随时指示机宜，暂资静镇，但日久实惧贻误，应恳恩飞催张树声赶紧乘轮船北上，计由粤至津，不过旬日。臣仍懔遵寄谕，俟张树声到后，交代妥协，即行起程奔丧，回籍守制。

　　隔了一天,上谕到了,正如李鸿章所料,果然是"夺情",令他穿百日孝后署理直隶总督并兼北洋大臣。于是李鸿章又接连两次奏请, 恳请恩准他出缺。这是大臣遇有丁忧通常的文章,臣子一再恳请丁忧,体现孝心;朝廷夺情不准,以示倚重。但朝廷的确离不开李鸿章,尤其是北洋大臣,不但要与洋人交涉,还要部署北洋海防,因此恭亲王向慈禧建议,直隶总督就由张树声署理好了,北洋大臣一职必须夺情,让李鸿章穿孝百日后回任。为了给足李鸿章面子,也让他不再固辞,朝廷派军机大臣王文韶携旨亲往天津。

　　王文韶是宣旨钦差,李鸿章自然要摆香案并磕头接旨。王文韶也不必客气,站到台阶上,展开上谕朗声宣读:

　　　　李鸿章奏,渎陈愚悃,恳请收回成命,准予开缺终制一折。披览之余深为轸恻。在李鸿章陈情固辞,原为人之至情;而朝廷廑念疆事,倚任需人,实出于必不得已。然若仍令照常供职,度李鸿章之心必终不安。李鸿章着开大学士直隶总督之缺,俟穿百日孝后,驻扎天津,督率所部各营,认真训练,并署理通商事务大臣。该大臣开缺留营,揆之金戈无避之义,亦不背于礼经,此系曲鉴其恳切之忱,从权酌办,俾得忠孝两全,各无遗憾,当亦天下所共谅。该大臣仰体宵旰之劳,自念责任之重,勉图报称,宏济艰难,以副厚望。并着派军机大臣署户部尚书王文韶前往天津,剀切宣谕慰勉,俾知朕意,毋许再行固辞。

　　王文韶圆滑出名,礼节特别周致。一宣完圣旨,就慌忙跨下台阶恭请道:"旨意宣完,我就不是钦差了,该我给中堂行礼了。"

　　李鸿章磕头谢恩刚起身,连忙扶住王文韶的双手道:"夔公,使不得,使不得。"

　　王文韶字夔石,因此李鸿章称他夔公。王文韶就势长揖一躬,李鸿章也揖一躬还礼。

　　两人进了西花厅,王文韶劝李鸿章节哀顺变,同时把军机、总理衙门大臣的奠仪清单及银票郑重交接。李鸿章对京中权贵打点颇为周到, 四时三节,冰敬炭敬,但凡能想到的都一概打点。因此他遇母丧,上至恭亲王,下至军机、总理衙门大臣都有一份心意。这是不必辞的,李鸿章收下,请王文韶代致谢意。因为尚未开丧,谢悃帖要到合肥才能补寄。

王文韶还带来了翁同龢为李太夫人写的挽联——

八十三年,极人世富贵尊荣,不改俭勤行素志
九重一德,为贤母咨嗟震悼,要全忠孝济时艰

上联是赞李太夫人,下联则是劝慰李鸿章,因为要"济时艰",所以要"全忠孝"。李翁二人有宿怨,但翁同龢身为帝师,当然要表现出心底无私,不计旧怨,写此挽联,也有示好之意。

李鸿章看过之后请道:"夔公,请务必将我对叔平的谢意捎到。"

"一定一定。"王文韶也郑重地答应,然后声音略小些说,"中堂,此番前来,六爷还有人事问题想听您的高见。去年两江总督不太合意,六爷一直耿耿于怀。"

去年夏天,彭玉麟巡阅长江水师,对江防非常不满,上折参劾两江总督刘坤一,说他嗜好素深,又耽逸乐,广蓄姬妾,稀见宾客,且纵容家丁,收受门包。精神疲弱,于公事不能整顿,沿江炮台,多不可用,每一发炮,烟气弥漫,甚或坍塌。

彭玉麟刚直出名,屡次辞官不就,朝廷给他巡阅长江水师的名头,借他的威望震慑长江水师的骄兵悍将,而且长江沿岸,无论文武,上至督抚大员,他都可参劾,三品以下武官可以先斩后奏。他每三年巡阅一次,每次巡阅必定有人倒霉,沿江百姓都把他巡阅长江看作了申冤除恶的机会。他的意见朝廷也向来看重,几乎是每参必准。他参刘坤一的奏折措辞率真,毫不留情面。慈禧看了奏折之后道:"彭玉麟参劾地方官,最高不过是布政使,如今他把刘坤一说得这么不堪,刘坤一恐怕没法在两江待了。"

恭亲王知道彭玉麟太过刚直,他所参也许言过其实,可无论如何,必须派大臣查察后再做定论,这也是处理参案的惯例。

"查不如不查。你也知道彭玉麟可能言过其实,如果派人一查真是如此,那么处不处分刘坤一?处分的话,刘坤一觉得冤;不处分的话,彭玉麟的脾气你也知道,他要是撂挑子,大家脸面都不好看。干脆让刘坤一进京述职,再考虑安排妥当地方。在彭玉麟看来,刘坤一是因他的参劾而离职,而对刘坤一

来说,进京述职也不是丢面子的事。"慈禧前后分析了一番,做出了决定。

恭亲王一想也有道理,于是他一面令刘坤一进京述职,一面与李鸿章往返函商两江总督的人选。两江总督兼南洋大臣,而南北洋大臣共同负责海防事宜,何况李鸿章这北洋大臣的许多事业比如轮船招商局、江南制造总局等都在两江,因此两江总督的人选与李鸿章休戚相关,必得选一个相谐的人选,这也是恭亲王所深悉。

李鸿章经过深思熟虑,推荐四川总督丁宝桢接任两江。丁宝桢也是刚直果敢的性子,当年剿捻的时候,先是与李鸿章闹意气,后来李鸿章放下钦差大臣的架子上门相商,他这才肯配合,等他果断斩杀安德海后,李鸿章亲笔写信以表敬佩之意,两人关系更加密切。他在四川总督任上,对北洋协饷一直十分关照,由他调任南洋,是步不错的棋。四川总督则由李鸿章的老哥李瀚章前去接任,因为他曾经署理过四川总督,而且天高皇帝远,对有贪墨之声的老哥来说也是个相宜的去处。李瀚章空出的湖广总督,则打算由赋闲多年的曾国荃出任,本来朝廷有意让他去接任陕甘总督,但他嫌苦寒,不肯去,去湖广应当如他的意。而刘坤一是老湘军出身,让他去接湘军首领左宗棠扔在陕甘的部下,当然也是相当合适的打算。

正所谓人算不如天算,这个"天"便是慈禧。刘坤一到京陛见后,她对恭亲王道:"两江总督就让左宗棠去吧。"

左宗棠入值军机后,老毛病不改,还是好说大话。而且无论商议何事,他都能扯到在西北的功业,本来是谈海关税的问题,他却大谈西北种树。大家敬重他收复新疆的功业,刚开始还能忍,可是不出两个月,无论军机还是总理衙门,都已经不胜其烦。尤其宝鋆,向恭亲王抱怨说左某人真是一团茅草。对他礼敬如一的,只有以知兵自许的醇亲王。左宗棠也不痛快,无论军机还是总理衙门凡事议而不绝的作风让他非常不爽,到后来都有些怵头入值。不过,恭亲王对左宗棠还是百般优容,竭力体恤,从来没想过挤他出军机。但慈禧却是看得清清楚楚,左宗棠适宜外任而不宜中枢。所以她派醇亲王旁敲侧击,打探左宗棠的意思。左宗棠回应道:"我早就说过,要么任知县,能办实事;要么任督抚,在一两省说一不二,能办大事。唯有这军机和总理大臣,真正是形如鸡肋!"

于是,左宗棠出任两江总督的上谕很快发布。李鸿章惊讶得眼珠子差点掉出来，但已经无力回天。恭亲王所耿耿于怀的，就是这件事。

"张振轩署理直督应该是十拿九稳。不过，法国人正在越南闹事端，两广也得派知兵的人去镇守。六爷的意思，是先听听中堂的想法。"

李鸿章猜测道："王爷恐怕已经有人选了吧？"

"是，不过王爷意思，必得听听您的意见。"王文韶也实话实说。

"我估计，英雄所见略同。"李鸿章拿笔在纸上写了一个大大的"九"字。

"九"便是指曾国荃，他排行老九，人称九帅。上次打算让他出任湖广的计划落空，如今两广出缺，又需要知兵大员，派他去算得上人地两宜。

王文韶点头道："真是心有灵犀。那么湖广总督的人选，王爷也想听听中堂的意见。"

"要我说，就从湖广巡抚中选就行。湖南朗翁论资历论能力，署理湖广毫不勉强。"

湖南巡抚涂宗瀛，字朗轩，比李鸿章人整十岁，所以李鸿章称他"朗翁"。他也是安徽人，早年办团练，与李鸿章的父亲李文安是老相识，当过曾国藩和李鸿章的部下，当过四年河南巡抚，又当了四年湖南巡抚，正如李鸿章所言，署理湖广总督绰绰有余。

王文韶回京复命，李鸿章却不能立即起程回籍，因为他要等张树声前来交接，另外还有几件事要安排妥当。

一是电报局改官办为官督商办。盛宣怀总办电报局，半年前全长三千多公里的津沪线已经开通发报，共用银十七万八千余两，全是北洋垫支。因为李鸿章有言在先，两年之内必须归还官款，而且盛宣怀一开始就提出，先是官款官办，但最终要实现官督商办。因此他一直在做招商股的工作，电报一开通后，商人们开始热心起来，特别是郑观应、经元善等巨商投股电报局，官督商办势在必行。所以盛宣怀向李鸿章报告，希望现在就改为官督商办，先还十万两官款，另外的七万八千两官款用官发电报费折抵。李鸿章很高兴，让盛宣怀起草商办章程，他向朝廷奏请。

二是写信告诉德国公使李凤苞，在德国订造的两艘铁甲舰，分别命名为定远、镇远，一定要盯紧，不能让洋人有任何偷工减料，试航的时候，一定要刘步蟾亲自驾驶。刘步蟾是福建侯官人，左宗棠创办福州船政局的时候，同时创办了福州船政学堂，前学堂学造船，后学堂学管驾。刘步蟾入后学堂，一直成绩优秀,日本侵台的时候,二十二岁的他就出任建威号的管带。后来又被李鸿章和沈葆桢派到英、法等国考察学习枪炮、水雷等海军武器装备,回国后深受李鸿章赏识。光绪六年(1880年),李鸿章指示李凤苞向德国伏尔铿造船厂订造两艘铁甲舰,还专门派刘步蟾等人驻厂监造。定远舰即将下水试航,李鸿章特别叮嘱,一定要刘步蟾亲自试驾,是怕受洋人愚弄。

三是安排旅顺船坞建设。定远、镇远两年后就可驾回国内,这两艘巨舰吃水深,非有专门船坞不能停靠、修理,因此必须新建港口。沿海港湾众多,到底选在哪里,真是众说纷纭,李鸿章的密友丁日昌主张在辽宁大连湾与浙江温州任选其一;福州船政大臣黎兆棠则主张借用广东现成的黄埔船坞;李凤苞认为把基地建在烟台;而李鸿章最属意的是旅顺,因为建港于此,既便于护卫大清根本之地盛京,又便于整个北洋海防。

旅顺港口门开向东南,东侧是雄伟的黄金山,西侧是老虎尾半岛,西南是巍峨的老铁山,从周围环守旅顺港,形势险要。李鸿章上奏《论旅顺布置》时说,"渤海大势,京师以天津为门户,天津以旅顺、烟台为锁钥;西国水师泊船建坞之地,其要有六:水深不冻,往来无间,一也;山列屏障,以避飓风,二也;陆连腹地,便运粮粮,三也;土无厚淤,可浚坞澳,四也;口接大洋,以勤操作,五也;地出海中,控制要害,六也。北洋海滨欲觅如此地势,甚不易得……唯威海卫、旅顺口两处较宜,为保守畿疆计,尤宜先从旅顺下手。旅顺锁匙北洋,屏藩辽沈,对于北洋海防关系甚巨。"

朝廷已经旨准,临行前李鸿章再次会见德国人汉纳根、善威,这是他聘请的技术顾问,有一大堆事情安排。

李鸿章回籍葬母不到两个月,朝廷就急召他回天津,因为朝鲜出了乱子。

朝鲜与越南、琉球一样,是大清的属国,但因为与大清龙兴之地盛京接壤,所以其地位又非越南、琉球可比,而且朝鲜与宗主国的关系一直非常密切,按时进贡,有大事总是先秉明清廷。近二十年来,主政朝鲜的是国王李熙的父亲大院君李昰应。他坚持的是强硬的闭关锁国政策,绝不与列国通商。五年前以王妃闵氏为首的新党发动政变,以国王亲政的名义把大院君赶下政坛,劝说国王效法日本,维新振兴。朝鲜人对闵氏一党实行门户开放、亲近日本十分反感,尤其是闵氏集团以开化为名,排斥异己,任人唯亲,扶植亲信,而这些亲信人物骤获大权,得意忘形,贪污腐化,大做威福,弄得民怨沸腾。

今年春,朝鲜又发生了大旱,又有宫中闹鬼的异象传出,京城内人心惶惶。闵氏集团又决定扩充新式军队,缩减旧式军队的规模,超过半数的军人被迫解甲。一个月前,发给士兵的军粮中发现掺有大量沙子(有人说是政变者的预谋),而且又欠饷几个月,有人振臂一呼,士兵哗变,汉城贫民及解甲的士兵也纷纷加入,浩浩荡荡冲进王宫诛杀闵氏一党,受了轻伤的闵妃仓皇逃走。汉城局面失控,多名日本商人、侨民被伤,使馆被围,日本驻朝公使花房义质烧毁公使馆,与使馆人员二十余人一路放枪,冲出一条血路,仓皇逃往仁川,搭乘一艘英国轮船逃回了日本。

消息报到朝廷,恭亲王连连顿足,口中直呼道:"真是祸不单行。"

的确是祸不单行,因为此时法国人也在越南惹事。中国与越南山川相连,唇齿相依,东起广东的钦州,西至广西的南宁、太平、镇安三府,再至云南的临安、广南、开化都与越南毗连。早在两千年前,秦始皇废封置县,称越南为交趾郡及日南郡;东汉时称为交州;唐代置安南都护府,因此后来亦名为安南。到了宋朝,丁氏建立国家,向宋廷表示愿为藩属,且定期进贡朝觐。明亡清兴,越南黎氏王朝主动送回明朝所赐敕印,由康熙帝改封为安南国王。乾隆年间,阮光平推翻黎氏王朝,建立阮氏王朝,仍然由清廷赐封为安南国王。

后来他的后代同室操戈,阮福映借助法国势力一统安南,随即派使臣到京师报告,请改国号为南越,嘉庆帝同意他的请求,并册封他为越南国王。法国人因为帮助过阮福映,又见大清忙于对付太平军、捻军,因此一次次逼迫越南割让土地,先后割去了南部六省。

法国人的心思并不全在越南,他们打算以越南为跳板,打开中国西南的通商道路,正如英国人希望通过缅甸进入中国云南一样。法国人从西贡出发沿湄公河探测通往中国的航路,发现湄公河的上游澜沧江水急流深,落差太大,根本不宜通航。因此就转向越南北部,打算利用红河作为入侵中国云南的通道。执行这次任务的是上校安邺,他仅率军百余人就攻陷了河内,提出的要求是答应他们在红河有通航权。

越南国王向中国人刘永福求援。刘永福是广西人,因为造反失败,率部逃进了越南,驻扎在中越边境保胜(今老街)一带。他的部下所用旗帜全是黑旗,因此称黑旗军。他接受越南国王的请求,大败法军,击毙安邺,时间是光绪二年(1875 年)。法国以安邺之死为借口,威逼越南开放红河通商。当时日本人在台湾闹事,清廷无暇顾及越南,只是向法国发了个照会,不承认法国与越南签订的条约,表示越南仍然是大清的藩属国。而越南也照常向大清朝贡。越南北圻红河两岸是刘永福的天下,法国人没法实现通航、通商,因此屡次要求越南驱走刘永福。越南国王明白,如果赶走刘永福,法国人更加无所顾忌,因此婉言谢绝。

法国人终于沉不住气了, 派出新任交趾支那海军分舰队上校李维业带兵去威胁越南朝廷,要求非赶走刘永福的黑旗军不可。这个李维业从学校毕业后就到海军服役,曾参加过墨西哥远征,却无多大建树,此时已五十多岁了,才勉强升了个上校,所以他急于建功立业,以便体面退休。越南守军武器很差,李维业轻轻松松就占领了河内城。

朝鲜、越南两个属国同时出问题,朝廷怎能不头疼?清流们自然想得简单,就是一个字:打!恭亲王也是一个字的指导方针:和。和也并非是简单的事情,环顾朝野,非请李鸿章出来不行,因此连续发了两道急诏,急令他立即回天津视事。

"真是祸不单行!"李鸿章接到上谕,也是连连顿足,说的是与恭王一样的话。他立即起程南下,轮船招商局派一只小轮船专门接他。到了南京,他决定去拜会两江总督左宗棠。两人脾气实在不相投,但一个北洋一个南洋,不相投也要竭力维持。何况此时朝鲜变乱,北洋海防吃紧,他希望从南洋商借两条兵轮,助守北洋门户。有求于人,他不能不屈尊以就。

左宗棠虽然经常大骂李鸿章,但如今被他骂的人拜上门来,他还是令大开中门迎接。

李鸿章母亲去世,左宗棠有一份不菲的典仪,李鸿章先是致谢,然后说起南北两面的麻烦,感叹道:"日本蕞尔小国,其野心却大得很,处处学洋人,造轮船,造枪炮,办电报,修铁路。他们办洋务比我们晚,却比我们有成效,尤其是他们的海陆军,全按洋人的办法操练。他们不但打我台湾的主意,也一直在觊觎朝鲜。光绪元年,日本人占领了江华城,逼朝鲜签订了《江华条约》。

那时候大清无力东顾,让日本人捡了个大便宜。"

"少荃,你这话不对,不是无力东顾,是一些人太怕事。怕西洋人也就罢了,连东洋小小的倭寇也怕。"左宗棠连连摇着他的大巴掌。

"季公,这次朝鲜乱兵杀死了十几个日本人,日本人难免要逮住机会生事。"李鸿章知道左宗棠是在说他,但不去计较。

"那就出兵打他狗日的,朝鲜是我属国,我国自有保护之义务。"左宗棠一副不甘示弱的样子。

"当然要尽保护属国的义务,只是法人在越南虎视眈眈,沿海不固,实在不敢放心赴朝。我前来拜访季公,正是要商量海防之事。"李鸿章想尽快转向借兵舰的正题。

"是啊,法国在越南闹,日本在朝鲜闹,越南、朝鲜都是大清属国,都要顾。日本不过是刚刚学步的黄口小儿,法国却是与英国齐名的西洋大国,所以南边的事情更难办。我忝掌南洋,南洋的海防不能不筹划。只是南洋舰船实在太少了,我听说登瀛洲号和泰安号都被北洋调去了,现在南洋吃紧,我正打算给你写信,把两艘兵船还回来,没想到你正好来了,我也就免了这封信。"

李鸿章真是哭笑不得,借军舰的事还没开口,左宗棠倒先讨起债来了。他只好打消了借兵舰的念头,好在登瀛洲和泰安号都是早期造的木壳船,有无都没多大用处,所以他很爽快地答应了:"好,我到上海后立即发报让这两条舰回南洋。不过季公既然说起了属国,我就要接着季公的话说说看法。同是属国,朝鲜和越南有所不同,从地理上看,朝鲜与盛京接壤,此地乃大清龙兴之地,关系自然非同寻常;而越南不过是滇粤的屏藩。从亲疏上看,朝鲜准时入贡,时有使团前来;而越南十几年来几乎断绝往来,且私自与法签约,我代为力征,与法国决裂,兵端一开,必扰通商全局,实在不值!更怕一发难收,竟成兵连祸结之势。"

李鸿章一口气把话说完,自以为说得有道理,左宗棠不能不有所赞同,没想到左宗棠侃侃而谈,两人观点竟南辕北辙。

"大清不能怪越南,越南是受了法国人欺负,作为宗主国,因为内忧外患,没有尽到保护的义务,就像老子没本事,儿子受了欺负,老子得感到伤心愧疚,怎么能回过头来怪儿子?现在国内平静,法国再欺负越南,大清如何能袖手旁观?正因为现在日本也在打朝鲜的主意,所以在越南问题上更不能让步。如果像你所说,任由越南自生自灭,那岂不是告诉日本,大清对属国并无保护义务!至于说衅端一开,兵连祸结,终成不了之局,我看更无道理。为什么? 他劳师远征,我守株待兔;越南亲我而憎法,何况越地烟瘴异常,疫痢流行,法人不适,死伤接踵,有此数忌,势难持久,最终必知难而退。"

李鸿章的观点被左宗棠批得体无完肤,他有些沉不住气了:"季公,话不能这样说。现在的问题是法国海军力量强我太多,他不会弃长用短,在陆地上与我争胜负。到时候他们会像庚申年那样,军舰北上,封锁天津,京城立即人心惶惶,难道又要让太后和皇上秋狩?"

"就是秋狩或者迁都,也不能认输。"左宗棠强硬得很。

"那要是太后和皇上要认输呢?庚申年最终还不是签订的和约?"李鸿章不以为然。

"太后和皇上要认输,我们这些做臣子的要劝。这些年就是没骨气的臣子太多,才让朝廷底气不足。再说,现在已不是庚申年,那时候洪杨作乱,朝廷无力抵御外患,现在朝廷上下一致对外,何惧法国?何况二十余年添造洋枪洋炮,难道我们手里的都是烧火棍?"

"外敦信睦,隐示羁縻,以二十年之和平换强国之大计,这是恭王爷的一番苦心。"李鸿章对左宗棠的观点不能苟同。

这话左宗棠当然熟悉, 在京中九个月, 听恭亲王说得最多的就是这句话,而他最不服气的也是这句话。

"少荃,这句话说到底就是要向洋人让步,要一让再让,打碎牙也要和血吞。忍让并无错,可也要有个限度。二十年来我一让再让,结果呢?同治九年英法美等国在天津闹事,让曾文正焦头烂额,崇地山赴法道歉;同治十三年,日本人窥我台湾,后又占我琉球;光绪元年,英国人借马嘉里一事又逼迫我签订《烟台条约》;而俄国人则趁新疆变乱之际占我伊犁,最终是割地赔款;现在是法国侵吞越南,日本图谋朝鲜……敦信和睦,有和可言,有睦可讲吗?我看到的倒是洋人得寸进尺,舐糠及米,蹬着鼻子上脸!至于恭王爷,说句不敬的话,锋芒已无,胆略俱欠,已非当年不负众望的议政王了!"左宗棠粗门大嗓带着怨气说出的这些话,让李鸿章目瞪口呆。这些和约几乎都是由他与洋人谈判签订的, 这也是他被骂作卖国贼的主要原因。可其中曲折又有谁知？他苦心维护和局，难道有错吗？

这人简直是疯子，不可理喻，我不能再与他多说一句。李鸿章心里想了想，拱了拱手道："季公既然如此说，我也无话好说。谢谢季公的茶，朝鲜事情紧急，恕无暇请教。告辞！"

"少荃，那就恕不远送。"左宗棠拿拐杖点了点地。说是不远送，但左宗棠还是站了起来一直送到门口。左宗棠倚老卖老，听说巡抚告辞他也不送，只是拿手杖点点地。不过李鸿章入阁的时间比他早，又是号称首揆的文华殿大学士，所以左宗棠在他面前卖老卖不动。不过，没想到左宗棠送到门口，竟然有一语相送，"少荃，对洋人一味忍让没用！直起腰来说话，洋人吃不了人！"

李鸿章刚刚有点舒缓的心情又被这句话给破坏了，他立即回敬道："我与洋人交往，向来都是直着腰说话，但从来不在洋人面前逞无谓之勇。洋人不但吃人，有时候连骨头也不吐。如果连这一点也看不清，我在北洋岂不是瞎混了十年！"

见李鸿章气得脸色发白，左宗棠竟然像孩子似的呵呵直乐。

怪不得他在京中待不下去，要是让这样的人执掌军机，真是国家之大不幸。李鸿章出总督府时这样想，等他乘船到了上海，脑子里依然是这句话。

到了上海，他就住在天后宫。天后宫就是妈祖庙，因为屋宇宽敞整洁，成为大员过上海时的栖身之地。李鸿章到来前，江海关道邵友濂早就命人仔细收拾干净了。李鸿章入住后甚为满意，他也不急于赶赴天津，想在上海先看看各国的反应，再决定行止。

当晚，李鸿章便与上海的几员心腹密谈。最后见的是盛宣怀，之所以最后才见，就是为了从容密谈。两人的关系最为密切，到了无须任何忌讳的程度，李鸿章当着盛宣怀的面大发左宗棠的牢骚："左老三这人真不可理喻！他骂我是卖国贼，我看他是打着爱国的旗号害国！在洋人面前一味逞强，能博清流一声赞叹，可真要按他的方法去办事，我大清岂不又要重蹈二十年前的覆辙？清流们一味对西洋强硬，这都是书生之见，谁料号称知兵的左大人竟也是如此。动不动就要跟洋人开战，杏荪你说，这仗能打吗？"

"这仗就算能打也不能打。中堂是从军事上来说的，卑职因为身处商界，从商情而言，一打仗上海就有塌台的危险。"盛宣怀给李鸿章点上水烟，捧到他面前。

"此话怎讲？"李鸿章接过水烟袋，咕噜噜抽一口，这才示意盛宣怀说下去。

"自从平定洪杨之乱后，东南沿海一直比较平静，与洋人的关系也不错，所以中外商人都看好上海，纷纷前来投资。听一个老上海人说，上海这十几年发展最为惊人，刚刚平定洪杨之乱时，外国洋行不到百家，国人开的商号也只有一百五十余家，而今不过十余年，洋人商行已有四百余家，国内的商号竟然有八百余家。大马路一条接一条修起来，洋楼一座座建了起来，地火灯现在又要换电气灯，电报继而德律风，新鲜事物一样接一样，就连洋人也惊叹上海的发展之快。"

"这个我清楚。当年我率淮军来上海时，城北还是大片的坟场，而现在全成了洋式建筑；那时南京路还是条乡间土路，现在也成了上海最繁华之地。仗一打起来，上海商业必受影响。不过要说塌台，则有些言过其实了吧？台怎么塌？洋人的投资总不能立马撤走，建好的房子总不能搬到轮船上运回去吧？"李鸿章还是有些不解。

"事情要比这严重得多。"盛宣怀把茶水递给李鸿章，向前靠了靠，以示下面所说事涉机密，"自从上海建了租界，洋人的许多新鲜玩意都带了进来，最热闹的当属股票。旗昌、怡和不用说了，很早就发行了股票，因为收益稳定，华人多有附股。轮船招商局成立后，也效法洋人发行股票，最近几年，百姓购买华股也是群情若鹜，股价也是一涨再涨。轮船招商局的股子，当初百两面值只卖五六十两，现在已到了二百四五十两！电报局的股一上市就供不应求，百两面值卖到二百两！开平煤矿、上海机器织布局、平泉铜矿、漠河金矿也无一不高出原价。这既是喜，也是忧，如果上海一动荡，少不得纷纷抛售，到时股票肯定大跌，那些跟风买进、期望发财的人不知有多少要倾家荡产！中堂说可不可虑？"

盛宣怀不愧官场商场两面通，眼光独到深邃，李鸿章不禁连连点头。

"更可虑的是上海的银根。现在上海市面上流动的银子不下千万两，可实际的银子不过几百万两，余下的全是银行、钱庄开出的银票。比如，某家银号实际存银只有三十万两，他往外放最多应该只能二十多万两，可他开出的银票，可能已达到四十万两。"

"三十万两存银，开出四十万两银票，那岂不有十万两的虚头？"李鸿章一眼看出问题所在。

"问题就在这里。现在上海交易,很多时候并不用现银,比如卑职卖出一批布,别人付一万两的银票,卑职又买了一万两的纱,也不用现银,把这一万两银票给卖纱的就行了。没有一两现银的交割,而两万两的买卖就做成了。"

"哦,也就是说,上海许多买卖是靠银票在支撑。"李鸿章一语道出金融的底细。

"正是如此,银票流转通行,说到底靠的是信用。换句话说,上海的买卖其实是靠信用在维持。假如一有风吹草动,许多人要拿银子急用,或者对银行、银号和钱庄不放心,都去兑,那银行和钱庄哪有那么多现银支付?'哗啦'一声银号就会倒掉,在此存银的人家顷刻之间银子就打了水漂。那时候,要倒的还不仅仅是一家钱庄银号,大家没了信心,银行、钱庄就会一家一家接着倒掉,接下来就会连累商家。这样一家连着一家,就像推倒了骨牌,上海市面岂不说塌就塌了?就连咱的轮船招商局、电报局,股票价格也会一落再落,想招股也难。"盛宣怀分析得深入浅出。

"听君一席话,我真是惊出一身汗。所以无论与法国还是日本,千万不能打起来,一打起来,不要说军舰封锁海面,就是谣言一起,也足以在上海引起轩然大波。"李鸿章觉得想想都是极为可怕的事情。

"还有最直接的危害,如果中法开战,法国就可以把轮船招商局的船扣起来作为战利品,那时候轮船不能出海航行,招商局就要坐吃山空。所以中堂力主和议,绝对是保国护商的大计,一味嚷着开战,那才是误国害民之举!"盛宣怀也极力支持李鸿章。

"可惜,能理解到这层的人实在太少了。"李鸿章叹息道,"所以,我就是拼命也要维护和局,就算别人骂我卖国贼也在所不惜。"

"中堂忠心可昭日月。"盛宣怀由衷地佩服。

"我们这样委曲求全,根本上还是因为自己太弱。杏荪,十年前我说自己心里有一个大计划,或者说一个大大的梦想,我要建一支庞大的水师,从此再也不受洋人的扼制!如今这个梦想正在逐步实现,已经订购两艘铁甲,蚊子船已经有了十几艘,然后再有碰快、鱼雷艇、通讯、运输船若干,等这支水师成军,足以与洋人相抗衡!旅顺军港已经开工,大约七八年即可完工,有巨大船坞可供舰船停泊、维修,还有最新式的炮台拱卫安全。那时候洋人再想拿几条军舰吓住我大清,简直是做梦!"此时,李鸿章满面红光,意气风发,盛宣怀已许久没见到他这样的神情了。

不过,李鸿章转眼之间便从向往中回过神来:"当然,这必须要有一个条件,那就是十年内不可与洋人失和。杏荪你说说看,我一向主和,有没有一点私心?骂我卖国,有没有一点道理?"

"当然毫无道理。中堂高瞻远瞩,他们不过是坐井观天。卑职无论何时都会帮中堂力保和局。"盛宣怀话题一转道,"不过,左大人好像要插手电报。"

"什么?左老三要插手电报?"李鸿章对此十分敏感。此次江宁之行,他知道左宗棠有意插手海防,已颇感担忧,现在他又要插手电报,那自是更加恐慌。想当年自己办江南制造总局,左宗棠却在福州办船政局,寸步不让,大争风头。现在左宗棠又要在海防、电报上争他的风头,真是冤家路窄。

"这件事不知是左大人安排还是胡雪岩鼓动,总之,胡雪岩正向洋行购买机器、铜线,要架设沪宁电报线。听说他野心很大,将来要包揽整个沪汉线。当初说电报局是独家经营,如今左大人再插一脚,自己人先争起来,两家都无利可图,实在不是好兆头。"盛宣怀有些担忧。

"左老三的脾气向来是先办了再说,我估计他还没向总理衙门透风。我们得趁早想几条不能分办的理由,说动总理衙门干预。"李鸿章也有些担心事情不好办。

"理由不用专门去想,大清办电报已落在洋人之后,现在洋人的电报公司正想趁咱们的电报局立足未稳挤垮我们。如果由一家来办,自然会千方百计与洋人周旋,可如果要由若干家分段来办,自然容易被洋人各个击破。现在电报局已经投进了三十多万两,如果被洋人挤垮,不但官款归还无着,买电报局股票的商人也是血本无归。"盛宣怀早有办法。

"你说得有理,我回头就给恭王写信,把这意思告诉他,左季高上折子后,请王爷想办法驳回。不过,左季高向来蛮不讲理,光靠上面来说,他未必听得进,如果有办法让他知难而退最好。"

"这件事我已想好了,不必中堂亲自出面,以珠弹雀,实在不值,由我与胡某斗一斗,只是要破费点银子。我在洋场上还是有几个朋友的,他们答应帮忙,到时候让胡某知难而退,而且小小赔上一笔。"说到这里,盛宣怀得意地笑了笑。

李鸿章怕他把事办砸了,预先警告道:"杏荪,你打的什么算盘,可不要自作聪明,偷鸡不成反蚀米。"

盛宣怀的办法,就是邀请上海的电报商人,让他们统一提高价格,让胡雪岩要想买到电报器材,非花高价不可。

"电报器材商人未必能听你的招呼。"李鸿章怀疑此计是否行得通。

"都知道大清电报公司是北洋的事业,也知道我是代北洋经营电报,他们不敢得罪我这个大主顾。说起来,还是沾中堂的光。再说,让他们撑住价,沾光的是他们,他们不会不听的。然后,再让一家洋人公司出个稍低的价格,偷偷向胡雪岩推销电报器材,但这批器材必定是质劣而不能使用,让胡某人赔了夫人又折兵。"盛宣怀笑道。

李鸿章还是有些怀疑:"洋商都看重信誉,他们不可能为此小利而自毁口碑。"

"这个洋商当然是假的,器材也都由我来提供。到时候让胡某人连人也找不到,让他尝尝洋仙人跳的滋味。"盛宣怀一副小人得志的样子。

李鸿章感叹道:"胡雪岩也算是商场奇人,只可惜他是左季高的臂膀,不能为我所用。"

"问题正在这里。"如今一提胡雪岩就让盛宣怀上火,当初他办轮船招商局、办湖北煤矿、办电报局,每次胡雪岩都说一定入股支持,可是每次总是口惠而实不致,这让盛宣怀深感受辱,"胡某人不可小瞧,他开着丝行、钱庄、药店,财大气粗,能调动得上百万两银子。左大人动不动就想打仗,粮饷全靠胡雪岩的筹划。如果胡某人趴下,左大人嘴巴就不那么硬了。"

李鸿章想了一会儿,摇头道:"不到万不得已,我们不走这步棋。你要知道,胡雪岩号称财神,如果他出了问题,那会连累多少人家?上海市面不就有塌掉的危险了吗?还有,不知多少大员在阜康存有私款,阜康一倒,先公后私,不知多少人的私款要打了水漂,而且必然要封账盘账,那时大家的底子都露了出来。杏荪你想,要招多少人的怨恨?"

"中堂所虑极是。不过,要做就要了无痕迹。"盛宣怀心有不甘。

"不可行此下策,你要听我的话。"李鸿章盯着盛宣怀。郑重其事的时候,他总会炯炯有神地盯着人,既是交代更含警告。

"是,卑职唯中堂之命是从。不过,要彻底打消胡某人办电报的念头,还要办一件事。"盛宣怀亲自给李鸿章斟上茶,"这件事非请中堂允准,而且没有中堂的支持绝然办不成。"

"什么事,你尽管说就是。"

"洋人成立了万国电报公司,要求再办一条香港到上海的水线,这件事卑职已经向您禀告过。要阻拦的话不知又要费多少口舌,卑职的意思是电报局应该立即开始架设沪港陆线,只要陆线开通,加上原本已有一条水线,洋人见无利可求,也就不会再要求设水线了。而且现在南方局势日紧,法人在越南寻衅,实在急需架设沪港电报线。"

"这个办法好,既排挤了洋人,又有裨防务,你放手去做,朝廷那边我去说。这次架线大约需要多少银子?"李鸿章连连点头。

"卑职算了一下,"盛宣怀扳着手指,一项项算给李鸿章听,"大概共需五十多万两。有几个朋友已答应入股,眼下就可凑齐十万两,请中堂先暂拨十万两官款,有这二十万两垫底,香港和上海两头同时开工架线,半年内就可开通,到时候在上海发行股票,依当前势头,筹齐五六十万两把握较大,官款转眼就可还上。"

"好,旅顺修船坞的工料钱有五六万两,先把这笔银子拖一拖,你拿来办电报,其他的款子我回直隶后再想办法。不过,说准了半年为期,到时你无论如何要还。"李鸿章当即做了决定。

"好,到时候我就是变卖家产,也不会让中堂为难。如果沪港电报办了起来,电报局实力大增,而且胡某人的沪汉线要想通达南北洋,非听电报局的摆布不可,他想想没什么意思,自然会知难而退。"盛宣怀又说出了其中的利害关系。

李鸿章点头道:"有道理,尽快架通沪港线,能收一石三鸟之效。不过我要提醒你,电报局事关军国机密,千万不能让洋人把持,特别是译电人员,要一律用本国人。"

"卑职正要回禀的就是这件事。"

中国人办电报,无论是勘测、架线,还是机器、线路的维护以及收发电报,都需要雇请洋人。架设津沪电线的时候,盛宣怀主要通过恒宁臣依靠大北公司的技术支持,大北公司派遣了霍洛斯和博怡生两名工程师和六名助手。其薪水相当优厚,霍洛斯和博怡生每人的月薪三百两,其余六人每人二百两,这个洋团队的月薪总额达到一千八百两,而且,电报局还包揽了这些人来去的所有旅费以及在大清的生活开支。对电报局而言,这笔费用相当高昂。而且这些人的薪水是通过大北公司发放,合同也是大北公司与他们签订。

俗话说,端谁的碗,看谁的脸。这些洋人事事都要听大北公司,盛宣怀的话在他们那里也不灵光。而且盛宣怀所摸的情况,这些人在其他国家月薪不过"数十洋元"——折合成银子,也就是几十两。电报局花的冤枉钱太多。所以盛宣怀向恒宁臣提出,霍洛斯和博怡生两名工程师和六名助手可以全部留用,但电报局要直接与他们签订合同,工资也要由电报局直接发放,而且按照国际惯例,不再负担他们的往来费用。

"现在谈成了僵局,恒宁臣不但不答应,而且还要卑职再雇请十几名洋匠。据卑职所知,这些洋匠水平并不高,比天津水雷学堂的学生高明不了多少。卑职的想法是能少用洋人就少用,国人能承担的事项就让国人来承担,这就是中堂所说的权自我操。卑职估计恒宁臣谈不下来,就要去天津找中堂,中堂到时候一定要咬住牙,让他来和卑职协商,总之不能再当冤大头,更不能让大北牵着电报局的鼻子走。"

听了这些,李鸿章指点道:"大北公司敢这样叫板,是知道我们非用他的人不可。杏荪,你应该从别的地方打听几个洋人工程师,用不用不说,先让大北公司知道,离了张屠夫,一样不吃带毛猪。"

"中堂指点得是,卑职要大张旗鼓地约见洋人工程师,让恒宁臣坐不住。"

案上的钟响了起来,连打十二下,已经子时了!

盛宣怀匆匆告辞,李鸿章也上床休息。

第二天,李鸿章原打算去拜访英法驻上海领事,听听他们对朝鲜事件的看法,然后再做打算。没想到他刚刚起床,正在漱口,盛宣怀就来求见,他拿着一张电报道:"中堂,张振帅已派兵赴朝了。"

"什么?"李鸿章惊讶得没穿鞋就跨下床来。

"振帅做主,已派丁军门、吴军门乘威远、扬威、超勇赴朝,眉叔同行。"盛宣怀把津海关道周馥发来的密电念给李鸿章听。

丁军门即是指北洋水师提督丁汝昌,吴军门则是现驻山东登州的吴长庆,他也是淮军旧部。眉叔即是洋务幕僚马建忠,他懂万国公法,善于交涉。

出兵朝鲜这样大的事,张树声竟连招呼也不打,"振帅做主"四字让李鸿章如鲠在喉。

盛宣怀见李鸿章不悦,已知问题出在"振帅做主"四字之上。张树声未与李鸿章通气就派兵赴朝,盛宣怀也感到惊讶,天津那边特意把"做主"二字点出,不会无因,看来张树声志向不小。但这仅是揣测,他不宜发表意见,只是问道:"中堂,您还见各国领事吗?"

"见,怎么不见?听听他们的看法总是没错。"

数日后,李鸿章赶到天津,吴长庆关于朝鲜兵变的详报就到了。此事处理得非常干净,原因是吴长庆用对了一个人——袁世凯。

袁世凯,河南项城人,祖父袁甲三,当过曾国藩的幕僚;叔父袁保恒,当过李鸿章的总粮台;嗣父袁保庆与淮军名将吴长庆又是好友,所以他与湘淮二系都有渊源。

不过他科举非常不顺,两次乡试不第后便把书烧掉,表示大丈夫当立功疆场。本来他可以直接投奔李鸿章,但他认为那里已人才济济,自己难有出头之日,因此投奔了山东海防总监督吴长庆。

朝鲜事件发生后,张树声派吴长庆带兵去朝鲜,袁世凯认为这是崭露头角的机遇,因此便自告奋勇,要求出去历练一番,吴长庆稍做考虑就答应了。

军舰从山东烟台芝罘港起航,两天后便到达朝鲜南阳港,吴长庆命令一营登陆抢占滩头。营官见天色已晚,地形不熟,不敢登陆,便找借口推辞道:"兵勇大多晕船不能站立,请军门允准在船上暂休息一晚,明日一早登陆。"

吴长庆在军中素有勇将之称,听闻此言大为震怒。正要发怒,袁世凯挺身而出,毛遂自荐道:"晚辈不才,愿率军抢滩登陆。"

"世侄勇气可嘉,但海岸情形不明,或许会有倭寇的伏兵,你以身犯险,这可不是闹着玩的。"吴长庆有些迟疑。

"世叔的关爱晚辈感激不尽,但兵贵神速,到了岸边而不敢登陆,岂不让属国笑话?晚辈愿率一营兄弟前往,宁可战死,也不能吓死。"袁世凯毫无惧色。

吴长庆对此十分赞赏,当即宣布道:"自即日起,袁世凯出任前营营官,率所部即刻登陆！"

"谨遵军门命令,但行军打仗讲的是令行禁止,属下从未带兵,此次临危受命,怕兵勇多有不服,请军门准属下临机独断。"袁世凯立即改变了称呼,而且提出了条件。

"好！"吴长庆又当即宣布,"前营听本帅军令,自此唯袁世凯之令是从,若有不从者,军法从事。"

众人"喳"了一声。袁世凯便换上戎装,站于军前高声训话:"前营将士听令,即刻随我抢滩登陆。我冲在最前,要死也是第一个。但若本将军不死,有人贪生怕死,不肯奋勇前进,我定亲手斩于军前！"

前营将士又是齐声遵令。

军舰放下舢板,袁世凯身先士卒,率领一百余人分乘十几个舢板而去。原来大家都是提心吊胆,抱了一死的决心,可登上岸才发现只有几十名朝鲜士兵,他们见是大清军队,立即整队相迎。袁世凯不费一兵一弹便轻松完成任务,立即由朝鲜士兵带路,找地方安营扎寨,为大军准备晚饭。吴长庆登岸后,行辕已经备好,晚饭已经做就,他自然对袁世凯赞不绝口,此事很快传遍军中。

第二天一早,闵妃便以朝鲜国王的名义派来使者,请大军入驻汉城,帮助稳定局势,恢复国王之位。

兵变那天闵妃趁乱逃出王宫,躲到了一位亲信侍女的家中。现在听说清军已登陆朝鲜,看到了重新夺回权力的希望,因此立即派特使前来。她还让特使带来一个消息——日军五百余人已到了仁川,随时准备进驻汉城,如果清军不能迅速行动,到时就可能被动。

袁世凯决定采纳闵妃的建议,可吴长庆十分不解,道:"闵妃是亲日的,我们怎么能帮她的忙？"

袁世凯分析道:"大院君是借助乱兵赶走了闵妃,掌握了政权,如果大院君继续秉政,大家肯定认为朝鲜秩序并非恢复。而赶走大院君,让朝鲜国王重新掌权,那至少在表面上表示朝廷已控制了局势,而后派军到各地平乱,朝鲜局势不愁不稳。那时候日本带兵前来,就没有任何借口了。如果执政的还是大院君,日本人以大院君放纵乱兵杀死日本人为由讨价还价、没完没了,双方都陈兵汉城,那到时就难免擦枪走火了。"

吴长庆对袁世凯的这番见识大加赞赏,至于如何对付大院君,袁世凯已有一个不错的主意,吴长庆也痛快地采纳了。

袁世凯率五百人星夜赶往汉城,并于天亮时着人持信给大院君,告诉他天朝大军两千人已在城外驻扎,吴军门随后就要进宫。大院君没想到清军来得这样快,所以十分恭敬。第二天上午,他亲自带十几人到军营劳军。

袁世凯把大院君的护卫带到另一营帐中款待,这些护卫刚刚进帐,就被伏兵乱刀杀死。回到大帐,袁世凯向吴长庆点头表示事情已经办妥,吴长庆见此勃然变色,厉声喝道:"此次兵乱是因欠饷之故,这本是极平常的事情,你却借机夺权入宫,诛杀异己,引用私人,罪当勿赦。念你与国王有父子之情,请速登轿舆,乘兵轮赴天津,听候朝廷处置。"话音刚落,护卫已架起大院君塞进轿子里,立即送往海岸,由威远号送到天津。

押走大院君后,袁世凯请缨进汉城平乱。大家都顾虑人马太少,而袁世凯则认为大院君被擒,乱军无首,并不可怕。他率百余人突然赶到乱军驻地宣布:"大院君已束手就擒,天朝大军五千余人已驻扎城外,你们若是现在投降,天朝概不追究,否则大军入城,玉石俱焚。"

清军兵临城下的消息早就传开了,现在见大院君又被擒走,乱军纷纷投降,袁世凯兵不血刃就平定了汉城,而后他又请求吴长庆派人保护王妃回京,并说道:"军门,当朝鲜国王与王妃并肩坐在王宫的时候,有谁还怀疑局势没有恢复如常?所以请王妃回宫,比千军万马更有用。"

袁世凯说得有道理,吴长庆照准。闵妃被袁世凯护送回到宫中,次日与李熙一起出现在大殿上,李熙当即宣布,将请清军帮助平乱,并行文各地配合大军行动。

京城秩序恢复,李熙亲自到军中来见吴长庆,请求将袁世凯调给他做军事顾问。吴长庆经不住他的恳求,同意帮助训练新军。袁世凯故作为难,说朝军用的是大刀长矛,再怎么训练也无用,如果请他去训练新军,需先拨给一个营的装备。吴长庆也当即答应。

袁世凯从军中选了五十人,又从朝军中选了五百人,发给洋枪,作为王宫的亲卫军,当天就开始训练、值勤。

在兵乱中逃回国内的日本驻朝公使花房义质带兵气势汹汹赶到汉城时,发现这里已经秩序井然,但他仍然要求带兵进宫。袁世凯陪李熙召见他,问道:"公使声称要带兵进汉城,俗话说师出有名,请问公使兴师的理由是什么?"

"请问贵国出师的理由是什么?"花房义质反问袁世凯。

"很简单,朝鲜是大清属国,帮助属国平乱是应朝鲜国王之请,也是大清的责任。现在朝鲜局势已尽在掌握之中,公使还是率人马回去吧!"袁世凯有礼有节。

花房义质兴师问罪道:"鄙国在此次兵乱中被杀死数十人,朝鲜理当拿出赔偿来。"

"赔偿办法总会有的,但若想以此为由兴兵,于理不通。且我大清军队在此,双方语言不通,到时起了纠纷,公使您说怨谁呢?"袁世凯寸步不让。

花房义质进宫时已看到王宫卫队清一色洋枪,今又见袁世凯毫不畏惧,朝鲜国王夫妇又唯命是从的样子,他知道大势已去,同意谈判解决,悻悻而去。

李鸿章对这个结果很满意,不大动干戈而平定兵乱,尤其与日本没有产生摩擦,将通过谈判解决争端,甚是欣慰。吴长庆在报告中把袁世凯列为首功,称他"治军严肃,调度有方,争先攻剿,尤为奋勇"。

李鸿章还是第一次听说袁世凯的名字,他能被吴长庆列为首功,肯定确有所长,看年纪竟只有二十几岁,更感兴趣,想将来若有机会,一定要见见此人。

朝鲜这次事件算是有惊无险地过去了,但日本人在朝鲜的野心绝不会就此偃旗息鼓,大清必须加强与藩属国朝鲜的关系。接下来,李鸿章采取了多项措施,向朝鲜派驻商务委员,管理朝鲜经济、外交事务;吴长庆六营继续驻扎朝鲜,并拨足两营准备,武装袁世凯为朝鲜训练的新军;推荐德国人穆麟德和马建忠驻朝鲜,襄办朝鲜海关事务,力求像赫德一样,为朝鲜打造出高效、廉洁的海关机构……从前亲日的闵氏一族,因为靠清廷的支持重新掌权,因此专而亲近大清。

至此,李鸿章为朝鲜的局面而悬着的心总算可以放下一点了。

事情结果满意,但心里却依然有种吃了苍蝇的感觉,因为派兵赴朝这件被盛赞的事情并非由他部署,而是张树声"悄悄"进行的。张树声大有久居直隶之意,密荐他署理直督,大概觉得是朝廷欣赏他的能力才会有此番调整,因此起了取而代之的奢望。

　　真正是白日做梦。李鸿章想着。宁愿自己被清流骂,直隶总督的位子也不能久置此人屁股底下,且待见机行事。

第十八章

慈禧贪权易中枢　宣怀借势倒财神

光绪十年初春,春寒料峭,朝廷的大臣们更是身心俱寒。

去年年底法国对越南北圻发动进攻,目标是刘永福驻守的山西,而援越清军却见死不救,刘永福孤军奋战,被迫败走,山西失守;转过年后,法军向清军驻守的北宁发动进攻,结果北宁当天失守,此后太原、兴化、临洮、宣光不到一个月全部陷敌,法军兵锋直指越桂边界。

而前线的种种无状陆续传到京中。比如广西巡抚徐延旭作为北宁之战的指挥,战时不在前线,战后两日对军前情形茫然无知;云南巡抚唐炯,在大战将至的情况下却抛下军队回到云南庆贺自己擢升巡抚;广西提督黄桂兰与总兵赵沃不和,提督指挥不动总兵,法军进攻时,两人率先逃跑,以致全军哗溃;桂军毫无军纪,吸食鸦片者居半,闻警先携妇女逃走者无数……

二月二十九日召见军机, 慈禧把李鸿章奏报太原失守的电报掷到军机大臣们面前怒道:"徐延旭真是可恨至极!前天还收到他的奏折,说北宁并无战事,可是北宁早就陷敌十几天了!他一而再,再而三地说北宁一线固若金汤,可是十几天的时间,丢失了这么多地方!还有云南巡抚唐炯,着实可恶,如果不是他玩忽职守,山西如何能丢得那么快?"

恭亲王身体不好,已经连续几个月不能正常入值,有时入值,也往往是过了见起的时间,因此一直是宝鋆为军机之首。他擦擦额头上的汗珠道:"徐延旭、唐炯都难辞其咎,应当严旨申饬,只是前线战事吃紧,不宜临阵换将,可否请旨戴罪立功。"

"两个人如此不堪,还能立什么功?这两个人都不能用了!"慈禧额头青筋暴跳,可见肝火极盛。

恭亲王到军机处时,已经快十点了,宝鋆便诉苦道:"王爷,您不入值,真是要了我的好看了。"他把处分徐延旭、唐炯的上谕递过去,"上面发了大火,非要严惩前线大员,没等您来就拿了主意。"

恭亲王接过去,处分徐延旭、唐炯的上谕是这样说的——

现在法人嚣张日甚,自攻占北宁后,又占据太原。徐延旭株守谅山,毫无备御。关外军情万紧,潘鼎新奉到此旨,即日驰赴广西镇南关外,传旨将徐延旭革职拿问,派员解交刑部治罪。广西巡抚着潘鼎新署理。

前派唐炯督带滇军,防守越南、山西等处,乃该抚并未奉有谕旨,率行回省,以致边防松懈。连日山西、北宁、太原相继被陷,皆由唐炯退缩于前,以致军心怠玩,相率效尤,殊堪痛恨!着张凯嵩驰赴云南,传旨将唐炯革职拿问,派员解交刑部治罪,云南巡抚着张凯嵩署理。

"山西失守唐鄂生难辞其咎,要说北宁、太原相继被陷,皆由唐鄂生来负责,有些过分了。"恭亲王把上谕还给宝鋆,"不过现在说也没用了,打了败仗,总要有人倒霉。悔只悔没听李少荃的话。"

李鸿章与恭亲王在对法越问题上意见非常一致,就是宁愿失掉越南这个藩属国,也不能开战。李鸿章认为,刘永福两次大败法军,都是与法军小股作战,而且都是在法军轻敌冒进的情况下取胜的。但后来法国人一力要打开红河航道,陆军添到了五千余人,而且有海军舰船进入红河协同作战,其战斗力不可小视。援越的滇军和桂军无论武器还是军纪都不好,不可能胜得了法军。一战而败,便会士气尽失,反而把战火引到大清。所以李鸿章建议应当把援越桂军、滇军撤到国内,谅法国不敢贸然与大清开战。但他的这一建议受到清议的猛烈批评,弹劾的奏疏有四十余份。

李鸿藻也是严厉批评李鸿章的人,至今他仍然不肯服气,道:"王爷,话不能这么说。当时越南不但占据了河内,而且还逼迫越南签订条约,把越南变成法国的保护国,不承认是大清的属国,越南又屡屡请援,我们不派兵过去,岂不贻笑列国?就是国人也不答应。"

　　恭亲王不屑与李鸿藻辩论，只反问了一句："兰荪，现在前线连吃败仗，就不怕贻笑列国吗？李少荃曾经说，我们不能战，是因为败不起，一旦战败，列国起了轻视中国之心，便会兵连祸结。依我看，这才是谋国之论。"

　　李鸿藻气得脸色泛白，却又无力反驳，前线连吃败仗，他早就暗自心惊。如果慈禧迁怒于主战的人，他也是在劫难逃。只是作为唐、徐二人的举主，他不能不为二人回护："王爷，佩衡今天在朝堂说的话倒是很暖人心。"

　　李鸿藻称赞宝鋆，实在是罕见，所以宝鋆竖起耳朵听下文。

　　"今天佩衡向上面表示，临阵不宜换将，应当让二人戴罪立功。只是上面火气大，未能恩准。两人的面子还是要稍加回护，这两道上谕最好廷寄，不宜明发。"

　　"我一直不能正常入值，军机和总理衙门的担子都是你和佩衡担着，你们俩商量着来。"这是不置可否的语气，未支持，也未明确反对。

　　"佩公，就廷寄吧。"李鸿藻难得地向宝鋆微笑。

　　"既然李师傅觉得有必要廷寄，那就廷寄。"宝鋆也乐得做个顺水人情。

　　清议对朝廷的处置仍然不满，因为他们觉得只追究前线带兵之人还不够，还要追究这些人的举主，所荐非人，至有如此败绩，举主也是难辞其咎嘛！

　　"翰林四谏"之一的盛昱关起门来要上折参劾。他是满洲镶白旗人，肃亲王豪格的七世孙。人极聪明，二十岁参加顺天府乡试，中解元；二十七岁参加会试也是第一名，只因卷中有一个错字而被降为二甲第十名。因为直言敢谏，而且不避权贵，与张佩纶、黄体芳等清流干将齐名。

　　而且他的参折常常出人意料，比如彭玉麟屡屡辞官，备受称誉，他却劾其"自便身图，启功臣骄蹇之渐"；朝鲜之乱，提督吴长庆率师入朝，顺利平乱并把大院君带回国内，时人都赞为奇勋，盛昱却认为这一举动"徒令属国寒心，友邦腾笑，不但无功，而应严责"。他这次上奏，不是参劾前线带兵大员，而是要参劾中枢。他要参的人有两个，一个是李鸿藻，号称清流领袖；再一个是张佩纶，他是李鸿藻的亲信，而且又是徐延旭、唐炯的举主。

　　盛昱是清流干将，何故参起清流来了？一则清流向来标榜不避权贵亲疏，只论是非；二则其实清流已经分化，盛昱等这些后进的清流，佩服的是谦恭下士、谨饬自守的翁同龢,对提携私人、势力日壮的李鸿藻反而不予亲近。要说盛昱出于门派之见,非要置李鸿藻、张佩纶于死地,这是绝然没有的,但清流近年嚣张习惯了,有这样的机会如果不参劾,自己也睡不好觉。又何况参劾得力,也是升官的一条捷径,比如张佩纶,如今已经在总理衙门大臣上行走,张之洞则已经早外放为山西巡抚,看势头还要大用!这样的榜样在前面,不能不让人心动。

折子开头点明事由,"为疆事败坏,责有攸归,请将军机大臣交部严加议处,责令戴罪图功,以振纲纪而图补救"。近来论越事的折子多是要求惩办前线大员,而盛昱则是追责军机,这个立意就非同一般,他为此深为得意。

接下来指责张佩纶和李鸿藻,"唐炯、徐延旭自道员起擢藩司,不二年既抚滇桂,外间众口一词,皆谓侍讲学士张佩纶荐于前,而协办大学士李鸿藻保之于后。张佩纶资浅分疏,误采虚声,犹可言也,李鸿藻内参进退之权,外顾安危之局,义当博访,务极真知,乃以轻信滥保,使越事败坏至此,即非阿好徇私,律以失人偾事,何说之辞"?

既然是参劾军机,不能只针对李鸿藻,接下来就要说到恭亲王和宝鋆,"恭亲王、宝鋆久直枢庭,更事不少,非无知人之明,与景廉、翁同龢之才识凡下者不同,乃亦俯仰徘徊,坐观成败,其咎实与李鸿藻同科。然此犹共见共闻者也。臣所深虑者,一在目前之蒙蔽,一在将来之诿卸。北宁等处败报纷来,我皇太后皇上赫然震怒,将唐炯、徐延旭拿问,自宜明发以励军威,庶几敌忾同仇,力图雪恨,乃该大臣等犹欲巧为粉饰,不明发谕旨,不知照内阁吏部。夫一月之内更调四巡抚,一日之内逮治两巡抚,而欲使天下不知,此岂情理所容"?这一段,把军机大臣横扫笔端,却说景廉、翁同龢"才识凡下",其实是欲扬先抑,把他们的责任摘了出来。唐、徐的处分上谕不明发而廷寄,盛昱已经清楚是李鸿藻的主张,因此锋芒所对依然是李鸿藻而已。

接下来不再就事论事,而是以此为引,发一番发人深省的议论:"该大臣等唯冀苟安旦夕,遂置朝纲于不顾,试思我大清两百余年有此体制也?抑我中国数千余年有此政令也?现在各国驻京公署及沿海各国兵舰,纷纷升法夷国旗,为法夷致贺。外邦腾笑,朝士寒心,臣窃料该大臣等视若寻常,未必奏闻也……"

盛昱通宵不眠,天亮前誊清,最后再诵读一遍,觉得理直气壮,构思巧妙,必然又是一篇洛阳纸贵的名折。他心中沾沾自喜,亲自前往外奏事处呈递。

次日召见军机,慈禧为山西、北宁连续失守一脸愠色,议事前先发了一通议论,继而自责道:"如今边防不靖,疆臣因循,国用空虚,海防粉饰,真正是无颜面对祖宗。"

军机们个个叩头道:"是臣等无能。"

"这也不能全怪你们,多少年养成的积习。只是越南这个样子,战也不是,和也不是,这个局面到底该如何了结!就这么糊里糊涂地混下去吗?"慈禧的话似乎很公道。

这话不好接茬,宝鋆等一班军机只有磕头请罪。

"如果姐姐在,还有个人说说话,诉诉苦。我现在真是有苦难言。"慈禧叹了口气,伤心而又无可奈何的样子,"后天就是清明了,转眼姐姐已去了三年,本来我打算亲自去祭奠,只是这一连几天都睡不着,实在精力不济,你们下去后告诉老六一声,让他辛苦一趟,去一趟东陵普祥峪,以慰姐姐在天之灵。"

回到军机处,大家都有些疑惑,因为像这种差使向来是闲散亲王去办的,今年本来已经定好由惇亲王去的,而且他已经动身了,何以又改成恭亲王?

"先把五爷追回来,佩衡你辛苦一趟,亲自去给六爷传旨。"李鸿藻也觉得此事有异,宝鋆少不得要与恭亲王密议,所以有此建议。

"好,我就去一趟,说不上辛苦。到底是战是和,关外的人是撤回来还是坚守,总得拿出个章程来,这事非让六爷来说话不可。"宝鋆应道。

宝鋆赶到恭亲王府,见他精神头似乎不大好,懒得说话。听了旨意后,他便说道:"让我去就去吧,这没什么好说的。"

"盛伯熙上了个折子,一直没发下来,不知他都说了什么。"宝鋆这是有意提醒,慈禧之所以培植清流,就是借清流的折子做文章。

"想来无非是参劾前线大员。弄成今天这副局面,他们这帮清流也是罪责难逃,当初李少荃建议把援越各军撤回关内,避免与法国正面冲突,他们群起而攻之,把李少荃骂得狗血喷头。如今倒是战了,战成这种结果,他们不能只顾参劾别人,要参,他们该参自己一折。"恭亲王这显然是闹意气的说法。

"伯熙那支笔总是神出鬼没，这次他不知又从何处着笔。反正他总不会参自己的。"宝鋆此时也挖苦道。

"随他们去吧。两国冲突，战有战的理由，和有和的道理。不能说战就全对，也不能说和就全错，最忌的是战和不定。现在有这帮清流瞎掺和，弄得上头拿不定主意，前线将士也是犹疑不决，打吧，朝廷让他们'衅不自我开'，不打吧，让人家占了先机，不说别的，士气先没有了，这仗怎么打？想想前线的将帅，真个是里外不是人。"恭亲王自然明白宝鋆的担心，故作不明白就没意思了，所以低声说，"佩衡，我不在，你们要关注那位。"他屈指做了个七字。

宝鋆点头领会。

因为恭亲王去了东陵，所以军机们比平日更加谨慎，全天都在军机处坐班。一天无事，次日照旧宫里召见军机，并无什么不对。回到军机处不久，宝鋆得到消息——慈禧去祭奠九公主了。

九公主是醇亲王奕譞的胞妹，月前去世，慈禧已赐祭过，今天却还要亲往祭奠，实在有些出人意料。后来他又得到消息，说太后祭奠完九公主，还要在九公主府用膳。这就更令人奇怪了，依慈禧的个性，这种应景的事是不会下如此功夫的，那是为什么呢？

"难道是因为醇亲王？太后去祭奠九公主，作为胞兄的醇亲王一定要去的。"一想到这，宝鋆脊梁不禁有些发凉，当年收拾肃顺一党，就是醇亲王突然宣布的。宝鋆再着人悄悄去奏事处打听，知道近日言官们上了四道折子，都发下来了，只有盛昱所上密折一直没有动静。

慈禧这看似应景的事情，也被鼻子灵敏的人嗅出了别样的味道，比如工部左侍郎孙毓汶。他是山东济宁人，家世相当显赫。他的祖父是大学士孙玉庭，父亲是当过刑部、工部尚书的孙瑞珍。咸丰六年他考中进士，与翁同龢是同一科。相传当时为了方便入场，翁同龢住到孙家，到了晚上，孙毓汶的父亲让儿子早早睡觉，却以世伯的身份与翁同龢畅谈至深夜。因为翁同龢是最强的竞争对手，他失常孙毓汶才有可能突出。第二天入场，翁同龢感到十分疲倦，幸亏口袋里装了支人参，嚼了几口，这才振作起精神，获得了状元，因此有"人参状元"之称。孙毓汶考得也相当不错，是榜眼。

咸丰末年，他回原籍办团练，僧格林沁索需地方甚重，孙毓汶带头抗捐被参劾，也被恭亲王所恶。后来又靠捐输复职，但恭亲王一直对他有成见，因此仕途不顺。孙毓汶因为太过聪明，有"齐天大圣"的外号，又被人称琉璃球，是指其办事圆滑。他长得高瘦，一双眼睛非常有神，但为人太过恭顺谦卑。宝鋆给他的评语——好像大白天见鬼。他开始发迹，是从投奔醇亲王开始，大家都知道醇亲王驾下，文有孙毓汶，武有荣仲华(荣禄)。当然，孙毓汶所看重的，就是醇亲王乃皇帝生父的身份，觉得总有一天会有益。现在，机会来了。

"王爷，您的机会怕是想拦都拦不住了。"他一见到醇亲王就开门见山道。

"莱山，这话是怎么说的？"醇亲王奇怪地问道。孙毓汶字莱山，因此这样称呼。

"前方吃了败仗，前一阵清议纷纷指责前线大员。可是，责任不能全由前线来负，用人不当就是中枢的责任，估计接下来枢廷当道诸君日子该不好过了。不是我挑拨离间，如果六爷有您的半点决战信心，再用心部署，让前线将士一心用命，哪会有今天的败局？"

这话真说到醇亲王心上去了，他始终认为民气可用，士气比枪炮更管用。如果下定与洋人见雌雄的决心，再配上洋枪洋炮，要胜洋人有何不可？当年天津教案的时候他这样认为，英国人在云南闹马嘉礼案的时候他也是这样认为，小日本侵台湾谋琉球的时候他更是这样认为，如今法国人又在越南闹，恭亲王还是一味避战求和，他心里的不服、不甘已经让他几天睡不着觉。泱泱大清，怎么能让人家如此欺负！爱新觉罗的子孙，怎么能如此窝囊！

"莱山，你也这么认为吗？你说句实话，咱们要是铁了心与法国人战一场，咱们难道就无一点胜算？"醇亲王这样问孙毓汶，似乎在下决心。

"那还用说？人家刘永福不过是一帮要饭的叫花子，当年造反怕被剿，跑到越南，同治十二年击毙了法国主将安邺，去年又击毙了法国主将李维业及以下军官三十多名，打死法兵两百多名。有人说他是侥幸获胜，能连续两次侥幸，这就不能叫侥幸。"孙毓汶一副愤愤不平的神气，"王爷，连刘永福都能获胜，我堂堂天朝之师，不应该这么窝囊啊！原因是什么？中枢腰板不硬！俗话说，兵熊熊一个，将熊熊一窝，中枢都是窝囊废，要能打胜仗才怪了呢！"

"你这话说到我心里了。"醇亲王拿出一份奏折，递给孙毓汶说，"莱山，这是盛伯熙的折子，上头交代我看的，让我拿主意。"

　　醇亲王让孙毓汶看的,正是盛昱的密奏。

　　孙毓汶一边看,一边连连赞赏,读到得意处,不禁朗朗出声:"我皇太后皇上付以用人行政大柄,言听计从,远者二十余年,近者亦十余年,乃饷源何以日绌,兵力何以日单,人才何以日乏! 这话问得多好啊王爷!"

　　"是,盛伯熙算是八旗中有血气的人,不是提笼架鸟的纨绔子弟可比。莱山,实不相瞒,伯熙的折子让我读来,真个是热血冲头啊!"醇亲王感慨万千。

　　"这就对了,王爷。您再看这话说得到家了,'有臣如此,皇太后皇上不加显责,何以对祖宗?何以答天下?唯有请明降谕旨,将军机大臣及滥保匪人之张佩纶,均交部严加议处,责令戴罪图功,认真改过'。不过,要让他们戴罪图功,恐怕很难。"孙毓汶也大声附和。

　　"是啊,二十多年了,他们要是能改改想法,早就改了。"醇亲王也是一阵感叹。

　　"王爷,上头是什么意思?"孙毓汶转而问道。

　　"上头让我琢磨一下,应该怎么让他们戴罪图功。这让我很为难,毕竟那是亲兄弟。不严惩,没用,严惩的话,怎么惩罚,又该怎么让他们图功。正如你所说,让他们图功,恐怕很难。"醇亲王看起来也是毫无头绪。

　　孙毓汶把折子放到一边,郑重其事道:"王爷,您必须清楚,为国家大计,就顾不得兄弟亲情。其实上头的意思已经很明确,应该是动了换中枢的意思。这些年来,下面经常把上头的意思顶回去,上面其实已经烦了,只是在等待时机。如今就是一个最好的时机,有前线大败,又有盛伯熙的折子,王爷应该善加利用。"

　　"你的意思,是让那边出军机?"醇亲王惊讶地问道。

　　"不是让那边出军机,而是要来个全班撤换。"如果只让"那边"一个人出军机,醇亲王顶上,一个萝卜一个窝,还是没有孙毓汶的份。因此,他目光炯炯、语气决绝地回道。

　　"全班换军机,我朝从来没有过!"醇亲王显然没有这样的预想,像被火烧了手指头,丢下密折。

　　"王爷,如果只换上您,下面的人还是原来的老脑筋,到时候您纵是有锦囊妙计,人家不执行您也没办法。或者表面上执行,变着法应付,仍然是无可奈何。再或者,他们左劝右劝,把您也劝到他们那条道上,您力图振作的设想，是不是全要落空？那时候人家才真的会说，爱新觉罗氏难道只出窝囊废？"孙毓汶发觉自己出言无状，补救道，"王爷，我话说得难听，这只是在您面前说，要让人家在茶馆酒肆这样说起来，可真就动摇国本了！"

"你说得也有道理。"醇亲王不以为意。

见醇亲王有些动摇，孙毓汶又劝道："这样办理不仅是为您好，也更是为那边好。您想，如果只让那边一人出军机，岂不把所有责任都让一个人来背？倘若你想把军机中留几位，那你留谁？中枢本是一个整体，怎么可能出了这么大的毛病，而某些人没有责任？所以，必得快刀斩乱麻，将来才能真正指挥如意，也才真正有振刷局面的可能。"

"莱山，我的折子就由你来备，将来，就是朱谕的底稿。"醇亲王终于下了决心。

孙毓汶压住兴奋，响亮地"嗻"了一声。

初十召见军机，并无大事商议，散朝后太后又召见醇亲王和孙毓汶。到了下午，几份折子发了下来，都平常得很，仍然没有盛昱的密折。宝鋆更加生疑，听说恭亲王下午就能回府，所以他早早就去等，一直等到晚上恭亲王才回来，原来他的车在路上出了点毛病。宝鋆把这几天的疑惑说给恭亲王听，这一切好像早在恭亲王预料之中，他语气十分平淡："明天早朝后再说吧。"

第二天早朝，恭亲王早早就到了军机处等着召见。他从东陵回来要交差的，虽然不是要紧的差使，但按常例第一起就应该召见他，或者与军机们一起觐见，由他先把祭陵的事回奏。但后来传来消息，说太后正在召见御前大臣、大学士、六部满汉尚书，而军机大臣兼六部尚书的都不在召见之列。

一直坐到午正时刻，大家正要散去，领班军机章京沈源深传来消息，说内阁已明发上谕，军机大臣全班撤差！

所有军机大为吃惊，恭亲王对自己将有不测早有预感，但没想到会是全班军机尽撤，而李鸿藻自觉慈眷正隆，还以为将有喜事临头，万没想到自己也在撤差之中。大家正在惊疑，李莲英前来宣旨，众人纷纷跪倒听宣——

慈禧端佑康颐昭豫庄诚皇太后懿旨：现值国家元气未充，时艰犹巨，内外事务，必须得人而理。而军机处实为内外用人行政之枢纽，恭亲王奕訢等，始尚小心匡弼，继则委蛇保荣，近年爵禄日崇，因循日甚，每于朝廷振作求治之意,谬执成见,不肯实力奉行,屡经言者论列,或目为壅蔽,或劾其萎靡,或谓昧于知人。法越事起,举措失当,北宁、山西相继失陷,军机大臣更是难辞其咎。着恭亲王开去一切差使,撤去恩加双俸,家居养疾;宝鋆开去一切差使,原品休致;李鸿藻、景廉降二级留用;翁同龢革职留用,退出军机,仍在毓庆宫行走。

众人谢恩后,恭亲王呆呆地跪在地上,李莲英已经远去,大家竟无一人起身。沈源深当时来不及回避,也跪在地上,但比众军机超然事外,所以提醒道:"王爷、各位大人,请起啊!"

恭亲王坐到自己的位子上,黯然道:"终于解脱了,这二十余年多累啊!"

"我也七十四了,老了,正好回家钓鱼去。"宝鋆如此自嘲。

李鸿藻心有不甘,问道:"王爷,您不为自己争一争?"

恭亲王一直提防李鸿藻,但现在同撤军机,因此也推心置腹道:"李师傅,这些年来许多事没办到太后心上,又有人早就盯着军机首辅这把椅子,我还能争得回来吗?前年起我的身体就不太好了,尤其法越事发以来,我已是心力交瘁。居家养疾,正是太后的体恤,我也求之不得,又何必再争?"

恭亲王说得不错,这些年有些事的确办不到慈禧心上。尤其是修园子的事,恭亲王一直暗暗抵制。重新修复圆明园的念头慈禧十几年前就有了,无奈内忧外患,实在拿不出钱来。后来改为修三海工程,但也未能大兴土木。自从收复新疆后,慈禧自觉国家已无大的用项,所以多次去三海游玩,走到一处就说这该修一修了,恭亲王总是应得很好,却再无下文。慈禧又是个自尊心极强的女人,当然不能甘心。醇亲王向来对外持强硬态度,对恭亲王"外敦信睦,隐示羁縻"的政策十分不满,自从儿子当上了皇帝,更有不少大臣巴结,虽然没兼多少差使,但其影响已越来越大。因此恭亲王明白,军机易枢,势成必然,争也无益。

"诸位都走吧,这个位子已经不是我们的了。"说罢,恭亲王很轻松地摇了摇头,脸上带着微微的笑意,自顾出门走了。

到了下午,又发布上谕——

礼亲王世铎,在军机大臣上行走,户部尚书额勒和布、阎敬铭,刑部尚书张之万,均在军机大臣上行走,工部左侍郎孙毓汶,在军机大臣上学习行走。军机大臣有大事不能决,与醇亲王共商。

这就相当于在军机处之上设了一位"太上军机",醇亲王完全代替了恭亲王。

这两道上谕一发,自然是有人欢喜有人愁,但清流们以惊愕居多,因为新军机并不理想。户部汉尚书阎敬铭以理财闻名,毛病是为人过苛,但总算差不到哪里去;张之万也勉强;工部侍郎孙毓汶为人太阴,也众所周知。最要命的是军机首辅世铎,他是礼烈亲王代善七世孙,同治年间授内务府大臣,右宗正,为人懦庸无能;户部满尚书额勒和布,满洲镶蓝旗人,由咸丰年间的户部主事累迁至理藩院尚书、户部尚书、内务府大臣等职,为人讷讷寡言,被同僚讥为"酒囊"。

当天坊间也有评判,说恭亲王为首的班子算驽马,有欠振作,但无论怎么说还算得上马,而新任军机连骡子也算不上,只能算驴子。

上折的盛昱愧悔不安,他本意只是希望惩处张佩纶、李鸿藻,没想到给朝廷带来了一场地震。所以他当晚起草了奏折,连夜誊清,又要递折子。

倒头睡了一会儿,夫人就推醒他。匆匆梳洗完毕,他乘着小轿赶往景运门。奏事处内外有别,内奏事处设于宫禁内,由太监承值,一般只有军机大臣奏事和内阁票拟可直送内奏事处,此外有所呈递无论京内或京外都交外奏事处,然后外奏事处再转内奏事处。盛昱赶到景运门时,外奏事处的大门刚刚打开,那里的章京和笔帖式都认得他,问道:"哟,盛大人又有折子要上?"

这本是极平常的言语,不过今天在盛昱听来,却好像在说您可真厉害,一折就参倒了全部军机。盛昱也不回答,直接将折子递上道:"拜托两位,今天务必呈到御前。"

"我们回去马上转内奏事处,至于何时送到御前,我们无从置喙。"

盛昱知道多说无益,但还是忍不住拱手道:"拜托两位,和内奏事处美言几句,拜托尽早送到御前。"

晚膳后,慈禧看到了盛昱的奏折——

宝鋆年老志衰,景廉、翁同龢谨小慎微,均不能振作有为。然恭亲王才力聪明,举朝无出其右,只因沾染习气,不能自振,李鸿藻昧于知人,暗于料事,唯其愚忠不无可取,国步阽危,人才难得,若廷臣中尚有胜于该二臣者,臣断不敢妄行渎奏,唯是以礼亲王世铎与恭亲王较,以张之万与李鸿藻较则弗如远甚。臣前日劾章请严责成,而不敢轻言罢斥,实此之故,可否请旨饬令恭亲王与李鸿藻仍在军机处行走,责令其戴罪图功,洗心涤虑,将从前过举认真改悔,如再不能振作,即当立予诛戮,不止罢斥。

慈禧看罢大为震怒,把盛昱的折子掷到地上道:"盛昱岂有此理,参老六的是他,保老六的又是他,朝廷用人行政难道要他来指手画脚?"

之后又有四五位言官上折,拐弯抹角为恭亲王说话,慈禧一概不理。而且随后她又对部院大臣进行了调整,李鸿藻的吏部尚书一职由礼部尚书徐桐接任,礼部尚书由左都御史毕道远接任,景廉的兵部尚书一职由理藩院尚书乌拉喜崇阿接任,理藩院尚书由左都御史延照接任,都察院左都御史则由吏部左侍郎昆冈、祁世长接任。总理衙门事务由贝勒奕劻管理,内阁学士周德润、军机大臣阎敬铭、许庚身亦在总理衙门行走。此外,她对八旗都统也都做了更动。这一番人事变动,十天内便交接完毕,至此众人才知道,天意已不可挽回。

这一更换中枢的事件发生在农历甲申年,后来就被称为"甲申政潮",亦称"甲申易枢"。

"甲申易枢"的真正原因只有极少数人能够明白,绝大多数人不容置疑地解读为朝廷要对法国强硬起来,就连《申报》也发表评论员文章说:"中国有句俗话,兔子急了也咬人,蛮横的法国把中国人逼到了奋起反击的地步。"

最为敏感的上海已经露出了躁动的苗头,人们对存在钱庄里的银子放心不下,开始提现。后来发现并没有想的那么严重,又不甘于白白损失利息,于是再重新存回去。这样,中国人的钱庄和洋人的银行门前都空前热闹起来。

此时,马建忠秘密到了上海,找盛宣怀商议完成李鸿章交代的一件大事——轮船招商局"换旗"。

自从中法局势紧张后,上海各种谣言满天飞,有的说法国人要炮击江南制造总局,有的说要把轮船招商局的货栈烧掉,流传更盛的则是,中法一旦开战,法国将扣押轮船招商局的轮船作为战利品,如果反抗,将开炮击沉。因为这些流言的缘故,轮船招商局的生意大受影响,大家不敢坐轮船招商局的轮船,也不敢把货交给轮船招商局来运输。轮船招商局举步维艰,主持轮船招商局的徐润连续给李鸿章拍电报,请示办法。李鸿章让马建忠打听,像这种情况,万国惯例到底如何?招商局要避免损失,应当采取何种办法?

马建忠查阅资料,请教在上海担任律师的英国好友担文,向李鸿章上了一个禀帖,答复说如果中法真的开战,那么法国很有可能要扣押轮船招商局的轮船,不但正常业务不能开展,而且法国人可以据为己有。解决的办法就是,要趁两国未开战之前,将轮船招商局卖与第三国。当然这个卖可以是真卖,也可以是双方达成秘密协议,等战争结束后再收回来。此时轮船招商局成为第三国的财产,改为悬挂第三国国旗,法国就不能再采取任何行动。

李鸿章决定采取第二个办法,只为换旗,一旦中法和解,立即收回。他让马建忠立即与担文联系,可否将轮船招商局"卖给"英国。担文回复说,英国法律十分烦琐,如果仅是为了"换旗",最好与美国人商议,因为美国法律十分简便易行。于是李鸿章再与美国公使密商,决定将轮船招商局"卖给"旗昌洋行。上海纷传主持轮船招商局的会办徐润挪用局款搞房地产,因为上海房地产崩盘,赔累巨大。李鸿章信不过徐润,具体事宜则交由马建忠前来上海与电报局总办盛宣怀办理。

具体的办理办法说起来也并不麻烦,旗昌洋行以五百二十万两买下轮船招商局,将银票交给中方,中方则将轮船招商局的经营权交给旗昌。作为对旗昌的酬谢,"卖给"旗昌期间,经营所得为旗昌所有,旗昌洋行的密斯利作为名义上的"总办"经办相关事宜。一旦形势好转,中国可随时将轮船招商局收回,届时全部奉还旗昌的银票。为了双方都放心,由英国律师担文作为见证人,为双方担保。

事情办得十分顺利,闲谈的时候密斯利不经意地笑道:"中国的财神胡雪岩,非要大赔一笔不可了。"

盛宣怀对胡雪岩的话题非常感兴趣,连忙追问详情。

胡雪岩的生意,主要是钱庄、当铺、药店,近几年他又参与生丝生意。生丝与茶是大清最大宗的出口商品,约占出口总额的四分之一。洋商合起伙来垄断生丝价格,十年间丝价降低了一多半,由十年前的每包五百多两银子,降到二百多两,养蚕的百姓和丝商惨淡经营,而又无可奈何。胡雪岩气不过,他认为如果大清丝商和养蚕百姓联起手来操控了生丝市场,洋商非得提高生丝价格不可,那样,丝商与百姓都能得利。胡雪岩这些年积攒了上千万两的身价,钱庄、当铺和药店互相挹注,调动资金的能力相当强。他又与湖州的大丝商关系密切,由他牵头,在生丝上市前就从蚕农手中定购生丝,前年,他囤积的生丝占到了大清出口总额的四分之一,逼得洋人只得抬高价格,与他联手的丝商狠赚了一笔, 丝农们也比往年收入增多, 所以去年他又如法炮制,投资两千万两几乎收尽江浙生丝。洋商托人给他传话,希望加价一千万两,从他手里转购,但胡雪岩非坚持加价一千二百万两不可,双方就僵持了下来。

听得胡雪岩仅生丝一项,就能从洋人手里赚取一千万两,盛宣怀又是敬佩,又是嫉恨。他知道胡雪岩经商手面相当大,而且也知道他与洋商在生丝上斗法,但没想到竟然到了如此惊人的地步,遂问道:"那我就不明白了,胡雪岩既然垄断了生丝,如何又说非要大赔一笔不可?"

密斯利笑道:"因为洋商不像中国人,他们能够团结。所有的洋丝商都达成协议,谁也不准私下与胡雪岩交易,不买他的一根丝,逼着胡雪岩降价。"

"如果胡雪岩也坚持不卖,不就成了僵局吗,双方是两败俱伤,怎么会是胡雪岩赔钱?"

密斯利解释道:"这有两个原因,生丝是不能久放的,超过一年,便会变色,价格就没有新丝好了。如果挺到新丝上市,陈丝那就非降价不可。胡雪岩要想继续垄断,他必须再把新丝控制起来。可是,他手里的资金已经全部押在陈丝上,没有能力再控制新丝了。"

"慢慢,胡雪岩手里有大把生丝,他完全可以此为抵押向钱庄借款,继续定购今年的新丝。"盛宣怀对商场也颇为熟悉。

"你说得不错,不过,自去年以来,中法局势紧张,上海的钱庄信誉动摇,已经有好多家钱庄被挤兑倒闭,没倒闭的也是现银奇缺,而如今蚕农非现银不可,而胡雪岩拿不出这么多现银来。更重要的则是,今年意大利、日本生丝获得丰收,价格虽然略高于中国,但从这些国家购买,依然有利可图。各国丝商已经和意大利、日本在谈判。"密斯利道出了个中缘由。

盛宣怀豁然开朗:"照此说来,胡雪岩非降低丝价不可,否则他手里的生丝就要赔累巨款。"

"是,洋商比中国商人最大好处就是能抱成团。他们说到做到,没有一人私下与胡雪岩交易。而中国商人虽然嘴上说要团结起来,一致对外,但已经有丝商私下与洋商交易,价格比两年前还要便宜。因为他们也需要现银支付购丝款。"密斯利又透露了一个消息。

"哦,那这一仗打下来,胡雪岩非大败不可!"

"非败不可。问题还不仅出在丝上,胡雪岩的阜康钱庄目前信誉还能维持,可是他钱庄里现钱没有几个,因为全都押到生丝上了,如果他的钱庄产生挤兑,那他非倒闭不可。他想救钱庄,非低价抛丝不可。这两件事情同时发作,胡雪岩非大赔特赔不可。"

"看来,胡财神非倒闭不可!想来真是可怕。"盛宣怀倒抽一口凉气,而他的心里则是狂喜,因为他想到了一个扳倒胡雪岩的绝好办法。

等回到电报局,盛宣怀把签押房门关上,并吩咐任何人不得打扰,转头便问马建忠道:"眉叔兄,你说中堂最大的心愿是什么?"

马建忠毫不迟疑道:"那还用说,是大办洋务。"

"眼前呢?"盛宣怀又问。

"当然是中法不要开战。"

"对,为大清争取几十年的和平是中堂最大的心愿。中堂不但不希望中法开战,与哪个国家最好也不要开战,我们就应该为中堂的这个心愿出谋划策。而朝野上下,主战声音最响的就是左大帅,中堂奈他不得。老根动不得,修剪枝叶却是做得到。"

马建忠听不太明白,催促道:"杏荪有话不妨直说,咱们是什么关系,何必遮遮掩掩?"

盛宣怀连连点头,脸上是称赞的笑意:"是,应当如此。左大帅最重要的臂膀是胡雪岩,如今胡雪岩危如累卵,我们只要伸出一个小指头就可以把他压垮,正是所谓四两拨千斤。用洋人的话说,我们可以加上'压垮骆驼的最后一根稻草'。"

"那样有可能引起连锁反应,最终倒霉的是大清商人,得利的是洋商。"听了盛宣怀的计划,马建忠有些担忧。

盛宣怀摇了摇头:"胡某人神通大得很,不过是给他一个教训,让他无暇与左大帅胡掺和,要想整倒他,根本不可能。"

"这事太大,必须得请示中堂。"

"那是当然,我们两个联名给中堂发个电报。"盛宣怀满口答应。

阜康钱庄的伙计照例在八点卸下排门,一打开门便把他吓了一跳,排门外已站了黑压压的一片人。排门一打开,他们立即拥进来,一边向柜上挤一边问道:"阿原,听说你们胡大先生做生丝生意赔了七八百万两,是真的吗?"

"胡扯,我们大先生什么时候做生意亏过?"叫阿原的柜上伙计道,"您老可别听风是雨,大先生的丝等着卖大价钱呢!哪来亏了七八百万的谣言?"

"也不知是谁说的,好像是从堂子里传出来的,说胡大先生的丝已经屯了两年了,洋人根本不买,再屯下去就要全部坏掉了,能不赔吗?人家还说,胡大先生把阜康的存银都拿去买了丝,这下要把阜康给拉倒了。"一个五六十岁的老者这样说道。

"真是笑话,阜康是上海最响的钱庄,就是洋人也把银子存到阜康来生息。你手里多少银票,我立马给你兑了。"阿原接过银票看了看道,"不过是二百两银子。老叔,您老这是三年期,还有两个月就到期了,二百两就变成三百两,现在兑了只能得二百五十两,实在可惜了。"

这人正在犹豫之中,突然后面有人喊道:"你不兑我们兑,已经倒了两家钱庄了,跳水的也有好几家了,还是把银子拿出来放在自己枕头下放心。"

经后面的人这么一嚷嚷,他也不犹豫了,兑走二百五十两本息。眼看着人越来越多,情形有些可疑,前柜的档手马上去见掌柜老刘。此刻老刘正躺在炕上过烟瘾,一骨碌爬起来问道:"怎么,比往常多多少人?"

"不知有多少倍,问题是提款的人越来越多,都排到大街上去了。"

"稳住,大先生不在,你们一定要稳住。这些日子市面不稳,人心惶惶,如果咱们稳住了,大家放了心,也许就过了这一关。要是我们先乱了,那就是自己搬石头砸自己的脚。"老刘想了想又叮嘱道,"此时我不能出面,我一出面,就显得我们太拿这事当事了。前面由你顶着,你要当没事一样,该说就说,该笑就笑。"

打发走前柜,老刘立即叫库房管事前来问话,管事道:"库里现银只有二十几万两。"

老刘心惊肉跳,九江、汉口解过来的十几万两银子,他都拿出去堵了窟窿,本来以为个把月就周转回来,谁料事情来得这么快。他强按住慌乱道:"二十万两足够了,汇丰的票子还有多少?"

阜康的存银,一部分入库,一部分拿到汇丰存上生息,关键时候这部分也可以提出来,只是要损失点儿利息。

"汇丰的银票,有十二万两,一票是八万两,一票是四万两。"

"这个是不必动的。你到典当那边去打个招呼,把现银盘盘,准备救急,你告诉他们这是我的主张,我们都是一根绳上的蚂蚱,这边出了事,那边也没好处。"老刘叮嘱道。

他说的那边,是指胡雪岩在上海开的四家典当。库上管事从后门走了,老刘再打发人叫柜上的人前来回话。

"前面怎么样了?"

"不好得很,已兑出去了五六千两,可是人越来越多。"

"看你这么慌慌张张的,没事也得慌出事来。"老刘责备柜上的档手,"你们要动动脑子,银子照兑,人人有份,但你们就不能把时间拖长一点吗?"

前柜档手知道自己有些人慌无智,把这茬给忘了。七八年前,因为英国人在云南闹马嘉礼案,上海也曾经紧了一阵子,有几天来提现的人也多了不少,胡雪岩让算息的、包银的都放慢速度,从容应付过去了。自己是阜康的老人,一开始就应该想到这一点,他连忙说道:"我已经吩咐了,比平时已经慢了不少。再慢要是让人看出来,那就弄巧成拙了。"

"你这么办很好,分寸由你掌握。"老刘拿空话给前柜吃定心丸,"放心吧,我已调着头寸。"所谓头寸,就是款子。调着头寸,就是筹到了现银。

吃午饭的时候,前柜的档手让伙计们慢慢吃,只留两个人应付,这么轮流着吃饭,又延宕了些时候。到了两点多,汇丰银行来人了,前柜立即把他请进客厅,老刘亲自来应付。

"那笔五十万两的款子今天到期了,不知为什么海关没拨银子过去,我特意来问问。"

左宗棠当年西征借款,是胡雪岩担保从汇丰银行借的,每年由上海海关定期还款,如果不能及时还上,则胡雪岩必须垫还。而这笔款子恰好到了还款的时候,而海关今年不知为什么迟迟不打款子,所以汇丰银行来问。所谓问问,就是催款。这种时候也曾经有过,垫个十万两二十万两根本不在话下。老刘问道:"海关拨过去了多少,缺多少我们补多少,这个你们放心就是。"

"海关一两也没拨。"

"是吗?"老刘发觉自己的声音有些抖了,努力控制着道,"前些日子胡大先生与邵观察商议过了,银子已到了四十几万两,汇票我们都看过了。也许邵观察忘记了,我们帮你催催。"

"我们已经催过了,邵道台不在衙门,据海关的办事人员说,并没有协饷解到。"

"你看,胡大先生回杭州去办大小姐的喜事了。你看我的面子,请宽限几日,如果海关还不拨银,我们阜康照付就是。"

"好,那就以明日为限,如果明天十二点前我们还没收到银子,就来阜康提现银。"

"好,明天十二点为限。"

老刘亲自去上海道台衙门,里面有个书办,平日交情不错,他悄悄地问邵大人是否在衙门。书办道:"大人今天有事到吴淞口了,明天就回来。"

"那我想问一下,各省协饷不知到了没有?"

"应该到了,我听大人说,等到齐了就立即解到汇丰去。"

"邵大人明天一定回来吗?"

"这不好说,不过大人走的时候特别吩咐,我手里的几件文书要办好了放到他的案上,明天早起他要看。"

"看来,邵大人明天应该回来。"老刘心里稍稍轻松了,"邵大人一回来,还请老兄给我传句话,我有要事找大人。"

"好,老哥的事还不是一句话。"书办答应得很痛快。

老刘回到阜康,依旧从后门而入。刚坐下,前柜气喘吁吁地拿着一张两万两的银票来见他:"来人口口声声要提现银,怎么办?给还是不给?"

老刘铁青着脸,悄悄到前柜看了看,门内门外,人头攒动,吵吵嚷嚷。挤在前排的扬着手里的票子问道:"怎么回事,怎么不兑了?"

"不是不兑了,有一位大客户也要提现银,正在给他包银子呢。"前柜伙计这样回道。

"大客户要提现银,他都提走了我们怎么办?"后面的人着急地嚷嚷。

"对,我们怎么办?"大家齐声责问。

后面的全嚷起来,把伙计的声音都压下去了。老刘不敢露面,他一出面非将他的军不可,他不出去,伙计们说什么都还有挽回的余地。他回到后室,与前柜档手商量,两万两银子不是小数,如果兑,无异于雪上加霜,可是要是不兑的话,一传出去更是难以收场。最后老刘一咬牙说:"兑!但是一定要慢慢过数,慢慢包装,下排门前办完就成。"

发完两万两现银,阜康伙计全体出动,嘴里说银子有得是,明天继续兑,一面把人向外挤,终于上了排门。

老刘晚上遍访胡雪岩开在上海的四大当铺,一共调齐了六万两银子。等现银入了库,他这才去睡觉,那时已快两点了。翻来覆去,好不容易睡着了,可睡着没有多久,他又被砰砰的敲门声吵醒了,阜康的伙计拿着刚出的《申报》给他道:"掌柜的,有人造咱们的谣。"

老刘拿过报纸,伙计指着《阜康现银吃紧,洋债请求展期》让他看,竟然把昨天汇丰来催款的事发了出来。说阜康作保的一笔洋债已经到期,可是因为胡光镛大笔现银被生丝屯住,所以现银吃紧,只好请求洋行展期还款。

老刘倒抽一口冷气,显然有人在后面做手脚,要置阜康于死地。洋债到期是真,阜康没有还上也是真,如果今天十二点前还不上,汇丰银行那里不好应付是一,更要紧的是肯定有人要大肆宣扬,那时候就是调多少现银来也无济于事。

"还下不下排门?"阜康的前柜、库房、账房的管事都围在老刘身边,等着他拿主意。

"下,如果不下,那会更糟。你们兑的时候,先给那些小户兑。我现在就去道台衙门,如果汇丰的银子拨过去了,我就有把握过这一关。"老刘这么说,既是安慰大家,也是安慰自己。

他忐忑不安到了道台衙门找到书办,书办的回答无疑是兜头浇了他一瓢凉水:"邵大人到现在还没有到衙门来,今天来不来,我给老哥打听一下。"

书办东打听西打听也没有确信,因为能说准邵道台行止的人都不在衙门。老刘又求书办去问一下,能不能把汇到的协饷先拨给汇丰。这有些强人所难了,不过看老刘那副着急的样子,书办不忍拒绝,去通融了好久,一脸沮丧地回来道:"老哥,对不住得很,有几笔银子到了,可是大家都说不清是什么银子,没有邵大人发话,谁也不敢动。"

老刘不知怎么回到阜康,只觉得脑袋木得很,明明听到大家在说话,却听不清他们在说什么。伙计告诉他,汇丰又来人催款了,请他去见面。他先回到自己屋里,胡乱点上一个烟泡过足了瘾,整个人这才活过来了。他到客厅去,显然汇丰的人已经等得不耐烦了。他一进门就拱手道:"老哥,得罪了!我有一点急事外出,刚刚回来。"

"刘老板,你们阜康这是怎么了?这么多人来挤兑,再不想办法,多大的秤砣也压不住。"汇丰派来的是中国买办,洋文说不好,中国话也说得很拗口。

"压得住!压得住!老哥只要想想阜康的东家是谁就知道了。不过,这时候确实需要老哥帮忙,钱庄有得是银子,只是都在路上,还请老哥回去说说,再给展期三五天,利息加倍。"

"利息是小事情,问题是我说了不算。"

好说歹说,汇丰的买办总算答应回去商量。汇丰的大班与他的助手们商议,以目前阜康的情形看,被挤倒的可能性很大。但以胡雪岩的本领,绝处逢生又是极有可能的,将来还有用得着他的时候,所以没必要把事情做绝。再说,洋债是海关税做抵押,谁也赖不掉,只是胡雪岩这个担保人一点责任也不担也说不过去。所以他们最后决定,可展期七天,但阜康在汇丰的十二万两的存银要先扣下抵债。

老刘听说汇丰允许展期,不禁一喜,但听说要把十二万两的汇票收走,又是一忧。原本他指望关键时候把这笔钱提出来救急的,现在指不上了。没办法,他只得打发账房先生带上汇票到汇丰去过账。

看门前的人变少了,大家都松了一口气。此时有六七个彪形大汉,带着四辆独轮木车停到门前。两个人蛮横地把人群拨开一条道,簇拥着一个穿裘皮袄的来到柜前,把一摞银票往柜上一放道:"先给我们兑银子。"

伙计接过去说:"这位爷,您是要兑多少?"

"都兑了。"来人拉长声音道,"八万两都兑了,等着用呢!"

前柜的档手见来者不善,过来应付道:"这位老哥,您到里面说话。"

"不必,你只要说能不能兑。"

"兑自然能兑,只是老哥,这八万两银子那得五六千斤,运起来不方便。

您说一声在哪里用,我们阜康专门有送银的,直接给您送到府上去就行了。再说这么多银子,您都放在府上也不方便,随时用我们随时送到岂不更好?"

"不劳您费心,人和车子我都带来了,不要说几千斤,一万斤也运得走。实话说,主家要用是个原因,现在上海市面不稳,银子还是攥在手里更放心。"

看他没有通融的余地,前柜档手请他到后面休息,等库房备好银子。老刘在后面得了报便道:"是有人故意与阜康过不去。你们和他商量一下,能否先少兑一些。不能再拖了,我要立即给胡大先生发报。"

到了晚上,老刘终于等回了胡雪岩的电报,让他立即把生丝卖掉。当晚老刘去找德国商人爱姆生,但一个月前商定的价格已经不作数,每包只肯出价三百五十两,而且只要上等丝,而胡雪岩收丝的成本在四百二十两左右,而现在的价格出手一包就要赔五六十两。但天时、地利不占,人和更无从说起,不赔又能如何?老刘派人半夜去电报局坐等,两点多胡雪岩回复一个字:卖!

然而,第二天一早,《申报》就发出了惊人消息——《阜康钱庄濒临倒闭,胡雪岩忍痛贱价卖丝》。此消息一出,上海阜康的挤兑已经势不可当,老刘当天晚上吞鸦片自杀。挤兑风波立即蔓延到杭州、苏州。两江总督左宗棠试图帮胡雪岩渡过难关,并派江宁藩司亲往杭州与胡雪岩商讨办法,但胡雪岩自知大势已去,不愿再连累左宗棠,便婉言谢绝了。

因为京城与上海已经通电报,消息非常便捷,因此上海阜康挤兑倒闭的消息很快波及京城,京城阜康银号也发生了严重的挤兑。此时正赶上御史参劾刑部尚书文煜贪墨,说他在阜康存有巨款。当时顺天府尹也是清流中人,借挤兑之机给阜康贴了封条,派精通钱谷的师爷去查,果然查出文煜存有七十万两巨款。文煜见事已败露,干脆拿出十万两银子来报效朝廷,朝廷白得了十万两银子,就放过了他。

顺天府尹与户部尚书、新晋协办大学士阎敬铭关系密切,于是将查封阜康的详情向他禀报,精于理财的阎敬铭立即从里面听出了一个斗大的窟窿。近年来多有公款存在阜康,或通过阜康汇解,如果阜康倒了,就有大量公款难以追回。所以他上奏朝廷,建议锁拿胡雪岩进京,以免他卷财逃走,并飞饬各有关省份立即查抄胡雪岩的典当、钱庄、丝栈等生意。文煜立即派人前往杭州,抢先一步把胡雪岩的大宅院据为己有,以抵欠款。

阜康钱庄的倒闭引起了一连锁的危机反应,他的当铺、药店纷纷倒闭,胡雪岩负债累累,慈禧更下令革职查办,严追治罪,胡雪岩只得遣散家仆妾姬。一年后,胡雪岩在孤寂潦倒中去世,可叹富可敌国的一代财神,去世时连棺材都是庙中施舍。更为严重的是,胡雪岩的破产波及其他钱庄、布庄、粮庄等行业,使本来岌岌可危的上海金融信用体系崩溃,引发了19世纪中国最严重的经济危机。洋务企业股票价格暴跌,开平矿务局的股票从1883年5月的每股二百一十两跌到了1884年5月的三十两;轮船招商局的股票从二百五十三两暴跌到三十四两。

轮船招商局徐润也被这次危机拖累破产。徐润是不亚于胡雪岩的财神,他不仅在轮船招商局是大股东,而且经营茶叶、生丝和棉花等,尤其是与人合股开设了名为"地亩房产"的公司。因为中法局势紧张,上海富商纷纷逃离,房地产市场严重萧条,徐润与各位合伙人因为现银紧张,不得不低价抛售房产。他挪借轮船招商局的十六万两银子不能偿还,被盛宣怀汇报给李鸿章,李鸿章对徐润完全失去信任,撤去徐润会办之职,同时将唐廷枢调离轮船招商局,专办开平煤矿,任命盛宣怀为招商局督办,马建忠也成为招商局会办。

盛宣怀一石三鸟,四两拨千斤,挤垮了胡雪岩,挤走了徐润,实现了自己督办轮船招商局的愿望。

第十九章

无主见和战不定 书生气马尾丧师

在中法剑拔弩张的时候,李鸿章却看到了一丝和平的希望。他收到了来自法国舰长福禄诺的议和信件, 信件是由深得他信任的德籍税务司德璀琳转呈的。

德璀琳回国休假半年,三月初假期结束时决定回中国。总税务司赫德对德璀琳早就十分忌惮,一直在找机会把他排挤出税务司。机会来了,此时粤海关税务司美国人吴德禄生病回国,赫德立即安排德璀琳接替他的职务。赫德认为法国人或许会占领广州, 到时候自然会驱逐德璀琳, 这就是借刀杀人,而且不着痕迹。

然而赫德的算计全部落空了, 德璀琳搭乘法国海军舰队的窝尔达军舰从欧洲出发,旅途期间与舰长福禄诺成了无话不谈的朋友。福禄诺得知德璀琳与李鸿章的特殊关系后,告诉他法国政府不想与中国作战,只要中国承认法国在越南的权利。法国外长与福禄诺私人关系极好,临行前委托他,如果有机会能够促成和议,法国政府将乐见其成。

德璀琳非常感兴趣,因为他知道李鸿章是坚定的主和派。于是他催促福禄诺写了一封密信,由他转呈给李鸿章。到达广州后,德璀琳安排好粤海关的工作就偕同福禄诺到达烟台,只身带着密信来见李鸿章。

福禄诺的密信提了四个要求,一是将中国驻法公使曾纪泽调离,法国人认为他好战;二是云南要通商;三是要早日议和,兵费好商量;四是要承认法国是越南的保护国。

李鸿章觉得这几条并不苛刻,可以和福禄诺谈。但他与周馥、薛福成、马建忠三位心腹商讨,三人都反对,道理很简单,军机大换班,主战派醇亲王成为事实上的军机领班,那就说明朝廷已经下定主战的决心,此时李鸿章提议议和,是自讨没趣,白白招人责骂。

薛福成先劝道:"中堂,我军在越南吃了亏,朝野上下都要求报仇雪恨,您这时候站出来说要议和,立马成为明枪暗箭的活靶子,那又何必呢?"

"招骂是肯定的,但要说朝廷下定了决战的决心,我不信。我被人骂了几十年了,也不怕这一时。关键是现在法国人还没进入大清界内,此时议和,不至于割地赔款,总比弄得两败俱伤,骑虎难下来得容易。"李鸿章解释道。

周馥也劝道:"中堂,要议和也要好好打一仗后再说,败后议和,吃亏的是大清。"

"兰溪,好好打一仗的话好说,可是不到一个月就丢了那么多地方,再打一仗要是败得更惨呢?事关国运,我不敢赌。"

周馥还是不甘心,再苦口婆心地劝道:"中堂,先败后胜的例子也多得很。山西、北宁之败,各种原因都有,这些问题解决了,咱们的战斗力上来了,打败法国人也不是不可能。我们在家门口打仗,总比法国人万里迢迢来得有把握。"

"何来把握?这些年与洋人打仗,洋人都是万里迢迢,可是我们胜过吗?兰溪,你听我的意见,帮我起草封密函,告诉总理衙门,这是个难得的议和机会,机不可失。"

"中堂,这个稿子我起草不了,怕说不明白。"周馥不是说不明白,是他压根就不同意李鸿章的观点。

周馥的忠诚不容怀疑,但他不能理解李鸿章的苦心、不能有丝毫的迁就也令李鸿章极为不快:"好,你们都不愿当这恶人,我来当好了。写个几百字,还难不倒我。"说罢,他拂袖而去。

马建忠见状又劝道:"兰公,你又何必非拗着中堂不可呢?你即便不同意,也可以好好说嘛,你们二十多年的交情,有什么话说不透?"

"咳,我这人一着急脾气就上来。算了,江山易改,禀性难移。你们哪一位替中堂起草密函?"周馥也有些后悔。

"我来吧。"薛福成自告奋勇。

总理衙门大臣、刚升郡王的奕劻接到李鸿章的密函，"咦"了一声："李少荃真是好胆量，这个时候还敢议和。"

在密函中，李鸿章简单叙述了事情的来由及福禄诺的四点要求，然后建议道——

> 此时议和，兵费可省，边界可商，若待法军深入我境，甚或用兵舰夺取沿海，恐求此而不可得。与其兵连祸结，日久不解，待至中国饷源匮绝，兵心民心摇动，或更生他变；似不若随机因应，早图收束，有裨全局。福禄诺与税务司德璀琳约定，八日内在烟台候信，如廷议许其讲解，应请先给回信，再由鸿章察看福禄诺如何议论，倘彼国有大员来津，届时当奏请钦派大臣前来会商，相机筹办。鸿章身任疆事，分应备兵御侮，不敢专主和议，伏乞鉴原。

奕劻揣着密函去见醇亲王，他一口拒绝道："法国人这样不讲道理，还和他议什么和？再说，李少荃已经与他们议过一次了，他们不是照样开战？"

醇亲王指的是一年前李鸿章与法国驻华公使宝海签订的条约，当时双方约定，撤退越北的清军；法国声明没有侵犯中国主权之意；中法两国分巡红河两岸，共保越南独立；中国允许法国人经由红河到云南贸易通商。虽然清议一片反对之声，但在恭亲王的坚持下，朝廷同意了这次和议。可是谁也没有料到，法国内阁换班，好战的茹费理当了总理，推行强硬的殖民政策，他期望完全独占越南，而不允许中国在越南有任何影响，所以推翻了宝海与李鸿章签订的协议，先是进攻河内，然后又进攻山西、北宁，直接与中国军队开战。

奕劻比醇亲王更了解实情，提醒道："王爷，如果继续打下去，若万一不幸再败，法国人从西南打开了国门，那可就更难收拾。"

醇亲王一瞪眼道："那也得着实振作一番，打一仗后再说。我就不信大清振作不起来！再说，六哥就是因为不能振作，一味软弱才被换班，我上来还是像一个软柿子，那成什么话？"

奕劻又劝道："王爷有这番心思当然很好，不过，李少荃的密函不妨照递。这是两码事，上头也不会怪王爷。现在想议和的是法国人，又不是王爷，王爷还是把李少荃的密函递上去,看上面怎么说。不然,如果上头知道有这么一封密函,却没有见到,会怎么想?"

"上面的意思,不想可知。她这些天正在气头上,肯定也不会准。不过你说得有道理,不递上去不合适。"

隔日召见军机的时候,慈禧说起法国人想议和的事情,问军机们是什么意见,世铎说应该增派兵马到边境去。

慈禧不解地问道:"现在法国人表示要和谈,我们却大增兵马,这话怎么说?而且现在北圻的官军已溃不成军,增调兵马也不是一天两天就能赶到,这个时候法国人再进攻的话,能不能抵挡得住?"

闻言,世铎又改口道:"那就让法国人到天津来谈。"

"官军丢了那么大的面子,朝野上下都嚷着要战,现在坐下来和谈,怎么向朝野交代?"慈禧又皱着眉头反问。

的确没法交代。不但世铎,其他军机也一时哑口无言。

慈禧没再说什么,挥了挥手,大家跪安退出。回到军机处,一帮人唉声叹气,太后到底是什么意思,大家也无从把握。世铎当领班军机首次议大政,结果就这样没头没脑,他垂着头,一句话也不想说。

孙毓汶建议道:"此事还是要与醇王爷商议为妥。"

"对对对,大事不决请示醇亲王。"于是几个人一起前往醇王府。

门房认得众位新贵,告知道:"众位不巧得很,七爷刚走,太后召见。"

众人只好再回军机处。

醇亲王一到宫中,慈禧便责问道:"老七,你们是怎么议政的?一大帮人拿不出个明白章程。"

慈禧这话很宽泛,军机们回奏的事情有好几件,不知是哪件没有一个明白章程。最近贵阳有一件教案十分棘手,醇亲王只好猜测道:"这几年教案日多,原因是教民挟洋自重……"

慈禧打断他的话道:"我让你帮军机们拿主意,事大事小、轻重缓急你也分不出?我说的是法国人求和的事!"

醇亲王只恨自己没头脑,昨天一夜睡不好,就是为和战大计,怎么进了宫全忘掉了?有这一问,他头上汗就下来了。

"世铎一会儿说要增兵,一会儿说要让法国人到天津来谈。战有战的办法,和有和的办法,他们是战和都没办法,你到底是什么主意?这样大一件事,他们该不会没与你商量吧?"

"商量了,臣昨晚一夜没睡,一直在想。"

"是吗?那你想出了什么主意?给我个干脆话。"

干脆话,那就是要么战,要么和。虽然没有最后拿定主意,但醇亲王脱口而出:"战!"

"哦,那你说说,为什么战?怎么战?"

为什么战,理由多得很,可怎么战却有点麻烦。醇亲王被逼到墙角,不得不说出他的见识:"北圻那边,朝廷需严令官军坚守阵地,不可再失一寸。沿海各省要在要紧处挖掘地沟,一旦洋人来犯,勇兵都躲进沟中,待洋人登陆后与之短兵相接,这样洋人的巨炮洋枪都没有用了。"这个办法,是前些时候他与张佩纶、孙毓汶等人商议时想出来的。

听醇亲王说完,慈禧并不去评价,而是盯着他的眼睛问道:"老七,你是不是以为老六是因为太过软弱,总是向洋人让步而被撤了差,所以你就要反其道而行之,一味强硬?告诉你,撤老六的差并不是因为他总立足一个和字。国家之间,是战是和,并无定规,也无高下之分。当战不战,一再退让,让洋人得寸进尺,丢城失地,当然难辞其咎!可如果明明可以化干戈为玉帛,却一味要打,结果真像李鸿章所说,弄得兵连祸结,更生变乱,那也是罪不容诛!"

这位醇亲王别看有时意气用事,甚至有些鲁莽,但在慈禧面前却真正是诚惶诚恐,不像老六那样事事都有自己的主张,这也正是慈禧要用他的原因。要论才具,老七的确不如老六,但天下没有十全十美的事情,又要一个人才能卓著,又要他俯首帖耳,这办不到。既然好驾驭,就要容忍他的平庸。

慈禧看到醇亲王肩膀抖了一下,额上的汗珠滚下一串,所以缓和了语气:"老七,你从前当闲散亲王,说话做事由着自己的性子,要打要杀凭自己的好恶都行,可如今你是事实上的军机首辅,说话做事就要从全局着眼,不仅要考虑你心里的感受,更要考虑朝廷的难处。"

"来人,赐七爷座!"慈禧打一巴掌后再给个枣子,"不是我说你,要论才具,你不及老六,可要论忠心,老六不及你。才能固然重要,可忠心更重要,一个人再有才能,但他自以为是,不听节制,那留他何用?既然用了你,那你就要尽心尽力,我的眼睛是亮的,大家的眼睛也是亮的。有天大的难事,咱们叔嫂商量着来,没有过不去的火焰山!"

这番话好比一双温柔的手抚过醇亲王的心胸,他匍匐在地,连连磕头道:"臣愚钝,蒙太后天恩,有幸为朝廷办差,臣定当鞠躬尽瘁,死而后已。"

"鞠躬尽瘁是应当的,死而后已的话就不要说了,不吉利。老七,你觉得李鸿章的意见如何?"慈禧的意思已经十分明确,那就是要和。

"李鸿章的话也不是没道理。从前臣只从个人感受行事,现在太后把担子放在臣的肩上,臣才知道世事艰难,也就对李鸿章的苦心更有体会。臣以为可以让李鸿章与法国人谈,但谈之前要给李鸿章几条框框,谈归谈,不能超出朝廷的范围。"

"这才是公忠体国。"慈禧称赞道,"是要给李鸿章几条规矩,这是大事,要让大家都发表一下意见。"

这就是要组织廷议。慈禧的意思是将李鸿章的密函交御前大臣、军机大臣、总理衙门大臣、大学士、六部九卿、科道、翰詹官员一起来讨论。

"和有和的办法,也要有和不成的准备。一旦谈不成,那就难免要战。所以要简任敢战、能战、知兵的人去备战督战。"

"敢战、能战、知兵,左宗棠算一个,他现在两江,不能动;彭玉麟算一个,他已去广州督战;李鸿章也是知兵的,但北洋离不开他;潘鼎新是李鸿章的旧部,也是能打仗的,已接任广西巡抚;原来广西提督冯子材,打过长毛和捻子,也是能打仗的,可他是被黄桂兰排挤走的,一直称病……"醇亲王一边想一边说,这些真正知兵的大员,都已各司其职,"对了,还有一个人,也是李鸿章的旧部,从前就是一员悍将,现在居家养疾,就是刘铭传。"

"刘铭传是能打仗,到时朝廷要用他的。"慈禧若有所思,"老七,你不能只盯着这些老人。比如张佩纶对法越兵事多有建言,也是知兵的。还有吴大澂、陈宝琛他们也都曾上折言兵,而且头头是道。再有山西巡抚张之洞,更是雄心万丈。这几个人,说到敢战更没问题,他们向来是主战的。"

慈禧说到的是这几个人,醇亲王感到有些意外,如果让这些人带兵,他不无担忧:"他们都是书生,从来没真刀真枪打过仗。"

"谁说书生不能打仗?曾国藩、李鸿章、左宗棠、胡林翼这些人不都是书生带兵吗?没人生来会带兵,能打仗那也是锻炼出来的。"慈禧边踱步边说她的意思,"朝廷要和谈,难免有人要大发议论,如今我们把知兵敢战的人起用起来,也显示朝廷战和两手准备的意思,朝廷也不是一意要和,也有和不成就打的意思。"

醇亲王不由得佩服慈禧的英明,她把平时主战最坚决的清流干将派去带兵了,大家自然不能再指责朝廷软弱。

"我的意思,张佩纶就去会办福建海疆事务,陈宝琛会办南洋事务,吴大澂会办北洋事务,都准他们专折奏事。张之洞呢,我看就放两广总督。两广总督张树声今年以来身体不行,不是已经请辞了吗?我看就准了他。"慈禧这样做了决定。

丢城失地的广西提督黄桂兰是张树声的旧部,挤走前提督冯子材,张树声是策划者之一,所以今年以来张树声备受攻击。有人说他是假病,有人说是真病,是被气病和吓病的。

"冯子材曾经发誓,张树声一日在两广他一日不出山,让张之洞去再好不过。请太后示下,这道旨意何时发下,是明发还是廷寄?"醇亲王又问。

"那你说何时发?明发还是廷寄都有讲究,说说你的见识。"慈禧这就有些考校的意思了。

醇亲王不能不认真思考,想了一阵,觉得较有把握了才道:"臣觉得还是明发,而且宜早不宜迟。"

明发的好处,就是让天下人尽知,朝廷一力主战。而早发下去,一则便于鼓舞士气,二则抢在与法国人和议前,不至于届时法国人指责说没有诚意。不然,一面和谈,一面调兵遣将,谈判的时候要多费口舌。

慈禧称赞道:"老七,你这么考虑事情就很对头。福禄诺说八日内要有个确切回话,至迟后天就要拿出主张,所以这个明发,就在今天好了,你回去后交代他们承旨就是。"

醇亲王得了称赞,身心舒泰,回去立即张罗明发。消息传出后,清流们如饮醇醪,如醉如痴。

两天后廷议如期举行,争论自然十分激烈。但现在是法国主动求和,泱泱中华,自然不能连和的机会也不给洋人,而且和战操于我手,洋人若无诚意求和,那就战场上见,朝廷已把知兵敢战的大员派到福建和南北洋去了。有了这样几条理由,争论再激烈,最后还是同意和谈的意见占了上风。不过谈归谈,有几条框框不能越雷池一步。

朝廷给李鸿章四点指示,一是云南内地不能通商;二是不赔兵费;三是不改变大清是越南宗主国的地位;四是对刘永福要略加保护。李鸿章觉得这四条总有变通的办法,因此立即给德璀琳发报,告诉他朝廷已经批准讲和,请福总兵到天津来。

李鸿章与福禄诺的会谈很顺利,朝廷所提的四条,只是大清宗主国的地位有些谈不拢。法国所求,就是完全占有越南,中国不能插手。而大清在这一条上非常看重,甚至宁愿通商也不能放弃这一条。最后,李鸿章建议,在文字表述上下点功夫,法国与越南所定条约,不要把否定中国宗主国的意思写进去,这样保住了脸面,他也就有法向朝廷交代了。

结果,两人只用一上午的时间,就达成了《中法简明条约》,共四条:第一款,中国南界毗连越南北圻,法国约明无论遇何机会并或有他人侵犯情事,均应保全助护;第二款,中国约明将所驻北圻各防营即行调回边界;第三款,法国既感中国和商之意,并敬李大臣力顾大局之诚,情愿不向中国索赔偿费。中国亦许以毗连越南北圻之边界所有法、越与内地货物,听凭运销,并约明日后遣其使臣议定详细商约税则,务须格外和衷,期于有益法国商务;第四款,法国约明现与越南议定条约之内,决不插入伤碍中国威望体面字样,并将以前与越南所立各条约关涉中国体面者尽行销废;第五款,此约既经彼此签押,两国即派全权大臣,限三月后悉照以上所定各节,会议详细条款。

福禄诺唯一不满足的是,茹费理总理希望中国军队不要帮助刘永福,应尽快驱逐他离开越南,而条约中未有载明。李鸿章解释道:"这一条无论如何办不到,刘永福在越南我们如何驱逐?不过你想想看,条约载明大清北圻驻军撤回边界,那时候我们也鞭长莫及,就是想助刘永福也不可能。"

闻言,福禄诺急急地问道:"那么,中国驻北圻的军队应当于一个月后撤回边界,法国军队将如期接收这些地方。"

李鸿章明白法国人是急于驱逐刘永福,因此希望中国早日撤军,但朝廷不可能答应,所以他又道:"这一条不可能写入条约,我只能说动朝廷尽快撤军。"

条约一公开,京中一片哗然,参李鸿章的折子五十多本。从前以敢言著称的张佩纶此时却噤了声。其实,这些年来他参劾的大员不少,但对李鸿章却从来不曾参劾，这也是清流所共知，所以有人讥讽说："张幼樵官越做越大，胆子却越来越小。"

张佩纶新授会办福建海疆事务，不亚于钦差大臣，雄心万丈，自然不愿被人如此挖苦，而且他对李鸿章签订的这个条约也的确不满，因此慈禧召见的时候，他自告奋勇，说南下福建顺路到天津请教一下李中堂："如果要战，到底有没有把握。"

慈禧欣然嘉许，并让他向李鸿章请教一下海防事务。

张佩纶兴冲冲到了天津，他的身份，一半是前来请教，一半则是代清流兴师问罪。

"幼樵，你被朝廷委以会办海疆的重任，可见朝廷的信任，慈眷尤隆。"李鸿章首先表示祝贺。

"太后皇上天高地厚之恩，晚生只有以身相报。"张佩纶兴致很高，大谈太后的英明。

"幼樵，实话说，我听到你放海疆的消息，真是喜忧参半。到前线去非同小可，可不是趴在案上写篇文章那样容易。"李鸿章话题一转，扫了张佩纶的兴。

闻言，张佩纶大声道："中堂放心，晚生已经以身许国，无所畏惧。"

"无所畏惧当然好，置生死于度外，勇气也可嘉。可是朝廷这次派出的全是书生，简直如同儿戏。"李鸿章这话实在太难听了。

张佩纶立即反驳道："中堂此言差矣，就算晚生无才，其他三人却都是运筹帷幄决胜千里的人才。"

"幼樵别怪我说话难听，你们四个人，除了张香涛去山西任巡抚两年，经历过实务磨砺，你们三位都未出京门半步，一跃而为前线大员，我真是不敢空欢喜。"李鸿章依然摇头。

"我们未出京门半步，但都有颗为国牺牲的决心。"张佩纶豪气不减。

"打仗不能光靠决心。"

"气为兵神，勇为军本。战场上武器固然重要，可是将士都有不畏强手、所向披靡、战无不胜的骁勇之风，则更为重要。也恕晚生直言，中堂这些年太缺敢战的精神头，连淮军也都暮气太深。"张佩纶清流脾气依旧，对李鸿章毫不客气，"不但暮气深，而且用人也很成问题。中堂身边多是唯唯诺诺之辈，没有铁骨铮铮之士;将帅以克扣为能事,兵勇以混饭吃度日月,晚生深为中堂的淮军忧虑。"

李鸿章觉得自己完全出于好意,没想到引来张佩纶如此一番指责,禁不住勃然大怒:"幼樵,你把我淮军说得如此不堪,哪位将领不称职,你倒指出一个来。"

"别人不说,北洋水师的丁提督不过是马队统领出身,何曾识得海军为何物?您任命他为北洋水师提督,外间说法多得很。会说合肥话,就把洋刀挎,这话中堂想必听说过。"张佩纶立即举出了一人。

"你们对丁提督了解多少?他不是海军出身不假,可是谁说只有海军出身的人才能统帅海军?你张幼樵又何曾了解海军,如今不是福建海疆会办?"李鸿章这话把张佩纶堵得无话可说,终于把火气压下去,努力平心静气地道,"丁禹廷不是海军出身,可他久经沙场,我总不能让北洋水师从上到下都是嘴上无毛的小子吧?丁禹廷自入海军,天天读海军兵书,向水师管带请教,如今论起海军来,你我都望尘莫及!"

张佩纶也检讨道:"刚才晚生是口不择言,请中堂勿往心里去。可是晚生还是要说,有敢战的勇气和必胜的决心,对一支军队、一个国家实在太重要。比如这次议和,晚生就不能苟同。大清的属国,法国人说占就占了,我们还要撤回军队,还要允许通商,中堂,这样的和谈是不是太没有骨气?"

"我知道,京中的清流都骂我是卖国贼呢!"李鸿章的语气是不屑一顾。

张佩纶又解释道:"中堂不能只怪清流,就连总税务司赫德也说,这个条约分明是告诉各国,谁能抢就抢,谁抢到手就算是谁的了。他还说这是大清给了法国一张空白支票,法国人在越南想干什么就干什么。"

李鸿章哼了一声道:"幼樵你不知道内情,这位赫德一心要主导中法谈判,可是这次他没伸上手,和议就签订了,他是吃醋才这样胡说。云南早已经对英国人通商了,再与法国人通商不过是早晚的事情。越南是大清的属国,可是大清不过是图了个虚名,无非是每隔几年他们前来进贡,为之兵连祸结实在不值。至于撤军,也是议和的应有之义,各国无不如此。"

"既然是撤军,我们撤回边界,那么法国人也应该撤出越南,至少应当撤回河内吧?"张佩纶依然不能服气。

"是应当如此,可是不现实。我们如今吃了败仗,不如早早把人马撤回来合算,避免再起冲突。幼樵,你们这帮年轻人总是从应当怎么样去发议论,我是从大清如此国力能够怎么样去想办法,这就是咱们的不同。我还是那句话,与其将来兵连祸结,不如现在早做了断。现在法国人总算没有讨兵费,如果再打一仗,我们还是败了,或者法国人开着军舰去占据了台湾,向我们狮子大张口,那时候我们是割地还是赔款?”

张佩纶没吱声。

“不仅仅是法国,更令人担忧的是朝鲜。朝鲜与我大清的重要性不用我多说,如今日本人又在朝鲜做手脚,他们千方百计讨好朝鲜,并在朝鲜大员中培植自己的势力。日本人在列国中是可鄙可恶,他比狼还要狠,比狐狸还要狡猾,他当着你的面又是鞠躬又是笑脸,可抓住机会就扑上来撕你一块肉。中法如果开战,以我对日本人的了解,他们肯定要趁机在朝鲜动手。那时我们南北两面腹背受敌,怎么应付得了。北洋水师到现在还未成军,定购的铁甲舰还在德国,北洋有警,我靠什么来保天津,保京师?幼樵,我这番苦心,有谁理解?”

李鸿章一番肺腑之言,让张佩纶无话可说。

“还有幼樵,福建与台湾隔海相望,法国人要是与我们海上争锋,福建首当其冲,你这个海疆会办比其他三个风险都大!左季高当年建船政局,全是用的法国人,法国人对船政情况太熟悉,如果他们要报复,就去毁船政局,你这海疆会办将不得不直接与法国舰队对阵。我说句大实话,福建水师要与法国水师对阵,那真个是鸡蛋碰石头。”李鸿章完全是一副为张佩纶打算的语气。

“就是鸡蛋碰石头,晚生也要碰法国人一身蛋黄。”张佩纶豪气万丈。

李鸿章劝道:“幼樵,这不是闹意气的事。”

“中堂,晚生也不是闹意气。晚生也知道去海疆不比坐在书斋中空发议论,可法国人得寸进尺,一逼再逼,如果我们连一个不字也不敢说,一味退让,这与束手待毙何异!如果我们一味妥协让步,列强不费吹灰之力就能得到利益,他们又何乐而不为呢?他们只能是得陇望蜀,舐糠及米。一个任人宰割,连叫一声都不敢的国家是没有希望的,独立和富强将永远是黄粱一梦!所以,即便是反抗不能胜,即便是鸡蛋碰石头,也让我来碰一碰好了,让法国人知道,中国人宁愿被打死,也不会被吓死。朝廷的上谕一发布,晚生一夜没睡。除了激动,就是刚才所说,做好粉身碎骨的准备。"张佩纶也是一番慷慨激昂。

话说到这里,李鸿章不能不佩服。两个人一个要战,一个要和,谁也说服不了谁,但说到底,都是为了这个国家,都不是自私自利之辈。

见李鸿章沉默,张佩纶又建议道:"太后说得不错,有和的机会当然要争取,可是不能不做好和不成打的准备。现在虽然签订了和议,可法国人还陈兵越南,虎视眈眈,我们也不能示弱。中堂应当主动提议,召你的手下大将刘铭传出山督师,也可堵一堵天下悠悠之口。"

"我已经给省三写信,他也回信表示,只待朝廷召唤。"李鸿章也早有此意,不过他灵机一动,不如借张佩纶的力把左宗棠也从两江调离。左宗棠早就把亲信大将王德榜派到了越南,而且军械粮饷源源不断。他手握两江,到时候朝廷要和,他却要战,而且要兵有兵,要饷有饷,岂不成议和的一大障碍?"要论备战,有一个人不能不用,那就是左季高,而且他是真正的知兵,如果把他调到京中,参赞军务,必有大益于朝。"

张佩纶自告奋勇道:"对,这个折子我来上。还有前广西提督冯子材,当年镇守镇江,长毛四年也攻不下来,应该让他到广西督师。"

李鸿章等着法国人派大臣来议定中法和议的详约,没料到前线突起变化。

和议签订一个多月后,光绪十年闰五月初一(1884年6月22日),法军指挥官杜森尼率领几百人来到观音桥清军驻地前,派人来传话说,这里已经是法国人地界,要求清军立即撤出。

驻守在这里的是桂军黄桂兰的手下参将万重暄,他并没接到撤走的命令,于是派出姓胡的哨官去与法国人交涉,结果法军捉住了胡哨官的三位随从,杀了两名,只放一名通事带话,而且话说得很狂妄:"我奉有开赴谅山的命令,和与不和,三日内定要谅山。我的这支军队能够直捣北京。"

北宁失守后,广西提督黄桂兰接到张树声手书,核桃大的字只有一句话:你的败绩令所有淮军将领蒙羞!

黄桂兰羞愧难当,当夜吞鸦片自杀。其实黄桂兰有自己的苦处,手下总兵赵沃自恃是广西巡抚徐延旭的亲信,根本不听他的将令。黄桂兰愤而自杀,下属都为他鸣不平,万重暄是黄桂兰一手提拔,憋着一口气要为他争回面子,所以决定要好好教训一下法国人。

第二天杜森尼率军进攻观音桥,因为他觉得中国军队太不经打,所以连炮兵都未带,只率四百余步兵和两百多名越南兵前来。一接战,万重暄部杀声震天,气势如虹,越南兵首先溃逃,桂军夺营而出,奋勇冲杀,打得法军丢盔弃甲。万重暄一面加紧修筑工事,一面向谅山请援。

当时驻守谅山的是左宗棠的爱将王德榜,他跟着左宗棠东征西杀,曾经横渡大漠,打得阿古柏落花流水,他又学来了左宗棠的英雄气,根本不把法国人放在眼里。他亲率千余人到达观音桥,在阵地前埋设地雷,又赶筑了长墙。他把自己的部队摆在正面,而把桂军分成五路,让他们随时准备绕到法军侧后袭击。次日法军再攻,清军数路并发,王德榜亲率所部杀向法军,个个都不要命地猛打猛冲,结果杜森尼部再次大败,被清军一气追出五十余里。

醇亲王收到两广总督张之洞的电报,十分惊讶:"这是怎么回事?法国人怎么这时候就去接收军营?"他立即穿好顶戴袍服赶往总理衙门,吩咐人立即请法国公使过来说话。

法国临时驻华公使谢满禄到了总理衙门,张口就是责问的语气:"王爷,我接巴黎电报,我军在谅山被清兵四千人打劫。"

醇亲王故作糊涂问道:"谅山是大清驻兵之地, 贵国军队怎么到那里去了? "

"天津所定之约,谅山应归法国,中国军队一个月后撤回边界,所以我国派兵前往。"

"条约中哪来这一说?把条约拿出来。"醇亲王说着,便把条约铺到谢满禄面前,"请问贵使,哪来一个月内撤回边界之说? "

"有续约三条,规定了具体的撤兵日期,按条约要求,现在北圻应当没有一名清兵了。"谢满禄的话让大家都摸不着头脑。

"贵国福总兵与李中堂签字的条约就是五款,何来续约之说?"醇亲王反问道。

"大法国外交部接到的报告是李中堂答应了撤军日期。你们没有听说,那就去问李中堂。"谢满禄拿出一份照会递给醇亲王,"本使今天来是向贵国衙门提出一份照会。"

为知照藐视和约,本大臣不得不历陈下情事:前于本年四月十七,北
洋大臣与本国福总兵在津约定画押。领兵总兵按约遣兵收取谅山,竟被四
千清兵攻打。今奉本国特发之命,声明不服之意。此等明明许定之事,复又
变更,且攻打之责任在中国,无论明暗攻打,法国定欲暂存应得赔补之权,
本大臣特恳贵王大臣等, 立饬华兵迅速复回交界, 及早退出北圻全境可
也。

"本使等着贵国的答复。"说罢,谢满禄戴上帽子扬长而去。

醇亲王看罢这份照会大声道:"马上给李少荃打电报, 问他到底是怎么
回事?他许没许撤兵日期?"

天津的李鸿章也正在懊恼,好不容易签订的和约,不到一个月边境又起
冲突,处理不好,两国就面临决裂开战的危险。他走到地图前,指着观音桥
道:"观音桥离谅山至少还有百里,不是说已经退到谅山了吗,怎么这里还有
军队?"

当时天津海关道周馥被李鸿章叫来商议筹办天津武备学堂的事情,他
猜测道:"想必这是个要隘,潘大帅因此留人在这里驻守。"潘鼎新因为带兵
出身,所以周馥一直尊称他"潘大帅"。

"不会,我苦心经营和局,琴轩是知道的。而且与福禄诺签订协议后,我
就写信给他,让他酌情后撤,尽量不要与法人冲突。对了,这一定是姓王的主
张。"李鸿章拿出潘鼎新的电报,指着王德榜的名字说,"这个王德榜是左季
高的手下,一样的骡子脾气,只知道要打要杀。"

"这怪不得王军门,按潘大帅的说法,王军门是连夜赶了一百多里前去
增援的。"

"坏就坏在他的增援上。"李鸿章气咻咻道,"如果没有他的增援,观音桥
的一千多人自然抵不住法军,自然会后撤,法国人吃亏小一些,就不会这样
气急败坏。"

李鸿章竟有如此一说,周馥抿了抿嘴唇,心想也不能怪人家骂李中堂是
汉奸,说出这种话来不是汉奸是什么?但他终于没有忍住:"中堂,这样说不
公道。前线将士打了败仗被人骂,如今打了胜仗也落埋怨,这太说不过去。我

反而觉得王将军没有门户之见，全力去增援桂军，比见死不救或者闻敌而溃的人不知强了多少倍。"

李鸿章解释道："兰溪，你误会我的意思了，不是说增援不对，打胜仗不对，而是有些不值。如没有这次冲突，两国达成详议，我们有几年和平，可以抓紧自强、发展，有何不好，外面的人不理解我的苦心，你应当清楚的。"

"我觉得中堂有时候太看重条约了，有些时候条约不过是一纸空文。"

"你这话怎么和日本人森有礼的说法一样？有万国公法在，有条约在，列强还多少有所顾忌。所以就弱国而言，有了事在条约上动脑筋是最合算不过。如果一味去打，或可能小胜，但最终归之于败，原来他是要你几根毛发的，结果打下来，非要剔你几根肋骨不成。"李鸿章有些生气，指了指自己的肋骨，仿佛洋人正在磨刀霍霍。

弱国更需要条约的说法，的确有些道理。周馥点点头，表示赞同。

"现在糟糕的是，因为这一次小胜利，法国人肯定要狮子大开口，索赔偿、索兵费；而京中的那些清流们肯定大受鼓舞，鼓噪着要开战。醇亲王要是头脑一热，真是麻烦得很。"

"法国人如果要战，我们有什么办法？只能奉陪到底。我们怕也没有用，怯懦换不来和平。"周馥与李鸿章的观点仍然无法一致。

李鸿章看一眼周馥，没有说话，心想周馥这种脾气，与一味逞强的清流没有区别，让他来办外交，根本不行。天津海关道这个位子得非所人，非换不可了。天津海关道是李鸿章的洋务助手，凡是与外国人打交道的事情，都离不开天津海关道，而周馥出任还不足一年。

李鸿章要和，但法国人此时已经打定了要战的决心。法国议会批准了增拨军费的计划，令海军司令孤拔占据中国沿海某地为质，逼迫中国做出让步。同时为了争取时间，派出新任驻华公使巴德诺作为全权大臣前来谈判。法国人提出了中国立即退兵到边界并赔款八千万法郎（约合一千二百万两白银）的要求。醇亲王与慈禧商定的底线是可以退兵，但不可赔款，因为一赔款就说明观音桥事件责任在中国。然而法国人已经做了不惜一战的准备，因此咬住巨额赔款不松口。清廷先是派税务司赫德去协调，又派两江总督曾国荃作为全权大臣去谈，继而请美国驻华公使出面斡旋，都是毫无结果。这样两个月一晃而过，法国人的战争准备已经完成。孤拔的计划是占据福州船政局和福州城,逼迫中国在越南让步,并赔偿巨额军费。

孤拔先派六艘军舰溯闽江而上,目的地是福州船政局的马尾港。此时中法关系紧张,他拿不准中国守军会不会开炮,但他的担心是多余的,福建前线得到的指示是"衅不自我开",意思就是要打的话,我们也不能开第一枪。所以法国军舰一路畅通,直抵马尾港。

按万国公法,外国军舰到某国港口停驻,最多只允两艘,最多只能停两周,否则便可驱逐出口,不肯出口者立即驱赶。但朝廷有"衅不自我开"的指示,当然不能随便驱逐,于是会办福建海疆事务的张佩纶给总理衙门发电请求,结果总理衙门回电:"仍宜持以镇静,不得稍涉张皇。"

张佩纶接到朝廷的电旨,请闽浙总督何璟召集船政大臣何如璋、福建巡抚张兆栋及福州将军穆图善商议对策。

"现在进驻马尾的法舰已达六艘,看来还有增加的趋势,而朝廷又不许驱逐法舰,那我们只有设法阻止更多的军舰到马尾来了。"张佩纶首先发话。

何如璋建议在闽江入海口沉船数艘,使法舰进不来。但穆图善反对这样做,他认为福州是通商口岸,如果堵塞海口,各国商船就不能到福州来,会引起各国抗议,反而对大清不利。最后大家议定,岸上要增设炮台,募勇防守,张佩纶自告奋勇驻到马尾去,与何如璋一起商议如何对付法舰,保护船政局。

张佩纶到达马尾,看见泊在江中的法国军舰和福建水师的扬武号,仅从个头上看,福建水师已明显处于下风,心中不禁暗自吃惊。当年坐在书斋中,痛恨前线将士害怕洋人的坚船利炮,如今面对黑洞洞的炮口,他才知道正如李鸿章所说,当初纯粹是纸上谈兵、书生之见。但他素以主战闻名,虽然心里紧张,但在何如璋和水师诸将面前,脸上始终挂着对法舰不屑一顾的神情,他指着江中的法舰问道:"我们的军舰为什么离法舰那么远?"

扬武号管带陈英回道:"回大人话,法舰炮火射程比我们远,我舰远泊,是为了防备法舰突然进攻。"

"法舰射程比我们远,我舰远泊,岂不是也不能击中敌舰?"张佩纶反问。

"的确如此。"

"这没有道理,正因为我舰射程不远,所以应该泊在法舰附近,到时候开炮才能击中它。而且远离法舰驻泊,明显是示弱,有失我大清水师的体面!"

那时在马尾附近的福建水师舰船共有七艘,四艘在法舰上游,三艘在福建海关附近。张佩纶要求把七艘军舰集中起来,与法舰针锋相对,就近驻泊,以示大清的盛威。

陈英解释道:"如果离法舰太近,就成了法舰的靶子,七艘军舰都集中泊在一起,到时候根本无法摆开阵势,难以互相照应。"

但张佩纶不听,甚至拿出他会办福建海疆事务的身份压制陈英,不让他说话。

福建水师七艘战船突然集中过来,让法国远征舰队司令孤拔大为紧张,只怕中国舰队会突然发起攻击,所以他命令各舰亮起探照灯,把马尾附近照得亮如白昼。

次日一早,他又打发副官前来责问陈英为什么舰船突然集中起来?这是明显的挑衅。陈英回道:"这里是大清的江面,大清的舰船怎么行动,概与法舰无关。"

张佩纶得知消息,便让陈英派人去告诉孤拔,让他放心:"大清乃堂堂大国,贵提督不必多疑,如果真要开战,大清也会预先约期。"

孤拔回道:"既然大清有礼,我也退两船到下游去,以示友好之意。"

张佩纶得到这样的回应,大为得意,对何如璋道:"法人也不过是外强中干,只要我大义凛然,不向他示弱,法人必定气馁。"此时张佩纶的心情与刚到马尾时又有不同,认为勇气和信心的确可抵千军万马。因此他建议把福建水师所有的船只都调过来与敌舰混泊,法人必气沮而去。

何如璋也同意这个办法,但陈英却不同意,他坚持认为军舰集中驻泊已是失策,再把所有军舰集中过来更有全军覆没的危险。

"这我就不明白了,"张佩纶见陈英如此不给他面子,十分生气,"既然我舰不及法舰,所以才调更多的舰船来。敌舰多,敌胜,我舰多,我胜,这有什么好说的?"

"话不能这么说,"陈英见张佩纶是外行,不得不详细解释,"舰队作战不同于陆上,并非谁多谁就能打胜,关键是双方舰只的强弱。舰强,则可以一敌众,舰弱则众难敌一。弱舰是不能与强舰直接对阵的,更不能集中起来,那就是当了靶子,想跑也跑不了。"

张佩纶打断他的话道:"尚未作战,就打了跑的主意,管带畏敌如此,如何带全舰将士奋战？你这样的贪生怕死之辈，就应当革职！"

"革职末将也要说。"陈英倔强得很，一梗脖子道，"末将并非贪生怕死之辈。福建经营多年，才有了这样一支水师，怎能白白葬送？末将不是不敢与法舰作战，而是要扬长避短，巧妙与敌周旋。"

张佩纶已拿定主意要杀鸡儆猴，扭转水师畏敌的情绪，同时也树立他会办的权威，于是厉声说道："你这全是花言巧语！我们怎会白白送死！我看你是畏敌如虎，不思杀敌报国。来呀，摘去他的顶戴！"

此时，福星号管带张成挺身而出，支持张佩纶的主张："末将支持张大人的主张。我舰与敌舰近距离驻泊，到时候纵使炮火不能奈何，就是去撞，也能把法舰撞沉。"

张佩纶见他一表人才，满脸正气，当即做了决定："福星号管带张成，即日起接任旗舰扬武号管带，陈英听候处置！"

实际上张成是俗话说的空心大萝卜，他根本没什么真本事，只因是前任船政大臣的表弟，所以才得以到福星舰上当管带，平时他一发话，众人看他表哥的面子都是"喳喳"连声，他也自以为有统带千军万马的本事。得此任命，张成十分得意，拱手道："谢大人栽培，末将定率全舰官兵，拼力杀敌。"

陈英平日人缘极好，现在大家见他被张大人撤了差，都为之求情。张成怕犯了众怒，也帮腔道："陈管带胆略稍欠，但对管驾兵舰还是内行，请大人开恩，可否就令陈管带去福星号？"

众人也都如此请求，张佩纶与何如璋商议决定，给陈英降两级记录在案，前去管带福星号。

他接受何如璋的提议，上奏请朝廷请派南北洋及浙江、两广的军舰支援福建。可他盼了六七天，总理衙门回电说，南洋兵轮不敷守口，实难分拨；北洋以现有兵轮较法人铁甲大船相去远甚，尾蹑无济，且津门要地，防守更不敢稍疏；浙省亦以船少尚难自顾电复，唯粤省同意拨去两船。

张佩纶看到这样的结果，大骂南洋、浙江是混蛋，只顾自己，不顾大局。但他没有骂李鸿章，他与李鸿章的交情已非同一般，宁愿相信他有难处。随后李鸿章就来电报，解释说："此前在烟台，曾上法铁舰看操，其船坚炮巨，实非南北各船所能敌。今法两铁甲驻闽港口以堵外援，我船铁板厚仅五分，易被轰沉。若开衅，彼必在海面寻战，倘挫失，徒自损威，于事何济？"而且建议张佩纶,与其将舰集中在马尾与强敌对峙,不如立即将各舰调走,将船政局的机器掩没地下,留给法国人一个空厂,那时他们无从要挟,便只好撤走。

李鸿章竟然也说军舰不宜汇集一处,张佩纶不得不重新思考自己的对策,但想了一夜,他觉得如果把军舰撤走,未免太向法人示弱,而且也说明处分陈英错了,到那时清流同僚会怎么看自己?张佩纶自负得很,他认为李鸿章毕竟没见过福建的实情,现在说胜负还为时尚早。而自己倘若一战胜之,从此中外刮目,开府封疆便指日可望。他又找张成悄悄商议,张成也是如此意见。

于是张佩纶再次给张之洞发报,请他快派军舰前来。两人都是清流干将,私谊极深,张之洞复电两舰已自广州起程,不日可到。何如璋也发报命令到上海去公干的两舰立即返回马尾。七八天后,四舰陆续赶来,马尾山下福建水师舰船达到十一艘。

张佩纶认为现在己方舰船已明显多于法方,孤拔肯定被吓住,就是不被吓跑,也不敢轻举妄动,待时机到来,他亲自面见孤拔,劝他撤出闽江,那时候是何等的荣耀?但孤拔并没有害怕,也没有撤走,反而陆续增加舰船。原来十几天前,法国远东舰队副司令利士比率舰三艘前去攻打基隆,没想到刘铭传防守严密,又善于扬长避短,结果登陆的法军中了埋伏,死伤数十人。眼看基隆一时拿不下来,利士比便奉命率舰来支援了。

现在,福建水师战船共十一艘,它们是木质兵轮扬武、福星、伏波、振威、飞云、济安、艺新,木质商轮永保、琛航、建胜、福胜,总吨位约一万吨,装备大小各种炮五十尊。

法舰也是十一艘,其中凯旋号为装甲战列舰,野猫号为铁甲炮舰,德斯丹号、杜居土路因号、费勒斯号为一级巡洋舰,窝尔达号为轻巡洋舰,益士弼号、蝮蛇号为炮舰,南台号为运输舰,还有四十五号和四十六号鱼雷艇以及四艘小汽艇。法舰总排水量将近一万五千吨,除南台号和两艘鱼雷艇不计外,其他八舰的总炮数为七十二门,各舰艇还配备了每分钟可发射六十发子弹的机关枪。

停泊于法舰巨炮之下,福建水师的管带们都发现情况不妙,他们先是找到张成,希望他能改变部署,疏散诸舰,但张成不肯答应。于是这些管带们一起到福星号与陈英商量,大家一齐去见张佩纶,请他改变敌我连舰的作战部署。见到张佩纶后,由陈英代表众管带劝说张佩纶,理由很简单——现在十一艘舰船集中泊在一起,船多江窄,难以转动,一旦开战,肯定要吃亏。军舰应该与艇船、木哨船相间,首尾分列,胜则可截可追,败则相援相救;尤其是朝廷一再指示不能衅自我开,必须法舰先开炮我才能还击,这就更不应该集中在一起当人家的活靶子。

张佩纶不但不听他们的意见,反而指责他们道:"你们为什么没有广东水师将士勇敢?人家也是在法舰的炮口下,他们都镇定自若,毫无惧色。"

陈英解释说:"张大人,广东水师的舰船才到不久,尽管心里不安,他们怎么好指手画脚?人家不说,未必就没有想法。"

"如果谁胆怯了,要做临阵逃跑的胆小鬼,不妨说出来,我立即换上敢战的管带!"张佩纶厉声呵斥。

话说到此,大家无话可说,叹息着各自回舰。

第二天,孤拔的副官送来一份照会,说如今两国军舰近距离驻泊,为防误会,请中国舰船不要随意离开,否则法方便以开战论,届时一切后果由中国自负。张佩纶这才警觉起来,发觉敌我连舰正中法国人下怀,但他依然不想让别人看出他的胆怯。他怕到时候被法国人俘虏,便命令把行辕设到马尾山上,说这样是为了居高临下,便于指挥。

这时左宗棠从京中发来一个电报,让张佩纶转交给闽海关的法国人德克碑。德克碑当年帮助左宗棠创办船政局,后来又干起老本行,到闽海关当差。闽海关在马尾东南方向的闽江南岸,德克碑的家就在船政局后院,每天都是坐船过来,所以张佩纶派人送到他家里。左宗棠的电报是让德克碑去找孤拔,劝他撤离马尾,不要损毁船政局,否则左宗棠"将白头临边,誓与法国死战到底,到时候法国想罢战亦不可能"。

德克碑被一只小驳船送上远征军旗舰窝尔达号。他与孤拔早就认识,两人私交不错。孤拔看了左宗棠的电报便扔到桌子上道:"真是可笑,中国人都喜欢拿大话吓人。他要白头临边,难道白发能抵御大炮吗?"

"将军,这位左大人是很善于打仗的,当初收复新疆,没人相信他会胜利,但是他胜了。就我私人感情来说,我也很尊重左大人。"

"法国不是阿古柏,中国能抵抗远征军的将领还没有出生。"孤拔很自负,"而且私人感情也不能代替国家利益。"

"将军,福州船政局是法兰西帮他们创建起来的,我希望万一不幸两国开战,将军不要去破坏船政局。"德克碑觉得自己的理由太过牵强,所以又补充道,"我的妻子儿女在船政局生活了十几年,他们对那里很有感情。"

"你的要求我不能答应。正因为是法国帮他们创建的船政局,所以更应该毁掉。我们就是要以这样的方式警告中国,我们能帮他们建,也能轻易地给毁掉,弱者的命运必须掌握在强者手中。"

晚上八点钟,孤拔在窝尔达号上召开军事会议,并邀请德克碑参加。

"这将是一个激动人心的会议,将会永远载入史册。"各舰舰长会集到窝尔达号后,孤拔十分兴奋地宣布道,"中法谈判已经破裂,三天前驻华公使福满禄已下旗回国,议会已批准了新的法案,拨款三千八百万法郎支持远征军,不论采取何种办法,必须迫使中国人屈服。"

大家听到这个消息都非常兴奋。

"我已接到命令,叫以向马尾的清军发动进攻了!"孤拔的大手掌向空中一劈,他的舰长们顿时发出雷鸣般的掌声。

"我知道你们已等得不耐烦了,明天就请你们进行一场实弹演习,打光你们的炮弹!"孤拔没有把福建水师放在眼里,他认为一切都将像预料的那样,就像是进行了一场没有悬念的演习。

他的部署是,在明天下午约两点的时候,闽江就开始退潮。军舰因为头重尾轻——因为火炮集中在舰首,在水流的推动下,福建水师的舰尾会自然地摆动到下游方向,而位于下游的法舰则正好舰首对着福建水师的舰尾,这正是发动进攻的好时机。

"你们都要牢记,当福建水师的舰尾移过来的时候,我会升起第一面旗,那时鱼雷艇便立即进攻敌旗舰扬武号。第二面旗升起的时候,所有军舰一起开火,击毁你们面前的靶子。"说这话时,孤拔的双目炯炯地望着前方,仿佛那里有待打的靶子。

"这么说我们要不宣而战,发动突袭了?"一个舰长问道,他用的是突袭,而不是偷袭,对这样一个不堪一击的对手发动偷袭实在不是件光彩的事。

"当然不是。"孤拔的安排是,明天九点将向福建水师送一份宣战书,但不是就近送给张佩纶、何如璋,而是送到福州去,给闽浙总督何璟。

"大家请想,福州接到我们的战书,翻译需要时间,再将命令发回又需要时间,那时他们就没有多少时间准备了,也许我们的大炮打响之时,他们身边还没有炮弹呢!"孤拔又自以为是地补充了一句。

"将军,"另一位舰长又问道,"如果福建水师在退潮前突然向我们发动进攻呢?"

"不会的。"孤拔十分肯定地摇头,"中国人没有那样的胆量。而且据我所知,他们得到的命令是不准首先开炮,只有我们开炮后他们才能还击。"

法国人约期开战的电报,先送到福州,再由福州送回马尾,所以,当张佩纶收到电报已一点多了,他有些不信,如果法国人要开战,何不直接向他下战书,反而递到福州去了?朝廷早有电谕,要海疆加紧备战,但是否可以主动向法舰进攻,朝廷并无明确指示。他也曾就马尾局势请教李鸿章,李鸿章回电认为,此事终究要归于和,和议离不开万国公法,因此不可衅自我开,彼若不动,我亦不发。

此时事到临头,张佩纶才知道战和两字实在重若千钧,能不能向洋人开炮,远不是他当初写奏折洋洋千言那样简单。他着人请何如璋过来商议,他想趁现在主动进攻,打法国人一个措手不及,福建水师还能占点优势,不然等法国人进攻,水师肯定要吃大亏。

"问题是朝廷让不让我们先开炮,如果先开炮,到时法国人把开衅的责任推到我们头上,我们可就是千夫所指了。"

"朝廷已下旨备战。"

"备战是一回事,能不能打是另一回事,大人不妨把旨意拿出来再推敲一番。"

上谕就在手边,他拿出来再次逐字逐句细看——

电寄各省将军督抚等:此次法人肆行不顾,恣意要求,业将其无理各节,照会各国。旋因美国出为评论,而该国又复不允。现已婉谢美国,并令曾国荃等,回省筹办防务。法使似此逞强,势不能不以兵戎相见。着沿江沿海将军督抚,统兵大员,极力筹防,严以戒备。不日即当明降谕旨,声罪致讨。目前法人如有蠢动,即行攻击,毋稍顾忌。法兵登岸,应如何出奇设伏,以期必胜,如何悬赏激励,俾军士奋勇之处,均着便宜行事,不为遥制。

"均着便宜行事,不为遥制。"张佩纶指着最后一句话道,"便宜行事就是允许我们自己决定。"

"我不这么看。"何如璋指着"法人如有蠢动,即行攻击"一句,"这是说法人先动了,我们才能动,还是衅不自我开。还有,怎么算'蠢动'?是法国人开炮才能算蠢动,还是他们备战就算蠢动?大人请想,到时候朝廷会说让我们便宜行事,不是让我们开衅,那时我们就百口莫辩。"

说得也有道理,但人家战书已下了,怎么办呢?为了慎重起见,两人决定打发船政局总工程师魏翰——他在法国留过洋,法语说得好——乘一艘水雷艇去见孤拔,询问是否真要开战。

闽江退潮已经开始,孤拔突然发现一艘水雷艇向他的旗舰驶来,以为清军要先开战了,所以立即下达了炮击的信号。按照事先的部署,所有法舰集中火力攻击旗舰扬武号,因为扬武既是福建水师营务处所在,也是最为坚固先进的舰船。击毁了扬武号,福建水师就失去了统一指挥,其他舰船便无法战斗。

法舰开炮的时候福建水师正是舰尾向敌,根本来不及调头。扬武号用尾炮向窝尔达号开炮,一炮击中舰桥,孤拔的副官被当场炸死,数人受伤。但法舰的两轮炮火打过来,扬武号多处受伤,又中了一颗鱼雷,船身因大量进水而开始下沉。管带张成早已慌成一团,见舰体下沉,便乘小艇逃跑了。

福星号尾部也中鱼雷起火,见扬武号危险,在陈英的督带下冲过来救援。孤拔在窝尔达号上看到福星不退反进,命令三艘军舰围攻,陈英被密集的机关炮击中,牺牲在指挥台上。福胜号、建胜号也随福星号冲进敌阵,但根本不能接近敌舰,就全被炸沉了。

马尾山上的张佩纶看到法舰炮火所及,福建水师舰船纷纷起火,后来更是敌开一炮,我沉一舰,早就惊讶得闭不上嘴巴了。随身护卫都劝他快走,不然被法军俘虏,就有辱国体了。

下笔千言、倚马可待的张佩纶于是仓皇逃跑,他一口气跑出了二十里,在一个叫彭田的村子停下来,那时他已听不到炮声了,心才稍稍安定下来。

跑了二十几里地,张佩纶感到饿了,吩咐勇丁到村里弄点吃的。一会儿勇丁回来了,说船政局卫生队住在这里,饭菜都有,请他今晚就住在这里。张佩纶没有同意,心想海疆会办大臣临阵而逃,这话要传出去,他的脸还往哪里搁？另一个勇丁心眼活，见状便道："大人，您把红顶子收起来，穿小的衣服，没人认得您。"

张佩纶连连称赞这个勇丁："对，对，还是微服的好，不要打搅大家。"

那时马尾之战已基本结束，福建水师十一艘舰船全部沉没，死难官兵七百余人，而法舰未沉一舰，仅死五人伤二十余人。之后，法舰从容地对付拱卫马尾的岸上炮台，在强大的火炮攻击下，三座炮台相继被毁。下午四点多的时候，闽江中已没有了炮声。

当夜幕降临的时候，闽江上游漂来一艘艘火船，把江面映得一片通红。小小的火船对巨大的军舰几乎构不成威胁，所以法国水兵们都轻松地站在甲板上看热闹。

"这是中国人为我们庆祝的焰火。"一个水兵道。

"他们真是生活在另一个世界，竟然用这样的方式来攻击我们。"另一个水兵感到惊奇。

可孤拔却不这样乐观，他指着满江的火船道："这些火船对我们的军舰不起任何作用，但它却告诉我们，中国的百姓比他们的朝廷更难对付。四万万人的大国，如果他们的百姓觉醒了，实在是一件可怕的事情。"

"将军多虑了，现在已不是冷兵器时代，人多也没有多大意义，有时候不过是多具尸体。"他刚刚选拔的副官不以为然。

孤拔说："不可轻敌。明天我们炮轰船政局后立即离开马尾，若被堵在闽江中，我们就是死路一条。据福州城和船政局为质的计划根本不可能实现，我们改变计划，集中兵力去攻打台湾。"

第二十章

袁世凯再平政变 李鸿章连签两约

马尾之战的第二天,李鸿章就得到消息,立即电告总理衙门。但他所知也仅限于开战,至于战况如何,是胜是败,他无从得知。醇亲王得到消息后十分着急, 让总理衙门的官员到各国公使馆打听。次日便得到较为详细的电报,说我沉七船,敌伤三舰,船厂被毁严重。

有了这个简报,他就可以去见慈禧了。慈禧看了电报,铁青着脸道:"岂有此理? 法国真是欺人太甚!"但只怪法国是没有用的,法国挑衅已非一日,主战的呼声已经叫了半年,但朝廷却一直依赖和议,就是整体撤换了军机处也没有下定与法人决战的信心。可这个责任她不能往自己身上揽,所以第二句话就是,"总理衙门一帮人怎么办的差? 福建有何璟、张兆栋,船政有何如璋,海疆有会办张佩纶,尤其是张佩纶,向来是能言主战的,怎会损失如此惨重? "

"福建水师与法舰相比实在太弱。"醇亲王这样为前线诸文武辩解。

"那陆路呢?船政局被炸毁了,如果海军不登岸,怎么会把船政局给炸毁了? "慈禧气急败坏地追问。

法军登没登陆,现在实在无从知道。但法舰巨炮射程远,可以在江中轰击岸上目标,醇亲王是知道的,所以他说:"等详细战报来了,该治罪的一定要治罪。"

他这样说是怕慈禧盛怒之下做出处分决定来,弄得功过不分。慈禧也很精明,虽然盛怒,但脑子依然清醒:"将来查清了,该杀的杀,该革的革,该降的降。现在要紧的是抚恤殉难官兵,振作前线士气,鼓舞军心民心。法国人已逼到这个地步,朝廷必须有个态度,不然没法向朝野交代,就是洋人也会笑话我们。"

"臣已草拟了对法宣战的谕旨,请太后慈览。"醇亲王说罢,便把宣战书递上去了。

宣战书首先指出法国步步紧逼,继而表明抗法决心,要求"沿海各口,如有法国兵轮驶入,着即督率防军,合力攻击,悉数驱除。其陆路各军,有应行进兵之处,亦即迅速前进"。"刘永福即收为我用,着以提督记名简放,并赏戴花翎,统率所部出奇制胜,将法人侵占越南各城,迅图恢复"。

慈禧看了却还不满意:"老七,这还不够,你只说了应该怎么办,但如果文武各员不能谨遵,抑或阳奉阴违,那应该怎么办?"

醇亲王明白,那就是要加几句话强调各文武大员必须认真执行。正在考虑之时,慈禧又说话了:"我看就加这么几句:'凡我将士,奋勇立功者,破格施恩;退缩贻误者,军前正法。'"

醇亲王重复一遍,表示已经记清。

"今后倘有再敢以赔偿和解之说陈奏者,也要着即交刑部治罪。"慈禧又加一句。

醇亲王暗暗佩服,这一句其实就是告诉大家,上面是一力主战的,只是有个别人热衷和议,以致有今日之败。醇亲王让太监取笔来,添上这几句,速送去军机处请章京誊清了送来,慈禧看过后立即交内阁明发。

随后,闽浙总督何璟、船政大臣何如璋、会办海疆大臣张佩纶的详细奏报陆续到了。虽然战败的事实已无可更改,但仍免不了玩文字游戏,铺叙自己的功绩。只有张佩纶的奏折,虽然不免为自己辩解,却老老实实向朝廷请罪。看了数人陆续到来的奏折,朝廷也有了基本的判断,用醇亲王的话来说,就是"请功的无功,请罪的罪轻"。因为已有消息说法国人根本没有登陆,所以何璟等人说陆师如何苦战纯是冒功,张佩纶明确请罪,倒比何璟等人更见忠纯。

福州籍官员大多接到老家来信,福建大员如何畏战无措、临阵脱逃的笑话广为流传。据说接到法国人的开战照会时,何璟正在抽大烟,等他过完瘾后已过了半个时辰。他明知道法国人肯定要在马尾打仗,却不向马尾派一兵一卒，而把数十门大炮调到总督府专责自卫。巡抚张兆栋听到要开战的消息，以为法国人会进攻福州，所以微服逃出福州城，让一个失宠的妾在家应付，无论谁来，都说巡抚病重在身，唱了一出空城计。在马尾督战的何如璋和张佩纶都唯李鸿章之命是从，将士们屡次要求先发制人，两人却寄望于和谈，怕出意外搅了和局，竟不向水师发一颗炮弹。等收到开战照会后才匆匆给各舰分发弹药，但为时已晚。开战后张佩纶、何如璋根本没有指挥作战，而是仓皇逃走。张佩纶一气逃了二十里，靴子跑掉了一只，在彭田村躲了三天才回到船政局。何如璋躲进施氏祠堂里，不肯出门。施氏是当地望族，子弟多人在水师服役，马尾正在激战，船政大臣却临阵脱逃，他们一气之下将狗放进祠堂，把何如璋赶了出来，何如璋的裤腿也被狗撕去了半片。福州百姓气愤不过，把总督府的大门卸去了一扇，更有人写了一副对联贴到总督府门前："两张无主张，二何没奈何"，讽刺四大员懦弱无能。

慈禧闻言后道："两何两张如此不堪，如何督率地方？尤其闽浙总督，非派知兵大员不行。"

知兵大员有谁可去？京中现成就有一个——左宗棠。而且他早年任过闽浙总督，被毁的福州船政局就是他亲手创办。醇亲王一征求他的意见，他立即答应。而他七十四的人了，依然豪气冲天，对醇亲王说："王爷您放心，我把法国人全赶到海里喂王八。"次日朝廷下诏，授左宗棠为钦差大臣，督办福建军务，福州将军穆图善、漕运总督杨昌濬帮办。左宗棠心急火燎，立即整理行装，启程南下。

弹劾两何两张的奏折依然不断，李鸿章爱才心切，给醇亲王写信，替张佩纶辩解，说"宁失船厂，不可失张学士"。张佩纶曾经请示沉船堵塞闽江口，但因为顾虑到福州是通商口岸，所以朝廷未准；他也曾经要求先发制人，但朝廷的指示是"衅不自我开"，而张佩纶奏折无一语指责中枢，尤显出他的心地淳厚。醇亲王极力维护张佩纶，何璟、何如璋、张兆栋三人都被革职拿问，而张佩纶反而升官，出任船政大臣。李鸿章给他去信，让他忍辱、耐烦、负重、勿急躁。同时让他注意收拢被打散的水师人才，"管轮、管队、炮首等，如有才武无烟癖者，无分闽粤，择优挑送北洋，以实北洋水师"。只要张佩纶推荐过去的，李鸿章一概照单全收，并立即安排到北洋水师中。

李鸿章又给醇亲王写信，提议建设山海关电报线。近几年，趁着越南局势紧张,李鸿章奏请朝廷大办电报,沿海津沪、浙、闽、粤以至广西龙州,沿长江由上海至汉口,天津到通州再到京城,都开通电报。两广到京师虽然相隔数千里,但军情响应迅捷,如在户庭,全是电报的功劳,就连向来反对办电报的人,也都闭上了嘴巴。李鸿章此次又建议修建由天津向东北方向至芦台、乐亭、昌黎、山海关,经营口直达旅顺的电报线,同时给醇亲王写一封信,说明日本人在朝鲜蠢蠢欲动,将来可将电报线续接至朝鲜。醇亲王深以为然,说动慈禧照准。

法国人雄心勃勃,要占据台北为质,但在台湾他们碰上了淮军宿将刘铭传。刘铭传为了收缩兵力,主动放弃基隆,把基隆煤矿炸毁,留给法国人一片废墟,然后集中六千人,在淡水大败登岸的法军陆战队,法军伤亡百余人。淡水是进入台北的要道,法军无法攻取,占据台湾北部的计划就成画饼。法军转而寄望于越南北圻的陆路战斗能够出现奇迹,但清军将领得到朝廷不得畏缩避战的指示,放开手脚与法军周旋,虽然伤亡是法军的数倍,但再也没有出现从前那样的不战而溃,法军要夺取一个要地,相当不容易。

然而,此时日本人却在大清的背后朝鲜,再次鼓动兵变。

这次兵变是由朝鲜开化党发动。朝鲜自从开港后,不断有公派或私费的青年贵族子弟东渡日本,他们亲眼看见了明治维新之后的崭新景象,叹为观止,深受感触,产生了改革国政,使朝鲜成为"亚洲法兰西"的志向。这些贵族子弟便是所谓的"开化党",因为他们亲近日本,因此又称"日本党"。闵氏集团以开化维新的名义把大院君赶下台后,政治上亲近日本,开化党的活动影响日大。但后来清廷帮助朝鲜平定大院君发动的兵乱,他们转而亲近大清,被称为"事大党"。开化党与事大党的矛盾加深,日本则一直在寻找机会,利用开化党实现扩大朝鲜利益的机会。

中法战争爆发,驻朝清军调走一千五百人回国,开化党以为有机可乘,而日本政府也认为正可借中法战事兴风作浪。等福建水师几乎全军覆没,法军又攻占基隆、澎湖等多处地方后,清廷在朝鲜的威望大大降低,原想托庇于清廷保护的朝鲜国王和闵妃也开始动摇。开化党准备发动政变,频繁与日本驻朝公使竹添进一郎联系,托日本使馆设法购买日本刀、炸药和步枪等武器,走私输入朝鲜。日本外务省则与法国驻日公使秘密联系,希望法国关键时刻能够支持日本在朝鲜的行动。法国当然希望分散清军的精力,因此两国一拍即合。

帮办朝鲜军务袁世凯非常敏锐,意识到朝鲜将有变,他向北洋大臣李鸿章报告说:"朝鲜君臣为日人播弄,执迷不悟,欲离中国,更思他图。探其本源,由法人有事,料中国兵力难分,欲乘此时机,引强邻自卫,即可称雄自主,并驾齐驱,不受制中国,亦不俯首他邦……"袁世凯请求增加朝鲜驻军,然而台湾、福建、越南军事同时吃紧,北洋派军舰、援军入台,抽不出兵力兼顾朝鲜。

开化党人正是看准这一时机,派金玉均对高宗游说称中日如果交战,清朝必败,朝鲜当自图万全之策,并夸口说会得到日本的全面协助。高宗觉得有道理,于是亲书密旨交给金玉均,授予其"便宜行事之权"。日本驻朝公使为"开化党"设计了兵变方案。

光绪十年十月十七日(1884年12月4日),朝鲜汉城邮政局落成,在当晚6时举行的落成仪式上,开化党骨干、邮政局总办洪英植举行宴会款待朝廷大臣。他们趁机纵火,制造混乱。金玉均则向高宗报告,说清军作乱,邮局失火,形势十分紧急,请国王去易于防守的景祐宫避难。正当高宗犹豫不决时,开化党人在宫中引爆炸弹,火光映红了殿宇。高宗果然害怕了,同闵妃、世子、世子嫔、王大妃等王室成员立刻随金玉均前往景祐宫,途中,金玉均建议请日军来保护,惊恐不定的高宗用铅笔写了"日使来卫"四字。早就准备好的日军两百余人冲进王宫,控制了宫中局势,捕杀"事大党"大臣,发布了十六条新政。

袁世凯等人只知道宫中有变,但具体情况不明,他同提督吴兆有、总兵张光前等联名致书国王,请求入宫护卫。但高宗已经被"开化党"控制,根本见不到这份致书,金玉均等人矫旨拒绝清兵入宫。第二天,朝鲜右议政沈舜泽致函袁世凯等清军将领,恳请其出兵解救国王。提督吴兆友等认为,此事关系极大,必须请示北洋大臣李鸿章。然而形势紧急,如何容文牍往来?袁世凯再次表现出了他的敢于担责、果断刚毅的个性,说道:"我军驻扎朝鲜,就是为保朝鲜局势稳定,必须立即进宫平乱,一切责任袁某一人担之。"当天夜里,向他帮助训练的朝鲜亲军左、右营发放上等成色黄金六百两,与他们约定次日入宫,共同护卫国王。

次日下午三点,清军和朝鲜亲军左右营共两千多人同时进攻昌德宫。袁世凯从敦化门入昌德宫,直接交战;吴兆有从宣仁门入昌庆宫,包抄左路;张光前殿后策应。清兵一入宫门,便遭到士官生徒组成的"忠义契"和日军的猛烈射击。清军果断还击,双方展开了激战,宫内顷刻大乱,闵妃携王世子趁乱逃出昌德宫,其他宫中女眷也纷纷逃走。日军和叛军抵挡不住强大的攻势,竹添进一郎和金玉均胁迫高宗要他逃出汉城去日本,高宗坚决不从。竹添进一郎和金玉均等人仓皇逃出王宫躲进使馆。汉城百姓憎恨开化党和日本人,围攻日本使馆,与日本商人互相攻杀。竹添进一郎打算带着开化党人撤退,临行前烧毁公使馆机密文件,却不料失火将整个公使馆烧毁。在逃离汉城的途中,日本人受到朝鲜百姓的围攻,日军步兵大尉矶林真三以下四十名日本人被杀死,多名开化党人也被朝鲜人打死,另有三十八名朝鲜士兵阵亡、九十五名汉城市民为日军所杀。竹添进一郎带着金玉均等人仓皇逃走,在仁川搭上日本邮轮千岁丸号,才得以逃回日本。

消息传回国内,李鸿章一则以喜,一则以忧,喜的是政变很快平定,忧的则是怕事态扩大,中日再起纷急,那可真就腹背受敌。于是他立即电告驻日公使黎庶昌,令他迅速劝息日本,不要采取过激行动;而同时又急令袁世凯,"坚壁勿动,以待调停"。

竹添进一郎狼狈逃回国内, 日本政府大肆宣传中国和朝鲜无故损害日本的权益和尊严,将政变的责任全部推到中国和朝鲜身上。日本朝野为之愤怒,农商务卿西乡从道在内阁会议上提议对中国宣战。日本学生在东京上野公园举行"清国膺惩大会",游行示威抗议中国的"暴行"。一些日本人甚至组织义勇军,要求日本和法国联合进攻中国。日本政府自知理亏,也深知眼下还不是中国的对手,便暂时不准备动用武力,而是以外交手段来争取损失最小化, 并趁机扩大日本在朝鲜的侵略势力。日本派外务卿井上馨为全权大臣,率陆军两个中队、军舰七艘,载三千士兵,借口"使馆被焚""侨民被害"而向朝鲜"问罪"。在重兵压境的情况下,朝鲜答应与日本谈判。井上馨的要求是只谈善后,不谈政变,因为一谈政变,日本责任难逃。同时又提出两国谈判,不容中国参与,他的理由是将专门派重臣到中国去详谈。光绪十一年十一月二十九日(1885 年 1 月 9 日),日朝签订了《汉城条约》,朝鲜派重臣赴日谢罪,赔款十三万元,惩办杀死日本人的"凶徒",并允许加建兵营,扩大驻军。

临近中国春节，法军加大了进攻力度，希望在春节前给中国人一个大大的教训。腊月二十九日，远东舰队司令孤拔率七艘战舰在浙东海岸拦截南洋水师援台的战舰，击沉了两艘，并将另三艘堵于镇海口内。而越南的法国陆军则在远征军第二旅旅长尼格里的统率下，一举攻克谅山，广西巡抚潘鼎新、广西提督苏元春率部退入镇南关。正月初九，法军又对镇南关猛烈炮击，云南提督杨玉科阵亡，潘鼎新再退到广西凭祥。接到战报，清廷震怒，严旨责备潘鼎新，同时命张之洞督促老将冯子材驰赴镇南关。

冯子材(1818 年 7 月 29 日—1903 年 9 月 18 日)，号萃亭，是广东钦州(今属广西)人，幼年父母双亡，与兄长跟着祖母长大。后来与哥哥做点小本买卖，结果被天地会的人劫持，他一气之下投奔官军，参加剿灭天地会的战事，积功得了个小小的八品顶戴。随后洪秀全在广西造反，他就跟随广西提督向荣与太平军作战，一直追杀到南京城下，属江南大营的一个小统领。江南大营两次被踏破，他后来以三千人马驻守镇江三年，太平天国平定后得赏黄马褂、骑都尉世职。随后出任广西提督十八年。等张树声任两江总督后，要重用淮系的人，冯子材受排挤，一怒之下辞官回乡。法越事起，朝廷想起用老提督冯子材，但他有言在先，只要张树声任两广总督，他就决不出山。后来前线连吃败仗，张树声忧惧而死，清流干将、山西巡抚张之洞调任两广总督，未到任就写信给冯子材，让他招募一军准备到前线督师。此时，冯子材已经六十有六了，却是毫不推辞，真正是白首临边。

镇南关位于广西凭祥市西南三十里处，东有大青山，西有凤尾山，关城就建在两山之间的隘口上，扼守通往越南谅山的南北要道。冯子材轻装简从赶到镇南关，眼前是一片残破景象，关门已被法军炸塌，关楼也被付之一炬，只剩几根柱子和断壁残垣。关内的营帐全被焚烧，关两侧高地上的营垒也全被炸毁。冯子材等人登上关楼，一截被烧得焦黑的柱子旁赫然立着一块木牌，在刺眼的白底上法军留下了一行歪歪扭扭的大字："尊重条约比边境关门保护国家更为安全，广西的门户已不存在了。"

冯子材的亲兵骂道："狗日的法夷，真是欺人太甚！"

他要把木板扔到关下烧掉，却被冯子材阻止了。他抽出佩剑把木牌上的字全部刮掉，让人拿来笔墨，饱蘸墨水，在木板上写下十几个大字："我们将用法夷的头颅,重建大清的门户。"

冯子材在镇南关前后转了两天,然后发函邀请广西巡抚潘鼎新、广西提督苏元春、恪靖军统领王德榜等人到镇南关商议军事。第二天上午,众人陆续赶到,他对广西巡抚潘鼎新拱手道:"把潘大帅叫到军前,实在不该,不过事关军务大计,不能不劳潘大帅大驾。"

潘鼎新丢城失地,屡被朝廷斥责,幸亏冯子材到来,军心得以稍稳,他哪还敢摆统帅的架子,拱拱手道:"冯老军门不要客气,广西军务还要多多仰仗,老军门有何妙计,我与众位将军无不支持。"

前线清军,有桂军、滇军,王德榜率领的恪靖军、苏元春率领的毅新军则属湘军,而潘鼎新本人又是淮军出身,各军不能配合作战,是清军屡屡战败的重要原因。冯子材入桂后,一路上与各军联络,协调各军关系,力求各军能够消除隔阂,协调一致。他向众人拱拱手道:"妙计实在谈不上,今天把众位将军请过来,是请诸位参照镇南关的地势,在这里打个翻身仗。我再次声明,我这个军务帮办,仅是提个建议,行不行得通,最终还是要请潘大帅定夺。"

冯子材是广西德高望重的老提督,战功赫赫,虽然是军务帮办,但他一入广西,其影响力就超过了潘鼎新,而且冯子材从大局出发,尤其顾及潘鼎新的脸面。

潘鼎新明白冯子材的好意,而且当前军情已经到了退无可退的地步,便拱手道:"老军门不必客气,有何妙计,我与诸位将军一定协同作战,正如您所说,打个翻身仗。"他又对众人拱拱手说,"从前因为文报不便,调度多有不周之处,也请各位将军海涵。如今我们已被法夷逼到墙角,已无路可退,恳请各位摒弃前嫌,和衷共济,好好打几个胜仗,给朝廷也给我们自己一个交代。"

主帅有如此姿态,众将都表示一定恪遵军令,共同对敌。

大家随冯子材登上镇南关城楼,冯子材问潘鼎新道:"官军总是失利,大帅认为最大的原因是什么?"

"最主要的原因是法军炮火太猛。每次法军总是先以火炮狂轰,营垒都被炸毁,如果落在人堆里,那就一死一大片,再勇敢也没用。"潘鼎新当然不能承认他指挥有误。

冯子材点点头表示赞同,又问:"大帅,如果我们能想办法让法夷的大炮发挥不了大作用,那咱们是不是就有了必胜的把握?"

能让法国鬼子的大炮发挥不了作用,那当然好,但能有什么办法让大炮都没用呢?冯子材并不回答,指着关前的形势道:"各位将军,镇南关一带地形狭窄,要打起仗来,对我们有利还是对法夷有利?"

恪靖军统领王德榜回道:"我们装备不及法夷,所以必须靠人多势众。镇南关地形狭窄,不便于大部队运动,真打起仗来,对我们并没有好处。只是这里是大清国门,无论如何都要死守。"

"国门要守,但不能死守。如果在关前打仗,对我们不利。不过,众位再看后面。"冯子材转身指着关北让众人看。

镇南关往北,西边是凤尾山脉,由南而北,越来越高,绵延七八里处就是凤尾山的最高峰,有七八十丈高。镇南关东边,由南往北,五座小青山连绵不绝,也是越往北越高,到七八里处就是大青山,也有七八十丈高,与凤尾山遥遥相对。两山之间则是宽二三里、长四五里的一段狭长平地。

"那里叫关北隘,我来的时候专门看过。此地荒芜,藤萝丛生,山上则树木茂盛,附近也没有多少人家,是做战场的好地方。"冯子材介绍道。

"不错,的确不错。"潘鼎新点了点头,"如果我们占了西边的凤尾山和东边的大青山,再在山谷中布下重兵,法夷如果进入关北隘,就进了我们的伏击圈,我们正好三面进攻,发挥人多的优势,打他个措手不及。我担心的还是法夷的大炮,老军门说让法夷火炮不起作用,是怎么个办法?"

"为了对付法夷的火炮,山上要修建坚固的营垒,山下谷中要与关墙平行修筑一道东西向的长墙;墙内的空地上,挖几百个地营,法夷开炮就躲进去,法夷进攻就登上长墙拒敌。两边山上再设奇兵,节节阻击,挫敌锐气。去凭祥的大路提前修好,到时方便后路援军驰援。我们有长墙地营可挡炮火,有千军万马可供调遣,正可以发挥我们人多的优势,把法夷困在谷中,歼于墙下,报仇雪耻!"

五天后,镇南关工事基本完成,众将领再次齐聚镇南关,冯子材领着大家察看他的工事。关北隘长墙长约三里,用土石混筑而成,连接着东边大青山和西边凤尾山。长墙高七尺,底厚丈余,墙顶宽六尺,外墙筑有雉堞,以备兵勇向外瞭望和射击。墙上每隔四五丈留有栅门一个,冯子材告诉大家,此栅名"先锋栅",以备敌人近前时拥出杀敌。

墙外还挖了一条宽四尺深五尺的堑壕,以阻拦法军攀爬。在长墙后面约一里处,又筑起一道与长墙平行的土墙,土墙上开有数个栅门通向后方,兵勇进出都要凭腰牌令箭。萃军就驻在两墙之间,里面除营帐、仓库外,还挖有地垒二三百个。

地垒是宽六尺、深五尺的坑道,曲折成形,每距六尺开一垛口供出入,两个垛口之间留有原土做阻隔。冯子材告诉大家,战时每垛驻兵十人,如果法军开炮,则躲进坑道内,炮火过后再出来守长墙。因为坑道深藏地下,炮弹根本伤不到人。就是偶尔有炮弹恰巧落进坑道中,因为坑道曲折,又有垛口相隔,顶多也只伤一垛人。冯子材则亲自在此指挥。

对这个部署潘鼎新有些不放心:"老军门,你是关北隘的总指挥,不该亲临前线,万一有失,对全军不利。"

"将来法夷进攻,长墙必是重点,我在此居中指挥,可方便调度长墙及两山炮垒,还可兼顾后路。再说,主将如避重就轻,将士们怎么想?我已年近七十,死不足惜。还有两个儿子也都跟我守长墙,我就是要告诉各军,我等没有退路,只有拼死一战。"

众人都备受感染,大声道:"我等誓死与冯军门共进退。"

"那就拜托各位了。"冯子材拱手拜谢。

潘鼎新不再劝阻,承诺道:"法夷进攻时,请老军门飞檄给我,我亲率大军来援。"

冯子材再次拱手:"到时候少不得劳动大帅。"

他们一行人又察看了东西山岭上的地堡群,下山后天已经黑了,潘鼎新开始部署作战计划, 这个计划是与冯子材反复商讨过的——冯子材驻守关北隘;王德榜驻扎镇南关东南的油隘,一方面防敌东扰,一方面到时策应关北隘;苏元春部及广武军驻扎龙州西南的芃葏,以防法军绕攻龙州;他自己则率淮军十营继续驻扎在海村,居中调度。

众将都无意见,冯子材沉思了一会儿道:"我有个想法说与众将听听,看是否可行。目前能否给桂军加饷,不分主客军,一律同酬同饷?"

桂军的月饷每人只有二两多,这是多年的老规矩了。法越事起后,恪靖军、毅新军、萃军、勤军先后入桂,他们的月饷都是四两多,几乎是桂军的两倍。一样打仗卖命,拿的饷银却不一样,这对桂军士气影响很大。桂军多次遇敌即溃,与此不无关系。潘鼎新从前上奏过,但没获准。

"我意是请大帅、苏帮办与我一同上奏,请朝廷允准。只是文报往来又需时日,大战在即,急需振作士气,所以在朝廷旨意到达前,就先按一样的标准发下这月的饷银,出了问题,我们三人承担。"冯子材一边说一边看着潘鼎新和苏元春,两人都表示同意。

"这件事,我安排李藩台立即办理。"潘鼎新答应得很痛快,不过又有担忧,"老军门,法夷狡诈异常,只怕将军建成了长墙,法夷不来进攻,反倒去进攻别处。"

"他不来进攻,逼着他来。"冯子材笑道,"从前法夷总是牵着我们的鼻子走,咱们这回也让他们听听大帅的指挥如何?"

潘鼎新眼睛一亮,问道:"让法夷听咱们的指挥?那怎么可能?难道老军门有什么妙计?"

"我想派出小部队夜袭文渊,袭而不占,攻而不陷,以激怒法夷。他们连胜之余,气焰嚣张,稍激即怒,怒则失控,如法夷倾巢而出来攻长墙,我军则集中全力,围而歼之。"冯子材说出办法。

"好计!好计!"潘鼎新连连点头。

"诱敌来攻并非难事,我担心的是我军到时士气不振,临阵溃逃,再好的计也没用。"

"老军门有什么想法尽管说出来,只要能打翻身仗,以雪前耻,万事都好商量。"潘鼎新对即将到来的胜利都有些迫不及待了。

"都是花银子的事。"冯子材说,"俗话说狭路相逢勇者胜,还有句俗话叫重赏之下必有勇夫。我想请大帅答应分别给参战部队以赏格,以两万两银子为限。如果法夷来攻而胜之,到时根据各部作战情况论功行赏。"

"好!就两万两!如果能够打胜仗,以后都可以悬赏格。守住关北隘赏银两万两,将来如果收复谅山,那就赏三万两!"潘鼎新也十分慷慨。两万两银子如能换一场胜仗,那也值。

众人也都跃跃欲试,对即将到来的大战充满期待。

二月初六,法国远征军二旅旅长尼格里亲率两千法军对镇南关发动进攻。他观察了镇南关的形势及清军的布防,决定先以重炮轰击两侧山岭的石堡,解除两翼的威胁,然后集中全力进攻长墙。然而攻了一天,两侧最高峰的石堡并未攻下,当天夜里他召开军事会议,决定第二天兵分三路,两路分别进攻两侧山峰最后的石堡,他则亲率主力,进攻长墙。

当天夜里,冯子材的大帐里也是灯火通明,把将领们的脸映得棱角分明。冯子材首先说道:"今日一战,虽然失去了三个堡垒,所幸守将英勇,关键的大堡垒没有被法军攻破。估计明天法夷会强攻,到时必有一场苦战。"

王德榜大声道:"冯军门,整个部署都是您的主意,如今战事到了最关键时期,无论湘、淮、桂、粤各军都愿以您为帅,有什么吩咐,我等无不从命。"

"好,我就说说想法。今天丢了三个堡垒,我看最主要的原因是新兵没经战阵,勇气不足,被法夷大炮一轰就四散而逃。这样下去不行,如果敌炮一响就怕,那咱们人再多也没用。所以各军要设督战队,有临阵逃跑者,军前正法!敌人的特点是炮火猛但兵员少,我们正相反。敌人发挥优势,我们则不能硬抗,也要发挥我们的优势。明天除了守住长墙外,我们再派出几队人马从两面包抄,那样势必能分散敌人的炮火。"冯子材一口气说完,大家深以为然。

按照部署,王德榜连夜去了文渊,他要设法阻止法军向镇南关运送军火。他摸黑回到油隘,命令属下立即吃饭,吃完饭出队时天已快亮了。

法军23团负责运送军火的连队应该在天亮前往返文渊两次,将一天所需军火运到111团所在的谷地。但111团担心夜里受到攻击,便把营地迁到了第二峰堡垒上,结果运送军火的部队找不到他们,就把军火运回镇南关下。这一折腾,天亮前才完成了运输一趟的任务。他们匆忙起运第二批,刚出文渊不久,就被王德榜的部队包围了。

23团负责军火运输的只有两个排,而王德榜的部队有一千余人,所以他们稍做抵抗就扔下军火逃回文渊。王德榜这次行动收获颇丰,共有四十多头骡子和十几匹马,所运军火有四门田鸡炮和大量弹药。王德榜派人送到油隘,他则亲率部队去攻文渊。

镇南关上的尼格里终于等到大雾散尽,举起望远镜向清军阵地观察,见旗帜比昨天更多了,难道清军又增加了援军?

"这一定是中国人的把戏,他们善于虚张声势。"他的参谋副手这样分析。

"不错,中国人最喜欢这样。不过他们后方还有大量援军可以调动,所以今天应尽快解决战斗。"

"爱尔明加团长那边怎么一点动静都没有？"他的参谋又提醒。

爱尔明加团长奉命偷袭大青山的石堡,半夜里就出发了。

"我想爱尔明加一定得手了。今天早晨这样大的雾,他们趁雾的掩护突然出现在中国人面前,会把他们吓坏的。就像进攻北宁时那样,我们还没到,中国人已经逃光了。"尼格里一面说,一面拿望远镜向大小青山方向观察。他看到爱尔明加的部队正在登上大青山,"不错,那就是爱尔明加,他不费一枪一弹就占领了大地堡,而且正在向大青山攀登。只要登上大青山,炮弹就可以直接打到长墙后面了。传我命令,111团先炮击长墙十五分钟,然后再发动进攻。"

冯子材正在长墙上巡察的时候,头顶上便响起了炮弹飞过的呼啸声。他的亲兵大声喊道:"冯军门,炮弹!"

"轰"的一声巨响,一颗炮弹在长墙后面爆炸了。

"你们快到地堡去!"冯子材挥着手臂命令。

炮火更加猛烈,亲兵架着冯子材跑到长墙尽头的山崖后,那里着弹很少。

十几分钟后,炮击刚停,法军就哇哇叫着冲了过来。

"命令部队上墙!"

一位亲兵吹起牛角号,老兵们最先爬出地堡,然后是新兵,大家纷纷登上长墙,一部分则聚集在先锋栅后,每人手里提个先锋煲,准备随时向外突击。

先锋煲是冯子材的发明,用民间装鸡蛋、油盐的罐子,装上火药,点着后扔出去,爆炸力虽不强,但烟熏火燎,也有一定的杀伤力。

法军还距长墙很远,就已有新兵开枪了,冯子材命令等法军接近长墙了再开火。法军越来越近了,一直到了有效的射击距离,冯子材才大手一挥,命令开打!

林明敦、来复枪、鸟枪、抬枪一起响了起来,冲在前面的法军倒下一片。但他们不愧训练有素,稍稍后退后又重新冲了回来,一边冲一边向长墙射击,几乎压过了清军的火力。有的法军士兵已靠近了长墙,冯子材大声命令道:"开栅,冲!"

先锋栅一打开,事先挑选出的先锋手冲出栅去,把手里的先锋煲投向敌群,先锋煲发出噗噗的声响,腾起烈焰黑烟,冲在前面的法军有的被熏了眼睛,有的被烧了衣服,一片慌乱。冲出先锋栅的勇丁手里只有大刀,见法军已溃不成形,胆子也大了,一直追到壕外几十米。腿脚慢的六七名法军士兵被他们砍倒,但法军立刻摆出前蹲后立的阵形,从容地开枪射击,掩护部队后撤。

镇南关上的尼格里看到111团退回来,十分生气,命令法军炮击二十分钟,不惜代价拿下长墙!

这次炮击十分猛烈,长墙多处被轰塌,地堡也有七八个被轰毁,兵勇被埋在里面。炮声一停,兵勇们又钻出地堡,登上长墙。法军的这次冲锋十分勇猛,而且配备了几挺机枪,他们一直冲到壕前,同时卧倒向长墙猛烈射击,清军伤亡十分严重。胆小的士兵嗷嗷叫着跳下长墙向回跑,后面的预备队见状也向后跑。在后面土墙的出入口,迎接他们的是冯子材的儿子冯相华所率领的督战队,每人手上一柄大刀。冯相华厉声喊道:"马上回去,逃跑者斩!"说话间手起刀落,跑在最前面的七八个人被当场砍死,溃兵们被镇住,只得扭回头又向长墙上跑。

冯子材见不少法军已越过长壕,战场形势十分危急,于是他抽出佩剑高声命令道:"弟兄们,如果让法夷再次破关,我们无颜见广西父老,跟我冲出去杀敌立功,必有重赏!"

他带着二儿子冯相荣打开先锋栅,冲向法军,兵勇们则将手里的先锋煲尽数扔进敌群。趁法军慌乱的时候,冯子材挥剑冲进敌群。法军对先锋煲已有领教,没像刚才那样乱不成军,他们保持队形,连续不断地向清军射击。他们认出红顶花翎的冯子材是个大官,所以集中火力射击。他的亲兵冲到前面,当胸中了十几枪。冯子材好像没有意识到危险,继续向前猛冲,他的十几名亲兵毫不畏惧一起冲过来保护他。

冯子材高喊:"取首级一个,赏银十两,斩一画法目二十两,二画五十两,三画一百两!"所谓一画两画,是指法军肩膀上的衔牌。

他推开亲兵,仗剑冲进敌阵。兵勇见主帅拼命,无不奋勇,嗷嗷叫着杀向法军,前面的倒下后面的仿佛没看见,依然呐喊着向前冲。清军如此拼命,法军没曾遇到,心里恐慌起来,边打边撤。此时又有哨探来报,潘鼎新率援军赶到,清军更加奋勇。

镇南关上的尼格里看到法军再次溃退,气得大骂道:"爱尔明加呢?为什么还不发起进攻?"他正在着急,爱尔明加的通信兵前来报告,说143团还没有占领大堡垒,请先不要进攻长墙。

尼格里气得嗷嗷直叫,但也没办法,对通信兵吼道:"你去告诉爱尔明加,我不管他在哪里,要他立即直接向敌人的大堡垒发动进攻!"

这时候,参谋又发现东西两面山岭上有大批清军正在向谷底运动,显然是要包围他们,尼格里又大叫道:"命令炮兵向两侧山岭开炮,把可恶的中国人轰回去,轰回去!"

炮声响起来,西山上的清军停止了前进,纷纷趴在地上。但炮声一停,他们又爬起来继续向山下冲,可是再也没有听到炮响。

"怎么回事,为什么停止炮击?"尼格里怒吼着问道。

"炮兵没有弹药了。"参谋回答。

尼格里这才意识到巨大的危险正在临近,他立即命令在横坡岭组成阻击阵地,掩护111团和143团撤退。追击的清军被法军阻击部队密集的火力压制在横坡岭下,眼看着111团撤走。143团则从小青山上直接撤到横坡岭东,清军没有火炮,无可奈何。冯子材于是命令收兵回营。

潘鼎新带来的援军一到镇南关就参加了对法军的进攻,但没打多久法军就退了。追着法军的屁股猛打,一次就歼敌近百人,这样的战绩自开战以来还几乎没有过!大家都非常高兴。冯子材问道:"大帅,这一仗没给你丢脸吧!"

"岂但没有丢脸,而且是一雪前耻!"潘鼎新十分兴奋。

"现在,咱们第一件要干的事是什么?"冯子材故意问道。

"你说呢?"潘鼎新笑着不答反问。

"当然是向朝廷报捷!"

此言一出,两人哈哈大笑。

一会儿捷报拟就,潘鼎新出声念道:"计自初六至初八日之恶战,实历三昼夜之久,而后大获全胜。此次大捷,斩敌千余,并夺取枪炮、弹药、饼干无数,法夷尸横遍野,器械尽弃,魂飞胆破,足以慑敌胆而振天威。"

斩敌千余明显是虚夸,但虚报战功一贯如此,何况以此上报正可慰九重之心。所以潘鼎新欣然命笔，与苏元春、冯子材联衔上奏。

战场的形势从镇南关大捷开始发生了逆转，清军三天后攻克文渊，再三天又攻克谅山，尼格里也受了重伤。而进攻镇海的法军舰队，不但不能攻克镇海，而且舰队司令孤拔也受了重伤。法军水陆皆败，消息传回巴黎，舆论大哗，在一片反对声中，发动战争的茹费里内阁倒台。

李鸿章得到消息，立即上书总理衙门，希望乘胜即收，尽快与法国人和谈。驻英公使曾纪泽也发电报，建议尽快议和。清廷指示赫德，令巴黎的金登干与法国人商谈停战议和。

赫德自从中法形势一紧张，就开始活跃起来，希望能在这一重大事件中发挥作用。一开始的时候，他极力反对中国因越南问题与法国开战，他对中法军事实力十分了解，认为中国若与法国开战，必败无疑；同时他也不希望战争影响中国的贸易，那样英国在华的商业利益必然受到影响；他作为中国海关总税务司，也不希望因战争而导致海关收入锐减。然而他的建议并未得到总理衙门的关注，倒是他的下属德璀琳从中牵线，使李鸿章与福禄诺达成了和议，令他又失望又嫉妒。然而，很快因为观音桥冲突，中法战火再起，赫德又看到了他业余外交家的舞台。他决定越过总理衙门和李鸿章，不再受他们的约束，指示驻伦敦的代表金登干到法国巴黎去，直接与法国政府接上头。

四个月前，法国宣布封锁台湾海峡，当时海关负责为台湾海面灯塔供应给养的巡船飞虎号被法军扣押，他令金登干以讨还飞虎号为名，赶赴巴黎，直接与茹费里接触，并自作主张提出了中法和议的草案。但是，当时茹费里寄望于军队获得更大的胜利，因此根本不理会金登干。

当法军攻克文渊、谅山、镇南关等地后，朝廷议和的声音又起，总理衙门也开始注意起赫德来，慈禧则下口谕，可给赫德全权，让他以津约为基础，与法国人谈。赫德非常得意，给茹费里写一封亲笔信，说："目前的谈判，完全在我手里，我要求保守秘密，并不受干预，皇帝已经下旨，令津、沪、闽、粤各方停止谈判，以免妨碍我的行动。"

赫德获得清廷如此信任，茹费里对他十分欣赏，并让金登干转达他的意思："我对赫德爵士给我的希望，感到满意。我同意只通过一个唯一的居间人——即赫德爵士来发挥桥梁作用，并对每一件事保持极度秘密，直到我们恢复公开谈判为止。"

茹费里内阁倒台后，谈判搁置，等新内阁一成立，总统立即命外交部次长毕乐与金登干谈判，并立即草签了《中法停战条款》，约定双方立即停战，以李鸿章与福禄诺签订的天津条约为基础派出全权大臣谈判。

朝廷接到金登干已经签订停战条款的电报，立即电令前线停战，并撤回边界。张之洞首先反对，他回电说："停战可，但撤回边界不可。若攻克河内，全局可振！"

最受不了的是前线将士，正在势如破竹，进军河内，却收到停战撤回边界的严旨。冯子材给张之洞拍电报，要他奏请朝廷，"诛议和之人"，并以岳飞朱仙镇大捷后被十三道金牌召回自比，在电报中叹息，"不使黄龙成痛饮，古今一辙使人哀"。

慈禧也想趁胜既收，下令道："严旨给张之洞，若不遵旨停战，必严惩。"

李鸿章也发电报给张之洞，劝他"必须遵旨办理，不可失信。法国新执政与议院商定，若不照津约，即集饷二百兆法郎，添兵大战，全局利害所关，未便狃于偏隅偶胜"。

法国全权公使巴德诺到达天津，李鸿章立即与他谈判。不过谈判完全是深得慈禧信赖的赫德在背后操控，他提出的每条建议，总是先通过总理衙门呈递慈禧，慈禧同意后再由总理衙门电告李鸿章。李鸿章大发牢骚，称自己无异于"二赤"（指赫德）手中的玩偶。

光绪十一年四月二十七日(1885年6月9日)，李鸿章与巴德诺在天津签订《中法会订越南条约》：

(一)中国承认越南是法国的"保护国"，凡有法国与越南自立之条约、章程，或已定者，或续立者，现时并日后均听办理。

(二)在中越边界上指定两处为通商口岸，一处在保胜以上，一处在谅山以北。法国商人可在此居住，法国亦可在此设立领事。

(三)法国所运货物进出云南、广西边界，应纳各税，照现在通商税则较减。

(四)订约后6个月内，由中法两国各派官员赴中国与北圻交界处，会同勘定中越边界。

(五)中国日后修造铁路时,应与法国商办。

(六)法军撤出基隆和澎湖。

这是中国近代史上与列强作战后唯一没有割地赔款的条约。李鸿章虽然对赫德不满,但能够签订这样一个条约,结束两国的战争,已经是不幸中的万幸。他上奏朝廷说,数年来法越纠葛,一朝结束,从此和平可期、徐图自强,值得额手称庆。

对这个条约,周馥很不满,他对李鸿章道:"中堂,我们打了胜仗,还是丢掉了越南,承认越南是法国的保护国。法国人三年前就是这么个要求,我们没答应,打了两年仗,我们却答应了,这又是何苦。"

李鸿章摇头道:"是啊,真是自讨苦吃。当初我就反对为越南与法国人开战,如果当时朝廷采纳我的建议,结果和现在一样,可是免了两年的战事,省了千把万两银子的开销,可是都嚷嚷着要打,骂我是汉奸,是卖国贼。"

"中堂,我的意思并不反对当初与法国人开战,为了大清的藩属国开战是应当的。我反对的是,明明已经把法国人赶出了北圻,这时候却议和。议和也无不可,那就要法国人退出越南,至少要保住宗主国地位。法国人败了,反而他想要的都得到了。"

"兰溪,你这个想法就有问题,法国人陆地上败了,可是台湾还在他们封锁当中,如果继续打下去,我们水路必然要败,他们提出割让台湾,我们岂不损失更大?"

周馥不同意李鸿章的观点:"中堂,打下去我们未必败,台湾海峡那么宽,他想封锁没那么容易。"

"就算我们未必败,那么朝廷让你长年累月打下去吗?中法失和以来,朝廷和战不定,一会儿要打,一会儿要和,一边打又一边和,我正是看到朝廷没有定见,才索性支持趁早议和。我就问你一句话,到时候法国军舰把天津海口一封,京师震动,太后皇上难道再次秋狩热河?绝然不可能,定然又是要和,那时候和,恐怕又要大笔赔款了。所以,我宁愿背骂名,也不能眼看着国家再蒙难。"

周馥无话可说,但心里却想:"中堂不过是怕法舰北上,你这北洋大臣招架不住罢了。"

中国在越南战场上的胜利也震撼了日本,让他们不敢狮子大张口。全权大臣参议卿伊藤博文认为,中国在朝鲜驻有重兵,是日本难以谋求更大影响力的主要障碍,因此他所负使命,就是设法让中国军队退出朝鲜。然而在伊藤博文看来,这个要求恐怕很难达到,因为朝鲜奉中国为宗主国,一旦有事请宗主国出兵,是几百年的传统,而且国际社会也普遍认同中朝的这种特殊关系。

时年四十五岁的伊藤博文,出身贫寒人家,幼年时当过仆役,后来赴英国留学,回国后积极参与倒幕运动,成为明治维新的知名干将。此后又游历欧美,因明了世界大势,被任命为参议卿。他长于外交,而且非常了解中国人怕战求和的心理,因此建议天皇下令征召士兵,做出一副要决战的架势,而他随行人员中,添加了与谈判无关的武职多人,而且特别叮嘱,这些武官一路上要不断打探清军的军情,到天津大沽下船登岸,第一件事就是去大沽炮台侦察,有意让清军发现并遭驱赶。

伊藤博文先到北京与总理衙门交涉,正赶上中法和约签订,总理衙门一片喜气洋洋。总理衙门的人都知道日本人难缠,谁也不愿与他多说话,出于礼节,总理衙门大臣孙毓汶出面,告诉他朝廷已经任命李鸿章为全权大臣,请伊藤博文到天津与李鸿章谈。

伊藤博文一行人驻日本驻天津领事馆,一行人都为此次谈判发愁,因为中国在越南战场上的胜利,无疑使日本人谈判失去了一个大筹码。几个人商议是否要修改明天谈判的要求,伊藤博文则道:"是要修改,但不是降低我们的要求,而是要让我们的要求更苛刻。"众人都不解,他解释道:"很简单,你想得到一个次等的结果,非提出一个上等的要求不可。"

第二天,伊藤博文一行赴天津总督署,李鸿章并未出面,而是让帮办北洋事务吴大澂及天津海关道周馥出面。伊藤博文提出三条要求:一是撤走中国朝鲜驻军;二是议处中国驻朝统将,因为他们挑起朝鲜事端,而且军纪不严,纵容士兵抢劫日本商民;三是偿恤日本难民。周馥看了这三条后道:"真是异想天开,你日本人在朝鲜做见不得人的手脚,却来大清要这要那,真正是岂有此理。"

伊藤博文回道:"我们不与你谈,你没有资格,要谈就见全权大臣。"

第二天李鸿章会见伊藤博文。伊藤博文把他的谈判要求增为五条,亲自交给李鸿章。李鸿章接过去看也不看,扔到一边道:"听说贵使曾经周游欧美,可谓见多识广。不过我要问贵使,可有哪国公使人员教唆发动政变,又有哪国公使像贵国一样,三四年间两次自焚使馆,仓皇逃回国内,贻笑万国?"

伊藤博文早就听说李鸿章口才好,不好对付,今天一开口果然是咄咄逼人。便回应道:"我国公使并无教唆朝鲜政变,更没有自焚使馆,本次使馆被焚,全是朝鲜乱民所为。"

李鸿章鼻子里"哼"了一声道:"中国有句俗话,吃烧饼喝凉水,各人心里有底。贵国公使没有参与朝鲜政变,那么为何会与朝鲜的乱党在一起,而且是与乱党一起逃回日本?如你所说,如果日本使馆是被朝鲜百姓所焚,那我倒要问一句,贵国公使为何令朝鲜百姓如此憎恨?如果不是贵国公使行为不检,两次使馆被焚又该如何解释?"

伊藤博文要插嘴,李鸿章根本不给他机会:"你也不必解释,此次朝鲜变乱,原因如何,日本公使是否参与其间,大家心里都清楚。不过我已经说过,此次谈判只议善后,不再计较这些细枝末节,之所以如此,是向贵使表达善意,也是为了两国和好之意,希望贵使也拿出诚意来。"

伊藤博文立即接道:"我国派我前来,就是为了两国和好之意。"

李鸿章打断他的话道:"当然是为和好,不为和好,贵使就会带着千军万马来了——听说贵国正在征召兵马,而且一路上贵使的随员一再打探我国军备情况,不知这些作为与和好之意有何联系?"

李鸿章把伊藤博文驳得张口结舌后,突然一转话题,请教起欧美各国的吏治民生。等伊藤博文介绍完了,李鸿章又问他日本近年来效法欧美成效如何。这样信马由缰,一上午的时间就打发完了,李鸿章立即结束了这次谈话:"今天就谈到这里,明天接着谈。"

整整一上午,李鸿章牵着伊藤博文的鼻子,谈判的主题竟然一句也没有谈及。

等伊藤博文一行的背影消失了,李鸿章拿水烟袋指着他的背影道:"伊藤非等闲之辈,听他谈西洋万国头头是道,有治国之大才。"

周馥有些疑惑地问道:"中堂,一上午没谈一句正题,不知是何讲究?"

李鸿章回道:"有什么讲究,就是让他明白,我堂堂大清国,并没把朝鲜的事情当回事,要谈什么,想谈什么,能让什么,一切尽在我大清手掌之中。"

伊藤博文回到领事馆,一行人对李鸿章的无礼都非常不满,他摇手道:"这不过是中国人死要面子的小把戏,不必去计较。当年森有礼说过一句话,让中国人要面子,我们要里子。我们的目标就是让中国撤除朝鲜驻军,其他都无所谓。"

次日见面,伊藤博文准备再听李鸿章天马行空的胡扯,没想到李鸿章开门见山,直奔主题:"贵使说吧,你最想谈什么?"

伊藤博文应道:"我有五条照会,中堂想必已经看过。"

"我忙,没工夫看,他们看了。"李鸿章指指吴大澂、周馥等人,"什么要求,你直接说吧。"

"这次误会,两国军队不幸交火,是因为贵国在朝驻有重兵。为了和平之意,贵国必须把驻军撤回。"

伊藤博文等着李鸿章驳回,对驳回的理由,以及怎么应对,他已经设想了若干种可能,没想到李鸿章回道:"两国军队交火,不能只怪中国驻军。如果日本没有驻军,何来两军交火?中国可以撤回驻军,但日本也必须把军队撤走。"

伊藤博文以为自己听错了,他万万没有想到,事情会如此顺利,李鸿章几乎不假思索,就这样轻松答应了。他努力绷住脸,把惊喜压回去,皱着眉头道:"李中堂可能误会我的意思了,我是说,从今往后,贵国撤回军队永远不能再驻扎。"

周馥插话道:"这不可能,日本军队必须撤出朝鲜,大清军队撤与不撤与日本无关。"

"永不派兵不可能。朝鲜是大清的属国,朝鲜遇有叛乱等事项,我朝必须派兵。"李鸿章摇手不让周馥再说。

伊藤博文则立即回道:"朝鲜已经与各国通商,各国在朝都有利益,如果贵国出兵,他国难保不受损失。因此我国也要出兵。"

两人争执很久,最后达成协议:如果朝鲜有事,一国或两国派兵,必须知照另一方,而且事平后必须立即将军队撤回。

然后又议另两项要求,惩办中国朝鲜驻军统将、抚恤日本商民,李鸿章自然不答应:"我军将士应朝鲜国王之请平叛,凭什么要惩办他们?这种要求毫无道理,你说我军杀掠日民,有何证据?"

没想到伊藤博文早有准备,拿出一摞材料,交给李鸿章,说是朝鲜和日本商民的证词。

李鸿章连看也不看就道:"这种证词不看也罢,你们自己给自己作证,谁能相信? 我要拿你这些证词去惩办将士,哪个能服?"

伊藤博文又道:"中堂大人坚持不相信,我也没有办法。不过贵军击伤我军数十人,而且焚毁我国国旗,我军威国威俱损,我国深以为耻,群情汹汹,已动公愤,如果不给个说法,我无法复命,更难以息众怒,恐怕与两国和平之意无益。"

李鸿章想了想道:"我军保护藩属名正言顺,各位统领所办并无不合,断无议处的道理。不过,为了两国和平之意,我有个办法双方都下得了台面。朝鲜的驻军都是我的部曲,就由我行文戒饬,这算不上处分,前线的将领们能够接受,贵使回国也有法交代。"

伊藤博文装出十分不情愿,而又不得不勉强答应。

等伊藤博文一行出了门,周馥就忍不住道:"中堂,此议不可! 朝鲜是我藩属,我朝出兵天经地义,为什么要撤回?"

李鸿章解释:"日本这几年也以保护使馆的名义派兵入朝,两国军队难免擦枪走火,再说,我军隔海远役,将士苦累,本非久计,正好趁机撤回,日本也一同撤军,省去不少麻烦。"

周馥又问:"就算我们撤兵有道理,可是,将来派兵入朝,又何必知照日本? 这样一来,我们出兵朝鲜岂不是受到日本监督?"

"此言差矣,不是日本监督我们,是我们监督日本。将来他想出兵朝鲜,必须先知照我们,恰是对日本的限制。"

周馥不顾吴大澂一再使眼色,大声道:"中堂,话不是这个说法。朝鲜是我属国,我们出兵名正言顺,各国也都认可。日本出兵,则没有道理。如今有这条约定,岂不是给予日本同等的出兵权?将来日本出兵,更会肆无忌惮!袁项城说得不错,对日本这个国家,示之必战,则和局可成;示之以和,则战事必开。对日本,不能一再退让,退让换不来和好!"

李鸿章忍不住发火了,呵斥道:"兰溪,你也来教训老夫? 亏你还是办洋务的人,还咬定徒有虚名的藩属国不放,越南是我们的藩属,法国不是一样出兵?朝鲜是我们的藩属,日本不是早在使馆驻兵?与其让日本随时可以出兵,不如以此条约来约束,有何不对?示之以战说得容易,真打起来就没那么容易了结。"

"中堂,我们何必那么怕打仗?中法之战,朝廷一力主战,两广张香帅一力主战,前线冯老将军也一力主战,结果取得了一连串大捷,可见敢战必胜的决心于战局关系极重!如果不签和约,也许已经收复河内,也许就不会丢失越南属国!"

周馥有如此想法令李鸿章又惊又怒,他指着周馥道:"我看你比清流还清流!"说罢拂袖而去。

李鸿章不会受周馥影响,谈判的情况当天电告总理衙门,第二天就发回上谕:依议。

签约当天回到领事馆,并不善饮的伊藤博文吩咐一定要上酒,他要一醉方休:"这次真是意外之喜,不但使中国撤兵,而且意外获得与中国同等出兵权,将来我们在朝鲜就可以名正言顺地与中国针锋相对!"

李鸿章当天上书总理衙门《密陈伊藤有治国之才》,赞赏中透着忧虑:"该使久历欧美各国,极力模仿,实有治国之才,专注于通商、睦邻、富民、强兵诸政,不欲轻言战事,埋头强兵富国,大约十年内外,日本富强,必有可观。"

天津海关道周馥向李鸿章请辞,表示他不能胜任关道一职,只求做点实事。所谓不能胜任,其实是不同意李鸿章的委曲求全,周馥是他的心腹幕僚,是共过生死的老友,也是这番心思,让李鸿章心境更灰。周馥这样的心态,的确不宜再当外交助手,天津海关道不做也罢,但毕竟是老交情,依然要倚为手臂,这正有一个很好的去处,正可发挥周馥所长——让他去筹办天津武备学堂。

第二十一章

西太后大兴园工 李中堂望洋兴叹

时年二十七岁的翰林院编修梁鼎芬上书朝廷，称李鸿章与法日两国签约是卖国贼，"有六可杀"之罪，此折一时传遍京城，人心大快。有人说，翰林新人梁鼎芬早就有志要做个骨鲠之臣，也有人说，奇人给他看过相，说他二十七岁有性命之忧，非受个大挫折不能免祸，所以他严参李鸿章，是自求贬谪以自保。

无论是什么原因，梁鼎芬的奏折递了上去，慈禧震怒，让军机处严议。孙毓汶以为，从前清流干将们对朝政肆意评判，掣肘中枢，必须大加裁抑，杀鸡儆猴。醇亲王深以为然，因为他已经看出来，从前为了约束恭亲王，慈禧极力培植清流，如今恭亲王的班底已经全班尽撤，慈禧对清流也不待见，所以授意孙毓汶拟旨严斥梁鼎芬，并交部议罪。结果是梁鼎芬降五级留用。编修是正七品，降五级调用，只能当个从九品的小官，堂堂天子门生，就从来不曾有人做过这样的微末小官！他愤而辞职，回了广东惠州老家。

这件事的处理，看得出朝廷对李鸿章相当维护，但李鸿章却无论如何高兴不起来。一个新进的翰林，不顾丢掉大好前程骂他是汉奸，认为他"六可杀"，那么普通百姓更不会体谅他的难处，肯定都认为他是人人得而诛之的"卖国贼"。

梁鼎芬弹折中有这样几句话："器械不能坚，海防不能固，军威不能振，未和之前已可杀，既和之后尤可杀。"李鸿章不能不心惊，尤其是海防不能固，实在是他的心病。回想此次中法之战，法国水师如果来北洋，他的北洋水师也将是全歼的命运,那时京师震动,后果真是不堪设想!

"所以,我不能消沉,必须振作起来,必须把北洋门户加固起来,不然到时候真就国人皆曰可杀!"李鸿章暗暗提醒自己。

北洋水师的建设如何才能更快一些?当然必须要朝廷真正重视起来,必须有最为亲贵的大臣直接来管,不然受到各部掣肘,求东告西,还是难得大展拳脚。几经思考,李鸿章决定上一个《请设海部大办海军折》。

这份奏折先说明为什么要建海部:"中国海疆辽阔,局势太涣,畛域太分,非事权归一不可。""查泰西各国外部、海部并设衙门于都城,海部体制与他部并尊,一切兵权、饷权与用人之权,悉以畀之,不使他部掣肘。"

然后提出他的主张,"鄙见外患如此之甚,时势必须变通。应请径设海部,即由总理衙门兼辖,暂不必另建衙门。凡有兴革、损益、筹饷、用人诸事,宜悉听主持"。他这北洋大臣自然应当参与海部,以便直接与醇亲王等亲贵大臣沟通联系,"如以臣老马识途,使之勉效驰驱,则外省督抚本有兼京衔故事,请援同治十三年沈文肃督办台防,兼总理衙门大臣之例,予臣以海部兼衔,俾得随时随事互相商榷。天津距京不远,控制外洋亦尚得地。凡力所能为,见所可及者,敢不竭虑殚精"。

大办水师,加强海防,无不需要巨额经费。他以英、法、德、日为例,说明水师建设不可能一蹴而就,"各国皆以分年筹款,逐渐添船为经始根本,此西国一定办法,中国甫经开办,极应依照为可大可久之谋"。李鸿章将马建忠等人翻译的《德国海部述略》《日本海军说略》副录一份呈上。

如何增购兵舰、如何解决人才问题,李鸿章都有筹划。他仍然担心朝廷不能振作自强,因此语重心长地再次强调水师的至关重要:"我若加一分整顿,敌即减一分轻藐,我若早一日备预水师,敌即早一日消弭衅端。及今实力大办,尚有可强之日;及今而仍托空言,恐无再强之时。臣虽垂老无能,甚愿引端竟绪,襄兹盛举,以期我朝富强之日。"

李鸿章的奏折到京,第一个动上心思的人却是李莲英。

李莲英早已是慈禧的心腹,不过有安德海的前车之鉴,他做事非常低调,而对手下太监又十分维护。因此,同是慈禧的宠监,却并未像安德海那样惹来众人的嫉恨。而慈禧也特别喜欢他不事张扬、谦卑圆通的性情,愈加宠信依赖。

　　早在同治十三年,内务府就通过李莲英鼓动同治帝大修三海工程,结果被恭亲王生生拦下。一晃竟然十年了,朝廷未兴大的园林,仅靠修修补补,内务府从上到下哪个能够满足?如今中日中法都已经讲和,总可以动点工程了吧? 可是,不久前在福建督师的钦差大臣左宗棠上了一个折子,建议朝廷修复船政局,兴建炮厂,恢复造船,仿造克虏伯巨炮,加强海岸防守。这让内务府十分泄气,如果准奏,大修园林又成空想,所以他们派出心腹与李莲英密议。

　　"看吧,不光左大人上了折,我看沿海的各大员都要上折了。"李莲英说。

　　"上折干什么?"内务府派来的人叫那尔海,官不大,却是内务府总管的心腹,为了避嫌,向来是他私下里与李莲英联系。他人很聪明,但两眼直盯着园林工程,所谓一叶障目,对大政不甚了了。

　　"大办海防啊。福建水师全军覆没,台湾被法国兵舰封锁,正见得我朝水师不行,他们能不一窝蜂地上折要求大办水师吗?"李莲英反问。

　　"大办水师,那又要花多少银子! 这些年南北洋再加福建广东,都办水师,那银子花得海了去了。可是到头来仍然抵不住洋人的兵舰,几百万两银子都打了水漂了,还真不如拿来修个园子。"那尔海三句话不离本行。

　　"你这是什么话,要让清流听到,非严参你们总管不可。"李莲英唬道。

　　"我说的是实话,外头都知道内务府阔,可是他们那些搞海防的,手指缝里漏掉的银子也比我们多。"那尔海只顾发牢骚。

　　"手指缝里漏掉的银子"这句话让李莲英入了脑,他琢磨了一下,有了一个绝好的主意,道:"好了,没用的话就不必说了。回去告诉你们总管,我想着他的事,抽机会我帮你们说话就是。可是你们不能这么猴急,心急喝不上热豆浆,这话总该记得。别像十年前,弄得沸沸扬扬,到头来狗咬尿泡一场空。"

　　李莲英在内外奏事处都有自己的心腹,只要不是密折,他无不尽知。所以李鸿章的折子一到,他就知道了,因此要把握机会,设法进言。

　　午睡过后,慈禧开始看折子,一般一看就是一个时辰。在大家看来,这真是一件苦差事,不知慈禧何以孜孜不倦?慈禧看折子的时候,没人去打搅,只有最信任的宫女悄悄地奉茶。李莲英看看西洋钟,太后已经看了一个半小时的折子。等太监端茶过来的时候,他接过来,摇摇手让他退下,自己悄悄进入暖阁。宫女要接茶,李莲英摇摇手,亲自把茶双手举到慈禧的面前道:"老佛爷,您该喝口茶歇一会儿了。您这一看,就是一个时辰,眼睛如何受得了。"

慈禧的视线离开奏折,瞟了一眼李莲英道:"哦,是莲英啊,你怎么亲自奉茶来了。"

"奴才们见老佛爷看折子这么长时间了,她们又不敢提醒,就都央请老奴来。"李莲英这话无形中把宫女们也夸奖了。

慈禧放下折子,揉着太阳穴道:"那就歇会儿,还真有些累了。"

"老佛爷,老奴和崔玉贵经常说,外间人不清楚,只知道老佛爷锦衣玉食。可是奴才们清楚,老佛爷天天除了看折子就是见军机,这样的日子,奴才们看来,简直是苦不堪言。奴才们私下里说,老佛爷这二十多年真个是不容易。早年长毛、捻子闹,前线丢城失地,老佛爷一夕三惊。后来长毛捻子都玩完了,洋人又闹教案,十几条兵舰就堵在天津,然后英国人又在云南闹马嘉礼案,小日本侵台湾、占琉球,法国人又在越南闹,封锁台湾,真个是没有一天能让老佛爷清清心。"

这话在李莲英是恭维,但在慈禧却真正触动了心事。不说别的,她的整十大寿,就从来没有舒心过一个。三十岁的时候金陵战事吃紧,四十岁的时候日本人在台湾闹、阿古柏在新疆闹,五十岁的时候福建水师全军覆没。

"咳,内忧外患,都让我赶上了。"慈禧叹息一声,为自己深感委屈,眼角都有些湿润了。

"如今总算和约已签,无论海疆还是边界,都算平静下来了,太后也该有个静静心的地方。"李莲英准备引入正题。

慈禧的心愿,并不瞒着李莲英,她也明白李莲英是说修园子的事。

"太后也要为万岁爷想一想,再有几年万岁爷就到了亲政的年龄,到时候皇上要亲政,却没有地方让太后颐养天年,知道的是太后节俭不让修,不知道的以为皇上没有孝心。咱们大清朝以孝治天下, 太后抚育了两位万岁爷,却没有一个养老的地方,让天下人怎么看?"李莲英这样说,是找一个好听的借口,"还有,这也是为了七爷好。七爷虽然未入军机,可他的地位与军机领班原没有两样。皇上没有亲政不便提议,七爷阅历深广,自然应当想到。如果太后硬压着不让修,外人也会说七爷的闲话。"

"当年老六曾经说,不能大兴园工,让洋人以为我大清有的是银子,恐怕会诱发他们的贪欲,妄生事端。"慈禧说起当年,就有不甘。

"老佛爷，六爷的说法也不是没有道理。但有时候，道理未必只有一个。"李莲英继续道，"以奴才看来，当年洋人一把火烧了万园之园，咸丰爷就是为这园子心痛才伤了龙体。如今咱大清再建起一个富丽堂皇的园子来，既能安慰咸丰爷的在天之灵，又可明白告诉洋人，咱大清地大物博，他们烧掉了，咱们又可建起来，让他们不要小瞧咱大清。就是六爷也不会反对。"

李莲英这么说，无非是为修园子找理由。"就是六爷也不会反对"这句话，慈禧感觉豁然开朗，如今已经不是当年，老六成了闲散亲王，想反对也没用。

亲贵中无人反对，而清流也威风扫地，两位首领李鸿藻、翁同龢已经逐出军机，张佩纶充军，吴大澂已经去黑龙江与俄国人勘议边界，张之洞总督两广，正是春风得意，盛昱有了一封奏疏撤掉全班军机的教训，如今已经锋芒尽收，梁鼎芬因为妄参李鸿章连降五级已经羞愧回籍，清流掀不起大浪来了。想想此后办事无牵无绊，一言九鼎，真正是痛快至极。

"话说得不错，可是无奈朝廷没有钱。与法国人打了两年，军费像流水样花出去。左宗棠上折要恢复船厂，仿造大炮，李鸿章也上折要朝廷设立海部，大办水师。想想这次中法之战，陆军大捷，水师大败，不大办水师的确是不行。"慈禧叹了一口气道，"一艘铁甲舰就要上百万两银子，要修园子，难就难在银子上。"

"铁甲舰当然要购，不过，也未必非得花那么多银子。老百姓上集买青菜萝卜，还要讨价还价，定购铁甲舰当然也应当讲价。听说如今洋人做买卖，都有佣金可拿，而且数目还相当大，这些钱都是入了办事人的腰包。"李莲英说，"海防的事情将来少不了七爷来办，外面的大臣也少不了李中堂，他们两人也都是能体谅朝廷难处的，到时候好好和洋人讲讲价，紧紧手也就省出来了，他们办海防手指缝漏掉的银子，也够修个有模有样的园子。"

"这话说起来容易，办起来难，海防事关国家存亡，哪能在这上面省钱？这事，慢慢说。"慈禧一字不漏地听着李莲英的话，她是何等聪明人，稍一琢磨明白李莲英的意思，节省购舰经费是假，从海防项下设法弄修园子的银子是真，这真正是条妙计。她说是慢慢说，但第二天就召见醇亲王。

"老七，李鸿章的折子你看了吧？"慈禧心情不错，问话时脸色也相当祥和。

"臣看过了。李鸿章的意思,一是设海部,目的是一统海防事权,免受掣肘。二是要筹饷大办海防。"醇亲王一年多的历练,议起政来已经有模有样,所阅奏折,也能抓住要害。

"大清万里海疆,沿海各省各行其是不行,必须统一事权。设海部的建议不错,我看李鸿章的意思,是想让你主持海部,想想亲贵大臣中,也只有你来主持,才能镇得住外面的督抚。"慈禧立即把海防的事情放权给醇亲王。

醇亲王跪在地上,把他的红宝石三眼花翎王冠放到一边,以头碰地,砰砰有声:"臣领旨谢恩,只是臣智短力穷,恐怕有负慈恩。"

"海部怎么设,水师怎么大办,你们拟旨,让李鸿章、左宗棠等人议议,再拿个章程。"慈禧话题一转说,"皇帝再有五年就要亲政了,我总算可以享几天清福了。"

醇亲王复又跪倒在地道:"皇上年轻,典学未成,总要皇太后多教导几年,亲政还早着呢。"

"老七,你别老是跪。一家人说说话,哪来那么多规矩?你们饶过我吧,我已经操了二十多年的心,应该退居后宫颐养天年了,只可惜园子被洋人一把火烧了。"

醇亲王立即明白慈禧的心思,道:"臣等已经议过几次,三海工程总要像模像样地修起来,这是替皇上行孝心,天下人说不上二话。臣请旨,是否让内务府拿个样子出来。"

老七果然不像老六那样总是拗着她的心思,她摇摇头道:"先别让内务府插手,内务府太招眼,别事情还没眉目,已经闹得沸沸扬扬,像同治十三年那回,白生一场闲气。"

这是告诫醇亲王,园子要修,但不能惹起清议的反对。

"那臣先派出勘估大臣,拿出个总体盘算来,再找内务府去办不迟。"醇亲王又斟酌道。

"行,这个勘估大臣也由你牵头。三海工程不必大办,万寿山前也有昆明湖,将来我能在那里养老就好了。大办海防花银子,修园子也花银子,都是花钱的事,你一人把这两件事都抓起来,到时候如何轻重缓急,都由你去操心好了,省得户部为难。"

慈禧所谓"省得户部为难",其实是避开户部的阻挠。户部尚书阎敬铭,当年跟着胡林翼当过湖北藩台,有铁算盘之称,精于理财;为人又极其刚正,曾经逼着官文杀掉了飞扬跋扈的男宠。军机一班人,无不怵阎敬铭的头。将来海部将海防经费一把抓,如何用、用在哪里,阎敬铭都无从过问,的确是个不错的办法。

"这两件事,你们尽快拟旨,尽快明发。"

醇亲王领了旨回到军机处,着人把孙毓汶叫来,讲了慈禧召见的经过,然后道:"莱山,这两份上谕,别人弄我不放心,还是劳驾你吧。"

孙毓汶回道:"修园子的旨意不必多说,多说无益。叫人知道皇帝要尽孝心,为太后修建颐养天年的地方就成了。大办水师这一道旨意,要好好琢磨。坊间有种说法,说中法之战,中国不败而败。所以这道旨意文字不一定长,但一定要让朝野明白朝廷一心求治的意思。"

"好,你就辛苦辛苦。"醇亲王吩咐。

> 谕军机大臣等:现在和局虽定,海防不可稍弛,亟宜切实筹办善后,为久远可恃之计。前据左宗棠奏:"请旨饬议拓增船炮大厂",昨据李鸿章奏:"仿照西法,创设海部"各一折,规划周详,均为当务之急。自海上有事以来,法国恃其船坚炮利,纵横无敌,我之筹划备御,亦尝开设船厂,创立水师,而造船不坚,制器不备,选将不精,筹费不广。上年法人寻衅,迭次开仗,陆路各军,屡获大胜,尚能张我军威,如果水师得力,互相援应,何至处处掣肘? 当此事定之时,惩前毖后,自以大治水师为主。船厂如何增拓,炮台应如何安设,枪炮应如何精造? 均须破除常格,实力讲求。至于遴选将才,筹划经费,尤应谋之于豫,庶临事确有把握。总之,海防筹办多年,靡费业已不赀,迄今尚无实济,由于奉行不力,事过辄忘,几成痼习。该督等俱为朝廷倚任之人,务当广筹方略,行之以渐,持之以久。毋得蹈常袭故,撷拾从前敷衍之词,一奏塞责。着李鸿章、左宗棠、彭玉麟、穆图善、曾国荃、张之洞、杨昌濬各抒己见,确切筹议,迅速具奏。

李鸿章没想到朝廷反应这样快,三天时间就下发上谕。对海防建设,此时他所最关注的有两点,一是他要成为海军衙门的组成人选,二是要优先建设北洋水师。他写一封信给正在东北勘定中俄边界的北洋帮办吴大澂,请他代表北洋上折复奏,自己不便说的话就由他来说。

文牍往来需要一个多月的时间,当他收到吴大澂的复奏时,已经到了七月底。同时收到的,还有福州发来的电报:左宗棠已经于七月二十七日去世。左李不和,天下尽知。不过李鸿章对左宗棠有些方面还是十分赞赏,左宗棠第一次入军机,曾经主持治理永定河,七十多岁的人冒着酷暑到天津与李鸿章商讨,事后李鸿章评价左宗棠:"精力甚健,心地光明,耐劳好强,固君子也。"对左宗棠的英雄气概,李鸿章也是十分佩服,当年西北变乱,朝廷想派李鸿章出任陕甘总督,李鸿章千方百计固辞,结果左宗棠豪气冲天,说"国家不可一日无陕甘,陕甘不可一日无总督",慷慨西行,并向朝廷打包票,用五年平定西北,结果恰在五年上收功;然后他又主张收复新疆,李鸿章认为只军粮转运一项就千苦万难,大漠用兵,不可能获胜,但左宗棠用了两年就收复了新疆;到了中法开战,朝廷派左宗棠到福建督师,他向朝廷夸下海口,要把法国人赶到海里喂王八。虽然没把法国人赶到海里,但陆路却连续大捷,所以不少人认为,中法之战坏就坏在李鸿章的议和上,如果朝廷一开始就重用左宗棠,结局一定不会如此之糟,让李鸿章又愤又妒又无奈。

李鸿章最佩服左宗棠的,就是他在洋务事业上的霸气推动。不管有多少人反对,他都敢于出头去办。李鸿章认为,如果左宗棠一直在沿海,也许他洋务上的成就要超过自己。左宗棠的去世让他很伤感,他对周馥道:"就像走夜路,两个人虽然吵嘴不和,但是能够互相壮胆。"

左宗棠在遗折中提醒朝廷要大办铁路等洋务事业,"凡铁路、矿务、船炮各政应及早举行,以策富强之效,上下一心,实事求是,则臣虽死之日,犹生之年"。

朝廷惯例,对重臣遗折所提事项尤为重视,左宗棠提出要建清江浦至通州铁路,虽然朝廷不太可能立即筹建,但对李鸿章来说是一个借力的难得机会,至少他要趁机把开平煤矿的铁路延长。今年中日谈判时,伊藤博文听说唐胥铁路几年来一直在用骡马拉车厢,笑得把茶都喷了出来,这让李鸿章非常没有面子。这次无论如何要争取改用机车。那段铁路只有十几里,必须趁机向南延伸。他示意开平矿总办唐廷枢,写一个奏请延修铁路的奏折,由他代奏。

唐廷枢的折子还没递来,盛宣怀却上了一个大办铁路的条陈,他的建议是沿着运河,从济宁修到临清,这一段运河因为水浅,几乎不通,有铁路代运,便相当于打通了运河。因为运河不通,这些年来实行漕米海运,去年因为中法战事,法国人封海,漕粮全靠雇洋轮转运,想起来相当可怕。盛宣怀的意思,借这个由头把铁路修通,开了大办铁路的风气,将来南北延伸,无疑又建了一条大动脉。李鸿章深以为然,决定以盛宣怀的条陈为底稿,起草办铁路的折子。

他又给醇亲王写信,推荐重用袁世凯。驻朝商务总办陈树棠因病回国,再回去复任已经不可能。朝鲜两次政变都是袁世凯果断出兵,此人胆略非同一般;他又借为朝鲜训练新军的机会,与朝鲜国王及大员建立了很密切的私人关系,在笼络人心上也很有手段。

信还未交发,他就收到进京的上谕:"遵议海防事宜一折,言多扼要,唯事关重大,当此创办伊始,必须该督来京,与在事诸臣熟思审计,将一切宏纲细目规划精详,方能次第施行,渐收实效。着李鸿章尽快晋京陛见。"

李鸿章十分高兴,朝廷遇有大政让他亲自赴京征询,这是多大的荣耀?这说明朝廷对他倚重有增无减。想想也是,左宗棠一去世,阖朝上下,论资历论能力,无人堪与匹敌。他把要办的几件事,分别安排人起草折稿,到时一样样详议。

北洋事情太多,不可能说走就走,而且醇亲王来信说这次面议总要有半个月以上。所以李鸿章把手头的事情交代好,八月十八日起程进京,照例住在贤良寺。陛见之前,照例一概不会客。

次日早朝,第一起就是召见李鸿章,由领侍卫内大臣景寿带领,进养心殿东暖阁。李鸿章也算是老臣了,又是天下第一督,因此慈禧特让太监准备了一个棉垫。光绪已经十五岁,端坐御案后面,一句话也不说。黄纱后面就是慈禧,话虽然说得客气,但声音里透着凛然不可轻慢的威严。

问过了天津地面是否安定,路上有何见闻,慈禧话题一转,入了正题:"这回咱们吃亏就吃在海军上,明明镇南关大捷,可还是不敢硬撑下去,虽然没割地没赔款,大家怨气都重着呢。已故的左宗棠不用说,张之洞也是上折子一再请战,言官们自不必说,心里头还不知怎么想呢,怕是卖国的话背后也说得出。"

李鸿章磕头谢罪道:"都是臣等无能。"

"这也不能全怪你们，可也不能不怪你们。就说你吧，办洋务都二十多年，海军也练了十几年了，怎么还是这么不顶用？"

慈禧这样问，李鸿章必须解释清楚，不能磕头请罪了事，他说道："回太后话，海洋水师经营十几年，但船炮多是自造，自造总是落人一着，实不足恃。虽然也购买了镇南镇北等蚊子船，但无法与铁甲巨舰相比。从德国定购的两舰铁甲舰，是目前最为先进的战舰，可惜越南事起后，德国为了表示中立，不肯交付，否则有此二舰，法兰西就不会如此狂妄。"

慈禧问道："这铁甲舰有这么厉害吗？"

李鸿章回道："这两艘铁甲舰，吃水都是七千余吨，相当于七艘蚊子船。铁甲厚十四寸，炮台甲厚十二寸，一般炮弹根本打不透。两艘军舰装炮二十门，舰首主炮口径一尺多，一般舰船一炮足以轰沉。再过二十几天，内舰就可以到天津了。"

"如果那样，北洋的实力就该大增了。这次海防之议，有人建议办四洋海军，有人建议办三洋海军，左宗棠则提出建十大军，你怎么说？"慈禧又问。

"建三洋水师或四洋水师都可行，至于建十支海洋水师，不但不可能也没必要。海洋水师所费甚巨，一条铁甲舰就需要一百多万两，两条就近三百万两，每支水师至少需要两条铁甲，仅此一项，便要筹一千多万两巨款，仓促之间，如何能够筹得？臣认为，四支水师或三支水师也应当先急后缓，次第兴办。"

慈禧赞道："这是老成谋国的规划。我看就先办北洋一支，待北洋成军，再陆续办理其他。现在最愁的就是银子，中法一战，左宗棠主持借洋债四百万两，张之洞在广东借洋债七百余万两，都指着海关洋税来还，怎么得了？"

李鸿章应道："借洋债利息高不必去说，国之大计操之于洋人之手，终非长久之计。总要通盘筹划，多开利源才好。"

"我知道你的意思，我也听老七说过，铁路、矿山、银行、邮驿，你有好些个想法。只要于国有利，你和老七商量着去办。"

"臣办的这些事，总是惹来无穷议论，有骂臣是汉奸的，也有骂臣该杀的。老臣托庇太后皇上得以保全，唯有格外出力，以报答太后皇上天高地厚之恩。"

慈禧知道李鸿章是指梁鼎芬弹劾他"六可杀"，便安慰道："凡是实心办差的人,有我在,定会一力保全。这些年言路上太过分,尤其是这些少年新进,不知道咱们二十年来如何苦心经营,把事情看得太容易,昧着天良,信口胡说,我已经告诉老七,非好好整顿不可。还有几年皇上就要亲政了,还有几件大事要办,全靠你和老七他们实心办理,咱们再苦几年,到时候把一个大好江山交到皇上手上,也不枉咱们苦了这二十几年。"

"臣定然鞠躬尽瘁,尽心竭力。"李鸿章这样表示。

"尽心竭力是应当的,鞠躬尽瘁却不必。你也要善自珍重,保重了身体,才能为国宣劳。"慈禧话锋一转,"左宗棠好大言,但他也是威望素著,国家的柱石。可惜天不永年。"

"都知道臣与左宗棠不和,我们两人的确在公事上多有分歧,但谋国之忠,为国宣劳的心思是一样的。臣比左宗棠小十几岁,如今也是六十岁的人了,体力日衰,精力渐弱,只怕为国效劳的日子越来越少。"

这话让慈禧也有些伤感了,她说道:"李鸿章,你不要这样说,这话让人伤心。你们这些文宗显皇帝手下的老臣,曾国藩、左宗棠、沈葆桢、张树声一个个都去了,如今最为得力的就是你了,不然,朝廷也不会专门召你来商议大政。你要善自珍重,海防、洋务,都离不了你。"

两人叹息一阵,话题又回到水师上,慈禧问道:"你有个折子,提议建海部,你是怎么个想法?"

说起这个,李鸿章侃侃而谈:"回太后,大清海疆辽阔,海防涉及数省,而各省另有疆臣,迁调无常,意见各异,自开办水师以来,迄无一定准则,操法号令参差不齐,需有一衙门统一事权,否则各省意见不一,购造船舰不一,只能是虚耗帑金,而水师仍有名无实,永无振兴之日。而且海防是国家大政,自应朝廷一秉大权,避免内轻外重。"

"统一事权,朝廷调度,这话听起来不错,你们好好商议。你既然来了,就在京里多待些日子,好好与军机大臣、总理衙门的大臣们商议一下。"慈禧又问御座上端坐的光绪,"皇帝,你还有话问李鸿章吗?"

光绪把腰板挺得更直,说道:"李鸿章,这些年来皇爸爸经常为海防不固发愁,你们要好好办理,让皇爸爸放心。"

李鸿章伏地磕头,表示一定鞠躬尽瘁。

随后,李鸿章磕头谢恩,唯唯退出,在养心门正遇上要进见的醇亲王。醇亲王来不及客气,拉着李鸿章的手道:"少荃,晚上到我府上小酌,那时候详谈。你上午先去会客,不知有多少人要挤着门见你。"

李鸿章拱手道:"恭敬不如从命,晚上一定讨扰。"

醇亲王一边往里走一边回头道:"到时候我的轿子去接你。"

李鸿章出宫,想想自己的奏对好像并没有不妥处,只是铁路、矿业、银行等事情未来得及回奏,太后也没问,实在不甘。李鸿章仔细回顾今天的陛见,太后好像说过"你没有私心最好""这话听起来不错",等等,不禁有些心惊肉跳。旁观者清,今天陛见到底如何,还得等见了醇亲王问个实在话。

李鸿章出了宫,先去拜客,首先要拜的就是五王爷惇亲王,他少问政事,不过他混迹民间,坊间逸闻掌故却很丰富。他说话又向来是想到哪里说到哪里,有时很让人尴尬。不过,他人心地倒淳厚,只要事理弄明白了,就肯出头说话。李鸿章并不指望他能帮忙,但求把几件大政略有透露,让他到时不捣乱就行。只是不巧,他出城"踏秋风"去了,也许今天不回城了。于是,李鸿章改去鉴园拜访闲居的恭亲王。

去年恭亲王被撤去一切差使,郁郁不得志,心病又加身病,盛夏时只因贪吃几块冰镇西瓜,肠胃不和,至今不能痊愈。

两个老朋友见面,李鸿章发觉恭亲王比从前消瘦了许多,胡须斑驳,白了多半。他心里感伤,又不能表现出来,一时感慨,只说了一句:"王爷,近来可好?"

恭亲王回道:"我是生闲病——不去谈他。少荃,这一年多如何?"

李鸿章摇头道:"办事更难。"

"如今清流真如秋风扫落叶,没那么多怪话,老七办起事来,比我那时候应当掣肘少多了,自然应当事事顺心。"恭亲王这话当然有些调侃的味道。

李鸿章摇了摇头道:"现在掣肘是比从前少了,不过,帮手却不得力。从前是中枢看准了的事有人掣肘,现在是中枢看不准该办何事,不但七爷这副担子挑起来吃力,我就是想帮办也不易下手。一句话,上头忙的不是地方,我有劲不知往哪使。"

"看人挑担不腰疼,老七现在领教了。不是我自夸,军机这几个人,除了阎丹初还算有点本事,其他的人伴食而已。孙莱山人聪明,不过用心太阴。"恭亲王这样褒贬人物,可见依然把李鸿章当作知己。

"去年收拾清流,就是孙莱山的主张,为了让清流闭嘴,不惜拿军国大计当儿戏,想来真是令人愤慨!"恭亲王虽然闲居,但对朝局却看得很明了,"葬送了福建水师,也可惜了张幼樵。"

如果张佩纶不到福建督师,福建水师虽然照样难逃全军覆没的结局,但至少张佩纶不会落得个充军发配。

"少荃,当时张幼樵应该到你北洋帮办军务,在你的羽翼下,起码能够善得保全,白白让吴清卿捡了便宜。"吴清卿是指帮办北洋军务的吴大澂,"当然,我不是说吴清卿就应当倒霉,清流当中,要论真才实学,张幼樵属可造之材,只可惜骤然承担大任,就像给一棵树苗压上千钧重担,非压折了不可。"

这是李鸿章深为后悔的一件事,他说:"王爷,如果当初我知道朝廷有此番部署,就提前把张幼樵要到北洋来当我的帮手,那样就是办了件一举数得的好事,可惜我没有先见之明。"

李鸿章所说的一举数得,不仅指能够保全张佩纶本人,还为自己保全一个北洋的好帮手。李鸿章秉承曾国藩"办大事以找替手为第一要义"的至理名言,这些年一直在物色北洋的接班人。北洋的接班人,第一条当然必须是洋务干将,有才能,有眼光。第二条必须是正途出身。因为直隶总督号称天下第一督,很少用没有功名的人。这一条,就把他淮系的干将几乎完全排斥在外。淮军不同于湘军,当初为了能够打仗,李鸿章选将用人不重功名,草莽居多,武职尚可,要转为文职的督抚却是很难。至于李鸿章手下的洋务干将,办洋务是好手,但多是致力于世人所谓的"奇技淫巧",同样绝少正途出身。张佩纶曾经为马嘉礼案来天津"兴师问罪",从此两人交往密切,李鸿章得以发现张佩纶的潜质。李鸿章认为,清流中人,多是叫驴——本领不大,嗓门却高,而张佩纶却是匹野马,虽然也尥蹶子撒欢,但善加训练,就是千里驹。尤其是让他参观北洋海防,巡游旅顺、威海一遭后,他如顽童忽然开窍,在铁路、海防上提了许多建议,俨然清流中的洋务派。李鸿章已经有衣钵相传之意,谁料有福建督师这番挫折。如果当初他提前向朝廷要人,早已是他北洋的好帮手,想来实在可惜可叹。

"这也怪不得你,张幼樵命中有此一劫。不过,这样的大事,老七应当先与你商量。"恭亲王此话说得轻巧。那时候,醇亲王初秉大政,雄心勃勃,事事想自己拿主意,除了对孙毓汶言听计从,恐怕未把李鸿章放到眼里,哪里肯将用人行政的大事相询？"少荃，你要是不想操心，做你的甩手总督，就不必去理会他们。"恭亲王说，"你要是想有一番作为，对这两个人必须好好敷衍，不然只凭济宁那位，就让你防不胜防。"

恭亲王蘸茶水在案上写了个"七"和"孙"，自然是指醇亲王和孙毓汶。

"王爷教导的是，惹不起，躲不开，只好屈意结交。鸿章这些年，别的没学会，隐忍的功夫倒是学了不少。今天太后召见，说到文宗显皇帝手下的老臣一个个故去，甚是伤感，鸿章真是不忍独善其身，做甩手总督。"

"你呀，操心的命。"恭亲王说，"少荃，老百姓有句大俗话，叫费力不讨好，好人无好报，我就是前车之鉴。你有这番效忠朝廷的心，那就不能去计较得失，更不必觉得委屈。不然，累不死，委屈死，不值。"

"王爷放心，鸿章只会累死，不会委屈死。笑骂由人笑骂，我自泰然处之。这些年，参我的折子不下百余个，只要朝廷不要我死，我就不死。"李鸿章掏出怀里的金表一看，已经十二点多，便道，"王爷，只顾说话，耽误你午膳了。"

恭亲王笑道："不知有多少人等着见你，我也不虚留你了。"

李鸿章这才从靴页里抽出一个封套，递过去道："王爷，眼看您的生日就要到了，还有太后的大寿都要花银子，我从廉俸里取一些与王爷分享。我的兼差多，廉俸比王爷多，我要装回阔佬了。"

"少荃，还要破费吗？"恭亲王抽出银票一看，惊讶道，"这太多了。"

李鸿章解释："王爷，不仅孝敬了我的廉俸，还有招商局、电报局、开平矿务局的股息，自从签订和约，股值又是暴涨。"

恭亲王不再争执，目送李鸿章的大轿出了鉴园。

下午四点多，醇亲王就坐着他的轿车亲自来接李鸿章。轿车里面很宽阔，两人对坐，中间还摆着四个精致的小果盘，有瓜子、蜜饯、水果、洋糖。

李鸿章问道："王爷，今天见驾，不知有无不妥当的地方？"

"哪里话，你走了太后还夸你——今天晚上没叫别人，只有荣仲华、孙莱山作陪如何？"荣仲华是荣禄，孙莱山是孙毓汶，是醇亲王一文一武两个心腹。

李鸿章拱手道："那就讨扰王爷了，我也很想借花献佛，与两位讨教讨教。"

醇亲王说："向他们讨教谈不上，中法之战，真是让人感慨良多，上面也极想振作,有许多事情商量,你们几位都是我的臂膀。"

"王爷,这样好啊,鸿章盼着上下振作,放开手脚干一番事业。"

"要说到洋务,六哥是好手。可是他自打当了闲散王爷,兴头不在这上头,我也就没去扰他的清静。你进京了,抽空去看看他,你北洋的许多事业,都是六哥一力支持的。"醇亲王这样说,可见其心地淳厚,与他的封爵也算名实相副。

李鸿章拱手道:"王爷,今天上午我已经到五爷和六爷府上拜过了。"

醇亲王赞道:"这样好,他们都是我的兄长,你先来我府上反倒不妥。"

荣、孙二人早就在府内恭候。四人进了客厅,先坐下喝茶,两个衣着光鲜的仆人不停地斟茶、点烟。李鸿章从靴页里抽出三个封套道:"都不是外人,我就一块恭送了。"他先把其中装着一万两银票的一个封套递给醇亲王:"王爷,如今不比从前当闲散王爷,应酬开销的场面太大,多少一点意思,请您赏人。"

醇亲王并不推辞:"少荃,节敬你已经破费不少,还要花吗?"

"王爷要是不收,真正如同打我的脸。"

醇亲王接过递给身边的仆人,对两个人道:"少荃话说到这份上了,你们两个也不必推辞,再推辞就是矫情了。"

李鸿章备给荣、孙二人的都是两千两,给荣禄的说法是"带兵的人总要赏小兵",给孙毓汶的说法是"拿去打发上门打秋风的名人雅士"。两人笑嘻嘻接过,皆大欢喜。

醇亲王见状,又发话道:"我替少荃发话,你们不能只收礼不帮忙,往后北洋有事,你们谁也不准打哈哈,给少荃侍候慢了我也不答应。"

李鸿章连忙起身拱手:"王爷,哪担得起'侍候'二字。"

荣禄和孙毓汶都表示,将来有事不必客气,吩咐一声定当效劳。

这时仆人来请,说菜已备齐。四个人入餐厅坐下,醇亲王知道李鸿章洋气,特备一瓶红酒。醉翁之意不在酒,一边喝酒,一边谈正事。

"少荃,海军衙门的事还要议,但总的想法我可以给你透个底,这个衙门跑不了你。不但海防事务都归到这个衙门,我看铁路、电报这些洋务事业,也都归过来咱们一齐推动。"醇亲王先给李鸿章吃颗定心丸,"今天叫仲华过来,也是有他的差使。我有个想法,想恢复昆明湖水师操演。"

昆明湖在圆明园南邻的万寿山前,那里是清漪园,乾隆年间,曾经在昆明湖里操练水师。

"如今朝廷要大办水师,八旗不能置身事外,不能只当旱鸭子。我想在昆明湖畔办水师学堂,将来就从神机营中挑选聪颖子弟入学,主要学习管驾火轮船。这事少荃是内行,将来你要多帮仲华。"醇亲王继续道。

乾隆年间在昆明湖操练内河水师,尚能说得过去,如今是行驶于万顷波涛之上的海洋水师,在昆明湖里操练,那不是要贻笑万国?但李鸿章心中的疑惑不能挂在脸上,应和道:"王爷指到哪,我就打到哪,没有二话。"

醇亲王又道:"如今八旗兄弟饷银实在太少,开销又贵,真是不足以养家糊口。如今幸而和约已成,太后想给旗营加恩,银子呢想从裁撤部分绿营兵额中省出来。这事我们都说不上话,行与不行,商议时少荃意见很关键。"

李鸿章明白,其实要裁军,岂止只裁绿营,他的淮军自然也少不了。可是与法国议和了,并不能万事皆休,尤其海防不固,全靠陆营来防守,如何能够骤然大批裁撤?他回道:"王爷,给旗兵加饷,这是应当的,不过银子怎么来,未必就只裁军一条路。如今海防未固,还要指着陆营镇守,不过,总会有办法的。"

李鸿章没有拒绝,但也不是痛快地表示,自然有他的难处。荣禄立即插嘴,以免场面尴尬:"王爷,李中堂好不容易进京来,您也听他诉诉苦,听听他有什么事要王爷帮忙。"

"对,少荃你说。"醇亲王点头道。

这时候说太大的事也不可能立即拍板,于是李鸿章提了一个要求:"还真有事要王爷拍板。一是开平矿的铁路,自打修起来,就没有跑火轮车,全是靠骡马拖拉,伊藤博文听了笑掉了大牙。机车早就造好了,王爷发句话,让他们用起来吧。"

醇亲王很痛快地说道:"好,一句话的事,就让他们用上火轮车。现在不同从前,没那么多闲言碎语来掣肘了。"

李鸿章没想到如今的醇亲王这么果断,马上得寸进尺:"王爷,开平的煤一年多比一年,但那条运煤的河不但淤积得厉害,而且每天要到上潮的时候才能行船,二十四小时,倒有一半时间不能用,干脆沿着运煤河,把铁路修下来,如果修到大沽口,直接就可以装轮船运到上海。"

　　"为了解决运煤问题,可以先把这一段修起来。不过,少荃,要大办铁路,还得从海防上做文章,我之所以建议把铁路也归到将来的海军衙门来办理,就是这个意思。铁路有助于海防,办起来就容易得多,少说废话,也少生闲气。"

　　李鸿章没想到醇亲王执政一年,思想变化如此之快。他离座拱手道:"王爷,鸿章真是受教了。铁路方面我专门有个折子,不光我北洋地面上有铁路计划,最好能把济宁到临清的铁路修起来,那时候恢复漕粮河运就有可能了。"

　　"少荃,这是大事,恐怕要好好商议。"醇亲王又指了指孙毓汶说,"莱山,铁路要从你家乡修起,到时候你的意见很重要。"

　　孙毓汶并不愿修铁路,因为沿途要掘坟砍树,家乡父老肯定要来找他设法阻止。不过,现在还不到时候,没必要此时就得罪李鸿章这位威武富贵兼备的封疆大吏。

　　酒桌上气氛非常好,大家都有醉意。后来醇亲王对荣、孙二人下了逐客令:"你们两位先走一步,我还有点私事拜托少荃。"

　　两个人告辞而去,醇亲王拍拍李鸿章的手道:"少荃,没别的事为难你,我要给你说说昆明湖水师。我看你没问,其实心里有话。"

　　"逃不过王爷的法眼,鸿章确实有些不解。"

　　"还是从我的差使说起。上面已经交代,将来海军衙门和园工两项,都由我来拿总,都是花银子的事,一个字,难!打仗借的洋债要还,再过几年皇上就要大婚,又要几百万两的开销,哪里弄这么多银子。海防事关国家门户,园工又是皇上尽孝心,两件事都重要,都误不得。到时候少不得要分轻重缓急,左右腾挪,先把差使应付好。"

　　李鸿章虽然有酒意,但头脑还清醒,立即明白,将来园工恐怕要挪借海防经费。

　　"可是,海防的银子必定得用在海防上,不然对上对下都没法交代。所以,我要办水师学堂,在昆明湖训练水师将才。"醇亲王点到为止。

　　李鸿章也立即明白,这是真正的巧立名目,以办昆明湖水师的名义,挪借海防经费去修园子。最亲贵的醇亲王把最机密的计划透露给自己,那是拿自己没当外人。如果自己再装聋作哑,就太不识好歹。何况自己将来要办海防办洋务,没有太后和醇亲王的支持,那真是寸步难行,所以他立即表示:"王爷,鸿章对您的苦心非常明白。八旗毕竟是国家的柱石,让八旗子弟也投身水师,是为国家的长治久安,无论满汉,都无二话。鸿章定然全力支持。"

李鸿章的话真正漂亮极了,既表了态,又没有捅破那层窗户纸。醇亲王拍拍他手道:"一切尽在不言中。"

李鸿章提出的建议有三大项,铁路、海防和银行。银行的事醇亲王怕自己弄不明白,因此把军机大臣、户部尚书阎敬铭叫来,一起听听李鸿章的意思。

"王爷现在所愁,就是没有银子,丹初每天所烦心的也是银子。我这次提的三项大政,倒有两项是为你们两位筹银子。"李鸿章这样开场,立即把醇亲王和阎敬铭吸引了。

醇亲王好奇地问道:"少荃,按你的说法,修铁路有助商旅、货物流通,日子久了就能赚来银子,我能理解,不过,那也要等若干年后,所谓前人栽树,后人乘凉。银行为什么也算是筹银子办法?你得仔细说说。"

李鸿章接过话道:"银行之所以能为两位筹银子,关键在于它可以发行钞票。比如你向百姓发行一万两钞票,便可收回一万两银子,便可打发一万两的开销。"

醇亲王发话打断道:"慢,慢,少荃,这不是与历朝发宝钞一样吗?宋朝的时候滥发交子,以一张白纸盘剥百姓,为世人所唾骂。"

"这不一样,关键就是您所说,不能滥发。按照洋人银行的规矩,比如你户部里有一万两银子,你才能发一万两钞票,部库里的一万两现银,就是你这钞票的信用保证。"

醇亲王又不解地问道:"既然部库里有一万两银子,直接拿银子去花好了,何必再印钞票,这岂不是像少荃你来挖个坑,然后再请丹初来填上?"

"王爷,不一样。印钞票,就等于一个钱当了两个花。"李鸿章伸出一个手指头在醇亲王眼前一晃,又伸出两个手指头,再一晃,"为什么这么说呢?户部用钞票从百姓手里换来的一万两银子,可以安排一万两的花销。而百姓手里的一万两钞票,同样如现银一样,可以安排一万两的花销,这岂不是一个钱当了两个花?"

醇亲王有些明白了,但还是有顾虑:"少荃,就那么一张纸,百姓能当银子花？"

李鸿章打包票道："当然能，山西票号、江南的钱庄开出的银票，不就是一张纸吗？不要说北京、杭州这些通都大邑都畅行无阻，就是穷乡僻壤，您拿着'四大桓'的银票一样可以用。关键是有信用。也就是我说的，您库里有银一万两，才印一万两的钞票。个人办的钱庄、票号都能通行南北，丹初堂堂户部开出的钞票，难道能比不过钱庄、票号？"

"以大清的户部信用来做后盾，当然比银票要更可信。"阎敬铭以理财著称，点头称是。

"还有一点，可以减轻钱粮征收中的弊端。"李鸿章照着阎敬铭关注的事情去说动他。

朝廷征求钱粮，一种是收实物稻米，一种则是收银子。收实物有种种弊端，淋尖、踢斛、称斗上玩把戏，总之要从百姓手里多收；收银子也有火耗、折色等名头，以银子成色不足等理由，从百姓手里多收。

"丹初你想，百姓手里有面值一两的钞票，他去交一两的钱粮，那些蠹吏还怎么去多收？是不是对百姓有好处？还有，当兵的领饷，又有减平的说法，减少银子的成色，领到的是一两，其实不顶一两用。将来如果是发钞票，哪里还有银子的成色问题？"

阎敬铭其人状貌短小，二目一高一低，一大一小，当年参加大挑，就因为相貌如乡间老农而未被挑上。今天李鸿章侃侃而谈，他一直在眨巴着一大一小两只眼睛仔细听，此时禁不住拍案而起道："说得好，我倒从来没想到这一层。"

见两人如此，李鸿章得意地说道："开办银行的意义还不止在此。比如你有一笔收入，要过几个月才到，但你现在又急于开销，那你完全可以先拿钞票去开销掉，几个月后那笔银子到了再充上。不要小看几个月的时间，在商人眼里，那就是钱生钱、利生利，真正的值钱。再比如国家要买兵舰、修铁路，户部暂时拿不出银子，那也不必去借洋债，用钞票去买就是了，何来调不到银子的苦恼。而且钞票相当于从百姓手里借了钱，却没有利息的支出，这是不是于百姓无害，而于国家有利？这样左右腾挪，好些个大事都能得以提前办理，几十年下去，国家岂有不富强的道理？洋人国家都大办银行，巧妙就在这里。"

李鸿章说得浅显易懂,醇亲王也听明白了,赞道:"少荃的见识,的确非同一般。"

"看来银行一事,非办不可,而且越快越好。"阎敬铭也由衷地佩服。

"可是有一样,必须请洋人来经理,才能办得成。"李鸿章又乘机提了一个问题。

阎敬铭问:"这是为何?"

"洋人国家办银行已经数十年百年,他们有一套非常完备的制度,以杜积弊。用洋人来办理,事半功倍。就比如海关,赫德来管理确实比我们管得好。这是其一。其二,我们办银行不仅要用钞票换百姓手里的银子,更要设法拿我们的钞票去买洋人的东西。而要想钞票在洋人那里有信用,非得用一个他们熟悉且信得过的人来打理。帮办银行的西洋人选我已经考察过几个人,尤以英国上海汇丰银行的经理克米隆为最佳。如果用他当银行的经理,与洋人办理业务毫无问题。再说,以丹初的铁算盘,还怕洋人与你耍心计?简直就像白骨精在孙大圣面前,如何能逃过你的火眼金睛?"

李鸿章的这番恭维很起作用,阎敬铭定了定神道:"只要瞪大眼睛,用洋人也无不可。"

有阎敬铭这句话,醇亲王和李鸿章都放了心。

然而过了两天,阎敬铭跑到贤良寺来见李鸿章,见面便道:"中堂,银行的事黄了。"

原来,户部满尚书崇绮到太后面前来了个哭谏。崇绮是满洲镶黄旗人,他的父亲就是咸丰初年备受宠信而后被革职的文华殿大学士、首席军机大臣赛尚阿。在父亲没落后,他发愤读书,同治三年中状元,也是有清一代唯一的旗人状元。他的一妹一女都嫁给同治帝,女儿就是同治帝的皇后,因为不受慈禧的待见,连累崇绮仕途蹉跎。后来阎敬铭出任户部尚书,敬崇绮是正人君子,力荐他出任户部满尚书。办银行的事情阎敬铭兴冲冲去告诉崇绮,谁知从来言听计从的崇绮坚决反对,他反对的理由就是,请洋人来办银行,简直就是开门揖盗。

"洋人为了掠夺我朝的白银,不惜以鸦片害人来换取,让洋人来办银行,无疑就是把我们的部库交给洋人,就如同让猫来看守咸鱼,岂有不被吃掉的可能!"而且崇绮在慈禧面前完全是一副死谏的样子,额头都磕出血了,太后当时发话，"告诉老七，银行不要办了。"

"丹初，我听说崇文山唯你之命是从，部务他都是画诺而已，为什么偏偏在这事上反对如此激烈？"李鸿章十分失望，"丹初，是不是你心里不同意办银行，让崇文山来唱这出戏！"

"中堂，我阎敬铭是那样的人吗？"阎敬铭连忙分辩，"我要不同意，那天当着醇亲王的面我就反对了，何必多此一举！"

太后已经发话，金口玉言，便无起死回生的可能了。

"黄了"的还不仅仅是银行，铁路也出了问题。修济宁到临清的铁路，孙毓汶也不同意，他对醇亲王道："王爷，要说先修开平矿的铁路，没大问题。可是从济宁到临清，沿着运河，全是商、民繁盛之地，要拆房，要挖坟，一时间白骨露于野，弄不好要出大乱子。"

"我已经答应支持李少荃了，再变卦不好吧？"醇亲王有些犹豫。

孙毓汶出主意道："当然不能让李少荃怪到王爷头上。我让人去向山东陈抚台陈情，他来一封电报，坚决反对，朝廷便是无可奈何。"

山东巡抚陈士杰是湖南人，是曾国藩幕府的得力助手，受曾国藩推荐而入仕途，与李鸿章也是老相识。但他对洋务不以为然，因此对李鸿章颇有微词。他听了济宁士绅的陈情，果然向朝廷发电报："众情汹汹，势有大变，铁路之议不可行。"慈禧被这份电报吓住了，单独召见醇亲王，让他暂时搁置济宁到临清的铁路计划。

而开平矿的铁路延伸计划也"黄了"，因为惇亲王听坊间说，如果开平修铁路，将震动东陵，祖宗难安。于是他递牌子请见，坚决不同意修铁路。惇亲王很少上折言事，慈禧特别看重，而且震动陵寝是大事，因此让惇亲王传旨，开平延修铁路的计划，"着毋庸议"。

开平距东陵八百里，铁路如何震动得了东陵？上次修唐胥铁路时早已驳斥，五年后又以此荒唐理由阻拦，真正岂有此理！但此理无处可说。李鸿章满怀希望的几件事情全部"黄了"，醇亲王深感不安，他对李鸿章保证道："少荃，你放心，开平的铁路明年一定让你修起来。就是抗旨，我也不能食言。"

话说到这个份上，李鸿章只有叹息，反过来劝慰醇亲王道："王爷，好事多磨。伊藤博文曾经对我说，中法之战，中国人能够猛然振作一下，但很快又会睡着，他说得一点不假。"李鸿章醒悟这样说连醇亲王也包括了进去，因此补救道，"王爷是醒了，可是京中诸公不知何时能醒。"

"少荃，事缓则圆。"醇亲王只好这样安慰。

而京中对李鸿章各种批评已经是沸沸扬扬。即将出使美国的总理衙门大臣张荫桓受李鸿章明荐暗保，心存感激，不忍见李鸿章受如此打击和排斥。他跑到贤良寺劝慰李鸿章道："中堂，济宁到临清的铁路又不在直隶范围，你何必操这份心。办银行的事，办不成也未必是坏事。"

李鸿章问："何以见得？"

"如果开了银行，上头要花钱，说，让银行印点票子来先用。老子花钱儿还账，如果没有节制地印起来，到头来就如同废纸一张，受苦的还是百姓，那时候大家岂不都骂中堂出的馊主意？"

"我知道你是来安慰我，不过你的话也有道理。"李鸿章叹了口气，默认了。

比较顺利的是海防建设采纳了李鸿章的主要建议，九月五日发布上谕：

> 钦奉慈禧端佑康颐昭豫庄诚皇太后懿旨：前因海防善后事宜关系重大，谕令南北洋大臣等筹议具奏。嗣据该大臣等各抒所见，陆续奏陈。复经谕令军机大臣、总理各国事务衙门王大臣会同李鸿章妥议具奏，并令醇亲王奕譞一并与议。兹据奏称，统筹全局，拟先从北洋精练水师一支，以为之倡，此外分年次第兴办等语，所筹深合机宜。着派醇亲王奕譞总理海军事务，所有沿海水师，悉归节制调遣；并派庆郡王奕劻、大学士直隶总督李鸿章会同办理；正红旗汉军都统善庆、兵部右侍郎曾纪泽帮同办理。现当北洋练军伊始，即责成李鸿章专司其事，其应行创设筹议各事宜，统由该王大臣等详慎规划，拟立章程，奏明次第兴办。

还有一件也算喜事，李鸿章奏请袁世凯为驻朝商务总办的事情，朝廷也正式批准。

李鸿章即将回天津，临行前他去见醇亲王，当然不单单是告辞，要为北洋海防要银子。醇亲王一听要银子，就皱眉头道："少荃，太后已经三次召见样式雷，三海工程马上就要开工，银子哪里来我还没想出辙，北洋海防，你先自己想办法。"

李鸿章又道:"王爷,就算海防工程可以缓缓,定远、镇远、济远三舰马上就到天津了,洋员需要发遣,新兵要登舰,每条铁甲都需要两百多人,饷银、燃煤、洋人薪水,一年要增开支两百万两,年前最少得有三十万两银子才能应付下来。"

醇亲王苦笑道:"少荃,你握着北洋,办法总比我两手空空的空头王爷多,你先容我筹划到园子开工的银子,再给你想办法。"

李鸿章大失所望,虽然海军衙门总算成立了,但又有多大的实际效果呢?他只有向两江总督、南洋通商大臣曾国荃求援,他在信中说:"海军一事,条陈极多,皆以事权归一为主。鸿章事烦力疲,屡辞不获,虽得两邸主持,而仍不名一钱,不得一将,茫茫大海,望洋惊悚,吾丈何以教我?"

第二十二章

天皇节款造军舰 慈禧一心建园林

日本长崎码头停靠着四艘挂着龙旗的军舰,分别是定远、镇远、济远和威远。定远和镇远两舰,其巨大的舰体令人生畏。即便是千吨的货船在两舰面前也显得身单力薄,就连驻泊的西洋军舰官兵,也对定、镇两舰发出惊叹。

大清即将于秋季举行北洋舰队会操,届时最具权势的醇亲王要亲自前来巡阅,因此奉李鸿章之命,北洋舰队开春之后就开始做着各种准备。因为定、镇两舰体形巨大,国内尚没有可供维护的码头,连给机器上油这样的例行保养,也要到日本的长崎来。当然,李鸿章还有另一个意图,就是展示定远、镇远的威力,威慑日本。

舰队出海已近两个月了,一到长崎丁汝昌就与四舰管带商定,分批放假上岸,让官兵们"放松放松"。今天是济远舰"放松"的日子,管带方伯谦带着四五名亲信护卫上了岸。他们先找了一家饭馆大吃大喝,然后在街上装模作样买了些小玩意,眼睛却一直在向妓楼瞟。管带好嫖,大家都知道,而且又是酒后,岂有不嫖之理?

长崎是开放口岸,如同大清的广州、上海,妓院林立,几个人挑了一家看上去门面最热闹的走了进去。这家妓院的确非同一般,嫖客太多,以至于要排队等候。可有几个日本男人没有排队就昂然直入,方管带的一位亲信去与老板理论,老板说那是他们的老主顾,向来不用排队。几个人等了半个多时辰,生了一肚子闷气。

等几个人风流过后,算账的时候老板却要求加价三分之一,理由是几个人超过了约定时间。方管带则以女子不够漂亮为由拒绝加价，于是双方起了争执。几个人本来进门就生了闷气，此时心火再次被挑拨起来，便动手打了老板，而且把大堂砸了个稀巴烂。之后，几名日本警察冲了进来，与几个人扭打在一起。方管带手下对付个头矮小的日本警察本不在话下，但几个人刚刚耗尽体力，因此几招过后渐居下风。结果五个人被扭住了三个，另两人仓皇回舰报告。

听说方管带被抓，济远舰的官兵百余人肩扛清一色的崭新洋枪浩浩荡荡冲进了警察局，警察局长见势不妙，只好下令放人。被众人簇拥着回舰的方管带却没有凯旋的得意，他自知为舰队惹了麻烦，亲自去向丁汝昌报告。丁汝昌是出名的好脾气，训斥了几句了事。定远舰管带刘步蟾却有些看不过，见他对方管带太过纵容，就道："军门，方管带如此荒唐，这样轻易放过，以后如何约束舰队官兵？"

"子香，他也算得了教训，得饶人处且饶人。何况出门在外，大家都不容易。"丁汝昌觉得此事没什么。

这话说得太没道理，这是堂堂的水师，又不是山野村夫走亲戚，不容易就可以不顾军纪吗？于是，刘步蟾赌气道："军门这样说，属下没什么好说的。别人的兵我不管，定远舰的官兵属下定当好好约束。"随后，他传下军令：定远舰官兵上岸，要严守"四个不得"——不得扰民，不得饮酒，不得嫖妓，不得携带武器。

第二天，定远舰官兵三五成群陆续上岸。当他们感觉有些不对劲的时候，发现已经无法脱身。一百余名日本警察把他们分别堵在几条街道中，挥着军刀向他们进攻。定远舰官兵手无寸铁，被追得四处乱窜。此时，街道上游荡的浪人也参与进攻，而楼上的日本人则向北洋官兵浇沸水、投掷石块。

手无寸铁的定远舰官兵只好随便抓起拖把、木棍甚至花盘等防身，处处落了下风。这次有预谋的袭击持续了一个多小时，双方互有伤亡，但定远舰官兵则死伤更多。回到舰上清点人数，定远舰船员被打死5名、重伤6名、轻伤38名，还有5人失踪。丁汝昌脸色蜡黄，命令所有官兵即日起不得登岸。刘步蟾则进言道："我们巨舰就在海上，应当给日本人一个教训！"

"中堂有令，只可威慑，不可起衅。"丁汝昌摇了摇头。

但总教习英国人郎威理也在一旁道："按照国际惯例，此时完全可以开战,因为日本人已经向我们的舰队官兵发动了进攻。"

开战是不可能,但展示一下实力却有必要。在刘步蟾的一再要求下,定远舰打出信号旗,四舰同时鸣响警报,所有舰炮退去炮衣,炮口指向长崎市区,一副临战的阵势。

消息传回天津时,李鸿章正在与张佩纶闲谈。

当年出尽风头的"清流四谏"之张佩纶,中法开战后南下福州会办海疆事务,却因福建水师全军覆没成为众矢之的,先是被流放察哈尔,后又被流放到张家口。李鸿章欣赏他的才气,始终有衣钵相传的打算。流放期间对他仍是百般照顾,流放期近便为他谋出路,先是代他向海军衙门捐纳两万两,希望以道员简放,但被醇亲王严词拒绝。后来又打算让他主持保定莲池书院,可书院的学子听说张佩纶要来主讲,联合上书反对,表示若请张某人,则全院学子便集休请辞。见此,李鸿章便不再做他谋,干脆把张佩纶收入北洋幕中,掌管文案。

这天,李鸿章略受风寒,张佩纶前来探望,见案头有几页诗稿,字体娟秀,便顺手翻阅。上面一共有五首诗,其中一首是这样写的:

> 痛哭陈词动圣明,长孺长揖傲公卿。
> 论才宰相笼中物,杀敌书生纸上兵。
> 宣室不妨虚贾席,玉阶何事请终缨?
> 豸冠寂寞丹衢静,功罪千秋付史评。

这首诗分明就是写他张佩纶。"长孺长揖傲公卿""杀敌书生纸上兵""豸冠寂寞丹衢静"不是他张佩纶又是何人?而"功罪千秋付史评",显然是对他的同情和抱屈。

当初张佩纶在福州也曾想先发制人发动进攻,无奈朝廷有"衅不自我开"的上谕,而李鸿章也希望他隐忍不发,尽量避免水师开战。可等福建水师全军覆没,弹劾他的奏章便如雪片一样递进宫中,只因他当年笔锋锐利,得罪人太多,不知有多少人非要他倒霉不可。而他为指挥失当的中枢当了替罪羊,无一语为自己辩驳,最后落得充军的下场。

人人都以为他张佩纶志大才疏,纸上谈兵,但他的委屈又有谁知?可不想却有如此知音,要将他的功过"付史评"。张佩纶百感交集,想想三年间,身居边塞,遭受白眼,禁不住涕泪交流。

李鸿章正在看奏稿,听到吸吸溜溜的声音,翻眼一看,这才发现张佩纶已经哭得一塌糊涂了,惊讶地问道:"幼樵,好好的何故痛哭流涕?"

张佩纶抹抹眼泪,扬扬手里的诗稿问道:"中堂,这是谁的大作?"

"是菊耦,她不过是初学写诗,生涩得很,没想到能把你这大才子感动了,真是难得。"

李鸿章的女儿李菊耦,张佩纶第一次见她时,是十多年前到天津兴师问罪。当时意气风发、恃才傲物的张佩纶被十来岁的李菊耦训斥得连连拱手,她明眸皓齿、睫毛闪动的形象深深刻在他的心里。从此每次到天津来,他见到李菊耦总是恭恭敬敬,背上虚汗直冒。卤水点豆腐,一物降一物,大才子怕菊耦小姐的事情督署中人人皆知。

张佩纶把诗稿念了一遍道:"小姐大作,不仅词句俱佳,且立意不俗,真称得上是晚生的知己。"

"女子无才便是德,女儿家有诗才并非善事。小女已经二十好几,却尚未出阁,上门提亲的人无数,无奈小女都看不入眼,都是所谓的诗才害的。幼樵,你也帮我物色着,有合适的不妨做个月下老。"李鸿章听了虽然高兴,但还是说了自己的担忧。

张佩纶又问:"不知小姐对未来夫婿地位、才学方面如何要求?"

李鸿章看一眼张佩纶,笑道:"像你一样就可以了。"

张佩纶好像正等这句话,扑通一声跪倒在地道:"谢中堂谬赞!晚生已经丧偶,与小姐又是诗文知己,晚生对小姐仰慕已久,求中堂成全。"

张佩纶的第一任妻子是军机领班章京、藏书大家朱学勤的女儿,但只做了三四年夫妻,便留下一双儿女暴病而亡。继室是翰林院编修边宝泉的女儿,结婚不久,张佩纶便充军边关,继室独守空房,受尽世人白眼,去年忧郁而终。张佩纶孤家寡人,如今遇到诗文知己,真是求之不得。

李鸿章虽然欣赏张佩纶,但因为两人年龄相差太大,菊耦时年二十二,而张佩纶已经四十多。李鸿章何事不曾经历过,但偏偏这样的情形是第一次遇到,不禁有些手足无措:"幼樵,一句戏言,何至如此!"

张佩纶说："中堂是戏言,我却是当真。从前晚生有家室,小姐又是中堂的掌上明珠,从来不敢有非分之想。其实晚生第一次见小姐,就仰慕非常。如今读了小姐的诗作,更知小姐是知己。"

剖白心迹,这正是张佩纶所长,李鸿章禁不住有些感动。不过,这么跪着对他喋喋不休实在不像话,于是便道："你先起来,这么跪着成何体统?"

"中堂给晚生一句话,晚生才好起来。"张佩纶这就有些逼亲的味道了。

"你这话好无道理,即便我赏识你,我也要与夫人、小女商量。虽然父母可定儿女终身,可我就这一个女儿,不想委屈了她。"

"中堂请问一下小姐,如果小姐不答应,晚生也不敢强求,更不想委屈小姐。"张佩纶这才站了起来。

李鸿章这才觉得此事处理得有些欠妥,好像他已经答应了张佩纶。他心里没底,不要说女儿是否答应,就是夫人那关也很难过。道理很简单,张佩纶一个革职之员,前途黯淡,夫人如何肯把掌上明珠相嫁?而且,如果真招他为东床,成了翁婿关系,将来也没法帮张佩纶出头了,将北洋衣钵相传的打算更会落空。这一点非同小可,但又不可与张佩纶道尽。他斟酌再三后道："幼樵,我一直对你寄予厚望,虽然有此挫跌,但在我北洋幕中效力几年,再设法复出并非难事。可是,如果你成了我的女婿,我便一句话也不好为你说了。为你自身前途计,还是别存这份念头。"

"富贵于我如浮云!经过这番挫折,顶戴花翎对晚生来说已经味同嚼蜡。不要说抛弃所谓前途,就是赴汤蹈火,晚生也在所不辞。"

这话说得李鸿章连反悔的余地也没了,他只好硬着头皮去跟夫人商量。果不出所料,夫人坚决反对："你堂堂大学士、直隶总督,要寻个女婿,什么样的人家寻不到?要招一个革职的人,说出去不让人笑掉大牙?"

"幼樵革职,一言难尽,也不全是他的责任,有一多半是为中枢和我分谤。"李鸿章此时反而要为张佩纶说好话。

李鸿章虽贵为督抚之首,但在家中夫人说话却极有分量,他对夫人也十分敬重,从来不存"夫为妻纲"的念头,凡事都好商量。

"他为你分谤的话从何说起!他在福建,你在直隶,八竿子打不着。何况真就是为你分谤,你也不能拿女儿来回报吧?"夫人却不肯让步,只因关系女儿一生的幸福。

"夫人何出此言,我视菊耦如掌上明珠,怎么会拿她回报别人?不要说张幼樵一个革职的才子,就是皇亲国戚,女儿不高兴,我也不会答应。"李鸿章有些急了。

"你明白就好。你也不为女儿想想,两人相差二十多岁,再下去二十年,女儿四十不到,他已成了六十多岁的干巴老头,何苦来哉?"

谁也没想到此时李菊耦从内室走了出来道:"爹,娘,你们别争了,我答应他。"

李鸿章和夫人都吃了一惊,几乎异口同声道:"婚姻大事,不能儿戏。"

"女儿没有儿戏。爹爹为女儿择婿,才学第一,革职又何妨!如今那些居高位拥万金的人,在我看来多是行尸走肉,别人羡慕,女儿不羡慕。"

十余年前,情窦初开的李菊耦第一次见张佩纶,虽然把他训斥得满面流汗,但张佩纶风流倜傥、挥斥方遒的风采却早已打动了她。后来张佩纶家庭、仕途连遭变故,又让她心生怜悯。尤其读到张佩纶逆境中那些痛彻肺腑的真情诗作,更是让她黯然伤神,恨不得跑到他身边去抚慰他。这些年她迟迟不嫁,其实一个主要原因就是总拿张佩纶去比较。张佩纶从张家口回来,人苍老了不少,但眉宇间的傲气犹在,而且平添了几分男人的沧桑,反倒更让她倾心。如今张佩纶竟然也对她情有独钟,这难道不是冥冥中上天的安排?

李鸿章见女儿原来对张佩纶也是久已有情,真是一喜一忧。喜不必说,他在张佩纶那边好交代了。忧的则是张佩纶的前程,他直言道:"女儿,你可要想好了,他真成了你的丈夫,我可就没法保荐提携他了,他的前程真就没指望了。"

李菊耦笑了笑道:"有爹爹当督抚之首,什么样的前程女儿也不稀罕了。"

可夫人却无论如何也不答应:"娘是过来人,听娘一句劝,才气不能当吃喝!等他六十多了,你才四十多,侍候一个入土半截的老头子,你就知道才气全是中看不中用的东西,那时后悔也来不及。"

"两情若是长久时,又何必计较他老我少?"

"我在外面听太后皇上的,在家里就听你们母女俩的。你们两个商量,出了结果告诉我一声就行。"李鸿章此时超然事外了,抬腿向门外走去。

夫人冲着李鸿章的背影喊道:"女儿年少无知,你就这么放心让她胡闹？"

"女儿已然不是小孩了，你不要总想挂在裤腰带上好不好？"李鸿章打趣道。

"你还病着，要去哪里？"

"我病早好了，去签押房看看。"

说是去签押房，李鸿章却不由自主去了文案房。在路上，他正遇到急匆匆赶来的张佩纶，他扬着手里的电报道："中堂，麻烦了，定远舰官兵被小日本打死打伤好多人。"

李鸿章惊得瞪大眼睛，问："怎么回事？开战了？"

"这倒没有，是被日本警察和流氓浪人打了。"

"堂堂舰队官兵怎么被小日本警察打了，真是丢我北洋的人！"李鸿章一边往签押房走，一边吩咐，"把兰溪叫来，他这北洋水陆营务总办要参与交涉，还有天津海关道，让他们立即过来议事。"

有这件突如其来的麻烦事，两人早把谈婚论嫁的事丢到了九霄云外。两人仔细推敲了驻日公使发来的电文，取得了一致看法，李鸿章道："事情起因本是小事，日本人是存心报复，预设狡谋，北洋官兵手无寸铁，才吃了大亏。"

"小日本向来是欺软怕硬，这次无论如何不能示弱。更不要抱着'衅不自我开'的念头一再退让。"经过马尾一战，张佩纶对"衅不自我开"深恶痛绝。

"此次错在日本人，谅他们也不敢再生事端，我们自然不能向日本示弱！"李鸿章有此底气，完全是因为北洋已经有了一支力量可观的舰队，对付欧美国家不敢说，但对付日本绰绰有余，说这话时，他把腰板挺得笔直，"我忍气吞声这么多年，这回对日本得挺直了腰杆与他说话。"

张佩纶看了一眼李鸿章道："中堂总算说了句硬气话。当初如果您要也这么硬气，我就敢对法国人先发制人，总不致败那么惨。"

"幼樵，那时候你我凭什么说硬气话？一艘铁甲都没有，说硬气话人家也不怕，正如俗语所言，巴狗喝醋嘴牙硬。"当初张佩纶向北洋求援，希望北洋派舰去支援，李鸿章不愿拿北洋兵舰去送死，以北洋吃紧为由一舰也未派，这件事他有愧于张佩纶，"如今你也明白，有实力才能说话硬气，人也才能挺直腰杆。当初北洋如果有定、镇两舰，不要你说，我早就派到福建去，有此两舰，谁胜谁负还真不好说，至少，法国舰队不敢那么张狂。"

这时,北洋水陆营务处总办周馥来了,看了电报,他所关注的与李鸿章、张佩纶不同:"中堂,济远舰官兵竟然上岸嫖妓,还因此与警察发生纠纷,可见济远舰官兵视军纪如无物,外间种种传言可见不虚。"

"兰溪,武人好色,大都如此。再说一出海就是两个月,你总不能指望他们都是坐怀不乱的柳下惠吧?各国海军,也多是默许官兵嫖妓的。他们战时能听号令,能奋勇杀敌,平时这些细故不必计较,不然就没法带兵了。"李鸿章为自己的属下辩护。

"中堂,我并不是计较细故,我还是想说丁军门并不是统领水师最好的人选。我听说各国水师统领都是水师出身,就连日本的水师,也都是出洋的人来统领。我不是说丁军门人不好,而是他的马队出身很难服众。我在想,如果他有足够的权威,有济远舰官兵的前车之鉴,就不会再有定远舰官兵上岸被打的事情。"周馥又借此事发表了一通看法。

俗话说江山易改,禀性难移。流放三年,张佩纶也没改掉恃才傲物的个性,想到什么说什么:"周观察,现在不是讨论济远舰官兵的问题,而是定远舰手无寸铁的官兵被日本人杀伤五十余人的问题。如果揪住嫖妓这样的细枝末节,就是有意把责任往自己的头上揽。"

周馥是脚踏实地的人,与张佩纶的性情恰好相反,因此对他非常反感:"是非功过,岂是因为一句话就可以揽到自己头上的?张老弟大概没明白我想说什么。我要说的不是济远舰的问题,也不是定远舰官兵的问题,而是事关北洋舰队未来命运的统领问题。"

"丁军门未必不是最好的统领,中堂选丁军门统领北洋水师自然有他的道理,外人未必能解其中深意。"张佩纶这话说得实在不高明,不但把周馥当成外人,而且还有嘲笑他愚钝的意思。

"我这个外人也明白,外行指手画脚,只会越办越糟,比如马尾之战,如果是真正懂水师的人去当会办,何来全军覆没的结局!"周馥罕见的勃然大怒。

福建水师全军覆没,这是张佩纶解不开的死结,周馥话已至此,纵使张佩纶巧舌如簧,也只有气血冲头,张口结舌。话不投机半句多,周馥把电报扔到桌上,在李鸿章和张佩纶惊愕的目光中愤然而去。

两个人一时不知从何说起,李鸿章看张佩纶脸色苍白,知道这一气非同小可。不过,张佩纶口不择言,也算咎由自取。于是,他又劝道:"兰溪这人向来是刀子嘴豆腐心,二十多年了,我了解他。"

张佩纶长吁了一口气:"这种钻牛角尖的人,只看到脚下的三尺天地,分不出轻重缓急,如何能够谋大事!"

"幼樵,你不能这么说兰溪,我看重的就是他敢直言。现在察言观色的人多,能当诤友的少,兰溪难能可贵。"

张佩纶不再开口,因为他知道周馥在李鸿章心中的位置。

两人沉默了几分钟,李鸿章又道:"定远舰的事,你去天津海关衙门与他们商议,还有,叫上伍文爵,他懂万国公法,让他出主意,按万国公法与日本人交涉。万国公法我不懂,但这件事错在日本却是毫无疑问。那么多日本警察同时出现在定远舰官兵出现的街区,而且人人带刀,不是预谋是什么?他们是挟嫌报复,趁我不备,预设狡谋!你们与日本人交涉,一定要抓住此点不放,不要被日本人如簧巧舌蒙蔽。还有就是,要把这件事情通报给各国公使,让各国都来评评理。我交代你们个底线,日本人必须赔偿抚恤我死伤官兵,否则中国当自行处理此事,一切后果由日本承担。"

伍文爵名叫伍廷芳,文爵是他的字。他是广东人,父亲是商人,他自幼对科举不感兴趣,十几岁入香港圣保罗书院读法律,毕业后在香港高等法庭供过职,后来又与人合伙办过报纸。年近而立之年自费赴英国留学,入林肯学院学法律,毕业时通过英国律师考试,是中国取得英国大律师资格第一人。李鸿章慕名把他招至北洋,用他熟悉万国公法的优势帮办外交事务。

东京皇宫,明治天皇召见刚刚上任的枢密院议长伊藤博文。

光绪十一年(1885年),伊藤博文作为全权大臣到中国谈判,与李鸿章商讨因朝鲜政变引发的中日纠纷,双方约定同时撤兵,以后朝鲜有变,任何一国出兵需要照会另一国,这使日本在朝鲜获得了与中国同等的出兵权。日本朝野对此非常满意,伊藤博文声名鹊起。随后日本参照欧美实行内阁制,伊藤博文出任首任内阁总理大臣。日本的政治改革从未停步,伊藤博文出任内阁总理大臣后,又主持起草和制定确立日本天皇制度的《明治宪法》及相关法案。宪法完成后,今年又推行枢密院制,由国家元勋组成枢密院,作为天皇的最高国务顾问机构,伊藤博文辞去内阁总理大臣,出任枢密院议长。

伊藤博文出任枢密院议长，正是天皇所期望，因为他不仅有出洋留学经历，而且掌握政府权力中枢十几年，同时又擅长外交，尤其擅长与中国打交道，与中国最具外交权威的李鸿章私人关系很好，可以说，内政、外交无所不能，正是天皇顾问的最佳人选。

正如伊藤博文所料，明治天皇召见就是为了长崎事件。

"今天召见爱卿，是为长崎事件。国人都以为，长崎事件完全是因中国水兵无理取闹又打伤我国民而起，错在中国，主张对中国强硬，甚至有人主张不惜一战，军方也有人持此言论。而中国却认为是我国警察有预谋地伏杀中国手无寸铁的水兵，责任完全在我方，态度十分强硬。驻华公使发来电报，李鸿章此次非常强硬，甚至有不惜一战的可能。如果为了维护我国颜面，维护国民士气，朕也觉得应当对中国强硬下去，甚至不惜一战。可是又有人劝朕当前不应当与中国开战，因为我们实力尚不足以必胜。朕深感矛盾和困惑，想听听爱卿的高见。"

伊藤博文并不回答天皇的发问，而是反问道："在回答陛下的垂问前，臣先请教陛下一个问题。当初陛下提出要'开万里之波涛，布国威于四方'，吉田松阴则提出日本应当自强不息，北取朝鲜，南取台湾，进而夺取满洲，以至于整个中国，不知陛下这番雄心壮志还有没有？"

时年三十六岁的天皇，坚定、刚毅而富有激情，他大声道："爱卿这是什么话，开万里之波涛，布国威于四方，是朕毕生所求，如今我们正向这个目标迈进，怎么会丢失了这份雄心壮志？难道朕有什么地方做得不对，让爱卿以为朕是个沉湎于享乐、不思进取的昏君吗？"

"不，臣不敢有这样的揣测。臣的意思是，我们的一切内政外交如果都以是否有利于实现陛下的雄心壮志为标准，那一切争论都可迎刃而解。"伊藤博文解释道。

"哦，应当如此。请爱卿直言。"天皇对伊藤博文的开场白非常满意，而且急迫地想知道他的意见。

"我的意见就一句话，我国不宜对中国强硬，此时对中国强硬，对其有利，而对日本有害，而且将直接影响陛下的自强大业。"伊藤博文非常冷静，语言条理清晰，"以我对中国的了解，中国君臣依然抱着天朝上国的陈旧观念，真正能放眼看世界的并无几人，虽然早在四十多年前林则徐就提议应当向西洋国家学习,但至今大多数人与四十年前的思想并无多大变化。所以,中国一直有个有趣的现象,他们挨次打,就振作一下,但稍微和平,便又不思进取。我曾经比喻,中国就像一只没睡够的狮子,用针扎一下,它会翻一下眼皮,但很快又会闭上眼睛。"

明治天皇笑了笑:"爱卿的比喻非常形象有趣。"

伊藤博文接着道:"近三十年的实际情况,恰恰说明臣的这个比喻非常准确。二十多年前,英法两国打进中国都城,火烧圆明园,中国受此刺激,开始设立总理衙门,推行洋务,办了一些兵工厂,仿造洋枪洋炮。八年前,俄国人占据伊犁不还,中国人又一次割地赔款,这才办成了电报。三年前,中国人因为越南问题与法国开战,结果福建水师全军覆没,他们这才决心大办水师。陛下请想,如果我们此时强硬,让中国人再次感到危机,是不是催其速强?果真如此,那么我们要想赶超中国,将需要更长的时间。最明智的办法,应该是再给中国数年平静,我敢断定,中国便会有人站出来阻止试图振作的努力,像李鸿章这些谋国者将受到更多的掣肘,中国又会舒舒服服地睡着。"

"为什么会这样?"天皇对中国如此"嗜睡"颇不理解。

"臣觉得有三个原因。一个就是刚才所说,中国人依然以泱泱大国自居,不屑于学习列国,从高官大员到孜孜于科举的学子,腹中所装不过是数千年之古书,据此为治国要典,所以视西洋文明为'奇技淫巧',以为不必学,也不能学。第二个原因,则是中国的洋务自强从来没有一个坚定的态度、明确的目标和全国一致的规划,通常的情况是像李鸿章这样的封疆大吏提出一件事情,进行反复讨论,反复权衡,往往是今天准了,明天又改了主意,今天进两步,明天又退一步。比如早在十几年前,李鸿章就提出修筑铁路,可是至今不过修了不足百里,连我国的十分之一都不到。第三个原因,则是中国官场利益分割严重,各打各的算盘。从朝廷来讲,从前洋务派与清流派互相掣肘、彼此攻击,如今亲政的皇帝与训政的太后也正在暗中形成各自的势力。地方大员更是心存畛域之分,就是所谓的洋务派也各有派系。中国这样一个大国,如同一艘巨舰,掌舵的人目光短浅,又没有明确的目标,一会儿东,一会儿西,只能是瞎折腾,而难以真正自强。这也是上天给日本的机会。"

"话虽如此,中国的自强运动毕竟已取得了很大成就。比如北洋水师,听说如今是亚洲第一。"明治天皇谈到这个话题,便一脸忧愁。

"是的,中国的北洋水师的确远超过我们。他们舰队的总排量是我们的两倍,尤其定远、镇远两舰,排水量都是七千余吨,我们排水量最大的战舰也不及它的一半,它装备的主炮十二英寸,威力十分惊人。这也是我们现在不能与中国开战的另一个重要原因,此时开战我们的舰队必败无疑,作为一个岛国,海军战败,就等于举国战败。"

闻言,明治天皇叹息了一声:"中国的国力毕竟比我们强大得多,他们四万万人,一人献出一两银子,便是四万万两。"

伊藤博文又劝慰道:"陛下不必过于忧虑,国大不等于强大,就像肥胖不等于强壮。我们正在与中国赛跑,中国无论国土面积还是人口都远远超过我们,可是他们没有我国万众一心的图强精神,最终我们会赢得这场赛跑。但我们需要时间,我们现在最期望的就是中国继续酣睡,而我们则应当速节冗费,多建铁路,赶添海军,数年后,我国官商皆可充裕,海陆各军都不输于中国,那时的亚洲就不是现在的形势。而我们一旦与中国发生战争,则必须一战而胜,让中国永无翻身的可能。也唯有如此,大日本才能屹立于亚洲,布威于四方。"

"听君一席话,胜读十年书。为了日本国运,朕受得了任何委屈,只是国民的一片爱国赤诚,实在不忍拂逆。"明治天皇还是有些顾虑。

"国人的一片赤诚,不仅不能拂逆,还要善加发扬,要把他们的赤诚引导到举国自强上来。三景观舰刚开始建造,海军又提出了二期扩军计划,必须有巨额经费才能得以实现,而政府实在力不从心……"伊藤博文说出了自己的想法。

定远、镇远两舰装备北洋舰队后,日本惧于两舰的巨大威力,聘请法国设计师白劳易帮助建造战舰,专门对付定远、镇远。白劳易认为日本不能以巨舰对巨舰思路来对付定、镇两舰,那样投资太过巨大。他提出的理念是小舰巨炮,建议建造排水量四千左右的战舰,但要安装上比定、镇两舰更为巨大的舰炮。这一方案得以批准,日本决定建造三艘舰,并以著名的"日本三景"(宫城县仙台湾的松岛、广岛县广岛湾西南的严岛神社以及京都府宫津湾的桥立)将三舰命名为松岛、严岛、桥立。去年日本海军拨出七百多万元特别经费,启动了三舰的建造工程,再加新的扩军计划,海军经费缺口两千多万元。伊藤博文的意思是,应该通过发行公债,满足海军的造舰计划。

"好,朕也有此意。"明治天皇把一纸诏书递给伊藤博文,那是他亲笔书写的从内库拨款三十万日元作为海防补助费的明诏,"伊藤爱卿, 朕要以此向全日本国民表达大办海军的决心。"

"陛下平日生活已十分节俭,还要再拨库款,真是让臣等心碎。"伊藤博文读过诏书,眼睛有些湿润了。

明治天皇此时心情开朗,重新恢复了惯有的坚定、刚毅:"伊藤爱卿,让中国再酣睡的建议真是高明至极, 朕很受教益。朕决定要召见中国驻日公使,亲自为长崎事件向中国致歉,并决定从优抚恤中国伤亡者。"

伊藤博文劝道:"这些事情由外务省去办就行了, 陛下又何必如此委屈自己。"

"这谈不上委屈,是朕为日本的富强尽份心意。"明治天皇又有些孩子气,"这样,中国就能睡得更香甜,让中国的皇帝和太后都做个好梦。"

"我明白陛下的意思了,陛下的圣明可一举两得,既向中国示弱,又可激发国民的奋发意志。等陛下的明诏一发,日本国民无不愤慨,此时再颁布《海军公债征输条例》,我国万民必然踊跃认购。"

"还有,朕近期要去小学校看望师生,朕要让日本的孩子们从小就明白,一定要打败定远,打败中国!"明治天皇抬头望着前方,仿佛眼前就是一群孩子,"孩子是日本的未来,十年之后,他们中有许多人必定会成为大日本的陆海军战士,从现在起,就应该让他们懂得肩上的使命!"

长崎事件最后的处理结果,是彼此不再追究责任和是非,按照伤多恤重的原则互相进行了赔偿,日方共付恤款五万两千余元,中方付恤款一万五千余元。而且日本外务省还通过中国驻日使馆向清廷提交一件带有致歉性质的照会,表示此次事件是由于双方语言不通导致误会,日方对此表示遗憾和歉意。

对这个结果,慈禧心里还算满意,所以与醇亲王说起这件事情来,脸色比较温和:"这次日本人赔的抚恤款是咱们赔出的三倍,还算公道,毕竟咱们伤亡的人数也多。日本人总算讲了点道理。"

醇亲王恭维道:"总是太后皇上天威远播,才能威服倭寇。"

"日本人是被威服一点不错,大家都议论说,日本人是吃硬不吃软的德性。听说他们很惧怕北洋的定、镇两舰？"外面酒肆茶楼得意忘形的说法很多，盛传定、镇两舰只需十发炮弹，就可把小小长崎夷为平地。有李莲英沟通宫内外，这些能哄太后高兴的说法不难传入她的耳朵。

醇亲王解释道："定、镇两舰坚甲巨炮，的确令倭寇生畏，这也是倭寇没有胡搅蛮缠的一个原因。"

"看来这几百万两没有白花。老七，海洋水师这件事你办得有声有色，我也算放心了。"慈禧话题一转，"皇帝已经长大了，去年我撤帘归政，你们不肯放过我，非要我再训政数年。数年是几年？总要有个头！我已经辛苦了快三十年了，我是真心想把这个国家完完全全交给皇帝，我呢，也清清闲闲过几年舒服日子。"

光绪快满十六岁的时候，慈禧就数次表示要归政。醇亲王却几次力劝，理由是皇帝典学未成，还要多读书历练。等后来军机处正式奉旨，醇亲王才知道这件事情必须想个两全的办法。所谓两全，第一是担心慈禧是在试探年轻的皇帝是否急于亲政，如果让她得出这样的结论，皇帝和醇亲王都将大祸临头。所以，既要不违背旨意，又要表现出皇帝绝无急于亲政之意。第二则是醇亲王的私心，因为如果皇帝正式亲政，他作为皇帝的父亲必须回避，只能回家继续当闲散亲王。

他与孙毓汶、荣禄、翁同龢等心腹密议，想出了"训政"的主意，训政期间慈禧仍然可以在召见内外臣工的时候升座，前面设纱屏为障，凡是臣工的升降罢黜的人选，仍然按照垂帘时候的规矩，都要太后审阅，由太后发布懿旨，由内外臣工奏下。"训政"比之"听政"，不过是换汤不换药。而且训政的日期是"数年"，这就进退自如，完全看将来慈禧的意愿。她不止一次说过希望过几天清闲日子，不再为政务操心。她这样说，但醇亲王却不敢相信，所以这次他仍然跪地磕头道："皇帝年纪尚轻，为了大清的基业，无论如何还要请太后多辛苦几年。"

"辛苦总要有个头，皇帝再过一年多就十八岁了，十八岁还不大婚，在我大清前所未有。老百姓还有个成家立业的说法，如果皇帝大婚了我还要训政，外人不知道怎么说呢！"慈禧说得推心置腹，"老七，你也要为我想想是不是？我们年纪都大了，总要有一个地方去养老。你有北府，我呢？总不能一年四季闷在这紫禁城里。"

"臣一直靠在园工上,只是银子有些不凑手,幸亏李鸿章去年年底帮着从德国银行借了五百万马克,不过,也撑不了多少日子。臣正在想办法。"醇亲王这才醒悟,太后想说的还是修园子的事。

慈禧语气突然有些冷淡:"老七,你左手抓着水师,右手抓着园工,两项大差都在你手上,我早就说过,银子你协调了用,两面都不能耽搁。可是不能让外间说,为了赶园工又借了多少银子,如果那样,还不如停掉园工。"

"都怪臣无能,但请太后放心,园工一日也不会停。"

"我也知道你为难,都是花银子的事。皇帝就要大婚了,宫中多年没有喜事了,这件事要办得热热闹闹,银子该省得省,可该花的时候又不能不花。你告诉户部,先为皇帝大婚筹款四百万两,户部和外省各两百万两。着派李莲英总司大婚一切传办事件。"慈禧这话无异于头上响了一个炸雷,醇亲王一时有些蒙了。不仅仅因为四百万两巨款难筹,还在于派李莲英总司传办事件,实在出乎意料。李莲英越来越得太后的宠信,让他总司传办事件,意味着这笔钱的开销都掌握到了李莲英手里。

"老七,我的话说得不明白?"慈禧见醇亲王茫然跪在地上,有些不满地发问。

"臣谨遵慈谕。"醇亲王连连以头碰地。他退出大殿,刚开春的天气竟然出了一身毛汗,经风一吹,打了个冷战。这一激灵,人反倒清醒了些。他决定先与翁同龢商量通气,翁同龢是帝师,又兼着户部尚书。一个小太监奉命飞跑着去找翁同龢,请他到朝房去见醇亲王。

翁同龢的大部分时间是在宫内教授光绪读书。光绪已经亲政,但书房未撤,每天都要完成师傅留给的作业。醇亲王不能去皇帝的书房,又不宜让并非军机大臣的翁同龢到军机处,因此选择乾清门外的朝房作为会见之地。到了朝房,早就有太监侍候,醇亲王吩咐道:"我这里不用侍候,翁师傅到了立即请他进来,任何人不要打扰。"

大约一刻钟后,翁同龢到了,他一路小跑,额头上汗都出来了。两人熟不拘礼,醇亲王指了指炕桌对面:"叔平,坐。"

翁同龢是极为谨慎谦虚的人,哪肯与王爷平起平坐?他把一个圆墩挪到醇亲王对面,坐下问道:"王爷,上面又有什么差使交代下来了?"

醇亲王叹气道:"上头交代,先为大婚筹款四百万两。户部两百万两,外省报效两百万两。"

翁同龢安慰道:"四百万两不为过分,好在皇上尚未选后,等选后再确定大婚日子总有一年多的时间,户部想办法筹钱就是。"

"恐怕没那么多时间让你从容去办了,依我揣测,此话不传六耳,上面的意思是想先把这笔钱用到园子上。园工开销太大,上面犹嫌进展慢,差使实在难办。"

内务府不怕园子修得大修得好,所以挖空心思出了许多新鲜主意。太后对园子热心得很,亲自看图,亲自审烫样,审过了往往就是一句话:"这个不错,就照这样子造起来。"造起来是需要银子的,太后却从不说一句银子哪里来的话。

"难办也要办,太后辛劳二十余年,等皇上大婚正式亲政后,总要有个地方颐养。此事对皇上的重要不言而喻,王爷自然也清楚。"皇上已经亲政,而翁同龢特意点出"正式"二字,意思其实很明白,以一座颐和园换慈禧完全交权。

醇亲王摇了摇头:"我自然明白,可是北洋经费已经挪用上百万两,我正愁着如何把欠账还上,不料又有这四百万两的交代,真要让人上墙揭瓦。"

"王爷,北洋那边你不用急,少荃有的是办法,他手下有轮船招商局、开平矿务局、电报总局,去年又新开漠河金矿、热河铜矿,还有淄川铅矿,按他的说法,都是求利的行当,要论腾挪的余地,北洋赛过我这户部尚书。"翁同龢对李鸿章张口闭口不是求利就是求富甚为鄙夷,而且又有老哥被李鸿章一纸奏章参倒的私怨,因此说到北洋的事业,不免讽中带刺,"这些不去说它,倒是北洋水师应该多下点功夫约束一下官兵,不要再闹笑话。王爷听说了吗?外面都传丁军门好嫖,是专门驾着军舰去长崎嫖妓的。"

"这真是无稽之谈!让丁禹亭率北洋四舰去长崎是李少荃与我商议好的,是为了展示一下定、镇两舰的实力,让日本人不要轻举妄动。用李少荃的说法,是不战而屈人之兵。"闻言,醇亲王有些不悦。

"王爷,可是你知,我知,外人未必能知,他们只知道北洋官兵在日本嫖妓,被人打死打伤四五十人。北洋必须好好整顿军纪,不然会闹更多的笑话。听说丁军门和方管带为争一个妓女,两人闹得不痛快。"翁同龢又不知从哪里听来的故事。

"我已经给李少荃去信，要他严加管束。不过我要替李少荃说句公道话，叔平你没带过兵，武人好嫖，实在禁无可禁。何况水师官兵一出海就是两个月，又不能像陆军，每天可以回家。"醇亲王顺带为李鸿章辩解了一下。

"外面的说法不仅这些。"翁同龢对北洋成见很深，"李少荃是一头扎进钱眼里，北洋水师官兵也很受影响。有人说，北洋军舰私自夹带，各舰管带争相做买卖，把舰队当成了走私商船。从朝鲜的高丽参，到营口的大豆，上海夷场的洋玩意，他们什么也倒腾。"

醇亲王摆了摆手道："叔平，道听途说的话我不信，你最好也不要信。看人挑担不腰疼，李少荃主持北洋，着实不易，可是掣肘、等着看他笑话的人也多得很。我们能拉一把，就拉他一把，不能拉，声援他一声也是应当的。我知道你看不惯少荃的一些做派，可是，暂且把个人恩怨抛到九霄云外吧。"

翁同龢知道醇亲王对李鸿章十分维护，没想到连一句批评李鸿章的话也不愿听。这个话题两人无法继续下去，醇亲王转到另一个话题："太后把大婚传办事件交给李莲英，这实在出乎我的意料，或者是内务府，或者是户部，都说得过去，从来没有把这样大的事情交给太监去办理的先例。"

翁同龢有些书生气，但有些事情却又看得十分明白，他反问道："王爷，内务府和李总管难道有什么区别吗？"

李莲英和内务府关系极密，这在宫中已经不是什么秘密。三海工程和颐和园工程，都少不了李莲英与内务府的勾连。

醇亲王抿了抿唇道："当年六哥杀了小安子，那可真是大快人心。李莲英可不要得意忘形。"

"王爷，此一时彼一时。那时候有东太后，可助六爷一臂之力，如今王爷却是孤掌难鸣。"翁同龢连连摇手，又附到王爷耳边道，"何况再过一两年，皇上就正式亲政了，小不忍则乱大谋。得罪李莲英倒没什么，得罪了上面就是天大的事。为了皇上，您也得一忍再忍。"

醇亲王点头道："这个我自然明白，说句公道话，李莲英办差为人还是很不错的，不仅太后夸奖，就是在宫女太监中口碑也相当好。他可不像小安子那样张狂，惹得人怨沸腾。"

"此人不但不能得罪，还要抓在手中，为王爷所用为妙。"

现在所做的一切，都是为了皇上将来能够顺利接掌大权，翁同龢的劝，醇亲王也听得进,何况,他也不过是心中愤愤罢了,要说采取断然措施,他连想也没想过。

翁同龢从怀里掏出几页纸又道:"王爷,万岁爷的学问是日见精进。这是皇上最近的诗作,臣抄录了下来,请您过目。"

第一首写的是:

> 畿辅民食尽,菜色多辛苦;
> 遥怜春舍里,应有不眠人。

"王爷,这是前些日子臣给皇上讲了直隶、山东旱荒的情形,皇上有感而作。皇上毕竟还是个少年,竟然有这样一份爱民惜民的心意,实在令老臣感动。"

"都是翁师傅辅佐教导之功。"醇亲王也很是欣慰。

翁同龢谦虚道:"皇上天纵聪明,臣等哪敢贪天功!王爷您再看第二首。"

第二首是光绪皇帝巡视颐和园工程后而作,写的是:

> 有道唯闻守四夷,筹边端合驻雄师;
> 昆明池水无多地,安用区区习战为。

这显然是对昆明湖里练水师的不满。本来昆明湖水师就是挂羊头卖狗肉,为的是以建水师的名义用银子方便。可是光绪皇帝终日居于书斋,如何能够看透这其中的玄机,又有何人会告诉他?

看了这首诗,醇亲王脸色非常凝重,为了表示郑重相托,他拱手道:"叔平,这种诗千万不要流传出去,尤其不能传到上边。切记切记!这其中的苦衷皇上难以尽知,全靠你从旁相劝。皇上是最听你的话,也只有你最了解皇上的心思。我和福晋常说,要论起对皇上的关心和照顾,我们夫妻真是自愧不如。他从四岁进宫,饿了病了全靠你,我们这当父母的,真是……"说到这里,醇亲王情不自禁,哽咽得说不下去。

醇亲王说得一点不假,光绪帝进宫后,慈禧有意割断他与亲生父母的联系,让太监宫女还有帝师们都让皇上知道,她就是皇上的皇额娘。醇亲王夫妇要想见儿子一面,也是难上加难。慈禧也想对光绪好,但是没有抚育幼童的耐心和温情,又加上吸取了同治帝不成器的教训,对光绪要求非常严格,动辄呵斥。这让光绪从小就胆小怯懦,听到慈禧的脚步声就紧张,后来甚至听到锣鼓声也会紧张得手心出汗。

太监是最势利的小人,他们见太后并不把心思放在小皇帝身上,便偷奸使滑,不好好照顾。皇帝进膳的时候摆了一桌子菜,但能吃的却没有几个,有些菜已经酸腐不能食。皇帝吃不饱,有时跑到太监的住处翻箱倒柜找吃的。有几次饿着肚子上学,翁同龢见他读书有气无力,便问原因,这才知道皇上经常挨饿。有时候皇上病了,太监只让他喝点水,连太医也不请。有一次翁同龢见皇帝脸色发红,一摸额头滚烫,就给皇帝放假,让太监仔细照顾。次日太监把皇上送到书房,翁同龢见皇上精神依然不佳,追问之下,太监竟然连太医也没请。他勃然大怒,把总管太监训斥得不敢抬头,而且晚膳时递牌子请见,求慈禧撤换了毓庆宫的总管太监。

在幼年光绪的心里,翁师傅就是他的保护神,有什么难处,翁师傅总会为他出头。翁同龢是俗语所说的天阉,不能生育子嗣,他的一腔父爱完全倾注到光绪身上,两人虽是师生,其实情比父子。有一年翁同龢常熟老家的房子需要维修,请假两月回籍。翁同龢临走时,光绪就闷闷不乐,在这两个月中,光绪终日无精打采。等翁同龢回到京城,来不及安顿就进宫觐见。光绪一见到他就哭着扑到他的怀里,师生两人抱头痛哭,那份感情胜过亲生父子。光绪愿听翁同龢的课,对翁同龢的话也最能听得进。需要对光绪有所劝谏的时候,大家都推请翁同龢出马。所以,规劝皇上不要对园工不满的差使,醇亲王也愿郑重相托。

翁同龢当仁不让,拱手道:"王爷放心,这也是职责所在。"

第二天上午,光绪帝读完书后,说起为大婚筹款四百万两的事情。

"翁师傅,听说定远舰花了还不到一百万两,大婚就要花掉四百万两,是不是太多了?"光绪帝并不知道这几百万两未全部用到大婚上。

"皇上,四百万两并不算多。现在园工上缺银子,如果大婚的银子暂时用不到,也可先应应园工上的急。醇王爷为银子的事天天发愁。"翁同龢解释道。

"翁师傅,园工上花的银子已经有几百万两,听说一千万两恐怕也不够用。这是不是太奢靡了？"光绪帝对园工一直并不赞同，但除了在翁同龢面前，他从来不会流露，"师傅给我讲授《治平宝鉴》《资治通鉴》都反对奢靡，尤其反对大兴土木。大学士倭仁当初还专门上过折子，反对三海的园工，而且太后和先帝都采纳了他的建议。如今不但修三海，还要兴建清漪园，工程是不是太大了？"

"皇上，此一时彼一时。当年有长毛和捻匪作乱，云南有英国、越南有法国虎视眈眈，所以不能兴园工。如今天下太平，又当别论。而且，我朝以孝治天下，园工是为太后颐养天年，是皇上尽的一份孝心，算不上奢靡。而且太后为国操劳，撤帘归政后享几天清闲之福，天下万民也无不如此盼望。如果等皇上大婚后亲裁大政了，却没有太后颐养的地方，皇上想想，是不是心里有愧？"翁同龢决定利用这个机会，打消皇上反对园工的念头。

"对皇爸爸尽孝心，也是我一直想的。不过，银子能省的还是应当省。李鸿章上折子说，各国水师都没有一劳永逸，都是及时补充新式兵舰。如今欧洲各国水师都开始配备高速巡洋舰，李鸿章希望北洋水师也应当随时添置，不然舰速低于人家，胜不能追，败不能撤，朕觉得他的话有道理。朕最近一直在读老师推荐的《海国图志》，欧罗巴的英国、法国等，很早之前就建立了水师，他们能在世界各地用兵，靠的就是海洋水师。朕又看几年前的上谕，说北洋成军后，还要再建南洋水师和福建广东水师，都要花银子，都需要师傅去想办法，能省一分则省一分。"光绪帝的一门心思都在国事上。

"皇上说得不错，但事情总要分轻重缓急。再有一年多，皇上就要大婚了，如果那时候太后的园子还不能入住，皇上如何对得起太后？太后陪着皇上在紫禁城中受闷热，皇上如何能够心安？如果太后移居凉爽的清漪园，皇上在宫中办公是不是也能更加专心致志？"翁同龢恨不得直抒胸臆。

光绪帝并不能完全领会翁同龢的言外之意，但他信任翁师傅，因此点头表示赞同。

"等园工完成了，皇上亲政了，那时候再拿出几百万两建海军，也为时不晚。如今北洋水师的实力已经十分可观，定、镇两舰已经令日本胆寒，因此京畿安危暂时可保无虞。园工、海军都是醇王爷在办理，皇上大可放心，银子的事情您也不必去管，有醇王爷和臣想办法就是。皇上抽时间也多到园上看看，讨太后个欢心，也算是皇上尽的一份孝心。"

光绪帝再次点头,表示翁师傅说得有道理。

"臣所担心的,是北洋水师的军纪。一支军队如果军纪败坏,士气低落,枪炮再先进也归于无用。北洋正在制定《水师章程》,应该借此机会让他们好好整顿。将来他们拜上折子的时候,皇上不妨多留心。"

光绪帝回道:"这件事情不必等到他们呈递《水师章程》,朕要亲自拟道旨意给李鸿章,让他好好整军。"

李鸿章

张鸿福 著

③ 帝国烽烟

长江出版传媒　长江文艺出版社

目 录

第一章

醇亲王巡阅北洋　李莲英循规蹈矩

这天早朝后，慈禧对醇亲王道："老七，北洋又有四条军舰从外国回来了，李鸿章奏请朝廷派人去巡阅的折子你看过了吧？"

"看过了，军机上说已经向太后请旨。"醇亲王应道。

"旨意很快就有。我的意思，你是海军衙门大臣，这趟差使非你莫属。"慈禧说罢，意犹未尽的语气。

"臣遵旨。"醇亲王微微弓一弓腰，"只是巡阅海军，臣还是头一遭，只怕办砸了差使，太后有没有特意要吩咐的，请训示。"

"我看与陆路阅操也没什么两样，自然是为了提振士气、张我军威。"慈禧一副欲说未说的样子，"要说特别，海军办了十来年，花了上千万两的银子，有人说卓有成效，也有人说三道四，到底办得怎么样，总要亲眼见了才好说。"

醇亲王心生警惕，这次巡阅是要对北洋水师下个评语，这个评语却不好下。他是海军衙门大臣，下评语便不能超脱。何况太后疑心甚重，总担心臣下欺瞒。三海和颐和园工程经常派李莲英去现场勘验，就是他在神机营南苑阅操，也派太监悄悄去看了多次。巡阅北洋水师这样的大事，仅自己回奏如何能够令她放心？

慈禧见醇亲王心有所思，就问道："老七，你也算知兵的王爷，无论水陆各军，道理是一样的。是好是坏，你总看得明白，难道还有什么顾虑？"

"回太后的话，臣没什么好顾虑的。刚才臣在想，海军毕竟是新鲜事物，太后不能亲见实是一大憾事。臣笨嘴拙舌,恐怕不能一一向太后描述。可否请李莲英随同前去? 一则可以将巡阅所见新奇事物,慢慢讲给太后听;二则也是见识一下风涛之险,将士之苦,将来能好好当差。"

醇亲王自判笨嘴拙舌,的确不假,要讲应急的本领,嘴上的功夫,的确非他所长。他所说的这两条理由,第一条还勉强说得过去,第二条则有些驴唇不对马嘴,让太监去见识风涛之险,与他们好好当差如何联系得上? 但这个主意却不错,慈禧好像也有此打算,便十分痛快地答应了:"这个主意不错,就让李莲英同去。"又对门外喊,"让李莲英过来。"

李莲英就在殿外侍候,进门俯首道:"奴才侍候太后。"

"七爷让你陪他去巡阅北洋海军,你还不谢过七爷?"

"太后,奴才不敢。我朝家法森严,太监不可预问政务,更不可私自出都。"李莲英连忙跪下。

慈禧训诫道:"你还知道规矩,可见七爷没白疼你。是七爷请你去,也就不算私自出都。再说,你也算是去侍候七爷。"

"侍候七爷是奴才的福气。既然是侍候七爷,奴才恳请太后再派个护卫同行,这样外间的闲话就少一些,奴才也就不致太惹人注目。"李莲英请求道。

慈禧点了点头赞赏道:"这个主意也不错,看来你已经有人选,你打算带什么人去?"

李莲英实话实说:"奴才不敢瞒太后,奴才的确有私心。东华门上的三等护卫塔尔图很有眼力见儿,而且他阿玛是当年亲手捉拿肃顺的纳海,平时又常托奴才关照他儿子,奴才想借这个机会带塔尔图出去开开眼,也算对纳海有个交代。"

"好,那就是他了。"慈禧丝毫没有考虑就同意了。

醇亲王出宫回府,他即将巡阅北洋水师的消息就传开了,令大家惊异的是,储秀宫总管太监李莲英竟然也随行。同日还有一道慈谕:"醇亲王奕譞、醇亲王福晋,均着赏坐杏黄轿。钦此。"

下午,谟贝勒前来拜访。谟贝勒是嘉庆第五子惠端亲王绵愉的第六个儿子,喜欢诗文应酬,与文人墨客、清流翰林多有交往,与醇亲王关系也十分密切。他一进门,醇亲王已经猜到他所为何来。

果然,他开口便道:"七哥,你要巡阅北洋了?我不明白,你这个海军衙门大臣去巡阅是名正言顺,李莲英一个无根之人却也要出都同去,这算怎么回事?这些阉寺越来越不像话了。"

"是我恳请太后让李莲英随行。"醇亲王连忙声明。

"那又是为何?"奕谟有些不相信,"七哥难道不记得唐朝太监监军之祸、前明阉寺祸国的教训吗?"

"我只是想让他们这些深宫中人出去见见世面,回来给太后解解闷。"醇亲王勉强解释。

奕谟当然不信:"七哥忘了安德海的教训了?六哥当年诛杀安德海,人心大快。七哥如今却纵容阉寺气焰,真不知七哥是怎么想的。原来六哥主政时大家都怪他太过迁就,如今大家觉得七哥更迁就。三海工程没人问,颐和园工程也都装聋作哑,朝廷大兴土木,哪里是振作求治之道!现在是清流中没有倭相,主政的七哥也没当年六哥的敢于担当。"

这话真让醇亲王无地自容。当年他是以敢于担当的形象入主中枢,可当他当上"太上军机"后,发现对洋人强硬不是空口白话就能做到的,而纱帘背后的女主原来是那么难侍候,他发觉自己当年的强硬完全是无知无畏,当他面对国之安危和擅权的慈禧时,发觉自己比六哥更懦弱。但他嘴巴上却不想承认,强辩道:"我与六哥的身份不同,有些事情不能不格外慎重。"

"七哥的难处我当然明白,不过,你越是避嫌越不能释嫌。"奕谟话题一转道,"上面突然赏给杏黄轿,七哥这次要带去天津吗?"

醇亲王连连摆手:"逾格之赏,何敢承受!杏黄轿只有内廷公主有之,外藩亲王何敢僭越,我正打算上折请太后收回成命。"

"七哥有这份戒惧心就好了,当年的年羹尧也曾经受异数之恩……"奕谟提醒道。

当年雍正为了试探年羹尧是否有不臣之心,屡加异数之赏,年羹尧不知戒惧,结果惹来杀身之祸。

慈禧赏杏黄轿,醇亲王只想到这是逾格之赏,却没往深处动心思。旁观者清,奕谟的话让他陡然警惕,回想近来的一些事情,觉得奕谟的猜测的确有道理。他诚惶诚恐道:"老六,从前我想简单了,皇上快亲政了,我该如何急流勇退?"

见醇亲王如此惶恐,奕譞反而有些不忍心了:"七哥,我只是提个醒,你的忠心上头总是有数的。我的意思你也不必太避嫌,该反驳时就反驳,该挺直腰板时就挺起来。你是事实上的辅政大臣,不能凡事都由着上头来。"

这话听上去就矛盾,而且如何挺直腰板?说起来容易,办起来就不是那么回事了。奕譞告辞后,荣禄接踵而至。

"仲华,李总管跟我去巡阅北洋,是我向太后恳请的,这事,我该没办错吧?"醇亲王向荣禄求证。

"当然没错。王爷不开口,恐怕太后也会做此安排。"荣禄赞同道。

"何以见得?"醇亲王也有这种预感,所以急于得到证明。

荣禄类比道:"王爷只要想一想,南苑阅操上面都悄悄派人去,巡阅北洋这样的大事,太后能不派自己信得过的人吗?"

"我难道还不值得太后信任吗?"每想至此,醇亲王就觉得委屈和不解。

"王爷不必苦恼,太后的性情,永远不会有完全信任的人。想明白了这一点,王爷就会释然。"

"你说得不错。这大约就是赵家天子说的,卧榻之侧岂容他人酣睡,无论这人对他有没有危险。我也觉得上面大约早有让'皮硝李'去的想法,只是现在我要弄明白他去的目的是什么。"李莲英出身制皮子的贫苦人家,终日拿硝水去揉皮子,因此人称"皮硝李"。

"太后派李莲英同行,首要的就是监督您。您手握神机营,如果再与李鸿章有非同寻常的关系,太后如何能够安枕?其次就是看一下北洋水师,花了这么多银子值不值。至于见识一下新奇,给太后解闷,这其实是最不重要的。"荣禄分析道。

"那么,应当让李少荃把北洋水师的军威好好展示一下,让太后觉得这钱没白花。第二条,那就是不可张扬,随行的人必须守规矩。"醇亲王也说出了应对的办法。

"王爷性情就不是张扬的人。需要约束的其实是随行的人,尤其是宫中出去的太监。太监出都本来就令人侧目,如果像当年安德海出都那样一路招摇,少不了有言官要上折子参奏。"荣禄话锋直指李莲英。

"对极了,我打算出个告谕,让随行的人规规矩矩,不要闹出笑话来。你帮我起草个文告,到时候给他们每人一张,做个提醒。"

"其实王爷只要抓住两件事,就出不了大毛病。一是不要索需地方,人吃马嚼全部自备,即便有人想趁机索需也没了借口。二是严禁随行人员私自接触地方官,不给他们索贿受贿的机会,尤其是'皮硝李',不要让他捣什么鬼。"

"好,临行前厚加给饷,出行的嚼裹全部自己负担。至于'皮硝李'嘛,我把他放在眼皮底下。"醇亲王拿定了主意。

荣禄又补充道:"这样做还有一个好处,避免'皮硝李'与外官接触,省得他听到不该听的,到时到太后面前乱讲,无论对王爷还是对李少荃都不好。"

"对,李少荃在北洋不容易,做事多的人受的批评也最多,别让别有用心的人在'皮硝李'前乱告状。"醇亲王心里总算有了底,心情稍轻松了些,不过对奕谟的话仍然不能释怀,"仲华,刚才奕谟来过了,他有些怪我太过软弱,该顶的要顶回去,不能一切都由着上头。他还拿出当年六哥反对三海工程的例子和杀小安子的事来比较,我真有些无地自容。"

"王爷,谟贝勒是站着说话不腰疼。今昔形势不同,如何能够相比?当年内忧外患,反对修三海有过硬的借口,如今虽不能说四海安澜,但国家安定却是前所未有;那时候净臣里有倭文端为首的清流、大儒,如今清流已经烟消云散,又有谁肯出头逆上头的龙鳞?最重要的,那时候东宫还在,她虽然不善言语,但在大事上却毫不含糊,而且地位尊于西宫,只要占在理上,西宫不能不有所收敛。试问王爷,当年六爷诛杀小安子、反对三海工程不都是亏了东宫施以援手?王爷如今可有这样的援手?"荣禄是醇亲王面前的红人,他的荣华富贵也都系于醇亲王一身,他的立场和态度与奕谟又有不同,他最不愿意醇亲王在太后面前失势。

"的确没有。"

"所以,王爷不可为浮言所惑。皇上顶多再有两年就要大婚,那时候上面必然要完全归政,不然如何对天下人交代? 等皇上顺利亲政,王爷您便修成了正果, 这些年来的如履薄冰便没有白费。如果王爷这时候非要扫上头的兴,您对富贵就算不在意,连累了皇上不能顺利亲政,那又是何苦来哉!"荣禄把利害说得十分清楚。

"你说得有道理,顶多再过两年我就急流勇退。别人误会也罢,埋怨也罢,我都不计较。眼下一是辞杏黄轿,二是告谕随从人员的训示,都劳仲华大笔。"

两人就此进行商酌,荣禄领命而去,晚饭前就来交差。辞谢杏黄轿是官样文章,情词恳切就足矣,醇亲王匆匆看罢,就让文案去誊录。《醇王出都巡阅严饬随从人等各谕》共有三份:

管事处传奉爷谕,交管事处:此次赴天津查看海军,事属创始,本府随往人众,必当恪守历次诫谕,谨慎体面,除本分差使外,不准干预他事。着派怀他布、湖图哩、明顺、吉成实力稽查,无论事之大小,务须一一禀知,不准少有瞻徇及私出主见等情弊,果能遵守传谕,回京后优加奖励,若稍不遵循,无论事之值与不值,何时发觉,即将该四员交地方官递解回京,从重惩办。此谕。着管事处于随往之官员人等及首领太监,每人各放一张。特谕。

为剖切晓谕事:照得本爵堂此次前赴天津,因看海军船只、炮台,所有随带章京等员,随同总办由陆路行走,车辆马匹务当严加约束,免滋弊端。且沿途经过地方,正值麦初秀穗、大田播种之时,务循大路行走,不得任意驰骤,致有践踏田畴情事。其本爵堂随带之护卫、戈什哈、并兵人役,及总办、章京各员随带之戈什哈、跟役、车夫人等,虽分前后两起,着统归总办管辖查访,倘有前项情事,一经查出,或被农民告发,即行从严惩办,决不姑宽。切切。特示。

谕:此次赴津,除赴旅顺口等处系李中堂饬备厨房外,其往返途中及在津数日均由口分自买食物,马匹草料亦均自备,一切概不由地方官供应,更不准稍有需索,致干惩处。着总办、帮总办于起程之先,通行晓谕,俾归划一。再,抵津后,地方文武各员及各营统领、各局官员等,令赴营务处报到,投递职名。倘此内生有弊端,擅收银物及请托私情等事,唯将翼长祥普、明惠立即发折严参,并将总办、帮总办附参,决不姑息徇纵。至本爵堂府宅护卫家人等,已自行严加钤束,如仍有倚势招摇,或假借名目肆行欺骗,总办、帮总办及营务翼长务刻即禀知,勿稍瞻衍。特谕。

醇亲王看罢很满意，稍改几笔，便交由王府文案处印制备发。

李鸿章接到会同醇亲王巡阅北洋水陆各军的上谕后便把周馥叫来，两人密议一上午。整个巡阅的方案，李鸿章总结为八个字两句话，一是"盛陈军威"，把北洋水陆各军的实力展示出来，让朝廷觉得钱花得值；二是"礼敬有加"，就是让醇亲王一行所到之处都受到礼遇，但又不能逾制，这是醇亲王在信中一再叮嘱的。

周馥保证道："中堂放心好了，我与天津镇郑总戎、水师丁总戎还有营务处诸公仔细商酌，拟出方案再请中堂过目。"

天津镇郑总戎即是指天津镇总兵郑国魁，丁总戎即是指北洋水师的丁汝昌，因为醇亲王此次巡阅水师为重点，但同时巡阅陆军、炮台，因此水陆各军都要预备。

两天后周馥便拿出了方案呈请李鸿章阅，唯有一条特意请示："水师交战，双方军舰皆在行驶中，因此命中率并不太高，有时开十几炮未必有一炮能中。可是如果以此请王爷阅操，局外人不懂其中道理，或许会有误会，以为战斗力不强。丁总戎的意见，叫舰动靶不动，或靶动舰不动，这样命中率会高一点。"

"届时列国水师少不得前来观操，会不会让他们说三道四？"李鸿章有些担忧。

周馥回道："我问过丁总戎，他说我们是阅操，不是实弹演练，列国水师还不至于有什么说法。"

"好，那就舰与靶一动一静，届时如何操练，由丁禹亭视实际而定。总之既要盛陈军威，又不要让王爷看出破绽。"

周馥原来对北洋水师统领丁汝昌成见颇大，但近年与他交往增多，发现此人虽是陆军出身，但这些年刻意学习海军，并不像外间所传是门外汉。而且他为人谦和，能够居间协调舰队中闽籍与粤籍官兵的矛盾。而北洋舰队中那些少壮军官骄气太重，个性刚强，实在没有人可胜任北洋水师统领一职。之后，周馥对丁汝昌的看法大为转变，觉得北洋水师由丁汝昌统领也算是恰当的人事安排。

等方案确定后，周馥亲自去京城请醇亲王审阅。醇亲王着眼的是"不招摇、不逾制",因此对一些过繁的礼节加以删减。又特别叮嘱,天津海光寺行辕所陈设器具皆取朴素简便,一切秾丽及黄、赤诸色,概置不用。

醇亲王一行的计划是从京城赶到通州后,分水陆两路赴天津。四月初六,李鸿章先后命制造局总办潘骏德、水师营副将郑崇义等率舢板三十多只,座船三十余只,小火轮两艘,伙食船五只,沿水路前往通州迎候;又派督辕武巡捕杨福同、萧万有从陆路赴通州,照料由陆路来津车马。

四月初十上午,陪同巡阅的帮办海军正红旗汉军都统善庆、海军衙门文案总办副都统恩佑先行出都,为醇亲王打前站。随从二十余人、王府内外随侍戈什哈等四十余人、马七十余匹由陆路赴天津。

醇亲王一行包括海军衙门、神机营文武官员,戈什哈,兵弁,夫役,王府护卫,太监等一百余人,十一日一早骑马行四十余里,九时多到达通州。醇亲王穿着五爪金龙石青褂,头戴三眼花翎宝石顶凉帽,身后是东华门三等护卫塔尔图,还有给他端着烟袋的三品总管太监李莲英。不过,李莲英的顶戴却是六品,这是他的主意:"奴才是太后打发来侍候王爷的,三品顶戴太过招摇。"

早已候在码头的长龙座船见醇亲王驾到,立即升起巨大的"帅"字旗。醇亲王登上座船,由小轮船拖带,水师营副将郑崇义带着舢板三十余只前后左右护行,沿河下驶。一路上所有船只全部贴岸停泊,王驾过后才准行船。沿岸都有直隶驻防绿营兵布防,醇亲王驻泊休息,驻地军官便早早到码头跪迎。无论官阶大小,醇亲王一概到船头立而望之,夜里则秉烛而眺。

十三日上午九时,醇亲王的长龙座船到达天津。各军统领营官均行装挂刀,领队在二十里内外沿途跪接。李鸿章坐小轮船出迎,到浦口登上醇亲王的长龙座船,跪请圣安。醇亲王答称"圣恭安",然后拉起李鸿章,握着他的手不放,连道:"少荃辛苦了。"

两人说着话就到了天津北门外红桥,弃舟登岸,先到天津的醇亲王随行人员,直隶提督、天津镇总兵、直隶布政使、按察使、长芦盐政、天津道、天津营务处、支应局等处四十余人立岸恭迎。醇亲王含笑向大家点头道:"辛苦诸位了!"然后乘黄鞯四人肩舆由北门进城,再出南门,到达海光寺行辕。

海光寺原名普陀寺,始建于康熙年间。后来康熙帝南巡,驻跸天津,见此地庙宇宏阔,兴会所至,赐名海光寺。不但赐写了匾额,而且御书两副对联,一副是"香塔鱼山下,禅堂雁水滨";另一副是"水月应从空法相,天花散落映星龛"。寺庙因此名声大噪。随后进行了扩建,并专门建了御书楼,把康熙御书对联刻制在柱子上。此后乾隆皇帝下江南,数次驻跸天津,每次都有御笔题赠,陆续御书匾额"瀛蠕慈荫""普门慧镜""镜澜普照",御题对联"觉岸正光明如水如月,法流大自在非色非空""春物薰馨含慧业,名禽宛转人闻思""不生波处心恒定,大寂光天相总融""欢喜白毫光妙明合印,庄严香水海安隐同参",海光寺成为直隶名刹。

第二次鸦片战争的时候,英法联军两次占据海光寺,将其当成联军司令部,而且《天津条约》就在海光寺签订,此地被视为屈辱之地。后来捻军兵锋又曾两次到达海光寺,于是此处风光不再。

李鸿章主政直隶后,在海光寺外空地扩建天津机器局,设铸铁厂、锤铁厂、锯木厂、洋枪厂、枪子厂,除制造新式枪炮等军械外,兼制民用设备以及各种军用船只,并能自行制造车、刨、钻等机床。工匠六七百人,办公生产等用房百余间。

此次醇亲王巡阅天津,随行两百余人,天津任何衙门都无法接待,李鸿章最后决定把醇亲王行辕设在海光寺,用寺内殿宇及寺外机器局的办公用房接待王爷一行。

海光寺南门外搭起布帐作为文武官厅,天津府县官员及候补道四十余人已经在此迎候。醇亲王乘坐肩舆进寺,到大殿前下舆,迎候的官员请安后,他再进大殿进香,然后到御书楼对着乾隆皇帝当年坐过的宝座行礼。

午饭就在海光寺内,李鸿章早就安排妥当,但醇亲王自带厨师,表示不扰地方,随行各员也不敢就席,打发人出去自买吃食。李鸿章见状,对醇亲王道:"就是普通官员过境,天津也要尽地主之谊。王爷大驾光临,如果非要坚持自己供膳,让天津官员如何能够心安?"左劝右劝,醇亲王总算答应下来,让王府总管传下话去,午饭就由天津供应。

醇亲王就在海光寺御书楼居住,环寺墙外机器局的八十余间办公用房暂时改为都统善庆、总办恩佑等人的寓所。因为随员太多,又新建瓦房五十二间。为了加强护卫,环寺架设巡更兵棚十六架,并支起席棚以停车马。除神机营、王府护卫外,皖南镇总兵史念祖带马队百名驻于寺后,掌守寺内各门。南门外道路经护卫营、亲兵营修筑,入夜则点亮汽灯,照耀如白昼。

第二天一早，各国领事拜见醇亲王。周馥和李鸿章的洋务顾问候补道伍廷芳、罗丰禄早早赶到御书楼等待。法国领事、副领事最先赶到，周馥带领他们进见。御书楼阶下是司道各官，台阶上站立的是神机营、海军衙门随员，王府护卫则侍立在大殿两侧。大殿上，醇亲王居中站立，李鸿章和都统善庆一左一右，这是礼节性的会见。接下来醇亲王又会见了俄、美、英、德、日等国领事。

九时后，醇亲王视察天津武备学堂。武备学堂是李鸿章于光绪十一年设立，聘请德国教官，培养陆军人才。除了学国文、算术、几何、三角、代数、地理、中外历史、政治学、格致等，重点是军事课，学习基本战术、应用战术、图上战术、战略学、孙子兵法、管子兵法、沟垒学、弹道学、军制学、野外勤务、步兵操典、气球学等。醇亲王亲自观看学生测绘画图，阅看毛瑟枪法步操，暗叹李鸿章总是先行一步，与之相比，他的神机营操练只能算是花架子。

午饭后，李鸿章陪醇亲王及随从乘小轮船走水路，另一部分人员则骑快马走陆路前往大沽。天津文武官员跪在岸上相送，看热闹的百姓更是人头攒动。醇亲王很高兴，让随行的德国摄影师拍照留念。两个小时后到了海河下游，河面变宽，水也更深，海晏号轮船已经在江中停泊恭候多时。

海晏号原为美商旗昌公司海轮，光绪三年招商局购并旗昌时纳入船队。本轮载重两千八百吨，载客两百八十一人，航速十二节，是轮船招商局航速最快的客轮之一。中法战争中，刘铭传就是自上海秘密搭乘该轮突破法舰队封锁赴台上任。此次醇亲王巡阅北洋，就以该轮为座船，此时巨大的帅旗已在该舰上升起。

醇亲王与李鸿章、都统善庆及王府护卫、太监登上海晏号，盛宣怀跟随照料。海军衙门、神机营各员，戈什哈等登上保大号轮船，周馥随船照料。帅船起航，盛军列队南岸跪送，旌旗迤逦二十余里；北岸则有仁军及楚军马队，也是沿岸跪送。

当天夜里，船队到达大沽，醇亲王一行的船只都停在大沽炮台下，附近五里全部警戒，口外则有炮船巡游。

晚上就住船上，李莲英被轮船招商局的听差领到住处，那是两间很大的客舱，陈设也十分讲究。他看了之后道："这个房间太大了，我哪里敢住？"

听差告诉他，王爷的住处更大。

"那李中堂呢？李中堂住的是什么房子？"李莲英又问。

"李中堂的客舱略小一些，但也差不了多少。"

李莲英一听就推辞了："那不行，我怎敢比李中堂住得还宽敞？劳您的驾，我要和李中堂调换一下，不然睡不着。"

听差见李莲英说得坚决，做不了主，只好去找盛宣怀。盛宣怀过来见李莲英道："李总管，这是中堂吩咐的，他说您是客人，理应住得比他宽敞些，您总得让中堂略尽地主之谊。"

"盛大人，使不得，使不得。我算什么客人？我是太后打发来侍候王爷的，哪敢住得比中堂还要宽敞？就算是客人，我也不敢忘了规矩，李中堂毕竟是封侯拜相的国家勋爵，非比寻常。"李莲英还是坚持自己的意见。

盛宣怀以为李莲英不过是客气一番，只要理由充分，他必然会答应，因此劝道："总管说得不错，可中堂已经歇息了，再打扰中堂休息恐怕不合适，无论如何您将就一宿，明天再换也不迟。"

李莲英一听也是，便又道："盛大人说得有道理，那就不必打扰李中堂了。我看王爷的房间特别大，我就到王爷的套间里去住吧，侍候王爷也方便。"

盛宣怀见是动真的，连忙阻止道："李总管，你且等等，等下官回了李中堂再说，不然中堂会怪下官办差不力。"

盛宣怀去见李鸿章的时候，他的确已经休息了。不过盛宣怀不是外人，可以在卧房里见客。等盛宣怀说了李莲英的要求，李鸿章郑重其事道："杏荪，此人不简单，你们要好好应付，可不要只把他当一个太监。他与当年的安德海不同，只从这一件事上就看得出来。不过越是这样的人越不能得罪。我出面不合适，你想办法接近他，或者他的亲信，看看他有没有什么要求，或者太后有什么安排，只管答应。"

盛宣怀当然不能再提李莲英要与李鸿章换舱的要求，就道："中堂，如果李总管还坚持，我就拿自己的舱给他。我到别的地方挤一宿，反正不过两个多时辰。"

"行，如果他非要到王爷舱里去也随他，不必太强求。"

盛宣怀回到李莲英的客舱时，李莲英已经抱着被褥去了醇亲王的客舱。醇亲王的客舱是整个船上最大最豪华的，有一间卧室，有一个很大的客厅，

还有单独的卫生间。李莲英所说的套间就是指那间颇大的卫生间,他说道:
"王爷,李中堂给奴才备了一间大房子,奴才如何能住得?奴才看王爷这里有
个套间也蛮大的,奴才就和王爷住到一起,侍候王爷也方便,还请王爷恩
准。"

醇亲王笑道:"莲英,你来也是客,李中堂给你安排大房间,你就踏踏实
实地住下。客随主便嘛!"

李莲英分辩道:"王爷,李中堂是敬太后和您,因此才对奴才客气。如果
奴才认为受之应当,那就大错特错了。人家笑话奴才事小,如果传出话去,说
太后和王爷面前的李某某真是不知好歹,一点规矩也不懂,那可就有损太后
的英明和王爷清誉。这种半吊子事,奴才不能做。"

醇亲王见他说得诚恳,点头道:"好,那就依你吧。"

李莲英"喳"了一声,就把铺盖卷搬到卫生间里。

"王爷,奴才替您洗脚。您辛苦一天了,用热水烫烫脚睡得踏实。"重新回
到醇亲王卧室,李莲英不等醇亲王答应,已经自作主张,要热水,要毛巾。

醇亲王的贴身太监端来热水,李莲英亲自接过来,端到醇亲王脚边道:
"王爷,奴才给您洗脚。"

"万万不可。"堂堂三品总管、太后心腹太监给醇亲王洗脚,他哪敢消受?

可李莲英已经把毛巾搭到肩上,把醇亲王的双脚搬到热水木盆里,边洗
边道:"王爷,平时在宫里想侍候您都没有机会,这次托王爷的福出来开眼
界,奴才不能放过侍候您老的机会,请王爷务必赏脸让奴才尽尽孝心。"

醇亲王感动得不得了,想起出京前还千方百计要提防他张扬跋扈、索需
地方,如今看来,真是多虑了。自从出京以来,李莲英几乎是寸步不离,始终
站在他身后,一手提着他的麂子皮烟袋荷包,一手提着他的长杆烟袋,往侧
边一站,低眉敛目,完全是一个贴身侍候的小太监,丝毫看不到总管太监的
影子。等洗完了脚,醇亲王笑道:"莲英,反正我也睡不着,你陪我唠唠嗑。"

看李莲英在对面的洋沙发上坐下了,醇亲王感慨道:"你这差当得真是
挑不出一丁点毛病,你们也都不容易。莲英,你是怎么进宫的?听说吃这碗饭
的,都是穷苦人家的孩子。"

"那真是一点不假,奴才这种人,都是家里穷得叮当响。"

李莲英是河间府大城县李家村人,家紧靠在子牙河边上。与当年的总管

太监安德海、如今的二总管崔玉贵都离得不远。李家村地势低洼，是个蛤蟆撒泡尿就能发水的地方，十年九涝，几乎年年都有人饿死。有一年夏季发水，庄稼颗粒无收，李莲英的爷爷活活饿死，到了秋上又闹瘟疫，他的祖母又去世了，只留下一个十九岁的儿子李玉，也就是李莲英的父亲。

李玉人还灵透，被一个远房的族亲收为义子，后来义母又把娘家的侄女嫁给他当了媳妇，接二连三生下了五个小子。顶聪明的是老二，一双眼睛不大，但滴溜溜乱转，很得爷爷奶奶的疼爱，给他取名李机灵，他就是后来的李莲英。李家有几百顷地，积了点家产，本族都十分眼馋，对他们收一个八竿子打不着的李玉当儿了十分不满。等老爷子一过世，本族的侄子都来争家产。

李莲英的奶奶很有主见，打发干儿子和侄女到京城投奔亲戚，做一点小买卖。老太太则把家产陆续变卖，对外说是还账，其实是倒腾给干儿子做买卖。不料李玉不是做买卖的料，只赔不赚。后来开了个制皮作坊，把收来的皮子用硝水泡了，再揉制成熟皮，卖给皮衣店。皮子被硝水一泡，腥臭难闻，尤其夏天更是奇臭无比，苍蝇成团。硝有毒，辣眼睛，呛鼻子，腐蚀手。揉皮子就是把皮子固定在地上或墙上，用硝揉完了后再泡进大缸里涮洗，皮子见水后很重，捞皮子很辛苦。一家人就埋汰在龙须沟边一个臭气熏天的破院子里讨生活，只能勉强糊口。

李机灵看着母亲为一家操劳，决定自己为家庭做点事。那时候，最好也最无奈的出路就是进宫当太监。河间一带以出太监闻名，辗转相传，亲朋相托，许多人净身进了宫。李机灵所能想到的，就是这一条路。

"王爷，奴才的父亲只知道怎样挣钱养家，把钱看得很重，对我们这些孩子感情很淡漠，这也是没办法的事。母亲对我们兄弟几个，感情都很重。奴才自求净身的时候，母亲难过得浑身颤抖，唯一的安慰是给奴才找个好的净身师傅，托来托去，最后请到小刀刘的门下。他做净身，算这一行最好的。"李莲英说起伤心事，禁不住长吁短叹，"自从奴才决定净身后，母亲每天晚上跪香，求菩萨保佑，一跪就跪到深更半夜。在奴才净身前一天晚上，母亲在佛前起誓，要长年吃白斋，保佑我平安，打这以后，她再也一点荤、一粒盐也没沾过。奴才净完身回家，养了一年伤，这是母亲最累最苦的一年。这一年，也是母亲和奴才说话最多的一年。她是含着泪教奴才做人，告诉奴才打人一拳、防人一脚的事千万不能干，自己吃饱了，也要想着别人。但行好事，苍天不会辜负好心人;不光修这一世,还要修来世。所以奴才打进宫后,总结了两句话,算是奴才侍候主子的原则:事上以敬,事下以宽。"

醇亲王是第一次听李莲英讲这么多话,更深夜静,只有海浪有规律地响着,这样的夜晚,正宜促膝相谈。两个人都忘记了彼此的身份,醇亲王由衷地感叹道:"你的老母亲真是一个受苦受难的好人。"

李莲英也是十分感慨:"是啊,在奴才所有的亲人中,最记挂的也是老母亲。奴才进宫那天,老母亲哭了一整夜,父亲拉着排子车,母亲追着车子一直送我到西直门,最后给奴才口袋里塞了两个鸡蛋。王爷,奴才如今看不得鸡蛋,一看到就想起老母亲来。"

"哎,你们这些人,都是些苦命人。"

"苦也是从前。如今奴才很知足。奴才这是上辈子修来的福分,有机会侍候太后和王爷。"说到这里,李莲英从刚才的忘我里清醒过来,恢复了自己的身份,"奴才如今很知足,今昔对比,真个一个天上一个地下。当年的'皮硝李',如今是三品总管太监,这都是皇恩浩荡!"

此时,炮台附近传来梆子声,李莲英醒悟过来,"啊呀"一声道:"王爷,都怪奴才多嘴,明天一早还要出海,耽误王爷休息了!"

"不碍的,你也歇息去吧。"

李莲英"喳"了一声,蹑手蹑脚回到套间,听着王爷发出均匀的呼吸声,自己这才放心睡去。

半夜里,大海潮起,海晏号趁着海潮起锚出海,开往旅顺。三时多的时候,醇亲王的贴身太监轻手轻脚来敲李莲英的门,说道:"李总管,王爷昨天说要看海上日出,刚才盛大人说,再过一两刻钟,太阳就要冒出海面了。"

李莲英想了想道:"不要打搅王爷,昨晚王爷睡得晚,让他好好歇息。反正在海上十几天,看日出的机会多得很。"

"李总管,到时候王爷怪罪,请您老帮着奴才说话。"

"放心,王爷要怪罪,一切有我擎着。"

醇亲王一觉醒来,睁开眼,第一眼看到的是床前躬身而立的李莲英,他手上捧一块雪白的毛巾道:"王爷您醒了,奴才侍候您洗面。"

"莲英,让他们侍候就是了。"醇亲王推辞道。

李莲英示意王府太监把一盆冒着热气的水端过来,他把毛巾在里面泡一会儿,捞起来略拧一下,把王爷一双手包裹住道:"王爷,用热毛巾敷半刻钟,把您的手指关节都焐活络了,再洗手那才叫舒服。"

醇亲王见状,朝一旁王府太监说道:"你们都向李总管学着点,看李总管是怎么当差的。"

"王爷,您可别尽是夸奴才,奴才还要向您请罪。昨天您说要看日出,奴才看您睡得正香,自作主张没让他们叫您,害得您看不成日出了。您要怪罪,就怪奴才一个,可别怪他们。"

醇亲王不以为意道:"哦,我早就忘了这茬了。在海上十几天呢,看日出有的是时间。"

李鸿章陪醇亲王吃过早膳,又陪他到甲板上去看海。茫茫大海无边无际,根本辨不出方向,好在天气晴朗,根据太阳的方向,判断出轮船是向东北方向行驶。定远、镇远两艘铁甲巨舰,一左一右,济远、超勇、扬威以及南洋的南琛、南瑞、开济以及镇南、镇北、镇东、镇西、镇中、镇边六艘炮舰,分为前后左右编队,把海晏、保大护卫在中间,劈波斩浪向前航行。

醇亲王是第一次在大海上航行,而且是乘坐洋轮,又有如此庞大的护卫阵势,他兴致很高,拿着李鸿章给他的千里镜前看后看,兴致勃勃。风浪大起来,船身颠簸得厉害,随员中不少人开始呕吐。醇亲王问道:"少荃,这样的浪在海上算不算大?"

李鸿章回道:"这算不得大,要是遇上风暴天气,浪头比舰还要高,能打到桅杆,海水能冲到甲板上。"

醇亲王感慨:"这么一点浪,他们都已经吐得不行,可见水师官兵长年累月行驶于惊涛骇浪中,实在是辛苦得很。"

当天在海上行驶五百多里,下午五时多到达旅顺,口内外号炮连天,岸上跪满了迎接王驾的兵勇。李鸿章指着旗号给醇亲王介绍道:"宋字旗下,是毅军统领四川提督宋祝三名庆,黄字旗下是庆军统领记名提督吴孝亭名兆有,那边是旅顺口护卫营统领都司张德三名文宣。"

醇亲王坐着小船登岸,宋庆身穿黄马褂,头戴花翎,率众将请安。因为一路劳顿,而且又将晚膳,一切繁文缛节一概全免。旅顺是军港,兵营多,能接待醇亲王一行的房子却很少,旅顺港坞工程总办袁保龄的公所做了醇亲王的行辕,李鸿章以下众人各自回船住宿。

　　第二天早晨七时多，醇亲王到校场阅兵。他先是坐一顶凉轿赶到校场边，然后换乘一匹从京城运来的菊花大青马。此马是正黄旗蒙古都统西凌阿所送，是真正搏杀过的战马。满洲人以马上得天下，以弓马娴熟为最得意的事情。醇亲王喜欢骑马，神机营阅操向来是骑马，到北洋阅操，依然是骑马。这匹马经过专门调教，四蹄翻卷，似乎走得很快，而实际步子迈得很小，同时摇头摆尾，威风凛凛。坐在马上的醇亲王腰臀随之扭动，姿态相当不错。在连天的号角声中，醇亲王到了演武台前，宋庆一身戎装，走到台前报告校阅的军队名号以及受阅人数，请他下令演操。

　　先演阵法，进退离合，无不整齐划一。又演枪法，一百余人同时放枪，几乎同时响起。醇亲王拿着千里镜看那红色靶心，枪声过后全是密密小孔，可见准头相当不错。李鸿章则趁机介绍宋庆，他虽是山东人，却是淮军宿将，打过太平军、捻军，后随左宗棠西征，硬仗打了不下百回。八年前被调来驻守旅顺要塞，按德国步队操练守军。所部毅军都是百战余生的勇丁，不屑学西洋操法，年逾六十的宋庆亲自按德国步兵操典踢正步，练卧姿，勇丁们见老将军如此，只好认真操练，至有今天的出色表现。醇亲王很高兴，下令打赏毅军一千五百两银子。

　　下午接见完守军将领，醇亲王又接见英国驻烟台领事及英国舰队司令及各舰舰长，然后又接见北洋雇请的两位洋人：一位是英国海军出身的琅威理，李鸿章请他做北洋水师的总教头，负责水师的训练；一位是德国人汉纳根，他是天津税务司德璀琳的女婿，李鸿章聘他任陆军教官兼充他的副官，并负责设计和建造旅顺口、大连湾、威海卫炮台。李鸿章介绍，世界水师英国第一，而步军则德国第一，因此聘请此二人分任水师和陆师教官，可谓各取所长。

　　会见完洋人，李鸿章提议与洋人照相。英国领事和舰队司令等人都很高兴，一起与醇亲王照完相后又单独与他合影。醇亲王兴致很高，下令在事文武，上自提镇道府，下至护卫队长，每人都照一张。

　　十七日是旅顺阅操的重头戏，要看舰队操练和炮台打靶。早上九时，醇亲王在众人陪同下登上黄金山上的阅操台。山下南面深水处，北洋定远、镇远、济远、超勇、扬威及南洋的南琛、南瑞、开济共八艘军舰已经集结完毕。先是操演阵法，旋转离合，不断变化。醇亲王是门外汉，问身边的李鸿章道："少荃,我看这八条战舰,前进后退,左右转变,或分或合,呼应如一。他们离得那么远,是如何互通信息?"

"禹亭,你来回禀王爷。"李鸿章当然知道,但他让身后的丁汝昌来回答,为的是让他在王爷面前露脸。

丁汝昌趋前一步,拱手道:"回禀王爷,白天全靠打旗子来互通信息,叫旗语;晚上则靠灯光变化来传递,称灯号。"

"那么,这个号令是由谁来发?"醇亲王又问。

丁汝昌回道:"舰队全由旗舰来发布号令,今天的旗舰是定远舰。"

"那么,今天的操演是由谁在指挥?"

当然是定远舰管带刘步蟾,但话不能如此回答,所以李鸿章接道:"今天当然是王爷指挥。"

醇亲王指着舰队阵形道:"少荃,现在的阵形首尾相接,鱼贯而行,好像一字长蛇阵。可否让他们改为八字雁行阵?"

"王爷,我立即让人追上定远,传达您的命令。"丁汝昌说毕转身而去。

一只小艇离岸去追定远舰,果然,醇亲王在千里镜里看到定远舰上的旗子在变化。再看八舰阵形,一分为二,慢慢变成了八字,如雁之双翼,醇亲王看得连连点头。舰队开始实弹打靶,一艘轮船招商局弃用的小轮船停泊在海面上,定远舰上打出开炮攻击的旗语,八艘战舰一齐开炮,轰隆隆惊天动地,烟气升腾,一刻钟后,靶船被炸得无影无踪,海面上只余木板碎片和一片油渍。

此时,有五艘小艇在口外列阵。李鸿章告诉醇亲王,这些小艇是鱼雷艇,可以施放鱼雷击沉巨舰。这时,一艘广东水师废弃的木壳轮船被拖至口外,鱼雷下水,直向靶船射去,水面上只看到鱼雷激出一道白色的浪纹,箭一般射向靶船,轰隆一声巨响,水面激起数十丈高的浪柱,而靶船已经化为齑粉。

"真是守口利器!"醇亲王见状感叹。

"鱼雷是克铁甲舰的利器,西人视为不传之秘。记名关道刘含芳督率鱼雷艇五年来,昼夜讲求,又得到德国顾问的悉心指导,如今鱼雷艇官兵皆能熟练运用。"李鸿章一边向醇亲王介绍,一边建议应当向德国顾问颁发二等宝星奖章,以示奖励。醇亲王当即答应。

当天下午,醇亲王巡视旅顺炮台,在李鸿章及旅顺口水陆军务总办袁保龄等人的陪同下登上黄金山炮台。此地居高临下,旅顺形势尽收眼底。

旅顺炮台从光绪五年(1879年)开始修筑,目前口门东西炮台群已经完成。西海岸炮台包括威远炮台、黄金山炮台、黄金山下炮台、馒头山炮台、城头山炮台、老虎尾炮台,东海岸炮台包括摸珠礁炮台、老砺嘴炮台。两个炮台群总计炮台九座,克虏伯后膛钢炮四十八门,口径包括八公分、十二公分、十五公分、二十四公分。

旅顺口外海面上,已经准备了废旧渔船、木排等各种炮靶几十处。醇亲王下令开炮,从西炮台开始,各炮台逐次开炮,连环打靶,周而复始。旅顺口东西两岸,炮声震天,烟焰成云。尤其是黄金山炮台开炮时,脚下都在震动。两刻钟不到,海面上的靶子全部被轰毁,只剩一些零碎的木板。

袁保龄又让水雷营表演水雷。水雷布在口内,作为旅顺口的最后防卫。水雷全部由电线连接,施放的办法是按动电钮。袁保龄布置周到,已经将电线拉到了黄金山炮台,请醇亲王亲自施放。醇亲王按动电钮,几乎同时,海面上轰然一声巨响,蹿起近十丈的水柱。袁保龄告诉醇亲王,就是铁甲巨舰被水雷炸到,也难免舰沉人亡。

李鸿章也极力夸奖袁保龄:"王爷,袁子久您可能不熟悉,但说起他的老父亲您一定知道,就是做到漕运总督的袁甲三。如今在朝鲜监国的袁慰亭名世凯,便是子久的侄子。"

醇亲王笑道:"子久我也了解,是大才子嘛,参编过《穆宗实录》。办赈故去的袁侍郎是你的兄长还是弟弟?"

袁保龄应道:"是臣的兄长。"

没等醇亲王说话,李鸿章插话道:"王爷,子久自从总办旅顺水陆营务后,几乎天天在施工现场。先是建船坞,后是建炮台,几无一日清闲。旅顺瘴湿甚重,寒苦异常,子久年不到五旬,已是疾病缠身,已经多次向我请辞。旅顺关系京畿门户,我如何能够准他的假?只好勉为其难。"

醇亲王点了点头道:"袁氏一门,真正是人才辈出。像子久这样的干员,少荃做保案的时候不要漏掉。"

第二天上午,醇亲王又巡视水师学堂、鱼雷学堂,午饭后登上海晏轮,起航前往威海卫。旅顺各炮台依次皆开三炮,驻军则一律开三枪送行,泊在旅顺口外的法、俄等国军舰皆开炮二十一响致礼。海晏轮已经驶出三十里,还能听见旅顺口方向的炮声。醇亲王情绪很好,邀李鸿章到甲板上闲谈。

"少荃,说起来惭愧,当年我不将洋人、洋务放在眼里,曾以为只要我们不买洋货,洋人便不战而败,自会退出中国。六哥主政的时候,我对你们推行的洋务也都颇不以为然。古语说得好,绝知此事要躬行。自从太后让我与军机大臣商讨军政大计三年多来,我越来越明白推行洋务是最重要的急务。此次巡阅北洋,我真是感慨良多!"

"王爷,鸿章洗耳恭听教谕。"醇亲王的感慨肯定事关对北洋的评价,李鸿章竖起耳朵倾听。

醇亲王却不说了,看了看身后的李莲英道:"先说说你有何感想!"

李莲英躬身道:"王爷,奴才只会看个热闹,哪能看得出门道?"

"要用一句话来概括,海军办得不错!"醇亲王对李莲英道,"你回去给太后说,这些年在海军上的钱没白花,如今有李中堂办的北洋海军,大清不再像从前有海无防,京师门户深固不摇,洋人已经不能轻易撼动。"

李莲英垂手"喳"了一声,不多说一句话,然后微弓着腰,右手握着长杆烟袋,左手提着烟袋荷包,恭恭敬敬站在醇亲王身后。

此人绝对不能小看,因为李鸿章注意到,看似低眉顺眼的李莲英,一双小眼睛却非常锐利,只看一眼,就知道此人绝非泛泛之辈。他将目光从李莲英身上收回来道:"王爷谬赞,北洋海军都是太后、皇上和王爷鼎力支持才有今天的局面。可要说京师门户深固不摇,实在不敢这样说。与英、法、俄等国相比,我们差距大得很。"

醇亲王接话道:"这也是我要说的,比如鱼雷艇,目前北洋只有五艘,像旅顺这样的海口,没有几十艘恐怕无济于事。"

"王爷看得准极了,总要有五十艘,将来守口、出海才能略具规模。"

醇亲王又提醒道:"还有旅顺后路好像也太空虚,如果敌军从侧背进攻,炮台便有被抄后路的危险。"

"袁子久已经筹划修筑后路炮台,金州、大连湾也计划驻军,拱卫旅顺的后路。"李鸿章又介绍。

"北洋水陆防务都不能放松。"醇亲王话题一转,"少荃,除了海军,还有哪些洋务你认为是最紧要的?"

"最紧要的就是铁路。目前唐山到阎各庄已经通车,经塘沽到天津秋后大约能通车。两段加起来不过二百余里,对泱泱大国来说,简直是九牛一毛。请王爷主持大办铁路,先修通天津至通州,京津之间无论商旅还是运兵,都极为便利……"随后,两人就铁路的话题谈了很久。

此时,盛宣怀奉李鸿章之命,也正与李莲英的干儿子、太监刘瑞兴闲谈。李鸿章早就有交代,李莲英是太后身边顶红的人,一定要抓住这次机会,套一套他有什么事情想办,或者太后有什么事情想交代。总之要好好巴结,设法连上李莲英这条线。可李莲英一直跟在醇亲王身后,几乎是片刻不离,根本没有巴结的机会。不过盛宣怀脑子活络,搭不上李莲英,就从他带来的人身上想办法。他很快发现,刘瑞兴是李莲英心腹兼耳目,所以一直设法与他套近乎。几天下来,两人已经很熟悉。

"刘公公,你们在宫中当差,一定很辛苦。"盛宣怀这样开始他的话题。

"那是。就是我们这些普通当差的,已经有些吃不消,像李总管几乎天天在太后面前侍候,那更非一般人所能承受。"

如何当差,刘瑞兴讲了不少秘辛。不过他人很机警,一讲到太后、皇上起居细节,便以"我们这种人哪有福分到太后跟前"为由不肯泄露一字。盛宣怀几次暗示,李莲英若有事需要北洋效力而又不便说,他可以想办法。而刘瑞兴十分谨慎,总是以"李总管没什么吩咐,将来少不得麻烦"搪塞。盛宣怀费了不少功夫,却是毫无进展。

"盛大人,我这次到北洋,真是跟着长见识了。"刘瑞兴反客为主,"我有许多事要向盛大人请教。"

盛宣怀连忙自谦道:"指教谈不上,刘公公有何见教,宣怀是知无不言。"

"盛大人,听说您和李中堂都极力主张兴办银行,银行与咱们北京的票号都是存银子的地方,有啥不同吗?"刘瑞兴要请教的是银行的事。

闻言,盛宣怀侃侃而谈道:"经营存款的机构,外国人是银行,咱们国家是票号和钱庄。票号、钱庄都一样,只是习惯叫法不同,江北称票号,以山西为发源地;江南称钱庄,以上海最发达。票号、钱庄与洋人的银行都是存银子的地方,有很多相同点,但又有不同。第一点不同,无论江南的钱庄还是江北的票号,最初都是为了银子保存和运输方便。比如你从上海到北京,要是带现银一千两那就非常不方便且不安全,你可以把银子存到上海的钱庄,取一张存折,到北京他的分号里取出来用。所以相当一部分钱庄和票号,你存进银钱不但不付利息,还要收取保存费用。而外国的银行,主要是为了把散户的银钱聚集起来,投资生产或者经营,所以,外国银行的股东,同时大都办着实业,或者对实业非常有研究。第二点不同,就是钱庄、票号一般是一家一户或一个家族兴办,规模较小;而外国的银行,都是通过股份制,吸引大量的股东共同兴办,有的甚至是几个国家商人投资,比如汇丰银行,大股东是英国商人,但同时还有俄国人、法国人的资金在里面。他们资金雄厚,要办大事也容易得很。我打个比方说,北洋要买铁甲舰,需要几百万两银子,放在我国,无论哪家钱庄还是票号,都拿不出这么多银子来,可是对外国银行来说,简直是小菜一碟。"

"多找几家钱庄或票号不就行了吗?"刘瑞兴还是不太明白。

"当然也可以那样。不过你要一家一家去找,去谈,那就耗费许多时间。而且人多口杂,难以统一,成事不足,败事有余。外国人无论经商还是办实业,是最讲究时效的。你行动慢了,上个月可能挣钱,你拖到这个月可能就赔钱。所以有没有银行,是一个国家商业发不发达的一个重要标志,没有实力雄厚的银行,你和洋人在商业上竞争,便短了一条腿。"盛宣怀感叹道。

"哦,盛大人你看是不是这个意思,钱庄、票号办小事方便,如果要办海军、办铁路这样的大事,非有银行不可?"

"瑞兴兄说得对极了。"盛宣怀激动地一拍桌子,连称呼都变了。

"哦,比如购买铁甲舰这样的一笔大款子,是否也可以存在外国银行,等谈妥了由银行把款子划给洋人就是?这样不但方便,而且还有利息可赚。"刘瑞兴又问。

"那是当然,不但北洋的款子可以存在银行,就是电报局营业收入也是每天随时存入银行生息。"盛宣怀说起银行来头头是道,"存在银行的好处是安全,而且还保密。"

刘瑞兴又问道:"这我就不明白了,如何保密?"

"外国银行的规矩,客户存的银钱多少,任何人是打听不出来的。"

"如果是地方大宪比如李中堂下令去查某人在银行多少存款,银行难道也不让查?"

"那是当然,外国银行都是按自己的规矩办事,不要说北洋大宪无法干预,就是奉旨去查,他们也无可奉告。因为咱们的圣旨,在洋人那里行不通。"

"洋人规矩,果然与咱们格格不入。"刘瑞兴一脸的惊讶。

盛宣怀笑道:"刘公公有款子要存银行,或者您与李总管有急需而手头不便的时候,我可以从银行想想办法,十万八万不是难事。"

"谢盛大人好意,眼下我和李总管都没什么急需。将来要麻烦盛大人的时候,一定会找盛大人帮忙。"刘瑞兴拱了拱手,又转移了话题问,"盛大人,听说洋人做买卖,也都兴给中间人佣金?"

"是的,像外国在大清开设的洋行,买办除了工资,每成交一笔生意都有丰厚的佣金。这在洋人国家,是公开的而且是合法的。"盛宣怀依然谈笑风生。

"所有的买卖都是如此吗?"

"差不多,很少有例外。"

"那像从洋人国家买军舰、购枪炮,是不是也都有佣金?"刘瑞兴微笑着望着盛宣怀,等着他回答。

盛宣怀陡然警惕,自己只顾卖弄见识,没想到中了刘瑞兴的圈套。好在他脑子转得快,笑了笑道:"我没有参与购买铁甲舰,不好说三道四。不过这都是通过驻外公使与洋人国家联系,那就是国家与国家的交往,与普通商人之间的交易又有不同,怎么可能有佣金呢?"

"是我孤陋寡闻了。"刘瑞兴依然是一副笑脸。

第二章

塔尔图大闹威海　西太后巡视园工

醇亲王在威海的日程包括检阅镇字号六艘炮舰打靶、巡视在建的炮台、听取《北洋水师章程》起草情况报告。等丁汝昌报告了日程安排，站在李鸿章身后侍候烟袋、茶水的那个水兵开口说话了："白白，又是炮船打靶，我不想看了，我要去逛威海城。"她一张口，大家才知道这英俊的小厮原来是名女子。

"王爷恕鸿章欺瞒之罪，这是小女馨如，非要跟着来看海。"李鸿章向一脸诧异的醇亲王拱了拱手，又转脸厉声对馨如道，"还不快向王爷请罪？"他虽然疾言厉色，但慈父的神情却无论如何也掩盖不住。

"请王爷叔叔恕罪。"馨如满脸笑容跪到醇亲王面前。

王爷叔叔，这算什么称呼？李鸿章嗔怒道："真是不知好歹！"

醇亲王却很高兴，摇了摇手道："孩子嘛，你较什么真？"

"你快到一边去，我要和王爷谈正事。"李鸿章又挥了挥手，"你们也下去吧，我有事向王爷禀报。"

见李莲英也要退出去，李鸿章只怕他误会自己与醇亲王有什么不可告人的机密，因此说道："李总管就不必回避了，此事也不瞒你。"他又向醇亲王靠了靠说，"王爷，馨如并非鸿章亲生，是我部下的女儿。当初为了救我，她父亲被捻子杀死了。她娘伤心过度，也撒手西去。那时候馨如只有几个月，我就抱给内人，当亲生女儿抚养。我有愧于她的父母，所以不免有些溺爱。"然后简略讲了当年张秋城遇险的经过。

"少荃真是有情有义。"醇亲王感叹了一阵，又冲门外喊道，"塔尔图，你来。"

塔尔图应声进来，单膝跪地请安，听醇亲王吩咐。

"李中堂的千金想去威海城里看看，你今天不必跟着我，我给你的任务就是保护李小姐。李小姐可是中堂的掌上明珠，有半点差池，拿你是问。"醇亲王向塔尔图交代。

塔尔图兴奋地"喳"了一声便退了出去。

李鸿章拱手推辞道："王爷，哪敢劳驾您的护卫，我打发人陪她去就是了。"

醇亲王笑道："塔尔图并非是我的护卫，他是东华门三等护卫，是李总管向太后请的恩典，降恩让他出门见见世面。"

"王爷，那更不敢造次了。天子卫率，如何能够劳驾？"李鸿章连连摇头。

"不碍的，就算咱向烈士表达点心意。"醇亲王摆了摆手，又转头对李莲英道，"莲英，这没什么不妥吧？"

李莲英哈腰道："王爷，瞧您说的，您老下令，什么事也是妥妥的。"

塔尔图一身便装，陪着男装的馨如去威海城。周馥心细，又选几个干练的亲兵陪同。塔尔图一见就不高兴了："怎么着，对爷的身手不放心？那你们都来试试。告诉你们，就你们这样的废物点心，再来十个爷也不放在眼里。"

那几个亲兵见讨了个没趣，转身就回去了。

威海城并不大，因为这里连县城也算不上，只是明代开始在这里设的卫城，专为防备倭寇。倭寇威胁解除后，威海城便日渐衰败。不过，自从北洋水师在这里设立海军基地后，便空前热闹起来。

威海北、西、南三面环山，只有东面开口面海，而且开口处偏北一侧又有刘公岛，如果在山上和刘公岛上添设炮台，此地便成了一夫当关、万夫莫开的军港。北洋舰队舰只增多，尤其是定远、镇远两舰舰体巨大，旅顺港作为维修基地尚可，但作为北洋舰队的驻泊之地，则显然太过局促。几经考察，李鸿章决定将此地作为北洋海军永久驻泊之地，并将北洋海军提督衙门设在刘公岛。

德国人汉纳根为威海卫设计了南北两个炮台群，同时在刘公岛上建提督衙门、铁码头、子药库、船坞,南北两岸设水雷营,并在南岸建水雷学堂。为了加强威海防卫,李鸿章先后调来护军十营,自然又要修筑营房。因为工程浩大,需要大批人工、物料,附近青壮男子都聚集到威海来,餐馆酒楼、洗衣房、日用百货等生意也都空前兴隆起来,无孔不入的痞子、游娼及各色闲杂人等也都闻风而来。威海小城,真有些藏龙卧虎的味道了。

塔尔图与馨如乘一只小木船,由刘公岛向西驶到岸边,登岸后走不远就到威海城东门。进了城门,便是横街。威海大街小巷二十余条,大街道只有两条,连接北门和南门的称为直街,连接东西两门的称为横街。街的两侧遍布商号和店铺,百货、小吃、典当、衣铺,应有尽有。两个人沿着横街自东而西,到了与直街交叉的路口,路中间是一座大戏台,两个人一句也听不懂。看了几眼,便右转沿着直街北上。

馨如对铺面上的小玩意兴味十足,看中了就买,随手交给跟在后面的塔尔图,到了城北门,塔尔图两只手就不够用了。馨如又要买一只贝壳做的小渔船时,塔尔图不得不提醒道:"小姐,您已经买了两只小船了,再买,我可就拿不过来了!"

馨如看一眼塔尔图已经挂满东西的两手,禁不住笑道:"你拿得过来,听我的准没错。"

塔尔图抖抖两手,示意已经没法拿了。

馨如命令道:"来,张开嘴。"

"这不就有地方拿了嘛!"塔尔图张开嘴巴,馨如把小渔船的挂绳挂到他的门牙上,哈哈大笑。

塔尔图一摆头,把辫子甩到胸前,咬着牙齿含混地说道:"好,你再买什么东西,还可以挂到我辫子上。"

馨如闹归闹,哪能把小渔船挂在塔尔图的嘴上?她摘下小渔船,又把塔尔图手上的一只杞柳小鱼篓提到手里道:"我看你在王爷跟前一句话也不说,像尊门神,累不累?"

"累什么累,咱在东华门上一站就是两个时辰,眼睛都不兴眨一下。"

"东华门不是宫里的吗?你不是王爷的护卫?"

"我不是王爷的护卫,是东华门三等护卫。"

馨如惊叫道:"啊,那你是几品?"

"芝麻粒的五品小官。"

"您和知府一样的官儿啊!"馨如这下真吓着了,连忙去夺塔尔图手里的东西,"我怎么敢让五品官帮我拿东西,让白白知道了,非骂我不可!"

塔尔图却大大咧咧道:"这点东西在我手里玩儿似的。再说了,我是王爷派来侍候小姐的,管它什么五品六品。"

馨如连连拱手道:"求大哥成全小妹,东西还是让我自己拿吧,您见过五品官帮别人拿东西的?他们连自己的东西也不拿,都是哼哼哈哈跟一帮人。"

"哪有你这么较真的,我现在穿着便服呢。"塔尔图被她逗笑了。

馨如如释重负:"好,你说的,你帮我拿,回去不许告状。"

塔尔图是二十多岁的愣小子,哪里有那么多讲究,两个人继续说说笑笑逛街。等逛到直街南头,两个人都有些累了,看看太阳,也到了吃午饭的时候。

"塔大人,咱们就不回去了,尝尝山东的小吃如何?"馨如自从知道塔尔图是五品武官,改口称他"塔大人",半是认真,半是玩笑。

"喳!"塔尔图也是半认真半玩笑。

南门不远处就有一个小馆子,挂的招牌是"于记酒家"。两人进了门,小伙计连忙上来招呼:"两位爷,你们吃点啥?"

"你们小店有啥?"塔尔图反问。

"时鲜青菜样样都有,要说小店的特色,则是虾酱菜团子,健脾益气;油焖大虾,益气滋养;银鱼蒸茄子,补气壮体;还有鱼锅饼子,可当菜,可充饥,能健脾也开胃。"

馨如笑问道:"这位小哥,你这是开饭馆还是开药铺?"

"客官您说对了,我们老板从前开药铺,如今改行开餐馆。我们小店食药同源,在威海卫城小有名气。"伙计也是笑着回答。

看看小店的人气,就知所言不虚。馨如点一个油焖大虾,塔尔图点一个蒸羊蹄,小伙计推荐鱼锅饼子,饭菜皆全。东墙下一张桌子光线好,位置不错,馨如指了指道:"伙计,我们就用那张桌子。"

"客官,那张桌子有老主顾定了,天天来的,要不您到北面的桌子如何?"伙计面有难色。

北面也无不可,两人到北面坐下,等着上菜。

这时,两个人进来了,派头很大,大大咧咧在东墙根的桌子上坐下来,张口就喊:"人都死绝了,也不招呼老子。"

小伙计从里面奔出来招呼道:"狄爷,您老来了?今天吃点啥?"

"按昨天的上好了,再加个葱爆花蛤。"

小伙计应声而去,两个人则旁若无人,大肆笑谈。

馨如是堂堂直隶总督的千金,又是初到小城镇,不免有些鄙夷道:"真是没有教养,大呼小叫的。"

两张桌子挨得很近,馨如虽然声音小,但近邻也听得清楚。姓狄的走过来吼道:"说爷没教养,爷让你知道啥是教养!"说着,他抬手就是一巴掌。馨如一躲,脸算躲过去了,但瓜皮小帽被扇到了地上,长发便落了下来,披到肩上。

"哟,还是个雌的!"姓狄的还要动手,被塔尔图拤住了手腕,动弹不得,嘴上却硬,"你敢动老子!"

"还没人敢在我面前称老子。"塔尔图手上一用力,姓狄的便跪到了地上。

另一个人搬起凳子就向塔尔图头上砸,塔尔图一蹲身,向那人膝上一钩脚,那人就仰面朝天摔倒在地。塔尔图一手拧着"狄爷"的手腕,一脚踏在另一个的胸脯上道:"爷不愿多事,识相的快滚,不然打得你们满地找牙。"

两个人灰溜溜出了小店。这时,坐在西边桌上的一个二十多的年轻人站起来拍着巴掌道:"好身手,这位小哥肯定是个练家子。"

这时掌柜的出来了,连忙说道:"这位客官,您还是躲躲吧,您惹的这帮人不会罢休的。"

塔尔图有些诧异:"怎么,你的意思他们还回来?"

"肯定要回来,那时候客官想走也走不了了。"掌柜的一边劝一边解释,"这帮人号称西关帮,是从县城文登过来的,仅威海城里就有二十余人,还有几个是专请的练家子——武行师傅。他们很霸道,威海卫所有的海防工程,无论用料还是用工,他们都要伸手。"

"竟然有这种事?官府难道就不管?"塔尔图问道。

"怎么管,他们又不犯大法,无非是打架斗殴。"掌柜的又低声对塔尔图说,"听说他们与官家有勾连,与登州府、文登县太爷都是亲戚。"

"这我更不能躲，我倒要会会他们。"塔尔图一听便来劲了。

掌柜的劝道："客官，劝您走不光是为您，也为小店。把他们惹恼了，您可以拍屁股走人，小店还要在威海城混下去的。"

"这就更不能走了，他们也太无法无天了，我倒要看看，这威海还是不是大清的天下。"掌柜的苦苦相劝，塔尔图的牛板筋脾气上来了，越劝越不肯走。这时，门外吵吵嚷嚷，想走也来不及了。

"听说有一对私奔的狗男女，还敢打人，瞎了你们的狗眼，滚出来让爷瞧瞧。"为首的一脸凶相，站在门外冲着店内叫阵。

塔尔图跨到门外大声道："是谁的嘴巴不干不净？"

"程爷，就是这人把我们打了。"姓狄的对那为首的说道。

"你小子也不打听打听，在威海城，谁敢跟我程爷过不去。爷给你条活路，你向我这两个兄弟磕头道歉，爷便饶你不死！"那程爷也不分青红皂白。

塔尔图也针锋相对道："你给爷磕头道歉，爷也饶你不死。"

程爷见状便一挥手，七八个人跳到塔尔图身边把他团团围住。

"还有一个女的，兄弟们跟我去抓她。"姓狄的带着几个人就向店里闯。

塔尔图的功夫那真不是闹着玩的，被七八个人围在中间，毫无惧色，闪展腾挪，一会儿就放倒了三个。但他并未占据上风，剩下的四个人功夫也都不赖，双方打成势均力敌的局面。

姓狄的带着两个人蹿到店内要抓馨如。馨如没有功夫，只有一张嘴巴，她躲在桌子后面不饶人："你们试试，谁敢动我，吃不了兜着走。"

"弟兄们给我上，剥了她的衣服，让大家开开眼。"姓狄的一把掀翻桌子，三人扑过去，吓得馨如惊声尖叫。

"欺人太甚！"这时西桌的小伙子纵身跳过来飞起一脚，把姓狄的踢翻在地，又一拳打在另一个脸上。两个人都放开馨如，来对付小伙子。小伙子身手也不错，姓狄的打软腿，站不稳，吆喝着让另两个人上，但两个人都不肯轻易向前。

这时，馨如发现挂在脖子上的玉坠不见了，连声问："我的玉坠呢……"

小伙子指着两个人道："是不是你们拿去了，快还给人家！"

馨如眼尖，指着脸上有个大瘊子的道："大瘊子，你手里拿的什么？"

大瘊子手里攥着的正是馨如的玉坠，他把露在外面的挂绳盘到手里道：

"有本事拿回去!"

馨如冲着小伙子喊:"喂,你帮我拿回来,那是我爹给我的礼物!"

小伙子抓住大痦子手腕,要把玉坠夺回来,另一个人搬起一条长凳就向小伙子头上砸来。小伙子本能地抬胳膊去挡,只听到胳膊咯吱响了一声,他后退两步,抱着胳膊疼得头上直冒冷汗。

三个人占了上风,围上来乱打。只听外面吵吵嚷嚷,有人冲进屋里来喊道:"黄少爷,别怕,我带人来了。"

进门的是三个水兵,拿着洋枪乱打,把三个人打了出去。外面的争斗还未分胜负,三个水兵冲天开枪警告:"都停手,否则别怪子弹不长眼!"

"刚才谁把老子胳膊打断了,我非一枪毙了他!"黄少爷夺过一支洋枪便将子弹上膛。

那水兵劝道:"少爷,别闹出人命!"

两个人夺枪的工夫,程爷见势不妙,打了一声呼哨,便冲着南门逃走了。

馨如小姐被抢,幸亏济远号炮手黄浩胜相助才夺回玉坠的事情,塔尔图不敢隐瞒,如实报告给醇亲王。

听完后,醇亲王教训道:"塔尔图,你好歹也是三等护卫,护卫是干什么吃的你不明白?我让你保护李小姐,又不是让你去打擂,不是让你去显摆你的功夫。你打得再好有什么用?你把李小姐一个人丢到店里,反倒让别人去保护,你想想是不是失职?"

塔尔图羞愧难当,跪在地上请罪。李鸿章连忙把他拉起来,又对醇亲王道:"王爷请息怒,塔尔图对付十几个人,难免顾此失彼,换了谁也没法两全。好在没出什么大乱子。"

醇亲王气消了些,问道:"塔尔图,你没亮出身份吗?好汉不吃眼前亏,你亮出身份他们早就被吓走了。"

塔尔图这才应道:"开始奴才觉得能不亮身份就不亮,传出去不好听。后来奴才把腰牌亮出来,他们也不怕,还说是假的。"

"真正是无法无天!听说他们是威海城里一霸,而且还把持海防工程?"醇亲王有些怒意。

"店老板是这样说的。"塔尔图又小声地应了一声。

"抢劫民财,殴打护卫,干扰海防,该当何罪!"醇亲王转身对李鸿章道,"少荃,威海也在你北洋大臣的治下,你该请出王命旗牌,严惩此帮匪徒!"

"王爷,杀鸡不用牛刀。就让威海卫护军总统戴孝侯带人去办就是。"

李鸿章说的戴孝侯,名宗骞,安徽寿州人,淮军老人,当年曾经跟随他剿捻。去年从天津调到威海,总统绥军八营,负责威海卫陆路防守。

这时,塔尔图又请命道:"王爷,奴才愿随军前往。"

醇亲王一锤定音道:"好,摸清他们巢穴,今夜务必一网打尽!若有反抗,格杀勿论!"

周馥奉李鸿章之命,陪馨如去看望受伤的黄浩胜。黄浩胜在刘公岛上刚启用不久的水师医院,他胳膊上打了石膏,此时有一个水兵陪着,正在院子里闲逛。周馥按照李鸿章的吩咐,并没有透露馨如的真实身份,只说是他亲戚的孩子,并留下二百两银子以表谢意。

黄浩胜推辞道:"大人,这银子我不能收,我不过是路见不平,拔刀相助。"

两人正在争执,济远舰方管带闻讯到了,一进门就连连谢道:"周大人,这么点小伤,何劳您亲自来探视,派人问一声就是了。"黄浩胜叫方管带"舅舅",原来他是方管带的外甥。

"还疼吗?"馨如把黄浩胜叫到一边说话。

"这点小伤算什么,早不疼了。"黄浩胜还充硬气抬了抬胳膊,其实疼得龇牙咧嘴。

"你真傻,拿胳膊去挡凳子,能挡得了吗?"

黄浩胜不答,反笑道:"嘿,你可真行,出门还带个皇家侍卫?"

"别瞎说,他是护卫王爷的,不过是借保护我为名,上岸逛威海城罢了。"

黄浩胜由衷地羡慕道:"他那一身功夫,真不是吹的。"

馨如对黄浩胜的一切都感兴趣,问他哪一年上的舰,在舰上做什么,浪是不是真的比船还高。两个人叽叽呱呱谈得高兴,这时周馥打发人过来,说要回海晏轮了,馨如才依依不舍道:"明天就要走了,明天上午我再来看你。"

回到舰上,馨如一直魂不守舍,脑子里全是黄浩胜。他浓密的眉毛,那双又黑又亮的大眼睛,总是带着笑意的嘴角,他挺身而出,飞脚踢倒歹徒的干净利落，他忍着剧痛把玉坠递给她时皱紧的眉头……越来越多的细节从她脑子里冒出来，以至于她晚饭也毫无食欲，吃了几口就回到船舱早早躺下，却又翻来覆去不能入睡。等她入睡时，已经隐隐听到威海城里的鸡鸣了。

第二天上午九时，舰队要起航赴烟台，却发现馨如还未回船。一打听，原来半个时辰前就下船去了。

此时，馨如正在刘公岛水师医院与黄浩胜话别。她听到轮船汽笛长鸣，从脖子上解下那只玉坠道："我要走了，不知今生还有没有机会相见，留给你做个记念吧。"

"这么贵重的东西，我不能收。再说，不就是胳膊受点小伤嘛，哪担得起你这般重谢。"黄浩胜不肯收。

"你真是个榆木疙瘩！"馨如气得咬牙，赌气扔下玉坠就跑了。

她气喘吁吁赶到船上，盛宣怀在甲板上亲自等她，一见面就着急道："我的大小姐，您可回来了，中堂的火可发大了。"

"你告诉白白我不舒服，不去侍候他了。"馨如不正眼看盛宣怀。

"小姐回船了，可以起航了。"盛宣怀连忙去回话。

李鸿章怒道："真是岂有此理，她说去哪了吗？"

盛宣怀回道："说是去岸上捡了一只唐冠螺——小姐说不舒服，就不过来侍候大人了。"

塔尔图听说馨如病了，脱口而出问道："馨如病了，不要紧吧？"

"不要紧，她说晚上没睡好，眼睛睁不开。"盛宣怀笑了笑。

"这事就这样了，不去管她，按时起航。"李鸿章摆了摆手。

醇亲王于四月底回到京城，路上已经吩咐文案起草奏稿，奏报此次巡阅北洋的情形。为了这个奏稿，他已经与李鸿章、善庆等人多次商讨，回京前奏稿已经多次修改，回京当天就先上折。

这份奏折的名称是《奏巡阅北洋复陈水陆操演情形及请奖叙将领颁给洋人宝星折》。奏折开头简要奏报巡阅行程，接下来，便对北洋海防办理情况有一个评价，这也是李鸿章最关注的。奏折说旅顺、威海炮台"均得地势，仿照西法，工程坚固。所设克虏伯后膛大炮多尊，皆能攻坚及远，布置均属合宜。各军操演枪炮有准，鱼雷、水雷施放得法，堪当大敌。"对海军会操的评价是"布阵整齐,旗语灯号如响斯应,各将弁讲求操习,持久不懈,可期渐成劲旅。"

如何评价北洋海防,李鸿章和醇亲王颇费心思,因为如果说北洋水师仍然不可恃,那这么多年花费巨资岂不是打了水漂?又不能说得太好,如果太后说一句"哦,北洋水师已经很像样了,那就先别往里花银子了",岂不更坏事?斟酌起来费功夫,但落到纸面上,就没那么复杂了,因为醇亲王上折,向来是有事说事,直截了当。奏折语气一转说:"然北洋舰船尚嫌单薄,铁甲只有定远、镇远、济远三舰,镇中、镇边、镇南、镇北、镇东、镇西炮舰六只,炮巨船小,行驶甚缓,只可护炮台以守海口。仍俟筹款有着,再行续商添购。鱼雷艇虽小而速,雷行水中,无坚不破,实为近时利器,亟宜多购多操。以一铁舰之价,可购四五十雷艇。如南北各口有鱼雷艇百只,敌船必畏而却步。"

除了舰船需要添购,旅顺、威海后路都要加强防守,这也是李鸿章一请再请的:"唯旅顺宋庆所部仅步队五营,扼扎后路,尚嫌力薄,有事时必须添调。金州、大连湾系旅顺后路,宜派兵驻防。威海卫亦海滨澳区,适当烟台来路,水师屯操皆宜。唯南北两口宽各数里,筑台布雷,需费颇巨,南北炮台后路也需巩固,仍须量力次第经营。"

最后就是为水陆出力将领请奖,并为外国人请颁奖章,列了名单附片进呈。同时,随行的画师创作北洋巡阅图一并奏呈。

五月初一早晨见起,第一起就是醇亲王。慈禧见面便道:"老七,你的折子我看过了,北洋海防办得不错。今天就有旨意。"

醇亲王希望再将添购舰船、巩固后路等事项面奏,但慈禧的心不在此:"北洋海防的见闻,让李莲英慢慢说给我听。老七,后天我要到园子里去看看,你也去,其他该哪些人随行,你拟个单子。"

醇亲王明白,慈禧是要督促园工,哪些人随行他心中自然有数:"随行的人也不必太多,内务府、户部以及负责园工的人是必不可少的,样式雷父子俩也应当随驾。皇上是否随驾,请太后慈谕。"

"皇帝就不必随驾了,他还要读书。天也热了,我要在园子稍住几日。"慈禧回道。

如果在园里稍住几日,东看西瞧,少不得又提出许多要求,因此醇亲王极力打消她这个念头:"太后,园工尚未完成,起居简陋,于礼不合。而且施工的皆是粗蠢之人,关防不密冲,撞了太后,如何了得?请太后三思。"

"去一趟来回七八十里路,总不能当天回来,怎么着也要住三四天。关防不密,让他们加强就是了。"

"臣这就安排人准备。"醇亲王没法再讨价还价了。

太后移驾颐和园,需要准备的事项实在太多,起居、饮食、护卫,样样都有诸多细务。好在用不着醇亲王亲自过问,他吩咐下去各司其职就是。他所考虑的是如何叮嘱内务府不要乱出花样,而话又不能明说,而且他不宜亲自出面,这就费了一番周折。再就是太后既然要在颐和园小住,那么军机大臣自然要随行。既然军机大臣随行,那么六部堂官干脆也一并随驾,吃喝住宿,又要再行安排。

第二天,关于巡阅北洋海防的上谕下来了,醇亲王所奏几项几乎照准。上谕是这样说的——

> 醇亲王奕譞奏巡阅北洋复陈水陆操演情形及请奖叙将领员弁及颁给宝星各折片,览奏均悉。精练水师,前经谕令,先从北洋开办。此次醇亲王奕譞亲赴天津会同李鸿章、善庆周历旅顺等处,将南北轮船调集合操,并将水陆各营一律校阅,技艺均尚纯熟,阵法亦极整齐。除各军统带管带各员及哨弁兵勇由该王奖给物件银两外,四川提督宋庆、署湖南提督周盛波、广东陆路提督署通永镇总兵唐仁廉、天津镇总兵丁汝昌、皖南镇总兵史宏祖、大沽协副将罗荣光、候补副将郑崇义、记名总兵黄春元、总理北洋营务处周馥、津海关道盛宣怀、直隶候补道刘含芳、袁保龄,均着交部从优议叙,候补道潘骏德,分省补用知府龚照玛,均着交部议叙,已革总兵吴安康,留营效力,统带南洋轮船尚称得力,着加恩赏给四品顶戴。至洋员教练兵舰,卓有成效,亦应一体奖励。除分别给予宝星外,琅威理教练水师尤为出力,着再加恩赏给提督衔,汉纳根监造炮台坚固如式,着再加恩赏给三品顶戴,以示鼓励。海防关系紧要,必须逐渐扩充,历久不懈。据奏练兵先须选将,陆军人才以武备学堂为根本,水师人才以驾驶管轮学堂为根本,洵属扼要之论。并据王面奏,各学堂于讲求战备外,兼习经史,尤属合宜。经此次巡阅之后,醇亲王奕譞务当会同李鸿章等,物色将才,实力整理,并督饬现任管带各员,认真练习,力求精进。应如何筹集巨款,续添船炮之

处，并着随时会商，奏明办理。钦此。

醇亲王和李鸿章最关注的几件事情，上谕都一概照准。醇亲王很高兴，当即给李鸿章一封亲笔信，让他着手拿出购买舰船、增建炮台的详细计划，并让他加快制订《北洋水师章程》，争取下半年出奏。

隔日一早，慈禧鸾驾出西华门前往颐和园，十时多到达，从大东门入园，直接排驾乐寿堂。乐寿堂在昆明湖东北角，临水而建，堂前稍西就是码头对鸥坊。乐寿堂本是乾隆十四年乾隆皇帝为母亲庆祝六十岁生日而建，英法联军火烧圆明园时被焚毁。园工重兴后，首先建筑的就是乐寿堂。它背靠万寿山，南临昆明湖，东边紧邻皇后的寝殿宜芸馆和皇帝的寝殿玉澜堂，稍东就是召见臣工的仁寿殿。

乐寿堂庭院内放置了铜鹿、铜鹤和铜花瓶，取意为"六合太平"。院内植有玉兰、海棠、牡丹，取的是"玉堂富贵"之意。慈禧小名兰儿，因此对兰花情有独钟，园里的玉兰花很有名，都是从圆明园废园中挑选移植而来。

因为已经进了五月，万寿山上树木花草繁密，门前又临昆明湖，所以乐寿堂一带蚊虫渐多，内务府已经在乐寿堂搭起了天棚。所谓天棚，就是在院子里搭起一个大蚊帐，与殿堂连为一体。天棚四面都有窗户，启闭非常方便，更妙的是与乐寿堂相接的地方几乎是天衣无缝，一个蚊虫也进不来。慈禧非常满意，对醇亲王道："老七，他们准备得不错。尤其这天棚，搭得真是巧。"

"太后燕居的地方，他们不敢不上心。"

"他们有这份心就好。老七，今天太阳真够大的，下午等太阳稍善和些了再去看园工。到时候我打发人去叫你。"说完这些，慈禧又叮嘱道，"让内务府和负责园工的人跟着就成，其他人就不必了。"

下午不到四时，太阳还老高，慈禧就打发人来叫醇亲王，说要看园工。等醇亲王一行赶到乐寿堂时，慈禧已在乐寿堂前的"水木自亲"厅等着了，一见醇亲王就道："老七，咱们先沿着湖往西走。"

为了说话方便，醇亲王跟随在慈禧身边。往西走是迎着太阳，走了没几步，慈禧便道："老七，这沿湖往西应该建一道长廊，热了可以遮阳，下雨又可挡雨。"

"是应当建一道长廊。"醇亲王"喳"了一声。

"从乐寿堂到西边,有多长?"

慈禧这一问无人能答,内务府堂郎中立山回道:"臣回禀太后,如果东起邀月门,西到石丈亭,共有两百三十一丈。"

"你怎么知道得这样清楚?"慈禧立即对立山刮目相看。

立山解释道:"奉内务府大臣令,臣时常前来查勘工程。有一次沿湖西行,臣被太阳晒得满头大汗,当时就想,将来如果太后到湖边走走,太阳晒或者下了雨怎么成!臣当时就想,应当建一道长廊,只是还没来得及报告内务府堂官。"

"你办差很上心,叫什么名字?都在何处当过差?"

立山回道:"臣立山,蒙古正黄旗人,内务府笔帖式出身。光绪五年以员外郎出监苏州织造,光绪十一年迁奉宸苑郎中,十三年迁内务府堂郎中。"

慈禧很少问臣子履历,尤其是郎中这样的五品官。大家都明白,立山今天得到太后赏识,恐怕要官运亨通了。其实,立山的名字在慈禧早就熟悉,因为他与李莲英是把兄弟,他从奉宸苑郎中调任内务府堂郎中就是李莲英推荐的结果。内务府大臣向无定员,且都是兼差,心思多在本职上,与遥领虚衔无异,因而实权便落到堂郎中手中。内务府堂郎中多从广储、都虞、掌仪、会计、营造、慎刑、庆丰七司的郎中内选干练者充任,全称"坐办堂郎中"。不但主管内务府堂上事务,查核、督促七司等处承办的一应事务,而且负责府属文职官员的铨选,虽是正五品官,其实权却不亚于正二品的内务府堂官。

众人见立山受太后赏识,自动让出地方,让他到醇亲王身后,专备慈禧询问。到了排云门,慈禧又道:"往上走走看。"

排云门是排云殿的正门,排云殿是颐和园中轴线上的主体建筑,正在建设中。听说太后驾临,工匠小工等闲杂人员都已经回避。宫殿已经快完工,但脚手架都在,醇亲王劝太后安全起见,不必入内,便从一侧登山。快到山顶,是一个六七丈高的高台,上面残垣断壁,满目凄凉。

"这是什么地方,这么荒凉,看了让人心里难受?"

立山代为回答:"回太后,这里是佛香阁,原本是仿杭州六和塔建的佛阁,八面三层,高十三丈,建在六丈高的石台上,非常气派,可惜咸丰十年被西洋鬼子烧毁了。"

慈禧微怒道:"想来真是可气!这里是颐和园的中轴线,前面就是排云殿，总是这么荒着也不是办法，将来就按原样修起来。"

"臣记下了。"醇亲王心想，要按原样修起来，没有几十万两银子肯定办不到。

慈禧又有话问，这次直接问立山："立山，园子里有看戏的地方吗？"

"回太后的话，目前没有。不过到时可临时搭，排云殿、仁寿殿前都行。"

"一派胡言。"慈禧说得严厉，但听语气中却没有真生气，"仁寿殿、排云殿都是议大政的地方，怎么可以搭戏台？这附近，有没有合适建戏台的地方？"

"回太后话，山下稍西的听鹂馆，原本就是听戏的地方，可惜也被西洋鬼子毁了。"

"那就按原样先建起来。当年陪先帝在圆明园听戏的情形，想起来就让人又留恋又伤心。"慈禧这番感慨，一半是真情，一半则是说给醇亲王听，言外之意修戏台也是为了怀念先帝。

这样一路走下来，慈禧指指点点，增加的园工大大小小有十几处，没有几百万两银子恐怕拿不下来。醇亲王为银子发愁，一路上几乎没说一句话。

下山回到乐寿堂，天已经快黑了，醇亲王往住处走，他把立山叫到身边道："立山，你今天应对得好极了。我知道你这些年积了点银子，就都拿出来先垫到园工上吧，我是没办法给你弄银子了。"

立山字豫甫，平时醇亲王都叫他的字，而今天直呼其名，可见十分不满。

"王爷，小人哪有那么多银子往里垫。今天小人应对唐突，只是不敢不实话实说，不然太后怪罪下来，难免连累王爷受牵连。"立山自然也知道醇亲王的心思。

"豫甫，你真得想想法子做好这无米之炊。"立山说得不假，太后亲自问话，他哪敢撒谎？其实醇亲王也并没打算为难立山，只是表达一下不满罢了。

"太后口谕，叫七爷。"醇亲王刚到住处还没进门，小太监便来传话。

醇亲王只好再回乐寿堂，一面急匆匆赶路，一面寻思慈禧所为何事，估计应当与园工有关。进了乐寿堂，慈禧就在天棚里的御座上坐着，脸色有些不悦："老七，你一下午兴致不高，几乎没说一句话，是为什么？"

醇亲王解释道："臣巡阅北洋受了风寒，一直没好利索，下午总是头晕。"

"那是我不够体谅你了？"

"臣不敢。"醇亲王跪下回道。

"你巡阅北洋的时候意气风发，又是作诗，又是唱京戏，在威海还要请王命旗牌杀人。到了陪我看园工时，却像霜打的庄稼，无精打采，这不能不让我往深处寻思。"

巡阅北洋，巨舰破浪，舰炮轰鸣，那情形当然令人意气风发，怎么与看园工相比？但这话无论如何不能出口，而且以慈禧的精明，一味撒谎反而不妙，所以醇亲王老实回答："回太后的话，臣不是兴致不高，是为银子发愁。"

"这才是实话。这些个园工也没让你立即就动，陆续来办，总有办法。你先给李鸿章传个话，让他提三十万两来用。"

"北洋饷银还欠数十万两，李鸿章手头也很紧。"醇亲王有些为难。

"他不紧。老七你人老实，不好意思逼李鸿章。他北洋海防款子一直存在外国银行生息，每年总有几十万两，你先让他提出三十万两来用着，难不倒他的。"慈禧不容辩驳。

醇亲王只有"喳喳"连声。

"还有，我听说洋人借给的债利息一分多，一百万两银子一年光利息就十万两。这倒启发了我，建园工没银子，何不弄一笔银子放到银行或钱庄生息，只把利息拿来建园工，有时候也可解你燃眉之急。"慈禧又提了个建议。

如果能有大笔闲银放在银行生息，那又何必为银子愁白了头？醇亲王心里这样想，嘴上却道："到处都等着开销，从哪里腾挪银子，实在无法可想。"

"银子总会有的，大清国十八行省，省不出几百万两银子来？北洋不是还要添购巨舰吗？那就让各省报效二百万两，先存到银行生息，等买舰的时候再提取本金。我听说洋人做买卖都兴给佣金，北洋买的那些舰，原本花不了那么多银子，这些年下来，入了私囊的怕也有几百万两。与其入他们私囊，不如建园子，建了园子总归还能给后人留下点东西，入了私囊，全让他们挥霍了。"

醇亲王不记得自己如何回到住处的，他晚饭也没吃，只觉得胸中憋闷。自己刚给李鸿章写信让他提交购舰计划，太后却又要各省集款两百万两，说法是只取利息用于园工，到时候太后一句话，先借来用用，谁又能挡得住？把各省也罗掘殆尽，海军购舰经费又从哪里来？回想太后召见情形，她对北洋购舰中的弊病以及北洋公款私存的底细掌握得比自己还清楚，显然是李莲英已经做了密报。巡阅北洋期间李莲英与自己形影不离,又是如何罗掘到这些机密?此人真是不可小瞧。回想自己曾经与他深夜畅谈,不知有无不合适的话被他传到太后那里,想来真是后悔。太监不可交,真是至理。他这样越想越烦恼,以致胸侧疼痛,不能安眠。太医来看了之后问道:"王爷,您是肝火太旺,可否是生了什么人的闲气?"

醇亲王辩道:"没有,自从巡阅北洋后,大约受了风寒,一直有这毛病,时轻时重。不过是小毛病,本来不想劳动你们。"

"受风寒不会是这样的症状。王爷切记,不可再生气,您肝火太旺,再火上浇油,对身子是大不宜。下官给您开服疏肝去火的药先试试,明天下官再来请脉。"太医坚持自己的判断。

第二天一早,醇亲王感觉轻松了些,太医的药果然效验。但生气致病的说法,无论如何不能传出去,所以早晨太医来请脉时,醇亲王道:"不必请脉了,原没什么大碍。"

一会儿太监来请,说太后要看园工。醇亲王记着太医的嘱咐,努力克制不去生气。好在太后也没再兴大的念头,几处小修补花不了多少银子。隔了一天,慈禧就下旨起銮回宫。

醇亲王回府后当天晚上,胸侧疼痛再次发作,按太医的方子煎药服下,次日醒来感到轻松了些,看来太医诊脉极准,自己确实是因生气伤肝。他打算请病假休养,但又怕太后误会他是撂挑子,因此他先得把太后吩咐的事情办理出个眉目再说。最愁的就是二百万两银子,从哪里来?要各省报效,刚刚要各省报效大婚用银两百万两,再要求报效,如何开口?关键是各省哪有这么多银子来报效?

坐困愁城不是办法,于是,醇亲王派人请大学士阎敬铭和户部尚书翁同龢来商议。阎敬铭是前任户部尚书,升大学士后仍管理户部,筹措银子的本领无人可比,因此必须把他请来。

这两人到了醇亲王府,立即被请进客厅。客厅悬挂着王爷手书的治家铭言——

财也大,产也大,
后来儿孙祸也大。

若问此理是若何?

子孙钱多胆也大,

天样大事都不怕,

不丧身家不肯罢。

财也少,产也少,

后来子孙祸也少。

若问此理是若何?

子孙钱少胆也小,

些微财产知自保,

俭使俭用也过了。

阎敬铭指着铭言对翁同龢道:"叔平,王爷能有此见识,实在难得。眼下风气,哪个不是在拼命地捞银子?"

"是,王爷这点上真是让人佩服。我刚才进府的时候,看到檐下还有自制的煤球。在京城,稍有点门面的人家,都是请外面送煤球,堂堂王爷自制煤球,实在意想不到。"翁同龢也极力赞同。

"不错,一叶可知秋,管中可窥豹。"阎敬铭是耿直清廉出名,特别看重操守,"当年六爷千好万好,就是在这方面让人诟病。"

这时醇亲王到客厅来了,阎敬铭、翁同龢要行大礼,醇亲王一手一个拉住他们说:"丹初、叔平,不必多礼,让你们久等了,实在不好意思。福晋非让我喝了药再来见客,这不就耽搁了。"

阎敬铭回道:"王爷,臣和叔平稍等片刻又有何妨?俗话说熟不拘礼,您要这样客气,倒像把臣当外人了。"

"好好,不再拘这些虚礼了。"醇亲王一边回应一边伸手让两人坐。

翁同龢坐下后便问:"王爷,听说您巡阅海军受了风寒,好些了吧?"

"时好时坏,等我办完这件事,就向太后请假,在家静养一段时间。"

"王爷不妨请薛大先生来瞧瞧,他看病有些与众不同,却总能收到奇效。"

阎敬铭所说的薛大先生,就是薛福成的大哥薛福辰,已调任宗人府丞。他当年曾经医好慈禧的病,赏加头品顶戴,后来调补直隶通永道,又任顺天府丞,再任宗人府丞,仕途算得上一帆风顺。

"先让太医看看再说,现在不急于劳烦他人。丹初、叔平,我又遇到难题了,所以把你们两位请来。"醇亲王摆了摆手。

阎敬铭接道:"臣和叔平早就想到了,王爷请吩咐,上头又有什么交代?"

于是,醇亲王把慈禧让再筹二百万两存到银行生息的要求一说,两人都吸一口冷气。阎敬铭有些怒道:"王爷,园工是个无底洞,这么修下去何时是个头?"

"现在有谁能开口劝阻,又有谁能劝得了?"醇亲王也有些无奈。

翁同龢知道醇亲王以园工换光绪顺利亲政的苦衷,因此插话道:"中堂,现在情形不同,王爷孤掌难鸣,实在也没法劝。您老还是帮着王爷想想这二百万两银子能从哪里弄到。"

二百万两银子说少不少,说多不多,户部银库秘密存银何止二百万?历任户部尚书都有为国聚财的责任,而且这笔钱不是用于维持正常运转的开支,而是用于国有大事之时——比如大征伐、大天灾。咸丰年开始,十几年连年征战,户部早就一扫而空。阎敬铭任户部尚书这几年,发挥他理财的特长,悄悄地为国聚财,已经积有一个很可观的数目,就是慈禧也未必知晓。他交代给翁同龢的时候说得再清楚不过,这笔钱轻易不能动。而且他告诫翁同龢,当户部尚书善于理财并不是最重要的,最重要的是敢顶,不该支的钱绝对不能支,哪怕得罪人也不能做和事佬。在阎敬铭看来,慈禧交代的就是一笔绝对不能由户部开支的银子。

"王爷,今春上谕说得清楚,园工一概不用正项,这笔银子不能从部库打主意。"阎敬铭说话向来不拐弯。

"太后的意思也不想动用库款,而是让各省报效,名义是海军购买舰艇的特别款项。让各省报效也无不可,只是怎么与各省沟通,需要好好琢磨。"

醇亲王之所以要琢磨,依然出在这笔银子的用途,如果说是用于北洋购买舰船,各省少不得讨价还价,而且必定会一拖再拖,园工如何拖得起?如果直接说是要用于园工,那更不妥当。所以,如何向各省开口,是个难题。

"王爷,要各省报效,其实与动用正款没有区别,各省还是要从正款里腾挪。"阎敬铭对筹措这笔银子压根就不赞同。

"只要不是从户部取银子,姑且就不算正款吧。之所以叫你们两个来,就是商量一个妥当的办法。"醇亲王又勉强解释。

"王爷,这事恐怕公事公办行不通。起码户部正式行文是行不通的,各省也公事公办,只说没有余款,户部便束手无策。如果有一个人半公半私,既不能明说此款用于园工,又要让他们知道是报效园工,反而比公事公办来得合适一些。"阎敬铭说了一些理由。

"我也是这样想。你们两个能不能担起这副担子,或者你们有什么合适的人选来办这件事? 办好了,将来调差使包在我身上。"醇亲王点头道。

两个人都觉得自己不合适,正在沉默的时候,翁同龢突然道:"这事让李中堂来办,再合适不过。"

醇亲王摇头道:"他一再要求添购舰船,如今不但无钱购舰,还要他来为园工筹款,实在张不开口。"

"王爷,叔平的建议不错,李中堂最合适不过。这笔款子是以海军购买舰船的名义筹措,按理说让海军衙门来办是正途。可是海军衙门里身份够格的只有王爷,其他人办这件事只能办砸。可王爷自然不宜出面,那么外面的督抚,无论威望与身份,非李中堂莫属。他不但是北洋大臣,还是海军衙门大臣,更重要的,他与两江、闽浙、两广、湖广等省份的疆臣关系都不错,说浅说深,说轻说重,把握起来游刃有余! 何况王爷对北洋鼎力支持,他心中自当有数。"阎敬铭也是极力赞同。

"也罢,只好再托李少荃了,他如能筹得一百五十万之数,我勉强就可过此难关。太后还要北洋先拿三十万两银子出来,这如何向他开口?"醇亲王想了想也没其他办法。

没法开口也得开口。等送走阎敬铭和翁同龢,醇亲王给李鸿章写信。先对巡阅北洋的周到安排和细致照顾表达感谢,再说园工于皇上尽孝心的重要,然后笔锋一转——

万寿山园工,原为太后颐养之所,无奈咸丰十年,为英法夷军所毁,次第恢复,工程甚巨,上又督责甚严。弟经费实在棘手,既不敢渎渎天听,又无法商诸同事,唯与立山蹙额相对,是可愁亦可笑也。部款既不可动,愚见又不借洋债,即使可借,将来还款亦难,且受滥语訾议,殊为不值。太后口谕,可由各省报效海军特别用款,筹足二百万两,存银行生息,用于园工,本金二百万两，或购舰船，或暂借园工，将来视情形而定。虽是公事，可不宜行诸公文，万不得已，商诸台端，愚意借台端之威望、交情，函商两江、两广、湖广、四川四督，湖北、江西两抚，如能筹得二百万两之数，弟可过此关。

李鸿章先后接到醇亲王两封亲笔，第一封要他提报购舰计划，接着第二封又要以购舰名义筹措二百万两，真是一喜一忧，先喜后忧，正如俗语所说，狗咬尿泡空欢喜。很明显，以海军特别经费的名义从各省罗掘二百万两，再想让各省支持北洋购舰，那连想也不用想，一两年内，购舰计划全成泡影。但醇亲王放下身架求援，自己断然没有袖手旁观的道理，何况北洋海防、铁路、人事哪一件都离不了王爷的支持。

李鸿章反复思索，拿定主意后着人叫周馥过来。周馥看罢醇亲王亲笔信后道："人都称七王爷敢于担当，可是在修园这件事上太纵容上面了。当年六爷当政，两次大兴园工的计划都被他挡下了。"

"所以六爷才被弃之不用。"李鸿章与周馥早就到了可共机密的程度，说话不用拐弯，"而且现在七爷身边没有拿大主意的人，清流言官也缺倭相国那样的忠介之士。还有，七爷是今上的生父，身份特殊，修园工是皇上尽孝心，他更不好说什么。"

"只是这样下去，北洋购舰、海防都要受影响。日本这些年憋着劲在与我们赛跑，我们慢了，就有可能让日本跑到前面去。"周馥自从出任北洋营务总办后，对各国海军尤其是日本海军的发展一直十分关注，"听说日本天皇从宫中拨款三十万给海军，全国官员都拿出一个月的薪俸献给海军购舰。咱们朝廷却一再以海防的名义建园子，两相对比，真是让人泄气！"

"兰溪，不要泄气！我们北洋海军毕竟已经粗具规模，不再是从前有海无防的局面了。我想，皇上真正亲政了，少年天子，血气方刚，必定要一心求治，只要我们抓住时机，北洋必定会再有一个大发展。"李鸿章压低声音，下面所说事关机密，"所以，我们与王爷的心思应当一致，那就是维持着局面，维持到皇上全面接掌了大政，那时候王爷以生父之尊，对朝廷的决策必然有更大影响。所以，目前帮王爷也便是帮我们自己。"

"中堂的远见我真是自愧不如。"周馥由衷地感慨。在处理与朝廷权贵的关系上,他不得不佩服李鸿章。

当年恭亲王执政,李鸿章与恭亲王关系极为密切,以至于朝廷的洋务外交,王爷总是先与他通气。就是清流领袖李鸿藻,虽在洋务上一直与恭亲王拧着走,但与李鸿章的私人关系又相当密切。醇亲王与恭亲王性格、政见大为不同,以对列国强硬出名,都认为他主政后李鸿章的好日子要到头了,谁知道没有多久,李鸿章与醇亲王的关系便密切到不输当年的恭亲王。更让人大跌眼镜的是,醇亲王竟然也在外交上与李鸿章亦步亦趋,在洋务上办铁路、办海防比恭亲王手笔更大。这让耿直忠介的周馥像看万花筒一样弄不明白,李鸿章何以在处理关系上如鱼得水?

"兰溪,要成大事,结交人就不能以一己好恶取舍,事关大业存亡的人物,必须要好好巴结。比如六王爷和七王爷,他们性情差别很大,我不能因为欣赏六王爷就不与七王爷交往,他们掌握着中枢大权,我不与他们交往岂不是自寻死路?那些个风流名士,可以对看不惯的人连正眼也不瞧,还美其名曰名士风流,还可自诩为一身傲骨。李太白让杨国忠磨墨、高力士脱鞋,多少文人墨客津津乐道,当年我也是无比向往。可如今就是有机会让杨国忠磨墨、高力士脱鞋,我也绝对不会如此行事,而是趁机与他们交好。为什么?为了他们能支持我的北洋大业!李白是名士,是纯正的诗人,他可以蔑视权贵;我们这些俗人,要想办点实事,就得把你的傲骨收一收,把什么风流、风骨抛到一边。"李鸿章借机长篇大论,一则是有感而发,一则是有意教导有点名士气的周馥。

因为最近疆吏将有一番变动,直隶藩司有可能出省任巡抚,按他的设想,直隶臬司升藩司,而空出的臬司之职,则由周馥升任。因为此次醇亲王巡阅北洋对周馥印象很好,此番安排,应当没有意外。臬司乃是一省大员,名士风流、风骨之虚名,不要也罢。

"中堂教训得极是。我已经五十有一,孔夫子说,五十知天命,我不敢说已经知天命,不过最近有些想法的确已经不同。诚如中堂所言,什么名士风流、傲骨虚名,想来真没什么意思。人生七十古来稀,能多办点实事就多办一点,后世有人说,某某是在谁任上办起来的,我也就心满意足了!"

"孺子可教也!"李鸿章笑了笑道,"兰溪,无论办什么事,要想人家支持你,必须让人家知道你所办之事的好处。所谓不知者不怪,人家不了解,反对你，也属常理。比如我，如果不是当初带兵去上海，不接触洋人，不接触洋务，必然也会像他们一样反对洋务。七爷当初反对洋务，也是因为见识未到，他主政后对洋务了解多了，对北洋的支持比六爷还果决。再比如，当初反对电报的人多不多？可如今不但没人反对，边疆省份也都纷纷要求开通电报。为什么？大家都看到电报的好处了。"

"是啊，电报、轮船、开平煤矿都称得上盈利累累！"

"曾老师当年教导我说，成大事以培养替手为第一要义，我做一引申发扬，那就是要办大事，就要帮人成事。俗话说得好，帮别人就是帮自己嘛。有人攻击我李鸿章保人太滥，不错，只要我了解的人，跟着我办事的人，一有机会我就推荐出去，这既是成人之美，也是为了将来办事有人支持。有官位，卡在手里不放的官员，是最没出息的。"

"是，这一条对我启发也很大。办小事，可以凭一己之力，可以靠鞠躬尽瘁，要办大事，非有一帮人追随不可。我有时只想独善其身，现在想来是大错特错。"周馥也是深有体会。

"现在我再说帮七爷就是帮我们自己，你应该没有异议了吧？兰溪，我要给两广、两江、湖广、四川总督还有江西的德晓峰各写一封信，请他们为万寿山筹款，你帮我起个稿子。大体意思差不多，说明园工缺款，王爷迭次书信，请他们伸援手就是了。再根据各地不同情况，措辞略有不同就成。此事宜密，不足为外人道。"

"好，我斟酌个初稿，中堂再改。"

"你的大笔，何须我再改。兰溪，除这二百万两外，太后口谕要北洋从存款利息中取三十万两用于园工。北洋哪来这么多利息？都是杏荪说话不过脑子惹的麻烦。"盛宣怀与刘瑞全谈话中无意把公款私存等事情透露出去，事后觉得不妙，便如实向李鸿章做了报告。

"那这三十万包不包在两百万里？"

"当然不包在这里面，北洋非单独报效不可。我的意思，让轮船招商局、电报局和开平矿务局各报效十万，这几年他们的利润也很可观。这事我不出面了，电报局你直接和杏荪说，就说是我说的，十万只能多不能少。至于轮船招商局、开平矿务局，先试探一下他们的态度，别弄得满城风雨，说以官欺商，侵夺商利。"

李鸿章一番交代后,周馥领命而去,到了下午,他亲自拿着函稿过来了。周馥文案老手,分寸把握得极好。李鸿章简单修改几个地方,便交给周馥去抄录,想了想之后又要回来道:"兰溪,此事关系极大,还是我亲笔吧。"

他先写给两广总督张之洞——

　　香涛仁兄年姻大人阁下:

　　径启者,昨接醇邸来函,以万寿山工程用款不敷,嘱函致各处,共集款二百万,存储生息,以备分年修理等语。邸谓目前海署、神机营两处余款暂可支用,然工巨费绌,不得不预为筹谋。今年二月朔日,上谕以万寿山大报恩延寿寺,为将来慈圣颐养之所,关系典礼尤重。窃维雍、乾两朝,庆典之隆,震今烁古,今日财力,诚非当时可比。伏读春间诏书,圣怀冲抑,既不动部库正款,复不开奉献之门,仅此工程,量加葺治。今醇邸以贤王之尊,再三谆垂,手书殷肫,我辈受国厚恩,自当竭力代谋,各尽臣子之义。顾念两年以来,大工未竟,大礼方新,各省支绌尤甚。直隶本缺额之省,事事仰食于人,收不敷支,自惭绵薄。生息一节,极应代筹。饫闻邸意所注,唯在粤东,以为岭海大藩,台端魄力,雄视九牧,近古罕伦,年来文武并兴,造作宏运,大气包举,称盛一时,若得大力主持,便有过半之望。此外南洋各处,一二善国,从而附益,便可观成,其余瘠区,竟毋庸布告。此为功力,岂可测量。兹将邸函抄呈察鉴,并望早日赐复,以便转达。专泐布臆,敬颂勋祺,诸唯爱照。不宣。附抄函。年愚弟鸿章顿首。

张之洞是清流出身,好大喜功,不妨给他一项高帽。李鸿章希望他能承担一百万两,因此有"过半之望"的说辞,就是打个折扣,有七八十万两也可。

第二个承接大头的就是两江,给两江总督曾国荃的函中有这样的话:"各省支绌尤甚,实已无可罗掘,唯屈指著名富庶,粤东而外,便属两江。邸意所注,首望香帅,次则台端,能于江、粤集得大宗,此外略加附益,便有成数。"因为曾国荃的兄长曾国藩是李鸿章老师的缘故,所以李鸿章自称"愚侄",语气极诚恳、谦逊。

有两广、两江承担大头,给湖广总督裕禄、四川总督刘秉璋、江西巡抚德馨的信函,词句斟酌大同小异,告诉他们醇亲王希望这几个省份筹款之意就够了,十万二十万随他们的便。

几乎用了一下午才写完五封信,李鸿章累得手腕疼痛。他一面活动着手腕,一面大声吩咐道:"四百里加急,立即发出。"

第三章

痴情郎跪求醇王 李鸿章进献火车

东华门新进一批护卫,要进行为期近两个月的"学规矩"。先是礼部司员来讲,之乎者也,空话连篇,让这些毛头小子不胜其烦。接下来由三等护卫塔尔图示范,他们都满怀期待,都指望他来展展身手,谁料他所讲仍然是枯燥的礼节。

"坐有坐相,站有站相,我先给各位讲站相。站相首要的是站得直,要挺胸举头,含胸拔背,提臀紧肛。"随后,塔尔图一项项分别讲解。

新护卫们本盼望着塔尔图亮几手,谁料还是嘴皮子功夫,大失所望,以频繁的咳嗽表示不满。而塔尔图也对自己的表现非常不满,他已经准备多日,谁知道一讲起来还是磕磕巴巴,越往后越混乱。好不容易熬到休息喝茶,他又多次犯傻,像俗话说的"掉魂"了。

这都是那个叫馨如的女孩子害的。塔尔图自从陪侍王爷巡阅北洋回来,脑子里全是馨如,她的聪明、刁钻,笑起来明亮的眼睛,还有那颗小虎牙,都让他夜不成眠。

"塔爷!"李莲英连喊几声,塔尔图端着茶碗发呆,竟然没有听到。

一个四等护卫推了塔尔图一下道:"塔爷,李总管给您请安呢!"

李莲英虽是太后面前的红人,可一直谦和得很,平时见到塔尔图总是客气地称"塔爷"。塔尔图的阿玛纳海外放锦州当副都统,又托李莲英多关照塔尔图,这次他能去北洋,也是得其关照的结果。在巡阅北洋的时候,李莲英照顾王爷的同时,对塔尔图也十分关照,两人关系已经算得上密切。只是他们这些护军，向来看不起太监，因此塔尔图不想让大家知道他与李莲英走得太近。

"哦，是李总管，有何吩咐？"

"塔爷，瞧说的，哪谈得到吩咐？储秀宫监奴才崔玉贵托我向您老请安。"李莲英相当客气。

"是会拳脚的二总管吗？"塔尔图问道。

"是，正是他。"

崔玉贵是李莲英的老乡，两人之间还有点拐弯亲戚，李莲英还要叫崔玉贵表叔。崔玉贵本来在庆王奕劻府上当差，庆王府有一位武功相当有名的尹太监，是八卦拳创始人董海川的大弟子，崔玉贵拜他为师，苦练六年，成为尹太监最得意的弟子。后来宫中为了加强护卫，从各王府中专门招了一批有功夫的太监，奕劻也把崔玉贵推荐到储秀宫当太监的把式教头，崔玉贵深受慈禧器重，如今已经是储秀宫的二总管。听说他对自己的功夫很自负，与宫中拳脚好的侍卫都交过手，据说还未遇到对手。

"崔总管无缘无故向我问什么安？"塔尔图又问道。心中想，这阉货是不是想与我较量？那就得好好考虑一下，打胜了还好说，要是成了太监手下败将，以后还怎么在兄弟中混？

"他有事要请塔爷帮忙，自己不敢前来，怕您老一口回绝。"李莲英边恭维边解释原因，"太后吩咐，要对宫内会功夫的太监来个检阅，功夫好的太后有赏，崔玉贵想请您出任总裁。"

塔尔图心里高兴，但嘴上却道："崔总管的功夫号称宫内一流，外号'小罗成'，他自己当这总裁得了，何劳外人插手？"

"咳，那都是别人瞎传，有塔爷您在，他敢称宫内一流？"李莲英解释道，"他当不了这个总裁，一则是他功夫没您好，二则都是他的徒弟，手心手背都是肉，他评起来难免有失公正，所以非劳您大驾不可。到时候太后要是有兴致，可能也要去看看热闹。"

"李总管，看您的面子我答应了，可是如果时间不凑巧，我当班的话就去不成了。"能在太后面前露脸，对塔尔图也是难以抵挡的诱惑。

李莲英见事情办成，高兴道："您老只要答应了就成，你们参领那里我去说，保证不让您老为难。"

李莲英临走的时候,突然又问道:"塔爷有什么吩咐?只要奴才们尽得上力,必当效劳。"

塔尔图心思一动,都说李莲英手眼通天,自己的事他也许真帮得上忙,所以很客气地问道:"李总管,还真有事要麻烦您。您什么时候方便,我去找您?"

"哪敢让您老找我。这样吧,午膳后太后要睡午觉,那时候我没事,便来找您,不知您老有没有空?"

"那就在这里见面。"

塔尔图完成上午的"讲规矩",午饭也没胃口,勉强吃了几口,味同嚼蜡。其他护卫不当值的开始睡午觉,他坐在椅子上,眼睛不时向外瞅,等着李莲英。等了很久——其实只有一刻钟,看见李莲英向值房走来,他连忙迎上去道:"李总管,咱到南边说话。"

南边箭楼下有一片阴凉。两个人到了阴凉地里,李莲英便拱手道:"塔爷,您老吩咐!"

身边没有别人,塔尔图对李莲英客气多了:"李总管,您别这么客气,要论品级,您正三品,我才五品,您这么客气,让我不好开口。"

"好,咱们谁都甭客气,有什么我能帮上忙的,您吩咐。"

"哪里说得上吩咐。"塔尔图想了一上午,到此时仍然有些张不开口,支吾半天说,"李总管,您还记得轮船上见到的李中堂的女儿吗?"

"哦,您是说馨如小姐。"李莲英当然记得,"她穿着男装,一句话也不说,五六天我愣是没看出来。"

"我想能不能还有机会,见她一面。"塔尔图说得平淡,但他心里却如翻江倒海。

李莲英猜到十之八九,但不去点破:"塔爷,那就难了。无缘无故,怎么见得上面?"

"自从天津回来后,我天天睡不着,总是想着她。"塔尔图此时神情大变,像个无助的孩子,而眼前的李莲英,是可共机密的知己,"李总管,您知道,我阿玛在锦州,很少回来,我弟弟又是小孩,我的事,没人商量。"

塔尔图把心底最机密的事说给李莲英,李莲英很感动,问道:"塔爷,如果我没猜错,您是喜欢馨如小姐?"

"喜欢得不行，此时她要我的命，我都愿送上。"塔尔图急急地点了点头。

李莲英叹了口气道："塔爷，您把这么重要的事情说给我，是对我的最大信赖。为了您和馨如小姐着想，您最好还是把她忘掉。"

"忘不掉的。"塔尔图也叹了口气道，"李总管，您没这样的经历，不知道我心里多难受。"

"塔爷，我九岁进宫的时候，被一辆骡车拉到西华门，我母亲一路追来，把两只鸡蛋塞到我手里。进宫后，我天天想家，想娘，吃不下饭，睡不着觉。塔爷，此时您的感受，大约和我那时的情形差不多。"李莲英是太监，他当然没男女相慕的经历，但对亲人刻骨铭心的思念他也是经历过的，他估计和这个差不多。

"我可能比您更难受，我觉得心里像有一团火，天天在烧着。如果能娶到她，对其他女人我不会正眼瞧了。"塔尔图有些垂头丧气。

李莲英还是劝道："塔爷，您还是打消这个念头。满汉不通婚，这个规矩您不是不知道。"

"是，我知道。可不是有许多旗人娶了汉家女做妾吗？"塔尔图仍不死心。

"旗人可以娶汉女子做妾，可是塔爷，李中堂的掌上明珠能甘心给人做妾吗？"李莲英反问道。

"不是还有抬旗的说法吗？"

"是有抬旗的说法，可李中堂连汉军旗都不是，谈什么抬旗？"

"李总管，那有没有什么办法，把馨如变成旗人女儿？比如，先认在旗下做干女儿，然后再正式入旗？"

"这个我还真没仔细琢磨过，不过，以我的了解，恐怕难比登天。"

"那我娶了馨如，从此什么人也不娶了，没有什么福晋、侧福晋，馨如与福晋又有什么不同？"

李莲英见塔尔图如同走火入魔，此时怎么劝他也未必听得进去，便道："塔爷，我知道您的心思了。您容我想想，也打听打听，过几天再帮您出主意如何？"

"好吧，李谙达，请您一定帮忙。"塔尔图一高兴，连称呼都变了。谙达在满语中是朋友、兄弟的意思。

李莲英被眼高于顶的护卫称谙达，心里很受用，郑重地说道："我一定尽心。"

塔尔图心急如焚地等了四天,才等到了李莲英。可一见面李莲英便兜头泼了一瓢冷水:"塔爷,这事最好还是别想了,希望太小。"

"李谙达,再小我也不放弃。我上次给您说过了,就是要我的命也行,只要能娶馨如。"塔尔图语气近乎哀求。

"塔爷,别命不命的,到不了那份上。我不明白,您就是陪她逛了一次威海城,就这样抛心撒肺的。您得问问您自己,您是真的喜欢她那个人,还是您自个在屋里想出的这么个人。一面之缘的人,往往把她想得太好,等您和她处长了,新鲜劲一过,就后悔自己看走眼了。"李莲英一边劝一边又提醒道。

"绝对不会。李谙达,我是让您帮我拿主意,不是让您泼冷水。您就给一句痛快话,给想辙了没有?要没有,您就立马走人,从此谁也不认得谁。您要有辙就快说,我受不了。"塔尔图这时也有些着急上火了。

"塔爷,这事难题太多。我琢磨了一下,这事哪怕有一丁点的希望,还非得找个身份极重的人来帮忙。谁的身份能让李中堂看重?只有七爷。也只有七爷帮您向李中堂过话,李中堂才能好好掂量。您想让馨如小姐入旗,也只有七爷出面才有那么点儿可能。"李莲英见塔尔图急了,便把自己想的办法说了出来。

塔尔图听了有些泄气,道:"李谙达,您不是想这么个辙应付我吧?我和七爷过不上话。"

"怎么过不上话?他和您阿玛的交情厚着呢!王爷对您印象也非常好,在李中堂面前多次夸您。还有啊,七爷最讲义气,您要打动了他,他一准给您上心。"

"好,那我就去找七爷。"塔尔图一跺脚,算是下定了决心。

"慢着。"李莲英连忙劝阻,"塔爷,还有两条要谨记。第一,现在七爷病着,已经两个多月不上朝了,您这时候不能去找他。第二,您千万别在七爷面前提我,要让王爷知道是我给您出的主意,太后非打发我出宫不可。"

"李谙达,您放心吧,害人的事塔尔图不能办。"

但塔尔图却没法完全按李莲英的要求办,等他下值回家,一天就待不住了。他要去见七爷,便问额娘道:"额娘,我想去看看七爷,他病了。您知道,这次去北洋见世面,是七爷特意关照才得到了这份美差。我阿玛每年都要到七爷家里去,那时候他都拿点儿啥?"

"能拿啥,王爷家里啥也不缺,咱也没值钱的东西。你阿玛去,就是园子的土物,啥顺手拿啥,有时提着篮子青菜萝卜就去了。"

"额娘,王爷府上的门子很刁,不是说没门包进不去吗?"

"那是六爷门上的毛病,七爷那里不大兴这个。不过,那也看啥人去,他们都知道你阿玛和王爷熟,从来没拦的。"

"额娘,如果我上门,会不会被他们拦住?"

"你有东华门的牌子,再多说几句好话,应该能见得上。"

塔尔图的额娘给他准备的是一竹篮鹌鹑蛋,还有一布袋黑豆。醇亲王喜欢马,黑豆是马最好的嚼料。

塔尔图骑着马,黑豆驮在马鞍上,鹌鹑蛋篮子则挎在臂上。好在他骑术好,那匹马又听使唤,十时左右就到了后海边上的醇亲王府。醇亲王府有南府与北府两处,南府在太平湖畔,因为光绪皇帝出生在这里,是潜龙邸,所以太后将这后海边上的原成亲王府赐给醇亲王做新王府。但今天塔尔图还没看到王府大门,就被步军统领衙门的兵给拦下了,原来皇上探视醇亲王,王府周边的几条街全部戒严了。

醇亲王的病曾经非常严重,两手颤抖,双腿不能挪动,吃不进东西,尤其不能沾荤腥。人消瘦得厉害,双眼也蒙昧不清。李鸿章极力推荐西医,醇亲王却坚决不肯让"西夷鬼子"进府。御医的方子又不能见效,认为只能拖日子而已。太后曾带着皇帝到醇亲王府视疾,当时醇亲王被两名身强力壮的侍卫架着才能勉强见驾,连跪下磕头也办不到了。慈禧回到宫中,召见军机时甚至议及醇亲王的丧礼。

然而谁也没有料到,醇亲王的病却突然好转。军机说是太后视疾带去的福佑,而实际情况是,有一个在京捐班候补的司官叫徐延祚,平日酷读医书,不但读本草、伤寒论,还读日本、朝鲜以及西洋的医籍。他跑到醇亲王府毛遂自荐,说有把握治醇亲王的病,若无效验,宁愿领罪。此事无人敢做主,福晋亲自说给醇亲王听,醇亲王道:"反正这样了,就姑且一试。"谁料三服药下去,醇亲王手不抖了,胃口也好了。而负责给醇亲王看脉的御医却群起而攻,说徐延祚的方子不好。醇亲王心里有数,嘱咐表面上用御医的药,而实际上一直按徐延祚的方子治疗。一个月下来,竟起死回生。慈禧听说后半信半疑,就让皇上再来视疾。

此时,醇亲王府内所有人都跪在地上向光绪磕头,包括醇亲王和福晋也不例外。虽是亲生父子,但首先是君臣。光绪赐座后,醇亲王和福晋才得以坐下说话。光绪询问饮食、用药等情况,醇亲王一一作答。几乎生离死别的父子竟然又能相对而谈,醇亲王福晋则是百感交集,一个劲地哭。

自从光绪四岁入宫,福晋想念儿子却难得一见,就经常以泪洗面。上次视疾,有慈禧在,虽然是亲姐妹,但惧于太后之威,强忍着不敢落泪。今天醇亲王已经提前告诫,但她面对年轻英俊的少年天子时,依然控制不住夺眶而出的热泪。光绪从小就叫慈禧亲爸爸,小太监们告诉他慈禧就是他的亲额娘。但随着年龄增长,他也知道眼前的这位才是他的母亲。毕竟血浓于水,父母对自己的那份感情他完全感受得到,但随侍的太监、宫女和侍卫肯定有慈禧的眼线,因此,他只能端着皇帝的架子,不能有普通人家亲人相见的亲切和随意。他要强忍着不让眼角的热泪滚出来,这实在有些难,因此不得不尽快结束这难得的相见机会。

"七叔,亲爸爸说你的身子已经大见好转,打算到十月就给朕选皇后,明年就要大婚,亲爸爸说让你养好身子,为朕的大典拿拿主意。"光绪是承继咸丰帝为嗣,因此称父亲为"七叔"。

"臣遵旨,请皇上转禀太后,臣的身子已经好多了,定然能够为皇上的婚庆大典效力。"

"七叔,亲爸爸说你虽然在病中,可是对国家大政有什么建议,随时可以上折子。"

"臣暂时没有折子可上,但请皇上勿忘海军。当今各国都以海军为武备之最,东邻日本更是大治海军。臣此次巡阅北洋,海军大见成效,但与列国仍有差距,而且各国海军不断推陈出新,北洋门户要想真正固若金汤,海防、海军建设仍然要不惜巨资。"

醇亲王此次大病,起因就是园工一再扩大规模,而海防经费一挪再挪。但此中缘由如何能够告诉皇上,只希望他能体会,将来亲政了能真正大办海军。

"朕知道了,一定记在心上。你们跪安吧。"光绪说罢,站起身来。

醇亲王和福晋以及府内人等全都跪下,高呼"恭送皇上"。福晋再也忍不住,喊了一声"皇上"后放声大哭。光绪在门口站住了,回身看着跪在地上的一对老人道:"你们都要保重身体。"

等光绪皇帝的圣驾出府,王府周围的侍卫陆续撤走,塔尔图这才得以走到府门前说明来意。

门政是个五十多岁的人,看上去很和善,他看了塔尔图的腰牌后道:"塔爷,我劝您还是明天来吧,王爷一上午忙得不轻,这时候他如何能见客?为王爷的身体着想,我也不能放您进去不是?"

"那我下午来好了。"

"塔爷,您还是明天上午来吧,稍早一点。您是来给病中的王爷请安,下午来不合适。"京中习俗,看病人只有上午,太阳过正南便非吉时。塔尔图见门政说得诚恳,只好回家。

他回去后把事情对额娘说了,他额娘也点头道:"门上说得对,你既然上午没见上,下午就不合适了。明天去吧,也不急于这一天。"

第二天九时多,塔尔图就到了。门政却道:"塔爷,昨天我就给王爷说了,王爷说他有郎中照料,身体恢复得很好,请大家放心,就不必见面了。"

"我还有事要面禀,请您一定设法让我见到王爷。"塔尔图一听着急了。

门政想了想道:"这样吧,空口说您是东华门护卫那也不合适,我也不认识您是不是?您要信得过我,就把腰牌交给我,我让王爷看一眼,也趁机再向王爷陈请。"

护卫腰牌按说是不能交给别人的,但塔尔图现在的心情不容他犹豫,他摘下来递给门政道:"请您一定多费心。"

过了一会儿,门政出来了,把腰牌还给塔尔图道:"塔爷,您随我去见王爷。我提醒您,王爷病中,不宜久谈。"

塔尔图跟着门政进府,走了很远,才走到醇亲王居住的院子,进门首先听到有人在唱京戏。醇亲王爱听京戏,若高兴了还会哼两句,府里还养着个"安庆班"。

塔尔图被领进醇亲王的居室。醇亲王正斜靠在炕上,他挥挥手,唱戏的伶人就站到一边。塔尔图进门就跪下行大礼,醇亲王并不阻拦:"看座。"

塔尔图谢过了,表示自己不敢坐,就站着回话。

"听说你拿来了一袋黑豆,那可是好东西,回去谢谢你阿玛。你阿玛在京的时候一年总要进府三五趟,自打他当了锦州副都统,就来得少了。都是旗下兄弟,你以后也像你阿玛一样,常到府里来坐坐。"醇亲王完全是拉家常的语气,"听说你还有事?"

塔尔图连忙跪下,将心事回禀给醇亲王。醇亲王一边听一边皱眉头,等塔尔图说完了,他便拧着眉头一口回绝道:"这件事情,你连想也不要想。你不是不知道,满汉不通婚,为的就是八旗的种性不乱。而且李中堂的女儿给你做妾,不要说李中堂,我也不答应!"

"王爷,我宁愿不娶福晋、侧福晋,必定不让馨如受委屈!"塔尔图在砖地上磕得头砰砰直响。

"你不要再说,让她做妾就是天大的委屈。"醇亲王态度坚决。

"王爷,塔尔图二十一岁不娶,就是想找一个自己喜欢的女人,如今遇到了馨如小姐,我是非她不娶!"塔尔图激动得有些失态,说话声嘶力竭,门外的下人跑进来好几个。

"你们把他打发出去。"醇亲王指了指地上的塔尔图,几个人架着他就向外走,醇亲王又吩咐,"别忘了给他谢礼。"

回赠相当丰厚,是一支长白山上的小山参。门政把它塞到塔尔图怀里道:"塔爷,您体谅体谅小人们。王爷还在病中,也生不得气不是?进门时我就嘱咐了,您没进耳朵啊?"

塔尔图被客气地推出王府,他扑通一声跪在地上道:"王爷不答应,我就跪在这里。"

门政跑进去汇报,醇亲王怒道:"真是岂有此理,他这是要挟本王吗?别理他,爱跪就跪。"

午觉醒来,醇亲王睁眼看到府里总管拿着一份电报站在榻边,便问:"哪里的电报?"

"北洋李中堂。"

醇亲王接过来一看,上面写的是——

王爷钧鉴:万寿山工程集款,粤东百万,南洋八十万,湖广四十万,四川二十万,直隶二十万。仅粤东不动正款,余皆由正杂款内腾挪,请约略奏明,年内可分批解津转解海署。

如今这个结果实出意外，醇亲王所盼望能够筹得一百五十万两就谢天谢地了，没想到竟然能筹得二百六十万两，比他的预期整整多了一百万两。他拍着电报吩咐总管道："少荃真是不容易，真是了不得。马上派人去请阎丹初和翁叔平。"

半个多时辰后，阎敬铭和翁同龢赶到王府。两人给醇亲王请了安，又问病情，醇亲王摇手道："我的病已经好了多半，你们先看这个电报。"

阎敬铭接过去和翁同龢同看，惊讶地说道："李少荃竟然筹措到了这么多，真是太意外了！"

"看似意外，其实也不意外。少荃做事用心，真是无人可比。他在北洋这些年办成了多少大事。轮船、电报、铁路、开平煤矿、漠河金矿，哪一样不是阻力重重？哪一样不是被人弹劾？你们想想，大清上下还能找得出第二人吗？"醇亲王感慨道。

阎敬铭一听这话，连忙自谦道："我是自愧不如。"

"我这户部尚书在王爷为难的时候全然束手无策，倒是让少荃筹得如此巨款，真是羞愧难当。"说这话时，翁同龢眼角湿润了。

醇亲王一见两人如此，反过来劝慰道："叔平，何必如此。我知道你的难处，并没有责备你的意思。"

"正因为王爷没有责备，我等才更加惭愧。"

"少荃主持北洋，需要你们支持的事情很多，将来能多帮他一把就是了。"醇亲王转换了话题，"皇上曾御驾亲临，说明年就要举行大婚典礼。典礼的费用，你们要尽快筹措。"

阎敬铭接话道："王爷放心，我和叔平一定想办法，必定办一个风风光光的大婚典礼。"

醇亲王笑道："有你们两位，我有什么不放心的。我淘换到了一匹好马，走，陪我去看看。"

这时，翁同龢又插了一句话："王爷，我和阎中堂来的时候，在府门上见到塔尔图跪在那里。"

醇亲王愣了一下道："这小子原来是个牛板筋，不用管他，让他跪个够。"

送走了阎敬铭和翁同龢，福晋来见醇亲王，说道："王爷，那个孩子还跪在门外呢。"

"让他跪!"

"王爷,李中堂的女儿给咱旗人做妾,也算不上多么委屈。再说,那孩子不是说,他宁愿不再娶福晋吗?"

"这种话你也信?男人哪有不好色,哪有不喜新厌旧的?让李少荃的女儿做妾,已经委屈了人家,到时候他塔尔图遇到漂亮女子再娶回家当福晋,我怎么向少荃解释?这种荒唐事我不能做,你也不要管闲事。"醇亲王提醒福晋。

到了晚上,塔尔图还跪在府门外,门政过去劝他:"塔爷,您回吧,您都跪了一天了,这膝盖如何受得了?再说,马上就关府门了,您跪在这里也没人知道不是?"

塔尔图回道:"你关你的门,你关了门我就走。"

之后,府门便吱呀呀关上了。

第二天一早,醇亲王福晋正在府里遛弯,王府长史急匆匆向府内走,看到福晋后小跑过来低声道:"福晋,不好了,塔护卫在外面跪了一夜,膝盖怕是跪坏了。"

福晋吓了一跳,问道:"怎么回事,让他跪了一夜,门上没劝他走吗?"

"劝了,他说府门一关就走,谁知道他没走,一开府门,看到他还跪在那里。门上都吓坏了,不敢向您回。"

"人呢?"

"已经抬进门房里了,请郎中过去看了。"

福晋匆匆赶到门房,郎中正在看塔尔图的膝盖,血糊糊一片,看了让人心惊。福晋把头扭到一边,心疼得落泪了:"你这个孩子,怎么这么傻!"

塔尔图挣扎着还要跪,郎中叫道:"你再跪就不要这双膝盖了!"

塔尔图斜着身子,在铺上给福晋磕头,哭着说道:"福晋,您帮我说说话,我没有其他的路可走。福晋,我说到做到,保证不委屈了馨如小姐,保证不再娶福晋,我这一辈子,只娶馨如小姐一个!"

"孩子,我一准给王爷说。可是你要听话,不能再这么跪了。王爷病还没好,不能生气,我得抽机会慢慢和他说,你明白吗?"福晋动了恻隐之心。

塔尔图点了点头。

福晋又劝道："听我的话，你先回家去，等有了结果，我立即派人给你个口信。"

于是，王府长史安排一辆马车把塔尔图送了回去，还送上了一些药膏。

醇亲王因为李鸿章筹得二百六十万两银子，心情舒畅，饮食也大增。到了晚上，福晋就把白天的事说给醇亲王："有件事告诉你，你可不要生气。"见醇亲王不作声，福晋继续说道，"还是塔尔图那个孩子的事。王爷，我看这孩子不像心浮气躁的人，他说得到定能做得到。能帮，就帮他一把吧。"

醇亲王乜福晋一眼道："你少替别人打包票，你又不是男人，怎么知道男人的心思？他这个年纪，遇到可心的人要死要活，可是新鲜劲过去了，弃之如敝屣，这样的例子还少吗？"

"这孩子不像说话不算数的人，他昨晚在府门外跪了一宿。"

醇亲王一听塔尔图竟然在外面跪了一夜，也是非常吃惊，问道："他膝盖怎么样？没出毛病吧？"

福晋回道："郎中说还好，用药外敷，再好好休息，也许能保得住膝盖。我是好歹把他劝走了，他要是再来跪，跪出毛病来，传遍四九城，都说醇亲王府欺负人，这话好不好听？"

"这哪里是王府欺负他，简直是他欺负王府！"

"说好不生气的，你又生气。"福晋看醇亲王气消了些，又为塔尔图求情，"王爷，这孩子的眉眼与老大有些像，我心一软就答应他了。你就帮他问一句，人家李中堂不答应，那也不是咱的事了，他死了心，也许就不这么魔怔了。"

"你看谁都像你儿子，真是！你派人去和他说我答应了，但要等机会，我只管问，能不能成我不敢说，到时候别再出什么岔子，本王可不吃他这一套。"

第二天，福晋就打发一个稳妥可靠的人去塔尔图家报信，一再申明，请一定耐心等待，如果塔尔图再胡闹，王爷不但不管了，还要把塔尔图交给他们镶蓝旗的旗主来惩治。塔尔图闻讯后喜笑颜开道："再也不敢了。"

毕竟年轻，五天后塔尔图行走就无大碍了，便道："额娘，我还要去谢一个人，您能给凑点银子吗？"

额娘一听要去答谢太监李莲英，老大的不高兴："塔尔图，咱们瓜尔佳氏世代忠烈,没有巴结太监的说法,你可别辱没了咱的身份。"

"额娘,您这说的是哪里话,我的差使,还是阿玛托李总管关照的呢。实话说吧,这次去北洋,也是李总管帮我请的恩典。"

"送银子少了拿不出手,多了也没有,你看七爷只带了一袋黑豆和几个鹌鹑蛋,去看一个太监,你拿多少银子合适?我看不如找样玩意儿送去,表达一点心意罢了。"他额娘翻箱倒柜,找出一只镶了一红一绿两块玉的烟袋荷包,不记得是宫里赏的还是旗兄送的,值不值钱娘俩也不清楚,塔尔图拿上就走。

李莲英兄弟六人,除了老五李升泰在老家经营李家庄园外,其他兄弟子侄都到北京投奔了"二爷"。他在京城建了多处房产,供兄弟子侄居住,他最常去的是西直门内棉花胡同的宅子。他是大孝子,他把老母亲奉养在棉花胡同,太后特准逢五、十出宫回家侍奉老母。有投李莲英门路的,也都是在逢五、十的日子前往。

李莲英的宅子门脸并不起眼,但门上的人却很霸道,接待塔尔图的是个二十多岁的小子,问他是几品,塔尔图说五品护卫。他听了后笑道:"李总管怕没空见您,一二品的大员还排不上号。"

"一二品大员从我面前过,我说搜身就搜身。和你说不着话,请你们说了算的出来。"塔尔图有些生气。

这小子见塔尔图说话很霸道,就去回门上管事的。门上的管事一听是东华门上的,不敢怠慢,连忙出来道歉:"塔爷,他们不懂规矩,您别和他们一般见识。您先到门房喝着茶,我去给您通报一声。"

门上说得真正不错,前往李宅的的确不缺一二品大员,塔尔图喝茶的工夫,就有一位仓场侍郎前来求见,也是规规矩矩递帖子。

喝第二杯茶的时候,门上管事的出来说道:"塔爷,李总管吩咐,先请您老到花厅喝茶,等他把那些人打发走了,好好和您说话。"

塔尔图在花厅等了足有半个时辰,有些不耐烦的时候,李莲英到花厅来了,老远就说道:"塔爷,让您久等了。真是没办法,我一回家,他们就像苍蝇样扑过来。"听他的语气,半是炫耀半是不耐其烦。

塔尔图没接他的话,直接说道:"李谙达,我去过王爷府上了。"

"哎哟我的塔爷,不是让您过些日子去吗?王爷还病着呢!"

塔尔图把见王爷的经过简要说给李莲英听，李莲英眉毛一会儿聚一会儿散，一会儿垂一会儿扬，听完了他大声道："塔爷，您竟来这一手，我真服您了。您没提我的贱名吧？"

"不能够啊！不管成不成，您出的这主意奏效了。我没什么值钱的东西，这是我阿玛的一件玩意，额娘让我送给您，您可别嫌弃。"

李莲英双手接过，仔细端详着说道："塔爷，您知道这荷包的来历吗？"

塔尔图笑道："我还真不清楚，我阿玛的东西值不了多少钱，一点心意罢了。"

"塔爷，这东西不能用银子来衡量。我记得很清楚，这是七爷赏给您阿玛的，您说得值多少银子？"李莲英把荷包塞回塔尔图手里，"蒙您看得起我，我感激得很，这东西您要好好给都统大人留着。实话说，要是那些贪官污吏送我东西，万儿八千的银子我都不放在眼里。为什么？他是刮地皮刮来的，再说，他们都是为头上的顶子来的，他们的银子我毫不客气。可是塔爷，您是靠饷吃饭的人，我要收您的东西，那我真正不是东西了。"

"李谙达，您帮了忙，我怎么着也得报答一下是不？"

"塔爷，不敢受报答二字。我就是侍候太后的一个奴才，帮您的忙是我应职应分。我不求别的，只求别人背后骂我李莲英时，您能说句公道话，那样我就感激不尽了。"李莲英也是一脸的诚恳。

"您门上一二品大员踏破门槛，我的话哪有他们的分量大。"塔尔图有些不信。

李莲英笑道："塔爷，此言差矣。他们说好说坏大家都不信，都知道他们为了顶戴什么话也说得，什么事也做得。可是你们就不一样了，不必巴结我们这些人，您说话，大家觉得公正可信。"

塔尔图的荷包不但收回，而且李莲英还送给他茶叶、干菜两竹笼，又派了一辆马车把他送回家。

醇亲王两个月后销假重新入值，他走过乾清门的时候，塔尔图总是眼巴巴地看着他。其实醇亲王并没有忘记自己的承诺，但他需要一个合适的机会。

机会说来就来了。津沽铁路通车，李鸿章邀请海军衙门派员参加通车典礼。海军衙门大臣,醇亲王为首,庆郡王奕劻、北洋大臣李鸿章为会办,按道理,奕劻去比较合适,但王爷出都比较麻烦,且铁路为清议所反对,太引人注目也非善策。于是醇亲王想到了一个人,那就是曾国藩的大公子曾纪泽。兵部侍郎曾纪泽有两个兼差,一个是总理衙门大臣,一个是海军衙门帮办。让他去,从公事上说,铁路归海军衙门管理,他这海军衙门帮办参加典礼是职责所在;从私谊论,曾国藩是李鸿章的老师,有这层渊源,曾纪泽与李鸿章说话比较方便。

于是醇亲王特意把曾纪泽请到府上,说明派他去天津不仅是为公事,还有私事相托。曾纪泽听了醇亲王相托的私事,觉得此事太过难办,因为李鸿章的掌上明珠,要嫁给人做妾,这事张口都难。但王爷所托,他又义不容辞。

津沽铁路从天津往东通到大沽,是天津通往唐山铁路的一段。当初李鸿章与开平矿务局总办唐廷枢以运煤的名义建成了唐胥铁路,本来计划接下来一直修到大沽,但因为清流的极力反对,此事拖了四年多。

后来中法战事紧张,李鸿章以便于军舰用煤为由,把唐胥铁路向南延伸。修建的办法是商股商办,为此成立了开平铁路公司,专事铁路建设。周馥任督办,李鸿章的法律助手伍廷芳任总办,开平矿务局总办唐廷枢任经理。他们用了两年时间,将铁路一直修到了芦台附近的阎各庄。李鸿章的铁路计划当然不止于此,他提出再将铁路从阎各庄往南修到大沽,从大沽往西修到天津,理由是便于将天津的军火饷械运到海口,从而加强海防。

海军衙门一上奏,慈禧竟然当即批准了。李鸿章大受鼓舞,觉得铁路建设一片光明,于是他将开平铁路公司改为中国铁路总公司,计划将铁路向西通往天津,再往北修到通州,把京城和天津连为一体;然后再从唐山往东,一直修到盛京甚至大连、旅顺,计划十分庞大。他之所以如此大办津沽铁路通车典礼,就是想为下一步修筑津通铁路造势。

九月初四,曾纪泽一行到达天津,周馥及中国铁路公司总办伍廷芳出城迎接。他不住驿馆,而是按李鸿章的吩咐直接住到总督署。晚上,李鸿章亲自宴请曾纪泽,宴后又做了一番密谈。

李鸿章所谈,就是他的津通铁路计划。李鸿章急于修筑津通铁路,是便于京津两地交通,而更重要的,是为了尽快收回津沽铁路的投资。从唐山到大沽的铁路是一条运煤专线,因为开平矿煤的产量不断增加,回报可观,商股踊跃,集资不难。但津沽铁路则不单单是客货运输,还兼着加强海防的功能,"招股章程"有"便于调兵运械,兼筹利于商贾"的说法,结果商人为之裹足,因为大家对能否保证商贾利益非常怀疑。原计划招股一百万两,实际只招到了十余万两,李鸿章从北洋海防中筹集了十六万两,仍然有七十多万两的缺口。

"劼刚,那时可真是骑虎难下。最后只有向洋人借债一途,最终以周年五厘轻息向英商怡和洋行借银六十三万七千余两,德商华泰银行借银四十三万九千余两,一百八十余里之铁路始得告成。但每年利息总数也需要六万余两,而津沽铁路年利润大约只有一万两千两,以此还债,仅利息也不够。所以必须尽快修筑津通铁路,京津之间人流、物流极其繁重,铁路一通,利润必厚,正可以此偿还洋债。"李鸿章侃侃而谈。

曾纪泽与李鸿章关系实在算不上密切,当年对俄交涉、与法国开战,曾纪泽都持强硬立场,为李鸿章所不满。曾纪泽是大力主张办洋务的,但对李鸿章办洋务中重用操守不佳的人又十分反感,甚至认为他大办洋务,无非是聚敛的手段,因此不免有些敬而远之。

如今李鸿章开口就谈洋债的事,曾纪泽心生戒备道:"中堂,这是大事,也只有七爷和太后能决,我这小小的侍郎人微言轻,想帮您也帮不上。"

"劼刚何必如此谦虚?你是总理衙门大臣,又是海军衙门帮办,哪项洋务离得了你的支持?"李鸿章已经感觉得出曾纪泽不甚热心,但他的习惯是千方百计让不热心的人热心起来,所以大谈当年与曾国藩创办金陵机器局、江南制造总局的往事,最后总结说,"如果老师活着,他必定会全力推动铁路建设,可惜他去得太早,这份担子我这当学生的必须担起来。"

李鸿章的口才的确好,加之忆往事峥嵘岁月,不乏真情实感,曾纪泽不能不受感染:"中堂,英法美俄等国铁路都是几万公里,就连日本也有几千公里。大清国必须大办铁路,这毫无疑问。您应当尽快上折子,或者您先写封信,由我代呈七爷。"想到醇亲王所托,他对李鸿章不能不热情一些。

"我准备请七爷请旨,不过我还在等待机会。我给太后的一份特殊礼物不日就到了。"

李鸿章给太后的礼物是西苑小火车。三海工程完成后,慈禧经常移居西苑,以仪鸾殿(今怀仁堂)做寝宫,勤政殿做议政处所,镜清斋做进膳之地,三地相隔甚远。李鸿章就向醇亲王提议可在西苑开通小火轮车,方便太后游览。当然更重要的目的,是让太后以及权贵们直接感受一下火轮车的好处,以便于中国铁路的发展。

慈禧没说行也没明确反对,醇亲王做主就先在西苑开始准备工程,李鸿章则让周馥与法国新盛公司德威尼订购机车一辆、车厢六节和七华里铁轨。法国商人为了将来在中国的长远利益,几乎是赠送火车与铁轨,一共花费只有六千两,连从法国运来的运费也不够。

铁轨早已经运来,大约已经铺筑完成了,根据法国商人拍来的电报,再有十几天火轮车就该到了。李鸿章的意思,等小火车开通,太后感受到了火车的好处,他再提出修建津通铁路的请求。

曾纪泽却大摇其头道:"中堂,您想过没有,那样太后会不会觉得您献小火车纯粹就是为津通铁路?我看倒不如顺其自然,津通铁路计划该提就提,不必刻意等火轮车。"

李鸿章用心一想,一拍桌子道:"劼刚说得对极了,等你回京的时候,就把我的亲笔信呈给王爷。至于火轮车,一到天津立即起运,争取在太后万寿节前能够开通。"

这时,曾纪泽才说他此行的另一个任务。果如所料,李鸿章听说护卫塔尔图一心要娶馨如,惊讶得半天回不过神来。

曾纪泽只怕李鸿章一口回绝,他回去没法交差,所以提醒道:"中堂,这是关系小姐的终身大事,您不必急于下决断。我回去就回七爷,说您要征求夫人和小姐的意见,您看这样如何?"

"也只有这样了。真是没想到,王爷为一个护卫如此上心。"

这件事实在伤脑筋,一口答应倒是痛快,可是夫人那里怎么说?馨如对塔尔图印象到底如何?给人做妾,如何开得了口?一口回绝可以了却许多烦恼,可是倚仗王爷处还多得很,得罪了王爷,北洋的事业和自己的前程都难免受到影响。这样反复权衡,一夜几乎没有睡着。

第二天早早吃过饭,李鸿章赶到天津西的火车站,参加津沽铁路开通典礼。伍廷芳介绍了津沽铁路的基本情况,在鞭炮齐鸣中,李鸿章为天津火车站揭牌。这时一列披红绸插彩旗的火车驶进站台,众人按次序登上火车,开始查验津沽铁路。许多人是第一次坐火车,又紧张又激动,一路上兴致勃勃。

午饭在塘沽吃,吃过饭后转而往北,下午三时到了终点唐山。在众人簇拥下,李鸿章参观了唐山煤矿。当晚住在煤矿,第二天吃过早饭返回天津,没耽误在督署吃午饭。二百多里路,半天时间竟然就赶回来,众人都感慨万千。

曾纪泽回到京城就直接去醇亲王府,简单报告了津沽铁路的情况,并把李鸿章的亲笔信呈上。信并不长,客套话后,切入正题——

津沽铁路告成,鸿章于九月初五前往查验,直抵唐山,并就便复勘唐山煤矿,出产既旺,销路亦畅,北洋兵、商各船及各机器局无不取给于此,规模宏阔,机器毕具,自中国有煤矿以来,殆未见有如此局势者。唯煤矿商人及铁路各商均以铁路便益,力求由天津接造至通州。鸿章查看情形,通州铁路似不能不就势接做,于国计民生大有裨益,关系匪浅。该商所禀均系实情,复令司道公议,亦议如所请,特具牍咨呈钧署核夺。铁路未造之先,疑阻者众;风气既开之后,争趋者多,人言不足信,于兹益见。现在具禀之商即系开平津沽入股之商,成效已著,如蒙奏准接办,鸿章当遴派印委各员督饬该商董等妥为料理,购地兴工。此外尚有愿办通州铁路之人,多勾结洋商在内,未敢倚赖,且路仅四五百里,若容两公司掺杂其间,必致争挤顷跌,亦与上年原案不符,似不如仍准津沽铁路公司承办,敬乞大力主持为幸。

待醇亲王看完了信,曾纪泽又道:"李中堂希望尽快修筑津通铁路,其实还有一个原因,就是希望依靠津通铁路的盈利归还津沽铁路的洋债。"随后,他又将洋债的情况向醇亲王做了个详细报告。

"本来就该如此。"醇亲王近来对铁路颇有研究,"我听总税务司赫德说,西洋各国的铁路都修在交通要地,这样铁路才能盈利,商股也易于筹集。李少荃一再说明是商人所请,就是着眼于商贾利益。从前我们耻于言利,可是没有利商人便不肯入股,招不起股金,便是寸步难行。从前李少荃总是说要以商富国,以商强国,我不太相信,觉得他不过是言过其实。这几年来,天天为银子发愁,与洋人接触得多了,我觉得李少荃是对的,如果都耻于言利,国家穷困不堪,谈何自强?"

"王爷说得极是。我回国前曾用英文写了一篇文章叫《中国之睡与醒》,

发表在《亚细亚季刊》上,算是驻外多年的一个总结。我把中国比喻成'睡狮'。中国很强大,可惜他正在睡着。中国必然有猛醒的一天,但需要时日。像王爷、李中堂是已经醒来的人,但可惜还是太少,因此无论电报、轮船、开矿还是铁路,都遇到重重阻挠。操守好的人对洋务敬而远之,办洋务的人多数又操守太差。"曾纪泽趁机表明了自己的观点。

"你说得切中要害,可是操守好的人往往又是没睡醒的人,真是没有办法。少荃在信中说'人言不足信',就是怕我们被这些没睡醒的人阻拦住了。津通铁路的事,我会安排他们拿出奏稿,尽快上奏。"醇亲王说完这些,话题一转又问,"我托的那件事,少荃怎么说?"

曾纪泽回道:"李中堂对王爷的关心感激得很。正因为如此,他不能不慎重稳妥。他的意思是要与夫人商议一下,也要顾虑小姐的心思。"

"那是应当的,应当的。"李鸿章没有拒绝,醇亲王松了口气。

"依我观察,李中堂大概有意玉成。王爷出面,他不能不格外看重,北洋事业,哪一项离得了王爷的支持。"曾纪泽又猜测道。

"劼刚,这话你只说对了一半。北洋对我对朝廷的支持更大,洋务、外交、海防哪一项离得了少荃?就是万寿山园工,离了少荃我也是寸步难行。"醇亲王摆了摆手。

醇亲王行事迅速,数日后就上折奏请续建津通铁路。他建议分两段进行,第一段先由天津往西北修至通州,以利京津客货运输;待此段完成,则由唐山向东北,修到山海关,便于运兵运饷,以利海防。

这是大政,自然要请慈禧拿主意。慈禧看罢留中,不说行,也不说不行。醇亲王急得不得了,但留中的折子连问也不能问,急也没用。

到了月底,李鸿章敬献的火车运到西苑,醇亲王觉得这是一个难得的机会,因此请旨是否试运行。

慈禧批道:"李鸿章费了老大功夫从法兰西弄来了,那就试试吧。你们试好了,我再去看看。"

西苑的铁路只有三华里多一点,南起中海的瀛秀园门外,沿中海西岸往北,过福华门,入北海的阳泽门,经北海的极乐世界,折而向东,终点为慈禧进膳的"镜清斋"。

铁路早就安装好了,只需把机车和坐车扣到铁轨上就可试行。周馥带着法国技术人员和火车司机都来了,调试大半天,火车在铁路上往返三四个来回,一切顺利。醇亲王亲自前来试坐,也是交口称赞,他晚膳时递牌子请见,请慈禧明天去坐火轮车,慈禧一口答应。

次日九时多,慈禧銮驾到了勤政殿,光绪帝、醇亲王、军机大臣、御前大臣、毓庆宫师傅已经在殿前恭候。慈禧笑道:"十几年了,天天听李鸿章说火轮车,今天叫你们来都坐坐火轮车,看看到底是怎么回事。"又转头问,"老七,火轮车呢?"

"只等太后口谕,火车就可开过来。"醇亲王应道。

"那就弄过来吧。"慈禧也有些期待了。

李莲英大声宣旨:"太后口谕,把火轮车弄过来。"

一会儿,听到南边有哐哧哐哧的声音,勤政殿前的铁轨也微微地颤动,小火车就拖着六节车厢过来了。

周馥向太后介绍道:"臣直隶按察使、北洋水陆营务处总办周馥,启奏太后,小火轮车系在法兰西国精心制造,包括丹特火机车一辆,坐车六辆。六辆坐车,上等极好车一辆,专供太后乘坐;上等坐车二辆,皇上和皇后各乘一辆;中等坐车二辆,可供大臣随驾。尚有行李车一辆,可以搭载各种行李、物品。"

"这真是新鲜物件,来,你们都来看看。"众臣跟随慈禧先参观了她的专车,又参观皇帝和皇后的坐车,再参观大臣们的中等坐车。

太后的专车最为豪华,御座、凤榻一应俱全,窗口是明黄色窗帷。皇上和皇后的坐车次之,是杏黄窗帷。大臣的坐车也很精致,但里面全是座椅,两行十四排,每节车厢可坐二十八人,窗帷是蓝色。

大家上了车,小火车一声长鸣,车身一抖,开始启动。随着哐哧哐哧的声音,平稳地向前行驶。铁路两边,由侍卫着黄马褂警戒。行驶不久,火轮车缓缓停下,李莲英报告太后,镜清斋到了。

慈禧诧异道:"这么一会儿就到了?! 比坐銮轿快多了。"

"太后,园子里的铁路短,只有三里多一点,咱们从勤政殿过来,二里还不到,火轮车还没来得及加速呢。外面的火车跑得更快,从天津到唐山,二百五十余里,一个半时辰还用不了呢。"醇亲王此刻又应道。

"哟,原来这么快。老七,这坐火轮车比轿子又快又平稳,就是前面那车

'呜呜'地叫起来让人心里不舒坦。"慈禧有些嫌弃它的噪音。

"那是拉汽笛,让行人远远地避开。外面的火轮车比这个还要响,能听出十几里地呢。太后不喜欢,让他们以后不要拉汽笛就是了。"

慈禧又道:"也不光是叫得太难听,前面机车声音太大,还冒着黑烟,不好。以后就让奴才们拉得了。"

法国工程师听说要让人拉火车,连忙解释道:"火轮车太重了,靠人拉拉不动的。"

对洋人乱插嘴,慈禧很不高兴:"拉多了拉不动,只拉我这一辆车还拉不动吗?人少了拉不动,人多了还拉不动?"

"好,那就让他们这样安排。"醇亲王怕扫了慈禧的兴致,一口答应。

"老七,看来这火轮车还不错,又快又稳当,风吹不着雨淋不着,这要是走远途比坐轿子坐马车都强多了。"

"是,英吉利、法兰西、俄国、花旗国铁路都上万公里,日本国也有几千公里,就是为了运货、乘客方便。这些铁路又都要按运输量向国家纳税,这些国家之所以富强,与大造铁路关系极大。"醇亲王趁机把话题向正题上引。

"是吗?"

见状,醇亲王对法国工程师说道:"你向太后报告一下法兰西铁路一年能有多少厘税。"

法国工程师回道:"如果折成白银,每年要有一千多万两。"

"哦,那还真不少。怪不得洋人船坚炮利。"慈禧抬头看着树上的一对黄鹂道,"老七,前一阵海军衙门上了个折子,北洋那边要求把铁路修到通州,我看就让李鸿章他们先修起来吧。"

"是,臣马上让军机处拟旨。"醇亲王满心欢喜。

慈禧又道:"李鸿章想得真是周到,皇后还没选呢,就把坐车也预备了。我看,就在我的万寿前给皇上选后吧。"

第四章

光绪帝违心立后 顽固派谏阻铁路

光绪十四年七月二十七日(1888年9月3日),朝廷发布懿旨:"皇帝大婚典礼,定于光绪十五年正月二十七日举行。"但那时候秀女还没选,皇后会是谁? 这是朝野内外许多人关注的问题。

到了九月,宫中最大的事情就是选秀了。选秀每三年举行一次,只从八旗年龄十三至十六岁的健康女子中选,选中者"或备内廷主位,或为皇子、皇孙拴婚,或为亲、郡王及亲、郡王之子指婚"。这次是为光绪皇帝选后,朝廷自然更加重视。符合条件的六十余名秀女,在九月初陆续赶到京城。初选前一天,日落时按既定顺序乘骡车出发,入夜时分进入地安门,停在紫禁城神武门外,等宫门开启后,她们按次序下车跟随宫中太监进入顺贞门,宫中选秀才算正式开始。经过一选再选,最后只留下了五名,将由皇帝亲自从这五人中选定皇后和妃嫔。

这五个人的基本情况记录在黄云纹花绫面、大红纸内心的秀女名册上,墨笔楷书秀女归属佐领、旗籍、生辰、年岁、姓氏,还注有曾祖父、祖父、父亲三代的官衔以及与皇族的关系。

第一名秀女,镶黄旗,满洲,副都统桂祥之女,辰年,二十一岁。嵩昆佐领。叶赫那拉氏。原任郎中景瑞之曾孙女、原任道员惠征之孙女、慈禧端佑康颐昭豫庄诚皇太后胞弟之女。

第二名秀女,镶红旗,满洲。巡抚德馨之女,未年,十八岁。富森布佐领。富察氏。

第三名秀女,镶红旗,满洲。巡抚德馨之女,申年,十七岁。富森布佐
领。富察氏。

第四名秀女,镶红旗,满洲。原侍郎长叙之女,戌年,十五岁。惠昆佐
领。他他拉氏。原主事萨郎阿之曾孙女、原任总督裕泰之孙女。

第五名秀女,镶红旗,满洲。原任侍郎长叙之女,子年,十三岁。惠昆佐
领。他他拉氏。原任主事萨郎阿之曾孙女、原任总督裕泰之孙女。

醇亲王一直在关注宫中的选秀,等到这五人名单确定下来,他已经明白
慈禧心中的皇后人选,那就是她的胞弟副都统桂祥的女儿,小名叫二妞。秀
女的年龄是十三到十六岁为宜,再大也很少超过十八岁,而二妞年已二十有
一,却能过五关斩六将,而且排名第一,不是再明显不过了吗?醇亲王深为自
己的儿子摇头,因为这个未来的皇后,实在难如人意。

首先,这个二妞的模样实在不受看,连中等也算不上,个头虽高,但含胸
驼背,继承了她母亲蒙古人的麦黄皮肤,稀疏的眉毛有些发黄,眼睛很大很
圆,瞳孔里有一道黄圈圈,薄嘴唇,大嘴角,颧骨又高,天庭则又鼓又亮。这倒
也罢了,最让醇亲王不满意的,就是芳嘉园的家教实在差得太远。

芳嘉园胡同在朝阳门城墙根下,慈禧的胞弟桂祥的承恩公府邸就在那
里,所以说到慈禧的娘家,都以芳嘉园代指。芳嘉园家教不好,一则是承恩公
桂祥太窝囊,大大除了抽鸦片,没有任何正经事情好干,他倒是有机会见到
高官显贵,但他所能谈的只有大烟泡、养鸽子和斗蟋蟀。芳嘉园当家的是桂
祥的霸道福晋,她的霸道和缺乏家教一件事可知,人家是"丈母娘看女婿,越
看越欢喜",她是"丈母娘打女婿,一五一十"。

丈母娘打的是正正经经的龙子龙孙——九爷孚郡王的儿子载澍。孚郡
王是道光帝的第九子,载澍也就是道光皇帝的亲孙子,由慈禧指婚,娶了芳
嘉园的三妞,今年十八岁,春天已经结婚。结婚后夫妻两个经常吵嘴,载澍口
无遮拦,闺房拌嘴说气话,褒贬三妞娘家,又对指婚人露出不满。三妞回家学
舌,桂祥福晋挽起衣袖到孚郡王府兴师问罪。

孚郡王短寿,已于十几年前去世,当家的是郡王福晋。她只想大事化小,
小事化了,因此好言相劝道:"小夫妻吵嘴是常有的事。俗话说床头吵嘴床尾

和,咱们当老人的只有从旁相劝,实在没必要分出个是非来,也没法分出是非。总之,只劝和不拱火就成了。"

可是桂祥福晋是怀着为女儿出气的目的前来,见孚郡王福晋没有责备自己儿子的意思,就道:"好,你不管,我管。"她跑进宫去,向慈禧添油加醋告了一状。慈禧勃然大怒,请宗正及所有的王爷出来议罪,慈禧坚持以大不敬处死,亏得众王爷求情,才改为褫职夺府,并杖责一百,发往宗人府圈禁。

本来内务府杖责有一套办法,只是做足杖责的样子,一五一十地唱数,人基本无甚大碍。但桂祥福晋却亲自监刑,说如果要是行刑捣鬼,她就再次禀报太后。结果行刑的人不敢耍花样,只好一五一十地打,载澍几乎被打死,然后被投入宗人府圈禁起来。桂祥福晋气也出了,但女儿从此守活寡,何苦来哉?

芳嘉园家教如此,如何能够教出淑德贤惠的女儿来?慈禧执意要以二妞为后,将来帝后难洽,可想而知。

慈禧最信任的荣寿公主当然也看出她的立后意图。荣寿公主是恭亲王奕訢的女儿,宫中都称"大格格"。当年为了酬谢恭亲王辅佐垂帘的功绩,慈禧把她接进宫去,封为固伦荣寿公主。向来只有皇上的亲生女儿才封固伦公主,王府格格只能封和硕公主。恭亲王代女儿辞而不受,两宫只好封她为和硕荣寿公主。但恭亲王被罢黜后,荣寿公主反而更受信任,重新封为固伦公主。

荣寿公主当年由慈禧指婚给额驸景寿的儿子志端(荣寿公主的姑家表哥)为福晋,谁料志端短寿,结婚未育子嗣就一命归西。荣寿公主从此入宫,一直陪伴慈禧。太后视她为心腹,觉得荣寿公主说话办事不偏不倚,没有被人利用的嫌疑。

荣寿公主心里明镜似的,太后是要把自己的侄女立为皇后,但皇上肯定不喜欢这位表姐。而最终的结果她也能预见得到,十有八九皇上会被迫接受慈禧的选择。既然这一点没法改变,何不让事情更顺利一些,对太后、皇上都好呢?所以她问道:"皇额娘,立后是件大事,皇上弟弟还年轻,您有没有什么需要提醒他一下?"

慈禧摇头道:"我抚养了他十几年,他应当明白我的一片苦心,我看没什么需要提醒的,皇帝应该长大了。"

钦天监选定的立后吉日是十月初五,吉时则是寅时,也就是早晨四时。李莲英来提醒道:"老佛爷,吉时快到了,您该起驾了。"

"大妞,告诉他们,走。"慈禧说的这个"他们",包括皇上,还有内务府大臣福锟的福晋,领侍卫大臣荣禄的福晋。不知是巧合还是有意为之,这目前当红的一公主二命妇,恰合福、禄、寿三字。

慈禧在前,光绪帝紧跟,然后是荣寿公主,再后是福锟福晋、荣禄福晋。慈禧身边则是斜着身子,一会儿看前面、一会儿看脚下的李莲英,他嘴里不断说道:"老佛爷,您走好,不急,您到的时候,保准是吉时。"

太后和皇上的前前后后还有许多人,大臣、太监、宫女和侍卫,最前面是喝道的太监,着黄马褂的侍卫,然后提灯的,打扇的,抱手炉的,拿痰盂的,掌茶水的……随驾的行列极长,慈禧还未出储秀宫宫门,前导已经到了选后的地点体和殿。

体和殿位于西六宫的储秀宫和翊坤宫之间,原为储秀门。光绪十年,为庆祝慈禧太后五十大寿,对储秀宫进行大修,将储秀门和翊坤宫后殿拆除,在旧址上建体和殿,两宫一殿连为一体,是慈禧进膳、玩牌的地方。

此时殿内设了御座,御座前设御案,除御座铺的是黄缎外,其余全是披红,手臂粗的蜡烛也是大红的,殿内的几盆炭火,此时也发出红红的火光,整个大殿内被喜气洋洋的红色笼罩着。

体和殿前后开门,中间一间其实就是贯通南北两宫的过道。慈禧一行从后门进了大殿,在御座上坐下,几座西洋钟几乎同时敲起,都是四下,恰是选定的吉时"寅时"。

慈禧吩咐道:"把东西摆上来。"

两个太监各抱一只锦盒上来,李莲英把里面的东西摆到御案上。先是莲花柄首玉如意,这是选后的信物,皇帝交给谁,谁就是统摄六宫的皇后;然后是两对红缎上绣交颈鸳鸯的鲜艳荷包。按大清会典,与如意一样,一般荷包也只有一只,皇帝交给谁,谁便会被封皇贵妃或妃,从来没有四只的时候。最直接的推测,是太后想把这五个秀女都留下。

看李莲英摆好了,慈禧又吩咐:"让她们进来吧。"

李莲英到殿门前喊道:"福大人,太后口谕,让她们进来。"

已经恭候在体和殿廊下的内务府大臣福锟"喳"了一声,冲着西边的小房子拍三下巴掌,五个秀女各由两个内务府的嬷嬷陪着,再一次整理衣冠,也再一次被嘱咐:"沉住气,不要慌,回话的时候一定要响亮干脆,声音又别太大。"五个秀女由桂祥的女儿叶赫那拉氏打头,然后是江西巡抚德馨的两个女儿富察氏,最后是侍郎长叙的两个女儿他他拉氏。福锟领她们进殿后退到一边,五个人从左往右排为一行。

慈禧拿起御案上的如意道:"皇帝,这下面的五个人选谁做皇后,你自己裁决,选中谁,就把如意交给谁。"

光绪帝推辞道:"这是大事,请亲爸爸做主,皇儿不敢自主。"

"皇后必是你如意的,应当你自己来选。"

光绪帝接过如意,向五名秀女走过去,他走到慈禧侄女也就是他的表姐面前,大家都以为如意必是非她莫属,没想到皇上稍做犹豫后,一侧身子将如意递向江西巡抚德馨的大女儿。就在德馨的女儿就要伸手的那一刻,慈禧用力咳嗽一声,严厉地叫了一声"皇帝"。

光绪帝被吓了一跳,回头看"亲爸爸"。烛光摇曳里,"亲爸爸"的脸色异常难看,右嘴角向下垂,而左侧的眉毛微微上扬,这是她震怒的表情。她向自己侄女方向努努嘴,光绪帝稍做犹豫,把递出的如意收回,把头扭到一边,递给含腰驼背的叶赫那拉氏。

叶赫那拉氏跪下去,举起双手接过如意道:"妾叶赫那拉氏谢恩。"

光绪帝仿佛眼里没这个人,转回身回到原来的地方,一句话也不说。叶赫那拉氏只好自己站起来。

慈禧看在眼里,知道皇上心仪的是德馨的两个女儿。这对姐妹的确称得上是国色天香,如果入宫,将来后宫宠爱集一身,自己的侄女必被冷落。慈禧对这两姐妹立即从心底厌恶,把两人的绿头签丢到一边,这就是所谓的"撂牌子",淘汰了。干脆剩下的也不用皇帝选了,她拿起一对荷包道:"大格格,把这对荷包给侍郎长叙的女儿。"

荣寿公主拿着一对荷包,递给长叙的两个女儿。大的十五岁,小的只有十三岁。但大的反而没有小的反应快,两个人跪下接过荷包,小的先道:"给太后、皇上谢恩。"大的这才也跟着说一遍。

站起来后,小的又道:"给大公主谢恩。"她甜甜地一笑,圆脸上两个酒窝非常迷人。

"回宫。"慈禧谁也不看,就起身离开了。

荣寿公主扶她离开御座,光绪帝不声不响跟在后面。回到储秀宫,慈禧冷淡地对光绪帝道:"你跪安吧。"

光绪帝退出去后,李莲英也跟着退了出去,他把乾清宫总管太监黄天福叫过来问道:"好好的一件喜事,弄得两宫都不高兴了,你们是怎么回事,没提醒皇上一句?"

黄天福叫屈道:"大总管,我真是大意了,秀女的名单皇上御览了的,皇后的名字就是排在第一位,不是很明显的吗?都以为万岁爷必定也明白呢。"

李莲英叹道:"当局者迷,旁观者清,这话你没听说过?哎,现在后悔也没用了。接下来皇上应该递如意了,你们准备好了吗?"

"准备好了。"

李莲英提醒道:"过会儿递如意,提醒万岁爷高兴点儿,不然从此两宫心里搁了事,我们当差就更难了。"

黄天福诺诺连声。

此时殿里只剩下慈禧和荣寿公主,慈禧闭着嘴,鼻子里只出粗气。沉默了老人一会儿,她气道:"我养了他十四年,简直是养了一只白眼狼。他对我的苦心竟然一点也不体谅!我朝选后,首重德行,他竟然全然不顾。"

芳嘉园的家教如此,德行云云实在也说不着。但荣寿公主不去接慈禧的话,这话也实在不好接,她仿佛是自言自语道:"六叔说得对,男人总是在色字上看不开。"

荣寿公主既然当了咸丰帝的女儿封固伦公主,自己的生父恭亲王也只能称"六叔"了。她现编的"六叔"这番话来说皇帝,真正是大不敬。但最大的好处,却把光绪心仪德馨女儿的原因归结到男人好色上,而不是有意违拗慈禧的心愿。

闻言,慈禧有些诧异:"你的意思是,皇帝也是好色之徒,不是故意气我?"

荣寿公主帮光绪开脱道:"女儿不敢说皇上是好色之徒。但俗话所说,英雄难过美人关。那对姐妹的确是勾人魂魄,怪不得皇上走神。要说皇上故意气皇额娘,那绝对不可能。"

"但愿如此。"慈禧叹了一口气。

"皇额娘,外面等着喜讯呢,皇上献了如意,就该明发立后上谕了。"

荣寿公主的提醒慈禧听得进,如果不马上发喜诏,外面的猜测会更无边无沿,但她还是有点不舒心:"递什么如意,我看皇帝的意思,这皇后好像全是我的意思,一点不如他的意。"

荣寿公主又劝道:"皇额娘教导了十四年的亲儿子,您还不了解他吗?这会儿一准想明白了,肯定高兴还来不及呢。历朝以貌取胜的皇后,淑德贤惠的有几个?不是女儿自夸,女儿还是了解这位皇上弟弟的,他读了这么多年的书,这点道理哪能想不明白?"

"他能明白就好。行了,让他进来吧。"

"李总管。"荣寿公主到殿外喊了一声。

李莲英就在廊下,马上应道:"大公主,该递如意了。"

"太后口谕,让万岁爷进如意。"荣寿公主又小声道,"提醒皇上,递如意的时候高兴些。"

"大公主放心,已经提醒了。"

皇上双手捧着如意满面笑容进了殿,跪到慈禧面前,双手高举过顶,高兴地说道:"亲爸爸,皇儿感谢您帮着选出中意的皇后,皇儿进献如意,略表孝心,请您赏收。"

慈禧问道:"这如意,可是真如你的心意?"

"是,皇儿此时满心欢喜。"

慈禧接过如意,转递给荣寿公主,对光绪道:"喜诏也该马上颁布天下,让天下臣民都沾沾你的喜气。"

"是,皇儿遵旨。皇儿请旨,另两个是封妃还是封嫔?"光绪又问道。

"选后都是你自主,封妃封嫔自然也应当你自己决定。"

当天巳时,也就是十时,举行金凤颁诏仪式。立后诏书放在太和殿黄案上,光绪帝亲自盖上御玺后,由礼部尚书奎润用云盘承接诏书,捧出太和殿,在侍卫的护卫下走到午门外,那里早有午门护军抬着龙亭,待诏书放进龙亭后,在鼓乐仪仗的引导下一直抬到天安门城楼上。工部已经预先在天安门正中垛口设置备有黄案的宣诏台,并准备好"金凤朵云"——漆成金黄色的木雕凤凰和雕成云朵状的木盘。奉诏官和宣诏官等人衣冠楚楚,早已恭候在那里。奎润将诏书亲自放到宣诏台上,奉诏官再将诏书呈给宣诏官,天安门下

金水桥南,文武百官和耆老按官位序列依次面北行三跪九叩大礼,然后洗耳恭听宣诏官朗声宣诏:

> 皇帝寅绍登基,春秋日富。允宜择贤作配,佐理宫闱,以协坤仪而辅君德。兹选得副都统桂祥之女叶赫那拉氏,端庄贤淑,着立为皇后。
>
> 原任侍郎长叙之十五岁女他他拉氏,着封为瑾嫔;原任侍郎长叙之十三岁女他他拉氏,着封为珍嫔。

诏书读完,由奉诏官把诏书卷起,衔放在木雕的金凤嘴里,再用彩绳悬吊从天安门正中垛口徐徐放下。城楼卜早有礼部官员双手捧着"朵云"等在那里,"金凤"嘴中的诏书也就落在"云盘"中了,这就是"云盘接诏"。

接诏后,诏书仍要放回天安门前的龙亭内,然后由黄盖、仪仗、鼓乐为前导,浩浩荡荡抬出大清门,送往礼部衙门。这时,奎润早已从长安左门赶回到礼部衙署门前跪迎诏书,并将诏书恭放在大堂内,行三跪九叩礼。随后,用黄纸誊写若干,交由兵部驿递,颁告天下。

因为光绪帝转过年就要大婚,各种应景工程及物件采购,使京城众商家都沾了光,进了腊月后尤其热闹。又加明年是春闱——也就是会试,不少举子为了赶上皇帝大婚的庆典,纷纷于年前赶到京城,因此进了腊月后,京城比往年不知热闹了多少倍。

然而,煞风景的事情就在此时发生了。腊月十五日夜,先是下了一场大雪,后半夜寒风呼啸。禁城南端的贞度门突然火起,火借风势,相当猛烈。贞度门在三大殿之首的太和殿南面,是太和门的右侧门,太和门东边是昭德门,东西庑则是皮库、茶库、甲库、鞍库、瓷库、衣库、缎库等,皇宫日用几乎全储于此,尤其为光绪帝大婚采办的大量物品也都暂存于此。贞度门大火很快燃着太和门、昭德门,茶库、皮库等也被烧掉。

大内被灾,百官都应赴救。满蒙王公贵族、军机大臣、内阁大学士、各部院尚书、侍郎、各旗副都统暨翰詹科道、军机章京、各部院衙门司员、各旗营侍卫章京以及神机营兵丁、步军统领衙门兵丁及护军官役等几乎倾巢出动,内外城水火会众也纷纷赶来,奋力扑救。闲居的恭亲王闻讯也乘轿赶来,年已八十一岁的宝鋆紧随恭亲王而来,恭亲王只有五十六岁,但也如宝鋆一样须发皆白。两人连连顿足,恭亲王直呼:"奈何奈何!"

太和门实在太高大,虽然人多,但有劲使不上,眼看着火焰蹿上殿顶,而金水河结冰太厚,凿开后水不盈尺,近水也救不了近火。工部官员指挥工匠将昭德门东的两间配房,斧之锯之,费了两小时尽行拉倒,这才断了大火东延的火道。大火一直延烧三天,到十七日才被完全扑灭。

皇帝大婚在即,天子正衙却遭此大火,大不吉利,无论慈禧还是光绪帝,都极为震怒,命令刑部严查。失火原因很快查清,是值守贞度门的护军睡着后,挂在柱子上的一盏老油灯惹的祸。因为木柱已经两百多年,里面被虫子蛀得全是木屑,木屑被油灯烤着后,顺着柱子蔓延到房顶,等发现时已经无从施救。

正所谓城门失火,殃及池鱼,李鸿章的津通铁路计划竟然因此被搁置。

津通铁路计划已经朝廷批准,但反对者大有人在,太和门失火给了他们一个难得的机会。天象示警,说明治国理政有大弊存焉,而首当其冲就是火轮车竟然要修到天子脚下!反对修铁路的奏折雪片一样递进大内,御史余联沅、屠仁守、吴兆泰、张炳琳、林步青、徐会澧、王文锦、李培元、曹鸿勋、王仁堪、高钊中、何福,国子监祭酒盛昱,户部给事中洪良品,左庶子朱琛,礼部尚书奎润,仓场侍郎游百川,内阁学士文治,大学士恩承,尚书徐桐,侍郎孙毓汶……

这些奏折,光绪帝是一一翻看,越看越觉得困惑矛盾。于是他把翁同龢叫来请教:"师傅,朕读过郑观应的《盛世危言》,他说大清版图广大,相距万里之遥,必须仿造火车铁路,大则转饷调军,有裨于国计;小则商贾贸易,有便于民生。而且邮传信息,不虑稽迟,警报调征,无虞延误。可是大臣们的折子都反对修筑铁路,朕到底该信谁的?"

翁同龢掌国家度支,近年来又是园工又是黄河大灾,明年皇上大婚,如今又有太和门大火,将来复修又是一大笔银子,户部真正捉襟见肘。再修津通铁路,银子从哪里来?阎敬铭曾经说过,户部尚书如何筹钱固然重要,但不该花的钱能顶住不花更重要。因此在他看来,目前修津通铁路这笔银子就该顶住,至少可以拖一拖再说。

有了这个打算,他说话便有数了:"皇上决断,当然应当是民之所好好之,民之所恶恶之。好事办得不是时候,也未必是好事。"

"那么,民意到底如何?朕只从这些奏折上读来,实在无从判断哪些是真正的民意。"

"历朝历代,民间疾苦总是不易上闻。臣听说天津百姓递到通永道的呈诉不下二百起,数百人聚集衙门不肯散去也是常事,他们所求只有一样,就是停修津通铁路,可是通永道衙门一概不收。"

通永道领通州、三河、宝坻、蓟州、遵化、丰润、玉田、永平等州县,津通铁路过境皆在通永道辖境,因此民有所求,便先向通永道呈递。按翁同龢的说法,对民间的诉求,通永道竟然置若罔闻。

"真是岂有此理!"光绪帝十分生气,"朕转眼就要大婚,天津民怨如此,算怎么回事?李鸿章知道不知道?"

"李鸿章想来应当知道,不过他是能办事的人,成大事,不较细故。"翁同龢这听上去似夸奖的话,其实是在告诉皇帝,通永道所为,恐怕也是李鸿章有意放纵。

光绪帝又问:"师傅,那你的意思呢?这铁路是修好还是不修好?"

"臣不反对修铁路,臣反对的是修津通铁路。臣以为,铁路适应于边地,而不适于腹地,尤其不适宜于津、通这样的通都大邑。边地修铁路,有运兵之利,而无扰民之害;腹地修铁路,则坏田庐,平坟墓,民间哗然,祖宗朽骨露于野,后世子孙情何以堪?是未见其利,先现其害。若于边地兴修,待风气渐开,腹地也不以为忤,民情洽然,那时再在腹地兴修,便可事半而功倍。"

"师傅说得好极了,都是修铁路,先修边地比先修腹地好,师傅也该上个折子。"

翁同龢听了光绪帝这句话后立即后悔了,因为醇亲王是极力主张修津通铁路的,自己一上折,先把醇亲王得罪了。但天子是金口玉言,他只好应道:"好,臣与户部的堂官商议,看能不能联衔呈奏。"

果然,醇亲王看到翁同龢的折子很生气,一看还有满尚书、孙家鼐、满汉四侍郎的联衔,就知道这不仅仅是翁同龢的意思了,看来要好好驳一驳了!

在醇亲王看来,这些理由无论对错,津通铁路都不能罢修。他深悔自己当年理直气壮地反对洋务,如今看这些上折子的人便如从前的自己,坐井观天。他写信给李鸿章,又让海军衙门把所有奏折抄录一份,请他进行归纳驳斥,他将依据李鸿章的意见上奏朝廷。

李鸿章翻看这些奏折,虽然反对的人变了,但反对的理由与十几年前几乎一样,真是懒得与他们费口舌。

最堂皇的理由就是铁路一通,京津门户洞开,由津至京长驱直入,毫无阻碍,失王都设险之意,为外敌入侵提供便捷。李鸿章反驳道:"津通大道平日所设何险,又因铁路所失何险?窃所未解也。"至于为外敌入侵提供便捷,更无道理,因为如果外敌入侵,我们完全可以把火车都收回,只余下一条空空如也的铁路,外敌怎么利用铁路入侵?他们要用自己的火车吗?那得用轮船运过来,少了不管用,多了则装不胜装。当年我们没有铁路,外敌不是照样入侵吗?可见,修不修铁路与外敌是否入侵并无关联。

其次是扰民,李鸿章解释道:"关于这个问题,修铁路前就反复讨论过,修筑铁路必须尽量避免拆迁民间庐舍坟墓,不光津通铁路如此,唐山至大沽、大沽至天津的铁路也都是如此。偶有一屋一坟,关碍大势,而不能回避时,就给以重价。现在津通铁路勘路工作还未完成,哪来要迁坟数千以上?到目前为止,只有两人呈诉,哪来呈诉二三百起?纯粹是凭借传闻失实之事,为危言耸听之词。"

第三,则是剥夺小民生计问题。理由是京津之间向以车船为主,铁路一开,靠商旅谋生的人,必将全行歇业,数十百万众绝无生计,不是被饿死就是啸聚山林为匪为盗。李鸿章认为即便开通铁路,京津之间商旅也不可能全都坐火车,仍然有不少人要坐船、雇木车。就像开通了轮船,沙船、舢板照样行驶水上。而且铁路也需要大量人工,修铁路、看守、卖票、巡查,都需要人力。至于说失业者要么被饿死,要么啸聚山林,更是无稽之谈。去年白河决口,北运河旁溢,津通之间不通舟楫者半年,未闻有一失业者乞食于路。自津至京,陆路行车不便,水路逆流而上亦不便,赴选之官员、应试之士子、贸易之商贾,急于赶路时,狡黠之舟车居奇抬价,比比皆是。自津至京沿途痞棍惯以偷米吃漕为事,南粮百余万石皆因偷窃掺水入仓,易致霉变,仓储亏短巨案迭出,仓场官员坐视无术。铁路即通,而借舟车居奇者不能无戒心,倚漕仓以作奸者不能无恐惧,因此造作蜚语,惑人听闻。但国家重臣议论朝政怎么可以这么危言耸听?道听途说怎么可以不加察查就信以为真?

对于户部尚书翁同龢等人铁路宜于边地而不宜于腹地的说法,李鸿章觉得简直可笑,他这样辩驳道:"铁路利于运兵,诚然;谓只宜于边地则又不然。用兵于边地,士马刍粮皆在腹地,所贵铁路者,贵其由腹及边耳;若将铁路设于边地,其腹地之兵与饷仍然望尘莫及。且铁路设于腹地,有事则运兵,无事则贸易,商股方易筹集,经费方能措办;若设于荒凉寂寞之区,专待运兵之用,造路费几何,养路费几何,户部从何筹此巨款?无论中国、外国,焉得此巨额经费以供铁路之用耶?"

逐条反驳了,李鸿章觉得还不解气,因此又写道:"明年亲政伊始,正宜长虑却顾,扩建宏谟,铁路实为今日时势富强大计,殿下之崇论闳识与皇上之新政远猷,自必息息相关,岂可因局外浮议而摇之?鸿章更有请者,铁路一事竟至交章谏阻,皇太后、皇上深宫垂拱,或于外省实情未尽深悉,此次会议复奏,务将历次奏办铁路缘由一并带叙。臣备员海署,备防北洋,铁路海防,是非所在,利害所关,不敢不辩。总之,办天下大事贵实心,尤贵虚心,非有真知灼见不能办事,道听途说不能论事,闭目塞听、闭门造车最足误事!鸿章一片愚忱,一腔热血,不自知其言之过也。万罪,万罪。"

醇亲王读了李鸿章的长函,觉得说得已经很明白,他着人把曾纪泽叫来,指着李鸿章的长函道:"劼刚,这一阵不少人上折反对修津通铁路,少荃已经逐条反驳,颇解气。我打算以海署的名义上奏,请朝廷坚持定见,把铁路修起来。不过,只凭少荃说还不行,毕竟他没有迈出国门。你是出过洋的人,了解外国的实情,你再把外国的见闻补充一下,这样会更有说服力。还有,对这些喋喋不休的井底之论,不仅要批驳,还要严厉申饬,不然他们会没完没了。"说完这些大事之后,醇亲王又低声道,"你也要和少荃多通气。塔尔图每次见我都是眼巴巴的,虽然一句话也不曾问,我心下实在不忍。"

铁路之事还好,闻听塔尔图的亲事,曾纪泽只有暗暗叫苦。但叫苦也无用,他只有痛痛快快答应下来。

对曾纪泽而言,以外国见闻反驳谏阻铁路并非难事,铁路的益处国外的事实俱是明证。比如反对者说铁路夺民生计,曾纪泽补充德法英等国为例,"铁路非但不夺民生计,民之生计且因之而益广,乃更裕于未修铁路之时。德国自有铁路以来,陆续添开运河十三道;法国自有铁路以来,陆续添开运河九道,则水路生理因铁路而更旺,铁路无害于驾船之业可证也;英国伦敦都城自有铁路以来,城中陆续添设单马坐车八倍于前,运货车辆亦是增加甚广,他城亦无不如此,则陆路生理因铁路而更旺,铁路无害于御车之业可知也。铁路如干,干盛而枝茂,铁路兴而生计广。西洋各国之所同,然中国何至相反耶"?

曾纪泽觉得只反驳还不够,他又总结了两利、两害。修铁路的两利,一是利于防务。"圣朝幅员广大,超越前古,如欲令沿海各省逐处皆屯重兵,即使财赋所入足资供给,设敌以偏师相扰,我即须全力因应,长年不休,何以堪此。有铁路则运兵神速,畛域无分,粮饷煤械,不虞缺乏,我灵而敌钝,守易而攻难"。二是利于天庾正供。"河运日滞,海运多险,因循不变,则天庾正供或有窒碍之虞。有铁路则举重若轻,霎时千里,风雨无阻,昼夜可行,奸伪无所施,沉失无可虑,岁丰则积储无缺,岁欠则赈济易办。至于通货物、销矿产、利行旅、便工役、速邮递,利之所兴,难以枚举"。

停修津通铁路,则有两害。一是铁路忽然中止,主见不定,朝令夕改,外洋讥诮固无足论,海防铁路失此资助,恐难久存,遇事分防抵御,岸长兵少,设有疏失,咎将谁归?且已成之功无端废弃,虚掷款项,失信商民,而后再兴他事难于招徕。二是津沽铁路已经借洋债百余万两,罢津通之路则商情畏阻,断难再招商股以清洋债,势须户部动拨正款,以有用之财掷无用之地。

最后,曾纪泽写道:"现当大婚归政举行在即,礼仪繁重,诸赖慈虑亲裁,臣等以本分应办之事,若任局外浮议屡屡抵牾,哓哓不休,以致重烦披阅,实非下悃所安;而关系军国要务,又不敢为众咻牵制,唯有将臣等所见所闻确切可查之事,据实胪陈,伏乞圣鉴。以上所陈,臣奕譞与臣世铎等函商面议,意见相同,谨合词恭折复陈,伏乞皇太后慈鉴,训示遵行,谨奏。"

曾纪泽费了一天多的工夫,终于起草完奏稿,他的意思一式三份,自己留一份,寄李鸿章一份,交给醇亲王一份。他把兵部堂郎中叫来,希望他安排人帮忙抄写。堂郎中翻了翻说道:"曾大人,这都是说西洋鬼子的事,咱们兵部的那些个文案连京城的门都没出去过,哪懂洋人的事?让他们抄错了弄出笑话,给大人丢脸是小事,再丢到海军衙门那里,更不值当。我看大人还是从海署那边请高明的好。"

曾纪泽的正差是兵部侍郎,海军衙门帮办则是兼差。兵部堂郎中如此推托,并不是因为这是海军衙门的活他们不愿干,而是因为曾纪泽在兵部常受排挤。曾纪泽没有功名,不是正途出身,袭荫曾国藩的一等毅勇侯爵,踏上仕途是以荫生补户部员外郎,后来派充出使英国、法国公使,回国后先任户部侍郎,去年才改任兵部侍郎。在正途出身的官员眼里,曾纪泽完全是靠老子的功劳当上的官,而又因出使西洋——就是所谓的"鬼使",而获升擢,因此更为守旧大臣所轻视。他在户部时如此,到了兵部有过之而无不及。

朝廷六部,向来有富贵威武贫贱之说,户部掌天下度支,油水最多,以一个"富"字排在第一;吏部掌官员升调,因此以"贵"字称之;刑部坐堂理案,动不动大刑侍候,因此得一个"威"字;兵部不用说,自然是"武"字;礼部掌管的是礼仪事项,最穷,得一个"贫"字;工部天天和匠役人等打交道,当然以"贱"字相赠。

曾纪泽从以富出名的户部调到兵部任侍郎,在大家看来,他的官是越做越出溜,因此就怀了一份轻视。兵部的堂郎中年龄比曾纪泽长,而且是正正经经的进士出身,而如今还是个五品郎中,因此轻视中又加以不服,平时对曾纪泽安排的事情就有意怠慢,今天则干脆拒绝。

曾纪泽听了堂郎中这番说辞,气得眼前一片红雾,等镇定下来,不耐烦地冲堂郎中摇了摇手道:"那我自己来好了,不敢麻烦你老兄。"

他一边伏案奋笔疾书,一边生着闷气。奏稿有几千字,到了申初,也就是下午三时,一份还没抄完。宫中是寅正下钥,也就是四时关宫门。外面的衙门,四时前基本就没人了。何况现在是腊月,已近年关,三时左右就陆续走光了。曾纪泽收拾一下文稿,决定回家抄录。他走过堂郎中办公房时,听到里面笑语喧天,好不热闹,气更是不打一处来。

回到家里,他只觉得胸口发闷,晚饭也吃不下。勉强吃几口,晚上挑灯抄录,一直到了亥时才算抄完。他放下笔起身,伸了一个懒腰,只觉得胸口突然发热,连吐了几口血。他从年轻时就有吐血的毛病,医生说是肺痨。不过这次吐血太多,夫人刘氏吓得不轻,连夜去请郎中。曾纪泽习惯找西医,但西医夜里难找,而郎中一听说是给喜欢鬼子医生的曾侍郎看病,都拒绝出诊。好不容易请来了一个,开了服润肺止咳的药就走了。

曾纪泽半夜才睡着,第二天未去兵部,等醇亲王下朝后直接去王府。醇亲王看罢连连称赞,略改几笔后道:"劼刚,辛苦了,我让他们今天就递进去。"他又看曾纪泽脸色苍白,便问道,"你脸色这么难看,是不是一夜未眠?"

曾纪泽应道:"没有,睡得很好。老毛病又犯了。"

醇亲王听曾纪泽说了自己的"老毛病",有些放心不下,他把王府总管叫来,吩咐让府中的郎中看一下,看有没有治肺的好成药,曾侍郎走时赠几服。

"王爷,明天就是冬至,要封印了。"曾纪泽提醒道。

"嗨,这些天都忙昏头了。那就等开印后再拜进。"

曾纪泽说明想将折稿抄一份给李鸿章,醇亲王明白他的意思,他是想借机催一下馨如亲事,便道:"少荃是聪明人,你不必急也不必催。这本是一桩喜事,逼出来反而不好了。"

醇亲王这样说,曾纪泽却不必这样想,行或不行,李鸿章总要明白回句话,这样不明不白拖着算什么?所以他将折稿寄出的同时,附信说明醇亲王在铁路一事上是如何支持,并将提及亲事时,王爷说的原话也写入信中。

李鸿章接到曾纪泽的信,觉得此事不能再拖,饭后与夫人赵小莲商议。赵小莲对馨如真是视如己出,她一听要给人做妾,便极力反对:"咱们何必去巴结满人,而且是给他们做妾,我不能让孩子受这桩委屈。"

李鸿章硬着头皮道:"塔尔图的意思,他宁愿不娶福晋,也要对馨如好,想来也受不了委屈。"

赵夫人一哂道:"这种话你也信?男人想要女人的时候,哪个不是甜言蜜语,到手了便翻脸不认账,这样的事比比皆是,更不要说满人。"

"你找个合适的机会问一下馨如,听听她对塔尔图印象如何。我看她好像对那小子也蛮喜欢的。"李鸿章的语气有些短了。

"要问你问,我不问。"赵小莲又觉得这样与丈夫说话有些过分,缓和了语气道,"要是我的亲生孩子倒也罢了,你想过没有,让人家说咱拿人家的孩子去巴结王爷,保你的顶戴,这话多难听!又如何对得住她九泉下的父母?"

李鸿章想想也是,叹了口气不再说话。

过了年,正月十四,醇亲王与军机大臣礼亲王世铎联衔的折子便递了上去,与年前曾纪泽起草的奏稿略有不同,在结尾部分,加上了请求将各大臣反对津通铁路的原折及奏稿发交沿江沿海将军督抚讨论的意思。这是世铎的建议,很少有见解的他认为,只有海军衙门和李鸿章一力支持修津通铁路,力量还显单薄,让沿江沿海的将军督抚各抒己见,估计支持的人会比较多,这样那些顽固反对的大臣便无话可说。醇亲王从善如流,在折尾加上这一请求。第二天慈禧就发话了,准醇亲王所请。

军机处遵循醇亲王的意图代拟的上谕,直接肯定了海军衙门的奏议,说:"所陈各节,辩驳精详,敷陈剀切,其于条陈各折内似是而非之论,实能剖析无遗。"而反对意见,则说:"在廷诸臣,于海防机要,素未究心,语多隔膜。"正因为如此,要广泛征求意见,"该将军督抚等身膺疆寄,办理防务,利害躬亲,自必讲求有素。着庆裕(盛京将军)、定安(东三省练兵大臣)、曾国荃(两江总督)、卞宝第(闽浙总督)、裕禄(湖广总督)、张之洞(两广总督)、崧骏(浙江巡抚)、陈彝(安徽巡抚)、德馨(江西巡抚)、刘铭传(台湾巡抚)、奎斌(湖北巡抚)、王文韶(湖南巡抚)、黄彭年(护理江苏巡抚),按切时势,各抒所见,迅速复奏,用备采择"。

这份上谕皇上、太后竟然都照准了,于是交由内阁明发。

在提了反对意见的大臣看来,醇亲王外联李鸿章,内与军机大臣串通一气,如今又想联合沿江沿海的将军督抚合起来欺负人。看到朝廷明发的上谕,大家无不气愤难平。此时,有个叫屠仁守的御史决定上折冒险一谏,这是个釜底抽薪的解决办法。

屠仁守是湖北孝感人,他的祖父当年经商成为巨富,后来捐官道台,一直当到直隶布政使,但非正途的出身,仍然为人所轻。有一次参加御宴,被大臣当众讥讽。他发誓要子孙用功,不当官则已,只要当官,一定要正途出身。结果屠氏一门出了多名举人进士,成为一脉相承的书香门第。屠仁守也在同治十三年中进士,此后点翰林,迁御史,以刚直、清廉自许,多次犯颜直谏,算得上后起的清流健将。尤其去年以来,他请停园工、废冶游、远宦寺,连上数折,劝谏慈禧,胆子之大,令人咋舌。谏阻津通铁路而不成,李鸿章能够屹立不倒,靠的是醇亲王。他釜底抽薪的办法,就是让醇亲王从此没有问政的机会。

于是他遣家人去找"康先生"来说话。

康先生叫康有为,字广厦,广东南海人,人称"康南海"。时年三十一岁的康有为,去年来京城第三次参加"北闱"——顺天府乡试,结果又是名落孙山。但此人自诩甚高,落第后硬是装出一副对功名无所谓的神气,说自己的学问已经不可进益,也无须进益。他不甘心回籍,拿着自己的《上清帝第一书》遍访权贵,希望他的变法主张能够转呈给光绪帝,最后转到翁同龢手中。

翁同龢粗粗浏览这份五千余字的上书,大体内容分两部分,第一部分讲外夷交迫、内政败坏、天灾示警的形势,以此说明变法的急迫性;第二部分的主题则是讲朝廷该如何"变法",概括为三点:变成法、通下情、慎左右。

这份上书气势恢宏,但在如何变法上,平淡苍白几近空洞无物。虽然五千余字,如果剔除重复罗列的内容,实际没有多少东西。翁同龢的评价是,此人不过是玩文字游戏而已。尤其是言辞太过犀利,只看前面一部分,里面许多话已经让他心惊肉跳:

> 臣到京师来,见兵弱财穷,节颓俗败,纪纲散乱,人情偷惰,上兴土木之工,下习宴游之乐,晏安欢娱,若贺太平。
>
> 窃观内外人情,皆酣嬉偷惰,苟安旦夕,上下拱手,游宴从容,事无大小,无一能举。有心者叹息而无所为计,无耻者嗜利而借以营私,大厦将倾而处堂为安,积火将燃而寝薪为乐,所谓安其危而利其灾者。
>
> 顷奇灾异变,大告警厉,未闻上疏引罪,亦无战兢之意,而徒见万寿山、昆明湖土木不息,凌寒戒旦,驰驱乐游,电灯、火车奇技淫巧,输入大内而已。天下将以为皇太后、皇上拂天变而不畏,蓄大乱而不知,忘祖宗艰大之托,国家神器之重矣。

翁同龢又打听到康有为是一副不屑功名的名士派头,但其内心却十分热衷功名,在京中一直钻营,以求正途之外的终南捷径,而《上清帝第一书》便是他的敲门砖。于是他心生警惕,拒绝代呈。康有为碰了壁,却依然不肯南归,而是转投屠仁守门下。因为他觉得屠仁守大胆敢言,可引为同道。屠仁守对康有为的犀利言辞果然十分欣赏,惺惺相惜,奏折都拜他代为起草。这次他决定向醇亲王发难,自然要找康有为来商量。

听完屠仁守的意思,康有为问道:"梅翁觉得为一条铁路开罪醇亲王,值吗?"屠仁守字梅君,因此康有为称之为"梅翁"。

"也不仅是为一段铁路。皇上归政在即,可是醇亲王外联疆臣,内控军机,又可直接影响太后,将来皇上即便亲政,又如何能够展布?"屠仁守说道。

"皇上年轻,总要听从别人的意见。你就是赶走了醇王爷,翁师傅一样可以把持朝政。"康有为在京中听多了皇上如何信赖翁同龢的话,而翁同龢又不肯代呈自己的万言书，因此对这位翁师傅没有好话，"到时候翁师傅以帝师之尊，恐怕有过之而无不及。"

"那以你的意思，我这折子恐怕上也无用了？"屠仁守觉得康有为的话很有道理。

"不是不可上，可依然不是釜底抽薪的办法。"

"怎样才是釜底抽薪？"屠仁守急切地问道。

"只有请太后依然过问大政。太后何等聪明，阅历又深，有太后在那里，无人敢把持朝政，更无人能摆布皇上。"康有为一针见血道。

"这是请太后当太上皇！太后已明告天下，要归政皇上。"屠仁守听了心惊肉跳。

"以太后的性情，她甘心吗？皇上为什么迟迟未能立后大婚，要拖到十八岁，不想可知。嘴上说归政，也是被逼无奈。也许正巴望有人出奏，请再过问大政。"康有为认为自己已经洞悉了其中的原因。

"这是以幸进，我所不齿。如果被驳斥，脸面何在？"

"如果太后准了呢？如果采纳，便有了拥立大功，太后必然另眼相看。那时候你再上折，以皇帝生父应避政，请醇邸退养，便极容易获准。退一步说，即便太后不准，也不过是留中不发。梅翁年前年后揭龙鳞的折子还少吗？顶多是留中，而无一语责备！而且梅翁上的是密折，外人何从得知？"

"皇上总会读到的。"

"梅翁连太后都不怕得罪，还怕得罪皇上吗？皇上如果因此要治你的罪，恐怕还要看太后的脸色。"

听了这话，屠仁守决定依康有为所言。

慈禧正在看军机处拟的八九道上谕，全是嘉奖施恩。

第一道是嘉奖醇亲王，说他"志虑忠纯，经猷闳远，凡可以利国家安社稷者，罔不综揽大纲，竭诚匡助。从前挑立神机营，规制整肃，训练日精。近年创办海军，运筹精密，规划周详。所称亲贤重臣，罕有伦匹。着赏给金桃皮鞘威服刀柄，王所用弓刀，均准饰用金桃皮，并着赏给御书懋德嘉绩匾额一方，以示优异"。

第二道是关于军机大臣，现任军机大臣，"礼亲王世铎着赏给御书'果行育德'匾额一方。交宗人府从优议叙。大学士额勒和布着赏给御书'言物行恒'匾额一方,张之万着赏给御书'进德修业'匾额一方,兵部尚书许庚身着赏给御书'居德善俗'匾额一方,刑部尚书孙毓汶着赏给御书'经德秉哲'匾额一方。均交部从优议叙。"就连垂帘以来的所有前军机大臣也都获恩赏。

第三道是施恩各省封疆大吏。排在第一位的是大学士、直隶总督李鸿章,"着赏用紫缰"。紫缰是乘马用的紫色缰绳,是清朝"入八分"王公的待遇之一。"入八分"是指八种待遇,朱轮、紫缰、背壶、紫垫、宝石、双眼、皮条、太监。有些公爵也享受不到紫缰,因此李鸿章这个肃毅伯赏用紫缰是莫大的荣耀。此外两江总督曾国荃、云贵总督岑毓英均着赏加太子太保衔。陕甘总督杨昌浚、山东巡抚张曜、甘肃新疆巡抚刘锦棠、台湾巡抚刘铭传均着赏加太子少保衔。总之,现任及曾任的文武一二品大员都有恩赏。

第四道是独赏科尔沁博多勒噶台亲王僧格林沁。他是在平定太平军、捻军中功勋最著的蒙古王爷,"着于京师建立专祠,春秋致祭"。

第五、六道则是追恩曾国藩、官文、骆秉章等所有过世的督抚及武职总兵以上大员,"均着赐祭一坛"。

第七道则是现任军机章京、六部大部分主事、员外郎、郎中以及侍读学士、御史等,或升一级即补,或加一级记录。

第八道则是各国驻华公使,"着总理各国事务衙门庆郡王奕劻等于二月内择日在署设燕款待,并颁给如意缎疋等件"。

第九道则是专门恩赏头品顶戴花翎总税务司赫德,称赞他"久办洋税,精明切实,事事尽心,近来收数,逐年加增,确著明效",对他的恩赏是"着赏给三代正一品封典"。

以上受恩人员,总在三百人上下。这是慈禧的主意,在她看来,赏这些人也便如同赏她自己,是对她垂帘近三十年来的肯定,只是自己无法下一道上谕,称赞自己如何而已。不过,想一想只需自己一句话,便可让数百人欢天喜地,也是件十分痛快的事情。

然而,看到下面的一份密折,她就痛快不起来了。

这份奏折正是屠仁守的密奏《归政届期谨溯旧章直抒管见折》,折子中说:"归政伊迩,时事方殷,请明降懿旨,依高宗训政往事,凡部院题本,寻常奏事如常例,外省密折,廷臣封奏,仍书'皇太后圣鉴'字样,恳恩披览,然后施行。"

"恳恩披览,然后施行",这话让慈禧心里暖暖的。看来,皇帝虽然已经成人,但还是有人明白,他没法与秉政近三十年的皇太后相比。然而这样的念头只是在心中稍微一荡,慈禧的眉头就微微皱起。屠仁守从去年开始,一直在扫她兴头,劝谏她停园工、少游宴、远宦寺,凡是她高兴的事情,他都反对,为什么单单此时上了这么个折子?人有反常,必有所欺。对了,他是拿这样一份折子来试探,试探我是否真的要归政!慈禧像被人一眼洞穿了心底,不由得勃然大怒,此人居心实在可恶!他平日标榜刚正耿介,原来也是心怀奸诈之辈,非要严惩不可!她让人立即去传懿旨,请皇帝过来说话。

光绪帝进殿请安。

"起来吧。"慈禧晃晃手里的折子,"屠仁守的这份折子,你看了吗?"

"看过了。"光绪帝老实答道。

"你是什么想法?"

这何须问?他十六岁名义上亲政,太后却又训政了两年多,难道还不放手?但这真实想法绝对不能说,他便回道:"儿子觉得,应当准他所请。"

"你糊涂,他居心叵测,你难道还看不出来?"慈禧把折子扔到地上,非常生气的样子,"别人不明白,你总该明白我的苦心。"

光绪帝重新跪在地上,说话有些结巴了:"亲爸爸息怒,儿子是觉得有些事情拿不准,有亲爸爸从旁提携,儿子才出不了大错。"

"我自然要提醒你。可是归还大政早已经颁布懿旨,难道我是出尔反尔的人?他这样来揣测,就该交部严惩。"

光绪为屠仁守求情道:"他还算正直忠诚的臣子,向来上折子说话言辞不检点。他不明白亲爸爸的一番苦心,一时糊涂就上了折子,亲爸爸就饶过他吧。"

"别的事情可饶,此事不可饶。如果不严惩,不知会有多少人胡乱猜测,那样非搅乱朝局不可。我既然决定把大政交还给你,绝对没有不放手的道理。按说两年前我就该清清静静去养老,可是你七叔他们一再请求,我也不忍拂他们的意。我也是怕你年轻,看不透人心的复杂,被心怀叵测的人钻了空子,所以再训政两年。我和你六叔、七叔他们苦心经营这小三十年,终于有了今天还算安静的局面,我不能有半点疏忽,总要把大清的江山完完整整交到你手上,这也不枉我们三十年的心血。"

慈禧很少这样推心置腹和皇帝说话,光绪帝眼角一热,几乎要落下泪来:"亲爸爸一心为儿子着想,儿子感激不尽。"

"我一直把你当亲儿子。"慈禧伸出手去,光绪帝膝行几步,把手交到慈禧的手上,"你四岁进宫,那时候还是个冷暖不知的孩子,我把你抱在怀里时就想,我一定把你抚育成大清的一代圣明天子,不辜负了社稷重托。我对你要求特别严,甚至有时候大声呵斥你,对你读书更是不敢放松半分。没人知道我的苦心,没人明白我为什么那么狠心。有一位享年不永的皇帝,已经伤透了我的心,不能在我手上再出那样一位皇帝。十几年来,我是如履薄冰,今天,你总算长大了。"

光绪帝此时已经泣不成声,他觉得自己平时对慈禧的不满实在太不应该。

随后,慈禧又笑了笑道:"再过几天你就大婚亲政了,我躲到一边去,只希望帝后和和美美,大清平平安安,也让我真正舒心安享天年。"

"儿子一定好好孝敬亲爸爸。"光绪帝又道。

"我记着你的话,你跪安吧,屠仁守必须交部严惩。"慈禧在他临走时又提醒道。

光绪回到乾清宫,立即见军机大臣,安排起草严惩屠仁守的上谕,并于当天下午与九道恩赏上谕同时明发——

钦奉慈禧端佑康颐昭豫庄诚皇太后懿旨:御史屠仁守奏归政届期,直抒管见一折,据称归政伊迩,时事方殷,请明降懿旨,外省密折、廷臣封奏,仍书皇太后圣鉴,恳恩披览,然后施行等语。览奏殊深骇异!垂帘听政,本属万不得已之举。深宫远鉴前代流弊,特饬及时归政,上符列圣成宪,下杜来世口实。主持坚定,用意实深。况早经降旨,宣示中外,天下臣民,翕然共遵。今若于举行伊始,又降懿旨,饬令仍书圣鉴,披览章奏,是出令未几,旋即反汗,使天下后世视予为何如人耶?该御史此奏既与前旨显然相背,且开后世妄测訾议之端,所见甚属乖谬!此事关系甚大,若不予以惩处,无以为逞臆妄言紊乱成法者戒。屠仁守着开去御史,交部议处。原折着掷还。

第五章

光绪大婚宠珍嫔　鸿章嫁女固靠山

清代皇帝登基后大婚的，只有顺治、康熙、同治和光绪四帝，而同治、光绪两帝都是在慈禧当政中，慈禧也视为莫大的荣耀，而光绪帝的皇后又是她的亲侄女，因此她极力要把光绪大婚办得风风光光。

按照大清会典，清代皇帝的大婚礼仪十分隆重烦琐，婚前有纳采、大征礼；大婚时有册立、奉迎、合卺、祭神礼；婚后又有庙见、朝见、庆贺、颁诏、筵宴等礼。

光绪帝的纳采礼于光绪十四年十一月初二举行，皇帝派出使者向后家赠送薄礼，有文马（披挂鞍辔的马匹）四匹、鞍辔十副、甲胄十副、缎一百匹、布两百匹及金银茶筒等。清朝特重骑射，因此马匹、鞍辔、甲胄是必不可少的礼物。

一个月后，即十二月初四行大征礼，皇帝将数量极为可观的礼物送达后家。给皇后的礼物，盛在七十四座龙亭内，赐给后家的礼物装了五十八座采亭。

过了年，正月二十四日、二十五日两天，皇后和珍、瑾二嫔娘家将嫁妆送至宫内。皇后的嫁妆极为丰厚，除了大征礼时赐送皇后的礼物要全部抬回宫中外，皇后娘家也倾尽家财采购大量嫁妆。只可惜连续两天下大雪，嫁妆要全部用油布盖起来，百姓无从观瞻，出门看热闹的人也少了许多，桂祥连连顿足："白瞎了我一辈子的积蓄。"

二十六日行册立、奉迎礼，也就是册立皇后和迎接皇后入宫。午正三刻——上午十二时四十五分,奉迎正使军机大臣额勒和布,副使礼部尚书奎润以及特派的奉迎大臣十员率奉迎队伍自太和殿起行, 紧随使节之后的是盛放金册、金宝的龙亭。金册是皇后的册封文书,金宝则是皇后的印玺,用五百两纯金打造。龙亭后面则是十六人抬的皇后凤舆, 再后则是奉迎命妇四人——礼亲王世铎、肃亲王隆懃、豫亲王本格、怡亲王载敦的发妻。奉迎命妇都要骑马,她们为此已经苦练一个月。无奈连续下雪,路面湿滑,骑在马上胆战心惊,毫无荣耀可言。

仪仗队伍逶迤两三里路,出太和门,过金水桥,经午门,出大清门,转而往东,去朝阳门城墙根的芳嘉园后家。奉迎的仪仗到了后家,也不能立即接皇后进宫,一直要等到钦天监官员宣布子正(晚上十二时)吉时已到,才正式行册立礼。正使额勒和布向桂祥宣读迎娶皇后的制文,然后将皇后金册、金宝放到宝案上,引礼女官引导皇后到宝案前,由侍仪女官宣读册文、宝文,皇后接过金册、金宝,行三跪三拜礼毕,册立大礼即告完成。然后皇后身着龙凤同合袍,一手持如意,一手持苹果,坐上凤舆向皇宫进发。

当夜寒风呼啸,而仪仗队伍扣着预定的时间行进,凤舆中的皇后逐渐感到阵阵寒意,而骑马的奉迎使臣和四命妇,又冷又紧张,真是苦不堪言。皇后是正宫,进宫一路要走皇宫正门,从大清门中门进入紫禁城,到天安门外金水桥,正副使下马持节步行,穿过天安门中门、端门中门,到达午门中门时钟鼓齐鸣,响彻京城,这是告诉京城万民,皇后已经进了紫禁城。然后由太和门中门进入太和殿前广场。年前被火焚的太和门、贞度门、昭德门,由扎彩匠人费四十余天的时间照原样扎起来,飞檐勾角,俱照原样,竟然可以乱真。进了太和殿广场后,折而往东北,过中左门、后左门,便到了乾清门前,这里是内廷与外廷的交界,正、副使至此完成使命,与内大臣、侍卫退下。皇后凤舆进乾清门中门,直接抬到乾清宫阶下。此时已经是寅初二刻,即早晨三时半,这一路上费了三个多小时。

四位奉迎福晋此时终于得以下马,迎接皇后走出凤舆,接过皇后手中的苹果与如意,同时又递给皇后一个宝瓶,宝瓶内装有珍珠、钱币等金银财宝。皇后怀抱宝瓶进入乾清宫内,先要跨过火盆,去邪避灾。然后出乾清宫后槅扇门,改乘孔雀顶轿,由交泰殿前往皇后中宫坤宁宫。进坤宁宫前也有一个讲究,门槛上设有一个马鞍,马鞍下压着两个苹果,寓意平平安安,皇后从马鞍上跨过,才得以进入设在东暖阁的洞房。

进入洞房时,天已经快亮了。早已在洞房等待的光绪帝与皇后坐在龙凤喜床上,面向正南方天喜方位,行坐帐礼,又称为坐床,其意是让远路迎来的新娘歇息一下。接着,皇帝揭去皇后的盖头,一起吃半生不熟的"子孙饽饽"(即饺子),寓意多生子嗣,繁衍万代。此时,四位命妇进殿,侍候皇后更衣梳头。皇后要卸去龙凤同合袍,改穿朝服——明黄色朝袍、石青色八团龙朝褂,颈戴朝珠、领约,将长发梳为旗人已婚女子的两把头发式,这标志着皇后由女孩子正式成为人妇。御膳房早已预备好合卺宴,都放在宫外屋檐下以黄幕布罩起,待四位命妇退出,便将合卺宴一样样传进洞房内。合卺宴不在桌上,而是在喜床前铺羊毛毡,皇帝与皇后席地而坐,对饮对食。同时,由结发的侍卫夫妇在洞房外用满语唱《交祝歌》。两刻钟后,歌声停止,殿门轻轻关上,宫女太监一律远离,因为皇上皇后真正入洞房了。不过,此时天已经亮了。无论帝后都已经疲惫不堪,何况眼前并非期待中的佳人,光绪帝的洞房花烛夜,真正是名不副实。

接下来还有庙见礼,与百姓习俗相同,新媳妇进门后要去夫家祖宗坟上祭扫,以求得祖先接纳。皇帝皇后首先要到供奉列祖圣容画像的寿皇殿祭拜上香,然后回到宫内,依次到供奉先皇、先后的各宫殿中上香行三跪九叩礼。其他时间,光绪帝还要到储秀宫陪慈禧看戏,天天疲惫不堪。

正月二十七日进宫的珍、瑾二嫔,按慈禧的懿旨住进了西六宫的翊坤宫。慈禧当年就是住在翊坤宫的时候生下了同治皇帝,五十寿辰的时候对储秀宫进行修缮,又曾在此居住过。翊坤宫的后面就是储秀宫,两宫中间以体仁殿相连通。这可以视作是慈禧对两姐妹的关照,而深悉宫闱的则解读为太后把两姐妹放在眼皮底下,便于监督。

两姐妹进宫后一切都是陌生的,宫中规矩又多,一时也学不完,两人时时小心,只怕出错露丑。姐姐瑾嫔住东配殿延洪殿,门上有慈禧御笔"庆云斋",因此太监宫女都称庆云斋;妹妹珍嫔居西配殿元和殿,门上也有慈禧御笔"道德堂",因此西配殿便叫道德堂。珍嫔平时都在姐姐的庆云斋,很少在道德堂。两人进宫后,到目前也只见过皇上一面,就是选后的那天早晨。因为紧张,烛光摇曳中根本没看清皇帝的脸。听首领太监王得寿说,二月初三要举行归政大典,皇帝要亲祭社稷坛,大典前三天都要斋戒,绝不能召幸妃嫔,因此月底这几天皇上不可能到翊坤宫来。想想真是令人感慨,已经成为夫妻,结了婚却要六七天后才能见上面,哪如寻常百姓家结婚当天就能团团圆圆同饮同食同床?不但夫妻没那么方便,就是要见婆婆慈禧一面,也要等六七天后。

谁也没想到,快到申正也就是四时,宫门就要下钥了,敬事房总管太监却来通知,皇帝要摆驾翊坤宫。珍瑾二姐妹是第一次面君,因此必须正装见驾。首领太监王得寿立即叫宫女为两位主子更衣,要先换下常服,再穿上朝袍,外面再穿下幅"八宝立水"两肩前后绣正龙的朝褂,再披上肩约,挂上珊瑚朝珠,然后再戴上满镶珠宝的朝冠,另外还要配首饰。

两人都慌得不得了,只怕皇上进宫了还穿戴不完。领头的宫女一面指挥着四五个宫女团团转,一面安慰道:"主子不要急,还来得及。"

的确还来得及,因为皇上行动不像寻常人一样说走就走,更不可能三蹦两跳就赶过来。皇上出行,前面有两名太监开道,嘴里喊着"起——起——"提醒闲人躲避,隔着几丈远,又有两位太监斜身而行,注意观察周围,有特殊情况要应急处理,然后才是皇上的暖舆。暖舆前后又有太监、宫女,压着步子,走得并不快。所以当光绪帝的暖舆进翊坤宫时,珍瑾二嫔没有耽误大妆跪迎。皇上的暖舆一直抬到正殿前,光绪帝进殿落座,两姐妹进殿行三跪九叩大礼。

"起来吧。"光绪帝语气平淡地说道。

姐妹站起身来。姐姐谨守礼仪,微微低头,不敢直视,而妹妹却仰脸直接去看光绪帝的眼睛。光绪帝反而有些羞涩,躲开珍嫔的目光,去问姐姐:"你住在哪里?"

瑾嫔回答道:"妾住在庆云斋。"

光绪帝道:"很好,太后五十大寿时,就在庆云斋住过一段时间。"

"哦,怪不得姐姐的住处比我那边好,原来是太后住过。"珍嫔插嘴道。

光绪帝这才转脸看着珍嫔道:"那你是住在西配殿了。"

"是,妾住西配殿道德堂。"

光绪帝没话找话道:"朕来过这里好多次,还真没去过道德堂。"

"那妾今天就领皇上去看看。"珍嫔话来得特别快。

顺口就要安排皇上的行程,不是"请"皇上而是"领"皇上去道德堂,这本来就有些失礼。众人都有些惊愕，但光绪帝却不以为意，笑笑道："那好，就去瞧瞧。"

珍嫔在前，光绪帝居中，瑾嫔在后，应当前面带路的太监反而派不上用场，竟然有些手足无措。三人进了道德堂，棉帘一放，便把太监等众随从隔在外面。皇上往椅子上一坐，指指外面说道："总算把他们甩掉了，让朕清静一会儿。"

瑾嫔吩咐宫女上茶，光绪帝接过茶碗又问："还住得惯吗？"

瑾嫔回答："还好，住得惯。"

珍嫔却道："就是太冷了，这地上应当铺地毯才好。"

宫中的一切都有规矩，铺不铺地毯，更不是一句话的事。

"那就多加个火盆。"光绪帝闻言，便朝外面喊一声，敬事房的总管太监应声进来，"你记着了，翊坤宫多加个火盆。"

等总管太监退出去了，光绪帝又问道："你们俩想不想家？"

姐姐说不想，而妹妹眼泪却在眼眶里打转，不用问，肯定是想家了。

光绪帝问道："好好的，怎么哭上了？"

姐姐连忙咳嗽，提醒妹妹不要失礼。珍嫔反应非常快，一抹眼睛，泪就收回去了，笑道："本来想的，一看见皇上哥哥，就不想了。"

在珍嫔眼里，年轻的皇上额头光洁，目光和善，的确像自己的哥哥，不过脱口而出，却是极大不敬。瑾嫔连忙跪下请罪道："妾替妹妹请罪。妹妹年龄小，冒犯了皇上。"

光绪帝其实一点也不生气。有些顽皮、一笑起来就显出两个酒窝的珍嫔的确像一个小妹妹。

"不碍的。"光绪帝心情非常愉快，转头看到案子上摆着笔墨问珍嫔，"你还练字吗？"

"妾会两手写字。"珍嫔这下高兴了。

"哦，听人说过，还没见过，你写几个我看。"光绪帝很感兴趣。

宫女连忙侍候笔墨，珍嫔果然左右开弓，写的是"万岁万万岁"五个字。功底不是很好，但难得的是左手写的字竟然也有模有样。

珍瑾二姐妹跟着曾任广州将军的伯父长善在广州读书，光绪帝是从翁师傅那里知道的。长善附庸风雅，聚集了不少文人才俊，向来为清流所称道。

不过年前长善刚刚去世,实在可惜。

"你们的老师是哪一位?"光绪帝问道。

珍嫔回答:"是文老师。"

"翰林院有位姓文的,是他吗?"

"我们文老师不是翰林,是举人,但他可不是没有学问,只是考运不好罢了。他十岁能作诗,十五岁学词,学问大着呢!"

"好,朕知道你们文老师很有学问,可是你们文老师到底是哪位?"珍嫔着急为自己的老师辩白,在光绪帝看来又好笑又可爱。

瑾嫔代为回答:"回皇上话,是文廷式,广西萍乡人。其实妾和妹妹只跟文先生学习一年,算不得读书,只能算跟着认认字罢了。"

光绪帝开玩笑道:"你们这位文先生,肯定是风流倜傥的才子。"

没想到珍嫔闻言却忍不住咯咯大笑。

原来,文廷式其人又矮又胖,不修边幅,毫无斯文相,长善曾道:"大名鼎鼎的萍乡文三哥,不开口的话很容易让人当成是屠夫。"

听了这番缘由, 光绪帝也笑道:"看来这位文廷式, 还真是非比寻常之人。你们在广州读过书,广州开风气之先,那边读书与京中有何不同?"

"也是读四书五经,好像没什么不同。"瑾嫔细声答道,可珍嫔却有不同意见,"南边的人有好些不去考秀才考举人,而是跟着洋人学洋语,学成了到洋行去当买办,给洋人当翻译。与洋人打交道,离了这些人还真不成。"

"这就跟同文馆学洋文差不多。要了解洋人,是得懂洋文,朕将来也要学洋文。"光绪帝自言自语道。

珍嫔比自己要学洋文还兴致高,追问道:"皇上要什么时候学洋文?"

"等以后再说。朕要与翁师傅商量下,反正不会太久。"

"南边新鲜东西多得很,最奇妙的是照相机,能把人一丝一毫不差地照下来。"珍嫔兴致很高,又说了一些新鲜的东西。

光绪帝听说过照相机,也见过洋人给醇亲王照的相。珍嫔在广州的时候就多次照过相,还跟洋人学过照相。就这个话题,又热热闹闹谈了许久。

敬事房的太监请光绪帝起驾,光绪帝有些依依不舍的意思:"过些天,朕再过来。"

二月初二举行朝见礼,皇后和珍瑾二嫔向慈禧递如意,并由皇后率领,向太后捧觞献馔,与民间献茶意思一样,表示从此媳妇要侍候婆婆。然后再行三跪三叩礼,这就算婆媳正式见面,以后就是一家人了。当天还有庆贺礼,光绪帝先是率王公大臣到慈宁宫向太后进表庆贺,然后再御临太和殿接受王公大臣进呈如意和贺表。

当天下午,太后召见翁同龢,而且是与光绪帝一同召见。

光绪帝大婚遍赏群臣,翁同龢列为内廷诸臣之首被赏花翎,是独一无二。大清定制,文官非有军功不赏花翎,翁同龢未出京门,自然没有军功,得此大恩,实为异数。因此见到太后,首先叩头谢恩。

慈禧语气平淡道:"皇上已经人婚,明天就要举行归政大典,一切大政将要皇上亲裁。有今天这副局面不容易,你这当师傅的功不可没。"

翁同龢谦虚道:"全是太后十余年来谆谆教导、皇上用功的结果,臣不敢贪天之功。"

"我和皇上都知道,你一向是忠实的。"

"臣世受皇恩,自当肝脑涂地。"

"俗语说,一日为师,终身为父。皇上成年了,亲政了,不过,你这师傅还要从旁提醒规劝,不能像一般臣子一样,事不关己,漠不关心。"

"臣自当全力辅佐。好在太后春秋鼎盛,可随时教导皇上。皇上亲政后,无论洋务、外交、海防,都应当秉承从前章程。"翁同龢仔细琢磨着慈禧话里话外的意思回道。

"亲爸爸的章程都极妥善,儿子断不更改。"光绪帝也在一旁回道。

"我把大政交到你手上,从此你们君臣商量着办去。我是不想再过问了,我的这份心思没人真正懂的,所以才有屠仁守那么荒唐的奏折。"

翁同龢顺着慈禧的话道:"屠仁守不能体会太后的苦心,但他人品还是好的。他所言也是天下臣民所欲言,就是臣也深以为然。"

"你也这么想,可见你们都不知道我的真心。垂帘本是不得已而为之,历代都是弊政,所以我急急归政,省得人家说我恋栈。"

翁同龢又奉承道:"前代垂帘而为弊政,是因为太后皇上隔绝的缘故,今圣慈圣孝,哪里有什么嫌隙?如果不是垂帘,哪有今天的局面!"

"你这是公道话。这三十年,真是不容易。"慈禧回忆当年的种种危机,真是感慨万千。感慨之后，慈禧又道，"正因为这番局面来之不易，所以不能任由浮议干扰大局。屠仁守的处分，吏部竟然是想让他换个地方继续做官。这不成，一定给他一个教训，也给世人一个警惕，必须革职永不叙用。明天我最后召见军机，就这样交代下去，皇上可不要再更改。"

"儿子遵旨。"光绪明白，慈禧是拿屠仁守开刀，来证明她归政的决心。

太后归政前不召军机而召见翁同龢，军机大臣和醇亲王很快都知道了，他们明白此后皇上有所兴革必然征询翁同龢的意见，翁师傅说话的分量恐怕要超越军机大臣了。

众人的推断，很快在铁路问题上得以验证。

关于津通铁路建设，朝廷发给沿海沿江将军督抚征求意见。两江总督曾国荃最先复奏，非常明确地全力支持："乾嘉以来，士大夫但知诵习诗书，不知机器为何物。道光季年而外衅起，咸丰年间，各国通商不能不讲求洋务。同治初年始制轮船，光绪初年始兴电线。风气一开，即法令亦不得而遏。泰西铁路之利，各国皆同。中国所欲模仿而收其利权，已非一日。臣以为不开于今日，必开于将来，势必为之也。与其毁已决议之工程而不足取信，不若坚自强之定见而先立始基。"

李鸿章非常高兴，立即写信给曾国荃，对他的支持表示感激。到了二月底三月初，复奏陆续到京，结果不容乐观，除台湾巡抚刘铭传、署理江苏巡抚黄彭年等明确支持外，大部分复奏都是玩文字游戏，模棱两可，态度暧昧。到了三月初，两广总督张之洞的复奏到了，他建议停筑津通铁路，而改建卢汉铁路——从北京卢沟桥通到湖北汉口。他认为铁路之利，以通土货厚民生为最大，征兵、转饷次之，汉口地处腹地，向称九省通衢，卢汉铁路开通，对内地货物流通作用极大，"一路可控八九省之冲，人货辐辏，贸易必旺，将来汴洛、荆襄、济东、淮泗，经纬纵横，各省旁通四达不悖，实可裕无穷之饷源"。

光绪帝读到张之洞的奏折，先为他气势磅礴的行文所震撼，继而为他的主张而动心。在腹地修铁路，既有便利贸易的利处，又无扰民、资敌的坏处，比修津通铁路强得多。他把翁师傅叫来，听一下他的意见。翁同龢看了张之洞的计划，真是吓了一大跳。从卢沟桥到汉口近三千里，那要花多少银子？张之洞不是痴人说梦？不过，他静下心来想一想，台谏出身的张之洞向来喜大言，他这个两广总督未必实心想修卢汉铁路，不过是出了一个与众不同、雄心勃勃的主意,让世人刮目罢了。至于是否可行,他未必在意。翁同龢的心思此时反而活了,不妨赞同张之洞这个宏阔的计划,最直接的效果就是可以立即停掉李鸿章的津通铁路计划。至于卢汉铁路宏大的修筑计划,哪能会立即实施?所以,他对光绪帝道:"臣以为张之洞的计划很好。"

折子递到醇亲王手中时,他也觉得这个计划好。因为坚持修津通铁路,他已经把清流得罪光了,如果改修卢汉铁路,很容易获得清流的认同,因为张之洞被清流视为同道。退一步说,就是卢汉铁路修不成,先以此名义筹集一千万两,将来购军舰、修园工,都可以应急。所以他立即给李鸿章写信,连同张之洞的奏折抄件急递到天津,让他考虑兴修卢汉铁路的章程。

李鸿章看了张之洞的奏折后气得七窍生烟:"张香涛这哪里是要修卢汉铁路,他分明是搅局,目的就是让我津通铁路修不成。"

直隶按察使周馥却有不同见解:"中堂,不见得张香帅就是为了搅局。他做事喜欢场面大,这个雄伟的铁路计划也许打算扎扎实实去办。"

"如果他真这么想,更可见书生意气。我修这么几百里的铁路费了十几年的周折,他大约在舆图上顺手一划拉,就要修两三千里长的铁路,不是纸上谈兵是什么?他这个人,谋国似忠,任事似勇,秉性似刚,运筹似远,实则志大而言夸,力小而任重,色厉而内荏,有初而无终。"李鸿章盛怒之下口不择言,对张之洞的评价或者过苛,但也确实击中了张之洞的要害。

"看来醇亲王的意思也支持卢汉铁路。年前去京中致节敬,听人说七爷因为支持修铁路得罪了不少人,有人认为王爷是代中堂受过。王爷大约觉得张香帅的这个计划,容易获得清议的支持。"周馥字斟句酌道。

"我得立即给王爷去封信,劝他坚持定见,不能为浮议动摇。卢汉铁路不说别的,资金一条就难以筹划,必定胎死腹中。"

根据修唐津铁路的经验,李鸿章粗略算了一下卢汉铁路的费用,铁路每里占地六十亩,每亩二十多两,一里便需要一千多两,三千里大约四百多万两。铁路造价每里合银七千余两,三千里便需要两千余万两。沿线跨越直隶、河南、湖北三省,知名的河流二十余条,小河更是近百条,修桥费用也要两千万两左右。仅此三项,便近五千万两,何处筹此巨款?

然而,李鸿章的信到京时,醇亲王已经拿定主意,他特意把翁同龢请到府中,执礼甚恭道:"叔平,修铁路这件事情真是刻不容缓。津通铁路言路上意见太大，实在不能强求。我决意采纳张香涛的建议，改修卢汉铁路。香涛说得不错，沟通腹地交通，便利贸易，与民有利，而无诸多弊病。香涛当年是清议健将，他的计划言路上不致太过反对。叔平是名副其实的清流领袖，清议唯你马首是瞻，太后皇上又特别倚重，我请你到时候能帮我说话，玉成此事。不知你意下如何？"

翁同龢心里矛盾得很，但王爷屈尊相商，岂有不答应的道理？

"王爷放心，到时候我一定帮着王爷说话。可是有一条，这个计划太过宏阔，一时间哪里筹得了巨资？部库是拿不出多少银子的。"翁同龢表面上同意，实际也摆出了自己的困难。

"眼下最要紧的就是能够旨准，具体的事情多得很，要一步步来，银子的事也得一步步说，招商集股借洋债都无不可，肯定不会只指着部库。"醇亲王是先走一步看看再说。

等海军衙门的奏折递上时，光绪帝果然找翁同龢商量。最近他已经把冯桂芬的《校邠庐抗议》读了两遍，对效法西洋、大办洋务也是跃跃欲试。这是他亲政以来的第一件大政，如果卢汉铁路开通，纵贯近三千里，那时是何等的气魄！

"皇上，应当批准七王爷的折子。修卢汉铁路还有一样好处，不至于让洋务全落在北洋手里。"

光绪帝对李鸿章洋务、外交插手太多早有烦言，但他藏在心里，轻易不流露出来，但在翁同龢面前，他有一次就说道："李鸿章的手伸得太长了吧？直隶的洋务，开平矿务局、天津机器局、中国铁路公司不必说，两江的轮船招商局、江南制造总局、金陵机器局、电报局以及山东淄川的铅矿、漠河金矿都是李鸿章的人在经营，我大清一半天下在他手里吗？"所以，翁同龢说的这条理由，也让光绪帝深以为然。不过这是大政，他打算向慈禧面奏。

"翁师傅，你陪朕去，也帮着朕说话。"

"皇上意思，是拿着旨意去吗？"

"当然不是，我们片纸不带，只去面禀。"

翁同龢用心一想，这样最好。拿着上谕去，岂不是等于亲政后的皇上发布上谕还要等太后批准？因为是面禀，一切不行诸文字，便有回旋的余地。

慈禧已经移居颐和园，正在中海岸边散步。两人跟随在她身后把张之洞的复奏简要说明,没想到慈禧一口答应了:"洋务、海防都是大事,必须切实去办。你们觉得张之洞的提议好,就采纳好了。"

两人回宫后,光绪帝便召见军机大臣,当天下午修建卢汉铁路的上谕就交内阁明发:

> 谕军机大臣等:朕钦奉慈禧端佑康颐昭豫庄诚寿恭钦献皇太后懿旨,总理海军事务衙门奏,遵议通筹铁路全局一折。据称拟照张之洞条陈,由卢沟桥直达汉口。现在先从两头试办,南由汉口至信阳州,北由卢沟至正定府,其余再行次第接办,并胪陈筹款购地各节。所奏颇为赅备,业据一再筹议,规划周详,即可定计兴办。着派李鸿章、张之洞会同海军衙门,将一切应行事宜,妥筹开办,并派直隶按察使周馥、清河道潘骏德随同办理,以资熟手。此事造端阂远,实为自强要图,唯创始之际,难免群疑。着直隶湖北河南各督抚,剀切出示,晓谕绅民,毋得阻挠滋事,总期内外一心,官商合力,以蒇全功,而裨至计。将此各谕令知之。

李鸿章收到上谕的同时,还收到了醇亲王的电报,意思是卢汉铁路计划非常顺利,清议几乎无人反对,因此请李鸿章督促周馥等员,悉心办理。

李鸿章心情非常不好,一则是他的意见看来在醇亲王那里没起任何作用,二则他从修唐胥铁路开始,一直波折不断,费了九牛二虎之力,只修成了三百余里,最关键的津通计划仍然搁浅;而张之洞这样一个不切实际的计划竟然从中枢到清流,几乎无一人反对。张之洞的风头,看来要压过他了。这样一个不切实际的计划,却要他负责直隶地段的修建,怎么修?拿什么修?津沽铁路一百万两洋债还没着落呢! 李鸿章的执拗脾气犯了,亲拟电稿,向醇亲王撂挑子:

> 上年殿下力排众议,奏准兴修津通铁路,鸿章额手称庆,千载一时,为中国自强之基。前造津沽至唐山铁路,限期紧迫,因以五厘息借洋款赶成。今停造津通,则津沽自养不给,何从归本? 改建卢汉,需款更亟,鸿章年迈力衰,不能肩此重任,求另派重臣督办。

对李鸿章的电报，醇亲王只字未回。卢汉铁路的计划却在加紧部署，到了七月初，朝廷对两广、湖广的人事进行了调整。湖广总督裕禄才识能力均属中等，无力承担卢汉铁路大任，因此调他出任盛京将军；卢汉铁路是张之洞提出的计划，就调他接任湖广总督，负责南线铁路的兴修；而他空出的两广总督，则由漕运总督李瀚章接任；而漕运总督，则由直隶布政使松椿署理。这几项疆臣变动在十天内完成，可见朝廷推进卢汉铁路计划的决心之大。

令李鸿章不安的是，这一切人事调整他事先毫不知情。虽然他老哥获得美差，直隶藩司提拔都是喜事，但他依然心中惶恐难安。此前疆臣有变动，醇亲王大多会征求他的意见，而皇帝亲政后第一番最大的人事调整他竟然事前一无所知，不能不令他特别警觉。接下来直隶藩台的职缺替补，关系极大，按以往的规矩，都是由他出奏人选，朝廷照章批准。如果朝廷不理他的茬，直接调人顶缺，那他李鸿章的面子就丢尽了。所以他立即给醇亲王发电报，推荐周馥接任藩台，同时正式出奏。他的奏折到京后的第三天，朝廷便照准了他的奏请。他总算松了一口气，看来他的地位在新中枢那里依然稳固。

李瀚章调任两广，对他本人而言更是件大喜事，因为治军理政比漕督要威风得多，何况两广富庶不输于两江！他进京陛见的请求获准后，立即乘招商局的轮船北上，七月十四日到达天津，周馥亲带一只小轮船到大沽去接应，李鸿章则亲自出城相迎。

李氏六兄弟已经陆续去世四人，而今只余最年长的两兄弟。李瀚章时年六十九，比李鸿章年长两岁，兄弟两人都是须发皆白的老人了。两人模样十分相像，李瀚章名气没有李鸿章大，但也没李鸿章的诸多烦恼，看上去反而还显年轻。两人码头相见，四手互握，久久不放。

席间，李瀚章见李鸿章闷闷不乐，便问他缘故。桌上全是心腹，不必隐瞒。李瀚章听了大不以为然："老二，论爵位论荣耀，我这当大哥的不及你，可要论人情世故，我倒要劝你两句。张香涛要修卢汉铁路，就让他修去；不让你修津通铁路就不修，不修怎么了？你还是你的直隶总督嘛！对着镜子照照，我们都是白毛老头了，能少操一份心便是福气。要我看，你是自寻烦恼，惜福吧老二！"

李瀚章才具一般，但他是会做官的人，只要有珍馐美味以饱口福，有官派威仪可张脸面，众人巴结有贿可纳，他便志得意满。

李鸿章无法苟同老哥的观点，但老哥是为他好却毫无疑问，所以敷衍道："看来我也得跟着大哥学学,知足常乐才是。"

"你别不信我的话,在官场上,干事多,出错就多,反对的人也多。你为大清国办的事操的心够多的了,再操下去,恨你的人就更多。你总该留出点大事让人家做做嘛！"

李鸿章觉得大哥这话说得有道理,他揽事太多,招多少人嫉恨,这也是他烦恼不断的一大根源。说归说想归想,但要他像大哥一样安于禄位无所事事,自问无论如何是做不到的。

李瀚章是进京请训,当然不能在天津久留,所以第二天便乘小火轮逆流而上赶往通州。

他北上的当天,翁同龢却南下而来,是朝廷赏假,衣锦还乡。

自从光绪帝亲政后,翁同龢真是风光无比。皇上倚为臂膀,凡事必先听他的意见,其地位大有超越军机的势头。四月二十七日,是他六十整寿生日,光绪帝特旨赠寿——这也是慈禧太后酬谢师傅的意思,皇上派出上驷院卿德庆(选中他就是因为名字正适合庆寿)为正使,带人携礼品送至翁府,包括"谟明谐弼"匾额一块,对联一副,御笔福寿各一,镶玉如意一柄,铜寿佛一尊,绣蟒袍料一件,绸料八卷。内阁、六部、九卿官员都前往祝贺,开宴席十余桌,一时成为京中美谈。到了六月底,他奏请回籍修墓,光绪帝立即准假两月,并且"翁同龢修墓工竣后,着加恩赏给驰驿回京"。

"驰驿回京",就是沿驿路回京,一路上吃喝拉撒全部由驿站负责供给。翁同龢回乡是私事,驰驿回京就是莫大的恩典。

李鸿章从上谕中得到翁同龢要回乡的消息,就安排人打探好他的行程,并派人带一只小火轮到通州码头迎接,他本人则率盐运司、天津道、天津海关道以及幕府里与翁同龢有渊源的人到吴楚公所码头迎接。

翁同龢一上岸,李鸿章就率众人跪迎并"恭请圣安"。翁同龢连忙把李鸿章扶起来,反过来再拜。因为论爵位论品级,翁同龢都不及李鸿章,因此要行大礼。李鸿章自然不肯,双方拱手互拜。

翁同龢向前来相迎的每个人拱手致意,然后入吴楚会馆休息,李鸿章与他约定,申初请赴北洋宴请。到了申初也就是下午三时,李鸿章派来轿子把翁同龢接到北洋督署后堂,以家宴招待。作陪的有李鸿章的女婿张佩纶,与翁同龢有的话好谈。另外三人全是李鸿章北洋幕府,一个是于式枚,翁同龢于光绪六年主持会试所得进士;另一个是刘传祁,曾是翁家西席;第三个是汤纪尚,则是翁同龢的内弟,本来翁同龢推荐于李鸿章谋求招商局差使,被李鸿章留于幕府中。这一桌坐下,都与翁同龢有渊源。诗酒唱和,十分热闹。

喝到酒酣耳热之际,李鸿章问道:"叔平,我有些不明白,北洋修一段津通铁路,言路上群起而攻之,不得不缓办。为什么张香涛提出卢汉铁路,纵贯三千里,清议无一人反对,中枢也顺利通过?是何故,我想破了脑袋也不明白。"

翁同龢早就想到李鸿章必有此一问,因此如何回答也早已成竹在胸,他答以四个字:"因人成事。"

李鸿章又问道:"香涛是清流前辈,容易获得清议认同,这也是顺理成章。不过我不明白,叔平可是户部正堂,掌国家度支,不会不明白香涛的这个计划实在庞大,支出浩繁。"

"岂止是庞大,简直大得没边了。"听翁同龢的意思,原来对卢汉铁路也并不认同。

"卢汉铁路,部里打算每年拨付多少?"李鸿章又好奇道。

"部款一两也没有,而且不许借洋债。"

"那卢汉铁路怎么修?要几千万两银子呢。"

"这就要看张香帅和中堂的了,不是可以集商股吗?"

商股是那么好集的吗?商人看不到利之所在,怎么肯轻易入股?李鸿章心里这样想,嘴里却道:"津沽铁路本来计划召集商股一百万两,结果只招到十几万两,就是津沽之间客货物流太少的缘故。卢汉铁路纵贯腹地,可是无论从京城到正定,还是从汉口到信阳,客货物流如何能与京津之间相比?如此浩大的投资,何时可以归本?我们自己想想都觉得茫然,商人如何肯集股?"

翁同龢摆摆手道:"中堂,那是直隶与湖广的事,将来你与香帅有的是时间推敲,今天咱们只讲私谊,不论公事,如何?"

"叔平,我们都是办公事的人,公事私谊又如何能分得清?我修津沽铁路,是借了洋债一百万两得以修成,本指望津通铁路开通盈利后拿来还债,如今朝廷又令暂缓,那这百万两洋债朝廷必得想办法还上才是。"李鸿章想让朝廷替他还钱。

"我最反对就是借洋债,这事中堂可与别人去说,我是不愿与闻。"翁同龢轻轻一句话就把此事敷衍过去。

第二天十时,翁同龢自天津起程,李鸿章率众人再到吴楚会馆送行。他把翁同龢叫到一边,有五千两银票相送:"你回籍修墓开支少不了,而且是衣锦还乡,对贫弱族众少不得有所馈赠,就不必固辞。"

"中堂各节敬都有翁某一份,已是十分丰厚,怎么好意思再收馈赠。"翁同龢稍做推辞。

"以后仰仗翁师傅的地方还多的是,没有翁师傅鼎力支持,我便是寸步难行,你不收,我反而不能心安。"

因为津通铁路的事两人已经有抵牾,如果此赠不受,则很容易让李鸿章认为以后的事情他还将继续为难,所以翁同龢只好道:"愧领了。"

望着远去的轮船,李鸿章对周馥道:"兰溪,这是朝中新贵,得罪不起,你代我发电给杏荪、小村,都要以钦差之礼隆重接待,书生最看中的就是这些东西。"

有李鸿章的安排,翁同龢一路上备受礼遇,十分得意,日记中都有记载——

二十一日:出大沽,五处炮台排队升旗鸣炮,落日红霞,微风毂浪。

二十二日:午正泊燕(烟)台,东海关道盛杏荪来见长谈,送席受之,却其他物。

二十四日:卯正入吴淞口。招商局道员马建忠、沈能虎,厘金总办道员吴承璐,上海县裴大令先后来见。回舟,邵小村中丞候道请圣安,告以途次无此礼,可不必;伊坚请,乃登岸就金利源栈房行之。

到了七月底,李瀚章陛辞南下,再到天津见李鸿章。到了直隶总督署后堂坐定,他第一句话便是:"老二,醇亲王对我们兄弟真是恩重如山。"

李瀚章此次进京请训,名义是住贤良寺,但多半时间是住醇亲王府,被照顾得十分周到细致。他得以总督两广以及直隶藩司接任漕督,都是醇亲王力荐的结果。他还了解到,因为坚持修津通铁路,醇亲王在清议中的威望受损极大,论者都说是代李鸿章受过。而李鸿章在清议中的名声,比起从前差得更多。

李瀚章很为自己的兄弟着急,所以第二句话就是:"老二,亏得还有醇亲王护着你。不然……七爷这座靠山,千万不能丢掉。"

"大哥何出此言?"醇亲王是李鸿章在朝中的靠山,当然丢不得。

"老二,我听王爷说,你三番五次给他写信不肯接卢汉铁路的差使?王爷有些不高兴,他说,好不容易清议闭嘴了,你又撂挑子,让他很难做人。"

"我不是撂挑子,是卢汉铁路根本行不通。"

"你管他行得通行不通,先接下来再说。到时候行不通,自然有行不通的说法。俗话说事缓则圆,如今七爷、张香涛都是一头露水,只有你一反常态起劲反对,让七爷怎么想?大家会不会说,李某人所谓办洋务,不过是为了北洋揽权,你看,卢汉铁路有益于他省,所以李某人就撂挑子了?这种话一传起来,老二你怎么做人?"李瀚章三言两语说出了其中的关联。

这一条李鸿章并未去深想,所以态度有所转变:"大哥说得对,事缓则圆。我先接下这副担子来。"

"这就对了。你先接下来,到时候修不动了,你再重提津通铁路,那时候谁还能反对?俗话说,不撞南墙不回头,那是说不明事理的人。咱们官场上办差的人,遇到南墙不能撞,你要绕过去就是了。"李鸿章连连点头,李瀚章还有话说,"老二,曾劼刚看过我两次,听他说醇亲王托他提了一门亲,是想把馨如嫁给东华门护卫,你一直没答应?"

"满汉不通婚的规矩大哥是知道的,馨如嫁过去只能做小妾,这如何让人心甘?如果王爷做主嫁给别的什么人家,哪怕家世一般,只要进门做正妻,我早就答应了。"李鸿章说出了自己的想法。

"老二,王爷自然也知道这其中的委屈,可他既然来做这个媒,肯定也是再三思虑。我听说人家说得很清楚,宁愿不娶福晋,也不会委屈馨如。我在王爷府上见过那个护卫,一表人才不说,说话做事都没得说。我想,在王爷府上见到东华门护卫应该不是巧合,王爷是有意让我见到他。我觉得这门亲,恐怕推辞不得。"李瀚章说。

"李府的老小姐,挑来挑去挑到二十岁,末了却给人做妾,这说出去实在难听。孩子那里,我开不了这个口。"

"是你开不了口,还是弟妹不同意?你把弟妹请出来,我跟她说。你们是当局者迷,我旁观者清,如何能够因小失大?"李瀚章揽下了这个难题。

赵小莲被请了出来,她先给李瀚章道喜,然后又道:"大哥,您也知道这孩子的身世,如果是我的亲娃子,我就不会这样为难了。"

其实夫妻两人已经悄悄讨论过若干次,李瀚章劝说的理由、分析的利害,夫妻两人也都想到了,唯一的就是不能下决心。

三个人说来说去,仍然不能痛快地下个决断。谁也没想到,这时馨如走了出来,她说道:"大伯,白白和娘的话我都听到了,你们不必为难,我同意。"

"孩子,你别看我们为难就委屈了自己,让你白白和王爷说明白,王爷也是明白事理的人。"听了她的话,赵小莲反而不同意了。

馨如挤出笑容道:"我是打心里同意的,塔尔图陪我逛过威海城,他那个人不讨厌。"

"老二,你们两个就不必再反对了。孩子的亲事向来是父母之命,媒妁之言。你们当父母的没逼孩子,如今孩子都同意了,你们又何必反对?"李瀚章决定趁机帮李鸿章解决难题,又对馨如说,"侄女,我这次进京见到那小子了,人不错。他是个有一句说一句的人,他说不再娶福晋,就只娶你一个,这话他不是说着玩的。"

"我知道。"馨如说完就告退了。她回到自己的闺房,哭了整整一夜。她的眼前一会儿是塔尔图,一会儿是黄浩胜。两个人她都不讨厌,但她知道自己心里装的是黄浩胜。

她迷迷糊糊睡着不久,却被敲门声惊醒,外面敲门的是姐姐李菊耦。菊耦姐姐与张佩纶结婚后,张佩纶一直就职于李鸿章幕府,因此她一天也没离开总督府,她是馨如最知心的姐姐。

菊耦进门看到馨如哭肿的双眼,就知道她一夜没睡。她也很容易猜到馨如的心事,便问道:"小妹,你和爹娘说你喜欢那个护卫,可又哭成这样,可见不是真心话。你心里是不是有别人?"

馨如开始不承认,但禁不住姐姐的追问,就把去年威海城与黄浩胜相遇的经过说给菊耦听。菊耦为自己的粗心深感后悔,馨如从威海回来,一直戴在身上的玉佩不见了,轻描淡写说丢了,自己竟信以为真。如果那时多加一份心思,弄清妹妹的心事,何至于到今天的地步?看馨如伤心的样子,她真想托人去问那个姓黄的到底心里有没有馨如。但理智告诉她，事到如今，一切都已晚了，她能做的就是让馨如彻底对姓黄的炮手死了心。

"傻妹子，你是害单相思，人家心里根本没你。你把那么贵重的东西交给他，他却无动于衷，只有两种可能，一是他只当你是报答他的救命之恩，没往别处想。没想，就是心里没你。他明白你的心思，那为什么没有任何回音？只能是他心里有别人，所以装糊涂。"菊耦劝道。

"姐姐，有没有可能，他是被咱的家世吓住了，不敢来提亲？"馨如心存一丝侥幸。

"那绝对不可能。男人如果喜欢上一个人，胆子就大得没边。比如你姐夫，当年只是个刚发配回来的革职之员，连自己的饭碗在哪里都不知道，还敢向白白求亲，他的胆子大不大？至于这个姓黄的，堂堂管带的外甥，向我们求亲有什么不敢的？所以，听姐姐的话，把那个无关紧要的人忘掉就是了。"菊耦又劝。

"不忘掉又能怎样？"馨如仿佛自言自语。

"妹妹，姐姐是过来人，嫁给一个喜欢你的人，是你的福气。"菊耦现身说法，"比如你姐夫这个人，年龄比姐姐大，要官职也没有，不过是在白白羽翼下混口饭吃。可姐姐过得很舒心！为什么？因为他是打心里喜欢姐姐，什么都依着姐姐，我们诗酒唱和，天下没有比姐姐幸福的人了。"

"姐姐，我很羡慕你和姐夫。我不知道，他会不会真的对我好。"馨如对未来充满种种担心。

"肯定会的，姐姐听说，他为了求七王爷给他提亲，跪在王爷府外一天一夜，膝盖都差点跪坏了。对你这样上心的人，肯定会对你好。"菊耦眼里全是羡慕。

馨如得到肯定的答案，稍稍放心，但新的担忧又堵上心头："姐姐，我怕我喜欢不上他，那样，人活一辈子多别扭。"

"你一定会喜欢上他的。我对你说，女人要喜欢上一个男人并不难，为什么？因为天下女人都心软，只要人家对你好，你就会喜欢上他。你姐夫说过，女人就像……"

"就像什么？"馨如心里已经轻松多了，这样追问姐姐。

话实在不雅。有一次张佩纶喝得微醺的时候，说女人总是容易认命，还说了一句大俗语:"女人就像猪,拉到谁的圈里也好喂。"

菊藕当时痛驳此论,甚至两人为此闹得不痛快。但她私底下也不得不承认,这个粗俗的比喻其实非常准确。女人,的确很容易认命。就是眼下伤心得要死的妹妹,可以想见,与那个护卫结婚后,用不了几年,就会死心塌地了。

馨如依然要追问那句话,菊藕只好现编现卖道:"你姐夫说,女人天生就是当娘的料,拿自己的男人也当孩子,只要一哭闹,就忍不住要尽全力去哄他高兴。要是你真不甘心,那姐姐去和白白说,大不了咱得罪王爷一回,他总不能给白白治罪。"

"姐姐不必了。白白拿我比亲生的还要亲,如今只有我能为他分忧,我不能只顾自己。"

"妹妹,你知道你的身世了?"菊藕听馨如这样说,便问道。

"我知道。你们都瞒着我,以为我不知道,其实我早就知道了。"

"那你心里是不是怪白白,为自己委屈?"

"不,我没什么好委屈的。如果我是亲生的,或许白白就不这么为难了。我很知足,白白和娘对我比对姐姐还要亲,我委屈什么?姐姐,放心吧,下半辈子是刀山是火海,我都认了。"馨如下定了决心。

李鸿章很受大哥的教,馨如又答应了亲事,他决定给醇亲王写封长函,表明自己不但不撂挑子,还要与张之洞携手修筑卢汉铁路。

写信之前,他自然要先与心腹幕僚商议一番,结果自然是要表明全力支持卢汉铁路的态度。不过,李鸿章不能全让张之洞牵着鼻子走,是他建议的缓修津通铁路,那么津沽铁路一百万两的洋债只能靠官款来归还。怎么还?翁同龢极力反对拿部款还债,但也有变通的方法。周馥认为轮船招商局还有八十万两的待还官款,这笔款子不还了,拿来还津沽铁路的洋债,算是各省支持了北洋海防,剩余的二十多万两,直隶从练兵费用中设法筹措。

李鸿章十分赞同,连夸周馥办事圆通多了。

"中堂先不要夸我圆通,我还有不圆通的建议。"周馥的建议是不赞同推荐叶志超出任直隶提督。

叶志超是李鸿章的合肥老乡,绰号叶大呆子,自幼父母双亡,在舅舅家放牛、干活。他饭量惊人,力气也惊人,但脑子好像有些不灵透。后来参加团练,投奔到张树声帐下当了一名伙夫。有一次攻打圩子,伙夫也调上前线,激战中叶大呆子中土铳倒地,别人皆以为叶大呆子死了,没料到他忽地从地上站起继续战斗,原来子弹击中的是他的腰刀,没伤到身体。张树声觉得此人大难不死,必有后福,所以对他格外关注。叶志超作战勇敢,每次冲锋都是不管不顾,但从未受过致命伤,反而官越做越大。此时,他已是正定镇总兵。李鸿章最近推荐一批将领,拟推荐叶志超为直隶提督。

"中堂,我有老乡就在叶总镇帐下,据说他这些年耽于游乐,军人血气已经磨光,似乎不堪大用。"周馥听到的话很难听,他说得已经十分委婉。

"要说别人没有血气我信,说叶曙青没有血气,我绝对不能苟同。他外号叶大呆子,就是说他打起仗来不顾死活。至于吃空饷,哪位将领不吃空饷?如果只靠那点俸银,谁还愿出生入死带兵打仗?至于逛逛窑子,我早就说过,武人好色,没什么大不了的。只要能听招呼,比什么都重要。"李鸿章最不愿别人说淮军的不是,即便心腹周馥也不例外。

周馥当然知道,李鸿章执意要用叶志超,最主要是因为他是淮军出身,而且叶志超非常巴结,手面很大,舍得花钱,很得李鸿章赏识。每逢节敬,叶志超所赠总有周馥一份, 但周馥并不昧心说话:"叶总镇是跟中堂打仗打出来的,中堂自然格外念旧。不过,您用人的视野不妨再开阔一些,未必非要出自淮军,淮系而外有出色者,中堂也应当破格提拔,这样淮军才不致暮气渐深。"

"若用外人还称什么淮军?外人批评我李鸿章滥保非人倒也罢了,兰溪你不应该这样说。你要不是我淮系的人,这直隶藩台也未必能轮得到你。"

这话太伤情面,周馥把顶戴扔到案子上道:"中堂若要这样说,我宁愿不当这个藩台。"

李鸿章这些年越来越固执,但有时候反而能屈能伸了,他见周馥真生了气,连忙把顶戴端起来递到他手上道:"兰溪,你别生气了。要论治水、理政、牧民,你都当得了这个藩台,这与你的淮系出身实无关系。"

第二天,叶志超亲自到总督署来了,李鸿章自然知道他所为何事,冷着脸问道:"你一个总兵大员,私离讯地,难道不知道军法森严?"

身材魁梧的叶志超弓着腰道:"属下听说朝廷要修卢汉铁路,第一期据说先修到正定。属下驻防正定,到时用得到属下,大帅只需一句话。有人不肯迁坟搬屋,或者有人闹别扭,属下亲自带兵去弹压。长夫不够,属下也可带兵去修铁路。"

真是哪壶不开提哪壶,李鸿章一拍桌子,又指着门骂道:"去他贼娘的卢汉铁路,你的耳朵倒是尖得很,可心思就没用在本职上!还不快滚得远远的,别在这里丢人现眼。"

叶志超碰一鼻子灰,灰溜溜去找李鸿章心腹文案,也是他的老乡。

"中堂这些天正为卢汉铁路上火,你真是哪壶不开提哪壶。"

"我哪里是为卢汉铁路,不过是跑来让大帅别忘了我,直隶提督出缺,不知有多少人来找大帅,我坐在正定死等,黄花菜也凉了。"叶志超一肚子委屈。

"中堂骂你了?"

"骂了,让我滚。"

"中堂骂你这是吉兆,这个你该听说过吧?"文案一听笑了。

"大帅这个习惯我当然知道,不过这次好像是真骂。我真后悔找了这么个借口,我回去,立马让我的文案滚蛋。"叶志超颇有些吃不准。

"不急,不急。你先在大津住一大,也就一两天内,中堂肯定出奏,得了准信再走。"

到了第二天就有结果了,李鸿章放炮拜折,密荐一批文武人才,叶志超果然是推荐的直隶提督。

李鸿章给醇亲土写的亲笔长函,几乎与他的密折同一天到京。醇亲王看罢,心情大好,立即吩咐要看戏,还要请几个人过来喝酒。

李鸿章在信中表示,既然朝廷决定兴修卢汉铁路,他就与张之洞详细筹划。至于津沽铁路所借洋债,断不能久借不还,失信于人,请将招商局应还各省官款八十万两用于还债,不足之数,可延长海防捐一年,所得款项,除用于还债外,剩余部分可用于颐和园园工。最后他还告诉醇亲王,有意将小女嫁与塔尔图,请王爷托可信任的人说媒。

醇亲王所托的人就是曾纪泽,曾纪泽亲自跑一趟天津,把大事说定。接下来双方按照各自习俗办理。李鸿章这边无意张扬,因为馨如嫁人做妾,实在不是件得意的事情。塔尔图年已二十,这个年纪的都当了爹了,他母亲急于抱孙子,因此到了十月就把馨如娶了过去。洞房花烛,塔尔图自然十二分满意。馨如却心中说不上什么滋味,当塔尔图揭开红盖头,看到馨如梨花带雨时,心疼得不得了:"馨如,大喜的日子,你怎么哭了?"

馨如问道:"你真的不娶福晋,一辈子对我好吗?"

塔尔图捋起裤脚,让馨如看他膝盖的伤痕:"你看,这就是最好的见证,我一辈子对你好,绝对不娶福晋。"

卢汉铁路的事却并不顺利,因为正如李鸿章所料,张之洞的确只提出了一个计划而已,实在没想到朝廷会让他总督湖广主持修铁路,所以接到朝廷任命,他闷闷不乐了好些天。张之洞倒不是只说不做的人,他总督两广后,在广州大办洋务,试造浅水兵轮,开办广州缫丝局、广州制钱局、广州银元局、广州枪弹厂、广州枪炮厂、广州织布局,今年刚刚从英国订购炼炉,他还要开办炼铁厂。

湖广是内陆行省,哪有广州开化,更没有两广的财力,如何能办得了大事?李瀚章到广州办交接,对张之洞兴办的洋务一概不感兴趣,说道:"你能带走的尽管带走好了。"这话让张之洞真是哭笑不得,他在广州多年的心血,看来只能付诸东流。

而卢汉铁路,朝廷决心虽大,但修路款项却没着落,上谕说着户部每年拨两百万两用于筑路,而翁同龢私信却表示,这两百万两也没有把握,请另想办法。张之洞这才觉得后背发凉,自己挖了个坑,本来只想给李鸿章添堵,没想到却把自己也坑进去了。如果自己再督粤五年,定在洋务上大有成效,堪与李鸿章叫板。这一旨上谕把他调到湖广,一切要重打锣鼓另开戏。而这戏的开头,就是一个难啃的硬骨头。

张之洞后悔得只想扇自己巴掌,但这份心思还不能让别人看出来,更不能让朝廷觉察到。好在他擅长的是奏章,到了十一月份,他上了《遵旨筹办铁路谨陈管见折》,提出了四点主张,概括为:储铁宜急,先要在汉口建炼铁厂,自造铁轨,以省费用;勘路宜缓,在铁轨自造前,不急于勘探路线;开工宜迟,因为现在开工,万事不备,徒靡饷项;竣工宜速,一旦能够自造铁轨,便南北同时开工,并争取尽快竣工,早见利益。

李鸿章看了张之洞的电报,冷笑一声道:"真没冤枉张香涛,他果然打起了退堂鼓。那就先让他办炼铁厂,等他造出铁轨再修卢汉铁路吧。"

周馥也打趣道:"这个人果然笔上功夫了得,本来是打退堂鼓,竟然也打得气壮山河。"

"卢汉铁路是他画的饼，可是七王爷以及中枢诸公都以为画饼可以充饥。现在张香涛又说开工宜迟，这是先把我涮了，又想涮七王爷。我得发封电报给他，让他这张厚脸红一下。"李鸿章顺手取过一张纸，提笔写道——

复调鄂督张：

阳电及复海署电均悉。津通本可急办，试行有利再筹推广，此各国铁路通例。乃因群言中止。鄂、豫、直长路实自公发端也，事绪极恢宏，时艰言路杂，须面面顾到。局外议论纷如，亟宜定局开办，免至枝节横生。鄙人几于束手，公智珠在握，谅有成竹在胸，万勿吝教，仍乞拨冗速示。

第六章

失援手友朋频逝 扩园林停购舰船

光绪十六年元宵节前，李鸿章收到驻朝总理交涉通商大臣袁世凯的密电，密报两件事——

一是俄罗斯即将修筑西伯利亚大铁路。西起莫斯科，东到海参崴，从东西两端分别修起。

二是朝鲜国王已令美国人李仙得充朝鲜内署协办，将收回海关权，并计划向美国贷款，拟挟美以自重。

而几乎同时，吉林将军长顺向李鸿章密报说："朝鲜将位于该国东北隅之庆兴府所属温海口沿岸地方租让于俄，辟为口岸，该处在我吉林珲春府属沙草峰对岸，却不与中国商议，难保别无用意。"

这几件事都让李鸿章暗自心惊。俄国疆域辽阔，地跨欧洲和亚洲，一直谋求在东北亚建立立足点，以争雄于亚洲东方。第二次鸦片战争中，俄国通过《瑷珲条约》《北京条约》割占了中国黑龙江以北、乌苏里江以东一百多万平方公里的土地，从而在东方得到了海参崴这样三面临海的港口。然而，俄国人还不满足，一直在觊觎大清的满洲和属国朝鲜。西伯利亚大铁路一个重要的目的，就是冲着朝鲜和满洲而来。

而朝鲜国内有一批亲日派，近年又有亲俄派，现在又与美国人走得很近。被国王李熙聘为内署协办的李仙得曾经帮助日本策划侵略台湾，如今他又在朝鲜挑事,肯定没安好心。

朝鲜与大清的龙兴之地满洲山水相连,而且拱卫着渤海门户。李鸿章立即密电总署,提议加强对朝鲜的宗藩关系,强化大清的宗主国地位,政务上要控制,外交上要监督,而经济上要援助。而袁世凯深得李鸿章赏识,认为他是驻朝最恰当的人选。赴朝办理商务人员每三年一期, 由北洋大臣进行考核,李鸿章正好借此机会上奏朝廷重用袁世凯,作为加强对朝措施的重要一项。他在《办理朝鲜商务请奖折》中历数袁世凯的成就,称赞说:"升用道袁世凯血性忠诚,才识英敏,力持大体,独为其难,拟请旨免补知府,以道员分省归候补班尽先补用,并赏加二品衔,以示鼓励。"

朝廷很快准奏。但李鸿章觉得仅有这些还不够,还必须在加强东北防务上采取具体切实的措施。他首先想到的就是铁路,他要趁此机会把筑路大权夺回来。张之洞出任湖广总督后,对卢汉铁路如何建设仍然没有实际行动,全部心思都放在兴办炼铁厂上,说是为自造铁轨做准备,这让醇亲王及光绪帝都有些不满。而李鸿章本来就不赞同修卢汉铁路,因此也是表面上积极,实际上一直在应付。如今,朝鲜局势的变化以及俄罗斯的新动向给了李鸿章机会。他上书醇亲王建议暂缓卢汉铁路,先造关东铁路,与俄罗斯抗衡。李鸿章的计划是把唐山的铁路修到山海关,再从山海关修至锦州、沈阳,向南修支线直通营口、大连和旅顺,向北通到吉林,再通到与海参崴毗邻的珲春。他给醇亲王发电报说:"东路即可举办,有裨大局,拟派吴炽昌带熟手员匠驰往勘路。按舆图,营口至吉林约千五百里,每年尽部款两百万造二百里路,逐节前进,数年可成。"

醇亲王收到电报,很快回电说:"路事即可举办,祈先核里数帑数,俾上达慰廑。"

李鸿章立即请英国工程师金达、办理津沽铁路的吴炽昌及帮工程师詹天佑等人前去实地勘探。詹天佑是当年曾国藩、李鸿章联手派出的赴美留学幼童之一,可惜后来因为担心学生洋化,光绪七年(1881年)他们被提前撤回国内,大学毕业的只有两个人,詹天佑就是其一。他先是在福州船政局任教,后来被张之洞聘任广东博学馆教习。光绪十四年(1888年)由开平矿务局留美同学邝孙谋介绍,到天津中国铁路公司任帮工程师,参加了塘沽到天津、唐山到古冶铁路的铺轨工程。

詹天佑学问很好,就是洋人工程师也对他刮目相看,而且他丝毫没有架子,经常到工地上去,与筑路工人吃一样的饭菜。负责津沽铁路工程的吴炽昌对詹天佑非常赏识,专门向李鸿章推荐,请他一起参与勘探工作。

勘探人员还没回来,京中却传来噩耗——曾纪泽去世了。李鸿章与曾纪泽关系不是太好,因为两人在外交上分歧很大,曾纪泽偏于强硬,而李鸿章一味退让。但在办洋务上,曾纪泽却是全力支持李鸿章,而且经常拿外国的例子来反驳顽固派。

李鸿章分别给曾国荃和曾纪泽的两个儿子致书吊唁,又奏陈曾纪泽事迹,请朝廷优恤。他对曾纪泽的外交成就称道备至,"尤其伊犁交涉,中外论者,咸谓此举殆中国办洋务以来所无,即泰西交涉亦未尝有也"。对他励志勤学,论述群经,兼通西洋语言文字,则誉为当代士大夫所罕见,"回国后勤于职守,就是病中也不肯请假,忠爱之诚,临危不改,实为国之忠臣,请特旨予谥"。

李鸿章奏折入京,朝廷准奏,着将曾纪泽事迹宣付史馆立传,赐祭葬,予谥惠敏。

在金达的带领下,李鸿章派出的勘路人员用了一个多月时间,从营口到珲春进行了初步勘查,并拿出了粗略的预算,大约需要三千万两。

李鸿章办事总要多往前走一步,他不仅提供大致预算,而且资金如何筹措也提出办法。他的办法就是不能等,借洋债先把路修起来再说,国外也无不如此。奥地利银行曾多次表示可以年息四厘半借款。这是历年来借洋债最低的利息,借三千万两的话,每年利息一百三十五万两。户部已经答应卢汉铁路每年拨款两百万两,转挪到关东铁路上,还利息后每年还剩六十五万两可以还本。三千万两洋债还本也不用太过发愁,等铁路修通了,客货运输肯定会越来越繁荣,那时可拿盈利还本,如果商人看到有利可图,那时再集商股就变得可行,商股用于还本,也许用不了多少年就可偿清。如果仅靠部款两百万两,有多少钱修多少路,这是最不合算的。因为这样进展缓慢,自然见效慢,而对于日渐紧迫的东北局势尤其缓不济急。

收到李鸿章的长函,醇亲王禁不住感叹,李鸿章才是办实事的态度,不管他的办法行不行得通,他的用心却是尽快开工,绝对不是说说而已,这就是他与张之洞卢汉铁路提议的最大不同。他找了一帮人商量,大家都觉得关东铁路应当立即开工,但对借洋债却都不赞同。

"如果曾惠敏还在就好了!"醇亲王一边感叹,一边不顾大家的反对,让海军衙门大臣奕劻主持,起草借债修路的奏折。

海军衙门的折子递上去时,光绪帝正在召见刚从美国回来的卸任公使张荫桓。张荫桓是捐班知县出身,曾到山东巡抚丁宝桢的幕府掌管文案。他虽然读书不多,但办事能力很强,而且心思缜密,尤其是他自学洋文,能与洋人简单对话,更让丁宝桢大为惊叹。所以一保再保,不几年就到安徽任道台,后来又升安徽按察使。到了光绪十年,他上书对法越事件发表意见,被慈禧赏识,授三品卿衔,入总理各国事务衙门行走,跻身京堂并居要职。光绪十一年由李鸿章推荐出使美国,担任驻美国、日斯巴尼亚(西班牙)、秘鲁公使四年,去年年底卸职回国。

翁同龢很早就认识张荫桓,而且很赏识他。除了张荫桓精明能干,还因为两人有共同的爱好——收藏。翁同龢显宦世家,爱收藏自不必说。张荫桓因为捐班出身,为了增加点文气而收藏,虽是附庸风雅,天长日久,竟然也成了半个行家,而且他家资殷实,手里颇有些好东西。更重要的原因,翁同龢如今特别留意给光绪帝笼络人才,尤其是洋务人才,因此极力鼓动皇上召见张荫桓。

见过礼后,光绪帝很随和地说道:"听说你自学洋文,能读能写,还能与洋人对话,实在难得。"

张荫桓谦虚道:"臣当年为了谋生,跟洋人学过英文,到了美国后,为了方便履职,多下了点功夫,但实在不敢说学得好。"

"朕也在学洋文,有时候觉得舌头打不过弯来。"

"皇上也在学洋文,真是国之大幸。"张荫桓立即跪下恭贺道。

"何为国之大幸?"光绪帝觉得张荫桓恭维得有些没边。

"林文忠公五十多年前就提出师夷长技以制夷,学习洋文是识夷长技最根本也是最基础的一个功夫,如果我大清识洋文的人越来越多,把洋人的长处都学到了,自然就能赶超洋人。如今万岁带头学洋文,正是万民之福,大清之福。"

就着这个话题,两个人交流了近十分钟,之后光绪帝又问:"驻日公使参赞黄遵宪写的《日本国志》,对日本明治维新以来的新政记载十分详尽,朕读了受益匪浅。你在花旗国四年有没有什么著述？可呈给朕。"

张荫桓回道："臣有记日记的习惯。臣打算把光绪十二年二月初八到达美国至去年十一月十三日离开美国期间的日记抄录整理成《三洲日记》，到时呈请万岁御览。"

"朕不能出国门，外国的情形全靠你们这些驻外使节讲给朕听听。你有日记很好，尽快抄录出来。"

张荫桓叩头遵旨。

说过这些，光绪帝突然又问："美国人修铁路，钱是从哪里来的？"

"大多是商人集股兴建。"

"如果商人不愿出资，而这条铁路又比较重要，美国人会怎么办？是不是全靠他们户部拨款？"

"当然不是。目前美国铁路总里程折算成我们的里数接近五十万里。一般都是美国联邦、州和商人投资。美国的联邦政府，大约相当于大清朝廷，州大约相当于咱们的行省。美国为了开发西部，在那边修的铁路最多，大约占百分之七八十。西部人烟较少，投资大而收效慢，全靠商人投资不行。所以美国联邦政府和州政府都要出钱，为的是让商人放心，这条路一定修得成，将来一定有钱赚，这样商人才肯投资。"

光绪帝点头，若有所思地问道："如果钱不凑手，美国会不会向其他国家借款？"

"洋人国家，互相借款是很平常的事。"

于是，光绪帝向张荫桓咨询借洋债修关东铁路的事，张荫桓认为这个办法也可行，但尽量不要全靠洋债，应该发动商人集股。

翁同龢送张荫桓出门，边走边道："樵野，你怎么能说借洋债是很平常的事？我们借了洋债靠什么还？"

张荫桓拱手道："翁师傅，皇上垂问，下官当然只能据实回答。再说，您也没提醒，我哪里知道您反对借洋债。"

"好，此事以后再说。你刚回来，先回家见见老婆孩子，后天我请你吃饭。"

张荫桓精于厨馔，而且不可思议的食材颇多，经常呼朋邀友聚饮。翁同龢最乐得赴张荫桓的饭局，两人已经四年不曾相聚，因此张荫桓笑道："还是我请吧,后天到我家里来,我从美国弄来了不少好东西,您也没见过。"

"好,到时候一定叨扰。"翁同龢熟不拘礼。

翁同龢回到养心殿,光绪帝问道:"师傅,张荫桓也说可以借洋债,这洋债到底该不该借?"

"老臣一切听从皇上的旨意。不过,借洋债还有另一个问题,不能不预先设想。"

翁同龢的意思是,如果几千万两的洋债真借了过来,老佛爷说那么多银子,先拿点来修园子,那时候没有不答应的道理。修园子是个无底洞,只进不出,花起来好花,将来怎么还?

光绪帝一想的确如此,便道:"那借洋债的事,就等等再说。"

借洋债的事没指望了,李鸿章又来电报,希望先将今年的两百万两拨付给北洋用来定购铁轨,先从唐山往山海关铺轨。醇亲王安排奕劻与翁同龢商议,翁同龢的意思先让北洋垫支,等各省田赋解部后再拨。醇亲王闻言皱着眉头不说话,第二天是端午,连节也过不成了,因为他病倒了。

醇亲王的病状与前年相似之处是疲倦,头昏,胸口发闷,不同之处是经常虚汗淋漓。慈禧派来太医诊治,几乎没有效果。到了六月初,似乎好些了。这时奕劻才拿出李鸿章的电报让醇亲王读阅。李鸿章的电报说,他的儿子李经方出使英国担任参赞时与奥商银行就有交往,奥商银行有意低息借洋债的事情李经方十分清楚,若有必要,可让他赴京与户部面商。

醇亲王指示道:"修铁路是我最牵挂的事情,去年白白浪费一年,卢汉铁路最终画饼。朝廷已经同意修关东铁路,李少荃也急于促成,既然部款不能拨,那就允许李少荃借洋债。你告诉少荃,让李经方立即进京去与翁叔平谈,事关洋务,事关海防,叔平不能袖手旁观。"

奕劻回道:"翁叔平的意思——当然,也可能就是皇上的意思,用于铁路的部款两百万两一定可保证,但洋债不能借。"

"如果每年只凭这两百万两,最多只能修二百里,关东铁路两千余里,那要十年才修完,俄国人、日本人能给我们十年时间?就说是我说的,哪怕少借点,洋债非借不可。"醇亲王一锤定音。

李鸿章接到电报,立即令李经方进京。时年三十五岁的李经方其实并不是李鸿章的亲生子。同治元年(1862年),李鸿章率淮军在上海打了虹桥、北新泾等大胜仗,荣升江苏巡抚,美中不足,四十岁的他膝下尚无子。当时李昭庆跟随李鸿章在前线征战,知道二哥的苦恼,便将自己七岁的儿子李经方过继给二哥。两年后,赵夫人生嫡子李经述,但李鸿章仍以李经方为嗣子,称之为"大儿"。李鸿章对儿子的教育很重视,聘请名师,潜心科举,同时又请朱静山、白狄克教习英文。李经方科举不太顺,没有中进士,但通五国文字,性格沉稳,勇于任事,李鸿章很器重他。李鸿章把自己的部旧大把大把推上高位美差,对自己的至亲却不太关照。李经方的亲爹李昭庆当年就是不满于此,才扔掉顶戴回了老家。到了李经方这里也是如此,二十七岁了李鸿章才推荐他出任驻英公使馆参赞,但这在当时绝对不是美差,因为大多数人视出洋为畏途,视外交为汉奸。

李经方出使英国回国后,仍然没有美差可任,在北洋幕府中参与外交事务,被李鸿章的大翅膀罩着,觉得憋屈。因此,他总想办件实实在在的大事证明自己的才能。为关东铁路筹款,在他看来就是一个难得的机会,因此他对进京面见翁同龢十分重视,摩拳擦掌,希望成此大事。

他悉心做了准备,娓娓道来,希望能说动翁同龢。翁同龢耐心听完之后便表达了自己的意见:"当年左大帅西征,不得已借洋债,光利息就花了上千万两。如今修铁路如何能够借洋债?我还是一句话,借洋债修铁路,极为荒谬。"

翁同龢态度如此坚决,李经方挨了当头一棒,垂头丧气,无话可说。

第二天,翁同龢叫上奕劻的密友协办大学士、内务府大臣福锟一起去见奕劻,请他力持大体,坚决不能同意借洋债。

奕劻说道:"叔平,你总该知道,借洋债并非只是李少荃的主张,也是七爷一力支持的。"

"请王爷见七爷的时候,一定将我两人的意见上达,部款两百万两可以保证,但洋债不能借。借洋债的害处还不仅在损失利息,怕的是洋人借此窥破我虚实,再起觊觎之心,为害无穷。"翁同龢态度十分坚决。

福锟也帮忙说话,因为两人关系密切,奕劻不等他说完就摆手道:"这件事你就不必插嘴了,与你内务府何干?就是我也不好在七爷面前说三道四,七爷病了两个月了,稍好了点,万事不问,单单安排借洋债的事,足见此事在他心中的分量。其意已决,让我说什么?再说你叔平,反正部款还是两百万两,又不让你多拿银子,你又何必非要反对借洋债?"

翁同龢个性谨慎随和,一贯屈己而从人,虽然心有不愿,但奕劻话说到这份上,便不好再反对。于是再次声明,部款每年只拨两百万两。李经方没想到借款一事会绝处逢生,欢天喜地回了天津。李鸿章指示他与驻法参赞陈季同具体经办,条件是三千万两要在三年内全部付齐,大清则自全款付齐后开始归还本息,每年额度不超两百万两。

此事说起来简单,但除讨价还价外,还涉及购料及雇请洋人施工,函电交驰,颇费功夫。可偏偏此时,醇亲王病情转而加重,有一次晕眩近一小时,又加彻夜失眠、左边身体麻木等症。李鸿章有种不祥的预感,请奕劻将醇亲王病症密电发给他,他再请西医斟酌。看了醇亲王的病症,李鸿章觉得单靠中医恐怕难以奏效,于是给醇王府总管候福绥发去电报,推荐西医:

> 查英医伊尔文在敝署诊治年久,应手奏效。渠愿亲往看视缘由,不用峻剂,必能设法调和。若蒙行,即令星夜赴京,就近候诊。此则较中医实有把握,望速代请示,电知遵办。

在当时相信西医的人少之又少,甚至民间盛传西医挖眼剖心。李鸿章担心醇亲王拘于成见,拒绝西医。果不其然,次日即收到电报:

> 王爷谕,并道谢。洋医入府向无成案,恐启惊疑,拟俟中医查诊后,再酌洋医行止。候福绥禀。

进了十月,京城已经是冰天雪地,生病的人越来越多。最令人想不到的是,此时两江总督曾国荃竟然因为小病而去世。开始只是头疼、咳嗽、流涕,以为是通常的感冒,不以为意,谁料病情很快加重,不到一周竟然不治。

两江总督出缺,朝廷很快发布上谕,调在籍闲居九年的刘坤一重掌两江。两江湘军势力庞大,总督驻地金陵又是湘军苦战才从太平军手中夺来的,因此历任两江总督非湘系出身的大员不可。朝廷调湘军出身的刘坤一出任两江也是顺理成章,何况他赋闲前就任过两江总督。更重要的,朝廷不愿李鸿章的手伸到南洋,选李鸿章的对头刘坤一出任两江,便是最好的牵制。

对李鸿章而言，刘坤一出任两江实在糟糕得很。当年刘坤一总督两江，上任第一件事就是要从北洋手中夺取轮船招商局的控制权，突破口就是拿盛宣怀开刀，弹劾他在购买旗昌轮船公司中营私舞弊。李鸿章当然不能袖手旁观，费了诸多周折最终保住了盛宣怀。后来彭玉麟弹劾刘坤一嗜好即深（吸食鸦片），广蓄姬妾，江防疏失，李鸿章借机落井下石，终致刘坤一去职赋闲，两人的私怨已经难以化解。李鸿章感慨，以后南北洋声息互通、彼此应援的局面再也不会有了。

到了十月底十一月初，工部尚书潘祖荫、户部侍郎孙诒经、宗室宝廷、怡亲王载敦先后病逝，其病状如出一辙。锦州副都统纳海的夫人也患病去世，而奔丧的纳海竟然也患上了相同的病症。纳海就是馨如的公公、护卫塔尔图的阿玛。

馨如受李鸿章影响，笃信西医，拍电报给李鸿章，希望他派西医前来诊病。李鸿章接到馨如电报的同时，正被《万国公报》的一篇报道所震惊：

> 近日疫气应始自俄罗斯，去年入冬，自俄而西，流行于欧洲各国，各国死亡人数动辄十数万。本年正月七日疫盛时，伦敦总书信局一万三千人中病者一千八百零六人，内分送电信之幼童一千九百人中，病者一百三十二人。又培明罕一城病者共五万人，可谓多矣。今冬又由俄而东传染于日本、中华。环一地球，几无一国之境，一种之民，不触是气而成病者。此大灾也，不知天是否佑我中华。

啊，原来是全球传染的时疫，那更非西医不可。李鸿章对此不能声张，只能悄悄有所布置，西医太少，而且不被国人信任，只能让中医郎中配几服防治时疫的中药，在集镇上当街架锅煎熬，免费供人饮用，尽人事听天命而已。同时立即派伊尔文星夜兼程进京去馨如家中救人。

一星期后，传来好消息，馨如公公已经痊愈。西医果然疗效非凡！李鸿章再次给醇亲王府发电，希望派伊尔文为醇亲王诊治，然而醇王府回电：

> 老爷谕谢。已请江苏候补知府张新知前来诊治，拟俟张来诊数天效否再酌。候福绥。

李鸿章明白,其实醇亲王还是不相信西医。江苏候补知府张新知看了些医书,懂点医术,在民间传得很神。但李鸿章打探的结果是,"偶有奇效"。所以他对这位也不抱多大希望,他打算等无明显效果,再次推荐西医,或者他亲自带伊尔文到王府去。

然而,还未等李鸿章再次推荐西医,醇亲王已于十一月二十一日去世了。李鸿章闻讯心疼得刀扎一般,除了醇亲王对李氏两兄弟格外关照外,还因醇亲王一死,宗室中再也无人堪与之比。当年恭亲王当政,了解外洋情形,全力支持洋务自强;后来慈禧罢黜恭亲王,代之以醇亲王。醇亲王以排外、强硬著称,但等他对洋务有了深入了解后,很快转而大力支持,虽然在慈禧面前太过软弱,但仍不失为有操守有担当的王爷。而将来替代他的,必然是庆郡王奕劻。然而,燕雀鸿鹄,怎堪相比?

庆郡王奕劻是乾隆第十七子永璘的孙子,父亲是不入八分辅国公爱新觉罗·绵性,他自幼承继给三伯庆郡王绵愍为嗣。道光三十年,奕劻袭封辅国将军。清制,朝廷所赐府第和爵位不相符合的,皇家如有需要,可以收回而以他处抵换。咸丰初年,咸丰帝将此府收回,转赐恭亲王,奕劻按照内务府的安排,迁往定阜大街原大学士琦善的空闲宅第中。永璘一支自此家道中落,年轻的奕劻经历了祖父、父亲、伯父、堂兄们荣辱沉浮,他没有正式差使,只靠辅国将军年俸,一家人过得贫苦不堪。

但奕劻是个非常精明的人,对朝廷的局势看得十分明白,他一直在寻找机会。咸丰帝驾崩后,两宫垂帘,恭亲王当政,他知道自己翻身的机会来了,便千方百计巴结,得到恭亲王赏识,逐步得以升迁。到同治帝大婚的时候,加郡王衔,授御前大臣,已经成为宗室中的红人。他对恭亲王和慈禧之间的矛盾看得十分清楚,而且对恭亲王的罢黜早有预料,早不动声色自寻出路。他打发自己最得宠、善打麻将的侧福晋进宫陪慈禧聊天,并教太后身边人打麻将。她每次都带大把银票,从来是输多赢少,太后及身边的人无不喜欢。恭亲王被罢黜后,醇亲王掌权,奕劻非但没有受到牵累,反而得以管理总理各国事务衙门。海军衙门成立后,他又帮办海军事务,主要职责便是协助醇亲王赶建颐和园工程。他从园工中捞了大笔银子,但也更会花,一出手便送给李莲英一套宅子,离颐和园不远,名头是便于李总管侍候太后。

"真是黄鼠狼子生老鼠,一代不如一代!"李鸿章对心腹周馥感叹,"今年庆王府的年敬恐怕要加倍。此后办事,只能与此辈打交道了。"

不但要打交道,而且要好好巴结。奕劻有个亲戚几个月前就任天津道,此前他致书李鸿章请加关照,李鸿章立即给奕劻写一封亲笔信,专说此事——

前奉钧函,祗聆一是。令亲子望观察,多年旧交,津门情形尤熟,得资臂助,慰惬良深,此后遇有机缘,自当随时留意,以副谆属。前月下旬,惊闻醇贤亲王之逝,尊亲功德,中外同悲。此后洋务、海军各事宜,殿下更责专任重,企赖莫名。附泐再勋绥。鸿章谨启。

醇亲王去世对洋务的影响很快展现出来,一过了年,元宵节当天第一道上谕,便是关东铁路借洋债一事暂缓,理由是醇亲王过世,无人主持。其实,这完全是借口,因为借款已经定议,只等奥商付款,谁料结果竟然是前功尽弃!

二月又一道上谕,令李鸿章与山东巡抚张曜会同检阅北洋海军。根据北洋海军章程,每三年检阅一次。光绪十四年北洋海军正式成军,今年恰是三年会校之期。上一次检阅的时候,醇亲王亲自出海,巡阅旅顺、大沽、威海等地,不但提振士气,而且借机加强了旅顺的后路防卫以及威海的海防建设。如今,总理海军事务衙门大臣醇亲王已经去世,按资历递推,庆郡王奕劻如果能以钦差大臣的身份前来巡阅,自然也是增色不少。

李鸿章先是给奕劻去一封亲笔信,说明此意。奕劻却不想当这个钦差大臣。不是他不贪权,而是对朝局正在发生的微妙变化已经察觉。太后归政后,大部分时间在颐和园,但是她的威势还在,许多大臣依然视她为大清的最高主宰。然而,年轻的皇帝却希望乾纲独断,无时不在盼望成为一言九鼎的真正天子。在翁同龢的帮助下,皇帝不动声色地提拔了一些人,这些人以清流台谏为主,比如去年恩科高中的文廷式、内阁学士汪鸣銮、武英殿修撰黄绍箕、宗室盛昱等人。坊间已经有后党、帝党的说法。

奕劻自问,我是帝党还是后党?我应该追随帝党还是后党?帝党羽翼未丰,且都是些穷酸读书人,能成什么大事?然而,从长远看,帝党的势力必将增长。后党呢？太后虽然归政，但大政依然要征询她的意见后才能施行，官员任命，只要太后发话，光绪帝无不照准。奕劻现在的处境十分尴尬，帝党不敢相信他，而太后对他的态度也不明朗。醇亲王去世已经几个月，而总理海军衙门大臣却迟迟没有上谕，便是最好的说明。所以，在前景不明的情况下，他宁愿什么也不做。翁同龢对李鸿章的掣肘已经越来越明显，皇上对北洋也颇多微词，自己此时又何必去蹚浑水？当然，更不能去当什么巡阅海军钦差大臣。

奕劻亲笔回信李鸿章，委婉拒绝他的提议，让他不必多此一举，一切听朝廷的安排。

李鸿章与山东巡抚张曜商定，于四月中旬开始巡阅北洋水师。然而，在这节骨眼上，北洋水师总教习琅威理又以撂挑子相威胁。

这件事的起因出在正月里。按惯例，北方封冻后，北洋海军南下到东南亚一带进行训练。正月二十日，北洋海军提督丁汝昌下舰登陆香港办事，定远舰管带刘步蟾降下提督旗，升起他的总兵旗，表示目前舰上最高指挥是总兵刘步蟾。

总教习英国人琅威理不同意，他认为提督登岸，有他副提督在，不应该换升总兵旗。

琅威理的副提督是怎么回事呢？李鸿章治军，陆军学习德国，海军则崇尚英国。筹建北洋海军的时候，他就确定了借才于西洋尤其是英国的方略。琅威理一直在英国海军服役，当初李鸿章从英国定购镇字系列四艘蚊子船，就是琅威理负责带到中国，并操演给李鸿章看，李鸿章见他精明干练，就提出聘他出任总教习。琅威理有些犹豫，担心在中国任职会影响他在英国海军的前程，因此提出了三点要求：第一，须有调派弁勇之权；第二，须向英国海军部请假并获允准；第三，中国方面须与英国海军部商妥，将他在华服务年限作为英国海军服役年资，不能影响他在英国海军中的升迁。

李鸿章请驻英公使曾纪泽与英国海军部协商，1882年秋天，琅威理来北洋任职，头衔是副提督衔北洋海军总查，负责北洋海军的组织、操演、教育和训练。由于陆军出身的提督丁汝昌不懂海战，实际上琅威理肩负起北洋海军日常训练的全部事宜。他完全按照英国海军的条令训练，治军严格，办事勤勉，有时在厕所中还会发布训练命令，对北洋海军的操练倾注了大量心血,为海军官佐所敬惮,就连丁汝昌也评价说:"洋员之在水师最得实益者,琅总查为第一。"李鸿章在发给琅威理的文电中,常用"提督衔琅威理"或"丁琅两提督"的称呼。

北洋水师管带多是少年新进,年轻气盛,经过几年训练,自觉已经青出于蓝,对琅威理多有不服,以致心生排挤。因此,丁汝昌下舰后,刘步蟾便立即换他的总兵旗,认为是理所当然。刘步蟾和琅威理都打电报给李鸿章,各自强调各自的理由。

李鸿章却从换旗事件中一眼看出了问题的根本:琅威理所争,并非仅仅是面子,而是北洋海军的指挥权。如果琅威理也能挂提督旗,便等于承认他有指挥舰队的权力。这是李鸿章绝对不能答应的,北洋海军只能有一位总指挥,那就是丁汝昌。因此他给丁汝昌去电,可以考虑设计一面有别于提督的旗帜,偶尔他离舰时悬挂。

丁汝昌认为不必多此一举,他在中间当和事佬,一头劝刘步蟾退一步海阔天空,另一头又让老琅不要计较,大家对他的训练言听计从,不就是对他的最大敬重吗? 琅威理到北洋任职时,在英国海军的职务是少校,此时早已升为中校,而在北洋还是"提督衔",为此牢骚满腹。这次北洋会操,一到天津,爱较真的琅威理非要面见李鸿章,讨个公道。李鸿章却回道:"丁提督下舰,刘管带升总兵旗,也没什么不当。"

琅威理一听火就冒起来,责问道:"大人在公文中把我与丁提督并列,为什么却又说升总兵旗没有错? 当初我入职北洋,说好我有调派弁勇之权,不就是可以调动整个舰队吗?"

"我称你是提督,不过是客气话。你是提督衔,和提督是两回事。比如,"李鸿章指了指周馥说,"周藩台现在是巡抚衔,可他的职务实际是藩台。"

"那好,如果大人认为我连一个总兵也不如,又不给我提调权力,我宁愿辞职。"琅威理以辞职相威胁。

李鸿章办洋务,最讲究"权自我操",听琅威理如此要挟,立即答复道:"你要辞职就请辞,本部堂概不勉强。"

琅威理没想到李鸿章如此答复,气得一跺脚就走了。

李鸿章本来也是说气话,没想到琅威理如此强硬,他瞪着丁汝昌问道:"禹廷你说,你们自己能不能操练?"

已经练习了七八年,成军也已经两年有余,如果说自己不能操练,岂不太窝囊!丁汝昌应道:"刘步蟾他们都已经熟手,大洋角逐,毫无问题。"

"那好,琅威理不用再见我,他辞职好了。"

周馥对爱较真的琅威理非常赏识,连忙劝阻道:"中堂,都是话赶话赶到了墙角。琅总查尽职尽责,人人尽知,为一件小事让他辞职,实在可惜。"同时给丁汝昌使眼色,希望他能为琅威理求情。

丁汝昌十分会意,也连忙劝道:"周大人说得极是,为这么一件小事让他辞职,传到列国也不好听。"

"没什么好听不好听的,洋人是我们聘请来给我们效力的,不听招呼,就让他走好了。如果琅威理不交辞职报告,这事就到此为止。如果他提交报告,那就直接批准。"李鸿章也是吃了秤砣铁了心。

第二天,琅威理果然交了辞职报告,李鸿章赌气批了一个字:准。

琅威理当天就住到了英国驻天津领事馆,不再回北洋舰队。

巡阅的日子已经到了,李鸿章没心思去管这事,他起程到大沽口,开始巡阅北洋水师。从四月十八日开始,在旅顺校阅宋庆等部操练德国陆操,查看旅顺船坞、两岸炮台、水雷演放以及大连湾后路防务;到威海卫查看新筑炮台,考校刘公岛水师学堂学生;又赴胶州湾、青岛等地,详阅形势,发现此地环山蔽海,为旅顺、威海以南第一大要隘,应当在此设防;五月初一,山东巡抚张曜从胶州湾登陆,经青州回济南,李鸿章则北驶烟台,视察烟台防务;乘军舰回大沽,查看炮台,校阅守军,最后乘火车回到天津。

前后往返十八日,周历海道三千里。六十八岁高龄的李鸿章,海上颠簸,又受风寒,回到天津就病了,幸亏西医又是电疗,又是输液,一周后才下了病床。

此时,日本政府正式邀请北洋海军访问日本。李鸿章觉得机会难得,立即同意。他创建北洋海军,一个重要的目标就是防备日本。但仅仅是防备而已,实在没有真正见仗的打算。他有个形象的说法,叫"猛虎在山",意思是让日本人知道山上有猛虎,不敢轻举妄动就行。而日本邀请北洋海军访问,正好让猛虎到日本去蹓一圈。他一面向朝廷报告,一面令丁汝昌于五月二十一日(6月26日)率北洋舰队的精华定远、镇远、致远、靖远、经远、来远六舰编队从威海卫出发起程前往日本。

朝廷很快回电：

> 李鸿章电奏已悉。日本既有意修好，着严饬丁汝昌加意约束将弁兵勇，不得登岸滋事。长崎前辙，务当切鉴。其巡历情形及回伍日期，并着随时电奏。

"长崎前辙"便是指前次北洋舰队到日本，官兵上岸嫖妓引发纠纷，与日本警察、浪人互殴，死伤多人。李鸿章也有电报严责丁汝昌，务必严肃军纪。

日本不仅仅海军，可以说整个国家都在为访问做着准备。海军大臣桦山资纪召集部属开会，他提了一个问题："诸位说一说，我们请中国海军访问，目的是什么？"

有的说促进中日友好，有的说增加彼此了解，有的说互相学习借鉴。对这些回答桦山资纪都不满意，他说道："你们都记住，对海军而言，请北洋海军访问，唯一的目的就是让我国朝野都了解到中国海军的强大，让他们受到震撼，让他们感到恐怖，从而形成大办海军的共识。"

今年年初，海军部提出的海军发展预算遭到了否决。大家这才明白了桦山资纪的用心。

"我们的各项准备工作，要围绕这两个目标来进行：一是要让社会各界尤其是公职人员，有机会参观中国的海军；二是不管你们用什么办法，要让新闻界把中国海军可怕的实力渲染充分。"

北洋舰队航行两天后到达马关，次日到达神户加水添煤，七月五日下午到达横滨港。定远舰鸣二十一响礼炮向日本海军致礼，日本海军方面负责接待的"高千穗"舰也鸣二十一响礼炮作答，当时停泊于港中的英、美军舰皆鸣十三响礼炮向北洋舰队致敬，一时间礼炮轰鸣，此起彼伏。

次日上午，日本海军参谋部长井上良馨少将、海军省军务局长伊东祐亨少将专程从东京赶来会面。午后，丁汝昌赴日舰高千穗拜访，然后率六舰管带乘火车赴东京，拜访日本外务大臣榎本武扬。

现任驻日公使是李鸿章的嗣子李经方，他是今年正月到达东京任职的。当天晚上，他设宴欢迎丁汝昌一行，榎本武扬应邀出席。接下来的两天，李经方陪同丁汝昌拜访日本总理大臣松方正义、宫内大臣土方久元、内务大臣川弥二郎、内大臣德大寺实则、海军大臣桦山资纪等要员及各国驻日公使,并参观东京的学校及监狱。

七月九日上午十时,日本天皇亲自接见丁汝昌及各舰管带,表示中日两国一衣带水,友谊源远流长,日本决心与中国世代友好,并请丁汝昌向中国大皇帝转达日本友好之意。接下来的几天,李经方陪同丁汝昌拜访炽仁、威仁、彰仁等亲王以及内阁诸大臣,参观兵工厂、农科大学、医院、图书馆、植物园、天文馆,亲王、内阁大臣分别设茶会或宴会款待,所到之处,都受到了超乎意料的热情接待。

在桦山资纪举办的招待会上,他举杯提议道:"中日同属亚洲,同种同心。中日海军应当联合起来,共同对付西方列强,争取亚洲的荣誉和尊严。中日兄弟之间如不团结,势必给外人以可乘之机。"

丁汝昌枳极响应,举杯为中日友好干杯。

七月十六日,丁汝昌在泊于横滨港内的定远旗舰上举行招待会,邀请了包括国会议员和记者在内的日本各界人士出席。定远放出小艇迎接参观者,丁汝昌和驻日公使李经方在舰门迎接,和来宾们一一握手。在军乐队的演奏声中,"定远"舰甲板上准备了柠檬水、冰块以及各式各样的卷烟等招待品。随即,来宾们在向导的引领下首先参观了口径三〇五毫米巨炮,然后参观舰长室、军官舱,日本客人都注意到舱内装饰着各式各样的美术品,还有盆景、照片等。舰上治疗室清洁异常。北洋海军将领都懂英语,为参观者一一讲解舰上设施。中午十二时开始,定远舰甲板上举行了西式冷餐会,宾客们边吃边谈,最后在十分满意的气氛中被送回了码头。

曾登上定远舰参观的日本法制局长官尾崎三郎次日在报纸上发表观感:"同行观舰者数人,回京火车途中谈论,谓中国毕竟已成大国,竟已装备如此优势之舰队,定将雄飞东洋海面。反观我国,仅有三四艘三四千吨级之巡洋舰,无法与彼相比。同行观舰者皆卷舌而惊恐不安。"被誉为"日本近代教育之父""明治时期教育的伟大功臣"的福泽谕吉在《时事新报》上发文道:"中国海军舰体巨大、机器完备、士兵熟练,值得一观之处颇多。"

丁汝昌也率北洋舰队官兵先后参观了日本的兵工厂、军港及军舰。在横须贺造船厂,惊讶地发现日本人正在自造四千多吨的巡洋舰"桥立",已经辞退了所有的外聘欧美技师,日本技师制造技艺非常精湛。他们还考察了海军医院,看到一切布置皆效洋风,极其清洁。军港司令官福岛敬典少将在午宴时告诉丁汝昌,天皇常行幸此地,与诸官员"研究一切利害得失,别其勤惰,慰其劳苦,故当事者亦以上意所属,赏罚分明,各竭力致精,献技图报,是以成事较易"。他们还参观了开工仅两年的吴港,衙署洋楼,巍然高耸,一大船坞已经建成,各个工厂,包括机械所、帆缆所、模型所、铸铁所、打铁所,正在相继落成中。他们还发现,日本海军的主食已由米饭改为西式面包、牛肉,使得官兵身体强壮。他们还参观了金刚、严岛、葛城、磐城、满珠等军舰。

八月六日上午十时半,在日本访问四十天的北洋舰队启程回国。在定远舰上,丁汝昌对刘步蟾道:"子香,你是海军行家,你参观了日本人的军舰,有何感想?"

刘步蟾据实回道:"日本海军正在快速发展,尤其是他们新定购和自造的军舰,都比我们新,航速快,速射炮多,实际战斗力恐怕会超过我们。"

"有那么严重吗?"

"双方都在憋着劲赛跑,真是刻不容缓,我们应当尽快添购新舰,更换速射炮。"刘步蟾说出了想法。

"此次访问,日本各方都非常热情友好,好像无意与中国为敌。"

"我也觉得日本人这次出乎意料地热情,但无论日本是不是中国的敌人,我们正在被日本赶超,这一点不容忽视。李中堂经常说要取'猛虎在山'之势,猛虎如果爪牙都不及人锋利,猛虎在山也归于无用。"刘步蟾还是坚持自己的观点。

"好,我打算回去后立即上条陈,请李中堂专奏朝廷,尽快为北洋添舰换炮,就请子香军门辛苦如何?"

刘步蟾是船政学堂的高才生,又出过洋,对丁汝昌从来不曾服气过,他哪里肯为丁汝昌代草条陈,便道:"军门上条陈,我也上一个条陈,各人上各人的,这样更容易引起李中堂重视,岂不更好?"

"好,那就各上各的。"丁汝昌从善如流。

几乎同时,明治天皇正在召见内阁总理大臣松方正义和海军大臣桦山资纪,他指着手边的一沓报纸道:"朕这些天一直在看中国海军访问的新闻,真是让人忧虑啊!桦山你说,我们的差距真有那么大吗?"

桦山资纪回道:"比他们报道的还严重。中国的定远、镇远两舰,不要说在亚洲,就是在全世界,也是最无敌的巨舰!"

明治天皇皱着眉头不说话,过了好大一会儿才又问松方正义:"你说,该怎么办?"

"没有第二个办法,唯一的办法就是加快发展海军,在三五年内赶上中国。"松方正义斩钉截铁地答道。

"不但要赶上,而且要争取在三五年内与中国决战,并且要战而能胜。否则,拖得越久,我们便越没有战胜他们的希望。如果错过了时机,日本将永无出头之日。"桦山资纪的想法更进一步。

松方正义趁热打铁道:"内阁提出了十万吨造舰计划,总投入需要五千八百多万日元。此项计划关了国运,非请陛下裁夺不可。"

"朕同意你们的计划,国会那边朕会向他们打招呼。"

桦山资纪接着道:"一定要打败定远和镇远,一定要打败中国,要让在校的学生树立起这样的责任和信心。这事关未来海军士兵的素质,海军部请人编了'打败定远'的游戏,正在与教育大臣沟通,希望能在学校推广。"

"好,到时候朕要去观看孩子们游戏。"

松方正义又道:"教育大臣正在主持制定《小学教育大纲》,特别要求以《教育敕语》之精神启发、引导儿童修心,从小培养起'效忠天皇'的思想,要让他们从小明白天皇乃是'万世一系'的神,长大之后能够绝对服从天皇,无怨无悔地为天皇为国家而献身。"

"尚武、忠勇精神应当从孩子入手培养,师范学校的学生将来就是教导学生的老师,对他们的教育要特别加强。"明治天皇十分支持。

松方正义补充道:"教育大臣已经计划在所有师范学校中实行寄宿制,日常生活仿效兵营组织,把未来的小学教师培养成'准军人'。唯有如此,他们才能担负起培养小学生尚武、忠勇精神的重担。"

"好,这件事容以后详议。"

同一天,光绪帝召见翁同龢。一天前,户部上奏《酌拟筹饷办法折》,因库款支绌,亏短甚巨,建议南北洋购买外洋枪炮、船只、机器暂停两年,所省价银解部充饷。

"翁师傅,户部所奏开源节流办法,朕看过了,尚属可行。只是七叔在时,多次提醒朕'勿忘海军',如今停购舰船枪炮两年,是否会影响海防？朕有些不安。"

"老臣心里也有些不安。但这是没办法的办法,根源还是库款支绌。关东铁路每年要两百万两,东北练军每年要五十万两,三年后太后六十整寿又是一大笔开销。前天听庆王说,太后的意思要建德和楼大戏台,内务府预算要三十万两,新增的园工当然不会仅此一项。老臣左支右绌,实在没有办法,只好出此下策。"翁同龢也是没有办法。

光绪帝很体谅翁同龢,道:"朕知道师傅的难处,都是花钱的事项,进项却没有增加。停购两年船炮也不是不行,就是不知道对北洋海军有没有太大的影响。"

"影响自然是有,但也不会太大。李少荃多次说过,北洋海军目标是巩固京津门户,并不必争雄海上,取的是'猛虎在山'之势。现在看,这只猛虎已经足以震慑群小。这次李鸿章巡阅北洋,场面很大,各国无不惊叹于北洋海军的精锐,他在奏折中说,北洋兵舰合计二十余艘,规模略具,将领频年训练,远涉重洋,并能袵席风涛,熟精技艺。陆路各军勤苦工操,历久不懈,新筑台垒凿山填海,兴作万难,悉资兵力。就渤海门户而论,已有深固不摇之势。"翁同龢早有准备,把李鸿章巡阅北洋各口后上奏抄件中的关键词句,都加了圈点。

"这个奏折朕已经看过。看李鸿章的奏折,北洋海防稍可放心,但不知实情到底如何。"

"大约也差不到哪里去,李鸿章办事向来扎实。"翁同龢应道。

丁汝昌率舰队回国后,亲自到天津向李鸿章报告。听到日本热情接待的经过,李鸿章非常满意:"不虚此行,看来这次敲山震虎的效果超出你我预期。如果日本能够改弦更张,真能与中国和好,真是中日两国之幸。"

李鸿章心情很好,提笔给日本外务大臣榎本武扬和枢密院长伊藤博文各发一份电报。发给榎本武扬的是这样说的:"丁军门统率北洋兵舰道出东溟,渥承瀛洲贤大夫殷勤款接。而台端筦领外部,屡得周旋,风采言辞,弥足钦重。一时盘敦之雅,传布五洲,咸知我两国同文共域之邦,交谊日亲,至为可喜。"

他与伊藤博文私交很不错,经常通信,话说得更直接:"亚洲唯我二邦,但能联合交亲,异域强邻,何敢予侮。迩来邦交情谊日密,传播五洲,好我者欢,恶我者惧,唯当永持此局,内奋富强之术,外杜窥伺之萌。"

丁汝昌又奏请道:"这次访日,参观了日本的军舰、造船厂、学校、医院等,日本的发展之快也是出乎意料。尤其是他们的海军,新添舰船虽然不及定、镇两舰船大炮巨,但航速快、速射炮多,不能大意。我和刘子香都有条陈,请中堂上奏朝廷,应当拨巨资添舰换炮。"

李鸿章叹道:"拨巨资是不可能的,但再购几条快速兵舰、更换一下火炮应当没有问题。"

打发走丁汝昌,李鸿章立即着人请周馥过来,把丁汝昌、刘步蟾的条陈交给他,让他起草扩充舰船的奏折。

第二天下午,周馥就带着折稿过来了。李鸿章连看也没看,铁青着脸把两份上谕推到周馥面前道:"兰溪,你先看这两份上谕。"

第一份是明发,一看就是好事——

> 谕内阁:李鸿章、张曜奏,会同校阅海军,并查勘各海口台坞工程事竣一折。该大臣等周历旅顺等处,调集南北洋轮船会齐合操,并将水陆各营,以次校阅,技艺均尚纯熟,行阵亦属整齐,各海口炮台船坞等工,俱称坚固。李鸿章尽心筹划,连年布置,渐臻周密,洵堪嘉许,着交部从优议叙。张曜会同筹办,着交部议叙。各将领训练士卒,修建台坞,不无微劳足录。着准其择优保奏,以示鼓励。海军关系至要,必须精益求精。仍着李鸿章、张曜切实讲求,督饬提镇各员,认真经理,以期历久不懈,日起有功。另片奏,拟在胶州烟台各海口添筑炮台等语,着照所请行。

"哟,胶州湾炮台朝廷照准了,可喜可贺!"周馥满脸笑容,向李鸿章拱手。

"你先别说可喜可贺,你看第二道上谕。"

第二份上谕是密谕,只廷寄给相关人员——

> 谕军机大臣等:户部奏,库款支绌、亏短甚钜,酌拟筹饷办法,开单呈

览一折。所拟各条，于筹补库储，尚属切实，着依议行。唯筹饷一事，部臣虽尽心擘画，全赖各省疆臣，认真督办，不避怨嫌，庶一切诿卸掩饰之弊可除，克臻实效。现当库存奇绌，各直省将军督抚等受恩深重，必应顾全大局，共济时艰，无待谆谆详谕也。户部原折并单内应由处办四条，均着抄给阅看。将此谕令知之。

再看户部原奏清单，前三条与北洋关系不大，第四条就是北洋舰、炮停购两年，将所省价银解部充饷，并裁减勇营。看完这份密谕，周馥惊呼道："朝廷也玩仙人跳！一面说海军关系至要，要精益求精，一面又停购船炮，这到底是啥意思？"

李鸿章怒道："啥意思？明发上谕是给天下看的，全是表面文章。密谕才是玩真的，真正卡住了北洋的咽喉！不但不拨款，还要北洋将省下的价银解部，真是岂有此理。北洋购船炮并无专款，何来省出价银？"

周馥拍着密谕道："都知道户部是翁某人当家，皇上那里他也能做一半主，我敢肯定这全是他的主意。翁某人恐怕是没忘当年中堂参他大哥的私怨，挟私报复。不过，他怎么可以拿国家的安危当儿戏！"

李鸿章愤愤道："清流中人，哪个不是高唱爱国的高调，干的却是害国的勾当！"

"中堂，此事必须据理力争！北洋目前的舰船照外国海军例根本不成其为一军，如果真起战事，北洋恐怕仍然不能抵挡西洋巨舰。这些年来北洋海军名义上花了数千万两，实际用到海军是多少？恐怕一半也不到！中堂必须将此事讲明白，不然到时候有口难辩。不如趁现在还算安定，痛陈海军宜扩充，经费不可省，时事不可料，各国交谊不可靠，请饬部枢通筹速办！"

"难！海军经费如何能够讲明白？最明白的就是七王爷，如今他已经作古。正因为现在还算安定，所以朝廷才停购舰船，如何痛陈海军宜扩充？朝中说我挟洋自重的大有人在，如果我再痛陈扩充海军，必定有人要参我抗旨、揽权。"李鸿章大摇其头。

"中堂，现在的安定也不过是表面上，就拿日本来说，中堂总不会认为他是真的要与中国和好吧？日本这个国家，是左手握刀准备要捅你，右手还能紧紧握住你的手不放，口中连称要睦邻友好。"周馥打了个形象的比喻。

　　"这次丁禹亭他们访问,日本人的确十二分热情。"李鸿章语气十分平淡。

　　"依我看,他们不过是放了一个烟幕弹。"周馥一眼就能看穿他们的内心。

　　"不管他是真情还是假义,总之敷衍着不撕破脸皮就好了。"

　　周馥见李鸿章无意与朝廷相争,更失望加无奈:"中堂,今天你不争,将来后悔晚矣! 你今天力争,万一不行,将来也有话可说。"

　　李鸿章叹息道:"我就是上奏,肯定要交户部议,结果肯定是行不通。朝廷形势如此,我也就力止于此了。"

第七章

日本增兵谋决战 大清求和失先机

天津老城东南、海河西岸的英租界有一家松昌洋行，是英国商人的产业。洋行大堂的领班是一个叫石川的年轻人，时年二十五六岁，人看上去很和善，其实十分精明。

这天下午，一个清兵弁目到店里来，掏出五个五十两的银锞子往台上一摆道："给我换点英镑用用。"

英镑并不能随意换，店里的伙计赔着笑脸道："军爷，要换英镑，非等大班回来才行，小的做不了主。"

弁目不耐烦道："多大点事，还非要你们大班。去，找个说了算的过来和我说。"

"怎么回事？"这时，石川听到说话声到前堂来了。

小伙计回应道："这位军爷要换英镑。"

弁目又道："我要换点英镑用用，还非要等大班回来，你们这哪像做生意的？为难人不是？"

石川解释道："这是店里的规矩，其他洋行也都是如此，想来军爷一定清楚。不知您要换英镑何用？"

"我们统领要用，我哪里晓得要干啥，只让我把这件差使干好。这屁大的事我都办不成，回去怎么交差。"弁目有些着急。

石川想了想吩咐小伙计道："你只管给军爷换好了，等大班回来我来解释。"

小伙计换算的工夫,石川向弁目打听军营的情况。

弁目有些奇怪,反问道:"你对军营怎么这样热心?"

石川笑着解释:"我打小就想长大了当兵拿饷,可我爹不同意,嫌我身子单薄,非要我学生意。军爷如果方便,啥时候带我到你们护卫营瞧瞧,让我也开开眼。"

"带你进去不可能,但你要想听营伍上的事,我满肚子都是。你请我喝茶,我给你讲三天三夜。"

石川高兴道:"那太好了。我今天没空,咱们君子约定,后天我请你吃饭。"

"一句玩笑话,你还当真了。"

"大哥是玩笑,我可是当真。我就盼着有个军营里的朋友,后天我请大哥吃酒,好好请教一下军营里的故事。"

弁目听说有酒喝,心里高兴,便道:"后天不行,我要上值。这样吧,我们定准四天后见。"

两人互相报了名号,弁目叫王开甲,是天津护卫营哨长的跟班。四天后两人如约相见,石川把王开甲带到一家日本酒店。王开甲是第一次吃日本菜,喝日本清酒,兴致很高。尤其是低头弯腰的日本女招待更是让他大开眼界,一双眼睛不舍得躲开片刻。

石川见状便笑道:"大哥喜欢外国女人?过会儿我带大哥去个更好玩的地方。"

一听有更好玩的地方,王开甲酒兴就减了,道:"酒喝得差不多了,就去你说的好地方。"

石川把王开甲领到工部局西南小巷的日本妓馆,告诉他慢慢玩乐,石川自己则在外面喝茶。足足一个时辰后,王开甲才满脸笑意一身慵懒走出来。石川连忙迎上去问道:"大哥玩得高兴吧?"

"高兴,高兴极了,那滋味,别提了。"王开甲拍拍石川的肩膀说,"无功不受禄,你对哥好,哥心里有数。说吧,有什么能帮上你的,尽管开口。"

"我说过了,只想交个军营里的朋友。"石川把王开甲领到角落的榻榻米上坐下,"大哥也是热心人,我也不客气,但绝对不会给大哥出难题。我将来打算倒腾点儿军火,多少赚点外快。"

王开甲有些为难道:"这可就难了,兄弟还真帮不上忙。我们的军械都是由军械局统一供应,那不是一般的买卖,我这种人根本挨不上边。"

石川笑道:"大哥领会错了,我哪有本事去和军械局争生意。我的意思是,小打小闹地弄点,手头活泛点就行了。比如军营里有没有报废的洋枪替换下来了,作价卖给我,我再倒腾给老家的土财主,他们拿来看家护院。"

"哦,是这个意思。"王开甲明白了,"比如有当兵的开小差了,顺带着拿一支洋枪出来,你也可以收了去。"

"这个当然好得很,但犯忌讳的事咱不做,只图大家都有好处,不能给大哥惹麻烦。总之我的原则,做朋友第一位,赚点外快是第二位,而且有钱大家赚,我不吃独食。"

王开甲拍了拍石川的肩膀道:"你这个人有意思,我可以给你引见个人,将来他必能帮到你。"

"哦,大哥的这位朋友也在军营里?"石川眼睛放光。

"不,他不在军营里,但与军营关系极大。"王开甲贴近石川的耳朵说,"我这个朋友在军械局当书办,虽然办不了大事,但消息灵通得很。"

"那太好了,大哥随便什么时候方便,把你这位朋友约出来,我做个小东,大家认识一下如何?"石川非常高兴。

"好说,他也好这一口。"王开甲眨了眨眼,朝周围瞄了一圈,"那也是个热心肠的人,保准咱们做得成朋友,闹不巧,来个桃园三结义!"

石川闻言,立即顺水推舟道:"那我以茶代酒,先敬大哥!"

端午节这天,有人到松昌洋行来告诉石川一个地址,说有重要人物要见他。

晚上,石川如约到了一家日本人开的酒店。进门后,榻榻米上坐着一位四十多岁的日本人,眉毛浓重,目光如炬,留着浓密的八字须。他欣赏地打量着石川,面露微笑。站在中年人身边的是个三十多岁留短须的,石川认识,是日本驻华公使馆武官神尾光臣少佐。

"将军,这就是赫赫有名的中国通石川伍一。"神尾光臣指着石川向中年人介绍,又对石川伍一说,"这位就是参谋本部参谋次长川上将军。"

石川伍一深鞠一躬道:"今天终于见到将军,真是三生有幸。"

川上操六感叹道:"真是年轻有为啊!听说你十八岁就到中国来了,那时候我随大山岩陆军卿赴欧美考察军制,虽天各一方,但都在为大日本的崛起而奔波。后来我又赴德国留学,所以一直未曾见过你本人。我看过你们编写的《中国通商综览》,还有你亲自绘制的四川地图,非常精致!特别是那些分区图,信息量非常大,有些村庄的水井都标注了出来,这非常必要。你的作图技术已经在整个谍报系统推广。"

石川伍一,1866年出生于日本秋田县,青少年时期就致力于学习中文,十八岁到中国继续学习中文并研究中国问题。后来到汉口乐善堂药店——在华日本间谍聚集的大本营,参加了名为"四百余州探险"的间谍活动,上百名谍报人员周游江苏、浙江、江西、广东、广西、四川、陕西等省,调查山川土地、人口分布、民生贫富、风俗人情、军营位置、粮秣运输等情况,编成了《中国通商综览》两个分册,长达两千三百多页。石川伍一还率领一个谍报小组,对四川盆地进行调研,最远甚至到达了西藏东部。调查结束后,他提交了非常详细的调查报告和精心绘制的四川地区精密地图,令参谋本部刮目相看。去年以来,石川伍一租了一条中国帆船,由烟台出发,游历长山岛、庙岛、小平岛等,并查看了旅顺炮台,回程又途经大沽山以及朝鲜的人同江、平壤和仁川口等处,经由威海卫返回烟台。

石川伍一汇报道:"朝鲜西海岸、胶东半岛及辽东半岛,我所经过的海面和海口,每一百海里,都用千斤砣试水深浅,详细收集地理水文数据。详细的报告我已经完成,正准备交给参谋本部。"

"石川君的业务能力在业界是首屈一指的,我非常期待看到你的报告。"川上操六话题一转,"作为一个谍报人员,不仅要提供具体的情报,更可贵的是对大势能有精准、独到的判断。假如,我是说假如,中日两国开战,你认为帝国有几成胜算?"

"帝国必胜。"石川伍一不假思索。

"哦,你这样认为?何以见得?"川上操六有些怀疑。

"我只说一条理由,中国已经腐败透顶,不只是官场腐败,而是全民腐败。中国的年财政收入仅有九千万两银子外加五百多万石米,以中国之大,这是很不般配的。据我调查推算,实际税赋应当是岁入额的四倍,如此大额的赋税一钱不入国库,去了哪里?都入了各级官吏的私囊。中国历来贿赂之风盛行,近年来尤其为烈,地方官肆意刮削民众膏血,逞其私欲,而中国百姓也认为办事送钱、打官司要送钱都是天经地义。"

川上操六还是有些不信:"这只是你的一家之言。其实列国中有不少人认为中国即将崛起,坚信以中国之丰富物产,如能积极变革,不难成为世界最大强国,雄视东西洋,而且十几年来中国也的确发生了许多变革。"

"观察国家和观察人一样,应当洞察其心腹,而不仅仅看到表面。中国虽然表面上在不断改革和进步,但不过如同一间老屋废厦加以粉饰而已,经不起大风大浪。中国全民丧失信仰,社会风气江河日下,人心腐败已达极点。民众是国家组织的'分子','分子'一旦腐败,国家岂能独强?国家的元气丧失消亡,这比国策的失误还要可怕,国策的失误尚可以扭转过来,而国家元气的腐败就是真正病入膏肓了。孟子说:'上下交征利,则国危。'尤其是中国官场腐败导致的司法不公,甚至刑罚乃至性命都可以被金钱所左右,普通百姓申诉无路,民怨积压,百姓还会为这样的国家去奉献吗?将领们则争相克扣军饷,士兵们还会为国献身吗?"

神尾光臣在一旁反驳道:"石川君,你不觉得把看不见的'人心'说得作用太绝对吗?你的观点倒有些像中国的清流。你不要忘了,中国有定远、镇远这样的巨舰,他们的陆军也准备了先进的洋枪洋炮。"

石川伍一笑道:"大刀长矛与洋枪洋炮较量,当然'人心'的作用微乎其微,可是当双方的武器差不多的时候,'人心'便成为决定性的作用。说到中国的北洋巨舰,我还有话说。中国两年前就决定北洋停购舰炮军械,原因是没有银子,而专为太后六十大寿所扩建的颐和园工程,每年都要花掉数百万两银子。专掌皇家用度的内务府,咸丰年间每年所费大约四五十万两,而如今每年大约四五百万两,是从前的十倍多。中国不知排解地方之紊乱,不能消除民庶之怨薮,更不知施加仁惠休养民力,依我看,早则十年,迟则三十年,中国必将支离破碎。与其到时列国都来瓜分,不如我们趁早全力踹上一脚,把这个泥足巨人踩在脚下,帝国将因之雄居东方,无人再敢小瞧。"

这几乎是狂妄的梦呓,但川上操六却为石川伍一鼓起掌来:"我完全赞同石川君的判断。我这次考察了朝鲜的釜山、仁川、汉城以及中国的旅顺、烟台,我也确信中国战则必败。我安排人正在起草《征清大计划》,如今与中国决战的时机已经成熟,我们只需一个恰当的时机!当然,战争有许多的意外,因此在准备上不能有丝毫懈怠。谍报工作非常重要,一个优秀的谍报人员可以抵一个甚至两个旅团!石川君,打起百倍精神,要为帝国的全胜而努力啊!"

石川伍一挺直腰板头一低道:"谨记将军的教诲。最近,我有新的收获,我在北洋军械局抓到了一条鱼,此人贪财好色,根本没有国家观念,只要有银子,就能得到想要的情报。"

川上操六叮嘱道:"这条鱼的确很重要,我们可以通过军械的调拨知道清军的动向。不过,这条线不要急,更不要暴露,到时候发挥最关键的作用。"

"只是要把此人抓在手上,所费有些吃不消。"石川伍一也顺带提了一下眼前的困难。

川上操六承诺道:"经费的事,我回国后就想办法。不仅你这里,北京、上海、汉口、威海、烟台、大连、旅顺等地都一样,我会想办法为诸位增拨经费。"

第二天,日本驻华使馆武官神尾光臣带着外交照会来到直隶总督署面见李鸿章,告知日本参谋本部参谋次长川上操六将军已经到达天津,希望拜会李中堂,并希望参观设在天津的武备学堂和军械制造局。

"你回去转告川上将军,就说明天我宴请他。中时我将派人去接,具体参观哪些地方,届时会告知将军。"李鸿章亲自接见了神尾光臣。

下午,李鸿章召集直隶布政使兼北洋水陆营务处总办周馥和天津海关道盛宣怀等人,商议如何接待川上操六。宴会不费周折,无非隆重、热情,但请他参观哪些地方却颇费脑筋。武备学堂、军械制造局等都涉军事机密,该不该让川上参观?允许参观,便有泄密的可能;若拒绝,就有些失礼,因为两年前北洋舰队访问日本,不但参观了日本的军舰、学校、海军医院,甚至正在建设的军港北洋舰队提督丁汝昌和六舰管带也共同参观了。最后李鸿章拿定主意,让川上操六参观,而且比他所要求的地方还要多:"武备学堂、天津机器局、北塘炮台都让他参观,而且还要让他检阅炮兵、步兵操练。当初丁禹亭在日本受到举国欢迎,我们对川上当然也要尽到地主之谊,来而无往非礼也。还有一个更重要的原因,参谋本部长向来由亲王挂名,川上虽然是参谋次长,但实际是参谋本部的主持者。他的态度对日本战和决策影响很大,应当让他看到我大清军备的充实和水陆各军的战斗力,让他打消开战的念头。不战而屈人之兵,为上上策。"

接下来的几天,李鸿章把川上待为上宾,毫不戒备,全程陪同他参观武备学堂,观看炮兵、步兵操练,参观天津机器局和海防要塞北塘炮台。川上操六一路惊叹、赞赏,一再表示大清不愧是亚洲雄主,军备之盛无人可及。李鸿章很得意,觉得这番安排非常值得,与丁汝昌率舰队访日有异曲同工之妙,川上操六已被北洋的气势所震慑,谅他不敢轻举妄动。

参观完后,川上操六又提出要游览一下天津的山水,希望提供方便,李鸿章一概照准。接下来几天,川上操六在神尾光臣和地方官员的陪同下,遍游天津周边。每天晚上,他都撰写考察笔记。这天他写道:与神尾少佐视察天津城外围堤之南、西、北三面,周长四日里,高二间或二间半,厚二间或一间半。西面开阔,利于进攻,北面多水洼,不利于进攻……

在天津完成考察任务后,川上操六南下上海,参加日清贸易研究所举办的间谍培训班第一批学生的毕业典礼。他对九十六名毕业生说道:"日中之战迫在眉睫,此战系以自诩富强之清帝国为敌手,不容乐观,希望诸君暗查敌军军情及其他内情,为皇国效力。"

结束了三个月的"考察"回到国内,川上操六立即去拜访老上级枢密院院长山县有朋,希望得到他的支持。

山县有朋下级武士出身,在倒幕维新中他站在维新派一边,率军作战,屡立战功。明治政府成立后,他赴英、法、德等国考察军事,归国后历任兵部少辅、大辅、陆军大辅、陆军卿、参军,成为军界独一无二的实力人物。他一手创建了陆军参谋本部直属天皇,独立于政府和议会之外,摆脱了政府对军方的干预。1890年他出任日本首相,立即在他的《外交政略论》中提出守卫主权线、扩展利益线的主张。所谓主权线,就是日本本土,所谓利益线,就是同日本本土安危紧密攸关之地域,首先是朝鲜,其次则是中国。他信奉的是"强兵富国"策略,认为日本这样的岛国只有通过军事上取胜,像西方列强一样取得殖民地,才能真正实现"富国"。因此,他极力主张占据朝鲜,并与中国决战。

川上操六详细向山县有朋报告了他的中国、朝鲜之行,最后说道:"经过此番考察,我确信中日如果开战,帝国必胜无疑,我们应当做好战争准备,只等时机一到,便可乘势而起。"

山县有朋赞道:"你我真是不谋而合。我正在起草《军备意见书》,建议海陆军必须做好准备,以应付突发事件。如今,可以说是万事俱备,只欠东风。"

川上操六和山县有朋等待的时机很快便到来了:朝鲜发生大规模的起义。

起义最先发生在全罗道古阜郡。此地是朝鲜的主要产米区,水利灌溉至关重要。当地有一种叫作"洑"的水利设施,以木石或土沙筑成,用来截水灌溉农田。农民从洑中引水浇地,需要缴纳一定的水税。此项收入按惯例只用于洑的维修和养护,并不上缴国库。

新上任的郡守赵秉甲从中发现了发财的门路,他不但增加水税,还将水税收入攫为己有。百姓不服,找他论理,他闭门不见。百姓向全罗道观察使申述,观察使早就收受了赵秉甲的贿赂,便把上诉的百姓抓了起来。百姓走投无路,于是找东学党首领商量办法。

朝鲜的东学党已经创立了三十余年。朝鲜开国后,与中国情形相似,天主教教堂几乎遍布朝鲜城乡。一个不得志的士子创立了号称集儒、释、道三教合一的"东学"信仰,号召反对洋教,救百姓于水火,但被朝鲜政府视为邪教而大加镇压,创始人也被斩首。东学党的活动转入地下,但星星之火,从未熄灭。去年他们会集各地党徒数千人于朝鲜都城汉城,要求为东学党创始人平反,承认东学党的合法地位。朝廷见东学党势大,虽然没有答应他们的要求,但也没有强硬镇压,而是劝说他们解散回乡,东学党因此名声大噪。

全罗道古阜郡的东学党首领叫全琫准,出身书香门第,可惜到他这一代时已经家道中落,一家六口人只有三亩地,生活相当贫困。每当冬春青黄不接时,他就要离家游历,其实与乞讨差不多。在游历的过程中,他发现到处都一样,外国人横行,朝鲜人贫穷,他认为只有起义一途,百姓才有活路,国家才有希望。

百姓找全琫准评理, 他认为这是个好机会。他分析上次不能成事的教训,是因为当时所求只是为东学党平反,与普通百姓关系不大,所以不能得到广泛支持。这次如果想成事,那就必须吸引更多的百姓参加。当时朝鲜以闵妃外戚集团为首的统治者贪污腐败,奢靡无度,宫廷长夜之宴无日不有,倡优妓女演呈百戏,酒池肉林靡费巨万。再加各种赔款和外国贷款本息的偿还、日益庞大的军政开支、王室费用无止境的增加,使国库空虚,赤字猛增。

地方官吏和农村土豪更是巧取豪夺,横行霸道,贫者更贫,富者鲜耻,百姓已经是怨声载道。进入朝鲜的外国商人,尤其是日本商人,以廉价收购朝鲜大米、大豆、棉花等农产品,从中牟取暴利。同时,又在朝鲜市场上高价倾销纺织品、煤炭等,导致朝鲜粮食奇缺和物价飞涨,农民和靠手工作坊谋生者生计更加艰难。

全琫准了解百姓的心思,提出了"忠孝双全,济世安民""逐灭倭夷,澄清圣道""驱兵入京,尽灭权贵""不杀人,不伤物"四大纲领,用来号召百姓。至于起义的时间,则推迟到年后正月里,一则需要时间准备,二则百姓过完年,又无农活,参加的人会多一些。

光绪二十年(1894年)按中国历法是甲午年,这年的正月初十,古阜郡上千百姓在东学党首领全琫准、崔景善、金道三、郑益瑞等人的率领下,高举着鸟枪、长矛、大刀、铁叉、锄头、木棍,蜂拥向衙门冲去。郡守赵秉甲闻讯,在几个亲信的护持下从后门逃走。全琫准带领起事的百姓占领郡衙,杀掉来不及逃走的贪官污吏,把地契、奴婢卖身契一摞摞抱到院子时,一把火烧光,然后又打开牢门,释放狱中数百名囚犯,打开粮仓,把库存大米全部分给百姓。

衙门外摆下几张桌子,全琫准跳上桌案大声道:"如今贪官当道,洋夷横行,凡此种种,万民涂炭,村村哭声连天,人人怨声载道,八道民心惶惶。两班官吏以至富豪,彼之生存,全仗百姓,何故置我等百姓于死地?我辈举义至此,非他故,所希望者拯百姓于涂炭,尊国家于磐石,内斩贪虐之官吏,外逐横暴之强敌。我等须团结一心,杀奔全州,杀向京都。"

随后,又宣布军纪十条,不准吸鸦片,不得奸淫妇女,不得损坏农田,不得夺民财物,不得滥杀人命,违者严惩不贷。起义军一面向全罗道首府全州进军,一面发展队伍,沿途百姓纷纷参加,很快发展到一万多人。

全罗道首府全州号称"三南重镇",地理位置极为重要,而且是李氏王朝发祥地,供奉有太祖李成桂的祖庙庆基殿。朝鲜国王李熙立即派出招讨使,带京兵八百携洋枪洋炮前去征剿,不料还未到全州,士兵已经逃走过半。很快全州城被起义军占领,官军以洋炮轰城,无奈义军坚守不降,而且附近东学党纷纷响应,战火眼看要燃遍全境。

日本参谋本部在朝鲜派遣了大批间谍,东学党举义的情况不断传回。川上操六认为这是出兵的大好机会,一面命令间谍向义军中渗透,一面请山县有朋去见首相伊藤博文,请政府以保护侨民和使馆的名义,派兵入朝。

"兵肯定要派的,但现在还不到时候。如果我们以保护使馆的名义出兵,那么列国都可以这样的理由出兵,那时候朝鲜局势必然涉及多国,实在不甚高明。"伊藤博文行事十分谨慎。如果多国在朝鲜起纷争,日本便疲于应付,要想占主动便比较难。

山县有朋脾气急,问道:"那请首相说,怎样才算得上高明?"

"最高明的办法,就是把朝鲜之争控制在中日两国之间,避免引起第三国纠纷,尤其是不能让俄国参与进来。"伊藤博文知道俄罗斯对朝鲜早已虎视眈眈,如果让他们参与进来,日本便难以应付,"按照《天津条约》规定,朝鲜若有变乱等重大事件,中日两国或一国要派兵,应先互相行文知照。这就是说,中日两国在朝鲜有同等的派兵权,如果中国向朝鲜派兵,我国再派,便是师出有名,我国所争,便只是针对中国,与其他国家便好解释。"

川上操六还是有些着急:"李鸿章是只老狐狸,如果他不向朝鲜派兵,我们难道就白白错过这次机会?"

"当然不会。朝鲜肯定要向中国请兵,就是李鸿章不同意派兵,中国朝廷中那些以天朝上邦自居的大臣们,也会逼着他非派不可。李鸿章所担心,不过是我国也会借机出兵,我们不妨给他吃颗定心丸,让他确信日本绝对不会出兵,帮他下这个派兵的决心。"伊藤博文自信地说道。

闻言,川上操六又道:"兵贵神速,派兵的决心必须尽早下定,而且要做好准备,随时可以派兵入朝。我建议立即上奏天皇,请天皇早下开战的决断。"

根据宪法,开战、媾和、军事统帅大权集于天皇手中,出兵朝鲜这样的大事,必须奏请天皇裁准。山县有朋也是此意。

伊藤博文有自己的想法:"那也要等内阁商议后,我再奏请天皇。"

闻言,山县有朋催促道:"不,首相应当先奏请天皇,避免内阁议而不决。首相的作用不仅仅是奏请,而且是要让天皇有充足的信心做出决断。"

"那就必须好好做一番准备,先要说服我自己,才能去说服天皇。"

山县有朋一锤定音:"我和川上今天就帮首相做准备。"

当天下午,伊藤博文将奏折递进皇宫。第二天一早,他被天皇召见。一见面明治天皇就有些担心地问道:"朕看了你的奏折,现在与中国开战,是否为时尚早？恐怕陆海军都没有做好准备吧？"

"现在时机最好,朝鲜内乱是个最好的借口。陆海军都已经做好准备,只等陛下的敕令。中日一战,时不我待。随着时间推移,中国的实力会不断增强,而且俄罗斯和中国都在修筑通往朝鲜的铁路。尤其俄罗斯的西伯利亚铁路一旦筑成,不但可以控制太平洋上的国际贸易,而且能摆脱英国制海权的控制,从前它的军队经欧洲乘轮船到中国东方,需要四十多天,如果改乘火车沿西伯利亚铁路东来,则最多只需要十五天。一个最基本的事实是,西伯利亚铁路完成之日,即朝鲜多事之秋;朝鲜多事之秋,即东洋发生一大变动之时。这不仅要冲击我们的利益线,而且将直接威胁帝国的主权线！因此经略朝鲜,非善用此机不可。"

明治天皇仍然有顾虑:"中国毕竟是东方大国,人口有四万万之众,国土面积则有我国十几倍,而且他们的洋务运动成效可观。"

伊藤博文解释道:"国大不一定国强,就如同肥胖不等于强壮。中国与我之战,犹如大力士与柔术手格斗,中国拥有四万万人口,力量胜于我国,但柔术高手可以四两拨千斤,轻松击倒大力士。"

"爱卿的比喻虽然形象,但与中国这个巨人作战,我们所倚仗的柔术又是什么？毕竟我国兵源不及中国广,战舰不比中国强。"

伊藤博文一一分析道:"我国所倚仗,第一就是皇国上下,万众一心。只要陛下发布敕令,无论陆海军,无论士兵平民,都将万众一心,共图国计。而中国却永远做不到这一点,年轻的皇上和太后不能一心,清流派和洋务派不能协调,而南北洋大臣又各分畛域,中国看似强大,其实一盘散沙。

"第二是我主动取攻势,彼被动取守势。帝国自明治维新以来,便确定了'开万里之波涛,布国威于四方'的目标,效法世界强国,不仅要保卫主权线,还要扩展利益线。而中国则只求自保,观察中国近五十余年来的战争,每次都标榜'衅不自我开''不开第一枪',美其名曰'外敦和睦',看似遵守国际公法,其实是懦弱而已。李鸿章的军事策略,曰猛虎在山,曰不战而屈人之兵,他的北洋海军,只为守口,从未打算争雄海上,他常说列国争雄,终归于和。战事遇到困难的时候,帝国必能硬紧牙关坚持到底,而中国则会妥协求和,将帅丧失信心,士兵失去士气,未战先败也不鲜见。

"第三是皇军忠勇,清军懦弱。陛下的《军人敕语》,我陆海军将士都铭记于心,忠节、礼仪、武勇、侠义、质素五项武士道精神已经融入军魂,人人皆是忠勇敢死之士。而中国朝廷只派文官担任军队统帅,文弱之风已成。这些文官平时不是贪污受贿,就是在诗酒之间较量指甲长短,向来不留意军务。军中高级将校大多目不识丁,平时沉溺于酒色与赌博,毫无志气与操练。向称精锐的北洋淮军,任人唯亲,任人唯钱,贿赂成风,克扣成习,此种将校、军队又有何惧? 中国人总喜欢标榜自己勇敢,把牺牲、献身挂在嘴上,写在文章中,而当需要他挺身而出的时候,却总把这副责任推给别人,觉得中国人多的是,不缺我一个。中国的军队不过是一群羊,无论个头再大,也就是看起来吓人,面对凶猛的狼时,哪怕只有一只,他们也会集体发抖、两股战栗,只会发出咩咩的哀鸣。"

明治天皇笑道:"爱卿好口才,我都被你鼓动得热血沸腾。可战争毕竟不是儿戏,万一战败,帝国如何能够承受得起?"

"帝国必胜无疑。万一战局于我不利,只要我巧使外交手段,帝国仍然可以败中取胜,因为中国一定会比我们更急于求和。比如当年谋略台湾,帝国战争、外交两手并用,不但迫使中国赔款,而且还为最终获取琉球暗奠基础。因此,战端一开,不论胜负,帝国都会是获利者。"

随后,君臣就双方陆海军的实力又进行了一番分析。伊藤博文道:"北洋海军看似强大,其实已不足惧,成军五年来,再无可观投资与重大建树,而帝国海军近年来奋起直追,无论舰只数量还是总吨位,已经完全超过北洋海军。我军战舰多是新添,航速比中国舰队要快,尤其是新购的吉野等巡洋舰,不但航速一流,所配速射炮更是清军所无。李鸿章曾经打算从智利海军购买一艘可与吉野争雄的快速巡洋舰,但因为中国皇帝下谕停购舰炮军械而作罢。今年初,他又曾经向朝廷要求为北洋舰队增添速射炮,可是他们的皇帝又未批准。因此,帝国海军虽然不敢说强于北洋海军,但战斗力已与北洋不相上下。"

明治天皇有些奇怪地问道:"要论财力,中国远远强于我国,为什么他们连更换速射炮的银子也没有?"

伊藤博文摇头道:"这不是银子的问题,是国家战略问题,是中国朝廷胸无大志,没有眼光,自满自足造成的。就是银子再多,他们也只会用在颐和园或者其他不可思议的地方。从前醇亲王在的时候,中国还有与我争胜的雄心,而如今最显贵的庆郡王只知贪财纳贿,上至军机大臣,下至末流小吏,无不宴饮观剧成风,他们往往从下午三时就在酒桌上坐下,要一直醉饮至夜深。就是以清廉自守标榜的翁同龢,有时一天也要赴宴两场。陛下请想,中国社会风气败坏如此,完全是末世景象,能有取胜的可能吗?"

"爱卿曾经说中国是一头贪睡的猪,看来的确如此啊!"

伊藤博文雄心万丈地说道:"中国如此不争气,大好河山不知珍惜,我们不但要取朝鲜,还要取台湾、取满洲、取山东,那时候,帝国就真正布国威于四方。"

"朕意已决,具体如何派兵,爱卿与内阁去决议。朕还是要提醒爱卿,与中国开战无异于拿国运相赌,卿等宜切实筹划,不负朕望,不负国民所托。"

伊藤博文此刻也说出了自己的担忧:"陆军和海军军令不统一的问题,战前必须设法解决。"

日本陆海军互不服气由来已久,倒幕维新战争中,天皇主要依赖的就是陆军,因此陆军一直压海军一头。后来陆军成立参谋本部,参谋本部部长由亲王出任,并担任天皇的幕僚长,这无形中又使陆军地位更高。海军自然不甘心,后来成立海军参谋部,为了区别于陆军,更名为海军军令部。近年来海军发展迅速,陆海军难以协同的问题更加突出。

为了解决这个问题,去年日本制定了《战时大本营条例》,战时由陆海军要员组成大本营,作为天皇指挥军队的最高统帅部,由参谋总长参与筹划最高统帅部的军事机密事项,负责拟订帝国全军的重大作战计划。这个制度初步解决了陆海军军令统一问题,但因为大本营完全由武官组成,伊藤博文等文职要员不能参与其事,这就带来军政不能统一、外交与军事不能协调的问题,无疑会对战局、政局都带来不利影响。

明治天皇劝慰道:"爱卿少安毋躁,总会有办法解决。"

第三天,日本内阁通过决议,决定派兵赴朝。同日战时大本营正式成立,参谋总长、参谋次长、陆军大臣、海军军令部长等参加,而身为文职的首相伊藤博文和枢密院院长山县有朋也奉特诏参与大本营的决策。

万事俱备,只等中国向朝鲜派兵。

其实,就朝鲜而言,是否向清廷借兵,也是件颇伤脑筋的事情。当时朝鲜宫廷是剿是抚意见并不统一,有的大臣认为起义者大部分是良民,被地方官逼迫无奈才造反，请外国军队前来镇压怕有失民心；更有大臣向国王进言道："中国军队如果进驻朝鲜，日本亦势必出兵，故请求中国援助，是非常危险的办法。"

然而朝廷剿抚的办法都用尽了，起义的百姓反而越来越多，李熙走投无路，只好派兵曹判书闵泳骏深夜造访袁世凯，正式提交请求中国派兵平乱的文书：

> 案照敝邦全罗道所属之泰仁、古阜等县，民习凶悍，性情险谲，素称难治。近月来附串东学教匪，聚众万余人，攻陷县邑十数处，今又北窜，陷全州省治。前经遣军前往剿抚，该匪竟敢拼死拒战，致练军败挫，失去炮械多件。似此老顽久扰，殊为可虑。倘滋蔓日久，其所以贻忧于中朝者尤多。查壬午、甲申敝邦两次内乱，咸赖中朝兵士代为勘定。兹拟援案请贵总理迅即电恳北洋大臣，酌遣数队，速来代剿，并可使敝邦各兵随习军务，为将来捍卫之计。

袁世凯在朝鲜一直设法加强宗主国的地位，此时派兵帮朝鲜平定内乱，就是再好不过的机会。而且他有今天的地位，全是靠两次带兵平乱，如果这次北洋再让他平乱，必将又是一个绝好的立功机会。因此，他对闵泳骏道："如果朝廷派兵前来，让我来策划，只用十天时间，定能讨平乱贼。"

闵泳骏连连点头，恭维道："我国王盼入朝大军如望云霓，只等天朝大军一到，袁大人运筹帷幄，敝邦安定有望。"

袁世凯对此也颇为自信，从前两次平乱，都是三下五除二相当麻利，基本一天内解决。如今，对即将到来的平乱行动他都有几分期待了。他立即给李鸿章拍电报，建议派兵入朝：

> 朝归华保护，其内乱不能自了，求华代戡，自为上国体面，未便固却。如不允，他国人必有乐为之者，将置华于何地，自为必不可却之举。各国官员均告以中国有弹压责任，请求凯速调兵船，以防意外。此自然属好事，乞即电令水师，迅速派遣两舰运兵来仁（川）。

　　李鸿章收到袁世凯的电报,召集幕僚们商议,意见无法统一。周馥、盛宣怀、李经方等人主张应该立即派兵。周馥认为大清是朝鲜的宗主国,派兵理所当然,不必去管日本人。这些年日本得寸进尺,是因为大清太软弱的缘故,大清应当借此时机向日本表明坚定的立场。盛宣怀希望派兵入朝,一方面受周馥的影响,一方面则是从经济上考虑得多些。他认为大清的对朝政策是图了面子,丢了里子,经济上的利益都让日本占去了;借此派兵入朝的机会,改变一下中日朝的格局,以便在经济上有所作为,把电报、铁路、煤矿诸业向朝鲜延伸。而李经方支持派兵,则有一番不小的野心在里面。他出使日本近三年,后来朝廷派汪凤藻出使日本后,他重新回到李鸿章幕府,继续当外交助手,他如何能够心甘?如今有出兵朝鲜的机会,他很希望效法李鸿章当年带兵入沪,在军功上有所建树,也让人瞧瞧,他绝不是只会耍嘴皮子功夫。

　　反对出兵的人也不少,尤其是张佩纶,他极力反对派兵赴朝。他是在战事上栽过大跟头的人,知道战争不是儿戏,能避免则尽量避免。李鸿章一时下不了决定,张佩纶又出主意道:"拖一拖,也许朝鲜的乱民会自行解散,因为马上就要农忙,地里的庄稼总要先收了再说。"

　　李鸿章觉得有道理,电示袁世凯少安毋躁,留意日本人有无出兵的计划,同时又令驻日公使汪凤藻注意观察日本,看有无出兵朝鲜的可能。

　　袁世凯接到李鸿章的电报时,日本驻朝鲜使馆译员郑永邦正好前来拜访,一见面就道:"你看土匪闹得这么厉害,商务大受影响,真是让人担心。朝鲜人自己肯定解决不了,时间拖得越长越难解决,贵国为什么不快一点帮着朝鲜平定叛乱呢?"

　　"朝鲜的确有这样的请求,不过,我国暂无出兵打算,还是希望朝鲜能够自己解决。"袁世凯也想趁机探听日本人的态度,因此问他,"如果我国出兵的话,根据约定,应当照会贵国,这个照会应当由何处知照呢?"

　　郑永邦很随意地答道:"由总署知照我国驻华使馆,或者北洋知照我国天津领事馆都可,我国必无他意。"

　　"贵国有无出兵的计划呢?"袁世凯又问。

　　郑永邦回道:"朝鲜有乱,向来是贵国出兵帮助,我国从来无此义务。而且出兵这样的事情需要国会讨论,国会不批准,连军费也无处筹措。"

　　到了下午,日本驻朝鲜临时公使杉村濬来见袁世凯。两人私交很好,说话更随意。杉村濬问道:"有传闻说匪徒有可能到汉城来,实在让人担心。听说朝鲜已经向贵国请援,贵国为何不尽快答应?"

"我想应该会答应的。"

"那就好。最近人心惶惶,商业停顿。我国商人又多从事大米、棉花等收购生意,全罗道一乱,所受损失最大,商人都来使馆诉苦,打听中国为什么还不出兵。"杉村濬说的话就像是替别人问的一样。

两个老朋友交谈达三小时之久,告辞时,杉村濬再次"真诚"地告诉袁世凯,无论中国是否出兵,日本都不会派兵入朝。袁世凯确信无疑了,立即给李鸿章拍发电报说:"杉村与世凯是老朋友,察其语意,重在商民,并无他意。"

李鸿章不但从袁世凯的电报中了解到日本不太可能出兵,也从驻日公使汪凤藻的电报知道日本内阁与议会不和,恐无力他顾。而日本驻天津领事荒川已次则直接前来拜访李鸿章,表达了相同的意思。至此,李鸿章确信日本不会出兵,于是电令水师提督丁汝昌率济远、扬威二舰赴仁川、汉城护商,直隶提督叶志超率太原镇总兵聂士成抽选淮军一千五百名,乘坐轮船招商局轮船赴牙山驻扎。同时电令驻日公使汪凤藻照会日本,中国已经向朝鲜派兵。

驻日公使馆的密电码已经被破译,日本不但得知中国已经出兵的消息,而且照会的全文也提前译出。伊藤博文连夜召集内阁会议,并邀请参谋次长川上操六、枢密院院长山县有朋参加。川上操六和外相陆奥宗光等人都认为,朝鲜壬午兵变和甲申政变都被袁世凯平定,日本两次失利,最主要的原因就是兵力上不占优势,而且没有把握先机。因此这次出兵朝鲜,一定要从人数上超过清军,仁川和汉城是朝鲜的要地,必须以重兵据之,以把握先机。会议决定正在休假的驻朝公使大鸟圭介立即由四百名海军陆战队护送,乘坐八重山号巡洋舰回汉城,另派出一个混成旅团七千五百人分批入朝,外相陆奥宗光奉命连夜起草日本出兵照会。

第二天,即光绪二十年五月初四(1894年6月7日),驻日公使汪凤藻照会日本,大清应属国朝鲜之请,已经派兵入朝。

同日下午,日本复照汪凤藻,为保护使署、领事及商民,日本已经决定派兵赴朝,而且对中国称朝鲜为属国提出抗议,说中国出兵朝鲜,虽称系保护属邦,然帝国从未承认朝鲜是中国属邦。

李鸿章也接到了照会,他非常生气,责问荒川巳次不是说过日本不会出兵朝鲜吗?如今为何又派兵入朝?

面对李鸿章的愤怒,荒川平静地回答道:"那仅是我个人的观点,本国的立场应以照会为准。我国在朝鲜商民为数众多,派兵入朝并无他意,的确只是为保护使署、领馆和商民的安全,请中堂不必多疑。"

李鸿章也只好压下火气,好言相劝道:"我国出兵,是为了对付东学匪党,所以不会进驻汉城、仁川等要地,而是驻扎牙山,完全是为了方便平定乱党。汉城、仁川局势稳定,希望贵国不必担心而出兵。如果已经出兵的话,希望不要太多,也不要进驻汉城、仁川,以免朝鲜朝廷惊疑。再说,万一中日两国士兵相遇,言语不通,再发生什么纠纷就不好了。"

"中堂多虑了。此次我国出兵朝鲜,系根据相关条约之权力,关于出兵事件除已按天津条约行文知照外,至于军队之多少及进退动止,我政府之行动毫无受中国掣肘之理。至于中堂担心言语不通,军纪互异,恐有意外之事纯属多虑,我国军队军纪森严,绝无随意发生冲突之虞,希望贵国训令军队勿生事端,予以注意。"

荒川的回答,无异于当面教训李鸿章。李鸿章气得脸色铁青,但又不好发作。等荒川走了,他气得大骂:"日本人就是典型的狡诈小人!我竟然相信他们不出兵的鬼话!"

日本驻朝公使大鸟圭介在四百名海军陆战队士兵的保护下到达汉城日本使馆,立即在使馆门外构筑工事,并将四门野战炮架在院子里。接下来的几天,日本驻朝公使馆几乎天天都收到军队出发赴朝的电报——

6月10日,东京电告:步兵一大队、工兵一小队,从宇品出发;

11日,东京电告:熊本丸、木津川丸、近江丸等舰载陆军若干人从宇品出发,大鸟旅团长也在其中;

12日,东京又电告:山城丸、仙台丸载剩余的兵士若干从宇品出发……

当日本大军陆续登陆朝鲜的时候,引发中日两国出兵的东学党起义军却与朝鲜政府讲和了。听说宗主国的大军已经在牙山驻扎,起义军已经没了斗志,纷纷逃离全州回家。朝鲜政府趁机招抚,完全接受了义军提出的十余项要求,6月12日,义军全部撤出了全州。"匪"乱已平,朝鲜国王立即派大臣向袁世凯和大鸟圭介通报情况,请各自撤兵回国。

李鸿章得到朝鲜内乱已平的消息，非常高兴地对周馥道："这无异于釜底抽薪，日本人再狡猾，如今出兵的借口没有了，我看他们只有乖乖地退兵回国了。兰溪，你给袁慰亭发个电报，让他去与大鸟圭介谈，两国相约撤兵。让他派人去牙山转告叶提督，准备打点行装回国。"

"中堂，要撤兵也要日本人先撤，我们是应朝鲜之请出兵，他日本凭什么？师出无名嘛！至少也要同时撤。"周馥对李鸿章的话有些不满。

"我们先撤便占据主动，看日本人还有脸在朝鲜待下去？到时候他不撤兵，列国公使也不答应。"

日本屯兵汉城，各国公使都感不安，如今朝鲜内乱已平，袁世凯又放出风来说，已经派人去牙山通知清军准备撤回国内，所以各国公使都去日本使馆，打听何时撤兵。面对各国询问，大鸟圭介也觉得军队再入汉城的确理屈词穷，所以他给外交大臣陆奥宗光发报，大量的士兵登陆反而招致外交上的困难，因此建议尚未登陆的士兵停止登陆，已登陆的士兵除留下适量保卫使馆外，其余的请暂时回国。

陆奥宗光接到大鸟圭介的电报，决定暂时不让首相伊藤博文看到，因为伊藤博文对中国仍然有所顾虑，如果他准了大鸟圭介所请，岂不前功尽弃？

陆奥宗光与伊藤博文称得上患难之交，对伊藤知之甚深。他八岁的时候，父亲因为参与政变失败，家境一落千丈，十四岁的时候远离家乡，奔赴江户求学，得以结识了当时日本的年轻志士——伊藤博文、木户孝允等人。明治维新后，在伊藤博文的推荐下，他走上从政之路，后来又赴欧美考察。但陆奥宗光重步父亲后尘，因为对明治初年实权人物排除异己不满，参与了西乡隆盛的叛乱，被判入狱五年。后来，监狱发生大火，差点把陆奥宗光烧死。出狱的时候，陆奥宗光年近四十而一无所成，十分迷茫，伊藤博文劝他说，你还是去欧洲留学吧。出国后陆奥宗光发疯似的学习，研究西方宪政，钻研外交知识。他回国后进入外务省工作，不久主持与墨西哥签订了日本外交史上的第一个平等条约，令朝野刮目，因此伊藤博文组阁时请他出任极为重要的外交大臣。陆奥宗光两番出国，对西方列强的外交之道十分赞赏，强硬而果敢，与老谋深算的伊藤博文堪为最佳搭档。

陆奥宗光发电指示大鸟圭介，如果袁世凯与他约定退兵，尽管答应他好了，但中国要撤就撤，日本绝不撤兵，不妨先派人去调查全州的造反情况，以此为借口拖延,至于更合适的理由,外务省很快就会有训令。

话虽如此,但找一个什么样的理由陆奥宗光心里实在没有底,于是他去找川上操六商议。

"绝对不能撤回,好不容易得到出兵机会,如何能够撤回?在此千钧一发之际,成败的关键取决于兵力的优劣,所以已入汉城的兵不但不能撤,尚未登岸的还要按计划登岸,并占据仁川、汉城的军事要地。"川上操六也不同意撤兵,而且还认为要按计划进行。

陆奥宗光问道:"如果外交上陷入被动,军方有没有决战的决心?"

"这还用说吗?战争的事情到时候大本营负责,战争的借口,你这外交大臣自然要负责。你不但要找理由不撤兵,而且要设法与中国决裂。"

陆奥宗光想了想说道:"那我们提出的理由,一要能为我们不撤兵找到借口,二要中国肯定不会答应,他们不答应,我们便容易把局势弄到决裂。"

于是两人冥思苦想,为驻兵寻找借口。

过了一会儿,川上操六一拍桌子道:"乱民退了就算万事大吉吗?如果他们卷土重来怎么办?"

"对,必须设法从根本上解决问题。朝鲜一再发生内乱,根源就是内政不修。我们可以提出与中国共同改革朝鲜内政,而中国自诩为朝鲜宗主国,必然不答应共同改革,那时候我们就有与之决裂的借口。"陆奥宗光深受启发,眼睛发亮。

川上操六也觉得此计甚妙,接下来就由陆奥宗光在内阁会议上提出这一计划。他解释了改革朝鲜内政的必要性,然后慷慨激昂道:"固执的中国朝廷不会同意这个善意的方案,但我国政府决不能因中国朝廷不同意就将此项方案投入废纸篓中。总之,无论与中国的商议能否成功,在获得结果以前,我国决不撤回目下在朝鲜的军队;若中国不赞同日本提案时,帝国当独立使朝鲜政府实现内政之改革。如果中国政府拒绝我国提案,不问其理由如何,我政府皆不能漠视,并由此可断定中日两国的冲突将不可避免,不得不实行最后之决心。这个决心,帝国政府在最初向朝鲜出兵时业已决定,事到如今就更无丝毫犹豫之理。"

第二天,日本约见中国驻日公使汪凤藻,谈论改革朝鲜内政问题,同时日本驻华公使小村正式照会总理衙门,驻天津领事也正式照会李鸿章。日本人的照会有三条：

一是朝鲜内乱，应由中日两国军队共同尽力迅速剿办；

二是乱民平定后，为改革朝鲜内政起见，由中日两国向朝鲜派出若干名常设委员，调查该国财政概况，淘汰中央及地方官吏，设置必要的警备兵，以维护国内安宁；

三是整顿该国财政，尽可能地募集公债，以便用于兴办公益事业。

真是岂有此理！李鸿章电告驻日公使汪凤藻，朝乱已平，何须中日军队共同剿办？朝鲜内政中国向来不问，由朝自主，日本有什么资格插手？

直到此时，李鸿章依然没有看出日本人准备与中国开战的意图。当时袁世凯和叶志超都提议驻牙山的清军去汉城，李鸿章分别给袁世凯和叶志超发电，认为日本意在逼使朝鲜搞好善后，并无与中国开战的意思，如果牙山的清军去汉城，反而会积疑成衅，贻害大局。

总理衙门综合李鸿章等人的意见，电令汪凤藻就改革朝鲜内政的提议照会日本：

> 朝鲜内乱，现已平定，目前中国军队已无须代朝鲜讨伐乱党，中日两国合力平乱一节，可作罢论；日本政府对朝鲜谋善后之策，用意虽善，但朝鲜内政，只可由朝鲜自行改革，中国尚且不欲干预，日本既认为朝鲜为独立国，当更无权干预其内政；变乱平定后应即撤兵一节，天津条约即有明文规定，今亦无再议必要。

中国拒绝共同改革朝鲜内政，正是日本所期望。陆奥宗光亲自起草照会，不但不同意撤军，而且表示要自行改革朝鲜内政：

> 对于朝鲜目下的情势，中日两国，所见各异，甚为遗憾。征诸已往事迹，朝鲜半岛之所以常为朋党争斗、内讧暴动之渊薮，而屡起事变，实在由于完全缺乏其为独立国责守之要素。鉴于我国与朝鲜疆土接近，仅隔一苇之水，在贸易方面固然具有重要关系，总的来说，日本帝国对于朝鲜的利害关系，极关重大。因此，如对该国此种惨状袖手旁观不加援助，不仅有乖睦邻友谊，且与我国自卫之道而驰。日本政府为保障朝鲜之和平安宁，毫

无疑问地必须实施各种计划。是以在获得足以保证该国之安宁及政治走上轨道办法以前，深信撤退驻在该国的帝国军队并非得策。此不但符合天津条约之精神，且为朝鲜的善后事宜，亦不得不然。本大臣如此披沥胸襟，开诚相告，纵令贵国政府仍不能府鉴此意，帝国政府亦断不能下令撤回现驻朝鲜之军队。

川上操六看到这个照会，拍案赞叹道："这就是一份与中国绝交书，痛快至极！陆奥大臣的一支笔，真抵得上一个师团。"

陆奥宗光得意道："改革朝鲜内政，本来就不是为了调和中日关系，而是以此促成破裂之机，变阴天使降暴雨，使中日终决高下。"

日本不断增兵，到了 6 月 26 日（农历五月二十三日），驻朝日军达到万余人，其中八千余人驻汉城。

身处汉城的袁世凯已经看出日本的野心，他们并非要改革朝鲜内政，而是有意与中国争夺朝鲜。当年他曾经两次平定朝乱，但那时候他手里有军队，如今，清军只有两千余人，根本无法与日军较量，就是这两千余人，尚在两百里外的牙山。

他驻扎朝鲜十余年，朋友、耳目遍朝野，但随着日军不断增多，而清军却不见一兵一卒，朝鲜朝廷中依靠日本摆脱中国自立的议论大兴，从前倾向大清、与袁世凯交往密切的朝鲜大臣也不敢到使馆来了。同时安插进东学党的日本间谍鼓动东学党人除掉袁世凯，因为镇压东学党起义的过程中，袁世凯一直是朝鲜朝廷的主心骨和军师。而日本人要想控制朝鲜，非去除袁世凯的影响不可，但袁世凯是外交人员，日本人不便公开出面，便想借刀杀人。

使馆周围经常有不明身份的人员出现，以致袁世凯不能出使馆一步，使馆内薪米缺乏，幕僚们纷纷请辞，最后只剩下袁世凯和副使唐绍仪两人及两个打杂的朝鲜人，文牍电报，都需要袁世凯亲自处理。

身陷朝鲜，危险万状，袁世凯再次请示李鸿章，要么派重兵到汉城来，要么他就撤回去了，不然束手待毙，难免受辱。

日军分扎汉城和仁川，已经占据地利，如果派兵过去，容易生事；如果驻扎较远，则多派兵和少派兵没有区别，于是李鸿章发电给袁世凯说："日索三端,总署与我均力拒。彼若借兵胁朝允行,则断不可允。朝欲我先撤兵亦谬妄,原议华、日同时撤最妥。此外如有别项要求,任他多方恫吓,当据理辩驳,勿怖勿馁。"

李鸿章既不添兵赴朝,又不允许撤回,他到底打的什么算盘?

原来,他正在请俄、英两国调停,希望日本迫于英、俄两国压力而撤兵回国。但他的这番如意算盘,在精明的日本人面前,打得响吗?

第八章

赖调停一误再误　敢冒险不宣而战

眼看着日本不断增兵,袁世凯急得要上房揭瓦,汪凤藻也多次来电,认为日本这次气势汹汹,看来不增兵是不行了,周馥也数次建议增兵入朝,但李鸿章却一再推脱:"兰溪,少安毋躁。"

李鸿章是真不愿打仗,因为他清楚这几年日本一直在增船添炮,而北洋的底子他最清楚,真打起来胜负难料。还有,再过几个月就是慈禧的六十大寿,已经热热闹闹准备了近三年,她如何愿意在这大喜的年头动枪动炮?所以,能和则千方百计谋和,不到万不得已不能开战。

再想想,日本没有开战的理由。大清派兵是为朝鲜平乱,乱民已散,你没有理由增派那么多兵吧?再说,列国在朝鲜也都有利益,如何能任由日本把局势搞乱?大清的话不听,欧美强国的话你不能当耳旁风吧?

李鸿章与洋人打交道多年,对列强之间错综复杂的利益纠葛有比较深刻的认识,他最擅长也最为得意的是在外交上的"以夷制夷",利用列强之间的矛盾保护自己,因此,他最先看中的是俄国。

俄国与朝鲜接壤,大有野心,当然不愿坐视朝鲜落入日本之手。正好俄国驻华公使喀希尼路过天津,李鸿章专门设宴款待,席间对他说道:"日本人这次派兵这么多,恐怕没有那么简单,贵国与朝鲜为近邻,不能坐视不管。英国已表示他们愿意出面调停,但我对他们说,此事俄国更应当有优先权。"

喀希尼回应道:"俄朝近邻,当然不能任由日本妄行干预朝鲜。我立即发电回国,请政府出面调停。"

听了这话,李鸿章满怀希望等待。隔了一天,喀希尼派参赞来告诉李鸿章:"沙皇已电令俄国驻日公使照会日本,劝他们与中国同时撤兵,然后再商议善后办法。公使还让我转告中堂,如果日本人不听劝,我国将不惜用压服的办法。"

李鸿章很高兴,俄国要对日本用"压服"的办法,日本人能不撤兵吗?

陆奥宗光看了俄国驻日公使的照会,亲自去拜访俄国驻日公使希特罗夫,说明日本不打算撤兵,只是希望中日能共同劝导朝鲜改革内政:"日本和朝鲜相邻,利害相关,因此绝不可能坐视朝鲜内乱而不管,所以非得彻底改革其内政不可。中国一向用阴险手段干涉朝鲜内政,以口是心非的策略欺骗日朝两国的事例比比皆是,现在如果日本撤兵,难保中国没有再次出兵朝鲜、置朝鲜自主独立于不顾的野心。因此,如果中国不答应和日本一起改革朝鲜的内政,或者任由日本单独改革其内政,日本实难撤兵。但日本可以向贵国保证,除存有希望确立朝鲜独立和平的目标外,绝无他意,而且绝不做攻击性的挑衅。"

日本不给面子,令俄国有些恼火,于是沙皇下令再次照会日本,其应与中国同时撤兵,否则日本应自负重大责任。如果俄罗斯参与进来,局势真就麻烦了。陆奥宗光也觉得关系重大,不敢贸然拒绝,立即去见首相伊藤博文。

伊藤看罢俄国的照会,沉思很久,然后语气缓慢而坚定地说道:"事已至此,我们怎能接受俄国的劝告从朝鲜撤兵呢?"

朝野都指责伊藤博文对中国太软弱,而且他与李鸿章的私人关系一直很好,现在他的态度竟然如此坚决,有些出乎陆奥宗光的意料。见状,他喜忧参半地说道:"是啊,这时候撤兵实在不甘心,只是俄国人的态度有些让人担忧。朝鲜的问题最好控制在中日之间,避免第三国参与。"

"那是当然。阁下对俄国的态度也不必过于担心,俄国人不愿我们独占朝鲜,他也未必愿中国在朝鲜如此强势,更不大可能为中国而与我国失和。一是把我们两国间的照会向英美等国公开,让他们知道俄国在协助中国逼迫日本,让他们去劝劝俄国人;二是对俄国人一定要客客气气,给他们足够的面子。如果俄国人还坚持强硬,我们再斟酌下一步的对策。"伊藤博文提供了应对办法。

陆奥宗光依计而行,而且亲自去拜访英美驻日公使,说明日本只想与中国共同改革朝鲜内政,让朝鲜步入文明国家的轨道。英、美等国也不愿看到俄国在朝鲜太过强势,因此都向俄国驻日公使提交照会,说明他们都支持改革朝鲜内政,无意协助中国逼迫日本撤兵,也希望俄国多做有利朝鲜局势稳定的事情。

此时,俄国驻日公使馆的一位武官向希特罗夫提出建议:"我们何必要站在中国一边与列国都失和呢?中日两国真在朝鲜开战,对俄国未必是坏事,中国有句古语叫鹬蚌相争、渔翁得利,俄国何不做渔翁?"

希特罗夫深以为然,当即向国内发电,说明多国公使反对俄国站在中国一边,建议不要逼迫日本太甚,只要面子上过得去,就应当适可而止。

日本再次给俄国的照会,相当尊重客气,一再声明日本只为改革朝鲜内政,绝无侵略领土之意,等到朝鲜内乱完全平定、祸乱已无再起时,当然立即将军队撤回,同时表示"日本政府对于俄国政府友谊的劝告,深表谢意"。这份客客气气的照会,连陆奥宗光也承认,表面上虽然冠冕堂皇,但不过是以外交辞令委婉拒绝俄国政府的劝告。

对调停抱着巨大希望的李鸿章在六月初七(7月9日)终于等来了俄国的答复,喀希尼派参赞巴福禄亲自到天津对李鸿章道:"俄国只能以友谊力劝日本撤兵,不便使用武力强迫,至于朝鲜内政改革于否,俄国也不愿与闻。"

李鸿章委托喀希尼从中调停历时半个月,却得来这样的结果,又失望又愤怒,责问巴福禄道:"上次也是你来告诉我,俄国勒令日本撤兵,如果不听,尚有第二层办法,今天却又说不再管了,这是不是与前意不符?"

"的确与前意不符,恐怕是我国政府听了别国的说法。喀公使也很失望,但也是没办法的事。中堂知道外交人员的苦处,一切要听政府的训令,本人无法改变。"巴福禄也略微有些歉意。

"喀使一句一切要听政府训令,就算是给我的答复吗?半个多月来日本一直在增兵,而我国一直克制,完全让日本占了先机。"李鸿章有些气恼。

"我国的调停未能达到大人的期望,实在抱歉。不过,中堂是带兵出身的外交名家,应该明白作为第三国只能积极斡旋,是战是和,是增兵还是撤兵这样的大事总要自己拿主意,和不成就打,打不赢就和,和战两手都要准备,以中堂的智慧肯定早有布局。"

　　这话软中带硬,把李鸿章堵得一肚子怒火而又不能发作。的确,是和是战这样的大事,如何能完全指望别人? 只是此时增兵,好像也来不及了。

　　总理衙门也得到了俄国正式答复,奕劻不敢像李鸿章那样埋怨俄国人,只有连连顿足:"这可如何是好?"

　　总理衙门中自然也有翁同龢的人,俄国调停无果的消息翁同龢很快也知道了。最迟明天,皇上肯定要征求意见。应该如何奏对,他必须事先有所准备。因此一下朝,翁同龢立即派人分头去通知礼部侍郎志锐、翰林院侍读学士文廷式、翰林院修撰张謇到他府中说话。

　　志锐是广州将军长善的儿子,也就是最受光绪宠爱的珍妃的堂兄。光绪六年(1880 年)进士及第,以世家子弟科举入仕,授编修,时年只有二十七岁。他自恃有才,性格刚傲,仕途并不得志。等堂妹入宫后,才得以简在帝心,光绪十八年(1892 年)春由詹事升礼部右侍郎。

　　文廷式是珍瑾二妃的老师,珍妃入宫时便曾向光绪帝推荐"文老师"。次年会试,虽然文廷式卷中将"闾阎"误为"闾面",但光绪帝仍授意主考翁同龢擢其为榜眼。今年三月翰詹大考,光绪帝又命太监传旨拔文廷式为一等第一名,由从七品的编修连越五级超擢为从四品翰林院侍读学士。

　　张謇是江苏通州(为与北京通州区别,称南通州)人,也是有名的才子,十六岁中秀才, 但此后五次参加江南乡试均落第。直到光绪十一年(1885年)赴顺天府乡试(俗称北闱),才取中第二名举人。他曾经入吴长庆幕府,与袁世凯在朝鲜同过事,当时两人被称为吴长庆一文一武两条臂膀。吴长庆的奏疏多是张謇手笔,受到"清流"首领翁同龢的赏识。当时北洋大臣李鸿章和两广总督张之洞都争相聘其入幕, 但张謇一概婉拒,"南不拜张北不投李",回到通州故里继续攻读应试,打算靠自己实力考取功名,名正言顺地踏入仕途。

　　不过他接下来的科考又相当不顺,连续四次会试均落第。这四次落第完全是他才气太大,翁同龢太有意延揽,结果都是把别人的卷子误为张卷加以青眼,而导致真正的张卷名落孙山。今年因慈禧六十大寿而特设恩科,张謇第五次参加会试。这次翁同龢不敢大意,他命收卷官坐着等张謇交卷,然后直接送到他手里。匆匆评阅之后,他便劝说其他阅卷大臣把张謇的卷子定为第一,并特地向光绪帝介绍:"张謇,江南名士,且孝子也。"因此四十一岁的张謇终于得中一甲第一名状元,被授以六品的翰林院修撰。

翁同龢号为帝党之首,近年来一直在为光绪帝笼络人才,不过,他所笼络的多是翰詹词臣,这与他的清流领袖身份有关,所欣赏、接触的也多是以文章著称的人物。他笼络人才还有一个特点,就是向下而非向上,多从低级官员中物色。当然这也有原因,上层的官员职位已尊,且多为太后提拔,要笼络他们自然很难,而且即便光绪帝想加恩,也因为他们已居高位而难以提拔。而下层小官就不同,要提拔加恩甚至像文廷式一样连升五级也非难事。年轻而又受到皇帝的天恩,自然格外感恩图报。

三个人陆续赶到,也都知道所为何来,都不约而同地表示请他国调停就是大错特错,早就应该增兵与日本人一决高下。

张謇曾经随吴长庆驻扎朝鲜两年有余,在朝鲜问题上最有发言权,所以他先说话:"朝鲜是我大清属国,朝鲜有乱,向来请大清代为平定,我救属国,是仁义之举,出兵名正言顺,列国也都无异议;日本则是师出无名,朝鲜百姓视为敌寇,列国也不以为是。彼逆我顺,彼曲我直,现在日本不肯撤兵,实在毫无道理。日本向来狡谋叵测,断非口舌所能争,请列国调停也没用,早就应该增兵,也只有增兵一途,才能救目前危难。"

翁同龢提醒道:"李少荃的意思是尽量维持和局,担心战而不胜,反成僵局。"

"日本僻处于东洋,全境不过中国一二省之大小,岛夷小丑,外强中干。我中华讲求海防已三十年,创设海军亦七八年,北洋海陆军历次巡阅,都说技艺纯熟,行阵齐整,区区一日本,大兵一到,必然一鼓荡平。"文廷式似乎有些不屑一顾。

志锐也从旁附和道:"我以为谋求和局就是大错特错,与日本开兵见仗,我们应当求之不得。"

闻言,大家都拿眼睛看他,不明白何以把兵凶战危视为"求之不得"。他不得不又接着解释道:"如果一战扫平日本,既可除卧榻之患,又借以震慑西夷,岂不美哉!?如果因此刷新格局,振奋精神,以图自强,从此便可昂首迈向强国之路,这便是于国有大利;战而胜之,建立奇功,皇上的威望便会如日中天,从此后谁还敢小看皇上?那些骑墙的大臣必定倒向皇上一边,那时乾纲独断,天地何其大也!"

翁同龢还是稳重一些,担心地说道:"要论打仗,我们都是纸上谈兵。你们只看到胜了如何,万一败了呢?"

"国人士气正旺,茶楼酒肆,无一人不言战,也无一人认为中国会败。不但国人如此,就是总税务司赫德也认为现在世界除极少数人外,其余的人都相信中国可以打垮日本。"文廷式信心满满。

"即便战局稍有挫失,责任也在北洋,未尝不是好事。"志锐突然没头脑地说了一句。

战事不利而未尝不是好事,是因为李鸿章事权太重,而且眼里只有太后。借此战事削弱北洋实力,甚至把他赶下北洋大臣的位子,翁同龢嘴上不说,其实也正是心里所盼。只是志锐把这本应埋于心腹的话说得太过明白,反而不美,所以他沉着脸申斥道:"你这种话只能在屋里说说,战局不利,损失的是我大清,不仅仅是北洋,皇上的威望难道不受到影响吗?"

"朝鲜两次内乱,袁慰亭快刀斩乱麻,解决得十分漂亮,最关键的还是我们兵力占优势。这次日本连续增兵,已经占据先机,目前挽救的办法只有尽快增派大军。到时要谈要战,才能主动。不然,只把袁慰亭一人扔在汉城,战固然不胜,就是想和,恐怕也没那么容易。"张謇又分析了一下现在的形势。

翁同龢赞道:"这是公忠谋国的正论,如果皇上有所询,我将力请皇上下旨增兵。你们也要准备上折,督促李少荃赶快派兵入朝。"

第二天翁同龢入值南书房,上午近十时的时候,召见完军机的光绪帝亲自来了,胸脯一起一伏,显然心情激动。不问可知,肯定是为朝鲜的事情。

见状,翁同龢劝道:"皇上,先喝口茶,不要着急。"

光绪帝喝完茶,挥了挥手,除翁同龢外的所有人都退出去,随后说道:"翁师傅,李鸿章指望俄国人调停,结果现在俄国人不管了。朝鲜的日本兵达到一万多人,我们却只有两千人,这算怎么回事?"

"李鸿章是担心我们增兵会刺激日本人,他的意思是尽量不要弄僵了,能坐下来谈最好。"

"日本人一个劲地增兵,我们为什么要一直按兵不动?李鸿章胆子也太小了,连兵也不敢派。要谈可以,双方都把兵撤回来再谈。他们不撤,就没什么好谈的。太后也主张不能对日本人太过软弱,李鸿章不要大清的脸面,朕还要呢!"光绪帝气呼呼地说道。

翁同龢解释道："如果能和当然好，李鸿章的想法也不是全无道理。不过，无论是和是战，目前最要急的是增兵，不然真动起手来，我们要吃亏。"

"你起草上谕，让李鸿章备战增兵。"

"皇上，上谕还是让军机处拟定，臣可以去传旨。"起草上谕，向来是军机大臣奉旨后安排军机章京草拟，翁同龢是谦谦君子，不愿越俎代庖。

"军机一班人太因循，翁师傅，你要准备入军机。"光绪帝又说了一句。

翁同龢明白光绪帝的意思，现在的军机大臣礼亲王世铎、额勒和布、张之万、孙毓汶，都是恭亲王罢黜后慈禧搭起的班底，位居要枢近十年，疲沓懈怠，因循守旧，且凡遇大事总是先从太后处着想，尤其是孙毓汶，一切唯太后之命是从，又外通李鸿章，简直视皇上如无物。

"臣入不入军机都会全力辅佐皇上。臣希望李鸿藻能够入军机，他也是有骨气的。"

光绪帝明白翁同龢的意思，只有他入军机力量还是太单薄，李鸿藻与翁同龢性情相投，而且是前清流领袖，同入军机，可以互相奥援。

"好，朕记着就是。"光绪帝点头应道。

三天后，李鸿章收到军机处的上谕：

> 李鸿章近日电信均经总理各国事务衙门呈览，前经迭谕李鸿章，酌量添调兵丁，并妥筹办法，均未复奏。现在倭焰愈炽，朝鲜受其迫胁，势甚岌岌。他国劝阻，亦徒托空言，将有决裂之势。李鸿章督练海军有年，审量倭韩情势，应如何先事图维，熟筹措置。倘韩意被逼携贰，自不得不声罪致讨。彼时倭兵起而相抗，亦在意计之中。我战守之兵及粮饷军火必须事事筹备，确有把握，方不致临时诸形掣肘，贻误事机。李鸿章老于兵事，久著勋劳，即详细筹划，迅速复奏以慰廑系。南洋各海口均关系紧要，台湾孤悬海外，倭兵曾到番境，尤所垂涎。并着密电各督抚，不动声色，豫为筹备，勿稍大意。将此由四百里谕令知之。

李鸿章依然没有增兵的打算，他还是希望能和则和，他已经托英国驻华公使欧格纳出面调停，希望能够出现奇迹。对于朝廷的催促，他上了一份名为《预筹韩倭情形折》，想以此打消中枢增兵的念头：一是让朝廷知道日本厚集兵力，不是那么好打的，"臣前因朝鲜国王之请派兵赴韩，专为剿匪，非以防倭，自无须多派军队。不意倭人乘机构衅，遂以重兵胁韩，连日接据龚照瑗、赫德函电，倭拟筹备五万人候调。先在英国订购最精大铁甲船两艘，并雇买英国商船多只，以备装运兵械，兼有图犯长江、台湾之语"。二则是告诉朝廷北洋能调动的兵力实在有限，这些年来朝廷一直不让北洋购舰炮，现在出毛病了，必须把责任说明白，"查北洋铁快各舰堪备海战者只有八艘，余船仅供运练之用。近数年来部议停购船械，未能续添。而日本每年必添铁快新船一两艘，海上交锋恐非胜算"。然后再说陆军也并不敷用，"若就陆路而论，沿海各军将领均久经战阵、器械精利、操演纯熟者，合计仅两万人，分布直、东、奉三省海口，扼地炮台，兵力本为不厚，若令出境援韩击倭，势非大举不可，征调添募至少要备一二十营，需饷实属不赀，就请饬下户部先行筹备兵饷二三百万两，以备随时指拨"。户部停购船械，理由就是没银子，二三百万两的饷银足以吓退翁同龢的好战。三是再次说明他为什么一再避战，"臣久历兵间，深知时势艰难，边衅一开，劳费不已。但使挽回有术，断不敢轻启衅端，其缓急轻重，当随时叩禀，妥为措置。唯倭情叵测，不得不绸缪未雨，思患预防，冀收能战能和之效"。

朝廷一看李鸿章说北洋海军能战的军舰只有八艘，那北洋舰队搞了这么多年，都是干什么的？养兵千日，用兵一时，怎么临战了陆军还要再募二三十营，又是什么道理？于是军机处发来密谕，让李鸿章做出解释。这对李鸿章来说不是难事，反正文牍往来，需要时日，也许那时候英国的调停就有结果了。

身陷朝鲜的袁世凯处境越来越艰难，使馆门外天天有人探头探脑，而且又听说蛮横的日本兵在街上殴打法国的外交人员。如今他已经看清楚，日本真正的目的就是要与大清决战，要想避免战争，除非大清放弃朝鲜的宗主国地位，并从朝鲜撤军。而这两条朝廷和李鸿章都不答应，那么他在朝鲜只有受辱的结果。他又急又忧，发烧病倒了。病倒了也好，李鸿章一直以无人可替他为由，不肯让他下旗回国，如今病倒了，就没有让他继续留在朝鲜的理由了。他再次致电李鸿章，要求回国：

凯等在汉城,日军围困月余,视华仇甚,赖有二三员勉可办公,今均逃避。凯病如此,唯有死,然死何益于国事,痛绝。至能否邀恩拯救,或准赴义平待轮,乞速示。倘蒙允许即刻成行,以唐守暂代。唐有胆识,无名望,日本也不忌恨他,打探消息,密谋助韩较易。

袁世凯说的唐守,是他的得力助手唐绍仪。唐绍仪时年三十二岁,是当年留美幼童之一。回国后在天津税务司办税务,后来被李鸿章派到朝鲜负责税务,得到袁世凯的赏识。袁唐两人私谊很深,唐绍仪也赞同袁世凯尽快脱离险境,因此也发电报给李鸿章,汇报袁世凯的病情:

袁道病日重,发高烧,心跳厉害,左肢痛不可耐。韩国事务以袁道最为熟悉,调回尚可就近商办一切,无论和战,当可图报。若弃置不顾,可惜。

李鸿章觉得如果真是让日本人把袁世凯拘禁起来,则有辱国体。再说,袁世凯在朝鲜十余年周旋于列国之间,两次挫败日本奸谋,虽然有急躁、傲慢等毛病,但又不失为难得人才。因此他请示总署后,电令袁世凯回国。

袁世凯得到电报如蒙大赦,立即准备回国。唐绍仪给他联系好汉江口一艘英国商轮,打算趁夜登轮离朝。但他晚上临行时,得到消息说日本人和东学党人已经在去汉江的路上设伏,准备暗杀他。于是临时改变行程,两人各乘一匹快马,唐绍仪手持双枪,腰插快刀,护送袁世凯到仁川,登上北洋舰队的平远号回国。袁世凯看到仁川港有日本七八艘战船停泊,感到局势已经十分危险,他让唐绍仪回到使馆立即给李鸿章发报,建议撤回驻朝清军,避免被日军围歼。

李鸿章接到电报,立即把周馥叫来商量:"兰溪,我觉得袁慰亭的建议很有道理。以现在的情形看,日本在朝鲜已明显占据了优势,此时我们撤兵,是避免冲突的最好办法。俗话说,退一步海阔天空。"

"中堂,你这不是招骂吗?现在京中清流一直鼓动着要增兵,你却要撤回来,这不是向日本示弱?不但京中清流不答应,就是我也无法理解。"周馥一脸的不可思议。

"不是向日本示弱,以目前的局势我们比日本已经弱了很多。两千对一万多,就如羊入虎口。"李鸿章无奈道。

"这事怪不得别人,一个月来中堂不肯增兵,这才造成了今天的局面。"周馥对此很有看法,今天不能不一吐为快。

"这事怪我大意了。"密室中只有两个人,李鸿章不必掩饰,"可是你想,咱们开始就是为了帮朝鲜平定内乱,平定内乱有两千人足矣,所以我坚持不再增兵。谁知道日本居心叵测,他开始说绝对不出兵,可是我们出兵后,他们却以保护领馆的名义连续派兵入朝。日本的真正目的是什么?现在看已经很明白,他就是要把朝鲜从我们手中夺过去。他们已经夺了两次,但都败在袁慰亭手里。这次他们是不惜一战,也要把朝鲜拿到手里。在朝鲜他们已经占了先机,我们现在撤还来得及,失去的不过是朝鲜;如果我们不马上撤走,这两千人就有被日军全歼的危险。那时候面子就丢大了,两国好战的舆论鼓动起来,彼此骑虎难下,两国失和,从此兵连祸结,其害大矣。"

"中堂错就错在怕战二字。我们是宗主国,出兵朝鲜理直气壮。日本增兵,我们也增,旗鼓相当的话,哪容日本如此嚣张? 如果我们也派兵进驻汉城,再交给袁慰亭,也许快刀斩乱麻,早把日本人赶出了朝鲜。可是我们按兵不动,袁慰亭两手空空,英雄无用武之地,巧妇难为无米之炊,才不得不落荒而逃。"周馥心中憋闷已久,索性一吐为快,"如今结果怎么样? 中堂越怕战,人家越逼上来,越想避战求和,越是难以和。袁慰亭说得不错,抱定必战决心,反而易和;避战之情被人窥破,越是难得和平。如今,不幸都应验了。"

"你说我怕战,的确如此。水师官兵一直要求添快舰换快炮,可是数年来未增一舰,未换一炮,日本人却每年都添一两艘碰快船,真动起手来,北洋水师能不能取胜实在没有把握。北洋水师镇守京师门户,实在败不起! 所以我一直说要取猛虎在山之势,就是千方百计保船制敌,让外人轻易不敢寻衅。北洋水师就是用来看家的,你让它到大洋中去打没把握的仗,不是太轻率了吗? 我打个比方,北洋水师就好比拴在家门口的一条狗,有贼靠近家门时叫几声,把贼吓走就行了,如何能够解开锁链,让它去咬贼人? 咬人不成,反被人当头一棒,从此门户岂不重新洞开? "李鸿章这样辩解。

"中堂的心思当然也不能说错,可让北洋水师与日本人放手一战,未必不能取胜! 中堂一味避战,对前线将士士气影响太大,'夫战,勇气也',军队没了士气,比什么都可怕。"周馥对李鸿章的解释并不能苟同,"俗话说,没事不能惹事，事来了就不能怕事。左文襄公向来是豪气冲天，'绝口不谈和议事，千秋唯有左季高'，跟着他打仗，绵羊也能成猎狗。我觉得，中堂在这一点上应当学学文襄公。"

"我学不来，也不去学。"李鸿章最反感别人拿他与左宗棠比，他实在不明白，只是一味强硬的左宗棠如何能得到这么多的赞誉。可见所谓的公论，也并不真正的公，"兰溪，还有一条你也应该想到，太后今年六十大寿，她肯定不愿兵连祸结；而围在皇上身边的就是一帮纸上谈兵的书生，动不动就要打。有人要和，有人要打，朝廷已经没有主见，势必要影响将来的战局。而那帮嚷嚷着要打的，就是从前限制北洋最起劲的那帮人，最看我李鸿章不顺眼的那帮人，也是停购北洋船械的那帮人。他们对我北洋深怀偏见，而且又不知兵，他们来主战，到时候不过是瞎指挥，于战局又有何益？我夹在中间受气，如何能够战而胜之？这也是我请列国调停、一力避战的主要考虑。"

"我反正说不过中堂，既然中堂拿定了主意，我赴汤蹈火去办就是了。"

"我也不是非逞口舌之利要说服你，我是想让你知道我的苦心，因为外人更不会设身处地地为我想。不管别人说什么，能让北洋少吃点亏，能让大清不掉到火坑里，我也就问心无愧了。"

周馥心有不甘，但既然是李鸿章的助手，就要为他分劳分忧，因此皱着眉头起草请求撤兵的电报。

正如周馥所料，李鸿章撤回朝鲜清军的建议被严旨驳回，上谕说："我军撤回一节，尤为荒唐。彼按兵不动，我先行撤退，既先示弱，实在有伤朝廷体面。着李鸿章体察情形，如牙山地势不宜，即传谕叶志超，先择进退两便之地，扼要移扎。"

撤军是有伤体面，将来恐怕是伤筋动骨！李鸿章心里虽这样想，但他对调停还不死心，派人去英国驻津领事馆打听，欧格纳与日本调停有无新进展。

欧格纳的调停也无实质的进展。英国人在中国和朝鲜都有商业利益，中日冲突，商务利益肯定受影响，因此他们不希望中日开战；当时在远东，英俄两国也在对峙，俄国宣布修筑西伯利亚铁路后，英国在远东的优势地位受到挑战，颇想利用日本来牵制俄国，因此绝对不可能为了中国而强逼日本撤军。当时日本与英国正在为修改《通商航海条约》讨价还价，为了获取英国在朝鲜局势上的支持,陆奥宗光顺水推舟,不顾国内强硬派的反对,指示在英国的谈判人员满足英国提出的某些要求,使谈判取得了突破性进展,而英国也做出了实质性的让步,比如取消在日本的租界和租界行政权;废除在日本的领事裁判权;提高关税税率,等等。

新条约的签订对日本不仅有重大的经济意义,而且意味着日本取得了与世界强国平等的地位。条约签订后,英国驻日本公使对陆奥宗光说道:"这个条约的性质对日本来说,比打败中国的大军还要有利。今后中日若不幸发生战事,上海为英国利益之中心,希望得到日本政府不在该地和附近作战的保证。"并正式提交了照会。

陆奥宗光兴致勃勃地拿着照会让伊藤博文看,他笑着道:"由此可见,与其说英国政府有坚决采取一切手段维护东亚和平的决心,毋宁说是英国政府认为中日两国的战争已经不可避免,而且抱着无从制止的看法。我看,可以放手在朝鲜大干一场了。"

"最后还要与中国人进行一次谈判,谈判最好以失败告终,而失败的责任,应当让中国人来负。"陆奥宗光到最后还不忘耍诡计。

谈判经过细心策划,由驻华临时代办小村去总理衙门谈,而不与天津的李鸿章谈。日本提出两个条件,一是中日两国共同改革朝鲜内政;二是若中国不愿参与,日本可独立承担此项工作。

与小村谈判的是总理衙门大臣奕劻,他在外交谈判上几乎是门外汉,他只记住上谕的说法:先撤兵,后谈判。因此小村一直在讲改革朝鲜内政的细节,而奕劻则一直咬定先撤兵一条不放。最后结果如日本所愿,谈判破裂。

次日,小村向清廷提交了一份强硬的照会:

> 查朝鲜屡起变乱,实因其内政紊乱之故。我政府认为对于该国具有密切利害关系之中日两国,有帮助其改革内政之必要。因此曾向中国政府提出此项建议,不料中国政府断然予以拒绝;近日驻贵国的英国公使顾念睦谊,善意居中周旋,努力调停中日两国之间的纠纷,但中国政府除依然主张我国应由朝鲜撤兵外,并未提出任何新提案。似此情形,非中国政府有意滋事而何? 事局至此,将来如果发生意外事件,日本政府不负其责。

次日,也就是光绪二十年六月十五日(1894年7月17日),日本大本营举行御前会议,决定对华开战,并制订了作战计划。天皇特诏以主战著称的预备役海军中将桦山资纪恢复现役,接任海军军令部长,组建以伊东祐亨为司令官的联合舰队,并迅速到朝鲜西海岸巡弋,在丰岛或安眠岛附近占领适当地点做临时基地;命令入朝的大岛义昌做好战斗准备,并授以独自决定开战的权力。

陆奥宗光电示日本驻朝公使大鸟圭介:"大本营已经做出决战的决议,促成中日冲突,实为当前急务,为实行此事,可采取任何手段。"

大鸟圭介接到国内训令,次日就照会李熙,要他驱逐中国军队离开朝鲜,限三日内答复。一边是不甘顺从的宗主国,另一边则是野心勃勃、虎视眈眈的日本。一直谋求独立自主的李熙采取了中间站的策略,他回复大鸟圭介,说中国退兵一事,应当由中国核办,朝鲜无力驱逐。大鸟圭介暗示他可以请求日军帮助驱逐,那样日本就兴师有名,但李熙不肯向日本请兵。

大鸟圭介大为不满,他顾不得一再标榜的尊重朝鲜为"自主之国"的伪装,立即召城外的日军于凌晨入城,他则亲率一个联队冲进朝鲜王宫,废除了朝鲜国王,扶持大院君重新入宫主政。

在控制王宫的同时,大鸟圭介又派兵攻占大清驻朝鲜总理通商事务衙门,扯下大清国旗,代办唐绍仪仓皇避入英国使馆。被废的国王李熙派出亲信化装乘轮船到天津报告李鸿章,说五百年来中国所赐御玺印物完全被日兵掠去,兵库里数十年所藏的洋枪洋炮也被夺走,内政完全由日本操纵。

如此重大的事件李鸿章不敢隐瞒,立即报到总理衙门。消息一经传出,舆论一片哗然,自明代就归属中国的藩属国朝鲜已经失之于日本。这一切怪谁?千夫所指,皆聚于北洋大臣李鸿章。帝党的骨干和清流连夜集会商议对策,认为当前最关键的就是促成朝廷主战。两天之内,主战的奏折就有五件。有的是联衔,有的是独奏,意思只有两个,一是必须下定决心,对日一战,认为"综计中日交涉以来,于台湾则酬以费,于琉球则任其灭,朝鲜壬午之乱,我又代为调停;甲申之役,我又许以保护。我愈退,则彼愈进,我益让,则彼益骄,养痈遗患,以致今日。于今之计,应急治军旅,力敌势均,犹冀彼有所惮,不敢猝发"。二是指责避战求和的外交政策。李鸿章首当其冲,文廷式在奏折中说因为李鸿章是靠洋人起家,"故始终以洋人为可恃,而于中国治法本源,军谋旧法,皆不甚留意"。志锐则批评他"辄借口于边衅不自我开,希图敷衍了事"。主战派笔锋所扫,除李鸿章还有前线将领,如叶志超等是"首鼠不前""纵敌玩寇";有中枢大臣,如孙毓汶等人则是"因循苟且、消极避战",甚至还有奏折直指慈禧,说她"狃于庆典不开边衅"。

赫德也在总理衙门里说道:"日本人在万不得已时有断然采取最后手段的决心,而中国徒知在形势上威吓日本及朝鲜,缺乏在中日两国纷争一旦不能和平解决时最后诉诸武力的决心,而把太多的希望寄托于外交。外交把中国骗苦了,因为依赖调停,未派军队入朝鲜,使日本人一开始就占了便宜。"

光绪帝是忧中亦有喜。忧自然不必说,日本嚣张,而我束手无策。忧中之喜,则是眼见得因为主战,舆论几乎一边倒地支持他,而后党的成员皆被批得灰头土脸。他意识到,这一场战事是一个必须好好把握的机会。如果战而能胜,正如师傅所言,他将成为一言九鼎的真正天子。他将主战的奏折呈给慈禧看,慈禧自然不愿得罪清议,对光绪帝道:"他们说得对,对日本不能太示弱。"

光绪帝异常高兴,觉得太后已经与他一样开始主战,更让他欣慰的是清流的力量竟然可以改变一向强势、固执的太后!他为自己终于找到一股抗衡太后的力量而沾沾自喜。这天,他与总署大臣商议完后,下达的口谕相当强硬、自信:

> 现在倭韩情事,已将决裂,如势不可挽,朝廷一意主战。李鸿章身膺重任,熟谙兵事,断不可意存畏葸。着懔遵前旨,将布置进兵一切事宜,迅筹复奏。若顾虑不前,徒事延宕,贻误事机,定唯该大臣是问!

至此,李鸿章已经没有选择,只有增兵朝鲜了,但他依然幻想着中国军队能够通过克制而避免战争。他认为日本自明治维新以来,一直效法欧美,一定会坚守国际法。他电令入朝的清军统领直隶提督叶志超:"日虽竭力预备战守,我不先与开仗,谅彼不动手,此万国公例,谁先开战谁就理屈,切记,切记。"

空口白话无用,现在入朝清军最盼的就是援军。李鸿章已经决定增兵,但如何运兵入朝?走陆路要绕渤海一个大圈,太慢,缓不济急,最快的办法就是用轮船从天津运兵入朝，而且不能用中国轮船，因为有可能遭到日本袭击。天津海关道盛宣怀建议可以高价雇请英国商船，日本绝对不敢袭击。李鸿章深以为然，并责成盛宣怀高价雇请英国"爱仁""飞鲸""高升"三艘商船，盛宣怀参与制定了赴朝日程：

爱仁号，六月十九日（7月21日）下午开，载兵一十人，其他人员一百一十五人。

飞鲸号，六月二十日（7月22日）晚上开，载兵八百人，其他人员约三百人。

高升号，六月二十一日（7月23日）早晨开，载兵九百三十人，其他人员一百六十五人。

北洋舰队派济远、广乙、威远三舰组成护航队，由济远舰管带方伯谦带队护航。黄浩胜也随舰护航，他提醒方伯谦道："舅舅，我是管枪炮的，到时候如果遇到日舰，我就下令开火。"

方伯谦一口回绝："那怎么行？如果我们先开炮，就会落下衅自我开的口实，李中堂怪罪下来，我们吃不消。"

"那非要等日舰先开炮吗？日舰都是速射炮，本来就比我们射速快，我们岂不是吃亏更大？"

方伯谦没法回答外甥的问题，于是他向丁汝昌请示。丁汝昌回道："现在中日两国并未公开宣战，各位切不可轻举妄动。但若日舰首先开炮，你等可纵兵回击，岂有束手待毙之理。"

听了这话，黄浩胜愤愤不平道："还是要等日本人打了我们，我们才能还手。其实，日本人已经占领了我们的驻朝衙署，而且占据了朝鲜王宫，这和开战有什么两样？依我，见到日舰就打他狗日的。"

方伯谦警告道："朝廷向来是坚持衅不自我开，谁敢开第一炮惹麻烦？你可别自作主张，到时候我也保不了你。"

中国将运兵入朝的情报，很快传回日本大本营。一份是从总理衙门获得，知道李鸿章已经决定增兵朝鲜；一份来自天津，石川伍一从天津军械局的一名书吏手中买到了运兵船的确切行期；还有一份则是潜伏在威海的宗方小太郎提供，这个精通汉语与中国文化的间谍冒充中国农民多次进入威海卫军港，哪一艘军舰何时出港，他都及时发报。

　　日军大本营对情报进行分析后,基本判断出了中国的增兵计划,立即命令联合舰队司令官伊东祐亨率松岛、吉野、秋津洲、浪速等十五艘军舰,从佐世保港向朝鲜西海岸进发,准备袭击中国运兵船队。五十八岁的海军军令部长桦山资纪昂首挺胸站立在"高砂丸"轮船上亲自为联合舰队送行。

　　时任浪速舰舰长的东乡平八郎在7月23日的日记中写道:"7月23日,星期一,晴天。晴雨表三十度一分,寒暑表八十六度四分。午前七时五十分,旗舰发出'请来舰'的信号。各舰长齐集,会议结束后,互祝健康,然后各归本舰。午前十一时开船。午后五时进入战斗准备状态。从午后八时,哨兵开始四轮班流警戒。"

　　对于仅派济远、广乙、操江三舰护航,三舰管带都有些担心,北洋舰队提督丁汝昌也觉得力量过单,他致电李鸿章,请求率海军大队跟进护航,并令各舰"升火起锚,戒严将发"。然而李鸿章认为日本虽然竭力备战,但我不先开仗,谅他们也不会动手,再说雇佣的是英国轮船,各船悬挂英国旗帜,日本舰队断不敢贸然行事。丁汝昌只好下令北洋舰队熄火。

　　济远、威远、广乙护航队与爱仁、飞鲸两艘运兵船先后顺利抵达牙山湾,方伯谦派威远舰去仁川发电报。威远舰管带林启颖在仁川遇到一位英国朋友,得到日本舰队可能于明日进攻中国舰队的消息,立即回牙山报告方伯谦:"方管带,听说日本舰队有十几条舰,咱们只有三舰,如何能够应付得了?"

　　方伯谦说:"等武器、兵马驳运完,我们就立即返航。这样吧,你的舰人弱,你先到大同江口,济远、广乙留下来协助驳运,等运完了咱们在大同江口会合返航。"

　　牙山湾水浅,运兵船无法靠岸,全靠小驳船驳运,颇费时间。当天没有完成,连夜继续驳运,一直到六月二十三日(7月25日)晨四时左右,三艘运兵船才陆续驳卸完毕。方伯谦不敢再耽误时间,率济远、广乙两舰立即离开牙山。而此时,日本舰队第一游击舰队司令坪井航三正率浪速、吉野、秋津洲三舰向牙山湾一带侦察,并奉命"遇有清朝增兵舰只,即行攻击"。

　　牙山湾外有个岛屿,叫丰岛。济远舰驶到丰岛时,站在舰首的枪炮手黄浩胜首先发现了日舰,他立即跑去报告:"舅舅,发现日舰。"

　　方伯谦夺过望远镜,果然,有三艘日舰正迎面而来。其中一艘,首尾皆有舰楼,而两楼之间则有纵跨整个主甲板的天桥,这是日本舰队去年才入列的吉野高速巡洋舰!

吉野的武器系统相当先进,4 门 6 寸主炮和 8 门 4.7 寸副炮全是速射炮,此外密布军舰各处还有 22 门 47 毫米口径哈乞开斯单管速射炮,而且还配备上了刚刚问世不久的专用火炮测距仪,这意味着吉野舰火炮的瞄准、测距更为准确、便捷,战力可以得到倍增。

北洋舰队各管带都知道,吉野是目前世界上最先进的巡洋舰,济远遇到这样的强大对手,方伯谦心里不禁有些怯了。但他不想让大家发觉他的担心,大声对黄浩胜说道:"这里不是摆家宴,没有舅舅,只有管带。"

黄浩胜一挺腰板回道:"是,请管带指示,我们是不是先开炮?"

方伯谦眼睛一瞪道:"朝廷有谕,衅不自我开,我们绝对不开第一炮。"

"好,日舰若开炮,我不能等管带下令,就会立即还击。"

大副沈寿昌、二副柯建樟都到主炮台来临阵指挥。

由南而北迎来的日本舰队,突然转而向东航行,给济远、广乙让出了航道。大家都松了一口气,看来,日舰也没有开战的意思。然而,等济远、广乙进入丰岛南侧海面宽阔处后,日舰突然转舵返回,迎面扑来,吉野一声号炮,3艘日舰火炮齐发,集中火力突然轰击济远。

时任浪速舰长的东乡平八郎在战时日记中写道:"7 月 25 日,星期三,晴天。晴雨表二十九度九十分,寒暑表七十九度。午前七时二十分,在丰岛海上远远望见中国军舰济远号和广乙号。即时下战斗命令……"

这是一场实力悬殊的战斗。日本三艘战舰总吨位 11126 吨,中国只有 3300 吨,不足日方的三分之一;日方舰炮 82 门,中国只有 29 门;日方平均时速 20.3 海里,中国 16 海里;日方总兵员 1051 人,中方只有 314 人。

大副、二副都到炮台来,大副沈寿昌亲自下令还击。一时间,丰岛海面上炮声轰鸣,硝烟四起。敌我五艘军舰,往来奔驰,互相轰击。速射炮的威力非常惊人,济远发射一发炮弹,吉野至少要打来五发。更令人震惊的是日舰炮弹的威力。它们灵敏度出奇地高,即便命中细小的绳索都会引发剧烈的爆炸,爆炸后还会伴随着熊熊大火,而且火焰会四散流动,所过之处一片火海。

与之相比,济远发出的炮弹就逊色得多。当时北洋海军各舰使用的炮弹主要有两种,一种是开花弹,另一种则是实心弹。开花弹的弹头内填充的火药,击中目标后会发生爆炸;而实心弹的弹头内则很少装药或不装药,更多时候是填充泥土、沙石来配重,击中目标后当然不会爆炸,只能借重力加速击穿敌舰引起进水。北洋舰队所用开花弹全靠进口,而已经停购船械三年,各舰所配开花弹极少,大多是购舰时所赠配。而且这些开花弹远远没有日舰炮弹的猛烈,更不会燃起熊熊烈火。济远的炮弹多次命中浪速和吉野,其中有一发炮弹击中吉野右舷,击毁舷板数只,贯穿钢甲,打坏发电机,落在机器间的防御钢板上,最后又落进了机器间,只可惜那是颗实心弹,不能爆炸。

济远舰的舰首主炮位置成为日舰攻击的重点,舰首的将士们不被炮弹炸伤,也会被烈火烧伤。黄浩胜连连跳脚大骂:"他妈的小日本,这是什么炮弹!"

又一发炮弹击中济远舰前炮台,大副沈寿昌不幸头部中弹,牺牲在炮台上。二副守备柯建章立即代替指挥,敌炮再次击中前炮台,一块弹片击中柯建章的胸脯,又从后背穿出去,柯建章当即倒地身亡。黄浩胜立即代替指挥,无奈前炮台被烈火久焚,炽烈的高温导致钢铁熔化变形,火炮不能运转,形如废物。方伯谦见势不妙,下令撤退。

前来追赶的吉野舰时速 23 节,比济远快 8 节,当两舰相距 3000 米时,"吉野"舰开炮轰击。方伯谦惊恐万分,下令悬挂白旗,但吉野舰根本没有停止攻击。黄浩胜已经来到舰尾,指挥以尾炮还击,连发四炮,三炮命中,吉野舰首起火进水,被迫转舵慢行。

眼看广乙舰被两艘日舰围困, 而济远舰则仓皇逃走, 黄浩胜跑到指挥塔,请方伯谦下令回航救援。方伯谦指着"济远"舰多处正在燃烧的火焰和被击毁的前炮台,大声道:"你靠什么救? 回去不是白白送死? 回到你的岗位上去,否则不要怪本管带不客气!"

广乙是福州船政局 1890 年制造的小型巡洋舰,系铁骨木皮,没有护甲,防御能力极差,所以开战后损失惨重,伤亡七十多人。管带林国祥指挥广乙冲向吉野,准备实施鱼雷攻击,不幸被侧翼的秋津洲击中桅楼,鱼雷发射管也被击毁,连中重炮后林国祥下令降下龙旗,向东北方向撤退,驶至朝鲜十八岛搁浅。林国祥为免军舰被俘资敌,将舰上未毁的数尊大炮自行击毁,点燃火药库将舰自焚,率残卒登岸,前去寻找牙山清军。

此时,载银二十万两的运饷舰操江号和载有士兵 1220 人、炮 12 门及来复枪等军火的高升号进入丰岛海战区域，他们并不知道这里中日海军已经进行了一个多小时的激烈战斗。败逃中的济远舰向操江号发出"我已开仗，尔须速回"的信号，操江舰转舵西返。但这艘1865年下水的老船航速只有9节，旧式舰炮5门，既无法快速逃命，更无力与敌舰抗衡，很快就被日舰秋津洲追上了。管带王永发将重要文件悉数焚毁，并命人将送往牙山驻军的饷银投进水中。但二十万两为数甚巨，一时间如何投得完，舰上人和饷银俱被日军所俘。

运兵船高升号则被浪速舰拦截。浪速号要求高升号听从指挥，随他们走。船长英国人高惠悌（Galsworthy）对船上的清军说抵抗无用，只要一发炮弹就可将船击沉，不如听从日军的吩咐。但船上的清军官兵都不同意，说宁愿死，决不服从日本人的命令。浪速舰6门炮一齐开火，并施放水雷，先后击中了船上的煤库和锅炉，顿时白天变成黑夜，空气中全是煤屑、碎片，有些士兵被锅炉中喷出的水蒸气活活熏死。

炮击开始后，洋员们很快跳海逃生。清兵除少数跳海外，大都勇敢地在用枪向日本军舰射击。高升号沉没后，日军并没有放过水里毫无抵抗能力的士兵，除了炮舰继续炮击外，还驾着小船于海上往来捕杀。船上一千多人除了洋员及少数清兵被法、德等国舰只救起外，其他人全部殉身大海。

日本海军在丰岛袭击清军运兵船的这天，大岛义昌率领驻汉城日军四千人进军牙山，向叶志超、聂士成率领的清军发动进攻。

叶志超、聂士成两人都是李鸿章的安徽老乡，两人都是早年投身淮军，先后与捻军以及热河金丹道起义军作战，都因功赏穿黄马褂。此时，叶志超任直隶提督，聂士成任太原镇总兵。两人率军入朝后，东学党起义军就与政府讲和了，除了发了几张告示、赈济一下贫困百姓外，再无多少作为。聂士成曾经要求效法日本，带洋枪队四百人入汉城保护清廷驻朝公署，袁世凯怕惹起纠纷未准；他们又要求回国，以免日本借口寻衅，清廷未允；回国不成，又多次要求增兵，但李鸿章正寄希望于列国调停，迟迟不肯增兵。他们在此地毫无作为地驻扎了六十多天，直到几天前，才接到李鸿章关于速备战守的电报。

他们所驻扎的牙山县城三面环山，一面临海，不利于防守。聂士成建议由他率主力移师牙山以东的成欢驻扎，叶志超则率一千多人去成欢南部的公州城以为后路,万一战事不利,还可以绕道撤走。叶志超同意了这一计划。

聂士成率军赶往成欢,匆匆布防。成欢位于牙山东北二十公里处,北距汉城七十公里,有两条驿道纵横而过,是汉城至全州大道的必经之地,地势易守难攻。根据成欢的地形,聂士成将人马分为左右两翼防守。左翼阵地是清军防守的重点,位于成欢西北的牛歇里高地一线,构筑堡垒工事两座,配备武毅军老前营炮兵。右翼阵地以成欢东面的月峰山为依托,沿山修筑堡垒工事。他们还将成欢北面沼泽地的下流堵塞,使沼泽泛滥,水漫路面,以阻遏日军的行动。两处阵地所筑工事都很简单,不过是在山上掘土筑起胸墙,外面再乱放些树枝作为鹿砦。胸墙很薄,顶部不过五六寸厚。

7月29日凌晨,日军分两路进攻,清军右翼很薄弱,又没有大炮,堡垒先后被日军攻占。聂士成亲自带兵增援,骑马率军在阵地上冲击,日军两股部队集中火力轰击,聂部伤亡很大,清军两翼阵地都被占领。

在《日清战争记事》一书中,日本人对占领成欢做了这样的记述——

五时半,左右共六个堡垒全被我军攻占。在牙营中,缴获署有提督叶志超、副提督聂士成名字的中军火旗等大小军旗数面,大炮数门。本来文明国家以丢失军旗为最大耻辱,而中国军队是对此不介意呢,还是因情况紧急而来不及收起来呢?后来得到副提督聂士成军中日记,得知敌军丢失军旗完全是因为来不及收起来。

战斗结束后,我军检查敌军营垒中之情形。死尸枕藉,碧血横流。左翼第二堡垒看来是敌将聂士成的驻处,竖着署有他的名字的将旗,周围有数十个帐幕围绕。想必敌军因疲劳战斗暂停,欲休息,未想到我军主力又从左侧发起进攻。

敌军受到攻击时,似正开始吃早餐,尚未吃完,碗、碟、筷等散乱各处,碗里的饭,吃了一半,盘里的肉汤还没有凉,锅里的米已经熟了,铁壶里的水正在开着,有炖整猪,有吃剩的黄瓜,真是狼藉不堪。敌军士兵等来韩已五十余日,似颇感无聊。帐幕里有骨牌、双陆,下层士兵似耽于赌博。在角落里有韵书,有唐诗选,大概是有文学思想的人,或在信笺上写诗,或在寿山石等印章材料上篆刻,由此可看到中国人的特点。但也有藏着镜子的,携带妇女相片的,散乱于各处,清兵的懦弱,可想而知。

聂士成一路召集残卒赶到公州,打算在这里驻守,但叶志超没有同意,认为公州不可守,最后决定绕道去平壤与大军会合。至此,朝鲜南部清军再无据点。

第九章

箭在弦中日宣战 士气低株守待敌

光绪二十年六月二十五日(7 月 27 日),济远舰回到威海,方伯谦立即发报电告李鸿章丰岛海战的情形,除报告广乙中炮、操江被俘、高升被击沉外,重点报告了济远舰的勇敢表现:"敌先开炮,敌之三船聚攻济远,密如雨点,望台、炮架、三舵机均受伤。"但在此情况下,济远"还炮不怯,而吉野督船尾后,连追不止,济远停炮使诈,待其驶近,猝发后炮,一弹飞其将台,二弹毁其船头,三弹中其船中,黑烟冒起,吉野乃移逃"。

接此电报,李鸿章亦忧亦喜。忧的是日本不宣而战,朝廷主战论肯定高涨,避战求和已经不可能,而战事一旦扩大,则胜负实在难料。喜则有两个原因,一是济远舰击伤日舰吉野,可见日本舰队也并非传闻中那样厉害;二是高升号系英国怡和公司的商轮,日本将其击沉,英国必不答应。如果英国出面向日本施压,日本也许会有所收敛,如果其知难而退,和平可望,就再好不过了。

接下来他要办的事情很多,向总署电报丰岛海战的情况,同时建议撤回驻日公使,向各国布告日本不宣而战,有违公法,衅非自我开。再向丁汝昌发报,让他率舰队到朝鲜海面巡航;电告旅顺船坞营务处总办龚照玙,做好维修济远的准备。北洋舰队弹药尤其是开花弹匮乏的问题十分严重,不能再等朝廷拨款,电告驻俄国、德国、英国公使,设法尽快代购。听说日本从英国订购一艘快船,现在中日已经处于战争状态,按国际公法,英国不能再交付,请驻英公使龚照瑗设法阻止……

丰岛发生海战，叶志超一军到底如何？是否受到日军攻击？李鸿章一无所知。因为日军已经将仁川、汉城、釜山等地的电报全部控制起来，平壤等地电报还通，但离牙山太远，无从探听。过了两天就有消息了，是一个叫王香圃的商人传回来的。他在仁川经商，因为局势不稳，与众多华商一起乘坐德国轮船回烟台，临行前遇到一个从牙山回来的朝鲜熟人，说叶志超与倭军在牙山开仗，倭兵三千死了一千多，叶军伤亡仅百人。一到烟台，他立即将消息报告东海关道刘含芳，刘含芳则立即电告李鸿章。

敌人死一千，我伤亡百余，那可真是少有的大捷。李鸿章很高兴，立即电告总署，并特别说明"此信当确"。英、法等国公使也向总理衙门报告牙山大捷的消息。李鸿章派到仁川的密探也从英国驻仁川领事馆得到消息，结果是"叶军屡胜，倭死两千人，叶军伤亡两百余人"。而且随后李鸿章又收到叶志超从平康县发来的电报，说他已经率军迂回朝鲜东海岸，准备赴平壤与大军会合。夜里日军偷袭，他设伏以待，毙伤日军一千余。

几天内，李鸿章得到的全是大捷的消息，他不禁也乐观起来，在给总署的电报中说："已饬海军舰齐往迎击，南北合势，水陆并力，以冀及早驱除，此时之胜倭或易。"

京中更是大捷的消息满天飞，甚至有消息说日本吉野舰已经沉没，他们的水师提督已经阵亡。光绪帝十分兴奋，觉得正是决胜日本、树立权威的大好时机。而清流们轮番上折，请求对日宣战，纷纷要求北洋舰队要大张挞伐，甚至有人建议北洋舰队只需派出定、镇两舰，直捣黄龙。

今年恩科新中进士王伯恭，便以门生的身份经常到翁同龢府巴结。不过，他十几年前就曾跟随袁世凯到朝鲜去过，因为看不惯袁世凯的做派，后被李鸿章札委到北洋水师营务处掌文案，所以对海军有所了解。他对清流众口一词要北洋海军出战有自己的看法，所以当志税、张謇等人在翁府慷慨陈词时，他就不以为然道："北洋海军器械阵法，百不如人，好像不能不慎重。"

翁同龢驳道："这话不对，如今北洋海陆军如火如荼，哪能不堪一战？"

王伯恭以他所知详细说与翁同龢听，但众人皆不以为然。最后，翁同龢下定论道："李少荃花了数千万两的银子，弄海军，办海防，他的北洋陆军也自称天下最精锐，是骡子是马，到了让他拉出去遛遛的时候了。到时候不争气，就别怪朝廷无情。"

向来说话谨慎的翁同龢,今天说话如此直白,众人都无话可接。

其实,想打一仗的又何止清流?面对京中一片喊战的声音,又传来的全是大捷的消息,慈禧也愿意在她万寿前来一个更大的胜仗,因此也同意不能再对日本人软弱。

光绪二十年七月初一(8月1日),光绪帝下诏正式对日宣战:

朝鲜为我大清藩属二百余年,岁修职贡,为中外所共知。近十数年来,该国时多内乱,朝廷迭次派兵前往勘定,并派员驻扎该国都城,随时保护。本年四月间,朝鲜又有土匪变乱,该国王请兵援剿,情词迫切。当即谕令李鸿章拨兵赴援,甫抵牙山,匪徒星散。乃倭人无故派兵,突入汉城,嗣又增兵万余,迫令朝鲜更改国政,种种要挟,难以理喻。我朝抚绥藩服,其国内政事向令自理。日本与朝鲜立约,系属与国,更无以重兵欺压强令革政之理。各国公论,皆以日本师出无名,不合情理,劝令撤兵,和平商办。乃竟悍然不顾,迄无成说,反更陆续添兵。朝鲜百姓及中国商民,日加惊扰,是以添兵前往保护。讵料行至中途,突有倭船多只,乘我不备,在牙山口外海面,开炮轰击,伤我运船。变诈情形,殊非意料所及。该国不遵条约,不守公法,任意鸱张,专行诡计,衅开自彼,公理昭然。用特布告天下,俾晓然于朝廷办理此事,实已仁至义尽,而倭人逾盟肇衅,无理已极,势难再予宽容。着李鸿章严饬派出各军,迅速进剿,厚集雄师,陆续进发,以拯韩民于涂炭。并着沿江沿海各将军督抚及统兵大臣,整饬戎行,遇有倭人轮船驶入各口,即行迎头痛击,悉数歼除,毋得稍有退缩,致干罪戾。将此通谕知之。钦此。

日本海军击沉英国商船的消息传回国内,伊藤博文非常担心,立即找陆奥宗光商议。

陆奥宗光应道:"我们既然已经下定决战的决心,自然不必为此后悔。我们既然已经确定不引起第三国纠纷的原则,当然不能与英国为敌,我们应当主动向英国致歉并赔偿,以换取他们的支持。"

英国得到本国商船被日舰击沉的消息后,向日本递交了一份措辞强硬的照会。陆奥宗光立即邀见英国驻日公使,向他表示道:"经充分调查以后,如果发现日本军舰有失当之处,本国政府当给予适当的赔偿。"

其实英国也不愿与日本闹僵,他们远东政策中重要的一条,就是利用日本反对俄国的东进,当然不会为了一只被击沉的商船跟日本翻脸。陆奥宗光既已表示愿意考虑赔偿,英国政府也就借坡下驴,外交大臣金伯理伯爵亲自劝告怡和公司不要向日本要求赔偿,而应该向雇主清廷索赔。

与英国的危机已经化险为夷,日本没了后顾之忧。但伊藤博文仍然有些犹豫,他把海军大臣叫来询问道:"中方只有两艘战船,我方是三艘,而吉野却受了伤,海军的战力究竟如何?"

海军大臣回道:"海军的战力绝对没有问题。开战不久,济远的前主炮就被我炮火击毁,因此仓皇逃走,而且挂出了白旗,在追击的过程中,中国人耍了个诡计,让吉野误以为它的尾炮已坏,结果追得太近,被尾炮击中。根据坪井航三的电报,我舰队炮火优势明显,尤其是苦味酸开花弹效果令人满意。"

"何为苦味酸开花弹?"伊藤博文又问。

于是,海军大臣得意地向伊藤博文介绍开花弹的不同装药。

目前各国海军的开花弹填充的都是黑火药,那是中国古代方士在炼丹时偶然发现的,主要成分是木炭、硝石和硫黄,民间按一硝二磺三木炭的比例,就能自制黑火药。用这种黑火药来充当炸药,只能通过爆炸时产生的冲击波和炸开的炮弹碎片杀伤敌军、破坏敌舰,其威力极为有限。

欧洲一直在苦苦寻找可以取而代之的"猛炸药"。终于,他们找到了苦味酸,这本是一种黄色的染料,有浓烈的苦味。后经反复试验,被证明可以通过纯化成为烈性炸药,俗称"黄色火药"。1885年,法国正式将苦味酸炸药装填弹头,大大提高了爆炸威力。但这种炸药有一个缺陷,就是不稳定,震荡稍大就可自爆,因此不敢用于颠簸于惊涛骇浪中的舰炮。日本希望大量购进这种炸药,因为价格问题与法国人谈不拢,日本人决定自己研制。

1888年9月,工程师下濑雅允着手研究苦味酸,经过不懈努力,至1891年终于成功研制出了廉价提取苦味酸并制作炸药的办法,定名"下濑火药"。苦味酸炸药之所以不稳定,是因为容易与炮弹金属壳发生反应,下濑的办法是在炮弹内壁刷上漆,又在苦味酸和炮弹内壁之间灌上一层蜡,巧妙地克服了苦味酸极易与金属反应的不稳定特性。1893年,"下濑火药"开始装填舰炮开花弹,实验证明其威力极大,而丰岛海战则在实战中予以验证。

海军大臣进一步介绍道:"这种填充了下濑火药的炮弹威力极大,它灵敏度高,即便命中细小的绳索都能引发爆炸;爆炸后除形成冲击波和炮弹碎片外,还会伴随着熊熊大火,火心温度可以高达千余度,足以把钢铁点燃,这也是开战不久,清舰炮架就不能运行的原因;爆炸形成的火焰还会四散流动,就算在水中都能持续燃烧一段时间。"

"中国也从欧洲订购军火,他们肯定能买得到这种开花弹。"伊藤博文还是第一次听到这样专业的开花弹知识,说道。

海军大臣得意地说道:"他们买不到,因为目前就是欧洲各国也没有解决苦味酸的不稳定问题。下濑火药开花弹,唯有我们大日本装备到海军中!"

"你是说从欧洲订购的开花弹也不如我们的下濑开花弹威力大?"

"正是如此。而且中国已经停购船械多年,他们所存的黑火药开花弹也没有多少。此次海战后,他们肯定要向欧洲订购,但总要个把月才能到货,因此,海上决战宜早不宜迟,如果能在一个月内决战,帝国海军将胜算更大!"

要不要对中国宣战,伊藤博文还是有些犹豫,于是他召集内阁会议,并邀请军方人员参加,一个是陆军参谋本部次长川上操六,一个是海军大臣,但海军大臣恰巧生病,于是改派海军省官房主事山本权兵卫参加。官房主事算是海军省的中层官员,相当于现在的机关办公室主任,军职只是大佐,而川上操六是中将,两人相差太远,所以几乎无人关注他。

说到是否正式宣战,内部也有不同意见,主要是担心战争的最终结果。对于中日之战,世界各国大都看好中国,认为中国必胜。道理很简单,中国地大物博,人口四万万,现有兵员一百余万,双方差距太大。日本海军近年来发展很快,战舰较新,航速快,但是舰龄短,官兵受训时间也短,联合舰队刚刚组成,而北洋海军已经成军六七年,年年进行实战训练,而且日本海军仍然没有一舰可与中国的定远、镇远匹敌,三景观舰船小炮巨,就是三打一也未必有把握。日本国内,民众也都没有必胜的信心,而且大部分民众对中国人仍然十分友好,并不希望与中国开战,在长崎等港口,最受优待的仍然是中国商人。

川上操六看大家心志不一,站起来说道:"我认为诸位这些议论毫无意义。我提议在座的诸位重新温习一下明治二十年小川又次将军提交的《征讨清国方略》。"

小川又次多次到中国从事间谍活动,1887年时任参谋本部第二局局长的他完成《征讨清国方略》,提出用五年的时间完成与中国决战的准备,被天皇采纳。如今,他已经升任少将。

川上操六对此策案十分熟悉,随口就能说出来:"《征讨清国方略》第一部分说,'若维护我帝国独立,伸张国威,进而巍屹于万国,保持安宁,则不可不分割清国,使之成为数个小邦国。清国优柔,显然不能一举成为强国,但只要努力不懈,理应达到此境界,以当前形势看,二十年后可能完备。趁清国还幼稚,我们应断其四肢,伤其身体,使之不能动弹,我国才能保住安宁,亚洲大势才能为我掌握,由我国维持'。大家都已经看到,中国推行洋务运动三十余年,无论军事还是经济实力,都已经大增,已经是亚洲最强国;中国皇帝年少气盛,雄心勃勃,可以预见,中国照此发展下去,必将崛起于东方,那将是帝国最大的威胁和灾难,布国威于四方便成为空谈。所以,我们必须趁中国尚在发展中,打断他的脊梁骨,让他爬不起来。七年前就已经说得明明白白的道理,为什么今天又在这里浪费时间?"

伊藤博文听了这话,连忙解释:"说到底大家还是为帝国的未来负责,毕竟大部分国家都认为中国必胜,大家不能不担忧。"

"欧洲各国只是看到中国的表面。中国有一百余万军队,可是能打仗的有多少?《征讨清国方略》也早已说明白,中国军队'八旗兵大约三十万人,绿营兵大约四十七万人,蒙古兵大约十万人,勇兵大约三十万人,合计大约一百一十七万人'。不过,这一百多余万人也并非全是能战之士,其中,防勇、练军四十万,战力较强,但'由各省总督、巡抚分而辖之,教育之法各不相同,虽然多聘请外国教练,可惜者,并非全然委任于外国教师,而是采用半洋、半中式之战术,非但无益,徒生烦杂'。更何况,'以此四十万之兵员,布于我十倍之土地面积,特别是道路粗糙恶劣,交通甚为不便,故而假令一方有事,也难以直接调遣邻省之兵。'也就是说,分散的四十万众,战斗力未必能超过我四万之兵。至于余下的军队——朝廷之八旗,地方镇台之绿营,皆是'携带家眷之兵,其薪饷本极有限,已到了不从事兼业,则不足以糊口的程度。今查中国军备金额,大约七千五百万元,数额虽大,但用于八旗、绿营者,恰如救助贫民,仅算勉强糊口,至于军备训练,完全无从谈起,实乃有名无实之兵员'。"川上操六又把手里的《征讨清国方略》放到桌上继续说道,"军队的战斗力不能只看数量,军制的优劣也非常关键。在这里,我要特别向诸位介绍一下中日两国军制的不同。诸位知道,帝国军队是以德国为师,兵员征集上,采用的是兵役制,凡帝国臣民,无分贵贱,符合要求者都要服兵役,接受严格的军事训练。所以,帝国的现役、预备役和后备役都是训练有素的真正军人。中国的八旗、绿营采取的世兵制,刚才已经说了,不堪一击,淮军和练勇采取的是募兵制,花钱雇佣,当兵的多是穷苦子弟,为的就是吃饱肚子。而且中国一到承平,就裁撤勇丁,到了战时,才临时募集,真正能够经历严格训练的,实在十不及二三,这样的军队有何可惧?再看编制。帝国的军队编制基本的战斗单位是师团,一个师团由步兵、骑兵、炮兵、辎重兵优化搭配而成,平时兵额一万人,战时足额则超过两万人。而中国的军队编制采取的还是古老的营制,一营人员不过五百余人,再加上吃空饷,有的连三百也不到。这样的编制适合镇压内乱,而大规模的作战却非常不适宜。再加上临时派大员前往指挥十几营或几十营作战,这些人便形如乌合之众。诸位请想,我一个组织严密的师团,对付同样兵力的乌合之众,胜败可想而知。再说军官。帝国的军官都是经过军事学校进行了系统教育,军方大员都曾出国考察学习。而在中国,出洋的人本来就少,即便出过洋的也未必能够得以重用。中国将校的晋升凭的是关系,靠的是贿赂,堪称良将者实在罕见。"

一连串说了这么多话,川上操六抓起茶杯猛喝了一口茶,把杯子顿到桌上接着道:"至于帝国民众对中国人有好感,那有什么好怕的?民众能左右什么?只要在座的各位下定决战决心,陛下一声令下,又有谁敢不遵?而且我帝国臣民,虽然战前反对,但只要战端一开,人人必踊跃从军,为国献身。反观中国的人民,他们傲慢自大,对天下形势毫不知情,这帮无知愚昧的人民大多不知爱国是何物。诸位应当明白,今日世界乃优胜劣汰弱肉强食之时,完全不能以道理、信义交往,所谓我乃东洋小国,财源不富,兵员不足,宜敦厚信义、避免干戈之类的见解实在是荒谬至极,我国现在最要紧的,莫过于战而胜之,使帝国国运隆盛。"

有人提醒道:"听说中国朝廷主战的声音很大,尤其是中国皇帝和他的心腹大臣都极力主战。"

川上操六不屑地一笑道:"言过其实是中国人的特点,他们主战的声音和为国牺牲的决心总是超过他们内心的真实想法,只说不做,拿空话吓人,动不动抗议、谴责、愤慨,这是中国人惯用的伎俩。而且,中国主战的是帮书生,而掌握军权的李鸿章和将领们都贪污了大量兵饷,只想过安稳日子,不想打仗。我打个比方,他们不过是只巴儿狗,动不动就龇出獠牙,其实腿却在打哆嗦。我们日本人,彬彬有礼,与人为善,可我们不习惯用空话去抗议、指责,一旦我们要还击,一口就要咬断他们的骨头。"

又有人说道:"比喻毕竟只是比喻,日本海军与北洋海军差距很大,这是不容争辩的事实。"

"海军的强弱不足以左右战局。我四万陆军皆是精锐,打到中国的直隶平原,刺刀一见红,清军必四散而逃。"川上操六大声道。

大家都觉得川上将军对陆军太自信了。这时,一直没有说话的山本权兵卫大佐问道:"请问川上将军,陆军有没有优秀的工兵?"

"帝国陆军的工兵非常优秀。"川上操六回答。

"那好,现在就赶快开始在九州到釜山之间架一座桥起来,要不然陆军过不了海;还要在汉城和山东烟台之间也架一座桥起来,不然陆军到不了直隶平原,因为你要走陆路,实在太远。"山本权兵卫似笑非笑地看着川上操六。

川上操六和山本权兵卫都出自萨摩藩,他太了解山本,如果换了别人,他这个陆军中将肯定狠狠训斥这个海军大佐。但这对山本没用,而且他也不怕。

山本权兵卫十一岁时就参加了萨摩藩与英军的战争,在弁天炮台帮着搬炮弹,在一起搬炮弹的同伴就是刚在丰岛参战的浪速号舰长东乡平八郎,炮手则是现在的陆军大臣大山岩。山本权兵卫是海军兵学校第二期最让教官头疼的学生之一,动不动"老子来自战场",根本就没把那些没有实战经验的大鼻子教官放在眼里,他成天喝醉了酒打群架,火气上来了连英国教官都敢打。最出格的是他到娼馆里去喝花酒看上了一个雏妓,当天晚上就找了几个帮手在妓院后墙上架上梯子把人偷了出来。后来妓院找上门来,他的一帮狐朋狗友帮他凑份子给雏妓赎了身,而那个雏妓后来就成了他的夫人。他进入海军后,得到海军大臣西乡从道的赏识,一路高升,1892年升任海军省官房主事。

他主导成立了相对独立于海军省的海军军令部,相当于陆军的参谋本部,使海军地位得以提升。最令川上操六等人佩服的是,他对海军官僚机构进行"瘦身",解除了八个将军和八十九个校官的职务。不服气、反对的人当然很多,他将一把短剑放到桌上,挨个接见被裁的军官,对那些怒吼的,他把短剑递过去说:"你有胆就把我杀了,不然还是要裁你。"对那些苦苦哀求的,他则是狠下心肠,不为所动。像东乡平八郎、斋藤实等一批海军优秀人才这才被提拔起来,解消了萨摩藩出身的人独霸海军的问题。

对山本这样的人物,川上操六颇为欣赏,因此对他明显的讥讽并未生气,而是认真地说道:"我的确是忽视了制海权问题。"

"征清作战是渡海作战,制海权问题至关重要,没有制海权,与清军决战都是空谈。海军不能置于陆军从属的地位,不能只当陆军的运输队、护航队。如果海军不能夺取黄海的控制权,运兵运粮的所有船只都在北洋水师威胁下,如果北洋水师切断陆军的兵员、军火、粮草补给线,不管在朝鲜登陆了多少人,也不管这些人如何善战,就只有失败这个唯一的结果。所以这次作战,海军最大和最终的任务就是夺得并且确保制海权,而且要以夺得制海权的情况决定整个战争的方案。"山本权兵卫一口气说出了自己的想法。

川上操六也是一口赞道:"好,制海权的问题我们大本营重新考虑。山本大佐,今天是讨论对中国宣战的问题,您有什么意见?"

"这是一个不必考虑的问题,必须向中国宣战,而且,事实上,我们已经开战了。"山本权兵卫对此问题显然有些不屑。

第二天,七月初一,日本也正式宣战:

保全天佑践万世一系之帝祚大日本帝国皇帝示汝忠实武勇之有众:朕兹对清国宣战,百僚有司,宜体朕意,海陆对清交战,努力以达国家之目的。苟不违反国际公法,即宜各本权能,尽一切之手段,必期万无遗漏。唯朕即位以来,于兹二十有余年,求文明之化于平和之治,知交邻失和之不可,努力使各有司常笃友邦之谊。幸列国之交际,逐年益加亲善。讵料清国之于朝鲜事件,对我出于殊违邻交有失信义之举。朝鲜乃帝国首先启发使就与列国为伍之独立国,而清国每称朝鲜为属邦,干涉其内政。于其内乱,借口于拯救属邦,而出兵于朝鲜。朕依明治十五年条约,出兵备变,更使朝鲜永免祸乱,得保将来治安,欲以维持东洋全局之平和,先告清国,以协同从事,清国又设词拒绝。帝国于是劝朝鲜以厘革其秕政,内坚治安之基,外全独立国之权益。朝鲜虽已允诺,然清国始终暗中百计妨碍,种种托词,缓其时机,以整饬其水陆之兵备。一旦告成,即欲以武力达其欲望。更派大军于韩土,要击我舰于韩海,狂妄已极。清国之计,唯在使朝鲜治安之基无所归。查朝鲜因帝国率先使之与独立国为伍而获得之地位,与为此表示之条约,均置诸不顾,以损害帝国之权利利益,使东洋平和永无保障。就其所为而熟揣之,其计谋所在,实可谓自始即牺牲平和以遂其非望。事既至此,朕虽始终与平和相终始,以宣扬帝国之光荣于中外,亦不得不公然宣战,赖汝有众之忠实武勇,而期速克平和于永远,以全帝国之光荣。

日本宣战后第五天,大本营经过数次讨论,终于确定了新的作战计划,由大本营参谋总长有栖川炽仁亲王亲自向天皇报告。

有栖川炽仁亲王是天皇最信任的皇族成员,他禀报道:"陛下,大本营经过反复讨论,认为对清作战,制海权至为重要。因此应以制海权为中心,制定不同应对方案。"

新制定的方案要点是将日军送过渤海湾,在中国直隶登陆并在此平原地带与中国军队进行决战。这一军事目标能否实现,主要取决于双方海军的海战结果。双方海战的结果现在还难以预料。所以将此次作战分为两个阶段,第一阶段,以广岛之第五师团进入朝鲜半岛,牵制赴朝的中国军队,同时派遣联合舰队在海上寻找北洋舰队的主力进行决战,以夺取黄海及渤海湾的制海权。第二阶段,根据上一阶段海军的作战结果分为甲、乙、丙三种方案。甲方案,如果日军在海战之中获胜,就会将军队送过渤海湾,登陆中国的直隶平原地带,与中国的军队进行主力决战。乙方案,如果海战胜负不分,日本海军不能控制渤海,而中国舰队也不能控制日本近海,则向朝鲜派遣陆军主力,击退中国在朝鲜之军,力求扶植朝鲜"独立"。丙方案,如果海战失败,日本军队完全丧失制海权,则应尽可能增援第五师团,同时加强国内之守备,以击退来袭之敌。

天皇听了有栖川炽仁亲王的报告后说道:"朕完全赞同大本营的方案,日本全民应当进入战时状态,人人皆有抗清之责。伊藤曾经建议将大本营迁至广岛,朕认为很有必要,这可以向臣民显示举国决战之决心。朕也将亲往广岛。"

伊藤主张将大本营迁到广岛,表面是离战场更近,便于指挥,其实更重要的原因是这样可以避免受到各国公使和日本国内反战声音的干扰,使天皇和大本营毫不动摇地决战到底。

有栖川炽仁亲王当然明白伊藤的意思,也非常赞同这个意见:"陛下能够亲临广岛,将给前线将士以极大鼓舞,也对帝国全体臣民以极大激励。"

同样是宣战,中国这边就不像日本那样目标明确、方案周密,更不像日本那样上下一心,决心坚定。

在朝廷的督促下,李鸿章派出四路大军入朝,目标是进驻平壤。这四路大军,一路是盛军卫汝贵部马步兵十三营六千余人;一路是毅军马玉昆部四营两千人;一路是奉军左宝贵部步队六营,马队两营,炮队一营,共四千余人;一路是盛军丰升阿部盛字营马队和吉林马队,共一千五百余人。

光绪帝希望四路大军迅速入朝,与叶志超一军南北夹击,大败日军,因此几乎是一天一促,问行程,催进军。而李鸿章认为所谓南北夹击大败日军根本不可能,因为朝鲜日军总数超过清军,而且他们的舰队在朝鲜西海岸巡航,如果他们把北路援军后路截断,便有粮草断绝、后退无路的危险,所以他给北路援军的指示是稳扎稳打,探清前路无埋伏、后路要隘设兵固守后才可前进。

更让李鸿章苦恼的是,军前缺乏统军将才。他曾经发电请刘铭传出山,但刘铭传心灰意冷,而且旧病复发,因此拒绝出山。他寄予厚望的叶志超又爆出虚冒战功的问题,这消息是唐绍仪带回来的,他在英国驻朝使馆的帮助下回到天津,说根据英国使馆得到的确切消息,成欢之战清军并未大捷,日军伤亡不及百人,而清军伤亡超过五百人,清军是兵败而走。

丰岛海战吉野受重伤、日本水师提督战死也经证实是假消息。驻日公使汪凤藻发回电报,说吉野舰只是受轻伤,不要说提督,就是舰长、副舰长也无一受伤。而陆续回到天津的外国人带回了济远舰弃高升号不顾仓皇而逃的证言,更让李鸿章懊恼。

此时奕劻给李鸿章写信,问是否给他推荐军务帮办、襄办,协助办理军务。这显然不仅是庆王的意思。可不论是谁的意思,帮办、襄办都不必设,理由很简单,众议纷杂,反而误事。那接下来的战事如何应对,必须有个交代,于是他召集幕僚商议。

参加会议的有周馥,再是天津海关道盛宣怀,天津海关道例兼北洋行营翼长,事涉军务,且是李鸿章的亲信,当然要参加。还有一个就是李鸿章的亲信文案、女婿张佩纶。

大家首先讨论未来战事防守的重点。李鸿章认为,由远及近,平壤、盛京、京津为防御重点。平壤是朝鲜旧京,也是北部重镇,日军已经在汉城、仁川等地站稳脚跟,平壤就是清军在朝鲜最理想的驻扎地。占据平壤,可阻止日军北进。盛京是清朝龙兴之地,又是东部屏障,是必须确保的根本重地。京津是大清的心脏,必须水陆严防,不可有半点疏失。因此当前一是力求在平壤站稳脚跟,二是加强中朝边界尤其是鸭绿江防线,三是北洋水师保船制敌,在京津与海口炮台互依,确保近海防御。而对制海权的问题,他根本不曾议及,派北洋舰队到朝鲜海岸去与日海军决战更是连想也不会想。

周馥建议道:"要与倭寇争雄朝鲜,非有三万人入朝,另以一万人屯后路,以备接应。兵马未动,粮草先行,水陆都应设转运局,全力筹备饷械。此时军需全未预备,切勿开战,应当一忍再忍。"

"兰溪所谋,正如我意,只怕朝廷等不及,一再催促。"李鸿章连连感叹。

"那也不能去管他,将在外君命有所不受。"周馥依然是直通通的性子。

盛宣怀消息灵通,这时插话说道:"有人给皇上出主意,要朝廷直接调动军队,不必经过中堂。"

"让那帮纸上谈兵的人来指挥,只会败得更惨。"张佩纶听了不以为然。

"朝廷要给我派帮办、襄办,看来是想分北洋的军权。我顶回去了,如何办理,必须想个办法。"李鸿章还是有些忧虑。

盛宣怀建议道:"中堂已七十有二,自然不能亲赴前敌。可是前敌如果没有够分量的人坐镇,恐怕朝廷那边也不好交代,如果派个不相干的人来,更是掣肘坏事。中堂倒不如派信得过的人去前敌统军。"

听了这话,李鸿章叹息道:"能坐镇的人哪里有? 兰溪也一再推荐省三,可他不肯出山,有什么办法?"

"中堂的目光,未必只落在行伍人身上。到前敌去,只要能领会中堂的谋略,并能迅速贯彻就足矣。"盛宣怀有意卖个关子。

闻言,李鸿章惊异地问道:"杏荪,前线督师,可不是闹着玩的,莫不是你想在军功上弄点名堂出来?"

盛宣怀连忙解释道:"卑职替中堂坐镇天津海关,又兼着电报局、轮船招商局的差,哪里能抽得出身来?而且晚辈到前敌去,谁肯买账?晚辈看大公子完全胜任。"

大公子就是指李经方,在李鸿章幕中当外交助手,因未得实职而深以为憾事。这次朝廷有意让李鸿章推荐军务帮办、襄办,他就动了心思,因此找盛宣怀商议,希望他能帮忙。

张佩纶不等李鸿章说话,打断盛宣怀的话道:"中堂,此议万万不可!战事不可预料,不是闹着玩的,小婿如果不去督战也不至于被摔个半死!"

张佩纶虽然屡经挫折,但恃才傲物的毛病并未根除,在李鸿章幕中经常自作主张,甚至李鸿章改定的文稿他也随意修改,令起草文稿的幕宾大为不满。李经方对他的自以为是、好出风头早有烦言。

盛宣怀也认为张佩纶不过是个文人,仗着笔头子自傲,成事不足、败事有余罢了。因此,他回敬道:"张大才子不必与大公子相提并论,而且此一时彼一时,那时你在福建,中堂身居北洋,不便指点,也不便仲援手。可是大公子不同,后面有中堂老成谋算,前敌有中堂部曲支持,哪能像福建海战那样不堪?"

张佩纶一副不容置疑的语气:"正因为有福建海战的不堪,我才极力反对!如果换作别人前敌统军,万一前线不顺,中堂还有卸责余地。可是如果大公子统军前敌,若有疏失,那些唯恐天下不乱的人,必定连中堂一起参劾。如此,则有功未必能赏,有过则父子皆获重咎,何苦来哉?"

闻言,李鸿章点头道:"幼樵说得不错,瓜田李下的事不能做。李家有我一个人挨骂就够了,何必再把老大搭上?"

因此,众人都不再说话。过了一会儿,周馥又道:"中堂把我们叫来,大约胸中已有布置,让我做什么,中堂吩咐就是,刀山火海,在所不辞,只要不让我带兵打仗就成。"

"哪能派你去带兵。我的想法是,派你出任前敌营务处,到辽东去协调参战各军,这样,对朝廷就有所交代。"李鸿章说出了自己的想法。

周馥知道这是份费力不讨好的差使,因为参战各军,淮军是主力,但还有直隶练军,奉天练军,吉林、黑龙江的八旗、绿营,下一步鸭绿江布防,必然还要征调部队,那时将更加混乱,协调难度可想而知,立功不必想,获咎却是必然的。但周馥为人不争功不诿过,毅然担责道:"中堂信得过,再难我也奉命。"

"我知道这份差使费力不讨好,但前线有统军将领,后面有我给你撑着,你居中联络就是了。我把袁慰亭配给你当副手,他对朝鲜情形熟悉,而且又懂得带兵,办事干练,具体事情多让他办就是了。"李鸿章又这样交代。

袁世凯从朝鲜回来已经有二十余天了,李鸿章对他有意冷淡,原因有好几个方面。当初是他连续发报,认为日本人不会出兵,李鸿章这才决定派兵入朝,结果日本人以此为借口也派大军入朝,推原追始,袁世凯难辞其咎。但这还不是主要的,让李鸿章反感的是,朝鲜局势紧张后,袁世凯不顾"要坚贞,勿怯退"的电示,一再要求回国,后来甚至以病为由,撂挑子不干,李鸿章这才准他回国。谁料他回到天津后精神头很好,根本不像病人,李鸿章心里就大不高兴,派四路大军入朝的时候,就有意让他驰赴平壤,协筹粮运。袁世凯喜欢的是带兵打仗,协筹粮运这样的事情他兴趣不大,所以百般推托。最近听说他跑到京城去,到处钻营,不知想干什么。李鸿章非常不满,着人把他找来,说已经有差使派给他,不可再离津乱走。李鸿章派给他的差使,就是当周馥的副手。

"袁慰亭是办大事的人,前敌营务处这种办杂事操闲心的差使恐怕不适合他,中堂还是考虑给他别的差使好了,我有没有副手无所谓。"周馥对袁世凯的人品多有微词,不愿配一个这样的副手。

"不,就是要他办些琐碎差使,磨炼磨炼他的性情,省得他太浮躁。他跟你去辽东,也省得三天两头往京城去撞木钟。"

李鸿章是有意把袁世凯打发出去,周馥便不再说什么。不过,袁世凯的心思盛宣怀却很清楚,他两次顺利平乱,对自己的军事才能颇为自负,因此希望的是带兵入朝,发号施令。此前盛宣怀帮他谋划,如果李经方到前线督师,就设法让袁世凯随赴前敌,做李经方中军统领。现在这条路子走不通了,但盛宣怀还是不死心,劝李鸿章道:"中堂,袁观察在带兵上有一套,不如给他一军,或许能奏奇功。"

"袁慰亭不过是胆子大而已,要说知兵却未必。当初他两次平乱顺手,完全是赖吴武壮的声威和支持。交给他一军,将不知兵,兵不服将,恐怕不是那么好带的。"李鸿章却比盛宣怀考虑得更仔细。

吴武壮就是吴长庆,已经去世十年,武壮是他的谥。淮军营伍的特点,是兵为将有,父死子继或兄终弟及,如果把一支淮军交给毫无渊源的袁世凯,他未必玩得转。

袁世凯从盛宣怀那里得到消息,知道带兵无望,心里非常失望,但他知道李鸿章这座靠山无论如何不能丢,所以主动去与周馥联系,表现出对中堂的安排欣然接受的态度。

比袁世凯更加失望的是李经方,他对张佩纶坏他好事恨得咬牙切齿。他身边有一个文案,佩服张佩纶的诗才,不忍张佩纶蒙在鼓里,悄悄去透露消息:"你这次把大公子得罪透了,连要杀人的话都说出来了。"

"这又是为何?"张佩纶相当惊讶。

"大公子一门心思要去前线督师,你坏了他的好事。"

张佩纶诧异道:"我觉得是至亲,这才极力反对,完全是为他好,这不是狗咬吕洞宾吗?"

"大公子不那么想,他觉得你毁了他立军功成大业的希望。"

"他发狠要手刃我,我在北洋是待不下去了。"张佩纶极其苦恼。

"他敢!我去找他。"夫人李菊耦一听便不答应了。

"大哥,你妹夫全是为你好,这才极力劝阻不让你前线督师,你不该把他的好心当了驴肝肺。"李菊耦仗着父母的宠爱,而且与大哥关系一直很好,因此说话毫不客气,一副兴师问罪的语气。

"我不需要他对我好,好心就是好心,驴肝肺就是驴肝肺,我又不是三岁孩子,掂得清。"没想到李经方肝火更旺。

李菊耦气道:"就算他好心做了坏事,挡了你的道,你也不应该连要杀他的话也说出来。杀了他,我就守活寡,大哥你狠得下心?"

"这话我没说。不过,北洋中生他气的又何止我一个?他仗着会写一两首无病呻吟的诗,自以为才倾天下,北洋幕府哪一个他看得上眼?北洋是办实事的地方,不是耍笔杆子的私塾学堂,人贵有自知之明。"

李菊耦听李经方如此说话,知道完全没有冰释前嫌的意思。她与丈夫诗酒唱和,也视张佩纶为才人,怎容李经方这样贬低,而且她也是嘴上不饶人的个性,回敬道:"北洋需要不需要他,不是你说了算,他有没有用也不是你一句话就能把他打入阎王殿。北洋还是白白说了算,还轮不到你来当家做主。"

李经方受了这顿抢白,想想自己的话说得也有些过分,就势回避道:"我不与你争,不过小妹你也打听打听,北洋中也就是父亲和你拿他当个宝,他身上那些穷酸毛病得改改了,四十六七的人了,不是少不更事的毛头小子了。"

李菊耦原本指望向大哥说明原委,李经方不感激也罢,但起码不该再怪罪。但从结果看,张佩纶在北洋幕府已经到了无可立足的地步。但这番担心她又不能让张佩纶知道,还要回头来劝慰,说等李经方想明白了,就知道谁是真心对他好了。

张佩纶恃才傲物,但人并不傻,李经方这般态度,北洋幕中的群小必定落井下石。此处不留爷,自有留爷处!张佩纶原籍是直隶丰润,但出生和成长却在杭州,他喜欢南方秀丽山水和温润气候,因此决意到江南去闲居。但杭州不能去,他督师福建丧师辱国一直被杭州人视为耻辱。理想的去处是南京,于是他悄悄写信,托南京的朋友帮忙物色寓所。

增兵朝鲜的北路清军冒着酷暑,忍着饥渴,到8月中旬先后抵达平壤。丰升阿、卫汝贵、左宝贵、马玉昆联名给李鸿章发了一份电报,汇报了平壤的防守情况后,建议先定守局,再图进取,以求进退自如。这正合李鸿章的心意,他向总理衙门转发这份电报,认为目前的确不是急于进军的时候,军士十数天急行军,劳苦过度,需要休整;由平壤南进的要隘日军都埋了地雷,需要探明虚实;辎重尚未到齐,后勤尚不能保障,等等。

光绪帝心急火燎,本希望四路大军挥师直下,到汉城去驱逐日军,如今李鸿章又说需要休整,可休整了五六天还没有动静,于是他再让军机处电谕李鸿章,命令平壤各军迅速南下进兵。

不过,四位统领认为平壤到汉城相距千余里,山极险峻,路径崎岖,有许多险关陡隘已被敌人占据,攻取不易不说,就是攻下来了也必须留兵防堵,后勤也要留兵保障,必须有三万多人,大军才能无后顾之忧。李鸿章完全同意,原文上报四人的联名电报。

光绪帝接到这份电报非常不满,李鸿章和平壤守军总是立足一个"守"字,这才处处需要留军防守,如果立足的是个"攻"字,迅速挥兵南下,又何须这里要留守那里要防军呢?

军机处连下两道谕旨,让李鸿章和平壤各军速图进剿,先发制人。若迁延不进,坐失时机,日军汉城防守加固,各处险隘布置周密,剿办起来就会更加棘手。要求"各军统将务必克期进发,直指汉城,奋力攻剿,倘敢退缩逗留,即以军法从事"。

皇上火烧眉毛,恨不得大军弹指间攻入汉城,但李鸿章却不能不考虑前线实际,因此依然按兵不动,等待厚集兵力后再说。

李鸿章一味迁延,终于把大家惹怒了,主战派纷纷上折批评他,要求另易统帅。河南道监察御史易俊鼎批评李鸿章一味迁延,导致入朝南路清军叶志超部陷于绝地,北部大军云集平壤,因为险关要隘都被日军占据,"虽聚九州之铁,不能铸此错也"!

御史陈有懋在他的条陈时务呈文中,批评李鸿章衰病不堪,难以胜任统帅之职。他说李鸿章"每日须洋人为上电气一百二十分,时用铜绿浸灌血管,若不如此,则终日颓然若醉"。病成这样,还能运筹帷幄,决胜千里?因此,他建议派一位重臣到天津,如果李鸿章确实病得不成样子,就由该重臣代为指挥。

翰林院侍读学士文廷式在《奏请振刷军士激励帅臣折》中批评李鸿章军事布置、用人方面的失误后,感慨道:"(李鸿章)何乃欺朝廷则智,筹攻战则愚;抗廷议则勇,御敌兵则怯?甘受凌侮,屡失时机,晚节末路之难,臣不能不为该大臣惜也。"

御史余联沅《奏疆臣贻误大局历陈危急情形折》列举了李鸿章贻误大局的五个方面:一是花费了大量钱财创办海军,而至今不能一战;二是中日冲突以来,事事听洋人的主意,堕入了洋人缓兵之计;三是牙山大捷后没有趁此声威,添兵速剿,海路运兵又因泄密而导致高升号被击沉;四是平壤屯兵不动,显违诏旨;五是一味主和,心无战志,损国威而懈士心。他也谈到了李鸿章的身体,说李鸿章日服洋人之药,苟延旦夕,尸居余气,一筹莫展,天下之人无不痛恨,让他当此大任,又怎么能够取胜呢?

笔锋所至,连张佩纶也受到影响。御史端良弹劾他建议李鸿章把入朝的叶志超部调回国内,干预公事,一心苟和。

这样的建议张佩纶的确提过,当时的目的是让日本人失去进兵的借口。事涉机密,知道的并没有几个人,端良又是怎么知道的?不想可知,是北洋幕府中有人把消息透露了出去。张佩纶彻底绝了继续留在北洋的念想,而且很快朝廷有电报,要求李鸿章将他逐出幕府。

张佩纶无颜继续逗留天津,第二天便匆忙搭乘招商局的轮船南下金陵。庆幸的是朋友已经代他觅到一处寓所,是康熙年间江南提督、靖逆侯张云翼的旧宅。侯府甚大,且有精致的园子,只是闲置已久,因此价格亦不太贵。张佩纶心情竟然不错,路上为寓所题好名字,叫"训鸥园"。他对李菊耦道:"听说宅子不小,到时我买上几只鸥,我著书,你训鸥,神仙也羡慕!"

但主战派们对李鸿章等人的攻击并非完全出于公心,派系斗争、争权夺利的成分不少,这本来也是司空见惯的事情。何况中日起冲突后,李鸿章措置不当、留人口实处的确不少。主战派们的目标是换帅,可另易主帅谈何容易。最有战斗力的军队就数淮军,李鸿章是淮军的创始人,别人去如何能够指挥自如?何况他又是太后的肱股之臣,如何能够轻易换掉?

首先军机处的一班人几乎无人同意换帅,光绪帝要他们商讨后,得出的结论是:"李鸿章身膺重寄,历有年所,虽年逾七旬,尚非衰耄;且环顾盈庭,实亦无人可代此任者。"

李鸿章不能动,那么为平壤的大军物色一位敢战的总统对战局也许有所匡正。目前驻扎平壤的四支大军互不统属,各统领地位又都差不多,如果没有一个德望高于四人者亲临前敌,统一节制,根本没法展开军事行动。

前敌急需"总统"!此时,叶志超率军到达了平壤。

叶志超退出公州后,不敢直接北上——怕遇到汉城的日军,而是绕道朝鲜东海岸去平壤。一路上因为中暑、逃亡等原因,士兵减员严重,于是他又虚拟战事,向平壤众将和李鸿章报捷。

他途中写给平壤左宝贵、卫汝贵、马玉昆、丰升阿等人的信中说,日军夜间偷袭,被毙一千多人,天亮后一万六千多日军赶到,我军寡不敌众,只好撤走。他是 8 月 22 日到达的平壤,当夜拟了一份长电,次日发给李鸿章,继续铺排他莫须有的战功——

前在途呈两电,同报战状行程,想已上闻。七月十四行抵王京西北之金化,适倭兵四千余由元山赴韩都,经此欲行拦截。我军整队前进,迭放排枪,将倭队冲作两段,已过者疾奔前途,退后者仍回旧路,我军以跋涉劳顿,子弹不充,故未分途追剿。收队少休半日,次晨复循途前行。沿路所屯倭兵或隔一二十里,或仅隔数里,皆退避不出。此次途中复击退清州、忠州、金化所过倭军,且战且走,几及一月,周历千数百里,烈日暑雨之中,陟崇山,宿野次,人惫马乏,忍饥负病,艰苦万状,凡此血战苦役,从军三十年所未经见。再,六月二十七成欢之战,倾探实倭兵将死亡确有三千内外,我军以少击众,酣战六时之久,伤亡仅二百余名。拟将在事尤为突出之员,请从优叙奖,以资鼓励。记名提督山西大同镇总兵聂士成已有头品顶戴、黄马褂,请赏清字勇号;记名提督江自康拟请赏穿黄马褂;记名总兵谭清远拟请以提督总兵交军机处记名,遇缺请旨简放,并赏加头品顶戴……

叶志超在电报中请奖的有功人员从总兵、副将、参将、游击到守备,共二十一员,"系出生入死,异常出力,实无冒滥"。另外还有阵亡将领六人,也请优恤,以慰忠魂。

这份电报送到李鸿章面前,他看罢后递给盛宣怀。盛宣怀越看越皱眉头,之后说道:"中堂,这封电报名堂太多。"

"你且说来我听。"

"牙山驻军共三千人。按他三次电报算下来,被毙倭兵不下五千,以区区三千人毙敌五千,不是太诡异吗?早就有消息说牙山并未大捷,叶提督如今又说成欢一役倭兵将死亡确有三千,比上次的战报又多了两千人,这也太不可信了。"盛宣怀分析道。

"当然不可信。这封电报的重点其实不是铺叙战功,而是为了后面这二十多个人。"李鸿章指指电报上列出的请功人员,"叶曙青五十有六,已是提督大员,军功对他来说已经不稀罕,他是为他人作嫁衣,希望跟着他的部下能够换顶戴。还有那些阵亡的将士恤典从优,他也能心安。这些虚冒战功的把戏,带兵的人都玩过。"

"可是,这也虚得太多了。"盛宣怀不解。

"他总算是带着人马到了平壤,如果平壤一仗能够大捷,这些虚冒的战功也就无人计较了。"

可盛宣怀依然担心道:"可是如果实情暴露了,笑话就闹大了。"

"你注意这句话,'现当进兵之始,非及时优奖无以激励将士'。他也是希望朝廷的奖赏能够激发士气,接下来作战的时候大家才肯卖命。"

于是,李鸿章将叶志超的电报原文转发总署,并附上自己的意见,"叶志超督军血战,以少胜众,冒险出围,厥功甚伟,请特旨赏颁物件,以昭优异。其余所请奖恤员弁,恳恩俯准,凡在戎行,当知感奋"。

李鸿章的电报到京,光绪帝非常高兴,对翁同龢道:"翁师傅,李鸿章总是说要厚集兵力才堪一战。叶志超一军不过三千余人,在倭兵重围中纵跨一千余里,连连大捷,可见只要将士奋勇,是完全可以击溃倭寇的。"

"皇上,叶志超看来是知兵敢战的人,他到了平壤,军威大震,南进有期,大捷可望。"翁同龢也相当高兴。

光绪帝念念不忘的就是平壤大军迅速南下,与汉城日军决战,可是李鸿章一再拖延,如今叶志超脱颖而出,让他看到了希望:"翁师傅,平壤的大军总统,朕看他可胜任。"

"但凭皇上圣断。大捷的消息皇上应该去面禀太后,让慈圣也高兴高兴。"

光绪帝明白,翁同龢的意思是平壤大军总统人选应当取得太后的支持。有大捷垫底,他也乐得去见太后。

慈禧看了李鸿章的电报后说道:"这个叶志超也是李鸿章的老部下,淮军还是能打仗的。大热天的,他们也真是不容易,又是到朝鲜去,水土不服,可是苦了他们了。让太医院准备四十匣平安丹,以六百里加急递到军前,让将士们避暑祛病。"

听了这些,光绪帝趁机建言:"亲爸爸的恩典体恤,前线将士们必将激励天良,感恩图报。亲爸爸,这个叶志超的确给大清争了脸面,皇儿想给他压压担子,让他总统平壤各军。"

慈禧建议道:"你是皇帝,你和军机们商议着办。他是李鸿章的部下,最好看看李鸿章的意思。"

光绪帝"嗻"了一声,但心里老大不爽快,一个大军总统,他还要听李鸿章的意见,这皇帝当得真憋屈。

因为颐和园离京城有数十里，接发电报不方便，因此第二天一早光绪帝就回紫禁城。他第一件事就是让军机立即发布奖赏叶志超的上谕，随后便与翁同龢商量平壤总统人选的事："太后的意思，平壤总统人选要听听李鸿章的意见。如果李鸿章迟迟没有说法，总不能这样一直等下去。"

"等一天，如果李鸿章再不推荐人选，皇上直接下旨就是。"翁同龢脸上出现了很少见的果断。

8 月 24 日，平壤的叶志超收到两份上谕。

军机处奉上谕：此次叶志超督军力战，以少击众，自六月二十三日以后，迭次歼毙倭兵不下五千人，该军将弁奋勇御敌，异常出力，自应优加奖励。叶志超督师御敌，能使将士用命，力挫凶锋，着再赏给白玉翎管一支、小刀一柄、火镰一把、大荷包一对，以示优异。

钦奉慈禧端佑康颐昭豫庄诚寿恭钦献皇太后懿旨：现在大兵进驻平壤，各军将士冒暑遄征，备尝艰苦，恐因水土不服，致生疾病，深宫轸念殊般。着发去平安丹四十匣，由李鸿章祗领，速递叶志超军营，颁给各军将士，以示体恤。

皇上与太后都给恩赏，叶志超的脸真是露大了。左宝贵、马玉昆、卫汝贵、丰升阿都来祝贺。左宝贵是山东费县人，回族，为人刚直，见叶志超虚报战功，得此恩赏，颇不服气道："依我看，朝廷的恩赏太少了。"

叶志超应道："皇恩浩荡，我觉得已是愈格之赏，与众将士感恩戴德。"

"叶提督以两千人毙敌五千余，真是以弱胜强、以寡敌众的典范，应当记入史籍兵书。所以我说，这点恩赏太少了。"左宝贵语气中有些讥诮之意。

"激战之中，毙敌人数难以精确，只是粗略计算。"叶志超弄了大红脸。

当天下午，聂士成率军到了平壤，左、马、卫、丰四统领亲自到城外迎接。左宝贵一见面就假意恭贺道："聂提督成欢大捷，真是鼓舞人心！"

"哪来的大捷，仓皇而逃罢了。"聂士成实话实说。

等见了叶志超，聂士成这才明白左宝贵为何连讽带刺，诧异道："叶帅，这也虚得太没边了吧？毙敌五百，或者一千尚能说得过去，我们三千余众，如何毙敌五千？倭寇难道都是酒囊饭袋？我在成欢与他们交过手，那是绝对的强悍之敌！"

叶志超也觉得这事有些荒唐了，但又不肯承认自己有不妥，辩解道："我是到平壤后，听百姓传说倭寇在牙山死了三千人。"

"倭兵一共去了三四千人，总不会让我杀得一个不剩吧？百姓恨日本人，自然乐意传播这种夸大其词的传闻，叶帅如何以此入奏？"聂士成摇了摇头。

"我都是为吃尽苦头的兄弟们，还有那些捐躯异国的将士。"叶志超拿出上次的电报，指着长长的请奖名单让聂士成看。

聂士成看那份名单，全是跟着叶志超的北上将领，便道："我也要给中堂发个电报，成欢之役牺牲的兄弟也应该有个说法。"

叶志超立即附和："是，是，这是自然。成欢之役的详情，请聂老弟多斟酌。"

多斟酌，就是两人的说法不要穿帮。既不能虚报，又不能揭穿，聂士成知道其意，便安其心道："叶帅放心，我的电文中不提毙敌人数就是。"

第二天，聂士成的电报还没发，又收到了上谕——

> 现在驻扎平壤各军，为数较多，亟须派员总统，以一事权。直隶提督叶志超，战功夙著，坚忍耐劳，即着派为总统，督率诸军，相机进剿；所有一切事宜，仍随时电商李鸿章，妥筹办理。

当时聂士成就在叶志超身边，见他看了上谕脸色灰白，接过一看，也情不自禁脱口"啊"了一声。

第十章

谋换将交章弹劾 无战志弃守平壤

叶志超虚冒战功,只想为自己和部下在军功上捞些实惠,万没想到朝廷竟然会以总统朝鲜大军的重任相托。

这差使不能干啊,一是日军的战斗力令人心惊。撤往平壤的路上虽然他没与日军交手,但的确有两次与日军擦肩而过,他是带兵出身,趴在山岩后观察,见日军装备精良、训练有素,双方实力如何,他心里已经非常清楚。

第二个原因,则是他很难总统得了平壤各军。他虚冒战功,四统领其实都有看法,尤其是他的部下把一路实情透露出去,更为众军所不齿。何况四人的资历也都过硬,一个败军提督来总统,又怎能服众?

几经权衡,叶志超向李鸿章发电请辞:

> 握荷圣上优容,过加宠任,当此圣忧臣辱,正疆场效命之秋,苟可从事,何敢言辞。唯超望浅才庸,实难当此重任,况诸将才智均胜超数倍,深惧指挥未协,督率乖方,贻误大局,必须威望卓著,老成练达知兵大臣方可胜任,务求详叙超不能胜任实情,奏请收回成命,另派知兵大臣总统此任,将超改为前敌营务处或翼长名目。

上谕已颁,如何能够收回成命?而且李鸿章以为就平壤目前局势,叶志超出任总统较为合适,因为从资历来说,目前五个统领只有叶志超是实职提督。因此李鸿章回电,请他不必再辞,而且请尽快自行刻制"钦派总统诸军"

关防,总统行辕就设在平壤城内,以便与诸统领协商事情。

叶志超请辞的电报李鸿章没有转奏朝廷,他很着急,再次发报,不再说能力问题,而是说身体问题。他说自己冒暑行军一月,操劳过度,气血全亏,又增目眩心跳的毛病,日犯数次或十数次不等,请转奏朝廷,恩准开缺,回津就医调养,愈后再求赏委差使,他的部众则全交给聂士成统领。

李鸿章见叶志超请辞心切,一面将他请辞的电报转奏,一面复电让他留营调养,不要固辞。他估计朝廷不可能同意。果然,第二天军机处发来电报:

> 又谕:电寄李鸿章等。本日据李鸿章电称,叶志超因病恩请开缺就医,复恳收回成命,另派总统等语。叶志超孤军御敌,冒险出围,督率有方,堪胜总统之任,现虽暂时患病,着毋庸开缺,在营安心调理。一俟痊愈,即统率全军,合力进剿,毋许固辞。

李鸿章又专门发电报给他:"吾弟冒此大险,幸得全师而出,朝野欢呼。新奉特派总统之命,责任愈重,因劳致疾,深堪惦系,望暂留平调养。荷此巨肩,分我劳勤,切勿稍存退志。"

叶志超请辞无望,只好勉强打起精神,与众将商议下一步的军事行动。朝廷一再发电,还是督促他率军南下,到汉城与日军决战。

坐守平壤,以逸待劳,能不能守得住他都没有信心,怎么可能率军南下?他认为目前最好的办法就是坚守平壤,其他五位统领也都赞同。他发电给李鸿章,说现在由盛暑入秋,不少勇兵得了霍乱、脾寒等症,而且锅帐、军装、子弹不齐,由陆路转运,总要月余。

但这个借口行不通,朝廷让他把伤病兵留在平壤,带兵南下。他于是再电告李鸿章,现在正是秋收时节,若进兵交战,农民收获无望,我军就地筹粮恐怕更难。建议秋后进军,先让农民收了地里的庄稼。而军机处很快回电,由北洋舰队护航,尽快向平壤运送军粮和军械。叶志超又说,就是有了粮食和军械也无用,因为现在人马太少,要厚集四万人,要一万人留守平壤及后路,三万人南下,才有胜算。

阅过两份电报后,光绪帝很不满意,对叶志超的统率能力开始起疑。当初他率孤军在牙山,兵少敌众都能获得大捷,如今与大军会合了,怎么反倒犹豫怯懦了?是不是平壤各军统领不服调度?军机处奉旨让李鸿章传谕叶志超力矢公忠,破除情面,如平壤诸将或有各存意见之处,或不服调度,即行据实电告李鸿章,立予严参惩办,不得一字掩饰,致误戎机,是为至要。

这时平壤附近已经发现日军的侦察骑兵,李鸿章电报叶志超,应当派兵对这些小股日军迎头痛击,使他们不敢深入。根据各方的情报,李鸿章判断日军的下一目标将是在平壤会战,他告诉叶志超,日军很可能在两三个星期内攻打平壤,援军无法在近期到达,请他协调诸军,就眼前的兵力"同心奋勇,出奇制胜,勿为所算,勿中诡计,实为至要"。

出奇制胜,如何出奇,如何制胜?话好说,事难办。此时,日军数路大军合围平壤的意图已经十分明确,叶志超提出不如现在放弃平壤,退回国内,以免孤军作战。人数最多的卫汝贵认为这不失为保存实力的好办法,但丰升阿不置可否,左宝贵、马玉昆、聂士成都极力反对。尤其是聂士成,认为平壤有坚城可据,以逸待劳,后援一到,足有实力与日军一战。

叶志超发现直属部下都不支持,非常懊恼,于是以派聂士成回直隶募勇为借口,把他调离平壤,连他的芦台军统领的职务也给撤了。聂士成也是李鸿章的老乡,是铭军有名的战将,追随刘铭传与太平军、捻军作战,中法战争期间又渡海援台,平定热河金丹道叛乱时擒斩叛军首领杨悦春,随后出任芦台淮军练军统领,拱卫天津。他对边防很上心,曾经游历东三省及韩俄交界,历时八个月,行程两万余里,并将要隘绘图立说。李鸿章将他与王孝祺、章高元并称"淮军后起三名将"。如今叶志超却把他打发走,这不是自断臂膀?李鸿章认为不妥,请叶志超妥善措置。

光绪帝也不赞同此时让聂士成离开平壤,令军机处直接电谕李鸿章:

> 叶志超前在牙山,兵少敌众而词气颇壮。今归大军后,一切进止,反似有窒碍为难之象。聂士成打仗素称勇往,今忽拟回直募勇,均难保不另有别情。现在敌氛已逼,所有分布进剿机宜,着即妥筹具奏,不得以兵未全到,束手以待敌人之攻。聂士成募勇,尽可遣员弁代办,何必自行?着仍留营剿贼,如已起程,亦电令速回,毋庸来直。

叶志超没办法,只好取消聂士成募勇的计划,却不让他回平壤,而是令他到义州去防守后路。他又发电给李鸿章,请快派援兵。李鸿章告诉他已经限令金州的铭军刘盛休五天内做好准备,乘船到义州登岸,从陆路增援平壤。

丰岛海战中受伤,济远舰在旅顺港修了二十多天,到八月中旬才修好归队。归队后依然泊在威海,很少出港。

正炮手黄浩胜早就不耐烦了,发牢骚道:"天天泊在港里头,能孵出蛋来还是怎的?"

枪炮三副回应道:"听说李中堂不让远航,让近海守口。"

"人家的海军都在海上巡航,咱们天天泊在岸边,和炮台有啥区别?"黄浩胜一副讥诮的样子。

枪炮三副说:"听致远舰的枪炮二副说,从前也出过几次海,到过大同江口。你说怪不怪,我们去碰不上日本人的军舰,可是我们一出港,日本舰队就到威海来开炮,或者到旅顺去开炮,李中堂吓得不轻,连夜发电报让舰队回航,让海军大队从此不必远出。"

黄浩胜奇怪道:"倭瓜穰子莫不是有千里眼,对我们的行踪为什么了如指掌?"

枪炮三副解释说:"千里眼没有,但日本有几条舰航速很快,专门用来海上侦察。想必他们经常偷偷到威海和旅顺打探,掌握了我们的行踪,和我们捉迷藏。丁提督也曾经打过报告,要求购几条快船当侦察舰用,可是朝廷没银子,李中堂根本不向朝廷上报。"

"就算侦察舰可以不买,但开花弹也不买,那不是要人命吗?丰岛那次交手你也在炮台上,倭瓜穰子那炮弹太厉害了,连爆炸带燃烧,哪里见过那样的炮弹?"黄浩胜大声感叹。

枪炮三副又道:"可能是西洋人发明的新炸弹小日本买来了。我给致远舰的枪炮二副说过,他不信,说我们是瞎编了哄他们,为自己的胆小找借口。管带下令挂白旗,人丢大发了,听说李中堂都知道了。"

黄浩胜听不得别人说自己舅舅的坏话,争辩道:"真是岂有此理。挂白旗是缓兵之计,倭瓜穰子真要不开炮了,我们就少吃几个炮子。我们挂了白旗,倭瓜穰子才敢追那么近,结果吃了咱们三炮。"

"黄老弟,你去方管带那里打听打听,啥时候能领到开花弹?咱们舰上可没有多少颗了。"枪炮三副换了一个话题。

"不用你催,我比你还急,到时候只打填沙子的实心弹,中看不中用,我这主炮手也憋屈。"一提这茬,黄浩胜的心就烦。

枪炮三副又说道:"也不光这事。你也悄悄打听一下,柯二副已经牺牲一个多月了,他的二副位置还空着呢,总不能这样空下去吧?"

"你想当这个二副是吧?"黄浩胜笑望着枪炮三副。

"在黄老弟面前不说虚话,我是想。再说,我空出三副来,老弟也就顺势往前挪一步嘛。你也知道,我家里穷,俸银都寄回福建养家糊口了。想到方管带那里尽份心意,可是拿不出银子,只能靠老弟多帮着美言几句。"枪炮三副也不掖着藏着。

这事黄浩胜不敢乱答应,舅舅爱银子他是知道的,空口白话,他的面子也不管用,只能应付道:"我尽量试试吧。按理说,你升这个二副最合适不过。"

吃过晚饭,黄浩胜到管带室去见方伯谦。他说整个舰队泊在威海,大家都有看法。

"什么看法?你可别听他们瞎嚷嚷。前些日子军机处也是三天两头发电,要舰队到朝鲜海面上去巡航。结果去了几次,每次是一走开日本人的军舰就来沿海骚扰。如今军机处也怕了,皇上也下旨给丁提督,不让远行了。"

方伯谦把上谕抄件让黄浩胜看,上面写的是:

上谕:倭船前在威海旅顺等处,施放空炮,旋即远扬,难保不乘我之懈,再来猛扑,威海、大连湾、烟台、旅顺等处,为北洋要隘,大沽门户。海军各舰,应在此数处来往梭巡,严行扼守,不得远离,勿令一船阑入。倘有疏虞,定将丁汝昌从重治罪。

"你瞧瞧,让出海的是朝廷,不让远离的又是朝廷,动不动就要治罪。如今朝中一班人专门与北洋过不去。你们这些年轻小子哪知道其中厉害,别乱发议论。"方伯谦语气十分不满。

黄浩胜又转弯抹角打听枪炮二副的空缺问题。

方伯谦回道："中堂已经下了札子，大副、枪炮二副都已经补缺。这次丁提督帮着说话，李中堂关照，你破格升了二副。"

"那不可能，枪炮三副怎么摆布？"黄浩胜一脸的不信。

"他升了枪炮二副。管轮二副升了大副，你升的是管轮二副。"

"我是弄舰炮的，升管轮二副，那不是驴唇不对马嘴？"

方伯谦听了训斥道："上面有大管轮，下面有三管轮，你怕什么？枪炮上你已经是熟手，再在管轮上长长见识，将来对你没坏处。"

黄浩胜自以为傲的是舰炮本事，如今虽是破格升了管轮二副，却有些失落。方伯谦自然看得出来，安慰道："实话给你说吧，让你多岗历练是一个原因，最主要的是枪炮上面太危险，一开战，双方首先要毁的就是对方的舰炮，是最容易招炮弹的活靶子。上次海战你也经历了，想来都后怕。你是家里的独子，总不能让你家断了香火。"

黄浩胜垂头丧气回自己的舱，枪炮三副立即前来打探，听说自己已经稳坐二副，喜气洋洋。他听说黄浩胜也升了管轮二副，便恭贺道："你从把总一下跳到守备，有什么不高兴的？"

"我担心让人笑话，说我是靠裙带升官。"黄浩胜说出了自己的担心。

枪炮三副心情不错，回护道："这话他们谁能说得出口？在丰岛那会儿，谁不知道是你击中吉野舰。他们躲在下面，连日舰的影子也没见到，没资格说别人。"

两人正在讨论，传令兵前来传令："管带命令，接李中堂急电，明天一早起锚，赴金州为运兵船护航，各职司连夜准备，不得有误。"

这几天李鸿章可以用焦头烂额来形容。每天军务方面的电报要发几十封，威海的丁汝昌，平壤的叶志超，已经到达九连城的周馥，还有总署，真正是军书旁午；直隶地方政务，也有大量事情要办理；还有旧部亲朋，私情公谊都要联络。大部分文牍有文案来办理，但都要他拿主意，而有些重要信件则非他亲笔不可。更让他寝食难安的是，朝中又掀起一股弹劾北洋的恶浪。

日舰屡次出现在威海、旅顺，而丁汝昌到渤海巡航，总是见不到日舰的影子。有御史弹他畏敌避战，光绪帝便动了更换丁汝昌的心思，发给李鸿章上谕：

现在倭船屡窥海口，海军防剿、统带亟须得人。丁汝昌畏葸无能，巧猾避敌，卿贰科道连章纠劾，异口同声。前据李鸿章电称，因叶军接济难通，屡商该提督用海军护送，辄以恐堕奸计为词，迄不照办。倭船纵横无忌，乃丁汝昌报称统带各船，往返渤海，并无所遇。其为捏饰，显而易见。参以众人公论，断难胜统带之任，若不早为更换，直待偾事之日，虽治以重罪，亦复何济于事！兹特严谕李鸿章，迅即于海军将领中遴选可胜统领之员，于日内复奏。丁汝昌庸懦至此，万不可用，该督不得再以临敌易将及接替无人等词，曲为回护，致误大局。

见了这份上谕，李鸿章吩咐道："去，让晦若过来。"

晦若是他的得意文案于式枚，十几岁就有才子之誉。十年前庶吉士散馆，他被列于二等之末，没能留在翰林院，而分到兵部任主事，不甚得意。李鸿章爱惜他的才华，奏调至北洋差遣，一直是他倚重的文案。张佩纶离开北洋幕府，于式枚成为北洋当之无愧的第一才子。但他与张佩纶有同样的毛病，恃才傲物，且有过之而无不及。在北洋幕中七八年，他对李鸿章的事业和心思摸得十分清楚，起草的奏折，语气、风格与李鸿章如出一辙，以致有人误为李鸿章亲笔起草。

于式枚瞥了一眼李鸿章递过来的上谕道："临阵换将，兵家大忌。中枢如此轻率，可笑可叹。"

"醉翁之意不在酒，矛头所指不过是我李某人。晦若，上谕不让我曲为回护，可我的得力部下我不回护，谁来回护？你帮我起草折子，详述一下北洋海军的战备与战略，省得他们指手画脚。"

李鸿章敲着桌案一条条说，于式枚运笔如飞，一条条记录，大致五个意思：一是北洋海军可用者，八舰而已，定、镇两舰最可恃，但质重而缓；济远、经远、来远三舰亦不速；致远、靖远定造时号称时速十八海里，而实际只有十五六海里，超勇快船装甲不厚，海战亦无把握。二是日本新旧舰船可用者二十余艘，且多是近年购造，船速且多备快炮，最快者二十五海里，次亦二十海里上下。三是光绪十四年后，我军未增一船，丁汝昌屡求添购新式快船，仰体时艰款绌，未敢渎请，鸿章当躬任其咎。海上交锋恐非胜算，即因快船不敌而言。四是今海军力量以攻人则不足,以守口尚有余,故以保船制敌为要,不敢轻于一掷。五是丁汝昌前经大敌,创办海军,简授提督,情形熟悉,海军将才无出其右者,若另调人员,情形又生,更虑偾事贻误。

这样回奏,不但为丁汝昌辩解回护,而且再次说明贻误北洋水师发展的责任,虽然说"鸿章当躬任其咎",但其实非常清楚,主要责任不在北洋,而是以翁同龢为首的阻挠北洋购船械、大肆挪用北洋海防经费的人。

光绪帝其实也明白,北洋水师未添一舰一炮原因出在哪里,因此此折一上,便很快有上谕颁下:

> 朝廷赏功罚罪,一秉大公。李鸿章所奏,自系实在情形。丁汝昌暂免处分,着李鸿章严切诫饬。嗣后务须仰体朝廷曲予保全之意,振刷精神尽心防剿。倘遇敌船猝至,有畏缩退避情事,定按军法从事,决不姑宽。

丁汝昌保住了,但接着又有人弹劾平壤的盛军统领卫汝贵在赴朝途中,军纪败坏,严重扰民,而李鸿章掌握的情况也的确如此。他上奏朝廷依然是为卫汝贵辩解,认为大战将至,不宜处分大将。同时致电平壤各军统领,严申军纪:

> 昨钦奉电旨,严禁兵勇骚扰,业经转电钦遵。顷据委员禀报,由义州至平壤数百里间,商民均逃避,竟有官亦匿避。问其缘由,因前大军过境,被兵扰害异常。竟有烧屋强奸情事。定州烧屋几及半里,沿途锅损碗碎情形,闻之发指。查由义至平各军,转运不绝,若官匿民逃,不但夫驮难觅,且途中饭铺皆无,将来有无穷之苦。后路转运为行军命脉根本,倘竟阻碍,何堪设想?各统领宜派公正大员破除情面,前往密查,严行整顿,并抚恤各民苦况,以安民心。沿途民牛数千条究落何军何营?查交地方官,饬还于民,以便沿途按站换拨转运。必得严饬各将领,速整营规,勿稍扰民。各统领宜各自顾声名,收拾人心,谨防后患,是为至要!

同时,他单独给卫汝贵一份密电:

除行军途中军纪败坏,令人发指,又闻盛军在平壤兵勇不服,警闻数次,连夕自乱,互相践踏,所部狼狈至此,远近传说,骇人听闻。临行时,再三申诫,乃不自检束。敌氛逼近,若酿成大乱,汝身家性命必不保!吾颜面声名何在!希设法安抚军心,勿玩忽自误误人!

淮军这些毛病不查可知,李鸿章心里明镜似的。当年他统领淮军的时候,这些毛病就养成了,他当时也不过是睁一只眼闭一只眼。那时他认为水至清无鱼,如果军纪严明,将领无战争财可发,谁还跟随他征战?而勇丁军饷有限,还遭到克扣,更把打仗作为乘机抢劫发财的机会。好在那时候胜仗不断,一俊遮百丑。然而此次是与日军较量,军前又缺乏当年刘铭传、杨鼎勋、郭松林那样的悍将,平壤会战能否取胜实在无把握。如果战败,那新账旧账将一起算!所以李鸿章心中焦灼万分,又给叶志超发一份密电,让他警告卫汝贵,如果酿成大乱,即请旨军前正法!

可事情还没有完,又有人参劾天津军械局总办张士珩盗卖军火,请李鸿章严查。这更让李鸿章苦恼,因为张士珩是他的外甥。张士珩的父亲张绍棠是李鸿章的表弟,又是他的大妹夫,真正是亲上加亲。

张家颇有家资,当年李家未发达时,李鸿章兄弟经常依靠张家接济度日,连婚嫁也要靠张家资助,因此李家兄弟对张家非常尊重感激。张绍棠的大儿子张席珍、二儿子张士瑜都在淮军办理粮饷军械,这在以血缘、地缘成军的淮军里,算不得稀奇,当然也有李鸿章予以关照的情分。

光绪十六年张士珩乡试落第,就去天津投奔李鸿章,被安排到军械局跟大哥张席珍管理军械。几个月后张席珍病故,张士珩得以当上军械局总办。不过,平心而论,在李鸿章眼里,这个外甥算得上争气,对军械业务非常上心,每得一件新式军械,必考辨其形质、度数,研究施放、穷幽洞微,掌管军械三年,已经成了半个军械专家。而他突然被人参盗卖军火,李鸿章认定是有人故意给北洋难堪。于是,他把张士珩叫来问道:"老三,你给我句实话,你到底盗没盗卖军火?你要瞒着我,将来吃亏的是你。"

"二舅,我薪水银子本来就很丰厚,再加各项陋规,每年收入可观,我又何必再盗卖军火?再说,我真要急需银子,向二舅开口就是,也用不着搞这些下三滥。"张士珩矢口否认。

"好,朝廷那边我去对付,你们一门心思供应好军械,尤其是舰队的开花弹,要多多益善。"

李鸿章向总署发电,先是说明"治军三十年来,视军械为最紧要,必择人经理",几任军械总办都相当称职,然后称赞张士珩,"该员于西洋精械探讨久而精细稳重,实无偷盗抵换、质劣不堪应用等弊"。然后对言路一再与北洋过不去,直言批评,"近来言路庞杂,吠声吠影,多无确据,若朝廷信以为实,诚虑任事者手足无措"。

第二天李鸿章打算告诉张士珩一心办差就是,别受言官捕风捉影的影响,一切由他撑着呢。可张士珩却迟迟没到总督署,到了十时多,他才匆匆前来请辞,原来是他父亲张绍棠去世了。闻听这个消息,李鸿章惊讶地问道:"怎么可能,你父亲的身体不是一直很好吗?"

张士珩回应道:"父亲已经病了好几个月,可是知道二舅为日本的事闹得烦心,所以一直没告诉您。"

丁忧要三年,可是北洋事情这样多,哪能让张士珩丁忧三年?所以李鸿章又道:"非常时期,只能从权。给你三个月的假,三个月后立即销假当差。"

张士珩前脚刚走,盛宣怀后脚就进了签押房,汇报道:"中堂,石川伍一抓到了。"

石川伍一是日本间谍,一个多月前李鸿章就知道了。当时两国即将宣战,日本领事馆人员乘坐英国怡和轮船公司的重庆号撤离天津,在塘沽码头,突然被一个"六品顶戴"的人带着一帮人押到船下。这个"六品顶戴"叫贾长瑞,他有个哥哥叫贾长和,在天津当兵,奉派去支援朝鲜,没想到他所乘的高升号商轮被日本人击沉。

消息传到家乡,贾长瑞受一家人所托到天津打探情况,结果证明哥哥已经阵亡。他收拾了哥哥遗留下来的破旧军帽和腰刀等,准备日夜兼程回家。没想到走到塘沽码头附近时,忽然听见街上人声鼎沸,说一艘英国船上装了许多日本奸细。

贾长瑞一听到有日本人,立即要给哥哥报仇,他戴上哥哥的破旧军帽,挂上腰刀,冒称"六品顶戴",振臂一呼,码头上一大帮人便跟他拥上客轮,将十几名日本男女推下船来。还没想明白怎么处置这些日本人,城守营的官兵就闻讯而来,贾长瑞等便在混乱中一哄而散。城守营的兵把日本人押到岸上,对他们进行搜查时发现了一封密信,其中提到日本驻华人员撤退后,石川伍一要继续潜伏天津,搜集情报。

事情报告给李鸿章,他考虑所扣押系外交人员,按国际公法把他们放走,但潜伏下来的间谍石川伍一,限令盛宣怀半个月内抓到。盛宣怀奉命严查间谍,但石川伍一就像人间蒸发了一样,一个多月毫无结果,今天却突然抓到了。

"在哪里抓到的?"李鸿章急切地问道。

"中堂,您无论如何都想不到,原来他躲藏到了军械局书办刘棻家里。"

一听与军械局有瓜葛,李鸿章立即警觉起来:"这个刘棻是如何与他相识的?有没有给石川提供情报?"

盛宣怀回道:"石川伍一是先认识了城守营的人,又通过城守营的人牵线认识了刘棻。刘棻不但给石川伍一提供天津驻军情况,而且把每次军械调拨都通知了石川伍一。石川伍一就是据此推断出高升号等运兵船的起行时间,再通报给日本舰队的。"

"该死!仔细审,审完了按国际公法处决!"李鸿章一拳砸在桌上,又问,"这事与老三有没有关系?"

"绝对没有。"老三当然就是指军械局总办张士珩,盛宣怀定不会把脏水往他身上泼。

李鸿章这才放了心,又叹口气说道:"奸细的事情一定当大事认真查办,估计不仅天津有,而且也不仅是石川一人。老三这下更说不清楚了,就算说得清,人家也未必信。"

还有让李鸿章更愤慨的事情,御史安维峻反对急购快舰、弹药。他的意思是北洋海军所患,将不得人,有船与无船同,有炮与无炮同。北洋水师提督不换,则购快船、开花弹都无济于事,不如把巨款用来发饷。

安维峻之名,李鸿章略有耳闻,听说是甘肃人,今年以来连番上奏,在京中风头很盛,人称"陇上铁汉"。可是他见识如此浅陋,真是可笑至极:"杏荪,依我看,这个'陇上铁汉'是沽名钓誉之辈。御史言官以弹折邀誉,以弹折得官,今年以来此风犹盛。十年前中法之战,言官也是放言高论,弄得朝廷和不和战不战,没想到十年后竟然旧调重弹,而且有过之而无不及。皇上身边被这样一帮纸上谈兵、信口雌黄的人围着,真是国之不幸!"

"大战在即,朝廷不把精力放在如何筹措粮饷,如何帮助中堂策划前线御敌,却盯着北洋的将帅、大员不放,肆口攻击,真不知他们是怎么想的。"盛宣怀也觉得他们不可理喻。

"他们的可恨之处,总是站在道德的高台上,一副赤胆忠心的面孔,很容易一呼百应,而我这七十三岁的老翁,军书旁午,手忙脚乱,反倒是人人可骂的卖国贼!"李鸿章无奈地摇了摇头。

"想来真是让人心寒,卑职真想撂挑子,躲起来享清静。"盛宣怀也跟着叹了口气。

李鸿章发觉自己的颓丧情绪影响及下属,立即警觉起来,他必须打起精神来,下属更应该打起十二分的精神,于是将了将胡须说道:"杏荪,天道昭彰,不必灰心。还有好多大事要决,咱们不能像他们耍嘴上功夫,做笔头子文章。你去把晦若叫来,让他起草折子,我要向朝廷力争,购快船、购开花弹。"

到了下午,李鸿章接到叶志超的电报:

> 明后日必有血战,今日左宝贵右偏中风,超亦目眩心跳,马玉昆最勇而人数少,丰升阿之兵不足恃。日势方张,又以四万人四面围困,虽隔一江,上下游处处可渡。日兵不带锅碗笨重之物,唯仿西法身负皮包干粮,零星四散,剿不胜剿,且韩奸太多,后路电线恐被割断,此后无论电线通否,星夜急催援军速来。此处钱粮艰难异常,转运不及,万一后路被阻,大局难支。超受恩深重,固当尽力,恐各军虽说同心坚守,必有不堪设想之处,不敢不先行说明。

大战在即,叶志超竟有率兵弃城而走的意思!李鸿章立即发电报,用各种他能想出来的"好消息"鼓舞叶志超,"义州府尹采购米万石,已报购齐""刘子征统四千人赴东沟,十六七开驶,如能安抵安州,可商令相机援剿""前几日,倭有受伤、受病之四百三十人在仁川回国。以我揣度,似倭人亦畏我兵之强",要求叶志超和平壤各守将"坚忍,力持大局、共奋勉,同心以御此寇"!

但叶志超一再声称"此处钱粮艰难异常",运往平壤的粮饷辎重到底如何?李鸿章着人叫盛宣怀来回话。

"真是急得人要上房揭瓦,但急也急不上去。"盛宣怀面露难色,仔细向李鸿章说明原委。向平壤运兵、运物资，距离最近、效率最高的线路，就是用轮船从天津、旅顺等北方港口，直接横渡黄海，进入大同江卸载。然而，丰岛海战后这条横渡黄海的路线，因为过于危险而放弃使用。赴朝四路大军的后勤辎重及粮饷都是各自派员起运，除高州镇总兵左宝贵统领的奉军以及副都统丰升阿统领的奉天练军和吉林练军可以直接从陆路运输物资前往平壤外，记名提督卫汝贵统领的盛军驻防天津，山西太原镇总兵马玉昆统领的毅军驻旅顺，后路转运仍需要走海路，被迫采用的是由轮船从天津、旅顺载渡，航行到鸭绿江大东沟卸载。

后来因为日本海军活动日益频繁，北洋海军舰只有限，天津、旅顺至大东沟的海上运输线，被缩短成只运输到营口，然后再雇民船紧贴军舰无法深入的海岸线运到中朝边界的鸭绿江口，然后再雇更小的民船驳运过鸭绿江，运到对岸的义州。

义州就成了转运平壤的总中转站，从此地运往平壤，全靠从朝鲜征用的牛车、马驮运输，速度相当慢，而最近因为平壤后路出现日军骑探，百姓纷纷逃避，所以大批物资在义州堆积，四路大军入朝后只有奉军和东北练军有一批粮械运到，其他各军基本都是入朝时自带的粮械。

李鸿章敲着桌子道："杏荪，打仗打的就是粮饷，我委你转运后路重任，你一再说加紧催，加紧催，还是如此不济，将来平壤有失，你罪责难逃。"

"中堂，卑职记下了。周臬台和袁观察已经去了义州，现场督办各军转运。"盛宣怀闻言大汗淋漓。

"杏荪，日本军队那么快赶到平壤，他们又是如何转运？"李鸿章知道只怪盛宣怀没用。

盛宣怀应道："卑职这些天也向洋人朋友打听，日本军队学习德国的办法，后路转设兵战，有专门的运输兵，因此效率相当高。他们的士兵每人自带熟食干粮，最多可支撑五天，比我们各营每天都要埋锅造饭方便得多。"

"我们落后了，这些办法以后都要学。"

李鸿章心绪难安，晚饭也顾不得吃，踱到签押房给刘铭传再写了一封亲笔信，自然是劝他出山带兵："现前敌各军相继前进，苦于有将无帅。兄年逾七十，愧不能为渡海之行。回想甲申法越之争，宿将起自田间，南北相望。俯仰十年，顿有文武欲尽之感，可为太息。倭人倾国以图韩，兄职司所在，不敢不奋日暮之行,叩囊底之智,力与相搏,讵易言和？征调频兴,正不知如何结束耳。"

因为刘铭传已经因身体原因,辞不出山,朝廷也已旨准,如今李鸿章想再让他出山,自知强人所难,所以话说得很客气,"执事劳苦功高,陈情得遂,岂肯垂向火坑?况以贞疾未愈,再请远从征役,实非人情所堪。正当事机紧迫之时,以三十余年患难与同,不深揣度,辄欲牵挽,亦自知其不情也"。

刘铭传告病还乡后,在大潜山筑室闲居,因此李鸿章在信中说,"秋风渐凉,山居多暇,尚望善持药饵,早日复元,至为企盼"。

饭后他又踱至签押房,闭目靠在椅背上,用力摇摇他白发近半的脑袋,似乎要把满脑子的烦恼甩出去。这时,门吱呀一声开了,刘铭传走了进来,他虽然清瘦,但是精神矍铄,大声说道:"大帅,我的病已经好了,可以带兵出征了。"

李鸿章激动地站了起来,叫道:"省三,你可来了。"

他身上的一匹毛毯落到地上,原来是南柯一梦。坐在一边的李经方站起来问候道:"父亲,您醒了。"

李鸿章幽幽说道:"老大在这里啊。刚才我梦到你省三叔了,他说病好了,能出征了。可惜是南柯一梦。"

"是啊,若是有省三叔带兵,可增几分胜算——父亲,平壤已经不通电报,可能被倭人割断了。"

李鸿章久久无语。他招了招手,让李经方坐到跟前,拍着他的手道:"我很担心前方战事,心里很乱,只能关起门来,咱爷俩说说话。"

李经方劝慰道:"父亲也不必担心,平壤有坚城可守,以逸待劳,取得大捷也未可知。"

"叶曙青来电,说日本人不带锅碗,以皮包自带干粮。怪不得他们行军迅速,连后路也不顾。看来,日本人在学习西人上,比我们彻底多了。"李鸿章叹了一口气。

"自带干粮,顶了天也就带四五天,四五天后他们没了吃的,不战自溃。"

"对对,立即给叶曙青发电,让他无论如何坚守一星期,日军便会因断粮而撤兵,那时候我乘胜而追,便可反守为攻,大捷可期。"

李经方又提醒道:"父亲,平壤已经不通电报了。"

李鸿章颓然坐回,语气轻轻地说道:"老大,不让你到前敌去,其实不能怪张幼樵,完全是我的主意。打仗兵凶战危,那是脑袋掖在裤腰带上的营生。当年为父年轻,且被困在上海,不进则困,不战便无生路,所以书生带兵,成就一番事业,我不希望你们再去吃这番苦。这是其一。其二则是,今昔不同。从前与长毛、捻子作战,朝廷是全力支持,募兵筹饷、官员任免,全权交给前线大员,因此才能指挥裕如。如今朝廷和战不定,又对北洋百般猜忌,百般刁难,你要购船炮,他们怕你拥兵自重,不给钱;你要用的将领,他说你任用私人,交章弹劾。从前父亲手下猛将如云,他们个个能够独当一面,如今有将无帅,而且你也看到了,这些统将承平多年,家资巨富,大都贪生怕死。从前是敌取守势,我取攻势,每下一城,从将领到勇丁都有浮财可掠,所以他们每逢攻城,人人奋勇,如今却是在域外困守孤城,又被我严申军令,无财可获,谁还肯拼命? 从前是与长毛、捻匪作战,官军无论装备还是粮饷,都占优势,而如今却是与准备精良的日军交手,日军战力究竟如何,他们打仗长处是什么、短处又是什么? 我们几乎一无所知。知己知彼,百战不殆,如今我们不但不知彼,而且对自己也不能算尽知,这仗如何有胜算?正因今非昔比,我不能让你出去,不然,到时候你我父子都有身败名裂之虑,何苦来哉。"

"儿子已经知道父亲的苦心。"

"平壤之战至关重要,战而胜之,可乘胜而和;战而不胜,对我大清士气将产生致命打击,日人必将更加嚣张。而且现在越来越看明白,日人所求并非朝鲜一地,而是要与我决战。这是关乎大清国运的一场决战,可惜朝廷并无此识,还把日本当成弹丸小国来看,盲目自信,太过轻敌。"

这时,西洋钟敲了十二下,李经方劝道:"父亲,已经深夜了,您睡会儿吧。"

"如何睡得着啊! 平壤,也许已经开战了。"李鸿章摇了摇头。

为了决战平壤,日军决定增派第三师团入朝,与先期入朝的第五师团合兵一处组成第一军,由山县有朋任司令官,统一指挥对平壤作战。然而,由于朝鲜老百姓对日军的抵制,日军的补给极其困难,不利于持久作战。同时考虑到清军也在不断增援,待其防御加强后进攻会更加困难。因此,先到汉城的第五师团长野津道贯决定不等第三师团开到, 就以所部一万六千人四路合击平壤。

第一路,由大岛义昌少将率领三千六百人,从汉城出发,经开城、金川、瑞兴、凤山、黄州、中和,正面进攻平壤,吸引清军的精锐部队聚集于平壤东南方,掩护其他部队强攻;第二路,由师团长野津道贯中将率领五千四百余人,自汉城出发,到黄州后折而西行,从十二浦渡大同江绕到平壤城西南进攻;第三路,称朔宁支队,由步兵第十旅团长立见尚文少将率领两千四百余人,由汉城出发,经朔宁、新汈、遂安、祥原、江东,由麦田店渡大同江,绕攻平壤北面;第四路,称元山支队,由佐藤正大佐指挥从元山登陆的四千七百名援军,西进平壤,一部分参加攻城,另一部分攻占平壤清军后路顺安。各队务必于9月15日前到达平壤,发起围攻。

日军的这一作战计划极为冒险。很简单的道理,分路合击,配合不好合击不成反而很容易被对手各个击破。特别是四路大军彼此声息不通,进军路上又有易守难攻的舍人关、马息岭、飞虎岭、留去岭、麒麟岭,要渡过湍急的赤壁河、柳绿河及大同江。如果清军占据有利地形对艰难行进的日军进行阻击,日军就有可能全线崩溃;即使仅击败其中的一路,也能瓦解日军对平壤的合围攻势。

然而,第五师团长野津道贯把他的对手研究透了,他认为清军有据守险要的习癖,缺乏主动进攻的勇气,肯定会株守平壤,因此大可放心进军。事实的确如此,一路之上险关重重,日军除了遇到一触即溃的清军哨探外,几乎没遇到任何像样的抵抗。

日军更大的冒险在于他的后勤供应严重不足,四路大军匆匆成行,后勤保障十分薄弱,加上沿途朝鲜群众都不支持,粮草征集难度很大,连第五师团长野津道贯也有数日没有米吃,仅食小米充饥;元山支队也粮食缺乏,就是受到优待的军官一天也仅喝两碗稀粥。如果连续激战两天以上,那么弹药和粮食将同时失去补给,只有放弃围攻,实行退却。

最先到达平壤外围的是大岛混成旅团。这支部队于9月12日到达平壤东南,直到15日凌晨总攻发起前,它一直在进行佯攻,成功地将清军主力吸引了过去。朔宁支队也于9月12日到达大同江,它从北面包围了平壤。13日,元山支队一部分占领顺安,切断了清军归路,另一部分进占平壤背面坎北山,抢占了制高点,并与朔宁支队会合。

9月14日晚,四路大军全部如约到达平壤城下。晚上,野津道贯召集四路指挥官开会。会前,他宣布一个好消息:"诸位,天皇陛下已经到达广岛大本营,亲自坐镇指挥。陛下在此关键时刻御临大本营,正是君临每个国民的心中!天皇陛下万岁!"

诸位与会者同声高呼。

野津道贯又命令道:"还有一个消息,第一军总司令山县将军已经到达汉城,他派专人送来训令:'我军此举,英勇冠绝军史,也是极大冒险之战。万一战局极端困难,也绝不为敌人所生擒,宁可清白一死,以示日本男儿之气节,保全日本男儿之名誉。'我在此宣布,此次作战,严禁军官投降,若诸位不幸有被俘的危机,就以剖腹向天皇尽忠。"

同一天晚上,叶志超召集众将,商议战守事宜。除四大军统领外,还有平壤城内的朝鲜最高官员、平安道监司闵丙奭。叶志超首先说道:"敌人乘势大至,锋芒正锐,我军子药既不齐,地势又不熟,有人建议不如整饬各队,暂退安州,养精蓄锐,以图后举。"

当时卫汝贵、马玉昆表示赞同,丰升阿不说话,而左宝贵气愤地站起来,大声反驳道:"敌人悬军而来,正宜出奇痛击,令其只轮不归,不敢再止视中原。朝廷设机器,养军兵,岁靡金钱数百万,正为今日。若不战而退,何以对朝鲜而报效国家?大丈夫建功立业在此一举,至于成败暂时不必计也。"

叶志超无法反驳,望着闵丙奭问道:"闵监司,你是平壤父母官,说说你的意见。"

闵丙奭回道:"卑职不懂军事,不敢影响钦差大人的决断,只从平壤百姓的心思上说说想法。自从大军入驻平壤,百姓便视大军为保护平壤的天兵天将,为了筹集大军军粮,百姓把自己的粮食都献了出来,如果大军不战而走,百姓问起来,卑职实在无话可说。"

叶志超见弃城的意见难以获得赞同,便道:"那就拜托各位将军同心协力,共保平壤。"

9月15日夜,日军对平壤城发起总攻,战斗在三个战场同时展开。

平壤南面大岛混成旅团分左中右三路向大同江南岸船桥里一带发起进攻。马玉昆率领的毅军在此驻守,他们依托筑好的工事,一直抵抗到正午一时,防线未被攻破。日军的随军记者对此战做了记录:

全军凌晨三时出发。此时,残月尚悬于空,四顾如同白昼,人马无声,三军寂然前进,听到的只有小虫在小草露水上高声鸣叫。

时间正值凌晨四时三十分,刮着黎明前的战风,残月发出淡淡的月光,东方稍露光亮。这时我军右翼前卫已经前进到船桥里故军堡垒附近。突然炮声齐鸣,打破了天地间的寂静,战斗开始了。继之,大小火炮不断地射击,中队亦继之,全军一齐乱轰故军堡垒。故军亦应之,大小炮弹如雨点般连发,炮声隆隆,震天动地,立即硝烟涌起如云,遮住了前面的视线。只见我军炮口喷火,如同闪闪的电光,由此方知我军炮垒之所在。此时,我军在耕地里的炮垒,由永田炮兵大队长指挥,在河岸上的炮垒,由柴田炮兵联队长指挥。火炮精锐,操作熟练,发射的炮弹,如流星掠空,远远落在故军堡垒上爆炸,无不准确命中无误。

我军原以为,在这样的猛烈炮击下,故军会立即溃散,然而,我军前进一步,故军亦前进一步,相互步步接近,现在,除了使炮击更加猛烈以外,别无他顾了。战斗越来越激烈,乾坤似也要为之崩裂……清军多数人携带无比精锐的毛瑟连发枪,并通过舟桥,与对岸部队遥遥取得联系,互相呼应,有劳有逸,依据地利,实行防御。故军在坚固的堡垒里,仅伸出手和枪既能射击,而可供我军隐蔽的良好地物较少,若强行逼近,则势必把身体暴露于故弹之正面。如此继续激战,月亮不知何时已经落到了西山的后面,红日出现于东面的山顶上,敌我形势益发明显可见,这对于我军的进攻,越发不利……

直到正午一时,也没有攻下清军阵地,于是只好撤退。将校以下死者约一百四十名,伤者约二百九十名。其中中队长级大尉军官阵亡四名,少尉军官阵亡二名。第九混成旅团长大岛义昌少将、第二十一联队长西岛助义中佐、炮兵第五联队第三大队长永田龟少佐均被击伤。

平壤北部的战事更加激烈。

进攻平壤北面一线的是日军朔宁支队和元山支队,这一线是日军的主攻方向,也是平壤保卫战最激烈的战场。这个方向由左宝贵率三营奉军一千五百人,江自康率仁字营二营四哨计一千四百余人,共同抵御。

平壤城北高南低,左宝贵率军在内城北角山头牡丹台上修堡垒一座,城外北山上自东向西修堡垒四座。这天凌晨四时半,元山支队和朔宁支队同时发起进攻,列炮猛轰城外四个堡垒。清军凭垒固守,以连发枪向日军猛烈还击,坚持三个多小时后,四个堡垒全被占领。

接下来就是牡丹台了。牡丹台是位于玄武门外的一个山头,是平壤城的制高点,此台如果落入敌手,全城都会受到威胁。因此日军占领外侧四个堡垒后,立即集中炮火轰击牡丹台,掩护三路步兵进攻。

据守牡丹台的是左宝贵所率奉军,配有克虏伯炮三门和格林速射炮、连发毛瑟枪,给进攻的日军以猛烈的打击。但经不住日军集中炮火的轰击,堡垒胸墙被毁,速射炮被击坏,士兵伤亡严重。日军乘机发起进攻,在坚持半个多小时后,牡丹台失守。

此时左宝贵正在玄武门指挥战斗。平时行军打仗,他都穿士卒号衣,行进在前。这次他知道凶多吉少,便身穿黄马褂登城督战。仆从左全劝他摘去头上翎顶,脱去黄马褂,以免引起敌人的注意。他说道:"今天一战非比寻常,我已经决意把平壤当成自己的坟墓,哪还怕被炮击中。我就是要让奉军将士们看到我就在战场上,誓与倭奴决战到底。"又郑重对老仆人说,"我所托之事,一定帮我办好。"

左宝贵亲自登上玄武门炮台,指挥向日军开炮还击,日军三次进攻都被打退。那代表着无上权威的明黄色太过明艳,日军炮火集中向玄武门轰击。一位姓杨的营官要扶左宝贵躲一躲,被左宝贵一掌推开。清军大炮被击毁,一块铁片崩伤左宝贵肋下。他裹伤继续督战,又一弹片飞到,正中胸脯,他扑倒台上,登时阵亡。

左宝贵阵亡,清军大炮又被日军炮火炸毁,斗志锐减。日军趁机派一小队士兵潜奔城下,由玄武门侧攀绳梯进入玄武门,守军惊散,日军占领玄武门。但在向内城推进时,遭到内城清军的猛烈射击。日军不知城内虚实,未敢贸然进攻,退守牡丹台、玄武门。

时近下午一时,日军全线停止进攻。

借停火的间隙,清军埋锅造饭,叶志超则召集众将议事:"今天上午一战,左将军不幸阵亡,牡丹台失守,平壤城便在日军炮火轰击之下。下一步守城更加艰难,而且各军消耗太大,如果再像今天这样的大战,子药恐怕难以支持。"

卫汝贵附和道:"盛军的确如此。据军械委员粗略统计,今日一战已经消耗子药七十五万发,库存所余只有五十万发,无法支持今天这样的激烈战斗。盛军各类火炮二十门,今天消耗炮弹两千八百余发,库存只有六百发,更是无法支持。军粮也是难以支撑。盛军匆忙开赴平壤,所带粮食很少。犬子在天津专门负责盛军粮运,已经筹集了三千石军粮,从天津运到义州,费了半个月的时间,如今堆积在义州,根本无法运到平壤。虽然平壤百姓帮忙筹到一批军粮,可是平壤有两万余百姓,这些粮食恐怕也支撑不了多少日子。"

马玉昆今天一战大胜日军,因此有不同看法:"我军粮饷军械不济,日军远道而来,恐怕也好不到哪里去。我们有坚城可守,不如再与日军周旋下去。"

叶志超转头再问平安道监司闵丙奭,他回应道:"诸位将军都知道,平壤城北高南低。如今北山、牡丹台、玄武门尽陷敌手,日军火炮俯击城内,卑职的衙门中炮最多,炸毁衙署数间,中炮而死伤的百姓已近百人。如果不能夺回城北阵地,要守平壤,实在太难。"

随即,叶志超又问道:"哪位将军有把握夺回城北阵地?"

众将都无人应声。

"我建议暂时撤出平壤,到安州驻扎。这是不得已而为之,同时也是骄敌之计。安州离义州近,待粮饷辎重一到,我们再与日军大战一场,反而更有胜算。"叶志超说出了自己的想法。

撤退的办法,是明修栈道,暗度陈仓。今天下午向日军投递照会,约定明天上午撤出平壤城。而实际的撤离时间,则是今晚八时。

众将无人再反对。

但如此重大的决定,叶志超不愿独任其责,他起草一份电报,请众将联名发给李鸿章,说明不能久守的原因。众将也无异议,于是叶志超派出专差,潜出平壤城,到安州去给李鸿章发报。

城外的日军也相当紧张,野津师团长召集各路指挥官商议下一步的战事。各路指挥官都表示,没想到清军抵抗会如此激烈,更未想到弹药消耗会如此之大。以目前的军粮和弹药,最多只能支持到明天下午。

"平壤一战是陆军与中国军队的首次大战,事关陆军的荣誉。海军已经在丰岛取得令人赞叹的战绩,联合舰队也已经驰入黄海,寻找机会与北洋舰队决战。陆军是帝国的骄傲,如何能够输给海军?因此,平壤一战只有决战到底,战至一兵一卒,也不准撤退,更不准投降。我已经把平壤当作自己的墓地,不能取胜,我就战死在平壤城下。"野津师团长立下了军令状。

众人见此,都表示要战死在平壤城下。

下一步的策略,就是要发起自杀式攻击,以帝国军人无畏的精神,压倒对面的敌军。

当天下午,日军几乎人人都在写遗书。

下午四时,城中忽在西海门、七星门、大同门等城楼上悬起白旗。这时,大雨骤至,雷声隆隆,咫尺难辨。平壤内城城门打开一道缝隙,一个朝鲜官员手持一封信来到牡丹台下。因为雨太大,信已经被泡得无法辨认。朝鲜官员告诉这里的指挥官立见尚文少将,清军决定投降,他是奉平安道监司闵丙奭之命,前来递书。

立见尚文少将于是驱马到平壤内城城下,让副官朝城头高喊:"如果你们投降,我军可以接受,应速速打开城门,交出武器。"

由于言语不通,日军的喊话没有得到什么回应,于是双方通过笔谈,用汉字来交流。最后清军提出要求:"城内人众非常杂乱,且雷雨大至,希望延迟到明日拂晓开城。"

立见尚文答应这一要求,他满怀惊喜策马去报告野津师团长。

野津却没有立见尚文的惊喜,他凝视地图良久,怀疑道:"上午清军还如此激烈地战斗,下午却忽然请降,实在不可理解。这一定是中国人的诡计,有两种可能,一是夜里突然向我阵地反攻,尤其是你的防区,是平壤城的制高点,他们可能拼命夺回。二是可能于夜里悄悄逃走。不管怎样,都要做好戒备,尤其是平壤城北、城西,要在险要路段设好伏兵,防备清军突围。"

夜里九时,清军冒雨出逃,行至埋伏圈内时,日军枪炮齐鸣,清军死伤惨重。平壤一战,日军伤亡仅698人,而清军2000余人,而大部分不是在战斗中伤亡,而是在逃跑中被杀!

被日军俘虏的盛军军官栾述善在被送至日本拘押期间,撰写了名为《楚

囚逸史》的回忆文章,记录了惨不忍睹的中伏情形:

> 阴云密布,大雨倾盆。兵勇冒雨西行,恍如惊弓之鸟,不问路径,结队直冲。而敌兵忽闻人马奔腾,疑为劫寨,各施枪炮拦路截杀。把守严密,势如天罗地网,数次横冲,无隙可入。且前军遇敌,只得回头向后,而后兵欲逃身命,直顾前奔。进退往来,颇形拥挤。黑夜昏暗,南北不分。如是彼来兵不问前面是为敌人抑是己军,放炮持刀,混乱砍杀,深可怜悯!士卒既遭敌枪,又中己炮,自相践踏,冤屈谁知?当此之时,寻父觅子,呼弟唤兄,鬼哭神嚎,震动田野。人地稍熟者,觅朝鲜土人引路,均已脱网。惊惧无措者,非投水自溺,即引刃自戕,甚至觅石碣碰头,入树林悬颈。死尸遍地,血水成渠,惨目伤心,不堪言状。

第十一章

海战失利丢主权　万寿将至生和心

叶志超派出的信使一路狂奔,赶到安州时已是早晨八时多。他找到电报局,正巧遇上中国的职员——朝鲜电报局中多有中国技术人员,一把抓住道:"快发北洋李中堂。"说完,人就软软地倒在地上。

这位受重托的中国人一面安排发报,一面招呼人把信使抬到后堂,又是掐人中,又是拍胸脯,总算把人救了过来。他端来一碗稀饭,信使却推开粥碗问道:"兄弟,电报发了吗?"得到肯定的回答后,他这才狼吞虎咽,三两口把一碗粥喝下。

这份北洋转发的电报由总理衙门递到军机处时已经十时多,皇上见起刚结束,众人正准备各回本署,见此急电都停住了脚步。礼亲王世铎看了一半,跺脚说道:"平壤怕是难保了。"

闻言,额勒和布追问道:"怎么回事?"

"莱山,你读一下,让大家听听。"世铎将电报递给了孙毓汶。

孙毓汶朗声读道:"叶提督咸午专足递安州转电云:电线已断,日军四面合围,自十二日起,无日不战,超带兵督战已三昼夜,实不能支。平壤城低且圮,现日架炮百余尊俯击,城中人马皆糜烂,又无处汲水,万不能守。盛军人多不足恃,后路韩民竟接应日兵。如此之速,援军恐来不及,求中堂先将情形奏明。"

"怎么会这样?"

因为大家都觉得,日军从汉城到平壤,一千余里,处处险关,不可能这么快就兵临城下,而且架炮百余尊俯击城中,那城外的制高点先前就没派兵据守吗?

翁同龢、李鸿藻虽然不是军机,但皇上却有口谕,遇有要务参与商讨。

闻此,翁同龢跺着脚道:"前些日子叶提督就发报说粮饷子药俱缺,我军粮少,利在速战,朝廷屡发电旨让他主动出击,断敌粮道,看来正好相反,他被倭兵断了后路。粮食、号衣都堆在义州不能发运,前线将士如今还穿着夏衣,想来真是让人忧心如焚。"

"四路大军已经到平壤一月有余,粮饷辎重却不能起运,我看是李少荃有心贻误!"李鸿藻终日看到的都是清流慷慨激昂的弹折,对李鸿章偏见很深。

东阁大学士、管理户部的张之万已经八十有四,对李鸿藻如此指责心有不满道:"兰荪,李少荃也是带兵出身的人,何至于有心贻误?"

"朝鲜事起,日本不断增兵,李少荃却一直依赖各国调停,白白浪费一个多月,结果倭寇兵已过万,我却只有叶军两千余孤驻牙山;七月底就已经宣战,如今已经是八月十六,四路大军入朝也有月余,粮饷辎重运至平壤者十不及一,不是有意贻误,那又做何解释?"李鸿藻为自己的判断找论据。

"平壤大军多半是他的淮军,又如何会有意贻误,这话说不过去。"

说不过去就是没有道理。但李鸿藻有他的道理:"这话当然说得通。李少荃办洋务三十年来,无非是一个和字,天津教案、日本侵台、俄国占我伊犁、法国夺我越南,李少荃哪一次不是一味主和?如今与倭寇争雄朝鲜,他心底依然是打和的主意,虽然勉强进兵,心里所计还是能不打则不打,能拖一日是一日,所以不肯把粮饷尽快运去。"

孙毓汶当年攀附醇亲王得以入军机,他与李鸿章私交很深;而他又是太后最信得过的人,最知道太后内心也是主和,因此从心底也支持李鸿章:"高阳相国,能和也未必就是坏事,兵连祸结,也未必就是好事。"

世铎、额勒和布被人称为伴食军机,一直闷不作声,因为他们根本没有主张。还有一位六月入值的、吏部左侍郎、在军机上学习行走的徐用仪,在总理衙门多年,深受恭亲王"外敦睦信,隐示羁縻"的影响被孙毓汶引为同道,荐入军机,他也附和道:"李中堂用心良苦,如果事事不肯让步,未必能有今日的局面。"

　　五位军机三位反对李鸿藻,翁同龢看不下去了,驳斥道:"朝廷已向倭寇宣战,你们却还存着和议的念头,这就是最大的贻误。"

　　接着翁同龢的话,李鸿藻气愤道:"北洋事事贻误,非严厉处分不可,应该拔掉李少荃的花翎、褫夺黄马褂!"

　　今年是太后六十万寿,正月初一加恩中外群臣,李鸿章得赏三眼花翎,为文官之首,是莫大的殊荣。定制只有贝子以上才可戴三眼花翎,李鸿章以伯爵膺此懋赏,表明他的地位高于公爵。黄马褂如今已经不稀罕,但在此节骨眼上剥去黄马褂,则是莫大的羞辱。因为文官有军功才能得赏黄马褂,褫夺黄马褂,则有否定他赫赫战功的意思。

　　对李鸿藻的这个提议,张之万、孙毓汶、徐用仪都反对,而翁同龢则支持。

　　"你们也别争了,把兰荪的提议奏上去,请圣上决断不就成了?"世铎这看似不偏不倚的建议,其实是帮了李、翁的忙,因为两人的建议在皇上那里没有通不过的可能。

　　孙毓汶不肯动笔,于是世铎只好亲自安排军机章京。共拟两道,一是严议李鸿章,一是让叶志超与安州的聂士成前后夹击,打通后路。

　　果然,递上去不到一个时辰,散值前就发下来,给叶志超的是密谕,对李鸿章的则是明发,让朝野中外都知道李鸿章的处分:

　　　诸内阁:倭人渝盟肇衅,迫胁朝鲜,朝廷眷念藩封,兴师致讨。北洋大臣李鸿章,总统师干,通筹全局是其专责。乃未能迅赴戎机,以致日久无功,殊负委任。着拔去三眼花翎,褫去黄马褂,以示薄惩。该大臣务当力图振作,督催各路将领,实力进剿,以赎前愆。

　　因为是明发,当天下午连各国驻华使馆也都知道了,大都感到惊讶。美国公使立即将这一情况发报国务院:

　　　两国战事迫近,中国年轻的皇帝和京官不但不帮助李鸿章,反而与之为难,甚为奇怪。听闻日本国自天皇至臣民,举国与战,万众一心。各国皆以中国能胜,结果到底如何,需拭目以待。

　　李鸿章是第二天上午九时多接到拔去花翎、褫夺黄马褂的电谕。他并不知道,更大的挫折将在这一天发生——中日黄海大战已经拉开帷幕。

　　平壤战役之前,日本海军的主要任务是牵制北洋海军、护送陆军登陆。因此主力舰队主要在朝鲜西海岸巡航,同时派出吉野等高速巡洋舰不定期到威海、旅顺、大沽窥探,并且故意让清军发现,甚至有时候故意开炮示形迹,目的只有一项,就是迷惑北洋海军,让他们不敢离开两大基地,而使日本陆军得以安全登陆。等第五师团完成登陆后,日本海军便完全不再管平壤的战事,而是全力搜寻北洋舰队主力,以求决战海上,夺取制海权。

　　日本联合舰队司令伊东祐亨以大同江口的渔隐洞为临时根据地,部署了从渔隐洞到海洋岛、小鹿岛、大鹿岛、威海卫、大沽口、山海关、牛庄、大连湾、旅顺口的巡弋计划,力求找到北洋舰队进行决战。平壤战役结束的当天下午七时,他就亲率十二艘军舰开始向黄海北部一带巡弋。军令部长华山资纪也乘坐西京丸号跟随舰队考察。

　　这天半夜,丁汝昌则亲自率领北洋舰队十二艘军舰、二艘炮艇、四艘鱼雷艇,护送刘盛休八个营的铭军从大连湾乘坐招商局三艘轮船支援平壤。与粮饷辎重运输路线一致,这八营铭军并非直接运到离平壤最近的大同江口,而是运到鸭绿江口的大东沟,然后再雇小船运过鸭绿江,陆路赶往平壤。近五百里的航程,用了一天多。舰队驻泊口外,担任警戒,三艘商轮则靠驳船驳运官兵和大批辎重。

　　次日早晨,天还未放亮,大东沟外北洋海军水兵们就起床了。济远舰管轮二副黄浩胜起得更早,他一个舱一个舱地看下去。水兵们都已经起床,他们的吊床已折叠到军舰两侧的舷墙内,这样既可以节省空间,战时又能起到抵御弹片的作用。他登上甲板,水兵们已经排成一行,开始用"圣经石"打磨甲板。

　　黄浩胜卷起袖管,从一个水兵手里拿过一块"圣经石",弓着腰去磨甲板。身边的水兵打趣道:"打磨甲板的二副,整个北洋海军恐怕没有第二个。您老如今也是堂堂守备了,得端点架子了。"

　　"端什么狗屁架子,我磨惯了,一天不磨腰上还不舒服。"黄浩胜发完牢骚又问,"这次舰上带的开花弹多不多?"

水兵回答道:"多什么哟!比上次带得还少。原本说到大沽运一批军火,可是全耽误在军械局那帮土鳖虫手里了。"

黄浩胜骂道:"嘻,这不是瞎糊弄吗?要是遇上倭舰,看这仗怎么打。"

"您老管轮了,何必再为枪炮上操心?"

六时半的时候,打扫完舱面和甲板后,士兵们开始早餐。此时,定远舰上军乐铿锵,五色团龙提督旗在朝阳中缓缓升起。丁汝昌派人乘小船上岸,催促登陆部队加快速度,争取中午饭后返航。

天气晴朗,水波不兴,朝霞映海。足穿长筒布靴,外衣上缀有龙徽彩纽的军官们悠闲地凭栏眺望,欣赏海上景色。自九时起,舰队开始战斗操练。十时半左右,舰队操练完毕,厨房正在准备午饭。此时,镇远舰桅楼上的哨兵从望远镜里发现西南方海上有淡淡的白烟,但实在太远,看不清是舰队烟气还是海上雾气。又过了一个小时,海上的白烟更近了,他警觉起来,又仔细观察一会儿后,确定那就是一支舰队,但因为太远,不能确定是不是日本舰队。随后,其他各舰也都发现了这支舰队。各舰立即发出战斗警报,响声震彻海空。工作在舰内深处的轮机兵,已将机室隔绝,施行强压通风,储备饱满火力、汽力,以备战斗时需用。甲板上,士兵们则铺上细沙,防止作战时滑跌,救火机与引水管也都接好,随时准备救火。全体乘员,各就战斗岗位。

定远舰上,丁汝昌正在与刘步蟾紧张商讨。

此前,因为日本舰队一直与北洋舰队捉迷藏,丁汝昌几次巡海一无所获,光绪帝数次下旨严斥他"畏缩贻误""巧滑避敌",多亏李鸿章极力辩白,才没有被革职。这次如果避而不战,恐怕朝廷放不过他,所以他对刘步蟾道:"子香,看来与倭寇海上决战,在所难免了。"

刘步蟾觉察出丁汝昌心底的紧张,其实他自己也紧张,不过,他不想在丁汝昌面前示弱。而且在他看来,丁汝昌作为提督,或战或走,自应一语而决,现在却来征求他的意见,无疑是要让他来分责。因此他慨然道:"战与不战,全凭军门决断,我们唯命是从就是。"

刘步蟾这样说,丁汝昌更不好说不战的话,他解释道:"机会难得,当然要一战。只是各舰弹药都显不足。致远、靖远、来远三舰到大沽本来要载一批弹药,谁料军械局没有备好,时间又紧,所以就跟大队出巡了,真是没想到会碰上倭舰。"

其实从威海出发时,因为库存炮弹不多,为了以备万一,各舰所领炮弹也只有战时载弹量的一半多一点。刘步蟾曾提出异议,但丁汝昌认为大沽有一批弹药可以补充,何况威海作为北洋基地,也必须有库存以资保卫。此时他又担心弹药不够,为时晚矣!

"炮弹少那就节约着用,这怪不得别人,只能怪我们自己,出门不带足弹药。"刘步蟾想想此时赌气已经没用,又道,"军门应当快做决断,敌舰越来越近了。"

总教习汉纳根在定远舰的舰桥上拿望远镜观望一会儿,快速下了舰桥,跑到丁、刘两人跟前说道:"是日本舰队无疑,他们已经升起日军军旗。舰队至少有十二艘战舰,最新的战舰都在编队中,我看到吉野了,它独一无二的舰桥从舰首通到舰尾,很容易认出来。"

丁汝昌接话道:"总教习,我和刘镇决定迎敌,我将命令各舰在战斗中保持舰首对敌、同队姊妹舰不能远离、各舰必须始终跟随旗舰运动。"

"很好,我们舰队主炮都在舰首,自然应当舰首对敌。"汉纳根十分赞同。

于是定远舰悬出信号旗,令各舰立即起锚迎敌,并召唤停泊在大东沟口内的平远、广丙前来参加战斗。然后再打出旗语,发布丁汝昌的三条命令。定远和镇远居中,十艘战舰迎着日舰驶去,广丙、平远及四艘鱼雷艇因为舰速太慢,离大队还有一段距离。

因为北洋舰队所用煤炭低劣,黑烟升腾,吉野舰更早前就发现了北洋舰队,并发出了警报。日军无论士官还是水兵,都兴奋地各自去换上了新衣服,他们以为还会像上次丰岛海战一样,以众击寡,对付几艘北洋战舰。

十一时四十分,吉野舰向其他舰艇发出信号:"发现敌舰十艘!"

显然,这次是北洋海军的主力,绝不会像丰岛海战那样轻松了。一想到定远、镇远两舰的巨炮坚甲,士兵们都紧张起来。伊东祐亨发布命令,下士以下全体就餐,因为很快就要进行战斗准备,进餐有助于镇定精神。为了让大家镇静,他打破军舰上严禁吸烟的规定,允许随便吸烟。同时,他命令赤城、西京丸转至舰队左侧非战斗行列,以躲避炮火。

日舰十二艘,吉野、高千穗、秋津洲、浪速四艘快速巡洋舰编成第一游击舰队,松岛、千代田、岩岛、桥立、比睿、扶桑六舰航速较慢作为本队,第一游击舰队在前,本队在后,首尾相接,驶向北洋舰队的方向。

丁汝昌发现日军舰队以单纵队驶来,下令改变为夹角雁行阵,定远之左翼依次是靖远、致远、广甲、济远,镇远之右翼依次是来远、经远、超勇、扬威,依次横排,一律舰首向敌。这样的好处,是北洋舰队舰首主炮的火力能得到较好发挥,坏处是超勇、扬威等弱舰就被排到了易被攻击的舰阵最外围。

日本舰队的速射炮主要集中在侧舷,要充分发挥火力必须尽量船舷向敌。接近北洋舰队后,伊东祐亨命令舰队左转,继续保持首尾相接的阵形,从北洋舰队正面驶过。又下令第一游击舰队尽快驶过北洋舰队正面,右转围攻北洋舰队右翼的扬威、超勇,而本队则主要对付定、镇两艘巨舰。

十二时五十分,双方距离五千多米时,刘步蟾下令定远305毫米主炮发炮,轰然一声巨响,重达300公斤的巨弹飞向日军第一舰队,但因为距离太远,没有命中目标,而是掠过吉野舰上方,落在海中,激起数丈高的大浪。其他各舰相继开炮,几分钟后有一发150毫米炮弹击中日本舰队旗舰松岛号。

日军舰队速射炮多,射速高但射程却短,因此计划进入三千米后方可开火,可是见北洋舰队集中攻击旗舰松岛号,在双方相距三千八百米时,纷纷提前开炮还击。日舰的目标也是北洋海军的旗舰,定远舰成为众矢之的。日舰速射炮威力此时得以显现,第一轮速射,便将定远舰的舰桥击中,帅旗打落,信号索具也被摧毁。当时丁汝昌正在舰桥上观战,被炸伤摔下舰桥,左脚又被炸坏的甲板夹住,身体不能动,日舰炮弹爆炸后伴随着熊熊烈火,将丁汝昌的衣服烧着,虽然水手撕去他的衣服,但右边头面及颈项都被烧伤。

汉纳根半蹲到丁汝昌身边,握住他的手以示安慰。丁汝昌问道:"总教习,倭舰的炮弹爆炸后怎么像鬼火一样乱窜?"

汉纳根猜测道:"日本人很可能使用了苦味酸炸药。这种炸药被称为猛炸药,不但爆炸猛烈,而且还会有燃烧的火焰。目前各国只有陆军使用,日本舰队怎么也使用这种炮弹,实在不可思议。"

"我想起来了,丰岛战后,济远舰曾经报告日舰炮火凶猛,可大家都以为他们是开脱之词,没人相信。"丁汝昌此时无法挪动身体,只好坐在甲板上,向往来奔跑的水兵们示意、鼓励。

日舰从北洋舰阵前直攻右翼的做法极为冒险,因为北洋舰队的舰首主炮正对准日舰舰腹,特别是比睿、赤城两舰,航速较慢,受到了沉重打击。比睿被打得走投无路,冒险闯入北洋舰队阵中,企图穿过北洋舰阵取捷径与本队会合,结果陷入定远、靖远、广甲、济远等舰的包围之中,受到四面猛烈轰击,以致舰体、帆樯、索具几无完肤。悬挂在樯头上的军旗亦被击碎。接着又被定远305毫米巨弹击中,击毁军官室,十余人被炸得血肉横飞,三十二人负伤。随后又一颗305毫米巨弹击中军医室,可惜是颗实心弹,没有造成任何人员伤亡。如果又是一颗开花弹,比睿舰可能会爆炸沉没。

形势从下午二时后开始发生了变化。

当日舰比睿、赤城受到猛烈攻击处境危险时,桦山中将乘坐的西京丸立即发出信号,召唤其他军舰救援。第一游击舰队立即回救比睿、赤城,一面高速迎回,一面猛烈炮击北洋右翼军舰,比睿、赤城于是乘机逃出战场。此时日军联合舰队本队已经驶过北洋舰队右翼,继续向右转舵,绕到了北洋舰队背后,与游击舰队形成对北洋舰队的夹攻之势,形势开始对北洋舰队不利。

由于定远舰的信号索具被击毁,战前又没有规定代理舰,因此整个舰队缺乏统一有效的指挥协调,再加各舰航速不一,阵形混乱,各舰处于各自为政的状态,对受伤的敌舰不能围攻痛击,让它们能够死里逃生,而对处于危急中的己舰不能及时相救。而且双方舰炮不仅在射速、爆炸力上差距巨大,在瞄准设备上也不可同日而语。北洋海军的火炮射击还延续着较为复杂原始的六分仪"水平测距法",需要军舰桅杆上的观测人员手持仪器进行观测测距,然后报告给炮手,但战场上的煤烟、硝烟、爆炸激起的海浪和横飞的弹片,都会极大地影响实际操作。日本最新锐的吉野等舰上却已经装备了划时代的先进测距仪,操作者只需像使用望远镜那样对准目标,让目镜合焦,就能快速显示出目标距离。因此日舰在保持速射的同时,准确度也并不逊色。北洋四艘鱼雷艇前来助战,这是比对手明显多出的优势,然而由于技术差,几乎没有发挥作用。进入战场的时候,他们正巧与西京丸相遇,福龙号鱼雷艇高速逼近,施放鱼雷。桦山资纪和六名军官在舰桥上万分绝望,以为一定会被击沉。不料,三颗鱼雷竟然一发也没有命中,西京丸侥幸逃离了战场。

腹背受敌的北洋舰队损失越来越大。超勇、扬威两艘弱舰受到日舰的猛烈炮击,先后起火,得不到有力的掩护,扬威管带林履中驾驶烈火熊熊的军舰驶向浅海搁浅,失去了战斗力。而超勇随后沉没。当战斗持续到十三时十分时,日舰扶桑号240毫米口径大炮击中了定远舰前部的军医院。军医院内部有大量木制构件和家具,引发了熊熊烈火,浓烟滚滚。而其位置紧邻定远主炮,浓烟导致主炮几乎无法射击。日军数艘战舰迅速接近定远舰,准备近距离施以最后的攻击。

北洋海军最新锐的巡洋舰致远驶到定远之前,保护正在燃烧的旗舰。致远舰虽然拥有北洋舰队最高的航速,却没有重型装甲防护,在保护定远时中弹累累,而且炮弹用尽,无以为战。此时,日本最精锐的吉野舰就在前方,致远舰管带邓世昌决定撞向吉野,与之同归于尽。他大声对大副陈金揆和士兵们道:"吉野是日军最先进的战舰,撞沉它对我军非常有利。我们从公为国,早置生死于度外,今日誓与吉野同归于尽。"说完,便命令奋勇鼓轮,冲向吉野。

吉野一边逃跑一边施放鱼雷,致远舰被击中,锅炉爆炸,舰身破裂,十五时三十分,右舷倾斜,在东经 123 度 34 分、北纬 39 度 32 分的黄海海面上沉没。全舰二百五十余人,仅七人遇救生还。邓世昌落水后,他的爱犬太阳犬咬住他的手臂试图救他,他无意生还,抱着爱犬一同沉没。

见致远沉没,济远舰管带方伯谦更加紧张,他对帮办大副何广成道:"这样硬拼不行,是白白送死。"

"主炮炮盘熔化,钢饼、钢环不堪用,后炮炮针及螺钉俱振动溃裂,炮身已经不能旋转。本舰已无战力,可否退出战场,为北洋保此战舰?"何广成是方伯谦一手提拔起来的。三年前,原济远驾驶二副调离,舢板三副何广成升署,半年后就实授。丰岛海战中帮带大副沈寿昌阵亡,何广成很快替补,成为济远舰的二号人物。数年之内他连升三级,可谓官运亨通。他对方伯谦的心思一摸即准,因此建议先回旅顺修理,修理好了再回战场参战。

这是好听的借口,回旅顺总要八九个小时,一去一回还谈什么参战?

方伯谦决定退出激战,下令向西北方向沿浅海航行。回旅顺最近的距离应该是往西南,但西南方向有日军战舰,因此舍近求远,先折往西北。

发现战舰离开战场,管理炮务的德籍洋员哈富门首先跑来询问,听说要回旅顺修理,他坚决反对道:"其他战舰都在苦战,我们为什么要临阵脱逃?实在可耻。"

何广成告诉他,这不是逃跑,因为炮械损坏严重,不可再战。

哈富门气咻咻走出指挥室,嘴里还在喋喋不休:"可耻的逃兵,我再也不受这种舰长的指挥。"

这时管轮二副黄浩胜也要去指挥室询问，正遇上大发牢骚的哈富门，便问道："老哈，怎么回事？"

"他们要回旅顺。"哈富门气不打一处来。

"为什么？"

"说是炮械损坏。"

"那么炮械到底如何？"

"有损坏，但再战毫无问题。而且，此时逃走会影响军心。"

哈富门说了炮械受损情况，黄浩胜不等他说完，跑进指挥室大声说道："我们不能逃走！"

何广成见是方管带的外甥，脸上堆起笑容道："黄公子，我们不是逃走，是回旅顺修理。我们受损严重，既不能自保，也不能助战，白白受损。"

黄浩胜反驳道："老何，你这话糊弄不了人，济远舰首两门主炮，一门受损，还有一门可用。尾炮只是炮身不能转动，照样可以发炮，何况舰上还有47公厘(毫米)炮两门、37公厘炮九门和金陵造钢炮四门都毫发无损，怎么说炮械俱毁？"

方伯谦训斥道："回你的管轮岗位，这里没有你说话的份！"

"方管带，我不是以你外甥的身份说话，我是以管轮二副的身份劝你，不要临阵逃走，马上返回战场。如果炮械都不能用了，那时候我第一个赞同撤离。"

方伯谦怒容满面，指着外甥的鼻子道："你别帮着洋人来和我作对，那些小炮中看不中用，能起什么作用？"

"我宁愿回战场战死，也不当逃兵。你们要是逃跑，我就跳海！"

方伯谦没好气道："随你的便，跳海也行，冲桅杆撞死也没人管你！"

一会儿，一个水手冲进来报告："方管带，黄二副要跳海。"

方伯谦冲出指挥室，果然，黄浩胜正爬到舰舷上。他知道这个外甥的拗脾气，只好拉下脸皮说道："你快下来，咱们再商量。"

"我就站在这里，等你回航了我就下来。"黄浩胜不愿意下来。

甥舅两人正在对峙，突然轰的一声，舰身剧烈抖动，黄浩胜跌到了海里。

方伯谦登上舷梯，茫茫大海，哪里还有黄浩胜的影子。再看船头，原来撞上了搁浅的扬威。扬威排水量小于济远，扬威搁浅，那么济远更容易搁浅。何广成下令立即转舵离开浅滩。

"我们去找黄二副。"两位平时与黄浩胜要好的水手说罢,一人一个救生圈,纵身跳到海里。

此时,众人发现有日舰似乎要向这边驶来,方伯谦于是下令:"加足马力,返回旅顺。"

搁浅的扬威号经此一撞,不但陷得更深,而且船侧被撞开了一个大洞,水汨汨而入,结果半小时后侧翻,除六十五人获救外,舰上其他官兵全部殉国。广甲舰管带吴敬荣见济远逃走,于是随之也逃了。

此时,致远、经远、扬威、超勇四舰沉没,济远、广甲两舰脱离战场,战场上只剩下定远、镇远、来远、平远四舰,而日军还有吉野、高千穗、秋津洲、浪速、松岛、千代田、岩岛、桥立、扶桑九舰。伊东祐亨发出命令,第一游击舰队聚歼来远、靖远二舰,本队五舰聚歼定、镇两舰。

第一游击舰队发挥航速快、射速快的优势,以四舰围攻两舰,靖远、来远都受伤起火,但两舰毫不退缩。靖远炮手执牵索正在瞄准之际,被打来的敌弹击飞头颅,粉碎的头骨打在周围炮手的身上。身边的士兵立即伸手将其扶住,然后将躯体移交给后面士兵,自己取而代之,紧握牵索,矫正标尺,继续发炮射击。来远舰尾起火,火势炽烈,不得已关闭通风管。两舰退向大鹿岛方向水浅处,一边应战,一边救火。第一游击舰队吨位都超过靖远、来远两舰,不敢靠得太近,怕搁浅。靖、来两舰抓紧时间救火,十几分钟后大火扑灭,来远舰内轮机人员长时间身处高温的包围之中,无不焦头烂额、双目俱盲。

此时定、镇两舰弹药将尽,不得不放慢发炮速度。日军舰队的三景观舰虽然巨炮超过定、镇两舰,但由于船身小,头重脚轻,舰身不稳,尤其转弯时歪斜严重,因此瞄准很难,有时一个小时才能发射一炮。定、镇两舰装甲极厚,因此虽然中弹百余发,却依然能够应战。后来定远主炮击中日军旗舰松岛号四号火炮炮身,穿过上甲板和右舷侧,并引爆了附近的弹药。松岛所存装填"下濑火药"的开花弹发生剧烈爆炸,日军死伤一百一十三人。一位军官记录了爆炸后的惨状:"头、手、足、肠等到处散乱着,脸和脊背被砸烂难以分辨。负伤者或俯或仰或侧卧其间。从他们身上渗出鲜血,黏糊糊地向船体倾斜方向流去。滴着鲜血而微微颤动的肉片,固着在炮身和门上,尚未冷却,散发着体温的热气。此情此景,已经使人惨不忍睹。但更为凄惨的,是那些断骨……这不是普通的小炮弹,而是三十公分半巨弹的爆炸。因此,被击中的人,自然要粉身碎骨,肌肉烧毁,形迹无存,仅余断骨而已。这些断骨已无皮肉,好像火葬场火化后拾到的白骨……"舰长只好把乐队拉来充当炮手,但各炮都已不能使用,伊东祐亨只好下令改以桥立为旗舰。

战斗进行至午后五时左右,伊东祐亨见比睿、赤诚和西京丸不知去向,扶桑先已受创,松岛完全丧失作战能力;千代田、岩岛、桥立虽受伤略轻,但此三舰决非定远、镇远对手,且松岛受创后,日军士气低落,斗志涣散,实已无力再战,只好发出信号,命令第一游击舰队归航。下午五时三十分左右,伊东率残余日舰主动向南退走。

历五时之久的黄海大战至此结束。

临阵逃走的济远舰,于九月十八日夜里两时左右回到旅顺,方伯谦一路如惊弓之鸟,水米未进,此时进了港,又饿又渴又困。他匆匆饱餐一顿,然后和衣小寐。他告诉亲兵,早上五时叫醒他,他要向旅顺营务处总办龚照玙报告战况。

亲兵如约叫醒他,虽然睡意仍沉,但他强打精神起身,匆匆洗漱后去见龚照玙。如何报告,他已经想了若干遍。龚照玙也已经听说济远舰回来的消息,但仅此而已,所以见到方伯谦便先问道:"方管带,怎么回事? 遇到倭舰了?"

"岂止遇到,是一场大恶战。"方伯谦描述战况,自然是越激烈越好,"昨天十一时,我军十一舰在大东沟外遇倭船十二只,彼此开炮,打得非常激烈。我舰队先把日舰冲散,到了十五时,我又被彼冲散。日舰航速快,开炮又快,炸弹不但爆炸,还带着烈火,我定远舰首桅杆折断,致远被沉,来远、平远、超勇、扬威四舰已经不见,想来凶多吉少。"

"丁提督他们呢,为什么没一起回来?"龚照玙又问。

这是最关键的,也是最尴尬的,但方伯谦要表现得坦荡自若,他一拍大腿道:"嗐,别提了,济远阵亡七人,炮手几乎全部死的死伤的伤,炮械全部毁坏,船头又漏水,我就是想在战场上帮忙也帮不上,反而要连累他们来保护我,所以大家都说,不如赶紧回旅顺修好,至少能保住一条舰。"

听话听声,龚照玙就语带责备地问道:"方管带的意思是,战斗还没结束,你就带着济远先回来了？"

方伯谦字斟句酌地回道:"战事也快结束了,丁提督他们,大约不用多久也该回来了。"

就是退出战斗,也该等丁提督他们一块回来。龚照玙心里这样想,嘴上却道:"方管带辛苦,你先休息,我安排人赶紧帮助修理,我还得立即给李中堂发报。"

李鸿章早晨七时多就接到龚照玙的电报,知道大东沟外发生海战,致远已沉,来远、平远、超勇、扬威四舰"已不见",到底是受伤退出战场,还是被击沉?看来方伯谦也不清楚。那么方伯谦为什么先回旅顺?即便济远受伤,那么也应该与舰队一起返回。要么就是战斗还没结束,不然他一条受伤的舰何故能够先回到旅顺? 总不至于其他各舰都沉没了吧?

李鸿章急切地等待消息,到十时多,终于等到丁汝昌的电报。丁汝昌是上午九时到达旅顺的,他与各舰管带核对情况,清点损失,上报李鸿章:"昨日在东沟外,十二时与倭船开战,下午五时半停战。我军致远沉,经远火,超勇、扬威一火一驶山边,烟雾中望不分明。"战果则是:"倭军十一船,各员均见击沉彼三船。"但我军至少已沉四舰,比日舰多沉一舰,何故? 丁汝昌在电报中说:"倭船快,炮亦快且多,对阵时,彼或夹攻,或围绕,其失火被沉者,皆由敌炮轰毁。"

随后又收到汉纳根电报,战况与丁汝昌所报一致,损失情况且更为详细明确:"我军失船四艘,致远沉,经远火,超勇、扬威搁岸并被火。倭船被我击沉者三艘。我军船炮皆经受伤,军火亦经用罄,乘夜驶回旅顺。我军阵亡受伤者甚众,丁军门、泰乐尔及本人皆受轻伤,定远船上管炮尼格路斯、余锡尔皆阵亡。我军船只加工修理,三十五日方可再战。"然后又请求派快轮接他及受伤洋员回天津。

李鸿章分析两人电报,初步判断双方损失差不多,我方多损失一舰。而失利的原因,则可从丁汝昌电报中寻到蛛丝马迹,"倭船快,炮亦快且多",恰好说明主要问题在于我舰性能及火力不及倭舰。而这些问题,则责任不尽在北洋。李鸿章将丁、汉两人电报,转发总署,同时发报给丁汝昌:

接电,此战甚恶,何以方伯谦先回?各船损伤处赶紧入坞修理,防日舰复扰。北洋运兵船在东沟恐日往拿,如"高升"故事,深为危虑。

到了晚上十时,又接到盛军统领吕本元从义州发来的电报,说义州已经有平壤溃兵赶到,平壤已经陷敌,左镇尽节,溃兵纷逃,叶、卫安州、定州皆不守,正往义州赶来,他已经派兵火速前往接援。

李鸿章气得把电报撕碎,又觉不解恨,连拍桌案大骂:"叶志超胆小如此,丢尽我淮军脸面!"

李经方连忙捶背,劝他息怒。

现在唯一能补救的,就是让叶志超停止溃退的势头,务必能够防守义州,因为大量军需屯在义州,如果落入敌手,无异于资敌。所以李鸿章亲笔写道:

平壤溃退后,各军情形狼狈可知。收集溃兵若干,粮械、子药能否设法?务相机妥办。义州为根本咽喉,铭军日内可到,必当留义布守,否则一溃再溃,大局不保,负咎更重!

李经方安排人去发电报,一会儿门外有脚步声,李鸿章头也没抬就问道:"这么快,已经安排好了?"

来人小声回应:"中堂,是我,汝昌。"

李鸿章抬起头来,才发现站在面前的人不是自己的儿子。来人右臂用白纱吊在胸前,左臂也裹着纱布,而半边脸上敷着西洋紫药水,所以根本认不出来。来人眼里涌出泪来,再说了一遍:"中堂,卑职是丁汝昌。"

李鸿章终于认出来,这的确是北洋海军提督丁汝昌。他连忙示意,让他不必行礼。丁汝昌双腿一屈,因为两臂受伤,不能做任何支撑,因此跪得特别实落:"中堂,汝昌无能,损失四舰,特来请罪。"

"来了也好,正好有些事听你细说。"李鸿章过去把他拉起来。

这时,李经方也回来了,李鸿章告诉他说道:"这是禹廷,多处受伤,我也没认出来。"

李经方惊异道:"丁军门,哎呀,我真是没认出来,你从旅顺赶过来的?"

丁汝昌解释道:"是,卑职接到中堂的电报,知道中堂十分挂念,文电往来无法说清,所以就借了海关管理灯塔的快艇赶过来了。"

为了便于航行,海关在各通商口岸设立灯塔,并有专人管理,而且配有一艘快艇,专门往岛上送给养、物资。今天恰巧在旅顺,因此丁汝昌得便借用,能够八九个小时赶过来。

听丁汝昌这样一说,李经方便问道:"丁军门肯定还没吃饭。"

丁汝昌也不隐瞒:"不瞒大公子说,真是饿坏了。"

"是我疏忽,赶快先吃饭。"李鸿章边说边让李经方带丁汝昌下去吃饭。

大约一刻钟不到,丁汝昌就回来了,向李鸿章详细报告接战情形。

"禹廷,这是一场苦战,我在电报中也说了。一看你的模样,就知道战况之激烈。我有几个问题,你要如实给我说,不要隐瞒。"李鸿章的第一问题是,"我损失四舰,主要是什么原因损失?是我们将士不勇敢,还是技术不如人?还是船械不济?"

"中堂,主要是船械差距太大。各舰将士都是舍生忘死,特别是炮台上的将士,真是前赴后继,后继者的军衣往往沾着牺牲在前的炮手的鲜血,此言绝无半分虚假,各舰都可证明。我们坚持舰首向敌的阵形,也是为了发挥舰首主炮的优势,这也完全恰当。可是倭舰舰速太快,发炮也快,尤其是他们的开花弹,不但爆炸猛烈,而且每弹必燃起大火,我的脸上、颈上的烧伤,全是他们的炮弹燃起的烈火所伤。他们在海上乱窜,我们想追追不上,要躲的时候却又躲不及。"

"日本近年来一直添购舰船,而我北洋自成军后就未添一舰,想换速射炮、想购开花弹都不得如愿,有此结果,早在预料之中。可惜朝中无人做此设想。"李鸿章说,"第二个问题,你说倭舰被击沉三舰,是你看到的,还是听说的?"

说到这个问题,丁汝昌就不那么理直气壮了:"大家都说日舰被击沉三艘。海战后期,我只有四舰还能战,而倭舰有九舰,的确三舰不见了。"

"不见了,不一定就是沉了。比如济远舰,不是回到旅顺了吗?"李鸿章要肯定的结果。

"我亲眼看到松岛舰被定远击中,爆炸连天,燃起冲天大火。"丁汝昌说道。

"你看到它沉了吗?"

"这倒没有。"丁汝昌实话实说。

"我不是不相信你,是怕说了满话,将来闹出笑话来。叶曙青当初信誓旦旦说倭兵死伤实有三千,结果连一千也没有。就是倭沉三舰,也比我们少沉一舰。假如倭舰没沉那么多,那么北洋的损失岂不更大?那时候如何向朝廷交代,禹廷你想没想过?"李鸿章思虑得更远一些。

"我也正设法打探消息。"丁汝昌应道。

"第三个问题,济远舰为什么提前回到旅顺?你们是九时回去,方伯谦是夜里二时就回去,相差七个小时,那他是一开战就走了?"李鸿章突然问道。

"这倒没有,三时多钟的时候,他挂出信旗,说济远受重伤了。"丁汝昌如实作答。

"那你同意他了吗?"

"没有,定远信号旗被打坏,没法回话。"

"那他就是私自脱逃!你应该知道,打仗的时候士气最重要,有时候几个人的逃跑就会引发大队溃逃。当年虹桥大战,我亲自在桥头督战,就是怕有人逃跑。这个方伯谦真是可恶,即便他的船受了伤,他不脱离战场,对舰队也是个鼓舞,他私自离队,岂不影响军心?"李鸿章当即大发雷霆。

见李鸿章大怒,丁汝昌也不敢护短:"是的,他一走,他的僚舰广甲也跟着走了。听说,他撤走的时候还撞坏了扬威。"

"仗打到这个份上,只说船炮不如人恐怕说不过去,如果方伯谦是贪生怕死,临阵脱逃,那他就死有余辜!你回去好好查查,一是他的船受伤情况到底如何,炮械可否还能用,二是扬威舰是如何被撞的。"

丁汝昌明白,李鸿章要拿方伯谦杀人立威。

"禹廷,下一步你是什么打算?"李鸿章突然转移了话题。

"最要紧的是修理受伤的舰船。再就是,开花弹太少,必须尽快购买。"

"汉纳根来报,说各舰要修理好,恐怕需要一个多月。朝廷不会给你那么多时间。"

"卑职的想法,先把定、镇两舰修好。"

"修好以后呢?"李鸿章问道。

"修好以后,北洋的实力也比日本舰队大损,恐怕很难再与他们争雄海洋。"这就事关下一步的海军战略,丁汝昌不能不认真思考。

李鸿章点头道:"这是实在话。我早就说过,我之购舰,以守口为主,并无意争雄海上。不是不想争,是无力争。从前主要是为了对付西洋列国,当然无力与他们争雄。如今主要是防备倭寇,也无实力与之争雄。北洋海军成军之时,尚比日舰有优势。之后几年,各国海军新技术层出不穷,速射炮、高速舰,都是近年来的新东西。可是恰恰这几年,朝廷上下觉得我们对付小小的日本已绰绰有余,所以购舰不许,购速射炮也不许,就是开花弹也不让购。有人对我说,这是翁常熟以私怨而有意为难北洋。其实,这事不能只怪翁常熟,如果朝廷中还有人抱着几分警戒之心,也不至于翁常熟能够如此无所顾忌。现在海陆军皆失利,就足以证明不该与日本仓促开战。日本是磨刀霍霍,扎扎实实准备了十几年。我们是喊得响,说空话多,做得少,可实际备战几于儿戏!我正是看到这一点,才一直抱着能不打则不打的想法。赶着鸭子上架,如今战败了,恐怕他们一帮人又都来指责我李某人了!"

"中堂的苦心无人能解,中堂的苦处也无人体谅。如今北洋海军损失四舰,下一步怎么办,还请中堂指示。"丁汝昌明白,李鸿章的意思还是主和。可是如今已经骑虎难下,下一步他的北洋海军应该怎么办?

"四个字,保船制敌。"李鸿章站到地图前,在旅顺与威海之间画了一条线,"以后北洋海军,绝不允许到此线以东,专意守卫京津门户。舰队不得轻出浪战,不轻易离口,要以旅顺、威海为基地,与陆路炮台互为依靠,敌舰若来,我便收进口内,敌舰射程不如我远,要进口寻衅更不可能。只要北洋舰队还在,日本就不敢轻于一掷,这就是保船制敌,也就是我平时说的取猛虎在山之势。如今猛虎已经受伤,更不能离山。"

"卑职明白。"丁汝昌应道。

然后,两人又商量如何向朝廷报告军情,一直商量到十二时。

第二天,李鸿章把于式枚叫来,让他起草《据实陈奏军情折》。奏折一开始,先说明海陆失利,自己难辞其咎,但接下来笔锋一转,"至此事本末以及统筹全局情形,有不敢不披沥直阵于圣主之前者"。李鸿章是不吃哑巴亏的人,首先便说明,他对中日开战一开始就是反对的,"倭事初起,中外论者皆轻视东洋小国,以为不足深忧。而臣久历患难,略知时务,夙夜焦思,实虑兵连祸结,一发难收"。然后再说明,日本一意备战,而大清却未能放手举办,"倭之蓄谋与中国为难,已非一日,揣度彼此优绌,则利钝悬殊。倭人于近十年来一意治兵,专师西法,倾其国帑,购制船械,愈出愈精。中国限于财力,拘于部议,未能撒手举办,遂觉稍形见绌"。而这种局面,主要责任并非在北洋,不言而喻,矛头所指就是翁同龢。他不能既不让购船械,又咬着牙强硬开战,开了战却又对胜败概不负责。"海军快船、快炮太少,仅足守口,实难纵令海战,臣前奏业已陈明。至陆路交锋,倭人专用新式快枪、快炮,精而且多,较中国数年前所购旧式者尤能灵捷及远。此次平壤各军,倭以数倍之众,布满前后,分道猛扑,遂至不支。固由众寡不敌,亦由器械之相悬,并非战阵之不力也"。关于平壤失利的理由,其实是不成立的,因为日军人数与平壤守军不相上下,不存在寡不敌众的问题。李鸿章也并非巧言伪饰,因为他是根据叶志超的报告而言,前敌的情形他也不甚明了。海陆皆失利,下一步怎么办?他认为北洋各海口关系至重,不可能再抽调人马出省作战,而从其他各省调集,多属零星凑集,又难克期到防。至于新募勇丁,非有几个月的训练不能参战。因此他认为,下一步要想战,就必须打持久战,"伏愿圣明在上,主持大计,不存轻敌之心,责令诸臣多筹巨饷,多练精兵,内外同心,南北合势,全力专注,持之以久,而不责旦夕之功,庶不堕彼速战求成之诡计。故就目前事势而论,唯有严防渤海,以固京畿之藩篱,力保沈阳,以顾东省之根本。然后厚集兵力,再图大举,以为规复朝鲜之地"。李鸿章所提持久战建议,算得上远见卓识,如果坚持不懈地打下去,倒真是取胜之道。不过李鸿章自己也明白,朝廷是不可能打持久战的。所以最后他请求朝廷另简重臣,"际此时艰方亟,断不敢自请罢斥,致蹈规避之嫌,唯衰病之躯,智力短浅,精神困惫,以北洋一隅之力,搏倭人全国之师,自知不逮。且奉天地广兵单,与臣处相距过远,且为将军及练兵大臣驻扎处所,一切调度未便遥制,应请特简重臣督办,以便调遣而专责成"。

翁同龢已经病了五天,发高烧、牙痛、肝火上升。光绪帝无人可商,急得暗自跺脚。而且慈禧从颐和园回到了西苑,在勤政殿单独召见庆亲王奕劻、礼亲王世铎。奕劻是今年正月初一因太后六十万寿大赏群臣时而晋为亲王的,兼着海军衙门大臣、总理衙门大臣,掌着军事、外交大权;礼亲王世铎是军机领班,太后召见,所询肯定是军国大事。这两次召见,光绪帝事先都一无所知。过后奕劻和世铎也都没有提及,他自然也没法问。太后已经归政,而忽然召见重臣,无异于二次垂帘,因此光绪帝火速召翁同龢销假入宫办事。

翁同龢进宫,在南书房见驾,光绪帝先让他看两份奏折,一份是军机全班请辞,原因是海陆战事不利,难辞其咎。翁同龢认为这自然不能准,军事失利,罪在李鸿章。第二份是南书房翰林李文田等奏请起用恭亲王。这件事翁同龢最清楚,李文田登门向他请教过,意思是恭亲王辅政二十余年,请他出山辅佐,无论是军机、庆王还是李鸿章,都无不会唯唯遵命,而恭亲王是为慈禧所黜,必然感恩皇上而一力辅佐,皇上无疑又增一个大帮手。但翁同龢认为,恭亲王是慈禧所忌惮,也是她所憎恶,因此请用恭亲王应由他与李鸿藻向太后恳请,而皇上必须表现出坚决反对起用恭亲王。这样一旦太后反对,也不至于殃及皇上。

这时太监来传懿旨,说太后在勤政殿请皇上过去。光绪帝不敢耽搁,立即起驾,临走时说道:"翁师傅,你先在书房看看折子,朕回来后有要事商议。"

翁同龢看了近日军报及上谕,真是令人泄气。叶志超已经退到义州,考虑到义州也难防守,已经有上谕令他过江到九连城一带驻扎。而海军已经确定我损失五舰,而日方重伤三舰,却一舰未沉。李鸿章请旨在旅顺斩了临阵脱逃的济远舰管带方伯谦,这在翁同龢看来是丢车保帅之举,海军如此失利,李鸿章、丁汝昌还有刘步蟾等人都难辞其咎,何故只拿一个方伯谦应付了事?最令人气愤的是,李鸿章等人皆安然无恙,军机奉太后旨意,以光绪帝的名义下旨道:"叶志超等督剿不力,本有应得之咎,唯念该军深入异地,苦战连日,此次退出平壤,实因众寡不敌,伤亡甚多,尚无畏葸情事,除本日明降谕旨将左宝贵赐恤外,叶志超等均着加恩免其议处。李鸿章自请严议,着一并宽免。"

这时太监来传旨,说太后在勤政殿召见。翁同龢问还召见谁,小太监说还有李师傅。两人在勤政殿外相遇,翁同龢说道:"兰翁,如果有机会,你我当恳请起用六爷。"

两人此前已经有多次商议,李鸿藻应道:"局势一团糟,不能再拖了。"

两人进殿,太后皇上并坐,太后居左,皇上居右。御座前跪着庆亲王奕劻、礼亲王世铎。他们便在庆、礼两王后面跪下。

见二人进来,慈禧说道:"奕劻,让他们俩看看李鸿章的电报。"

翁同龢接过来,与李鸿藻同看:

> 沪局电:闻倭顾问官大隈条陈,东三省为中国发祥地,定鼎时有旨,岁拨六百万两交该处库储,于今二百五十年,虽中国好说大话,不可尽信,以极少计之,总有数百万。驻韩兵马宜注意东三省,一面与平壤华军交战,一面攻夺东三省,一面以大队誓不罢休攻打旅顺,相机登陆,袭取牛庄,封禁海口,使彼三面应接不暇。

看罢,翁同龢惊讶地说道:"怎么,倭寇占据朝鲜还嫌不够,还要觊觎我根本之地?"

慈禧不满道:"这早就应该想到。陆军一退再退,他们就快跟进来了。倭寇过了鸭绿江,兵锋就可直指盛京,这如何得了!惊扰了祖宗,我们都是罪人!"

"臣再请到九连城督师。"所谓再请,是此前奕劻已经向光绪帝请求过,当时还有承恩公桂祥也请求去当奕劻的副手。这当然只是做姿态罢了,奕劻不曾带过兵,桂祥除了抽大烟,百事不问,让他们去前线,只那份跋涉之苦他们也受不了。

"你们也别再说这些现成话,你们几时带过兵?"慈禧毫不客气地回道,大约觉得这太伤奕劻的面子,她又说,"你管着总理衙门,还有海军衙门,洋务外交,如今像一团乱麻,你拍拍屁股走了,这一摊子扔给谁?"

见慈禧指责,翁同龢接话道:"李鸿章及前线大员贻误太深,应当严议!"

看着眼前一味强硬的翁同龢,慈禧心里有些反感道:"李鸿章七十多的人了,听说天天晚上十二时多还不睡,一天光发电报就二三十件;前线将士,冒暑苦战,寡不敌众,器械不如人,光一味处分人有什么用?就连普通小兵还知道临战斩将,不是好兆头,我就不信你们不知道?淮军也真是,当年收拾长毛、捻子,捷报频传,如今怎么这样不顶用?"

这样指责下来,太后袒护李鸿章的意思已经十分明显了,翁同龢憋了一肚子的话只好咽回去。

慈禧缓了缓语气又道:"有一件事,翁师傅倒可以去天津走一趟,面告李鸿章,这件事既不能廷寄,也不能发电报。"

"是何事,请太后下旨。"翁同龢问。

"俄国的喀希尼几个月前曾说俄国可保朝鲜,如今倭寇占据了朝鲜,他们俄国总不会袖手旁观吧?听说喀希尼要回天津,你去问问李鸿章,他能不能设法。"

"能不能设法",自然是要李鸿章设法请俄国人出面调停,看来太后已经有意主和。喀希尼回天津这种事,军机大臣们也未必能知道,而太后竟然有消息,可见是有人报告,这个人只能是奕劻,因为他管理总理衙门。说不定李鸿章是事先与庆亲王商议好了,再鼓动太后主和。

翁同龢连忙进谏道:"此事万万不可。俄国也对我东北觊觎已久,如果到时他们要索取报酬,是前门拒狼,后门进虎。此时水陆失利,举国愤慨,万不可议和。"

开战前,慈禧也是主战的,曾说不能向日本示弱,所以她不承认自己是主和的:"我不是要议和,只是想暂时息兵罢了。你既然不愿传话,那就问问李鸿章何以贻误如此?朝廷不治他罪,下一步他打算怎么收场?淮军一败再败,他这淮军创始人总不能置之不问吧?"

这样去问李鸿章,就是要听了他的意见,再决定是战是和,与翁同龢的立场也不冲突,所以他回道:"如果是这样,臣不敢推辞。"

"这些话你可以当你自己的意思,从容相询。"

把这些话当翁同龢自己的意思,与李鸿章从容相询,那其实还是希望翁同龢与李鸿章商讨议和的办法。翁同龢是主战的领袖,也是清流领袖,他如何能留议和的骂名?所以他回道:"臣只有向李鸿章传旨责问,他如何回答,臣如实回奏,不加论断,也更不与他商议。臣是天子近臣,不敢以和局为举世唾骂。"

慈禧见翁同龢如此固执,便不再强求,转身问身边的光绪帝道:"皇帝,你还有什么要嘱咐的?"

光绪帝回道:"没有,翁师傅要尽快起行。"

这时,翁同龢又说道:"太后,臣奏请起用恭亲王。"

"臣附议。恭亲王辅政二十余年,勋望丰隆,且又是懿亲重臣,如今国家有难,岂可置身事外,臣请太后可否适当给予恭亲王差使,参赞国是。"李鸿藻也附和道。

"皇帝,你说呢?"慈禧不置可否,而是转脸问光绪帝。

"断然不可,恭亲王当年一味主和,贻误太深,为清议舆论所不容,才全班更换军机。此时中日战事方酣,正是整备再战之时,起用恭亲王岂不被清议认为朝廷要议和?"光绪帝断然否决。

慈禧听了光绪帝的口气,的确是真心不愿起用恭亲王,不像是与翁、李唱双簧,于是便道:"皇帝这样说,是从大局出发,也不是没有道理。这事,搁搁再说。"

第十二章

恭王复出无雄心　辽东溃败多逃将

九月初二(9月30日),翁同龢赶到了天津,李鸿章在督署大堂接旨。

翁同龢走到大堂案前,站着传口谕:"太后问,李鸿章何以贻误至此?"

"老臣惶恐,缓不济急,寡不敌众,此八字无可辩也。"李鸿章跪在地上回道。

翁同龢又问:"淮军一败再败,李鸿章能置之不问吗?"

"老臣惭愧,已经严令前线将士收拾溃卒,整顿纪律,以备朝廷征召。"

翁同龢再问:"盛京乃陪都重地,陵寝所在,若有惊扰,奈何?"

"奉天兵实不足恃,北洋又鞭长莫及,此事真无把握。"

奉天兵不能依赖,而且盛京防务又的确不归李鸿章,北洋鞭长莫及,那么盛京岂不真有陷敌的凶险?陪都重地,陵寝所在,这可比丢失平壤、黄海战败严重得多。翁同龢希望李鸿章知耻而后勇,在太后、皇上的责问下能够说一句"老臣拼却老命,也要率淮军健儿与倭寇决一死战"的话。可惜,他寥寥数语,没有一句血气忠勇的话,连一个"战"字也未说出口,流露出的反倒是毫无把握、畏敌避战的心态。水陆失利,数千兵勇捐躯异域、葬身大海,此人仍然如此不振!翁同龢又失望又愤怒。

但翁同龢是喜怒不轻易形于色的谦谦君子,心里不满,却要表现出对李鸿章的尊重和体谅,他趋前一步,一边去扶李鸿章,一边说道:"中堂,太后、皇上的话问完了,该我给中堂行礼了。"

"叔平,话问完了,可你还是钦差,哪里说得着给我行礼。"李鸿章拉住他的手,而后做了个请的手势,"叔平,到后堂说话。"

大堂威严,是公事公办的地方;后堂随意,可以放开闲谈。戈什哈在前面带路,把翁同龢带到西花厅,那里水果、茶水、水烟都已备齐。

"叔平,升升冠吧,随意些。"李鸿章说完,又对门外喊,"给翁师傅更衣。"

顶戴袍服,太过冠冕堂皇,如果想掏李鸿章心窝里的话,也只有换上便装才能谈得随意,所以翁同龢也不反对。两人都换了便服,翁同龢先开口道:"中堂,水陆开战,你运筹帷幄,军书旁午,辛苦了。太后还说,你也是七十多岁的人了,真个是不容易。"

"可惜敌我悬殊,战况不佳。"李鸿章指指水烟,示意翁同龢不妨先抽几口,然后从容相谈。

抽完一袋水烟,翁同龢又问:"中堂,我不明白,北洋海军被洋人评说是亚洲第一,为什么黄海一战会如此失利?"

这就有些兴师问罪的意思了,李鸿章也正好借此机会,一抒近年的窝囊气:"亚洲第一的说法的确有过,不过那是七年前北洋水师刚成军的时候。海军是各国最看重的军种,所以是你追我赶,日新月异。速射炮,推力更强的蒸汽机,最新式的开花弹,都是近年来的新发明。可是我们恰在这几年停购船械,而日本却一直勒紧裤腰带购舰换炮,北洋水师的亚洲第一,早就连虚名也挂不住了。"

停购船炮是翁同龢的主导意见,但此时他却不肯承认自己应负其责:"停购船械全因无款可用,个中原因中堂也是旁观者清。中堂,在海军衙门里你是局中明白人,你就该据实力争。"

李鸿章没想到翁同龢嘴一撇,就把责任推到他身上,把水烟袋在几上重重一顿说道:"叔平,有人让我说话吗?多少人怕我北洋尾大不掉,说北洋要船要炮是有意拿外国人吓唬朝廷。不光是海军,北洋举办的洋务哪一件不是惹来连篇累牍的参折,骂我李鸿章可杀者大有人在。比如说铁路,如果早修到了盛京、旅顺,直通到鸭绿江边,运兵运饷何其速也!何至于出现大批粮饷堆在义州,大批兵勇不能及时过江的情形?如果援军和粮饷转运及时,平壤城厚集兵力,又如何会因寡不敌众而溃散失守?"

反对洋务,尤其是反对铁路,翁同龢都有一份。李鸿章虽然不点名,但无疑是在指责他。翁同龢不接这茬,转换话题道:"中堂,此时再说已然无用。现在最要紧的是鸭绿江防线,宋祝三已经出任帮办,带兵去了鸭绿江,依克唐阿的八旗劲旅镇边军也在九连城集结,总不至于让倭寇轻松过江吧?"

宋祝三就是指驻军旅顺的四川提督宋庆,他已被任命为北洋军务帮办。虽然宋庆有能战之名,但他只带区区九营北上,又如何能指望发生奇迹?何况宋庆时年已经七十岁!至于依克唐阿的镇边军,李鸿章更不抱希望。淮军都不是日军的对手,翁同龢却对八旗抱着热望,真是书生之见,所以他问道:"叔平,如果八旗能战,当年对付长毛、捻子,何须要招募湘勇淮军?"

闻言,翁同龢接着李鸿章的话茬问道:"中堂,说到这里,我正有话请教,淮军洋枪洋炮精锐无比,剿灭长毛功不可没,剿平东西两股捻子更是莫大功劳,何以如今这般节节失利?"

在翁同龢看来,陆军的失利主要是"调度无方、将帅贻误",但没想到李鸿章却回道:"说起来原因来很多,当年我剿捻,朝廷放手将帅,用人筹饷,无一掣肘,不惜以江南膏腴之地以供淮军。如今我前线将士在拼命,朝廷中那般年轻书生却横加指责,交章弹劾。弹劾我李鸿章老不中用也倒罢了,大战在即,却图谋临阵换帅,幸亏皇上英明决断,未对丁汝昌等人遂行革职。我这边在苦苦支撑,那边人家在一心拆台,想来不仅让人伤心,更让人愤慨,真不知他们是爱国,还是在帮倭寇。"

李鸿章口口声声说的"那帮年轻人",但那帮年轻人的首领正是眼前这位两朝帝师。翁同龢心里火烧火燎,好在他修炼功夫深,故作心平气静道:"中堂,这也怪不得他们,他们也是希望能够激励起将士的血气。"

"这我理解,年轻人嘛,没经实务,血气方刚。叔平问现在的淮军为何节节失利,还有两点我要说明。一则是从前对付的长毛和捻子,说到底不过是帮乌合之众,如今对付的倭寇,却是十数年来孜孜以西洋为师、训练有素;当年的长毛、捻子以人多取胜,洋枪洋炮没有淮军精锐,可是如今的倭寇,洋枪洋炮皆是最新,而淮军用的还是当年剿长毛的枪炮,新式枪炮少之又少。"

这个话题如果再深入下去,势必又回到近年来停购船械一样的理由上,翁同龢又转移话题道:"中堂,不管怎么说,如果倭寇真敢犯东北,我在鸭绿江布防,以逸待劳,我有援军源源不绝,粮饷就地供应,总比倭寇跨海而来,长途跋涉要强得多,只要前线将士振作,不难一鼓而胜之。"

"叔平,你不要受那帮书生纸上谈兵的影响,打仗哪有那么容易?当年张幼樵主战叫得最响,结果在马尾丧师辱国,好好的人才就此埋没,教训何其深刻!"李鸿章又举出当年的例子。

"中堂,张幼樵丧师不足为训,他也不能代表所有读书人。中堂对书生偏见太深,虽说百无一用是书生,可他们有一腔热血,外敌入侵,难道不应该拍案而起?书生只有一支笔,他们用这支笔为国鼓与呼,难道有错吗?"

"爱国当然没错,可是方法和效果却有对错。翁师傅问我书生应该不应该拍案而起,我只能说,书生们只考虑应该不应该,可是我却要考虑行不行得通、现实不现实。喊一喊爱国容易,写一篇宣战檄文容易,振臂一呼打打也容易,等前线吃了败仗,指责将士不用命、统帅调度乖方也容易,反正都占在理上。可是局中人则不能这样轻率,战端一开,花银子如流水倒在其次,一仗下来,便有千数人甚至数千人抛尸沙场,多少妻子失去丈夫,多少孩子失去父亲,为将帅者不能不考虑。"李鸿章针锋相对。

"国有大难,为国捐躯,马革裹尸,这有什么好说的,难道都要做缩头乌龟?"翁同龢再也憋不住,颤抖着嘴唇与李鸿章争辩。

李鸿章的好处是,别人生气他不生气,别人激动他能够平静,他看着翁同龢的眼睛,以示他并没有心虚胆怯:"翁师傅,听我把话讲完。为国牺牲,这没什么好说的,一将功成万骨枯,自古如此。我怕的是如果败了,要割地要赔款。从道光年间虎门销烟开始,五十余年间,我们几乎是逢战必败,每败必割地赔款,这番耻辱您也都经历过,我也都经历过。所以林文忠公才提出要师夷长技以制夷,所以这么多年来,我们忍气吞声,就是要尽快把洋人的本事学到手里。可是到目前为止,我们学得还不够,就连东洋的日本,我们也赶不上。"

翁同龢对李鸿章这样崇洋媚外实在看不上,打断他的话道:"中堂,我泱泱中华,圣圣相承四千年,有一统天下的强秦,有虽远必诛的大汉,有边疆贯通西域的大唐,有康乾盛世,为什么在你眼里,竟连小小的东洋倭寇也不如?"

"翁师傅说得不错,可那都是从前。自从道光年间国门被列强炮舰打开,我们才知道外边的世界已发生了巨大变化,这就是我说的三千年未有之变局。一个国家的强盛和实力,不再以国土之广狭、人口之多寡为依据,小小的英吉利国,战舰横行五洲四海。就是你说的小小倭寇,如今已是铁路纵横,工厂林立,实力真不可小觑。而且日本野心极大,我是怕万一战而不胜,野心勃勃的日本会狮子大张口,以其凶狠贪婪,咬断我们的脊梁骨!"

翁同龢面红耳赤,大声道:"中堂,你这话让翁某感到羞耻!我中华儿女,铮铮铁骨,怎么会被小小日本咬断脊梁骨?只有崇洋媚外的软骨头才会被咬断骨头!"

这无异于指着鼻子骂李鸿章是崇洋媚外的软骨头,李鸿章也拍案而起道:"翁师傅,你一口一个小日本,你了解日本吗?不知彼不知己,只有这些空话,明为爱国,其实害国!"

翁同龢也是拍案而起,两手颤抖,指着李鸿章道:"李中堂,翁某两朝帝师,就是皇上也尊我一声师傅,太后也曾赞我忠诚谋国,你说翁某害国,翁某可以把一颗心挖出来让中堂看看是黑是红!"

西花厅的声音越来越高,早在门外静听多时的李经方见局面糟糕如此,连忙把仆人手里的茶壶夺过来,进了花厅劝道:"翁师傅,您请坐,喝茶。你们年龄都大了,万万不敢太过激动。"

李鸿章也为自己口不择言后悔,坐下后亲自端起茶来递给翁同龢:"叔平,我口不择言,可是要说你害国,我实无此意,只是打了个比方。此非待客之道!我今年七十有一,你也六十多了,实在不宜生气。且消消气,喝杯茶。"

翁同龢见李鸿章顷刻之间已恢复平静,而自己还在气愤难平,既悔自己失态,又有被李鸿章玩弄于股掌间的羞愤。自己本想激出李鸿章的雄心,无奈他疲、软、滑三字俱全,明明是他不对,自己却辩不过。此人大奸似忠,自己这种正人君子真不宜与他计较,更不必与他纠缠。因此他以疲劳为由,气咻咻回了住处。李鸿章在总督署给他备了一个小院子,一切备置周到细致,门外有督标营放岗,院内鲜衣俊仆,等清静下来两杯茶喝罢,他已经有些失悔自己忠恕功夫不到家。所以中午李鸿章亲来请他入席时,他的火气已经全然消失。

到了下午,军机处发来电报,谕李鸿章、翁同龢,喀希尼不日到津,李鸿章如与晤面,可将详细情况告知翁同龢,由翁同龢回京复奏。朝廷意思很明确,是希望俄国能够出面讲和,而李鸿章与喀希尼晤面的情况不要求他以电报速报朝廷,却要由翁同龢回京复奏,显然是希望翁同龢能够与李鸿章一起商议。翁同龢是清流领袖,而主战最坚决的又是清流,因此要想议和顺利,非有翁同龢来劝导清流不可。

李鸿章稍用心思，就知道这份上谕是出于太后之意。因为年轻的光绪帝深受翁同龢的影响，是一力主战的。而翁同龢也明白，他一旦与李鸿章商议，就无异于参与了和议，这是万万不可能的。他不但自己不愿请俄国人调停，而且也不希望李鸿章与喀希尼会面，便道："中堂，我出京时曾奉慈谕，现在断不讲和，亦无和可讲。喀使即便愿意出面，我劝中堂也不必行此无益之举。"

"喀希尼病了，并没来天津，昨天我倒是见过俄国驻华公使参赞巴维福。据他说俄国非常憎恶日本侵占朝鲜，他们也有意出面劝说日本，可是听说中国朝廷议论参差，因此中止了。"

"中国朝廷议论参差"其实就是指清流一再主战，所以俄国才没有出面调停。无论真假，李鸿章都是借俄国人的口来敲打翁同龢及清流派，意思是假如俄国人不愿出面调停，责任也是在他翁同龢及清流。

"即便俄国人出面，也未必是好事。到时候他以调停居功，要取偿于我国，奈何？再说，俄国人对我东北也是觊觎已久。"翁同龢并不吃这一套。

"这一点不必顾虑，我就可以保证俄不会占我东北。"李鸿章应道。

"我回京就按中堂的意思回奏。我没兼总署大臣，此事未知利害所在，不敢妄加一语评论，也不敢与中堂参与和议。"

翁同龢回到住处，觉得天津不宜久留，一则公事已可交代，二则二人政见相去太远，久居无益，而且以自己的口才根本不是李鸿章的对手，想劝说他振作主战，无异于缘木求鱼。他想想此行，觉得甚是失望而且失败，不但未对李鸿章产生任何影响，反而被他警告敲打。他决定即日起程，无论李鸿章怎么劝说，也不顾太阳已快落山，执意到码头登轮回京。李鸿章亲自相送，轮船鸣笛起行，看着越来越远的李鸿章，翁同龢连连摇头，心想：将不易，帅不易，何论其他！

回到京城，次日翁同龢在南书房见到光绪帝，也是如此大发感慨。

光绪帝听说李鸿章不但不思振作，而且还有意主和，十分震怒，中日海陆都已开战，李鸿章却幻想和议，真是不识时务；而我海陆皆受重大损失，却不思奋战雪耻，真是毫无心肝。翁同龢则再次建议，应当尽快请恭亲王复出，以恭亲王的影响力，必成为皇上的一大帮手。至于前线统帅，翁同龢建议请淮军宿将刘铭传出山:"刘省三虽是李鸿章的部曲,但他是员战将,有血气,不像李少荃那样耿耿于和。当年他在台湾,把法国人打得都服气了。"

"李鸿章的淮军向称精锐,他却如此态度,真是可恨至极!翁师傅,如果打下去,我们能不能赢?"

"怎么不能赢?大清四兆臣民,怎么会打不过小小的倭寇?淮军不顶用,关键是士气不行,主帅如此萎靡不振,全军必然受影响,临阵前会想,反正早晚要和议,何必苦战送命?这还怎么能够打胜仗?如果换了统帅,一力主战,前线将士知道绝无退路,拼力死战,平壤也不至于不守。再说,就算他淮军真的打不起精神,还有八旗、边军、练军。对了,湘军这些年虽然已经散尽,但湘军战将还在,将来实在不行,就起用湘军宿将做统帅。"

"湘军可做统帅的还有什么人?"

翁同龢想了想道:"还有刘锦棠,他是跟左文襄公打过阿古柏的战将,如今在湘乡养病。再就是两江总督刘坤一,也是湘军出身。"

光绪帝考虑了一下道:"刘坤一是督臣,到时候也不能亲临前敌。不知刘锦棠病体如何,还能不能出征?倒不如先给刘锦棠旨意,让他即刻起行,到前线统军。"

"嗻,那就让军机上给湖广总督张之洞一道旨意,让他到湘乡传旨,督促刘锦棠召集旧部,赶赴辽东。"君臣两人只能长话短说,因为翁同龢还要向太后复旨。

慈禧依然驻跸西苑,在仪銮殿召见翁同龢。翁同龢把李鸿章的回话原样回奏,慈禧听了之后道:"哦,那就是说李鸿章还没见到喀希尼。"

"是,但俄国的意思,不想过问。"

慈禧又道:"你写信或者发电报给李鸿章,让他见到喀希尼时再设法。他只见到了俄国公使馆的参赞,各国使馆里说了算的是公使,参赞是什么主意也不敢拿的。"

"太后,臣为天子近臣,不宜参与和议。此后和议之事,臣概不与闻。"

翁同龢这话让慈禧直皱眉头。还有一个月就是她的六十大寿,炮火连天,她能过得好吗?如今水陆皆败,可见日本并非那样容易对付,有机会和,有什么不可?如今舆情汹汹,谁也不敢公然提和议的话,她原指望借翁同龢在清流中的影响力安抚一下舆论,协助李鸿章促成俄国或其他什么国家出面调停，没想到翁同龢如此固执。

"你说得也有道理，毕竟是皇上身边的人。我也没有说非要和议，让李鸿章设法，也不是说一定就是想和议的法子。如果俄国人愿意出面压服日本人停战，也不是不行，毕竟俄国曾经说过这种大话。"慈禧语气里却听不出丝毫的不满，等翁同龢一出门，她就下令道，"莲英，你打发人传旨，下午召见六爷。让皇帝也一起来见。"

几天前翁同龢、李鸿藻曾经请求恭亲王复出，皇上坚决不同意，太后也面有愠色，今天怎么突然改了主意？尽管李莲英最擅揣摩慈禧的心思，但此时他实在弄不明白太后到底是什么设想。但根据以往的经验，她既然决定召见，必定有操纵于股掌间的算盘和手段。

午睡起来后，慈禧用了两刻钟重新梳洗，在镜子前后左右都照一遍，这才问道："莲英，皇帝来了吗？"

李莲英回道："万岁爷早就过来了，见您还在午睡，就没打扰。"

"那就让皇帝到东暖阁，在那里见六爷。六爷也来了吧？"

"六爷来了半个多时辰了。"李莲英又轻声应道。

"好，准备叫吧。"

慈禧、光绪一左一右坐在御座上，恭亲王走进来跪在地上，慈禧都有些不认识了，几乎脱口而出道："老六，你怎么老了这么多！赐座。"

恭亲王再次磕头谢恩。

赋闲十年的恭亲王的确老了。他须发皆白，脸色黑黄，眼窝深陷，左右腮上有榆钱大小的老人斑，走路也有些蹒跚。人太辛苦容易老，太清闲也容易老。尤其像他，从掌着朝廷军事、外交、洋务、人事大权的军机领班上退下，诸职皆无，无所事事，精神头先颓唐了。官场失意，若能家庭和美也算失中有得，而偏偏家庭也迭遭变故。他有四个儿子，长子载澄、次子载滢、三子载浚、四子载潢，其中三、四两子俱幼殇。从小受他钟爱的载滢越大越不成器，胡作非为，纵情酒色，年不及二十五而死。而他的福晋、妾室四人也都弃他而去。亦敌亦友的七弟醇亲王和最知己的宝鋆、董恂也在同一年去世。当政时门庭若市，车水马龙，而一从权力巅峰落下，便立即门可罗雀。他六十大寿时，请戏班名角演剧三天，可是只有六人到府祝贺，他修炼功夫再好，也难掩心境的凄凉。他靠闲游西山、写诗绘画打发时间，静极思动，也曾经幻想东山再起,但慈禧却毫无起用他的迹象。

光绪十八年腊月底,慈禧按例分赏王公大臣"福""寿"御笔,竟然把他的福字撤而不赏。今年三月,奕劻曾吁请准恭亲王参加十月的太后六十万寿庆典,慈禧却道:"我听到这个人的名字就头疼。"当然上谕很委婉:"奕劻代奏,恭亲王吁恳祝嘏,现在病尚未痊,毋庸进内,以示体恤。"所谓体恤,便是拒绝。三十多年前,因为英法联军进北京,他以闲散亲王留京办理和局,从而得以成为最有权势的亲王;如今,大清又有大难,再次为他创造了机会,但物是人非,如今的恭亲王已经不复当年的英气逼人。

恭亲王这副模样反而让慈禧太后放了心。当年那个侃侃而谈、瞪着眼睛与她相争的议政王无论如何与眼前的这个"老头"联系不起来了,便道:"六爷今年六十多了吧? 这个年纪,有你这副身板就算不错了。"

"臣年老体弱,苟延残喘罢了。太后青春依旧,看起来只有不惑之年。"

慈禧被奕訢说只有四十岁,明知是恭维,但女人的天性使然,脸上飞过一抹红晕道:"我已是花甲之年,哪来的年届不惑,六爷真会说笑。"

"六叔,如今国家有难,你要出来办事,帮帮朕的忙。"光绪帝这时插话道。

恭亲王明白,太后要他出来,无非是借他在外交上的影响与各国周旋,给日本施压。但皇帝年轻气盛,一味主战,而朝廷寄予厚望的北洋海军已经沉了五舰,陆军更不用说,也不是日军的对手。虽然十年不在政坛,但旁观者清,他还是从前的老观点,中日之间,终归于和。太后愿和,皇帝要打,他出面办事,夹在中间受气,何苦来哉? 何况自去年以来,他已经心如止水,所以推辞道:"臣不豫朝政多年,且风烛残年,昏聩愚钝,大清人才济济,就不必让臣尸位素餐了。"

慈禧以为恭亲王是客气话,劝道:"现在皇帝身边就是缺你这样德高望重、又有经验的人来帮助,你就别再推辞了。这样吧六爷,洋务、军务这两块,你先帮皇帝搭把手,上谕马上明发。"

当天下午, 就有军机章京颠颠地跑到鉴园把明发的两份上谕抄件提前给恭亲王报信兼报喜:

朕钦奉慈禧皇太后懿旨:本日召见恭亲王奕訢,见王病体虽未痊愈,但精神尚未见衰。着管理总理各国事务衙门,并添派总理海军事务,会同办理军务。

第二道更简单,只有一句话,"着恭亲王在内廷行走"。但这句话并非可有可无,有这句话,慈禧便可随时召见恭亲王,而恭亲王也可随时"请起"。

恭亲王复出,有一位翰林院编检立即上书说:"乃者欣闻殿下蒙圣恩复用,敬读邸报,狂喜累日,以为殿下懿亲元功,与国休戚,苟当此而不言,则更无立言之日。"接着便大谈主战,"此时宜出正兵与奇兵。所谓正兵是在直隶以京师为根本,以宁远陆军为大营;水师以天津为根本,以大沽为大营;山东水师以济南为根本,威海为大营;盛京以奉天为根本,凤凰城为大营;水师以牛庄为根本,以旅顺为大营。各路会攻朝鲜牙山、仁川,最后合取朝鲜王京汉城。所谓奇兵,则以江南水军直捣日本长崎,以闽广水军直捣日本横滨……"

书生之见——这是恭亲王看罢后下的断语。他主政时就对这种纸上谈兵、一味主战的人敬而远之,如今年老气衰,对这种议论更不以为然。

这天,光绪帝在南书房召见恭亲王,有两份折子给他看。一份是礼部右侍郎、珍瑾二妃的堂兄志锐的折子,建议以两三千万两白银的报酬,联合英国讨伐日本。另一份则是翰林院侍读学士、珍瑾二妃的老师文廷式联合三十五人上折弹劾李鸿章,参他不为事先之防,掣肘诸将;信任私人,不设粮台;删改电奏,奸欺蒙蔽;广蓄私人,欺罔朝廷;利令智昏,为倭牵鼻。李鸿章昏庸骄蹇,请予以罢斥。

对这两份奏折,恭亲王心里都颇不以为然。堂堂大英帝国,能为两三千万两白银收买,与大清联合抗日?也只有对外交毫无经验的书生才能出此奇策。至于要求罢斥李鸿章,更是毫无道理,前线如今依靠的就是淮军,罢斥淮军统帅,仗怎么打?而且他当政时与李鸿章里应外合,诸多洋务、外交都依靠李鸿章的协助而促成,他居闲十年,每年李鸿章的节敬都不曾断过。

无论公谊私情,他都倾向李鸿章。他复出时间虽短,但冷眼旁观,这个当年在洋务上一直掣肘的翁同龢,如今已是皇上面前最炙手可热的人物。以他对清流的了解,翁同龢一定是一直在鼓动皇上强硬主战。他也看得出来,皇上被清流包围,也是斗志昂扬。

翁同龢见恭亲王久久无语,便催问道:"王爷,这两份折子您如何看?"

"道理当然有道理,臣听皇上的吩咐。"恭亲王也不想与翁同龢走得太近,他希望的是当个明眼旁观者。

光绪帝又问:"六叔,朕觉得志锐的折子可以一试。您与各国公使打交道多年,朕希望您能与英国公使谈谈,看英国态度如何。"

恭亲王觉得可能性不大,便回道:"此事倒不必急于会见英国公使,我可以先与总税务司赫德谈谈,听听他的意见,如果他觉得可行,再与英国公使谈不迟。"

"好,这样最好,以免到时被英国公使拒绝,大家脸面上都不好看。"

恭亲王为了让光绪帝先有个心理准备,便预先说道:"也没什么好看不好看,就如同做生意,双方总要各取所需,买卖不成,也伤不着面子。"

此时,翁同龢又从旁插话道:"李中堂年纪大了,军书旁午,实在不容易,不少人觉得,应当让李中堂歇歇肩,从旁协助抗倭更好一点。"

这是要罢斥李鸿章的意思。恭亲王对这一点毫不含糊,表示反对:"叔平,胜败乃兵家常事,尤其战事开端的时候,胜负往往出人意料。比如剿长毛和捻子的时候,曾国藩和李少荃也吃了不少败仗,最后还是收了全功。如今前线依靠的还是淮军,我觉得一动不如一静。"

"六叔说得有理。如今日本人虎视眈眈,有可能进犯东北,李鸿章也在调兵遣将,且看他下一仗如何。如果到时候再不振作,就不能怪朕不给他留面子。"光绪帝最后这样说道。

恭亲王到总理衙门,打发人联系赫德,约定隔日会谈。

第二天,慈禧召见恭亲王,问道:"六爷,皇上给你派差使了?"

"是,让臣与赫德谈中英合作的事情。"恭亲王老实回答,将皇上召见的情况如实报告。

"花两三千万两银子,如果能与英国联合制住日本,也不是不行,你就试试吧。反正我的想法是,日本人如此猖狂,当然要给他们点教训,可是,如果有机会和,也不能一味不肯转圜。"

"是,臣觉得打不是办法,能和就不能打,能小打就不大打。"恭亲王听得出慈禧话里的真实想法,还有二十几天就是她的六十万寿,哪怕暂时息兵也是值得的。

"六爷是老成谋国的盘算。前些日子李鸿章说俄国公使喀希尼有意出面调停,翁同龢去了一趟天津,回来说俄国人不愿出面。到底如何,你不妨给李鸿章一封信。"

恭亲王回道:"臣遵旨。不但俄国,英国、美国或者法国,都可以让李鸿章与他们谈。"

"你和李鸿章也算是老搭档了,你们俩撑着,我就放心了。"这很合慈禧的心意。

约定的日子到了,恭亲王先到总理衙门等赫德,没想到赫德早到了。赫德是因为恭亲王的赏识和重用,才当了大清总税务司,而且又是在恭亲王的支持下创办邮政、管理港务,而且在外交方面也得以出尽风头。他一则对恭亲王心怀感激,二则熟悉大清官场规矩,让堂堂王爷等他,是失礼的行为。他虽是洋人,但顶戴袍服,完全是大清官员的打扮,连脑袋后面也弄了条假辫子挂着。听到外面喊王爷驾到,他就走出门去,在滴水檐下等着,一看到恭亲王,他趋前几步要给王爷请安。洋人是不会下跪的,他屈屈右腿,手在膝盖上一抚。恭亲王连忙接住他的手道:"鹭宾,好多年不见了。听说你已经是正一品的大清官员了。"

"鹭宾"是赫德给自己取的中国名字,以符合他的身份。

"托王爷的福。王爷精神矍铄,身体硬朗,真是国家之福。"赫德中文虽然还有点"鬼子腔",但对中国官场语言驾轻就熟。

两人进了总理衙门大堂,分宾主坐下。恭亲王把志锐奏折的意思大体告诉了赫德,随后说道:"今天请你来,就是奉皇上旨意,听听你的意见。"

"王爷,恕我直言,这种想法很幼稚,鄙国政府如果答应这样的事情,岂不是说明大英帝国是唯利是图的国家?国与国之间的重大关系,如何会被两三千万两银子所改变?"中国化了的赫德依然还有洋人直截了当的性格。

恭亲王觉得此法也不妥,又提了一个想法:"中日战事扩大,势必要影响英国的商业利益,英国似乎也不宜袖手旁观。"

"当然,本国很希望中日能够友好,中国能够安定。这件事可以与我国公使谈,晓之以理,动之以情,但如果想拿几千万两银子来收买,是对大英帝国的侮辱。"

恭亲王又道:"谈不上侮辱。其实你也很明白,这些年来贵国为了利益,也做了不少对不住中国的事情。"

赫德笑了笑道:"但大英帝国从没出过这样的馊主意。"

"是啊,英国是文明国家嘛,就是抢,也要以文明的方式。"恭亲王这就有些讽刺挖苦的意思了。

"王爷,鹭宾是英国人,但也是大清的官员,所以我知无不言。如果您觉得我的建议不正确,也可以向本国公使提出这个方案。"

"既然你认为不可能,我也不去自讨没趣了。"恭亲王恢复认真的表情,话题一转说,"鹭宾,你对中日战事有什么看法?我想听听你的意见,别拿虚弄的话来敷衍我。"

"我向来对王爷只说真话。日本在这场战争中肯定要勇猛进攻,它所希望的是速战速决,而且不客气地说,它有成功的可能。中国要想战胜日本,就要能经得住失败,要慢慢利用持久的力量和人数上的优势,中国如能发挥持久的力量,在二四年内必将取得最后胜利。就怕贵国政府不能坚持卜去。"赫德说出了自己的想法。

"你说得极有道理。可如果战事拖延三四年,不知会出现什么意外情况,这个险,实在不敢冒。"

打发走赫德,恭亲王准备给李鸿章写一封亲笔信,说明希望他寻求列国调停的意思。但他又觉得寄信太慢,于是改为发电报。

李鸿章收到恭亲王的密电,不问可知,他所代表的肯定是太后的意见。于是先与正在天津的英国公使欧格纳会谈,问他英国政府对中日战事到底是什么态度。

欧格纳回应道:"两国战久,不但两国伤人伤财,于各国商务也大有影响,英国政府希望两国早日和谈。"

"要和谈,总要先停战。贵国政府可否出面劝日本先停战,然后再议朝鲜善后事宜?"

李鸿章觉得日本人发动战争,就是为了朝鲜,实在不行,把朝鲜让给日本,只要两国息兵也行。但欧格纳却看得明白,他说道:"日本节节胜利,今要讲和,非赔兵费不可。"

李鸿章知道,此时如果要赔兵费,朝廷根本不可能接受,而且就是他也觉得赔日本兵费太说不过去:"与其赔兵费,不如留此兵费用兵,这一条是无论如何没法答应。"

"那本国就爱莫能助了。"

第二天,李鸿章又与俄国公使喀希尼会谈,两人关系比较密切,说话也随便得多,李鸿章一见面先责备他屡次失信:"你曾经说过,俄国断不许他国占据朝鲜土地,而且说俄国有压服日本的办法。后来日本人承诺说,没有侵犯朝鲜领土的意思,俄国就袖手不管。如今日本已经完全侵占了朝鲜领土,贵国依然袖手,从前所说,尽属虚谈吗?"

喀希尼回道:"从前没有诳你,现在也没有诳你的意思。不过,现在正值中日用兵之际,局面未定,如果中日议和后,日本久据朝鲜的话,俄国必照前议出来干预,目前只能暂守局外之例。"

"日本占据朝鲜,已如法国占据越南,将来必与中俄两国权利有碍。今俄国不照前约,实在让我诧异!俄国不为中国打算,为自己打算的话,也应该出面阻止。"

喀希尼笑了笑道:"现在形势已经发生很大变化,俄国也是无可奈何。日本人自以为水陆之战皆甚得手,现时议和,中国须吃亏。"

闻言,李鸿章又建议道:"吃不吃亏,总要先听听日本有什么要求。贵国政府应当电令驻东京使臣向日本政府商议停战并议和事宜。"

喀希尼则一口回绝:"这不可能。俄国与各国有约在先,应当会同商办,不便独办。"

看来英、俄调停都无希望,李鸿章只好如实电告总署会谈失败。同时他又收到刘铭传的电报,刘铭传依然是不肯出山,因此他也将这份电报转发总署:

> 铭传两耳聋闭,左目早废,右目一线之光,畏见风日,兼之入秋,家中又复死亡相继,忧郁气结,肝风愈重,左肢麻木难行,请代奏赏假调养。

朝廷接到李鸿章转奏的刘铭传电报时,也收到了湖广总督张之洞发来的电报,刘锦棠抱病起程,准备到湘乡县城招兵,谁料刚到县城就病情加重,不日去世,朝廷更换前敌统帅的希望完全落空。

慈禧看了李鸿章关于调停失败的电报,却有不同的看法,她单独召见恭亲王道:"英国公使也并没完全拒绝调停,只是说须赔偿兵费。你不妨再见见英使,具体商酌。"

恭亲王知道,皇上并不愿和,尤其要赔偿兵费更不可能答应。但他没法拒绝太后,就说道:"臣遵旨,但此事需先与枢臣商议后再与英使会谈,或者一起与英使谈都行。"

慈禧知道恭亲王担心的是清议有意见,而且皇帝尤其重视清议,先与翁同龢等人商议也是个办法。果然,翁同龢等人极力反对,表示英国出面调停也行,但绝对不能赔偿兵费。恭亲王再与欧格纳谈,恳请他联合法、俄、美、德等国出面调停。欧格纳答应试试。俄国最不希望朝鲜落入日本手掌,同意联合调停;法国因为与俄国有盟约,追随俄国也同意调停;但德国希望借中日战争浑水摸鱼,现在毫无所得,断然拒绝参与调停;美国希望单独主持中日调停,因此也拒绝参与联合调停。

陆奥宗光收到三国的联合照会后去见伊藤博文,伊藤博文道:"帝国已经取得了可观的胜利,而且第一军已经到中朝边境鸭绿江边集结,第二军马上就要到辽东半岛登陆,此时议和,军方肯定通不过。"

陆奥宗光得意地说道:"是的,军方士气冲天,他们普遍认为,将来的胜利已没有丝毫的怀疑,余卜的只有我军何时进入北京城的问题。"

伊藤博文表情严肃道:"他们太小看中国了,要把军旗插上北京城头,谈何容易。不过,现在不是议和的时候,你起草个照会,委婉拒绝三国就是。"

隔日,日本外务省向英、俄、法三国驻日公使馆提交了一份照会:"帝国政府十分感谢贵国政府询问中日停战的友谊。截至今日,战争的胜利一直在鄙军方面,但是帝国政府考虑到目前事态的进展,还不足以获得满意的谈判结果,因此,帝国政府认为公开发表关于停战的条件,不能不暂俟他日。"

翁同龢与光绪帝看到这份照会,本在意料之中,但平添了一分怒气:"明明知道和议不可行,偏偏要请出洋人去议和,不是自取其辱吗?皇上,老臣觉得中枢缺乏带兵出身的人,议政不免太过软弱。今天老臣在朝房见到荣仲华了,此人是当年七爷最赏识的,可考虑让他参与军务。"

荣仲华就是荣禄,仲华是他的字。他与翁同龢都曾得到醇亲王奕譞的赏识和提拔,同治帝驾崩后,正是醇亲王的推荐,两人在光绪元年一起为同治帝"相度山陵",同居共醉,结为异姓兄弟。那一年,荣禄三十九岁,官居工部侍郎,可谓头角峥嵘;翁同龢四十六岁,署刑部侍郎,随后即出任帝师。两人在官场上都春风得意，翁同龢后来入了军机，而荣禄则出任九门提督并兼着醇亲王管理的神机营左翼总兵。

荣禄不仅办事利索，而且一表人才，气宇轩昂，据说为太后所喜。但令人不解的是，醇亲王一去世，荣禄立即失势，被遣出京城，去西安做了将军。这次是为祝贺太后万寿，才奉诏进京。

光绪帝对荣禄印象也不坏，便道："朕记着了，到时候你再提醒。现任九门提督已经七十多了，老眼昏花，脚步蹒跚，如果机会合适，不妨让荣禄替补，他从前就当过九门提督。"

黄海、平壤两战之后，日军已经取得制海权，大本营决定执行第二期作战计划"甲案"——运输陆军在渤海湾登陆，决战直隶平原。但此计划做了调整，不是到直隶登陆，而是先攻取旅顺，这样北洋舰队便失去了北方基地。大本营以第一师团及第六师团的一部分编成第二军，以大山岩为司令官，执行攻取旅顺的任务。而取得平壤战役胜利的第一军则渡过鸭绿江，牵制清军，配合第二军的行动。

清廷最担心的是日军向北攻取沈阳，那是祖宗的龙兴之地，也是大清的陪都；又怕日军在塘沽登陆威胁京师，因此把鸭绿江作为第一防线，把塘沽作为第二重点。为了加强鸭绿江防线，清廷把旅顺、大连守军主力宋庆等北调，并下旨令宋庆帮办北洋军务，并节制东边道各军。

宋庆是李鸿章的老部下，以能战出名，现年已经七十有四，须发皆白，人称"白头将军"。他赶到鸭绿江边，发现形势实在不妙。当时鸭绿江防线已经聚集了三万余人，分别为依克唐阿镇边军十二营、淮系吕本元盛军十八营、刘盛休铭军十二营、江自康虎勇九营，还有从朝鲜退回来的溃军，再就是宋庆所部九营。从朝鲜退回来的各军已成惊弓之鸟，而新招的各营又未经战阵，最严重的是各营统领素无节制，都不想听命于人。

宋庆没办法，只有致电李鸿章："若贼至各军政令不一，兵勇掺杂，恐又蹈平壤之辙，其不能展布情形，务乞电奏，请饬依克唐阿将军专顾北面长甸河口一带。"于是李鸿章上奏朝廷，将鸭绿江防线分为左右两翼，宋庆、依克唐阿各负责一段。

宋、依两人分工后，立即以九连城为中心，沿鸭绿江岸各城镇修筑了大量的堡垒工事。垒高三四米,厚达一米,日军山炮也难以摧毁。堡垒外挖了深壕,设置障碍。垒后高地设置炮台,可以俯射江面,宋庆寄望于坚固的堡垒能够抵挡得住日军的进攻。

10月23日,日军第一军司令官山县有朋率幕僚登上鸭绿江对岸朝鲜义州的统军亭,仔细观察清军布防阵地后,确定25日拂晓发动进攻。望着一江之隔的满洲,这位精于柔道、剑术,有着良好私塾底子的陆军大将禁不住陡生豪情,诗兴大发:

> 对峙两军今若何?
> 战声恰似迅雷过。
> 奉天城外三更雪,
> 百万精兵渡大河。

他的作战部署,是在清军虎山前哨阵地前的鸭绿江架桥进军,第一步攻占虎山,然后以全力进攻九连城。

10月24日上午十一时,为了迷惑牵制清军、掩护夜里架设军桥,日军派出少量部队向九连城上游的安平河口进攻。这一带水位较浅,容易徒涉,而且这里清军防御薄弱, 只有倭恒额的齐字练军春字营两百五十人和一哨骑兵五十人,外配两门大炮。下午一时半左右,日军大炮一响,这三百余人就弃守逃命去了,倭恒额、依克唐阿率军向北退往宽甸,清军鸭绿江左翼防线就这样轻易被日军攻破了。

驻义州的日军大队于24日晚乘夜在虎山对面的鸭绿江上架起两座浮桥,驻守在江对面的清军竟丝毫未察觉,部分日军在夜里渡过浮桥迂回抢占虎山东方高地。天助日军,25日早晨大雾。日军乘着大雾于六时越过军桥,从正面向虎山高地发起进攻。早已埋伏在虎山周围的日军也发动了攻击。同时, 列队于鸭绿江对岸朝鲜义州高地上的日军炮兵也向虎山清军阵地猛烈轰击。

虎山位于九连城东北,形如蹲虎而得名,东临鸭绿江,南隔叆河与九连城相望,是日军进攻九连城的最大障碍。而如果虎山落入日军手中,则可居高临下,炮击九连城。守卫虎山的是聂士成的两千人,还有李鸿章的老乡、蒙城人马金叙率领的六七百人。两人督战甚勇,抵挡了两个多小时,无奈日军人多,三面围攻,九连城中的宋庆几次命令刘盛休派铭军支援,刘盛休抗命不遵,只是隔河放炮,而且发炮误伤清军甚多。十一时半,日军占领虎山。

虎山虽然易手,但进攻九连城尚有瑷河相隔,而且九连城北、东北都沿山脊建有堡垒数座,与城防炮台相呼应,想攻下来也非易事。然而虎山失守后,只是隔河放了几炮的刘盛休所部首先"惊溃",接着与日军一个照面都未打的吕本元所部盛军十几人乘势哗溃,纵火焚烧军械,全军大乱,不战而逃。宋庆的毅军营哨官们见友军都弃城而走,便连劝带哄,逼着宋庆放弃九连城,连夜逃到凤凰城。

攻必占、伐必胜的日军并没敢过于小瞧清军。次日凌晨,分三路同时行动进攻九连城。他们首先用炮火进行轰击,但城中却寂然无声,唯见鸟雀惊飞。日军派出士兵攀越城墙侦察,发现全城一空,到此方知清军已弃城逃跑。

进攻安东县的日军也同样没遇到任何抵抗,因为驻守的清军闻听九连城弃守,也于夜里全部逃向大东沟及大孤山一带。至此,苦心经营半月有余、重兵防守的鸭绿江防线,不到两天就完全崩溃。

接下来,重兵驻扎的凤凰城又是不战而陷。

凤凰城是大清东边道道台驻地,人口两万,是商业繁盛之地,也是奉天至朝鲜的要道。凤凰城的清军计有吕本元、孙显寅所部盛军,刘盛休所部铭军,聂士成所部芦榆防军,宋庆本部毅军以及江自康之仁字虎勇等二十余营。

凤凰城地势平坦,城墙高整,凭险固守,完全可以抵挡一阵。宋庆原也想背城一战,以挫敌锋,但大多数清军将领却没有这样的想法,士气沮丧,队伍混乱,加之兵杖器械多数遗失,已成惊弓之鸟,无心再战。

为了能够继续抢劫并溃逃,夜里溃兵与土匪在南门纵火,高喊日军到了,乘势抢掠城中。在退出凤凰城时,他们又在城外到处纵火,大火烧了一昼夜,城南千余户化为灰烬。

10月30日,立见尚文率领混成旅团不费一枪一弹占领凤凰城,并在道台衙门设立了旅团司令部,整个东边道不到半月的时间内完全被日军占领。11月8日,日军在安东县设立民政厅,开始实行"文明治理"。

此时,宋庆奉到李鸿章急电,让他南下驰援,因为日军第二军同样势如破竹,兵锋已经直指北洋军港旅顺。

日本第二军编成后,立即向国外运兵,10 月 22 日前,大部已运至朝鲜大同江口渔隐洞集结,目标是在辽东半岛登陆,最终占领北洋舰队军港旅顺。旅顺位居辽东半岛顶端,建有完备的防御体系,第二军决定不做正面进攻,而是抄旅顺后路。旅顺后路有重要港口大连湾和城墙高厚的金州城,袭击旅顺后路,必须在金州附近抢滩登陆。他们在海军的协助下,决定在花园口登陆。

花园口位于今大连庄河市明阳镇的花园口村,附近海滩为泥沙底面,浅而平坦,涨潮时深约三米,便于登陆。据说唐朝时征辽东,就是从这里登陆;明朝时倭寇也经常从这里登陆滋扰。

10 月 23 日九时,日军第二军第一师团分乘二十只运输船在联合舰队十六余艘军舰护送下分四队向花园口进发。24 日凌晨联合舰队先于运输船到达,大部分军舰停泊在附近海面上以防北洋舰队袭击,并派海军陆战队一小队首先登陆侦察。让日军感到惊讶和欣喜的是,花园口竟然没有清军一兵一卒防守。运输船到达后,立即放心大胆地开始登陆。

花园口因滩平水浅,锚地距海岸有三四海里,日军登陆只能用汽船牵引小舢板,一昼夜仅能往返二三次。退潮时又有一千五百余米的浅滩,淤泥过膝,跋涉困难。马匹辎重必须等待满潮时用舰只运送。且海岸岩礁罗列,登陆地点面积狭窄,因此登陆非常缓慢。日军在花园口登陆人员 24049 名,马 2740 匹,前后历时达 14 天之久,而"我陆海军无过问者"!

是清军没有发现日军登陆吗?

当然不是。日军在花园口登陆的当天,金州副都统连顺的手下就捕获了一名间谍,经审讯确知日军一万数千人在花园口登陆,进攻目标就是金州和大连。他立即与大连湾守将赵怀业、徐邦道联名向李鸿章求援,希望速派北洋舰队北上,并遣二三营陆军协助防守金州、大连湾。

金州是盛京将军裕禄的防区,李鸿章不愿让自己的兵去为别人立功。接到大连湾守将赵怀业等人的电报,他十分生气,回电斥责道:"日军尚未过貔子窝,你们只管各守营盘,来路多设地雷埋伏。你们并无守金州城的责任,而且旅顺兵单,同样吃紧,怎能分兵,可谓糊涂!"盛京将军裕禄的回电也让连顺大失所望,裕禄说闻倭人早已由花园口上陆,距金州境界极近,尊处只可以现有兵力与赵(怀业)、徐(邦道)两军联合,竭力防御。

连顺再向旅顺水陆营务处会办龚照玙求援,龚照玙当然不愿分旅顺之兵,经请示李鸿章,将支援旅顺的福建提督程之伟的大同军改援金州、大连。此时大同军已到复州,距金州不过八十公里,如果快速进军,定能助一臂之力,但听到日军已近金州,程之伟反而滞留复州不再进军,连顺函催七次,也催不动程提督的大驾。

李鸿章发电报指示丁汝昌,率舰队北上到大连湾一带巡航,以威胁日军后路,而丁汝昌却以威海有日舰出没为借口,率舰南下。日军兵马源源不断登陆,却没受到北洋舰队的丝毫干扰,这令他们喜出望外,认为是不可思议之事。

金州危急,援军无望,连顺来到大连湾跪求赵怀业出兵抗敌,赵怀业以大连兵单为由不肯赴援。正定镇总兵、拱卫军统领徐邦道看不下去了,对赵怀业说道:"赵军门,唇亡齿寒,倭寇攻破金州,必然来攻大连,我们帮连都统,便是帮我们自己。"

赵怀业为人贪鄙,且自作聪明,眼高于顶,他对徐邦道道:"我奉中堂令守炮台,后路与我何干?我劝你也别做傻事,帮别人去打仗,有功不赏,有过必罚,何苦来哉?"

徐邦道一怒之下,带自己的两千人去支援连顺。赵怀业觉得不派人有点说不过去,就派哨官周鼎臣率二哨约三百人去意思意思。

连顺与徐邦道商定的金州城防御部署是,他率所部七百人守金州城,并在城外埋设地雷;哨官周鼎臣率二哨约三百人在城西北择险驻守;徐邦道率部约两千人在金州城东北石门子一带布防。这里是日军进攻金州城的必经之地,清军在大道两侧的孢子山和台山高地上各建炮垒一座,每垒设大炮四尊,俯瞰貔子窝日军来路。石门子附近的群众听说日本人要来,纷纷上山协助官兵修筑工事,向山顶拉炮,搬运弹药。

日军第一旅团长乃木希典所率前卫部队于5日上午十时向石门子清军阵地发起攻击。因为清军占据有利地势,日军强攻三个多小时没有攻下石门子,于是决定避实击虚,下午四时主力向西迂回,到金州西北宿营,准备第二天早晨六时向金州城发起进攻。

当天夜晚,徐邦道在寒夜朔风中到阵地视察,从十三里台子到刘家店十余里一片灯光突现眼前,那是日军的营地,他不禁大吃一惊,日军比料想的还要势大。他焦灼万分,再函赵怀业请求援兵两营;又寄书连顺,嘱其加强警惕。

次日凌晨,日军各部队由露营地分头向清军阵地进发。一部日军向徐邦道防守的石门子、台山阵地发动攻击,清军抵抗十分顽强,日军第一次冲锋被打退。日军在清军阵地对面高地上布置了炮兵,向清军炮垒轰击,四个中队同时向台山进攻。防守台山的只有一营清军和八门山炮,而且士兵多是新募,坚持四十多分钟后失守。总兵徐邦道渴望一夜,不见赵怀业援兵,感到大势已去,于是命副官烧毁重要卷宗,退向旅顺。

接下来数路日军集中进攻金州城,以三十六门大炮轰城半小时,又派工兵炸开城门,两个多小时后,金州城被攻陷。

当天晚上,日军第一师团长山地元治就制订了进攻大连湾的作战计划,确定次日拂晓分三路进行攻击,海军于海上支援。大连湾位于金州东南二十多里处,是旅顺后方要地,建有炮台六座,配备各种大炮三十八门,而且在湾口布置了水雷。炮台全部采用欧洲最新式的筑法,周围是极厚的花岗石,并用混凝土固定,而且每一炮台都装置欧洲最新式的大炮。

日本间谍提供的情报认为,如果有精锐勇武的兵士一个连死守,足以抵御一个师团的士兵。日军预料到将有一场激烈的苦战,军官兵士一起决心死战,有的把行李托付给战友作为遗物,有的把卷烟分得一支不剩,也不带午饭和干粮,做好了牺牲准备。

一名日军记者记录了那场奇特的"战斗"——

第一团的步兵午前四时出发,从金州方面,各营分别一个营一个营地从一条道衔枚而进。敌军从山上向金州方面,即我军进路开了两炮,一发落于我军前方立刻爆炸,硝烟滚滚,然而万幸我军无一伤者。不久,山上营内频起一阵一阵的钟声,这也许是敌军开启炮门准备射击的信号,颇抱疑惧之念。时天尚未亮,众人乘暗屏息,攻到山麓后立即向山上炮台进攻,如果现在敌军的巨炮在脚下轰响,身躯将立即化为粉末。各自分外小心,逐渐逼近垒壁,阒然无有人声,巨炮空向天空,犹如蛟龙睡着了一般。于是破大栅门,打开铁门侵入,搜检炮台及兵营,敌人已踪影皆无,只有步枪及其军械散乱在各处。木然自失良久,于是我军不放一枪,兵不血刃,先攻陷和尚岛炮台,其他各炮台也被我军全部占领……上去之后这才到了有大炮的地方,配备有炮口为 21 厘米 35 口径炮两门,其两侧有 15 厘米 35 口径的克虏伯炮两门,其巨炮为能回转 360 度的机械,就是说有一个人操纵方向盘使之回转,前后左右转动炮可随心所欲。炮口之下有炮弹及弹药累累堆积如山,火药有 6 万公斤之多。清兵在这天早晨,往大炮里填药以后原封未动就逃了。现在炮膛里的炮弹尾栓根本没动,只是装填进去而已,从而其狼狈相可想而知……

大连湾形同无防,守将赵怀业将军呢?三千多名守湾清兵呢?

赵将军早就跑了。

赵怀业,安徽合肥人,早年从刘铭传与捻军作战,累迁至总兵,是铭军统领刘盛休的妹夫。他平日克扣军饷,侵吞公款,家资拥巨万。贪财者必然惜命,他根本没有坚守大连湾的决心,金州失守的当天他收拾细软乘船逃到了旅顺。

大战在即,主将先逃,纵使有雄兵百万又有何用?何况他手下的三千人马,只有六哨是老兵,其余都是才参军数十天的新兵,不要说严格的军事训练,就是普通的军事常识也没有,他们就是留下来,先进的海岸炮也不会用,也许,称之为乌合之众并不为过。

第十三章

乏良将旅顺失守 无决断和战分歧

陈兵三四万人的鸭绿江防线崩溃，辽东重镇接连失守的消息陆续传入京城,翁同龢的结论是李鸿章指挥不力,淮军已经不可依靠。庆亲王奕劻也认为再靠李鸿章指挥已是力不从心, 但他不像翁同龢一样单纯地认为是李鸿章的能力问题,他认为目前参战的还有八旗、绿营、练军,都非李鸿章能指挥得动,而且从山西、河南等地调往京师的军队正在云集,非德高望重者不能指挥。于是他有一个主意——成立督办军务处。

他的设想是,督办军务处由恭亲王任督办,他则任帮办;会办则有翁同龢、李鸿藻,这两人深得光绪帝的信任;另一个是荣禄,已经代替福锟出任九门提督,而且又深受太后信任;再一个是兵部侍郎长麟,职责所在,自然少不了他。奕劻先与翁同龢密商,翁同龢无不赞同。近来太后已经到了无事不过问的程度,因此奕劻递牌子进宁寿宫密陈他的建议,太后也立即同意。

翁同龢、李鸿藻的地位已有深固不摇之势,进军机是势所必然。目前的军机班底是醇亲王和慈禧十年前奠定,世铎是领班军机,不宜轻动;孙毓汶为太后赏识,也动不得;徐用仪是孙毓汶六月份才荐入军机上学习行走,没有逐出军机的必要。剩下的就是额勒和布、张之万,两人年龄已大,体面地休致回家,其空位就由翁、李两人替补。

翁同龢还力荐一个人入军机,此人名刚毅,字子良,他他拉氏,满族镶蓝旗人。他是刑部笔帖式出身,用心钻研大清律例,光绪元年翁同龢任刑部侍郎,对他十分赏识,派为"秋审处总办",主持死刑犯的勾决,轰动全国的杨乃武和小白菜案就是他具体审理平反。随后升江西按察使,后为广东、云南布政使,擢山西巡抚,后又任江苏巡抚、广东巡抚。他与翁同龢关系极厚,这次也是奉诏进京祝寿,与荣禄一样,在翁同龢的力荐下留京任职,出任礼部侍郎。翁同龢称他是"结实人""清廉明快",认为可借他来整饬吏治。此事太后也无意见,所以当天内阁就明发上谕,公布了新军机的人选。

接下来就进入太后万寿"花衣期",诸事不办。所谓"花衣",就是指蟒袍,遇有庆典,朝官够资格者均须穿着。太后万寿是十月初十日,前三后四,从初八到十四日共七天,听戏,举宴,公事基本停办。所以金州、大连失守的败讯也都只好压下来,无人肯报忧败坏太后的兴头。太后万寿,京外臣工报效廉俸的四分之一,各省大吏另各报效三万两,甚至宫女、太监也各有数百两以尽孝心,再加各种庆典工程,所费近千万两。而前方战事正酣,饷械都需巨款,户部捉襟见肘。恭亲王心里着急,却毫无办法,王公大臣、御史台谏都无一人发声,他一个刚复出的闲散亲王也懒得多嘴。

光绪帝听说旅顺危机,连忙召集军机大臣和军务处众人商议军事:"前线一败再败,如今大连失守,旅顺危机,你们有何良策,赶紧说。"

新入军机的刚毅首先道:"应当重新训练虎衣藤牌兵,他们刀枪不入,是洋枪洋炮的克星。"

闻言,恭亲王笑道:"子良,哪有什么刀枪不入?如果真有这样的技巧,各国又何必孜孜于洋枪洋炮?"

"王爷,我可不是瞎说,藤牌兵是抗倭名将戚继光创设的,康熙年间雅克萨大捷,也是全靠虎衣藤牌兵。"

刚毅的确不是瞎说。当年戚继光抗倭,在福建招募年轻、健壮、勇敢的土著组成军营,手里拿一面用油浸过的巨大藤牌,进攻时躲在藤牌后,可以抵挡弓箭。而且这些人身形矫健,翻滚腾挪,有一套独门操法,战斗力极强。后来郑成功收复台湾的时候,藤牌兵的藤牌加为两层,中间填加棉絮,战前浸水,能抵挡霰弹,结果又立下汗马功劳。康熙年间与俄罗斯雅克萨大战中,藤牌兵又有出色表现,被作为独特兵种留了下来,身着虎衣,虎头虎脑,称虎衣藤牌兵,而且有种种传奇的说法,刀枪不入,洋枪克星就是其一。但在虎门销烟后的鸦片战争中,藤牌兵的藤牌再也挡不住子弹,因为此时的洋枪洋炮威力已经不可同日而语,藤牌兵从此从军营中消失。

恭亲王对藤牌兵也有了解,但他绝对不肯相信刀枪不入的神话:"子良,从前的霰弹枪,藤牌可以勉强抵挡,现在的洋枪何其锐利,不然当年林文忠在广东,何至于一败再败?"

刚毅其人自视甚高,说话总是一副斗鸡的状态,在恭亲王面前已算是收敛了:"王爷既然不肯相信,我也没什么好说的。不过广东有种拖网渔船,渔民非常勇猛,当年英法联军犯北京的时候,就重金雇他们随舰队到天津,大沽炮台被毁,就是他们动的手。他们每艘船上架有大炮,灵捷异常,铁甲舰也无可奈何,如果雇上几百艘,可赴日本为捣穴之计。"

恭亲王觉得这又是无稽之谈,但光绪帝和翁同龢都很感兴趣,并决定下旨给两广总督李瀚章,让他招募数百艘拖网渔船直捣东京。

这时兵部尚书长麟也献了一计:"前天同文馆有个教习,叫肖开泰,他上疏给兵部说太阳是大地真火,如果制造一面厚一尺、方八尺的大镜子,引日光发火,则敌人的军舰在三十里外就被烧成灰烬。"

恭亲王再也忍不住,叫着长麟的号道:"桂棠,这是什么计?简直是关公战秦琼。外国新闻纸说过,曾经用镜子反光烧过兵船,但那是帆船,不是现在的铁甲舰。炮弹都打不沉,靠太阳光来照,简直儿戏得很。"

见恭亲王越来越气,光绪帝劝慰道:"六叔,你也别着急,行与不行且让他们说说。"

大家都不说话。沉默了一会儿,光绪帝转脸问翁同龢道:"翁师傅,十几天前你说一定能打得赢,可是前线一败再败,你有什么好建议,不妨说说。"

"德国人汉纳根有一个练兵计划,要聘请上千名外国军官,为大清练十万精兵,他确保一定能够打败倭寇。"

中日开战后汉纳根先是跟随高升号运兵船前往朝鲜,高升被日军袭击时跳海逃生。随后又被派遣到旗舰定远上当丁汝昌的助手,黄海一战中受了轻伤。他在北京治伤期间,四处游说他的练兵计划。他两次参战并负伤的经历很令中国人佩服,翁同龢对他更是高看一眼,对他的计划也确信无疑。

没想到荣禄极力反对道:"让汉纳根来练兵,根本不可行。"

翁同龢是荣禄的荐主,万万没想到荣禄会第一个反对他的建议,他脸有愠色地问道:"仲华,你当年任神机营翼长的时候,就是用西法练兵,醇贤亲王还多次称赞卓有成效。汉纳根本来就是西人,让他按西法来为我们练兵有何不妥？北洋里面不也雇了许多洋人吗？"

"那不一样。汉纳根是个工程师，根本不懂军事。而且他的计划是由他招募外国军官统带这十万军队，将我们现有的军队全部解散，可谓丧心病狂！他这是要把大清的军权抓到他手里，真是岂有此理。如今海关权被赫德抓在手里，兵权再抓到汉纳根手里，我大清还能称为国否？"荣禄对汉纳根的计划是一副深恶痛绝的态度，语气也相当激动。

翁同龢便不再说话，一副不屑一辩的神情。这时李鸿藻说话了："目前六爷已经督办军务处，中枢这一块总算可以放心。可是前线没有统军帅才，恐怕也是致败的重要原因。现在看来，帮办北洋军务的宋庆也不过尔尔。"

光绪帝见状问道："前线统军乏人是个大问题，李师傅，你可有合适的人选？"

李鸿藻所说，与翁同龢此前的建议一致，请湘军出身的刘坤一出任前敌统帅。

"好，那就立即下旨召刘坤一进京，两江总督可由湖广张之洞署理。"光绪帝当机立断，又客气地问了一句恭亲王，"六叔，你还有什么好主意，不妨说说。"

恭亲王回道："臣没什么好说的了，现在有些人当面主战，喊得震天响，好像只有他最爱国，可背后却在把家人细软悄悄迁出京去，这种人最可恶！皇上不要信他们的一面之词，要听其言，还要察其行。"

闻言，刚毅插话道："对这种人就该千刀万剐，都察院和刑部应当暗中查访，当面一套，背后一套的，都应当关进天牢里。"

光绪帝最大的支持者，其实就是那些纷纷建议主战的人，他不愿相信这些人会人前一套背后一套，所以回护道："这种人应当是少之又少，不过实在可恶，如果确有实据，一定严惩。"

等散了会，恭亲王一边走一边想，现在窃据高位的都是些什么人！由这样愚顽的人占据要津，大清前途堪忧！对中日战事的前景，他更加没有信心。打不赢就和，要和就要趁早，不然越晚损失越大。于是，他决定递牌子见太后。

此时已经十时半，慈禧应该正在进午膳，如果太后愿见他，膳后的时间就可能召见，所以他没有出宫，暂在军务处候旨。果然，一会儿就有太监来请,说太后召见。

按清代的传统,太后一般居慈宁宫,而归政后的慈禧却喜欢居宁寿宫,其中自有深意。宁寿宫是乾隆为退位之后准备的太上皇宫殿,在紫禁城外东路,也分前朝、后寝两部分。慈禧在乐寿堂西暖阁召见恭亲王,问道:"六爷,这时候递牌子,想必是有要紧的事?"

"是,今天臣参加皇上主持的军务会议,前线形势不容乐观,倭寇对旅顺虎视眈眈,野心不小。只怕旅顺有失,渤海门户洞开。臣觉得应当有两手准备,一手当然要调兵遣将,另一手应当设法探听一下,比如要讲和的话,日本人到底是什么想法。"

"你能这样想,我很欣慰。皇帝被一帮书生包围着,骑虎难下,一味要打,可是前线却是败而又败。打不赢就该想和的辙,可是他们不撞南墙不回头。我已经归政,也不好干预太多。你有什么想法,我无不支持。"恭亲王的意见正对慈禧的心思。

恭亲王建议道:"要论外交,无人可胜李鸿章,臣觉得可以派个什么人去听听他的想法。"

"行。可是不能再派翁同龢那样的人,去了也是白去。"慈禧一口答应。

"既然是往和的方向去想法子,当然要派懂洋务外交的人去,总理衙门的张荫桓出使过美国,有外交才能,可派他去走一趟。只不过是臣告诉他悄悄去,还是……"如今主战声音压倒一切,恭亲王的意思是如果公然派张荫桓去天津,很容易泄露意图,招致不必要的麻烦。

慈禧却有自己的主意:"不必偷偷摸摸的。我下一道懿旨,就让他去责问李鸿章,旅顺如何守,下一步作何打算。"

以兴师问罪的名义行求和问路之实,是明目张胆,但又能堵上清流的嘴。恭亲王一想如此也好,如果悄悄去,消息泄露,反而显得做贼心虚。

第二天,懿旨发布。当天下午张荫桓就南下天津,而日军则开始由大连南下攻取旅顺。

旅顺军港自 1881 年开始修建,到 1890 年 9 月完工,前后历十个年头,东西两岸建有海岸炮台,后路要地也建有炮台,战争爆发后又在海岸新增四座炮台;在陆路修建松树山、二龙山、东鸡冠山、椅子山、案子山、望台六座半永久性炮台、四座临时性炮台以防守后路,一百四十余门火炮(重炮七十六门、轻炮四十九门、机关炮二十四门)将旅顺港内、港口及港外海面覆盖了起来,时人称之为"铁打的旅顺"。

但是,守卫旅顺的却是"流水的兵"。此时,驻守旅顺的清军共有三十三营一万四千人,其中有九千人是新募的士兵。新募士兵战斗力实在有限,很容易一溃而散。另外的五千人算老兵,但也没有经历多少战阵。更为严重的是,这一万四千人隶属七位统领。平壤大战时清廷还明颁谕旨,任叶志超为前敌总统,而旅顺诸军连名义上的总统也没有明确。一支没有统一指挥的军队,其战斗力是要大打折扣的。十月十三日(11 月 10 日),北洋舰队接到军务处电报,奉命撤出旅顺前往威海,旅顺守军更加人心浮动。

旅顺船坞工程总办龚照玙兼任北洋沿海水陆营务处会办之职,负有联络各军的责任,向有"隐帅"之称。如果"龚隐帅"是个有责任心、能够临机独断的将才,亦可以担当起总统的职责,但他没有这份德才。

龚大人也是李鸿章的安徽老乡,1871 年投效北洋制造局当差。他一路升上来,既不是靠科考、政绩,也不是靠战功,靠的是银子。他由监生捐纳府经历,加捐同知,保知府,1885 年再捐道员,1890 年保二品顶戴,直接捐了直隶的官职,被李鸿章派为旅顺船坞工程总办,并会办北洋沿海水陆营务处。

龚照玙的官是靠银子捐来的,花银子是为了挣更多的银子,大敌当前,如果连老命都搭上,在他看来实在不划算。所以金州失守后,他就以请援为名,乘雷艇逃到了烟台。山东巡抚李秉衡打算扣留他治罪,当时任山东登莱青兵备道、监督东海关的刘含芳就是从旅顺调任的,与龚照玙是老相识,他就将李巡抚的意图透露给了龚照玙。龚照玙一听,吓得逃到了天津。

大敌当前,"隐帅"先逃,李鸿章勃然大怒,劈头盖脸骂他一顿,命令他立即星夜回旅顺,"离旅顺一步即汝死所"。龚照玙无奈,只好再回旅顺。在他逃离期间,手下官吏、亲兵无人节制,纷纷动手抢劫公私财物。船坞工程局大小官员,则各挟库储贵重物料争雇民船载逃内渡。最恶劣的是旱雷营队长张启林为了窃走电箱,竟把控制水雷、旱雷的电线割断,使旅顺口布下的水雷、旱雷全部失去作用。龚照玙回到旅顺的第二天,日军就兵分三路向旅顺后路炮台发起了进攻。

战斗先后在椅子山、案子山、二龙山、鸡冠山展开。

椅子山、案子山是旅顺后路的重要高地,清军在这里建有多处炮台。日军从凌晨开始行动,先后将十二门山炮、二十四门野炮、四门攻城炮布置在了椅子山北部、西部的高地上。七时开始向清军阵地炮击,守军程允和指挥炮台还击。东侧的松树山炮台、东南方的黄金山炮台也用远距离大炮向日军进行轰击。日军步兵在炮火掩护下向椅子山发动进攻,受到清军各种火力的猛烈射击。日军停止冲锋,重新部署,集中所有炮火向椅子山清军炮台轰击,步兵从椅子山两侧迂回前进。七时半,日军距炮台只有百米,清军冲出堡垒,与日军展开肉搏,八时左右,椅子山炮台失守,一刻钟后,相邻的案子山炮台也失守。不到一个半小时,旅顺后路西部防线崩溃。

日军随后向松树山炮台发动进攻,而另两路日军则分别向紧挨松树山的二龙山炮台和鸡冠山炮台发起了攻击。十一时左右,松树山炮台弹药库被日军击中,连续爆炸,烈火熊熊,清军支持不住,炮台失守。这路日军便前去支援进攻二龙山炮台。二龙山炮台由安徽亳州人姜桂题指挥,他是旅顺守军中难得的尽职敢战的淮军统领,率领部属依托险要地形凭垒俯射。日军死伤颇多,但仍然踏尸猛进。双方战至十一时半,姜桂题见日军势大,清军已无力抵抗,于是在火药库里点燃地雷后率队撤退,二龙山炮台失陷。

所有的日军都向徐邦道指挥的东鸡冠山炮台集中,徐邦道率拱卫军顽强抵抗,诸炮台连发速射炮,如骤雨不绝,指挥作战的日军十四联队第一大队长花冈正贞少佐也在冲锋中中弹。然而,随着日军火炮、步兵全部集中过来,拱卫军腹背受敌,十一时四十五分,东鸡冠山失守。随后,大坡山、小坡山等相继失守。

此时,清军还有支预备队驻守白玉山,但统领卫汝成(他的亲哥就是以退缩逃跑"留名"的盛军将领卫汝贵)见后路炮台失守,惊慌失措,去找前敌营务处会办龚照玙商议。

龚照玙扮成商人模样正准备逃走,卫汝成拉着他道:"旅顺看来不保,大人应当立即到天津或山东报告详情,我愿保护大人起程。"他话说得好听,其实就是要一块逃走。

龚照玙便顺水推舟道:"我也正有此意。"两人会同几个心腹僚属,心急火燎地由小平岛乘舟顶浪出海。因为船小浪大,四天后才到达烟台,卫汝成装成船户模样上岸潜逃。龚照玙不敢登岸,让人到刘含芳处乞羊裘御寒,后逃至大沽。

因为卫汝成逃走,白玉山的清军不战而溃,不到十二时,旅顺后路全部失陷。英国人詹姆斯·艾伦站在白玉山上观看了发生在眼前的战斗。他对清军这么轻易地失去阵地大惑不解:"这些工事均设在陡峭的山上,处于居高临下的地位,来犯的军队在该处无法保持规则的队形,当他们奋力攀登这些险要的山坡时,将被能干的炮手们成千上万地撂倒。我怀着这种迷惑不解的心情,看到了如此坚固的防御工事竟这样丢失了。前面的那条小溪中有许多满载难民的舰只和小筏子,而大多数难民是胆小如鼠的官兵,他们在逃跑时扔掉了武器和军服。他们的无能和胆怯,使我对中国军队的未来具有很深的印象。"

日军开始向旅顺市区和海岸炮台推进,东海岸黄金山炮台成为日军行动最大的威胁和障碍。黄金山炮台位于市区东南,居高临下,俯瞰全城。主炮台配备火炮九门,副炮台配备火炮八门,这些火炮都可做三百六十度回转,可以向任何方向射击,而且防守炮台的清军有一千六百余人。然而,负责防守的总兵黄仕林也没有死守旅顺的打算,早就把值钱的东西装好船准备逃走,见后路炮台失守,他慌慌张张从老砺嘴炮台易服逃跑。守台兵勇人心惶惶,开始不断逃亡。部分将士留了下来,居高临下向日军射击,坚持到傍晚五时后也放弃炮台。见黄金山炮台失守,东海岸诸炮台将士全部逃跑。

日军攻战一天,极其疲劳,而且天色已晚,于是停止了进攻。这天夜里,天气奇寒,彤云密布,风雨大作,四顾漆黑,咫尺莫辨。西路清军及各路溃军在徐邦道、姜桂题等人率领下,乘黑夜沿西海岸向金州退走,前去与围攻金州的宋庆军会合。

次日一早,日军准备向海岸炮台发起进攻,遥望清军阵地已寂无人影,便兵不血刃地占领了海岸各炮台。据日军统计,攻占铁打的旅顺共计死 40 人,伤 241 人,失踪 7 人,死伤失踪合计 288 人;而清军伤亡约 2500 人,被俘 355 人。随后,日军对旅顺进行了 4 天 3 夜的抢劫、强奸和屠杀,全城 2 万余人被杀,只留 36 人因帮助抬尸而得幸免。

张荫桓已到天津一天多了,但李鸿章一直忙,两人未得深谈。因此晚饭的时候,李鸿章特意关照与张大人共进晚餐,为的是边吃边说话。刚坐下,李经方送来一封急电,李鸿章看罢脸色大变,连连拍着桌子叹息:"旅顺休矣!旅顺休矣!"

张荫桓拿过电报,是刘含芳发来的:

> 本日申刻,挪威国商船于昨日自旅顺老铁山救来溃勇三名,馒头山亲军左营前哨勇丁寇知贤、徐德騑,蛮子营庆副营中哨勇丁刘保。据称,二十一、二、三日水师营北面每日开仗。二十四日天明,倭大队进攻各炮台,战至午后四时,送饭不及,官勇败散。又据金龙轮船探称,日舰已经进入口内,陆路炮台皆见日军旗帜。

张荫桓惊讶地说道:"中堂,昨天不是还接龚观察电报,说连日皆捷吗?怎么旅顺又丢了呢?"

李鸿章心里恨恨地想,这又与叶志超虚报战功如出一辙。但在深受光绪帝信任的张荫桓面前,他不能这样说,便道:"昨天的电报,报的是前天的战事。一天之间,军情大变,也早在预料之中。"

"中堂早就知道旅顺守不住吗?"张荫桓奇怪地问道。

李鸿章解释道:"是啊,只因后路太弱。樵野,旅顺位居辽东半岛南端,海口有鱼雷,山上有海岸炮,倭寇要从正面进攻,非付出大代价。但旅顺后路却极为空虚。大连、金州是旅顺的后路,我早就建议要在这两处驻扎重兵。可是,他们都认为我是过虑了,朝廷又没有钱,因此这两处地方都没有加强军备,尤其金州城只有连顺副都统的七百余人。结果,这次倭寇还真就是从金州登陆。"

听了这话,张荫桓又问道:"日军从花园口登陆,先后十几天,丁提督的军舰怎么没去轰沉他们的运兵船?"

这是北洋舰队最受诟病的失误。当时李鸿章也曾命令丁汝昌去金州一带巡航,可是丁汝昌却回了威海。等李鸿章数次严令他回到旅顺后,他又窝在旅顺不出港,说是定、镇两舰受伤太重,还没完全修好,定远巨炮旋转不能如常,镇远起碇机不能使用,其他各舰也都难以正常巡海,如果与日舰相遇,实在没有胜算。因此,李鸿章借用他的话对张荫桓说道:"黄海一战,北洋诸舰受伤严重,当时汉纳根就说,非有三四十天不能修好,定、镇两舰都不能正常参战,要他们去与倭寇海军对决,无异于寻死。"

张荫桓点头表示理解。

"旅顺难以坚守,还有一个重要原因就是新兵太多。当初为了严防鸭绿江,宋祝三带着驻守旅顺的精锐北上,旅顺只好再招募新兵。旅顺守军一万五千人,近万人是新募。新兵既没有训练,又没有胆量,而且旅顺火炮皆是新式,非熟手不能操纵,战斗力便打了大折扣。"李鸿章说着这些话,心里有些遗憾。

李经方这时插话道:"我朝这个临时募兵制最不好。为了省钱,平时不养兵,到了战时才临时抱佛脚,让握锄头的农夫去扛枪。新勇总要训练几个月才略有效果,可中日战事事起仓促,如今是今天募起来,明天就拉上战场,如何能取胜?不但不能取胜,有时候一听枪响就溃逃,反而把整个队伍都拖累了。"

张荫桓是出过洋的人,对外国的征兵制很熟悉,以新兵对精兵,的确容易溃败。大清不是没有常备军,八旗和绿营就有六七十万,可早已经腐败不堪,徒费粮饷罢了。朝廷却不能下决心裁汰,省出钱来训练新式军队,结果是花钱养了大批废物。

"樵野,不是我发牢骚,如今我是以北洋一隅敌日本一国。黄海海战后,我曾经奏请调派南洋军舰四艘来北洋助战,皇上已经旨准,可是刘砚庄说南洋是用兵饷源,需加强海防,请免于派去。后来张香涛署理南洋,六七天前再给他发报,请派舰救援旅顺,他说船朽人庸,不能出洋。我又电商两广、福建,他们都以种种借口拒绝,好像与日本人打仗,只是我北洋的事情。想来真是令人丧气。"李鸿章也大发心中不满。

此外还有武器不如人、援兵行动慢等原因。当然,还有一个最重要的原因,李鸿章却不愿说,那就是将领贪生怕死。叶志超、赵怀业、龚照玙已丢尽淮军的脸,旅顺一战,肯定又有将领不战而逃。周馥曾经提醒过李鸿章,用人要放开眼界,不要局限于他的安徽老乡,更不能重用贪财好利之辈,自己听不进去,如今后悔晚矣。

"中堂,以你之见,下一步到底该如何办理?"

"日本人占据了旅顺,便卡住了北洋的脖子,我估计他们下一步很有可能要到山东半岛去攻打威海,威海若失,北洋海军便没了栖身之地,日本人便卡死了渤海的咽喉,后果真是不堪设想。"

"中堂,威海能不能守得住?倭寇人数毕竟有限,他分散在辽东半岛和胶东半岛上,兵分则单,只要威海能守住,各路援军一到,就可能反败为胜。"

李鸿章却没有那么乐观:"樵野,援军往往指不上。九连城、金州、凤凰城,无一不是援军催而不到,作壁上观。山东的驻军已经调到关外,威海又远居胶东半岛,无论鲁军回援,还是从邻省征调,恐怕又是缓不济急。威海的弱点还是在后路,难免又步旅顺后尘。"

张荫桓严肃道:"既然中堂有此预见,应当未雨绸缪。"

"四处捉襟见肘! 日本人也有可能到塘沽登陆,京津门户,不敢有失,所以可调之兵,又要先充实渤海湾内。樵野,朝廷应当做两手准备,一面调兵遣将,一面谋求停战。越早停战,越对我有利。"李鸿章也是无可奈何。

"中堂的意思,是应当与日本媾和?"

"是,这话恐怕会招人骂,可是明知打不赢又不肯和,不是误国害民吗?我现在真后悔,当初这一仗就不该打。"

"不是中堂想不想打的事,日本人一再在朝鲜增兵,大清不增兵无论如何说不过去。"张荫桓对中日失和的前因后果非常清楚。

李鸿章叹息道:"当初我们不增兵,顶多丢失朝鲜,如今,嘻,日本人恐怕吞下朝鲜也不能满足贪欲了。"

"难道日本人还要割地或者赔款吗?"

"日本人的野心大得很。樵野,前天美国驻华公使田贝说,他已经给美国总统写信,希望美国能出面为中日讲和。他的条件是,中国对朝鲜不予置问,而且,要赔日本人一笔兵费。"李鸿章不予正面回答。

张荫桓知道光绪帝的强硬态度,连忙摇头:"中堂,这恐怕很难。失去朝鲜大清已经难以接受,如何能够再赔款?"

"难就难在这里。现在恐怕就是赔款日本人也不一定愿意收手。"李鸿章也无奈地摇头,又恭维张荫桓道,"樵野,你深得皇上信任,又与翁叔平关系极密,太后又很欣赏你的才干,你应当居中折冲。"

张荫桓连连推辞:"中堂,我哪有这么大本事? 你也知道,总署向来被人诟病,被骂为汉奸的也大有人在。我要说一句议和的话,非被参劾的折子淹了。"

"总不能一帮人都像斗鸡似的,打没有打的办法,和又不想和的办法。我知道这事难,但你是办外交的,总知道以国家利益为重。你如果不便在皇上面前说,可以对恭亲王和太后说。行与不行,总署与田贝商议一下,让美国人摸一摸日本人的底总成吧?"

两个人只顾说话,菜都凉了,李经方在一旁提醒道:"父亲,边吃边谈,菜都凉了。"

"对对对,再急也要先吃饭。反正局势如此,饿死、愁死都没用。"

晚饭后,两人又密商一个多小时,张荫桓去休息,李鸿章却还要继续忙。旅顺失守,对他打击相当大,他只是不想在张荫桓面前流露出来。等签押房里只剩下父子两人,他忧惧地对李经方说道:"老大,我北洋难道要全军覆没吗?我一生功业,难道要毁在这一场战事上吗?"

李经方安慰道:"父亲不必过虑,樵野说得有道理,倭寇兵分则单,只要威海能够守住,日军就是强弩之末。"

"你不要安慰我,要守住谈何容易?旅顺的防御比威海要坚固得多,旅顺不守,威海岂能幸免?我淮军将领怎么如此不争气!当年虹桥大战,我就搬把椅子坐在桥头,长毛枪弹在我身边嗖嗖地响,我都不管他。可如今这些将领,怎么都是贪生怕死之辈!叶志超弃守平壤,一溃就是几百里;赵怀业敌兵未到就弃守大连;卫汝贵在九连城、凤凰城一枪不放就逃散;龚照玙是敌未至而先逃……这是要丢尽我淮军的脸,丢尽安徽人的脸!"

"父亲不必太过烦恼,如今宋帅、聂军门都是能战的,左军门更是忠勇可嘉。"

宋帅是指宋庆,聂军门则是指聂士成,左军门则是指在平壤战役中牺牲的左宝贵。宋庆身先士卒,攻金州、守盖平,聂士成则在摩天岭组织防御战,利用山高路险,设疑疲敌,雪夜奇袭连山关,继而收复分水岭,击毙日军将领富刚三造。这两人足为淮军骄傲,但宋庆虽是淮军,却并非安徽人,左宝贵连淮军也不是,两人都是山东人。

"这些败类,真是丢尽安徽人的脸。只怕再打下去,还有更多的败类临阵脱逃,我真就百口莫辩了。老大,我要给丁禹亭发个电报。"

李经方连忙拽过一张纸,拿起一支西洋自来水笔,等着李鸿章口述。

"旅失威亦吃紧,湾、旅敌船必来窥扑,诸将领等各有守台之责。若人逃台失,无论逃至何处,定即奏拿正法;若保台却敌,定请破格奖赏。闻日酋向西船主言,甚畏定、镇两舰及威炮台厉害。有警时,丁提督应率船出,傍台炮合击,不得出大洋浪战,致有损失。戴道等但各固守大小炮台,效死勿去。且新炮能击四面,敌虽满山谷,断不敢近,多储粮药,多埋地雷,多掘地沟为要。半载以来,淮将守台、守营者毫无布置,遇敌即败,败即逃去,实天下后世大耻辱事。汝等稍有天良,须争一口气,舍一条命,于死中求生,荣莫大焉!"戴道即是指威海卫陆路统领戴宗骞,安徽寿州人,他负责威海整个陆路炮台的守卫。

李经方记完抄录下来,李鸿章一字未改,说道:"照此发出。"

李经方要走,李鸿章又把他叫了回来说道:"老大,把刘道台的电报转发给总署。旅顺失守,我是难辞其咎,别等朝廷发话,咱知趣点先请处分吧。"他闭目想了一会儿说,"你在后面加上'旅顺已失,救援无及,愧愤莫名,应请从重治罪'。"

第二天一早,张荫桓前来辞行,见李鸿章脸色很难看,便问:"中堂夜里没睡好吗?"

"这几个月天天只睡三四个小时,有时候累得不行,躺下却又睡不着。"

张荫桓劝道:"中堂要休息好,你是淮军统帅,更是北洋统帅,千万不能累倒了。"

李鸿章笑了笑道:"多少人盼着我立马完蛋呢!可是我非要好好活着。樵野,今天一早收到丁禹亭电报,真是令人丧气,镇远舰回威海的时候被暗礁划伤,管带林泰曾内疚自杀。"

日军进攻旅顺前,丁汝昌奉上谕率舰队撤出旅顺去威海。进港的时候,定远在前,镇远在后,结果定远安全进港了,镇远却触了礁。本来进港航道很宽,根本不存在触礁的危险,中日开战后,港口布了水雷,收窄了进出航道,设了四个浮鼓作为标志。可因为连日大风,浮鼓向东边刘公岛方向偏移,又加战时载弹吃水深,镇远贴着东边浮鼓航行,结果被刘公岛下的礁石划出了好几道口子。洋人下水检查,说最长的划伤有六米多,没有一月不能修好。管带林泰曾平日就谨慎小心,如今出现这样大的失误,深感内疚,便服鸦片自杀了。

听了这个坏消息,张荫桓叹息道:"真是屋漏偏逢连阴雨。那么,镇远舰月内不能出海了？"

"泊在港内当炮台用还可以，出海非等修堵好了才行。樵野，北洋舰队实力因此又将大减，谋求与日议和刻不容缓，为国家计，请一定向当道进言。"

张荫桓拱手辞别："中堂放心，我一定把话带到。如果朝廷同意请美国出面，我会立即与田贝联系。"

"拜托了，拜托了。"李鸿章连连拱手。

张荫桓回到京城，已是次日下午四时多，宫门早就下钥，要复旨也要等到明天。刚进门管家就告诉他，翁师傅派人来说，若今天回来，请务必到翁府说话。张荫桓是奉懿旨去天津，在向慈禧复旨前，按说不宜会客，但若不赴翁同龢之约，又怕他想多了。太后主和，皇上主战，臣子夹在中间真是作难。梳洗休息片刻，他让仆人收拾了些从天津带回的特产，再加上从琉璃厂淘到一方砚台，便着青衣小帽，乘一顶小轿，从翁府后门进去。

两人熟不拘礼，翁同龢开口就问道："樵野，旅顺丢了，镇远又险些沉了，李少荃怎么说？"

这话题太大，张荫桓只能小心应道："自然是自责很深，又要调兵遣将，让宋帅回师盖平，以防日军进攻奉天，又电令威海诸将用心防守。"

"皇上听说旅顺失守，镇远受伤，震怒，已经下旨斥责李鸿章调度乖方，革职留任，摘去顶戴。这个处分说小不小，说大也不大。以李少荃贻误如此，革职不为过；他居督抚之首二十余年，每届大计都是优叙，这次也算给他个不小的教训。皇上也是想以此振作士气，以示与倭寇决战之决心。"

张荫桓不得已说了一些自己的想法："翁师傅，主战当然没错，可到底应该如何去战得有切实的办法，如今一败再败，毛病出在哪里，怎么补救，非有扎扎实实的措施才行。"

翁同龢顺口便回道："措施当然有，先把李某人革职，皇上已经下旨派刘砚庄为钦差大臣，到山海关去督战，节制关内外各军。"

张荫桓有些不以为然："刘帅一直是主战的，可是要他上前线，他未必肯去。"

"为什么？"

"主战的话好说，可到前线却是胜败立显的事情，而且前线多是淮军将士,刘帅是湘军出身,指挥起来恐怕没那么如意,他又不傻。"张荫桓分析道。

"淮军不行了,非起用湘军不可,吴清卿已经奉旨帮办军务,还有魏午庄也奉旨招募湘军,跟随刘帅出关。湘军宿将也将陆续起用。"翁同龢又说出了一系列的名字。

吴清卿是湖南巡抚吴大澂,魏午庄是湘军老将魏光焘。张荫桓认为,湘军早已败落,如今起用几个湘军老将恐怕也无济于事。但他不愿给翁同龢泼冷水,委婉地劝道:"翁师傅,李中堂的意思,不妨两手准备。"

"哼,我知道他就是这话。他一开始就抱着幻想,不肯扎实备战,致有今日之败,实在令人切齿!樵野,你不会被他的迷魂汤灌糊涂了吧?"翁同龢的声音开始大起来。

"我没有成见。李中堂说美国人有意出面调停,我必须把话回奏太后。"

"那么调停的条件呢?是要我们割地,还是要我们赔款?"翁同龢咄咄逼人。

张荫桓实话实说道:"说不上割地,但田贝建议对朝鲜可以置之不问,可能还要适当给日本点兵费。"

"这就是割地赔款,朝鲜是我藩属,置之不问就是割给日本。"翁同龢气愤难平,白胡子直抖,"是日本先起衅,却要我们赔款,真是岂有此理!外间传说李某人有大笔款子存在日本银行,所以不愿中日失和。以此看来,倒有可能是真的。"

"翁师傅何必如此生气,我且复了旨,听听太后和皇上怎么说。"张荫桓不接翁同龢的话。

"樵野,你不能帮着李某人当卖国贼,你应当对太后说李鸿章在调兵遣将。美国人调停的事,连说也不必说。等刘帅出关,如能大捷,那时候要求和的恐怕是日本人。"

张荫桓觉得翁同龢对刘坤一抱如此大的希望就有些不切实际,要求他不如实复旨则简直有些可笑,便反问道:"翁师傅,你觉得我敢隐瞒太后吗?"

当然,有谁敢欺瞒太后?太后虽然归政,但正如李鸿章常说,依然是"猛虎在山",相当多的大臣依然以太后为大清最高主宰。

第二天,张荫桓在乐寿堂晋见慈禧,简要报告了会见李鸿章的情况,并把李鸿章分析的旅顺失守的原因也逐条向太后奏报。慈禧听了后问道:"李鸿章所说也不是没有道理。这样打下去,到底有没有取胜的可能,何时是个头?总不能一直打下去,让倭寇打到北京来,让我和皇上再巡狩热河?如果美国人愿意出面,也不是不可以。"

张荫桓以头碰地说道:"臣遵懿旨,回去后就与美国公使田贝商议。"

"也不必这么着急。你把李鸿章的意思也向皇上奏报,听听皇上怎么说。"慈禧想和,但又不愿惹怒清议,落个卖国的骂名。

张荫桓出了宁寿宫,到上书房找翁同龢,说明太后的意思。

"太后的意思是和,可是又想把这议和的责任推给皇上。"翁同龢一语道破天机,"恐怕皇上未必能够愿意和议。"

"臣唯上命是从。"张荫桓这个回答相当机巧,"上命"可以理解为皇上,也可以理解为慈禧。

"反正我不闻和议之事,你非要与美国人交涉,就递牌子吧。"

"翁师傅,我无定见,和与战皆听上命,但话总要回奏给皇上。"

翁同龢知道张荫桓是要滑头,明明他心里支持和议,却又一再表明无定见。这时,听得太监喊"起开起开",知道皇上到南书房来了,于是张荫桓跪到门外迎驾。翁同龢是帝师,得恩旨书房不必下跪,只恭恭敬敬站在门外。

进了门,皇上坐定,翁同龢首先说道:"皇上,张荫桓从天津回来,有事回奏。"

光绪帝听完张荫桓的回奏后问:"李鸿章还是不肯振作,意思还是与倭寇讲和是吧?"

张荫桓据实回奏道:"李鸿章年已七十二岁,每天只睡三四个小时,调兵遣将还是很尽心的,他的确希望美国人能帮着摸一下日本人的底。"

光绪帝斥责道:"什么摸日本人的底,无非就是求和而已——请美国人出面的事,太后怎么说?"

"太后没说什么,只说让臣回奏给皇上。"

光绪帝真的以为太后没有成见,便道:"听说倭寇怕冷,他们都穿大皮靴,冬天冻得硬邦邦,走路就摔跟头。冬天三个月正是我们反攻取胜的时机,何必请美国人多此一举?"

张荫桓不做任何说明,只"嗻"了一声,以头碰地。

翁同龢觉得张荫桓总算有点良心,没有帮着李鸿章一味议和,他附和光绪帝的话道:"朝廷已经起用湘军老将刘坤一,魏光焘等也都在募勇,等刘坤一出了关,战事当有起色。还有汉纳根练兵十万的办法,臣以为不妨一试,纵使不练十万,先练三五万也行。德国步兵独步天下,届时可望有大用。荣仲华一味反对,不知是何居心?"对荣禄的恩将仇报,翁同龢非常不满。

"朕看就不必再议了,议来议去空耗时光。翁师傅你拟道旨意,汉纳根练兵十万不必再议,按原议办理,任何人勿得再行阻拦。"光绪帝求胜心切,急急下旨。

慈禧归政后,为了打发时间,除了画画外,还热衷于养生那一套。西便门外白马观住持高同元便在拜把兄弟李莲英的举荐下,入宫为太后讲养生之道,深得赏识,封他为"总道教司"。其实,他还有另一个更重要的作用,就是为李莲英、慈禧卖官鬻爵居中牵线。

大清卖官鬻爵是明码标价,叫捐纳,何需牵线?原来,捐纳只能捐候补,要谋到实缺,非再花一笔银子寻门路不可,尤其是海关道、盐茶道等肥缺。最有效的门路当然是直通太后那里。但所谓直通也不可能直接找太后谈,只能寻李莲英的路子,而李莲英也不与当事人直接见面,而是由这位高道士谈妥,再由李莲英去运作。

慈禧其实心里明镜似的,不过她知道李莲英办事稳妥,不会闹得太不像话,就睁一只眼闭一只眼,也算是对奴才的一份恩赏。当然,李莲英也不傻,每笔交易总以恰当的方式、恰当的时机对太后有所进献。

这天高同元出宫的时候,李莲英照例奉太后命送"高道长",走了一会儿,高同元有些丧气道:"二弟,玉铭那件事黄了。"

玉铭是广隆大木厂老板,这些年靠着内务府在颐和园和西苑园工上发了一笔大财,突然想过过坐堂审案、排衙摆威的官瘾,于是托内务府的人与高同元联系上,要谋四川盐茶道的缺。那是出名的肥缺,李莲英开出的价是十二万两银子。玉铭有的是银子,但李莲英要他等机会,一等等了二十几天没准话。

玉铭求官心切,结果又通过内务府另一个熟人与珍妃面前的宠监高万枝联系上了,珍妃答应给想办法,只要八万两银子。珍妃爱照相,爱漂亮衣服,爱排场,花销很大,靠卖官弄银子已不是第一次。光绪帝也知道,也是睁一只眼闭一只眼,男人总是希望宠爱的女人高兴,无论庶民还是天子,概莫能外。

李莲英知道了这事的来龙去脉,便劝道:"高大哥,莫烦恼。银子拿到了未必是好事,拿不到也未必是坏事,福兮祸所伏也。"

这天,慈禧召见恭亲王,见面便问道:"老六,李鸿章说美国人想帮忙调停,张荫桓也向皇上奏报过,可怎么一直没动静,皇上是什么想法?"

恭亲王回道:"臣听说,皇上认为冬三月是大胜倭寇的时候,等大捷之后再议和反而易成。"

"怎么冬三月就是大胜倭寇的时候?有什么讲究?"慈禧有些不解。

"不知什么人告诉皇上说倭寇畏寒,其实日本冬天比咱们东三省还冷,以为冬天就能取胜,简直是扯——"恭亲王复出不及一月,对翁同龢等人一味主战而又毫无章法甚为失望,一想起他们那些可笑的建议心里就上火,差点说出"扯淡"的话来,"汉纳根弄了个十万人的练兵计划,无非是要从中取利,翁叔平竟然相信他的话,坚持要让他练兵。荣禄不同意,反对的理由很有道理,怕汉纳根窃取了大清的兵权。可是翁叔平借皇上去南书房的机会,也不经军机商议,就下旨让汉纳根全权负责练兵,荣禄气得在臣那里大发牢骚。"

慈禧叹了口气道:"现在皇上那里全是一帮主战的人围着,我归政了,也不好紧着说。主战也没错,能打胜仗也成啊,可是一败再败。大清这些年多不容易,十几年来总算没有战事,这里头也有你还有老七的功劳了。我是盼着尽量别打仗,等皇上一切都老成了,我也就放下心了,可是没想到来了这么一场泼天大战。"

"现在朝廷里的官员不管懂不懂军事,都在喊打。外面的老百姓,也都是喊打。可从上到下都没有用心了解日本,自己闭门造车,总觉得大清比日本厉害,一定能打败小日本,这不是添乱嘛!"恭亲王说着朝野的现状。

"老六,我不好紧着说话,不然被人指责归政后还干政。可是你得说话啊,你是他六叔,又是军务督办,又管理总理衙门。我让你出来,就是为朝廷分忧的,你不能只顾自保,看着皇上带着大清往火坑里跳。"

恭亲王连连道:"臣土埋了半截的人了,功名利禄早就看开了,不会只顾自保、不管爱新觉罗的江山。"

慈禧对恭亲王总算放心了,觉得他的心思总是与自己不谋而合,便道:"老六,你不进军机,说话有时候也缺分量,等着吧,我找个机会和皇上说说。"

"谢太后信任。进不进军机,臣都尽心竭力。"

等恭亲王走了,慈禧要出去遛弯,李莲英跟在后面,再后面是一帮宫女,提水的、搬痰盂的、拿手炉的,不远不近,慈禧有何需要,她们立即就能追上,而又不影响慈禧想事。慈禧一边走,一边问:"莲英,最近外面有什么有趣的事情,说说我听听。这一阵全是败讯,说得我头都大了。"

李莲英早有准备,有趣的事情不少。等走了一多半的时候,他才似不经意地说出一件事:"奴才还听了一件奇事,有人花八万两银子,要买四川盐茶道的缺。"

"哦?"慈禧惊觉起来,"是什么人,从谁手里买?"

"是个叫玉铭的木匠,斗大的字不识一升。从谁手里买,到时候真有其事,奴才再奏明老佛爷。万一是误传,岂不是害人?"

慈禧点了点头:"好,那就看看你说得准不准。"

当然准得很。第二天,光绪帝拿着一张简放补缺的单子,来征求慈禧的意见,四川盐茶道下面,果然写着"玉铭"二字。

"别的都没什么,四川盐茶道是个要缺,先放放再说,你也打听一下此人官声如何。"慈禧打发走了光绪帝,便把李莲英叫来道,"果然你说得不假,你说,是谁在卖这个缺?"

李莲英小声回道:"听说是珍主子。珍主子得万岁爷专宠,万岁爷也不忍拂了她的面子。据奴才所知,安徽的臬台、江苏的粮道也都是走珍主子的路子。"

"好大的胆子,她就不怕我拿家法治她!"慈禧板着脸道。珍妃集万千宠爱于一身,皇上连皇后的宫门都不踏,她早就生着闷气。

李莲英又趁机煽风点火道:"珍主子年纪小,有些事掂不起轻重。其实卖一两个道台的缺,也没什么大不了的。"

"这都大不了,那什么才是大事?"这话让慈禧很生气。

"老佛爷不要生气。一些善于钻营的人借珍主子的门路被引荐到皇上身边,那才是大事。"

慈禧又问:"你的意思是皇上身边那些主战的人,都是她引荐的?"

"也就几个人,比如文廷式是珍主子的老师,志锐是珍主子的堂兄,这两个人又各自向珍主子推荐了一些人,到底有哪些,奴才就不敢猜测了。那些工于钻营的人一看,只要主战,就能得皇上赏识,难免有人为了前途随声附和。"

"她这是要坏我大清社稷!"慈禧气咻咻道。

第二天,皇上来请安时,慈禧问道:"皇帝,昨天你说四川盐茶道要放个什么人?"

"是玉铭,镶蓝旗人,很能干。"光绪帝回道。

"你觉得能干,就放他的差吧。不过,你召见他的时候可要仔细考校一下,让吏部的人也一块去听听。"

光绪帝满心高兴,珍妃所托,昨天陡生波折,今天突然又峰回路转,一想到珍妃笑起来的一双酒窝,他心里就春风荡漾。

官员外放,皇上照例要召见,多是几个人一起磕头,皇上说一番勤政爱民的空话。因为慈禧有话,光绪帝对玉铭不能不格外注意,等吏部官员把一个胖乎乎、一脸憨厚的中年人领上来时,他便问道:"你就是玉铭?过去在何处当差?"

"臣在广顺号做事。"

光绪没听说过有广顺号这种衙门,惊诧地问道:"什么是广顺号?"

"啊,广顺号,皇上不知道吗?就是西直门外最大的一家木匠铺子。"

"你那个铺子还赚钱吗?"

"托皇上洪福,赚钱不少。"

"既很赚钱,你何必花那么多钱来捐个官呢?"

"启奏皇上,臣听说这四川盐茶道比广顺号赚钱要多十倍哩!"

有吏部官员在场,光绪帝实在没法为这种人掩饰,让他写履历,他根本写不来,费了半天工夫,只在一页纸上写出八个核桃大的"臣玉铭广顺木匠铺"。

下午慈禧召见光绪帝,脸上满是讥诮的表情:"玉铭学问操守到底如何啊?"

光绪帝闷闷地说道:"一个草包,儿子已经下旨不让他去四川补缺,由四川总督先派人署理。"

"我听说这个人是珍妃推荐的,没错吧?"慈禧又问。

"她也是受了别人愚弄。"光绪帝不敢隐瞒。

"这可不是小事,如果你身边都是这样的臣子,祖宗的江山我看就不保了。来人,把珍妃叫来,还有瑾妃、皇后,都来。"

慈禧的想法是责备珍妃一顿,让她以后不再胡乱向皇上推荐官员,免得皇上被主战的人包围。珍妃聪明伶俐善于应对,与木讷的隆裕皇后相比,慈禧其实更喜欢珍妃。珍妃的字写得好,这几年,慈禧赐群臣的福、寿、龙、虎等字,均由珍妃代笔。所以,她并没有想过要处分珍妃,只要她服软,再借机训诫几句达到敲山震虎的目的也就够了。可珍妃不仅不害怕,还向隆裕投去了一个恶毒的眼神。

慈禧见状,气道:"你不要胡乱瞎猜,这事与皇后没有关系。我是问了皇帝的,是皇帝亲口承认的。皇帝你说,是不是?"

光绪帝白着脸道:"是,儿子不敢隐瞒。"

"好,那回答我,为什么要这么做?"慈禧怒视着珍妃。

包括光绪帝在内,大家都盼着珍妃磕头认错,然后众人求情,慈禧高抬贵手,也就过去了。可是谁也没有想到,珍妃梗起脖子、翻着白眼道:"祖宗家法也是有人破坏在先,臣妾何敢?我也不过是跟太后学的罢了。"

在慈禧听来,珍妃口中的破坏祖宗家法,无疑是指责她曾经两度垂帘听政,这是她所最不能容忍的。她露出少见的半张着嘴惊讶得出神的表情,然后双眉紧拧,额头青筋暴跳,这是震怒的前兆。李莲英连忙提醒:"珍主子,还不快向太后请罪!"

包括光绪帝在内,都跪下为珍妃求情。但珍妃依然直撅着身子,不肯认错。

慈禧大怒道:"谁再求情,一起杖毙! 来呀,把这个不知好歹的东西廷杖四十! "

廷杖之刑,是要扒掉裤子打屁股,有清一代,对后宫还从未施过此刑。两名太监拿着竹杖进了殿,真就打了起来。两人手下留情,慈禧一眼就看穿了:"你们两个胆敢弄虚作假,一起杖毙!"

闻言,两个行刑太监一激灵,下手立即狠了起来。隆裕皇后吓得当时昏倒在地。慈禧大声道:"就是吓死皇后,你们也别指着另立新后!"

这是警告光绪帝,就是有机会,也绝不会再宽恕珍妃。

等打够四十,珍妃已经昏死过去。慈禧余怒未消:"珍、瑾二妃,着降为贵人!把珍贵人关起来,没有我的旨意,任何人不得探望!"

第二天又有旨,将珍贵人宫中太监高万枝杖毙。

外面盛传的消息是珍妃因主战被杖责,文廷式听到后非常不满,上折弹劾孙毓汶,孙毓汶是慈禧的心腹军机,所谓打狗还要看主人,弹劾孙毓汶其实就是与慈禧叫板,何况他的字里行间不难琢磨出是在指责太后。同时还有御史高燮曾,他也上折指斥军机,不该阿谀取荣,无所匡救,并有挟私朋比,淆乱国是,若不精白乃心,则列祖列宗在天之灵必诛之等语。最为权贵的军机何须阿谀?所阿谀者又是何人?不问可知,是指太后。

慈禧心生警惕,皇帝身边的人已经丧心病狂,毫无所惧,如此放任下去,将有更加令她难堪的行动。所以她下懿旨对文廷式、高燮曾严斥。

而光绪帝一腔怒火无处发,下旨将卫汝贵立即斩决。卫汝贵的盛军军纪差,已有许多不堪的传闻,他被拘拿到刑部牢房。但前线统帅宋庆上折对卫汝贵多有辩白,说他在平壤之战中,与马玉昆一样勇挫敌锋,自凤凰城溃逃后严加整顿,所部颇有战力。但光绪帝依然不听,道:"宋庆也是淮军,自然要为卫汝贵说话。斩!"

慈禧的反应则是逼光绪帝撤掉南书房,因为翁同龢已入军机,军机见皇上向来是同进同退,一般不独对。而翁同龢经常借书房向光绪帝进言,众军机颇有微词,九门提督荣禄更是愤怒。撤掉南书房,对翁同龢是一个警告。同时,恭亲王又复入军机。恭亲王复出并未如主战派所愿成为光绪帝的助手,反而是主和的倾向越来越明显。

可还是有人不怕倒霉,御史安维峻上《请诛李鸿章疏》:"李鸿章贪墨成性,私财存于倭国银行,恐付之东流,故不欲战。李鸿章之子李经方乃倭王之女婿也,系张邦昌之流尔!李鸿章平日挟外洋以自重,固不欲战,有言战者,动遭呵斥,闻败则喜,闻胜则怒。中外臣民,无不切齿痛恨,欲食李鸿章之肉。而又谓和议出自皇太后,太监李莲英实左右之。臣未敢信。何者?皇太后既归政,若仍遇事牵制,将何以上对祖宗,下对天下臣民?"最后,义正词严地提出要将"倒行逆施,接济倭贼"的李鸿章"明正典刑,以尊主权而平众怒"。

光绪帝和翁同龢都非常紧张,因为奏折直指太后,安维峻又是翁同龢的学生,两人只怕慈禧误会是他们授意。所以光绪帝召见军机,安维峻着即革职,发往军台效力。

恭亲王因为生病,第二天入宫才知道有这样一道奏折,他看罢后讥讽道:"真是书生之见,杀一个李鸿章对局势有何益?历朝战事,战败就归罪于一二大臣,谓之汉奸、奸臣,举国痛骂,人人都慷慨激昂,都标榜自己忠君爱国,只有这一二人应负其责。真是可叹复可恨。"

慈禧与光绪帝召见军机大臣,对安维峻的处分很不满,问道:"如此悖逆之言,就如此轻轻放过吗?"

众军机都不发声,恭亲王跪奏求情:"太后,本朝数百年来从未杀过谏臣,乞太后原谅他。"

"老六,不是给你恩典不必跪吗?为了一个狂悖的书生你又何必如此!好,我给你个面子,就流放算了。你管着总理衙门,前些日子美国说要帮着调停,你们为什么不听听人家的意见?"慈禧又转脸问皇上,"皇帝,你说该不该?"

"六叔,你就见见美国公使,听他说些什么。"光绪帝见形势如此,也无可奈何。

第十四章

断后路威海危急 赴广岛求和被逐

威海卫海边渔村宋家庄的地保敲着一面破锣走街串巷，一边走一边吆喝："村里的青壮听清了，威海卫炮台征募新勇，月饷六两，穿新军装，顿顿有肉菜，杀敌有赏银。"

南帮炮台一个哨官带着两个亲随，在老槐树下架起一张条桌，上面放着成串的制钱，还有一摞新军装。

已经有几个年轻人围拢过来，一个人问道："军爷，咱们和小日本开战了，听说日本人就要来打威海，这时去当兵不就是送死吗？为六两银子不值得卖命。"

哨官笑道："打什么打？朝廷正在让外国人帮着讲和，马上就要停战了，日本人跑威海来干什么？再说，威海卫固若金汤，日本人想打也打不下来。打胜仗，凡是当兵的都有功立，发赏银事小，太后一高兴，给你个顶戴，立马就是个官了。"

"军爷，我现在要当兵，能不能先发一个月饷，转眼就过年了，我得先把家里安抚住是不？"有人动心了。

哨官向那堆制钱努努嘴："只要当兵，立马发半个月饷，当天就穿新军装。"

"宋小三，年二十，身体健壮，无恶习。"地保帮着登记完了道，"小三，安抚好了，明天就去报到，你要眛了这两串钱，可就是坑你老叔，我可就把你家的房子、地都卖了顶账。"

"您老小看我了,我还值两串钱。"宋小三白了他一眼,拿上两串制钱便回家了。

路过邻居老宋家,他抬脚进了院子,在外面喊道:"浩胜老兄,我要当兵去了。"

宋浩胜迎出来问道:"小三,是炮台上募勇吗?"

"可不,一月六两银子呢,挣两个好过年。浩胜,你原来就是当水兵的,不愿再上船,到陆地上当兵比海里安全多了,咱们兄弟一起去也有个照应,怎么样?"宋小三应道。

"我得和我爹说一声,他不同意我去不成。"

宋小三嬉笑道:"是和秀荷说一声吧?她可不舍得你去。"

"你要这么说,我干脆就不去了。"宋浩胜假装生了气。

宋小三连忙讨饶:"好好好,不说你了。听说老兵总是欺负新兵,咱俩一块去,到时候有个照应。"

这宋浩胜就是黄浩胜,黄海大战时他从济远舰上跌落海中,正好落在一块木板上,左臂骨折,后脑勺受伤。他在昏迷中被海浪冲走,不知漂了多久,幸好被一艘贩卖豆饼的沙船救起。沙船要回上海,把他一直捎到威海。他不愿回到威海卫,便谎称自己家就在威海卫海边的渔村。他下船后无家可归,就饿晕在宋家庄外,被出海归来的宋氏父女救起。他认了老宋为干爹,已在宋家养伤两个多月。宋家只有一个女儿秀荷,做饭洗衣收拾家当,全是她一个人忙。两个月下来,两人难免儿女情长,只是宋浩胜故作糊涂,让秀荷又爱又恨。

赶海的父女俩快回来了,他到村头去等。父女两人挑着鱼篓过来了,宋浩胜迎上去接老宋肩上的担子。老宋不让,推开他的手说道:"伤筋动骨一百天,你这才两个多月,别再伤着了。"

他又去接秀荷的担子,秀荷却毫不客气,看他歪歪扭扭不像样,便笑道:"你不会挑担子。"

回到家吃过饭,宋浩胜一边帮着收拾鱼一边道:"爹,和您商量个事,炮台上募勇,我想去当兵。"

老宋有些意外,因为当初宋浩胜受伤,想把他送到威海卫海军公所医院,一则不用花钱,二则那里条件也好,可是他却死活不去,今天怎么又要去当兵了？便问道："儿啊，你不是不愿当兵吗？再说，你的胳膊也没好利索，当兵哪成？"

"炮台上是陆军，我烦的是海军。我的胳膊已经好利索了。"宋浩胜站起来转两圈，让老宋看。

老宋又道："马上就打仗了，听说日本人已经占了旅顺口。接下来就该咱威海卫倒霉了，你这时候去当兵何苦呢？我收你这干儿子，还盼着你给我养老呢！"

秀荷在一旁赌气道："你拿人家当儿子，人家没拿你当老子，他要去送死，你管他干啥？"

宋浩胜没有吱声。

"浩胜，我打算等风声一紧就回鲁北老家，省得在这里担惊受怕。"老宋觍着老脸继续说，"不怕你笑话，我是想认你当女婿的，秀荷的心思你也该知道。她娘去得早，她又不肯和我说，可我心里明镜似的。"

"爹，你胡说啥？"秀荷嘴上否认，脸却热得像火烧。她见宋浩胜沉默不语，好像在下什么决心，又像有意装傻，心里发恨，赌气道，"人家要去当兵，也许就是为了躲开你我。"

宋浩胜知道此时必须说清楚，他突然跪在地上。老宋吓了一大跳，连忙去扶："哎呀，这是哪一出。"

"爹，我从前瞒了您……"

宋浩胜被救后，只说自己是致远舰上的水兵，后来听说舅舅方伯谦因为临阵脱逃被斩首，更不敢承认自己是济远管轮，当然更从来没说他是方伯谦的外甥。他不敢回水师去治伤，就是那里熟人太多，怕被人嗤笑。但他不想这么隐姓埋名窝窝囊囊一辈子，听说炮台征兵，他就动了心。威海卫海岸炮多是从德国进口，与舰炮操作应该大同小异。如今他最期望的就是到炮台上亲手操炮轰狗日的小日本，为自己争口气，也不枉当回海军。

"哦，是这么档子事。不过，儿啊，桥归桥路归路，你舅舅被斩，与你没任何牵连。"老宋听完了他的话，就说了这句话。

"我心里不甘。我只想痛痛快快杀鬼子一场，对自己有个交代。"宋浩胜说出了心底的想法。

秀荷知道错怪了他，但嘴上还是不饶："你只顾自己痛快，枪炮无眼，你想过我吗？"

"想过，当然想过。"宋浩胜解下脖子上的玉佩——那是李鸿章的女儿馨如匆忙离开威海时留给他的，他不知道馨如是感谢他的救命之恩，还是对他有儿女之情。他在犹豫中错过了她，但心里却不能忘记那个鬼精灵的姑娘。有一次秀荷问他是不是哪个女子的定情物，他撒谎说不是。今天，他依然要撒谎，他把玉双手捧给秀荷说道："秀荷，这是我娘留给我的唯一物件，我今天交给你。我去当兵，痛痛快快打一仗，了却我一番心愿。如果能活着回来，我一定娶你。如果我回不来，就留给你当个念想。我父母去世得早，舅舅又被斩首，如今，你就是我最亲的人。"

秀荷放了心，因为他心里有她；正因为放了心，才更不能安心，如今他去当兵最不是时候，便劝道："你只顾去当兵，你不为我想想。"

宋浩胜安慰她道："日本人不一定到威海来，到威海来的话，也不一定能去攻海岸炮台。就是攻的话，我命大，一定没事。"

第二天，宋浩胜早早就去老槐树下报了名，他把两串制钱交给秀荷道："往后，发了饷银，一定如数上交。"

下午就到了炮台，他和宋小三分到了巩军新右营，营官是周家恩，中等身材，很结实，一脸麻坑。此人很有血性，脾气急，约束部下很严。他原来是巩军右营哨官，驻扎威海城南长峰村。威海南帮炮台共有三座，只重防守海上，后路没有任何防守。日军抄后路攻占了旅顺，李鸿章这才意识到威海港也可能被日本人抄后路，一旦海岸炮台落入敌手，就可以轰击港内军舰。因此他急电戴宗骞再新募两营，即后营和新右营，新建摩天岭和杨枫岭临时炮台两座，以拱卫南帮炮台后路。周家恩升任新右营营官，负责新建摩天岭炮台。

炮台正在加紧建造中，周家恩带领新招募的勇丁前往炮台参观。摩天岭北有条路，是在原路基础上拓宽加筑。登上山顶，有一片较平坦的开阔地，地面已经整平，共有八门火炮停在那里，附近村民和新右营勇丁正在赶筑胸墙。

天寒地冻，寒风呼啸，但他们都干得满头大汗。胸墙由土石混筑而成，用石夯砸筑结实，十来步留一个垛口，便于火炮射击。而在胸墙外面的山坡上，又挖一道深壕，挖出的土石一半运到山顶筑墙，一半堆在壕外增加坡度，提高防御能力；壕沟外面又用山顶砍掉的松树做成鹿砦，而在鹿砦与壕沟之间,将布设地雷。

这些工程都刚刚开始,这些新募的勇丁首先就要下一番苦力。勇丁之所以肯吃苦,据说一个重要的原因是周家恩从不克扣军饷,而且他有一张好嘴巴,很会鼓舞士气。他指着刘公岛南的海岸说道:"弟兄们请看,从东北往西南,最远处是皂埠嘴炮台,也就是你们当地人叫的赵北嘴,接下来是鹿角嘴炮台,最近的这个是龙庙嘴炮台。这三座炮台,都没有后路防卫,炮台之间又隔太远,不能互相照应,连造炮台的德国人也承认这炮台'只能顾及海中,不能兼顾后路'。小日本要是进攻南帮炮台怎么办?全靠我们摩天岭的兄弟来救它。所以,咱们摩天岭炮台,就是南帮炮台的关老爷,专门给它守后路,你们说要紧不要紧?咱们八门炮是德国造的,你们每人再发一杆洋枪,小日本不来则已,来也是送死。"

没见过世面的新兵们问道:"周统领,这炮叫啥名堂?厉害不厉害?"

没等周家恩回答,宋浩胜在一旁介绍道:"这是德国造克虏伯75行营炮,是克虏伯公司光绪十四年才造出的新炮种,射程十里,随炮配有弹药车,可装弹24发。使用的炮弹有单层开花子、层叠开花子、子母弹、群子弹,是德国陆军最喜欢的火炮,因为不轻不重,用骡马拖拉,十分方便,准头又好。"

周家恩闻言,大吃一惊,没想到新兵中有人比他还懂行,便指着宋浩胜问道:"你,叫啥名字?报上来,我记住了、将来提拔你。"

"宋家庄的女婿,宋浩胜。"宋小三帮着回答。

"好,你怎么这么懂洋炮?"

宋浩胜解释道:"不瞒统领说,小人从前在烟台帮着修过炮台,听人介绍过,还跟人学着放过几炮。"

周家恩连连赞道:"好好好,你将来就当主炮手,负责一门行营炮如何?"

"统领放心,我一定带好兄弟们。"宋浩胜一口答应。

占领旅顺后,日军下一步怎么走?第一军司令山县有朋主张大军进入山海关,在直隶平原与清军主力决战,这也是大本营原先的计划。

然而,伊藤博文却有自己的主张。他虽然对军事不是内行,却比日军将领们更具战略眼光。他向大本营提出《进击威海卫、攻略台湾方略》的意见书,反对在直隶作战。他认为冬季在直隶作战,其志可谓壮矣,但又谈何容易？在即将天寒冰冻的渤海，运输来往是难以顺利进行的。即使在直隶作战获得成功，并占领了北京，那么中国将是满朝震惊，暴民四起，土崩瓦解并陷入无政府状态。日本便失去了和谈的对手，而且很容易引起其他列强的联合干涉，所以从策略上来说反而是不利的。他提出不进行直隶作战，而是以陆军之一部和整个舰队进行威海卫作战与台湾作战，歼灭北洋舰队，控制台湾，以造成有利的和谈条件，并获得割取台湾的"根基"。

隔了一天，联合舰队司令伊东祐亨也向大本营提出了相似的建议。他认为辽东半岛目前气温已降至摄氏零下七八度，冬季西北风达五级至八级，沿岸冰雪封冻，不仅登陆困难，人马也有冻毙的危险。他建议大本营进兵山东半岛，海陆夹击，歼灭北洋水师。

大本营决定接受伊藤博文和伊东祐亨的建议，以大山岩指挥的第二军第二师团以及在国内的第六师团编成"山东作战军"，由海路运输，在山东半岛登陆。留在辽东半岛的部队宿营休整，暂停进攻，只需牵制住辽东的清军就成。

位于山东半岛顶端的威海港，三面环山，南北两岸如巨臂前伸，突入海中。港前又有刘公岛，将海港分为东西两门，天然形胜，易守难攻。清军在南北两岸、刘公岛、黄岛、日岛建有炮台十五座，备炮八十五门，而且在刘公岛与南北两岸间装置铁链木排，并布水雷两百四十多颗，日军要从海上直接进攻难度很大。

无孔不入的间谍已经把威海的情况摸得十分仔细，日军决定像攻取旅顺一样，实行后路包抄。联合舰队派军舰数次侦察后，决定将登陆点选在威海东边八十余里的荣成湾。

荣成湾位于成山角西南面，湾口宽阔，能避强烈的西北风；湾为泥底，适于受锚；北岸有长约千米的沙地，舢板可直接靠岸；沿岸丘陵起伏，适于掩护陆军上岸。联合舰队只待准备就绪，就立即从大连起航。

此时天津城里的李鸿章被拔了三眼花翎，褫夺了黄马褂，手下的淮军将领，卫汝贵被斩，叶志超、赵怀业、龚照玙被朝廷下旨捉拿问罪，同时要求捉拿的还有北洋水师提督丁汝昌。

对怯敌的将领严惩能够鼓舞士气，可丁汝昌并没有大罪，拿他治什么罪？北洋海陆军都感到不可思议，东海关道刘含芳、威海海岸炮台统领戴宗骞、威海卫北洋护军统领张文宣及刘步蟾、杨用霖等管带纷纷上书李鸿章，力保丁汝昌。

面对老大李经方，李鸿章不满道："朝廷这帮书生真是疯了，他们只图趁机打击我李鸿章、打击我北洋大员，痛快倒是痛快，却不去想想会对战事产生的影响。他们只顾捉拿丁禹廷，拿了他有没有更出色的人？他们连想也不去想。让我另选统帅，我选谁？必须保下丁禹廷，不然，下一个该拿我来问罪了。"

李经方安慰道："朝廷有太后在，您不会怎么样的。弹劾父亲的安姓御史不是被发配到张家口了嘛。"

"那是恭亲王和太后在保我，皇上未必心里痛快。听说安维峻出京时，万人空巷，大刀王五还亲自护送他去张家口。凭骂了我李鸿章一顿就成了万人景仰的英雄，真是可叹可恨又可笑。沽名钓誉之辈，竟然借我李鸿章的骂名得逞！"李鸿章说这些话时也是无可奈何。

"这样的人父亲不必去理他，否则徒增烦恼，有害无益。"

"他要朝廷杀我谢罪，朝廷没准。可是，如果战事再有大的挫败，可就难说了。现在我最担心的就是威海，如果倭寇故伎重演，只怕也是凶多吉少。你给禹廷发封电报，无论如何要依托威海，保船制敌。"李鸿章还是有些担心。

"是，儿子马上起草。父亲，要保丁军门，除了北洋文武外，倒可以借助一下洋人的力量。比如，汉纳根可否也给朝廷发个电报？"

闻言，李鸿章点头道："这个主意不错。可是汉纳根现在不在威海，说话难免隔靴搔痒，他正要给翁某人练五万精兵呢。真是笑话，一个工程师来练兵，亏翁某人想得出。胡眉云也是牢骚满腹，说汉纳根不但要夺大清的兵权，而且还想通过购买枪炮赚钱。"

胡眉云就是广西按察使胡燏棻，安徽泗州人。他被朝廷派到天津为大军办理粮台，同时负责募勇。他提出所募新勇要按西法进行训练，正与翁同龢借重汉纳根练兵的计划不谋而合，所以翁同龢鼓动光绪帝下旨，让汉纳根到天津与胡燏棻商同办理。办了没多久，胡燏棻已经颇有烦言，据他说汉纳根心思并不在练兵上，而是借练兵推销德国枪炮谋利。

李鸿章又道："保丁禹廷，汉纳根起不了作用，但威海的马格禄可以出头。"

马格禄是英国人,汉纳根受伤辞去北洋海军总教习后,李鸿章聘请他继任。

到了第二天,马格禄的电报来了,说丁提督"才能出众,忠勇性成,所有参劾各节,均与无涉。如果拿问,诚恐海军中外各员,均以赏罚未能出于至公,海军局势必至万分艰难"。

"好,有这几句话就够了。"于是,李鸿章原文转发总署。

下午,朝廷上谕到了:

> 谕军机大臣等,电寄李鸿章:据电称戴宗骞等禀请暂留丁汝昌办理防务等语。丁汝昌着仍遵前旨,俟经手事件完竣,即行起解,不得再行渎请。

"父亲,朝廷还要拿丁提督治罪。"李经方扬了扬手中的电报。

"朝廷已经准了,只是要面子上好看。"李鸿章看罢电报,分析说,"上谕说的是'经手事件完竣','经手事件'多得很,包括防务都算经手事件,所以朝廷不会再逼迫拿问禹廷了。给他发电,让他把全副心思放到战守上来。"

威海卫的丁汝昌约请海陆各军统领开会。威海卫的海陆军互不统属,丁汝昌只管海军,张文宣只管刘公岛上的守军,而海岸炮台则由戴宗骞统领。论官职,丁汝昌最高,但他并没有总统海陆军的任命,因此只能和大家商量着来。

会议之前,他先向大家致谢,抱拳加鞠躬,相当诚恳:"我这条命算是众位和中堂从朝廷刀下救了下来,可朝廷的刀还悬在丁某头上。如果威海有失,我必死无疑。丁某决心以身许国,我把三小子留在身边,以便日后料理后事。"

三小子是他最喜欢的三儿子,已经携妻儿到威海居住两年。

刘步蟾接着表决心道:"步蟾也已经下定决心,与定远共存亡,舰在人在,舰沉人亡。"

"众位将军不必如此悲观,咱们既然凑在一起,那就好好商议一下如何防守威海卫。"戴宗骞将话题拉到了正题上。

"是,戴观察说得不错。今天邀请各位,正是商议战守大计。中堂得到消息,倭寇可能趁过年的时候登陆,大战就在十几天内。"丁汝昌也言归正传。

"如果日军登陆,我等应率舰队去攻打他们的运兵船。"刘步蟾憋着一口气,想出海寻敌。

"现在日舰数量比北洋多,舰速又快,如果你们都出了港,日舰来封锁港口,那时候恐怕你们想回也回不来。"戴宗骞首先表示反对,他知道自己部下的战斗力,舰队出港,他自己就没有坚守海岸炮台的信心,"也不光是舰队危险,你们出了港,岸上的兄弟心里也没了底,那时候被日舰列炮轰击,海岸炮台恐怕难保。"

鱼雷艇管带王平也认同戴宗骞的观点:"如今能战的军舰只有定、镇、来、靖、济五艘,数量上已经远远落后于日本,北洋海军所依赖的是定、镇两舰,如今镇远又受伤不能出海,舰队实力已经打了大折扣。日军登陆,肯定要舰队全力护航,我们出舰少了没用,都出去的话,日舰真有可能来断掉舰队回港的后路。"

"问题是如果我们不出海,任由日军登陆,局外人肯定要大加指责,说我们株守不战,那时候主战的书生们再上参折,丁提督恐怕有口难辩。"镇远舰临时管带杨用霖说出了进退两难的局面。

"李中堂和朝廷都有保船制敌的要求,如果你们出海作战,胜了还好说,如果再有船被击沉,人家照样会参劾你们出海浪战,同样是有口难辩。既然出海不出海都会留人口实,那倒不如不管他们,只考虑咱们的优势是什么,怎么最有利怎么来。"戴宗骞见大家都聚精会神听他说话,很受鼓舞,"我们的优势是什么?就是能够海陆配合。日舰要来攻我们,海岸炮和舰炮同时开火,日军想攻进来,恐怕没那么容易。他们要是攻打炮台,港里的军舰又可给予支援。所以,我认为威海最好的防御就是军舰不出海,与陆路炮台互相依托,看倭寇还有什么办法。"

张文宣也同意戴宗骞的想法:"戴观察说得有道理,只有海陆互依,我们的战斗力才能达到最强。是不是出海,我们也要根据实际情况而定。如果日舰只有两三艘,那么我们五舰不妨全部出动;如果日舰数量比我们多,实力比我们强,那就收舰入口,与陆上炮台共同御敌,这样朝廷那里也好说。只要后路守得牢,援军能够及时赶来,日军就无可奈何。"

最令人放心不下的还是后路,于是,丁汝昌问戴宗骞道:"孝候,后路两个炮台很要紧,不知进展得如何?"

戴宗骞回道："炮台已经建完,只是山腰的壕沟、鹿砦还没有最后完成。摩天岭炮台的营官周家恩很有一套,把一帮新勇训练得有模有样。"

丁汝昌拱手道："旅顺的教训就是后路不固,威海也要防备倭寇故伎重演。孝侯,威海的后路就拜托给你了。"

"兄弟一定竭尽全力。如果后路不保,戴某也只有自裁。"戴宗骞同样躬身拱手。

"先不要说丧气话,大家齐心协力保住威海,一切都好说。"

众人都发表一番意见,但最后基本同意海陆配合、舰炮互依的作战方案。丁汝昌将这个方案电报李鸿章。

吃过午饭,丁汝昌和三儿子到码头送儿媳和孙子回安徽老家,丁汝昌对儿媳道："我已经以身许国,三儿要留下来为我打理后事。战事说来就来,如果老天有眼,我们还有相见的时候;如果天不佑我,威海不保,我必不能苟活于世。小孙我很喜欢,你要好好抚养他成人。"说罢,丁汝昌俯下身亲了一下孙子的小脸蛋,禁不住老泪纵横。

光绪帝召见军机,商讨李鸿章上报的威海作战方案,他将电报递出去道："徐爱卿,你读一下李鸿章的电报。"

徐用仪时年六十八岁,但在军机中他资历最浅。他接过电报,朗声阅读,他怕自己的浙江口音大家听不懂,因此放慢语速,听上去声音有点怪。刚毅差点笑出来,费了好大劲才绷住——

闻倭已组织第三军,将在胶东半岛择地登陆,其目标必威海无疑。倘倭只令数船犯威,我军船艇可出口迎击;如彼船大队全来,则我军船艇均令起锚出港,分布东西两口,在炮台地线水雷之界,与炮台合力抵御,相机迎剿,俾免敌舰闯进口内。即使日陆军包抄南北两岸,我师船可于港内炮火支援陆路炮台。若两岸全失,台上之炮为敌用,则我军师船与刘公岛陆军唯有誓死拼战,船沉人亡而已。

翁同龢首先表示不解："倭寇要在山东半岛登陆,海军就应该前去兜剿,阻敌登岸,李少荃对此为何只字不提?"

"山东半岛可登陆处甚多,而且倭寇必倾其舰船前往保护,北洋舰队已受重创,镇远又受伤,恐怕是力不从心。"孙毓汶与翁同龢的分歧也不再隐瞒,翁同龢所支持,孙毓汶必反对。

翁同龢反问道:"难道就让倭寇轻轻松松登陆不成?"

"除威海外,山东防务全归李秉衡,翁师傅觉得有什么好办法,可与李巡抚商议。"孙毓汶再次讽刺了一下。

新任山东巡抚李秉衡是因翁同龢赏识而由安徽调任的。

翁同龢还是坚持自己的观点:"无论倭寇在哪里登陆,山东驻军应该立即去阻拦,这没得说,北洋海军也应当去击沉日寇的运兵船。"

孙毓汶也丝毫不相让:"山东驻军去阻拦也不是随口说说那么简单,山东半岛两万驻军分驻从成山头到烟台六百余里的防线,届时要聚起几千人来恐怕也非易事。至于北洋海军该不该出港,只有前线将领最有发言权。朝廷已经多次谕令丁汝昌,让他保船制敌,不得出海浪战。"

李鸿藻这时插话说道:"朝廷也有上谕,要丁汝昌相机兜剿。"

"相机兜剿,相机二字当然只有让丁汝昌来把握,提前命令他该怎么办恐怕就不是相机了。"孙毓汶玩了个文字游戏,"而且,丁汝昌如今还是戴罪之身,他不能不有所顾虑。如果出海击敌反受损失,被人参一本出海浪战,他脖子上的脑袋恐怕保不住了。"

严惩丁汝昌,也是翁同龢的主张。

"你们就是这么议政的吗?"光绪帝见双方又斗起嘴来,气得一拍龙案。众人鸦雀无声。他看了一眼一语不发的恭亲王道,"六叔,你说句话。"

恭亲王回道:"李鸿章的方案没什么不妥当的,如果大家没有更好的办法,就应该同意。威海与旅顺一样,弱点是后路。山东驻军已经调走了最能战的章高元一军,李鸿章给臣发电报,希望能从天津调十营驰援山东。"

"王爷,这恐怕不合适。天津关乎京师门户,如果倭寇来攻怎么办?山东还没见到倭寇的影子,就要从天津调兵,也太张皇失措了。"翁同龢立即反对。

孙毓汶对翁同龢的见识大不以为然:"天津到威海上千里路,等山东见到日军的影子再调兵,就晚了三秋。"

"千里迢迢从天津调兵,合不着。山东人好武,何不让李秉衡就地募勇?"

刚毅此时说了一句。

"刚毅此议甚好,电告李鸿章不必张皇失措,让李秉衡加紧募勇,到时驰援威海。"光绪帝对刚毅此议颇以为然。

"臣刚刚收到李鸿章电报,他从《泰晤士新闻纸》上看到洋人文章,日本攻取旅顺时杀害百姓四日,甚为残酷,全城几无幸免。又有兵勇数百人被绳索捆绑,先用洋枪打死,然后用刀肢解,臣不忍言。"恭亲王又说了一个令人震惊的消息。

众人听了,都无比惊骇。光绪帝问道:"旅顺已陷敌一个多月了,为什么才得到消息?"

恭亲王回道:"日本人封锁了旅顺,是几个洋人逃出后才发电报给英国报纸的。"

翁同龢闻之落泪:"倭寇竟然如此凶残,倭寇怎能如此凶残?"

"我们都低估了倭寇,必须妥筹应对办法。"

大家都听得懂恭亲王的意思,他虽然不说,但一直希望翁同龢等人能够说一句谋和的话。如今的舆论是谁谋和便被千夫所指,所以别人不说,他也不说。

孙毓汶早被人骂得不亚于李鸿章,所以他敢说:"臣以为,为了避免旅顺的惨剧再演,应当做两手准备。"

翁同龢颤抖着手指头,泪眼婆娑道:"莱山,刚听到我大清子民被屠的噩耗,你不思为之报仇,难道还有议和的心思吗?"

"我不是有议和的心,而是为百姓不遭屠戮操心。"

孙毓汶这话别人也没法反驳。光绪帝转移话题问道:"翁师傅,刘坤一被授钦差大臣快一个月了,他何时出关?"

翁同龢回道:"臣已经恳请好几次,可是他说要等魏光焘的兵勇北上后,他再相机出关。"

"什么叫相机出关?前线急需统兵大员,他却迁延不行,非要朕下严旨才行吗?"光绪帝闻言大声道。

"刘坤一当初也是主战最有力的,结果真让他去统兵,却也畏难发愁。可见说和做完全是两码事,站着说话不腰疼,就是说他这种人。"

人人都听得出,孙毓汶嘴上说的是刘坤一,其实指责的是翁同龢。

恭亲王从养心殿出门,准备回军机处,宁寿宫的太监前来传懿旨,说太后召见。他便问道:"是召见全班军机吗?"

"回王爷,太后只说请王爷过去。"

恭亲王不想可知,一定是问议和的事。果然,到了乐寿堂,慈禧张口就问道:"老六,美国公使说出面调停,这又过了二十多天了,到底是怎么个情况?"

"回太后的话,日本人想让咱们派全权大臣去日本谈,李鸿章认为在大清谈比较合适,先是建议在天津,后来又想在上海,可是日本人不答应。"

"从前都是日本人跑到天津与李鸿章谈,如今他们也长行市了,要去他们国家谈。"慈禧说,"去他们国家谈也不是不行,准备让谁去?"

"还没定人选。"恭亲王如此回答。

"还没定人选,还是一直没商量?"慈禧很明白恭亲王吞吞吐吐的原因。

"没商量人选。"恭亲王只好实话实说,"在那边,没人敢开口谈和议。"

"别人不谈,你应该谈。老六,你可不能在皇上那里就主战,到我这里就主和。都知道主和招人骂,你们都不谈,是不是非要我来背这个骂名?"慈禧有些不满了。

恭亲王无奈道:"实在是主战有主战的道理,主和也有主和的道理。臣以为,也只有边打边和。"

"边打边和,话好说,如果打下去吃了更大的败仗,那时候想和恐怕也没那么容易。听说日本人要去打威海,要是再把威海占了去,老六,那时候要和,恐怕他们要狮子大张口了。美国那个田贝,现在是什么说法?"

恭亲王据实回道:"田贝很不高兴,在总理衙门对臣说大清办事无果决之才,恐难成事,且待日军夺取北京然后再议和。"

洋人说话向来口无遮拦,直来直去,"夺取北京"的说法让慈禧陡然一惊,问:"他为什么这么说?是觉得日本能打到北京?"

"洋人说话向来夸大其词,他是嫌大清迟迟不派和谈大臣。"

"那就立即点派全权大臣。到时候皇上不愿发上谕,就以懿旨发,我为了大清的江山,有人怪就怪去好了。"慈禧果决地说道。

"李鸿章曾经推荐,由张荫桓为正使,邵友濂为副使出使日本。张荫桓出

使过美国;邵友濂当年参加过中俄谈判,而且当过上海道,是外交人才。"恭
亲王乘机又说出了出使的人选。

"不能再拖了,尽快发布。你再和田贝谈,还是要他居中调停才是。"

日本山东作战军已经做好进军威海的准备。腊月二十三(1895 年 1 月
18 日)正是中国人的小年,灶王爷上天言好事的日子。联合舰队司令伊东祐
亨派出吉野、秋津洲、浪速三艘巡洋舰到登州游弋,并进行炮击,一副要攻打
登州的架势。同时,派高千穗到威海卫港外,确定北洋舰队是否全在港内。腊
月二十四日,联合舰队主力护送第一批运输船十九艘,满载第二帅团一万五
千人由大连出发,于二十五日中午到达荣成湾。负责监视威海北洋舰队的高
千穗也前来会合,报告北洋舰队全部在港内,并未出港。日军决定在龙须岛
实施登陆。

龙须岛有数条长礁挺入深海,似龙须之状而得名。此岛有一片海岸,地
势平坦,全是沙滩,适于登陆。自古以来,这里就是南北往来船只避风的好去
处,也是渔船的聚泊之所,故当地称为"划子窝"。

明代的时候倭寇常常从此地登陆骚扰,因此曾驻重兵。后来随着倭患解
除,此地军事地位便被忽视。此前日军舰只多次在划子窝一带活动,李鸿章
已经得到消息,结合大连、旅顺大批运输船集中的消息,他初步判断日军有
可能在荣成湾登陆。

这里已经不在威海港的防务范围,属山东巡抚李秉衡的防区,李鸿章连
忙向他通报,希望派重兵防守,但李秉衡只派河防营一营前来。河防营并非
正规军队,是为了防治河患而设,水涨则集合以备抢险,水患一消则解散,平
时军事训练谈不上,武器更差,每人只有一只老土铳。虽称一营,其实只有三
百余人。

李鸿章放心不下,又督促戴宗骞派兵前去。戴宗骞职责是防守威海海岸
炮台,荣成湾不是他的防区,因此只派巩军中营两哨人马前来。

日军的先遣队登陆后,被巩军发现,以洋枪和行营炮轰击,河防营也开
枪壮胆。等清军位置暴露后,联合舰队开炮轰击,河防营首先溃散,巩军两哨
也沿着北岸回了威海,荣成湾很快便无一兵一卒。日军毫发未伤,轻松占领
滩头阵地,得以从容登陆。

溃散的河防营回到荣成县城,报告了日军登陆的确切消息。荣成县城有电报,立即分别报给威海戴宗骞和驻烟台的李秉衡。李鸿章再次发电报给李秉衡,请他派重兵前去阻挡日军登陆。当时威海城、宁海、文登等地的山东驻军有一万两千余人,但李秉衡只派孙万龄率两营前去。

李秉衡到山东后判断,除威海外,日军最可能攻击的是烟台,然后是登州,因此不敢把重兵派到荣成,要留作向烟台方向集中。即便接到日军已经于荣成登陆的消息,他依然认为有可能是日军的诡计,因为登州的日舰一直没有离去。

李秉衡不愿派兵去荣成,还因为派系的原因。他是浙江人,捐班出身,曾经在直隶做过一任知府,被弹劾离职。后来又捐班知府,到山西候补,受到巡抚张之洞的赏识,从此一帆风顺。中法战争爆发,张之洞南下两广,李秉衡也跟着改调广西高钦廉道,后又升任护理广西巡抚。中日开战后,在张之洞的力荐下,任安徽巡抚不久的李秉衡来到北京面圣,并受到翁同龢的赏识,大赞他"兵事将才均极留意,良吏也,伟人也"。随后朝廷下旨,与李鸿章关系融洽的山东巡抚福润调任为安徽巡抚,而李秉衡则调任山东巡抚。

到山东后,他首先撤换了一大批不称职或渎职的文武官员,其中相当一部分是李鸿章麾下人马。接着又随京中的清流一起弹劾淮军将领,"非立诛一二退缩主将统领,使人知不死于敌必死于法"。后来朝廷要拿问北洋海军提督丁汝昌,更与他关系密切,因为他也上了弹折,"伏乞皇上立赐睿断,降旨将丁汝昌、龚照玙、卫汝成、卫汝贵各照贻误军机律,明正典刑"。他追随主战派,与李鸿章几乎水火不容,如今李鸿章和他商议派重兵去荣成,他如何听从李鸿章的指挥?

朝廷下旨,也是让李秉衡厚集兵力,前去堵剿;又令李鸿章督促戴宗骞固结兵心全力截击,不得临敌畏却,致误大局;又令北洋舰队将定远等船齐出攻击,去攻击正在登陆的日军。张之洞也发电李鸿章,认为"就现有铁舰快船四五号,疾驶至成山头一带,顷刻可到,袭其运兵运械接济船及游弋之船,得利则进。如彼大队来追,则收至威海,船台相依,倭必受伤"。

然而丁汝昌与戴宗骞等人商议,日本战舰云集,北洋舰队如果出港去荣成,恐怕会遭到围攻,无济于事,反而有可能受重创,因此回电李鸿章:"昌即同张镇到南岸晤刘镇等,据云除死守外,无别策。旨屡催出口决战,唯出则陆军将士心寒，大局更难设想。"

"汝即定见，只有相机妥办，廷旨及刘岘帅均望保全铁舰，能设法保全最妙。"李鸿章回电默认丁汝昌株守威海港的策略。

日军共约三万五千人，马三千八百匹，分三批在荣成湾前后登陆四天，没受到任何骚扰。伊东祐亨很庆幸，更觉意外，他对部下道："中国人胆小如鼠，不敢有任何冒险，如果北洋舰队前来，遣数只雷艇，对我进行袭击，我军岂能安全上陆。"

休整几天后，大年三十这天，日军主力在大山岩指挥下从荣成出发，分南北两路向威海卫进犯。当晚七时，先头部队到达距威海卫五十里的白马河东岸。

正面阻击敌人的是孙万龄的嵩武军。孙万龄是安徽人，个头矮小，三次投军，都因为身高不足未被淮军招募。同治初年，十九岁的他跑到山东德州投入嵩武军张曜麾下，打起仗来不要命，人送外号"孙滚子"，深得张曜赏识，几年间便升至总兵，任嵩武军统领。

日军在荣成登陆后，李秉衡急令孙万龄率嵩武中军右营兼福字炮队，前往荣成阻击日军。他接申迅即率军踏雪东进，在羊亭遇到从荣成溃退而来的阎得胜，绥军首领刘树德也率两营人马前来助战。三股清军兵合一处，由孙万龄统一指挥，决定以白马河为防线，在此阻击日军。

日军先头部队三千多人来到了白马河东岸的姚家圈村。趁敌站脚未稳之际，孙万龄立即下令攻击。然而阎得胜却没有按计划向敌人包抄，擅自带兵逃走，配有四门行营炮的两营绥军也只是漫无目的地放炮，最后借口威海炮台总统有令撤回，率军西去。抵御日军的只剩孙万龄的一千二百人，其中七百多人都是战时招募，而且装备也很差，配备的是旧土枪及旧式来复枪。

这天夜色漆黑，无法瞄准射击，而敌人却有行军探照灯。清军沉着应战，在临时工事的掩护下，巧妙地利用敌人的灯光，向敌人瞄准射击。激战约两小时，毙敌军官一名、士兵百余名，俘虏三名，而清军仅牺牲一名士兵和伤一名军官，迫使日军向东败退。但天快亮时日军增援大队随后赶到，孙万龄寡不敌众，只好撤退。

日军继续西进，目标直指威海南帮海岸炮台。

五月初四晚饭前，摩天岭南的九疃村村民向周家恩报告，日军先头部队已经进驻到该村,百姓正四散而逃。周家恩立即召集所有哨官开会,通报了这一情况:"兄弟们,据我估计,日军大部队今夜肯定要攻打我们摩天岭。从现在开始,轮班休息,至少要有三分之一的兄弟守炮台,一旦有警,全体立即参战。"

大家都不说话,紧张得只喘粗气。这早在周家恩的预料之中,他说道:"弟兄们也不必害怕,怕也没用。我们居高临下,倭寇要想攻上来也没那么容易。"

一位哨官担心道:"周军门,咱们新兵太多,只怕临阵哄逃。"

"养兵千日,用兵一时,既然拿饷当兵,就不能临阵脱逃。"周家恩拿出一个名单说,"这个单子上的人都是家里需要照顾的,他们谁愿走,可以走。但其他的人包括我在内,如果临阵逃跑,执法队立即临阵行刑。"

周家恩的执法队一共二十人,配有最好的枪,平时督促训练,而战时专为执法,对临阵脱逃者立即击毙。

宋小三也在可以回家之列,他对周家恩说道:"周军门,宋浩胜也是独子,为什么不让他走?"

"浩胜兄弟主动要求不走,他想走我也不放他,还要他指挥炮兵呢。"

宋浩胜拉着宋小三对他说道:"小三,回去告诉秀荷一声,等战斗一结束,我就抄近道回家看她,让她不要惦记。"

名单上列出三十一人,有二十三人从炮台北面下了摩天岭,其他八人则坚持留了下来。周家恩一一拍打他们的肩膀谢道:"谢谢兄弟们。"

凌晨五时多,埋伏在岭腰的哨兵鸣枪报警,说明日军已经开始攻山。等哨兵气喘吁吁爬上山来,所有的枪炮一齐开火。密密麻麻向岭上冲锋的日军被清军炮火压制在山脚不能冲锋,日军山炮猛烈轰击十分钟后,日军再次发起冲锋,冲到半山腰时重新被压了回去。

这时天已经亮了,九疃村、岭南村里密密麻麻全是日军。指挥官是第十一旅团长大寺安纯,见两次进攻都被打退,他十分着急。他从金州打到大连,攻克旅顺,从来没有遇到这样的抵抗。摩天岭炮台区区五百人,竟然挡住他三个大队的进攻,传扬出去,有损威名。他把三个大队长叫过来命令道:"这次要以密集队形向山顶攀登,在冲上敌人阵地前,战至最后一兵一卒,也不许后退。如果你们都为天皇尽忠了,那么下一次我就亲自冲锋。"

三位大队长都表示,这次一定能够打垮清军,夺下山岭。

摩天岭上,宋浩胜看到日军列为三队,沿着南山岭以密集队形向山顶攀登,便对周家恩道:"周军门,我们弹药有限,要把敌人放近了打。我指挥炮兵先对山脚敌人进行集中轰炸,把山上与山下敌人割断,然后用步枪集中对付爬上山来的敌人。"

八门行营炮,已经被炸毁两门。宋浩胜指挥还打得响的六门行营炮集中向山脚敌人开炮,日军被猛烈的炮火炸得无法冲锋。已经向山上攀来的日军,又遭到步枪的密集射击,伤亡很大。但他们只有战死者或受伤者,几乎无一人后退。二十余个日军攀过了鹿砦,跳进了壕沟,踏响了地雷,引起了连环爆炸,震彻山谷,十几名日军伤亡。日军被强烈的爆炸震撼,开始纷纷溃退。

大寺安纯改变进攻方向,从西面迂回进攻,以密集炮火掩护。摩天岭守军伤亡惨重,而且弹药不继,有几十名日军冲上岭顶,周家恩指挥幸存的五十余人以佩刀与日军格斗,再次把日军赶下山顶。

日军发现清军弹药将尽后,停止了步兵冲锋,只以山炮轰击。岭顶上幸存者只余五六人,周家恩身受多处枪伤,肚子也被炮弹炸出一个大口子,肠子都流了出来。他撕开外衣,把肚子扎住,对幸存的几个人道:"兄弟们,我们已经尽职了,你们能逃的逃吧,我不怪你们。"又对宋浩胜说,"宋兄弟,你当过水兵,会不会旗语?"

宋浩胜回道:"会,但请吩咐。"

周家恩说道:"你向港内的军舰发信号,告诉他们摩天岭已经失守,让他们向山顶开炮。"

"遵令,请周将军和兄弟们赶快撤走。"

"你们撤,我死也要死在阵地上,不然对不住这些战死的兄弟。"周家恩不愿意离开。

"周将军,你如果被日军俘虏了,更对不起这些战死的兄弟,也对不住你自己。"宋浩胜向另外几个人努努嘴,大家架起周家恩就走,向摩天岭西南方向而去。

宋浩胜走下炮台,拿两面炮兵指挥旗,向着港内军舰连续打出信号:"摩天岭已失守,向炮台开炮。"

他连续打六七遍,军舰仿佛都没发现他,一直没向炮台开炮。他知道也

许军舰不相信他的旗语，以为是日军的诡计，于是他把旗语改为："我是济远枪炮二副黄浩胜，摩天岭已经失守，向我开炮。"终于，来远舰首先向炮台开炮，但第一炮打得有些偏，只在宋浩胜左侧爆炸，宋浩胜被气浪和沙土掀翻，滚到了半山腰。

此时，日军已经冲上摩天岭，大寺安纯登上山顶，与士兵们一起欢呼胜利，他招呼跟在身后一起登上山顶的《二六新报》随军记者远藤飞云，指着山下的威海军港道："来，给我照张相，记录这胜利的时刻。如今我们已经居高临下，占领威海，只是时间问题。"话未说完，突然一颗炮弹在他身边爆炸，他被炸得胸口鲜血直流。他被抬下山去在九疃村救治，数天后死亡。

日军占领摩天岭后，用大炮向杨枫岭炮台轰击，掩护步兵进攻；清军海岸炮台及港内的军舰则远距离支援杨枫岭炮台。日军随军记者这样记述："敌军海岸各炮台全部把炮口指向陆地。这些海岸炮一齐发炮轰击，其猛烈程度是不可想象的。许多像杵一样的炮弹旋转着飞来，形成交叉火力，炮弹碰到岩石上，岩石飞向空中，落到数百米的地方。像这样的炮弹，我还是第一次见到。旅顺战斗虽然激烈，但是这样大的炮弹如雨点般射来，却未曾见过。岂止有敌军海岸各炮台的集中射击，镇远、定远等八艘敌舰也开到海岸，轰击我军……军舰上的大炮不同于野炮和山炮，炮弹从头上掠过，草木也为之颤动；炮弹落在距数十间的地方，硝烟弥漫，看不到任何东西。一个弹片迅猛飞来，把敌军遗弃的军马肚子打穿，肠子也流到肚子外面。一个弹片就打出一个一尺多的坑，由此可知其一斑。炮弹爆炸时，霰弹飞向四方，不知打坏了多少石壁和树木……"

防守杨枫岭炮台的守军只有一营，统领陈万春也像周家恩一样是条硬汉，他督率兵勇打退了日军的多次进攻。据说战斗到最激烈的时刻，多年跟随他的侄子(或者是表弟)曾劝他逃走，他拔出佩刀，当即亲手处斩了这个动摇军心的亲人。日军步兵强攻不成，最后集中炮火轰击，炮台周围树木全部中弹起火，弹药库也被击中，子药横飞，烈焰升腾。从早晨八时一直坚持到十一时，最后守军伤亡大半，被迫撤离。

攻陷南帮陆路炮台后，日军立即进攻海岸炮台。海岸炮台自北向南有皂埠嘴、鹿角嘴和龙庙嘴炮台。海岸炮台守军没有近射武器，而日军却可以用占领的陆路炮台进行轰击，并派出大量步兵冲击。海岸炮台逐个陷落，统领戴宗骞下令后撤,自己逃到了北帮炮台。

恶劣的天气暂时阻止了日军的攻势。当日天气非常冷,夜里又降大雪,日军连夜在野外露宿,不少人被冻伤,号兵要吹传令号,也因为管口冰冻不能吹响。日军为烤火取暖,将附近各村居民的木器抢掠一空,连民房的门窗也拆除无余。

休整一天后,日军开始继续进攻,他们的目标是威海卫城和北帮炮台。沿海岸进攻威海卫城是近道,但是在北洋舰队的射程之内,日军已经尝过北洋舰队炮火的苦头,不敢沿海岸进攻,于是绕到城西从后背进攻。

当时防守威海西路的有孙万龄、李楹、阎得胜等十营清兵,驻扎在威海城西双岛河附近。孙万龄率军防守双岛河南岸大堤,正面阻击敌军;李楹率军驻守南港,防备敌军迂回包抄;阎得胜率军五营驻守小西庄和港头村,防备敌军偷渡,并负责接应孙万龄。阎得胜在白马河之战中未战而逃,李秉衡曾下令就地处决,孙万龄考虑正在用兵,为他求情,依旧令他率军。

正月初七黎明,日军在贞爱亲王的率领下开始进攻。孙万龄所部阵地设在河堤附近的树丛里,士兵们利用树丛的掩护射击敌人。从早晨至下午,激战七八个小时,击退了日军的数次进攻。当时双岛河结冰如镜,风雪扑面,日军"一步一颠,匍匐前进",进军十分困难。日军企图从南面包抄孙万龄军队的后路,因遭到李楹军队的截击,亦未能得逞,于是改向阎得胜部进攻。阎得胜是贪生怕死之辈,未待日军进攻,就擅自撤退,导致孙万龄两面受敌,最后不得已撤退。

这一战,孙万龄等清军又一次以少胜多,击毙日军五百多人,缴获枪四百多支,而清军伤亡仅八十七名。如果阎得胜能够按计划出击,必定还会创造更大的战果。第二天,孙万龄在隆福寺召集将领会议,亲手处斩了两次临阵脱逃的阎得胜。

清军撤退后,日军渡过双岛河,威海城内清军早已弃城逃跑。日军兵不血刃,占领威海城,同时分兵进攻北帮炮台。

北帮炮台位于威海卫城东北一带,由西至东,依次为祭祀台、黄泥沟、北山嘴三个炮台,形势险要,由戴宗骞率绥字军六营驻守。然而,在日军进攻威海卫前,他就想把炮台交给丁汝昌,自己率军游击。而且他将北帮炮台存银八千两运寄烟台,令其子携往安徽寿州老家。他所统带的六营绥军在南帮炮台作战时溃散两营,当晚又溃散一营,在虎山战斗时他又解散两营,最后一营也因为他扣压军饷哗变溃散,如今只剩下身边几十名亲随,成了光杆司令。

丁汝昌派人带两百名水勇登岸,但看到守炮台的士兵已经溃散,他们干脆也随之逃走。丁汝昌亲自上岸劝戴宗骞招回溃兵,他嘴上答应,但知道溃散的士兵不可能再招回。

北帮炮台失陷已经不可避免,为了防止为日军所用,丁汝昌再次亲往北岸,用船将戴宗骞接到刘公岛,派敢死队炸毁炮台及弹药库。结果,日军不战而胜,大量物资尽归敌手,包括行营炮五十余尊,还有水雷营电光灯、枪弹、饷银等。

"中堂有言在先,守将要与炮台共存亡。如今兵败地失,我只有一死报国。"当天夜里,戴宗骞以酒泡鸦片喝下,也许量太小,他痛苦地满脸大汗,却不能死去。他让康济舰管带萨镇冰再泡一杯给他,吞下后仍然不能立即死去。丁汝昌闻讯去看,他还在痛苦中挣扎:"丁军门,海岸炮台失陷,北洋舰队株守港内,恐怕也难得善终。"

丁汝昌安慰他道:"朝廷已经派人去日本议和,如果和议成功,北洋舰队还有一线生机。"

清廷赴日议和全权大臣张荫桓、邵友濂是大年初一从上海乘船,踏上了赴日求和的行程。得到消息,日本天皇立即召开御前会议,伊藤首相与外务大臣陆奥宗光都认为目前和谈条件还不成熟,对日本威胁最大的北洋舰队还没有覆灭,中国未必真心议和,如果议和不成,却把和谈条件传播了出去,那样就被动了。御前会议最后商定,中国谈判代表往往并没有真正的全权,可以从这方面做点文章,使谈判中断,以等待对日本最有利的和谈时机。

张荫桓、邵友濂到达广岛当天,接到了日本政府的正式通知:内阁总理大臣伊藤博文和外务大臣陆奥宗光已被任命为全权大臣,与清廷全权大臣谈判,第二天上午十一时将在县署会见。

正月初七上午十一时,中日两国全权大臣会晤于广岛县厅。按照惯例,彼此首先查阅对方的全权委任书。陆奥宗光仔细查阅光绪帝的诏谕,其中有句话说张、邵两人"经商一切事件,要电达总理衙门,转奏裁决"。他立即抓住了把柄,说一切事件都要电达转奏,这还算什么全权大臣? 分明没有谈判诚意,只不过是想探听我国政府意见!他要求中国全权大臣尽快提供是否真正具有全权的书面答复,并宣布第一次谈判结束。

第二天,中日继续谈判,中方代表提交书面答复,说明皇帝已经授予全权。伊藤博文没打算与中国代表谈判,而是侃侃而谈,发表起演讲来:"从来中国与世界各国几乎完全背道而驰,有时加入国际团体就是为了享受利益,而在外交上应负的责任,则往往不自顾及。中国钦差使臣对于外交上与人定约,有时在公开表示同意后,却突然拒绝签字;或对业已严肃缔结的条约,不声明任何明确理由,即随便加以废止,这样的实例举不胜举。故今日之事,我政府鉴于以往事实,对于未合全权定义的中国钦差使臣,决不与之举行一切谈判。中国攻府虽做出全权保证,但两贵使的委任权很不完备,足见中国政府尚无真正求和的诚意。因此,中国如真诚求和,必须对其使臣授予确实全权,并遴选负有重望、官爵足以保证实行缔结条约的人员当此大任,我国才不拒绝再开谈判。"

中国使团尚未说一句话,就受到了这番刻薄的羞辱。而且外交大臣陆奥宗光不容中国使臣辩解,立即宣读了一份早已备好的中止谈判的备忘录,明确表示:日本帝国全权办理大臣,不能与没有全权的中国钦差进行谈判。因而,日本帝国全权办理大臣不得不宣告此次谈判至此停止。

中国的两位全权大使认真做了种种谈判准备,万没料到日本会因委任书的问题而如此坚决地结束谈判,他们恳请,如果因为所携全权委任状有不完备之处,可电请本国政府授予更完备的全权,希望能继续谈判。伊、陆两人毫无商量的余地,让他们立即退往长崎,等船归国。

当中国使团退离会场即将出门时,伊藤博文却把中国使团随员头等参赞伍廷芳留下。伍廷芳是李鸿章的洋务幕僚,熟悉国际法,伊藤在1885年赴天津时与之相识。伊藤博文说道:"足下归国后,请将我的衷心之言转达李中堂,使李中堂完全谅解,此次我们拒绝与中国使臣谈判,绝不是因为日本好战,不愿和平。如果中国真正希望和平,能够任命具有相当资格的全权使臣,我们对于再开谈判,当不踌躇。"

伍廷芳表示感谢之意后,问道:"为充分了解阁下的真意,请阁下明言,阁下是否对此次来日的中国使臣官位名望有所不满?"

"不是,我政府素来不论任何人,只要携有正式全权委任状者,即可与之谈判,当然其爵位名望愈高,对谈判愈为有利。例如任命恭亲王或李中堂担当此项任务,最为适宜。"这当然不是伊藤的即兴之作,而是事先谋划好了,目的是既断然拒绝谈判扫了大清的面子,又不致堵了和谈之路。

日本借口广岛是军事重地,不准敌方人员滞留,要求张荫桓等人早日出境。张荫桓、邵友濂等人乘船驶往长崎,通过美国驻日使馆向清廷电报被拒的情形,清廷回电表示国书可以修改,使团要留在日本以便继续谈判。但日本不答应,再下逐客令,使团在长崎登船回国。

伍廷芳目睹中国使节备受侮辱,感慨万分,对张荫桓道:"我们的将卒如果能奋勇于疆场,不容日军猖狓,何致受此欺慢?欲消此恨,关键在将领与士兵!和局易成与否,也关键在战争之胜负也!"

第十五章

丁汝昌自杀殉国 李鸿章赴日议和

自从南北帮炮台被日军占领后，威海港每天都处于日军水陆夹攻之下。

然而，日军想攻占威海却非易事。刘公岛周长约二十里，周围海岸百分之八十以上为悬崖峭壁，附近海面礁石星罗棋布，地扼要冲，易守难攻。刘公岛上建有旗顶山、迎门洞、公所后、南嘴四座炮台，此外，东口有东泓炮台、日岛炮台，西口有黄岛炮台，东西两口布有水雷，水雷后又以铁链木排封口。日军连续进攻两天，北洋舰队与陆路炮台互相配合，击伤日舰"筑紫""葛城"。

日军强攻不成，改变战术，晚上派鱼雷艇偷袭。出发前，将各艇烟囱上所涂白线以灰布遮蔽，以免暴露目标。夜里北洋舰队也未放松警戒，探照灯连续向港口照射。但灯光反而使日艇得以看清北洋舰队哨艇及军舰所在位置，便利了敌方鱼雷艇运动。十艘鱼雷艇乘夜色进入港内，北洋舰队立即还击，击伤五艘鱼雷艇，但定远舰却中鱼雷，轰然一声巨响，舰体剧烈震荡。丁汝昌急令关闭防水密门，但为时已迟。海水汹涌，从升降口喷出，舰体很快开始倾斜。丁汝昌知道舰已不能久浮，于是东驶至刘公岛南岸浅滩搁浅，只能当炮台使用。

此后日军继续采取偷袭战术，先后击沉了来远号装甲巡洋舰及威远号练习舰、宝筏号辅助船。北洋舰队能够作战的只有靖远、济远、平远、广丙四舰及镇字系列炮艇。

连日偷袭已使北洋海军主力舰只几乎消耗殆尽，日本联合舰队出动二十三艘军舰，在南帮炮台炮火配合下大举强攻威海湾，丁汝昌亲率靖远等军舰进行顽强抵御。日舰依然无法攻进威海港，但日岛火炮和弹药库被日军炮火击毁，形势更加不利。

乘战斗间隙，丁汝昌给刘含芳写信告急："昌等现唯力筹死守，粮食虽可敷一月，唯子药不充，断难持久。求速将以上情形飞电各帅，切恳速饬各路援兵，星夜前来解此危困，以救水陆百姓十万人生命，昌等感大德矣。"威海已经不通电报，他派水手教习李赞元携带密信乘坐"利顺"轮船，由北洋海军鱼雷艇队护卫冲出威海湾前往烟台。鱼雷艇管带王平向丁汝昌请战，愿率大小鱼雷艇十三艘全部出港，不但要掩护利顺号，还要前往袭击敌舰。丁汝昌答应了王平的要求。谁也没有想到，王平率鱼雷艇冲出威海港，立即弃利顺不顾，仓皇逃向烟台。日军几艘巡洋舰立即追赶，结果，除王平的鱼雷艇逃到烟台外，其余舰艇不是被击沉就是被俘获。

近一个星期以来，刘公岛清军白天要进行激烈的炮战，夜晚又要防备敌艇偷袭，昼夜苦斗，疲惫不堪，伤亡不断增加。而岛上医疗设备简陋，连麻醉药都没有，就是在这样的条件下还要做许多截肢手术，手术中伤兵声嘶力竭地哀号，卫生所地上的残断手足已经堆了高高的一垛。如今王平又率鱼雷艇逃走，守军士气倍受打击。当天晚上，日军用火药在威海东口拦坝炸开了大约四百公尺长的口子，日军的军舰将可以直驶港内。坚守无力，援军无望，刘公岛上近千名士兵和百姓聚集到海军公所门前，向丁汝昌恳请活路。

"丁大人，给条活路吧，不要让我们老百姓陪死！"这是岛上的百姓在哀求。

"丁军门，朝廷都不管我们的死活了，我们何必再为他们卖命！"这是炮台的兵勇在发牢骚。

"丁将军，没有战斗力的时候投降，是各国通例，并不丢人。这是对生命的尊重和尊严的维护。"洋员也掺和进来，说的是国际公法。

……

丁汝昌不得不强打起精神，劝慰、鼓励大家："各位请听我一句，李中堂和山东李抚台正在向威海调兵，十七日援兵必至。到时候，我们水路夹击，就会转败为胜,倭寇的兵舰就会撤走。那时候,我向朝廷为诸位请功,封妻荫子。"

"丁大人,不要再骗我们了,朝廷的援兵不会来了。日军从荣成登陆已经二十多天了,如果有援兵,早就该到了。"

丁汝昌安慰大家,也是安慰自己:"大家放心,援兵一定会来。朝廷已经命令丁槐、陈凤楼、李占椿三位总兵共三十营驰援,十七日一定能到。"

"到了有什么用? 当初后路炮台在我们手里都没有守住,如今炮台已经落入敌手,就是这一万多援军到了又有什么用? 他们根本夺不回来。临时招募的新兵,根本不是日本人的对手!"

这一点丁汝昌心里十分清楚,但他仍自欺欺人地相信,只要援兵一至,威海之围就可以破解,因此许诺道:"诸位就相信我一回,我们只要再坚持三四天,援军就会到来。如果十七日援军还不来,我自会给大家一个交代,必定给大家一条生路。"

众人散去后,丁汝昌与心腹幕僚商议,大家一致认为,士气低落是最大的问题,加上洋人又在背后鼓动,希望投降的人越来越多。

"宁为玉碎,不为瓦全,我是宁死不降。一开始我就说过,如果炮台失守,唯有船尽人亡而已。"丁汝昌长吁短叹。

"现在最要紧的是援兵,如果援兵到了,无论多寡,都会振作官兵士气。"

"对了,修武总兵的马队比其他的步兵总要快一些,如果他能如期赶到,再好不过。"丁汝昌所说的修武总兵,就是徐州镇总兵陈凤楼,字修武,在与太平军、捻军作战中他的马队屡立战功。当年丁汝昌就是铭军马队统领,两人关系相当不错,"对,我给修武写一封信,请他务必驰援。"

求援信不必啰嗦,丁汝昌提笔写道:"修武老兄:此间被困,望贵军极切,如能赶于十七日到威,则船、岛尚可保全。日来水陆军心大乱,迟到,弟恐难相见,乞速援救。"

写完,如何把信送出去又成了问题。前天还能派鱼雷艇护送轮船出港,如今鱼雷艇全部逃走,港外二十余艘日舰围困,就是一只小划子恐也难以出去。

这时,丁汝昌亲信护兵夏老大道:"军门,我弟弟在康济舰上当水手,他从小水性好,就让他游到岸上,从陆路赶往烟台请援。"

"天太冷,如何能够游到岸上?"丁汝昌觉得不可行。

"一定能行。上次修镇远舰的时候,洋人工匠下水穿的皮衣忘下了一套,让老二穿上,就能够游过去。"夏老大非常肯定。

夏老二很快被叫来了,丁汝昌交代清楚任务,给他二百两银子道:"你带在身上,如果上了岸,无论贵贱,一定买匹马,快马加鞭赶往烟台。如果陈总兵就在附近,你就亲自去送信;如果陈总兵还在路上,就请刘道台立即给陈总兵发报求援。"

夏老二保证道:"军门放心,无论办理结果如何,属下一定回来给军门一个准话。"

丁汝昌说:"这一趟异常辛苦,你到了烟台,先好好休息几天。如果,如果威海不保,你就不必回来了。"

夏老二哽咽道:"不,属下一定回来,无论别人怎么样,我们夏家两兄弟,生与军门同生,死与军门同死。"

"一切拜托了。"丁汝昌拍着夏老二的肩膀。

第二天是元宵节,日本联合舰队又发动了第六次进攻。上午八时,日本第一游击舰队吉野、高千穗、秋津洲三舰及本队千代田舰在威海卫东口海面警戒。第三游击舰队天龙、大和、武藏、海门四舰在前,葛城为殿舰,驶近刘公岛东泓炮台,"纵横左右行驶,猛烈射击"。十时,日本第二游击舰队扶桑、比睿、金刚、高雄四舰加入战斗,南岸三炮台也向港内军舰、炮台轰击。

日军还在北岸架起十二门大炮,向刘公岛排轰。刘公岛各炮台奋力还击,击毁鹿角嘴大炮一尊,击中日舰两艘。丁汝昌亲登靖远舰,率平远及炮舰至日岛附近向日舰开炮。战至中午时,鹿角嘴炮台发射的两颗炮弹命中靖远,炮弹穿过了铁甲板,又穿过了右舷船首,船头先沉了下去,弁勇中弹者血肉横飞入海。在舰上督战的丁汝昌、管带叶祖珪决定与船俱沉,但被水手们抢救上岸。丁汝昌涕泪横流道:"老天爷呀,丁汝昌只求阵前捐躯,你怎么不开眼啊?炸死我的兄弟们,却让我苟活。"

靖远一沉,北洋舰队只余三舰,要守住威海港已是不可能了。晚上英国人泰莱和德员瑞乃尔来劝丁汝昌投降,丁汝昌没有答应。他与刘步蟾商议,要将定远舰装上火药自爆炸沉,以免资敌。刘步蟾在战前就曾经说过"苟丧舰,当自裁",定远舰爆炸的轰鸣声响起时,他吞下鸦片酒,数小时后痛苦死去。

丁汝昌也做好了自杀的准备,他请了六名木匠,在院子里加紧打制一具棺材。"笃笃笃",铁锤敲击、长钉入木的声音在月光下的刘公岛上空回荡。丁汝昌徘徊到院里时,就叫停木匠,自己躺在棺材里,一试大小。

他向大家许诺的最后期限——正月十七日到了,他两眼血红,盯着威海陆路方向,但没有援军的影子,岸上始终飘扬着日军的旗帜。下午,夏老二泅水回到了刘公岛。定远舰已经炸沉,丁汝昌将旗舰改在镇远舰。在镇远舰甲板上,夏老二见到了两眼布满血丝的丁汝昌,气喘吁吁说不出话,只从怀里掏出一根蜡封的竹管,里面是李鸿章发给刘含芳转交的电报:

> 水师苦战无援,昼夜焦系,前拟派人往探,有回报否?如能通密信,令丁同马格禄等带船乘黑夜冲出,向南往吴淞,但保铁舰,余船或毁或沉,不致资敌,正合上意,必不致干咎,望速图之。

"这时候如何能够冲出去?我舰航速不及日舰,到不了吴淞,必被击沉。"丁汝昌又急切地问,"援兵呢?为什么还没到?"

夏老二哭道:"没有援兵了,陈总兵的马队已被中堂调往天津。"

丁汝昌惊讶地瞪大眼睛,一句话不说,突然吐出一口血大哭:"中堂,为什么弃汝昌于不顾,为什么要调走援军!"

夏老二解释道:"军门,这也怪不得中堂。鱼雷艇王管带到了烟台,说日舰已攻破威海港,他才率鱼雷艇突出重围。中堂以为威海已失,日寇必进攻天津,因此这才奏请朝廷将陈总兵的马队调往天津。"

"姓王的,你害丁汝昌不要紧,你害了威海港数万军民!丁某化作厉鬼与你没完!"丁汝昌顿足骂道。在大家的劝慰下,他情绪稍为平静,又问夏老二,"你见没见到李巡抚,他驻节烟台,你没求他督促丁、李两位总兵,火速驰援威海吗?"

夏老二回道:"李巡抚已经不在烟台,我到烟台时,他已经去了莱州,要回济南了,丁、李两位总兵所部已经改为驻守烟台。听刘道台说,两位总兵连烟台也不愿驰援,以种种理由迟延进军,如今还未到潍坊,距此还有六七百里。"

丁汝昌捶着桌案哀号："天不佑我北洋水师，天亡我北洋兄弟！"

援兵无望的消息已经在军官中传开，刘公岛水陆营务处提调牛昶晒与洋员浩威、马格禄等人已经秘密商定多次，战至不可再战，唯有投降一途，可保刘公岛军民数万人性命。

浩威建议道："援军已经无望，再坚持下去已经毫无意义。人的生命是最宝贵的，我们应当去劝说丁提督，遵从文明通例，向日军认输，请日军不可妄杀军民。"

牛昶晒摇了摇头："丁提督早就说过，要与舰共沉，他大概做好了一死了之的准备。就我们几个人劝恐怕不行，应该请德三总兵同去。"

"德三总兵"即刘公岛护军统领张文宣，岛上的炮台及守卫都是他负责。更重要的是他的特殊身份——李鸿章的外甥。如果他出面劝降，成算更大。

牛昶晒去约张文宣，张文宣不愿去劝降："水师不降，我就率弟兄们奉陪到底。军人只有捐躯一说，降敌是自取其辱。牛大人不怕背上降敌骂名，就请便好了。"

牛昶晒劝道："德三，不是我牛某人不知道投降会背骂名，实在是形势逼人，不得不降。日军打下旅顺，屠城三天，旅顺百姓数万人全被杀害。我们这些文武官员死了没什么，可是百姓何辜？如果投降能保数万生灵免遭涂炭，我们就是背上骂名也值。"

张文宣拗不过，随众人去镇远舰见丁汝昌。

听几个人说明来意，丁汝昌拒绝道："你们要杀我现在就杀好了，我岂能吝惜一身？可是要我投降，办不到。"

瑞乃尔语带威胁道："兵心已变，势不可为，不如沉船毁台，徒手降敌算了，这也是万国公例。"

"我未能为朝廷保住铁舰，已经罪孽深重，丁某只有一死谢罪。但向日人投降，辱没祖宗，汝昌断然不会。"说完，丁汝昌又对张文宣说，"德三，你是中堂的至亲，你若降敌，不但辱没你张家，也累及中堂。"

牛昶晒以换数万人性命的道理相劝，丁汝昌依然不答应："你们让我清静一下，我原来说正月十七日给大家一个交代，我必定遵守诺言。现在十七日还未结束，何必逼人太甚？"

众人散去后，丁汝昌再次拿出正月初三下午英国军舰塞文号转递来的伊东祐亨劝降书。当初丁汝昌不屑一顾，而今穷途末路，他不由得再次审读——

大日本海军总司令官中将伊东祐亨致书与大清国北洋水师提督丁军门汝昌麾下：

时局之变，仆与阁下从事于疆场，抑何其不幸之甚耶？然今日之事，国事也，非私仇也，则仆与阁下友谊之温，今犹如昨。仆之此书，岂徒为劝降清国提督而作者哉？大凡天下事，当局者迷，旁观者审。今有人焉，于其进退之间，虽有国计身家两全之策，而目前公私诸务所蔽，惑于所见，则友人安得不以忠言直告，以发其三思乎？仆之渎告阁下者，亦唯出于友谊，一片至诚，冀阁下三思！

清国海陆二军，连战连北之因，苟使虚心平气以查之，不难立睹其致败之由，以阁下之英明，固已知之审矣。至清国而有今日之败者，固非君相一己之罪，盖其墨守常经，不通变之所由致也。夫取士必以考试，考试必由文艺，于是乎执政之大臣，当道之达宪，必由文艺以相升擢。文艺乃为显荣之梯阶耳，岂足济夫实效？当今之时，犹如古昔，虽亦非不美，然使清国果能独立孤往，无复能行于今日乎？

前三十载，我日本之国事，遭若何等之辛酸，厥能免于垂危者，度阁下之所深悉也。当此之时，我国实以急去旧治，因时制宜，更张新政，以为国可存立之一大要图。今贵国亦不可不以去旧谋新为当务之急，亟从更张，苟其遵之，则国可相安；不然，岂能免于败亡之数乎？

与我日本相战，其必致于败之局，殆不待龟卜而已定之久矣。既际此国运穷迫之时，臣子之为家邦致诚者，岂可徒向滔滔颓波委以一身，而即足云报国也耶？以上下数千年，纵横几万里，史册疆域，炳然庞然，宇内最旧之国，使其中兴隆治，皇图永安，抑亦何难？

夫大厦之将倾，固非一木所能支。苟见势不可为，时不云利，即以全军船舰权降于敌，而以国家兴废之端观之，诚以些些小节，何足挂怀？仆于是乎指誓天日，敢请阁下暂游日本。切愿阁下蓄余力，以待他日贵国中兴之候，宣劳政绩，以报国恩。阁下幸垂听纳焉！

贵国史册所载,雪会稽之耻以成大志之例甚多,固不待言。法国前总统末古末哑恒(帕特里斯·麦克马洪)曾降敌国,以待时机;厥后归助本国政府,更革前政,而法国未尝加以丑辱,且仍推为总统。土耳其之哑司末恒拔香(奥斯曼·努里帕夏),夫加那利一败,城陷而身为囚虏。一朝归国,即跻大司马之高位,以成改革军制之伟勋,迄未闻有挠其大谋者也。阁下苟来日本,仆能保我天皇陛下大度优容。盖我陛下于其臣民之谋逆者,岂仅赦免其罪而已哉?如榎本海军中将(榎本武扬)、大鸟枢密顾问(大鸟圭介)等,量其才艺,授职封官,类例殊众。今者,非其本国之臣民,而显有威名赫赫之人,其优待之隆,自必更胜数倍耳。第今日阁下之所宜决者,厥有二端:任夫贵国依然不悟,墨守常经,以跻于至否之极,而同归于尽乎? 亦或蓄留余力,以为他日之计乎?

从来贵国军人与敌军往返书翰,大都以壮语豪言,互相酬答,或炫其强或蔽其弱,以为能事。仆之斯书,洵发于友谊之至诚,决非草草,请阁下垂察焉。倘幸容纳鄙衷,则待复书赍临。于实行方法,再为详陈。

谨布上文。

明治二十八年一月二十日

伯爵大山岩　顿首

伊东祐亨　顿首

丁汝昌看了数遍,依然看不出"国计身家两全之策"在哪里。

此时,牛昶昞与英国人马格禄、美国人浩威等已经密议良久。威海是守不住了,如果被日军攻破,难免又是一场屠戮,就是洋员也未必能幸免;而此时降敌,谈妥条件,至少可保数万人的生命,这是当初伊东祐亨招降丁汝昌时就许诺的。几个人商议,必须策动更多的人去劝说丁提督,让他看到人心所向,明白只有投降一途。

晚上十一时多,数百人拥到镇远舰,因人数太多,数十人作为代表登舰,目标只有一个,就是请丁提督给大家一条生路。这些代表当中,增加了岛上的百姓代表,两位垂垂老者,一齐给丁汝昌磕头;还有几位炮台士兵和广丙舰水手,他们说弹药已经消耗殆尽,就是想打也打不成了。

广丙与广乙都是广东水师的舰船,春天到北洋参加会操,因为朝鲜局势紧张,广丙舰管带程璧光上书李鸿章,表示愿留北洋助战,经李鸿章奏请,两舰调入北洋。广乙在丰岛海战中受重伤后自焚,广丙则参加了黄海大海战,在威海保卫战以来,表现也很出色。管带程璧光本来怀着杀敌立功的想法归入北洋参战,谁料会落到株守待亡的结局,因此也同意投降的意见,广丙舰的水手就是他安排前来的。

"丁军门,我们南洋水师舰船是前来助战的,我们已经尽力了,请给兄弟们一条活路。"程璧光对丁汝昌说,"等和议达成后,兄弟再以广丙并非北洋的理由把舰要回去,也算为南洋保一条战舰。"

丁汝昌知道是降是战已经到了必须决断的时刻,他请北洋各舰管带前来议事。

等镇远代理管带杨用霖、靖远管带叶祖珪、济远管带林国祥以及镇字号六艘炮舰管带都到齐了,丁汝昌问道:"大家觉得,我们再打下去,还有取胜的可能吗?"

大家都无话可说。

丁汝昌见状,叹了口气说道:"原来我寄希望于陆路援军,如今援军无望,在座诸位,都难免败军之将的命运了。"

镇远代理管带杨用霖回道:"形势如此,用霖只有以死殉国。"

"生非容易死非甘。我是北洋舰队提督,我以死殉国就够了,你们不必如此。"丁汝昌又叹了口气,转头叫着靖远管带叶祖珪的字,"桐侯,你是出过洋的人,你说像现在这种情形,洋人舰队会怎么做?"

叶祖珪回道:"洋人军队,在弹尽粮绝的情形下,是有情愿输服之例。"

闻言,丁汝昌沉默良久后道:"他们劝我投降,以我们的骂名换取数万人的生命,细想也有几分道理。"

众人仍然无语以对。

丁汝昌心有不甘的样子,又问杨用霖道:"雨辰,中堂让我们趁夜冲出包围到吴淞去,我没执行中堂的命令,你觉得我们能冲出去到吴淞吗?"

"我们舰速慢,又都受了伤,如何能够冲得出?如果早几天的话,大约只有靖远能够到得了吴淞。"杨用霖回道。

靖远是致远的姊妹舰,航速十八点五节,是北洋诸舰中最高的。靖远舰管带叶祖珪摇了摇头道："靖远也到不了吴淞，日军第一游击舰队的航速都高于靖远。"

大家这样说，丁汝昌心里好受一些，他又问道："后世评价，可能怪我们株守威海，如果我们冲出去与日舰决战，结果会不会更好？"

如今，除了丁汝昌，官阶最高的就是杨用霖，他回答道："后世的评价我们顾不上了。我们冲出威海与日舰决战，名声会好一些，可会败亡得更早。黄海一战后，我们实力差人家太远。我们与威海炮台互相依托，是最明智的选择。"

"雨辰，你要说实话，不必安慰我。"

"这的确是实话，外人不懂实情，说什么的都有，我们顾不上了。"

叶祖珪也附和道："就是不经黄海一战，我们的实力也弱于日本舰队。可惜这一点世人知之甚少，还是以成军之时的实力，认为北洋战舰雄视亚洲，所以才有种种妄议。"

济远管带林国祥恨恨道："如果后路不失，海岸炮台还在我们手里，威海无论如何能守得住。可恨后路贪生怕死之辈太多。"

戴宗骞治军无方，弃守海岸炮台，为北洋诸将士深为痛恨。丁汝昌为人忠厚，替他回护道："戴孝侯已经殉国，再埋怨他也没用了。如果当初日本人在荣成登陆的时候，我们冲出港去，会不会阻止他们登陆？"

众人都不说话，也就证明大家在此事上有看法。

"我好后悔，如果当时我们所有舰船都到荣成去，可能损失会很大，但一定能够阻滞倭寇登陆的速度。哪怕毫无效果，也不致留人口实。如果那时候我阵亡，也比现在等死强得多。"

"丁军门，现在后悔也没用了，外面还在等你决断。"杨用霖也心有不甘。

"战不能胜，降必背骂名。我是北洋舰队提督，我不能降，我降，便会让整个舰队蒙羞。我只有以死殉国，但你们不必步我后尘。我闭上眼后，任他们弄去吧。"

他们，便是指外面劝降的那些人。

等外面的人进来了，丁汝昌又道："我是北洋水师提督，只有以死报国。我不能降，我降，便会令水师受辱。"又对威海水陆营务处提调牛昶晒说，"深斋，我死后立即将我提督印戳角作废。"再对杨用霖说，"雨辰，定、镇两舰是北洋的骄傲，不能资敌，定远已经沉了，你立即安排人装好炸药，等我闭眼后就炸掉镇远。"说到这里，丁汝昌已经哽咽不能出声。

杨用霖走到舱外吩咐道："来人，到底舱安装炸药，准备沉船。"

但十几个兵勇一齐围到杨用霖身边，抽刀出鞘威胁道："杨管带，镇远不能炸。已经和日本人议好，以战舰换活命，如果炸了镇远，日本人生了气，大家还是没有活路。"

"人怎么苟且如此！"杨用霖连连跺脚，他回到自己舱里，不久传来一声枪响，大家跑进去一看，他垂头坐在椅子上，胸前一片血迹，他吞枪自杀殉国了。

丁汝昌听到枪声，问大家是怎么回事，听说是杨用霖自杀了，哭道："雨辰，你应该让我先走。"

招招手，儿子丁代禧跪下，把一杯和着鸦片的酒高高举起。丁汝昌端起来一饮而尽。毒效发作还要过些时候，他嘱咐道："三儿，把我扶到岸上去，叶落归根，我得死在陆地上。我一走，就让他们炸舰。"

丁汝昌吞鸦片求死的过程也相当痛苦，折腾了半夜，天快亮时才停止了呼吸。当天夜里，李鸿章的外甥、北洋护军统领张文宣也吞鸦片自杀。

丁汝昌的护卫亲军头领夏老大见丁汝昌服毒，他对亲军说道："丁提督平日对我等不薄，如今他被日本人逼死，我们也不能苟活。我要去南帮海岸炮台与日本人拼命，不怕死的跟我走！"

一共有二百余人愿意与日本人拼个鱼死网破。他们乘坐十几只小皮艇，悄悄登上南帮炮台，但被守炮台的日军发现，双方展开激战。无奈日军武器好，枪法又准，又有迫击炮助战，一个多小时的时间，二百余人全军覆没。

牛昶昞并没有按丁汝昌的叮嘱将提督印截角作废，他与洋员及诸将们立即开始讨论投降问题。浩威建议对丁汝昌之死严守秘密，以免影响谈判。他以丁汝昌的名义用英文起草了投降书，然后译成中文。上午八时三十分，派广丙舰管带程璧光为军使，乘镇北炮舰，竖起白旗，由西口出港，将乞降书送到日本舰队旗舰——

革职留任北洋水师提督军门丁，为咨会事：

照得本军门前奉贵提督来函,只因两国交争,未便具复。本军门始意必战至船没人尽而后已,今为保全生灵起见,愿停战事,所有刘公岛现存船只及炮台军械,委交贵营,但冀不伤中西水陆官弁兵勇民人之命,并许其离岛还乡,如荷允许,则请英国水师提督为证。为此具文咨会贵军门,请烦查照,即日见履施行,须至咨者。右咨日本海军提督军门伊东,光绪二十一年正月十八。

伊东接到投降书后,立即召集幕僚商讨,回复丁汝昌(日军尚不知丁汝昌已死),同意清军投降,并将于明天接收所有舰船炮台及其他军用品。他再次写信劝丁汝昌暂到日本,还赠送丁汝昌香槟酒、蛎黄等礼品。

次日上午九时,程璧光再乘镇边炮舰持伪造的丁汝昌复信到日本舰队,诡称丁汝昌昨夜写完复信后自杀,复信请求日本接受舰船及军用品日期能够延迟五天,因为有许多事情要安排。伊东复信同意,要求中方派员于下午六时前到旗舰上详商细节。

《日清战争实记》较为详细地记述了牛昶昞、程璧光到日本舰队谈判的情形:

午后四时过后,牛昶昞与程璧光一起来到我旗舰上。牛昶昞是河南人,二品顶戴,北洋候选道,是相当的高官,当年五十七岁,鼻下蓄白髯,不胖不瘦,中等身材,颇具长者风度。此日着用绒布制作的中国式服装,穿缎子坎肩,眼边透红色,可见数日来之疲劳。程璧光是广丙号舰长,举止非常活跃,善于说英语,着少佐服装,佩戴长剑。在旗舰上,先招待二人于一个房间里,然后伊东司令长官与之见面。牛昶昞对伊东司令长官说:丁提督临死,把后事全委托给了马格禄,因此,提督死后,刘公岛和威海卫的陆海军全靠马格禄指挥。但是,阁下已经明示来者必须是中国人,丁提督的下面就是小官,所以我来了。小官地位低下,而且不善于应酬,请阁下多多关照,务使谈判有一个顺利的结局。

牛、程两人基本同意日军提出的条件。正月二十日午后,两人再到松岛舰上,缴出威海卫清军海陆投降军官及洋员名册和兵勇军属统计表。计投降官兵陆军二千零四十人,海军三千零八十四人,合计五千一百二十四人。当夜,牛昶昞与伊东祐亨签订投降条约,岛上所有军械、舰船归日本人,军事人员限期登岸,百姓或留或去可自便,自杀或战死的军官灵柩乘康济舰离开,日军要给予礼遇。

正月二十三日(1895年2月17日)上午十时三十分,日本联合舰队正式占领了威海卫港,并举行"捕获式",将威海卫港内北洋舰队残余舰船镇远、济远、平远、广丙、镇东、镇西、镇南、镇北、镇中、镇边全部俘虏,扯下中国军旗,升起日本旗。

当天午后四时,康济舰载运丁汝昌、刘步蟾、杨用霖、戴宗骞、张文宣等人的灵柩出港,日本联合舰队降下半旗,鸣响礼炮,为康济舰送行。康济舰在潇潇春雨之中,汽笛哀鸣,凄然离港。

真是祸不单行,北洋舰队全军覆没的消息传到京城时,辽东的战事也是一败涂地,翁同龢力主起用的刘坤一、吴大澂、魏光焘等,也未能挽救败局。

钦差大臣、前线统帅刘坤一年老多病,并嗜鸦片,借口亲兵未到,坐镇山海关而不赴前敌指挥。而日军在山东攻打威海的同时,侵入辽宁的第一军六千余人孤军深入占领了海城。当时海城周边聚集了两将军(吉林将军长顺、黑龙江将军依克唐阿)、一提督(宋庆)、一巡抚(吴大澂)、一藩司(魏光焘)所部共一百余营,六万余人。然而,他们一个多月间发起五次进攻,竟然不能攻克几近弹尽粮绝的海城。除了徐邦道、李光久两军尚能力战外,依克唐阿、长顺两军历经三次失败,根本未真正进攻,只是远距离放炮,而吴大澂闹的笑话更多。

自请参战的吴巡抚本是一介文人,写得一手好篆书。他眼睛近视,需要戴近视镜才能看得清楚,但枪法却不赖,百步外能百发百中。这一长处让他自己也觉得"虽古今名将不如也"。但他实在没有带兵经验,出关后天天招引算命、风鉴诸色人等互相附会,算计哪一天能克敌制胜,进位宰辅。到田庄台后,他不到前线了解敌情,全凭汇报处理战事,把所有军务都交给他的门生、志大才疏的户部主事晏安澜。而且他不知彼不知己,让人送给日军一封信,吹嘘"本大臣讲究枪炮准头十五六年,所率堂堂之阵,正正之旗,能进不能退,能胜不能败,若与本大臣接战三次,胜负不难立见,迨至该兵三战三北之时,本大臣自有七纵七擒之计。悯尔辈虽生岛国,性命则同,因而本大臣于战场立免死牌数面,尔等走跪牌前,即不加刃,事定送还本国"。他派人张贴投诚免死告示,又令人多制白旗,均写"吴"字,将旗偷插山上,他说日军一看到他的旗子就会吓跑。

随着山东战事的步步顺利,辽东的日军大受鼓舞,第一军司令官野津道贯向大本营提出了"辽河平原扫荡作战"方案,第三师团从凤凰城、九连城踏雪西进,与海城日军会合,并迅速占领了海城东北方向的鞍山、西南的牛庄,海城之围破解,然后挥师南下,营口、田庄等先后陷落。尤其是吴大澂不战而弃的田庄台,是扼守辽河下游的水陆要津,一个相当繁华的集镇,在日军疯狂烧杀抢掠下,几被夷为废墟。宋庆退走双台子,吴大澂仓皇退往锦州。北自鞍山、海城,南到大连、旅顺,西至牛庄、营口、田庄台大片领土尽被日军占领。

如果山东的日军北上天津,辽东的日军南下山海关,京城两面受敌,该派谁去御敌?光绪帝召见军机,说到这个严峻的话题时,无人能接茬。恭亲王如今在军机中地位最尊,他不能不开口,但他开口就把球踢给了翁同龢:"皇上,派谁去御敌,可问翁同龢还有无合适的人选。"

最近,复出后一直低调的恭亲王,对翁同龢的不满已经溢于言表。

翁同龢十分窘迫,嗫嚅半天后道:"臣实在没有人选。"

恭亲王不满道:"如今战不能胜,和又不能和,到底该怎么办,今天必须拿出个主意,不然后果实在难料。"

向来敢冒天下之大不韪、主张和议的孙毓汶今天却一句话不说,直拿眼睛瞟翁同龢,一副看笑话的神情。

翁同龢索性撂挑子道:"战不能胜,就只能议和。日本人不是想让李鸿章去议和吗?那就派他为全权大臣好了。"

"李鸿章已经被摘了花翎,剥了黄马褂,又被骂得里外不是人,他哪里有资格去议和?恐怕要劳驾六爷了。"孙毓汶这时说话了。

日本人曾经暗示,派恭亲王或李鸿章议和最好。但恭亲王贵为懿亲,如何能够远渡重洋去议和?孙毓汶不是不知,这样说,还是要翁同龢难看。

"这好说，那就恢复了李鸿章的翎顶马褂。"光绪帝出面为老师找了台阶。

等大家鱼贯退出养心殿，孙毓汶故意叹息道："从前李少荃被骂得狗屁不是，现在又让他去当尊贵无比的全权大臣，这上谕不好起草啊，我看就别难为那帮章京了，翁师傅辛苦辛苦算了。"

翁同龢与李鸿藻一同回到军机处，一进门就老泪纵横，颤抖着双手问道："兰翁，外敌入侵，我力主抗敌，难道有错吗？他们为什么这样作践我？淮军湘军都不争气，怎么能怪到我们头上？这是什么道理，难道我们当秦桧、张邦昌之流，他们才满意吗？"

李鸿藻最近主战的兴头不那么热了，原因是他听了下人的一句话。他家中下人们，也分成了主和主战两派。有一天，他听到主和的下人道："主战当然没错，可是你得拳头硬。拳头不硬，却到处放狠话，不是自己找揍吗？"

这话对李鸿藻刺激很大。尤其是起用湘军后依然不能挽救局势，他不能不冷静思考。军队统帅不愿战，军队亦无战斗力，而不知兵的人却一再主战，这是不是于国于社稷不负责任？一想到这一点，他就暗自心惊。因此，他今天没有附和翁同龢指责前线将士，而是平静地说道："叔平，局势如此，不得不然。"

光绪二十一年正月十九日奉上谕：

前派张荫桓、邵友濂为全权大臣前往日本会议条款。讵日本意存延宕，借敕书有请旨之语，谓非十足全权，不与开议，送回长崎。迨令田贝再询，乃又答云：无论何时可以再行开商和议，总须中国改派从前能办大事、位望甚尊、声名素著之员，给予十足责任，仍可开办等语。李鸿章勋绩久著，熟悉中外交涉，为外洋各国所共倾服。今日本来文，隐有所指。李鸿章着赏还翎顶，开复革留处分，并赏还黄马褂，作为头等全权大臣，与日本商议和约。直隶总督兼北洋大臣，着王文韶署理。李鸿章着速来京请训，切勿刻迟。一切筹办事宜，均于召对时详细面陈。该大臣当念时局阽危，既受逾格之恩，宜尽匡弼之义。谅不至别存顾虑，稍涉迟回也。起程日期并着即行电闻，以纾廑注。将此由六百里谕令知之。钦此。遵旨寄信前来。

李鸿章看罢军机处的廷寄，递给李经方道："老大，朝廷让我与日本议和。"

"父亲不能去。当初您不愿打仗，他们非逼着打。如果当初他们听您的，最多失去藩属国朝鲜，如今日本人战事顺利，恐怕狮子大张口。这时候议和，谈何容易？"李经方不同意。

"总要有个了局，越拖只会越坏。"李鸿章的心思还是在大局上。

李经方一副事不关己的样子："坏就坏去，反正湘军他们也起用了，总不能再一味责备淮军无能。"

李鸿章摇了摇头道："这只能当赌气话说说罢了。我办了二十多年的外交，此次和议，恐怕想脱也脱不了。"

李经方心中十分不满："从前签约，父亲已经招了太多骂名。这次议和条件恐怕更苛刻，您又何必再招人骂。翁师傅一直在唱高调，不如让他去与日本人周旋，看国人骂不骂他。"

"到时候我自然要将他一军，不过招骂名的事他是不会去的。要让他去办理，恐怕丧权辱国更甚，他哪里会谈判？"李鸿章想了想又说，"就算他去，也许骂名还是让我来背。他会说，是因为我们仗没打好才谈不好。"

李鸿章手头要办的事情很多，北洋、直隶事务要交代，军务要部署，还要为东行议和做准备。他上奏朝廷由袁世凯代替周馥办理前敌粮台，周馥则立即回天津商办事情。又致电刚回到上海的张荫桓，让他帮忙代聘熟悉国际公法条约而有智略文笔者襄助。张荫桓很快回电报，建议聘请美国人科士达作为法律顾问。

科士达是律师出身，曾任过美国驻西班牙、墨西哥、俄国公使。张荫桓出使美国时，曾经聘他为公使馆法律顾问，他两年前又任过美国国务卿。张荫桓评价科士达"人极公正，熟谙各国条例"，因此极力向李鸿章推荐。科士达开出的月薪相当高，每月三万两白银。张荫桓还建议李经方可以作为议和人员，因为他出使过日本，精通英文、日文，伊藤博文对他印象也很好。再有一个是江苏候补道徐寿朋，讲求公法条约，对邵友濂十分巴结，邵友濂建议就近调用。李鸿章一概接受。

等忙完这一切要务，已是正月二十五日，李鸿章与王文韶办完交接，立即起程赴京。两天到就，第二天一早，李鸿章就和军机大臣们一起觐见。几天前,美国驻华公使田贝已经向总署转交日本人的议和要求,朝鲜要独立,要赔偿军费,还要割让土地;派出的全权大臣,必须有让地之权,否则连去也不要去。

李鸿章知道割地与卖国无异,定会留下骂名,因此他早就有了主意,割地之权非由其他人说出,并由朝廷授予,否则宁愿不去日本。

光绪帝憎恨李鸿章的淮军一败再败,但如今又不能不依靠他去议和,而且李鸿章时年已经七十三岁,做万里之行,也实在不容易,因此语气相当温和。问了直隶可否安定,路上可否顺利,话题立即转到议和上。

李鸿章回奏道:"日本媾和条件太过苛刻,割地之事,臣万不敢承担。就是赔款,也难以筹措。"

翁同龢在一旁叫道:"赔款由户部千方百计筹划,也是臣等职责所在。哪怕是多赔点款,也不能割地给倭寇。"

其实李鸿章心里明白,日本贪欲极奢,不割地恐怕没有了局,但他也装糊涂:"臣也以为割地万不可行,如果日本坚持要割地,那宁愿不去议和。"

孙毓汶语气甚急道:"局势已经危如累卵,怎么能不去议和?如果威海的日本舰队北上天津,京城立即就受震动。和议之事一天也不宜拖。"

光绪帝问道:"天津海防可有把握?"

"北洋舰队已经不复存在,天津仅靠几门海岸炮,实无把握。"李鸿章一副无奈的样子。

孙毓汶在一旁又催促道:"趁着局势还没糟透,应当尽快达成和议。割地的要求,到了万不得已之时,也不能不加以考虑。"

对割地的说法,光绪帝相当反感,翁同龢也不同意:"多赔款可以,割地一说,万不可行。"

见翁同龢这种态度,李鸿章乘机要求道:"议和事关重大,臣请派翁同龢为会办,与臣一同去日本。"

翁同龢立即反对:"我如果办过洋务,此行必不推脱。无奈洋务、外交我都是新手,怎么能胜任会办?"

光绪帝心里明白,翁师傅是不愿担此骂名,他也不愿让老师为难,所以对李鸿章道:"既然委你为全权大臣,自然就不必再有什么会办。当初北洋军务朝廷要派会办,后来未派,也正是此意。"

意思很明确，当初你不答应派军务会办，如今议和你也别想有会办分谤。

李鸿章又奏聘请科士达为法律顾问，李经方也随同赴日，光绪帝当即答应。

李鸿章和军机大臣们退出养心殿，他以十分体谅的语气对翁同龢说道："叔平，你不肯去日本是对的。议和必然招致骂名，你是清议领袖，清誉万不可受毁。我被人骂卖国贼已经十几年了，虱子多了不咬，债多了不愁。"

翁同龢板脸严肃道："李中堂善办外交，和议这样的外交大任非中堂莫属。如果中堂据理力争，不丧权，不辱国，不但不留骂名，还必受朝野称颂。"

真是站着说话不腰痛，这种时候去议和，不丧权，不辱国，谁做得到？李鸿章反唇相讥："如果翁师傅肯当会办，也许能够不丧权辱国，只是翁师傅不肯屈己。下去若干年，世人必称颂翁师傅是铮铮铁骨的爱国者，而李某，必被骂为头号卖国贼。"

出了宫，李鸿章先去拜访恭亲王。这几日恭亲王因为身体不好，没有入宫办差。他已经老态龙钟，见面就对李鸿章道："少荃，这次少不得你为大清忍辱负重了。"

李鸿章摇头道："割地一说，我不敢提，不然一切罪责都将聚污于一身。"

恭亲王应道："我明白，关键时候我出来说话，我老了，无所谓了。"

第二天，世铎、翁同龢、李鸿章一起觐见。还是商议议和的事，最关键的割地一条，谁也不敢答应。李鸿章倒是勇于任事，表示拼却老命也要为皇上分忧，但就是在割地问题上，他也是坚持不能向日本让步，否则宁愿不和。怎样让日本放弃割地的要求，大家都无良策。还是李鸿章提议尝试一下"以夷制夷"的办法，就是把日本的割地要求通报给英法俄美等国，请他们出面劝说日本放弃这一要求。光绪帝承诺道："李鸿章，你在外交上办法多，这件事就交给你了，如果能够不割地，朕一定重赏。"

李鸿章亲自拜访各国驻华公使，请他们帮助居中调停，打消日本割地的念头。他对俄使喀希尼道："割地对中俄都没有好处，如果把辽东割给日本，则直接威胁俄国的在华利益。"

"现在日本还未提出具体割地要求，俄罗斯不好现在出面阻止。"但喀希尼答应李鸿章，发电本国政府，若方便出面调停，必为中国效力。

拜访德国公使,德使惊讶道:"开战之前各国都以为中国必胜,没想到中国军队如此不堪一击。不过,中国毕竟是大国,如果坚持下去,时间一久,胜利必然属于中国。中国为什么不迁都再战?"

李鸿章解释道:"迁都再战,也许能够战胜日本,但怕的是本国乱民趁机作乱,中国只怕永无宁日。您应当知道,当年长毛、捻匪正是趁英法两国入侵而造反,征战十余年才得以平复。如今,疲弱的中国实在经不起大乱。"

德使摇了摇头道:"中堂所虑,也有道理。既然中国没有迁都再战的决心,那就势必要割地赔款,他国无从帮助。"

李鸿章再访美使田贝,田贝说话十分直接:"听说这几天中堂一直在谋求列国干涉,我可以告诉中堂,趁早放弃这些不切实际的念头。战争的胜负是决定因素,既然中国军队不能在战场上获胜,不割地恐怕永无了局。"

这时候,张之洞上了一份奏折,说最近日本兵舰三番五次到台湾去游弋,看来对台湾有野心。他献计,不如把台湾抵押给英国,这样英国就会帮助中国阻止日本。众人都觉得很有道理,都请李鸿章去与英国驻华公使欧格纳商议。

李鸿章与英国人的交往最多,在列国中大清最亲近的也是英国,不但总税务司是英国人,北洋海军以及各洋务局厂中聘请最多的也是英国人。因此,李鸿章对英国抱有很大期望。但欧格纳听完李鸿章的意思,觉得有些不可思议,头摇得像拨浪鼓:"李中堂,您应该明白,银行家都是商人,他们怎么会以一个极有危险的抵押物贷款?"

"那么,我国愿意给英国更多的商业利益,以换取贵国出面,阻止日本割地的企图。"

对李鸿章这一建议欧格纳也不感兴趣,因为如果英国因此获取更多的商业利益,必然引起各国的反感,英国立即会成为众矢之的。而且各国也会要求同样的利益,中国那时候答不答应?答应,必受巨大损失;不答应,列国又怎肯罢休?当然,还有一个重要的理由欧格纳没说,那就是英国希望以日本制衡俄国在东北亚咄咄逼人的气势,怎么会在此时得罪日本?

日本知道李鸿章在谋求列国干涉,也针锋相对采取措施。外务省训令驻俄公使向俄国说明,日本将坚决维护朝鲜的独立,而绝对没有领土要求;又向各国尤其是英国表明,日本绝对不会谋求超过各国的商业利益,这使得最有可能出面干涉的英、俄两国都打消了干涉的念头。李鸿章忙了数天,最终是一无所获,只有俄国表示将来根据事态的发展,会出面调停。

光绪帝再次召见李鸿章与众军机,由李鸿章介绍谋求列国干涉的情况。恭亲王听了之后说道:"昨日接到军报,日军频繁向锦州派出骑探,有攻打锦州的迹象。议和的事情不能再拖了,实在不行,就授予全权大臣以割地之权。"

孙毓汶、徐用仪支持,翁同龢依然坚持割地万万不可。

不想割地但又没有不割地的办法,大家徒然争辩,毫无结果。光绪帝道:"要给全权大臣割地之权,此事太过重大,必须向太后请旨。"

光绪帝要见太后面奏,却很久却没有回音,他在乐寿堂丹陛上焦急地徘徊往复。终于奏事太监出来了,跪下回话:"回皇上,太后昨日肝气发作,肾疼腹泻,不能见,一切请皇上做主。"

自从前线战事不顺,太后就病了,不再召见枢臣,传话说一切由皇上做主。从前一个海关道的人选太后也会干预,如今割地丧权的大事却让皇上自主,推卸责任、不担骂名的意思再明显不过。光绪帝回到南书房,见到翁同龢就禁不住热泪横流道:"师傅,你还有什么办法吗?朕实在不愿做卖国之君。"

翁同龢跪在地上,也是泪流满面,哽咽道:"臣无能,不能为皇上分忧。要绝倭寇奢欲,除非前线能够取得大捷,可是,无论湘淮,都令人失望。"

光绪帝愤愤道:"朕本想好好振作,当一个有为之君,没想到要经朕手割地于倭寇,将来朕有何脸面见祖宗于地下!"

翁同龢劝慰道:"罪责不在皇上,是前线将士不争气。如果淮军没有那么多贪生怕死之辈,如果海军提督得人,战局绝不会如此无可挽回。淮军将领腐化堕落,李鸿章难辞其咎。"

"翁师傅,如今还要李鸿章去议和,再责备他又有何益?"君臣两人相对啜泣,最后光绪帝说,"你传朕旨意,授李鸿章商让土地全权。"

"臣……遵旨。"翁同龢匍匐在地,泣不成声。

二月初八上午,光绪帝在养心殿召见李鸿章。等李鸿章磕完头,将花翎顶戴放在身边,光绪帝便说道:"李鸿章,朕已经授予你商让土地的全权。"

"今天恭亲王和军机大臣,已经传谕给臣。"李鸿章回奏。

"这次议和,除了赔款、朝鲜独立,日本人注意尤在割地,现在时机紧迫,非此不能开议。朕，也真正是没有办法了。"

光绪帝不愿割地，不愿做丧权辱国之君，不想可知。李鸿章有一番道理来劝慰皇上，是临觐见前就想好的："此皆臣之罪过。臣任职直隶二十余年，海防洋务皆是臣职司，强敌狼狈如此，皆由臣之不力，上贻君父深忧，百咎集于一身，臣无可推辞。割地谋和，古所恒有。唐弃河湟之地，而无损于唐之中兴；宋有辽夏之侵，而不失仁英之全盛。就是西洋各国，最近的普法之战，即互有割让疆域之事。现在日本乘屡胜之势，逞无厌之求，如果不暂时答应，便无法渡过眼前难关。只要有力图自强之计，暂时委曲求全，将来也就有收回失地的希望。天下臣民，也能体谅朝廷的难处。"

"朕知道你是在安慰朕，不过你所说也不是没有道理。将来咱们君臣励精图治，不知可否有望重振大清？"

"一定能。皇上天纵英明，假以时日，效法列强，大办洋务，必能追超日本。"李鸿章的话铮铮有声。

"但愿如此——此次议和，外人不能理解，你难免要受委屈。"

皇帝有这句话，李鸿章的万般委屈都可以化解了，他激动得一边磕头，一边落泪："臣受恩深重，具有天良，苟有利于国家，何暇更避怨谤。现当时势艰危，但望于事有济，赴汤蹈火在所不辞。"

李鸿章敢于担责，不避怨谤，这一点尤其让光绪帝感慨。自己所敬重的翁师傅，在这一点上远不及李鸿章，明明知道再打下去也无益，但他从来不放松主战的立场；明知道不割地难以谈和，他却一直声称割地万万不可。他像爱惜羽毛的鸟一样，太过爱惜自己的声名。因此光绪帝吩咐道："李鸿章，议和的事别人指望不上，你要为大清力争，能争一分是一分。"

"是，臣一定力争。让地一节，最为要紧。论形势有要散，论方域有广狭，有暂可商让者，亦有万难允许者，臣必定斟酌轻重，力与争辩。至兵费多寡，并当相机迎拒，但能争回一分是一分。倘彼要挟过甚，臣绝不能曲为迁就，贻后日之忧；也不敢稍有游移，以速结目前之祸。"

"现在最担心的就是敌大股北扰，你到了日本，一定先与他们商定停战之法。"

君臣两人又就直隶防务谈了近十分钟。最后李鸿章表示，等日本人确定了谈判地点，他就立即出都，取道天津，乘轮东渡。

日本人确定的谈判地点是本州西南端港口马关。光绪二十一年二月十八日(1895年3月14日)晨,德国商船礼裕号、生义号悬挂着德国国旗和"中国头等全权大臣"旗帜,从天津起航,驶向大洋的彼岸——日本。

这两艘轮船上乘坐着"中国头等全权大臣"李鸿章及其随员,参赞李经方,兼任日文翻译;二品顶戴记名海关道罗丰禄,任英文秘书、外交顾问兼翻译;翰林院编修张孝谦、兵部候补主事于式枚,两人是李鸿章的文案;二品顶戴江苏候补道徐寿朋、二品顶戴候选道马建忠、二品顶戴候选道伍廷芳三人则是法律助手;前美国国务卿律师科士达是张荫桓为李鸿章特聘的法律顾问。此外还有美国副领事毕德格、四品衔直隶候补同知林联辉、直隶州知州罗庚龄、分省补用知县卢永铭、同知衔候选盐大使陶大均,学生、供事、差弁、跟役、厨丁等一百二十余人。

李鸿章一行于五天后到达马关港,当晚宿于船上。次日,根据日本的安排,上岸去春帆楼举行第一次会谈。当时的日本报纸对李鸿章一行上岸情形做了颇为详尽的描述:

> 李鸿章于20日正午3时5分,乘小船小野田丸到达阿弥陀町镇守神社前临时栈桥,即乘中国肩舆至会谈所藤野方(春帆楼),其间距离约二町许。另有李经方、罗丰禄、伍廷芳等随员9人,舆丁6人,随轿徒步的3人。罗丰禄郑重地携带着用罗纱布包装的一卷,多半就是国书。李经方与其当年离开东京时相较,颇显苍老。李鸿章虽称病后,但颇不相似,脸色壮健,架金边白玉眼镜,从船上经过栈桥,攀登一段长约一间之石阶,然后乘轿。出船室时和上石级时,都有二名从者,左右挟持,但这只不过是侍从大国大员的仪式而已。服装穿棕黄色长褂,加黑色上衣,薄底靴。身长约五尺六寸左右,高于其他诸人。他出船室上栈桥,仰见观众如山时,面色似在讲:"好家伙,看的人真多。"但立刻恢复威严,进入舆内。李经方上陆时,和接待的官员招呼,频现笑容。自李经方以下,余人都坐人力车,中途经二町许距离,站满巡警,以资警卫。

李鸿章一行步入春帆楼,楼里摆放着一张硕大的木方桌,围着方桌摆着十几把椅子。李鸿章一行被安排在桌案的左侧，还特意为李鸿章准备了痰盂。李鸿章坐在中间，左手边是他的儿子李经方和头等参事马建忠，右手边是参事罗丰禄和伍廷芳。相对而坐的是伊藤博文，他的右手边是外相陆奥宗光，左手边是外务书记官进上胜之助。陆奥宗光右手边依次是内阁书记长官伊东巳代治、外务大臣总事官中田敬义、外务省翻译官陆奥广吉。

李鸿章与伊藤博文算是老相识，因此坐定后伊藤博文先问李鸿章一路是否顺利，又略带歉意地说道："这个地方偏僻，现在还没有与您钦差大臣地位相配的公馆，实在抱歉。"

然后双方互相查阅全权委任状，认为完备，彼此交换。李鸿章不待伊藤博文说话，先入为主道："按国际惯例，议和前先要停战。"

罗丰禄宣读拟请停战的英文节略："现于议和约之始，拟请两国水陆各军即行一律停战，以为彼此议商和约条款地步。"

伊藤博文没想到李鸿章一上来就有这一手，他并没有停战的计划，一心想的是先议和，后停战，以便日本借助军事上的胜利谋求最大的利益。他与陆奥宗光交换一下眼色后道："中堂一行舟车劳顿，既然已经交换了国书，今天的任务就算完成了。何况停战一事，也不是立即就能答复，我们明天给中堂一个答复如何？"

"好，那就明天商议停战的细节。"李鸿章一口答应了。

为了转移话题，伊藤博文又问："中堂可知此地为何叫春帆楼吗？"

李鸿章猜测道："山下就是港口，想来必是帆樯林立而得名吧。"

"中堂一语中的。这个名字还是我帮他们取的呢！"

据伊藤博文讲，春帆楼原是一个医生的产业，但医生不幸英年早逝，遗下妻女无以为生。下关盛产河豚，味极鲜美，但是有剧毒，每年都有人因之送命。医生的妻子就想，要是开一间专门料理河豚的店，请专人制作，让大家既享美味又无性命之忧，一定生意兴隆，我和孩子的生计也就有保障了。很快，这里便因河豚料理闻名日本。伊藤博文有一年春天路过下关，慕名来品尝河豚，遥望窗外白帆点点，联想到自己又号春亩，于是欣然提笔，题写春帆楼三字，从此，这家河豚店更名为春帆楼。

"恰当至极。我进门的时候，就看到春帆楼三字，书法不同凡响，原来是阁下的大笔。"李鸿章连声赞叹，但他并不想在此多费口舌，而是借机转入正题说,"中日两国,同文同种,常为列强所忌,希望讲和以后,成为更亲密之友邦。方今西力东渐,能看透此种形势者,天下更有谁能出阁下之右者。"

伊藤博文接道:"此事当年某在天津时,曾经奉告中堂,希望中国能够自强,不想十年过去了,仍完全不变。"

李鸿章称赞道:"贵国近年改革, 无论在兵制还是政治方面, 都招招奏效,全由阁下努力所致。鄙国仍为吴下阿蒙,深为惭愧。"

"贵国推行洋务比鄙国之维新时间更久,但是不及鄙国见效卓著,何故?中堂曾经对我说,贵国之洋务,只取法西洋之机器、军械,而于制度,则中国尽善。日本则不同,完全效法欧美,包括政制、军制无不如此。我打个不恰当的比方,贵国之洋务,只是从欧美借了一件外衣,御寒有效,但是不能根本上强壮体质;而鄙国之维新,则将欧美文明像米饭一样吃下去,体质因此更强,因此能够取胜贵国。贵国之败,并非仅是前线将士不能用命,追根溯源,恐怕还要从军制、政制等方面去找原因。天道无亲,唯德是亲,贵国如欲振作,更有何忧。"

"受教匪浅。此次交战,诚属不幸。但亦意外地带来两个好结果,即贵国陆海军组织,效法欧洲成功,证明虽我为黄色人种,亦不让白种人一步之事实,此其一;其二,则为鄙国因失败而如长夜梦醒,获得奋起之机会。于此,日本以其学术知识,中国以其天然资源,互相结托,虽欧美白色人种,更何所惧哉!"李鸿章的话真假参半,但用心良苦却是不折不扣的。

等李鸿章离开后,陆奥宗光对伊藤博文道:"首相曾说过,李鸿章仪表谈吐足以服人,今天一见,诚非虚言。他不像古稀以上的老翁,身躯魁伟,语言爽朗,不怒而有威仪。而且,他也不失为外交能手。今天他所以不断表示羡慕我国的改革进步,赞美总理的功绩,又论东西两洋的形势,主张中日同盟,其目的是想借此引起我国的同情,间用冷嘲热讽以掩盖战败者的屈辱地位。他狡猾,却也令人喜爱,可以说到底不愧为中国当代的一个人物。"

伊藤博文也表示同意:"不错,在大清国,讲外交恐怕无人可出其右。没想到今天他首先提出的就是停战问题。"

"现在不能停战,必须让他时刻心神不定,才有利于我们。而且现在我军正势如破竹,停战军方也不乐意。"陆奥宗光不同意即刻停战。

伊藤博文思索道:"那就要想个办法,让李鸿章自动放弃停战的要求。"

陆奥宗光建议道："海军部主张,台湾全岛必须划归日本版图,辽东半岛必须让给朝鲜,将来帝国再从朝鲜'租借'。李鸿章既然提出停战,我们就提出以台湾为质,他自然会知难而退。"

"海军正在谋划进军台湾,而且台湾是帝国必须割取之地,此时千万不能让李鸿章知道我们的目标。所以,台湾只字不提,要提,就要在李鸿章的直隶地面上做文章。"伊藤博文决定声东击西。

第十六章

马关签约留骂名 三国还辽埋祸根

第二天下午二时半，双方在春帆楼进行第二次谈判。

"所备馆舍甚佳，有宾至如归之乐，非常感谢。"李鸿章首先感谢日方的周到准备。

伊藤博文则直接进入主题："昨天中堂提出停战问题，我国政府今天准备一份节略，中英文各一份，英文比较简洁明了。"

罗丰禄将英文稿翻译给李鸿章听："根据目下军事形势，考虑到因停战的后果，兹声明应附下列条件：日本国军队占领大沽、天津、山海关及在该处的城垒；在上述各处中国军队，须将一切军器、军需品移交给日本国军队。天津、山海关间的铁道，由日本军务官支配管理之。中国政府担负休战期间日本的军事费用。若对以上条件无异议时，可即提出休战的日期、期限、中日两军之经界线及其他细目。"

大沽、天津是北京的门户，再把山海关及铁路拱手让给日军，那不是在京城的脖子上套了一条绞索？李鸿章听了这样的停战条件，脸色大变，口中连呼："过苛过苛！现在日军并未至大沽、天津、山海关等处，何以所拟停战条款内意欲占据？"

伊藤博文道："凡议停战，两国应均沾利益，停战对贵国有益，故我军应据此三处为质。"

"天津系通商口岸，日本难道也要管辖吗？"通商口岸涉及多国利益，日本占据列国必然反对，李鸿章以为日本会知难而退。

伊藤博文笑了笑说道:"可交日本暂时管辖,而且肯定能管好。"

李鸿章又问:"日本兵到了天津,住到哪里?"

"这好说,就住贵国士兵的营房,如果不敷,可再添盖兵房。"

"如果这样,日军不是要久居天津吗?"李鸿章又疑惑地问道。

"视停战时间而定,不会太久。"

"既然不会太久,又何必非要中国让出三处地方?且三处皆系险要之地,若停战期满和议不成,则日军先已据此,岂非反客为主?"

伊藤博文解释道:"现在停战,对日本不利,所以议及停战,必须有险要为质方不吃亏。"

争来争去没有结果,李鸿章便想以自己的苦衷打动伊藤博文:"应贵国之请,我是诚心讲和的,我国家也是如此。未议停战,贵国先欲据有三处险要之地,我是直隶总督,三处都是我的辖区,试问伊藤大人,设身处地想一想,这让我的脸往哪搁?"

伊藤博文丝毫不让:"中堂为国计,故议停战。我为本国计,停战只有如此办法。"

李鸿章恳求道:"务请再想一办法,以见贵国真心愿和。"

"我实在别无办法,两国相争,各为其主。国事与交情,两不相涉,停战系在用兵之时,应照停战公例。"

李鸿章反驳道:"议和,则不必用兵,故停战为议和第一要义,如两国尚相争战,议和似非诚心。"

伊藤博文趁机鼓动李鸿章放弃停战的要求:"若论停战,当然应该有条件,如不能允,不妨搁起,先议和约。"

"先议和约也行,但日本应当保证不进攻天津、大沽、山海关三处地方。"李鸿章不得不退让了一步。

伊藤博文就是要以军事压力迫使李鸿章就范,因此说道:"战端即开,谁能预料?我实在不敢保证。"

李鸿章认为不妨先看一下议和条款,如果不是太苛刻,不停战也可,所以问道:"现在如果不议停战问题,议和条款可出示否?"

但伊藤博文需要的是首先确保李鸿章不再提停战的要求,便追问道:"中堂之意,是否欲将停战节略撤回,再议和款?"

"停战之款未免过甚,万做不到;但既请我来,必有议和条款。"李鸿章对伊藤博文的要求不置可否。

"议和之款,业已办好。中堂所交停战节略是否撤回?或者明确说明,中国不同意停战的条件?"

伊藤博文担心李鸿章看了议和条款,又提出停战的要求;而李鸿章最需要的是停战,所以一时不能下定决心。两人反复辩驳,谁也不肯让步,最后商定,三天内李鸿章给予答复。

这次谈判颇费了一番口舌与心智,但李鸿章没有达到先停战后议和的目的。

送走李鸿章,伊藤博文点上一支烟深吸一口,复又吐出,看着椭圆形烟圈越飘越淡,对陆奥宗光道:"今天真是痛快极了。十年前,我在天津与李鸿章有一次交锋,他言辞犀利,目光敏锐,不怒而威,谈判后我的背上被汗湿透。今天,看他走投无路的窘相,十余年的憋屈,终于一扫而空。"

陆奥宗光有些担心:"李鸿章的确是谈判好手,可是面对帝国军队的节节胜利,徒有口舌之利已于事无补,所以他一直坚持先停战。如果他答应了停战要求,我们该怎么办?"

伊藤博文不容置疑地说道:"未议和先失要地,他不会答应,清廷也不会答应。我们应该帮清廷一把,让他们尽快下定和谈决心。"

"总理的意思,是在军事上再给中国压力。"

"对,应该请大本营命令海军舰船,到天津海面上游弋。"

李鸿章与总署函电往来,两天后总署回电,停战条件不可接受,先议和款。二月二十八日(3月24日)下午三时,李鸿章亲自将中英文备忘录交给伊藤博文。伊藤博文阅英文,陆奥宗光阅华文数遍,并将后半部分译出日文。

如今李鸿章已明确不再提停战的事情,接下来的谈判该如何进行?伊藤博文点上烟卷,好像在反复推敲备忘录的日文版,其实在思考对策。他想清楚了,抬起头来道:"所议之事,一经议定,必须实力践行。我发现贵国与外国交涉以来,有些答应的条款却没有认真执行。我国以此事所关重大,派我来办,两国既派头等大臣会商定议,若不施行,有伤国体,而战端必致复起。我忝为鄙国内阁总理大臣,凡所议定必能实践;希望中堂答应的事情也能践诺。"

伊藤博文以复起战端相威胁，又以守信义相逼迫。李鸿章虽然急于和谈，但作为外交老手，他不能让伊藤博文摸到他心急火燎的真实心态，便故作轻松道："我忝派钦差头等大臣，临行前进京，被召见数次，实因此事重大，奉有明白训条。日后和款，必须体谅本大臣力所能为。果可行者，当即应允；其难行者，必须缓商，断非三数日所可完议，还是先请贵大臣即将和款出示再说。"

"明天就交给中堂。"伊藤博文答道。

"明大儿时？"

伊藤博文与陆奥宗光一商量，确定第二天十时父。

然后，伊藤博文说起对中国百姓的印象："我们的军队现驻金州等处，发现中国人比朝鲜人容易管理，易听调度，而且做工勤苦，中国百姓实在是容易统治。我们现在正在进攻台湾，不知台湾之民如何？"

李鸿章大吃一惊，马上明白日本人要打台湾的主意，但此时他并没有多好的办法，只好继续用他以夷制夷的老办法："台湾系潮、漳、泉客民迁往，最为强悍，不是随便哪个国家可以侵犯的。听贵大臣的意思，好像要打台湾的主意，我可以告诉你，这样英国人是不会甘心的。"

伊藤博文笑道："有损于华者，未必有损于英也。两国相争，不会损及他国。"

"台湾距香港极近，英国早有不愿他人盘踞台湾之意。"

伊藤博文见李鸿章还想拿英国来牵制日本，感觉有些好笑："贵国如将台湾送与别国，别国必将笑纳也！"

李鸿章严肃道："台湾已立一行省，不能送给他国。"

伊藤博文不愿再谈台湾问题，感慨道："我总理庶政，实在是太忙了。"

"我来相扰，有误贵大臣公务；但此事商办，恐需时日。"李鸿章不想这么快就进入到下一阶段。

"本大臣因此事所关至重，所以一切国务暂由他人代办，此地实在未便久居。"未便久居，其实还是催逼李鸿章尽快画诺。

李鸿章推脱道："那得看贵大臣所议和款如何。倘易于遵行，和议即可速成；否则，仍须细商，需时必多，唯望恕罪！"

"和款一事,两国人民盼望甚殷。愈速愈妙,万不能如平时议事延宕。且两军对垒,多一日则多伤生命。"伊藤博文依然是催促语气。

这天谈判结束,已是下午四时十五分。李鸿章心事重重,乘轿返回下榻处。途经外滨町邮便电信局前,到他的行馆还有七八十步的地方,突然从拥挤围观的人群中挤出一个青年人,用手摁住轿夫肩膀,趁轿夫惊讶停止前进之际,举枪朝李鸿章开了一枪。枪手击中了李鸿章的左眼下颊骨,血流不止。李鸿章感到头部猛地一震便晕了过去,但时间不长,就被儿子李经方叫醒了。

"父亲,您没事吧?"李经方着急地问道。

"左脸疼得厉害。你放心,他们打不死我。"李鸿章被李经方等人扶着走出轿子,"我不能让日本人看笑话,你们不用扶,我自己走。"

回到行馆,李鸿章立即支撑不住了,大家扶他躺下。

"把这件血衣好好保存,不要洗掉血迹,此血可以报国矣。现在尚未停战,能早一天缔结和约就减一分伤亡。不能因为我受伤耽搁了谈判进程。你们准备个照会,尽快提交给日本,希望他们能够如约于明天提交和款。"李鸿章说完,然后又叹息一声,"如果日本人一枪打死我,倒也壮烈,和约不必经我手,还能博一个以身殉国的美名。可惜,天不怜我。"

消息传到春帆楼,伊藤博文和陆奥宗光还在商议第二天的谈判策略。听到消息,伊藤博文惊讶得一时没有反应过来,陆奥宗光先问道:"李中堂伤得重不重?"

"好像不要紧,李中堂自己下轿走回行馆。"

"真是可恨至极!李鸿章以七十三岁老翁受此袭击,必然博得各国同情,如果各国因此出面干涉,我们会有无穷麻烦。"陆奥宗光恨恨道。

"这比两个师团的溃败还要可恨!"

伊藤博文立即安排应变,一是立即派最好的医生去行馆为李鸿章医治;二是立即电告广岛大本营;三是立即责令警方捉拿凶手。

伊藤博文和陆奥宗光两人一同赶到李鸿章行馆探望。伊藤博文向李鸿章致歉,同时也一再声明日本人民对李鸿章非常尊重,对如此丧心病狂的人,日本国民无不痛恨,并一再表示一定捉拿凶徒,给李中堂一个交代。

"感谢总理和外相的关心,我身体没有大碍,但需要休息。"李鸿章这是下了逐客令。

两人走出行馆,伊藤博文对陆奥宗光道:"内外形势,已至不许继续交战。若李鸿章以负伤做借口,中途归国,对日本国民的行为痛加非难,巧诱欧美各国要求他们再度居中周旋,我国对中国的要求不得不大为让步。现在最重要的就是要防备李鸿章与他国人员接触过密,你与下关地方联系,所有地方官员、社会团体,都要去行馆探望,即使李鸿章拒不见客,也要保证探望的人络绎不绝。我今晚就去广岛觐见陛下,商议对策。"

广岛行宫接到李鸿章遇刺的电报,天皇十分震惊,立即派侍医到马关为李鸿章治伤,皇后还亲自制了绷带,并派两名护士前往照料。第二天,天皇颁布诏谕:

中国现在与我国兵争未息,而按照仪节格式,钦派头等全权大臣前来缔结和局,经朕派遣全权大臣等,前赴马关会议,我国应有责成,确遵万国通例,优待中国钦使,方与国家体面相符,并应优于护卫,以资保安。朕业已选降特旨,饬文武官员懔遵办理,现查遽有不法凶徒,下贱至极,竟敢伤及中国头等全权大臣之身,朕心深为忧愁惋惜。其凶犯自应饬吏按照国律内最严之刑办理。兹特明降谕旨,通饬官民,钦遵旨意,保我国家荣誉声名,不致再有此等狂悖不法情事,而损我国之荣誉也。

李鸿章遇刺的信息传出,日本各方团体代表纷纷到马关表示慰问。远处的,就发慰问电或赠送种种物品。当时李鸿章行馆门前,人来人往如同集市。

伊藤博文到达广岛后,建议天皇一定要将李鸿章留住,避免他国干涉、谈判搁置:"现在李鸿章还未提出回国的要求,如果他以伤病为由回国,我国将十分被动。"

"爱卿有什么建议,不妨直说。"

"中国人最讲你敬我一尺,我敬你一丈。谈判一开始,李鸿章即提出停战的请求。请陛下命令陆海军无条件停战,只有这样,才能把李鸿章牢牢地拴在谈判桌前。"

天皇当即同意了伊藤博文的建议。

陆奥宗光接到伊藤博文的电报,起草了停战照会,亲自送到李鸿章行馆。李鸿章行馆非常热闹,慰问、送礼的络绎不绝。法、德、英驻日使馆的医生正在与天皇派去的医生商议治疗方案,李鸿章所受枪伤在左眼下一寸许,没有伤及眼睛,但是找不到子弹的位置。日本医生建议开刀取出子弹,以免日后生变;法、德医生反对,担心贸然开刀会有不可测的危险,认为既然对眼睛没有妨碍,不如暂时留在体内。而李鸿章坚决反对再做手术,恐怕贻误谈判。见陆奥宗光到来,医生请他发表意见。他同意法、德医生的建议。

卧房内除了李经方,还有天皇派来的两个女护士。陆奥宗光对站在李鸿章卧榻前的李经方道:"中堂身受重伤,幸未致命,中堂不幸,中国举国之大幸。此后和款必易商办,中日战争,将从此止。"

听到这个消息,李鸿章万分惊喜。陆奥宗光在回忆录里这样写道:"李鸿章的半面包有绷带,绷带外面仅露一眼,流露出十分高兴的神情,对我天皇的仁慈旨意表示感谢,并对我说,虽然负伤未愈,不能亲赴会议地点商谈,但如能在他的病榻前举行谈判,则随时都可以。"

"伊藤总理即将从广岛返回,待他回到下关,立即签订停战协定。"

李经方又问凶手的情况,陆奥宗光怒道:"是一个不知天高地厚的凶徒,已经被警察捕获。"

凶手小山丰太郎,是一位二十六岁无业青年。他之所以向李鸿章行刺,是因为在他看来,日本国之所以不能遂愿吞并朝鲜,踏上大陆,都是因为有了李鸿章。现在,李鸿章又来日本进行议和,更是凭其三寸不烂之舌阻止日本对中国的进攻、对北京的占领。为了日本前途,为了激励日本军人向中国发动全面进攻,他坚决反对议和,因此才刺杀李鸿章。

"现在帝国对停战非常不满,伊藤总理是费了很大功夫才说服海陆军,为中日友谊起见,也是尊敬中堂的爱国热情,决定限期停战。"陆奥宗光又将停战说得十分艰难。李鸿章则再次表示感谢,并希望尽快签订停战协定。

陆奥宗光走后,李经方建议道:"父亲受伤责任全在日本,如果您以伤病为由回国,再请英俄调停,日本将不得不做出让步。"

李鸿章摇头道:"能早一天是一天,我如果回国,议和再有波折,那些人肯定要骂我为一己之私,不顾国家安危。"

第二天,日本提交了停战协定,在直隶、奉天、山东等地方实行停战,双方现驻扎该地方军队不得互相前进,也不得再调兵前往第一线,但停战区域不包括日本正在进攻的台湾、澎湖。

李经方根据李鸿章的意思进行力争,日本寸步不让。当天下午,停战协定签订,时间为本日起二十一天内有效。

因为停战时间有限,李鸿章希望早日开始谈判,他向日本提议,或者将谈判地点设在他的行馆,或者由日本将条款送到他的行馆,由他仔细斟酌。但日本人对他的两个提议都不答应,认为如此有损日本尊严,而是让李经方到春帆楼去取文件。

和议条款非常苛刻:清政府承认朝鲜独立;割让奉天南部的凤凰厅、安东县、宽甸、岫岩州、辽阳、田庄台、营口等地及台湾、澎湖列岛;赔偿军费库平银三亿两;缔结新的通商行船条约;给日本以最惠国待遇和新的特殊权益;开放北京、沙市、湘潭、重庆、梧州、苏州、杭州七处为通商口岸,扩大内河航路,准许日本在中国通商口岸从事工艺制造;为了保证条约得到切实实行,日军占领奉天、威海卫,占领期间,军费由中国负担。而且规定必须在三日内答复。

李鸿章立即用两封电报将和谈条款上报清廷,同时与律师科士达商谈如何回复这份苛刻的条款。大清重金雇请的这位科士达律师是有名的亲日派,他与日本人互相配合,劝诱李鸿章接受这些条款。他告诉李鸿章,日本外务状师德理生来晤,密称:伊藤见李鸿章伤重,驰往广岛求天皇暂行停战,而左右武员不允,伊藤经过力争这才准了。至于约内赔费、让地各节,皆由武员力持,伊、陆不能强阻。空言开导,亦属无益。

清廷接到李鸿章的电报,经过了一番激烈的争论,回复李鸿章说:日本要挟过甚,索费奇重,索地太广,万难迁就允许。

于是,李鸿章向日本提出了第一份长篇说帖,对和谈条件逐条驳复。但语气相当委婉,他希望以情动人,寄望于日本"通情达理",放中国一马。

对割地要求,李鸿章认为和谈就是为和平,而割地只能增加中国人的反日情绪,"我国土地,列代相传数千年,是我无价之基业,一旦割去,举国上下必定饮恨含冤,日日思谋报复,以日本为永久之仇敌,对日本又有何益?"

对日本提出的三亿两巨额赔款,李鸿章分析中国的财政收入,说明实在无此财力;再分析日本所费,不过一亿多两,而战争中缴获中国大批舰船军火,也应当折为现银,因此应该大大删减。对于日本提出的通商要求,李鸿章拿中国与列国通商条约对比，说明日本提出的条件太不合理，而且会引发列国效仿，中国损失太大。

最后，李鸿章提醒说："今和局将成，两国将来数世造化命运，皆在两国全权大臣掌握之中，所以双方应该遵循天理，保全两国生人之利益福泽，方能克尽全权大臣之职分。日本现在国势正盛，赔款或多或少，占地或广或狭，都无关紧要。真正关系日本国计民生者，乃中日关系，到底是仇敌相向还是友好相处，为长远计，贵大臣不可不深思熟虑。"

看了李鸿章的长篇说帖，伊藤博文道："李鸿章真是老奸巨猾，这篇文章笔意精到，仔细周详，必须加以彻底驳斥，不然列国会以为日本以武力欺负中国，我们会在道义上受损。"

陆奥宗光却有不同的看法，他认为李鸿章精于辩论，如果日本回一个长篇驳斥，李鸿章必然又有辩解机会，反而有可能让他更占道理，博得他国同情，便道："割地赔款本来就是霸道的要求，没有道理好论，也没有情面可讲。我们干脆就霸道到底，只要他表明接受还是不接受。反正只有二十一天的时间，他比我们更着急。"

伊藤博文仔细一想，拿烟斗敲着桌子道："妙极了，应当如此。"

次日，日方提交一份照会：

现在查阅中国全权大臣所交之说帖，将中国自家为难之事详细陈述，并嘱日本全权大臣将和局条款再行细想，日本全权大臣殊为失望！总之，中国自家为难之事，并不在此次会谈应列之项，用兵以后所索之款，并非寻常议事所可比。中国全权大臣毋庸再有拖延，即将已交之和约底稿能否全数应允，或某某款不能应允，实在说明，如欲有更动之处，亦请写在条款中。

割地赔款这样的大事，李鸿章当然不能、更不愿自作主张，因为稍有自主之嫌，必定被扣上卖国贼的帽子，因此他将日本态度强硬、不好通融的实情电报朝廷。同时说明他自己的看法，日本所重在割地赔款两项，赔款恐怕要在一亿两以上，割地也恐怕不仅是台、澎。

接到李鸿章的电报，全班军机立即递牌子请见。光绪帝看罢李鸿章的电报后道:"李鸿章好像没有就台湾问题与日本人力争。"

"从电报上看,李鸿章大约有割台、澎给日本的意思。奉天是大清龙兴之地,当然不能割,可是台、澎两地,日军并未占据,凭什么要割给他们?"翁同龢对割地一向是极力反对。

"李鸿章去日本前就一再说明,割地恐怕难免,现在看日本人态度非常强硬,不割地恐怕没有了局。如果非要割地,割台湾与奉天相比,孰重孰轻,一目了然。"孙毓汶则为李鸿章辩护。

翁同龢又道:"日军未占据台、澎,却将此地割让,恐怕会失去民心!"

"割去台湾,则天下人心都离我大清而去,朕又有何脸面为天下之主。"光绪帝也深以为然。

翁同龢见状,矛头又对准李鸿章:"议和全权大臣自当为我国利益力争,朝廷应当给李鸿章旨意,让他能不割地就不割。"

"话不能这样说,李鸿章都挨了一枪了,忍着伤痛与日本人谈,还要让他怎么力争?能争他自然要争,这还用说吗?现在的问题是时间有限,日本人要我们答复是答应还是不答应。"孙毓汶对此话甚是不满。

"答应不答应、答应什么地方,朝廷已经给李鸿章全权,他应当相机办理,总不能把一切都推给朝廷。"翁同龢又道。

闻言,孙毓汶则讥讽道:"我明白翁师傅的意思,我们只管在这里高谈阔论,骂名让李鸿章去背。不割地当然好,可是如果日本人打过来,京城不保,又该如何?"

看两人争执不下,恭亲王出来打圆场:"你们两个各有各的道理。应该让李鸿章全力与日本人争,同时又应该给他个答复,起码朝廷的底线应该让他知道,不然他一概否定日本人的和款,恐怕谈不出结果。"

底线是什么?如果非要割地,台湾远离京师,孤悬海外,被日本占据,威胁当然比奉天要小一些,奉天若被占领,那可是悬在京城后脑勺上的一把利剑。

"割让台湾是大事,必须面奏太后。"光绪帝说这话,是默许的意思。

第二天,李鸿章收到朝廷的电报,先是责问李鸿章究竟有没有为台湾申辩过?然后又说"南、北两地,朝廷视为并重,非至万不得已,何忍轻言割弃。若敌愿太奢,不能尽拒,该大臣但将何处必不能允、何处万难不允,直抒己见,详切敷陈,不得退避不言,以割地一节归之中旨也。"李鸿章完全可以想象得出,翁同龢等人必定是极力反对割地,但如何能够不割地又能阻止战争,他们却一点办法也没有。不愿割地,但又不能不割,所以把难题推给李鸿章,"着李鸿章派李经方前往,让地应以一处为断,赔款应以万万为断,与之竭力申说。"

收到这份电报,李经方、伍廷芳、马建忠等人来到李鸿章病榻前商讨对策。李经方不满道:"朝廷真是站着说话不腰痛,父亲已经挨了一枪,他们还怪我们没有好好争辩。不想割地,又没有阻挡日军的办法,让我们空口白话,怎么竭力申说?"

"朝廷是非要我戴上一顶卖国贼的帽子不可了。既要割地,但割哪里让我李某人说,到时候割地的责任我想脱也脱不了。"李鸿章感到眼睛有些发胀,然后开始头晕。他闭上眼睛休息了一会儿,睁开眼睛又说,"我被骂为卖国贼没什么,我老了,可不能让你们受累。你们放心,到时候我把责任揽到我一个人头上。"

其实这几个人临行前家人无不反对,因为签订和约必定是有过无功的差使。马建忠上前表示:"中堂放心,我们既然跟着前来,早就做好了挨骂的准备。"

李鸿章让于式枚起草一份电报,说明自己绝对不敢退避不言,必定竭力申说,能争回一分是一分。

李鸿章与朝廷的往来电文,虽然是用密码,但是早被日本破译,因此清廷的底线及李鸿章的态度伊藤博文十分清楚。他决定再给李鸿章施加压力,把李经方约到他的寓所会谈,责备中方至今对和款没有一个明确的答复。

李经方说割地、赔款两项,双方恐怕要进行一次会议。

"这不可能,你们必须明确回答行或不行,哪一条不行,想怎么改,必须明确地答复,明天是最后期限。现在休战期限仅余十一日,如因徒然浪费时日,以致再动干戈,我一声令下,将有六七十艘运输船只搭载增派之大军,舳舻相接,陆续开往战地。如此,北京的安危亦有不忍言者,中国全权大臣离开此地,能否再安然出入北京城门,恐亦不能保证。"伊藤博文以重新开战相威胁。

李鸿章与众人再行商议,向日本提出第二份说帖,指出中国允让地的范围,奉天省南部的凤凰厅、安东县、宽甸和岫岩州四处,而辽阳、田庄台、营口等地,则决不答应;南边只能允让澎湖列岛,台湾则不答应。赔款则以一万万两为限。

伊藤博文收到李鸿章的说帖,不愿再做文牍往来,约请他到春帆楼会谈。

三月十六日,距离停战期限还有十天,李鸿章脸上扎着绷带,亲赴春帆楼与伊藤博文举行第四次会谈。陆奥宗光因为患感冒,没有参加。

客套话后,转入正题。

伊藤博文提议:"现谈应办之事。停战多日,期限紧迫,和款应从速定夺。我已备有改定条款节略,以免彼此辩论,空过日光。中国为难光景,我原深知,故我所备节略,将前次所求于中国者,力为减少,此案再难更动丝毫,故中堂见我此次节略,只明确答复允与不允而已。"

李鸿章惊诧道:"难道不准分辩?"

"时限既迫,你愿辩请便,但我方条件不再改动。"

李鸿章仔细阅读伊藤的节略,日本提出的条约稍做了让步,但赔款依然要二亿两白银,台湾、澎湖、辽东半岛必须割让。

李鸿章看罢后道:"赔款二亿两,为数甚巨,难道没有减少之意吗?"

"减到如此,不能再减。如再战,则所费更巨。"

"此次赔款,必借洋债,洋债为数既多,本息甚巨,中国如何还得起?"

伊藤博文略含讥诮道:"中国之地,十倍于日本。中国之民四百兆,财源甚广,开源尚易,无须特别担心。"

"中国的事情没你想的那么简单,请你到中国当首相如何?"

伊藤博文笑着说道:"可奏闻皇上,若蒙允准,自不推辞。"

"贵大臣当设身处地,将我国为难光景,细为体察。如果照此数写明约内,与外国商借洋债,势必以重息要挟。债不能举,款不能付,失信贵国,又将宣战。何苦相逼太甚?"

"此乃贵国目下之责任,无可奈何。"

"请再稍减。"

"无可再减。"

……

赔款问题毫无余地,李鸿章只好再议割地的事:"各国交兵,从来没有将占据之地全部割去的,日本这样做太过分了。英法联军也曾占据中国城池,但未割去寸土尺地。"

伊藤博文驳道:"英法也许另有深意,不能拿他们与我们比。"

李鸿章又道:"营口设关收税,是中国一个重要财源,你们又要我国偿款,又要夺去重要的财政来源,就像小孩子,你夺其所含之乳,岂不是要让他饿死吗?"

"堂堂大清帝国,决不可与孩提并论。"

"台湾全岛,日兵并没有占领,为什么要强索?"

"军事占领与割地无任何关系,我军已经深入山东省,我们并没有要求割让。凡我方所能让者,已经减让,此外辩驳,更无用矣。"

"难道不许我辩驳?"李鸿章又问。

"驳只管驳,但我方主意不能稍改。广岛现有六十余只运输船停泊,计有二万吨运载全部整装待发,之所以没有马上运出,是因为两国有停战之约。"

李鸿章将谈判情况电报总署。朝廷经过商议,指示李鸿章如果能够通过多赔款不割地最好,如果实在不行,可否将台湾的地下矿藏归日本,而领土和人民仍然归于中国。伊藤博文当然不答应。清廷又提出,可否将台湾分为两部分,北部归中国,南部割让给日本。伊藤博文给李鸿章一封信,告诉他日本不会再有任何让步,如果再拖延几天,有可能就不是现在的条件了。

当天下午,被任命为征清大总督的小松宫彰仁亲王故意率运输船三十余只,浩浩荡荡通过马关。李鸿章十分紧张,唯恐战事再起,再次电报清廷说若谈判决裂,事态极为严重。如接受日本之要求,京师尚可保全,若不然,事必出意外。

第二天,清廷回电李鸿章:原冀争得一分有一分之益,如竟无可商改,即遵前旨,与之定约。接到电报的当天下午,李鸿章与伊藤博文在春帆楼再次谈判。

李鸿章说道:"现已奉旨,令本大臣酌量办理。此事难办已极,还请贵大臣替我酌量,我实在无法酌量!"

伊藤博文应道:"我处境与中堂相似,许多事情也是身不由己。"

李鸿章恭维道:"你在贵国所论各事,无人敢驳。"

"我处境地,总不如中堂容易。中堂在中国位高望重,无人可能摇动;本国议院权重,我做事一有错失,即可被议。"

伊藤博文滴水不漏,寸步不让,李鸿章打算以两人的交情打动他:"去年我因为不希望与日本冲突,满朝言路屡次参我,说我与日本伊藤首相交好。"

伊藤博文讥笑道:"他们不懂时势,所以妄参中堂;现在光景他们都已明白,必定已经后悔。"

李鸿章无奈道:"如此凶狠条款,签押又必受骂,奈何?"

伊藤博文依然不肯相让:"那就任他们胡说,不用去理会。如此重任,他们也担当不起,中国只有中堂一人能担得!说便宜话的人到处皆有,我的境地和中堂一样。"

"我来议和,皇上令我酌定,如能将原约酌改数处,方可担此重任。请贵大臣替我细想,何处可以酌让?即如赔款、让地两端,总请少计,即可定议。"

伊藤博文不同意:"初时说明,万难少让。我将中国情形细想,已减至无可再减地步。议和不是市井买卖,彼此争价,不成事体。"

"前次临别时我曾经恳请让五千万,当时贵大臣似有欲让之意;如能让此,全约可定。"

"如能少让,不必再提,业已让矣!"

李鸿章觍着脸皮道:"五千万不能,让二千万可乎?现有新闻纸在此,内载贵国兵费只用八千万。"

然而伊藤博文还是不答应,李鸿章终于忍不住发牢骚道:"又要赔款,又要割地,双管齐下,出手太狠,这让我太过不去!"

伊藤博文板着脸道:"这是战后之约,不是平常交涉。"

"讲和即当彼此相让,你办事太狠,才干太大。"

伊藤博文回敬道:"这无关办事之才,战后之款,不得不如此,如果与中堂比才干,万不能及。"

"赔款既不肯减,割地方面不能不请减让。"李鸿章不得不压着怒火恳求。

"前已言明,两件俱不能稍减。"

"我并非不定约,不过请略减,如能少减,即可定约。就算贵大臣留别之情,将来回国,我可时常记及。"

"三万万减为两万万,就是看在与中堂的情谊上。"

李鸿章赌气道:"你如此口紧手辣,我会记一辈子!"

伊藤博文摇了摇头:"开罪中堂也没办法。我与中堂交情最深,已经多让,国人必将骂我。请于停战期前速即定议,不然,索款更多,此乃举国之意。"

"赔款既不肯少减,所出之息当可免吧?"

然而,就是利息也不肯免。

谈判从下午二时半一直到七时, 李鸿章唯一的成果是日本驻威海费用从 200 万两减为 100 万两,减少的 100 万两中日各担 50 万两;这区区 50 万两,日本不是白白让步,条件是批准换约期限,由一个月减至二十天。

李鸿章觉得时间太紧张,道:"头绪纷繁,两月方宽,办事较妥;贵国何必着急,台湾已是口中之物!"

伊藤博文毫不掩饰地说道:"尚未下咽,饥甚。"

李鸿章讽刺道:"两万万两足可疗饥了。"

双方议定三天后签字。

当天晚饭,李鸿章难以下咽。因面颊又开始隐隐作痛,又加心事重重,躺在床上翻来覆去不能入睡。他于是坐起来,半靠在床上和儿子李经方说话:"我这把年纪,应该在家含饴弄孙,安享天伦,谁知道竟有这番劫难。马关议和,是大清的灾难,也必将让我身败名裂。"

李经方劝慰道:"这是没办法的事,总是因为大清太弱,不能抵挡日本军队,又怕日兵进攻京城,不得不如此。再说,也是朝廷批准的,要骂,连朝廷一起骂。"

李鸿章摇头道:"朝廷就是皇上,皇上如何骂得? 皇上骂不得,就只有我李鸿章这出气筒了。"

李经方不知道如何劝说,只有沉默。

李鸿章连连摇头,好像在自言自语:"最让我悔恨的是,我错看了日本,错看了伊藤博文。我与他十几年书信不断,交情自以为不浅。我在他面前低三下四,就是想让他看在我们交情的份上,能够做些让步,让我有脸面回去交差,可是他竟然寸步不让。我一再把中国的种种困难说给他听,也是希望他能体谅中国的难处,稍做让步,可是他是一分不让。"

"外交人员，总是以国家利益为重。"

"我也是以国家利益为重，觍着脸和他说话，就差给他跪下了。他不看在十几年交情的份上，看在我一个七十三岁老翁的份上，看在我不顾舟车劳顿，看在我挨这一枪的份上，总该让我几分，可他没有！"李鸿章想想这些天的委屈，老泪纵横。

李经方连忙把手绢递过去，李鸿章擦完了泪后继续道："我与洋人交涉二十余年，从来没有在洋人面前低三下四过，从来没在洋人面前屈膝过。在这个小小的日本，我几乎是向他伊藤博文屈膝了，只为讨回几分利益，能让我回去好交代。日本啊！日本人啊！我算看透了，这是个豺狼国家，他对弱者不会同情，只会吞了你。他对善良不会感恩，只会嘲笑。你记住，如果有一天，中国能够雪耻，对日本人千万不要心软，千万不要善良，要把他打残！打残他，他会佩服你，他会膜拜你；要让他赔款，也要像他们对我一样，寸步不让，一分也不要让，你不让他赔款，你可怜他，他只会背过身去嘲笑，他不知你的情，他只会觉得你更可欺。对付恶狼，只能用棍棒，其他一概没用。"说完这些话，李鸿章心情好像好了些，又继续道，"老大，我饿了，你陪我再吃点。"

三月二十三日（1895 年 4 月 17 日）上午十时，中日全权使臣在春帆楼上举行了最后一次谈判。实际上，这一次称不上是谈判，不过是举行签字仪式而已。历时 29 天的中日马关谈判，以清政府丧权辱国而结束。中日两国全权大臣签订了《中日讲和条约》（即《中日马关条约》），包括《讲和条约》十一款、《议订专条》三款、《另约》三款、《展期停战另款》二款。主要内容包括：

一、中国承认朝鲜完全"自主"。正约第一款规定："中国认明朝鲜国确为完全无缺之独立自主，故凡有亏损独立自主体制，即如该国向中国所修贡献典礼等，嗣后全行废绝。"

二、中国割让台湾全岛及所有附属各岛屿、澎湖列岛和辽东半岛给日本。

三、赔偿日本军费二万万两。

四、开放沙市、重庆、苏州、杭州为商埠。

五、中国不得逮捕为日本军队服务的汉奸。

六、日本军队暂行占守威海卫,清政府须每年贴交库平银五十万两作
为日军驻守经费。

马关,这个让李鸿章受尽屈辱之地,他是一天也不愿多待,因此和约签
订的当天下午,他就率众人乘船回天津。回到督署,已有数封电报、廷寄、邸
报摆在案头。粗粗一看,真正是触目惊心,因为全是要求拒签和约、整军再
战。他非常担忧,自己费了九牛二虎之力、忍辱负重谋得的和局,难道又要毁
于一旦?

更让他烦恼的是,在日本受日本人的欺负,而回到中国才发现,他已经
是全中国的罪人,参劾的折子已经一大堆。有御史,有六部官员,也有李秉
衡这样的封疆大吏, 更有大批官职低微无上奏之权的无名之辈由都察院
代奏……

刘坤一军幕中有一个叫易顺鼎的,曾两次上书反对和议,并因未被采纳
而投河自尽,一时间名声大噪。他在上书中痛骂李鸿章父子:"与敌议和,大
约稍有心肝之人,皆必不肯为之,稍有知识之人,皆必能见及之。而渥蒙国
恩,深悉时务之李鸿章,竟悍然不顾,冥然罔觉,行人之所不肯行之事,出人
所不忍出之言,恐宋臣秦桧、明颜仇鸾之奸,尚未至此也。"又说"李鸿章冒天
下之大不韪,窥见皇太后、皇上与诸臣畏日之心,而后借词保京,反自托为忠
爱之忧,以巧遂其奸诈也"。最后主张"将李鸿章交刑部问罪,并将李经方革
职严办"。

李鸿章父子的罪名,除了签订卖国条约外,还有诸多传闻也都被写入参
折,直达天听。有的说李经方用八百万两在日本开了一家银楼,还认了日本
某王的女儿为义女,并聘定为儿媳;有的说李鸿章将百万两银子寄放在日本
茶山煤矿公司,李经方又在日本各岛开设洋行三所,所以李鸿章利令智昏,
和日本相勾结,听到日本军队打败了清军就高兴,听到清军胜利就为日本人
担忧;翰林院联名参折中,说李鸿章"倭米船则放之,倭运开平煤则听之,倭
谍被获,非明纵则私放。倭奸石川氏及军械所刘姓被抓,供词牵涉李鸿章及
军械局员,而某观察述李鸿章之意,勒令天津县李振鹏改供,为李振鹏驳斥
而止。台湾拿获倭船,又为之请旨释放。军械所历年所储枪炮,多被监守盗
卖。及东事已起,犹检出不合用之前膛枪子,卖与日本,得银十四万两,局员

朋分,而李鸿章为之补给领字"……

这些堂而皇之的上书,有的纯粹是胡编乱造,捕风捉影,有的则是误会,但如今他是百口莫辩。

国内局势如此,他这个签约之人,便成了最尴尬之人。他决定一动不如一静,以伤病未愈为由,躲在督署,闭门谢客。草约的全稿则打算派伍廷芳和特聘的律师科士达进京呈送。当然,他还要有一个奏稿,也由两人一并带呈。而他在督署中也并没有闲着,而是在寻求俄国干涉,逼迫日本放弃割占辽东。他去日本前就与俄国驻华公使喀希尼密商过,假如日本提出割占辽东,希望俄国能够干涉,喀希尼答应不会坐视。所以一回到天津,他就急电恭亲王,希望总署出面请俄国设法。

俄国一直在关注中日谈判,对日本割占辽东的要求十分警惕。素有"东方通"之称的俄国财政大臣维特认为,如果日本占领辽东,将对俄国远东发展极为不利,为俄国本身的安全和前途着想,绝不能允许日本以中国东北为根据地。他向沙皇建议,必须对日本的野心坚决阻止。沙皇向来重视维特的意见,便命令外交大臣立即联合德、法共同干涉。俄外交部照会德、法:"俄国政府决定,立即以友谊方式直接向日本政府提出不要永久占领中国本土的请求。我们的计划是,如果日本不接受此项友谊的忠告,俄国正考虑三国对日本在海上采取共同军事行动——切断日军在中国大陆与本国间的一切交通。"

法俄是联盟国,而且法国一直在觊觎台湾,因此答应与俄国一起干涉中日和约。而俄法联盟动摇了德国在欧洲的地位,德皇威廉二世希望得到俄国的支持,一则改善德国在欧洲的地位,二则更希望俄国支持其在东亚的扩张。三国驻日公使联袂至东京外务省送交备忘录。俄国公使希特罗渥说道:"日本永久占领辽东半岛,恐怕会招致冲突。希望贵国政府善体此意,采取保全名誉之策。"

德国公使哥特斯米德也道:"日本必须让步,因为对三国开战是没有希望的。"

经反复商讨,日本决定不与三国起冲突,回复愿意放弃金州以外的辽东地方。金州地方包括大连、旅顺口。俄国仍然不答应,坚决维持原议。日本君臣心有不甘,但刚经过大战,再来对付俄、法、德,肯定打不过,只好忍了这口气,向三国发出备忘录:"日本帝国政府,本于俄、德、法三国政府之友谊忠告,约定抛弃辽东半岛之永久占领。为体面计,仍按原定日期与中国换约,中国须给予五千万两的补偿。"

日本做了让步,三国也做让步,回头劝中国如期换约,归还辽东的细节待换约后进行。

是否批准马关条约,光绪帝一直在犹豫,因为内外臣工纷纷上折反对,以致在京会试的举子"公车上书",要求迁都再战。然而,如果不批准条约,怎样对付日本,却没有可行的办法。恭亲王认为迁都再战的话好说,但一旦迁都,必然民心震荡,那时候恐怕日本不仅占据了台湾、山东、奉天等地方,再向京津、沿海进军,从此将兵连祸结。最可怕的是再出一个洪逆秀全、李逆秀成,大清的江山恐怕都要易主!那么光绪将是亡国之君。如今俄、法、德三国也劝中国批准条约,光绪帝最终下了决心。

四月初十他含泪在和约上签字、用宝。随后见大起,军机大臣、六部九卿、科道翰詹齐集养心殿,由军机大臣孙毓汶宣读上谕及和约全文。众臣纷纷落泪,有人甚至号啕大哭。

四月十四日(1895年5月8日)伍廷芳在烟台与日本全权大臣伊东美久治互换和约,马关条约正式起效。

中日换约,台湾已成日本国土,如何交割,派谁交割成了大问题,因为这又是一件令人痛骂的差使。刑科给事中谢隽亢奏请派李鸿章父子去,"以遂他父子素志"。朝廷果然下旨"着李鸿章饬令李经方迅速往台",这是要把所有的骂名都压在李鸿章父子身上。李鸿章立即回电,说李经方担负不了这样的差使,李经方也以病为由请辞。但朝廷不答应,发电给李鸿章,"李经方随同李鸿章赴倭,派为全权大臣,同订条约。昨派令前往台湾商办事件,又复借病推诿,殊堪诧异。李鸿章身膺重任,当将此事妥筹全局,当得置身事外,转为李经方饰词卸责。仍着李经方迅速前往,毋得畏难辞避,傥因迁延贻误,唯李经方是问,李鸿章亦不能辞其咎也"。

让人背骂名也说得这样义正词严、冠冕堂皇、责无旁贷,李鸿章知道,有翁同龢之流位居中枢,他父子身败名裂已经难免。当时李经方人在上海,李鸿章给他发电报说:"现在日本派子爵桦山资纪做台湾巡抚,而台民风凶悍,交割事务十分棘手,然我父子独为其难,无可推诿,汝应妥善办理。"

骂名果然是滚滚来。天津直隶总督署门外有人乘夜贴上一张《申报》，报纸上有一篇《檄李鸿章、孙毓汶、徐用仪文》：

　　痛哉！吾台民，从此不得为大清国之民也！吾大清国皇帝何尝弃吾台民哉！有贼臣焉，大学士李鸿章也，刑部尚书孙毓汶也，吏部侍郎徐用仪也。台民与汝李鸿章、孙毓汶、徐用仪有何仇乎？大清国列祖列宗与汝有何仇乎？太后皇上与汝有何仇乎？汝几将发祥之地、陵寝迫近之区割媚倭奴，祖宗有知，其谓我太后皇上何？尚且不足以快汝意，又将关系七省门户之台湾，海外二百余年戴天不二之台湾，列祖列宗深仁厚泽不使一夫失所之台湾，全输之倭奴！我台民非不能毁家纾难也，我台民非不能亲上死长也，我台民非如李鸿章、孙毓汶、徐用仪无廉耻、卖国固位、得罪于天地祖宗也。我台民父母妻子、田庐坟墓、生理家产、身家性命，非丧于倭奴之手，实丧于贼臣李鸿章、孙毓汶、徐用仪之手也。

　　我台民穷无所之，愤无所泄，不能呼号于列祖列宗之灵也，又不能哭诉于太后皇上之前也。均之死也，为国家除贼臣而死，尚得为大清国之雄鬼也矣！我台民与李鸿章、孙毓汶、徐用仪，不共戴天，无论其本身，其子孙，其伯叔兄弟侄，遇之船车街道之中，客栈衙署之内，我台民族出一丁，各怀手枪一杆，快刀一柄，登时悉数歼除，以谢天地祖宗、太后皇上，以偿台民父母妻子、田庐坟墓、生理家产、身家性命；无冤无仇，受李鸿章、孙毓汶、徐用仪之毒害，以为天下万世无廉无耻、卖国固位、得罪天地祖宗之炯戒。

　　除京都及各省码头自行刊刻告白外，凡有血气者，恐未周知。贵报馆食毛践土有年，主持公论有年，向为我台民所钦佩。兹奉上《申报》《沪报》新闻报刊资各四元，请为连日用大文字刊登报首。乱臣贼子，人人得而诛之，圣训昭然。贵报馆如一一照登，我台民有一线生机，必图衔报；如将贼臣名字隐晦，我台民快刀手枪俱在，必将所以待李鸿章、孙毓汶、徐用仪者，转而相待。生死呼吸，无怪卤莽，贵报馆谅之。

　　　　大清光绪二十一年四月台湾省誓死不与贼臣俱生之臣民公启

李鸿章看到这篇檄文大为惊慌，很为前往台湾交割的儿子担心。台湾民情激愤,李经方一行根本无法也不敢登陆,只好与日使桦山资纪在基隆口外交接手续。

为了平息民愤,光绪帝下旨将徐用仪逐出军机处、总理衙门,孙毓汶知趣以病请辞,光绪帝照准。而李鸿章被罢直隶总督、北洋大臣之职,只保留大学士,入阁办事。内阁本来事情就少,何况他又是举国痛骂的卖国贼,不但无事可办,而且人人避之,他唯一的差使就是与日本交涉还辽的事情。

日本提出的赎辽费用是五千万两,李鸿章通过请俄、德、法三国说和,减少到三千万两。到交涉还辽的具体细节时,李鸿章又希望再减半,但这一次,三国都很干脆地拒绝了。

等还辽事情一办完,他就无事可办了,闲居贤良寺,终日与古书为伴。

这天,周馥突然来看他,这让他十分高兴和意外,拄着杖迎到院子里:"兰溪,你怎么敢来看我,不怕被人骂卖国贼吗?"

"管他们骂什么,我该看中堂还得看。"周馥说完,又安慰道,"中堂,身体要紧,别把那满嘴喷粪的人当回事,气坏了身子不值当。"

李鸿章拍了拍胸脯道:"嘿,兰溪,瞧你说的,天下人都被气死了,我李鸿章也不会气死。自打我进了官场,小弹劾年年有,大弹劾三五年一回,我只当耳旁风。"

两人进了客厅,李鸿章还在调侃:"我李鸿章就是塌了台,也还有用——他们可以靠骂李鸿章邀宠升官啊。俗话说,鱼找鱼,虾找虾,乌龟爱王八,他们聚的这帮人啊,全是纸上谈兵,连骂人也是纸上谈兵,骂不到要害。"

李鸿章喝口茶,在嘴里呼噜噜响,然后一口喷到地上,一副极其痛快的样子:"他们可不是不会骂嘛。他们骂我与敌议和,大约稍有心肝之人皆必不肯为之,可他们忘了,我是奉旨而行,当时我也不愿去,可是不去不行啊。我邀某人去,某人说自己不会办洋务,坚决不去。人家不是不会办洋务,是不肯担这骂名。只有我李鸿章是个傻大个,带着儿子去为国谋和,我唇焦舌干自不必说,还挨了一枪。他们在家多舒服,天天酒宴侍候,忙着弄戏子、买小妾,一边酒色财气,一边琢磨着如何选一个新角度骂李某人。他们骂人也不会骂。当初我不愿打,他们非要打,打败了,没辙了,只好议和,议和又不肯去,让我去。他们骂一个有功无过的人,那些个真害国的人,他们却奉为忠君爱国的模范,这个社会,真是黑白颠倒了!"

周馥劝道："中堂刚说了不生气，何必呢？"

"对，不生气。兰溪，这些天我也在想，我错在哪里了。我对照着他们骂我的一条条想。他们骂我开始就不敢和日本人打，这有没有错？我办了一辈子的事，练兵也，海军也，都是纸糊的老虎，何尝能让我实在放手办理，不过勉强图饰，虚有其表，不揭破犹可敷衍一时。他们非要爽手扯破，又未预备何种修葺材料、何种改造方式，自然真相破露，不可收拾，我这个裱糊匠有何术能负其责？六爷被人骂鬼子六，可他是聪明人，知道大清实力不行，要积蓄力量，可这需要时间。但日本人不给时间，他们在一意发展武备，我们在埋头建园子。人家逼着咱打，我想退后一步，避其锋芒，可是一帮人不同意，非要碰个头破血流。"

"的确如此，可至今没人反思问题真正出在哪里，反倒是一个劲地骂中堂。"周馥也大摇其头。

"兰溪，咱们有个传统，一个朝廷出了毛病，往往推出一两个奸臣来，大家痛痛快快骂一通，反而把真正的原因掩盖了。把一个国家、一个民族的衰弱归罪于一个人，是安抚民心最有效、最简单的办法，可这也是最无耻的办法。如果大家都不坐下来反思一下，反省一下，吃一堑也未必能长一智。"

周馥认真地说道："大家都反思了，反思的结果就是，全怪李中堂卖国。"

闻言，李鸿章哈哈大笑："你说得对极了，有些人连反思的能力也没有——我翻来覆去想啊，用人不贤，把一些贪生怕死的人提拔成了提镇大员，结果临阵而逃，这个责任我得认。方伯谦、叶志超、赵怀业、龚照玙，这些人真是丢尽了淮军和海军的脸。可是，也不能把淮军失利完全归罪于将领贪生怕死。军制是个大问题，新募的兵勇对付严格训练的日军，多头指挥的一万人去对付集中指挥的一万人，胜负不问可知。可没人相信，只相信是淮军将领不行。淮军许多将领是受冤枉的，比如卫达三，他就是被冤杀的；宋祝三有调查，可是没人信；丁禹廷也窝囊，死了不能下葬。"

丁汝昌死后，家产被抄没，家人流落他乡，而他的棺材上光绪下旨加三道铜箍，以示戴罪，且不准下葬。

"兰溪，你如果方便，打发人关照一下丁禹廷的后人。"李鸿章又长叹一声说，"大清，这往后可怎么办？"

周馥又劝道："中堂，你何必操这么多心。"

"操了一辈子心，闲下来了，心却闲不住。我回来后给朝廷上了一个折子，提醒朝廷及早变法、求才、自强克敌。科士达进京的时候，又提了几项具体的事情，第一要练兵，第二要大建铁路，第三要改革赋税。大清若能痛加改革，十年内或可大见成效。可是，大清的事情又急不上去，因为反对的人太多。咳，真是急也不是，不急也不是。不过，在外交上，以夷制夷还是颇有成效的，列国的矛盾图存，值得好好利用。三国干涉还辽，便是明证。将来对付日本，要在这上面做一篇大文章。"说了这一大通，李鸿章这时才想起来问道，"兰溪，你进京有何公干？"

周馥回道："特来向中堂辞行，我已经向朝廷请辞，咳病加剧，回籍养病。"

"你的咳嗽又犯了？"

"不打紧，找了个由头。中堂进京赋闲，我在直隶指臂益孤，没意思得很，干脆不侍候了。"

"也罢。"李鸿章长叹一声。

甲午之败影响巨大，对中国而言，被蕞尔小国打败，不仅背上了沉重的财政负担，而且严重挫伤了民族自信，开启了列国轻视中国、觊觎中国之心。三国干涉还辽让整个清廷更加亲俄，后来李鸿章又奉命赴俄签订中俄密约，自以为可保中国三十年无事，然而前门拒虎，后门进狼，俄国势力迅速在东北扩张，后来又强租旅顺、大连，引发了列国瓜分中国的狂潮。德国强占胶州湾，法国强租广州湾，英国强租新界和威海卫……中国严重的民族危机，皆源于此。

也正是迫于这一危机，年轻的光绪帝启动维新变法。然而，所赖非人，法不得当，阻力重重，终以 103 天的短命而夭折。

洋务不成，变法不成，中国何去何从？于是又将希望寄托于人心、民气和虚无缥缈的盲目自大。这一次的教训，更加痛彻骨髓——这就是庚子义和团之变。

第十七章

义和团迷信神功　太子党别有用心

鲁北李家屯的老宋正在吃午饭,南邻家的牛小二跑进来喊道:"宋大爷,二毛子又要拆玉皇庙了。"

二毛子是本地百姓对信教屯民的称呼。二毛子拆庙,是又要建教堂。

老宋吩咐道:"敲锣,把大伙都叫起来去护庙。"

李家屯的这宗纠纷有些年头了。早在乾隆年间,屯里的富绅捐款买了三十多亩地,建了义学和玉皇庙。到了同治年间,因为闹捻子,义学与玉皇庙都废毁不堪。后来屯里的住户商议把这片公产分掉算了,不然荒废了可惜。屯里三百户均分三十多亩地,其中二十多户二毛子分得三亩,就是玉皇庙及几间破房子。

二十多户教民商议后,想将此地捐给法国天主教传教士,将玉皇庙拆掉建教堂。屯里百姓不答应,认为玉皇庙能保佑全屯人的平安,拆掉不祥,而且洋教不认祖宗,男女淫乱,建天主堂是对全屯百姓的污辱。而教民们则认为,这是他们分得的土地,捐给传教士建教堂合情合理。

解决的办法不是没有,比如另购地建教堂。本来有几次村民和教民已经达成一致,但总因为教会的插手,官府迫于压力而不得不顺从教会的意思。结果,双方各执一词,二十年间,拆了庙建教堂,教堂又被拆了建成庙,闹了好几个回合,地方官深以为苦。

一年前,经过新任韩知县的调解,并带头捐出二百两银子,劝说教民另找地方建教堂。虽然本地民教互仇已久,但全屯人还是都捐了点钱,给教民购地建教堂,相当于把玉皇庙的地皮从教民手里赎了回来。

可是,两个月前鲁北教区换了主教,他又坚持原议,还是要拆掉玉皇庙建教堂。他的理由是,教民无权处置玉皇庙的地产,因为这片地方既然捐给了教会,就是教会的财产,教会想在上面建什么都可以。于是矛盾再起,民教重新对立。

老宋在村里辈分高,当年在村里就以敢出头出名,而且,玉皇庙就在他的家门外,如果建起高高的教堂,将直接压他家的风水,所以大家都鼓动他站出来带头保庙。

老宋开始说什么也不肯,他之所以从威海回到老家,叶落归根是一方面,最重要的是想带着女儿女婿过安生日子。为了保庙,屯里已经有好几个人坐过牢,有一个还被革去秀才功名,他们对得起李家屯了。老宋一出村二十几年不回,他的房子、土地,都好好给他留着,屯里人对得起他,他也得对得起屯里人。

经不住大家劝说,老宋又是性情中人,一拍大腿答应了。答应了自然就要操心,他把年轻人分成几拨,轮流到玉皇庙放哨。约定有情况以锣声为号,全屯人都要出动。

锣声一响,凡是在家的男人们都向玉皇庙集中。二十多户教民也几乎全体出动,手持镐头、镢头或绳索,正在玉皇庙前乱刨。他们大约心里没底,没敢在玉皇庙上动手。

老宋指着教民的头目李三歪道:"三歪,已经说好你们另找地方建堂子,凭什么又回来胡鼓捣?"

李三歪回道:"可我们说了不算,教会说这是他们的财产,非要在此地建教堂不可。"

老宋又问:"可是你们已经收了县太爷的钱,说话怎么不算数?"

"钱我们可以退回,这块地皮早就捐给教会了,所以去年的调解不管用,我们没有权力替教会做主。"李三歪一副不讲理的样子。

老宋的女婿宋浩胜出来道:"你没有道理,如果现在你没有权力代替教会做主,那当年你也没有权力私自将土地转给教会。"

"我们的财产,凭什么不能转给教会?"李三歪叫道。

"同治十一年总理衙门与洋人商定的传教条款中规定,传教士要建教堂,必得当地民人众口同声,无怨无恶,方可定章。大家既然都不同意,这个教堂就建不得。不信,你可以去看朝廷的条款。"宋浩胜是有备而来,他是阅读过有关条约的。

宋浩胜说得头头是道,有没有这个条款,李三歪不感兴趣,他们有教会做靠山,官府又终究会向着教会,所以很嚣张地说道:"谁裤腰带没扎紧,把你露出来了?这没你说话的份,你一个上门女婿,李家屯的事轮不到你插嘴。"

李三歪是村里有名的痞子,当年偷鸡摸狗,无人不嫌。可是他自从入了教,不但找上了老婆,还在教民中说一不二,而且仗着教会的势力乱管闲事。李家屯的民教互仇,一半是他闹出来的。

这话把宋浩胜的火彻底激出来了,谁也没看清他怎么蹿到李三歪面前的,更没看清他是如何赤手空拳把手握铁锹的李三歪打倒在地的。他骑在李三歪胸脯上,连抽几个大耳光,抽得他口鼻蹿血。李三歪的儿子手里拿着一根木杠,向宋浩胜横扫过来。宋浩胜毫无准备,被打倒在地。老宋看女婿吃了亏,喊了一声:"打这些狗日的二毛子!"

民教相仇,何止一日,村民怒火,也非一日,哄的一声围上去,二十多个人哪里是对手。李三歪和他的儿子被打得爬不起来,其他人则带着伤逃走了,一气向村西逃去,不用说,是逃到张庄的教堂去了。

李三歪父子都是皮外伤,两人互相搀扶,狼狈地回到家中。

宋浩胜伤在腰上,众人卸下一扇门板把他抬到家中。郎中来看了后道:"如果是硬伤,大约养些日子就好了。如果伤着腰子,那就麻烦了。"

"腰子"就是肾,男人的肾要是受了伤,那可是一辈子的大事。宋秀莲一听,先哭起来,他们两岁多的儿子也吓得号啕大哭。

众人散去。夜深人静,宋浩胜的腰依然疼得不敢动。老宋深感后悔,他回家来本是为了过安生日子,却强出头拖累女婿和女儿,何苦来哉?他抽着旱烟,长吁短叹,弄得屋子乌烟瘴气。

当年苦战摩天岭炮台,宋浩胜被来远舰发射的炮弹炸晕,醒过来已是下午,脸上被弹片划伤,流出的血已经结冰;更重的伤在腿上,小腿骨折。那时候已经傍晚,天气奇寒,日军已经停止了进攻。他拄着树枝,拖着断腿,顺着山沟向宋家庄的方向走去,在路上遇到正在苦苦寻他的秀莲。养了两个月的伤,他能够下地活动了。老宋就决定回鲁北老家,他觍着脸开口问宋浩胜愿不愿跟他回鲁北。宋浩胜已经没有亲人,所以答应跟老宋走。老宋又问,同不同意当他的上门女婿。宋浩胜也痛快地答应了。临走之前,一家三口割了肉,炖了鱼,办了一个极其简单的婚礼。当晚,一对小夫妻入了洞房。

老宋卖了威海的所有家当,推着木轮小车长途跋涉回鲁北,走了近两个多月。回到家不久,秀莲就发觉自己怀上了。怀胎十月,生了个胖小子。老宋当了外公,相当知足,从此含饴弄孙,日子越来越舒心。没想到,因玉皇庙的事,眼看要把他的好日子葬送了。

他把烟袋锅在鞋底上磕掉烟灰,下定决心道:"往后这事我不管了,任他盖教堂还是盖鸡窝。"

但事情却由不得老宋。第八天,县府陈师爷带着两个捕快来了。陈师爷戴一副近视眼镜,个头不高,见什么人先笑眯眯地看着你,确定你注意到他的笑脸了,才开口说话:"老宋,无事不登三宝殿,你可要给我碗茶喝。"他先不说来意,先发牢骚道,"狗日的洋毛子太可恶,状子告到毓巡抚那里去了,毓巡抚发电报给府里,府里又打发人给韩太尊一纸公文,让'妥善处理'。"

毓巡抚是山东巡抚毓贤,在山东待了八九年了,先是任曹州知府,以善治盗闻名,三个月杀掉两千多人,颇得上司赏识。然后任兖沂曹济道、山东布政使,去年署江宁将军,还未上任,李秉衡因曹州教案免职,他就直接接任巡抚了。

陈师爷又道:"毓巡抚又是新官上任,韩太尊不能不特别巴结。上宪中说'妥善处理',可怎么算妥善?没个章程。老哥也知道,韩太尊是个老好人,不愿向着洋人和二毛子。"

老宋应道:"这个我知道,上次调解堂庙纠纷,他亲自捐银子,让二毛子另找地方建教堂,全屯人都念韩太尊的好,都说他能够一碗水端平。"

"嗐!"陈师爷长叹一声说,"好人难做。洋教士逼得韩太尊没办法了,这才让我来走一趟,和你老哥商量。"

"陈师爷说哪里话,有何吩咐,您老说就是了。"陈师爷如此客气,老宋反而不好意思了。

"教会提出,一是要给被打的教民治伤,二是要向受伤的教民道歉。"

"好,我可以说服大家出钱给他们治伤,我也可以去向李三歪道歉。但是我女婿也受了伤,而且比他们重,李三歪也得向我女婿道歉,也得给我女婿治伤。"

"这就是洋人的不讲道理!"陈师爷长叹一声,"韩太尊也向洋人提出这些要求,可是洋人不答应,说是我们先动的手。你看这样行不行,我给你女婿道个歉如何?"

"这怎么行?此事与师爷无关。"

"老哥,你总得让我办得下这趟差。"

"那好,我不要求他们道歉,但他们得答应,以后不能拆庙建堂。"

陈师爷不置可否,只说一切好商量。他又去李三歪家里商量,半个时辰后回来了,道:"李二毛子答应得很痛快,你道歉,给他父子还有其他被打跑的二毛子共五十两银子治伤。"

"五十两?他做梦!"老宋一听便火冒三丈。

"你慢慢听我说。不是你女婿也受了伤吗?从这五十两里扣除二十五两,你只需赔二十五两。"陈师爷又道。

二十五两也不是小数目,但老宋咬咬牙认了。

人家听说老宋要赔二十五两银子,咽不下这口气,有人出头聚到老宋院子里,主张和李三歪打官司,是他儿子先骂人才被揍,有前因才有后果,凭什么赔他钱?但老宋愿意息事宁人,于是大家改为帮老宋凑银子。凑够二十五两,老宋去李三歪家里。李三歪站在台阶上,人五人六。由陈师爷作证,老宋递上二十五两碎银子,然后拱手说道:"老李,我动手打你和大家,是我不对,你大人大量,不要计较。"

跟在身后的人看老宋委屈如此,而李三歪一副吊儿郎当的样子,都非常生气。可李三歪根本不买账:"老宋,这样道歉不行。"

"怎么道才行?"

"你到我屋里,我来给你说。"老宋到了屋里,李三歪才道,"在李家屯,敢和我唱对台戏的都没好果子吃。你敢伸头,就要吃点苦头——你得跪下给我磕头。"

"你他妈找死!"老宋抓住他的领子吼道。

李三歪冷笑道:"你当年当过捻子,我如果告诉官府,你吃不了兜着走。"

老宋一愣,不由得松了手。他当年的确当过捻子,跟着捻军与官军打仗,烟台、日照都去过。后来眼见得捻军要完,他一路向东跑到了威海。当年他和李三歪一起向捻军献过军粮,捻军给两人打过收条,还有一张奖励状?如今都在李三歪手里。李三歪威胁道:"我一告一个准。官府肯定要杀你的头,而且还要连累你的孙子。"

"咱们半斤八两,你不怕,我怕什么?"老宋有些色厉内荏。

"咱俩不一样。我是在教的,有教会出头保护我。你泥腿子一个,砍你的脑袋官府连眼也不眨。"

就这样过了十几分钟,老宋垂头丧气地出来了。

"三哥,我对不住你,给你请个安,道个歉。"在众目睽睽中,老宋竟然真的跪下去,膝盖一沾地就站了起来。

李三歪嬉笑道:"老宋,你磕得有些勉强,可我不计较。往后别逞能,总和我较劲,胳膊拧不过大腿。"

老宋回到家就病倒了,大家都知道,这是气的。左邻右舍都来看望,到了晚上,有几个二毛子悄悄来了,他们也致歉道:"老宋,老李这样对你,我们也没想到。要去的银子,都是他独吞了。低头不见抬头见,俺们这些人也不想弄得太僵,可我们都被老李压着,得听他的。"

老宋摆了摆手道:"我知道,不怪你们。事情已经过去了,我往后不再管闲事了,你们回去吧。"

然而,树欲静风却不止。这天老宋从麦地里回来,远远看到两辆骡车拉着砖瓦往玉皇庙方向走。他走近了,只见玉皇庙前堆了一大堆砖头,屯里的二毛子全聚在那里。

"老三,你这是要干啥?"老宋便问李三歪。

"干啥?修教堂啊,看不出来?"

"不是说好不修教堂了吗?我给你道歉的时候,你亲口答应的。"

"不错,我是答应了。可是我答应没用,教会说要建教堂,而且县太爷答应了。"

老宋怒道:"真是岂有此理!陈师爷当时也见证了的,说好不再建教堂。我非要去县里问问。"

李三歪威胁道:"你不用去县里,陈师爷马上就带着衙役过来,他来可是保护我们建教堂的。老宋,我再提醒你,别出头找不自在。"

　　老宋咽不下这口气,拄着锹等着陈师爷。果然,天快晌午时,陈师爷带着一帮衙役过来了。老宋见面便问:"陈师爷,怎么说话不算数?为啥又要建堂子?"

　　陈师爷告诉老宋,洋人逼得紧,韩知县只好答应洋人在玉皇庙的地方建教堂,再另找地方建玉皇庙。

　　"韩太尊说了,除了上次捐的二百两转给屯里建庙,他愿再捐一百两,只求息事宁人。"

　　这时已经聚了不少人,大家七嘴八舌,都不同意,几百年前这里就是玉皇庙,凭什么给洋毛子建教堂?

　　老宋则觉得受了欺骗,怒道:"你们不能这么耍着我姓宋的玩!你们欺人太甚!只要我姓宋的有一口气,你们就别想建成堂子!"

　　李三歪则吼道:"姓宋的你别张狂,你入过捻子的事还没和你计较!"

　　老宋脸气得发白,李三歪真不是东西,上次以此要挟让他磕头认错,说好以后不提这茬,今天他竟然又当众揭短。众人都吓了一跳,看着陈师爷,无人搭腔。

　　陈师爷摆了摆手道:"李三你少说一句,我正和老宋商议呢。官家早有文书,当年入过捻子的只办主犯,胁从不问,老宋的事早就过去了。二十年的事情了,你说这个还有意思吗?"

　　"陈师爷,你这话当真?"老宋听陈师爷如此说,十分惊讶,因为他还为此事半夜醒来不能安眠,没想到官家早就不追究了。

　　陈师爷回道:"当真,如假包换。公文我入的档,绝然假不了。"

　　老宋指着李三歪,脸色发白,人是直挺挺地倒了下去。

　　众人都不知道老宋为什么突然如此生气,七手八脚把他抬回家,醒过来已是眼歪嘴斜,话也说不清了。郎中一看便道:"吊线风,这是急火攻心。"

　　秀莲抹着泪问要不要紧。

　　郎中回道:"看造化,如果重了,就会半身不遂;如果老天可怜,也许嘴歪眼斜的毛病会有所改观。"

　　牛小二听了,跑出去喊道:"李三歪把老宋气成半身不遂了,老少爷们,给老宋讨个公道!"

　　他这么一吆喝,大家冲上前去打李三歪,六个衙役根本没用,看事不好都躲了,李三歪领着二十多个二毛子又跑到张家庄去了。玉皇庙前的砖瓦石块,被大家哄抢一空。

到了第三天,来了五十多个兵,其中有十几人扛着洋枪,把玉皇庙围了起来。李三歪带着二十几个二毛子神气活现地冲到玉皇庙,把一块大牌子咣咣竖起来,上面写的是:大法国鲁北教区李家屯教堂。然后,他们动手拆庙,把砖头拿去砌大门。屯里的人聚过来,十几支洋枪朝天鸣放,领头的宣示道:"韩知县令我等来保护建教堂,有敢抗法者,格杀勿论。"

众人都陆续散去了。洋枪,那可不是闹着玩的。

晚上,牛小二来到老宋家,把宋浩胜叫到院子里说道:"浩胜哥,要想保住玉皇庙,有个办法,请义和团过来。"

宋浩胜听说过二十里外闹义和团,他们专与洋人作对,洋人和二毛子都怕他们。牛小二有个亲戚在梁庄入了义和团,昨天他去走亲戚,他们说义和团一到,不管什么传教士、二毛子,统统滚蛋。

牛小二语带兴奋地说道:"义和团神得很,念了咒喝了符,可以刀枪不入。"

"那是唬人的,现在的洋枪,一打一个血窟窿,哪来的刀枪不入?"宋浩胜不相信。

"咱不管是真是假,先保住玉皇庙再说。"

宋浩胜又问:"那他们要不要饷银?"

牛小二愣道:"要什么饷银,管他们饭就行了。"

"那行,你去听听大家的意见。我爹就不用问了,我代他同意了。"宋浩胜答应一试。

隔了一天上午,十时多的时候,屯外大路上唢呐齐鸣,锣鼓喧天,二百多个头扎红巾的人浩浩荡荡向李家屯开来,打头一面大旗,竖排六个大字——神助拳义和团,横着四个大字——扶清灭洋。旗子后面是匹高头大马,走近了,看清了,上面的人戴着墨镜,口衔洋烟卷,身穿青布长衫,腰束红带,足蹬乌缎靴,腰间插着小洋枪,背负快枪,他就是大师兄。

大家都指望义和团过去把那帮二毛子赶走,可大师兄却道:"不急,那几个二毛子我手一挥就让他们滚蛋。首先,我要讲法。"

义和团里有人出面张罗要来一张桌子,桌子上摆放香炉,先烧香祭祀神灵。然后大师兄站到桌前道:"我先给大家讲讲道理。俗话说,有理走遍天下,无理寸步难行。大家看我神团旗上写的什么? 扶清灭洋。为什么要灭洋? 因为洋人办的坏事太多了!"

大师兄说的洋人坏处,大家有的早就听说过,有的则是第一次听说。比如,洋人只相信上帝,不相信祖宗,男人都是兄弟,女人都是姐妹,没有长幼尊卑,所以洋人没有人伦,信教的人男女混杂,乱伦混交。洋人雇了一批人拍花子,把小孩子拍了去,挖了眼睛做药材,因为洋人的眼睛是蓝的,做药不灵。德国人已经占了大半个山东,金矿、煤矿都被德国人占了去,他们要在全山东修铁路,就是要把山东人的好东西全部运走……朝廷怕洋人,官府怕洋人,二毛子也借洋人的势欺负人,所以义和团来出头,洋人要怪就怪不到官家。义和团是义民,毓巡抚也称赞有加。将来要把洋人彻底赶出大清,就要靠义和团了。

接下来,表演刀枪不入的功夫。两个人站出来,叽里咕噜地念咒,然后大师兄龙飞凤舞,在一张黄表纸上画出一串看不明白的怪符,点着了,烧成灰,把灰撒进碗里,倒上凉开水,两人接过咕咚咕咚一饮而尽。一个跳到中间,扎下马步,哇哇大叫两声,另一个持一柄钢刀,先在桌子上砍两下,让人上来看看,是否真刀,是否真砍伤了桌子。验罢无欺,向扎马步的人肚子连砍两刀,竟然毫发无伤,众人齐声惊呼。

然后又要换洋枪打人。一个胖子站出来,摘下红头巾,解下腰里的红布带,袒胸露乳,站到二十步外。大师兄抽出腰里的洋别子,让屯里人取一块木板,他装上钢球,向木板开了枪,木板立马打出一个大窟窿。然后,他再装上一粒钢球,向远处的胖子瞄准。大家屏住呼吸,砰的一声响,胖子手腕一拧,好像抓住了什么东西。再看他的肚腹,白肉滚滚,并没有被打出血窟窿。他舒开手掌,大家看到他掌心里有一粒钢珠。啊,钢珠竟然被他接住了!众人连声惊叹。

节目还未完,二师兄又要表演上法,就是请神仙附体。大师兄问道:"师弟,今天你打算请哪路神仙?"

"今天时辰好,请不到齐天大圣,定能请到天蓬元帅。"二师兄恭恭敬敬地上香,然后盘腿坐在地上,嘴里叽里咕噜不知念什么。念着念着突然倒在地上,不省人事。

有人要上去扶他起来,大师兄非常紧张:"千万别扶,二师兄元神出窍,正在请神附体,一动就有性命之忧。"

大约有一袋烟的工夫,二师兄还是昏睡不醒。大师兄非常着急,搓着手道:"怎么回事,今天上法这么难?是不是有人带了秽物?"

所谓秽物,包括洋人的稀奇玩意、经期的女人、黑狗血污等。义和团四五个兄弟对每一个在场的人进行检查,没发现秽物。

突然,二师兄一个鲤鱼打挺翻了起来,手遮在额头上,一蹦一跳,一伸手从旁人手中夺过一根木棍,飞快地耍了起来,花样百出,人群中喝彩不断。然后他开始翻跟头,一个接一个,一直翻下去,最后一堵土墙竟然也拦不住他,扑通一声翻了过去,没了声音。众人跑过去,见二师兄又躺在地上,昏睡不醒。大师兄吩咐道:"谁也不要拉他,他的元神要回来,齐天大圣已经走了。"

见状,大家便求道:"大师兄,你们这么厉害,快去把二毛子赶走,夺回俺们的玉皇庙。"

"小事一桩,小事一桩。"大师兄摇着手说,"我们先礼后兵,给他们去一封信,限他们明天上午十时前撤走,不听招呼,到时候准要他们好看!"

早就有人准备笔墨,但大师兄并不写,而由一个面皮白净的义和团兄弟代笔,写罢后,大师兄拿大拇指蘸红油泥按上一个指印,代表这封信是由他签发,然后由两个最健壮的义和团兄弟给村东北玉皇庙的二毛子送去。

就在刚才,护堂子的兵勇已经有好几个人过来看过热闹,对义和团的神勇佩服得五体投地。义和团交过来的信,他们的小头目先过目后说道:"是个麻烦。"

二毛子们一听这话有些丧气。他们也听说过义和团,已经抢了好多教民的家,还放了火。李三歪不肯轻易认输,咋咋呼呼道:"别信他们那一套,装神弄鬼的。"

"来时大人有话,只要我们'以资震慑'。以资震慑知道什么意思不?就是只吓唬吓唬,不真刀真枪地干。而且,毓巡抚也说义和团是义民,要妥为保全。谁去惹这麻烦?我告诉你,明天如果义和团真要来寻麻烦,我们必定要跑,到时候你们可要灵醒着点,别怪我们顾不上你们。"

听官兵这样交了底,李三歪他们士气大挫,当天下午,盖教堂的劲头就不那么足了,是真正的磨洋工。

当天的午饭相当丰盛，家家户户几乎把自家最好的吃食献了出来。下午，大师兄安排传法帖，鼓动年轻人参加义和团。有现成印好的传单，除了在李家屯发放，还派人到周边村子去发。法帖是红纸上印的黑字：

收到法帖，请务必抄录传递十人。你若照办，就会有好运降临；如果你偷懒不办，将有无妄之灾。

神助拳 义和团 只因鬼子闹中原
劝奉教 自信天 不信神 忘祖先
男无伦 女行奸 鬼孩俱是子母产
如不信 仔细观 鬼子眼珠俱发蓝
天无雨 地焦旱 全是教堂止住天
神发怒 仙发怨 一同下山把道传
非是邪 非白莲 默念咒语法真言
升黄表 敬香烟 请下各洞诸神仙
仙出洞 神下山 附着人体把拳传
大法国 心胆寒 英美德俄尽消然
洋鬼子 尽除完 大清一统靖江山

当天，凡能写字的人几乎都在抄义和团的法帖，你传我，我传你，一家要收到好几份。真有年轻人心动，跑来找大师兄，问收不收他们。大师兄回道："要到子时看神仙是否同意。"

现在天已经很热，年轻人懒得回家睡觉，都聚在义和团的住处，看他们练拳习武，或者听年老的讲古。热热闹闹到了子时，大师兄开始请神收徒。燃灯焚香，取新汲井水供在桌上，十几个人，分成两排跪在案前。大师兄跪在前面，嘴里叽里咕噜不知念的什么。念完了，他站起来说道："前排第三位，后排第四个，周公祖说暂时不能收。"

其他的人都欢天喜地，不能收的两个人则垂头丧气。二师兄则安慰他们道："今天不能收，不一定明天不能收。你们要是有诚信，从此好好习武强身，周公祖会同意的。"

于是众人皆大欢喜。

大师兄以黄表纸画符箓,然后又授他们咒语。每人念诵三遍,焚符冲水众人跪饮。大师兄又手持灯烛,从烛火上吸仙气,向每个人身上吹一遍,从头到脚,一丝不苟。然后二师兄教他们练习强身功夫,每人拿段木棍,在二师兄的指点下,在胸脯、大腿、内肘等处抽打。二师兄说,这样练下去,不用多久,再念咒饮符,便可刀枪不入。

第二天九时多,义和团在村南集合,然后向东北玉皇庙进发。在离玉皇庙百十步的地方停了下来,大师兄喊话:"神助拳,义和团,灭洋教,保平安。玉皇庙的人听着,马上撤走,不然,神团所到,玉石俱焚。"

然后吩咐二师兄,向庙前的木牌打洋枪警告。洋枪只有一支,大师兄交给二师兄,二师兄交给一个会打洋枪的兄弟。但他准头实在太差,瞄了半天,却没打到牌子上。

"大师兄,这里有股邪气。"二师兄把打不中的责任推到莫须有的事情上。

大师兄回道:"二毛子一贯装神弄鬼,有邪气不足为奇。"

宋浩胜就在打枪的人身边,摇着头道:"恐怕没什么邪气,是你拿枪的姿势有问题。"

那人不服气,一撇嘴道:"你是站着说话不腰疼,你见过洋枪吗?"

"不但见过,还打了上千发枪子。你这支枪叫雷明顿滚轮式连发步枪,是美国雷明顿公司于同治五年生产,同治十一年至光绪元年大清国主要进口的就是这种枪,光绪三年后江南制造总局开始仿造,因为精度不太高,现在已经不再装备军队。"

"这位兄弟一听就是行家,你能打一枪让兄弟们瞧瞧?"宋浩胜这番话让大师兄也不得不刮目相看。

"对,不能只耍嘴皮子。"刚才打枪的兄弟附和。

"好,我可以打一枪。"宋浩胜接过枪道,"这种枪有个毛病,向上跳得厉害,所以瞄准时要向下瞄。你看,我现在瞄的是大法国鲁北教区的区字,我开枪后应该能击中北字。"

说话间,宋浩胜砰的一枪,果然木牌猛的一晃,显然是中枪了。大师兄派人过去一看,那人大声喊道:"百发百中,打中北字。"

大师兄连竖大拇指,对着玉皇庙的人喊道:"限你们十时前离开,否则,我这边的枪手百发百中,让你们有来无回。"

不一会儿,那边有人喊道:"义和团的兄弟,我们要换防了,不要开枪,我们马上就撤。"二十多个二毛子夹在他们中间,狼狈地逃走了。

大师兄吩咐道:"二毛子跑了,可他们的秽物还在屯里。下面,要把二毛子的秽物统统毁掉。"

大家不知道如何毁二毛子的秽物,义和团的兄弟却相当兴奋,摩拳擦掌,兴高采烈。

毁秽物需要屯里人配合,指明二毛子的家。早有人自告奋勇,分别指引着义和团前往。家家都已上锁,但众人有的用镢头砸,有的用锤子敲,很快破门而入。十字架、神像、西洋钟、经书、教袍、火柴、火油灯、小洋伞……秽物果然不少,堆到院中把火油倒上,付之一炬。然后开始分二毛子的不义之财,但凡能拿得走的都被争抢一空。有人要放火烧掉李三歪的房子,邻居不同意,不是不愿烧,是怕殃及池鱼。

义和团名声大振,要求入团的有上百人。大师兄和宋浩胜已经十分熟悉,问道:"浩胜老弟,你在李家屯设坛如何?我派个人来当大师兄,你当二师兄。等你们站稳了脚跟,你就来当人师兄,如何?"

宋浩胜婉拒道:"不行,我没空。"

大家都劝他出头,牛小二也附和道:"在咱屯立了坛,往后大毛子二毛子都不敢来惹咱了。"

大家劝得宋浩胜不胜其烦,他把大师兄叫到一边道:"我看你们刀枪不入的把式玩的是障眼法,装神弄鬼糊弄人。"

大师兄不反驳,也不承认:"有几个兄弟会金钟罩,矛枪也伤不了这是真的。刀枪不入,本来就是说的矛枪。不过,如果功夫练到火候,洋枪子打不伤也是真的,我可是亲眼见过。我的兄弟现在做不到,只能说俺们法力不到,不能说是装神弄鬼。再说,有刀枪不入的由头,年轻人才愿来嘛。先把队伍拉起来,才能成得了事。"

宋浩胜不屑道:"你们成的啥事?我看是借破秽物之名,抢二毛子的财物。"

"的确是要破二毛子的秽物,顺手再把他的财产分了,反正也是不义之财。"大师兄又低声说,"这也是为了兄弟们,不然大家图啥?抛了荒,误了地,他们终是要养家糊口。"

"那你们干脆做土匪,多利索!"

大师兄这下恼了,怒道:"宋浩胜,你怎么可以把神团比作土匪?土匪专门祸害人,俺们是专门对付洋毛子、二毛子。你拍着胸脯说,这些年中国人被洋毛子、二毛子欺负到啥样了?远的不说,你老丈人现在还躺在炕上,他怎么躺下的你总该比我清楚。你现在还捂着腰,你的腰怎么伤的,你也比我清楚。你们都拿二毛子没办法,结果神团一到,他们屁滚尿流。就是毓巡抚也说,中国将来对付洋人,为国报仇,希望就在义和团。义和团势大了,一呼百应,杀尽洋人和二毛子、三毛子,那时候洋人还敢欺负中国人?"

这番话,真让宋浩胜无话可说。

没有紧急要务,军机大臣见起向来是最后一班,为的是先让其他臣子发表政见,最后召见军机一锤定音。等世铎带领军机大臣荣禄、刚毅、王文韶、启秀、赵舒翘进入养心门时,正与日前慈禧驾前的大红人端郡王载漪相遇。军机大臣中,载漪与刚毅、启秀、赵舒翘三人走得近,与荣禄却来往很少。但今天他却屈尊一笑,很亲热地说道:"仲华,散值后到我府上小聚,为佐臣接风,请务必赏脸。"

堂堂王爷,说出赏脸的话来,也是相当令人意外。

"只要太后没有吩咐,一定到。"荣禄这话说得诚恳,但已为自己留了余地。

载漪是惇亲王奕誴的二儿子,后来过继给瑞敏郡王为嗣,光绪十五年加郡王衔,本来是加封为瑞郡王,可是军机处拟旨时误将瑞写为端字,上谕一颁,就不能改了,因此成了端郡王。

端郡王有些像他的父王惇亲王的性情,不好读书,喜欢结交江湖人士,并经常穿上法衣,与卖艺的人一起耍枪弄棒,人家抛赏钱的时候,他也与艺人一同跪地磕头。好多人知道他的身份,一等他粉墨登场就去瞧热闹,抛几个制钱,换他一个叩头。

慈禧也有耳闻,有一次严重警告他,再如此荒唐,就把他的郡王免掉。慈禧不喜欢归不喜欢,但他的福晋是慈禧二弟桂祥的小女儿,从娘家说是内侄女婿,从皇室这边说,他又是咸丰帝的侄子、光绪帝的堂兄,正因为这两层关系，他的儿子溥儁极有可能成为新皇帝。

废立之议，从慈禧一手打碎光绪的维新变革后就有人悄悄议论了。光绪帝竟然传出密旨要袁世凯发动兵变、囚禁太后，这令她非常愤怒，因此囚禁光绪帝于瀛台，日日请太医把脉、写脉案，对外界称皇帝身体越来越差。这显然是要废掉光绪的前兆。那么谁将成为新皇帝？当然，最好是载字辈的，与光绪同辈，这样慈禧才得以太后的名义继续训政或垂帘。她最早属意的是庆亲王奕劻的儿子载振，但放出风来一听，宗室皆不以为然，认为奕劻的庆亲王都当得有些勉强，他的儿子载振不学无术，唯好女色，这样的人如何能当得了皇帝？慈禧只好作罢。

载字辈中再无合适的人选，于是只好从溥字辈中选，好在宋朝有高太后，本朝有孝庄太后，都是以太皇太后的身份辅佐孙子成就帝业，她以太皇太后的身份训政也未尝不可。从溥字辈里选，第一条关系要近，第二条则是年龄要合适，不宜太小，太小要十几年才抚养成人；也不宜太大，太大则来不及调教就亲政，亦不合适。第三条则是要身体健壮，既然是以身体差的原因废掉光绪，新皇帝当然要身体好。

恰好载漪的次子爱新觉罗·溥儁都符合条件，经李莲英放出话来试探，宗室中反对的意见不大。太后召见过他们母子一次，十三岁的溥儁人高马大，嘴唇有些厚，又喜欢噘嘴，看上去一副憨相，很容易玩弄于股掌，慈禧就满意了。

但洋人却有看法。光绪帝不但学习英语，而且对西洋文明颇为向往，后来的变法也都是以洋人为师。因此欧美各国对光绪帝都比较欣赏，对朝廷宣称光绪身体不好很是怀疑，曾经执意派医生进宫为光绪诊病，实则表达支持之意。顾忌列国的态度，慈禧迟迟未能下定决心。

眼看着皇帝的宝座摆在前面，却因为洋人的原因自己的儿子不能登基，载漪对洋人的愤恨可想而知。这位准太上皇的身边，已经聚起了一帮反对洋务、反对洋人的权要，天天帮他谋划着，如何尽快画饼成真。

毓贤因为在山东放纵义和团杀教民、烧教堂，最后引起列国干涉，美国公使康格出头，一月内向朝廷连交五份照会，而且还有几十张照片，有义和团打的“毓”字旗，有毓贤奖叙义和团为义民的告示。

荣禄将两幅照片转呈慈禧，慈禧认为毓贤不能在山东待了。于是朝廷下旨免去他的巡抚职务,内调回京。山东巡抚一职,在荣禄的极力推荐下,由袁世凯出任。

端郡王宴请毓贤,陪同的必然是反对洋人最起劲的人,朝野称之为"太子党"。

被慈禧依为心腹的荣禄并不是太子党,对废立之举也不赞同。而他的意见慈禧又特别看重,因此,端郡王不能不纡尊降贵,有意笼络。

荣禄散朝回家,吃过午饭,小睡一觉醒来已是下午三时半。他连忙吩咐准备轿子,要赴端郡王家宴。荣府在紫禁城东北的东厂胡同,端郡王府则在西直门东南,两地相距八里之遥,乘轿前往,总要个把钟头。

荣禄不想赴约,只怕话不投机半句多。但他为人深藏不露,做官最讲左右逢源,对端郡王的盛情相邀,他没理由拒绝,也没必要得罪这个大红人。等他赶到时,客人已经到齐,坐在首席的是庄亲王载勋,他也是个仇洋派,如今是领侍卫内大臣。接下来是大学士徐桐,是有名的道学先生,是闻洋字而掩鼻的人物。他家住在东交民巷,后来那里成为使馆区,出门就碰上洋人,于是他把大门堵了走后门。他上朝非常费周折,往西走是东交民巷,使馆林立,不能走;往北走,花市胡同有洋人教堂,也不能走;往南则是八大胡同,君子所不齿也。于是只好先往东走,然后再往北,绕过洋人教堂,再往西,然后折而往南入东华门。李鸿章倡导的洋务他是极力反对,光绪维新变法他更是深恶痛绝。慈禧扫除了朝堂上的维新派,当然就要起用守旧大臣,要行废立之事,更需得到徐桐这种人的支持,因此帝眷正盛。最近他又被载漪礼聘为儿子溥儁的老师,正是为了借重他的道学身份。满人尊师重教,徐桐的座位是仅次于庄亲王。接下来,是蒙古状元崇绮,也就是同治皇帝的岳父,因为慈禧厌恶同治帝的皇后,因此对崇绮也不待见。但将来如果立溥儁为皇帝,势必要继承同治为嗣,因此,他就成了未来新皇的外公。载漪加以笼络,也聘他为溥儁的老师。接下来的位子空着,是留给荣禄的。空位的下面是载漪的胞弟辅国公载澜,他本事没多少,喜欢与别人抢女人,唯端郡王之命是从。人虽不成器,却是辅国公,如果不是尊师的缘故,他应当居庄亲王之后。毓贤是今晚的主宾,被尊为"最不怕洋人的英雄",却只能屈居末坐。

荣禄当然不能去坐那个空位,虽然他是军机大臣,深得太后的信赖,但国家体制所在,他无论如何不能坐于辅国公的前面。理由堂皇,载澜推让一番,上位而坐,荣禄接他的位子坐下,载漪也在主位上坐下,宴会正式开始。

军机大臣中载漪最交密的是刚毅等人,但这几个人与荣禄不一路,今天都不在座,一则是避免与荣禄尴尬,二则是关系已经密到不必笼络的程度。满桌当中,不能共机密的只有荣禄和毓贤,怎么边吃边开始话题,应当提前有所谋划。

"这几年举步维艰,真是不堪回首。李少荃弄了三十多年洋务,甲午一役,他倚为长城的北洋海军灰飞烟灭,可见洋务靠不住。康梁又搞维新,祖宗成法尽皆抛弃,结果弄得民怨沸腾,可见维新也靠不住。"先开口的是徐桐,他喝口热汤,又拿餐巾抹一抹白胡须上的汁水继续说道,"我好悔!当初穆宗驾崩,义宗继嗣非人,我没有力谏。现在看,什么也靠不住,只有人心最可靠,礼义廉耻最可靠,人都知礼义廉耻,从军者便不惧死,文官便不贪财;礼教蒙尘,人心堕落,便是铁甲在手,也不过徒资敌耳。"

穆宗便是同治帝,文宗便是咸丰帝,光绪皇帝是继咸丰为嗣,继嗣非人,便是说当今圣上不配为君。这种话若在从前说出来,便是可杀头的大不敬。但如今光绪失势,墙倒众人推,道学如徐桐者竟然也如此口无遮拦,在荣禄听来,都有些伤感。

载漪也长叹一声道:"我读典籍,常见侠客剑仙为民除害,匡扶正义。如今大清蒙尘,侠客剑仙们却不见踪迹,想来真是令人悲伤。"

侠客剑仙类书籍在载漪口中竟称为典籍,荣禄忍住笑道:"侠客剑仙在洋枪洋炮面前也不顶用,就是出现了,也于事无补。"

载漪接过话头,亲热地叫着毓贤的字道:"佐臣,听说义和团能够刀枪不入,是真还是假。如果是真的,那可真是对付洋人的依靠。"

"当然是真的,我曾经叫大师兄到巡抚衙门里演试,千真万确,刀枪不入。"毓贤回道。

"到底怎么刀枪不入,真不可思议,说来听听。"闻言,载澜非常感兴趣。

毓贤于是将义和团如何刀枪不入,讲得绘声绘色。

荣禄听了后笑道:"我倒是听说,山东义和团的首领朱红灯也是被一刀斩讫。按说,他可是最能刀枪不入的。"

毓贤解释道:"那不一样,因为他杀洋人烧教堂,惹恼了洋人,朝廷又不能为之做主,我也是被逼无奈才下令杀他。他呢,也算是为国受屈,甘愿受缚,不曾作法,当然刀枪皆入。"

很少说话的崇绮,赞叹道:"真义士也。"

"我又听人说,有义和团师兄跑到聂功亭的军营中,要求以洋枪演示,结果被打了十几个血窟窿。"荣禄还是不信。

聂功亭就是聂士成,甲午之战中以能战著称,战后回驻天津芦台,奉命总统直隶淮、练各军。维新变法失败后,直隶总督荣禄被重用,入军机,最为破例的是北洋各军仍归其节制,新任直隶总督裕禄只是帮办军务。

为加强京师和近畿防务,威内御外,荣禄奉命编组北洋各军为武卫军,聂士成部淮军武毅军编为武卫前军,仍驻芦台(今天津宁河);董福祥部甘军为后军,驻蓟州(今天津蓟县)一带;宋庆部毅军为左军,驻山海关内外;袁世凯部新建陆军为右军,驻天津小站。另招募勇丁、抽调八旗兵组成中军,由荣禄亲统,驻南苑(今北京大兴)。

在众军中,荣禄最赏识的是聂士成,聂士成也是倾心结纳,所以他营中的事情荣禄消息颇多。义和团跑到他营中求以洋枪演示的事情,就发生在几天前。

毓贤摇头解释道:"荣中堂也只是听闻而已!俗话说耳听为虚,眼见为实。再说个别失手的也有,可能是修炼不够,也可能有秽物破法。"

毓贤对刀枪不入那一套已经深信不疑,荣禄懒得与他争论。

"这些年国势日衰,根本原因是民气未伸。曾文正我样样佩服,但他却办了一件大错特错的事,就是在天津杀义民抵罪,还严办地方官员。辱国太甚,民气不舒,何谈为国效死,何谈马革裹尸?所以甲午之败也是情理之中。"

徐桐能将甲午之败归罪于曾国藩当年办理教案不善,荣禄还是第一次听说,他真是老而不衰,尽是奇思妙想。

"对。如今却又要杀义和团,助长洋人的骄气,是自剪羽翼,可叹可恨。我也不是一开始就支持义和团。当年我任曹州府,大家都知道我杀人多。我杀的是什么人?多是闹教案、烧教堂的百姓。可是后来怎么样?洋人还是照样进了山东,德国的势力更是侵占了大半个山东,传教士最不像话的也是山东。我这才悔悟,当年我是杀错了,把敢于反对洋人、二毛子的百姓杀了,不正是帮了洋人?再说,只要是洋人还在,只要是洋人还在咱大清国土上耀武扬威,就会有百姓出头反对。尤其山东,自古多豪杰,谁主政山东,要想靠杀人立住脚,那是根本不可能的。你总不能把他们都杀光。所以,我觉得前任李鉴堂抚台、张翰仙抚台,包容拳民的办法是对的。我把义和拳改为义和团,视为团练,就是想借机约束他们,进而训练他们,使之成为劲旅,可惜朝廷不给我时日。"毓贤一口气说了不少。

一直找不到话头的载勋,此时却语出惊人:"应当奏请太后重用义和团,对付洋人。荣中堂,你在太后那里一言九鼎,应当出头。"

这才是今晚的重点,就是希望荣禄支持、包容甚至利用义和团。但载勋用词实在不当,荣禄连连推辞道:"庄王爷,您这话可真够砍掉荣某的脑袋。只有太后一言九鼎,除此之外,大清还有谁配用这个词?"

这下把载勋的热情打了回去,他立即闭嘴,不敢再开口。

徐桐又接着道:"今上圣躬不豫,又无后嗣,这才是最可忧虑的事情。仲华,你们这些军机大臣应当为国早谋。"

所谓为国早谋,就是行废立,以溥儁取代光绪。荣禄不赞同,但又不能让这帮太子党觉得他在挡路,便道:"徐中堂所忧虑不无道理。可是此等大事,做臣子的只有秉命而行,圣明不过皇太后,慈圣必有措置。"

这话回得相当漂亮,就是徐桐也无法继续这一话题。于是话题重新转回到义和团,毓贤说道:"荣中堂,你该提醒袁慰亭一句,不可逼得义和团走投无路,得饶人处且饶人。"

袁世凯接任山东巡抚,未上任就发布告示,要采取最严厉的手段,打击杀洋人、烧教堂、惹麻烦的人。他是武卫右军统领,正正经经的荣禄手下。可荣禄却道:"将在外、君命有所不受,我实在无法遥制。"

载漪见状,便建议道:"佐臣,这件事并非单纯的军务,让仲华来提醒反倒显得是私相授受。应当由军机处请旨发一道上谕给袁慰亭,不能滥杀义民。"

看荣禄对此也不置可否,大家只好谈今年的天气。勉强应付到席终,荣禄终于得以脱身。他整晚睡不着,想明天一定去贤良寺见李鸿章。

第二天一早,荣禄先打发家人送名帖去贤良寺,约定下午拜访。午饭后小睡一觉,他立即驱轿前往。

一见荣禄眼圈发暗,一脸苦相,李鸿章惊讶地说道:"仲华,你怎么这副模样?"

"嘻，真正是油煎水煮，苦不堪言。我真是羡慕中堂能够站在岸边，看我们这些人在水里乱扑腾。"两人一坐下，荣禄就大吐苦水，"中堂，废立之事已势在必行，我真不知道要怎么应付。已经拖了快一年，不光那帮人鸡叫等不到天明，太后也催问过好几次。刘砚庄最近可能内调，原因说到底还是不同意废立生的嫌隙。"

荣禄曾奉命打听疆臣对废立的意见，刘坤一回电说："君臣名分久定，中外之口宜防。坤一所以报国在此，所以报公亦在此。"明确反对废掉光绪帝。所以慈禧有话，不行就给他挪挪地方。

李鸿章非常严肃道："仲华，刘砚庄此事做得对极。国家疲弱如此，怎能再生他变。你要记得，大清目前境地，内争易致外侮。你如今位居中枢，前面虽有礼邸，可大主意都是你拿，你是实际上的首辅，如同当年的文文忠，有些话，你该出头说。"

文文忠就是同光之际的军机大臣文祥，他辅助恭亲王对内平定太平天国和捻军之乱，对外邦交各国，是口碑极好的名臣。李鸿章以之相比，荣禄倍感激动："我是想如文文忠那样为国尽力，可惜德才不及，而且军机枢府都让人有劲使不上。"

如今的军机大臣，世铎是首辅，但向来没有主张。王文韶事事看得明白，但明哲保身。刚毅是个仇洋派，甲午之战时就曾经提出要大练藤牌虎衣兵，说他们刀枪不入，如今对义和团也是相当感兴趣，是载漪的铁杆臂膀。他自视甚高，觉得自己处处比荣禄强，可是地位总是落在荣禄后面。有一次军机聚餐时，他把筷子往案上一拍，叹息道："我何日才得出头！"

"子良，你想怎样出头？"荣禄问道。

刚毅倒是说得直通通："有你挡在前面，我如何能出头？"

内阁设四位大学士，两位协办。荣禄、刚毅都是协办。前面的四位大学士，李鸿章、昆冈、徐桐都是风烛残年，出缺不过是两三年间的事，但论资替补，荣禄仍然居前，刚毅想要得首揆之位，猴年马月不得而知。

"子良，我给你把刀，你把我和三位大学士手刃掉，你立马就做得首辅。"当时荣禄是笑着说的，但心里的不满和鄙夷可想而知。

而另两位军机大臣，礼部尚书启秀是徐桐的弟子，为人方正，但也是仇洋一派；刑部尚书兼管顺天府的赵舒翘也是刚毅把军机上学习行走的廖寿恒排挤掉后引入军机的。整个军机的形势,基本是荣禄一人对付刚毅、启秀、赵舒翘三人,大有不能招架的趋势。

而清流,翁同龢被罢官,李鸿藻去世,徐桐俨然成为领袖,但他不但无法与当年的倭仁比,与翁同龢、李鸿藻比也差一截,因为他见识太浅,又太做作,且又自以为是。总理衙门那边,庆亲王奕劻主要精力放在捞银子上,比较能干且有见识的也就许景澄等几人而已。

"仲华,这些难处你不必说,我旁观者清。打个比方说吧,甲午之前的军机与中枢,虽然难尽如人意,被人骂崇洋媚外,看上去疲弱不堪,但总体上还是驾着车奔着一条大道去的,方向总没有错。甲午之后,人人都可骂我李鸿章,个个都可攻击洋务。尤其维新派被打得落花流水后,朝堂上更成了老顽固的天下,他们既看不起洋人,也不肯学习洋人,更没有对付洋人的办法,只知道一味排外,喊打喊杀。如今的枢廷看上去腰板直得不得了,人人口出狂语,但我毫不客气地说,他们是在把大清国这驾老车往悬崖峭壁上拉,用的劲越大越危险!甲午战前,我警告翁某人说,如果战败,会被人打断脊梁骨;如今如果再败,仲华,那可就是被人掐住喉咙,是要我大清的命!"

荣禄无奈道:"中堂警言,令人汗流浃背,叵是我一个人力不从心。"

"仲华,力不从心也要勉力为之。听端王、庄王还有刚子良之辈的意思,是有意借义和团成事。义和团是打出了扶清灭洋的口号,可是听其言,还要观其行。靠他们扶清灭洋,我不敢相信。他们杀教民、烧教堂,就能扶得了大清?别忘了,教民皆是我大清子民,虽然有不肖之辈,但不过是少数,不加分别一概滥杀,那是灭清,不是扶清!他们说自己刀枪不入,这更是奇谈。仲华,你是带兵的人,你说,洋枪排放,开花弹乱炸,哪一个能够刀枪不入?这么浅显的道理,他们却不明白?还是故作糊涂?如果故作糊涂,把这些人驱上战场与洋人作战,就是让他们送死!"

"义和团之所以闹,是因为洋教士太可恶,教民借洋人横行乡里。毓佐臣认为义和团杀洋人烧教堂,是爱国义士。"

"我不敢苟同。这些年来,我国教案不断,每次教案后无非是赔款惩凶,赔款是从百姓腰包里搜刮,惩凶杀的还是百姓,受损失的总是大清,这都是因为太弱的缘故。我曾经问过伊藤博文,都是被炮舰打开了大门,为什么日本不像我们发生那么多教案?他说,日本从天皇到最小的官员,都不允许闹教案,各级官员要把相当一部分精力用于引导百姓、化解对教士的仇恨上,因为日本要把全部精力放在效法欧美、维新自强上。可是我们没这样做,我们有相当一部分官员认为,杀教士、烧教堂,是痛快至极的爱国行为。仲华我问你,就譬如一家人,孩子们都未长大,有一个孩子却天天出去惹祸,你是该教他安分守己,还是鼓动他惹恼邻居?如果你鼓动他天不怕地不怕,痛快倒是痛快,你这一家人要么被人家痛揍一顿,要么就在村里无可立足。一个国家,又何尝不是如此?"

"中堂的比方精当。可大多数人会说义和团的心是好的,是为了给百姓出气,也是为了大清。"荣禄又叹了口气。

李鸿章摇手道:"仲华,不论一件事情的理由多么堂皇,目标多么好,如果方向错了,你做得越用力,将来的灾难就越大。现在局势很不妙,如果朝廷行废立,列国必然干预。而载漪之流出于私心,必放纵义和团去杀洋人、烧教堂。那时候列国以保护教士和教民的借口出兵,便又是一场泼天大祸。当年天津教案,差一点酿成战争,是多亏曾老师忍辱负重,总算安抚下去。曾老师因此外惭清议,内疚神明。他是以自己身败名裂,避免了一场灾祸。如今的义和团可不是一个小小的天津城了,山东、直隶甚至奉天,明的暗的,不知有多少人。那时候如果这些地方都放任杀教士、烧教堂,你想,借机起兵的恐怕就不是一两个国家。而朝廷中的气氛,是由不得半点软弱,无人肯为国委曲求全,那么只有把国家带上悬崖了。"

"中堂,我明白了,无论如何,我得劝太后。"荣禄下定了决心。

"仲华,文死谏,武死战。咱们这些人紧要关头,还真得要有一番不惜死谏的勇气。在废立一事上,我送你八个字:事缓则圆,徐图变化。太后也不是不听劝的人。"李鸿章赞许地点着头。

荣禄又问:"中堂,依你看,如果真有废立之事,洋人到底会是什么态度?中堂可否探听一下各国公使的口气,我将来也可拿这个由头劝太后。"

"这就有些难了,我现在是个闲人,总不能舔着脸去问各国公使?"李鸿章笑道。

几个月前,太后托荣禄向李鸿章说过:"朝廷忘不了李鸿章平定长毛、捻子的功劳,不会总是让他闲着,总有他为国宣劳的日子。"

当时荣禄向李鸿章透露,两广总督已经多次上书请求开缺,太后认为两广洋务至重,非懂洋务的人不能胜任,有意让他去。而老于世故的李鸿章自然看得出,宗室争权,政局难免动荡,他希望离开京城这是非之地,广州天高皇帝远,何乐而不为?但是一直没有动静,今天李鸿章是在委婉催问。

荣禄一拍额头道:"中堂,只顾向您诉苦,把正事忘了。两广总督出缺,太后请你去坐镇,让我问一下您有什么想法。"

"真人面前不说假话。我是说话作数惯了的人,这个两广总督,我总要能做一半的主,否则,我还不如在这寺里读读古书。"

荣禄听李鸿章这么说,笑了:"中堂自然至少能做一半主。"

李鸿章笑道:"哦,那我希望年前便能成行。如果朝廷颁布上谕,各国公使必然要来为我辞行,那时候我再打听他们的态度,就方便得很。"

第十八章

行废立列国反对　怀私欲利用神团

光绪二十五年十一月十七日(1899 年 12 月 19 日),朝廷下旨,召两广总督谭钟麟入京,李鸿章署理两广,未到任前,先由广东巡抚德寿署理。

李鸿章递折子谢恩,并请求觐见。当天有旨,准李鸿章于次日觐见。

次日一早,李鸿章早早进宫,排在第二起。他进殿磕头,太后专门关照给李鸿章备一个棉垫子。当年垂帘听政,皇帝在御案后面就座,御座后面设纱帘,太后在帘内听政。如今训政,则是后帝并坐。光绪帝脸色苍白,一语不发。

"李鸿章,两广是洋务至重的地方,让你去坐镇,就是考虑你办了多年的洋务,总比别人明白。还有一条,康逆二贼组织什么保皇党,听说在香港、广东上蹿下跳,你去了要好好用心,总要捕获二贼及其党羽。"慈禧一见面就说出了心里的意思。

李鸿章回应道:"听说康梁已经逃到国外,臣恐怕也是鞭长莫及。如果他的党羽在两广活动,臣自然是责无旁贷。"

"李鸿章,听说你对康逆十分赏识,说他的才能超过你十倍。还有人说,你赞同废科举、废六部。这些折子都是参劾你的,说你是康党。"其实慈禧也知道捕捉康梁没那么容易,又转移了话题。

"改革科举,臣在二十年前就曾提议;六部皆可废,臣也赞同,若旧法能富强,大清早就富强了。臣认为可效法西洋国家,设朝廷办事机构。尤其商务、实业,更应单设部院以资促进。日本早就行之,而有今日之富强。如果主张变法,便是康党,臣无可逃,实是康党。"听李鸿章如此说,光绪帝嘴角抽动两下,但未说话。

慈禧并未生气,叹了口气说道:"皇帝身体病弱如此,我本来是颐养天年的人,还要再出来操心,这总不是办法。"

李鸿章明白慈禧这是问废立之事,他对此极力反对。在荣禄面前,他不隐瞒想法,在太后面前他也不想隐瞒,因为想隐瞒也瞒不过。他往下磕头,而理由却说得很好听:"废立之事,臣不与闻。不过国家贫弱如此,一动不如一静。何况皇上本是太后从小教导,再教导几年又有何妨?"

甲午之役前后,光绪帝对李鸿章曾极为痛恨。但几年后,他也认识到国家之弱并非李鸿章一人之过,反而对他倡导的洋务极感兴趣,要迫切学习欧美,推行维新变革。今天听到李鸿章坚决反对废立,他不禁心生感激,甚至心中有些后悔,如果当初能够耐心听听李鸿章的意见,也许不会有甲午惨败。

"左说右说,总是你李鸿章的理。你刚说了支持废六部,效法西洋,接着又说一动不如一静,这不是自己打自己的嘴巴?"听了这话,慈禧有些不悦。

"回太后的话,臣不敢在太后面前逞口舌之利,妄加狡辩。列强环伺,实不宜有废立之举。有臣子以一己之私而策动废立,若引列国干预,是遗祸于社稷,太后宜察之。"

李鸿章虽然把废立之举归罪于别人,但慈禧仍然十分愤怒:"李鸿章,你不要总是拿洋人来吓唬朝廷,我大清内政,他们凭什么干预?是洋人告诉过你,还是你与洋人勾结,要妄加干预?"

李鸿章连忙磕头:"太后息怒,若是因臣语无状让太后有伤凤体,臣罪莫大焉。臣今年以来大部分时间在考察治黄办法,回京后又闲居贤良寺,洋人既未见过臣,臣更不敢与洋人勾结。臣只是凭多年对洋人的了解,而不能不直言。请太后恕臣出语无状。"

"算了吧,我知道你一向忠心耿耿。同光老臣不多了,当年平定长毛和捻子的功臣也没几个了,我每每念及你们的功劳,总不忍心责备。"慈禧叹了口气。

"老臣感激莫名。"李鸿章又磕头。

"你别总是磕头,七十八九的人了。"慈禧又转头问光绪,"皇帝,你还有话问李鸿章吗?"

"没有。"光绪帝摇了摇头。

李鸿章打算跪安了,慈禧又问:"你打算什么时候离京?"

"臣正请人选日子。"

闻言,慈禧笑道:"你是笃信西法的,怎么也兴这一套?"

"日暮途远,风涛不靖,臣不能不求稳当。"李鸿章一语双关。

"是当如此,你总要在年前接任才好。"慈禧若有所思。

"是,臣打算腊月初就乘船南下。"

"你洋人朋友多,他们少不得要给你辞行,你也顺便打听一下,他们对朝廷有什么看法和建议。"

李鸿章稍一用心,就知道慈禧是要他打探各国对废立的态度,因此回道:"臣遵旨,洋人有什么说法,臣当随时奏陈。"

李鸿章回到贤良寺,果然,英国公使窦纳尔正在等他。李鸿章留他吃饭,席间,窦纳尔便问道:"听说贵国要废掉开明的大皇帝,中堂可有此闻?"

"这是谣言,我国绝对不会行此废立之举。"李鸿章也要打探英国的态度,因此问道,"公使阁下,你刚才所说,我的确没有听说过。假如,我是说假如,我国朝廷果真有此事,这也不过是我国内政,想来贵国不会干预吧?"

窦纳尔从李鸿章的话里判断,中国朝廷将有废立之举,绝非空穴来风,他直截了当地说道:"作为友好国家,我国当然不会干预贵国内政。但我作为大英帝国的使臣,将来如有交涉,只认光绪二字。至于其他皇帝我国政府认不认,这就只有我国政府来决定了。而且,我可以告诉中堂,这可不仅仅是大英帝国的想法。贵国的大皇帝极为开明,他所行的变革虽然没有实行下去,但各国都认为是极有意义的行动,如果坚持下去,中国定能富强。如今朝廷中的掌权者,年龄太大了,思想太老旧了,他们好像是在努力把中国这辆车往回拉。"

李鸿章立即把窦纳尔的态度写一封密信送给荣禄。他知道,以荣禄受信任的程度,密信的内容慈禧很快就会知道。

除非召见军机大臣,慈禧一般并不避讳太监。而御前太监里面,就有端郡王买通的耳目。李鸿章也反对废立的消息,很快就传到他耳中。他恨李鸿章的同时,觉得必须有进一步的行动。于是他召集心腹密议,觉得李鸿章已经没了兵权,放他去两广,不过是太后酬庸老臣的意思,倒不必过虑。最大的绊脚石就是荣禄,他既是军机大臣,又手握武卫军。可此人又唯太后之命是从,向来谨小慎微,如果太后决意废立,他最终也要顺从。

最后又回到讨论了若干次的问题上:如何策动太后下定决心。最后商量的办法并不新鲜,但是很有用,就是以群臣的名义上一份折子,恳请太后行废立。现在是十一月下旬,很快就要进入腊月,必须在年前能够有个结果。而且年关将近,太后心情会好一些,也正是容易听劝的时机。

这件事,由徐桐和崇琦出头。眼下的大臣,多是太后训政后重新起用的老臣,他们在光绪帝维新变法前不是被斥退,就是因维新行动缓慢受到训诫,因此对光绪帝的不满可想而知。附在折尾的签名,就有四页纸。有的是亲笔,有的则是拖不过情面,随口答应,让徐桐他们代签。

看看分量足够,两人拿着奏折和签名,递牌子求见。慈禧看了看后面的签名,六部九卿等堂官相当一部分签了名,很高兴道:"这个折子很好,不过,这件事你们要和荣禄去商量。"

一旦拥戴新皇成功,两人便是新朝功臣!一想到可望亦可即的荣华富贵,两个须发皆白的人激动得有些语无伦次。太后支持毫无疑问,但荣禄呢?他如果不答应又当如何?

他们到端王府又是一番密议,结果有两项:一是见到荣禄,只说太后让荣禄阅折,而不说"商议";二是一旦荣禄反对,那就暂不回奏太后,而是找两个御史结结实实参荣禄一折,让他知难而退。

两人打定主意,冒雪赶到荣府。荣禄已经猜到两人来意,让心腹幕僚不要走开,若是棘手,他一定设法先与大家商议妥当后再与两人摊牌。

室外寒风呼啸,荣府的客厅却是温暖如春。两个老头进门连呼太热,把外面的貂裘脱掉。

"两位前辈有事打发人叫一声,我过府讨教就是,冒雪登门,真是折杀荣某了。"荣禄头上包着块头巾出来了。

徐桐问道:"怎么,仲华,你不舒服?"

"真是一年不如一年,今天上朝时,出门打了个冷战,心里说不好,果不其然,在宫里就出虚汗,头晕眼花,回家请郎中开药,中午已经喝了一碗,没太管用。"

徐桐叹了口气又道:"我俩来得真不是时候,不过这是大事,仲华只好勉为其难——大家联名上了个折子,太后很高兴,口谕说让仲华看。这是于国体有关的大事,仲华可要附赞。"

"徐中堂,字这么小,你如何能够看得清?"荣禄接过折子,眯着眼看。

徐桐诧异道:"这字不小,我都看得清,仲华不会昏花到不如我这老朽吧?"

"啊,我这双眼睛,难道要瞎掉?"荣禄又作势用力揉了两下,勉强看下去。

这时一个胖丫鬟进来恭请道:"老爷,药煎好了,福晋请您趁热喝呢!"

"两位,失陪一会儿。"荣禄摇摇晃晃地站起来,又吩咐下人说,"你们好好招待客人,要招待不周,看我怎么要你们好看。"

"嗻!"三四个仆人一起应声。

接下来奶茶、点心、水果,变着花样上,却就是不见荣禄。崇琦奇怪道:"咦,荣仲华这碗药喝得也太长了点。"

他让仆人去催,仆人回来后道:"郎中开的这药叫子母汤,先喝母汤,然后再加几味药,再熬,所以特别费工夫。老爷说,请两位大人再稍等。"

又等了老大一会儿,荣禄还不露面。仆人一个劲地劝茶、递水果,两人灌了一肚子茶水,终于忍耐不住了。徐桐叫道:"荣仲华搞什么鬼,把我们扔在这里不管,真是岂有此理!"

他正在发牢骚,荣禄一边出来,一边赔罪:"徐中堂,刚才折子我没看完就走了,到底是怎么回事?"

荣禄接过徐桐递过来的折子,看得很仔细,一边看一边道:"屋里太冷,火盆火太小,他们也不知道加点炭。"

"仲华,你是感冒的缘故,屋里已经热得受不了了。"徐桐阻止道。

荣禄充耳不闻,他左手拿起火盆盖,用两个手指夹着折子,右手拿夹子去夹炭,一失手,当啷一声,火盆盖掉到地上,而两个手指夹的那份折子则掉到火盆中。火盆里的炭火正是燃到最旺的时候,奏折轰的一声全着了,他"哎呀哎呀"叫着拿夹子往外夹,却反而把火挑动得更旺,很快,折子便化为灰烬。

没想到荣禄会来这一手,徐桐大怒,吼道:"荣禄,你好大的胆子,竟敢把太后御批的折子烧掉,你该当何罪!"

"该当何罪请太后决断,我即刻递牌子进宫。"荣禄对着外面喊一声,"来呀,备轿,我要进宫。"随后,他不理徐、崇两人,撩开棉帘就出了门。

雪已经下得没过脚面,轿夫走起来一步一滑,用了半个多时辰才到了永寿宫。冒着鹅毛大雪在丹陛前徘徊,荣禄心情相当激动、悲凉,还有几分恐惧。想想自己世代忠烈,远祖费英东是辅佐清太祖努尔哈赤打天下的开国元勋;祖父曾任喀什噶尔大臣,征伐张格尔时阵亡;父亲甘肃凉州镇总兵长寿,伯父天津镇总兵长瑞,咸丰元年在与太平军作战中同日阵亡;叔父长泰则在追随僧格林沁与捻军作战时阵亡,真正是满门忠烈。自己谨慎巴结,终于获得慈禧的完全信任,既入军机,又掌武卫军,而这份地位的得来,却与光绪帝的被囚密切相连,每想至此,便心有愧疚。听说光绪帝因在瀛台,窗纸破了也没人敢糊,寒冬腊月,天寒地冻,天子蒙难如此,想来真是可怜。自己并非反对维新,光绪帝欲推行的新政,他也是深以为然。但他反对的是康梁的维新方式。李鸿章说得不错,为官行政,不能只论该不该,还要看能不能。所办事情正确很重要,方法正确更重要。康梁变法,有时一天下数道圣旨,恨不得立即把大清这座大厦掀翻,但新房子却没盖起来;一帮清流书生,手无一兵一卒,却要杀 ⁙批 ⁙二品大员;许多衙门三下五除二就被裁掉,而官员的生计却不予考虑,不论这些人是守旧派还是维新派,你打掉了他的饭碗,却不给他出路,他如何不恨?不要说太后出面,就是太后不出面,维新变法也必定失败无疑。所以当袁世凯把维新派密谋兵变的消息告诉他时,他很快决定站在太后一边,因为皇上必败无疑。而不站在太后一边,事情败露,自己则死无葬身之地! 如今,又一个关卡就在眼前。仓促废立,不但封疆大吏多不支持,更会引来列国干涉,刀兵再起,国家蒙难,追根溯源,他荣禄何辞其咎!

而想当太上皇的载漪手握虎神营、神机营,地位如同当年的醇亲王,却没有醇亲王的德行,只有一颗贪婪的私心和大破天的胆子。他手下聚集的那帮仇洋的人大多与他格格不入,他们得势,何能给他一线生机? 政权只有掌于慈禧手中,才有他的好日子,无论为国还是为私,都应当阻止废立之举。李鸿章的八个字不错,至于以后如何,也只有走一步看一步,随机应变了。

等太监传旨叫进,荣禄进殿趋前几步,在金砖地上把头磕得砰砰直响,然后放声大哭。他本来是假哭,但一想到不测天威,以及半年多来所受的排挤和委屈,却作假成真,哭得涕泪滂沱,"臣给老佛爷请安"这句话竟然不能完整呼出。

慈禧吓了一跳，连忙问道："怎么回事？你别哭，好好说话。"

荣禄抽泣道："刚才徐桐、崇琦到臣家里，拿出一份折子逼臣表态。"

"没逼你表态，说的就是跟你商议。"

"此事急不得，目前不可行，如果硬来，恐怕国有大难。"

闻言，慈禧皱眉问道："是不是洋人有什么说法？你见过李鸿章了？"

于是荣禄把李鸿章的密信捧给慈禧。慈禧看罢，丢在地上，气得直喘粗气："洋人真是狗拿耗子！他凭什么管我大清的事情？"

"洋人向来没有道理好讲。他们认为皇上身体没有大毛病，不应当被废。"

"这个白眼狼，要弑杀养了他十多年的母后，难道不应当被废？"

"可是皇上不承认，康梁又把罪责都担了过去，洋人也宁愿相信康梁二逆。如果太后非要行废立，在洋人面前首先输了理。"

"那你说，怎么办才不输理？"

"李鸿章送臣八个字，事缓则圆，徐图变化。皇上身体不好，又无子嗣，不妨先立储，徐图大统，过了这一关再说，时机一到，便名正言顺。"

慈禧沉默了一会儿，吐了口气说道："这也是一法。不过，本朝没有立太子的规矩，这话不好说。"

荣禄见慈禧松口，连忙建议道："总能说得通。原来说好，今上有子，先过继给穆宗。今上至今无子，且身体不好，从宗室中选溥子辈给穆宗继嗣，兼祧皇上，也说得过去。"

"好，你先拟旨预备着。此事只有你知我知，不传六耳。"

荣禄磕头，爽快地应一声："嗻！"

事情并没拖多久。过完小年，腊月二十四日下午，六部九卿王公百官，凡有资格上朝的都得旨次日大朝，人人都知道是废立大事。近支宗室已经在当天下午被慈禧召见，知道是立载漪的儿子为大阿哥，而不是先前估计的立为皇帝。而相当一部分官员还以为是要行废立，第二天一早朝房相见，互相一打探，才知道事情有变。

慈禧在养心殿正殿升座，皇帝则侧立一边，下面跪的是载漪的儿子溥儁，他独占一排，后面是按班次跪着的王公百官。

慈禧满面笑意地说道:“当年穆宗驾崩时说好,待皇上生子后,继承穆宗为嗣。皇上年届三十,尚无子嗣,多次对我说,应当从近支宗室中为穆宗立嗣。我也觉得有道理,今天就是来宣布这件大喜事。奕劻,你来宣旨。”

光绪帝掏出亲笔朱谕,奕劻跪接,然后起身宣读:

朕以冲龄入继大统,仰承皇太后垂帘听政,殷勤教诲,钜细无遗。迨亲政后,复际时艰,亟宜振奋图治,敬报慈恩,即以仰副穆宗毅皇帝付托之重。乃自上年以来,气体违和,庶政殷繁,时虞丛脞,唯念宗社至重,是以吁恳皇太后训政。一年有余,朕躬总未康复,郊坛宗社诸大祀,弗克亲行。值兹时事艰难,仰见深宫宵旰忧劳,不遑暇逸,抚躬循省,寝馈难安。敬念祖宗缔造之艰,深恐弗克负荷,且追维入继之初,恭奉皇太后懿旨,俟朕生有皇子,即承继穆宗毅皇帝为嗣,此天下臣民所共知者也。乃朕痼疾在躬,艰于诞育,以致穆宗毅皇帝嗣续无人,统系所关,至为重大,忧思及此无地自容。诸病何能望愈,用是叩恳圣慈,于近支宗室中慎选元良为穆宗毅皇帝立嗣,以为将来大统之归。再四恳求始蒙俯允,以多罗端郡王载漪之子溥儁承继为穆宗毅皇帝之子。钦承懿旨,感幸莫名,谨当仰遵慈训,封载漪之子溥儁为皇子以绵统绪。将此通谕知之。

溥儁向光绪帝行三跪三叩谢恩礼,又向慈禧行同样的谢恩礼。慈禧招了招手道:“过来过来,让祖母看看。”

溥儁侧身站到慈禧身边,与光绪帝一边一个,倒有些祖孙三代其乐融融的样子。慈禧给溥儁正了正头上的红顶太子冠道:“大阿哥才十五岁,已经这么高,真是不像。”

溥儁受父亲教导,努力保持着微笑的样子,此时他的嘴唇自然地噘起来,有点憨,又有点顽皮,不像腹有诗书的样子。慈禧也听说过,大阿哥像他阿玛一样,不喜欢读书,只知道提笼架鸟,吃喝玩乐。不过,喜欢读书又能怎样?像她身边的光绪帝自小用功,可还不是让她伤透了心,她宁愿扶助一个不愿读书却肯听话的大阿哥。这样想着,脸上无端增加了慈祥,显得心情相当好。

奕劻善于察言观色,以他为首,王公大臣们跪下齐声祝贺:“恭贺皇太后有了皇孙,恭贺皇上有了阿哥,恭贺大清福祚绵长。"

"这是皇家的喜事,也是大清的喜事。你们明天就给大阿哥递如意吧。"慈禧的脸上挂着盈盈笑意。

众臣"嗻"了一声。

"大阿哥已经十五岁了,应该请师傅好好教导。师傅的教导至关紧要,还是得道德文章老靠的才行。崇琦是蒙古状元,也没什么要紧的差使,精神头也好,算一个。书房得有人照料,就派徐桐去。"

徐桐出班叩谢:"臣领旨谢恩。臣建议,大阿哥的书房就设在弘德殿,这是当年穆宗读书的地方,正好子承父志。"

"好,驻跸西苑,就将书房设在万善堂。你要管好书房,非有旨外人不得擅入。你还要监督大阿哥所学,那些不讲人伦的洋玩意一律不得进书房,省得将来数典忘祖。"慈禧这是在指桑骂槐。光绪帝对西学感兴趣,不仅请了英文老师,而且还喜欢读介绍欧美国情的书籍,她认为正是这些东西教坏了皇帝。

光绪帝只是抿抿嘴,微微抖抖肩,不知是心有所动,还是无意识的反应。自从被囚瀛台后,他的肩膀、脑袋经常不可控制地微微抖动。

出了大殿,大臣们自然分成几堆。军机、总署大臣一伙,闲散的宗室一伙,以载漪为首的又一伙。载漪看上去情绪有些不高,因为本来是热望中的继位,如今成了立储,他当然有些失望。荣禄凑过去恭喜道:"端王爷,大喜啊。"

"拜你所赐,不然怎么平白无故成了大阿哥。"载漪脸拉得老长。

"我知道王爷肯定会这么说,这话要让太后听到,恐怕就大煞风景吧?"荣禄拉拉载漪的衣袖道,"王爷,借一步说话。"

载漪不情愿地被拉到一边道:"有什么不好当着大家说?"

荣禄开口便问:"王爷,我只问你一句话,咱大清国,谁还能比皇太后精明?"

"你的意思是,这全是皇太后的意思,与你荣中堂无关?"

"当然与荣某有关,可荣某不敢更不能左右太后的意愿。王爷应当知道,洋人对皇上非常认可,他们表示如果骤然废立,他们将不予承认,而是只认光绪二字。如果今天不是立储,而是继位,而列国都不承认,那么继位之日便可能是退位之时。而立为大阿哥,洋人无话可说,将来时机一至,阿哥继位也是名正言顺,难道不是最妥当的安排吗?那些只图拥戴之功的人,顾头不顾腚,哄得王爷高兴,却未必晓得其中利害。"

载漪以知兵自居,但他提笼遛鸟,声色犬马,胸中墨水实在有限,荣禄几句话便把他说动了:"如此说来,我倒要感谢荣中堂了。"

"我说什么都没用,您只要想一想,皇太后的主意何时打错过?"

"那是,那是。"载漪又改口极为亲切地邀请,"仲华,等散了值,到我府上小酌。"

荣禄推辞道:"今天怕是不行了,有好几道上谕要起草,立大阿哥的喜讯要向各国发照会,够我忙的了。改天吧王爷,只要您能理解荣某,喝不上您的酒也无妨。"

当天下午,立大阿哥以及与之相关的几道上谕交内阁明发,同时交电报局发给各省督抚。

上谕一颁,西直门内不远的端王府便成了全京城最热闹的地方,宗室王公、文武大臣都送贺礼、递如意,贺宴一开就是二十几桌,且是流水席,终日不辍。然而端王脸上满是笑意,心里却有隐隐的不快和不安:因为没有一个洋人前来祝贺。如今的形势,洋人在朝廷中的影响很大,得不到洋人的支持,不但是丢面子的事情,而且还有可能生变。譬如本来是废立,结果却成了建储,一个重要的原因就是洋人不赞同废除光绪。而如今太后已经向洋人退了一步,只建储,暂不行废立,但洋人仍然不给他载漪面子!他恨不得提把刀,把公使馆的洋人一个个如砍瓜切菜般全部杀光。所以,他满面笑容的脸会突然露出杀机,让前来祝贺的人弄不清这位端王爷脑子里哪根筋搭错了。

他打发人去总理衙门打探,有没有收到驻华公使给朝廷发的贺电,或者送的礼物。结果更让他愤怒,一纸电报也没有。非但没有贺电,反而收到了上海电报局总办经元善挑头发来的联名反对电报。

几天前,建储的电报发到上海,上海电报局总办经元善不禁皱起眉头。市井早就有传闻,慈禧有废掉光绪继续垂帘的意思,如今建储上谕明发,明眼人一想就明白,这是为废除光绪帝做铺垫。他对心腹说道:"我要出头为皇上说话。"

"你为皇上出头说什么话?八竿子打不着啊。"心腹为这句没头没脑的话大惑不解,经元善把电报丢给了他。

经元善是浙江上虞人,父亲是当地有名的大善人,给他取名"元善",也是希望他能够继续行善。他不负父亲所望,乐善好施,以他在钱庄中的影响力邀集苏浙沪绅商首创"协赈公所",每逢灾荒,牵头筹募善款,持续十余年,得到朝廷的嘉奖达十余次,朝廷还赏了江苏候补知府的虚衔。他与郑观应等巨商关系密切,后来进入上海电报局,被李鸿章任命为会办,业绩不俗,得到中国电报总局督办大臣盛宣怀的器重,不久出任上海电报局总办。上海开风气之先,他又与康有为、梁启超等旅居上海的维新人士多有交流,因此对维新变法抱有热望。维新失败,光绪帝被囚,但他依然认为中国出路只能在维新,而不是一任顽固守旧大臣闭门造车。他所盼望的就是有一天光绪帝能够重新执政,再行新法。如今见慈禧步步紧逼,他不禁拍案而起。

然而,他一个候补知府,又如何能为皇上出头?心腹不以为然。

"我无足轻重,但朝廷不能不顾忌上海士绅的心愿。"经元善的意思,要策动上海士绅联名上书,为光绪帝说话。

"上海名流云集,如果大家肯上书,倒是个好办法。"心腹说,"不过,总要先听听盛大人的意思,他若怕惹麻烦就要三思而行。"

的确如此。经元善亲自去电报总局见盛宣怀,但他此时已经去了福州。他发电说明意图,盛宣怀只回一句话:"大厦将倾,非一木可支。"

盛宣怀的态度不明朗,不支持,但亦不明确反对。经元善见了之后一力承担道:"我名字叫元善,赈灾济困、开办义学固然是善行,当此国家政治逆潮流而动,敢于挺身而出、仗义谏言,虽一木粉碎而不惜,当更是首善、大善。"

于是,他在报纸上呼吁联合上谏,包括章炳麟、蔡元培、黄炎培、马裕藻等一千二百三十一名旅沪维新绅商纷纷签名。

十二月二十八日,经元善以上海电报局总办的职名领衔向总理各国事务衙门发出了电文:"卑局奉到二十四日电旨,沪上人心沸腾,探闻各国有调兵干预之说,务求王爷、中堂大人公忠体国,奏请皇上临御,勿存退位之思,上以慰皇太后之忧勤,下以弭中外之反侧。宗社幸甚,天下幸甚。卑局经元善暨寓沪各省绅商士民一千二百三十一人合词电奏。"

总理衙门接到电报,一看事关重大,立即呈送军机大臣。军机处荣禄、王文韶、刚毅都在。

刚毅一开口就要杀人："经元善何许人，竟敢妄议朝政！这些人我看抓起来杀一批就好，省得他们满口胡说！"

王文韶是浙江余杭人，与经元善的父亲是老相识，经元善三节的节敬及夏天的冰敬、冬天的炭敬都相当丰厚，因此一贯装聋作哑的他这次开口说话了："这也算不得妄议朝政，他主要是担心洋人以此为借口调兵干预，也是一番拳拳护国之心。再说，也不见得真是他挑头，沪上民气浮躁，也许是他们借经元善之名，为了省几个电报费。"

荣禄算是赞同工文韶的意见："妄议朝政着实可恶！不过，洋人调兵之说不可小视。"

刚毅一哂道："洋人有什么好怕的？有义和团在，只要朝廷下旨，把洋人全部赶到海里喂王八不过是小菜一碟。"

"子良，你不至于认为装神弄鬼的义和团能挡得住洋枪洋炮吧？"荣禄心生警惕，看来不仅是端郡王，就连刚毅等军机大臣也对义和团抱着热望。

刚毅反驳道："中堂怎么能认为义和团是装神弄鬼？他们刀枪不入是千真万确，金钟罩、铁布衫这些功夫从前就有，侠义仙客小说中无不记载，就是大栅栏也日日有江湖人士表演铁枪刺喉的功夫，这哪里是装神弄鬼？"

"那不一样。经过多年苦练，个把人练成刀枪不入的硬功夫也许有可能，可是人人都凭喝符念咒就能刀枪不入，这是糊弄小孩子呢，指望他们抵挡洋人军队，更是形同儿戏。"荣禄大不以为然。

"中堂此言差矣！也不必人人都刀枪不入，只要他们一身胆气，不像当年的淮军那样一触即溃，我大清四万万人，一人一口唾沫就能把洋人淹死。"

"这件事涉及洋人，是总理衙门的职责，我先与庆王商议。"荣禄不愿与刚毅费口舌。

荣禄立即去庆王府密商，因为在他看来这件事不可小看，必须尽快设法消弭，如果刚毅等人的想法影响了太后，非弄出乱子来不可。奕劻也认为应当尽快拿出办法来，两人立即一起进宫递膳牌求见。

慈禧看了电报问道："电报局是盛宣怀在督办，你们看，是不是李鸿章在后面捣鬼？"

荣禄回道："这不可能，李鸿章有想法会直接给太后上折子，不会背后做手脚。再说,他人在广州,函电往来,也来不及。"

"一件喜事,何来人心沸腾,京中不是其乐融融吗?经元善纯粹是危言耸听,让刑部立即到上海拿人。"人心沸腾不沸腾好对付,慈禧也不太在意。但"探闻各国有调兵干预之说"她却不能不重视,愤愤地说道,"洋人真是狗拿耗子,他们凭什么调兵干预?"

奕劻字斟句酌道:"他们说的是探闻,可见未必是实有其事。"

慈禧还是觉得小心为好:"到实有其事的时候就晚了。好几次与洋人动刀兵,都是吃了不上心的亏。荣禄你是带兵的,你有没有听说洋人调兵舰北上的消息?"

荣禄据实回道:"有几艘,不过是例行的巡航。再说,朝廷刚刚发布上谕,洋人不可能反应这样快。"

"哼,想来真是可恶!要过年了,偏偏有这种事添堵。上海消息灵通,也不见得就是空穴来风,此前洋人就说过这等混话。他们商人来赚我大清的银子,传教士来传他们的什么天主教、基督教也就罢了,还要对朝政指手画脚,真恨不得把他们赶到海里去!"大清建储是大喜事,但各国公使就像约好了一样,没有一国前来祝贺。慈禧虽然嘴上未说,但耿耿于怀是肯定的。

荣禄思索了一会儿道:"得想个便当的办法,让他们闭嘴。"

"有什么办法?洋人一张大嘴,总是喜欢乱说。"慈禧像个孩子似的发牢骚。因为眼前的两个人都是心腹,不必像平时一样端着架子。

奕劻提议道:"臣与荣大人商议,外间都是传闻,如果让他们知道深宫之中母慈子孝,他们便都无话可说。"

"你往下说。"太后皇上势如水火,何来母慈子孝?但在权力场中操纵自如四十余年的慈禧自然知道表面文章有时却有大作用。

奕劻和荣禄商议的办法,是借明年皇上三十万寿的名义搞庆典,开恩科,这便向中外表明,皇帝不会被废——至少万寿前不可能,而且还能惠泽士林,是个收买人心的好办法。

慈禧当即答应,但表示庆典当从简,届时督抚将军都不必到京祝暇。年前就把上谕明发,以安定人心。

慈禧对洋人不满,而洋人对朝廷也越来越不满意,原因主要是因为朝廷对义和团的态度。

本来毓贤被调回京,由袁世凯出任山东巡抚,他一上任就发布了一道严厉的告示,劝令义和团解散,否则对那些焚烧教堂、滥杀教民的人将严厉镇压。英、美等国听到这一消息,都非常高兴。但朝廷却连续给袁世凯三道上谕,意思都差不多,警告他对待拳民要"慎之,慎之"。

袁世凯不敢妄动了,义和团看到新巡抚不过是嘴皮子功夫,因此胆子重新大起来,又发生了几起烧教堂、杀教民的事件。袁世凯相当烦恼,与布政使张人竣商量,到底该如何对待义和团。

张人竣建议道:"朝廷现在正是用人之际,义和团如果真能成事,自然应当善待之。可自古以来,靠装神弄鬼成大事的有多少?如果看准了他们必定失败,就必须早决大计,拿出明确的态度,不然最终会贻误时机,受其牵连,难免获重咎。"

袁世凯一拍桌子道:"对极了。不管端郡王那一套,只要拳民再乱来,我带来的七千武卫军就不能白吃干饭。"

为了对端郡王等人有所交代,袁世凯先对义和团进行劝谕,编印了大量顺口溜,劝他们早日解散归田。对不听劝告的,派出武卫新军前往严剿,而且给地方官严令,对杀人放火的拳匪"匪至则必放炮,必不咎汝;若匪至不痛剿,则将领以下一概正法。"对捕到的义和团大师兄,则当场试验"刀枪不入"的神功,排枪一放,自然是打出一个个血窟窿,神话不攻自破。结果,用了不到一个月的时间,山东义和团基本销声匿迹,有一部分则跑到直鲁交界,或者跑到山西投奔毓大人去了。

因为纵容义和团被英美等国强烈要求免职的毓贤,在京中却被誉为"最敢反对洋人的英雄",闲职两个月后又被任命为内地最为富庶的山西省的巡抚。这一任命很容易看出朝廷对义和团宽容、保护的态度。列国对此极为不满。

毓贤一到山西,立即给端郡王写信道:"山西的洋教堂很多,需要斩尽杀绝,然后才能想下一步。我作为地方官,必须为您分忧,为朝廷尽忠,对地方尽力,对义民尽信,对天下后世无愧。"

端郡王则回信盛赞毓贤是难得的尽忠报国的地方官,毓贤因此更加踌躇满志。他让人铸造了几百口钢刀,并在上面刻上"毓"字,全部赠送给义和团,并发给义和团赏钱。因此山西盛传"习拳可以得富贵",不但本地人纷纷参加,山东、直隶等地的义和团也跑到山西去。

义和团民骤增,仅供应吃喝一项,州县就承担不起。毓贤就招义和团大师兄商议,大师兄给他出了个主意,将来抢教堂、抢二毛子所得,一份留给义和团,一份则留给官府。毓贤大喜,下令州县照此办理。结果,山西成为教民被抢、教堂被烧的重灾区。

而直隶的义和团发展更是惊人。尤其是天津,教堂林立、民教相仇由来已久,当年的天津教案让曾国藩身败名裂,至今大部分人仍然认为曾国藩处理办法大错特错,当时就应该杀尽教士,烧尽教堂。自入冬以来,直隶未降一片雪,未降一滴雨,民心更加浮动,纷纷传言是洋教惹怒了上天,只要把洋人赶到海里,必然天降甘霖。大批收成无望、前途渺茫的农民、船夫,失业的小伙计纷纷加入义和团,直隶南部几乎各县都有义和团在活动,烧教堂的事件层出不穷。

直隶总督裕禄开始处置还相当严厉,但军机处却一再给他寄谕,让他要"区别良莠"。心腹幕僚给他出主意说,在朝廷态度不明朗的情况下,直隶对义和团的态度也应当亦抚亦剿,留条后路。因此裕禄的办法是只抓为首的义和团,而且投入狱中也是好吃好喝供着,对其他人则基本不究。结果义和团蔓延得更快,骚乱不断,变本加厉。到了阴历四月中旬,终于发生了"涞水事件"。

涞水县的高洛村,一年前有个士绅与教民闹矛盾,发动族人痛殴教民,并抢劫了教堂。官府判他向教民赔偿损失,并请席五桌,当面磕头道歉。今年他看义和团成了气候,觉得报仇的时机到了,请了几个义和团师兄在村里设了好几个坛,有几百人。他放出狠话,要好好教训二毛子。教民们通过教会请官府出面保护,县令带四个衙役前去处理,刚到村口就被义和团包围,说尽好话才被放走。

二毛子竟然敢让官府来捉人,义和团气不过,当天晚上就放火烧掉教堂和所有教民的家,打死五个教民,伤了二十多个。事情闹大了,官府派兵前往镇压。直隶练军分统杨福同率马队八十余人前来捕人,第一仗小胜,杀死一人,活捉两人。但这是义和团的骄兵之计,随后杨福同陷入埋伏,他与马队二十个弟兄被杀死,他本人死状非常之惨,四肢被砍掉,肠子也被挖了出来。

此事报到朝廷,载漪和刚毅则认为是杨福同先杀"义士",才引来后面的报复。因此杨福同不但未得恤典,而且还背上革职处分。

义和团士气大振,为了阻拦官兵有可能乘火车前来,便将涿州附近的铁路线拆毁,还放火烧掉了离京城相当近的琉璃河火车站,拔掉了电报线杆。随后数万人以抵御洋人名义进军涿州城,知县知道无力抗拒,只好拱手让城。义和团占据涿州,四门遍插旗帜,任何人出入都得进行搜查。然后贴出告示,号召百姓拆铁路、拔线杆、毁教堂,没收教民财产。数万人拥上铁路,破坏自高碑店到涿州、琉璃河、长辛店的铁路设施,枕木被烧,铁轨被掀翻,桥梁被毁,甚至离京城极近的丰台火车站也被烧光,就连慈禧的专车也未幸免。

直隶提督、武卫前军总统聂士成派专差送信给荣禄,认为如果再不对义和团采取措施,将会酿成大祸,看他们的行径,不但会惹来国际干涉,而且将来尾大不掉,将危及江山社稷。

聂士成对义和团装神弄鬼那一套根本不相信,曾有义和团大师兄到他营中表演刀枪不入,被他一眼看出了猫腻。他认为指望义和团灭洋形同儿戏,"扶清灭洋"不过是障眼法,他们参加义和团,有人是为了凑热闹,有人是喜欢在人群面前表演,有人是为了能够练武,而相当一部分人是为混口饭吃,真正能与洋人军队对阵的,恐怕没有多少人。他认为朝廷必须立即拿定主意解散义和团,不要挑衅洋人,一旦挑起战事,清军根本无取胜可能。

聂士成在甲午战争中表现相当出色,以勇敢能战著称,他的武卫前军也是武卫军中的精锐。荣禄对聂士成非常器重,对他的判断自然也特别赞同,决定面见慈禧。

此时慈禧驻跸颐和园,荣禄因为生病已经多时不曾上朝。他乘车赶到圆明园递牌子请见,等他说完了,慈禧问道:"你说他们是乱民,有人说是义民,你让我听谁的?"

"有人"不想可知,定是刚毅、载漪等人,荣禄多日不上朝,太后深受这些人的影响,显然对义和团很看好。

"是不是义民,要看他们行的义不义。像这样毁铁路、拔线杆、杀教民,实在太不像话。"荣禄这样分析。

"俗话说,林子大了什么鸟都有,一颗老鼠屎坏了一锅粥,义和团中混入一些为非作歹的人也难免,不能一概而论。但毁铁路,拔线杆,这无论如何不能乱来,你得派兵保护。"

"是,臣已经发电报给直隶提督聂士成,让他派人保护津保、芦保铁路。但光这样不行,太后得拿出大主意来。"荣禄又求道。

"你要我拿什么主意?"

"解散义和团,如果抗命不遵,就派兵进剿。"

慈禧摇头:"这行不通。义和团扶清灭洋,是一副拳拳爱国心,如何能够剿灭?而且义和团聚起这么多人,也是因为洋教士平时纵容教民欺人太甚的缘故,朝廷如果只责罚义和团,对教民却无说法,这不公平。"

荣禄得到消息,义和团所谓的扶清灭洋,是为了躲避朝廷进剿的策略而已。但此时他如何能够与太后争辩?不能下旨解散义和团,那对为非作歹的行为有所限制也行,所以他磕头请道:"要保护铁路、线杆,难免会与义和团冲突,总得有道旨意,到时候能够对为首闹事的严办,否则前线将士实在难以尽到保护的责任。"

"当然应当有道旨意。你下去后找刚毅他们商量,写好旨意后拿来我看。"慈禧答应了。

荣禄"嗻"一声,磕头跪安。来到宫门口军机直庐,他听到里面一帮人正在议论,刚毅的声音最大,而且底气十足。不想可知,自己生病这些日子,刚毅在军机处肯定是指点江山,志得意满。依世铎和王文韶的个性,是不会与他争执的。自己病的真不是时候,太后态度如此,与自己多日不曾入值关系极大。

他进了值庐,除世铎外大家都站了起来,礼亲王问道:"仲华,你总算销假了,这一阵扒不开麻了。"

"义和团闹成这个样子,我在家躺不住。"荣禄应道,接着又说了太后的意思。

"义和团是义民,不能剿。"刚毅不同意。

"毁铁路、拔线杆、杀教民,这算什么义民?听说有些人连土匪也不如。"荣禄大声道。

"毁铁路、拔线杆,是为了防备洋人乘火车到京城来。如果真有人连土匪也不如,那一定是假义和团。"刚毅也毫不退让。

"朝廷修铁路、兴电报，花了多少银子？借的洋债还没有还完，他们却一毁再毁，这哪里是防备洋人，更何谈爱国？"荣禄一连串地质问。

争论的结果是，上谕中不提义和团，以免坏了他们的名声，这是刚毅所力持；作为让步，他同意在上谕中加入保护教堂、教民的意思，这也是荣禄所力争。

旨稿拟定，全班军机请见。世铎将旨稿呈上，慈禧接过仔细审读：

谕内阁：迩来近畿一带乡民，练习拳勇，良莠错出，深恐别滋事端。业经谕令京外各衙门，严行禁止。近闻拳民中多有游勇会匪，藉端肆扰，甚至戕杀武员，烧毁电杆、铁路。似此瞽不畏法，其与乱民何异？着派出之统兵大员及地方文武，迅即严拏首要，解散胁从。倘敢列仗抗拒，应即相机剿办，以昭炯戒。现在人心浮动，遇事生风，凡有教堂教民地方，均应实力保护，俾获安全，而弭祸变。

慈禧一字未改，说道："就这样发下去。不过，要说毁铁路的都是游勇会匪，那也为数太众，破坏了那么多铁路，游勇会匪能办得了？可见义和团也参与其中。涿州的义和团连县城都占据了，听说官衙也被他们盘踞，成何体统？"

荣禄补充道："还有更不像话的，有些义和团的大师兄，文官见了要下轿，武官要下马，如果不照办，就说是通洋的奸细，烧几张黄表纸，就决人生死。"

"有这等事？他们怎么决人生死？"

"办法很简单，烧几张纸，如果纸灰不动，说明不是奸细；如果纸灰飞起，则立即杀头。"荣禄做了说明。

"这不是胡闹吗？人的一条命就决于几张黄表纸？"慈禧觉得有些荒唐。

"并不奇怪，义和团中奇能异士极多，他们发了功，虽是几张黄表纸，也能辨忠奸。还有更奇的，大师兄在人的脑门上拍几掌，如果是通洋的奸细，额头上就出现十字，那可是洋教的标志。"刚毅给慈禧这样解释。

荣禄认为这些办法不足信，而刚毅则坚信不疑。

慈禧最后说道："你们别争了，眼见为实，耳听为虚。我看应当派人到涿州去一趟,义和团到底是好是坏,是好人多还是坏人多,是不是真的可以依靠,都要考察一番才是。"

闻言,刚毅立即建议道:"涿州是顺天府的辖地,就让顺天府尹何乃莹去好了。"

顺天府尹何乃莹与徐桐、刚毅等人是一路,派他去自然极力为义和团说好话,荣禄当然不愿意,也建议道:"太后,事关重大,何乃莹一人去恐怕看不周全,应当再派大员一名前往。"

"赵舒翘,你是刑部尚书,看事情比别人明白,你去一趟,如果时间来得及,最好今天就走。"慈禧看了一眼跪在地上的一班军机,目光落在刑部尚书赵舒翘身上。

赵舒翘是陕西西安人,任过安徽凤阳知府、浙江温州道、浙江布政使、江苏巡抚,官声相当不错。刑部任上秉公执法,查实了河南王树汶临刑呼冤案,将无辜王树汶释放,处死真犯胡体安,并将制造冤案的河道总督梅启照、河南巡抚李鹤年及开封府、镇平县一批官员革职论处,从而一案成名。

"来得及,臣出宫后立即与何乃莹起程。"赵舒翘立即回道。

回军机处的路上,赵舒翘追上刚毅询问道:"中堂,我今天下午就起程,您有什么吩咐?"

"看问题要看细故,也要看大势。如今大清能对付洋人的,唯有民气可用。义和团正资借用,士气可鼓不可泄,否则就是大清的罪人。"刚毅这样吩咐。

赵舒翘个头高大,微微一屈腰道:"下官明白。"

赵舒翘因为下午要起程,因此先出颐和园回城。荣禄也以回家服药为由随后驱车回京,一边登车一边吩咐车夫:"快马加鞭,赶上赵尚书。"

车夫拿出看家本领一路急追,快到西直门时追上了。荣禄车夫停下马车,跑到赵舒翘车前道:"荣中堂请赵大人到他车上说话。"

荣禄起居豪奢,他的马车也不例外,两个人对坐毫无问题,而且里面水果、茶水俱全。只是天气有些热,荣禄又将车帘放下,让人实在无福消受。

赵舒翘一上车,荣禄便问:"展如,你知道太后为什么亲自点你的将吗?因为你办事认真,看事情明白。"

"多亏中堂平日关照。"赵舒翘这话纯粹是客气,刚毅视他为自己的私人,别人谁敢关照?

"谈不上关照。不过,能提醒一句的时候我必是言无不尽。太后非要派人去涿州查看,是因为她对义和团那一套实在不相信。他们装神弄鬼那一套,既不能扶清,也不能灭洋,任由他们胡闹,只能给大清惹来祸端。"

"中堂放心,下官去自然是冷眼旁观,不发表任何说法。回来后如实向太后回奏,可不可用,请太后明断。"赵舒翘明白,荣禄与刚毅的看法正好相反,一个对义和团赞赏有加,一个却是异常反感。

荣禄点头道:"你有这番话,我就放心了。实不相瞒,我这病完全是义和团闹的。夜不能寐,虚火上升,阴虚内燥,非药石所能起效。但愿你回来后,太后能够下定决心,解散义和团。"

各国公使一直在关注着清廷对义和团的态度,等上谕发布,仍然看不到解散义和团的迹象,他们决定坐下来好好讨论对策。

今年以来,各国公使已经多次聚集会议。正月中旬,美、英、德、法四国联合向总理衙门提交过一份照会,希望朝廷能够明确镇压山东和天津的义和团。朝廷态度暧昧,拖了两个月仍然没有结果,反而是义和团迅速发展,而祖护义和团的毓贤又被任命为山西巡抚。于是除前次四国外,意大利也加入进来,再次召开会议,决定提交请求镇压义和团的照会,如果中国无动于衷,不采取实际行动,五国海军将在天津举行联合示威性军演。

总理衙门回复说,朝廷一直在解决义和团问题,但需要时间。而事实则是,教民被杀,义和团激增。四月初,英、美、法、德四国第三次提交照会,要求限两个月解决义和团,否则列国将出兵帮助剿灭,随后四国举行海上示威。

两个月期限即将到了,义和团的行动更加疯狂,毁铁路、拔线杆,大有失控的局势,而中国朝廷这次发布的上谕,甚至连义和团三个字也没提,只说游勇会匪借端肆扰,显然还是有意祖护。奥、德、法、俄、英、美、日、意八国联合提交照会,决定调集使馆卫队入京,请提供运输便利。

总理衙门大臣许景澄出面解释,说已经派出大员前去巡查,请不要调兵进京。但英国公使窦纳尔则威胁道:"如果拒绝使馆卫队入京,人数将还会增加,中国政府将面临严重后果。而如果允许卫队进京,则人数还可减少。"

事情很严重了,许景澄立即向奕劻报告,奕劻则立即递牌子向慈禧面奏。慈禧召军机商议,直接问荣禄道:"各国要派兵来自己保护使馆,你怎么看?"

荣禄回奏道:"如果他们派兵不多,答应也无妨,也不是没有先例。此事涉及外交,应当听一下庆亲王怎么说。"

"他的意思和你差不多,说是洋兵大约有三四百人,进京也无妨。"

"臣不同意,天子脚下任由洋兵出入,国格何在!"刚毅一开口就反对。

一听这话,荣禄便反驳道:"这还不都是因为义和团惹的麻烦?义和团毁铁路、拔线杆、烧教堂、杀教民,早已经国格扫地。"

慈禧一锤定音道:"你们不用争了。让总理衙门的人回复列国,允许他们使馆卫队进京,但数量不能多。义和团到底怎么样?你们也都是道听途说,赵舒翘今天也回不来,我看不必等了,刚毅你出京一趟,沿铁路线去涿州巡查,回来给我个准话。"

刚毅对这个差使相当乐意,出了颐和园立即去找端郡王载漪商量。载漪分析道:"这是好事,太后明知道你赞成义和团,却派你去巡查,意思不是很明白吗?大清国多年来深受洋人欺负,太后也希望能好好教训一下洋人,她从义和团身上看到了希望。"

"洋人要派兵进京保护使馆,太后竟然也答应了。真不知道洋人意欲何为!"刚毅对此也有些担心。

"不管他们,反正洋人是夜猫子进宅——没安好心。他们可以调兵进京,咱们就让义和团进京,一物降一物,这回非让洋鬼子知道厉害。"

"可荣禄一伙还是坚持认为义和团对付不了洋人,他极力怂恿太后解散义和团,幸亏太后没有答应。"

载漪十分自信道:"太后圣明。我大清四万万人一人一口唾沫就能淹死洋人,我就不明白,他们为什么那么怕洋人!义和团发展迅猛,京津已不下二十万人,如果放手发展,三十万、五十万也不在话下,洋人万里迢迢,他能来多少人?所以我们必胜无疑!"

"我也是如此想,可是他们不这样认为,就连聂士成也认为洋人枪炮厉害,大清不是对手。"

"姓聂的是汉奸,他不打洋人,专门与义和团过不去。洋人枪炮虽然厉害,可是义和团有刀枪不入的神功。就算义和团的法术不能抵御洋枪洋炮,可是他们都不惧死,前赴后继,洋人总有弹尽粮绝的时候。那时候我们展开反击,杀尽洋人,从此我大清再也不必看洋人脸色。洋人早就该死,如果不是他们,大阿哥……"载漪下面的话不必再说,如果不是洋人干涉,大阿哥早就是皇上了,而他也已经像当年的醇亲王一样,是实权在握的太上皇,"你这次巡查,要让太后确信义和团可用,还要劝说义和团进京,让太后看到义和团的力量,那时候满朝上下,就没人再敢多嘴多舌。"

刚毅一路上每遇到义和团,就与他们的大师兄见面,称赞他们是义民,鼓动他们进京,保卫京城。

这样一路走一路停,第二天下午才赶到涿州。涿州的义和团刚刚接待了赵舒翘一行,知道刚毅地位比赵舒翘又高一大截,因此更加用心,他们在四门遍插"扶清灭洋"的大旗,城头上站满红头巾、红肚兜、红腰带的义和团,城里要道也全是义和团在站岗,全城上下,红彤彤一片。

这里的义和团大师兄是个叫密喜的和尚,据说法力极高,能够撒豆成兵。他亲自到城门接刚毅,又亲自率人在坛口表演法术,比昨天给赵舒翘一行的表演规模更大,也更热闹。

所谓坛口,就是四周香炉飘烟、红旗招展的空地,原本是绿营的校场,义和团进城后,选这里做了坛口。今天聚集到坛口的义和团不下三千人,气势相当震撼。

先是发誓。在密喜和尚带领下,数千人同声念念有词,声音非常嘈杂。赵舒翘告诉刚毅,这是他们在诵义和团团规,无非是不贪财、不好色、不抢掠。刚毅赞道:"真是义民,团规森然。"

"但是他们都没做到。"赵舒翘直言。

然后是上法。密喜和尚把一张张纸条分发给团民,这就是义和团的符,那上面还写着神仙的名字,五花八门,比如铁拐李、孙悟空、猪八戒等。团民们跪在地上,按过"符"咒,塞到红头巾里,然后听师父念咒:"天灵灵,地灵灵,奉旨祖师来显灵,一请唐僧猪八戒,二请沙僧孙悟空,三请二郎来显圣,四请马超黄汉升,五请济公我佛祖,六请江湖柳树精,七请飞镖黄三太,八请前朝冷于冰,九请华佗来治病,十请托塔天王率神兵。"

念完咒语后,刚才还挺着腰板站着的十几个人,突然都直挺挺向后倒下去,就像摔倒一截木桩一样,踏踏实实,毫无虚弄。观看的人群禁不住发出惊叹。过了半袋烟的工夫,突然,一个鲤鱼打挺,他们陆续蹦了起来,开始耍弄手里的棍棒刀枪,嘴里也不闲着,啊啊大叫,表情也是极为夸张。

这时,密喜和尚突然身子一抖,像变了一个人,迈着舞台四方步,边走边念:"我乃玉皇大帝,今天下凡前来,率领尔等将那洋人赶尽杀绝,扶清灭洋,共享太平。"他走一步,后面的人跟一步,这个嘴里说,我乃齐天大圣,那个说,我乃铁拐李是也,一时之间,坛上众仙云集。

他们神情姿态,也都随着附体的神仙有所不同,齐天大圣则是手搭眉骨,左顾右盼的猴相;自称铁拐李的,立即成了瘸子;何仙姑附体的粗壮男子,则扭扭捏捏,一副女人相。

这时,一个腆着肚子的大汉走上来,自称是刀枪不入的托塔天王,另一个团民在离他六七步的地方,向他的肚子开了一枪。"砰"的一声,刚毅吓得站了起来,但那个团民却毫发无伤。

第十九章

太激愤火烧教堂 受怂恿轻率宣战

表演完毕，义和团请钦差大臣评判。刚毅让何乃莹先说，于是何乃莹站起来道："我什么也不说了，掌声代表我的看法。"说罢，拼命鼓掌。

刚毅示意赵舒翘说话，赵舒翘嗫嚅半天才道："各位义士表演得不错，可地里庄稼不能误了，我看大家还是散了，回家种田吧。"

刚才表演的几位义和团团员怒目而视，其中一个说道："你这是什么话？洋人还没赶出去，我们不能散！"

闻言，刚毅站起来问刚才刀枪不入的团民："这位义士，你等练拳意欲何为？"

"原为保护身家。"那人回道。

"你们这么多人齐聚，又是为什么？"

"洋人、二毛子欺人太甚，要把他们赶尽杀绝。"那人又道。

"真义士也。"刚毅竖起大拇指，又转头问密喜和尚，"假如朝廷与洋人开战，你们能不能为国效力？"

"这何须问？"密喜和尚指了指身后的大旗，"扶清灭洋是我们的本分。"

"好好，国之幸也。"刚毅连连点头。

"但是有一样，必须把聂士成革职，他拿了洋人的好处，专与义和团作对。"密喜和尚乘机提出了条件。

原来，聂士成奉命保护铁路，率兵巡视到涿州一带，正赶上义和团在扒铁路，烧枕木。他派人前去劝告，义和团自然不听他的招呼。结果聂士成命令属下向义和团开枪,号称刀枪不入的义和团死了十几人,其他人则纷纷逃走了。

刚毅承诺道:"聂提督那里我去交涉,以后不许他擅自攻打义民。聂提督当受何处分,朝廷自有决断,到时定然会给大家一个交代。"

到了晚上,刚毅与赵舒翘促膝长谈,问道:"展如,看你的意思,好像对义和团成见颇深?"

赵舒翘应道:"不是下官有成见,实在是觉得他们有些儿戏。"

"展如此言差矣!你大概不知道洋兵要进京了。聂功亭糊涂至极,此时还要与义民自相残杀。他号称武卫军的精锐,可也得了恐洋症,说无法与洋兵争锋。那我大清靠谁抵御外侮?只有义和团了。你看他们一呼百应,不是忠义之士,何来如此浩然之气?端王说得不错,如今没有别的办法,只有招抚义民,借助他们的神拳剿灭洋人。即便不能全数剿灭,给他们一个教训,让他们知道大清有办法治住他们,让他们自知收敛,想做生意也好,要传教也好,总得依靠朝廷,听朝廷的招呼,不要动不动就干涉大清的国事。"刚毅一口气说了不少。

赵舒翘知道劝也无用,就回道:"如今中堂前来主持抚局,我在此也无多大用处,不如回京复命。"

"也好。你回京后,若太后询问,你应当让太后安心,义和团是可资利用的。"眼见赵舒翘皱眉,刚毅又郑重地警告道,"如果你实在不愿多说,回京后我自然给太后一个切实的回奏。展如,关键时刻你可不要铸成大错。"

赵舒翘躬身告辞:"中堂放心,下官掂得出轻重。"

"那就好。"刚毅放了心。

第二天晚上赵舒翘回到京城,次日一早乘车赶往颐和园,递牌子请见。太监传出话来,说与军机一起召见。

等讨论完了几项事情,慈禧问道:"赵舒翘,在涿州你看到的情形到底如何?"

赵舒翘讲他在涿州所见,尤其是义和团的表演,讲得眉飞色舞,还兼以模仿,不亚于说书。军机大臣奏事,从未如此事无巨细。荣禄只拿眼睛瞟他,希望他按正常套路简要回奏。但赵舒翘视若无睹,依然兴味盎然地表演。

慈禧又问:"那依你所见,义和团到底可不可用?"

"臣看到的就是刚才给太后表演的,义和团可不可用,臣实在无从判断。刚中堂叮嘱,说若太后问起,一切由他向太后明白回奏。"

这时候荣禄才明白,赵舒翘何以有这番表演,原来他希望太后能够明白义和团的道法形同儿戏,心里不禁暗自赞许:真聪明人也。

荣禄散朝回城,刚到府门,门政连忙附耳相告:"老爷,庆王爷在客厅等您,已经老大一会儿了,肯定有急事,脸色也相当不好。"

肯定是有急事,不然堂堂王爷不会屈尊到荣府。

荣禄一路小跑到了客厅,一看冰镇西瓜、茶水糖果摆了一桌,招待上已经尽了最大本事,先略略放心。奕劻听到他的脚步声,也站了起来急急道:"仲华,你可回来了。"

"王爷,何劳您亲自移驾,招呼一声,我上门就是。"

"此事甚急,必须当面与你商量。"

奕劻说的的确是件急事,而且相当棘手——日本公使馆书记官在永定门被董福祥的甘军杀死了。董福祥部是刚刚奉命驻守永定门,对进出人员进行盘查,恰好遇上一辆东洋马车要出城。一听是日本人,守城营官抽刀便刺,而且命令下属将"日本奸细"剖腹挖心,塞入马粪,再弃尸于路旁。

荣禄禁不住皱起眉头,董福祥是他的部下,而这样一件大事竟不向他报告。他连忙向奕劻诉苦道:"王爷,说来真是惭愧,董星五虽是我的部众,可最近与端王爷走得近,我的号令在他那里行不通。"

董福祥是当年左宗棠平定西北时招抚的统领,后来授甘肃提督,甲午战争时奉命率部进驻直隶。再后来改编为武卫军,董福祥部也编为武卫后军。董福祥与北洋实无渊源,其人勇武有余,且刚愎自用,气量又不大,荣禄不喜欢他,其他三人也都不太待见他,他也不甚服气三人,因此觉得在武卫军中总是受委屈。而统领虎神营的载漪与之脾气相投,对他又相当笼络,而董福祥则想借重载漪提高自己的身份,因此,两人的关系迅速热络起来。

奕劻对此也很清楚,因此解释道:"这个我自然知晓,并无责备你的意思。日本公使馆已经向总理衙门提出抗议,而总理衙门的处置实在有失妥当,这才是最令人头疼的。"

几天前慈禧竟派载漪管理总理衙门,载漪推荐礼部尚书启秀等人进入总理衙门,他们不懂洋务而又自以为是,很为总理衙门的人看不顺眼。日本公使馆派人到总理衙门反映书记官被杀的事情,接待的正是启秀,他一味强硬:"你们说甘军杀人,有证据吗?你们要朝廷抓凶手,那好,你告诉我凶手是谁?"

日本公使馆前来交涉的人从未见过这种办外交的人,气得二话不说就走了。启秀却自鸣得意,以为日本是理屈"羞愧而逃",对人说"办外交无他耳,据理力争就无往而不胜"。

总理衙门是奕劻在管理,如今载漪横插一杠子,奕劻叹息道:"真不知太后是如何打算的,让端老二也来管理总署。"

荣禄猜测道:"太后大约是想让端王知道一下办外交的难处,到时候能够体谅。"

"这个安排,真是大错特错。端老二自打管理总署,见人就说总署里汉奸太多,要是让他管理总署,就不至于处处让着洋人。他甚至还认为如果甲午年他在总署,绝不会签订丧权辱国的《马关条约》,听他的语气,比李少荃本事都大。"奕劻说起来有些愤愤不平。

"井底之蛙,夜郎自大罢了。"荣禄闻言,也说得毫不客气。

"可问题还不仅如此,从日本使馆人员口中知道,西洋组织了一支远征军,由英国舰长西摩尔率领,已经向北京赶来了。"奕劻真正忧心的是这个事。

"这是要起战事!必须赶紧让太后知道。还有就是,这支远征军有多少人?"荣禄大为惊讶。

"到底多少人哪里知道!当然应当尽快向太后面奏,问题是如何奏陈很费脑筋,如果太后勃然大怒,反而坏事。更怕端老二借机煽风点火,弄得不可收拾。"奕劻为这事十分忧心。

"这件事必得咱们三人一同向太后面奏。"三人当然是奕劻、荣禄还有端王,奕劻是总理衙门王大臣,事涉外交,离不开他;载漪如今也管理总理衙门,而且与董福祥关系又密切;荣禄更不用说,董福祥是他的部下。三个人一同面奏,载漪要想耍花招就不太容易。荣禄打定主意,继续道,"反正祸已经闯下了,想让太后不发怒也难。我觉得应该让太后明白,杀外交官这种行为是所有文明国家所不齿,何况以礼仪著称的中国。西摩尔远征军之所以要进京,借口就是保护使馆的安全。而使馆最大的威胁就是义和团,釜底抽薪的办法就是解散义和团，这样洋人便没了进兵的借口。那时候再向日本赔款、抓凶手等，总有办法安抚下去。"

"咱们想到一起了，所有麻烦的根源都在义和团。如果太后同意解散，那当然是万幸，可是万一太后不准，将来纠纷越来越大，总得有人来办交涉。我是办不了这件差使，你看谁能担得起？"奕劻到关键时候就想撂挑子。

荣禄其实晚上睡不着时，也曾想过这个问题。他装作认真思考了一番的样子说道："论资历，论威望，自然是王爷您。"

"我弄不了，光端老二就让我头疼。"奕劻连连摇头。

荣禄推荐道："还有一个人，可以给王爷当帮手——就是李少荃。"

"英雄所见略同。只是，如果不让他兼着直督，他恐怕不肯来。"

"当然要让他出任直隶总督，就是北洋，只要太后一句话，我求之不得，立马交给李中堂接手。"当年李鸿章任直隶总督，同时兼北洋大臣，北洋海陆军全归节制。荣禄辞掉直隶总督入中枢后，却继续掌控北洋的兵权，要说甘愿交出兵权给李鸿章，这绝对是违心之语，"只要太后一句话"，其实是在说，除非太后要他放弃兵权，否则谁也别想染指。

奕劻醒悟这个话题好像是在夺荣禄的兵权，而且荣禄为人心眼特别小，让他误会了就是一件大麻烦，所以解释道："这是万万不能的，武卫军是你创办，谁来也没用，太后断然不会有这种安排。李少荃所长是外交，朝廷借助的也正是这一点。甲午大败，十年怕井绳，他哪里肯再掌兵？"

费了这一大番周折，才转到正题。两人又就第二天的面奏，进行一番详细计议，觉得妥当了，奕劻这才打道回府。

第二天一早赶到颐和园，荣禄在朝房找到奕劻，说了他一晚上重新思考后的看法，认为还是先由庆亲王向太后奏明，有些话才能说得更透彻。奕劻明白军机处是不愿惹麻烦，也不强求。

第一起见的是奕劻，第二起见的是端王，时间很短，第三起见的是董福祥，也不超过一刻钟。第四起不是见全班军机，而是先见荣禄。

荣禄进殿，很少说话的光绪帝却先开口了："荣禄，董福祥手下杀死日本外交官的事情你知道吗？"

"臣是昨天才知道。"荣禄磕头回答。

"这件事情很坏，洋人进兵就会更有借口。董福祥是你的部下，你的武卫军就没有军纪吗？"慈禧阴着脸问道。

"董福祥野惯了的，不同原来北洋的诸军，自从他奉调永定门后，臣一直没见着。这件事情他也从来没向臣报告，听说，他只向端王报告了经过。"荣禄这是在委婉地告诉太后，董福祥有些不听他的招呼。

"哼，你不要推脱责任，董福祥总之是你的部下。"慈禧见荣禄一脑门子汗，心有不忍，"他们两个根本不承认杀了外交官，我看董福祥也一副桀骜不驯的样子。他自己说，不会别的，就会杀洋人。现在听说洋人又有个什么西摩尔远征军正往京中赶来，董福祥能不能挡得住？"

"武卫军最精锐的是聂士成部，如今他在保护铁路，义和团要烧铁路，两家闹得很不像话，聂士成一面要对付洋人，一面又要防备义和团，抽不开身。臣想请把宋庆帐下的马玉昆部调到京城来防守，董福祥部还是回驻南苑。"荣禄说了自己的安排。

慈禧又问："调马玉昆来也无不可。可现在洋人的军队怎么办？如果让聂士成去挡，能不能挡得住？"

"应当能够挡一阵，现在最担心的是一旦与洋人开战，义和团会从背后攻他，两面受敌，就不好说了。最好还是不要开战，洋人派兵来，借口无非是保护使馆安全，如果尽快解散义和团，他们也就没了借口。"荣禄把事先说好的办法乘机说了出来。

"你的话和奕劻的一模一样，如果解散了义和团，洋人却继续派兵来怎么办？再说，如今事情越来越麻烦，谁能去办交涉？"

荣禄建议道："臣请太后叫李鸿章北上，由他去与洋人交涉比较妥当。"

慈禧想了一会儿道："李鸿章去广东还不到半年，再让他回京，来回折腾，他都快八十的人了，等等再说吧。总不能一遇到缠手的事就让李鸿章去办，你们就不能为朝廷分忧？"

光绪帝这时插话道："恐怕李鸿章未必愿意北上。义和团这样闹，谁去议和也难。"

"谁说要议和了？难道对洋人，我们只有求和的份？"慈禧不满地看了光绪一眼，又对荣禄说，"载漪说他和义和团的大师兄切磋过，他们武功确实了得，刀枪不入的法术也灵得很。"

荣禄劝谏道："太后，义和团最近大批进了城，端王府、庄王府还有载澜、载濂的贝勒府也都请义和团设坛,此风断不可长!进城的义和团,已经烧了好几处教堂。"

"这事我知道,载漪说他是想按兵法来规矩义和团,把他们训练成精兵。这法子不妨让他试试,到时候不行,再赶他们出城不迟。"

荣禄退出来,心里更加烦恼,他的建议太后几乎一样也没采纳,太后对义和团寄望极深。

宋浩胜的义和团进入京城时,教堂几乎已经被烧光了,余下的洋建筑就集中于东交民巷的使馆区。但那里谁也不敢去烧,就是义和团的靠山载漪也警告不能胡来。

大师兄对宋浩胜道:"我们总得露一手,没有教堂好烧,且出去转转,看还有什么二毛子的东西该烧掉。"

一打听,京中繁华的地方在正阳门以西大栅栏一带,那里市口林立,精华所萃,有名的戏楼广和园、三庆园、庆乐园都在那里。此地原来称廊坊四条,附近还有廊坊头条、二条、三条。为了防治盗贼,朝廷下令在大街曲巷设立栅栏,并派上兵把守,廊坊四条 带因为商家众多,繁华所在,栅栏建得比别的廊坊都大,所以久而久之"大栅栏"的名字取代了廊坊四条。

大师兄带领二十几个兄弟雄赳赳地来到大栅栏,转得眼花缭乱。再往东走,突然眼睛一亮,看到一家洋式建筑的大药房:老德记大药房。透明的玻璃橱窗上,摆满写着洋文的药瓶。

大师兄吩咐道:"叫他们的人出来。"

自从义和团进了城,凡是与洋字有关的东西都倒了霉,先是要改名,比如洋油改称火油,洋货店改为广货店,火柴改为取灯儿,现在就是改了名也不敢公开摆出来卖。凡是卖洋货的店面,几乎都关门歇业了。而老德记大药店的老板是洋人,早就吓得跑到英国使馆去了。店里的伙计自作主张继续营业,是想赚几个外快。但在义和团看来,这简直是有意与他们对着干。

伙计一看到义和团在药店门前驻足,已经吓得脸色惨白,连忙给大师兄作揖:"各位英雄好汉,小店的店主不在,小的只是个伙计,混口饭吃。老板已经按照各位英雄好汉的要求,将洋药店改成大药店,与洋人撇清了干系。"

大师兄语带威胁:"你卖的都是洋人的玩意,还说撇清了干系?肯定是洋毛子或二毛子开的,你说是不是?"

"小店是咱中国人开的,真不是洋毛子,也不是二毛子。"

"卖洋毛子的药就是奸细,烧!"大师兄大吼一声。

小伙计连忙抓住大师兄的手哀求:"英雄好汉,这些药虽然有些是洋人所产,可是治病管用,各位英雄若有头疼脑热,吃一片药保管立即见效。"

大师兄瞪大眼睛道:"呸,神团兄弟个个法术在身,从不得病,更不吃洋毛子的药。来呀,给我烧!"

放火是他们的拿手戏,早有兄弟提着一桶洋油在店中抛洒。小伙计一看要坏事,急得跪下磕头如捣蒜,把额头都磕破了。宋浩胜看他可怜,便求情道:"大师兄,他也说了不算,今天就饶过他,把洋药瓶全撤掉算了。再说这里商铺太多,如果引燃大火,损失太大。"

大师兄不同意,两个人起了争执,宋浩胜虽然是二师兄,但权威不在大师兄之下。这时候,周边的商铺看这边要放火,只怕殃及自己,连忙过来求情。正在争执不下,另一伙义和团过来,大师兄比宋浩胜还高出一头,咋咋呼呼道:"你们婆婆妈妈的真是不利索。来呀,给我烧!"

众商家又给刚过来的大师兄一起跪下,请不要放火。

"放心放心,一百个放心,我的法术极高,说烧哪里就烧哪里,不想烧了只需一个咒语。我今天只烧二毛子的东西,你们的商铺绝对不会殃及。"这位大师兄对手下的一个团民下令说,"看我作法,立即开烧。"

他嘴里念叨一通,左手伸出两指,从眉毛前划过,突然向店里一伸,好像把他的法术刺进了店里。一个团民跑进去,划着一根取灯儿扔在地上,立即大火熊熊燃烧起来。

小伙计急得跺脚大哭,其他商家一看火越烧越大,只怕火烧连营,急急跑回店里抢东西。大师兄拍着胸脯保证道:"不必慌张,我有把握控制神火。"

"神火烧,神火烧,烧完大毛烧二毛。"他的手下也拍着巴掌喊。

还有几个商家迷信大师兄的法术,也跟着看热闹。可是眼看苗头不对,火延伸到店顶后,只往东扑,这下商家急了眼,哀求道:"大师兄,赶快作法,让火不要烧东面,往东可都是炉房、钱庄。"

大栅栏一带,不但商业荟萃,也是银钱业最集中的地方,不但有经营银钱汇兑的钱庄,也有铸造银元宝并兼营存贷及汇兑、票据的炉房——也称之为银炉。钱庄、银炉一烧,不但百姓存款血本无归,整个银钱流通受阻,市面就有垮掉的可能。

众人哀求大师兄作法灭火,但德记药店窗口的火还是落到东面的商铺上,立即延烧起来,而且火苗无可控制,在鳞次栉比的商铺上跳跃着向东、向北烧去。

"不好,有秽物,破了我的法术。走,快去找秽物。"大师兄边叫边走。所谓找秽物,全是借口,这帮刚才还趾高气扬的义和团眨眼间逃得干干净净。

水火会敲锣呐喊,招呼大家救火,但火已经蔓延几条商业街,水火会的水龙真是杯水车薪。这场大火一直烧到第二天早晨才自行熄灭,由大栅栏庆和园戏楼延及齐家胡同、观音寺、杨梅竹斜街、煤市街、煤市桥、纸巷子、廊房头条、廊房二条、廊房三条、门框胡同、镐家胡同、三府菜园、排子胡同、珠宝市、粮市店、西河沿、前门大街、前门桥头、前门正门箭楼、东荷包巷、西荷包巷、西月墙、西城根。火由城墙飞入内城,延烧东交民巷西口牌楼及部分商铺。这场大火,将正阳门外四千余商铺烧得干干净净,就连正阳门城楼也被烧着。

当天夜里,宋浩胜和大师兄登上住处的楼顶凉亭,望着一片火光的南城道:"这哪里是扶清灭洋,真是祸国殃民!那个团兄最可恨,竟然溜之大吉了!"

大师兄分辩道:"有二毛子破坏,拿秽物破了法术。"

"狗屁法术!外人不知道,你我不知道吗?那法术,你信吗?"宋浩胜怒斥。

"老二,你干吗对我发火,那火又不是我放的。"大师兄也有些不高兴了。

"不是我拦着,这场大祸就是你我来闯!"

宋浩胜和大师兄,各有一帮贴心贴肺的兄弟,大师兄的人看不过去了:"二师兄,这火毕竟不是咱们放的,你不能紧着怪大师兄。"

宋浩胜叹道:"我算看清了,照这么下去,准比土匪还可恨!大师兄,咱们带着兄弟撤出北京,回家种地去。"

"那不行,咱不能两手空空来,两手空空回去。人家都攒了不少好东西,就是咱们团,这不行那不许。"大师兄的人立即反对。

宋浩胜他们这支义和团的确纪律很严,因此眼看别人以烧教堂、抓二毛子为由趁火抢劫,他们却不准下手,相当一部分人已经不满。但这个借口摆不上桌面,大师兄忙打圆场:"老二,咱们来就是要保护京城,和洋鬼子干仗,洋鬼子正在往京城赶来,咱们临阵逃了不合适,无论如何打一仗再走也不迟。"

众人同声相应。

宋浩胜见众意难违,便道:"好,当初我是看在扶清灭洋的分上才入的伙,那就听大伙的,打一仗再走。可是,咱们这个团不能祸害百姓,否则到时候别怪我不客气。"

"那是当然。"大师兄嘿嘿干笑了几声。

第二天一早,荣禄赶到西苑准备见起。因为京中形势异常,需要随时商量的事情太多,慈禧、光绪已经从颐和园移驾西苑,召见的地点就在勤政殿。第一起就是召见全班军机,不想可知,必是为正阳门外的大火一事。

以世铎为首,荣禄、王文韶、赵舒翘、启秀鱼贯而入。刚毅在涿州招抚义和团,两次请旨缓回。光绪帝、慈禧并坐,光绪帝抿着薄薄的嘴唇,一语不发,慈禧也是一脸忧戚,眼圈发暗,可见夜里不曾睡好。

众人磕头跪着,慈禧推了推光绪帝的手臂,示意他说话。这个小小的动作让荣禄心中疑惑,太后对皇帝的态度是否发生了改变?只听光绪帝道:"这场大火你们都看见了吧?朝廷三令五申,对乱民要解散,要弹压,可是你们都推诿扯皮,无人扎实去办,以致闹出这样一场奇祸!不知有多少商家要倾家荡产!连太后一晚都不曾睡,你们想想,对得起朝廷,对得起百姓吗?"

光绪平时说话有气无力,慢条斯理,今天不但一个结巴不打,而且语气相当严厉,很有皇帝的味道。众军机磕头请罪,自承奉职无状。不过,说对乱民要弹压、要解散,朝廷并没有明确的态度。

慈禧一开口就十分生气:"问载漪,他一直说暴民是假义和团,如今看来,这假义和团也太多了,假的太多,那真的还能算真的吗?"

"臣责成步军统领衙门好好弹压。"世铎连忙回应。

"还说什么弹压,要严拿正法!"慈禧厉声道,"荣禄,你现在怎么说?"

"臣还是从前的主张,要办就要快办,迟则生变。"荣禄回话干净利落。

"好,你立即调兵进城,切切实实办理。"

"臣可以调武卫中军进城,不过,兵力还显单薄,请太后责成虎神营、神机营也添派人马,由臣和端郡王办理。"

"当然,这个意思也写入上谕中。"慈禧明白,武卫中军兵力单薄只是借口,如果不责成端王参与,武卫中军进城便陷入虎神营、神机营和义和团的三面夹攻。

既然要严惩义和团,那么洋人那边就要奔着和的意思尽快办理。于是荣禄建议道:"臣建议派人去天津劝阻西摩尔的远征军,告诉他朝廷全力保护使馆的意思,请他们不必进京。"

"好,派谁去?"慈禧问道。

这是外交,派谁去必须与奕劻商量,于是荣禄又回奏道:"臣回去与庆王商量了再回奏。能不能劝得住西摩尔暂且不说,将来肯定与洋人有一大番交涉,跟洋人交涉,非李鸿章不可;要办义和团,非袁世凯不可。"

听到袁世凯三字,光绪帝抿抿嘴唇。维新变法失败,袁世凯透露机密是关键,光绪帝对他恨之入骨,他在瀛台做了个靶子,上面写着袁世凯的名字,天天拿箭射,这已不是秘密。慈禧自然知道,问道:"皇帝,你认为荣禄的意见如何?"

"很好,就让李鸿章北上,袁世凯带兵进京。"光绪帝说得很平静,无从知道他的真实想法。

"好,那就这样了,下去后你们立即拟旨。"办完了这事,慈禧又道,"既然这样,刚毅就没必要再待在涿州了,让他立即回京。"

接下来,又商议如何救市,这场大火把二十余家钱庄、炉房都烧掉了,银钱流转不灵,会立即影响市面,必须马上拿出办法。这样一商议,又用去了半个时辰。

载漪对这场大火却有不同见解,他对小怡亲王溥静侃侃而谈:"这未尝不是好事,这正说明义民对洋毛子、二毛子之恨已经到了不可扼制的程度。如今洋鬼子军队正往京城赶来,如果对义民善加利用,便是抵抗洋人的力量,只要太后答应招用义和团,京城便如同在我们掌控之中,荣某人等,只有乖乖一边凉快去。"

这番见解,让溥静佩服得五体投地:"二叔,我现在是越发佩服您了。当初我对义和团实在是懒得理会,自从听了您的教诲,我家中设了拳坛,那真是热闹非凡。"

溥静开始对义和团并不热心,但在载漪的鼓动下,他在朝阳门内北小街的怡亲王府中设了坛口。平日冷清的府邸突然热闹起来,义和团师兄出出进进,对他则是毕恭毕敬,他的府邸仿佛成了运筹帷幄的中军帐。这种感觉很过瘾,如果将来义和团能在抵御洋鬼子中立下功劳,那他怡亲王也便得一份功劳。他一改从前冷淡的态度,不但开设坛口,还供义和团免费吃住。

因为拳民太多,他的家底又不厚实,能吃上面条也不是件容易的事,但溥静毫不计较,面条管饱,只是用来下饭的调料不够用,他编出顺口溜鼓舞士气——

吃面不搁酱,炮打江米巷!

吃面不搁卤,炮打将军府!

吃面不搁醋,炮打西什库!

江米巷使馆云集,西什库有京中最大的教堂,都是朝廷严禁滋扰的地方,将军府则暗指荣禄。

载漪非常满意,鼓励道:"你等着吧,与洋人早晚必有一仗。有神拳相助,这一仗必定能大获全胜,再也不受洋人的窝囊气。那时候朝廷论功行赏,我自然会为你铺垫。"

"谢二叔栽培,将来给我个差使干就行,当个闲散王爷,实在没意思得很。"溥静连连拱手。

"这都是小事。"载漪摇了摇扇子。

这时,军机大臣、礼部尚书启秀匆匆赶来了,因为天热,一脑门子汗。载漪大声吩咐:"来呀,给启大人拿冰镇西瓜,再拿把扇子来。"

"王爷先别管我,您看这几份上谕。"启秀递上的是几份明发上谕的抄件。

谕军机大臣等:李鸿章着迅速来京。两广总督着德寿兼署。袁世凯着酌带所部队伍,迅速来京。如胶澳地方紧要,该抚不克分身,着拣派得力将领,统带来京。此旨着裕禄迅即分别转电李鸿章、袁世凯,毋稍迟误。将此由六百里加紧谕令知之。

　　李鸿章是以主和著称,而且此前已经多次上奏,请朝廷解散义和团,调他进京,显然是为了和谈;而袁世凯更不用说,在山东严厉处置义和团,让他带兵进京,目的再明确不过。朝廷态度要变!载漪禁不住抽了口冷气。接着看第二、三两道,全是调兵入京:

　　谕军机大臣等:现在京城内外拳匪肆扰, 着马玉昆统率所部马步各队,星夜来京,毋许延误。将此由六百里加紧谕令知之。

　　又谕:近因民教寻仇,匪徒乘机烧抢,京师内外扰乱已极。着各直省督抚,迅速挑选马步队伍各就地方兵力饷力,酌派得力将弁,统带数营星夜驰赴京师,听候调用。根本之地,情形急迫勿得刻延。将此由六百里加紧各谕令知之。

　　不但调袁世凯,还调马玉昆,又调各直省兵马,朝廷这是要对义和团动手了!接下来,倒霉的不仅是义和团,还有他这个刚刚红起来的端郡王,甚至就连大阿哥也可能受到不测之祸!第四道是着刚毅、何乃莹迅速回京,与上面意图完全一致,是不让两人再做招抚义和团的事情了。第五道无所谓,是关于这场大火对相关官员的处分。

　　载漪看罢,叫着启秀的字问:"松岩,这是谁在太后面前捣的鬼?"

　　"是荣中堂,我是孤掌难鸣,没有说话的份。"

　　载漪又问:"这个我知道,你不好说什么。展如呢,他应该为义民辩几句。"

　　"赵大人也是一句话没说,散朝后听他的意思,对义民也多有不满。"

　　"所托非人,没想到他这样糊涂。"载漪一拍大腿,想了想又问,"松岩,你觉得天心可有转圜的余地吗?"

　　"很小,但亦不是不可能。如果能够说动太后,别人再反对也没用。"

　　"有道理。马上去请李先生,到我书房说话。"载漪不是读书的料,所谓书房,其实就是密室,有所密谋策划,自然应当行于密室之中。

　　启秀见状,便告辞道:"王爷,那我告辞了。"

　　"不要泄气,这位李先生是奇人,必有解困的妙策。"载漪这样安慰启秀,其实也是安慰自己。

启秀走了几步又回头道:"王爷,还有一事忘说了,总理衙门要派许癸身和袁爽秋去天津,劝说西摩尔的军队不要进京。"

许癸身就是许景澄,先后出使过五个国家,如今是工部侍郎,任总理衙门大臣,一直反对与列国失和;袁爽秋就是太常卿袁昶,从前任过总理衙门章京,也反对义和团烧教堂、杀教民的行径。奕劻与荣禄商议,派两人去天津走一趟。

"哼,洋人能听他们的劝? 真是异想天开。"载漪哼了一声,走进书房。

载漪所请的李先生,叫李来中,是义和团的军师。此人在山东时与毓贤关系密切,后来又到天津与裕禄有过交往,随后毓贤到山西后,他又去山西待了两个月,一个多月前来到北京,经人介绍成了载漪的座上宾。此人不同于痴迷法术的义和团,眼界相当开阔,而且结交人极为广泛,有与人一面而成挚友的本领。如今载漪待他一口一个李先生,显然到了言听计从的程度。

两人进了密室,载漪开口便道:"太后想法有变,想对洋人服软。"

"王爷,太后想服软无关紧要,关键是你想不想服软,你想不想与洋人一战。"李来中看罢几份上谕,一点也不着急。

"那还用说,我当然宁死也不愿向洋毛子低头,我做梦都盼着太后下令与洋人开战,我率领大军和义军,将洋鬼子全都赶到海里喂王八。可是太后服软,我有什么办法? 老太太有手段,没人敢和她叫板。"

"王爷不必忧虑,山人自有妙计,让太后重新对洋人强硬起来。"

李来中分析,太后对洋人是又恨又怕,因为怕才服软,因为恨又想强硬。如果恨大过了怕,就会重新强硬起来。而太后最恨的就是洋人支持光绪帝,如果洋人逼她归政光绪帝,将足以让她不顾一切。他的办法是,伪造一份洋人逼太后归政的照会,让荣禄交到太后手上,大事便成功了十之八九。

"慢,慢,李先生,洋人如何能够听我们的?再说,荣仲华把公使馆的洋人叫来一问,立马穿帮。"载漪觉得此计虽好,但没法实行。

"王爷不必着急,且听我仔细说来。"

关于洋人国家的动向,有两个重要来源,一是京中各国驻华公使馆,二是上海各国领事馆及洋商。上海开埠早,洋商最多,消息甚至比京中还灵通。荣禄当了直隶总督后,也学李鸿章的办法,安排自己的心腹江苏粮道罗嘉杰在上海做他的耳目。自从义和团毁铁路、拔线杆之后,京津电报早就不通,所有电报都是靠通到山海关的海线收发,然后像从前一样靠驿卒骑马飞递。李来中的办法,是以罗嘉杰的名义将伪造的电报交给荣禄。

"这恐怕很难,他们都是密电往来,如何冒充?"载漪觉得还是很难,摇了摇头。

"山人自有妙计。"

原来,负责掌管荣禄密码电报的心腹老邱特别好色,除养着外室外,还经常光顾八大胡同,他那份非常优厚的薪水也不够挥霍。李来中的办法是花一万两银子请他将伪造的电报恢复为密码电报,然后由假驿卒送到荣禄府上,老邱再公事公办译出来交给荣禄。这样荣禄不会起疑,而老邱也不会暴露。

"妙极妙极!等会儿你到账房去领一万两银子就是。"载漪连拍大腿。

"王爷,这笔银子您不能出,这件事您也从来不知道。由我和董大帅去办理就是。"董大帅就是董福祥,荣禄想把他撵回南苑,而调袁世凯进京,他早已牢骚满腹,完全投靠了载漪,妄想联合义和团打败洋人,在荣禄面前来一个扬眉吐气。李来中与董福祥联手,足以完成此项大事,而且还可以把载漪从这件事中摘出来。

"承情之至,感激之至!李先生如此帮本王,本王绝不敢忘此情义。将来打败了洋毛子,你就是大功臣,本王一定给你请顶戴。"载漪拱了拱手。

李来中辞谢道:"谢王爷提携。不过李某无意做官,我与佛有缘,如果大功告成,我要到终南山中建个寺院,清灯孤佛,了此余生。"

"这是小事一桩。打败了洋人,朝廷上下本王的地位就不是目前的样子了,那时候要拨给你几百万两银子,只要本王一句话。"载漪又想起来说,"老庆派了两个人去天津,劝洋人军队不要来京。如果此行有效,事情难免又起波折。"

"小事一桩,我让城外的团民把他俩截住就是,保证他们到不了天津。"

载漪又担心道:"朝廷要把李少荃调到京里来,肯定就是让他来议和。此人很受洋人尊重,而且北洋各军都是他的老部下,如果他北上,真是个大麻烦。"

"那好办,把他吓回去。"李来中仿佛什么事情都料到了,又仿佛什么麻烦也能化解。他的办法是在义和团中放出狠话,要杀一龙二虎三百羊。一龙就是光绪帝,当年他搞变法,就是学洋毛子那一套,该杀;二虎一个是荣禄,一个就是李鸿章;三百洋,则是那些办洋务外交的京中大员。

载漪拍手道:"好得很,李少荃京中有不少眼线,这些消息立即会传到他耳朵里。"

这些话的确很快传到李鸿章的耳朵里,不仅仅是这几句话,京津的形势他基本了如指掌。这些消息,大多是他的心腹、坐镇上海的盛宣怀随时以电报发来的。

盛宣怀对义和团相当反感,他们毁铁路、拔线杆,遭殃的全是他为之骄傲、获大利、成大名的洋务事业。而烧教堂、杀教士,在他看来更是野蛮无耻的行径。他对朝廷纵容义和团的策略非常不满,认为拳匪酿祸,贻误国家,朝廷如此纵容,是自招灭亡之策。他发电给庆亲王奕劻,认为"今匪罪已著,若再故容,恐各省会匪愈炽,内外勾结,或有举动,更恐各国推广保护使馆之议,派兵分护商埠、教堂、铁路,何堪设想!似宜趁各省土匪尚未联合,克期肃清畿辅,消外衅而遏效尤"。

朝廷发给南方各省的电报都是由上海电报局分别转发,看到朝廷命李鸿章北上的电报,盛宣怀不以为然道:"此时让老中堂北上又有何益?拳匪这样胡闹,董军这样滥杀无辜,谁去也没用!"所以他发电报给李鸿章,建议他暂观风向,不必急于动身。

李鸿章的态度与盛宣怀完全一样,不过他比盛宣怀忧虑更深一层,担心义和团之祸向全国蔓延,将来会不可收拾。他刚刚收到张之洞电报,证明他的担心并非多余,英国人已经有派兵到汉口的意图。

在长江流域,英国人有极大的商业利益,他们非常担心义和团蔓延到这一带,不但教士、教民遭殃,更会导致商业停顿。英国驻汉口代理总领事法雷斯奉英国外交大臣的指令去见湖广总督张之洞说:"如果长江流域发生动乱,英国政府可以提供切实的军事援助。"这个外交辞令的含义很明白:如果义和团蔓延到长江流域,洋人的生命财产受到威胁,英国将向这个地区出兵。

"如果需要援助的时候,本督会与贵领事协商。但这里不会发生什么严重的事情——我已添重兵,贴出告示,严饬各州县禁谣拿匪,敢有生事者立即正法,所有洋商教士,有我力所保护!"张之洞立即回答。但他还是非常担心英国军舰深入长江水道,此例一开,各国军队就会随之蜂拥而至,后果不堪设想。他随后立即给两江总督刘坤一发了电报,在两人观点达成一致后,联名致电驻英国公使,请他们转告英国政府,大清有足够的力量维护长江流域的安全。他又单独给李鸿章发电,指出义和团运动蔓延将带来巨大祸患,希望他能向朝廷进言,尽快解散义和团,消除祸国乱源。

岂止是长江流域,如果各国都借口保护教堂、侨民和领事馆,纷纷要求派军队来,大清沿海各省将永无宁日。他两广总督所辖的珠江流域,也难免成为列强派兵的"保护范围"。

李鸿章又得到消息,大沽炮台已经失守,京中义和团大肆放火焚烧教堂,这样的局面,他就是到了京城又有何益?然而,北上的姿态还是要做的,他先是发给山海关守将一封电报,请他准备车马,他将从秦皇岛登陆,乘车去北京;并请他专函飞递贤良寺和尚代搭凉棚;又给盛宣怀一电,告诉他已经定了英国皇后号轮船票,十天后乘船先到吴淞小憩。他再与袁世凯讨论,朝廷调兵进京,到底是为抵御洋人,还是打算剿灭义和团,上谕意思含糊。袁世凯认为,朝廷恐怕还在犹疑,需等朝廷卜定决心,他才率军入京。李鸿章打定主意,先劝朝廷下定解散义和团的决心,然后再定行止。他将自己的意思急电军机处和译署:

> 据各处探电,京城洋兵、团匪交哄,大沽炮台又失,鸿章唯单身诣阙,以赴急难。但众议,非自清内匪,事无转机。仰恳宸衷独断,先定内乱,再弥外侮。鸿章心急如焚,但使水陆路通,无不相机前进。仍候续奉谕旨,俾有遵循。请速代奏。鸿章。

李鸿章的电报到京时,形势已经发生了重大变化。本来,朝廷已经在部署解散义和团,然而正在调兵遣将的时候,却接到直隶总督裕禄送来的六百里急报,多国舰队向他发出最后通牒,二十四小时内把大沽炮台交出。真是岂有此理!慈禧召集御前会议,听取大家的意见,主和派和主战派争论非常激烈,到底是战是和,相持不下。此时,荣禄又接到了江苏粮道罗嘉杰发来的密电,据信多国将向朝廷提交照会,一是要求指明一地,令中国皇帝居住;二是天下钱粮由列国成立的机构收取;三是军队调动之权归于列国;四是太后归政皇上。

荣禄徘徊一夜,第二天一早进西苑,递牌子求见,将密电呈奏。慈禧勃然大怒,下令立即叫大起,她将做重大决定。

六部九卿,翰詹科道,全部接到通知,太后及皇上在西苑太后寝宫仪鸾殿召见。五十余人与会,根本跪不开,一部分官员只好跪在外面。外面有风,反而凉快。而殿内,不但闷热,而且气氛异常沉闷。

慈禧首先说道:“今天接到密报,洋人要夺我兵权,尽收天下钱粮,这不是要亡我国家吗?洋人如此无礼,是可忍孰不可忍!你们都说说,该当怎么办?”

事涉兵权,总理衙门大臣、兵部尚书徐用仪不能不出头:“外衅不易轻开,还可再与洋人商量。”

徐用仪甲午战前就是军机大臣,因为一力主和,深为光绪帝痛恨,甲午战败后,他被罢出军机、退出总理衙门。维新变法失败后,太后训政,重新起用徐用仪为总理衙门大臣。这次他还是一心主和,但是不合太后的心思。

慈禧怒斥道:“祖宗江山就快没了,还如何商量?你的意思是要我和皇上把大清的江山拱手相让?我死后还有何面目见列祖列宗!”

雷霆震怒,众人都不敢发话。这时大阿哥的师傅崇绮放声大哭:“洋人这样欺负我们,我们不能再和他们讲仁义,臣怎么也没法相信,这么多义民就打不胜洋人!应当放手让义民去攻打使馆,把京城的洋人全部杀绝!”

“臣不敢苟同!”太常寺少卿张亨嘉磕个头,大声道。但他说的是福建话,说了一大堆,大家都听不明白。

慈禧问太常寺卿袁昶:“袁昶,他说的是什么意思?”

袁昶回道:“所讲甚多,总而言之四个意思,邪术不可用,边衅不可开,使馆不可攻,公使不能杀!”

“这到底是他的意思,还是你的意思?”

“他是臣的下属,他的意思,也即是臣的意思。”

载漪站起来,指着袁昶骂道:“袁昶是汉奸!大局坏到这个地步,就是因为汉奸太多,事事迁就洋人!”

袁昶争辩道:"臣是汉奸,两广总督李鸿章、湖广总督张之洞、两江总督刘坤一,也都来电报这样说,难道他们也是汉奸?中国是礼仪之邦,春秋之时已有明约,两国相争不斩来使,如今攻使馆,杀公使,一背礼仪之名,二背国际公法。拳术不可恃,外衅不可开,杀公使,悖公法,事将不可收拾!"

载漪大怒道:"洋人欺我太甚,割香港,占澳门,租借威海卫,巧取我大连旅顺,他们讲过公法吗?有十几万义民,再加董福祥的甘军,万事可成。"

像这样的廷议,枢臣很少说话,反而是小臣会畅所欲言。因为平时难得见驾,有此机会,当然必抒胸臆。侍讲学士朱士遵也出列奏道:"董福祥不可用!其部下军纪极差,不遵号令,指望不得。"

"你说董福祥不可用,那你说谁可用?"

朱士遵只知道董福祥的部下虽兵似匪,至于谁可用他不曾想过。所以被慈禧的话问了个跟头,但他并未退缩:"拳术也不可恃,欺神弄鬼的邪术,自古难成大事。"

慈禧没想到主和的势力竟然如此之大,禁不住又气又恨:"邪术不可恃,难道人心也不可恃吗?我大清样样落后于人,如今唯一可恃的就是人心!若人心失尽,何以为国?"

载漪也起劲地大声道:"李鸿章、张之洞、刘坤一等人主张要剿义民,这就是失去人心的最好办法!他们这是向着洋人,他们就是汉奸!尤其是李鸿章,甲午战争就丧权辱国,就是举国皆知的汉奸!"

这话题慈禧不愿提及,因为当年她是力主和议的,所以打断载漪的话道:"没用的话少扯。今天的情形,诸大臣都看见了,我为江山社稷,不得已主张与洋人一战,结果到底如何,实在难以预料,如果战后江山不保,诸公今日都在这里,你们可见证我的苦心,别归罪我一个人,说是我断送了大清的江山。奕劻,你是总理衙门大臣,如果要宣战,有什么讲究?"

"回太后的话,两国交战,先要通知交战国公使下旗出都。"奕劻还希望能够有所转圜,所以想能拖一天是一天。

"这样也好,让他们都回到天津,看他们的军队还有什么借口进京。"慈禧点了点头。

此时,荣禄又插了一句话:"务必要以重兵护送。"

各国公使收到总理衙门送来的二十四小时内撤出北京的照会,连忙在西班牙公使署召开会议。争论相当激烈,要不要离开北京,如果离开,中国派出的使馆卫队会不会与拳匪勾结路上袭击他们?如果不离开,中国已经表示对他们此后的安全不予负责,那也就意味着清廷将任由义和团攻击使馆。可是如果离开,使馆人员再加跑到使馆避难的教民,人数相当多,一时间哪里弄那么多交通工具? 他们争论了六个小时,最后形成了一份照会,派人交给总理衙门。其时已经是晚上十时多,好在总理衙门两班章京黑白值班,所以十一时多的时候这份照会就递进庆王府。奕劻因为明天还要参加早朝,已经睡下,来不及穿衣服,短衣短裤又不宜见下属,所以他让下属在窗外回话。

领班章京挑要紧的报告:"洋人的意思有三,一是时间太紧迫,希望延期至四十八小时;二是希望朝廷帮忙解决交通工具;三是希望明天九时能够给予明确答复,若得不到答复,各国公使将到总理衙门面见大臣。"

"展期的事明天早朝我会请旨,问题不大。交通工具我会请旨由顺天府解决。至于明天九时能不能答复,现在说不准。但你告诉他们,展期绝无问题,各国公使千万不要到总署去,如今到处都是义和团,正阳门内外全被董军控制,董军最不能约束,到时候如果再演一出杀日本书记官的事,那就更添乱了。有了结果,会立即通知他们。"

第二天早上二时多,奕劻就起了床。洗漱、吃早点,赶到西苑时已经快四时了,一打听,第一起见军机,他要在最后才得召见,不如干脆让军机大臣上奏。于是找到荣禄相托,荣禄一口答应。

又是军机大臣第一起,依然在太后寝殿鸾仪殿东室。只有太后一人在,她把跪在面前的军机看了一遍后道:"今天就要叫大起,要告诉他们朝廷主战的意思,那时候少不得众说纷纭。千锤打锣,一锤定音,总不能完全听由众人的意见。你们军机是真正的内阁,是朝廷最值得依靠的人。现在皇上仍然拿不定主张,我是忍无可忍了,叫大起前想听听你们的意见,都没有外人,你们要如实说心里话。"

世铎向来没有主意,唯太后之命是从,他用胳膊肘碰一下荣禄,示意他开口。荣禄会意,上前一步道:"自打辛酉年起,太后宵肝沥胆,教导辅佐两位皇帝,心担了不少,苦也吃了不少,委屈自不必说,尤其是洋人得寸进尺,欺人太甚。无奈国力不如人,太后只好一忍再忍,委曲求全,天下臣民,无不为太后叫屈。可是,臣依然不能主战。当年甲午一役,日本一国尚不能战胜,如今有十一国之多,我们的实力断然不能抵挡。因此,若为和议,无论何时,臣都为太后效犬马之劳;若是主战,臣不敢参与机谋。臣今天说这番心里话,明知太后会震怒,但也不得不说,请太后仔细体谅臣的苦心。"

荣禄的观点与皇帝的意思几无差别。慈禧非常生气,但荣禄的任何想法,她都确信是为她好。她仔细琢磨荣禄的话,明白了他的意图,是坚持主和的立场,留下转圜的余地,以便将来他出面议和。慈禧四十年的从政经验,什么样的事情没经过,万事都要留后路的道理她非常明白。反正不缺主战的臣子,且把荣禄留下来,万一义和团不顶用,收拾不了局面的时候,再起用荣禄与李鸿章他们去与洋人交涉。想明白这一点,她表现得非常愤怒,厉声说道:"我白信任了你这么多年,没想到你会这样不顾大局,为了一己之私,不体谅我的一番苦心。别再让我看到你,你马上给我出去,离我越远越好!"

荣禄一副诚惶诚恐的样子,但心里明白,太后已经体味到他的真意,因此虽然一边哭一边出了鸾仪殿,心里却十分高兴。等他出了殿,这才想起奕劻所托忘了回奏。于是赶紧找到奕劻道:"我因为主和,被太后赶出来了,王爷所托,未得面奏。"

奕劻看他一副狼狈相,也以为他真在太后面前失宠,安慰道:"等太后消了气,就不会怪你了。"

五时多,太阳已经高过三大殿的脊顶,金黄的阳光斜铺在勤政殿前的台阶上。台阶前翎顶辉煌,跪在最前的是光绪帝的堂兄子侄辈,接下来是世袭罔替的诸王,然后才是六部九卿、八旗都统、内务府大臣、科詹翰道。皇帝的轿子先抬到台阶前,光绪帝下轿跪在前面,等慈禧的凤舆抬到殿门口,进殿升座,他这才起身,有气无力地进殿,站到太后身边。

慈禧先开口说话,慷慨激昂,义愤在胸。她是早就看过载漪等人起草的宣战上谕,如今变成她的话来说。

"我朝二百多年,深仁厚泽,凡远人来中国者,列祖列宗,都是待以怀柔。从道光咸丰年间,准许他们在中国经商,又看在洋教劝人为善,允许他们传教。谁料他们得寸进尺,三十多年来,欺凌我国家,侵犯我土地,蹂躏我人民,勒索我财物。我国赤子,仇怒郁结,人人欲得而诛之。这就是义民之所以焚教堂、杀教民的原因,洋人可谓咎由自取。但朝廷还是仁至义尽,一再下谕保卫使馆,加恤教民。可是,他们竟然开口要我大沽炮台,真正是岂有此理!"

说到这里,三十余年来洋人岂有此理的事情说了一大堆,越说越气愤,上谕中她认为画龙点睛之语禁不住脱口而出:"洋人欺人太甚,与其苟且图存,贻羞万古,孰若大张挞伐,一决雌雄!"

此话出口,她身边的光绪帝禁不住双手一抖。慈禧不满地看了他一眼问:"皇帝,你手抖什么? 有什么好怕的?"

"与十几国开战,儿子只怕朝廷力不从心。"光绪帝回道。

慈禧大声道:"今昔不同,今有义民同仇敌忾,京津不期而集者,不下数十万人,至于五尺童子,亦能执干戈以卫社稷。彼尚诈谋,我恃天理;彼凭悍力,我恃人心。我国以忠信为甲胄,以礼义为干橹,人人敢死,何难剪彼凶焰,张国之威!"

"对,人心齐泰山移,我恃人心,有何惧哉!"载漪也附和。

"人心何足恃?"光绪帝痛心疾首道,"士大夫喜欢谈兵,朝鲜一役,朝议主战,结果大败。现在各国之强,十倍于日本,何况如今有海无防,与各国开衅,决无侥胜之理!"

"不然,当年所用非人,致有甲午之败。甘军董福祥部最能杀洋人,如果当年起用董福祥,就不会败给日本。"

载漪公然反驳,光绪帝再软弱,也不能不生气,"哼"了一声问道:"董福祥从未抵挡过大敌,他又怎可与兵精器利的洋人军队相比?"

这时,吏部侍郎许景澄出列奏道:"董军的确不可恃,义和团也不可恃。臣昨天看到东交民巷的拳匪,中了洋人的枪炮,立即不死即伤,余者便纷纷溃逃,可见其法术不可恃,应当将他们逐出京城,保护使馆,与洋人和谈!"

"许景澄是汉奸!"载漪怒视着许景澄。

许景澄当廷抗辩:"臣主和,但不是汉奸,主战者也未必就是爱国!"

这句反驳相当有力量,载漪霍地站起来。慈禧厉声道:"载漪,你这成何体统?"

载漪气鼓鼓跪下,又有太常寺卿袁昶、翰林联元等人反对与列国开战。户部尚书、总管内务府大臣立山也主和:"要与十几国开战,胜败不说,绝非数月可有了局,试问饷银在哪里?甲午之役,赔偿日本两万万三千万两,还是借的洋债,户部捉襟见肘,只此一项,便不可轻开衅端。"

慈禧没想到主和的人会这样多,看众人的神情,真正主战的连三分之一也不到。她不想再任由大家议论下去,以斩钉截铁的语气道:"现在不是我们和不和的事情,是洋人欺人太甚,逼得大清不能不战。"她又转回头望了一眼光绪,"皇帝,你亲口给大家说明白。"

光绪帝一直反对开战,他以为开战必败无疑,甚至有可能断送大清江山,他如何能背此亡国之君的黑锅。但他没有反抗的胆子,几近绝望地望着下面的臣子,目光落到了许景澄身上,他跪在边上,但是很靠前。光绪帝走过去,流着眼泪拉住他的手道:"许景澄,你是出过洋的人,又在总理衙门当差,外间情形你应当熟知,到底能不能战?国家存亡,百姓安危,都在此一举,你要告诉朕实话。"

许景澄也落下泪来,哽咽道:"皇上,攻打使馆,伤害使臣,是国际法所不容,也是文明国家所不齿。与十几国开战,万难取胜,请皇上格外慎重。"

跪在一边的袁昶也磕头请道:"皇上不可轻开衅端,请皇上宸衷独断,力挽狂澜,救国家于危亡。"

这正是光绪帝所无能为力的,他拉住许景澄的手,君臣相对而泣。

慈禧最恨的是"宸衷独断"四字,厉声斥道:"许景澄,你是何人,敢拉皇上的手!君臣哭泣,成何体统!"

光绪帝只好放开许景澄的手,摇摇晃晃走回御座。

等光绪帝重新站到了御座右侧,慈禧下旨道:"义和团这样乱糟糟的也不是办法。载漪、载勋还有刚毅,你们三个从即日起,负责统率义和团。"

载漪等人精神大振,"嗻"的一声特别响亮。

第二十章

拒矫诏东南互保　起内讧天津失守

　　廷议散的时候已经九时多，如何答复各国公使，总理衙门没有动静。按昨天的商议，如果九时前得不到总理衙门回复，十一国公使将集体到总理衙门询问。但各国公使都不愿去，因为万一遇上暴民，便有性命之忧。但不去又太没面子，结果久议无果。德国公使克林德以脾气暴躁闻名，对诸国公使的胆怯十分不齿，决定自己走一趟。

　　克林德与翻译分乘两顶轿子，前面由两名骑马的中国侍从开道，沿着崇文门大街往北，去总理衙门所在的东堂子胡同。他的两名中国侍从穿的是西洋人的制服，一望而知轿内乘坐的必是洋人。一路上遇到不少头裹红巾的义和团，他们怒目而视，但并未动手。

　　到了西总布胡同口，离东堂子胡同也就只有一百五十余米了，这时一队神机营士兵沿西总布胡同由东而西巡逻而来，为首的是霆字枪队章京恩海。他的姑姑是庄亲王载勋的侧福晋，因此他被委以重任，东华门外南北这一大片要地，包括东交民巷东边的洋操场都是他的防区。前几天演操的拳民被德国使馆士兵打死多人，这让恩海很没面子。又因为中外关系已经十分紧张，而且庄亲王已经发布悬赏令，杀死或打伤洋人都有赏银，他知道轿内所坐是洋人，立即警惕起来，并命手下开枪示警。

　　克林德发现后，在轿中开枪，他用的是手枪，距离有些远，结果未打中。恩海手里有长短两支洋铳，左右开弓，连放两枪，两名中国侍从早就拨马逃命，克林德的翻译也弃轿而逃，一路向南逃回东交民巷使馆区。恩海率部下持枪逼到轿前,挑开轿帘,发现克林德胸前中枪,胸前有一块沾了血的洋怀表。恩海顺手扯下来,装到口袋里,其他兄弟则把克林德手上的戒指和手枪瓜分。恩海并不知道轿中的人就是德国公使,只知道是个洋人,便道:"我要去报告庄王,杀了个洋毛子。"

大家庆贺道:"庄王一定有赏。"

德国公使克林德被杀的消息传进西苑时已是下午,同时传进去的还有联军已经开始进攻天津的消息。次日一早慈禧召见军机时道:"洋人已经向天津进攻,我们不想开战也不成了。"她吩咐立即将开战照会发至十一国公使馆,并明发天下。

载漪相当兴奋,他对刚毅等人道:"这一天我们终于等到了,下面可要大干一场了。"于是几人简单分工,董福祥负责进攻使馆区,刚毅亲自出马负责进攻西什库教堂。

载漪吩咐道:"你们可要好好露一手,给太后报捷,也给她打打气。"

坐镇上海的盛宣怀看到宣战上谕,对朝廷的轻率非常失望。京津已经无法挽救,而东南半壁必须设法维持,尤其上海、汉口、福州、广州等地,洋务事业密集,一旦动荡,则损失不可估量。他立即下令各电报分局,宣战上谕只发给督抚。他同时给两广总督李鸿章、湖广总督张之洞、两江总督刘坤一发电,说"以一敌众,理屈势穷。俄已踞榆关,日本万余人已出广岛,英、法、德亦必发兵。瓦解即在目前,已无挽救之法。初十以后,朝政皆为拳党把持,文告恐有非两宫所自出者。将来必如咸丰十一年故事,乃能了事。今为疆臣计,各省集义团御侮,必同归于尽。欲全东南,以保宗社,东南诸大帅当以权宜应之,以定各国之心,联络一气,以保疆土。乞裁示,速定办法"。

李鸿章一直关注着京中局势,与荣禄一直保持函电往来,荣禄请他不必理会宣战上谕,要联络东南各督抚,设法保护东南半壁。其实,不必他提醒,李鸿章一直在苦苦思索办法。但皇皇上谕,如何能够"不必理会"?但如果不能安定各国之心,他们借机将军队派往东南各地,便留下无穷祸患。正在百思不得其法时,盛宣怀的电报到了。李鸿章看罢连连拍案叫好:"盛杏荪,真绝顶聪明人也。"他指着"朝政皆为拳党把持,文告恐有非两宫所自出者"说,"妙就妙在此两句,既然朝政皆为拳党把持,那么宣战上谕就是矫诏。既然矫诏,自然可以不遵,而非抗命也"。

只是,东南各省督抚态度到底如何,他不得而知,发电盛宣怀,务必随时转告。

此时,张之洞给李鸿章发来一封电报,原来他倡议川、闽、苏、浙、皖、豫、湘、粤、鲁各督抚搞一个联衔通电,以安各国之心:

> 拳匪作乱,致召洋兵。大沽失险,京城扰乱,两宫震惊,大局危急,北望焦灼,赴援入卫均来不及。窃思唯有各省督抚联衔电告各国外部,代朝廷表明并无开衅之意,请其按兵停战,俟李傅相到京妥办,以纾两宫目前之急。台端愿列衔与否,望即刻电复,以便发电。此电系请英、美、日三国劝各国,或应合俄、法、德三国外部一并电致,并请中堂酌示。叩祷。之洞启。

张之洞有此态度,若其他督抚也能如此,则东南互保当可有望。于是李鸿章立即回电张之洞,表示完全同意他的联衔电报,同时强调,自己暂时无法入京,"水陆梗阻,不能奋飞,焦急万状"。

随后,刘坤一也发来电报表明态度:

> 北直已经糜烂,南方必须图全,所有长江一带地方,坤与香帅力任,严办匪徒,保护商、教,并饬上海余道与各领事妥筹保护租界之法,立约为凭,以期彼此相安。尊处情形相同,计已布置周密。此外有无方略,尚祈电示为荷。坤绝。

长江流域湖广、两江两大总督都是如此态度,李鸿章觉得东南互保时机成熟,于是致电盛宣怀,说"二十五矫诏,粤断不奉,所谓乱命也。希将此电密致岘、香二帅"。他的意思是希望东南各省都以"矫诏"为理由,不为朝廷的宣战上谕束缚,放开手脚设法实施东南互保。之所以要盛宣怀来传话,是避免各督抚以为他李鸿章强人所难。

盛宣怀与东南各督抚、驻外大使函电交驰,同时频频与各国驻上海领事磋商,终于有了结果,到了六月初七,由上海道余联元出面,与各国驻沪领事签订了《保护东南章程九款》,并全文发给李鸿章:

一、上海租界归各国共同保护，长江及苏杭内地均归各督抚保护，两不相扰，以保全中外商民人命产业为主。

二、上海租界共同保护章程，已另立条款。

三、长江及苏杭内地各国商民教士产业，均归南洋大臣刘、湖广总督张，允认真切实保护，并移知各省督抚以及严饬各该文武官员一律认真保证。现已出示禁止谣言，严拿匪徒。

四、长江内地中国兵力已足使地方安静，各口岸已有的外国兵轮者仍照常停泊，唯须约束人等，水手不可登岸。

五、各国以后如不待中国督抚商允，竟至多派兵轮驶入长江等处，以致百姓怀疑，借端启衅，毁坏洋商教士的人命产业，事后中国不认赔偿。

六、吴淞及长江各炮台，各国兵轮不可近台停泊，及紧对炮台之处，兵轮水手不可在炮台附近地方练操，彼此免致误犯。

七、上海制造局、火药局一带，各国弁兵勿往游弋驻泊以及派洋兵巡捕前往，以期各不相扰。此军火专为防剿长江内地土匪，保护中外商民之用，设有督巡提用，各国毋庸惊疑。

八、内地如有各国洋教士及游历洋人，遇偏僻未经设防地方，切勿冒险前往。

九、凡租界内一切设法防护之事，均须安静办理，切勿张皇，以摇人心。

李鸿章看罢大为欣慰，总算东南可保。京中电报阻断，他已经多日收不到京中电报，京中形势，多是靠袁世凯电报间接了解。京中官军、义和团正在攻打教堂和使馆，天津租界也正在开战，张之洞、刘坤一及各国驻沪领事频频给李鸿章发电，希望他尽快起程赴京。他自知是责无旁贷，但自己此时进京，又有何益？义和团要杀"一龙二虎三百羊"，他只身入京，岂不是羊入虎口？

正如李鸿章所料，京中情形已经糟糕到了极点。

刚毅亲自指挥六万义和团进攻西什库教堂，已经打了十几天，竟没有攻下来。西什库教堂俗称北堂，是康熙四十二年两位天主教士治好康熙的疟疾而得以恩准建造。原来建在蚕池口，紧邻西苑，高大的哥特式建筑居高临下，且钟楼定时鸣钟，令慈禧十分不满，后由李鸿章交涉，让他们到西什库大街新建。教堂三层，尖顶高耸，远远地就能看到。院墙是水泥、砖头混筑，非常坚固。自从义和团进京，教民及家属两千余人拥进了教堂。义和团要攻打教堂的消息传来后，主教樊国梁从使馆请来了四十多个士兵帮忙守卫。

西什库教堂在北海以西，紧邻西安门，而它的西侧便是皇城西墙，北面是明朝所建的十个储库之一，异常坚固。因此，只要守住东墙和正门就行了。四十多个兵虽然不算多，但他们在墙上挖了枪眼，人一靠近就开枪，而且是百发百中。开始的时候，大师兄向刚毅夸下海口，一天之内必定攻下。他们念了咒，喝了符，一手持钢刀，一手捏着香，喊着杀杀杀向教堂冲过去。等他们离教堂二百米左右时，教堂连番开枪，中枪的人竟然没有倒下。果然义和团是刀枪不入！一旁督战的刚毅连连称赞。其实，中枪的人早就死了，只是被后面的人簇拥着继续向前。但维持不了多久，前面的死人倒了下去，满脸满胸的血涌出来，后面的被吓到了，都退了回去。这样一天之内义和团作法三次，死了一百六十多人，竟然连教堂的大门也没挨近。

第二天还是如此战术，依然没有攻下来。刚毅有些沉不住气，问道："大师兄，这到底是怎么回事？"

大师兄拍着胸脯道："这两天日子不好，法力弱，转过后天，必能攻破北堂子。"但又过了两天，依然攻不过去，以致周围看热闹的人对义和团的法术都有些怀疑了。

刚毅开始还陪着义和团一起攻，有一次被裹挟着退下来后，一位看热闹的老者劝道："看你这把年纪了，还跟着瞎胡闹，拳民那些骗人的话你也信？"当时他是穿着义和团的衣服，所以老者不知道他是个威风八面的军机大臣。

刚毅很受打击，又受不了教堂前面难闻的尸臭，就没热情陪着冲锋陷阵，他开始回家摇着蒲扇、喝着凉茶只听消息。每天都有好消息，大师兄一再给他希望，但就是攻不下来。连端郡王也沉不住气了，把大师兄叫来问怎么回事。

大师兄依然是一副胸有成竹的神情："王爷，我们法术没有问题，可恨洋鬼子弄了阴招破了我们的法术。"

端郡王问道:"他们用的什么阴招?"

大师兄煞有其事地介绍道:"洋鬼子弄了无数女人,赤身裸体,手持秽物站在墙头,又把孕妇剖腹后钉到墙上,所以我等请神上身,攻至楼前,被邪秽所冲,神就下法,不能前进。另外,教堂的大毛子用女人阴毛制作了一把羽毛扇,他在尖顶上指挥,各路神仙都不能附体,所以久攻不胜。"

"难道就没有破解的办法?"

"当然有,我已经派人去五台山请一个和尚,请他前来坐镇,便可破解洋毛子的邪术,到时候攻破教堂易如反掌。"

进攻东交民巷使馆区也不顺利。西班牙、比利时使馆人员提前撤进了英国使馆,意大利、奥地利使馆力量薄弱,第二天主动放弃,也退到了英国使馆。整个使馆区有战斗力的人员两千余人,他们放弃四座使馆后,防线收缩,反而易于防守。攻打使馆区的是朝廷的正规军,董福祥的甘军进攻英国使馆和东面的肃王府,荣禄的武卫中军负责进攻法国使馆,载勋指挥虎神营进攻俄国使馆。

荣禄根本不到现场,负责指挥的左翼总兵下令只向使馆墙上和树上开枪,发一声喊向前冲一冲,立即撤回到工事中。见状,有士兵问道:"咱们这是打的什么仗?这样子一个月也攻不下使馆。"

"真攻下了使馆,你打算怎么办?"左翼总兵不答反问。

士兵被问得无话可说。

其他各军见武卫中军这样打仗,便照猫画虎,更加不肯出力。阵地上有人用芦席围起一片地方来,里面铺着席子,为的是躺在上面抽鸦片。靠墙的也铺着席子,有人靠在上面睡觉,有人在上面吃东西、喝酒、聊天。有人睡累了,醒来,慢慢走到大炮前,摸了摸炮筒便道:"有点凉,再来他几下?"炮兵跑到跟前摸了摸说:"是有点凉,那就再来几下。"然后点火,大家把耳朵捂起来,等着炮响。

载漪亲自到董福祥的甘军去督战,甘军被逼着往前冲,可是肃王府的墙又高又厚,日本兵和美国兵负责防守,洋枪齐放,甘军伤亡很大,于是纷纷撤回,不肯上前:"义和团刀枪不入,让他们来。"

端郡王逼着大师兄调来一支义和团,又是念咒,又是喝符,蹦蹦跳跳往王府前冲,又是一阵洋枪齐射,义和团扔下一片尸体向回逃。义和团平日耀武扬威,又受到端王重视,甘军早有不满,看他们向回逃,就开枪逼他们回去,结果死了一百余人。甘军嘲笑道:"大师兄,法术不灵啊。"

大师兄解释道:"此地风水不利,诸神不能附体。"

"那有无破解之法?"端郡王又问。

"使馆区北面是翰林院,它位于上风口,是英国使馆的天然屏障。如果将翰林院烧毁,风水立即逆转,使馆不愁攻不下。"大师兄出了个馊主意。

要火烧翰林院,载漪不禁心头打怵。董福祥却很赞同大师兄的看法:"英国使馆的北墙与翰林院南墙相邻,翰林院如果着火,再由大师兄作法,不难将英国使馆一把火烧掉!"

翰林院不仅是大清储才之地,更以巨量藏书著称于世,被当时西方人比作中国的牛津、剑桥、海德堡和巴黎大学。翰林院内藏有卷帙浩繁的各类古版善本,举世罕见的《永乐大典》和《四库全书》的底本就珍藏于此。教民和其他使馆人员纷纷避到英国使馆,一个重要的原因就是北面毗邻翰林院,他们认为,无论如何翰林院绝无被焚的可能,因此无形之中增加一个安全屏障。

"翰林院是清议最重视的地方,如果被焚,将得罪天下读书人。"载漪有些犹豫。

"总比攻不下使馆被太后责问强。"董福祥立即抬出慈禧。

董福祥的师爷也附和道:"董大帅的话有道理,如今最支持杀尽洋人的,正是读书人。大学士徐桐不是比谁都厌恶洋人吗?他可是翰林院掌院学士。到时候攻下了使馆,教训了洋人,给大家出了气,谁还在乎翰林院被烧?"

"烧,只要能攻下英国使馆,一切责任我来担。"载漪一跺脚。

大师兄看好时辰,次日一早宜于放火。于是第二天甘军十几人,匍匐进入翰林院,偷偷开始放火,他们向树上、门上浇煤油,以助火势。大火很快延烧起来,当时东北风起,火直向英国大使馆扑去。然而,很快风向大转,变为东南风,大火在翰林院内越烧越旺。英国使馆中有不少汉学家避难,他们看到珍贵典籍焚于一炬,无不痛惜。当时英国驻华记者毛里逊亲见翰林院在大火中焚毁,记述道:"灰烬中大堆的残骸、木本与残枝败叶一齐飞散,装点着这个帝王中国的辉煌书馆的废墟……为了向外国人泄愤雪耻,不惜毁灭自己最神圣的殿堂建筑。而这座建筑数百年来是这个国家及其学者们的骄傲与荣耀所在!对于做出这等事的民族,我们能够做何感想?这是一次辉煌的灾难圣奠。如此亵渎神圣,骇人听闻!"

中国海关北京总税务司署官员扑笛南姆·威尔在他的日记中记道:"英国水手志愿兵均已成列,其往外线者亦皆闻信赶来,破墙而至院中,跨越许多障碍物,上面木屑纷纷下落,有时止放步枪一排,将院之内外搜查肃清。敌人所遗之铜火药帽约有半吨之多……此时火势愈炽,数百年之梁柱爆裂做巨响,似欲倾于相连之使馆中。无价之文字亦多被焚。龙式之池及井中,均书函狼藉,为人所抛弃。无论如何牺牲,此火必须扑灭。又有数十人从英使馆而来……人数既加,二千年之文字遂得救护。"

这些水兵是被英国公使窦纳乐逼迫着前来救火的。但火热太猛,根本无能为力。一些汉学家也冒险进入翰林院,捡拾孤本珍籍残章。那些水兵对此不感兴趣,他们把比砖头还厚的《永乐大典》搬到墙上,用来加筑他们的工事。窦纳乐用使馆专线向总理衙门报告翰林院被焚的情况,希望派人前来保护珍籍,但没人理会。

翰林院烧了,但使馆仍然攻不下来,载漪到了寝食难安的地步。而荣禄这时又查明了伪造电报的真相,他异常痛悔,犹豫再三,决定向慈禧奏明。

慈禧极为震怒,但荣禄一个劲磕头请罪,反而有气也没法撒了。两人分析,幕后主谋很可能是载漪之流,但苦无证据。

"有证据也不能动他,还指望他统率义和团攻下使馆、教堂呢!"慈禧决定暂时不动他。

"太后,义和团的法术大有问题,而且他们以捉二毛子为由,肆意扰民,十分可恶。"

据荣禄掌握的情况,义和团对教民非常残酷,先用绳子绑住手脚,以抬猪的方式"游街",警示众人,然后采用诸如"锉、舂、烧、磨、活埋、炮烹、肢解、腰杀"等方式杀害,有的拳民甚至挖坑将女教民倒栽填土,而裸其下体,插入蜡烛,取火燃之,以为笑乐。

大街上有六位秀才被拳民搜身时搜出一支铅笔、一张洋纸,这六位倒霉的秀才当场被砍死。有户人家中被搜出一盒"洋火"(火柴),全家八口被杀;另一户人家中被搜出一袋刚剥好的荔枝,在场的人都不知道这是什么,有人突然想起了传教士挖小孩眼珠子的传言,于是愤怒的拳民把房子一把火烧了,户主被暴打。更可恨的是,他们中许多人参加义和团就是为了抢劫发财,如今京城已经流传着一首童谣:"大师兄,大师兄,你拿表,我拿钟;师兄师兄快附体,我抢麦子你抢米。"

不但教民被抢,普通百姓也被抢,甚至大宅门也不能幸免。协办大学士孙家鼐维新变法时被光绪任命为京师大学堂提调,因此有新党之嫌,家里被抢劫一空。他短衣逃难,避到安徽会馆,有个儿子被剥得只剩下一条裤衩。尤其外城,百姓更是苦不堪言。被杀者不知多少,正阳门外的御河边上,腐尸遍地,臭不可闻。

"毓贤在山西更过分,他把山西洋人四十多名骗到太原,在巡抚衙门前全部杀死,妇孺皆不免,其中还有婴孩。山西被杀洋人已经超过一百名,中国教民及其家属子女被杀者更是超过万人,这样的行径……"

"洋人难道不该杀吗? 这是你的一面之词,载漪告诉我,拳民既不滥杀'无辜',也不扰民,大部分人都还住在庙里,不冲击官府衙门,还自发组成了治安巡逻队伍,帮助官府维护稳定。至于个别不法,也是假冒义和团。"慈禧打断荣禄的话道。

"太后,如今使馆已经被围得水泄不通,洋人已经领到了教训。臣以为,不妨只围不打,留作与洋人谈判的余地。"荣禄见慈禧依然对载漪深信不疑,只好不再说那个话题。

"你住口。"没想到慈禧勃然大怒,"天子脚下,小小的洋人使馆,攻打十多天竟然攻不下来,岂不让洋人看了笑话?我告诉你,就是要和,也要把使馆攻下来再说。"

"太后,就是攻下来又如何?难道要把他们都杀光不成?使馆内真正能打仗的洋兵不到两千人,我们就是攻下来,也是胜之不武。打而不破,反而收放自如。"荣禄不能不犯颜一争。

慈禧不作声。不作声,就有接受的意思。

"且不论胜负,早晚要与洋人坐下来谈,没有哪个国家会终年打仗。臣觉得,还是应该让李鸿章尽快北上。"荣禄又劝道。

"不是已经给他谕旨了,现在是他没有消息,何时起程连个回话也没有,他到底什么意思? "一提这事,慈禧又气不打一处来。

李鸿章的意思荣禄十分清楚,一是保护公使和使馆,二是要剿灭义和团。朝廷不答应这两条,他便不肯北上。但这样的意思,如何敢直言相告?如果太后认为李鸿章是在要挟朝廷,一怒之下不让他进京,将来更是麻烦。所以他转圜道:"现在京津之间电报不通,联系起来颇不方便。设身处地为李鸿章想一想,两广总督到直隶来办事,大约会顾虑掣肘太多,不易见功。"

"你的意思,是让他总督直隶?"慈禧惊讶地问道。

"不但总督直隶,而且还要兼着北洋大臣,只有这样,他办起事来才方便。"荣禄话说得十分无私。

"我听说李鸿章他们在搞东南互保,不把朝廷放在眼里,这事你该清楚。"慈禧觉得李鸿章不可靠了。

闻言,荣禄不得不为他们回护道:"他们不是不把朝廷放在眼里,而是为保住东南半壁,保住大清的财赋之地,将来无论是战是和,朝廷都有底气。"

慈禧警告道:"你可别为李鸿章等人说话,朝廷三令五申要他们勤王,要他们筹饷,他们有一个行动的吗?哦,只有山东的袁世凯答应带兵前来。那也不过是受你节制,给你面子。"

"臣何敢贪天之功。袁世凯一贯顾大局,而且又离京城最近,因此派兵前来。而东南数省隔着长江,他们带兵勤王,真正缓不济急。臣以为,能保住东南不乱,不让洋人干涉,也是大功一件。"荣禄连忙磕头。

"这次朝廷的面子丢大了。是啊,连北京城内小小的洋人使馆都攻不下来,让人如何看得起。真不知道载漪他们都是干什么吃的,当初向我拍着胸脯,说义和团只要上阵,小小使馆不出三日就可攻下,如今五个三日也过去了吧?哼!"慈禧叹了口气。

这时候,李莲英小跑着到慈禧身边小声道:"老佛爷,端王爷求见。"

"他不知道我在召见荣禄?"

李莲英回道:"跟他说了,端王爷大概喝了点酒,粗声大气的,都拦不住。"

"真是越来越不像话了!我正要找他,他自己送上门来了。荣禄,你跪安吧,李鸿章的事就按你的想法去拟旨。可他要再不识抬举,不肯北上,那就别怪朝廷不顾全老臣的脸面。"慈禧见烦心事一件一件,语气也重了许多。

荣禄跪安退了出去,在殿门外的台阶与端郡王擦肩而过。端郡王果然是喝过酒,红光满面,酒气熏天。

慈禧对这个侄女婿并不喜欢,当初之所以提拔他,是因为他在神机营带兵有模有样,想培养个掌兵的亲信,谁料他不长出息,没有半点王爷的稳重和城府。她斜瞅了他一眼道:"你是越来越不像话了,来见我还敢喝酒,要不是看在大阿哥的面子上,立马拖出去打你二十大杖!"

"臣再也不敢了。"端郡王虽然越来越跋扈,但在慈禧面前,他却是本能地胆怯。

"我听说义和团在外城胡乱杀人,御河边都是腐烂的尸体,你是怎么约束义和团的?"

端郡王壮了壮胆子说道:"荣禄的话不可信,有些教民攻击义民,义民不得不反击。"

"你凭什么以为是荣禄奏给我的?死尸都在那躺着,南城天天起火,莫不是别人都看不见,听不见,闻不见?"慈禧一副不屑于驳的神情,"荣禄的话不可信,你的话可信吗?你当初说义和团有神功附体,攻克使馆是小事一桩,结果怎么样,使馆攻下来了吗?"

这一问,端郡王不由得气馁,勉强解释:"已经攻下了四个。荣禄的武卫中军不肯实力进攻,所以……"

慈禧打断他的话道:"你别管武卫中军,你不是说董福祥最能杀洋人吗?他怎么也攻不下使馆,反而把翰林院烧了?他的甘军作恶多端,烧杀抢掠,你别以为我不知道。我给你们留面子,是看在你们与洋人交战的份上。你们要是这么不成器,到时候别怪我不留情。"

看端郡王已经收敛了刚进门时的傲气,慈禧语气也缓和了:"如今先帝的兄弟中,你还有点担当,我这才把神机营、虎神营交给你,你可别不知惜福。说吧,今天见我,想干什么?"

"要想攻进洋人使馆也不难,只要把武卫军的洋炮拉到正阳门上,居高临下,开花弹一炸,洋人立马完蛋。"端郡王一开口就要大炮。

"你甭想,武卫中军由荣禄指挥,要用炮也是他去调拨。"慈禧警告道,"往后说话办事过过脑子,想明白了再说。别跟我要心眼,当心聪明反被聪明误。"

"臣不敢,臣只一门心思想为朝廷分忧。臣奏请调长江水师巡阅大臣李秉衡进京,他与义和团渊源很深,由他统率义和团,必能大破洋人。"

李秉衡在山东时,对义和团多有庇护,后来因为发生教案,德国人逼迫朝廷罢免了他的山东巡抚之职。随后朝廷任命他为四川总督,但因为德国人抗议,只能取消这一任命。他在家赋闲两年多,今年初在刚毅的推荐下出任巡阅长江水师大臣。他向来主张对洋人强硬,慈禧是知道的,便一口答应了:"好,我准你的奏,可是如果李秉衡到时也不顶用,咱就老账新账一起算。"

回到王府,端郡王心情相当不好。慈禧今天一点好脸色也没有,而且警告的意味非常明显。晚上他召集心腹密议,一致的看法是,如果使馆久攻不下,义和团法术露馅,众人便有欺罔之嫌,那时候不测之危就要临头。

"董大帅,使馆何时能够攻下,你心中该有数。"端郡王问道。

董福祥无奈道:"洋人枪炮太厉害,甘军擅长的是对阵厮杀,如今见不到洋人的面,有劲使不上。"

"依我看,胜负倒是次要的,最要紧的就是大阿哥能够登基。一登基,您老就是太上皇,胜负都无关紧要。如果久拖不决,夜长梦多,就是胜了,也未必于王爷有益。所以,趁着现在王爷占尽天时地利人和,不如果断一试,我们保大阿哥提前登基。"

李来忠这话如晴天霹雳,众人都惊得不敢说话,但载澜却兴致相当高:"对,现在借义和团的法术把一龙拉下马,大阿哥登基,以后的事,都是二哥说了算。"

"这事怎么办?让谁来办?"载漪瞪大眼睛问。

李来忠指了指王府银安殿前高高飘扬的"扶清灭洋"大旗道:"人是现成的。义和团专杀大毛子、二毛子。他当年要效法洋人,而且自己还学洋文,不是洋人的孝子贤孙是什么?只要交到他们手上,他们没有不敢干的事。"

冒险归冒险,但相当让人心动。一想到将来在老太太之下、万万人之上,什么荣禄、奕劻、李鸿章之流,都要唯命是从,端郡王不禁心潮澎湃,问:"行得通吗?必得好好计议一番。"

负责守护西苑的护军参领塔尔图正要午睡,听得外面吵嚷,正要出门,一个护军校飞奔而来,气喘吁吁地说:"大人,不好,端王爷硬闯进来了。"

"硬闯进来了?"塔尔图说,"你们干什么吃的,拦不住他?"

"他喝酒了,后面还带着一帮拳民,个个都横得很。"

"你们手上的家伙是烧火棍?"塔尔图指指护军校背上的洋枪。

"主要是顾忌端王，不然早就开枪了。"

塔尔图问："他们闯进来想干什么？太后昨天不是回宫了？"

"听他们的意思，要见皇上。"护军校说，"端王带来的大师兄说皇上是二毛子，要与皇上论一论。"

"胡闹，皇上再不济，也是我大清的皇上，他们这些个装神弄鬼的东西，有什么资格见皇上？"

戊戌政变后，光绪帝就被软禁在瀛台。瀛台三面环水，只有北面一座桥与陆地相接。塔尔图赶过去的时候，端郡王载漪、庄亲王载勋、贝勒载澜和一帮头裹红巾的义和团正在与守桥的护军争吵。

塔尔图走到护军与载漪之间，道："王爷，西苑是禁地，私闯禁地是什么罪，您老该知道。"

载澜插话道："你不过是个三品护军参领，还没资格和王爷过话。"

塔尔图回道："职责所在，无关官职大小，还请王爷、贝勒们自重。"

后面的大师兄抢道："王爷，不必与他啰嗦，抢过桥去，找二毛子皇上论理去。"

塔尔图大叫道："谁敢？来呀，枪子上膛，谁敢闯就开枪。"

后面一个裹红头巾的道："破洋枪有什么好怕的？我们作起法来，刀枪不入。"

塔尔图说："好，我早就听说过你们有刀枪不入的本领。今天我倒要领教一下，如果真是刀枪不入，我放你们过桥。否则，就立马滚蛋。"塔尔图指指端王身后的大师兄道，"看来你是法力最好的大师兄，就咱俩过招好了。"

大师兄平日经常表演刀枪不入的神功，没法拒绝，道："不必用神功就让你知道我的厉害。"

于是众人退后，桥头闪出一个空地。大师兄蹦来跳去，看不清是什么套路。塔尔图的功夫不讲花架子，是最实用的真功夫，讲究一招致敌，看准大师兄蹦起来单脚着地重心不稳的时机，飞起一脚，就把大师兄踢翻在地。一个漂亮的转身，已经抽刀在手，在大师兄的胳膊上一划，立即皮开肉绽，鲜血顺着膀子淌下来。

塔尔图纵声大笑："王爷，看来都是糊弄人的功夫。不是刀枪不入吗，怎么我只一划就见红了？"

载漪借着酒盖脸,道:"他没有作法,当然不能刀枪不入。不然,岂是你可伤得了的。"

后面的义和团喊道:"有本事到天津打洋鬼子去,在这里耍什么威风?"

有人附和:"就是,他们这些人,欺负人还行,要与洋人开仗,没个够胆的。"

塔尔图冷笑一声道:"别在你大爷面前耍激将法,大爷今天不与洋人开仗,只领教你们刀枪不入的本领。我还是那句话,哪一个不服,可以作法,我也不必用洋枪,只用我手里这把刀,试试你们到底能不能刀枪不入!"

眼看要露怯,载漪拿王爷的大帽子唬人,指着塔尔图道:"你好大的胆子,敢在本王面前耍威风,还不滚到一边去,给本王让出道来。"

"你好大的胆子,你又凭什么在这里摆威风!"慈禧不知什么时候已经驾到,厉声呵斥,"载漪,你好大的狗胆,私闯禁地,该当何罪!"

这时,一个不知好歹的义和团大师兄喊道:"要把二毛子皇帝废掉。"

慈禧厉声呵斥:"废皇帝是你们能干的吗?要谁当皇帝,我自有主张。别以为立了大阿哥就该他当皇帝,不成器照样撵出宫去!现在是什么时候?洋人就要进京,你们却在这里胡闹,真正是荒唐至极!载勋!"

庄亲王载勋"嗻"了一声,跪到慈禧身边。

"我看你没跟他们一起胡闹,这很好,你带他们立即出去,我不重罚,一人罚俸半年。"此时看到荣禄带着荷枪实弹的武卫亲军登岛,慈禧脸色阴沉得吓人,厉声吩咐,"荣禄,登岛的拳民,只要是头目,无论大小,一概正法!"

荣禄"嗻"了一声,一挥手,武卫亲军把四十多名义和团员看押起来。

处理完这些,慈禧才向殿内问道:"皇帝,他们没为难你吧?"

"回亲爸爸的话,护卫守在桥头,儿子没受伤。"殿内传出光绪帝虚弱的声音,两名黄马褂扶持着他出来给慈禧磕头。

慈禧用护指向载漪等人划了一圈道:"没受伤就好,要是他们敢伤了你,我灭他的九族。"

此时载漪已不敢摆端郡王的威风,跪在地上身子直抖。

慈禧怒视着他道:"你给我放明白点,趁早把你当太上皇的心思扔掉,告诉你,有我在一天,你就甭想!你再不安分、造假电报、私闯西苑,咱新账老账一起算!到时候别怪我抄你的家,革你的爵,把你赶到宁古塔去!"

这时,李莲英给了端郡王一个台阶:"王爷,快谢罪回府省过去,别在这里惹太后生气。"

端郡王磕头谢罪,灰溜溜走了。

"你是这里的参领?"这时,慈禧目光转向塔尔图。

塔尔图立即跪下,答道:"奴才瓜尔佳·塔尔图,给太后老佛爷磕头。"

李莲英介绍道:"老佛爷,他阿玛就是纳海,当年跟着七爷去密云捉拿的肃顺。"

"果然是虎父无犬子。你今天做得很好,皇家卫率就该有这一身胆气和血性。"慈禧点头,又转头问李莲英,"莲英,你看赏他点什么好?"

"老佛爷,任您赏什么,都是天大的恩典。"

塔尔图磕头恳请:"老佛爷,奴才不敢请赏,奴才想请老佛爷恩准,到天津卫去打洋毛子。"

慈禧问道:"哦,你有这样的想法,是因为刚才载漪说你吗?"

"不是,洋人老是欺负咱大清,奴才要去战场上为老佛爷出口气。"

"荣禄,这件事你来办好了。"慈禧指了指荣禄,这就算答应了。塔尔图惊喜得磕头谢恩。

晚上,塔尔图回到家,兴致勃勃地给馨如讲今天自己如何在太后面前露脸,两个孩子大的四岁,小的两岁,听不太明白,但见阿玛高兴,也是欢天喜地。馨如却比他清醒,责备道:"你倒是痛快了,如今端郡王正得势,当心他找你麻烦。"

"他敢,太后都称赞我有一身好胆气,我怕他一个郡王?"旗人好面子,尤其是他们这些护卫,人称属鸭子的,煮熟了嘴还照样硬。其实塔尔图心里也有些发怵,只不肯在馨如面前承认。

"好,你是忠肝义胆的亲军护卫,不怕他一个郡王,可你干吗逞能要到天津卫?那可是与洋人动真刀真枪。我白白常说,不敢小看洋人,你该没糊涂到也以为自己刀枪不入吧?"馨如与丈夫感情极好,不像一般家庭那样,女人在丈夫面前大气也不敢出。

"我当然没糊涂。馨如,在护卫当中我也算是顺溜的了,可如今不过是个三品参领。从前有醇亲王赏识,还有点奔头,如今领掌兵的都是端郡王一伙的,和咱不是一个道上的。当一辈子护卫,说破大天,也还是站大门的。我阿玛当年有机会去捉肃顺,立了一功,又得两位王爷赏识,这才有出头之日。去天津和洋人干一仗,就是我的机会。你放心,荣中堂说,我去是督战,类似巡查的钦差,让我不必上前线。而且十天为限,扣除来回,在天津不过就是六七天的时间,你用不着担心。"

"我担心有什么用?这种事情你从来不和我商量。"馨如去套间翻箱倒柜找东西,塔尔图问找什么,她回道,"阿玛不是送了你一件软甲,你带上。"

塔尔图欲阻拦:"咳,那东西也就挡挡没了劲头的箭矢,挡不了洋枪子。再说,现在天这么热,再套上那玩意,还不让人热死。"

可馨如已经找出来了,不容置疑道:"热死你也要穿上,不然,你就别去。"

"听说朝廷又给咱白白下旨意了,要他速来京和洋人交涉。"塔尔图接过了软甲,在胸前比画一下,放到包裹里。他随馨如的习惯,称岳父李鸿章为"白白"。

"哼,朝廷一惹了祸就把白白推出来,临了再举国痛骂他是卖国贼。我都和白白说了两百回了,让他别管闲事,可是他总是不听。眼下义和团闹得正欢,要杀尽洋毛子、二毛子,连皇上他们都敢动,白白这时候来京城,那还了得?你电报局有没有熟人?给白白发个电报,让他无论如何别到京城来。"

塔尔图摇了摇头:"算了吧,老爷子能听你的劝?放心吧,京中的情形,他比咱们清楚。"

第二天一早,塔尔图等一行四人骑马前往天津——两个三等护卫,外加一个义和团的二师兄。派一个义和团员随行,是载勋的主意,为了路上交涉方便。那个二师兄不是别人,正是宋浩胜。两人都觉得彼此熟悉,但不敢贸然相认,尤其是宋浩胜脸上有伤疤,已非当年威海城中那个鲁莽的军官了。但他们略经试探,彼此便认了出来。一路上边走边拉呱,旅途便不那么枯燥了。

三人于当天下午赶到天津,从西门进城。官军正在围困租界,时有枪炮声。义和团与官兵联合守城,到处可见头裹红巾的义和团。直隶总督衙门俨然义和团的大本营,守门的是义和团,衙门里出出进进的也都是义和团。直隶总督裕禄看了军机处的行文,对塔尔图非常热情,晚上又亲自陪餐,作陪的还有义和团大师父张德成、曹福田。

张德成原来是直隶高碑店白沟河畔的一个船户,穷得不能再穷。他闹义和团并不早,也并没有多少更特别的本事,但在静海独流镇成立义和团时,起了个好名字,"天下第一团",结果附近百姓纷纷加入,不到两个月,竟然聚起了近两万人。此人特别善于造势,派人向裕禄极力推荐自己,等裕禄飞檄请他进城时,他又拿架子不肯入城,并让人传话给裕禄,他是太白金星下凡,要入城,非有王爷的仪仗不可。王爷仪仗裕禄哪里有?后来变通改为总督的全副仪仗,裕禄亲自出城迎接。

曹福田本是一个兵油子,也是在静海闹义和团。他比张德成进天津早,入天津城后,他问租界在哪里,众人告诉他在东南方。他登上城墙,身后竖一面大旗,大书曹字,向东南方连拜,嘴里念念有词,然后起身说道:"租界洋楼毁矣!"果然,租界有一处浓烟滚滚,他的神通立即传遍天津城。

后来有人说,是他提前安排徒弟在租界里放火,但大家宁愿相信是他的法术高超。此时张德成入城抢了他的风头,他心里有些不悦,席间不愿多说。当张德成说到自己是太白金星下凡时,他就说自己是奉玉帝之命前来。两人明争暗斗,很有意思。

席间裕禄告诉塔尔图, 他正在部署对租界进行三面围攻:"武卫前军直隶提督聂功亭部一万人,武卫左军浙江提督马荆山部六千人,还有淮军三千余人,督标营也有两千人,义和团则不下五万人,天津水火会招募一万余人。租界里洋鬼子兵不过区区六七千人,必能一战胜之。"

听了这些,张德成和曹福田都表示,就是官军不出动,只用义和团作法上阵,攻下租界也是小菜一碟。

塔尔图对两个大师父非常不以为然,不明白裕禄作为天下督抚之首,何以如此深信不疑,看宋浩胜的脸色,显然也对两位师父不甚佩服,冷眼看两人胡吹海侃。

裕禄的部署是三面围攻,他问塔尔图愿到哪一路督战。塔尔图回答,说哪里战斗最激烈,就到哪里去。

"现在不好说,因为我们现在对洋军的战斗力摸不清。我建议第一仗,你不妨到西南方向聂提督部去瞅瞅,他部下炮多,打起来更热闹。"裕禄建议道。

第二天吃过早饭, 塔尔图一行由督标营营官郑扩廷送到天津南门外聂士成军营。聂士成参加过中法之战,在台湾与刘铭传并肩战斗过,甲午战争中又表现非常出色。塔尔图早闻其名,不过初见之下,却颇为失望——聂士成肥头大耳,不像一个职业军人,倒更像一个脑满肠肥的员外郎。聂士成翻眼看了一下塔尔图身后的二师兄宋浩胜,一副不屑的神情道:"塔大人如果相信义和拳装神弄鬼那一套,去他们那里督战好了,那里有热闹好瞧。"

塔尔图回道:"我不是来瞧热闹的,是来陪将军上阵的。"

"上阵没问题,只要没人在后面打黑枪就行。"聂士成发过牢骚,就带塔尔图去看他的阵地部署。

果然是名不虚传,塔尔图佩服得只有点头的份。正走着,突然蹿出来一队义和团拿着刀向聂士成扑过来,大喊:"聂鬼子,拿命来。"

聂士成拨马就跑,义和团看追不上,这才作罢。塔尔图见状很奇怪,问宋浩胜道:"浩胜,你问问他们是怎么回事。大战在即,怎么要杀聂提督?义和团不是专杀洋人吗?"

宋浩胜以二师兄的身份很容易和他们沟通。据他们说,聂士成是汉奸,是二鬼子,专门帮洋人。当初他们为了挡洋兵而毁铁路,聂士成不答应,还向义和团开炮,炸死了不少人。廊坊大捷的时候,聂鬼子又在背后开枪,杀死了义和团五百多兄弟。

这是义和团的说法,塔尔图决定再听听聂士成的说法。聂士成人喊冤枉道:"他们是恶人先告状。"

按聂士成的说法,他奉命保护铁路,可是义和团烧枕木、拔电杆,非常嚣张。他派人去劝,他们不但不听,还向他的武卫军进攻,他当然要还击,双方就此结下梁子。可是朝廷只听一面之词,一再袒护义和团,指责他激化矛盾。

"我为什么主张解散义和团?因为靠他们装神弄鬼根本救不了大清,只能惹来列国干涉。大清连一个小小的日本都打不赢,又如何胜得了列国?至于廊坊大捷,全是颠倒黑白。"聂士成这样解释道。

西摩尔联军坐火车去北京,但到了廊坊,发现铁路破坏得相当严重,修了几天也修不好,决定返回天津,但回天津的铁路也被毁,近两千人被阻于廊坊一带。一万多义和团和聂士成的武卫军联合,决定灭掉这股洋鬼子。义和团大师兄把胸脯拍得山响:"神仙一上身,刀枪不入,这点洋鬼子不够塞牙缝的。"

聂士成非常反感道:"打起仗来只许进不许退,我要成立执法队,如果有人临阵退缩,我可就不客气了。"

义和团作法后往前冲,结果马克沁机枪一响,前面的人像割谷子一样倒下一片。他们退下来,又重新作法,把一些孩子排到前面,再往前冲,结果机枪一响,又死了几百人。退下来后,他们还是不肯承认自己的法术有问题,又作法,又是送死,机枪一响又四散奔逃。聂士成命执法队开枪,打死了好几百逃跑的义和团员。

"聂军门,这就是你的不对了,你怎么能真开枪?"塔尔图虽然对义和团的法术不以为然,但还是可惜他们的命。

"他们不是刀枪不入吗?我就是看不惯他们骗人不眨眼的嘴脸。你刀枪不入,我就要看一看,到底入不入!我就是要让他们明白,以后在我聂某人面前,少他妈装神弄鬼。他们跑光了,我的武卫军不能跑,我就是要让他们看看,仗是怎么打的。"

聂士成的这一仗打得很勇猛,两千人对两千人,打死打伤联军四百余人。但逃跑的义和团向裕禄报告,说他们打死了一千多洋鬼子,要不是聂鬼子捣鬼,早就把洋鬼子全灭光了。裕禄据以上奏,说义和团取得廊坊大捷,对聂士成的功劳只字不提。

"这些拳匪很可恶,他们总是鼓动孩子打头阵,孩子们死了,他们解释说是因为法力不够,真是畜生不如。可如今要真正与洋人开仗了,裕总督一再要我与他们和衷共济,我只好忍气吞声,让着他们。今天的情形你们也看到了,不要说帮着打洋人,到时候别背后捅我刀子就谢天谢地了。如今我是上不谅于朝廷,下见逼于拳匪,非一死无以自明。"聂士成对义和团没有好感,但对宋浩胜则刮目相看,"这位兄弟我看不像他们张狂奸诈,像个明白人,你说,你们装神弄鬼能抵挡得了洋兵?简直是笑话嘛!"

宋浩胜受不了聂士成的耻笑:"我不会法术,从不装神弄鬼,当年我在威海摩天岭炮台,打了不下百十个鬼子。"

聂士成肃然起敬:"兄弟在摩天岭炮台打过倭寇?这一仗我知道,很了不起,周营官死得更是惨烈。"

宋浩胜解释道:"我参加义和团是想笼络一帮兄弟,真刀真枪和洋人干一仗。"

聂士成又道:"你这样的人,拳匪里没有多少。"

"你不要一口一个拳匪,团里真心打洋鬼子的大有人在,你不要一竹篙打翻一船人。"宋浩胜也真有些不高兴了。

第二天,三面围攻租界的战斗打响,聂士成命炮兵将炮架到小西门围墙土台上,居高临下向租界开炮,租界内的英、俄军队被迫撤进跑马场的地道。但炮击一停,他们立即钻出地道设防。双方你来我往,激战一天,彼此仍然坚守着各自防线。接下来的几天,聂士成部一点点向租界压缩,使联军步步后退,终于推进到八里台、跑马场一带。

八里台位于天津老城西南八里的地方,是水洼中的一片高地。聂军推进到此地,离租界更近,在此设炮兵阵地,对租界的威胁非常大。双方都知道此地重要,仗打得非常激烈。

六月十三日(7月9日)早晨天未亮,聂士成召集部下部署任务,要求所部务必于当天攻进租界,将炮台建到租界内。他将指挥所建到八里桥,连他住处的护院兵丁也调到前线来。天亮后兵分三路发动猛攻,聂军冒着联军激烈的炮火,前赴后继,打得联军手忙脚乱。聂军的阵地不断向前移动,租界外的联军最后一道防线也被攻破,即将攻入租界内。附近百姓冒着枪林弹雨将白糖饼、绿豆汤、西瓜、冰水等食物送到阵前。到了十时多,守卫住处的士兵仓皇跑来报告聂士成,说义和团绑走了他的妻子和两个孩子。聂士成骂道:"狗日的拳匪,果然背后捅我刀子。来呀,前营两哨兄弟,跟我去把妻儿夺回来。"

"聂鬼子叛变了,要向义和团进攻了!"聂士成带人前去追赶,义和团便摇旗呐喊。他勒住马,仰天长叹,"他们这是要逼我聂某走绝路!"

宋浩胜自告奋勇道:"聂军门请一心指挥战事,我去把你的家属要回来。"

塔尔图陪着聂士成返回阵地。此时战斗更加激烈,联军人数突然大增,炮火也更加猛烈。这时负责侦察的骑兵报告聂士成,说租界内来了大批援军,有近万人,已经全部投入战斗,东面攻打老龙头火车站的官军和南面攻打租界的官军已经撤进城内,义和团正在放火抢劫商铺,建议聂士成下令撤退。

"往哪里撤?我今天只有为国捐躯而已!"聂士成红着眼睛吼道,他穿上黄马褂,骑马赶到阵地最前沿。

塔尔图劝道："聂军门，你不能太靠前，再说，你这身打扮太惹眼，会成为炮兵的靶子。"

"塔大人，你不明白，聂某的处境，一死报国是最好的结局。"聂士成苦苦一笑。

护卫队长拉住他的缰绳哭劝他不要到阵前，他摇着头说道："你年轻，不懂。"聂士成一马鞭抽开他的手，骑马奔到阵前。果然，联军枪炮集中向他打来，他换了两匹战马，双腿和脸颊中弹，但依然强撑在马上。

塔尔图冲过去，想把他劝回来，此时一颗炮弹在聂士成的马前爆炸，他被炸下马来。塔尔图感到胸口被人推了一把，扑倒在地。聂部见主帅阵亡，纷纷溃退。而义和团则高声喊道："聂鬼子完蛋了，把他的狗头砍下来！"

义和团向阵地上冲，要去夺聂士成的尸体，而联军以为义和团要发起进攻，集中炮火向义和团轰击，把他们轰了回去。塔尔图昏了过去，被两个护卫冒死抬下阵来，等他醒过来时已是下午。原来，他的胸口被炸起的泥块击中，当时被打昏了。还有一块弹片被软甲挡住，只是划破一点皮。他听闻后庆幸道："幸亏听了馨如的话——聂军门怎么样？"

"聂军门已经战死，他身中三枪，肠子被炸了出来。是联军打着白旗，用一床红军毯盖着，把他的遗体送了过来。他们说，对聂军门这样的真正军人，他们由衷地敬重。"护卫回道。

宋浩胜也回来了，告诉塔尔图，聂士成的妻、子已经被释回。

"那些装神弄鬼的人呢？"塔尔图对义和团的看法已经完全改变。

"他们说天下雨了，要回去种地，许多人都进城去抢劫商铺，发点财好回家。"宋浩胜也无奈地摇了摇头。

塔尔图叹息道："浩胜兄，天津城恐怕守不住了。我们的期限快到了，咱们得回京奏报朝廷，赶紧正正经经备战，不能再指着义和团了。"

四人一行当天下午向京城返回，因为塔尔图胸口疼痛，不敢走得太快，一下午只走了三四十里，到了一个叫双口的镇子，找了一家客栈住下来，又请了一位中医把脉，开了去瘀补血的中药。不知是药对路，还是休息一夜的缘故，第二天一早，塔尔图感觉轻松多了，便道："今天务必要赶回京城。"

正在吃早饭，听得街上有人吵嚷。四个人出去看热闹，发现一大堆人围在街口，听得里面人说道："本座在天津城里，坐的是裕总督的八抬大轿，你们弄这么一顶破轿子,本座如何能坐?"

有位老者回道:"本镇只庙里有请关老爷时才用的八抬轿子，你敢坐吗?"

只听那人大言不惭地说道:"有什么不敢坐/本座是太白金星下凡,你们立即抬过来。"

塔尔图挤进去一看,果然是张德成,身边有七八个小喽啰,脚边是三个木箱。塔尔图讥笑道:"这不是天下第一团的大师父吗?洋人正在攻天津,你有刀枪不入的本事,打着扶清灭洋的旗号,怎么临阵脱逃了?"

"你们不懂,我要去光华寺请天兵天将。"张德成面不改色。

"是吗?恐怕是要携财逃走吧?"

"你不懂不要乱说,当心得罪神灵。"张德成见行藏被人识破,又对两个喽啰丢眼色,"没有八抬大轿也就算了，两人抬的也行，还是早日赶到光华寺。"

"打开他的箱子看看是什么!"塔尔图一声令下,两个三等护卫三下五除二把几个小喽啰放倒,一刀砍掉箱子上的锁,里面果然是金银珠玉。众人哄的一声扑上去,顷刻间抢了个精光。张德成气得跳脚大骂,再也没有'天下第一团'大帅父的气度。

塔尔图笑道:"这个人号称刀枪不入,大家不妨试试真假。"

刚才张德成骂得太难听,早有人拿着镰刀前来试验,一镰下去,张德成鬼哭狼嚎,趴在地上磕头告饶。

"可恨你们这些无赖装神弄鬼,误我朝廷,害我国家,不杀你对不住我大清江山!"塔尔图手起刀落,张德成已经身首异处。

回京后,塔尔图向荣禄做了详细报告,荣禄立即进宫向慈禧奏报,并建议应当立即停火,并派重兵护送各国使节到天津,以避免联军进京。慈禧答应第二天见军机时再说。

可是,第二天召见军机时,情况却起了变化,原因是刚毅坚决反对,他认为塔尔图带回来的消息不确。

"据裕禄快马送来的战报,说义民作战非常勇敢,不顾洋鬼子的枪炮奋勇直冲,前赴后继。而且张德成善用兵法,他佯败把洋鬼子引入埋伏圈,消灭的洋人甚多。他又率部驱赶水牛十几头,把洋鬼子埋设的地雷全部踏响,所部已经逼近租界,也许现在已经攻了进去也未可知。至于塔尔图所斩携财逃走之人,十有八九是冒充,塔尔图只见过张德成一面,认错也有可能。至于说义和团借机抢劫民财,那一定是假团所为,京中义和团也出现了假团,端王爷正在设法甄别。再说,抢劫民财的也不一定仅仅是义和团,官军也未必能干净。甲午年,入朝的淮军先是在朝鲜抢劫,退回国内后又在辽宁抢劫,为此朝廷还斩了好几员大将。聂士成所部,据说当年抢劫民财也不少。"刚毅先说了战报,然后又不忘戳戳淮军的毛病。

"这时候不必计较细故,只要能打胜仗,就可既往不咎。刚毅,如果你所说有虚,到时候义和团不顶用,看我怎么和你算账。"慈禧不愿翻旧账。

刚毅磕头后道:"臣所言句句是实,有裕禄给端王爷的亲笔信为证。臣是觉得此时向洋人求和,不免有些让人瞧不起,以为联军一上岸,朝廷就怕了。要讲和,也要在天津打个胜仗,给联军一个教训,那时想和也容易。"

"你是说,天津有可能再来个大捷?"慈禧有些心动。

"极有可能,裕禄说,西摩尔的联军不过两千人,已经在廊坊被消灭了一千余。所以租界里的洋鬼子不过千把人,而官军加义和团不下四万。洋人虽然枪炮厉害,可是总有弹尽粮绝的时候,那时官军再攻,必可全胜。"

慈禧连连点头:"有道理。那就再等等,等天津再报大捷的时候,使馆里的洋人也没了指望,那时候再和他们谈。"

接下来谈聂士成的恤典问题。聂士成是荣禄最赏识的将领,主张从优抚恤。而刚毅则认为聂士成敌我不分,不顾大局,一再杀害义民,不但不应该给恤典,而且应当革职。

"臣绝不同意!"荣禄非常气愤,"甲午一战,聂士成坚守摩天岭,挡住了日军去盛京的去路,厥功至伟,后来又屡次苦战。这次他毕竟是与洋人作战捐躯,如果连这样的英雄也不得恤典,试问天理何在?公道何在?良心何在?"

"你们也别争了,恤典照给,但他的毛病也不能不指出。"慈禧双方各打五十大板。

军机退出后,刚毅扬长而去,对荣禄连理也不理。当天有一道明发上谕:

> 武卫前军直隶提督聂士成,从前著有战功,训练士卒,亦尚有方。乃此次办理防剿,种种失宜,屡被弹劾,实属有负委任。昨降谕旨,将该提督革

职留任,以观后效。朝廷曲予矜全,望其力图振作,藉赎前愆。岂意竟于本月十三日,督战阵亡。多年讲求洋操,原期杀敌致果,乃竟不堪一试,言之殊堪痛恨。姑念该提督亲临前敌,为国捐躯,尚非畏葸者比,着开复处分,照提督阵亡例赐恤,用示朝廷格外施恩,策励戎行之至意。

过了四天,直隶总督裕禄派专差送来天津失守的战报,他已经率残部撤往杨村,助守天津的"义民"也纷纷奔走天津城外州县"分散御敌"。慈禧勃然大怒,将军报扔到地上道:"裕禄可恶,前几天还天天报捷,没过两天天津失守,他竟然还有脸活着! 到现在还信口胡扯,义和团分明是溃逃,还说什么'分散御敌'! 载漪、刚毅你们一直说义和团可恃,天津义和团不下五万人,怎么挡不住几千洋兵?"

任两人巧舌如簧,这话也没法回答。载漪硬撑着不肯承认义和团不可靠:"想来是天津义和团法力不够。臣敢担保,京城义和团必能挡住洋鬼子,太后不必忧虑。"

"你就会给我吃宽心丸! 京城义和团法力大,怎么连几个使馆也攻不下来? 还有你刚毅,你不是亲自去北堂子督战了,怎么如今也没攻下来?"慈禧连连怒斥。

刚毅以头碰地道:"臣领罪,从五台山请的和尚已经到了,正在研究新的战术。"

慈禧命令道:"你们两个立即去整顿义和团,要派人出城到通州去设防。"

两人一退出殿门,载漪就气急败坏地骂道:"裕禄真没用,五六万人挡不住几千洋鬼子! 咱们要把京城的义和团好好整顿一下,把真能打仗的用起来,只知道杀人放火的,让他们滚蛋!"

殿内,慈禧看了一眼余下的人问道:"你们几个,都是主张把使馆人员送到天津的,现在还能不能和使馆的洋人联系上?"

奕劻回道:"自然联系得上,只要双方停战,总理衙门派人去就是。"

"停战的事臣安排武卫中军去接洽,总理衙门去使馆的人臣负责护送。"荣禄也接话道。

"围了这二十多天,估计他们吃的喝的都成了问题。派人去的时候问一下他们有什么需要,只要不过分,朝廷都满足他们。"慈禧一副关心的样子。

"臣让他们告诉洋人,粮食、蔬菜还有瓜果,朝廷都可以给他们。"奕劻又应道。

慈禧突然转了话题:"让李鸿章北上的上谕已经发了不下三份,他怎么还没动静?"

"臣立即给他发电报,让他设法乘洋轮北上。如今招商局的轮船已经停航,不到天津来了。"奕劻回奏,顺带把原因说了。

第二十一章

假神功难抵洋炮 真凶残联军屠城

早在联军攻陷大沽炮台的时候，朝廷就有旨令李鸿章北上主持对外交涉，等天津失守后，军机处更是急如星火，催促他起程北上。

"前迭经谕令李鸿章迅速来京，尚未奏报起程，如海道难行，即由陆路兼程北上，并将起程日期先行电奏"。次日又有一电，说"或陆路或海道，着李鸿章自行酌量，如能借坐俄国信船由海道星夜北上，尤为殷盼，否则即由陆路兼程前来，勿稍刻延，是为至要"。

两江总督刘坤一也致电李鸿章，说"危局唯公可撑，祈早日启节，以慰两宫焦盼，天下仰望"。驻德公使吕海寰也发电报来，说"窃思北事危急，务请中堂早日北上，以维大局，而孚夷望"。上海的知名绅商，也纷纷发电，请李鸿章北上主持交涉，以维和局。

然而，李鸿章却不为所动，他的行事风格，是先要有几分把握才行动。他所顾虑的有两个方面，一是洋人国家是否希望他李鸿章北上，如果洋人一点面子也不给，那又如何交涉？二是朝廷的态度，尤其是端郡王等皇亲国戚还在一味主战，他进京主和能有好果子吃？弄不好让人家砍了头来祭旗也不无可能！这两方面没有把握，他是无论如何不能起程的。

他已经发电给驻德、俄、英、法、美等国公使，让他们打听各国对他北上的态度。不久陆续就有了回音，都支持他北上。尤其德俄两国，德皇让中国驻德公使吕海寰告诉朝廷和李鸿章，唯有李鸿章能够胜任交涉大任，德国也只愿与李鸿章交涉；而俄皇则让中国驻俄公使杨儒电告李鸿章，俄国对中国绝不失和,而且愿意出兵保护李鸿章北上。

洋人这边李鸿章放了心,而朝廷这边仍然不明朗,虽然已经停止攻打使馆,还送去了瓜果蔬菜,但对义和团及主战大臣如何处置并没有明确态度,那就随时有可能重新攻使馆、杀教民。这一点不明确,他北上也是枉然,因此他让幕僚起草了一份电报,让盛宣怀发给东南各督抚,希望他们联名电奏朝廷,逼朝廷明确表态。他正在准备,就收到张之洞的电报,两人真是不谋而合。张之洞的电报有四个意思:

> 请明降谕旨,饬各省将军督抚仍照约保护各省洋商、教士,以示虽已开战,其不预战事者皆为国家所保护,益彰圣明如天之仁。
>
> 请明降谕旨,将德公使被戕事切实惋惜,并致国书予德皇,并请致英、法两国,以见中国意在敦睦,一视同仁。
>
> 请明降谕旨,饬顺天府尹、直隶总督,查明除因战事外,此次匪乱被害之洋人教士等,所有损失人命物产,开具清单,请旨抚恤,以示朝廷不肯延及无辜之恩义。不待外人启口,将来所省实多。
>
> 请明降谕旨,饬直隶境内督抚统兵大员,如有乱匪乱兵,实系扰害良民,焚杀劫掠,饬其相机力办,一面奏闻。从来安内乃可攘外,必先令京畿安谧,民心乃固。必先纪律严肃,兵气乃扬。

这份电文,每一条都是要求朝廷"明降谕旨",如果这些要求朝廷都能答应,将来交涉则少费周折。两江总督刘坤一、湖广总督张之洞、闽浙总督许应骙、四川总督奎俊、福州将军善联、大理寺少卿盛宣怀、浙江巡抚刘树棠、安徽巡抚王之春、山东巡抚袁世凯、陕西巡抚端方等立即回电同意联名电奏。各督抚有此态度,李鸿章很是欣慰,无论朝廷听不听得进去,至少说明他的提议得到了广泛支持。

此时,朝廷又有一份严旨给他:

> 谕军机大臣等电寄李鸿章:现在事机日紧,各国使臣,亦尚在京,迭次电谕李鸿章兼程来京,迄今并无启程确期电奏。该督受恩深重,尤非诸大臣可比,岂能坐视大局艰危于不顾耶? 着接奉此旨后,无论水陆,即刻启

程,并将启程日期,速行电奏。

李鸿章知道不能再拖了,六月二十一日,他在广州城外天字号码头登上轮船招商局平安号轮船,将军、巡抚率文武大员到码头相送。在等待开船的时候,南海知县裴景福得以到甲板上与李鸿章面谈。

裴景福一个小小的知县何以有如此面子?首先他是安徽人,他的父亲裴大中得到李鸿章赏识,曾任过北洋武备学堂监督。裴景福历任广东陆丰、番禺、潮州、南海诸知县,深谙官场门路,为历任督抚赏识。

李鸿章着蓝布短衫,斜倚在小藤榻上,李经方陪侍在侧。裴景福首先赞叹道:"外洋有电,得知中堂将北上办理交涉,无不额手称庆。"

"大清上下,舍我其谁也?"李鸿章不脱自负的性情。

裴景福义问:"这次祸乱,中堂以为下一步会如何发展?"

"东南幸有香涛、岘庄定力主持,必能联络保全,不至于 蹶不振。只是聂功亭已经阵亡,武卫精锐受挫,其他诸军零落,牵制必不得力。以我国兵力,危急当在七八月之交,日本调兵最速,英国助之,数国皆出兵,一国之力如何抵挡。京城恐怕挺不过八月。"李鸿章说到这里,愈加痛心,他用手杖触地,眼含热泪说,"主战大臣如此糊涂,把国家拖入混乱之中,内乱不止,外患交加,如何了得?"

裴景福又不放心地问道:"中堂明知都城不守,入京后又当如何办理?"

"明知山有虎,偏向虎山行,我这一辈子都是如此。联军一旦占据京城,必有三大问题,一是剿拳匪以示威,二是纠首祸以泄愤,先以此要挟我,而复索兵费赔款,势所必至也。"李鸿章分析道。

"中堂以为,兵费赔款大约数目是多少?"

"这如何能够预料,只有竭力磋磨,展缓年份,不知能不能办得到。甲午之败,赔款两万万三千万,这次大祸,列国难免狮子大张口。"李鸿章摇了摇头。

裴景福不明白地问道:"众人都明白,此次入京必被列国逼签和约,中堂何不拒绝入京,不担此骂名?"

"我被人骂了一辈子,骂就骂吧。到底谁在卖国,不是一眼就能看明白吗?他们把金瓯打碎了,让我来修补,然后再骂我卖国,岂有此理?后世的史家自有良知,他们分得清黑白。"李鸿章叹了口气。

"所谓史家,笔下冤枉的人最多。"裴景福仿佛是专门来抬杠的。

"那我也无可奈何了。如果史家的良心也被狗吃了,我又有什么办法?我能活几年,当一日和尚撞一日钟,钟不鸣了,和尚亦死了。"说到这里,李鸿章止不住泪流满面。

裴景福见状,安慰道:"中堂不必伤心,有您北上,大难毕竟会了。往后,中堂以为大清最要紧的是什么?"

"甲午赔款尚未了,又将加一笔赔款,自然是要专心财政,而又不能杀鸡取卵,若求治太急,反以自困。我百姓何辜,要为这些糊涂人买账。大清地大物博,岁入尚不及泰西大国之半,将来理财须另筹善法。"

李经方看到李鸿章太过伤心,而且开船时间将到,就对裴景福道:"裴大令,开船时间将到,家父也需要休息,不要怪我下逐客令。"

"好,好,准备开船,准备北上去当卖国贼。"李鸿章以杖触地,又对儿子说,"你代我与各位大员话别吧。"

四天后,李鸿章到达上海,盛宣怀及上海地方文武到码头迎接。刚到住处下榻,俄国驻上海领事就前来探望。

"俄国人最狡诈,此次北上,恐怕最难对付的就是他们了。"李鸿章有此感慨,实在是教训深刻。

甲午战后,俄国牵头与德、法联合干涉,逼迫日本归还了辽东半岛。朝廷上下对俄国人大起好感,不少人都主张联合俄国,以抵制日本。当时中国战败,北洋水师覆没,全国上下一片恐慌,急于找到自保的办法,李鸿章向来是主张以夷制夷,自然是极力赞同与俄国结成盟友,以他的打算,不仅可以此制约日本,甚至可以制约英、法等诸国。

1896年借祝贺俄国沙皇尼古拉二世加冕之机,李鸿章奉命到俄国秘定中俄密约。俄国上下给李鸿章以超规格的礼遇,不但沙皇两次殷切接见,而且祝贺时又与英、法、美、德等世界上最强国使臣排在第一班。沙皇的亲信、俄国财政大臣维特更是对李鸿章礼敬有加,无微不至。他一再向李鸿章声明,俄国地广人稀,对中国绝无领土野心,与中国结盟,主要是为了扼制日本在东北亚的野心,一旦日本有侵略中国之举,俄国将调兵干涉;为了便于运兵并接济中国军火和粮食,他们希望远东铁路穿越中国黑龙江、吉林,直接通到海参崴;一旦发生战争的时候,希望中国能够提供驻泊军舰的港口。

老谋深算的李鸿章也觉得这些要求并无损中国主权,中俄密约签订后,他十分得意,说"至少可保中国二十年无事"。然而,俄国采取的是一步步收紧绳扣的办法,中俄密约好像无损中国权益,但随后俄国通过修建中东铁路的有关合同,取得了铁路沿线驻警察、开采矿产等权益。德国侵占胶州湾后,中国请俄国出兵干预,没想到俄国军舰进驻旅顺、大连后既不南下,也不撤走,坐视德国逼迫中国签订了《胶州湾租借条约》。俄国等的正是这一机会,立即提出租借旅顺、大连的要求,理由是德国可以租借胶州湾,作为盟国当然更应该在中国租借地方。从日本口中夺下的辽东半岛,转眼成了俄国的势力范围。俄国随后以旅顺为首府,建立关东省,俨然将东北视为俄国的一省。李鸿章悔恨没看清俄国的嘴脸,可惜为时已晚。

义和团事件爆发后,东北也发生了烧教堂、杀教民的事件,俄国借中东铁路之便,运输数万军队进了东北,一路由旅顺进攻盛京和关内;一路由伯力进攻哈尔滨;一路由阿穆尔进攻宁古塔、吉林,很快控制了北起瑷珲南至锦州的整个东北。

接下来的谈判中,最麻烦的恐怕也是俄国,李鸿章不得不对俄国领事热情接见,并加倍小心。

俄国领事非常客气,一再向李鸿章声明,他接到国内训令,俄国最希望中国和平,将全力协助中国与列国交涉,而且愿意派出军舰保护中堂北上。俄国人没有提出过分的要求,让李鸿章感到欣慰。他告诉俄国领事,他北上的日期还未定,是走水路还是陆路也未定,届时若有需要,一定请俄国友好相助。

送走俄国领事,盛宣怀送来李经述的电报。李经述是李鸿章的亲生儿子,时年三十五岁,极有文采,且为人至孝,母亲赵小莲病重时,他几乎衣不解带,陪侍在侧,李鸿章对他颇为器重。只可惜中举后科举不顺,后来又受甲午战败的影响,曾连续两次已经拟录为进士,可都因为是"卖国贼"李鸿章的儿子而名落孙山。

此时他正携家眷南归,走到南京,听说老父已经到上海,立即发电报,劝他不要冒险北上:"天津十八日午刻失守,裕督逃不见,溃勇拳匪沿途抢劫,难民如蚁。津亡京何能支,大事去矣。伏望留身卫国,万勿冒险北上。"

李鸿章已经半月没有李经述的消息,接到这封电报总算放了心。同时接到的还有天津海关道的电报,说联军攻进天津后,将道署、府署、县署及其他各官署的银库存银洗劫一空,铸造厂四十万两白银也被洗劫。

李鸿章恨恨地说道:"裕禄真是愚不可及,他策动拳匪进攻紫竹林租界,就应该想到会遭报复,联军已经在大沽登岸,他为什么不提前安排,将司道局款运到省城?巨款被抢,我这直隶总督两手空空,如何应对?此人造孽大矣!实在可恨至极!"

原本他还指望裕禄能够把联军挡在天津,如今看来,此人如此糊涂,真是指望不上。他和张之洞、刘坤一联名的电报也没有结果,看来朝廷至今还不肯清醒,还在纵容主战的载漪之流:"可叹我经营北洋二十余年,经此大祸,京津难免要成废墟,想来真是让人丧气!"

此时,袁世凯转来朝廷急电,让李鸿章乘俄国信船即刻北上。李鸿章把电报掷到一边道:"北上,北上,只知道北上,让我北上干什么?他们如今还在糊涂锅里,我就是想拉也拉不出他们!不去,坚决不去,我要在沪盘桓几日,他们何时明白了我再起程不迟。"

于是他亲笔起草一份电报:

仰蒙倚任优隆,曷胜感悚。唯念前在北洋二十余年,经营诸务,粗有就绪,今一旦败坏扫地尽矣。奉命于危难之中,深惧无可措手,万难再膺巨任。连日盛暑驰驱,感冒腹泻,衰年屡躯,眠食俱废,奋飞不能,徒增惶急。至俄国并无信船在沪,现值奉天、黑龙江开衅,俄船必不肯借。罗丰禄电称,英外部请将各使护送到津,再北上与之会议,未知都中能派队伍送各使赴津否。容俟调养稍愈,即由陆路前进。请代奏。鸿章。

因为义和团大肆破坏电报线杆,又加上天津陷落,俄国又控制了锦州,山海关海线因此也不通,京中电报已经无法发出,只能恢复从前驿递办法。李鸿章这份电报只能发到济南,请袁世凯派专差飞递京中。他希望朝廷能够答应将各国公使护送到天津,他北上与之谈判,京城或可能保。

李鸿章的电报由袁世凯派出的专差递到京中时,慈禧正在生洋人的气。

天津失守后,慈禧又想走和议的路子,让奕劻派总理衙门大臣许景澄去公使馆与洋人谈判,并送去瓜果蔬菜。目的有两个:一是洋人承认错误,并停战;二是走出使馆,由武卫军派兵护送至天津。但十一国公使开会商议,认为使馆没错,而且不存在停战的问题,他们是在自卫,只要中国人不进攻,他们就不还击。至于走出公使馆,他们认为是中国人的阴谋,是想把他们一网打尽。而且他们得到消息,联军即将到北京来解救他们,因此以种种借口推托。

慈禧觉得很丢面子,而且义和团又抓住使馆派往天津的一个人,从他身上搜出一封信,是请求联军尽快进京。她勃然大怒,命令重新向使馆开战。许景澄、袁昶等人还是极力反对,并道:"如果公使被杀,城破之日联军的报复会极其疯狂。"

闻言,端郡王厉声呵斥:"许景澄,你凭什么说京城一定会破?你就是汉奸。"

"载漪,朝堂上大呼小叫像什么样?让人把话说完。"慈禧见载漪有失体统,训道。

许景澄的话很简单,就是不能攻打使馆,留一步退路。载漪则认为应当攻破使馆,把洋人攥在手上做人质,到时候谈判也多一个筹码。

彼此针锋相对,议而无果。

散朝后,袁昶相约到许景澄家里。两人当堂坐下后,许景澄就道:"爽秋,那个折子应该上了,你怕不怕?"

袁昶一副义无反顾的样子:"反正已经把他们得罪了,上与不上他们都恨你我入骨。如果太后看清了他们的面目,不再任由他们胡闹,你我就是一死何惜?"

许景澄从柜中取出折子来,与袁昶做最后一次推敲。折由是"奏为密陈大臣信崇邪术,误国殃民,请旨严惩祸首,以遏乱源而救危局,仰祈圣鉴事"。

窃自拳匪肇乱,甫经月余,神京震动,四海响应,兵连祸结,牵掣全球,为千古未有之奇事,必酿成千古未有之奇灾。昔咸丰年间之发匪捻匪,负隅十余年,蹂躏十数省,上溯嘉庆年间之川陕教匪,沦陷三四省,窃据三四载,当时兴师振旅,竭中原全力,仅乃克之。至今视之,则前数者为手足之疾,未若拳匪为腹心之疾也。盖发匪捻匪教匪之乱,上自朝廷,下至闾阎,莫不知其为匪。而今之拳匪,竟有身为大员,谬视为义民,不肯以匪目之者。亦有知其为匪,不敢以匪加之者。无识至此,不特为各国所仇,且为各国所笑。查拳匪揭竿之始,非枪炮之坚利,战阵之训练,徒以"扶清灭洋"四字,号召群不逞之徒,乌合肇事,若得一牧令将弁之能者,荡平之而有余。前山东抚臣毓贤,养痈于先,直隶总督裕禄,礼迎于后,给以战具,傅虎以翼。夫"扶清灭洋"四字,试问何从解说?谓我国家二百余年深恩厚泽,浃于人心,食毛践土者,思效力驰驱,以答复载之德,斯可矣。若谓际兹国家多事,时局艰难,草野之民,具有大力,能扶危而为安,扶者倾之对,能扶之即能倾之,其心不可问,其言尤可诛。臣等虽不肖,亦知洋人窟穴内地,诚非中国之利,然必修明内政,慎重邦交,观衅而动,择各国中之易与者,一震威棱,用雪积愤。设当外寇入犯时,有能奋发忠义,为灭此朝食之谋,臣等无论其力量何如,要不敢不服其气概。今朝廷方与各国讲信修睦,忽创灭洋之说,是谓横挑边衅,以天下为儿戏。且所灭之洋,指在中国之洋人而言,抑括五洲之洋人而言?仅灭在中国之洋人,不能禁其续至。若尽灭五洲各国之洋人,则洋人之多于华人,奚啻十倍? 其能尽灭与否,不待智者知之。不料毓贤、裕禄,为封疆大吏,识不及此。裕禄且招揽拳匪头目,待如上宾,乡里无赖棍徒,聚千百人,持义和团三字名帖,即可身入衙署,与该督分庭抗礼,不亦轻朝廷羞当世士耶? 静海县之拳匪张德成、曹福田、韩以礼、文霸之、王德成等,皆平日武断乡曲,蔑视官长,聚众滋事之棍徒,为地方巨害,其名久著,土人莫不知之,即京师之人,亦莫不知。该督公然入诸奏报,加以考语,为录用地步,欺君罔上,莫此为甚。又裕禄奏称:"五月二十夜戌刻,洋人索取大沽炮台屯兵,提督罗荣光坚却不允,相持至丑刻,洋人竟先开炮攻取,该提督竭力抵御,击坏洋人停泊轮船二艘。二十二日,紫竹林洋兵分路出战,我军随处截堵,义和团分起助战,合力痛击,焚毁租界洋房不少。"臣询由津来京避难之人,佥谓击沉洋船,焚毁洋房,实属并无其事。而我军及拳匪,被洋兵击毙者,不下数万人,异口同声,决非谣传之讹。甚有谓"二十日洋人攻击大沽炮台,系裕禄令拳匪攻紫竹林先行挑衅"等语。此说或者众怨攸归,未可尽信,而诳报军情,竟与提督董福祥,诈称使馆洋人,焚杀净尽,如出一辙。董福祥本系甘肃土匪,穷迫投诚,随营战力,积有微劳,蒙朝廷不次之擢,得有今职,应如何束身自爱,仰答高厚鸿慈? 乃比匪为奸,形同寇贼,迹其狂悖之状,不但辜负天恩,益恐狼子野心,或生他患。裕禄屡任兼圻,非董福祥武员可比,而竟昏聩乃尔,令人不可思议。要皆希合在廷诸臣谬见,误为我皇太后皇上圣意所在,遂各倒行逆施,肆无忌惮,是皆在廷诸臣欺饰锢蔽,有以召之也。大学士徐桐,索性糊涂,罔识利害;军机大臣协办大学士刚毅,比奸阿匪,顽固性成;军机大臣礼部尚书启秀,胶执己见,愚而自用;军机大臣刑部尚书赵舒翘,居心狡狯,工于逢迎。当拳匪甫入京师之时,仰蒙召见王公以下,内外臣工,垂询剿抚之策。臣等有以团民非义民,不可恃以御敌,无故不可轻与各国开衅之说进者。徐桐、刚毅等,竟敢于皇太后皇上之前,面斥为逆说。夫使十万横磨剑,果足制敌,臣等凡有血气,何尝不欲聚彼族而歼旃。否则自误以误国,其逆恐不在臣等也。五月间,刚毅、赵舒翘奉旨前往涿州,解散拳匪,该匪勒令跪香,语多诬妄。赵舒翘明知其妄,语其随员人等,则太息痛恨,终以刚毅信有邪术,不敢立异,仅出告示数百纸,含糊了事,以业经解散复命。既解散矣,何以群匪如毛,不胜狝薙? 似此任意妄奏,朝廷盍一诘责之乎? 近日天津被陷,洋兵节节进逼,曾无拳匪能以邪术阻令前进,诚恐旬日之间,势将直扑京师。万一九庙震惊,兆民涂炭,尔等作何景象? 臣等设想及之,悲来填膺,而徐桐、刚毅等,谈笑漏舟之中,晏然自得,一若仍以拳匪可作长城之恃,盈廷惘惘,如醉如痴。亲而天潢贵胄,尊而师保枢密,大半尊奉拳匪,神而明之。甚至王公府第,闻亦设有拳坛,拳匪愚矣,更以愚徐桐、刚毅等。徐桐、刚毅等愚矣,更以愚王公。是徐桐、刚毅等,实为酿祸之枢纽,若非皇太后皇上立将首先袒护拳匪之大臣,明正其罪,上伸国法,恐廷臣佥为拳匪所惑,疆臣之希合者,接踵而起,又不止毓贤、裕禄数人。国朝数百年宗社,将任谬妄诸臣,轻信拳匪,为孤注之一掷,何以仰答列祖列宗在天之灵? 臣等愚谓时止今日,间不容发,非痛剿拳匪,无词以止洋兵,非诛袒护拳匪之大臣,不足以剿拳匪。方匪初起时,何尝敢抗旨辱官,毁坏官物? 亦何敢持械焚劫,杀戮平民? 自徐桐、刚毅等称为义民,拳匪之势益张,愚民之惑滋甚,无赖之聚愈众。使去岁毓贤能力剿该匪,断不至为蔓延直隶,使今春裕禄能认真防堵,该匪亦不致阑入京师,使徐桐、刚毅等,不加以义民之称,该匪尚不敢大肆焚掠杀戮之惨。推原祸首,罪有攸归,应请旨将徐桐、刚毅、赵舒翘、启秀、裕禄、董福祥、毓贤,先治以重典,其余袒护拳匪,与徐桐、刚毅等谬妄相若者,一律治以应得之罪。不得援议亲议贵,为之末减,庶各国怳然于从前纵匪肇衅,皆谬妄诸臣所为,并非朝廷本意。弃仇寻好,宗社无恙,然后诛臣等以谢徐桐、刚毅诸臣。臣等虽死,当含笑入地。无任流涕俱陈,不胜痛愤惶迫之至,伏乞皇太后皇上圣鉴!

慈禧烦恼异常,洋人可恶,恨不得一网打尽;而洋兵可怕,又不能不预留后路,因此对战和大臣如何处置也拿不定主意,于是把这份密折下发军机大臣先议。军机大臣荣禄因为感冒未能入值,实际主事的就是刚毅。他一看主战的大臣包括他在内全要治罪,心里大惊,嘴上却道:"此事太过重大,不宜匆忙下结论,而且荣中堂又未入值,且稍放放再说。"

转身他就安排亲信抄录一份,亲访主战派的首脑载漪。载漪看罢后道:"他们还算识相,没敢弹劾亲贵大臣。"

最该参劾的首先是载漪,然后是载勋及载澜等人,这些亲贵大臣的确未列参折。刚毅是刑部出身,长于梳理案卷,指着"不得援议亲议贵,为之末减"回道:"不然,他们实际未参而参,王爷看这一句,不能议亲议贵,也就是与参劾诸臣一同问罪,王爷请想,您能置身事外?"

所谓议亲议贵,实际是"王子犯法不与庶民同罪"。既然不得议亲议贵,那么亲贵大臣也同等问罪,端王之罪当排祸首。

"果然毒辣!"载漪一拍桌子怒道。

刚毅怂恿道:"王爷,现在是你死我活的境地了,必须来个鱼死网破。"

"那非老太太下决心不行。这份折子中能不能找出激怒老太太的话来?"

刚毅信口就来:"自然有。'拳匪愚矣,更以愚徐桐、刚毅等。徐桐、刚毅等愚矣,更以愚王公。'那接下来没写的话应该就是,'王公愚矣,更以愚太后皇上'。换句话说,就是太后皇上愚不可及。"

"好,就这一句,也够他们喝一壶。"

"还有一个人,王爷宜善加利用。"刚毅蘸着茶水,在桌上写一个"鉴"字。

"你是说,刚进京的李鉴堂?"李鉴堂就是巡阅长江水师的李秉衡。此前端郡王载漪推荐他入京统领义和团。他到京才两天,已经两次被太后召见。

刚毅又道:"鉴帅对李少荃、张香涛、刘岘庄等人搞东南互保最为反感,而东南互保与许、袁两人关系极大。"

许景澄、袁昶两人与张之洞关系极为密切，等同于张之洞在京中的坐探，是京师士人皆知的秘密。张之洞作为东南互保的重要倡导者，自然与许、袁两人脱不了干系。而在宣战后所发的上谕中有这样几句话，"各省督抚，均受国厚恩，谊同休戚，时局至此，当无不竭力图报，应各就本省情形，通盘筹划，于选将、练兵、筹饷之大端，如何保守疆土，不使外人侵占；如何接济京师，不使朝廷坐困？应事事均求实际，统筹谋划。"这段话，看似是要求督抚竭力挽救危局，其实留着玄机，张之洞等人正是将"如何保守疆土，不使外人侵占"作为东南互保的一项依据。

这份上谕刚毅等人都是看过的，但是没看出毛病，因此吃了个哑巴亏。而据后来探听，荣禄与王文韶起草上谕前，曾经与许景澄、袁昶等反复推敲。

刚毅煽动道："许、袁两贼是否与荣某人商议并不重要，重要的是让鉴帅确信东南互保与这两贼关系极密就行。鉴帅第一次见太后就主张非杀东南一二大员不足以振士气，太后未准。地方大员杀不成，拿此二人试刀，太后当下得了决心。王爷应该知道，太后虽然未明说，可是对东南互保也是一肚子火气。"

"好极，我先见鉴堂，再见太后，非拿下两颗人头不可。"载漪遂起了杀心。

第二天上午，许景澄正在总理衙门忙得焦头烂额，刑部一帮人来了不容分说，用红绳子把他捆了起来。

被判死刑的高官才用红绒绳捆绑，许景澄见状问道："我何罪之有？"

"大人与我们说不着，到了部里再说。"

但他们去的方向却不是刑部，而是一直押到菜市口，那里早就用芦席搭了刑棚，刑部左侍郎徐承煜——体仁阁大学士徐桐的三儿子当监斩官，满面得意之色。

袁昶也早被押来了，两人见面，互相点头致意，知道今日必死无疑。许景澄仰脸对徐承煜说道："人生百年，终须一死，死本不足惜，不过，我们到底犯了什么罪？"

徐承煜见许景澄如此镇定自若，不由火起，问行刑的公差："待斩的囚犯，还朝服顶戴，成何体统？"

袁昶讥讽道："我等并未奉旨革职，自然要着顶戴袍服，你刑部堂官，不会连这一点也不知道吧？"

徐承煜恼羞成怒，厉声呵斥："真是死到临头，还在巧言令色！来呀，立即行刑。"

许景澄怒道："慢，慢，你还没告诉我二人所犯何罪。"

徐承煜冷笑道："自然有罪名。本日内阁奉朱谕，吏部左侍郎许景澄、太常寺卿袁昶屡次被人奏参，声名恶劣，平日办理洋务，各存私心，每遇召对时，任意妄奏，莠言乱政，且语多离间，有不忍言者，实属大不敬，若不严行惩办，何以整肃群僚。许景澄、袁昶均着即行正法，以昭炯戒。"

许景澄笑道："离间者，是尔等佞臣。徐承煜，你们父子崇信邪术，祸国殃民，离死不远了。我两人且在地下等你们！"

京中舆论，已经不像从前那样一味支持主战大臣，尤其义和团在京中连续放火，随意杀人，已经为正直清醒者所深恶痛绝，对一味纵容义和团的主战大臣，越来越多的人认为——正如许景澄所说——他们是祸国殃民。

"许大人、袁大人是忠臣！不能杀！"围观的人群中有人一喊，引来许多人的附和。徐承煜怕引起众怒，闹得不可收拾，慌忙下令处斩，见两人人头落地，钻进轿中仓皇而走。因为事起仓促，许、袁家人赶到时，亲人已经身首异处。

其时荣禄正抱病拉上庆亲王递牌子进西苑见慈禧。慈禧面色阴沉地说道："你们不必多言，我知道你们要说什么。我告诉你奕劻，外交办到这份上，总理衙门中充斥着崇洋媚外的小人，你罪责难逃，你不要以为你脖子比许、袁两人硬多少。"

奕劻在太后面前的得宠不亚于荣禄，而今天竟然也有这番狠话，他顿时吓得噤了声，后背上冷汗直冒。

"还有你，荣禄，载漪说攻不下使馆，全是你在捣鬼，你武卫中军有最精锐的大炮，却不肯借给董福祥，可有这事？"慈禧接着道。

荣禄不能不承认，但又不能全承认，他磕头回道："臣确实不肯借大炮给董福祥，不是不想借，是不能借。"

"这是何道理？"

"洋炮最为精密，不同于土炮，非专门炮兵不能操纵。董福祥所部从未用过洋炮,他借了去也没用,操作不当,难免炮毁人亡。"荣禄自圆其说道,"要用炮,非臣的炮队亲自操作不行。"

"那行,我今天就要听到炮声。"

两人战战兢兢出了西苑。奕劻担心道:"仲华,你武卫中军的大炮真要轰公使馆,一炮下去,便不知有多少人要死掉,真把公使馆夷为平地,将来真是连一步余地也没有了。"

"那怎么办?太后是铁了心了,我再阻拦,颈上的脑袋也要搬家。"荣禄也没有办法。

"太后现在气头上,恨不得把洋人杀个片甲不留,等冷静下来未必不后悔,我们做臣的总要想想办法,不能把事做绝。两国交战,不斩来使,攻打使馆就是大错特错,真把各国公使轰个死无全尸,各国的报复不必说,大清在国际上的声名也将从此狼藉不堪。"奕劻也在设法转圜。

可办法实在难想。荣禄让人把炮队长张怀芝叫来。张怀芝是山东东阿人,时年三十八岁。他家境相当贫寒,二十岁时到舅舅家里借年受了屈辱,一怒之下到天津投军,为李鸿章的淮军养了五六年马,但人很上进,后来竟然考进了天津武备学堂炮兵科。袁世凯在小站练兵,他被编入新建陆军炮队,无奈无人提携,久不升迁,如今才只是炮队的队长。

他被荣禄召见,是破天荒的事。但一听让他向使馆开炮,心里就打嘀咕。他略知外交规矩,炮打使馆不是闹着玩的,将来追责,他必被第一个拉出来当替罪羊。

"大帅下令,属下当然不能不从。"张怀芝说话相当从容,"可属下不能不为大帅着想。我的炮队几炮下去,使馆中难免伤亡惨重。倘或朝廷将来追责,我受诛菜市口事小,恐怕也会连累大帅。当然,如果大帅手中握有圣旨,再给属下一纸手令,那就另当别论。"

好聪明的人,他这是要为自己卸责找退路。荣禄心中暗叹。可最苦恼的就是手中并无上谕,将来追责,他真是有苦难言。如果再给张怀芝一纸手令,更是作茧自缚:"上谕没有,手令我也不会给。"

张怀芝一挺脖子道:"大帅不给手令,属下难以从命。如果是与洋人军队开战,属下不必奉命,就可以猛打猛轰。可向使馆开炮,属下以为荒唐至极。"

"太后口谕,要立即听到炮声。"

张怀芝笑道:"西苑这么近,要听到炮声容易得很。"

荣禄细琢磨张怀芝的话,真是心花怒放,对,让宫中听到炮声还不容易?可是,这话无论如何不能说破,全靠张怀芝心有灵犀,到时候自己也有推卸的余地:"你奉命就是,到时候有你的好处。"

张怀芝单膝碰地,打了个千道:"是,属下包管大帅很快听到炮声。"

荣禄只怕张怀芝领会不透,张怀芝一走,立即打发亲信尾随到炮兵阵地上,看他如何办理。

一袋烟的工夫,荣禄听到西南方向传来异常响亮的炮声,非寻常土炮可比,是他武卫中军的洋炮无疑。他脖子一缩,只怕炮弹落在了使馆区。又先后响了十余炮,亲信才回来报告:"张怀芝亲自检查洋炮,并亲自调校,一声令下,炮弹掠过使馆区,飞到东边去了。"

此子可教,将来必可大用。荣禄放了心,挥挥手让心腹下去,背着手在室内踱步。

巨大的炮声也让家中的馨如吓了一大跳,她问道:"不是停战了吗,怎么又开炮了?"又打发家丁说,"你快到胡同口去迎一下,看琼斯夫人来了没?"

琼斯夫人在京中开了一家洋门诊,馨如受李鸿章影响,笃信西医,家有病人,总是请她来诊治。自从义和团进京,洋人如惊弓之鸟,全都逃进了使馆。琼斯夫人一些医疗设备来不及搬运,就托馨如藏到家中。几天前馨如的孩子病了,幸亏已经停战,总理衙门的人进使馆时,带着中国人的衣服给琼斯,她冒险出使馆来给孩子治病。今天是第二次出诊,好端端的又响起炮来,难道又开战了?

一会儿,家人领着一身中国服装的琼斯夫人进了院子,开口便道:"坏了,听说太后又下旨打洋人了。义和团和甘军正在向使馆集中。"

馨如指挥家人关牢大门,这才请琼斯夫人进屋。琼斯夫人拿听诊器给孩子听过,露出微笑道:"夫人放心,孩子已经快好了,再服两天药就可以了。"

正在这时,大门被砸得山响,家人慌慌张张进来报告,说义和团突然把大门围住了,说要进来抓二毛子。这里二毛子没有,但有个正正经经的女洋毛子,如果让他们抓到,琼斯夫人便死路一条。馨如果断地指挥道:"你立即把夫人藏到后花园。记住,就你一个人去。"

后花园假山里有个暗道,藏十几个人都没问题,琼斯夫人的医疗器械都存在那里。

义和团在外面用力砸门，口中骂骂咧咧，馨如好话说尽，就是不开门，故意拖延时间。等家人从后园过来，知道一切妥当，这才示意她打开门。一帮红头巾红胸兜的义和团闯进来，为首的是个小头目，瞪着两眼问道："为什么不开门？"

馨如回道："如今兵荒马乱，谁敢乱开门？"

"有人举报，你家里有二毛子，有秽物，必须搜查。"小头目不容分说，带众人四处乱搜，屋里屋外，正房偏房，翻箱倒柜，弄了个底朝天。带洋字的东西搜出一大堆，洋表、洋伞、洋油炉、西洋蛤蟆镜，孩子服的洋药更是当罪证扔到院子里，一边搜，一边把值钱的东西往各人身上藏，小的装进口袋中，大的就挂在脖了上，一匹洋布被小头目披在肩上。馨如见状怒道："你们这哪里是搜二毛子，分明是土匪硬抢。"

"你敢污蔑神团！定是二毛子，来呀，拍拍她的额头，看出不出十字。"

小头目一声令下，两个人上来就要动手动脚，馨如吓得大叫。这时听到院子一声断喝："你们好大的胆子，敢来搜查禁城护卫宅。"

塔尔图下值回来得正是时候，他挺胸举头，沉肩坠肘，双脚分开，左手按住刀柄，右手虚掐腰际，还是一副站班的架势，目光把一院子的义和团扫一圈，全然不放在眼里。

小头目看到塔尔图只有一人一刀，胆子大了起来："奉旨神团搜查二毛子，你不要干预，否则连你一并拿下。"

塔尔图冷笑一声道："我看你们是假团，最近端王爷已经杀了七十多个假团，你们就不怕我报告端王爷？"

最近义和团与端郡王的关系也闹僵了，原因是有一支义和团抢掠了虎神营一位总兵，而且要把总兵杀掉，端郡王派人去营救，结果义和团不给面子。端郡王大为恼火，于是以查假团为名，把参与抢劫的义和团先后杀掉了近百人作为报复，而对外却宣称，杀掉的全是土匪假冒的。

"报告谁也没用，私藏洋毛子的物件就是二毛子。"小头目不讲道理，挥手让众人教训塔尔图。

塔尔图没打算伤人，只拿刀背磕，很快就打趴下了七八个。但好汉难抵众手，最终被五六个人按倒在地，押着就走。临出门时塔尔图大喊："馨如，到魏家胡同关帝庙去找宋浩胜！"

塔尔图被押到十字路口碾棚前,大师兄早就过来了,他焚香念咒,然后说道:"你是不是二毛子,神灵自有决断。"

大师兄的办法也是义和团常用的办法,拿一张黄表纸就着蜡烛点燃,如果燃烧时纸灰飞扬,则无罪释放,若纸灰不飞,则被立即砍头。

"你们这是草菅人命,凭这种办法如何能够分辨?我在天津督战,亲手杀死了四个洋人,怎么可能是洋毛子?"塔尔图盯着黄表纸,燃烧后飞了一半,还有一半留在地上怎么也不飞,遂问道。

"你在天津真杀过洋毛子?"大师兄不是蛮不讲理的角色。

塔尔图道:"千真万确,不信问我这口刀。"

刀当然不能问,大师兄决定给塔尔图一个机会,于是再燃一张,结果纸灰飞扬。但刚才被拍了一刀背的小头目不甘心,坚持再试一次,结果纸灰又一次飞扬。他亲自来试,把纸揉成一团,点燃后纸灰没有飞。这时宋浩胜赶到了,好说歹说他们才答应放人,但掠走的财物却不肯还。

大师兄回道:"本来要当二毛子杀掉,现在已经给了他一条命,就是看你老兄的面子,再把财物要回,绝不可能。吃下肚子的东西,你见有吐出来的吗?"

宋浩胜算是救了塔尔图一命,塔尔图非要请他到家中做客。家中被糟蹋得实在不像样,大家一齐动手,费了老大工夫总算收拾得勉强可以待客。清点损失,馨如直皱眉头。她对红巾裹头的义和团本来就无好感,经此一劫,已经是深恶痛绝。眼前的宋浩胜就是威海城中她所倾心的黄浩胜,但如今在她眼里,完全没了当初的感受,他脸上的伤疤令人心惊,而他一身义和团的打扮,也让她心底那点好感丧失殆尽。

"黄大哥,你还是把这身衣服剥下来吧,让人看了不舒服。"馨如说道。

客随主便,宋浩胜穿上塔尔图的一身家常便衣,这就顺眼多了。谈到这些年的际遇,不胜唏嘘。馨如就想,假如当初两个人终成眷属,如今她就与这些头裹红巾的成了一类人,真是不敢想象。但她又想,如果自己成了他的妻子,他的命运便十有八九会改变,至少在淮军中当个统领问题应当不大。

人的命运真如神仙把握,自己当年寻死觅活想嫁的人,如今相遇,却会是这样的心平气和,几乎激不起一点涟漪。

馨如亲自下厨,等忙得差不多了,她进去说道:"黄大哥,我说话你可别生气,都是你们义和团闹得市面不稳,什么东西也买不到,你们俩将就着喝吧,好在没有外人。"

两个男人喝得越来越有酒意,馨如静静地在外面听着两人吹牛聊天,渐渐地,她听得出宋浩胜还是从前的性情,只是多了些生活的磨砺。他依然有一身正气,有一腔爱国忧民的热血。他不像那些抢劫放火、装神弄鬼的义和团,他是真的想凭一己之力,为国效劳。

最后,他喝得有些多了,说话有点磕巴:"塔老弟,我是真想与洋人干一仗,我是真想为国尽忠。你不要把我看扁了,义和团中,我这样的兄弟大有人在。"

塔尔图劝道:"我知道你是真想上阵打洋人,你骨子里还是个北洋水师枪炮二副。可你手里只有一把刀,怎么去与洋人枪炮对仗?你要真想打,到武卫军去,拿杆洋枪,那才是正辙。"

"不,我带出来的兄弟,不能抛下不管。"宋浩胜连连摇头。

"你要真想打仗,很快就有机会。听说李鉴帅已经多次向太后请缨,他要统领大军去路上拦截联军。"

"到时候给我个信,我第一个出城迎敌。"宋浩胜拍着塔尔图的肩膀说道。

八国联军攻陷天津后,为谁来做进攻北京指挥官的问题争论不休,一直拖了二十多天,到了七月初十(8月4日)才组织了两万人开始向北京推进,并于次日对清军第一道防线北仓发动进攻。在此驻守的是马玉昆及聂士成等部众共一万余人,义和团也有数千人。但马玉昆与聂士成一样,对义和团的刀枪不入那一套很看不惯,在他看来只不过充点人数。马玉昆是在平壤苦战过的,他的部众全都配备洋枪洋炮,于北仓以南横跨运河构筑了两道防御阵地,垒墙、壕沟、地雷及火炮阵地互相补充。

联军从夜里二时发动进攻,没想到遇到了顽强的抵抗,尤其是聂士成的五营部众,怀着为老师报仇的心思,打得非常英勇。联军打了七八个小时不能攻克,以致使用了低列炮——也就是毒气炮,清军闻之者不死即伤。再加马玉昆的后路被抄,又无援兵,只好撤走。北仓一战,联军伤亡九百余人。

联军接着进攻清军第二道防线——由宋庆驻守的杨村。结果刚一开战，宋庆部众就哗溃了，连同从北仓撤来的马玉昆部仓皇逃往通州。直隶总督裕禄率督标营二百余人驻在杨村西北十几里的南蔡村，他的行辕设在一个姓孙的秀才家里。这个秀才见他的第一句话就是："总督大人何等英明，怎么把乡间无赖倚为长城？如果真能刀枪不入，天津机器局又何必孜孜于仿造枪炮？"

裕禄被问得张口结舌。

当天下午，他又从溃勇口中听到大军不战而溃的消息，连连叹息："智穷力竭，辜负国恩。"

督标营的营官郑扩廷建议道："大帅，您应该让朝廷督促勤王各军立即前来救援！"

"来不及了，兵败如山倒。我真是悔恨误信人言，以为神团可恃。洋枪洋炮装备的宋祝三都不战而溃，靠刀矛又如何能胜？"裕禄开始对义和团也是主张剿灭，但朝廷后来三番五次下旨要招抚利用，他才变了主意。当然也不能全怪别人，自己怎么就会对装神弄鬼的那套东西深信不疑？

"大帅，既然大势已去，您不如改变态度，向各国发一封信，历数拳匪的恶行，表明直隶将剿灭拳匪的态度，请各国先行停战。"郑扩廷又建议。

"谈何容易！"裕禄又将昨天收到的一份廷寄递给郑扩廷说，"朝廷还要利用拳民，以为可倚为长城。你看我现在，头上无官职，手中无兵权，脚下无袜子，哪还像个统帅？想吸一口皮丝烟，都无处去买。"

"卑职还有一包上好烟丝，多余的袜子也还有几双，卑职这就去取来献给大帅。"

"感激不尽。"裕禄拱手道。

郑扩廷出门后先去找裕禄的儿子熙元，叮嘱他道："我看大帅神情有异，你要看好他，别让他做傻事。"

话还未说完，只听得裕禄长啸："智穷力竭，辜负国恩！"然后砰的一声枪响。两人三步并作两步跨进上房，发现裕禄朝自己胸口开了一枪，但并未死去，痛苦地在地上翻滚哀求："给我一枪，来个痛快的。"

"大公子，请转过脸去。"郑扩廷眼里泛着泪花又开了一枪，裕禄这才死去。

　　杨村失守,裕禄自杀的消息是第二天上午传进京中。当时刚毅等人齐聚端王府,军机章京气喘吁吁跑来叫道:"刚中堂,太后叫起。"

　　"不是才散了朝,怎么又叫起?"因为刚毅是散朝后刚赶过来,心里已经紧张得不行,预感天津那边不妙。

　　章京回道:"杨村失守,裕大人自杀。"

　　刚毅面如土色,张大的嘴巴合不上了。

　　"我等误听你言,说拳民是神兵,到了这个地步,我手中要是有刀,非劈了你不可!"载澜是无赖脾气,说话间已经扑过来,照刚毅劈面就是一记响亮的耳光。

　　刚毅时年六十三岁,挨了三十六岁载澜一记耳光,而且是在军机处下属面前,不能反驳,亦无可辩驳,只恨没有地缝可钻。

　　载漪心里有数,弄到今天的局面,不能只怪刚毅。他瞪了载澜一眼道:"老三,你发哪门子疯,太过分了。"又对刚毅道,"子良,别和他一般见识,他就是狗熊脾气。你快去见太后,如今已是箭在弦上,是骡子是马,总要把神团拉出去遛遛。我去找李鉴帅,他与神团渊源颇深,由他统军,未必不能转败为胜。"

　　义和团攻打西什库教堂一个多月没有了局,天天喊杀声不断,太后嫌太吵,从西苑移驾紫禁城东北的宁寿宫。刚毅乘轿到了东华门,早有太监等在那里:"刚中堂,不必去军机处了,各位军机已经去宁寿宫,请您务必快走。"

　　刚毅气喘吁吁,一路狂奔,在慈禧寝殿乐寿堂外追上了众军机。荣禄看他一眼没说话,世铎则道:"子良,你先抹把汗咱们再进,别失了仪。"

　　此时刚毅已没了平日的威风,从袖子里抽出汗巾抹汗,无奈跑得太急,汗如雨下。李莲英这时走了出来,身后一个小太监端着一块冷水浸过的毛巾,他努努嘴,示意小太监把湿毛巾递给刚毅:"各位大人,今天可要小心说话,太后生大气了。"

　　众军机鱼贯而入,慈禧脸色铁青,目光像锥子一样锐利,看到谁谁心里就一颤。她声音有些沙哑道:"世铎,杨村失守,裕禄自杀,你知道吗?"

　　"臣也是刚刚听到消息。"

　　平时世铎就是摆设,要赏要罚其实与他关系不大。慈禧将目光转向荣禄,问:"荣禄,你说,现在该怎么办?"

荣禄几乎不必考虑,简洁而干脆地说道:"一,立即停止攻打使馆。二,立即授李鸿章全权大臣,让他即刻北上与洋人交涉。"

"刚毅,是你说义和团法力无边,是洋人的克星,天津一败再败,义和团的神通呢?"慈禧盯着刚毅又问。

"臣建议让李秉衡率义和团出京去抵挡洋人,他与义和团很有渊源,他来指挥,或可能转败为胜。"刚毅硬挺着不让自己倒在殿上。

"如今也只有死马当活马医了,但愿李秉衡能如你所说,能够转败为胜。传旨,李秉衡着帮办武卫军事务,张春发、陈泽霖、万本华、夏辛酉四军均归该大臣节制。"

湖北提督张春发部武卫先锋左翼十营、江西按察使陈泽霖部武卫先锋右翼十营都是荣禄的部下,如今已经在京外布防;总兵夏辛酉部嵩武军六营,总兵万本华部晋威军四营,是山东、山西派来的勤王之师,两位统领都是李秉衡的旧部,此时也在京外布防,具体位置不甚了了。

李秉衡从南京起程时,两江总督刘坤一曾经派给他两哨亲军,可是未到北京已经逃跑殆尽。统军大帅没有一兵一卒,不要说打仗,自己的安全如何保障也成问题。

慈禧又道:"义和团不是都愿听李秉衡的话吗?刚毅你帮他组织几千义和团随行,就当他的中军。"

接下来再商议京城布防,一直到下午一时多才散,众军机又累又饿,先跑到军机处小厨房随便找了点吃的果腹。

刚毅出宫,立即赶到端王府,告诉他太后的意思。端郡王鼓气道:"李鉴堂很有信心,就把义和团调集三千人给他。事不宜迟,明天最好就起行。"

第二天上午,李秉衡在永定门外设坛拜将,从庄王府请来的大师兄坐在临时搭建的木台上,怀中抱着一柄拂尘,佛不佛、道不道的状貌。将坛两边,是八件镇阵宝物:一面黑色长幡,名"引魂幡";一面绣着风云的红旗,名"混天旗";一把长柄红布大扇,上绣雷电,名"雷火扇";一白一黑一对瓷瓶,名为"阴阳瓶";一串铜制的连环,互相环套,名"九连环";一把形似如意的雪亮铜钩,名"如意钩";再有一把上画火焰的木牌,名"火牌";还有一把宝剑,据说是前一天太后召见李大帅时所赐,可以阵前斩将,无须请旨。

李秉衡朝服顶戴，在将坛前行一跪三叩大礼。有人说，朝廷一品大员，拜一个装神弄鬼的，有失体统；其实李秉衡所拜，是后面的天坛和先农坛，因为永定门内，东边是天坛，西边是先农坛。至于八件镇阵之宝各有何用，无人说得清，但既然一品大员郑重其事，必定有神效。

李秉衡郑重其事出师，不少人抱着极大的热望，盼着从此捷报频传，京师转危为安。然而传来的全是败讯：张春发、夏辛酉部在河西务大败；陈泽林部溃退张家湾；马玉昆部溃退南苑……

仅存的一点希望破灭了，几乎没有人再相信义和团的神话。京官们开始逃亡，衙门里十岗不足二三。而没逃的大臣，开始议论谁是这场大祸的首祸，矛头所指，自然是亲贵中的载漪、载勋、载澜，军机里的刚毅、启秀、赵舒翘，大学士徐桐虽然没有多少决策权，其一味排外，假道学为害更深……而这些人正是十几日前被杀的许景澄、袁昶所参之人，更可见许、袁两人是老成谋国的忠臣。这样的舆论令载漪等人十分恐慌，他近乎疯狂了，吼道："看来非要杀几个人不可了。"

他要杀的人，第一个就是内阁学士联元，此人三次廷议都极力反对向列国开战；第二个是兵部尚书徐用仪，他兼总理衙门大臣，一直是徐桐的部属，但因为喜谈洋务，深为徐桐憎恶，非杀之不能气顺；第三个则是内务府人臣立山，是载澜主张必杀，因为两人在八大胡同争一个妓女，闹得形如世仇，而且载澜带着义和团以抓二毛子为名，把立山极为丰厚的家底抄了个底朝天，如果不安上个罪名将他杀掉，将来如何交代？

载漪递牌子进宫，说这三人勾结洋人，证据确凿，非杀不能平民愤。又说此三人与门人故旧天天谈论谁该是祸首，词锋所指，不仅限于亲贵大臣，甚至暗示宫中也难辞其咎。这一条诬告立即见效，慈禧让载漪传旨刑部即刻正法。

当天下午四时在菜市口将三人一同问斩。徐用仪问监斩的徐承煜罪名是什么，徐承煜竟然说："总会有的。"

人头落地后，上谕才颁下：

谕内阁：兵部尚书徐用仪屡次被人参奏，声名甚劣。办理洋务，贻患甚深。内阁学士联元，召见时任意妄奏，语涉离间，与许景澄等厥罪唯均。已革户部尚书立山,平日语多暧昧,动辄离间,该大臣受恩深重,尤为丧尽天良,若不严行惩办,何以整饬朝纲。徐用仪、联元、立山均着即行正法,以昭炯戒。

　　杀人可以堵上大家的嘴,但挡不住联军的进攻,李秉衡率领的义和团也没有出现奇迹。等他赶到离河西务不远的马头时,义和团已经逃跑了近两千,只有一千余人还跟在他的身后。而官军只是一味溃逃,一路抢劫,他所指挥的四路大军都已经溃不成军,只有武卫军先锋左翼总兵夏辛酉还跟随他一同行军。

　　在马头,夏辛酉劝李秉衡道:"大帅,大势已去,兵无战志,先退到通州再说吧。"

　　李秉衡是仓促出师,根本没有后勤保障,不但无从补充弹药,就是粮食也颗粒无备。他本来打算退回张家湾的路上采购军粮,但一路之上溃军抢掠放火,百姓逃亡,有钱也买不到粮食。

　　晚上到了通州东南的张家湾,李秉衡身边只有夏辛酉亲兵一哨及宋浩胜他们的义和团二十几人跟随。李秉衡相当沮丧。他将夏辛酉、心腹幕僚还有一直没有逃走的宋浩胜叫到面前道:"诸位,今晚我们就此别过,各奔前程吧。"

　　一位叫王钟祺的心腹幕僚问道:"大帅此番北上,本是自投罗网,在南京我就劝过大帅,大帅难道就对此毫无预料吗?"

　　"当然有预料,甲午一役,大清连一个小小的日本也不能胜,如何能够胜得了十余国!我自知是陷坑,而鼓勇而上自陷绝境,是为国家争一口气而已。我刚入京,徐相国一见面就说:'鉴翁,万世瞻仰,在此一举。'太后、端王,无不是抱着莫大的期望。食君之禄,忠君之事,冀卫京师,以纾君父之难,是一个臣子的本分,成败利钝,岂暇计哉!只是没料到世事会如此冷漠沧桑。宋祝三、马三元号称名将,竟然也是溃败如此,官军不堪实在出乎意料。义和团的兄弟,我原来是想,纵然不会像传得那样神奇,但如此鼓动人心,应该不会是无根之谈。谁料全是凡胎肉身,他们逃命我也就不以为怀,也不想让他们手持刀矛去送命。既然都是凡人,都是为人父为人子为人夫者,又如何能够强求?"李秉衡说到这里,他指指宋浩胜等人说,"这几位兄弟,能够保护李某至此，已经感激不尽，今晚就此别过，诸位还是回家种地去，不要枉送性命。"

宋浩胜请命道："如果我们人手一杆洋枪，也是能战的。"

"这话我信。可哪里弄洋枪呢？我曾经请荣中堂拨给部分洋枪，他一口回绝。而且就算有洋枪，也不是拿来就能用，需要进行训练。武卫军号称精锐，枪炮不比洋人差，可是也如此不堪。没到战场前还抱着许多幻想，当看到溃勇络绎之时，我就明白已经没有取胜的可能。我只是想不清楚，从前可以怪枪炮不如人，如今枪炮在手，还是如此不堪，大清国到底是哪里出了毛病？"李秉衡述说着实际情况，又像自言自语。

没人能回答上李秉衡的疑惑，他对儿子说道："张家湾就是我的马革裹尸之地，你留下来给我收尸，但不许从殉，从殉无益，是大不孝。"又对王钟祺说，"春圃，我有一份遗折，拜托你设法递进京去。"

李秉衡关起门来，一边写一边叹息。等写完了，他把王钟祺叫进去，突然跪下道："春圃，这是我终生最后一次上折，拜托务必递进京去。我的身后事，有犬子在，不必挂怀。"

王钟祺也跪下去含泪接过，让李秉衡放心。但他并不打算立即就走，出了门立即把宋浩胜拉到一边说道："宋兄，几天相处，知道你是讲义气的好汉，李大人的遗折就拜托您递到京中，我不忍抛下李大人。"

王钟祺受李秉衡信赖器重，两人有十余年的交情。此人虽是舞文弄墨之辈，却极讲义气，他必须把李秉衡的身后事办妥，不然不能瞑目。

宋浩胜不忍推辞，征求弟兄们的意见，有七八人愿意随他回京，而其他人都希望趁夜逃走，尽快回乡。

1900 年 8 月 13 日午夜，俄军最先对北京城东便门进行攻击，随后英、美、日、法军队陆续投入进攻北京城的战斗。清军和部分义和团进行了顽强抵抗，付出了惨重牺牲，也没能守住京城。15 日，当联军进攻东华门时，慈禧挟持光绪帝分别着青衣素服，同载澜、载漪、刚毅等王公大臣及内监李莲英等人，在两千余名八旗兵的护卫下，仓皇出西华门和德胜门，经颐和园、居庸关等处，往太原方向出走。17 日，联军占领北京全城，展开了为期三天的特许抢劫。

因为义和团大都将红头巾红肚兜丢弃，摇身一变为平民，联军便对所有的中国人进行随意屠杀。仅在庄王府一处，就屠杀烧死了1700多人。而在各坛口被杀者则更为惨重。联军手段极其残酷，枪杀、刺死、绞刑、烧死、棍击、勒死、奸杀……德军因为公使克林德被杀之故，特别疯狂，遇到中国人一律格杀勿论。日军杀人时故意朝非致命处射击取乐，有时候还拿活人试验子弹。一队法军胁迫一批逃难的百姓到一条死胡同里，然后用机关枪扫射达十五分钟，直至不留一人。北京街头到处都是砍下的人头和被肢解的尸体，百家之中，所全不过十室，街巷尸首堆积如山，腐肉白骨路横，人皆踏尸而行。

妇女被强奸者更是无以计数，大量的妇女为免受辱，或投井，或悬梁，有一室之内婆媳数人共悬一梁，也有人跳井求死而不能，因为井中已被浮尸填满。尤其主战官员之家，受害尤烈，安徽巡抚福润的九十老母被污辱致死。直隶总督裕禄的七个女儿都被联军抓到天坛轮奸。崇绮的妻、妾、女、媳老少十人也遭此厄运，回家后他的妻子指挥仆人在屋内掘了两个大坑，男女老幼，按照穆为序，命仆人填土掩埋。仆人不应命，惊慌逃出。儿子葆初便自己点燃了窗棂，全家人被活活烧死。当时崇绮与荣禄已经跑到保定，闻知消息如五雷轰顶，五内俱焚，当晚自缢于莲池书院。

抢劫更是持续数月，从驻京公使、各级军官到教士及中国教民，几乎无一例外地参加了抢劫活动。从皇宫、颐和园、三海、坛庙、王公府第、各部衙署直至民居商店，同样无一例外地遭到抢劫。一位外国记者记载，英国公使窦纳乐的夫人抢劫的珍宝装了八十七个木箱。一位女性尚且如此，抢劫之规模可想而知。日军直扑户部，一举掠走库存白银近三百万两和大量绫罗绸缎，并焚烧户部以毁灭罪证。此外，日军还抢走了内务府三十二万石仓米，掠走藏在宝銮府井内三十万两白银。

京城幸存下来的人，无论官员还是草民，几乎都在打听：李中堂何时到京？李中堂快来吧，他与洋人交涉好了，赶快把洋人打发走，一切就都会好起来的。

此时李鸿章已经不再是卖国贼，是万众翘首的救星。

第二十二章

辛丑签约国权丧 屈辱忧愤鸿章殁

因为京城电报不通，身在上海的李鸿章比朝廷的节奏总是慢半拍。他收到朝廷任命他为全权大臣的上谕时，已经是七天之后，而此时，正是慈禧逃出北京的日子。

但李鸿章并不知道京城已经失守，他请袁世凯转奏，增派庆亲王、荣禄、刘坤一、张之洞为全权大臣。议和是挨骂的差使，不能只让他李鸿章来担。然后再电告护理直隶总督、直隶布政使廷雍，通饬文武官吏不准擅离职守，上匪溃兵生事以军法从事，各军约束队伍，静候调遣，团民滋事者一律痛剿。

五天后李鸿章才得到京城已经失守的确信，随后他联合刘坤一、张之洞，先后向朝廷上了《时局变迁急求补救折》《大局急宜挽救不可再失事机折》，要求朝廷明降谕旨，声明拳匪罪恶，并令各直省将军督抚，遇有拳匪滋生事端，尽力痛剿，以靖地方而快人心。又在附片中要求朝廷下罪己诏。

八月十五日正是中秋节，李鸿章收到了由行在发来的上谕，不但完全同意李鸿章等人的建议，而且对李鸿章赞赏、劝慰有加：

谕军机大臣、电寄李鸿章等：李鸿章、刘坤一、张之洞等会奏折片，暨李鸿章初九日电奏，同日览悉。七月二十一日之变，罪在朕躬，悔何可及。该大学士等与国同休戚，力图挽救，宗社有灵，实深鉴之。所陈各节，悉系目前最要机宜。庆亲王奕劻，计初十日可以到京，本日复有旨加派荣禄会同办理。该大学士应即借乘俄舰，驰赴天津，先行接印。仍即日进京会商各

使,迅速开议。至罪己之诏,业于七月二十六日明降谕旨,播告天下,该大
学士此时当已接到。自行剿匪一节,该大学士未到任以前,已责成廷雍认
真办理,本日亦有明发谕旨矣。其余皆当照请施行。唯事有次第,不得不略
分先后耳。朕恭奉慈舆,一路安善,现距太原两站,驻跸久暂,俟抵太原后,
体察情形,再定进止。此次变起仓猝,该大学士此行,不特安危系之,抑且
存亡系之。旋乾转坤,匪异人任,勉为其难,所厚望焉!仍着端方转电李鸿
章等知之。

端方此时任护理陕西巡抚,李鸿章的奏折、电报都是他负责转达行在,
因为山西闹义和团很凶,电报线杆早被拔光,已不通电报。接到这份上谕,李
鸿章知道不能再拖延了,朝廷给足了面子,再不北上说不过去。于是,他开始
筹划北上的行程。

他原本是计划乘坐俄国军舰北上,但怕与俄国走得太近,惹得他国嫌
隙,于是改乘轮船招商局的轮船。但现在是交战时期,轮船招商局早已停航
天津,因此他给庆亲王发了一份急电,告诉他自己将于八月二十一日乘轮北
上,请他知会各国公使,转告各国水陆提督共同保护,否则在海上被一炮击
沉,他向哪里喊冤去?同时,他也将自己的行期电告廷雍,让他准备到天津去
办交接。

临行前,又接到张之洞的电报,根据张之洞多方得到的消息,各国希望
重惩首祸大臣,方能开议。这正合李鸿章之意,在上船前,李鸿章密电护理陕
西巡抚端方,请他密呈行在:

太原行在密呈御览:全权大臣大学士臣李鸿章、南洋大臣两江总督臣
刘坤一、湖广总督臣张之洞、山东巡抚臣袁世凯跪奏:为事机万紧,恭折密
奏,仰祈圣鉴事。德新使致臣之洞电,必欲先办主持拳党之人而后开议。臣
鸿章在沪晤德使、荷兰使及副总税司裴式楷、各国总领事等,所言皆同。是
知各国公愤所在,断难偏护。若迁延不办,恐各国变其宗旨,愈久愈不可收
拾。臣鸿章本日已将登舟北上,适接臣坤一等来电,均称伏读八月十五日
电旨:"罪在朕躬,悔何可及。"不禁感愧涕零。实则罪在臣下,中外皆知,无
可掩饰。欲求救急了事之法,唯有仰恳圣明立断,先将统率拳匪之庄亲王

载勋、协办大学士刚毅、右翼总兵载澜、左翼总兵英年及庇纵拳匪之端郡
王载漪、查办不实之刑部尚书赵舒翘等,先行分别革职撤差,听候惩办,明
降谕旨,归罪于该王大臣等,以谢天下,以昭圣德。臣鸿章即可宣告各国,
与之克期开议。是否有当,伏乞皇太后、皇上宸断施行。事关宗社存亡,不
敢稍避嫌怨,谨合词电护理陕西抚臣端方缮折驰奏,冒死沥陈,不胜迫切
待命之至。谨奏。光绪二十六年八月二十一日。鸿、坤、洞、凯。

李鸿章北上,除了文案、仆役、西医、随从等,还特别采购了大量干鲜果
蔬及粮米,因为袁世凯特意来电告诉他,京中万物俱缺,留京官员、百姓生活
非常困苦。海上航行四天,八月二十五日到达大沽,俄国派一位军官前来迎
接,第二天一早乘火车赶往天津。

李鸿章在天津的行辕设在紫竹林租界东侧的水师公所,是北洋水师设
在天津的办事处,东临海河,与老龙头火车站隔河相望。老龙头火车站是联
军进攻天津时的主战场,如今战争的痕迹还随处可见。尤其是天津城,被战
火毁得面目全非。过海河桥的时候,他向西北望去,从前一眼可见的老城城
墙已经荡然无存。

他的心腹幕友周馥已经提前赶到,两人一见面,恍如隔世。

"兰溪,一路上十室九空,断壁残垣,一片荒芜,这就是你我经营了二十
余年的天津吗?真是……"李鸿章已经说不下去了,摇着头哽咽落泪。

晚饭前,李鸿章在院子里遇到一个很干练的马姓男子前来送菜,有心从
他嘴里探听一下天津的情况。李鸿章穿戴的是青衣小帽,老马以为他是钦差
行辕的一个师爷,因此说话相当大胆:"老先生放心,天津城里好多了,洋人
比官府强,洋军队比官军好。"

"这话怎么说?"闻言,李鸿章有些好奇地问道。

"战前的时候,义和团把天津闹得不像样。裕总督是个糊涂蛋,把那些个
乡井无赖奉为神明,任由义和团以抓二毛子为名,放火抢劫。我原本开着一
个洋货店,被改成广货店,可照样还是被他们抢个精光,临了还放了一把火,
还差一点把我杀了。天津烧成这样,一多半是义和团搞的鬼。"老马说起来就
生气,"您说堂堂的一个总督,连天津市面都不能维护,还有个球用?洋人进
了城后成立了都统衙门,组织巡捕营巡行,又在街上安了路灯,放了垃圾箱,

谁乱倒垃圾,抓住就重罚,如今天津城里,虽然破烂不像样,但市面比从前安定多了,街上也比从前干净了多少倍。天津老城墙拆掉了,在路基上建成四条马路,正在安电灯,还要沿海河再修一条大马路。洋人办事真是利索,说办就办,所有拆迁的住户,公共工程局前去核定损失,房屋有补偿,每亩宅基地地基另给银七十五两,还要在别的地方免费供给同等大小的宅基地,还与每户签订协议。这样好的条件,从前从未见过,如今是拆到谁谁高兴。关键是洋人办事明白,凡事都公开贴出来,也没人从中捣鬼,更没人伸手向你要。这要是大清官员来办,能有一半落到百姓手里就不错了。"

"老哥怎么只为洋人说好话?"李鸿章些微有些不满。

"我是有嘛说嘛,好就是好,坏就是坏。洋人进攻天津那会作恶够狠的,真是杀人如麻。但如今强多了,我们这些经商的私下都说,啥时候大清官员能像洋人这样办事就好了。"老马低声对李鸿章道,"眼下洋人正在鼓捣自来水,说是直接喝白河的水不干净,有细菌。从前李中堂是最能搞洋务的,可是他都没为天津人弄自来水,结果洋人来弄了。要我说,洋人比大清的官员强多了。"

这话让李鸿章非常吃惊,也令他陷入思考。等吃饭的时候,他没有胃口,和周馥说起下午的对话时感慨道:"兰溪,联军杀人放火,可是百姓却说他们比大清官员强。可见百姓对大清是多么失望,才能说出这样的话来。大清,真是扶不起的阿斗了吗?"

"亲贵如端王,权要如刚毅,一个王爷,一个堂堂大学士,竟然相信刀枪不入的神话,这样的朝廷,可不就是无可救药了!"周馥摇头道。

"我就纳闷,这么明白的事情,他们能看不明白?还是揣着明白装糊涂?竟然举朝上下一片癫狂!"

周馥笑了笑道:"中堂当然明白,他们不少人是装糊涂,为了不可告人的目的,再套上一个堂皇的名头,把这些癫狂的百姓当成自己的棋子,以致举朝癫狂。大清这样的事情不乏前例,也必有后例。"

"你说的也有道理,是有人装糊涂。但我觉得还有一个原因,中国人的自大心理作怪。到现在他们仍然不以外洋为然,仍然觉得你洋人那一套没什么了不起,你有洋枪洋炮,我有四万万人,一人一口唾沫也能淹死你们,我泱泱五千年大中国,没有什么不可能的,所以有人连刀枪不入这样的荒唐事也能相信。林文忠提出师夷长技以制夷已经六十余年,六十余年还换不来我们的清醒;我搞洋务搞了近三十年,最终还是这样的结果,让这一帮蠢货葬送殆尽,想来真是让人无奈。"李鸿章听不进劝,心情十分恶劣,吃了没几口,胃就疼得厉害,一点食欲也没了。

李鸿章暂时还进不了京,因为载漪、刚毅等人还随扈行在,没受到任何处分,洋人认为朝廷不惩办祸首,没有和谈的诚意,拒绝李鸿章入京。等到了闰八月初二,朝廷终于明发上谕,承认排外是极大错误,向被害外国使节表示惋惜,答应惩办祸首,将庄亲王载勋、怡亲王溥静、贝勒载濂、载滢革去爵职,将端郡王载漪撤去一切差使,交宗人府议处,载澜、英年均交该衙门严处,刚毅、赵舒翘交都察院和吏部议处。

朝廷有了这样的表态,李鸿章觉得可以进京了。此时护理直隶总督廷雍派人送来直隶总督关防,国难时期,一切从简,草草举行了交接仪式,李鸿章就算正式出任直隶总督兼北洋大臣。

李鸿章让来人带一封密信给荣禄,说洋人不希望他出任议和全权,因为当初他是围攻使馆的总指挥。另外,联军近期有进军保定的可能,请转告廷雍,速将府库存银转移。

慈禧逃出北京的时候,本来是打算带荣禄一起走的,但刚毅反对,建议留荣禄在京与洋人议和。当时行在护军全是载漪一帮人的虎神营、神机营和步军统领衙门的兵,慈禧对载漪的反对不能不认真考虑,而且荣禄随行反而有可能被载漪等人谋害,所以口谕让荣禄留京。

荣禄虽然没有全力攻打使馆,但毕竟是当时的军事指挥,他不敢留京,和崇绮等人弄了几顶大轿,狼狈逃到了保定。洋人不愿意宽恕荣禄,刚毅等又被议处,李鸿章趁机建议不如召荣禄赴行在。荣禄总算头脑清醒,有他主持中枢,将来办事总容易些。

这天,联军统帅德国参谋总长瓦德西到达天津,李鸿章派人去接洽,希望能够晤谈,但瓦德西很干脆地拒绝了:"奉大德国皇帝陛下之命,只管武事,不管交涉,概不与中国大臣会晤。"

朝旨一再催促,庆亲王奕劻也已回到北京,让李鸿章立即赴京与洋人开议。李鸿章一行乘坐帆船沿运河进京,因为直隶久旱无雨,运河水浅,靠纤夫拖拉,费了四天多才到。在贤良寺下榻后,李鸿章当即打发人给奕劻送信,约定第二天会晤。

奕劻的府邸先遭义和团抢劫,联军进京后又进行三番五次罗掘,几乎到了家徒四壁的境地。北京城内外联军已经不承认是中国的土地,因此即便是住在自己家里,奕劻的行动也很受限制,出门必须事先告诉守卫的日本兵。

两人见面,不胜唏嘘。奕劻说道:"少荃,听说你那里是俄国兵保护,也像我一样,不过是体面的囚徒。"

"自取其辱!王爷,真是自取其辱!"李鸿章以杖拄地,"我从大沽登岸,一路上十室九空,一片荒凉。中枢如此轻率,以致今日大祸,你我这全权大臣,只有坐蜡为难的份。"

"一言难尽。好在你总算进京了,我真是如释重负。你系国家柱石,实为当今不可少之人,凡事均需借重,我拱听指挥。"奕劻重重叹了口气。

"指挥王爷,鸿章哪来的胆子?"李鸿章当仁不让,"我既然入京,自然极力与王爷分忧分谤,只要王爷不责备鸿章'大权独揽,左右无人'就行了。"

两人的首要任务是请各国尽快坐下来谈,商量半个时辰,拿出议和大纲五条,无非惩凶、赔款、道歉、停战等。当天下午分别送到各国公使馆,但第二天各国回话,几乎异口同声:中国需先惩凶犯,否则一切免谈。

驻美、英、德等国使臣也都传回消息,朝廷对祸首的处分太轻,只有严惩才可开议。而且据英国使馆传来的消息,联军已经向保定府进攻,如果中国再不严惩祸首,不是没有继续西进的可能。"西进"自然是指西安,那是两宫驻跸之地。两人于是联名电奏行在,请尽快严惩祸首。

然而,数天后朝廷回电,责令奕劻、李鸿章商阻联军西进,并诘询详情。两人看罢只有苦笑,如何商阻,又如何诘询?李鸿章分别致书英、法、美等公使,要求单独与他们会谈。但各国都拒绝了,说没有接到本国训令。实际是列国统一了口径,都不准单独与中国媾和。

李鸿章已经入京的消息此时已经传开,滞留京中的官员和百姓无不额手称庆,甚至有人凑几个粗劣的小菜置酒相贺。自觉有点身份的官员都到贤良寺来看望李鸿章,有的见不上,就对站门的仆役道:"告诉李中堂,我们终于把他盼来了。他来就好了,留京官员欣慰至极。"

来见他的官员无一例外诉苦求助,家中被抢,缺粮无米,极其困窘。李鸿章建议奕劻行文各省赈济各自在京人员;京中百姓则请上海、汉口、九江、福州等海关先筹银接济。

"幸亏东南半壁保了下来,不然谁顾得上京中百姓,中堂与张、刘、袁诸督抚功莫大焉。"庆亲王无不赞同。

这天上午,仆役来报,有一个叫馨如的妇人求见。

"你说的是谁?"

仆役重复一遍,李鸿章惊喜道:"快请快请。"同时,他也拄着杖向外走。

父女两人在院子里相遇。馨如叫一声"白白"跪到地上,放声哭起来。李鸿章抛掉拐杖,亲手去拉馨如,哽咽道:"好孩子,你还活着,这比哄个都好,白白放心了。"

馨如站起来,父女两人互相打量,馨如见李鸿章须发白了多半,脸颊消瘦,眼圈黑暗,半年多不见,又苍老了许多,眼泪禁不住又滚出来。这时,站在馨如身后、一身西洋制服、头戴缠头帽的塔尔图重新跪下给李鸿章磕头:"小婿给岳父大人请安。"

李鸿章示意馨如拉他起来,皱着眉头问:"你是塔尔图?怎么这副打扮?"

馨如代塔尔图回答:"内务府安排他到德国人的'华捕局'帮助巡街,就给了这样一套行头。"

八国联军占领北京后,唯独没有进紫禁城,是怕万一紫禁城被毁,朝廷上下一致对外,列国反而难以招架。各国划分防区,并成立巡防机构,紫禁城没有跑掉的护军、侍卫,一部分就参加到巡防队伍中。皇城东北由德军占领,成立"华捕局",组织华人帮助维护治安,塔尔图等护卫编入"华捕局",由德军一个小军官带领巡街。

三人进了客厅,李鸿章对塔尔图道:"你来见我,不该穿这身西洋皮,我看见就来气。"

塔尔图回应道:"岳父大人不必生气。这实在没办法,穿咱们的衣服,说不准就被洋兵抓住,打一顿是稀松平常,一句话不对就当义和团杀掉。这身洋皮,如今成了护身符。不过我拿着衣服呢,马上换下来。"

"幺女,我已经两个多月没有你的音讯,我一到京城就着人去找,可是京城毁得不像样子,派去的人找不到你的家。洋兵进城,烧杀抢掠,你不要紧吧?"李鸿章问道。

洋兵进京,妇女多数难逃污辱的命运,馨如明白父亲的意思,安慰道:

"多亏琼斯医生在咱家里,她出面和洋兵交涉,幸未遭难。"

李鸿章又叹息道:"这我就放心了。城破前你们怎么没逃走?"

馨如不是没想逃,是来不及。阴历七月中旬,京中人家已经纷纷出城,馨如把孩子送到西山定都峰附近的老院,那是塔尔图阿玛在半山腰一片树林后盖的几间茅屋,本来是预备年老回家后当别墅看山景,没想到成了避难所。

家人劝馨如也留下来,她没同意,要回去照顾塔尔图。塔尔图是护卫,不到最后一刻是不能离职的。李秉衡带义和团出京后,塔尔图带回来的都是捷报,可是突然联军就打到城下,他们想逃也来不及了。幸亏被困在他们家的琼斯与洋人交涉,要来了英军的一个保护牌挂在门口,她和塔尔图总算有惊无险。

"幺女,我来北京这几天,各国公使都不肯见我。今天也没事,就出去走走,到你家里看看,午饭呢,就请你和女婿赏我一口喽。"李鸿章兴之所至,提出要到馨如家中看看。

"就是家里没什么吃的,缺油少酱的。"馨如非常高兴。

"不要紧,有一口老米饭吃就满足了。"

李鸿章坐上他的绿呢大轿,轿边跟着一个长随,轿后是两个仆役,推着一架独轮木车,装满了果蔬干菜之类,如今在北京这是最稀罕的东西,轿前轿后各有一队高大笨拙的俄国兵荷枪实弹随行保护。一路上断壁残垣,到处是火焚炮击的痕迹,而有些倒塌的房屋里显然还有尸体,野狗在里面撕咬,不时飘来一阵阵恶臭。

有人住的院子,门外多有一面西洋国旗,有许多是手绘的,五花八门,唯有日本的太阳旗是例外,全是精心制作的旗子,空白处还无一例外印有"大日本顺民"的字样。一路上多是巡街的洋兵,还有教民也跟在洋兵后面,胳膊上缠着红布,写着"巡街"字样。偶有行人,多是蓬头垢面,衣衫褴褛,被洋兵、教民随意盘诘。

馨如的院子在皇城东南,属英军占领区。俄军与英军进行了一番交涉,李鸿章一行才得以进入胡同。馨如家的院子显然被炮击中过,门楼被焚一半,院墙也倒塌了一丈多,还没来得及垒,只在废墟上堆了些乱树枝。

李鸿章四处转转,不胜感慨。馨如下厨,幸亏有李鸿章带来的东西,勉强做出一桌酒菜。李鸿章对馨如道："幺女,今天咱是家宴,不必拘礼,你也坐下。家中还有什么人也一块坐下来热热闹闹吃顿饭,好久没这么高兴了。"

"白白,当年在威海城救我的黄浩胜——现在他叫宋浩胜,也在咱家里,让他一块来吃饭吧。"馨如和塔尔图对了一下目光。

李鸿章还记得当年的事情,捋着胡须道："好好好,我还没见他一面,今天该当面致谢呢。"

宋浩胜一瘸一拐进来了,双手高举作揖道："大帅,小人的腿受伤了,没法给您跪了。"

"不碍不碍,你怎么叫我大帅?"李鸿章招了招手。一般,行伍中人惯称总督为大帅。

"小人曾经在北洋舰队待过,当一名炮手,后来受了伤。"宋浩胜不想说得太详细。

"哦,北洋舰队,提起来让人伤心。"李鸿章摇着满头白发,"如今这伤又是怎么回事?"

"洋兵进城时,他和洋兵打巷战,受了伤。"塔尔图代为回答。

宋浩胜受伤后被洋兵追得走投无路时,正巧到了馨如门前,被馨如藏到后园的地窖中捡回一条命。

李鸿章感叹道："十年前你救了小女一命,如今小女救你一命,这就是天意。"

塔尔图又道："宋兄弟还救了我一命,我被义和团捉了去,是他把我要了回来。"

"这些个拳匪,作恶多端,真正是祸国殃民!"李鸿章对义和团没有好感,"一开始我就建议朝廷要剿灭拳匪,可是朝廷不听,任由他们胡闹,这一场泼天大祸,追根溯源,就是拳匪闯出来的。"

宋浩胜听了插话道："大帅这样说义和团,不能让人心服。"

"我说错了吗?他们烧教堂、杀教士、杀教民,洋人没杀几个,却惹来了八国联军。教民皆是我大清子民,他们却随意加害,不是祸国殃民是什么?"李鸿章说起来毫不相让。

"大帅应该想想,他们为什么烧教堂、杀教士、杀教民?教民仗着教堂、教士的势力为非作歹,而民教一有纠纷,官府就向洋人卑躬屈膝,只向着教民,不能为百姓做主,义和团这才能一呼百应。"

"可这也不能成为他们为非作歹的理由!"李鸿章已经按捺不住火气,"譬如一个人骂了你一句,他是不对在先,可你不能一刀把他杀了吧?"

宋浩胜反唇相讥:"中堂是要我们打不还手,骂不还口,窝窝囊囊过一千年吗?面对恶狼,难道不应该给他一棒吗?"

"当然不能,除非你足够强大。如果你面前有一只恶狼,明智的办法就是先避其锋芒,到一边去强身健体;明明知道面前是一只会吃人的狼,而自己还是个瘦弱不堪的小个子,却要逞一时之勇去踢他一脚,那不是勇敢,那是找死!什么叫君子报仇十年不晚,什么叫韬光养晦,你懂不懂年轻人?"李鸿章意犹未尽,"你再看看这些去踢恶狼一脚的是些什么人,他们打着扶清灭洋的旗号,残杀教民,抢劫财物,四处放火,连京城最繁华的大栅栏也烧成一片白地,干的全是土匪的勾当!他们中间真正灭洋的有几人?装神弄鬼那一套能抵挡得了洋人?我倒是听说,洋人一攻进北京城,满城的义和团都扔掉头巾,装成了平民,一下都变成了孙子,真敢去拼命的,有几个?"

馨如和塔尔图都示意宋浩胜不要再辩,但宋浩胜忍不住了,"哧"的一声撕开上衣,大声说:"你眼前就有一个!我胸脯的伤,是在黄海海战中留下的,我左腿的伤是在威海摩天岭炮台上被炸的,我右腿的伤,是被进城的联军打坏的!我就是一个义和团!是有人抢劫,是有人逃跑,但我亲眼看到成千上万的义和团兄弟迎着联军的机枪向前冲,他们只为能把长矛刺上敌人的胸口。他们全都倒下去了,真正是血流成河,把整条街都染红了……"

宋浩胜哽咽着说不下去了,等他情绪平复了才道:"大帅,如果他们手里有洋枪,洋人不会那么容易就打进北京来。他们战死了,虽然没有改变结局,可是他们的一腔热血,不能只换来一句'祸国殃民'。"

"年轻人,或许我说得有些绝对。你们中间也许有人真的为国捐躯,可是,武卫军的洋枪洋炮并不逊色于洋人,一样兵败如山倒,这些相信刀枪不入的山野农夫,又能于事何补?"李鸿章此时也平静了下来。

"武卫军装备最精锐的武器,却遇敌即溃,是因为他们没有为国牺牲的心思,他们的心出了问题。当年甲午一战,那么多将领临阵脱逃,那么多坚固的炮台被弃守,与武卫军的情形一样,是军心出了问题。义和团中有许多败类,但我在他们中间也发现了一种不可战胜的力量,如果这种力量被引发出来，再配上精锐的武器，我们完全可以把联军挡在天津，甚至消灭在北京城下。"

李鸿章沉默很久才道："年轻人，你的话让我深思。当年我在上海，看到了中外军队枪炮上的巨大差距，我这大半辈子都是在缩小这个差距。我淮军当年号称大清最精锐的军队，就是因为装备了最新式的枪炮。可是，甲午之战仍然一败涂地。不瞒你说，我对大清的军队已经失去了信心，这次武卫军的溃败，再次证明了我的预感，也让我几乎绝望。我殚精竭虑辅佐大清三十余年，大清最后却如同扶不起的阿斗。说起来赔点银子没什么，大不了再挣。可是如果一个国家、一个民族精气神没了，血性没了，那真就没有希望了。这也是入京以来我心绪败坏的主要原因。"

"大帅，咱泱泱五千年的大国，精气神不可能没了，血性不可能没了，希望更不可能没了。恕我直言，大清从上到下贪腐成性，已经把民心民气耗尽，如果有一天政治清明，文官不贪财，武官不怕死，大清就会重新振作起来。"宋浩胜的话句句掷地有声。

"这样的话，从前清流天天讲，尤其是倭相国，天天说以忠信为甲胄，以礼义为干橹，我听得耳朵都起茧子了，从来不以为然。不过，今天我想，这话也不是没有道理。军队只有忠义之气而无精锐装备不行，只有精锐装备而军心败坏更不行。最简单的道理，却要耗尽我一生的阅历才有深刻体味，真是令人感慨系之矣！至于官场风气，我是无能为力了。"李鸿章端起酒杯说，"来，年轻人，我敬你一杯，你让我这将死之人，看到了国家、民族还有未来，未来还有希望，我心情好多了。谢谢你，这杯酒专门谢你。"

李鸿章和庆亲王见不到各国公使，但联军的行动多少还是有些消息，大多是外出讨伐，向南竟然已经到了山东的德州，向北已接近张家口。过了几天，突然传来消息，联军在保定枪决了直隶布政使廷雍，城守尉奎恒、营官王占魁等，理由是他们纵容义和团仇杀教民。

廷雍是从二品大员，联军竟然擅自杀之，真是令人震惊。李鸿章对奕劻道："王爷，朝廷如果再不严惩祸首，洋人要是自己去行在拿凶，那可真就兵连祸结了。"

奕劻想了想道："只把消息报给行在就是了，荣仲华应该快到行在了，他掂得出轻重。"

直隶正在纷乱中,而布政使被杀,急需有人充任。人选是现成的,就是被李鸿章招来帮忙的周馥。但周馥对出任直隶藩台却兴致不高:"大帅,我应召是来当你的帮手,真无意官场。"

李鸿章知道周馥不是惺惺作态,便劝道:"兰溪,我给你的不是个官位,是一份责任,是一肩重荷。如今直隶纷乱如此,非要扎实办事者不可。你就勉为其难吧。"

周馥不好再推托,于是为赴保定做准备。

荣禄在路上费了一个多月的工夫,才赶到西安行在,正赶上李鸿章两份电报递到,立即去见慈禧。慈禧对调周馥出任直隶布政使没有异议,但对加重对祸首的处分却颇不情愿。

荣禄劝道:"这也是没办法的事,如果不主动惩治载漪等人,联军派兵到陕西来拿祸首,那可就麻烦了。"

"大清腹地,雄关重重,他们就那么容易来得了?"慈禧不相信。

"即便来不了,从此兵连祸结,没有了局,乱久了,只怕生变。"荣禄点到为止。真是乱久了,再出来个洪秀全,振臂一呼,这江山姓不姓爱新觉罗那可就两说了。

慈禧最怕的就是这一点,于是便退让道:"奕劻、李鸿章只知道逼朝廷严惩祸首,我们一再让步,洋人还是不满意又该如何?枝节迭生,所求过苛,如何收束?如今你到中枢来了,议和的事你要先和奕劻、李鸿章他们商量,尽力与洋人商讨,要是有什么万难应允之事,可事先驳去。"

慈禧的话看似不着边际,但荣禄最善于话外听音。可如今人为刀俎,我为鱼肉,奕劻、李鸿章连开口的机会也未必有,哪还有讨价还价的资本。太后口中的"万难应允之事"是什么?当然不是怕联军对载漪等人的处置提出过分的要求,怕的是把慈禧列为祸首!

荣禄揣着明白装糊涂道:"臣明白,刑不上大夫,何况载漪等人都是亲贵王大臣,议亲议贵,总不能太不像话了。"

他与王文韶等人闭门商量,拿出了新的惩处方案,交给慈禧一看,只字未改,立即发给奕劻、李鸿章。

李鸿章他们收到的第二次惩办祸首的上谕,决定削去载漪的王爵;已经革职的庄王载勋、怡王溥静、贝勒载滢均交宗人府圈禁;已革贝勒载濂闭门思过;辅国公载澜停俸一级调用;左都御史英年降二级调用;前吏部尚书刚毅病故免议;刑部尚书赵舒翘革职留任;已革山西巡抚毓贤充边,永不释回。

如今有了这个惩处结果,李鸿章和奕劻可以去见联军统帅瓦德西元帅了。瓦德西是德意志帝国参谋总长,奉德皇之命率两万德军到中国来,被各国推举为联军总司令。不过他登陆的时候战争基本结束,因此联军私下里称他为"空头司令"。他到北京后,把西苑慈禧的寝宫仪鸾殿当成了司令部。住了没几天,不料一场大火把仪鸾殿烧了个精光,他总算没被烧死,但他的卫队长被烧成了一堆黑炭。他有点迷信,害怕是东方神秘的咒语起了作用,再不敢住威严的东方宫殿,搬到一排平房中去住。

李鸿章和庆亲王见到他都极力拉交情。尤其是李鸿章,大谈当年访德时与铁血宰相俾斯麦的友谊,以及毛奇将军陪同他参观克虏伯兵工厂的经历。毛奇将军是瓦德西的老上司,也是前任参谋总长。但瓦德西对两人非常冷淡,一直在不耐烦地应付。李鸿章希望联军不要再扩大行动范围,而瓦德西则表示,如果李鸿章能够保证把直隶的清军全部撤走,他则不再派兵。李鸿章又希望他能劝说各国使臣,尽快拿出议和大纲,他则表示各国正在讨论,将来会有一个大纲。

两人一无所获。出门后李鸿章非常气恼,对奕劻道:"王爷,他瓦德西算什么鸟东西,我当年访问德国时,他连见我面的资格都没有,是他的老上司一直陪着我。"

奕劻劝道:"少荃就不必生气了,我堂堂王爷,不也是看他的脸色吗?打了败仗,国家都辱没至此,何况咱们这议和大臣。议和大臣,就是个里外不讨好的差使。"

两人回到奕劻王府商议对策,李鸿章建议还是以夷制夷的老办法。如今各国要联合起来与大清谈判,大清则必须从中拉拢一两国私下沟通,这样他们有所顾忌,不至于提出太苛刻的条件。

奕劻问道:"少荃,你说,什么算最苛刻的条件?"

惩凶、赔款、道歉,这些都免不了。最苛刻的条件,也就是太后最不能接受的条件是什么?一是把太后列为祸首,二是提归政的事。这两条太后肯定不答应，不答应就难免战火复燃，永无了期。

"王爷，要下功夫的地方恐怕就是这两条，换句话说，议和大纲不能动摇太后的地位。否则，你我这全权便将一事无成，国家的祸乱真不知要到何时方休。"

奕劻拱手道："少荃一语中的。此事就拜托了，你知道，我是不擅与洋人说话的。"

李鸿章依然是当仁不让，他建议应当在俄国公使身上多下功夫。他频频与俄国公使格尔斯接触，效果相当不错。格尔斯答复，只要中俄就东北问题单独谈判，俄国将全力协助中国。

各国都提出了苛刻的条件，彼此争论不休，一直到了十一月初三，十一国才拿出了一个十二款的议和大纲，通知中国必须由全权大臣亲自到西班牙使馆领取。

因为进入十一月后天气奇冷，李鸿章下轿受寒，又兼胃疼，已经病倒不能下床。于是，庆亲王奕劻只好亲自去西班牙使馆。十一国公使坐在一条长桌的上首，庆亲王的位置安排在他们对面，而且连一把椅子也没有。各国公使各发一通议论，相同的意思就是，如果不答应这个条款，各国就不会撤兵。

奕劻拿回的议和大纲，包括惩办祸首、为克林德立碑、赔款十亿两白银、拆毁京津之间的一切防御措施、各国在京城驻兵等。他看罢连连叹息，派人告诉李鸿章，他为国受辱，列国不容辩驳，他毫无办法。而朝廷绝不会答应这样的条件，不知怎么办才好，请李鸿章想办法。

李鸿章对来人道："说是谈判，哪有我们说话的机会？两个月来，都是各国关起门来商议，我和王爷何曾插得上嘴？没有什么办法，只能请朝廷尽快批准，然后再一项项细磨。"

他口述电报，让儿子李经述记录：

> 各国公使词气决绝，不容辩论，宗社陵寝均在他人掌握，稍一置词，即将决裂，存亡之机，间不容发，唯有吁恳皇太后、皇上上念宗社、下念臣民，迅速乾断，电示遵行。

他把电报交给来人："你回去交给王爷，议和大纲必须立即电奏西安，奏稿非用此重笔不可。人为刀俎，我为鱼肉，久拖无益。"

议和大纲和奕劻、李鸿章的联名电报由行在军机处的荣禄呈给慈禧，他跪在地上不能抬头看太后的脸色，但听得出太后呼吸相当急促，透着紧张和不安。但随着翻动几页电稿后，太后的呼吸均匀了，语气却相当严厉："这样苛刻的条件，我不敢答应，你去和皇帝商量吧。"说罢，她很生气地把电稿掷还给荣禄。

荣禄带着电稿再去见光绪帝，光绪帝回道："朕当初反对向列国宣战，可是载漪、刚毅他们非要进攻使馆、火烧教堂，朕的话有人听吗？既然没人听，又何必来问？"

慈禧听了荣禄的奏报后道："两个全权大臣只知道责难君父，不肯向各国据理力争，我既不管，皇帝也不管，由他们办去吧。"

荣禄心里再清楚不过，奕劻、李鸿章两位全权大臣其实在列国面前无任何权力，谈判要有筹码，两宫流亡在外，大局岌岌可危，一有风吹草动，便可能大火燎原，大清手里哪还有什么筹码！最好的办法就是接受议和大纲，尽快开始和谈。而且他有预感，时候一到，太后必然会批准议和大纲。他也不必急得上墙揭瓦，且拖一拖再说。

可是不能再拖了，两位全权大臣发来电报，瓦德西已经警告，朝廷不肯批准议和大纲，祸首还盘踞在皇帝身边，他要亲自带兵进西安，把祸首捉过来。看过这份电报，慈禧召见行在的军机大臣、御前大臣道："洋人这样不讲道理，你们说怎么办吧？"

荣禄回道："臣以为，应当批准大纲，由全权大臣一项项力争。"

大家都盼着早日回京，因此也是极力附和。

慈禧还是不肯轻易答应："这样大的事情，总要让天下臣民都知晓朝廷的难处。你们先起个上谕来，等我看了再说。"

十一月初六，奕劻、李鸿章接到西安行在军机处发来的电谕，诏允议和大纲，只是要在细节上磋磨补救，同时收到的还有一份长达一千七百字的明发上谕。这份上谕既是给全国臣民看，更是给十一国看的。因此，开头首先表明朝廷与各国修好之意，有一句话广为流传，"量中华之物力，结与国之欢心"。然后详述此次失和的原委，把责任完全推到义和团和祸首众臣的身上。接下来对列国恳求，对两位全权大臣提出期望，语气相当委婉，"唯各国既定和局,自不至强人所难。着奕劻、李鸿章于细订约章时,婉商力辩,持以理而感以情。各大国信义为重,当视我力之所能及,以期其议之必可行。此该全权大臣所当竭忠尽智者也”。而后又分析此次战祸的教训,检讨朝廷的过失,最后当然是号召举国振作,“所以谆谆诰谕者,则以振作之与因循,为兴衰所由判;切实之与敷衍,即强弱所由分。固邦交,保疆土,举贤才,开言路,已屡次剀切申谕。中外各大臣,其各懔遵训诰激发忠忱,深念殷忧启圣之言,勿忘尽瘁鞠躬之谊,朕与皇太后有厚望焉。将此通谕知之”。

接下来开始谈判,列国还是坚持,先惩办了祸首再办其他,各国的要求是载漪、载澜、载勋、刚毅、赵舒翘等祸首都要斩首,而朝廷认为,亲贵大臣非大逆不加死刑。拖到腊月二十五,瓦德西又召集联军军事会议,决定正月初五率八万大军去西安惩办祸首。奕劻、李鸿章连忙再急电西安。

往年过年都是最热闹的时候,今天则是李鸿章最烦恼、忧惧的时候,瓦德西以兵胁迫,而俄国提出了十二款撤兵条件,包括中国不得在东北驻军,如果需要驻军,则需俄国同意;中国政府任命东北大员,如果俄国认为不合适,即行撤换;从东北经蒙古到新疆所有矿产及其他利益,不经俄国允许,不得转让他国人开采,铁路亦不得由他国修造等。

李鸿章深悔当年的《中俄密约》,他本意是结盟保护,反而是引狼入室。他奏请朝廷由驻俄公使与俄国谈判,他则腾出精力应付十一国公使。

朝廷终于同意加重惩办祸首,载漪、载澜为斩监候,加恩发往新疆,永远监禁;毓贤正法;载勋、英年、赵舒翘赐自尽;启秀、徐承煜正法;刚毅虽死,追判斩立决;徐桐、李秉衡也已自杀,仍追判斩监候。各国公使随后又拟定了第二批、第三批战犯,先后惩处一百三十余人,当初仇洋主战的大臣至此基本诛尽,而其中不乏冤死鬼。

接下来谈判赔偿,此事最为艰难,十一国提出了共计十亿两白银的赔偿要求。磨了几个月最后才确定为四亿五千万两,李鸿章问他们依据是什么。

德国公使回道:“何需依据?各国都认为此数最合适。中国向来自大,号称是泱泱大国,人口有四万万五千万,一人一口唾沫,就可以把洋人淹没,一人一两赔款,就是让你们明白,人多不等于国强,如果愚昧不开化,人多反而易肇祸。”

其他的几项谈得也非常艰难,各国知道中国无力抵抗,因此不肯让步。

而俄国人借中国忙于应付列国之际,步步紧逼,驻俄公使杨儒因为不肯在条约上签字而受尽欺凌。有一天受了俄国外交大臣的呵斥,返回使馆途中伤心落泪,心口疼痛,下马车时又在雪地上滑了一跤,一病不起,十几天后含恨去世。于是,李鸿章建议改为在国内谈判,认为不要急于与俄国签约,以免各国攀比。对付俄国人的办法还是以夷制夷,把俄国的条件向列国公开,策动各国向俄国施加压力。

李鸿章的苦恼不仅来自各国公使,还来自朝廷上下的重臣,尤其是张之洞和刘坤一,当初东南互保时大家非常默契,但自从他出任全权大臣后,就不断指手画脚,对和议提出种种指责和挑剔。李鸿章以为这本就是城下之盟,国家利益岂有不受损之理?两人纯粹是看人挑担不腰疼。他在上奏朝廷的电文中痛批张之洞:"张之洞封疆几十年,犹不免书生之见。"张之洞非常气愤,在电奏中模仿李鸿章的语气,说"李鸿章议和多少次,仍然是辱国丧权"。

李鸿章正在发张之洞的牢骚,奕劻府上来人请他立即过府说话。

李鸿章问道:"什么事情,这样着急?"

来人说道:"英国的副使到王府了,气势汹汹。王爷怕应付不了,请中堂立即过去。"

李鸿章进了庆王府客厅,果然年轻的英国副使与庆亲王并坐,趾高气扬,夸夸其谈。

李鸿章进去先给奕劻请了安,然后翻看了副使一眼后道:"副使阁下与王爷并坐,有失体统吧?"

"我是客人,坐这里有何不妥吗?"副使强辩道。

"妥不妥你有数,如果我国副使与贵国亲王并坐,贵国会怎么看?如果把副使的失礼拍了照发到新闻纸上,恐怕贵国外交部也会责备副使的失礼吧?"

英国副使尴尬地坐到一边,正准备说话,李鸿章挥挥手,示意先不必说,他不紧不慢坐下来,伸长脖子,喉咙里发出"呕呕"的声音,外面立即跑进来两个随从,一个把水烟递到他嘴角,一个弓腰点火。他悠闲地抽完一口烟才道:"说吧,副使见王爷,有何见教?"

"今天来见王爷,是向贵国提出抗议。"副使此时的气焰已经收敛。

原来,大学士昆冈向朝廷报告翰林院被焚情况,请示拨款修复,而被焚的原因,说是英国使馆和联军进京后所为。而翰林院是当时官军为了进攻英国使馆而放火焚掉,就是北京的百姓也大都清楚。

"当时我就被困在使馆中,我亲眼看到贵国士兵在翰林院放火。使馆还曾经派水兵去救火,抢救被焚烧的珍贵典籍,并给总理衙门发电,要求他们派人救火,保护书籍,可是没人回应。"英国副使拿出西方报纸上刊登的被困在使馆中的记者、汉学家所发表的文章,还有当时发给总理衙门的电报副本。事实俱在,不容辩驳。

但李鸿章却不以为然:"战争期间,诸事纷纭,昆大学士也许是听别的什么人说的,因此据此上奏。联军对平民不加鉴别,概以拳匪杀害,列国新闻纸也多有记载,我国并无提出抗议。"

副使反驳道:"这不一样,毕竟义和团都脱掉衣服,混入百姓中,难以鉴别。而且,我国尤其重视保护珍贵文献,说使馆人员放火烧翰林院,是极大的羞辱。"

"贵国是文明国家,向来以人权标榜,再珍贵的文献也没人命更珍贵,妄杀百姓的行为更应该引为羞辱。"李鸿章把英国副使驳得无话可说,但他不想把局面弄僵,"你说的事情王爷会向朝廷奏报,弄清事实,会做出更正。"

"应该在贵国新闻纸上正式发布你们的更正。"副使要求道。

李鸿章回道:"一切奏明朝廷后再说。"

副使走后,奕劻由衷地称赞道:"少荃,你对付洋人真有一套。"

"我对洋人从来不客气。"李鸿章并不高兴,"王爷,昆中堂这事做得不漂亮,也是一个不好的苗头。我在想,这次教训够惨重了,可是,如果我们都像昆中堂一样文过饰非,把我们粉饰成一个弱者,一个单纯的受害者,只记载列国的残暴可恨,未必是好事。我们说吃一堑长一智,如果把这一切全然归之于我们是弱者,是受豺狼欺负,心里只有仇恨,却无任何反省,那还有何智可长?还有另一种可能,就是把丧权辱国的条约,归罪于你我这全权大臣,归罪于你我是卖国贼,那我们所受屈辱真是白受了。"

奕劻摇头道:"嘻,这有什么办法,你说的,十有八九都成了事实。"

"我已经是不折不扣的卖国贼了,不去说了,还是商量一下怎么对付洋鬼子。"李鸿章也不想再说这事。

耗了整整九个月的时间,七月二十五日(1901 年 9 月 7 日),奕劻和李鸿章与英国、美国、日本、俄国、法国、德国、意大利、奥匈帝国、比利时、西班牙和荷兰十一国代表签订《北京议定书》,因为本年为辛丑年,因此又称《辛丑条约》,共十二款及十九个附件,主要内容包括:派专使到受害国道歉;惩办祸首,伤害外国人的所有城镇停止文武科举五年;中国赔款 4.5 亿两白银,分 39 年还清,本息共计约 9.8 亿两;划定北京东交民巷为使馆界,允许各国驻兵保护,不准中国人在界内居住;清政府保证严禁设立仇视外国人组织;清政府拆毁天津大沽口到北京沿线设防的炮台,允许各国派驻兵驻扎北京到山海关铁路沿线要地。

十几天后,各国军队开始撤出北京,马玉昆、姜桂题奉命率部进驻京畿。李鸿章上《和议会同画押折》,奏报谈判和签约情形,最后提醒朝廷:

> 臣等伏查近数十年内每有一次构衅,必多一次吃亏。上年事变之来尤为仓猝,创深痛巨,薄海惊心。今和议已成,大局少定,仍望我朝廷坚持定见,外修和好,内图富强,或可渐有转机,譬如多病之人,善自医调犹恐或伤元气,若再好勇斗狠,必有性命之忧矣。伏乞圣明垂察。

九个月的磨难,彻底拖垮了李鸿章,签约后,他病情加重,饮食不进,忽冷忽热,痰咳不止,经常头晕,无法坐立。然而,他还要抱病继续与俄国人谈判。各国已经开始撤兵,但俄国人却以中国皇帝没有回京、东北不安定为由,拒绝撤兵,并提出撤军的条件是清军两年内撤出东北,须由俄国将校训练。李鸿章主张签约,以求俄军尽快撤走,不然夜长梦多。但朝廷却不同意,要求俄国人立即撤走所有军队。俄国人坚决不同意,谈判陷入僵局。

真是一波未平、一波又起,道胜银行又提出了一份苛刻的合同。道胜银行是甲午战后以俄国为首多国入股的银行,目标是获取中国的筑路权,中国也有股份,但完全是由俄国人说了算。俄国人这次提出的要求是,中国政府应该优先向华俄道胜银行提供满洲全境铁路和一切工业的租让权,如该行确定放弃某一项租让权,中国才可以同样条件提供给他人承办。

李鸿章对俄国财政大臣维特派到北京的代表鲍斯尼夫道:"这岂不是等于将东北送给俄国了吗?我与贵国财政大臣维特是极好的朋友,你告诉他,这样的合同无论如何本大臣不敢签。"

鲍斯尼夫回道:"我正是奉财政大臣之命来北京。维特大臣说,李中堂向来对俄友好,要趁着李中堂尚健在,尽快签订友好合约。"

这话等于说,趁着李鸿章没死,他要多为俄国捞点好处。李鸿章一口气堵在胸口,脸憋得青紫。他愤怒地拄着拐杖,不辞而别。鲍斯尼夫追到门口道:"李中堂,你不签条约,俄国军队就不可能撤出东北。"

李鸿章回到贤良寺,下轿的时候一阵冷风扑面而来,他只觉得倏忽胸口一热,连吐几口血。众人七手八脚把他抬进屋内,连忙请琼斯来诊治。

琼斯看了之后告诫道:"大人是操劳过度,饮食无常,导致胃小管出血。现在大人身体极为虚弱,应当安心静养,不应当再操劳了,否则有性命之忧。"

但要李鸿章闲下来仍然不可能,感觉稍好些后,他强撑着离开病床,与比利时公使谈判在天津划定租界的合约。结果他下午病情加重,再次吐血。馨如急得直哭,对他说道:"白白,明天我非要拿把刀来,谁要再来向你回公事,我就先杀了他。"

"白白不接公事了,想接也接不了了。"李鸿章勉强一笑,又对李经述说,"快给你周叔发电报,让他来,我有话交代。"

周叔自然是指直隶布政使周馥,此时他人在保定。

过了两天,李鸿章又吩咐道:"二儿,庆王爷已经去迎驾,应当让他立即回来。我说你记:臣病十分危笃,京师根本重地,非庆亲王回京不足以资震慑,敢乞天恩,电饬庆亲王无论行抵何处,迅速折回,大局幸甚。已电令周藩司来京,乞代奏。鸿章。"

到了下午,李鸿章喝了一口参汤,感觉精神好多了,又对李经述道:"二儿,我大约没有多少日子了,该准备遗折了。"

李鸿章口述,李经述含泪记录,然后稍做整理,抄录出来请李鸿章过目:

全权大臣直隶总督李鸿章奏为臣病重垂危,自知不起,口占遗疏,仰求圣鉴事:窃臣体气素健,向能耐劳,服官四十余年,未尝因病请假。前在马关受伤,流血过久,遂成眩晕。去夏冒暑北上,复患泄泻,元气大伤。入都后又以事机不顺,朝夕焦思,往往彻夜不眠,胃纳日减,触发旧疾时作止。迭蒙圣慈垂询，特赏假期，慰谕周详，感激涕零。和约幸得竣事，俄约仍无定期，上贻宵旰之忧，是臣未终心事。每一念及，忧灼五中。本月十九夜，忽咯血碗余，数日之间，遂至沉笃，群医束手，知难久延。谨口占遗疏，烦臣子经述恭校写成，固封以俟。伏念臣受知最早，蒙恩最深，每念时局艰危，不敢自称衰病。唯冀稍延余息，重睹中兴。赍志以终，殁身难瞑。现值京师初复，銮辂未归，和议新成，东事尚棘，根本至计，处处可虞。窃念多难兴邦，殷忧启圣。伏读迭次谕旨，举行新政，力图自强。庆亲王等皆臣久经共事之人，此次复同更患难，定能一心效力，翼赞讦谟。臣在九泉，庶无遗憾。至臣子孙，皆受国厚恩，唯有勖其守身读书，勉图报效。属纩在即，瞻望无时，长辞圣明，无任依恋之至。谨叩谢天恩，乞皇太后、皇上圣鉴。谨奏。

李鸿章看罢点了点头，他大约是累了，闭上眼睛睡着了。他醒过来时，见周馥正坐在病榻旁。李鸿章伸出手，周馥连忙握住道："中堂，万望保重。"

"兰溪，我是床底下放飞筝，怕是起不来了。你我相知一生，我李某的功业，哪一项也离不开你。直隶新复，百废待举，你肩上担子不轻。我没什么好说的，善待你治下的百姓。经此一劫，直隶百姓受难最深。"

周馥握握李鸿章的手，表示他已经记下。

李鸿章又道："我一生功业，若甲午前死去，将留名青史；可惜甲午一役茫然无存，身败名裂。可我最悔恨的，并非中日之战，而是中俄密约。可恨俄人欺我太甚，尤其是维特，我视为密友，却是一直在算计我。如今俄国不肯撤兵，我如何能够瞑目！"

众人都劝他不必多想，俄国人早晚得撤出去。

这时，鲍斯尼夫来了，他来到李鸿章病榻前道："中堂大人，告诉您一个好消息，经维特大臣周旋，我国政府在撤军、赔偿方面将做出重要让步，我奉维特大臣之命，特向您照会。"

李鸿章的眼睛像突然被火光一照，绽出亮光，惊喜道："都有哪些让步？"

"让步甚大，大约明天就会发来正式照会。为了维特大臣的好意能够变为现实，希望能够尽快签订银行合同。"鲍斯尼夫打开公文包，取出合约，"您只要盖上您全权大臣的关防，中俄之后的一切事情都好商量。"

"你难道还要骗一个将死的人吗？不怕你信奉的上帝惩罚你吗？"李鸿章

的脸色阴沉起来,眼里的亮光变为愤怒。

李经述这才明白鲍斯尼夫的真实来意,向门外一指道:"请你立即离开,这里不欢迎你。"

李鸿章随后陷入昏迷,有时候会突然说话,但含混不清。周馥对李经述道:"二公子,我看中堂不太好,把他的寿衣穿起来吧,省得到时候来不及。"

晚上十时多,总理衙门送来行在军机处发来的电报:

> 奉旨:朕钦奉慈禧端佑康颐昭豫庄诚寿恭钦献崇熙皇太后懿旨,李鸿章病尚未愈,朝廷实深悬系。该大学士为国烦劳,忧勤致疾,着赏假十日,安心调理,以期早日就痊。俟大局全定,荣膺懋赏,有厚望焉。钦此。

"等中堂醒过来时,再让他看吧。"周馥又叮嘱李经述说,"二公子,今夜可要多照料。"

李经述回道:"周叔请放心,我已经好几夜没合眼了。"

"你不能这样,得空总要迷糊一阵。"

夜里李鸿章一直在睡,似乎又一直没睡着。他会突然说起话来,但大家只有两个词能听懂——"白白"和"娘"。到了五时多,他醒过来,看上去非常清醒,一身轻松。他示意李经述扶他起来:"二儿,我梦到你爷爷、奶奶了。你奶奶说,老二,你来这里干哄个,这里不是你来的地方。推了我一把,就醒过来了。看来,我还不到死的时候。"

大家都很高兴。李经述拿出昨天晚上的电报给他看,他叹了口气道:"皇恩浩荡,我拼上这把老骨头也要把俄国从东北磨走。四十年,九万万两白银,这真算得上飞来横祸。"他喝了一口参汤,随口吟道:

> 劳劳车马未离鞍,临事方知一死难。
> 三百年来伤国步,八千里外吊民残。
> 秋风宝剑孤臣泪,落日旌旗大将坛。
> 海外尘氛犹未息,请君莫作等闲看。

吟完诗,李鸿章的精神很快就委顿下去,随后就昏迷了。到了七时多,李鸿章睁开眼睛想说什么,却说不出,嘴角好像也有些歪了。这时周馥过来了,李经述道:"白白,周叔看你来了。"

李鸿章眼角滚出一颗泪,摇摇欲坠。周馥拿手指在他鼻子前一试后道:"二公子,中堂已经去了。"

一屋人放声大哭。李经述去合父亲睁大的眼睛,却总是合不上。

"中堂,你放心走吧。俄国公使说,中堂去后,俄国一定不做为难中国的事情,两宫不久就要从西安回京了。"周馥一边编造谎言一边去合李鸿章的双眼,总算把他一双圆睁的眼睛合上了。

当天下午,李鸿章去世的电报到达河南荥阳,当时慈禧的心情不错,正在行在赏菊。当地官员告诉她,这些菊花皆是从洛阳移植,共移来九百九十九株,全部都成活盛开:"花有灵性,知道太后皇上驾临,因此都盛开迎驾。"

慈禧对这明显是恭维的话很受用,脸上笑容很灿烂。她看完电报,脸上的笑容立即像被秋风吹走的落叶,禁不住落下泪来:"李鸿章殁了。"

"亲爸爸不是刚赏他十天假吗?怎么就殁了?"光绪帝闻讯也大吃一惊。

"大局未定,倘有不测,这千钧重荷,更有何人分担?"慈禧叹了口气,闭上了眼睛。